《大外交家周恩来》编委会名单

(按姓氏笔画排序)

丁志良　　孔　丹　　叶向真　　任远芳　　刘　铮　　刘爱琴

李　敏　　陆　德　　陈伟力　　陈昊苏　　周秉德　　周荣德

贺晓明　　袁士杰　　耿志远　　聂　力

大外交家 周恩来

第·六卷

光辉映晚霞

李连庆 著

人民出版社

周恩来同志永远活在人民心中。（新华社 发）

1972 年 2 月 28 日，周恩来总理到北京首都国际机场迎接访问我国的美国总统尼克松。（杜修贤 摄）

1972 年 6 月 28 日，周恩来同志和毛泽东同志在中南海书房。（杜修贤 摄）

1975年1月13日，周恩来同志抱病向第四届全国人民代表大会作《政府工作报告》，提出在20世纪末实现四个现代化的宏伟目标。（杜修贤 摄）

周恩来同志和邓小平一起在医院会见朝鲜劳动党中央委员会总书记金日成。（杜修贤 摄）

1976年1月15日，邓小平在周恩来同志追悼会上致悼词，沉痛缅怀周恩来的丰功伟绩。（新华社 发）

惊悉周恩来病逝，正在开会的联合国安理会成员代表起立默哀。（新华社 发）

序

　　李连庆同志的新作长篇纪实文学《大外交家周恩来》出版了。这是一件非常有意义的事。它为当代和后人研究周恩来的生平又提供了一份难得的好材料。

　　举世周知，周恩来是新中国外交的创始者和奠基者，是世界公认的伟大外交家。他在外交上的成就和建树，在中国和世界外交史上是首屈一指的。他为新中国赢得了巨大的荣誉和崇高的国际地位，建立了不可磨灭的功勋。他那高超的外交战略战术思想，灵活的外交技巧，崇高的道德品质，超人的天赋才华，独有的外交风格和巨大的魅力，赢得无数朋友们、各式各样的对手乃至敌人发自内心的钦佩和敬重。周恩来是中国的骄傲！

　　李连庆同志长期从事外交工作，经常受到周恩来的亲切教诲，同时也对周恩来的外交思想和外交实践进行过比较深刻而广泛的研究，熟悉和掌握大量的资料。李连庆又是一位作家，出版了许多文学著作。这些都是他得天独厚而别人所难有的有利条件。

　　《大外交家周恩来》主要是依据周恩来的外交思想和实践的大量史料创作的。在选材方面，作者特别注意那些体现周恩来非凡性格和光照日月的材料。为了增加作品的艺术性和生动性，作者在某些情节和人物心理活动的描述上、语言表达上，尽量将丰盈的生活

细节糅进去，使宏观的历史框架和人物的具体活动有机交融。通过历史事件了解周恩来的外交生涯，又通过他的外交生涯了解他的精神风范，令人顿悟，令人起敬。以史为文，文史结合，纪实文学才有感染力。本书作者在这方面是做了努力的，而且用纪实文学形式写领袖人物也算是国内第一次才有的。作者敢为天下先的精神是值得提倡的。

《大外交家周恩来》共 6 卷，写周恩来各个历史阶段外交生涯的主要方面，分"执掌外交部""舌战日内瓦""万隆会议展雄才""鹏程万里行""行程十万八千里""光辉映晚霞"等。展现在读者面前的这 6 卷书，将是一幅体现整整一个时代精神、感兴于领袖人民性内涵的五彩纷呈的历史画卷。

是为序。

1998 年 3 月 5 日

目　录

引 言

　　春夏秋冬自然而有顺序地演变，太阳的光芒一年四季变换着不同的颜色，岁月的冷暖，年复一年，岁月如梭，时光易逝，时间像流水一般地过去了。中南海西花厅的主人周恩来也由中年跨进了老年，两鬓已有了丝丝白发，脸和手上开始出现老人斑，而他的革命精神始终旺盛，精力仍然充沛，承担的责任和任务更多，事情更繁，通宵达旦，忘我地工作。

　　特别是在"文化大革命"这场中华民族史无前例的大灾难期间，周恩来的战友们相继被打倒或靠边站，他的助手越来越少，他独力支撑着危局，党政军民各方面的事情都压在他的身上。而林彪、"四人帮"却把他视为篡党夺权的最大障碍，不断地给他制造麻烦，一有机会就批判和企图打倒他。一时间，他陷入困难的处境，如履薄冰，如临深渊，孤立无援，腹背受敌，两面作战，既要抓好各项工作，维护党和国家的命运，又要同林彪、"四人帮"进行坚韧的不屈不挠的斗争，力挽狂澜。也正因为此，他在党内外、国内外的威望越来越高，作用越来越大。全党全国人民都把希望寄托在他的身上，他成了名副其实的中流砥柱。他也没有丝毫辜负人民的期望，不管风浪多高，危险多大，他的心中始终装着人民的利益，不顾自己的安危，都能顶风破浪、坚定不移，任劳任怨、忍辱负重、鞠躬尽瘁，顽强战斗、奋勇前进。维护党的团结、国家的统一，保护干部、稳定军队；千方百计地强调抓革命、促生产，并且身体力行，牢牢地把住国民经济生死关，将损失减少到最低限度，保障人民的生活；始终坚持独立自主的外交路线，和平友好的外交政策，不断地纠正林彪、江青反革命集团的破坏活动，维护同各国的友好关系，并努力开创了外交工作的新局面，改善了同美国的关系，并同日本、英国、西德等国建立外交关系，摆脱了孤立的局面，为后来的改革开放创造了有利的条件，奠定了坚实的基础。

这是周恩来一生中最艰难而又最光辉的最后岁月。

一、再访亚非欧国家，为召开第二次 亚非会议付出了极大的辛劳，表 现了非凡的才智

美国加紧对越南北方的入侵，周恩来冒着美机轰炸的危险，率团访问越南，会见胡志明主席等，表示对越南人民抗美斗争的支持。

1964 年春节刚过，从 2 月上旬起，连续 2 个月内，美国加紧对越南北方进行大规模的轰炸，战争阴云又笼罩着印度支那和东南亚。怎样制止美国扩大战争的危险，和平解决越南问题，维护亚洲和世界和平，成为一个极端紧迫的问题。周恩来不得不暂时放下国内的许多工作，从 1965 年 3 月至 7 月将近 4 个月的时间里，着重处理国际事务，并为召开第二次亚非会议进行努力。

1965 年 3 月 1 日，周恩来率领由彭真、杨成武、吴冷西等组成的中国共产党代表团，冒着美机轰炸的危险，乘飞机到达越南河内，同以胡志明为首的越南劳动党中央代表团的黎笋、范文同、范雄、武元甲等进行会谈。在会谈中，周恩来首先分析了印度支那的局势，他指出："美国加紧轰炸越南北方的目的是要扩大对印度支那的侵略，企图霸占印度支那，我们要有充分准备，坚决抵抗、粉

碎美国的侵略。中国坚决支持越南民主共和国和老挝、柬埔寨的正义斗争，从政治、道义、物资、武器、人才、财力各个方面支持和援助你们，中国是越南人民可靠的大后方。"胡志明等感谢中国的无私援助，并谈了他们的作战方案和各方面准备迎战的情况，表示完全有信心击败美国的侵略。在会谈中周恩来还谈到苏联问题，他说："对苏共新领导，我们认为不能只看一次，而要多看一看，经过这几个月，现在看得很清楚了。苏共新领导执行的就是赫鲁晓夫主义，根本不可能改变。"

出访罗马尼亚、阿尔巴尼亚、阿尔及利亚、埃及、缅甸等国，参加乔治乌·德治的葬礼，就越南问题和第二次亚非会议进行商谈

1965 年 3 月 22 日，周恩来率由谢富治、章汉夫、赵毅敏、罗青长等组成的中国党政代表团出访上述诸国。3 月 22 日抵昆明，晚上在昆明会见前往罗马尼亚参加乔治乌·德治葬礼的越南党政代表团团长黄文欢等。23 日上午，周恩来一行在巴基斯坦卡拉奇机场作短暂停留，卡拉奇市市长等到机场迎接，并陪同代表团在机场接待室休息，以咖啡、点心招待。下午飞抵布加勒斯特，齐奥塞斯库、基伏·斯托伊卡、毛雷尔等到机场迎接。当晚，周恩来率代表团全体成员前往共和国宫在乔治乌·德治灵前献花圈，并在遗体两旁守灵。

3 月 24 日，周恩来率中国党政代表团参加罗马尼亚为乔治乌·德治举行的隆重追悼会和国葬仪式，并和其他国家党政领导人随灵车徒步数里前往自由公园墓地。然后，分别会见了朝鲜党政代表团团长朴金哲，越南代表团团长黄文欢，阿尔巴尼亚代表团团长

里塔·巴尔科。

3月25日，周恩来一行在毛雷尔总理陪同下参观普洛耶什蒂州的布拉齐炼油厂和石油化工厂及多弗塔纳博物馆，并在博物馆留言："反动阶级所设置的监狱，只能折磨坚强革命烈士的肉体，绝不能动摇而且会更加坚定他们的革命意志和斗争决心。所以我们共产党人说监狱是锻炼革命战士的学校，是进行合法斗争和非法斗争并把他们结合起来的场所，因而也就是在一定意义上的革命指挥部。它的作用不仅在于纪念过去，而更重要的在于教育后代。"这个博物馆曾经是关押乔治乌·德治和齐奥塞斯库等共产党人的监狱。

当天晚上，周恩来在宾馆接见中国驻罗马尼亚大使馆全体人员和中国留学生。他对留学生说："要在实践中学好外语，一定要多讲，要敢说。必须在学好语言的同时，注意扩大知识面，学些地理、历史等方面的常识，掌握一些科学技术方面的知识，还要注意增长社会知识。要正确认识和处理红与专的关系，'红而不专'和'专而不红'都是不对的，希望你们做到'又红又专'。学习自然科学和技术科学的同学，要做到学以致用，不是为了要什么毕业文凭，而是要把知识学到手，使自己成为为祖国的社会主义建设作出贡献的人。"

3月26日，周恩来拜会罗共新当选的领导人，第一书记齐奥塞斯库、国务委员会主席基伏·斯托伊卡、部长会议主席毛雷尔。双方都强调将继续发展中罗友谊与合作。齐奥塞斯库表示希望今后两党的接触更加频繁。周恩来表示希望把乔治乌·德治开辟的中罗两国友谊的道路进一步发展下去，加强联系和交流。只有通过协商，任何意见才能更正确，才可以找到更好的解决办法。世界上的事物是互相影响的，不可能说亚洲影响欧洲，欧洲不影响亚洲。

3月27日，周恩来率中国党政代表团离开布加勒斯特前往阿尔巴尼亚访问，毛雷尔、波特纳拉西及中国驻罗大使刘放到机场送行。上午抵达地拉那，霍查、列希、谢胡、巴卢库等到机场欢迎。周恩来这次访阿目的是就共产党和工人党3月莫斯科会议后的形势交换意见。

3月27日至3月29日，中国党政代表团同阿全体政治局委员举行了四次会谈，霍查在发言中赞扬中国的内外政策，高度评价中国的作用，说中国共产党是人类解放和共产主义胜利的指路明灯，表示无论在胜利的情况下或恶劣的情况下，阿党都是中国忠诚的同志和可靠盟友。阿方提出第四个五年计划期间希望中国提供援助问题。周恩来广泛地介绍中国对国际形势和共运问题的看法，着重指出："在帝国主义、修正主义、反动派三个敌人中，美帝国主义是主要的；以勃列日涅夫为首的苏共新领导执行赫鲁晓夫的政策，仍是修正主义头子。"

周恩来介绍今年2月苏联部长会议主席柯西金访问越南，来回路过北京，与他进行五次会谈的情况。毛泽东同志同柯西金会见时，曾表示："同苏联的争论不能停，可能争论一万年。"至于两国经济合作，周恩来表示："你们有必要，有权利要求我们援助，问题是怎样做才对你们有利，而我们也能负担起来。"他详细谈了前一时期援阿工作中的五个缺点，表示在确定新的援助之前应先总结经验，对下一个五年计划期间的合作问题未作具体承诺。

3月29日，地拉那人民在斯坎德培广场举行欢迎中国党政代表团盛大群众集会，霍查和周恩来在大会上分别发表讲话。周恩来在讲话中，强烈谴责美国扩大越南战争，连续轰炸越南北方；重申中国决心给越南人民一切必要的物质支援，包括武器和一切作战物资。

3月30日，周恩来等离开地拉那，前往阿尔及利亚访问，霍查、列希、谢胡、巴卢库等到机场欢送。上午抵达阿尔及尔，本·贝拉总统、布迈丁等到机场欢迎。

　　这是周恩来第二次访问阿尔及利亚，是一次工作性质的访问。一方面想亲自听听看看阿尔及利亚近年来的建设成就，可以取人之长；另一方面是了解阿方对第二次亚非会议的准备工作做得怎样了，是否还需要中国的帮助。当时阿方作为第二次亚非会议的东道国，因为物质准备来不及，经要求后会议延期了。有的人放风说，阿尔及利亚政府既然筹备无力，不如改变开会地点。中国是不赞成这种主张的，所以周总理利用访问罗马尼亚、阿尔巴尼亚之后的时机亲自到阿尔及利亚进行实地考察。事实上访问本身也是对东道国的支持。

　　周恩来这次访问时间不长，但工作非常紧张。

　　周恩来于3月30日上午抵达阿尔及尔，下午即率代表团成员谢富治、章汉夫、赵毅敏、罗青长、陈楚和曾涛与本·贝拉、布迈丁、布特弗利卡、门杰里·阿里举行会谈。31日继续会谈，前后共三次。会谈中，本·贝拉介绍了当时非洲的形势和他的看法，谈了阿尔及利亚和摩洛哥、法国的关系的近况，询问我国对联合国的看法。周恩来着重谈了越南问题和我国对联合国的看法。他指出："越南问题完全是美国搞出来的乱子。本来，根据1954年日内瓦会议协议，法国从越南撤军，两年后南北越南实现和平统一，但是美国人入侵阻止了南北越南和平统一的实现。这次美国扩大轰炸越南北方，我们事先便提出了警告，如果美国把战争扩大到北越以及整个印度支那，我们不能不管。我们已经做好了准备，说话算话。如果美国要扩大战争，要同中国大打，我们决心完全承担责任。"在回答本·贝拉中国对联合国看法时说："我们在联合国以外，有权利批评联合国，发表我们的意见。我们的批评，是集中针对美国，而不对其他国家。亚非和其他各国支持恢复我国在联合国合法席位，我们总是感谢的。这同我们批评联合国、反对'两个中国'，是两回事。"周恩来还表示："中国既反对美苏两大国操纵联合国，也反对法国提出的由五大国垄断联合国的主张。"

周恩来在阿期间，除了同阿领导人会谈外，还会见了当时正在阿访问的马里国防和公安国务秘书马杜·迪亚基特和克什米尔前总理穆罕默德·阿卜杜拉，向他们揭露美帝国主义扩大对印支的侵略、轰炸越南北方以及召开第二次亚非会议准备的情况。他出席中阿双方举行的小型宴会和招待会，在会上讲话也主要是谈越南问题和第二次亚非会议问题。

4月1日，周恩来结束对阿尔及利亚的访问，乘专机前往埃及。本·贝拉、布迈丁、布特弗利卡和曾涛等到机场欢送。于当日上午抵达开罗，对埃及进行第二次访问。萨布里总理等到机场欢迎。

当天，周恩来没有休息，即率领谢富治、章汉夫、赵毅敏、罗青长、陈楚等与萨布里总理、纳赛尔总统分别举行会谈。在同纳赛尔会谈时，周恩来说："我这次利用欧洲之行的机会，顺道来非洲，以便同你和本·贝拉总统交换一下对国际形势的看法。现在的世界形势的发展有两类形式，一种情况是人民要独立，把反动统治冲垮，影响帝国主义的殖民统治；另一种是美国到处闯乱子，引起人民的反感而把它赶走。从万隆会议到现在十年来，发展的形式就是这两种，本质是一个，就是要冲垮帝国主义的控制，结束殖民统治，不管老殖民主义还是新殖民主义。"

同日，周恩来在开罗国宾馆接见几天前从中国回到开罗的巴基斯坦解放组织主席舒凯里，并接受舒凯里赠送的两件象征巴勒斯坦人民争取自由的意志和决心的艺术品。

周恩来在开罗只停留一天，又于4月2日急急忙忙地飞离开罗前往巴基斯坦访问，行前接受中东通讯社新闻编辑部主任的采访。在回答提问时说："反对帝国主义的侵略和压迫是中国和埃及两国人民面临的共同历史任务。巩固民族独立，发展民族经济是我们的共同愿望。在阿拉伯各国反对帝国主义，维护民族独立和国家主权的伟大和正义斗争中，中国人民永远是阿拉伯各国人民的可靠朋友。"

当日下午，周恩来一行抵达卡拉奇，受到阿尤布·汗总统和布托外长的欢迎。

一下飞机后，周恩来即与阿尤布·汗总统举行会谈。在会谈中，周恩来指出：（一）在美国加强其侵略和压力的情况下，不存在越南屈服的可能性。（二）至于是否会扩大为世界大战，战争的规律是不以人的意志为转移的，战争扩大时，是无法划一条界线的，就像火势会蔓延一样。美国要玩火、要冒险，中国要扑灭这场火。（三）对苏联等国提出的和谈建议，中国并不根本反对谈判。任何问题最后总是要通过谈判才能解决的，但是，就越南问题进行谈判的条件和时机都不成熟。美国提出谈判的条件，即越南停止"侵略"，南越民族解放阵线停止抵抗，给伪政权喘息的机会，让美国继续对南越进行压迫。美国把南越人民的任何行动都说成是北越指挥的，在这种情况下，是无法谈判的，谈十年也不解决问题。根据中国的经验"不把美国打到认输时，就不会有和平和和平谈判"。周恩来请阿尤布·汗在访问美国时，转告美国以下三点："一、中国不会主动挑起对美国的战争。二、中国人说话是算数的。三、中国已经做了准备。"周恩来还说："如果美国把战争强加于中国人民，中国人民将抵抗到底，别的出路是没有的。它在空中轰炸，我们在地面上可以用别的办法活动。如果美国对中国进行全面轰炸，那就是战争，而战争是没有界限的。"阿尤布·汗允诺将周恩来的意见转告美国。

4月3日，周恩来等飞离卡拉奇，前往缅甸访问，阿尤布·汗、布托等到机场送行。

当日下午抵达仰光，奈温等到机场欢迎。

4月3日、4日，周恩来同奈温举行了四次会谈，就国际形势和第二次亚非会议问题交换意见。

周恩来指出："越南问题、印度支那问题，一方面关系到民族解放运动能不能实现的问题，一方面关系到和平中立不结盟主张能不能实现的问题。这同所有亚非国家都有关系。每个国家对越南人民的支持根据本身的地位可以有深有浅，但是都有责任支持。我这次出访就是把这些意见同友好国家的领导人谈一谈。""解决越南问题首先必须尊重越南人民的主张和决心；其次任何有关越南的行动，必须征求越南民主共和国政府和越南劳动党的意见。这是正确的立场。"周恩来说："为什么对美国不能屈服呢？如果妥协，就会使美国的侵略合法化，比战争中牺牲更大。如果它打，我们就进行回击。更深一层看，如果南越人民屈服，美国下一步就会对柬埔寨、老挝动手，这个问题关系到整个东南亚、整个亚洲，关系到亚非民族解放运动的全局。"

4月4日中午，周恩来一行离开仰光回国。当日飞抵昆明，4月6日回到北京，刘少奇、朱德、董必武、邓小平等到机场迎接。

再次访问印尼，参加庆祝万隆会议十周年，路过缅甸进行友好访问

1965年4月14日，周恩来率领陈毅、章汉夫等离开北京，前往印尼参加万隆会议十周年庆祝活动。刘少奇、朱德、陈云、邓小平等到机场送行，当天抵达昆明。

次日同范文同就越南形势和中国援助问题举行会谈。

4月16日凌晨，周恩来等离开昆明前往雅加达，上午到达，苏班德里约副总理兼外交部长等到机场迎接。检阅三军仪仗队后周

恩来发表书面谈话，称："亚非国家有必要更高地举起万隆会议的旗帜，进一步团结起来，粉碎帝国主义的一切侵略和战争阴谋。"

4月17日，周恩来和陈毅等在茂物拜会苏加诺总统。

4月18日，在雅加达朋加诺体育馆，周恩来同苏加诺、金日成、范文同、西哈努克、苏发努冯、比兰德拉和赛义德，以及一些部长等36国首席代表出席纪念万隆会议十周年仪式。利用这次活动广泛进行接触，实际上又是一次非正式的亚非会议。

4月19日，经苏加诺安排，周恩来与日本代表川岛正次郎会谈。在会谈中周恩来对中日关系提出三点意见：（一）我们还要看一看。（二）日本政府对台湾表现友好，敌视新中国，我们随时可以批评。（三）我们对中日关系仍然寄予希望，不是绝望。周恩来还说："我们希望日本能够在和平共处五项原则基础上同亚洲各国建立正常关系方面，中日两国也应在平等基础上建立友好关系，在促进中日关系上，我们一向是采取主动的。"表示不同意日方提出的两国政府通过双方驻瑞士领事进行接触的建议，仍主张由更高一级的外交人员（外交大臣、总理）进行接触。

4月21日，周恩来等在苏加诺陪同下到达美丽的小城万隆。10年前，他代表中国政府出席在这里召开的第一次亚非会议，被誉为"带来和平的人物"。周恩来十分高兴地参观了当年举行会议的建筑物，在他的脑子里像过电影一样，一幕幕回忆当年会议中的种种曲折和斗争，最终取得一致，发表了震惊世界的万隆会议十大原则。

4月22日和23日，周恩来等在苏加诺总统陪同下参观风景优美的旅游胜地巴厘岛。巴厘岛旧称旧厘岛，西隔巴厘海峡，同爪哇岛隔海相望，岛中央山地盘旋，最高峰阿贡火山，海拔3142米，有热带森林，南北沿岸为肥沃的冲积平原，盛产稻米、椰子、茶叶、甘蔗、咖啡、可可、烟草等，居民主要是巴厘人，大多是15

世纪从爪哇迁来的麻喏巴歇国居民的后裔，多信仰印度教、佛教，文化发展水平较高，庙宇甚多，音乐、舞蹈非常著名。周恩来在那里受到当地人民的热烈欢迎，欣赏了巴厘人精彩的音乐、舞蹈，度过了愉快的两天，并同一起参观的各国朋友进行广泛的交谈，特别是关于召开第二次亚非会议和越南问题，交换意见。

4月24日，周恩来等回到雅加达。

4月25日，周恩来去医院探望因动手术正在治疗的班德里约，向他送了鲜花，并祝他早日康复。

同日，周恩来在宾馆接见印尼——中国友好协会主席辛基和其他群众团体的代表，希望印尼人民和中国人民高举万隆会议的旗帜和新兴力量反对旧有势力的旗帜，并肩携手前进。

同日，周恩来在宾馆接受澳大利亚记者威尔弗雷德·贝却敌和法国记者罗歇·皮克的电视采访。他在回答问题时指出："南越问题只能由南越人民自己解决，越南的统一只能由越南人民自己解决。"

也是在同一天，周恩来在印尼广播电台发表告别讲话，说："万隆会议是亚非人民一次划时代的创举。十年来，亚洲和非洲发生了翻天覆地的变化，帝国主义阵营的力量削弱了，人民的力量壮大了，亚非国家一个接一个取得了独立。亚非人民团结反帝的事业越来越发展。20多亿亚非人民已经成为保卫世界和平、促进人类进步的一支强大力量。"

周恩来在访问印尼期间，先后会见朝鲜金日成首相、越南范文同总理、柬埔寨国家元首西哈努克、柬埔寨首相诺罗敦·康托尔、老挝苏发努冯亲王、阿尔及利亚副总理赛义德、尼泊尔王储比兰德拉、北加里曼丹统一革命政府总理阿扎哈里等前来参加纪念万隆会议十周年活动的各国代表。在与阿扎哈里谈到中国革命时说："中国革命的胜利，主要是在毛泽东主席和中国共产党中央的领导下，全国人民斗争的结果，我自己只起一个螺丝钉的作用。”

4月26日，周恩来同苏加诺举行会谈。周恩来称赞苏加诺在纪念万隆会议十周年仪式上的讲话震撼了整个世界，指明了方向，对中国人民和世界人民有很大鼓舞。苏加诺说：“这主要得益于周恩来的指导。”

当日，周恩来等飞离雅加达，前往缅甸进行友好访问，苏加诺亲自到机场送行。

4月27日，周恩来向缅甸民族英雄昂山将军陵墓献花圈，随后与奈温进行会谈。在谈到越南问题时，他指出：“我们是后发制人，我们不主动挑起战争，如美国挑起战争，我们才回击，关于我们志愿援越人员问题，当越南方面有需要向我们提出时，我们才派，我们不主动出动。”

4月28日，周恩来结束对缅甸的访问，离开仰光回国，奈温等到机场欢送。当日，周恩来飞抵南宁，广西党政军负责人到机场迎接。29日回到北京，刘少奇、朱德、董必武、邓小平、邓颖超、乔冠华等到机场迎接。

当日，周恩来到医院看望因患高血压住院治疗的陈毅同志。

为召开第二次亚非会议奔走，前往巴基斯坦、坦桑尼亚友好访问，并再赴埃及访问，同纳赛尔、苏加诺、阿尤布·汗等讨论亚非会议问题。

第一次亚非会议成功举行后，大大提高了印尼的国际地位，因此，印尼极想尽早举行第二次国际会议，以进一步提高自己在国际上的地位。1964年4月，印尼正式发起在雅加达举行第二次亚非会议的筹备会议。中国积极支持，周恩来决定派陈毅于4月9日率代表团赴印尼参加由十五国外长组成的第二次亚非会议筹备会，同时考虑第一次亚非会议在亚洲印尼开会，为了支持非洲和团结更多的朋友，主张在非洲哪一个国家召开第二次亚非会议。陈毅按照中央和周恩来的指示，在印尼期间与苏加诺总统就第二次亚非会议等问题充分交换了意见。当时印尼为了内外需要，非常希望第二次亚非会议仍在印尼万隆召开。陈毅从亚非国家团结反帝大局出发，向苏加诺总统阐述了当时非洲民族独立运动蓬勃发展的形势，希望印尼照顾大局，支持非洲各国人民的独立斗争，同意第二次亚非会议在非洲召开。

苏加诺总统最后同意了中国的意见，决定第二次亚非会议于1965年3月10日在阿尔及利亚首都阿尔及尔召开。同时为了照顾印尼的需要，中国积极支持1965年在印尼举行第一次亚非会议十周年的活动，推动亚非国家首脑前来参加。

周恩来认为，第二次亚非会议应该比第一次亚非会议成效更大，第一次会议有了十项原则，这次会议应该把它具体化。1965年3月间，周恩来第二次访问阿尔及利亚时，再一次强调了这个原则。他说："第二次亚非会议一定要根据第一次亚非会议的原则办，即求同存异，协商一致。会议的目的是反帝反殖，保卫世界和平，另外使万隆会议十项原则具体化。"随着会期的临近，筹备工作出现十分复杂的局面，许多节外生枝的问题提出来了。印度提出改变会议程序，不再采取协商一致的办法，而改用联合国的方式，对主要问题的表决只要三分之二同意就可以通过，还有人提出苏联、南非和南越政权等是否可以参加等问题。

为了在会前排除可能遇到的障碍，周恩来于6月2日至10日再次出国，乘坐第一次担负起国际远航任务的中国民航公司专机离京访问坦桑尼亚，顺访巴基斯坦，路过埃塞俄比亚、埃及、叙利亚作短暂停留，与其领导人进行会谈。

这是周恩来第一次带中国民航飞出中国。他对机组人员说："我们一定要飞出去，我和你们一起去实践。"这次也是周恩来第三次出访非洲。

周恩来经新疆和田停留时，在和田专区干部大会上讲话，指出："新疆这几年工作有很大成绩。尽管如此，还要做巩固工作，新疆要成为祖国西北的巩固后方，保证祖国边疆的安全，新疆同全国一样，肩负着生产建设和备战动员等方面的任务。"

6月2日，在专机飞越帕米尔高原时，周恩来致电中国人民解放军驻新疆空军某高山导航站，说："你们在高山辛勤工作，不畏艰难，克服了重重困难，望你们继续努力。"

6月2日下午，周恩来和陈毅一行，飞抵拉瓦尔品第，巴基斯坦总统阿尤布·汗等到机场热烈欢迎。周恩来在机场发表书面讲话，说："近年来我们两国人民的友谊有了显著的发展，我们两国的合作是富有成果的。加强我们两国人民的友谊和合作，是符合我们两国人民的愿望的，是当前国际局势中的一个积极因素。我深信，由于我们的共同努力，中国和巴基斯坦的友谊定将得到进一步的加强和发展。"

当日，周恩来与阿尤布·汗进行会谈，他重申了中国支持巴基斯坦维护民族独立和国家主权的斗争。

6月3日，周恩来在巴基斯坦外长布托陪同下，参观正在兴建中的巴基斯坦新首都伊斯兰堡。

同日，由布托陪同离开拉瓦尔品第飞往卡拉奇，在卡拉奇机场作短暂停留后，乘专机前往坦桑尼亚访问。

也是同日，周恩来途经巴格达时，会晤伊拉克总统阿里夫和总理叶海亚，双方讨论了召开第二次亚非会议和越南问题。

然后又途经开罗，受到埃及总理萨布里的欢迎，并就召开第二次亚非会议简短地交换了意见。

最后途经苏丹，也作短暂停留，受到苏丹总理哈利法的欢迎，在苏丹留宿一日，并与之就召开第二次亚非会议进行商谈。

6月4日，周恩来飞抵达累斯萨拉姆，受到坦桑尼亚总统尼雷尔、副总统卡鲁姆、卡瓦瓦等党政军高级官员和坦桑尼亚人民极其隆重热烈的欢迎。在检阅三军仪仗队后，周恩来在机场发表书面讲话，说："我们希望通过这次访问，增进对你们的了解，并且虚心向你们学习。"

在6天的访问中，周恩来受到亲切友好的接待。尼雷尔、卡鲁姆、卡瓦瓦多次举行宴会欢迎周恩来，在访问期间，周恩来同尼雷尔进行了多次会谈。

在6月4日的会谈中，周恩来希望中国和坦桑尼亚海运公司能很快搞起来。他说："大海航行必须先试航，我们都是独立国家，有权在公海上航行，我们的国旗必须受到承认和尊重。"又说："我们亚非国家面临很重要的一个问题就是经济问题。在不久即将召开的亚非会议上，经济问题是一个主要的问题，要发展亚非国家的经济，靠向帝国主义乞求的办法和改良的办法是行不通的。"

6月5日，第二次会谈中，周恩来希望坦桑尼亚大多数还没有去过中国的部长能去中国访问。他说："百闻不如一见。"

6日的会谈中，在谈到中国援建坦赞铁路时，周恩来说："我们将在8、9月间先派综合考察组来，除考察铁路干线外，还要勘测沿线的煤矿、铁矿、水文等。"

7日的会谈中，谈到新兴国家要注意两个带关键性的问题，周恩来说："一是要重视农业，以农业为基础，根据自己的情况办事；二是要提倡过朴素生活，不能同发达国家去比较。"并说还有两件工作要抓，一是要把城市布局计划得分散一些，不要太集中；二是工业不要集中在少数城市，要分散，城乡差别不要太大。

在访问期间，应尼雷尔总统的请求，周恩来向坦桑尼亚全体内阁成员着重就越南战争问题和刚果（利）问题作了长达3小时的谈话。接着又在首都达累斯萨拉姆市盛大的群众欢迎集会发表了关于亚洲、非洲和拉丁美洲反帝反殖斗争大好形势的讲话。他说："几个世纪以来受尽奴役、压迫、掠夺和屈辱的非洲人民站起来了，他们坚决要做自己命运的主人。非洲一定要成为非洲人民的非洲。非洲一定要成为独立自由的非洲。"

在此期间，周恩来还接见刚果（利）最高革命委员会执行局主席苏米亚洛，表示支持他们的正义斗争。

6月6日，周恩来在第二副总统卡瓦瓦陪同下，飞往桑吉巴尔访问，受到当地人民的热烈欢迎。当日回到达累斯萨拉姆。

6月7日，周恩来一行在尼雷尔陪同下访问坦葛尼喀非洲民族联盟总部，还参观了达累斯萨拉姆大学学院和国家博物馆。晚上，周恩来举行告别宴会，尼雷尔、卡鲁姆、卡瓦瓦等坦桑尼亚党政军高级领导人出席。周恩来在讲话时，重申中国处理同阿拉伯国家和非洲国家关系的五项原则。

6月8日，周恩来与尼雷尔举行第五次会谈，请他向美国转达原由阿尤布·汗转达的因阿尤布·汗推迟访美而未转达的关于中国不主动挑起反美战争，但对战争有所准备等四句话。

当日，周恩来和尼雷尔签署两国联合公报，随后离开达累斯萨拉姆，圆满结束对坦桑尼亚的友好访问。尼雷尔、卡鲁姆、卡瓦瓦等到机场热烈欢送。

专机途经埃塞俄比亚的斯亚贝巴，在机场作短暂的停留，受到埃领导人的热烈欢迎。当晚，在开罗机场作短暂的停留，与埃及副总理里法特进行友好的交谈。

6月9日凌晨，周恩来的专机在大马士革作3小时的停留。其间到叙利亚总统府与总统会议主席哈菲兹进行会谈。当日飞经卡拉奇，当晚抵达我国西北某地十四号机场。6月10日飞抵北京，刘少奇等到机场迎接。周恩来对圆满完成了首次国际远航飞行的机组人员说：路是人走出来的，你们这次不是走得很好嘛！

率领代表团出席第二次亚非会议，审时度势，为了亚非国家的团结，英明果断决定推迟召开第二次亚非会议

1965 年 6 月 16 日，周恩来被任命为中国出席第二次亚非会议代表团团长、陈毅为副团长。

6 月 18 日，周恩来、陈毅率团员章汉夫、乔冠华等离京赴埃及访问，刘少奇、朱德、邓小平等到机场送行。在埃及访问后，赴阿尔及尔出席第二次亚非会谈。

行前周恩来交代周荣鑫、徐冰、平杰三、童小鹏等向程思远转达：（一）政府发给李宗仁一笔回国路费，请程思远带往瑞士面交李宗仁夫妇；（二）同时发给程思远一笔路费，请他去瑞士把李宗仁接回来；（三）程思远到苏黎世后，将有负责的人同他联系，给予他必要的帮助。

6 月 19 日，周恩来一行到达开罗，受到埃及总理萨布里的热烈欢迎。检阅仪仗队后，到宾馆同萨布里举行会谈。萨布里通报了阿尔及利亚发生的政变，胡阿里·布迈丁推翻了本·贝拉后自任总统。周恩来表示，"六·一九事件"必将影响第二次亚非会议的召开，我们可能在你们这里多住几天了，会给你们增添麻烦。萨布里表示，我们欢迎中国贵宾，愿住多久，就住多久，没有任何麻烦。

6 月 20 日，周恩来同纳赛尔举行第一次会谈。双方会谈的焦点是，会议究竟延期召开还是按期举行，是坚持在阿尔及利亚召开还是另选地点。经过讨论，双方同意在与对方和其他国家协商之前，对能否如期召开第二次亚非会议问题先不表态。

当天，周恩来和陈毅致电外交部并报中央，并转中国驻阿尔及利亚大使曾涛："根据上午同纳赛尔会谈的情况，我们认为目前以

派章汉夫率领代表团一批先遣人员去阿尔及尔为好，以此行动间接表示我们对新领导的支持。但情况复杂，局势不一定按我们的思路发展。"

晚上，在纳赛尔举行的国宴上，周恩来重申："中国政府一贯支持第二次亚非会议的召开。我们的态度是积极的，过去是这样，现在也是这样。"

这一天，第二次亚非会议常设委员会在阿尔及尔作出如期于6月29日在阿尔及利亚开会的决定，为首脑会议做准备的外长会议在24日召开。与此同时，阿尔及利亚新政府也发表了同样的声明。

6月21日，中共中央致电周恩来说：我在对外活动中，仍主张如期召开第二次亚非会议。

周恩来认真研究阿尔及利亚的局势，认为阿尔及利亚政局的变化完全是内部原因，其他国家无权干涉，承办国政府和筹备委员会会议的常设委员会的态度已明确，因此，同意常设委员会的决定。我们应积极推动，以保证会议的顺利召开。在与纳赛尔总统举行第二、三次会谈中，双方同意努力促使亚非会议如期召开。

周恩来于当天决定派陈毅偕同乔冠华立即赶往阿尔及尔参加即将在24日举行的外长会议。

6月22日，周恩来和陈毅联名致电与中国已建交的亚非国家首脑和外长，表示："第二次亚非会议筹备委员会会议的常设委员会，6月20日在阿尔及尔举行会议，一致决定如期召开第二次亚非会议。中国政府完全支持这个决定。"并指示我驻亚非各国使节做友好国家工作，希望他们响应常设委员会的决定，如期派出代表团前往阿尔及尔。同时指示我驻英代办熊向晖，约见正在英国出席联邦政府首脑会议的巴基斯坦、坦桑尼亚和加纳等国的负责人转达周总理的口信，敦促他们赞成如期召开会议，以影响处于中间状态、犹豫不决的国家。

周恩来还致电亚非各国首脑说："中国政府一贯遵守不干涉任何国家内政的原则。对于这次阿尔及利亚政变，我们也采取同样态度。我同纳赛尔总统和埃及其他领导人密切商谈后一致认为，在目前形势下，我们有必要支持阿尔及利亚的新领导，亚非国家应该竭力防止出现第二次亚非会议开不起来，帝国主义必将拍手称快的局势。"

这一天晚上，阿尔及利亚外长布特弗利卡专程来开罗，向纳赛尔和周总理分别通报情况。周恩来在 23 日清晨 3 时 15 分会见了布特弗利卡，听取他通报关于会议准备情况。当日上午，纳赛尔在陪同周恩来去亚历山大访问途中，对周恩来说，布特弗利卡告诉他，亚非会议如期召开有诸多困难。主要是：1. 不能保证会议期间反对派不闹事，鼓动破坏；2. 对各国代表团成员不能保证安全；3. 一百多名外国记者无法控制。因此，最好推迟会议，但阿尔及利亚不便出面推迟。周恩来对纳赛尔的传话感到意外，几个小时以前，布特弗利卡在会见时，既未明确表示要如期召开，也未说阿方希望推迟召开。

周恩来考虑，这究竟是阿尔及利亚新政府还是纳赛尔想要推迟会议的召开？如果承办国阿尔及利亚确有困难，即使勉强开会，也不会取得成功。因此，周恩来在同纳赛尔第四次会谈时说："如阿方确有困难，应在小范围内如印尼、中国、巴基斯坦等国说明情况。第二次亚非会议的反帝国主义、反殖民主义的调子不应低于不结盟会议，否则就是软弱无力的会议。重要的是指出侵略的性质，这是第一点。第二点要明确敌友，要界限分明，至于究竟是否点名，这是第二位的问题。关于如何提议，则将同友好国家商量。"并说："不管会议能否按时召开，万隆会议十项原则还在，我们还要为此奋斗。"周恩来一到亚历山大未及参观，就通过使馆电告中央，建议由几个主要国家的外长在阿尔及尔进行小范围的协商，如东道国提出困难，要求推迟开会，可以同意。第二天也即24日就收到中央复报，同意周恩来的意见，认为阿外长的动态确实值得注意。

周恩来立即指示陈毅要其约见布迈丁或布特弗利卡请阿方予以澄清，而布迈丁和布特弗利卡都矢口否认有推迟举行的想法，说是纳赛尔误会了阿方的态度，一再表示将如期举行，只是由于准备工作来不及，希望把外长会议推迟几天举行。

陈毅于6月22日到达阿尔及尔，也遇到了一些新的情况。那时为了争取更多国家参加这次会议，常设委员会在24日决定外长会议推迟48小时举行。到6月25日，共有27国的外长到达阿尔及尔。但还有不少国家没有来，特别是非洲国家来的不多，影响了会议的代表性。有些国家要求会议延期召开，希望会议能够开好。但也有少数国家在报纸上宣传："亚非团结概念本身已有些过时了。"作为东道国的阿尔及利亚也感到为难了，一方面在国内事变后许多事情尚待处理，一时无力顾及这次会议；另一方面又担心如果会议延期，将来是否还能在这里开。

周恩来从亚历山大一回到开罗，就立刻到中国驻埃及使馆，召集会议，听取汇报，了解情况后，周恩来分析说："这次亚非会议在非洲举行，能否开成、能否开好，首先要看非洲国家的态度，在非洲国家中，又主要看黑非洲国家的态度。"周恩来随手拿了一份预备参加第二次亚非会议的50个国家的名单，亲自一个一个进行排队，排到一半时，他搁笔沉思。一会儿说，黑非洲一些主要国家如坦桑尼亚、加纳、肯尼亚等国对此次政变和如期与会问题至今未明确表态，看来他们是有保留的，这一情况值得重视。经过反复考虑后，周恩来亲自向中央写了电报，详细分析了当时形势，明确提出应推迟首脑会议的召开，指出26日外长会议如只有少数赞成开首脑会议，得不到一致意见，就必须考虑会议是否应如期举行，因为外长会议如实行多数表决，就会破坏会议协商一致的原则。周恩来又进一步分析所谓多数，实际上非洲18个国家中，赞成开会的只有6个国家，亚洲19个国家中（阿拉伯国家不算在内）也只有6个国家，阿拉伯13个国家即使全部算上，也才到25个国家，只占应邀出席的50个国家的一半。不论从数量和质量上看，勉强开会，都值得考虑。

中央复电表示完全同意周恩来的意见。周恩来立即电示前方代表团的陈毅等，要坚持协商一致原则，以免将来被动，与其按多数意见勉强开会，不如按中央24日电的精神，推迟为好。

25日晚，第二次亚非会议首脑会议的会址松树果俱乐部发生了爆炸事件，死伤多人，这样，如期开会更加困难。

当日，周恩来致电陈毅，请他建议阿尔及利亚外长布特弗利卡约集中国、印尼外长商议，开诚布公地把困难摆出来，以便互相配合，妥善处理面临的问题。

26日，在阿尔及利亚布特弗利卡处，几个国家的外长不期而遇，除了周恩来提议的4国外长外，还有叙利亚和巴基斯坦外长。巴基斯坦外长布托出了一个主意。他说："请东道国向各国外长解释一下不能开会的原因，并由东道国做主召开有法律依据的15国常设委员会会议。"阿尔及利亚外长布特弗利卡接受这个建议，当晚召开15国常设委员会会议，经过讨论后，会议发表了公报，决定第二次亚非会议延期到1965年11月5日在阿尔及尔举行，亚非会议前的外长会议于1965年10月28日举行。

从决定召开第二次亚非会议，到决定推迟召开第二次亚非会议，周恩来付出了极大的心血，显示出非凡的才智，他从实际出发，向中央和会议提出延期召开的意见，充分体现在那错综复杂的形势下，能抓住问题的要害作出正确的判断，果断地提出决策意见的非凡的才智，避免了亚非国家分裂的危险。

更为过人之处，是第二次亚非会议已决定延期了，下一步应该怎么办？周恩来认为气可鼓不可泄，不能草草了之。他一方面致电外交部转陈毅并报中央，提议陈毅和代表团对目前在阿尔及尔的各国代表和外长，分别进行工作，然后率乔冠华等代表团回到开罗；一方面推动到达开罗的印尼苏加诺总统、巴基斯坦总统阿尤布·汗同埃及总统纳赛尔先后于 27 日举行三国首脑和 28 日的四国首脑会谈。周恩来分析了第二次亚非会议推迟召开的原因，认为主要是已到阿尔及利亚的代表代表性不够，首先是非洲国家的比例太小，而 25 日发生的爆炸事件是一个导因。会后，周恩来和苏加诺总统乘船游览了尼罗河风景区。

6 月 29 日，周恩来分别会见巴基斯坦解放组织主席舒凯里，印尼副总理兼外长苏班德里约和巴基斯坦外长布托。

6 月 30 日，周恩来同苏加诺、纳赛尔和布托（代表阿尤布·汗）进行会谈。周恩来指出："我们支持新兴力量会议，但这不等于要建立第二联合国。联合国还是存在，我们支持许多亚非朋友在联合国内进行的奋斗，要求联合国改正错误，彻底改组，特别是要适应亚非国家新的发展趋势。两个问题要分清楚，不要让许多国家发生误会。"

当日，周恩来和陈毅等乘专机离开开罗回国。萨布里等到机场欢送。周恩来在机场发表告别词，说中国将继续为第二次亚非会议的成功作出最大的努力。飞机途经大马士革，周恩来与叙利亚副总理阿塔西在机场会谈，次日在卡拉奇作短暂停留。

7 月 3 日，周恩来飞抵乌鲁木齐，在新疆视察建设兵团石河子垦区，召开新疆自治区党政军负责干部大会，在大会上作报告。还视察了喀什、乌鲁木齐等地的农村、工厂、机关、学校。7 月 7 日，由乌鲁木齐飞抵北京，刘少奇、朱德、邓小平等到机场欢迎周恩来等。

几个月后，在阿尔及利亚召开会议的条件成熟了。但是，亚非国家间的问题却多了起来。围绕非亚非国家能不能参加会议，会议应该不应该同联合国发生关系，会议有没有必要谴责新老殖民主义，特别是谴责美国对越南的侵略等，存在着严重分歧，一时难以解决。周恩来说："我们不能拿原则做交易，明知要分裂，为什么还要跳下去？"10月19日，中国和柬埔寨王国的代表在阿尔及利亚召开的15国常设委员会上提出第二次亚非会议继续延期召开的联合建议。10月22日，周恩来就会议延期问题致信亚非各国首脑，信中说：

> 亚非会议本来应该有利于亚非人民团结反帝，有利于亚非国家的友好合作。但是，现在开会，势必使亚非国家在外长筹备会议一开始，就陷于严重的争论之中，这不仅无助于我们大家所抱有的这个共同目的，反而损害亚非团结，损害亚非国家之间的友好关系，导致亚非国家的分裂。中国政府经过反复慎重考虑，认为与其不顾协商一致的原则，强行开会，造成亚非国家的分裂，不如暂时不开，还能有利于亚非人民维护万隆精神，坚持团结反帝的事业。

中国政府的意见得到亚非大多数国家的支持。

二、周恩来与坦赞铁路及对亚非国家的经济援助

周恩来论述中国对外援助的精神和方针政策

1964 年 12 月 21 日，周恩来在第三届全国人民代表大会第一次会议上所作的《政府报告》中说："我们对外援助的出发点是，根据无产阶级国际主义，支援兄弟国家进行社会主义建设……支援未独立国家取得独立；支援新的独立国家自力更生，发展民族经济，巩固自己的独立，增强各国人民团结反帝力量。我们对兄弟国家和新独立国家进行援助，把他们的力量加强了，反过来就是削弱帝国主义的力量，这对我们也是巨大的支援。过去有人提出少援助别国的主张，这是错误的。今后随着我国经济实力的增长，我们应当在力所能及的范围内，认真地进一步加强对外援助，努力为国际主义事业作出更大的贡献。"

坦桑尼亚寻求援建坦赞铁路无门，心想中国

1961 年坦桑尼亚获得独立，青年时代就开始反对殖民主义的尼雷尔当选总统。他深知不发展民族经济就不能巩固民族独立，也难以有效地支持亚洲民族解放运动，因而急于修建一条铁路，开发南部地区。但向英、美、法、西甚至苏联求援，都无结果。与坦桑尼亚毗邻的赞比亚总统卡翁达是尼雷尔志同道合的朋友，也积极支持南部非洲的民族解放运动。赞比亚是内陆国家，盛产铜矿，出口困难，也迫切希望修建一条从坦桑尼亚到出海口的铁路，为此卡翁达与尼雷尔商量联合修建一条坦赞铁路问题。但他们向日本和世界银行等寻求援助也都落空。尼雷尔在绝望之际，看到周恩来总理在访问非洲时，于 1964 年 1 月宣布"中国政府对外经济技术援助八项原则"，重又燃起了希望。他于 1964 年 6 月先派总理卡瓦瓦访华，要求我国援建纺织印染厂、农场、农具厂、广播电台等一批项目。中国政府全部满足了其要求，按八项原则签订了政府间协议，并迅速启动。尼雷尔因而确信中国说话是算数的，不是虚假的宣传，而是严肃认真的政策。但又想到坦赞铁路耗资巨大，中国尚不富裕，且又在援助许多国家，特别是朝鲜、越南、阿尔巴尼亚、巴基斯坦等国，有无能力承建坦赞铁路，心中无数，故向当时在坦桑尼亚任大使的何英表示访华的意图，想亲自与中国领导人商讨援建坦赞铁路的可能性。

周恩来召集有关部门商量后作出援建坦赞铁路的重大决策

我驻坦大使何英将尼雷尔的访华意图和有关背景材料及时报告国内，建议邀请尼雷尔访华，如国内财力许可，最好能援建坦赞铁路。陈毅接到使馆的电报，立即面交周恩来，并通知各有关部门研究提出意见。周恩来对使馆来电十分重视，他在深思熟虑之后，约陈毅、对外经济联络委员会主任方毅、铁道部长吕正操等共同讨论，形成五点意见：

第一，修建坦赞铁路确为坦赞两国的迫切需要。两国总统不顾帝国主义的威胁利诱，积极支持南部非洲的民族解放运动，这种精神极为可贵。尼雷尔总统亲来求援，应该满足其要求。

第二，在财力和技术上我国可以承担。援建费用可能要几个亿，一次拿出当然困难，但勘察、设计、施工整个过程将需要八九年，每年所需费用不过几千万，我国经济每年都会有发展，这笔费用承担得起。卡翁达总统尚未下决心要求中国援建，如只援建坦境路段，更不成问题。

第三，集中力量援建这样一个大工程，其效果和影响决非在其他国家多搞一些中小项目所可比拟。

第四，远隔重洋，在热带地区建设这样宏大的跨国工程，必然会遇到许多新问题、新困难，不能掉以轻心，而需先派出精干的专家组进行考察，查明情况，提出对策，妥善安排。

第五，我们同意援建坦赞铁路，势必引起西方一些国家的恐慌。它们为了维护传统利益和影响，有可能被迫同意援建。这也未尝不好，尼雷尔总统可以用中国同意援建做王牌，反对它们可能提出的苛刻条件。

这五点意见高瞻远瞩，充分体现了周恩来提出的中国对外经济、技术援助八项原则精神。事后党中央、毛泽东也都同意。

1965 年 2 月 16 日，朱利叶斯·克·尼雷尔总统偕夫人首次访华，受到中国隆重、友好的接待。刘少奇、周恩来到机场迎接，北京数十万群众冒雪夹道欢迎。刘少奇、周恩来同尼雷尔举行了正式会谈，双方就国际形势，非洲民族解放运动特别是刚果（利）人民的斗争，反帝反殖斗争的战略策略，共同支援东非和中非及南非争取民族独立的斗争以及双方关系问题进行了深入的讨论。尼雷尔见中国中央主要领导人推心置腹的亲切态度，也敞开了心扉，提出了援建坦赞铁路等要求，刘少奇、周恩来当即答复同意充分满足坦方的经缓和军援的要求，同意援建坦桑尼亚——赞比亚的铁路，包括沿线矿藏的勘探；还同意援建鲁伏河灌溉工程，包括一座 10000 千瓦的电站。刘少奇主席和尼雷尔总统分别代表各自国家签署了《中华人民共和国和坦桑尼亚联合共和国友好条约》，毛泽东同尼雷尔进行了亲切友好的会见和谈话。

尼雷尔对这次访华非常满意，对中国慷慨承诺的援助，异常兴奋、感动。他多次向人表示：中国领导人真诚无私的高尚精神，当今世界无人能比。

1965 年 6 月 4 日至 8 日，周恩来应尼雷尔的邀请，对坦桑尼亚进行友好访问。当时西方国家已获悉中国将援建坦赞铁路的消息，它们害怕中国的影响深入非洲，在猖狂地攻击中国、攻击尼雷尔的同时，果如周恩来所料，又作出要援建坦赞铁路的姿态。尼雷尔与周恩来会谈时，坦诚表示：他们不相信西方国家真有诚意，他深知中国并不富裕，还要援助许多国家，援建坦赞铁路是中国一个沉重负担。因此，他拟同卡翁达总统一道，在即将召开的英联邦会议上再做一番努力，迫使英联邦成员国援助建设坦赞铁路。周恩来恳切地对尼雷尔说："西方国家果真能修，中国乐观其成；如果它们提出苛刻条件，尼雷尔总统可以用中国援建的条件同它们斗争；如果它们只喊不修，中国照修；如果它们中途停修，中国接着修。为配合尼雷尔总统的斗争，中国尽快派出考察组赴坦桑考察。"周恩来这一席话反映出来的为朋友着想而又不强加于人的精神，使尼雷尔感动，使他对中国对外经援八项原则有了更深刻的理解，对周总理更加敬佩。

中国考察组于 1965 年 8 月底抵达坦桑，年底完成坦桑尼亚的考察任务，次年 6 月提出考察报告。周恩来在访问坦桑期间，察看了坦桑现有铁路的一些路段，提出坦桑铁路的标准应略高于原有铁路的重要意见。

英联邦会议 1965 年 6 月下旬在伦敦举行，英国在会上会下展开攻击中国，攻击尼雷尔，拉拢卡翁达的活动，美国也派特使赴伦敦协助，力图阻止中国援建坦赞铁路。尼雷尔总统在会上慷慨陈词，坚决反击。英国首相和加拿大总理议定由两国三家公司联合出资，组建英、加联合考察组，对坦赞铁路进行考察。考察工作于 1966 年 1 月至 1966 年 4 月完成，于 1966 年 8 月提出了英加考察报告，认为修建这条铁路是可行的，经济的，但却无人承建。与此同时，美国提出帮助坦赞两国修建大北公路的建议，这条公路实际上是对原有一条劣质公路的翻修，线路与坦赞铁路大体相同；意大利提出援建一条由坦桑首都至赞比亚的铜矿地区的输油管。搞这两个项目的目的，在于挤掉坦赞铁路。坦赞两国总统接受美意两国的建议，但认为这两个项目不能替代坦赞铁路。只是由于卡翁达尚不了解中国，仍寄希望于非洲发展银行和英、法、日的私人公司与苏联的援助，可是这些希望也都落空。经尼雷尔的劝说，卡翁达派他的副总统卡曼加和外交部长于 1966 年 10 月访华。周恩来亲切诚恳地对他们做了深入的思想工作，中国对坦、赞两国一视同仁，赞境铁路如果西方能帮助修，希望处理好两国铁路衔接问题，如果它们不愿帮助，中国将按坦境铁路段的条件给予帮助。周恩来请卡曼加把这些意见转告卡翁达，卡曼加等听后十分感动。

卡翁达访华，中、坦、赞三国签订《关于修建坦桑尼亚——赞比亚铁路的协定》

1967 年 6 月，赞比亚总统卡翁达访华，受到热烈的欢迎，周恩来到机场迎接。因为正处"文化大革命"，没有组织夹道欢迎，但接待还是隆重、周到的。周恩来同他举行了会谈，卡翁达提出要求中国援助修建坦赞铁路。因为当时的南非和南罗得西亚种族主义的政府封锁赞比亚边界，切断了赞比亚的经济支柱——铜的传统出海通道，赞比亚面临巨大的压力，决意与坦桑尼亚谋求新的出路。坦赞两国为了反对帝国主义、反对殖民主义、支持南部非洲民族解放运动和发展民族经济，冲破南非和南罗得西亚种族主义对赞比亚的封锁，迫切希望修建一条铁路以开辟两国之间的通道，为赞比亚找到可靠的出海口。赞比亚曾向西方国家和苏联要求援建，均遭拒绝，因此向中国提出。周恩来听了卡翁达的介绍和要求，明确表示，我们很理解赞比亚的困难和要求，坚决支持你们的斗争。只要坦赞两国领导人下决心，中国愿意援建这条铁路。毛泽东在会见卡翁达时也表示，对坦赞两国修建坦赞铁路的愿望表示赞赏和支持。卡达翁回国途经坦桑尼亚，告诉尼雷尔在中国访问非常成功，心情极为兴奋，逢人就夸中国好。他同尼雷尔两人商定，共同要求中国援建这条铁路。

同年 8 月，坦赞两国政府派联合经济代表团访华，与李先念率领的中国代表团商谈修建坦赞铁路。9 月 5 日，中、坦、赞三国签订了《关于修建坦桑尼亚——赞比亚铁路的协定》。

同年 12 月，在周恩来的指示下，中国派考察组对赞比亚境内段及坦桑尼亚境内达累斯萨拉姆至姆林巴段进行考察，提出了全线基本走向和主要技术条件的建议。自 1968 年 5 月起，中国派出勘测设计队 680 人，在人烟稀少、野生动物群居的千里莽原和高山峡谷中，披荆斩棘，测量定线，经过两年紧张工作，完成了全线的勘测设计任务。

援建坦桑铁路圆满完成

坦赞铁路全长 1860 公里，其中坦桑尼亚境内约 977 公里，赞比亚境内约 883 公里，工程浩大、技术复杂，施工异常困难。1970 年 10 月正式动工，为修这条铁路，中国提供贷款，发运各种材料近 100 万吨，先后派出工程技术人员近 5 万人次，高峰时有 1.6 万中方人员现场施工。

当时中国正处在"文化大革命"高潮之中，极左思潮泛滥成灾，派性斗争极为严重，林彪、"四人帮"不断制造事端，攻击或给周恩来制造麻烦，周恩来既要应付或还击他们的攻击、拨乱反正，各方面的事情都压在周恩来的身上，还要解决坦赞铁路施工中的各种矛盾和问题，如中、坦、赞三国代表团在赞比亚开会，商定了将坦赞铁路的起点从原定的东非铁路通向达累斯萨拉姆的基达杜车站改为达累斯萨拉姆。原因是基达杜至达累斯萨拉姆的原有铁路属东非系统，轨距为 1 米，而坦赞铁路的轨距采用南非系统的

1.067 米。如果起点设在基达杜，则坦赞两国从达市进口物资都要在基达杜多一次装卸，势必降低运输效率，增加大量费用，并造成很多不便。问题是这样一变，坦赞铁路线路要延长 340 公里，关系重大。请示周恩来，他从长远考虑，同意做这样的改变。又如坦赞两国政府迫切希望尽快建成这条铁路，多次提出 4 年建成的建议。我国铁道部则提出 6 年、8 年、10 年三个方案。周恩来反复考虑后，认为应在确保工程质量的前提下，尽可能缩短工期，并亲自与坦、赞两国代表团团长商量，决定工期计划 6 年，希望能够缩短。再如，在中、坦、赞第四次会议上，曾在机车装置上出现过严重分歧。坦桑尼亚原有铁路都采用空气制动，而赞比亚则采用真空制动。空气制动，比真空制动先进，中国和国际上都已广泛采用。赞比亚也曾同意。但在这次会上，赞团长却要求采用真空装置。中、坦两国认为空气制动安全、先进，不能改变。两种对立意见相持不下。赞团长声称，如不采用真空制动装置，其他问题一概不谈，会议陷入僵局。经深入了解，赞方的主要顾虑是：国家关系变化无常，现在坦、赞两国关系很好，但担心将来政局、人事变化，赞比亚将受制坦桑尼亚。我国代表团认为，两种装置非此即彼，各执一端，十分为难。铁道部副部长向周恩来报告请示，周恩来指出，这不仅是技术问题，也是政治问题，赞方立场应该理解，要设法搞一个彼此结合的特殊装置，在坦桑境内使用空气式的，到了赞比亚则换成真空式的。铁道部副部长说，国际上从无这种装置。周恩来说，国际上没有的东西，我们也可创造，要其立即同二七机车制造厂商量、研究。二七机车制造厂在几天之内，果然制成了一个兼有两种功能的制动装置，矛盾解决了，会议危机化解，三国代表团成员皆大欢喜。

1970 年 10 月下旬，举行坦赞铁路开工典礼，定于 10 月 26 日和 28 日分别在铁路起点和终点两处举行。坦、赞两国政府决定：

总统率领代表团参加，并邀请周总理率团参加。周恩来向两国驻华大使表示，国内工作太忙，要准备召开四届人民代表大会，不可能出国。他还说，工程搞起来还要克服许多困难，防止许多外来的干扰，开始时不宜大肆宣传、庆祝，开工典礼最好不搞；如果坦、赞两国政府决定举行这个典礼，由部长级率团就可以了，中国将派方毅部长参加。将来工程建成了，举行竣工典礼，他一定率团出席。周恩来请两位大使把他的意见转告两位总统。两位总统又一次感受到周总理谦虚、真诚的高尚品德，欢迎方毅部长率团参加开工典礼，但仍然主张盛大庆祝，向全世界宣告坦赞两国政府依靠中国援助坦赞铁路的决心，对中国真诚、无私的援助表示感谢。坦境和赞境开工典礼都搞得很隆重、热烈，非常圆满，对中、坦、赞三国员工团结奋斗，克服千难万险，顺利进行施工，发挥了巨大的作用。

坦赞铁路在周恩来的指示、关心下，用了不到6年时间，于1975年5月底就全部竣工。坦赞铁路建成后，赞比亚生产的铜的80%由此运出，促进了坦赞两国城乡交流，为两国的经济发展创造了有利条件，也有助于支援南部非洲的民族解放斗争。尼雷尔说，中国援建坦赞铁路是"对非洲人民的伟大贡献"，"历史上外国人在非洲修建铁路，都是为了掠夺非洲的财富，而中国人相反，是为了帮助我们发展民族经济"。卡翁达说："患难知真友，在我们困难的时候，中国援助了我们。"坦赞两国人民把坦赞铁路誉为"自由之路""解放之路""南南合作的典范"。

举世瞩目的坦赞铁路，是中国对非洲援助中具有重要意义的最大的项目，它的建成在世界上产生很大的影响，证明中国对外援助是真诚的、无私的，也证明中国有勇气有能力修建这样的铁路。它倾注了周恩来的心血，他在非洲和世界人民心中的地位和威信更高了。

对非洲国家的援助，是周恩来的外交特色之一

周恩来一贯高举爱国主义和国际主义的旗帜，言行一致。他在非洲宣布"中国政府对外经济技术援助八项原则"，那是严格遵守，说一不二。

非洲新独立国家，过去长期遭受殖民主义掠夺，经济落后、资金短缺，技术人才匮乏，在建设中困难重重。周恩来认为，为了帮助它们逐步走上自力更生发展民族经济的道路，必须先援建一些解决吃穿用等生活必需品的项目。

中国对非洲国家的援助，首先是从几内亚、马里、刚果（布）、坦桑尼亚等国开始的。

1960年10月13日，《中国政府和几内亚政府经济技术合作协定》在北京签订。根据协定，中国帮助几内亚建设的第一批项目有火柴厂、卷烟厂、水电站、茶叶试验站等。其中火柴厂和卷烟厂是中国在非洲援建的第一个成套项目，于1963年3月开工，1964年7月建成。投产后，在中国专家指导和帮助下，几方自己管理工厂，产品质量稳定，产量逐步提高，满足了市场需要，结束了几内亚长期进口卷烟、火柴的历史，该厂连年获得较大盈利，迅速收回了投资，使几内亚政府增加了财政收入，被誉为"模范企业"。不少非洲国家领导人到几内亚访问时，都去这两个工厂参观。一位西非国家外交部长参观后说："我对中国专家和几内亚工人的合作很满意。过去我们认为学技术一定要到国外去留学。没想到在当地培训花钱少，效果也好。中国的援助是真心诚意的。"

中国对马里的援助是从农业技术援助开始的。1961年底和1962年初，中国派出7名农业专家，经过两年多时间，帮助马里

试种成功甘蔗和茶树，并用简易办法试制出茶叶和糖，彻底否定了殖民主义者所谓"马里不能种茶树和甘蔗"的断言。茶树种植成功的消息，很快在马里全国和许多邻国传开，前往参观者络绎不绝。马方以新中国成立和马里独立的年份"49—60"为制出的茶叶命名，象征中马两国的友谊。凯塔总统将茶叶作为珍贵礼品送给邻国总统，还带上茶叶和糖到全国各地向选民演讲，宣传马里自己能生产茶叶和糖，强调马里要走自力更生的道路。接着，中国又帮助建设了甘蔗农场和糖厂、茶厂和茶叶加工厂、卷烟厂、火柴厂等工农业项目。卷烟厂和火柴厂首先于1965年8月建成投产，建设速度快、工程质量好，产品适销对路。凯塔总统说："马里每年要为进口卷烟支出6亿马里法郎的外汇。这个工厂的开工生产，对减少马里外汇支出有很大意义。""中国帮助我们实现的项目是实实在在地为了发展马里的经济。"

1964年10月2日，中国同刚果（布）签订《中国政府和刚果（布）政府经济技术合作协定》，中国帮助刚果（布）建设的项目有广播电台、外交电台、棉纺织针织厂等。其中广播电台于1966年8月动工，1967年4月建成移交。马桑巴·代巴总统在电台落成仪式上说："中国的援助不仅仅是巨大的，这个援助的特点是迅速的，因此对发展中国家来说是非常有效的。"此后，外交电台和棉纺织针织厂也相继于1967年4月、1969年8月建成。

1964年6月，中国和坦桑尼亚两国政府签订了第一个经济技术合作协定。中国帮助坦桑尼亚建设的第一批项目有纺织印染厂、广播电台、农场、农具厂、皮革皮鞋厂、体育场、制药车间等。纺织印染厂是第一个建成的工业企业，年产印染布2000万平方米，于1966年7月动工，1968年6月全部建成。在中国专家指导和帮助下，该厂是当时坦桑尼亚唯一由本国人管理生产的大厂，被称为"自力更生的典范"。

　　中国先后同阿拉伯国家和非洲国家的也门、叙利亚、阿尔及利亚、阿联、毛里塔尼亚、南也门签订了经济技术合作协定，向这些国家提供了不同数额的经济贷款，中国派出的专家和技术人员同受援各国人民共同劳动，不仅为这些国家的经济发展作出了贡献，而且加深了两国人民的友谊。

　　同时，中国还无偿地向阿尔及利亚、也门、毛里塔尼亚派出了医疗队，缓解了当地人民缺医少药的困难。医疗队所去之地基本上是穷乡僻壤，条件简陋，生活艰苦。中国医护人员不怕苦，不怕累，救死扶伤，被当地人民视为亲人。

　　1964 年，周恩来访问加纳时，恩克鲁玛要求在 1961 年他访华时同中国签订经济合作协定时中国承诺的贷款尚未使用的 700 万加纳镑，再加 800 万加纳镑共 1500 万镑，支持加纳 7 年发展计划。1964 年应加纳要求，于同年 6 月 9 日至 12 月 30 日，中国派出两批军事专家共 13 人帮助其训练游击队。1964 年 10 月至 1965 年 2 月，中国南京军事学院接受 6 名加纳军事干部进行关于武装斗争和游击队战略战术的培训。

三、谢胡访华，周恩来访问罗马尼亚、阿尔巴尼亚，顺访巴基斯坦

谢胡访华，发表中国阿尔巴尼亚长篇联合声明，表示坚决反帝反殖，支持各国人民革命斗争

四五月正是北京的春天，鸟语花香，风和日丽。1966年4月26日，阿尔巴尼亚劳动党政治局委员、阿尔巴尼亚人民共和国部长会议主席穆罕默德·谢胡，应中国共产党中央委员会和中华人民共和国政府的邀请，率领阿尔巴尼亚劳动党中央政治局委员、中央委员会书记希斯尼·卡博，阿尔巴尼亚劳动党中央委员、阿尔巴尼亚中国友好协会主席阿卜杜勒·凯莱齐，阿尔巴尼亚劳动党中央委员会候补委员、阿尔巴尼亚人民共和国外交部长奈斯蒂·纳赛和阿尔巴尼亚驻中国大使瓦西里·纳塔奈利组成的阿尔巴尼亚党政代表团，从4月26日至5月11日对中国进行友好访问，受到毛泽东、刘少奇、周恩来、朱德、陈云、邓小平、陈毅、叶剑英、李富春、谭震林、薄一波、伍修权、王炳南等和百万群众热烈欢迎，并与之举行多次友好会谈。

阿尔巴尼亚党政代表团先后访问了北京、上海、哈尔滨、昆明

和杭州，都受到几十万人的夹道欢迎。在北京，刘少奇、周恩来举行盛大的欢迎宴会，刘少奇、谢胡分别讲话，北京市举行 10 万人的欢迎大会，周恩来、谢胡分别在大会上作了长篇讲话。周恩来在讲话中高度评价阿尔巴尼亚的成就，他说："阿尔巴尼亚人民是英雄的人民。阿尔巴尼亚人民共和国是在反抗法西斯侵略者的斗争烈火中诞生的，是在反对帝国主义及其走狗的革命风暴中壮大成长起来的。""20 多年来，阿尔巴尼亚人民在阿尔巴尼亚劳动党的领导下，已经把一个贫穷落后的国家建设成一个具有先进的工业和集体化农业的社会主义国家。""阿尔巴尼亚的光辉成就证明了这样一条真理：一个社会主义国家不论大小，也不论原来底子的厚薄，只要有了党的正确领导和正确路线，只要全国人民团结一致，艰苦奋斗，就一定能够繁荣富强起来，创造出帝国主义、现代修正主义和一切反动派所不能想象的奇迹。"在上海，上海市工人举行欢迎阿尔巴尼亚党政代表团大会，邓小平和卡博分别在会上发言。陈毅、李富春分别陪同阿尔巴尼亚党政代表团访问了哈尔滨、昆明、杭州。5 月 9 日，卡博在中央党校作了长篇讲话，着重阐述了反对赫鲁晓夫现代修正主义的意义和重要性以及阿尔巴尼亚同现代修正主义进行顽强的斗争，并决心同中国一道把反对修正主义的斗争进行到底。

5 月 10 日，谢胡举行告别宴会，周恩来、朱德、邓小平、陈毅、李富春、谭震林、叶剑英、薄一波、伍修权、王炳南、许建国等出席宴会，谢胡、周恩来分别在宴会上致辞，祝贺阿尔巴尼亚党政代表团访问成功，中阿两国友好合作关系得到进一步巩固和发展。周恩来号召："让我们更高地举起战无不胜的马克思列宁主义的旗帜，更高地举起反对以美国为首的帝国主义和各国反动派的旗帜，更高地举起反对以苏共领导集团为中心的现代修正主义的旗帜，团结全世界革命人民，为争取世界和平、民族解放、人民民主和社会主义，为建立一个没有资本主义、没有剥削制度的新世界，并肩战斗，奋勇前进！"

看起来，双方的观点是完全一致的，实际上在讨论两国总理联合声明草案的过程中，阿方不赞成在公开声明中分析苏联产生修正主义的原因，中方认为既然写了产生修正主义的问题，不写产生的原因说不过去。关于社会主义国家是否存在阶级问题，双方看法也不一致。围绕这类问题，争论了两天，代表团推迟一天离京回国，直到代表团离京前几小时才达成协议。

1966 年 5 月 11 日，周恩来和谢胡签署了《中国阿尔巴尼亚联合声明》。

声明首先叙述了两国革命的友谊：

近几年来，有了全面的、巨大的发展。中阿两党、两国和两国人民，在反对以美国为首的帝国主义、各国反动派和以苏共领导集团为中心的现代修正主义的共同斗争中，在两国社会主义革命和社会主义建设的共同斗争中，不断地加强了彼此之间的友好团结和真诚的互助合作。中阿两党、两国和两国人民之间的伟大友谊和战斗团结，是完全建立在马克思列宁主义和无产阶级国际主义的基础上的，是经受过一切考验的，是牢不可破的。中阿友谊和团结的不断巩固和发展符合两国人民的根本利益，也符合国际共产主义运动和全世界人民的利益。双方决心为进一步加强中阿两党、两国和两国人民的友谊和团结而努力，在为共同事业而进行的斗争中，相互支援，相互鼓舞，相互学习，并肩前进。

声明在称赞阿尔巴尼亚内外政策上取得巨大成就后说：

不管世界上发生什么大风大浪，中国共产党、中华人民共和国政府和中国人民，都将坚决站在坚持反对以美国为首的帝国主义、以苏共领导集团为中心的现代修正主义和各国反动派斗争路线的阿尔巴尼亚劳动党、阿尔巴尼亚人民共和国政府和阿尔巴尼亚人民一边，给予他们一切可能的支援。

声明在称赞中国在社会主义革命和社会主义建设中取得光辉的成就和祝贺中国第三次核爆炸成功，表现了中国人民具有高度科学技术水平和创造力后说：

阿尔巴尼亚方面认为，中华人民共和国反对帝国主义，首先是反对美帝国主义，同它进行针锋相对斗争的坚定不渝的马克思列宁主义政策，最大限度地符合社会主义阵营各国人民的根本利益，符合为自由、民族独立、民主、社会主义和世界和平而斗争的各国人民反对帝国主义和殖民主义斗争的根本利益。阿尔巴尼亚人民完全支持中华人民共和国具有远见的马克思列宁主义的和爱好和平的对外政策。阿尔巴尼亚方面重申，中国共产党以其保卫马克思列宁主义的纯洁性，反对现代修正主义，首先是反对苏联修正主义领导集团的坚定不渝的斗争，过去和现在都作出了有利于国际共产主义和工人运动的极其宝贵的贡献。今天，中国共产党是反对帝国主义和在共产主义运动中的代理人现代修正主义斗争的主要力量，是全世界共产党人争取社会主义和共产主义胜利的革命斗争的强有力的支持者。

阿尔巴尼亚方面对伟大的中国人民，光荣的中国共产党和中华人民共和国政府过去和现在所给予阿尔巴尼亚人民共和国的兄弟般的国际主义援助，表示衷心的感谢。

声明称：

双方指出，在伟大的十月革命的故乡，在具有几十年建设社会主义历史的苏联发生了赫鲁晓夫修正主义集团篡夺党和国家领导的事件，使苏联走上了资本主义复辟的道路，全世界马克思列宁主义者应当从中吸取重要的教训。

双方认为，在整个社会主义社会的历史时期，在社会主义国家里，存在着阶级斗争，存在着社会主义和资本主义两条道路的斗争，存在着产生修正主义和复辟资本主义的危险。为了防止修正主义分子夺取党和国家的领导，复辟资本主义，为了巩固和发展社会主义，并保证将来过渡到共产主义，必须坚持马克思列宁主义的革命路线，坚持无产阶级专政，在经济战线上、政治战线上、军事战线上、思想战线上、文化战线上把社会主义革命推行到底，并且培养和造就忠于马克思列宁主义的无产阶级革命事业的接班人。

双方指出，在社会主义国家里，对于如何防止产生修正主义和复辟资本主义，逐步向共产主义过渡，还没有创造出一套系统完整的经验。创造这个经验的历史任务，落在当代真正的马克思列宁主义的肩上。

双方一致指出，目前全世界革命人民正在向帝国主义及其走狗进行着激烈的大搏斗。世界各种矛盾日益尖锐化。全世界正处在一个大动荡、大分化、大改组的过程之中。这是人民革命斗争深入发展的必然结果。

公报支持越南人民的抗美救国斗争；支持老挝人民反对美帝国主义及其走狗的斗争；支持柬埔寨人民反对侵略，维护领土主权的正义斗争；支持朝鲜人民反对美帝国主义霸占南朝鲜、要求美军撤走和争取祖国统一的正义斗争；支持日本人民反对日本垄断资本勾结美帝国主义，复活日本军国主义的正义斗争；支持巴基斯坦人民维护民族独立和国家主权的正义斗争；支持克什米尔人民争取自决权的斗争；支持刚果（利）、"葡属"几内亚、莫桑比克、安哥拉、罗得西亚人民的斗争；支持几内亚、马里、坦桑尼亚和刚果（布）人民反对帝国主义的颠覆阴谋、维护国家主权和独立的正义斗争；支持多米尼加、秘鲁、哥伦比亚、危地马拉、委内瑞拉人民争取民族解放的斗争。

声明指出：

占人类绝大多数的人民群众，包括美国人民在内，是要革命的，是要反对帝国主义及其走狗的；国际共产主义运动中绝大多数的共产党人是要在马克思列宁主义的轨道上前进的。全世界的革命人民、伟大的国际共产主义运动，将扫除一切障碍，在马克思列宁主义和无产阶级国际主义的基础上更加紧密地结合起来。世界革命事业的前途是无限光明的。帝国主义、现代修正主义和各国反动派通通要最后灭亡的。社会主义和共产主义必将在全世界取得最后胜利。

这篇洋洋洒洒13000言的《联合声明》和刘少奇、周恩来、邓小平的讲话，都是本书作者李连庆起草的，经乔冠华修改、周恩来审定，报中央和毛泽东批准，后来被收在《中阿战斗友谊》一书中。

5月11日，阿尔巴尼亚党政代表团圆满结束在中国的友好访问，周恩来陪同谢胡乘敞篷车，首都数十万群众夹道欢送，周恩来和谢胡频频招手表示感谢和敬意，真是盛况空前。

周恩来访问罗马尼亚，同罗领导人举行多次会谈，整个罗马尼亚沸腾起来

罗马尼亚同中国是建立外交关系最早的国家之一，继苏联（10月3日）、保加利亚（10月4日）之后于1949年10月5日同中国建立外交关系，并互派大使。建交之前，在中国抗日战争时期，罗马尼亚共产党曾在一些城市举行群众集会反对日本侵略中国，并组织"行动委员会"在全国各地募集款项和药品，支持中国人民的抗日战争。在中国人民解放战争时期，罗马尼亚人民给予声援。中国解放区妇女代表团、中华全国总工会代表团先后访问了罗马尼亚，罗总理格罗查均予以接见，萧华率领的中国民主青年代表团访罗，也受到罗热烈欢迎。

中罗关系由好变冷，再由冷变好，成为反对苏联大国沙文主义的同盟军。

建交以后，两国经济、文化关系迅速发展。1950年3月10日，罗马尼亚首任驻华大使鲁登科呈递国书时，毛泽东对他说："罗马尼亚人民与国内外反动派所进行的坚决斗争及目前正在从事并已获得辉煌成就的经济建设工作，一向为中国人民所深切关怀与钦佩。今天中罗两国政府和人民正在为世界和平的共同目标而努力奋斗，两国在政治、经济、文化方面益加密切地合作，必将有利于两国人民，且更加巩固与加强世界民主和平的力量。"8月，中国首任驻罗大使王幼平赴任，罗马尼亚政府破例派专车到边境迎接，并在边境城市和首都布加勒斯特车站举行欢迎仪式。

1954年，罗马尼亚工人党中央委员会第一书记阿波斯托尔率政府代表团来华参加中华人民共和国成立五周年国庆并进行访问，

毛泽东、刘少奇、周恩来、宋庆龄会见了代表团，毛泽东、刘少奇、周恩来、朱德、陈云、宋庆龄、邓小平还会见了随团来访的罗大国民议会主席团主席格罗查，格罗查回国后写了长达 35 万字的《六亿人口的国家》一书，介绍中国情况，促进了两国人民的了解和友谊。

1955 年 12 月，中共中央政治局委员、书记处书记朱德率中共代表团参加罗马尼亚工人党第二次代表大会并进行访问，罗马尼亚工人党中央委员会第一书记乔治乌·德治率全体政治局委员和5000 名群众在车站热情欢迎。1956 年 9 月，罗马尼亚工人党中央委员会第一书记乔治乌·德治率党代表团来华参加中国共产党第八次代表大会并访问。他在会上祝贺时，热烈地称赞中国共产党是根据本国条件创造性地运用和丰富马克思列宁主义学说的榜样，强调没有中华人民共和国的参加解决重大问题是不可能的，指出罗中两国人民友谊是建立在共同愿望和目标的基础上的。

1956 年 12 月 22 日，以彭真为团长，李济深、程潜、章伯钧、胡子昂为副团长的全国人大和北京市代表团访罗，罗大国民议会主席团主席、工人党中央第一书记乔治乌·德治、部长会议主席斯托伊卡先后会见和接待。

中罗两国分别在 1951 年、1952 年、1953 年签订了《文化合作协定》《贸易协定》《科学与技术合作协定》《广播合作协定》《互购影片发行权合同》《邮政和电信合作协定》。两国歌舞团相互访问，两国之间保持了很好的关系。

但自国际共产主义运动和社会主义阵营内部分歧暴露后，两国关系趋向冷淡。1960 年 6 月举行的 12 个社会主义国家布加勒斯特会议上，以赫鲁晓夫为首的苏共代表团对中国共产党进行全面攻击，罗马尼亚工人党中央委员会第一书记乔治乌·德治根据苏共安排担任了会议主席，保加利亚、捷克斯洛伐克、德意志民主共和国、匈牙利、波兰等国党同样表态支持苏共对中国进行攻击。但当晚，以乔治乌·德治为首的罗党中央领导即邀请参加会议的以彭真为首的中共代表团单独秘密会晤，解释罗主持会议，攻击中国是苏共强加，希望谅解。

会后，罗在苏压力下，发表了不指名指责中共的文章和转载了不少其他党的论战文章，不同意中国在苏联和阿尔巴尼亚关系上的立场。在此期间，罗在国家关系上也采取了某些行动，两国关系较前冷淡，而中国没有采用对抗行动。

1963年4月，罗马尼亚驻华大使杜·乔治乌受罗工人党领导的委托向中共中央通报罗同苏联关系情况和对共运一些问题的看法，中央指定由政治局委员彭真会见。罗大使详细介绍罗苏分歧，再次解释1960年主持布加勒斯特会议非乔治乌·德治本意。第二天，陈毅受周恩来委托会见并宴请大使，作进一步交谈。

7月3日，周恩来约见罗大使，阐述现代修正主义的发生和发展，揭露赫鲁晓夫的错误，同时赞扬乔治乌·德治不出席东德党代表大会是英明的。关于中罗关系，周恩来表示："我们反对赫鲁晓夫强加于人，我们也不会把我们的意见强加给兄弟党。我们理解罗的处境，希望两党今后增加相互了解。"周恩来请罗大使将上述谈话转报罗党中央。会见后，周恩来指示中国对外经济联络委员会主任方毅往访罗大使，探讨给罗经济援助问题。12月12日，乔治乌·德治约见中国驻罗大使许建国，谈了6个多小时，详细阐述罗工人党对共运分歧的态度及罗苏关系中存在的问题。其中谈到，他对毛泽东很尊敬，表示罗今后不参加没有中共参加而对中共不利的会议；提出加强高层来往，同时希望不要过分声张。4天后，中共中央副主席刘少奇在邓小平和彭真陪同下约见罗驻华大使。刘少奇向其表示：中共中央完全同意乔治乌·德治对赫鲁晓夫及苏共领导、对兄弟党、兄弟国家关系准则和对斯大林问题的看法；关于增加两党领导人接触，中国有同样愿望。

以后，罗工人党政治局委员、部长会议主席毛雷尔和罗工人党政治局委员波德纳拉希访华，中共中央政治局委员、国务院副总理李先念访罗并参加罗20周年国庆。毛雷尔总理参加新中国成立15周年国庆。1964年赫鲁晓夫下台后，根据中国倡议，各社会主义国家派代表团去莫斯科进行接触，中国派出以周恩来为首的党政代表团，罗派出以毛雷尔总理为首的党政代表团，双方会晤三次，互相通报与以勃列日涅夫为首的苏共新领导接触、会谈的情况并交流看法。

1965年初，中国主动提出由周恩来率领代表团访罗，罗方表示，罗工人党第一书记乔治乌·德治患病，不能出面接待，容易引起外界推测，建议推迟访问。

周恩来第一次访罗，参加乔治乌·德治的葬礼

1965年3月18日，罗共中央第一书记乔治乌·德治病逝，中国派周恩来率党政代表团赴罗参加葬礼。在此期间，周恩来拜会了新当选的罗共中央第一书记齐奥塞斯库，国务委员会主席斯托伊夫、部长会议主席毛雷尔，双方都强调将继续发展中罗友谊合作。齐奥塞斯库表示希望今后两党的接触更加频繁，周恩来表示希望把乔治乌·德治开辟的中罗两国友谊的道路进一步发展下去，加强联系和交流。因为这次周恩来去罗主要是参加葬礼，两国领导人未能进行广泛深入的讨论。

1965年7月，罗马尼亚工人党举行第四次代表大会，中共中央派出以邓小平为首的中国共产党代表团出席会议并祝贺。罗共领导人齐奥塞斯库、毛雷尔、斯托伊夫会见了代表团。邓小平表示中

罗两党两国关系是好的，虽不是在所有国际问题上观点完全一致，但共同的东西是基本的。齐奥塞斯库表示同意邓小平的判断，重申邀请周恩来总理访罗。

周恩来正式访问罗马尼亚，受到热烈的欢迎和接待，同齐奥塞斯库等罗领导人广泛地交换意见

鉴于上述情况，中国认为罗马尼亚虽不是反对修正主义的同盟军，但在一定意义上是反对苏联大国沙文主义斗争的间接同盟军，对罗应更多地进行工作。因此，在中国"文化大革命"开始时，国内矛盾和斗争激烈，周恩来的工作十分忙碌的时候，仍然率领党政代表团访问罗马尼亚、阿尔巴尼亚、巴基斯坦等国，可以想见其意义之重大。

在周总理出访之前，在钓鱼台国宾馆拟订了一个出访计划，包括活动方针、政策、谈判内容以及周恩来的主要讲话稿，报经周恩来及其他中央领导批准。

1966年6月15日，周恩来率领中国党政代表团乘专机离开北京，李连庆时任外交部苏联东欧司副司长，作为主要负责周恩来讲话稿和会谈公报的起草者，也随团访问。两架专机与当日下午到达新疆和田，因为必须在早晨没有瘴气的时候才能够飞越阿拉昆仑山口，所以在和田住了一宿，和田地区领导人都前来迎接并听取总理指示。记得当时周恩来主要同他们谈"文化大革命"问题，这也是大家最关心的问题。晚上，和田地区领导人举行宴会招待代表团。

16日，东方刚刚出现鱼肚白，代表团全体人员赶往机场，乘代表团专机，另一架专机在前面引路，飞越了阿拉昆仑山口到达阿富汗的坎大哈机场作短暂停留。坎大哈机场建在大沙漠中，看不到

树木和绿草，气温很高，十分炎热。停留后不久，周恩来立即乘专机飞往喀布尔，与阿富汗首相迈迈德瓦尔进行会谈。周恩来说："越南问题的关键是如何恢复《日内瓦协议》，而恢复《日内瓦协议》的关键是美国军队和它的仆从国军队从南越和印度支那及其他地方全部撤走，停止对越南和印支的侵略，让越南和全印支人民自己解决自己的问题。"

当日中午，周恩来从喀布尔飞回坎大哈，停了片刻，让另一架飞机飞回北京。周恩来率领代表团乘专机飞往布加勒斯特。代表团总计17人，包括两位电视记者、一位摄影记者、一位文字记者，真是轻车简从，多么地节约啊！

下午4时许，周恩来一行抵达布加勒斯特，罗共中央执行委员、部长会议主席毛雷尔等到机场迎接，在去宾馆途中，受到20万群众的夹道欢迎。

代表团全体成员都住在湖滨别墅2号宾馆。这是个非常豪华、别致的宾馆。它依湖而建，宾馆外面是一片青山绿水，如茵的草坪、盛开的百花，空气非常清新，室内布置和装饰，在当时来说是最先进的，所有的材料都是从国外进口的质量最好的。当时随行人员在下面议论，未免太奢侈了，仿佛进了神仙洞。

罗马尼亚首都布加勒斯特，是一个风景优美秀丽的城市。布加勒斯特位于多瑙河和喀尔巴阡山之间的瓦拉尔亚平原上，清澈的登博维察河水静静地穿过市区以后，流向多瑙河。市内街道整洁，街道两旁有浓绿的菩提树、栗子树、白杨树、绣球树和香飘全城的丁香树。天鹅绒般的草坪、鲜艳的玫瑰花、月季花装饰起来的大小花坛，到处可见。著名的火花大厦前面，幽静的林道两旁，五颜六色的玫瑰花，随着漫长的道路伸向远方。罗马尼亚人民形象地给这条道路起了个名字，叫"玫瑰路"。布加勒斯特城内和郊区有许多湖泊，闪闪发光的湖水就像镶嵌在玫瑰花上的点点珍珠。在公园的广场上，在红花绿树丛中，喷泉把水花喷向四面八方，微风吹过就像一幅在空中飘荡的帷幕。布加勒斯特是一个充满诗情画意的大花园，罗马尼亚人对这个城市发自内心地歌颂：

　　亲爱的古城——布加勒斯特，
　　岁月使你更加美丽，
　　你比年轻人更年轻、欢快，
　　可爱的首都——布加勒斯特！

　　每个国家的人民都喜欢用神话故事和传说来表达自己对祖国和首都的热爱。在罗马尼亚民间，同样地流传着许多关于布加勒斯特的有趣传说。布加勒斯特在罗马尼亚语中的发音是"布库雷什蒂"，这是由一个牧羊人的名字布库尔演变过来的。传说在700年以前，这里是一个牧羊人的定居点。那时候，布库尔赶着一群羊，从遥远、偏僻的山区来到登博维察河畔牧羊，看到这里水草充足，气候温暖，就决定在河边搭起帐篷定居下来。随着时间的推移，这个最早的定居点逐渐发展成了一座城镇。为了纪念这位城市的创建者——传说中的牧羊人布库尔，罗马尼亚人民把这里的一座蘑菇形塔顶的教堂命名为布库尔教堂。

　　500多年以前，布加勒斯特城堡作为抵抗土耳其侵略者的据点载入了罗马尼亚的史册。1659年，布加勒斯特成为瓦拉几亚的首府。从19世纪开始，城市建设迅速发展，出现了第一条石头铺砌的街道。1861年，布加勒斯特正式成为罗马尼亚全国的首都。

　　由于布加勒斯特所处的重要战略地位，使它在几百年的漫长岁月中，一直是奥斯曼帝国、沙皇俄国等列强之间激烈争夺的场所。英雄的罗马尼亚人民为反抗外来侵略，保卫布加勒斯特，争取祖国的自由和解放，进行了不屈不挠的斗争，终于在1877年摆脱了奥斯曼帝国长达 400 年的奴役，在这一年的 5 月 9 日庄严宣告独立，布加勒斯特从此回到了祖国的怀抱。但是，第二次世界大战期间，布加勒斯特又遭到希特勒法西斯铁蹄的蹂躏。具有光荣斗争传统的罗马尼亚人民，在罗马尼亚共产党的领导下，奋起抵抗，1944 年 8 月 23 日在布加勒斯特打响了武装起义的第一枪，经过几天的浴血奋战，全部消灭了法西斯军队，从此揭开了布加勒斯特历史的新篇章。

罗马尼亚解放以后，布加勒斯特作为指挥全国社会主义建设的中心，发挥了重要的作用，在这里绘制出罗马尼亚现代化建设的蓝图，勤劳智慧的罗马尼亚人民，用自己的双手把古老的首都变得更加年轻、美丽和现代化。

布加勒斯特不仅是一座花园城市，而且是罗马尼亚政治、经济、科学、文化的中心，又是一个重要的工业基地。解放以后，罗马尼亚政府在布加勒斯特兴建了一系列现代化的工厂企业，有几百家工厂，有许多科研机构和高等院校，有几十个各种自然科学、社会科学和文化艺术方面的博物馆，大小商店六七百家。人民的生活水平也不断提高，市区和郊区的居民楼像雨后春笋一样平地而起，三分之二以上的居民住进了新居。现在罗马尼亚人民正在用辛勤的劳动使布加勒斯特变得更加美丽。

李连庆曾因工作关系，三次到过布加勒斯特，最长的在这里住过一个多月，对布加勒斯特的过去和现在比较了解，对它的美丽风光也饱了眼福。

现在中国主要领导人之一周恩来总理作为高贵的宾客，当然也会感受到布加勒斯特这座英雄的城市的风光美和它的战斗的光辉的历史。

周恩来到达布加勒斯特的当日下午 6 时 30 分，率领代表团前往罗共中央大厦拜会齐奥塞斯库，寒暄后，两人作了简短的交谈。

6月17日上午，罗共中央执行委员、部长会议第一副主席波德纳拉希陪同周恩来向英雄纪念塔献花圈，然后游览市容。上午11时，中国党政代表团在罗共中央大厦同以齐奥塞斯库为首的罗党政代表团进行会谈。在会谈中，周恩来详细介绍了中国国内情况。他说："第一个五年计划由于我们没有经验，不能不照搬苏联的经验，这个计划结束时，我们就考虑如何在三大改造的基础上自己创造一套社会主义建设的经验。我们觉得应该采取自力更生的方针，创造出一条适合自己的社会主义建设的路子。一个民族常常有些依赖思想，要消除这种依赖思想，特别是在知识分子的头脑中，这可是长期的事。科学技术方面靠自力更生，也有了很大的发展，但还很不平衡。中国是一个一穷二白的国家，太落后了，要摆脱落后状况，恐怕还要二三十年，也许要接近本世纪末。社会主义经济建设的目的应该使封建主义、殖民主义和资本主义遗留下来的三大差别逐步缩小而不是逐步扩大。这就是社会主义的要求，不然就谈不上社会主义。为了建设社会主义的物质基础，必须注意上层建筑的问题。"齐奥塞斯库等认真听取，并表示感谢，说在下次会谈时，罗将介绍罗国内情况和对外政策。下午3时，毛雷尔来湖滨别墅2号宾馆拜会周恩来并进行交谈，毛雷尔主要向周恩来介绍罗内部情况。

晚上，罗共中央和部长会议举行盛大宴会欢迎中国党政代表团。罗共中央执委12人出席，气氛热烈友好。齐奥塞斯库和周恩来分别发表了长篇重要的讲话。

齐奥塞斯库开头对"兄弟的中国人民杰出的使者"周恩来表达"亲切的和同志般的敬意"。接着他称赞中国"革命的胜利和中华人民共和国的成立是中国数千年历史的转折时刻，是使全世界力量对比发生有利于社会主义和各国人民解放运动的变化极为重要的因素，是我们时代具有重大意义的事件。罗马尼亚人民为中国人民在他们久经考验的中国共产党领导下，在发展工业、农业、科学和技术，在社会主义建设中所取得的卓越成就而感到由衷的高兴。这些成就表明了一个摆脱了剥削压迫的枷锁的人民的威力和创造力。中华人民共和国，以其巨大的物力和人力，在当代国际生活中，在反对帝国主义、争取自由、社会主义和和平的斗争中所起的作用是人所共知的"。

在谈到两国关系时说："我们两国之间已经建立起并且正在加强着经济、政治、科学技术和文化领域内的同志般的合作关系，我们两党之间、群众团体之间的友好关系，和各方面代表团的互访也正在发展。你们的访问和我们今天已经开始的会谈，无疑对我们两国人民，两党和两国社会主义建设是非常有利的。中国一向本着社会主义、国际主义、尊重独立和平等、互不干涉内政和互利的精神发展多方面的联系作出重大的贡献。"

齐奥塞斯库在详述了罗马尼亚的内外政策之后说："贵宾们，我们再次表示相信，你们在罗马尼亚进行的访问，我们将举行的会谈和交换意见，以及你们同劳动人民的会见，将促进我们两国、两党关系的加强，以利于两国人民，以利于壮大世界社会主义体系的力量，以利于社会主义与和平的总的事业。"

周恩来在热烈的掌声中起立讲话。他说："我们党政代表团在到达布加勒斯特的时候，受到了罗马尼亚人民热烈的欢迎。现在你们又为我们举行这样隆重的宴会，齐奥塞斯库同志对中国共产党、中国政府和中国人民讲了许多热情和友好的话。请允许我代表中国共产党、中国政府和中国人民，向罗马尼亚共产党、罗马尼亚政府和罗马尼亚人民表示衷心的感谢。"

"接着周恩来赞扬罗的成就。他说："罗马尼亚无产阶级，在自己的先锋队罗马尼亚共产党的领导下，团结全国人民，进行了长期的英勇斗争，并且于1944年举行了著名的'八·二三'武装起义，推翻了国内外敌人的反动统治，建立了人民的新国家，开辟了罗马尼亚历史的新纪元。解放后，罗马尼亚人民经过顽强的斗争和辛勤的劳动，克服了来自外部和内部的种种困难，在社会主义改造和社会主义建设方面取得了重大的成就。现在，你们正在为实现新的五年计划而奋斗。中国人民衷心地祝贺兄弟的罗马尼亚人民在各方面取得的成就，并且相信罗马尼亚人民在罗马尼亚共产党领导下，沿着社会主义道路前进，一定能够取得新的更大的成就。

"罗马尼亚共产党、政府和人民反对帝国主义的侵略政策和战争政策，为保卫欧洲和世界和平进行了不懈的努力。罗马尼亚共产党、政府和人民为捍卫罗马尼亚的独立和主权，维护兄弟党和兄弟国家关系准则进行不断的斗争。你们可以相信，罗马尼亚人民在这一正义斗争中，始终会得到中国人民的坚决支持。"

周恩来指出："伟大的列宁教导我们，'从资本主义过渡到共产主义是一整个历史时代。只要这个时代没有结束，剥削者就必然存在着复辟的希望，并且把这种希望变为复辟行动。'中国的经验证明，列宁这一预见是完全正确的。"

周恩来谈到国际形势时说："现在，全世界工人阶级和劳动人民的革命力量正在不断壮大，亚洲、非洲、拉丁美洲广大地区的民族解放运动和各国人民的反帝革命运动汹涌澎湃，美帝国主义和它的帮凶的日子越来越不好过。越南人民抗美救国斗争的伟大胜利，戳穿了美帝国主义这只纸老虎，大大鼓舞了全世界人民的革命斗争。尽管美帝国主义在越南极力施展战争与和谈的反革命两手策略，在亚洲国家策动了一系列的反革命政变，镇压各国人民的革命斗争，掀起一股反动逆流，也挽救不了它必然走向在亚洲灭亡的命运。"

周恩来加重语气，强调说："1957年宣言和1960年声明规定了兄弟国家和兄弟党关系。兄弟国家必须把相互关系建立在完全平等，尊重领土完整，尊重国家主权和独立，互不干涉内政，无产阶级国际主义的相互帮助、相互援助的基础上。在兄弟党之间，必须实行在马克思列宁主义和无产阶级国际主义基础上的联合的原则，相互支持、相互援助的原则，独立自主和平等的原则，通过协商达到一致的原则。现代修正主义者完全违背了这些原则。他们对兄弟国家和兄弟党实行大国沙文主义和分裂主义，而对美帝国主义则实行投降主义。他们联合帝国主义，力图控制社会主义国家，破坏和扑灭各国人民的革命斗争。我们认为，要维护社会主义阵营和国际共产主义运动在马克思列宁主义和无产阶级国际主义基础上的团结，要反对帝国主义及其走狗，必须反对现代修正主义。"

周恩来最后讲到中罗关系。他说："同志们，中罗两党、两国和两国人民，在长期的革命斗争中建立了深厚的友谊。我们之间的关系是符合马克思列宁主义和无产阶级国际主义准则的。近几年来，我们在政治、经济、文化和科学技术等方面的友好合作关系又有了进一步的发展。我们两党经常就共同关心的重大国际问题和社会主义事业问题交换意见，交流经验。今后，在建设社会主义的共同事业中，在反对以美国为首的帝国主义和各国反动派，反对大国沙文主义，争取世界和平、民族解放、人民民主和社会主义的共同斗争中，我们将继续不断地巩固和发展中罗两党两国和两国人民的友好合作关系。"

周恩来结束讲话时，全场爆发出热烈而又长时间的鼓掌，把宴会推向高潮。

6月18日上午，罗共中央执行委员、部长会议第一副主席波德纳拉希陪同中国党政代表团参观以"8月23日"命名的重型机械厂。下午，周恩来在湖滨别墅2号宾馆同波德纳拉希进行交谈。随后，中国党政代表团与罗共党政代表团在罗共中央大厦举行第二次会谈，主要由齐奥塞斯库介绍罗国内情况和内外政策。会谈后，中国党政代表团参观罗马尼亚作物研究所和实验中心。晚上，由齐奥塞斯库陪同中国党政代表团出席国家文化艺术委员会举行的歌舞晚会。

在布加勒斯特，中国党政代表团所到之处，满街满巷的群众热烈欢迎。

6月19日，周恩来率领的中国党政代表团由齐奥赛斯库陪同乘专机飞抵康斯坦察玛玛亚，全市10万人口倾城出动热烈欢迎中国党政代表团。康斯坦察玛玛亚是黑海边的一个港口，十分美丽的旅游城市。当天上午，周恩来与齐奥塞斯库举行第三次会谈。齐奥塞斯库介绍罗苏关系，劝中国同苏联会谈，停止公开论战，建议举行所有社会主义国家会谈，讨论支持越南问题。周恩来谈了对国际形势的看法，提出关于加强中罗关系的建议，其中谈到：1.坚决支持罗反对大国沙文主义的斗争，支持罗反对《华沙条约》和经互会成立超国家机构；2.苏联执行苏美合作主宰世界的路线，反美统一战线不能包括苏联，不能同苏联会谈；3.不赞同召开研究援越的社会主义国家会议；4.希望中罗两党两国关系继续得到发展，双方在某些问题上看法做法有不同，应增进了解，避免公开论战。

中午，罗共多布罗加州委员会和州人民会议执行委员会举行欢迎中国党政代表团的宴会。周恩来和齐奥塞斯库在宴会上发表热情的讲话，称颂中罗友谊。下午，中国党政代表团游览玛玛亚港口和风景区，然后休息。几个陪同的工作人员没有休息，抽空到黑海滨逛了一遍，并拍了几张照片，对这个美丽的地方留作纪念。

6月20日，周恩来总理等在罗共中央执委、部长会议第一副主席波德纳拉希陪同下乘专机到罗南部城市克拉约瓦参观访问，在机场受到前来专门迎接周恩来的罗部长会议主席毛雷尔的欢迎。到宾馆稍事休息后，中国党政代表团由毛雷尔、波德纳拉希陪同前往参观克拉约瓦化学联合厂、电力加工厂。中午，罗共奥尔登尼亚州委会和州人民会议执行委员会设宴欢迎中国党政代表团,周恩来在宴会上即席讲话,赞扬该州的成就和美丽的风光。晚上,毛雷尔、波德纳拉希陪同中国党政代表团观赏罗马尼亚民间歌舞,表演精彩幽默,反映了罗人民的生活习俗。

6月21日清晨,中国党政代表团由毛雷尔、波德纳拉希陪同,分乘十几辆轿车前往阿尔查什州进行访问,该州党政领导人和群众代表,打着中国国旗,捧着面包和盐到离该州几十里处前来迎接。用盐和面包迎接尊贵的客人,这是罗马尼亚人民甚至欧洲人民最高的传统礼节了。李连庆见到这个难得的场面,立即下车抢拍了一张照片。周恩来总理见李连庆同记者一道拍照,指着李连庆说:"李连庆你这个司长也成了摄影记者了。"这张照片后来冲洗出来,非常好,构图巧妙合理,人物、场景分外清楚,个个表情自然,没有一点矫揉造作之态。特别是周恩来神态自然、英俊潇洒,反映了这位世界伟人内心世界充满喜悦欢愉和安详的神情。其他如毛雷尔、波德纳拉希、乔冠华以及欢迎者、国旗、面包和盐也都清楚、明朗、神态自然。1999年新中国成立50周年摄影展,该照片被评为特等奖;1998年周恩来诞辰一百周年,被收在《周恩来外交风采》图片集的中心页,中央电视台和其他电视台的报纸杂志多次播放和刊登,1999年又被收在世界知识出版社出版的《新中国五十周年》大型画册中显著位置上。2001年中国共产党建党80周年,当代世界出版社出版的《和平 发展 进步》大型画册又在显著位置上刊登了这张照片。这次陪同周恩来总理访问,李连庆利用空隙时间拍了不少彩色照片,特别是有关周恩来的活动形象,大多数为报刊采用。

6月21日下午,中国党政代表团在毛雷尔、波德纳拉希陪同下,参观罗共党史、罗革命和民主运动历史博物馆。这里曾为监狱,关押过乔治乌·德治和齐奥塞斯库等。当天下午回到布加勒斯特。晚上，周恩来、赵毅敏、乔冠华和中国驻罗马尼亚大使曾涌泉和代表团全体成员同齐奥塞斯库、斯托伊卡、毛雷尔、波德纳拉希及罗共政治局委员、部长会议副主席、各部部长、罗军高级将领等，在布加勒斯特歌剧和芭蕾舞剧院一起观看随同中国党政代表团访罗的北京歌舞团的演出，受到罗方的欢迎和比较高的评价。

演出结束，回到宾馆后，周恩来总理在他的房间里特地接见了李连庆和李连庆所在司综合处副处长梅兆荣，说"你们写讲话稿等文件辛苦了"，表扬大家写得很好，很切题，对他帮助很大，希望大家继续努力。

6 月 22 日，在罗共中央大厦，中国党政代表团同罗共党政代表团举行第四次会谈，主要是谈发展两国关系和国际共运问题。下午，中国党政代表团在毛雷尔陪同下访问布加勒斯特州罗中友好农业合作社。晚上，在部长会议大厦，罗共中央和罗部长会议举行欢迎中国党政代表团的盛大宴会，齐奥塞斯库和周恩来在宴会上发表重要讲话，高度评价中罗友好关系和强烈反对帝国主义、支持越南人民抗美斗争。罗民间乐团在宴会上做了精彩的表演，气氛热烈、友好、亲切。

6 月 23 日上午 10 时，在罗共中央大厦中罗双方举行第五次会谈，主要就中方起草的周恩来在布加勒斯特群众大会上的讲话稿和中方起草的中罗联合公报交换意见。齐奥塞斯库对周恩来讲话中和公报中关于反对苏联现代修正主义和大国沙文主义表示不同意见，提出要求修改。他说，罗既不同意苏在罗批评中共，也不同意中方在罗批评苏共。实际上是害怕得罪苏联。周恩来反驳说，中方批评苏共，这是中国的立场，中国的事，至于罗方如何，那是罗的立场，罗的事。双方发生了分歧和争执，僵持了两个小时，未取得一致。下午 4 时左右，毛雷尔、波德纳拉希来湖宾别墅 2 号宾馆，向周恩来解释，罗在内部反对苏共的修正主义和大国沙文主义，但罗是小国，不能公开讲，得罪苏联，希望周总理谅解罗的困难处境，齐奥塞斯库年轻好胜，也望总理谅解。他们建议联合公报可以不搞，在下午的群众大会讲话，可以不用讲稿，双方即席讲话，只讲中罗友好。周恩来很不高兴，说："你们邀请我来访问，不让我讲话，毫无道理。"罗方一再解释和恳求，周恩来毕竟是大政治家、大外交家、大战略家和策略家，表示谅解罗方的处境，同意了罗方的要求。毛雷尔、波德纳拉希走后，周恩来总理对大伙儿说："我们来是做团结友好工作的，罗方有困难，我们又何必坚持在这里讲反对苏联现代修正主义、大国沙文主义呢？弄得大家不愉快，反而没有达到这次访问的目的。"所以在被推迟几个小时的罗中群众友好大会上，齐奥塞斯库和周恩来在即席讲话中大谈中罗友好，3000多群众热烈鼓掌，他们特别赞赏周恩来的口才和风度。晚上，中国党政代表团在罗部长会议大厦举行告别宴会，罗共中央政治局委员、部长会议副主席、各部部长、军队高级将领和各国驻罗使节、群众代表数百人出席了宴会。周恩来和齐奥塞斯库分别在宴会上致辞，宴会气氛格外热烈、亲切、友好，大家对中国使馆做的饭菜赞不绝口。宴会后，周恩来又到齐奥塞斯库住处作辞行拜会。齐奥塞斯库一再解释罗的处境，表示必须十分谨慎，同时表示，罗是中国可靠的朋友，永远不会攻击中国，也永远不会允许别人在罗马尼亚攻击中国。周恩来表示，关于讲话稿的争执，事情已经过去，问题已经解决了。

周恩来第三次访问阿尔巴尼亚，受到阿全国上下最热烈的欢迎

1966 年 6 月 24 日上午，中国党政代表团结束对罗马尼亚的访

问，乘专机离开布加勒斯特前往地拉那，对阿尔巴尼亚进行友好访问，罗部长会议主席毛雷尔和中国驻罗大使曾涌泉等到机场送行。

这一天，晴空万里，气候温和。上午 10 时，中国党政代表团的专机抵达地拉那机场时，受到阿尔巴尼亚劳动党第一书记恩维尔·霍查、人民议会主席哈·列希、部长会议主席谢胡及全体政治局委员、部长会议副主席、各部部长的热烈欢迎。周恩来在机场发表简短讲话，检阅三军仪仗队，放礼炮 21 响后，霍查陪同周恩来乘敞篷车到宾馆，地拉那全城居民夹道欢迎，拿着中阿两国国旗，呼喊着"毛泽东！""周恩来！""中阿友谊万岁！"的口号。

到达游击队宫宾馆后，送走阿领导人，周恩来立即率领代表团向地拉那烈士陵墓敬献花圈。下午，中国党政代表团分别拜会阿党中央、人民议会主席团和部长会议。下午，霍查率领谢胡、卡博、列希、巴卢库等几乎所有政治局委员到游击队宫同中国党政代表团进行会谈。这次主要是周恩来介绍访罗情况及与阿富汗首相关于越南问题的谈话。晚上，阿劳动党中央和部长会议在游击队宫举行盛大宴会欢迎中国党政代表团，阿政治局委员、部长会议副主席、人民议会主席团、各部部长、高级将领出席宴会。霍查、周恩来在宴会上作了重要讲话。

霍查一开头就说："我国人民感到十分高兴，因为以您——周恩来同志为首的兄弟中国人民、光荣的中国共产党、中华人民共和国政府的使者，亲爱的朋友和同志来到我们中间。"

接着，霍查用大量的篇幅称赞中国共产党、中国政府在新中国成立以后"17 年来在各个领域里取得了并且不断取得光辉的成就"，"建立起现代化工业、先进的农业、无比强大的国防和高度文化科学水平的强大的社会主义国家"。说中国"已经成为帝国主义、修正主义和一切反动派推行阴谋的最大的、不可逾越的障碍；他们过去和现在致命地打击了敌人的阴谋诡计。他们有着历史性的功绩，因为他们在赫鲁晓夫现代修正主义者和他们的追随者在世界范围内开始和发展野蛮的反革命活动的过程中，在共产主义处于最困难的时刻，成为共产主义的最强大的保卫者和突击队。他们有着历史性的功绩，因为他们是一切革命者和各国人民为争取自己的权利和实现自己的崇高理想而进行斗争中的最强大的支持者和最伟大的鼓舞者"。

然后，霍查表示："在反对帝国主义、反对现代修正主义和一切反动派、争取革命的胜利、争取世界和平、社会主义和共产主义的伟大而光荣的斗争中，我们同中国同志们肩并肩地站在一起，站在同一战壕中。"

霍查又用相当多的篇幅谈了当前世界形势，支持各国人民反帝和越南人民的抗美斗争。

霍查还比较详细地介绍了阿在国内建设和国际斗争中取得的成就，并感谢"伟大的中国人民、中国共产党和中国政府不断给予我们兄弟的、无私的巨大的援助"。

最后，霍查说："我再次深信，以周恩来同志为首的中国党政代表团的这次访问是我们两国在兄弟般的关系中又一桩十分重大的事件。这次访问对进一步加强把我们两党、两国人民连接在一起的牢不可破的友谊，以及对世界和平和社会主义事业来说，是一个新的重大的贡献。"

周恩来热情地说："我们中国党政代表团，在以谢胡同志为首的阿尔巴尼亚党政代表团访问我国以后不久，就来到了你们中间，同我们最亲密的战友们欢聚，感到格外地亲切和高兴。""我访问你们英雄的国家已经是第三次了。从上次访问到现在的短短一年多的时间里，你们的国家一日千里地向前发展，出现了前所未有的大好形势。勤劳勇敢的阿尔巴尼亚人民，在以恩维尔·霍查同志为首的阿尔巴尼亚劳动党的英明领导下，发扬自力更生、艰苦奋斗的革命精神，在社会主义革命和社会主义建设的事业中，取得了辉煌的成就。"

周恩来继续称赞阿尔巴尼亚在国际斗争和活动方面的成就。他说："光荣的阿尔巴尼亚劳动党和英雄的阿尔巴尼亚人民，是反对帝国主义、现代修正主义和各国反动派的坚强战士。你们一贯高举反对以美国为首的帝国主义和反动派的旗帜，坚决支持一切被压迫人民和被压迫民族的革命事业。你们一贯高举马克思列宁主义的旗帜，始终站在反对现代修正主义斗争的最前列。不管现代修正主义对你们施加多少压力，也不管他们玩弄什么欺骗花招，你们总是立场坚定，旗帜鲜明，毫不动摇地同他们进行针锋相对的斗争，表现了高度的马克思列宁主义的原则性，你们为捍卫马克思列宁主义和推进无产阶级世界革命的事业，作出了卓越的贡献，赢得了全世界马克思列宁主义者和一切革命人民的赞扬和钦佩。"

在谈到世界形势时，他说："目前全世界的革命形势很好。全世界革命人民反对以美国为首的帝国主义及其走狗的斗争日益高涨，全世界马克思列宁主义者反对以苏共新领导为中心的现代修正主义的斗争正在胜利发展。"

接着，周恩来在讲话中谈到两国在国际斗争中的合作和两国友好关系时说："中国共产党和中国人民将同阿尔巴尼亚劳动党和阿尔巴尼亚人民一起，更高地举起马克思列宁主义和无产阶级国际主义的大旗，团结全世界一切革命的人民，坚决地把反对以美国为首的帝国主义的斗争进行到底，坚决地把以苏共新领导为中心的现代修正主义的斗争进行到底。

"同志们，朋友们！中阿两党、两国和两国人民，有着深厚的友谊、紧密的合作和战斗的友谊。以谢胡同志为首的阿尔巴尼亚党政代表团不久以前在我国的访问，又把我们之间的这种兄弟关系推向一个新的阶段。我相信，我们的这次访问，必将进一步巩固和发展我们之间的友好团结和互助合作。"

6月25日上午9时，中国党政代表团同霍查、谢胡、列希、卡博、巴卢库等在游击队宫举行第二次会谈，霍查着重介绍了阿尔巴尼亚在建国后的情况和政策以及当前的一些情况，阿劳动党对苏联产生修正主义根源的看法。下午，中国党政代表团由谢胡陪同参观地拉那拖拉机配件厂，这个厂是中国援助建设的。晚上，霍查、谢胡等陪同出席地拉那国家歌剧院、芭蕾舞剧院、阿尔巴尼亚教育和文化部举办的歌舞晚会，观看阿尔巴尼亚的艺术表演。

6月26日上午，中国党政代表团在谢胡陪同下，访问阿尔巴尼亚第一大海港——都拉斯。全港市民、船员出动欢迎，红旗招展，到处悬挂毛泽东、周恩来、霍查、谢胡的大幅像，"霍查！""毛泽东！""周恩来！"的口号声，此起彼伏，不绝于耳。大家站在主席台上看到下面这样盛大、生动的场面十分感动，李连庆不禁举起照相机，拍了几张照片。这些照片后来大部分被刊物采用。谢胡和周恩来在群众大会上发表了长篇讲话。

谢胡在讲话中说："中华人民共和国在生活的各方面取得的宏伟成就和她遵循的始终一贯的、原则性的、革命的政策，是当代在中国具体条件下创造性地发展和运用马克思列宁主义的光辉典范，是所有马克思列宁主义者的一所大学校和鼓舞源泉。我们为伟大而忠诚的同盟者中华人民共和国的这些成就感到高兴和骄傲，我们把它们看作是我们自己的成就和胜利，并祝兄弟的中国人民在革命的道路上取得越来越大的成就，以利于社会主义在中国的胜利，以利于社会主义阵营和国际共产主义运动，以利于全人类。"

周恩来在讲话中先说："在我第三次访问你们山鹰之国的时候，有机会来到英雄的、美丽的阿尔巴尼亚名城都拉斯，感到非常高兴。你们全城出动，万人空巷，盛大热烈地欢迎我们，我们深为感动。我代表中国党政代表团全体同志，向你们表示衷心的感谢。"

　　接着，周恩来着重赞扬都拉斯。他说："都拉斯市具有光荣的革命传统。都拉斯人民在反抗法西斯侵略、争取民族解放的战争中，书写了光辉的篇章。解放以后，你们作为阿尔巴尼亚海上门户，在阿尔巴尼亚的社会主义建设事业中，占有重要的地位。都拉斯又以中阿友谊之港著称。谢胡同志多次讲过，中阿之间有一座横架海洋的大桥，它有两个桥墩，一个在广州，一个在都拉斯。你们为发展中阿两国的海上交通，增进中阿两国的友谊和合作，作出了宝贵的贡献。在这里，我以中国人民的名义，向你们致以崇高的敬意。"

　　周恩来还谈到阿尔巴尼亚的成就和中阿关系。

　　中午，都拉斯市委和市政府及港口领导设宴招待中国党政代表团，周恩来在宴会上作了简短的讲话，感谢主人的热情招待。午宴后返回地拉那。

　　下午 4 时 45 分，在地拉那游击队宫举行第三次会谈，周恩来介绍国内情况和即将开始的"文化大革命"。晚上，中国党政代表团陪同霍查、谢胡、列希、卡博、巴卢库等阿党政军各方面领导人观看随中国党政代表团访问的北京歌舞团的演出，演出结束时，中阿领导人上台与演员们握手合影致谢。

　　散会后，中国党政代表团和北京歌舞团在中国驻阿使馆举行舞会，使馆人员也参加。周恩来同演员耿莲凤等翩翩起舞，舞姿优美动人，大家欢聚一堂。周恩来忽然见到李连庆也在舞场，走过来对李连庆说："连庆同志，我建议你不要跳舞了，回去写讲话稿好吗？"李连庆说："行。"随即乘车回到地那拉游击队宫住地，又动笔修改已草拟好的周总理在阿群众大会上的讲话稿。第二天早晨，李连庆把讲话稿送到总理的房间，总理正在看中央发来的有关"文化大革命"的电报，桌上还放有邓颖超给他的来信。李连庆说："总理，您在群众大会上的讲话稿已经写好，乔冠华同志已看过，请你审阅。"李连庆还问："总理，国内'文化大革命'已经开始了，有什么新情况？"总理见李连庆声音比较大，便说："声音小一点，要注意保密。"可见总理的警惕性很高，即使在当时很友好的国家，也还是内外有别。总理用很低的声音跟李连庆说了国内"文化大革命"进展的情况，不无忧虑地说，"究竟如何发展还要看"。

6月27日上午9时30分，在地拉那游击队宫，中国党政代表团同霍查、谢胡、列希、卡博、巴卢库等举行第四次会谈。周恩来针对阿领导人的思想再次并更详细地谈了苏联产生修正主义的社会根源、历史根源和思想根源，表示中阿两党在这方面的认识有所不同，但可各自保留意见，继续讨论；周恩来强调苏联修正主义是现代修正主义的主帅，应集中力量打击；针对阿全盘肯定斯大林，谈了斯大林在指导中国革命问题上的错误，中国党对斯大林的评价是三七开，功绩是主要的，错误是严重的，是犯了错误的伟大的马克思主义者。此外，周恩来还谈到对其他某些党的看法。对阿方提出要求中国给予更大援助的问题，周恩来表示阿方可派代表团到中国具体商谈。双方商讨了如何共同反对现代修正主义，并一致决定鉴于中国党政代表团访罗时未发表联合公报，所以中阿也不搞联合公报，只发表一个简短的新闻公报。

这次访问，中阿双方共进行四次会谈，霍查最后总的表示：这是马克思主义同志式的会谈，我们从中得到许多教益，有一些看法不完全一致，但总的方面是完全一致的。

下午，在地那拉斯坎德培广场举行10万人的欢迎大会。霍查和周恩来在大会上发表重要的长篇讲话。

霍查在讲话中一开始就强调周恩来三次访问阿尔巴尼亚的意义和作用。他说："我们两国党政领导人率领代表团互访越来越频繁，从而不断加强我们的战斗友谊。我们感到荣幸的是，在两年之内，能够第三次接待毛泽东主席的亲密战友、我们亲爱的朋友周恩来同志，他每次都给我们的内心带来了兄弟和兄弟、战友和战友会面时那种愉快和兴奋。

"中国党政代表团的这次访问，从我们两党和两国之间的关系，从当前国际形势和世界共产主义运动来看，都具有十分重大的意义。这次访问将对这些方面的积极发展作出新的贡献，将进一步加强我们两国的国际地位，并将是社会主义之间真正兄弟般的国际主义关系，毫不动摇地忠实于马克思列宁主义，坚决为反对帝国主义和修正主义、争取社会主义和和平事业的胜利而斗争的新体现。"

随后，霍查用了大量的篇幅讲了阿的内外政策和成就，反帝、反修，特别是反对赫鲁晓夫修正主义，以及中阿友谊。

周恩来在讲话中首先说："这几天来，我们一直处在你们真挚的、深厚的革命友谊的包围之中。你们对我们的热烈隆重的欢迎和极其亲切的接待，使我们深受感动。"

接着，周恩来再次称赞阿尔巴尼亚的成就。他说："从我上次访问你们的国家到现在的短短一年多时间里，你们的国家发生了令人鼓舞的巨大变化。

"你们胜利地完成了第三个五年计划，工农业生产有了很大的发展，人民的物质和文化生活得到了显著的提高。现在，阿尔巴尼亚全国人民已经开始执行宏伟的第四个五年计划，为建立更加健全的工业、实现粮食自给，把自己的祖国建设成为一个更加繁荣富强的社会主义国家而奋斗。"

周恩来指出："阿尔巴尼亚人民在社会主义建设中的成就，是在极其艰难困苦的条件下取得的，是了不起的。帝国主义、现代修正主义四面包围你们、封锁你们，妄图破坏和扼杀你们的社会主义建设事业。但是，英雄的阿尔巴尼亚人民既没有被吓倒也没有被压垮。你们一手拿镐，一手拿枪，以'宁愿站着死，不愿跪着生'的英雄气概，进行了顽强的斗争。克服了前进道路上的重重困难，取得了一个又一个的胜利。你们的国家一天比一天繁荣，你们的日子一天比一天美好。"

周恩来谈了国内革命和建设之后，谈到国际形势时着重指出："从马克思列宁主义的观点来看，当前国际形势中出现大动荡、大分化、大改组的局面，是全世界人民革命斗争深入发展的结果，是好事，不是坏事。在人类历史上，凡是新旧社会制度交替的时候，总是出现这样的特点。动荡提高人民的觉悟，加快社会发展的速度。分化和改组把革命和反革命的阵线划得更加分明，有利于革命的不断前进。帝国主义和各国反动派的疯狂反扑，可能一时在某些地方得逞。但是，反革命的逆流，永远也阻挡不住革命的主流。"

周恩来进一步指出："美帝国主义是历史上最狂妄、最猖狂的侵略者。它的野心比谁都大，它的手伸得比谁都长。它不仅要消灭社会主义国家，囊括亚洲、非洲、拉丁美洲的广大地区，而且对它在西欧、北美和大洋洲的盟国，也实行'弱肉强食'的政策。美帝国主义看上去是一个庞然大物，不可一世，其实，它同历史上的一切反动势力一样，用自己的行动造成了一个埋葬自己的力量。""美帝国主义到处横行霸道，尽做坏事，动员了全世界人民包括美国人民起来包围它。它的脖子上套的绞索比历史上任何一个帝国主义都多。它的战线太长，兵力不足，后方太远的致命弱点，比过去的侵略者更加严重。它不但重复着别的帝国主义的错误，而且犯着比它们更多的错误。美帝国主义的疯狂性和虚弱性在它侵略越南的战争中最集中地表现出来。美帝国主义越是在全世界张牙舞爪，它被全世界人民彻底埋葬的日子也就会越早到来。"

周恩来讲到现代修正主义时说："苏共领导集团，实行没有赫鲁晓夫的赫鲁晓夫修正主义。他们在复辟资本主义，投降美帝国主义，对兄弟国家兄弟党实行分裂主义和大国沙文主义方面，比赫鲁晓夫本人走得更远。全世界革命人民越来越清楚地认识到，他们是马克思列宁主义的敌人，国际共产主义运动的叛徒，各国人民事业的破坏者，美帝国主义的帮凶。因此，反美帝必须反赫修。反帝斗争和反修斗争不可分割。这是对一切真正坚持反帝斗争和真正坚持反修斗争的人民的考验。有些人由于种种原因，一时还看不清楚这一点，这是可以理解的。但是，反对赫修同反对美帝一样，是一个原则问题。在原则问题上不允许模棱两可。我们相信，一切真正的共产党人最终是会站到正确的立场上来的。"

周恩来特别强调："越南问题是当前国际阶级斗争的焦点，也是美帝国主义和赫鲁晓夫修正主义进行肮脏的政治勾结的重要方面。一年多来，美帝国主义在扩大对越南的侵略、进行战争讹诈的同时，不断地策动和谈骗局，企图通过和谈得到它在战场上得不到的东西。美国提出种种欺骗性的和谈口号，最新的一个是说，它也愿意按照《日内瓦协议》解决越南问题，并且从各方面策动重新召开日内瓦会议。这是一个莫大的骗局。

"自从赫鲁晓夫本人下台以后，苏共新领导就装出一副援助越南人民的样子，其实，他们同赫鲁晓夫一样，在美帝国主义的战争讹诈面前吓破了胆。他们援助越南是为了出卖越南。""最近一个时期以来，他们对社会主义国家大肆鼓吹在越南问题上'团结反帝''联合行动'。许多不明底细的人信以为真，其实这完全是一个骗局，无数的事实表明，赫鲁晓夫修正主义实行的路线，是苏美主宰世界。他们真正有兴趣的，也决不是什么'联合反帝'，而是配合美帝国主义的两手政策，千方百计地策动和谈阴谋。到处暗示美国有和平解决越南问题的诚意，到处策动所谓和平解决越南问题的倡议。"

群众大会是阿人民欢迎中国党政代表团的最高潮，周恩来的讲话不断为掌声打断，他们热情高呼："周恩来——霍查""毛泽东——霍查"的口号。口号声震大地，红旗似海洋，人们欢腾雀跃，盛况空前，世所罕见。

晚上，周恩来在中国大使馆举行盛大的告别宴会。霍查、谢胡、列希、阿劳动党政治局全体委员、部长会议副主席、副议长、各部部长、军队高级将领出席了宴会，中国大使馆和代表团全体人员忙里忙外，热情地接待客人。在宴会进行中，周恩来走上主席台，用他那抑扬顿挫、爽朗的语调开始致辞说："这些天来，我们在你们英雄的国家里，受到了极其隆重的、热烈的欢迎和亲切、友好的接待，我们所到的城市和所经过的村庄，都是红旗招展、载歌载舞，一片欢腾，响彻着《地拉那——北京》的歌声和《恩维尔——毛泽东》的歌声。我们深深地感受到了阿尔巴尼亚人民出自内心的对中国人民的深厚友谊。这种友谊是革命的友谊、阶级的友谊，这种友谊是最珍贵的。"

周恩来说："在访问期间，我们同恩维尔·霍查同志、穆罕默德·谢胡同志和阿尔巴尼亚劳动党和国家的其他领导同志，进行了同志般的极为亲切友好的会谈，就两国社会主义革命和社会主义建设的经验，当前国际形势和国际共产主义运动中的重大问题进一步交换了意见。""我们一致肯定，不久前以谢胡同志为首的阿尔巴尼亚党政代表团访问中国时签订的中阿联合声明，是一个具有重大历史意义的纲领性文件。我们相信，我们的这次访问和双方的会谈，对于进一步加强我们两党、两国和两国人民的友好合作，对于进一步加强我们所从事的共同斗争，是具有重大意义的。"

宴会上，宾主彼此亲切交谈，畅叙友谊和合作，互祝健康，事业有成。宴会一直延续到深夜，大家才依依不舍地散去。

6月28日晨，发表了《关于周恩来同志率领的中国党政代表团访问阿尔巴尼亚的公报》。

在回国途中非正式地访问了巴基斯坦，同阿尤布·汗进行会谈，并受到隆重的接待

6月28日上午，中国党政代表国结束了对阿尔巴尼亚的访问，乘专机飞往巴基斯坦作非正式的访问。霍查、谢胡、列希等阿党政军各方面的领导人和中国驻阿大使馆临时代办及全体外交工作人员到机场热烈欢送，周恩来及代表团成员同欢送人员一一握手告别。

专机经过阿联等国，周恩来均致电表示感谢。下午，中国代表团抵达巴基斯坦临时首都拉瓦尔品第。阿尤布·汗总统、贾尔巴·汗议长等到机场欢迎。阿尤布·汗陪同周恩来乘车前往总统府。晚上，阿尤布·汗在总统府设宴招待中国代表团，双方没有正式讲话，随便交谈，甚是轻松愉快。随行人员没有写稿任务，更是放松了。

6月29日上午9时，在总统府举行会谈。周恩来介绍了这次访问阿富汗、罗马尼亚、阿尔巴尼亚的简单情况。着重谈了越南问题，反对苏联搞联合行动和揭露美帝、苏修鼓吹的和谈骗局。然后应阿尤布·汗的要求，周总理单独与其会谈，阿尤布·汗主要谈印巴关系和南亚形势、巴方的困难，希望中国支持和援助。周恩来表示一定主持正义，同情和支持巴。

李连庆等几个人利用这段时间，冒着炎热，参观了周恩来前次访巴时种的友谊树，并乘车前往离拉瓦尔品第10公里处建设的新都伊斯兰堡参观。伊斯兰堡集中了巴基斯坦建筑的精华，同时，还邀请了希腊、美国、意大利、英国等各个流派的建筑专家，博采众长，又把巴基斯坦传统的、宗教的和现代建筑风格巧妙地糅合在一起。从1961年动工兴建，现在已粗具规模。

伊斯兰堡，坐落在波特瓦尔高原上。北面紧靠着玛格拉山，南面是起伏的山丘和广阔的印度河平原，东面是景色秀丽的拉瓦尔湖，西侧是一片开阔的河谷地带。群山起伏，湖水清澈，是一个山清水秀的地方。伊斯兰堡地区，夏季最高温度不超过38℃，冬季平均温度是2℃。天气晴朗，气候凉爽，四季草木青青，交通也很方便，是一个很美丽的首都。

下午，阿尤布·汗在总统府举行招待会，欢迎周恩来率领的中国代表团。东西巴政府首脑、议员、资本家、地主、土王、高级将领出席了招待会。阿尤布·汗首先致欢迎词，盛赞中国和周恩来以及中巴友谊。周恩来在招待会上作了即席讲话，表示感谢在访罗访阿之后，受到阿尤布·汗总统的邀请来巴基斯坦访问，受到巴方的盛情招待。

晚上，阿尤布·汗又在总统府举行正式宴会，除代表团外，有丁国钰大使等使馆主要外交官参加，巴方出席的人员也很多。气氛友好、亲切，彼此交谈甚欢。

6月30日上午10时，周恩来率领的代表团离开拉瓦尔品第回国。阿尤布·汗总统陪同周恩来总理乘车到机场送行，并举行了欢送仪式。李连庆也拍了几张照片。

专机在晴朗的天空飞行，当飞越喜马拉雅山上空时，李连庆见下面风景奇特、优美，便情不自禁地拿起照相机拍了几张。按当时国家规定，不允许在空中拍摄祖国的边疆。当时周总理看到李连庆在照相，他只笑了一笑，并未阻止，别的人也就更不好说什么了。

在导弹发射基地，视察和观看导弹发射

周恩来乘坐的专机从巴基斯坦直飞到甘肃酒泉基地，下午5时

到达酒泉，杨成武代总参谋长夫妇和广州军区司令黄永胜夫妇专程从北京来到酒泉迎接周总理并陪同视察和观看，甘肃省和酒泉地方领导干部、基地负责人也到机场迎接。周恩来及代表团成员和迎接人员都住在曾经为招待苏联专家建的宾馆里。住下之后，大家分乘多辆轿车前往有名的河西走廊参观，这里是历史上匈奴入侵中原的通道，曾在这里发生过多次有名的战役。过去是荒凉之地，现在是一片青草树木了。晚上，当地政府举行宴会欢迎周总理及代表团和杨成武、黄永胜等。

宴会后，到基地观看地对地导弹发射。大家护卫总理到基地安全地带，只听一声命令——"放！"一个火球腾空而起，飞往远方。

第二天清晨，总理乘直升机视察中苏边界，此时中苏边界已多次发生冲突。回来吃完早饭，又到发射场观看地对空导弹发射。这是在一个荒凉的广场上，临时安排椅子、桌子，还放了一些饮料，大家坐下来观看，彼此有说有笑，等候发射。不久，一架飞机飞上天空，飞到相当高的时候，地下导弹发射，迅速击中飞机，大家热烈鼓掌、欢呼，祝贺我国国力增强。乔冠华对杨成武说："这是我们的外交后盾啊！"

下午，周恩来率领代表团飞回北京。刘少奇、朱德、邓小平、董必武、李富春、叶剑英、李先念等到机场迎接。

表率和楷模

周恩来总理这次出访有许多特点，起了表率和楷模的作用：

第一，在会谈和活动中，既有高度的原则性，又有高度的灵活性，既坚持我国的立场，又谅解对方的处境，真正贯彻了平等协商，求同存异的原则，使得访问获得巨大的成功。

第二，集中精力工作，没有半点偷闲、游山玩水之嫌。在半个月的访问中，周恩来很少休息，全部精力集中在外交活动和谈判之中，无论是参观访问、发表讲话还是进行会谈，都很用心，一丝不苟。

第三，随行人员短小精焊，包括秘书、警卫、电视记者和文字记者在内整个代表团只有17人，没有一个闲散的人员，这是极其罕见的。一国的总理、一个国家的主要领导人之一，出国访问仅有十几人（包括总理本人在内），这不仅在中国，在世界恐怕也是仅有的了。

第四，这次出访，周恩来总理带头没有按国家规定领取制装费，所有随行人员也都没有领取，有的人因到国外着装要讲究点，自己拿钱做了一套衣服。这是少见的。

第五，按国家规定，因公出国要发给一定数额的零用费，周恩来总理带头未领，随行人员也都未领。这也是少见的。

第六，各国赠送的礼品，无论是贵重的还是一般的、大或小，只有抽烟的人，每人分给几包三五牌香烟。周恩来总理不抽烟，当然也就未分给他，其余无论贵重还是一般、大或小，悉数交公，这又是少见的，不像有些人出国为了得到外国人赠送的礼品，费尽心思。

上述四、五、六项，充分体现了周恩来廉洁奉公的勤俭节约的精神。这种精神和他的外交战略、策略思想、外交风格、外交风度，是永远值得从事外交工作和其他岗位工作的领导人（包括高级领导人）及所有工作人员学习和铭记在心的，不谋私利，全心全意为人民服务，对于我们后人有很多的启迪和警示。

四、在"文化大革命"中，周恩来力挽狂澜，反对和减少林彪、江青一伙对外交工作的干扰和破坏，维护了党和国家正确的外交路线、政策和方针

　　1966 年，毛泽东发动的"文化大革命"给中国带来一场大灾难，党政军民各条战线都受到林彪、陈伯达、康生、江青、张春桥、姚文元、王洪文及其帮凶们的干扰、破坏，使得中国面临极大的危机。

　　外交战线也受到林彪、江青等的干扰和破坏，新中国外交一度跌入低谷，1966 年严寒的冬季，由林彪、江青等利用毛泽东的错误煽起的极左思潮，向新中国的外交迅猛扑来，进行严重破坏，幸亏周恩来力挽狂澜，在极其困难的处境中，扼制了在外交战线上极左思潮的怪兽，把新中国外交事业的车轮挡在毁于一旦的悬崖边上，不仅减少了损失，挽回了在国际上的声誉，而且在经历一段"休克"和"冬眠"之后，得以全面复苏，开拓了新的外交局面。

周恩来一再强调外交大权不能夺，外交部领导干部要坚守岗位

1967 年 1 月 6 日，张春桥、姚文元在林彪、江青等的支持下，背着周恩来，在上海宣布夺了上海市委、市政府的权。原先周恩来一直支持上海市委、市政府的领导，肯定市委书记陈丕显、市长曹荻秋不是"黑帮"，是"革命的"，仍由他们主持工作。但毛泽东在 1 月 8 日肯定了上海的夺权活动，张春桥一伙成了"胜利者"，使周恩来处于被动。

上海夺权后，随即在全国掀起一场自下而上的夺权运动，周恩来本来是不赞同，无奈毛泽东支持夺权。周恩来深知势不可当，只能因势利导，驾驭它。于是他据理力争：夺权，是夺"文化大革命"的领导权，业务领导权不能夺，而且明确规定了有些部门的领导权不能夺，如外交、国防、公安、财政等，并取得毛泽东的同意。

上海夺权之后，外交部造反派也宣布夺权，并占领部长、副部长、司长的办公室。有的副部长、司长们被打成"走资派""黑帮""叛徒"或靠边站，外交大权旁落，外交部一片混乱。

周恩来连夜召集外交部长、副部长、司长、副司长（包括被打倒的）开会，先是一个个点名，问大家的情况，接着讲了大家最关心、也最担心的当前"文化大革命"的形势，他说："'文化大革命'是史无前例的，开始我也不理解，你们当然也不理解的了，但这是毛主席亲自发动的，必须紧跟嘛。"他要大家从不理解到慢慢理解。他明确指出外交大权属中央，不能夺。部长、副部长、司长、副司长们要坚守岗位；办公桌、电话不能撤，每天都要照常上

班，即使被批斗也要工作，不能甩担子不干。并说："外交部的干部是经过挑选的，绝大多数是好同志，有什么问题或一时受了点委屈，最终是会弄清楚的，要大家经受得住考验，前途是光明的。"到会的同志听了周总理的讲话，个个都觉得心中有底，决心坚守岗位，把外交工作搞好，但也有个别想"造反"的领导干部对总理讲话不满意，发牢骚，说这样还搞什么"文化大革命"，但立即遭到大家的批评。

同时，周恩来又召集外交部造反派开会，指出外交大权，属中央和毛主席，你们不能夺，你们只能夺"文化大革命"的领导权，外交业务还是让部长和司长们管，如果他们有错误，可以一面批判，一面工作。

力保外交部长陈毅，同中央文革进行了不屈不挠的斗争，表现了对战友深厚的情谊

陈毅是一位生性刚烈豪爽的革命家，一开始就对"文化大革命"很不理解，对林彪、江青一伙的倒行逆施和极左做法非常反感和不满。他从"文化大革命"以来，在一系列公众场合的讲话中直言不讳地公开批评了陈伯达、江青等中央文革一伙操纵红卫兵和造反派的所作所为，林彪、江青一伙鼓动造反派揪住不放，进行批斗，要打倒陈毅。

1966年11月13日下午，北京工人体育场，在军队院校、文化团体等单位10万人参加的大会上，陈毅对林彪、江青一伙试图乱党乱军的阴谋"开炮"了。陈毅说："今天，我陈老总在这里给你们泼点冷水，有些话讲出来可能不好听哟，但还是要讲。无非有人到外交部来揪我，贴我的大字报。我们的军队是人民的军队，可

是现在有人拿对付敌人的一套对付自己的同志，对付人民的军队，搞什么'逐步升级'，口号越喊越高，斗争对象越搞越大。总之，越'左'越好。这种简单化，扩大化的做法，最终结果只能适得其反。"

次日，在外交部小礼堂召开的外交部红卫兵大会上，陈毅又"放炮"了。他说："自5月中央政治局扩大会议以来，我讲了很多话，现在我还要坚持下去。我已做好准备，落个被罢官、撤职、坐班房，这都不要紧哟。有人劝我陈老总少讲一点话，他们都是好心哟。我压了又压，还是压不住，有啥子办法？'文化大革命'以来，我一张大字报也没写，是个落后分子，你们写了几百张，是'先进分子'哟！现在外交部是大字报的名堂可多哟，什么'罪魁祸首'呀，什么'刽子手'呀，什么'滔天罪行'……哈哈，就由你一张大字报定了吗？这不是解决问题，是纸老虎，是在追求惊心动魄！"

陈毅嬉笑怒骂，台下有人报以阵阵笑声和掌声，有人匆忙记录，要作为陈毅的"罪证"材料。陈毅全然不顾，继续加大"火力"说："有人在大字报中说我陈老总的讲话不符合《人民日报》社论，他说他的，但我不改变我的看法。我这个当外交部长的经常在估计形势，我是靠这吃饭的，但这场'文化大革命'，我是完全没有估计到，是很不自觉、很不理解的。"

11月29日，陈毅在工人体育场大会上讲话，又痛快淋漓地放了一"炮"。他说："我上次的讲话，是有意识对准一些人的。我是一个'保守派'。现在我担心，主要目标不明。把工作中的缺点、错误统统说成是执行'资产阶级反动路线'，一讲'走资本主义道路的当权派'，就都是'走资本主义道路的当权派'；一讲'黑帮'就都是'黑帮'。这样打击面太大、太宽，等于否定毛主席的领导，否定伟大、光荣、正确的中国共产党，否定伟大的中国人民解放军。我讲话有些刺人，但我讲的是真话，是老实话。"

陈毅的这几次讲话，像一排排重炮，把中央文革一伙给打蒙了。在钓鱼台中央文革小组办公室，江青挥舞着拳头朝张春桥、王力等人歇斯底里地叫喊着："反击！反击！"

于是陈毅的讲话被诬为"十一月黑风"。很快，一股反击"十一月黑风"的狂潮席卷而来，造反派叫喊着"揪出陈毅""要陈毅出来检讨"等。

周恩来挺身而出，挡住了呼啸而来的"揪陈"恶浪。

1966 年 12 月 3 日晚，周恩来在国务院会议厅接见北京外国语学院红卫兵组织代表。红卫兵代表对陈毅提出了种种责难，说："陈毅对'文化大革命'很不理解，他的许多讲话压制了'左'派学生，没起到好作用。"

周恩来对红卫兵进行耐心的劝导，说："你们说陈毅'和稀泥'，其实他是为了团结大家，是一肚好心肠嘛！就是有时说话'走火'。我们相处几十年，这个老同志的确为党为革命做了很多工作。"

但红卫兵不听劝告，一味纠缠。周恩来生气了，他严正地告诫说："你们对陈毅说过的话，就要求那么严？这样听起来，你们是对他有偏见，在抓'小辫子'。我今天没有时间专讲陈毅问题，但我要告诉大家，陈毅是中央政治局委员、国务院副总理、外交部长，你们不能把他一味失言'走火'，都弄成'黑话'。对陈毅问题的认识，你们不能强加于我。你们讲他说过对'文化大革命'很不理解，我也说过不理解嘛！你们不能以任何理由冲击外交部，不能揪陈毅。你们要去，我势必出面劝阻。"

因为有中央文革一伙的授意和支持，有恃无恐的造反派不顾周恩来的警告，北京外国语学院的红卫兵竟冲进了外交部，要揪陈毅。

12 月 13 日，周恩来把北京外国语学院的几个红卫兵组织代表召集到中南海小礼堂，责令冲入外交部揪陈毅的红卫兵立即撤出外交部，否则就要派卫戍部队去把他们拉出来。

红卫兵还不服，竟咄咄逼人地与周恩来辩论起来。说什么："我们认为，现在外事口的关键问题不在别的，而在于走资本主义道路的当权派。例如，工作组的问题还远远没有解决，顽固坚持资产阶级反动路线的人还有，陈毅到现在还没有作检查，仍然坚持他以前的观点。他给军事院校学生的两次讲话，保守派很欢迎。总之，外事口'文化大革命'的阻力来自陈毅，因此，必须彻底批判陈毅，否则资产阶级反动路线就打不垮。"

周恩来不想在陈毅问题上同他们纠缠，便说："今天我不准备同你们谈这件事，要谈以后谈。你们不能压我。你们送来的大叠东西，我还没有看。总得先让我把材料弄清楚吧……"没等周恩来说完，红卫兵就打断周恩来的话，说："总理，你要理解我们的心情！"

周恩来气愤地说："你讲我一直在听，耐心地听嘛！但你总不能让我马上回答你的问题。……你们的心情我可以理解。但你们把一切问题归结于一个人，这不是辩证地看问题。运动发展是波浪式的，不能老是如火如荼，天天出大事才痛快。我过去对你们说过，这样大的局面，我做梦也没敢想过，也许你们想到了，算你们有伟大的预见！事物的发展常常超出我们的预计，包括各个行动，不犯错误是不可能的。问题是犯了错误，认识到了，就马上承认、改正。我这是对你们讲的老实话。所以，在我理解你们情绪的同时，我们的情绪，也请你们理解。总之，今天我没想回答陈毅同志的问题，还发了这么大的脾气，对不住了。"

说完，周恩来愤然退场。

1967年元旦刚过，周恩来又连续三次同军队院校和文艺单位的造反派谈话，说服他们取消将在5日召开的指名要陈毅到场的

"批判资产阶级反动路线"的大会。

虽然周恩来挡住了呼啸而来的"揪陈"恶浪，但从1967年元旦过后，形势更加严酷。陈毅不作一个检查表态，这个关不好过。再说，老是被造反派这样纠缠着，工作也不好开展，与其这样硬挡，还不如因势利导。

周恩来多次说过，万马奔腾来了，你根本挡不住，只能因势利导，否则就会被冲垮。

1967年1月，周恩来在人民大会堂接连接待几次外宾，苦口婆心地向外宾解释中国国内情况，尤其是"文化大革命"的混乱情况，但中国外交政策没有变，请客人放心。忙了一天之后，周恩来非常疲惫地坐在沙发上，工作人员见他一天未吃饭，特意到厨房里请老师傅做了一碗蛋炒饭，端给他。这就是周恩来的晚饭，墙上的时钟指针已经指到9点半了。在"文化大革命"最混乱的时间，这样的时间，这样的场合，这样简单的便饭，对周恩来来说已经习以为常了。

周恩来利用吃饭的空隙劝说坐在旁边的陈毅，要他在国务院带头向造反派作个检讨，以早日摆脱被动的局面，协助他抓好国务院的工作，尤其是外交工作。

陈毅开始一听要他在造反派面前作检讨，思想不通，说："我没有错误，为什么要检讨！大不了撤职罢官……"陈毅同周恩来是老战友，长期相处，关系密切，如同兄弟，因此在周恩来面前有话总是直来直去，有一说一。

"现在不是有没有错误的问题，而是国务院的副总理、部长们大多被缠住不能过关，难以出来开展工作，工交生产都快要瘫痪了。这样下去如何得了?!"周恩来用手把掉在茶几上的几颗饭粒捡起放到嘴里，嚼了嚼，继续说："昨天，我同各大区负责人及省委书记谈话时也说，我们的领导干部中，有跟不上的，有思想抵触的，甚至还有对立的。要争取主动，摆脱被动。现在新的高潮开始，我们得做精神准备，过好这一关。如果省市委再这样被动下去，对工作、对个人都不利。"

陈毅听了周恩来这番坦诚的、推心置腹的话，又看到周恩来日理万机、心力交瘁的样子，一个人苦撑危局，于心不忍，深感自己应该早日解脱出来，协助周恩来分担部分工作，特别是外交工作。再说，陈毅也理解周恩来这样做是为了给他一把保护伞，保护他过关。因此，陈毅最后答应了周恩来的要求，准备在国务院带头作检查。

周恩来叮嘱陈毅："检查不必写得太长，写好后先送给我看看。"

对于陈毅来说，违心的检查真难写，比过去指挥淮海战役还难，他找了外交部乔冠华等帮他起草，检查稿总共3000来字，经周恩来再三修改后定稿。

1967年1月24日，由周恩来亲自主持和精心安排，在人民大会堂召开外事口各群众组织参加的万人大会。参加会议的还有李富春、李先念、叶剑英、陈伯达，江青也不情愿地来了。

陈毅照着经过周恩来再三推敲定稿的检查稿，向群众作了检讨。

陈毅作完检查后，周恩来又特意讲了一段很长的话，肯定了陈毅的检查。他说："陈毅同志的检查我认为是好的。陈毅同志的检讨是经过了一个痛苦的认识过程。这样一个老同志，奋斗了40多年，战斗了40多年，为党做过许多工作，当然也犯了不少错误，但现在晚年还在努力工作，努力改造，努力紧跟主席。这样的同志我们应该帮助他，尤其是我们外事系统方面要帮助他，因为我们在你们中间工作。我希望大家以同志的态度，兄弟的态度，以阶级兄弟的态度来帮助他。我相信群众的帮助，大家的帮助比我一个人提醒甚至警告要好得多。现在陈毅同志已经作了检讨，今后外事口的工作由陈老总出面，减少我在这方面的工作，我就可以把力量转移到别的口子上去，你们大家看好不好呀？"

群众鼓掌表示欢迎。

但江青却拉长着脸，很不高兴。

周恩来注意到了。他强调说："外交、外事口的一切重大方针、政策、路线，都是我们伟大领袖毛主席亲自制定的。毛主席关心国内外大事，国际上发生的重大事情，都逃不过毛主席的眼睛，有时候我们没有看到的东西，毛主席看到了，提醒我们。极其重要的事情，我忙不过来，主席提醒我们。所以说，外交上的重大方针、政策都是毛主席亲自过问的。"

周恩来之所以当着江青、陈伯达的面讲这番话，是因为他们曾歪曲、攻击新中国成立17年来的外交路线，否定17年的外交成绩，以此把矛头引向陈毅，最终指向周恩来。

尽管江青不高兴，但她和陈伯达是代表中央文革来的。周恩来讲完后还是请他们两个给大家讲几句，实际上是要他们代表中央文革表个态。

陈伯达草草地应付几句，他那本来就难懂的福建腔此时更加含糊难听，大家听他喉咙里发出了声音，但听不清他说了些什么。

江青当面避而不讲，顾左右而言他，说："我来指挥，大家唱《国际歌》吧！"

尽管有江青、陈伯达的刁难，但在周恩来的保护下，陈毅毕竟顺利通过万人大会检查，过了关，成为国务院系统第一位被"解放"的副总理。陈毅过关后，按国务院分工，除主管外交工作，抓外事口的运动外，还分管西北几省区的运动。

陈毅面对全国混乱局面，压不住心头火，又多次"放炮"，中央文革揪住不放，支持造反派揪斗陈毅，打倒陈毅，周恩来挺身而出，坚决顶住这股恶浪狂潮。

陈毅检讨"过关"之后，周恩来深知陈毅的秉性，一再劝说他少说点话，言多必失。陈毅也认真地接受了周恩来的意见。但是面对林彪、江青一伙种种的错误举措，造成全国混乱局面，危害国家声誉和利益，陈毅如骨鲠在喉，不吐不快。加之在2月初，毛泽东在政治局常委扩大会上对陈伯达、江青等人的一些做法有所批评，陈毅更是喉咙痒痒，想对准倒行逆施的阴谋家们痛快地放上几"炮"。

1967年2月9日，陈毅接见外交部和驻外使领馆的造反派，给他们讲政策，劝阻他们的一些过火行为，谈着谈着，陈毅就压不住火了。他说："去年七八月份，我讲了许多话被说成是资产阶级反动路线，今天讲话可能被说成反扑，我不怕，还是要讲。我知道，只要我讲话，就会有人说陈毅又跳出来了。对！全国大乱，快要亡党亡国了，此时不跳出来讲话，更待何时？批判和斗争，要分清敌我。搞路线斗争我愿意参加，但动不动就下跪，搞喷气式、发泄私愤、发泄感情，这样的斗争方式我不同意。……我在这里大胆地对你们说，这样的斗争方法要犯方向、路线的错误的。"

陈毅停顿一下，又接着说："在中央会议上我也讲过这样的话。斗争搞左了，伤了很多人，你们怎么能掌握？对同志，不能动不动就说他是反革命，有证据是反革命，可以报公安部门逮捕法办嘛！"

两天之后，陈毅去首都机场欢迎由外交、计划部长比拉尼·马马杜·瓦尼率领的毛里塔尼亚政府代表团，外交部造反派头头也去了。

在机场贵宾室等候时，造反派头头向陈毅提出，在新闻报道中，造反派头头的名字也要见报。

陈毅一听，联想到最近的新闻报道中中央文革小组成员戚本禹的名字竟然排在了政治局常委李富春的前面这样一种野心毕露的做法，火就往脑门上撞，当即毫不客气地表示："我坚决不同意。"

"现在是向你请示。"造反派头头说。

"请示？请示不敢当，不斗我就谢谢你们了。"陈毅没好气地说，"革命革了四十几年，没想到落到这种地步，我死了也不服气，我拼了老命也要斗争，也要造反。前几天我到外交部去参加大会，要我低头认罪。我有什么罪？有罪还当外交部长？不要太猖狂了，太猖狂了没有好下场！"

陈毅一发不可收拾："现在把外交部搞成什么样子，动不动就斗，弄得人心惶惶，人人自危，早晨还不知道晚上怎么样？无组织、无纪律，把外交部机密都捅出去了。我就不相信龚澎（龚澎时任外交部部长助理兼新闻司司长）会是'三反分子'，你们还要开除她的党籍。非党员居然要开除党员的党籍，我还没有听说过。

"章文晋大使一下飞机就抓去批斗，戴高帽子，先让他睡个觉嘛！

"对外经委斗方毅，斗了7天，还不放出来，工作不能做。"

陈毅还对坐在一旁的对外文委副主任楚图南说："楚老啊，我们都是上了年纪的人了，我们交班不能交给赫鲁晓夫式的人啊！"

陈毅的最后一句话是话里有话。

2月16日下午，周恩来在怀仁堂主持碰头会，陈毅、谭震林、李先念等在一起，当着中央文革小组成员张春桥、王力的面，陈毅再次拍案而起，怒斥中央文革一伙打击迫害老干部的阴谋。

陈毅在发言中脱口而出，无意中把林彪、江青一伙打击迫害老干部与延安整风的时候康生等人大搞整人联系在一起："这些家伙上台，就要搞修正主义。延安整风的时候，有人整老干部整得很凶，挨整的是我们这些人……"

会议结束后，陈毅又来到国务院会议室，接见"归国留学生革命造反联络站"的二十几名代表和外交部群众组织代表。他滔滔不绝，慷慨陈词，向"文化大革命"的种种错误做法打出了一排"重炮"，放了个痛快淋漓，说："你们要革命，我不反对。但现在一斗争就是祖宗三代，挖祖坟，动不动就'炮轰'，戴高帽子游街，把一场严肃的斗争当成儿戏，这不是瞎胡闹吗？

"我一开始就不同意大字报上街，现在刘少奇的大字报在王府井贴了一百多张，所谓罪状，有的是无中生有，有的是泄密，这是给我们伟大的党脸上抹黑！

"朱老总今年81岁了，历史上就是朱毛。现在说朱老总是军阀，要打倒大军阀朱德，人家会说你们共产党怎么连81岁的老人也容不下，人家会骂共产党过河拆桥呀！

"贺龙是政治局委员、元帅、副总理，怎么一下子成了大土匪？！这能服人吗？这不是给毛主席脸上抹黑吗？

"现在有些人作风不正派！你要上去，你就上嘛！不要踩着别人上嘛！不要拿别人的鲜血来染红自己的顶子！中央的事，现在动不动就捅出来，煽动一些不懂事的娃娃在前面冲……

"这样一个伟大的党，难道只有主席、林副主席、总理、伯达、康生、江青是干净的？承蒙你们宽大，加上我们几位副总理。这样一个伟大的党，只有11个人是干净的？如果只有11个人是干净的，我陈毅不要这个干净，把我揪出去示众好了！

"今天，我不是乱放炮，我是经过认真思考的。依我看，这场'文化大革命'后遗症，10年、20年不治！我们已经老了，是要交班的，但是绝不能交给野心家、两面派。我还要看，还要斗争！大不了罢官嘛！我这个外交部长不当了，我还可以去看大门、扫大街，我还会做担担面嘛！"

陈毅的这一排排"重炮"，招致的后果可想而知了。

陈毅在怀仁堂碰头会上发言讲到延安整风，本意是提醒要以延安整风期间康生等人大搞整人那套极左做法为鉴，但毛泽东听了张春桥、王力添油加醋的汇报后，误认为陈毅有否定延安整风之意，因此对陈毅的发言大为震怒。这就更加给了要打倒陈毅的阴谋家们以可乘之机。

从 2 月 25 日至 3 月 18 日，在怀仁堂先后召集七次政治生活批评会。会上，江青、康生、陈伯达、谢富治等对陈毅、谭震林等几位老同志进行批斗和围攻，他们诬蔑陈毅等"攻击毛主席和林副主席、炮打无产阶级司令部、自上而下地搞资本主义复辟的反革命'二月逆流'"。

细心的周恩来在会上宣布会议的内容要保密，并要与会者作为一条纪律遵守。周恩来知道，陈毅等老同志受批评的内容一旦传到社会上，对几位副总理和老帅的处境更为不利。

但是，中央文革一伙却通过他们的爪牙，将政治生活批评会的内容捅给造反派，借机在反击"二月逆流"的恶浪中再次煽起揪斗陈毅的狂潮。

陈毅的一排排"重炮"和被批评、揪斗，也使周恩来保护陈毅和老干部陷入更加艰难的境地，林彪、江青一伙因为周恩来保护一大批老干部，在许多方面遏制他们篡党夺权的阴谋。为此，他们对周恩来极为不满，江青在中央文革碰头会上曾肆无忌惮地指责周恩来："保这个，保那个，这个不让批，那个也不让斗，你的确打击了群众和红卫兵的积极性，不相信群众。"并暗中指使造反派在街上贴出大字报，说什么"周恩来绝不是毛主席司令部的人""炮打周恩来绝不是炮打无产阶级司令部""炮打周恩来是当前运动的大方向"等，周恩来自己处于随时可能被打倒的危险境地。

周恩来从来不顾个人的得失、安危，他为了国家的利益、安危、前途，仍然决心要保陈毅等老干部。但是，周恩来深知要保陈毅等必须征得毛泽东认可，以此来压林彪、江青等一伙。

1967 年五一劳动节，在周恩来努力和周旋下征得毛泽东的同意，五一节晚上，安排陈毅等所有因"二月逆流"受批判的老同志登上了天安门城楼，同毛泽东一起观看了焰火晚会，并与毛泽东合影留念。毛泽东对陈毅说："我是保你的。"虽然毛泽东没有公开对中央文革和群众组织说这句话，但是，对周恩来来说，有毛泽东这句话就够了。

可是中央文革一伙岂肯罢休！他们煽动造反派揪斗陈毅，并向周恩来施加压力，要求交出陈毅。

造反派们的口号也由原来的"批判""火烧"上升到"打倒陈毅""誓与陈毅血战到底""陈毅不投降就叫他灭亡"等，陈毅的名字被打上红色的"×"，还倒着写。

4月，首都大专院校成立"批陈联络站"，宣称要彻底批判陈毅，不达目的誓不罢休。

5月11日，外事口的一些造反派和北京高校的红卫兵组织冲击外交部，并在天安门及北京主要街道搞游行示威，公然打出"打倒陈毅"的大标语。

在这个关键时候，周恩来挺身而出，顶住了揪斗陈毅的恶浪。于11日晚上至次日凌晨，他把外交部"革命造反联络站"及外事口的"红旗造反团""六·一六""井冈山"等造反派组织的代表召集到国务院会议室，与他们连续进行了5个多小时的谈话，严厉批评了他们的极端行为。而造反派仗着他们有中央文革的支持，有恃无恐，对周恩来进行轮番围攻、起哄。外交部联络站代表沾沾自喜地说："今天上午的游行是我们联络站发起的，其他9个组织都支持我们。"

周恩来问："是你们发起的？"

联络站代表恶狠狠地说："是的，我们发起游行主要是要求陈毅到群众中来。还有外交部其他两个党内走资本主义道路的当权派姬鹏飞、乔冠华。姬鹏飞不能再履行外交部常务副部长的职务。另外，我们提出，陈毅、姬鹏飞、乔冠华不能参加对外活动。主要一点是陈毅必须马上到群众中来。根据揭发的材料，陈毅是外交部和外事口最大的党内走资本主义道路的当权派，必须要他到群众中来接受批判。但是，从他 1 月 24 日检查以后，他没有到群众中去，这是逃避群众的批判揭发。所以，我们要搞示威游行。"

周恩来："你叫什么名字?"

联络站代表："我叫 ×××。总起来，我们就是这个要求。今天我们来把广大革命群众的要求告诉你，陈毅必须马上到群众中来。"

周恩来："我跟他们谈过这个问题，本来准备让陈毅去检查。问题是忙五一节耽搁了一下。本来这个礼拜排上了，但刚把财贸口的问题处理完。部里和学校不同，要抓革命，又要抓业务。今天你们外交部带头搞这样一个示威游行，还要把陈毅同志抓出去，我不能答应你们，也没法担这个风险，对你们也不利。批判，我赞成，但我上次对业务监督小组谈过，要大中小结合，要彼此打个招呼。"

联络站代表："我们在简报上登过。"

周恩来："简报我看了。你简报登了，这不是必须服从的命令，不能这样。"

联络站代表："昨天上午我们开大会，给你打过电话，没有打通。"

周恩来："我有多少事啊，我哪有这么多时间。昨天我在京西宾馆，天亮才回来。一回来我就看到钱嘉栋的电话记录，我在床上睡不着，叫钱嘉栋给你们打个招呼。陈毅的问题你们不能强加于中央。我希望你们冷静地考虑一下这个问题，我们要防止对党对国家不利的一切行动。"

一造反派："总理，你刚才说联络站游行效果不好，我不大懂，请你讲清楚些。"

周恩来："外交部要揪陈毅的问题，中央不能同意，他现在没有被罢官，他还是外交部长，还参加外事活动嘛！这不是一个简单的问题。你们可以提出意见，中央也还要讨论，不能群众大会一通过，中央就批准。"

造反派："你不是主张陈毅到群众中来的吗？"

周恩来："我们要制造环境。现在你们揪去，群众一起哄，喷气式飞机一坐，这怎么行？！"

造反派："我们就是要批判。"

周恩来："批判错误可以，但不能揪人。批判错误还要创造条件。"

造反派："什么条件？"

周恩来："大中小三结合，商量好了，我陪他去。"

造反派："好几个月了，他也没去。"

周恩来："好几个月，有反复嘛！我怎么知道他2月份又出了事。有反复，你也知道，何必问我。"

造反派："陈毅不到群众中来，心里有鬼。"

周恩来："他心里有想法。你们想想，你们几个队伍游行，把他揪去像什么样？"

"六·一六"代表："5月4日，我们就给陈毅去了照会，他到现在也没有回答。"

周恩来："5月4日他已经患了肠炎了。"

几个造反派齐声以命令式的口气说："你把陈毅交给我们，我们不会搞游街，你要相信群众。"

周恩来气愤地说："我说过，还要商量具体的方式，还要创造条件。你们不要在这里给我施加压力。"

由于周恩来在原则问题上毫不退让，造反派试图从周恩来身上打开揪斗陈毅的突破口的想法难以得逞。这时北京外国语学院的一个造反派用卑劣的手法向周恩来发起突然袭击，妄图捏造既成事实逼周恩来就范。他说："总理，你刚才说把三反分子陈毅交给我们。"

周恩来听后气愤至极，用愤怒的目光盯住这个造反派，大声责问："什么？我没有讲'三反分子'！你们强加于我，我要抗议。"说着，他转向联络站代表："你们证明，我说了'三反分子'啦？你们提打倒陈毅，不能强加于我。"

一学生："我们不强加总理。"

周恩来："我给你们先排个次序，还是先开大会，分几次。陈毅肠炎好了，我马上陪他去。"

造反派："是不是把陈毅交给联络站？"

周恩来："那不行。我不能这样做，陈毅不是商品，他是政治局委员，给'批陈联络站'也不行。"

"批陈联络站"代表："陈毅应先交给我们批判，然后交给（外交部）联络站。"

周恩来："那你们满场的'打倒'口号。"

造反派蛮横地说："我们就是要打倒。我们下定了决心。"

周恩来斩钉截铁地说："你们下定决心，也不能强加于我。我现在跟你们商量具体方式，你们一个人随便就推翻了，还有没有民主啊？"

造反派："我们是为了维护主席思想开这个大会。"

周恩来："正是主席思想不同意这样做，不赞成你们用这个方式。"

造反派有恃无恐："该打倒就打倒！你可以保留你的观点。"

周恩来怒斥说："你这个样子就没法商量了。我说了，现在条件还不成熟，批判陈毅的大会不能开。我本来是与你们来商量，你们却用群众大会的方式来对付我。"

众人："我们是对付陈毅，不是对付总理。"

周恩来："你们用这样的方式对付我，没法商量事情。"

众人："我们同意总理的安排。但是，在这之前，要先开一个外事系统大会。"

周恩来："我已经把底交给你们了嘛，中央不能同意。现在才200多人，我说两句话，你们就起哄，陈毅同志怎么来？……现在还有几位副总理，我要一个一个地保，我还要做工作。我这样的身体，这一年就成了这个样子，你们总希望我为党多做一些工作吧。你们这样压我，吵了一通，达不到目的。"

造反派："总理为什么还称'陈毅同志'？"

周恩来："主席批判刘少奇也称'同志'呢，还是中央常委嘛！怎么提这样问题，这是我们党内的事，保密，你们不能这样问。难道中央必须跟你走吗？"

在这次谈话中，周恩来费了很大力气跟造反派达成了批判陈毅问题的协议。然而造反派不守信用，两天之后，北京外国语学院的一些造反派强行冲入外交部，要揪斗陈毅。

15日凌晨，周恩来紧急召见冲入外交部的造反派，严厉批评道："你们这件事是犯了一个大错误，冲到楼上，打伤了人，抢夺机密。不管你们有多少理由，仅这一条就违反了中央的规定。"

造反派说："我们到外交部是为了揪陈毅，是为了见总理反映情况。"

周恩来责问道："揪陈毅到外交部去揪？那中南海你们也去冲吗？我在整个外事系统都讲过，外交部不能冲嘛！"

造反派说："'六·一六'就冲过。他们一冲，总理就接见。"

周恩来说："不是因为冲就接见，而是因为他们9个单位游行，在街上喊'打倒陈毅！'我反对这种做法才接见的。你们不要拿'六·一六'的错误来抵消你们的错误。"

造反派说："反正我们是下定了决心，要揪出陈毅。"

周恩来警告说："下定决心，走向自己的反面嘛！反正我也把政策交代了，你们不听，将来就要走到自己的反面。以为你们要打倒陈毅，陈毅就倒了？有这么简单？滑稽！如果你们执意要召开外事系统的批陈大会，我就要下命令让部队去外交部加强保卫，不管哪一派，谁冲就扣留谁。你们首先承认错误，不然就被动。从机要室抄走的机密材料、笔记本要追回。"

周恩来还针对有些人对他的攻击，说："对我搞全面材料也行，向我提抗议也行，刷大字报也行，我不怕打倒，干了几十年还怕这个？除非我自己摔跤，走向反面。"

在批斗陈毅问题上，由于周恩来坚持要等条件成熟并商量好后再开批判会，实际上是采取拖延的办法，并且态度非常坚决，这样，揪斗陈毅的狂潮暂时得到遏制。

陈毅多次遇险，周恩来舍身陪斗："你们要揪斗陈毅，我就站在人民大会堂的门口，让你们从我的身上踏过去！"这种舍己救人的精神，既表明了周恩来对战友的一往情深，又表现了他的大智大勇。

在全国局势更加动荡混乱，极左思潮泛滥的时候，外事口的造反派组成了"揪陈大军"，来到当时的正义路4号外交部门前安营扎寨，声称"不把三反分子陈毅揪出，誓不收兵"。他们在外交部门前架起了高音喇叭，先后召开了"批斗陈毅誓师大会""陈毅推行'三降一灭'外交路线罪行报告会""陈毅黑史报告会"等。

造反派的这一行动的背后，都有中央文革一伙的支持，他们故意纵容造反派采取极端的行动，来压周恩来交出陈毅。

在这种情况下，周恩来试图采取拖延的办法阻止造反派召开批斗陈毅的大会已很难做到了。周恩来深知，陈毅的性情刚烈，如造反派借批判会之机搞些"低头、弯腰、认罪"之类，势必引起冲突，事情会闹得更糟糕。周恩来还担心造反派不守信用，把陈毅揪走，转而秘密关押、迫害。煤炭部长张霖之就是被造反派秘密关押、迫害而死的。为此，周恩来于8月6日，再次接见外交部联络站和北京外国语学院的造反派，就召开"批陈"会议进行协商。周恩来坚持"批陈"会议以小型为主，并先在外交部开，然后再安排开中型的、大型的。周恩来还对造反派约法三章：会上不许喊"打倒"的口号，不许挂"打倒"的标语，不许有任何侮辱人格的举动，如变相武斗、揪人等。造反派当时都一一答应了。

同时，周恩来嘱咐陈毅："在会上只听取批判，不要回答问题，以免矛盾激化，事倍功半。"

8月7日下午1时，根据协商安排，在外交部小礼堂召开第一次小型"批陈"会议。

8月的北京，正值盛夏，热浪滚滚，周恩来顶着正午时刻的炎炎烈日，提前来到外交部陪伴陈毅参加批斗。当他走到小会议室的门口，先入会场的卫士长成元功出来报告：会场内挂有一条"打倒三反分子陈毅"的大标语。周恩来当即止步，质问主持会议的造反派头头："昨天已经说得好好的，为什么还这么干？不把标语撤下，会议不能开。"

造反派表示不愿撤下标语。

周恩来抱臂胸前，脸色严肃地站在烈日下的水泥台阶上，脸上淌下的汗水，又顺着胳膊大滴大滴地滚落到水泥台阶上。

僵持了近一个小时后，造反派被迫摘下了标语，周恩来这才步入会场。

造反派对周恩来力保陈毅非常不满，他们要找他们的后台申诉，告周恩来的状，以寻求更大更直接的支持。

臭名昭著的王力"八·七"讲话，使得外交部的极左思潮空前泛滥，造成一系列破坏外交的事件，极大地影响了中国在国际上的声誉。周恩来力挽狂澜，与康生、江青一伙进行坚决斗争，维护了新中国的外交政策，保持了同各国的友好关系

就是在"批陈"小会的当天（8月7日）晚上9时，在钓鱼台中央文革小组办公室里，不久前在武汉"七·二〇"事件中，支持造反派揪斗武汉军区司令员陈再道等搞乱武汉被当作"英雄"的中央文革小组要员王力，拖着一只打着石膏绷带的伤脚，靠在躺椅上，接见匆匆应召而来的外交部造反派。

因揪斗陈毅受到周恩来批评的造反派，就像在外头受了气的人见到了救命的主子，纷纷诉说各自的"委屈"：

"外交部运动阻力大，我们认为外交部这个阻力来自周总理。"

"陈毅是三反分子，是外事口最大的走资派。根据陈毅的言行，我们认为陈毅的问题是敌我矛盾。下午我们开批判陈毅的会，挂出了'打倒三反分子陈毅'的大标语，但总理不同意这样做，还严厉批评了我们。"

"我们要与陈毅血战到底！"

造反派一阵"诉苦"后，王力开讲了。他说："外交部运动阻力大？外交吓人嘛！别人不能干，了不起？这么神秘，只有少数专家才能干，你这个外交就这么难？红卫兵就不能干外交？他们说你们方向路线错了，那陈毅的方向路线倒对了？你们1月夺权夺了多少权？业务监督权有多少？能监督得了吗？部党委班子还没有动吧？革命不动班子？这么大的革命，班子不动还行？为什么不能动

一动班子?"

造反派插话说:"整风时有人批评我们夺权夺过了头,说业务权是中央的,不能夺。"

王力说:"这话不对,革命和业务不能分开。干部司掌握人事大权不能动,那么照这样说中央组织部要恢复了吗?它掌握最大的人事权嘛!选干部不能选保守派,要选维护毛主席革命路线的。不看这一条,只看什么级别,什么长,这个统统打倒。"

说到这里,王力激动得挥舞着手,挣扎着坐了起来:"二十几岁可以当中央部长,为什么不可以?二十几岁可以出来做领导工作。我们小组戚本禹、姚文元三十几岁。我看你们现在还没有掌权,有点权才有威风。"

造反派插话:"有人说,有些干部不能靠边站,不能撤职,说是还没有定性……"

王力说:"那么文明啊,这是干革命!有人不做工作还让他看文件干什么?造反派为什么不能看文件?反毛主席的倒可以看,这是笑话!喊打倒刘、邓、陈的口号,成了罪过,为什么不能喊?'文化大革命'革了一年了,竟在外交部出现这种怪现象,令人深思。"

造反派插话:"整风整了3个月,我们作了三次检查。"

王力:"你们有多少好检查的?他们问题那么严重,他们检查了多少?你们以后有材料寄给我们。监督小组不能成为花瓶,要真实地监督。揪陈毅的大方向当然对,为什么不可以揪?他犯了错误又不到群众中去接受批判,作检查,就是可以揪。揪他有什么不对?是反革命,有那么严重?"

接见从9时开始,一直持续到11时。

王力的讲话,矛头明显地是对着周恩来的。

王力不敢来同周恩来谈,他跑到了陈伯达、江青、康生处汇报。

陈伯达、江青表示讲得好，有点造反精神。

康生说王力的讲话符合主席精神。

造反派则如获至宝，在王力"八·七"讲话的煽动下，外交领域的极左思潮愈演愈烈，外交局势一度失控。

8月11日下午，在人民大会堂召开有万人参加的大型"批陈"会议。

会前，周恩来对造反派重申：不许挂"打倒""三反分子"之类的标语，不许有侮辱人格的举动。

会场上，周恩来精心布置。出于7日会议造反派不遵守承诺的教训，为确保安全，周恩来特意调来了几十名中央警卫团的战士，安排他们坐在前排，防止造反派冲击。

大会开始后，周恩来因为有别的急事要处理，到大会堂另一个厅去了，大会由谢富治主持。周恩来刚离开会场，造反派因为有王力讲话，胆子更大了，就不顾周恩来的规约，违背诺言，兴风作浪。几十幅"打倒陈毅""打倒三反分子陈毅"的大标语同时从二楼、三楼垂悬而下，"打倒陈毅"的口号声骤然响起。

一时气氛顿时紧张起来。坐在前排的中央警卫团的战士，手挽手地站立起来，搭起了一道人墙。一些造反派几次试图冲上台去揪陈毅，都被警卫战士挡回。有几个造反派趁混乱之机溜到台上，一把揪住陈毅就想动武，都被警卫战士和工作人员及时拉开。而主持会议的谢富治坐在那里，一声不吭。

周恩来闻讯赶来，严厉批评了造反派的行径。为了使会议不前功尽弃，周恩来不得不放下手头的事，亲自坐镇，直至会议结束。

会议结束后，为防止造反派在回去的线路上耍阴谋揪陈毅，周恩来又与陈毅的座驾同行，一起同陈毅回到中南海家中。

8月26日下午，在外交部小礼堂又召开一次小型的"批陈"

会议。周恩来在钓鱼台开中央文革碰头会，脱不开身，委托秘书钱嘉栋参加。

会议开始十几分钟后，北京外国语学院的几百名造反派冲入外交部，要揪走陈毅。

造反派鉴于前几次的"教训"，为防止陈毅坐汽车"溜走"，事先把陈毅的汽车轮胎的气放得一干二净。

周恩来接到报告后，立即通知傅崇碧增派部队前往外交部保护，同时派自己的卫士长成元功到现场协助。

那时造反派对中央文革的话唯命是从。周恩来要陈伯达打电话给造反派，制止冲击。陈伯达电话是打了，但态度含糊。

周恩来不得不亲自打电话给外交部造反派头头，要他负责保护陈毅的安全，并护送陈毅回中南海。

傅崇碧接到周恩来的命令后，迅速增调了两个连的战士，赶到现场与造反派对峙、周旋。紧急之中，成元功和陈毅的秘书杜易、警卫一起，将陈毅转移到一楼的一间盥洗室暂时躲藏起来。一直到夜幕降临，在警卫部队的掩护下，陈毅才从外交部后门出来，坐上卫戍区准备的汽车安全回到中南海。

次日凌晨，周恩来接见冲进外交部揪陈毅的造反派，严厉批评他们的行为。

但是，造反派仍然有恃无恐，在"批陈"问题上提出种种无理要求，无理取闹，并采取车轮战围攻周恩来。由于长期得不到休息，周恩来的心脏隐隐作痛，服了两次药仍未缓解。

在场的周恩来的保健医生张佐良将他的病情写在一张纸条上递给造反派头头，他们竟置之不理，仍在陈毅的问题上一味纠缠。

周恩来气愤地怒斥造反派："你们这样搞，完全是向我施加压力，是在整我了！你们采取轮番战役，已经18个小时了，我1分钟也没有休息，我的身体已不能再忍受了！"

周恩来的保健医生张佐良也忍无可忍，冲造反派头头警告说："如果总理今天发生意外，你们必须承担一切责任。"说罢，搀扶着周恩来离开会场。

这时，丧心病狂的造反派还在周恩来的身后追着嚷嚷，扬言要拦截陈毅的汽车，要冲入人民大会堂揪陈毅。

周恩来回过头来，怒视造反派，一字一句地警告说："谁要在路上拦截陈毅的汽车，我马上挺身而出！你们要冲击会场，我就站在人民大会堂的门口，让你们从我的身上踏过去！"

在近两个月的时间里，共举行大大小小 8 次"批陈"会，陈毅在周恩来的精心保护下，虽多次遇险，但均化险为夷。

林彪和中央文革一伙煽起的极左思潮特别是王力的"八·七"讲话，严重破坏了新中国的外交政策，周恩来坚持原则斗争，多方维护，才减少了损失

王力"八·七"讲话后，8 月 19 日，外交部造反派就冲砸外交部政治部，强行封闭所有副部长办公室，悍然宣布夺取外交部大权。

8 月 22 日，狂热的造反派放火烧了英国代办处。

23 日凌晨 3 时，火烧英国代办处 3 个小时之后，周恩来把外事口各造反派组织的负责人召集到人民大会堂接见厅，严厉批评外交部夺权和火烧英国代办处的行径。

周恩来说："你们夺外交部权，要所有副部长向你们报告，出入要你们批准，有外事活动找他们还要我向你请求。"

造反派："王力讲话说……"

周恩来："你们不要从王力讲话里捞稻草，一根稻草也捞不到。

你们把外交部所有副部长的办公室都封了，也不给中央打报告，我找谁办事？部党委几个人你们都点了名，说某某是'三反分子'，你们都有通令，完全目无中央。"

造反派："封部党委的目的是促新的领导班子的形成。"

周恩来："促进部党委改组也要跟中央商量嘛，你们不能封了以后让我们听你们的意见。"

造反派："我们封了以后听总理的。"

周恩来："你们也没有打电话给我，也没有通知我。你们发生了问题要我替你们办事，那好，请你来做外交部长。"

造反派："我当不了。"

周恩来："你的做法就是这样。四天外交大事没有人管嘛！"

造反派："外交部左派组织可以管嘛！"

周恩来："左派组织中央没有承认嘛！它只是监督。你们现在拿监督小组的名义发电报给国外，中央看了，认为完全是非法的，法律上不算数的……中央几次决定不能冲外交部，外交、国防大权不能夺，你们就是不听。事前也不和中央商量，事后也不来商量，你们头脑发热了。我今天首先问你们，我们国家的外交大权是毛主席、党中央和毛主席授权国务院来管，还是你们管？如果你们说国务院没有这个权力，你们要直接行使这个外交权力，那我今天就去报告毛主席。"

造反派："当然中央来管。王力讲话以后，我们觉得……"

周恩来气愤地打断："都拿王力讲话说事，你们不能拿这个捞稻草。"

造反派："我们觉得执行中央的决定要由革命者来执行，姬鹏飞、乔冠华是党内走资本主义道路的当权派，不能代表外交部。"

周恩来："那为什么不跟我商量一下？各省市成立革命委员会、三结合都要跟中央请示。中央如果不同意，就不合法，报纸都不能登。……你们下的命令，一句中央也没有提。你们连传单都没有给我们一张。你们 19 日夺权以后没有一封信给我，一张纸条都没有给我们。外交大权 4 天在你们手里，一直到今天把英国代办处都烧了。我跟你们讲了多次，根本不听。"

造反派："因为造反派可以办好事情，外交没有中断。"

周恩来："这是什么话？你们那个联络站给驻外使馆拍电报打倒刘、邓、陈，不符合中央精神。点名是件大事，不能叫中央跟着你们办事。你们自由发报，也不给中央打招呼。这样的电报就是外交部副部长批的还得拿到我这里，还得送中央、毛主席看。已经 4 天了，控制不住局势了。如果我们不再严肃指出来，不再出来讲话，就要犯罪了。我们没有料到你们来这一手，事前也不打招呼，事后也不报告，严肃一点说就是目无中央。你们两方面的指挥部无论如何要撤出，你们的指挥部在那里指挥外交，成为最高权力机构不行。"

接着，周恩来叫北京卫戍区的同志报告火烧英国代办处的情况后，问："今天的行动是谁发起的？"

北京外国语学院一造反派说："他们自发的。"

周恩来："现在说自发的话，我都替你们感到难过，感到脸红。"

造反派："是'反帝反修联络站'发起的。晚上 10 点他们必须答复，否则一切后果由他们负责。"

周恩来："采取任何行动要党中央、毛主席下决心。没有答复就采取行动，这是自发的吗？这是无政府主义嘛！在'文化大革命'中，我们的社论、广播都说了不少，连续广播了几天反对无政府主义。我们说无政府主义是一种倾向，是对内说的，这一下给人家证明了，这还不是无政府主义呀？我们是不是向英代办处警告、提抗议，这是毛主席或我们政府所决定的，能不能群众说了算？当然不能。我们的国家是无产阶级专政的国家嘛，我们是有组织有纪律的国家，在'文化大革命'中就能说是自发的？

"采取一个什么样的行动中央决定还得请示主席，我都不能定，你们随便一个什么战斗队就定了？"

北京外国语学院造反派："你这个感情就不对。"

周恩来："什么感情？"

北京外国语学院造反派："我们负担责任嘛！"

周恩来："同志们啊，你们负得了这个责任吗？你们的事情做错了可以回家睡觉，还是要我们来处理，最后还是要中央负责。"

从以上谈话中可以看到，一方面是周恩来的严厉批评，一方面是造反派有恃无恐，不听劝告。6月和7月，造反派冲砸印度和缅甸驻华使馆时，周恩来接见他们进行批评，还能听进去。然而，到了8月份火烧英国代办处时，周恩来的话和指示就不灵了。

为什么呢？周恩来自己曾作了最恰当的解释。他说："'文化大革命'运动的发展，如果仅仅是在青年中产生极左思潮，那是可以得到说服和纠正的，问题是有些坏人利用这个机会来操纵群众运动，分裂群众运动，破坏我们的对外关系，这种人只有在事情充分暴露以后才能发现。"这些"坏人"不是一般的坏人，就是林彪、陈伯达、康生、江青、张春桥、姚文元、王力、关锋、戚本禹等。他们操纵和支持造反派利用毛泽东的严重失误，夺权、打砸抢，破坏国内运动、生产和对外关系，妄图把中国搞乱，篡夺党政军大权。

1967年7月3日，罗马尼亚部长会议主席毛雷尔率团访华，周恩来在钓鱼台国宾馆17楼同其举行会谈，中国方面参加的有康生、李先念、乔冠华和李连庆，会谈后钓鱼台负责人通知到钓鱼台国宾馆5号楼周总理住处吃午饭。饭后，李先念、乔冠华、李连庆先走一步，李先念突然问："是谁说新中国外交是'三降一灭'

的?"李连庆嘴快,回答说是康生。这时周恩来也走过来准备上楼,听到他们的谈话,立即说:"外交没有'三降一灭'。"

大约是 1967 年 6 月份,康生就向周恩来"砍了一刀"。他在接见外事口造反派的讲话中说:"我最近看了一些文件,发现现在不是三和一少问题,是三降一灭,向帝国主义、修正主义、反动派投降,扑灭人民的革命。"给新中国成立以来的外交扣上"三降一灭"的帽子。

周恩来得知后,非常气愤,曾当面责问康生:"外交部总的政策不论是我兼外交部长的时候还是陈毅当外交部长,都经过我的手,我都送毛主席看。对外政策基本上是主席讲的,我们办具体事项。"康生做贼心虚,推说他是指中联部的王稼祥。

林彪、江青一伙煽起的极左思潮狂热,不仅是在国内,在国外的大使馆、留学生、华侨中也刮起极左的风潮。1967 年 1 月,全国夺权风暴蔓延,在国外的使馆也纷纷给外交部来电,要求在国外批判"资产阶级反动路线""修正主义外交路线",甚至提出要照国内的做法在使领馆搞"大鸣、大放、大字报、大辩论"。

为此,周恩来在 2 月 7 日批发了以中共中央名义发给各驻外使领馆、代办处的"关于驻外使领馆、代办处开展'文化大革命'运动的指示",指出:驻外使领馆、代办处仍应坚决执行"文化大革命"开始时中央规定的驻外使领馆、代办处只学文件,推行正面教育,不搞"四大"的指示,使馆工作人员不建立战斗组织,使馆内不能进行夺权。

周恩来在审改"指示"时还加写了一条,已建立战斗组织的应"在使馆党委领导之下,转为文革学习小组,对党委有批评建议之权,无监督权,如对使馆党委有意见,可向外交部党委提请审查,但不容许直接干涉使馆党委行使职权"。

开始,驻外使领馆的运动还能控制住,但后来王力"八·七"

讲话传到使领馆，就逐渐控制不住了，一些使领馆纷纷"造反""夺权"，搞起"大鸣、大放、大字报、大辩论"。留学生和华侨受使领馆和国内的影响，也搞起"文化大革命"，甚至造外国和外国领导人的反，闹得一塌糊涂。外交纪律在无政府主义的喧嚣中被抛到九霄云外，随便向驻在国提交涉提抗议，不看对象，不区别对待，不考虑驻在国的法律规定，强行发放"文化大革命"宣传材料、《毛主席语录》和像章，甚至同外国人会谈还要首先念一段《毛主席语录》，这种严重的强加于人的大国主义，引起对方的强烈不满和抗议，甚至要召回驻中国的大使和全部驻华人员，严重破坏两国关系。在一段时间内，中国同已建交或半建交的40余个国家中近30个都先后发生外交纠纷，有的甚至到了要断绝外交关系的边缘。其中不乏过去一直同我国保持友好睦邻关系的周边国家和兄弟国家，如朝鲜、巴基斯坦、缅甸、柬埔寨等国。

在外国人的心目中，一向以和平共处五项原则著称的新中国，突然变得那样的蛮横和不可理喻。一向被认为文质彬彬、注重礼貌的外交官员，在外国人面前对被调回国参加"文革"学习的大使、代办，一下飞机就揪斗，戴上高帽从机场押到使领馆造反联络站，不分青红皂白就开批判会，要他们交代所谓执行"修正主义外交路线"的罪行。新中国国际形象和声誉遭到严重破坏和损失。

周恩来在艰难的处境中，抓住了外交领域极左思潮这头怪兽的缰绳，把新中国的外交事业的车轮挡在了毁于一旦的悬崖边上。

周恩来的心里非常清楚，林彪、江青和中央文革一伙是利用毛泽东的"通过天下大乱达到天下大治"的想法，企图打倒一切、搞乱一切、乱中夺权，而毛泽东的本意并不容许林彪、江青一伙这样一种无政府主义的乱法。

几十年革命斗争的风风雨雨，练就了周恩来作为一个伟大的成熟的马克思主义者所具备的坚定的原则立场和灵活的斗争策略高度结合的才能，练就了周恩来炉火纯青的斗争艺术。在"文化大革命"党的领袖的严重失误与林彪、江青一伙利用这种失误肆意横行相交织这样一种错综复杂的环境中，周恩来对林彪、江青一伙的斗争更多采取种种迂回的、韧性的斗争方式，但也不是一味地迁就、退让和忍耐，一旦时机成熟，周恩来会像闪电一样，迅猛出手，给恶人以致命打击。

1967年8月25日，周恩来单独找陪同毛泽东南巡中途回京的解放军代总参谋长杨成武谈话，要他直接去上海，带着王力"八·七"讲话向毛泽东请示报告。

毛泽东认为：王力这篇讲话极坏，说："现在叫王'八·七'的膨胀起来了，会写几篇文章，膨胀起来了，要消肿，王力的错误大。破坏力大些，关锋听王力的。王力的兴趣不是什么部长、副总理。王关戚（本禹）是破坏'文化大革命'的，不是好人，你只向总理一个人汇报，把他们抓起来，要总理负责处理。"

杨成武回到北京，立即赶到钓鱼台，单独向周恩来汇报了毛泽东的决定。周恩来立即决定，事不宜迟，马上开会。

当晚，在钓鱼台，周恩来主持召开中央小碰头会，陈伯达、康生、江青等人参加。周恩来说："今天的会议是传达毛主席的一个重要决策。"他严肃地逐字逐句地宣读毛泽东的指示。

随后，便先把王力、关锋隔离起来。几个月之后，又把戚本禹隔离审查。

王力、关锋、戚本禹是中央文革的三员"干将"，江青手下名副其实的"车、马、炮"，"文化大革命"中不可一世的风云人物。他们实际上是陈伯达、康生、江青的代言人。许多江青不便说、不便做的事都由他们去说去做。由于他们有中央文革小组成员的特殊护身符，更仗着他们与林彪、江青一伙的关系，要拿掉他们，在当时是很困难的。

处置了王、关、戚，拆去了中央文革这座"阎王殿"的角，使江青一伙痛失"车、马、炮"，削弱了中央文革的势力，迫使他们的嚣张气焰不得不有所收敛。

这是周恩来同林彪、江青一伙较量取得的一次阶段性的胜利。

王力等被抓起来以后，身为中央文革小组组长的陈伯达不得不表态说：外交部还是由总理管。

8月31日，周恩来接见外交部造反派代表和部党组成员，重申外交大权属中央，严厉批评那个在外交部夺权后自任"代理外交部长"的"革命领导干部"，给他发出了严正的警告："你最近到处讲话，作报告，散布'打倒刘、邓、陈'的口号，你这样做等于站在对抗中央的地位。现在，国内的极左思潮和极左行动，已经影响到我们的外交工作，损害了我们的国际信誉。"周恩来提出在外交部开展批极左抓坏人的斗争。外交部的领导干部和广大工作人员立即响应周恩来号召，热火朝天地掀起批极左抓坏人的斗争，纷纷贴出大字报，召开大小会议进行讨论和辩论，并解放一批干部，抓业务，扭转了局势，使外交工作重新走上正确轨道。

但是，外交部受极左思潮影响较深，王力、关锋被抓以后，仍以其强劲的惯性，向前冲过来。

9月初，巴基斯坦与巴政府持不同政见的报纸先后转载勃列日涅夫攻击中国的讲话和台湾策反我空军外逃的两条消息。中国驻巴使馆看到这两条消息后，非常气愤，于是立即报告外交部，并提出拟向巴政府紧急交涉和提出抗议。外交部未报告周恩来，就同意驻巴使馆的意见。驻巴使馆立即约见了巴外交秘书（即外交部常务副部长），进行交涉和抗议。

巴方解释说：报纸刊登的这两条消息并不代表巴政府的看法。巴基斯坦的报纸与中国不一样，不是所有的报纸都与政府观点相一致，巴政府管不住反对派的报纸，这些报纸还常常刊登一些攻击和谩骂政府的文章，巴政府也难以阻止，希望中国政府对此能予以谅解。

应该说，巴政府的解释是真实的。

然而，我驻巴使馆负责人对巴的解释听不进去，坚持认为巴政府应对巴报纸刊登的反华消息负责，扔下一句"一切后果由巴基斯坦方面负责"的话，走了。

巴基斯坦一向与中国友好，巴政府不愿同中国关系搞坏，着急了，急电巴驻华大使苏尔坦，要他约见周恩来，报告此事。

9月17日下午4时半，周恩来在人民大会堂北京厅会见了苏尔坦。

苏尔坦说："非常感谢阁下在百忙中还抽空这么快接见我，我知道你很忙，我很快地谈谈。"

苏尔坦在叙述事情的经过之后，诚恳地说："阿尤布总统、巴基斯坦政府、绝大多数巴基斯坦人民和报纸是十分珍惜巴中友谊的，一小部分报纸登了一些外国发来的消息，这些报道并不代表巴基斯坦官方，是不代表巴基斯坦政府和人民的。说这些不负责任的报道是代表巴基斯坦政府的观点是不公平的，对此，我感到吃惊和痛心。如果我说错了，你可以纠正。中巴两国关系总的来说是很友好的、很和睦的，我们两国之间没有任何问题不可通过友好讨论来澄清。我向阁下解释，是申明我国政府和人民十分重视巴中两国的友谊，要做一切可能做的事情促进两国友谊，我见阁下就是为的这个理由。"

周恩来静静地听完以后，非常坦率地对苏尔坦说："谢谢你告诉我这些情况。大使阁下所谈的巴基斯坦的情况我了解一些，的确不是巴基斯坦政府完全能控制的。我说一句公道话，在报道中巴友好消息方面，巴基斯坦的报纸报道的要比我们报纸报道得多。在这一点上，你们有理由解释巴基斯坦政府和报纸的立场，支持中巴友好的报纸还是多数嘛。我相信，中巴两国友好关系不但会继续下去，还会发展。"

苏尔坦最后建议："如果将来中巴两国之间出现任何严重的事情，希望都用友好交谈的方式来解决，不用正式抗议和提正式要求的方式。因为用这种方式容易把问题搞僵。"

周恩来表示非常赞同苏尔坦的意见。

周恩来在接见苏尔坦之前，已经通过有关方面了解了事情的经过、前因后果。他是压着对极左思潮的怒气见完苏尔坦的。在外宾面前，他不好发火。

送走苏尔坦后，周恩来召见外交部有关人员，同他们谈话，发出了他少有的震怒："你们又给我捅了个乱子。抗议巴报的事经我批了没有？"

"没有。"

"为什么不送给我看？你们把一切关系都给破坏了。这样一件事就值得抗议吗？你们天天学语录，要区别对待、掌握政策，这么一件事就值得抗议？经过谈话就可以解决嘛！这是谁提的意见？"

"司里提的。"在场的人还没见过周恩来发这么大的脾气，连吓带后悔，大气都不敢喘。"你们这样就把事情做出来了，要我背了黑锅。刚发生了一个柬埔寨的事情，现在又来了一个巴基斯坦，你们把原来所有的关系都破坏了！我怀疑你们是革命还是反革命！"周恩来气得在座椅前面直转圈。

"一个礼拜连续两件事。7月20日事情（指1967年7月20日武汉'七·二〇'事件）以后，外交部不听话了。把关系搞坏了，你们高兴了？这是极左的行动。这样的事情，你们可以到外交部去提请人家注意就行嘛。你们管业务的都是年轻的吗？"

"有年纪大的，有处长。"

"这样重大的事为什么不送我看一看？抗议是严重的步骤，可是你们随便提抗议，现在提抗议就像喝杯茶似的。像这样的事也提抗议那就不胜抗议了。”

最后，周恩来责成外交部有关领导回去要就此事好好检查。

西哈努克亲王要撤回柬埔寨驻华使馆的全部人员。

周恩来婉言相劝，制止了中柬关系的恶化。

当时柬国内的柬中友协受极左思潮的影响，还把斗争矛头对准了当政的西哈努克政府。

这些极左行动引起了柬埔寨政府的不满，曾几次与我驻柬使馆交涉，均未得到满意的答复和解决。

为此，西哈努克下令解散柬中友协，把该友协的工作合并到柬埔寨对外友协。

然而，中国有关方面还继续承认柬中友协，并在柬中友协成立3周年的时候发去了贺电，柬的新闻媒介还对此作了报道。

西哈努克一怒之下，宣布要撤回柬埔寨驻华使馆全部人员。

外电也报道说，柬埔寨要同中国断交。

周恩来在得知事情的原委后，他一方面批评中国有关方面的“左”的做法，强调保持中柬友好关系的重要性，另一方面亲自约见柬埔寨驻华大使张岗。

1967年9月14日晚11时30分，周恩来在人民大会堂北京厅约见了柬埔寨驻华大使张岗。

寒暄之后，周恩来直入正题：“这次发生的事情，出乎我们意料之外，所以我约见大使一谈。从我们两国建交以来将近十年了，从来没有发生彼此不愉快的事件。这次事件出乎我们的意料之外，我们只能表示遗憾。从我们国家和政府的愿望出发，我们还是希望大使及使馆人员留在中国，继续为增进中柬两国友谊而作出努力的。”

张岗：“很好。”

周恩来："因为从我们方面来说，我们没有感到两国和两国政府之间有什么不愉快的事。中国政府对于与贵国的关系，历来是照我们所提倡的和平共处五项原则进行工作的。在中国政府方面，我们是遵守五项原则的，我们从来没有对王国政府进行颠覆、干涉活动。中国政府从第一次万隆会议认识亲王以来已经12年了，我们一直对亲王很尊重。我们觉得没有任何理由使两国关系在共同反对美帝国主义的斗争中恶化。至于我们两国公民间发生的一些不愉快的事，只是个别的。我代表中国政府表示：我们愿意继续维持和发展两国友好关系，希望大使回去能把我的口信转告西哈努克亲王元首。听说你们元首还决定留下一个工作人员不走，是否有此事？"

张岗："到现在为止，我收到国内的指示是全撤，即迅速地、有秩序地撤回全体人员。我的意见东西不撤，先找三四个中国朋友看守，不是现在马上撤，而是等我回去看看，然后再分批地撤。我想试图照阁下的意见办了。我准备留下一个会计和一个机要员在北京。总而言之，国家元首说，这不是断交。"

周恩来："是的，我们从西哈努克亲王的讲话中知道他也是这样说的，不断交。现在又从大使处得到证实。"

张岗："元首是这样讲的。"

周恩来："在我们看来，我们两国关系不是断不断的问题，而是继续维持和发展的问题。我们一向钦佩西哈努克亲王所领导的抵抗美帝国主义的斗争。请大使阁下回国把我们直到现在还没有改变的想法转告西哈努克亲王。"

张岗："我一定转达。亲王这样做，主要是怕北京发生反对柬埔寨使馆的事，发生游行示威的事。听了阁下的讲话，我理解北京不会发生那样的事。亲王对阁下一向是很尊敬的，阁下的讲话，给了我希望。"

10月20日，毛里塔尼亚伊斯兰共和国总统达达赫来中国访问，周恩来同他举行了几次会谈。

24 日，达达赫离开中国前往朝鲜、柬埔寨等国访问，周恩来在送达达赫去机场的路上，请达达赫帮忙给朝鲜金日成首相、柬埔寨西哈努克亲王、埃及总统纳赛尔捎转他的口信。周恩来说："自从我国'文化大革命'以来，有时出现一点误会，华侨在一些亚非国家有不少，他们向往祖国，我们不能阻止他们。我们一直教育华侨要遵守所在国的法律，但对于他们的行动我们并不能掌握，使馆也不能全管得了。另外，我们的使馆在工作中也有一些偏差，我们并不掩饰这些偏差，随时可以改正。最近，毛主席在同刚果（布）总理谈话时，就说刚果（布）总统做得对，我们的使馆在工作中有偏差。帝国主义诬蔑我们，而实际上我们对朝鲜、柬埔寨的政策没有改变，我们一贯支持他们的反帝斗争。"

送走达达赫两天之后，周恩来再次在人民大会堂接见柬埔寨大使张岗。

周恩来说："现在西方世界舆论和一些国家都在挑拨中国与柬埔寨王国的关系，特别希望我与西哈努克搞笔战舌战，他们幸灾乐祸。在这个问题上我们党和政府从毛主席起都很清楚。我们不会上敌人的当。我们认为，中柬两国之间有共同的敌人，他们是想利用我们之间的任何一点误会来进行夸大，以便各个击破。我们要做使敌人不高兴的事，而不做任何一点使敌人高兴的事。即使我们之间有一些误会和意想不到的批评，我们想到共同的敌人，我们是把误会放在次要地位的。当然，这些事情不是没有分歧的。但是，我们认为现在争论这些事情不是时机。我们宁可把这些意见保留起来，不做公开争论，不让敌人利用。这点意见请大使阁下转告西哈努克亲王。"

周恩来还就中柬两国在政治上、工作中的一些误会向张岗作了解释，并坦诚地承认了中方在一些工作中的错误做法：

第一，柬埔寨取消柬中友协，成立全国统一的友协，这是你们主权国家权力内的事，我们无权过问，根本不发生我们反对这件事的事。至于我友协给原柬中友协发贺电的问题，是民间团体的事情，是个错误，但我们党和政府不知道。

第二件事，关于中国在柬埔寨的侨民问题。我们一向遵守这样的原则：侨民应当遵守主权国家的法令，但他们的正当权益应受到保护。我们一向用这个政策来教育我们的侨民。但侨民的情况是不同的。在那样的环境中，他们往往有自己的想法和做法，这是他们本身的事，中国政府很难干涉。柬埔寨王国政府对中国侨民的态度一向是宽大的，这点我是了解的。侨民有一些活动使西哈努克亲王不高兴，或者他们违法了，亲王批评他们，这是元首有权这样做的。

10月27日上午，达达赫结束对朝鲜的访问后前往柬埔寨访问，中途路过北京，周恩来到机场迎送。

达达赫对周恩来说："金日成首相让我捎来四点口信给总理先生，作为对总理先生捎口信的回答：

第一，朝鲜民主主义人民共和国对中华人民共和国的政策没有改变，将来也不会改变。

第二，我同毛泽东主席和周恩来总理有着深厚的友谊，并非常珍视这种在共同斗争中建立的友谊。

第三，双方存在某些分歧，但目前这些分歧并不严重。如果分歧变得更大的话，双方可以通过见面讨论寻求解决办法。

第四，我相信，如果朝鲜遭到进攻的话，中华人民共和国会同过去多次所做的那样，来帮助朝鲜。"

周恩来听了达达赫转达的金日成的口信，放心了。因为在"文化大革命"中，造反派攻击金日成、到朝鲜使馆游行、散发批判朝鲜劳动党和金日成的传单，"朝鲜必须跟着中国闹革命"和中国驻朝使馆搞了许多极左的宣传，引起朝鲜不满和防范。而今，金日成通情达理，充分理解了周恩来的艰难处境，这使得周恩来非常满意和高兴。在困难时期能够得到外国朋友的谅解和同情，这是多么的珍贵啊！

周恩来感谢达达赫的传话，并再次请他把口信捎给西哈努克亲王。

在周恩来的努力下，西哈努克亲王愉快地接受了周恩来的解释和建议，立即撤销了撤回柬埔寨驻华使馆人员的计划。

后来，西哈努克亲王在他的回忆录中写道："在我结识的世界领袖中，周恩来是我视为最杰出的两位人物之一。另一位是法国的戴高乐。"

西哈努克还说："我可以毫不夸张地说，在'文化大革命'这场巨大的动乱中，如果中国没有周恩来，中国作为世界大国和文明民族的地位也将因此而告衰落。"

周恩来对中缅两国关系一直采取控制措施，所以在"文化大革命"中没有走得很远。周恩来本人的外交风采，潜移默化地影响到缅甸国家元首奈温对外交政策的制定

周恩来用心血浇灌出来的中缅两国人民深厚的"胞波"情谊，在"文化大革命"中几乎被浓厚的极左思潮所窒息。

中央文革一伙从"文化大革命"开始不久，就要求国内有关部门向中国驻外使领馆大量寄送毛泽东著作、语录、像章和"文革"宣传材料。康生说，世界已进入毛泽东思想的新时代，宣传毛泽东思想是对外工作的中心任务。

于是，许多驻外使馆人员、援外人员、留学生乃至有些华侨，就不看对象，不考虑驻在国的法律规定，强行发放，甚至同外国人会谈也要首先念一段《毛主席语录》。

这种可笑的举动，周恩来就遇到过一次。一天，周恩来在钓鱼台国宾馆陪同前来我国访问的巴基斯坦空军司令吃饭，刚一坐下，服务员就严肃地念起了"一切魔鬼通通都会被消灭"的《毛主席语录》，使得周恩来和巴空军司令都很尴尬。事后，周恩来愤怒地批评说："这是牛头不对马嘴。"

周恩来曾多次批评驻外使领馆人员、援外人员、留学生对外宣传强加于人的极左做法。他说："中国专家挂毛主席像章是我们的权利，外国朋友要，我们不好不给。但是驻在国政府不让他们本国人民挂毛主席像章，我们就不能因此说他们反华。否则，反华的国家就多了。有些国家和政府对我们是友好的，也敢讲毛泽东思想，但也还反对本国人民挂毛主席像章。我们热爱自己的领袖，也要尊重人家的领袖。每个民族都有自己的自尊心，强加于人，适得其反。"

周恩来还说："对外宣传要见缝插针，见缝插针也得有缝才行，铁板一块就插不进去，硬插，针就断了。见缝插针插得进去，见缝插棍子就不行，不能倾盆大雨。"

周恩来这些正确指示，有的人听了，但在极左思潮和无政府主义猖獗的时候，许多人不听。强行散发《毛主席语录》、毛主席像章，引起许多国家对中国的怀疑、不满和反对，导致严重的外交纠纷。

1967年6月，我驻缅甸使馆人员不顾缅甸政府的劝阻，强行向华侨和缅甸政府散发毛主席像章、语录，引起缅方的不满和干涉。

从1967年6月起，缅甸学校领导方面要求所有华侨学校学生摘下佩戴的毛主席像章，学生不答应，中缅双方民众多次发生冲突。

6月27日、28日，缅甸民众包围并冲击中国驻缅甸大使馆。尽管缅甸政府调来了军队到现场劝阻，但还是有些人冲入了大使馆，我援缅的一经济专家被暴徒杀害。

对于中缅双方政府来说，理智的做法是双方同时采取克制的态度，以避免事态进一步发展。缅甸政府一再表示，愿同我国保持友好关系，不愿把关系搞得很紧张，采取了克制的态度。但在中国，极左思潮趾高气扬，进一步扩大了两国之间的矛盾和冲突，要逼缅甸同我国断交。中央文革一伙甚至扬言：报纸的调子可以高于政府声明，群众的调子可以高于报纸。

6月29日，《人民日报》根据中央文革上述错误指示，头版头条以醒目的容易刺激对方情绪的粗黑标题《缅甸政府唆使暴徒袭击我使馆杀害我专家迫害我侨胞，我国政府向缅甸政府提出最紧急最强烈抗议》，刊登了我外交部给缅甸驻华使馆的照会。

6月30日，《人民日报》再次在头版头条以更醒目的粗黑标题刊登中华人民共和国政府发表的声明，最强烈最严重抗议缅甸政府的反华排华的法西斯暴行。

周恩来坚决阻止了逼缅甸政府同我国断交的极左做法。他说："不怕断交还可以说得过去，这是被动的。如果提逼它断交则变成我们是主动的。"

从6月29日起，北京几十万群众连续在缅甸驻华大使馆门前举行声势浩大的游行示威，一支支抗议示威的队伍首尾相接，怒吼声震动天地。缅甸使馆外的墙上和门前马路两旁，贴满了密密麻麻的声讨大字报和大标语。

在那种极左的氛围里，群众游行示威和报纸上的高调宣传，周恩来难以阻止。但是绝不能让示威群众"以牙还牙"，去冲击缅甸使馆。为此，周恩来打电话给外交部和北京卫戍区司令员傅崇碧："群众只许在使馆外面示威，绝不能冲入使馆，更不能伤害使馆人员。"

在卫戍区部队的严密控制和疏导下，连续几天的群众示威没有出现冲砸缅甸使馆的情况。

7月初，又有一些造反派操纵部分群众准备冲击缅甸使馆，周恩来及时制止了这一行动。在周恩来的努力下，中缅关系的事态得到控制，没有更进一步恶化。

1971年8月7日，缅甸总理奈温来华访问，周恩来同他会见时，回顾了1967年中缅关系那段曲折：

周恩来：今天上午主席阁下谈到1967年的事情，这件事正如阁下所说，的确是很遗憾的。你知道1967年我们正在进行"文化大革命"，有一些极左思潮，你们新大使来后知道一些。1967年事件的直接起因，是华侨学生佩戴毛主席像章，引起纠纷，以后牵涉到我们驻缅使馆，发生了数十人死亡以及华侨被捕的情况。

当时，我国政府想尽量把这件事约束在政府交涉的范围之内。开始我国使馆一份抗议照会送给了贵国外交部，我记得照会中提出了五点要求，接着我国外交部发表支持抗议照会的要求。

《人民日报》就这件事登了一些文章和消息。当时，正是"文化大革命"运动发展到高潮的时候，上百万群众连续几天在你们使馆门前过来过去。我担心会发生像仰光对中国使馆采取那种激烈行动，冲进去，伤害了人。我打电话给外交部和北京卫戍区制止了事态的发展。幸好那时我打电话还有效，把你们使馆保住了，没有发生像我们驻仰光使馆所遇到的情况。还有一次，大约在 7 月初，受极左思潮影响的群众在坏人的操纵下，开了一次大会，要冲外交部，同时要冲缅甸驻华使馆。这件事被我挡住了。运动发展到 8 月份，外交部也受了极左思潮的影响，坏分子钻进去夺了权。

另外，那时我们驻外使馆也出现了一种情况，就是对重大政治问题直接对外发照会。我们使馆给你们外交部抗议照会不经过我国外交部批准，这是从来没有过的事。到现在我们也还没有查清到底有几个照会是未经外交部批准就送到你们外交部的，可能从你们档案中能找到。大概从 1967 年 7 月起，有些重要照会就由大使馆直接送出，当然上面一定盖了大使馆的印的。

你知道，那时候我们的大使回来了，原来还要回去，6 月底发生事情以后，我们才决定不要他回去了。

在那个阶段，极左思潮影响到我们外交部。但我国政府还是要控制这个局面，特别是同缅甸的关系。

我之所以要说这一段情况，是想说明我们政府的政策是明确的，这是主要的方面。在 1967 年，的确有极左思潮的干扰。"文化大革命"运动的发展，如果仅仅是在青年中产生极左思潮，那是可以说服纠正的，问题是有些坏人利用这个机会来操纵群众运动，分裂群众运动，破坏我们的对外关系。这种人只有在事情充分暴露以后才能发现。发现以后，坏作用就起不了了。好在当时中缅关系发展到这种程度没有再发展下去。我们同英国关系走得更远一点，时间更长一些，受到的破坏更多一些。

类似这样的事情，不仅同缅甸、英国有，同其他国家也有，我就不详细说了。如果有工夫，另找机会谈"文化大革命"情况时，我们可以多说一点。

对于我们两国的关系，我们一直采取控制的措施，后来阁下也采取了控制的措施，所以没有继续发展下去，没有走得很远。这对于在近两年促进和逐步恢复两国关系有好处，比较有利。

1967年华侨学校的某些行动，我们也不赞成。年轻人、侨民有爱国心，他们学我们国内的样子去做，当然就不合适了。

奈温：关于1967年在你们这里发生的事，我表示我的谅解。我得到了有关这里发生情况的报告，但消息很少。我记得你们外交部受到两次冲击，所以我感到你们政府不能完全控制局面。

周恩来：基本上能够控制，主要依靠解放军和绝大部分好的群众。

奈温：不管他们对我说了什么话，我们想这不是你们领导人的观点。有一段时间，甚至我也受到了压力，要我断绝同中国的外交关系，我拒绝了。

周恩来：我们这里的坏人也是这样主张的。

奈温：关于这个问题，据外国报纸报道说，不知是不是真的，有人问总理关于中缅两国关系有什么看法，总理回答说，中国的做法取决于缅甸的行动。缅甸走到什么程度，中国也走到什么程度。我看出总理还是想继续我们的关系，我们也是这样想的。我们不愿意断绝同中国的外交关系。因为断绝很容易，要重建就困难了。

周恩来：对。

奈温：我记得1959年到1962年之间有一个时候，印度使馆撤退，总理请他们留下。这个记忆对于我处理这件事有影响。

周恩来本人的外交风采，潜移默化影响到一个国家——缅甸首脑奈温对外政策的制定。从这点上看，我们可以了解周恩来为什么不仅仅属于中华民族，而且属于世界；不仅仅属于 20 世纪，而且属于未来。

火烧英国代办处，是林彪、江青一伙煽起的极左思潮最典型的结果，是对新中国外交最严重的破坏，是世界外交史上罕见的涉外事件，也是周恩来最恼火的事，他严厉批评造反派，并向英国道歉和赔偿

1967 年 5 月 6 日，香港新蒲岗人造塑胶厂的工人上街罢工游行，要求增加工资。港英当局出动警察驱赶，双方发生殴打，多名工人被打伤，20 多人被逮捕。

对英国方面的镇压行动，周恩来认为，中国政府作出反应是必要的。但基于我国对香港"长期打算，充分利用"的方针和政策，又要十分注意斗争的方式和策略，要注意掌握有理、有利、有节的原则，要文斗不要武斗。武斗会遭英方镇压，且容易被美帝利用。

周恩来对港澳工委指示：香港工人可以搞一些临时的、突发性的罢工，不要搞 1925 年省港总罢工的形式，因为时代不同了。1925 年在香港投资的主要是外商，搞总罢工可以使香港成为死港，而 20 世纪 60 年代在香港的主要投资者是华商，香港 70% 的日用品和 90% 的副食品都是我国供应的，如果搞总罢工，日本商人就会去占领这些市场。另外，搞长期罢工，工人无工资收入，生活要靠国家救济，这会增加国家财政负担，对我不利。

然而，在极左思潮泛滥的时候，周恩来的指示没有得到贯彻，相反，还搞了一系列极左行动，斗争逐步升级，事态越闹越大，致

使我方骑虎难下，非常被动。

周恩来对此进行了多次批评。

5 月 16 日，中国外交部发表声明，谴责港英当局镇压中国同胞的暴行后，"港九各界同胞反对港英迫害斗争委员会"成立，用国内的"文化大革命"形式，开展大规模的群众运动。反英标语贴满街头，反英口号震耳欲聋，罢工游行此起彼伏。有些人还用土制手榴弹和炸弹袭击港英警局。

为配合香港工人行动，北京 10 万群众在英国驻华代办处门前举行游行示威。

周恩来得知后，立即指示外交部制定了几条规定：游行可以向英代办处提抗议书，但对英代办处不冲、不进、不砸，不阻拦英代办处人员进出，不揪斗、不打人。

但是张春桥、姚文元把持的上海，工人、红卫兵均到英国驻上海侨务代表的办公处和住处举行抗议游行，并冲入英侨务代表的办公室和宿舍砸家具、贴标语，还把他拖至院内进行批斗，强迫他念《毛主席语录》，甚至还打了他。

周恩来得知后，批评有关部门：为什么不把北京群众在英代办处游行的几项规定告知上海执行？并责令尽快通知上海市严格执行中央规定。

5 月 22 日，在"港九各界同胞反对港英迫害斗争委员会"的组织下，香港工人和各界群众举行了更大规模的游行示威。游行队伍前往港督府贴大字报，同港督府门前的警察发生冲突。同日，港英当局宣布实施《紧急条例》。23 日，群众继续游行抗议，港英警察向群众开枪，打死一名工人，数十人被捕。此后，港九工人纷纷举行大罢工。

针对在香港问题上越来越"左"的局面，5 月 23 日、24 日，周恩来专门召集国务院外办、外交部、港澳工委有关负责人谈香港问题，对造反派提出"要打死几个警察，以收杀一儆百之效"的做法提出严厉批评，说："这是无政府主义思潮。虽说我们不承认香港是国外，但它还是在英国统治之下。我们现在既不是马上收回香港，也不想同英国打仗，我们对英国的斗争还是要有理、有利、有节，不主动出击。香港的工作照抄内地红卫兵的做法，行不通。香港的《大公报》《文汇报》的调子不能太高，应当同内地的报纸有所不同。"

周恩来还批评了新华社、《人民日报》在报道香港问题上有意夸大的做法。当时新华社报道港英警察打死打伤游行工人二三百人，《人民日报》根据新华社的消息又冠以"血腥大屠杀"的标题刊登。周恩来就此事指示新华社进行核实，结果发现实际上只死了1人，伤了几人。对此，周恩来严厉地批评说："这是严重的失信，更加激起人民的义愤，使我国在政治上很被动。发这样大的消息报道，为什么事先不向我请示？你们越搞越大的目的是什么？"

5月26日，英国派遣航空母舰"堡垒"号开到香港，并在香港地区搞海空军联合演习。

6月3日，《人民日报》发表措辞严厉的社论：《坚决反击英帝国主义的挑衅》。社论指出："警告英帝国主义者：这场斗争还刚刚开了个头，更加威武雄壮，更加气壮山河的战斗还在后边！"

社论还号召："港九爱国同胞们，进一步动员起来，组织起来，勇猛地向着万恶的英帝国主义展开斗争吧！随时准备响应伟大祖国的号召，粉碎英帝国主义的反动统治！"

这样的言辞，对香港正在与英方斗争的领导者和群众无疑是一种巨大的鼓动和鼓舞，斗争一再升级，有的人甚至喊出了"收回香港"的口号。

中国有关方面在起草给英国的抗议照会中这样写道："英国政府必须立即停止在中国大门口的挑衅性军事演习，否则，中国政府将采取必要措施，由此产生的一切后果由英国政府承担。"

6月6日，周恩来召集有关方面负责人谈香港斗争问题。会上，周恩来就我方起草的在给英国抗议照会中"中国政府将采取必要的措施"的措辞提出批评："我们采取的措施是什么？你们跟总参商量了没有？外交不和国防联系，照会上写上就是放空炮，这不符合毛泽东思想。1950年我们对美国侵略朝鲜发表声明说中国不能置之不理。当时加这一句话时我国在东北已经调动部队了。"

周恩来在讲话中再次强调：在香港的斗争，不要搞总同盟罢工，不要主动打仗。

然而，1967年7—9月三个月，正是极左思潮和无政府主义最猖獗的时刻。周恩来的告诫没能有效地遏止香港斗争的不断升级。同时，正像周恩来在一次谈话中所说的那样，"由于斗争的不断升级，已升到骑虎难下、难以控制的地步，使我们自己很被动"。

7月10日、12日，周恩来召集总参、外交部有关负责人谈香港问题，再一次批评在香港斗争问题上的极左做法，说："在香港动武不符合我们现在的方针。昨天，主席又讲了，还是不动武。如果我们打了过去，那就是主动出击了。香港问题，现在是群众运动，又是在'文化大革命'期间，如果出动正规部队，群众一推动，就控制不住了，你们打电话也来不及。香港斗争是长期的，我们不能急，搞急了对我们不利。对主席这个方针，我们要取得一致认识。"

7月下旬，周恩来还派外交部一位副部长专程前往广东向负责港澳工作的有关部门传达毛泽东的指示，纠正在斗争问题上的极左做法。

但是极左思潮像一匹脱缰的野马，狂奔不已，香港斗争由游行、罢工发展到组织埋地雷、搞真假炸弹。一些受极左思潮影响的小报甚至提出了"制造武器，拿起武器，夺取武器"的口号。这样，更加激起港英当局的公开镇压。8月，港英当局逮捕了一些埋地雷、搞真假炸弹者，并强行封闭了三家左派小报社，逮捕了数十名新闻记者和报社工作人员。

中方向英方提出了限48小时之内启封三家报社和释放被捕人员的抗议照会。

此时正是王力"八·七"讲话出笼，外交部被夺权之时，外交大权落入造反派手中，外交失控了。

8月22日晚，外事口造反派和北京高校的红卫兵在英国驻华代办处前举行"首都无产阶级革命造反派愤怒声讨英帝反华罪行"的群众示威。

北京卫戍区和外交部联络站打电话给总理值班室请示怎么办，周恩来正在中央文革小组开会，不在西花厅。总理值班室秘书根据周恩来的一贯精神，答复说，还是按照总理指示办，不能冲、不能砸，在外面示威可以。

然而，这一次不同了。被极左狂潮冲昏头脑的造反派和红卫兵不听周恩来的指示和北京卫戍区以及外交部的劝告，向英国代办处冲击。1000多名造反派冲破卫戍部队的警戒线，从英代办处围墙的西墙、北墙、正门三个方向冲入英国代办处。他们在东西两院点火，顷刻之间，东院大楼地板门窗、车库、油库、七辆汽车，西院大楼的门窗、三间卧室、档案室、两辆汽车熊熊起火。

周恩来得知冲砸、火烧英国代办处的消息后，立即指示卫戍区部队劝说群众撤出，保卫好英代办处工作人员，阻止事态进一步扩大。卫戍区部队奋力扑救，将火扑灭，英代办和15名工作人员被部队从火中救出。

周恩来对火烧英国代办处愤怒已极，在火烧英国代办处3个小时之后，连夜把外交口各造反派组织的负责人召集到人民大会堂接见厅严厉批评火烧英国代办处的错误行径。

1971 年 3 月 2 日，周恩来在人民大会堂江苏厅会见英国新任代办谭森。周恩来对他说："英国代办处房子是被坏人烧了。中国政府是反对那件事的。那天晚上，用以我为首的几个人的名义联名广播劝他们不要烧，但是那些坏人不听。你们的代办由我们的解放军保护起来了。我们希望你们搬回去。修复费用应由中国政府负担。"

同年，英国政府向中国政府表示：英国愿意撤销在台湾淡水的领事馆，并希望就中英两国外交升格问题进行谈判。1972 年 3 月，中英两国达成协议，由代办处升格为大使馆。

1972 年 11 月，英国外交大臣霍姆来华访问，周恩来会见他时再次对 1967 年火烧英国代办处表示道歉。他说："一个国家不会是永远正确的，总会犯一些错误的，总要检查嘛。我们是以这样态度对待你们的，错了就承认。"谈到香港问题时，周恩来说："我国政府对极左分子在 1967 年的活动和他们在香港采取的政策是不赞成的。但你们一镇压，这个问题就大了。"周恩来明确告诉霍姆，只要亚洲不发生大的战争，香港的现状可以维持。保留香港作为自由港，这对中英双方都有好处。

霍姆对周恩来坦诚相见的态度非常感激，中英关系得到进一步改善。

批评我驻刚果（布）使馆："真是不看对象的极左倾向"

1967 年 10 月 1 日，中华人民共和国成立 18 周年庆典。前来参加庆祝活动的外国首脑只有阿尔巴尼亚、越南、巴基斯坦、刚果（布）、马里、苏丹等少数国家。整个活动没有往年壮观、热烈。

10 月 2 日，我驻刚果（布）大使馆给外交部发来一份请示电，称：我驻刚果大使馆举行了国庆招待会，刚果（布）总统、政府内阁成员及政治局委员均未出席。我使馆准备约见刚果（布）总统，指出刚果（布）政府不派代表参加我大使馆招待会，是中、刚两国关系史上一件严重的事件，是对我国主权的一种侮辱，对此，我们深表遗憾。

鉴于前几次周恩来的严厉批评，外交部有关负责人不敢造次，连忙将这份请示电上报周总理审批。幸亏及时报送周恩来审批，否则又在外交上捅一个大娄子。

事情的经过是这样的。我驻刚果（布）使馆定在 10 月 1 日举行国庆招待会，由临时代办发表讲话。使馆同志根据国内报纸所载文章和讲话起草了讲话稿。讲话稿高度赞扬了中国的"文化大革命"，指名揭露和批判了苏修与美帝勾结镇压亚非拉人民革命斗争的行径。

9 月 29 日，使馆将邀请刚果（布）总统马桑巴·代巴等领导人参加国庆招待会的请柬和讲话稿一并送到了刚果（布）外交部。

10 月 1 日下午，刚果（布）外交部长约见我使馆临时代办，说：总统认为，中刚两国友谊在发展，希望中刚两国关系不仅能保持，而且还能发展。对临时代办讲话稿提出三点意见：一是在庄严的节日，讲话应大概介绍中国人民的生活情况，使刚果（布）人民更了解中国；二是讲话稿有针对另一国家的内容，刚果（布）是中立国，不允许中国攻击苏联，或苏联攻击中国，中苏分歧不应在此地相应攻击；三是讲话稿中没有提总统的名字，却提了总理努马扎莱。这种情况会给刚果（布）内地人民产生分裂的感觉。刚果（布）外长还说，问题不在提总理的名字，如果提了总统一、二、三次后，再提总理，这是正常的，否则，会使刚果（布）人民产生倾向性。

我使馆临时代办认为，"文化大革命"是政治生活中的大事，作为中国大使馆，有责任正确说明"文化大革命"的理论路线政策，揭露修正主义与美帝勾结镇压亚非拉人民革命斗争的行径。至于讲话提了总理马努扎莱，是因为马努扎莱正在中国访问，没有提总统访华，我们可以研究。

刚果（布）外长表示："你们的立场是不考虑总统的，不攻击现代修正主义的意见，我回去向总统报告。"

同日下午5时，刚果（布）外长再次约见我临时代办，说："我向总统汇报后，总统召集了政治局会议。总统认为泛指修正主义可以不要修改，直接攻击苏联的话要取消，政治局也要求取消。"

我使馆认为，这是政治原则问题，不能修改。双方没有取得一致意见。

晚7时30分，使馆如期举行国庆招待会，但刚果（布）总统和政府官员均未出席。

周恩来仔细圈阅了这份长达3000余字的请示电，尔后用毛笔在电报中"我们根据报上所载文章及周总理接待谢胡的讲话和接待努马扎莱的社论起草了讲话稿"一句下面重重地画了一条粗线，并在旁边的空白处批道：不参考我在接待努马扎莱宴会上的讲话（只提出现代修正主义，未具体点名）而采用我在接待谢胡宴会上的讲话，真是不看对象的极左倾向。刚果（布）政府不出席我国庆招待会应表示"遗憾"，可不再做其他举动。

周恩来将使馆的电报和他的批示送到毛泽东处请批示，毛泽东同意周恩来的意见。

随后，周恩来指示外交部电告我驻刚果（布）大使馆，在未得到中央指示以前，使馆对此事不做任何活动，如有人问及此事，只表示"遗憾"二字，不作任何解释，不要多说一句话，更不要去见刚果（布）总统。

10月3日，毛泽东、周恩来在人民大会堂会见刚果（布）来访的总理努马扎莱。毛泽东一开始就说："回去请问候你们的总统马桑巴·代巴，千万要把问候带去。"毛泽东特意嘱托"千万要把问候带去"是补救我使馆临时代办在国庆招待会讲话中未提马桑巴·代巴总统的不当做法。

努马扎莱说："我们来的时候，我们总统要我向毛主席传达他的问候和友谊，他本来也想来参加中华人民共和国成立18周年国庆。"

"很感谢。"毛泽东抛开那些外交辞令，坦诚地说，"我们在你们那里的大使馆犯了错误，你们总统处理得好，我很赞成。有的中国人有大国沙文主义，强加于人，驻在人家国家里，人家接受不了的，硬要那么搞，这不是大国主义是什么？要进行教育。"

努马扎莱激动地说："很感谢毛主席这番讲话。"

周恩来说："总理（指努马扎莱）把国内来的电报给我看过了，总统表示这不影响两国的友好关系。"

毛泽东说："做得很正确，要整一整大国沙文主义者，不管他是中国的还是哪一国的。我是不庇护犯错误的干部的。""有些红卫兵乱打一气。他们要打倒外交部长，打倒周恩来，打倒李先念。这不对，我们对这些干部要保护。"

努马扎莱说："通过'文化大革命'，中国人民的觉悟大大提高了。"

"无政府主义也大大发展了。"毛泽东答了一句。

10月5日，周恩来同努马扎莱谈话时说："毛主席前天接见了你们，把我国无产阶级'文化大革命'出现的问题告诉了你们，对我国大使馆大国沙文主义的做法作了尖锐的批评。既然是我们使馆的缺点，我们就作自我批评。你们如果有缺点，也作自我批评，这样就会更好。"

送走了努马扎莱总理后，周恩来立即批发了外交部给驻刚果（布）大使馆的指示电，传达了毛泽东接见努马扎莱时对大使馆大国沙文主义做法的批评，要求使馆认真学习，深刻检查所犯错误的原因。指示同时指出：检查的目的旨在提高思想，改正错误，总结经验，做好工作，不要过多追究个人责任。

周恩来还抓住这个机会，指示外交部向各驻外使馆转发了毛泽东对刚果（布）使馆的批评和该馆的检查摘要，要各大使馆对照自己的工作，认真吸取教训。

在极左思潮四面出击的干扰破坏下，中国外交一度陷入困境，周恩来从多个方面对极左思潮的干扰破坏进行抵制、批评和斗争

例如：

在对意大利的关系上，周恩来一直压着有关部门建议撤销中国驻意大利商务代表处的报告，没有批准。1970年意大利同我国建立外交关系。

在对突尼斯的关系上，周恩来曾多次批评有关部门的极左做法，并请毛里塔尼亚总统达达赫向突尼斯总统布尔吉巴进行解释，还亲自对突尼斯记者做工作，使中国与突尼斯在1971年重新恢复了关系。

在对苏联的关系上，尽管中苏两党在意识形态上的分歧与争论已公开化，但在国家关系上，周恩来还是努力保持两国一般的关系的。1967年11月7日就祝贺苏联十月革命胜利50周年写信给毛泽东，建议以全国人大常委会和国务院名义致电苏联最高苏维埃主席团和部长会议，向苏联人民表示祝贺。毛泽东批准照办。

当时，苏联有一批援越物资通过中国铁路运往越南，由外贸部李强和外交部李连庆负责同苏方联系，签订协议和安排运输，周恩来经常询问这方面情况，并指示造反派不得干扰。

1969 年，中苏边界发生武装冲突，造反派煽动 10 万群众要冲苏联大使馆。周恩来把卫戍部队调来，并亲自守在苏联大使馆旁边的一个电影院里控制局势，整整一夜没有睡觉。周恩来知道使馆里有枪，担心群众冲使馆它就可以开枪，会打死很多人，那事情就闹大了。周恩来找造反派谈话、做工作，说："在大使馆外面游行可以，不能冲进大使馆，不能逼他们太急了，逼急了不行。"

卫戍区司令傅崇碧见周恩来太疲劳了，半夜时分，他一再劝总理回去休息，说"我守在这里，有情况向你报告"。但周恩来不放心，不回去，一直到天亮，外交部副部长罗贵波来了。傅崇碧说："我们两个负责，总理你回去休息吧！"周恩来回去后，每 5 分钟打一个电话来询问情况怎么样。傅崇碧回答说："总理啊，你就休息吧！"周恩来说："我回来睡不着，出了问题我怎样向主席交代呀！"直到知道游行结束后，周恩来才有短暂的休息。

从 1968 年开始，周恩来逐步地采取了一系列措施来消除极左思潮干扰、破坏造成的我国外交上一些不正常的状态。他明确指出：要以政策角度鉴别和批评极左思想，并在外交人员中加强纪律。

1969 年五一国际劳动节，毛泽东、周恩来在天安门城楼上会见了一批驻华使节，并同他们进行了亲切友好的谈话，向世界传达了中国愿意同各国改善关系的信息。

不久，在周恩来的努力下，中国政府开始重新派出一批又一批的大使。

在这段时间里，周恩来在接见外宾的谈话中，多次坦率地谈到"文化大革命"对我国外事工作的干扰和破坏，宣传我国正确的外交政策。对于过去主要由于中方的极左行动而损害两国关系的事件，他在公开场合或通过内部接触，向对方承担责任、主动进行修复关系的工作，从而消除了许多国家对我国的误会和怀疑。

今天看来，周恩来在"文化大革命"中对极左思潮干扰、破坏外交工作的抵制、批判、斗争，是具有历史性的重大贡献的，最主要的是：

第一，虽然外交大权一度旁落，但基本上掌握在中央手中、周恩来的手中。外交部虽然遭到冲击，但基本上还在运行，保护了一大批外交干部。

第二，使新中国17年发展起来的外交关系没有毁于一旦。

第三，使得受极左思潮干扰破坏的同许多国家的关系得以维持和修复。

第四，正因为抵制、批判极左思潮的干扰破坏，摆脱外交困境，同各友好国家关系的迅速恢复，中国才能在1971年及时地抓住历史机遇，重返联合国、改善中美关系和以后建立正式外交关系、中日关系正常化，随之而来的中国与西方一大批国家建交的新的外交局面，为以后的改革开放、为我国的建设创造一个和平的环境奠定了坚实的基础。

可以说，没有周恩来力挽狂澜，中国的外交不会维持和发展，更不会有今天全方位活跃的外交局面。所以，周恩来既是新中国外交的奠基者，又是新中国外交的维护者，更是新中国外交的推进者、开拓者。

周恩来对新中国外交的伟大贡献是重大历史性的，其功绩是不可磨灭的，永远值得后人纪念和学习的。

五、苏联公然出兵占领捷克斯洛伐克，罗马尼亚大使请求周恩来出席罗国庆招待会，周恩来在会上讲话，严厉谴责苏联的侵略行为

1968 年 8 月，捷克斯洛伐克人民、欧洲人民、全世界人民不可忘记的是布拉格人民要求改革、要求自由的希望，无端地被铁骑、坦克蹂躏，真理被霸权污辱。

苏联出兵侵略捷克斯洛伐克，威胁罗马尼亚等国安全

1968 年 8 月，苏联反对捷克斯洛伐克新的领导人杜布切克等适应人民独立自由，发展自己民族经济的要求，提出改革计划，苏联领导勃列日涅夫等多次指责捷克斯洛伐克要"脱离社会主义阵营""背叛马克思列宁主义"，捷领导坚持自己的立场。

对此，苏联领导集团非常恼火，大国沙文主义的劣根性大发作：好，你这个社会主义大家庭的小小成员，竟敢违抗老子的旨意，于是纠集东德、波兰等国的军队从地上、空中于 8 月 21 日侵

入捷克斯洛伐克境内，占领了捷首都布拉格等地，逮捕了捷中央领导人。苏联的军队还向罗马尼亚、南斯拉夫边境推进，严重威胁这些国家的安全。

罗马尼亚等国，除了自身做好了保卫国家的安全、保障领土主权不受侵犯的准备，还积极寻求国际上的支持。中国是社会主义大国，一个主持正义，支持被压迫国家被压迫民族的斗争，反对战争、维护和平的国家，因而成了罗寻求支援的对象。

罗马尼亚驻华大使求见周恩来

罗马尼亚驻华大使杜马，在 1968 年 8 月 20 日紧急约见周恩来总理，请求他参加当日下午的罗马尼亚国庆招待会。

在这前两天，按照常规，人们为周恩来总理准备一篇讲话稿，总理看了很不满意，他把乔冠华、李连庆等找到他的办公室，口授了讲稿的内容。乔冠华、李连庆等根据周恩来的指示精神，连夜赶写出来，送请周恩来审批。

8 月 23 日下午 4 点，周恩来迈着稳重的步伐，左手平举胸前，矫健地走进人民大会堂北门，来到宽敞、雅观的福建厅。这是他平时最喜欢用的人民大会堂的一个厅，早已到来的陈毅、李先念副总理以及外交部的李连庆、礼宾司工作人员、罗文翻译，听说总理来了，都站起来走到门口恭候欢迎。总理满面春风地走进来，同大家一一握手。他那和蔼可亲的笑容、热情的态度、温暖的双手，给每一个人以亲切的感受。

周恩来坐下来以后，李连庆向其报告说："总理，参加接见罗马尼亚大使的人都已到了。"周恩来满意地点点头说："现在就通知杜马大使，请他按约定的时间到来！"

周恩来总理有一个习惯，每次接见外宾前后，只要时间允许，都要同参加接见的同志交谈，或听取汇报，或探讨问题，或谈会见的外宾的有关问题，有时谈最近发生的重大国际国内问题，有时也涉及历史、文学诸类问题。他总是耐心地听取、平等地讨论，平易近人，无拘无束。在他的面前能够畅所欲言，什么话什么意见都可以说，即使不对的也没有关系，每次谈话、讨论都使得参加者得到莫大的启迪和教益。

今天更不比往日，周恩来入座以后就指着李连庆对陈毅、李先念说："他们忙了一夜，讲话稿写得很好。"然后，便和陈毅、李先念等讨论起苏联出兵侵占捷克斯洛伐克、威胁罗马尼亚、南斯拉夫等国的安全问题来。周恩来微皱眉头，略显愤怒地说："苏联公然用武力侵略别国，这在共产主义运动史上从未有过，简直把马克思主义糟蹋完了，把列宁、斯大林糟蹋完了，把社会主义糟蹋完了！"

陈毅紧接着愤愤地说："真是今古奇观啊！此种恶例一开，后患无穷！"

周恩来端起茶杯，喝了一口茶，用敏捷而锐利明慧的目光扫视了在场的每一个同志，加重语气说道："苏联同美国激烈的争夺，必将导致全世界局势动荡不安，这次又出兵侵略捷克，连东欧国家都不得安宁……"周恩来一抬头，又提高了声音，脸上显出着一种刚毅的神态，他坚定地说："我们要揭露它，让全世界人民看穿它。我们中国共产党人、中国人民要主持正义，要尽国际主义义务，即使承担最大的民族牺牲，也要勇敢地站出来说话，支持、声援那些被侵略、被威胁国家人民的斗争！"周恩来用手势加强着他的话的语气，浓眉下的目光闪烁着，坚定有力的声音感染了每一个在座的人。

陈毅豪爽坦诚地颔首说道："不仅我们这一代，还要教育我们的子孙，不管是谁，哪怕是天王老子，只要他侵略、欺侮别人，我们都要主持正义，主持公道，帮助弱小，同霸权主义斗争到底！"

"杜马大使到了！"礼宾官从门前进来报告，打断了热烈的讨论。

一位个子不高，头发稀疏，高鼻梁骨，身着西装、白色的衬衣上结着红色印花领带的人，匆匆地走进人民大会堂的北门。这就是罗马尼亚社会主义共和国驻中国的特命全权大使奥雷尔·杜马。他在中国已经任职多年了，为发展中罗友好关系做了大量的工作，中国的领导人和人民群众都知道他的名字。在外交使团中，由于他的活跃，常见到中国领导人特别是周恩来，成为新闻人物、消息灵通的大使，不少驻华使节时常向他打听消息。还由于他的名字同《列宁在1918》的电影中提到的沙皇议会"杜马"是一个音，所以使人特别容易记住。

今天，他带着一个瘦高个子能讲一口流利的中国话的翻译，奉罗马尼亚政府之命前来求见周恩来总理。

外交部礼宾官引导杜马大使走进福建厅。

周恩来总理、陈毅副总理、李先念副总理和外交部李连庆等都站在福建厅的门口迎接杜马大使，杜马一见，赶忙紧走几步，周恩来也向前挪了几步，两人亲切而有力地握手。

周恩来说："欢迎、欢迎！"

杜马说："谢谢总理在百忙中接见我！"

总理说："我们是同志，是战友嘛，既然有事找我，那不管什么时候，我都乐意见你！"周恩来边说边让杜马同陈毅、李先念、李连庆等握手，然后一同步入福建厅里边的座位。

在客人坐下来以后，周恩来随手从座位旁边的茶几上拿起一盒熊猫牌香烟，递过去，请坐在他旁边的杜马大使和翻译同志抽烟。大使谦恭地抽出一支烟，划了根火柴把烟点着，顿时一缕青烟缭绕，馨香扑鼻。

杜马首先开口说："周恩来同志，我奉我们党中央和齐奥塞斯库同志的指示，向您通报最近在捷克斯洛伐克发生的震惊世界的骇人听闻的事件！"

"谢谢！"周恩来说，"你是讲的苏联侵略捷克斯洛伐克的事吗？"

"是的！尊敬的总理同志！"接着杜马继续通报情况。他放下烟，喝了一口茶，说道："现在我们这位北方朋友不仅是重兵侵压在捷克斯洛伐克，还调集了大批军队到我们罗马尼亚边境，妄想侵犯我国。"

"胃口不小啊！"李先念说。

周恩来当听到杜马通报说苏联又陈重兵罗马尼亚边境企图入侵罗之后，端起白色的瓷茶杯，喝了一口浓香的龙井绿茶，脸带怒色地说："苏联出兵侵略自己的'盟国'，是它的霸权主义又一次大暴露。"

杜马又说："我们国家已是全民动员起来，誓死保卫我们的神圣的祖国。我们也急切希望得到国际上、特别是伟大的中华人民共和国的支持！"

"那是义不容辞的事！"周恩来郑重地说。

杜马说："今天是我们罗马尼亚解放 24 周年国庆，我奉政府之命邀请总理同志出席我们的招待会，发表讲话，支持我们的斗争！"

"那我要放炮的！"周恩来爽朗地笑了起来，用锐利的目光看着杜马。是的，在一切危害人民利益，侵略我国人民生存权利、威胁世界和平和正义的势力、集团面前，我们的周恩来总理从来是要"放炮"的。这正是周恩来总理的风格、总理的精神，是中国共产党几十年风雨征途熔铸的革命精髓。

杜马大使对于周恩来总理坚定而又风趣的答对，非常满意，连声说："欢迎、欢迎！"

"那好，那好，我一定去!"周恩来边说边指着陈毅、李先念等说，"他们也一道参加。"

杜马轻快地从座位上站起来，满脸笑容而又亲切地说："亲爱的周恩来同志，我难以用恰当的语言感谢您，在我的一生中从未见到过像您这样如此爽快地答应了我的请求!"

在罗马尼亚国庆招待会上，周恩来发表重要讲话，严厉谴责苏联社会帝国主义，支持捷克斯洛伐克、罗马尼亚等国的正义斗争

下午5点多种，各色牌号卧车，车前雪亮的电镀杆上张扬着五颜六色的各国的国旗，一辆接着一辆，鱼贯开进幽静的东交民巷北侧王府井南街台基厂东边的罗马尼亚驻华大使馆。大使馆是一幢不大的红色楼房，楼房的四周是红色围墙。楼房前面古树森掩，绿茵如毯，窄窄的小路弯径，盘旋在楼前林荫之中。在楼房的东院内，有一片长得绿油油的草坪。

8月是北京最热的时候，主人把招待会放在室外草坪上举行。草坪上整齐地摆有十几张铺着白色台布的小圆桌，桌上放满了各式各样的酒、汽水、矿泉水、啤酒等饮料和花生米、核桃仁、三明治、油炸面包片、土豆片、春卷、巧克力糖、熏鱼等吃的东西。

出席今天招待会的人比往年出席罗马尼亚招待会的人要多得多，也比出席其他国家招待会的人要多得多，因为苏联入侵捷克斯洛伐克，欧洲局势紧张，人们想在这个招待会上探听一些情报、消息，所以草坪上已挤得满满的，摩肩擦背，到处是人。

虽然是盛夏，天气异常炎热，但是因为是罗马尼亚国庆节，中国领导人要来出席，出于礼貌，使节们都身着漂亮、考究、整齐的

西服、五颜六色的民族服装，夫人也都穿着红红绿绿的裙子、布拉吉等各种时髦的服装，描龙画凤，涂脂抹粉，身上洒满了香水，香气逼人。有的人喝着汽水、矿泉水、啤酒，有的人拿着威士忌、白兰地、罗马尼亚葡萄酒，有的人拿着吃的东西，在草坪上来回走动，相互碰杯、交谈、聊天。穿着白色上装、蓝色裤子的中国男女服务员们捧着饮料、食品，轻快而有礼貌地在会场上走动，彬彬有礼地招待客人。但是气氛不如往年那样活跃，因为在人们心头仿佛压着一块石头，担心苏联侵略捷克斯洛伐克这一震惊世界的事情如何发展，它对今后世界局势的变化会有多大的影响！忧虑和不安的气氛笼罩着整个会场。

然而，人们也有另一种希望：中国政府、中国领导人站出来说话，主持正义，主持公道。使节们三五人一群，围着出席招待会的中国官员，探听中国的态度，询问中国哪位领导人出席今天的招待会，周恩来总理能不能来？

在北京的外交界中，不管他是大使还是一般的外交官，不管他是老的还是新的，也不管持何立场，是反对的，或是赞成的，或是中立的，都有一个共同的心愿，能够见到周恩来总理，都有一种满足感，就如同在"文化大革命"时期中国人能见到周恩来都有一种安全感一样。因为人们对于周恩来的卓越的政治远见，深刻的洞察力，高尚的品德，儒雅的风度，和蔼可亲的笑容，稳重的举措，以及善于因势利导的谈吐，非常敬佩，非常信服。仿佛在周恩来总理的身上，有一种巨大的魅力，吸引着每一个人。使节们如果有机会得到周恩来的接见，作一次交谈，将是无上的光荣，终生难忘。哪怕同周恩来照个相，握个手，碰个杯，寒暄几句，也觉得十分荣幸，津津乐道。在北京的外交活动中，若是有周恩来参加，人们感到一种欣慰、满足。若是没有周恩来参加，总觉得有所不足，特别是每当世界上风云变幻之际，如果周恩来出来讲几句话，人们便得到一种安慰和鼓舞。因为人们把周恩来总理看成是擎天柱。有他在操劳、处置，便感到放心、踏实。所以周恩来不仅是中国的中流砥柱，也是全世界的中坚，这是人们一致公认的。因此，周恩来是否出席今天罗马尼亚的国庆招待会，成为人们最关心最瞩目的事了。

主席台上，全国人大常委会副委员长郭沫若、北京市委书记吴德、中国人民解放军总参谋长黄永胜、对外经济联络部部长方毅、外交部副部长乔冠华、外贸部副部长李强等已经入座。

5时30分，一辆吉斯车后跟着几辆红旗牌、上海牌轿车，开进了罗马尼亚驻华大使馆。周恩来、陈毅、李先念相继从车上走下来，杜马大使和使馆主要外交官亲自迎上前去。

不知谁叫了一声："周恩来来了!"会场上立刻响起"周恩来!周恩来!"的呼唤，英语、法语、德语、西班牙语、葡萄牙语，发出一个共同的声音。

周恩来等在杜马的引导下，从容不迫地走上面对大家的主席台，已在主席台上就座的领导人都起来恭候、欢迎周恩来，人们热烈鼓掌。几百人的目光同时射向主席台，观看总理的风采、仪态和表情。周恩来端坐在主席台中间，左边陈毅、右边李先念，他的目光炯炯，神采奕奕，那双锐敏的目光扫视着会场的每个角落。这时所有的外国使节、外交官员们的思绪都集中在周恩来会不会发表讲话，讲些什么，对这次事件是采取温和的还是尖锐的批判态度。却说苏联的临时代办叶里扎维金，是个高个儿，又胖又壮，再加上苏联地连北极，盛产熊，有"北极熊"之称，因而人们给这位临时代办起了个绰号叫"苏狗熊"。今天，"苏狗熊"不同往常，非常紧张。他预感到事情不妙，坐立不安，拿着一杯威士忌，东跑西颠，一会儿同这个使节讲几句，一会儿又找另一个使节攀谈，还有意在中国人面前献殷勤，目的是打探周恩来会不会讲话谴责苏联出兵捷克斯洛伐克。

招待会进行到一个小时以后，主人、罗马尼亚大使杜马首先站起来，走到麦克风前致辞。

他衷心感谢中国杰出的领导人、受人尊敬的周恩来总理和中国其他领导人及各国使节出席今天的招待会。特别是感谢在苏联出兵入侵捷克斯洛伐克的时候，中国政府、中国人民对罗马尼亚人民的巨大支持。他热烈称颂罗中两国人民的友谊，中国人民在关键的时刻，总是站在罗马尼亚人民一边。他极力宣扬罗马尼亚政府坚持独立自主、自力更生，维护民族独立、反对外来侵略的政策。他愤怒谴责苏联侵略捷克斯洛伐克，威胁罗马尼亚的安全。他说："苏联的行动，是违背《联合国宪章》，背叛社会主义，粗暴地干涉别国的内政。"他强烈要求各国政府和人民共同制止苏联的非法行为。杜马的讲话，受到人们的欢迎、同情和支持。只有苏联临时代办低着个头，神情沮丧地呆站在那儿。

过了一会儿，周恩来站起来，在一片寂静中，缓缓走向话筒。他亲切、坚毅、明亮的眼光和各位宾客、大使接视着，会场上马上响起热烈的长久的掌声。周恩来洪亮的声音、抑扬顿挫的语调传遍了招待会的每一个角落。犹如山崩以后的平静，会场上所有的人都被周恩来总理代表中国政府、中国人民对苏联霸权主义行径的谴责吸引住了。他那为亿万人熟悉的带一点南方江苏口音的北京话，曾经在日内瓦讲坛上、万隆的讲坛上，在亚洲、欧洲、非洲、北美洲、拉丁美洲，在大西洋、印度洋、太平洋，在南亚、东南亚的椰林下，在朋友们互相的问候里，在敌人仇视但又不得不感到佩服的眼神中，响彻过云霄打动过各种各样人的心灵，为世界的今日和明日冲破过多少敌视和暗杀的阴谋，给人带来过多少希望和鼓舞！今天，它又在这一幢普通的红楼门前院子里响了起来。

周恩来一双手拿着讲稿，但是他的眼睛却越过大使、宾客们的头顶，越过茂密的古树枝头，越过红色的围墙，越过千山万水，注视着黑海的波涛，注视着地中海上的风云，注视着阿尔卑斯山的风暴，注视着欧洲人民心里的愿望。周恩来在对罗马尼亚国庆表示热烈的、衷心的祝贺以后，坚定地宣布：中国政府和中国人民强烈谴责苏联武装占领捷克斯洛伐克的侵略罪行，坚决支持捷克斯洛伐克人民反抗苏军占领的英勇斗争，苏联领导集团抛弃了它的所谓"马列主义、国际主义的一切遮丑布，公然诉诸直接的武装侵略和干涉自己盟国的内政，苏联叛徒集团已堕落成社会帝国主义、法西斯主义"。社会帝国主义是周恩来也是中国第一次给苏联定的性。

周恩来一针见血的抨击和击中要害的分析，又一次使会场上响起了热烈的掌声。这表明了中国人民在"北极熊"吃人牙齿面前的大义凛然，表明了中国人民和世界上一切主持正义的国家和人民是心心相印的。

周恩来继续说："中国政府和中国人民一贯坚决支持罗马尼亚政府和人民的正义斗争，过去如此，今天更加如此地支持罗马尼亚目前正遭受的外来干涉和侵略的危险……中国人民支持你们。"

周恩来高瞻远瞩地指出："我们相信，只要真正依靠人民群众，坚持持久斗争，任何外来的干涉和侵略是可以击败的，也是一定能够击败的。"

周恩来的话音一落，全场又爆发了热烈的经久的掌声。

周恩来一边向大家招手致意，一边稳健地走回自己的座位。

杜马大使连忙站起来，热烈地拥抱着周恩来、紧紧地握着他的手，说："衷心地感谢您，总理同志，对我们罗马尼亚人民、东欧各国人民巨大的支持和声援。您的伟大声音将响彻欧洲、响彻全世界，对朋友是巨大的鼓舞，对敌人是沉重的打击！"

是的，周恩来的声音，是6亿5千万中国人民的声音，是正义的声音、是伟大的声音。这声音将传至大西洋、印度洋、太平洋、北冰洋、黑海、地中海、多瑙河、伏尔加河、伏尔塔瓦河、萨瓦河、莱茵河、塞纳河、泰晤士河、尼罗河、印度河、恒河、亚马孙河的上空盘旋着、呐喊着，敲响帝国主义、社会帝国主义、大小霸权主义的丧钟。它永远鼓舞着被压迫民族、被压迫国家人民的英勇斗争。这声音不仅发自一个伟人的肺腑，而且汇集了几十亿人民的心愿。人民是不可侮的。

站得高，看得远

周恩来这有名的《八·二三讲话》，杜马大使立即全文电告国内，罗马尼亚领导人通过中国驻罗马尼亚大使馆和罗马尼亚驻中国大使馆向中国政府和周恩来本人表示感谢，认为只有中国可以支持罗马尼亚反对苏联的武装干涉和入侵，并提出派部长会议主席毛雷尔率团访华，举行两党会谈的建议，以寻求中国更大更直接的支持。

周恩来经过深思熟虑后，认为从斗争策略上考虑，这样反而容易刺激苏联，对罗不利。周恩来向杜马大使表示：我们一开始就支持罗马尼亚抵抗外来压力和干涉，但罗领导人此时到中国来访问，苏联会对罗施加更大压力，中国离罗那么远，远水救不了近火，表面少接触些，对罗更有好处。

周恩来的劝告，发自肺腑，一片赤诚，罗领导接受了周恩来的意见。

六、中苏边界武装冲突，周恩来既指挥军事斗争又领导外交斗争。他当机立断，促成中苏边界谈判、避免一场战争

中苏两党两国关系恶化以后，苏联勃列日涅夫领导集团为了对中国施加压力，在中苏、中蒙边境大量增加兵力，不断进入中国境内，打伤、绑架中国居民，抢走渔船、渔网，企图强占中国领土。中国政府多次向苏联政府提出交涉和抗议，并采取克制态度，对苏方的武装挑衅行为只提抗议，进行警告，不许地方和边防军擅自还击，力避事态扩大。但苏方置若罔闻，变本加厉地在中苏边境进行武装挑衅，用武力霸占中国领土。

中苏边境珍宝岛发生武装冲突，周恩来指挥军队进行自卫还击的同时，领导外交部进行外交斗争

由于苏联不断在中苏边境进行武装挑衅，企图武力霸占中国领土珍宝岛，激起我边境军民的义愤，强烈要求进行自卫反击。中央

为了捍卫国家的领土主权、保护人民的利益，曾在1969年2月发出指示，如苏联军队再侵入我珍宝岛地区，并进行武装挑衅，在我向其警告无效时，为了自卫可进行自卫还击，但要有理有利有节。

1969年3月2日早晨，苏联军队从下丰海洛夫和库列比亚克依内出动4辆装甲车和汽车侵入我珍宝岛，对我正在执行巡逻任务的边防战士进行突然袭击，首先向我开枪开炮，打死打伤我多名边防战士，制造了极为严重的流血事件。

中国边防部队在忍无可忍的情况下，被迫进行了自卫还击，给入侵者以应有的惩罚，胜利地保卫了自己的神圣领土。

在我边防部队的沉重打击下，苏联军队丢盔弃甲，狼狈逃窜，我军缴获了一部分武器、装备。前方将胜利的消息报告到周总理、外交部和总参谋部。周恩来指示外交部立即起草抗议照会，当时李连庆全权负责外交部苏联东欧司的工作，他们即时起草一份抗议照会，经主管苏联东欧司的外交部副部长乔冠华阅改再报周恩来总理审批后，于3月2日下午，由中国外交部副部长乔冠华和苏联东欧司代司长李连庆接见苏联驻华大使馆临时代办叶里扎维金，就珍宝岛事件向苏联驻华大使馆递交了中国外交部的照会，向苏联政府提出抗议。照会说："3月2日9时17分，苏联边防当局出动大批全副武装的军人、4辆装甲车和汽车，公然侵入无可争议的中国领土珍宝岛地区，对正在执行正常巡逻的中国军人进行猖狂挑衅，首先开枪开炮打死打伤我边防战士多名。我边防军多次向苏边防军警告无效，在忍无可忍的情况下，被迫进行了自卫还击。这次流血事件，完全是苏联当局一手造成的。这是苏联当局长期以来蓄意侵犯中国领土，进行武装挑衅，不断制造流血事件中的又一次新的严重罪行。"

照会指出："中国政府坚决要求惩办这次事件的肇事凶手，立即停止侵犯中国领土和武装挑衅，并保留要求赔偿我方一切损失的权利。中国再次警告苏联政府，中国的神圣领土是不容侵犯的，如果你们一意孤行，继续挑起中苏边境武装冲突，必将遭到中国人民坚决的回击，由此产生的一切严重后果，只能由苏联政府承担全部责任。"

恶人先告状。就在同一天，苏联外交部抢先约见中国大使馆临时代办，就珍宝岛事件向中方提出照会。照会说："中国部队越过了苏联国境线并向达曼斯基岛（注：即珍宝岛）进发，从中国方面突然向警卫这个地区的苏联边防军发射机关枪和冲锋枪。中国的边界破坏者是在乌苏里江中国岸上埋伏火力掩护下采取这些行动的。有200多名中国士兵参加了这次向苏联边防军人发动的挑衅袭击。"

周恩来看到苏联递交的照会比中国早，便批示"乔冠华、李连庆精神不振"进行批评。

珍宝岛武装冲突不断扩大。3月4日、5日、7日、10日、11日、12日，苏联军队不顾中国的抗议，继续频繁地侵入中国领土珍宝岛，冲突的次数越来越多，规模逐渐扩大，苏联的炮火向中国境内纵深攻击，中国方面也不示弱，有导致一场战争的可能。当时周恩来坐镇京西宾馆，东北军区司令员陈锡联、中国人民解放军总参谋长黄永胜、副总参谋长温玉成等协助周恩来指挥部队进行自卫反击，并领导外交部进行外交斗争。他几乎每天晚上召集总参作战部、二部、三部、通讯兵部和外交部的乔冠华、李连庆听取汇报，并作出指示，布置前线作战和外交斗争的战略战术和方针政策，要求我边防部队，坚决保卫中国的领土主权，寸土不让。要求外交部坚持原则立场，坚持斗争，用事实验斥苏联的大国主义和侵略政策，从政治上、军事上、外交上保卫中国的领土主权。但为防止事态扩大，中国政府和边防部队一再警告苏联政府和苏军不要玩火，立即停止一切入侵挑衅，立即恢复边防部门的会晤和会谈。

在外交方面，李连庆于3月13日约见苏联驻华使馆临时代办叶里扎维金，向他递交了照会，指出："3月4日11时55分至15时19分，苏联边防军装甲车8辆、满载武装人员的卡车3辆和指挥车2辆，侵入中国领土珍宝岛。同日12时至17时20分，苏联直升机一架侵入该岛上空，并在该岛东侧我境内降落。

"3月5日11时40分至14时50分，苏联边防军装甲车6辆，满载武装人员的卡车2辆和指挥车1辆侵入中国领土珍宝岛。

"3月7日9时55分至10时零2分，苏联边防军装甲车6辆侵入中国领土珍宝岛，其中3辆在上岛之前甚至深入到珍宝岛西侧的中国河道上。同日9时零4分，11时27分，苏联直升机3架次，侵入中国领土上空。

"3月10日5时27分至6时55分，苏联边防军装甲车1辆和武装人员3名侵入中国领土珍宝岛。

"3月11日15时14分至18时45分，苏联边防军装甲车1辆和武装人员14名侵入中国领土珍宝岛。

"3月12日14时45分至57分，苏联边防军装甲车3辆侵入中国领土珍宝岛和该岛西侧的中国河道上。"

照会指出："上述事实证明，苏联边防军继3月2日挑起边境武装冲突之后，又一再严重侵犯中国的领土，进行一系列的军事挑衅，企图挑起新的武装冲突。对此，中国政府向苏联政府提出强烈抗议，坚决要求你们立即停止一切入侵挑衅活动，并严正警告你们，中国是绝不允许任何人侵犯的，如果你们一意孤行，那么，由此而产生的一切严重后果，由苏联政府承担全部责任。"

3月15日，李连庆约见苏联驻华大使馆临时代办叶里扎维金并递交中国外交部照会。照会称："3月15日凌晨开始，苏联政府出动大批装甲车、坦克和武装部队，又一次侵入中国领土珍宝岛和该岛西侧的中国河道，首先向岛上的中国巡逻队开枪射击，中国边防部队被迫进行自卫还击。苏联方面不断增加装甲军、坦克和武装部队，并向中国境内纵深开炮，事态正在扩大中。"

照会指出："苏联政府不顾中国政府的多次警告，不断派兵侵犯中国领土珍宝岛，进行武装挑衅，现在又一手制造了新的流血事件。""中国政府向苏联政府提出紧急的、强烈的抗议，苏联政府必须立即停止对中国的武装挑衅。中国政府保留进一步提出要求的权利。"

3月15这次武装冲突，我军给苏军沉重打击，歼灭了一部分侵入我珍宝岛的苏军，缴获一批武器装备和苏联最新的T–62坦克一辆。苏联一直未敢夺回坦克和苏军尸体。后来坦克运到北京进行展览。

苏联外交部也于3月15日向我驻苏大使馆就第二次珍宝岛事件发出照会，说什么"1969年3月14日莫斯科时间11时15分，一批武装的中国士兵在岸上大炮和迫击炮炮火的支援下向守卫这个岛的苏联边防军进攻，结果造成了伤亡"。

照会还说："达曼斯基岛是苏联领土不可分割的一部分。""苏联边境是神圣不可侵犯的。""如果苏联的合法权利遭到践踏，如果继续企图破坏苏联的领土的不可侵犯性，那么，苏维埃社会主义共和国联盟，它的各国人民将坚决保卫苏联领土，并对这种侵犯活动予以毁灭性的回击。"

中苏双方针锋相对，兵戎相见，欲止不能，愈演愈烈，军事和外交斗争非常尖锐。

苏联领导人打电话要同中国领导人通话，周恩来当机立断，避免一场战争

当时苏联的态度很强硬，并且不断增兵边界，似在准备大打。

但是苏联的内外形势对其不利，又摸不清中国的态度。美国也不支持它，在珍宝岛边境发生冲突以后，苏联驻美大使多勃雷宁即向美国政府介绍了事件的经过，并问美国在中苏冲突扩大时将采取何种态度。这使尼克松、基辛格预感到，苏联有可能进攻中国，实现其统治欧亚大陆的迷梦，这对美国不利。尼克松警告苏联不要向中国动手，"如果中国受到攻击，美国将不会无动于衷"。所以，苏联害怕形成既要对付中国又要对付美国两面受敌的局面。同时，侵犯中国领土珍宝岛，毕竟心虚，遭到世人反对，中国又是个大国，用武力是压不服的，因此，不敢把战火继续扩大。苏联领导人试图直接找中国领导人，以缓和边境的武装冲突或摸一摸中国的态度，再决定对策。

首先是苏共中央第一书记勃列日涅夫要通过中苏热线电话找毛泽东谈话。接线员说，你们是修正主义，我们是马列主义，毛主席不会同你通话，随即把电话挂掉。康生当时还表扬接线员，说是政治觉悟高。周恩来知道此事，批评接线员是无组织无纪律，不报告中央即擅自拒绝通话是错误的。

接着，1969年3月21日夜间，苏联部长会议主席柯西金打电话到中国外交部，李连庆接的电话。柯西金说，要找周恩来总理讲话。李连庆答复说："你们党已变成修正主义了，我们两党已经没有关系，但我们还有两国关系，我将报告周恩来总理。"

3月22日零点，苏联驻华使馆临时代办紧急约见李连庆。叶里扎维金说："苏联部长会议主席柯西金受苏共中央政治局的委托，在今天几小时以前，用高频率电话同毛泽东同志联系，因中国的工作人员拒绝柯西金同志同毛泽东同志联系（实际上是指上述勃列日涅夫的，他把它混在一起了），我受柯西金同志的委托，紧急拜会外交部，并转告他的建议。我想知道，柯西金同志想用电话同毛泽东同志进行联系，是否可能？如果由于某些原因，不能同毛泽东同志谈话，柯西金同志能否用电话同周恩来同志谈话？"

李连庆当即回答说："刚才柯西金主席已经来过电话，我已报告周恩来总理，你刚才说的话我也马上报告周恩来总理。"

3月22日凌晨，周恩来总理在国务院小会议室接见乔冠华和李连庆。

周恩来已经看过他们当夜送去的关于柯西金来电话和苏联临时代办叶里扎维金的谈话记录急件。他又要李连庆作口头汇报。

周恩来对李连庆说："你答复得不错，我们两党是没有关系了，但我们两国还有外交关系，不能拒绝联系。但你说苏联党变成修正主义了，打击面太大，应该说是苏联领导集团。"

周恩来总理太英明了，多么注意分寸和策略，对他们的教育很大，因为平时讲惯了苏修、苏修的，没有分清修正主义只是苏联领导集团，广大共产党员、苏联人民还是好的。

周恩来同他们一起分析了一会儿世界形势、中苏边境武装冲突情况和苏联领导人打电话要同我领导人谈话的意图。他说："我们本不愿意中苏边境发生武装冲突，我们希望通过谈判协商解决两国边界问题。"随后，周恩来要乔冠华和李连庆当场起草了一份答苏方的备忘录，周恩来看后在他们写的报告和备忘录上批了"即准备谈判"几个字，让乔冠华和李连庆看过，并让秘书通知当时在外交部礼宾司工作的王海容，马上送给毛主席审阅。

一会儿后，毛泽东批示"同意"。

他们回到外交部已经天亮了。

李连庆立即约见苏联驻华使馆临时代办叶里扎维金来外交部，当面向他宣读了备忘录："我奉命通知你：从目前中苏两国关系来说，通过电话的方式进行联系已不适用，如果苏联政府有什么话要说，请你们通过外交途径正式向中国政府提出。"

这样，虽然珍宝岛的武装冲突没有立即停止，但是促成了以后

柯西金和周恩来在北京机场会谈，根据会谈达成的协议。同年 10
月 20 日，中苏边界谈判开始，从而避免了中苏之间的一场战争。

珍宝岛的武装冲突仍在继续，中国政府向苏提出强烈抗议

在中国政府答复柯西金的电话之后，珍宝岛地区的武装冲突并
没有马上停止，或许是苏联仍企图强占珍宝岛；或者苏联玩花招，
无意通过正常外交途径解决边界问题，只是试探一下中国的态度；
或者是苏联政府尚未下达停火指示。3 月 16 日、17 日、18 日、21 日、
23 日、24 日、25 日、26 日、28 日，苏军继续向珍宝岛武装进攻，
并向我纵深地区进行炮击，挑起更大的武装冲突。

根据周恩来总理的指示和审核批准的外交部照会，由李连庆向
苏联驻华大使馆提出。照会列举事实说："1969 年 3 月 16 日凌晨 4
时许至晚上 9 时，苏联武装部队数十人和坦克 7 辆，侵入中国领土
珍宝岛。同日，苏联武装部队从乌苏里江西岸向中国境内纵深地区
进行炮击。尽管如此，中国方面从革命的人道主义出发，没有进行
自卫还击，允许苏联方面运回苏联武装部队在 15 日入境挑衅中无
谓伤亡的人员。

"但是，在 3 月 17 日凌晨 5 时至下午 5 时，苏联大批武装部队
和坦克 5 辆又侵入中国领土珍宝岛，首先向正在岛上执行巡逻任务
的中国边防部队进行射击。同时，苏联武装部队从乌苏里江东岸苏
联境内纵深地区，用重炮向乌苏里江西岸中国境内纵深地区进行轰
击。3 月 18 日晨 6 时许至下午 6 时，苏联武装部队数十人再次侵
入中国领土珍宝岛，首先向正在岛上执行巡逻任务的中国边防部队
进行射击。中国边防部队对苏联武装部队这两次入侵挑衅，被迫进

行了自卫还击，给入侵者以严厉的惩罚，并把他们赶出中国领土珍宝岛。

"苏联方面不顾中国方面一再警告和惩罚，竟然于3月21日、23日、24日、25日、26日、28日，从乌苏里江东岸苏联境内纵深地区，用重炮向中国领土珍宝岛和乌苏里江西岸中国境内纵深地区进行疯狂的、野蛮的轰击，变本加厉地进行武装挑衅，妄想挑起更大的武装冲突。"

照会指出："苏联政府这样做，显然是要蓄意继续制造和扩大边境武装冲突，加剧边境紧张局势，以达到其联美反华的罪恶目的。"

照会最后，向苏联政府提出强烈抗议，警告其不要继续玩火。

中苏两国政府发表声明，主张举行边界谈判

1969年3月29日，苏联政府发表声明，声称："最近，在乌苏里江上达曼斯基岛地区，发生了由中国方面挑起的边界武装冲突事件。中国当局对组织这类事件，对发生冲突和流血，是没有也不可能有任何辩解之词的。这种事件只会使那些千方百计想在苏联和中华人民共和国之间挖掘敌对鸿沟的人感到高兴。这种事件同苏中两国人民根本利益是没有任何共同之处的。"

然后，声明用大量笔墨指责中国军人侵入"苏联领土，向守卫达曼斯基岛的苏联边防部队发起了攻击"，说什么"远东的苏中边防（即目前存在的这条边界）是许多老一代以前形成的，是沿着自然的界线通过的，这条界线把苏联和中国的领土分割开来"。夸耀苏联——它的贷款、最近工业设备的供应以及应中国政府的请求而无偿提供的大量科学技术经验——帮助中国建立了现代工业基

础，奠定了社会主义的经济基础。数千名苏联专家曾在中国同中国工人阶级和工程师携手劳动，建立一系列对中国来说是崭新的工业部门——航空、汽车、无线电技术以及其他部门，数千名中国公民在苏联的学校、工厂和实验室中受到了专业训练。声明又说："苏联政府本着确保巩固和平与安全、维护与中国人民的友谊与合作的一贯愿望，认为必须立即采取实际措施使苏中边界局势正常化。苏联政府呼吁中华人民共和国不要在边界上采取会引起纠纷的行动，呼吁在心平气和的情况下通过谈判解决分歧，假如这些分歧发生的话。"

声明说："苏联政府主张苏联和中国官方代表在最近期间恢复于 1964 年在北京开始的协商。"对苏联政府的声明，中国外交部立即进行研究，准备答复。当时周恩来正在忙于召开中国共产党第九次代表大会，会议的报告、发言、出席会议的代表、中央委员和政治局成员特别是几位老帅和副总理的安排，挤不出时间处理苏联政府的声明。

苏联外交部于 4 月 11 日就举行中苏边界谈判再次给中国驻苏大使馆照会，提出"在 1969 年 4 月 15 日或其他一个对中国方面合适的最近的时间在莫斯科开始协商"。

经乔冠华、李连庆两人研究，决定起草一份照会给苏联一个答复，否则容易被动，于是两人就在李连庆的办公室起草了一份照会，送请周恩来总理审批后，李连庆于 1969 年 4 月 14 日给苏联驻华大使馆临时代办叶里扎维金递交了一个复照。照会指出："你们 3 月 29 日的声明和 4 月 11 日的照会，我们正在研究。我们是要答复你们的，请少安毋躁。"

中国政府为了答复苏联政府的声明，让国人和世界知道苏联政府的声明是什么东西，于 1969 年 5 月 24 日全文发表了这个声明，新华社加了按语。这个按语是乔冠华和余湛、李连庆共同起草的，连同我国政府声明，经毛泽东、周恩来批准发表的。

按语说："3月29日，苏联政府就中苏边界问题抛出了一个声明。这个声明，打着恢复'协商'的旗号，极为歪曲珍宝岛事件和中苏边界的真相，使用颠倒是非、贼喊捉贼的惯伎，对中国肆意进行诽谤和攻击，企图掩盖它推行社会帝国主义侵略政策，侵略中国领土，挑起武装冲突的罪行。4月11日，苏联政府又来照会催促中国方面四天之内到莫斯科同他们就中苏边界问题进行'协商'，并不等中国政府答复，在4月12日公布了照会。中国政府在4月14日就明确告诉苏联政府：'我们是要答复你们的，请你们少安毋躁。'苏联政府却按捺不住，急急忙忙地跳出来，叫嚷什么中国政府极力想瞒住中国人民，不让他们知道苏联政府声明的内容。

"我们现在全文公布苏联政府这个声明。中国方面希望苏联采取合作的态度，在共同保证国境河流正常航行的工作中，作出积极的响应。"

在公布苏联政府声明的同一天，中国政府发表了声明。

声明指出："中国共产党和中国政府历来主张通过外交途径谈判解决边界问题。在解决以前，维持边界现状，避免冲突。过去如此，现在仍然如此。中苏边界发展到今天的地步，责任完全在苏联方面。中国政府现在就中苏边界问题的事实真相和自己的一贯立场，申述如下：一、珍宝岛是中国的领土，珍宝岛事件是苏联政府蓄意挑起的；二、有关目前中苏边界条约都是沙俄帝国主义强加给中国的不平等条约；三、中苏之间存在边界问题的事实是抹杀不了的；四、苏联政府破坏世界现状，挑起边界冲突；五、到处扩张领土的是苏联政府；六、中国主张和平谈判，反对诉诸武力。"每一个问题都引用大量、翔实的事实说明其论点，有力地揭露和驳斥了苏方的论点。

声明说："中国政府认为，谈判是为了解决问题，不是为了欺骗人民，要使谈判有可能，就必须采取老老实实的态度，而不能采取伪善的态度。苏联政府在 4 月 11 日给中国政府的照会中提出 4 月 15 日就在莫斯科开始'协商'，并且不等中国政府答复，就在第二天公布了照会。苏联政府的这种态度至少是极不严肃的。中国政府建议，双方通过外交途径商定举行中苏边界谈判的日期和地点。"

通过电影揭露苏联在中苏边界的暴行

为了揭露苏联在乌苏里江和黑龙江中苏边境侵犯中国领土，破坏和干涉边民生产，残酷迫害中国人民和挑起边界武装冲突的罪行，对中国人民进行爱国主义的教育，使他们认清"新沙皇"的反华暴行，中央和周恩来指定李连庆和中国人民解放军总参谋第二部徐明辉副部长负责编辑导演了两部大型新闻纪录片：《新沙皇的反华暴行》和《珍宝岛不容侵犯》。

两部电影完全用事实说话。例如，即使根据中俄不平等的《中俄瑷珲条约》和《中俄北京条约》的规定，两国以黑龙江和乌苏里江为界，按照公认的国际法准则，即能航行界河均应以主航道中心线为界，并以此划分岛屿归属，历来双方也是这样管辖的。但是，苏联政府却任意把边界线划到中国境内的小河道上，分布在乌苏里江和黑龙江主航道中心线中国一侧的 700 多个岛屿，竟有 600 多个被苏联划入他们的版图，面积达 1000 多平方公里。

苏联政府采取各种卑鄙手段吞食中国领土。例如，他们在中苏两国之间的瑚布图河上，别有用心地在河上筑起水坝，迫使河水冲刷中国河岸，把河道推向我国一边。

苏联军队在陆上挑衅，又在水上捣乱，苏联两艘炮艇在乌苏里江上阻挠我轮船正常航行，开足马力在我渔船间横冲直撞，破坏我渔业生产，威胁我渔民生命安全，用水龙头喷射我渔民。

苏联军队在光天化日之下，出动炮艇，抢去我渔网，殴打、绑架我渔民。

在黑龙江和乌苏里江汇合处的江中最大的岛屿黑瞎子岛，又名抚顺三角洲，面积约350平方公里的中国领土被苏联违法侵占，在岛上筑起哨所。中国的1艘货轮，被苏联5艘炮艇劫持，中国船员遭到毒打，16人被打伤。

1968年8月24日，苏联军队的侵略魔爪伸入到黑龙江中国一侧一直有中国居民居住和生产的吴八老岛，驱赶中国居民，破坏渔民生产。

七里沁岛位于中国黑龙江省饶河县境内乌苏里江主航道中国一侧，苏联军队经常出动飞机、装甲车、坦克侵犯七里沁岛地区。1968年1月5日，苏联军队装甲车轧死中国渔民4人，撞伤打伤9人，制造了一起骇人听闻的流血事件。

苏联军队侵入中国领土珍宝岛进行武装挑衅，而且不断扩大和升级，达到十分严重的程度，中国边防军在忍无可忍的情况下，被迫进行自卫反击。珍宝岛地区的武装冲突，完全是苏联一手造成的。

这两部电影经周恩来、中央和有关部门审查通过，在全国普遍上演，反映极为强烈，收到良好的效果。

周恩来和柯西金在北京机场会谈，达成停止武装冲突，维持边界现状的协议

1969年9月2日，中国人民的老朋友胡志明主席去世。周恩来和叶剑英与胡志明有着长期的亲密的战友关系和深厚的友谊，在

胡志明去世的第三天就秘密地乘专机前往河内吊唁、瞻仰胡志明的遗体，并同黎笋、长征、范文同举行了会谈。于当日晚 8 时乘专机离开河内回国。

柯西金原以为胡志明举行追悼会时，周恩来总理一定会前去参加，所以他也率领代表团前往，原想在河内同周恩来举行会谈。中国却派李先念副总理率领代表团前往。柯西金在河内碰到李先念，想和李先念握手，李先念假装没有看见，走开了。柯西金就通过越方传话，希望路过北京在机场同周总理会谈。越南外交部亚洲司司长黄保山可能因为忙，把此事压到 9 月 9 日才转告中国方面，李先念立即报告周恩来，经周恩来和毛泽东商定同意柯西金途经北京时在机场会晤，随即通知越方转告柯西金。这时已是 10 日凌晨，柯西金已赴机场回国了，待越方追到机场，柯的飞机已经起飞了。越方只好通知苏联驻越使馆转告柯西金，并为越方延误时间向我方表示歉意。

11 日晚，苏联驻华大使馆临时代办叶里扎维金紧急约见乔冠华副外长，说柯西金从杜尚别来北京同周总理举行会谈，乔冠华立即报告周总理。周恩来说："如果柯要来，可以让他来。"于是乔冠华立即召见叶里扎维金，通知他："周总理欢迎柯西金来北京在首都机场会晤。"叶里扎维金说："柯西金在回国途中到达苏联塔吉克加盟共和国首都杜尚别才接到中国的答复，柯西金和莫斯科通了电话，勃列日涅夫指示还是要他来北京会见周恩来总理。他现在已到了伊尔库茨克，正在那里等待中国的消息。公开报道仍说是从河内回国途中经北京的。"乔冠华说："中国同意柯西金在北京机场会见周恩来总理，也同意对外仍说途经北京。"这其实是为了照顾苏联的面子。

周恩来指示，机场加强警戒，由他的卫士长杨德中统一部署和指挥，为了防止苏联用客机运兵偷袭布拉格的战术，他下令我军进行戒备，机场内除了参加会谈的人员外，不许别人进去，服务人员和厨师都是从人民大会堂调去的。这样周密的安排，是为了保证会谈不遭受造反派的干扰和苏联的暗算。

9月11日那天，周恩来和平常一样，身体挺立，气宇轩昂，风度潇洒，面带笑容，站在舷梯旁边迎接客人。柯西金第一个走下飞机，绷着脸，一点笑容也没有。周恩来同客人一一握手，随后陪同客人走进机场贵宾室，周恩来总理首先转达毛泽东对他的问候，柯西金笑了，脸上绷紧的皮肤也松弛了下来。柯西金说："十分感谢，毛泽东同志身体怎样？"周恩来说："很好。"

柯西金说："勃列日涅夫同志和全体苏共中央政治局委托我问候你们，问候毛泽东同志、周恩来同志和其他同志。"

周恩来说："谢谢。"

寒暄之后，进入正题。下面是谈话的主要内容，读者可以从中了解一个大概以及这次谈话的极端重要性。

柯："今天怎么谈，你们有什么计划没有？"

周："先听听你们的，随便谈吧，不受拘束。"

柯："我们之间积累的问题很多，要一个一个讨论的话，可以讨论3个月，但如果把这些老问题扔掉，就可以找到解决问题的办法。"

周："要把老问题扔掉是不可能的，可以放在脑子里，先谈现在的问题，要往前看。"

柯："对，我完全同意。我们应该往前看，否则我们就会淹没在这些老问题中。

"我们两国关系有着巨大的国际意义，因此，我们同你们讨论一下最根本、最迫切的问题。

"我们之间，总是我们给你们照会，你们给我们照会，后来，你大概记得，我给你打了一个长途电话，那时你认为没有必要这样做。我们认为现在有必要讨论这些问题，以便使我们两国关系正常化，这是中苏两国人民的利益所在，我们深信也是所有社会主义国家利益所在。

"有什么途径来改善我们的关系呢？希望你们发表意见，我这样提出问题是为了弄清我们两国关系处在什么阶段，今后往哪个方向发展？"

周："约5年前，毛泽东同志对你说过，理论和原则问题的争论可以吵一万年。你说，是不是不必要那么长。毛泽东同志说，根据你的建议可以减少一千年，但是理论的争论，你们可以有你们的见解，我们可以有我们的见解。当时，毛泽东同志说过，这些争论不应该影响我们两国的国家关系。因为不同意见的争论，不要说现在，就是到了共产主义社会，一万年以后，也会有矛盾和斗争，有问题。只要我们心平气和地来解决，总是可以找到办法。我同意刚才柯西金同志说的，我们两国之间积累的问题很多，3天也谈不完，今天我们只有3个小时，所以我想抓关键性的问题来谈。

"目前，全世界帝国主义国家，民族主义国家，甚至一些所谓社会主义国家，都在议论中苏关系，各有各的打算。什么问题是中心呢？是边界问题。关于边界问题，我们5月24日发表声明。我可以直率地告诉你，历史问题要争论，这是个原则问题，但是中国肯定对苏联没有领土要求。边界问题是历史造成的，不由我们两国人民负责，当时我们两国人民都处在无权的地位，是沙皇强加给中国不平等条约，所以我们主张以条约为基础，而对争议地区也可调整。这样做并不难，所以，应先从边界问题谈起，像现在这样，边界冲突就会不断发生。我们确实知道，在边界问题上，我们是被动的，但你们说我们是主动的。怎么办呢？我们说，边界问题解决前，应该维持边界现状，避免武装冲突。怎么停止武装冲突呢？我们主张在中苏边界有争议的地区，双方武装力量脱离接触。我不是说，中苏边界都是有争议的地方。"

柯："你建议就边界问题进行谈判，如果我理解得对的话，我们已经接近以建设性的态度来处理问题了。我们不反对就边界问题进行谈判。今天我们会见的原因之一，就是为了解决这个问题。是我们主动要求和你们见面，我们很坚决地坚持要见你们。因此，我感谢毛泽东同志，感谢你们的政治局同意我们今天会见。如果你们确实就边界问题谈判，不懈地努力去解决问题，并且规定几项原则，那么，我们双方的'官吏'就会找到一些解决问题的办法，不会无休止地争吵下去，否则他们就会像毛泽东同志所说的那样，争吵一万年。

"如果我们双方同意进行协商，同意采取互相让步的办法，我们就可以指定我们的工作人员组成代表团开始谈判。谈判地点在哪里都行。如果你们同意这样做，那就是说，我们今天已经找到了解决问题的途径，我们各自向自己的政治局报告。我认为，我向我们政治局报告之后会很快把结果告诉你们，不会拖延很久。

"我想强调说，我们将尽一切努力避免在边界发生冲突。冲突只会使敌人高兴。"

周："关于这个问题，要我们两国政府来讨论。而这个讨论就得用些时间，在未解决前采取一些临时措施。我们提出三点，原来两点，现在增加一点：第一，维持边界现状，双方原来在哪里，还在哪里；第二，避免武装冲突；第三，在有争议地区，双方武装脱离接触。"

柯："什么叫维持现状？有些地方，你们说你们的，我们说我们的，这样的地方怎么办？"

周："原来谁在那里，谁就在那里。"

柯："要是没有人的地方呢？"

周："这些地方谁也不去。"

柯："关于解决边界问题，应该有几条原则，我们建议双方派出自己的代表团，开始谈判，如果我们一开始就分析在边界有多少武装部队，各有多少原子弹，这无助于解决问题。我们保证不会挑起武装冲突。唯一的条件是你们的人不超过现有的边界线，跑到我们领土上，这是第一。第二，我们的边防部门可以和你们的边防部门进行联系，如果你们的居民要割草、放牧、打鱼，可以事先联系，我们一定认真考虑这些问题，并加以解决。

"如果我们大家都同意这些原则，可否在一周内通知一下？然后双方派出代表团开始工作。他们在工作中如果遇到障碍，我们两人可以相互写信，这样就不需用两千年的时间来解决问题，我想这种态度是建议性的，也没有侮辱任何人。"

周："你刚才把问题看得太简单了。要解决边界问题，有两个原则不能不弄清楚，一个是条约问题，一个是现状问题。没有这两个问题，怎么会发生争议呢？

"既然讲到条约，就要说到历史，说到两千年的问题。你们确实说到了两千年，你们不是说中国的边界北边在长城，西边在四川、甘肃。长城就是两千多年前修的，你们这不是规定了中国的边界线吗？因此，我们不能不谈历史，不谈条约。这些条约是不平等的，这不是我们说的，这是马克思、恩格斯、列宁、斯大林说的。尽管如此，我们并没有否认这些条约。我们还要维持现状，进行合理的调整。有些地方，有你们的居民长期居住，有些地方有我们的居民长期居住，你们在那里生产、打鱼、放牧，所以我们说要根据条约、根据现状，互谅互让，加以合理调整。这些要花些时间，所以在谈判解决边界问题之前，我们应达成一个协议：第一，维持边界现状；第二，避免武装冲突；第三，在有争议的地区，双方武装部队脱离接触；第四，还可以加上刚才提出的一条，即双方发生争论时，由边防部门互相联系解决。这样局势不就可以缓和了吗？紧张局势不就可以变成不紧张了吗？"

柯："我回去要报告，但我要弄清楚我应该报告什么，我自己没有弄清楚，就无法报告。问题很复杂，很重要。你是不是同意这样报告：第一，严格遵守现有的边界线。"

周："可以加'严格'二字，但要严格遵守边界现状，而不是遵守现在的边界线，因为有些地方的边界线还没有定。"

柯："第二，争议地区就是你们说是你们的，我们说是我们的地方。有些岛子，你们没有人，我们也没有人，怎么办？"

周："大家都不去。"

柯："就是说，你们也不去，我们也不去。

"维持边界现状到什么时候为止？是不是到边界谈判结束为止？"

周："直到边界得到解决。东边黑龙江、乌苏里江有一些岛屿，西边新疆有些地区，我们的居民到那里生产，冬天回来，历史上历来这样，20多年一直这样。这些居民还要继续到那里生产，这样的地方不多。"

柯："如果这样，是否双方边防站在一起开个会，达成一个协议，通过我们，你们的农民要到哪些岛上割草、打鱼，我们可以研究解决。这就要知道去哪些地方。"

周："就是那些解放20年来，我们的居民一直去的地方。"

柯："以前20多年来都没有发生冲突。我们都在部队服过役，你们设想一下，如果一个边防战士，一觉醒来，看到他保卫的岛子上，突然出现了人，他就要干涉，就要发生冲突。为了避免这种冲突，事先要向各自的边防负责人汇报，经过双方边防负责人的协商。"

周："要维持现状就是过去我国居民去过的地方继续去，没有去过的地方我们不去。我们去生产的地方，可以向你们提出来，没有生产的地方，我们不会提。"

柯："我说的就是这个意思，我们应当恢复冲突以前的友好关系，以前你们都是事先通知我们。过去20年都是这样。"

周："20多年都不需要打招呼。"

柯："是不是归纳一下我应该汇报什么？我再重复一下：第一，维持边界现状；第二，如果有人要到一个争议地区去生产，应该事先通知边防站进行研究；第三，采取一切措施，避免在边境发生武装冲突，条件是保持边界现状。如果发生什么冲突，我就给你打电报。我不知道，我给你打电报，你看不看？"

周："你是部长会议主席，我是国务院总理，当然要看你的电报。争议地区很多，但是，我们生产、割草、打鱼、放牧的地方很少。这些地方，我们可以通过边防部门达成协议，但这并不意味着这个地区的主权是属于谁的，因为归属问题没有解决。"

柯："我完全同意。"

周："我们保证去生产、打鱼、放牧的居民不带武器，这样就可以不发生冲突。"

柯："我完全同意，关于这一点，我是否可以这样汇报。我们边防人员要诚恳地有礼貌地来处理这些问题，但这并不意味着这些地方属于谁，以后要进行谈判来解决归属问题。你同意不同意？"

周："对，同意。我们居民去生产的争议地区一次由边防部门达成协议，以后就不用打招呼了。"

柯："我同意你们的农民去割草，并不意味着他们每次去都要打招呼，达成一次协议就够了。"

周："凡是有争议的地区，双方都不要去。如果我们都派巡逻队去，武装人员靠近了，就容易发生冲突。既然我们同意避免冲突，就不要派人去巡逻了。那些没有人的地方，也不要派人去占领。"

　　柯："要做到这一点很难，问题是这样：(柯在纸上画了一个圈，说这是争议的地方；在图外又画了两个方格，说这是双方的边防站）这些边防部门也要撤退吗？"

　　周："不需要撤退，但不进入争议地区。"

　　柯："关于在争议地区脱离接触的问题，我回去汇报，然后给你答复。对我们达成的协议，双方要指示边防人员遵守，不要违反。"

　　周："黑龙江、乌苏里江的巡逻艇你们的多，我们的少，不需要把巡逻艇搬到岸上去，它们在主航道上航行要按惯例注意上水、下水，遵守航行规定。"

　　柯："要友好相处，打招呼，按国际规定来做。"

　　周："相遇可以鸣笛，打个招呼。关于打鱼问题，比较复杂，鱼主要是在你们那边，鱼季一到大马哈鱼从海里来，在下游都给你们捕了，只是一些漏网的鱼进到乌苏里江，伯力以上可以捕鱼的江面只有200公里，捕大马哈鱼要在深水地方，要跨航道。"

　　柯："这是一个复杂的问题，我现在解决不了，我对乌苏里江问题不太清楚。你知道，我对苏联远东的情况了解得不如欧洲部分，所以我不能答复你。可不可以明天给我个材料，我们可以讨论这个问题。但是，我们可以按过去签订的捕鱼协定来做。"

　　周："可以，可以协商，这都是些临时的办法。"

　　柯："关于我们两国边防站的合作，我们各自下一个指示，让我们诚恳地、有礼貌地处理问题，避免武装冲突，你们同意不同意？"

　　周："不仅边防站要有礼貌相见，军队也不能越境。你们的空军也不要越过边界。"

　　柯："同意，我们可以向我们的空军下一个指示，要他们绝对不侵犯你们的领空。"

周："双方部队不向对方射击。"

柯："同意。"

周："这样临时措施就解决了，紧张状态可以变成缓和状态。"

柯："同意。周恩来同志，和缓紧张局势这是由衷的、真诚的愿望，我们能够，也一定能够做到。我很高兴，你们也有同样的愿望。"

周："你是你们政府负责人，你向你们政治局报告，我向毛泽东同志和我们的政治局报告，然后我们通过外交途径进行换文。这件事确定之后，如果文字上还有什么问题，可以通过外交部商量。"

柯："你们给我们文件？"

周："对。"

柯："什么时候？"

周："具体时间你说吧。"

柯："一个星期以后。"

周："好，一个星期以后，在这之前，双方要采取克制态度。"

柯："我明天到莫斯科立即发出指示，避免发生冲突。"

周："好。"

柯："边界上双方都安上了扩音器，在互相对骂。是不是可以指示他们去掉扩音器？"

周："边境上没有冲突，扩音器也就不需要了。"

柯："好，那就谈完了。还有一个问题，就是关于边界谈判代表团问题。"

周："这需要个时间。"

柯："需要多少时间？"

周："两个星期。"

柯："两个星期，我们通知你们代表团成员。"

周："你不是说要派一个副部长级的人吗？"

柯："是的，外交部副部长，地点在哪里？"

周："我们希望在北京。"

柯："你们希望在北京，我回去报告。我们派一个外交部副部长。我们现在谈完了。我希望你向毛泽东同志报告，我们双方的代表团应该在友好的互相尊重的气氛中进行（谈判）。"

周："既然谈判，就应该在友好的气氛中进行，争论是会有的，友好气氛也要有。"

柯："那我们就这样谈完了。我让你转告毛泽东同志，如果在边界谈判中发生不可克服的困难，我建议，我们两个人出面，也可以我到北京两个小时，也可以你到莫斯科去。那么，边界问题是结束了。"

周："边界问题的程序解决了，但是边界问题并没有解决。"

柯："对，但是解决了程序，就是向前走了一大步。我们有个谚语说：坏的和平要比好的争吵要好。"

周："我们还是动口不动手。我们对你们 6 月 13 日的声明要用文件回答一下，我们要向人民交代一下。"

柯："我有个愿望，你们可以接受，也可以不接受。我们的声明没有骂人，只是叙述。骂人的东西，你们目前最好不要发表，在现在情况下发表不好。"

周："我们现在还没有回答你们。你们 6 月 13 的声明谈到两三千年以前的事。你知道长城是什么时候造的吗？那是在秦始皇以前就造了的。你回去问问齐赫文斯基，他可能知道。"

柯："是不是不要讨论这个问题了？"

周："反正我们要回答，我们从不隐瞒自己的观点。"

柯："好，但希望你们能够寻求缓和的办法。"

周："你们的东西，我们都在报纸上发表了。"

此外，双方还讨论了两国的经济贸易、铁路、航空、电话联络，并就国际问题进行磋商。这个会谈从上午 10 时 50 分至 14 时 30 分，3 个多小时，时间够长的了。这次会谈非常重要，双方达成了许多协议，特别是停止边界冲突，中苏举行边界谈判。

会谈后，发表了一个消息，说："根据双方达成的协议，苏联部长会议主席柯西金从越南回莫斯科途中同中华人民共和国国务院总理周恩来在北京举行了会晤。这次会晤是有益的，是在坦率的气氛中进行的。"会谈后，周恩来在机场宴请了柯西金及其一行。

周恩来致信柯西金，要其确认在北京达成的协议

周恩来考虑曾在会谈中提到要将会谈中的主要问题——边界问题达成的协议，用正式文件通知柯西金要其确认。由外交部起草，经他审阅修改后，于 9 月 16 日经中央政治局会议讨论修改，又于 17 日报毛泽东。周恩来说："在这一信发出后，看柯西金如何回答，再定政府声明何日发表。"9 月 18 日，周恩来致信柯西金说："1969 年 9 月 11 日，在北京机场的会见中，我们双方同意：长期悬而未决的中苏边界问题，应该在不受任何威胁的情况下，通过和平谈判解决；在解决前，双方采取临时措施，维持边界现状，避免武装冲突：一、双方同意，在边界问题解决前，严格维持边界现状。二、双方同意，避免武装冲突。三、双方武装力量在中苏边界争议地区脱离接触。四、双方同意，边界上发生争执，由双方有关边防机关本着平等和相互尊重的精神，进行协商，求得合理解决；解决不了的，各自报告上级，通过外交途径协商解决。五、双方同意，上述关于维持边界现状，避免武装冲突的临时措施，不影响双方各自对边界问题的立场和争议地区的归属。"

信中说："这些临时措施，如能得到你来信确认，即作为中苏

两国政府之间的协议，立即生效，并付诸实施。"我相信，如果这个协议能够达成，将有助于两国边境局势的缓和和中苏谈判的举行。"可能是勃列日涅夫和苏共中央政治局不同意柯西金在两国总理会谈中所持的立场和态度，他变卦了，回信说：他"已给苏边防部门下了通知，就不要换文了"。尽管如此，中苏两国总理的机场会谈，是有益的、有意义的：1. 中苏边境局势缓和了；2. 两国互派了大使；3. 双方事务性关系有所改善和发展，贸易增加了，两国民用飞机直飞对方首都，黑龙江、乌苏里江中苏界河航行也逐步地恢复了。

中国政府发表声明，严厉驳斥苏联在中苏边界争议中的霸权主义立场和用武力占有中国领土的野蛮行径

1969 年 10 月 7 日，中国政府发表声明；10 月 8 日，发表外交部文件，回答苏联政府 6 月 13 日的声明，全面阐述对中苏边界的立场。

这个声明和文件是按照周恩来的指示和意图，由外交部草拟，又经周恩来多次修改审定，并得到中央政治局和毛泽东批准的。声明指出："中国政府一贯主张通过谈判解决中苏边界问题。1969年 5 月 24 日，中国政府发表声明，重申了这一主张。遗憾的是，中国政府的这一主张当时没有得到苏联应有的响应。苏联政府在1969 年 6 月 13 日发表了一个为沙俄帝国主义辩护和恣意诽谤中国的声明，并且继续在中苏边界全线不断进行武装挑衅。尽管如此，中国政府本着和平谈判解决中苏两国之间问题的一贯立场，仍然派出了自己的代表团到伯力，从 6 月 18 日起同苏联方面举行了中苏国境河流航行联合委员会第 15 次例会，并且在会议中作出了极大

的努力，克服了重重障碍，使会谈终于达成若干协议。""在伯力会议后，苏联方面又在中苏边界挑起新的流血事件，同时反诬中国对苏联发动核战争。"

声明强调说："中国发展核武器是为了防御，为了打破核垄断。中国政府曾多次郑重声明，在任何时候、任何情况下，中国绝不首先使用核武器。诬蔑中国要发动核战争是荒谬的，好笑的。但是，中国也决不会被战争威胁，包括核战争威胁所吓倒。如果一小撮战争狂人敢冒天下之大不韪，袭击中国的战略要地，那就是战争，那就是侵略，7 亿中国人民就要奋起抵抗，用革命战争消灭侵略战争。"

声明还指出："中苏边界问题发展到如此尖锐的地步，其责任完全不在中国方面。中国政府从来没有要求收回沙皇俄国通过不平等条约割去的领土，相反，是苏联坚持要违背这些条约的规定，进一步侵占中国领土，并且还蛮横地要求中国政府承认这种侵占是合法的。正是由于苏联政府坚持扩张主义的立场，因而在中苏边界造成许多争议地区，成为中苏边境紧张局势的根源。""1969 年 9 月 11 日，周恩来总理在北京会见了苏联部长会议主席柯西金。就两国边界问题、贸易问题以及两国关系中的其他问题交换了意见。鉴于中苏边境的武装冲突不断发生，为了真正做到维持边界现状，避免武装冲突，中国方面进一步提出，中苏双方武装力量从中苏边界一切争议地区，即根据 1964 年中苏边界谈判中交换的地图双方边界线的画法不一致的地区撤出或不进入，脱离接触。为了使两国边境局势得以缓和下来，使中苏边界谈判能在不受任何威胁的情况下举行，中国方面建议：中苏双方首先就维持边界现状、避免武装冲突，脱离接触的临时措施达成协议。对此，中国政府 1969 年 9 月 18 日已有正式信件送交苏联政府。1969 年 10 月 6 日，中国政府在给苏联政府的另一正式信件中，又重申了这一建议。中国政府始终认为，不应当回避中苏边界存在问题的客观事实，要认真解决这些问题，就必须进行全面谈判。现在中苏两国政府已经商定，中苏双方就中苏边界问题在北京举行外交部副部长级的谈判。谈判开始的时间正在协商中。中苏边界问题是中苏两国人民十分关心的问题，也是世界人民关心的问题。中国政府希望，苏联政府能够真正以严肃负责的态度对待这个问题。"

10月8日又以中国外交部名义发表"中华人民共和国外交部文件"驳斥"苏联政府1969年6月13日声明"。文件说："苏联政府在6月13日的声明中，编造了种种信口开河的奇谈怪论，继续为沙俄帝国主义的侵华罪行辩护，并且诽谤中国政府奉行什么扩张主义政策。对于这些荒谬论点，中华人民共和国外交部认为有必要加以回答和驳斥。"

文件从五个方面，以确凿的事实，引经据典逐条痛驳苏联的论点，严正谴责苏联的大国霸权主义和侵占中国领土的罪恶行为：

1. 历史上，是中国侵略了俄国，还是俄国侵略了中国？

2. 究竟是谁在奉行扩张主义政策？

3. 是我们歪曲了马克思列宁主义，还是你们背叛了马克思列宁主义？

4. 苏联政府真正准备以条约为基础解决中苏边界问题吗？

5. 中国政府的立场是不容歪曲的。

文件最后说："任何不怀偏见的人都可以看出，中国政府的这种立场是合情合理的，是中国政府对和平解决边界问题抱有最大诚意的表现。现在，中苏两国政府即将在北京举行外交部副部长级的边界谈判，我们希望，苏联政府能够认真考虑中国政府关于全面解决中苏边界问题的主张和建议，使这一谈判取得积极的结果。"

指导中苏边界谈判

根据中苏双方达成的协议，在北京举行中苏边界副外长级的谈判。

1969年10月19日，苏联政府代表团在团长、外交部副部长库滋涅夫率领下抵达北京，中国外交部副部长、政府代表团团长乔冠华，副团长柴成文，代表团全体团员和苏欧司负责人李连庆，礼宾司负责人韩叙等到机场迎接。但鉴于当时的中苏关系，对外发表只有李连庆、韩叙到机场迎接。当晚，乔冠华团长设宴欢迎代表团。

中苏边界谈判一开始，周恩来就十分关注，在百忙中挤出时间接见中国代表团，听取汇报作出指示，代表团每一次发言或每个问题如何表态，都经过他审核和批准。如他在仔细研读中苏边界谈判第十六次全体会议简报及有关文件后，就下一步对策问题致信毛泽东，提出："我们的对策欢迎苏方的迎合态度，但只能把这两个文件（即苏方提出关于维持中苏边界现状的临时措施，签订边界条约方案；中方强调当前最主要任务，是根据两国总理在北京机场的谅解，尽快就维持边界现状，防止武装冲突的临时措施达成谅解）合成一个临时措施的协议，才能讨论边界走向和结成中苏边界新的条约有所促进。""鉴于互不使用武力条约，中苏有同盟条约，并未宣布失效；如要再定，可留在边界条约定好后再议。"毛泽东同意周恩来的意见。1971年3月11日，周恩来召集外交部有关人员开会，研究和组织中苏边界谈判中的对策和发言，提出我方起草的"二合为一"的新的协定，其基本精神和条款应以1969年中苏两国总理会谈时确定的原则和谅解，以及中方两次提案的内容为主，并吸收苏方提出的合理意见。因为中苏边界是一个马拉松式的谈判，从1969年到1978年12月，前后9年时间，双方团长互易多次，但到1976年周恩来逝世为止，都是一直在他的指导下进行的，他费尽了精力和心血。

1975年1月13日，周恩来在四届人大所作的《政府工作报告》中指出："苏联领导集团背弃中苏两国总理早在1969年就已经达成的谅解，拒绝签订包含有互不使用武力、互不侵犯内容的维持边界现状、防止武装冲突，双方武装力量在边界争议地区脱离接触的协议，致使中苏边界谈判至今没有结果。他们连中苏边界存在着争议地区都不承认，连双方武装力量在边界争议地区脱离接触，防止武装冲突这样的事情都不干，却奢谈什么互不使用武力、互不侵犯的空洞的条约。这除了欺骗苏联人民和世界舆论以外，还有什么呢？我们奉劝苏联领导，还是老老实实坐下来谈判，解决一点问题，不要玩弄那些骗人的花招了。"

这是周恩来最后一次公开谈论中苏边界谈判问题，也是最后一次公开批评苏联。

七、接待许多国家的元首、政府首脑和各类代表团，同时也出访少数国家并与其领导人会谈，论述国内外形势，并对外交工作作出指示

　　在"文化大革命"期间，周恩来极少出国访问，即使对朝鲜等国的访问也是短暂的。他的大部分时间也是忙于国内工作。"文化大革命"一开始，刘少奇靠边站，林彪成了第二把手，但他不管日常工作，也极少主持政治局会议，说是身体不好，休息养病，实际上在谋算如何抢班夺权。主持中央日常工作完全压在周恩来身上，林彪叛国坠亡后，周恩来成为名副其实的第二把手，毛泽东大小事都离不开周恩来。

　　周恩来一直主持中央政治局、国务院、中央文革碰头会，中央军委重要的事情也要请示周恩来，全面掌管党政军民各项工作，同林彪、江青两个反党集团的破坏、干扰进行坚决而又巧妙的斗争，反对分裂党、维护国家的统一和安全及毛泽东的威信。强调"抓革命、促生产"，使国民经济得以持续和发展，保障物质供应，维系民心。

接待了许多外国元首、政府总理、副总理、部长及各类代表团

仅来访的各国元首、政府首脑，就有越南的胡志明主席、南方主席阮友寿、第一书记黎笋、总理范文同；朝鲜首相金日成、副主席崔庸健；罗马尼亚总统齐奥塞斯库、总理毛雷尔、国务委员会主席波德纳拉希；巴基斯坦总统叶海亚·汗、布托；阿尔巴尼亚总理谢胡；缅甸主席奈温；坦桑尼亚总统尼雷尔；赞比亚总统卡翁达；尼泊尔国王比兰德拉；法国总统蓬皮杜；刚果国家元首思古瓦比；加拿大总理特鲁多；澳大利亚总理惠特拉姆；塞拉利昂总统史蒂文斯；阿尔及利亚总统布迈丁；多哥总统埃亚特马；尼日利亚联邦共和国首脑戈翁；毛里塔尼亚总统达达赫；加蓬总统邦戈；特立尼达和多巴哥总理威廉斯；丹麦首相保罗·哈特林，扎伊尔总统蒙博托；马耳他总理明托夫；莫洛比克解放阵线主席萨莫拉；刚果总理洛佩斯；圭亚那总理伯纳姆；突尼斯总理努拉伊；菲律宾总统马科斯；泰国总理克立·巴莫；德意志联邦共和国总理施密特；美国总统尼克松；日本首相田中角荣。其中有的人多次访问中国，如黎笋、范文同、金日成、卡翁达等，周恩来也出访了越南、朝鲜等国。

周恩来支持西哈努克

1970 年 3 月 18 日，朗诺集团发动政变，推翻西哈努克亲王领导的柬埔寨政府，同时宣布废黜正在国外访问的国家元首西哈努克。西哈努克路过莫斯科时，苏联领导人没有告诉他朗诺集团发动

政变的事。19 日，西哈努克和夫人一行 17 人由莫斯科飞抵北京，周恩来、李先念等去机场迎接。

当时，周恩来与西哈努克举行会谈，告诉他："我已发表了亲王作为国家元首抵达北京的消息，并报道了到机场迎接亲王各国使节的名单。"说："我们绝不承认朗诺集团，我们只承认你是柬埔寨唯一的国家元首，我们将全力支持你们。事变发生后，你曾宣布马上回国；后来没有回去，我觉得不回去更好。"西哈努克当即表示：他已不能回去，要在中国逗留一段时间。

当晚，周恩来召开政治局会议讨论柬埔寨问题和西哈努克亲王提出的接见中外记者、散发书面声明等要求。会议决定协助西哈努克将在北京进行的活动，并处理中国驻金边使馆被砸、在柬华侨被捕事宜，同时周恩来签发外交部给中国驻越南大使王幼平的电报，转告中国领导人同西哈努克会谈情况，表明中国政府对西哈努克的支持，还征询越方对柬埔寨问题的意见。

随后，周恩来同西哈努克举行三次会谈，就柬埔寨和印度支那局势进行分析研究，了解到西哈努克愿进行抗美救国斗争的决心。明确指出："在抗美救国斗争中，关键是进行武装斗争。柬埔寨各派要以大局为重，团结一致，共同战斗，才能实现民族独立、和平、中立的目标。"

3 月 23 日，西哈努克在北京向中外记者宣布成立以他为首的柬埔寨民族统一战线并发表告《高棉同胞书》和"五点声明"。

当时，柬国内能进行武装斗争的主要力量，就是柬埔寨共产党领导的武装部队。但是柬共与西哈努克曾是敌对关系。柬发生"三·一八"政变时，柬共中央书记波尔布特正在中国秘密访问。中央领导人多次会见他，劝说柬共要从国家大局出发，不计前嫌；西哈努克亲王是一位真正的爱国者，在国内外有很高的威望，柬共应同他加强合作，建立反美统一战线，成立联合政府，反对共同的敌人，这是柬埔寨实现国家独立、民族解放重要的一环。西哈努克和柬共领导人从国家大局出发，同意建立民族统一阵线。西哈努克公开表示："柬国内有支持我的力量，为了国家的独立和解放，我也愿同共产党合作，共同抗击美帝国主义。"

西哈努克"三·二三"声明后，三位共产党议员乔森潘、胡荣、符宁立即发表声明，积极响应西哈努克的号召，表示不计前嫌，愿意参加西哈努克亲王领导的民族统一战线。其他柬埔寨国内和一些流亡海外的知名人士也纷纷响应，几派力量积极开始筹备"民族团结政府"。

周恩来在政治上、外交上、物质上大力支持西哈努克的斗争。他向西哈努克建议，举行印支三国首脑会议，加强团结，相互支持，组成抗美统一战线。周恩来邀请范文同立即来北京同西哈努克商谈，双方一致确定4月份在中国举行印度支那三国四方高级领导人会议。

1970年4月25日，印度支那三国四方首脑在中国广州举行了具有历史意义的最高级会议。

参加会议的有：越南南方民族解放阵线中央委员会主席阮友寿、越南民主共和国总理范文同、老挝爱国战线党中央主席苏发努冯、柬埔寨国家元首西哈努克。

西哈努克作为会议的发起人主持了首次会议并致大会开幕词。他说："美帝国主义及其走狗使我成为流亡者。柬埔寨的历史面临黑暗，人民面临痛苦，越南、老挝一定会坚定不移地支持我们。印支三国要结成统一战线，并肩战斗，直到最后胜利。"接着阮友寿、苏发努冯、范文同都发表了讲话。

第二天，印支三国四方经过讨论、协商，达成一致，发表具有历史意义的联合声明。指出："美帝国主义在越南南方发动了'局部战争'，在老挝挑起'特种战争'，在柬埔寨发动反革命政变，美帝国主义是印支人民最危险的敌人。三国人民为了保卫自己的民族权利，要加强团结，并肩战斗，坚决战胜美帝国主义及其走狗。"关于印支三国之间的关系问题，声明指出："在反对共同敌人的斗争中，三国之间要互相支持，密切合作；三国之间存在的问题要本着互相尊重、互相谅解的精神协商解决。"

周恩来特意从北京飞往广州参加印支三国四方首脑会议的闭幕式，并于当晚举行盛大宴会，热烈欢迎各位贵宾，衷心祝贺印支三国四方首脑会议胜利结束，圆满成功；坚决支持这次会议所发表的联合声明。最后，周恩来庄严宣布："7亿中国人民是印支三国人民的坚强后盾，辽宽的中国领土是印支三国人民可靠的后方。"

经过周恩来的多方推动和柬埔寨各方协商，一致同意成立"柬埔寨民族统一阵线"和"民族团结政府"。1970年5月4日，他们在北京召开第一次代表大会，一致通过《民族统一阵线政治纲领》，推举西哈努克亲王为阵线主席，选出11名阵线中央政治局委员，前首相宾努当选中央政治局主席。与此同时，柬埔寨王国民族团结政府宣告正式成立，宾努任首相，乔森潘任副首相兼国防大臣，还有12名内阁成员。会议决定政府分两部分：一部分大臣在国内解放区工作，负责国内的军事斗争和政治事务；另一部分大臣驻在北京，负责外交工作和国际事务。5月5日，周恩来到宾馆会见西哈努克亲王和宾努首相，热烈祝贺柬民族统一战线和民族团结政府的诞生。周恩来正式宣布："从即日起，中国政府断绝同朗诺政权的外交关系，正式承认柬民族团结政府，支持民族统一阵线的政治纲领。"周恩来还表示："北京西郊'友谊宾馆'将提供给民族团结政府作为办公大楼；中国政府还决定，每年向柬方提供一定的资金，作为政府的活动经费；北京东交民巷15号宾馆作为'元首府'，提供给西哈努克亲王作为办公和居住的地方。"西哈努克十分感谢中国对他们的承认和大力支持。在印支三国四方首脑会议和柬埔寨民族团结政府成立之后，周恩来又组织和安排在北京天安门广场举行上百万人民群众集会支持柬的正义斗争，邀请西哈努克和宾努等参加。毛泽东发表了著名的"五·二〇"声明。声明指出："美国侵略者在越南、老挝打不赢，阴谋策动朗诺——施里玛达集团的反动政变，悍然出兵柬埔寨，恢复轰炸越南北方，激起了印度支那三国人民的愤怒反抗。我热烈支持柬埔寨国家元首诺罗敦·西哈努克亲王反对美帝及其走狗的斗争精神，热烈支持印度支那人民最高级会议的联合声明，热烈支持柬埔寨民族统一阵线领导下的王国民族团结政府成立。印度支那三国人民加强团结，互相支援，坚持持久的人民战争，一定能够排除万难，取得彻底胜利。"

柬埔寨民族团结政府成立以后，为了争取国际上的支持，中国政府做了大量协助工作。周恩来指示中国外交部通知驻外使馆向当地政府介绍柬埔寨局势，争取他们的支持。柬民族团结政府成立后3天，就得到12个国家的承认；不到1年，就有28个国家与其建立了外交关系。为使柬民族团结政府提高在国际的声望和国内产生良好影响，中国协助柬方大力开展外交活动。1972年6月，西哈努克以国家元首身份出访罗马尼亚、阿尔及利亚、阿尔巴尼亚、南斯拉夫、毛里塔尼亚5国。1973年5、6月，他以同样的身份出访了欧洲、非洲9国。1974年3月，乔森潘副首相出访亚洲、东欧、中东12个国家。每次出访，中国都给予大力支持，为他们提供专机、警卫、医生等服务人员，中国驻当地使馆给予热情接待。西哈努克出访时，周恩来每次都到机场迎送。他们的出访取得良好效果，越来越多的国家同朗诺政权断交，承认柬民族团结政府，到1975年，已有62个国家与其建立了外交关系。西哈努克对出访效果十分满意，感谢中国对他的协助。出访回来后，他特意写了一首歌曲《啊！中国，我亲爱的第二祖国》，赞扬中国对柬埔寨的热情支持和友好情谊。

中国对柬国内武装斗争给予巨大支持，提供无偿援助，满足他们的全部要求。由于美军已切断了海上运输线，朗诺伪军占领着所有港口，武器装备如何运入柬埔寨成为关键的问题。当时唯一的通道，只有"胡志明小道"。这条小道的起点是越南北方，经过老挝南部进入柬埔寨北部，全长1200公里。这是一条穿山越岭弯弯曲曲的小道土路，美国曾派空军狂轰滥炸，力图切断这条越南抗美救国战争的"生命线"。中国第一批援柬军用物资经过这条小道，有三分之二在途中被毁。为了解决运输问题，中国政府于1970年8月、11月先后派出两个考察团奔赴"胡志明小道"，冒着危险进行实地考察，同越南商量进行改造、扩建、保卫问题。周恩来听取考察团汇报后，决定增加对越南改造通道的援助，把土路改为碎石路，增建支线，不仅直通，又可横行，增加运输车辆，提高运输能力。

中国政府与柬埔寨民族团结政府每年都签订经济、军事援助协定，不断增加对柬的军事支援。

在以西哈努克为首的民族统一阵线的号召下，柬埔寨全国人民抗美救国战争热火朝天，柬埔寨共产党领导的武装力量迅速壮大，从游击队逐渐发展成营、团、师级正规军。军队从1970年的几千人到1974年已达20万人。解放区也迅速扩大，到1974年已占全国总面积的90%，实现了农村包围城市的方针。1975年4月，柬民族解放军以9个旅的主力向金边发起进攻，4月1日，柬埔寨完全解放。此时，周恩来已经住院治疗，由中共中央两位副主席叶剑英、邓小平代表毛泽东、周恩来向西哈努克亲王和宾努首相热烈祝贺。

周恩来对西哈努克的热情接待和巨大支援，使得柬埔寨又重回到西哈努克的掌握和领导之中。这是周恩来外交的杰作之一。西哈努克也成为中国最好的朋友，直至去世前，他有时长驻中国，有时以国家元首身份访问中国。

胡志明、范文同、黎笋、阮友寿等越南领导人相继来访，周恩来多次短暂访越，互通情报、继续大力支持越南斗争

周恩来一直以相当多的精力关注印度支那特别是越南问题，无论是武装斗争还是和谈，他都大力支持。在"文化大革命"期间，他尽管承受了巨大的压力和沉重的负担，但他总是挤出时间，过问越南的问题。他接待了越南许多代表团，其中重点是越南劳动党政治局委员、副总理、外交部长和越南南方的领导人，与他们举行会谈，同时也多次短暂的出访越南，互通情报，继续提供巨大的援助，在越南人民浴血奋斗下使得美军被迫撤出越南，越南获得全境解放，取得反美救国斗争的最后胜利。

1965年10月6日，越南政府总理范文同、副总理兼外交部长阮维桢和人民军总参谋长文进勇一行访华，周恩来、陈毅同其举行了8次会谈，就越南抗美战争形势交换了意见。范文同介绍了越南抗美战争的形势，美国大规模增兵越南，扩大对越南北方的轰炸，又玩弄起"和谈"的阴谋。周恩来认为美国的"和谈"活动始终以武力作为后盾，逼迫越南民主共和国接受它的条件，以取得有利于它的"和平解决"。我们同意和支持胡志明主席7月17日发表的《告全国同胞书》，绝不动摇英雄的越南人民抗美救国的钢铁意志和决心，越南人民是不会被吓倒的。没有什么能比独立、自由更为宝贵的了。《告全国同胞书》极大地鼓舞了越南人民抗美救国的志气，沉重地打击了美国"以炸逼和"的阴谋。我国政府于7月22日发表声明，中国政府和中国人民最坚决地、最热烈地支持胡志明主席

的《告全国同胞书》，并表示为了支持越南人民夺取抗美战争的胜利，中国人民准备承担最大的民族牺牲。中国决心做好各种准备，随时随地采取中越两国人民认为必要的行动，共同打击美国侵略者。

1967年3月28日，范文同总理和武元甲副总理兼国防部长为首的代表团访华，与中方就越南形势交换意见。在会谈中，周恩来表示：越方提出"边打边谈"原则上是可以成立的，因为战争打到一定程度必须要有所接触。他语重心长地说："中国有句俗语，'行路百里半九十'，就是说已经走了90里路，最后剩下10里更困难。爬山也是这样，比如喜马拉雅山，最后一段路是最难爬的。我们相信，你们一定会取得最后的胜利。我们要动员全世界人民支持你们取得胜利。"

1968年2月7日，胡志明来访时，周恩来同他谈话时建议说："越南战争发展到目前阶段，可否考虑组织一两个到三个野战兵团，每个兵团三四万人，每仗力求全歼敌人成建制的四五千人。这些兵团能远离家乡作战，可以在这个地区打，也可以到另一个地区打。打孤立之敌，可采取挖坑道接近敌人，进行夜战和近战的办法，使敌人的飞机、大炮的火力失其作用。同时在三四个方面挖些坑道，不同于地道，要能供应部队运动和输送弹药，还要组织一定力量打敌之增援。"

1969年9月2日，胡志明逝世，周恩来、叶剑英于9月4日赶赴河内吊唁。上午抵达河内，下午同黎笋、长征、范文同、武元甲会谈，周恩来说："我们来得仓促，但还是晚了。胡志明主席不幸逝世的消息传到中国，中国党、政府和中国人民感到十分悲痛。胡主席一生奋斗，不仅为越南人民建立了不朽的功勋，而且对国际无产阶级也作出了很大的贡献。胡主席同中国革命、中国党的关系尤为密切，不比一般。他同中国人民、中国党建立了深厚的感情，把中越两党两国人民密切地联系在一起。从我个人来说，我同胡主席是最老的战友。希望能够安排我们在胡主席遗像前举行告别仪式。在开正式追悼会时，我党将再派代表团前来参加。"

谈到越南抗美战争问题，周恩来明确表示："只要越南坚持抗美救国战争，越南打到什么时候，中国就支持到什么时候。"

会谈后，周恩来等前往河内主席府正厅临时设置的灵堂，在胡志明遗像前献花圈、默哀，并在吊唁簿上留言。当晚，同叶剑英到医院瞻仰胡志明遗容，然后乘专机离开河内回国。

胡志明去世后不久，越南总理范文同就率团来中国参加中国的国庆，并要求发表联合公报以示对越南的支持。中方同意，于是周恩来和范文同经过磋商发表了联合公报。公报中双方一致指出：解放越南问题的唯一正确道路是，美帝国主义必须停止侵略越南的战争，美国侵略军及其仆从军必须无条件地全部从越南南方撤出去，由越南人民在没有外来干涉的情况下处理自己的内部事务。中方重申：中国人民将永远遵循伟大领袖毛主席"7 亿中国人民是越南人民的坚强后盾，辽宽的中国领土是越南人民的可靠后方"的教导，坚决支持和援助越南人民把抗美救国战争进行到底。从 1968 年到 1972 年间，中越两国政府共签订了 40 多个向越南提供无偿经济和军事援助的协定。

1969 年尼克松当选总统后，于 1970 年 2 月发表了美国新的对外政策，提出"实力地位""谈判时代""伙伴关系"三原则。为了尽快结束越南战争，从印度支那脱身，美国主张加强军事实力击败越南，或以军事威慑为手段，迫使越南接受美国的谈判条件。在主战场越南南方，美国极力实行战争"越南化"，加强伪军的武器装备，提高战斗力，巩固伪政权，对解放区加强"绥靖"政策，大力"围剿"。对越南北方，美国派出大批 B-52 轰炸机，对越南首都河内等大小城市和铁路、公路狂轰滥炸，并派出第七舰队对北方各大港口布下水雷封锁，以断中国对越南的援助通道。美国扩大了战争范围，把侵越战争扩大为印度支那战争。

1970 年 9 月，越南民主共和国总理范文同访华，毛泽东亲切接见，周恩来同他举行了两次会谈，听取范文同对印支三国战况的介绍。周恩来最后表示："你们现在遇到许多困难，我们将尽力予以帮助；中国是印支三国的大后方，我们将派团考察你们的困难，寻求解决办法；我们要及时提供合乎你们需要的各种武器、军备和物资。"

为了增强对越南人民的支持，以周恩来为团长、叶剑英为副团长的中国党政代表团于 1971 年 3 月 5 日至 8 日访问越南。河内人民举行了隆重集会，热烈欢迎周恩来的访问。范文同在讲话中指出："在越南人民抗美救国战争中，中国向越南提供了经济、军事援助，对越南人民的英勇斗争，已经和正在作出非常巨大的贡献。"

周恩来在讲话中高度评价越南人民艰苦奋斗、不怕牺牲的战斗精神以及业已取得的重大胜利。他庄严宣布："越南、老挝、柬埔寨是中国的近邻，我们决不允许美帝国主义在那里为所欲为。如果美国硬要扩大侵略印度支那战争，中国人民将采取一切必要措施，甚至不惜承担最大的民族牺牲，支持印支三国人民彻底打败侵略者。"

在访问结束时，中越双方发表了联合公报，强烈谴责尼克松政府扩大侵略印支的战争。双方对美国冒险行动作出充分的估计，并对如何对付美国可能采取的军事冒险行动取得了完全一致的意见。越方表示：越南人民将永远不会忘记中国共产党、中国政府和人民给予的热情、有效的支持以及巨大有效的援助。

1971 年 11 月 20 日，范文同总理率领越南党政代表团访问中国。

毛泽东亲切会见，在人民大会堂举行了隆重的欢迎仪式；周恩来同他举行了三次会谈。范文同介绍了印支战场情况。他说今年越军进行了三大战役：一是九号公路及下寮战役；二是西原战役；三是柬埔寨境内的磅湛战役。这三大战役是战争转折点，这表明美军逐渐撤离，伪军无力代替，定会失败。但是从双方力量对比看，我们还没有强大力量彻底击垮敌人。美国使用大批空军企图切断南北通道，我们运输问题遇到严重困难。

周恩来高度赞扬越南人民英勇不屈的革命精神，热烈祝贺越南所取得的辉煌战绩，挫败了尼克松的战争"越南化"政策，使其陷入战争困境。中国深信越南将乘胜前进，继续战斗，实现解放南方、保卫北方、统一祖国的伟大目标。双方还就印支形势的发展趋势，中国对越南的援助达成一致意见。

随后，中越双方再次发表了两党中央委员会和两国政府联合公报。联合公报关于中越关系称："双方满意地看到中越两党、两国政府和两国人民之间的伟大友谊和战斗团结不断地得到巩固和发展。我们两国人民并肩战斗，患难与共，互相鼓舞，互相支持。这种'同志加兄弟'的亲密无间的友谊和团结，日益把中越两党和两国人民紧密地联系在一起。"

1972 年 2 月 17 日，美国总统尼克松访华，周恩来同尼克松举行了会谈，双方在会谈中主要讨论了中美关系，但印支问题仍是一项重要问题。周恩来向尼克松表示："尽管台湾问题是阻碍两国关系的关键问题，我们还可以等待几年。但越南和印支战火不断，对印支人民的牺牲，我们极其同情。要缓和远东局势，印支问题是关键。如果印支战争不停下来，中国只有援助他们，我们只有同情和支持他们的义务，没有干涉他们的权利或代替他们谈判的权利。"尼克松表示希望"光荣地结束越南战争"。2 月 28 日在上海发表的《中美联合公报》中，中方表示：坚决支持越南、老挝、柬埔寨三国人民为实现自己的目标所做的努力，坚决支持越南提出的七点建议。

周恩来在上海送走尼克松之后，于3月4日再次专程飞赴河内，向越南主要领导人黎笋、范文同、黎德寿通报中美高级会谈的内容。周恩来说："从1955年开始，中美谈判已经历了16年。当约翰逊总统扩大侵越战争时，我们停止了同美国的会谈，美国停炸越南北方后才得以恢复。1970年美国在柬埔寨策动'三·一八'政变后，我们又停止了会谈。这都是从支持印支人民抗美救国斗争考虑的。"周恩来又说："这次我们同尼克松会谈提出了四项原则，其中有两条是：任何一方都不应在亚太地区谋求霸权；任何一方都不能代表第三方进行谈判，不达成针对其他国家的协议。"周恩来还说："我们向美方表示，坚决支持越南方面提出的'七点和平倡议'，支持印支高级会谈发表的声明。如美国不停止侵略战争，中国决不停止对越南和印支人民的支援。如美国不接受越方的意见，战争就不会终止，远东局势也不会缓和。"

尼克松访华后，中美关系开始改善，越南同美国的和平谈判也进入高潮。但是，双方为迫使对方接受自己的谈判条件，战火也更加激烈。

1973年1月3日，黎德寿赴巴黎与基辛格进行最后一次谈判。他路过北京时拜会了周恩来总理，通报了越共中央政治局关于谈判的主张，认为美国轰炸北方，施加压力，但未能得逞。越方仍按既定的方针进行谈判，估计能达成协议，但有些难题尚需商谈解决。黎德寿再次征询周恩来的意见，周恩来表示："尼克松面临许多国际国内问题，看样子美国要从越南和印支脱身。因此，你们在谈判中既要坚持原则，又要有必要的灵活性，要让美国佬先走掉。对尼克松，不给他点面子，就难达成协议，失去机会。因此，凡是肯定美军按时撤走，并保证不再返回的条款就要严格控制。对伪政权的条款可松散一点，含糊一些，这样就可以达成协议。越南人民受了这么大灾难，要争取尽快解决，这对你们十分有利，祝愿你们成功!"

经过长达 5 年半的会谈，越南民主共和国、美国及越南南方两方政权终于达成协议。1973 年 1 月 27 日，四方正式签署了《关于在越南结束战争、恢复和平的协议》和有关四项议定书。1 月 29 日，中国领导人向越南领导人发去贺电，认为巴黎协定的签订是越南人民在军事、政治和外交战线上长期斗争所取得的重大胜利，衷心祝愿越南人民实现统一祖国的愿望。

2 月 1 日，参加巴黎谈判，签订协议后，胜利而归的越南谈判主要负责人黎德寿和政府副总理兼外长阮维曰等来到北京，毛泽东、周恩来亲切会见了他们。黎德寿激动地说："我们完成了谈判任务，从而结束了长达十年之久的战争。我们特意来拜见你们，向毛主席和中国共产党、中国政府、中国人民表示感谢，你们给予我们很大帮助和鼓舞。"

为了感谢中国对抗美救国战争的支持，越共中央决定派以总书记黎笋为团长、政府总理范文同为副团长的党政代表团于 1973 年 6 月 5 日来中国进行友好访问。黎笋、范文同首先拜会毛泽东，他们表示："抗美救国战争结束后，越共中央进行了总结，决定派我们来感谢毛泽东主席、中国共产党、中国政府和人民给予我们的大力支持。抗战以来，我们多次听了毛主席的意见，我们掌握了战争规律，最终取得了胜利，说明毛主席预见非常正确。"在会见周恩来时，黎笋说："在抗美救国战争中，中国不但在物质上给予我们极大支持，而且在精神和路线方面也帮助了我们。"在北京举行的隆重的欢迎大会上，黎笋在讲话中说："越南人民和中国人民在几十年的紧密相连的革命事业中，结成了伟大的友谊和战斗团结。"

最后，双方发表了联合公报："中国方面对越南人民抗美救国斗争的伟大胜利，感到由衷的高兴，表示热烈祝贺。越南方面再次感谢中国给予越南人民充满兄弟情谊的支持和援助，为越南抗美救国事业取得的有历史意义的胜利作出的重要贡献。"

崔庸健参加中华人民共和国成立二十周年国庆，周恩来、金日成互访，恢复和发展中朝友好合作关系

1965 年后有一段时间，由于对苏联的看法的分歧和中国"文化大革命"，中国和朝鲜关系曾一度出现困难，但两国领导人从双方共同利益和当时的国际形势，特别是东北亚的形势出发，都相继采取积极措施，努力改善彼此关系。两国领导人频繁互访，直接坦诚交换意见，消除了隔阂，加强了团结，在国际斗争和各自国内建设中相互配合，积极支持，使两国友好合作关系进入了一个新的发展阶段。

1969 年 9 月，朝鲜最高人民会议常任委员会委员长、劳动党中央委员会副委员长崔庸健在越南参加胡志明葬礼回国途中在北京停留，周恩来同他举行了会谈，就改善两党两国关系交换意见，双方都表达了改善关系的愿望。崔还表示不支持苏联的"亚洲集体安全体系"的态度。这次会谈为两国关系的改善奠定了基础。

1969 年 10 月 1 日中国国庆 20 周年。原先未准备大搞，也未邀请外国代表团，但是有些友好国家主动派了政府代表团前来祝贺。毛泽东、周恩来从当时的国际形势和中朝关系出发，经过慎重考虑，在最后时刻，决定作为特殊情况主动邀请朝鲜派团前来参加庆典，并于 9 月 30 日下午 3 时 20 分向朝方发出了邀请。朝方对此非常重视，于当天下午 6 时 25 分即答复中方：以崔庸健为首的朝鲜党政代表团将前来参加庆典。代表团于当晚 11 时 30 分抵达北京，周恩来到机场迎接。

10月1日，天安门城楼观礼时，毛泽东、周恩来会见了崔庸健，与之进行了非常亲切友好的谈话。毛泽东说："现在美国和日本靠得很近，同南朝鲜、台湾的关系也拉得很紧。""他们要打你们，不是单纯为了打你们，他们的目标是中国，所以我们两国要靠紧。"毛泽东又说："咱们关系不同，应该搞好关系。""我们的目标是一致的。"

10月2日，周恩来与崔庸健就中朝两党、两国关系等问题举行会谈。

1970年4月5日至7日，周恩来应金日成的邀请对朝鲜进行了正式友好访问。这是周恩来在相隔12年后又一次访问朝鲜，受到金日成、朝鲜劳动党、朝鲜政府和人民的热烈欢迎，数十万人从机场到宾馆夹道鼓掌、欢呼。访问期间，除参加金日成举行的盛大宴会，参观朝鲜的工业、农业和风景名胜外，主要是同金日成、崔庸健等举行了4次共长达14小时的会谈，就中朝关系、朝鲜半岛局势及东北亚国际形势充分、深入地交换了意见。双方从大局出发，坦诚相见，说明了1965年以来的中朝各自情况，取得了谅解。双方对朝鲜半岛及东北亚局势取得了共识，强调两国团结一致，共同对敌。

访问期间，周恩来在讲话中一再强调："美日反动派加强军事勾结的侵略矛头，直接指向亚洲各国人民，首先是中国人民、朝鲜人民和印度支那人民。""共同的利害和安危，把我们两国人民联系在一起，团结在一起，面对着美日反动派新的侵略和战争威胁，中朝两国人民必须紧密团结，加强战争准备，共同对敌。中国政府和人民，将一如既往，为巩固和发展中朝两国的战斗友谊和团结而努力。"

金日成在讲话中指出："如果美日帝国主义忘记历史的教训，胆敢再次发动新的冒险的侵略战争，那么，朝鲜人民就将一如既往，同中国人民一道，为捍卫社会主义胜利果实，为保卫亚洲和世界和平，同敌人战斗到底。"

中朝双方对访问成果非常满意。在访问结束时，周恩来和金日成签署了《联合公报》。公报强调："当前美日反动派的侵略和新的战争挑衅正在日益加剧，这种形势要求中朝两国人民团结起来，共同对敌。这对制止和粉碎美帝国主义的侵略阴谋、维护亚洲和世界和平、有力地推动两国人民的革命和建设，具有巨大的意义。"双方满意地指出，周恩来总理这次访问"为进一步加强和发展中朝两国人民建立在马克思列宁主义和无产阶级国际主义原则基础上的传统友谊和合作关系作出了新的贡献"。

周恩来这次对朝鲜访问，使得两国关系获得全面发展。

1971年7月和1972年3月，周恩来两次对朝鲜进行内部访问，通报美国基辛格和尼克松访华前后的情况，朝方对中国邀请尼克松访华表示充分理解。此后，金日成和朝鲜其他领导人多次访华，周恩来予以接待和会谈。

1975年4月18日至26日，金日成率党政代表团正式访问中国。此时，周恩来已经住在医院治疗，他带病在医院会见了金日成。

齐奥塞斯库率罗马尼亚党政代表团访华，受到隆重接待和热烈欢迎，周恩来同他举行多次会谈并共同签署《联合公报》

1971年6月1日，应中国共产党中央的邀请，罗马尼亚共产党总书记、罗马尼亚社会主义共和国国务委员会主席齐奥塞斯库率领罗马尼亚党政代表团来华访问。以周恩来为首的党政领导人前往首都机场迎接，数十万群众夹道欢迎。当晚，中共中央、国务院举行盛大的欢迎宴会，中共中央十多名政治局委员出席，这在中国是很高的礼遇。周恩来、齐奥塞斯库分别在宴会上发表重要讲话。周恩来说："齐奥塞斯库、毛雷尔是我们的老朋友，我们彼此有过很多的接触和交往。对你们再次来我国访问，我们感到格外亲切。""柬埔寨国家元首西哈努克亲王和夫人出席我们的宴会，我们感到十分高兴。""一个反对美帝国主义及其走狗的斗争新高潮正在继续向前发展。英雄的越南人民、柬埔寨人民、老挝人民在印度支那战场上，把美国侵略者打得头破血流，狼狈不堪，取得了抗美救国战争的伟大胜利。中国人民、朝鲜人民、日本人民和亚洲各国人民反对美日反动派复活日本军国主义的斗争，声势越来越大。国际反美统一战线有了很大发展。世界人民革命斗争，中、小国家联合起来反抗超级大国的强权政治的斗争，彼此呼应，互相支持，汇成一股强大的革命洪流，猛烈地冲击着帝国主义的反动统治。美帝国主义及其走狗的日子越来越不好过。但是，它们不甘心失败，还要疯狂挣扎，各国人民的革命斗争还会有曲折和反复，因此，各国人民必须提高警惕，加强团结，坚持斗争，才能不断地胜利前进。"

周恩来说："罗马尼亚人民在以齐奥塞斯库同志为首的罗马尼亚共产党的领导下，在反对大国沙文主义和建设社会主义的斗争中，都取得了重大胜利。你们顶住了外来的压力，挫败了帝国主义的控制、干涉和侵略威胁，勇敢地捍卫了民族独立和国家主权。你们坚持自力更生，克服了重重困难，迅速地发展了国民经济，全国呈现一片欣欣向荣的景象。罗马尼亚人民是有骨气的人民，经过斗争锻炼，变得更加坚强。现在，兄弟的罗马尼亚人民正团结在罗马尼亚共产党的周围，在独立自主的道路上前进。正如齐奥塞斯库同志所说，当一国人民决心捍卫独立和自由时，世界上没有任何力量可以使他屈服，可以征服他。这表达了罗马尼亚人民团结战斗的坚定意志和胜利信心。中国人民对罗马尼亚人民这种不畏强暴、敢于斗争、奋发图强的革命精神表示十分钦佩，对罗马尼亚社会主义共和国日益繁荣昌盛感到由衷的高兴。"

周恩来在讲到中罗两国关系时说："近年来，中罗两党、两国、两国人民之间的友好关系有了很大的发展。我们的友谊和团结不断加强，各个方面的合作互助日益扩大。""罗马尼亚同志在国际斗争中给了我们积极的支持和帮助，这次齐奥塞斯库同志率领党政代表团来我国访问，给我们带来了罗马尼亚人民的深情厚谊，这是对中国人民的支持和鼓舞。对此，我们表示衷心的感谢。我们相信，罗马尼亚党政代表团对我国的友好访问，必将为进一步加强我们两党、两国和两国人民之间的战斗友谊和革命团结作出宝贵的贡献。祝你们访问成功。"

齐奥塞斯库在讲话中强调："罗马尼亚共产党、罗马尼亚政府和我国全体人民特别珍视同中国共产党、中华人民共和国政府和中国人民的兄弟般的友好关系。罗中友谊在我们两国人民的历史上有着深远的根源。这些联系在反对剥削和压迫的革命斗争年代里得到了更大的发展。"现在，"这些关系在政治、经济、科技等各方面都得到了积极的发展"。

周恩来和齐奥塞斯库举行了5次正式会谈，中国方面参加会谈的有李先念、黄永胜、姚文元、邱会作、耿飚、李强、张海峰、李连庆、刘克明，罗马尼亚方面参加会谈的有毛雷尔、曼内斯库、杜米特鲁·波帕（布加勒斯特市委第一书记）、扬·伊利埃斯库（罗共中央执行委员会候补委员）、乔治·马科维斯库（外交部第一副部长）、奥雷尔·杜马（驻中国大使）、扬·弗洛雷斯库（党中央部长）、斯特凡·安德烈（党中央第一副部长）、埃米利安·多布雷斯库（党中央顾问）等。

在会谈中，双方详细介绍了各自国家的国内情况，就国际形势、国际共运及两国合作广泛交换了意见。齐奥塞斯库说，罗马尼亚不会退出"经互会"和华约,但反对建立超国家机构、反对利用这两个组织对别国进行控制,希望中国参加"经互会"和华约会议,认为中国参加是对罗的帮助。他还表示希望中国同所有社会主义国家改善关系,同西欧各国共产党恢复关系。

周恩来针对齐奥塞斯库提到的问题表示:中国同苏共领导的原则争论将长期进行下去,但这不妨碍中苏两国国家关系正常化;马列主义政党同修正主义政党不能搞"联合行动";关于"经互会"和华约,中国以不参加为好,参加进去并不能阻止苏联搞一体化,参加进去再退出来就会被认为是搞分裂,使你们更加为难。

周恩来还同毛雷尔举行了两次单独会谈,中方方毅、李强、张海峰、李连庆参加,罗方曼内斯库、波帕、马科维斯库、杜马等参加。毛雷尔表示罗财政平衡遇到困难,探询中国有无可能提供现汇和货物贷款,周恩来表示可以考虑,并指示李强、方毅去办。毛雷尔表示非常满意。

6月3日,毛泽东在人民大会堂湖南厅会见齐奥塞斯库和夫人埃列娜·齐奥塞斯库、毛雷尔等。齐奥塞斯库再次表示在1960年布加勒斯特会议上罗有错误,他还转达了西欧某些共产党想同中共恢复关系的愿望。毛泽东在谈话中强调对苏联的进攻要有准备,说准备好了,别人就怕了,说意大利、西班牙等国的共产党要同中共恢复关系可以,就是过去把我们骂得太凶了,要承认过去错了,几句话就行,有些党反华是不得已。齐奥塞斯库问中苏争论8000年,是否可以再减少一些。毛泽东说:我们同苏联论战要继续下去,争论8000年,一年都不能减了,谁人做说客也说不动我们。他还说,各党还是搞双边关系为好,不能搞什么联合行动。会谈后,毛泽东、周恩来、齐奥塞斯库、毛雷尔等会见罗马尼亚代表团全体人员、专机组和使馆外交官员。会见时在场的有邓颖超、耿飚、李强、方毅、姬鹏飞、张海峰、李连庆、刘克明、韩叙、袁鲁林等。

6月5日至7日，周恩来等陪同齐奥塞斯库率领的党政代表团到南京、上海参观，住在中山陵宾馆。在南京，周恩来、许世友、林佳媚等陪同参观了长江大桥。周恩来对介绍人"不详"的介绍进行严肃的批评。中午，许世友夫妇举行欢迎宴会。周恩来看到宴会上有些不太好的现象，立即起立讲话："我有多少年没有回家乡了，看到家乡的变化很高兴，但家乡同全国一样还是很穷，我们必须勤俭节约，建设好国家和家乡，搞好同外国的关系。"他讲完了几句简短的话，宣布宴会结束。晚上，周恩来、许世友、林佳媚等陪同齐奥塞斯库夫妇及代表团全体成员观看南京红小兵演出。

李连庆根据周恩来总理和齐奥塞斯库商定的同罗方中央联络部副部长安德烈商谈中罗联合公报事宜。李连庆将事先草拟的初稿交给安德烈阅看，他看后双方交换了意见，再由李连庆修改补充。6月6日到上海，从虹桥机场到锦江饭店，一路上几十万人夹道欢迎齐奥塞斯库和周恩来，当天下午上海市委、市政府在文化广场举行欢迎大会，晚上举行欢迎宴会，第二天上午参观上海造船厂，看了新造的潜水艇。

6日晚上，耿飚、李连庆同罗副外长马科维斯库、中央联络部副部长安德烈在锦江饭店17楼商讨《联合公报》。根据李连庆修改后的文稿，彼此一段段地讨论推敲，经过3个多小时的讨论，最后取得一致意见。李连庆再连夜整理，第二天一早打印好。在下午5时左右飞机抵达北京时，周恩来下飞机，在舷梯口等着李连庆问："《联合公报》搞好了没有？"李连庆当即递给他。夜里11点钟左右，周恩来打电话到钓鱼台国宾馆18号楼找李连庆，说："经中央政治局讨论，有人主张加一段反对修正主义内容，我已要秘书通知耿飚、姬鹏飞、乔冠华到钓鱼台一起起草这段文字，写好后，先送给我看，然后拿到外交部打印好以后，明天早上在齐奥塞斯库出发到人民大会堂会谈之前你面交给他。"不久，耿、姬、乔到了钓鱼台，大家商酌，李连庆记录，忙了两个多小时，将修改补充后的文稿立即派人送呈周恩来总理。大约在凌晨四五点钟，经周恩来审阅修改后，退回给李连庆。李连庆马上乘车直奔外交部，交文印处赶打赶印，到早晨8点钟又赶回钓鱼台，因夜里下雨路滑，车子开得急，在快到钓鱼台东门时，车子连续打了几转，差一点把李连庆摔下来，幸亏开车的是老司机有经验，不然就要出大事故了。事后车队队长批评司机同志，李连庆说不怪司机同志，是自己催着他开快车，责任在自己。当李连庆赶到钓鱼台国宾馆18号楼门前，已经8点半了，齐奥塞斯库正率代表团出来准备上人民大会堂会谈。李连庆对他说："奉周恩来总理之命，让我将修改后的《联合公报》送给你。"因为那时李连庆一直参加双方会谈，几乎每天陪齐奥塞斯库夫妇坐一辆车，来往钓鱼台和人民大会堂之间，所以比较熟悉，李连庆又是主管司的负责人，办具体事的，稿件也主要由他起草，所以周恩来选择李连庆当面交给齐奥塞斯库比较合适。

后来，双方代表团在正式商谈《联合公报》时，几经磋商，齐奥塞斯库不同意在公报中提反修问题，周恩来照顾对方的困难处境，不要强加于人，因此也不再坚持写进反修的内容。6月8日下午，在人民大会堂举行首都万人欢迎罗马尼亚党政代表团群众大会。这是社会主义国家习惯采用的显示友好和隆重的接待方式，1966年6月周恩来访问罗马尼亚时也举行了类似的群众大会。

周恩来和齐奥塞斯库分别在大会上作了长篇热情的讲话。

周恩来在讲话中除了阐述当时的国际形势，罗马尼亚的内外成就，在中罗关系上着重指出："我们之间的关系是建立在马克思列宁主义和无产阶级国际主义基础上的，是经得起考验的"，"罗马尼亚同志可以相信，在你们反对帝国主义干涉、侵略、维护民族独立和国家主权的斗争中，在你们建设社会主义的事业中，中国人民始终是你们可以信赖的朋友。"这些话，等于正式宣布恢复承认罗马尼亚共产党是马列主义政党，罗马尼亚是社会主义国家，中罗是兄弟党、兄弟国家的关系。

齐奥塞斯库在讲话中，也讲了国际形势、中罗两国的成就，也着重讲了中罗关系的历史和性质。他说："罗马尼亚党政代表团在你们祖国进行正式友好访问，是罗中两党、两国和两国人民之间的友好和全面合作的关系的必然结果。这种友谊渊源于我们两国人民的革命的历史、扎根在罗马尼亚和中国革命者在长期的阶级斗争中互相支援。随着罗马尼亚和中国进入建设社会主义的阶段，我们两党、两国和两国人民之间的友好合作变得更加牢不可破。这种关系之所以牢固，是由于它们建立在马克思列宁主义和无产阶级国际主义的原则基础上，建立在完全平等、相互尊重民族独立和主权、不干涉内政和同志式的互助的基础上。我们同毛泽东同志的亲切会见和交谈，同周恩来同志等中国政党领导人的会谈，都突出表明了我们两党和两国的友好合作关系的巨大发展。"

6月8日晚，齐奥塞斯库和夫人举行答谢宴会。周恩来、邓颖超夫妇及部分中国党政领导人和其他各界人士、西哈努克夫妇、各国使节出席了宴会。齐奥塞斯库和周恩来在宴会上讲话，彼此都说了些友好和感谢的话。

6月9日早晨，周恩来和齐奥塞斯库在钓鱼台国宾馆18号楼齐奥塞斯库住地，签署了《联合公报》。因为时间太早，有些领导人还在休息，参加签字仪式的人数较少，包括罗马尼亚代表团全体人员，中国方面只有李先念、耿飚、张海峰、李连庆、韩叙等，而周恩来工作一夜尚未休息。签字后大家举起香槟酒，互相碰杯祝贺。

《联合公报》说：

罗马尼亚党政代表团在中国期间，访问了北京、南京和上海，参观了工厂、人民公社和学校，会见了广大革命群众，罗马尼亚客人所到之处，都受到极其热烈的欢迎和亲切的接待，这是罗马尼亚人民和中国人民之间兄弟般的友好感情表现。罗马尼亚代表团对于这种友好款待，以及在中华人民共和国各地受到的盛情欢迎，表示衷心的感谢。

在访问期间，中罗双方在亲切友好和相互谅解的气氛中，就发展两党、两国和两国人民友好事业关系和共同关心的国际问题进行了会谈。中国方面参加会谈的有：中共中央政治局常委、中华人民共和国国务院总理周恩来，中共中央政治局委员、中国人民解放军总参谋长黄永胜，中共中央政治局委员姚文元，中共中央政治局委员、国务院副总理李先念，中共中央政治局委员、中国人民解放军副总参谋长邱会作，中共中央委员、中共中央对外联络部部长耿飚，外交部代部长姬鹏飞，中共中央候补委员、对外经济联络部部长方毅，中共中央委员、外贸部副部长李强，中国驻罗马尼亚大使张海峰，有关方面负责人李连庆、韩叙、刘克明。罗马尼亚方面参加会谈的有：罗马尼亚共产党总书记、罗马尼亚社会主义共和国国务委员会主席、党政代表团团长尼古拉·齐奥塞斯库，罗马尼亚共产党中央执行委员会委员、常设主席团委员、罗马尼亚社会主义共和国部长会议主席扬·格奥尔基·毛雷尔，罗马尼亚共产党中央执行委员会委员、常设主席团委员、中央书记、国务委员会副主席马尼亚·曼内斯库，罗马尼亚共产党中央执行委员会委员、罗马尼亚共产党布加勒斯特市委第一书记、罗马尼亚社会主义共和国首都市委书记杜米特鲁·波帕，罗马尼亚共产党中央执行委员会候补委员、中央书记扬·伊利埃斯库，罗马尼亚共产党中央委员会委员、罗马尼亚社会主义共和国外交部第一副部长乔治·马科维斯库，罗马尼亚共产党中央委员会委员、罗马尼亚社会主义共和国驻中华人民共和国大使奥雷尔·杜马，罗共中央候补委员、党中央部长扬·弗洛雷斯库，罗共中央委员、党中央第一副部长斯特凡·安德烈，罗中共中央候补委员、党中央顾问埃米利安·多布雷斯库和康斯坦丁·米特亚。

公报说：

罗马尼亚方面强调指出中国人民在中国共产党领导下的革命斗争所取得的胜利的巨大国际意义。中华人民共和国的成立，对于中国人民的命运是一个根本的转折点，同时，对革命力量的对比产生了历史性的变化，大大地加强了社会主义在世界上的力量，勤劳智慧的中国人民，在以毛泽东同志为首的光荣的共产党领导下，以自己英勇的、忘我的劳动，在社会生活各个领域实现了深刻的革命变革，在建立社会主义新社会的事业中，取得了辉煌的成就。罗马尼亚人民对兄弟的中国人民在不断加强本国的经济、技术和科学力量方面取得的巨大成就感到由衷的高兴，并把这看作是对增强社会主义的力量，提高社会主义在世界上的威望，加强反对帝国主义的侵略政策、争取自由和独立，为保卫和平而斗争的力量的宝贵贡献。罗马尼亚人民对中国人民表示衷心的祝贺，并祝他们在中华人民共和国的社会主义建设事业中取得新的成就。中国方面热情赞扬罗马尼亚人民的革命战斗精神。勤劳、勇敢的罗马尼亚人民在以尼古拉·齐奥塞斯库为首的罗马尼亚共产党的领导下，坚决顶住了帝国主义的压力，在维护民族独立和国家主权的斗争中取得了重大的胜利。罗马尼亚人民坚持独立自主的方针，依靠自己辛勤劳动，利用本国资源，加快地发展经济，在社会主义建设事业中取得了巨大成就。中国方面重申……中国人民将一如既往，履行自己的国际主义义务，坚决支持罗马尼亚人民维护民族独立和国家主权的正义斗争，坚决支持罗马尼亚人民的社会主义建设事业。在会谈中，双方强调指出，中罗两国人民在反对帝国主义和反动派，在反对强权政治的共同斗争中，在两国社会主义建设事业中，一贯相互同情，相互支持，建立了深厚的战斗友谊。

公报说：

　　双方满意地指出，近年来，中罗两党、两国和两国人民之间的关系有了很大的发展。两国领导人增加了接触，加深了彼此的了解。两国的政治、经济、文化等方面的合作，有了显著的加强和扩大。中罗两党、两国、两国人民之间的友好合作关系，是建立在马克思列宁主义和无产阶级国际主义基础上的，是严格遵守完全平等、独立自主、相互尊重和互不干涉内政的原则的，是经得起考验的。中罗两国友好合作关系的发展，有利于两国人民和世界人民的革命事业。双方一致表示，决心进一步加强中罗两党、两国和两国人民的革命友谊和战斗团结，扩大各方面的合作关系。

公报重申支持世界各国人民的正义斗争，反对帝国主义、捍卫民族独立，争取社会进步的正义斗争：

　　双方支持各国人民为从别国领土上撤走一切外国军队，撤除一切外国军事基地，取消一切军事集团进行的斗争。

公报说：

双方认为，在国与国之间，不论其社会制度如何，也不论其国家大小，都应该把相互的关系建立在相互尊重主权独立和领土完整、互不侵犯，互不干涉内政、平等互利、和平共处的原则基础上。

公报说：

罗马尼亚方面介绍了罗马尼亚为争取欧洲安全，防止对各国的任何侵略、使用武力或以武力威胁所进行的活动。中国方面表示支持罗马尼亚的这一活动，并且认为欧洲人民要维护和平和安全，必须反对帝国主义，反对控制和发号施令的政策。必须由欧洲各国人民、各个国家，不论大国小国，共同努力，采取具体措施，才能争取欧洲的和平和安全。罗马尼亚方面声明，在今天，没有中华人民共和国的参加，国际生活中的重大问题的彻底解决是不可能的。近来，一些资本主义国家日益明显地反映出来的同中华人民共和国关系正常化的倾向，符合不同社会制度国家之间的合作事业，符合和平和国际安全的利益。罗马尼亚方面坚决主张从中华人民共和国不可分割的领土台湾撤除美国军事基地。罗马尼亚方面在此重申，坚决支持恢复中华人民共和国在联合国、在安全理事会和其他国际组织中的合法权利。

公报最后说：

双方确认，罗马尼亚社会主义共和国党政代表团这次对中华人民共和国的友好访问，为进一步加强两党、两国和两国人民之间战斗友谊和革命团结作出了宝贵贡献。

罗马尼亚党政代表团于当日上午乘专机离开北京回国，周恩来、李先念等到机场热烈欢送。

齐奥塞斯库访华后，中罗两国在政治上进一步接近，关系更加密切。

叶海亚·汗、奈温、尼雷尔、蓬皮杜、施密特、马科斯、克立等相继访华，周恩来频繁接待并与之会谈

1967 年 9 月，阿尔巴尼亚劳动党中央政治局委员、部长会议主席谢胡率党政代表团访问中国并参加国庆活动，周恩来与他们举行了三次会谈。

9 月 29 日，周恩来同来访的刚果（布）总理努马扎莱会谈时介绍说："我们要推动卫生人员下乡为农民服务。我国农村人口占总人口的 85%，而医生大部分集中在城市。""农业是基础，如果粮食要进口，就很不利。"10 月 5 日同努马扎莱第二次谈话时又说："集体经济主要靠自力更生，要使他们自己感到需要。如果完全依靠国家供给农具、牲畜、资金，只要情况一变化，政府力量不够，就垮了。"

1968 年 6 月 18 日，坦桑尼亚联合共和国总统尼雷尔来中国进行友好访问，周恩来到机场迎接。19 日，周恩来同尼雷尔举行第一次会谈。谈到水利问题时说："如果说最大的错误，那就是我们没有将几千年群众的治水经验批判地继承、接受，同具体实践相结合。这个责任应该由我这个总理来负，钱正英只是执行，不是她的

问题，而是上面的问题。"谈及防止资本主义复辟、保证国家永不变色问题时说："最重要的一条是，一定要是真正的马列主义，而不是假的；不是口头上的，而要有实践证明；不仅领导人，而且是马列主义要深入到群众中去，真正被广大群众所掌握。"

6月21日，同尼雷尔举行第二次会谈。周恩来说："我们的援助应该真正用于这个国家的人民，一切援助应使得独立国家得到好处。同时我们援助项目的设计必须适合当地的条件，一定要照顾到你们的制度。"下午，周恩来在陪同毛泽东会见尼雷尔时说，已从外电获知坦桑尼亚新闻报刊已报道他欢迎尼雷尔总统宴会谴责新殖民主义时苏联等一些国家的使节退席的消息。尼雷尔说："总理，你了解消息比我们还快。"毛泽东说："他是一个消息灵通人士。"

6月22日，周恩来送尼雷尔到朝鲜访问，在由宾馆到机场途中对尼雷尔说："虽然我们建设社会主义已快有19年了，但仍有许多民主革命、民族革命留下来未了的任务。我们是一个社会主义国家，我们不会进行扩张，侵略别国。如果敌人进犯我们，我们将把它消灭在国内。"又说，还有台湾、香港、澳门的问题，这些问题当然最好是谈判解决。随着我国人民力量和国家力量日益强大，这个可能性会增大。从这些方面看，我们的反帝任务没有最后完成，更不用说思想意识方面的问题了。谈到当时的清理阶级队伍时说："不能扩大化。犯了错误的人，只要改正了错误，还要让他们继续工作，不能都打倒。"

6月25日，周恩来在首都机场同访问朝鲜后途经北京的尼雷尔谈话时说："美国为了寻求经济上的出路，搞了一个泛美国家经济一体化，目的是为了加强一揽子的经济，以服从美国经济和向外投资的需要。这样，那些生产咖啡的国家就只能生产咖啡，产糖的国家只能产糖。一切机器零件设备都要从美国运去，哪里的利润最大，美国就在哪里投资。所以，新殖民主义比老殖民主义的控制更严。"

1969年9月4日夜，周恩来会见赴河内参加胡志明葬礼途经北京的罗马尼亚部长会议主席扬·毛雷尔。在会谈中表示："尽管我们有不同看法，交换意见是有益的。关于越南问题是继续抗战，还是巴黎会谈，这完全是越南党自己的事；我们同越南同志交换意见，主要是越南抗美战争的情况，我们要支援他们，学习他们进行人民战争的经验。关于中美关系，关键就是台湾问题和联合国问题，这些问题总有一天要解决；我们不欠他们的债，是他们欠我们的债。关于中苏关系，我们的态度是同意进行合理的谈判，在解决问题以前，维持边界现状避免武装冲突。"

9月11日，周恩来再次会见毛雷尔及所率领的代表团。在谈到国际共产主义运动问题时说："国际共运现已进入各自独立发展，而不是联合行动时期。现在的世界是处于大动荡、大分化、大改组的时期，到处都在考验各国共产党能否领导革命，还是各国自己锻炼自己，平行进行。"

9月28日，周恩来同来访和参加新中国成立20周年国庆的刚果（布）总理拉乌尔少校会谈时，谈及对非洲形势的看法，说："我们现在对非洲的了解，比1963（年）、1964（年）、1965年生疏多了。形势总是发展的、前进的，同时也是曲折的。有时反复是难以避免的。非洲民族革命和独立运动有些失败了，原因是领导人没有看到帝国主义的新阴谋，没有发动群众。应该总结，吸取深刻的历史教训。"7月15日至20日，又同拉乌尔举行多次会谈。就当前非洲革命的性质、任务等问题发表见解。他说："非洲现在正在寻求真理、倾向社会主义，这很自然。但是，从非洲今天的历史任务来看，是民族民主革命，而不是社会主义革命，这个历史阶段是没有办法超越的。这一点已经为中国革命所证明了。但是资产阶级性质的民族民主革命并不妨碍刚果的党信仰马列主义和用马列主义分析刚果的革命任务，指导民族民主革命。一个党是什么性质，不决定于叫什么名字，而是决定于它执行什么阶级政策。政策要在实践中加以证明和经受考验。"1970年2月2日，周恩来致信纳赛尔总统，针对以色列最近对埃及发动军事进攻，表示坚决支持阿拉伯人民反对美以侵略的正义斗争；重申中国人民永远是埃及人民、巴勒斯坦人民和阿拉伯各国人民最可靠的朋友。1970年3月24日，周恩来接见来访的利比亚副总理贾卢德时说："中国研制和试验核武器是为了打破超级大国的核垄断、核讹诈，但这并不改变我们关于人民战争的一贯观点；在制造原子弹的数量上，我们即使把全部预算都用上，也赶不过超级大国，我们不干这个傻事。我们不怕原子弹，也不拿原子弹吓人。"

3月27日，周恩来接见法塔赫第一负责人、巴勒斯坦解放组织执行委员会主席亚西尔·阿拉法特和由他率领的巴勒斯坦民族解放运动（法塔赫）代表团。晚上，同阿拉法特就印度支那和中东局势以及反帝斗争等问题举行会谈。

4月13日，周恩来同越南民主共和国祖国阵线中央委员会主席团委员黄国越、老挝爱国战线党中央委员会总书记富米·冯维希会谈，讨论召开三国四方会议的有关问题。

6月9日至11日，罗马尼亚共产党中央执行委员会委员、国务委员会副主席埃米尔·波德纳拉希率领罗大国民会议和国务委员会代表团访华。周恩来同波德纳拉希举行了四次会议，交换对国际共运、苏联东欧局势及中罗关系等问题的看法。

6月27日，周恩来致电哈蒂妮·苏加诺夫人，对21日去世的印度尼西亚前总统苏加诺表示哀悼。唁电说："苏加诺博士是领导印度尼西亚人民争取民族独立的第一任总统。他对万隆会议的召开以及促进亚非人民团结反帝事业，作出过重大的贡献。"

8月3日、6日，周恩来同来访的南也门总统委员会主席萨勒姆·鲁巴伊·阿里会谈。7日，双方签订了两国政府经济技术合作协定。

9月18日，周恩来约外交部党的核心小组、地区司负责人谈话，指出："在当前世界革命的潮流中，掺杂着无政府主义、托派的思潮。有些人本人是要革命的，只是受了无政府思潮的影响。我们共产党人不隐瞒自己的观点，我们反对无政府主义和暗杀。另一方面也不要以为只有中国才行，就我们一家，眼里没有别人，光中国就把世界革命包办了，怎么能包办得了呢？在外事部门还要继续批判极左。"

9月，新中国成立21周年国庆前夕，周恩来、邓颖超的老朋友斯诺夫妇来华访问，周恩来安排他们夫妇参观协和医院，同时会见斯诺的老朋友林巧稚教授。在林巧稚陪同下，斯诺在医院观看了两例针刺麻醉手术，并照了相。之后，周恩来针对"让外国人看针麻手术是泄密"的说法，指出："斯诺先生是我们的老朋友，针麻手术为什么不能让他看？是我把针麻向外公开的首发权送给了他，要他好好为我们宣传。"斯诺先生说那天时间太仓促，没有看好，应再给他安排一次，一定要满足他的要求。

10月1日，周恩来同毛泽东在天安门城楼上观看庆祝大会并检阅游行队伍，将斯诺夫妇引见给毛泽东。毛与斯诺夫妇交谈并合影。

11月5日，周恩来与斯诺夫妇长谈。在谈到中美关系时说："中美谈判从1955年开始到现在，没有解决什么问题。为解决问题，现在要谈台湾问题，就是美国武装侵略和占领了台湾及台湾海峡。其他问题都是次要的。对此，我们谈判的态度和方针不会改变，应改变的是美国政府。我们的大门始终是敞开的。"关于中苏关系，说："中国人民对苏联人民是友好的。中苏两党之间的原则分歧并不妨碍两国在五项原则基础上保持和发展正常的国家关系。

现中苏边界谈判关于达成临时措施的协议还未谈出个结果来。目前中国正在遭受威胁的情况下，我们有必要进行防御性的备战。"关于恢复中国在联合国合法席位问题，说："如果联大会议投票赞成恢复我们的合法席位，同时驱逐台湾，当然我们对此要进行考虑。我们反对强权政治，反对大国垄断，因为应该说这种时代已经过去了。"谈话中还就有关核裁军以及其他国际问题阐述了意见和看法。

1970 年 11 月 10 日至 14 日，巴基斯坦伊斯兰共和国总统叶海亚·汗来华进行国事访问。

10 日晚，周恩来同叶海亚单独会谈时，叶海亚转达了尼克松准备派其高级助手在任何时候和任何地点与中国相应的代表对话的口信。周恩来感谢叶海亚去年以来几次传达尼克松的口信，并表示将把叶海亚的传话报告毛泽东。

11 日，周恩来再同叶海亚进行会谈。在谈到中国情况时说，我们还是一个中等国家，虽然我们人口很多，但从经济发展的意义上说，还比较落后，特别需要说明一点，就是中国在任何时候都不做超级大国，即使将来我们的经济发展了，国家强大了，我们也不会加入超级大国的行列。会谈中，对中巴两国近 10 年来的友好合作关系给予高度评价，并感谢叶海亚总统在联合国谋求恢复中国合法席位的举动。当晚，与叶海亚作第二次秘密会谈。

同日，周恩来同董必武联名致电法国总统蓬皮杜，对法前总统戴高乐逝世表示深切哀悼。下午，又同董必武前往驻法使馆吊唁，同时指示委派驻法使馆大使黄镇为中国特使参加法政府于 12 日举行的葬礼。

12 月 12 日，周恩来同叶海亚举行第三次单独会谈，主要谈尼克松的助手访华问题。

11 月 13 日，周恩来同叶海亚就广泛的国际问题进行第四次单独会谈。在谈到毛泽东"五·二〇"声明中所作"当前世界的主要倾向是革命"这一论断时，对"革命"一词作出解释："在这里，革命是广义的，包括争取和维护民族独立，反对外来侵略和干涉，这是更主要的。"又说："第二次世界大战后，许多国家从殖民地、半殖民地变成了民族独立国家。开始的时候，新殖民主义还起作用。现在经济上的新殖民主义仍然存在。但是民族独立运动正在一天天高涨，新殖民主义的作用正在一天天减弱。现在一些发达国家以武装力量作为后盾，要用新殖民主义的办法实行经济扩张。这种做法不合时代潮流，就连他们本国人民的觉悟也在提高，不断起来反对他们。所以看起来世界形势是紧张的，但是民族独立运动是高涨的。"在举例说明许多发展中国家依靠自己的力量，反对超级大国的指挥、干涉和控制后，强调："这样的国家虽然一时会遇到困难，但最终会胜利。""所以关键是依靠自己。如果全世界各国不分大小，都是依靠自己力量为主，抵抗超级大国的压迫、干涉和侵略，世界形势会更好。"

11月15日，周恩来同叶海亚·汗举行第五次单独会谈，在回答叶海亚·汗转达尼克松的口信时说："因为尼克松通过阁下转告的是口信，我们也应该通过阁下作口头回答。阁下清楚，台湾是中国不可分割的领土，解决台湾问题是中国的内政，不容外人干涉。美国武装力量占领台湾和台湾海峡，是中美关系紧张的关键问题，中国政府一直愿意以谈判来解决这个问题。但是谈了15年还没有结果。现在，尼克松总统表示要走向同中国和好。如果美方真有解决上述关键问题（指台湾问题）的愿望和办法，中国政府欢迎美国总统派特使来北京商谈，时机可通过巴基斯坦总统商定。"

在赴机场送叶海亚·汗回国途中，周恩来同叶海亚·汗谈论民族的精神与经验，说："一个民族需要积累自己的经验。它们（美国）的缺点就是不成熟，表现在政策上和国家行动中就是容易冲动、多变，有时候容易冒险。而它有利的方面就是开创精神。比如美国初期的开创精神，敢于不顾一切进行开创，因为它们没有历史包袱。古老的、历史悠久的国家的长处就是有丰富的经验，但是必须善于分析和总结这些经验，好的传统留下来，坏的丢掉，否则就会变成历史包袱，变得保守，停滞不前。"11 月 18 日，周恩来约外交部核心小组成员及有关司长开会，讨论《对我驻苏使馆工作的意见》，同时提出："如何改进同外国朋友的来往，是时候了，该提到议事日程上来了。现在各部门见了外国朋友不敢讲话，彼此苦恼，要作为一个问题研究一下，客观地解决这些问题，搞外交不是坐'冷板凳'，要坐'热板凳'，要积极、主动地与外界接触，到处找工作做，要自己给自己创造条件。关起门来，等人家来创造条件，等人家送上门来是不行的。"会上决定，根据当前形势需要，外交部从现在起准备一批得力干部，以便有计划、有步骤地向重点使馆派出。

11 月 21 日，罗马尼亚部长会议副主席勒杜列斯库来访，周恩来同他会谈。勒杜列斯库受齐奥塞斯库的委托，向周恩来转达了尼克松和美国国务卿罗杰斯寻求同中国关系正常化的解决办法表示的关切，以及尼克松再次表示美方愿同中国领导人就改善中美关系进行谈判的愿望。对此，周恩来重申中国政府对台湾问题的一贯立场，提出："如果美方真有解决这一关键问题的愿望和办法，中国政府欢迎尼克松的特使或尼克松本人来北京访问。"

11 月 25 日，周恩来同外交部、对外贸易部、对外经济联络部、中央联络部及有关新闻单位负责人座谈，商讨最近一个时期的外交、外贸和对外宣传工作。会上批评外事部门一些领导对国际问题不熟悉、缺乏分析能力；批评驻外使馆工作人员脱离群众现象严重。强调："整个外事工作要互相配合；对外交往中要多出去活动，要敢于接触，敢于收集材料，敢于打开局面；对外宣传上不要吹，要谦虚；外贸方面要坚持平等互利，互通有无的原则。"关于培养翻译人员队伍问题，提出："一是使用现有翻译力量，包括'五七'干校的后备力量；二是改编教材、编课本，搞好师资进修；三是招新生。翻译人员知识要广泛，业务要进修。"

12月23日，周恩来约外事有关负责人谈对外交往和对外宣传工作，批评外事工作中存在的大国沙文主义、强加于人等错误倾向。指出："不调查研究，不请教人家，主观主义，骄傲自满，背包袱，好像只有我们是革命的，人家都是不革命的，其思想根源是大国沙文主义。对于外国人要看他是否懂得把马列主义的普遍真理同本国实际相结合。我们不能代替，更不能强加于人。有时需要我们提出意见，也只能看对方的认识如何。对兄弟党如此，对一个国家也如此。不能要求人家什么都要听我们的，要让人家自己摸索怎么走，自己认识哪些是对的，哪些是不对的。"又说："不仅新华社，连驻外使馆在内，从对兄弟党的关系到对外关系，存在的问题很多。外交部的极左思潮没批透，工作上，特别是对干部这个问题上又保守，极左和右的两种倾向都有。要好好研究一下，抓这个问题，把它提到原则的高度来认识。"

1971年2月25日，周恩来约外交部党的核心小组成员、欧美司、苏欧司负责人，对他们当中没有人出面在昨日英国代办处举行的招待会上向英方说明1967年秋火烧英国代办处情况并对近日修复英代办处事向英方表示庆贺提出批评说："火烧英代办处大楼是当时一小撮坏人干的，中国党和政府不赞成。对这件事应公开向英方作出解释，当着其他外国大使的面也可以讲嘛！外交部给英国代办处修房子是送我批准的，可是修复迁居你们却不报告我。"指出："我们在外交关系上要实行和平共处五项原则，相互是平等的，用压的办法是不对的，港英当局在香港迫害我们同胞，是它的不对，但我们不能因此而搞英国代办处。"

1971年4月7日晚，周恩来接见全国旅游工作会议和援外工作会议代表，就对外政策等问题发表长篇讲话。在谈到"文化大革命"初期的外交工作时，指出："由于忙于对内，对外事注意不够，出了一些乱子。有一些坏人钻了空子，利用极左思潮，搞了极左行动，如'火烧英国代办处'、外交部'夺权'等，此后即集中纠正强加于人的极左口号和极左行动。从 1971 年开始，开展了新的外交攻势，首先从乒乓球队开始。我今天请这么多人来，就是为了让大家胆子大一点；但胆子大，不是搞极左。"关于对外宣传问题，强调："要具体对象具体研究，不能千篇一律，一定要有的放矢。"讲话还以严于责己的精神介绍了党内两条路线斗争的历史，指出："党的历史应当经常讲。"

4 月 14 日，周恩来接见参加第三十届世界乒乓球锦标赛后应邀访华的美国、加拿大、哥伦比亚、英格兰和尼日利亚乒乓球代表团。在同美国乒乓球协会主席格雷厄姆·斯廷霍文为团长的美国乒乓球代表团全体成员谈话时，引"有朋自远方来，不亦乐乎"的话，对他们表示欢迎，说："中美两国人民过去往来是很频繁的，以后中断了一个很长的时期。你们这次应邀来访，打开了两国人民友好往来的大门。我们相信中美两国人民的友好往来将会得到两国人民大多数的赞成和支持。"会见中，美国队员格伦·科恩询问对美国青年中流行的"嬉皮士"运动的看法。周恩来说："现在世界青年对现状有点不满，想寻求真理。青年思想波动时会表现为各种形式。但各种表现形式不一定都是成熟的或固定的。""按照人类发展来看，一个普遍真理最后总要被人们认识的，和自然界的规律一样。我们赞成任何青年都有这种探讨的要求，这是好事。要通过自己的实践去认识。但是有一点，总要找到大多数人的共同性，这就可以使人类的大多数得到发展进步，得到幸福。"最后，周恩来请美国客人回去后，把中国人民的问候转告给美国人民。这就是当时举世瞩目的"乒乓外交"，被誉为"小球转动了大球"，促进了中美关系的发展和世界局势的变化。

5月30日、31日，周恩来在全国外事工作会议上讲话，阐述在新形势下的外交工作，批评并纠正对外宣传工作中存在的偏差。提出："我们现在是处在一个新的形势下，因此，我们的外事工作要跟过去有所不同，要有变化。在无产阶级文化大革命中，我们同许多国家几乎中断了往来，许多方面的活动停止了，现在不行。外国人不仅是左派、中间派要来，右派也要来一点，这就需要我们适应新的形势。"关于新中国成立后外交工作的评价，说："我不同意那种极左思潮的说法，好像我国外交路线也是修正主义的路线，因为毛主席一直关心这条路线，亲自抓，亲自领导这条战线。"关于对外宣传方面的问题，指出："现在有两种倾向，一种是自吹自擂，使用不适当的语言、夸大的语言强加于人；另一种是缩手缩脚。这两种倾向有一个特点，都是不实事求是。对于不实事求是的对外宣传，我们外事工作人员应该当场给予纠正，并敢于当面承认错误，应该有这个勇气。"谈到"文化大革命"中各项事业受影响、被破坏的情况时，说："这些事情为什么不能跟人家说？这几年我们出版的东西少了，要补上来；文艺方面除八个样板戏外，只要内容是健康的、革命的，形式不是萎靡、庸俗的，就要允许人家尝试。"又说："我们不赞成把'苏修'这两个字到处搬用，把东欧一些国家都叫'修字号'，都给加上标签；'帝、修、反'三字是简化了的，随便往人家头上加，这不好。"会上，周恩来建议扩大发行《参考消息》，以使基层党员干部了解熟悉国际方面的知识和变化。

6月12日，周恩来接见来访的由米尔科·特帕瓦茨外长率领的南斯拉夫政府代表团及随行记者。他对客人说："你打开了中南的外交来往，你是头一个到中国的南斯拉夫外长。"

此外，周恩来还接见了其他许多国家的元首、政府首脑等重要代表团。

八、经过长期斗争，恢复中国在联合国的合法权利，这是中国外交的巨大胜利

　　1945 年，在世界反法西斯胜利声中，由美、英、苏、中四大国发起成立联合国。同年 4 月 25 日，有 50 个国家参加的制定《联合国宪章》的"联合国国际组织会议"在美国旧金山隆重召开。这是具有重大历史意义的国际盛会。

　　中国派宋子文为首席代表，顾维钧、王宠惠、魏道明、胡适、吴贻芳、李璜、张君劢、董必武（中共党员）、胡霖为代表，还有顾问等，中共党员章汉夫、陈家康以秘书身份参加。

　　德高望重的董必武参加中国代表团，到达旧金山时发表的讲话，特别引起各方的重视。他说："我虽系共产党的一员，然系代表整个中国。中国代表团中包括各党各派，诚是极好的象征。会议之一切，系超越一切党派利益的。"顾维钧在他的回忆录中专门称赞董必武这位代表团中的年长者，为人和蔼可亲，通晓国际事务，会议期间表现很好。他写道：董必武凡建议或提出问题，无不就商于我。他还写道：董必武挑选了一个很好的秘书章汉夫。他也是共产党的一个杰出人物，其人善良而谦虚，不引人注意，但很能干。

会议期间，作为四个发起国之一的中国在最后确定《联合国宪章》的内容与文字的重要时刻，起到了一个大国的作用，尤其是作为东方国家的代表，它尽力为弱小国家和尚未独立的人民伸张正义，强调宪章应体现国家平等和种族平等以及国家的主权和独立。这种独特的作用，是美、英、苏三国难以或无法起到的。这种正义立场，受到许多与会国家的好评。

1945年6月26日，《联合国宪章》签字仪式在旧金山退伍军人会堂隆重举行，历时8小时，有50国代表团参加。美、英、苏、中、法五大国先签字，而抗战时间最长、牺牲最大的中国第一个签字。以顾维钧为首，董必武等8人签了字。这是世界史上的庄严时刻。同年10月24日，经五大国及其他签字国过半数通过，《联合国宪章》正式生效，联合国宣告成立。1947年，联合国大会为纪念《联合国宪章》正式生效和联合国正式成立，确定10月24日为"联合国日"。

恢复新中国在联合国的合法地位和权利，进行了二十二年的斗争

经过三年的内战，中国共产党领导的人民解放军，在全国人民的支持下，打败了由美国出钱、出枪、出军人的蒋介石集团，国民党被迫逃亡台湾，所谓的"中华民国"已被推翻。

1949年10月1日，中华人民共和国宣告成立，成为中国唯一合法的政府。按照国际公认的原则，中华人民共和国理所当然应当代表中国人民参加联合国，蒋介石集团的代表已丧失了代表中国人民的任何法律与事实根据，应该立即从联合国所有机构中排除出去，这是天经地义的。

1949 年 11 月 15 日，周恩来外长致电联合国秘书长赖伊和第四届联合国大会主席罗慕洛，声明中国的上述立场。1950 年 1 月 19 日，周恩来再次致信联合国秘书长赖伊和联大主席罗慕洛，并请他们转达联合国及安理会各会员国、代表国：我国已任命张闻天为出席联合国会议包括安全理事会的首席代表。电文要求他们答复：1. 何时将中国国民党集团的非法的"中国代表团"驱逐出去；2. 何时可以出席联合国及其安理会的会议并参加工作。此后，我国又先后通知他们：任命冀朝鼎为出席经社理事会代表，孟用潜为出席托管理事会代表，并盼早日答复以上提出的问题。1950 年 4 月 9 日，周恩来总理兼外交部长专门召集会议，对中国派驻联合国的代表团进行详细研究。会议决定代表团由 50 余人组成，还拟定了代表团办事组织机构编制、任务和干部配备方案。代表团人员很快在北京东城区东总布胡同一所院落里进行具体准备工作。

这一期间，周恩来还致电联合国建立的各专门机构以及有国民党集团代表非法占有席位的其他政府间组织，提出取消国民党集团代表资格，接纳中华人民共和国代表。

中国政府的上述要求完全符合《联合国宪章》的精神、原则和规定，是完全合法，不容置疑，更不应阻拦的。苏联、印度、南斯拉夫等不少国家坚决支持，然而竟然毫无道理地遭到主要来自美国的反对。当时联合国实际上是在美国操纵之下。

1950 年 1 月 10 日，苏联驻安理会代表马立克提出提案，要求安理会作出开除蒋帮的决议，并声明在这项决议未作出之前，苏联将不参加安理会的工作。由于美国的阻挠，在 1 月 13 日召开的安理会上，这项决议未获通过。为表示抗议，马立克当场宣布，在蒋帮代表被开除之前，苏联将不参加安理会的工作，对在蒋帮参与下作出的任何决议，都认为非法，随后愤然退出会场。

联合国秘书长赖伊认识到问题的严重性，为避免联合国出现瘫痪或走向分裂，他发表备忘录，表示对两个"敌对政府并存"的中国，联合国接纳代表的根据，需要看"哪一个事实上据有使用国家资源及指导人民履行会员国义务的地位"。他建议召开各成员国政府首脑或外长参加的安理会特别会议，讨论解决中国的代表权问题。他还表示尽快作出决定。4月22日至5月中旬，他访问了美、英、法、苏等国，为此进行斡旋。苏、英、法表示支持，苏联还表示将回到联合国。赖伊在莫斯科与中国驻苏大使王稼祥会谈。他回到联合国总部后通告各会员国，强调形势的严重性，而在中国代表权问题解决之前，形势要取得重大进展是不可能的。

美国对苏联代表退出安理会会议，感到棘手。因此，美国代表一方面表示要反对苏联驱逐蒋帮的提案，另一方面又认为这是一个程序问题，它将接受安理会多数票的决定，也就是说将不使用否决权。蒋帮慌了手脚，声称什么"中国代表权"并非程序问题，而是实质问题，并扬言要在安理会"行使否决权"。

1950年6月25日，朝鲜战争爆发。美国总统杜鲁门当天就决定直接干预朝鲜局势。在美国操纵下，安理会接连通过三项决议，使美国干涉披上联合国的外衣，并通过谴责朝鲜北方"侵略"案。6月27日，安理会通过关于联合国会员国向韩国提供"必要的援助"的"紧急制裁"案。7月7日，又通过把美国为主的外国干涉军称为"联合国军"，由美国以联合国名义全权指挥的决议。就在朝鲜战争爆发后的第三天——6月27日，杜鲁门发表声明，宣布美国武装干涉朝鲜，同时命令美国第七舰队开进我国台湾海峡，借口"阻止对台湾的任何进攻"，武装侵略我国领土，同时下令加强驻菲律宾的美军，干预印度支那人民争取独立的斗争。这样，对诞生不到一年的新中国，美国从北到南形成一种包围，麦克阿瑟跑到台北，与蒋介石密商美蒋"共同防守"台湾，由这个远东美军司令兼"联合国军"司令，统一指挥台湾蒋军。美国当权者还违背美国参与的《开罗宣言》等国际法文件，炮制和散布"台湾地位未定""台湾未来地位的决定必须由联合国考虑"等谬论，妄图使其侵略合法化。

6月28日，周恩来针对杜鲁门的声明发表《关于美国武装侵略中国领土台湾》的声明，指出这是"对于《联合国宪章》的彻底破坏"，表示"我国全体人民，将万众一心，为从美国侵略者手中解放台湾而奋斗到底"。7月6日，周恩来致电联合国秘书长赖伊，强调在没有中国和苏联两个常任理事国参加下通过的关于朝鲜和中国的决议是非法的。

1950年8月24日，周恩来致电安理会主席和联合国秘书长，控诉美国侵略台湾，为维护国际和平和安全、《联合国宪章》的尊严，安理会应义不容辞地制裁美国这种罪行，并立即采取措施，使美国撤军。8月31日，安理会将此列入议程，但把议题改为《控诉武装侵略福摩萨案》，故意不提控告国和被控告国。9月19日，第五届联大开幕，苏联代表提出与我国要求类似的控告案，周恩来又提出美国侵犯我领空和炮击我商船的控诉案。大会都将其列入议程。周恩来提出，中国完全有权和必要派代表参加上述议程的讨论。邀请当事国参加讨论符合联合国议事规则，安理会和联大第一委员会决定邀请中国代表出席。

中国政府遂决定任命时任外交部苏欧司司长、前东北军区参谋长伍修权为大使级特别代表，国际问题专家乔冠华为顾问，代表团9人11月24日抵达纽约，受到友好国家代表、美国进步人士与华侨的热烈欢迎。他们根据周恩来的指示，在联合国进行了有力的斗争，在揭露和控诉美国的侵略后，提出三项建议：1.谴责和制裁美国侵占台湾及干涉朝鲜的罪行；2.使美军撤出台湾；3.使美国和其他一切外国军队撤出朝鲜。由于美国的操纵，安理会拒绝了伍修权的建议，不让伍修权有发言的机会。《大外交家周恩来》第一卷

《执掌外交部》中已作了介绍，这里就不再重复了。

美国在朝鲜出动了陆、海、空军，还纠集了其他14国的一些部队，尽管打着联合国的旗帜，并不能改变其侵略的本质，也无法取胜，被中国人民志愿军和朝鲜人民军打得头破血流，被迫坐下来谈判。谈判两年，"联合国军"总司令克拉克上将无可奈何地说，他成为美国历史上第一个在没有胜利的停战协定上签字的将军。

在美国授意下，联合国秘书长哈马舍尔德通过印度征得我国同意后，于1955年1月5日至11日，以个人名义访华。周恩来向他指出，联合国在我国代表权问题上和朝鲜战争问题上的立场是不公正的；同时指出，是美国跑到远东来制造紧张局势，美国应该停止干涉中国内政，从台湾和台湾海峡撤军。

1955年一二月份，中国人民解放军解放了一江山岛和大陈岛。美国总统艾森豪威尔又要求联合国"斡旋"，同时声称必要时要动用军队来"保证台湾的安全"。对我国和苏联提出的召开讨论台湾地区局势问题的十国会议，美国则加以反对。1月底，新西兰向安理会提出，要求召开会议，讨论"在中国大陆沿海附近的某些岛屿地区发生武装敌对行动"的问题，邀请中国出席讨论。这显然旨在掩盖美国对中国的侵略行为。周恩来向哈马舍尔德指出，新西兰的提案"就是要联合国干涉中国的内政。这是中国人民绝对不同意而且坚决反对的"。他指出，哈马舍尔德在北京同他会谈时，表示要坚持《联合国宪章》的宗旨和原则。但这一提案是违背宪章的。周恩来告诉哈马舍尔德："如果他愿意推动远东紧张局势的和缓，可以劝说他的美国朋友，要他们表示一下，他们的意愿究竟是战争还是和平。"

亚非会议后，1956年9月，印尼总统苏加诺访华，他对毛泽东说："如果联合国没有代表6亿人民的中国参加，那么联合国就成了演滑稽戏的场所。"然而，美国还是悍然使一届一届联合国大会拖延讨论中国代表权问题。尽管美国拖延讨论中国在联合国的代表权问题，但中国的国际地位不断提高。拒不承认中国的美国政府本身，也不得与中国进行关于缓和台湾紧张局势的大使级会谈。同时，联合国内新独立的国家连续增加。1960 年就有 17 个新成员国，美国赤裸裸地拖延联合国解决中国代表权问题，困难越来越大。1960 年联大表决美国拖延讨论中国代表权提案时，42 票赞成，34 票反对，22 票弃权，仅以 8 票的多数被通过。在这种形势下，在 1961 年第十届联大上，美国让新西兰抛出策划已久的所谓"重要问题"的提案，诡称，根据《联合国宪章》第十八条，中国代表权属于"重要问题"，必须有三分之二的多数赞成才能通过。这是对宪章的肆意歪曲。

　　该提案通过后，中国外交部经周恩来审阅批准发表声明，严厉指责和强烈抗议，指出，美国玩弄这一花招，表明它已无把握在联合国控制多数，因而企图以三分之一少数，继续把我国排斥在联合国之外。当时，周恩来在会见英国蒙哥马利元帅时指出："这一提案的目的是适合美国的需要，把中国代表权问题继续挂起来。中国代表权是个程序问题，只有中国政府代表 6 亿 5 千万人民，而不是台湾的蒋介石。如当作'重要问题'来讨论，那就是讨论中国存在与否，是干涉内政，是违反《联合国宪章》的。联合国讨论的'重要问题'，只能是国际问题，而不能是一国的内政。"在 20 世纪 60 年代，周恩来一再讲，"中国留在联合国外面，对美国是一种政治的、道义的压力。联合国每年表决一次友好国家提出的'驱蒋纳我的提案'，是值得做的正义的事情。赞成国家越来越多，总有一天会由少数变成多数。等我们的力量更强大了，再进去不迟。总有一天要请我们进去"。

　　20 世纪 60 年代是民族解放运动风起云涌的时期。联合国增加了40多个新成员。西欧一些国家与中国谈判建交，美国保蒋拒我日益困难。1961年十六届联大表决美国方面的"重要问题"提案时，61票赞成，34票反对，7票弃权。而苏联要求"驱蒋纳我提案"，37票赞成，48票反对，19票弃权，美国方面是多数。1964年，中法建交，沉重打击了美国孤立中国的政策。在1965年召开的第二十届联大会议上，形势发生明显不利于美的变化。尽管美国方面的"重要问题"提案还是通过了，但随后就阿尔巴尼亚、阿尔及利亚等11国联合提出的"恢复中华人民共和国的一切权利并承认它的代表为中国唯一合法的代表"案表决时，第一次出现赞成票和反对票相等（均为47票），另有20票弃权的新形势。可惜，1966年开始的"文化大革命"影响了我国在国际上的形象，"驱蒋纳我的提案"的表决又出现了曲折。

1970年是预示中国代表权问题起根本变化的一年。10月，与美国关系密切的近邻加拿大与中国建交，第二十五届联大表决"驱蒋纳我的提案"时，51票赞成，49票反对。这是历次表决这一提案过程中，第一次赞成票超过反对票。当时掌声从会场四方响起，犹如波涛涌动，持续很久。美国阻挠恢复中国席位的企图破产。

恢复中国在联合国的合法席位，第二十六届联大以绝对多数票通过"驱蒋纳我的决议"，美国的图谋彻底破产，这是震动世界的新中国外交的巨大胜利

尼克松当选美国总统后，从战略全局考虑，决心打开长期敌对中国的局面，用中国遏制苏联。1971年7月，他派国家安全助理基辛格秘密访华，周恩来就台湾问题和我国在联合国代表权问题，向他表明了严正立场。美国政府知道已很难再度拒绝中国进入联合

国，但仍企图保住"老朋友"蒋介石集团的席位。8月2日，美国国务卿罗杰斯发表声明，宣称"美国将在今秋的联合国大会中，支持要求中华人民共和国入会的行动。同时，将反对任何排除'中华民国'、剥夺它在联合国代表权的行动"。这是公开制造"两个中国"。接着，美国驻联合国代表乔治·布什正式要求联大把"关于中国在联合国的代表权"问题的议题列入第二十六届联大议题，妄想作出"双重代表权"的决议。

8月20日，经周恩来批准，中国外交部发表声明，严正指出，恢复我国合法权利同驱蒋是一个问题不可分割的两个方面，中国决不允许在联合国出现"两个中国"或"一中一台"的局面。声明指出，阿尔巴尼亚、阿尔及利亚等18国提出"驱蒋纳我的决议案"是唯一正确、合理的主张。中国代表权问题是1971年第二十六届联大开幕前后的焦点。提交大会讨论的提案有三个：（一）由阿尔巴尼亚、阿尔及利亚等18国（后增至23国）提出的，恢复我国在联合国一切合法权利，并立即驱蒋；（二）由美国伙同日本等19国（后增至22国）提出的，被称为"反重要问题"提案，即把它们前些年抛出的纳我需三分之二赞成票通过的"重要问题"，改成驱蒋需三分之二赞成票；（三）由美国、日本等17国（后增为19国）提出的所谓"双重代表权"案，即纳我，但不驱蒋，并由我国享有安理会常任理事国席位。可见美国煞费苦心，使出了浑身解数。

但是，联大总务委员会决定把两阿提案放在美、日的"双重代表权"案前讨论，这样，美国先在程序斗争中失败。大会辩论中国代表权问题达一周。约80国代表发言。发言国家之多，实属罕见。双方摆开了阵势。许多代表批评美国长期以来的反华政策，反对在联合国制造"两个中国"。10月25日（北京时间26日上午），大会开始表决。先表决所谓"反重要问题"提案，结果以59票反对，55票赞成，15票弃权，被否决。这表明美国玩弄的驱蒋需三分之二赞成票的伎俩宣告破产，只需要简单多数票就能通过驱蒋决议，这一美国最害怕的形势终于出现。因此，当表决结果一显示，会议大厅顿时沸腾，热烈掌声连续不断。不少亚非国家的代表高声欢笑、唱歌、欢呼，有的代表兴奋得跳起舞来。联合国里很少有这样欢笑的场面。接着表决两阿提案。美国代表做最后挣扎，提出删掉该提案中的驱蒋内容。这一无理要求立即激起一片反对声，被大会主席（印尼的马利克）的裁决所否定。结果以76票赞成，35票反对，17票弃权，通过了该历史性的提案。此时，会议厅里更加沸腾。多数代表兴奋得都坐不住了，站了起来，彼此热烈握手、拥抱。有的又跳起舞来。"我们胜利了""中国万岁"等欢呼声久久回荡。联合国从未有过这种激动人心的情景。

按当时情况，简单多数只需36票赞成，就能取胜。76票赞成，比反对的35票多一倍还多，也就是说，赞成票多于三分之二。需三分之二赞成票，是美国1961年以来用来阻挡我恢复席位的"法宝"。形势的演变就是那样富于戏剧性。有意思的是，76赞成票中，有英、法、意、加拿大等13个西方国家。这就是有名的联大第2758号决议。美、日等国的"双重代表权"提案自动成为废案。依靠美国窃据中国席位的蒋帮"外长"周书楷一伙早就心虚地溜出了会场。

各国传媒闪电般地报道了这一改变世界历史的特大新闻。

10月20日，我国政府发表声明，指出"这是美国20多年来顽固坚持剥夺我国在联合国合法权利的政策和在联合国制造'两个中国'阴谋的破产，也是中国、全世界人民和一切主持正义的国家的胜利"。声明认为，这次投票结果反映各国人民要求同中国人民友好的大势，也说明超级大国把自己的意志强加给其他国家、操纵联合国和国际事务的蛮横做法已越来越没有市场。

尼克松、基辛格、布什后来在回忆录和自传中都讲到这次失败的原因。基辛格写道："问题的实质在于，友好国家改变了立场。它们当中许多国家长期以来感到苦恼，一方面它们不愿同我们对立，另一方面讨好强大的中国又对它们有利。当美国对北京采取敌对态度时，它们害怕投票赞成接纳中华人民共和国会受到我们某种惩罚，现在我们戏剧性地要跟中国和解，它们就不再怕这种惩罚了。因此，国务院要制定一项'合理妥协'方案的全部努力都毫无用处。"基辛格第二次访华结束，10 月 26 日离开北京去往机场的路上，还在车上对送他去机场的叶剑英元帅讲，美国这两个提案肯定能得半数以上的赞成票，中国进入联合国还要等一年。其实此时叶剑英已知道联合国投票的结果，只是为了不使基辛格难堪，没有对他说。

中国派出阵容强大的代表团出席联合国大会，周恩来等中央领导亲自到机场送行，乔冠华在联大发表重要讲话

不久，联合国秘书长吴丹致电中华人民共和国外交部长，将恢复中华人民共和国在联合国合法权利的 2758 号决议通知中华人民共和国。

毛泽东、周恩来对中国恢复了在联合国的合法席位十分高兴，他们立即召集叶帅、外交部、中调部等有关领导进行研究。毛泽东说："马上就组团去。"当即决定由乔冠华担任中国出席联合国大会的代表团团长，黄华任副团长并任常驻联合国和安全理事会代表。毛泽东说："最重要的是准备在联合国大会的第一篇发言。"他对乔冠华说："这次你们去，是去伸张正义，长世界人民的志气，灭超级大国的威风，给反对外来干涉、侵略、控制的国家呐喊声援。要

讲讲联合国成立以来世界形势的变化，国家要独立，民族要解放，人民要革命，已成为不可抗拒的历史潮流。要讲讲我们对国际问题的基本态度。我们反对帝国主义的战争政策和侵略政策，反对超级大国的霸权主义，支持一切被压迫人民和被压迫民族的正义斗争。要宣传和平共处五项原则，大小国家一律平等，中国属于第三世界，永远不做超级大国，反对大国欺侮小国，强国欺侮弱国，不许任何国家操纵联合国。总而言之，要旗帜鲜明，高屋建瓴，势如破竹。"

由外交部报中共中央和国务院批准，中华人民共和国出席第二十六届联合国大会代表团团长乔冠华，副团长黄华，代表为符浩、熊向晖、陈楚以及副代表多人。黄华为中国常驻联合国和安全理事会代表，陈楚为副代表。代理外长姬鹏飞将出席联合国中国代表团名单电告联合国秘书长吴丹。

11月8日晚，即代表团出发前夕，周恩来将代表团主要成员和姬鹏飞带去见毛泽东，毛泽东在谈到"没有调查研究就没有发言权"时，说："对这句话的理解不要偏。客观事物不断发展变化，人的认识总是赶不上这种变化，认识总是落后于实际。要求把一切调查清楚再说话，再办事，那就永远不能说话，永远不能办事。了解了主要情况、本质情况，就可以作出判断，就应该下决心。"毛泽东同时讲道，现在是"盛名之下，其实难副"，"为将当有怯弱时"。遇事要多商量，要多谋善断。毛泽东还说："在联合国要搞统一战线，这是国际统一战线，和国内统一战线有同，有不同。国际统一战线是不同国家的统一战线，没有谁领导谁的问题，大小国家一律平等，搞国际统一战线要平等协商。"代表团出发前，周恩来接见了代表团全体成员，特别交代要同广大亚、非、拉国家站在一起，支持他们的正义要求。

11月9日，中华人民共和国出席联合国代表团离开北京。中共中央副主席、国务院总理周恩来和在京的中共中央政治局委员叶剑英、李先念等及全国人大常委会副委员长郭沫若、外交部代部长姬鹏飞等党政领导同志、外交部司局长，以及首都群众和中国人民解放军指战员 4000 多人前往机场热烈欢送。

11 月 11 日，中国代表团抵达纽约肯尼迪机场。到机场欢迎的有 23 个提案国及其他一些国家常驻联合国代表、联合国礼宾司司长、纽约市公共事务专员，以及数百名美国友好人士和华侨代表。

11 月 15 日，中华人民共和国代表团首次出席了联合国大会，受到了极其热烈的欢迎。大会主席、印度尼西亚的代表马利克认为"这是一个具有历史意义的时刻"。有 57 个国家代表在会上致了欢迎词。科威特代表亚洲国家说："没有中国的参加，联合国就徒有虚名；没有中国积极的、建设性的作用，世界上出现的诸如裁军、国际安全、和平特别是东南亚的和平等紧迫问题就不能得到解决。"捷克斯洛伐克代表苏联、东欧国家说："中华人民共和国来到联合国是为这个组织的活动创造了更广阔的基础的一个决定性的前进步骤。"荷兰代表西欧国家说："现在联合国进入了一个新的时期，中国代表的到来，无疑将使联合国在处理我们所面临的重大国际问题时能有更大的权威性。"布隆迪代表非洲国家说："中国代表回到联合国，是国际上新的力量均衡的黎明。"哥斯达黎加代表拉丁美洲国家说："中国代表参加联合国的工作，将有助于实现我们的基本目标，这就是世界上建立公开的和持久的和平。"

在他们发言过程中，要求发言的代表不断增加，原定上午结束的会议在中午稍事休息后，下午继续开会，一直开到 6 时 40 分，历时 6 个小时。绝大多数代表的欢迎词热情洋溢，表达了对中国人民的信任、鼓励和兄弟般的情谊。

乔冠华的讲话受到格外热烈的欢迎

接着，中国代表团团长乔冠华在经久不息的掌声中走上了讲坛，发表经周恩来亲自修改过的重要讲话。他首先代表中国政府和人民衷心感谢许多联合国会员国坚持原则，主持正义，为恢复中国在联合国的合法席位作出了不懈的、卓越有效的努力。他指出，国家要独立，民族要解放，人民要革命，这已成为不可抗拒的历史潮流。人民的斗争是曲折的、有反复的，但是反对人民和反对进步的逆流，终究不能阻止人类社会继续发展的主流。世界一定要走向进步，走向光明，而决不是步向反动，走向黑暗。他向联合国全体会员国全面阐述了中国的外交政策，支持一切被压迫人民和被压迫民族争取自由解放、反对外来干涉、掌握自己命运的斗争。中国一贯主张，国家不论大小，应该一律平等，和平共处五项原则应该成为国与国之间的关系准则。各国人民有权按照自己的意愿，选择本国的社会制度，有权维护本国的独立、主权和领土完整，任何国家都无权对另一个国家进行侵略、颠覆、控制、干涉和欺侮。中国反对大国欺侮小国、强国欺侮弱国的强权政治和霸权主义。主张一个国家的事，要由这个国家的人民自己来管；全世界的事，要由世界各国来管；联合国的事，要由参加联合国的所有国家共同来管，不允许超级大国操纵和垄断。中国现在不做，将来也永远不做侵略、颠覆、控制、干涉和欺侮别人的超级大国。中国政府一贯主张全面禁止和彻底销毁核武器，并倡议召开世界各国首脑会议来讨论这个问题，作为第一步，首先就不使用核武器达成协议。他最后说，根据《联合国宪章》的宗旨，联合国应当在维护国际和平、反对侵略和干涉、发展各国之间的友好合作关系方面发挥应有的作用。我们希望《联合国宪章》的精神能够得到真正的贯彻。我们将同一切爱好和平、主持正义的国家和人民站在一起，为维护各国的民族独立和国家主权，为维护国际和平、促进人类进步事业而共同努力。

乔冠华的讲话受到热烈欢迎，当他讲话完毕时，会议厅里又一次爆发出长时间的热烈欢迎的掌声，许多国家的代表再次到中国代表团席前同乔冠华、黄华、符浩、熊向晖、陈楚等亲切握手，表示热烈祝贺。阿尔及利亚代表说，我们所期待、所需要的正是一篇这样的发言。

中国在联合国合法席位的恢复，是周恩来领导和主持的中国外交工作的一次重大突破和胜利，是世界上一切爱好和平和主持正义的国家共同努力的结果，具有极为重要的意义。中国恢复了在联合国的合法席位，走上了更广阔的国际舞台，国际地位和影响得到进一步的提高和扩大。许多国家同中国建交或复交或外交升级。联合国 2758 号决议明确承认中华人民共和国政府的代表是中国在联合国唯一合法代表，并决定立即把蒋介石集团的代表从它在联合国组织及其所属一切机构中所非法占据的席位上驱逐出去，这就从政治上、法律上、程序上宣告了"两个中国""一中一台"等谬论的破产。

九、周恩来与尼克松发表上海公报，中美关系取得重要的历史性的突破

历史的简述

　　早在抗日战争时期，周恩来即与美国驻重庆的大使高思，外交官员谢伟思、戴维斯，中、缅、印战区司令史迪威及美国记者都有接触和交往。1944 年 7 月 4 日，周恩来出席延安各界庆祝美国独立 168 周年纪念大会，并在会上发表讲话，称赞美国国内团结、民族团结的精神，表示希望到会的中外记者（包括美国记者）参观团成员把八路军、新四军关于在团结、民主基础上来求得战争胜利的要求转达给国民政府。7 月 22 日，周恩来同叶剑英、杨尚昆到机场迎接来了解中国敌后抗日战场情况的美军观察组首批成员。当晚，周恩来、叶剑英同美军观察组组长达维·包瑞德上校和外交官约翰·谢伟思会谈。

　　在美军观察组到达延安前夕，周恩来起草了中国共产党第一个外交工作的指示，发往各中央局，指出：我们的外交为"半独立的

外交"。所谓"半独立"就是指当时国民党的政府还是中央政府，我们不能独立地同当时的同盟国正式交往，但我们必须冲破国民党的种种禁止和束缚，直接和美国打交道，所以我们的外交，又具有"独立性"。指示还称："要区别美国人民和美国统治集团的对华政策，共产党人办外交必须站稳民族立场，反对排外、媚外、惧外几种错误，要加强民族自尊心和自信心，也要学习人家的长处，善于与人合作。"7 月 26 日，周恩来等为美军观察组举行欢迎宴会。27日，周恩来又同谢伟思举行会谈。在谈到国共谈判问题时说："国民党是用谈判来捞宣传上的好处，主要是为做给美国舆论看；国民党希望战争结束能把共产党一举歼灭；它会继续不断地衰落。"另外还就美军在太平洋的进展和美国未来对日的战略以及中国大陆战场的重要性等问题同谢伟思交换意见。8 月 23 日，毛泽东、周恩来同谢伟思谈话，周恩来阐明，对于美国来说，赢得中国抗日战争的决定性胜利而又避免内战的唯一办法是既支持国民党，又支持共产党。27 日，周恩来再次会见谢伟思，告诉他中共中央政治局正在考虑向国民党提出关于召开某种会议的建议。9 月，周恩来起草致史迪威的说帖：（一）在目前欧洲和太平洋战争节节胜利的情况下，中国的正面战场，尤其是国统区却存在政治、经济、军事的空前危机，这完全是"由于国民党实行法西斯化的政令和失败主义的军令所造成的"。我们坚决主张国民政府立即召集国事会议，取消一党专政，成立联合政府。（二）与正面战场相反，中共领导的敌后抗战是"节节胜利"，解放区的面积、军队人数、民选政府、抗战数量、战场地位等已组成强大的力量，而国民党政府却取消这些。"我们誓死反对取消，坚决要求国民政府应承认此"。（三）"内战危机依然存在"，我们坚持要求"制止这种内战危机"，以便全国力量都投入抗战。（四）国民政府拒绝给我们以供给和补充，为更有效地牵制敌人和配合盟军反攻，我们要求国民政府和同盟国给予我军应得之供给援助，"至少应获得美国租借法案分配于中国的军火、物资的全数二分之一"。这时美国的罗斯福政府对华方针是支持蒋介石政权，建立以蒋介石为领导的统一的、亲美的中国政府。同时要求国民党实行民主改革，政府要扩大，把共产党领导的抗日力量容纳进去，以利团结抗日，避免内战。

1944年9月，罗斯福任命赫尔利将军为总统私人代表赴华，不久又任命他为驻华大使，代替高思。高思主张"美国应就中国各派政治力量，以和平步骤予以调整，借以避免内战。达到此一目的之最适当方法，莫若鼓励国民党之改革自新，俾能在联合政府内成一主要力量。此举若告失败，则吾人应摆脱国民党之牵累，而开始与必将统治中国之共产党取得若干合作，俾能保持独立地位，并对美国亲善"。

罗斯福没有采纳高思等一派人的意见，坚持把蒋介石看成中国的化身，认为蒋介石虽有弱点，但可通过扩大民主方式促使国共和解，成立统一的联合政府，使中国免于内战。他任命赫尔利为总统代表、驻华大使，全权调停国共和谈。

此时，日本发动了豫湘桂战役，国民党军队一溃千里。罗斯福担心中国战场失败影响整个战局，从7月到9月向蒋介石连发了四封电报，要求蒋介石任命史迪威为在华盟军总司令，以加强对抗日军队的指挥。罗斯福最后的电报是由赫尔利交蒋介石的，此时蒋介石与史迪威的关系已到了势不两立的地步。蒋介石看电报后勃然大怒，不但拒绝听从史迪威的军事指挥，而且要求罗斯福撤换史迪威。赫尔利给罗斯福写了报告，支持了蒋介石的要求。罗斯福权衡利弊，只好满足了蒋介石的愿望，于10月28日召回了史迪威，任命魏德迈继任中国战区参谋长和在华美军司令。美国调停国共之争将更为偏袒蒋介石一方。

11月7日，赫尔利飞抵延安。毛泽东、周恩来于11月8日、

9日同赫尔利举行会谈，赫尔利先表示希望国共团结，以利抗日，美国无意干涉中国的内部事务；然后交毛泽东、周恩来一份文件，题目是《协议的基础》，是他和国民党方面一起起草的，内容主要是要中国共产党遵守并执行国民政府及其全国军事委员会的命令，要共产党的军队一切官兵接受政府的改组，然后国民政府才承认共产党合法。毛泽东、周恩来严厉批评国民党破坏团结和抗战不力。赫尔利建议中共对文件加以修改。9日，中共提出《中国国民政府、中国国民党与中国共产党协议》，主要内容是：改组国民政府，成立联合政府和联合军事委员会，承认所有抗日党派的合法地位等。赫尔利表示这些建议是完全合理的。10月10日，毛泽东和赫尔利在协议上签字（即"五条协定"）。当天，周恩来和赫尔利同机飞重庆，准备同国民党谈判。

11月15日，周恩来会见魏德迈，商议成立联合政府事宜。

11月18、19日，赫尔利同蒋介石长谈，蒋拒绝中共建议。

11月21日，周恩来两次会见赫尔利，赫尔利将国民党11月19日所提协定草案交周恩来，周恩来向赫尔利指出："参加政府和军事委员会只是挂名，毫无实权，说明国民党无改变一党专政的诚意。"由于赫尔利已背弃他在延安签订的协定，周恩来表示要立刻返回延安。

12月2日，周恩来晤见赫尔利，告知毛泽东关于国共谈判的三点意见：（一）国民党方面的方案同五条协定距离太远，联合政府和联合统帅部是解决目前时局的关键，既不同意，则无法挽回时局；（二）国民党态度至今未变；（三）党中央须召开会议讨论，请周回延安。赫尔利向周恩来表示，请中共务必参加国民政府。周恩来指出，关键是国民党并未同意成立联合政府，参加政府无实权。

12月4日，周恩来应约同魏德迈、赫尔利谈话。赫尔利仍劝说中共参加政府，不要改组政府。周恩来说明，参加政府"不过是做客，毫无实权"，"改组政府是一个救中国的问题"，抗战不仅需军事，而且要政治，"政府不改组，就无法挽救目前的时局"。

12月7日，周恩来同董必武、包瑞德飞回延安。

12月8日，周恩来致函赫尔利，说明不再去重庆谈判的理由，并告诉赫尔利将公布五条协定。表示为了击败共同的敌人，始终愿同美方继续磋商军事合作的具体问题，并同美军观察组保持密切联系。12月11日，赫尔利致电毛泽东，答复周恩来8日的信，不同意现在公布五条协定；国民政府愿意进一步谈判，我等待您对这一问题的专门答复。

同日，毛泽东、周恩来同包瑞德会谈。毛泽东、周恩来说："蒋介石提出的建议相当于完全的投降，而交换条件是给我们一个没有任何实际作用的全国军事委员会的席位，我们不能接受。美国开始同意我们的条件，后来又要求我们接受国民党的，我们难以理解。我们欢迎美国帮助我们进行军事训练，但不能指望我们付出接受帮助要经蒋介石批准这样的代价。五点建议中我们已经做了全部让步，我们不再做任何进一步的让步。我们将为另外组织一个独立政府做准备。"

12月15日至17日，毛泽东、周恩来、朱德、叶剑英同美国战略情报局伯德上校就美军在山东半岛登陆的军事合作问题进行磋商。美方试探中共在美军登陆时可能提供何种合作与支援。

12月18日，周恩来再函赫尔利，说明国共谈判无结果，是由于国民党当局拒绝五条协定。对五条协定草案同意暂不发表，但为了便于人民督促政府改变态度，当在适当时候发表。针对赫尔利认为最近国民政府的人事调整表明国民党走向民主的看法，指出："在国民党一党专政下的任何人事变动，都不可能变更目前国民政府的制度和政策。"

12月21日，周恩来收到赫尔利复电，希望再来重庆商谈。12

月 22 日，周恩来为毛泽东起草致赫尔利函：鉴于国民政府目前无诚意根据我们提议的五条方针来进行谈判，且周恩来正从事某种会议的准备工作，"难以抽身"，提议先派包瑞德来延安一谈。

12 月 27 日，毛泽东、周恩来、朱德、叶剑英同包瑞德会谈，就美方所提在欧洲战场结束后，美军一个空降师在山东沿海登陆时要求中共暂时提供后勤供应问题，进行磋商。

12 月 28 日，周恩来致函赫尔利，说明中共不愿在联合政府问题上"继续抽象地探讨"。并向国民党提出四点要求：（一）释放政治犯；（二）撤销对边区的包围和对华中、华南抗日根据地的进攻；（三）取消限制人民自由的各种禁令；（四）停止特务活动。托赫尔利转达国民党当局。

1945 年 1 月 24 日，周恩来飞抵重庆，代表中国共产党和国民党谈判。行前，他对新华社记者发表谈话：这次应美国驻华大使赫尔利的邀请去重庆是代表中共中央，向国民政府、国民党和民盟提议，召开各党派会议，作为国事会议的预备会议，以便正式商讨国事会议和联合政府的组织及实现的步骤问题。

1 月 25 日，周恩来在重庆发表声明，除说明中共中央的主张外，并指出当前全国人民期望是立即废除一党专政，成立民主的联合政府和联合统帅部，承认一切抗日党派的合法地位，取消镇压人民自由的法令，废除特务机关，停止特务活动，释放政治犯，撤退包围边区和八路军、新四军的军队，承认解放区军队和民选政府的合法地位等。

同日，周恩来同赫尔利会晤。赫尔利说："昨晚国民党政府方面人士商谈了五点：（一）去年 11 月 21 日的三条仍要做；（二）行政院下设各党派参加的战时内阁性的新机构；（三）成立有国民党、共产党、美国各一人的整编委员会，整编中共军队；（四）为中共军队设一美军官作总司令；（五）国民政府承认中共合法。"周恩来当场予以拒绝，声明这不是解决问题的办法。

周恩来随后应约同宋子文商谈，参加的有赫尔利、王世杰、张治中。宋子文陈述国民党和美国方面商量的几点，周恩来坚持先解决一党包办问题。会谈无结果。周恩来将会谈情况电告毛泽东。毛泽东复电周恩来认为他拒绝"很对"，国民政府的新方案"是将中国军队，尤其是我党军队隶属于外国军队、变为殖民地军队的恶毒政策，我们绝对不能同意"。

1945年2月4日至11日，苏美英三国政府首脑斯大林、罗斯福、丘吉尔在苏联克里米亚半岛上的雅尔塔里瓦吉亚宫举行会谈。11日的会议上，三国签订了一个秘密协定，规定苏联在对德战争结束后3个月内参加对日作战，其条件为：维持外蒙古现状；大连港国际化，但保证苏联在该港的优越权益；苏联租用旅顺港的海军基地；中东南满铁路应设立一中苏合办公司经营；库页岛南部及千岛群岛交与苏联。这个条约是美苏背着中国签订的，严重损害了中国的主权和权益，也是美苏划分势力的一种表露。

1945年2月9日，周恩来会见赫尔利。赫尔利将王世杰关于政治咨询会议的意见相告。周恩来将党派会议协定草案文稿交赫尔利看，表示不能同意王世杰的意见。

2月10日，周恩来继续同宋子文、张治中、王世杰、赫尔利谈判，提议在召集党派会议前改善环境，先实现放人等四项主张。赫尔利提议发表共同声明，周恩来拒绝。

2月11日，周恩来会见赫尔利。赫尔利仍要求周恩来起草共同声明，并说将向罗斯福报告国共关系已接近。周恩来说，如果发表声明，就要说明我方的要求和国共双方意见不同之点何在，以明真相。同时还指出应将真相报告罗斯福。为避免赫尔利的曲解，周恩来于中旬写出一份声明交赫尔利，阐明两党的基本分歧。

2月13日，周恩来同赫尔利会见蒋介石。蒋宣称，不接受组织联合政府的主张，党派会议等于分赃会议，组织联合政府无异于推翻政府。周恩来逐条予以批驳。

2月14日，周恩来告诉谢伟思，国共谈判又陷入僵局，2月13日蒋介石说除了成立政治咨询委员会外，不同意其他任何事物，这同共产党的建议大相径庭，它甚至比以前提的"战时内阁"的形式还后退了一步。并说在离渝之前，他将发表声明，说明共产党的立场。还说这次洽商的再次破裂表明蒋介石决不会对限制他的权力或根本改变现状作出让步，这次谈判破裂的责任在于国民党。

2月16日，周恩来飞返延安。18日致电赫尔利，说明中国目前没有民主的联合政府，现在的国民政府完全是国民党独裁统治，既不能代表解放区9000万人民，也不能代表国民党统治区域广大人民的公意。因此出席1945年4月25日在旧金山举行的联合国会议的中国代表团中，国民党的代表人数只应占三分之一，中共代表和民主同盟的代表应占三分之二。国民党代表中还应包括国民党民主派的代表，如此方能代表全中国人民的意愿，否则绝不能代表中国解决任何问题。要求将意见转达美国总统。20日，赫尔利复电不能同意。

2月的某一天，周恩来会见美军观察组成员修斯多夫，向他介绍中共领导下的人民武装部队在华北敌后抗敌活动情况。

4月1日，周恩来和毛泽东、朱德会见谢伟思，说："一旦中国发生内战，希望美国对国共双方采取不插手政策；不管中共能否从美国那里得到一支枪、一粒子弹，中共都将继续愿意实行合作。"6月2日，在中共七大主席团及各代表团主任会议上，毛泽东和周恩来指出：美国现在是联蒋抗日拒苏反共，企图全面独霸东方。要估计最坏的一着。

8月10日，日本政府因苏联对日宣战，美国先后在日本投下两颗原子弹，支持不住，表示接受《波茨坦公告》，请求投降。周恩来于 8 月 10 日、11 日，先后起草延安总部第一号、第二号命令，要各解放区抗日武装部队限期接受附近各城镇交通要道的敌伪投降；如遇拒绝缴械，应予坚决消灭。还令吕振操部、张学思部、万毅部、李运昌部、贺龙部、聂荣臻部等向热河、察哈尔、辽宁、吉林等地进发，令沿铁路线和敌占交通要道两侧的解放区抗日军队举行进攻，迫使敌伪无条件投降。蒋介石却下达三道命令：（一）国民党军队"积极推进"；（二）电延安朱德、彭德怀，要中共部队"原地驻防"；（三）伪军"维持治安"，命冈村宁次不得向国民党以外的军队投降。

8 月 12 日，周恩来起草以新华社记者名义发表的对蒋介石 11 日命令的评论，于 13 日发表。

评论指出："中国解放区抗日军队在朱德总司令指挥之下，有直接派遣它的代表参加四大盟国接受日本投降，军事管制日本和将来和会的权利。"

8 月 14 日、20 日，蒋介石两次电邀毛泽东赴重庆"共同讨论国际国内各种重要问题"。

8 月 20 日，周恩来代毛泽东起草复蒋介石 20 日再次邀请毛泽东赴渝电："兹为团结大计，将先派周恩来同志前来。"

8 月 22 日，中共中央收到斯大林来电：中国不能打内战，否则中华民族有被毁灭的危险，毛泽东应赴重庆和谈。

8 月 23 日，中共中央举行政治局扩大会议。会议分析了国内外形势，决定今后的口号是和平、民主、团结。周恩来在会上发言指出："谈判求得妥协，须双方让步。《目前紧急要求》十四条中，有些还要让步。中央决定我去，我个人想是一个侦察战。我们诚意要求和平，当然，不能失掉立场。实现和平的后盾，一是力量，一是人心。我们要争取主动，迫蒋妥协。也可能边谈边打，或者打打停停。实现新民主主义的中国这个总任务没有变。将来会有一个新的革命高潮，我们准备迎接。"会议决定毛泽东应去重庆谈判，时机可由中央政治局、书记处定。

8月25日，接到蒋介石第三次邀毛泽东赴重庆，随后，又接到魏德迈的再电邀请。当晚，中央政治局开会，商定毛泽东、周恩来、王若飞到重庆谈判。

8月28日，毛泽东、周恩来、王若飞由赫尔利、张治中陪同，飞抵重庆，住在蒋的官邸山洞林园。晚上出席蒋介石举行的宴会。次日同蒋会谈。

9月12日，毛泽东、周恩来出席蒋介石的午宴。9月13日，毛泽东和周恩来、王若飞出席赫尔利的晚宴。

从9月4日开始，周恩来、王若飞同张治中、张群、王世杰、邵力子等进行谈判，至10月10日，经过12次谈判，于10月10日在周恩来起草的《会谈纪要》上由周恩来、王若飞、张治中、王世杰、邵力子签字，即《政府与中共代表会谈纪要》，又称《双十协定》。《会谈纪要》规定和平建国的基本方针，"在蒋主席领导之下长期合作，坚决避免内战"；"政治民主化，军队国家化及党派平等合法，为达到和平建国必由之途径"；"由国民政府召开政治协商会议"；"中共愿将其领导的抗日军队由现有数目缩编至24个师至少20个师，并迅速将其在南方八个地区的抗日军队北撤"。"双方同意组织三人小组（军令部、军政部及第十八集团军各派1人）进行之。"关于解放区政权和国民大会问题，纪要规定"提交政治协商会议解决"。双方军队的整编方案未达成协议。12日，国共双方公布《会谈纪要》。

11日，毛泽东乘机飞回延安，周恩来等到机场送行。

周恩来、王若飞继续留在重庆与国民党谈判和各界人士交往、谈话，与赫尔利、魏德迈等联系。

11月17日，周恩来出席国共谈判。周恩来提出让东北发展成为平等、民主与和平的模范区，要求停止北宁线上运兵，批评国民党正利用日军作内战准备。反对国民党请赫尔利斡旋的建议。

11月25日，周恩来飞返延安。

11月27日，赫尔利宣布辞职。

12月5日，周恩来在向中央关于国共谈判情况的报告中指出反内战求和平的方针深入人心，第三次世界大战的征候现在看不出来。美国在抗战时期是扶蒋用共，现在是扶蒋压共。让蒋介石放弃灭共企图不可能，但目前下讨伐决心，也不可能，国共关系会在相当长期内一时偏和，一时偏战，和中酝酿战，战中酝酿和，斗争是严重复杂的。建议恢复中共中央南方局（或名中共中央重庆局），由董必武为书记、王若飞为副书记，刘少文、徐冰、华岗、铁瑛、钱之光、潘梓年、熊瑾玎为委员，章汉夫、王世英、童小鹏、王炳南、许涤新、张友渔、夏衍为候补委员，领导国统区工作。另组中共代表团，由周恩来、董必武、王若飞、陆定一、叶剑英、吴玉章、邓颖超组成，负责谈判和出席政协会议。政协会议应以协商施政纲领、改组政府、民选国大代表、起草宪章原则为主题。提出今后谈判应"本着反内战，争民主、求和平的基本方针，实行政治进攻，军事自卫的原则，确定双十会谈纪要我方提案基本方针，进行边谈边打的谈判。目前，应以政治协商会议为我方进行政治攻势的主要讲坛，辅之以国共幕后商谈"。

12月16日，周恩来和吴玉章、叶剑英、陆定一、邓颖超飞抵重庆。

马歇尔调停国共和谈失败，美国由扶蒋压共到扶蒋反共，全力支援蒋介石打内战

1945 年 11 月，赫尔利返回美国述职，同月 27 日他突然宣布辞职，并公开攻击杜鲁门政府"对中国共产党人手软"，"没有对华政策"。这表明这位美国共和党政客对美国民主党政府的对华政策不满，要求进一步向右转。同年 12 月，杜鲁门批准了赫尔利的辞职，并委任马歇尔为特使到中国调停国共和谈。

马歇尔作为美国三军总参谋长、五星上将，在第二次世界大战中战功赫赫，被认为是最后胜利的"组织者"。1945 年 11 月 26 日，他刚准备离职，乘功成名就之时，隐居山林。但杜鲁门苦于对华政策无法收拾，紧急要求马歇尔出山助他一臂之力，稳住中国局势。杜鲁门在后来的回忆录中说："中国现在看来是被引向更麻烦的境地去了。我们不能派遣军队来保证蒋介石的优势，唯一能做的一件事就是发挥我们最大的影响来制止内战。"他认为担任此项任务者非马歇尔莫属，只有这位"具有独一无二的资格和极高超才干"的将军才能"使美国不需要全面进行军事干涉"而拯救蒋介石免遭灭顶之灾。

1945 年 12 月 22 日，马歇尔飞抵重庆，周恩来和国民党高级官员到机场迎接。23 日，周恩来和董必武、叶剑英访马歇尔，对他来华表示欢迎。周恩来说："中国人民抗战 8 年，如从九一八算起，已经 14 年了，牺牲重大。中国不能再有内战。我们主张由政治协商会议草拟宪法，然后由改组了的政府筹备国民大会，通过宪法，使中国走入宪法的国家。"并说："美国有许多地方值得我们学习：（一）华盛顿时代的民族独立精神；（二）林肯的民有、民治、

民享和罗斯福的四大自由（即世界各地都有言论自由，宗教自由，摆脱贫困的自由，摆脱恐惧的自由）的精神；（三）美国的农业改革和国家的工业化。"

12月27日，国共恢复谈判。中共代表为周恩来、叶剑英、王若飞，国民党代表为王世杰、张群、邵力子。周恩来将中共代表团关于无条件全面停止内战的提议交国民党代表转蒋介石。其中提出：（一）双方下令所属部队暂住原地，停止一切军事冲突；（二）凡与避免内战有关的一切问题和受降、解除敌军武装、解散伪军、恢复交通及解放区等，在军事冲突停止后用和平协商的方法解决；（三）为保证实现上述两项，在政协会议指导下，组织全国各界考察团分赴有内战的各地区考察，随时报告事实真相，公诸国人。

当晚，周恩来等出席马歇尔宴会，就政协会议和东北问题进行会谈。

1946年1月1日，周恩来同马歇尔会谈，马歇尔表示如果中共能接受国民政府关于三方会商的协议，建议国、共、美三方各出1人组成委员会（后称三人会议），职责为处理有关停战、恢复交通和受降事宜，取一致协议方式，每方都有否决权。一切决议须送国、共最高当局核准后生效。三人委员可在离冲突地区接近的地方设一机构处理有关的一切具体问题。周恩来表示：中共欢迎外来的友谊，但也希望盟国恪守"不干涉中国内政"的诺言。

1月3日，周恩来同马歇尔会谈。周恩来转告中共中央欢迎他参加有关停战、受降、恢复交通诸问题的协商。马歇尔提出："在北平设执行部，执行已取得协议的政策，监视停战，公正地做调查。执行部由国、共、美三人委员会组成，一切行动须根据一致协议。下设四个中心，八个小组。"并说美国有义务帮助国民党运兵去东北。周恩来回答："东北有特殊性，如何规定尚在考虑。"

1月3日至5日，周恩来、董必武、叶剑英、王若飞同张群、王世杰、邵力子举行会谈，原则同意国民党政府复文中的主张，希望马上全面停战，尤其是国民党军在热河的进攻应迅速制止。拟定《关于停止国内军事冲突的协议》。协议规定：（一）停止国内各地一切军事冲突。（二）停战、恢复交通、受降、遣送战俘等"应由政府与中共各派代表一人，会同马歇尔将军从速商定办法，提请政府实施"。（三）由公正人士组织军事考察团，会同国共双方考察军事状况、交通情形等。

当日，周恩来同马歇尔会谈，讨论《关于停止国内军事冲突、恢复交通的命令和声明》的具体条文。周恩来说："我们承认东北问题的特殊性，因为它关系到政府接受东北的主权，牵连到美国协助中国经海路运兵到东北境内，应由国民政府直接与美苏办理，中共不参与其事。"马歇尔表示将可以运兵去东北的内容，从命令和声明的正文中删去而作为《会谈纪要》单列。1月7日，周恩来、张群、马歇尔三人举行首次会议，讨论《关于停止国内军事冲突、恢复交通的命令和声明》的具体内容。周恩来提出：停止冲突，应包括全国。拆除阻碍交通的阻碍物应包括影响交通的碉堡、工事。关于交通的定义包括铁路、公路、轮船、电报、邮政等。张群同意全国停战，但认为东北和华北的赤峰、多伦例外，因为政府要从苏联手中接收主权。并认为恢复交通主要是铁路。周恩来提出接收主权涉及苏联，讨论时应有苏联代表参加。现在赤峰、多伦已由中共接受。马歇尔提议暂时不讨论这个问题。自此到10日，三人会议举行了五次，并正式组成以马歇尔为主席、由周恩来和张治中参加的三人小组。

1月9日，周恩来同马歇尔会谈，反对国民党以接收主权为名，从中共手中"接收"多伦、赤峰的要求。当天，马歇尔找蒋介石谈话，国民党政府撤回要求。自此，晋察冀解放区北部的安全与东北解放区交通的通畅获得保证。

1月10日，周恩来出席政治协商会议开幕式。政协由国民党8人、共产党7人、民主同盟9人、青年党5人、社会贤达9人组成。蒋介石在会上宣布四项诺言：保证人民自由，各政党一律平等，实行地方自治和普选，释放政治犯。周恩来代表中共代表团在会上致辞，对四项诺言表示欢迎，并说："应痛下决心，不仅在今天下令停战，而且要永远在中国不会发生内战。我们中共代表团是带着这种信念和决心来参加会议的。政治协商会议，就要请各党代表及社会贤达，一起来订出如何实现政治民主化，军队国家化及党派平等合法的方案。还提议在共同纲领的基础上，实现各党派、无党无派代表人士合作的举国一致的政府。"

在马歇尔的推动下，周恩来同张群签署了《关于停止国内军事冲突、恢复交通的命令和声明》与《关于停止国内军事冲突的协议》并同时公布。命令规定1月13日停战，"所有中国境内军事调动，一律停止"，但东北除外。

同日，中共中央向各级党委、各部队首长、各级政府发布停战命令："国共双方停止国内冲突的办法，命令及声明已公布，应严格执行。中国和平民主新阶段，即将从此开始。"同日，蒋介石向国民党军下达停战命令。

1月11日，周恩来出席政协全体会议。在会上作关于停战商谈经验教训的报告，指出："停止冲突应是全面的，没有条件的；内战问题，全国反对，世界不满，应该迅速解决。""谈判方法上应该公开"，"凡是一件与国家民族和人民有关的事，能够公开于众，就能得到公意，认识公意，就能得到解决的标准。"并指出现在13个省区（多在交通线上）仍有冲突。

同日，北平军事调处执行部成立，由国民党政府军事委员会军令部第二厅厅长郑介民、第十八集团军参谋长叶剑英、美国驻华代办罗伯逊组成，并于13日赴北平工作。

1月12日，周恩来出席政协全体会议。他在会上报告国共谈判经过，回顾了从1943年以来的谈判历史，提出四点经验教训：要互相承认，不要互相敌视；要互相商量，不要独断；要互相让步，不要独霸；要互相竞赛，不要互相抵消。并指出地方自治是人民的权利，不能说成"割据"。政治民主化和军队国家化"应该并行前途，归于一途"。

1月14日，周恩来出席政协全体会议。会议讨论改组政府和人民基本自由权利问题。周恩来提出要求释放张学良、杨虎城，指出他们"九年前挽救国家民族一大危机"，"西安事变"为民族产生惊天动地的团结抗战。

1月27日，周恩来和董必武、叶剑英、王若飞、邓颖超、陆定一联名在政协会上提出《关于请政府报告四项诺言》。

1月31日，周恩来出席政协会议闭幕式。经中共和第三方面代表的努力，会议通过《关于军事问题的协议》《关于宪草问题的协议》《和平建国纲领》《关于政府组织问题的协议》《关于国民大会问题的协议》。规定成立联合政府，国府委员名额的半数由国民党人员充任，其余半数由其他党派及社会贤达充任；规定在6个月内，政府军队整编为90个师，中共按五比一的比例整编，然后全国所有军队统一整编为五六十个师；规定地方自治，这些地方可以保存人民的武装等项。周恩来在会上致辞说："虽然这些协议同中共历来的主张还有些距离，但这些协议是好的，是各方面互让互谅的结果。中共保证为这些协议的全部实现而奋斗。"

同日，周恩来和马歇尔会谈，向马歇尔转达毛泽东对他的谢意，感谢他为促进停止内战所做的努力，希望他再促使东北停战；认为他的态度和方法是公正的，表示愿意在这个基础上和美国合作。并说："我们在理论上是主张实现社会主义，但是目前不打算将它付诸实现，所以要学习美国的民主和科学，要使中国能进行农业改革、工业化，使企业自由、发展个性，从而建成一个独立自主自由富强的国家。"马歇尔表示他要说服蒋介石解除对中共动机的疑惧。

2月1日，周恩来同蒋介石会面，转达毛泽东关于军党分立、长期合作的意见。并说毛泽东将参加联合政府。蒋介石说政府仅派张治中一人出席军事三人小组，张群不再参加。

同日，周恩来和马歇尔会谈，面交毛泽东的信。马歇尔介绍了西方民主制度形成的历史及内容，建议国共双方军队混编。中共军队主要驻在华北，一部可驻在东北、华南。周恩来希望三人会议能尽快到各地视察，他们既可调查停战和恢复交通的情况，又可就整编问题同各地将领交换意见。

2月6日，中共中央政治局会议根据周恩来的电报研究参加政府问题，决定毛泽东、刘少奇、周恩来、林伯渠、董必武、吴玉章、范明枢（或彭真）、张闻天参加国府委员会，以便将指导中心移至外边。周恩来、林伯渠、董必武、王若飞参加行政院，力争周恩来任副院长，批准了中共出席宪政委员会的名单。

同一天，周恩来会见美国《读者文摘》记者乌特莱，回答中共在政协作出的基本让步时指出：政协通过纲领和中共的原提案出入颇多。在军队国家化问题上，终止了18年来的武装斗争，改变了军队的制度，在改组政府问题上，放弃我们根据边区经验提的三三制，即最大党不得超过三分之一的原则，同意国民党在政府委员会占二分之一，在行政院占大多数；在民主党派原则问题上，接受英美式的初期民主；在国大问题上，做了大让步，容许始终为人民反对的10年前的代表继续留任。在回答经济政策时指出：国有工业应真正掌握在国家的手里，使其有效地自行经营或在外国资本的帮助下经营。但现在的国营是包而不办，以致工厂废弃，工人失业，有些国营变成了少数官僚资本的统制。即使将来国营企业经营得法，也不应独占一切，因为中国太大，太落后，私人企业存在不仅可能而且是客观需要。私营和国营竞争可以刺激国营企业的进步，而且私人企业也确有其优点。

2月7日，周恩来在重庆大学讲演，阐述政治民主化和军队国家化的关系，他说政治民主化和军队国家化，二者好像两条腿，是平行的，互相配合进行的。政治民主化，第一步要确定过渡时期的共同纲领，第二步要实行宪政，军队国家化，除整编外，要做到军党分立，军政分立，以政治军。在两条腿的中间还有一个正身，也可以说神经中枢，那就是改组政府。

2月9日，周恩来出席三人会议，和张治中、马歇尔在恢复交通问题达成的协议上签字。据此，11日北平执行部发布恢复交通令，规定"不论政府或中共任何一方，均不得借故恢复交通而获取军事上之利益，除非执行部批准，重新开放之各运输线，均不得运军队及武器军火"等。

2月10日，重庆各界在校场口举行庆祝政协成功大会。国民党特务捣毁会场，打伤郭沫若、李公朴、施复亮、马寅初等，酿成"校场口事件"。周恩来当即赶到重庆市市民医院慰问伤员。

当晚，政协代表举行会议对此表示严重抗议，公推周恩来、陈启天、李烛尘、张君劢去见蒋介石。11日蒋飞上海，避而不见。周恩来等11名代表联名致函蒋介石，抗议"校场口事件"，并往见重庆市市长吴铁城，希望政府和国民党推出代表检查与协商处理办法。12日，周恩来收到特务恐吓信，内装子弹一颗。周恩来将此信交《新华日报》公布。

2月11日，周恩来出席军事小组准备会议。在会上，他发表谈整编、征兵、军事制度、教育等15个问题，提出本小组任务是讨论国共双方军队整编问题。建议第一期各自按政协决定和《双十协定》规定的数目整编，用10个月时间双方分别遣散200万和

100万军队，第二期的数目在本小组研究后统一整编。会议决定三人会议与军事三人小组会议自14日起合并举行。

2月14日，周恩来出席三人小组会议。会议讨论军队整编统编问题。周恩来要求派执行小组到营口调停军事冲突，国民党代表反对。15日到18日，军事三人小组连续开会。

2月18日，周恩来和马歇尔会谈。马歇尔提出设立学校，由美国军官训练中共军队。

2月19日，周恩来飞返延安汇报工作。2月21日，返回重庆，和马歇尔会谈，说："中共中央、毛泽东感谢你的好意，使中国走上现代化和民主的道路。赞成美国在技术上帮助中共军队。原则同意军队分两步统编的步骤。"另提出：（一）三人小组应去东北；（二）停战令适用于东北；（三）军队整编方案应包括东北。

2月25日，周恩来和马歇尔会谈，提出停战和整军协定应包括东北在内，批评国民党大肆进攻解放区，一直不同意派执行小组到营口。表示中共在东北是要和平的。

同日，周恩来同张治中、马歇尔签署《关于军队整编及统编中共部队为国军之基本方案》。规定到年底全国陆军应为108个师，其中中共部队编18个师，分驻华北、华中、东北等地。在整军方案中，中共军队取得了同国民党军平等的地位，人民军队除整编外，还可以保安部队的形式存在。从此谈判的焦点转为军队驻地问题，实质上还是解放区问题。周恩来在签字仪式上讲话说：协定要付诸实行会遇到困难和阻碍。凡我们签订的文件，都要使它百分之百的实现。强调军队之整编和统编"是包括全国范围的，无论任何地域或任何武装力量都不能除外"。

3月1日，周恩来和张治中、马歇尔、郑介民、叶剑英、罗伯逊一行30余人飞抵张家口，同贺龙、萧克、聂荣臻等会商，听取第五执行小组汇报，接着飞集宁听取第一执行小组汇报。当日，周恩来召集中共方面负责人开会后返回北平。

同日，周恩来向马歇尔提出国民党方面本日在花园口开始黄河堵口工程，指出其目的想淹没解放区，把冀鲁豫和苏北、淮北分开，使中共军队处于不利的地位。

3月2日，周恩来同张治中、马歇尔及随行人员飞抵济南，先后听取济南执行小组王耀武、何思源、陈毅、叶飞、黎玉的汇报，就山东局势进行会商。周恩来召集山东方面中共负责人开会。

同一天，三人小组及陈毅离济南飞徐州，和顾祝同、粟裕会商，听取徐州执行小组汇报，决定枣庄解围，枣庄划为共管区，具体技术问题由陈毅和顾祝同商定。

3月3日，三人小组飞抵新乡和刘伯承会见。

同日，周恩来同国民党政府黄河委员会委员长兼黄河复堤工程局局长赵守钰会晤，商谈黄河堵口、复堤、勘察、迁移居民事。商定由赵直接与晋冀鲁豫解放区地方政府代表具体商讨进行步骤。后来，经国民政府黄河委员会、联合国善后救济总署（简称联总）、国民党行政院善后救济总署（简称行总）和晋冀鲁豫地方政府代表会商，于4月7日、15日签订《开封协定》《菏泽协定》，决定先复堤后堵口，给河床居民每人发法币10万元迁移费；救济问题由联总、行总负责；施工机构由双方派人组合，负责修复有关交通，保证不作军用。

同日，三人小组及刘伯承飞抵太原，同阎锡山、陈赓交谈，听取太原执行小组的汇报。经周恩来做工作，由张治中向阎锡山交涉，将1945年1月被捕的抗敌演剧队十几位同志释放。

3月4日，三人小组离太原飞抵归绥视察，随后飞延安。关于东北问题，毛泽东向马歇尔表示，内政和外交应分开，外交目前应由政府与苏联直接商办。内政应停止冲突后整军，改组政委会及省政府，实行民选省长。

3月5日，三人小组离延安飞抵武汉，听取武汉执行小组的汇报。周恩来提出新四军第五师驻地粮食不足，要求将全师4万人调驻安徽五河。张治中说回渝再谋解决。后来在重庆，周恩来再次提出，张治中答复执行整军计划时再解决。

同日，三人小组对这次视察发表书面讲话，说"各地的军队，在精神上现已有准备从事整编及统编之艰巨工作"。3月6日飞返重庆。

3月9日，周恩来参加三人会议。会议讨论铁路统一管理办法，决定分路分段而治，同意任用中共推荐的合格人员。

同一天，周恩来同马歇尔会谈。马歇尔说他近日将返美，由吉伦中将参加三人会议，并提出在国民党二中全会准备接受政协决议时，延安发表新论指责国民党内有法西斯分子活动，使结果变了。

第二天，周恩来继续同马歇尔会谈，希望马歇尔在解决东北问题后再回国。指出正在召开的国民党二中全会企图推翻政协决议，不愿放弃一党独裁政府，所以延安发表的社论没有错，说明东北问题"责任不在我方"。抗战结束，国民党不承认中共有受降区，中共才向东北发展谋出路。我们从未拒绝国民党从苏军手中接受主权。但政府军却先开到热河向我们进攻，并源源不断开进东北，还反对我们派执行小组到营口去的意见。他提出解决东北问题的原则：（一）外交和内政分开，中共不介入外交，内政要协商；（二）军事和政治平行解决。政府军在东北只保留5个军的兵力，实行政治民主，地方自治。马歇尔向周恩来转达蒋介石提出的五项条件：（一）执行小组只管军事，不管政治；（二）执行小组随政府军行动；（三）在中共与政府军有冲突的地区，执行小组都可以去；（四）政府军可占领一切为恢复主权所必需的地方，有权接受沿长春两侧30公里内地境的主权，这些地区的中共军队应撤出；（五）中共军撤出矿区、铁路。周恩来指出：蒋的五条，实质上是其军队可以接受一切地区，要中共军队从任何地方都撤出。马歇尔表示再协商。

当日，周恩来主持中共代表团会议。会议商定：东北问题必须军事与政治一道解决，主张派执行小组到冲突地带，首先停止冲突再谈其他。会后，周恩来将情况电告中共中央，"我们估计蒋企图以此挑起美苏冲突，不愿现在解决东北问题"。次日，周恩来在三人会议上陈述上述要求，并提出派到东北的国民党军数量和准备接管的地区要按确定的计划和时间表进行，还到机场送马歇尔返美述职。

3月17日，国民党六届二中全会闭幕。会议发表宣言，推翻政协会议关于宪法原则的协议，继续坚持独裁原则，而且一字不提国民党将执行整军方案。

3月18日，周恩来招待中外记者，就保障人民权利、改组政府、整军、停战等问题，列举事实，批评国民党"二中全会决议动摇了政治协商会议的决议"，重申东北内政与外交问题应分开解决："外交问题过去一直是政府负责的，现在仍然如此；但是内政问题，大家都有责任，须用政治方法和平解决。"同意马歇尔所说中国今后几个月内，将是一个极严重的时期。

事实是马歇尔已无力调解，马歇尔发表的报告书也不得不指出："对履行政协决议唯一的反对来自国民党内一些重要而有权力的人物，这似乎是无疑的。"但他不敢指明，真正发动内战的罪魁祸首是蒋介石，他对蒋介石采取纵容态度。

中共中央、毛泽东和周恩来对蒋介石"反共、灭共"及坚持内战和独裁的政策早有洞察，但也希望能在国内外局势的影响下使内战限制在局部范围，或者使全面内战推迟爆发，这对饱受内战之苦的中国人民是有利的。因此，中共中央在国共和谈期间采取了"反内战、求和平、争民主"的基本方针。周恩来等一直为这个方针奔走，同国民党、马歇尔进行无数次的谈判。国民党二中全会的决议，粉碎了实现国内和平的希望，国民党决心发动内战。中共中央及时对形势作出新的估计，不再提"和平民主新阶段"并积极准备反击蒋介石的武力侵犯。

3月19日，周恩来致电中共中央：国民党已退回到两面派的本来面目。蒋想要在吓唬和欺骗中把问题拖延下去。但是，美国待中国安定才能借给大笔款项，目前蒋不敢表示破裂。故我们目前的方针是把握住蒋美矛盾及蒋之两面弱点，用全力打击其反动一面。这些已向民盟说明，他们完全赞成，并将一致行动。

3月21日，周恩来飞返延安。在延安两次致电董必武等，告知中央决定，政协谈判应以宪草为中心。宪草修改，应力争立法、监察两院合为国民大会，而将省自治法改回为省宪，以保证解放区的地位。中央决定第五师应争取合法转移，在未转移前，应接济粮食。如交涉不成，而遭大规模袭击，只有突围，我第五师应有此坚定的准备。

3月23日，周恩来接待美方哈特·考伊上校，表示广东、第五师问题必须同东北问题同时解决。

3月25日，周恩来飞抵重庆，和张治中商讨东北问题。

3月26日，周恩来和吉伦会谈，指出政府在东北不断增兵，扩大内战。要求马歇尔在美国交涉借款一事，最好在改组政府、修改好宪法后实现，否则现在借款会使顽固分子更嚣张，政府改组更困难，必影响整军的进行。次日，再次会谈，说延安已批准东北停战协议，指出：国民党军委会发言人说国军占领抚顺不是打仗，但"我们认为只要不执行协商的进占便是冲突，应该停止"。

3月27日，周恩来同张治中、吉伦签订《调处东北停战的协议》。协议规定：（一）执行小组到东北的任务仅限于军事调处工作；（二）小组应在国共双方军队驻地工作；（三）小组应前往冲突地点或双方军队密接地点、作公平之调处。签字后，周恩来声明：

（一）国民党军委会人说东北无内战，完全不合事实；（二）政府军去东北接收，5个军兵力已足，希望政府不要破坏协议，再运兵去东北；（三）执行小组以沈阳为中心，将分往各地。4月2日中共代表饶漱石、耿飚、许光达、张经武到沈阳。三人会议决定由重庆派三人小组去广州解决冲突问题，廖承志为中共代表。3月底三人小组偕林平飞往广州。

3月28日，周恩来、邓颖超往访即将飞迪化任国民党军事委员会委员长西北行营主任的张治中，希望他释放在新疆被关押的百余名共产党员。在此以前，还曾嘱托将随张治中去新疆的屈武，请他帮助解决。7月11日，这批共产党员被护送到延安。在此期间，周恩来数电报告中央他们的行踪。

3月31日，周恩来写信给吉伦对美方允诺再为国民党运5万兵到东北提出严重抗议：

吉伦将军阁下：

　　为抗议政府军队继续开入东北，破坏停战协定，请美国方面立即停止运送，以利停战整军事。

　　一、当本年1月10日三人会议签订停战协定之前，政府代表张群将军即声明政府并不拟派遣很多军队进入东北，此后政府与美国总部洽商运兵事，只决定以5个军入东北。至2月整军方案签字，亦规定政府军队以五个军驻于东北。3月当马歇尔将军与我谈及东北停战时，曾云魏德迈将军告以政府方面欲增运一两军至东北，至少须在三四个月之后，决无碍目前停战。当签发给北平执行部关于派遣执行小组至东北之指令时，我又曾几次声明，政府军队在东北不得超过5个军之数目。彼时张治中将军认为政府军队在东北亦只5个军。

　　二、但据目前实际情况看来，政府方面已违背声明，因现时政府军队在东北者已超过 5 个军之预定数目，已到 7 个军之数目，其番号为第十三军、第五十二军、第九十四军、新六军、新一军、第七十一军及新编第二十军，且其中绝大部分为美械师，即从整军方案来看亦已超过预定整军后之 5 个军数目。

三、现根据政府方面代表郑介民将军之备忘录所载及白鲁德将军之通知，美军总部将再运第二军、第五军、第九十三军及第六十军共 4 个军进入东北，似此，东北将有 11 个军进驻，这不论从任何方面说来，都不能不说是违背协定的精神与原则，助长东北内战的危机，使已签订的停战协定必将成为废纸。

四、因此我特提出抗议，并提议速开三人会议解决此事。我方要求政府军队在东北应不超过 5 个军之数目，超过者应立即退出，未运往者应立即停运，以利停战协定之彻底实施，以便执行小组之公正调处。如果美军总部仍不停止运送政府军队继续进入东北，则我方将认为美国对华政策已有改变，而政府方面决不愿在东北真正停战，我方亦不得不严重考虑对策。事此致意并乞示复。

　　顺颂
恭安！

周恩来谨启
1946 年 3 月 31 日

4 月 1 日，周恩来和吉伦会谈，指出政府军在东北已有 7 个军的情况下，美国仍应允再运 4 个军去东北，这对东北停战是个威胁。要求三人会议研究对策，并就东江纵队和琼崖纵队问题提出"政府应承认，停止冲突，并允许转移"。后来东江纵队主力 1500 人乘美国军舰到达烟台，参加华东野战军。会谈中，吉伦告知国民党方面派陈诚参加三人会议，代替张治中。

4月2日，周恩来致电中共中央并东北局，从目前情况看，四平街、本溪、鞍山都有失掉的危险，长春也暂难为我所有。我们不如以消灭蒋军为主，守城为次，这样较易争取主动，打得蒋痛，以利谈判。

4月3日，周恩来和陈诚、吉伦商谈恢复交通问题。鉴于国民党不断增设碉堡包围解放区，各执行小组对2月11日执行部恢复交通令中规定要平毁的碉堡是指何种碉堡发生争执。周恩来提出：（一）应恢复一切交通，铁路可以先修，其他水陆交通也要恢复；（二）拆除交通线上一切碉堡特别是双方交界的地方。否则，国方可以利用铁路到解放区，而中共没有到政府管辖区的自由，这是不公平的。针对陈诚坚持保留"保护"交通线的碉堡，指出：现已停战，如通车了，交通再被破坏，即是又有战事。为尽快解决问题，希望和陈诚个别交谈。

4月4日，周恩来举行中外记者招待会。在会上，他列举大量事实，揭露国民党人在破坏政协会议，推翻政协修改宪草的原则，不承认中共在国大的否决权，至今不分配国府委员名额，还破坏停战令。他表示，这些问题如不解决，中共决不参加政府。他正告美国，如果不能在政协的基础上组成举国一致的政府，同盟国家就随便给中国以援助，特别是财政上的帮助，"那只会增加中国国内的不安，便利一党独裁"。

4月5日，周恩来致信吉伦对扣我代表提出抗议：

吉伦将军阁下：

一、军事调处执行部派赴东北4个执行小组中共代表饶漱石、许光达、耿飚、张经武等共40余人，已于4月2日下午1时由北平飞抵沈阳。当时政府方面沈阳警备司令部于美方将我方代表饶等领导人送走后，竟无理扣留其余40余人，并迫令乘原机飞返北平。后经美方交涉，我方人员在 3 小时后始被释放，我方代表对此事甚为愤怒，并当即提出抗议。

二、关于派执行小组至东北之协定，早于 3 月 27 日签字，且美方白鲁德将军于 3 月 30 日赴沈阳时，中途即至锦州与东北行营主任熊式辉将军晤谈，并于 31 日与东北保安司令部沈阳指挥所主任彭寿生将军及沈阳市长董文琦先生相商。中央社亦多次自沈阳、北平发出执行小组出发及中共代表赴沈阳的消息，故在沈阳之政府方面今绝不能说不知此事。但当我方代表抵沈阳之际，竟发生此种无礼举动，不能不使我惊异。衡诸目前情况，此种行动之目的，恐在迁延军事调处工作，以便其武装进攻进占之继续。

三、因此，我特此事提出抗议，并要求三人会议讨论此事。我提议：

（一）沈阳警备司令部应向中共代表道歉；

（二）保证执行小组中共代表及随员今后之绝对安全与行动自由；

（三）通知东北执行小组迅速出发到军事冲突地实行调处，以免延误时机。

专此致意，并乞示复，顺颂

恭安！

周恩来

1946 年 4 月 4 日

4 月 5 日，周恩来给中共中央转东北局及叶剑英、罗瑞卿并转饶漱石的电报：

一、中央 4 月 2 日、4 月 4 日、4 月 5 日及饶 5 日及叶、罗 4 日各电均悉。

二、目前形势仍如 4 月 4 日 2 时电所申，蒋在参政会演说及周 4 月 4 日招待记者谈话（摘要及全文请延安新华社转播），双方态度已全盘托出。今日吴国桢赶忙招待外国记者解释，其形式仍为防御。美蒋在探明我方态度后已知蒙蔽不易，一面强调拥护政协，派执行小组至东北，另一方面则声明不能取消约法宪法，最后决定权在国大。此次政协是收不是冲突，解决东北先外交后内政，先军事后政治，这后一面是蒋的底盘。东北大打占领点线后再与我们商谈一切。形式上让点权，而国大不让，以更利时可推翻一切。

三、东北情况在张治中走后便是拖，陈诚故意不积极，沈阳小组派不出，白鲁德颇有困难，说接受不在渝商定三人去沈无益。吉伦亦强调国方接收被破坏，只好打进长、哈，扫清南满。故我强调国方破坏停战协定，3 月来不肯停止冲突，现小组去沈，仍不停增兵，大打是国方欲扩大内战，无意解决东北问题。平、沈、渝宜一致宣传，并力催小组出发战地，三人去沈、寅卯处准备大打，我在力量上能逐次灭其一二师，方可保优势，决勿幻想东北能让步。

四、关内军事严重蚕食，封锁与破坏，各方布置都合此政治斗争形势，借口组府、开国大，好骗取借款。我揭穿后借款难成。蒋恼怒、烦闷、痛骂部下，同时又故放空气吓人，中共不参加也组府、开国大。明午国共会谈，拟进一步揭穿，将关内与东北问题联起解决。

五、主战派革新派有一阴谋，拟国大、组府后乘蒋赴美实行政变，然后由蒋回来收拾。蒋拟同意此布置，甚堪注意。

六、宪章问题当遵中央指示力争，博古、若飞与邓发等二三日内返延。

4月8日，周恩来出席三人会议，讨论东北问题。周恩来在会上作了长篇发言，揭穿美蒋的图谋。会后致电中共中央并转东北局及叶剑英、罗瑞卿并转饶漱石、黄克诚：

一、本托王（若飞）、博（古）、叶（挺）汇报一切，但今日飞机未到，不知是否停西安或失事，极焦念。

二、《驳蒋介石》文今日载《新华日报》，畅销未受阻，国民党中常会决定不理，手命各报反驳一切。民盟虑有阴谋，已戒备。中间分子一方面感痛快，另方面虑大乱。已告民盟坚决斗争，方能压倒反动派。

三、东北大战内地大闹形势未变。今日三人会议吉伦提一新方案：

1. 东北共军不移动。

2. 共军从长春路撤出，国军可自由使用。

3. 共军从苏军占领城市中撤出。

4. 国军对共军撤退不追击。

此为临时办法，其他另议。

我当决定拒绝，我指出上月27日前国军在东北已破坏停战协定，27日后又占我7个城市（昌图、开原、本溪、鞍山、抚顺、营口、盖平），故不停止冲突无法谈。而且东北情况已变，许多问题须重新估计，陈诚透露出要接收长、哈、市三城，李维果则说到接收一段。

四、马歇尔来报说，中国情况尤其是东北严重，美政府、国会及人民甚关心，要求吉伦即去东北。但吉伦提出方案并声明罗伯逊、白鲁德意见相同。证明美企图助蒋接收长春路。若如此，非打不足以杀其锋，我提议饶在小组中提出立即停止冲突，恢复3月27日前状态（即国军退出7城市）。随之吉伦云后日去沈，我遵中央电表示愿同往。始得林 6 日电、中央 8 日电，不知 10 日飞往有无不利，请立示。

4 月 18 日，周恩来到机场迎接马歇尔。马歇尔返华后，更加偏向蒋介石，失去了主持公正的立场，采取了支蒋压共的方针，亲自对与中共靠近的民主同盟做分化瓦解工作。

当时中共中央的方针是"不要准备对国、美两方同时弄僵。我们坚决反对国民党内战与独裁方针，力争和平与民主，为此目的，不怕与国民党弄僵。但对美国，则除非它恢复赫尔利政策，公开全面地赞助国民党实行内战与独裁，我们不应和它弄僵"。因此，中央要求周恩来在"周马之间仍应尽可能保持友好关系，使国民党无隙可乘"。这当然是当时的一种斗争策略，同时也是对美国留有余地，不希望把关系搞坏。

周恩来明知美国扶蒋反共的政策已定，马歇尔的使命是在表面上是调解国共关系，实际上是支持蒋介石一步一步地扩大内战范围。但他根据中共中央的对美方针，同马歇尔保持适度的联系和必要的批评、斗争，以尽可能牵制蒋介石延缓全面内战的爆发，以便中共争取时间做应付内战的准备。所以，在马歇尔 4 月 18 日从美国返华后的第四天即同马歇尔会谈。周恩来说："我很愿把你走后情形的变化和你谈一谈。因为和你有过两个多月的合作，我很愿把我对时局的了解以及我所有要说的话直率地奉告。我相信你是愿意考虑我所说的一切的。我现在要说的分两个部分，即政治情形和东北问题。"周恩来谈了关于宪草、改组政府、国大、停战、恢复交通、整军复员、东北问题，说中共愿履行 3 月 27 日指令，而国民党违背命令，武力占领我方 7 个城市，我方遂也进占长春。他们既不遵守这些条款，我们只能被迫采取自卫行动。苏军即将撤完，东北已无接收问题，因此不应再有军队调动。东北应无条件停战。周恩来说:"这40天来变化很大,正如你所说政协以后的三四个月将是中国的最严重时期,而这一时期尚未终结。

"我很抱歉占了你两个半钟头的时间,并感谢你耐心地来听我的这些话。我对你此次重来中国抱了很大的期待,希望中国确能得到和平民主决定,如你屡次所表示过的那样。当然中国的事不能仅靠一个人的努力就能解决的,这首先要靠中国人自己的努力。但你在中国的双方都有很高的声望,对你的学识我也极为钦佩,因此我坦白地和你谈了上述的一切。"

周恩来最后说:"还有一点衷心的话要对你说,即要争得停战,使对立的状态变为和谐,恐需要更多的朋友有像你这样的立场的来帮助,这样的人越多越好。有许多人也许以为这是一可羞愧的现象,即自己不努力还要靠朋友来帮助。但如果实地来视察问题,我们得承认这样对中国有很大的帮助。像你这样的人不仅在上层需要,即在下层也同样需要,并且要他们到各地去看,观察每一个具体的问题,否则将无法改变对许多事物的观念,也无法了解那些是当面一套,背后又是一套的做法。我愿对你表示衷心合作的愿望。我承认现在的局势比一个月以前恶化了许多,但也有比一个月前有利之处,即我们已经有了更多的基础。"

会谈后,马歇尔对张君劢、罗隆基说,周恩来是他从来未遇到过的对手,希望张、罗在谈判中起作用。

4月23日,周恩来又同马歇尔就东北问题进行会谈,提出越早停战便越好谈判。

4月24日,周恩来就东江纵队撤退问题致信马歇尔:

马歇尔将军:

敬启者,阁下4月22日备忘录,谅已阅悉。广东问题除琼崖问题保留待三人会议行讨论外,目前三事奉告如下:

一、今日解决之急务，厥为撤退 2400 人之款项问题。据考伊上校转告，白鲁德将军曾由北平执行部借款 10 万万元之原则决定。现为加速撤退之实现起见，能否由北平执行部首先向政府借 5 万万元，以利该部队撤退，而将复员其他人员所需之费用留于以后再筹。

二、大鹏半岛附近之淡水、龙岗二点，似以不驻重兵（即最多不超过一营于淡水、一连宪兵于龙岗）为宜，以免准备撤退部队受转移途中之威胁，致发生临时事故。

三、广东中共部队要求，因长期抗日战争，人员大多衰弱，故登船时卫生检查，能否勿太严格，急性传染病者当禁止，但体弱病轻者，可以放宽为宜。

以上三点意见，请阁下考虑后见复为荷。

周恩来

1946 年 4 月 24 日

4 月 27 日、29 日，周恩来同马歇尔连续进行会谈，指出当前主要是停战，蒋介石想先打下长春再谈判行不通。

4 月 28 日，周恩来在离开重庆，随国民政府迁往南京时，出席重庆文化界话别茶会。他在会上说："重庆真是一个谈判的城市。差不多 10 年了，我一直为团结商谈而奔走渝、延之间。谈判耗去了我现有生命的五分之一，我已经谈老了！多少为民主事业努力的朋友却在这样长期的谈判中走向监狱，走向放逐，走向死亡……民主事业的进程是多么艰难啊！"

4 月 30 日，周恩来给中共中央并转东北局及叶剑英、罗瑞卿并转饶漱石、李富春、伍修权的电报，称：

一、连日因马歇尔焦急找民盟张、罗大力奔走提方案，一时乐观空气颇盛，连上海、重庆、西安报纸都报道东北停战协定或可成立，只有我们及马各自知道蒋在目前不会接受。

二、卯俭蒋自蓉回渝，马当日自17时与蒋谈至夜半，不得结果，如我所料，蒋非接受长春不能停战不谈其他。蒋认为除长春外其他各点可留待停战后谈，唯长春不让出即武力接收，杀气腾腾，决无妥协余地。蒋只同意接收长春后，可由三人会议协商改组东北行政机构，恢复交通，规定东北整军计划等，不同意调查委员会。蒋仍在说中苏条约是他负责签的，不能不让政府派兵接收。

三、马艳晨见周，认为他已经用尽一切力量，仍无法使双方意见接近，他及民盟一切方案都不能说服蒋。他清楚知道双方互不信任，无法保证双方不变卦。他已智穷力竭，无法再从事调停，希望国共直接会谈。周当即向之解释，说明东北内战的责任在蒋，今天的局势为蒋造成。蒋采取两面做法并坚持不承认主义、武力主义及正统观念，但现时东北已无主权问题，只是内政。美国现有力量可以使蒋停止内战，即停运、停借。我们反复谈了3小时，他虽无法驳我，但仍说尽了一切，力求看我们有无办法，或考虑蒋的意见。马情绪不高，数月来第一次看到他这样颓丧。

四、昨晚张、罗又作一次努力，马告以无效，不会得蒋同意，并示当晚9时亦将他告周之话告蒋及他将停止调解。

五、蒋今晨飞汉，马直飞南京。马虽如此，但尚为我们组织飞机和寻找房舍，表明他仍在希望继续谈并取得成功。我们决定5月2日起陆续飞宁，因一切活动中心迁移京、沪，而调动阶段之内，必须赶往主持出版报纸。已与民盟相约，大家早日迁往。蒋大约经武汉于下月4日至宁。一切问题看一周变化，从国际四外长会谈直到保卫长春之战，请东北以最大之力守住四平、公主岭，大举破路，夺取铁路一二城市，以保长春，而促停战成功。

六、我一再抗议运兵，但第六十、第九十三两军仍在运。蒋要求另以两军接收平津美军防务，因我抗议，马未答应蒋，唯蒋仍叫平、津之驻军抽调东北作战，请注意。

七、中央有何新意见、新办法请示。

5月6日，周恩来就政府军发动对中原解放区进攻同马歇尔会谈，指出："对这一进攻，如果我们还手，则会使冲突扩大，从而引起全面内战。"并说："昨晚延安有电来，说延安已告诉了李先念将军，如果政府军果真发动了进攻，李将军只应自卫，而由南京方面设法阻止，如果止不住，再行还击。"

5月27日，周恩来给马歇尔备忘录。

马歇尔将军阁下：

据北平叶剑英将军报告：

政府军正进攻我豫东地区，新乡执行小组前往调处，遭政府方面无理拒绝。政府方面并宣称："在该地区内并无中共部队。"实则政府军进攻中共部队正在有计划进行。为此，当地中共军已被迫采取自卫，如调处工作仍被拒绝时，则将不能不采取有效行动，以求制止政府军之进攻，其责任将由政府方面负之。特此奉陈。

请转告政府代表徐永昌将军即予制止，并允许新乡第十小组前往调查，实为感荷。顺致敬意！

周恩来谨启

1946年5月27日于南京

6月28日，周恩来又给马歇尔一份备忘录：

马歇尔将军阁下：

国民党政府军自元月10日停战命令公布后，大批地调动部队，违约向中共各解放区进攻。据不完全的统计，其师以上的正规部队调动，仅已知番号者，就有37个军，合计是106个师，再加一部分空军、炮兵、工兵在内共120万余人之多。师以下的地方部队尚未计算在内。

这样多的部队调动，都是没有报告军调部更未得到允许而私自进行的。这些队伍除一部正在东北进行大规模的内战外，其余均用在华北、华中、广东围困和进攻中共解放区，显然这一行动违反停战协定。现特将此种情形制造成表，希即转告政府代表及北平执行部，速即查明，对此非法调动的部队迅令恢复停战令前之位置，并立即停止对我中共解放区的进攻和围困。否则，发动与扩大内战之责任，应由政府方面负之。其详情如附表。专此奉陈，即希示复，并致敬意！

周恩来

1946年5月28日　南京

由于蒋介石不断扩大内战，美国扶蒋灭共的政策日趋明朗化，美国援蒋的物资军火源源而来，马歇尔也日益倾向蒋介石，周恩来同国民党的斗争更加尖锐化，虽然仍同马歇尔保持经常的联系，利用美蒋之间的矛盾，但对马歇尔的调停不抱多大希望，批评也多了起来。从5月起，到10月11日国民党军队占领张家口，周恩来同马歇尔、美国驻华大使司徒雷登进行了无数次会谈。递交了许多备忘录，揭露国民党违反协议、破坏和谈，向解放区进攻、扩大内战，抗议美援蒋和批评美国政府的错误政策，等等。

11 月 13 日，周恩来给马歇尔的备忘录：

马歇尔将军阁下：

　　顷接延安电示，政府方面如果真有和平诚意，那就应在停战办法上，除就地停止一切战斗外，规定双方军队恢复 1 月间第一次停战令所规定之位置，将侵入解放区的国民党军队撤出，然后停止一切军事移动。据此，请转告政府代表为荷。

周恩来谨启
1946 年 11 月 13 日　南京

11 月 15 日，国民党一手包办的"国大"开幕，除青年党、民社党及少数无党派人士外，第三方面人士大部分未参加。马歇尔没有出面阻止，国共和谈终于走上了破裂的结局。

11 月 16 日，周恩来同马歇尔进行会谈。周恩来说："由于'国大'的召开，国民党已经关上了谈判的大门。我及中共代表团将不得不返回延安。董必武留在南京，中共在南京、北平、重庆均留一些工作人员。"并指出蒋介石想用武力解决一切，我们不会屈服。中国人心向背是决定一切的。马歇尔表示愿意为周恩来回延安提供飞机，他有义务保护以上各地中共人员之安全，负责送他们回解放区。

18 日，周恩来和邓颖超访马歇尔，将中共留在上海、南京、重庆的人员名单交马歇尔，请他为上述人员的撤离提供方便。

有一天，周恩来致函郭沫若、于立群说："青年党混入混出，劢老动摇，均在意中。""民盟经此一番风波，阵容较稳，但问题仍多，尚望兄从旁予以鼓舞之。民主斗争艰难曲折，居中间者动摇到底，我们亦争取到底。""今后要看前线，少则半载，多则一年，必可分晓。"

11月19日，周恩来率中共代表团李维汉、邓颖超等十余人飞返延安，在机场受到朱德等欢迎。

11月21日，毛泽东、刘少奇、周恩来三人开会。会上先由周恩来报告国共谈判情况、美国对华政策、蒋介石集团内部的情况、蒋管区的形势等。周说：经过谈判，中国共产党的和平民主方针与蒋介石的独裁内战方针为群众所认识，我们的方针是和平、民主、团结、统一，而以武装斗争为根本。会议肯定了谈判的成就，认为和平虽不可能，但为了教育人民，谈判是必需的。党的统一战线是宽广的，敌人是孤立的，共产党能够战胜蒋介石集团，用3—5年，最长15年。明年是关键的一年。要赢得战争的胜利，解决土地问题是一切工作的根本。

12月3日，周恩来给马歇尔的备忘录：

马歇尔将军阁下：

一党包办之"国大"既开，政协决议已被蒋介石主席破坏无遗，国共两方谈判之基础亦不复存在。唯我方为适应全国人民之和平民主要求，认为只要国方能立即解散正在开会之非法"国大"，恢复1月13日停战令下时之驻军位置，则双方谈判仍可重新开始。特此电达，即希转告蒋介石主席为盼。

周恩来谨启

1946年12月3日　延安

11月24日，周恩来在延安枣园会议上讲话中谈道："2月美政策尚未如今日的明白恶化，故有马歇尔起草的杜鲁门声明，但其帝国主义本质未变更。马歇尔初来时做法与美军人主战派尚有某些区别。当然，他的帝国主义思想则从他所说青年时代在菲律宾实行军事统治时的故事即表现无遗。他以为整军方案自可达到控制中国的目的。他对中共起初以为可欺，对蒋以为可为，最后才了解蒋的机构不能执行他的计划，而中共亦不会轻易屈服，故逐步跟上蒋的水平。司徒雷登与马歇尔有所不同，他比较老实无用，说到无理时就脸红无话说，马歇尔则到处强词夺理，但到最末一次我与他谈话时，他也只好说不谈美国政策如何，只要你们还相信我个人。共和党得势后，马歇尔只有加入主战派与辞职两条路，如辞职则司徒必须走，很可能由白鲁德继任，故今天余地已极少。"

1947 年 1 月 10 日，周恩来在延安各界代表声援全国学生爱国运动及纪念政治协商会议一周年大会的演说中和评马歇尔的离华声明中说："马歇尔将军离华前夜发表一年调解总结之声明"，"马歇尔将军承认国民党内有反动集团，在国民党政府中占优势，而且包括军事与政治领袖，他们反对联合政府，不相信国内合作，只相信武力可以解决问题，对实施政协决议显无诚意，这都是说得对的。但遗憾的是他并未指出蒋介石就是这个反动集团的最高领袖。蒋介石说，联合政府就是推翻政府，党派会议就是分赃会议。""马歇尔将军明知去年召开的蒋记'国大'是破坏了政协决议及其程序的，但他却故意说它通过的独裁宪法法是'民主宪法'，马歇尔将军想以实行蒋宪，改组政府的办法，算作结束一党专政，为蒋介石的独裁政府找出路，结果使它更加失信，更加孤立，绝对得不到人民拥护。""马歇尔将军对中共宣传工作最为怀恨，也可得到证明。的确，在过去一年中，中共对去年 3 月以来美国政府对华政策的改变，曾不断揭露其错误，尤其对美军驻华、干涉中国内政，侵扰解放区，运送蒋军及美政府以租借物资、剩余物资、经济借款、军舰、飞机、军事顾问、技术训练等援助蒋介石政府军队，更不断予以暴露和抗议。而美帝国主义殖民地化中国政策的本质及国民党政府卖国外交的事实（如缔结《中美商约》《航空协定》等）又常为我们揭露无遗。7 月以后，中共在蒋介石大举进攻之下，犹与美国调人不断寻求妥协之道，乃蒋介石得寸进尺，贪得无厌，无理要求，层出不穷，而美国调解人始终无片言相责，后两次声明，深怪中共未能接受其调解，自不能不引起我方的驳斥。""现在马歇尔将军回去任美国国务卿了。我很希望他能站在已故罗斯福总统对华政策的立场上，为着中美两大民族的传统友谊和利益，重新检讨美国政府近一年来的对华政策，不再继续过去的错误，停止援助蒋介石政府进行内战，撤退驻华美军，不再干涉中国内政，重新调整中美关系，那一定会有助于中国人民对于和平、民主与独立的努力，也更有助于远东和平与国际合作。"

经过同蒋介石国民党谈判和与赫尔利、马歇尔的谈判，周恩来被誉为谈判专家。既表现了他的大智大勇，又奠定了他日后的外交基础，成为新中国外交创始人。

中国解放战争期间美国的对华政策，我之对美方针

蒋记"国大"召开，国共和谈破裂，马歇尔于1947年1月7日，结束在华的使命返国，出任美国国务卿。他不无遗憾的是，不管美国采取什么方针，蒋介石失败的命运已定，无法挽救了。

这时美国的目标已从实现蒋介石领导下统一中国的亲美政权转为全力援蒋介石打内战，"阻止中共取胜"。美国援蒋规模越来越大，除先后为蒋介石集团运兵100万到发动内战的战场外，还以美械装备蒋军166个陆军师，支援空军飞机1720架，海军舰艇757艘。美国国务院1949年8月5日发表的《美中关系白皮书》承认，战时和战后共援蒋45亿美元。其中抗日战争后占22.54亿美元（军援、经援各为10多亿美元）。实际上这是缩小了的数字，如果加上其他形式的援助，将大大超过此数。1950年1月28日，中国特派

代表伍修权根据周恩来指示在安理会指控美国武装侵略台湾时指出美国援蒋款数为 60 亿美元。毛泽东在批判《美中关系白皮书》的文章中指出：美国打了一场"美国出钱出枪，蒋介石出人，替美国打仗杀中国人，借以变中国为美国殖民地的战争"。

当时中共中央曾经做了美国直接派兵介入内战的思想准备，但美国政府最终不敢采取这一行动。1948 年 2 月，马歇尔向参众两院外委会宣读的声明对此事做了解释：如果美国以军力直接介入中国内战，"军力与资源所需甚大，且为斯亦无限。美国资源做如是之分散，将毫无疑义有助于苏俄。影响所及，必致走入另一种西班牙式之革命或广泛之战争"。这就说明，美国虽全力支持蒋介石打内战，但囿于当时的国内、国际形势，从美国自身利益出发，坚守一条底线，即美国不直接出兵卷入中国内战。最后美国只能眼睁睁地看着蒋介石兵败如山倒，无可奈何花落去，最终逃亡台湾孤岛，苟延残喘。

美国政府在看到蒋介石政权行将垮台，重新审视对华政策，把"尽一切力量阻止中共取胜"改为"尽一切力量阻止中国成为苏联的附庸"，决定"放弃"中国大陆而集中力量"不让台湾落入中共之手"。美国国务院政策设计司 1948 年 9 月 8 日提出《重审并制定美国对华政策》备忘录的建议。该备忘录分析了国民党失败和共产党成功的原因后提出如下"现实政策"：

　　（一）继续承认现存的国民党政策；（二）现存的国民党政府被消灭后，再根据当时情况考虑承认问题；（三）尽一切可能防止中国成为苏联的政治、军事附庸。

美国政府几经犹豫于 1949 年 1 月 11 日由国家安全委员会在上述备忘录基础上制定了 NS34/11 号《美国对华政策》文件。该文件称：

  （一）美国对华的目标是，让中国人自己最终发展成为一个对美国友好统一、稳定和独立的中国，以防止由于任何一个外国统治中国而造成对我们国家安全的威胁；（二）在可预见的将来，在中国看得见的任何一个或几个集团都不大可能建立一个美国能接受的统一、稳定和独立的中国；（三）因此，美国当前的目标应当是，阻止中国成为苏联力量的附庸。为实现这一目标，美国应当：

  ①制定相应计划，并适时做好准备，以便在中国出现机会时，加以利用，同时保持灵活性，避免无可挽回地束缚在一条行动路线或一个派别身上。

  ②在先后次序上，把中国排在另外一些地区之后，这些地区对美国的安全利益更加直接，与美国为之花费的财力更为相宜。

  上述报告与1949年2月4日由杜鲁门总统批准执行，在美国一般认为这是从中国大陆"脱身"的政策。基于这一政策调整，美国在对华政策上出现了一个短暂的试图接触、观察和待机而动的微妙时期。

  1949年2月24日，艾奇逊出任国务卿后不久在答复国会五名共和党众议员提问时说："中国不是跳板，而是泥潭，大树已经倒了，尘埃还未落定，对华政策究竟如何，还要等着瞧。"这就是有名的等待"尘埃落定"论。

  对美国对华政策的变化，中共中央、毛泽东、周恩来制定了对美的方针。毛泽东在1949年元旦献词中即指出："美国政府的政策，已经由单纯地支持国民党的反革命战争转为两种方式的斗争：第一种，组织国民党残余军事力量和所谓地方势力在长江以南和边远省份继续抵抗人民解放军；第二种，在革命阵营内部组织反对派，极力使革命就此止步，如果再要前进，则带上温和色彩，务必不要太多地侵犯帝国主义及其走狗的利益。"毛泽东还指出："只有彻底地消灭了中国反动派，驱逐了美帝国主义的侵略势力出中国，中国方能有独立，方能有民主，才能有和平。"

1949 年 1 月 19 日，周恩来起草并发出《关于外交工作的指示》，指示指出："目前我们与任何外国尚无正式的国家的外交关系。因此不承认这些国家在中国的代表为正式的外交人员，实为理所当然。这样，可使我们在外交上立于主动地位，不受过去任何屈辱的外交传统所束缚。在原则上，帝国主义在华的特权必须取消，中华民族的独立解放必须实现。但在步骤上，则应按问题的性质及情况，分别处理。总之，在外交工作方面，我们对于原则性与灵活性应掌握得很恰当，方能站稳立场，灵活机动。"《指示》在外交关系、外贸关系、对外贸易、海关税收、外国人办的报纸刊物、通讯社及外国记者等项，都规定了暂行政策。

基于对形势的判断、对美国对华政策的认识和毛泽东、周恩来的上述指示，从 1949 年 1 月至 3 月，中共中央制定了对美政策的基本原则：

（一）在思想上、军事上做好了与美国进行直接武装对抗的准备。中央一直把美国直接出兵占领沿海若干城市并与我部队作战这样一种可能性列入作战计划之内。中共中央认为，只有迅速彻底地消灭国民党军事力量，攻占上海、青岛、福州等沿海港口城市，才能真正避免帝国主义的直接武装干涉。因此，趁美国举棋不定，集中解放军主力，先东南沿海，后西南、西北内地，进行大纵深迂回。抢占沿海地区，封闭主要海口的进军战略被制定出来。解放军4 月 20 日发起渡江战役，半年之内连克南京、上海、青岛、福州、广州诸城，完成了上述战略任务。

（二）在和美帝国主义建立外交关系问题上，中央采取了"现在不应急于去解决，而且就是在全国胜利以后的一个相当时期内也不必急于去解决"的态度。

（三）在经济问题上，把经济与政治分开，有生意就得做那是没有问题的，既同社会主义国家做，也同美国为首的西方国家做。

（四）为了避免给美国寻找干涉以口实，中共中央多次指示，严禁不经批准私闯外国使馆及有关外国驻华机构，要保护美、英人员的生命财产安全。

（五）由周恩来亲自起草的、经第一次中国人民政治协商会议通过的《共同纲领》，明确规定："中华人民共和国的外交政策的原则为保障本国独立、自由和领土主权的完整，拥护国际的持久和平和各国人民之间的友好合作，反对帝国主义的侵略政策和战争政策。"

1949年4月，刘伯承率部解放南京前夕，蒋介石政府要求美国驻华大使司徒雷登随国民党政府南迁广州，司徒雷登请示美国国务院要求留下，4月6日艾奇逊复示同意，但应避免走漏风声，引起国会反对派的反对。

司徒雷登1876年生于中国杭州，父母都是美国在华传教士。他本人从1905年开始在中国传教，讲一口流利的中国话，1919年起任美国在中国开办的燕京大学校长、教务长，他在中国学术界、教育界和政界有不少朋友和学生。司徒雷登想利用这些关系与之联系，并试图会见周恩来，以影响美中关系。

4月中旬，周恩来派黄华到南京就任外事处主任。黄华从1932年至1936年为燕京大学学生，与司徒雷登有师生之谊。周恩来指示他与司徒雷登进行私人接触，相机了解美国对华意图。司徒雷登也急于同黄华建立联系，5月6日司徒雷登先派其私人秘书传经波出面找黄华，传是黄华在燕京大学同班同学，5 月 7 日传经波与黄华见面，表示司徒雷登留在南京不走，就是希望与中共方面接触，并已获艾奇逊国务卿同意。他还说现在是美国对华政策改变时期，希望能在"老校长"手中完成这一转变。黄华根据周恩来的指示，表示美国援蒋打内战的政策给中国人民造成的创痛极深，空言无补，需要美国首先做更多有益于中国人民的事。黄华将谈话情况报告中央，中央指示黄华可与对方见面，"以侦察美国政府的意向为目的"，表示意见时要以中国人民解放军总部发言人李涛为英国"紫石英"号英舰的暴行发表的声明为依据，要美国停止一切援助国民党的行动，并断绝和国民党反动派残余力量的联系。黄华以私人身份于 5 月 13 日会见司徒雷登。此后六七月间又会晤过 3 次。其间，黄华与传经波又接触过几次。

在双方接触中谈及了以下问题：

（一）美国出兵干涉的可能性问题。为了摸清美国的意图，黄华于 5 月 12 日会晤司徒雷登时提出，既然美方表示不干涉中国内政，不愿参与中国内战，就应将驻在青岛等地的海军舰只和陆战队撤走，以免发生冲突。司徒雷登答应将这一要求转告美国政府。事后他又派传经波转告黄华，美国舰队于 5 月 21 日撤离青岛，一部去日本，一部他去，驻中国其他地区的美舰，如上海地区，已全部撤到吴淞口外，解放军进入上海后，即行撤走。解放军打到别的地方，美国军舰也即自该处撤走。黄问台湾附近何以有美舰，美方告以台湾基隆港附近美舰系过路性质。美方这些姿态表明，美国出兵干涉的可能性已经很小。

（二）美方试探与新中国建立关系问题。黄华在会谈中一再强调解放军总部发言人李涛的声明，即：外国武装撤出中国，不能援助国民党政府；断绝同国民党政府的关系。司徒雷登称，各国使节留在南京，这已表明对国民党政府的态度。如该政府再由广州他迁，美国代表也不拟随往。但目前中国尚无一个新政府成立，没有承认对象。在目前情况下，按照国际法美国尚不能断绝与旧政府的关系。黄华重申我立场，并告以我军打下广州后政协会议可能召开，联合政府由政协会议决定产生。李涛发言已表明我原则立场，故从责任上讲，美国政府应明确断绝与国民党政府的关系，停止援蒋，以表明美国放弃已经失败的干涉政策。现在美国仍支持反动政府进行反人民的战争，故建立外交关系问题无从谈起。司徒雷登说，断绝与国民党的关系是消极的，更积极的办法是运用美国自由贸易和经济援助使中国走上工业化道路。他还说苏美之间误解很多，美国害怕共产主义，害怕世界革命可能引起第三次世界大战，希望中美关系完善解决，这对美苏关系及世界和平均是一大贡献。黄华对司徒雷登提到的"共产主义威胁"等论点进行了反驳，强调中国人民选择新民主主义道路，因为它适合中国人民的需要，走什么道路及政府人员等问题，纯属我内政，不容外人干涉。

（三）司徒雷登拟赴北平，会见周恩来，但未能成行。6月8日，美方表示，司徒雷登已接美国国务院电示，返美前希望赴北平与周恩来副主席会见一次。此行目的是了解中共中央的意见，以便返美后在推动建立新关系时更有力量。周恩来接到黄华报告后，考虑通过非官方联系较好，于是通过燕京大学校长陆志卫去信邀司徒雷登访问燕大。陆志卫6月16日致信司徒雷登，说明已"晤见周先生"，中共中央领导人已知"你有来访燕京的兴趣，我估计当局可能予以同意"，暗示司徒雷登去北平可能见到最高当局。6月28日，黄华也转告司徒雷登，北平来电"同意准许司徒雷登去燕京一行，彼希望与当局面晤亦有可能"。司徒雷登对此极为高兴，但表示须请示国务院决定。美国政府此时认为司徒雷登此行"可能提高中共的威信"，造成美国即将承认新中国政权的错觉，并在国内引起反对派的攻击，乃指示司徒雷登"不得访问北平"。7月20日和

24 日，传经波来告诉黄华，美国政府要司徒雷登速返华盛顿，两三个月后或以私人身份去北平。

8 月 2 日，司徒雷登一行离华返美，走前曾试探如何同中方保持联络，中方予以回绝。

美国国务院发表《美中关系白皮书》，推卸美国扶蒋反共政策失败的责任，为调整美国对华政策制造舆论

1949 年 8 月 5 日，司徒雷登离华第三天，美国国务院发表了经杜鲁门批准的《美中关系白皮书》。《美中关系白皮书》是美国对华关系和侵略政策自供状。该书不惜公布大量内部文电和绝密档案，供出了美国自 1944 年到 1949 年初参与干涉和侵略中国的实况，特别评述了战后美国推行扶蒋反共政策经过。

《美中关系白皮书》一公布，就遭到中共中央的批判和揭露。新华社 8 月 12 日就发表了《无可奈何的供状》一文，予以揭露和批判。接着，毛泽东连续撰写了《丢掉幻想、准备战斗》《别了，司徒雷登》《为什么要讨论白皮书?》《友谊、还是侵略》《唯心史观的破产》等 5 篇文章，对美国侵华政策给予彻底揭露和严正驳斥，并抓住这部反面教材，在人民群众中广泛地开展揭露美帝国主义侵略面目的教育。并点出了《美中关系白皮书》是因为中国革命的胜利，"已经迫使美帝国主义集团内部的一个方面，一个派别，要用公开发表自己反对中国人民的若干真实材料，并作出反动的结论，去答复另一个方面，另一个派别的攻击，否则他们就混不下去了，公开暴露代替了遮藏掩盖，这就是帝国主义脱出常轨的表现。这样一来，白皮书就变成了中国人民的教育材料"。

新中国成立后，美国从朝鲜、中国台湾、越南三个方面包围与威胁中国的安全，对中国长期采取禁运、封锁政策，中国则与之进行针锋相对的斗争，挫败了美国的武装威胁、包围、封锁、禁运的政策

1949年10月1日，中华人民共和国宣告成立，美国10月3日宣布继续承认国民党政府。12月29日，艾奇逊在国务院会见美军人员时表示必须承认共产党在事实上控制着中国；美国增援台湾，代价太大，很不值得。他主张："在中国问题上眼光放远一点，除非为了极重要的战略目的，决不应自己取代苏联来作为对中国的帝国主义威胁。苏联在1927年被逐出中国，过了22年才恢复对中国的影响，美国这次如被逐出中国，也可能要等这么长的时间。"

1950年1月5日，美国总统杜鲁门在国民党迁往台湾后，正式就台湾问题发表声明，重申确认《开罗宣言》《波茨坦公告》关于台湾归还中国的条款，申明："目前美国无意在台湾获取特别权利或特权或建立军事基地。美国亦不拟使用武装部队干预其现在的局势。美国政府不拟遵循任何足以把美国卷入中国内战中的途径。"并表示美国不拟对在台湾的中国军队供给军事援助或提供援助。

毛泽东、周恩来相继访苏，与苏联签订《中苏友好同盟互助条约》。美国见中国倒向苏联一边，非常失望，但仍想力图控制中国。艾奇逊3月15日在美国对华政策的讲话中表示，中国不是应该从苏联而是应该从美国得到贷款，不过中国必须不抱敌意，保持昔日的中美关系。

3月18日，周恩来驳斥艾奇逊的讲话时指出："亚洲人民自己的事应该由亚洲人民来处理，而无论什么时候，也不应由太平洋彼岸的美国帝国主义者如艾奇逊之流，来加以干涉。"

这时，美国政府感到想同中国保持关系已无指望，至4月30日先后撤走在华的800多名美国官员。

1950年6月25日朝鲜战争爆发，美国总统杜鲁门当晚召开紧急晚餐会议，决定对华政策与措施。6月27日发表关于武装侵略朝鲜和占领中国台湾的声明，声称"台湾地位未定，必须等待太平洋安全的恢复，对日和约的签订或经由联合国考虑"，下令第七舰队侵入台湾海峡。至此，中美关系处于敌对状态。

6月28日，周恩来外长发表声明指出："杜鲁门27日的声明和美国海军的行动，乃是对于中国领土的武装侵略，对于《联合国宪章》的彻底破坏。"

由于美国不听中国警告，中国政府为了打破美国的军事威胁和包围，采取了北联苏联，南和邻国，东援朝鲜，西援越南，坚持正义、不畏强暴，同美国进行针锋相对的斗争政策。

首先在中国掀起抗美援朝、保家卫国的运动，派遣彭德怀率领中国人民志愿军入朝，同朝鲜人民军并肩战斗，打败美国，把进犯之敌赶回"三八线"附近，迫使美国签订停战协议。

随后，在1954年日内瓦会议上，周恩来再次揭露和批评美国侵略朝鲜和占领中国台湾的罪行，并达成和平解决印度支那问题的协议，沉重打击美国的侵略政策和战争政策，大大孤立了美国。由于朝鲜战争的胜利和日内瓦会议的成功，中国在世界上的地位和威信空前提高，从而打破了美国对中国军事上的包围和威胁，在外交上和经济上的孤立和封锁，妄图扼杀新中国的企图。

在此背景下，美国改变对华策略，企图制造"一中一台"或"两个中国"，长期占领台湾。为了维护中国的独立、主权和领土完整，中共中央于1954年7月作出了"一定要解放台湾"的决定。8月11日，周恩来在中央人民政府委员会第三十三次会议的报告中郑重指出："中华人民共和国政府再次宣布：台湾是中国神圣不可侵犯的领土，决不容许美国侵占，也决不容许交给联合国托管。解放台湾是中国的主权和内政，决不容许他国干涉。""如果侵略者敢于阻止中国人民解放台湾，敢于侵犯我国主权和破坏我国领土完整，敢于干涉我国内政，那么他们就必须承担这一侵略行为的一切严重后果。"

中美两国围绕台湾问题进行了长期斗争，成为中美关系中最主要的问题。

1954年日内瓦会议期间，美国主动表示愿就在华被扣人员和中国在美留学生的回国问题进行接触。中国代表王炳南同美国代表约翰逊进行了接触，从6月5日至7月21日中美两国代表进行了5次接触，双方就此达成了一些协议，并在日后落实一部分。

1955年3月，中国解放浙江沿海岛屿后，为进一步缓和亚洲、台湾地区紧张局势，消除某些亚非国家的疑虑，制止美国破坏亚非会议的阴谋，周恩来于4月23日在万隆发表著名的中美关系声明："中国人民同美国人民是友好的，中国人民不要同美国打仗。中国政府愿意同美国政府坐下来谈判，讨论和缓远东紧张局势的问题，特别是缓和台湾地区的紧张局势问题。"

中美大使级会谈，虽十五年未谈出结果，但很有意义

周恩来的声明一发表，在国际上引起了强烈的反响。参加会议的亚非国家和其他一些国家都希望美国响应中国的号召，举行中美会谈。美国从其自身利益出发，被迫接受了周恩来的建议。1955年8月1日，中美大使级会谈在日内瓦国联大厦举行。中美大使级

会谈，由于美国没有诚意，时常阻挠破坏，时断时续，到 1970 年 2 月 20 日，前后共进行了 136 次会议。由于美国入侵柬埔寨、扩大印度支那战争，造成了越来越严重的紧张局势，中方认为继续中美大使级会谈已不适宜，停止举行。中美双方商定通过其他渠道进行联系。进行 15 年之久的中美大使级会谈，没有在缓和和消除台湾地区紧张局势这个关键问题上取得任何进展。

但是，中美大使级会谈，是周恩来在外交上的杰出创造。它使中美两个大国在互不承认和对立的情况下，有了一个沟通联系的渠道。两国互不承认，却在会谈联系；没有外交关系，却又互派大使进行长期会谈；双方还可以达成某种协议，创造了协议上你讲你的、我讲我的新的表达方法。这种创造在当时起到了表明中国的立场、态度，并与美国进行直接斗争和交涉的作用。因此，在某种意义上，大使级会谈就是中美在当时特定历史条件下的两国关系，甚至比有外交关系的国家在某些方面的联系显得多。它使两国在互相隔绝的情况下，可以用互相联系摸清对方底细，这就是中美大使级会谈的意义所在。

中美关系开始缓解，周恩来和尼克松通过第三国互相传话

到了 20 世纪 70 年代，由于形势的变化，美中两国从各自的利益出发，开始调整彼此之间的关系。

从美国方面说，主要原因是：

（一）到 20 世纪 60 年代末，整个国际形势发生巨大变化，美国的经济优势受到西欧、日本的挑战；军事上苏联军力增强，美国的核垄断已不复存在，苏联对外扩张，咄咄逼人；美国在世界推行

霸权主义，阻力很大。因此，从维护美国全球的霸权地位出发，全面调整对外政策势在必行。

（二）美国长期陷身越南战争，战不能胜，进退维谷，国内人民不满增长，摆脱越战泥潭已成美国当务之急。新当选不久的尼克松总统和总统国家安全助理基辛格都认为同中国改善关系"可能帮助我们结束那场战争的苦恼"。

（三）中苏分歧公开化，社会主义阵营名存实亡，这为美国调整外交战略提供了难得的机会。

（四）美国20多年来坚持敌视中国的政策已告失败，中国早已成为世界五大力量中心之一，不可能再继续排斥在国际事务之外。通过改善中美关系，可以增加美国同苏联讨价还价的资本，使美国在美苏争霸的新格局中得到地缘政治的战略优势。

从中国方面说，1969年3月珍宝岛事件后，深感自己的安全受到苏联的威胁，而美因越战缠身而内外交困，有意从亚太地区收缩兵力。两相比较，北方的威胁更加现实。同时从战略上考虑不能两个拳头打人。因此，缓和对美关系有利于对抗苏联，也有利于解决台湾问题，实现统一大业，实现中美和解，还可以扩大我国国际影响，有助于我打开外交新局面。

由于中美双方上述政策上的考虑和变化，20多年处于僵冻和敌对状态的中美关系开始缓解了。

1967年10月，尼克松在美国《外交季刊》上发表《越南战争之后的亚洲》一文，提出了同中国谋求接触的主张。他说："从长远的观点来看，我们是不能永远使中共隔离于国际社会之外……我们必须带着迫切的需要与现实主义的忍耐前进，循着通往最后的目标的方向审慎地移动脚步。"1968年8月9日，尼克松又向记者说："我们绝不能忘记中国，我们必须经常寻找机会与它谈判，如同与苏联谈判一样"，"我们不可只是静观待变，我们必须设法促使改变。"

1969 年 1 月 20 日，尼克松当选总统，在就职演说中又间接提出与中国的联系问题。他说："让所有国家知道，在本政府任内，我们的沟通路线将是敞开的。"2 月 1 日，尼克松总统即指示其国家安全事务助理基辛格研究对华政策，"探索同中国改善关系的可能性"。3 月 1 日，尼克松访问法国时向戴高乐表示，寻求同中国改善关系是美国政府主要课题之一。3 月 2 日，珍宝岛中苏武装冲突后，苏联驻美大使多勃雷宁向美国政府通报经过情况，探询如中苏冲突扩大，美国持何态度。尼克松、基辛格预感到苏联有可能进攻中国，实现其统治欧亚大陆的美梦，这对美国全球战略不利。美国政府一面警告苏联不要向中国进攻，表示"如果中国受到进攻，美国将不会无动于衷"；一面加紧研究改善中美关系的实际步骤和措施。

3 月上旬，戴高乐赴美参加艾森豪威尔葬礼时，尼克松向戴高乐表示，他决定同中国对话，要求戴高乐向中国领导人转达他改善对华关系的愿望。戴高乐指示法国驻华大使马纳克于 5 月初向周恩来转达了尼克松的原望。

7 月 21 日，尼克松访问亚欧前，宣布了对中国放宽贸易和人员旅游的限制。8 月，尼克松利用访问巴基斯坦和罗马尼亚的机会，请巴基斯坦总统叶海亚·汗和罗马尼亚总统齐奥塞斯库向中国领导人传话：美国不同意苏联建立亚洲集体安全体系的建议，不参加孤立中国的安排，希望同中国对话，保持中美最高级联系。

9 月，周恩来和柯西金在北京机场会谈后，尼克松加速了同中国和解的步伐。10 月，他让基辛格通过巴基斯坦总统叶海亚·汗通知中国，美国将停派驱逐舰到台湾海峡巡逻；还指示美国驻波兰大使寻找机会同中国驻波代办接触，表示美国准备同中国进行认真的谈判。

12 月 3 日，美国驻波大使斯托塞尔在参观南斯拉夫时装展览会上，追上中国使馆翻译，表示他想会见中国代办雷阳，说尼克松要同中国进行"重大的具体会谈"。周恩来当天晚上看到中国驻波兰使馆发来的电文，立刻报告毛泽东："找着门道了，可以敲门了，拿到敲门砖了。"

这以前周恩来早已注意到美国有调整对华政策的迹象，周恩来指示外交部注意了解美国的动向，在接到驻波使馆报告后，中国外交部经周恩来批准即回电指示波兰使馆，约美国大使来中国驻波大使馆会见，美方希望恢复中断了两年多的中美大使级会谈。12 月，周恩来将有关中美华沙会晤的三份电文转报毛泽东，提出中美接触一事，"拟搁一下看看各方反映，再定如何回答"。12 月底，经过毛泽东、周恩来反复考虑，终于批准恢复中断了三年的中美会谈。

1970 年 1 月 20 日，中美第 135 次大使级会谈在美国驻波使馆举行。会谈前，周恩来逐字逐句地审阅修改中方的发言稿，并且注明：在我方发言后，如美方重提美与台湾有条约关系，我应以"美蒋条约"是全中国人民所不承认作答；美方如询问更高级会谈或其他途径时，可答以美国政府对此感兴趣，可提出方案，也可在大使级会谈中双方商出方案。会谈中，美方表明愿意改善中美关系的态度和立场后，提出美国政府准备派代表到北京或接受中国政府代表到华盛顿直接会谈的建议。中方代表根据周恩来的指示表示，愿意考虑和讨论美国政府根据和平共处五项原则提出的任何意见和建议，并表示了举行高一级会谈的愿望。

2 月 20 日，中美大使第 136 次会谈在中国驻波兰使馆举行。中方代表按照周恩来的指示，明确提出，如果美国政府愿意派部长级的代表或总统的特使到北京进一步探讨中美关系的根本原则问题，中国愿予接待。

3 月，由于美国在金边支持朗诺——施里玛达集团颠覆了西哈努克政权，西哈努克被周恩来欢迎留在北京。3月23日，西哈努克发表声明谴责美国和政变集团，号召柬埔寨人民保卫祖国。4月，印度支那三国在中国举行高级会议，发表联合宣言。周恩来前往祝贺并表示支持反美斗争。以后美国又公然出兵，侵略柬埔寨。在这种情况下，中国政府认为继续举行中美大使级会谈已不适宜，于是中断了会谈。

在中美大使级会谈中断期间，美国政府内部对调整对华关系发生争论，以美国多位前驻苏大使为代表的一派主张放慢改善对华关系步骤，以免刺激苏联，引起对抗风险。尼克松、基辛格力排众议，认为改善对华关系是对推动美苏裁军谈判和解决欧洲问题僵局的关键。同时尼克松认为华沙中美大使级会谈的方式不能适应当前的需要，双方在台湾等问题上争执不下，且易受美国国务院干扰，费时费事，难有成效，决定另辟渠道，采取高层会谈方式，绕过具体问题，先谋求美中和解。据此，美国决定继续进行同中国联系的活动。

1970年6月，美国军队撤出柬埔寨后，中国政府考虑恢复与美国的联系。7月10日，中国政府宣布释放在押的美籍犯人华理主教。美国政府也先后批准通用动力公司向中国出售柴油机，并放宽对开往中国船只的加油限制。

10月初，尼克松会见《时代》杂志记者时公开表示："如果我在死以前有什么事情要做的话，那就是到中国去。如果我去不了，我要我的孩子们去。"

10月26日，尼克松趁巴基斯坦总统叶海亚·汗和罗马尼亚总统齐奥塞斯库去美国参加联合国成立25周年庆祝典礼之机，请两总统向中国领导人传话，说中美关系十分重要，他要走向同中国和好。美国绝不会同苏联合谋反对中国，需派一高级使节秘密访问中国。他请他们做中介人提供帮助。在同齐奥塞斯库谈话时，尼克松还提出："即使不能实现同中国建立完全的外交关系的最高理想，也可以进行高级私人代表的互访嘛。"他并在谈话中正式使用了"中华人民共和国"全称，以这种方式发出了西方人称之为"意味深长的信号"。

1970年11月，巴基斯坦总统叶海亚·汗来中国访问。11月10日，他在同周恩来总理单独会见时，转达了尼克松的口信，并说尼克松准备派高级人员甚至主要顾问基辛格同中国秘密对话。周恩来在11月14日，正式答复叶海亚·汗说："阁下清楚，台湾是中国不可分割的领土，解放台湾是中国的内政，不容外人干预。美国武装力量占领台湾和台湾海峡是中美关系紧张的关键问题。如果尼克松真有解决上述问题的愿望和办法，中国政府欢迎美国特使来北京商谈。时机可通过巴基斯坦总统商定。"叶海亚·汗回国后派专人将周恩来的答复告巴驻美大使转达基辛格。

12月16日，基辛格转告了美方的回信，美国认为在北京举行高级会晤是有益的，它将讨论包括台湾在内的，存在于中美之间的各种各样的问题以及旨在改善关系和缓紧张局势的其他步骤。至于美国在台湾的驻军，美国的政策是，随着东南亚和太平洋紧张局势的缓和，美国将减少在台湾地区的驻军。基辛格说最后一句话的用意是，把台湾撤军与结束越南战争联系起来，以引起中国对结束越南战争的关注。

11月下旬，罗马尼亚勒杜列斯库访华也转达了美国的口信。周恩来按上述口径作了同样答复，并表示：尼克松现已访问过布加勒斯特和贝尔格莱德，那么他在北京也会受到欢迎。

1971年4月，中央领导人决定借邀请美国乒乓球代表团在日本参加第十三届世界乒乓球赛之后访华，开展民间外交，推动中美关系。4月14日，周恩来接见美国乒乓球代表团，在会见团长美国乒乓球协会主席格雷厄姆·斯廷霍文和全体团员时说："有朋自远方来，不亦乐乎"，对他们表示欢迎。他说："中美两国人民过去往来是很频繁的，以后中断了一个很长时期。你们这次应邀来华访问，打开了两国人民友好来往的大门。我相信，中美两国人民的友好往来将会得到两国人民大多数的赞成和支持。"最后，周恩来请美国客人回去后，把中国人民的问候转告给美国人民。美方人员纷纷表示，尽管美国对中国做了不少错事，但美国人民对中国人民是友好的，并愿为改进中美关系和发展人民间的友谊作出努力，邀请中国乒乓球队访美。这次"乒乓外交"，促进了中美关系的发展和世界形势的变化。

4月21日，周恩来不失时机地通过中国驻巴基斯坦大使馆请叶海亚·汗总统向美国转告"周恩来总理给尼克松的口信"："要从根本上恢复中美两国关系，必须从中国的台湾和台湾海峡地区撤走美国一切武装力量。而解决这一关键问题，只有通过高级领导人直接商谈，才能找到办法。因此，中国政府重申，愿意公开接待美国特使如基辛格博士，或美国国务卿甚至美国总统本人来北京商谈。"4月29日，尼克松获此口信后极为高兴，马上口头表示同意，并于5月27日请巴基斯坦驻美大使转达说："为了解决两国之间那些分歧问题，并由于对两国关系正常化的重视，准备在北京同中华人民共和国诸位领导人认真交谈，双方可以自由提出各自主要关心的问题。"并提议"由基辛格博士同周总理或另一位适当的中国高级领导举行一次秘密的预备性会谈。基辛格博士在6月15日以后去中国"。5月20日，为避免误会，尼克松又补来口信说，美国总统5月20日发表的关于美苏两国政府同意在今年内制定出一个限制反弹道导弹系统的部署的协定，决不影响美国总统的政策，这个政策是不签订针对中华人民共和国的协定。

5月25日，周恩来召集外交部核心小组领导成员开会，研究尼克松最近连续给周恩来的口信。周恩来说，美国出于自身利益，

确有改善中美关系的愿望，也就是要打中国牌，对付苏联，维持它
的霸权地位。我们有需要改善同美国的关系，从国际战略上可以适
应抗御苏联的威胁，以免腹背受敌，打破封锁和孤立、扩大对外贸
易，打开外交新格局。而且对越南战争有利，即使对国内来说也是
有利的。但我们在谈判中要坚持我们的原则立场和要求，在接待上
既要不卑不亢，又要热情友好，谨慎小心。大家一致同意周恩来的
意见，并在具体问题上作了一些补充。最后周恩来要求外交部注意
国际形势、美苏的动向，及时报告中央，并要外交部和欧美司准备
好谈判的问题和材料。

　　5月26日，周恩来主持中央政治局会议，商讨中美关系问题。
会后，周恩来起草了《中央政治局关于中美会谈的报告》。《报告》
回顾了自第二次世界大战以来中美关系演变的过程，估计了同基辛
格的预备会谈和尼克松访问可能出现的各种情况，并拟出相应的
对策。

　　在中共中央对中美会谈做了充分估计和准备之后于5月29日，
周恩来通过叶海亚·汗总统向尼克松发出口信，欢迎基辛格来北
京举行一次秘密会谈，为尼克松访华做准备工作。6月2日，尼克
松得到口信后称："这是第二次世界大战以来美国总统所收到的最
重要的信息。"6月4日，尼克松回信，表示感谢中方欢迎他访华，
并说，由于时间短促以及为基辛格的旅行找个借口，建议基辛格于
7月9日经巴基斯坦首都伊斯兰堡飞抵北京。6月11日，周恩来回
信表示同意。

基辛格秘密访华

　　经过基辛格精心安排和叶海亚·汗总统的热情帮助，基辛格于

7月1日离开华盛顿，在西贡活动了三天，去曼谷停留了一天，6日到达新德里，8日到达伊斯兰堡，晚上宴会时伪装肚痛，由叶海亚·汗宣布请基辛格去他的别墅休息，摆脱记者的追逐。9日零时30分，基辛格在中国外交部欧美司司长章文晋等陪同下，乘巴航波音707飞机直飞北京南苑军用机场，当日12时15分到达北京。叶剑英、黄华、熊向晖等到机场迎接。

基辛格原为德国犹太人，1938年随父亲迁居美国。1950年毕业于哈佛大学，此后在该校执教。1959年任美国政府的国防研究机构顾问，对战略问题颇有研究，成为美国著名的国际政治学者。1969年尼克松当选总统后聘请他任国家安全事务助理、授以执行外交大权。尼克松和基辛格两人不但对美国的国际战略有相同观点，而且对执行政策的决策机构应当精干和集中、对外活动要不拘一格、灵活务实也不谋而合，因而互相信任，心照不宣。实际上尼克松和基辛格把国防、外交大权都集中于自己手中，国务院成了执行具体任务的官僚机构，很多重大问题都是尼克松、基辛格二人商定后交国务卿罗杰斯去承办。

周恩来非常重视这次同基辛格秘密会谈。这是新中国成立以来，第一位美国高层官员访华，事关今后两国关系发展的方向和外交全局，不能不认真对待。他多次召集外交部等有关部门负责人开会，进行讨论研究，还在钓鱼台国宾馆成立了专门的会谈班子，除叶剑英元帅，还有黄华、章文晋、熊向晖等参加。深刻分析国际形势和美国情况，反复讨论会谈方案，并对尼克松、基辛格的政治观点、个人历史、个性和特点都做了研究。周恩来还阅读了尼克松的《六次危机》，看了尼克松喜欢的电影，基辛格的主要著作。在基辛格访华前夕，尼克松在美国堪萨斯城发表了一个重要讲话，讲了美国调整对外政策的国际背景和主要策略思想，强调世界上出现了"五大力量中心"，把中国也包括在内，与二战后初期相比，"美国遇到了甚至做梦也想不到的那种挑战",因此,必须调整政策,包括采取步骤结束与中国隔绝的状态。周恩来看了这篇讲话,非常重视。

7月9日下午,周恩来同基辛格举行会谈。中方参加会谈的有叶剑英、黄华、章文晋、熊向晖等;美方有霍尔德里奇(国家安全委员会高级成员)、斯迈泽(主管印支司务官员)和洛德(基辛格特别助理)。

下午4时30分,周恩来来到基辛格住的钓鱼台国宾馆。周恩来和基辛格握手时说:"这是中美两国高级领导人二十几年来第一次握手。"基辛格说:"遗憾的是还是一次不能公开的握手,要不全世界都要震惊。"

接着基辛格将自己的陪同人员介绍给周恩来,"这位是约翰·霍尔德里奇。"基辛格的话音刚落,周恩来马上接着说:"我知道你会讲北京话,还会讲广东话。广东话连我都讲不好,你在香港学的吧?"

当介绍到理查德·斯迈泽时,周恩来说:"我读过你在《外交季刊》上发表的关于日本的论文,希望你也写一篇中国的。"

温斯顿·洛德向周恩来自报姓名。周恩来握着他的手风趣地说:"小伙子,好年轻。我们该是半个亲戚。我知道你的妻子是中国人,在写小说,我愿意读到她的书,欢迎她回来访问。"洛德的妻子包柏漪,安徽桐城人,写过小说《春月》。后来洛德当过美国驻中国大使。

会谈是在轻松、友好的气氛下进行的。

周恩来请基辛格先谈。

由于基辛格不了解中国的情况,没有同中国人打交道的经验,所以把这次会谈当成了一次正式外交会谈,他为此写了一篇正式的外交讲话发言稿。基辛格照本宣科地从中美关系的历史谈起一直讲到他这次秘密来北京，尼克松给他两个任务，一是商谈尼克松访华日期及准备工作；二是为尼克松进行预备性会谈。在讲到台湾问题时，他着重讲了：（一）美国政府拟在印度支那战争结束后撤走三分之二的驻台美军，并准备随着美中关系的改善减少在台余留的军事力量；（二）不支持"两个中国"或"一中一台"，但希望台湾问题能和平解决；（三）承认台湾是中国的一部分，不支持台湾"独立"；（四）美蒋条约留等历史解决；（五）美国不再指责和孤立中国，美国将在联合国支持恢复中国席位，但不支持驱逐台湾代表。在讲到印度支那问题时，他保证将通过谈判结束战争。他准备制定一个从越南和印支撤走武装力量的时间表，但希望得到一个维护他们的体面和目前的解决办法。还讲到日本、美苏关系、南亚次大陆等问题。念了十多分钟的发言稿，最后基辛格离开稿子说："已经有很多人访问过这个美丽的国土了，对我们来说，这却是一个神秘的国土。"周恩来用手示意说："你会发现，它并不神秘，你熟悉之后，它就不会那样神秘了。"

吃晚饭时，周恩来诙谐地说："中国的茅台酒可厉害，喝醉了回去交不了差。"他们边吃边谈，周恩来说："谈判就是自由交换意见，何必用稿子呢？"聪明的基辛格明白周恩来的意思是说他不要照本宣科。确实周恩来没有发言稿。他也很幽默地回了一句："我用稿子已经赶不上总理先生了，我不用稿子更赶不上总理先生了。"

周恩来告诉基辛格，他大致上同意尼克松7月6日在堪萨斯城演说中所列举的观点。这使基辛格陷入尴尬的境地，因为他在出访的路上，对尼克松的讲话毫无所知。

原来，美国中西部新闻宣传机构的高级人员们集会，请内阁阁员和白宫助理人员报告国内外政策。尼克松在会上作了一篇事先未草拟稿子的即席演说，他赞扬中国人是"富有创造性的，勤劳的，是世界上最有才能的民族之一"。"本政府务必首先采取步骤结束大陆与世界社会隔绝的状态"。他预见到世界上出现了"五大力量中心，美国、西欧、日本、苏联和中国，他们之间的关系将决定和平的结构"。

周恩来说："我赞成你们总统的观点，却不赞成给中国戴上'超级大国'的帽子。"

周恩来这番耐心的讲话，使基辛格深感周恩来的真诚。他说："总理同意我们总统的观点，我很高兴。尽管我们之间存在着严重的分歧，却也能寻到一致的地方。"

周恩来十分善解人意，第二天早上，他以自己特有的作风，派人将他作了记号的那篇尼克松讲的英文讲稿，连同基辛格的早餐一起送过去。

晚餐后继续会谈。周恩来对基辛格提出的问题，坦率地说："我们双方有不同看法，用我们的话来说，世界观和立场都不同。但这种分歧并不妨碍我们两个在太平洋两岸的国家寻求阁下所提出的平等友好相处的途径。首先一个问题是平等，换句话说是对等，一切问题从对等出发。我同意这样的说法，即中美人民是愿意友好的，而且过去是友好的，将来也会友好的。我邀请你们乒乓球队访华就是证明。"然后，周恩来着重谈了中国对台湾的立场，阐明台湾历来就是中国的内政，美军必须限期撤走。美蒋条约必须废除。谈到印度支那问题时，周恩来特别指出："美国朋友总是喜欢强调美国的体面、尊严。你们只有把你们的所有军事力量统统撤走，一个不剩，这就是最大的荣誉和光荣。"会谈持续到 11 时 20 分结束。

第二天上午，基辛格一行参观了故宫和出土文物后，继续同周恩来在人民大会堂举行会谈。

周恩来首先说："你们要争取中美之间的和平，争取远东的和平、世界的和平。现在和平根本谈不上，战争一直没有停。不说远的，现在东方——中国、朝鲜、印度支那都在打……更不用说中东了，客观世界的发展是大动乱。我们始终是积极防御，准备大乱，准备美国、苏联等国瓜分中国，准备苏联占领黄河以北，美国占领黄河以南，同时向我们进攻。这样我们可以更好地动员、教育下一代。我们进行人民战争和长期抗战，胜利以后可以更好地进行社会主义建设。"

基辛格说："请你们放心，美国要同中国交往，决不会对中国进攻。美国同自己的盟国和对手决不会进行勾结针对中国。"

双方交谈了其他问题之后，周恩来建议尼克松可以在 1972 年夏天来华访问。基辛格说："如果总统夏天来，离美国大选太近，有争选票之嫌。"周恩来说："那就 1972 年春天来访。"基辛格表示同意。双方还商定以巴黎为今后的联络地点，各自指定了联系人。双方还一致同意华沙会谈不再恢复。

晚上，双方商谈了尼克松访华公告稿。公告全文是："周恩来总理和尼克松总统的国家安全事务助理基辛格博士，于 1971 年 7 月 9 日至 11 日在北京进行了会谈。获悉尼克松总统曾经表示希望访问中华人民共和国，周恩来总理代表中华人民共和国政府邀请尼克松总统于 1972 年 5 月以前的适当时间访问中国，尼克松总统愉快地接受了这一邀请。中美两国领导人的会晤，是为了谋求两国关系正常化，并就双方关心的问题交换意见。"双方商定于北京时间 7 月 16 日上午 10 时 30 分同时公布。

7 月 11 日午饭后，基辛格一行愉快地乘原机飞回巴基斯坦，他对这次密访甚感满意，说他是"带着希望而来，带着友谊而去"，访问成果"超过了原来的期望，圆满地完成了秘密使命"。

基辛格这次秘密访问和会谈，对周恩来印象极深，对其才智、风度、魅力、博学佩服得五体投地。在他的回忆录《白宫岁月》里这样描写和评价周恩来："他脸容瘦削，颇带憔悴，但神采奕奕，双目炯炯，他的目光既坚毅又安详，既谨慎又满怀信心。他身穿一套剪裁精致的灰色毛式服装，显得简单朴素，却甚为优美。他举止娴雅庄重，他使举座注目的不是魁伟的身躯（像毛泽东和戴高乐那样），而是他那外弛内张的神情，钢铁般的自制力，就像是一根绞紧了的弹簧一样。他似乎令人觉得轻松自如，但如小心观察就知并不尽然。他听英语时，不必等到翻译，脸上神情就显得已明白语意，或立即露出微笑，这很清楚地表示他是听得懂英语的；他警觉性极高，令人一见就感觉得到，显然这半个世纪来烈火般激烈斗争的锻炼，已将那极度重要的沉着品格烙印在他身上。我在宾馆门口迎接他，特意地把手伸出去，周恩来立即微笑，和我握手。这是将旧日嫌隙抛于脑后的第一步。

"周恩来同毛泽东不一样，他曾经到过外国。他1898年出生于一个中产阶级家庭；学生时代是一个才华出众的学生，20世纪20年代曾经在法国和德国学习和工作过。当我跟他见面的时候，他成为中国共产主义运动的一位领袖人物已经将近50年了。他曾参加长征。他是中国人民的唯一的总理，担任总理已将近22年，其中9年还兼任外交部长。周恩来在40年代曾经与马歇尔将军进行谈判。他是一位杰出的历史人物。他精通哲学，熟谙往事，长于历史分析，足智多谋，谈吐机智而又风趣，样样都卓越超群。他对于情况的了解，特别是美国的情况，也包括我个人的背景，了如指掌，简直令人吃惊。他的一言一行几乎都是有明确目的。他的言论和行动都反映出他内心的紧张状态，正如他所强调的，他关心的是8亿人民无穷无尽的日常问题；也表明他要努力保持下一代人的意识形态信仰。采取什么方式邀请尼克松才能适合上述一切考虑，这对他来说显然是一个颇费思量和有些困难的问题。

"然而，周恩来毕竟是一个镇定自若，才能过人的谈判家。周恩来在待人方面也特别体贴照顾。下级人员生病的时候，他亲自前去探望。尽管我们的级别不同，他却不拘礼仪，坚持会谈一定要在我住的宾馆和人民大会堂两地轮流举行，这样他来拜访我的机会和我去拜访他的机会就会同样多。"

基辛格访华和尼克松即将访华的消息和公报一经发表，立即在世界上引起很大的震动。

基辛格于 11 日午后乘机离开北京，返回巴基斯坦后回国。

尼克松非常高兴，未等基辛格到达华盛顿，就于 7 月 15 日在洛杉矶伯班克的全国广播公司播音室中发表了一篇 7 分钟的简短演说：

晚上好！我今晚要求这个电视时间是为宣布我们争取建立世界持久和平的工作所取得的一项重大进展。正如过去三年中我曾多次指出的，如果没有中华人民共和国和它的 7 亿 5 千万人民参加，就不可能有稳定和持久的和平。因此，我在几个方面采取了主动，以求打开建立我们两国间的更正常关系的大门。为了达到这一目标，我派遣我的国家安全事务助理基辛格博士在他最近的环球旅行期间去北京，与周恩来总理会谈，我现在读的这个公告，在北京和美国同时发表：

周恩来总理和尼克松总统的国家安全事务助理基辛格博士，于 1971 年 7 月 9 日至 11 日在北京进行了会谈。获悉尼克松总统曾表示希望访问中华人民共和国，周恩来总理代表中华人民共和国邀请尼克松总统于 1972 年 5 月以前的适当时间访问中国，尼克松总统愉快地接受了邀请。中美两国领导人的会晤，是为了谋求两国关系正常化，并就双方关心的问题交换意见。

尼克松接着说：

预料公报发表之后，将不可避免地引起推测，我想尽可能讲明我们的政策背景。我们谋求与中华人民共和国建立新关系这一行动，决不会损害我们的老朋友的利益。这一行动不是针对其他任何国家的。我们谋求与所有国家的友好关系。任何国家都可以成为我们的朋友而不同时成为任何国家的敌人。

我之所以采取这一行动是因为我深信，缓和紧张局势以及美国与中华人民共和国之间较友好的关系，将对所有的国家有利。

正是本着这种精神，我将去中国一行——我深切希望这将成为争取和平的一次旅行，不仅是我们这一代人的和平，而且也是为了我们共有的这个地球上的子孙后代的和平。谢谢大家，祝你们晚安。

正在与美国谈判举行苏美首脑会议的苏联领导人听到公告后，瞠目结舌，不知所措。苏联驻美大使多勃雷宁在回忆录中写道："苏联领导人万万没有想到，尼克松决定先访问中国，苏联人感到'我们无可奈何地听任美国人和中国人击败了我们自己'。"苏联自知在三大角关系中的战略地位受到损害，不得不在苏联首脑会议上放弃了某些讨价还价的条约。日本也受到尼克松即将访华的"冲击"，加快了与中国实现关系正常化的步伐。

世界其他国家也纷纷要与中国改善关系。为避免"兄弟国家"误解，周恩来于 7 月 13 日下午，飞往河内，在 13 日和 14 日，同黎笋、范文同会谈，通报了中美会谈情况。

7 月 15 日，周恩来离京赴平壤，同金日成会谈，通报中美会谈情况及对形势的估计。金日成表示欢迎中美改善关系。当晚飞回北京后，即与叶剑英前往西哈努克和宾努住地，向他通报基辛格访华事，西哈努克和宾努都赞同中美改善关系。

7 月 14 日夜和 17 日，周恩来两次接见阿尔巴尼亚驻华大使罗博，详细介绍了与基辛格会谈情况，说明中国邀请尼克松的考虑及中国的对美政策，其中强调中国反对帝国主义的基本原则不动摇，不拿原则做交易。阿大使表示要回国汇报，中国帮助作了迅速安排。

7 月 18 日，周恩来修改外交部就中美关系发往各驻外机构的《外交通报》稿，阐明了中美关系的方针，列举了需相机处理的问题，强调"坚持既定的原则立场，绝不会拿原则做交易"，并在《外交通报》稿上加写："必须说明，除中美关系外，其他问题涉及中美两国之外的国家，只能由当事国负责解决，我们只能阐明立场，交换意见，不许越俎代庖。"

基辛格、黑格相继来华，为尼克松访华做准备

尼克松十分重视即将访华举行的首脑会晤，视为历史创举，为了圆满完成这一历史性的访问，决定派基辛格再次来华，同中方商谈他的访华日期、会谈议程、联合公报和安全保卫等问题。周恩来刚刚处理完林彪叛逃事件，顾不上已持续一个多月的紧张和疲惫，又全力以赴地投入到繁重的外交事务当中。

基辛格于 1971 年 10 月 20 日乘坐着总统专机"空军 1 号"来华，先到上海，当日中午抵达北京。

当晚，周恩来举行宴会，欢迎基辛格一行。周恩来在祝酒时说："基辛格博士和朋友们，我愿借此机会欢迎来中国临时访问的尼克松总统的特使和其他美国朋友们。基辛格博士这次访问的目的是为尼克松总统访问的政治讨论和技术性安排做准备工作。

"中美两国在关系中断 22 年之后，现在两国关系史上就要揭开

新的一幕。我们应该说这要归功于毛泽东主席和尼克松总统。当然，一定要有一个人做先导，这个先导就是基辛格博士，他勇敢地秘密访问了中国这个所谓'神秘的国土'。这是一件了不起的事情。现在是基辛格博士第二次访问这个国土，它不应该再被认为是'神秘'的了。他是作为一个朋友来的，还带来了一些新朋友。

"拿我来说，我虽然从未到过美国，但我认识不少美国朋友，美国对我来说也不是不熟悉的。很明显，我们两国的社会制度是不同的，而且我们各自的世界观——基辛格博士喜欢用'哲学'这个词——是完全不同的，但是这不妨碍我们找到共同点。现在尼克松总统说要亲自到北京来讨论，而基辛格博士就是他的先行人员。我希望这些讨论将取得积极的成果。

"我们两国人民是伟大的人民，我们两国虽远隔太平洋，但友谊把我们两国人民连接在一起。今年我们在接待美国乒乓球代表团之后，还接待了其他一些美国朋友。我们希望将本着一种新的精神来迎接这一新纪元。

"我提议，为伟大的美国人民和伟大的中国人民之间的友谊，为基辛格博士和其他所有朋友的健康干杯。"

周恩来的这篇祝酒词深深地感动了基辛格，他说："它比正式的发言能更好地说明周恩来的风格。"

21日，双方分组进行会谈。周恩来同基辛格谈实质问题，基辛格不让美国国务院的官员参加。

为此，中方安排熊向晖同美国国务院代表詹金斯谈一般关系问题，公安部副部长于桑同美方进行保卫、通信等技术问题会谈，双方专家参加。

周恩来同基辛格进行了10次会谈，5次谈形势政策，5次谈联合公报。基辛格先对周恩来说："7月份我们会见的时候，你曾说过，尼克松总统访华公报的发表，将会震动世界。世界确实震动了。我们两国在世界上掀起了新的潮流，使许多国家在执行它们外交政策的时候有了新考虑。""尼克松总统采取这样的主动行动，表现了很大的勇气。"然后他提出尼克松总统访华日期在 1972 年 2 月 21 日或 3 月 13 日均可。周恩来选定 2 月 21 日。以后数日，双方就印度支那、台湾、朝鲜、日本、南亚次大陆等问题交换看法。10 月 22 日，美方提出了尼克松总统访华的联合公报草案。美方草案是按老一套格式起草的，提出了一些含糊其词的共同点，用一些陈词滥调掩盖双方的分歧，并在台湾问题上有意避而不谈美国撤军，反而要中国承诺只用和平方式解决台湾问题。周恩来看了很不满意，指示中方人员打破老一套，起草了一个既写明双方的共同点又写明双方分歧的新奇草案。会谈时，基辛格开始感到"用词尖锐""立场都是以最不妥协的词句提出来的"，难以接受。周恩来说："用漂亮的外交辞令掩盖分歧的典型公报，往往是祸根。""公开地摆明分歧，就是解决问题的开始，也是通向未来的第一步。"

会后，基辛格一想，豁然开朗，感到也许用这种独出心裁的方式能解决他们的难题，复会后即表示接受草案写法，但要求文字上不要火药味太浓。26 日，双方就联合公报草案基本达成协议，只在台湾问题上坚持不下。美方坚持不能放弃"老朋友"——蒋介石，不愿同台湾当局断绝"外交"关系和从台湾撤出全部美国军事力量，双方难以达成协议。基辛格提出，"美国认识到，台湾是中国的一部分。美国对这一立场不持异议"。他还硬要写上"美国政府强调这样的观点，即中国人民应该通过和平谈判来实现他们的目标"，而且不明确提出从台湾全部撤走美国军事力量的时间，中方对此不满，于是只好留待尼克松来访时进一步商谈。

在谈到恢复中国联合国席位时，基辛格仍坚持既承认中华人民共和国的代表权，又不驱逐台蒋代表的"双重代表权"立场。但就在基辛格结束访问刚刚安全登机离开北京时，10 月 25 日，联合国大会以 75 票赞成、35 票反对、17 票弃权的压倒多数通过了阿尔巴尼亚、阿尔及利亚等国的提案,恢复了中华人民共和国在联合国的合法席位,并立即把蒋介石集团的代表驱逐出去。美国的"双重代表权"提案胎死腹中。

1972 年 1 月,尼克松总统又派国家安全事务助理黑格准将率先遣组来华,为尼克松访华进行具体安排。在晚宴上,黑格对姬鹏飞代外长说,基辛格有重要情况要向周总理指定的人谈。1 月 4 日凌晨,周恩来亲自会见了他,黑格转达尼克松和基辛格的口信说:"苏联政府决定迅速地、大幅改变对次大陆的政策,它们企图树立一些你们的敌人或敌人的代理人包围中华人民共和国。""我们认为苏联的战略首先要使中华人民共和国失去作用,然后是要进攻美国。"美国认为,中国"生存能力"受到威胁,美国要"维护"中国的"独立和生存能力"。他并说,希望尼克松总统访问"加强总统的世界领袖形象,这对我们双方都是有利的"。

毛泽东、周恩来从口信中洞察到美方的意图,是借苏联的威胁对中国进行恫吓,迫使中国在原则问题特别是台湾问题上让步。周恩来于 1 月 6 日晚对美方口信进行严正的批驳,指出"任何国家决不能靠外力维护其独立和存在,否则只能成殖民地。社会主义的新中国是在不断抗击外来侵略和压迫的斗争中诞生和成长起来的,并且一定会继续存在和发展下去。我们早已说过,我们准备敌人从四面八方打进来,不惜承担最大的民族牺牲,奋斗到底,为人类进步事业作出贡献。事实已经证明并将继续证明,一切妄图孤立、包围、遏制、颠覆中国的阴谋都只能以可耻的失败告终"。周恩来针对美方希望通过尼克松访华加强其世界领袖的形象说:"对此我们难于理解,一个人的形象取决于他自己的行动,而不是任何其他因素。我们从来不认为有什么自封的世界领袖。"中美关系并未正常化,但中国方面将以应有的礼仪接待尼克松总统,并将为谋求中美高级会谈取得积极成果作出自己的努力。

对美方提出的由于美国国内有些势力反对中美关系正常化和中美高级会谈，要求中方重新考虑公报草案的措辞这一点，周恩来指正，当然中方不反对进一步磋商，但是，"我们在公报草案中已尽力照顾到你们的困难，在台湾问题上，中国人民是有着非常强烈感情的。如果美方真有改善中美关系的意愿，就应该对中美关系中的这个关键问题采取解决问题的积极态度。如果屈膝某些反对中美关系正常化的势力而从原来立场后退，这不会为中美双方带来好处"。

黑格表示要将中方的答复带回去，但一再解释因为用了军人的直率语言，收到了过分直率的效果，引起了"误解"。周恩来指出，这是个态度问题，"我们有我们的自尊心，你们有你们的自尊心，要互相尊重，这才是平等"。最后把台湾问题挂了起来，说等尼克松总统、基辛格来了以后再商谈。

这两次谈话，实际上是尼克松访华前中美之间的一次重要交锋，并非对黑格本人的批驳。10 日，黑格率领的先遣团结束其使命回国。

尼克松正式访华，中美举行高级会谈，发表《上海公报》，奠定了中美两国关系正常化和原则基础

1972 年 2 月 17 日，美国总统尼克松和夫人乘波音 TOT 型"76 精神号"专机离开华盛顿，从夏威夷经关岛直飞上海。周恩来派外交部副部长乔冠华、欧美司司长章文晋等专程前往上海迎接并陪同尼克松一行一起乘坐美方总统座机，上午 9 时 45 分从上海虹桥机场起飞前往北京。美方对乔冠华等极为重视，尼克松和夫人在专机舱门口与乔冠华等一一握手表示热烈欢迎，尔后尼克松亲自陪同乔

冠华等参观专门为总统设制的座机，有舒适豪华的带卫生间的卧室，有宽敞明亮的办公室和会客室，还有贵宾舱。后舱还专门设有供记者、新闻官员发布消息、传真等用的最先进通信设备，总统可随时在专机上举行记者招待会，向外界发布新闻。这天，虽然寒气逼人，但天气晴朗，机舱内温暖如春，在座机上虽然宾主初次见面，但谈笑风生，话题轻松愉快，气氛亲切融洽，双方共同展望即将展开的中美关系新的篇章。基辛格博士已两次访华，与乔冠华、章文晋等已多次打过交道，见面后更是亲切活跃，称已是老朋友了，他主动向尼克松介绍中国情况。在座的美方官员风趣地说，基辛格访华两次，已成为"中国通"了。在专机上时而可听到乔冠华富有外交家风度的潇洒笑声。尼克松显得精神焕发，充满信心，时而逗笑基辛格秘密访华时在巴基斯坦装病休养的尴尬相，引得大家哈哈大笑。尼克松夫人热情招待乔冠华等品尝美国各种名酒和点心，并向中国人了解中国的风土人情，烹调技术，还学讲几句中国话。她举止大方端庄，言谈稳重得体，也很健谈，颇有第一夫人的风度，为了纪念乘坐尼克松总统的专机，尼克松本人还亲自给中国人每人颁赠署有他本人签名的乘坐"76精神号"总统座机的证书，以作纪念。

尼克松的随行人员有国务卿罗杰斯、总统国家安全事务助理基辛格、总统助理霍尔曼和通信、新闻、安全保卫、记者、后勤和机组以及先遣人员共494人的一个庞大的队伍。此外，中国还邀请第三国、港澳地区和北京常驻记者50余人参加采访活动。

尼克松一行于上午11时30分抵达北京东郊首都机场。

周恩来、叶剑英、李先念、郭沫若、姬鹏飞等领导人和100余人到机场迎接。机场没有欢迎群众，只有一面美国星条旗和中国五星红旗并列在旗杆上，还有一支350人的中国人民解放军三军仪仗队。

　　下飞机前，尼克松夫人换上一套玫瑰红的连衣裙，外披橘红色的冬大衣，这是她最喜爱的套装，象征吉祥幸福。尼克松特意要在举世瞩目的电视镜头中，纠正1954年日内瓦会议期间杜勒斯不同周恩来握手的傲慢失礼行为，突出他本人的非凡之举动，决定在同周恩来握手之前，不让其他随行人员跟随下机。他与夫人并排手挽手顶着寒风慢步走下专机舷梯，当他们走下舷梯时，周恩来总理等鼓掌欢迎，尼克松和夫人也鼓掌相报。在走到舷梯尽头时，尼克松伸出手来，向周恩来走去，主动同周恩来握手，并说："这是中美两国领导人超过一个大洋，超过相互敌对20多年的握手，这表明中美关系从此将揭开新的一页。"周恩来说："总统先生，你把手伸过了世界最辽阔的海洋来和我握手。25年没有交往了啊！"尼克松对这一历史性的会面镜头非常满意，后来在其回忆录中写道："当我们的手相握时，一个时代结束了，另一个时代开始了。"

　　在尼克松同周恩来历史性的握手之后，其他随行人员才鱼贯下机，周恩来同他们一一握手表示欢迎。然后，军乐队面对飘扬的中美国旗奏起两国国歌。周恩来陪同尼克松检阅了仪仗队后，周恩来陪同尼克松夫妇乘红旗轿车、叶剑英陪同基辛格乘车到达钓鱼台国宾馆，一路上周恩来向尼克松夫妇介绍沿途情况。到钓鱼台后，邓颖超、于立群已在宾馆18号楼门前迎接尼克松夫妇。当尼克松刚刚吃完午饭几分钟，周恩来便问基辛格："总统和博士现在去会见毛泽东主席是否方便？"基辛格连声说："可以可以。"转身去请尼克松。尼克松对这种礼遇很高兴。因为毛泽东常在外宾离开前一天才会见客人。这么快就安排接见，出乎尼克松、基辛格的意外。他们在周恩来的陪同下来到中南海颐年堂毛泽东的书房。毛泽东站起来欢迎远方的客人，毛泽东和尼克松都伸出手来，相互握住。毛泽东看基辛格站在一旁，就放开尼克松的手，握住基辛格的手，上下打量着说："哦，你就是那个有名的基辛格。"基辛格谦恭地笑着说："我很高兴见到主席。"

宾主进行了寓意深刻而又幽默风趣的谈话，并就中美关系和国际事务认真、坦率地交换了意见。在谈到中美关系时，毛泽东说："讲老实话，这个民主党如果上台，我们也不能不同它打交道。"尼克松说："这个我们懂得，我们希望我们不会让你们遇到这个问题。"毛泽东说："……你当选，我是投了你一票的。"尼克松说："我想主席投我一票，要在两个坏东西中间选择好一点的一个。"毛泽东说："我是喜欢右派的。人家说你们是右派，你们共和党是右派。""我比较高兴这些右派当政。"尼克松表示："我想重要的是，在美国，至少现在，像我这样的右派可以做那些左派只能在口头上说说的事情。""你们会发现我们不能做的就决不说，但我们做的比说的要多。我们就是想在这样的基础上同主席和总理坦率地交换意见的。"

接着，尼克松谈到中国面临的是美国还是苏联的侵略。毛泽东说："来自美国方面的侵略，或者来自中国方面的侵略，这个问题比较小，也可以说不是大问题，因为现在不存在我们两国互相打仗的问题。你们想撤部分兵回国，我们的兵也不出国。"

谈到中美会谈背景时，毛泽东说："过去22年总是谈不拢。……所以就打乒乓球。""从杜鲁门到约翰逊，我们也都不那么高兴，这中间有8年的共和党，那个时候也没通。"

基辛格说："在此期间，世界形势发生了戏剧性的变化，我们学会的东西很多。过去我们想到社会主义国家、共产党国家时，以为它们都是一模一样的，尼克松总统就任以后，我们才懂得中国革命发展和另外一些社会主义国家革命的发展是不同的。"尼克松说："主席先生，我知道，我多少年来对人民共和国的立场是主席和总理完全不能同意的。我们现在走到一起来了，是因为我们承认存在一个新的世界形势，我们承认，重要的不是一个国家的对内政策和它的哲学，重要的是它对世界上其他国家的政策，以及对我们的政策。中美互不构成威胁，是历史把我们带到一起来了。我们可以实现一个突破，这种突破不仅将有益于中美两国，而且在今后的岁月中会有益于世界。我就是为此目的而来的。"

当天晚上，周恩来在人民大会堂举行欢迎尼克松访华的盛大宴会。

中国军乐队演奏了《美丽的阿美利加》《牧场之家》《在林荫路上》《火鸡在草堆里》《美国民谣》等尼克松爱听的美国歌曲，优美的旋律在人民大会堂里久久回荡。尼克松等客人个个喜形于色，不断鼓掌。这是周恩来亲自选定的。

周恩来作为主人，首先站起来致辞。他热情洋溢地说："尼克松总统应中国政府的邀请，前来我国访问，使两国领导人有机会直接会晤，谋求两国关系正常化，并就共同关心的问题交换意见，这符合中美两国人民愿望的积极行动，这在中美两国关系史上是一个创举。美国人民是伟大的人民。中国人民是伟大的人民。我们两国人民一向是友好的，由于大家都知道的原因，两国人民之间的来往中断了20多年。现在，经过中美双方共同努力，友好往来的大门终于打开了。目前，促使两国关系正常化，争取和缓紧张局势，已成为中美两国人民强烈的愿望。……我们相信，我们两国人民这种共同愿望，总有一天是要实现的。中美两国的社会制度根本不同，在中美两国政府之间存在着巨大的分歧。但是，这种分歧不应当妨碍中美两国在互相尊重主权和领土完整、互不侵犯、互不干涉内政、平等互利和和平共处五项原则的基础上建立正常的国家关系，更不应该导致战争。中国政府早在1955年就公开声明，中国人民不要同美国打仗，中国政府愿意坐下来同美国政府谈判，这是一贯奉行的方针。我们希望，通过双方坦率地交换意见，弄清彼此之间的分歧，努力寻求共同点，使我们两国的关系能够有一个新的开始。"

尼克松在祝酒词中说："过去的一些时期我们曾是敌人。今天我们有重大的分歧。使我们走到一起的，是我们有超过这种分歧的共同利益。在我们讨论我们分歧的时候，我们哪一方都不会在我们的原则上妥协。但是，虽然不能弥合我们之间的鸿沟，我们却能设法搭一座桥，以便我们能够超过它进行会谈。我们没有理由要成为敌人。"

在宴会上，周恩来指着熊猫牌香烟对尼克松夫人帕特说："我想送给你这个。"

帕特大为吃惊："你说，香烟，我不会抽。"

周恩来含笑解释说："不，不是烟，我要送给你两只熊猫。"

帕特惊喜地对尼克松说："理查德，周恩来总理说送给我们两只熊猫，真的熊猫。"

通过卫星传送的电视新闻，美国人看到了这个消息，立刻引起全国性的轰动，一时成为美国人争相谈论的话题。

美国《纽约时报》发表文章说："周恩来是摸透了美国人的心理。"《华盛顿邮报》的文章说得更加生动形象："周恩来通过可爱的熊猫，一下子把美国人的心征服了。"

宴会结束后，周恩来陪同尼克松专门到军乐队前，尼克松向军乐队表示衷心的祝贺和感谢，称赞演奏得非常出色。他说他在外国从来没有听到过演奏得这么好的美国音乐，这给他留下了深刻的印象。尼克松的一些随行人员也赞不绝口，表示中方这样安排实在"太周到了"。这次宴会在外界震动很大，反映良好。外电称，中方给予尼克松总统亲切有礼貌而又恰如其分的礼遇。

从 22 日开始，周恩来总理同尼克松总统就两国关系和重大国际问题进行了广泛、认真、坦率的讨论。中方叶剑英、乔冠华、章文晋，美方基辛格等参加会谈。

尼克松先从台湾问题谈起，重申了他处理台湾问题的五项原则：（一）中国只有一个，台湾是中国的一部分，今后不再说台湾地位未定；（二）不支持任何台湾"独立"运动；（三）将在力所能及的范围内劝阻日本不进入台湾，也不鼓励日本支持台湾"独立"运动；（四）支持任何关于台湾问题的和平解决办法，不支持台湾当局用任何军事方法回到大陆的企图；（五）寻求中美关系正常化，决定在四年内逐步从台湾撤走军事人员和设施。他强调在政治方面有困难，还不能马上丢掉台湾，希望在第二届任期内完成中美关系正常化。

周恩来指出："还是那句老话，不愿意丢掉'老朋友'，其实老朋友已经丢了一大堆了。'老朋友'有好的，有不好的，应该有选择嘛。""你们希望和平解放台湾，我们只能说争取和平解放台湾。为什么说'争取'呢？因为这是两方面的事。我们要和平解放，蒋介石不干怎么办？台湾的内政由我们自己去解决。"

接着，双方谈了印度支那问题。周恩来说："尽管台湾是阻碍两国关系的关键问题，我们还可以等待几年，我们并不急于要在这次就解决这个问题，使你为难。但越南和印支战火不断，对印支人民的牺牲，我们极其同情。要缓和远东局势，越南和印支问题是关键。"周恩来强调，"最紧迫的是印支问题，如果印支战争不停下来，中国只有援助它们。我们只有同情和支持它们的义务，没有干涉它们的权利，或代表它们提出主张和代表它们谈判的权利。这一地区如果取得和平，不仅对远东、对世界也有好处，也才能实现中美找到的共同点"。尼克松表示，希望"光荣地结束越南战争"。周恩来列举法国从阿尔及利亚撤退的史实说明，美国愈晚同印支停战，就愈被动，反而不能取得"光荣的结束"。

双方还讨论了朝鲜、日本、南亚次大陆、对苏联关系和其他国际问题。尼克松表示，目前促使美中接近的原因，主要是两国国家安全利益是一致的，在制定美国对外政策时，他不得不考虑苏联在近四年来核力量发展速度惊人，美不能落后于苏联，否则美对欧洲、太平洋地区的盾牌就是毫无价值的。周恩来指出："你们两家军备竞赛，水涨船高，出路何在？……我们希望你们达成协议，减少核军备。美苏搞好关系，我们赞成。"周恩来的精辟论断和高尚风格，使尼克松十分佩服。

姬鹏飞外长和罗杰斯国务卿着重讨论了双边关系问题。乔冠华副外长与基辛格助理商谈了公报草案。

中美联合公报的商谈是从 1971 年开始的，经过双方商谈达成了无论形式和内容都很新颖的草案。草案的序言概述了尼克松总统访华的情况：第一部分阐明了双方对重大国际问题的各自看法和立场；第二部分确定了建立中美关系的共同原则；第三部分写明了对台湾问题的立场和改善双边关系的协议，需在这次继续商谈。在台湾问题上，中方坚持台湾是中国的一个省，解放台湾是中国的内政，别国无权干涉，全部美军必须从台湾撤走，坚决反对任何制造"一中一台""两个中国"的活动。美方则在和平解放台湾和撤走军事力量上持不同意见。经过多次磋商，基辛格提出美国声明："它认识到海峡两边的中国人民都认为只有一个中国；台湾是中国的一部分。"但在确认美国从台湾逐步减少直至全部撤走美军一段时，颇费周折，最后表达方式基本上肯定了美军全部撤走的最后目标，驳倒了台湾地位"未定论"，承认了"一个中国"的原则。为了照顾美方的困难，中方也做了一定妥协，没有要美方立即承诺废除美蒋共同防御条约，没有要求美军立即全部撤出台湾，而是先确定全部撤军目标，允许美军在一定时间内逐步撤离。

2 月 28 日下午，周恩来和尼克松在上海签订了《中美联合公报》（又称《上海公报》）。

公报全文如下：

应中华人民共和国总理周恩来的邀请，美利坚合众国总统理查德·尼克松自 1972 年 2 月 21 日至 2 月 28 日访问了中华人民共和国。陪同总统的有尼克松夫人、美国国务卿威廉·罗杰斯、总统助理亨利·基辛格博士和其他美国官员。

尼克松总统于 2 月 21 日会见了中国共产党主席毛泽东。两位领导人就中美关系和国际事务认真、坦率地交换了意见。

访问中，尼克松总统和周恩来总理就美利坚合众国和中华人民共和国关系正常化以及双方关心的其他问题进行了广泛、认真和坦率的讨论。此外，国务卿威廉·罗杰斯和外交部长姬鹏飞也以同样精神进行了会谈。

尼克松总统及其一行访问了北京，参观了文化、工业和农业项目，还访问了杭州、上海，在那里继续同中国领导人进行讨论，并参观了类似的项目。

中华人民共和国和美利坚合众国领导人经过这么多年一直没有接触之后，现在有机会坦率地互相介绍彼此对各种问题的观点，对此，双方认为是有益的。他们回顾了经历着重大变化和巨大动荡的国际形势，阐明各自的立场和态度。

中国方面声明：哪里有压迫，哪里就有反抗。国家要独立、民族要解放、人民要革命，已成为不可抗拒的历史潮流。国家不分大小，应该一律平等，大国不应欺负小国，强国不应欺负弱国。中国决不做超级大国，并且反对任何霸权主义和强权政治。中国方面表示：坚决支持一切被压迫人民和被压迫民族争取自由、解放的斗争；各国人民有权按照自己的意愿，选择本国的社会制度，有权维护本国独立、主权和完整，反对外来侵略、干涉、控制和颠覆。一切外国军队都应撤回本国去。中国方面表示：坚决支持越南、老挝、柬埔寨三国人民为实现自己的目标所做的努力，坚决支持越南南方临时革命政府的七

点建议以及今年 2 月对其中两个关键问题的说明和印度支那人
民最高级会议联合声明；坚决支持朝鲜民主主义人民共和国政
府 1971 年 4 月 12 日提出的朝鲜和平统一的八点方案和取消
"联合国韩国统一复兴委员会"的主张；坚决反对日本军国主
义的复活和对外扩张，坚决支持日本人民要求建立一个独立、
民主、和平和中立的日本的愿望；坚决主张印度和巴基斯坦按
照联合国关于印巴问题的决议，立即把自己的军队撤回到本国
境内以及查谟和克什米尔停火线的各自一方；坚决支持巴基斯
坦政府和人民维护独立、主权的斗争以及查谟和克什米尔人民
争取自决权的斗争。

美国方面声明：为了亚洲和世界的和平，需要对缓和当前
的紧张局势和消除冲突的基本原因作出努力。美国将致力于建
立公正而稳定的和平。这种和平是公正的，因为它满足各国人
民和各国争取自由和进步的愿望。这种和平是稳定的，因为它
消除外来侵略的危险。美国支持全世界各国人民在没有外来压
力和干预的情况下取得个人自由和社会进步。美国相信，改善
具有不同意识形态的国与国之间的联系，以便减少由于事故、
错误估计或误会而引起的对峙的危险，有助于缓和紧张局势的
努力。各国应该互相尊重并愿进行和平竞赛，让行动作出最后
判断。任何国家都不应该自称一贯正确，各国都要准备为了共
同的利益重新检查自己的态度。美国强调，应该允许印度支那
各国人民在不受外来干涉的情况下决定自己的命运；美国一贯
的首要目标是谈判解决；越南共和国和美国在 1972 年 1 月 27
日提出的八点建议提供了实现这个目标的基础；在谈判得不到
解决时，美国预计在符合印度支那每个国家自决这一目标的情
况下从这个地区最终撤出所有美国军队。美国将保持其与大韩
民国的密切联系与对它的支持；美国将支持大韩民国为谋求在

朝鲜半岛缓和紧张局势和增加联系的努力。美国最高度地珍视同日本的友好关系，并将继续发展现存的紧密纽带。按照1971年12月21日联合国安全理事会的决议，美国赞成印度和巴基斯坦之间的停火继续下去，并把全部军事力量撤至本国境内以及查谟和克什米尔停火线的各自一方；美国支持南亚各国人民和平地、不受军事威胁地建设自己的未来的权利，而不使这个地区成为大国竞争的目标。

中美两国的社会制度和对外政策有着本质的区别。但是，双方同意，各国不论社会制度如何，都应根据尊重各国主权和领土完整、不侵犯别国、不干涉别国内政、平等互利、和平共处的原则来处理国与国之间的关系。国际争端在此基础上予以解决，而不诉诸武力和武力威胁。美国和中华人民共和国准备在他们的相互关系中实行这些原则。

考虑到国际关系的上述这些原则，双方声明：

——中美两国关系走向正常化是符合所有国家的利益的；

——双方都希望减少国际军事冲突的危险；

——任何一方都不应该在亚洲——太平洋地区谋求霸权，每一方都反对任何其他国家或国家集团建立这种霸权的努力；

——任何一方都不准备代表任何第三方进行谈判，也不准备同对方达成针对其他国家的协议或谅解。

双方都认为，任何大国与另一大国进行勾结反对其他国家，或者大国在世界上划分利益范围，那都是违背世界各国人民利益的。

双方回顾了中美两国之间长期存在的严重争端。中国方面重申自己的立场：台湾问题是阻碍中美关系正常化的关键问题；中华人民共和国政府是中国唯一合法政府；台湾是中国的一个省，早已归还祖国；解放台湾是中国内政，别国无权干涉；全部美国武装力量和军事设施必须从台湾撤走。中国政府坚决反对任何旨在制造"一中一台""一个中国，两个政府""两个中国""台湾独立"和鼓吹"台湾地位未定"的活动。

美国方面声明：美国认识到，在台湾海峡两边的所有中国人都认为只有一个中国，台湾是中国的一部分。美国政府对这一立场不提出异议。它重申它对由中国人民自己和平解决台湾问题的关心。考虑到这一前景，它确认从台湾撤出全部美国武装力量和军事设施的最终目标。

在此期间，它将随着这个地区紧张局势的缓和逐步减少它在台湾的武装力量和军事设施。

双方同意，扩大两国人民之间的了解是可取的。为此目的，他们就科学、技术、文化、体育和新闻等方面的具体领域进行了讨论，在这些领域中进行人民之间的联系和交流将会是互相有利的。双方各自承诺对进一步发展这种联系和交流提供便利。

双方把双边贸易看作是另一个可以带来互利的领域，并一致认为平等互利的经济关系是符合两国人民的利益的。他们同意为逐步发展两国间的贸易提供便利。

双方同意，他们将通过不同渠道保持接触，包括不定期地派遣美国高级代表前来北京，就促进两国关系正常化进行具体磋商并继续就共同关心的问题交换意见。

双方希望，这次访问的成果将为两国关系开辟新的前景。双方相信，两国关系正常化不仅符合中美两国人民的利益，而且会对缓和亚洲及世界紧张局势作出贡献。

尼克松总统、尼克松夫人及美方一行对中华人民共和国政府和人民给予他们有礼貌的款待，表示感谢。

　　这是一个新颖、独特、具有很大创造性的公报，是周恩来对中国外交一个新的发展和贡献。公报列举的双方的十二条共同点，主要包括任何一方都不应该在亚太地区谋求霸权；各国不论社会制度如何，都应该根据和平共处五项原则来处理国与国之间的关系；国际争端不应该诉诸武力和武力威胁，双方准备在互相关系中实行上述原则等。把共同点写入公报，既照顾到美方困难，也对美方具有约束力。此外，公报还写入了扩大经贸、科技、文化等领域的交流与联系等内容。这对发展两国友好合作和实现中美关系正常化都起了推动作用。

　　这份来之不易的《中美联合公报》的发表，标志着中美关系开始走向正常化，尼克松显得心情格外舒畅。在上海市为他举行的送行宴会上，他即席发表讲话说，此次访华一周，是"改变世界的一周"。离开中国前，尼克松还要罗杰斯当面邀请周恩来访美。周恩来回答："中美目前还没有建交，我这时访美，似有不妥。"

　　2月28日下午，尼克松一行离开上海回国，周恩来、姬鹏飞、乔冠华等到机场送行。

　　29日上午，周恩来从上海回北京，在机场受到中央政治局叶剑英、李先念等全体委员和数千群众的热烈欢迎，表示对他凯旋的崇高敬意。

　　后来，尼克松在他的《领导人》一书中回忆周恩来说："周恩来仪表给人的印象是待人热情，开诚布公，善于自制又显然充满激情。""周的机敏胜过我所认识的任何一位世界领导人，而且明显地带有中国性格的特征。""周还有一种罕见的本领，就是对细小事情非常留神，但又不被琐事所缠住。""他的精力充沛得惊人。在我们的一些时间比较长的会谈中，我注意到，随着时间一小时一小时地过去，听着译员低声翻译的单调声音，双方一些年纪比较轻的人露出了倦意，但是73岁的周却始终头脑敏锐，精神抖擞，聚精会神。

他从不离题，从不讲废话，也从不要求休息。"

中美关系的突破，使得中国开始面对一个新的外交局面。正如这年8月周恩来秘密访朝与金日成会谈时所指出的：我们跟美国来往是有原则的。我们到现在没跟它缔结什么协议，只有一个《联合公报》。但这一突破，使世界上的国家都愿意跟我们来往了。中美来往的收获就在这里。这对改变国际关系的基本格局产生了巨大而深远的影响。

3月13日，在《中美联合公报》发表后只隔了两个星期，中国同英国关于互换大使的联合公报签字公布，自1954年两国之间建立的代办级外交关系，升格为大使级。接着，中国同荷兰、希腊、联邦德国相继实现外交关系升格或正式建交。中国同西方国家的关系出现重大变化。

十、周恩来倾注大量心血、田中勇敢果断，"尼克松冲击波"促成了中日正式建立外交关系

尼克松访华后，受"尼克松冲击波"影响最大的，要算同中国一衣带水的邻国日本了。

新中国成立后，周恩来一直关心中日关系，指导中日工作。他从 20 世纪 50 年代初打开中日民间交往的大门，"以民促官"，接见大量的日本民间团体、各界人士，苦口婆心与之长谈，有时一次不行就再谈一次，甚至连夜长谈，从中日交往两千年的历史，谈到当今的中日两国人民友谊，许许多多的日本朋友被周恩来的诚恳、坦率、热情、渊博的知识和诲人不倦的精神感动得五体投地。到 60 年代互设贸易代表机构，开辟中日半官方渠道，使两国的贸易不断发展。中日关系每前进一步，都包含着周恩来的心血，精心指导和培育。

周恩来同日本在野党和执政党讨论中日邦交正常化

在基辛格秘密访华前，1970 年 11 月 1 日，以成田知己委员长

为团长的日本社会党访华团与中日友好协会发表联合声明，阐明了恢复日中邦交正常化的四项原则，主要内容是：争取废除《日美安全条约》；反对一切敌视中国的政策，站在只有一个中国、台湾是中国领土的立场上，废除"日台条约"；按照和平共处五项原则和日中关系的政治三原则，立即实现邦交正常化。随后，周恩来同日本公明党领导人竹入义胜举行会谈。日本公民党访华代表团同中日友好协会代表团发表联合声明，一致强调中国只有一个，中华人民共和国政府是代表中国唯一合法政府；台湾是中国的一个省，是中国领土不可分割的组成部分；"日台条约"是非法的，必须废除；中国在联合国一切组织的合法权利必须恢复。中国方面表示：如果日本政府能够接受上述主张并为此采取实际步骤，中日两国就可以结束战争状态，恢复邦交，缔结和平条约。社会党和公明党的上述主张反映了广大日本人民要求恢复日中邦交的意愿，符合中日两国人民的利益，得到中方的好评。这样，中日邦交正常化的前景已经明朗。接着基辛格第二次访华和第二十六届联大恢复中国的合法权利的现实，又给予日本强烈的震撼。日本政界、财界团体和人士接踵来华，为推进日中关系正常化积极活动。长期以来一直致力日中友好的日方老朋友们更是不辞辛劳地往来奔波，企盼早日实现共同的夙愿。

1971年10月初，为了促进中日邦交正常化运动的进一步发展，周恩来邀请日本前外相藤山爱一郎为团长的日本促进恢复日中邦交议员联盟访华代表团。在会谈中，周恩来正式提出了中日邦交正常化三原则：中华人民共和国政府是代表中国唯一合法政府；台湾是中华人民共和国领土不可分割的一部分；"日台条约"是非法的，无效的，应予废除。这三项原则载入了双方发表的共同声明，受到日本在野党、自民党内有识之士和日本人民的广泛欢迎。但是佐藤荣作政府仍然无视广大日本人民要求恢复日中邦交的强烈愿望，在二十六届联大上仍和美国一起提出所谓"重要问题"提案和"双重代表权"提案，妄图使台湾当局的代表继续留在联合国内。这更引起日本人民的强烈反对，他们纷纷集会，严厉谴责佐藤政府这种敌视中国的政策。

周恩来长期处在中日之间这一系列活动的中心地位。

1972年上半年，周恩来连续同日本社会党、自民党、民社党和公民党人士谈恢复中日邦交问题，提出：中日两国没有任何理由这样对立下去，应该根据和平共处五项原则和恢复中日邦交三原则来实现两国关系正常化。并表示："如果一位现任首相准备解决日中关系问题，亲自到中国来谈，当然我们不好拒绝。有这样勇气的人来，我们怎么能拒绝呢？从原则来讲，就是新的日本政府不敌视中国，不阻挠复中日邦交，而是继续日中友好，努力恢复中日邦交，也就是合乎现在大家所说的'三原则'。这样的政府，也就是不继续佐藤路线的政府，我们愿意接触。当然，中日邦交问题还有很复杂的问题，具体实施的微妙处需要通过政府会谈，同时也要有一个形式问题。如果两国首脑诚心诚意愿意解决问题，那么形式是第二位的，内容是第一位的、本质的，就是真正促进中日友好，恢复中日邦交。"

佐藤内阁下台，田中角荣接任首相，表示要加速日中邦交正常化

1972年6月17日，佐藤荣作在日本人民强大压力下宣布辞职。7月7日，田中角荣取代佐藤荣作出任首相，成立了自民党内田中、大平、三木和中曾根四派联合组成的新内阁。新内阁在中日关系上采取了积极的态度。田中首相在就任后第一次记者招待会上就

表示："日中邦交正常化的时机已经成熟，我要认真处理这一历史性课题。"大平外相也向记者表示："为实现日中邦交正常化，新内阁首相或外相需要前往中国访问，到日中邦交正常化时，不能想象'日台条约'还会继续存在。"

中国政府对日本新内阁的积极态度迅速作出了反应。7月9日，周恩来在欢迎也门民主人民共和国政府代表团的宴会上表示："田中内阁7月成立，在外交方面声明要加紧实现中日邦交正常化，这是值得欢迎的。"7月16日，周恩来在会见日本社会党前委员长佐之木更三时更明确表示："如果现任首相、外相或其他大臣来华谈恢复日中邦交问题，北京机场准备向他们开放。"

为了准备中日两国领导人的会谈，周恩来这时虽已身患癌症，但仍昼夜操劳。他指定姬鹏飞、乔冠华、廖承志、韩念龙、张香山等人组成日本组。他白天接见外宾，那时到中国访问的日本朋友特别多，夜晚将日本组找到西花厅或钓鱼台开会研究中日建交问题，或带日本组一起到毛泽东住处开会，在毛泽东那里决定大政方针后，回来又同日本组同志一起研究安排，事无巨细，一一过问，一一想到。他常向大家说："外交授权有限"，"外交无小事"。

他这时已是74岁的高龄，并且查明身患癌症。他就是这样带病工作，每天工作十几个小时甚至20个小时。这是一种何等的忘我献身精神！

解决中日之间邦交正常化，也存在一个台湾问题。不同的是中日两国领导人的会谈准备一次解决这个问题，也就是日本承认中华人民共和国政府是代表中国的唯一合法政府，双方建立正式外交关系，同时日方断绝同台湾蒋介石集团的官方关系，包括废除所谓"日台条约"。因此，周恩来一直密切地关注着日方对台湾问题的态度，连某些提法的微妙差别也亲自过问。

为了沟通双方的想法，田中首相先后派了公明党委员长竹入义胜、自民党众议员古井喜实和中日邦交正常化协议会会长小坂善太郎访华。经过多次交换意见，双方对田中首相访华时将要签署的联合声明内容基本达成了共识。但是，在对结束战争状态的提法、恢复中日邦交三原则的表述及如何表明断绝日蒋关系等问题上双方还有差距，需待田中访华时两国领导人进一步磋商解决。

在中日双方多次交换意见的基础上，1972 年 8 月 11 日，日本外相大平正芳会见率上海舞剧团在东京访问的中日友协副秘书长孙平化和中日备忘录贸易办事处驻东京联络处首席代表肖向前，正式转告：田中首相要"为谈判实现日中邦交正常化"而访华。中国外交部部长姬鹏飞即授权宣布：周恩来总理欢迎并邀请田中角荣首相访华，就中日邦交正常化进行谈判。8 月 15 日，田中首相会见孙平化和肖向前，正式表示接受访华邀请。9 月 20 日，中日两国政府在北京和东京同时发表公告："日本国内阁总理大臣田中角荣愉快接受中华人民共和国国务院总理周恩来的邀请，将于 9 月 25 日至 30 日访问中国，谈判并解决中日邦交正常化问题，以建立两国之间的睦邻友好关系。"

田中访华，周恩来与之会谈，中日签署联合声明，正式建立外交关系

9 月 25 日上午，日本首相田中角荣和外相大平正芳、内阁官房长官二阶堂进飞抵北京。周恩来、叶剑英、郭沫若、姬鹏飞、廖承志等到机场迎接。这是战后日本首相首次访华。

晚上，周恩来为田中首相一行举行欢迎宴会。周恩来在宴会上发表祝酒词，称赞田中访华"揭开了中日关系史上新的一页"。同时指出："自从 1894 年以来的半个世纪中，由于日本军国主义者侵

略中国，使中国人民遭受重大灾难，日本人民也深受其害。前事不忘，后事之师，这样的经验教训，我们应该牢牢记住。"又说："田中首相就任以后，在中日双方的共同努力下，实现两国邦交正常化已经有了良好的基础。促进中日友好，恢复中日邦交，是中日两国人民的共同愿望。现在是我们完成这一历史性任务的时候了。"

田中在致辞中说："过去几十年之间，日中关系经历了不幸过程。其间，我国给中国国民添了很大的麻烦，我对此再次表示深刻反省之意。"第二天，在同田中会谈时，周恩来直率地提出："田中首相对过去的不幸过程感到遗憾，并表示要深深地反省，这是我们能够接受的。但是'添了很大的麻烦'这一句话，引起中国人民强烈的反感，因为普通的事情也可以说是'添麻烦'。"

田中解释说，从日文来讲"添麻烦"是诚心诚意地表示谢罪之意，并且包含着保证以后不重犯，请求原谅的意思。27日，毛泽东会见田中时，也问到"添麻烦"的问题。田中表示，日方准备按中国的习惯来改。

周恩来与田中举行了四次限制性会谈，两国外长举行了两次会谈。双方就解决两国邦交正常化问题充分、友好地交换了意见，并取得一致的看法。

（一）关于复交三原则问题。田中想对三原则分开表态，不愿做总的表态。实际上田中想在联合声明中只提三原则中的第一点和第二点，即承认中华人民共和国政府是中国唯一合法政府和"充分理解和尊重"中国关于台湾是中华人民共和国领土不可分割的一部分的立场，而不愿对第三点即"日台条约"是非法的、无效的、应予废除做公开表态。田中解释说："日台条约"经过日本国会批准；如完全同意中方意见，那就等于日本政府过去20多年一直在欺骗国会，欺骗国民。田中同时表示，通过这次会谈，假如能实现日中邦交正常化，那么"日台条约"就将终了。希望中方给予照顾。周恩来强调，复交三原则是中日邦交正常化的基础。只有在日方承认中方的复交三原则的前提下，才谈得上对日本面临的困难给予照顾。经过讨论，田中同意，在联合声明的前言中写上"日本方面重申站在充分理解中华人民共和国政府提出的'复交三原则'的立场上，谋求实现日中邦交正常化这一见解"。在第二、第三点写明："日本国政府承认中华人民共和国政府是中国唯一合法政府。""中华人民共和国重申：台湾是中华人民共和国领土不可分割的一部分。日本国政府充分理解和尊重中国政府这一立场，并坚持遵循《波茨坦公告》第八条的立场。"鉴此，为了照顾日本政府所面临的局部困难，周恩来同意在联合声明中不提"日台条约"，而由日方单方面声明，作为日中邦交正常化的结果，"日台条约"宣告结束。但这不等于中方承认"日台条约"。1972年9月29日，《中日联合声明》签字后，日本外相大平正芳即在记者招待会上宣布：作为日中邦交正常化的结果，"日华和平条约"（即"日台条约"）已失去存在的意义，并已宣告结束。日台间的"外交关系"也不能维持，驻台湾的原日本大使馆在处理善后事务后将关闭。

（二）关于结束中日之间的战争状态问题。田中认为，通过缔结"日台条约"已结束了两国间的战争状态，所以不同意中方"自声明公布之日起，战争状态宣告结束"的提法，而要写"确认战争状态的结束"。因"确认"的提法意味着"日台条约"是合法的，所以周恩来不能同意。经过磋商，最后双方同意一个折中方案，即在联合声明的前言中先说"战争状态的结束，中日邦交正常化，两国人民这种愿望的实现，将揭开两国关系史上新的一页"，而在联合声明的文本中则表示，"自声明公布之日起，中华人民共和国和日本国之间迄今为止的不正常状态宣告结束"。

（三）关于如何看待侵华战争问题。田中首相在周恩来总理为他举行的欢迎宴会上致答词时对日本军国主义者侵华战争只是说："我国给中国国民添了很大的麻烦，我对此再次表示深刻反省之意。"周恩来在会谈中严正地指出：田中首相表示对过去的不幸的过程感到遗憾，并表示要深刻地反省，这是我们能够接受的，但是"添了很大的麻烦"这一句话，引起了中国人民强烈反感。因为普通的事情也可以说是"添麻烦"。田中解释说，从日本方面来说，"添麻烦"是诚心诚意谢罪之意，而且包含着以后不重犯，请求原谅的意思。如果汉语里有更恰当的词汇，可以按中国习惯改。最后在联合声明中写成："日本方面痛感日本国过去由于战争给中国人民造成的重大损害的责任，表示深刻的反省。"

（四）关于战争赔款问题。田中首相访华前，中方已向日方正式表示，为了中日两国人民的友谊，中国准备放弃对日本国的战争赔款要求，并建议将此写入联合声明。但是，在商谈联合声明的具体条文时，日本外务省条约局局长高岛却提出，联合声明中不必再提赔偿问题，从法律上讲这个问题早已解决，因为蒋介石已在"日台条约"中宣布放弃要求赔偿的权利。日方这一态度引起中方强烈反驳。9月26日，周恩来总理在会谈中向田中首相严正指出："当时蒋介石已逃到台湾，已不能代表全中国，他表示所谓放弃赔偿要求是慷他人之慨，遭受战争损失的主要是在大陆上，我们是从两国人民的友好关系出发，不想使日本人民因赔偿负担而受苦，所以放弃了赔偿要求，而你们的条约局局长高岛先生反过来不领情，说蒋介石说过不要赔偿。这个话是对我们的侮辱，我们绝对不能接受。"次日，高岛在联合声明起草小组上表示，他对中国方面放弃战争赔偿一条的说明希望不要引起误解，日本国民对中国放弃战争赔偿要求深为感动。最后在联合声明中写上了"中华人民共和国宣布：为了中日两国人民的友好，放弃对日本国的战争赔偿要求"。9月29日，大平外相在记者招待会上谈到中国放弃战争赔偿问题时表示，如果想到过去日中之间不幸的战争结果，中国人民所受损失之巨大，我认为对此应予以坦率而正当的评价。

（五）关于《日美安全条约》问题。田中强调，日本与美国关系"非常重要"，主张在不改变、也不损害现存的日美关系的前提下，谋求日中关系正常化。周恩来表示，中国尊重日本和美国的关系，尽管对《日美安全条约》有意见，但在联合声明中不提及，中日友好不是排他性的，中日之间搞的任何条约都不是针对第三国的。

（六）关于钓鱼岛问题。田中在会谈中询问中国对钓鱼岛问题的态度。周恩来表示："这个问题我这次不想谈，现在谈没有好处，以后再说。并不是说这个问题不大，而是因为目前最紧迫的是两国关系正常化问题。有些问题等候时间的推移来谈。"周恩来和田中达成了"以后再说"的谅解。

（七）关于今后日蒋关系问题。田中保证，中日建交后即断绝日蒋之间的"外交"关系，撤回驻台湾的使、领馆，绝不支持"两个中国""台湾独立运动"，但日蒋间的经济交流和人员等不可能一下子都切断。对此，周恩来表示谅解，但要求日方今后在这方面应随时与中方打招呼。田中表示，如果日本要对台湾做什么，事先一定要通知中方。

双方经过四轮会谈就联合声明达成协议。周恩来总理在会谈结束时用中文写了"言必信，行必果"赠给田中首相，田中首相也用中文写了"信为万事之本"回赠。1972 年 9 月 29 日，周恩来总理、姬鹏飞外交部长代表中国政府，田中角荣首相、大平正芳外务大臣代表日本政府，正式签署了《中华人民共和国政府和日本国政府联合声明》。

联合声明全文如下：

日本国内阁总理大臣田中角荣应中华人民共和国国务院总

理周恩来的邀请，于1972年9月25日至9月30日访问了中华人民共和国。陪同田中角荣总理大臣的有大平正芳外务大臣、二阶堂进内阁官房长官以及其他政府官员。

毛泽东主席于9月27日会见了田中角荣总理大臣。双方进行了认真、友好的谈话。

周恩来总理、姬鹏飞外交部长和田中角荣总理大臣、大平正芳外务大臣，始终在友好气氛中，以中日邦交正常化为中心，就两国间的各项问题，以及双方关心的其他问题，认真、坦率地交换了意见，同意发表两国政府下述联合声明：

中日两国是一衣带水的邻邦，有着悠久的传统友好的历史。两国人民切盼结束迄今存在于两国间的不正常的状态。战争状态的结束，中日邦交的正常化，两国人民这种愿望的实现，将揭开两国关系史上新的一页。

日本方面痛感日本国过去由于战争给中国人民造成的重大损害的责任，表示深刻的反省。日本方面重申站在充分理解中华人民共和国政府提出的"复交三项原则"的立场上，谋求实现日中邦交正常化这一见解。中国方面对此表示欢迎。

日中两国尽管社会制度不同，应该而且可以建立和平友好关系。两国邦交正常化，发展两国的睦邻友好关系，是符合两国人民的利益的，也是对缓和亚洲紧张局势和维护世界和平的贡献。

（一）自本声明公布之日起，中华人民共和国和日本国之间迄今为止的不正常状态宣告结束。

（二）日本国承认中华人民共和国是中国的唯一合法政府。

（三）中华人民共和国重申：台湾是中华人民共和国领土不可分割的一部分。日本国政府充分理解和尊重中国政府的这一立场，并坚持遵循《波茨坦公告》第八条的立场。

（四）中华人民共和国政府和日本国政府决定自 1972 年 9 月 29 日起建立外交关系。两国政府决定，按照国际法和国际惯例，在各自的首都为对方大使馆的建立和履行职务采取一切必要的措施，并尽快互换大使。

（五）中华人民共和国政府宣布：为了中日两国人民的友好，放弃对日本国的战争赔偿要求。

（六）中华人民共和国政府和日本国政府同意在互相尊重主权和领土完整、互不侵犯、互不干涉内政、平等互利、和平共处各项原则的基础上，建立两国间持久的和平友好关系。根据上述原则和《联合国宪章》的原则，两国政府确认，在相互关系中，用和平手段解决一切争端，而不诉诸武力和武力威胁。

（七）中日邦交正常化，不是针对第三国的。两国任何一方都不应在亚洲和太平洋地区谋求霸权，每一方都反对任何其他国家或国家集团建立这种霸权的努力。

（八）中华人民共和国政府和日本国政府为了巩固和发展两国间和平友好关系，同意进行以缔结和平友好条约为目的的谈判。

（九）中华人民共和国政府和日本国政府进一步发展两国间的关系和扩大人员往来，根据需要并考虑到已有的民间协定，同意进行缔结贸易、航海、航空、渔业等协定为目的的谈判。

中华人民共和国国务院总理周恩来（签字）

中华人民共和国外交部部长姬鹏飞（签字）

日本国内阁总理大臣田中角荣（签字）

日本外务大臣大平正芳（签字）

终生为中日友好作出重大贡献的全国人大常委会副委员长、中日友协名誉会长、大诗人、大作家郭沫若，高兴地作了一首《沁园春·祝中日恢复邦交》词：

赤悬扶桑，一衣带水，一苇可航。昔鉴真盲目，浮桴东海；晁衡负笈，埋骨盛唐。情比肺肝，形同唇齿，文化交流有耿光。堪回首，两千年友谊，不同寻常。

岂容战犯猖狂，八十载风雪激大洋。喜雾霁云开，渠成水到，秋高气爽，菊茂花香。公报飞传，邦交恢复，一片欢声起四方。从今后，望言行信果，和睦万邦。

《中日联合声明》的签字和发表，标志着中日关系实现了正常化，结束了两国的战争状态，实现了两国人民多年来的共同愿望，在中日关系史上揭开了新的一页。

9月28日晚，即《中日联合声明》签字前一天，田中举行答谢宴会，周恩来出席并致祝酒词，说："我们即将结束两国迄今存在的不正常状态。战争状态的结束，中日邦交的正常化，中日两国人民这一长期的愿望实现，将打开两国关系中的新篇章，并将对和缓亚洲紧张局势和维护世界和平，作出积极的贡献。"又说："中日两国是社会制度根本不同的国家，但是，我们双方富有成果的会谈证明，只要双方都具有信心，两国间的问题是可以通过平等协商得到解决的。我相信，只要我们双方信守和平共处五项原则，我们两国的和平友好关系定能不断得到发展，我们两国伟大的人民定能世世代代地友好下去。"

9月29日，周恩来陪同田中首相等乘专机飞上海参观访问，次日送别田中一行。

周恩来安排大使乘专机赴任，派廖承志率领庞大代表团访日，中日友好关系迅速发展

1973 年初，中央决定调时任驻联合国常驻副代表陈楚为驻日本国大使，任命李连庆、米国钧、肖向前等为政务参赞，叶景愿为商务参赞。一年后又建立武官处，派吴新安为武官，又增派了参赞。这是一个很强的工作班子。

赴任前，周恩来接见了陈楚等。周恩来指出："日本是我们隔海相望的邻居，具有重要的战略地位，是我们外交工作的重点国家，发展同日本的友好合作关系，对中国政治、经济、文化、军事都极其重要。你们的责任很重大，一定要搞好工作，考虑到日本的经济、文化发达，文化界的名人、日本人称之'文化财'的人很多，水平很高，外交部要选派一个知识渊博水平高的干部去当文化参赞，否则人家会看不起的。同时考虑到中日尚未通航，大使和使馆主要馆员走香港不方便，免得日本人说中国寒酸，因此，我决定派专机送你们赴任。"最后，周恩来又叮嘱说："过去我在日本留学，临回国时曾游过琵琶湖，你们使馆的同志，有时间去看看，是不是污染了？"1973 年 3 月 27 日，陈楚大使夫妇、政务参赞李连庆夫妇等乘伊尔 26 专机飞往日本。大使乘专机赴任，这是罕见的，是周恩来外交上的独创。

专机降落在东京羽田国际机场。机场上花团锦簇，彩旗招展。日本各界朋友数千人到机场迎接，有老朋友，也有新朋友。欢迎的人群中伸出无数热情的手，到处是一片"欢迎""友谊"之声，气氛极为热烈。陈楚大使等外交官员在日本警车护卫下来到使馆临时住地新大谷五星级饭店时，店老板和职工早就等候在门口，欢迎尊

贵的客人。

3 月 28 日，陈楚到位于霞关的日本外务省拜会了大平正芳外务大臣，向他递交了国书副本，并转达了周恩来总理、姬鹏飞外长对大平的问候。表示愿在任期间，本着《中日联合声明》的精神致力于建立中日两国间的睦邻友好关系，希望得到日本政府和外相的支持。大平表示：欢迎陈楚出任中国驻日本首任大使，将尽力协助大使工作，大使及使馆有什么问题和困难，可随时向他和外务省提出，他们将按照日中两国联合声明和日中友好的基本精神逐一解决具体问题，使两国友好睦邻关系顺利发展。

4 月 5 日，陈楚大使向天皇裕仁呈递由董必武代主席签署的国书。那一天，按照日本政府的规定皇宫派出三部车子，由外务省典礼局局长到新大谷饭店接陈楚大使和主要外交官然后陪同前往日本皇宫。车队前后由数辆警车开道、护卫。在皇宫的院里，陈楚大使检阅了皇宫仪仗队，仪仗队还为中国大使和馆员表演了分列式。

检阅结束后，在大平正芳外务大臣和皇宫式部长陪同下，晋见日本裕仁天皇，陈楚向天皇呈递国书，并表示在他任上将努力发展中日友好睦邻关系。天皇表示欢迎大使莅任，愿为大使履行职务提供方便并尽力协助。递交国书后，陈楚向天皇一一介绍中国大使馆的主要官员。呈递国书完毕，大平外相、皇宫式部长和外务省典礼局局长同陈楚和使馆几位主要外交官一起举起盛着香槟酒的酒杯，祝贺递交国书仪式成功。从此时起，陈楚大使便可以以中国最高外交代表身份活动了，其他外交官也可公开活动了。陈楚和使馆外交官员们马上开展广泛的外交工作，频繁地与日本朝野各界人士往来会晤，与老朋友增进友谊，结交新朋友，努力促进中日友好关系的全面发展。

4 月中旬，周恩来组成了以中日友好协会会长、廖仲恺之子、日本早稻田大学毕业的日本问题专家廖承志同志为团长，楚图南、张香山、孙平化为副团长的中日友好代表团 55 人访日代表团。行前，周恩来于 3 月 27 日、4 月 14 日两次接见代表团全体成员，提出"不忘老朋友，广交新朋友"的出访方针，并建议，应将日本田中首相赠送给中国人民的礼物——樱花树的樱花叶采摘几片，当面交给田中首相，向他介绍樱花树在中国的长势情况；同时，赠送一幅描绘北京天坛公园樱花盛开情景的"中日友谊花盛开"的创作画。次日，代表团离京时，周恩来委托邓小平前往机场送行。

廖承志率领的中日友好访日代表团，是中日复交后中国满腔热情派出的最大也是最重要的代表团，55 位团员都是各界知名人士。如著名作家李季，演员赵丹、张瑞芬、祝希娟，还有科学家等，大部分是"文化大革命"中被打倒或靠边站的同志，周恩来让他们参加代表团，借此将他们"解放"出来。代表团由 3 个分团组成，分访日本 37 个都、道、府、县。"中日友好访日代表团"的出访，在日本列岛上掀起了中日友好热潮。代表团由日本 22 个友好机关、团体联合接待。因此代表团无论走到哪里都受到极其热烈的欢迎，特别是那些访问过中国的，为中日建交出过力的人士更表现出巨大的热情。

廖承志团长和全团人员抵达日后的第 3 天，先受到田中的茶会招待，陈楚大使和使馆几位参赞都参加了。廖承志、陈楚和田中进行了亲切友好的谈话，并互赠礼品。第 2 天参加日本 23 个团体组成的实行委员会，在新大谷举行盛大的欢迎招待会，日本政界、财界、文化界数千人参加宴会。藤山爱一郎、黑田寿男、中岛健藏、成田知己、竹入义胜、佐佐木更山、河野谦三、川濑一贯、冈崎嘉平太和廖承志、楚图南、陈楚等在宴会上发表热情讲话，称颂中日邦交正常化的意义和周恩来对此所做的巨大贡献。

随后日本三木武夫、大平正芳、河野谦三等日本政界、文化界、财界分别举行宴会欢迎廖承志一行。陈楚大使和分管文化的李连庆每天陪着代表团活动，参加各方的宴会、招待会。

4月正是日本东京樱花盛开的时候，访日代表团全体成员和大使、参赞夫妇都参加了这一年一度的新宿御园的"观樱节"，日本内阁成员田中、大平、二阶堂进、三木武夫等所有大臣和外国使节都出席了，田中等日本朋友和廖承志代表团及使馆人员搞了一次友好的联欢。

在廖承志等访问结束之前，田中首相又一次会见代表团，宾主对今后发展中日关系充满了信心，表示要踏踏实实地逐步做起。

5月15日，陈楚大使在新大谷为代表团访日举行盛大的答谢招待会，廖承志、陈楚和藤山爱一郎及各界头面人物在招待会上发表讲话，气氛极其热烈友好。

5月18日，建交后第一个重大访日团队廖承志一行55人圆满完成了访问任务，乘专机离开日本回国，日本各界朋友、中国大使、参赞也到机场欢送。

中日邦交正常化后，两国关系获得了迅速发展。根据《中日联合声明》的精神，两国先后签订了贸易、航空、航海、渔业等协定。尽管在这些协定的谈判过程中，都在台湾问题上有所争执，但总的说来还较顺利。这些协定都反映了双方坚持《中日联合声明》精神，反对"两个中国"或"一中一台"的立场。特别是通过中日航空运输协定的谈判和签订，把日台关系明确列位为"地区性"和"民间性"的关系，具有重大意义。

在解决中日航协定的问题时，曾遭到日本政界中的"台湾帮"和右翼分子的极力反对。1974年初，大平外相即将访华，旨在解决日中航空协定。可是当时日本报纸、广播、电视极力宣扬大平外相此行纯属友好访问，没有带什么问题去解决，搞得扑朔迷离，莫衷一是，甚至弄得我们国内也不太清楚大平此行的真正目的，为此国内发电报，要使馆提出看法。在陈楚主持下，召开了有部分研究人员列席的党委会会议，对大平外相访华的目的进行了认真的讨论研究，经过反复分析日本国内外形势和中日关系，认为："日本媒体是在故意散布烟幕，以掩盖大平此行的目的，避人耳目。大平访华唯一的目的是签订中日航空协定。"外交部和中央认为使馆的报告是符合实际的、准确的，并据此做了相应的准备。

大平外相匆匆来到北京，他会见了周恩来、毛泽东。他向周恩来求教："日本如何解决既要同中国通航，又能保持台湾的航线？"周恩来在外交上一贯既为中国的利益着想，也为外国的利益着想，实事求是地解决问题。他坦率而又真诚地告诉大平："中日正式通航以后，即使台湾继续用'中华航空公司'，同日本一家航空公司合作，台湾的飞机上还印有青天白日标志，但那时，日本不认为这是代表国家的'国旗'，而不过是一个商标而已。"大平在求得这个办法以后如释重负，觉得可以同中国签订航空协定了。1974年4月20日，《中日航空运输协定》在北京正式签字。大平外相在当天即发表谈话说："日本国和中华人民共和国之间的航空运输协定是国家间的协定，日台之间是地区性的民间来往。日本国政府根据日中两国政府的联合声明，自该协定发表之日起，就不承认台湾飞机上的旗帜标志表示所谓'国旗'，不承认'中华航空公司（台湾）'是代表国家的航空公司。"

但在中日友好条约谈判上却遇到了困难。根据周恩来批示，第一次韩念龙和陈楚一道同日本外务省东乡文彦次官，就《中日和平友好条约》交换了意见。中方就条约的基本内容提出了初步设想：在条约前言中明确肯定《中日联合声明》，条文应包括和平共处五项原则，不诉诸武力，不谋求霸权并反对建立这种霸权的努力，发展经济和文化关系等内容。东乡文彦表示大体同意，但对反对谋求霸权一点提出异议，强调条约纯属双边范畴，是否需要写入，尚需研究。以后陈楚又同东乡文彦谈了10次，但因1974年12月三木武夫接替田中角荣出任首相，他上台后，一方面表示要"尊重并且诚实履行《日中联合声明》的精神，并据此发展今后日中关系"；另一方面又修改了田中、大平的外交政策，标榜在美、中、苏之间搞"等距离外交"，既怕得罪苏联，又怕束缚自己。因此，他指示的外交大臣宫泽喜一和东乡文彦次官在谈判中要借口条约不能针对第三国，拒不同意把《中日联合声明》第 7 条关于不谋求霸权和反对霸权两层意思原原本本写入《中日和平友好条约》。1975 年 5 月以后转入北京谈判。

周恩来十分关心中日和平友好条约的谈判。他得知三木武夫反对条约中写入《中日联合声明》第 7 条的反霸条款后，于 1975 年 6 月 12 日在医院病房里抱病会见了两位老朋友藤山爱一郎和川濑一茨。这是周恩来最后一次接见日本客人，谈了一个多小时。他要藤山爱一郎传话给三木武夫首相。周恩来说："三木首相为中日友好出过力，对此表示感谢。请将我的真意向他转达。"藤山说李连庆要记录下来，周恩来表示同意。周恩来随即说："中日和平友好条约最重要的是这个条约为将来定下前进的方向。过去的问题，包括战争赔偿、损害请求等，中日两国复交时，我和田中首相已在双方署名的联合声明中清算完结，从现在开始是中日两国保持持久良好关系，这一点必须在条约中予以规定。""因此，中国极为重视将霸权条款写进条约的内容，中国的历史经验是受尽了列强的霸权的蹂躏，作为中国无论如何不能在反对霸权原则上让步。""中国只要求将《中日联合声明》中两国共同承认的第 6 条和第 7 条写进条约，日方只要答应这一点，中国再无其他特别的要求，中国对于日方加以解释的后退见解是不能允许的。"周恩来还说："我给三木首相的书信已由大使转述"，"中国方面已将这种想法回答了日方，日本政府说尚未得知是（我）不理解的，这一点毫无含糊的余地，请向三木首相转达。"

藤山回国后很快到三木首相官邸当面作了传达，并有官房长官井山一太郎在场。藤山向三木说："此问题交事务当局处理已是难于解决，首相亲自到中国或派可靠人前往才行，就是说倘首相不能亲往，请井山官房长官走一趟如何？"但三木终于未能听取藤山的劝告，条约谈判拖了下来。于是日本各地、各种民间友好团体纷纷要求政府迅速缔结日中和平友好条约，有的明确提出条约写明"反对霸权条约"。

直到三木武夫下台，福田赳夫接任日本首相时，《中日和平友好条约》才于 1978 年 8 月 12 日在北京签订，此时周恩来已去世两年多了。但是中日两国人民没有忘记周恩来在中日邦交正常化和中日友好关系中付出的巨大精力和作出的巨大贡献。

十一、为了党和国家、人民的利益，周恩来带病忘我工作，同"四人帮"进行坚决的斗争

爱妻、最亲密的战友邓颖超极为关心周恩来的处境和身体

周恩来长期带着疲倦不堪和多病的身体忙里忙外。他有时早出晚归，有时伏案批阅文件，有时找人谈话，有时接待外宾，一天工作十几甚至 20 个小时，一天只睡两三个小时，林彪叛逃时他三天三夜没有休息，紧急处理对内、对外各方面的问题，稳定局势。

早在 1967 年 2 月 2 日，周恩来就感到异常不适，经医生会诊，发现有心脏病，但他嘱咐秘书们不要对外讲他患病，照常日夜不停地工作。

身边的工作人员为周恩来的健康担忧，于次日写了一张大字报贴在他办公室的门上，请求他改变现在的工作方式和生活习惯，注意休息。看到这张大字报的陈毅、聂荣臻、李先念，叶剑英等也在大字报上签名支持。

4 日，周恩来在大字报上写下"诚恳接受，要看实践"8 个字。

他的妻子、最亲爱的战友邓颖超，一直担心他的处境和身体，心中很是紧张和不安，她看到大字报和周恩来的表态，随即作了五点"补充意见"：

（一）力争缩短夜间工作时间，改为白天工作。（二）开会、谈话及其他活动之间，稍有间隙，不要接连工作。（三）每日工作安排应留有余地，以备临时急事应用。（四）从外面开会、工作回来后，除紧急事项，恩来同志和有关同志不要立即接触，得以喘息。（五）会要开短些，大家说话简洁些。恩来同志坚持努力实践，凡有关同志坚持大力帮助。

可是一身系天下安危之周恩来，哪能有空闲和休息的机会？当时党的副主席林彪很少过问日常工作，1970年八九月间在庐山举行的党的九届二中全会，林彪抢班夺权的阴谋暴露，他的吹鼓手陈伯达遭批判，他的死党黄永胜、吴法宪、叶群、李作鹏、邱会作个个都被指名检查，林彪惶惶不安，称病不出，躲在那里策划谋害毛泽东，分裂党。内政、外交、军事、经济、文教都落到周恩来一人身上，毛泽东离不开周恩来，也深知周恩来在人民中的威望和力量。而周恩来早就抱着鞠躬尽瘁，死而后已的决心。他在"文化大革命"一开始，就怀着沉痛的心情对老战友李富春说："我不入地狱，谁入地狱?!"

周恩来抱着"入地狱"的英勇悲壮举动，为国为民艰难负重，力挽狂澜。

"文化大革命"前，周恩来已是夜以继日地工作，可是那时，有陈云、邓小平、李富春、贺龙、陈毅、李先念、聂荣臻、谭震林、薄一波、乌兰夫等副总理，军队有叶剑英、徐向前、罗瑞卿，有几十位部长、副部长，有各省市区的领导同志。如今，他们在

"文化大革命"中一个个被"打倒"或"靠边站",能够协助周恩来工作的寥寥无几,许许多多的事情都压在周恩来一人身上,还要对付林彪、江青一伙的明枪暗箭,应付中央、各部和各地造反派的纠缠,处理国内外大事。

超级巨人也负担不了这样巨大艰巨的工作负荷量,周恩来一天天消瘦苍老,白发已增添许多,不仅心脏有病,手也发抖。1967年9月24日对邓颖超说:我一到早晨8时左右,精神就不行了,手发抖。27日,应要求为国庆节两次试写"热烈庆祝伟大的中华人民共和国国庆十八周年",因手发抖均未成功,遂嘱秘书告有关负责人准备用仿宋体。

1970年11月12日,周恩来在会见罗马尼亚外贸部长布尔蒂卡时,在谈话中他破例吸烟,说:"我困得不得了,只好抽烟提神,即使我不跟你谈话,我也不能睡觉,还要做别的事。"有时李连庆陪同周恩来接见外宾,也见他打过瞌睡,他对外宾说:"我是强打的精神。"他有时太累了,让李连庆去叫服务员给他一杯茅台酒,或递给他一支烟抽。

1970年9月5日,周恩来因劳累过度,导致心脏出现异常,于当日凌晨开始吸氧,此后,办公时间均有医生和护士在门外守候,随时准备抢救。

邓颖超和周恩来共同战斗、生活了半个世纪之久,她理解周恩来,全力支持周恩来。她一方面全心全意支持周恩来的工作,一方面又极端担心、极端焦虑周恩来的身体。

1969年3月12日,邓颖超给周恩来写条子说:"你要紧跟毛主席,活学活用毛泽东思想,对人对事要放眼量,力戒急躁和激动,力争保持你的身体情况能坚持工作,因昨日蒲老(注:著名的老中医蒲转周,曾任中医研究院副院长,全国政协常委)告我,望你应戒着急和激动,以免影响心脏波动。"

1970 年 3 月 31 日晚，邓颖超写条给周恩来："没有机会和你面谈，只好书面提出，今天距你出访的日子只有 4 天了，为了能够完成访问的任务，你必须争取在你行前和访问期间，掌握你的身体不要出现波动和变化……无论如何要下决心在繁忙工作中，要稍有喘息的安排，要做最低标准的一点精力储备。"周恩来阅后批："同意你的好建议，我当照办，望告杨德中、钱嘉栋两同志也帮助注意。"

1970 年 10 月 6 日夜，周恩来看到邓颖超留条："后天八号东邻的贵宾就要到京了。在今明两天内你要储备一点精力以迎接新的任务。因此，希望你的节目不要安排太紧了为宜！如何，请你善自掌握。"

10 月 22 日夜，周恩来看到邓颖超留条："蒲老要我告诉你两件事：第一保护好肝脏和心脏不上火。第二保护好肠胃系统，消化好，大便好，仍宜继续调服保和丸和桑葚膏。"

1971 年 3 月 9 日晚，邓颖超留条致周恩来："你从昨天下午 6 时起床，到今天晚上 12 时睡的话，就达 30 小时，万望你不可大意才是！！这是出于全局、为了大局的忠言，虽知逆耳，迫于责任，不得不写数行给你。你应善自为之。"

3 月 24 日晚，邓颖超留条：据下大夫来告蒲老的话，"你的胃功能紊乱，无胃本质变化引起，而是由于饥饿食物凉热交杂，以及天气冷暖变化上引起的，除服必要药外，尚需注意饮食保暖适宜为好。"

6 月 13 日晚，邓颖超留条给周恩来："在人身上的各种器官的功能作用是有限度的，务望你在体力和精神方面都需要留有余地，做些储备，以便届时能够迎接新的任务。斗争是长期的，因此，需要你能够长期的战斗。"

1971 年 9 月 13 日，林彪、叶群等人不顾警卫部队阻拦，急驶山海关机场，乘二五六号三叉戟飞机强行起飞逃亡国外，在蒙古国上空自行坠毁。周恩来在人民大会堂紧急处理林彪事件整整三天三夜没有合眼，也没有回家。

邓颖超急坏了，又不知发生什么紧急事件，她只能打电话给保健医生，要他们注意按时给周恩来服药。

几天后，邓颖超才知道是林彪逃跑，摔死在蒙古温都尔汗。

林彪逃跑后，国内开始批极左路线，基辛格、尼克松相继来访，又解放了一大批老干部，工农业生产有所恢复，内外形势大有好转，周恩来放手工作了，邓颖超也放心多了。

但是，隐患未除。江青一伙还在台上，蠢蠢欲动。更要命的是，周恩来长时间的超负荷工作，长时间的心理紧张和压抑，1972年5月已发现癌细胞侵入体内。明察秋毫的周恩来已察觉到自己患了癌症。邓颖超陪他去北海散步，如实告诉了他。

叶剑英乘陪外宾见毛泽东的机会，向毛泽东报告：恩来同志天天尿血，心脏又不好，还是彻底检查和治疗一下。

毛泽东点点头，同意检查、治疗。周恩来自己也给毛泽东写了病情报告。

从此，邓颖超常陪周恩来到玉泉山疗养院检查身体，进行放射治疗。

白天，周恩来仍然忙于处理公务。医生严格禁止他晚上再夜以继日地工作，一定要他休息。多年难得的机会，几个晚上，邓颖超陪同周恩来重新看了两人都很喜爱的电影《女篮五号》《霓虹灯下的哨兵》、越剧戏剧片《红楼梦》《追鱼》，还看了绍剧艺术片《孙悟空三打白骨精》。

他们在玉泉山待了半个月，一起游览了香山的双清别墅。此时的香山虽无红叶，但"文革"中游人稀少，山影清幽，别有一番情趣。

邓颖超去看了多年的老战友蔡畅，看了邓小平和卓琳，又到301 医院看了双目失明的刘伯承元帅，向他们报告了周恩来做放射治疗，病情稳定的消息。他们听了非常高兴。

从玉泉山回到中南海西花厅，周恩来按时治疗，病情果然稳定下来。邓颖超内心充满了希望。

"四人帮"的干扰、迫害使周恩来的病情加重

周恩来在林彪集团覆灭后，全面主持中央工作，经过一段时间的纠"左"，国内形势有所好转。但是，由于毛泽东在理论上坚持"文化大革命"是马克思主义新发展的观点，因此不可能从全局上纠正"文化大革命"的错误。周恩来只能带着癌症之躯，顽强地工作、斗争，在有限的范围内消除"文化大革命"的消极影响。而且，在工作中不断受到"四人帮"的干扰、破坏，促使周恩来的病情加重。而周恩来则以一个革命家的雄才胆略，在病重期间，为国为民，忍辱负重，忘我操劳，鞠躬尽瘁。

周恩来的纠"左"使江青、张春桥十分恐慌，他们利用手中所掌握的舆论工具极力反抗。加上毛泽东提出"批林"要批极右，更使周恩来的纠"左"受挫，最终导致了"批林批孔"运动的兴起。江青、张春桥一伙借此兴风作浪，妄图乘机打倒周恩来这个阻碍他们篡党夺权的"拦路虎"。

这时候恰巧外交部有一份简报，毛泽东看了同周恩来的观点不一，迁怒于周恩来。毛泽东找王洪文、张春桥，而不找主管外交的周恩来谈话，他说："我常说当前世界形势是大动荡、大分化、大改组，而外交部却忽然来个什么大欺骗、大主宰，在思想方法上是看表面、不看实质。"然后，毛泽东要王洪文、张春桥管管外交部

的事，并说："你们年纪还不大，最好学点外文，免得上那些老爷的当，受他们的骗，以至于上他们的贼船。"毛泽东越说越激烈，越说越远，最后他言归正传，他说："结论是四句话：大事不讨论，小事天天送。此调不改动，势必搞修正。将来搞修正主义，莫说我事先没讲。"毛泽东在这里实际上指责了主管外交部的周恩来。周恩来知道后，心情肯定不好，其内心的痛苦只有他自己知道。但周恩来从来是从容、镇定、乐观，不管是外交上的剑拔弩张，党内错综复杂的局面，还是他个人的安危，从来应对自如，永不表露出来。

毛泽东错误地批判周恩来，江青一伙乘机攻击，无限上纲，用心狠毒

1973 年 11 月，基辛格再次访华，同周恩来进行会谈。基辛格临走时，早晨 5 点钟左右，他给西花厅打来一个电话，还要和周恩来见面，有些问题还需要讨论，周恩来立即给毛泽东打电话，但回复说毛主席已经睡了。周恩来考虑不见不好，反正会谈方案已经毛泽东和中央批准了，他便驱车前往钓鱼台，会谈记录连夜送到毛泽东那里。毛泽东看了觉得周恩来同基辛格会谈时讲错了话，再加上在他身边上蹿下跳的人向他进谗言，说周恩来右倾，同基辛格谈判有问题。于是第二天早晨王海容、唐闻生两人从毛泽东住处来到西花厅要见周恩来，正在批文件的周恩来让她们进来先在客厅里等候。不一会儿周恩来来到客厅，见她们拿着基辛格的谈话记录，见上面已画有红杠杠。王海容、唐闻生将有杠杠之处念出来，一一询问周恩来："您是这样讲的吗？"

周恩来一一回答"对，这是记录嘛！我就是这样意思"。

谈了个把小时,她俩走了。

没过两天,毛泽东那里通知,召开中共中央政治局会议,并叫外事口多出几个人,一块儿讨论讨论。会议在人民大会堂东大厅召开,王洪文主持会议,对周恩来、叶剑英开展批评,每次会议都是出席会议的人坐好了,才让周恩来进去,坐在被告席上,一人孤零零地坐在一张单人沙发上,其他人围成一圈,会议结束时让周恩来先出来,他们在里面研究第二天的会议怎么继续批判,连续 20 多天,江青、张春桥、姚文元、王洪文等声色俱厉批判周恩来、叶剑英"丧权辱国、投降主义","迫不及待地抢班夺权"!江青、姚文元还说:"这是第十一次路线斗争。"

周恩来因为身患癌症,身体虚弱,右手发颤,他曾向那位常去西花厅的某女士提出:"我手颤记不下来,你能不能帮我记一下?"那位女士杏眼圆睁,板脸怒斥:"怎么,你想秋后算账?是批你还是批我?自己记。"此时的周恩来以病体之躯,承受了千钧的压力。这种错误的批判,大大摧残了周恩来的身体。

在错误地批判周恩来 20 多天后,12 月 9 日,毛泽东先后同周恩来、王洪文等人谈话,提出这次会开得好,就是有人讲错了两句话。一个是讲"第十一次路线斗争",不应该那么讲,实际上也不是;一个是讲总理"迫不及待",总理不是迫不及待,江青自己才是迫不及待。对江青所提她和姚文元增补为中共中央政治局常委,毛泽东表示:"增补常委,不要。"

但是"四人帮"不放过周恩来,他们又抓住国民党特务伪造的"伍豪脱党"事件,企图把周恩来打成叛徒,一计不成又生一计,借"批林批孔"引申出来批"周公",矛头直指周恩来。周恩来沉着镇定,不顾病情加重、忍辱负重、忘我工作,极力抵制"四人帮"的阴谋,顽强斗争,尽力把运动转到生产建设上来。

江青一伙却又利用毛泽东要借"批林批孔"来肯定"文化大革

命"，便有恃无恐地大干起来，背着中央政治局、中央军委于1974年1月24日召开"批林批孔"动员大会。接着又以中共中央名义于1月25日在北京首都体育馆召开中共中央、国务院直属机关"批林批孔"动员大会。

周恩来事先不知道，是江青办公室的电话通知临时赶来开会的，表面上由周恩来主持，但都由"四人帮"一伙在会上大嚷大叫，说什么"批林批孔"要联系实际，要批"孔老二式"的人物，要反复辟要批修正主义，并点名批评一些领导人，郭沫若几次被点名，罚站起来，矛头直指周恩来。周恩来坐在主席台上眉头紧锁翻看材料，对"四人帮"一伙的鼓噪，泰然处之。

会后，江青一伙兴高采烈，连夜整理材料讲稿，审查大会录音带，准备下发。

周恩来忧心如焚，眼看着国家又要陷入一场混乱中，他不顾一切，当机立断，让秘书连夜突击，把大会的发言整理出来。第二天，周恩来把整理稿从头到尾看了一遍，在他认为重要的地方用红笔画了横线，并亲笔给毛泽东写了一封信，一起由机要通讯员马上送到毛泽东那里。毛泽东对江青私自召开"一·二五"大会以及对他们的言论作了批评，并扣发了他们精心炮制的准备下发的材料。以后，在周恩来主持下，对"批林批孔"作了些规定和限制。

然而，江青一伙仍不甘心，到处"放火烧荒"，私自用她个人的名义，到处散发材料，鼓励"批孔"，矛头还是对着阻碍他们夺权的最大障碍周恩来。

1974年初，周恩来的癌症病情日益加重。他从那时起，只能一边治疗，一边工作，而且还要应付"四人帮"的干扰和攻击。如果周恩来不顾全大局，他完全可以离开岗位，安心养病。但是，周恩来从来都把党和人民的利益放在第一位，只要自己生命不止，就要奋斗不息；宁愿自己受苦，也要多做工作，让国家尽快摆脱那种混乱局面的再度出现。7月1日，周恩来主持的中央会议，通过了《关于抓革命促生产的通知》，重申"我们的干部，绝大多数是好的和比较好的"，要求擅离职守的干部必须返回岗位。批评了"反潮流的歪风，继续搞跨行业、跨地区的串通、拉山头、打内战，散布什么不为错误路线生产的谬论"。

7月17日，毛泽东在离京前在中南海约政治局成员谈话，交代工作，周恩来也从医院赶来参加。江青一伙在会上继续唱他们的高调，指桑骂槐地大谈批"现代的儒"，不点名地指责周恩来阻碍"文化大革命"。

看到江青一伙如此猖狂地攻击周恩来，政治局其他委员大都很气愤。其中有的还义正词严地要江青把话挑明。江青尽管那样猖狂，但是还不敢公开说周恩来是大儒。毛泽东看到江青一伙这样胡搅蛮缠，在研究国家大事的会议上如此放刁撒野，实在说不过去，他不得不对江青等进行严厉批评。他说："江青同志，你要注意呢！别人对你有意见，又不好当面对你讲，你也不知道。你不要设两个工厂，一个叫'钢铁工厂'，一个叫'帽子工厂'，动不动就给人戴帽子。""你也难改呢！"毛泽东对在座的政治局委员说："听到没有，她并不代表我，她只代表她自己。"接着说："此人一触即跳"，"总而言之，她代表她自己"。"她算上海帮呢！你们要注意，不要搞成四人小帮派呢？"这是毛泽东第一次提出江青、张春桥、姚文元、王洪文搞"四人帮"问题。以后，中央政治局对"四人帮"进行多次批评，使他们不得不暂时偃旗息鼓。当然他们还在等待时机，准备东山再起。

周恩来住院，多次手术，仍坚持工作，接待许多外国贵宾，同"四人帮"进行坚决斗争，全力支持邓小平

1974 年四五月间，周恩来连续四次发生缺氧症状，病情严重，心脏功能每况愈下，在此情况下，叶剑英借毛泽东接见外宾时，报告了周恩来的病情，毛泽东和中共中央同意周恩来住院治疗。6 月 1 日，周恩来交代工作，口授 6 月 1 日后对送批文件的处理意见后，依依不舍地离开生活、工作 25 年的西花厅。当天住进了解放军 305 医院，接受手术治疗。也是当天，就做了第一次手术，手术非常顺利，大家都很高兴，医生们对治疗抱有充分信心。此时邓颖超天天跑医院，见周恩来手术成功，非常高兴。她因周恩来生病，被"四人帮"迫害，心情凄苦，现稍有缓解。她在 1974 年 8 月 24 日，用铅笔在台历上写道："受苦不由命，幸福靠革命。"表达她不相信什么命运的唯物主义思想和坚定的革命意志。

周恩来虽然离开西花厅，住进医院，并没有停止工作，只不过把办公室转移到病房罢了。除国内大量的事务仍要由他处理之外，对外事务频繁不断。如：

1974 年 6 月，他嘱工作人员写信给即将出国参加世界卫生组织会议的天津医学院妇科主任俞霭峰，提出：要坚持执行毛主席的革命外交路线，不卑不亢，以礼相待，不要有大国沙文主义，不要妄自尊大，搞好学术交流工作。

7 月 5 日，周恩来会见美国民主党参议员亨利·杰克逊和夫人，并与他们谈了国际问题。

7 月 20 日，会见尼日尔最高军事委员会副主席萨尼·苏纳·西多少校及所率尼日尔政府代表团一行，对自己因病未能参加接待活

动表示歉意。周恩来还对尼日尔连年干旱蒙受巨大损失的情况，表示深切同情。

8月3日，应越南方面的一再要求，周恩来会见越南副总理黎清毅等。谈到中国援助越南工作时说："从你们抗美救国战争以来，我们一直把援越摆在援外工作首位，至今仍是如此。有的属于贷款，但大部分是无偿的，援越经济、军事总额占我国援外的48%，外汇、粮食都占我援外的首位。你们在打仗，不援助你们，就不是无产阶级国际主义者。"

9月20日，会见菲律宾总统马科斯的特别代表、马科斯总统夫人伊梅尔达·马科斯。在谈到中菲建交时，指出：马科斯总统了解我们的政策。我们的建交原则是，建交国必须与台湾"断交"。

9月26日，会见毛里塔尼亚总统莫克塔·乌尔德·达达赫和夫人，感谢非洲许多国家同中国建立外交关系。

9月30日晚，出席人民大会堂宴会厅举办的庆祝中华人民共和国成立25周年盛大庆祝会。到会数千名中外来宾，以经久不息的掌声欢迎周恩来，表示对总理的热爱和全力支持。周恩来被这种热情感动了，他招手示意要大家停止鼓掌。而掌声却像大海的波涛，一浪又一浪地在壮丽的宴会厅里不断回荡。

周恩来致祝酒词说："25年前，中华人民共和国诞生，中国人民站起来了；25年来，全国各族人民在毛主席为首的中国共产党领导下，沿着社会主义道路胜利前进。"周恩来向全国各族人民表示节日的祝贺，向全世界人民和各国朋友们表示衷心的感谢。致辞不时被热烈的掌声所打断。这是周恩来最后一次出席国庆招待会。

10月6日，周恩来会见加蓬总统、政府首脑哈吉·奥马尔·邦戈和夫人。

10月19日，会见丹麦首相保罗·哈特林和夫人。

10月27日，周恩来会见越南副总理黎清毅、外贸部副部长李班、国防部副部长陈参中将。

周恩来的病情又有反复，为此不得不于 8 月 10 日进行第二次手术。手术后，病情较平稳，起居亦可自理。周恩来医疗组向王洪文、叶剑英、张春桥、汪东兴提出："恩来同志第二次手术后于 8 月 16 日开始会客，10 月 6 日以后会客增多，最多一天会客 5 次，谈话时间有时也较长，最长一次超过半小时。与此同时，批阅的文件也增多，连续会客、谈话及批阅文件后，影响白天休息及夜间睡眠。最近几天显得疲劳。恩来同志自己也感到精力不足。建议最近期间减少送阅文件及会客次数，并缩短谈话时间。"

但是江青一伙仍然制造各种事端，影射攻击周恩来，把许许多多的内外事务压到周恩来那里，干涉和破坏他的休养和治疗，迫使周恩来的病体加重。但是周恩来为了党和国家、人民的利益，不顾个人的安危，一方面带病工作，一方面同"四人帮"坚决斗争，使得江青一伙的图谋、制造的事端着着失败。

召开四届人大，江青一伙积极活动，企图组阁，周恩来不顾重病在身，亲自筹备和主持人大的召开，坚决不让国家大权落在"四人帮"手里

在筹备第四次人民代表大会时，江青一伙企图组阁篡夺政权，私下派王洪文飞长沙见毛泽东，诬蔑攻击周恩来，吹捧江青、张春桥、姚文元，要毛泽东同意由他们组阁。毛泽东清楚王洪文是代表江青来的，一是告状，二是要权。当即告诫他："你们对周总理有意见，当面谈谈嘛，你回去之后多找总理、剑英谈，不要跟江清搞在一起，你要注意她。"王洪文这次长沙之行不仅没有达到目的，而且暴露了"四人帮"的阴谋，还受到了警告。

后来，毛泽东明确指示："总理还是总理，四届人大的筹备工作和人事安排，由总理和王洪文一起管。"

1974 年是党和国家领导权重新配制的关键时刻，为了开好党的十届二中全会和四届人大，周恩来不顾自己每况愈下的身体，责无旁贷地负起处理党和国家全面工作的重任，积极筹备二中全会和四届人大。到 11 月，在周恩来亲自主持下，一段一段地讨论、修改由邓小平负责组织起草的《政府工作报告》，他仍然事必躬亲，通宵达旦地工作，全然不像一个重病在身的人。在最关键的人事安排上，他更是反复考虑，煞费苦心。他对叶剑英说："千万注意大权不能落在'四人帮'手里。"他针对江青一伙等人竭力要将他们的亲信安插在文化、教育、体委等部委的情况，周恩来多次同邓小平、叶剑英、李先念研究、交换意见，觉得教育部关系重大，不能让步，确定由周荣鑫为部长。随后，周恩来在医院分批召集中央政治局成员开会，通过人大常委会委员长、副委员长、国务院副总理、各部长的候选人名单。

周恩来与叶剑英、李先念、邓小平商量，筹备工作一切就绪，如何得到毛泽东的批准？大家一致认为，必须由周恩来亲自飞长沙向毛泽东当面汇报，把问题谈清楚，取得毛泽东的支持。当时发现周恩来大便中有隐血，叶剑英痛苦地决定不改变计划，沉重地叮嘱周恩来身边的工作人员和医务人员，为了国家的最高利益，反复要求大家想尽一切办法，无论如何也要保证总理安全回来。12 月 23日下午，周恩来离开医院，来到南苑机场，他步履蹒跚，双手颤抖，在服务员的帮助下登上飞机。他以重病之体，超人的毅力，为国为民工作。当晚，他与后去的王洪文一起见了毛泽东。12 月 23日、24 日、25 日、27 日，毛泽东同周恩来、王洪文谈了 4 天。然后毛泽东把王洪文支走，同周恩来单独谈了几次，有一次两位老战友从深夜 12 时谈到凌晨 2 时。

毛泽东同意四届人大和人事的安排。当周恩来走出会客室，毛泽东到门口握手相送，对周恩来委以重托。

1月8日，党的十届二中全会在北京召开，周恩来主持会议，并传达了毛泽东关于四届人大人事安排、理论学习以及今后工作方针的重要指示。会议讨论了四届人大的准备工作，决定将《中华人民共和国宪法修改草案》《关于修改宪法的报告》《政府工作报告》和全国人民代表大会常务委员会、国务院成员的候选人名单，提请全国人民代表大会讨论。会议追认由周恩来极力推荐和大力支持的邓小平为中央政治局委员，选举邓小平为中共中央副主席、中央政治局常委，批准李德生关于免除他所担任的中共中央副主席、中央政治局常委的请求。同意毛泽东不做人民代表、不出席会议的决定。在10日晚的闭幕会上，周恩来用迟缓、沉稳的语调向到会的中央委员和候补委员发表讲话："这次中央全会结束前，我请示主席，有什么话要我向大家转达。毛主席讲了八个字：'还是安定团结为好。'现在，我要向大家讲的就是毛主席这句话：'还是安定团结为好。'希望中央政治局的工作，各省、市、自治区的党委和各级革命委员会的工作，以及中国人民解放军的工作，都要遵照毛主席的指示去做，安定团结，把今年的各方面工作做得更好。"

1月13日晚8时，人民大会堂万人大礼堂内灯火通明，四届人大开幕，周恩来作《政府工作报告》，声音还是那样清晰有力。他说："三届人大的《政府工作报告》，曾经指出，从第三个五年计划开始，我国国民经济的发展，可以按两步来设想：第一步，用15年时间，即在1980年以前，建成一个独立的比较完整的工业体系；第二步，在本世纪内，全面实现农业、工业、国防和科学技术的现代化，使我国的国民经济走在世界的前列……"会议期间，周恩来还是参加一些代表团的小组讨论，代表们纷纷向他问候、致敬。面对一张张诚挚的面孔，周恩来坦然而又郑重地表示："我已得了癌症，工作时间不会太长了，这也是自然规律，是不以人们意志为转移的。现在我正在医院里同疾病做斗争，在可能的情况下，我还要继续和大家一起奋斗，共同实现我们的宏伟目标。"代表们见周恩来病魔缠身，强忍着内心的痛楚，眼前的好总理啊，几乎变成了另一个人了。他是那样的消瘦，老年斑、皱纹布满了脸和手；动作和声音显得那样疲惫，可是一见到他是带着重病仍然忘我地工作、为国操劳，这是多么崇高、多么伟大的人啊！又为他为国为民巨大的精神所激励，个个决心学习总理，努力为他所提倡的实现四个现代化宏伟目标而奋斗。四届人大，选出了以朱德为委员长的人大常委会，任命周恩来为国务院总理，邓小平、李先念等为副总理。江青一伙的"组阁"夺权阴谋彻底失败。这为以后粉碎"四人帮"奠定了组织基础。

十二、周恩来病逝，举国哀悼、世界同悲，悼念这位中国人民的卓越领导人、千古英雄

全力支持邓小平工作

由于党的十届二中全会和四届人大会议，过于忙碌和疲劳，周恩来的病情加重，又开了几次刀，他虽躺在病榻上，中央政治局和国务院的日常工作由邓小平主持，但并没有撒手不管，仍然全力支持邓小平的工作，对"四人帮"的干扰和破坏他毫不留情，以自己最后的生命之光，化作无形的巨大的力量，在 1975 年留下最后的辉煌。

周恩来在医院里与邓小平经常见面，平均每周都有一两次。病房内两位老战友促膝谈心，共商国是，常常谈到深夜。周恩来还时常找中央政治局成员和国务院有关负责人谈话，特别是中央副主席、主持中央军委的叶剑英和中央政治局委员、国务院副总理李先念，这两位长期追随周恩来的老战友谈话次数最多，以了解各项工作情况，并要求他们支持邓小平的工作。

周恩来在医院里直接听取走马上任的教育部长周荣鑫的汇报，

在详细了解了教育部的现状以及"四人帮"对教育工作的干扰后，明确支持周荣鑫根据邓小平的意见，对教育系统进行整顿。

1975 年 8 月，"四人帮"又利用毛泽东评《水浒》的讲话，批宋江、批投降派，把矛头对准周恩来和邓小平，说什么宋江处心积虑地排斥晁盖、架空晁盖……和宋江一类的人物，在我们国家里还掌握大权呢！他想架空毛主席，同宋江手法一样。

面对"四人帮"的猖狂进攻，周恩来从侧面接应邓小平。9 月 7 日，周恩来不顾病情严重恶化和医生的再三劝阻，坚持会见由维尔德茨率领的罗马尼亚党政代表团。在会谈时，维尔德茨关心地问候周恩来，询问他的身体状况。周恩来坦然地说："马克思的请帖，我已经收到了，这没有什么，这是不以人的意志为转移的自然法则。"接着周恩来意味深长地说："请维尔德茨同志代我转达对齐奥塞斯库同志的问候！经过半个世纪奋斗的中国共产党中涌现出许多有才干、有能力的领导人。现在副总理已全面负起责任来了。"在旁边的陪同人员小声地向维尔德茨解释说："副总理是指邓小平。"最后周恩来充满信心地说："具有 50 年光荣历史的中国共产党是敢于斗争的，不论风里还是雨里，我相信这些同志都承受得了。"这是周恩来最后一次会见外宾。

抱重病会见许多重要外宾，发展外交事业

周恩来在会见维尔德茨以前还会见了不少国家的领导人和重要的外宾。

1974 年 12 月 5 日会见越南劳动党政治局委员黎德寿和越南劳动党中央委员、书记处书记春水。同日会见日本创价学会会长池田大作和夫人以及由池田率领的创价学会第二次访华团全体成员。

7 日，会见阿富汗总统特使穆罕默德·纳伊姆和随同来访的外交部副部长赛义德·阿卜杜拉。

12 日，会见美国参议院民主党领袖迈克·曼斯菲尔德和夫人。当曼斯菲尔德说，他心里认为，周总理是世界上最伟大的政治家之一时，周恩来说：我是一个普通人。中国有句老话，"人贵有自知之明"。

同日，接见巴基斯坦国防和外交部长阿齐兹·艾哈迈德。

16 日，会见扎伊尔总统蒙博托和夫人及随行人员。

1975 年 1 月 4 日，周恩来会见荷兰外交大臣范德斯图尔。

7 日，会见马耳他总理明托夫和随同来访的内阁秘书米勒里等。

8 日，会见泰国访华代表团团长、泰外交部副部长提猜·春哈旺等。

16 日，会见日中经济协会会长稻山嘉宽等日本朋友。

同日，会见德意志联邦共和国基督教社会联盟主席施特劳斯和夫人。在谈话中，周恩来回忆了 20 世纪 20 年代初旅欧勤工俭学时的情况，说："旅欧时我读了点马克思的书，以后加入了中国共产党。所以我们信仰共产主义，是自西欧学来的。今天同你这个有名的反共专家见面，历史是很有趣的。"

20 日，会见日本自由民主党议员、前国务大臣保利茂及坪川信三、田川诚一等。周恩来说："田中先生一上任就立即作出决断，恢复了邦交，这是了不起的，值得称赞。他比尼克松勇敢。"周恩来还回忆起他 56 年前在日本京都岚山观赏樱花的情景。当日本友人希望他在樱花开放时重访日本，再去赏樱时，答道："愿望是有的，但是力不从心，恐怕很困难了。"

24 日，在人民大会堂会见香港客人费彝民。

28 日，会见联合国教科文组织总干事阿马杜·穆赫塔尔·恩布。

31日，会见冈比亚外交部长阿巴·恩吉和总统府秘书长克里斯坦森。

2月1日，会见特立尼达和多巴哥总理威廉斯博士和随同来访的民政部长钱伯斯、特立尼达和多巴哥常驻联合国代表塞诺雷特。

20日，会见莫桑比克解放阵线主席萨莫拉等一行。

24日，会见西哈努克。

3月10日，会见赞比亚外交部长姆旺加。

12日，会见圭亚那总理伯纳姆及随同来访的能源和资源部部长杰克、住房和工程部部长纳拉因。当客人询问中国为什么不参加不结盟国家会议时，周恩来说："因为中国在名义上还和苏联订有一个《中苏友好同盟互助条约》，所以不结盟会议就没有参加。实际上中国是真正的不结盟。"

16日，会见新加坡共和国外交部长拉贾拉南和外交部高级政务部长李炯才。谈话中，周恩来表示：我们尊重你们的国家主权，你们不是"第三中国"，而是新加坡共和国。你们新加坡共和国是独立的，有自己的主权。又说："我们希望早一点同你们建立外交关系，但如果你们觉得有困难，晚一些也不要紧，我们可以理解，请转告你们总理。"

17日，会见摩洛哥外交国务大臣拉腊基博士。

同日，会见斯里兰卡总理班达拉奈克夫人的儿子、斯里兰卡代表团团长阿努拉·班达拉奈克。阿努拉面交了班达拉奈克夫人的一封信。

4月3日，因手术后身体虚弱，躺在病床上会见突尼斯总理努拉伊。

19日，因双脚严重浮肿穿着赶制的布鞋会见金日成及他率领的朝鲜党政代表团。

20 日，会见比利时王国政府首相廷曼斯和夫人、外交大臣范埃尔斯兰德和夫人等。会见时，周恩来回顾了 1954 年日内瓦会议的一些情况，说："你们的前外交大臣在日内瓦会议上，虽然我们是斗争的两方，但他不顾美国代表史密斯摇手反对，接受我们一条意见，我们印象深刻。其实，问题本身并不严重，就是关于朝鲜问题。开会嘛，总要有个结果，定个下次开会的日期，但是杜勒斯就是要破坏，他不准同我握手。而斯巴克不仅同我握手，还有勇敢同意我们的提议，成为当时的一条新闻。那次会上对朝鲜问题没有提出任何解决办法，直至今天。"

23 日，会见柬埔寨英·萨利。

30 日，会见阿拉伯也门共和国指挥委员会委员兼武装部队副总司令沙瓦里希及所率的代表团。

5 月 8 日，会见欧洲经济共同体委员会副主席克里斯托弗·索姆斯及其随行人员。

18 日，会见伊朗国王巴列维的妹妹阿什拉芙·巴列维公主。

31 日，会见圭亚那副总理里德等。

6 月 6 日，会见澳大利亚外交部长威尔西和夫人。周恩来对澳大利亚第一个退出印度支那战争之举表示赞赏。并且说：现在的趋势是，东南亚国家、大洋洲国家要求自己解决自己的问题，同其他国家友好相处。我们赞成东盟国家希望成为和平、中立和独立的国家，我们理解他们这一立场。周恩来又说，形势的发展证明一个真理。任何一个国家，要进行扩张，建立霸权，总是要失败的。当人民决心起来抵抗时，任何力量也是阻挡不了的。就《东南亚条约》组织解体一事，周恩来指出，《东南亚条约》组织各国正在觉醒起来，谋求独立地位，发展民族经济，其前途是光明的，但道路又是曲折的。

7 日，会见菲律宾总统马科斯和他的夫人、女儿及其他菲律宾客人。邓小平陪见。周恩来表示：中菲两国都是发展中国家，同属第三世界。当马科斯说中国是第三世界国家的"当然领袖"时，周恩来说，第三世界应该是一个民主的大家庭。毛主席说过，我们不当这个头。又说："现在会谈、宴会，都由邓小平副总理负责了，给我提供了休息的机会。请你们原谅，我是在病中。我本应该举行一个家宴，请你们全家，请我们的老朋友罗慕洛先生吃顿饭的。但现在没有可能了。"

9日，周恩来同马科斯总统签署两国联合公报，决定自即日起两国建立外交关系。

11日，会见冈比亚共和国总统贾瓦拉和夫人一行。在谈到中国外交情况时，周恩来说：我们已经同菲律宾建交了，但是和我们建交国家最多的是非洲和欧洲，而不是亚洲。现在亚洲开始多起来了。在谈到非洲团结问题时，周恩来说：冈比亚为非洲团结做了很大努力。最近又成立了西非国家经济共同体，这是一件不容易、但很有意义的事情。非洲有一些新的变化，在推动世界前进。

12日，会见日中友好议员联盟会长、日本国际贸易促进会会长藤山爱一郎等日本朋友。

15日，会见阿尔巴尼亚劳动党中央政治局委员、部长会议第一副主席查尔查尼一行。

26日，在北海仿膳饭庄会见来华探亲和参观的美籍华人李振翩。

28日，会见加蓬共和国总统、政府首脑邦戈和夫人一行。

30日，会见泰国总理克立·巴莫及其主要随行人员。周恩来说：中泰两国有几十个世纪的来往，关系密切。新中国一成立，我们就不主张双重国籍，这样可以搞好我们和其他国家的关系，特别是亚洲一些国家，它们是我们的近邻。现在泰国的30多万华侨都能加入泰国国籍，我们很高兴。他们虽然叫华侨，但是跟泰国人民生活在一起，相处得很好。我欣赏总理阁下在曼谷、香港所宣布的：泰国华侨只能有两个选择，不是加入泰国国籍，就是中华人民共和国国籍，没有台湾国籍。请总理阁下有机会转告新加坡总理李光耀，中国政府充分尊重新加坡作为一个独立的国家存在，并希望新加坡华侨都加入新加坡国籍。同时，建议将中泰两国建交公报也给李光耀总理看看。谈话中，周恩来还向泰国总理表示，不管中国将来如何发达、强大，我们都将坚持不称霸的原则。我们非常希望东南亚成为和平区，这不是容易的，需要长期斗争。

7月1日，周恩来同克立·巴莫总理签署中泰两国建交公报。邓小平、叶剑英、李先念、乔冠华等出席。

3日，就中泰两国建交致信泰国旺亲王，说："1973年承致问候，极感。现我两国，业已建交，双方国庆。相别20年闻殿下健康如昔，极慰。"

4日，会见伊拉克副总统马鲁夫率领的伊政府代表团。

6日，会见由外交部长马里亚率领的几内亚（比绍）政府代表团。

同日，会见越南黎清毅、李班。周恩来说："看到越南和印支人民的胜利，很高兴。没有料到敌人失败得这样快、这样狼狈。这说明越南人民的工作做得好，阮文绍的腐败到了顶点。美国在《巴黎协定》签字之前和之后，给阮文绍运送了大量的武器弹药和其他物资，阮文绍为你们'效劳'比蒋介石这个运输大队长为我们'效劳'还更多、更好。"

8月26日，会见即将返回柬埔寨的西哈努克亲王和夫人、宾努亲王和夫人。周恩来向客人们简要回顾了柬人民几年来的战斗历程，说："你们的胜利，是毛主席关于'小国能够打败大国，弱国能够打败强国'这一论断的最好证明。希望柬人民加强团结，巩固胜利，以独立自主、自力更生的精神，建设自己的祖国。"他又说：

"社会主义这条道路不是容易走的，中国现在正在这条道路上前进，这是一条漫长的道路。"最后，周恩来感谢柬埔寨朋友来医院看望他，并说明因健康原因，不能参加两亲王的告别活动，也不能为两亲王和代表团回国送行了。

周恩来在病重住院期间，共做大小手术 13 次，约 40 天一次。只要身体能支持仍继续工作，单接见外宾就达 63 批。还批阅处理一些文件，同朱德、叶剑英、邓小平、李先念、王洪文、张春桥、江青、姚文元、华国锋、汪东兴、纪登奎、陈锡联、苏振华、吴德等中央负责人谈话 161 次，与中央各部门负责人谈话 55 次，接见外宾并与陪同人员谈话 17 次，在医院召开会议 20 次，出院开会 20 次，外出看望人或找人谈话 7 次。这是多么大的工作量啊！这是何等的超人的精力，这是何等的不顾个人身体健康无私奉献的精神！这种精神真正达到鞠躬尽瘁、死而后已、完美无缺的人生境地，在中国乃至在世界上都是罕见的、空前的，恐怕后人也很难达到的。

周恩来逝世，中国、世界同悲，纪念活动既多又久，在中国和世界一些国家树立了永久的纪念馆、碑、像

在"四人帮"利用所谓"经验主义"、评《水浒》"宋江投降派"等攻击周恩来时，他予以有力的还击。他顽强与病魔拼搏来延长自己的生命，以支持邓小平，为后来粉碎"四人帮"创造了条件之后，于 1976 年 1 月 8 日不幸逝世。

在逝世前，当周恩来知道自己的病已不能再挽救时，一再叮嘱他的妻子、最亲密的战友邓颖超，一定要遵守 20 世纪 50 年代就共

同商定的遗愿，死后不要保留骨灰，要将骨灰全部撒到祖国的江河里和土地上，来自大自然、回归大自然，做一个彻底的唯物主义者。关于丧事，他对邓颖超说：葬仪要从简，规格不要超过中央任何人，一定不要特殊化。在此之前，周恩来还向邓颖超表示，他心里还有很多话没有说出来。

在与病痛做顽强的、最后的斗争之际，多次询问毛泽东的身体状况，询问中央其他领导的健康，并对一些回忆得起来的党内领导干部、民主党派人士、知识分子、文艺界人士和过去身边工作人员的处境、下落等表示关切。

他还特别嘱咐叶剑英：要注意斗争方法，无论如何不能让权落到"他们（指'四人帮'）手里"。

他还交代医务人员："现在对癌症的治疗还没有好办法，我一旦死去，你们要彻底检查一下，好好研究研究，能为国家的医学发展作出一点贡献，我是很高兴的。"

伟大的马克思主义者，伟大的无产阶级革命家、政治家、军事家和外交家，人民的好总理周恩来于 1976 年 1 月 8 日上午 9 时 57 分在医院里与病魔搏斗中耗尽了生命最后的一丝精力，怀着许许多多造福人民的美好设想，怀着对党和国家前途命运的深深关怀，怀着对共产主义事业必胜的信念离开了人间

周恩来的逝世，震动了全国、震动了世界。举国同悲、世界同哀。人们以各种形式追悼这位历史伟人。

1 月 10 日，向周恩来遗体告别仪式在北京医院举行。党和国家领导人朱德、宋庆龄、叶剑英、邓小平、李先念、全体政治局委员、国务院副总理、全国人大常委会副委员长、政协副主席、军委副主席、各民主党派负责人、无党派人士，外国使节和各界群众10000多人，怀着悲痛的心情，向安卧在鲜花丛中的周恩来遗容行礼告别。世界上从未有过这样深挚的哀痛。有多少人哭肿了眼，甚至哭得晕倒，群众的泪水洒湿了走过的地毯。邓颖超忍着极大的悲痛，带着坚定刚毅、从容镇静的神情，为周恩来守灵，她穿着已经褪了色的黑袄和一双家制的布棉鞋，站在周恩来遗体的身旁。她在周恩来遗体前面放着一个花圈，飘带上款写着"悼念恩来战友"，下款写着"小超哀献"。人们看到这一个花圈，除了"四人帮"外，没有不哭泣的。医院门外还有许许多多群众要求向周恩来遗体告别。当时天气寒冷，雪花飞扬，给大地披上一层洁白的面纱，更增添了人们的哀思。等候瞻仰遗容的人们，彻夜排着长队，伫立街头，就是要再见周恩来一面。人们是多么地热爱自己的总理啊！尽管"四人帮"多方阻挠，原先治丧委员会定的10000人向遗体告别，怎么也打不住。不少在周恩来身边工作过的同志，见过或未见过周恩来的，还有不少从外地赶来的各界代表，恳切要求向周恩来告别，所以遗体告别活动的第二天又有10000人向遗体告别。

11日下午4时40分，冬日的夜幕已经降临，在几辆前导车的指引下，周恩来的灵车从北京医院开出。灵车四周挂着黑黄色的挽幛，上面缀着白花，庄严肃穆。后面跟着邓颖超、王洪文、汪东兴和在周恩来身边工作过的一些老同志和治丧委员会坐的车辆，护送周恩来灵柩到八宝山火化。从北京医院到八宝山几十里长的街道上伫立着100多万群众，有白发苍苍的老人，有抱在手里的小孩，很多人臂戴黑纱，胸佩白花，为敬爱的总理送行。他们在零下十几摄氏度严寒的冬日里，肃立在街道两旁，默默地等待着灵车通过。随着灵车缓缓而至，男女老少都不约而同地脱帽致哀。灵车过处，哭泣声响成一片。个个都顾不得擦去腮边的泪水，虽然看不见总理的遗容，但多看几眼他的灵车，对无限的哀思也是一种最大的安慰和寄托。人们从心底里呼喊着："周总理，我们离不开您啊！""灵车啊！你慢一点走，你停一停，让我们再看一看周总理亲切慈祥的面容，让我们再向您诉一诉衷肠！"夜深了，风紧了，周恩来的灵车已经过去几个小时，但伫立在数十里长街两旁的人群，依然在默默地等待着，等待着灵车的归来。这是古今中外没有见过的送灵场景啊！这也说明人民群众多么热爱崇敬这位伟人。在八宝山，邓颖超再也抑制不住离别亲人的痛苦，望着风雨几十年，共同奋斗的战友、丈夫，就要诀别了，内心的感情迸发出来，她俯在周恩来遗体的水晶棺盖上痛哭。在场的人几次劝她离开现场，而她一次又一次地回到周恩来的遗体前，久久不肯离去，在场的人无不为这种情景痛哭流涕。夜晚10时半，由周恩来的卫士长张树迎捧着骨灰盒坐上周恩来的红旗轿车，把骨灰盒送到劳动人民文化宫，沿途仍有几万人肃穆沉痛地迎接周恩来的骨灰。吊唁大厅中央悬挂着周恩来的遗像，安放着周恩来的骨灰盒，上面覆盖着中国共产党党旗。骨灰盒两侧的花瓶中插满鲜花。邓颖超送的花圈安放在骨灰盒下。毛泽东、朱德、宋庆龄、叶剑英、邓小平、陈云、李先念、华国锋等党中央、国务院、中央军委、人大常委、全国政协及中央各部、各国使节送的花圈，摆在大厅的周围。

1月12日，吊唁活动开始，有许多外宾前来吊唁。他们穿着朴素，面色沉郁地走向灵堂，向为世界和平事业、外交理论和外交关系作出巨大贡献的伟大的外交家周恩来表示哀悼。有的外宾走回到劳动人民文化宫大门了还在放声痛哭。群众的吊唁队伍从早晨5时就在天安门广场排好了队，许多人的抽泣声和哭声压过了隆冬的朔风。还有许许多多的人自动聚集起来，要求参加吊唁仪式。

吊唁活动一直持续到14日下午。吊唁的人远远超过治丧委员会规定的 4 万人，达 8 万多人。下午 7 时，邓颖超慢步走进灵堂，手捧周恩来的骨灰盒向大家深情地说："我现在手里捧着周恩来同志的骨灰，向在场所有同志表示感谢。"话音未落，全场悲声四起。然后邓颖超手捧骨灰盒，在张树迎、高振普两位周恩来的警卫员搀扶下，登上车，将骨灰送到人民大会堂台湾厅暂放，准备洒在江河湖海和大地上。放在台湾厅也是周恩来关心台湾解放的一点安慰。

12 日至 14 日，首都群众 8 万多人，在北京的外国朋友和各国使节 2000 多人参加周恩来的吊唁活动。40 多个国家送来花圈，130 个国家发来唁电、唁函，共收到唁电唁函 13000 多封，花圈数千个。

"四人帮"害怕群众吊唁周恩来，他们要治丧委员会办公室通知各机关、各省市，不准自设灵堂，不准戴黑纱，驻外使领馆在非吊唁日不准降旗，等等。这个通知，引起人们的反感，许多机关采取不同方式举行了悼念活动，各省、市、自治区和各地群众自发地举行各种仪式追悼周恩来。

连日来，北京天安门广场川流不息的群众，抬着精心制作的花圈，络绎不绝地来到人民英雄纪念碑前，至少有 200 万人来到天安门广场向周恩来致以最后的敬礼。来到这里的人，有的宣誓，有的高唱《国际歌》，有的朗诵诗词，有的表决心，一圈又一圈致哀的人群形成了一股股巨大的哀潮。人民英雄纪念碑在成千上万花圈的簇拥下，形成一个巨大的花坛，纪念碑四周的常青树全都挂满了白花，远远望去，就像大自然中的万株白菊。这象征着亿万人民对敬爱的周恩来总理高度的颂扬和深情的怀念。

1 月 13 日，当代文豪郭沫若作《怀念周总理》："革命前驱辅弼才，巨星隐翳五洲哀。奔腾泪浪滔滔涌，吊唁人涛滚滚来。盛德在民长不没，丰功垂世久弥恢。忠诚与日同辉耀，天不能死地难埋。"反映了当时人民怀念周恩来的情景，表达了各族人民的心情。

1月15日下午3时，在人民大会堂举行追悼大会，有5000多人参加。邓小平代表中共中央致悼词，高度评价周恩来的革命一生。

1月15日晚，周恩来的骨灰，按照他的生前愿望撒在北京密云水库、塘沽上空、黄河沃土上和周恩来青年时代学习和从事革命活动的地方。

日本吊唁活动既隆重又延续几个月

周恩来病逝时，本书作者李连庆在日本工作。周恩来总理逝世这个万分不幸的消息，他们是在夜里听到的。天尚未亮，在驻日使馆门前就已云集了大批的日本记者，他们要求使馆接见和进行采访。对于这些同使馆人员一样怀着极其沉重心情的记者们，使馆人员哪能不见呢？

8点不到，打开使馆大门，记者向李连庆提出：中国将如何追悼周总理、评价周总理伟大的一生；总理逝世后中国的内外政策是否会发生变化；对日中关系会有什么影响等等一系列的问题，李连庆一一向他们作了答复。记者们满意地立即赶回报社、通讯社、电视台、广播电台发消息，也有的继续留下，等候采访前来吊唁的人们。

接着日本政府首相、议长、大臣、各党派首领、各友好团体负责人、各界知名人士，都怀着沉痛和惋惜的心情前来使馆吊唁。他们中有田中角荣、三木武夫、福田赳夫、大平正芳、河野谦三、成田知己、佐佐木更三、竹入义胜、藤山爱一郎、中岛健藏、黑田寿男、稻山嘉宽、池田大作、市川诚等等。日本各党派首领纷纷发表声明和谈话，表达对周总理逝世的哀悼、感想、看法和对周恩来一生的评价，赞扬他是"世界上最伟大的政治家""亚洲的明灯"，"不论在日本、在国外，像周总理这样大的政治家再也没有见过""周总理是完全了解战前、战时、战后三个时代的日中两国一切问题的人""是日中两国邦交正常化的奠基者""是日本的大恩人"；他的逝世是一颗"巨星陨落""人类最大的损失""世界上失去了一位极其可惜的人物"。

日本的报纸、电视、广播都是以头版、头条、头等新闻进行报道。一连七八天都用大量的篇幅、十分显著的位置和相当长的时间，详细报道日本各界哀悼总理的文章、谈话以及从周恩来青年时代起直到逝世为止的各种珍贵照片。最引人注目的是总理在中日建交的文件上签字后，站在人民大会堂里，双手稳贴胸前安详慈善地微笑着的那张照片。有的电视台请周恩来在日本留学时住过的房东讲述对周恩来的回忆，并出示他至今珍藏的当年周恩来亲自签过字的名片。许多报纸撰文歌颂总理为中日关系呕心沥血，作出巨大贡献。日本的大报之一《日本经济新闻》在题为《周总理以后的中国与日中关系的课题》的文章中，以缜密谨严的笔法追悼周恩来的同时，郑重地向读者介绍周恩来的一生："从新中国成立后，总理肩负了四分之一世纪的重任；总理在第二次世界大战后在国际政治上留下了巨大的足迹。从亚洲现代史的角度看来，作为中国革命的领导者的周总理经历了半个世纪的星霜，其本身就是一部中国革命史。日本由于一衣带水的地理条件，通过两千年的交流和往来，受到中国文化的影响。明治以来的侵华战争所造成的损害，战后长期以来未加处理，直到1972年恢复邦交时，才由中国自己提出放弃对日赔偿的要求。在周总理逝世的此时，使人又想起了日本与中国以及亚洲的关系。留学过日本，对日本国民感情有理解并亲自恢复了日中邦交的周总理未能乘在世之日，缔结日中和平友好条约，这件事固然令人痛惜，同时恳切期待这一紧急课题尽早实现。"《日本读卖新闻》评论说："东西方历史上有不少光辉的英雄形象，但像周总理这样为8亿人民贡献出全副身心的卓越政治家是罕见的。"

日本各界送给总理的花圈，全都是最美好的鲜花做成的，有500余个，摆满了使馆的室内室外。日本朋友向使馆发来的唁电唁信有数千封之多。在使馆正式举行周总理吊唁仪式的那一天，人们从早至晚，川流不息，排成两人一行的长队，走进总理的灵堂。许许多多的人，在总理的遗像面前伫立不走，痛哭失声，在场守灵的中国同志，都为这种感人的场面而泪流不止。

日本各界对周总理的悼念，从1月一直持续到3月。日本各地的县知事、日中友好协会、华侨联合会分别或者联合举行追悼会，多者达数千人。2月10日日本15个友好团体在东京日比谷公园联合举办"周恩来总理国民追悼会"，有3000人参加。据说只有为那些在日本国内具有极高声望、对日本民族有过重大贡献的人，才举行这种仪式，为外国人举行国民追悼会更是从未有过的。会堂布置得十分隆重庄严，灵堂中间挂着总理的巨幅画像，画像前面和两侧装饰有一丈多高数丈宽的全是用鲜花组成的白色花坛。各个友好团体的负责人和友好人士致悼词，日本政府首相、两院议长、大臣、议员和从外地赶来的县知事、各国驻日使馆代表每人都在总理遗像前献上一朵白色菊花。一位日本轮船公司的职员在他的《日本国民追悼周总理大会》一诗中生动地描写了当时的情景：

在沉痛、庄严的哀乐声中，
时间在寂静的默哀中流逝。
面对着追悼会的祭坛，
伟大人物的巨大遗影，
双眼那样炯炯有神。
我未曾见过周总理，

聆听着先辈们恳切的悼词。
中岛健藏先生生动有力的声音，
历述了两千年的日中友好。
藤山爱一郎先生沉静的语调，
颂扬了周总理不朽的功勋。
冈崎嘉平太语少情深，
代表了悼念的人们，
表示了深切的悲哀。
黑田寿男先生宣誓，
要化悲痛为力量，
继承周总理的遗志。
西园寺公一先生怀念周总理，
竭力主张反对霸权主义。
五位先生的讲话，
深深地铭记在三千悼念人的胸中。
这时候——祭坛上的遗影，
好似用清澈的目光在默默地顿首，
紧闭着的双唇挂着一丝微笑。
啊！这是庄严的哀乐，
是悠久的黄河浪涛，
还是千百万革命烈士的安魂曲！
这大鼓雷鸣般的高音，
是井冈山的炮声，
是延安战斗的精神，
还是黄河的怒吼!?
在三千名悼念人的心灵深处
引起了沉重的回音。

　　啊！这庄严的哀乐，
　　是伟大的中国革命的结晶！
　　杰出的不朽的革命英雄沉默不语，
　　但无言的鼓舞在我们的胸中激荡。

　　在这期间，日本朋友在欢迎中国代表团或中国人参加的集会上，每次开始时，主持者都以沉痛的心情先为周总理逝世表示哀悼，说每当他们看到中国友人时，无法不勾起怀念周总理的悲痛心情。有一次迎接中国乒乓球代表团时，西园寺公一先生在讲话中，竟痛哭失声。在日本的新年会上，黑田寿男先生沉痛地说："这是新年会，但大家都由于失去了敬爱的周总理而没有过年的心情。"

在世界其他国家也都用不同的形式纪念周恩来并纷纷发表讲话和文章，颂扬他的伟大功勋

　　联合国总部得知周恩来逝世的消息后立即降半旗致哀。安理会12日举行会议时，主席萨利姆回顾了周恩来的历史形象，并请代表们默哀一分钟。联合国秘书长瓦尔德海姆在声明中说："周恩来是一位十分卓越和尊敬的领导人，几十年来他以极大的忠诚服务于自己的国家和人民。他对促进各国间了解和世界和平的献身精神受到了举世的公认，在当前危急时期，世界不再能得益于他的智慧和政治家才干，这是一大损失。凡有幸会见过周恩来先生的人，无不对他产生钦佩和尊敬。"

　　朝鲜一获悉周恩来逝世的消息后，党和政府马上作出决定："（一）为对周恩来同志的逝世表示深切的哀悼，将向中华人民共和国派遣党政代表团。（二）把进行周恩来同志葬礼的前一天和当天

定为全国哀悼日。在志哀日，朝鲜民主主义人民共和国的一切机关、工厂、企业、学校、街道和农村都挂丧旗，进行周恩来同志葬礼之日全国停止一切歌舞。"后来，在中国谢绝外国吊唁团赴北京参加葬礼的情况下，金日成派专机向设在劳动人民文化宫的周恩来灵堂送了一个大花圈。

当消息传到巴基斯坦，布托总统立即命令全国降半旗三天，当时就到中国大使馆吊唁。巴基斯坦人民充满悲痛，到处是默哀的忧郁，所有公共建筑物上的国旗降半旗。拉瓦尔品第的电讯说："周恩来几乎成了这个国家的人民的命运的一部分，他的逝世对大部分巴基斯坦人民来说，就像失去了一位长辈。"巴基斯坦政府、政界、社会和工业以及全国其他各界的官员和知名人士都发了唁电表示悲痛。大多数乌尔都文报纸和英文报纸都在显著位置报道了周恩来逝世的消息，并为这一不幸的事件发表了社论。巴基斯坦决定全国志哀一周。在这期间，政界领导人和各界代表对周恩来逝世发表哀悼的讲话，盛赞周恩来对中国和世界的贡献以及他的品格。布托称："如果世界上有完人的话，周恩来是个完人。"

泰、马、菲、新、印尼、缅甸6国的报纸、电台都把有关周恩来逝世及治丧活动的消息，作为重大事件处理，无论从报道的规模，还是版面、时间的安排，都是空前的。

缅甸总统奈温亲自撰文悼念周恩来。他写道："虽然周恩来总理是一个大国的领导人，但是，他同较小国家的领导人交往时，总是平等待人。在他同较小国家的关系中，在包括复杂问题在内的各种问题上都表现出了极大的同情与和解精神。"

在美国，周恩来逝世，也引起了震动。人们把周恩来逝世当成世界上的一件大事，是20多年前罗斯福总统逝世以来，美国电台、报刊报道范围最广、时间最长的一次。不少广播电视以"公报"形式宣布了新华社的电讯。1月8日晚首先报道了由白宫发表的卡特总统的吊唁声明："周恩来总理作为一位杰出的领导人，长久铭记在人们的心中，他不仅在现代中国的历史上，而且在世界舞台上都留下了他的印记。我们美国人特别不会忘记他在缔造中华人民共和国和美国之间的新关系方面所起的作用。我们确信这种关系将会在他帮助建立的谅解和合作的基础上继续发展。美国向中华人民共和国政府和人民表示哀悼。"美国国务卿基辛格的声明说："周恩来总理是一位很重要的人物，是一位伟大的领袖。我尊敬他、钦佩他。"前任总统尼克松发表志哀讲话时说："我对周总理逝世深感悲痛。"他说："20世纪只有少数人比得上周总理对世界历史的影响。在过去25年里，我有幸会见过的一百多位政府首脑中，没有一个在敏锐的才智、哲理的通达和阅历带来的智慧方面超过他，这使他成为一位伟大的领导人。"

《纽约时报》的社论说："周恩来是20世纪中有远见的一位政治家、组织家、宣传家、行政家、谈判者、军事领袖、调解人，在使中国变成一个世界政治强国的循环过程中，差不多没有一种重大任务他没有担当过的。"

《华盛顿邮报》评论说："作为一个政治组织家、政策决定者和行政家，看到了中国脱离外国支配，以无比的魅力和成功处理了重大贫困，确立在亚洲卓越的地位，和负起国际舞台上广泛与核心的任务。他随着历史的移动，他也移动了历史。"

《华盛顿明星报》记者布莱德舍尔在一篇很长的文章中说："50年来中国的关键人物是周恩来，是现代中国的一位建设者。""在过去25年来，他以令人难以置信的精力和才智，主持中国的政务，把中华人民共和国发展成为一个具有世界性的国家，使一个长期贫困的国家达到目前的繁荣。这一切周恩来的创造，是和毛泽东的创造相仿的。"

在欧洲，人们对周恩来也是景仰备至的，对他的品格高度赞扬。周恩来的逝世引起了极大的反响。各国的报纸、刊物、电台、电视台无不显著报道，并有专文、专题介绍周恩来的生平和功绩。英国《泰晤士报》《每日电讯》和《卫报》都刊登了讣告，占有报纸三分之一到三分之二的版面。法国的《费加罗报》《巴黎日报》《世界报》等也是如此。西班牙五家全国性的报纸都以显著位置刊登了周恩来总理逝世的消息和介绍他的情况。英国的一家报纸说："在对外政策方面，他可能比他的许多同事更能应付自如地同美国和西方资本主义国家打交道。在40年代末期，周曾长期同美国进行了谈判，并在1954年的日内瓦会议上进入世界外交舞台。"路透社说："周是中国学问造诣很深的有才学的官员，但是，却能和西方人相处得很融洽：他衣冠整齐，风度端凝，把差别很大的开通的西方世界和神秘的东方世界沟通了起来。他博得了斯大林和美国的乔治·马歇尔将军这样大不相同的人物的尊重，美国国务卿基辛格也十分尊敬他。"德国基督教社会联盟主席施特劳斯说："周恩来是一位有高度修养和能洞察别人内心活动的会谈伙伴，对欧洲人来说，他简直是典型地体现了这里的人们对一位古老中国文化的代表的概念。"

法国驻华大使马纳克在他写的怀念周恩来的文章中说："他是一个完人，他的事业充满了生活的各种困难和无数令人惊叹不已的危险与不安，但是这一冒险不是被遭受到的，而是被寻求、被选择，就像为人类的更高命运而前进、而生活的一样。榜样超出了中国的边界。全世界，特别是贫穷而自豪的人们，都只能为这个朴实而情长谊深的高大影子哭泣。"

德国《世界报》说："凡同周恩来会见过的人都认为他是有魅力的、卓识的、超群的和令人神往的。"路透社说："他是一位温文尔雅、通达人情，永远是对人面带笑容，彬彬有礼的人，一个有着钢和冰的性格的人。"法新社说："在个人方面，这个人的性格非常高尚。他的态度和谈吐，他的与众不同、高尚、有时讥笑的态度使他具有的魅力，以及对他的国家和使命的坚定忠诚，使人不能不尊重和敬佩他。"英国《观察家报》说："周恩来是位学识渊博的政治家，也是个和善而懂得数国语言的官员。他不爱喝酒，有幽默感，还是个跳舞能手。他又爱好艺术和歌剧。他对世界局势又了如指掌。他是中国最忙碌的人，每天大清早起来，一直工作到凌晨。"《星期日泰晤士报》说："他虽在70高龄，还如常每天工作18小时而毫无倦色。"《巴黎时报》国际部主任在该报发表文章介绍周恩来的生平称："让我们从他的生平中的最微小的、能说明一切或几乎一切事情谈起，这就是谦逊，中国千年历史的最令人鼓舞的时刻之一正是应归功于他的一生，而且世界也要把它最高尚的形象之一归功于他的一生。中国没有周恩来的雕像，没有发表他的语录或著作，也没有他的传记，但在无数家庭的内心中是完全有其雕像的。"

亚非拉国家都认为周恩来的逝世不仅是中国人民的巨大损失，也是亚非拉的巨大损失。

埃及总统萨达特得知周恩来逝世的消息后，马上决定派高级政府代表团，由副总理加奈姆、副议长马泰菲和国民警卫司令马赫将军组成的代表团到北京表达他个人对周恩来的哀悼。埃及《今日消息》周刊发表文章赞扬周恩来在"我们东方的历史上起了杰出的作用"。

墨西哥总统埃切维亚得知周恩来逝世的消息，便发表声明表示哀悼。各个报纸除了刊登消息，还分别发表社论和专题文章。《国民报》的社论说：周恩来总理的逝世"除了不安之外，这一消息造成的普遍情绪是深切的悲痛，尤其是第三世界人民……周恩来总理受到发展中国家的尊敬"。

阿尔及利亚外长布特费利卡，1月9日在欢迎越南武元甲将军的大会上，提议默哀一分钟以悼念中华人民共和国总理。

尼泊尔首相古里说："中国总理是尼泊尔的伟大朋友和同情者。"前首相比斯塔说："尼泊尔失去一位真正的朋友，世界失去了一位伟大的政治家。"市评议会举行集会哀悼周恩来总理逝世，并通过决议表示深切的悲痛。会上，全体起立默哀两分钟，祝祷故人在天之灵永远安宁。

斯里兰卡总理班达拉奈克夫人发表声明说："听到周先生逝世的消息时，感到悲痛和深为震惊。在我个人对他的逝世感到若有所失的同时，确实可以说，斯里兰卡失去了一位一贯的、真诚的朋友。他是一位杰出的政治家和享有最高声望的世界人物。特别是对发展中的世界来说，周恩来先生一向是鼓励它们努力摆脱外国控制的巨大鼓舞源泉。"班达拉奈克夫人还宣布1月15日为全国哀悼日，以表示对中国总理的尊敬，并下令从这天起到举行葬礼那天止，公共建筑物降半旗。斯里兰卡政府宣布，全国为中国总理志哀四天，为周恩来举行葬礼的日子为公休日，并举行哀悼；而且班达拉奈克夫人还希望去北京参加周恩来总理的葬礼。

阿富汗为周恩来逝世降半旗两天。坦桑尼亚降半旗三天。赞比亚、肯尼亚许多官员和人民获悉消息后，打电话到中国使馆、新华社。内罗比分社对周恩来总理逝世表示哀悼。扎伊尔、加纳各界人士通过各种渠道表示他们的哀悼和他们对中国政府和人民的同情。

在东欧的阿尔巴尼亚，得知周恩来逝世，阿尔巴尼亚驻华大使什图拉紧急约见中国外交部副部长通知即将派党政代表团来华参加葬礼。霍查、谢胡致电毛泽东表示哀悼。唁电称周恩来是"伟大的革命家"，"把自己整个一生、全部精力、智慧和力量献给了中国革命、中国社会主义建设"，是"阿尔巴尼人民最亲爱最尊贵的朋友"，说周恩来作为"坚强不屈的革命家和坚定的马克思列宁主义者的形象将是全世界革命者和进步的、爱好自由的各国人民的崇高榜样"。在地拉那，以霍查、谢胡为首的党中央全体政治局委员及部门、各方面负责人及各界群众代表到中国使馆吊唁。部长会议决定 1 月 15 日为全国志哀日，全国降半旗，停止一切娱乐体育活动。各个工厂和农业合作社进行集会，悼念周恩来总理逝世，许多工厂、企业上班前为周总理默哀一分钟。集会时，宣读讣告，介绍生平。然后，通过给中国驻阿使馆的吊唁，沉痛悼念中国人民伟大的无产阶级革命家、杰出的共产主义战士周恩来同志逝世。

在罗马尼亚，齐奥塞斯库、曼内斯库致电中共中央、人大常委会、国务院吊唁，称周恩来是"罗马尼亚人民的伟大朋友，在任何情况下都为增强和加深中罗人民的友谊和合作而努力"。以曼内斯库为首的 11 名中央执委和许多政府部长到中国使馆吊唁并以齐奥塞斯库名义献了花圈。总理曼内斯库表示，周恩来的逝世，不仅是中国人民的重大损失，也是罗马尼亚人民和世界人民的巨大损失。

几百万人在天安门悼念周恩来，愤怒声讨"四人帮"

由于"四人帮"压制群众吊唁总理，并在总理逝世后继续动用宣传工具，发表文章、讲话影射和攻击周恩来，激起人民极大的愤怒，于是一个悼念总理，声讨"四人帮"的巨大火球开始燃烧起来。首先从南京开始，南京是周恩来出生入死战斗过的地方，南京人民对周恩来怀有深厚的感情。3 月 29 日，南京大学 300 多名学生分成 20 个小组，走上街头，刷写大标语："谁反对周恩来就打倒谁！""警惕赫鲁晓夫式的人物上台！""打倒大野心家、大阴谋家张春桥！"南京的行动迅速反映到北京。连日来，北京集合到天安门广场的人民群众越来越多，人民英雄碑前放满了花圈、花篮，数不清的悼词、传单、诗词，成了悼念周总理的祭坛。人们自发地朗诵诗词、发表演说，宣誓默哀，采取各种形式悼念周恩来总理，痛斥

"四人帮"。

进入4月，斗争达到空前紧张激烈的程度。正如一首民谣所唱："一月人民悲痛，二月人民睁开哭肿的双眼，三月人民在怒吼，四月人民投入决死的战斗。"

4月1日，天安门广场庄严肃穆，秩序井然，到处是悼念周恩来的人群。有一个巨型花圈非常引人注目，黑底上写着白字："深切悼念敬爱的周总理。"有一首诗贴在纪念碑前，矛头直指"四人帮"："欲悲闻鬼叫，我哭豺狼笑。洒泪祭雄杰，扬眉剑出鞘。"这首脍炙人口的诗迅速传抄到全国各地。

4月2日，北京出现第一支大的游行队伍。清晨，中国科学院一〇九厂的职工，用4辆卡车开道，抬着4个大花圈（两个献给周总理，一个献给陈毅，一个献给杨开慧）和4个巨型诗牌，牌上写着："红心已结胜利果，碧血再开革命花。倘若魔怪喷毒火，自有擒妖打鬼人。"他们穿过北京最繁华的王府井大街，走进天安门广场，把诗牌放在人民英雄纪念碑最显眼的地方。与此同时，北京重型机床工人制作的第2个铁花圈送到天安门广场。巨大的诗牌、钢铁的花圈，十分引人注目。

4月3日，天色阴沉，细雨迷蒙，无数支人流伴随淅沥的小雨，迎着朦胧的曙光，人们从四面八方涌进天安门广场。来自全国各地的群众，怀着深深的敬爱之情把亲手制作的花圈敬献在纪念碑前。这一天到天安门广场纪念周恩来的人数达100万以上。

4月4日，清明节，又是星期天，天安门广场纪念周恩来的活动达到高潮。这一天到广场的人数达200万。广场上空两个气球悬挂着"怀念周恩来""革命到底"的白色大飘带，整个广场到处是精制的花圈、张贴的诗词，成了一片花山诗海。一时间，响起了哀曲和愤歌的浪潮。

周恩来一贯不许突出自己、宣传自己，但在他逝世后，在中国，凡周恩来革命活动过的地方都建立了纪念馆、碑、像，如他的故乡淮安周恩来纪念馆；天津周恩来、邓颖超纪念馆。国外如日本京都的诗碑、朝鲜平壤的纪念碑、法国周恩来勤工俭学住的旅馆房间的纪念碑。

这就是中国人民和世界人民对伟大的马克思主义者，顶天立地的大英雄周恩来的爱戴、思念、崇敬和最好最高的评价。

后　记

　　笔者一生中最崇敬周恩来。笔者是怀着最强烈的责任感，一刻不停地以认真谨严的态度思考和撰写。现在终于为《大外交家周恩来》第六卷画上了一个大句号，全书近 200 万字，称得上是巨著。这六卷虽不能全部反映周恩来的外交生涯，因为周恩来在外交上的决策、指挥和活动三位一体，如浩瀚的大海，非 6 卷书所能包容得了的，但是这 6 卷书基本上把周恩来在外交上的主要方面概括进去了。

　　早在 1968 年，苏联入侵捷克斯洛伐克威胁罗马尼亚，周恩来在 8 月 23 日罗国庆节在罗驻华使馆庆祝会上讲话谴责苏联侵捷威胁罗安全。笔者曾于 1978 年以《伟大的声音》为题记述了周恩来的风采和当时的情况，在淮安周恩来纪念馆出版的《丰碑》等杂志上发表，这是笔者撰写的第一篇有关周恩来外交工作的文章。

　　1987 年 5 月，笔者从驻印度大使任上回国后，就更想写些纪念周恩来总理的文章。1988 年 4 月，外交部举办周恩来外交思想研讨会，笔者参加了两天的会议，并同别人合写了一篇纪念文章，同时起草了一篇《论周恩来和平共处五项原则的外交思想和政策》，当时还需补充修改，未来得及用上。在 1993 年 9 月由中国战略研究基金会、北京大学国际关系研究所和《世界知识》编辑部联合举办的"毛泽东及老一辈革命家国际战略思想研讨会"上，笔者代表各主办单位在会上致辞并宣读了这篇论文。之后国际战略研究基金会以《环球同此凉热》为书名出版了该研讨会的论文集，收录了笔者的这篇论文。《外交学院学报》和《江苏外事》分别全文转载。

随后，笔者又写了几篇文章：如《一个传奇式的伟人》《毛泽东、周恩来与印度》《论周恩来求同存异的外交思想和政策》《新中国外交辉煌五十年》等，分别在世界知识出版社、《外交学院学报》、中央文献出版社、《上海外事》《江苏外事》《海内外杂志》上发表和转载。

但是，这些文章都未能比较全面地介绍周恩来的外交生涯。因为周恩来的外交思想、理论、活动太丰富，他的外交风采、魅力和精神太感人，他的品德和为人太令人尊敬了，真正是中国和世界外交家中首屈一指的大外交家，更别说他一生的丰功伟绩，对中国、世界和人类的巨大贡献了。笔者作为在他的领导下亲身受其教诲的一个外交工作人员，有责任向中国人民和世界人民介绍和宣传他在外交方面的思想、理论、政策、策略、风度和品格，因此下决心写一部比较全面地介绍和评价周恩来在这方面的书。经过领导批准，从1986年开始，每天早晨外交部派车来接，下午下班时派车送回，中午吃一包方便面，也不休息，在外交部档案馆看了四五个月的文件，同时采访了过去在周恩来领导下从事外交工作的中央领导同志、有关部门的负责人、在他身边工作的秘书、侄女等，搜集、掌握了丰富的资料。

刚要动手创作《大外交家周恩来》时，1989年笔者被借调到中国美术家协会、中国电视艺术家协会，担任领导工作，整天忙于清理整顿和发展美术、电视文艺事业，在业余时间做了一些创作的准备工作。1992年底离开中国文联，才集中精力写了《大外交家周恩来》第一卷《执掌外交部》和第二卷《舌战日内瓦》，并于 1994 年出版。其间又应几个出版社的约请写了《英迪拉·甘地》《离乱情侣》《强盗与部长》《三李诗词选》《李连庆文集》（第一、二部）、《王八怪传》《大使的乐与苦》《外交英才乔冠华》《哲人陈楚》《三论徐福在日本》等长短篇小说、传记文学、散文和论文，还主持编写了《中国外交演义》《世界外交家传略》《徐福赞》《徐福热》等书，也耽搁了《大外交家周恩来》的创作。

但是尽管笔者很忙，也挤出时间，加班加点、通宵达旦，一刻不停地书写着，直至今年 7 月初才陆续完成了《大外交家周恩来》的第三卷《万隆会议展雄才》、第四卷《鹏程万里行》、第五卷《行程十万八千里》、第六卷《光辉映晚霞》。

6 卷书基本上概括、反映了周恩来在外交上的主要活动、思想、理论、政策、策略和人格风范。因水平和条件的限制，难免有遗漏和不足之处，甚至是错误，敬希谅解并指正。但笔者相信此书既具有文献性又具有艺术性，对人们了解周恩来的外交才华、智慧很有意义，并从中领会和学习这位伟大的外交家的思想和精神，特别对从事外交工作的人大有裨益。

在这里笔者要感谢外交部档案馆的同志们不厌其烦地帮笔者查找材料，也要感谢那些笔者采访过的同志们耐心仔细地向笔者介绍情况和他们的亲身感受。

李连庆

2001 年 7 月 6 日

出版后记

　　《大外交家周恩来》作者李连庆同志（中国前驻印度大使）在完成该书的创作后，考虑到自己年事已高，身体状况欠佳，深感要完成《大外交家周恩来》这部巨著烦琐、复杂的出版工作，心有余而力不足。2006 年夏，他经过反复思考并遴选同他 30 多年交往的挚友丁志良作为该书的出版授权人。

　　在这 10 年多时间中，丁志良组织了几十位专家花费了大量的时间、人力，为《大外交家周恩来》的出版前期工作付出了巨大的艰辛，现《大外交家周恩来》（1—6 卷）即将付梓出版，这是一件具有历史意义的大喜事。

　　鉴于该书是全国人民敬爱的开国总理周恩来一生的外交史，又是中华民族历史上最重要的外交史，为全国人民提供了十分丰富的精神食粮，也为当代和后人研究周恩来同志的外交思想和伟大人格提供了一份珍贵的资料，该书的出版一定能为加速实现伟大的中国梦而作出贡献。

　　在这里，要感谢参与审读的外交部全体专家和同志们，感谢外交部档案馆的同志们不厌其烦地帮助查找材料。感谢参与本书工作的其他专家和同志们，也感谢帮助过我们的同志们……

本书授权人：丁志良

2016 年 12 月

大外交家周恩来

第五卷

行程十万八千里

李连庆 著

人民出版社

.

周恩来同志永远活在人民心中。（新华社　发）

1963年4月3日，周恩来在北京玉泉山。
（杜修贤 摄）

周恩来面对严峻的形势，苦撑危局，力挽狂澜，竭尽全力维系党和国家各项工作的运转。（新华社 发）

1963年10月，周恩来和邓小平在天安门城楼上。（吴化学 摄）

1964年11月，周恩来、贺龙访问苏联后回北京受到毛泽东、刘少奇、朱德的热烈欢迎。（杜修贤 摄）

1964年，周恩来访问阿尔巴尼亚，由谢胡陪同乘敞篷车接受群众欢迎。（新华社 发）

周恩来访问非洲，受到领导人的热烈欢迎。（新华社 发）

周恩来接见德国驻华大使（左三），左二为本书作者李连庆，右二为韩叙。（李连庆 供）

周恩来与法国前总理富尔夫妇谈判中法建交。（新华社 发）

1959年10月，胡志明主席访华时出席中国全国体育运动大会闭幕式，周恩来、董必武陪同观看。（雪印 摄）

序

　　李连庆同志的新作长篇纪实文学《大外交家周恩来》出版了。这是一件非常有意义的事。它为当代和后人研究周恩来的生平又提供了一份难得的好材料。

　　举世周知，周恩来是新中国外交的创始者和奠基者，是世界公认的伟大外交家。他在外交上的成就和建树，在中国和世界外交史上是首屈一指的。他为新中国赢得了巨大的荣誉和崇高的国际地位，建立了不可磨灭的功勋。他那高超的外交战略战术思想，灵活的外交技巧，崇高的道德品质，超人的天赋才华，独有的外交风格和巨大的魅力，赢得无数朋友们、各式各样的对手乃至敌人发自内心的钦佩和敬重。周恩来是中国的骄傲！

　　李连庆同志长期从事外交工作，经常受到周恩来的亲切教诲，同时也对周恩来的外交思想和外交实践进行过比较深刻而广泛的研究，熟悉和掌握大量的资料。李连庆又是一位作家，出版了许多文学著作。这些都是他得天独厚而别人所难有的有利条件。

　　《大外交家周恩来》主要是依据周恩来的外交思想和实践的大量史料创作的。在选材方面，作者特别注意那些体现周恩来非凡性格和光照日月的材料。为了增加作品的艺术性和生动性，作者在某些情节和人物心理活动的描述上、语言表达上，尽量将丰盈的生活

细节糅进去，使宏观的历史框架和人物的具体活动有机交融。通过历史事件了解周恩来的外交生涯，又通过他的外交生涯了解他的精神风范，令人顿悟，令人起敬。以史为文，文史结合，纪实文学才有感染力。本书作者在这方面是做了努力的，而且用纪实文学形式写领袖人物也算是国内第一次才有的。作者敢为天下先的精神是值得提倡的。

《大外交家周恩来》共 6 卷，写周恩来各个历史阶段外交生涯的主要方面，分"执掌外交部""舌战日内瓦""万隆会议展雄才""鹏程万里行""行程十万八千里""光辉映晚霞"等。展现在读者面前的这 6 卷书，将是一幅体现整整一个时代精神、感兴于领袖人民性内涵的五彩纷呈的历史画卷。

是为序。

耿飚

1998 年 3 月 5 日

目　录

引　言

　　周恩来是总理兼外交部长，党政军民、经济、文化、科学、教育、外交样样都管，虽然后来他建议从朝鲜战场胜利归来的彭德怀任军委常务副主席，他不再兼任这一职务，但是军委许多重大的问题仍要请示他，尤其作战的事依然由他协助毛泽东共同指挥，如1958年炮击金门，1962年中印边界冲突和后来1969年中苏在珍宝岛等地的边界冲突。1958年中央任命陈毅兼任外交部长，他不再兼任外交部长，但外交工作仍由他主持，所以国内国外的事情，都由他管。人们称他为"中国的大管家"或"总管"，邓小平曾对陈毅说，周总理是总理，总而理之。因此也就特别忙，人们常说周总理是日理万机，这是最准确不过的了。然而他精力充沛，才智过人，虽日理万机，却井井有条，分清缓急，循序而进，受到中国人民和全世界人民的尊敬和爱戴。中国人民普遍称颂他是人民的好总理，外国人称他是旷世罕见的外交家。就以外交工作来说：他一方面在国内接待各种代表团、来访的重要客人，与他们谈判、谈话、签约、交友，一天能有好几场的外交活动；一方面挤出时间出访，有时连续出访一两个月，行程几万里、十几万里。所以《大外交家周恩来》第四卷的书名为《鹏程万里行》，这一卷的书名为《行程十万八千里》。

一、首访朝鲜民主主义人民共和国，同金日成商讨撤回中国人民志愿军

　　1954 年日内瓦会议，由于美国的阻挠和破坏，和平解决朝鲜问题没有达成任何协议，也没有任何进展。相反自 1957 年下半年开始，美国方面不顾朝中两国政府的反对，把原子武器、导弹等运进南朝鲜，甚至在军事分界线附近举行所谓"原子出击"的演习，加剧了朝鲜半岛和远东地区的紧张局势。为了打击美国、逼迫其撤军，推动朝鲜半岛的和平进程，实现朝鲜国内的和平统一，周恩来考虑，先撤回中国人民志愿军，以此推动若干国家撤回他们在"联合国军"中的部队，孤立美国。他向中央提出建议，中央政治局经过讨论，一致同意周恩来的意见。

　　1957 年 11 月，毛泽东在出席莫斯科共产党、工人党国际会议时，向金日成提出这个问题。最初，金日成感到"有点突然"，担心志愿军撤出朝鲜后，美国和南朝鲜会乘机向北朝鲜发动进攻。经过毛泽东的解释，金日成同意中国方面的建议。他认为，这可以"给美国出一个难题，有好处"。

　　金日成回国后，给毛泽东发来两份电报。第一份电报表示，朝鲜劳动党中央赞成中国将志愿军撤出朝鲜。第二份电报提出两项

办法征求中国共产党的意见：一由朝鲜发表声明，要求中美双方撤兵，中国政府表示同意和支持；二是中国政府发表声明，提议中美双方撤兵，朝鲜政府声明同意和支持。中共中央赞成第一个办法。随即，经中共中央政治局常委会和书记处商定拟出《关于从朝鲜撤出中国人民志愿军的方案》。12月30日，周恩来批改了这个方案。方案中提出的办法是"第一，朝鲜民主主义人民共和国政府发表声明建议：（1）联合国军和中国人民志愿军撤出朝鲜；（2）南北朝鲜在对等的基础上进行协商，以建立和发展南北朝鲜之间的经济和文化关系，并且筹备全朝鲜的自由选举；（3）在外国军队完全撤出南北朝鲜以后的一定时期内，在中立国机构监督之下举行全朝鲜的自由选举。第二，中国政府发表声明，支持朝鲜政府的主张，并且正式表示准备就中国人民志愿军分批定期撤出朝鲜问题同朝鲜民主主义人民共和国协商，要求联合国军方面有关各国政府也采取同样的步骤。第三，由苏联政府发表声明，支持朝中两国政府的声明，强调联合国军方各国政府应采取同样步骤，并且召开有关国家会议，讨论和平解决朝鲜问题。方案还确定，志愿军在1958年底以前分三批全部撤出"。

1958年2月5日，朝鲜民主主义人民共和国发表声明，要求一切外国军队同时撤出南北朝鲜，实现全朝鲜自由选举，实现南北朝鲜和平统一。2月7日，中国政府发表声明，响应朝鲜政府的和平倡议，准备同朝鲜协商撤出志愿军，要求美国和其他各有关国家采取措施，从南朝鲜撤退。

2月7日下午，中国外交部副部长罗贵波、曾涌泉分别接见了捷克斯洛伐克大使布希尼亚克、瑞士大使贝努义、瑞典大使布克、波兰临时代办傅拉托和英国代办文郁生，面交中国政府的声明，请他们传达本国政府，并请英国政府将中国政府声明转交在朝鲜参加"联合国军"的其他各国政府。

1957 年 11 月 30 日，金日成来信邀请周恩来总理访朝，12 月 11 日，周恩来复信金日成接受邀请，访问日期另告。

1958 年 2 月 14 日，周恩来率领中国政府代表团访问朝鲜。代表团成员有副总理、刚兼任外交部长的陈毅、政治局候补委员、外交部副部长张闻天、中国人民解放军总参谋长粟裕大将、中国驻朝鲜大使乔晓光。

代表团一到平壤，就被热情友好的气氛所包围，金日成等党政军各界领导人到机场热烈欢迎，在机场举行盛大的欢迎仪式，金日成、周恩来发表讲话。

金日成说：

尊敬的周恩来同志！
亲爱的代表团的同志们：

我以朝鲜民主主义人民共和国政府和朝鲜劳动党中央委员会以及全体朝鲜人民的名义，谨向来我国访问的我们的伟大邻邦——中华人民共和国政府代表团表示热烈的欢迎。

兄弟般的中国人民通过战争时期和战后时期给予朝鲜人民的莫大的物质与精神上的援助是我们取得一切胜利的重要保证之一，它无限地鼓舞着朝鲜人民为祖国的和平统一而斗争。

我们完全相信，你们这次来我国进行的访问对进一步巩固、发展朝中两国人民传统的友好关系，对进一步加强以苏联为首的社会主义阵营的统一团结，对维护远东和世界和平的事业将是一种新的贡献。

周恩来说：

中朝两国是唇齿相依、安危与共的亲密邻邦。我们两国人民有着几千年的传统友谊，进行过长期的反抗侵略的共同斗争。特别是在反对美帝国主义侵略的战争中，中朝人民并肩作战，用鲜血结成和巩固了相互间的战斗友谊和骨肉关系。同时，我们两国团结在以苏联为首的社会主义阵营的大家庭里，守卫着维护和平的东方前哨。中朝人民间这种建立在国际主义基础上的、经过长期斗争考验的友谊和团结，是永恒的和牢不可破的。

朝鲜民主主义人民共和国政府提出了从朝鲜撤出一切外国军队和和平统一朝鲜的各项建议。

这些建议为和平解决朝鲜问题和缓和远东的紧张局势开辟了现实的途径。中国政府和全国人民完全支持这些适时的、重要的建议，并且准备为实现这些建议作出积极的努力。

欢迎仪式后，周恩来由金日成陪同，陈毅由南日副首相兼外务相陪同，乘敞篷车从机场前往宾馆，8万平壤市民站在沿途10余公里的道路两旁欢迎。

当天下午，周恩来率领代表团前往朝鲜内阁大楼拜会朝鲜党政领导人金日成、崔庸健、朴正爱等。

晚上，中国政府代表团出席平壤市各界人士在国立艺术剧院举行的欢迎大会，金日成和周恩来分别在大会上发表重要讲话。

金日成说：

在东方具有悠久的历史和文化传统的我们两国人民曾经受到的外国侵略者的压迫和侮辱的苦难日子已经一去不复返了。如今我们已经成为掌握了自己命运的主人了。

我们两国人民曾经为了抗拒向东方伸出魔爪的西方资本主义列强，特别是抗拒日本帝国主义侵略者，展开了艰苦的解放斗争。通过这个共同的斗争，我们两国人民建立了血肉相连的友好关系。

曾经在朝鲜人民反对美李匪帮的祖国解放战争最艰苦的时期，兄弟般的中国人民高举抗美援朝的旗帜，把自己最优秀的儿女——志愿军派到我国，并且以鲜血援助了朝鲜人民。中国人民这种高贵的援助是无产阶级国际主义活的榜样。

朝鲜人民永远不会忘记成千上万的中国人民志愿军勇士们和部队在朝鲜战争期间建立的丰功伟绩。

中国人民无偿地给了为恢复和发展朝战后人民经济而斗争的朝鲜人民八亿元的援助，还派遣了许多技术人员来帮助我国的经济建设。不仅如此，中国人民志愿军勇士们还同我国劳动人民一起，参加了我国战后经济恢复建设事业。

金日成又说：

我国政府在声明中所提出的各项建议不仅反映了朝鲜人民的切身利益，而且符合全世界人民志向和平并且要求和平解决一切国际问题愿望。因此，我们的声明得到了朝鲜人民的绝对支持，引起了全世界爱好和平人民的巨大反应。

为了世界和平的巩固，尤其是为朝鲜问题的和平解决始终一贯地进行努力的中华人民共和国政府，这次也同样地发表重大声明，对我国政府关于和平统一朝鲜问题的建议，表示了积极的支持。

中华人民共和国政府声明，它准备就中国人民志愿军撤出朝鲜问题同朝鲜民主主义人民共和国政府进行协商，它并且要求美国政府和其他"联合国军"成员国政府也采取措施，从南朝鲜撤出美国军队和一切外国军队。

中华人民共和国政府和朝鲜民主主义人民共和国政府一

道，始终一贯地反对外国对朝鲜问题的一切干涉，一向主张朝鲜问题应由朝鲜人民自己来和平解决。

周恩来说：

平壤具有悠久的历史和优秀的文化传统，在它1530多年的历史中，又充满了许多可歌可颂的英雄事迹。在反抗美国侵略的卫国战争中，平壤市的人民在朝鲜劳动党、共和国政府和金日成首相的领导下，作出了光辉的贡献，充分体现出民主朝鲜全体人民的英雄气概。惨无人道的美国侵略者把平壤变成了一片焦土，夺走了无数人的宝贵生命。但是平壤并没有屈服，平壤市人民坚守岗位，同朝鲜人民一起奋勇战斗，终于在反对美帝国主义的侵略斗争中取得了伟大的胜利。今天，平壤已变得更加美丽，更加雄伟。这是平壤市人民和朝鲜民主主义人民共和国人民的光荣。英雄的城市平壤象征着朝鲜人民的胜利，象征着朝鲜人民不屈不挠的战斗意志，象征着朝鲜人民不可战胜的力量。

周恩来强调说：

中朝两国人民有着深厚的传统的友谊。我们的友谊是在长期的反对共同的敌人的斗争中巩固和发展起来的，因此，这种友谊被我们两国人民誉为"鲜血凝成的友谊"。过去在中国人民屡次国内革命战争期间和抗日战争期间，朝鲜人民的优秀儿女都曾经不惜牺牲生命支援中国人民。

朝鲜人民在反对美国侵略的卫国战争中，一方面捍卫了自己国家的独立，同时也保障了中国的安全，对中国人民的和平建设事业给予了重大的支援。中国人民志愿军在同朝鲜人民一起反抗美国侵略的时期、在战后协助朝鲜人民维护停战和重建家园的时期，都受到朝鲜人民和朝鲜政府的热烈支援和无微不至的关怀。朝鲜人民不仅节衣缩食支援中国人民志愿军，而且甚至像朝鲜国际主义的战士朴在根那样不惜牺牲自己的生命来救护中国人民志愿军。这些动人的事迹充分体现了中朝两国人民亲如手足的关系，充分体现了朝鲜人民高贵的国际主义精神。

所有这些，都是中国人民永远不能忘怀和感谢不尽的。

周恩来这时讲到本题，也是这次访问中最关键的问题。他说："中国政府已经在2月7日发表了声明，表示完全支持朝鲜政府的建议。中国政府一向认为从朝鲜撤退一切外国军队，是朝鲜人民自己通过协商实现祖国和平统一的关键。因此，中国政府已经表示，准备就中国人民志愿军撤出朝鲜的问题同朝鲜政府进行磋商。同时，我们坚决要求美国和参加联合国军的其他有关国家，同样响应朝鲜民主主义人民共和国政府的建议，把自己的军队从南朝鲜撤出，为朝鲜问题的和平解决和远东局势的和缓创造有利的条件。"

2月15日上午，周恩来等在金日成陪同下到平壤市牡丹峰向纪念苏军解放朝鲜的解放纪念塔献花圈并参观朝解放战争纪念馆。

随后周恩来等中国政府代表团成员同金日成、崔庸健、南日等朝方领导人进行了友好的会谈。朝鲜和平统一问题是会谈的主要内容。双方一致认为，朝鲜民主主义人民共和国在2月5日的声明中提出的建议，在目前形势下是适时和现实的，反映了朝鲜人民要求和平统一的民族愿望。

关于中国人民志愿军撤出问题，周恩来说："准备分三批撤出，今年3至4月先撤三分之一，7至8月撤第二批，10至12月撤第三批，在 1958 年内撤完。这一点要在两个政府代表团声明中说清楚，利用这个机会在国际上争取主动。"为了消除对美国和南朝鲜军队是否会乘机向北进攻的顾虑，周恩来建议，在联合声明中注明撤出后可以在需要时再来；再加上人民和舆论要求撤军，朝鲜的问题应由朝鲜内部对等谈判来解决，别的国家不能干涉。

中午，中国政府代表团在金日成、南日陪同下参观了平壤纺织厂。

晚上，金日成首相举行国宴欢迎中国政府代表团，金日成和周恩来分别在宴会上发表讲话，赞扬中朝两国的伟大友谊。当天晚上，中国政府代表团由金日成陪同前往朝鲜东部沿海城市。12 月 16 日到达东海重镇咸兴市。咸兴 8 万人民冒着大雪欢迎中国政府代表团的到来。周恩来在金日成陪同下冒着鹅毛大雪来到咸兴化肥厂访问，周恩来登上讲台向欢迎的群众发表了长篇演说，表达了中国人民对朝鲜人民的友谊。

周恩来的名字，在朝鲜家喻户晓。金日成在讲话中赞颂周恩来说：

在马克思列宁主义和无产阶级国际主义旗帜下，他十分珍惜用鲜血凝成的朝中友谊，为支援我国人民的革命事业不惜一切。无论遇到任何风浪，他都很好地发展了我们两党两国和两国人民之间的关系。

1976 年周恩来病逝之后，1979 年，咸兴人民根据金日成的指示，在周恩来当年发表演说的地方建起了一座纪念碑，并塑造了一尊周恩来的半身坐姿铜像。1979 年 5 月 29 日，邓颖超访朝，在金日成陪同下参观了周恩来铜像和纪念碑揭幕典礼。

16 日上午 10 时 30 分，中国政府代表团在金日成陪同下乘火车离开咸兴前往英雄城市元山参观人民军阵地。

当晚，周恩来等在金日成、南日陪同下到达志愿军总部，受到总部将领和官兵的热烈欢迎，周恩来同金日成一起检阅了志愿军战士组成的仪仗队。

2月17日上午，周恩来率领代表团到志愿军总部驻地附近的志愿军烈士陵园敬献花圈。中午，周恩来和陈毅、张闻天、粟裕接见以杨勇上将、王平上将为首的志愿军总部将领和军官。接见的时候，就有关中国人民志愿军从朝鲜撤出问题听取了志愿军将领和军官们的意见。志愿军将领和军官们一致表示拥护朝鲜政府1958年2月5日和中国政府1958年2月7日关于从朝鲜撤出一切外国军队和和平解决朝鲜问题的声明。

下午，周恩来和陈毅、张闻天、粟裕出席志愿军欢迎大会，并会见志愿军将领和军官们。周、陈、张、粟先后讲话，他们代表中国政府、中央军委和中国人民亲切慰问志愿军全体指战员。

中国有句古话：每逢佳节倍思亲。2月17日正是阴历年三十。除夕之夜，桧仓山沟里松火通明，锣鼓喧天。周恩来、陈毅、张闻天、粟裕在杨勇、王平陪同下和志愿军将领、军官们一起聚餐联欢。

在聚餐会上，周恩来首先提议：为中朝两国人民的友谊，为志愿军赴朝8年而干杯！

杨勇说："在除夕之夜，我们能够同周总理、陈毅副总理、张闻天部长、粟总长在异国土地上欢聚一堂，我们非常高兴！有酒量的可以给领导同志敬酒！"全场顿时活跃起来，志愿军高级将领频频给领导人敬酒，不断地互致祝贺。周恩来酒量大，又高兴，来者不拒，足足喝了几十杯，直至微微有点醉意才作罢。志愿军文工团表演了歌舞节目助兴，联欢一直持续到2月18日大年初一天亮，周恩来兴奋地推开餐厅的窗户，指挥大家放声歌唱《中国人民志愿军战歌》和《金日成将军之歌》。志愿军在歌声中迎来了在朝鲜度过的第八个春节。

2月18日下午，周恩来率领代表团离开志愿军总部回平壤，晚上到达平壤。

2月19日，经双方再次会谈后，周恩来和金日成发表《中华人民共和国政府和朝鲜民主主义人民共和国政府联合声明》。

联合声明着重指出："从朝鲜全部撤出中国人民志愿军这一主动措施，再一次证明了朝中方面对于和平解决朝鲜问题和和缓远东紧张局势的诚意。现在正是严重地考验美国和参加联合国军的其他各国的时刻，如果它们对于和平解决朝鲜问题有丝毫的诚意，它们应该同样从朝鲜全部撤出它们的军队。否则，全世界就会看得更加清楚，阻挠朝鲜和平统一的，始终就是它们。如果美国政府和南朝鲜李承晚集团甚至把朝中方面的主动措施看作是软弱的表现，以为有机可乘，那么，它们必然会遭到不堪设想的后果。现在全世界的人民更不容许帝国主义发动新的战争。朝鲜人民反抗侵略的力量也已经比过去任何时候更为强大。中国人民和朝鲜人民有着休戚相关的利益，帝国主义对于朝鲜民主主义人民共和国的任何侵犯，中国人民过去没有，今后也绝对不会置之不理。"

联合声明宣布，中国人民志愿军"在1958年底以前分批全部撤出朝鲜，第一批将在1958年4月30日以前撤完"。

上午9时20分，周恩来应邀在朝鲜最高人民会议的会议上发表长篇重要讲话。

下午，周恩来等参观朝鲜平安南道顺安郡上阳农业社，详细了解朝鲜农民用营养坛罐植棉的新方法。

晚上，中国政府代表团观看朝鲜著名舞蹈家崔承喜和她领导的国立崔承喜剧场演出的舞剧《沙道城的故事》。

2月20日上午，周恩来等参观黄海制铁所。

下午4时，周恩来等在平壤国际旅行社接见中立国监察委员会捷克斯洛伐克委员席列少将和波兰候补委员克布列克上校。

晚上，中国政府代表团出席中国驻朝鲜大使乔晓光为欢迎代表团访朝举行的宴会，周恩来和金日成先后在宴会上讲话，颂扬中朝鲜血凝成的伟大友谊。

2月21日早晨，周恩来率领代表团拜会金日成首相，向他告别并共进早餐。

上午乘专车离开平壤回国，当日晚上回到沈阳。22日上午从沈阳乘专机回到北京。

周恩来此次访问朝鲜获得巨大成功。

第一，朝鲜领导人和朝鲜人民的热情欢迎令人振奋。乔晓光回忆道："代表团每到一处，都受到热烈欢迎。欢迎的人群载歌载舞的热烈场面，使周总理和代表团的同志们都情不自禁地卷入了舞圈；同欢迎的市民们一道欢乐地跳起了朝鲜的民间集体舞。一位曾慈母般地救护过志愿军伤员的老妈妈，听说周恩来要到黄海制铁所参观，不远百里从自己的家乡赶到那里表示欢迎和敬意。她拉着周总理的手，把用红绸包着的一双银筷和一个银碗献给他。"

第二，周恩来访问朝鲜的活动，特别是他同金日成发表的联合声明，在国际上引起强烈反响。有些舆论报道说：此举使中国在远东取得更大的威望和声誉。

第三，志愿军按照已宣布的决定分批撤军：第一批6个师共8万人，从3月15日至4月25日撤出；第二批6个师及其他特种部队共10万人，从7月11日至8月14日撤出；第三批志愿军总部、3个师和后勤保障部队共7万人，从9月20日至10月26日撤出，至此，志愿军全部从朝鲜撤出。这证明中国追求和平的诚意，在政治上给美国以很大打击，使美国赖在南朝鲜不撤军就变得非常被动。

二、再访尼泊尔和柬埔寨

访问印度后再访尼泊尔，同尼签订和平友好条约

1960 年 4 月 26 日，周恩来总理结束对印度的访问，上午乘专机离开新德里前往加德满都，对尼泊尔进行友好访问，尼赫鲁总理和印度政府官员到机场送行。

4 月 26 日上午，周恩来、陈毅一行抵达加德满都，尼泊尔首相柯伊拉腊和几乎所有的国家领导人到机场迎接，尼泊尔首都放假一天，市民聚集在街道上热情欢迎周恩来总理。

这次周恩来访问尼泊尔是对 1960 年 3 月柯伊拉腊首相访华的回访，继续同柯伊拉腊首相解决中尼之间在北京会谈中没有解决的两个问题，一个是中尼和平友好条约，一个是珠穆朗玛峰的归属。

中印边界发生冲突也引起尼泊尔的关注。尼泊尔首相柯伊拉腊说："当两个大邻邦看法不一致时，一个小国是感到不安和困难的。"柯伊拉腊希望早日解决中尼 1100 千米公里长的边界问题。周恩来得知此情况，考虑为了安定尼泊尔，影响印度，在他出访印度前一个月，邀请柯伊拉腊首相到北京访问。从 1960 年 3 月 12 日至 22 日，周恩来同柯伊拉腊进行了多次会谈。

在第一次会谈中，周恩来明确表示，希望像中缅两国一样，签订一个边界协定，在协定中首先根据文件实事求是地肯定边界是否划定过，更重要的是要说明划界竖标的基础是传统习惯线。

为了妥善解决这个问题，周恩来提出两点原则性意见：（一）以传统习惯线的双方实际管辖为基础，肯定现状；（二）个别争议，个别调整。具体办法是：双方地图上的边界线相同的地方，没有争论，但是，在线南、线北可能有些地方是有争议的，那么线南属于尼泊尔，线北属于中国；双方地图有出入，但没有争议的地方，可以经过实地勘察，根据地形如河谷、分水岭或河流或实际管辖，使双方的地图一致；双方地图有出入，存在争议的地方，可以交给联合委员会根据互让的精神解决。周恩来向尼方建议：这次可以签订一个边界协定，以后再签订一个边界条约，这样就可以更好地保证两国友好。周恩来还强调，我们要互相保证，在边界条约签订以前，维持现状，互不侵犯。即使这次还留下一些争议，也要互相做这样的保证。这两项原则和三点办法都被写入中尼两国边界协定中。周恩来又提出，根据尼泊尔国王和过去尼泊尔政府的愿望，中国政府提议签订一项和平友好条约，他说："我们两国都是根据和平共处五项原则办事的，签订这个条约对两国人民、对世界和平都会作出贡献。我们两国本来就和平友好，用条约形式使它法律化就更好。"

柯伊拉腊认为，周恩来关于边界问题的建议"大体上是可以接受的"，关于友好条约问题是"必要的"，他希望中国方面起草一个文件带回去商量。

在第三次会谈中，周恩来对双方有争议的几种情况提出了解决办法。他说："第一种情况，双方地图上边界线相符合的地段，应本着互让的精神，由联合委员会实地调查后解决；第二种情况，双方地图不相符合，你们的线划到北边，我们的线划到南边，当中就出现了无人管的地方，但双方对这些地方没有争议，这也可以交联合委员会去调查；第三种情况，双方地图对边界的划法不同又有争议的地区，应该交联合委员会按互让的原则调查解决，最难辨的是第三种情况。"找到的出路恐怕只能是原则性的。周恩来还谈到横亘在中尼之间的喜马拉雅山的著名山峰珠穆朗玛峰的归属问题，这是双方在边界问题上存在的主要分歧。尼泊尔称这座山峰为萨加·玛塔。在尼泊尔的地图上，这座山峰划在中尼边界线上，尼方认为它是属于尼泊尔的。在中国过去的地图上，这座山峰有些被划在中国境内，有些按外国的划法划为边界山峰。所以，周恩来友好地提出："这个峰在全世界是有名的，它不仅涉及中国的民族感情，我们也应该照顾到尼泊尔的民族感情。它是一个民族精神的象征，没有多少实际意义，这件事可以由两国总理直接解决。"为了使尼方放心，周恩来又提出，边界协定中只写两国一致的意见，具体问题可以在换文中解决。

在这期间，柯伊拉腊到杭州访问时，毛泽东会见了他，他说："萨加·玛塔（即珠穆朗玛峰）一直在我们境内，可是周恩来总理说是在你们境内。"毛泽东说："这也不要不安心。"柯伊拉腊说："是感情的问题。"毛说："可以解决。一半一半。山南边归你们，山北边归我们。"柯问："山的顶峰呢？"毛回答："顶峰也是一半。不行吗？"柯不再表示什么。毛泽东又继续说："如解决不了，拖一拖也好。山很高，山可以保证我们边境的安全。你们不吃亏，我们也不吃亏。全给你们，我们感情上过不去；全给我们，你们感情上过不去。可以在上面立个界桩。"会见后，毛泽东打电话告诉周恩来，周恩来同意他的意见。

3月21日，周恩来和柯伊拉腊分别在《中华人民共和国政府和尼泊尔国王陛下政府关于两国边界问题的协定》和《中华人民共和国政府和尼泊尔国王陛下政府经济援助协定》上签字。柯伊拉腊说："这些协定对我们两国是互利的，而且是很有意义的。"他特别强调，边界问题的协定"是一个好的范例，它指出了两个邻邦应该怎样和平友好相处"。

相隔一个多月，周恩来到尼泊尔访问。4月26日下午1时30分，周恩来率领中国政府代表团拜会柯伊拉腊首相，在进行友好交谈之后，宾主共进午餐。下午周恩来又出席加德满都市民欢迎大会。周恩来在欢迎大会上发表重要讲话。他说："自从我们两国建立外交关系以来，我们之间的传统友谊又在新的基础上得到了新的发展。1955年，我们两国的代表，在万隆会议上进行了友好的接触。同年，我们两国建立正式外交关系，并且确定以五项原则作为指导两国关系的基本原则。几年来，我们两国的政治、经济、文化以及其他方面的友好合作和联系，正在日益加强。我们两国国家领导人的相互访问，更增进了我们相互之间的了解和信任。不久以前，我国人民荣幸地接待了柯伊拉腊首相。在柯伊拉腊首相阁下访问中国期间，我们进行了坦率而诚挚的会谈，并且签订了中尼两国关于边界问题的协定和中尼两国经济援助协定。这两个协定的签订，不仅顺利地解决了我们两国历史上遗留下来的边界问题，而且进一步加强了我们两国之间的经济和技术合作。它标志着，我们两国的友好关系已进入一个新的阶段。我们深信，我们两国人民的友好合作是世界上任何力量破坏不了的。"

26日下午4时30分，周恩来拜会喜马拉雅亲王。随后，出席尼泊尔商会举行的招待会，并在会上作了简要的讲话。

晚7时30分，柯伊拉腊首相举行盛大的宴会欢迎中国代表团。柯伊拉腊首先致辞。他说：我首先必须对您光临这次盛会表示感谢，我代表尼泊尔政府和人民并以我个人的名义向您表示最热烈的欢迎。虽然您是尼泊尔的老朋友，但是我为今晚能在这里欢迎您而特别感到光荣，因为这是你作为尼泊尔第一届民选政府的首席贵宾来到这里，因此，我觉得这次盛会具有历史意义。

接着，周恩来讲话，他在叙述了两国关系从历史到现在的发展过程，两国政治、经济、文化等各方面的友好交流日益密切之外，着重讲了两国边界问题，因为这是周恩来这次访问主要要解决的问题。他说：

"关于边界协定的签订，对于我们两国具有重大的意义。我们两国边界长达一千公里以上，几千年从未勘定过。在这种情况下，两国对边界问题存在着某些分歧，是极其自然的。但是我们两国以友谊为重，既没有夸大分歧，更没有因为存在着分歧就伤害了和睦。我们根据和平共处五项原则，经过友好协商，对边界问题达成双方满意的协议。我们一致同意两国的全部边界应该在现有的传统习惯线的基础上加以科学地划出和正式地标定。对于某些有争议的地段，我们同意根据平等互利和友好互让的原则进行调整。为了确保边境的安宁和友好，我们同意每方在边界本侧二十公里的地区内，不再派出武装人员进行巡逻。这些原则协议表明，只要坚持对己公平、对人也公平的互谅互让的精神，我们之间的任何问题是可以求得公平合理的解决的。"

4月27日上午，周恩来总理等在柯伊拉腊首相陪同下，乘飞机前往加德满都西北约96公里的胜地博克拉。

下午4时，两国总理在博克拉的宾馆举行第一次会议。

会议讨论了上次在北京会谈没有解决的两个问题：一个是中尼和平友好条约，一个是珠穆朗玛峰的归属问题。对前一个问题，会议很快达成一致意见。对后一个问题，双方进行了充分协商。周恩来说，在北京会议中，我们从来没有对珠穆朗玛峰提出过领土要求，柯伊拉腊提出："珠峰北边的山坡属于中国，南边的山坡属于尼泊尔，边界线划在山顶上，就我来说，是可以在这个基础上解决问题的。但是，我们需要时间来教育人民，告诉他们，我们必须接受这样的安排。"周恩来当即表示同意他所说的解决办法，并说既然需要时间，那么我们可以等一等。晚上，两国总理进行第二次会谈，就两国经济贸易等问题交换了意见。

4月28日上午，周恩来等在柯伊拉腊陪同下乘飞机返回加德满都。中午，柯伊拉腊举行午宴，招待周恩来、陈毅和其他随行人员。随后，周恩来在尼泊尔广播电台发表广播讲话，指出中尼两国关系进入新的阶段。晚上，周恩来在加德满都举行记者招待会。在回答记者提问时说：我们对珠穆朗玛峰从未提出过领土要求。我们表示接受把珠穆朗玛峰划在中尼边界线上的划法。周恩来还谈到，尼赫鲁总理26日在议会上的讲话对中国不很友好：他当面不说，我们一走，就攻击中国政府侵略，这种态度，令人非常痛心。晚上11时，周恩来和柯伊拉腊首相在中国和尼泊尔和平友好条约上签字，同时交换了关于两国边界问题的协定批准书。4月29日晨7时20分，周恩来一行乘专机回国，柯伊拉腊首相到机场热烈欢送，中午回到云南省昆明市。

周恩来这次访问尼泊尔，收获极丰，解决了两国边界问题，签订了两国和平友好条约，加强了两国关系，澄清了一些人在中印边界冲突后对中国的一些误解，在亚洲和世界引起很大反响。日本亚非团结委员会代表委员中岛健藏认为，这"为解决亚洲的一切争端树立了光辉的榜样，并且在建立包括整个亚非两洲在内的和平地区的工作方面向前迈进了重要的一步"。

此后，中尼两国领导人又通过互访继续交换意见。到1961年秋，尼泊尔国王马亨德拉访华期间，双方就珠穆朗玛峰达成协议。协议规定：边界线将峰顶的南部划入尼泊尔境内，把峰顶的北部划入中国境内。任何人从北坡攀登珠穆朗玛峰，经中国批准后，应该通知尼泊尔政府；任何人从南面攀登萨加·玛塔峰，经尼泊尔政府批准后，应该通知中国政府。同年10月5日，刘少奇和马亨德拉签订了《中尼边界条约》，彻底解决了两国边界问题。

周恩来从尼泊尔回到昆明，第二天又飞赴贵阳，参加那里举行的庆祝五一劳动节大会，会见贵州省党政负责人、劳动模范和兄弟民族代表，指示说：贵州得天独厚，山川秀丽，地下蕴藏丰富。你们把水留下来，就可以造林了。"天无三日晴，地无三尺平，人无三分银"是过去反动阶级挖苦贵州的话。贵州人民勤劳勇敢，天时地利人和，只要各族人民在中国共产党领导下，加强团结，努力把工作做好，贵州的社会主义建设必将后来居上。周恩来在贵阳参观了一些工厂、剧团，于5月4日飞回昆明。

出访柬埔寨，吊唁老国王

周恩来在从尼泊尔回到国内后就准备访问柬埔寨和越南。

不久以前，柬埔寨国王诺罗敦·苏拉玛里特病逝，柬全国举哀。外交部当即通过中国驻柬大使王幼平向柬政府了解，周总理原定5月初访问柬埔寨有无不便。柬方答复，柬在国丧期间，欢迎礼仪恐怕不能尽善。外交部也考虑到柬埔寨在国丧期间，接待国宾可能有困难，悲痛的心情和欢迎热烈的气氛毕竟是难以冰炭同炉的，因而建议暂缓对柬的访问。然而周总理和陈毅副总理认为在柬困难的时期，更应前往访问，以支持柬和西哈努克，指示外交部通知柬方，他们将率领代表团按期访问，专程前往吊唁老国王，并同西哈努克亲王会谈。因时值柬国王国丧期间，希望柬方在接待方面从简，周恩来总理还指示外交部要为代表团赶制素服，以示庄严隆重。

1960年5月5日，周恩来率领代表团穿上素白礼服，登上专机，于上午9时抵达金边波成东机场。机场候机楼前的旗杆上升起中柬两国的国旗，停机坪前密密麻麻地排列着欢迎队伍。他们举着五颜六色的花束，群众队伍前面是王国政府官员和中国大使馆的官员们。队伍前面站着风度翩翩的西哈努克，他身着深色西服，系着黑领带，西装翻领上别着一条小小的黑纱，由柬礼宾官和中国大使王幼平陪同，向专机走来。周恩来、陈毅等走出机舱，西哈努克和福·波伦首相在机场前带头鼓掌欢迎，乐队奏起迎宾曲。周恩来等同西哈努克亲王热烈握手，互相问候。亲王告诉客人，柬埔寨王国上下将为诺罗敦·苏拉玛里特国王守丧一个月，但为了欢迎中国贵宾，已将悼念活动中止，待来宾访问结束后再继续举行。周恩来、陈毅当即表示感谢，并申明此次率代表团访问首先是向不幸逝世的苏拉玛里特国王陛下进行吊唁。西哈努克在机场上致欢迎词，周恩来在机场发表讲话。柬方随后在机场上举行隆重的欢迎仪式，周恩来检阅了三军仪仗队并接受群众的欢迎。西哈努克邀请周总理、陈毅副总理共乘敞篷车进城，沿途群众夹道欢迎，高举中柬两国国旗和周恩来、陈毅的大幅半身像，舞起彩绸花束，高呼欢迎口号，气氛十分热烈，群众欢迎队伍一直排到王宫。场面的隆重盛大完全出乎人们的意料，为中国代表团访问揭开了振奋人心的帷幕。

同日上午 11 时 30 分，周恩来等到桑园宫拜会西哈努克。中午 12 时 20 分，周恩来等到首相府拜会福·波伦首相。下午，周恩来率领代表团全体人员向已故诺罗敦·苏拉玛里特国王遗体致哀。下午 6 时，周恩来等前往国王御座宝殿拜会柬埔寨王后和摄政委员会，晚上 8 时 30 分，柬摄政委员会主席西索瓦特·莫尼勒亲王举行盛大宴会欢迎周恩来率领的中国代表团。

5 月 6 日上午 8 时，柬埔寨在王宫广场举行高棉社会主义青年团欢迎中国代表团大会，那天西哈努克很高兴，走到麦克风前发表了热情洋溢的讲话，他在讲话中，特别介绍了周总理和陈毅副总理。陈毅代表周恩来作了即席讲话，一开口便吸引了全场，几乎每小段话都博得全场热烈掌声。他高度评价西哈努克的政绩，表示全中国支持柬独立自主和平中立的政策。讲话感染了全场的人，气氛十分活跃。讲话结束后，西哈努克在暴风雨般的掌声中上前同陈毅握手，表示感谢。这次群众大会形成此次访问的又一个高潮。上午10时，周恩来在西哈努克陪同下主持柬埔寨皇家电台揭幕式，这个电台是周恩来总理在上次访问柬埔寨时赠送给西哈努克亲王的。西哈努克首先讲话，表示感谢周恩来和中国给予的慷慨援助。周恩来讲话说："皇家电台今天开幕了。这是柬埔寨广播事业中一件值得庆祝的事，同时也是我们两国在建设事业中互相合作的第一个具体表现。""中国人民长期遭受帝国主义的侵略，深深体会到没有自己的广播事业的痛苦。我们支持柬埔寨人民发展自己广播事业的愿望，为能够对此作出一些贡献而高兴。"然后，周恩来率领的中国代表团在西哈努克亲王和福·波伦首相陪同下参观中国援建的胶合板厂。下午5时30分，周恩来、陈毅在中国驻柬大使馆接见在柬200名华侨代表。周恩来向他们了解了华侨情况，指出，柬埔寨对华侨的友好政策，可以作为东南亚国家对华侨政策的一个典范。嘱咐华侨要遵守柬埔寨的法律，好好学习柬文，多发展对柬埔寨国计民生有利的工业，并且一定要处理好同柬埔寨人民的关系。

当晚8时30分，柬埔寨政府举行盛大欢迎宴会。宴会前代表团在首相府花园里纳凉，大家谈到柬埔寨虽然是一个小国，但是精神面貌有股兴旺之气，建设得井井有条，每个城市都整洁美丽，像是花园。就在大家热烈交谈时，随着咚咚几声响，一片彩色焰火飞向天空，当时代表团感到意外，因为还在国丧期间，主人竟出乎常规地欢迎代表团，接待规格愈来愈高了。

晚上，宴会开始时，首先柬政府首相福·波伦致欢迎词。他说：

总理先生，今晚我们王国政府成员能欢迎您，伟大的中华人民共和国有威望的代表和新亚洲最有代表性的人物之一，对于我和王国政府成员，是宝贵的机会。您不仅是代表中国统一和独立的最著名的象征之一，而且属于这样一种人物，他们由于出色的行动和崇高的思想，无可置疑地影响了所在国家的历史甚至可能是世界的历史。

总理先生，您的访问，是我们两国之间的深厚友谊的光辉的证明。您的访问是贵国人民的团结意愿的新保证，也证明了，中国人民真诚希望对亚洲各国进行和平建设作出贡献，而不问这些国家的意识形态和制度如何。

周恩来在讲话中说：

经过三年半的时间以后再一次来到你们的国家，我首先得到的印象是：你们在各方面的建设事业中取得了很多的成就。特别是你们今年开始执行的第一个五年计划，将会使你们的工农业生产得到进一步的提高。我们很感兴趣地注意到，西哈努克亲王殿下强调在经济建设中自力更生，强调迅速建立经济独立，以维护政治独立，用这种思想来指导建设事业，是完全正确的，是非常英明的。

柬埔寨人民是勤劳智慧的，我们毫不怀疑，曾经创造出像吴哥窟那样的文化奇迹的柬埔寨人民，一定能够在建设自己祖国的事业中创造出奇迹。正在集中精力建设祖国的中国人民祝他们的柬埔寨兄弟在同样的伟大事业中不断地胜利前进。

周恩来说：

中柬两国在互相关系中一向信守和平共处五项原则，在国际事务中一向互相支持、友好合作。在这里，我要特别感谢柬埔寨王国政府在有关中国的国际权利和利益问题上一贯采取的正义立场，不论是我们两国各自的建设事业，或者是维护世界和平的共同事业，都要求我们两国比过去任何时候更加紧密地合作，永远携手前进。我热诚地希望，我们这一次的访问对于促进两国的友好合作能够有所帮助。

5月7日晨，周恩来一行在西哈努克陪同下乘飞机离开金边前往磅湛。上午8时到达磅湛省，参观皇家纺织厂，柬埔寨副首相万隆和周恩来在开幕典礼上讲话。下午2时，在西哈努克陪同下，中国代表团乘专机到达贡布省的白马。下午，在波伦陪同下，周恩来一行参观附近的龙波水库。晚上，省长邵定举行宴会欢迎周恩来等。

5月8日上午，周恩来一行在西哈努克陪同下乘柬埔寨海军巡逻舰游览白马港，途中周恩来同西哈努克进行亲切的会谈。下午，周恩来率领的中国代表团在西哈努克亲王和福·波伦首相陪同下乘飞机返抵金边。下午5时45分，周恩来和福·波伦在王宫姜奇哈亚大殿签署了《联合公报》。公报称：

　　周恩来总理同西哈努克亲王殿下和柬埔寨王国政府首相福·波伦进行了会谈。

　　双方重申他们的信念，即和平的维护在于无保留地尊重已经签订了的协议，大小国家真诚地执行五项原则和用和平方法解决国际争端。双方谴责任何用武力侵占邻国领土的企图。

　　双方坚决支持亚非人民反对殖民主义和种族歧视，争取和维护民族独立的正义斗争。

　　两国政府高兴地看到，两国在经济和文化合作方面所取得的十分令人满意的成就。同时，关于中华人民共和国和柬埔寨王国之间友好关系自一九五六年以来不断增进，两国政府决定进一步在各个方面发展他们的合作。

　　当晚 11 时 30 分，周恩来在柬埔寨外交部举行记者招待会，他回答了美国、英国、柬埔寨记者提出种种问题，有友好的、有质疑的，也有挑衅的。

　　周恩来始终从容不迫，侃侃而谈，应对如流，言简意赅，刚柔相济，巧发奇中，既有高度的原则性又有高度的灵活性，精确地阐述了中国的内外政策、中国对柬埔寨的政策以及中柬友好关系。这是他在新德里举行的记者招待会之后又一次精彩的记者招待会，博得了全场记者的热烈掌声。

　　5 月 9 日上午 8 时 30 分，周恩来等向柬埔寨王后和摄政委员会委员们辞行。9 时 30 分，周恩来、陈毅等离开金边前往河内，西哈努克亲王等到机场热烈欢送，握手、拥抱告别。

三、再访兄弟国家越南，同老朋友胡志明等会谈

5月河内已是春夏之交，红花绿树、莺飞燕舞，一派生机。周恩来率领陈毅、章汉夫、张彦、乔冠华、罗青长、陈叔亮、龚澎等于5月9日上午到达胡志明主席的故乡义安省省会宜安市，因天气关系，飞机在此降落，黄文欢、陈子平和中国驻越南大使何伟专程从河内赶来迎接。周恩来连续出访实在太疲劳了，本可利用住在宜安市的机会小憩，然而他却先后会见了宜安市和义安省党政军负责干部及黄文欢、陈子平、何伟，了解越南及中国驻越南使馆的情况。

第2天上午9时20分，周恩来一行在黄文欢、陈子平、何伟的陪同下，乘专机从宜安市到达河内嘉林机场，范文同总理等到机场迎接。检阅三军仪仗队后，范文同致欢迎词，他说：从和平恢复以来，这是您第二次访问我们的国家，给我国人民带来了中国人民深厚的情谊。越南人民热烈欢迎您——越南人民敬爱的朋友、和平友谊的使者。

周恩来在讲话中说：

我和陈毅同志在访问了缅甸、印度、尼泊尔和柬埔寨之

后，能够有机会再一次同兄弟般的越南人民相会，同久别的老同志、老朋友重逢，感到格外的亲切和高兴。在这里，我以陈毅同志和我个人的名义感谢你们的热烈欢迎，并且代表中国政府和中国人民，向越南政府和越南人民致以最崇高的敬意和最亲切的问候。

随后周恩来在范文同陪同下乘车前往宾馆，10万市民夹道欢迎。

稍事休息，周恩来立即率中国代表团前往主席府拜会胡志明同志，前往总理府拜会范文同同志。接着由范文同陪同参观由中国援助建设的河内升龙卷烟厂、金星橡胶厂、河内卷烟厂。周恩来在上述3个工厂群众大会上发表讲话，随后到梅役烈士墓敬献花圈。当天晚上，范文同总理举行盛大国宴，欢迎中国代表团，胡志明主席出席。范文同和周恩来分别在宴会上发表重要讲话。

范文同说：

亲爱的总理同志：

自从您前次访问越南以来，不过是3年多的时间，但是我们两个国家却有了巨大的发展，在世界上也发生了有利于和平、民主、民族独立和社会主义事业的变化。

和平恢复以来，中国的无私的宝贵的援助，对越南的经济文化发展起着极其重大的作用。在经济恢复时期，中国帮助我们迅速修复铁路线、灌溉系统以及许多工厂，并且援助了大批生活消费品以稳定物价，保障人民的生活。在经济发展的几年中，中国帮助我们建立起过去在越南几乎没有的农产品加工工业以及一些制造日用消费品的工厂。目前，中国帮助我们初步打下了冶金工业、化学工业基础，并且增建和扩建一些电力工业企业，由中国援助的 72 个工厂，其中有 31 个已建成，并已投入生产。在农业方面，中国帮助我们建立了一些种植热带经济作物和饲养牲畜的农牧场，为全面地发展农业开辟了宽广的道路。中国还帮助我们兴建了许多水利工程，建立了北兴海大型灌溉系统，目前正在帮助我们研究根治和开发红河的规划。在发展两国的贸易方面，中国积极地设法帮助我们增加出口量，并且尽量地满足我们的进口要求，这种帮助只有在兄弟的国家贸易关系上才能做到的。在其他经济部门以及文化、卫生、教育等部门中都有着中国宝贵的援助。

周恩来在热烈的掌声中讲话，他开门见山地说：

由于社会主义阵营和全世界爱好和平的国家和人民的共同努力，国际局势出现了一定程度的和缓，这是我们两国和全世界爱好和平的国家和人民所共同感到鼓舞的。但是以美国为首的帝国主义侵略集团并没有放下屠刀，相反，他们利用这种局势继续扩军备战，继续加强军事同盟，继续建立军事基地，积极复活西德和日本军国主义，多方面阻挠普遍裁军，并且在世界许多地区进行露骨的军事挑衅。帝国主义终究是帝国主义，他们的本性是不会变的。但是另一方面，只要帝国主义对世界各国人民的威胁、压迫、剥削、掠夺和干涉还存在，世界各国人民反对帝国主义及其走狗的斗争就不会停止。

美国对越南南部越来越露骨的干涉，是美国在世界各地加紧扩军备战的一个侧面。我们清楚地记得美国政府在 1954 年日内瓦会议上关于不使用武力妨害《日内瓦协议》的庄严保证。但是最近美国政府竟变本加厉企图通过南越当局增加它非法进入南越的军事援助顾问团人员，以便进一步地把南越变成美国的军事基地和殖民地。这是6年来美国一连串破坏《日内瓦协议》的行为中的最近一次。我们完全支持越南民主共和国政府关于制止美国在南越加强军事力量的主张，美国对南越越来越露骨的干涉，只能激起越南南部人民的反抗，最后走向美国愿望的反面。我们坚决相信，越南人民统一祖国的神圣愿望，一定能够实现。

周恩来强调说：

　　我们中越两国的友谊是建立在马克思主义和无产阶级国际主义基础之上的，是牢不可破的。我们两国在政治、经济、文化、科学和技术方面的互助合作更加密切。我们在反对帝国主义的侵略和战争、维护亚洲和世界和平的斗争中一贯互相支持。我们在建设社会主义事业中的相互支援和互相学习不断加强，我们两国政府和人民之间的友好来往日益频繁。去年，中国人民所敬爱的胡志明主席亲自率领越南党政代表团，参加了我国建国10周年的庆祝活动。这对于正在为加速建设社会主义而奋斗的中国人民是一个莫大的鼓舞。

5月11日上午10时，周恩来与范文同会谈，范文同介绍越南和平恢复以来的情况，北方社会主义改造和建设的情况。谈到五年计划时，他要求中国贷款5亿元。周恩来说："你们现在有了工农业的底子，发展可以更快，因为有几个有利条件，地下资源还没有开发，可耕面积多，水力资源多，森林多，气候好，人多劳动力多，我看你们社会主义建设会很快。问题就是两个，一是社会主义改造和思想改造问题，这方面我们很愿意介绍我们的经验，社会主义改造得快能解决劳动力问题；二是从今年开始的第一个五年计划，如何很快地、很切实地建设社会主义，也就是多、快、好、省地建设社会主义，除了已经在搞的 40 个项目以外，还需要办一些什么项目，可以初步地谈一谈，把铁路换宽轨等等，都算在内，5 亿少了一些。"范文同说，那当然越多越好。

接着周恩来率领陈毅、章汉夫、何伟、方毅、王光伟、张彦、乔冠华、罗青长等中国共产党代表团与胡志明率领的黎笋、范文同、长征、黄文欢等越南劳动党代表团举行第一次会谈。在黎笋按照胡志明提出的意见，介绍越南劳动党代表会议的准备工作情况后，周恩来说，先谈谈这次访问东南亚几个国家的情况，现在两个阵营之间出现中间地带的国家，可分为三种情况：一种是由坏变好，一种是继续和平中立，一种是由好变坏。尼赫鲁是想利用中印边界问题打击国内进步力量，控制国大党内部，同时向美国要求援助，左右逢源。对于中间地带，只要是真正是人民的斗争，我们就要用各种方法来支持他们，但主要是依靠各国人民自己的力量，这是人民自己的斗争。

晚上，周恩来等在中国驻越南大使馆接见在越南工作的中国专家们，勉励他们努力帮助越南建设。

5 月 12 日上午，周恩来、陈毅等在范文同、中国驻越南大使何伟和中国援越专家处处长方毅等陪同下，参观河内百科大学和市郊仁政乡农业生产合作社。下午，中越两党代表团举行第二次会谈，周恩来在发言中谈了国际阶级斗争和国内社会主义改造问题，说国际间实行和平共处，但仍存在阶级斗争。帝国主义总是要破坏社会主义国家的，它达不到目的决不会甘心。杜勒斯在临死之前就写了报告说，如果不能用战争来消灭社会主义，就要从社会主义国家内部来进行分化，使社会主义起变化，向资本主义转化。这个政策是不会变的，这是帝国主义的本质，手法可以变，本性是不会变的。关于国际统一战线，主要面对劳动人民，我们要教育他们，第二才是资产阶级，同他们又斗争又团结，以斗争求团结，而团结要靠广大人民，对中间地带人民的斗争我们要采取坚决支持的态度。斗争的口号应是民族、独立、和平，而不是社会主义。斗争是长期的，斗争的方法不要说死，要根据具体的情况。国内阶级斗争是客观存在，避免不了的。你们的社会主义改造有成绩，现在是如何深入下一步和使它更广泛的问题。关于农村中合作化问题，百分比不少了，这对兴修水利、积肥等都有好处。

晚上，中国驻越南大使何伟为周恩来访越举行盛大招待会，范文同总理等应邀出席。

5月13日清晨，河内举行8万市民的盛大集会，欢迎中国代表团，胡志明主席、范文同总理等出席，河内市行政委员会主席陈维兴和周恩来分别在大会上讲话，周恩来在讲话中着重支持越南统一祖国的斗争，他说："帝国主义特别是美帝国主义者，为了推行他们的战争政策和侵略政策，力图采取更加狡猾、更具有欺骗性的策略。他们散布'和平的烟幕'，企图造成帝国主义也爱和平的假象，以便麻痹世界人民，瓦解各国人民革命和争取世界和平的斗争。不管怎样粉饰，帝国主义的本性是不可能改变的，对于这一点，中越两国根据自己的经验，了解得非常清楚。至今侵占着中国的领土台湾的，正是美帝国主义。不断派遣军事人员进入南越，竭力阻挠越南和平统一的，也正是美帝国主义。中国人民一定要解放台湾，同时也坚决支持越南人民和平统一祖国的正义斗争。仰承帝国主义的鼻息，违反本国人民意志的傀儡政权，即使在外国主子的刺刀支撑之下也维持不了多久的。南朝鲜李承晚的可耻下场，就是一个生动的事例。越南是一个从谅山到金瓯的统一的国家，越南人民是有长期反帝斗争传统的英雄人民。我们相信，在强大的社会主义阵营和一切爱好和平的人民和国家的大力支援下，越南人民争取和平统一祖国的正义事业一定能够获得最后的胜利。"

上午 8 时 30 分，中越两党代表团举行第三次会谈。黎笋要求中国代表团介绍中国成立人民公社方面的经验，周恩来说："因为合作社太小，办不了大事，农民自发地提出一个办法，成立公社，他们要求两件事：一大二公，我们的缺点是'一平二调'。经过两年的试验，可以说公社已巩固下来了。我们要优先发展重工业，同时要大搞农业，工农业并举。现在看来，我们第一个五年计划对农业注意得不够，你们的农业、轻工业的比重可以比我们的大一些，这样可以积累资金，改善生活，当然重工业也不能忽视。"

中午，周恩来在中国驻越南大使馆举行宴会，答谢以胡志明主席为首的越南党政领导人。下午 4 时，周恩来接见越中友好协会代表，随后又在主席府接见当地华侨代表。晚上，胡志明主席举行宴会为周恩来等饯行。

5 月 14 日清晨，周恩来与范文同签署《联合公报》。公报称：

两国总理满意地认为，最近国际形势已经有了一定程度的缓和，并且正在朝着有利于世界和平和社会主义的方向发展。

两位总理指出，帝国主义者，首先是美国当权派虽然迫于形势不得不作某些缓和的表示，但是他们仍竭力坚持"实力地位"，推行侵略政策，大力进行军备竞赛，发展火箭基地，加紧建立和巩固各个军事侵略集团，大力复活西德和日本的军国主义，再一次在欧洲和亚洲形成了战争的策源地，一再阻挠重大国际问题的解决，并且继续干涉和镇压各国人民的革命运动。

两国总理认为，万隆精神和和平共处五项原则在过去五年中已经显示出强大的生命力，美帝国主义的伪善面目和破坏万隆精神、制造分裂的阴谋，已经为亚洲、非洲人民所日益识破。两位总理热烈欢迎 1960 年间在科纳克里召开的亚非人民团结会议所取得的良好结果。中国、缅甸友好和互不侵犯条约和关于边界问题的协定的签订，以及中国、尼泊尔和平友好条约和关于边界问题的协定的签订，是和平共处五项原则的重大胜利。周恩来总理最近到缅甸、印度、尼泊尔和柬埔寨各国的访问，证明了中国对亚洲国家和平友好的诚意，对巩固和密切亚洲各国之间的友好关系是一个重大贡献。两国总理坚信，在解决某些亚洲国家之间的争执问题中，如果有关方面都具有本着友好精神和按照和平共处五项原则来共同协商的诚意，即令这些过去遗留下来的问题多么复杂，仍然是可以找到适当的解决办法的。两位总理相信，继续发扬和平共处五项原则和万隆精神对亚非团结事业、维护亚洲和全世界和平具有重大的意义。中华人民共和国政府关于亚洲和沿太平洋区域各国缔结互不侵犯的和平公约以使这一地区成为无核武器区域的倡议，是一个完全有利于亚洲和世界的和平与安宁的重要的和平倡议。越南民主共和国政府完全支持中华人民共和国政府的上述倡议。

公报进一步表示：

两国总理在讨论印度支那局势的时候，对目前的老挝局势表示忧虑。关于老挝问题的日内瓦会议和万象协议继续遭到严重的破坏，美国继续粗暴地干涉老挝的内政。目前，老挝的爱国人民仍被镇压和迫害。苏发努冯亲王和老挝爱国战线党的其他领导人仍被非法监禁。老挝国际监察和监督委员会的恢复活动受到了阻挠。两位总理强调指出，老挝目前的局势继续走下去是危险的。两位总理再一次声明：越南民主共和国和中华人民共和国一贯希望同老挝王国根据和平共处的原则保持良好的邻国关系，并且认为如果有关方面愿意用和平协商的方法解决存在的问题，老挝局势是可以恢复正常的。两国总理认为，以苏发努冯亲王为首的老挝爱国战线党的领导人应该恢复自由，国际委员会应该恢复活动，老挝内战应该停止，《日内瓦协议》应该得到确实尊重和严格执行。

公报在谈到越南统一问题时，说：

目前由于美国阻挠越南的统一，企图变越南为美国军事基地和殖民地，进行了日益频繁的破坏活动，关于《日内瓦协议》的履行面临着许多困难。《日内瓦协议》签订迄今已近6年，越南国土仍处于分裂状态，在美国帮助下的南越当局不仅拒绝了越南民主共和国一些合理的建议，而且还正在加紧扩军备战，加强对南越人民极其野蛮的镇压。最近他们又制定了1959年第10号法西斯法令，并且同美国协议非法增加美国驻南越军事援助顾问团军事人员。两位总理一致认为，1954年印度支那问题日内瓦会议两位主席和国际委员会各成员国应该履行自己的任务，采取坚决有效的措施以阻止美国及南越当局违反协议的行为，保证关于越南的《日内瓦协议》得到尊重和充分履行，为维护印度支那和东南亚的和平和安宁作出贡献。

公报还谈到两国关系的成就和发展及今后应进一步加强各方面的友好合作关系。

公报签署之后，由范文同、何伟、方毅等陪同周恩来到达嘉林机场。5月14日7时30分，中国代表团结束对越南的访问，乘专机回国，上午到达南宁。5月17日上午回到北京，朱德委员长、宋庆龄副主席、邓小平副总理等到机场欢迎。

四、应蒙古政府的邀请，
再次出访北方邻国

　　周恩来在访问南亚 5 国之后，在国内停留 10 天时间，处理了内政、外交等许多重大问题，如接见张治中，请张致信蒋介石，指出我们的对台政策是：台湾宁可放在蒋氏父子手中，不能落到美国人手里，台湾必须统一于中国。具体是：一、台湾回归祖国后，除外交必须统一于中央外，所有军政大权、人事安排悉委于蒋介石、蒋经国、陈诚，蒋经国亦悉由蒋意重用；二、所有军政及建设经费不足之数悉由中央拨付；三、台湾的社会改革可以从缓，必俟条件成熟并征得蒋之同意后进行；四、互约不派特务，不做破坏对方团结之举。还约廖鲁言、钱正英谈农业和水利问题。接见阿尔及利亚共和国临时政府副总理兼外交部长克里姆·贝勒卡塞姆率领的政府代表团，并约陈毅、廖承志、姬鹏飞等讨论阿尔及利亚问题；约章士钊、廖承志谈日本问题。接待金日成、蒙哥马利访华，并与之会谈。

　　5 月 27 日，周恩来率陈毅、姬鹏飞、李强、刘明夫、韩念龙、罗青长、常彦卿等访问蒙古人民共和国，这是周恩来第二次正式访问蒙古。当日上午 11 时 25 分，周恩来一行抵达乌兰巴托，泽登巴尔主席、中国驻蒙古大使谢甫生等到机场欢迎，泽登巴尔在机场致欢迎词，他说：

"今天，我们以极其兴奋的心情欢迎从我们伟大邻邦中华人民共和国来的贵宾——中华人民共和国国务院总理、我们的亲爱的朋友、尊敬的周恩来同志。

"我代表蒙古人民共和国政府、蒙古人民向我们亲爱的贵宾，中华人民共和国杰出的领导人之一，尊敬的周恩来总理同志，以及参加这次友好访问的中国国家活动家们致以衷心的敬意。

"我们坚信，您的这次访问，将在我们两国人民的兄弟友谊和合作历史上，增添新的、光辉的一页，并且将对巩固以伟大苏联为首的社会主义阵营和各国人民的团结友好事业作出重要的贡献。"

周恩来在答词中说：

"我和陈毅同志在访问了缅甸、印度、尼泊尔、柬埔寨和我们社会主义大家庭最南方的国家——越南民主共和国之后，能够有机会来到我们北方的兄弟邻邦——蒙古人民共和国进行友好访问，感到十分高兴。

"1954年我曾经访问过你们的国家，那一次的访问虽然时间很短，但是，勤劳纯朴的蒙古人民为建设自己祖国所表现的热情给我留下了深刻的印象。自从那个时候以来，我们两国的社会主义建设事业都取得了令人鼓舞的成就，我们两国的友好互助合作关系有了很大的发展，整个国际形势也发生了进一步有利于社会主义、民族独立运动和世界和平的巨大变化。这是值得我们两国人民欢欣鼓舞的。

"同志们，朋友们，请允许我以陈毅同志和我个人的名义，感谢你们这样热烈、盛大的欢迎。

"我希望我们这次的访问，能够对于进一步加强我们两国的友好关系，加强我们两国在国际事务中的亲密合作作出贡献。"

从机场到宾馆，一路上成千上万的群众夹道欢迎，高呼口号，载歌载舞，十分热烈。

中午，蒙古部长会议主席泽登巴尔举行宴会欢迎周恩来。下午2时，周恩来等向苏赫巴托尔—乔巴山墓献花圈，随后拜会蒙古部长会议主席泽登巴尔。晚上，由泽登巴尔陪同观看歌舞演出。

5月28日上午10时，周恩来同泽登巴尔在乌兰巴托政府大厦举行会谈，周恩来在谈到蒙古经济建设时，强调要争取自力更生，要增加物质生产和人口，发展生产和增加人口相结合，还要多搞一些轻工业。

下午，由泽登巴尔陪同中国代表团参观蒙古工业联合工厂的皮鞋厂和毛纺织厂。

晚上，泽登巴尔举行盛大国宴欢迎中国代表团，泽登巴尔和周恩来分别在宴会上发表重要讲话。泽登巴尔在讲话中，高度评价中华人民共和国的成立和10年来所取得的巨大成就及周恩来在对内对外工作中的辉煌功绩，然后他强调中国给蒙古的援助：

> 中国人民对我国社会主义建设事业正在给予巨大的援助。我们用中华人民共和国的1亿6千万卢布的无偿援助和1亿卢布长期贷款建成和正在建设许多工厂、水利灌溉系统、公路、桥梁、住宅和社会福利设备。很多中国工人和中国专家亲自参加我国的经济建设，以高涨的劳动热情忘我地进行工作。
>
> 在现在举行的会谈中，我们正在就在我国新的五年计划期间由中国人民提供增加的巨大援助问题达成协议。
>
> 我代表蒙古人民和我国党和政府对伟大的中国人民、光荣的中国共产党和中华人民共和国政府所提供的这个兄弟的无私的巨大援助，表示衷心的热烈的感谢。
>
> 毫无疑问，周恩来同志在我国进行的友好访问，一定能够对巩固我们两国人民的友好合作，增进我们社会主义阵营各国

的团结和维护亚洲及世界和平作出新的贡献。我以蒙古人民、蒙古政府和我个人的名义，对尊敬的周恩来同志接受我们的邀请在我国进行友好访问，表示衷心的谢意。

周恩来在热烈的掌声中走上讲台，用他那洪亮的声音和铿锵有力的语调说：

自从 1954 年 7 月我第一次访问你们国家以来，将近 6 年的时间过去了。在这期间我们两国的社会主义和整个国际形势都发生了很大的变化。6 年来，勤劳纯朴的蒙古人民在蒙古人民革命党、蒙古政府和泽登巴尔同志的领导下，在社会主义建设和社会主义改造方面取得了很大的成就。作为蒙古国民经济主要部门的畜牧业几乎实现了合作化，农业耕地面积不断扩大，农业生产获得丰收。新的工厂和企业也迅速地建立起来了。随着社会主义日益发展，蒙古人民的物质生活和文化生活也有了显著的改善。特别是蒙古人民革命党三中全会制定了以自力更生地加速社会主义建设的方针以来，蒙古在各方面都出现了朝气勃勃的新气象。我们相信，兄弟般的蒙古人民在提前实现完成三年计划的伟大任务中，一定能够继续取得光辉的成就。

周恩来特意强调：

随着我们两国社会主义建设的突飞猛进，我们两国人民的友好关系有了全面的发展。我们两国在经济和技术方面的互助合作更加亲密和广泛。在这里我愿意特别提到泽登巴尔同志两次到我国进行友好访问，对于加强我们两国人民的兄弟友谊作出了重要的贡献。我相信，在我们两国政府和人民的共同努力下，我们两国建立在马克思列宁主义和无产阶级国际主义基础上的伟大友谊一定能够获得进一步的巩固和发展。

周恩来在阐述中国国内建设和国际形势之后说："同志们，朋友们，我们来到你们的国家已经两天了。两天以来，我们生活在热情洋溢的蒙古人民中间，我们像在自己的家里一样感到十分亲切和愉快。你们对我们的热烈欢迎和盛情款待，使我们衷心感激；我们认为这是蒙古人民对于中国人民的崇高友谊的表现。我希望我们的这一次访问能够对进一步加强我们之间的友谊有所贡献。让我们携起手来，在建设社会主义和保卫世界和平的事业中亲密合作，共同前进！"

5月29日早晨，泽登巴尔陪同周恩来一行乘专机离开乌兰巴托前往前杭爱省哈拉和林农牧场参观访问。随后又从农牧场乘飞机到胡吉尔特参观疗养院，并出席前杭爱省委第一书记佐奥多尔在疗养院举行的午宴。晚7时30分乘飞机返回乌兰巴托。

5月30日上午，泽登巴尔陪同周恩来等参观乌兰巴托面粉厂。中午，周恩来同蒙古人民革命党第一书记泽登巴尔举行两党会谈，在会谈中，周恩来说，对帝国主义要一不软，二不怕，三不受挑拨。中间地带的资产阶级有两面性，现在整个世界上威胁和平最大的敌人是美帝国主义。我们要使社会主义阵营变得更强大、更团结，把全世界人民争取到我们这一边来，孤立美帝国主义，推迟战争的可能性就大，和平共处的可能性就存在。晚上，中国驻蒙古大使谢甫生为周恩来总理访问蒙古人民共和国举行宴会，蒙古部长会议主席泽登巴尔、大人民呼拉尔主席桑布等和中国代表团全体人员出席了宴会。

5月31日上午，中国代表团参观蒙古中央博物馆。中午，在泽登巴尔陪同下，周恩来一行到体育馆参观体育表演，然后在列宁少年宫亲切会见乌兰巴托市的少年儿童。下午，周恩来与泽登巴尔签署《中蒙友好互助条约》、经济技术援助协定和两国政府联合声明。

《中蒙友好互助条约》的前言称：

> 中华人民共和国主席和蒙古人民共和国大人民呼拉尔主席团极愿在无产阶级国际主义原则和互助尊重国家主权和领土完整、互不干涉内政、平等互利的基础上，进一步发展和加强中华人民共和国和蒙古人民共和国之间的兄弟般的牢不可破的友好互助关系，决心尽一切力量对维护和巩固亚洲和世界和平和保障各国人民的安全和合作作出贡献；并且深信发展和巩固中蒙两国之间的友好互助关系符合世界各国人民的利益。为此目的，决定缔结本条约。并且各派全权代表如下：中华人民共和国主席特派国务院总理周恩来，蒙古人民共和国大人民呼拉尔主席团特派部长会议主席尤穆佳·泽登巴尔。

条约条文共 5 条。主要内容是：

缔约双方将为维护亚洲和世界的和平和各国人民的安全而尽一切努力；缔约双方将对有关中华人民共和国和蒙古人民共和国共同利益的一切重大国际问题进行磋商；缔约双方在两国的和平建设事业中，彼此给予一切可能的经济和技术的援助；缔结双方重申将根据中华人民共和国和蒙古人民共和国 1952 年 10 月 4 日所签订的经济文化合作协定，继续巩固和发展两国间的经济、文化和科学技术的合作。

两国政府联合声明称：周恩来总理在蒙古访问期间拜会了大人民呼拉尔主席团主席札·桑布，和蒙古人民共和国部长会议主席尤·泽登巴尔进行了友好的会谈。在会谈过程中，双方讨论了进一步巩固和发展两国间的兄弟般的友谊和全面合作的具体问题，并就国际间的重大问题交换了意见。

"会谈在亲切和友好的气氛中进行，会谈中双方对讨论到的各项问题观点完全一致。"

双方满意地指出，中蒙两国人民在反对日本帝国主义侵略的斗争中一贯相互鼓舞和支持。中华人民共和国成立以后，两国人民更在伟大的无产阶级国际主义原则的基础之上顺利地发展着真正兄弟般的友好互助关系，两国政府在1952年签订的《经济和文化合作协定》以及在1956年和1958年签订的《关于中华人民共和国给予蒙古人民共和国无偿援助和长期贷款的协定》，对于进一步加强两国人民的友好互助关系和促进两国经济文化的共同高涨具有重大的意义。

为了进一步巩固和扩大两国人民的牢不可破的友谊和两国之间的兄弟合作，双方政府代表于1960年5月31日在乌兰巴托签订了《中华人民共和国和蒙古人民共和国友好互助条约》《中华人民共和国政府和蒙古人民共和国政府关于中华人民共和国政府给予蒙古人民共和国政府经济技术援助的协定》和《中华人民共和国和蒙古人民共和国科学技术合作协定》。

中华人民共和国政府将根据经济技术援助协定在1961年至1965年期间帮助蒙古人民共和国建设一些工业企业、水利工程和公用事业。对于中国人民在蒙古人民进行社会主义建设中所给予的多方面的援助，蒙古人民共和国政府表示衷心的感谢。

声明说：

> 蒙古人民共和国政府完全支持中国人民关于美国武装部队必须立即全部撤出中国领土台湾和台湾海峡的正义斗争。

双方完全支持朝鲜、越南和德国人民在和平民主的基础上统一祖国的合理愿望。

双方坚决谴责美帝国主义和日本统治集团复活日本军国主义的侵略政策和直接威胁亚洲和世界和平的所谓日美"安全条约"。双方热烈支持日本人民争取废止这项侵略性条约，争取民族独立、和平民主的英勇斗争。

中华人民共和国政府和蒙古人民共和国政府坚决支持亚洲、非洲、拉丁美洲人民进行反对殖民主义和帝国主义、争取自由、争取政治和经济独立的正义斗争。

5月31日下午，蒙古在苏赫巴托尔广场举行中蒙友谊集会，有8万蒙古群众出席，乌兰巴托市几乎倾城出动。泽登巴尔和周恩来在集会上作了长篇讲话，纵论国际形势、中蒙两国建设成就和中蒙友谊。

晚上，周恩来在中国驻蒙古大使馆举行告别宴会，答谢以泽登巴尔为首的蒙古党政领导人给予的盛情款待。

6月1日晨7时40分，周恩来结束在蒙古的访问，从乌兰巴托乘专机回国，泽登巴尔、桑布和中国驻蒙大使谢甫生等到机场欢送。上午11时15分，周恩来一行抵达北京，朱德、宋庆龄、邓小平、彭真、李先念等到机场迎接。

五、内外兼顾，广泛进行工作，保障国家安然度过困难时期

集中精力，渡过严重的经济困难

周恩来访问南亚五国和蒙古回来之后，里里外外的事情一大堆，忙得不亦乐乎，休息时间更少了。国内工作也好，对外工作也好，尽管千头万绪，但他始终围绕着经济建设这个中心任务，井井有条地进行工作。他从新中国成立一开始，就认为国家要独立，必须发展经济；国家要富强，必须发展经济；国家要不受外来欺侮和侵略，必须发展经济。因此，他花了大量的心血和精力"为中华民族的腾飞"。"大跃进"、苏联撤走专家以及连续两年自然灾害，使得中国经济建设陷入十分困难的境地，尤其是农业，1960年比1959年农业产值下降16.2%，其中粮食产量比上一年下降15.6%，粮食极其缺乏，国民经济比例严重失调。面对这样严峻的形势，周恩来处乱不惊，沉着应对，他一面领导国务院，实事求是地提出"调整、巩固、充实、提高"八字方针，使得中国经济逐步恢复和发展起来；一面以身作则，日夜操劳，呕心沥血，亲自指挥调拨粮食和进口粮食，解决全国人民吃饭问题。在最困难的日子里，他同

人民同甘共苦，他每天在家里少吃肉，少吃粮，带头吃红薯干和其他杂粮。他外出视察，要交代地方，少吃肉、鸡蛋和油炸食品，不准摆水果，摆了要撤回。做饭的老厨师十分激动地说："我当了这么多年的厨师，做了这么多年的菜，没少为大官掌勺，只见过点名要山珍海味的，还没有见过像总理这样，这不准吃，那不准吃的。"

就在国内经济最困难的日子里，周恩来也没有忘记香港、澳门人民。从20世纪50年代开始向香港市场供应鲜活、冷冻商品的工作一直没有中断，并且运输工作逐步得到改善。在1962年8月，由武汉江岸发车的向港澳运输鲜活、冷冻商品的751次快运列车开车100列之际，周恩来指示铁道部和外贸部"由上海、南京至深圳也应组织同样的快车"。根据这一指示，12月11日，铁道部又增开了分别由上海新龙华和郑州北站始发的753次和755次快车。

至此，向港澳供应鲜活、冷冻商品的三趟快车体系正式建立。几十年来，这三趟快车成为保证港澳的"生命线"。

广泛开展外交活动，保障国内平稳渡过困难

在国内经济困难时期，周恩来集中精力，不惜带病工作，与此同时，周恩来也没有放松外交工作，开展了大量的外交活动和斗争，以维护国家的独立、主权、安宁和亚洲与世界的和平，保障国内经济平稳地渡过了困难。

第一是接见各国驻华大使和大批的来访人士及各式各样的代表团。据不完全统计，周恩来从1960年5月31日访蒙结束到1963年10月23日同法国前总理富尔会谈，共接见外国驻华使节达90余次，其中最多的为苏联、朝鲜、越南、缅甸、巴基斯坦、印尼、尼泊尔、锡兰、罗马尼亚、阿尔巴尼亚、瑞典、阿联、叙利亚的驻

华大使，接见和与之会谈的外国人士和代表团达 300 余人（次），其中最多的是日本各方人士和代表团，其次是缅甸、巴基斯坦、柬埔寨、老挝、印尼、锡兰、朝鲜、越南、苏联、阿尔巴尼亚、罗马尼亚，再次是英国、瑞士、荷兰、波兰、德意志民主共和国和匈牙利的客人。

第二，主持和出席了大量的宴会、酒会、招待会、茶会以及集会。观看戏剧、体育演出等约 300 次。

第三，接待外国元首、政府首脑及重要代表团并与之会谈。如阿尔巴尼亚议会主席哈奇·列希，几内亚杜尔总统，缅甸吴努总理夫妇、奈温将军夫妇，阿尔及利亚临时政府总理阿巴斯，越南胡志明主席，柬埔寨国家元首西哈努克，老挝总理梭发那·富马和老挝爱国战线党主席苏发努冯，越南总理范文同，印度尼西亚总统苏加诺夫妇，朝鲜政府首相金日成，加纳总统恩克鲁玛，古巴总统多尔蒂科斯，尼泊尔国王马亨德拉和王后，缅甸总理吴努再次访华，越南劳动党第一书记黎笋、胡志明主席路过北京，印尼共产党中央主席艾地，蒙古部长会议主席泽登巴尔，锡兰总理班达拉奈克夫人，柬埔寨国家元首西哈努克再次访华，若搬国王西萨吐·瓦达纳，阿拉伯联合共和国部长会议执行主席阿里·萨布里，新西兰共产党总书记威尔科克斯，朝鲜最高人民会议常务委员会委员长崔庸健，索马里总理舍马克博士，哥伦比亚众议院院长何塞·安西塞·洛佩斯、比利时王太后伊丽莎白，还有许多副总统、副总理、副议长、外交部长和各部门部长来华访问，周恩来都予以接待、接见和会谈。

第四，出访若干国家，如缅甸、苏联、朝鲜等。

第五，处理了中印边界武装冲突，进行了外交斗争。

六、富尔访华，中法建交

富尔第二次访华，这次与前次不同

1963 年 8 月，法国前总理富尔向我国提出访华的要求，经周恩来总理同意后，由中国外交学会会长张奚若邀请，于同年 10 月 22 日抵京，这是富尔 1957 年第一次访华 6 年之后的重访。

埃德加·富尔（Edgar Faure），1908 年 8 月 18 日出生于退休陆军军医家庭，获法学博士学位，曾在东方语言学校读俄语及斯拉夫语言，并任律师多年。1931 年 10 月 12 日与露茜·麦耶（Lucie Meyer）结婚。露茜·麦耶是法国著名文学政治评论杂志《舟》（*Lanef*）编辑，为法兰西银行经理之女。富尔在第二次世界大战法国沦陷期间，参加抵抗运动，曾任戴高乐临时政府副秘书长。1943—1944 年，任法兰西民族解放委员会立法部负责人。1945 年 12 月为临时政府驻国际法庭的助理代表，参加纽伦堡国际战犯审判工作。1946 年 11 月 10 日以激进社会党党员身份当选为国民议会议员。1951 年和 1956 年两次当选为国民议会议员，并任汝拉省（Jura）议会主席。1954 年 6 月任孟戴斯－弗朗斯内阁财政部长和外交部长。1955 年 2 月至 1955 年 12 月任法国政府总理。1955 年

12 月因解散国民议会，被激进社会党开除，后即领导左翼共和联盟。他曾经访问过美国、苏联。1955 年 7 月任共同体议会参议员及社会计划和财政事务委员会主席。1961 年 10 月激进社会党代表大会通过富尔重新入党。

富尔自与露茜·麦耶结婚后与法国银行界关系密切，与拉萨尔财团及洛希尔（Rothschila）银行（该银行是戴高乐派的主要支柱，蓬皮杜曾任该行行长）有较深的关系。

富尔对中国的态度友好，一向主张承认中国。早在 1953 年即支持孟戴斯 – 弗朗斯的承认中国的主张。曾数次表示台湾不能代表中国，但又不敢得罪美国。他在《费加罗报》上发表文章，说："我不明白，不承认这样一个强大的国家对我们有什么好处？""我们究竟在等什么？""中国人民不能设想与台湾并列，它能让人既承认它，又承认台湾吗？"

10 月的北京秋高气爽，十分宜人。这是丰收的季节，果实累累；又是欢庆的时候，庆祝国庆，庆祝丰收，唱歌跳舞，分外热闹和喜悦。富尔选择此时来访，无疑预示着好的希望，好的结果，好的收获。

那么，富尔究竟为什么要在这个时候访华呢？这是戴高乐将军和法国统治集团长期考虑、研究之后，决定要做一篇以"戴高乐主义"的独特风格震惊世界的政治、外交大文章。

富尔这次偕他的夫人来华，公开宣称纯系私人访问，以避免外界注意和猜测。而实际上他是奉戴高乐之命，专门来同中国领导人面谈中国和法国建立正常的外交关系事宜。

1957 年富尔访华，亲眼看到新中国欣欣向荣的情况，对中国的内外政策有过一番研究，并对以美国为首的国际反华势力制造"两个中国"的阴谋，提出不同的看法。他说："法国没有理由奉行'两个中国'的政策，除非断绝与台湾的关系，否则承认'中华人民共和国'不仅是一种无用的行动，而且实质上是一种不友好的姿态。"富尔曾将他的看法向戴高乐陈述过。

戴高乐及其周围的一些决策人物在不同程度上也同意富尔的看法。正是由于戴高乐知道富尔的观点，1960年他让富尔探听中国政府对法国政府未来的外交承认兴趣如何。所以当1963年戴高乐决定进一步采取建立法中正常外交关系的时候，就很自然地选派富尔作为他的代表到中国进行谈判。

周恩来接见富尔并与之长谈，富尔坦诚说明他此次来访的目的和任务

10月23日，周恩来在中南海西花厅第一次接见富尔并与之会谈。

周恩来总理说："很高兴再一次见到阁下。"

富尔说："已经6年多了，总理一点也不见老。总理到过巴黎?"

周恩来："是的，那是40年前的事了。"

富尔："现在是再去巴黎的时候了。"

周恩来："这次来在柬埔寨停留了几天? 会见了西哈努克?"

富尔："是的，会见了西哈努克亲王。"

周恩来："西哈努克亲王殿下身体好吗?"

富尔："身体还好，但是正在进行治疗。他曾中断同我的谈话而去进行治疗，因而未能共进晚餐。现在请法国医生治疗，使他不要太胖。"

周恩来："阁下过去认识西哈努克亲王吧。"

富尔："不，是第一次同他见面。"

周恩来："我同他认识好久了，还是从万隆会议开始的。"

富尔："他是法国的朋友，也是中国的朋友。"

周恩来："他曾几次来过中国，我也两次去过柬埔寨。"

富尔："西哈努克最近一次来中国，总理亲自到昆明迎接。"

周恩来："是的。你们两位（指富尔夫妇）上次访华后都写了书。"

富尔："是的，书里还提到总理，我想这不会使你不高兴吧，因为我是本着友好的精神来写的，书里还介绍了中国的建设成就。"

周恩来："今天是初次接触，请你先讲吧，我们参加的这些人都是能保守国家机密的。"

富尔："法国元首戴高乐将军希望同中国领导人就两国关系问题进行会谈，他认为，像我们这样两个大国的领导人现在还不能进行会谈是不正常的。由于两国间没有外交关系，过去是一些来访的人带回去一些零星的消息，因此戴高乐将军要我来中国，代表他同中国领导人会谈。他认为我这次访华的使命不要公开，这并不是想掩盖他对中国的感情，而是因为一旦公开出去，报界就会大做文章，那就不能安安静静地深入讨论问题。不过此次访华还是正式的、官方性质的。戴高乐将军有一亲笔信给我，信中授权我代表他同中国领导人会谈。如果你们要这封信，可以给你们，以后再还给我。另外，我还打印了一份副本。"富尔随即念信，并将信件交周恩来。

周恩来看了戴高乐亲笔写给富尔的信：

亲爱的主席先生：

我再次重申我对你下次旅行期间将和中国领导人进行接触的重视。由于我们最近的会谈，我能够向你清楚地指出：为什么我非常重视有关我们和这个伟大民族各方面关系的问题，以及我是怎样重视这个问题的。请相信：我完全相信你将谈到和听到的一切。

　　主席先生，请接受我最诚挚的敬意

夏·戴高乐

1963 年 10 月 9 日

周恩来看信后，请富尔继续讲。

富尔："我来中国的任务是进行接触，没有一个特别的问题作为会谈的中心。因为长期以来两国没有接触，现在应该恢复接触。正如戴高乐将军信中所说，会谈将涉及各个方面。这就是说，不仅经济、文化方面，而且涉及政治方面，因此他选择了一个政治家来中国。我了解戴高乐将军在很多问题上的想法，在其他一些问题上，我也可以提出自己的看法，然后向戴高乐将军报告。"

周恩来："从戴高乐将军的信中可以看出，法国注意增进中法两国的关系，我们一向有这种愿望，阁下上次来华时，我已谈过这个问题，但是，当时觉得时机尚未成熟，我们愿意等待，并做些推动工作。这几年来，戴高乐将军当政，做了一些工作，特别是在维护国家独立和主权方面采取了勇敢的步骤。有些大国可能不高兴。我们觉得，一个国家应该如此，不受任何外来的干涉，因为一个国家的事务只有这个国家自己才能解决。

"另一方面，法国多年来没有解决的阿尔及利亚问题，已经根据阿尔及利亚民族自决的意志得到解决，法国承认阿尔及利亚的独立。想必你还记得，上次我们谈过这个问题，我也同孟戴斯－弗朗斯谈过，觉得法国和阿尔及利亚可以通过和平谈判求得有利于双方的解决，结果还是通过和平谈判解决了。法国解决了多年未能解决的问题，这是件好事，我们很重视法国在国际事务中的作用。

"第三件事，阁下可能也有兴趣，那就是莫斯科三国条约，你们没有签字，我们也反对。可能双方看法不尽一致，我们也可交换意见，但表现出来的行动是一样的，虽然双方并未交换过意见，因此，世界舆论，特别是某些大国，把中法两国拉在一起，实际上我们两国事先没有进行任何协商，也没有任何默契，而且两国社会制度完全不同。这件事证明了这样的一个真理，任何社会制度不同的国家，只要彼此没有互相侵犯的意图，并且互相尊重主权和独立，是可以和平共处的。即使互相没有正式的往来，即使你们还继续承认台湾蒋介石集团、尚未承认中国人民建立起来的中华人民共和国，但我们的行动在客观上可以得出同样的结论，为什么？因为我们有共同性，我们都要维护我们的独立和主权，不愿受任何外国的干涉和侵犯，我们赞成在国际上应该维护世界和平，但不允许几个大国垄断世界事务，因为这样不能维护世界和平，反而会增加战争的危险。只有世界所有国家取得平等地位，大家都有权过问世界事务，才能真正达成协议，才能真正维护世界和平。好，我们就开这个头，请你谈谈刚才想谈的问题，不受拘束。"

周恩来首先论述了中国对法国的政策和态度、中法两国异同，同大于异；赞赏戴高乐奉行独立自主的政策，同时阐明了中国对国际关系的看法、方针，而没有马上谈及中法建交问题，让富尔谈法国的打算。这是周恩来外交谈判的技巧，即先务虚，弄清对方的真实意图后，再务实。

富尔听了周恩来的谈话之后，觉得周恩来对法国的情况和中法关系非常了解，分析得很透彻，是一位英明的政治家和外交家，不禁很钦佩地说："我很注意听了总理的谈话，首先你谈到法国独立的政策，戴高乐将军对此很重视。你知道他一直关心这个问题，即使在抵抗运动时期，法国很弱，戴高乐将军仍然要保持法国政策的独立性。现在法国的政策完全独立自主，我们的某些国家防御性的联盟关系，只是在遇到侵略的时候才起作用，因而是有限的。除此而外，法国在政治上完全是自由的，来华前他在同我谈话时也提到，要我在这个问题上向你作一些说明。

"第二点，总理提到阿尔及利亚问题，我记得上次的谈话。孟戴斯－弗朗斯、接着是我自己让摩洛哥、突尼斯独立。总理知道，阿尔及利亚问题比摩洛哥、突尼斯问题复杂得多，在这个问题上戴高乐将军具有了历史性的远见，这是一贯的。1939 年戴高乐将军主张抗德，1944 年他试图同苏联接近，1958 年他开始实行全部非殖民化政策。现在法国已不再有任何殖民关系。他阻止过法属国家走社会主义道路，阿尔及利亚就是一例。

"至于《莫斯科条约》，两国所处地位相同，两国都有能力建立核力量。正如戴高乐将军比喻的那样，三国条约等于一些疲乏不堪的人去游泳横渡英伦海峡。一些比较小的国家，根本不能有原子弹，他签了字，就说是胜利，可笑之至。"

周恩来："勇敢的柬埔寨国家虽小，但也没有签字。"

富尔："是的，有些国家没有签字，正如总理所说的，在这个问题上，我们有些不同看法，但主要是一致的。在策略上我们都拒绝签字，但我们承认必须进行裁军以维护和平，而《莫斯科条约》则同裁军无关。有些意识形态和历史方面的问题，我不想细谈。法国是第一个进行大革命的国家，法国所遇到的问题不同于中国。法国大革命时，还未达到工业化，马列主义也还没有。而你们革命时，需要打倒封建主义、资本主义、外国干涉三大敌人。如果你们保留资本主义制度，就不能避免外国重新干涉中国，这是我们自己对历史的解释。两国情况不同，法国军队早就推翻了封建主义，没有外国干涉，只有民族资本主义。此外，法国的经济和制度还在向温和的社会主义发展，很多部门国有化了，很多地方有农业合作社，国家能全部掌握财政、金融、货币。美国就不是这样，在美国，如果没有得到大银行的同意，政府不能采取任何措施。

"现在谈另一个问题。我们一开始没有承认中华人民共和国，而保持同蒋介石的关系，我们不愿意像一个商人那样来谈这个问题。我们没有什么特别要求提出来，因为目前的局面对我们没有什么特别的坏处，但是这种局面是不正常的，是奇怪的，因此，我们愿同你们交换意见。上次来中国时已谈过这个问题，当时的结论是：时机尚未成熟，需要等待，同时，那时我也没有受法国最高当局的委托来谈这个问题。从那时以来，情况变了，现在可以根据各自的看法来研究这个问题，戴高乐将军的信件中用了'各方面的关系'这个字眼，因此，我们可以全面研究两国关系。如果现在建立正式关系还有困难，可以研究如何发展现有的关系。总的说来，这次访华表明了加强两国关系的愿望，因为两国长期未接触，不能带来各方面的具体问题。总之，无论中国或是法国都没有迫切的利害问题要解决，但双方都愿会谈，因此，根据戴高乐将军的指示，采取现在这种办法，对外是私人访问。准备在中国停留足够的时间，即两星期，希望总理考虑我刚才提到的问题。"

周恩来："我了解你的意思，可以不只谈一次，可以谈几次，自由交换各种意见，除了你要我考虑的问题外，今天还将问一个问题。中法建立正式外交关系，法国同台湾关系是一个困难，今天我想了解一下，除了这个困难，还有什么困难？上次我说过，我们可以等待，问题总要有一个合理的解决。"

富尔："坦白地回答您的问题，如果不考虑台湾问题，我们愿意建立正式关系，这是戴高乐将军授权我表示的态度。作一点个人的解释，富尔作为你的朋友，我认为总统是以勇敢的精神、历史的眼光来考虑这个问题的，因为我们作出这一决定会受到苏美的指责，只有像他这样的历史人物、政治人物才能作出这样的决定。我们没有自私的利益，要恢复关系，必须使这种做法不使中国为难，应该是对中国表示友好，而不是使中国难堪。如果法国同中国建立正式外交关系，要避免复杂的办法，交换大使是很正常的。在你们方面，戴高乐将军采取这种具有历史意义的步骤时，不要有强使对方不愉快或丢脸的条件。在世界舆论面前，中法关系的恢复不能被看作是一项交易，而应是友谊的表现。我个人认为，直到现在还不能利用这些条件是很可惜的。明确地说，我访华直接的目的不在此，我的任务是开始接触，讨论各种问题。如果你们有此意愿，我们愿作有利的答复。"

周恩来："第一句话是戴高乐将军的话，其余是你的解释。如果我记得不错，法国政府过去表示，承认中国要国际协商，要西方一致。"

富尔："总统授权我说，如果你们愿意讨论这个问题，我们要做有利的答复。这就是说，我们不从自己的利益提出问题，而是愿意考虑，而且不管其他国家的意见。我个人意见，我们能在这个问题上达成协议。戴高乐将军的想法是要迎合你们的意见，如果你们表示愿意，我有权表示法国的意见。"

周恩来："可能我对你上面的谈话没有了解确切，你刚才谈话要照顾两点，第一点是法国同新中国建交不能不考虑苏美的态度。"

富尔："不，我只是说总统这样做，势必引起苏美指责。借此证明总统作出的决定是有历史意义的。"

周恩来："这也是客观事实。"

富尔："法国奉行独立政策，不需要征求美苏意见，自己可以作出决定。我们认为总统这种决定是勇敢的，因为要受到某些国家的指责。希望总统这种立场能使我们达成协议。协议不要包含使我们为难或不满的条件。"

周恩来："第二点是，不能使法国为难和丢脸。根据这两点，我说一说我们的意见。我们的态度很清楚，采取拖泥带水的办法，像英国、荷兰，双方都不愉快。英荷承认中国 13 年，但一直是半建交关系，没有互派大使，因为英荷一方面承认新中国，一方面在联合国支持蒋介石集团，使双方不太愉快，与其如此，不如等待，这是第一点。第二，如果法国认为采取勇敢的行动，断绝同蒋帮关系，同新中国建交时机已到，我们欢迎这种决心，也愿同法国建交，直截了当交换大使。即是说，这是友谊的表现，而不是交易。我愿说明：如果阁下、戴高乐将军觉得时机尚未成熟，还有困难，我们愿意等待。"

富尔："您提了两个问题。第一个问题，我们不采取拖泥带水的办法，要么交换大使，要么维持现状。第二个台湾问题，希望知道中国领导人的意见。如果承认中国，法国在联合国支持中国席位将是合乎逻辑的。台湾问题是个微妙的问题，我们的想法不是迁就'两个中国'的主张，如果法国承认中国，那就是承认中华人民共和国，但这会涉及一些台湾的关系的程序和措施的问题，法国应如何做，希望了解中国方面的意见。对法国来说，同台湾断绝一切关系有困难，因为岛上存在一个事实上的政府，而且戴高乐将军没有忘记在战时他同蒋介石站在一边，不愿突然切断关系。"

周恩来不同意中法建交后法仍同台湾保持"外交"关系

周恩来听富尔说，中法建交后，不愿同台湾断绝一切关系，立即表示不同意。他说："这就困难了。蒋介石被中国人民推翻了和赶走了，是中国人民意志表现的结果。首都在北京的中华人民共和国政府是全国人民选择的，并且已存在 14 年。没有台湾，就没有蒋帮，而蒋帮之所以留在台湾，完全是由于美国的保证和对我们内政的干涉。全世界人民都清楚。蒋介石之所以还留在联合国，还要作为安理会成员，也是由于美国的操纵，这是现实的也是历史的笑话。

　　"说到法国过去在反法西斯时期同蒋介石的关系，这应从国家的关系来说，而不是从个人关系来说。当德国占领法国，成立了贝当政府傀儡政权，法国抵抗运动受到戴高乐的支持和领导，当时中国是蒋介石当权，同戴高乐站在一边是自然的，当时任何中国政府都会这样做。现在蒋介石被推翻了，新中国政府是中国人民选择的，所以世界上不少国家承认了新中国，英国、荷兰在承认方面算是西欧国家中最早的，两国本身没有蒋介石的代表，在反法西斯战争中，蒋介石代表中国不仅同代表法国抵抗运动的戴高乐有关系，同英国保守党政府也有关系，这是历史上的问题，不能把个人关系掺杂到国家关系中来。反过来说，法国处在中国的地位，如何考虑这个问题？现在是戴高乐领导下的法国，如果外国势力在法国本土以外扶植一个反戴高乐的傀儡政权，说这是法国政府，法国采取什么态度？比方说，这个傀儡政权同中国有关系，那么中国要承认法国，也只能承认戴高乐，而不承认傀儡政权。你们不存在这种情况，但你们可以想一想。我举出一个不存在的甚至可笑的情况。比如孟戴斯－弗朗斯领导过法国，日内瓦会议上我们合作得很好，而承认他这个外国势力扶植下的政权，而不承认法国现政府。选择一个更可笑的例子，孟以前是皮杜尔，他是反对戴高乐的，如果他在外国势力扶植下成立流亡政府，我们中国政府是否能因为一度与他有关系，而不承认法国现政府，而承认它或者两个都承认。他一定会说这个例子很可笑，但是替中国想一想，法国是一个有自尊心的民族和奉行独立政策的国家，中国也是这样的民族和国家，何况中国是受帝国主义势力侵略一百多年的国家，现在美国还占领台湾，欺侮和干涉我们。"

　　周恩来进一步指出并分析说："现在世界上同中国的关系有三种类型，也许还会出现第四种类型。第一种，不仅在国家关系上承认中国，而且在联合国支持中国，可以交换大使，社会主义国家如此，不少亚非国家和拉美的古巴也是如此，北欧和瑞士也是如此；第二种类型，英国、荷兰建立半外交关系；第三种类型，像法国同中国现在的关系，法国是愿意促进同中国的关系，由于台湾等困难，还未能建立正式关系。日本也类似，但不能说是一样，为什么呢？因为日本完全受美国控制，不像法国是一个独立的、维持主权的和拒绝外国干涉的国家。还可能产生第四种类型的国家。与其长期等待，不如促进关系，台湾问题解决以前不能建立外交交换大使，但可以建立非正式的关系，如先设立贸易代表机构，半官方的、民间的都可以考虑，我们把这个问题提请阁下考虑。"

富尔听了周总理的话，回答说："回到开头谈的问题，如果能够找到建交的办法，要找前进的办法，不要先前进一步，又后退一步，如果其他问题都解决了，只剩下台湾不能解决，可以讨论贸易机构。总之，我们的意思是：第一，先讨论建交交换大使，台湾问题应如何处理；第二，如台湾问题不能解决，不能建交，可以考虑设立贸易机构。无论如何，这些问题都可以研究。我们可以研究各种方案，正因为如此，我们将采取秘密讨论的形式，因为如果消息传出去，说法国提出要求，中国拒绝了，或者说是相反情况，这都不好，可以考虑两种方案：第一个方案，如何交换大使，也许在台湾问题上有困难，我不知道戴高乐在这个问题上会作出什么决定。"

周恩来进一步明确指出："中国反对'两个中国'的立场是坚定不移的，不会改变的，即使不叫'中华民国'或叫'台湾政府'也不能接受。蒋介石也反对'两个中国'，最近在日本举行的奥运会上，蒋介石要用'中华民国'的名义参加奥运会，奥运会只准他用台湾名义参加，蒋介石不也拒绝了？蒋介石也说台湾同大陆的关系是内政问题，这就是说他承认他所挑起的内战至今尚未结束，直到今天，他还是这样说。在这个问题上我们意见一致，只有美国不同意。现在我再举一个恰当的例子，美国南北战争的时候，有林肯政府，有南方政府，世界各国只承认一个美国政府，不承认两国。我们认为台湾同大陆的关系是内政问题，这一点不能动摇，上次已经谈过，你是了解的，希望不会有什么误解。"

周恩来用摆事实讲道理的办法，既坚持原则，又开导对方，说服对方，要想同中国建交，必须同台湾蒋介石断交。

富尔是明白周恩来的意思、中国的立场的，但他从法国的利益和立场出发，想既同中国建交又保持同台湾的关系。他听了周恩来的讲话，看中国态度坚决，口气有所松动。他说："我的意愿不是推动法国建立使中国政府不愉快的外交关系。如果没有台湾问题上的困难，我们准备建交。明确地说，我们有可能现在就在建交问题上取得协议，也许要等待一个时期，有可能戴高乐知道你们的全部看法以后，采取完全符合你愿意的决定，也许戴高乐认为要等待一个时期再交换大使。但在这方面应该作出安排，时机成熟时就可实行，因此，我要详细了解你们的意见。第二个方案，在未建交而能做些什么方面，我可以把这方面的可能性报告戴高乐。今天有一点是一致的，排除英国式的解决办法。如果我们要采取行动，那就交换大使；如果要发展经济文化关系，我们可以研究最好的办法，如派遣常驻机构，政府或者民间的。"

周恩来问："是贸易机构吗？"

富尔说："可以包括经济、文化、交换大学生等。你们如何考虑第一种方案？如果明天法国承认中国，可能台湾主动同法绝交，这样是最简单的解决办法，困难是我们不能肯定蒋介石采取什么态度。"

周恩来说："他不是一个人，背后有美国。"

富尔又试探着，企图仍不断绝同台湾的"外交"关系，他说："如果明天法国承认中国，法需要通知台湾，如果台湾不作任何表示，照中国的想法，法国应该撤回台湾的人员，你们会完全满意，但法国为难，因为这是突如其来的、不愉快的措施，戴高乐没有授权我表示这样的态度，想征求你们的意见，中法建交后可否在台湾保留一个人，降低级别。"

周恩来当即表示："这是不可能的。英国承认中国政府为唯一合法代表，英国本身没有蒋介石的代表，但是在台湾有领事，在联合国支持蒋介石，所以造成目前的半建交关系，如果法国也采取同样的办法，对双方来说都不愉快。"周恩来又问富尔："第二个方案呢?"富尔回答说："像你们所建议的那样，在建立大使级外交关系之前，比较全面地发展两国关系，建立贸易机构。"

周恩来最后对富尔说："明天因我另有其他约会，后天继续谈，你可以先见陈毅副总理兼外交部长。"

富尔提出中法建交三种设想，周恩来坚持原则，并再三询问和与之磋商，双方基本上趋于一致

1963 年 10 月 25 日下午 4 时 30 分至晚 8 时，周恩来再次在中南海西花厅同富尔会谈。

陈毅和外交学会会长张奚若、外交部西欧司司长等以及富尔夫人参加会谈。

周恩来首先问富尔："你看今天从何谈起?"

富尔说："昨天同陈副总理作了广泛的交谈，我已仔细考虑过，今天详细谈 3 种设想。

"第一种设想：法国正式承认中国政府，中国政府表示同意，即无条件承认；第二种设想：法国表示同意承认中国，而中国方面提出接受承认的条件，即有条件承认；第三种设想：就是你们提出

的建议，先不作政治上的承认，但两国形成特殊的政治局面，即延期的承认。

　　"第一，无条件承认，我认为，双方都承认是一件好事，由于双方的自尊心，都不愿表现自己是提出要求的人。但是由于法国至今未承认中国，所以应该由法国先表示承认中国，事实上戴高乐已首先提出了倡议，派我到中国来。我想戴高乐可能会正式照会贵国政府，例如通过驻尼泊尔大使馆，假设中国对通知的答复是：这很好，我们互换大使。在这种情况下会发生什么？你们的问题是台湾问题，你们担心台湾通过某种方式存在的阴谋。我在上次的书里也提到了这一点。"

　　他又解释说："因为法国对美国是执行独立的政策，如果法国承认中国，没有人会认为法国这样做是为了便利美国对蒋介石的政策。世界上没有人会作这样的解释，也没有人曾说法国承认'两个中国'，谁都认为法国这样做是脱离了美国对蒋介石的政策。我认为这样的做法完全符合中国的威信。台湾会发生什么样的情况呢？我设想，台湾很可能很快同法国断绝关系。你们可能设想，法国这样做，台湾不作任何表示，怎么办？在这种情况下，台湾在巴黎的合法代表不能存在，因为法国承认北京。台湾怎么办？当然他们不能要法国把台湾视为'福摩萨共和国'而存在，事实上蒋介石也不同意'福摩萨共和国'的存在。我认为，中国没有多大风险。如何看待这个问题，由中国自己作出判断。根据这两天的会谈，你们不大可能接受这种建议，我认为，通过一种解释和协调方式可以找到某种解决办法，这是昨天想到的，在巴黎未能向戴高乐提出，这个办法留待谈第二种后再说。

　　"第二，总理、陈副总理都说，如果法国承认中国，中国提出要求，以同台湾断绝关系，驱逐蒋介石驻巴黎代表为条件，我考虑了很久，的确，如果法国承认了中国，同台湾的关系就没有任何根据了，而且也没有任何政治因素来同台湾保持联系。现在的问题仅仅是形式上的问题，或仅仅是细节问题。我越想越觉得，同整个问题比较起来，这是很小的问题，可是在小石头上同大石头一样可能跌跤，怎样考虑这个问题？对一个大国（来说）如果没有足够的理由，要采取粗暴行动是困难的，对法国来说，若要驱逐蒋介石代表是不愉快的，这也是古巴、埃及表示愿意承认中国时所说的困难。陈副总理明确地说明如何一步一步挤走蒋介石的代表，最初派新华社、商务代表，然后慢慢把蒋介石挤走，这一点将在谈到第三种设想时再说明。现在只是说明要采取粗暴驱蒋是困难的。我们很了解，蒋介石的代表不代表任何东西，从来没有代表过任何东西，但我们应该找到一些理由，告诉台湾代表没有理由再留下来，请你走吧。但是1949年以来，情况并未发生改变，台湾代表会说，我穿的也好，吃的也好，有什么理由说我不好，这是一个礼遇问题而不是政治问题。从中国方面来考虑，我想要区别法律和事实问题。从法律上讲，没有意义，一个人在那里没有任何价值，没有任何意义。这是我最近的考虑。如果戴高乐主动承认中国，而中国提出先决条件，对他是不愉快的。我考虑，你们可以答复法国的通知，接受承认，同时附上自己承认的解释，重复说一句，这是我个人的考虑。我没有高傲到想给你们出主意。"

周恩来插话说："非正式的，你可以讲。"

富尔继续说："你们可以答复说，很满意法国的倡议，同时认为，这种承认意味着同另外一个政府断绝关系。这样既不形成你方的一种条件，也不会有人说存在'两个中国'。

"你们在答复中可以明确说，由于台湾岛存在的事实情况，如果将来法国同它发生任何关系，将被中国视为不友好的行动。

"如果采取上面所说的方式，中国就不是向法国提出条件，中国只不过是通知法国，中国的领土一部分被一些没有权利的人占领着，如果将来法国同这些没有权利的当局发生关系，那是与中国建立友好关系不相容的。在这种情况下，中国不是提出任何条件，也不是使法国丢脸。你们就不去管法国让台湾代表住在哪里，留在法国某地或去台湾。通过这种办法，你们就表明你们是中国唯一合法的代表。

"如果采取这种办法，看看戴高乐是否接受，这一点当然事先让你们知道，如果戴高乐同意，他一定会忠实执行。这样可以提供他一个可能性，表面上不做什么也不说什么，台湾代表在一定时候就撤走。这种设想就是：我们先走了第一步，应该避免使我们在道义上遇到困难。我不能保证戴高乐是否一定同意，因为他只指示我了解情况，他只是说，他认为采取粗暴措施是不愉快的。现在事实上也要把火弄小点，而不是要扑灭它。这个问题一定要解决，站在中国方面想这种方式对法国来说最能保持荣誉。

"第三，同陈外长谈后，我了解更多了。自然，贸易、技术、文化问题对我们是重要的，但我愿把这些问题联系整个政治关系问题来考虑，因为戴高乐不仅考虑便利订货和交换商品，他主要考虑政治问题。我看到，互设文化、贸易机构可有双重意义：一方面是本身的意义，即可以增进和巩固已有的联系，可互换学生、教授、技术人员，这方面的意义当然不能忽视。但是还有另外一方面，即政治方面，同古巴、埃及的例子作比较，机构可以作为阶梯，北京、巴黎之间政府人物可以往来。既然设立了贸易、文化机构，有关部长就不可避免地可互相访问，大家都会知道两国外交关系不久就会建立。这种情况下，逐渐使台湾驻巴黎代表处于困难地位而走开，我们也可以召回驻台湾的代表。我个人倾向于采取比较完全的办法，这只是加上个人看法，附带要考虑代表机构采取什么形式。从单纯贸易方面看，形式问题不重要。如果纯粹是私人性质，我们各自都有专门的机构，法国有对外贸易中心，具有半官方性质，也有类似外交学会的机构，作为政治方面准备条件来考虑，派遣官方的比较好。没有外交关系就有了官方贸易代表机构，过去很少有先例，但不是不可能的，也许能推动更快全面解决问题。我提一个具体建议，结束会谈后，要向戴高乐报告，准备写一个文件，你们先看看是否合适。"

周恩来仔细听了富尔的谈话，说："谢谢你的解答和解释。今天阁下谈得很清楚，您是倾向于我们两国建立外交关系并互派大使的。前天您的谈话也表示了这一点。根据您的转达，戴高乐将军也有这样的愿望。"

富尔："是的。"

周恩来："从我们这方面说，中国政府和中国人民也有同样的愿望，这一点，应该肯定下来，现在的问题是为了使双方的愿望有着更明确的基础。为此，我现在提出三个问题向阁下解释。第一，双方都愿建立外交关系，互派大使，这一点是肯定的，由此而产生第二点，我们承认的是法兰西共和国，法国承认的是中华人民共和国，这一点是否可以澄清？阁下的著作中已写了这一点，不承认有另外一个中国，戴高乐将军是否也是这样认为的？"

富尔："戴高乐将军也是这样的想法，但是保留台湾这一点，需要得到进一步的确认。肯定地说，法国承认中国，只会承认中华人民共和国。"

周恩来："台湾保留是什么意思，是承认台湾一个省，由于目前在蒋介石的手中，这样一个复杂的问题需要有些时间和手续来处理，还是指台湾的地位未定？"

富尔："戴高乐将军在这个问题上没有明确的指示。"

周恩来："您的看法如何？"

富尔："作为戴高乐的代表在这个问题上不能表示意见，因为我没有得到明确的指示。但是我认为台湾是中国一个省。戴高乐不管这个问题，他管的是承认中华人民共和国问题，和台湾问题是两方面的问题。我所得到的任务是戴高乐对这一问题的看法，看看你们能否接受，就是在承认中国的同时，法国同台湾保持联系，但是降低级别。我不能说，戴高乐在得到你们的答复以后，会不会全部接受你们的意见。”

周恩来："如果这一问题解决，下一个问题就可以讨论。现在要明确这一点，戴高乐是否不明确台湾的地位？"

富尔："不是，戴高乐要我明确你们的看法。"

周恩来："我们的看法，我和陈毅元帅都已经说了，我可以再明确一下，就是第三点，台湾是中华人民共和国的一个省。在这一个问题上法国无意承认'两个中国'，即蒋介石的'中华民国'代表一个中国，中华人民共和国代表另外一个中国，这一点，法国是否不承认？"

富尔："不承认。"

周恩来："好，这一点肯定了，法国只承认中华人民共和国，它是1949年中华民国的延续。那么中华民国客观上就不存在了。"

富尔："只承认一个中国。"

周恩来："这是第二点，即不承认'中华民国'，'台湾共和国'也不存在，这个前提肯定，那么台湾是中国的领土这一点应该肯定，因为蒋介石也是这么说的。"

富尔："我不愿意提出相反的意见，我认为所遇到的事实是蒋介石占领着台湾。"

周恩来："所遇到的事实是蒋介石盘踞着的台湾，已经在第二次世界大战后从日本手中收回。"

富尔："这在理论上说，我知道，但是我不能说中国这个国家的边界是在这里还是在那里。"

周恩来："这不是理论问题，这是必然的逻辑，这是个事实。

1945 年，日本结束了对台湾的侵占这一事实你是知道的，那时蒋介石代表中国，他派代表把台湾从日本手中正式收回，当时还为此举行仪式，所有的盟国，如英、美、法都参加了，举行了仪式，美国驻华大使也参加了仪式。这是一个事实，不是理论问题。

"我还提醒您第二个例子，1951 年签订旧金山对日和约，当时这件事是非法的，当时由蒋介石代表参加，而不是中华人民共和国代表参加，虽然那时中国已经解放，蒋介石政府代表全中国参加，也说到台湾是中国领土一部分。

"以上两个事实证明台湾是中国的一部分，中国已经收回了。这件事不仅我们这么认识，蒋介石也是这么说。现在的问题是蒋介石得到美国扶植的中华民国已经不存在了。因此，美国走这样一条路，认为台湾地位尚未定，并要劝蒋介石让台湾成为一个独立的共和国。现在没有这一名义，因为蒋介石也不承认，他还是要代表全中国，名叫'中华民国'。这样一个复杂的问题，如果别的国家也跟着美国说台湾地位未定，这是给美国创造条件。"

富尔："我不愿意帮助美国实现这一问题。现在要完成的任务是了解你们的看法，蒋介石代表全中国是不对，但是他占领了台湾。"

周恩来："这是内战的继续，这是事实。"

富尔："蒋介石占领台湾是事实，不是我们制造出来的，我们没有责任。1894 年的时候德国占领了阿尔萨斯、洛林，那时候，意大利派领事到那里去，没有到法国，其他国家虽然认为法国有道理，但是，它们认为那也是事实。目前，第一，法国准备承认中华人民共和国；第二，只承认一个中国。"

周恩来："这两点清楚了。"

富尔："第三，台湾事实上由蒋介石统治着，戴高乐想要了解的是在承认中国时是否能不完全割断同台湾的联系，这样做不是为了便于美国制造'台湾共和国'。这不是法律上的问题，因为总理已说到蒋介石也不承认。戴高乐所以不愿意完全割断是出于方便的考虑，由于我们很久以来没有接触，所以戴高乐派我来了解你们的意见。如果说，我得到这样的指示，法国明天就切断同台湾的联系，那就不成为个人友好访问，而是正式访问。既然你们的答复是要法国完全割断同台湾的联系，我可把这种意见转告戴高乐，他没有要我拒绝，也没有要我接受。所有的问题也不是一下子能解决的，因为已经存在 14 年了，我的任务是来研究你们的问题，将会出现什么情况。我每次讲的东西，有的是授权的，有的是我个人的看法，如果有错误，请不要见怪。"

周恩来："很了解你的意见。"

富尔："我不是一个很好的大使，因为没有偏袒哪一方，我只是希望能完成任务。"

周恩来："了解你的立场，但是我还是要把问题说清楚，以便于你回去报告戴高乐时把事情弄清楚。"

富尔："完全了解你们对于台湾问题上的历史和法律观点。"

周恩来："我们谈的第三点关于台湾问题有两种情况：一种是认为台湾地位未定，这不是一个小问题，这会引导美国到阴谋制造'台湾共和国'这条道路上去；另一种情况是作为一个复杂问题，蒋介石在法国、法国在台湾互设有使馆，为了摆脱这样一种关系，需要通过一些手续，从礼遇上说，不使得台湾代表太难堪、使戴高乐太难堪，这是个手续问题。"

富尔："对。"

周恩来："如果台湾地位未定，对两国建交是很大障碍。如果属于第二种情况，我们想些什么办法如何摆脱，可以研究。"

富尔："我认为戴高乐对台湾地位的看法如下：戴高乐过去没有管它，现在也没有发表意见，因为他没有谈到台湾的地位问题，仅仅谈到对摆脱台湾方面的关系的程序和办法，至于以后的台湾地位问题，我仍然认为戴高乐不会管这一问题，作为一个法国总统，无权断定台湾属于中国还是怎样，如果台湾有着特定地位，这跟我们无关，也不是我们的过错出现了'台湾共和国'，那是以后的问题，我也不知法国将会采取什么态度。假设出现了'台湾共和国'，既然法国承认了中华人民共和国，就使戴高乐不会去承认'台湾共和国'。从你们考虑，最好同更多的国家建交。如果台湾被一个国家吞并，则问题就简单了，假如被日本占领，你们同日本去解决，与我们无关。现在有蒋介石在那里，他是代表中国，从法律上说，法国承认'中华民国'是奇怪的事。戴高乐不愿意采取突然摆脱的办法，希望在台湾保留一个比较低级的人员，因为他不是大使，所以没有国书，国书是给大使的。现在的困难就在于此，如果你们写信给戴高乐，说明台湾属于中国，戴高乐也许无法确定。如果你们愿意，可以给他写信，不管他同意不同意，但是他不能对台湾作出判断，他认为这不属于法国的权利范围之内，没有必要表示把领土给正当主人，波兰和德国、南朝鲜和北朝鲜不属于我们的问题。很多国家都存在领土问题，譬如说收回香港，不知是不是这样，只有国际裁判，才能断定某个地方是谁的。"

周恩来："我们不进行争论，但是想提醒你这样一个事实，台湾归还中国是开罗宣言、雅尔塔协议都肯定了的。法国虽然没有参加开罗会议，但事实上以后是承认了的，当时由美、英、苏、中四国参加，因此国际上有这样的义务。我不是要法国替中国说话，让美国从台湾撤退军队，我不给你们出这个难题，我仅仅是提醒一下。"

富尔："我不反对。我也没有去过台湾，虽然有人说那里吃得好穿得好。但这个问题在中法建交互换大使之后可以解释，现在我不能说把驴头放在牛身上。"

周恩来："应该把事实告诉你，因为你正在为此事而奔走。"

富尔："我考虑了这一事实，事实是蒋介石不在北京，在台湾。"

周恩来："这只能说明中国内战的继续，现在法国只承认中华人民共和国代表，不承认有'两个中国'，这一点你已同意了？"

富尔："是的。"

周恩来："现在是如何摆脱困难，我再重复上面三点，为了把问题弄清楚。第一，双方都愿意建立邦交互换大使；第二，法国承认中华人民共和国作为1949年中华民国的继续，就是不承认有第二个中国，另一个中国并不存在。"

富尔："是的，但是我没有任务表示同意完全断绝同台湾的关系。"

周恩来："第三点，剩下的是台湾问题，戴高乐没有说台湾地位未定，也没有说定，戴高乐也没有授权给你。"

富尔："没有。"

周恩来："你来解决的是法国如何摆脱对台湾的关系。"

富尔："我再重复一下，第一，戴高乐派我来是和中国建立接触，对两国关系进行总的谈判；第二，戴高乐授权我表示准备法中两国互换大使，如果你们愿意我可以同样表示愿意，并不是戴高乐有求于中国；第三，如果双方都肯定建立正式关系，现在就是派我来研究关于这方面的情况，并同你们谈，如果同台湾继续保留较低的关系，你们有何看法？"

周恩来："这一点我在第一天已作了回答，那不可能。"

富尔："我把对我的指示范围告诉您，除此之外，戴高乐还给我这样信任，总的来研究一下问题，正如信中已经说的，如何摆脱与台湾的关系，也是在我的任务范围之内，另外我个人需要作负责的表示。"

周恩来:"你们要断绝,你们也必须把人撤回来。"

富尔:"自然。"

会谈后,周恩来在西花厅便宴富尔夫妇,邓颖超作为女主人,陈毅夫人张茜出席作陪。宴会后发了消息。

席间,周恩来向富尔介绍几个国家处理台湾问题的情况:

古巴,(我们)有一共同默契,总有一天要把蒋帮赶走,要选择一个适当时机,因为当时古巴刚胜利,革命政府才成立,内外问题很多,不能把承认中国问题放在前面,我们谅解这种处理,等时机到了,卡斯特罗就在群众大会上宣布同蒋帮断绝邦交。

第二个是埃及。我和纳赛尔在万隆会议期间相处,他表示埃及愿意承认中国,当时困难是如何赶走蒋帮代表。在此以前,先建立代表处,等时机成熟,他就宣布同蒋帮断绝关系,那是在苏伊士运河事件前夕。

第三个是柬埔寨。我在万隆会议时认识西哈努克,商量如何互相承认,如何挤走蒋帮代表,因为蒋介石不仅在金边有代表,在曼谷有,在西贡也有,西哈努克很困难,因此互派经济代表团,过了一个时机西哈努克宣布承认我们,互派大使,这时蒋帮剩下的领事就走了。

因此,事先要达成默契,确实只承认一个中国,无意将台湾搞成第二个中国或独立国,这样迟早能找到解决办法。

周恩来的考虑、分析和英明决策

周恩来送走富尔之后,回到办公室回想这两天同富尔的谈话,看来法国真想同中国建立外交关系，互换大使。他反复思考着法国缘何此时采取重大步骤，从最近几年国际形势来看，1958年戴高乐重新上台后，法国虽是北大西洋公约的重要成员、美国的盟友，却常常处于同床异梦的状态，双方的关系不时为一些矛盾的阴影笼罩着，法国同美国在政治、经济、军事各方面的利害冲突不断增加，"谁是欧洲的主人"成为争论的主题。戴高乐政府不断强调维护国家主权、民族利益、独立自主，矛头直指美国，法美之间的隔阂与争论不断扩大和增加，这些矛盾看来不仅是单纯的法美两国关系的龃龉，而是控制与反控制的斗争，从而在北约集团中形成了明争暗斗两种对立的力量。美国千方百计要推行其"在美国领导下的大西洋共同体的欧洲"的计划，并拉拢英国结成特殊的盟友关系，力图把西欧置于美国的绝对影响和控制之下。以法国为主要代表的欧洲派，提出了"欧洲人的欧洲"的主张，作为反对美国控制西欧斗争的纲领性口号，并与联邦德国结伙，以加强对美的抗衡力量。以后这一斗争更加发展，法国凭自己的实力，为了打破美国的核垄断地位和核讹诈，除积极建立自己的核力量外，并把英国排除在外，将意大利、联邦德国、荷兰、比利时、卢森堡团结在自己的周围，形成一个反苏抗美的第三种势力。而美国面对法国这一严重挑战，又以军事、经济双管齐下的办法，向法国施加压力，一方面抛出由美国一手炮制的多边核力量计划，迫使法国交出自己的核武器；另一方面向欧洲共同市场内"掺沙子"，促使英国迟早挤入欧洲共同市场，牵制和削弱法国在欧洲共同市场中的地位和作用，并拉拢意大利、荷兰、比利时、卢森堡，影响联邦德国，破坏法、德一体化合作计划，瓦解西欧第三种势力的结合。但戴高乐在美国的压力面前并未示弱，一方面拒绝了美国多边核力量计划，一方面使讨论英国加入共同市场的布鲁塞尔谈判破裂。同时戴高乐为了实现他的全球战略方针，维护法国和西欧的利益，就需要对他的战略意图从西欧局部到全球范围作出全面的斟酌，以抗衡美国，因此他派富尔为代表来同中国商讨建交问题，以提高法国的战略地位，并加强他的政策优势。

现在富尔提出中法建交三个方案，这三个方案分析起来，戴高乐目标是争取实现第一方案，即无条件承认方案，法国正式宣布承认中华人民共和国；第二方案，即有条件承认方案，法国政府表示愿意承认中国，中国提出接受承认的条件。这是怕中国方面坚持法国必须同台湾断绝关系，因此留下可进可退的机动余地；第三方案，即近期承认方案，法国政府对中国政府先不作政治上的承认，但两国间形成特殊政治关系的局面，这是一个备用方案，其实根本无意实行。

从富尔的多次谈话和解释中，可以看出，一方面法国政府急于同中国建立正式外交关系，互换大使，但另一方面又设法避开公开声明同台湾断绝"外交"关系，并企图保留在台低级外交官，法国政府打算以冠冕堂皇且无条件承认方式绕开这个矛盾。这样，法国就既可取得同我国建立正常外交关系的实际结果，又可对法国统治集团内的反华势力和亲蒋分子作点妥协，并给台湾一些安慰，还可在对美、英关系方面也留下一点适当的回旋余地。对于法国企图保留同台湾的关系，经我方一再说明和反对，富尔虽表面上不再说什么了，实际上还没有完全放弃，仍需继续做工作，甚至进行斗争。

周恩来又一想，我们一向重视和支持法国戴高乐采取的民族独立和国家主权的独立自主政策，推动北约集团内部和法美矛盾的发展。此次戴高乐要求同我建立正式外交关系的主动行动，对于我们利用和加深法美矛盾，打开我国同资本主义国家特别是几个大国关系的缺口，孤立蒋帮，对于我国反对美国的封锁和苏联的控制都是有利的。因此，我们应该采取积极欢迎和鼓励的态度，根据不同对象区别对待和灵活的方针。在台湾问题上似可搞一个变通办法，给戴高乐一点面子。周恩来想到这里，随即拿笔起草了一个中法有步骤地建交方案。

周恩来同富尔就中法制定有步骤的建交方案进行会谈

1963 年 10 月 31 日下午 5 时，在钓鱼台 15 号楼，周恩来同富尔再次举行会谈。会谈一开始，周恩来就主动表示："今天原打算只谈一个问题，即中法建交问题，到上海还可以谈谈别的问题。中国欣赏法国政府采取的积极态度，中国也抱有改善和发展关系的积极意愿。

"富尔先生把上述双方意愿概括为三种方案，中国政府经过研究后，基于中法双方处于完全平等地位，从改善中法两国关系积极愿望出发，我提了一个新的方案，就是积极地有步骤地建交方案：

"（一）富尔先生代表法国总统戴高乐将军表示关于恢复中法正常外交关系的愿望，中国政府欣赏法国政府的这种积极态度，并且确认，中国政府对于建立和发展中法关系抱有同样的积极愿望。

"（二）中国政府根据中法两国完全平等的地位，从改善中法两国关系的积极愿望出发，提出中法直接建交的方案：

"1. 法兰西共和国向中国政府正式照会承认中华人民共和国政府，并且中法两国立即建交，互换大使。

"2. 中国政府复照表示，中华人民共和国政府作为代表中国人民的唯一合法政府，欢迎法兰西共和国政府的来照，愿意建立中法两国之间的外交关系，并且互换大使。

"3. 中法双方相约同时发表上述来往照会，并且立即建馆，互派大使。

"（三）中国政府之所以提出上述方案，是由于中法双方（周恩来总理和富尔先生）根据富尔先生所转达的法国总统戴高乐将军不支持制造'两个中国'的立场，对下列三点达成默契：

"1. 法兰西共和国只承认中华人民共和国为代表中国人民的唯一合法政府，这就自动地包含着这个资格不再属于台湾的所谓'中华民国'政府。

"2. 法国支持中华人民共和国在联合国的合法权利和地位，不再支持所谓'中华民国'在联合国的代表权。

"3. 中法建立外交关系后，在台湾的所谓'中华民国'政府撤回它驻在法国的'外交代表'及其机构的情况下，法国也相应撤回它驻在台湾的外交代表及其机构。"

周恩来又进一步说："根据这三点，经过考虑，征求党和政府的意见，决定积极响应你们的主动倡议，给你这一有利回答，现在还有什么困难？"

富尔："我觉得这个方式好，没有反对意见。自然我是受委托来的，我有权利答复，但我接受的东西要经总统批准。我接受这一程序，在法律上作这一点保留。"

周恩来："你不是正式的全权代表，不能要求你给予正式答复。实质上是双方把不同意见都排除了，达成一致，可能比正式全权代表更有效，原因是双方所要解决的问题都谈了，认为双方立场彼此都清楚了，没有保留了。"

富尔："完全同意。要中国作出其他的让步是不合理的。如果戴高乐总统同意，只要实施就行了。如果戴高乐总统在实质上有不同意见，我没有必要再一次来谈判，我自己也不愿意干了，因为我认为你的方案是正确的。我相信总统会同意这种做法的。我相信，他不会有'两个中国'的想法，唯一不能马上决定的问题是日期问题。但我认为，他既然派我来，他认为现在的时机是合适的。我重复一下，究竟是现在就搞还是迟一点搞，要由总统决定。由法国首先照会中国是合理的，中国复照同意。我认为这方案是好的，形式是作为代表中国人民的唯一合法政府复照，这很好，因为你们明确一下是有好处的，但又不是一个条件，而是你们的声明。这样做以后，如果台湾撤回它驻法国的'外交代表'，我们也采取了相应的措施，如果它全撤，我们也全撤，如果它留一个人，我们也留一个人。"

周恩来："但不能是外交代表。"

富尔："不是'中华民国的外交代表'。我注意了三点默契，这是现实的，没有'两个中国'；我们投票支持中国在联合国的合法席位，根据台湾的行动我们采取相应的行动。"

周恩来："如果你不反对，我们给一个书面的文件，便于你向戴高乐总统报告，给你先看一下。"

富尔："同意，内容要简单，就是刚才说的那些。"

周恩来："今天就谈到这里，争取明天把事办完。我马上准备一个文件给你，你有意见可以商量。"

周恩来将"谈话要点"交富尔，双方在措辞上进行磋商

周恩来于 11 月 1 日清晨向中央起草了一个报告，附上他的"谈话要点"准备书面交给富尔。

毛泽东于 11 月 2 日批示："很好，照此办理"，刘少奇、朱德、陈云、邓小平、彭真圈阅。周恩来因要出席中央在上海召开的讨论农业会议，便和陈毅陪同富尔夫妇到了上海。

11 月 2 日上午 11 时，在上海和平饭店，周恩来将"谈话要点"

的书面文字交给了富尔。

周恩来说："关于你提的几点意见我说明一下，第一段，文件原来提是'富尔先生代表法国总统戴高乐将军提出了关于恢复中法正常外交关系的倡议'，我的意思尊重戴高乐将军的倡议，"恢复"也是用你的字，我想可以改成'表示了关于建立中法正常外交关系的愿望'。"

富尔："这是用'表示希望看到……'，'建立'可以改成名词，这样法文比较好，中文就那样。解释一下，用'愿望'或'倡议'本来区别不大，我这次来就是'倡议'，不过戴高乐将军原来对我说用'愿望'这个字，符合他原来说法比较好，而且戴高乐将军说如果你们愿意，他也愿意，如果一个人愿意，不知道对方是否愿意。"就这样在文字上一条一条地推敲，找到双方都认为恰当的和能接受的词，使文件更加完善。

随后，富尔拿出准备向戴高乐提出的报告，征求中方意见，报告共8点，大意是说直接建交，接受中国提出的方案。这个报告事先给周恩来看，周恩来又指示要外交部党委讨论提出意见。外交部党委提出，由于富尔所拟报告不能确切反映我们的意见，我们又不便一点点地予以纠正，但可以笼统表示一下，该报告中的许多论点是不够清楚的，为了向法方准确全面地阐明我们对改善两国关系的立场和观点，建议他根据"总理的谈话要点"，"据此向戴高乐反映我们的意见"，"对任何变相的'两个中国'的形式都不能接受，但为了照顾法方的困难，在驱蒋的具体方式上可以协商"，周恩来批示同意，并请中央领导传阅。后来毛泽东、刘少奇在接见富尔时也表达了这个意思。

于是富尔结束了在中国的会谈。这次中法两国建立外交关系的谈判在周恩来总理高度的原则性和巧妙灵活性相结合的斗争艺术的指引下，取得了实质性的进展。

瑞士谈判，最终达成建交协议

富尔回到法国后，法国外交部长指派法外交部公使衔的欧洲司司长雅克·德波马歇与我驻瑞士大使李清泉继续进行谈判。

中国外交部指示李清泉：原则问题要坚定，不能有任何含糊，具体方式可灵活，争取尽快达成协议，并附去周恩来总理同富尔谈话要点。

李清泉考虑到中法建交的重要性，仔细研究了外交部指示后，从实际谈判可能出现的情况以及文字表述用语等方面拟定了一些意见报外交部请示，外交部通知李清泉直飞阿尔及利亚首都阿尔及尔，向正在那里访问的周总理请示汇报。

周恩来在 14 国之行的百忙中，仍然密切关注中法谈判。李清泉向周恩来汇报了情况，周恩来作了明确指示，告诉他谈判的具体方案及各种情况下采取的原则，并要他将所谈情况报告外交部。外交部批准了他的报告。

1964 年 1 月 2 日下午，中法双方代表在中国驻瑞士使馆举行了会谈，李清泉根据周恩来的指示，首先表示我国政府向他通知了富尔在北京会谈的情况及达成的三项默契，奉命提出按北京商定的互换照会方式。德波马歇提出也是按照北京会谈精神，只是方式愈简单愈好，并面交法方起草的中法建交公报稿。我方表示如法方实质上坚持不支持制造"两个中国"的立场，为了照顾法方的困难，我们可以同意法方提出的方式及公报措辞。但是，中国政府将对外发表自己的解释，说明同法国建立外交关系的决定，是中华人民共和国政府作为中国人民唯一合法政府作出的。法方当即表示已经清楚了，将把会谈情况报告法国政府再答复。

1月9日，德波马歇再来使馆，他首先复述了中方提出的方案，然后说法方认为，中法双方已就建交公报内容达成了协议，提出在1月27日或28日巴黎时间中午12时，在北京、巴黎同时发表公报。对中方将单独发表声明一事，德波马歇未正面表态，而采用复述的方式予以确认。随后双方就建交公报发表时间进行磋商，并达成一致意见。随后法方又提出了两件事：一、法国将在1月27日联合公报发布前，将中法建交之事秘密通知英、德、美、日等国，出于礼貌先将此事通知我方；二、法国政府拟在建交公报发表后三四日内，派遣5名人员前往北京筹备建馆。对前一问题，中方当即表示，这就是说双方政府都可以将中法建交协议通知自己认为必要的其他国家政府，我国政府将会根据自己的考虑采取措施。1月11日，中方通知法方我国政府已批准中法建交公报并欢迎法方派员赴京筹备建馆。

1月10日，法国《费加罗报》发表了前一天富尔答法新社记者问的文章，那一天正是中、法代表达成建交协议的一天，富尔选择这一天来答记者问，谈中法建交问题，显然是法方有意安排的，是早有准备的一步棋，目的是对法国内外公众，特别是对中法建交持反对和怀疑态度的人解释戴高乐的对华政策，也是对美国做一交代，为正式宣布中法建交及戴高乐即将举行的记者招待会作铺垫。谈话的重点是介绍中法建交法方的立场和政策；在台湾问题上，强调法国不承担撤销对蒋介石承认的义务，法在台湾设立领事馆纯属法国政府的事；台湾归属问题不明确表态，暗含一旦台湾"独立"，法仍可承认；等等。这些言论和富尔过去的言论是不同的。这种做法是以一个非政府官员身份讲出政府的想法，以便向对中法建交持反对态度的人作个交代，对中国来说，他又不是代表政府讲话，不违背同中国建交应遵守的协议。

中国外交部发表声明

周恩来指示李清泉在与法国谈判建交时，提出我方将单独发表政府声明，防止法方可能采取的步骤，重弹"两个中国"的滥调，果然法方用富尔出面答记者问，说什么法国不承担撤销对蒋帮承认的义务，法国在台湾设立领事馆纯属法国之事，甚至说台湾一旦"独立"，法国仍可对其承认等。事实证明，周恩来的决策是多么英明而有预见性。

当周恩来在 1 月 11 日看到外交部发的富尔对法新社记者的谈话和《费加罗报》发表富尔的谈话的电报后，立即指示正陪同他在加纳访问的乔冠华起草了一个外交部发言人的声明稿，电告外交部报请中央批准，并建议这个声明可在联合公报发表后的第二天发表。还指示如果戴高乐在 1 月 27 日记者招待会上谈话，同富尔所说的大致相同，声明稿似可不做任何修改。但是如果戴高乐不明白地说，台湾是一个独立的政治单位，由蒋帮代表，则声明中有必要予以正面答复，估计此种可能不大。

1964 年 1 月 28 日，中法建交公报发表的第二天，中华人民共和国外交部发言人就中华人民共和国和法兰西共和国建立外交关系事，奉命发表声明如下：

中华人民共和国政府是作为全国人民的唯一合法政府，同法兰西共和国政府谈判并且达成两国建交协议的。按照国际惯例，承认一个国家的新政府，不言而喻地意味着不再承认被这个国家的人民所推翻的旧的统治集团。因此，这个国家的旧统治集团的代表不能被继续看作是这个国家的代表，同这个国家的新政府的代表同时存在于同一国家里，或者同一个国际组织中。中华人民共和国是根据这样的理解，同法兰西共和国政府达成中法建交和互换大使的协议的。中国政府认为有必要重申，台湾是中国的领土，任何把台湾从中国的领土割裂出去或者制造"两个中国"的企图，都是中国政府和中国人民绝对不能同意的。

中法建交意义重大，引起世界强烈反映

周恩来于 1964 年 2 月 6 日在索马里首都摩加迪沙接见法国新闻社记者特塞兰时，特塞兰提问："你对法国承认中华人民共和国一事的重要性作何估计？"

周恩来回答说：

中法建交是当前国际局势发展中的一个重要事件。中国是一个社会主义大国，法国是一个资本主义大国。中法建立外交关系，不仅符合两国人民的利益，有利于发展两国的经济、贸易和文化关系，而且有利于实现不同社会制度国家的和平共处，有利世界和平。当此中法两国建交之际，我代表中国人民向法国人民表示祝贺。

中华人民共和国一向愿意根据平等、互利、互相尊重主权和领土完整的原则，同一切国家建立外交关系。但是美国及其追随者却采取鸵鸟政策，一直拒绝承认中华人民共和国。尽管如此，10 年来，中国存在着、发展着。中国在国际事务中的作用和影响日益提高。中国的国际地位和威望日益提高。戴高乐将军领导下的法国政府，采取了与某些西方国家不同的态度

同中国建立外交关系，这就树立了一个勇士面对现实、敢于独立自主的榜样。

世界上只有一个中国，没有两个中国。中华人民共和国是代表6亿5千万中国人民的唯一合法政府。法国同中华人民共和国建立外交关系，不言而喻地意味着不再承认早就被中国人民推翻的、蒋介石集团代表的所谓"中华民国"。因此，从法国宣布同中国建交之日起，蒋介石集团在巴黎的代表就已经丧失作为中国的外交代表资格。这是人所共知的国际惯例。

美国政府一贯阴谋制造"两个中国"，妄图把台湾变成另一个中国或者一个独立的政治单位，使美国霸占中国领土台湾"合法化"，这是全中国人民永远不会同意的。现在越来越多的事实证明，制造"两个中国"或者变相的"两个中国"的任何阴谋，都是绝对不能得逞的。台湾是中国领土不可分割的一部分，并且早在1945年战后就由日本归还了中国。中国对于台湾的主权，不需要任何人批准，也不容许任何人干涉。

中法建交是一件好事，受到了非洲、亚洲和世界上所有爱好和平的国家和人民的欢迎。但是，美国政府却很不高兴。美国不仅公然干涉法国同中国建交，而且对一切愿意同中国进一步发展关系的国家施加种种压力。美国这样嚣张跋扈，只能使所有受美国侵略、控制、干涉和欺负的国家逐步联合起来反对它，中国是孤立不了的。我们这次来到非洲，更加深切地体会到，我们的朋友遍天下，美国及追随者企图孤立中国，其结果只能使他们自己陷于孤立。

戴高乐在1月31日举行记者招待会谈中法建交问题，他避免重复富尔的话，着重从正面阐述了法国承认中国的考虑，说中国有效地行使主权，"所以法国几年来便在原则上打算同北京建立正常关系", 和中国建交是事实和理智起的作用。中国的强大、价值和它的光明前途, 使得全世界越来越关心和注意。因此, 法国应当能直接听到中国的声音, 同时也让中国能听到法国的声音。他还谈了建交后两国经济、文化往来的希望。此外, 对同中国建交就必须与之断交的蒋介石也讲了几句安慰的话。

同时, 法国还宣传中法建交对法对西方均有利, 法此举旨在遏制中国向东南亚渗透, 是对局势缓和的一个贡献。另一方面对美国反对法此举表示强烈不满, 并进行针锋相对地还击。亲戴高乐派报纸《民族报》说: 这是一种极端愚蠢的行为, 美企图对法"像路易十四对他的侍臣那样"的关系来对待, 而现在不再有侍臣了。《战斗报》说: 美在远东政策会导致西方失败, 法应"接替美国"……

美国对中法建交十分恼火, 并对法施加压力。美国的报纸说美国感到"愤怒""十分激动", 此举给美国带来"严重的政治问题", 美国的政治路线全被打乱了。报纸还说, 美国在中国问题上所负的创伤在竞选时总要裂口的, 而戴高乐出其不意地选择美国最尴尬的时候在美伤口上戳了一刀, 而且戳得很深。

美国国务院发言人针对富尔1月9日谈话发表声明, 表示反对法国承认中国, 并照会法国。另外, 美国也压蒋帮不要自动同法断交, 以造成"两个中国"的局面。

日本对中法建交反映强烈, 人们要求政府对华采取现实的政策。此事在日本执政党、社会党和日垄断资本中引起很大波澜, 要求日本采取类似行动的压力大大增加。日本外务省内部发生意见分歧, 一派要求加强同中国的联系, 一派主张不要触怒蒋帮。2月22日, 日本政府专门举行内阁会议予以研究, 但会议未能对建交问题作出决定。池田、大平等强调日中仅一水之隔, 中国地大人众, 同中国的问题又是一个国际问题, 日对中国应采取现实政策, 应谨慎行事, 要仔细研究法蒋关系和各国行动, 以便决定日本的立场, 表示同蒋帮仍要保持"正式的外交关系",但另一方面也要保持同中国的贸易等民间的接触。日舆论则一致赞许法国同中国建交的决定,纷纷要求日本也行动起来,迅速决定同蒋的关系,制定自己独立的政策。目前是日本在对华问题上迎合潮流,采取独立自主的时候,日不应老纠缠在日蒋老关系中不能自拔而丧失现实感,必须准备勇敢地作出决定和采取行动。《经济日报》说:由于法承认中国,日将采取大胆的步骤扩大中日贸易,通产省将让日中贸易促进会在北京设立贸易办事处,它也将允许中国在东京设立贸易办事处,还打算放弃每年只准备以延期付款方式向中国出口一项成套设备的限制。

英国对中法建交心情复杂,对法国同中国建交从而提高法国地位感到不愉快,但英自己已同中国建交还想改善同中国关系,也不便于指责法国,因此官方未说话。

英国报纸承认中法建交是"明智的决定","健全合乎道理的做法",但又讽刺说:法国早就应该像英国那样承认中国,但同时担心承认中国使法重获在东南亚的地位,打乱由英美共同维持东南亚地区均势的现状。英报还就法国做法大做文章,说法承认中国的时机、动机不对,是故意在最困难时难为美国。英国还大力挑拨法德关系,说虽有法德条约,法并未同西德磋商。

国民党对中法建交十分焦急,连日召集党政高级会议,苦思对策。2月22日,国民党中央常务委员会开会研究中法建交问题,会议一致重申国民党反对"两个中国"的立场在任何情况下不作改变。但蒋正同美国磋商,美国压蒋接受"两个中国",要蒋坐着不动,不把地盘空出来让给中共。外电报道孙碧奇对所传美正力图说服国民党不同法绝交的消息表示不知道。

西德官方表示对华态度不会因法国承认有所改变,报刊几次表示这不会影响西德在解决柏林问题和德国问题上的原则。西德政府发言人冯哈塞在答问时称法并未像法德条约规定的那样同西德磋商。同时西德已派特别任务部长克罗内赴法商谈。西德担心法美矛盾尖锐使西德在法美间"地位不舒服",也担心法地位提高,德不好与其相处,攻击戴高乐对自己力量估计过高,不考虑盟国意见,单独行动。

西欧和加拿大开始对中国松动。2月17日,《纽约时报》传葡萄牙正在考虑同中国建交,16日已将此考虑通知西班牙外交部长;意大利外交部长20日表示目前承认中国"不利于"缓和国际局势,反会"加剧紧张"。但意政府将"予以研究",并在恰当的时机考虑它;比利时外交部长斯巴克22日在东京记者招待会上说:他不同意承认的时机和方法而非承认的原则,他相信所有国家最终将被迫承认中国;加拿大总理17日在巴黎称,在某种程度上承认中国,因加同中国有广泛的贸易关系,说加正在考虑同中国建立正式的外交关系,但要中国放弃台湾主权作为建交条件。

苏联及东欧国家反映不一,苏联一直保持沉默,赫鲁晓夫说不反对法承认中国,《真理报》作了客观报道;波兰《华沙生活报》21日发表社论称法承认中国可能对全部国际形势产生影响;匈牙利作了报道,《新德意志报》标题突出法承认中国将是对美的严重打击;捷各报21日作了简要报道,捷电台20日专门发表评论,称法这一现实步骤是对美封锁中国的政策的背后一刀,将对中国在联合国合法席位问题产生深远影响。

亚非大部分国家对中法建交普遍表示欢迎。西哈努克22日在吉隆坡说:"表示衷心赞许";马里机关报《发展报》说:"不仅是中法两国的胜利,而且是有利于全人类的最辉煌的胜利";突尼斯《晨报》说法态度"勇敢现实",希望其他国家仿效法榜样;阿尔及利亚新闻社认为迄今仍把中国局限为台湾的某些非洲国家将难理直气壮拒绝同中国建立联系。

亚洲也有少数几个国家如南越、南朝鲜、菲律宾、泰国表示焦虑不安，担心在东南亚和联合国引起"严重政治危机"和自己的政权垮台。

法国同中国正式建交，是中国同西方国家关系的重大突破，有重大的意义和深远的影响，是周恩来外交又一重大胜利，是他的智慧和才能的又一次显示，是他的高度的战略思想、高度的原则性同极大的灵活性又一次巧妙的结合。中法建交之后不久，西欧许多国家以及加拿大相继同中国建立正式外交关系，又一次掀起新的建交高潮。

七、周恩来出访亚非欧十四国，邓颖超作诗送行

1963 年 12 月 13 日到 1964 年 3 月 1 日，周恩来用两个多月的时间，租用荷兰飞机，飞行 10 万零 80 多千米，访问了亚欧非 14 国。这是一个伟大的创举，在世界外交史上空前未有，受到世人的关注和称道。

周恩来为什么此时出访？又为什么访问这么多国家特别是非洲国家呢？

当人类进入 20 世纪 50 年代末，世界殖民主义体系正在加速崩溃，昔日被称为"黑暗大陆"的非洲民族解放运动风起云涌，30 个国家先后获得独立，称为"非洲独立年代"。在 1955 年 4 月万隆会议时，非洲的独立国家只有 4 个，到 1963 年已有 34 个。这些独立国家的土地面积和人口数量分别占整个非洲面积和人口的 80% 和 84%，也就是说绝大部分非洲国家已经获得独立了。

周恩来在万隆会议上同非洲最早独立的 4 个国家的代表第一次有了接触和交往，到 1963 年中国已同 12 个非洲国家建立了外交关系，形成新中国又一次建交高潮，一些非洲国家领导人相继到中国进行友好访问。

这时，美国、苏联从各自的全球战略利益出发，利用旧殖民体

系的瓦解，以"经济援助""技术合作"为名，加紧对非洲国家进行政治、经济和军事渗透，并挑拨这些国家同中国的关系。

中苏两党意识形态分歧的公开化和中印边界武装冲突的发生，也在亚非国家中产生不小影响，有些国家对中国政府还存在种种疑虑。

在如此错综复杂、激烈动荡的国际形势面前，作为大国政府的总理、大战略家的周恩来出访非亚欧国家，支持他们反对帝国主义和殖民主义的斗争，就共同关心的维护国家独立、发展民族经济、维护世界和平、加强亚非国家团结、促进友好合作关系等问题，广泛交换意见，打破美国、苏联、印度从几个方面对中国施加压力、企图孤立中国的局面，便提到中国外交的重要日程上来。经过几年的艰苦努力，这时中国的国民经济已经从严重困难中摆脱出来了，开始全面好转，使几年来一直肩负着国民经济全面调整重任的周恩来，有可能抽出比较长的时间来进行非亚欧 14 国之行。

邓颖超作诗为周恩来送行

1963 年 12 月 13 日下午，周恩来一行，乘坐荷兰皇家航空公司"波罗的海"号两架专机离开昆明，陪同周恩来出访的有：国务院副总理兼外交部长陈毅、国务院外事办公室副主任孔原、外交部副部长黄镇、国务院总理办公室主任童小鹏、外交部部长助理乔冠华、外交部新闻司司长龚澎、外交部西亚非洲司司长王雨田、外交部礼宾司司长俞沛文、对外贸易部局局长刘希文、外交部办公厅副主任王凝、公安部副部长李树槐等。

周恩来的夫人邓颖超亲自到机场送行，并写了一首热情洋溢的长诗赠送给周恩来。

我怀着无限的心情欢送你和同志们访问非洲。

我望着机窗，我从机窗看到你的笑容、面貌。

北京早晨的太阳光芒正照耀着你，

党和毛泽东思想胜利的光芒正照耀着你，

中国人民革命胜利的光辉照耀着你，

我清晰地看到：你的面色红润，

你的精力充沛，你的心情愉快，

你的信心坚强。

你将带着六亿五千万中国人民的情意，

飞过高山，越过海洋，

飞向那日益觉醒的非洲大陆，

访问革命胜利的国家。

为他们的胜利欢呼，

为他们的独立庆祝，

为中国及各国的友谊发展作出新的标志。

邓颖超这首诗既表达了她对非洲新独立国家的良好祝愿以及中国人民和各国人民友谊发展的欢欣，更显示了她对出访非洲执行和平外交使命的周恩来的浓情蜜意。她和周恩来结婚多年，老夫老妻了，而他们之间依然保持着热烈浓厚的感情，不因时间而褪色，却如陈年醇酒般浓郁芬芳。

这里顺便说一说被誉为中国模范夫妇的周恩来和邓颖超互敬互爱、互相体贴的恩爱情感。

周恩来在访问非洲后回到云南昆明休息，准备再访问几个国家。邓颖超特地从北京飞到昆明迎接周恩来，并陪他到成都，和四川及成都的同志一起欢度春节。

中国的传统节日很多，除了春节，还有端午节、中秋节、重阳节等等。邓颖超参加革命几十年，成年累月紧张工作，很少有闲暇来过节。周恩来是中国第一大忙人，连休息的时间都很少，更是无暇过节了，但他们心中都不会轻易忘记传统佳节。

有一年的中秋节正好是星期六，晚上中南海武成殿内举行跳舞晚会。周恩来喜欢跳舞，也跳得好，他认为跳舞既可以作为休息运动，又可了解情况特别是下面的情况。邓颖超深知周恩来的爱好和习惯，她竭力劝说周恩来去参加舞会，希望在悠扬的旋律中让他放松一下身心，解除一下长期的疲劳，她自己身体不好，便不去了。

周恩来到了舞厅，邀请罗瑞卿夫人郝治平跳舞，一边和她随便聊天。这是一曲华尔兹舞，他们边聊边转，不觉转到舞场边缘。银白色的月光穿过花格窗棂落在郝治平的脸上、身上，宛如给她披了一层轻纱。周恩来随口说：“今天的月光好像特别亮！”

“总理，今天是中秋节啊！”郝治平轻轻说。

“哦，今天是中秋节，我忙了一天，几乎忘了。”

一曲终了，周恩来匆匆离开舞场，赶回西花厅，陪同邓颖超在院里赏赏明月，闻闻花香。邓颖超又催他回舞厅去，免得同志们等他。他们夫妻之间，总是这样相互体贴，和谐无间。

1964年6月14日是传统的端午节。头天晚上，邓颖超就交代炊事员做一些粽子。

周恩来前一天照例忙到深夜，天快亮时才睡下。上午11时他匆匆起床，洗漱完毕，准备吃早点，只见餐桌上放着热气腾腾的粽子，还有一壶绍兴花雕和几盘小菜。邓颖超走进来笑嘻嘻地对他说：“恩来，今天是端午节，桂师傅特地包了粽子，准备了黄酒和几样小菜，让我们一起干一杯！”

周恩来知道邓颖超不会喝酒，他虽然善饮，邓颖超关心他的身体，从来劝他少喝，平常在家里吃饭也不备酒，今天显然是例外了。

周恩来高高兴兴地举起杯来和邓颖超碰杯，自己一饮而尽，却叮嘱：

"小超你不会喝，喝一口就行了。"

邓颖超抿着嘴笑道：

"这是绍兴花雕，不妨事。"她也喝了一小杯。

吃完饭，周恩来忙着开会去了。

邓颖超看着周恩来迈着轻快坚定的步伐走出西花厅，她回到自己房间，坐在办公桌前，取出纸张，挥笔写道：

夫妻庆幸能到老，
无限深情在险中。
相偕相伴机缘少，
革命情谊万年长！

她又在纸上写了：恩来留念，颖超书赠，1964 年 6 月 14 日端阳。

青年男女，少年夫妻，诗文相赠，恩恩爱爱，这是常见的。已届花甲之年和周恩来结婚近 40 年的邓颖超，仍对周恩来保持如此热烈的感情，并用这样充满诗意的方式表达出来，委实是十分难得的。

"无限深情在险中"，这是邓颖超对多年夫妻生活的概括，他们夫妇多年在白区工作，在大后方敌人心脏里工作，遇到过多次风险，生死的搏斗，在无数次的险境中，夫妻生死相依，携手共进，从未退缩，勇往直前，真正是一对革命夫妻。这也是邓颖超对当时国内和国际局势日益险恶的担忧，预感到他们又将遇到严峻的考验。但是她坚信"革命情谊万年长"，不管是多么大的风浪、多么大的险恶，虽然"相偕相伴机缘少"，他们的感情是永远不变的，"情谊万年长"。

八、首访阿联，同纳赛尔举行会谈

周恩来抵达开罗，受到热烈欢迎

阿拉伯联合共和国（当时由埃及和叙利亚联合组成，以后又分开，仍为埃及和叙利亚两个国家）是古代人类文明的发源地之一，在近现代具有光荣的反对帝国主义和殖民主义的传统，是非洲最早掀起民族独立运动并获得独立的国家，对非洲民族解放运动的兴起和发展产生了重大的影响。

周恩来在万隆会议上同加麦尔·阿卜杜勒·纳赛尔相交并成为好朋友，中阿两国友谊迅速发展起来。1956 年 5 月 30 日中国与埃及建立外交关系，埃及成为第一个同中国建交的非洲国家，1956 年 8 月 1 日中国同叙利亚建立外交关系。1956 年 7 月 26 日埃及总统纳赛尔宣布将苏伊士运河公司收归国有。1956 年 8 月 1 日，美、英、法三国以苏伊士运河具有国际性为借口，反对埃及将其收归国有。1956 年 8 月 15 日，中国政府发表声明支持埃及将苏伊士运河公司收归国有。纳赛尔曾多次邀请周恩来访问阿联，因此周恩来把阿联作为访问非洲的第一站。

周恩来一行，乘坐专机在缅甸仰光、巴基斯坦卡拉奇作短暂的停留，于 12 月 14 日中午到达开罗。开罗是座古老的美丽城市，城内清真寺的高耸尖塔随处可见，被誉为"千塔之城"。

在披上节日盛装，飘扬着中阿两国国旗的机场，周恩来受到代表纳赛尔总统前来迎接的阿联总统会议委员、部长执行会议主席阿里·萨布里等政府和军队高级官员以及密密层层、情绪高昂的人民群众的热烈欢迎。群众高举的横幅标语上写着："阿联的朋友周恩来，欢迎你""阿联和中国的友谊万岁"。节奏感强烈的口号声、欢呼声和掌声持续不断，此起彼伏。

周恩来在机场发表讲话，他热情洋溢地说："这是我第一次访问阿拉伯联合共和国。是我第一次访问非洲大陆。当我踏上阿联美丽国土的时候，我谨代表中国人民向全体阿联人民致以亲切的问候和崇高的敬意。我愿意利用这个机会向所有非洲新兴的独立国家和人民致敬，向一切正在斗争中的非洲各国人民致敬。亚非各国人民在斗争中从来是互相支持的。我深信，团结起来的亚非各国人民，一定能够在争取和维护民族独立、保卫世界和平的共同事业中，不断取得新的胜利。非洲、亚洲和全世界一切被压迫民族、被压迫人民是一定要解放的。"

下午 7 时，周恩来在总统府拜会纳赛尔总统，向纳赛尔赠送礼物，同时接受纳赛尔总统授予他的"共和国勋章"。

周恩来和纳赛尔发表重要讲话

随后，纳赛尔总统和夫人举行盛大招待会欢迎周恩来一行，纳赛尔和周恩来分别在招待会上发表重要讲话。

纳赛尔详细叙述了埃及和非洲解放的过程、意义，接着他说："亲爱的朋友，在我们的万隆会面之后我回到开罗时，我面临实际上已经开始的一场战斗，有人在这场战斗中企图迫使我们参加要强加于阿拉伯民族各国人民的军事条约。把这些军事条约强加于人的最后手段，是借助于垄断武器来使我们在以色列为基地来威胁阿拉伯祖国的统一与安全的帝国主义侵略面前处于没有自卫余地的境地中。

"然而，结果出现了完全使帝国主义感到意外的事情，因为我国人民群众当时顽强地发动了最强有力的打击之一，收复了苏伊士运河，使之不再遭受国际垄断资本的掠夺，把它归还给服军役建成运河的人民，从而使它起作用而对建立自由作出贡献。

"帝国主义吃惊之余不知所措，于是就诉诸武力。但是我国人民没有被吓倒，没有向世界上的两个大国凭借自己的海陆空军发动的进攻而屈服。人民保卫了自己的祖国，或者不如说保卫了全人类为之而生和为之而死的原则。

"世界各国人民站在我们一边，伟大的中国人民在这方面站在最前列。在这里，我高兴地对中国人民表示敬意和感谢，大家站在我们一边，站在上述原则这一边。侵略被击退，它在塞得港遭到彻底失败，并使侵略者在非洲心脏相继蒙受失败，从而鼓舞非洲各国自由的人民追击这些侵略者，而且仍然在追击他们，因而独立的旗帜日复一日在非洲国家升起。"

纳赛尔在介绍阿联的成就后，对周恩来总理的访问，表示衷心的欢迎。他说："我亲爱的朋友，你在这里将会看到许多人早就在期待着你们前来阿拉伯联合共和国访问；你将会看到，他们全部对伟大中国革命和它的决定性胜利怀着无限的钦佩和赞赏；你将会看到，他们全都以最大的关怀注视着伟大中国革命的成就，从内心深处祝它一帆风顺。"

周恩来在全场热烈欢迎的掌声中，走上主席台发表讲话，他首先感谢阿联人民的殷勤接待和热情欢迎，感谢纳赛尔总统和夫人举行这样隆重的欢迎宴会。接着他热情地说：

"这是我第一次正式访问友好的阿拉伯联合共和国，在这以前，我曾经不止一次地经过你们的国土。

"1924年，当我从欧洲回国途经苏伊士运河的时候，埃及刚刚摆脱保护国的地位，几乎整个非洲大陆还处在帝国主义的黑暗统治之下。

"1954年，当我在日内瓦会议期间途经开罗的时候，埃及人民已经推翻法鲁克王朝，阿尔及利亚人民正在酝酿反抗殖民统治的武装斗争，整个非洲处在暴风雨的前夕。

"今天，当我们作为中国人民的友好使者来到非洲的时候，我们看见的是一个觉醒的大陆，一个战斗的大陆，在这一片被帝国主义者叫作'黑暗大陆'的辽阔土地上，自由的晨曦已经升起，帝国主义的殖民体系正在不可避免地走向土崩瓦解。

"40年，在人类历史上只是短暂的一瞬。但是，在这40年间，世界大变了，中东大变了，非洲大变了，世界人民觉醒了。我愿利用这个机会，向正在用自己的英勇斗争创造着历史的阿拉伯各国人民和非洲人民致敬，向斗争中的安哥拉人民致敬，向斗争中的葡属几内亚人民致敬，向斗争中的津巴布韦人民和赞比亚人民致敬，向斗争中的莫桑比克人民致敬，向斗争中的南非人民致敬，向所有已经赢得独立的非洲国家致敬。"

周恩来大加赞扬阿联的地位和作用，他说："在阿拉伯人民和非洲人民争取和维护独立的斗争中，阿联人民的斗争和胜利占有重要的地位。1956年，阿联人民在纳赛尔总统的领导下，打败了帝国主义的武装侵略，保卫了苏伊士运河，保卫了独立和主权。这个光辉的胜利雄辩地说明，新兴的独立国家，在全世界人民的支援下，进行坚决的斗争，就能够打败任何貌似强大的帝国主义侵略者。胜利了的阿联人民，在肃清殖民主义残余势力，收回帝国主义企业和公司、发展民族经济和建设自己的国家方面，不断取得新的成就。阿拉伯联合国奉行和平中立和不结盟的政策，在国际事务中起着积极的作用。阿联人民的胜利和成就，大大地鼓舞了阿拉伯各国人民反对帝国主义的斗争，有力地推动了非洲民族解放运动。

　　"阿联政府和人民，一向支持阿拉伯各国人民和非洲人民反对新老殖民主义的斗争，并且为加强亚非团结而努力。8 年前在万隆举行的亚非会议，是历史上第一次由亚非国家召开的、没有帝国主义参加的重要国际会议，这次会议号召亚非人民团结起来，争取独立和自由。我们大家都记得，纳赛尔总统和萨布里主席参加了这次会议，为会议的成功作出了积极的贡献。在此以后，第一届亚非人民团结大会是在阿联举行的，亚非人民团结组织常设秘书处一直设在开罗。今年 5 月，纳赛尔总统参加了非洲国家首脑会议，这次会议反映了非洲人民的一致愿望，取得了加强非洲独立国家的团结、支援斗争中的非洲人民、反对新老殖民主义的重要成果。不久以前，阿联又同其他新兴国家和新兴力量一道，冲破了帝国主义和其他腐朽力量的阻挠和破坏，在雅加达胜利地举行了第一届新兴力量运动会，显示了新兴力量团结前进的威力。

　　"阿联在地理上横跨亚非两大洲，在历史上有着反对帝国主义的光荣传统。我们深信，阿联政府和人民，将为进一步加强非洲国家的团结、加强亚非团结、加强新兴力量的团结作出更大的贡献。中国政府和人民愿意同阿联政府和人民共同努力，携手共进。"

　　周恩来在谈到两国关系时说："中国和阿联都是古老而又年轻的国家。黄河和尼罗河，孕育了我们两国古老的文化；万里长城和金字塔，闪耀着我们两国古代人民劳动和智慧的光辉。早在近两千年以前，中国人民同阿联人民就彼此认识、相互来往了，我们两国人民的友谊，是悠久而深厚的。

　　"在近代历史上，在反对帝国主义、争取和维护民族独立的共同斗争中，我们两国人民总是相互鼓舞、相互支持，在驱逐了帝国主义势力以后，我们两国的友好合作关系进入了新的发展阶段。中国政府和人民，一向支持阿联人民和阿拉伯各国人民反对帝国主义和新老殖民主义的正义斗争，支持巴勒斯坦阿拉伯人民争取恢复他们应有权利的斗争。阿联政府和人民，主张恢复中国在联合国的合法权利，支持中国人民解放自己的领土台湾的正义斗争，反对帝国主义制造'两个中国'的阴谋。我们两国已经签订了文化协定，在经济、文化领域内进行着有效的合作。我们这种友好合作的关系，符合两国人民的利益，符合亚非团结和世界和平的利益。"

周恩来这番情真意切的话深深地打动了纳赛尔等阿方主人，多次赢得热烈的掌声。

两国领导人举行会谈，周恩来提出中国和阿拉伯国家关系五项原则

从 12 月 15 日起至 12 月 19 日，周恩来同纳赛尔举行了 3 次正式会谈和 1 次单独会谈，会谈一直在诚挚、友好、坦率、相互信任和谅解的气氛中进行。

1963 年 12 月 15 日下午 6 时，周恩来同纳赛尔在开罗库巴宫举行第一次会谈。中方参加会谈的有陈毅、孔原、黄镇、乔冠华、陈家康、王雨田，埃方参加的有副总统阿密尔、执行会议主义萨布里、总统委员会委员法特、外长法齐、副外长佐菲尔·萨布里、驻华大使伊玛姆、总统府秘书长法里特。会议主要是周恩来介绍国内国际情况。

12 月 17 日下午 6 时 30 分至 9 时 30 分，两国领导人在库巴宫举行第二次会谈。先由纳赛尔介绍巴勒斯坦、以色列问题以及中

东、非洲情况,他说:"第二次世界大战后,巴为英国统治,直到1948 年,第二次世界大战中麦克马洪给沙特国王写信,保证战后给阿拉伯独立。但同时英外交大臣贝尔福给犹太复国运动领导人威斯曼写信,答应犹太人返回家乡巴勒斯坦。1947 年联大以 2/3 多数通过巴以分治决议,美英投票赞成,至 1948 年 5 月 15 日英撤离巴时,阿拉伯人达 120 万人,犹太人达 25 万人;大部分犹太人来自欧洲,年轻,能参军;而阿拉伯人大多是老弱妇孺,不能参军。1948 年 5 月美国承认以色列,接着阿拉伯各国向以色列宣战,结果 100 多万阿拉伯人被赶出巴勒斯坦。以色列的政策,通过战争强使阿拉伯人接受和平,不许阿拉伯人返回巴勒斯坦。现在以色列有200 多万犹太人,20 万阿拉伯人,以色列人有科学技术,可以建成工业国,阿拉伯各国则搞农业。以色列又得到美、英、法等国的支持,包括军事,他们通过以色列对非洲进行'援助',进行控制。"

周恩来说:"感谢总统阁下介绍阿拉伯和非洲情况,使我们获得新的知识,增加了新的了解。可以说从万隆会议那时起,我们对阿拉伯国家情况和它们之间的关系开始注意了解,以前的旧中国政府,对阿拉伯国家很少提到,新中国同阿拉伯政府和人民之间的往来日益频繁,建交也多起来了。但是很抱歉,尽管我们 8 年前就有了关系,我国政府负责人到西亚、非洲来访问,还是这一次才开始,可以说是比较晚的,我们希望这次访问能成为一个新的转折点。

"万隆会议以后,我们对阿拉伯国政策和方针,一直坚持以下几点:

"(1) 一贯支持阿拉伯各国人民争取民族独立的斗争,从政治独立到经济独立,直到取得完全的民族独立。尽管我们这些年在这方面做得还少,但我们的方针是一贯的。

"(2) 支持阿拉伯各国政府采取中立和不结盟的政策。因为这对人民有利，对保卫世界和平有利，对摆脱帝国主义的控制和干涉有利。

"（3）支持阿拉伯各国人民团结和统一的愿望。但采取什么样的步骤和方法，这是阿拉伯各国人民自己的权力，我们只有尊重而没有干涉的权力。

"（4）支持阿拉伯各国政府采取和平的方式，以解决争端，而不诉诸武力。例如阿尔及利亚同摩洛哥、沙特同也门之间的争端。

"（5）主张阿拉伯以外的国家，尊重阿拉伯各国的主权，不得进行任何干涉，不管这种干涉是来自西方或其他国家都要反对。

"以上五点，是以我们的万隆会议以前所倡议的五项原则为指导的，也就是著名的'潘查希拉'。这五项原则后来在万隆会议宣言中被采纳了。

"我们一直信守刚才所说的5点，并按这5点办事。上次总统阁下谈到的阿拉伯各国的革命和建设问题、联系问题，我们认为这些问题应该由阿拉伯人民自己来解决。某一个或者几个阿拉伯国家的革命问题，反对帝国主义和新老殖民主义问题，都应由阿拉伯人民和他们的领导者自己来决定，阿拉伯以外的国家无权主张。从万隆会议8年多以来，我们的态度一贯如此。对于阿拉伯人民的革命斗争，我国一直支持，因为我们认为，阿拉伯人民有权利根据自己的看法、意志进行斗争，并决定采取什么方法进行斗争。也不管革命领导者是否有共产党参加，我们都支持。反对帝国主义，进行革命并不是一个党或一部分人可以垄断的，革命也不能从阿拉伯国家以外输入。"

周恩来还谈了以色列、阿尔及利亚同摩洛哥的争端，也门问题，介绍中国同西亚、非洲的关系。他说，我们希望同阿拉伯国家的关系首先从阿联开始，当然随着形势的发展，政策也是可以发展的。

纳赛尔总统很欣赏周恩来总理所说的中国对阿拉伯国家关系的五项原则，他说："我想，我们可以把这些写到联合公报中去。"

周恩来立即表示同意，并说："是否可以把我们谈的关于共产党的一点除外。"

纳赛尔说："那个自然。"

随后，周恩来请纳赛尔介绍不结盟会议和第二次亚非会议准备情况。

纳赛尔谈到中印冲突、印巴矛盾、马来西亚同印尼之间的问题，以及沙特同阿联、叙利亚同阿联之间的分歧问题，第二次亚非会议的召开。纳赛尔又说，不结盟国家会议只谈一般问题，容易取得协议，当然，我们原则上不反对召开第二次亚非会议。

纳赛尔问周恩来对召开第二次亚非会议的看法，周恩来说："我们支持召开另一次亚非会议，这中间是存在着困难和问题的，但我想，我们应努力排除困难。至于亚非国家一些具体问题，我们希望再交换意见，下次会谈时可以谈一些具体问题，如总统阁下所关心的中印边界问题和其他问题等。"

在会谈中，周恩来提出通过两个途径发展中国与阿联两国经济贸易关系：(1) 扩大贸易额，增加非传统货物的交换；(2) 根据阿方需要和我方可能，我可向阿方提供5000万美元无息贷款，帮助阿方发展工业建设。

周恩来还说："我很愿意到纳赛尔总统家拜访。"

纳赛尔说："非常欢迎。"

12月19日下午5时30分，周恩来和纳赛尔在库巴宫举行了第三次会谈。周恩来就纳赛尔和全世界最关心的热点问题——中美关系和中印边界争端，坦率地说明了这些问题的历史和现状。

对中美关系，周恩来说："新中国建立后，中美两国关系一直不好。"

他列举大量事实后，说："以上说明，美国在靠近新中国的地方，制造台湾海峡、南朝鲜和印度支那 3 个紧张地区，实行反华。1954 年下半年，美国又策划南亚条约组织，目的便是对社会主义的新中国造成半月形的包围圈。尽管如此，我国还是愿意同美国坐下来，谈判解决争端。"

周恩来又说："1958 年蒋军在金门岛向大陆厦门实行炮轰，我集中火力进行反击，曾一度形势紧张。但我们遵守只同蒋介石打内战的原则，不把美国牵进去，我们未同美国开火，例如美机侵犯我领空、领海，我只提警告，不开火；美国也命令海军不要进入我国领海，为什么？因为美国同盟国不愿同中国打仗，英法不愿意，加澳也不愿意，美国广大人民也反对为蒋介石打仗。"因此，"中美之间并无武装冲突"。

周恩来更进一步指出："至于有人说中国好战、扩张，这是毫无根据的。中国没有一兵一卒在国外，而美国却有 100 多万军队驻在国外，分布在几十个国家。中国受到美国的包围和敌视，新中国人民不得不反美。但是我们一再声称，我们同美国人民是友好的。虽然中美双边关系问题没有解决，但并不妨碍我们执行同别国的和平共处的友好政策，和平共处五项原则是我国同亚非拉乃至西方国家相处的基本准则。现在美国在全世界称霸，在全世界唯我独尊，绝大多数国家同美国有外交关系，除跟美国走的国家外，别的国家要照顾到同美国的外交关系，但中美无外交关系，中国也未进入联合国，因此，由中国把美国干的坏事向全世界人民讲清楚有好处，我们可以畅所欲言。我们觉得，中美双方虽然仍在谈判，但真正解决问题的时机还未到来，要美国改变政策不是一件简单的事，但我们相信，中美问题终有一天会得到解决，我们已经等了 14 年，还可以再等 14 年。"

周恩来在这里说，中美关系问题还可以再等 14 年。恰恰在 8

年后尼克松主动访华，发表《上海公报》，大大改善了两国关系，15年后，中美正式建立外交关系，可见周恩来之英明和高度的预见性。

对中印边界争端问题，周恩来说："坦率地讲，目前是太平无事。自我方采取主动停火和全线主动后撤20公里等缓和措施后，如印军不再进入我方实际控制线，双方将不会发生冲突。为应付印方可能发起的新的挑衅，我们准备今后根据以下三种情况，采取步骤：（一）如果印度只少数武装侵入我方控制区，而且进来之后又走了的话，则我们向对方提出警告，并记上账，每一季度将情况综合通知科伦坡会议国家。（二）如印度侵入我方地区后不走，我将向它提出警告，要求撤出，并立即将情况通知科伦坡会议国家，设法将印军劝回去。印度如撤军，事情就过去了。（三）如印度拒绝撤走，那时我们才实行自卫权利。

"现在情况同去年10月以前的情况不大相同了。过去只有双方的照会来往，别国不过问，也不大引起人注意，结果打了起来。现在有了以上三个办法，科伦坡会议国家便可以起到重要的调解作用。

"我们希望中印两国关系搞得和缓些，亚非国家应该和平友好相处，这同我们和帝国主义之间关系是不同的，日本过去侵略过中国，现在我们也愿意同它改善关系。为什么我们会同印度闹僵?!"

周恩来推心置腹的长谈，消除了纳赛尔心中的疑虑，加深了他对新中国对外政策的了解。纳赛尔坦诚地说："过去，我们往往更多地关心自己的问题，而很少注意其他地区问题，这样的介绍对我们很有好处。我们非常关心的是你们两国间的紧张局势得到缓和，恢复良好关系，我们将再次设法促进双方的谈判。"

12月20日上午，周恩来和纳赛尔单独进行会谈，主要还是中印问题和联合公报问题。纳赛尔说："在中印边界问题上，建议中国再让一步。"周恩来说："已经让了两步，不可能再作什么让步了。"但周恩来郑重表示："就我们方面来说，我们可以保证不会向印度政府挑衅的。"

参观访问重要的城市、港口、古代遗迹

从 12 月 17 日开始，周恩来一行，在阿联部长执行会议主席萨布里的陪同下，首先访问北方城市塞得港。

塞得港是苏伊士运河重要港口，位于运河北面的出海口，它是埃及仅次于亚历山大港的第二大港，地位极其重要。它一面临海，三面为湖泊和沼泽包围。塞得港是英雄港口。在 1956 年 10 月底爆发的苏伊士运河战争中，它是英法联军主攻的目标。开始时，因塞得港只有一条狭窄的通道，难以防守，纳赛尔曾计划放弃塞得港，以引敌军深入而在伊斯梅尔地区决战。但战争爆发后，埃及人民的斗志超乎纳赛尔的期望，受到鼓舞的纳赛尔决定坚守塞得港。当时据说守塞得港的守军只有 6 个营，临战前夕，纳赛尔下令派火车运进一大批轻武器去塞得港分发全市人民，造成全民皆兵之势。

英法空军在对塞得港进行了连续 4 天的狂轰滥炸之后，于 11 月 5 日上午开始空投伞兵发起攻击。6 日下午，由 15 艘战舰组成的英法联合舰队抵达塞得港附近海面，2 万多名海军陆战队员在舰炮与直升机的掩护下，抢滩登陆。下午，一支英军坦克部队打着埃及国旗隆隆驶进塞得港，市民们看到"自己的"部队归来，男女老少一齐涌到大街上夹道欢迎，可是他们所欢迎的坦克却突然用机枪扫射，大批居民倒在血泊之中。塞得港军民被侵略者的血腥罪行激怒了，他们同闯入市区的敌人进行了激烈的肉搏和巷战，连 10 岁

的孩子都拿起了武器同侵略军战斗。塞得港驻军司令穆古依在激烈的战斗中不幸被俘，但他英勇地拒绝下令投降。英法联军共出动了8万海陆空军，原来扬言要在24小时内拿下塞得港。可是，英雄的塞得港居民顽强悲壮的奋战，打破了敌军的美梦。直至11月7日凌晨2点英法被迫停火，英法仍未能完全占领塞得港。在悲壮的保卫战中，塞得港有1000多名军民以身殉国，2万多人受伤，整个战区几乎化成一片废墟。

在周恩来离开开罗前往塞得港前夕，纳赛尔向他介绍塞得港时，脸上闪耀着光芒，语气里透着自豪。他是把中国人民作为并肩战斗的兄弟来介绍塞得港的。他说："塞得港挫败了帝国主义的阴谋，塞得港贡献了自己，拯救了整个埃及。"

12月17日，周恩来在部长会议主席萨布里陪同下来到塞得港，这个15万人的城市沸腾了！这个从战后废墟上再生的城市里，男女老少挥动中阿两国国旗，欢迎周恩来，欢呼声、口号声此起彼落，不绝于耳，整个城市都成了旗帜的海洋，沉浸在友谊的欢乐之中。

周恩来默悼1956年在反对帝国主义战斗中牺牲的烈士，在参观烈士纪念馆时写道："我和我的同事愿意借着访问这个英雄的城市——塞得港的机会，向英雄的阿联人民致敬，向不朽的伟大的反帝烈士致敬。"周恩来称赞阿联人民在废墟上重建城市的成就。在参观塞得港体育场时题词：这是一个训练青年、增进青年体质的好的活动场所。他还参观了苏伊士运河管理局、运河入口处、港口的造船厂。港口远近所有的船只都同时拉响了汽笛，齐声向周恩来致敬，情景极为壮观感人。

在塞得港市市长埃马德丁·鲁什迪举行的欢迎集会上，周恩来发表讲话，称赞阿联人民管理运河的成绩，并说："塞得港和苏伊士运河，是联结欧、亚、非三洲的枢纽，在促进世界各国之间的贸易和文化交往方面起着重要的作用。苏伊士运河是用阿拉伯人民的血汗造成的。阿拉伯人民为了保卫苏伊士运河，付出了沉重的代价。"

12月18日，周恩来一行在萨布里陪同下乘专机离开塞得港前往阿斯旺访问，参观阿斯旺高水坝建筑工地。阿斯旺省省长萨拉马举行午宴招待周恩来等，周恩来在宴会上致答谢词时说："过去，尼罗河曾经孕育了你们光辉灿烂的古老文化。现在，尼罗河正在为你们发展民族经济的事业服务。我深信，在未来的日子里，尼罗河将会为勤劳智慧的阿联人民作出更大的贡献。"他还称赞阿联人民向自然界索取财富，用辛勤劳动建设祖国的精神。

在参观过程中，周恩来突然流鼻血，开始是流一点，他仍坚持继续参观，在水坝顶处逗留了一个小时，仔细询问和了解高坝的建筑情况，以便为中国将来建高水坝提供参考，后因流鼻血过猛而不得不返回住处。大家都很关心他的健康，深知阿拉伯以吃羊肉为主，容易上火，代表团和陈家康大使一再建议派使馆厨师去为他做中国饭菜，却被周恩来坚决拒绝，说："我们应该客随主使，尊重他们的风俗，尊重主人的安排。"这是周恩来的风格和精神的体现。

12月19日，周恩来等由总统委员会委员里法特陪同参观开罗郊外的大金字塔、狮身人面像和187米高的开罗塔。

关于金字塔有许多神秘的传说，例如说古埃及法老的陵墓是遥远的年代，具有高度科学文化水平的外星人造访地球时修建的宇宙飞船的导航台等。埃及金字塔比较多，但大的金字塔只有3座，这3座方锥形金字塔和狮身人面像，皆建于古埃及第四王朝（公元前2680年至公元前1560年）时期，是胡夫和他的儿子哈夫拉及孙子门卡乌拉祖孙三代法老（即国王）的陵墓。规模最大的胡夫金字塔，原高146.5米，因5000多年的风化剥落，高度缩短了将近10米。它的正方形底部，每边长约230米，占地面积5.39万平方米，是用 230 万块 3 吨至 30 吨重的巨石，以 51°的倾斜角，向上修筑成的。

人站在它的脚下，大概就像一只蚂蚁。这个建筑史上的奇迹，不能不令人惊叹不已。胡夫金字塔的入口处大约在距地面 1/7 的高度上，法老入殡后，入口便被封死。现在旅游人们出入的洞口，并不是它原来的入口，而是在原入口处下方 10 多米处另开辟的一个洞口。人们要经过艰难曲折的攀登，才能到达胡夫法老的墓室。在墓室的门楣上，写着两行可怕的咒语：凡是侵扰法老安宁的人，必将受到严厉的惩罚。墓室的位置在金字塔中间，呈长方形，大约 20 米见方，现在墓中仅剩一具石棺，并无法老的木乃伊。

胡夫的儿子哈夫拉即位之后，也效法胡夫，在吉萨地区胡夫金字塔的旁边建造了一座金字塔。他的金字塔略低于胡夫的金字塔，顶部迄今还保留着一些原来经过打磨的花岗岩顶盖。它的前面还修建了举行葬礼和登基的场所及用整块岩石雕成的巨大狮身人面像。工程的巨大和建筑的豪华，使它的开销并不亚于胡夫的大金字塔。

说起狮身人面像，还有一段故事。狮身人面像所在位置原是采石场，坚硬石料都被采去建造金字塔了，独有一座小石山，石质松脆，并夹杂着一些贝壳等海洋生物化石，不适合用作建造金字塔的石料。据传，哈夫拉前来巡视他的墓地时，看到这座被废弃的石山，颇感不快，命令将它移走。监工与设计师接到法老的指令，并没有忙不迭地照做。他们对着这座废弃的石山反复审视，从石山的外形联想到古老的神话传说，一个大胆、新颖的艺术构思在他们脑中渐渐形成：何不将这座石山雕成一只匍匐在神前的石狮，而且将雄狮的面容雕成哈夫拉的面容，这样，既能取悦于法老，又令神话传说中的雄狮的勇猛与法老的智慧融成一体，象征着法老的权势与威严。他们把想法禀报哈夫拉，哈夫拉听后，龙颜大悦，赞许有加。于是这里就出现了这尊与三座金字塔同样辉煌的旷世奇珍。

狮身人面像高20米，长57米，除两只前爪外，全由整块山石雕成。这样巨大的石雕，就是在现代，也够艺术家踌躇的了，而它竟是4000多年前的作品，这自然也令人惊叹不已。它是古埃及留下的狮身人面像中，最古老、最雄伟、最大、艺术价值最高的一座雕像。

到胡夫的孙子、哈夫拉的儿子门卡乌拉统治时期，第四王朝走向衰败，纵倾全部国力，也难以支付如此巨大的消耗了。门卡乌拉的金字塔，不得不缩小规模，其高度只有65米，不及大金字塔的一半，而且未见留下其他附属建筑。

这三座金字塔，屹立在非洲撒哈拉大沙漠的边缘，历经五千年悠悠岁月。不仅古老，而且从建筑艺术讲，无论是设计的精巧、造型的别致、计算的精密、规模的浩大，都是无与伦比的。然而，这一切绝不是凭空而来的，它有一个长达几百、几千年的探索与发展过程。

埃及最早的墓葬形式是在沙地上挖一个坑埋下尸体，然后在上面堆上沙堆；沙堆的四周铺上石块，防沙流失。后来，墓穴逐渐扩大，四周用石块砌上圹墙，盖上木顶或石块砌成的拱顶，上面再垒沙堆。

到了第三王朝时期，上下埃及统一之后，形成了中央集权的奴隶主君主制的庞大国家，法老的权力大增，被视为至高无上的"神"。于是，便不惜动用巨大的财力、人力，为自己建造不同于一般贵族，更不同于一般百姓的坟墓，来保存他们认为"可供灵魂居住"的躯体——木乃伊，准备日后死而复生。这样，便逐渐营造起金字塔，开始了古埃及历史上长达500余年的"金字塔时期"。

开始时金字塔规模很小，大多是用土坯建造的。到第三王朝的左塞尔王朝，建筑师伊姆荷太普用石灰岩代替土坯，设计并建造了一座高约 50 米，东西长 140 米，南北宽 118 米，有 6 层的金字塔，后人称为"阶梯金字塔"，这便是吉萨矿区三座大金字塔的前身。修建金字塔乃是古埃及人民不断总结经验的天才创造，是他们的智慧结晶，而不是什么外星人、"天外来客"留下的神奇物件。

周恩来、陈毅一行参观金字塔后，周恩来等对它很感兴趣并盛赞古埃及人民的伟大创造，表达了对埃及人民精心保护古迹的钦佩和敬意。当代表团正在赞叹不已的时候，突然有几个运动员健步如飞地冲上金字塔，把大家都吸引住了。顷刻之间，他们已登上了塔顶，随即又以很快的速度下来，一眨眼工夫到了塔底。大家都热情鼓掌。周恩来走过去，握着运动员的手夸奖道："你们身手不凡啊！7 分钟就在 146 米高的金字塔跑了一个来回。"并亲自赠送运动员一支英雄牌金笔。运动员们受到中国总理的夸奖，露出了自豪的神色。

陈毅赋诗赞金字塔：

> 高塔巍巍数十寻，八百万方石砌成。
> 艺术光乘数千载，伟哉伟哉古文明。
> 金字塔，何巍巍！人民劳动此巨魁。
> 古人能为此，今人更当不自卑。
> 劳动创造新世界，更把剥削压迫摧为灰。
> 金字塔，何巍巍！
> 我叹往古智力之横绝，我歌现代革命之光辉。
> 古既不能阻挡金字塔之建成，
> 今休妄想阻挡革命的拉美和亚非。

纳赛尔称赞周恩来是亚洲的杰出领导人、中国革命的创造者和伟大中国人民的活生生的象征

12月16日，开罗举行阿联庆祝教师日大会，会上，纳赛尔和周恩来先后发表了精彩的讲话。

纳赛尔在讲话中说："周总理是亚洲的杰出领导人、中国革命的创造者和伟大中国人民的活生生的象征。"这种称赞是少见的。

周恩来在讲话中说："西方国家嘲笑我们落后，夸耀他们的文明。其实，西方国家的近代文明，在很大程度上，是依靠牺牲亚非国家取得的。只要我们亚非人民掌握了自己的命运，我们不仅能够赶上他们，而且能够超过他们，在创造人类新文化的伟大事业中放出更加灿烂的光芒。"

12月20日，周恩来为纳赛尔总统和夫人举行招待会，阿方主要负责人都出席了招待会。

周恩来和纳赛尔在招待会上讲了话。

周恩来说："我们在你们这个美丽的国家，已经进行了7天愉快的访问。明天，我们就要和你们告别了。在整个访问期间，我们受到了阿联政府和阿联人民隆重的接待和热烈的欢迎。我愿意借这个机会，以陈毅副总理和我个人的名义，向纳赛尔总统阁下、萨布里主席阁下、阿联政府和阿联人民，再一次表示衷心的感谢。

"中国人民一向钦佩阿联人民在纳赛尔总统领导下，保卫塞得港和苏伊士运河的英勇斗争。阿联民族英雄的光辉形象，不可磨灭地留在中国人民的记忆中。这次，我们到了塞得港，亲身了解了阿联人民浴血奋战，保卫祖国的伟大战斗业绩，更加深了我们对阿联人民的景仰。阿联人民的斗争经历表明，团结起来，坚决反帝的人

民是不可战胜的。

"我们在这次访问中高兴地看到，阿联各地都在进行着建设，许多新的工厂盖起来了，特别是阿斯旺高坝的宏伟的建设工程，体现了阿联人民改造大自然，变沙漠为良田的雄心壮志。阿联地跨亚非两洲，又是沟通亚非欧三洲的交通要道，在地理上占据着重要的位置。阿联政府一贯遵循和平中立的不结盟政策，积极支持非洲的民族解放运动，主张加强亚非国家的团结。"

周恩来强调说："我们这次访问，加深了相互的了解，增长了我们的知识，促进了中阿两国人民的友谊，获得了圆满的成功。"

纳赛尔也发表了充满眷恋之情的讲话，他说："亲爱的朋友，你对我国的访问……给了我们重温在前往万隆途中相聚在一起的友谊的机会，给了我们把你当作光荣而伟大的潮流和价值的代表和象征来欢迎的机会。我们感到你对我国的访问，还超越了中国和阿联之间直接关系的范围，你的访问会在这个范围以外留下影响，并且为解决我们时代的一些最重要的问题带来积极的好处。在你明天继续你的范围广阔的旅行的时候，我们祝你一路愉快。"

中阿两国政府发表公报，公开宣布中国处理同阿拉伯国家关系的五项原则，双方全力支持亚非各国反帝反殖的斗争

中华人民共和国政府和阿拉伯联合共和国政府公报称：

周恩来总理这次访问，不仅参观了开罗、塞得港、阿斯旺高坝和名胜古迹，同阿联各界人士进行了友好接触，而且同纳赛尔本着"诚挚、友好、坦率、相互信任和谅解的精神"进行

了会谈。在多次的会谈中，周恩来总理和纳赛尔总统回顾了自1954年4月在万隆举行的亚非会议首次会见以来世界总的局势发展，特别是亚洲、非洲、中东的局势发展。双方确信，这次会议为亚非人民的和平共处奠定了基础，并且给亚非人民为反对帝国主义，争取世界和平和其他各国人民的繁荣幸福而进行有组织的合作，开辟了道路。

自从中国和阿联曾经积极参加的万隆会议以来，亚非各国人民反对帝国主义和新老殖民主义的斗争，获得了伟大的胜利。30多个亚非国家摆脱了殖民主义枷锁，开始走上独立发展的道路。日益蓬勃高涨的民族解放运动，成为当代推动历史前进的一支巨大力量，帝国主义殖民体系正在迅速瓦解。与此同时，全世界人民反对帝国主义的侵略政策和战争政策，保卫世界和平的斗争日益广泛展开。当前的国际形势越来越有利于世界各国人民，而不利于帝国主义和殖民主义。

公报说：

双方重申坚决支持亚非各国人民反对帝国主义和新老殖民主义，争取和维护民族独立斗争。中阿两国政府和人民将继续为和缓国际紧张局势和维护世界和平进行坚持不懈的努力。双方一致认为，帝国主义和殖民主义是威胁世界和平和制造国际紧张局势的根源，为了有效地保卫世界和平，亚洲人民、非洲人民和全世界人民必须更加紧密地团结起来，与帝国主义和殖民主义进行坚决的斗争。

周恩来总理郑重表示，中国一贯主张并且信守和平共处五项原则和万隆会议十项原则。正是从这些原则出发，中国政府在处理同阿拉伯各国关系时，一向坚持不渝地采取以下立场：一、支持阿拉伯各国人民反对帝国主义、争取和维护民族独立的斗争。二、支持阿拉伯各国政府奉行和平中立的不结盟政策。三、支持阿拉伯各国人民用自己选择的方式实现团结和统一的愿望。四、支持阿拉伯通过和平协商解决彼此之间的争端。五、主张阿拉伯各国的主权应当得到所有其他国家的尊重，反对来自任何方面的侵犯和干涉。这一立场也是中国政府在处理同所有非洲国家关系时一贯坚持的立场。纳赛尔总统表示完全赞同周恩来总理所表明的中国政府的上述立场。

中国方面重申支持阿拉伯联合共和国奉行的不结盟政策，并且对阿联在国际事务中所起的积极作用表示赞赏。阿联方面谴责剥夺中国在联合国的合法权利的行为，阿联方面还表示相信，纠正这种不正常的状态，对于维护《联合国宪章》的原则规定，对于增加这个国际组织的有效性，将提供一个坚实的基础。阿联方面宣布，阿联政府和人民支持中华人民共和国政府和人民收复台湾的权利，对此，中国方面表示深切的感谢。

双方满意地指出，自从万隆会议和两国建交以来，中、阿两国政府的友好关系得到了顺利的发展。中阿两国友好关系的日益巩固和发展，有力地证明了不同社会制度的国家在五项原则和万隆十项原则的基础上可以实现和平共处。双方决定采取措施进一步扩大两国之间经济合作、贸易往来和文化交流。

双方认识到，两国领导人的相互访问，对于增进两国之间的友谊和团结具有重大意义。周恩来总理这次访问阿联，有助于进一步加深中阿两国人民的相互了解和进一步加强两国之间的友好合作关系。

周恩来举行记者招待会，回答中东通讯社记者的提问

12 月 20 日，周恩来先后在开罗共和国宫举行记者招待会和答中东通讯社记者的提问。

这天下午，出席周恩来记者招待会的有阿联和美、英、法、苏、印度等国的记者。

有记者问："你对这次访问阿联的印象如何？"

周恩来说："我同陈毅副总理和其他同事们第一次访问非洲，首先来到阿拉伯联合共和国，获得深刻的印象。受到了阿联勇敢热情的人民的欢迎，看到了勤劳智慧的人民正在积极地建设自己的新国家。阿联有着有能力的领导人纳赛尔总统阁下，有着团结的力量，所以能够在短短的时间出现了一个新兴国家的气象。"

周恩来说："新中国诞生已经 14 年了，我们同许多非洲国家建立了外交关系，许多非洲国家领导人、部长和民间团体代表多次访问中国。现在，我们才第一次访问非洲，我们不是来得太早了，而是来得太晚了。我们访问非洲的目的，是寻求友谊与合作，多了解一些东西，多学习一些东西，我们亚非国家，根据万隆会议十项原则，是应当经常彼此来往的。"

周恩来在回答美国记者提出的问题时指出，越南南方人民受到外国帝国主义和本国反动派压迫，他们在越南南方民族解放阵线的领导下奋起抵抗。他们的斗争，完全是依靠自己的力量，在无比艰苦的条件下不断地取得胜利。华盛顿当年领导美国人民起来反抗外国侵略者的斗争是何等英勇，这种情况，现在正在越南南方重新出现，这使得白宫、五角大楼和美国国务院相当头痛，而我们独立的

人民对南越人民的英勇斗争无疑是高兴、同情和坚决支持的，正如法国人民当年支持争取独立的美国人民一样。

有记者问中国对举行第二次亚非会议的态度和看法。

周恩来说："举行第二次亚非会议的可能性是存在的。我和纳赛尔总统都同意，要为这次会议作很好的准备，有了好的准备，才会有好的会议。第一次亚非会议召开已经 8 年多了，它的影响越来越扩大，越来越深入。万隆会议十项原则，对于亚洲、非洲和拉丁美洲各国，今天仍然是适用的，仍然是值得为之奋斗的。使第一次亚非会议取得成功的两个办法，对于第二次亚非会议也是适用的。

"第一个办法是求同存异。我们亚非国家，有许多共同的重大问题需要解决，这就是，反对帝国主义和新老殖民主义，反对侵略和干涉，要求撤退外国军队和外国军事基地，支持民族解放运动，保卫世界和平，根据互相尊重主权和领土完整、互不侵犯、互不干涉内政和平等互利的原则友好相处。我们相互之间的个别争端，可以放在一边。第一次亚非会议，正是采取这个办法取得了成功。尽管与会国政治制度不一，也存在着不同的意见，但是，我们终于找到了共同点，制定了有名的十项原则。

"第二个办法是不要帝国主义插手，由亚非国家自己解决自己的问题。第一次亚非会议，是没有帝国主义和殖民主义国家参加的，由亚非国家自己召开的重要国际会议。只有一个日本是例外，日本是战败国，由外国军队占领，它也是受外国控制的国家，同其他亚非国家有共同的遭遇。"

一家印度报纸的记者问，中国是否准备放弃对科伦坡建议的保留？

周恩来回答说："我不认为这里有什么放弃和保留的问题。因为，科伦坡建议是进行调解的国家提出的建议，而不是仲裁国家的裁决。6 个科伦坡会议国家领导不是一致这样对我说的。中国政府的态度是，原则上接受科伦坡建议作为中印直接谈判的基础，中印双方应当不提任何先决条件就坐到谈判桌上来，和平解决边界问题。"

有记者问："中国为什么反对三国条约？"

周恩来说："美英苏三国签订这个条约是为了垄断核武器，因此我们要反对。我们主张全面禁止和彻底销毁核武器，制止核战争。如果爆发一场核战争，将使人类遭到很大灾难，因此，世界各国都应该来共同讨论全面禁止和彻底销毁核武器，制止核战争的问题。关系到人类命运的问题，应该由大家来共同讨论，而不应该由少数国家垄断这种讨论，甚至把利于少数垄断者的决定强加于没有参加讨论的国家。三国条约签字以后，美国不断进行地下核试验，美国总统和美国官员不断声称，要继续试验生产和储存核武器，要继续把核武器交给它的盟国，不承担不使用核武器的义务。这证明三国条约的签订，并没有减少核战争的危险，反而增加核战争的危险。对于这样一个欺骗性的条约，中国政府不能不加以揭穿，这是我们对人类命运所负的神圣责任。也有些好心的人天真地认为，三国条约的签订减少了核战争的危险，他们可以看一看事实的发展，看一看究竟核战争的危险是增加了还是减少了。"

一家美国杂志的记者问道，中国为什么反对东西方的和平协商？

周恩来反问他："中国政府什么时候说过这样的话？"这位记者回答不出来。周恩来说："如果中国反对东西方和平协商解决国际争端，为什么中国要同美国举行为时 8 年多的大使级会谈呢？中美大使已经会谈了 118 次，时间之长在现代史上是空前未有的。现在美国继续霸占着中国领土台湾，美国第七舰队继续在台湾海峡威胁中国，在这种情况下，中国仍继续同美国举行大使级会谈，而没有诉诸武力。怎么能够说中国不要和平协商呢？"

有记者问中苏分歧问题。

周恩来说："我们同苏共领导人在马克思列宁主义的原则问题上是存在着严重分歧的，但是，我们相信，这种争论终究会在马克思列宁主义的基础上，在1957年宣言和1960年声明的革命原则的基础上得到解决。有些国家想利用中苏分歧从中取利，它们是一定要失败的。中苏两大国都属于社会主义阵营。中苏两国之间有着友好同盟互助条约。一旦有事，中苏两国总是会肩并肩、手携手地站在一起的。"

一个半小时的记者招待会，周恩来对答如流，征服了出席招待会的各国记者。美联社记者说："周恩来得心应手地回答了所有问题"，不少原来对中国有误解的人改变了看法。

随后，周恩来又接受中东社记者的采访和提问，回答了他提出的所有问题，如中国和阿联的关系，中国同非洲独立国家之间的关系；中国在执行工业化和发展计划方面的进展，有没有特别计划来面临和对付中国人口的日益增长；料想什么时候被允许进入联合国；军事条约在亚洲大陆的前景如何；对不结盟国家的国际范围内的作用的看法；对中印争端的评论；对区域性联邦例如马来西亚联邦的看法；是否建议在亚洲国家中举行新的会议；对防止无核国家参加原子俱乐部，以作为迈向全面禁止核武器的一个步骤这一想法有何评论，对在某些大陆非核子化和在中欧建立无原子武器区的看法如何；对美国政策在世界政治和谋求实现世界和平中的作用的看法如何，认为什么时候美国政策将有根本性的改变，如何改变；是否认为中苏分歧是纯粹思想意识性的分歧，或者有着别的原因和动机，在两个主要东方大国中，目前或不久的将来，是否存在着双方观点的接近和恢复其合作关系的前景等等共12个问题，周恩来都给了记者满意的答复，记者如获至宝，一再感谢周恩来。

在接见记者后，周恩来前往总统府拜会纳赛尔总统，并向其辞行，两人依依惜别。纳赛尔希望周恩来再来访问，周恩来希望纳赛尔来华访问，并代表国家主席刘少奇正式邀请。

此后，周恩来还接见了阿联电影《萨拉丁》的制片人和男女演员，祝贺他们在艺术上取得的成就。

12月21日上午8时30分，周恩来在开罗库巴宫会见萨布里主席，随后离开开罗前往阿尔及利亚访问。萨布里代表纳赛尔总统前往机场欢送周恩来一行。

九、在阿尔及利亚受到隆重的接待

受阿尔及利亚总统本·贝拉的邀请，周恩来访问阿尔及利亚，受到热烈的欢迎，隆重的接待

1963 年 12 月 21 日，周恩来、陈毅等结束对阿联的友好访问，于当日下午 2 时飞抵阿尔及利亚首都阿尔及尔，整个阿尔及利亚沸腾起来。在阿尔及利亚长期的武装斗争中，中国曾在道义上、物质上支持他们的抗法斗争，因此，中国在阿尔及利亚享有崇高的声誉。毛泽东、周恩来的名字，男女老幼都知道和崇敬。所以，阿尔及利亚人民以最隆重的礼节和规格欢迎周恩来。

在机场飞机停下来的地方，早就铺上红地毯，竖起中国和阿尔及利亚的旗子，欢迎的人群个个手捧鲜花，仪仗队威武雄壮地排列着，总统本·贝拉、副总理布迈丁在飞机的舷梯旁迎接，阿尔及利亚国民议会的议长、副议长、议员，政府的部长、人民军的高级指挥官与各群众团体的负责人也都到机场迎接周恩来。

周恩来走下飞机，同欢迎的阿各方领导人握手后，由本·贝拉陪同检阅三军仪仗队，随即本·贝拉在机场致欢迎词，他说："总理先生，阿尔及尔在她重新获得了自由的黎明时刻欢迎经历过长征的人们的使者，为此感到自豪和高兴。在阿尔及利亚民主人民共和国的首都，两大洲会晤和相识了，中华人民共和国和阿尔及利亚的手握在一起，这是具有重大意义的象征。中华人民共和国是一个负有重大责任的国家，它正在起着必将鼓舞一切获得解放的国家为解放人类，建立以正义、平等、进步与和平为基础的一种新的社会秩序的事业而努力的作用。由于中国在决心要掌握自己命运的各国历史上所处地位的重要性，调整借以解决国际关系的准则和结构，就成为迫切、必要的势在必行的事业。总理先生、诸位阁下、亲爱的朋友们，对为和平、为自由和解放而进行战斗的各国人民的行动深深关切的阿尔及利亚，高兴地欢迎你们，她向你们——一个新世界的缔造者的崇高代表们致敬。"

周恩来总理也在机场发表了讲话，他说："我们非常高兴，能够有机会访问你们美丽的国家，会见兄弟般的阿尔及利亚人民，会见本·贝拉总统阁下。你们给予我们如此隆重热烈的欢迎，特别是总统阁下充满热情友好的讲话，使我们深为感动，请允许我代表中华人民共和国政府，并且以陈毅副总理和我个人的名义，向全体阿尔及利亚人民和以本·贝拉总统为首的阿尔及利亚国家领导人，致以最亲切的问候和最诚挚的敬意。

"中国和阿尔及利亚虽然相距万里，远隔重洋，但是共同的历史命运很早就把我们两国人民紧紧地联结在一起。在反对帝国主义和殖民主义的长期斗争中，我们两国人民一直互相同情，互相支持，结成了深厚的战斗友谊。自从阿尔及利亚赢得独立以来，中阿两国的友好合作关系又在新的基础上获得了令人鼓舞的发展。

"进一步加强我们之间的战斗友谊和友好合作关系，对于我们的共同事业，具有重要的意义。我希望，我和我的同事们的这次访问能够在这方面作出贡献。"

从机场至周恩来下榻的市中心国宾馆人民宫，长达20公里的道路，约有 30 万群众夹道热烈欢迎，沿途楼房的各层阳台和窗口都挤满了欢迎的人群，建筑物上到处挂着周恩来的相片，欢迎标语有的用汉文书写，人们一边鼓掌一边挥舞着小旗，口里不断高声呼喊着："中国！中国！欢迎！欢迎！哟！哟！哟！哟！"声音极为热情，有的人甚至嗓子都喊沙哑了，透露出的感情非常真诚，场面十分感人。本来阿方打算安排周恩来、陈毅分别乘敞篷车，但在代表团来阿之前有人反映阿尔及利亚社会不安定，有法国地下军秘密组织的残余活动，考虑到周总理的安全，代表团内有人建议总理推迟访阿，后来周恩来发报给中国驻阿大使曾涛，要他提出意见，曾涛接到电报后，意识到这是一个极为重大的问题，立即召开使馆党委会，从正面、侧面、反面摆出情况，提出问题，一致认为阿社会虽不算稳定，且总统本·贝拉和副总理兼国防部长布迈丁之间的矛盾导致内部不和，但不影响周总理的访问。于是周总理同意使馆意见，按预定日期前往访问，但随团负责保卫工作的领导，不同意阿方安排周总理坐敞篷车，要求乘坐封闭式的轿车，所以周恩来只能从车的窗口伸出头和手向欢迎的群众招手致意，未能直接面对群众，他甚觉遗憾。到了人民宫路易十四式的房间里，周恩来还同陈毅谈论：阿群众那么热情欢迎，而我们只能坐在车内伸手打招呼，你看多么失礼啊！

阿尔及利亚位于非洲西北部。北临地中海，西与摩洛哥、西撒哈拉交界，东临突尼斯、利比亚，南与尼日尔、马里和毛里塔尼亚接壤，海岸线长约 1200 公里。北部沿海地区属地中海气候，中部为热带草原气候；南部为热带沙漠气候。

阿尔及利亚的历史也比较长。早在公元前 3 世纪，在阿北部建立过两个柏柏尔王国，后来罗马、拜占庭、阿拉伯人、西班牙人、土耳其和法国先后入侵，1905 年全部沦为法国殖民地。

1958 年 9 月 19 日，阿临时政府成立，1962 年 7 月 3 日正式宣布独立，1963 年 9 月，本·贝拉当选首任总统。

中阿友谊的历史虽不长，却亲热深厚，中国一直坚定不移地支持阿民族解放运动

还是在 1955 年 4 月，万隆会议期间，阿尔及利亚民族解放阵线的几位领导人徘徊在议会走廊。那个时候他们的组织宣布成立还不到一年，在深山里坚持斗争，急需支持，听说在印尼万隆召开讨论有关民族独立解放的亚非会议，他们就自己来了。那个时候，他们尚未有自己的政府，东道国没法邀请。他们虽不是代表，但他们相信能在万隆找到朋友，找到支持。

有人告诉他们可以找中国总理周恩来。周恩来热情地对他们说，每一个国家都可以努力争取独立与自由，并告诉他们，中国一定会支持他们武器、弹药和装备，但这场仗一定要阿尔及利亚人民自己来打。

万隆会议后，周恩来在全国人大一届三次会议上所作的《关于目前国际形势、我国外交政策和解放台湾问题》的报告中明确表示支持阿的斗争，他说："在北非，阿尔及利亚人民还在被迫地进行武装抵抗。中国人民支持阿尔及利亚人民的正义斗争。同时，对阿尔及利亚的紧张局势，也不能不深切关怀。"

1958 年 9 月 19 日，阿尔及利亚共和国临时政府在开罗成立。当天，临时政府总理阿巴斯就写信给毛泽东主席，希望给予承认。信中说："阿尔及利亚人民所遭受的恐怖的考验，一直得到阁下和过去也曾饱尝帝国主义压迫的中国人民的巨大支持"，"我想中华人民共和国政府将是最先承认在 1958 年 9 月 19 日 13 时成立的阿尔及利亚的政府之一"。

9 月 22 日，毛泽东和周恩来分别给阿巴斯发去贺电，陈毅外长给阿临时政府外长穆罕默德·德巴金去电，代表中国政府承认阿临时政府，并表示："中国政府和人民衷心支持阿尔及利亚人民为争取民族独立和自由而进行的正义斗争。"

当时，法国有政界人士提出，中国若先停止对阿尔及利亚独立斗争的支持，便可实现中法建交。如能实现，这在美国策动西方封锁新中国的当时，无疑将是中国打破封锁的重大突破。

为此，后来成为法国总统的弗朗索瓦·密特朗当时以参议员的身份访问中国，探询这一可能性。陈毅回答说："我们对中法建交可以等等，但我们对阿尔及利亚人民在政治、经济与军事上的支持，将一直持续到他们的独立斗争取得最后胜利。"

从 1958 年 9 月阿临时政府成立至 1962 年 7 月阿尔及利亚正式独立，中国先后接待了 8 个阿尔及利亚代表团，其中政府代表团有 4 个：如 1958 年 12 月阿社会部长本·赫达和军备与供应部长马哈茂德·谢里夫率领的政府代表团、1959 年 3 月国务秘书奥马尔·乌塞迪克率领的军事代表团、1960 年 5 月副总理兼外长克里姆·贝勒卡塞姆率领的政府代表团、1960 年 9 月临时政府总理阿巴斯·贺尔哈特率领的政府代表团。毛泽东还破格接见了其中某个代表团。毛泽东对克里姆·贝勒卡塞姆副总理兼外长说："我们那么多人只有那么一点钢，法国又爆炸了两个原子弹，我们一个也没有，戴高乐看不起我们也有一定的理由，那些人只看见钱、钢和原子弹。我们很感谢你们看得起我们，我们没有原子弹，只有几支破枪给你们。再过十年，我们钢多了，也有原子弹时，你们的情况也就变了，被压迫的人民就是要不屈服，就是要有志气。现在不是戴高乐万岁，麦克米伦、艾森豪威尔万岁，而是各国人民万岁。"

中国即使在 1960 年本国发生严重的灾难，经济极端困难的情况下，也没有中断对阿尔及利亚民族解放事业的援助。1962 年 7

月阿独立后，中国立即派出曾涛为大使，周恩来对曾涛说："阿尔及利亚是北非一个很重要的国家，应该早些去工作，你看能不能也和他们（指回国休假的大使）一起走，时间是紧了一点，你来得及准备吗？"曾涛很干脆地回答："没有问题，一个晚上时间可以准备好的。"周恩来高兴地说："那好，你和夫人辛苦一下吧！"曾涛到了阿尔及利亚，受到阿方的欢迎和多方照顾，阿方将过去法国总督住过的花园洋房作为中国大使馆的馆址。

这次访问阿尔及利亚，周恩来到达阿尔及尔这个非常美丽的首都，它面对蔚蓝色的地中海，有风格各异的建筑，大都是白色的，居民也都穿着白色的阿拉伯长袍，每当清晨或是黄昏，地中海的白纱似的薄雾常常萦绕着这白色的城区，人们称阿尔及尔为"白色城市"。沿海的大道绿化赏心悦目，加上海洋性的气候，使人忘了这是贫穷落后的非洲。周恩来没有马上欣赏阿尔及尔的美景，而是忙于他出访的事务，到达后当天下午5时30分就前往约丽别墅拜会本·贝拉总统，晚上出席本·贝拉为他举行的宴会，随后又出席有400人参加的盛大招待会。

12月22日，周恩来先前往烈士墓献花圈，接着参加"北京大街"的命名。在阿尔及利亚国防大楼和中华人民共和国大使馆之间，有一条大街叫若诺大街，这是以过去法国殖民统治者若诺总督的名字命名的，阿政府决定利用周总理访阿的机会把它改为"北京大街"，以表示对中国的友谊。在阿副总理兼国防部长布迈丁、国务部长乌兹加尼、阿尔及尔市市长巴拉马纳等领导人的陪同下，周恩来总理主持了12月22日上午的命名典礼，当周恩来把铺在白色路牌上的五星红旗揭下来时，"北京大街"四个蓝色大字出现了，参加命名典礼的群众向周总理鼓掌欢呼"北京！北京！"，周总理、陈毅副总理和布迈丁在路牌下合影留念。

当日晚上，周总理和陈毅副总理在阿尔及尔市政府大厅里接受巴拉马纳市长授予的阿尔及尔市荣誉市民的称号。在仪式上，巴拉马纳市长讲话，感谢中国人民给予阿尔及利亚人民的援助，赞颂两国人民之间的战斗友谊。周恩来在讲话中指出，阿尔及利亚在国际舞台上起着日益显著的作用，世界各国人民反对帝国主义、争取和维护独立和自由的斗争总是相互支持、互相影响的。亚非人民胜利前进的历史车轮，是任何力量都阻挡不住的。周恩来还强调中国人民过去是、现在是、将来也永远是阿尔及利亚人民忠实的朋友。

在阿参观访问，广受欢迎

从 22 日起到 24 日，在布迈丁陪同下，周恩来先后参观了阿尔及尔郊区的一个国有化农场、希法利克水果加工厂、现代油脂厂、贝利埃汽车厂和两所烈士子弟之家。在参观烈士子弟之家时，正下着雨。孩子们穿着雨衣列队站在大门前，用阿拉伯语唱着欢迎贵宾的歌曲，向中国伯伯们献了花，周恩来拥抱了孩子们并和他们合影留念。当参观他们宿舍时，孩子们指着床上的毛毯说，这是中国援助的。周总理向两所子弟之家捐赠了 1000 万旧法郎。25 日，周恩来由本·贝拉陪同乘专机从阿尔及尔到达阿尔及利亚第二大城市奥兰进行友好访问。奥兰 20 万市民夹道欢迎中国贵宾，全城洋溢着欢乐的气氛，奥兰省、市的党政军领导都参与了接待。欢迎的人群用各种方式表达对中国客人的友好情谊，有一些老年妇女以表示尊敬的传统方式向中国客人的汽车喷洒香水。在参观计划年产 100 万吨液化煤气的阿尔泽综合工厂的建筑工地后，周恩来在纪念册上题词："这个液化煤气厂建设得这样快，这样好，证明革命的阿尔及利亚劳动人民在本·贝拉总统和民族解放阵线的领导下，有高度的积极性和创造力，并能够同愿意帮助阿尔及利亚建设的外国专家合作得很好。我们趁此机会，祝新独立的阿尔及利亚在经济上不断取得成就。"周总理一行出席了省政府的午宴后，又参观了北非最大的玻璃厂，工人们团团围住中国贵宾，欢呼："周恩来！周恩来！"这个厂是当年 1 月收归国有的，日产 27 万件各种玻璃器皿，40%的产品销售国外。在离奥兰 170 公里的赛伊达医院工作的中国医疗队全体人员也赶到奥兰欢迎周总理，周总理和陈毅元帅亲切地和他们握手，询问他们的工作情况，鼓励他们像白求恩同志那样全心全意为阿尔及利亚人民服务。

在这期间除本·贝拉总统设宴招待周恩来，副总理兼国防部长布迈丁、外交部长布特弗利卡和国家指导部长贝勒卡塞姆也分别设宴热情招待周恩来一行。

在阿尔及利亚民族解放阵线干部大会作重要报告

阿尔及利亚民族解放阵线政治局邀请周恩来总理给他们的干部作报告，周恩来很愿意接触阿尔及利亚各方面的干部，他欣然同意，就在访问奥兰回来的当天晚上，他不顾疲劳，用了两个多小时向阿尔及利亚党政军高级干部和议员作报告，本·贝拉亲自主持会议。

周恩来在报告中首先称颂阿尔及利亚人民取得独立和建设的伟大成就，他说："阿尔及利亚人民是具有光荣革命传统的人民。阿尔及利亚民主人民共和国，是在反抗帝国主义和殖民主义的斗争烈火中诞生的国家。一个世纪以来，阿尔及利亚人民为了摆脱殖民枷锁，争取独立和自由，同法国殖民主义进行了不屈不挠的英勇斗争。

"1954 年 11 月在奥雷斯山区燃起的武装斗争的火炬，掀开了阿尔及利亚历史上光辉的一页，宣告了阿尔及利亚革命新时代的到来。

"开始的时候，阿尔及利亚民族解放军只有 3000 名游击队员，500 支陈旧的猎枪。但是，在数十万拥有现代化装备的殖民军面前，他们毫无惧色，坚持斗争。阿尔及利亚人民经过七年浴血抗战，终于打败了殖民统治者，建立了阿尔及利亚民主人民共和国。

"阿尔及利亚的独立，是当代非洲民族解放运动的伟大事件，为非洲人民树立了一个敢于进行武装斗争、敢于胜利的光辉榜样，为全世界被压迫民族指出了一条争取独立自由的正确道路。在革命斗争中久经考验的阿尔及利亚人民懂得，取得独立并不是革命的终结，而是新的斗争的开始。独立了的阿尔及利亚，仍然面临着维护和巩固政治独立、肃清殖民主义势力，实行土地改革和其他社会改革，发展民族经济和民族文化的艰巨任务。

"在维护和巩固政治独立方面，阿尔及利亚人民在全国范围内建立和加强了革命政权，代替旧的殖民统治机构，并且紧紧地掌握着革命的武装，警惕地保卫着自己新生的国家。

"在肃清殖民主义势力，实行社会改革方面，阿尔及利亚政府已经把殖民主义者霸占的全部土地收归国有，并且宣布要进一步贯彻土地改革的任务。阿尔及利亚政府接管了大批的殖民主义的企业，收回了货币发行权，开始管制了对外贸易。

"在恢复和发展经济方面，阿尔及利亚人民依靠自己的力量，胜利地克服了殖民主义蓄意制造的困难。殖民主义者以为，阿尔及利亚人民离开了他们就活不下去，但是，同殖民者的愿意相反，在短短的一年多之内，阿尔及利亚的国民经济已经开始走上了正常发展的道路。

"所有这些正确的措施，标志着阿尔及利亚的革命正不可阻挡地深入发展。中国人民为此感到高兴和鼓舞。我们坚决支持阿尔及利亚人民为推进革命所做的一切努力，坚决支持阿尔及利亚人民走社会主义的道路。我们衷心地祝贺阿尔及利亚人民不断取得新的、更大的成就。革命和建设事业中，干部是不是能够一贯保持革命精神和革命作风，具有重要的意义。我们在这几天的访问中看到，在革命烈火中久经锻炼的阿尔及利亚广大干部，继续保持和发扬着艰苦朴素的光荣传统，在工作中勤勤恳恳，奋发图强，同人民群众保持着密切的联系。这样一支干部队伍，是阿尔及利亚革命事业的宝贵财富。"

周恩来在报告里介绍了中国革命斗争的经验和新中国成立以后的建设成就及问题。他说："中国革命，也走过长期艰苦的道路。中国人民在革命斗争的实践中，积累了自己的经验。毛泽东主席在1949年说过：'我们有许多宝贵的经验。一个有纪律的，有马克思列宁主义武装的，采取自我批评方法的，联系人民群众的党。一个由这样的党领导的军队。一个由这样的党领导的各革命阶级各革命派别的统一战线。这三件是我们战胜敌人的主要武器。'正是依靠这三件主要武器，中国人民取得了人民民主革命的伟大胜利。

"在革命胜利以后，我们继续把革命推向前进，从人民民主革命发展到社会主义革命阶段。我们联合世界上一切反帝力量，继续同帝国主义进行针锋相对的斗争。我们坚决镇压国内反革命残余势力，巩固人民民主专政。我们在人民内部进行阶级教育、自我改造的运动。我们学会管理经济，有计划地建设社会主义，逐步地建立起独立的、完整的、现代化的社会主义国民经济体系。我们教育全党和全国干部继续保持和发扬艰苦朴素、谦虚谨慎的革命传统，与人民同甘共苦，兢兢业业地为人民服务。我们每隔几年就在全国范围内进行一次整风运动，用批评和自我批评的方法，帮助广大干部不断地提高阶级觉悟，抵御资产阶级思想的侵蚀。

"根据我们的经验，随着革命的深入发展，总会有一些人动摇以至掉队。但是，只要我们执行正确的政策，就能够团结全国百分之九十以上的人在革命的道路上胜利前进。"

周恩来在讲到中阿两国关系时说："中国人民和阿尔及利亚人民有着深厚的战斗友谊。在遭受帝国主义侵略和奴役的黑暗岁月中，在奋起革命的艰苦斗争中，在取得胜利以后建设各自祖国的宏伟事业中，我们两国人民总是相互同情、相互关怀、相互鼓舞、相互支持的。我们之间的友谊和团结，是经过考验的、是牢不可破的。

"阿尔及利亚朋友们常常提到中国人民对阿尔及利亚的援助。我们认为，援助斗争中的阿尔及利亚人民，是我们应尽的国际义务。援助是相互的。事实上，首先是阿尔及利亚人民的斗争援助了我们。我们对阿尔及利亚的援助是有限的。阿尔及利亚人民的斗争胜利，对于中国人民，对于社会主义各国人民，对于全世界一切被压迫民族和被压迫人民都是极大的支持和援助。

"阿尔及利亚朋友们可以相信，在维护民族独立、加强亚非团结、反对帝国主义、保卫世界和平的共同事业中，中国人民将永远同阿尔及利亚人民团结一致，携手前进。"

周恩来像对老朋友那样侃侃而谈，从与会者聚精会神的倾听、崇敬的表情以及不时爆发的阵阵掌声中，可以清楚地感觉到他们完全赞同周恩来的观点。

中阿两国领导人举行多次会谈

周恩来对本·贝拉说，我喜欢夜间会谈，因为没有白天活动的时间限制，也比较安静，谈话可以进行得深入细致，集中精力没有干扰。这是周恩来在战争期间养成的习惯,他平时经常工作到深夜或第二天黎明。本·贝拉说,他也喜欢夜间,也是战争中养成的习惯,革命者不仅在思想上是一致的,就是生活上也有共同点,而且在阿尔及尔,特别是约丽别墅,就在地中海岸边,夜间可以听到地中海传来的海涛声,非常悦耳有诗意。周恩来哈哈大笑说:"那我们就达成协议,会谈都在夜晚进行吧!"本·贝拉连连点头表示同意。

周恩来在六天的访问中,同本·贝拉举行了四次会谈。中方参加会谈的有陈毅、孔原、黄镇、乔冠华、童小鹏、王雨田、龚澎、刘希文、曾涛等;阿方参加会谈的有第一副总理布迈丁、外交部长布特弗利卡、国民经济部长布马札、国务部长乌兹加尼、议员兼党代表马朱布等。

第一、二次会谈是本·贝拉主谈。他着重介绍了阿尔及利亚革命发展的历史进程、独立后的形势和国内外政策。周恩来十分注意倾听,待对方谈完后,他提出一些问题,如阿尔及利亚同美国的关系,与摩洛哥的边界问题,阿国内的货币、金融、教育等问题,本·贝拉一一作了回答。

第三次会谈,是周恩来主谈。首先他高度评价阿的革命,说:"阿尔及利亚的革命胜利,是继中国革命和古巴革命后,60年代的伟大事件。阿尔及利亚革命是在你们领导下的伟大事件。

"阿尔及利亚革命在你们领导下会继续前进。这对非洲各国、阿拉伯各国以至亚洲和拉丁美洲,都会起很大的影响。你们反帝革命的胜利主要是靠自己,别人的帮助,包括我们的帮助,是微不足道的。你们的反帝斗争付出了极大的代价。今天看到了你们许多寡妇、孤儿,你们的牺牲在比例上超过了中国。"

周恩来根据本·贝拉介绍的情况,分析了阿尔及利亚革命成功的原因,说:"第一,当时发动的革命是民族性质的革命,直接同帝国主义、殖民主义作战，赶走它们。这样，这个革命就必然有最广泛的、全民族的统一战线。除了极少数走狗外，绝大多数人在反法斗争中是一致的，团结的。第二，依靠人民，发动武装斗争和革命战争，直到取得胜利。你们从武装农民开始，建立了革命军队。第三，阿尔及利亚革命有一个革命的领导集团，有一个革命的纲领，联系着革命的广大人民群众。人民总是要革命的，这主要是指广大劳动人民，谁能依靠人民，坚持革命，谁就能领导革命。革命能否成功，关键在于领导是否正确。"

第四次会谈，也是周恩来主谈。从阿尔及利亚所处的特殊历史环境出发，周恩来在谈到阿尔及利亚同帝国主义斗争的策略时，说："现在是这种情形：法帝国主义承认在阿尔及利亚失败了，但能多留一天还想多留一天。你们希望法国基地明年撤走，法国却总想拖延。总统同志说得对，你们反帝立场是坚定的，要肃清一切帝国主义势力，但在策略和方法上，要避免多方面作战，原则性和灵活性要很好地结合起来。"

在谈到中国经济建设问题时，周恩来说："新中国诞生已经 14 年了。在第一个五年计划期间，我们建立了工业化的初步基础。第二个五年计划，已有第一个五年计划为基础，就想更依靠自己的力量来更快地建设。像中国这样的大国，如果依靠外援，任何国家也不能满足。我们不仅需要质量，数量也是很大，因此必须依靠自己来建设。同时，胜利了的占世界人口四分之一的大国，有义务支援正在争取胜利、将要革命的国家。这两方面的原因，我们必须建设得快一些，以利于建立一个独立的经济体系并尽国际义务。"

周恩来说："由于要加速建设和依靠自己，经验不足，发生一些错误和缺点。有的是不可避免的，有的本来是可以避免的。我们希望更快一些，但把建设规律同中国实际一结合，发现也不能太快，以前的一些错误很多就是要求太快而产生的。总起来说，我们的速度要比资本主义快，但也不能太快。经过十来年的经济建设，我们已经摸出一些经验。"

在回答阿方提出的中美关系紧张是否会引发第三次世界大战问题时，周恩来坦诚地说："中美问题要解决，有两个原则：（一）根据五项原则达成协议；（二）美国原则上同意从台湾和台湾海峡撤出。我们希望有原则的协议，有和平的环境来搞社会主义建设。但看来时机尚未来到，美国还要制造紧张，继续敌视我们。至于美国会不会对中国发动战争，我看危险是有的，但是否马上打，挑起第三次大战，这种可能性也不大，原因是，美国如果在中国开辟战场，它在其他方面就要大大削弱，并且它目前的主要矛盾还是在欧洲。"

周恩来的谈话，引起本·贝拉总统的极大兴趣，他说："周总理讲的都是很重要的东西，我们对你的谈话很满意。你们的经验很丰富，对我们很有用，这是一个我们学习的机会。"

中阿两国发表联合公报，正式公布中国对非洲国家关系的五项原则

中阿两国 1963 年 12 月 27 日发表《中华人民共和国政府和阿尔及利亚政府联合公报》。

公报称：

> 周恩来总理在阿尔及利亚访问期间和本·贝拉总统举行了会谈。会谈是在亲切的气氛中进行的。双方就发展两国友好合作关系和共同关心的国际问题，充分地交换了意见。会谈结果表明，双方所讨论的问题意见是一致的。

　　双方满意地指出，自从历史性的万隆会议以来，亚非国家在解放斗争中取得了许多成就。在仍然遭受殖民统治的国家中，争取民族解放的各种形式的斗争正在进行着。但是，新老殖民主义采用政治或经济压力的手段，威胁着新解放的国家。某些殖民主义集团力图保持它们的直接的或间接的统治。因此，必须进行反对新老殖民主义，维护和加强民族独立的斗争。这个斗争仍然是各国人民的主要目标。

　　双方坚决支持各国人民完成解放的愿望。中阿两国政府重申无保留地支持巴勒斯坦人民恢复他们的合法权利并且保证支持"阿拉伯人民"的斗争。

　　双方满意地看到，自从万隆会议以来，亚非团结事业有了巨大的发展，亚的斯亚贝巴非洲国家首脑会议对加强非洲各国人民的团结作出了积极的贡献。中华人民共和国和阿尔及利亚民主人民共和国决心为发扬万隆精神和增强亚非团结而加强努力。双方认为为了共同的利益，亚非国家之间的一切争端都应该在和平共处五项原则和万隆会议十项原则的基础上，通过谈判途径解决。

　　双方认为：争取普遍裁军、全面禁止和彻底销毁核武器，是保卫世界和平斗争的一项重要任务。双方重申支持非洲国家首脑会议作出的关于普遍裁军的决议。双方呼吁有关国家和人民共同努力，在世界各个地区建立相应的无核武器区。拥有核武器的国家对每一个无核武器区都应当承担相应的义务。

　　周恩来总理郑重表示，中国在处理同非洲国家的相互关系中，一贯根据和平共处五项原则和万隆会议十项原则，坚持不渝地采取以下的立场：一、支持非洲各国人民反对帝国主义和新老殖民主义，争取和维护民族独立的斗争。二、支持非洲各国政府奉行和平中立的不结盟政策。三、支持非洲各国人民用自己选择的方式实现团结和统一的愿望。四、支持非洲国家通过和平协商解决彼此之间的争端。五、主张非洲国家的主权应当得到一切其他国家的尊重，反对来自任何方面的侵犯和干涉。

中国人民和阿尔及利亚人民在争取解放的共同斗争中，结成了牢不可破的友谊。双方满意地指出，自从阿尔及利亚民主人民共和国成立以来，中阿两国的友好合作关系，有了巨大的发展。双方认为：中阿两国合作的继续巩固和发展，符合两国人民的利益，符合加强亚非团结的利益，并且有助于保卫世界和平和促进人类进步的事业。

周恩来曾在人民宫举行记者招待会和接见法国《观察家报》记者克鲁德·高达。回答了他们提出的问题。他说："我们这次到非洲来，是为了寻求友谊，寻求合作，并且借此机会好好了解同我国建立外交关系的非洲国家的情况，增进我们的知识，向这些国家和人民学习有益的东西。"在谈到访问阿尔及利亚的印象时，他说："给我留下最强烈的印象是阿尔及利亚人民的革命热情很高，他们医治了战争创伤，在革命的道路上前进。"

半个月后，周恩来和陈毅在给中共中央的电报中又说："阿尔及利亚政府确实是要坚决进行民主革命的，独立后阿政府在缺乏经验、缺乏干部的情况下，依靠军队的力量，在极短的时间内，竟然克服了困难，维持了社会秩序，这是一个很大成就。它对现在进行武装斗争的一些非洲国家和地区有极大影响。"

在记者招待会上谈到召开第二次亚非会议时，周恩来说："中国支持苏加诺总统提出的召开第二次亚非会议的倡议。第一次亚非会议制订的十项原则，对民族解放运动产生了巨大的影响。我们认为第二次亚非会议如果能够开成，将会使第一次亚非会议的十项原则更加具体化，在促进亚非国家结束殖民统治，进一步肃清殖民主义势力的任务中，在亚非国家进行经济合作的任务中，起更大的作用。"

12 月 26 日晚，周恩来在人民宫举行盛大的告别宴会，告别宴会之后，又举行了告别招待会。本·贝拉总统、布迈丁副总理等阿方领导人应邀出席，彼此亲切交谈，气氛十分热烈。

12 月 27 日上午，周恩来乘专机离开阿尔及利亚前往摩洛哥首都拉巴特进行正式访问，本·贝拉总统、布迈丁副总理、中国驻阿大使曾涛等到机场送行。

十、摩洛哥国王破格接待周恩来

　　摩洛哥位于非洲西北端。东、东南接壤阿尔及利亚，南隔西撒哈拉与毛里塔尼亚相望，北隔直布罗陀海峡与西班牙相望，西濒大西洋，扼大西洋入地中海的门户，海岸线长 1700 多千米。碧波万顷的地中海，浩瀚无际的大西洋，阿特拉斯山挡住了撒哈拉沙漠的热风，这个得天独厚的地理环境，使它成为一个物产丰富、自然资源众多的国家。

　　摩洛哥最早的居民是柏柏尔人。公元 7 世纪阿拉伯人进入。从 15 世纪起，西方列强先后入侵。1912 年 3 月 30 日沦为法国"保护国"。同年 11 月 27 日，法国同西班牙签订《马德里条约》，将摩北部地区和南部伊夫尼等地区划为西班牙"保护地"。1947 年，摩苏丹穆罕默德五世要求独立，改变"保护"制度，反对法国的统治。1953 年法国废黜并放逐穆罕默德五世，另立阿拉法为苏丹。1955 年 1 月，法迫于形势，同意穆罕默德五世复位，1956 年 3 月 2 日，摩洛哥获得独立，1957 年 8 月 14 日，定国名为摩洛哥王国，苏丹改称国王，为君主立宪制国家。

　　1961 年，穆罕默德五世因病去世，他的儿子穆莱·哈桑二世继承了王位，当时哈桑二世年仅 32 岁。哈桑二世曾跟随父亲一起被法国当局囚禁流放，深受父亲的影响，也是一个爱国主义者和民族主义者。哈桑二世接受过穆斯林的传统教育，还曾在法国波尔多大学读书，获得法学学士和民法硕士学位，因而眼界开阔，思想明智，后来又接受过法国海军的训练，摩独立后奉父王之命建立了王室武装部队并任参谋长，还担任过武装部队司令。

摩洛哥独立后，一直积极公开支持非洲民族独立解放运动。安哥拉、莫桑比克、几内亚比绍、佛得角等国的民族独立斗争，都曾得到摩洛哥道义、军事和物质上的援助。摩洛哥还为阿尔及利亚的抗法战争提供可靠的后方基地，阿军总参谋部就设在摩洛哥境内的城市里。为此，法国当局曾向摩王室施加压力，甚至派飞机对摩边境大肆轰炸，使摩遭受重大损失。摩王室在法国的军事高压下毫不动摇，继续支持非洲民族独立运动，获得了非洲人民的钦佩和赞扬。

对中国十分友好，破格接待周恩来

无论是老国王穆罕默德五世或是哈桑二世，都对中国很友好，心心相印，彼此相通。哈桑二世曾对中国驻摩大使杨琪良谈到万隆会谈对非洲争取民族独立运动的巨大影响力，中国向阿尔及利亚民族解放阵线提供的物质援助，从枪炮到药品、衣物，有相当一部分是通过摩洛哥渠道转交给阿方的。1962年底中印边界发生武装冲突，引起国际上的关注，哈桑二世说："中印边界是帝国主义造成的，中国的主张是合情合理的，希望像中国政府主张的那样，通过谈判合情合理地解决。"

此次，周恩来总理来摩访问，对中国人民怀有感情并十分仰慕周恩来的哈桑二世亲自过问接待工作，准备破例接待。

按照摩方惯例，不管来访的是总统、国王还是总理、首相，摩洛哥国王一概不去机场迎接，只等在自己王宫门口，等人家见他以后再回拜。这一次接待周恩来总理，哈桑二世考虑到虽然不便破例但要充分表达对中国客人的友好感情，因此特地作了安排，将市郊的一座豪华的宫殿"和平宫"让给周恩来住。在 12 月 27 日上午 11 时，周恩来的座机抵达摩洛哥首都拉巴特时，阿卜杜拉亲王代表摩洛哥国王哈桑二世陛下到机场欢迎。哈桑国王特地前去市郊亲自站在和平宫门口迎接，引领客人们进宫，喝了茶，寒暄一阵，才告辞而去。外交大臣艾哈迈德·雷达·格迪拉对中国客人说："国王这次是破例了，哪一个国家领导人来访都没有这样接待过。"

12 月 27 日下午，周恩来首先向已故的国王穆罕默德五世的陵墓献花圈，随后拜会哈桑二世国王。

当晚，哈桑二世举行国宴欢迎周恩来。哈桑二世又打破只用西餐招待外国元首和政府首脑的惯例，而以"烤全羊""巴斯提拉""古斯古斯"等摩洛哥传统名菜盛情款待，这一破例，使出席宴会的外国使节们均感意外。依照当地风俗，主人哈桑二世陪主宾围着一张矮脚长方桌席地盘膝而坐，直径长达八九十厘米的瓷盘中盛着一只烤好的整羊。席间，好客的主人首先用手挑一块最好的羊肉，放在周总理的食盘中，按摩洛哥传统饭菜是用手抓着吃的，所以以后每上一道菜都是如此，以示对客人的尊重。周总理也依样回敬主人，气氛极为亲切融洽。

周恩来有常流鼻血的毛病，在国内极少吃容易"上火"的羊肉。但出国访问后，他十分注重尊重东道主，入乡随俗，客随主便，也破例吃了羊肉。回国后，他说："我们访问的非洲国家大多是伊斯兰国家，你既然到了伊斯兰国家，就得问风，入乡问俗，就得遵守人家的风俗。中国绝大多数是汉人，就是不大习惯吃羊肉，特别我们江浙人，就是顽固得很。人家高级宴会，请你去吃，也就学习到一些，就把这个保守习惯打破了。"

哈桑二世和周恩来在宴会上发表重要讲话

哈桑二世首先讲话。他说："我们王国和中华人民共和国有许多相似之处。我们两国在古老世界的两端为文化和文明作出了杰出的贡献。两国都以同样的善良、优雅、宽容和谅解的感情为重。

"两国都经历过严酷的考验而终于胜利地维护了自由和领土完整。两国都作出了巨大的努力，以炽烈的信念和不可动摇的意志来消除不发达和落后状态和缔造自己的未来。对我国人民来说，中国不是一个陌生的国家。我国一些著作和教科书都陈述了中国的文学、哲学和历史。我国杰出的旅行家、中世纪最伟大的探险家丹吉尔的伊本·白图泰访问过中国，在那里逗留，并且在中国的某些城市担任过官职。他在他的题为《在美好国家旅行者的欢乐》的名著中写下了访问贵国的杰出篇章。每一个摩洛哥人每天都会记起贵国，因为从贵国输入了他们的民族饮料——茶叶，并且给一种盘子起了茶的名字，这是家家户户都熟悉的日常用具。我们有一种最甜美的水果，就是以中国这个美丽的名字命名的，我国的收藏家珍爱贵国华美的陶瓷。我国青年和杰出的人士关心地注视着中国的发展及其在建设和创造方面的活动。他们高兴地看到把他们同伟大的中国人民联结起来的联系得到巩固，并且在维护和平和保卫人类崇高品质方面同伟大的中国人民进行合作。

"我国人民祝愿这次访问标志着一个新纪元的开始，在这样一个新纪元里，为了我们的共同利益和全人类的共同利益，我们两国之间的合作和贸易关系将日益巩固。

"总理先生，我以我个人的名义、以我国人民的名义和以我国政府的名义，再一次欢迎您访问我国，我们希望您在我国作一次愉快的旅行，并对这次访问留下最好的记忆。"

接着，周恩来在一片掌声中，走上讲台讲话。他说："这是我第一次来到摩洛哥。但是，对我个人以及对中国人民来说，摩洛哥是一点也不生疏的。摩洛哥是一个具有悠久历史的国家。

"摩洛哥人民有着反对帝国主义和殖民主义的光荣传统。为了争取自己祖国的独立和自由，摩洛哥人民曾经进行了长期英勇的斗争，在独立以后，摩洛哥人民又为维护民族独立、撤除外国军事基地、建设自己的国家、发展民族经济，进行了不懈的努力。中国人民为摩洛哥人民所取得的成就感到衷心的喜悦。

"摩洛哥王国政府奉行和平中立的对外政策，主张反对帝国主义和殖民主义，反对南非殖民当局的种族歧视制度，支持非洲仍处在殖民统治下的各国人民争取独立的斗争。摩洛哥支持了1955年的第一次亚非会议，1961年，摩洛哥前国王穆罕默德五世倡议举行了非洲六国首脑卡萨布兰卡会议。摩洛哥政府和人民，对加强非洲团结和亚非团结，维护世界和平，作出了积极的贡献。"

周恩来在讲到中摩关系时说："中摩两国人民在争取和维护各自的民族独立斗争中，总是相互同情和相互支持的。在我们两国相继获得独立和解放以后，我们两国人民的传统友谊又在新的历史条件下，得到了新的发展。

"中国是一个热爱和平的国家。中国人民正在满怀信心地建设着自己的祖国。中国政府和人民坚定不移地奉行和平外交政策。中国人民坚决反对帝国主义的侵略政策和战争政策，争取不同社会制度国家和平共处，坚决支持非洲、亚洲和拉丁美洲的民族解放运动，为维护世界和平而斗争。我们十分重视亚非国家的友好团结。根据和平共处五项原则和万隆会议十项原则，中国同许多亚非国家不断发展了友好合作关系。"

周恩来强调说："自从1955年万隆会议举行以来，亚非形势发生了巨大的变化。亚非地区的民族解放运动取得了伟大的胜利。今天，亚非各国人民都面临着争取和巩固民族独立、建设自己国家和维护世界和平的共同任务，因此，我们亚非国家需要更进一步加强团结合作，更加紧密地携起手来，相互支持，相互援助，争取我们共同事业的更大胜利。亲爱的朋友们，我相信，我和陈毅副总理这次对贵国的访问，将有助于进一步增进中摩两国人民的友谊和我们两国的友好合作关系。"

宴会之后，哈桑二世请周恩来、陈毅到会客厅品茶漫谈。所品的乃是中国的名茶"珍眉"，但煮茶的方式却是摩洛哥传统式的。在哈桑二世的解说下，周恩来兴致勃勃地观看了王室专职茶官煮茶技术。煮茶时茶官首先抓了一把极品茶叶放进大铜壶里，再加上一大把鲜薄荷和好些类似冰糖的刚打碎了的糖块。茶官控制着火候，待茶煮到一定的时候，经他亲口品尝认为味道够了，才将茶斟入一个用银盘盛着的玻璃杯内，端至客人面前。煮出的茶呈淡绿色，晶莹剔透，香味扑鼻，清凉爽口，确实别有一番味道。周恩来对摩洛哥特有的饮茶方式很是赞许。

哈桑二世说："这是六七十年前流传下来的吃法，传说是一位英国使节从中国带来的茶叶，送给了当时的国王。国王把中国茶叶加入了当地人喜欢的薄荷，一起煮，喝起来众皆赞美，就流传下来，人人爱饮。摩洛哥现在有1200万人口，每年需绿茶1.2万吨，面包、茶叶、糖，已成为摩人民生活三大要素。没有茶叶，人民会造反的，所以希望中国多供应一些茶叶。"

周恩来立即说："陛下讲的情况，已经听说过了。贵国喜欢的那些绿茶品种，在中国只产在一个特定的不大地区，且产量有限，国内市场没有出售，统统供应了贵国。"周恩来继续表示："回国后，我找茶叶产区的负责官员研究一下，看能不能扩大生产，如能，问题就解决了。"哈桑二世深表谢意。

在海阔天空的闲谈之中，哈桑二世蓦地提出了一个问题，这位年轻聪明的国王笑着说："当今世界上像我们这样的国王、皇帝已为数不多了，不知今后怎么样？"周恩来和陈毅听后都笑了起来，周恩来风趣地说："你们可以组织一个委员会，开个会商量嘛！"陈毅随之说道："亚洲有个西哈努克亲王，我们是好朋友，可邀请他参加。"周恩来接着说："陛下可以担任这个委员会的委员长嘛！"说毕，三人皆哈哈大笑。哈桑二世提出这个问题可能事先有所准备，问题提得相当巧妙，而周恩来答得也妙趣横生。

笑罢之后，哈桑二世又提出一个问题，他说："我们这里有个共产党总书记阿里·亚塔，正在监狱里，如果总理愿叫我放出，我立即下令释放。"周恩来说："我已经听说了。我们同阿里·亚塔观点不同，不过都是共产党就是了。"他将话说到这里为止。哈桑二世说："我明白了。"第二天，哈桑国王就下令释放了阿里·亚塔。

整个谈话中，充分体现了周恩来精湛高超的外交艺术。

周恩来和哈桑二世举行会谈

周恩来同哈桑二世于 12 月 28 日在哈桑国王办公室举行了两次会谈。

在会谈中，周恩来对哈桑二世深情地说："我们来访问就是为了了解情况，学习有益的东西。摩洛哥的革命，为独立而奋斗的英雄事迹，我们在年轻时就知道。我在法国时，第一次世界大战后北非的民族解放斗争是从摩洛哥开始的。我们留法学生的共产主义青年团组织，在提到民族独立斗争时，以摩洛哥为例子。"周恩来对哈桑二世的父亲如此关注和称赞，令哈桑甚为惊叹和感动。

在谈判中，哈桑二世除介绍摩洛哥的民族革命和经济建设情况外，也谈到了中美之间的紧张关系。周恩来介绍了新中国成立后所遭到的美国敌视、包围、封锁和禁运，然后说："尽管美国如此，中国并不打算与美国发生武装冲突，根本没有这种设想，我们主张和平谈判解决争端。对于中美谈判，我们主张先达成原则、协议，再解决具体问题，但美国都不同意。我们只有等待，同时继续谈下去，要谈多长就谈多长，除非美国宣告谈判破裂。已谈了8年，可再谈8年多，甚至80年，历史上有百年战争，现代可以有百年谈判，我们相信中美最终总是要达成协议的。"

周恩来对摩洛哥和非洲的石油工业兴趣很大，说"千万不要以为非洲没有看头"

摩洛哥首相巴赫尼尼于12月30日陪同周恩来一行乘车离开拉巴特前往大西洋岸边的卡萨布兰卡进行参观。从首都拉巴特到卡萨布兰卡长达1000多千米的海岸线上，第二次世界大战的遗迹，飞机、坦克的残骸到处可见。首相巴赫尼尼一路上向周恩来介绍说，第二次世界大战期间，美英军队在北非登陆的地点就在摩洛哥。当时，摩洛哥、阿尔及利亚、突尼斯等国都是法国的殖民地及"保护国"，法国贝当政府投降了希特勒，驻在北非、地中海、大西洋的法国舰队司令也一起投降了。希特勒和贝当政府的海军力量共同阻止美英联军登陆，双方在卡萨布兰卡以西海域展开海空激战，打了3天，各损失战舰四五十艘，双方相持不下。后来，法国流亡政府的戴高乐化装来到阿尔及利亚，说服了贝当政府的海军司令，站在反希特勒阵线一边。这样，美英联军才得以在摩洛哥沿岸登陆，胜利地进行了北非战役。美英联军登陆后在卡萨布兰卡一家饭店召开了一次有罗斯福、丘吉尔、戴高乐参加的三巨头会议，艾森豪威尔也出席了会议。会议讨论了北非战役及向欧洲的反攻问题。罗斯福以戴高乐是"光杆司令"为由，不让戴高乐参加反攻。当时，戴高乐住在饭店附近一座别墅里，他的临时政府设在阿尔及尔。戴高乐对罗斯福极为不满，一气之下，他在法属非洲各国，包括摩洛哥，组织了"海外兵团"，参加了击溃希特勒的隆美尔集团军及盟军登陆欧洲的战役，以后，他在《战争回忆录》中多次大写"山姆大叔"欺人太甚。周恩来说，这说明戴高乐在这一点上还有点志气，在反法西斯战争中立了点功。

到了卡萨布兰卡，巴赫尼尼请周恩来到"三巨头会议"饭店的楼顶上眺望当年盟军与德军进行海空战的海域，并设宴招待周恩来等。周恩来对巴赫尼尼说："那时美英联军就是拖延时间，我们在东方战场上已把日本侵略者打得焦头烂额，西方战场的德军已被苏联打得一步也不能前进，伤亡惨重。如果美英再提前一些时间开辟第二战场，则战争可能提前结束，牺牲会大大减少。"

宴会后，周恩来等在巴赫尼尼陪同下参观意大利、法国帮助建设的一座炼油厂。周恩来兴致特别高，看得很仔细、很认真，询问得很详细，他觉得很满意，并提笔为工厂题词："这是一个很好的现代化炼油厂，建设得很好，管理得很好，并且锻炼出不少技术人员，值得我们学习。"

参观完毕，回到首都拉巴特和平宫住地，周恩来感慨地对大家说："苏联帮助我们在兰州建设的炼油厂与摩洛哥这个厂的生产能力差不多，但包括技术训练班的人，他们的职工总共300人，而我们却需要6000名职工。相比之下，我们的人力资源浪费是何等的惊人，所以值得来看一看，千万不要以为非洲没有看头。记住，回国后，一定要石油部派技术专家来这里考察。"周恩来此次出访非洲有一个目的，就是考察和学习北非的石油工业，北非每个国家都有炼油厂。

1960 年七八月份，苏联赫鲁晓夫为了压服中国，违反条约和协定，撕毁合同，撤走专家，停止供应中国急需的重要物资和重要设备，造成中国经济严重困难，大批企业生产停滞甚至瘫痪，北京、上海等许多城市的汽车没有油而停驶了，许多公共汽车用煤气包和生火的炉子做动力。中国需要石油！需要自己的石油！中国人要自力更生，开发"争气油"。在周恩来的领导和组织下，根据李四光的理论，动员 3 万退伍军人和石油工人去大庆开发生产石油。

全党关注、全民支持而规模空前的石油大会战，在非常困难的条件下进行，经过三年奋战，到 1963 年底，周恩来离开北京前往非洲访问的时候，有关部门向他报告，到 1965 年全国石油总产量将达到 648 万吨，占国内石油消费量的 71.5%，基本上自给。周恩来指示新华社发表消息，向全世界庄严宣告：中国人民使用"洋油"的时代，即将一去不复返了。但中国的石油品种、质量和技术还远远落后于世界先进水平。所以深知科学技术对社会主义生产力发展起重大作用的周恩来要利用访问非洲的机会，考察北非国家的石油工业建设，学习他们的经验。

周恩来和陈毅把他们访问阿联、阿尔及利亚、摩洛哥看到的情况特别是石油问题向中共中央作了专题报告称："这些国家用外援兴建或接管的新工业，都采用现代化的设备，特点是投资少、设备新、自动化程度大，收效快，用的劳动力少，这对于我们进口工业设备和进行外援工作，提出了一个新的课题。"回国后，周恩来立即指示石油部派出一位总工程师前往摩洛哥考察。20 世纪 60 年代中期，有关部门根据周恩来指示，陆续从日本、英国、法国引进价值 2.7 亿美元的 84 个石油化工、冶金、矿山、精密机械等先进技术和装备，填补了不少空白。

这是典型的外交为国内建设服务，外国经验为中国利用。

在访摩期间，周恩来还参观了一些名胜，陈毅乘哈桑二世的私人座机去看直布罗陀海峡，并作诗一首：

> 海洋傍左右，
> 两洲在眼底；
> 俯仰天地宽，
> 当今世无比。

中国代表团还出席了摩外交部长格迪拉在军官俱乐部举行的午宴，在穆罕默德五世大剧院观看摩洛哥艺术家们的文艺演出。12月28日晚，周恩来在和平宫为摩洛哥国王哈桑二世举行盛大招待会。哈桑二世国王、阿卜杜拉亲王、巴赫尼尼首相、格迪拉外交部长等摩各方面领导人出席。周恩来作了热情洋溢的讲话，叙述了他在访摩期间的印象和受到的盛情款待，一再表示感谢。12月29日，周恩来前往王宫向摩洛哥国王哈桑二世辞行，接受哈桑二世赠送的剑鞘镶有闪闪发光的宝石的宝剑一把。下午，周恩来在拉巴特和平宫应法国广播电视台记者和摩洛哥广播电视台记者的请求，发表谈话。

12月31日，周恩来结束对摩洛哥的访问，前往阿尔巴尼亚首都地拉那进行友好访问，阿卜杜拉亲王殿下和中国驻摩大使杨琪良等到机场送行。

中摩两国发表联合公报

在周恩来离开摩洛哥之前，中摩两国发表了《中华人民共和国政府和摩洛哥王国政府联合公报》。

公报称：

中华人民共和国国务院总理周恩来先生阁下应哈桑二世陛下的邀请于 1963 年 12 月 27 日至 30 日在摩洛哥进行了正式访问。陪同访问的有：副总理兼外交部长陈毅元帅阁下和其他高级官员。

在访问期间，周恩来总理和陈毅副总理受到国王陛下的接见，并同国王陛下就国际形势，特别是非洲和亚洲的发展情况，广泛地交换了意见。

他们还同陛下政府首相哈吉·艾哈迈德·巴赫尼尼先生阁下和外交大臣艾哈迈德·雷达·格迪拉先生阁下进行了会谈。这些会谈是在非常亲切的气氛中进行的。在会谈中，双方讨论了共同关心的问题和关于发展存在于两国之间的经济、技术和文化友好合作关系的前景。

在国际方面，中国方面支持摩洛哥国王陛下政府奉行和平中立不结盟的政策。双方表示，赞成不同社会制度的国家和平共处，赞成进行广泛的和平等互利的国际合作。中国方面感谢摩洛哥国王陛下政府支持恢复中国在联合国的合法权利。

两国政府欢迎非洲统一组织宪章的诞生，并且认为建立这个组织对非洲的统一和发展是一件具有重大意义的事件。这个组织是按照历史性的万隆会议的原则建立起来的。万隆会议继续鼓舞着非洲各国人民争取完全解放的行动。

同时，双方重申他们赞同不干涉各国内政的原则，主张通过谈判和平解决国际争端，主张在亚非国家之间，本着公平合理的精神，采用同样的方法，解决历史遗留下来的问题；主张消灭殖民主义的一切残余。

周恩来总理对摩洛哥国王陛下政府和人民巩固民族独立、发展民族经济、撤除外国军事基地和支持非洲各国人民争取民族独立斗争等方面所取得的成就，表示赞扬。

双方确信，周恩来总理这次访问摩洛哥，对于加强中摩两国人民的友谊和进一步发展两国友好合作关系，作出了重要贡献。

周恩来总理代表刘少奇主席，并且以他自己的名义，邀请哈桑二世陛下在他方便的时候访问中华人民共和国。哈桑二世陛下接受了这一邀请。

十一、在地中海北岸的阿尔巴尼亚做客，同突尼斯建立外交关系

第一次访问阿尔巴尼亚，与霍查等举行了八次会谈

阿尔巴尼亚位于地中海北岸，东南欧巴尔干半岛西岸。北部与南斯拉夫接壤，南部与希腊为邻，西临亚得里亚海，隔奥特朗托海峡与意大利相望。海岸线长472千米。属亚热带地中海式气候。

1963年12月31日下午，周恩来乘专机到达阿尔巴尼亚首都地拉那，受到阿尔巴尼亚劳动党第一书记霍查、阿尔巴尼亚人民议会主席团主席列希、阿尔巴尼亚部长会议主席谢胡等阿尔巴尼亚党政领导人及中国驻阿尔巴尼亚大使罗士高的热烈欢迎。

当日下午，周恩来在陈毅陪同下拜会了阿党中央、阿人民议会和阿部长会议。

晚9时，周恩来在霍查、谢胡等阿党政领导人陪同下到斯大林纺织联合工厂同工人们欢度除夕；接着到"军官之家"同人民军军官和烈士家属共同欢度除夕；最后到作家、艺术家俱乐部同工人、军官、作家们联欢后，在灯火辉煌的"游击队宫"出席了霍查、谢胡等举行的除夕晚宴。晚宴后，又出席除夕联欢晚会，唱歌、跳

舞，周恩来也唱了几首歌曲并与阿尔巴尼亚姑娘们跳了几场舞，愉快地忙了一个通宵，一直到第二天凌晨才休息。

1964年1月1日，周恩来等在谢胡陪同下，向地拉那烈士墓献花圈。随后，参观民族解放斗争博物馆，晚上出席盛大音乐会。

1月2日上午9时至1月8日上午，周恩来同霍查、谢胡在周恩来的住处"游击队宫"连续举行了8次会谈，就国际形势、反帝反修、中苏关系、两国经济建设中的问题和两国关系交换了意见。在谈到两国建设方针时，周恩来说："列宁说过要多做少说，1958年我们在宣传上出现过一些毛病，后来纠正了。"在谈话中赞同阿方"坚持以农业为基础，以工业为主导的总方针"的做法，说要实现这个方针，还应注意三个问题，第一，要发展农业，提供粮食、工业原料、劳动力；第二，要正确解决农村与城市的劳动力问题，农村未实现机械化以前，要保持一定数量的劳动力，城市人口多，农村就加重负担；第三，人民的生活改善要在发展生产的基础上逐步进行，要同本国过去的历史比，不能同别的国家比。苏联同美国比，东德同西德比，结果不能实现，人民不满。

周恩来等在霍查、谢胡、卡博、巴卢库等陪同下访问了阿北部重镇、历史名城斯库台和英雄城市发罗拉，周恩来分别在这两个城市的群众大会上发表讲话，并出席城市党政领导人举行的盛大宴会。回到地拉那后，周恩来又出席在地拉那体育馆举行的地拉那各界人民群众大会。

周恩来在大会上讲话，赞扬阿尔巴尼亚和地拉那市在革命斗争和建设中的成就，还观看了大型芭蕾剧《哈利利和哈伊利娅》。

1月7日晚，阿尔巴尼亚劳动党和阿部长会议为周恩来举行盛大宴会，霍查和周恩来在宴会上发表长篇重要讲话。

霍查在讲话中高度赞扬中国共产党和中国人民。他首先表示："欢迎周恩来和陈毅同志光临阿尔巴尼亚，给我国人民带来巨大的欢欣鼓舞，因为我国人民把你们看作是兄弟的中国共产党和同我们在为了社会主义的斗争中建立了血肉般紧密关系的伟大兄弟中国人民的杰出领袖和代表，因此，在这难以用语言形容的欢乐日子里，我们全国人民向光荣的中国共产党、中国政府，向兄弟中国人民的伟大领袖，我们尊贵的同志毛泽东主席，表示最好的祝愿。"

接着他说："阿尔巴尼亚人民对英雄、天才的中国人民一向怀着极大的尊敬和钦佩。中国人民为世界文化和文明作出了许多贡献，现在他们正在自己的共产党的英明和勇敢的领导下，顺利地进行着社会主义建设，在争取民族和社会解放，争取社会主义和共产主义的斗争道路上，站在全人类的最前列。中国人民在摆脱了封建主义和帝国主义所遗留下来的落后状况，英勇地击退了帝国主义和各国反动派的侵略，克服了史无前例的自然灾害和修正主义背信弃义所造成的困难之后，取得了巨大的胜利。只有中国共产党这样始终忠于马克思列宁主义原则，有着毛泽东同志这样久经考验的领袖领导的革命的党，才能胜利地经得住革命时代的风险，才能有把握地胜利领导世界人民从胜利走向胜利，并在极短时间内，把它从一个贫穷的半殖民地国家变成一个具有先进的国防和科学技术的社会主义强国。"

周恩来在讲话中说："我们带着 6 亿 5 千万中国人民的友谊，访问了兄弟盟邦阿尔巴尼亚。几天以来，我们受到了阿尔巴尼亚劳动党、共和国政府和阿尔巴尼亚广大人民十分亲切的接待及热烈的欢迎。在这里，我们向你们表示最真挚的谢意，我们在你们的国家度过了新年。

"我们访问了阿尔巴尼亚的首都地拉那，英雄的城市斯库台、发罗拉、科尔察和培拉特。我们参观了工厂、农业合作社，欣赏了富有战斗气息和民族特色的文艺演出，我们到处看到阿尔巴尼亚兄弟姊妹们激动、热情的笑容，所有这一切，使我们深深地感到，我们两国人民建立在马克思列宁主义和无产阶级国际主义基础上的友谊，是伟大的、深厚的、永恒的、牢不可破的。"

接着，周恩来赞扬了阿尔巴尼亚人民反对帝国主义、保卫国家安全，坚定不移地捍卫马克思列宁主义的原则性，忘我劳动，从事社会主义建设，发展经济和文化，战胜了重重困难，顶住了来自各方的压力。

1月8日下午6时，在部长会议大厦，周恩来同谢胡签署中阿会谈联合声明。声明说：中国政府和人民强烈谴责帝国主义、各国反动派和现代修正主义孤立和打击阿尔巴尼亚的各种阴谋，坚决支持阿尔巴尼亚政府和人民为保卫祖国和维护巴尔干地区的和平和安全所做的一切努力。

晚上，周恩来在地拉那"游击队宫"举行盛大告别宴会，霍查、谢胡、列希、卡博、巴卢库等阿党政军各界领导人出席了宴会。周恩来即席致辞，感谢在阿8天多的访问中受到阿方的热情招待。

1月9日上午10时，周恩来等结束对阿尔巴尼亚的访问，乘专机飞返非洲，飞往突尼斯访问。霍查、谢胡、列希、卡博、巴卢库等阿党政军领导人及中国驻阿大使罗士高和使馆工作人员到机场送行。

周恩来所乘的专机是荷兰的飞机，结束对阿尔巴尼亚访问后，机组人员原应轮换，但他们写了一份报告，表示决心为这个代表团服务到底。他们说："我们荷兰飞机差不多跑遍了全世界，但是，没有看到任何国家的领导人像你们的周总理这样平等对待我们，他同我们握手、照相，对我们十分尊重。"这从侧面反映了周恩来平易近人的伟大品格。

周恩来出访突尼斯，并同其建立外交关系

突尼斯位于非洲北端。西与阿尔及利亚为邻，东南与利比亚接壤，北、东临地中海，隔突尼斯海峡与意大利相望，海岸线全长1200千米。北部属热带地中海型气候，南部属热带沙漠气候。

在公元前9世纪初，腓尼基人在今突尼斯湾沿岸地区建立迦太基城，后发展为奴隶制强国。公元148年成为罗马帝国的阿非利加省。公元5—6世纪先后被汪达尔人和拜占庭人占领。公元703年被阿拉伯人征服。13世纪哈夫斯王朝建立了强大的突尼斯国家。1574年沦为奥斯曼土耳其帝国的一个省。1881年成为法国保护领地。1956年3月20日宣告独立。1957年7月25日，突制宪会议通过决议，废黜国王，宣布成立突尼斯共和国。独立后布尔吉巴被任命为第一任总统。

1963年以前突尼斯没有同中华人民共和国建立外交关系，因此周恩来这次访问非洲国家，没有安排访问突尼斯。可是在周恩来访问阿联、阿尔及利亚、摩洛哥的消息传出以后，1963年12月间，在一次招待会上，突尼斯驻阿尔及利亚大使迈斯蒂里主动找中国驻阿尔及利亚大使曾涛攀谈，说他奉突尼斯政府指示同曾涛联系，问："周总理有可能访问还没有建交的国家吗？"曾涛听后觉得话中有话，便说："据我所知，这次周总理访问的国家都是已建交的国家。"迈斯蒂里听后就把话题转到别的事情上。曾涛回馆后将此事同参赞、武官们研究，大家都觉得突尼斯大使的询问是值得引起重视的，便立即报告了国内。国内回电要曾涛找迈斯蒂里试探，有无可能进行建交谈判，如能建交，周总理可以去访问。曾涛接电后，约见了突尼斯大使，告知他中国和突尼斯没有利害冲突，而且

已有民间往来，为什么不能建交呢？如果我们两国有外交关系，周总理去访问就容易了。突尼斯大使表示突中两国应建立友好的国家关系，非常希望周总理能去突尼斯访问。12月26日，突尼斯大使告诉曾涛，布尔吉巴总统邀请周恩来总理去突尼斯访问。那时，周恩来还在阿尔及利亚访问，经请示后，周总理同意接受邀请，并决定由中突两国大使商讨有关事项。经两天商谈，双方同意周总理去突访问两天。对方提出要周总理到布尔吉巴的家乡去会见布尔吉巴而不是在首都，中方说，如果你们的总统访问一个国家，那个国家的首脑要你们总统去外地见他，你们会怎么样想？

对方听了以后马上向国内请示，后来他们改为总统在首都接待周总理。又经双方商定，于1963年12月27日用两个使馆的名义在阿尔及尔发表了新闻公报，公报说："周恩来总理和陈毅副总理将作为布尔吉巴总统的客人在1964年1月对突尼斯进行两天的友好访问，将就两国之间的关系和国际局势进行会谈，会谈后将发表公报，特别宣布中华人民共和国和突尼斯共和国之间建立外交关系，中国驻阿尔及利亚大使曾涛先生即将前往突尼斯，为周总理、陈毅元帅的访问做准备。"

1964年1月9日上午11时35分，周恩来乘专机抵达突尼斯的首都突尼斯。突尼斯总统事务和国防部长拉德哈姆，外交部长蒙古斯·斯陵，总统府的秘书长、布尔吉巴的儿子小哈比卜·布尔吉巴，全体部长，新宪法全体政治局委员及中国驻阿尔及利亚大使曾涛等到机场热烈欢迎。从机场到周总理的住地六一宫沿途，中突两国国旗迎风招展，站立在街道两旁的群众向车队鼓掌、招手。

六一宫原是布尔吉巴总统的住所，后来改为招待国家贵宾用了。宫内树木、花草繁茂，有很大一块场所可供散步与活动之用。

当日上午，周恩来等在突尼斯总统事务和国防部长拉德哈姆陪同下前往塞朱米瞻仰烈士纪念碑。下午5时，周恩来前往总统府迎太基宫拜会布尔吉巴总统，布尔吉巴总统在门前欢迎，突尼斯几乎所有部长和小布尔吉巴也都参加了会见，气氛轻松活跃。头发差不多全白，面孔皱纹不少，显得有些苍老的布尔吉巴总统，问显得年轻得多的周恩来总理多大年纪了，周总理告诉他自己1898年生。他大为惊讶地说："你还比我大一岁呀！"后来又谈到反帝斗争，他说他1927年就开始进行反法斗争了，当他知道周恩来1921年就在德国、法国进行革命活动，1924年回国参加北伐战斗时，他再一次惊讶，连声说："老战士，老战士！"

1月9日下午，周恩来同布尔吉巴举行第一次单独会谈，会谈相当坦率。在会谈中，周恩来首先祝贺突尼斯铲除了法国殖民主义残余，取得了使法占领军从最后一个据点比塞大撤走的胜利，赞扬了突尼斯人民反对殖民主义统治的斗争精神和建设国家方面所取得的成就。中国支持突尼斯为完全独立而奋斗，说完全独立也要争取经济上的独立，并表示感谢突尼斯对中国在联合国合法地位的支持。然后提出在国际会议上要努力寻找共同点的问题。他说："不论什么国际会议，只要能找到共同点就有意义。亚非国家有共同目标，这就是摆脱殖民主义强加给我们的落后状态，实现经济发展，促进友谊。不论各国属于什么制度，只要这个制度是人民自己选择的，亚非各国之间就一定能找到共同点。"

布尔吉巴表示不同意见。他说："单有共同目标还不够"，因为不同的方法也可以使人们相互间"产生隔离"。周恩来解释说："我们的目标相同，但使用的方法不一定相同。"因为"每个国家有自己的情况。各国领导人根据国内的具体实践和人民的要求确定自己的方法，某一种方法也许在一国内适用，而在另一国就不适用。但是大家可以有一致的目标，可以接近和了解，相互介绍自己使用的方法，也可以互相吸收的经验。不同的方法可以互相尊重，也可以互相影响"。接着，周恩来表示赞成布尔吉巴关于各国领导人应

"加强相互接触"的意见，强调：在接触中，"基本的原则是要互相尊重独立和主权，不要强加于人，不要干涉别人内政，更不是要侵犯别人。这样，才能在民族独立国家间达到真正平等友好的关系，而不像殖民主义时代大国压迫小国，强国欺压弱国"。

随后，布尔吉巴直言不讳地提出："中国总理在非洲国家和阿尔巴尼亚访问时，对美国的态度不同，使人感到你们不严肃。"

周恩来立刻作答："谢谢您把这种想法告诉我，但是我也直率地回答您，中国的政策是一贯的，我们出国访问，也从未在态度上表现两样。美国历来敌视中国，并动用全国的力量和宣传机器，诬蔑、敌视和攻击中国。您要是处在中国的境地，恐怕也不得不采取中国现在对美国的政策。但是我们这次到非洲是为了寻求友谊合作，为了不使我们访问非洲的国家为难，我们在联合公报中没有强调反对美国。这并不是说，我们在会谈中没有把美国敌视中国的情况告诉非洲的朋友们，我们在会谈中都讲得很清楚。阿尔巴尼亚是受美国欺压的国家，反对美帝国主义对阿尔巴尼亚并不造成任何困难。所以我在那里更多强调反美，就好像我在北京时强调反美一样。"布尔吉巴又说，他不同意中国反对莫斯科签订的部分停止核试验条约，不同意中国用武力解决中印边界问题。周恩来就这些问题作了情况介绍，进行了详细的解释。

这天晚上，布尔吉巴在总统府为欢迎周恩来总理举行的宴会上发表讲话，又把不同意见公开地提了出来。周恩来在讲话中不回避布尔吉巴提出的问题，但采取化解矛盾的做法。

布尔吉巴在讲话中首先表示："我们很高兴能在突尼斯欢迎我们非常尊敬的第三世界的一个国家的代表，这种敬意不仅是由于她的幅员辽阔，而且由于她所取得的巨大成就以及她在亚洲和非洲民族解放斗争中所起的历史作用。我们对贵国怀有深厚的感情，这是对贵国的生命力和奋发图强的气概的敬仰。"

他在叙述了突尼斯独立斗争和建设成就及对外政策后，说：
"自然，因利益所在，我们要加强的我们两国人民之间的友谊并不
意味着我们总是同意贵国所采取的各个立场。我们应该坦率地——
出于友谊的坦率——对您说，贵国所采取的某些立场，不免引起我
们发问，不论是在联合国问题上、诉诸武力来解决边界问题上，还
是在被大多数各国人民认为是一种许诺和希望的莫斯科协定问题
上。中国在亚洲和全世界受到极大的尊重，虽然有时在其中掺杂
着一些不安情绪，对于加强和平以及各国人民之间的友谊，特别
是在东南亚，她是能大有作为的。我确信，随着中国在建设她所
向往的新社会方面取得进展，她能不抱成见而虚怀若谷地考虑各项
问题。"

周恩来在讲话中强调突尼斯的历史和民族独立斗争，他说：
"突尼斯有着悠久的历史。为了反对帝国主义的殖民统治，突尼斯
人民进行了长期英勇的斗争，终于取得了民族独立。在独立后，突
尼斯人民为巩固民族独立，维护国家主权，进行了坚持不懈的努
力。突尼斯人民展开了声势浩大的群众斗争，要求从殖民者手中收
复自己的领土比塞大，取得了伟大的胜利，赢得了全世界人民的广
泛同情和热烈赞扬。突尼斯共和国在发展民族经济和进行社会改革
方面，也取得了成就。中国人民祝愿突尼斯人民在维护民族独立和
建设自己国家的事业中取得新的成就。"

周恩来又强调说："中突两国人民存在着传统的友谊。殖民主
义对我们两国的侵略和统治，中断了我们两国人民的友好联系。在
我们两国人民争取民族解放的斗争相继取得胜利以后，两国之间的
经济和文化联系逐步恢复和发展起来，我们两国人民的友好来往亦
日益增加。突尼斯政府主张恢复中国在联合国的合法权利，中国政
府和人民一贯支持突尼斯政府和人民维护独立主权的正义斗争。"

周恩来针对布尔吉巴的讲话，说："不错，诚如阁下（指布尔

吉巴）所说，我们两国不是在所有问题上都是一致的，例如在莫斯科三国条约和其他问题上。但是，我们相信，通过两国领导人的接触和交换意见，我们总是可以增进相互了解，求同存异，并且为我们的共同目标而加强努力的。我深信，在我们双方的共同努力下，中突两国的友好合作关系，是有着广阔的发展前途的。"

1月10日上午，周恩来等由农业部长沙克尔和总统府秘书长小哈比卜·布尔吉巴陪同，参观突尼斯斯斯蒂牛奶工业公司以及郊区的手工艺中心。接着，周恩来又去总统府迦太基宫，同布尔吉巴举行第二次单独会谈。在会谈中，布尔吉巴提出："如果你们能和美国寻求一点缓和，而不是总认为美国要对你们进行战争，这样就可以有利于东南亚局势的缓和。"周恩来回答说："问题很简单，是美国对我们挑起的敌视，美国坚持不承认6亿5千万中国人民，扶植蒋介石，占领台湾，我们一直避免引起和美国的冲突，主张和平谈判解决中美争端，我们没有核武器，更谈不上使用核武器，但是核大国一直用核武器对我们进行威胁。我们在华沙中美会谈时建议过中美在和平共处五项原则的基础上达成协议，但是美国不干。"随后，周恩来以缓和的口气说："我们这次访非是为了寻求友谊与合作，我们本着求同存异的精神，愿意和突尼斯发展友好关系。"

周恩来知道布尔吉巴担心得罪美国和苏联，不得不说些与中国不同的意见，所以周恩来充分理解布尔吉巴的心情和疑虑，因此总是以求同存异的精神，给以有说服力的答复，终于打动了布尔吉巴。布尔吉巴说："我同意周恩来总理求同存异的方针，我们还是要反帝反殖。突尼斯需要伟大的友谊，并一定要同中国建立外交关系。"

就在这一天，两国关系获得决定性的发展，发表了中国和突尼斯《联合公报》。

公报称："在访问期间，中华人民共和国总理和突尼斯共和国总统，在他们主要助手的参加下，就中华人民共和国和突尼斯共和国之间的关系，以及国际形势等问题交换了意见。

"他们为会谈的坦率和亲切气氛感到高兴。

"他们对两国互派代表和代表团进行访问表示欣赏，并且认为，这些访问有助于两国人民之间的更好的了解，促进对彼此经验的进一步认识，并且促进两国友好关系的发展。

"两国政府深信，消除战争威胁、保卫世界和平仍然是人类向往的崇高目标，表示决心促进通过和平途径解决国与国之间的纠纷而不诉诸武力，并且支持任何旨在导致以互不侵犯、互相尊重独立和主权、互不干涉内政、和平共处等原则为基础的国际和缓的创议。

"总理和总统意识到由于可能使用热核武器而更为严重的一次大战会给人类带来的危险，表示热烈希望很快地实现普遍裁军和全面禁止核武器。"

公报强调："双方协议加强两国人民间的友谊，发展经济联系和人民之间的相互往来。为此，他们决定两国建立外交关系。"

中午，突尼斯总统事务和国防部长拉德哈姆在马格里布大厦举行午宴招待周恩来一行，庆贺两国建交。下午，周恩来等又访问离突尼斯城约50公里的巴比亚农村区。

晚上，周恩来在美琪大饭店举行宴会招待布尔吉巴总统。突方各部部长、小布尔吉巴和新宪法全体政治局委员出席。

周恩来在讲话中先大讲中突友谊，他说："中突两国人民有着传统的友谊。在我们两国各自获得独立和解放以后，这种友谊获得了恢复和发展。我们两国的经济文化联系和两国人民的友好往来，逐渐增多起来。发展中突友谊是我们共同的愿望，也是我们这次前来访问的目的。

"在这次访问期间，我们同布尔吉巴总统和突尼斯政府其他领导人进行了坦率的会谈，就发展两国关系和国际问题交换了意见，并且一致协议建立外交关系。这是中突关系发展史上的一个新的里程碑。突尼斯人民为了反对殖民统治，曾经进行了长期英勇的斗争。在获得独立以后，突尼斯人民为了巩固民族独立，维护国家主权，继续进行着坚持不懈的努力。"

然后，周恩来巧妙地、心平气和地回答了布尔吉巴对中国政策的误解和批评，从正面阐述了中国一贯的对外政策、方针。他说：

"朋友们，自从万隆会议以来，我们亚非国家本着求同存异的精神，团结反帝，不断获得了新的胜利。我们有着遭受殖民主义侵略和压迫的共同经历，有着摆脱贫穷落后的共同愿望。在反对帝国主义和殖民主义、争取和维护民族独立的斗争中，我们两国曾经相互鼓舞、相互支持。当然，由于社会制度不同，处境不同，我们亚非国家在某些问题上的立场和看法也有所不同，这是尽人皆知的。由于总统阁下昨晚在宴会上提到了这一点，我们双方在会谈中各自阐明了在一系列问题上的观点，从而增进了我们之间的相互了解。拿亚非国家之间的某些争端来说，中国政府历来主张，通过谈判和平解决这些争端，包括历史遗留下来的边界问题在内，而不诉诸武力。中国同许多亚洲邻国，已经本着平等相待、互谅互让的精神，通过友好协商，公平合理地解决了边界问题，签订了边界条约或边界协定。对于某些至今悬而未决的边界问题，中国政府也始终坚持通过谈判谋求和平解决，而不附加任何先决条件。我们认为，争执双方的任何要求都可以提到谈判桌上来讨论。我们的这种立场，是坚定不移的。

"我们感谢突尼斯政府支持恢复中国在联合国的合法权利。美国操纵联合国剥夺中国的合法权利，这是极不合理并且不得人心的，美国硬把不代表任何人的蒋介石集团塞在中国席位上，把代表

6 亿 5 千万中国人民的中华人民共和国排斥在联合国之外。它如果不是无视新中国的存在，就是存心要搞'两个中国'的阴谋。"

周恩来又指出："保卫世界和平、制止新的世界战争、防止核战争，是全世界人民的共同愿望。没有核武器的国家，特别是亚洲、非洲和拉丁美洲的新兴国家，希望实现全面禁止和彻底销毁核武器，欢迎哪怕是朝着这个目标前进一小步的措施，这种心情是完全可以理解的。中国政府一贯主张全面禁止和彻底销毁核武器，并且认为可以采取切实有效的步骤逐步实现这一目标。至于三国部分停止核试验条约，这是一个旨在垄断核武器、增加核战争危险的条约。这个条约签订以后，地下核试验频繁进行，核备战、核威胁变本加厉。随着时间的推移，这个条约的实质会越来越暴露，越来越多的人将会认识到这个条约的实质，从而更加坚定地为全面禁止和彻底销毁核武器而奋斗。"

周恩来最后说："中突两国有着共同的愿望和共同的任务，这些共同任务比我们在某些问题上的分歧要迫切得多，我们完全可以本着求同存异的精神携手前进。我们这次访问获得了重要的成果，我们已经达成协议，建立外交关系。我深信，在我们双方的共同努力下，中突两国的友好合作关系，我们两国的传统友谊，是有着广阔发展前途的。"

布尔吉巴在讲话中未再提两国的具体分歧，而同意周恩来的"求同存异"的意见，并且说："我们认为，孤立一个伟大的国家和伟大的人民——中国人民，围绕着他们设置一道第一次世界大战以后的那种所谓的防御线，都是不可能有利于和平的，不仅如此，围绕着中国设置的防御线的下场，将同曾经围绕着苏联设置的防御线的下场一样。"

周恩来十分重视礼节，尽管已经很晚了，宴会之后，他又分别前往突尼斯新宪法党政治局总部和总统府向布尔吉巴总统告别。

深夜，周恩来离开突尼斯，向南飞越世界面积最大的撒哈拉沙漠，前往加纳访问。突尼斯总统事务和国防部长拉德哈姆、外交部长蒙古·斯陵、总统府秘书长小哈比卜·布尔吉巴等到机场欢送，行前，周恩来还回答了突尼斯《行动报》记者的提问。

十二、访问西非三国，周恩来提出中国对外援助著名的八项原则

在恩克鲁玛总统遇刺的时候，周恩来力排众议，不顾自身安全，前往加纳访问

加纳位于非洲西部、几内亚湾北岸，西邻科特迪瓦，北接布基纳法索，东毗多哥，南濒大西洋，海岸线长约562公里。沿海平原和西南部阿散蒂高原属热带雨林气候，沃尔特河谷和北部高原地区属热带草原气候。

古加纳王国建于公元3世纪至4世纪，10世纪至11世纪时达到极盛时期。加纳盛产黄金，葡萄牙殖民者最早入侵加纳海岸，掠夺黄金。1897年，全境沦为英国殖民地，称"黄金海岸"。1957年3月6日，黄金海岸独立，改名加纳。1960年7月1日，成立加纳共和国，仍留在英联邦内，总统为克瓦来·恩克鲁玛。恩克鲁玛在非洲是个很有影响的人物，他领导加纳成为西非第一个冲破殖民枷锁获得独立的国家，并支持非洲国家的民族解放运动，在非洲事务中发挥着重要作用。恩克鲁玛总统曾向中国驻加纳大使黄华提出，希望周恩来出访西非时首先访问加纳。周恩来高兴地接受了这个邀

请。

可是在 1964 年 1 月 2 日下午 2 时左右，恩克鲁玛遇刺了。当时他从总统府的办公室里走出来，准备乘车外出，正走近他的汽车时，在总统府里值勤的一名警察被某外国情报机关收买，早已候在一旁，近距离朝他开枪，恩克鲁玛的卫士长当即受伤倒地，凶手仓皇逃走，恩克鲁玛在后面追赶凶手，凶手发现后又转身朝他射击，没有射中反而被恩克鲁玛赶上扭住按在地下。恩克鲁玛因与射手扭打受了轻伤，卫士长伤势严重，不久就死在医院里。加纳当局马上派军队把总统府内值勤的警察集中起来，进行看管，差点引发军队与警方的冲突，随后又逮捕警察副总监及反对党领袖，传讯了内政部长，领导集团的内部关系顿时紧张起来，政局动荡不安，群众思想混乱，人心浮动，担心会出更大的事情。

此时，周恩来正在阿尔巴尼亚访问，接到恩克鲁玛遇刺的消息，代表团同志都很焦急、担心。随着消息不断传来，情况逐渐明朗，这时离周恩来访问加纳只有 10 天了。

周恩来能否按时访问加纳，成为议论的中心。

在加纳的友好人士有两种意见：一种意见认为周总理推迟访问为好，因为 1961 年 8 月恩克鲁玛访华时曾受到中国政府的热烈欢迎，周恩来总理亲自陪同恩克鲁玛去外地访问，这次回访应该受到同样的款待，但在目前，恩克鲁玛陪同周总理在公众场合露面显然十分危险；另一种意见认为，中国总理在此严峻时刻来访，是对恩克鲁玛本人以及加纳政府和人民在政治上的有力支持。

加纳官方的意见

1 月 7 日，加纳总统府内阁秘书、外交部主任秘书、非洲事务局主任秘书等一起约见中国驻加纳大使黄华，提出鉴于目前形势，他们拟向总统建议将周总理访加改为非正式的、私人性质的访问，接待安排作如下调整：（一）总统不去机场，派代表去机场迎接；（二）会谈不去阿布里总统别墅，改为总统住地克里斯兴城堡；（三）不举行正式宴会或招待会，但总统在城堡举行小型的非正式宴会；（四）参观访问日程不变，但总统不能陪同；（五）取消在战士纪念碑献花。但是恩克鲁玛得知这5条后，立即将其否定。他在8日清晨约见黄华，一再强调局势完全可以控制，安全无问题，希望周总理按原计划访加，性质不变，一切安排照旧，他本人去机场迎接，只是忙于"公民投票"和其他公务，参观访问改由外长陪同。他还说，希望毛泽东对他这次脱险发一慰问电，他说毛主席来电的影响不仅在加纳，而且在整个非洲都很大。黄华听了加方的意见，经过自己的观察、分析和判断，主张总理可以按时前来加纳访问。

　　周恩来找陈毅、孔原、黄镇、童小鹏、乔冠华、龚澎、俞沛文等商议。周恩来首先说："仍按原计划赴加纳访问，我们不能因为人家遇到暂时的困难就取消访问，这是不尊重人家，不支持人家。这个时候去才能体现我们是真正的友好，真正患难的友情，至于外交仪式，我们可以打破通常的礼宾惯例。"陈毅是周恩来的老战友，了解周恩来，他支持周恩来的意见；代表团其他成员都不同意，认为加纳政局不稳，随时都可能出现危险，按照国际惯例，这次访问也应该取消。中央办公厅主任杨尚昆负责代表团的后方工作，他也极为关心周恩来的安全，经常打电报来介绍加纳的局势，其意也不大同意这时候访加。

　　最终，周恩来、陈毅说服了大家，决定按原计划访加，其理由是：（一）加纳政府仍欢迎去访问；（二）现在恩克鲁玛总统遭遇困难，如果因为发生了企图暗杀他的事件就不去，从政治上说是不好的；（三）从安全上考虑，恩克鲁玛遇刺后已采取了措施，加强了防范，估计尚能掌握形势。

为了安排好这次访问，周恩来决定派黄镇副外长先去加纳实地了解情况，并同加方进行商讨。他要黄镇带去关于访问安排的3点建议：（一）为了两国领导人的安全，一切外交礼节可以从简，恩克鲁玛总统也可以不去机场迎接；（二）不去外地参观，可多进行会谈；（三）请加方指定安全保卫官员与使馆联系，具体布置安全保卫工作。

黄镇于9日晚乘代表团的飞机抵加，第二天他就和黄华一起去城堡见恩克鲁玛。看到恩克鲁玛脸上贴着纱布，一只手上缠着绷带，黄镇首先代表周总理对他进行慰问，接着转达了周总理对访问安排的意见。恩克鲁玛听后非常高兴，表示完全同意。恩克鲁玛原以为周恩来不来加纳访问了，因为他第一次遇刺时，当时正在尼日利亚访问的印度总理尼赫鲁随即取消了访问加纳的计划。他原来估计在这么混乱的情况下周恩来也不会来访，但周总理决定来，表示对其的尊重与信任，在困难的时候支持了他。

周恩来坚持访加，那是要冒很大风险的，是一个有胆略的行动。周恩来一生遇到过无数次的艰难险阻，他从不被危险、困难所阻挡。这一决定，不仅显示出周恩来的英雄本质，而且在非洲和世界的影响很大，效果很好。

1964年1月10日深夜，周恩来的专机从突尼斯起飞，在满天星斗的灿烂夜空中向南疾飞，飞机下面，就是那赫赫有名的撒哈拉大沙漠。这无边无际的大沙漠几乎占据了非洲面积的1/3，它北起地中海南岸，南至中部非洲的热带草原，素有"沙漠之王"的称号。它横跨北非与中、西非10多个国家与地区。这天晚上周恩来的专机要穿越整个大沙漠，代表团人员无可奈何地说，可惜夜里飞行，只能感受到浩瀚沙漠的朦胧美，未能在白天欣赏大沙漠的种种壮观奇景。因为白天气温高达 60℃—80℃。夜间则下降至 10℃ 左右，所以一般都在夜里飞行。夜已很深了，机上荷兰空姐送来了毛毯，许多人就在舱里酣睡了，陈毅还发出了鼾声，只有周恩来没有入睡，浮想联翩，考虑明天天亮到达阿克拉的情景。熬夜是周恩来在白区和战争中养成的习惯了，夜越深，他越感到安静，思绪越发活跃。

1 月 11 日清晨 8 时，周恩来的专机"波罗的海"号在明媚的阳光下，徐徐降落在阿克拉机场，周恩来开始对撒哈拉大沙漠以南的非洲国家进行一系列的访问。飞机还在滑行，机场上就已经响起了节奏欢快、情感热烈的鼓声，代替了鸣礼炮的欢迎仪式。众多穿着鲜艳民族服装的鼓手们列着方阵，跺着脚，扭着身子，满面笑容，其场面和气氛很是动人。那鼓声时而激昂高扬，犹如狂风暴雨，时而清柔如诉，犹似和风拂面。鼓手们击奏的是据说叫"芳堂弗朗"的鼓乐，这是加纳古老的酋长在最隆重的庆典仪式上才使用的。代表恩克鲁玛总统的三人委员会——外交部长博齐约、交通和工程部长本萨、加纳驻华大使麦耶率领各界人士到机场热烈欢迎周恩来一行，黄镇、黄华及使馆工作人员、在加纳的专家也到机场迎接。从机场到市内代表团下榻的总统府，道路两旁站满了欢迎的群众，他们热情欢呼，不断挥手。这种热烈的场面，冲淡了谋杀事件带来的恐怖气氛。

当日下午 4 时 20 分，三人委员会陪同周恩来等乘汽车参观了阿克拉市。

当天晚上 7 时 30 分，周恩来从下榻的阿克拉总统府前往海滨的克里斯兴城堡拜会恩克鲁玛总统。

这时城堡周围仍然布满大炮和装甲车，门口戒备森严，门前站着全副武装的士兵。见到来人，领班发出一声短促的口令，随即传来一阵哗啦啦的枪栓声，黑洞洞的枪口对着周恩来等人。

　　这时陪同的加纳官员忙不迭地跑到门口和士兵悄悄耳语，忠于职守的士兵只是将他们自己的官员放进城堡，把中国代表团仍拦在门外。一会儿，恩克鲁玛接到通报后，身着中山装匆匆地赶到门口迎接周恩来、陈毅等。脸上仍贴着纱布，一手缠着绷带的恩克鲁玛见到周恩来第一句话就说："欢迎您，感谢您能来。"然后他将周恩来等引进城堡。他很抱歉地向周恩来解释了城堡外军队戒备森严的情况，周恩来微笑着表示理解。随后，周恩来面交了毛泽东给恩克鲁玛的慰问信，周恩来告诉他："首先，我要对总统阁下最近遇刺表示关心。毛主席给阁下发的慰问电，今天在北京电台已经广播了。"周恩来还表示了对刺杀恩克鲁玛的卑鄙行为的强烈谴责。

　　恩克鲁玛很激动，听了周总理对他关心的话后，握住周恩来的手久久没有放开。他立即叫新闻官，命其将毛泽东的慰问信全文发表。很快，加纳电台连续广播了数次，报纸也全文刊登，称毛主席的慰问信和周总理的访问意义重大。

　　由于加纳局势很不安定，恩克鲁玛对周恩来的保卫工作极其重视。当时加方动用了大量的军警，措施之周到，超过了前面来加访问的几个国家的首脑。安全保卫部对所有边境、机场、海港和阿克拉的可疑分子进行了搜查和监视，在周恩来访问沿途和住宅都有岗哨和便衣保卫，参与招待和警卫的人员都经过严格的挑选。每次周恩来外出都有4辆警卫车和10余辆摩托车护卫。专机停放在军用机场，由军人日夜看守，派一名中校军官负责。对采访的记者也进行了严格的控制。

　　国内也极为关心周恩来的安全，在访问期间，毛泽东几次让人打电话询问周恩来的安全情况，刘少奇特地派了两名外科大夫从北京赶到阿克拉，以防万一。1965年8月25日，周恩来在北京接见阿尔及利亚国防部长比塔特的时候，曾经回忆说："我去年访问加纳时，正是阿克拉最不安全的时候，总统不能出来。我看，只有中国的总理肯这样去。"

恩克鲁玛对周恩来在他危难时期冒险前来访问，而且处处体谅和照顾他，非常感激。他深知，作为大国总理的周恩来如此这般，在世界外交史上是绝无仅有的，算是真正的亲密的朋友了，因此他把周恩来当成家人一样看待，亲自带领周恩来、陈毅等人参观他现在居住的克里斯兴城堡。这是个奇特的城堡，它建筑在大洋岸边的海滩上，城墙高厚坚固，城堞上设有炮口、枪眼和瞭望塔。其正面通出陆岸，另辟有低矮的后门通向大海，也曾是当年加纳地区残酷的奴隶贸易的重要据点，这里过去是统治加纳的殖民总督住的地方。加纳从中世纪开始先后被葡萄牙、荷兰、英国等殖民主义者侵入，他们在这里掠夺黄金，贩卖奴隶，残酷地压迫加纳人民。恩克鲁玛领中国客人到城堡的地下室，在阴暗潮湿的地下室，还可以看到地上留着拴人的铁柱和铁链，保存着当年殖民主义者迫害奴隶的种种刑具。地下室有门直通海上，奴隶就从这里拴着链条被送上贩卖奴隶的船，运到美洲或是别的地方。

为了冲淡恐怖的气氛，恩克鲁玛又破例领着周恩来等到楼上自己的住室参观，并同其夫人、孩子们见面。在非洲，外人是不能目睹自己家中妻子的容颜的。他的夫人是埃及白人，长得十分美丽，孩子是可爱的混血儿，棕白皮肤。攀谈片刻之后，从楼上下来，周恩来突然发现一间房里摆着一张乒乓球桌，他为了缓解恩克鲁玛被刺后的紧张情绪，提议与恩克鲁玛赛一场球。陈毅"自告奋勇"当裁判，周恩来的卫士长陈元功当副裁判。于是，一场罕见的国家首脑级的乒乓球赛就乒乒乓乓地开始了，他俩不高明的球技不断引发人们的笑声。那清脆的击球声混合着打球者及看球人的笑声，使刺杀事件以来这个城堡里有了轻松愉快的气氛。

当天晚上，恩克鲁玛举行便宴招待周恩来。周恩来在即席讲话

中谴责帝国主义者对新兴的非洲独立国家进行破坏和颠覆活动，并
说中国政府和人民对企图暗杀恩克鲁玛的这种卑鄙可耻的行为表示
极大的愤慨。

陈毅在参观城堡后，于晚上作《满江红》词一首：

> 尽是黄金，
> 这海岸，
> 摩天壁立。
> 任掠夺，
> 大洋风雨，
> 神号鬼泣。
> 贩卖黑奴过一亿，
> 又教对岸红人绝。
> 惊世间残暴竟如斯，
> 两洲血。
> 说宽恕，
> 谁同意？
> 论报应，
> 亦不必，
> 最无情只是斗争逻辑。
> 独立非洲西北始，
> 揭竿而起相踵接。
> 看涤瑕荡垢土重光，
> 全无敌。

与恩克鲁玛举行五次友好会谈

1月12日上午9时，周恩来去奥苏城堡和恩克鲁玛举行第一次会谈。恩克鲁玛介绍了加纳国际国内的情况和他遇刺的情景以及目前所采取的措施，周恩来再次对他最近遇刺表示关心。

在谈到美国阻挠恢复中国在联合国合法席位问题时，周恩来明确指出：我们叫作恢复中国的合法席位，不叫进入联合国，而且必须同驱蒋联在一起。告别时，周恩来劝恩克鲁玛不要去宾馆。这一天，周恩来和陈毅到中国驻加纳大使馆接见使馆全体人员和在加纳的专家们。

1月13日，在加纳交通和工程部长本萨陪同下，周恩来等访问加纳海港和工业基地特马。下午4时，周恩来再去奥苏城堡与恩克鲁玛举行第二次会谈。恩克鲁玛提出一个在他看来十分棘手的问题，他说："我们非洲不希望卷入核战争，希望有一个政策，为和平而斗争。但我们同帝国主义不能有和平，必须同帝国主义进行斗争，消灭帝国主义这个战争根源。那么，究竟怎样才能寻求一个最好的途径，来实现全面和平呢？"

周恩来爽快地说："阁下的问题提得好，许多看法和我相同，世界上的确有许多矛盾要解决。我们要和平共处，帝国主义要侵略和战争，如何同他共处？我们主张全面禁止和彻底销毁核武器，这些都矛盾。如何解决这些矛盾，我的意见，要实现和平，反对侵略战争，全面裁军和禁止核武器都要经过斗争，不能乞求和平，只有斗争才能达到一些目的。只有消灭了帝国主义才能消灭战争根源。经过斗争，可以逐步限制帝国主义发动侵略战争。如果乞求，不但达不到实现和平的目的，不会有利于裁军，反而会加剧扩军备战和增加战争的危险；不会减少反而会增加核战争的危险；不会阻止帝国主义实行扩张，反而会助长他们扩张，这是后退不是前进。"

恩克鲁玛听后说："我的立场同中国一样，你的意见完全正确，你了解我，我了解你。"

晚上，恩克鲁玛总统在奥苏城堡举行国宴欢迎周恩来，恩克鲁玛和周恩来分别在宴会上作重要讲话。

恩克鲁玛在讲话中除表示热烈欢迎周总理应邀来访外，还说："我在1961年对你们伟大国家的极有意义和愉快的访问，给我留下极其深刻的记忆。虽然您的访问将是短暂的，但是您可以确信，您在这里访问期间，将受到加纳传统的殷勤好客的接待，感受到全体加纳人民对全体中国人民的热烈欢迎。周恩来总理，您自己也是在为改善贵国人民的生活条件而进行的斗争中站在最前列的坚定不移的民族主义者和自由战士。您第一次对非洲的访问有着十分重大的意义，您是作为拥有6亿5千万人口的朝气蓬勃、奋发图强的人民的杰出代表来到这里的。"

周恩来在讲话中，一开始就说："我们第一次访问撒哈拉以南的非洲，首先来到了友好的加纳共和国，会见我们的老朋友、非洲杰出的政治家恩克鲁玛总统，会见久经奋斗的加纳人民，感到十分高兴。我们来到加纳以后，受到了加纳政府的殷勤接待，成千上万的阿克拉和特马的市民，向我们发出了友谊的欢呼。"

接着周恩来说："加纳人民是勤劳勇敢的人民。为了争取独立和自由，加纳人民进行了长期的斗争，终于在1957年赢得了独立。加纳是撒哈拉以南的非洲大陆上第二次世界大战以后第一个获得独立的国家，加纳的独立，给予斗争中的非洲人民以巨大的鼓舞。加纳独立以来，在恩克鲁玛总统领导下，在维护民族独立和发展民族经济方面，取得了许多成就。加纳共和国奉行和平中立的对外政策，在国际事务中发挥积极的作用；支持非洲各国人民争取独立和自由的斗争，对非洲的解放事业作出了重要的贡献。"

周恩来特别指出："帝国主义是不愿意看到加纳和非洲国家的独立发展的，它们不甘心于自己的失败，力图在非洲保持殖民统治，攫取人民利益。它们总是千方百计地对新兴的非洲独立国家进行破坏和颠覆活动，甚至对非洲各国的人民领袖采取暗害手段。加纳人民的敌人最近又一次企图暗害恩克鲁玛总统，这是帝国主义和反动派疯狂敌视非洲民族独立运动的一桩新罪行。中国政府和中国人民对帝国主义和反动派这种卑鄙可耻的行为表示极大的愤慨，对恩克鲁玛总统的安然无恙感到无限欣慰。"

周恩来说："我们这次从北非到西非，亲身感受到非洲民族解放运动正在锐不可当地迅速向前发展。帝国主义几个世纪以来强加在非洲人民身上的锁链，正在被纷纷打碎。非洲民族解放运动，已经成为当代全世界人民反帝斗争中一支重要力量，对于世界和平的事业作出了卓越的贡献。"

1月14日上、下午，周恩来与恩克鲁玛在奥苏城堡举行第一次和第二次单独会谈，周恩来在会谈中说："要取得革命胜利并使革命进行下去，就必须：一、要有一个领导核心，在它的周围有一批很坚定的、纪律性很高的干部，在外国要搞尽量广泛的统一战线；二、要有一支可靠的军队；三、要有一个适当的经济政策，要自力更生地进行经济建设。"在会谈中，周恩来还重申了中国处理同非洲国家关系的五项原则。

15日上午，周恩来分别接见美国已故黑人学者杜波伊斯博士的夫人歇莉·格雷姆和阿尔及利亚国务部长乌兹加尼。

下午5时，周恩来在奥苏城堡和恩克鲁玛举行第三次会谈。在会谈中周恩来提出中国政府对外经济技术援助的八项原则，并于当晚接见加纳通讯社记者时，向国际社会公开宣布了八项原则。

中国政府对外经济技术援助八项原则

中国政府在对外提供经济技术援助的时候，严格遵守以下八项原则：

第一，中国政府一贯根据平等互利的原则对外提供援助，从来不把这种援助看作是单方面的赐予，而认为援助是相互的。

第二，中国政府在对外提供援助的时候，严格尊重受援国的主权，绝不附带任何条件，绝不要求任何特权。

第三，中国政府以无息或者低息贷款的方式提供经济援助，在需要的时候延长还款期限，以尽量减少受援国的负担。

第四，中国政府对外提供援助的目的，不是造成受援国对中国的依赖，而是帮助受援国逐步走上自力更生、经济上独立发展的道路。

第五，中国政府帮助受援国建设的项目，力求投资少、收效快，使受援国政府增加收入，积累资金。

第六，中国提供自己所能生产的、质量最好的设备和物资，并且根据国际市场的价格议价。如果中国政府所提供的设备和物资不合乎商定的规格和质量，中国政府保证退换。

第七，中国政府对外提供任何一种技术援助的时候，保证做到受援国的人员充分掌握这种技术。

第八，中国政府派到受援国帮助进行建设的专家，同受援国自己的专家享受同样的物质待遇，不容许有任何特殊要求和享受。

恩克鲁玛为周恩来的八项原则中体现的真诚无私、尊重主权、平等互利的精神所感动。在会谈结束时，他说："我个人、加纳政府和人民感谢你的访问，我代表大家一致的意见认为，你的访问，是所有（外国领导人）对加纳访问中最好的一次访问。"

周恩来提出的中国政府对外经济技术援助八项原则，成功地将和平共处五项原则和万隆会议十项原则的精神运用到对外经济关系中。它同帝国主义国家以实现政治控制和经济控制为目的的"援助"有着根本的区别，为开展新型的国际经济合作提供了基本准则。

在这以后，在周恩来亲自过问和对外援助八项原则指导下，中国先后同 13 个非洲国家签订经济合作协定，双边经济贸易往来迅速发展。1964 年至 1977 年，中国的经济援助金额比 1950 年至 1963 年增长 4.8 亿元。中国提供经济援助的项目，对于帮助受援国发展民族经济、提高自力更生能力和改善人民生活发挥了积极作用，也大大促进了中国同非洲国家关系的巩固和发展。1963 年底以前同中国建交的非洲国家只有 12 个，到 1975 年已经发展到 38 个。

1 月 15 日晚上，周恩来在奥苏城堡举行告别宴会，恩克鲁玛总统及加纳政府要员等 120 余人出席宴会，周恩来和恩克鲁玛分别在宴会上讲话。周恩来在讲话中强调，各国人民需要从本国具体情况出发，依靠自己的力量，开辟前进的道路。只要紧紧地依靠人民的力量，高举独立自主和自由的旗帜，发扬自力更生的精神，开发丰富的资源，新独立的非洲国家一定能够逐步地消除贫穷落后的状态，在发展民族经济、民族文化和民族语言方面不断取得新的成就。

宴会之后，周恩来又在下榻的国家大厦专为加纳的服务人员举行宴会，他和陈毅亲自向每个服务人员敬酒。这些服务人员对中国总理为他们单独举行宴会和亲自敬酒，感动得流泪，称赞中国领导人尊重底层人员。

1 月 16 日，周恩来在结束对加纳约 5 天的访问时，发表了《中华人民共和国和加纳共和国联合公报》。公报称："中华人民共和国和加纳共和国领导人的会谈是在诚挚友好和相互完全谅解的气氛中进行的，会谈体现了双方都有坦率讨论重大国际问题和中加关系问题的共同愿望。"

公报称："双方注意到，目前人类面临的最大危险来自帝国主义、殖民主义和新殖民主义。双方认为，如果不同帝国主义的侵略政策和战争政策进行坚决的斗争，就不可能有持久的和平。因此，双方保证完全支持非洲、亚洲和拉丁美洲反对帝国主义和殖民主义的斗争。双方认为，召开一次非洲、亚洲、拉丁美洲人民的反对帝国主义会议是有益的，双方也认为，需要召开一次亚非会议，并且应该为召开这一会议进行积极的准备。

"周恩来总理郑重表示，中国在处理同非洲国家的关系中，一贯根据和平共处五项原则和万隆会议十项原则，坚持不渝地采取以下的立场……"

公报在谈到两国关系时称："加纳方面重申支持恢复中国在联合国的合法权利和地位，认为这是使该组织正常进行工作的必不可少的条件；并且表示反对制造'两个中国'的企图。

"中国方面重申支持在联合国的组织机构中增加非洲和亚洲国家的席位，以反映非洲和亚洲国家在国际事务中日益增长的影响，并且重申这个增加非洲和亚洲席位的问题绝不应该同恢复中国在联合国的权利问题联系在一起。

"两位领导人满意地注意到，在促进两国相互友好关系方面，已经取得了重大的成就。双方表示决心进一步加强现存的友好关系和相互了解。双方确信，周恩来总理这次对加纳共和国的访问，有助于加强中加两国人民的友谊和发展两国友好合作关系，有助于促进亚非团结和维护世界和平。"

1月16日上午，周恩来乘专机离开阿克拉，前往马里访问，加纳总统三人委员会成员及黄华等到机场热烈欢送。

应凯塔总统邀请，对马里进行友好访问

马里位于非洲西部撒哈拉沙漠南缘，西临毛里塔尼亚、塞内加尔。北、东与阿尔及利亚和尼日尔为邻，南接几内亚、科特迪瓦和布基纳法索，为内陆国家。北部为热带沙漠气候，干旱炎热。中南部为热带草原气候。马里在历史上曾是加纳帝国、马里帝国和桑海帝国的中心地区。1895 年沦为法国殖民地。1958 年成为"法兰西共同体"内的"自治共和国"。1959 年 4 月与塞内加尔结成马里联邦。1960 年 9 月 22 日独立，莫迪博·凯塔任总统。

周恩来于 16 日上午 10 时 50 分，抵达马里首都巴马科。马里总统凯塔和中国驻马里大使赖亚力等到机场迎接。凯塔在机场致欢迎词，代表马里人民欢迎周恩来，他说："总理先生，你们的访问并不是所说的国事访问，而是作为马里共和国友人的访问。因为我们知道你们是如何积极地关注非洲大陆的一切问题，特别是关注非洲各国人民的解放斗争以及我们所采取的非殖民化的勇敢政策。"周恩来即席作了答词，表示感谢马里人民的热烈欢迎。这时正逢伊斯兰国家为时一周的斋月，在这期间，人们每天从黎明到落日之间不能进食和饮水。但是，首都巴马科市民几乎倾城出动，身着节日盛装，忍饥忍渴、载歌载舞，欢迎周恩来。从机场到周恩来下榻的总统府，长约 10 公里的公路两旁，簇拥着密密麻麻的人群，招手欢呼，形成了周恩来访问非洲以来又一个高潮。

当日下午，周恩来率领代表团拜会凯塔总统。晚上，凯塔总统为周恩来举行盛大招待会，有 1000 多人出席。每当有重大盛事或喜庆集会，马里人民都喜欢纵情欢跳，表达心中的热情和欢乐。在

马里国家交响乐队演奏起黑非洲欢快热烈的歌曲时，为马里人民的热情所感染，周恩来和凯塔带头跳起舞来，这是黑非洲节奏欢快、情绪热烈的舞蹈。周恩来是交谊舞特别是华尔兹的专家，他的舞姿优美动人。他有跳舞的天赋，无师自通，因此跳各个民族的舞蹈，一学就会，在云南参加傣族泼水节时跳过那种将双臂举起手腕灵巧转动的傣族舞。这次跳黑非洲的民族舞蹈，周恩来也是很快就学会了，他能适应快速的鼓点，跟上集体舞群的动作，模仿着那种黑非洲式的摆臂扭胯，真有点黑非洲的特点。凯塔总统十分欣赏中国贵宾能与非洲群众同乐，边跳边对周恩来说："你知道吗，在非洲，歌舞是黑人生命的一部分。"

周恩来边跳边笑着说："好哇，那我也有黑人的生命了。"

周恩来访问加纳是冒着极大的风险的，现在置身歌舞欢乐之中，紧张的神经松弛下来了。在马里的访问是他晚年最高兴的事之一。

1月17日上午，在凯塔总统陪同下，周恩来一行前往巴马库东北60公里、尼日尔河畔的库利科罗市访问，出席该市的群众大会。周恩来接受该市荣誉公民称号，并在大会上讲话。

他说："巴马科市民昨天载歌载舞最热烈的欢迎，今天库利科罗市的兄弟姊妹们举行这样盛大的欢迎集会，使我们深深地受到感动。"接着他称赞："马里人民是英勇顽强的人民，为了反抗殖民主义的入侵和统治，马里人民进行了长期艰苦的斗争。马里人民在赢得独立以后，继续保持着反对帝国主义的光荣传统，为捍卫国家主权和领土完整、发展民族经济和民族文化，同帝国主义和殖民主义进行了坚持不懈的斗争。3年多以来，马里共和国在凯塔总统的领导下，在反对帝国主义的政治颠覆和经济封锁的斗争中，在迫使帝国主义撤除军事基地的斗争中，在清除殖民主义势力、建设自己国家的事业中，不断地取得胜利。

"马里共和国在国际事务中奉行和平中立的不结盟政策。马里人民积极支持非洲、亚洲和拉丁美洲人民反对帝国主义和殖民主义的侵略和压迫的正义斗争，并且为促进亚非团结和维护世界和平而努力。我们祝愿马里人民今后取得更大的成就。"

他又赞扬库利科罗市说："尼日尔河畔的库利科罗，是马里重要的水陆交通中心，是马里的主要花生产区和有名的'芒果城'。独立以来，这里的农业、工业和文化教育事业，都有了显著的发展。我们祝愿库利科罗人民在建设祖国的宏伟事业中，作出越来越重要的贡献。"

周恩来在谈到中马两国关系时说："中国和马里虽然远隔万里，但是我们两国人民在反对帝国主义、争取各自民族独立的斗争中，一向相互同情、相互鼓舞。自从我们两国建交以来，我们的友好合作关系，在和平共处五项原则和万隆会议十项原则的基础上，有了新的重大发展。

"我们两国政府签订了经济技术合作协定、贸易协定和文化合作协定，我们两国人民之间的友好往来不断增加。在建设事业中，我们两国相互援助。在国际事务中，我们两国相互支持。马里政府一贯主张恢复中国在联合国的合法权利，反对帝国主义制造'两个中国'的阴谋，我愿借此机会表示衷心的感谢。"

谈到援助问题，周恩来说："援助新兴的亚非友好国家，是中国人民应尽的国际主义义务。中国政府一贯根据平等互利的原则，提供这种援助，帮助亚非友好国家发展自己独立的民族经济，逐步走上自力更生的道路。我们从来不把这种援助看作是单方面的，而认为援助总是相互的。新兴的友好国家，通过这种援助，逐步发展自己的民族经济，摆脱殖民主义的控制，增强世界上反对帝国主义的力量，这就是对中国极大的支援，中国目前对马里的援助是很有限的。中国专家在马里工作，受到马里政府的亲切关怀，得到马里人民的充分合作和支持。我们向马里政府和人民表示衷心的感谢。"

听了周恩来发自肺腑的讲话，全场群众报以热烈的鼓掌声和欢呼声。凯塔总统起身握住周恩来的手，感动地说："感谢中国政府和人民的真诚援助。"周恩来回答说："我刚才说了，援助是相互的，这是穷朋友间的同舟共济。"

下午，周恩来等在巴马科第二副市长库利巴利和副议长西索科的陪同下游览了巴马科市区，游览了库鲁巴山下的动物园。周恩来已访问了6个国家，一直紧张工作，没有很好休息，现在他终于能够找到一点时间，看看非洲生长的特有的动物，徜徉于大象、狮子、河马、犀牛、羚羊、斑马、长颈鹿、秃鹫、巨啄鸟、红鹤等奇禽异畜之间。

晚上，周恩来参观了正在巴马科举行的中国经济展览会。

1月18日上午9时，周恩来同凯塔总统在总统府举行第一次会谈，听取凯塔介绍非洲的情况及其内外政策。下午，在凯塔陪同下，周恩来、陈毅等人参观巴马科郊区的索图巴动物研究所，听取所长介绍企业的历史及收归国有以后如何改变经营和管理方针，并参观其养牛场、家禽饲养场、饲养仓库、实验室等处。

1月19日上午，周恩来与凯塔举行第二次会谈，听取凯塔介绍马里的农业和文化等方面的情况。在凯塔陪同下访问苏丹联盟党总部，在与苏丹联盟党政治局委员、政府部长会晤时，周恩来说："我们对非洲的态度在我们访问非洲国家发表的几次公报中已表明，其中一点就是尊重各国人民自己选择的道路，任何人不得干涉。换句话说，友好的国家，友好的人民，只有尊重你们的义务，没有干涉或把自己的意志强加于你们的权利。"

下午，凯塔和周恩来在总统府举行第三次会谈，周恩来介绍中国革命和建设的经验。

1月20日上午9时30分，周恩来与凯塔在总统府举行第四次会谈，周恩来说："现在世界上存在着社会主义国家，在这些国家，人们在政治上、经济上是平等的，没有剥削，没有压迫，这引起非洲人民的同情，把希望寄托在社会主义上，这是可以理解的。在我们看来，革命、社会主义、马列主义都不垄断。谁要革命，谁就可以进行革命；谁以马列主义来建设，谁就可以掌握马列主义。"在谈到马里建设时，他说："在非洲国家中，像马里这样从殖民地经济向社会主义经济过渡，不可避免地要有过渡时期。在过渡时期，民主革命完成得越彻底，社会主义革命的条件准备得就越好，社会主义就建设得越好。非洲的过渡时期，根据我们的经验，可能是很长的。"

下午4时，周恩来和主要陪同人员同以凯塔总统为首的马里政府代表团在总统府举行第五次会谈。在会谈中谈到对青年人的看法时，周恩来说："这些青年人是在解放后才参加斗争和生产活动的，这些青年把社会主义建设看得很容易，对生活要求高，不懂得艰苦工作；青年也有长处，容易接受新鲜事物，有朝气。我们应当教育他们，因为未来属于他们。"

晚上，周恩来在总统府举行盛大告别招待会，凯塔总统、马里政府部长、各界代表等1000多名贵宾出席。宴会中马里艺术家表演了民间歌舞。招待会后，周恩来又在中国大使馆宴请凯塔总统夫妇，畅叙友谊和离别之情。

1月21日，中国和马里发表联合公报。公报称："周恩来总理在马里访问期间，同莫迪博·凯塔总统举行了会谈。会谈是在亲切友好的气氛中进行的。双方就共同关心的国际问题和进一步发展两国友好合作关系，充分地交换了意见。双方对所讨论的问题取得一致意见表示高兴。

"周恩来总理热烈赞扬马里共和国在联盟党和莫迪博·凯塔总统的领导下，在争取民族解放、消除殖民主义的压迫和剥削制度的斗争中，以及在自己的经济建设中所取得的显著成就。"

公报表示："当前国际局势的中心问题是世界各国人民保卫世界和平和促进人类进步的伟大斗争。要反对帝国主义和一切形式的殖民主义。争取普遍裁军和全面禁止和彻底销毁核武器，实现和平共处。要全力支持非洲、亚洲和拉丁美洲各国人民争取独立、维护主权与领土完整的神圣斗争。双方赞同召开第二次亚非独立国家会议的主张，并且决心为这次会议的成功而作出努力。"

公报称："马里方面热烈赞扬中国援助的方针，中国援助是卓有成效的，真正体现了国与国之间的相互尊重、相互援助和平等相待的精神。"

周恩来郑重重申中国政府对外提供经济技术援助的八项原则。

同日，周恩来离开马里时，在巴马科机场对马里电台记者发表讲话说："独立自由的亚洲和非洲，一定能够一天一天繁荣富强起来。"马里总统凯塔和中国驻马里大使赖亚力等到机场热烈欢送。

到达几内亚，受到访非以来最隆重的欢迎，老朋友杜尔的热情赛过赤道的高温

几内亚位于西非西岸，北邻几内亚比绍、塞内加尔和马里，东与科特迪瓦，南与塞拉利昂和利比里亚接壤，西濒大西洋。海岸线长约352公里。沿海地区为热带季风气候，内地为热带草原气候。

在9世纪至15世纪为加纳王国和马里帝国的一部分。15世纪，葡萄牙殖民主义者入侵。1885年被柏林会议划为法国势力范围，1893年被命名为法属几内亚。19世纪后期，萨摩利·杜尔建立了乌拉苏鲁王国，坚持抗法斗争。20世纪初，阿尔法·雅雅领导了大规模反法武装起义。1958年9月28日，通过公民投票反对法国

戴高乐宪法，拒绝留在"法兰西共同体"内。同年 10 月 2 日宣告独立，成立几内亚共和国，塞古·杜尔任总统。

1959 年 10 月 4 日，几内亚同中国建立外交关系，两国签订了《中几友好条约》和经济、卫生、文化及技术合作等协定。1960 年杜尔总统访华，他是非洲最早访华的国家元首，受到毛泽东、周恩来的热情接待。

1964 年 1 月 21 日上午，周恩来一行乘专机从马里到达几内亚首都科纳克里，受到最隆重的欢迎。杜尔总统亲自到机场欢迎，机场铺着红地毯，鸣礼炮 21 响，乘敞篷车，科纳克里全城出迎，夹道欢迎。塞古·杜尔完全按照国家元首的规格迎接周恩来总理。从机场至周恩来下榻的海滨"美景别墅"，密密麻麻的群众夹道向周总理欢呼："中国—几内亚友谊万岁！"他们每人手中都拿一条白手帕，当车队经过的时候，手臂一齐高举挥动，大街上顷刻形成一条欢腾的白色河流。一路上都有"达姆达姆"的鼓声。鼓声，巴利风（木琴）声和非洲各种乐器奏出的动人的音乐，以及男女老少表演的各种民族舞蹈，给这个城市增添了节日的快乐。当车队驶经卢蒙巴印刷厂大门口的时候，几内亚姑娘唱起歌颂中国几内亚友好的歌曲，敞篷轿车不得不在人山人海的欢呼声浪中停下来。周恩来走下车，两名几内亚女工代表大家向他献花，然后又按传统方式向他赠送几内亚特产柯拉果。当车队驶至总统府门前的时候，周恩来在欢呼声中再次下车，杜尔总统逐一介绍他与早已迎候在这里的几内亚社会各界名流认识。

当车队驶进"美景别墅"时，周恩来、陈毅一看，倍感别致亲切。这是两幢修建在海边的非洲民族风格的圆顶茅草屋。尽管工作人员已经作了妥善、周到的布置，但是细心的杜尔总统仍不放心，他亲自陪同周恩来到卧室，看到一应用具齐全，室内清洁无尘，才慢慢离去。

晚上，周恩来等出席杜尔总统夫妇举行的盛大欢迎文艺晚会。杜尔和周恩来分别在台上讲话。杜尔说："几内亚人民及党和政府感到特别高兴和骄傲，能通过您，总理先生，并通过陪同您前来访问的代表团成员向英雄的中国人民致敬，因为对于世界上一切遭受统治和剥削势力奴役的各国人民来说，中国人民反对帝国主义和封建主义的双重统治的英勇斗争，过去和现在始终是令人得到鼓舞的泉源和自觉的勇敢精神的范例。

"总理先生，我们的希望是，您在几内亚共和国的访问将给您留下我国人民对中国人民所表示的友好感情的记忆，并且希望您能亲自看到我们的革命及民族民主政权的人民性和民主性。"

周恩来在讲话中除了感谢杜尔总统、几内亚政府和人民的热情欢迎之外，着重讲中几友谊，他说："3年多以前，塞古·杜尔总统带着几内亚人民的友谊访问了中国，给中国人民留下了难忘的记忆。在这次访问中，中几两国缔结了友好条约，签订了经济技术合作协定和贸易支付协定。几年来，我们两国的友好合作关系不断地得到发展，经济和文化交流日益频繁。我相信，我们的这次访问，将进一步增进我们两国人民之间的友谊和团结。

"在我们两国人民相继取得胜利以后，我们的友好合作关系日益发展，在各个方面互相支持，互相援助。几内亚人民可以相信，在反对帝国主义和新老殖民主义、维护民族独立、发展民族经济和保卫世界和平的斗争中，6亿5千万中国人民将永远是几内亚人民可靠的、忠实的朋友。"

周恩来接着赞扬几内亚的内外政策和成就，他说："几内亚人民是具有反对帝国主义和殖民主义斗争传统的人民。你们的民族英雄萨摩利·杜尔的光辉名字，几内亚人民在19世纪末叶抗击殖民主义入侵的不朽业绩，不仅为非洲各国人民所传颂，而且也受到中国人民的钦佩。

"第二次世界大战以后，几内亚人民在塞古·杜尔总统和几内亚民主党的领导下，掀起了反抗殖民主义斗争的新高潮，终于在1958年取得了民族独立。几内亚的独立自由的旗帜，在非洲大陆的上空骄傲地升了起来，对于整个非洲的民族解放运动起着很大的鼓舞作用。几内亚人民在独立以后，警惕地捍卫着自己国家的独立和主权，一再粉碎了帝国主义所策划的颠覆阴谋。几内亚人民在塞古·杜尔总统的领导下，在继续反对帝国主义、进一步肃清殖民主义势力，维护民族独立、发展民族经济和民族文化的事业中，取得了显著的成就。"

1月22日上午，周恩来向几内亚烈士纪念碑敬献花圈。随后在总统府同杜尔总统举行第一次会谈，听取杜尔谈几内亚国内情况。杜尔申明："几内亚不像有的非洲国家那样，我们向来不谈社会主义，主要的是实际行动，那些讲社会主义的国家国内并无适当的经济条件。"

周恩来赞许地说："如果几内亚谈社会主义，我们才感到奇怪。"他对几内亚人民自己选择的发展道路，表示充分理解。

中午，周恩来等在总统府出席杜尔总统举行的宴会。宴会之后，周恩来在几内亚国务部长、外交部长和经济发展部长的陪同下参观中国援建的卷烟和火柴厂建筑工地。

晚宴时，主客双方落实第二天的安排，几方提出明天由总统杜尔陪同周总理、陈毅副总理乘直升机前往金迪亚，其他人乘车去。中方官员听后一再问："总统乘坐的是苏联出产的直升机？"中方考虑到几内亚大部分是高原和山地，苏联的飞机是为适应寒带飞行而设计制造的，在热带驾驶则具有一定的危险性，怎么能让周总理冒这样的危险呢，表示不同意。几方感到为难，因为这是杜尔总统定的，其用意是减少周、陈乘车疲劳。情况反映到杜尔那里，杜尔说他去跟周总理讲。孔原、黄镇问陈毅的意见，陈毅说这事由总理定，总理坐，他就坐。黄镇、李树槐、成元功三人都不同意，担忧总理的安全。他们问周恩来总理，他却不以为然地笑着说："人家总统、国防部长，一、二、三号人物都能坐，我周恩来为什么不能坐？"并明确指示："客随主便，此事不要再提了。"

1月23日，周恩来和陈毅在杜尔总统陪同下，乘直升机前往金迪亚访问。先参观了金迪亚的水利和热带植物，后又参加盛大的群众大会。周恩来在台上发表讲话。他说："今天，非洲大陆的面貌已经发生了巨大的变化。在非洲的五十几个国家和地区中，已经有三十几个国家取得了独立。在还没有独立的国家中，也都燃起了反对帝国主义和殖民主义的怒火。安哥拉人民在斗争，葡属几内亚人民在斗争，莫桑比克人民在斗争。赞比亚、津巴布韦人民在斗争，中非各国人民在斗争，南非人民在斗争。几世纪来受尽帝国主义和殖民主义压迫和奴役的非洲人民已经觉醒起来，站起来了。非洲是非洲人民的非洲，非洲一定要成为一个独立自主、繁荣富强的新大陆。"

会后，周恩来同杜尔乘直升机回到科纳克里。晚上，他接见正在几内亚采访的美国著名记者和作家、他的老朋友埃德加·斯诺。

1月24日，在杜尔陪同下，周恩来一行乘专机前往首都东北500公里的高原城市拉贝访问，中午出席拉贝市群众大会，周恩来在会上讲话，称颂拉贝市的成就。下午5时，周恩来同杜尔在拉贝市总统别墅举行第二次会谈，杜尔介绍非洲情况。晚上周恩来观看拉贝市举办的文艺演出并参加舞会，同几内亚姑娘们翩翩起舞，他的舞姿受到全场的喝彩。

1月25日上午10时，周恩来同杜尔在拉贝市总统别墅举行第三次会谈，双方回顾和展望中几两国友好关系。下午5时30分，双方在拉贝举行第四次会谈。在会谈中，周恩来说："第一次世界大战和十月革命对非洲人民起了启蒙作用。第二次世界大战后，非洲人民进一步觉醒，他们站起来要求自由、独立、统一和团结。正如阁下所说，一些国家已获得独立，正在巩固独立；另一些国家正在争取独立。这是一股不可抵抗的潮流。我这次在北非与西非的访问中，到处看到一种生气勃勃的要求解放的精神。我对此印象极为深刻，这有点像1949年中国革命胜利后，人民欢庆解放，到处欣欣向荣的景象。"晚10时，周恩来同杜尔在拉贝市总统别墅举行第五次会谈。周恩来在谈到中国对外援助八项原则时，解释说：（一）正常情况下，中国援助的器材、设备按国际市场价格计价，因为没有别的标准可以作依据。但是，如果国际市场出现压价的特殊情况（如抵制古巴出口糖），我们将作特殊考虑，就以高价格收买。（二）中国的贷款是无息的，但偿还时间应有规定，这主要是为了尊重主权国家，保证该国在国际上能争取到其他国家的贷款。贷款有两种方式：一是确定一笔贷款数目后再分配到各项目中；另一种方法是先确定项目，再根据项目确定贷款。贷款期限到了以后，偿还还有困难的，可以延期。我们愿意在农业、轻工业、水利、动力方面提供援助。"

周恩来在发言中，积极鼓励几内亚坚持自力更生为主，大力发展民族经济。他说："我觉得非洲各国，几内亚也是一样，真是一个没有打开的宝箱。殖民主义者不重视工业的发展，无穷的宝藏没有被开发，这是一个有利条件；非洲人民包括几内亚人民正在觉悟起来，情绪高涨；国家领导人也有建设的愿望，这三个因素结合起来，只要抓紧建设，建设一定会搞得好。虽然你们现在农业生产水平不高，但有发展的潜力。搞好农业，不仅能解决粮食与自给的问题，还可以腾出力量来搞工业。配合农业发展，可以首先建立农畜产品加工工业，这样既能满足本国消费者的需要，又可出口，换回外汇及机器。几内亚矿产资源丰富，但首先应该使农业过关，农业和轻工业发展后可以回笼货币、积累资金，为重工业创造条件，也可使国家经济建立在自力更生的基础上。自力更生是建设的最可靠的保证，但这并不排斥友好国家之间的援助特别是亚非国家之间的互相援助。"

1月26日清晨，周恩来等在杜尔陪同下，乘飞机从拉贝回到首都科纳克里。到达首都不久，周恩来在与杜尔进行单独会谈时说："要实现非洲统一，首先要求那些最觉醒的非洲国家的领导人起榜样作用，首先团结起来，成为非洲统一的核心力量。最觉醒的国家之间可能在某些问题上存在不同意见，甚至可能存在一些分歧，但是这些分歧与非洲统一的愿望相比，终归是次要的。这些国家应该首先团结起来，互相帮助，带动其他国家。"

晚上，周恩来设宴招待杜尔总统。宴会之后，在大西洋岸畔的"美景别墅"宽敞的阳台上举行告别招待会，杜尔总统等几内亚领导人出席招待会。

在招待会之前，周恩来看了一遍由他授意，乔冠华、龚澎夫妇起草的预定在午夜要在机场向几内亚《革命之声》广播电台发表的告别词，觉得意犹未尽。他望着窗外蔚蓝色的大西洋海面那起伏无尽的波涛，想起了这几天在几内亚访问期间所获得的种种美好火热的接待，想起了夹道欢迎的市民，想起向他献花的女工，想起每次外出和归来鸣枪欢送欢迎，想起晚会上那富有活力的几内亚民族歌舞，想起慷慨、好客、富饶、美丽的几内亚所蕴含的顽强的生命力，想起真诚、友好而正直的杜尔总统和他对中国的支持，周恩来觉得应该在告别词中再强调一下塞古·杜尔总统领导的反帝反殖斗争和民族独立运动，并要提到他的英雄的祖辈萨摩利·杜尔，于是周恩来提笔给乔冠华写了一封信：

冠华：

请将告别词中加上下述一段意思（文句请你们改写），即：

几内亚人民在民主党和杜尔总统领导下，大力推动和支持非洲各国人民的反帝反殖斗争。在几内亚的歌舞中，不仅强烈反映出几内亚人民的历史反帝斗争，而且广泛歌颂非洲各国人民的民族独立运动。卢蒙巴的名字在几内亚人民中间与几内亚民族英雄萨摩利·杜尔一样受人尊敬，受人怀念。这一些充满着政治内容的革命歌曲的传播，大大鼓舞着非洲人民的民族觉悟，促进着非洲国家的统一和团结。

周恩来

1 月 26 日

乔冠华这位大才子接到周恩来的手书，立即按照周恩来的指示对告别词进行了紧急的补充和修改。

1 月 27 日午夜 12 时 10 分，周恩来在科纳克里机场向几内亚《革命之声》广播电台发表了告别词，同时发表《中华人民共和国和几内亚共和国联合公报》。公报说："召开第二次亚非会议的时机已经成熟，应该为此进行积极的准备。双方决定加强努力，以消除在国际关系中存在的独断专横的做法，这种做法特别表现在经济技术上高度发展的国家在经济和贸易往来中，对发展中国家进行统治和剥削的思想。"

午夜 12 时 30 分，周恩来一行结束对几内亚的访问，乘专机离开科纳克里，再次飞越撒哈拉大沙漠，飞往东北非的苏丹共和国访问。杜尔总统等几内亚领导人和中国驻几内亚大使柯华等到机场欢送。

十三、东、北非三国之行

在苏丹作短暂的访问

1964年1月27日上午，周恩来乘坐的专机在飞往苏丹的途中在巴马科稍作停留，受到马里国民议会第一副议长梅加、司法国务部长等的迎送。

当日下午2时，周恩来到位于达尼罗河畔的苏丹的都喀土穆，在机场受到由苏丹武装部队最高委员会主席阿布德中将率领的众多苏丹军政高级官员的热烈欢迎。主人是以最高礼节接待中国总理的。从喀土穆机场直至城里的国宾馆，苏丹当局组织了群众热烈欢迎。

但周恩来坐在封闭式的轿车里，心里感到特别不舒服，他看到陪同的苏丹元首阿布德中将似乎也很别扭，他俩只能从车窗伸出手去与欢呼的群众打招呼。苏丹是世界上最热的国家之一，喀土穆是世界最著名的"火炉子"，下午又是一天中最热的时候，群众站在烈日之下欢迎中国的客人，封闭的车子阻隔了两国领导人与群众的交流，周恩来对这个安排非常不高兴。

进了城，在国宾馆里下榻之后，周恩来询问代表团秘书长黄镇和童小鹏，才知道苏丹当局想请周恩来、陈毅从机场乘敞篷车到宾馆，既让喀土穆人民得以一睹中国总理的风采，又扩大他们的政治影响。但孔原、黄镇、童小鹏考虑当时苏丹政局动荡，觉得安全没有保证，没有请示周总理，即改变了苏丹当局的计划。周恩来对此非常生气，严厉批评了孔原、黄镇和童小鹏，认为这是对东道主的不尊重，在他们遇到困难时没有给予支持，又失去了跟苏丹人民见面的机会，并指示尽快同苏丹协商，在他离开喀土穆市时，安排他和陈毅乘敞篷车。

苏丹位于非洲东北部、红海西岸，是非洲面积最大的国家。北连埃及，西接利比亚、乍得、中非共和国，南与刚果（金）、乌干达、肯尼亚为邻，东同埃塞俄比亚、厄立特里亚接壤，东北濒临红海，海岸线长约720公里。全国气候差异很大，自北向南由热带沙漠气候向热带雨林气候过渡，最热季节气温可达50℃，全国平均气温可达21℃，常年干旱，年平均降雨量不足100毫米。苏丹地处生态过渡带，极易遭受旱灾、水灾和沙漠化。

苏丹早在4000年前就有原始部落居住。公元前2800年至公元前1000年为古埃及的一部分。

13世纪，由于阿拉伯人的大量移入，伊斯兰教得以迅速传播，在15世纪出现了芬吉和富尔伊斯兰王国。英国于19世纪70年代开始向苏丹扩张。1881年，苏丹宗教领袖穆罕默德·艾哈迈德领导群众开展反英斗争，于1885年建立了马赫迪（即"救世主"）王国。1899年，苏丹成为英国和埃及的共管国。1953年建立起自治政府。1956年1月1日宣布独立，成立共和国。

1月27日晚上，阿布德在尼罗河畔的共和国宫举行盛大宴会欢迎周恩来一行。阿布德主席和周恩来总理在宴会上发表了热情洋溢的讲话。

阿布德在讲话中说："总理周恩来先生阁下，自从您来到非洲大陆，我们就关注着您的访问。

"基于您对加强你们伟大国家和获得解放的、从胜利走向胜利的非洲之间的友谊的愿望，我们相信，旅途的辛苦决不会阻止您继续访问。

"苏丹人民一直敬佩地注视着你们古老的民族——古代文明的创造者。你们的人民在极其困难和残酷的条件下进行了光辉的斗争，取得了胜利，创造了近代历史上的荣誉，这使我们更加钦佩和赞美。中国的长城是中国古代文明的见证。在近代史上，红军长征占有显著的地位。

"您这次对正处于大觉醒的非洲的访问，使我们感到高兴。革命斗争的旗帜已在非洲大陆各地升起，这个斗争已在某些地区取得了胜利，有的地区斗争仍在日益高涨，斗争的必然结果是将树起更多的自由和平的旗帜。

"阁下，两国友好关系和真诚的合作将会得到进一步的发展，因为这种关系是建立在相互尊重、相互信任的基础上的，我们确信我们两国间的来往将会增多。"

周恩来在讲话中特别强调苏丹悠久的历史和中国同苏丹的深厚友谊。他说："苏丹是一个有着悠久历史和古老文化的国家，勤劳智慧的苏丹人民，为人类的文明作出了伟大的贡献，苏丹人民有着反帝斗争的光荣传统，苏丹人民为争取民族独立，同帝国主义和殖民主义进行了长期的英勇斗争，终于在1956年赢得了民族独立。

"近年来，苏丹共和国在以阿布德主席为首的苏丹政府领导下，为了消除殖民主义势力，发展民族经济和民族文化，取得了不少的成就。苏丹共和国有着广阔的国土、富饶的资源和勤劳的人民，只要充分利用这些有利条件，进行不懈的努力，就一定能够把自己的国家建设起来。中国人民祝愿苏丹人民在独立发展的道路上不断地取得新的成就。"

在讲到中国苏丹友谊时，通晓中外历史的周恩来称赞苏丹人民惩罚了中国和苏丹人民的共同敌人——英国侵略军军官查尔斯·戈登。戈登在 1860 年第二次鸦片战争时，曾参与英法联军火烧圆明园的活动，1863 年，他又率领洋枪队帮助清朝政府镇压太平天国革命。1874 年，他被英国派到苏丹担任总督，1885 年，苏丹人民起义军在民族英雄马赫迪率领下，攻克喀土穆，戈登在总督官邸被起义军用长矛刺死。

周恩来欣慰地说："在反对帝国主义和殖民主义的长期斗争中，我们两国是相互同情和相互支持的。曾经镇压过中国太平天国革命运动和苏丹民族革命运动的帝国主义者戈登，最终受到了苏丹人民的惩罚。这种共同的斗争一直把我们两国人民联在一起。自从我们两国相继独立和解放以后，特别是我们两国建交以来，中国和苏丹的友好合作关系，在和平共处五项原则和万隆会议十项原则的基础上，获得了令人满意的发展。"

1 月 28 日上午，周恩来参观喀土穆市以及苏丹民族博物馆。喀土穆位于白尼罗河与青尼罗河汇合处，也是尼罗河上、中流的分界线，狭长的喀土穆在两河之间像一条象鼻子。喀土穆市是由喀土穆、北喀土穆和恩图曼三个城镇组成的，就像中国"火炉"武汉是由武昌、汉口与汉阳三镇组成的一样。喀土穆有气势轩昂的清真寺，浓荫如盖的大榕树，蓝白双色分明的尼罗河，阿拉伯色彩浓郁的古神厂、壁书和陵墓。这些喀土穆的独特风光，吸引着周恩来、陈毅和代表团成员，他们不顾天气炎热，汗流浃背，饶有兴趣地参观游览。

周恩来同阿布德在喀土穆共和国宫举行单独会谈时，陈毅又率代表团成员乘车到市里去领略异国的特有风光。

中午，阿布德为周恩来举行盛大的招待会。

下午，周恩来等由阿布德主席陪同访问苏丹英雄的城市恩图曼，瞻仰了苏丹民族英雄马赫迪的陵墓，参观了哈利法博物馆。博物馆里陈列着苏丹历史上反对殖民主义侵略斗争的丰功伟绩的展品，有起义军用过的长矛、刀、棒，也有缴获殖民者的枪支大炮。周恩来来到一件古式的中国黄丝绸马褂面前，仔细观看，布纽扣、织着暗花，这件黄丝绸马褂是中国清朝同治皇帝赐给戈登的，因为戈登镇压太平天国革命运动"有功"。虽然这件马褂经过的年头已不短了，但它的用料质地优良，透过玻璃橱板可以看见其色泽仍未消退。周恩来怀着钦佩的心情，观看苏丹人民刺杀殖民主义者戈登的历史展览。

晚上，周恩来在恩图曼国家剧院观看苏丹民间歌舞。

1月29日，周恩来等访问苏丹青尼罗河省著名的棉花产区吉齐拉。然后，在苏丹共和国宫的花园里举行告别招待会，阿布德主席等苏丹军政高级官员出席，周恩来致告别词。

1月30日，《中国和苏丹联合公报》发表，公报共写了15点，谈到周恩来总理访问苏丹和非洲的巨大成就，是对非洲人民最有力的支持；谈到中国和苏丹的友好关系；谈到非洲革命、反帝反殖的斗争；谈到中国支持最近举行的阿拉伯国家首脑会议，它对于加强阿拉伯国家的团结反帝事业作出了贡献。

随后，在阿布德主席陪同下，周恩来、陈毅乘敞篷车离开喀土穆前往机场，沿途受到了广大群众的欢送，其热烈场面不亚于来时。在机场，周恩来同前来送行的苏丹军政高级领导人阿布德和中国驻苏丹大使谷小波以及使馆人员一一握手后，乘专机前往埃塞俄比亚访问。

在埃塞俄比亚进行两天访问，同"战士皇帝"塞拉西举行了两次会谈，周恩来充分谅解和照顾埃方的困难

1964 年 1 月 30 日上午 11 时 30 分，周恩来的专机在 6 架埃塞俄比亚战斗机护航下到达位于埃塞俄比亚东北部的阿斯马拉（现为厄立特里亚首都）机场。埃政府首相沃尔德和其他大臣们到机场欢迎，塞拉西皇帝在阿斯马拉皇宫门前迎接周恩来。

埃塞俄比亚是非洲内陆国家，位于非洲东部。东与吉布提、索马里毗邻，西同苏丹相连，南交肯尼亚，北接厄立特里亚。高原占全国面积约 2/3，平均海拔 2000 米，素有"非洲屋脊"之称，每年平均温度 13℃。

埃塞俄比亚是有 3000 年之久历史的文明古国。努比亚王国始于公元前 8 世纪。公元 1 世纪，在阿克苏姆建立了阿克苏姆王国。扎格王朝于 10 世纪末取而代之。13 世纪，阿比西尼亚王国兴起，19 世纪初分裂成若干公国。1889 年，绍阿国孟尼利克二世称帝，统一全国，建都亚的斯亚贝巴，奠定埃塞疆界。1890 年，意大利入侵，强迫埃塞受其"保护"。

1896 年，孟尼利克二世在阿杜瓦大败意军，意被迫承认埃塞俄比亚的独立。1917 年孟尼利克二世的女儿佐迪图成为女皇，孟的外孙特法里·马康南公爵摄政，并在女皇死后于 1930 年 11 月 2 日加冕为海尔·塞拉西一世皇帝。1935 年，意大利再次入侵，塞拉西领导人民进行抵抗，不但亲临前线指挥，还常跳进战壕，端起机关枪射向敌人，因而有"战士皇帝"的美称。但终因寡不敌众，塞拉西被迫流亡英国。1941 年，盟军和埃塞俄比亚抵抗部队击败意大利法西斯，5 月 5 日，塞拉西归国复位。

周恩来出访非洲时，埃塞俄比亚同新中国未建立外交关系，也未承认台湾的蒋介石政府，一直坚持一个中国的立场，在联合国投票支持中国恢复在联合国的合法席位。

塞拉西老皇帝在1963年12月间听到周恩来出访非洲的消息后，通过中国驻埃及大使陈家康向周恩来发出邀请，陈家康立即报告国内，国内同意往访，并指示驻埃及使馆负责有关的准备工作。陈家康与埃塞俄比亚外交大臣商定了周总理访埃的具体安排，包括周总理飞抵埃国首都亚的斯亚贝巴的时间、下榻地点、接待规格、访问安排、会谈内容等，双方对达成的协议很满意。岂料事情又突生意外，埃国宫廷大臣突然赶来，推翻了全部协议，提出只安排周总理访问埃国最大的城市阿斯马拉，而不去首都亚的斯亚贝巴。陈家康当即表示，对于埃方这一出人意料的变更，中方需请示周总理才能给予答复。陈家康向代表团报告并提出埃方这种不礼貌的行为，建议周总理取消访埃计划，代表团里也有人主张不去埃访问。

周恩来看得更高更远，体会到对方的难处。他说："海尔·塞拉西邀请中国总理访问，想同中国发展关系，但他与美国关系好，与美国订有《共同安全条约》，海尔·塞拉西多次访问美国，美国给埃塞俄比亚的军事援助费用，占美国给非洲军事援助的一半。埃政府未与中国建交，其政策在很大程度上受到美国的控制。所以他们一方面希望中国总理去访问，一方面又怕美国施加压力，影响埃美关系和美国对埃的援助。海尔·塞拉西对我们并不陌生，1935年中国工农红军长征到达陕北后，就已知道他领导阿比西尼亚（埃塞俄比亚的旧称）人民英勇抗击意大利墨索里尼法西斯侵略而享誉世界的感人事迹，他在非洲的影响很大。为了加强亚非国家的团结，我们应该体谅埃塞俄比亚政府的困难，不要计较接待规格，要着眼于发展中埃友谊。"

1月30日中午，埃塞俄比亚皇帝海尔·塞拉西在阿斯马拉皇宫接见了周恩来等。下午 4 时 30 分，周恩来同塞拉西在阿斯马拉皇宫举行第一次会谈。在会谈中，塞拉西指责中国在埃塞俄比亚、肯尼亚同索马里的边界问题上支持了索马里，理由是"中国援助索马里，索马里会利用中国的援助来反对埃塞俄比亚和肯尼亚"。周恩来耐心解释说："埃、肯、索三国的民族争执问题，对我们是一个新问题。索马里同中国先建交，埃塞俄比亚同中国未建交，肯尼亚当时还未独立。由于中索建交，索马里总理到中国访问，索总理访华时向我们要求经济援助。凡是非洲国家向我们提出经援要求，我们一般都给予满足。我们帮助索马里进行经济建设，同索马里想用武力夺回领土毫无关系。好似我们对阿尔及利亚提供的援助，同阿尔及利亚、摩洛哥冲突完全是两回事一样，因为我们对阿的援助从阿进行反殖民主义战争就开始了，但阿、摩冲突是发生在去年10 月。我们一向坚持万隆精神，主张任何争端和平解决，而不诉诸武力。我在同索马里总理的谈话中，一再强调了我们对埃索争端采取不介入的立场，索总理表示同意我们的立场。我们愿意同非洲各国友好，不在争端中支持任何一方。对索马里提供军事援助不是我们，是别人，是某些大国，我们不介入的立场是坚定不移的。我们已听过索马里的意见，所以这次先访问埃塞俄比亚，先听取你们的意见。"

周恩来通情达理的一席话，驱散了笼罩在塞拉西皇帝心中的阴影。他表示感谢周恩来的立场和承诺，并且表白："埃塞俄比亚并不是说中国不该援助索马里，而是觉得只能给经济援助而不能给军事援助。"接着，他又说："埃塞俄比亚仍愿同索马里坐下来谈判。"周恩来回答说："很高兴听到陛下坚持同索马里坐下来谈判的立场，这精神很好，我一定转达索马里方面。"第一次会谈就在欢声笑语中结束了。

晚上，塞拉西皇帝在阿斯马拉皇宫举行宴会欢迎周恩来，塞拉西和周恩来分别在宴会上讲话。

塞拉西说："在第二次世界大战战胜了侵略势力以来的岁月里，一个生气勃勃的新国家建立起来了，成了世界舞台上的强国。中华人民共和国今天是地球上人口最多的国家，它的人民和物质资源所具备的巨大潜力使它毫无疑问地成为最强大的国家之一。

"中国是一个幅员广阔而强盛的国家，埃塞俄比亚则不是这样。在谋求确保我们这些小国家的安全的途径方面，我们早就得出结论：我们把和平生存的最大希望寄托在首先体现于国际联盟而今天体现于联合国组织的集体安全的原则上。总理先生，像阁下的这样一个国家在世界发展方面有着大的作用可以发挥。像您这样一个人，凭着您所处的地位，不仅对贵国的人民，而且对世界各地的所有人都负有重大的责任。我们请求您对我们所说的话给予充分的重视。"

周恩来在讲话中强调埃塞俄比亚人民在塞拉西领导下反法西斯斗争的业绩。他说："埃塞俄比亚是具有悠久历史的国家。埃塞俄比亚人民在海尔·塞拉西一世陛下的领导下，曾经进行过反对法西斯侵略的英勇斗争，赢得了全世界人民的赞扬。埃塞俄比亚人民在击败法西斯侵略，胜利复国以后，继续为维护民族独立和发展民族经济而努力。埃塞俄比亚奉行和平中立的不结盟政策，支持非洲仍然处在殖民统治下的各国人民争取民族独立的斗争，支持南非人民反对种族隔离的正义斗争。1955年，埃塞俄比亚曾经派遣代表参加了第一次亚非会议。

"去年5月在东道主海尔·塞拉西一世陛下的倡议下，在埃塞俄比亚首都亚的斯亚贝巴胜利召开的非洲国家首脑会议，反映了非洲人民团结反帝的共同愿望，取得了加强非洲独立国家的团结合作、支援斗争中的非洲人民的重要成果。

"中国和埃塞俄比亚都是具有古老文化传统的国家。近百年来，我们两国都受到帝国主义和殖民主义的侵略和压迫。在 20 世纪 30 年代，当日本帝国主义疯狂侵略中国的时候，意大利法西斯在野蛮地进攻埃塞俄比亚。我们两国人民坚持斗争，互相鼓舞，各自取得了胜利。现在，我们两国人民都要发展民族经济，建设自己的国家，需要互相支持，互相援助。近几年来，我们两国的友好关系不断地得到发展。我们两国开展了贸易来往，互相派遣了文化艺术团进行友好访问。埃塞俄比亚政府主张恢复中国在联合国的合法权利，中国人民对此表示感谢。在万隆会议十项原则的基础上，进一步发展我们两国的友好关系，不仅符合我们两国人民的共同利益，而且将有利于亚非团结和世界和平。"

1 月 31 日，周恩来在塞拉西陪同下访问埃塞俄比亚历史名城阿克苏姆，参观历史古迹。下午 5 时，周恩来同塞拉西举行第二次会谈，讨论中埃建交问题与将要签署的《中埃联合公报》。塞拉西考虑到目前与美国的关系及美国对埃的援助，不同意像突尼斯那样马上同中国建交，但是，他说："我们的建议是：双方协议采取措施加强埃塞俄比亚与中华人民共和国的关系，包括在最近的将来使两国关系正常化。"他解释说："埃塞俄比亚一直支持中华人民共和国在联合国的地位。如果我们要使同中国的关系正常化，我们不能不考虑同美国的关系。我并非追随美国的政策，我们的政策是不结盟，我们相信这一政策是正确的。"

周恩来设身处地，理解对方的这些解释和困难。他说："我注意到陛下提到埃塞俄比亚面临的实际困难，并且表示要努力克服这种困难。现在的主要问题是照顾埃塞俄比亚的困难，还需要时间，也可能需要长时间，这没有关系。事情总是准备长一点好，困难是估计多一点好，因此，公报如何写法应该考虑。"

周恩来这样表示后，塞拉西感动地说："毫无疑问，我们一定会克服困难，保证遵守诺言。"

会谈结束后，中国方面在《联合公报》中完全采纳了塞拉西提出的关于两国关系写法的建议。

在同塞拉西签署《联合公报》的当晚，周恩来在阿斯马拉皇宫举行告别宴会。本来，周恩来准备在宴会上阐明一下中方的观点，而且已经让乔冠华拟好一篇讲稿。但他经过考虑，又改变了主意。他想，既然双方存在分歧，我方的许多观点在会谈中已经阐明，不如改变一下方式，不宣读此稿，他说："我们可以等5年、10年、15年，直到对方方便的时候我们再建立外交关系。"

周恩来这个想法和意见，征得代表团一致同意后，由礼宾司司长俞沛文把这篇稿子送给塞拉西皇帝看，并征求其意见。塞拉西看后，对俞沛文说："请转告周恩来总理，他的意见和观点，我们都知道了，我是尊重他的，请他最好不要讲这篇稿子了。"

这样，周恩来在告别宴会上没有讲那篇稿，只是即席发表了简短的祝酒词。在祝酒词中，不点名地批评了美国，说："今天我们双方签署了中埃两国联合公报。这个公报的签署和发展将会进一步促进中埃两国关系的发展，并且使那些制造无根据的谣言来破坏中埃两国关系的外来企图遭到失败。"出席宴会的塞拉西皇帝、沃尔德首相等埃方高级官员热烈鼓掌，表示赞许。

2月1日上午，周恩来乘专机离开阿斯马拉前往索马里访问。海尔·塞拉西一世皇帝在皇宫门口同周恩来握手告别，沃尔德首相到机场为周恩来送行。

中国同埃塞俄比亚建交，等了7年，在尼克松总统访华之前，即1970年11月24日，两国达成建立大使级外交关系的协议。中国派当年为周恩来送那篇未发表的讲话稿给塞拉西老皇帝的中国外交部礼宾司司长俞沛文为驻埃塞俄比亚大使。

访问同中国最早建交的东非国家索马里

周恩来乘坐的专机于 2 月 1 日上午从阿斯马拉机场起飞，往南飞往印度洋西岸的索马里首都摩加迪沙。索马里是周恩来此次访问非洲十国之行的最后一站。中午 12 时 10 分专机到达摩加迪沙，索马里政府总理舍马克和各界人士及中国驻索大使张越等到机场热烈欢迎，首都市民载歌载舞一直将周恩来迎到宾馆。

索马里位于非洲大陆最东部的索马里半岛上，北临亚丁湾，东濒印度洋，西与肯尼亚、埃塞俄比亚接壤，西北与吉布提交界。海岸线长 3200 公里。大部分地区属热带沙漠气候，西南部属热带草原气候，终年高温，干燥少雨。

索马里在公元前 1700 年建立了以出产香料著称的"邦特"国。公元 7 世纪起，阿拉伯人不断移居于此，并在亚丁湾和印度洋沿岸进行贸易并建立若干个苏丹国。1887 年索北部、1925 年索南部分别沦为英国"保护地"和意大利殖民地，称为"英属索马里"和"意属索马里"。1941 年英国控制了整个索马里。1960 年 6 月 26 日索北区独立，7 月 1 日索南区独立，随即南、北两部分合并，成立索马里共和国。

索马里在中国唐代的史书上就有记载，唐朝有一个叫杜环的，他于公元 751 年被大食俘虏，此后随大食国西行，遍历阿拉伯各地，是第一个踏上非洲大陆的中国人。公元 762 年归国后，根据他 10 年的见闻写成《经行记》，在书中记载了东非和东北非的情况。宋代赵适著的《诸蕃志》中记载的"申理国"就是当今的索马里。明代史书记载的航海家郑和几次访问木骨都束（即索马里的首都摩加迪沙）、卜剌哇（即索马里的布腊瓦）、竹步（即索马里的朱巴河口）。随同郑和一起出访的费信，在他所著的《星槎胜览》中详尽描绘了摩加迪沙的风土人情，那时的摩加迪沙极为繁华兴盛。在永乐年间木骨都束曾3次派遣使节访问中国，并赠送了"花福鹿"（即斑马）和狮子给中国，卜剌哇也曾9次遣使访问中国。新中国成立后，索马里于1960年12月14日与中国建立外交关系。

当天晚上，周恩来先出席摩加迪沙市特派员优素福举行的盛大招待会，并接受对方赠予的摩加迪沙市自由钥匙。接着又出席舍马克总理为欢迎他而举行的国宴，舍马克和周恩来分别在宴会上讲话。

舍马克说："我们今天晚上能在这里招待伟大的领导人和国际人物周恩来总理和陪同他的其他贵宾，感到非常高兴。我愿借此机会对阁下接受我们的邀请前来访问索马里共和国，并腾出时间来对我们这个大陆进行广泛的访问，表示感谢。阁下有机会来亲自了解非洲及其人民，特别是索马里人民，我丝毫不怀疑，阁下这次访问将取得丰硕的成果，并将进一步加强中国和索马里之间现有的友好关系。

"中国人民在周恩来阁下和其他杰出的中国领导人的领导下，在社会—经济领域内已经迈出的重大步伐，给我们留下深刻的印象。"

周恩来说："索马里人民为了摆脱殖民统治，争取民族独立，进行了长期英勇的斗争。早在19世纪末叶和20世纪初期，索马里人民在民族英雄穆罕默德·本·阿卜杜拉·哈桑的领导下，就对殖民主义者展开了持续20年之久的英勇的武装斗争，使殖民主义者遭到了沉重的打击。此后，摩加迪沙人民和全体索马里人民为了争取民族独立和自由，前仆后继，坚韧不拔，终于在1960年赢得了胜利，建立了共和国。

"索马里是第二次世界大战以后在非洲东部首先获得独立的国

家之一。今天整个非洲大陆，不论是北非、西非、中非和东非，都出现了一大批新兴的独立国家。这是非洲人民的共同胜利，是亚非人民的共同胜利。中国人民热烈地祝贺非洲民族解放运动的巨大进展。"

周恩来特别指出："中国人民和索马里人民有着悠久的传统友谊。早在 9 世纪初叶的中国文献上，就有着关于索马里的记载。15 世纪中国的大航海家郑和，在他著名的远航中，曾经多次访问过摩加迪沙和索马里的其他地方。在此期间，也曾有过索马里的友好使者到中国进行访问。所有这些历史上的友谊的佳话，为中索两国人民世世代代所传颂。

"在我们两国相继获得独立以后，中国和索马里迅速地在传统友谊的基础上，建立和发展了新的友好合作关系。两国之间的经济和文化交流日益增多，特别是舍马克总理去年访问中国，大大地加强了我们两国友好合作关系。我深信，陈毅副总理和我这次访问贵国，也将在这方面作出贡献。"

2 月 2 日上午 9 时，周恩来前往总统府拜会索马里总统奥斯曼。上午 10 时 30 分至下午 1 时，同索马里总理舍马克举行第一次会谈。

舍马克介绍了索马里和非洲的情况。周恩来在会谈中则通过这次出访对非洲形势作出总结，盛赞非洲人民敢于同帝国主义、殖民主义斗争的精神，并且提出了"整个非洲大陆是一片大好的革命形势"的论断，预言非洲的民族解放斗争终将取得最后的胜利。他说："我们访问了十个非洲国家，东非其他国家推迟到以后再访问，这次主要是已建交国家。以前我们对非洲情况的了解，基本上是从到过中国访问的非洲朋友和中国驻非洲国家使馆得到的。现在是亲自来非洲，有了许多新的认识，增加了不少知识。我们到非洲以后，我们感到现在是非洲人民大觉醒的时代。在任何地方看到非洲人民表现的热情都是很动人的，这不仅仅是为欢迎中国代表，而是因为他们独立了，解放了，碰到了解放的朋友。给我们印象最深的是非洲人民觉醒了，站起来了，再没有任何力量能够阻挡他们前进。整个非洲大陆是一片大好的革命形势。当然还有一部分国家未独立，正在为独立而奋斗。毫无疑问，整个非洲大陆各国一定会独立，不管时间长短，最后都会取得胜利的。非洲同亚洲一样曾是殖民地，有共同遭遇，但是非洲遭受帝国主义、殖民主义侵略达几个世纪，遭受过贩卖黑人的劫难，所受的奴役、压迫和摧残超过亚洲。帝国主义和殖民主义在非洲是直接统治，而在亚洲某些地方，如中国，是半殖民地。他们在非洲最残暴，掠夺非洲的人力资源，造成非洲的落后。交通是服从殖民主义掠夺的，不是为非洲人民。城市也是为白人服务的。非洲的政治状况也是帝国主义用铅笔在地图上画的结果，它不管把一个民族分成几部分，北非、西非、东非和南非的情况都是如此。第二次世界大战后，帝国主义借机在非洲建立了许多军事基地来控制非洲。我们支持亚的斯贝巴会议关于建立非洲无核区的决议。但是我们愿意提出以下两点意见，第一，有核武器的大国要给予保证，不承担义务就没有用处；第二，要建立非洲无核武器区，一定要撤除外国军事基地，因为有基地就可储存武器。我们深信，非洲新兴国家，有了正确的领导，紧紧地依靠人民群众的力量，把民族革命进行到底，一定能够创造光明的未来。"

　　晚上，周恩来等在军官俱乐部出席国民军司令希尔西和警察部队司令穆萨联合举行的招待会。

　　随后，周恩来又举行宴会招待舍马克总理。

　　2月3日上午10时，在摩加迪沙政府大楼，周恩来同舍马克举行第二次会谈。在会谈中，周恩来说：虽然法国承认中国代表了一种承认中国的趋势，但是，在联合国中是否能有多数支持恢复中国合法权利并且驱逐蒋介石代表，那还不能肯定，因为美国在联合国操纵了多数。美国如看到联合国中多数国家支持恢复中国席位，它会有新花样，会提出台湾必须除外，这是我们绝对不能接受的。不然，等于我们承认台湾被割出去，承认美国占领台湾。蒋介石都不承认的事，我们承认，我们就变成民族罪人，出卖领土。只要中华人民共和国存在，只要共产党在领导，我们绝不会承认把台湾割出去。如果出现"两个中国"，我们宁可不进联合国。

舍马克感到疑惑，他提出："如果联合国多数支持恢复中国席位，而美国有不同意见，要把台湾除外，中国是否可先接受安理会的席位，同时宣布台湾是非法的?"周恩来直截了当地回答："不可能，这两个问题一定得联在一起，中国的席位一恢复，蒋介石（在联合国的席位）应该是不存在了。如果出现'两个中国'，我们宁可不进联合国，因为美国在搞鬼，许多国家受影响，要造成'两个中国'同时存在。我们只有不进去，没有别的办法，我们不能在美国的阴谋面前屈膝。"

在与舍马克单独举行会谈时，周恩来表示对非洲各国之间的问题，我们采取不介入的政策，经济上可以给予援助。

中午，奥斯曼总统为周恩来总理举行宴会。在宴会上，奥斯曼在讲话中感谢中国政府给予索马里的慷慨援助，并表示支持中国恢复在联合国的合法席位。周恩来说："我们在索马里访问时间不长，但是我们获得的印象是深刻的。索马里人民坚决反对帝国主义和殖民主义的英雄气概，索马里人民维护民族独立、建设自己国家的决心和信心都使我们非常感动。"

下午，周恩来参加摩加迪沙的群众欢迎大会，并在会上发表了讲话，谈到非洲的大好形势时说："独立了的非洲人民，敢于当家做主，敢于管理自己的国家，敢于藐视一切敌人，敢于同一切新老压迫者进行斗争。这种无畏精神是一切新兴国家的最宝贵的财富。"

晚上，周恩来等出席索马里外交部长穆罕默德举行的招待会。随后周恩来接见法国新闻社编辑特塞兰，指出中法建交是当前国际局势发展中的一个重要问题。

2月4日,《中华人民共和国和索马里共和国联合公报》发表。公报说:非亚大陆上外国军事基地的存在,是对国际和平和谅解的严重威胁。双方同意,两国政府将继续大力争取取消这些基地。双方重申,坚决支持扩大亚非国家在联合国主要机构中的席位,使亚非国家在国际上的主张能够得到平等的、同它们的重要性相称的反映。

上午,周恩来前往总统府拜会索马里总统奥斯曼,辞行,在政府大厦拜会索马里总理舍马克,辞行。

上午9时25分,周恩来一行结束对索马里和非洲十国的访问,乘专机离开摩加迪沙回国,舍马克总理和索马里高级官员、中国驻索大使张越及使馆人员到机场热烈欢送。

这年2月上旬,是中国的春节。在离开科纳克里的时候,代表团收到国内发来的电报,鉴于周恩来总理已经访问非洲多国,国内建议代表团回到昆明过春节休息,节后再继续进行访问。1月26日晚间,周恩来与陈毅联名致电中共中央,同意有关安排的意见,并说:"我们决定在访苏(丹)、埃(塞俄比亚)、索(马里)三国后,即直飞回昆明休息。春节后再出访巴(基斯坦)、锡(兰)、缅(甸)三国。"鉴于在非洲访问的时间已经很长,经与有关国家商定,周恩来对剩下的东非的访问,推迟到以后方便的时候进行。

周恩来于2月5日上午9时25分和陈毅及随行人员回到昆明,宋庆龄副主席、邓颖超和云南各界人士到机场热烈欢迎。

邓颖超看见周恩来的脸膛比以前黑了,而且黑里透红,便说:"恩来,非洲的阳光把你的脸晒黑了。"

周恩来从2月5日至13日,偕同邓颖超在昆明、成都两地休息,在昆明观看了云南省驻军部队组织的业余文艺调演。当得知在话剧《沙漠里来的战士》中饰演烈士子弟的演员本人就是烈士子弟时说："他演得很有激情，但最好不要让他本人演烈士子弟，经常带着那样沉痛的心情演出，时间长了他的思想感情受不了。"在与演员座谈时说："不管是演话剧、唱歌，都要把词吐清楚，要练好普通话，还要向老演员学习。"

在成都，周恩来夫妇和陈毅夫妇等人参观杜甫草堂，周恩来亲自查点人数，要警卫员统一买票入园。

周恩来虽然是中共中央副主席、国务院总理、党和国家的主要领导人之一，位高权重，但他的组织观念、纪律性非常强，是全党、全体干部的楷模。他在2月9日写给中共中央和毛泽东的电报中说：

"归来已四日，本拟写系统报告送中央，因环境突由紧张而松弛，反而睡眠不好，连电话都未打给尚昆同志，报告也就未能着手。……

"在国外时，本拟份报告，但从到阿尔巴尼亚后，硬分不出执笔起草报告提纲时间，致报告中断，心甚不安。幸好所遇问题，均未超出在出国前中央批准的外交部请示报告中的方针。

"现离再度出国还有五天，拟先草一报告大纲并与陈毅同志商定即先电中央，全面报告待下次归国后再写。请中央予以批准。"

2月13日，周恩来又致电中共中央和毛泽东：

"访非报告大纲尚未写出，明日即将首途续访亚洲三国，3月1日回国，经大家商定，拟仍来成都小憩，并写成（出访亚、非、欧14国）报告提纲。"

十四、旧地重游，出访东南亚三国

在额不里海滩周恩来同奈温畅谈访非感受

1964年2月14日上午，应缅甸奈温主席的邀请，周恩来再次访问缅甸，他和陪同人员陈毅夫妇、孔原、黄镇、童小鹏、乔冠华、龚澎、俞沛文等乘专机从昆明出发，于中午抵达仰光，受到奈温主席及缅甸军政高级官员、中国驻缅甸大使耿飚的热烈欢迎。周恩来曾多次访问缅甸，这次可算是旧地重游了。

下午，周恩来向缅甸民族英雄昂山将军墓敬献花圈。晚上，周恩来拜会奈温主席并赠送礼品，随后出席奈温主席夫妇举行的国宴，奈温和周恩来分别在国宴上讲话。

奈温说："我们知道，周恩来总理阁下和陈毅元帅阁下刚刚结束了在非洲许多国家的行程广泛的访问，因此，在这次访问后这样短的时间里，他们就不辞疲劳抽出时间来访问我们，更使我们特别感激。我们认为，这是中华人民共和国对缅甸联邦的牢固友谊和亲切的表现。"

周恩来说："中缅两国的关系历来是很好的。我们两国人民的友谊源远流长。在中华人民共和国和缅甸联邦成立以后，我们的传统友谊又在新的基础上获得了巨大的发展。我们两国友好合作关系日益加强。我们两国共同划定的和平友好边界和签订的友好和互不侵犯条约，是我们两国人民伟大友谊的结晶，也是和平共处五项原则最生动的体现。在这里，我愿意重申，中国政府和人民将一如既往，同缅甸政府和人民一道，在和平共处五项原则和万隆会议十项原则的基础上，为发展两国之间的友好合作关系而努力。

"陈毅副总理和我最近访问了非洲许多国家。我们亲眼看到，非洲大陆的面貌已经发生了翻天覆地的变化。在非洲50多个国家和地区中，已经有30多个国家取得了独立。这些国家正在为进一步肃清殖民主义努力，为维护民族独立和发展民族经济而努力。在还没有独立的国家里，也都燃起了反对帝国主义和殖民主义的怒火。非洲民族解放运动的完全胜利，是任何力量也阻挡不了的。

"亚非新兴国家，只要依靠本国人民和充分利用本国资源，同时加强相互之间的互助合作，坚持团结，坚持斗争，就能够挫败帝国主义的各种阴谋诡计，一步一步地把自己的国家建设起来。"

宴会结束以后，周恩来同奈温等在露天剧场观看了文艺节目。

2月15日，奈温主席和夫人陪同周恩来等乘专机前往额不里海滩，在海滨休养地休息。额不里位于缅甸西部，濒临孟加拉湾，景色秀丽，空气清新，是个游览和休养的好地方。那海滩沙质细洁，椰子树下富有南国情调的躺椅，温暖的阳光和凉爽的海风，令人赏心悦目，有一种回归大自然的感觉。这是奈温和中国驻缅大使耿飚事先商定的。他们考虑到周恩来连续访问非洲许多国家，十分劳累，来缅后让他放松一下，所以周恩来等到达仰光的次日，就到额不里海滩休息，同时把会谈等活动也放在那里举行。

晚上，奈温夫妇为周恩来一行举行别有情趣的海滨露天宴会，挂在树上的一串灯笼给晚宴增添了欢乐祥和的气氛，主客双方频频为中缅友好合作日益发展干杯。

16 日，奈温主席和周恩来总理在额不里海滩的老榕树下举行会谈。双方除了就中缅两国的双边合作问题进行磋商外，还就国际方面的 8 个问题交换了看法，周恩来特别就此次非洲十国之行的情况和感想，向奈温作了介绍。

他说："我们对非洲总的印象是，那里存在着反对帝国主义、殖民主义的大好形势，非洲人民迫切要建设自己的国家。同亚洲相比，非洲的觉醒迟了一步。但是，在第二次世界大战后，特别是万隆会议以后，非洲人民的民族自觉性空前提高，都要求站起来。当时参加万隆会议的非洲国家仅有阿联、埃塞俄比亚、加纳、利比里亚、利比亚和苏丹。可是万隆会议在整个非洲的影响却很深。作为亚洲国家的成员，中国代表在非洲受到很热烈的欢迎。非洲人民对包括缅甸在内的亚洲人民的印象是，认为亚洲比非洲先走一步。在维护民族独立、发展民族经济和文化、增强自卫能力等方面，亚洲是他们的榜样。亚洲和非洲人民之间存在着兄弟的友谊、战斗的友谊、革命的友谊，休戚相关。

"在非洲，我们印象最深刻的是，受所谓西方文明压迫和剥削了四五个世纪的非洲人民比亚洲受的苦难更多更深。西方资本主义不仅压迫、剥削本国人民，而且基本上消灭了美洲土人，奴役了非洲人，剥削了亚洲人。陈毅副总理为此作了一首词（其中有"惊世间残暴竟如斯，两洲血"的句子），其中'两洲'指的就是非洲和美洲。因此，资本主义这一名词在非洲人民中的印象最坏，一听到就讨厌，这已变成了非洲的民族感情。

"独立的国家都有一个共同认识，即单是政治独立是不够的，还要求得经济独立。对于这一点，非洲有见识的首脑也认识到了。当前非洲还是贫穷落后的，几乎没有像样的工业，城镇过去是为殖民者享受建设的，既然这些地区如此落后，建立独立的民族经济是否可能呢？

"我们认为非洲遍地是宝，有广大未开垦的处女地。矿产虽然被殖民者掠夺了一些，但大部分未被开采，有石油、煤、铁等丰富的矿藏。总之，农、林、牧、渔资源都很丰富。只要非洲开发起来，农业发展起来，就能自给自足，从而打下可靠的国民经济基础，再逐步发展工业。未来的非洲一定是一个繁荣的非洲。"

周恩来还向奈温介绍说："非洲有两类国家，一类已经取得独立，一类尚未取得独立，在非洲有51个国家和地区，已独立的有34个，未独立的有25个。"周恩来进一步指出，现在非洲最根本、最重要的问题是如何将民族革命和民主革命进行到底，经过长期努力来彻底消灭已经深入到非洲社会各个方面的殖民主义统治势力。而且要把非洲的民族民主革命贯彻到底，还需要解决三个问题：第一是建立民族自卫武装；第二是粉碎旧的国家机器；第三是继承和发展民族文化。"

周恩来这番宏论，可以称得上是一篇声讨殖民主义的檄文，也是一个支持非洲国家独立和革命的宣言。他那大气磅礴的气概，正义凛然的言辞以及实事求是的深刻分析，博得了听者的高度赞赏，奈温表示赞同周总理的意见。两位领导人在交谈中一致认为亚非国家应该按照和平共处五项原则和万隆会议十项原则的精神进一步团结起来，为反帝反殖、支持民族独立、促进世界的和平与合作而斗争。

2月7日上午，周恩来在奈温陪同下从额不里海滩乘机飞回仰光。上午10时30分，周恩来在缅甸国家宫接见法国驻缅甸大使，请大使转告戴高乐总统："我很高兴中法正式建交，应对此表示祝贺。现蒋帮已同法绝交，这很好，正合我们原来的设想。"还分析了法国的历史和文化，说："法国人民是有很强的民族志气的，法国近200年的历史，把法国人民锻炼出来了。法国文化也有两重性，一方面它发展了殖民主义，另一方面又以其大革命和支持美国独立战争的革命传统影响了殖民地人民。对于殖民主义我们一贯反对。"

下午 5 时，在仰光国宾馆，周恩来同奈温举行第二次会谈。周恩来在谈到国内工作时说："不论是谁，只要他还有一点爱国心，我们就还要争取和他团结。对于蒋介石，我们也一直留有余地，从不把谈判大门关死。担任领导的人，有的时候需要果敢，有的时候需要耐心等待，需要把这两者结合起来，这样领导者就不会在一群人中处于孤立。"

晚上，周恩来在国宾馆前的草坪上举行告别宴会，奈温主席夫妇和缅高级领导人出席，周恩来即席致辞感谢缅方的盛情款待。

2 月 18 日，周恩来先同奈温签署《中缅联合公报》，然后于 8 时，周恩来一行飞往卡拉奇，对巴基斯坦作友好访问，奈温夫妇、缅军政高级领导人和中国驻缅大使耿飚到机场欢送。

既访问了西巴又访问了东巴，同阿尤布·汗举行多次会谈，受到各方热情款待

对巴基斯坦这个友好国家，周恩来曾经访问过，同缅甸一样，这次也是旧地重游了。

周恩来一行的专机于 2 月 18 日下午 2 时 20 分抵达巴基斯坦南方的海滨城市卡拉奇，受到巴基斯坦财政部长、总统内阁中资历最深的成员沙伊卜的欢迎。

下午，周恩来到巴基斯坦第一任总督真纳墓献花圈，接着出席卡拉奇市政委员会举行的市民招待会，卡拉奇各界 4000 多人出席，晚上又出席巴基斯坦财政部长沙伊卜举行的宴会。

2 月 19 日上午，周恩来和代表团成员在刚从纽约回到卡拉奇

的巴基斯坦外长布托陪同下，参观卡拉奇东郊巴基斯坦最大的棉纺厂之一达马德纺织厂。周恩来在工厂举行的欢迎会上讲话时，表示深信这次访问和即将同巴基斯坦政府领导人举行的会谈将进一步促进中巴友谊，并对亚洲和世界和平以及亚非团结作出新的贡献，在留言中称赞巴基斯坦民族工业的迅速发展。中午出席布托举行的午宴。晚上，中国驻巴基斯坦大使丁国钰为周总理访巴举行招待会，巴外交部长布托、财政部长沙伊卜出席了招待会。

2月20日中午，周恩来一行乘专机从卡拉奇到达拉瓦尔品第，受到成千上万市民的热烈欢迎。拉瓦尔品第所有学校都停课，政府机关停止办公，整个城市洋溢着一片节日气氛。巴基斯坦总统阿尤布·汗元帅及巴其他高级领导人到机场迎接。

下午4时30分，在拉瓦尔品第宫，周恩来同阿尤布·汗举行第一次会谈。周恩来在谈到中印边境冲突时说："我们坚持和平谈判，但不能放弃原则。"并认为，单纯地依靠外授像陷进沼泽地一样，会越陷越深，就好像抽鸦片一样，会上瘾的。晚上，中国代表团出席阿尤布·汗总统举行的国宴，阿尤布·汗和周恩来分别在宴会上发表讲话。

阿尤布·汗说："总理是作为7年前曾经访问过巴基斯坦的老朋友到我们这里来做客的，当时政府的所在地在卡拉奇。现在我们将高兴地请他参观在离此几英里的伊斯兰马巴德建立起来的新首都。

"总理先生，在你上次访问我国以来的几年里，发生的变化远远不止是迁都。在我们国家生活的许多方面发生了影响深远的变化，其目的在于加快我国社会和经济发展的速度，以使我国人民享有更美好和富裕的生活。

"可喜的是，巴基斯坦和中华人民共和国之间的关系始终是融洽的，载入史册的是远远追溯到2000多年以前的我们的历史交往。

我国丰富的佛教文明吸引了来自中国的学者和游客，他们的回忆录是今天历史学家的宝贵史料。著名的贵霜王朝的帝王在公元3世纪曾派遣特使访问中国，还有互利的贸易交往的记载。

"因此，可以说，我们两国之间事实上不仅没有发生任何战争或争端，而且我们继承了善意和友谊的丰富传统，这就是我们今天借以建立关系的基础。最近的事态发展表明，我们正向着我们的历史和我们的人民的意志所指的方向前进。去年巴中边界协定的签订，就是这方面值得注意的里程碑，因为它表明了我们两国相互之间都希望消除潜在的不和的根源，同时为进一步发展友好关系铺平通路。"

周恩来在讲话中说："7年以前，我曾经访问过你们的国家。这次我们有机会再度访问这个友好的邻邦，我要向巴基斯坦政府和人民传达中国政府和人民的亲切的问候和最好的祝愿。

"我们高兴地看到，巴基斯坦在独立发展的道路上取得了重大的成就。巴基斯坦为维护自己的独立和主权，进行了坚持不懈的斗争。巴基斯坦的国际地位日益提高，近几年来，巴基斯坦在轻工业、水利建设、农业生产和市政建设等方面取得了不少进展。

"中巴两国自古以来就是亲密的近邻。我们两国人民历来相互尊重，友好相处。特别令人高兴的是，近两年来，随着我们相互了解的日益加深，两国的友好合作关系有了重大的发展。中巴之间的经济文化交流日益扩大，友好往来日益密切。为了巩固和发展两国的友好睦邻关系，我们两国通过友好谈判，圆满地解决了历史上遗留下来的边界问题。中巴边界协定的签订，是亚非国家根据平等协商的精神解决相互间的问题的范例，也是中巴两国政府和人民对亚非团结和世界和平事业的新贡献。

"巴基斯坦政府和人民近年来明确反对制造'两个中国'的阴谋，支持恢复中国在联合国的合法权利，中国政府和人民对此表示衷心的感谢。"

周恩来说："当前的形势对于亚非各国人民和全世界爱好和平的人民反对帝国主义的侵略政策和战争政策、维护世界和平的斗争，是十分有利的。我们相信，只要亚非各国人民和所有爱好和平的人民加强团结，坚持斗争，他们的理想和愿望一定会实现的。"

2月21日，周恩来和阿尤布·汗举行第二次会谈。周恩来在谈到中国的外交政策时说："我们永远不会执行挑衅的政策，中国政府是不愿诉诸武力的。世界在变化，力量在改组，我们要冷眼观局势，在外交上多交换看法。"

当日，在外交部长布托陪同下，周恩来一行又参观了正在建设中的巴基斯坦新首都伊斯兰堡，周恩来亲自种植中国乌桕树。晚上，周恩来与布托谈话，表示中巴友谊绝非权宜之计，赞赏阿尤布·汗总统所做的努力，然后，出席布托外长和夫人举行的宴会。

2月22日上午，周恩来同阿尤布·汗在拉瓦尔品第单独会谈。在会谈中，周恩来说："要保证一个国家的独立，第一是要掌握军队；第二是要在政府和党内有个领导核心；第三就是要依靠人民、团结人民，有了人民的支持，外国干涉也就不怕了。"在会谈中，周恩来邀请阿尤布·汗访华，阿尤布·汗表示可以公布他接受访华的邀请，并说他对这件事非常重视。

午后，周恩来在拉瓦尔品第宫同阿尤布·汗举行第三次会谈。在会谈中，周恩来阐述了中国对外贸易往来和经济合作的原则。他说："我们要通过贸易往来和经济合作，求得共同的经济发展。我们不是要制造依附的经济，而是要通过相互帮助，建立各自的独立经济。"在谈到中国发展、强大以后的外交方针时说："就是在我们强大以后，我们也要谈判解决诸如中美关系等问题，也不会进行挑衅。不但我们社会制度不容许我们向外扩张，历史也不容许我们向外扩张。而且我们有足够的发展余地，不需要向外扩张。"阿尤布·汗称:"很感谢总理阁下的谈话,你是一位很英明又有政治家风度的领导人。"

晚上,周恩来在总统府设宴招待阿尤布·汗总统。

2月23日上午,周恩来和阿尤布·汗签署《中巴联合公报》。公报说,双方一致认为,印中边界争端应该而且能够通过谈判和平解决,克什米尔争端,能够按照克什米尔人民的愿望获得解决。

然后,在外交部长布托陪同下,周恩来一行乘专机前往西巴基斯坦首府拉合尔,阿尤布·汗总统在机场送行。上午11时,抵达拉合尔,下午,周恩来等出席拉合尔市民招待会。随后向著名的巴基斯坦诗人和哲学家阿拉马·穆罕默德·伊克巴勒墓献花圈。晚上,出席西巴基斯坦省省长穆罕默德·汗举行的宴会,宴会后,观看巴文艺演出。

2月24日上午,应西巴基斯坦省议会的邀请,周恩来在议会特别会议上发表了长篇讲话,讲了中巴悠久的友谊和现状,国际形势,中国的内外政策,赞扬巴对内对外的成就并特别指出:"新兴的亚非国家,在国际事务中发挥着日益重要的积极的作用,无视亚非国家的独立意志,企图抹杀这些国家的地位,对这些国家采取以大凌小、以强欺弱的帝国主义态度或者大国沙文主义态度,是必然要碰壁的。"

会议之后,周恩来等同巴外交部长布托和夫人以及西巴基斯坦省省长穆罕默德·汗共进午餐。傍晚,在布托夫妇陪同下,周恩来一行乘专机从拉合尔到达东巴基斯坦省首府达卡,东巴基斯坦省省长穆奈姆·汗和省议会议长阿卜杜勒·哈米德·乔杜里在机场迎接。晚上,出席穆奈姆·汗省长举行的宴会,并在省长官邸的花园里观看焰火。

2月25日上午,周恩来和代表团全体成员在布托外长和夫人以及省长穆奈姆·汗的陪同下在达卡附近的希塔拉卡雅河上泛舟游览，受到数万人的热烈欢迎，欢呼声震荡沿河两岸。下午，出席达卡市民招待会，随后，周恩来在达卡举行记者招待会，由新闻司司长龚澎主持，在回答记者提出的问题时，周恩来说对阿尤布·汗总统愿意在中美之间进行斡旋一事表示欢迎。并指出：改善中美关系的唯一途径是美国政府要用行动表明它愿意改变敌视中国的政策。关于克什米尔争端问题，希望按照克什米尔人民的愿望获得解决。还说，为和平解决中印边界问题，中国政府过去做了自己所能做的一切，今后还要继续努力。

晚上，周恩来及代表团出席东巴基斯坦议会议长法兹卢勒·卡德尔·乔杜里在达卡最大的旅馆里举行的宴会，乔杜里致了欢迎词，周恩来即席致辞答谢。

2 月 26 日 10 时 17 分，周恩来等和由昆明飞往达卡的宋庆龄副主席一道乘专机离开达卡飞往锡兰作友好访问。

周恩来、宋庆龄联袂访锡，受到热烈欢迎和高规格的接待

1964 年 2 月 26 日下午，周恩来、宋庆龄等抵达锡兰首都科伦坡，在机场受到锡兰总理班达拉奈克夫人、内阁各部部长和议员的热烈欢迎。当日下午，周恩来和宋庆龄拜会锡兰总督高伯拉瓦和夫人。

周恩来和陈毅致电中共中央和毛泽东，简要汇报了访问巴基斯坦的情况："在巴访问 8 天，受到热烈和诚挚的欢迎。同阿尤布·汗和布托谈话，也极坦率而切实。中巴公报已发表，除一般外，特殊的为我方希望根据印巴双方对克什米尔人保证那样，按照克什米尔人民的愿望解决克什米尔问题。"

2月27日上午，周恩来总理和宋庆龄副主席向前锡兰总理班达拉奈克墓献花圈。

上午11时，在总理府，周恩来、宋庆龄和班达拉奈克夫人举行第一次会谈，双方就国际形势交换意见。

晚上，周恩来、宋庆龄等出席锡兰总理班达拉奈克夫人举行的招待会。

2月28日上午9时40分，周恩来、宋庆龄同班达拉奈克夫人举行第二次会谈。周恩来在会谈中说："亚非国家如果首先依靠自己的力量，同时进行友好合作，它们就可能较快地赶上先进国家，至少所需要的时间要比工业先进国所用的200多年要短。"在谈到中国对锡兰的经济援助时，介绍了中国贷款的两条原则（低息和无息），并说："至于偿还的时间问题，如到期不能偿清，可以延长时间。"当班达奈拉克夫人表示非常感谢时，周恩来又说："一切援助都是相互的，无须表示感谢。帮助别人，对我们来说是一种锻炼。加强你们，也就是加强民族独立运动。"

下午，宋庆龄、周恩来、陈毅等出席在独立广场举行的群众大会。周恩来发表长篇讲话，他说："7年前，我曾经访问你们美丽的国家，同锡兰人民一起欢度了锡兰独立9周年的光辉节日，现在，宋庆龄副主席和我，带着6亿5千万中国人民对锡兰人民的真诚友谊，来到你们的国家，受到锡兰政府和人民的隆重接待和热情欢迎。在这个盛大的集会上，请允许我代表宋庆龄副主席，并且以陈毅副总理和我个人的名义，向你们表示衷心的感谢。我还要代表中国政府和人民向科伦坡城市民和全体锡兰人民致以亲切的问候和崇高的敬意。"

周恩来说："锡兰是有着古老文化传统的国家，锡兰人民是有着反抗帝国主义和殖民主义的光荣斗争传统的人民。锡兰独立以后，锡兰人民继续保持和发扬这种光荣的传统，为维护和巩固民族独立，反对外来干涉，而进行着坚持不懈的斗争。帝国主义者和殖民主义者不甘心于他们的失败，它们采取政治讹诈、经济制裁、渗透颠覆等等手段，干涉锡兰的内政，侵犯锡兰的主权，妄图继续控制这个新兴的国家。但是，锡兰人民不畏强暴，不怕压力，坚持沿着总理班达拉奈克所主张的独立自主的道路前进，不断地取得了胜利。西丽玛沃·班达拉奈克总理说得好：'锡兰不准备出卖独立和人民的荣誉'。最近班达拉奈克夫人严正宣布，不准载有核武器的外国军舰飞机进入锡兰。锡兰人民坚持独立、坚持斗争的气概，赢得了中国人民和全世界人民的尊敬和赞扬。"

他强调说："国家不分大小，只要坚持独立自主，主持正义，就能够在国际事务中发挥重要的积极作用。中国政府和人民充分尊重和坚决支持锡兰政府的和平中立政策，我们坚决反对任何歧视和轻视小国的大国沙文主义态度。"

他讲道："中国在革命胜利后，继续把革命推进到社会主义革命的阶段，同时积极地进行社会主义建设，中国人民在建设实践中，越来越深切地体会到，只有坚持自力更生的方针，坚持以农业为基础、以工业为主导的方针，才能够建立起独立自主的经济，才能够在正常地发展工农业生产的基础上，逐步提高工人阶级和劳动人民的生活水平。帝国主义的封锁和捣乱，并没有吓倒中国人民，反而加强了中国人民自力更生的信心和决心。归根到底，建设国家应当依靠本国人民的力量，自己的力量才是最可靠的力量。"

周恩来在谈到中锡两国关系时说："中锡两国人民自古以来就存在着深厚的友谊。在历史的黎明时期，我们两国人民就开始了文化交流和贸易往来。近代以来，我们两国人民在反对帝国主义和殖民主义的斗争中，一直互相同情，互相支持。在中锡两国获得胜利以后，我们的传统友谊在新的基础上有了重大的发展。

"我们两国共同确认以和平共处五项原则和万隆会议十项原则

作为指导两国关系的准则。我们两国在经济和文化方面的联系日益扩大，两国政府和两国人民友好往来日益频繁。中锡两国在国际事务中也进行了良好的合作，锡兰政府和人民一贯主张恢复中国在联合国的合法权利，反对帝国主义制造'两个中国'的阴谋。我愿借此机会，代表中国政府和人民对锡兰政府和人民的这种正义的立场，再一次表示衷心的感谢。"

周恩来的讲话，受到全场热烈的欢迎，掌声和欢呼声不断。

这天晚上，锡兰总督高伯拉瓦和夫人为宋庆龄副主席和周恩来总理举行国宴，高伯拉瓦和宋庆龄在宴会上发表讲话。

高伯拉瓦说："今晚中华人民共和国杰出的副主席、国务院总理、副总理以及他们一行的其他人员作为我的贵宾同我们在一起，我们感到很高兴。

"对于我个人来说，这是一件特别愉快的事，因为我不仅是在欢迎一个伟大的亚洲邻国的领导人，而且也在重温昔日的友情和会见来自中国的新朋友，我曾作为大使在那里度过 3 个极有意思和愉快的年头。

"宋庆龄女士阁下不仅是中华人民共和国的副主席，而且也是已故的杰出世界人物孙逸仙博士的夫人。这是她第一次访问锡兰，我们唯一感到遗憾的是她逗留的时间是如此短促，如果能够请她看一看我国的一些胜地，那的确将是莫大的荣幸。

"对于锡兰来说，周恩来总理阁下并不是生客，因为几年以前他曾到过我们这里，我们除了对这位老朋友表示问候之外，我还愿意乘这个机会向他表示感谢，感谢我个人所体会到的他在许多场合下对锡兰所表示的盛情和关怀。因此，他能够接受我们总理的邀请，前来访问，我们感到特别高兴和荣幸。

"诸位阁下：史籍表明，我们两国的友好关系已经有近 2000 年了。关于这一点，我只消提一下 1500 多年前法显法师曾经到过这个国家就足够说明这点了。

　　"在近年来——甚至建立外交关系以前，1952 年签订了一项贸易协定，自那时以来，这项协定一直在执行，为我们两国都带来了利益。从此之后，这样建立起来的紧密而亲切的关系就一直未断，并且得到进一步加强和发展。我确信，即使在诸位这次访问期间，时间虽然短，但是你们也有充足的机会可以亲自看到，这里对你们伟大的国家和对你们每一位，都有着大量的善意和友情。锡兰人民用自发的亲切感对你们表示欢迎，这种感情是我们两国关系的真正标志。我深信，由于诸位阁下的这次访问，这种友谊现在将比过去任何时候更为强烈和紧密。"

　　宋庆龄用她的上海话讲话说："访问友好的锡兰，会见兄弟般的锡兰人民，是我长久以来的愿望，感谢总理阁下的盛情邀请，使我这个愿望终于得到实现。当我们乘坐的飞机还在你们首都科伦坡上空盘旋的时候，我就被你们绿树如海的美丽国土深深吸引。但是，更使我感到高兴的是这样一个花园一般的国家，在经过人民群众的长期英勇斗争之后，已经开始走上了独立发展的道路，开辟着自己美好的前程。在总督阁下为我们举行的这个盛大宴会上，请允许我以周恩来总理和我个人的名义，并且代表 6 亿 5 千万中国人民，向具有光荣斗争传统的锡兰人民致以亲切的问候和崇高的敬意。"

　　宋庆龄说："当人类还只能依靠木船航行的时候，我们的祖先就不辞辛劳，漂洋过海，开始友好往来。还在 1500 年前，中国的高僧法显曾经到佛教文化的发源地阿努拉达普拉研究佛经，就在这一时期，第一个锡兰的友好使者访问了中国的南京。我们的先人长途跋涉，相互寻求友谊和知识，在历史上写下了许多优美的篇章。

　　"中锡友好关系十几年来得到了不断的发展，中华人民共和国成立不久，锡兰就率先冲破帝国主义对中国的封锁禁运，同中国进行橡胶、大米的贸易，患难识知己，中国人民把锡兰的这一行动看作是对中国的宝贵支持。从那时以来，特别是由已故的班达拉奈克总理和西丽玛沃·班达拉奈克总理所做的卓越努力，我们两国在政治、经济和文化方面的友好合作关系得到了全面的发展，中锡经济合作成为亚非国家在平等互利基础上进行经济合作的一个范例。

"班达拉奈克夫人去年带着锡兰人民的友谊访问中国，在中国人民和我个人的心中留下了亲切的回忆。我相信，我和周恩来总理这一次访问锡兰，也将有助于进一步加强中锡友好合作关系。"

当天，宋庆龄副主席应斯里帕里学院的邀请，在该院发表以《人民团结起来是不可战胜的》为题的长篇讲演。受到全体师生的热烈欢迎。

28日晚上11时，周恩来同班达拉奈克夫人在总督府举行第一次单独会谈。29日下午，又同班达拉奈克夫人举行第二次单独会谈，就中印边界问题交换意见。周恩来说："我们的立场就是无条件地进行谈判，而谈判就是为了解决边界问题，从而有利于中印人民的友谊、亚非团结和世界和平。"

2月29日，周恩来、宋庆龄、陈毅与班达拉奈克夫人在科伦坡总理办公室举行第三次会谈。周恩来介绍中印边境的现状和中国政府的立场、主张，说："关于中印边界问题，再谈几句。第一，现在中印边境局势客观上已经和缓下来了；第二，我们仍然主张中印双方以科伦坡会议作为基础坐下来谈判以寻求边界问题的和平解决。我们认为中印边界问题只能和平解决，没有其他办法。我们不能同意按照印度的解释全部接受科伦坡建议，因为这样就把科伦坡会议变为仲裁，但科伦坡会议六国都承认它们只是调解而不是仲裁；第三，我们已经从实际控制线后撤20公里，在20公里地区内，仅设立少数几个民政点，我们撤出后，绝不会挑衅，这是肯定的。"并说："如印军前进，我们将采取措施让科伦坡会议国家来调解，而不会直接和印度冲突，这也就是我们对六国提出的3个办法：

（一）如少数印军侵入，我将提警告，每季通知六国一次；（二）如印度进一步侵占我领土，我们将要求印军撤走，同时请六国调解，劝说印军撤走，在六国劝解过程中，我将不采取任何行动；（三）如六国宣告调解无效，我将采取自卫措施。但这种情况和1962年大冲突完全不一样，那时没有调解国，全世界对此也不注意，现在情况不同了。六国不仅在过去对和缓中印紧张局势起过作用，而且今后还将起更大的作用。阿联、加纳和缅甸都很欣赏这一办法，其他国家，包括埃塞俄比亚、突尼斯，经我们解释后，也都欣赏这个办法。"在谈到中国对亚非国家援助问题时说："我们不仅要看物质，而且要看精神。我们都是亚非大家庭的成员，援助数目同我们的人口来比是不相称的，希望再过5年到10年我们进一步发展了，我们可以更好地合作。合作是为了求得共同的发展，绝不允许发生过去殖民主义所干的事。"

会谈后，周恩来接见一些日本记者，答复他们提出的问题，如中日关系，台湾问题，对亚洲局势的估计，召开第二次亚非会议和第二次不结盟国家会议具有什么意义，中国和巴基斯坦关系，中印边界问题等，周恩来都作了简洁明了的回答，记者们如获至宝，满意而去。

下午7时，周恩来和宋庆龄举行宴会，招待锡兰总督、总理。宴会后，周恩来和班达拉奈克夫人代表两国在《中锡联合公报》上签字。

公报说："中国总理赞赏锡兰总理所采取的拒绝载有核武器和核战争装备的船只和飞机进入锡兰领海、港口和机场的重要步骤。两国领导人希望，其他国也能本着同样的精神采取适当行动。中国总理表示，将继续争取在科伦坡建议的基础上同印度直接谈判，和平解决中印边界问题。"

晚上，结束对锡兰访问后，周恩来和宋庆龄及代表团离开科伦坡回国，班达拉奈克夫人等到机场送行。

3月1日上午9时25分，周恩来总理和宋庆龄副主席等乘专机回到昆明，云南党政军及各界负责人到机场欢迎。

至此，周恩来结束了历时72天，行程十万八千里的对非洲、欧洲和亚洲14个国家的友好访问。

周恩来这次访问，举世瞩目，是一次伸张正义、扶弱抗强的壮举，是中国发展同亚非国家友好关系的又一个重要里程碑。特别是周恩来提出的中国处理同非洲国家、阿拉伯国家关系的五项原则和中国对外经济技术援助的八项原则，在国际上产生了巨大反响。正如周恩来在1964年3月30日、31日《关于访问十四国的报告》中所说的："这次访问，受到了各国热烈的欢迎和隆重接待，获得了圆满的成功，达到了预期的目的，具有重大的国际意义和影响"。

3月15日下午，周恩来乘专机从成都回到北京，受到毛泽东、刘少奇、朱德、邓小平等5000多人的热烈欢迎，全场高呼："欢迎周总理！""亚非人民团结万岁！"

十五、总结访问十四国，周恩来 向全国人大常委会和国务 院全体会议联席会作报告

先在成都召开使节会议，座谈、总结访问十四国 的报告

3月1日至3月5日，周恩来在昆明期间，一方面是休息，另一方面也是主要准备作访问14国的总结。在此期间还看了昆明军区文工团的歌舞演出；视察石林，并对有关负责人指示说对石林应该保护，要绿化，要有水，才不枯燥；并提出要建小型水电站，解决附近少数民族用电问题。

周恩来还接见了阿尔巴尼亚护送阿方赠送给中国的橄榄苗木的代表团；设宴款待这次出访租用的荷兰专机机组人员，同意他们提出的到北京参观的请求，并决定派我方飞机送他们到北京，安排人接待。荷兰机组人员说："荷兰飞机差不多跑遍了全世界，我们也为其他国家元首开过飞机，但没有看到任何国家领导人像周恩来总理这样平等待我们，对我们十分尊重。"临回国时，机组人员又一次表示："周总理以后有出访的任务，我们非常愿意再来服务，一

定圆满地完成任务。"

3月初，周恩来到了成都，就访问锡兰期间与锡方领导人会谈中有关召开第二次亚非会议、第二次不结盟国家会议和中印边界问题等内容，同陈毅联名给中共中央、毛泽东作了报告。

3月14日，周恩来和陈毅在成都召集回国休假的我驻欧洲国家的部分大使开座谈会。周恩来在台上作了访问非亚欧14国总结提纲的报告，乔冠华详细介绍了总结的内容，听取大家的意见。最后，周恩来就大使回国休假的任务作了指示，他说："大使回国休假，第一是学习，第二是休息，第三不能忘记工作。每个大使都有自己的岗位，玩的时候不能忘记了工作。在新旧大使之间交替的时候，旧大使仍要负责。"他提出："现在我国与西欧国家主要是发展经济关系。在贸易方面，要使建交者先得到实惠。要平衡一下同西欧的贸易问题。要求驻外大使多与我们的外贸部门加强合作。在北欧要普遍宣传反对制造'两个中国'。"

在第二届全国人大常委会第115次、116次会议和国务院第142次、143次全体会议上作《关于访问十四国的报告》

周恩来于3月30日、31日连续作了两天的报告。报告共分5个部分：访问的经过和收获；阿尔巴尼亚之行；非洲的革命形势和任务；南亚之行；我们对亚非国家的政策和任务。

周恩来说："我们从1963年12月13日至1964年2月5日访问了非洲10国和阿尔巴尼亚人民共和国，从1964年2月14日至3月1日，访问了南亚3国，总共历时72天，行程十万八千里。"他说："这次访问获得了圆满的成功，达到了预期的目的。通过这次访问，进一步巩固和发展了中国和阿尔巴尼亚两党、两国的伟大友谊和团结，进一步增进了中国同亚非国家的友好合作关系，从而有利于加强全世界人民的反帝大团结，有利于保卫世界和平和争取人类进步的事业。"

在谈到阿尔巴尼亚之行时，周恩来说："我们在美丽的'山鹰之国'，同阿尔巴尼亚同志们一道辞别旧岁，欢庆新年，度过了永远难忘的 9 天。我们受到了以恩维尔·霍查同志为首的阿尔巴尼亚劳动党中央委员会和人民共和国政府隆重、极其亲切的接待，受到了兄弟的阿尔巴尼亚人民满街满城、满山遍野的热烈欢迎。在历史名城培拉特，我们到处都听到响彻云霄的'恩维尔——毛泽东'的欢呼声，到处都看到阿尔巴尼亚同志们发自内心的、激动的笑容。

"同志谊长，战友情深。阿尔巴尼亚人民对中国人民的这种无产阶级国际主义友爱，是对中国人民的巨大鼓舞和宝贵支持。"

周恩来在报告中热烈赞扬阿尔巴尼亚人民的英雄气概和革命精神，他说："阿尔巴尼亚人民是英雄的人民，阿尔巴尼亚人民共和国是英雄的国家。几个世纪以来，阿尔巴尼亚人民一直是依靠自己的力量，同外国侵略者进行艰苦卓绝的斗争，最后终在以恩维尔·霍查同志为首的阿尔巴尼亚共产党（1948 年改名为阿尔巴尼亚劳动党）的英明领导下取得了自己的解放。

"接着，阿尔巴尼亚人民又多次粉碎了外来势力的颠覆阴谋，一再击退了希腊保皇法西斯的军事挑衅，捍卫了自己的革命果实。"

周恩来指出："当现代修正主义者掀起反对马克思列宁主义的逆流的时候，阿尔巴尼亚劳动党挺身而出，给现代修正主义者以坚决的打击。阿尔巴尼亚同志们下定决心，在任何情况下绝不拿原则做交易。'一手拿镐，一手拿枪'，'宁愿站着死，不愿跪着生'，这两句有名的战斗口号，显示了阿尔巴尼亚共产党人和全体人民的崇高的革命品德和无畏的斗争精神。我们在这次访问期间，亲眼看见阿尔巴尼亚全民戒备，日夜警惕，斗志昂扬，信心百倍。20年来，社会主义的阿尔巴尼亚像一座不可动摇的山岳，屹立在敌人的四面包围之中，向全世界放射出革命的光辉。"

周恩来在谈到阿尔巴尼亚人民在社会主义建设中取得的成就时说："解放以前，阿尔巴尼亚是欧洲经济和文化最落后的国家之一，没有一座现代化工厂，没有一条铁路，没有一所高等学校。解放以后，在阿尔巴尼亚的土地上发生了翻天覆地的变化，阿尔巴尼亚1963年的工业产值相当于1938年的30倍，农业产值相当于1938年的3.4倍，全国每4个人中就有1个人在校学习。阿尔巴尼亚已经变成了一个拥有现代工业和集体化农业的社会主义农业—工业国。"

周恩来说："阿尔巴尼亚人民在革命和建设中所取得的一切成就，都是以恩维尔·霍查同志为首的阿尔巴尼亚劳动党正确领导的结果。"

周恩来又说："我们在这一次访问期间同霍查同志、谢胡同志和阿尔巴尼亚党和国家其他领导人进行了亲切友好的会谈。双方就进一步巩固和发展中阿两党、两国的友好团结和互助合作关系以及当前国际形势和国际共产主义运动的重大问题，充分地交换了意见，双方的观点是完全一致的。双方发表的联合声明，是一个反对帝国主义、各国反动派和现代修正主义的重要文件。所有这一切，对于无产阶级世界革命事业和保卫世界和平的事业，是具有重要意义的。中国人民将永远同兄弟的阿尔巴尼亚人民一道，同社会主义阵营各国人民一道，同全世界一切马克思列宁主义者和革命的人民一道，继续高举马克思列宁主义的革命旗帜，高举无产阶级国际主义的团结的旗帜，高举反对帝国主义、保卫世界和平的旗帜，为全世界人民争取世界和平、民族解放、人民民主和社会主义的伟大事业的最后胜利奋斗到底。"

　　周恩来在谈到非洲 10 国之行时说："我们在非洲 10 国所受到的隆重接待和热烈欢迎，也是永远难忘的。这些国家的人民，冒着炎热的天气，长时间地待在路旁，向我们夹道欢呼。有些城市更是万人空巷，满城欢腾，载歌载舞，鼓声雷动。这些激动人心的场面，充分地显示非洲人民对中国人民休戚相关的战斗友谊。"

　　周恩来接着谈到了非洲反对帝国主义的大好形势，他说："非洲人民遭受过殖民主义几个世纪最野蛮、最残酷的奴役和剥削，进行过反殖民主义统治的长期英勇的斗争。第二次世界大战以后，特别是 1955 年万隆会议以后，非洲民族独立运动以雷霆万钧之势蓬勃发展起来。

　　"万隆会议举行时，非洲只有 4 个独立国家。现在，非洲 59 个国家和地区中，已经有 34 个国家获得了独立，这是非洲人民坚持不懈地斗争的结果。还处在殖民统治下的非洲各国人民，也正在为争取独立和自由而进行着前仆后继的斗争。殖民者的压迫越残酷，人民的反抗越坚决，越来越多的非洲人民，由于遭到殖民者的武装镇压，忍无可忍，终于拿起武器，走上了武装斗争的道路。"

　　周恩来说："在我们访问非洲新兴国家的过程中，最使我们感动的是，非洲人民的精神面貌有了深刻的变化。他们热情勇敢，生气勃勃，表现了独立了的、站立起来的人民的豪迈气概。他们敢于当家做主，敢于管理自己的国家，敢于藐视一切敌人，敢于同一切新老压迫者进行斗争，这种斗争精神，是一切新兴国家的立国之本。非洲人民有了这种精神，就能够战胜帝国主义和新老殖民主义的任何阴谋诡计，克服前进道路上的一切困难和障碍。今天的非洲，已经不是 19 世纪末叶或者 20 世纪初叶的非洲了，非洲已经成为一个觉醒的、战斗的、先进的大陆。"

　　周恩来在报告中指出："帝国主义和新老殖民主义绝不会甘心于自己的失败，它们正在极力阻挠非洲民族解放运动的发展，企图继续控制非洲。新老殖民主义者在多数情况下，被迫作了让步，又采用新殖民主义的手法，企图在军事、政治、经济、文化各方面控制非洲新独立国家。美国新殖民主义者采取更加阴险狡猾的手段，企图取代老殖民主义者的地位，把非洲新兴国家置于自己的奴役之下，这就使非洲人民同帝国主义之间的斗争日益激化，非洲的反帝运动日益深入。有些非洲国家的反帝革命运动，在帝国主义的镇压和欺骗下，可能遭到暂时的挫折，但是非洲人民总是要继续前进的，例如，刚果（利奥波德维尔）的民族独立运动，虽然在美帝国主义的干涉下遭到了挫折，使刚刚独立的刚果沦为美国的半殖民地，但是，刚果的爱国力量已经重新聚集起来，展开了反对美帝国主义及其代理人、争取民族解放的轰轰烈烈的武装斗争。"周恩来还指出："帝国主义和新老殖民主义无论采取怀柔欺骗的手段，还是采取武装镇压的手段，都不能够阻止非洲民族解放运动的发展。"

周恩来说："非洲新兴国家的人民正在为消除殖民主义势力，反对帝国主义的控制、干涉、颠覆、侵略而进行着不懈的斗争。阿联从殖民者手中收回了苏伊士运河，并且把英法企业收归国有。阿尔及利亚接管了殖民者占有的270万公顷土地（占全国耕田的40%以上），并且没收了一部分殖民主义者的企业。摩洛哥迫使美国答应撤除它设在摩洛哥的军事基地。突尼斯收复了比塞大军事基地。加纳最近再一次破获了帝国主义的颠覆阴谋，加纳政府和人民正在为反对帝国主义的颠覆活动而展开着坚决的斗争。马里迫使外国撤除了设在它的领土上的全部军事基地，并且收回了殖民主义的农业垄断企业尼日尔公司。几内亚把殖民者的大部分工商企业收归国有。苏丹、埃塞俄比亚和索马里，也都在进行着反对新老殖民主义控制和干涉、维护国家主权和巩固民族独立的斗争。"周恩来强调指出："非洲独立国家进行的所有这一切正义斗争，都是非洲反帝民族革命的组成部分。"

　　周恩来说："不少非洲新兴国家的领导人表示要把革命继续推向前进。他们认为，当前的迫切任务是：坚持依靠人民群众，巩固革命政权，建立和发展民族的自卫武装力量，建立独立自主的民族经济，发展民族文化和民族语言，等等。我们认为，只要这样做，就能够保卫非洲各国人民的革命成果，并且把民族民主革命继续推向前进。"

　　周恩来接着谈到，非洲新兴国家的人民正在为发展民族经济、建设自己的国家，逐步消除殖民统治所造成的贫困和落后状态而努力，并且已经取得显著的成就。许多非洲国家的领导人指出，仅仅取得政治独立是不够的，要进一步争取经济独立，才能够使自己的国家彻底摆脱帝国主义和新老殖民主义的控制，走向完全的独立。非洲经过帝国主义的长期殖民统治的掠夺，绝大多数国家存在单一经济作物和单纯发展采矿工业的畸形经济。帝国主义力图继续保持这种状态，以便在经济上长期控制和剥削非洲国家。因此，非洲新兴国家要发展独立的民族经济，不能不是一场反对帝国主义和新老殖民主义的严肃斗争。

　　周恩来说："我们高兴地看到，非洲新兴国家的政府、人民正在从建设自己国家的实践中取得经验，开辟着适合于本国具体情况的发展民族经济的道路。非洲有着勤劳勇敢的人民，有着富饶的地下地上和水中的资源。我们相信，只要坚定地依靠人民群众的力量，充分利用本国的资源，同时在平等互利的基础上同友好国家互助合作，非洲新兴国家是一定能够逐步建设起来的。一个独立自主、繁荣富强的新非洲是一定要出现的。"

　　周恩来说："在这次访问过程中，我们同阿拉伯联合共和国总统纳赛尔、阿尔及利亚总统本·贝拉、摩洛哥王国国王哈桑二世、突尼斯共和国总统布尔吉巴、加纳共和国总统恩克鲁玛、马里共和国总统凯塔、几内亚共和国总统杜尔、苏丹共和国武装部队最高委员会主席阿布德、埃塞俄比亚帝国皇帝海尔·塞拉西一世、索马里共和国总理舍马克等非洲10国的领导人进行了友好的会谈，就进一步发展中国和这些国家的友好合作关系和共同关心的国际问题交换了意见，取得了一致的看法，并且发表了一系列有助于加强亚非人民团结反帝事业的联合公报。我国同突尼斯建立了外交关系，同埃塞俄比亚达成了在最近的将来使两国关系正常化的协议。"

周恩来说："在这次访问期间，我们提出了中国同非洲国家和阿拉伯国家相互关系的五项原则。这五项原则是和平共处五项原则和万隆会议十项原则的具体运用，是万隆精神的发扬光大，受到了许多非洲国家的赞同，我们今后应予贯彻执行。"

周恩来说："我们还提出了我国对外援助八项原则，这八项原则充分地体现了我国同新兴国家进行经济合作和文化合作的真诚愿望。它不仅适用于我国对非洲新兴国家的援助，也适用于我国对亚洲和其他地区新兴国家的援助。"

周恩来指出："中国政府和中国人民一向认为，援助总是相互的。亚非新兴国家繁荣富强起来，就能够增强亚非人民反对帝国主义和新老殖民主义、争取和维护民族独立的力量，就能够增强全世界人民反对帝国主义、保卫世界和平的力量，这对中国人民来说，就是巨大的支持和援助。亚非国家遭遇相同，处境相似，我们之间的相互援助，是穷朋友之间的同舟共济，而不是强欺弱，大凌小。这种相互援助的规模目前虽然还不大，但是，它是可靠的，切合实际的，有助于各国独立发展的。随着各国建设事业的发展，这种相互援助的规模将日益扩大，范围日益广泛。"

周恩来在报告中谈到南亚三国之行。他说："在访问非洲之后，我们又访问了缅甸、巴基斯坦和锡兰3个友好的亚洲国家，旧地重游，倍感亲切，我们受到了这些国家政府和人民的殷勤接待和热烈欢迎。"

周恩来说："中国人民和缅甸人民之间一直存在着深厚的'胞波'情谊。为了加强两国间的友好睦邻关系，两国领导人频繁地进行了相互访问，我已经是第六次访问缅甸了。这一次，我们同奈温主席在额不里海滩进行了亲切的会谈。双方一致表示要为进一步发展两国之间的友好合作关系而努力。中国方面表示支持缅甸政府奉行和平中立的对外政策。"

周恩来指出："近几年来，在双方的共同努力下，中国和巴基斯坦之间友好睦邻关系获得了重大发展，两国圆满地解决了边界问题，签订了航空协定和贸易协定。我们在这次访问期间，从西巴基斯坦走到东巴基斯坦，时刻都生活在巴基斯坦人民对中国人民的深情厚谊之中，使我们深受感动。我们亲眼看到，巴基斯坦人民决心为反对外来压力和威胁、维护民族独立和国家主权、促进亚非团结而斗争。任何外来的干涉和压力，都无法阻止巴基斯坦人民沿着这条独立自主的道路继续前进。"周恩来说："我们这次同阿尤布·汗总统举行了友好坦率的会谈，进一步加深了相互了解，发表了联合公报。这一切，为进一步发展中巴两国友好合作关系开辟了更加广阔的前景。双方在联合公报中表示，希望克什米尔争端能够像印度和巴基斯坦向克什米尔所保证的那样，按照克什米尔人民的愿望获得解决。"

周恩来说："宋庆龄副主席和我这次访问锡兰，进一步加强了中锡两国之间的友好合作关系。几年来，西丽玛沃·班达拉奈克总理领导的锡兰政府，继承前总理班达拉奈克的遗志，在反对帝国主义的颠覆和干涉、肃清殖民主义势力和发展民族经济方面取得了进展。最近，锡兰把过去由外国资本垄断的石油经销业务和保险业务改为国营。锡兰政府表示反对美国第七舰队进驻印度洋，并且严正宣告不准许载有核武器的外国军舰和飞机进入锡兰国境。这些都体现了锡兰人民坚持独立、坚持反帝的决心。我们在同锡兰领导人会谈中，表示坚决支持锡兰政府奉行的独立自主和和平中立的政策。双方在会谈中讨论了进一步发展两国经济合作问题。"

周恩来在分析当前亚洲形势时指出："亚洲的民族民主革命正在深入发展，反对帝国主义的侵略、干涉、颠覆和控制，已经成为亚洲反帝民族革命深入发展的一个鲜明标志。在受到美国军事占领和控制的地区，人民反对帝国主义及其走狗的斗争如火如荼。越南南方人民反抗美国武装侵略的爱国主义斗争节节胜利。南朝鲜人民最近展开声势浩大的运动，反对美国幕后操纵的'日韩会谈'。日本人民的反美爱国正义斗争继续高涨。美国组织的军事集团，把亚洲国家拴在美国的战车上，损害它们的利益，现在，这些军事集团日益分崩离析，美帝国主义在亚洲的侵略阵地已经在根本上发生了动摇。同时，决心要走独立发展道路的亚洲新兴国家，也在不断反击着美帝国主义的干涉和颠覆活动，以诺罗敦·西哈努克亲王为首的柬埔寨政府和柬埔寨人民就在勇敢地进行着这种斗争。"

周恩来进一步指出："美帝国主义在亚洲推行的侵略政策和战争政策，不可避免地树立了自己的对立面，它到处干涉和控制别人，到处惹起别人的反抗。亚洲各国人民已经起来越清楚地认识到，美帝国主义是他们当前的主要敌人，亚洲人民也坚决反对其他帝国主义的侵略和干涉。北加里曼丹人民争取民族独立和自由的火焰是扑不灭的，印度尼西亚和亚洲其他国家人民坚决反对英帝国主义制造并得到美帝国主义支持的新殖民主义产物'马来西亚'。只要亚洲各国人民团结起来，进行坚决的斗争，美帝国主义和其他帝国主义总有一天要被完全赶出亚洲去。"

周恩来接着说："在这次访问亚非国家过程中，我们到处感受到万隆精神深入人心，亚非人民团结反帝的事业有了巨大的发展。许多亚非国家领导人认为，召开第二次亚非会议的时机已经成熟，应该为此进行积极的准备。当前的形势要求我们亚非国家进一步加强团结合作，共同对敌，我们需要采取具体措施，支持仍然处于殖民统治下的亚非人民争取民族独立的斗争。我们需要反对帝国主义的侵略和干涉，维护国家主权，巩固民族独立；我们需要根据平等互利、互不干涉内政的原则，进行不附带条件的经济、文化、技术合作；我们需要在万隆会议十项原则的基础上，加强在国际事务中的友好合作。我们需要反对帝国主义的侵略政策和战争政策，保卫世界和平。我们相信，第二次亚非会议将能够更高地举起亚非团结、反对帝国主义和新老殖民主义的旗帜，进一步发扬万隆精神，使第一次亚非会议制订的十项原则更加具体化，从而把亚非人民团结反帝事业继续推向前进。中国政府愿意同亚非各国一道，为做好第二次亚非会议的筹备工作贡献自己的力量。"

周恩来在报告中阐述了我国的对外政策，他说："中国政府将坚定不移地继续执行自己的对外政策总路线。这次访问非洲、欧洲和亚洲14个国家，更加深切地体会到，我国对外政策总路线是符合中国人民、社会主义各国人民、亚非人民和全世界人民的共同利益的。"

周恩来说："我们将继续努力维护和加强社会主义阵营各国之间的团结合作。现在已经越来越看得清楚，只有坚持马克思列宁主义和无产阶级国际主义，坚持1957年宣言和1960年声明的革命原则，才能真正维护社会主义阵营的团结，真正发展社会主义阵营各国之间的友好互助合作关系。"

周恩来说："我们将继续努力争取在五项原则的基础上，同社会制度不同的国家和平共处。中国已经根据五项原则，同许多国家建立和发展了友好合作关系。我们也愿意在五项原则基础上同资本主义各国包括美国在内和平共处。但是，中美大使级会谈已经举行了8年多，至今还没有取得结果，原因是美国政府一再拒绝同中国政府达成在五项原则的基础上和平共处的协议，拒绝保证从中国的台湾省和台湾海峡撤出它的武装力量，关键就在于美帝国主义要继续用武力霸占中国领土台湾，用武力威胁中国大陆，坚持对中国实行侵略政策和战争政策。美帝国主义为了把台湾省从中华人民共和国的版图中割裂出去，正在加紧进行制造'两个中国'或者'一个中国，一个台湾'之类的变相的'两个中国'的阴谋。可以肯定地说，这种企图无论怎样花样翻新，是永远不能得逞的。"

周恩来明确指出："要争取社会制度不同的国家在五项原则的基础上和平共处，必须坚决反对帝国主义的侵略政策和战争政策。而最近苏联政府提出的所谓'放弃使用武力解决领土争端和边界问题'的建议，却是一个为帝国主义的侵略政策和战争政策效劳的新的骗局。这个建议故意把帝国主义侵略和霸占别国领土，同历史遗留下来的国与国之间的领土争端和边界问题混为一谈。亚非国家之间的边界问题，当然是应该而且可以通过和平协商，求得公平合理的解决的。社会主义国家之间的边界问题，也是这样。但是，帝国主义侵略和霸占别国领土，则完全是另外一回事。对于被帝国主义侵占的领土，受侵略的国家当然拥有一切权利使用任何手段加以收复。如果要受侵略的国家在任何情况下都不得使用武力，那实际上就是要各国人民放弃反对帝国主义的侵略政策和战争政策的斗争，听任帝国主义的宰割和奴役。"

周恩来强调说："我们要继续坚决支持一切被压迫人民和被压迫民族的革命斗争，这种斗争越发展，越能够打击和削弱帝国主义的侵略和战争势力，越有利于维护世界和平。用任何借口来反对和破坏被压迫人民和被压迫民族的革命斗争，都是在帮助加强帝国主义的侵略和战争势力，危害世界和平。"

周恩来指出："美帝国主义在世界上到处横行霸道，作威作福，成为世界人民最凶恶的敌人。全世界一切受美帝国主义侵略、控制、干涉和欺负的国家要联合起来，结成反对美帝国主义的最广泛的统一战线。"周恩来表示深信："只要全世界一切爱好和平的力量联合起来，进行坚持不懈的斗争，就能够挫败美帝国主义的侵略计划和战争计划，保卫世界和平。"

周恩来最后说："目前的国际形势有利于全世界革命的人民。但是，帝国主义、各国反动派和现代修正主义还会进行捣乱和挣扎，今后的斗争仍然是长期、艰巨的。我们必须戒骄戒躁，谦虚谨慎，坚持原则，奋勇前进。我们在国际关系中，必须继续贯彻平等待人的精神，坚决反对和防止大国沙文主义在各方面的表现。天涯处处有芳草，我们要继续发扬相互学习的精神，认真地向世界各国人民学习一切有益的东西。归根到底，全国人民必须艰苦奋斗，勤俭建国，自力更生，奋发图强，在我国社会主义革命和社会主义建设的各个战线上不断地取得新的成就，才能够在全世界人民反对帝国主义、保卫世界和平、争取人类进步的共同事业中，更好地尽自己的无产阶级国际主义义务。"

周恩来这篇洋洋洒洒极其重要的总结报告，系统、全面而又深刻。既回顾了访问14国的情况、收获，又论述和赞扬了14国的内外成就，特别是反对帝国主义、新老殖民主义、维护国家独立的斗争精神；既讲了非、欧、亚的大好的革命形势，又讲了帝国主义、殖民主义不甘心他们的失败，对新兴独立国家进行干涉、颠覆、破坏阴谋和活动；既讲了中国对新兴国家的政策，又讲了中国对外的全面政策；既指出要反对帝国主义、各国反动派、现代修正主义，特别是美帝国主义是世界人民最凶恶的敌人，又讲了全世界人民要团结起来，结成最广泛的反对美帝国主义的统一战线，才能战胜帝国主义，保卫世界和平；既讲了当前国际形势有利于全世界革命人民，也指出斗争是长期的、艰巨的，必须戒骄戒躁，谦虚谨慎，坚持原则，奋勇前进。这是一篇颂扬亚非人民斗争精神，声讨帝国主义殖民主义的宣言，一篇气势恢宏、大义凛然，而又实事求是、理论与实际相结合的大文章。

访问非亚欧 14 国和周恩来的总结报告，是周恩来对中国外交的巨大贡献。

周恩来作补充讲话，同外宾谈十四国之行

周恩来又在 4 月 25 日举行的第二届全国人大常委会第 117 次会议和国务院第 144 次全体会议联席会上作了一次补充讲话，并回答了上次报告后与会人大常委和国务院同志在讨论中提出的一些问题。他还讲了最近一个月来国际上出现的一些问题，在谈到中苏边界问题时说："我们在谈判中的原则是：第一，鸦片战争以后签订的中俄条约是不平等的，是沙皇俄国强加给中国的；第二，我们仍然同意以这个条约作为谈判的基础，同时作一些必要的调整；第三，缔结一个新的边界条约，以代替旧的条约，但苏联不同意，谈判没有多大进展。"

3 月 24 日，周恩来出席陈毅外长和夫人张茜举行的答谢访问过的 14 国及其他亚非国家驻华使节的宴会，并在会上谈了访问亚非欧 14 国的印象。

同日，周恩来接见肯尼亚、加纳、阿联、摩洛哥、伊拉克、叙利亚使节。当伊拉克大使阿明表示伊拉克、叙利亚及其他阿拉伯国家都希望周恩来总理去访问时，周恩来说："我们在所有访问过的阿拉伯国家受到了热烈的欢迎和亲切的接待，尽管我们并不对所有问题意见一致，但是通过坦率交谈，最后在许多问题上都达成了一致意见。"他还说："第二次亚非会议和第二次不结盟国家会议两者性质不同、范围不同、任务也完全不同，是不能互相替代的。我们希望两个会议都能开好，这两个会议不应该是相互排斥的，至于哪

一个会议先开，哪一个会议后开，在我们看来，是不重要的。”

5月5日，周恩来和陈毅接待来访的肯尼亚政府代表团并举行会谈。在谈话中，周恩来说："在我们访问非洲的时候，我说非洲有大好革命形势，英国首相就大肆攻击我的发言，说我提倡非洲革命，不道德。我这个发言是对的，因为我说的革命形势是反帝革命形势而不是其他革命形势，任何独立或未独立的国家，只要他们把民族独立事业推向前进，就是在革命。由于革命形势动摇了英国殖民主义的基础，他作为一个帝国主义者，自然不满意了。"周恩来还说："你们与老殖民主义者打交道要准备一副复杂的头脑，要有策略。东非国家的首要任务是把殖民势力完全肃清，这是非洲统一组织宪章规定的伟大目标，也是非洲人民的共同要求。"

十六、周恩来接待许多代表团和国宾，再访越、缅、朝三国，出席中、越、老三党会议

访问十四国后，周恩来又忙于国内工作，首先集中精力搞原子弹

周恩来在《关于访问十四国的报告》中特别强调说："我们的工作光集中在对外还不行，最主要的是把国内工作搞好，力量强大就是最可靠的本钱。"他曾经说过："在解决吃穿用、打好基础工业的同时，尖端必须赶上先进水平，两弹一箭要带头。"在作《关于访问十四国的报告》后的 10 多天，他就召开由他任主任的中央 15 人专门委员会（1 位副总理，7 个部长）会议，具体部署中国第一颗原子弹的爆炸试验工作，要求在 9 月 10 日以前做好一切准备工作。

各项试验的准备工作进入最后的紧张阶段。10 月 16 日，中国成功地进行第一次核试验。震动了全世界，打破了美苏的核垄断。

当晚 5 时，周恩来陪同毛泽东、刘少奇、朱德、董必武、邓小平、彭真、李富春等党和国家领导人，在人民大会堂观看由他亲自

导演的大型音乐舞蹈史诗《东方红》并接见演职人员时，周恩来满面春风地向大家宣布："报告大家一个好消息，我们的第一颗原子弹爆炸成功了！"顿时全场 2000 多人欢呼雀跃起来。周恩来高兴地挥动着双手，示意大家静一静，诙谐地说："大家可不要把地板震塌了呀！"

几个小时后，日本、美国都报道了中国爆炸了原子弹。深夜 11 时，中央人民广播电台播发了新华社关于中国在西部地区成功地进行了第一次核试验的《新闻公报》，同时播发阐明中国政府对于核武器立场的《中华人民共和国政府声明》，声明说：

"中国发展核武器，不是由于中国相信核武器的万能，要使用核武器。恰恰相反，中国发展核武器，正是为了打破核大国的核垄断，要消灭核武器。

"中国掌握了核武器，对于斗争中的各国革命人民，是巨大的鼓舞，对于保卫世界和平事业，是一个巨大的贡献。在核武器问题上，中国既不会犯冒险主义的错误，也不会犯投降主义的错误。中国人民是可以信赖的。

"中国政府向全世界各国政府郑重建议：召开世界各国首脑会议，讨论全面禁止和彻底销毁核武器问题。作为第一步，各国首脑会议应当达成协议，即拥有核武器的国家和很快可能拥有核武器的国家承担义务，保证不使用核武器，不对无核国家使用核武器，彼此也不使用核武器。

"中国政府一如既往，尽一切努力，争取通过国际协商，促进全面禁止和彻底销毁核武器的崇高目标的实现。在这一天没有到来之前，中国政府和中国人民将坚定不移地走自己的路，加强国防，保卫祖国，保卫世界和平。"

世界上真有凑巧的事。就在中国原子弹爆炸的这一天，莫斯科也传来一件震惊世界的消息。苏共中央第一书记、部长会议主席赫鲁晓夫被免除职务，黯然下台。世界舆论议论纷纷。

周恩来说："我们第一颗原子弹爆炸成功，只花了几十亿人民币，美国花了几百亿美元。我们是后来居上，也应该后来居上，因为人家已为我们探了路。"

中国原子弹爆炸，取得了政治、经济、军事上的巨大成就和影响，在国内外引起强烈反响。中国人充满了自豪感，对国防力量的增强欢欣鼓舞；友好国家和团体的舆论普遍认为中国有了原子弹，显示了自力更生的威力，是亚洲历史上的一个辉煌功绩，使全世界的力量对比发生了深刻的变化，使亚洲和世界和平得到有力的保障，并为全面禁止使用核武器开辟了道路。

中国原子弹爆炸成功，是中国科学家特别是动力学、原子能专家和科学家及各方领导者的努力的结果。周恩来组织、领导、指挥这场试验，费尽了心机，花了大量的精力，为中国发展"两弹一箭一星"作出了永远不可磨灭的巨大贡献。

著名的科学家、动力和火箭科学的权威钱学森对周恩来领导和指挥中国发展核武器作了高度评价，他说："周总理生前说过这套办法（指全国协作）可以用到民用上去，但是我们还没有很好总结这套经验，并把它应用到民用上去。在这方面总理是有伟大功绩的，他为中国大规模科学技术的发展创造了成功的经验，而且结合中国的实际，具有中国的特色。中国过去没有搞过大规模科学技术研究，'两弹'才是大规模的科学技术研究，那要几千人、上万人的协作，中国过去没有，组织是十分庞大的。形象地说，那时候我们每次搞试验，全国通讯线路将近一半要由我们占用，可见规模之大。我体会，中国在那样一个工业、技术都很薄弱的情况下搞'两弹'，没有社会主义制度是不行的，那就是党中央、毛主席一声令下，没二话，我们就干，而直接领导者、组织者就是周恩来和聂帅。"

就在周恩来忙于原子弹试验、经济建设、国防建设和文化艺术方面的工作的同时，还接待了许多重要的外国代表团、很多外宾，并继续出国访问。

老挝首相梭发那·富马访华，与周恩来就国际形势特别是印支和老挝问题进行会谈

4月4日下午3时，老挝王国政府首相富马抵达北京，对中国进行访问，周恩来到机场迎接。当日下午6时15分至7时30分，周恩来在人民大会堂会见富马首相和由他率领的老挝国家政府代表团并与之会谈。周恩来说："《日内瓦协议》的有关国家要保证遵守协议，但首先是希望老挝政府实现其政治纲领。在国际上，就保证《日内瓦协议》来说，中国是一个重要因素，但更重要的因素是不遵守协议的那一方面。"

晚上，周恩来在人民大会堂举行宴会，热烈欢迎富马率领的政府代表团，他在讲话中说："作为老挝近邻的日内瓦会议参加国，中国政府十分关心老挝局势的发展，中国政府始终尊重老挝的独立和中立，忠实地履行自己所承担的国际义务，坚决反对帝国主义对老挝的侵略和干涉。

"我们一向认为，一个和平、独立、中立的民主老挝，不仅符合老挝人民的利益，也是和缓印度支那和东南亚紧张局势的重要因素。"

4月5日，周恩来同富马在钓鱼台国宾馆18号楼举行会谈。除了交换对国际形势和印度支那问题的看法，还谈了老挝本身的问题，周恩来说："关于老挝内部问题，中心的关键是老挝民族团结政府能否实现自己的宣言和三方达成的协议。"晚上，周恩来陪同

富马出席文化部和中老友协举行的欢迎富马的音乐会。

4月6日上午10时，周恩来继续同富马在钓鱼台国宾馆18号楼进行会谈，主要是商谈联合公报问题。晚上，周恩来出席富马首相举行的告别宴会。双方即席讲话，祝贺富马首相访华成功。

4月7日上午，富马结束访问前往广州，周恩来到机场欢送，并对富马表示将继续支持老挝人民为维护民族独立和国家主权而进行的正义斗争。

4月8日，《中老联合公报》发表，公报说："梭发那·富马首相率领的政府代表团访问中国期间，中华人民共和国国务院总理周恩来同老挝王国政府首相梭发那·富马举行了会谈，就当前老挝局势、发展中老两国的友好关系和双方共同关心的其他问题交换了意见。双方回顾了1962年关心老挝问题的《日内瓦协议》签订以来的老挝局势。双方认为，严格遵守和切实履行1962年《日内瓦协议》，彻底实施老挝民族团结政府的政治纲领，是实现老挝的和平、独立和中立的正确途径。中国方面表示，中国政府和中国人民一贯同情和支持老挝人民争取民族和睦、国家统一和和平中立的正义斗争；始终信守和坚决维护《日内瓦协议》，支持以梭发那·富马亲王殿下为首的老挝民族团结政府奉行的和平中立政策；由衷地希望老挝国内三种政治力量团结合作，排除外来干涉，和平地解决自己的问题，把老挝王国建设成为一个独立、民主、中立和繁荣富强的国家。老挝方面对于中国政府的这一严正和友好的立场表示感谢。双方赞同1962年《日内瓦协议》中所承担的国际义务，共同维护这一地区的和平。"

公报说："双方对于目前印度支那地区存在的紧张局势表示关切。双方赞扬和支持柬埔寨王国在柬埔寨国家元首诺罗敦·西哈努克亲王殿下领导下为维护国家主权、独立和中立而进行的斗争，完全赞同柬埔寨王国政府提出的召开有关国家的国际会议保证柬埔寨中立的建议，并且希望有关国家积极响应，以促使这一会议的早日召开。双方认为，1954年关于越南问题的《日内瓦协议》应该得到遵守，并且根据这一协议精神，在没有外来干涉的情况下，实现越南的和平统一。"

公报说："双方积极支持第二次亚非会议的召开，并且表示愿意同亚非各国一道，为促进这一会议的召开而共同努力。双方表示，将继续在和平共处五项原则和万隆会议十项原则的基础上，维护和加强两国的友好睦邻关系。"

就在富马访华后10天，1964年4月19日，万象右派军官发动政变，推翻了联合政府。富马在右派控制下，不仅片面地撤换和补充了中间派大臣，而且还擅自指定人员代行老挝爱国战线大臣的职权。这样，万象政府变成实际上由右派控制的政府。这是美国和老挝右派共同策划和预谋的行动，是公然破坏1962年《日内瓦协议》的严重事件。

周恩来立即指示外交部起草声明，并经他修改审阅后，于4月22日以《中华人民共和国外交部关于当前老挝局势的声明》为题发表。

声明说："自从老挝民族团结政府成立和《日内瓦协议》签订以来，美帝国主义一直没有停止过侵犯老挝主权，干涉老挝内政、破坏老挝和平中立的阴谋活动。特别是每当老挝人民在和平中立的道路上获得进展的时候，美帝国主义对老挝的侵略和干涉活动就更加猖狂和露骨。"声明列举了一系列事实后，指出："美帝国主义在万象策划的军事政变，同它在印度支那推行的侵略政策和战争政策是分不开的。美帝国主义通过它的仆从，变本加厉地对柬埔寨王国进行侵略和颠覆活动。在南越，美帝国主义正在加紧扩大它的武装侵略和干涉。美帝国主义还在指使南越傀儡集团同老挝右派勾结，企图把南越军队引进老挝。这些情况表明，美帝国主义在万象策划的军事政变，是它企图进一步控制老挝，扩大对南越的侵略战争，加紧印度支那和东南亚地区紧张局势的一个步骤。"

声明重申中国对老挝问题的立场。中国政府完全赞同和坚决支持老挝民族团结政府副首相苏发努冯亲王4月19日声明和越南民主共和国外交部4月20日声明所提出的正义要求和合理主张。为了扭转当前老挝的险恶局势，中国政府认为，必须立即恢复梭发那·富马亲王和团结政府大臣、国务秘书的自由，释放被政变集团逮捕的一切人员，严厉惩办政变的首要分子；在此以后，老挝三方领导人有必要尽快地恢复会谈，商定切实有效的保障办法，使民族团结政府能够进行正常的活动，实施自己的政治纲领。

以后，周恩来在许多外交场合谈到老挝问题，强调必须严格遵守《日内瓦协议》，排除老挝三方面的任何一方面的做法，都是不符合《日内瓦协议》精神的，也是不能解决问题的，并且严厉谴责美帝国主义干涉老挝内政，破坏印支和平的侵略行为。

先后接待苏丹、也门、坦桑等国领导人

1964年5月16日，苏丹武装部队最高委员会主席、部长会议主席阿布德将军应邀访华，于当日傍晚抵达北京，周恩来前往机场热烈欢迎，从机场到钓鱼台宾馆沿途数万群众不断招手致意。

晚上，周恩来和刘少奇在人民大会堂会见阿布德主席，会见后举行宴会欢迎阿布德。

5月17日上午，周恩来陪同阿布德主席游览颐和园，泛舟昆明湖，一面游览一面会谈，中午，在听鹂馆设宴招待阿布德等苏丹贵宾。

5月18日中午，周恩来出席阿拉伯和非洲国家驻华使节为阿

布德主席访华举行的宴会。下午6时30分，在人民大会堂，周恩来陪同毛泽东主席会见阿布德主席，在谈到经济技术援助问题时，周恩来说："我们先派专家去考察，然后再商量援助问题。"毛泽东赞同说："这样做实事求是。"当天晚上，阿布德主席在苏丹驻华使馆举行答谢宴会，周恩来和毛泽东、刘少奇、朱德、董必武等应邀出席，宴会在亲切友好的气氛中进行。

5月19日上午，周恩来和陈毅陪同阿布德主席等苏丹贵宾乘专机前往上海参观访问。晚上，上海市副市长曹荻秋为阿布德等贵宾举行宴会，周恩来、陈毅出席，宴会后陪同阿布德出席文艺晚会，观看节目。

5月20日上午，在上海机场，周恩来欢送苏丹武装部队最高委员会主席、部长会议主席阿布德一行。

1965年6月1日下午，阿拉伯也门共和国总统萨拉勒元帅应邀访华抵达北京，周恩来到机场热烈欢迎，从机场到钓鱼台国宾馆数万群众鼓掌欢迎。随后，周恩来又同刘少奇一起会见萨拉勒。晚上，刘少奇、周恩来在人民大会堂举行欢迎萨拉勒的宴会。

6月3日下午，周恩来、刘少奇同萨拉勒在钓鱼台国宾馆举行会谈。在会谈中，周恩来称赞也门执行维护和平事业、不参加侵略性军事联盟、促进各国人民友好合作的政策，并且根据联合国基本原则和万隆会议的决议，支持各国人民自由和独立的权利，中国支持也门革命。

萨拉勒表示充分信任也中友谊，感谢中国对也门的支持，并建议在1958年1月12日由周恩来和巴德尔王储分别代表各自国家签署的《中也友好条约》的基础上修改补充，重新签订新的《中也友好条约》，周恩来、刘少奇表示同意。

晚上，周恩来举行宴会欢迎萨拉勒总统和他率领的代表团，周恩来在宴会上讲话说："在萨拉勒总统阁下访问期间，我们两国领导人就双方共同关心的国际问题和发展两国友好合作关系的问题，进行了亲切、诚挚的会谈，取得了一致意见。我们双方签订了《中也友好条约》、经济技术合作和文化合作协定，并且将发表联合公报。所有这一切都表明，萨拉勒总统阁下的这次访问，在中也两国人民的友谊史上增添了新的篇章，对两国友好合作关系作出了重要的贡献。这不仅符合我们两国人民的利益，而且有利于亚非人民团结反帝和保卫世界和平的事业。"

6月4日，首都各界举行欢迎阿拉伯也门共和国总统萨拉勒的大会，周恩来出席了大会，会后，周恩来陪同也门贵宾观看首都文艺工作者演出的节目。晚上，阿联驻华大使为萨拉勒总统访华举行宴会，周恩来应邀出席。

6月6日上午，周恩来和陈毅陪同萨拉勒乘专机前往杭州访问。晚上，出席浙江省省长周建人为萨拉勒总统举行的宴会。

6月7日上午，周恩来前往机场送萨拉勒返回北京，后在陈毅陪同下前往上海访问，然后飞回北京。6月9日下午6时，在人民大会堂，周恩来陪同毛泽东会见萨拉勒。然后，周恩来又参加《中华人民共和国和阿拉伯也门共和国友好条约》的签字仪式。条约共分四条：第一条，缔约双方将保持和发展中华人民共和国和阿拉伯也门共和国之间现存的和平友好关系；第二条，缔约双方决定以互相尊重主权和领土完整、互不侵犯、互不干涉内政、平等互利和和平共处的五项原则，作为两国关系的指导原则。缔约双方将采取和平协商的办法解决双方之间可能发生的任何问题；第三条，缔约双方同意本着平等互利和友好合作的精神，发展两国之间的经济和文化关系；第四条，本条约自签字之日起生效，有效期为十年。除非缔约一方在期满前一年用书面通知另一方终止条约，本条约将继续有效，但是任何一方都有权在条约生效十年后，用书面通知另一方终止本条约，并在通知之日起一年后开始失效。

当天，还发表了《中也联合公报》。

晚上，阿拉伯也门共和国总统在人民大会堂举行盛大宴会，周恩来出席并发表了讲话。

6月11日上午，周恩来前往机场欢送阿拉伯也门共和国总统萨拉勒。

刚刚送走萨拉勒，周恩来又在机场迎接坦噶尼喀和桑吉巴尔联合共和国第二副总统卡瓦瓦率领的政府友好经济代表团，他们在陈毅陪同下乘专机从上海到达北京。

晚上7时30分，周恩来在人民大会堂北京厅会见卡瓦瓦副总统和他率领的代表团。随后，周恩来又在人民大会堂为卡瓦瓦副总统举行宴会，并在宴会上发表讲话，他说："请允许我代表中国政府和中国人民，向卡瓦瓦副总统和随同访问的全体贵宾们表示热烈的欢迎，并且通过你们向尼雷尔总统、卡鲁姆第一副总统，向坦噶尼喀、桑吉巴尔人民和东非各国人民，表示崇高的敬意。

"坦噶尼喀和桑吉巴尔人民是勤劳勇敢和热爱自由的人民。他们不屈不挠地进行了反对帝国主义和殖民主义的长期斗争，终于摆脱了被压迫、被奴役的地位，站起来成为自己土地的主人。他们在取得独立之后，又为继续消除殖民主义势力和建设自己的国家而努力。中国人民一向怀着兴奋和关切的心情，注视着他们在独立发展道路上所取得的每一个成就。我们衷心地祝贺，坦噶尼喀和桑吉巴尔联合共和国不断取得新的成就。坦噶尼喀和桑吉巴尔联合政府坚持奉行和平中立的不结盟政策，积极支持东非、中非、南非兄弟人民争取民族独立的斗争，并且致力于加强亚非团结反帝的事业，这一切都对国际事务起着积极的作用。"

周恩来说："觉醒的亚非人民有着无穷无尽的潜力，新兴的亚非国家有着用不尽的资源。尽管帝国主义者在嘲笑我们贫穷落后，但是，我们坚信，通过亚非各国人民的主观努力，一切事物都是可以改变的。我们亚非国家在自力更生、独立发展的同时，也需要加强彼此之间的相互援助和经济合作。中国政府一向把加强这种互助合作，作为自己的国际义务，并且在提供对外援助时，遵守八项原则。我们亚非国家之间的互助合作，是一种互通有无、互相帮助、互相学习、促进共同繁荣的新型经济关系。"

周恩来指出："现在，印度支那地区的局势继续严重化，美国正在加紧扩大对南越的侵略战争，美国一再唆使它的走狗侵犯柬埔寨，美国公然通过右派举行政变，颠覆老挝的民族团结政府，并且采取直接武装干涉的军事行动。最近，美国空军更肆无忌惮地在老挝进行侦察和轰炸。1954 年关于印度支那问题的《日内瓦协议》和 1962 年关于老挝问题的《日内瓦协议》，都遭到美国政府的粗暴破坏。美国当局还正在策划用联合国的旗号来代替两个《日内瓦协议》，引进所谓'联合国部队'，企图把印度支那变成第二个刚果，这是一个十分危险恶毒的阴谋。

"我们高兴地看到，最近西哈努克亲王又发表了严正的声明，有力地揭露了美国政府的阴谋，拒绝了美国提出的让'联合国部队'巡逻柬埔寨与南越边界的建议，并且强调联合国无权处理印度支那内部问题。中国政府完全支持西哈努克亲王的严正立场。目前形势表明，迅速召开《日内瓦协议》参加国的会议，讨论老挝问题，维护《日内瓦协议》，已经是急不容缓了，这是阻止印度支那地区危险局势继续发展的唯一有效途径，有关各国应当为此而作出积极的努力。"

6 月 12 日，周恩来和卡瓦瓦在钓鱼台国宾馆举行会谈。在会谈中，周恩来说："过去，我们中国遭受到所有帝国主义的侵略，中国就是非洲的缩影，我们过去的命运相同，所以很容易彼此了解、相互同情和支持。"

6 月 13 日晚上，周恩来出席文化部和中非友协为欢迎卡瓦瓦举行的文艺晚会。

6月14日，周恩来和卡瓦瓦在钓鱼台国宾馆举行第二次会谈时，周恩来说：一个国家必须有一支军队，这支军队要有物质和精神力量，要有物质，但最重要的是政治力量。同日下午，周恩来出席首都各界欢迎卡瓦瓦的群众大会。周恩来还与彭真商定，根据卡瓦瓦的主要愿望，彭真与卡瓦瓦会谈以先谈党、政权、军队、统一战线、群众工作5个问题为好。晚7时，在人民大会堂，周恩来与毛泽东、刘少奇会见卡瓦瓦和由他率领的政府友好经济代表团并进行了亲切友好的谈话。晚上，周恩来出席刘少奇为卡瓦瓦举行的欢迎宴会。

6月15日，周恩来出席非洲国家使节为卡瓦瓦访华举行的宴会，并在宴会上即席致辞，赞扬非洲国家之间的团结友好。

6月16日下午5时，在人民大会堂，周恩来与卡瓦瓦再次进行会谈，在谈到经济建设时，周恩来说："十多年来，我们在建设中有两个方面的经验，当然主要是好的一方面，有一个时期，错的方面多一些，但是已经改过来了。我们是个大国，很容易把国家计划的框框搞大了，这也很自然，因为落后，所以就更加想搞得大些、多些、快些。"当日晚上，周恩来同卡瓦瓦在人民大会堂分别代表两国政府在中坦经济技术合作协定上签字，接着周恩来又出席卡瓦瓦举行的告别宴会，并在宴会上讲话指出，老挝和整个印度支那地区的局势正进一步恶化，美国已经对老挝进行公开的武装侵略，蓄意彻底撕毁《日内瓦协议》，并且企图把印度支那的战火蔓延开来。美国飞机甚至肆无忌惮地轰炸老挝解放区和在康开的中国代表机构，这是对中国人民的严重挑衅。周恩来指出，任何拖延召开14国日内瓦会议的做法，只能有利于美国的侵略和干涉，只能使老挝和印度支那的战火进一步扩大。

6月17日上午，周恩来陪同卡瓦瓦等贵宾去机场，并欢送卡瓦瓦。卡瓦瓦由董必武副主席陪同前往上海访问。

周恩来接待和会见大量外宾，如英国前坎特伯雷教长等，同阿尔及利亚、日本朋友谈论如何对待错误、台湾问题等

从访问 14 国之后到中华人民共和国成立 15 周年前，周恩来虽然将主要精力用在国内工作特别是经济建设，但也用相当多的精力忙于外交工作，除前面讲到的接待老挝、苏丹、也门、坦桑等国领导人外，还接待和会见大量的外国客人、驻华使节，出席许多宴会、招待会，可以说是争分夺秒，全身心地投入到内外工作中。

1964 年 5 月 28 日，周恩来前往印度驻华使馆吊唁尼赫鲁总理，虽然两国发生边界冲突，兵戎相见，印度又敌视中国，但周恩来仍不忘老朋友，可见他的气度之大。

同日中午，周恩来和邓颖超前往机场欢迎英国前坎特伯雷教长约翰逊和夫人。5 月 29 日中午，周恩来、邓颖超接见和宴请约翰逊夫妇。6 月 21 日上午 10 时 45 分，周恩来和邓颖超到钓鱼台国宾馆 10 号楼会见约翰逊夫妇，进行亲切友好的交谈，周恩来说："非洲正在觉醒，非亚人民遭遇相同，任务相同，中国是非洲的缩影。"还说："中国最缺乏的资源是森林。文化越古老的国家，越不知道保护森林，用得多，种得少，树木越来越少。"

在约翰逊谈到"金钱使我堕落也使教会堕落"时，周恩来说："钱是死的东西，使人堕落的是制度，在资本主义的制度下金钱为少数人所有，就使人堕落；如金钱为人民所有，虽不多，但生活有保障、平等、自由，人就向上，这只有社会主义制度才能实现。"在谈到中苏关系时，周恩来说："人有时会生点疮，有了疮不必悲

观，这部分是坏的，去掉后就更健康，这是个暂时现象。每个人都有这种经验，小孩刚生下来也会生疮，发烧，但生命力还是很强，不断成长。苏联是40多岁的人了，只是暂时得了病，机会主义终究会为人民去掉的。我们主张治病，不反对生病的人，我们不反对苏联，只反对苏共领导集团的病，这是我们的态度。"6月22日早晨，周恩来、邓颖超前往机场欢送英国前坎特伯雷教长约翰逊夫妇。

1964年4月30日，在人民大会堂福建厅，周恩来和邓颖超接见阿尔巴尼亚妇女联合会中央理事会主席维托·卡博率领的妇女代表团、由锡兰自由党妇女组织副主席伊兰加拉特尼夫人为首的锡兰自由党妇女组织代表团以及由拉纳洛尔夫人率领的锡兰进步妇女协会代表团，同她们就国际形势、妇女运动等问题进行了亲切的交谈，还接见了由国民会议议员阿鲁西夫人率领的阿联妇女代表团。

4月24日，周恩来在人民大会堂会见亚非拉各国青年、学生代表和工会代表团等，同他们进行亲切友好的交谈，指出当前青年、学生的责任和任务，青年运动的方向。参加会见的有朝鲜民主青年同盟代表团、桑吉巴尔和奔巴非洲—设拉子青年联盟代表团、日本平民学联代表团、马里工会联合会代表团、巴拿马工人联合会代表团以及玻利维亚、哥伦比亚、墨西哥、塞内加尔等国朋友。4月30日，周恩来出席中华全国总工会等12个团体举行的"五一"招待会。

5月1日下午4时，周恩来在人民大会堂安徽厅接见以墨西哥对外贸易国家银行高级官员埃尔南德斯为首的墨西哥贸易代表团和墨中友协执行主席托雷斯夫妇。下午5时30分，周恩来在人民大会堂安徽厅接见以荷兰中央贸易促进会主义伯赫为首的荷兰经济代表团。

4月18日，周恩来在中南海西花厅接见朝鲜对外文委副委员长康久永率领的朝鲜文化代表团，在谈到中国南方发展橡胶种植的经验教训时，周恩来说："一个新事物的成长不是一帆风顺的，总得慢慢摸索，多次反复，多次实践，才能摸索出较好的办法。说起来，我们两次大的错误都是出于好心：第一次是斯大林在世的时候，希望我们搞出橡胶来，免得从资本主义国家买，这也是出于好心，但是没有经验。苏联哪有橡胶树？没有。专家强不知以为知，主观主义；第二次是我们自己，想多搞些，是农垦部的同志搞的，主观主义，做起来还有命令主义，想多，反而不多。从这里得出一个教训，对待事物总是从不知到知，因此，在实践中要注意摸索，注意总结经验，不犯错误是不可能的，但犯错误多少却不同，注意了，错误就少些，否则就大些。要不断地总结提高，对的、错的，要反复多次，才能摸出较成功的办法。对任何一个新鲜事物都有这个问题。对新鲜事物首先要抱欢迎态度，对有条件产生新事物的，首先要欢迎，不要怕犯错误，怕是不行的，找出经验，以后就可以不犯了，这大概是比较妥当的态度。另外两种态度就不可取了：一种是遇到一点困难，就灰心了，消极了，不想搞了，这是右的错误，保守思想；另一种是不承认错误、一意孤行地搞下去，越搞错误越大，结果使新鲜事物受到影响，成长不起来，这是左的错误，也是不可取的。"

还有一次是在接见阿尔及利亚文化代表团时，周恩来谈到犯错误和改正错误的问题，他说："和你们谈话后，我总是要想想哪些话是对的，有没有讲错的，这不是我的谦虚，也不是我缺乏自信。人每办一件事，每说一句话，是可能有错的，只有回顾才能前进，这就是毛主席的矛盾论思想，是在我们自己身上找矛盾，要不是这样，就是对朋友不忠实。我还要告诉你一个秘密：我是封建家庭出身，我年轻时不可能不受封建思想的影响；我在年轻时受的资产阶级教育，不会不在我的思想中起作用。我参加革命很早，但年轻时参加革命，入党后也犯了不少错误，这些是不能不受历史根源的影响的。现在学习毛泽东思想，使毛泽东思想成为我们工作、思想的主导思想，我们还是有自信的，但人的思想是根据周围环境起变化的，是根据世界的形势起变化的。我们考虑成熟的问题说起来就完整一些、正确一些，新的、没有经历过的，或考虑得很浅的就可能犯错误，所以你们不要把所有中国领导人说的话看成都是那么正确的，这样，你们可以考虑我向你们讲的哪些是对的，哪些是不对的。"

上述周恩来同外宾两次关于错误问题的谈话，无疑都是经验之谈，具有深刻哲学理论思想，也表现了他伟大的谦虚精神。

在此期间，周恩来还接见了许多国家的大使并出席他们的招待会，如阿联、巴基斯坦、摩洛哥、叙利亚、刚果、印度尼西亚、朝鲜、德意志民主共和国、肯尼亚、法国、尼泊尔、马里、柬埔寨、加纳、伊拉克、罗马尼亚、阿富汗、阿尔及利亚、阿尔巴尼亚、锡兰、越南等国的大使；有的接见了两次，如法国、罗马尼亚、朝鲜、柬埔寨、印尼、阿尔巴尼亚；出席过法国、伊拉克、尼泊尔、阿联、巴基斯坦等国大使举办的招待会。

周恩来与法国大使吕西恩·佩耶及日本自由民主党著名人士北村德太郎等谈论了台湾问题和中国同美国的关系。

1964 年 6 月 9 日，在中南海西花厅接见法国大使吕西恩·佩耶时，周恩来向其阐述了台湾问题的历史背景，说明台湾地位问题早已解决，还逐点驳斥美国制造的三点谬论："一、两个中国；二、一个中国，一个台湾；三、台湾地位未定"，指出，蒋介石与他有共同点：一、都反对"两个中国"；二、都认为蒋我之间的军事冲突是国内战争的继续；三、都反对"台湾地位未定"论，因此，美国阴谋不能得逞。还指出华沙谈判由于美国不接受中国建议的两个原则协定（即在和平共处五项原则的基础上达成一项和平共处协议，美国从台湾和台湾海峡撤走的协议）而未果，但总有一天美国要从台湾和台湾海峡撤走，我们可以等待。

5月14日，周恩来在中南海西花厅接见日本自由民主党著名人士北村德太郎时说："美国对中国的政策分作两个阶段，更准确地说是三个阶段：第一个阶段是长江即将解放到1950年的春天，当时美国说他们准备承认新中国，使中国在美苏之间保持中立，这是美国对华政策的第一阶段。所以当时全中国快解放了，南京已经解放，但美国在南京的驻华大使没走，驻北京的总领事也没走，别国的大使都走了，他们提出的条件是中国在苏美之间采取中立，他们就可以承认中国，还可以给很大数字的贷款。当时，美国还说，蒋介石跑到台湾，解放台湾是中国内战的继续，美国不介入，这是1950年1月杜鲁门演说，艾奇逊的白皮书里说过的，有文件可查。但是中国不同意在苏美之间采取中立，美国的所谓中立就是亲美，我们进行人民战争的目的就是为了争取独立，建设社会主义。因为这，它变了，翻了脸，大使、总领事走了，发动了侵朝战争，而且在发动侵朝战争的第二天，派了第七舰队到台湾，宣布要保护蒋介石的'中华民国'，敌视新中国，不承认新中国，只承认蒋介石，在联合国也是。现在，美国敌视中国的政策不能维持了。因此，不得不准备第三阶段，第三阶段就是准备承认中华人民共和国代表中国，但是把台湾除外，把台湾从祖国割裂出去，成为独立的政治单位，不代表中国，简化为'一个中国，一个台湾'，实际上是'两个中国'。这不仅是中国人民反对，蒋介石也反对，蒋介石知道要是台湾变成一个独立的政治单位，他就垮了，这很清楚，所以美国自己不好公开讲出来，蒋介石非跟它闹翻不可，只好叫底下的两三家报纸说说。参议院的民主党外交委员会主席富布赖特也讲了，讲得不那么明显，含糊得很，即使这样，蒋介石也进行了抗议，腊斯克辩解说这事国务院不晓得，可见，美国政府不敢公开讲。政府讲的，首先是英国，过去英国在联合国讲过，我们进行了抗议。英国支持中国恢复在联合国的合法席位，但是说台湾地位未定；这次更无道理，跑到东京说这个谬论。英国外相巴特勒说的是三点：第一点说台湾归属未定；第二点说台湾问题是国际问题；第三点说英国准备参加解决这个问题而召开的国际会议。因此，我们在《人民日报》发表了社论，批驳了美国的阴谋，谴责了英国做美国的探子，当美国的马前卒。"

此外，周恩来还接待了外国议会、交通、民航、水利、广播等代表团，参加了许多活动，例如隆重庆祝万隆会议10周年活动。

访问越南，参加中、越、老三党会议，接着访问缅甸和朝鲜

鉴于美国在印度支那加紧侵略活动，在越南，一方面在南越换马，把吴庭艳搞掉，一方面搞战争升级，轰炸北方，企图切断北方对南方的支援；在老挝，万象右派军官发动政变，推翻联合政府；柬埔寨也遭到美国的施压，因此，中、越、老三党认为有必要举行一次联席会议。周恩来于1964年7月5日上午飞抵河内出席会议。

当日下午3时30分，在越南河内西湖别墅举行中国、越南、老挝三党会议，讨论老挝斗争、南越斗争、东南亚形势和其他有关问题，出席会议人员：中方为周恩来、陈毅、伍修权、杨成武、童小鹏；越方有胡志明、黎笋、长征、范文同、武元甲、阮志清、黄文欢、文进勇；寮方（即老挝人民党）有凯山、苏发努冯、诺哈、冯维希。晚8时，周恩来等在河内西湖别墅继续出席三党会议。

7月6日这一天，周恩来等一直在西湖别墅出席三党会议。

7月7日一整天，周恩来等继续在西湖别墅出席三党会议。

7月8日上午，周恩来同领导越南南方斗争的黎笋会谈，讨论越南南方人民革命斗争、反对美帝国主义侵略的斗争战略和策略。上午11时，周恩来出席中、越、老三党会议经济小组会谈。下午，周恩来继续出席三党会议。

7月9日，周恩来离开河内回到云南昆明。

7月10日上午，周恩来和陈毅乘专机离开昆明前往仰光，受到缅甸革命委员会主席奈温将军、外交部长吴蒂汉等的热烈欢迎。

下午3时30分，在缅甸国宾馆，周恩来等同奈温举行第一次会谈。在会谈中谈到亚非当前局势和中国对印度支那问题的方针时，周恩来说："作为日内瓦签字国，我们有义务促使执行《日内瓦协议》，要求美国撤退它的武装部队，我们争取通过谈判来保证《日内瓦协议》的实施，保证南越和老挝的和平中立，这是我们在国际活动中力争的。但是，如果美国决心要扩大这一战争，进攻越南民主共和国，或者它直接出兵，把战火烧到中国的身边，我们就不能坐视不管，就是说，如果它要打一场朝鲜式的战争，我们要有准备。"

7月11日上午8时，周恩来同奈温在国宾馆单独举行会谈。在谈到缅甸经济建设问题时，周恩来说："肃清帝国主义、封建主义势力，需要有计划、有步骤、分清主次，不能打击面太广，否则主观愿望虽好，但生产力受到破坏，不利于人民生活。我们的经济目标是发展工业、农业、贸易、财政金融。这是很复杂的工程，在农业生产方面，缅甸有富饶的资源，如果农民生产力解放，多搞些水利建设，政府充分供应农民所需要的生产资料，农业生产就会有很大的增加，可以增加出口，国家收入就可以增加，这是最迫切的经济任务；在工业方面，政府需要发展工业来领导经济，可以利用外援，首先建立为吃、穿、用服务的轻工业和生产农业生产资料的工业和农产品加工工业，以积累资金，然后再逐步发展重工业、机械工业；商业方面，国家应该控制对外贸易和批发商业。商业不像工厂可以计划，管起来很复杂，如果过急就会阻碍经济的流通，造成黑市，因此，政府应该先掌握大的批发商业，打击投机倒把者。至于本国的私营中小商业，总有对人民有利、服务于经济流通的一面，总该加以利用，在商业上必须稳步前进，市场才能流通；财政方面，主要是节约问题，使每年预算总有盈余，最重要的是反贪污。总之，必须发展工业、农业、贸易、财政金融，国家才能富强起来。"

下午5时30分，周恩来在国宾馆同奈温举行第二次会谈，双方总结了当日单独会谈的要点，附带谈到华侨必须遵守缅甸法令的问题。当时就谈话精神，周恩来指示中国驻缅甸使馆，向侨领谈一谈遵守缅甸政府法令的问题。同日周恩来和奈温签署《中缅两国联合公报》。

7月12日清晨，周恩来结束对缅甸的访问，同陈毅乘专机离开仰光回国，当日抵达上海。7月18日，周恩来主持召开国务院各部委党组成员会议，作关于国际形势的报告，阐述当今世界存在四个根本矛盾和两个中间地带的理论，对国际形势作了具体分析，他说，非洲最有希望，要加强对它的援助。为了加强对非洲国家的援助，提出给已成立的对外经济联络委员会配备人员。根据当前国际形势，提出：我们要抓住这个大好的时机，抓住中心问题，国内建设也要打歼灭战，有的东西可以推迟一些，希望在建设三线时，各线都要有动员，要有一些工业。

7月19日，根据周恩来的指示，中国政府发表关于支持越南人民反对美国侵略的声明。声明说，中国对美国加紧策划新的军事冒险的态度是极端克制的。但是，凡事要有一个限度，中国人民绝不会坐视美国搞大侵略越南和印度支那的战争。20日，周恩来接见越南保卫世界和平委员会、越南亚非人民团结委员会、越南南方民族解放阵线等 4 个代表团，并出席首都各界纪念《日内瓦协议》签订 10 周年大会，再次阐述了上述立场。

7 月 20 日，周恩来应金日成的邀请访问朝鲜民主主义人民共和国，金日成等朝鲜领导人到机场欢迎周恩来的到来。当日下午 2 时至晚 7 时 30 分，周恩来同以金日成为首的朝鲜劳动党代表团在朝鲜平壤兴夫招待所举行第一次会谈，周恩来介绍访问非亚欧 14 国的情况，强调目前非洲存在大好的革命形势，我们应该大力支持亚非人民的反对帝国主义和殖民主义的斗争。晚上出席金日成的欢迎宴会。

7 月 22 日上午 8 时至中午 12 时 30 分，周恩来和以金日成为首的朝鲜劳动党代表团在朝鲜平壤兴夫招待所举行第二次会谈，周恩来介绍印度支那形势和中、越、老三党会议的情况，说从目前形势看，美帝国主义正一步一步扩大对印支的侵略，我们要做好应付美帝国主义的侵略战争的准备。金日成介绍了当前朝鲜形势和朝鲜国内建设的情况，并表示坚决同中国和印度支那三国站在一起反对美帝国主义的侵略战争。

7 月 22 日下午 2 时至 7 时，周恩来同以金日成为首的朝鲜劳动党代表团在平壤兴夫招待所再次会谈，这次主要是谈国际共运，反对现代修正主义，不同意苏共于 1965 年 12 月 15 日召开各国共产党、工人党代表大会的起草委员会会议，双方认为这是苏共强加于人的分裂会议，中朝两党一致决定拒绝参加这一会议，还谈到加强中朝两国的团结友好关系。

7 月 23 日上午，周恩来结束对朝鲜的友好访问，乘专机回国，金日成等朝鲜领导人到机场热烈欢送。

十七、周恩来最后一次访问苏联，同苏共领导人进行严肃的斗争

1964 年 10 月 1 日是中华人民共和国成立 15 周年大庆的日子，周恩来总理里里外外忙得不亦乐乎，但是不管头绪如何繁多，一经他的手，却是井井有条，各个方面都考虑得到、照顾得到。

首先，周恩来想到要一台大歌舞，以庆祝新中国成立 15 周年

7 月 18 日，周恩来在国务院各部党组书记会议上说："现在离国庆只有两个月了，有这么一个想法，就是最好在这个 15 周年国庆，把我们的革命发展，从党的诞生起，十月革命一声炮响，后来的五四运动，到大革命，然后又到井冈山，举起了红旗，都贯串着毛泽东思想，通过这个表演逐步体现出来。"搞这样一台思想性和艺术性完美结合的大歌舞是周恩来久藏心中的一个愿望。1960 年他在观看中央民族歌舞团归国汇报演出时就曾说过："建国 11 年了，在艺术方面总要有新东西，总要有提高。开国初期看看大秧歌《人

民公社庆丰收》这类歌舞还可以接受，现在仍保持那样水平就不行了。"以后，他又多次讲述这个问题，但一直没有得到很好的实现。周恩来希望这一次能够走出一条民族歌舞的新路来。因此他从缅甸访问归来，立即召集中宣部、文化部、总政文化部、北京市委宣传部、音协等部门进行研究。大家一致拥护周恩来总理的设想，并决定将这台大歌舞命名为《东方红》。8月1日，周恩来又亲自拟定了一个13人组成的领导小组，周扬为组长，梁必业、林默涵任副组长，李一氓、齐燕民、张致祥、陈亚丁、周魏崎等为组员。周恩来要求："全力争取搞好，并在国庆上演，如届时还搞不好，或彩排时有大缺点不及改正，就推迟上演。"

在《东方红》的创作过程中，从总体构想到具体内容，从每一句歌词到每一段解说，都经过周恩来修改审定，浸透着他的心血。由于时间太紧，创作人员经常工作到深夜，周恩来也常常陪伴到深夜。创作人员每拟好一段稿子，他都非常认真仔细地修改，并常常拿着稿子问创作人员，这个问题查到没有，毛主席著作中是怎么谈的，有时创作人员说没有查到，他就说："我已经查到了，你看这样改行不行？"创作人员回忆说："我们望着他那疲倦但依然炯炯有神的眼睛，真是感动极了。"

《东方红》通过歌舞的形式来真实地再现中国共产党在民主革命时期的28年艰苦卓绝的斗争历史，需要工作人员掌握大量的党史知识。周恩来常常说："我是跟着这段历史长大的，所以，我有感受，能够帮助你们提些意见。"他不止一次给创作人员讲党的历史，谈自己的感受，告诉大家应该怎样正确认识和理解党的历史，他曾经讲道："中国革命取得成功最重要的一点，就是要有执行铁的纪律的党，有坚持革命、团结对敌的精神。只要这个基本的立场不变，即使犯错误也还要团结，即使领导一时有错误，还要等待，逐步地改变。不能够因为有错误，造成党的分裂，使革命受损失，使对敌斗争瘫痪下来，那就对革命不利了。"这是周恩来从几十年严酷的革命斗争经历中得出的深刻体会。

周恩来要求《东方红》要努力做到政治和艺术的统一、内容和形式的统一。他主张要具有新鲜活泼的、为中国老百姓所喜闻乐见的中国作风和中国气派。要采用史诗的写法，既是粗条的，又要很深刻，能打动人。在创作上要敢于打破框框、标新立异。要注意艺术风格、艺术手法的多样化。平板、单调、贫乏的东西，不仅不能使人受到政治教育，也不能使人得到艺术享受。

当时，在确定演出人员和选用哪些作品方面发生一些争论，因为一大批优秀文艺作品以及许多作家和演员受到错误的批判。在这样的气氛下，一些人主张受到批判的作家和他们的作品不能选用。周恩来了解情况后明确指示：在《东方红》中要选用大量民主革命时期的好作品，包括已经受到批判的著名音乐家贺绿汀的《游击队之歌》、著名戏剧家田汉作词的《义勇军进行曲》等。周恩来说："对民主革命时期的作品，包括30年代的作品要一分为二。有些是群众批准了的东西，我们为什么不能采用？不能以人废言，以过改功。艺术家的失误，难道我们就没有失误？"他还坚持让正在受到批判斗争的著名舞蹈家崔美善登台演出，让正在受批判的周魏崎当领导小组的成员。

辛勤的劳动终于换来丰硕的成果。10月2日，15周年国庆的第二天，在灯火辉煌的人民大会堂，有3000多全国优秀的音乐家、舞蹈家、诗人参加的大型歌舞《东方红》拉开帷幕。周恩来、刘少奇、朱德、董必武、邓小平等中央领导陪同来中国参加15周年国庆的外国代表团、著名人士观看了演出，《东方红》受到了热烈欢迎和高度评价。此后，连续上演14场，场场爆满，盛况空前，毛泽东也在10月16日看了演出。

许多参与这次工作的文艺工作者说："在这样短的时间内创作

出这样一台大型歌舞，没有周总理的直接关心，是很难完成的。"陈毅副总理兼外交部长向外国朋友介绍《东方红》时总是说："这台革命的歌舞是由周总理任总导演的。周总理领导过中国革命，现在又导演革命的歌舞。"

11月1日，周恩来陪同日本芭蕾代表团的松山树子看《东方红》演出，并到后台参观。当他回答了松山树子提出的许多专业性很强的问题后，松山树子哭了，她对身边的中国朋友说："你们是幸福的，只有你们中国有这样的总理。"后来，为满足广大国内群众和外国朋友的要求，周恩来不顾江青的阻挠，坚持将《东方红》成功地搬上银幕。

接待十二个社会主义国家和众多亚非国家的代表团，并与之会谈

第一位前来参加新中国15周年国庆的是柬埔寨国家元首西哈努克亲王。

1964年9月27日中午，周恩来和邓颖超到机场欢迎西哈努克夫妇。晚上，在人民大会堂，周恩来、刘少奇、邓颖超会见西哈努克和夫人，接着周恩来、邓颖超又出席刘少奇夫妇举行的欢迎西哈努克夫妇的宴会。

9月28日中午，周恩来在机场欢迎刚果（布）总统马桑巴·代巴来京参加中华人民共和国成立15周年庆祝典礼。下午12时30分，周恩来夫妇在钓鱼台国宾馆18号楼宴请西哈努克夫妇。下午，周恩来到机场欢迎应邀前来参加中华人民共和国成立15周年庆祝典礼的越南总理范文同、以部长会议主席毛雷尔为首的罗马尼亚党政代表团。下午6时，周恩来、邓颖超在人民大会堂陪同毛泽东主

席会见西哈努克夫妇。接着周恩来又同刘少奇在人民大会堂会见刚果（布）总统马桑巴·代巴，随后又出席刘少奇主席为马桑巴·代巴总统举行的欢迎宴会。

9月29日上午，周恩来前往钓鱼台国宾馆18号楼回访西哈努克，并共进午餐。中午，周恩来在钓鱼台国宾馆2号楼会见以毛雷尔为首的罗马尼亚党政代表团，周恩来说："赫鲁晓夫有他的冒险性，比如说，他把斯大林全盘否定，这还不是冒险？他最根本的是三个问题：对马列主义是叛变；对革命是出卖；对兄弟党是颠覆，他所谓冒险，最大的就是三个。"

下午1时30分，周恩来在钓鱼台国宾馆8号楼会见以范文同总理为首的越南党政代表团，随后周恩来和邓颖超前往机场欢迎应邀前来参加中华人民共和国成立15周年庆祝典礼的马里总统莫迪博·凯塔和夫人。晚7时，周恩来陪同毛泽东主席会见刚果（布）总统马桑巴·代巴。晚上，周恩来、刘少奇、邓颖超会见马里总统凯塔和夫人，随后，周恩来、邓颖超又出席刘少奇夫妇为凯塔夫妇举行的欢迎宴会。晚上，周恩来在人民大会堂河南厅同刚果（布）总统马桑巴·代巴举行会谈。

9月30日上午，周恩来出席在人民大会堂首都各界人士欢迎西哈努克、凯塔、马桑巴·代巴的万人大会。周恩来和毛泽东、刘少奇、宋庆龄、董必武、朱德、邓小平等接见前来中国参加15周年国庆庆典的各国贵宾，他们是12个社会主义国家代表团、亚非国家政府代表团、政府领导人和议会代表团、兄弟党代表团、军事代表团、各国友好代表团、社会活动家和知名人士。下午，周恩来和刘少奇前往宾馆回访马里总统凯塔。接着周恩来又到机场欢迎以哈桑二世国王的代表阿卜杜拉亲王为首的摩洛哥代表团。下午5时20分，周恩来、邓颖超在人民大会堂福建厅陪同毛泽东会见凯塔和夫人。晚上，毛泽东、刘少奇、周恩来、朱德、宋庆龄、董必武出席庆祝中华人民共和国成立 15 周年盛大招待会。

10 月 1 日上午，毛泽东、刘少奇和周恩来、朱德、宋庆龄、董必武等中央党政军领导人和外国代表团及所有贵宾在天安门城楼上参加 70 万人隆重举行的国庆盛典，并检阅游行队伍，为游行队伍题词："自力更生，奋发图强"。下午，周恩来会见并宴请摩洛哥王国代表团。

下午 5 时 30 分，周恩来在钓鱼台国宾馆同西哈努克举行第二次会谈。下午 6 时，周恩来与陈毅在京西宾馆会见以民族解放中央委员、国务部长乌兹加尼为首的阿尔及利亚党政代表团。下午 6 时 45 分，周恩来在钓鱼台国宾馆 2 号楼再次会见以毛雷尔为首的罗马尼亚党政代表团。晚上，周恩来陪同毛泽东会见阿尔及利亚代表团。

10 月 2 日上午 11 时，周恩来在钓鱼台国宾馆 4 号楼与刚果（布）总统马桑巴·代巴举行会谈，就刚果（布）要求援助问题，周恩来说："我们尽量帮助你们搞经济建设，因为你们相信我们，现在的问题是从哪些具体项目开始。不要争论先搞重工业还是轻工业，首先要看有什么资源；第二是劳动力问题，因为你们国家人口有限，劳动力要节约。你们的经济比较落后，所以一定要用先进的技术来建设。"周恩来又说："中国人民和非洲人民是友好的，我们有义务帮助你们，你们也有权利要求我们帮助，但是要看得长远些。我们的援助要根据实际情况逐步增加，便于你们的经济逐步发展起来建立起自主经济的思想，任何一个民族都不能有依赖别人的思想。"在与客人共进午餐时说："我们反对核垄断，核垄断只能增加核战争的危险，使核大国利用核武器威胁他国。中国主张全面禁止核武器、彻底销毁核武器，但在此以前保留拥有核武器的权利。请刚果朋友相信，若中国有了核武器，这只是为了自卫，保卫世界和平，使得有更大可能来全面禁止核试验和彻底销毁核武器。"会谈中双方达成友好条约、经济技术合作协定、文化协定和海运协定，并举行签字仪式。

下午 2 时 35 分，周恩来在京西宾馆接见印度尼西亚部长、总统军事顾问苏里亚达马空军上将及其夫人。接着，周恩来和刘少奇同马里总统会谈。后周恩来又出席几内亚驻华大使卡玛拉·马马迪举行的国庆招待会。晚 11 时 20 分，在人民大会堂安徽厅接见英国著名学者、英中友协会长李约瑟博士和夫人，周恩来在听了李约瑟介绍其所著的《中国科学技术史》后，决定把该书翻译成中文版。随后指定专人负责，并委托中国科学院哲学社会科学部中国自然科学史研究所承担翻译任务。

10 月 3 日上午，周恩来前往机场欢送刚果（布）总统马桑巴·代巴。10 时，周恩来同马里总统凯塔在钓鱼台国宾馆继续会谈，周恩来说："知识是劳动人民得来的。一切知识都经过双手劳动反映到精神上来，当然劳动中反映的知识是粗糙一些，不完全、不系统、不细致的。知识分子把劳动人民的智慧综合起来、集中起来、系统起来，提高到理论的高度，成为书本知识。但是否正确，还要再到劳动中去、到实践中去、到群众中去证明。"他还说："任何国家、任何民族间有共同性，也有差别性。原则、原理只能解决共同性，差别、特殊性必须要同本国、本民族的具体情况结合才能解决。"

下午 2 时，周恩来在钓鱼台国宾馆 3 号楼接见蒙古部长会议第一副主席鲁布桑，并共进午餐。下午 4 时 30 分，周恩来在钓鱼台国宾馆 8 号楼同范文同总理交谈。下午 5 时，在钓鱼台国宾馆 2 号楼再次会见以毛雷尔主席为首的罗马尼亚党政代表团，并共进晚餐。晚上，周恩来出席摩洛哥国王哈桑二世的代表阿卜杜拉亲王举行的招待会。

10 月 4 日早晨，周恩来到机场欢送马里总统凯塔和夫人，接着又在机场欢送摩洛哥王国国王哈桑二世的代表阿卜杜拉亲王。上午9时，周恩来在钓鱼台国宾馆8号楼再次会见范文同总理和由他率领的越南代表团，商讨印度支那局势及其对策。上午11时40分，周恩来在人民大会堂会见并宴请尼泊尔王国大臣会议副主席兼财政、经济计划、司法和行政管理大臣塔伯以及由他率领的代表团，还参加了中国尼泊尔修建水利灌溉工程议定书签字仪式。下午，周恩来和邓颖超接见印度尼西亚已故前首席部长朱安达的夫人，第三副总理萨勒的夫人，印尼妇女大会主席之一、警察妻子协会第一副主席苏卡哈尔夫人。也是在下午，周恩来在钓鱼台国宾馆7号楼会见由部长会议副主席博尔茨率领的德意志民主共和国政府代表团，周恩来说："美国的核讹诈还在威胁好多国家，要全面禁止和彻底销毁核武器才有效，否则会束缚自己的手脚，让帝国主义制造更多的原子弹。美帝国主义不喜欢我们，美帝从来没有讲过毛主席一句好话，也没有说过我一句好话。"

下午3时，周恩来在钓鱼台国宾馆18号楼和西哈努克进行第三次会谈，周恩来说："印度支那三方面这次都和亲王接触过，虽然没有搞文件，但是彼此接近，愿意并准备搞文件，只是因为形式问题而推迟了，你们之间的接触是令人满意的。我想举行一次酒会，使几方面再见一见。招待会是我们内部的，对外不发表，免得引起猜测，这样可以自由一些，交谈交谈，不拘任何形式。"下午，周恩来和宋庆龄会见参加中国国庆的女外宾。接着周恩来又出席中国新闻工作者协会等四单位为招待来华访问的新闻界人士举行的酒会。晚上，周恩来会见并宴请阿尔及利亚民族解放阵线中央委员、国务部长乌兹加尼和他率领的代表团。

10月5日晨6时，周恩来去机场欢送乌兹加尼和他率领的代表团。上午，周恩来陪同西哈努克和夫人参观中央音乐学院。中午，周恩来在人民大会堂接见并宴请缅甸联邦革命委员会委员丁吴上校和由他率领的代表团，在谈到中国革命的历史时说："我们革命的经验，是从群众中来，到群众中去；是从实践到理论，再提高到思想。把马列主义同中国的革命相结合，这便是毛泽东思想。在党内，在工作中，在战争中，我们必须吸取右倾和'左'倾两方面的经验，中国革命是经过这样的经验教训才取得胜利的。现在我们正在进行社会主义建设，也是如此，目前正在总结经验，但还不够。"中午，周恩来接见刚果（布）全国解放委员会第一书记博歇利和对外关系总书记尤姆利。下午，周恩来又出席中柬两国联合公报签字仪式，并接受西哈努克颁赠的柬最高勋章"独立勋章"。

同日下午5时，周恩来在钓鱼台国宾馆17号楼举行酒会招待柬方西哈努克亲王、宾努亲王，越方的范文同总理、黄文欢、阮基石副外长，寮方的苏发努冯、冯维希和越南南方民族解放阵线代表陈文成、阮明芳。周恩来和西哈努克亲王分别在酒会上讲话，周恩来说："今天我们在这里相聚，不是一个简单的招待会，而是一个有重要历史意义的聚会。从这次几国领导人在这里的接触，可以看出印度支那是有光明前途的。这种光明前途是帝国主义势力一定会被赶走，印度支那国家一定能够实现和保持它们的主权和领土完整和独立的地位。"他还说："今天借四国领导人会面的机会，表示这样的希望，就是四个国家在今后的会见和协商过程中相互支持。"

晚7时，在人民大会堂，周恩来和毛泽东、刘少奇、朱德、邓小平、彭真、陈毅、李富春会见以范文同总理为首的越南党政代表团，表示中国坚决支持越南和印度支那的反美革命斗争。

晚上，周恩来和邓颖超设晚宴招待西哈努克亲王和夫人等柬埔寨贵宾。

10月6日晨7时40分，周恩来到机场欢送以范文同总理为首的越南代表团、以交通部长萨布尔·汗为首的巴基斯坦友好代表团。在陪范文同去机场的路上谈到战备问题时，周恩来说："总动员和城市疏散是要做的，对去年蒋介石集团企图在沿海登陆和最近的北部湾事件，我们都进行了总动员。但是，在紧张了一段时间以后，需要适当地放松一下。"上午，周恩来在机场欢送柬埔寨国家元首西哈努克亲王和夫人。上午 10 时 30 分，周恩来在钓鱼台国宾馆 9 号楼会见并宴请老挝爱国战线党主席、民族团结政府副首相苏发努冯亲王和新闻、宣传和游览大臣富米·冯维希。

下午，周恩来在钓鱼台国宾馆 2 号楼再次会见以毛雷尔主席为首的罗马尼亚党政代表团。在与毛雷尔会谈中介绍中苏边界谈判的情况时，他说："中苏谈判进行了半年，我们提出了关于边界谈判的三个原则问题，然后有了一些具体建议。三个原则是：一、在 19 世纪以前中国同沙皇签订的《尼布楚条约》，照当时的情况，不能说是不平等的条约；19 世纪中叶以后，沙皇强加于中国清朝的，是不平等的条约，这些条约划定的边界线，我们不要求改变，我们也不提出领土要求；二、边界谈判的根据以原有的条约做基础，来看一看在哪些方面超出了条约规定，各占了一些地方，应该退出来，在这个原则上划线的话，双方也互有取舍，需要调整；三、以过去的不平等条约作为基础，把边界线全线都勘定了，做某些必要的调整以后，应该缔结一个新条约代替旧条约，那个不平等的条约就不存在了。关于这三个原则问题的协议，他们不赞成；在边界问题未达成协议之前，先订个临时协议，维持现状，他们也不赞成；第三个办法就是在小组会上一段一段地把边界全线弄清楚，看一看我们双方在领土上有哪些争执，他们也不赞成。"

下午 3 时 30 分，周恩来和毛泽东、刘少奇、朱德、邓小平、董必武等会见以崔庸健为团长的朝鲜党政代表团。接着又和刘少奇、邓小平率中国共产党代表团同以毛雷尔为首的罗马尼亚工人党代表团就两党共同关心的问题举行会谈。

10 月 8 日中午，周恩来出席罗马尼亚工人党政治局委员、部长会议主席毛雷尔举行的告别宴会。

下午3时，周恩来在人民大会堂福建厅接见黎巴嫩《贝鲁特晚报》社长兼总编辑马什克时说："第二次世界大战以后，特别是万隆会议以后，亚非国家开始更多的接触。可惜因为工作关系，我们到非洲去得很晚。我们去访问首先是想进行接触，取得知识。我们在北非，除了利比亚以外，所有的北非阿拉伯国家都访问过了。遗憾的是，那次还不能去访问西亚的阿拉伯国家，包括黎巴嫩在内，因为阿拉伯世界包括北非和西亚两部分，这两部分由阿联联结起来，那次由于仅仅是初步接触，只有有限的知识，因此那次访问只能提出中国和阿拉伯国家的五项原则。但很幸运得到了阿拉伯国家首脑的同意，并写入了同一些国家的联合公报。后来又把五项原则推广到黑非洲国家，也得到了黑非洲各国首脑的同意。我在从北非走向西非的过程中，接触到一些中国和非洲国家经济合作关系的问题，因此产生了中国和非洲之间经济合作八项原则，我们后来与非洲各国首脑谈了以后，他们也同意了，也发表在与有些国家的公报上。关于国家关系的五项原则，有些是与亚洲国家和平共处五项原则相同的，但有两点是在我们踏上了非洲的土地以后逐步认识的：第一点是，我们尊重阿拉伯国家之间、非洲各国之间不以武力，而以和平谈判的方法解决各国之间的争端；第二点新的认识是，表示中国政府支持阿拉伯各国人民根据自己选择的方式来实现阿拉伯人民对阿拉伯统一和团结的愿望，这也是我们对非洲国家的观点。"

晚上，周恩来分别接见日中友协会长松本治一郎和日中文化交流协会理事长中岛健藏和夫人等一批客人。晚8时30分，周恩来在人民大会堂福建厅接见阿联中国友好协会代表、阿联国会议员哈密德将军。

10月9日上午，周恩来到机场欢送以毛雷尔为首的罗党政代表团。从机场回来，又在人民大会堂福建厅再次接见刚果（布）全国解放委员会第一书记博歇利、对外关系总书记尤姆利。中午 12 时 30 分，周恩来在钓鱼台国宾馆 14 号楼会见以劳动党中央政治局委员、部长会议副主席兼国防部长巴卢库上将为首的阿尔巴尼亚党政代表团并共进午餐。午餐后又参加中国、阿尔巴尼亚《关于1965 年度交换货物和付款的议定书》签字仪式。下午 6 时，周恩来和毛泽东、刘少奇一道在钓鱼台国宾馆 12 号楼会见以巴卢库上将为首的阿党政代表团。

10 月 11 日中午，周恩来和邓颖超设宴招待日本社会党前委员长浅沼稻次郎的夫人。下午 3 时 30 分，周恩来在钓鱼台国宾馆 9 号楼再次会见老挝爱国战线党主席、民族团结政府副首相苏发努冯亲王和新闻、宣传和游览大臣富米·冯维希，向他们表示中国坚决支持他们的正义斗争，老挝人民一定会取得胜利。下午 5 时，周恩来在人民大会堂福建厅接见以政治局委员、副总书记佩雷拉为团长的葡属几内亚佛得角非洲独立党代表团。晚上观看日本松山芭蕾舞团的演出，并接见团长清水正夫，副团长、演员松山树子。

从上述一系列活动中，可以看出周恩来在 15 周年国庆期间，光是外交活动就排得满满的，一个接着一个，几乎没有什么间隙，同时还有大量的国内工作，其忙碌的程度可想而知，也说明周恩来精力之充沛是非凡的，大大超过了常人，也是世间极其少见的。

赫鲁晓夫下台，周恩来最后一次访苏，参加十月革命节庆祝，在原则问题上同苏联领导进行严肃的斗争，表现了他的立场之坚定

1964 年 10 月 16 日，中国原子弹爆炸，苏联赫鲁晓夫下台，给日益恶化的中苏关系、共产主义运动分裂的严重局势，带来一线

希望。中共中央决定派周恩来总理率领代表团访苏，并推动其他社会主义国家派团，一道参加十月革命 47 周年庆典，试探有无改善中苏关系、挽救共产主义运动分裂的局面的希望。这是周恩来最后一次访问苏联。

从 1956 年苏联共产党第 20 次代表大会后，特别是 20 世纪 50 年代末期起，中苏两党对马克思列宁主义的一些理论问题、国际共产主义运动的某些原则问题以及当代世界形势的若干重大问题，出现了一些不同看法，苏联还逐渐把意识形态的分歧扩大到国家关系上，到了 1963 年，两党两国关系严重恶化。

1963 年 7 月 14 日，苏共中央在发给苏联各级党组织和全体党员的公开信中，全面攻击中国共产党，从此，中苏之间发生了一场公开论战。到 1964 年中苏关系继续恶化，这场论战也随之愈演愈烈。在短短的一年多时间里，苏联报刊上就发表了 20 多篇反华文章和材料。

这年 2 月，苏共还召开了数千人参加的中央全会扩大会议，通过了反华决议，并向各国共产党、工人党发出信函，号召开展反对中共的运动。中国共产党被迫从 1963 年 9 月开始，以《人民日报》和《红旗》杂志编辑部的名义连续发表文章，评论苏共中央的公开信，到 1964 年已发表 9 篇评论及其他文章和来往信函，后来成了有名的《九评》，本书作者李连庆也曾参与其事。

在此期间，苏共一方面连篇累牍地公开发表反华文章，另一方面又通过信函一次又一次向中国共产党建议停止公开论战。中共当然不能接受这种不平等的"建议"，断然拒绝停止公开反驳苏共对中国的攻击。接着，苏共中央又建议召开各国共产党、工人党代表会议和会议文件的起草委员会会议；中国共产党中央则主张经过充分准备，召开在马列主义基础上的团结的国际会议，而绝不参加苏共的分裂会议。对此，苏共中央答复，起草委员会会议一定要在

1964年内召开，12月15日之前就要报到，并表示无论哪个党缺席，委员会都要开始工作。

中共中央在答复信中谴责了苏共中央这种破坏协商一致原则的独裁主义，重申绝不参加分裂会议的立场。

1964年秋，正值中苏论战进行得难解难分的时候，苏联方面突然传来赫鲁晓夫下台的消息。10月15日深夜，苏联驻华大使契尔沃年科受苏共中央委托，紧急约见毛泽东，中央指定由中共中央对外联络部副部长伍修权在住所会见了他。契尔沃年科通报了苏共中央于1964年10月14日召开全会，决定满足赫鲁晓夫因年迈和健康状况恶化提出辞去中央第一书记、中央主席团委员及苏联部长会议主席的职务的请求，并推选勃列日涅夫为苏共中央第一书记，推荐柯西金为苏联部长会议主席。

10月15日，莫斯科电台广播了上述消息，当时李连庆正在陪同中央政治局候补委员、国务院副总理乌兰夫出席德意志民主共和国20周年国庆后返回北京途中，在伊尔库茨克转乘中国民航飞机时，听到这个消息，代表团全体成员以及接触到的苏联人民个个拍手称快，非常高兴。

伍修权将苏联大使通报的情况，于当天夜里报告中央，周恩来最早得知，他反应敏捷，觉得这是件"好事"，立即转报毛泽东和其他中央领导同志，并建议立即开会研究此事，以便采取对策。于是毛泽东连续几天主持中央政治局常委会议，研究苏联的局势和我们的对策。当时苏联政局扑朔迷离，还不清楚赫鲁晓夫下台的真正原因是什么，苏联新领导人的对华政策如何也有待澄清。中央认为赫鲁晓夫被撤职毕竟是一好事，应该表示欢迎，要做工作，推动苏联的变化，争取扭转中苏关系恶化的趋势。周恩来建议观察一个时期，采取一些步骤先试探一下苏联的态度，然后再采取进一步的措施，例如十月革命节快到了，必要时派团去祝贺，同苏共新领导直接接触，弄清其底细。与会同志一致同意周恩来的意见。

于是外交部起草了一个以中共中央主席毛泽东、中华人民共和国主席刘少奇、全国人大常委会委员长朱德、国务院总理周恩来的名义，给苏共中央总书记勃列日涅夫、苏联最高苏维埃主席团主席米高扬、苏联部长会议主席柯西金于10月16日发去的贺电，表示中国共产党和中国人民对苏共和苏联人民前进道路上的每一个进展都是高兴的，并希望中苏两党两国在马列主义和无产阶级国际主义基础上团结起来。这份电报当天就送给苏驻华大使契尔沃年科，当晚广播，第二天见报。

随后，中央决定派周恩来总理率中国党政代表团赴莫斯科参加十月革命47周年庆典活动，同苏联新领导接触，并倡议其他社会主义国家也派党政代表团去苏联，以便接触，交换意见。

周恩来亲自分别约见苏联大使和其他社会主义国家的使节，把中共中央的建议通知他们。10月28日，周恩来接见苏联大使契尔沃年科，请他转告苏共中央，中共中央建议派团去祝贺十月革命47周年庆典，并同苏联领导同志进行接触。10月29日，周恩来再次接见苏联大使，说："中共中央决定派出以我为团长的党政代表团去苏联，以便进行接触，并建议苏联邀请所有社会主义国家的代表去莫斯科。"

考虑到社会主义国家不同的立场，周恩来于10月29日首先接见了朝鲜、越南、阿尔巴尼亚、罗马尼亚和古巴5国的使节，同他们通报了中共中央的倡议，说明这一倡议的目的是寻求团结。当时，苏联同阿尔巴尼亚已经断交，所以，周恩来特别向阿尔巴尼亚大使解释中共中央倡议的意图，并分析了可能产生的结果。阿大使说，他将报告阿党中央，但他相信阿党中央不会派人去苏联。对此，周恩来表示谅解。

10月30日，周恩来接见保加利亚、匈牙利、捷克斯洛伐克、波兰、蒙古和民主德国的驻华大使，向他们转达了中共中央的倡议和目的。

10 月 31 日，苏联大使转告周恩来总理，苏共中央和苏联政府欢迎以周恩来总理为首的中国党政代表团去苏联参加十月革命 47 周年庆典。

11 月 1 日，周恩来率中国党政代表团离开北京前往莫斯科，刘少奇、朱德、邓小平、彭真、陈毅、王稼祥等到机场送行。代表团副团长为贺龙元帅，团员有康生、刘晓、伍修权、潘自力、乔冠华等，还有几名顾问和翻译，同机前往的还有以范文同为首的越南党政代表团。当日下午 6 时 15 分抵达莫斯科，苏联部长会议主席柯西金到机场迎接。

11 月 6 日中午，周恩来率领代表团拜谒列宁墓并献了花圈。随后，先后拜会苏共中央总书记勃列日涅夫、部长会议主席柯西金、最高苏维埃主席团主席米高扬。周恩来向他们表示，我们这次来访，除了参加庆祝活动外，还希望进行接触，交换意见。我们希望为今后打下一个好的基础。出访前，周总理在十月革命庆祝大会上的讲话稿已准备好，呼吁中苏两党在马列主义和无产阶级国际主义的基础上团结起来。周恩来向勃列日涅夫提出希望能在大会上致辞，勃列日涅夫以大会没有安排外国代表团讲话为托词婉拒。当天下午 5 时，周恩来、贺龙和中国党政代表团其他同志出席了在克里姆林宫举行的庆祝大会，勃列日涅夫作了报告。

11 月 7 日上午，中国党政代表团在红场观礼。周恩来、贺龙一同站在列宁墓上的观礼台，同苏联领导人一起检阅阅兵式及群众游行队伍。莫斯科市民的游行队伍走到观礼台前，看见观礼台上的周总理和贺龙副总理，都高兴地举起小旗帜欢呼着向他们致敬。

下午 1 时 30 分，周恩来到莫斯科罗马尼亚党政代表团住所与以毛雷尔为首的罗马尼亚党政代表团进行会谈，周恩来说："赫鲁晓夫下台是好事，对苏联政策的影响会引起国内和国际关系的变化。我们想做一点推动工作，推动他们向好的方面发展变化。"接着又到莫斯科波兰代表团住所与以哥穆尔卡为首的波兰代表团进行会谈，周恩来说："赫鲁晓夫被撤职，我们认为是一件好事，这会使苏联党和政府的政策有一些变化，对苏联国内，对国际、对兄弟党的关系和对敌斗争都会发生影响。变化和影响究竟多大，我们还要观察。"

晚上，中国代表团出席苏联政府在克里姆林宫举行的庆祝十月革命 47 周年招待会。克里姆林宫大庆的主席台上放着一张长方形的大餐桌为主宾桌，苏共中央领导和各国代表团的团长都沿长桌站着，周恩来、贺龙、康生也都站在主桌那里。主桌左边的第一餐桌旁站着苏联的高级将领，周恩来、贺龙和他们中的罗科索夫斯基、崔可夫等都认识。招待会开始后，勃列日涅夫致辞。过了片刻，勃列日涅夫把国防部长马利诺夫斯基找来，把麦克风拉到他身边，让他祝酒，马利诺夫斯基讲话冗长，其中抨击了美国的政策等等。

马利诺夫斯基讲话以后，周恩来建议同贺龙一起去看看苏军的老朋友们。周恩来走到苏军将领们的餐桌旁，苏军元帅和将领们看见周总理走过来，纷纷和他握手，十分热情，大家为中苏传统友谊碰杯。贺龙走到主席台旁，马利诺夫斯基看见他，一开始就有意挑衅。

周恩来当即向勃列日涅夫等苏共领导人提出最严正抗议，勃列日涅夫说："马利诺夫斯基是喝醉了。"周恩来说："酒后吐真言。"并要求对方道歉。说完，周恩来率领中国代表团全体成员退出宴会厅。

代表团回到驻苏使馆，连夜给中央起草电文，报告发生的严重事件。

为了把事情弄准确，周恩来要几位翻译到一起，反复核对事情的经过，并用书面写出来。翻译们连夜赶写和核对，并在书面材料上签了字，交给周总理和代表团，返回别墅的时候，已经是凌晨 3 点了。

11 月 8 日，苏共中央领导人勃列日涅夫、柯西金、米高扬、安德罗波夫和葛罗米柯等到中国代表团住所拜访，周恩来再次向他们追问马利诺夫斯基的挑衅事件，说："你们的国防部长马利诺夫斯基当面侮辱中国人民的领袖。此事你们必须澄清。苏共欢迎我们来，是不是为了当众向我们挑衅……我们中国党政代表团向你们提出强烈抗议，并要求严肃处理肇事者马利诺夫斯基。"

勃列日涅夫等辩解说：我们是事后得知的，感到不安和愤怒，马利诺夫斯基不是苏共主席团委员，是个军人，酒后失言，翻译也有错，准备道歉。他的话不代表苏共中央，他已经受到中央委员会的谴责。现在我们以中央委员会的名义向你们道歉，我们同马利诺夫斯基划清界限。周恩来指出："马利诺夫斯基并非酒后失言，这是不能作为解释的，中国有句老话，'酒后吐真言'。存在决定意识，思想里总有这个根苗，他才说出这个话来。这不是简单的个人行动，而是反映了苏共领导人中仍有人继续坚持赫鲁晓夫那一套，对中国进行颠覆活动。这事我回国后要报告中央。"

下午 5 时，周恩来在中国驻苏联大使馆会见正在苏联访问的阿联副总统阿密尔元帅，同他进行亲切友好的交谈。周恩来主要介绍了他访问非洲后的世界形势，并说这次访苏是想改善同苏联的关系。关于苏联内部问题，尽管这是他们内部的事，但是我们总希望他们更强大，而不是更削弱，希望工农业发展，而不是像去年那样。但这些可能性不是一下就能实现的，我们也不是期待甚急，我们是想推动苏共向好的方面变化。阿密尔也介绍了非洲的最新情况和阿联本国的建设。

晚 7 时，周恩来在中国驻苏联大使馆同毛雷尔率领的罗马尼亚党政代表进行第二次会谈，周恩来、贺龙向其介绍苏联国防部长马利诺夫斯基在 7 日的酒会上公然挑衅的严重事件，这不仅严重地破坏了中苏关系和缓的可能性，而且猖狂地干涉中国内政，我方当即向勃列日涅夫等苏共领导人提出严正抗议，勃列日涅夫推辞说马利诺夫斯基喝醉了酒，我方指出是酒后吐真言。今天上午苏共领导人勃列日涅夫、柯西金、米高扬等到我代表团住地拜访时，我方又同对方提出交涉，指出马利诺夫斯基胡说八道，不是简单的个人行动，而是反映了苏联领导人中仍有人有这种思想，继续坚持赫鲁晓夫那一套，对中国进行颠覆活动。勃列日涅夫极力辩解，说马利诺夫斯基是酒后失言，不代表苏共中央。会谈之后，周恩来、贺龙宴请了罗马尼亚党政代表团。

11 月 9 日上午 9 时，周恩来在中国驻苏大使馆同以格瓦拉为首的古巴党政代表团共进早餐。周恩来讲了对赫鲁晓夫下台的看法和马利诺夫斯基的挑衅事件。

中午，周恩来、贺龙率中国党政代表团出席苏共中央招待参加十月革命 47 周年庆祝活动的兄弟党代表团和外国客人的宴会。

当日下午 6 时，周恩来、贺龙等同勃列日涅夫、柯西金、米高扬、安德罗波夫进行了第一次会谈。在会谈中，周恩来说："我们的接触总是希望改善关系，一步一步地前进。现在苏共换了新领导，你们有什么新考虑和措施？我们要求了解赫鲁晓夫被解职的政治原因。"勃列日涅夫敷衍搪塞，不作正面回答。在周恩来的一再追问下，米高扬终于忍不住，脱口而出："过去苏共是集体领导的，在同中共中央意识形态的分歧方面，苏共中央同赫鲁晓夫没有任何不同，甚至在细节上也是意见一致的。"

当晚 9 时，中国党政代表团在中国驻苏大使馆同以哥穆尔卡为首的波兰党政代表团举行第二次会谈，双方介绍了与苏联领导人会谈的情况。周恩来希望波兰与中国消除分歧，不要跟着苏联走，保持两国友好关系。

11月10日，周恩来率中国党政代表团到德意志民主共和国驻苏大使馆，同以乌布利希为首的德意志民主共和国党政代表团进行交谈，周恩来表示支持德意志民主共和国的正义斗争，并希望两国保持友好关系，不受外界影响。

下午5时，中国党政代表团同以范文同为首的越南党政代表团在中国驻苏大使馆进行第一次会谈，周恩来向其介绍了马利诺夫斯基挑衅的情况和同苏共领导人第一次会谈的内容。

当晚，周恩来赴阿尔及利亚驻苏联大使馆会见正在苏联访问的阿尔及利亚国民议会议长本·阿拉，向其介绍这次访苏的目的和对赫鲁晓夫下台的看法。

11月11日下午5时，周恩来、贺龙等在克里姆林宫同勃列日涅夫、柯西金、米高扬、安德罗波夫等苏共领导人进行第二次会谈，勃列日涅夫表示希望中苏停止公开论战，哪怕只是暂时停止论战也好，并坚持赫鲁晓夫1964年7月30日致中共中央通知书中关于12月15日召开26国共产党、工人党起草委员会会议仍然有效，各兄弟党可以在会议上协商，解决分歧，用这样的办法代替公开论战。

周恩来说："关于召开兄弟党国际会议，也是当时我们同赫鲁晓夫争执不下的问题，我们主张推迟召开，而赫鲁晓夫下命令必须在1964年12月15日召开起草委员会会议，1965年5月召开大会。我们认为，召开兄弟党国际会议的条件并不成熟。采用兄弟党协商的办法，通过双边和多边的协商，开个兄弟党团结的会议是一回事，而坚持赫鲁晓夫下命令召开分裂的会议是另一回事。我们主张召开团结的大会，反对开分裂的大会。而且迄今为止，已经有7个党决定不参加12月15日的会，其中包括中国、阿尔巴尼亚、罗马尼亚、朝鲜、越南、印尼、日本等国的党。但是，勃列日涅夫等苏共新领导仍一再坚持召开新的兄弟党国际会议，要在起草委员会上进行，至于起草委员会的名称、成员、开会时间、工作方法以及性质都可以商量。"

11月12日下午2时，周恩来、贺龙等同勃列日涅夫、柯西金、米高扬、安德罗波夫等在克里姆林宫举行第三次会谈，苏共新领导只用了20分钟的时间，泛泛地回答周恩来提出的问题，说："苏共第20次代表大会、第21次代表大会和第22次代表大会通过的路线和苏共纲领是正确的，不可动摇的。赫鲁晓夫主要是在国内工作某些方面，以及在工作作风和领导方法方面犯了一些错误。"苏共新领导还提出，如果中国方面愿意的话，双方可以举行两党会谈。

当晚7时30分，中国党政代表团同罗马尼亚党政代表团举行第三次会谈。周恩来向毛雷尔介绍了与苏共领导人几次会谈的情况，并认为苏联的政策没有变，仍然坚持和执行赫鲁晓夫的路线，可以说是没有赫鲁晓夫的赫鲁晓夫路线。

晚8时35分，周恩来率代表团到莫斯科越南代表团驻地再一次举行会谈，周恩来向范文同等介绍了中苏3次会谈的情况，以及准备在临行时与苏共领导的谈话内容。

11月13日，周恩来率中国党政代表团同苏共领导人举行告别会见。周恩来对勃列日涅夫、柯西金、米高扬、安德罗波夫等说："根据马利诺夫斯基挑衅事件，米高扬关于中苏分歧的表态和苏共中央新领导坚持按照苏共7月30日通知召开26国兄弟党起草委员会会议等3件事，说明苏共新领导在赫鲁晓夫走进死胡同而被抛弃以后，仍然坚持赫鲁晓夫路线，坚持修正主义、投降主义、大国沙文主义，以老子党自居，对兄弟国进行颠覆活动，马利诺夫斯基的挑衅事件反映出苏共新领导仍在搞颠覆兄弟党那一套，虽然苏共新领导作出正式道歉，但事情还没有完，将上报中共中央处理。中国代表团还认为，米高扬的话是一个极其严重的表示，它表明苏共新领导在中苏原则分歧上站在原地不动，所说改善关系的话全是假的。"关于苏共新领导提出停止公开论战的问题，中国代表团认为，既然苏共新领导继续坚持赫鲁晓夫路线，停止公开论战是不可能的。关于按照苏共中央 7 月 30 日通知召开 26 国兄弟党起草委员会会议的问题，中国代表团表示，中共中央反对召开这样会议的立场不变，不管推迟到什么时候，改换什么名目，中国共产党决不参加这种分裂的会议，如果苏共新领导硬要召开，那就请便。

周恩来最后说："尽管如此，我们对兄弟党的门还是开着的。按照 1960 年声明中兄弟党关系准则，创造新的气氛，寻求新的途径，来确定共同愿望的办法还是有的，这就需要双方努力。如仍然坚持赫鲁晓夫那一套办法，这极可能就不存在了。"

10 月 13 日，周恩来率中国党政代表团回国，柯西金陪同周恩来去机场，在赴机场途中，柯西金对周恩来说："我们同赫鲁晓夫还是有不同的，不然为什么要解除他的职务呢？"他还提议，举行苏中两党的高级会议，周恩来表示，将向中共中央转达苏共中央的建议。

中国这次由周恩来率团访苏，原本抱着改善中苏关系的一片诚意，派出分量很重的代表团参加十月革命 47 周年活动。周恩来花费了大量的精力同苏联新领导举行多次会谈，还做了兄弟党的工作，希望使苏联新领导回心转意，改弦更张，以赫鲁晓夫下台为契机，通过两国领导人直接接触，寻求清除分歧、维护团结的新途径。可惜由于苏共新领导顽固坚持赫鲁晓夫路线，改善中苏关系的愿望未能实现。但是，周恩来了解了苏联新领导的立场、政治动向，捍卫了党和国家的尊严和利益，也捍卫了以毛泽东为首的党中央，意义十分重大。

周恩来、贺龙等中国党政代表团于 11 月 14 日下午回到北京，受到毛泽东、刘少奇、朱德、董必武、邓小平等党和国家领导人、各民主党派及各界人士数千群众的热烈欢迎。周恩来在毛泽东的陪同下绕场一周，同欢迎群众致意，这时欢呼声、锣鼓声响彻云霄，空前热烈的场面，表彰了周恩来、贺龙的功绩。

周恩来同路过北京的柯西金进行会谈，仍就召开二十六国起草委员会会议进行争论，中苏两党关系接近破裂

1965 年 2 月，苏共中央主席团委员、部长会议主席柯西金率团访问越南民主共和国时路过北京，就苏共坚持召开 26 国兄弟党起草委员会会议问题同中国领导人交换意见。

2 月 5 日，中共中央副主席、国务院总理周恩来，中共中央政治局委员、国务院副总理兼外交部长陈毅等同柯西金举行会谈，在谈到 26 国兄弟党起草委员会会议时，柯西金表示，会议还要开，但那是"协商会晤"，不草拟文件。周恩来当即表示，他在莫斯科就说过，中国不参加那个会议，不管它叫什么名目，因为包括中国党在内的各兄弟党没有授权给苏共发号施令。

周恩来说，去年在莫斯科时就劝苏共新领导不要把赫鲁晓夫的这个包袱接过来，要把它扔掉，改弦更张，另起炉灶，重新搞起。这样，双方总能找到一些共同点。周恩来说，中苏分歧很深，一下子很难解决问题，可以就一个一个的问题，慢慢寻求接近。他认为，如果苏共新领导硬要召开会议，中国方面无法阻止，其结果一定会造成分裂的形势。

柯西金认为，苏共新领导一定会尽一切力量来巩固同中国的关系。他说，在中苏的争吵中，有许多是人为制造出来的东西。

周恩来说，要寻求解决分歧的新途径，就应该不跟旧的东西联

系起来，不要用多数来压少数。2月6日晨，周恩来再次同柯西金会谈。柯西金抱怨中国方面不理解勃列日涅夫和他本人改善关系的愿望，周恩来反问说："为什么你这次路过北京，中国方面表示高兴，并同你会谈？"周恩来说，问题要一个一个地解决，在兄弟党会议上一下子把所有的原则分歧都端出来，是解决不了问题的。周恩来强调，这次会议是苏共一党召集的，没有进行中苏双边会谈，怎能来个多边会谈呢？因此，建议苏联取消3月1日的会议。

2月10日下午，柯西金一行从河内回国时再次途经北京，周恩来到机场迎接。从机场到钓鱼台国宾馆，周恩来同柯西金在车上仍就中苏两党两国关系进行交谈，希望苏共新领导不要再沿着赫鲁晓夫的道路走下去，改善两国关系。陈毅陪同安德罗波夫坐一辆车子，安德罗波夫说，不单是苏共，还有许多兄弟党主张开这样一次会议，请中共中央让他们跨出这一步，让他们开这个会吧！请中国方面不要向他们开火，在这以后，中苏两党可以全部从头做起，进行多边和双边的协商。陈毅回答说，可不可以既不开会，也不说取消这个会议，中苏两党重新开始协商，安德罗波夫没有回答。

10日晚上，周恩来举行宴会欢迎柯西金和由他率领的代表团，宴会后观看现代芭蕾舞剧《红色娘子军》。

11日上午10时，毛泽东、刘少奇、周恩来等在人民大会堂接见柯西金和由他率领的代表团，双方再次谈到3月1日的会议，毛泽东直率地说："你们不开会怕丧失威信，一个伟大的列宁的党嘛！"他又说："现在召开全世界共产党、工人党会议还不成熟，要往后推。不解决阿尔巴尼亚的问题，什么会也不能开。"在谈到停止公开论战问题时，毛泽东说："不能停，公开论战要一万年，看来少了不行。"

中午，柯西金在苏联驻华使馆举行宴会，周恩来、陈毅等出席。下午1时35分，周恩来陪同柯西金赴机场送其回国，在车上周恩来说："双方对外交问题和国际问题需要经常交换意见，我们之间的观点和政策可以有不同意见，可以通过不公开的、非正式的方法交换意见，终究能够了解。不求一次了解一切，多次交换以后，总会了解对方的想法是什么。"双方还谈到国家关系方面的一些具体问题，其中关系到两国的友好活动。周恩来表示，苏中友协提的一个方案，我们友协大概会完全同意，采取对等的办法，从纪念中苏友好条约 15 周年做起。对 1965 年中苏贸易，希望比去年增长一些；文化交流，还应该继续进行，项目可以减少；关于旅游，最好履行协议。

可是苏共新领导不顾中国共产党的劝告和反对，悍然于 1965 年 3 月 1 日如期举行了"协商会晤"，但被邀请参加"协商会晤"的 26 个兄弟党中，只有 19 个参加了"会晤"。中国、阿尔巴尼亚、越南、朝鲜、罗马尼亚、印度尼西亚、日本等 7 国党拒绝参加。"会晤"共举行了 5 天，到 3 月 30 日，才迟迟发表了《关于在莫斯科举行的共产党和工人党代表协商会晤的公报》。公报空谈各兄弟党"团结对敌"，坚持认为，由那些主张召开国际会议的党"进行实际准备工作"。

6 月 14 日《人民日报》和《红旗》杂志发表《把反对赫鲁晓夫修正主义的斗争进行到底》的文章，认为苏共新领导"原封不动地继承了赫鲁晓夫修正主义的全套衣钵"，强调如果要革命，要反对帝国主义，要坚持人民的革命团结，都"必须把反对赫鲁晓夫修正主义的斗争进行到底"。

中苏两党两国的关系更加趋紧，斗争更加激烈，两党关系濒临断绝的边缘。

后　记

　　《大外交家周恩来》第五卷原拟用《鹏程万里行（下）》为题，这样当然也可以，但不如单起一个书名更好。因为这一卷主要写周恩来访问非亚欧 14 国，行程十万八千里，因此用《行程十万八千里》比较醒目。本卷主要依据内部档案和报刊公开材料，同时也参考了中央文献出版社出版的《周恩来传》《周恩来年谱》和中华人民共和国外交部外交史研究室编、世界知识出版社出版的《周恩来外交活动大事记》等一些书籍。

　　在本卷写作过程中，笔者还撰写和出版了涉及周恩来许多重大外交活动以及他的魅力、风格的文章和著作。如《冷暖岁月———一波三折的中苏关系》（世界知识出版社出版），《老外交官回忆周恩来》（世界知识出版社出版），《五四运动和周恩来的民主精神》（载 1999 年 4 月《外交学院学报》），《新中国外交辉煌五十年》（载 1999 年 12 月《外交学院学报》），《学习周恩来的伟大精神，做一个无私无畏的人》（湖南少儿出版社待出），还有其他尚未刊出的多篇纪念周恩来的文章。另《大外交家周恩来》第六卷也已开始起草，预计明年可以草就，这样《大外交家周恩来》这部巨著便可以画上句号，算是结束了。如有不妥，敬希指正。

李连庆

2000 年 1 月完稿

《大外交家周恩来》编委会名单

（按姓氏笔画排序）

丁志良　　孔　丹　　叶向真　　任远芳　　刘　铮　　刘爱琴

李　敏　　陆　德　　陈伟力　　陈昊苏　　周秉德　　周荣德

贺晓明　　袁士杰　　耿志远　　聂　力

大外交家周恩来

第四卷

鹏程万里行

李连庆 著

人民出版社

周恩来同志永远活在人民心中。（新华社 发）

1957年，周恩来同志访问斯里兰卡。（刘庆瑞 摄）

1957年，周恩来同志和亚、非、拉美各国朋友在一起。（新华社 发）

1959年1月，周恩来和邓颖超了解到广州温泉从化当地人民无处洗澡时，带头并倡议凡到温泉休养的同志都捐资，帮助人民建澡堂。这是当时周恩来夫妇在广州的留影。（新华社 发）

1961年，周恩来同志参加苏共第二十二次代表大会提前回国。毛泽东同志到机场迎接。（吕厚民 摄）

1962年,周恩来同志和毛泽东、刘少奇、朱德、陈云、邓小平等同志在中央工作会议上交谈。(新华社 发)

1963年,周恩来同志在宋庆龄副主席主办的中国福利会成立二十五周年纪念会上祝酒。朱德、董必武、何香凝、陈毅、聂荣臻、邓颖超、康克清等同志出席。(杜修贤 摄)

1998年周恩来诞辰一百周年本书作者摄于《周恩来摄影展》前。(李连庆 供)

序

　　李连庆同志的新作长篇纪实文学《大外交家周恩来》出版了。这是一件非常有意义的事。它为当代和后人研究周恩来的生平又提供了一份难得的好材料。

　　举世周知，周恩来是新中国外交的创始者和奠基者，是世界公认的伟大外交家。他在外交上的成就和建树，在中国和世界外交史上是首屈一指的。他为新中国赢得了巨大的荣誉和崇高的国际地位，建立了不可磨灭的功勋。他那高超的外交战略战术思想，灵活的外交技巧，崇高的道德品质，超人的天赋才华，独有的外交风格和巨大的魅力，赢得无数朋友们、各式各样的对手乃至敌人发自内心的钦佩和敬重。周恩来是中国的骄傲！

　　李连庆同志长期从事外交工作，经常受到周恩来的亲切教诲，同时也对周恩来的外交思想和外交实践进行过比较深刻而广泛的研究，熟悉和掌握大量的资料。李连庆又是一位作家，出版了许多文学著作。这些都是他得天独厚而别人所难有的有利条件。

　　《大外交家周恩来》主要是依据周恩来的外交思想和实践的大量史料创作的。在选材方面，作者特别注意那些体现周恩来非凡性格和光照日月的材料。为了增加作品的艺术性和生动性，作者在某些情节和人物心理活动的描述上、语言表达上，尽量将丰盈的生活

细节糅进去，使宏观的历史框架和人物的具体活动有机交融。通过历史事件了解周恩来的外交生涯，又通过他的外交生涯了解他的精神风范，令人顿悟，令人起敬。以史为文，文史结合，纪实文学才有感染力。本书作者在这方面是做了努力的，而且用纪实文学形式写领袖人物也算是国内第一次才有的。作者敢为天下先的精神是值得提倡的。

《大外交家周恩来》共6卷，写周恩来各个历史阶段外交生涯的主要方面，分"执掌外交部""舌战日内瓦""万隆会议展雄才""鹏程万里行""行程十万八千里""光辉映晚霞"等。展现在读者面前的这6卷书，将是一幅体现整整一个时代精神、感兴于领袖人民性内涵的五彩纷呈的历史画卷。

是为序。

1998年3月5日

目　录

引　言

冬去春来，日月如梭。

亚非会议后，世界上特别是亚非地区掀起了反对帝国主义、殖民主义，争取民族独立、世界和平的新高潮。国际形势明显地发生了不利于侵略和战争政策、有利于和平力量的变化，世界局势趋于缓和。同时新中国的地位大大提高了，而且创造了前所未有的国际和平环境，国内国外呈现一派欣欣向荣的景象，国内开始了第一个五年经济建设计划，蒸蒸日上。外交工作全面开展，许多国家同中国建立外交关系，贸易和文化交流日益扩大，朋友越来越多。

由于周恩来在亚非会议上发挥了巨大的主导作用，取得重大的成就和深远的影响，他的智慧、才能、品德、风度得到世人进一步的认识，受到国内外普遍的钦佩和赞誉，他的威望和地位大大提高了。连毛泽东在一次内部谈话中也不无感慨地说，现在是恩来同志唱主角，我只不过是跑龙套。虽然毛泽东是一种谦虚的说法，但也说明一定的道理，反映了客观实际。

确实，此时正是周恩来大展宏图之际，努力实现他的"中华腾飞"的宏伟愿望。

一、周恩来纵论国际形势和外交工作

　　亚非会议后不到半年时间，周恩来于 1959 年 10 月 22 日在第二届全国政协常委第七次扩大会议上作《关于目前时局》的报告，他精辟而又深刻地分析了亚非会议后的国际局势，明确提出今后的外交工作方针和争取世界持久和平，为中国的经济建设创造更有利的国际环境的任务。

　　参加会议的都是中央部委司局长一级以上的领导干部和各民主党派、各人民团体负责人，全国政协常委，人大常委等人士。

　　这天，周恩来在秘书和警卫的陪同下，从西花厅步行到怀仁堂。他见会场上已经座无虚席，健步走上主席台，听众们"呼"的一声全部站起来，热烈鼓掌欢迎这位功勋卓著的敬爱的总理。

　　周恩来一面鼓掌回敬，一面谦恭地连连点头表示感谢。他随手从衣服口袋里掏出一张纸，这是他今天讲话的提纲。周恩来除了在党代表大会、中央会议讲话和政府工作报告有写好的稿子外，一般讲话从不用稿子，甚至连简单的大纲都没有，可见他是多么地胸有成竹，不仅熟悉情况，知识丰富而且有超人的记忆力，连极其复杂的数字也一个不漏、一个不错地说得清清楚楚，令人感叹和钦佩之至，真是一位奇才、天才。所以，他作报告，人人都爱听，不仅座无虚席，而且会场安静得听不到半点嘈杂的声音，只有沙沙的记笔记声，还不断发出热烈的暴雨般的掌声。

"各位同志、各位朋友，"周恩来声音洪亮、亲切地说，"政协很久没有开会了，想借这次讨论《农业生产合作社示范章程试行草案》的机会，顺便谈谈时局问题。"

世界形势的发展有利于我们

周恩来科学地分析说："根据事实，目前的世界形势向着有利于我们的方面发展。总的趋势是：由于紧张局势的和缓，帝国主义的战争计划被打乱、被推迟；社会主义阵营即领导和平的力量，处在战略上的主动地位，和平力量逐渐转入优势，这是今天的形势特点。形势的发展是不利于帝国主义战争集团而利于社会主义爱好和平的国家和人民的。"他又明确指出："这并不是说，帝国主义战争集团在等待失败，不会的，它是想从战争、战术上挽救它的被动地位，不利形势，甚至有可能铤而走险。我们不能忽略这方面，因为它们有着战争的实际政策，它们不甘心战争计划被打乱、被推迟，不甘心失败，当它的危机越发厉害的时候，它就有铤而走险的可能。""我曾说，'国际上和平与战争的斗争是长期的、反复的'。国际斗争是长期的，不会是一帆风顺的，不会是和平力量一直在增长，战争力量一直在失败；这个斗争是会有反复的、长期的、艰苦的，必须充分估计突然事变的可能。"

历史发展的事实证明，世界形势的发展、和平与战争的斗争，正如周恩来估计的那样是长期的、反复的、艰苦的斗争，证明周恩来有着多么英明的洞察力和预见性。

周恩来从社会制度、社会发展规律等方面进一步分析和平与战争的问题，证明战争政策终究必然是要失败的。

周恩来指出，在这种形势下，"战争头子的美国执行扩军备战政策的结果就造成要打不能打，要和不能和的情形"。"因为首先是全世界人民反战的呼声一天天高涨起来，一直到美国人民。""美国政府内部，不但民主党如史蒂文森和外交委员会主席乔治等说出要缓和的话，就连共和党也发生了种种不同的争吵，主战的人有，主和的人却不断增加，这就使美国总统不能不在出席日内瓦会议时说些缓和的话，在台湾问题上不能不说一些模棱两可的话。为什么呢？因为多方面不赞成他做冒险的事。"其次，"他的同盟国英、法也不愿意打，突出表现在日内瓦会议以后，如英国外相艾登一回去就说：'战争打不起来了。'为什么他要这样说呢？因为英国人民要求这一句话，他需要拿这个巩固选票。""法国在日内瓦会议后，也从西德把它提供给北大西洋集团的军队抽出来，派到非洲去更残酷地镇压殖民地人民。这就说明西欧形势和缓了，法国不愿打大仗。北大西洋集团有半数以上国家没有按计划实现《北大西洋公约》的扩军计划，这些都表示不愿打仗。""再看中立国。以印度为首主张中立的国家不让美国打。我国与它们倡导的五项原则，影响一天天扩大，不但这些国家赞成，而且又经过印尼、尼泊尔赞同，亚非29个国家也同意并增加为10项。这种影响扩大到非洲、拉丁美洲，和平中立趋势日益增长。"周恩来总结说："这就是今天世界形势的特点。"

周恩来根据对上述形势的研究分析得出的结论，提出当前"国际活动的方针、任务的问题和几个具体问题"。

周恩来强调说："我们今天的旗帜是为着世界和平的旗帜，这个旗帜能够最广泛地争取世界人民。这最能够分化、削弱和打击战争力量。"实现"推迟战争集团的战争计划，打乱它的计划，有利于我们的和平建设"。

根据这个方针，周恩来提出六点外交和国际活动的任务：

第一，发展和巩固社会主义阵营的力量。

周恩来说："以苏联为首的社会主义阵营的强大和发展，那是对和平力量、和平运动的发展有决定意义的。自从新中国成立以来，在兄弟国家关系上有很大发展，在苏联援助下，我们的社会主义建设得到更快的发展。"周恩来以高兴、喜悦的口吻说："我想讲一个问题。社会主义阵营最近最大的成功，就是我们现在正逐步争取南斯拉夫这个社会主义国家回到社会主义大家庭中来。在这个问题上，我们中国人民中间也有些不太清楚的，这也难怪，过去多年的宣传犯了一些毛病。这个毛病的根源是从两方面来的，一方面当然是 1948 年和 1949 年欧洲的共产党情报局的决议——关于南斯拉夫的决议，这个决议就使苏联与南斯拉夫离开，另一方面南斯拉夫犯了严重的民族主义的错误，也就跟苏联、社会主义国家对立起来了。这样的形势，不能不使世界上其他社会主义兄弟国家（中国包括在内）受到影响。"现在"苏联共产党的负责人公开承认 1949 年那个决议是错误的。也就是说把南斯拉夫当成敌人，没有把他们看成自己队伍中的一员是错误的"。苏联"公开承认这错误就取得了主动，改变了这个关系，所以这是苏南关系上的转折点"。然后，他说，在南斯拉夫问题上"要引为一个教训。我们与很多兄弟国家来往，特别是我们周围还有几个兄弟国家。蒙古人民共和国，过去曾经在中国版图之内，现在独立了，因为过去受压，他们首先摆脱了北洋军阀的统治而独立，以后就继续独立下去。朝鲜，我们曾经进行过抗美援朝的斗争，今天还有志愿军在朝鲜。越南民主共和国，我们虽然没有出兵援助他们，但是我们给予其他的援助，曾支持他们。像这样的关系，我们很容易发生民族主义，即大国主义"。他解释说："因为我们是胜利的国家，是大国，自觉或不自觉地产生骄傲自满情绪，最容易在接触中发生。应当警惕。""同样，由于欧洲的兄弟国家风俗习惯不同，也容易有些处得不好的地方"，也"值得引起我们的警惕"。他告诫说，在同社会主义国家关系中，"又要爱国主义，又要国际主义"，这样才能把"工作做得更好"，"巩固我们的阵营"。

第二，我们要广泛发展世界人民和平运动。

周恩来一向重视人民、着眼于人民、一切为了人民。在外交工作、国际活动方面也不例外。他极其深刻地指出："世界现状决定于人民的动向、人民的向背，人民向着什么？反对什么？我们相信，世界人民是走社会主义的路，我们要通过和平运动影响他们。这一两年来的工作是有发展的。在座的有很多参加各种和平运动的人士，世界和平大会、工会、青年、妇女、科学家、文艺家、工商业家等，经济方面的来往、贸易来往、宗教界的来往也很多，这种运动会一天天开展，这种开展会牵连到各方面的任务，比政府中进行外交工作的范围广得多，这是基本运动方面。我们把人民的力量组织起来，和平的势力就更大。世界各国政府的来往，也是因为人民运动的压力，不得不召开日内瓦会议、万隆会议等。"他强调说："这个环节的工作，我们以为非常重要，大家应该很清楚这是每一个人的工作，没有一个人除外。这两年来，国际的和平活动一天天地多起来，要中国做的比我们已经做的要多。""世界需要我们贡献的比我们自己贡献的大得多，这点我们还有点不自觉，事实上，不仅兄弟国家需要我们，资本主义国家的人民更需要我们去支援。"周恩来很善于用事实说话。

他说："现在举一个例子，一个文艺代表团到西欧去，所受到的欢迎超过我们的预料，在座的恐怕都不会料到能受到这样的欢迎。这个原因是什么？很清楚，分析起来有两条。第一，就是胜利的中国人民，如果不是中国胜利了，人家不会有这样的热烈的欢迎，单是京剧团、歌舞团出去，单靠艺术能受到这样的欢迎？前天我与出国的文艺代表团说过，出去的京剧团艺术水准，难道会比得上梅兰芳、程砚秋？他们不是没有出过国，他们也没有受到 40 次谢幕的盛况。杜近芳是梅兰芳的徒弟，他的艺术会比梅兰芳高？因为情况不同，这是胜利的时代。西方人民需要中国人民支持。很多国家的人民对中国就是这样热烈，在巴黎谢幕 40 次，在罗马也是二三十次，瑞士、比利时、荷兰也是，这怎样解释呢？而且中国另一个戏团也是这样，到芬兰、挪威也是如此，几乎走遍了整个西欧，这是政治上的胜利。第二，就是人民的艺术，如果没有艺术当然不行，不过艺术要加上一点，是人民的艺术。"

　　周恩来在叙述了工、青、妇、宗教界和贸易、文化与外国包括未建交国家的交往之后，他说："这里要特别说一说与日本人民的来往问题。因为最近一年来与日本来往频繁，日本来的特别多。今年国庆来了 200 多人，7 个团体，其中有很重要的团体——代表团。""我们去访问的也增加了。开始是红十字会去日本，以后是贸易展览在东京开幕，受到盛大的欢迎。我们的郭院长要成立学术团体去日本访问，关系频繁起来。这里有个问题，中日两国人民应该不应该这样友好？我想应该肯定。中日两国在某一点上处于相同的境遇，那就是我们受美国的干涉，美国侵犯我们的台湾，干涉我们解放沿海岛屿与台湾。美国对日本人民实行控制已 10 年，在日本建立了上千个军事基地，霸占了小笠原群岛，使日本处在被占领状态、殖民地半殖民地的地位。在这点上，他们的遭遇比我们困难。过去是帝国主义军国主义的日本，今天变成了受美国控制的被压迫者。""变成患难朋友"了，现在日本"对远东和平有决定性作用"，"我们要做工作"：1."要批评他们最反动的"亲美帝国主义的人；2. 要给"日本人民以支持"；3. 要"鼓舞"他们反对美帝国主义；4."不要性急"，"我们是希望中日邦交正常化的，但他们有困难我们是理解的"；5."不放松警惕"，不能说日本没有少数人要"恢复军国主义的企图"。

第三，要推进反殖民主义运动。

周恩来说："在万隆会议我国提出一个口号，就是'求同存异'，求反殖民主义之同，存社会主义与资本主义之异。"现在反殖民主义运动在万隆会议后展开了，这表现在两件大事上：一件是"今年的联合国大会与往年有很大不同，即反殖民主义空气增长了，在讨论议程时给了美英荷法很大打击，如摩洛哥问题，几乎无人敢提出反对讨论"。"又如阿尔及利亚"问题，"法国说它是法兰西联邦的一部分，不承认是殖民地，但亚洲国家认为阿尔及利亚是法国的殖民地，不讨论是没有道理的。开始时，帝国主义纠集一部分人来反对，但结果失败，阿尔及利亚问题仍然通过列入议程。赞成讨论的占亚非国家绝大多数，只有一个土耳其没有赞成，连泰国、菲律宾也赞成，非洲乃至拉丁美洲一向是跟美国跑的，也有 6 个国家投同意票，这就是说，亚洲、拉丁美洲、非洲在这个问题上结成了统一战线。在讨论印尼西伊里安岛问题时，投票赞成放在议事日程上的人更多，这说明反殖民主义的浪潮高涨。"另一件就是反殖民主义运动深入到阿拉伯系统的宗教国家。"例如埃及坚持了和平中立立场，因此愿意接受而且要求购买苏新国家的军火来自卫"，"表示自己不受西方国家的干涉。并且他们（指阿拉伯国家）结成独立的集团"。

周恩来说："万隆会议以后，巴基斯坦、锡兰的总理答应不久到中国来访问，我们也欢迎，不因为它们思想上、制度上不一样就不来往，我们之间无冲突。""对泰国、菲律宾也要做工作。""一方面由于我们的友好态度，一方面由于美国的压力，故泰国起了变化，又经过印度、缅甸等做工作，这些国家友好可能性在增长。至于菲律宾，也要和它们友好，最近有两位菲律宾记者到中国访问，我打算见他们，就是做工作。""甚至对土耳其也可做工作"，"亚洲方面我们可做的事最多。当然，并不疏忽在中东做工作，那方面苏联、兄弟国家可做。"

第四，要扩大和平中立的趋势。

周恩来指出："自从同印度、缅甸发表了和平共处五项原则以来，扩大了和平中立的趋势，印尼、巴基斯坦也赞成；锡兰也不敢在原则上反对，日本上层分子也赞成，中东阿拉伯系统的国家也赞成；在欧洲，苏联与印度的联合宣言中支持这个，与南斯拉夫的宣言中也称赞这个，特别是与奥地利的和平关系就应用了这五项原则，使得英、美、法不得不撤兵。这又影响了西德。""要和平统一德国，就必须增长和平中立趋势。意大利也反映了这个，因为对奥和约签订使现在的意大利政府不得不比上届政府态度好一些。这反映出欧洲和平中立趋势增强，尤其是苏芬关系的改善影响了北欧。和平中立趋势在亚洲、欧洲、非洲都有发展，因此我们应该抓紧做工作来推广，特别是要支持印度扩大和平区域的号召，为此我们在亚洲及太平洋签订和平公约。在意大利，人民很愿意与中国建交，与共产党合作的社会党书记南尼就赞成与中国建交，赶走蒋介石代表。他现在回罗马，我们支持他这种活动。至于西德，也要影响，它既与苏联建交，最后总有一天需要和中国建交，因为它不在联合国，也没有蒋介石的代表，问题比较简单。对于日本，我们要支持它，使它能走和平的路，如果它中立，那也很好嘛！对远东有利。所以我们需要和日本谈判建交。""谈判建交不等于马上要建交，要有一个谈判的过程，因为美蒋关系在，对日本是困难的。但正好借谈判鼓舞日本人民给政府施加压力，以逐渐摆脱美国的控制，在谈判中加强中日人民的贸易、文化来往，人民的来往可以频繁。"

周恩来说："我们还要加强已经做的工作，不能放松，对印尼如此，对缅甸也要加强。这次缅甸代表团来的都是国内最负责的人，有最高法官、总司令、文化部部长（现在派到联合国去任代表兼驻美大使），我们要很好地做工作。现在美国要在缅甸投资、挤掉缅甸的粮食市场和控制缅甸。我们要同缅甸进行平等贸易，不想把缅甸的粮食市场挤掉。如缅甸与锡兰订有卖米合同，我们与锡兰也有卖米合同，我们为了照顾缅甸，不提米价，只答应提高橡胶价格，等缅甸把米价订好后，缅甸卖多少钱，我们也卖多少钱，这只有社会主义国家才能这样办，像美国资本家是不这样办的。又如缅甸要我们帮它装备纺织厂，从设备、安装、施工到运转，我们送去的机器打算用缅棉，并不销出棉花，以这样的办法来巩固中缅关系，扩大中立趋势。每一次贸易来往都要适合我们扩大和平外交的政策。"

周恩来又说："对印尼也如此，目前印尼选举在动荡中，前一个好的政府倒了，代替的是马斯友美党的政府。这个党虽然是亲美的，但不是党内所有人皆如此，在外交上他不能不遵守万隆会议精神，因为中国表示友好，广大印尼人民愿意与中国友好。我们不能因为他们的政府换了而改变态度，我们要根据既定的政策继续友好，这样来支持他们，影响他们的人民，表示我们遵守五项原则的和平共处，不干涉内政。影响他们政府和平中立趋势。"

周恩来总结说："从日本、东南亚一直到中东、近东"，我们都有许多工作可做。

第五，加强美帝国主义和它的同盟国之间的矛盾。

周恩来说："在这方面也要做些工作，刚才我提到如美国和加拿大都是北大西洋同盟国，但因为都是资本主义国家，美国不顾一切要压倒加拿大，加拿大国外粮食市场被美国占了，加拿大国内市场也被美国霸占，叫加拿大如何好受？美国的同盟伙伴英国、法国，我们要看它们的态度，它们跟美国战争贩子走的每一个步骤我们要反对，与美国战争政策闹别扭的每一个步骤我们要支持，反对坏的，支持好的。最近我曾对英国驻华代办和香港总督说：'你们英国政策这样软弱，又要承认中国，又要搞"两个中国"的阴谋，又要在联合国投蒋介石的票，你们已把蒋介石的代办从伦敦赶走，为什么不在联合国投我们的票?'我指着代办说：所以你不能做大使，只能当代办。我说新中国并不要你们保镖进联合国，你们投我们一票我们不见得就恢复了地位。美国啰唆很多。即使我们一百年不进去，我们不稀罕，不过为了世界和平，早些恢复我们在联合国的地位是好的。你们投一票是为了主持正义。"

第六，要做美国的工作。

周恩来说，我们并不是说我们做了上述的工作，就将美国看作铁板一块，乌黑一团。我们对美国也要做工作，我们并没有封锁美国，是美国封锁我们。最近我们要纪念世界文学家，其中有美国文学家惠特曼，是草叶诗集的作者。我们邀请美国研究《草叶集》的一个保守一点的人和一个进步一点的人，可是他们能不能来，美国政府是否发签证还是个问题。但是这说明我们愿意和美国人民来往。中美关系很紧张，从朝鲜问题、印度支那问题到台湾问题，我们一个个要解开。朝鲜问题、印度支那问题都解决了，剩下台湾问题，去年我们各民主党派发表《解放台湾联合宣言》，当时也紧张了一下。我们解放了一江山岛，使美国很被动，只好把军队撤出大陈岛。在这方面，蒋介石的力量是微不足道的。如果我们解放了沿海岛屿，最后解放台湾，对世界和平有好处。

周恩来指出："美国政府在台湾问题上，过去是想把蒋介石放出笼子来吓我们，没有吓到，一江山岛被我们解放，大陈岛撤退，使得美国不得不把蒋介石收回笼子里，说是不准进攻大陆，这已经是让了一步。但他又要以沿海岛屿来换取我们不解放台湾，想在这个问题上做文章，企图使我们放弃解放台湾，这个我们是不干的，""坚决反对的。"所以我们就在"万隆会议上提出跟美国坐下来谈。你美国侵占台湾造成国际紧张局势，我们主张坐下来谈，中国人民不要跟你美国打仗"。"我在全国人民代表大会第二次会议上讲过，我们可以用武力解放台湾，也可以和平解放台湾，我们争取和平解放，这是国内问题。因此，在这样的推动下，美国不能不跟我们谈判，它企图由美侨回国问题谈起。侨民回国问题解决了，不能不谈别的问题。一谈到这个问题，就来了问题的实质，究竟谈什么问题。我们主张谈高一级会谈的问题。"中美谈判已拖了3个月，"现在改为每星期谈一次，以后恐怕要一个月谈一次"。美国既怕谈判破裂，遭到全世界谴责，又不愿进行高级会谈，怕局势缓和。

周恩来进一步说：在台湾问题上，我们不但主张与美国谈，还主张与蒋介石谈。自从西安事变以后，我们与蒋介石谈判抗日，一直到现在，可以查查历史没有一个文件上说永远不与蒋介石谈判。战争是他打起来的，他被打垮了，内战一直到现在还未打完，他还保留一个台湾岛在手里，谈判一直未关门。张文伯先生在这里，他是最后谈的，他知道，我们没有关门，以后还是可以谈，而且争取谈。就是因为我们提出可以谈，这种可能性就增长了。蒋介石担心中美会谈不知哪一天将他出卖，美国担心国共又谈，不知哪天又谈好了。这两个都是可能的。终有一天美国要承认我们，台湾终有一天要解放，这是肯定的。时间长短决定于双方力量对比的斗争。所以我们要做美国的工作，各方面做工作是为了巩固自己，瓦解旧世界的阴谋。

周恩来最后严肃指出："应该说我们还有缺点，有时只讲原则，忘了灵活性；也有时无原则地灵活，有时左倾，有时右倾；有时民族主义忘了国际主义，没有认识到是长期反复的斗争，产生盲目乐观的情绪，遇到挫折就以为天马上黑了，世界大战马上要打起来了；有时悲观失望，有时情绪突然高涨，以为形势一直缓和下去了，失去了对突发事变的警惕。这些缺点要靠我们在实践中不断努力来克服。我们要力求推迟战争，争取世界持久和平，通过三个五年计划来建成一个社会主义国家。"

　　周恩来这篇重要而又精彩的报告，是他凭借自己丰富的外交经验、敏锐的思想，通过对世界周密的观察、深入的研究进而对世界局势及其发展趋势准确、生动的描绘，并进一步提出全面开展外交和国际活动的任务。官民并举，既有官方的外交工作，又有民间的交流和活动；全方位地展开，既有对社会主义、苏欧兄弟国家的工作，又有对民族主义、亚非拉国家的工作，还有对美、英、法、意、德、加等西方资本主义国家的工作。充分反映了他关于国际统一战线高度的战略、策略思想。

二、继续缓和国际紧张局势，
推动世界和平运动

周恩来在万隆会议期间，曾邀请一些国家代表团和领导人到中国访问，特别是中国高举和平的旗帜，来访的人络绎不绝，有政府官员，有群众团体的代表，有学者、艺术家、文化人、和平使者，有代表团、也有个人。中国出访的人也不少，有领导人、有群众团体的代表，有代表团、也有个人。周恩来几乎同所有来访和出访的都有接触和谈话，有效地开展了工作，同时也进一步展示了他的外交才能和风采。

同梅农谈中美谈判问题

第一个来访的是印度驻联合国首席代表梅农。梅农是在出席亚非会议后回到纽约联合国总部，将周恩来在亚非会议上关于台湾问题的声明，转达给美国当局，美国在世界各方面强大的压力下，想找机会缓和一下中美之间的紧张关系，同时也需要安抚美国国内舆论在被押人员和间谍案问题上对国务院的指责，这样美国就不能对周恩来的声明置若罔闻，便通过英国、印尼和梅农向中国传话试探和斡旋。梅农于 1955 年 5 月 11 日至 21 日访问北京，周恩来与他进行了六次会谈，并举行酒会招待他。

周恩来首先对梅农为争取中美之间和台湾地区紧张局势缓和所做的努力表示欢迎，并阐明中国的立场和主张。他说，和缓台湾地区的紧张局势必须是双方的。美国应该促使国民党的武装力量从金门、马祖撤走。如果它这样做，中国可以在规定时间内不予还击，让它撤走，以使中国和平收复这些岛屿。但是这个行动绝不意味着，中国同意杜勒斯所说的那个"停火"，同意美国以敦促国民党集团撤出沿海岛屿来换取中国放弃解放台湾的要求和行动，承认美国侵占台湾的合法化和"两个中国"。周恩来又说，除金门、马祖问题外，中美双方应在其他问题上采取步骤和缓紧张局势。从美国方面说，有两件事应该做，一是取消对中国的禁运；二是允许要求回国的中国学生和其他中国侨民自由回国。从中国方面来说，也有两件事可做，一是美国在中国的犯法人员，包括飞行人员和侨民，可以根据中国法律制度，并依照各人犯罪事实和被监禁后的表现，决定是否宽赦释放或驱逐出境。但是这些人的案子不可能一下子都处理掉。考虑到梅农先生的要求，中国愿意先处理侵入中国领空的 4 个美国飞行人员，判处驱逐他们出境。在美蒋特务制造的"克什米尔公主号"惨案尚未解决的时候，中国采取上述行动，表示了和缓紧张局势的意愿。二是中国允许对中国友好的美国团体和个人到中国来访问，虽然这种事情应该是对等的，但是中国愿意先开放，让美国人来看看中国究竟对他们是友好还是要同他们打仗。周恩来还说，中国愿意同美国谈判，也愿意同国民党集团谈判。这两种谈判虽然有联系，但属于不同性质。前一谈判是国际性的谈判，为的是要美国放弃干涉，从台湾和台湾海峡撤出它的一切武装力量。后一个谈判属于内政，应该谈中国中央人民政府和国民党之间的停火问题和中国的和平统一问题。

5月20日下午6时，毛泽东在中南海勤政殿接见了梅农，晚上陈毅设宴为梅农饯行。梅农在京期间，朱德、彭德怀都会见了他。梅农回到联合国向美国透露了中国的立场和意愿。周恩来在5月26日接见英国驻华代办杜维廉，进一步阐述了中国对美国谈判问题的主张和立场。

也愿同蒋介石谈判和平统一祖国

由于周恩来在亚非会议上提出愿意同美国坐下来谈判和缓中美之间以及在台湾海峡地区的紧张局势，在梅农和英国、印尼等国的斡旋和越来越多的国家要求美国作出响应的局势下，美国于1955年7月13日通过英国向中国提出了中美双方各派一名大使级代表在日内瓦举行会谈的建议，经过双方磋商，中美双方确定将原在日内瓦进行了将近一年的领事会谈升为大使级。1955年8月1日，中美大使级会谈在日内瓦开始了。中方代表是驻波兰大使王炳南，美方代表是驻捷克斯洛伐克大使约翰逊。

与此同时，周恩来多次表示也愿意同国民党谈判，解决中央人民政府同国民党集团间的停火问题和中国的和平统一问题。中国中央人民政府曾通过许多渠道向国民党集团转达这个建议。

1956年3月16日，周恩来在中南海西花厅接见李济深的前卫士长马坤时说，如果你这次或者以后到了台湾，请你向蒋介石和你的其他朋友转达几句话。首先，你可以向他们说，蒋介石是我们的老朋友，他认识毛泽东，也认识我。我们同他合作过两次。最后一次谈判是在南京，那是1946年，你住在吴铁城家里的时候。那次谈判破裂以后，接着就打了三年内战，至今还没有结束。但是，中国共产党从来没有说，我们永久不再谈判。内战虽然还没有结束，但是我们从来没有把和谈的门关死。任何和谈的机会，我们都欢迎，我们是主张和谈的。既然我们说和谈，我们就不排除任何一个人，只要他赞成和谈。

马坤说，只要蒋介石愿意见我，我一定向他转达这一切。不过，蒋介石是个固执的人，有时他可以很仁慈，但是有时他又可以很凶恶。如果过去是英国教会使他信教的，那么现在还可以劝他放下枪和剑。但是过去是美国人和美国教会使他信教的，而这些人现在不愿意劝他放下枪和剑。

周恩来说，那不要紧。他还在台湾，枪也在他手里，他可以保住。主要的是使台湾归还祖国，成为祖国的一个组成部分。这就是一件好事。如果他做了这件事，他就可以取得中国人民的谅解和尊重，而这件事也会像你所说的那样载入历史。

周恩来又说，你也许可能有机会在美国或者欧洲遇到孙科。你可以告诉他，如果他愿意回来，我们欢迎。我们知道，他过去曾经做过错事，但是我们不愿意让孙中山的儿子长期地留在外地而不回到祖国。

1955 年 5 月 16 日晚 7 时 30 分，周恩来在中南海西花厅接见参加亚非会议后来中国访问的埃及、叙利亚、黎巴嫩、约旦等中近东国家的代表，同他们就亚非会议和以后的国际形势及相互的关系进行亲切友好的交谈，其中也谈到台湾海峡的形势、中美会谈等问题。

多做和平友好工作

1956 年 4 月 24 日，应中国的邀请，国际民主妇联 48 个国家 183 位理事加上特邀代表共 250 多人齐集北京开会。国际民主妇联主席欧仁妮·戈登夫人致开幕词，国际妇联副主席、全国妇联主席蔡畅致欢迎词，国际民主妇联总书记安吉奥拉·米涅作了精彩报告。

中国妇女代表团团长、全国妇联副主席邓颖超在会上作了重要发言，介绍了中国妇女运动的经验，表达了中国妇女热爱和平、拥护和平的心声。她引用周恩来和尼赫鲁一起倡导的和平共处五项原则以及最近召开的亚非会议经验，表示每一个国家的人民和妇女，都有权选择自己喜爱的社会制度、政治和宗教的信仰、生活方式，只要大家本着求同存异的精神，寻求和扩大共同点，从具体问题的合作，逐步达到全面合作，用反复协商的办法，来解决分歧，互相尊重、平等互利、互相信任、互不干涉，就一定能达到友好合作、和平共处。她说，只要各国妇女更进一步加强团结，把和平事业掌握在自己手里，我们就一定能够赢得和平，赢得更大的胜利。

这次国际民主妇联北京理事会扩大会议在中国和平外交政策的影响下和周恩来的亲自关怀下开得十分成功，通过了《维护世界和平，增强妇女团结》的决议，发展了各国妇女之间的友好合作，有力地推动了世界和平运动。周恩来举行盛大宴会，欢迎参加会议的国际民主妇联理事、特邀代表和工作人员。邓颖超作为会议代表是周恩来的客人，作为周恩来的夫人和中国妇联副主席，她是宴会的主人，同周恩来共同主持宴会，她和风度优雅的周恩来并肩而立，热情欢迎和照料客人，谦和大方，光彩照人。

戈登夫人一行在中国各地参观之后，周恩来于5月23日下午3时30分，在中南海西花厅接见国际民主妇联主席、世界和平理事会副主席、法兰西妇联主席欧仁妮·戈登夫人一行，并与之进行亲切的交谈。蔡畅、邓颖超、章蕴等参加接见。

周恩来同戈登夫人、法国妇联联盟理事亚历山大夫人、戈登夫人的秘书巴朗蒂尼夫人、护士维尔德美夫人寒暄后，说："看的地方不多吧？希望以后再来中国。"

　　戈登夫人："愿意以后再来，但像我这样年纪无法假定，来中国后反觉得自己年轻了。"

　　邓颖超："来一次年轻一次，希望你下次再来，更年轻些。"

　　戈登夫人："一定再来。这次本来以为时间短不能看太多的东西，但是由于妇联朋友们的热情，旅行组织得很好，看了很多东西。"

　　周恩来："她们给你看了坏的没有？"

　　戈登夫人："没有。"

　　周恩来："这样她们就隐瞒了一番。我们还有很多落后的东西，看了进步的再看落后的，才能全面，才能看出由落后到进步的过程。中国大，人多，要经过相当长的时间才能改变落后状况。"

　　巴朗蒂尼夫人："我们看到坏的了，但我们不觉得坏，因为我们相信明后天就会变好的。"

　　周恩来："也不一定。现在从发展水平说，同工业最发达的国家比，我们的机械化水平距现代化还很远，不仅要十几年，要半个世纪才能赶上先进的国家。"

　　戈登夫人："我这次来上了一堂很好的课，看到中国人民很勇敢，不等待条件齐全就进行建设，你们工地上机器很少，用人担土担水。你们还建了许多大学。"

　　周恩来："中国人民是勇敢的、勤劳的。法国已经工业化，我们相比是落后的。法国人也是热情、勇敢的。"

　　戈登夫人："你们克服了落后的因素，但法国还没有。"

　　周恩来："是的，因此你们的斗争更艰苦，中国人民是同情你们和支持你们的。"

　　戈登夫人："中法两国人民是友好的，不仅法国的知识界，全体法国人民对中国人民都是同情的。"

周恩来："法国在西方是个古老文明的国家，就像中国在东方一样。你们一方面工业很发达，这是有利条件，但在另一方面还有许多困难，尤其是在今天的国际局势下。中国与法国比，在文化上、经济上是落后的。"

戈登夫人："法国是有困难的，很多很多。"

周恩来："因此你们的斗争是艰苦的，但法国人民是勇敢的、热情的、智慧的，一定能战胜困难。"

戈登夫人："我们也这样相信。我们现在还只有点滴的胜利，我们要争取世界母亲大会在巴黎召开。"

周恩来："一切的源泉都由点滴汇集而成。35 年前，我和蔡畅同志到过法国，我们对法国人民有感情。章蕴同志最近也去过法国，在法国交了许多朋友。"

戈登夫人："和平组织和妇女组织要在法国开会，常会遇到困难，因为法国政府看到我们请了这么多好朋友感到不安。"

周恩来："不一定。世界母亲大会在法国召开，各国朋友到法国去，不但与法国人民做朋友，如果法国政府主张和平，对法国政府的和平主张也是支持的。"

邓颖超："昨天有消息说，7 月 7 日在巴黎召开世界母亲大会。"

戈登夫人："我们到北京听到这个消息，很高兴。"

周恩来："开好这次大会，法国妇女的责任很重。母亲们的责任不仅是抚养孩子们成长，还要教育他们发挥大革命的传统。"

戈登夫人："我们把希望放在年轻的一代，近几年人口的增长比过去快。两次世界大战死人很多，很多优秀人物牺牲了，损失是很大的，我们希望能有更多的年轻人。"

周恩来："法国在两次世界大战中损失很大，死人很多，所以法国人民懂得和平的可贵，就像中国要建设，需要和平环境一样。"

戈登夫人："总理先生，你对和平事业贡献很大，在日内瓦的努力，使和平事业一天天壮大。"

周恩来："我们做得很少，主要是中国人民的力量。"

戈登夫人："怎样使人民发挥力量，是你的工作。"

周恩来："不是个人而是集体，是在毛泽东主席领导下做的。"

戈登夫人："现在中国、亚洲比任何时候都使人感到有力量。日内瓦会议是欧洲人了解新中国的开始。"

周恩来："在日内瓦，我们代表团接待了许多法国人民的代表团，给我们留下深刻的印象。法国人民在世界都有朋友，从这一点来看，法国人民的斗争不是孤立的。"

戈登夫人："我们几个人中的亚历山大夫人是法国西部省份的，她那里也派了代表到日内瓦。为结束越南战争，法国人民做了很大的努力，全国人民都叫它是'肮脏的战争'。"

周恩来："日内瓦会议达成协议满足了法国人民的要求，孟戴斯－弗朗斯在这件事上还是做得很好的。"

戈登夫人："就在那个时候好，到美国以后态度就大变了。"

周恩来："做一件好事也好。人民要推动自己的政府多做好事。维尔德美夫人是否认识赫里欧先生？他是里昂市市长，在议会里是主张正义的，我们常听到他的声音。"

维尔德美夫人："他年纪大了，不可能有很多时间为和平服务了，这是遗憾。"

周恩来："他是里昂市市长，中国代表团到里昂参加博览会就是他邀请的，如看到他，请代我向他致谢。"

维尔德美夫人："我一定把你的口信带到。"

戈登夫人："回去要庆祝他获得国际和平奖。"

周恩来："他是个和平战士，也是法国的爱国者。"

戈登夫人："我们很难过，失去了法奇，他来过中国，非常热爱中国。他说在中国的旅行给他留下了一生中最好的回忆，他是个坚强的和平战士。"

周恩来："失去他是很难过的。法国人民有自尊心和自信心，一定会出现更多的和平战士和爱国者。希特勒侵略法国，法国人民没有屈服，进行了不屈不挠的抵抗，这其中包括各方面的人物。80多年中，德国入侵法国三次，法国人民都没有屈服。不屈服的民族，敌人是压不倒的。中国有经验，我们一百多年受压迫，但我们没有屈服，终于站起来了。我们不像法国受敌人欺侮、压迫仅几年的工夫，而是一百年。凡是敢于抵抗敌人的民族都会胜利的。法国过去强大过，我们相信将来一定会更强大。"

戈登夫人："我们也是这样希望的。法国妇女也和中国妇女一样，大家组织起来了。国际妇联成立起来了，我很荣幸担任主席，在这个大家庭中，在各国，我有许多儿女。"

周恩来："国际妇女组织如果把全世界大多数妇女组织起来，就不得了，男人就要听你们的话了，就打不起仗了。"

戈登夫人："母亲们是可以做许多工作的。"

周恩来："妇女和儿童组织起来，就超过了世界人口的半数，少数的男人就打不起仗了。"

戈登夫人："我们召开世界母亲大会要像亚非会议一样发扬求同存异的精神。"

周恩来："世界各国政治制度、意识形态各有不同，很难走到一起，我们要找共同点，比如妇女要和平，就是共同的。"

戈登夫人："大家的许多要求是相同的，行动也是互相配合的。"

周恩来："可以涵盖得更广泛些，把不同的保留，不开展争论，而去找共同点。相信这次母亲大会能开得更好，有您这位有才、有德、有经验的主席领导，一定能成功。"

戈登夫人："全世界各地的妇女都在努力，国际妇联会有更大的发展，尤其是我到了中国的几个城市同各地妇联负责人座谈了工作，参加了群众集会，使我体会到精神都是一致的。法国、意大利、德国的妇女都是以同样的精神在工作。"

周恩来："法国人民要多做工作，法、德人民应该争取在一起保卫和平，这工作是很重要的。"

维尔德美夫人："我不同意。"

周恩来："为什么？"

维尔德美夫人："没有办法和德国人民团结。"

周恩来："但是还是要争取团结。我来谈谈我们的经验吧。近百年来最欺侮、压迫我们的是邻国日本。1894年中日战争后，割去台湾，后来又搞了'满洲国'，以后又侵占中国很大的一部分，中国人死的不是以万计，而是以百万计，中国人民对日本非常愤慨。日本投降后，蒋介石发动内战，人民被迫反抗。解放战争中许多日本人在我们军队中从事技术工作，还有医生、护士等，受伤的战士请他们医治，我们很信任他们。日本工程师在工厂帮我们搞生产，帮我们科技人员搞试验，我们也都相信他们。七八年的工夫，由欺侮我们的人变成我们的朋友了。前年和去年经红十字会送回国的日侨有28000多人，许多人在报上写文章，开会演讲，宣传中国人民对他们友好。去年李德全访日，日本人民对她热烈欢迎，出现了一种全新的气氛。不但与日本人要来往，更要使人民影响政府，改变政府的态度，这样两国才能友好。"

维尔德美夫人："对他们都可以信任吗？"

周恩来："这些日本人大部分都可以信任，主要是要改变日本人欺侮我们的态度和中国人对日本人愤慨的态度，这样两国才能友好。我有两点意见：第一点，同意维尔德美夫人的看法，不是所有的人都是可以信任的；第二点，如果政府态度不改变，那是危险的。人民的态度可以影响政府，政府不得不考虑人民的意见，因为它要争取选票。第二次世界大战后的新情况是人民力量强大，世界性的工、青、妇组织都成立起来了。这是大战前所没有的。"

戈登夫人："几年来德国人民的力量在发展着。"

周恩来："工作是艰苦的，会遇到很多困难，法国人民是勇敢的，你们两位老母亲为年轻人做好榜样，将来后代会感谢你们的。"

维尔德美夫人："要改变他们，必须教育他们，但现在没有教育他们，反而把他们武装起来了。"

周恩来："武装他们，我们是反对的，你们要多做工作，即使武装起来，也是增加他们的困难。今天不会像希特勒统治的时候，现在即使发动战争，他们国内也会有人起来反对的。"

戈登夫人："我举个例子。今年1月国际民主妇联日内瓦理事会邀请法国社会党一个议员的女儿参加，她的哥哥被德国人流放而死了，后来母女生活困难，一直对德国人很仇恨。开理事会时，她说，我们位子不要排在德国妇女旁边，我不会和她们打招呼的。但通过会议她的思想有了转变，表示过去一些年月白过了，希望我们今后吸收她参加保卫和平的斗争。"

周恩来："例子很动人。少想些个人悲痛，多想些对大家有益的事。死的人不会再活了，我们的努力是希望以后少死人。"

戈登夫人："法国和德国的妇女交往很多，法国妇女开会，总是请德国妇女参加，德国妇女也请法国妇女去，这样对彼此都有好处。有一次开会，请了德国妇女参加，这个德国妇女一点也不知道德国人在法国制造了仇恨，她说，让我们把过去忘记吧。在座的好些法国妇女都表示不同意。她回去后，想了很久，写信来道谢，因为这次会议使她知道了许多过去不知道的事情，她表示今后要努力争取和平。"

周恩来："法国妇女争取团结德国妇女并不是示弱，而是强大的表现，因为全世界人民都支持法国人民保卫和平的工作。如果德国再侵略法国，全世界都会起来反对它。"

戈登夫人："我们很难过，我们曾为反对批准《巴黎协定》做了很多斗争，结果这个协定还是被批准了，这也许是新的斗争的开始。"

周恩来："如果批准前，我们斗争的任务在于阻止它批准，那么，批准后斗争就采取别的方式，斗争是各种各样的。请戈登夫人将我们对法国人民的友谊、尊敬和热爱，转达给法国人民。"

戈登夫人："不管怎样，我一定要把你对我们珍贵的鼓励告诉法国人民。"

谈话结束后，周恩来、邓颖超、蔡畅等一直把客人送到西花厅大门外，戈登夫人感动得泪花在眼中滚动。是的，作为一个大国总理，对一个妇女代表团作了如此亲切的、长时间的谈话，耐心地做她们的工作，鼓励她们勇敢地做争取世界和平的工作，特别是劝她们对德国要化敌为友，争取团结德国人民一道为和平而奋斗，这是非常难得的。确实，周恩来一向重视民间的工作。官民并举、以民促官的方针是他倡导的，并且是身体力行，亲自会见许多外国来访的工会、妇女、青年、文化、艺术、科学、教育的代表团和著名人士，他都与之亲切交谈，苦口婆心地做工作，有的一谈就是几个小时，一次谈不完，安排时间再谈，尽可能谈深谈透。做民间工作是周恩来外交工作的一个重要方面，也是他外交工作的一个特点、风格。这是古今中外外交家都少见的。

当然，周恩来接见戈登夫人和其他的妇女代表团，是对妇联，对他的老同学、老战友蔡畅，对他的夫人邓颖超工作的支持和重视。而邓颖超的主要工作是在全国妇联，可她又是中国总理周恩来的夫人，还努力配合周恩来进行外交工作，尽管她从未陪同周恩来出国访问过。这是因为一方面周恩来觉得临时出国访问夫人可做的事情不多，而且他一向是轻车简从，不带过多陪同人员，以节省国家开支。同时也是照顾邓颖超，她的身体不太好，受不了紧张的活动。邓颖超也一向认为中国妇女有其独立性，自己有许多工作，不一定都与丈夫同行，所以她的自觉性很高，尊重周恩来的意见，从未提出过要陪同周恩来出国访问。她不像有些人爱出风头，在大的场合，特别是国际舞台上显示自己。邓颖超主张新中国的夫人工作，应当放在一个适当的位置上，要恰如其分，既不要过分突出，也不要贬低和轻视它，要创立社会主义国家夫人工作的新风格。所以，她一方面在周恩来接待许多外国元首、政府首脑和贵客，举行正式宴会的请柬上只写周恩来的名字不写夫人的名字；另一方面，在周恩来举行家宴时，她只要身体允许，常以女主人的身份出席招待，有时重要的外交活动或必须她出面的她也参加，以她卓越的外交才能，协助周恩来开展工作。如德意志民主共和国总理格罗提渥夫妇、波兰西伦凯维兹总理夫妇、苏联伏罗希洛夫夫妇、缅甸吴努夫妇、柬埔寨西哈努克夫妇、坦桑尼亚总统及两位副总统夫妇来华访问时，她都到机场迎接或参加会见宴请等。坦桑尼亚第一副总统卡鲁姆的夫人来，她到机场迎接回来后身体不适，全国妇联举行宴会招待副总统夫人，她不能出席，便由周恩来代表她出席主持宴会。周恩来、邓颖超夫妇两人，一生从不考虑个人得失荣辱，一切以工作、国家利益为重，反映出他们高尚的品德和人格。在外交工作上相互配合默契，相得益彰，宛如双星交辉，放射出灿烂的光芒，留下许多令人钦佩的佳话。

高举五面旗帜，推进世界和平运动

亚非会议后，中南海西花厅更是车水马龙，国内外客人川流不息，西花厅的主人周恩来和夫人邓颖超，与客人们谈笑风生，时常从那里传出欢笑声。

周恩来不但接待国外客人，他还同中国出访的代表团及个人谈话并作出指示，有时还为他们制定或审批出国的方针、计划及讲话稿。

1955 年 6 月 7 日，周恩来在西花厅接见即将出席在芬兰赫尔辛基举行世界和平大会的中国代表团，同世界和平理事会副主席郭沫若，中国代表团团长茅盾，副团长陈叔通、廖承志以及世界和平理事会常务理事李一氓等进行谈话并作出重要指示。

周恩来首先提出："这次我们参加世界和平大会的中国代表团阵容很大，到赫尔辛基要打开局面，过去我们有些缩手缩脚，这次要像万隆会议那样展开活动。参加会议就是要积极展开活动。"他说："今天我们要高举和平、民族独立、爱国主义、民主自由和宗教自由五面旗帜。""争取持久和平是我们努力的方向，这对于我们祖国的建设，对于各国人民的进步和繁荣，都是有利的。""从今天整个局势来看，实现持久和平的可能性很大，和平力量的影响日益广泛，好战集团是很被动的。""改善生活是人类最基本的要求，也只有在和平环境中，在社会的前进中，才能做到改善生活。"

他分析说："现在和平、进步的力量是占上风的，我们对和平有信心。不管是政府间的会议还是民间的会议，都应该有这样的信心。大家要带着胜利的信心去开会，有信心就能打开局面。我们的信心不是从主观出发，而是建立在实际基础上的。""只要推广和平运动，局势就能打开。"他列举了许多事例，说服和鼓励代表团努力去开展和平运动。同时，他又指出，和平运动开展得不够，主要是我们的工作做得不够。我们必须抓紧每一个时机去开展工作，在每一次会议上都要使局面向前推进。为此，我们在国际上要举起一切正义的旗帜，不要迟疑。

接着，周恩来论述了五面旗帜：

（一）高举和平的旗帜。他说："如果有人问我们要战争还是要和平，我们的回答是要和平，坚决反对战争，反对搞对立的军事集团。""美国搞《北大西洋公约》组织、《马尼拉条约》，就是对立的军事集团。美国对日内瓦会议关于印度支那协议第十三条关于集团保证有保留，就证明它在搞战争集团，害怕建立集体安全。这些事实就能雄辩地回答谁要战争。"他说："和平是集体的事情，不应该排斥任何的补充。""我们的国家热爱和平，男女老少都讲和平。""来华访问过的各国人都可以证明。""我们不是空喊口号，而是有具体事实证明。"

（二）高举民族独立的旗帜。他说："在国际上，我们主张民族应该独立，应该有自决权。""在和平运动中并不反对民族主义者。""这些国家由于过去受帝国主义压迫、剥削，还没有完全独立，还存在着不同程度的为争取完全独立而斗争的任务。""在讨论万隆会议宣言时，没有人反对其中关于亚非国家都在为争取完全独立而奋斗的提法。因此，我们要高举民族独立的旗帜。同时，我们也尊重民族主义者的运动。"

（三）高举爱国主义的旗帜。周恩来说："世界上不仅是我们要发扬爱国主义，所有国家的人民都要爱国。现在美国就是到处破坏其他国家的主权。""爱国就是反对人家干涉内政。"反对"对其他国家施加压力和干涉"。"和平运动要团结一切爱国人士"，"彻底揭露美国搞的干涉和颠覆活动"。

（四）高举民主自由的旗帜。周恩来说："即使是旧民主在旧世界也是好的，旧民主初期还有一点民主，如国会选举等。""好战的国家没有真正的民主自由。如美国的麦卡锡主义就是连这点旧民主也不给。""社会主义国家才有真正的民主自由"，但是，"在资本主义国家中，争取有一些民主总比完全没有好"。

（五）高举宗教自由的旗帜。他说："我们承认宗教自由。信教和不信教的要互相尊重，才能有和平。不然，如以前的宗教战争，十字军东征，打起来血流成河，有什么好处?""宗教自由也就是各教派和平共处。"

周恩来最后说："以上这五面旗帜，我们都要高高举起来。"

周恩来这个明确、周到的至关重要的谈话和指示，使得出席世界和平大会的中国代表团有了巨大的思想武器和活动的原则方针。郭沫若、茅盾在大会上的演说和发言受到与会代表的热烈欢迎，中国代表在会内外的活动取得很大的成效，使世界人民认识到中国一向是珍爱和平的，中国奉行的是和平外交政策，中国人民是和平的忠实朋友。来自世界不同团体和持有不同见解的与会的1800多位代表一致通过了《世界和平大会宣言》《裁减军备和原子武器问题委员会的报告》《军事集团和安全问题委员会的报告》《民族主权和和平问题委员会的建议》《和平力量活动问题委员会的建议》《经济和社会问题委员会的建议》《文化交流委员会总宣言》《抚养、教育和青年问题委员会的建议》等8个文件，推选了世界和平理事会新的领导机构，世界著名的物理学家弗雷德里克·约里奥·居里当选为主席，郭沫若等10位世界著名人士当选为副主席，中国的茅盾、李一氓当选为常务理事。这次会议再一次反映了世界人民强烈的和平愿望，大大推动了世界和平运动。

三、维护《日内瓦协议》，支持印支三国反对美国的破坏

1954 年日内瓦会议达成协议后，1955 年法国军队按照《日内瓦协议》开始从印支撤出，美国乘机使用各种手段插手越南、柬埔寨、老挝的事务，破坏《日内瓦协议》的执行。中国是日内瓦会议的参加国，周恩来对达成和平解决印度支那问题的协议起了决定性的作用，是最关键的人。现在美国要破坏《日内瓦协议》，重新制造印支和亚洲紧张局势，威胁中国的安全。中国当然有权利和义务支持印支三国反对美国的破坏，维护《日内瓦协议》的执行，周恩来则是更坚决、更积极、更认真地贯彻中国支持印支三国的政策，可以说他是支持和援助印支三国的总决策、总设计、总指挥者。

热烈欢迎老战友胡志明率团访华，从政治上经济上大力支持越南民主共和国

胡志明是中国也是周恩来的老战友、老同志、老朋友了。胡志明早在法国就参加法共，当时的名字叫阮爱国，同周恩来、蔡和森、李富春、向警予、蔡畅等共同从事共产主义运动。那时周恩来

住在巴黎南郊意大利广场附近的戈德弗鲁旅馆，认识了胡志明，两人志趣相投，危难共度，结下了深厚的友谊。大革命时期，周恩来回到广州，任黄埔军校政治部主任，胡志明也从法国来到中国，从事印度支那的革命斗争，还担任过孙中山的苏联顾问鲍罗廷的翻译。周恩来与邓颖超结婚，胡志明也参加了他俩的婚礼。抗日战争期间，到过延安，后来以八路军桂林办事处工作人员的身份为掩护，在中国领导越南人民抗法斗争和抗日斗争，同叶挺、叶剑英、陈赓等相交甚深，1941年回到越南。中国的滇桂黔纵队在困难时期曾移到越南北方边界，并得到越南同志的帮助和掩护。中华人民共和国成立后，他在1950年便请求中国派陈赓和军事顾问团给予军事援助进行抗法斗争。以后他多次公开或化名"丁同志"到中国访问，如1950年2月17日，他在访问苏联后与毛泽东、周恩来一道乘火车经西伯利亚到中国的东北参观，3月3日到达北京，毛泽东在中南海举行隆重的宴会欢迎他。周恩来、刘少奇、朱德、宋庆龄、何香凝、董必武、林伯渠及越南黄文欢、陈登宁等参加宴会。

亚非会议后，胡志明以越南民主共和国主席身份率领政府代表团访华。代表团包括越南劳动党总书记长征、中央委员阮维桢、工商部部长潘英、农林部部长严春庵、财政部部长黎文献、教育部部长阮文萱等高层干部，阵容强大。

这次访问是在法国从南越撤军之后，美国以提供军事援助为手段，大力扶植吴庭艳，加强对南越的控制，破坏《日内瓦协议》，阻止通过全越南普选实现南北统一的规定。为了反对美国的破坏和加强越南北方的建设，胡志明到中国来寻求友谊、支持和援助。

中国亦急切希望同胡志明商讨如何实施日内瓦协议，反对美国破坏，把越南北方建设好，为实现越南统一创造有利条件。

1955年6月23日，代表团到达中国广西南宁车站，广西党政军领导人到车站欢迎，胡志明在车站发表讲话。在南宁休息一天然后改乘飞机，于 6 月 25 日飞抵北京机场，毛泽东、刘少奇、周恩来、朱德等中央主要领导人到机场迎接并检阅三军仪仗队。当天中午，毛泽东、刘少奇、周恩来、朱德、陈云、彭德怀、邓小平等会见胡志明及代表团，进行了极其亲切友好的交谈。当晚 8 时，刘少奇、周恩来、陈云、彭德怀、邓小平等会见胡志明及代表团，作了极其亲切友好的交谈。然后，周恩来在北京饭店新楼大厅举行盛大宴会招待胡志明率领的越南代表团全体成员，周恩来和胡志明在宴会上发表热情洋溢的讲话。

周恩来在讲话中盛赞越南人民在胡志明的领导下取得了辉煌的胜利和成就，对保卫亚洲和世界和平作出重大贡献。他非常有预见性并极其英明地提醒说："'实力政策'的奉行者并没有放弃准备新的战争和制造紧张局势的政策。单就印度支那来说，在日内瓦会议以后美国侵略集团不仅组织东南亚军事同盟，把越南同柬埔寨和老挝一线划入《马尼拉条约》的所谓'保护'地区，而且还在南越加紧训练和装备吴庭艳政府的军队，企图把南越完全置于美国控制之下。亚非会议以后，美国侵略集团更加积极地破坏有关越南普选的协商，以阻挠越南走向和平统一。同时，美国又同柬埔寨签订了所谓军事援助协定，并企图同老挝签订同样的军事协定，以破坏柬埔寨和老挝的中立地位，侵犯柬埔寨和老挝的主权和独立，危害印度支那的和平。所有这一切都是违反《日内瓦协议》的。"他呼吁："全世界爱好和平的国家和人民对于好战分子的战争准备，包括他们在印度支那制造紧张局势、破坏《日内瓦协议》的种种阴谋活动在内，不能不予以高度的警惕。"后来印度支那形势的发展和美国公然出兵入侵，都如周恩来所指出的那样。事实证明他在国际问题上具备高度敏感性和预见性。这是作为伟大外交家的伟大之处。

胡志明率领的代表团在华访问期间，毛泽东宴请了代表团。胡志明除在中央人民广播电台发表广播谈话和给中国少年朋友的信以外，主要是同以周恩来为首的包括副总理陈云、邓小平，外交部副部长张闻天、王稼祥，国家建设委员会主任薄一波，铁道部部长滕代远，对外贸易部部长叶季壮，高等教育部部长杨秀峰等中国政府代表团从 6 月 27 日至 7 月 7 日举行了多次亲密的会谈，并发表了两国政府联合公报。公报由周恩来、胡志明签字，毛泽东、刘少奇、朱德、宋庆龄等出席签字仪式，以示隆重。

早在日内瓦会议后，中国就从各方面毫无保留地帮助越南医治战争创伤和发展经济，应越方的要求派出以方毅为首的经济顾问团和专家团，对越南恢复和发展经济提供咨询和设计。1956 年 4 月，中国著名经济专家、中央书记处书记、国务院副总理陈云秘密访越，应胡志明和越共中央的要求，向越方提出"先农后工，先轻后重"的发展工农业生产建设方针，被越南采纳。

在周恩来的关怀下，中国还同越南签署了《关于中国援助修复铁路议定书》《铁路联运协定》《邮电协定》《电信协定》《民用航空运输协定》《关于两国海上运输的协定》，并派出两千多名铁路员工，帮助越南修复铁路、公路、桥梁。帮助越南兴建汽车轮胎厂、摩托车修理厂、造船厂、民航机械修理厂；提供给越南交通部门试验所以及民航部门、铁路、交通等中等专业学校各种设备。赠送越南机车、车厢、海轮；全面恢复和发展交通、运输和通信事业，为恢复和发展越南经济创造了必要的条件。

也是在周恩来直接关心和指示下，中国水利部门派出水利专家团，帮助越南修建了五项水利工程，并提供各种器材和技术援助。1956 年，中国又援助越南近百吨优良稻种、棉种等，这对越南北方扩大灌溉面积、迅速恢复和发展农业生产起了很大的作用。

还是在毛泽东和周恩来的决定之下，中国政府从 1955 年起 5 年内向越南无偿赠款 8 亿元人民币，帮助恢复海防水泥厂、鸿基煤矿、南定沙厂、河内电厂等大型企业生产，改建和新建 18 个轻工项目，并提供工业原料、建筑材料、人民生活必需品，帮助越南发展工业，改善人民生活。中国还向越南提供各种技术援助，派出各方面的专家、技术人员，接受大批实习生和数千名留学生到中国学习，派出各类教师到越南从事教育工作，帮助越南培养各方面的建设人才。

这样就使得越南的经济、文化得到迅速的恢复和发展，增强了国力，有力地为对抗美国和越南南方吴庭艳集团破坏《日内瓦协议》和以后美国公然出兵入侵越南的反美斗争奠定了可靠的基础。

西哈努克首次访问中国

周恩来在外交上取得光辉成就的 1955 年过去了，1956 年来临了。这一年是周恩来在外交上忙碌的一年，继续取得成就的一年。他接见了许多国家的使节及各式各样的代表团，出席了许多招待会、宴会，接待多个国家的元首、政府首脑，并与之会谈，还出访了几个亚洲国家。这里就不一一详细叙述和介绍了，择其重要者说一说。

1956 年 2 月 13 日，中国的邻国柬埔寨王国首相诺罗敦·西哈努克亲王殿下应周恩来总理的邀请第一次率领代表团访问中国。代表团成员包括皇廷最高会议委员兰·涅特、皇廷最高会议委员钦·迪、王国会议副议长桑·年、国民会议议员恩格·米阿斯、王国会议议员尼尔·斯莫乌克博士、皇家空军参谋长努·呼上校、农民福利副国务秘书罗恩·索方、亲王私人秘书丰·萨伦。

西哈努克此次访问是在这样的背景下进行的。1954 年上半年日内瓦关于印度支那三国实现停火，各方部队按规定实行集结或撤退，并将按规定的原则实现国内双方政治解决，高棉抗战人员于

1954 年 8 月 22 日全部复员，越南志愿人员于同年 10 月 15 日全部撤走，柬埔寨将是一个在王国政府治理下，使全体公民享有宪法规定的权利和自由，对外实行和平中立政策的国家。可是随着法国势力削弱，逐步渗透进来的美国，企图改变柬埔寨王国发展进程，原由美国通过法国援助印支三国，在《日内瓦协议》签署后，1954 年 9 月，法美举行会谈，于 9 月 29 日发表联合公报，宣布美国给予越南、老挝和柬埔寨的援助，将由美国驻印度支那的"军事援助顾问团"直接交予三国政府。11 月，美国宣布在南越派驻"大使级特别代表"，负责南越军队的训练和装备，并宣布在老挝、柬埔寨设立外援管理署的分署。这样，美国很快就把黑手直接伸进印度支那，在三国开展活动，扶植亲美势力，企图破坏《日内瓦协议》的执行。1955 年 3 月，柬埔寨曾经在美国提供经费、法国负责训练的情况下扩建了军队；同年 5 月 16 日，美国乘西哈努克不在国内的机会，同柬埔寨签订了军事援助协定。

一段时间里，柬埔寨能否顺利执行《日内瓦协议》，保持和平中立地位成了问题。1955 年 9 月间，诺罗敦·西哈努克出任首相，再次表明他在亚非会议上宣布的柬埔寨将执行《日内瓦协议》，保持和平与中立的外交政策，接受和平共处五项原则，不参加军事集团，也不接受东南亚条约组织的"保护"，对此，美国很不高兴。西哈努克为了对抗美国，遂率团前来中国访问，以寻求友谊和支持。

西哈努克是在万隆会议上认识周恩来的。他称赞周恩来为人明朗、友好、直率、坦诚、谦虚，没有一点高人一等的气息，是非常值得信赖的人，在这个世界上他只对毛泽东、周恩来、戴高乐三个人怀有极其尊敬的心情。

中国为了促进《日内瓦协议》的实施，支持柬埔寨的抗美斗争，推动印支和平中立力量的发展，希望把中柬关系作为大小国家在和平共处五项原则的基础上平等友好相处的一个范例。周恩来和中国政府非常重视这次访问，热情接待西哈努克及其率领的代表团。2月13日，西哈努克一行抵达广州，广东省领导前往迎接，14日抵北京，周恩来和陈毅副总理、外交部副部长张闻天、部长助理陈家康等到机场迎接。当日下午，周恩来在中南海紫光阁举行酒会欢迎西哈努克及代表团全体成员，晚上7时又共进晚餐。2月15日下午2时，在中南海西花厅同西哈努克举行第一次会谈，双方各自介绍本国情况和日内瓦会议后柬埔寨执行《日内瓦协议》的情况，周恩来盛赞西哈努克坚持和平中立政策，抵制美国的侵入。下午5时20分，周恩来又陪同毛泽东在中南海勤政殿会见并宴请西哈努克，毛泽东赞扬西哈努克领导的政府执行和平中立政策，说这样做在国际上有很大的影响。

当晚8时20分，周恩来举行盛大宴会招待西哈努克和他率领的代表团。周恩来和西哈努克在宴会上发表热情洋溢的讲话。周恩来说："中柬两国人民有着悠久的友谊，还在1000多年以前，我们之间就已经建立了密切的经济和文化联系，中国人民一直把柬埔寨人民当作兄弟一般看待，把柬埔寨视为亲密的邻邦。"周恩来强调说："中国人民庆贺柬埔寨人民在争取独立发展道路上所取得的成就。中国人民尤其高兴地看到，中柬两国正在逐步发展彼此之间的友好联系。中国在中柬关系中一贯遵守着和平共处的五项原则，并且忠实地遵守《日内瓦协议》的各项规定。我们高兴地注意到，西哈努克亲王殿下代表柬埔寨王国政府一再强调指出，中国对柬埔寨所采取的态度是完全正确的。我们也非常欢迎西哈努克亲王殿下说的一句令人感到亲切的话，那就是，拥有500万人口的柬埔寨不能拒绝6万万中国人民的友谊。""我们一贯认为，国家不分大小都应该平等相处，都应该互相尊重，因此，我们尊重一切愿意同我们平等相处的国家，并且总是首先向他们伸出友谊之手。我们一贯认为任何国家在对待其他国家的关系中都不应该要求任何特权，中国坚决反对别的国家进行侵略和干涉的政策，而且深信，执行这种政策的国家是一定要失败的。"最后，周恩来说："这次以西哈努克亲王殿下为首的柬埔寨王国国家代表团的友好访问，将会增进我们两国之间的友好关系，并且加强我们两国在经济和文化方面的合作。"

西哈努克除了感谢周恩来的热情款待和好意安排外，特别提到："中国保卫独立与和平方面比柬埔寨有着更好的条件，因为柬埔寨是小国。但是总理先生你昨天很亲切地对我说，一个国家虽小，还是可以像一个大国一样对各国之间互相了解，从而对各国之间的和平的实现，作出同样的贡献。""我们柬埔寨人民深信这一点，并正在我们微弱的资源所容许的范围内，在这个分裂的世界中努力为争取和解与和平的理想的胜利而进行斗争。"他说，"兄弟般的中国人民的友谊对我们是可贵的，正像中国人民对和平的忠诚，以及中国人民的领袖们在这方面的真诚，对世界是可贵的一样"。

周恩来在 2 月 16 日晚陪同西哈努克及柬代表团观看京剧歌舞，17 日下午 3 时在迎宾馆同西哈努克举行第二次诚恳坦率的会谈，讨论两国关系及联合声明问题，下午 4 时 50 分陪同西哈努克出席北京市各界欢迎西哈努克为首的柬埔寨王国国家代表团的群众大会，晚上出席印度驻华大使拉·库·尼赫鲁欢迎西哈努克的宴会。2 月 18 日晚上 7 时，毛泽东、周恩来在中南海勤政殿接受柬埔寨王国国王诺罗敦·苏拉玛里特赠予的柬埔寨王国最高勋章——大十字勋章，西哈努克向毛泽东、周恩来转交苏拉玛里特国王的赠勋证书，并分别给毛泽东、周恩来佩戴了大十字勋章。

2 月 18 日晚 7 时 15 分，周恩来和西哈努克分别在《中华人民共和国国务院总理周恩来和柬埔寨王国首相诺罗敦·西哈努克亲王联合声明》上签字，毛泽东、刘少奇、陈云、陈毅等参加签字仪式。签字后，毛泽东再次为西哈努克举行宴会，庆贺联合声明的发表，周恩来、刘少奇、陈云、陈毅等出席作陪。

2月19日清晨，周恩来等前往机场欢送以西哈努克为首的柬埔寨王国国家代表团离京前往上海、广州等地参观访问，然后回国。西哈努克对这次访问极为满意，他致函周恩来一再表示感谢。

周恩来考虑，为了进一步支持柬埔寨和西哈努克，根据他同西哈努克在会谈中的商定，在他亲自过问和关心下，1956年4月24日，中柬双方签订贸易额各为500万英镑的贸易协定和支付协定，周恩来亲自接见并宴请柬埔寨王国工程、邮电、交通和计划部部长胡森阿率领的经济贸易代表团。5月12日，西哈努克致函周恩来，表示对两国签订协定感到十分满意，认为体现了两国的友谊和团结，感谢中国给予柬埔寨以慷慨援助。6月7日，周恩来函复西哈努克，表示对最近以来两国友好合作关系的发展深感满意。6月6日至22日，柬埔寨首相府计划部国务委员蒲烈芳率经济代表团访华，同中国外贸部部长叶季壮商谈，签订了中柬两国政府《关于经济援助的协定》和《实施经济援助协定的议定书》，并发表联合公报。协定规定，中国将在1956年和1957年内无偿给予柬埔寨8亿柬元（折合800万英镑）的物资和商品，柬埔寨将用来建设纺织厂、水泥厂、造纸厂、胶合板厂，以及发展水利，供应农村电力，建设大学、医院、体育馆、道路、桥梁等，中国派遣专家和技术人员帮助柬勘查、设计、施工和训练技术人员。这是中国第一次给亚非国家大金额的无偿援助，这对于柬埔寨抵抗美国的压力是有帮助的。之后的事实，雄辩地证明了周恩来的战略眼光。

随后，中柬两国建立经济代表处。1956年8月14日，以杨安为团长的柬经济代表团到达北京，周恩来于18日接见杨安等。9月21日，以叶景灏为团长的中国驻柬经济代表团到达金边，为两国正式建立外交关系创造了条件。

四、亚非国家人士纷纷来访，
兴起建交新高潮

亚非会议之后，亚非国家领导人、官员、民间人士纷至沓来，形成一股访华热、同中国建交热、友好热。它生动鲜明地反映了中国在国际上地位大大提高了，新中国的外交获得很大的成功，像地心引力一样，放射出强烈的魅力，招来四方客人，特别是亚洲各国领导人，接踵来华访问。

在此期间，孙中山的夫人、曾任中国国家副主席、时任全国人大常委会副委员长的宋庆龄女士，因她丈夫的声望和本人高贵的品质以及赫赫的业绩，一直受到世界人民特别是亚洲国家的普遍尊敬。她先后应邀访问了印度、缅甸、巴基斯坦、印度尼西亚，受到这些国家的隆重接待，总统、总理、议长等分别宴请和会见、交谈，有力地推动了两国关系的发展和争取和平的斗争。

印尼总理、议长相继访华

亚非会议后，第一个来访的亚洲国家领导人，是印尼总理阿里·沙斯特罗阿米佐约和夫人。他们夫妇于 1955 年 5 月 26 日抵达北京，周恩来总理和副总理陈云、邓子恢、贺龙、乌兰夫、李富春、李先念，全国人大常委会副委员长郭沫若、全国政协副主席董必武、中共中央秘书长邓小平、民革主席李济深、民盟副主席马叙伦、民建主任委员黄炎培、北京市市长彭真等到机场迎接。周恩来陪同沙斯特罗阿米佐约乘敞篷车，接受首都 10 万群众夹道欢迎。周恩来分别举行家宴和国宴招待客人，出席印尼驻华大使莫诺努图为印尼总理访华举行的招待会、北京市各界人民的欢迎大会、毛泽东的宴请并出席沙斯特罗阿米佐约举行的告别宴会。周恩来从 5 月 27 日至 6 月 2 日，同沙斯特罗阿米佐约就亚非会议后的国际形势和两国关系举行了四次会谈，会谈中再次肯定和平共处五项原则和万隆会议十项原则作为处理两国关系准则。两位总理就发展两国贸易和文化关系的基本原则达成协议。6 月 3 日，周恩来和沙斯特罗阿米佐约就两国关系双重国籍问题条约的目的和实施办法达成谅解并进行了换文，基本解决了双重国籍问题，使得两国友好合作关系取得进一步发展，而且为中国解决同其他国家之间有关双重国籍问题以及国际疑难问题提供了一个良好范例。沙斯特罗阿米佐约对这次访问非常满意。他在广播演说及告别宴会上说，虽然中国和印尼被相当宽的海面分隔着，但许多世纪以来一直是好邻居。最近几年内，两国之间的关系又有重大新发展。因为我们具有共同的愿望，像两国总理联合声明中所说的一样，我们能够进一步加强两国之间的友好关系，使之更加密切。

1956 年 7 月 31 日至 8 月 9 日，印尼国会议长沙多诺应刘少奇的邀请访华。刘少奇到机场迎接、会见并举行欢迎宴会。8 月 6 日，毛泽东会见沙多诺，刘少奇、周恩来、郭沫若、彭真参加会见。毛泽东在谈到苏加诺在美国演说时说，苏加诺总统不仅表达了印度尼西亚人民要求独立、自由、和平的愿望，也代表亚非国家说了话。沙多诺在离华前发表告别讲话说，我们有机会拜会中国领导人并深入地交换意见，学到许多经验，这将进一步增进我们之间相互了解和丰富我们彼此的经验。

最高礼遇加诺兄

印度尼西亚总统苏加诺在访问苏联、南斯拉夫、奥地利、捷克斯洛伐克和蒙古国之后于 1956 年 9 月 30 日到达北京，对中国进行友好访问。中国给予最高的礼遇，毛泽东、刘少奇、周恩来、朱德、宋庆龄、陈云和人大常委、政协、各民主党派群众团体等各界代表到机场迎接，给予极其隆重、热情、盛大的接待。毛泽东陪同苏加诺乘敞篷车，从机场到宾馆，几十万群众夹道欢迎。当日下午 5 时 30 分，毛泽东、刘少奇、周恩来、朱德、宋庆龄、陈云、陈毅等在中南海勤政殿亲切会见苏加诺及其随行人员——印尼外交部部长鲁斯兰·阿卜杜加尼，印尼国会第一副议长蔡努尔·阿里苏，第二副议长阿鲁季·卡塔威塔，国会议员苏基曼博士、来梅纳博士和苏塔托·哈迪苏迪比约等。毛泽东等和苏加诺进行友好交谈，然后一道出席周恩来举行的盛大 7 周年国庆招待会，来自 50 多个国家 2000 多名外宾参加，包括正在中国访问的尼泊尔首相阿查里雅，苏加诺坐在主宾位置上。周恩来致辞后苏加诺和阿查里雅也讲话祝贺中国国庆。当晚，毛泽东在中南海同苏加诺一行共进晚餐，刘少奇、周恩来、朱德、宋庆龄、陈云、陈毅等参加作陪。10 月 1 日，苏加诺同中国领导人一起登上天安门城楼，参加天安门广场举行的庆祝中华人民共和国成立 7 周年大会，并检阅中国人民解放军的部队和群众游行队伍。10 月 2 日上午，周恩来、朱德和宋庆龄陪同苏加诺和阿查里雅参加颐和园的盛大游园，观看各式各样的中国民间表演。

10月2日晚上，毛泽东举行国宴欢迎苏加诺，周恩来等出席作陪。毛泽东在宴会上讲话说："印度尼西亚人民是伟大的人民。中国人民对印度尼西亚人民和苏加诺总统怀有最大的敬意，曾经被殖民主义统治了350年的印度尼西亚，经过长期艰苦的斗争以后，终于赢得了民族的独立。现在，印度尼西亚人民正在为维护民族团结、逐步肃清殖民主义的残余和保卫世界和平而进行着勇敢的斗争。苏加诺总统在这些斗争中所起的卓越作用，和最近在欧美各国访问期间所取得的巨大成就，是中国人民和全世界爱好和平和正义的人民同声赞扬的。印度尼西亚废除圆桌会议协议和要求收复西伊里安的斗争是正义的，中国人民坚决支持你们。""万隆会议已经产生了广泛而深远的影响，印度尼西亚对这次会议的召开曾经做了重大的贡献。""中国人民和印度尼西亚人民历来是很好的朋友。近年来，我们两国人民在反对殖民主义和维护世界和平的共同事业中的友谊更加强了。我深信，中国和印度尼西亚两国建立在平等互利和和平共处的原则上的友好合作关系，今后必将更加巩固和日益发展。"

苏加诺说："主席先生过于赞扬我了。正如我刚到机场时所说的那样，'没有人民，我就算不了什么'。我只不过是遭受苦难的印度尼西亚人民的喉舌。我在工作中所讲的和所提出的一切，我的这种感情和愿望实际上也就是几十年来存在于印度尼西亚民族心中的感情和愿望。"他说："促进印度尼西亚人民同中国人民兄弟般的友谊的客观和主观因素本来是存在的。""这些因素要求印度尼西亚人民和中国人民一定要共同合作"，"一定要建立兄弟般的友好关系"。

10月3日，北京市在先农坛体育场举行各界人民欢迎大会，3万多人参加，周恩来、朱德陪苏加诺出席。会场上，悬挂苏加诺和毛泽东的巨幅画像。彭真和苏加诺分别在大会上讲话。彭真说，苏加诺总统是我们中国人民的好朋友，苏加诺的名字是同英勇的印度尼西亚人民反对殖民主义的斗争联系在一起的，是同具有伟大历史意义的亚非会议联系在一起的，中国人民坚决支持印度尼西亚人民反对殖民主义的正义斗争，中国人民对于苏加诺总统为争取和维护世界和平所做的卓越贡献怀有最大的敬意。

苏加诺发表了充满热情的长篇讲话。他说："按照外交礼节，我是作为一个总统来到这里，但是，从内心来说，我是到这里来进行同志般的访问。因此，朋友们，我要求你们：不要再称呼我苏加诺总统阁下，就简单地称呼我加诺兄吧。"周恩来带头高呼"朋加诺"，全场跟着高呼，气氛热烈。苏加诺说："市长说我是印度尼西亚民族的一个杰出领袖，我不是印度尼西亚人民的杰出领袖，我只不过是印度尼西亚人民的喉舌。我常常被称作印度尼西亚人民的父亲，我不是印度尼西亚人民的父亲，我是印度尼西亚人民的儿子。"全场高呼："加诺兄万岁，默地加（独立）"。苏加诺又说，你们尊敬的是"印度尼西亚人民胸中所燃烧着的理想——和平的理想、新世界的理想、独立的理想"。"你们也具有独立的理想，人类幸福的理想，新世界的理想和世界和平的理想。""我们为共同的理想而斗争，我们为共同的理想所鼓舞。我们的心都为这种理想所影响。因此，我们共同感觉到我们都是兄弟姊妹和同志。"全场又鼓掌高呼"加诺兄"。苏加诺说："每一个民族有他的伟大人物，每一个伟大的民族都有他的伟大人物。印度有玛·甘地，俄国有弗·伊·列宁。中国有孙逸仙博士、毛泽东、朱德、周恩来。但是，请注意，比伟大人物还要伟大的是燃烧在他们胸中的理想，理想，再一次还是理想。甘地的理想要比甘地更伟大，列宁的理想要比列宁更伟大，孙逸仙、毛泽东、朱德、周恩来的理想要比他们本人更伟大。"这种理想"它超过高山和海洋，投进千百万人们的心中"。全场鼓掌，欢呼"加诺兄、世界和平万岁"。苏加诺最后说："现在我要求朋友们全体起立。（群众全体起立）我们大家都是为了理想，为了独立的理想而斗争。你们为了独立而斗争，我们也为独立而斗争。我们印度尼西亚，人民相互见面敬礼时都高呼'默地加'，我们举手高呼'默地加'。这样做是表示友爱，同志爱和友谊，象征着争取独立的斗争。印度尼西亚人民同中国人民是相互友爱、友好和同志般的友谊的，大家共同为争取独立而斗争。我要求大家等一会儿同我——我代表印度尼西亚人民——一起举手高呼五次'默地加'。"群众不断欢呼"默地加"。

苏加诺善于演说，讲话生动活泼，他能抓住听众的心理和情感，具有很大的鼓舞性、煽动性。周恩来则是聪明伶俐、随机应变，同他紧密配合，带头鼓掌欢呼，起了推波助澜的作用。因此，使得全场不断欢呼雷动，此起彼伏。

晚上，宋庆龄在她的北京住处为苏加诺举行家宴，周恩来出席作陪。苏加诺十分崇敬孙中山，因为他的理想和主张同孙中山的理想和主张基本一致，他把孙中山看成是他的老师。他对宋庆龄非常尊敬，把她当姐姐看待。他知道宋庆龄一生追随孙先生，投身革命，为中国人民的解放事业作出不朽的贡献。他邀请宋庆龄到印尼访问，给予很高的礼遇和热情款待。苏加诺来华访问，宋庆龄当然要投桃报李了。她除了积极参加招待苏加诺的各项活动外，还在刘少奇举行的全国人大常委会和政协常委会联席会欢迎苏加诺的会上发表热情的讲话，称颂苏加诺为了印尼的独立、建设国家、争取世界和平、发展同中国的友谊所做的努力和贡献。并在自己的家中设宴，热情款待苏加诺，进行亲切的交谈，苏加诺非常高兴并衷心地感谢这位伟大的女性。

10月4日下午6时，毛泽东同周恩来在中南海颐年堂再次会见苏加诺，进行亲切的交谈，并商讨发表联合新闻公报事宜。当日晚上，周恩来举行盛大宴会招待苏加诺。周恩来、苏加诺分别发表热情、动人的讲话。

周恩来说："总统阁下，你的访问和你在北京期间所发表的动人的演说将永远留在北京市人民和中国人民的记忆里。中国人民很早就知道苏加诺总统不顾种种迫害，同殖民主义进行英勇斗争的事迹。中国人民也很熟悉苏加诺总统为了争取国家独立、维护民族团结、加强亚非各国的合作和保卫世界和平所做的卓越贡献。中国人民特别钦佩的是，苏加诺总统多年来依靠印度尼西亚人民，并且为印度尼西亚人民的利益而斗争，我国人民能够接待我们友好邻邦的这样一位杰出的政治家，感到无限的光荣。"

周恩来动情地说："亚非会议以后，我曾经应邀访问了印度尼西亚。苏加诺总统对我和对我国代表团的亲切关怀，印度尼西亚政府和人民对我们的盛情款待和热烈欢迎，使我们亲身体验到这种友谊的浓厚。热情、勇敢和智慧的印度尼西亚人民，和美丽富饶的千岛之国，给我们留下了极为深刻的印象，使我们至今仍怀念着印度尼西亚，而且将永远怀念着印度尼西亚。"

苏加诺说："我到北京已经五天了。在我动身来北京以前，人们对我说，你在北京将会见到美丽、伟大的建筑物，将会见到天安门，将会见到美丽的故宫，将会见到美丽的颐和园。是的，我见到这些东西，我的兄弟周恩来。"他说："我见到的民族是一个友好、和善、勤劳、爱好自由和团结一致的民族。这样一个民族永远不会灭亡。这样一个民族将永世长存。"

10月5日晚上，苏加诺在北京饭店举行盛大答谢宴会，感谢中国对他的热情友好接待，毛泽东、刘少奇、周恩来、朱德、宋庆龄、陈云、陈毅等出席，苏加诺、毛泽东分别在宴会上讲话。宴会后又一起观看印度尼西亚岩厘艺术友好访问团的演出。

10月6日上午，毛泽东、刘少奇、周恩来、朱德、宋庆龄、陈云等前往西郊机场欢送苏加诺离京赴中国东北、华东和中南等地访问，陈毅全程陪同。苏加诺在外地受到各地省市长的热烈欢迎，他在鞍山、上海、广东等地多次发表讲话，高兴而又热情，最后于 10 月 15 日离开昆明回国，并于当日两国同时发表事先商定好的《联合新闻公报》。

双方讨论的事项中包括中华人民共和国在联合国中的代表权问题、西伊里安问题和进一步支持埃及政府用和平方式、完全尊重埃及主权和尊严的情况下解决苏伊士运河问题。他们还讨论了扩大印度尼西亚共和国和中华人民共和国之间的贸易关系，并且表示希望最近即在北京举行的贸易谈判能在平等互利的基础上为两国获得满意的结果。

公报最后说："苏加诺总统邀请毛泽东主席在他方便的时候访问印度尼西亚。毛泽东主席接受了这一邀请，他的访问日期将在以后决定。"

苏加诺这次访华，获得很大的成功，既加深了两国的友好关系，又推动了反对殖民主义的斗争和争取世界和平运动，坚定和鼓舞了苏加诺的反对殖民主义和争取世界和平的斗志。

尼泊尔同中国建交和首相来访

尼泊尔位于喜马拉雅山南麓，是与中国只有一山之隔的紧密邻居，两国之间有一千多年的友好交往。中华人民共和国成立后，1950 年 3 月 6 日，尼泊尔外交大臣桑姆谢尔致函中国外交部，表示尼泊尔政府已注意到中国政府的公告。毛泽东、周恩来很重视同尼泊尔的关系，当即指示外交部，应努力与尼泊尔建立外交关系，外交部授权中国驻印度大使袁仲贤同尼泊尔驻印度大使进行接触。7 月 14 日，尼泊尔驻印度大使向袁仲贤表示，尼中有悠久的历史关系，今后应更趋密切，但因尼泊尔与印度关系更密切，目前同中国建交尚存在困难。因为，根据尼泊尔印度条约，尼泊尔在外交问题上需同印度商量，尼中建交也不例外。1954年尼赫鲁访华时，曾同周恩来谈及中尼建交。尼赫鲁说，尼泊尔政府的困难就是怕中国派出大使后，美国也要派出专任大使，而不由驻印度大使兼任驻尼大使。周恩来说，对尼泊尔的困难，我们是了解的，中尼建交后，可以考虑由中国驻印度大使兼任，但如美国派专任大使，中国也要派。1955年亚非会议期间，中国代表团同尼泊尔代表团进行了友好的接触，加之1954年中印签订《关于中国西藏地方政府和印度之间的通商和交通协定》，中印共同倡导和平共处五项原则作为国际关系准则之后，尼泊尔政府对同中国建交渐趋积极，并愿仿效中印关于西藏问题的协定，解决1856年签订的"藏尼条约"。1955年7月26日至30日，中尼建交谈判在加德满都举行，双方商定暂由各自驻印度大使兼任驻对方大使。关于中国西藏地方和尼泊尔关系的问题，双方同意待以后商谈两国友好条约时再加以讨论，在此之前，尼泊尔在中国西藏地方的代表机构暂维持现状。1955年8月1日，双方签署并发表《中华人民共和国政府和尼泊尔王国政府关于建立正常外交关系的联合公报》。8月3日，中国首任驻尼泊尔大使袁仲贤向尼泊尔国王马亨德拉递交国书。1956年4月底至5月初，国务院副总理乌兰夫作为中国特使参加马亨德拉国王的加冕典礼并进行友好访问，同尼泊尔首相、外交大臣进行会谈，商定在一年内签订中尼友好条约，互派总领事。

　　1956年9月20日，中尼签订了《中华人民共和国和尼泊尔王国保持友好关系以及关于中国西藏地方和尼泊尔之间的通商和交通协定》，从此以后，1856年尼泊尔同西藏当局签订的藏尼不平等条约被废除了。

　　1956年9月25日，尼泊尔首相坦卡·普拉萨德·阿查里雅应周恩来的邀请对中国进行正式友好访问。他和他的夫人、尼泊尔外交部外事秘书纳腊普腊塔普·塔帕等于 1956 年 9 月 25 日从香港乘火车到达广州火车站。9 月 26 日下午从广州乘飞机到达北京,周恩来、乌兰夫、章汉夫等到机场迎接。当晚,毛泽东、周恩来在中南海勤政殿会见阿查里雅夫妇。

会见后,周恩来和邓颖超在中南海西花厅与阿查里雅夫妇共进晚餐。双方进行了广泛而又自由的交谈。

周恩来说:"刚才毛泽东主席已代表我们大家对首相阁下夫妇来访表示热烈的欢迎,我就不说客气的话了,毛主席还要设宴招待阁下夫妇,我也要举行正式宴会欢迎首相阁下夫妇及代表团全体成员,还要进行会谈。今天晚上是我们夫妇举行家宴,实际上是便餐,没有多少像样的菜招待,只是为了给首相夫妇洗尘,并借此随便聊聊。虽然你们是第一次访问中国,但我们是友邻,请不要见外,更不必客气。"

阿查里雅说:"我这次是经过香港到你们这里来,没有通过我们同你们共同的 5000 英里长的边界,一进入你们好客的国家就受到热烈的欢迎,今晚总理阁下夫妇又特意设家宴招待我们,在这样友好的气氛中,我和我的夫人不会有任何顾虑,非常愿意同尊贵的主人交谈。"

邓颖超说:"世界屋脊喜马拉雅山把我们连接在一起可又分割开,你们在山南我们在山北,山南山北皆是兄弟姊妹,有着传统的悠久的友谊。我不太熟悉贵国的历史,但我知道在两千多年前,贵国出了一位伟大的哲学家、思想家释迦牟尼,他创造了佛教,成为世界三大宗教之一,它通过中国的西藏传到内地,成为中国儒释道三大教之一,特别是佛教文化对中国的影响很大。我们要感谢尼泊尔。"

阿查里雅夫人说:"中国东晋的高僧法显和唐朝高僧玄奘,还有高僧宗喀巴,他们为了研究和宣扬佛学,曾经跋山涉水来到尼泊尔，这样不仅把佛教的真谛传入中国，而且也建立起尼中之间的友谊，所以佛教是沟通我们两国友谊的重要桥梁。"

"现在贵国信仰佛教的人多吗？"邓颖超问阿查里雅夫人。

"过去很普遍，后来佛教衰落，信仰的人逐渐减少，现在全国只有 78% 了，大部分人信仰印度教，在 80% 以上，还有 3% 左右的人信奉伊斯兰教。"阿查里雅夫人答道。

"这么说，贵国几乎人人信教了。"邓颖超又问。

"是的，可以这么说，不信教的人极少。"阿查里雅夫人说。

邓颖超说："中国有多种宗教，主要的有佛教、道教、伊斯兰教、天主教和基督教。中国真正信教的人不多，大部分人不信教。我和恩来都是无神论者，但我们不反对别人信教。"

阿查里雅说："中国的这种政策很好。我想换个话题，向你们简单地介绍一下尼泊尔情况，行不行？"

周恩来说："完全可以，请讲吧。"

阿查里雅说："我们尼泊尔是个内陆山国，没有出海口，进出口都要通过印度的港口，所以也主要同印度进行贸易。今后想同中国发展贸易，希望周总理多关心和照顾。"

"中国很愿意同尼泊尔发展贸易，进行经济合作和交流，你们有什么困难和要求尽管提出，中国在力所能及的条件下予以帮助和支持。"周恩来明确而又慷慨地回答。

阿查里雅说："尼泊尔是小国又是穷国，是世界上最不发达的国家之一，完全是农业国，工业极少极少，经济十分落后。要发展经济必须依靠大国的支援。"

周恩来说："中国虽是大国，经济也很落后，主要也是农业，工业也不发达，我们现在正在实施第一个五年计划，要逐步建立起工业基础，经过三四个五年计划，把中国建成一个比较发达的社会主义国家，这样我们就能更多地帮助其他国家，履行国际主义义务。但是中国作为大国，尽管本身有这样那样的困难，无论是现在或今后都将会努力帮助尼泊尔发展经济的。"

阿查里雅对周恩来表示的态度非常满意，非常高兴，他已深深感到这次访问一定会获得成功，兴奋之情常常溢于言表。大家边吃边谈，气氛极其热烈友好。

宴会之后，邓颖超一直把客人送到院外车旁，周恩来亲自为客人拉开车门，阿查里雅夫妇感动得几乎说不出话来。

第二天上午 11 时，周恩来同阿查里雅在中南海西花厅举行会谈，阿查里雅介绍尼泊尔的情况和内外政策。周恩来认真听取后，诚恳而又坦率地说："在你们目前的经济情况和环境下，你们的政策要一步步前进，不能采取激进政策，不然要引起国外、国内的困难，尼泊尔共产党代表团在这里，你们可以和他们谈谈，说服他们，政策不要太激烈，不然要影响你们国家的发展。你们要团结最大多数人和党派，这是我们的经验，这样才能巩固政权，对外关系也能搞好。对外也要能团结更多的国家，尤其是邻邦。"阿查里雅听后，非常感动，认为周恩来这番出自肺腑的话，完全是为尼泊尔设想，为尼泊尔好，为尼泊尔献策，只有真正的朋友才会没有顾忌这样说的，他连连点头称是，并一再表示感谢。

晚上，周恩来在北京饭店举行盛大宴会欢迎阿查里雅夫妇及其随行人员。周恩来和阿查里雅在宴会上讲话。

周恩来说："中尼两国先后取得独立以后，我们两国的代表曾经在 1955 年万隆会议上进行了友好的接触。同年中尼正式建立外交关系，并且确定以和平共处五项原则作为指导两国关系的基本原则。这样，中尼关系就开始了新的一页。我们十分欣慰地看到，从那时起，我们的友好关系在原有的基础上有了进一步的发展。"

周恩来接着说："首相阁下，这次你到中国来进行友好访问，正是当我们在庆贺中尼两国政府签订《中华人民共和国和尼泊尔王国保持友好关系以及关于中国西藏地方和尼泊尔之间的通商和交通协定》的时候。这个协定是中尼友谊的新的里程碑。""根据中尼新签订的协定，尼泊尔废除了过去使中尼关系不完全正常的条约，我们十分感谢尼泊尔这一友好表示。"

周恩来又说："中国人民十分尊重和欢迎尼泊尔王国政府在国际关系中所采取的和平中立政策和促进同一切国家特别是亚洲国家友好团结的政策。""我深信，首相阁下和来自尼泊尔的其他朋友们的这次友好访问，不但将进一步增进我们两国的了解和友谊，加强两国在各方面的合作，同时也会有助于亚洲各国的团结和世界的和平。"

阿查里雅在讲话中说："贵国政府和人民十分深切的热烈欢迎和情谊深深地感动了我。这有力地证明：我们之间的友谊联系是非常融洽和密切的。尼泊尔和中国的友谊真的可以追溯到 1600 多年以前，虽然这种友谊过去曾经偶尔遭到过挫折。正如阁下刚才恰当地指出，自从去年我们之间的友好关系正常化之后，我们就令人满意地和成功地进一步发展着我们的友谊。我相信，我们两国间最近所达成的历史性的协定将更加促进我们之间的这种友谊。"

他说："尼泊尔信仰释迦牟尼的教义，它主张和平和行为端正。因此，很自然的，我们的政策是一种和平友谊的政策。照我们看来，侵略是不正当的行为，和平共处才是大家在和别的国家的交往中都应该遵从的理想。尼泊尔是万隆宣言的签字国，这是一个在历史上第一次把长期隔绝的亚非各国团结起来的宣言，我国政府将继续为亚非各国的团结而努力。"

9 月 29 日上午，周恩来与阿查里雅在中南海西花厅继续会谈，讨论两国关系和世界形势。9 月 29 日下午 2 时，北京市举行群众大会欢迎阿查里雅一行，周恩来出席。当日晚上，毛泽东举行宴会欢迎阿查里雅和夫人，刘少奇、周恩来、朱德、宋庆龄、李济深、郭沫若、黄炎培、彭真、陈叔通、陈云、彭德怀、贺龙、陈毅、李先念、乌兰夫、习仲勋、董必武、张鼎丞、程潜、张治中、傅作义、龙云、章伯钧、包尔汉、周建人、章汉夫、潘自力以及人大、政协、政府、军队、民主人士、外交等各界代表出席作陪。这是周恩来精心安排的宴会，以示隆重，特别是尊重小国和近邻。毛泽东在宴会上讲话说："尼泊尔同中国有长久的历史关系，两国人民间有浓厚的友谊。我们两国之间有一座山，这座山是世界上最高的山，这座山不仅连接着中国和尼泊尔，而且也连接着中国和印度。所以，印度、尼泊尔和中国是连接在一起的，我们都是近邻。"阿查里雅也说，"我相信尼泊尔、中国和印度三国的友谊将像喜马拉雅山一样长久"。

10月6日，周恩来与阿查里雅在迎宾馆举行第三次会谈，主要商讨联合声明问题。10月7日下午5时30分，在中南海勤政殿，周恩来和阿查里雅在《中华人民共和国周恩来总理和尼泊尔王国坦卡·普拉萨德·阿查里雅首相联合声明》上签字。

声明说："总理和首相一致回顾了中国和尼泊尔之间自古以来存在的传统友谊和密切联系，对中尼两国自建立外交关系和确定以中印两国共同倡导的和平共处五项原则（潘查希拉）为指导两国关系的基本原则以来，进一步发展的友好睦邻关系表示欣慰。双方并且表示将为进一步发展这种关系而共同努力。"

声明还谈到将发展中尼之间贸易、文化交流、促进两国友好关系。

当日晚，周恩来在中南海武成殿设小型宴会为阿查里雅夫妇及随行的高级官员饯行。第二天上午，周恩来陪同阿查里雅夫妇等前往西郊机场，欢送尼泊尔贵宾乘专机离京赴上海、广州等地参观。

10月，中国给尼泊尔2000万印度卢比的现汇援助。

与巴基斯坦总理恳谈

1956 年 10 月 18 日，巴基斯坦总理侯塞因·沙希德·苏拉瓦底应周恩来总理的邀请抵达北京，对中国进行友好访问。

巴基斯坦在亚非国家中承认新中国是比较早的，1951 年 5 月 21 日正式建立外交关系，并互换了大使。此后，宋庆龄、贺龙先后访问了巴基斯坦，均受到友好的接待，促进了两国关系的发展。但巴基斯坦参加了美国一手制造和组织的马尼拉和巴格达两个国事条约。在万隆会议上，巴基斯坦总理穆罕默德·阿里同伊拉克、土耳其、锡兰、泰国、菲律宾的代表在美国的指使下反对和平共处五项原则，攻击共产主义，要反对什么新殖民主义，虽然在会议期间周恩来多次同阿里进行交谈，并邀请他访华，其态度有一些转变，但仍有隔阂和顾虑。因此，对苏拉瓦底来访，周恩来考虑并确定除给予较高的礼遇和热情的接待外，要同他进行恳谈，消除其对中国的顾虑，解释和平共处五项原则的含义，说服他，巴基斯坦不要跟美国跑，要走和平中立和睦邻友好的路。

当 18 日下午苏拉瓦底乘飞机抵达西郊机场时，周恩来等到机场迎接，并陪同至宾馆。

周恩来首先说："万隆会议以后，世界局势变化很大，中巴两国关系也有了很大进步。你对国际紧张局势的缓和，看法如何？"

苏拉瓦底问："亚洲的还是全世界的？"

周恩来："亚洲和全世界的。"

苏拉瓦底："你出席万隆会议，毫无疑义对会议的成就作出了巨大的贡献。在阁下参加万隆会议以前，许多人还不清楚中国的立场和目的，不知道中国是要吞并世界其他国家，还是要同别的国家友好合作。无疑地，中国在重新统一和变得强大以后，可以成为世界上最大的强国之一。巴基斯坦是一个小国，如果中国吞并巴基斯坦的话，那是可以办得到的。你出席万隆会议受到很大的欢迎。你的合作态度改变了会议的整个气氛。我这样说不是恭维你，我不喜欢恭维人，我有自己的看法。如果不是由于看到你在那次会议上处理问题的方式，我也不会敢于到中国来。使我感觉到，中国真诚地和迫切地要同别的国家友好相处，并且共同求得发展，如果可能的话，最好不要再有恐惧和从这方面或那方面来的危险。如能避免这些，就会有和平的感觉，否则就会有侵略的危险。我对侵略所下的定义是：非法的、不合理的夺取。如果经常有侵略的危险，人们脑子里的恐惧就不会消失。"

周恩来："万隆会议取得成就，是所有与会各国努力的结果，这个成就不是一个国家的成就。

"在那次会议上，大家表现了团结和谅解，并且表示要为共同目标奋斗。中国人民的愿望是这样的，政府的政策也是这样，我作为中国人民和政府的代表和发言人，表达了这一愿望。总的说，万隆会议也表达了亚非亿万人民的愿望，因此它的影响才能扩大和发展下去。中国的解放、胜利和发展，有一方面的理由可能引起周围的和世界上一些国家的恐惧。这我们是理解的。中国是大国，人口多，如果在一个相当时间内实现了工业化，发展成为强国，人们很容易联想起过去的某些国家在强大以后向外扩张的例子。也有人会回想起东方的历史，某些民族曾经向外扩张过，中国封建帝国向外扩张过。联想到这些就会有恐惧，特别是中国的邻国。两年前，我们同印度和缅甸的总理接触的时候，就感觉到这一点。在万隆会议中接触到更多国家的领导人，我也感觉到这一点。这是一方面。但是还有另外一方面，而且是主要的一方面，那就是时代不同了，中国的情况不同了。应该向有恐惧的外国朋友们解释的，首先是中国自己落后了一个世纪。不论是由于什么理由，中国过去被西方殖民主义侵略过，没有得到发展。现在我们胜利了，摆脱了殖民主义，要求得到政治上和经济上的独立发展。我们能取得胜利是因为我们建立了依靠人民的制度，这就是人民民主的制度。我们主要依靠自己，来求得政治的完全独立和经济的独立发展，人们的目标是工业化。我们曾受过殖民主义的迫害，我们也看到了殖民主义的失败，我们怎能走殖民主义的老路去侵略人家呢？这是不许可的。

"我们主要依靠国内市场，这足以让我们得到发展。我们认为，必须同世界各国和平共处。这一点已经成为我们规定在宪法里的基本政策。

"现在时代不同了。殖民主义的一切表现（这是万隆会议决议的用词）都是要失败的。正如阁下昨天所说的，西方殖民主义终归导致了自己的失败。如果殖民主义有一种新的表现，像你所说的非法夺取，那也必然会失败。我们的时代不允许殖民主义的发展，殖民主义必然要死亡。"

周恩来看了一眼苏拉瓦底，又说："我们虽然这样说，外国朋友或许会想是不是真是这样？因此必须要有接触。我们欢迎同邻国和世界各国的领导人接触，并且同各国人民接触。通过接触就可以看到实际情况。凡是来我国的外国朋友，都看到中国人民在进行和平建设，愿意同各国友好相处。我们在万隆会议上邀请了所有与会国的代表来中国访问，尽管有些国家同中国还没有外交关系。我们所邀请的包括泰国的旺亲王、菲律宾的罗慕洛将军和土耳其的外交部部长。我们邀请他们到中国来看看，特别是到他们有兴趣甚至有怀疑的地方去看看。譬如，泰国的朋友可以到云南西双版纳傣族自治州去看看，菲律宾的朋友可以到福建、广东等沿海地带去看看。将来同西藏的航线通了以后，巴基斯坦、印度、尼泊尔和阿富汗的朋友可以到西藏去看看，还可以到新疆去看看。到一切愿意去的地方以后，就可以看到中国人民在从事和平建设，中国人民愿意同世界各国人民友好；也可以看到，中国国内各民族是平等的，中国人民享有民主和自由。一个在从事和平建设、愿意同世界各国友好、国内各民族平等、人民享受民主的国家，是不可能产生殖民主义和侵略思想的，因为被制度和政策限制住了。

"朋友们也许会想，这只是现在，你们现在还不强，强大以后你们的制度是否能保险？中国人民懂得，不仅要有目前的制度，而且这制度还要不断改进，这样就不可能发生那样的危险。

"我们不但有了国内的制度，而且主张在国际上建立一种制度，那就是各国和平共处，互相监督，国际间一切争端通过和平协商解决而不用武力。我们在国际上主张和平友好的政策，各国以和平共处五项原则或者以万隆会议的十项原则来相互约束。这就是一种国际保证，使得国家不分大小都可以和平共处，互相帮助发展而不附带任何条件。我们要把殖民主义只为自己发展而把别人搞穷的原则埋葬掉。这种政策是不排斥任何国家的，包括美国和其他西方国家在内，大家平等相处。"

周恩来进一步说："国际上有两种约束，一种是法律上的约束。除了《联合国宪章》以外，国与国之间还可以签订互不侵犯条约，或者扩大成为集体公约，例如亚洲和太平洋地区的国家可以签订一个集体和平公约，这种公约的目的不是要建立军事集团，而是为了集体和平：不排斥别人，也不反对任何国家。各国以五项原则或十项原则为基础，互相保证长期和平共处，用条约的形式把这种保证固定下来。另外，还有道义上的约束。各国通过彼此来往，可以发表声明，签订协议，发表演说，强调反对侵略和反对殖民主义。这样做不仅可以形成国际的道义上的约束，而且可以作为对国内人民进行教育的内容。我们不仅要保证这一代不发生战争和侵略，还要影响下一代，使得以后世世代代都遵守我们现在主张的原则。这样，人们就可以和平共处，共同发展下去。我们这一代是发生重要变化的一代，如果我们的工作做好了，会对后代起重大的作用。我们常常对外国朋友说，中国的领导人已经公开表示，不容许自己的后代走殖民主义的道路，中国强大了以后，也要同各国和平共处，互相帮助。如果我们的后代在这方面犯了错误，外国朋友可以指责他们做了他们的前人所不愿做的事。"

苏拉瓦底说："那就太晚了。"

周恩来回答说："你不了解我们的精神，我们是要用各种方法，用法律上的和道义上的方法来保证。"

苏拉瓦底说："我不这样看。"

周恩来说："在这点上我们之间存在着思想意识的不同。"

苏拉瓦底马上回答："不，我们都要和平。"

周恩来问道："那么为什么你怀疑我们的下一代不能保证呢？"

苏拉瓦底说："按照我的看法，那是由于人性，这是哲学。"

周恩来立即回答说："在国际关系中，有法律上的约束，也有道义上的约束。人不能离群生活，国家也不能没有朋友。互相尊重的问题已经包括在五项原则和十项原则里，因此我没有重复提到这个问题，既然你提到了，我想解释几句。五项原则的第一条就是互相尊重主权和领土完整，国家不分大小强弱，都互相尊重，是完全对的，完全需要的。互相尊重首先必须不侵犯人家主权，不侵占人家领土，不干涉人家内政，不对别人进行侵略。彼此相处要平等对待，包括政治、经济和文化各方面，而不应该要求特权。在进行贸易和经济合作的时候要互利，而不是只有利于一方。互相尊重不能解释为一方可以为所欲为，要人家尊重，因为这样就妨碍了另一方。"

周恩来精辟、全面、系统地阐述了中国的内外因素和政策，不会干涉别国内政和侵略别国，消除了巴对中国的疑虑。

10月19日下午6时，毛泽东在中南海勤政殿会见苏拉瓦底，刘少奇、周恩来、朱德、宋庆龄陪同会见。当晚周恩来在北京饭店举行盛大宴会欢迎苏拉瓦底，周恩来和苏拉瓦底在宴会上讲话。

周恩来在讲话中特别强调："中巴两国是近邻，我们两国在历史上从来就是友好相处的，今后我们两国也可以而且应该友好相处。在我们两国之间不存在利害冲突，我们两国有着很多的共同点。我们过去都曾经长期遭受殖民主义的祸害，我们两国人民都迫切要求发展国民经济，摆脱殖民主义遗留下来的落后状况。我们两国人民都非常珍视自己的独立主权，同情亚非各国人民反对殖民主义的斗争。经验证明，只要信守互相尊重主权和领土完整、互不侵犯、互不干涉内政和平等互利的原则，我们就可以和平相处得很好，这不仅对我们两国有好处，对亚非国家的团结，对亚非和世界的和平也有好处。尽管我们两国的社会制度不同，我们在这些原则的基础上，中巴两国进一步发展友好关系和各方面的合作是有广阔的前途的。我们高兴地看到，阁下就任总理以后就代表巴基斯坦表示希望同一切国家特别是邻国友好，对一切国家抱着善意，对谁也不怀恶意。我们欢迎阁下这个表示。"

周恩来最后说："我相信，我们的会晤将会有助于增进我们两国的友好关系。中国人民是好客的，这个季节是中国一年中最宜人的季节，我们希望阁下和其他朋友们能过得愉快。"

苏拉瓦底在讲话中说："阁下，请允许我说，我本人和我的随行人员都为中国人民特别是阁下和北京市人民对我们所表示的亲切，深为感动。我将要尽我所能把你的善意的问候和中国人民的盛意款待，传达给巴基斯坦人民。

"最近在庆祝巴基斯坦伊斯兰共和国成立的时候，我们曾很高兴有你们尊敬的代表、国务院副总理贺龙元帅阁下同我们在一起。今年初，我们又荣幸地欢迎了宋庆龄夫人阁下来我国访问。

"我们很高兴有机会使她看到我们怎样开展我国的资源和增进我国人民的福利。各界和各阶层男女人士都非常高兴有机会和她会晤，因为她长久以来就在巴基斯坦受到尊敬和仰慕，不仅是为了她的伟大品格，而且是因为她代表着中国的重新觉醒。"

他在谈到两千多年以前就有了可以称之为"善意交流"的关系时，列举了法显、玄奘曾到过巴基斯坦的白沙瓦、塔克西拉和哈拉巴等地的寺庙和经院学习佛学。他说："我也是抱着和这些古代旅行者类似的精神，来观察、来了解和来学习的。"

他称赞中国的悠久文化，说："有史以来，中国一直是人类许多最优秀的成就的象征。中国对科学、艺术、哲学和文化的贡献，丰富了人类的文明。我们纵观五千年中国历史的全貌时，特别使我印象深刻的一点，就是中国文化的连续性，它的精神和实质的持久性——这种精神和实质经受了、吸收了中国悠久历史中各种不同的外来影响，将它们变为己有。在历史上，中国和其他国家一样，经过了盛衰变迁、入侵和灾难，但是中国文化特有的优美之点却一直存留着。"

苏拉瓦底说："和平是必要条件。人类需要和平，超过其他一切。就我们来说，我们将坚定不移地为这个事业继续奋斗，因为没有和平，任何社会、经济和文化福利的计划都不会成功。巴基斯坦的整个外交政策就是基于这个简单然而重要的考虑。我毫不怀疑，中国人民和巴基斯坦人民一样是忠实于和平事业的。因此我确信，中巴两国的友谊和合作将有助于促进国际和平和谅解。"

10 月 20 日下午 3 时 45 分，周恩来在中南海西花厅与苏拉瓦底举行第二次会谈。这次主要由周恩来介绍中美关系问题。周恩来说："第二次世界大战结束以后，美国政策是一贯干涉中国的领土台湾和台湾海峡，威胁中国。朝鲜停战后，美国仍然占据台湾和台湾海峡，并且从那里制造紧张局势。一年以前，万隆会议中许多友好国家的代表，包括巴前任总理阿里，都希望中美关系和缓。我们同意并且发表声明愿意同美国坐下来谈判和缓台湾地区紧张局势的问题。我们也表示愿意同蒋介石谈和平解放台湾的问题。中美之间是国际问题，中国和蒋介石之间是国内问题。我们认为，这样平行解决是有利的。一年多来我们在日内瓦同美国的会谈，至今没有结果。关于美国在中国的犯人，我们同意谈判后采取宽大办法。这是对美国有利的，我们一直这样做了。可是美国对中国在美国的侨民和学生，到今天却只让极小部分回来。第二个议程涉及解除禁运、中美外长会议、不使用武力的声明等问题都没有达成协议。"

苏拉瓦底对周恩来的介绍表示感谢，使他了解中美关系的过去和现状。

晚上，周恩来出席巴基斯坦驻华大使阿哈默德为苏拉瓦底访华举行的酒会。10月21日下午4时30分，周恩来在中南海西花厅同苏拉瓦底举行第三次会谈，主要谈两国之间的关系和商讨两国总理联合声明的问题。当天晚上，周恩来陪同苏拉瓦底观看京剧和歌舞。10月22日下午，北京市各界人民举行欢迎苏拉瓦底的群众大会，周恩来陪同出席，彭真在大会上致欢迎词，苏拉瓦底发表讲话，他称赞北京古都充满了优雅和美丽的气氛，到处都记载着光辉的古迹、建筑和花园，同时也感觉到一种新的活力，一个朝着将来前进的活动的高潮。他介绍了巴基斯坦也有着同样的建设和发展的问题。他强调，"在世界上，可以用战争来解决争端的时代已经过去了"。"只要有关各方具有必要的善意和诚意，没有任何争端是不能够用公认的协商、和解、调解或仲裁等和平方式加以解决的"。

晚上，毛泽东在中南海勤政殿设宴招待苏拉瓦底，刘少奇、周恩来、朱德、宋庆龄，国务院副总理、人大常委会副委员长、政协副主席、国防委员会副主席、各民主党派代表、各界人士等出席作陪。在宴会前，毛泽东同苏拉瓦底进行了亲切的谈话。毛泽东说：

"我们愿意进一步搞好我们两国的关系，如果你们也有同样的愿望，我们两国的关系是可以搞好的。亚非各国，根据万隆精神，都应该建立和平共处和友好的关系。""我们原来希望你们不参加这两个军事条约，但是你们已经参加了，没有办法。你们有自己的政策，我们只能作为朋友提出。建议整个亚非地区国家都以团结为重。"

10月23日晚7时，周恩来和苏拉瓦底在中南海勤政殿举行第四次会谈。会谈时，周恩来说："如果中国有什么地方值得邻国称赞的话，那就是因为我们依靠人民。离开了人民，我们将一事无成。正是因为邻国称赞了我们，我们更要谨慎、虚心，避免骄傲自满，避免和少犯错误。在国与国之间，当然总是寻求友好，但是也要寻求善意的帮助和批评。我们不但高兴听到邻国和友好国家的称赞，同时更需要他们的了解和批评。这样国家才能前进。"

最后两人又审定了两国总理马上要签字的联合声明。这时毛泽东、朱德、宋庆龄、陈云、贺龙、陈毅等已先后来到勤政殿参加联合声明的签字仪式，周恩来和苏拉瓦底也就结束了谈话，分别同来人握手后，便各自坐到签字桌的座位上，礼宾官早已把签字文本放在他们两位的面前，周恩来和苏拉瓦底拿起笔来在各自的职衔下面签上自己的名字，然后由礼宾官拿走交换签字。两人又在文本上签字，最后双方交换文本。这时服务员捧出香槟酒，双方举杯祝贺。毛泽东、朱德同苏拉瓦底握手告别，祝他一路平安。随后周恩来等又赶到北京饭店参加苏拉瓦底的告别宴会。第二天早晨，周恩来前往机场欢送苏拉瓦底到外地参观。同时，两国的广播、报纸公布中巴两国总理联合声明。

声明说："为了进一步加强两国之间的相互了解和友谊，两国总理认为有必要发展商贸、文化的关系，友好往来。苏拉瓦底总理邀请周恩来访问巴基斯坦。周恩来总理愉快地接受了这个邀请，并且将在不久的将来访问巴基斯坦。"

声明中虽然没有和平共处五项原则，因为那时巴对此还不太理解，中国也不强加于人，但在声明中"重申对万隆会议的信心"，这也就够了，求同存异嘛！

吴努再次来访

吴努这次应周恩来的邀请来访主要是同周恩来讨论两国关系的，特别是中缅边界问题。在1954年12月吴努访华时，两国总理曾经讨论到中缅边界问题，周恩来表示应尽早解决边界问题，但双方要做好准备，然后进行谈判。在1954年12月2日发表的《中缅两国总理会谈公报》中明确写着："鉴于两国边界尚未完全划定，两国总理认为，有必要根据友好精神，在适当时机内，通过正常的外交途径，解决此项问题。"1955年9月28日至10月6日，缅甸武装部总司令奈温中将率领军事友好代表团访华时，周恩来、邓颖超在中南海西花厅家中举行家宴欢迎吴努夫妇。一见面，邓颖超就首先上去同吴努的夫人握手拥抱，并说："我的老朋友老姊妹来了，非常欢迎，差不多快一年未见了，身体好吗？吴努先生好吗？"吴努夫人说："我们的身体都很好，谢谢大姐的关心。我也时刻想念着大姐，当我一听我丈夫说又要到中国访问，我就高兴得连觉也睡不好，盼着早日见到大姐和总理阁下。"于是两人一路上有说有笑地走进会客室，周恩来也挽着吴努的手紧跟在两位夫人的后面一同进入会客室。

周恩来、邓颖超请客人坐到沙发上，服务员随即将一杯龙井茶送上。

周恩来说："我这里还是老样子，同你们上次在这里没有什么变化。"

吴努马上说："是的，你这里没有变化，可我那里有变化了，我们政府改组了，我不当总理了，吴巴瑞现在是总理了，我这次是以缅甸联邦反法西斯人民自由同盟的主席身份前来访问，不代表政府。"

周恩来说："你是我们的老朋友，不管你是以什么身份来我们都热情地接待你，在礼宾规格上同总理一样。"

"非常感激你，我的好兄弟。"吴努说，"我们是真正的胞波情谊。"

邓颖超接过话题说："吴努先生是位作家，不在政府任职也好，可以有更多的时间进行创作。你看，周恩来整天忙里忙外，日理万机，每天工作十几、二十小时，连吃饭睡觉的时间都很少，更谈不上休息了。"

"我知道，周恩来总理是世界上第一大忙人。"吴努夫人说，"可是他的精力充沛、办事敏捷、经验丰富，再多的事情到他的手中都能有条不紊、圆满地解决，我们缅甸人，不，全世界的人都佩服他、敬仰他，是真正的一位好总理啊！"

周恩来说："夫人过奖了，我只是为中国人民、为中缅友谊、为世界和平尽一分力量而已。"

在餐桌上，周恩来对吴努说："这次我们可以更深入更自由地讨论一些问题，礼仪的东西少一点，怎么样？"

吴努说："我非常赞成。"

"夫人愿意看什么，尽管提出。"周恩来说，"我让外交部礼宾司或全国妇联安排。"

邓颖超对周恩来和吴努说："这你们就别管了，你们放心去会谈吧。夫人的活动，由我们妇联来安排。"

周恩来和吴努就中缅关系、两国边界问题先后举行了四次会谈，对解决边界的原则和主要问题达成了原则协议，并发表《联合新闻公报》。公报称："吴努主席在访问中国期间曾同周恩来总理根据和平共处的五项原则就中缅共同关心的问题，特别是中缅边界问题，在友好和互谅的气氛中进行了多次会谈。"

公报说："在会谈中，中国方面曾就解决中缅边界问题提出了照顾双方利益的公平合理的建议。这项建议缅方已答应予以考虑。目前，中缅两国政府取得谅解，从 1956 年 11 月底起中国军队将撤出'1941 年线'以西地区，缅甸军队将撤出片马、岗房、古浪三个地方。这次撤军工作将在 1956 年底前完成。"

解决中缅边界问题，是周恩来在外交上的一大杰作。

在吴努夫妇访华期间，周恩来举行盛大宴会欢迎他，毛泽东也会见和宴请了他们。

新的建交高潮

新中国成立后，在 20 世纪 50 年代初期，先后同中国建交的有苏联、东欧、朝鲜、蒙古、越南等社会主义国家，印度、印尼、缅甸、巴基斯坦、阿富汗等民族主义国家，瑞典、丹麦、芬兰、挪威等西欧国家，总共不超过 20 个国家。1955 年亚非会议后，到 1962 年 12 月同中国建立外交关系的有尼泊尔、埃及、叙利亚、也门、斯里兰卡、柬埔寨、伊拉克、摩洛哥、阿尔及利亚、苏丹、几内亚、加纳、古巴、巴里、索马里、扎伊尔、老挝、乌干达等 18 个国家，几乎翻了一番。还有很多国家同中国进行贸易和文化的往来，打破了帝国主义妄图封锁和孤立中国的图谋。

出现这种状况，绝非偶然。亚非会议推动了被压迫国家的反殖反帝的斗争，亚非周边争取民族独立的运动有了很大的发展，一系列新兴国家不愿意听从国际强权势力的摆布。特别是在万隆会议上它们看到中国大力提倡和奉行和平共处五项原则，求同存异的精神，周恩来为万隆会议的成功作出了巨大的努力，在国际事务中坚定地站在被压迫国家和被压迫民族一边，中国的威信和地位大大提高了，人们对中国和周恩来的信任感大大地增强了，因此也就有了同中国发展关系的愿望。中国本身也利用亚非会议后的大好形势积极开展外交工作。特别是作为总理兼外交部部长的周恩来更是夜以继日地工作，仅从 1955 年 5 月 7 日在亚非会议结束后回到国内到 1956 年 11 月 8 日他出访亚洲国家时止，仅一年多的时间内，据不完全的统计，周恩来接待外宾和参加外交活动达 500 余次。这是一个惊人的数字，这样大的活动量，是古今中外的外交家所罕见的。可以看出周恩来为中国外交投入了多么大的时间和精力，花费了多少心血和智慧！对于亚非拉国家的工作他更是不遗余力，积极、主动、有效地进行着，因而开花结果，出现了不少国家特别是亚非国家同中国建交的高潮，并进一步发展同已建交国家的友好关系，在政治、经济和文化领域中互相支持、互相帮助、互相交流。对一些未建交的国家也广泛地开展民间往来，发展贸易、进行文化交流，为将来正式建交奠定基础。

五、坚持社会主义国家的团结，正确处理苏共二十大和波匈事件

周恩来一向重视和维护社会主义国家的团结，发展同社会主义国家的友好关系。同时，坚持独立自主的外交政策，反对大国主义，维护国家利益。

同苏联采取一致行动

亚非会议后，中国同苏联、东欧、朝鲜、蒙古等国的关系进一步全面发展。首先，中国对于苏联东欧的外交行动，予以配合和支持。如 1954 年 10 月美英法签订《巴黎协定》，将西德拉入《北大西洋公约》组织并允许它建立自己的军队，欧洲局势趋于紧张。苏联为了维护欧洲安全与和平，建议在莫斯科或巴黎召开全欧会议，并邀请中国作为观察员参加会议，周恩来当即表示同意。但此建议遭到西方国家拒绝，并批准了《巴黎协定》。苏联东欧等八国在华沙举行会议，缔结了《华沙条约》并成立武装部队联合司令部和政治协商委员会，中国政府派出副总理兼国防部部长彭德怀以观察员身份参加了会议，并发言表示"完全支持和合作"。1955 年 7 月，

苏联在苏美英法四国首脑会议上提出关于裁减军备禁止原子武器的决议草案。

中国出于对裁减军备和缓和国际紧张局势的意愿，1955 年 7 月 30 日，周恩来在第一届人大第二次会议上发言表示支持，他说"中国政府同意、支持苏联政府关于裁减军备和禁止原子武器的建议"。

中国同苏联、波兰、捷克斯洛伐克、德意志民主共和国、匈牙利、罗马尼亚、保加利亚、阿尔巴尼亚、朝鲜、蒙古的经济、贸易、交通运输、科学技术、文化艺术有着全面的合作和交流，双方签订了不少合作协定，贸易额迅速上升。

中国同南斯拉夫的关系，经过一段曲折，于 1955 年初正式建立外交关系。建交之后，双方签订了贸易、文化、技术等协定，两国党、政、军、群众团体之间的交流也都发展起来。

在领导上互访也相当频繁。中共中央副主席、中华人民共和国副主席朱德率领聂荣臻、刘澜涛等前往朝鲜祝贺朝解放 10 周年，出席罗马尼亚工人党第二次代表大会，参加德意志民主共和国总统皮克 80 寿辰庆祝活动，接着访问匈牙利、捷克斯洛伐克、波兰；然后与邓小平、谭震林、王稼祥、刘晓参加苏联共产党在 1956 年 2 月召开的第二十次代表大会，却逢波兰共产党第一书记贝鲁特逝世，朱德又前往波兰吊唁，最后又访问了蒙古。朱德在各国的访问均受到热情的接待，所到之处受到热烈欢迎，他的讲话常常被掌声打断。人们知道朱德光辉斗争的历史，对中国革命贡献巨大，德高望重。更重要的是他代表了解放的中国，世界五大国之一的中国，高举世界和平、反对帝国主义旗帜的中国，倡导和平共处五项原则的中国，在日内瓦会议、万隆会议上起着重大作用、赢得世界人民赞许的中国，坚持和维护社会主义国家团结的中国，一个欣欣向荣、正在腾飞的中国。

第一个友好合作条约

1955 年，德意志民主共和国总理奥托·格罗提渥率领的政府代表团于 12 月 8 日下午抵达北京西郊机场，代表团除格罗提渥及夫人外，团员有德意志民主共和国副总理兼外交部部长洛塔·博尔茨博士，司法部国务秘书日海因里希·特普利茨博士，人民议院外交政策委员会主席彼得·弗洛林，外交部部务委员会弗里茨·格罗塞大使，驻中国大使李夏德·纪普纳，自由德国工会联合理事会书记处书记克瓦斯塔·雅布朗斯基，柏林洪堡大学校长奈耶教授，驻华人民警察将军海因里希·多尔维策尔，"友谊"农业生产合作社主任、劳动英雄恩斯特·乌尔夫，国营德绍车厢制造厂技师、积极分子韦尔纳·霍恩。这是一个包括德意志民主共和国民主党派和工农业、群众团体代表的政府代表团。周恩来和夫人邓颖超、陈云副总理、郭沫若副委员长、外交部副部长张闻天、外交部副部长姬鹏飞、文化部部长沈雁冰、农业部部长廖鲁言和中国驻德意志民主共和国大使曾涌泉夫妇到机场迎接。周恩来夫妇陪同格罗提渥夫妇乘车至宾馆。

当晚 6 时，周恩来和邓颖超在中南海西花厅会见格罗提渥夫妇，并共进晚餐。

周恩来首先说："自去年 7 月在出席日内瓦会议回国途中访问贵国至今已一年多了，今天格罗提渥同志和夫人及政府代表团访问中国，我们再一次见面非常高兴，我和我的夫人邓颖超同志热烈欢迎你们的到来。"周恩来对格罗提渥的夫人说："夫人和总理同志都是第一次到中国来吧？"

格罗提渥夫人答道："是的，总理同志。我和我的丈夫一直渴望来文明古老的中国访问，中国悠久灿烂的文化很久之前就吸引着我，在我上学的时候，就知道孔子、庄子的哲学，李白、杜甫的诗，曹雪芹的《红楼梦》，对鲁迅、郭沫若、茅盾的小说和诗我也喜欢，特别是中国的革命，二万五千里长征，毛泽东、周恩来的传奇故事，在我们德国几乎是家喻户晓。

"您、周恩来同志去年对我国的访问，您的为人您的风采令人钦佩和尊敬，更促使我们要尽快地来中国看看并会见您和夫人，她也是一个伟大的女性。"

周恩来说："夫人过奖了，我们只是普通的革命同志，你们德国是伟大的无产阶级革命导师马克思、恩格斯的故乡，我是在他们的启迪下走上革命道路的，我在你们德国学到很多知识，所以德国是我的老师。"

邓颖超说："我和恩来同志虽然很早就接受进步的思想，参加了爱国运动，他在日本留学时研究过马克思的学说，尤其是在伟大的五四运动中已经接触到马克思主义，但最终确定马克思主义思想，加入共产党，同中国最早的马克思主义者李大钊的交往，立志为共产主义奋斗终生，则是在法国和德国留学的时候。"

"是的。"格罗提渥说，"所以我们洪堡大学授予他法学博士学位，当然这不仅是因为他在德国留学，更重要的是表彰他对中国革命、国际共产主义运动和日内瓦会议的世界和平所作出的伟大贡献。"

周恩来说："严格地说，我在 1919 年五四爱国运动之前只是一个爱国者，积极参加进步活动的学生，关心国家命运，努力寻求救国的道理。五四运动后特别是被捕入狱后，我就考虑必须联合各革新团体，实行一种主义，才能救中国。那时我们国内正掀起一个赴法勤工俭学的热潮，一位同学在赴法前到狱中来看我，使我也动了赴欧求学的念头。当时我还写了一首诗送她，说'三月后，马赛海岸，巴黎郊外，我或者能把你看'。出狱后，南开大学不让我继续上学，我就决心到欧洲去求学，到马克思的故乡，实地考察西方资本主义国家的社会真相，了解欧洲各种改造社会的学说和主张，进行比较和选择，确定自己所要走的路，寻求拯救中华民族的途径。就这样，在两位师长的推荐和资助下，我和同学郭隆真、李福景、张若名等197人于1920年11月1日在上海搭乘法国邮轮'波多尔号'，在路上航行36天，于12月到达法国马赛，又到巴黎停留半个多月，便到英国伦敦，准备进爱丁堡大学，该大学已同意我免试入学。但那时英国的生活费用太高，比巴黎要高一倍多，同时在英国的中国留学生只有200余人，在法国则有2000多人，便转回法国，先在法国巴黎郊区阿利昂法语学校、后到法国中部的布卢瓦城补习法语，同时为国内报刊写文章，有时还翻译一些文章，用稿费来维持生活，但用更多的时间来研究主义。这时欧洲在第一次世界大战之后，思想界异常活跃，各种主义庞杂纷呈，什么费边社会主义、无政府主义、英国的基尔特主义等等，弄得你眼花缭乱。正好1920年法国共产党成立，并参加第三国际，马克思主义的书籍在法国很流行，很容易得到。我就努力阅读英文版的《共产党宣言》《社会主义从空想到科学的发展》《国家与革命》《卡尔·马克思的生平与教导》等等马克思主义的著作。我把马克思的思想主义同其他思想主义经过反复地认真地比较，最后确认马克思主义能够救中国，于是确定了共产主义的信念，并经我的朋友和同学介绍于1921年加入了中国共产党，走上社会主义革命的道路。"

"那你怎么到德国去的？"格罗提渥问。

周恩来笑笑说："我到德国有两个原因：一是那里是真正马克思、恩格斯的故乡，可以进一步研究马克思主义，德国的哲学、科学、文学、诗歌、音乐都非常发达，像费尔巴哈、歌德、席勒、海涅、巴赫、贝多芬等都世界闻名，能够获得很多知识。一是德国在第一次世界大战战败之后，马克贬值，用外币的外国人反而觉得低，在巴黎 1 个月生活费，在柏林可以用 3 个月。我们这些穷学生当然要到物价便宜的地方去了。我是在 1922 年 3 月初同我的入党介绍人一起到的德国，住在柏林郊区瓦尔姆村皇家林荫路 54 号。在柏林除学习外，在留学生和华工中宣传无产阶级革命思想，筹组旅欧共产主义组织，并经常来往于柏林和巴黎之间，直到 1923 年夏返回法国。1924 年 7 月回到国内。1930 年 3 月初，我以中共中央代表身份赴莫斯科向共产国际报告中共六大以来的工作及解决与共产国际远东局争论的问题，4 月途经德国，化名陈宽在德共《红旗报》发表《写在苏维埃第一次代表大会召开之前》的文章。新中国成立后，1954 年出席日内瓦会议来去都途经德国并访问，都受到格罗提渥同志的迎接和招待，非常感谢。几次在德国，都给我留下很深的印象。德国同志非常热情，德国人民素质很高，遵守纪律，聪明能干，无论物质上和精神上都给世界提供了宝贵的财富。当然也出了希特勒这样的坏人，给欧洲和世界人民带来灾难。但是这不是德国共产党、德国人民的责任，德国共产主义者一直是坚决反对希特勒法西斯的，像德国共产党领袖台尔曼就英勇地牺牲在集中营里，格罗提渥同志你也曾被关在牢狱里。"

周恩来做了一个手势："好，现在我们该吃饭了，今天晚上是我和邓颖超同志设家宴招待格罗提渥同志夫妇，自己同志嘛不一定讲究，明天晚上举行正式宴会欢迎你们夫妇和全体政府代表团人员。"

席间，周恩来、邓颖超殷勤地为客人布菜、敬酒。

邓颖超对格罗提渥夫人说："中国人除了信仰马克思的学说外，对德国的文学、音乐也很感兴趣。如歌德、席勒、海涅、巴赫、贝多芬、舒伯特、舒曼，还有版画家柯勒惠支。鲁迅先生搜集过凯绥·柯勒惠支的版画并出版她的版画选集，让中国的版画工作者学习，还赠送给日本朋友内山嘉吉在日本展出，说明鲁迅非常推崇柯勒惠支。郭沫若同志翻译过歌德的《少年维特之烦恼》《浮士德》，我同恩来在不同的时间内先后读过这两本书，还有席勒的剧本《阴谋与爱情》，海涅的长诗《德国———一个冬天的童话》，中国的读者都很喜欢。中国音乐工作者和听众非常喜欢从巴赫到舒伯特等七位音乐大师的作品尤其是贝多芬的九部交响曲，其中的第三《英雄》、第五《命运》、第六《田园》、第九《合唱》和钢琴奏鸣曲中的《悲怆》《热情》《月光》最受欢迎，中国乐团作为经典作品排演，只是水平不高，我和恩来也非常喜欢听。"

格罗提渥夫人说："这些人的作品我也很喜欢看、喜欢听，可以说自幼就受他们的熏陶。歌德、席勒是德国古典文学的代表，集德国文学的大成。它的艺术特征是肃穆恬静、清晰明朗、优雅庄重、和谐完善，美是它的一条重要原则。它的艺术手法是把现实理想化，把理想现实化，使艺术高于现实，体现人的理想，企图建立一个美的艺术王国。这种观点反映了他们回避现实政治，害怕革命的倾向。他们远离政治，但不脱离现实，他们害怕革命，但不反对进步。他们看重艺术，是以为人类可以通过艺术达到解放。他们着眼于全人类，把人的解放当作他们提出问题和解决问题的根本出发点，因而他们的思想就远远超出了平庸的资产阶级自由派的水平，创作出具有深远意义的不朽杰作如《浮士德》等。海涅则不同，他是犹太人，犹太人不幸的命运激励他反抗压迫，他经历了1830年法国的七月革命，他访问过年迈的歌德，在巴黎结识了巴尔扎克、柏辽兹、肖邦、大仲马、雨果、李斯特等，特别是结识了马克思，同马克思共同编辑了《德法年鉴》并在上面发表讽刺诗，这对海涅的思想起了很大的促进作用，以后他回到德国汉堡，把他新创作的《德国———一个冬天的童话》的清样寄给马克思，由马克思介绍给德国流亡者在巴黎办的《前进报》上发表。海涅生病时恩格斯经常到巴黎看望他。海涅的诗和评论受到恩格斯赞扬。海涅的著作反映了当时的德国在政治上从死气沉沉的复辟时期转入革命潮流的到来，哲学上从唯心主义转入唯物主义，文学上从浪漫主义转入现实主义。海涅在活生生的现实生活中发现了共产主义，并且一再预言，共产主义在未来必将无可阻挡地取得胜利。所以进步的、革命的人士都推崇他、爱护他，反动的、顽固的人士则憎恨他、污蔑他。希特勒法西斯专政时把他的名字从德国文学中勾销。可以说，海涅是歌德以后德国最伟大的诗人。"

"你讲得很好，到底你是德国人，对德国的文学非常了解。"邓颖超说。

"我在大学里是学文学的，我听说你不仅是一位著名的政治活动家、革命家、妇女领袖，而且也是位艺术家。周恩来总理在我们德国人人皆知，你的书籍在德国也广为流传。我知道你在学校里和革命征程中演过不少戏，而且演得很成功，又常用动人的歌声鼓舞人们的斗志。

"难怪你对德国的音乐感兴趣。"格罗提渥夫人说，"约翰·塞巴斯蒂安·巴赫，也就是老巴赫了，他是德国也可以说是世界古典音乐的奠基者，集巴洛克时代音乐之大成。他的四个儿子都是德国著名的作曲家，被称为'柏林的巴赫'、（'汉堡的巴赫'）、'哈雷的巴赫''米兰的巴赫''伦敦的巴赫'，巴赫一家对德国对世界的音乐贡献很大。贝多芬的名气更大，正如你说的交响曲和奏鸣曲达到了音乐的高峰。他是集古典派的大成，开浪漫派的先河，对近代西洋音乐的发展有深远影响。我和我的丈夫同你和你的丈夫一样都喜欢听，有时我们还到音乐厅去听演奏。"

"说实在话，我是不会演戏和唱歌，那是滥竽充数。你们德国有位戏剧家叫布莱希特，他同中国的梅兰芳、俄国的斯坦尼斯拉夫斯基一样创造了一套表演理论和表演体系。"邓颖超说。

"他是我们的同志。"格罗提渥夫人说,"布莱希特是我们民主德国的剧作家和诗人,他的剧作《人就是人》《马哈哥尼城的兴衰》《三分钱歌剧》《屠宰场里的圣约翰娜》都是运用马克思主义学说剖析资本主义社会的艺术尝试。他创立叙事剧,其理论是艺术应该寓教育于娱乐,训练观众一种积极生活现象或者一个人物典型,以便让观众用新的眼光来观察,深入地理解司空见惯的事物。这种表演方法和理论,颇受中国戏曲艺术的启发和影响。是强调教育性,以改造世界为目的戏剧美学。布莱希特还借鉴中国古典诗词和日本的古典俳句,创造出一种节奏不规则的无韵抒情诗。这种诗歌充分运用口语的特点,既不贪恋华丽的辞藻,也不追求奔放的感情,而是从大量生活素材中选择精华,以表现事物最本质的特征。他领导的'柏林剧团'改编上演过中国的话剧《粮食》,他酷爱中国的文化,非常崇拜中国古代的和毛泽东同志的哲学思想。"

"是位了不起的改革家、创新者,我们欢迎他到中国来访问。"邓颖超说,并让出版界翻译出版他的剧本和理论著作。

"出发前我向我的丈夫说,中国的文化悠久而又灿烂,应该加强两国的文化交流。"

"对,我举双手赞成。"邓颖超同意这个建议。

这时候菜都已上完了,宴会临近结束了。

周恩来对两位夫人说,我看你们谈得很热烈很投机。

邓颖超回答说,我们两位讨论两国的文学艺术和文化交流。

周恩来说我同格罗提渥同志讨论两国政治经济合作,也谈到文化交流问题,大家都想到一起了,很好,我们的谈判就简单了。

宴会后,周恩来、邓颖超同往常一样,一直把客人送到西花厅大院外。

以后几天,周恩来举行大型宴会,毛泽东举行小型宴会欢迎格罗提渥夫妇及代表团,陪同观看莫斯科"小白桦树"舞蹈团舞蹈演出，北京市举行 8000 多人的欢迎格罗提渥群众大会，毛泽东、刘少奇、周恩来出席格罗提渥夫妇举行的宴会。格罗提渥授予中国国画大师齐白石德国艺术科学院院士证书。以周恩来为首的中国政府代表团同格罗提渥率领的德国政府代表团举行了多次会谈，发表了联合声明，签订了《中华人民共和国德意志民主共和国友好合作条约》。

条约规定：1. 两国本着真诚合作的精神，参加一切旨在保障世界和平和各国人民安全并且符合《联合国宪章》的国际行动；2. 就一切有关两国利益的重大国际问题进行磋商，在磋商中将特别注意保障它们的领土不受侵犯和它们国家的安全，以及巩固世界和平的必要性；3. 在互相尊重主权、互不干涉内政和平等互利的基础上，加强和扩大各方面的友好关系；4. 互相给予一切可能的经济援助，并且进一步发展经济合作；5. 进行必要的科学和科学技术的合作；6. 促进并在各个方面扩大文化关系。

这是中国同外国签订的第一个友好合作条约。随后相继同捷克、匈牙利等许多国家签订了友好合作条约，巩固和发展了同东欧等国的相互友好合作关系。

反对盲目崇拜，提倡独立思考

苏共二十大，赫鲁晓夫在《关于个人崇拜及其后果》的秘密报告中全盘否定斯大林，报告很快被泄露出去，就像一颗当量很大的原子弹爆炸，冲击波迅速辐射到世界各地，立即在各国共产党包括苏联共产党内引起巨大的震动和思想混乱、不满及愤怒，同时震惊了全世界，在西方国家掀起了反苏反共的浪潮。中国的广大党员干部和人民群众也非常不理解，怀疑赫鲁晓夫这样做的动机不良。连毛泽东看到赫鲁晓夫的报告也非常气愤，把报告甩到桌子上，站起身来，来回踱步，心情很不平静，竟至彻夜不眠。后来他还对外说："苏联过去把斯大林捧得一万丈高，现在一下子把他贬到地下九千丈。"他尤其对赫鲁晓夫的所谓反对个人崇拜极为不满，1958年初，赫鲁晓夫访华，同毛泽东会谈时，就斯大林问题发生激烈的争论。

毛泽东说："苏共代表大会对斯大林个人迷信的决议，我看未必站得住脚喽。"

赫鲁晓夫针锋相对地答道："这个决议在我们党内和人民群众中都是没有异议的。"

毛泽东反驳说："你们当然有权解决你们的内部问题，党内的也好，国内的也好。不过，斯大林……他是世界革命运动的领袖，中国也是其中一分子，关于他的杰出作用，恐怕不是一党一国说了算的，应该考虑到国际上的联系。"

赫鲁晓夫坚持说："斯大林和斯大林主义，这首先是一个民族现象。它在苏联发生，也在苏联形成。我们有权决定自己的问题。我们也这样做了。"

毛泽东批评说："决议虽然通过了，不过内容是片面的，做法也不妥。你们把它当作一党一国的问题来解决，把它局限在一个地域内，这种看法太狭隘了。"

赫鲁晓夫辩解说："斯大林个人迷信之所以说它是民族产物，因为它是在我国形成的，我们对此负责。"

毛泽东又进一步说："谴责斯大林的决议是否做得过于匆忙和主观了呢？要知道他对许多国家的共产主义运动，对伟大的革命事业，包括中国在内，曾做过巨大的贡献。怎么能全盘否定或贬低呢？"

赫鲁晓夫仍然坚持己见，说："你说斯大林有巨大贡献，但别忘记，我们党和人民付出了多大的代价……他的独断独行，大规模地镇压和迫害，千百万人在集体化和伟大的卫国战争中送掉了性命，怎么为他辩护呢？"

毛泽东生气地说："问题不在这儿。谁也不打算为斯大林在苏联集体化的做法作辩护。这是你的内务。这里究竟是谁之过，是斯大林个人或者不仅是他一个人，这点你们最清楚。我说的是另一个问题。斯大林的名字在世界上许多国家受到尊敬，他树立了一个坚定革命者的崇高榜样，我们相信他，相信他的学说和经验。现在全都一笔勾销。这么一来，我们几十年来英勇斗争所取得的成果有可能毁于一旦，我们会失去共产党人的威信、失去信仰……"

赫鲁晓夫又反驳说："这也叫信仰？这难道不是误解和欺骗吗？我们应该把一切公之于众。揭露谎言，说明真相，不管对我们是多么痛苦。"

毛泽东更严厉地指出："我们尝过痛苦的滋味。我们的整个斗争历史都是痛苦的经验。中国有句古话，良药苦口。但是你们的决议所谴责的不仅仅是失算和错误，谁能保证不犯错误呢？但是，凡是同斯大林名字有关的东西都统统否定了，不分青红皂白，不分消极和积极，一概否定。"

赫鲁晓夫说："我们说的是真话！"

毛泽东警告说："苏共二十大的决议使局势极端复杂化了。在这种情况下，我们两党关系是不可能正常化的。"

赫鲁晓夫反问道："匆匆得出这样极端结论未必妥当吧？"

毛泽东见赫鲁晓夫顽固不化，坚持己见，非常生气，端起茶杯喝茶不理会赫鲁晓夫。

1958年3月10日，毛泽东在成都会议上的讲话中还说道："赫鲁晓夫一棍子打死斯大林，也是一种压力，中共党内多数人是不同意的。""有些人对反对个人崇拜很感兴趣。个人崇拜有两种，一种是正确的，如对马克思、恩格斯、列宁、斯大林正确的东西我们必须崇拜，永远崇拜，不崇拜不得了。真理在他们手里，为什么不崇拜呢？我们相信真理，真理是客观存在的反映。""另一种是不正确的崇拜，不加分析，盲目服从，这就不对了。反个人崇拜的目的也有两种：一种是反对不正确的崇拜，一种是反对崇拜别人，要求崇拜自己。问题不在于个人崇拜，而在于是否是真理。是真理就要崇拜，不是真理就是集体领导也不成。"

毛泽东同赫鲁晓夫谈话和在成都会议上的讲话，都是在赫鲁晓夫秘密报告以后两年多的时间里讲的，可见毛泽东对于赫鲁晓夫全盘否定斯大林反个人崇拜记忆多么深刻，反映多么强烈。

毛泽东的这种思想、看法、态度代表相当多数的各国共产党包括苏联共产党在内的领导人和党员的思想、看法和态度。因此中国共产党中央政治局为了纠正赫鲁晓夫秘密报告的错误，正确对待斯大林，澄清思想、稳定世界局势特别是社会主义阵营的局势，经过多次讨论，以《人民日报》编辑部的名义发表《关于无产阶级专政的历史经验》，分析了斯大林的功过，功过三七开，即功劳七分，是主要的方面，错误三分，是次要的方面，斯大林乃是一个伟大的马克思主义者。这篇文章在各国共产党乃至全世界引起强烈的反响，得到了广泛的好评，成为各国共产党的学习文件，对稳定局势、澄清思想、维护社会主义国家的团结起了重大的作用。这是中国共产党对国际共产主义运动的一大贡献。

周恩来担心干部不理解苏共二十大和对斯大林的评价，他于1956年4月5日在驻外使节和中央机关司局长以上干部会议上就苏共二十大反斯大林问题做了精辟的分析，并提倡要独立思考，不要盲目崇拜。

在这个春夏之交，中南海湖面吹拂着微微的风浪，怀仁堂里济济一堂。周恩来正忙于接待印尼总统苏加诺和尼泊尔首相阿查里雅，同时还处理繁忙的事务，但他关心国内外领导干部在这个关系世界大局、关系社会主义国家团结重要关头如何认识如何处理，因此他特意在百忙中挤出时间给大家作报告。

他一进会场，马上走上主席台，也不要人主持和介绍，就开门见山地说，《人民日报》的文章"比较更全面"，"我想大多数人都能接受。对这样大的历史性问题，必须要从全面去看。必须说明，只有中国共产党才能够并便于这样说。事情是有它的发展规律的。如说二十次党代表大会很成功，但对斯大林的批判并不那么全面，这也有历史原因。在列宁逝世以后，斯大林领导将近30年，形成了党的作风和社会风气，主要是成功的，但有阴暗面。

"现苏共揭开了盖子，进行了检讨，应该承认这是伟大的、勇敢的行动。在斯大林死后，苏共中央做了不少事，揭发了贝利亚，改进了与南斯拉夫的关系，改善了农业情况，缓和了国际局面，平反了肃反错误，改善了与兄弟国家的关系，现在又走了更大一步。我们除应肯定成绩外，也要承认斗争不全面，有缺点和毛病，因为要反对过去积习不能和过去绝缘，历史不能割断。"

他说："苏共揭开盖子，破除迷信是好的，是不容易的，但做法上有缺点，苏联国内少数人受了冤屈，很愤慨，有些地方不挂像，不卖书，更多的人是感到对斯大林的批判不全面，特别是广大人民感到斯大林有不可磨灭的功劳，如维护列宁主义，社会主义建设，反法西斯战争和对于国际无产阶级的支持等。"苏联的"工人、学生、兄弟国家、全世界爱好和平的就感到批评过了"。"连南尼和尼赫鲁都说不公。我们应冷静下来，应两方面照顾，要全面估计斯大林的作用。""东德、波兰、匈牙利、意大利的议论很多。我们要求对斯大林的功过做全面的估计是正确的，要求在整个党的错误中，要有自我批评，从党的生活中讲也是应该的。但他们党有他们的习惯，只要错了，就是人民公敌，也不容许革命。现在改进还需要时间，现在领导的威信还要慢慢建立。""故苏共领导每个人都进行彻底检查，也不一定对。比现在做得更好一些是可能的，但要求过高也不行，我们的社论可能对他们有些帮助，愤慨之后，可心平气和地想，斯大林是一个伟大的马列主义者，但也是一个犯了错误而不自觉的马列主义者，这样认识可以平两方面的愤慨。"

周恩来轻轻地喝口茶，又放声说："苏共中央搬开偶像是不容易的，已经移动了位置，便可向前发展，我们要大力支持他们。使节们出去以后，回答这些问题，要有分析，社论就是武器，要讲出历史发展和社会根源，以我党的自我批评方式影响兄弟党。兄弟党有不同意见是允许的，是健康的。过去不允许有不同意见，解除迷信后对国际共产主义最有利。共产主义思想是生动活泼的，僵化了就不能前进。"

周恩来提高声调指出："我们社论的中心是通过我们的经验来看问题，我们要引以为训。一切问题要经过自己的思虑，不要盲从，思想懒汉训练不出品质优良、有坚强意志的共产党员。""驻外使节对外交部的指示要独立思考，提出意见。独立思考并不是闹独立性，闹独立性是立场不对头。遇有不同意见要注意纪律性，不同意见可保留，以后可讨论，看谁的对。同时，对兄弟党的经验，不管哪一方面，都要经过思考，不要硬搬。在外交方面，苏联有好的方面，也有僵化方面。第二次世界大战中，团结英美是胜利的，但也有不成功的地方，如领土一定要向外推一点，似无必要。如对芬兰、东普鲁士、波兰、捷克、罗马尼亚、比萨拉比亚等，曾向土耳其和伊朗要，被拒绝了。万隆会议上，土耳其代表指着责问，我们也不好说话。现阿富汗对苏联有些担心。""苏联把过去沙皇版图的属地都争取回来了……又如旅大问题，从总的意义上讲，对我有好处，但苏联的原意是并不好的。《旅顺口》那部小说很不好，有资产阶级民族主义的思想。战后的外交方针不尽恰当，可能是胜利冲昏头脑，这句话斯大林先说，但他忘记了，滋长了大国主义思想和民族主义倾向。提倡苏沃洛夫有毛病，结果必然带来资产阶级民族主义，这种情况影响了政策。每个民族都有其优点和缺点，骄傲造成了政策上的错误。领导真扩张了一些，也影响到国际形势的紧张。柏林的紧张是可以避免的，但把美挤走的做法促成了紧张。苏联在战后一点不通融（当然事情有两面，帝国主义扩张和侵略是主要的一面），紧张的结果，反而给帝国主义的扩军备战以口实。原因是从骄傲来的，把资产阶级看得太不行。"

周恩来又联系到中国的外交，谆谆告诫说："我们做外交工作，不要过分讲形式（民主革命较彻底的国家，形式较少）。我们主要是靠经济建设，我们学苏联，要多思考，外交礼服可以不做。我们不要骄傲，要防止大国主义，有一点成绩就沾沾自喜，非常危险。我们反对夸夸其谈，但不要过分矜持，那就不能影响别人。说错了也不要紧。目前最主要的是防止骄傲，骄傲的结果对内是脱离群众，对外是大国主义，结果或是个人崇拜，或是专横独裁。"

各国共产党领导人云集北京

1956 年 9 月 15 日中国共产党召开第八次全国代表大会，有 1026 位代表，宋庆龄等国内各民主党派无党派人士的代表和 50 多个外国的共产党、工人党代表团应邀列席大会，其中有乔治乌·德治、乌布利希、奥哈布、霍查、卡达尔、米高扬、杜克洛、斯科奇马罗、雷诺、柯别茨基、达姆巴、于哥夫、鲁克曼、南布迪里巴德、林第、黄国越、维塞林诺夫、波立特、伊巴露丽、阿尔瓦雷斯、范穆克尔克、拉德马内什、摩里斯、培西、夏基、洛大林、西塔、魏克马沁格、希雷斯特、斯特林果斯、费恩伯、沃克、斯吉尔顿、维尔纳、布哈利、特腊萨斯、马丁·尼尔森、尼亚伊姆、苏阿雷斯、格德门森、德钦漆貌等各国党的第一书记、主要负责人或中央重要领导成员。也可以说是各国共产党的一次盛大聚会，还可以说是世界共产党人大团结的象征。他们有的是执政的，有的是在野的，有的还在地下，所以有的人在大会上致辞但没有署名，有的只发贺电。

周恩来作为中国共产党主要负责人，又主管外交，包括各国共产党、工人党之间的联系、交往，因此他一方面要忙于大会，一方面要忙于接待照顾各国党的代表团。正如毛泽东9月13日在八大第三次筹备会议上所说的："我们这些人（包括我一个、总司令一个，少奇同志半个。不包括周恩来同志、陈云同志跟邓小平同志，他们是少壮派），就是做'跑龙套'工作的，我们不能登台演主角，没有那个资格了，只能维持维持，帮助帮助，起这么一个作用。"

中共中央研究决定，党的第八次全国代表大会的任务是总结第七次代表大会以来的经验，团结全党，团结国内外一切可能团结的力量，为了建设一个伟大的社会主义的中国而奋斗。会议认为，我国的无产阶级和资产阶级之间的矛盾已经基本上解决，几千年来的阶级剥削制度的历史已经基本上结束，社会主义的社会制度在我国已经基本上建立起来了。我们国内的主要矛盾，已经是人民对于建立先进的工业国要求同落后的农业国的现实之间的矛盾，已经是人民对于经济文化迅速发展的需要同当前经济文化不能满足人民需要的状况之间的矛盾。这一矛盾的实质，在我国社会主义制度已经建立的情况下，也就是先进的社会主义制度同落后的社会生产力之间的矛盾。党和国家当前的主要任务，就是集中力量来解决这个矛盾，把我国尽快地从落后的农业国变为先进的工业国。

周恩来在大会上作了《关于发展国民经济的第二个五年计划的建议的报告》。他在报告中吸取了苏共二十大所暴露出的建设社会主义的缺点问题和经验教训，认为苏联的经验并不都适合中国的情况，必须突破苏联过去的社会主义建设模式，探索符合中国具体国情、新的社会主义建设和经济体制改革的道路。提出坚持既反保守又反冒进即在综合平衡中稳步前进的经济建设方针。但是，早在日内瓦会议实现印度支那停战以后，国际形势趋向缓和，预计可能有一段国际和平时期，想利用这一时机抓紧加快我国的经济建设，提出反对右倾保守，在这个浪潮下，对经济建设的规律了解和尊重不够，对农业生产和其他方面的建设规模、发展速度要求过大过高，出现了急躁冒进的情况。周恩来最初也赞同加快发展的战略，但是当他发现由于不断提高指标，加剧了财政和物资的紧张状态，他立即着手纠正。1956 年 2 月，他在国务院会议上及时指出："现在有点急躁的苗头，这需要注意。社会主义积极性不可损害，但超过现实可能和没有根据的事，不要乱提，不要乱加快，否则就很危险。""绝不要提出提早完成工业化的口号。冷静地算一算，确实不能提。""各部门订计划，不管是十二年远景计划，还是今明两年的年度计划，都要实事求是。"刘少奇、陈云、李富春、邓小平、邓子恢、李先念、薄一波等在不同的会议上都赞同周恩来的意见，提出既反保守又反冒进的方针。毛泽东在 1957 年 4 月说："我的脑子开始也有点好大喜功，去年 4 月才开始变化，找了十几个部的同志谈话，以后在最高会议上讲了十大关系。"

周恩来在党的八大的报告中强调提出，近年来党在领导经济工作中所感到比较突出的问题是应该根据需要和可能，合理地规定国民经济的发展速度，把计划放在既积极又稳妥可靠的基础上，以保证国民经济比较均衡地发展。大会决议接受周恩来的观点和意见，指出：如果对凭借有利条件较快地发展我国生产力的可能性估计不足，那就是保守主义的错误；如果不估计到各种客观限制而规定一种过高的速度，那就是冒险主义的错误。党必须随时注意防止和纠正这两种错误倾向。到 1957 年 11 月 10 日召开的党的八届二中全会讨论 1957 年的计划和预算时，周恩来提出 1957 年应实行"保证重点，适当收缩"的方针，会上大家都赞成。因为那时在某些方面某些地方仍然有冒进。但是毛泽东在 11 月 15 日的大会上却一反他过去赞成既反保守又反冒进的主张，说：有进有退，主要还是进；要保护干部和人民的积极性，不要在他们头上泼冷水，实际上是不同意反冒进。以后他在杭州会议、南宁会议、成都会议上不公正地批判周恩来、陈云等反冒进的"错误"，说什么反冒进造成我国经济发展的"马鞍形"，甚至说反冒进是政治问题，是非马克思主义，冒进才是马克思主义，还说右派把你们一抛，抛得跟他们相距不远，大概只有 50 米。周恩来、陈云、李富春、李先念、薄一波等被迫进行了检讨。毛泽东批判反冒进、不切实际地要求高指标，导致了反右派扩大化、"大跃进"、浮夸风，庐山会议错误地把彭德怀、黄克诚、张闻天、周小舟打成反党集团，大反"右倾翻案风"。由于这一套"左"的思想和脱离中国实际的主观主义，使得党内民主生活遭到严重破坏，个人专断和个人崇拜之风大发展，特别是给中国经济也带来严重困难，给我国在对外宣传和外交上也带来不利的影响。为此，毛泽东在七千人大会上做了自我批评，但这也为以后的"文化大革命"埋下了祸根。

还是周恩来、陈云、李富春等，他们从大局出发，不顾个人蒙冤受批，在 1961 年提出"调整、巩固、充实、提高"的八字方针，才使中国的经济重新逐步恢复发展起来，给外交提供了强有力的后盾。

这些都是后话。周恩来在党的八大除了提出正确的经济建设方针，探索社会主义新的模式外，还积极开展同各兄弟党的交流和会谈，听取他们的意见，吸收好的经验，安排中共中央招待各兄弟党的宴会。通过这些活动，加强了同兄弟党的团结和友好关系。

中国对波兰事件的正确政策，苏被迫承认大国沙文主义错误

由于赫鲁晓夫在苏共二十大所作反对斯大林的秘密报告相继引起国际共产主义运动特别是东欧社会主义国家极大的波动，也招来资本主义世界和帝国主义国家在思想上政治上对社会主义国家的巨大冲击，导致了1956年六七月间相继发生波兰、匈牙利事件。

波兰事件是波苏矛盾和波兰国内矛盾的总爆发

首先，波苏矛盾既久又深。早在1772年、1793年和1795年，沙皇俄国、普鲁士和奥地利三次瓜分了波兰（奥未参加第二次瓜分），俄占领波兰东部大片领土，沙皇的弟弟曾任波兰的总督。19世纪波兰人民多次举行反对沙皇俄国争取独立的武装起义，1918年苏联无条件地承认了波兰的独立和主权。但后来苏联仍继承沙皇俄国的大国沙文主义，1920年发生苏波战争，苏联红军一直打到华沙城下，被波兰毕苏茨基统率的军队击溃。德国希特勒法西斯上台后，于1938年侵占捷克斯洛伐克西北边疆的苏台德地区，英、法为了纵容德国进攻苏联，把战祸引向东方，同意大利、德国签订《慕尼黑协定》，承认德国吞并苏台德。苏联为了阻止德国侵犯自己的领土，于1939年8月23日在莫斯科签订《苏德互不侵犯条约》，条约规定双方不使用武力，不参加直接或间接反对他方的国家集团，在一方遭到第三国进攻时，另一方不给第三国任何支持，以和平方法解决缔约国间的一切争端。条约协定的背后还有一个秘密协定，即一旦德军进攻波兰，不得侵入波兰的东部地区即苏的势力范围。这样就在政治上给波兰以打击，德国放手于1939年9月1日进攻波兰，长驱直入，只用半个月就占领了波兰，苏联为保卫

乌克兰，也出兵到了波兰的东部，因此，人们认为这是苏德第四次瓜分波兰。苏联还将逃亡过来的波兰军队全部解除武装，将其中的12000多名军官关到监牢里，并在明斯克附近的卡廷地方秘密处死，将士兵和群众送到西伯利亚当劳工，因缺衣少食在途中死了许多。更严重的是在1938年共产国际宣布解散波兰共产党，说波党领导人为波兰政府特务机关控制，将波党负责人如总书记仁斯基，政治局委员瓦尔斯基、科斯柴娃等20多人相继处死。苏共二十大期间，与此事有关的苏联共产党和波兰、意大利、保加利亚、芬兰共产党联合发表一个公告，说1938年指控波兰共产党领导人为间谍的材料是捏造的，解散波共缺乏根据，从而为波共恢复了名誉。加上赫鲁晓夫反对斯大林的秘密报告，很快在波兰传开，这样就犹如两颗重磅炸弹，震动了波兰社会，人民对苏联和波领导追随苏联的不满情绪，迅速蔓延开来，一个要求"重新评价过去"和"革新"的浪潮席卷了全波兰。波党总书记贝鲁特逝世后，波党失去了领导核心，新的领导人缺乏正确处理这场危机的威望和能力，因而局面失去了控制。波党领导人在重大问题上发生分歧，进行激烈的争论，并形成两派，一派以政治局委员罗科索夫斯基和诺瓦克为代表，认为波出现了反苏反共浪潮，主张坚决制止。这一派人数不多，但掌握军权，又有苏联驻波大使波诺马连柯的支持，但群众坚决反对。另一派以政治局委员萨姆布罗夫斯基和中央书记莫拉夫斯基为代表，主张国家主权独立和实行民主化。这一派人数较多，还得到工人、学生和知识分子的支持。

6月间，波兰又发生了震动全国的波兹南事件，斯大林工厂为反对工资改革，同全市其他十多万人上街游行，一些破坏分子乘机煽动，很快发展成一场骚乱，波政府调集军队，出动坦克和飞机进行镇压，才得以平息，但反映了波人民对党的领导和政策不满。

7月18日至28日，波党召开了七中全会，会上两派展开空前激烈的斗争，虽然最后全会通过了进一步实行民主和改善人民生活的决议，但实际上未真正统一全党的思想。会后两派互相攻击，七中全会决议无法贯彻，局势更加混乱，党内外要求改组领导，让以前被赶下台的总书记哥穆尔卡出来收拾局面的呼声愈来愈高。波党政治局决定于 10 月邀请哥穆尔卡共商大计，并决定于 10 月 19 日召开八中全会，对党的领导机构进行改组，由哥穆尔卡代替奥哈布担任中央第一书记。

赫鲁晓夫得知哥穆尔卡要上台，亲苏派将被排斥在政治局之外，大为光火，立即表示反对波召开八中全会，但波党断然拒绝。10 月 18 日苏大使波诺马连柯奉命通知奥哈布，苏共认为波局势严重，有必要同波党讨论这一形势，苏共代表团将于第二天来华沙，奥哈布当即表示反对。

10 月 19 日清晨，赫鲁晓夫不顾波党反对，同莫洛托夫、卡冈诺维奇、米高扬带领苏军参谋长安东诺夫大将、华沙条约武装部队总司令科涅夫元帅和一大批高级军官飞往华沙。同时命令早已奉命处于戒备状态的驻波苏军向华沙开进，准备诉诸武力。

苏代表团的座机飞临华沙上空时，波机场未接到该机降落的命令，拒绝该机着陆，致使该机在华沙上空盘旋一个多小时。赫鲁晓夫气急败坏，下飞机后把主人甩在一边只同苏军将领握手，接着就同波领导人展开一场尖锐的舌战。他大声对波兰总理西伦凯维兹说："我是怀着很沉重的心情到这里来的，我不允许苏联红军经过流血解放的地方出卖给美国人！"西伦凯维兹正告赫鲁晓夫说："请注意，你现在是在波兰做客，不是在苏联讲话。"哥穆尔卡也没有好气地说："我们比你们流的血更多，我们没有出卖任何人。"赫鲁晓夫指着哥穆尔卡故意问苏联大使：他是什么人？哥穆尔卡语中带刺地回答道："我是哥穆尔卡，正是由于你们的缘故，我刚坐完了三年牢。"奥哈布告诉赫鲁晓夫："哥穆尔卡已被提名为中央第一书记候选人。"赫鲁晓夫便破口大骂奥哈布是叛徒，并且冲着奥哈布、哥穆尔卡大声嚷道："这是叛徒，这不仅是苏波关系问题，你们是在危害我们在德国的地位，威胁社会主义阵营。"波领导人对赫鲁晓夫的横加指责很是生气，一直争吵到下榻的宾馆——贝尔维德宫。途中赫鲁晓夫要司机把车开到波党中央，出席波中央全会，被波领导拒绝。

奥哈布把赫鲁晓夫等送到宾馆后，他以快刀斩乱麻的方法，立即召集中央全会，宣布政治局已决定提名哥穆尔卡为第一书记，全会一致授权政治局和哥穆尔卡同苏联代表团谈判。在会谈中，赫鲁晓夫对波兰政治局候选人名单横加指责，反对波党领导改组，波党领导据理驳斥，毫不相让。

正当苏波两党领导人怒气冲冲、激烈交锋的时候，驻扎在波西部格利维采的苏军分两路向华沙合围，前锋已抵华沙郊区。波兰公安部队立即切断进入华沙的所有通道，阻止苏军前进，双方坦克面对面地对峙着，波公安部队还控制了首都所有制高点，准备抵抗苏军入城。波罗的海苏海军舰队也开到波兰革但斯克港待命，形势十分紧张，大有一触即发之势。奥哈布非常激动地对苏代表团说："波兰人会起来同你们干的，如果你们认为能够把我们扣在这里，而在外边发动武装政变的话，那就错了，我们是有准备的。""我们并不孤立，我们有毛泽东和铁托的支持。"哥穆尔卡走到赫鲁晓夫的旁边，气得口沫飞溅地对他说："我请求……我要求……我命令他们停止前进，返回他们的驻地，要是你们不这样办，将会发生一些可怕的和不可逆转的事情。"哥穆尔卡还表示他不会在大炮瞄准华沙的情况下同苏方会谈，如果苏军不撤退，他将到电台向人民讲话。赫鲁晓夫是个投机分子，欺软怕硬，又害怕波将他扣起来当人质，也就软了下来，苏军未敢前进。这就是波兰事件的前因后果。

匈牙利事件，也是苏共二十大赫鲁晓夫大反斯大林的秘密报告，作为导火线而发生的。其原因是当时匈牙利的领导人拉科西执行一套"左"倾路线，不根据匈的实际情况，照抄苏联的一套东西，合作化速度太快，没有原料却大搞斯大林钢铁厂，拉科西任用亲信，把卡达尔、马罗山等在匈有群众基础的人关了起来，关的、杀的人很多，镇反扩大化，弄得物资奇缺，商店里没有东西好卖，人们连肉都没有得吃，群众的意见很大。1952年，时任农业部部长的纳吉就看出了问题，在匈党中央全会上提出改进方案，也有相当的一部分人支持，当了匈牙利部长会议主席。但后来被拉科西打了下去。1953年斯大林逝世，苏联政策有些变化，匈牙利也跟着发生点变化，卡达尔、马罗山等从狱中放出，卡达尔被分配在布达佩斯任区委书记，干得不错，经济也有好转。但"左"倾路线没有根本改变，群众意见很大。

苏共二十大赫鲁晓夫秘密报告反对斯大林的个人崇拜，东欧国家也反对个人崇拜，反对拉科西跟着苏联走，经济上受苏剥削，加之在历史上匈苏就有矛盾，如1848年匈牙利发生反对奥地利的殖民统治的资产阶级民主革命，当时的沙皇俄国支持奥地利，镇压匈牙利的革命，著名诗人裴多菲就是在1849年的战斗中牺牲的。

1956年6月，波兰发生波兹南斯大林工厂工人为反对工资改革、降低工人生活水平而罢工的事件，得到全市工人的同情和支持，形成10万工人上街游行。匈牙利人民因1848年在反对奥地利殖民统治的武装起义中，有一位叫班白的将军是波兰人，他在武装起义中打得好，受匈人民的欢迎和好评，因此，在历史上匈人民对波兰有感情，所以当波兹南事件发生后，加之匈人民对拉科西和苏联的不满，匈机关干部、学生、工人、军人都起来支持波兹南工人的要求，随后逐渐发展成为要求民主、改善生活，要求苏联撤退在匈的驻军，拥护纳吉上台的阵势。并在斯大林广场、国会前集会，把斯大林的塑像推倒，包围了电台，抢了军火库，举行了武装起义。起义人员被抓了不少，公安部队吊打、杀死一些人。纳吉于1956年10月23日上台，到电台讲话，支持起义。拉科西在电台讲话称此举是暴动，参加起义的是暴徒，更加引起群众的不满，拉科西害怕，逃到波兰和南斯拉夫大使馆避难。局势很乱，帝国主义、资产阶级头面人物乘机出来捣乱，西方人员包括特务、枪支、物资都进了匈牙利，要求实行私有制，反对苏联。1956年10月23日，苏联驻军出动镇压，更激起群众的不满，凡是与苏联有关的机构、设施、红旗都被砸被烧，边境的关卡也被撤销了，大批匈牙利人民逃向西方，局势更加混乱。11月14日，苏联调集大批的军队向匈进军，打到绍尔纳克地方，并从布达佩斯把卡达尔接走，成立匈牙利工农革命政府，以政府名义要求苏联出兵干涉，苏军一直打到布达佩斯，战斗非常激烈，双方伤亡不少，但起义终于被苏军镇压下去了。

苏联和匈工农革命政府称此次起义为反革命事件，抓了不少参加起义人员，有的被杀了，收缴了枪支，恢复了党的组织和经济。这就是匈牙利事件的原委。

再说到波兰。在赫鲁晓夫赴华沙的前一天，苏联驻华大使尤金，奉赫鲁晓夫之命前来拜会毛泽东等。他递交了苏共中央的通知，说波兰有脱离社会主义阵营，投入西方集团的危险，苏联准备动用武力，要中国派团去参加社会主义国家会议讨论波兰的问题。很明显，这是要中国共产党支持苏联对波动武。毛泽东当即答复说，如果苏共同意不动用武力，不召开国际会议谴责波兰，用和平协商方式解决苏波间的分歧，我们同意派代表团去莫斯科，同苏联领导共同商量解决问题的办法。

随后，毛泽东召集刘少奇、周恩来、朱德、陈云、邓小平等商量，决定先将此事通报波兰，并决定由刘少奇、邓小平率领中国共产党代表团赴苏和与苏共会谈的方针。毛泽东接见了波兰驻华大使基里洛克，将苏联通知中共的情况和中共的答复告诉他，请他转告波党中央。毛泽东于 10 月 22 日接见尤金，重申中国共产党对处理波兰问题的意见，他说：中国党认为"波兰还不像马上要脱离社会主义阵营，走上西方集团。承认以哥穆尔卡为首的中央，在平等的基础上同他合作，这样可以争取波兰留在社会主义阵营里，留在《华沙条约》里。中国将派刘少奇同志率团赴苏与苏共商谈如何处理波兰的事件"。

10 月 23 日，刘少奇、邓小平率领中国共产党代表团到莫斯科，同赫鲁晓夫等进行会谈。刘少奇根据党中央讨论的意见，主要批评苏联大国沙文主义错误。他说："我们感到在斯大林后期，对兄弟党有些强加于人，使用压力，要人家听话，不听就整。有些事情是可以不干预或不应干预的，干预了，结果使人家感觉干预党和国家的内政，主权受损，使在人民群众中的威信受到影响。此外，处理问题的方式也不够好，不是真正商量，求得真正的同意。有时开会事先没有商量，立刻提出来就要人家同意，而人家没有准备的。还有批评兄弟党工作错误的方式，我们认为也值得考虑……最近《真理报》上发表批评波兰的文章，结果更加激起波兰人民民族情绪的高潮。反革命分子更加利用这种情况，我们想这种做法是值得商榷的。"刘少奇指出，"小国对于大国的行动非常敏感，抵消了这些帮助，这恐怕是产生波兰和匈牙利事件的深远的和根本的原因之一"。"只有大国主义没有了，小国的民族主义才能消灭；只有大国主义纠正了，小国的民族主义才能纠正。"刘少奇接着说，"在社会主义阵营内部，国与国、党与党的关系要有一个原则，必须承认国与国、党与党的独立原则，平等原则"。苏联对东欧"在政治上、军事上和经济上完全放手，撤出驻军，《华沙条约》也可以考虑不要，以克服被动，争取主动"。

赫鲁晓夫不承认在这方面有什么问题，他说："我们和其他国家的平等问题是不存在的，因为这个问题已经解决，如果说现在还应付出代价，那是出于过去的错误。""关于军事问题，在这以前，匈牙利同志和波兰同志都从未提出过撤军问题。相反，波兰人高兴苏军在那里，因为苏军可为他们保护奥得河、尼斯河的安全。"

刘少奇对赫鲁晓夫的表态不甚满意。他建议苏联"是否公开声明不干涉别国的政策，组织、经济等问题由各国自己决定，相互平等，顾问撤回，我们公开这样讲，反苏分子就会陷于被动，没有资本，而我们就主动"。"关于军事问题，他要留，你要撤就好办了。"

经过中国代表团诚挚的劝说，又没有直接批评赫鲁晓夫，赫鲁晓夫口头承认苏过去所犯大国沙文主义错误，但不承认现在自己犯了大国沙文主义错误。他说："我同意毛泽东同志的意见，他的看法和想法是对的，我们应该拿出勇气，把我们同这些国家的关系建立在新的基础上。"1956年10月30日，苏联政府发表了《苏联政府关于发展和进一步加强苏联同其他社会主义国家的友谊和合作的基础的宣言》。宣言原则上承认苏联在建立新制度和进行深刻的社会关系的革命改造的过程中，"有过不少困难，尚未解决的任务和明显的错误，其中也包括社会主义国家之间的关系方面的错误以及有损社会主义国家之间关系平等的原则的那些损害和错误"。保证"在尊重每一个社会主义国家的充分的主权这一不可动摇的基础上，为进一步加强社会主义国家之间的友好和合作创造条件"。

周恩来领导的中国政府，就苏联政府的宣言，于1956年11月1日立即发表了《中华人民共和国政府关于苏联政府1956年10月30日宣言的声明》，全面、深刻地阐明社会主义国家之间应有的正确关系，指出大国沙文主义的危害性。这个声明是周恩来亲自起草的。

他花了很大一番功夫，既响应和支持苏联政府的声明，又进一步、更加明确地阐述了国家与国家的关系准则，并第一次提出社会主义国家也应遵守和平共处五项原则。

声明说："中华人民共和国政府认为：苏联政府的这个宣言是正确的。这个宣言对于改正社会主义国家相互关系方面的错误，对于加强社会主义国家之间的团结，具有重大意义"。

声明说："中华人民共和国一向认为，互相尊重主权和领土完整、互不侵犯、互不干涉内政、平等互利、和平共处五项原则，应该成为世界各国建立和发展相互关系的准则。社会主义国家都是独立的主权国家，同时又是与社会主义的共同理想和无产阶级的国际主义精神团结在一起的。因此，社会主义国家的相互关系就更应该建立在五项原则的基础上。只有这样，社会主义国家才能够真正实现兄弟般的友好和团结，并且通过互助合作实现共同的经济高潮的愿望。"

这是中国第一次公开、明确地提出周恩来创建的和平共处五项原则是在社会主义国家之间的关系中也必须遵守的准则。

声明说：苏联在"1948—1949 年对待南斯拉夫的事件，最近在波兰发生的事件，都足以说明它在处理社会主义国家关系中的错误，造成了某些社会主义国家之间的隔阂和误解"，"有时甚至造成不应有的紧张局势"。

声明支持波兰和匈牙利人民的正当要求，说"中华人民共和国注意到，波兰和匈牙利的人民，在最近的事件中，提出了加强民主、独立和平等以及在发展生产的基础上提高人民物质福利的要求。这些要求是完全正当的。正确地满足这些要求，不但有利于这些国家人民民主制度的巩固，而且有利于社会主义各国相互之间的团结"。

声明指出："在社会主义各国，由于思想基础和奋斗目标的一致，某些工作人员常常容易在相互关系中忽略各国平等的原则。这种错误，就其性质来说，是资产阶级沙文主义的错误。这种错误，特别是大国的沙文主义错误，对于社会主义各国的团结和共同事业，必然会带来严重的损失。"这段话，明眼人一看就知道是针对赫鲁晓夫说的。

周恩来访问苏波匈，先与苏匈会谈

波匈事件后，赫鲁晓夫在国内外受到攻击，地位不稳，急需中国支持。

1956年11月29日，苏联驻华大使尤金向我提出邀请周总理访问苏联。随后，12月初，波兰驻华大使基里洛克向我提出由于波兰在1957年1月要举行大选，哥穆尔卡等波兰统一工人党中央领导刚刚上台，威信不高，在选举中有失去在议会中多数席位的危险，希望中国支持，邀请周恩来总理访问波兰。此时，周恩来总理与贺龙副总理正在亚洲国家访问，中央发电征求周恩来的意见，周恩来考虑为了加强同社会主义国家的团结，支持它们和发展同它们的友好关系，愿意不辞劳苦，尽自己的国际主义的义务，于12月8日复电中央："同意中央要我去苏、波访问的意见。为了不过多地牵动访问东南亚各国的日程，建议将访问阿富汗时间推迟12天。这样1月6日自尼泊尔飞加尔各答后即换乘苏图–104飞机直飞莫斯科，11日自莫斯科飞华沙，16日返莫斯科休息两天，并同苏方交换一些意见后于19日乘苏联飞机经中亚细亚去阿富汗。"

周恩来访问苏联、波兰的消息一传出，南斯拉夫、匈牙利、阿尔巴尼亚、德意志民主共和国等国家的邀请接踵而来，其中匈牙利的邀请尤为殷切，匈牙利驻华大使馆临时代办沙尔约见张闻天代部长，一再表示，如果周总理同意访匈将是对匈牙利共产党人、工农革命政府和匈牙利人民的极大支持。沙尔还热诚地说："周总理既然已到了欧洲，即使在匈牙利只逗留一天，对匈牙利也是很大的支持。布达佩斯离华沙和莫斯科很近。"

　　1月7日下午，周恩来率领贺龙、王稼祥、乔冠华、张彦、龚澎等代表团团员飞抵莫斯科。

　　此时的莫斯科正是冰雪大地，天寒地冻，寒气袭人，是最冷的时候。赫鲁晓夫、伏罗希洛夫、布尔加宁、卡冈诺维奇、马林科夫、米高扬、莫洛托夫、萨布罗夫、苏斯洛夫、勃列日涅夫等苏共政治局几乎全体委员到机场热烈欢迎。德意志民主共和国政府代表团团长格罗提渥总理和中国驻苏大使刘晓也到机场欢迎。周恩来在机场上致答词说："苏联是无产阶级第一次取得胜利的国家，是人类第一次建成社会主义的国家，同时苏联又是向中国人民指出十月革命道路的国家，是支持中国人民的解放事业和帮助中国人民进行建设事业的国家。在今天的世界上，苏联是反对战争、反对殖民主义最坚决的旗手，是维护世界和平的最强大的堡垒。"周恩来的这番讲话，目的是为了提高苏联的地位和作用，是有意说给西方国家听的，也是针对那些对以苏联为首的社会主义阵营的提法持有怀疑和动摇态度的社会主义国家说的。

　　1月8日上午，周恩来率领代表团先后拜会苏联部长会议主席布尔加宁和苏联最高苏维埃主席团主席伏罗希洛夫。上午10时45分至下午1时30分，中苏两国政府代表团在克里姆林宫举行第一次会谈，苏方代表团为赫鲁晓夫、布尔加宁、米高扬、谢皮洛夫等，双方就国际形势和中苏关系交换意见。周恩来指出，社会主义国家必须镇压帝国主义的颠覆活动。对此，社会主义国家之间要互相支持。同时阐明"世界讲和、长期防御"的战略方针，赫鲁晓夫表示原则同意。赫鲁晓夫说，卡达尔上台后根基不稳，现在苏联的威信不及中国，建议邀请卡达尔等来莫斯科举行苏、中、匈三方会谈。周恩来为了支持匈新领导，稳定匈局势，同意邀请匈牙利工农革命政府总理卡达尔·亚诺什、副总理明尼赫·费伦茨来莫斯科举行苏、中、匈三国会谈。会后，周恩来致电中国驻匈牙利大使郝德清，要他和卡达尔等同来莫斯科参加会谈。

1月8日下午，布尔加宁举行宴会，周恩来在宴会上致辞，针对苏联领导和赫鲁晓夫，用现身说法的方式启发他们认识错误。他说："在中国共产党的历史上曾经多次犯过大大小小的错误，并且曾经经历了坚持真理、改正错误的长期过程。中国共产党经常在思想上教育自己的干部坚持马克思列宁主义的普遍真理和中国革命的具体实践相结合的方针，并且保持警惕，力求少犯错误，避免重犯错误。我们从切身的经验中认识到共产党内部的团结，是我们的共产主义事业取得胜利的最重要的保证。帝国主义正在寻找机会对我们进行破坏，我们必须高度警惕。"

宴会后，周恩来、贺龙、王稼祥等同正在苏联访问的德意志民主共和国格罗提渥总理率领的政府代表团举行会谈并发表了会谈公报。公报说，两国政府代表团就目前形势和进一步发展两国友好关系问题交换了意见，并表示支持以卡达尔总理为首的匈牙利人民共和国工农革命政府。

1月9日上午，中苏代表团举行第二次会谈。周恩来提出，要加强社会主义阵营国家力量和团结，逐步改善人民生活，加强武装力量，这是最基本的。其次是争取民族主义国家，对帝国主义随时警惕和防御战争，但不是主动出击。赫鲁晓夫基本同意周恩来的意见。下午，周恩来率领代表团参观莫斯科大学，接受莫斯科大学授予周恩来的名誉法学博士学位。周恩来在莫斯科大学礼堂向教职员和学生们发表重要演说，他指出："在文化科学领域内，我们不应该故步自封。列宁曾多次告诉我们要善于吸取人类文化中一切好的东西，但是我们也要善于区别哪些是真正有益的，哪些是带有毒素的。为了推动文学和艺术的发展，我们中国提出了'百花齐放'和

‘百家争鸣’的方针。当然，我们这样做是为了发展和丰富社会主义文化，而决不是为了取消或者削弱社会主义文化。列宁从来也没有放松过对于腐朽的资产阶级文化的尖锐批判。”

晚上，周恩来和中国代表团全体人员在克里姆林宫大厅里的新年枞树晚会上同苏联奥林匹克运动员见面，祝贺他们在奥林匹克运动会上获得的巨大胜利，赞扬苏联运动员是拥有众多的世界纪录的创造者和世界冠军。周恩来还豪迈地说，在 10 年以后，中国运动员也会取得重大成就，愿中苏运动员一道前进。

1 月 10 日上午，中苏两国政府代表团举行第三次会谈，赫鲁晓夫介绍波兰国内的情况。周恩来一方面表示苏共采用一切力量支持波兰党领导、支持哥穆尔卡是对的；一方面又指出，要把党内的是非和党外的敌我问题分开，在党内要团结多数，反对少数坏的倾向；党内问题的解决，主要靠兄弟党自己；经济上主要靠自力更生，如不转变，就很危险。会谈中，周恩来还表示接受赫鲁晓夫的建议，准备去匈牙利访问做些工作，以缓和苏匈之间的关系。

当日下午，周恩来同当日上午刚到莫斯科的匈牙利卡达尔、马罗山举行会谈，中方在座的有贺龙、王稼祥、郝德清。会谈中，周恩来详细询问了匈牙利国内的情况、存在的困难和今后的打算。

卡达尔除介绍匈牙利的国内情况外，还特别谈到匈南关系。对周总理访匈，卡达尔和马罗山两人都表示十分高兴，认为作用不可估量。卡达尔说，哪怕只去访问两个钟头也是好的，何况决定去整天；马罗山说，重要的不是访问时间长短，而是访问这一事实本身。关于访问活动的安排，他们考虑到匈国内尚不安定，还有可能发生挑衅事件，所以建议：1. 事先不发消息；2. 不安排大型活动；3. 联合公报在离匈后发表。对这些建议，周恩来均表示同意。

当天晚上，中、苏、匈举行三方会谈。中国方面参加会谈的为周恩来、贺龙、王稼祥、乔冠华、郝德清等；苏联方面参加会谈的为赫鲁晓夫、布尔加宁、米高扬、谢皮洛夫；匈牙利方面参加会谈的为卡达尔、马罗山。会谈主要谈了以下几个问题：（一）中匈联合公报问题。周恩来提出：1. 强调社会主义国家团结；2. 谴责西方帝国主义在社会主义国家、在匈牙利进行的颠覆活动；3. 强调人民民主专政、强调镇压反革命；4. 即使联合国开除匈牙利，也没有什么，我们不是也不在联合国内吗，这样我们更多了一个在联合国外的朋友。（二）赫鲁晓夫建议周恩来总理访匈期间，召开一次布达佩斯积极分子大会，卡达尔、马罗山表示可以。（三）赫鲁晓夫建议邀请铁托同时访匈，举行几方高级会晤，由中国从中调解。周恩来当即表示不同的意见，并说待与我党中央联系后再说。

晚上，苏方在克里姆林宫举行了招待中、匈、德三国代表团的宴会。周恩来在即席讲话中针对苏联的大国沙文主义说：在处理兄弟党的关系中，绝不能有高人一等的思想，再大的党，在各国党面前也是平等的，不要把自己的东西强加给别人。

1月11日晨，周恩来等与卡达尔进行第二次会谈，他首先将与毛泽东通话商量过的一些想法告诉卡达尔：第一，现在邀请铁托到布达佩斯会晤不妥，因为铁托已邀请我（周恩来）访南斯拉夫，但又尚未成行，他很有理由要我先去访问南。第二，万一铁托来布达佩斯，总共才有两天时间，很难解决多少问题。我们要求同，但也有不同的地方。这些不同的地方，两天之内又不能解决，反而妨碍了我们访匈的任务。第三，这次访南时机尚不成熟，但为了促进社会主义国家的团结，我们是同意访南的。我们准备将来对东欧国家进行第二次访问。卡达尔对中国的考虑比较理解。周恩来请他将此事转告赫鲁晓夫。第四，关于匈方提出的贷款问题，中国同意向匈方提供2亿卢布的贷款，1亿先贷自由外汇，另1亿的物资将在贸易谈判中解决。卡达尔对此表示满意和感谢。

周恩来第二次访问波兰，全力支持波新领导

1957 年 1 月 11 日上午，周恩来率领代表团飞抵华沙。波共第一书记哥穆尔卡、国务委员会主席萨瓦茨基、部长会议主席西伦凯维兹等到机场欢迎。西伦凯维兹致欢迎词。周恩来在机场讲话中说："自从我上次在你们这里访问两年半以来，你们的祖国在建设社会主义的道路上又取得了许多新的成就，同时也遇到了不少困难。现在波兰人民在波兰统一工人党的领导下，正在努力克服这些困难。""已经取得社会主义建设重大成果的波兰工人阶级和广大人民，在波兰统一工人党的领导下一定能够逐步地克服一切困难，而稳步地达到取得社会主义事业的新的伟大发展的目的。"周恩来强调："在你们改进党和国家工作的同时，波兰和苏联之间的友谊和合作关系获得了进一步的改善和加强，所有关心和平和社会主义事业的人们都为此而受到了极大的鼓舞。"

当天中午，周恩来率领代表团先后拜会哥穆尔卡、萨瓦茨基、西伦凯维兹。随后，西伦凯维兹举行招待会，哥穆尔卡、萨瓦茨基及波党政治局委员、部长会议副主席、各部部长等出席作陪，西伦凯维兹、哥穆尔卡先后讲话，热烈欢迎中国政府代表团访问波兰，高度评价中国共产党、中国政府领导中国人民在革命和建设中取得的伟大成就，在亚洲和世界赢得了极大的威望。称颂中波友谊，不仅限于互相抱有良好的愿望，而且是一种具体的、全面的和日益增进的合作。

周恩来在讲话中，除了感谢主人的邀请和盛情接待外，强调在平等互利的基础上两国友好合作关系有了很大的发展。然后，他以鼓舞信心和斗志的口气说："我们十分高兴地看到你们的国家在建

设社会主义的各个方面都获得了许多进展。当然，你们也遇到一些困难，正如同我们自己也不断遇到一些困难一样。中国人民非常关心你们的建设事业，把你们的成就看成是我们的成就，把你们的困难看成是我们的困难。但是，我们的困难都是前进中的困难，依靠人民群众团结一致的努力，这些困难是可以克服的。"周恩来表示："我们是建设社会主义的伟大事业中的战友，波兰人民永远可以指望中国人民的支援，正如中国人民深信我们永远可以得到你们的支援一样。"

当日下午，中波双方举行会谈，中国方面参加会谈的为周恩来、贺龙、王稼祥、王炳南、乔冠华等，波兰方面为哥穆尔卡、萨瓦茨基、西伦凯维兹等。周恩来在听取波方介绍国内的局势之后说：苏联对共产主义事业的贡献是主要的，至于苏联与一些国家关系上的不平等是第二位的问题。我们应该团结一切可以团结的力量，别让敌人钻空子。苏联虽有错误，中苏两党过去的关系上也有些裂痕，新中国成立后也并非每件事都很融洽，但苏联开创的十月革命的道路还是对的。中国共产党冷静地估价苏联和斯大林对世界共产主义的贡献，并着重检查自己的错误，这样才能教育干部和人民。我们都是列宁时代的党，大家都还在摸索道路，多少会犯些错误，应当互相帮助，消除猜疑，才能团结得好。

考虑到哥穆尔卡在波兰党内国内的特殊作用和该党内的复杂情况，当晚周恩来亲自去萨斯卡大街哥穆尔卡的家中进行了单独的交谈，做哥穆尔卡的工作，西方称之为"四只眼睛的会谈"。

周恩来就以下几个问题征询他本人的意见：1. 像下午那样会谈是否合适。2. 波党领导认识是否一致。他说，目前敌人正在利用民主化和党过去的错误，进行反革命的活动，党内主要危险可能是右倾。周恩来建议，要团结多数，挽救有错误的同志。并介绍中国共产党关于批判从严、处理从宽的方针。3. 在兄弟党团结问题上我们愿多做些工作。从历史上看，苏联是社会主义运动的中心。但是学习别国的经验要与本国的实际结合起来。一个国家不可能一切都好。社会主义国家团结起来很重要，这样更有力量与帝国主义斗争。可通过相互往来，增进友谊、信任和团结，求同存异。社会主义国家之间没有对抗性的冲突，有不同意见可以不强求一致。他问哥穆尔卡有无想单独谈的问题。哥穆尔卡表示基本同意周恩来的意见，并说还是同波党领导一起会谈为好。他非常感谢周恩来亲自到他家里来交谈。一个国家的领导人到别的国家领导人的私宅访问和单独深入交谈，这在世界外交史上是罕见的，它说明周恩来的谦虚、尊重对方，也是周恩来外交的一个特色。

1月是波兰最冷的天气，遍地是很厚的冰雪，风一吹雪花飞舞，扑撒在面孔上，像一根根刺骨的针似的，又冷又疼。就是在这样的天气里，周恩来为了支持兄弟党波兰人民，为了中波友谊，为了社会主义阵营的团结，冒着严寒，不辞劳苦，参加波方安排的各种活动。

1月12日上午，周恩来先率代表团参观华沙的泽兰汽车工厂，与工人们会面交谈，然后与哥穆尔卡等举行第二次会谈。周恩来进一步阐明：中国的对外政策是争取和平共处，但不能示弱。我们支持波兰统一工人党的领导；纠正错误，但不能一概否定以前的成绩。建议波党在考虑国内政治、经济生活的变革中加强思想工作的重要性，不能让各种思想都毫无限制地在社会上流传；并要重视党内的团结，这是最具有关键性的问题；要估计到最坏的情况。在经济工作上，我们的经验是必须强调自力更生和长期奋斗。过渡的办法固然要采取，但要给人以自力更生的信心。哥穆尔卡等表示将仔细研究周恩来提出的问题。

下午，中国代表团出席华沙市各界人民3000多人在科学文化宫会议大厅举行的欢迎大会，西伦凯维兹在大会上讲话，称赞中国在国内发展方面、在外交政策方面取得的巨大成就，在亚洲各国和全世界赢得了极大的威望。这对于将来其他国家的民族解放斗争也有极大的意义。

周恩来在讲话中说："我还记得在一次同样的大会上西伦凯维兹同志所说过的话。他说：'我们相隔有几千公里，我们的传统和历史是不同的，我们所说的语言是不同的。但是，我们的心是亲近的，我们是彼此了解的。因为共同的事业和共同的斗争把我们联系起来了。是的，我们中国和波兰两国人民是由我们为共产主义事业而进行的伟大斗争团结在一起的，是由无产阶级的国际主义精神团结在一起的。我们两个国家是在社会主义阵营内向着共产主义这个同一目标并肩前进的战友。我们之间的这种战斗友谊是崇高的、牢不可破的、日益发展和巩固的。我们中国人民十分珍视这种友谊，并且把不断加强以苏联为首的各社会主义国家之间的友谊看成是我们最高的国际义务。'"周恩来又说："当然，在我们相互间的关系上，有时也会发生某些不正常状态。但是社会主义国家基本上是休戚相关、利害与共的，而不存在任何根本的利害矛盾和冲突的。因此，这种不正常状态是能够消除的。我们中国人民以十分满意的心情欢迎去年11月苏波会谈的结果。"

周恩来用他那洪亮有力的声音和语句强调说："你们在不到12年的短短的历史时期内，不仅医治了希特勒占领时期所带来的严重创伤，而且把一个农业国变为社会主义的工业国。波兰已经摆脱了国内外资本家和本国地主的剥削和压迫。波兰的国际地位已经有了极大的提高，它不断对欧洲和亚洲的和平事业作出重大的贡献。""最近，在波兰统一工人党的八中全会上，曾经揭发了过去在波兰政治和经济生活中发生过的一些错误和偏向。但是，这些错误和偏向无论如何也不能掩盖过去12年内波兰工人阶级和波兰人民在波兰统一工人党领导下医治了战争创伤和建设了社会主义的巨大成绩。而且，这些错误现在已经得到坚决的纠正。我们中国人民一直密切地关注着波兰的社会主义发展前途，关注着波兰人民维护和履行社会主义建设事业而进行的斗争。现在，我们很高兴地看到，波兰的一切拥护社会主义的健康力量正团结在以哥穆尔卡同志为首的波兰统一工人党中央委员会的周围，为推进波兰的社会主义事业而努力。"

周恩来的讲话，既肯定了波兰过去的成绩，又支持了波兰的现领导，同时还维护了以苏联为首的社会主义阵营的团结。这是一个非常有针对性的讲话。

群众大会之后，周恩来等与哥穆尔卡等举行了第三次会谈。周恩来在会谈中说，向西方国家借款，原则上是许可的，在某一时期可以争取，但必须在平等互利的基础上进行。如党领导运用得好，会得到好处。示弱则帝国主义不仅不给帮助，反会与人为难。

当晚10时，周恩来一行在西伦凯维兹和冶金工业部部长热马伊蒂斯陪同下，到克拉科夫市参观访问。1月13日上午，到达波兰南部的文化古城克拉科夫市，参观了波兰最大的古宫瓦维尔；中午又到郊外参观诺瓦胡塔列宁冶金联合企业；下午，出席克拉科夫各界人民群众5000多人的欢迎大会。周恩来在会上发表讲话，说：我们共同事业的繁荣和进步总是要受到和平和人类进步的敌人——帝国主义反动势力仇视的。他们从来没有放弃过对我们进行破坏活动的阴谋。我们必须加强团结，加强国内人民的团结，加强以苏联为首的社会主义各国之间的团结。

1月14日上午，周恩来率领的中国代表团在西伦凯维兹陪同下离开克拉科夫前往弗罗茨瓦夫，参观波兰最大的帕伐瓦格车厢制造厂。下午，出席波兰西里西亚的工业城市弗罗茨瓦夫各界人士5000多人的欢迎大会，周恩来在会上致辞，他盛赞波兰工业建设的成就，号召波兰人民支持哥穆尔卡等新领导。会后参观工人宿舍，与工人交谈。

1月15日，波兰方面特意安排周总理等出席未参与波兹南工人罢工的罗兹市群众大会。这是一个纺织工业的城市，也是一个有过光荣革命传统的城市。波兰统一工人党政治局委员萨姆布罗夫斯基首先讲话，表示热烈欢迎中国政府代表团前来访问，并说："由于我们知道同我们一起的伟大的中国人民，我们为社会主义的正义事业和我们的发展而进行的斗争就要容易些。""周恩来总理的访问清楚地表明，波兰和中国人民是由政治上、思想上的纽带联结在一起的。"周恩来在讲话中大加赞扬罗兹工人的光荣革命传统，以鼓励波兰工人阶级和波兰人民为建设社会主义而奋斗。他说："罗兹市对于我们并不是陌生的。你们的城市有着光荣的革命传统。这里的劳动人民在波兰工人运动史上曾经写下了光荣的一页。远在70多年以前，罗兹就出现了叫作'大无产'的波兰第一个工人阶级的组织。1905年，罗兹工人们曾为了波兰人民的解放举行了英勇的武装起义。在希特勒占领的日子里，罗兹是波兰人民争取民族解放斗争的中心之一。在波兰解放以后，罗兹工人们又以辛勤忘我劳动从事于医治战争创伤、恢复国民经济和建设社会主义的艰巨事业，并且取得了许多成就。中国人民为你们过去的革命传统和现在已经取得的成就感到高兴。"

晚上回到华沙，周恩来等赴中国驻波兰大使馆出席王炳南大使为中国代表团举行的招待会。会后与哥穆尔卡等举行最后一次会谈，直至深夜3时。

1月16日8时30分，中波两国政府代表团签署联合声明。声明除对国际上重大问题表示一致的立场外，两国代表认为"社会主义国家是由建设社会主义的共同思想联结起来的。它们之间的相互关系应该建立在无产阶级国际主义的原则上，建立在思想和目标的一致上。同时作为独立自主的社会主义国家的关系，应该建立在尊重主权、互不干涉内政、平等互利的原则上"。

随后，周恩来在龚澎陪同下举行记者招待会，回答波、捷、保、罗等国记者提出的问题。在谈到中波友好的道路时说：我们都是社会主义国家，我们两国之间没根本的利害矛盾，因此，两国领导人互相来往，两国党的互相接触，两国人民的互相来往，可以加强我们相互了解。更重要的是，在政治、经济和文化各方面都要加强合作。

16日上午，周恩来率领政府代表团离开华沙前往布达佩斯。哥穆尔卡、萨瓦茨基、西伦凯维兹等各方面的领导人和中国驻波大使王炳南等前往机场热烈欢送。周恩来在机场发表告别讲话，西伦凯维兹发表欢送讲话，都高度评价中国政府代表团访问波兰获得巨大成功。周恩来还强调说："我们毫不怀疑，坚定地团结在波兰统一工人党周围的波兰工人阶级和波兰人民一定能够克服一切暂时的困难而把波兰的社会主义事业大大地推向前进。"

1月18日，《人民日报》以《中波友谊的新发展》为题发表社论。社论说："中波两国政府领导人这次的接触和会谈所达成的协议，对于巩固社会主义阵营各国的友好团结，是一个新的重要的贡献。"

一刻不停的二十四小时访问，产生深远的影响

周恩来率领的政府代表团于1957年1月16日上午11时30分飞抵布达佩斯，飞机降落在一个军用机场上。卡达尔、道比、明尼赫、马罗山等匈党政军领导人和中国驻匈大使郝德清等人到机场热烈欢迎。在当时匈局势尚不稳定的情况下，匈方没有组织群众欢迎场面，但检阅了仪仗队，仪式简单而隆重。卡达尔总理致欢迎词。

他说："中华人民共和国政府代表团的访问对我们是一个最大的荣誉。""中华人民共和国在我们最近严重的困难中，作为匈牙利人民共和国真正的朋友而采取了行动。匈牙利工农革命政府可以蛮有把握地在中国政府代表团面前说，匈牙利工人阶级和全体匈牙利劳动人民将永远纪念在我们困难时期中国人民对社会主义革命的匈牙利所给予的不可估量的全面的思想上、政治上、道义上和物质上的援助。""以周恩来同志为首的中华人民共和国政府代表团的访问，将加强中华人民共和国和匈牙利人民共和国之间、中国和匈牙利两国人民之间的友谊和联系，加强社会主义阵营的力量和团结。"周恩来在讲话中切实而有力地说："中国人民充分地了解，你们为纠正过去时期的严重错误、保卫社会主义事业不受帝国主义和反革命分子的破坏而进行的斗争是十分艰巨的。但是，经过最近的斗争，匈牙利人民民主力量得到了一次重大的锻炼。这种锻炼虽是严酷的，却是非常有益的。我们坚信，匈牙利人民在社会主义工人党和工农革命政府的领导下，一定能够克服当前的困难，把社会主义建设事业继续向前推进，在这方面，你们完全可以指望 6 万万中国人民的兄弟般的同情和支持。"

欢迎仪式结束后，卡达尔陪同周恩来乘坐一辆有 9 吨重的避弹汽车前往住地。这辆汽车外表式样很旧，但性能很好，是匈方从中央车库中专门调出来的。匈方对周恩来访匈期间的安全保卫工作十分重视，代表团住地的那座别墅门前，就停着苏联的坦克。

周恩来到达住地后，立即率领代表团拜会道比主席和卡达尔总理。接着就参加匈方在国会大厅举行的午宴。下午 4 时出席匈方在建筑工会大厦召开的有 1500 人参加的积极分子大会，卡达尔和周恩来在会上发表长篇重要讲话。卡达尔讲话中用十分激励、热情的口吻说："请允许我衷心地欢迎远道而来的亲爱的来宾周恩来同志和其他在座的同志。""中国同志们出席这次会议给了我们特别巨大的力量。"接着他高度评价中国的革命和建设的巨大成就以及在世界上的作用，特别赞扬《再论无产阶级专政的历史经验》一文所提供的那种不可估量的思想和帮助及一直给予长期的自由外汇贷款和无偿的物质援助，中国人民给予的巨大支持和力量。

周恩来在讲话中，一方面满腔热情地肯定匈牙利人民的正当要求，说："中国人民完全理解匈牙利人民对于过去领导者的严重错误所感到的不满，匈牙利工人、农民和知识分子要求纠正这些严重错误，要求健全社会主义法制，要求健全地发展社会主义民主，要求匈牙利在民族平等和互相尊重的基础上同其他社会主义国家加强团结和友好合作，这些要求是完全正当的。这些要求的目的，不是为了动摇匈牙利人民共和国的人民民主专政和社会主义制度，而是为了更充分地发挥社会主义民主的巨大优越性来巩固匈牙利社会主义制度。"另一方面又谴责帝国主义利用匈牙利人民的正当要求，"乘机进行了它们策划已久的阴谋活动"。"发动了武装暴乱，企图摧毁匈牙利人民的社会主义制度，企图在匈牙利恢复资本主义制度和法西斯的恐怖统治"。"但是，匈牙利人民毕竟是饱受过各种苦难和具有光荣革命传统的人民。""匈牙利的爱国人民重新整顿了自己的力量，组成了以卡达尔同志为首的社会主义工人党和工农革命政府，并且在苏联军队的协助下，迅速地粉碎了反革命的罪恶阴谋。""匈牙利人民击退帝国主义和反革命分子进攻的胜利不仅对于匈牙利人民，而且对于所有其他社会主义国家的人民和全世界的进步运动，都是一次极其深刻的政治经验。各社会主义国家的人民和全世界的进步人类都可以从这次事件中吸取有益的教训。"

周恩来又指出："过去匈牙利和苏联之间的关系上的确存在着一些有待解决的问题，这些问题曾经妨碍了匈牙利和苏联的正常关系。帝国主义者和反革命分子利用了这种情况，竭力挑起狭隘的民族情绪，企图破坏以苏联为首的社会主义各国的团结，社会主义各国过去相互关系方面的错误是应该纠正的，但是社会主义国家之间兄弟式的互助合作关系，却无可争辩地处于更加重要的地位。而且，社会主义各国在相互关系方面的一切问题，只要按照民族平等的原则和无产阶级国际主义的原则两者正确相结合的方针，都是可以通过友好协商求得解决的。"周恩来最后强调说："最近一系列的事件，恰好证明了社会主义制度空前强大的生命力，也证明了民族运动的不可阻挡的力量。世界肯定地走向进步，而不是走向反动。帝国主义侵略势力即使可能有一时的猖獗，但是无论如何也阻止不了历史的必然进程。"

积极分子大会之后，周恩来、贺龙、王稼祥等同卡达尔、明尼赫、马罗山等举行正式会谈。周恩来向卡达尔等通报说：已向波兰同志说明了波兰发生的事和匈牙利发生事件性质不同，这是首先要分清的；没有苏军出兵，匈牙利必定落入西方的范围内。然后，周恩来问匈方，介入这次事件的有多少人，武器弹药流散多少，抓了多少人，杀了多少人？周恩来听了匈方回答后说，匈牙利现在处在需要加强专政的时期，但是不要杀人，有些人留着活口将来有用。当时，卡达尔不太同意，说有的人不杀不能稳定局面。周恩来又说，美国总统艾森豪威尔说不想为匈牙利问题而打仗，这不等于不从事内部颠覆，这一点必须保持高度的警惕。

当晚 8 时，郝德清大使为中国政府代表团举行答谢宴会。会后，周恩来等又与匈方卡达尔等举行第二次会谈，主要是商讨联合声明及中匈两国关系问题，匈、苏关系问题，一直谈到凌晨。17日清早，双方签署《中华人民共和国政府代表团和匈牙利人民共和国政府代表团会谈联合声明》。声明说："两国政府代表团对匈牙利局势取得完全一致的看法。帝国主义反动势力和匈牙利反革命分子利用劳动群众和青年对过去领导者的严重错误感到的正当不满，进行了他们策划已久旨在推翻匈牙利人民民主制度和社会主义成就的反革命颠覆活动。这就使匈牙利人民内部克服工作中的错误的过程转化成为革命和反革命、社会主义和法西斯主义、和平和战争的一场严重斗争。""中国政府代表团充分地支持匈牙利社会主义工人党和工农革命政府为了国内政治、社会秩序和经济生活的恢复正常而作的努力。""两国政府代表团对于当前国际形势中的重要问题也取得了完全一致意见。""两国政府代表团认为，以苏联为首的社会主义各国的亲密团结和友好合作是保障社会主义各国的建设事业、争取世界持久和平的可靠保证。"

17日上午8时，周恩来率领代表团前往匈军用机场，乘专机飞往莫斯科，继续对苏访问。卡达尔、道比、明尼赫、马罗山等匈党政领导人和中国驻匈大使郝德清等到机场欢送。周恩来在机场发表告别演说："匈牙利人民维护民族独立和保卫社会主义的精神，给我们留下了深刻的印象，历史的道路从来不是笔直和平坦的。对于我们曾经受尽剥削制度痛苦而坚决要创造自己的新生活的人来说，一时的挫折只能使我们更加坚强。"《人民日报》发表社论《庆祝中匈会谈的成就》。社论说，中国人民对于这次会谈的结果感到十分满意。

周恩来此次访匈不到24小时，但在不同场合讲话5次，与卡达尔等匈方领导人会谈7个小时。访问时间短暂，活动频繁，日程一项紧接一项，几乎没有间隙。一天工作下来，连年轻的同志都感到十分疲劳，然而对周恩来来说这只是他一连串紧张访问中的一天，在波兰的几天访问中他像在匈牙利访问差不多，休息得极少极少，有时几乎不休息。周恩来为党的事业、为支持兄弟国家、为维护以苏联为首的社会主义阵营的团结，奋不顾身，不知疲倦地昼夜操劳。这种革命精神、全心全意帮助别人的国际主义行为，在古今中外都是罕见的，因而博得人们的钦佩、敬仰和高度的评价。

卡达尔说周恩来的访问对提高匈的国际地位、巩固国内政治局势作出了"具有特别重大意义的贡献"。哥穆尔卡和西伦凯维兹也一再感谢周恩来访问波兰所给予他们的支持和帮助。

1957年4月和9月，波兰部长会议主席西伦凯维兹、匈牙利工农革命主席卡达尔先后访华，这是对周恩来访问波匈的回访，受到毛泽东、周恩来等的热情接待和亲切的交谈。

1957年1月17日中午，周恩来率领的中国政府代表团到达莫斯科，对苏联继续访问。米高扬、谢皮洛夫等到机场迎接。

同苏领导人再次会谈，周恩来当面批评赫鲁晓夫

1957年1月17日上午，周恩来率代表团参谒列宁、斯大林陵墓，并献花圈。之后，周恩来、贺龙、王稼祥、乔冠华、刘晓等与赫鲁晓夫、布尔加宁、米高扬、谢皮洛夫等继续举行会谈，除就《人民日报》的《再论无产阶级专政的历史经验》一文中关于批判斯大林问题进行争论外，周恩来还当面批评赫鲁晓夫的大国沙文主义。指出："调动苏军，兵临华沙城下，实行威胁，以武力干涉兄弟党、兄弟国家内部事务，不符合兄弟国家关系准则。"周恩来又说波匈事件的根本性质不同。与斯大林共事的苏共领导人，在助长斯大林的错误问题上有一定的责任。赫鲁晓夫听不进批评，说周恩来"教训"他们。周恩来也不客气地反驳说："怎么能这样说呢？我们是衷心地劝告你们，要正确对待兄弟国家、兄弟党。兄弟国家之间应该是平等协商的关系，靠压力怎么行呢？"但赫鲁晓夫还是听不进去。在休息室里，赫鲁晓夫和卡冈诺维奇一起同周恩来交谈。赫鲁晓夫非议某些东欧国家的领导人，说波兰某某领导人的妻子同西方有密切的关系，又说某某领导人只知道向我们要黄金，等拿到手后，还骂苏联，又去同西方拉关系勾勾搭搭，是

"狗屎""坏蛋"，像"驴一样"，等等。周恩来当即表示，不同意他们的观点，并忠告说："对兄弟国家不能采取这种态度，有什么不同意见，当面讲，不应背地里随便怀疑人家。"同时指出："你们总是说人家向你们要东西，要钱，为什么不想想你们向人家要过什么呢?"赫鲁晓夫感到谈不下去，便说："你们不了解他们，我们太熟悉他们了。"周恩来回答说："问题不在于了解不了解，而是兄弟国家之间应该以什么态度相待，这是原则问题……"赫鲁晓夫暴跳如雷，完全不顾自己的身份，瞪起眼睛对周恩来耍无赖，说："你不能这样跟我说话，无论如何，我是工人阶级出身，而你是资产阶级出身。"

周恩来严肃而又巧妙地敬了一句："是的，赫鲁晓夫同志，你我有共同的地方，我们都背叛了自己出身的阶级。"

这是中国共产党领导人第一次对苏特别是赫鲁晓夫面对面地批评。

当天下午，苏联部长会议主席布尔加宁在克里姆林宫举行宴会招待周恩来一行。周恩来在宴会上发表即席讲话，他讲了中苏关系的发展和传统友谊，并针对赫鲁晓夫用现身说法的方法讲了中国党的经验，说明我党在处理兄弟党的关系上遵循一律平等的原则，讲了斯大林的功过问题，并说中苏两党两国关系是应该经得起考验的，说每一个党都应该按照自己国家的实际情况去指导它的工作，任何强加于人的东西都是行不通的。周恩来讲完之后，大家举杯祝酒。这次赫鲁晓夫表面上是听下去了，他没有说什么。莫洛托夫走过来敬酒，他不好说别的，只说"为马列主义报刊"干杯，意思是赞成《人民日报》发表的《再论无产阶级专政的历史经验》。在宴会上，周恩来还同南斯拉夫驻苏大使韦利科·米丘诺维奇谈话，说毛泽东认为应当组织一次所有社会主义国家的共产党和政府的代表会议。会议的目的是改善社会主义国家的合作和团结，消除妨碍合作和团结的原因和导致它们之间的严重冲突的原因。会议可以在 2 月底或 3 月初举行，会上将研究创办各国共产党新的报纸问题。周恩来请他把这一意见转告铁托。如果铁托认为这是有益的，如果南斯拉夫参加这次会议，建议在访问阿富汗和尼泊尔之后，我即对南斯拉夫进行访问。南大使允报铁托。后因铁托主张开双边或多边的会谈而作罢。

1 月 18 日下午，中苏发表联合声明。声明指出："帝国主义侵略集团在镇压民族独立运动和侵略民族独立国家的同时，从未放弃在社会主义国家内进行颠覆活动的企图。双方重申，实现不同社会制度的和平共处，是两国政府的对外政策不可动摇的基础，社会主义国家之间的亲密团结和友好合作是保障社会主义事业和巩固世界和平的最可靠的保证。中国和苏联的友好团结是社会主义国家团结的一个最重要的因素。"

1 月 19 日上午，周恩来率领贺龙、乔冠华、龚澎、张彦等离开莫斯科前往阿富汗访问，赫鲁晓夫、布尔加宁、米高扬等到机场欢送。

在送行的路上，周恩来劝赫鲁晓夫要拿起马克思主义者自我批评的武器。他说："斯大林的部分错误，你们也有责任嘛！你说肃反扩大化了，你们每一级都有三人小组。赫鲁晓夫同志，你那时是乌克兰第一书记，你管这个事嘛！你怎么能只责备斯大林，而不作自我批评呢？为什么当时你们对斯大林的肃反扩大化不提出意见呢？可见当时你们也是觉得斯大林对，你们自己也做得对，现在你们觉得错了，自己也应该作自我批评，不要只批评死人，这就不公道了嘛！"

米高扬坦率地说："如果当时我们反对斯大林，除非把斯大林抓起来。"赫鲁晓夫捅了一下米高扬，对米高扬说："你胡说，我们当时要是反斯大林，是我们被抓起来，不是你抓了他。"

赫鲁晓夫又对周恩来说："你们那里的党好办。"

周恩来说："我们犯了错误可以自我批评，我就犯过路线错误，经过自我批评，还是一样可以得到大家的谅解，让我在工作中学习锻炼。你们为什么不可以呢？都是马列主义政党嘛！"

赫鲁晓夫回答说："你们那个党可以自我批评，我要是这样搞就垮台了。我年龄大了，快70岁了，还有几年呀！还容许我作自我批评？"

周恩来见赫鲁晓夫不愿作自我批评，再说也没有用，便沉默不语。

周恩来对苏共和赫鲁晓夫入木三分的看法

尽管周恩来在几天中多次同赫鲁晓夫等交谈，苦口婆心，一片至诚，希望他们能作自我批评，改正错误，而赫鲁晓夫却毫无悔改之意。这给周恩来的印象很深，所以他到印度新德里后，亲自写了一份电报，于1月24日发给中共中央、毛泽东并抄王稼祥，报告他与赫鲁晓夫等苏共中央领导人会谈的情况，并对苏共领导的几个错误问题作出说明：

"（一）据我看来，苏共党内领导同志的错误基本上是思想问题，他们常常把苏共的利益同各兄弟党的利益对立起来；常常把个人领导的利益同党的利益对立起来；常常把苏联的利益同世界人民的利益对立起来。这样就使得他们常常主观地、片面地、冲动地设想问题和解决问题，而不能客观地、全面地、冷静地把上述两方面的利益结合起来。这样他们即使纠正了一个错误，也不能保证不犯另一个错误。他们有时承认这是自己的错误，也只是为着应付一时，而并非彻底觉悟。""譬如兵临华沙实行威胁，这显然是武力干

113

涉兄弟国家兄弟党内部事务，而并非镇压反革命。这种严重错误他们曾经承认过，甚至就在这一次谈话中他们也承认干涉兄弟党内部事务是不许可的。但是他们却又狡辩这不是错误。""当我们对斯大林进行全面分析，提到思想根源社会根源等问题时，他们屡次却不愿接触。至于提到斯大林功过评价的分量时，似乎他们的看法较过去有些改变。但是我看这只是为了一时的需要，并非出自深刻的认识。""这个问题，我们一到莫斯科就感觉到了。17 日刘晓宴会上，赫鲁晓夫又提到斯大林问题。""有很多不恰当的话，也并无自我批评。当我们逼问他们 20 年来助长斯大林个人专断、思想僵化、狂妄自大等等错误的发展，难道同斯大林共事的同志，特别是苏共政治局的同志不负有一定政治责任问题的时候"，"他们也承认斯大林的错误是逐渐增长的，如果不怕杀头的话，他们至少也可以少做些助长斯大林错误的发展的事，而多做些约束斯大林的事。在会谈的时候，他们不肯公开承认。""赫鲁晓夫和布尔加宁说，他们都是第三代的人，根本说不进去，似乎对约束斯大林的错误无能为力。我当时还是强调斯大林错误的思想根源和社会根源，指出他们这些当时领导人在助长斯大林错误的逐渐增长这一问题上总是要负一定责任的。同时我还提到中国党认为公开地进行自我批评只能给党带来好处，提高党的威信。赫鲁晓夫在已到机场临下汽车的时候告诉我说，他们不能像我们那样作自我批评，如果那样做，他们现在的领导就成问题了。""关于波兰问题，波兰事件明明由于历史上俄、波之间民族隔阂很深，战后多年来工作又未做好，最近兵临华沙一举更是影响很坏，所以目前波兰不便提出'以苏为首'的说法。波兰同志也承认同苏联同志间互相信任不够，而哥穆尔卡正尽力挽回这些不利的情况，尽力调整波苏关系，表示坚决镇压反苏的挑衅行动。但是苏联同志……不愿意接受大国主义的批评，持这种态度也就不能从根本上说服波兰同志。""因此，关于改善同各兄弟党、兄弟国家关系的问题在 10 月 30 日宣言发表后，虽然在历次同兄弟国家的公开声明中都一再提到它，但是在具体问题上仍然表示畏缩，而且常常喜欢和习惯于指导和干涉兄弟党、兄弟国家内部事务。"

"（二）中苏关系问题。现在正是大敌当前，所以苏联同志对于中苏团结态度甚殷。但是，我看苏联领导者并非心悦诚服和赤忱无间，譬如对于《再论无产阶级专政的历史经验》一文，许多苏共领导同志公开举杯庆贺，但是他们最负责的三位同志对此文却只字不提。并且当我们同他们争论该文中关于批判斯大林问题一段的时候，他们说这是使他们不愉快的（或者是使他们感到为难的），我记不清楚了。""因此，我认为在中苏关系问题上，苏共某些领导同志表现功利主义思想，所以我在会谈的最后一天中关于撤销五年计划长期供货合同问题、关于顾问专家问题、关于原子能导弹事业合作和援助问题，都根本未提。不仅是因为时间不够，主要的为了不使他们感到我们是乘人之危同他们讨价还价。这些事可以留在以后再提或者不提。"

"（三）在国际局势问题上，我觉得他们考虑或者具体的现实问题多，缺乏对于整个局势的全面分析和预见，考虑和讨论世界战略和远景问题很差。""另一方面，在策略问题上，由于原则性不够明确，故有时灵活无边，常常不能通过具体策略的正确运用去圆满地实现总的战略方针。""所以在国际事务中也常有发生使人担心的事件的可能。譬如，他们这次一般地承认我们关于目前世界上存在两个阵营和三种力量（社会主义力量、帝国主义力量、民族主义力量）的提法，同意我们的这种分析，但是他们在起草的公报中又有苏、中、印三国团结的笼统的提法，有中苏在原子弹武器和氢武器制造方面进行合作的说法。我们认为这是虚张声势，不好，后来都取消了。苏方起草的公报稿未用，签字的公报稿是在我们起草稿件的基础上的。"

"（四）虽然如此，中苏关系较斯大林在世时毕竟是不同了。第一，现在是大敌当前，极需加强中苏的团结互助，这个最高原则双方是认识到的，也是都承认了的。第二，中苏两国可以平等地坐在一起开始讨论问题了，即使苏联同志对某些重大问题持不同意见，但不能不同我们讨论。中国党的文章正在影响着苏联的干部和人民，乃至某些领导人员。第三，各兄弟国家和兄弟党之间也已经不再像过去那样一塘死水不能争论了。现在不同的意见可以讲了，这有助于推进团结和进步。第四，苏联广大人民是热爱中国的，对中国人民的成就和力量的壮大是感到高兴的，对中国人民的友爱是与日俱增的，但是人民的骄傲自大并未全去，而且又增长了自由主义气氛。这次对我们的接待是十分隆重的，这也表示苏共领导同志是想在人民面前和全世界人民面前搞好。第五，一方面他们领导人中有些唯我独尊，利令智昏，既缺乏远见，又不懂人情世故。一年来虽然碰了不少钉子，但是受益还不大。另一方面，他们却也有时表现信心不足，内心有些恐惧，所以在对外事务中和兄弟党的关系中常常采取一些吓人的手段。

"他们同我们谈话中有时也谈些真心话，但是就不肯放下架子。总结一句，我觉得对他们不做工作已经势在不许，但是又绝不能求成太急。因此，恐非有计划有步骤长期而耐心地进行这个工作不可。"

周恩来对苏共中央和赫鲁晓夫的这个看法和分析，非常正确，也非常深刻，可谓是入木三分了，以后苏联形势和中苏关系的发展，事实完全证明周恩来看问题极端的敏感性、准确性和非凡的预见性。赫鲁晓夫等苏共领导始终不承认自己的错误，顽固地坚持己见，以致导致他们的大国主义、霸权主义日益膨胀，妄图控制中国，中苏两党和国际共运的分裂，中苏两国国家关系严重恶化，党的关系到了破裂的边缘。

1959 年 9 月底，赫鲁晓夫访问美国后，主动提出要来中国参加国庆节庆祝活动，目的是为了替美国传话和把中国纳入苏美主宰世界的轨道。毛泽东、周恩来等中央政治局同志同赫鲁晓夫在中南海颐年堂举行多次会谈。在谈到中印边界冲突时，赫鲁晓夫坚持苏联塔斯社那个偏袒印度的声明的立场，并指责中国"放跑了达赖喇嘛，又不去团结尼赫鲁，而是为了一块不毛之地把尼赫鲁推向西方……"周恩来当即据理反驳道："赫鲁晓夫同志，你完全是文不对题，达赖叛逃，怎能说是我们放跑了他呢？中印边界冲突，明明是印度对中国的侵犯，怎么说我们不该为西藏那块'不毛之地'和所谓中立国交火呢？"赫鲁晓夫冲着周恩来说："你是世界上著名的大外交家，怎么不懂得团结尼赫鲁的意义呢？"

周恩来针锋相对："我们对尼赫鲁做了大量的团结工作，而他利用达赖反华，挑起边界事件。面对外来侵犯，我们忍无可忍奋起自卫，这能说是不讲团结吗？"赫鲁晓夫理屈词穷，不敢申辩，随又转了话题。他对毛泽东说："1957 年你们派周恩来到莫斯科去给我们上课……"周恩来立即申明说："我不是给你们上课，而是讲了你们确实存在的问题"，并点出了赫鲁晓夫当年说过的话。

赫鲁晓夫否认说他没有说过这些话。当时的俄文翻译李越然站起来对赫鲁晓夫说："赫鲁晓夫同志，前年你说过的话当时任翻译的就是我。"并重复了他说过的那些话。这时赫鲁晓夫支支吾吾，说："是吗，我可记不清了……"仅仅两年多的时间，赫鲁晓夫亲口讲过的话，就要赖账。

1961 年 10 月 15 日，周恩来应苏共中央的邀请，率领中国共产党代表团前往莫斯科参加苏联共产党第二十二次代表大会，团员有彭真、康生、陶铸等。在出发之前，他会见越南劳动党主席胡志明、第一书记黎笋。周恩来说：这次我们参加苏共二十二大，是去祝贺，我们的贺词除致贺外，还准备强调团结，强调反帝，这样强调对敌斗争有好处。

1961 年 10 月 15 日下午，周恩来率中国共产党代表团抵达莫斯科，赫鲁晓夫、科兹洛夫、波德哥尔内、安德罗波夫、葛罗米柯等到机场迎接。

10 月 17 日上午 10 时，周恩来率领中共代表团出席苏共第二十二次代表大会开幕式。赫鲁晓夫在报告中大张旗鼓地批判斯大林，重申苏共二十次代表大会关于和平共处、和平过渡、和平竞赛的论点，并指名批评阿尔巴尼亚劳动党领导人，也诋毁了中国。他说："当我们二十大批判斯大林，中共代表团却在发言中夸奖斯大林。我到北京的时候，还看到挂斯大林的像，这是反对我们党的。"

10 月 19 日下午，周恩来在苏共二十二次代表大会上讲话，并宣读毛泽东签署的贺词。讲话指出：社会主义阵营和共产国际运动的团结，是在共同斗争中巩固和发展起来的。维护这种团结，是我们共产党人的国际主义义务。兄弟党、兄弟国家之间，如果不幸发生了争执和分歧，应该本着无产阶级国际主义精神、平等和协商一致的原则，耐心地加以解决。对任何一个兄弟党进行不公平的片面的指责，是无助于团结，无助于问题的解决的。把兄弟党、兄弟国家之间的争执公开暴露在敌人的面前，不能认为是马克思列宁主义的郑重态度。这种态度只能是亲者痛、仇者快。中国共产党真诚地希望，有争执和分歧的兄弟党，将会在马克思列宁主义的基础上，在互相尊重独立和平等的基础上，重新团结起来。周恩来的讲话，大会代表和各国兄弟党代表热烈鼓掌，但赫鲁晓夫、科兹洛夫、苏斯洛夫、米高扬等不欢迎。

会后，周恩来同胡志明、金日成交换了意见，强调兄弟党之间的关系应该遵循三条原则：（一）对敌斗争一致，互相支持；（二）兄弟党的内部事务，不能干涉；（三）保持内部团结，兄弟党间的内部事务在内部解决，不能向敌人暴露。

10月21日，周恩来率中共代表团拜谒了列宁、斯大林墓，并各献了一个花圈。

10月22日下午2时，在莫斯科郊外苏联政府别墅，中国代表团和赫鲁晓夫等苏共领导人共进午餐。下午4时30分至晚11时，在莫斯科郊外苏联政府别墅与赫鲁晓夫、科兹洛夫、米高扬、安德罗波夫等共进晚餐，并进行长达9个小时的会谈。周恩来就苏联同阿尔巴尼亚关系、苏共二十大、评价斯大林、反党集团等问题详细地阐明中国共产党的立场和态度，并提出一些建议。赫鲁晓夫却回答说，在苏共二十次代表大会后，他就走上了同斯大林不同的道路。最初他需要兄弟党的支持，当时中国共产党的声望有很大的意义；现在不同了，苏联的情况好起来，他要走自己的路。

周恩来对赫鲁晓夫实用主义的态度非常反感，为了对赫鲁晓夫公开批评阿尔巴尼亚表示抗议，以准备召开全国人民代表大会为由，提前离开莫斯科回国，留下彭真代理团长继续参加会议，了解情况和各兄弟党接触。

10月23日晚8时，周恩来乘专机离开莫斯科。赫鲁晓夫、科兹洛夫、米高扬等到机场送行。10月24日中午，周恩来回到北京。毛泽东、刘少奇、朱德、邓小平等到机场迎接，以示对周恩来在莫斯科的活动和苏共二十二大上的讲话表示支持。

六、出访亚洲七国（一）

当北京进入秋末冬初，花草衰败和凋谢，而菊花、梅花盛开，争芳斗艳，树叶纷纷变黄，有的飘散满天，唯有松柏傲霜，保持原貌，西山红叶满山满谷，游人纷至沓来，漫步其间，欢声笑语，欣赏这一年一度的美景佳境。

周恩来这位中国的总理、大管家、外交大师，他在处理和安排好国内外重大事务之后，由陈云副总理为代总理，率领贺龙副总理、乔冠华外交部部长助理、总理办公室副主任张彦、新闻司司长龚澎等前往越南、柬埔寨、印度、缅甸、巴基斯坦、尼泊尔和阿富汗等亚洲国家访问，这是他继访问印度、缅甸、印度尼西亚之后，第一次亚洲之行。

行前，1956年11月17日，外交部正式发表新闻公报：中华人民共和国国务院总理周恩来，应越南民主共和国政府、柬埔寨王国政府、印度共和国政府、缅甸联邦政府、巴基斯坦伊斯兰共和国政府、尼泊尔王国政府和阿富汗王国政府的邀请，将从11月下半月起对越南民主共和国、柬埔寨王国、印度共和国、缅甸联邦、巴基斯坦伊斯兰共和国、尼泊尔王国和阿富汗王国进行友好访问。

为什么出访亚洲七国

周恩来在刚刚于 1956 年 9 月开完的中国共产党第八次代表大会明确提出："我国的无产阶级同资产阶级之间的矛盾已经基本上解决，几千年来的阶级剥削制度的历史已经基本上结束，社会主义的社会制度在我国已经基本上建立起来了。""我国的主要矛盾，已经是人民对于建立先进的工业国的要求同落后的农业国的现实之间的矛盾，已经是人民对于经济文化迅速发展的需要同当前经济文化不能满足人民需要的状况之间的矛盾。"周恩来亲自主持制定的"关于发展国民经济的第二个五年计划"和他在会上就这个问题的"建议"报告，已在大会上通过。按理说，他的工作任务很重，应该用更多的时间更多的精力忙于经济建设，实现第二个五年计划这个全党全国最重要也可说是中心工作。为什么要抽出很长的时间访问亚洲七国呢？

当时世界上正发生两件大事，一是英、法两国联合以色列发动侵略埃及的战争，企图重新霸占苏伊士运河；二是在苏共二十大后东欧国家先后发生波兰和匈牙利事件，苏联干涉波兰内政和出兵匈牙利这两件事，使万隆会议以来本已日趋和缓的世界局势又紧张起来。中国政府虽然立即作出了反应，周恩来先后约见埃及、缅甸、印度尼西亚、印度、南斯拉夫等国大使，公开阐明中国的立场。但是，有一些国家，尤其是周边的有些邻国不仅对英、法、苏等国的做法一概反对，而且由此对新中国强大起来后会不会向外侵略也产生担心和恐惧。11 月 14 日，缅甸驻华大使吴拉茂在同毛泽东、周恩来谈话时坦率地说，他们怕中国侵略，实在是有点怕。这种担心和恐惧，周恩来早就有所感觉并预料到，他在多次同邻国领导人谈话中进行说明和解释，他知道这个问题还没有完全解决。现在国际局势紧张起来，加之帝国主义造谣挑拨，这种担心和恐惧的现象自然就会出现了。周恩来考虑"亲善四邻，安定友邦"的急迫任务又摆到新中国的面前了。因此周恩来向中央提出有必要出访亚洲一些国家，以"寻求友谊、寻求和平、寻求知识"，在加强同社会主义国家团结的同时，争取民族独立国家，共同反对帝国主义的侵略。这是我们的一个战略部署，中央同意周恩来的意见。此时恰好越南民主共和国、柬埔寨、印度、缅甸、巴基斯坦、阿富汗、尼泊尔、锡兰等国先后发出邀请。

于是经中央批准，由周恩来率领国务院副总理贺龙、外交部部长助理乔冠华、总理办公室副主任张彦、外交部新闻司司长龚澎等对这些国家进行友好访问。这是继参加日内瓦会议和亚非会议后新中国的又一次重大外交活动。

第一站访越南，加深两党两国友好关系

周恩来率领的代表团第一站，是越南民主共和国。11 月 18 日上午 10 时，周恩来等飞抵河内嘉林机场，地面上人群欢声雷动，一束束鲜花抛向空中，越南民主共和国总理范文同、越南国民大会主席孙德胜、越共中央政治局全体委员和中国驻越南大使罗贵波等到机场迎接。

在范文同陪同下，他们一行乘车前往主席府，沿路有数万市民聚集在街道两旁向中国贵宾鼓掌欢迎。

胡志明主席在台阶上等候迎接。胡志明同周恩来等亲切握手拥抱，极其热诚。

当日下午 3 时，周恩来率领代表团，在主席府正式会见胡志明

主席。周恩来这次访越是对胡志明主席 1955 年六七月间访华的回访，也是周恩来第一次访问早在旅欧期间就认识的这位老战友的祖国。周恩来与胡志明同一天诞生，胡志明比周恩来大 8 个春秋，周恩来称他为老大哥，胡志明称周恩来是自己的兄弟。他们曾一起为民族的解放寻求真理并共同战斗，相互帮助，现在又都在探索建设自己国家的道路，互相支援，他们之间诚挚的情谊，既未受年龄的影响，也不受国界的限制。中越两党、两国政府经常性的联系和交往，以及在反对共同敌人的斗争中相互支援，使两国成了亲密的邻邦。周恩来这次访越，就是要亲眼看看地处反对帝国主义前线兄弟邻邦是怎样建设的，有什么困难，对中国有什么要求，需要什么帮助，所以两位老战友一见面，就亲密地交谈起来，气氛极其融洽、友好。

当晚，范文同总理在主席府举行盛大欢迎宴会，越南党政军各方面人士出席作陪。范文同首先致了热情的欢迎词。随后周恩来致答词，他除表示感谢越南的邀请和欢迎外，着重指出：中越两国关系是牢固地建立在和平共处五项原则基础上的，中国人民始终把加强两国之间的友好团结，看作自己崇高的国际主义义务。

宴会结束之后，周恩来不顾一天的劳累，立即赶往中国驻越南大使馆，看望使馆同志。此时已是深夜，使馆同志都已回宿舍准备休息。当大家一听说总理要来使馆同大家见面，个个喜出望外，年轻人高兴得叫起来，便立即纷纷赶回使馆。大家排队在使馆前迎接敬爱的周恩来、贺龙和乔冠华、张彦、龚澎等。周恩来同大家一一握手后，一起拥进使馆的会客室。周恩来说，你们使馆的同志，包括大使在内大多是原来顾问团转过来的，你们为越南人民争取民族独立斗争，为中越友谊作出了贡献和牺牲，因此下飞机后我等不到明天，今天即使再晚、再累，也要来看望你们，代表党中央和祖国人民向你们表示感谢和问候。同志们听后，都感动得流泪，一股温暖的情感在全身流动。随后，周恩来同大家攀谈，询问有什么困难和要求。对周恩来亲切、坦率、诚恳和风趣的话语，在小小的会客室里不时响起阵阵的欢笑和鼓掌声。年轻的人已消除了平时对首长的害怕心理，无拘无束地向总理勇敢地提问，周恩来是有问必答，大家对周恩来这种平易近人非常敬佩、高兴，不感觉到坐在自己面前的是我们国家的总理、人民领袖，好像是一个大家庭的人在一起聊天。

然后，周总理说，贺老总喜欢跳交谊舞，你们为他组织一次舞会怎么样？贺龙说，总理是跳交谊舞的好手，世界有名的，他决定要试试使馆同志的舞艺。于是罗贵波大使立即下令马上组织一场舞会。可是那时使馆既无乐队也没有专门的舞曲，就只能放几张广东音乐唱片，如"步步高""紫竹调"等中国民间音乐，同西洋的交谊舞倒也合拍。周恩来、贺龙等也听得懂并爱听广东音乐，周恩来提出要同使馆每一个女同志跳一个舞。因为平时使馆文娱活动很少，会跳舞的人更少，但是女同志尽管不会跳，都愿意陪同周总理和贺龙副总理跳，于是华尔兹、探戈、平四、伦巴、快三、慢三、四步舞一个接着一个在音乐伴奏、欢声笑语中跳起来。最后周恩来说："你们使馆只有一位女同志会跳，其他的跳得不好或不会跳。搞外交得学会跳交谊舞，这也是工作需要嘛！"

对于跳舞，周恩来确实内行，而且跳得非常好，尤其是华尔兹更精湛无伦，架势、舞步、乐感都是上乘的，舞姿优美、舞步轻盈、潇洒自如，节奏感很强。

华尔兹起源于奥地利民间的一种三拍子舞蹈，分快步与慢步两种。18世纪后半叶始用于城市社交舞会，19世纪起风行于欧洲各国。探戈，阿根廷的一种舞蹈，起源于非洲。传入阿根廷及其他拉丁美洲国家后，用于社交舞会，后来盛行于美国和欧洲。其音乐特点为中速、二或四拍，旋律与伴奏常形成交错节奏，与古巴的阿戈奈拉相似，以切分音为其特色。周恩来青年时代就喜欢戏剧、诗歌、音乐、舞蹈，他在欧洲留学就学会了华尔兹、探戈等交谊舞，而且越跳越精。在延安期间，他的舞蹈就很有名，首屈一指。

周恩来在越南访问期间，与胡志明、范文同等越共中央政治局同志举行了五次会谈。同范文同举行了两次会谈。在周恩来来访前，11月12日，越南劳动党中央致电中共中央表示："趁周恩来访问河内的机会，我请中央政治局拟请他就下列问题提供意见：一、对目前局势的看法及展望；二、为实现《日内瓦协议》而斗争的工作任务；三、越南目前的财政经济状况与今后财政经济工作的任务。"

越南中央为何发给中共中央这个电报，向周恩来提出这样的三个问题呢？这是因为，自1954年日内瓦会议和平解决印度支那问题以来，印支和平特别是越南民主共和国医治战争创伤取得了很大的进展，但是由于《日内瓦协议》遭到破坏，越南南北方继续处于分裂状态，北方的财政经济状况十分不好，同时在工作上出现了一些偏差。英法侵埃战争的爆发和波兰、匈牙利事件的发生，使越南党对国际形势的发展表示关注和担心。

周恩来在会谈中，针对越共提出的问题，谈了目前国际形势、兄弟国家的关系、中越两党和两国的关系，以及中国党近几年所办的几件大事和中国从这些工作中取得的经验和教训。特别强调了中国党在把马克思列宁主义的革命理论同中国的革命实践相结合的过程中，根据列宁主义的原则，贯彻群众路线的重要性和纠正错误的长期性。在同越南政治局会谈谈到越南国内情况时，周恩来说南北统一是长期的斗争。通过自由普选南北统一的问题，可以作为一个政治斗争的口号，但不是行动步骤。北方是人民民主的基地，必须大力巩固北方，才能争取南方，统一越南。还必须继续彻底完成人民民主革命，消灭封建制度，逐渐过渡到社会主义革命消灭资产阶级。鉴于越南国内的实际情况，过渡的时间可能比中国长些，但走社会主义道路不动摇。周恩来说，土地改革的成绩要肯定，有错误是难免的，纠偏不能抛弃正确的东西，这样才不会使自己处于被动，失去群众的支持。周恩来针对越南财政赤字大、物价上涨、市场不稳的情况，指出：财政问题的关键是增产，发展国营商业，加强市场管理。那时，尽管中越两党两国关系十分密切，但周恩来仍很注意不把意见强加于人，尊重越南同志的思想、看法和民族感情。根据越南的要求，周恩来同意中国在越南的财经专家留下继续帮助工作。但他强调，中国专家提出的意见只能供越南同志参考，财经工作的方针政策应该由越南同志自己决定。越南同志对周恩来"每次所谈的问题均很重视，很认真"。

11月19日上午9时，在河内巴亭广场举行10万人的欢迎大会。范文同讲话说："越南人民热烈欢迎中国人民的领袖之一、越南人民敬爱的朋友——总理同志。今天，您给越南人民带来了像昨天在机场说的'中国人民最热烈的敬意和最亲切的问候'。越南和中国是毗连着的两个兄弟国家。巩固我们两国之间的友谊是符合我们双方人民的深切愿望的。去年6月，以胡主席为首的越南民主共和国政府代表团访问中国，得到了中国政府和人民兄弟般的亲切欢迎。今天，在迎接周恩来总理、贺龙副总理和同行的各位同志的时候，全体越南人民表现了对中国人民的兄弟般的亲切情谊。"

周恩来在讲话中热情称颂越南民主共和国在革命和建设中的成就。他说："河内是个有革命传统的城市。在这个城市里，越南民主共和国在1954年9月正式宣告成立。作为越南民主共和国首都，河内象征着越南的独立。殖民主义者背信弃义的进攻曾经使河内再度沦陷，但是，由于越南人民的英勇斗争，河内又重新回到越南人民的手中。河内象征着人民的胜利。越南人民在越南劳动党、越南民主共和国政府和胡志明主席的领导下所取得的辉煌胜利，鼓舞了全世界被压迫的民族。越南人民经过了 8 年的持久抗战终于在奠边府的战役中给予殖民主义者以决定性的打击，这就证明了，任何被压迫的民族只要团结一致，坚持斗争，他们就能够打败殖民主义者。"

周恩来说："《日内瓦协议》规定，越南应该通过全国选举实现和平统一。由于美国的阻挠和破坏，这一规定至今没有能够实施。但是，整个越南是一个单一的国家，越南人民不分南北都要求统一。中国政府和人民坚决支持越南政府和人民维护《日内瓦协议》，实现祖国和平统一的正义斗争。"

当日下午 6 时 30 分，周恩来等在范文同陪同下访问越中友好协会。晚上出席河内市行政委员会主席陈维兴举行的宴会，宴会后到河内大剧院观看歌舞。

11 月 20 日上午，周恩来、贺龙等在河内市行政委员主席陈维兴陪同下，参观河内大学、少年儿童俱乐部、市中心还剑湖的名胜。

晚上，中国驻越南大使罗贵波为周恩来总理访越举行招待会，胡志明、范文同等越南党政军领导人出席。周恩来在招待会上讲话，他宣布："我们愿意提出保证，作为世界大国的中国，将永远遵守和平共处五项原则，坚决反对大国沙文主义，像毛泽东主席所说的那样，在国际交往方面，'坚决、干净、全部地消灭大国主义'。"

招待会后，晚 9 时，周恩来又在中国驻越南大使馆接见越南北方的华侨代表，同他们谈华侨国籍等问题。

11 月 21 日上午，周恩来、贺龙等参观河内中华中学，这是孙中山先生 50 年前在越南宣传革命的时候创办的。周恩来讲话，勉励在越南的华侨学生要好好学习越南人民的长处，强调华侨教育既要联系中国实际，也要联系侨居国的实际。

晚上，胡志明主席举行国宴招待周恩来一行。胡志明在国宴上充满感情地说："对我来说，周恩来是我的兄弟，我们曾经在一起共甘苦，一起做革命工作，他是我30多年来的亲密战友。"

周恩来在致答词中同样深情地说："在34年前，我在巴黎认识胡主席，他是我的引路人。胡主席当时已经是一个成熟的马克思主义者，而我那时候还刚刚加入共产党，胡主席是我的老大哥。""30多年来，他的生活永远是如此简单朴素，他的样子、精神和生活方式都没有改变。我从胡主席的经历看到了越南人民所走过的道路，看到了越南人民长期奋斗的精神。在这次访问中，我也看到了越南人民像胡主席一样的优良作风。任何民族，不分大小，都有它值得学习的地方。这次没有白来。我们从越南人民勤劳朴实、艰苦奋斗的作风中学到许多东西。我们将把它当作高贵的礼物，带回给中国人民。"

11月22日上午7时40分，周恩来在主席府和范文同在《中华人民共和国国务院总理周恩来和越南民主共和国政府总理范文同会谈的联合公报》上签字。

11月22日上午9时，周恩来等离开河内前往金边访问，范文同等越南党政军领导人和中国驻越南大使罗贵波到机场欢送。

11月23日，《人民日报》以《不断地加强中越两国的兄弟友谊》为题发表社论。社论指出："这几天来，中国人民以十分兴奋和愉快的心情关怀着我国国务院总理周恩来出国进行友好访问的消息。""周恩来总理访问了越南民主共和国，并同越南政府总理举行了会谈。在双方发表的联合公报中，两国总理表示了对当前重大国际问题的一致态度，重申了对于维护《日内瓦协议》，保卫亚洲和世界和平的共同决心，并特别强调要进一步巩固和发展中越两国的兄弟友谊。"

在柬埔寨王国受到空前热烈的欢迎

1956 年 11 月 22 日中午 12 时，周恩来等乘坐的专机到达金边坡成东机场，对柬埔寨王国进行友好访问。西哈努克亲王、宾努亲王、桑云首相和皇家陆军参谋长朗诺等到机场欢迎。在整个金边30 万人中，就有 10 万人走出家门热烈欢迎周恩来。在中国代表团必经的道路两旁，烈日炎炎之下，站满了欢迎的人群，盛况空前。当地报纸评论说：“柬埔寨在历史上从来也没有对它的客人给予过这样隆重的欢迎。”

当日下午 5 时，周恩来率领贺龙、乔冠华、张彦、龚澎等拜会了国王诺罗敦·苏拉玛里特。

晚 8 时半，苏拉玛里特国王和王后举行国宴招待周恩来一行。国王在宴会上致欢迎词，他热情地说，我们为什么这样盛情地欢迎中国客人，柬埔寨人民尊敬周恩来有两个理由：“首先，作为中国人民的代表，总理带来了把两国联系在一起的友好感情。其次，总理是西哈努克亲王最亲密的朋友。”虽然我们两国尚未建交，但是这并不妨碍两国间的来往，特别是领导人的接触。周恩来在答词中感谢柬埔寨人民和国王、王后、西哈努克亲王给予中国代表团令人难忘的盛大欢迎，祝愿中柬两国人民世代友好。宴会之后，中国代表团在王家舞台观看了古典的高棉舞蹈。

11 月 23 日上午，周恩来等同柬埔寨王国政府首相桑云举行会谈。会谈中，周恩来高度赞扬柬埔寨的和平中立政策，提出要进一步加强中柬两国的经济往来。随后，在桑云首相陪同下到议会大厦出席柬埔寨议会两院的欢迎大会。首先，柬埔寨王国议会议长沈法和柬埔寨国民议会议长伊埃翁致欢迎词，他们说：“阁下在西哈努克亲王应邀到中华人民共和国访问之后，在今天到柬埔寨访问，是有着关系柬中两国民族之间的双边关系的意义，而这种千百年的关系曾经一度因历史变迁而暂时中断。""中华人民共和国给予我国的援助，使我国能提高人民生活水平。""柬埔寨王国认为加入和平共处的五项原则是慷慨明智之举。和平共处五项原则是由总理阁下同印度总理尼赫鲁先生所发起，而为我们所绝对遵守的。""所以，总理阁下，你的光临访问给予我们最大的希望。以阁下在当前国际上最有声誉的伟人地位来说，这种原则无疑地将成为参加该原则的国家的神圣教条，也将成为其他国家所尊重的原则。"周恩来在讲话中说："虽然我和我的同事们来到你们古老而美丽的国家才只一天，但是我们已经为国王和王后陛下的接见，西哈努克亲王殿下、宾努亲王阁下和桑云首相所亲自安排的柬埔寨人民的热情欢迎所深深感动。""我们来到了一个亲密而友好的邻邦。""多年来，我们两国人民始终保持亲密的友谊。在中国的史书中，早在公元 3 世纪的时候就有关于你们的美好国家和中柬两国人民交往的生动记载。由于两国人民的友好交往，两国之间开展了贸易和文化的联系，丰富了我们两国经济和文化生活。柬埔寨的高僧曾经到中国翻译过经卷。柬埔寨的音乐家们也曾经在中国演奏。""近百年来，由于殖民主义侵入了亚洲，我们两国之间的友好往来曾经一度遭到了人为障碍。"

周恩来说："最近几年来，我们两国关系的新发展是十分令人鼓舞的。在 1954 年的日内瓦会议期间，我们两国曾经为恢复印度支那的和平共同作出了努力，两国代表团进行了友好的接触。在 1955 年亚非国家的万隆会议中，我们两国又曾经为促进国际和平和友好合作，为反对殖民主义而同样地作出了贡献。万隆会议还使我非常荣幸地获得机会同西哈努克亲王殿下进行了亲切的个人接触。特别是今年 2 月以西哈努克亲王殿下为首的柬埔寨王国国家代表团对中国的友好访问，为我们两国友好关系的进一步发展创造了极其有利的条件。中国人民热烈地欢迎柬埔寨人民所爱戴的西哈努克亲王殿下，并且十分敬仰这位维护国际和平和合作的政治家。中国人民为中柬两国友好关系的新发展感到高兴，因为这不仅符合我们两国的利益，而且也有利于亚洲和世界的和平事业。"

周恩来指出，"中柬两国人民都曾经长期遭受到殖民主义的欺凌。我们两国人民都是经过艰苦的斗争，才获得了自己国家的独立"。"我们两国人民都热爱和平，需要一个和平的国际环境来进行和平建设"，因此，"我们已经把和平共处五项原则确定为指导我们两国关系的坚定不移的方针"。

当天下午，周恩来等在桑云陪同下参观金边的王家医学校、雅亚瓦曼博物馆等文化设施。11 月 24 日，周恩来一行由西哈努克陪同，乘飞机前往磅湛省橡胶园、橡胶加工厂和暹粒省吴哥参观。在途中，同西哈努克进行了会谈。周恩来表示，中柬两国是兄弟国家，在历史上两国关系密切。柬埔寨目前的处境我们很了解，你们已做了很大的努力。你们所执行的和平、独立和中立政策，不但得到柬埔寨全国人民的欢迎和支持，也得到大多数亚洲国家和全世界爱好和平人民的支持，我们愿意尽力帮助兄弟国家。

西哈努克对周恩来和中国政府的诚恳态度表示衷心感谢，认为在两国政府的共同努力下，两国人民的友好合作关系定将得到巨大发展。

11 月 25 日下午 5 时，周恩来一行回到金边，晚上出席柬埔寨政府举行的欢迎宴会。桑云首相和周恩来总理分别致辞，气氛热烈友好。

11 月 26 日，周恩来一行在西哈努克亲王、宾努亲王和桑云首相陪同下，访问金边西北 70 公里的重要渔镇贝昂希腊镇。途中继续就中柬关系、华侨问题进行交谈。在谈到华侨问题时，周恩来坦诚地说，华侨问题，是中国同邻国相互关系中的一个重要问题。我国政府关于华侨双重国籍的正确立场，解除了许多国家的疑惧。双重国籍人口在全国 500 万人口中达 30 多万。华侨和柬埔寨人民相互通婚，与柬埔寨人民和睦相处，没有什么纠纷。华侨应该同柬埔寨人民互相团结，应当遵守当地的法律和制度，尊重当地的风俗习惯。华侨和华侨子女应当学柬文，慢慢地融入柬埔寨大家庭。中国政府希望华侨在人力和物力方面为柬埔寨的建设贡献力量。

当晚 6 时，周恩来一行出席柬埔寨国际监督和监察委员会主席克·恩·达斯举行的酒会，双方作了简短的致辞，强调认真执行《日内瓦协议》。

当日晚 9 时，周恩来在金边举行告别招待会，西哈努克亲王、宾努亲王、桑云首相等出席，周恩来和西哈努克在招待会上发表热情洋溢的讲话。

周恩来说："过去的五天是我们一生难忘的日子，国王和王后陛下的亲切关怀，西哈努克亲王殿下、宾努亲王阁下和桑云首相阁下亲自主持的盛情可感的欢迎，都使我们感到像在家里同亲人们处在一起一样。我们所到之处，不论是城市和乡村，不论是白天和黑夜，到处都飘扬着柬埔寨王国和中华人民共和国的国旗，到处都欢呼柬中友好万岁，到处都洋溢着中柬两国兄弟般的感情。你们对我们的盛情款待和热烈欢迎远远超过中国政府和人民对西哈努克亲王殿下和柬埔寨王国国家代表团的接待，我们一定要向中国人民转达柬埔寨人民的这种深情厚谊。让中国人民知道，在亚洲的南部有我们一个友好的邻邦，那里的人民是我们的亲密兄弟。"

周恩来深情地赞扬柬埔寨。他说，五天来，"我们看到了在成长中的城市、肥沃的田野、丰富的物产和还没有开垦的资源。我们还看到了辛勤劳动和热爱祖国的柬埔寨人民。这就使柬埔寨具备了成为一个富强国家的条件和无穷发展的潜力。

"我们看到了优美的古代艺术和雄伟的文化古迹。这体现柬埔寨人民自古以来的创造天才和智慧。我们相信，在我们的时代，柬埔寨人民一定能够在新的基础上创造出更伟大，更光辉灿烂的文化。

"通过千年以上的亲密相处，柬埔寨人民已经同华侨结成了兄弟的和亲戚的情谊。中国政府将根据一贯的政策，更加勉励华侨同柬埔寨人民同甘共苦，遵守柬埔寨的法令，尊重柬埔寨的风俗习惯，并且为柬埔寨的繁荣发展贡献出一切力量。"

周恩来高兴地说："通过我们两国领导人的接触，中柬两国的友好合作关系已经有了进一步的发展。我们两国领导人都在为祖国的复兴而努力。我们应该在和平、平等互利和不附带任何条件的基础上更加开展两国之间的经济合作和文化交流，来促进我们各自的建设事业。我们两国不仅应该以身作则，在相互关系中严格遵守五项原则，并且应该更加努力，不排斥任何国家，来推广五项原则在一般国际关系中的作用，以便共同为世界和平作出贡献。"

西哈努克作了长篇讲话，热情称颂周恩来的为人和他这次访问受到的欢迎和价值。他说："我们向来惯于按照我们的客人的价值来招待他，而不是按照他的权威或者我们的利益来招待他的。我们以道义的、精神的价值为最高，我们并不懂得用讨好的政治手腕。""我们的人民敬爱您的是您使您的国家达到伟大和繁荣的超人才干。""我们的人民，从您的诚恳的态度和您的笑容中，从您对我们的愿望所表现的理解中，可以得到将来我们两个民族间可以没有什么误会，手牵手地互相尊重主权、繁荣和平而合作的保证。"

西哈努克重申柬的中立政策。他说："总理先生，就如您所知道的那样，我们把我们的外交政策建筑在中立的路线上。这些中立路线也是在国外被人误会了。就是说，除了包括了您总理先生在内的几位明智的人士而外，有的说我们太自私，有的说在玩把戏，已经得到了两方面的施舍。这些人是完全不了解我们的。

"我们要中立,是因为我们经历了,因而知道了一个小国不论它愿意或者不愿意参加大国集团的争端所可能遭到的损害;我们要中立,因为我们不肯让这些人以某种借口来干涉我们的事情,来把我们拖出我们的国家利益所应当遵循的政治路线;我们要中立,是因为我们知道我们只可能贡献给某一个集团极可笑的力量,然而却可能对我们的主权、安定和民族团结带来灾害。"

11 月 27 日上午 11 时,周恩来总理和桑云首相签署《中华人民共和国国务院总理和柬埔寨王国政府首相桑云的联合声明》。签字仪式在金边王宫里的月光阁举行,西哈努克亲王出席签字仪式。

周恩来在同桑云发表联合声明后,又向苏拉玛里特国王和王后辞行。

下午 2 时,周恩来一行在西哈努克等陪同下乘汽车前往机场,离金边经河内前往印度访问。

周恩来对柬埔寨的访问获得巨大成功,坚定了柬埔寨执行和平中立政策、贯彻《日内瓦协议》,大大推动了两国关系的发展。

《人民日报》11 月 28 日以《和平共处的榜样》为题发表社论。说:"中柬两国之间令人感动的和影响深远的友好交往,不但是两国人民悠久友谊的光辉发展,而且成为各国之间忠诚地实现和平共处的良好榜样。"

1958 年 7 月 19 日,中柬两国正式建立了外交关系。这是周恩来访柬最具体最实在的重大成果。

第二次访问印度,将其作为亚洲友好的重点

周恩来对印度的访问,是中国总理第二次访问这个古老而又新生的大国。1954 年 6 月日内瓦会议期间,周恩来特意挤出时间冒

着炎热天气专程访问印度，那次访问的时间很短，没有机会了解印度人民各方面的生活，但两国总理共同提出和平共处五项原则——潘查希拉，却在世界上产生了巨大而深远的影响。这次周恩来访问印度，是要广泛地接触印度各界人士，了解印度情况和学习印度的经验，发展中印两国人民的传统友谊，让两国共同倡导的潘查希拉成为指导两国关系的典范，共同为亚洲和世界和平作出贡献。周恩来深知，在亚洲，无论从人口还是土地面积来说，印度都是仅次于中国的大国。中印两国友好，对亚洲地区的和平与稳定有重要意义。他说："印度和中国之间的友谊是保卫世界和平的一个非常重要的因素。"因此，这次出访他把印度作为重点，在访问亚洲的整个期间，他在印度花的时间最长，走的地方最多，可以说走遍了印度的南北东西的大城市和工业中心，还四次路过印度，同尼赫鲁举行多次会谈，及时消除中印关系上的阴影。

11月28日，周恩来率领的代表团于早晨7时离开河内乘专机飞往印度，范文同总理到机场送行。中午12时抵达印度加尔各答，停留1小时。西孟加拉邦邦长奈都女士、首席部长罗伊、加尔各答市市长高希等到机场迎接和照料。

此时印度正是秋高气爽，奇花异草争妍之时，气候十分宜人。但是在印度的内部有一股阴暗势力蠢蠢欲动，驱使其当权者向我提出临时改变正在印度访问的中国西藏地方政府代表团的日程，让达赖喇嘛单独较长期地在印度留访，让班禅等其他成员按时回藏。印度此举的目的昭然若揭。同时对中印边界问题，印度的民族主义者也开始蠢蠢欲动。中印分歧已初露端倪。

周恩来此行一方面要同印度搞好关系，一方面对印度这股暗流要进行斗争。但主题是团结友好，印度各界接待也很热情、周到。

当日下午5时，周恩来一行到达印度首都新德里。尼赫鲁总理、正在印度访问的达赖喇嘛、班禅额尔德尼和中国驻印度大使潘自力等在机场热烈欢迎。尼赫鲁、周恩来在机场致欢迎词和答词。印度儿童妇女向周恩来献上许多花环和鲜花，代表团成员的脖子上戴满了五颜六色鲜丽的花环。然后，在尼赫鲁陪同下乘车前往住地总统府，沿途群众纷纷向周恩来等抛撒花瓣。

当天晚上，周恩来拜会了尼赫鲁，并共进晚餐。两人都说些分别后的情况和友好的话，然后两人就国际形势交换了意见。主要是围绕英、法、以色列侵略埃及和匈牙利问题。周恩来指出："中近东的混乱虽然还会继续一个时期，但是大规模战争的可能性是很小的。这种混乱情况，固然一方面由于阿拉伯国家本身的弱，但是，另一方面也由于英法在侵略战争中失败后转而在阿拉伯国家内部制造分裂。此外，美国企图在中近东取代英法的地位也增加了阿拉伯国家的混乱。"

对周恩来的看法，尼赫鲁未表示异议，但他强调联合国部队的任务是监督撤兵，安理会通过的解决埃及问题的六条原则应该成为下一步解决航行自由问题的根据，反对英美法的国际管制计划。

周恩来同意这些看法。在谈到匈牙利问题时，周恩来强调："苏联应卡达尔政府的要求出兵挽救匈牙利的社会主义制度，是不得已而为的事，当时只能如此，否则，反动势力得逞，匈牙利将恢复旧的反动统治。"

尼赫鲁承认有颠覆分子进入匈牙利，如果匈牙利落入西方国家之手，将是对社会主义国家的一个威胁，希望卡达尔政府能够稳定国内局势。但尼赫鲁对苏联出兵则表示不同意见。

11月29日上午，周恩来等在尼赫鲁陪同下观看印度根据国民纪律培养计划组织起来的3000名德里少年儿童的体育表演。上午10时，参观印度国立物理实验所、农业研究所。中午，周恩来率领代表团拜会印度总统普拉沙德，接着出席尼赫鲁在总统府的午宴。下午4时30分，周恩来访问印度国会，并发表长篇重要讲话。

他说："1954年的夏天，我曾获有机会初次认识了你们伟大的国家。虽然当时由于日内瓦会议还在进行，我的访问不得不是极其短促的，但是，仅仅3天的逗留已经给我留下了极其深刻的印象。你们的土地广大和富饶，你们的文化的丰富和优美，尤其重要的是，你们的人民对和平的忠诚和对中国的友谊，都是一见就不能忘怀的。

"现在，当我过了两年半之后重来的时候，我们可以满意地看到：在五项原则的基础上，中国和印度的友谊已经有了长足的发展。我们在经济、文化上的联系大大增加了；我们在维护和平方面的合作更加密切了。两国之间各种代表团和个人的来往愈来愈频繁了。在这里，我要特别提到，中国政府和人民十分高兴能在1954年的冬天欢迎尼赫鲁总理。作为历史上第一个印度的总理到中国进行的访问，无疑是我们两国关系上一件具有历史意义的大事。

"我们也可以满意地看到，两年半以前由印度和中国的总理首先倡议的五项原则已经产生了巨大的影响，受到亚洲、非洲和欧洲越来越多的国家的承认。在1955年4月的万隆会议上，29个亚洲和非洲参加国，接受了五项原则的思想并且把它发展为十项原则，制定了《关于促进世界和平和合作的宣言》。"

周恩来说："我希望我到印度的再次访问，在进一步加强我们如此珍贵的中印友谊和在和平事业的努力方面，能够有所帮助。"

周恩来在叙述了印度的历史、对人类的贡献和中印两国友好交往的悠久历史以及近代帝国主义的统治使中印之间的联系被人为地割断了之后说，我们两国人民"并没有甘心和忍受这种情况，压迫引起了反抗，尽管道路是艰难的，斗争从来没有停息过，而且终于差不多在同时取得了胜利。就是这个胜利使我们今天在这里的会面成为可能"。

周恩来特别强调说："在目前形势下，有必要进一步加强全世界爱好和平的人民的团结，尤其是已经成为殖民主义挑衅对象的亚洲和非洲人民的团结。像我们在中国所常说的'团结就是力量'。""只有团结才能使我们的力量消除那种强加在我们头上的战争威胁。""中国和印度的团结将具有特别重大的意义。我们两国将近10亿人民的团结将是有助于稳定亚非地区局势的一个巨大的、道义的物质力量。""作为五项原则——潘查希拉——倡议国的中国和印度，有必要更高地举起五项原则的旗帜。""最近我们访问了越南民主共和国和柬埔寨王国，我们得到了极大的鼓舞。""看到了越南人民和柬埔寨人民保卫和平、维护独立的坚强意志。我们也从这里看到了这些国家的人民要求根据五项原则加强我们各国之间的友谊的炽烈的愿望。毫无疑问，这也一定是所有亚非国家人民的一致要求。"

周恩来的这篇讲话，受到全场多次热烈的鼓掌欢迎。

当日傍晚，周恩来等出席印中友协全国执行委员会主席和委员举行的招待会，受到格外亲切的欢迎。晚上，又出席尼赫鲁举行的国宴，尼赫鲁和周恩来先后在宴会上发表热情洋溢的讲话。

尼赫鲁说："约在两年半以前，中国总理来到了我们这个城市，但是很快就离开了。那时候，我曾经热烈地欢迎他。现在他又来了，虽然这次逗留的时间比上次要长一些，但是也不会很长，我们聚集在这里对他表示热情的欢迎。但是给他的真正欢迎，是他亲眼看到的德里街道上的人民所给他的欢迎。在我们的国家内，不论他到哪里，不论是在孟买、浦那、班加罗尔、马德拉斯、加尔各答或是在我们村庄里，他都将受到我国人民同样的欢迎，他将亲自看到我国人民怎样热爱他和他的国家，并且听到现在愈来愈响亮的同一个口号，这个口号就是'印地秦尼巴依巴依'（印中人民是兄弟）。"周恩来说："当我又一次应邀访问我们伟大的邻邦印度的时候，我感到格外亲切，也感到十分兴奋。我们感到亲切，因为我们已经是老朋友了，我们来到这里就像来到自已的兄弟家里一样。我们感到兴奋，因为自从两年多以前我第一次访问印度以来，我们两国之间的友好关系又有了进一步的发展，我们两国所确立的和平共处五项原则——潘查希拉——已经得到许多亚非国家和其他国家的支持，并且在世界范围内引起了愈来愈大的响应。"

周恩来访问印度的时候，正逢西藏达赖喇嘛和班禅额尔德尼也在印度参加由副总统主持的释迦牟尼涅槃 2500 周年的纪念活动。一些逃亡印度的西藏反动分子企图在印度西孟加拉邦的噶伦堡组织请愿，留阻达赖，不让他回西藏。

周恩来获悉西藏反动分子的活动和阴谋计划后，便立即找达赖长谈，劝阻他不要留在印度。他先听达赖的意见，达赖向周恩来报告了西藏自治区筹委会成立以来的工作情况，说这一时期比较重要的一点是在团结方面出了一点问题，西康改革中发生叛乱之后，大家议论纷纷，思想极为不安，我们对此问题经常解释说，中央政策是正确的，只是下面执行政策上有错误和缺点。周恩来说，汉族干部无论自治区委员会或在地方，都应该尊重藏族干部，使藏族干部真正做到有职有权。训练藏族干部的事情不能办得太急，应该在自觉自愿的基础上进行。并说，西藏土改没有搞好，引起昌都地区一些混乱，现在中央已派王维舟同志带领访问团去处理善后问题。这项工作中有偏差，有些事情没有搞好，不能光怪下面的干部，上面没有抓紧及时纠正。西藏，包括昌都及前、后藏三个地区的一切改革都要得到你们的同意。毛主席这次要我转达你，现在肯定不谈改革，在大家都没有安置好以前不改，而先将自治区成立起来，培养干部，做好其他方面的工作，将西藏的贫困情况予以改变，使大家生活先好过起来。长住国外的西藏人，对国内情况总会有不了解之处，他们愿意住在国外，可以长住下去，不要急着要他们回国。你两个长住国外的哥哥也是这样，可以告诉你们放心，他们一时对国内情况看不清没关系，可以在国外多待些时间，多看些时间。如果他们缺钱用，我们可以告诉驻印大使馆拨一些外汇，经你的手给他们。还说印度政府对中国是友好的，同中国一道倡导和平共处五项原则，宣布西藏是中国领土，这些都是很好的。我们应该坚持中印友好，加强中印团结。

随后，周恩来又接见班禅，转告他同达赖谈话的内容，并叮嘱要搞好同达赖的关系。说班禅尊重达赖，达赖也就尊重班禅了。双方的干部也应该互相照顾，这样就可以达到团结的目的。

11 月 30 日上午，到拉志加特甘地墓献花圈，然后同尼赫鲁继续就国际形势举行会谈。

傍晚，在尼赫鲁总理陪同下，乘敞篷汽车从总统府驶往拉姆利拉广场，沿途受到群众的夹道欢迎，人们纷纷向周总理、贺龙副总理及代表团全体成员身上抛撒鲜花和花瓣。随即出席德里 10 万市民的欢迎大会。尼赫鲁首先在大会上发表讲话，他热情地说："今天，你们聚集在这里不只是想看看和听听代表伟大国家的伟大人物。而且这件事情的后面有着一件非常大的事情——这是一次两国人民的会见——你们的心中一定理解到这一点。

"印度和中国的这种关系是一种什么关系？毫无疑问，对我们的国家、亚洲，我敢说，对整个世界来说，有些事情取决于这种友谊。我这样说并不是出于虚假骄傲。

"如果说中国和印度受人尊敬，这是因为中国有着能干的人民在工作着，印度也有着能干的人民。今天世界人口达到 25 亿。这两个国家加起来的约有 10 亿——几乎占世界人口总数的一半。如果我们两个国家不是独立的，这个数字原是不足轻重的。但是，今天他们是自由的——现在，正是由于这一点，他们才对世界有很大的影响。当这样两个国家手拉着手前进，当他们被友谊联结起来时，这是有着极为重大的意义的。"

　　"正像周恩来前些时候曾经说过的，这是有着历史的意义的。""我们两国之间的这种关系已经差不多有 2000 年之久了。""中国的书籍中写着，在那时候，在一个中国的城市中有着 10000 名印度人；他们是佛教学者和佛教香客。""我们被人把我们同邻居隔开了 150 年到 200 年之久。""由于达到了独立，这个时期已经结束了，而且旧日的友谊恢复了。""印度和中国的关系已经再度发展了。""在现代，有必要去了解我们的邻居，了解邻近的国家，像中国那样巨大的邻居，并且向他们学习。""周恩来总理说中国人民应当来印度学习。这表明，他是属于高贵的古代文明的，表明他是属于伟大的文明的。他永远不会说他要教训人。""应当互相交流经验。人们应当互相学习，而不应当把一个人的意志强加给他人。""这就是为什么潘查希拉规定任何国家不应当干涉其他国家的内政，也不应当强加思想。"

　　周恩来以他那热情洪亮的声音向德里市民们说："我们分别两年半，又见面了。重逢永远是人生的快事，而今天你们又给我和我的同事们这样盛大的热烈的欢迎，这更使我难于找出适当的词句来表达我们高兴和感激的心情。我衷心地感谢你们。我谨以中国政府、中国人民和我本人的名义向你们，我们伟大邻邦印度的首都的全体市民们，致以兄弟般的敬意和热烈的问候！

　　"感谢你们的政府和尼赫鲁总理，我们又来到印度做客。三天以来，我们在你们有着悠久历史而又美丽的城市里过着十分快乐和有意义的日子。虽然仅仅有两年半的时间不见，你们的城市已经发生了很大的变化。我们在德里郊外和城里看到了更多的雄伟的建筑，新的建设正在使你们的城市改观。

　　"德里的新气象象征着印度的新气象。印度在独立之后不久就出现了欣欣向荣的新的面貌，这是十分自然的。一个长期为殖民主义所束缚的伟大民族，一旦打破枷锁，必然发出巨大的创造力量。

中国人民和印度人民一样，也是刚从长期的殖民主义的压迫下解放出来，现在正在进行着和平的建设。我们中国人民对印度人民在建设自己国家中所取得的新的进展特别感到可贵。我们向你们祝贺，并且深信你们在建设中的不断进展是任何外力压制也阻挠不了的。"

周恩来叙述了两国过去和现在的友好关系。他说："我们中印两国人民之间的友谊是具有稳固基础的。当我们中印两国共同遭受着殖民主义压迫的时候，我们就有了深切的相互同情。在反对殖民主义的斗争中，我们又相互支持。现在我们先后挣脱了殖民主义的束缚，建立了自己的国家，我们又都在积极从事着和平建设。我们两国的情况有着许多相同之点，我们都面临着许多相同的工作。我们只有一种共同的愿望，那就是和平共处、互相尊重，友好合作、努力前进。正因为这样，我们两国共同倡导了五项原则——潘查希拉。在五项原则的基础上，我们两国的友好关系在过去的一个时期中有了长足的发展。同时，许多亚洲、非洲和其他地区的国家也赞成了这些原则。五项原则和万隆精神已经形成为我们这一个时代不可抗拒的潮流。"

周恩来有所指地强调指出："我们一向认为国家不分大小，应该一律平等；每一个国家都有它值得别国学习的好东西，好经验。沙文主义的危险，特别是作为一个大国的沙文主义的危险就是自高自大，看不见或者看不起别人的长处，其结果是故步自封，阻塞了进步的道路。"

晚上，周恩来等出席中国驻印度大使潘自力在使馆举行欢迎周恩来等访印的招待会，到场的500多名客人中有尼赫鲁总理和他的女儿英迪拉·甘地夫人等。招待会之后，周恩来和尼赫鲁继续举行会谈。周恩来对尼赫鲁说，中国和缅甸将谈判解决两国边界问题，并诚恳地说明中国政府对于历史遗留下来的边界问题的态度。关于中印边界东段的所谓"麦克马洪线"，这条界线是非法的，是从来没有被中国政府所承认的。尽管如此，为了保证边境的安宁和照顾到两国的友好，中国军政人员将严格不越过此线，并表示希望以后能找出解决东段边界的适当办法。然而尼赫鲁对中印边界却始终采取不容讨论的态度。

12月1日，周恩来一行乘飞机离开德里前往孟买邦浦那，开始对印度各地访问。在登机前，周恩来接见各国记者并回答美国合众社记者提问时说：中国一直希望改善中美关系。正如你们所知，我们已经特别邀请你们美国记者来中国访问。被中国判刑的美国人总是有机会在服刑期满之前就被释放的，如果他们表现良好的话。但是我必须提醒你，到目前为止，被关押在美国监狱里的中国人没有一个被释放或遣送回国。

中午，周恩来等到达以军事机构和教育机构著称的浦那市，随即应邀参加浦那市政机关举行的市民欢迎会和午宴。周恩来在会上发表简短但热情洋溢的讲话。下午，参加在浦那市附近的印度国防学院第四期学员毕业检阅式。晚上，出席国防学院的庆祝宴会并发表讲话。周恩来说："武装部队有两种，一种是压迫和威吓人民的武装部队，另一种是保护人民的武装部队。前一种是侵略部队，后一种是人民部队。开始的时候，侵略部队看来比较强，人民部队看来比较弱，但是在斗争过程中，侵略部队注定要失败，而人民部队则成为不可战胜的。中国革命的伟大先行者孙中山的名言是：如果武装部队同人民发生了密切的联系，而成为人民的武装部队，这种部队就是不可战胜的。"

12月2日上午，周恩来一行参观离浦那11公里的印度中央水利和动力研究所及青霉素工厂，周恩来在留言簿上写道："你们正在为你们的国家进行伟大的工作，我们愿意向你们学习。"

当日下午，周恩来率团飞抵印度西海岸最大城市孟买，在机场受到孟买邦代理邦长查格拉、首席部长恰范和中国驻孟买总领事孙吉平及 100 多万市民的夹道欢迎，人们给中国总理、贺龙副总理及随行人员戴上五颜六色的鲜花花环，他们全身被撒上无数的花瓣，个个像是花中人。

这种热烈的欢迎场面，既热情又隆重，为世间罕见。

孟买代理邦长查格拉在马拉巴山上举行宴会欢迎周恩来一行，宴会后观看印度艺术家表演的歌舞。12 月 3 日，周恩来等参观印度海军旗舰"德里号"和孟买的海军造船厂、斯普林纺织厂、原子能机构、牛奶厂。在中国驻孟买总领事馆花园内接见旅居印度的华侨，勉励他们和当地人民友好相处，遵守驻在国法令，促进中印友好。晚上，出席中国驻孟买总领事孙吉平为周恩来访印举行的宴会，出席招待会的有孟买首席部长恰范等 200 多人。随后，周恩来等又出席孟买市政机关举行的招待会。

周恩来在孟买市市政机关的欢迎大会上发表热情的讲话。周恩来除感谢孟买市的热情欢迎外，他着重讲了中印两国的传统友谊和两国倡导的和平共处五项原则，为和平而努力。然后特别指出："孟买是印度人民值得自豪的一个城市，也是中国人民十分敬佩的一个城市。在印度人民反抗殖民主义的英勇斗争中，孟买有着光荣的历史。今天，当印度人民努力建设自己的国家的时候，孟买又起着重要的作用。两天来，我们在孟买的参观中，深深地体会到，你们的城市不仅拥有雄厚的工业基础，而且有着丰富的文化、艺术和科学技术的优良传统。

"在你们国家的第一个五年计划中，孟买已经起了很大的作用；无疑地，在你们国家的第二个五年计划中，孟买还将继续作出重要的贡献。"

周恩来说："我很高兴地知道，中国的天津市市长已经邀请了你们的市长先生在本月底到天津市和中国的其他地方去访问。我希望中国的一些城市的市长也能够到孟买来参观和访问，让他们多多向你们学习。中国还应该有留学生到你们的城市来进行比较长期的学习。我们两国之间可以交流经验的地方很多，包括经济、科学、医学、文化、艺术等各个方面。孟买应该成为中国人到印度来学习的中心地点之一。我们的祖先曾经不辞千辛万苦地来到印度寻求知识和智慧，我们今天更应该到你们这里来，虚心地向你们学习。"周恩来特别强调说："中国人民对于孟买这个城市还特别具有深厚的感情，因为我们记得在我们抗日战争中的艰苦的日子里，我们曾经得到印度医疗队的兄弟般的支援，而在这医疗队中就有着孟买市优秀的儿子柯棣华医生。为了支援中国人民，他献出了年轻的生命。孟买市同柯棣华医生的名字永远留在中国人民的记忆中。"

最后周恩来高呼："印地秦尼巴依巴依！潘查希拉秦达巴！"

招待会之后，周恩来等又出席印中友好协会在孟买最大的运动场——瓦拉巴伊帕特尔运动场举行的欢迎宴会，孟买代理邦长查格拉和周恩来先后在宴会上讲话。晚11时，周恩来一行又出席孟买市市长卡德尔举行的音乐会，在会上会见印度著名电影演员，直至深夜始散。

12月4日，周恩来率领代表团在细雨中乘飞机离开孟买，前往印度南部城市班加罗尔访问。孟买的代理邦长、首席部长和中国驻孟买总领事等前往机场热烈欢送。中午，到达班加罗尔，迈索尔邦邦长和首席部长到机场迎接。下午，参观印度国家科学研究所。随后，出席30000多班加罗尔市市民在学院曲棍球场举行的欢迎周恩来等一行的大会，邦长巴哈杜尔和周恩来在大会上先后发表讲话。周恩来在讲话中赞扬班加罗尔这个花园和科学的城市，印度军事科学和原子能研究中心。晚上，又出席迈索尔邦邦长巴哈杜尔在其官邸举行的宴会。

12月5日上午，周恩来率领代表团乘飞机离开班加罗尔前往印度东海岸城市马德拉斯访问，迈索尔邦邦长、首席部长到机场欢送，中午抵达马德拉斯，在机场受到马德拉斯邦邦长普拉卡萨等的热烈欢迎。下午，周恩来等参观南印度最大电影制片厂之一——吉米尼电影制片厂，同演员、工作人员亲切交谈，了解印度的电影事业。随后出席马德拉斯市市民的欢迎大会，周恩来向两万多市民发表演说。他说：通过不断加强我们相互的了解和更多地互相学习来继续发展两国的友谊，这是我们此次访问印度的基本目的。又说：我们共同倡导了五项原则，并且在一同宣传这些原则方面做了有成效的努力。我们这种友好合作在缓和国际紧张局势上起了重要的作用。

12月6日上午，在邦长陪同下，周恩来一行参观离马德拉斯约40英里的库利潘坦达拉姆村并为尼赫鲁总理送给村民们的"妇幼保健站"揭幕。下午参观马德拉斯附近的印度国营火车车厢工厂。晚上，出席马德拉斯印中友好协会举行的招待会，随即出席马德拉斯邦邦长普拉卡萨举行的宴会，邦长致欢送词，周恩来致告别词。

为了满足各国记者的要求，在12月6日晚举行记者招待会，回答记者们提出的问题。

记者问：请你谈一些关于埃及的事好吗？自从你在印度议会里发表演说以来，英法已经决定从埃及撤军，但是，它们把这件事同其他因素联系起来，例如以接受关于埃及的18国建议为条件，请你对此发表意见好吗？

答：中国政府和中国人民支持亚非国家采取的立场。那就是说，英国、法国和以色列的军队立即无条件地撤出埃及。联合国紧急部队的责任是监督英、法、以军队的撤退和在埃及政府的合作下帮助清理运河。联合国紧急部队在这样做的时候应该充分注意埃及的主权和尊严。

记者问：巴基斯坦总理最近说，英法对埃及的进攻不能说成是恢复到殖民主义，英法企图做的只是要保持运河的国际水道的性质。先生，你的意见如何？

答：（总理笑笑）当然，我不同意这种看法。这当然是殖民主义的侵略。

记者问：你对美国关于埃及的政策的意见如何？

答：美国支持联合国要求英法军队撤出埃及，这是对的。

但是，我们更关心其他两件事。第一，我不知道美国是否要想取代英法在中东的地位。第二，我不知道美国是否将继续支持英法控制运河的计划——所谓国际管制运河的计划。这个计划将侵犯埃及主权。

记者问：你愿意对你向蒋介石提出的建议再做一些补充吗？

答：蒋介石和他的集团是中国人。作为中国人，我们不愿意看到中国的永久分裂。这就是为什么我们认为他们应该并且最后会回到祖国来的原因。这也是我们为什么正在尽一切力量来促成台湾和平解放的原因。

记者问：你对于中国和法国之间的关系的前途有怎样的意见？

答：自从两年半以前举行日内瓦会议以来，我们一直希望法国和中国之间的关系能够改善。但是进展看来是缓慢的。我们认为，最好的办法是有更多的法国朋友到中国来，找出改善关系的办法。

记者问：你这次访问印度有什么印象？

答：我的印象是非常良好的。这次访问使我有机会看看科学、文化、艺术和其他各个方面的情况，并且同各方面的人士见面。这样，我们能够更好地了解印度，能够向印度学习对我们有用的东西。这会有助于促进中国和印度之间的合作以便为世界和平而共同努力。

记者问：克里希纳·梅农在联合国说，我们可能很快就能听到，被拘禁在中国的最后 10 名美国人被释放。这是真的吗？

答：梅农一向抱有乐观的希望。在我们促进和平共处的事业中，他是我们非常好的朋友。

12月7日早上，周恩来率领代表团从马德拉斯飞往加尔各答。马德拉斯邦长、首席部长等到机场送行。飞机很快在阿散索尔机场降落，受到大约1万人手捧鲜花的热烈欢迎。随后，周恩来等乘车到加尔各答东北的工业区参观奇塔兰詹的机车制造厂、迈顿水坝以及辛德利化学肥料工厂，晚上住在辛德利。12月8日上午，周恩来一行乘汽车从辛德里回到阿散索尔，行程60英里，在车上观看了沿途风光和农作物。到达阿散索尔立即改乘飞机飞往加尔各答，受到西孟加拉邦首席部长罗伊和聚集在街道上的居民的热烈欢迎，他们纷纷向周总理等人的身上抛撒花瓣。当日下午，周恩来一行出席印中友好协会西孟加拉邦分会举行的招待会。

在招待会上，周恩来接受了印中友好协会西孟加拉邦分会赠送的泰戈尔著作和其他孟加拉文作家的著作总计26卷。晚上，周恩来等在西孟加拉邦政府大厦观看了泰戈尔创作的三幕舞剧《昌达利卡》。晚餐以后，又观看了印度各地的民间舞蹈表演。

12月9日上午，周恩来一行参观印度统计学院和加尔各答热带医院以及一所佛教寺院。下午3时，周恩来等出席加尔各答市百万市民的欢迎大会。邦长奈都女士、首席部长罗伊和加尔各答市长出席了大会，奈都和周恩来分别讲话。

周恩来在讲话中大力赞扬印度的成就。他说："通过我们过去12天的参观，印度各方面的成就给我们留下了深刻的印象。我们看到印度在许多方面是在中国的前面，值得中国好好学习。

"在科学研究工作方面，我们深深地感到你们对于发展这个关系到国家长期建设的根本部门注意得比我们早，取得的成绩比我们大。在工业方面，你们有着不少先进的现代化设备和效率相当高的管理机构。你们在水利建设、建筑工程、医学和发展乳品制造等方面都取得了成就。

"你们的文化艺术方面的成就也是十分突出的。如果说，在我上次访问印度的时候，你们庄严的古代建筑给我们留下了不可磨灭的印象，那么，在这一次的访问中，你们的民族舞蹈和民族音乐又使我们每一个人都深为赞佩。你们继承和发扬的丰富的文化遗产可以使中国的艺术家和学者得到丰富的教益。你们在保存和发展这些古老优秀的文化方面所做的工作，也值得我们学习。"

周恩来明确指出："我们两国的政治制度虽然不同，但是都在努力建设祖国。我们两国都坚决要求持久的世界和平。事实已经证明，中印两国之间的团结对于维护世界和平能够产生多么伟大的作用。体现中印团结，由印度和中国倡议的和平共处的五项原则——潘查希拉，在过去两年中间已经为亚洲、非洲和欧洲越来越多的国家所接受。在万隆召开的亚非会议中，印度和中国同其他国家一起为巩固亚非国家的团结，为维护民族独立和保卫世界和平的事业作出了共同的努力。"周恩来又明确指出："我们认为五项原则应当成为世界各国在国际关系中一致遵守的原则。敌对性的军事集团应当为集体和平所代替，军事侵略和武力威胁应当为各国的和平共处所代替。只有如此，世界的持久和平才有希望。为了实现这样的希望，我们亚非国家的人民必须加强团结，世界上所有的国家的人民也都应该团结。五项原则是不排斥任何人的。在中国这方面，我们准备同世界上任何一个国家，包括美国在内，改善关系。这是符合世界和平的普遍利益的。但是，我们也应该指出，有些人是不愿意看到国际紧张局势的缓和的。""在我这次同尼赫鲁总理多次友好坦率的会谈中，了解到印度在今天国际事务中的许多重要问题上和中国政府的见解是一致的。当然，中国和印度之间也并不是、也不能是在一切问题上都抱有同样的见解，但是正如尼赫鲁总理说过的：'我们在某些问题上的不同意见是一种友好的不统一，并不妨碍我们的友谊和合作。'我完全同意尼赫鲁总理的这些话，并且认为我们除求同而外，还应该尽量了解彼此有所不同的意见，来加深我们相互之间的认识和信任。这样做，不仅不会妨害我们两国的友谊合作，而只能更加有助于我们两国在维护世界和平和促进国际合作的共同事业中，从各自不同的地位发挥各自的作用。"

周恩来的讲话，多次受到人们的热烈鼓掌欢迎。这次讲话，实际上是对印度访问的一个总结发言。

当天下午，周恩来、贺龙在西孟加拉邦政府大厦花园里接见旅居在加尔各答和附近各邦的华侨代表 150 多人。周恩来谈了中印关系及华侨应与当地人民友好相处，遵守旅居国的法律法令，并号召大家"人人学玄奘"。

晚上，周恩来举行记者招待会，由新闻司司长龚澎主持，参加招待会的有印度、中国、苏联、英国、美国和法国等约 30 名记者。记者招待会历时一个半小时。周恩来总理答复了涉及很广泛的问题。

在回答关于中美关系的问题时，他说：自从万隆会议以来，我们一直在尽我们最大的努力来改善中国和美国之间的关系。在日内瓦的中美会谈中，我们提出了建议，为的是缓和并消除台湾的紧张局势。我们建议说，最好的办法是召开外长会议来解决具体问题。而且在举行这个外长会议之前，可以做某些工作来改善这种关系，例如取消贸易禁运，鼓励中国和美国之间的贸易，进行文化交流和让中国人民与美国人民互相访问。但是我们感到遗憾的是，我们这一切努力没有得到美国政府的相应的反应和赞同。

记者问：中国是否提出了任何新建议来改善中国和美国之间的关系？

周恩来回答说：我们仍然坚持我们已经提出的那些建议。因为我们的建议没有一个得到美国政府表示赞同的答复。在我们这方面，我们看不出有什么更好的建议了。如果美国政府希望满足美国人民要同世界各国人民、包括中国人民在内的友好愿望的话，那么应当做一些努力来改善中美关系。

记者问：周总理是否认为得不到美国政府方面的反应是由于意识形态上的分歧？

周恩来说，如果说原因在于意识形态的不同，那么为什么美国同苏联和其他社会主义国家保持接触呢？这证明，不是真正的原因。我们认为，具有不同意识形态的国家可以保持接触和和平共处。

《每日新闻》记者希望知道这是否会让蒋介石在北京政府中任职还是台北政府中任职，如果说 20 年以前曾经救过蒋介石的性命的周恩来确实曾经表示愿意让任这种职务的话？

周恩来说，最好还是不要提 20 年前发生的事。此外，这不是我一个人做的事情，这是根据当时中国人民的需要这样做的。我在金边所说的和记者们所报道的并不完全相同。我说，中国政府正在尽一切努力来争取和平解放台湾并且努力来争取蒋介石。如果台湾归还中国的话，那么蒋介石就有了贡献了，而他就可以根据他的愿望留在他的祖国的任何一个地方。而你们提到说给蒋介石一个政府中的职位。实际上，所发生的情况是这样的：一位记者问道，我们是否会给蒋介石一个部长的职位。我说，部长的职位太低了。

一位印度记者问到克什米尔问题。

周恩来说，这个问题是印度同巴基斯坦之间的未决问题。我们希望这个问题能够和平地解决。印度同巴基斯坦是姐妹国家，这两国人民的种族相同。他们之间没有不可解决的争端。印度同巴基斯坦分治是英帝国主义分而治之的政策的不幸结果。我已经向巴基斯坦总理说明这一点，并且将再次向他说明这一点。

印度报业托拉斯记者提出关于苏伊士运河问题。

周恩来说，联合国安全理事会通过的六项原则已经为埃及代表接受，亚非国家也坚决支持这六项原则。这六项原则中最重要的一点是：应当尊重埃及的主权和尊严。因此这六项原则同英国、法国和其他西方国家提出的关于国际管制的 18 国计划毫无关系。亚非各国人民不应让这 18 个国家私贩它们的计划。一切决定首先应当得到埃及的同意，然后才能执行。

一位记者问道，周恩来总理是否同意尼赫鲁总理关于匈牙利局势的看法？如果不同意的话，印度在哪一点上跟中国有不同看法？

周恩来说，尼赫鲁总理在印度国会的发言中和在同中国总理交换意见的时候，都已经表明了他的看法，我同意尼赫鲁总理一部分看法，但不同意另外一部分看法。我在市民欢迎大会的讲话中已经指出中国政府对这个问题的看法。最重要的一点是，根据实际情况，匈牙利事件是这样一个事件：西方国家里的某些集团试图在事件中利用匈牙利人民的运动和不满，以便在匈牙利进行颠覆活动。这种活动一度很得势，人民遭到了屠杀。匈牙利人民为了拯救他们的社会主义成果，就不能容忍这样的事。社会主义国家为了保卫团结和保障社会主义国家的利益，也决不能允许他们的团结遭到破坏。我们反对从外部煽动的、目的在于推翻社会主义制度的任何颠覆活动。某些国家的政府一直在毫无根据地硬说别人在它们的国家里进行颠覆活动。但是事实上它们自己在对社会主义国家进行颠覆活动。当然，人们不能容忍这种情况。至于尼赫鲁总理和中国政府在匈牙利问题上的意见不同，正如尼赫鲁总理所说的——这是友好的不同意见。因此，就不需要来分析和答复关于它们有些什么不同的问题。

记者问：中国政府对联合国关于在匈牙利进行视察的决议的意见是什么？

周恩来回答说：中国没有在联合国里，因此中国没有义务答复这个问题。

一个记者提到尼赫鲁总理即将访问美国的事的时候，询问周恩来总理是否曾请尼赫鲁总理向美国政府转达任何建议或口信。

周恩来说，尼赫鲁总理是和平的使者，不管他到哪里去，不论他会晤谁，他都将讨论同世界和平有关的问题。如果尼赫鲁同艾森豪威尔讨论中美关系问题，那么我们认为尼赫鲁一定会提出他认为是有益于改善中美关系的意见的。我们知道，尼赫鲁对世界局势的了解比我们多。因此，我们所能提出的任何建议都不可能超出他所考虑的意见之外。特别是尼赫鲁对美国国内局势的了解和知识比我们的多。

《每日快报》记者问到所谓西藏境内的"叛乱"和所谓中国政府拒绝让外国记者进入西藏的问题。

周恩来首先指出，中国政府根本不知道有这种叛乱，而且现在在印度的两位著名的喇嘛也不知道这种事。如果你们所指的四川省的一批人同中国政府部队之间发生武装冲突的事，那么这件事已经过去了。因此，这完全是另一回事。这种冲突是由于这些人民不大了解中国政府的政策而引起的。但是这已经完全解决了。中国政府从来没有作出过不许外国记者进入西藏的任何决定。

英国广播公司记者问，总理在目前访问印度以后，是否认为英国对印度的坏处比好处大？如果这样的话，那是怎么回事呢？

周恩来笑着说，这个问题应该由印度朋友来答复。但是我能够告诉你们关于殖民主义在中国遗留下来的罪恶的情况。在殖民地或是半殖民地中，殖民主义总是设法使人民贫困，并且阻止他们的经济发展，特别是工业的发展。正是因为这样，除了日本以外，在亚洲和非洲所有国家都落后于西方国家好几十年。所以造成这种情况，首先是因为殖民主义强加在它们的头上的。它们被变成了原料的来源和剥削的市场。由于这个原因，它们没有独立的经济，更谈不上完整的工业体系。

由于没有独立的经济和完整的工业体系，它们不能够成为现代化的国家，并且不能够改善它们的人民生活。由于这个原因，对我们东方人来说殖民主义是可怕的灾害，它使得我们远远落后于西方国家。我们并不仅仅是在印度的村庄和城市中能够看到殖民主义给人民带来的痛苦。这正是我们为什么要消除殖民主义的原因。这是参加万隆会议的亚非国家的一致要求。另一方面，你们也许会说殖民主义者曾经在一些东方国家建立了一些工业，修建了一些港口和建设了一些工程，但是所有这一切都是为了他们自己的需要和目的而做的。不要忘记，所有这些建设工程都是所在国的人民完成的，是在剥削这个国家的同时完成的。如果我们算一算账，我们可以有把握地说，西方国家老早把它们的投资赚回去了。在中国，就有许多类似的例子。即使说殖民主义为东方国家做了一些好事情，留下了一些好东西，譬如这个建筑物和在中国的一些工业，但是，西方殖民国家早就把它们的投资赚回去了。当然，我们是反对殖民制度的，但是决不反对西方国家和东方国家人民进行接触。我们反对的是殖民主义，而不是西方国家的人民。而且我们东方人民知道西方国家的人民在科学知识和其他方面比较进步。因为他们有比较好的机会。我们应当向他们学习对我们有用的东西。

《每日新闻》的记者问：中国是否将在不久后很快就释放10个美国人？

周恩来回答说，在整个44名美国人中有一些军人，自从印度的梅农进行努力和去年举行中美会谈以来，已经释放了34个人。周恩来说，目前，只剩下10个美国人了。这10个人犯了违反中国法律的罪行。他们还没有服满他们的刑期。其中有两个人进行了反对中国的颠覆活动。中国政府一向说，如果这些美国人的行为良好的话，他们可以期望在他们刑期服满之前获释。现在，他们仍然按照中国的法律被拘留在中国。但是同时，他们有机会参观中国各地。他们享有中国法律所许可的一切权利。他们可以和他们的家庭通信，他们的家属可以看望他们，只要美国政府允许他们这样做。周恩来还说，美国政府没释放任何被监禁在美国监狱中的中国人。虽然美国政府说，被拘留在美国的中国人可以申请遣返，然而到目前为止没有任何人得到了许可。美国政府甚至没有像我们所做的那样，把被拘留在美国的中国人名单交给中国政府。我们已经交出了全部的名单，而美国政府只交出了部分的名单。你知道了这种对比以后，就可以对是谁应该采取进一步的步骤得出你自己的结论了。

有记者问第二次亚非会议问题。

周恩来说，关于召开第二次亚非会议的问题，我们是赞成这个主张的。但是，至于这个会议应该在什么时候召开，它应当有什么议程，这是首先要由发起第一次亚非会议的科伦坡五国讨论，然后再和各其他亚非国家磋商的问题。

周恩来在印度马德拉斯和加尔各答举行的两次记者招待会都非常成功。不仅精辟准确地阐述了对当前国际局势的看法、我国外交政策和对一些重大国际问题包括中印关系的立场，强烈地谴责殖民主义及美国的反华政策，而且表现了一位伟大外交家的气魄、才华、风度和巨大魅力，使得那些出席记者招待会的记者们心悦诚服，无比钦佩和称赞，也受到各国人民包括印度人民的欢迎。

12 月 9 日的晚上，西孟加拉邦首席部长罗伊举行欢迎和欢送周恩来率领的代表团的宴会，西孟加拉邦邦长奈都女士及各界人士出席了宴会。宴会上主人和客人致辞后彼此热烈交谈，中印友谊是主题。大家都为周总理访印成功，大大促进中印友谊的发展和和平共处五项原则的弘扬推广而举杯祝贺，周恩来、贺龙等也频频感谢印度和加尔各答市、西孟加拉邦的盛情款待，祝愿中印友好、印地秦尼巴依巴依（印中人民是兄弟）世世代代延续下去。

　　12月10日上午，周恩来等结束了在印度12天、行程4000英里的访问旅行之后，乘飞机离开加尔各答前往缅甸访问，西孟加拉邦邦长奈都女士在政府大厦欢送，西孟加拉邦首席部长罗伊陪同到机场。加尔各答市市长、各界人士和中国驻印度大使潘自力等到机场欢送。周恩来在机场发表告别讲话。他说："我和我的同事们在贵国进行了12天愉快的友好访问之后，今天就要离开了。在这个分手的时候，请允许我代表中国政府和人民向印度政府和人民表示衷心的谢意。""12天来，我们所到之处都受到印度政府和人民的殷勤招待和盛大欢迎。这是对我们，也是对中国人民的很大光荣。""我们的访问是为了增进中印友谊。从我们在印度同各方面广泛接触来看，我们可以很高兴地说中印友谊的花朵不仅有着光辉的过去，而且有着更加灿烂的将来。我们相信，我们这次的访问在中印友好合作关系上是能够起着推进作用的。"

　　12月11日，《人民日报》以《十万万人民的伟大友谊》为题发表社论，歌颂周恩来总理和贺龙副总理访问印度获得巨大成功，并说"中国和印度两个伟大文明古国的新生，标志着亚洲、非洲及一切殖民地人民觉醒的新时期"。

七、出访亚洲七国（二）

周恩来第三次访问缅甸，就中缅关系等问题举行友好会谈

1956 年 12 月 10 日上午 10 时 30 分，周恩来一行乘飞机到达缅甸首都仰光，对缅甸进行为期 10 天的友好访问，在机场受到缅甸总理吴巴瑞和缅甸反法西斯人民自由同盟主席吴努以及军政人员和中国驻缅甸大使姚仲明等的热烈欢迎。

这是周恩来第三次访问缅甸。第一次是 1954 年日内瓦会议期间，他在访问印度后，来到缅甸，同吴努总理共同发表和平共处五项原则声明。第二次是 1955 年出席亚非会议路过缅甸，同尼赫鲁、吴努、纳赛尔共商亚非会议。这是第三次访问，受到缅甸更加热情的欢迎。

当天中午，周恩来、贺龙等同缅甸总统巴宇共进午餐，并进行亲切友好的交谈。

下午，周恩来一行拜会缅甸总理吴巴瑞。晚上，在缅甸反法西斯人民自由同盟主席吴努寓所同吴努共进晚餐。老朋友见面，彼此边吃边谈，气氛极其融洽、友好。

12 月 11 日，周恩来率领代表团出席缅甸反法西斯自由同盟领导人员大会，吴努和周恩来在会上发表讲话。

周恩来在讲话中首先谦虚地说："吴努主席阁下在发言中，对我个人过分地称誉了。我只能把这种称誉看作你们对中国人民的深厚友谊的表现。我将把你们的深厚友谊转达给中国人民。"接着说："中国和缅甸是亲密的邻邦。从很早的时代起，我们两国人民就开始了友好的往来，这些友好往来丰富了我们各自的经济和文化生活。在历史上的绝大部分时期里，我们两国都有着极其友好的关系。只是到了我们两国都遭受到殖民主义奴役和压迫的时代，我们的亲密联系才被人为地割断了，而殖民主义者竭力在我们之间制造隔阂和不和，来实现他们巩固殖民主义侵略的目的。""当我们两国摆脱了殖民主义的束缚以后，我们就迅速地恢复了我们之间的友好关系。缅甸是最早承认中国的国家之一。1954 年 6 月，在我第一次访问缅甸的时候，吴努主席和我发表了联合声明，共同确定了和平共处的五项原则作为指导我们两国关系的原则。""1954 年 12 月，吴努主席访华期间，我们在共同发表的公报中，更确定根据五项原则尽早地解决我们两国之间存在着的各项问题。"

周恩来明确指出："我们两国也根据五项原则对历史遗留给我们的一些问题，寻求着合理的解决。在今年 10 月到 11 月吴努主席应邀访华期间，我们两国对悬而未决的边界问题又进行了友好的商谈，并且发表了联合公报。我们深信，在五项原则的基础上，我们之间所存在着的问题，完全可以逐步求得解决。当然，由于历史上遗留下来的隔阂是不会一时完全消除的，在一定时期以内，一方对另一方不了解的情况还可能存在。在这种情况下我们认为耐心的等待是一种明智的政策。"

周恩来继续说："在我们的各自建设中，我们也进行了一些合作。我们在经济上的合作是平等互利而不附带任何条件的，是完全符合和平共处的五项原则的。""为了建设我们自己的国家，我们都需要一个和平的国际环境。和平是世界各国人民的愿望，尤其是迫切要求进行建设的亚非人民的愿望。"

最后，周恩来赞扬了反法西斯人民自由同盟。他说："缅甸反法西斯人民自由同盟在缅甸的优秀儿子昂山将军领导之下。曾经在反对殖民主义和争取民族独立的斗争中作出了重大的贡献。我祝贺你们在吴努领导下在建设祖国和保卫和平的事业中也将发挥重要的作用。"

中午，周恩来率领代表团向昂山将军墓敬献花圈，随后在吴巴瑞总理的官邸共进午餐。

晚上，周恩来一行应邀出席巴宇总统在总统府举行的国宴，巴宇总统首先致欢迎词。他说："周恩来总理是缅甸人民真诚的朋友。"他提出："在这世界处于恐惧、猜疑和紧张状态中的时候，我们不仅可以以口号而且以实例证明，和平共处的五项原则就是走向世界和平的道路。"周恩来在答词中十分赞成巴宇总统的提议，应该"树立共处的榜样"。他说：中国将不懈地坚持贯彻五项原则的精神，力求加强同缅甸和其他亚非国家人民以及全世界人民的友谊和团结来反对殖民主义、保卫独立和主权、保卫世界和平。宴会之后，周恩来等又出席巴宇在总统府花园举行的晚会，欣赏缅甸的歌舞。

12月12日上午，周恩来、贺龙等在吴努的陪同下，乘专机离开仰光前往缅甸北部的故都曼德勒访问，受到当地政府和各界人民的热烈欢迎。随即乘船在伊洛瓦底江上顺流而下，参观了实皆省著名的宝塔。以后又回到曼德勒，从曼德勒乘汽车登上遍布竹林的掸邦高原的斜坡后到达眉谬。晚上，出席国防军参谋长奈温将军的宴会，并在这个海拔3000英尺的高原城市过夜。山上风清凉爽。

12月13日上午，周恩来、贺龙等参观奈温特意为欢迎中国代表团举行的阅兵式，然后再返回曼德勒。下午，在吴努、奈温陪同下，周恩来等乘专机飞经八莫抵达缅甸少数民族地区克钦邦首府密支那，受到邦长吴赞塔信等的欢迎。飞机在八莫短暂停留时，八莫全城10000人口中的大多数人都拥到街上欢迎。周恩来在茶会上说，八莫离中国云南不远，自古就是中缅两国经济文化交流的桥梁。我相信这个城市将在增进中缅两国关系方面发挥更重大的作用。当天晚上，周恩来等出席克钦邦邦长吴赞塔信的欢迎宴会。邦长把克钦包和克钦剑挂在周恩来的肩上，对他说："按照克钦族的风俗，这个布包是表示你已经被当作我们克钦族的一员，这把剑是表示保护我们的家族。"周恩来对此非常高兴，他握着吴赞塔信的手热情地说，感谢你对我的信任和所给我的荣誉。

12月14日，周恩来一行乘飞机从密支那到达掸邦首府东枝。早些时候抵达这里的缅甸总理吴巴瑞、副总理兼掸邦邦长藻昆卓在机场欢迎。从机场驱车前往附近的英莱湖，观看因达族人民在湖上举行的精彩划船比赛。当晚，周恩来等出席掸邦邦长藻昆卓在坎色札学院举行的宴会。

藻昆卓致辞欢迎周恩来总理来到他们这里访问，是他们的光荣。周恩来在答词中说，希望两国之间像亲戚般的关系，将在后代中得到保持和发展。周恩来为了给解决中缅边界问题创造良好的气氛，经中缅双方事先商定，在中国云南省芒市举行中缅边境联欢大会，以示中缅人民友谊。因此，12月15日，周恩来一行和吴巴瑞一行乘飞机从缅甸掸邦首府东枝到达中国云南省德宏傣族景颇族自治州的芒市。晚上，周恩来和吴巴瑞共进晚餐，中国代表团成员、云南省负责人、吴巴瑞随行人员均参加。周恩来等作为主人，热情招待缅甸客人，亲切的气氛如同家人一般。进餐之后，周恩来等又陪同吴巴瑞等出席文艺晚会，观看云南少数民族歌舞。12月16日上午，周恩来和吴巴瑞出席在芒市举行的中缅两国边境少数民族公众领袖座谈会，随后出席中缅边境联欢大会。这次联欢活动是1956年1月缅甸政府举行的边境联欢大会的继续，云南省各民族根据中央和周恩来的指示早就做了准备。傈僳族代表翻山越岭跋涉45天赶来，拉祜族代表不远千里而至。这一天，毗邻缅甸几十公里的德宏傣族、景颇族自治州首府芒市呈现一派节日的景象，与缅甸掸族、克钦族同一民族的傣族景颇族人民，敲起象脚鼓，跳着大刀舞，同家园紧邻、田地相连，有着亲戚关系和传统友谊的缅甸客人尽情欢聚。

出席中缅大会的中国方面还有贺龙副总理、代表团全体成员、云南省代省长刘明辉等党政负责人和芒市各界人士，缅甸副总理藻昆卓、吴觉迎，掸邦、克钦邦各族各界人士。周恩来总理和吴巴瑞总理在大会上作了长篇重要的热情洋溢的讲话。

周恩来首先讲话。他说："当我正在我们的邻邦缅甸进行友好访问期间，我能邀请吴巴瑞总理阁下和其缅甸贵宾，同我们一起跨越边境前来参加在芒市举行的边民大会，并且在这里以主人的身份接待你们，使我感到十分荣幸和愉快。我谨以中国政府和人民的名义，向吴巴瑞总理、缅甸其他领导人、今天到会的克钦邦、掸邦的各族领导人以及其他缅甸朋友们表示热烈的欢迎。"

周恩来接着说："中国和缅甸是亲密的邻邦。两千多公里的边界把我们两国紧紧地联结在一起。两国人民之间有着一千多年的传统友谊，好像亲人一般的密切。""殖民主义者曾经在中缅人民间制造隔阂和不和，以便维持殖民主义的统治。"我们两国独立之后，"在和平共处五项原则的新的基础上，发展和加强了我们两国的友谊"。"当然，在我们沿着和平共处五项原则的道路发展两国友好关系的过程中，我们不是不可能遇到某些阻碍。我们两国各自建立新国家并且恢复外交关系的时间还不很久，某些历史遗留下来有关两国关系的问题还没有得到解决的机会。在这种情况下，双方都会有些人对个别问题抱着保留和怀疑的态度，这是可以理解的。但是，我相信，只要我们两国政府和人民坚决信守和平共处的五项原则，彼此以诚相见，我们的相互了解和信任就会日益增进，我们之间一切问题都可以逐步求得公平合理的解决。大家知道最近中缅两国政府曾经本着真诚和互谅的精神，就两国悬而未决的边界问题进行了友好的会谈。经过这次会谈，我们的相互了解有了进一步的增进。我们可以期待这一个历史上遗留下的牵涉较广的问题，在两国人民一致同意下获得公平合理的解决。"

周恩来就两国人民之间的关系，更深入一层说："朋友们，同志们，使我们感到特别愉快的是，在我们两国边境上居住着同样的兄弟民族，今天在座就有不少这样的兄弟民族的代表。你们之间有着相同的血统、语言和风俗，共同饮一条江里的水。你们之间悠久淳厚的传统关系，对发展中缅两国的友谊具有特殊重大的意义。我们应该十分珍重这种可贵的友谊，进一步发展两国边境人民的友好合作关系。"周恩来特别指出："为了做到这一点，我认为我国的边境人民应该比缅甸的边境人民作出更大的努力。由于中国是一个人口众多的国家，我们应该采取更多的主动措施，以自己的实际行动来证明我们对和平共处五项原则的一贯信守不渝。对于我们友好邻邦的人民，我们要永远谦虚谨慎和耐心，坚决反对大国沙文主义。"

周恩来衷心地表示："这次大会的召开标志着中缅两国边境人民友好团结的更高的发展。我希望今后两国边境人民将能有更经常的会晤、更频繁的交往，使我们两国人民之间亲戚般的友谊越加紧密，越加丰富起来。"

吴巴瑞在讲话中说："不必多加叙述就可以了解缅中两国人民在历史上的友好关系。如各位朋友所知道的，缅甸人民亲密地把中国人称作'胞波'。'胞波'是缅甸语，是对同胞生的兄弟姐妹的称呼。据我所知，中国人在过去和在目前也都一直把缅甸人看作自己的亲人。""特别是最近两三年以来，缅中关系得到了显著的改善。1954 年 6 月 29 日，我们的朋友周总理和当时的缅甸联邦总理吴努所发表的联合声明，使缅中友好关系获得了显著的发展和改善。这个联合声明里最有意义的一点就是双方所同意的和平共处五项原则。""今天我们两国忠实地执行了这五项原则，今后我们也一定要忠实地继续执行这些原则。"

吴巴瑞又说："缅甸有句成语说：'敬人者，人亦敬之。'这句成语不仅在人和人的关系中，而且在国际关系中也是我们所必须坚决贯彻的。""今天的边境人民联欢大会是非常重要的。去年缅甸联邦境内的雷基曾举行过一次像这样的联欢大会。那次大会为我们缅中友好奠下了一块重要的基石，并且促进了两国边境人民的友好关系。现在，在中国境内的芒市又举行了第二次边境人民的联欢大会。这次大会又为缅中友好奠下了一块基石。无疑地，两国边境人民的友谊也将获得显著发展。我相信，今后将要举行的边境人民联欢大会也将获得显著的发展。"

晚上，云南省代省长刘明辉为招待中缅两国政府领导人举行宴会。周恩来在宴会上致辞说，我们两国山连山、水连水，边界不能够把我们的友谊分开，不能把我们的亲戚关系分开，不能把我们的"胞波"关系分开。经过这次边境人民联欢大会，两国的友好关系得到了发展。吴巴瑞在答词中说，在芒市看了、听了以后，感到两国边界问题是不存在的。

12 月 17 日上午 8 时，周恩来和吴巴瑞等登上汽车，离开芒市去缅甸，云南省代省长刘明辉陪送两国总理到畹町镇。下午 5 时30 分，周恩来、吴巴瑞到达缅甸首都仰光。晚上，周恩来一行出席印度驻缅甸大使梅罗特拉为中国政府代表团举行的招待会，在招待会上周恩来愉快地会见了缅甸民族院议长肖恢塔、昂山夫人，并告诉他们在上缅甸的访问很愉快，上缅甸人民给予他的热烈欢迎使他很感动。随后，周恩来、贺龙又出席缅甸国防军参谋长奈温将军举行的宴会。

12月18日上午10时30分，在仰光缅甸总统府，周恩来同吴巴瑞举行会谈。吴巴瑞说，中缅之间重大问题有三：（一）撤军问题；（二）边界问题；（三）华侨问题。现在第一个问题已经解决，第二个问题正在解决，第三个问题也应该解决。如果这三个问题都能解决，就没有什么其他能妨碍中缅友好关系的问题了。各方关心的边界问题不宜久拖，同意以中国向吴努提的建议作为基础着手解决。周恩来将边界问题的历史纠葛和我国政府的立场作了系统的阐述，说明解决这个问题我国也面临一些困难。至于解决整个问题的时间，我们可以继续等待。

谈到华侨问题，周恩来重申了中国政府的立场，华侨应该帮助缅甸发展经济，只有自己长期居住的国家利益得到发展，个人利益才有保障。在政治上，我们的态度是：凡是已经获得缅甸选举权的人都应该算是缅甸公民，他们就不再有中国国籍，不能参加华侨的团体和活动。同样，如果有些华侨仍然保留中国国籍，那么就不得参加缅甸的政治活动。在万隆会议期间，我也曾经说过，中国共产党在海外不发展党员，如果想参加中国共产党，得回到中国来。总之，待时机成熟后再谈判解决他们的国籍问题。周恩来还就吴巴瑞所忧虑的像缅甸这样独立不久的小国害怕大国侵略的问题，谈了中国的立场。他说："你们担心大国会任意侵略你们，就中国来说，这是不会发生的。我们奉行和平外交政策，与印度、缅甸共同倡导和平共处五项原则。主张不同社会制度国家之间，更不必说相同的社会制度的国家之间，都应和平相处，大国小国平等相待。我们尊重民族独立国家的主权和尊严。我们对柬埔寨、老挝是这样，对巴基斯坦、锡兰、阿拉伯也是如此。中国是一个大国，但我们自觉地反对大国沙文主义。我们党的八大也特别强调这一点。我们所以这样，是为了不仅使我们这一代，而且使我们的后代也都不犯大国主义错误，我们说了是算数的。"吴巴瑞对周恩来的谈话表示高兴。他说："中国反对大国沙文主义，这对小国是一种鼓舞，我们相信中国能够实行，可以解除小国的忧虑。"

下午3时，周恩来在吴巴瑞陪同下，到缅甸最高学府仰光大学参观，并发表重要演说。他说："我们十分尊敬你们的学校，因为它不但是缅甸的最高学府，而且是缅甸独立斗争的一个重要中心，这里产生了几乎整个一代的缅甸独立斗争的代表人物。昂山将军、吴努主席、吴巴瑞总理和其他许多政治活动的领导人物，都是曾经在这里进行过他们争取民族独立斗争的。一个国家能够有这样的一个大学是值得自豪的，一个青年能够在这样的一个大学里学习是值得羡慕的。"然后，他大谈知识分子的重要性，在过去争取民族独立斗争中没有知识分子不行，在今天建设国家中没有知识分子不行，在坚持和平共处五项原则、争取世界和平中没有知识分子不行，维护和发展中缅两国人民友谊没有知识分子不行，中缅两国进行经济、文化交流没有知识分子也不行。中国需要大量的知识分子，缅甸也需要大量的知识分子。这是周恩来一贯重视和尊重知识分子的思想在缅甸的反映。

下午5时，周恩来在中国驻缅甸大使馆接见来自缅甸各地的华侨代表徐四民等37人。接见后，周恩来等出席缅甸华侨1200余人在中国驻缅甸大使馆大礼堂举行的欢迎大会。周恩来在讲话中勉励华侨和缅甸朋友和睦相处，并说已经选择缅甸国籍的人就不应该再参加华侨团体，但是他们仍然是中国的亲戚。没有参加缅甸国籍的侨民，他们可以同缅甸人民进行人民之间的往来，但是不应该参加缅甸的政治活动。

12月19日上午10时30分，周恩来等在仰光缅甸总理住宅同吴巴瑞举行第二次会谈，主要商讨联合公报问题。随后，周恩来在龚澎陪同下接见美国哥伦比亚广播公司爱德华·穆罗，回答了他所提出的一些问题：

问：你这次访问缅甸的目的是什么？

答：我这次应缅甸联邦政府和吴巴瑞总理阁下的邀请来到缅甸，是为了进行友好的访问，同缅甸联邦的领导人员讨论两国利益有关的问题和某些国际重要性的问题，并且同缅甸联邦的领导人员一起，参加在中国云南省芒市举行的中缅两国边民大会。

问：你认为福摩萨问题有达成协议解决的任何真实前途吗？

答：首先，我请你注意，在中国，所有的人，包括蒋介石集团在内，都有"台湾"的名称，不用"福摩萨"的字样。

台湾是中国领土不可分割的一部分。在第二次世界大战以后，台湾已经归还中国。这不仅是国际协议所规定了的，而且还举行了把台湾归还中国的手续。这一切，都是杜鲁门政府在官方的文件中所已经承认了的。

现在的问题是，如何争取和平解放台湾，如何争取蒋介石集团使台湾回到祖国的怀抱。

和平解放台湾和台湾归还祖国的呼声，现在正在一天天地高涨，在蒋介石集团的内部也得到了越来越多的响应。因此，和平解放台湾的可能性正在不断地增长。

问：你认为在接纳你的政府加入联合国的问题上，什么是主要的反对意见？你是否感到许多政府赞成中国加入联合国，但是由于美国的影响而没有公开地表示这一态度？

答：现在的问题不是中国加入联合国的问题，而是恢复中国在联合国的代表权问题。当前，在联合国中占据着中国席位的人，不代表6万万中国人民所建立的政府，而代表由于挑起内战早为中国人民所推翻的集团。这种情况显然是违反《联合国宪章》的。

现在，联合国中赞成恢复中国的合法代表权的国家，虽然在形式上还不是多数，但是却已经代表着世界上半数以上的人口。中国在联合国大会和安全理事会的合法代表权所以到今天还没有恢复，其基本原因就在于美国对联合国的影响。但是，在这种情况下受到损害的首先是联合国自己。联合国的组织应该有普遍的代表性，没有 6 万万中国人民的代表，联合国在解决国际问题中，特别是在解决亚洲的国际问题中，是不能够发挥它应有的作用的。

问：你愿意评论所谓"两个中国"的政策吗？

答：世界上只有一个中国，世界上也只有一个中国政府可以代表中国，那就是中华人民共和国政府。这是 6 万万中国人民的意志。任何企图制造两个中国的阴谋，都是所有中国人民坚决反对的。

"两个中国"的政策实际上就是帝国主义国家分裂中国和对中国进行颠覆活动的政策的继续。现在这些国家看到，颠覆中国人民所建立起来的政权已经不可能，因此试图制造"两个中国"。这是任何中国人，包括蒋介石集团在内，只要具有爱国心，都坚决反对的。

问：你愿意评论最近在匈牙利发生的事件吗？

答：匈牙利的事件说明，西方国家在某些集团利用匈牙利人民的运动和不满，对匈牙利进行颠覆活动。这种活动一度很得势，当时的纳吉政府也变成了反对的工具。匈牙利人民是不能容忍这种情况的。因此，纳吉政府中以卡达尔为首的一部分人退出政府，组成工农革命政府，并且请求苏联军队予以协助，以便保卫匈牙利人民的社会主义成果。苏联政府在匈牙利政府的请求下派出军队，保卫匈牙利现行的社会主义制度，并且根据《华沙条约》所规定的不可推卸的义务办事，因此这里根本不存在苏联干涉匈牙利的问题。

现在恰恰是联合国大会违反宪章讨论匈牙利的内政问题，企图对匈牙利进行干涉。帝国主义国家在埃及问题上已经暴露了它们的凶恶面目，因此，它们正在用一切力量加紧对社会主义国家进行颠覆活动。这在匈牙利是如此，在其他社会主义国家也应该引起警惕。

社会主义国家决不能允许任何外力煽动、目的在于推翻社会主义制度的颠覆活动，社会主义国家一定要加强团结，击退这种活动。

问：你对中日两国目前和未来的关系的看法如何？

答：中日两国之间，虽然战争状态还没有消除，正常关系还没有恢复，但是近几年来，两国之间的关系已经一天比一天地更加发展了起来。第二次世界大战以后，中日两国的情况都有了极大的变化，两国人民都具有互相友好的愿望。这从两国人民之间日益频繁的相互访问，两国人民团体所达成的许多协议和这些协议的良好实施，都可以得到证明。这些发展是有利于促进中日两国正常关系的恢复的，而且也不是任何外力所能阻挡的。

问：你欢迎美国记者到中国去吗？

答：我们欢迎美国记者到中国去，并且已经批准了，而且还将继续批准一些美国记者来中国采访的请求。我们也欢迎美国各界人士来中国访问，增加两国人民的互相接触和了解，消除不应有的隔阂。

问：你能否将苏联同中国之间的关系和美国同它的主要盟国之间的关系作一比较？

答：中国和苏联都是社会主义国家，我们之间没有利害冲突，而且在五项原则的基础上平等相待，友好相处。

中国和苏联之间的关系是兄弟国家之间的关系。我们两国互相帮助，互相支持，以求得共同的发展，而决不损害彼此的主权和独立。在我们两国之间，正如在一切社会主义国家之间一样，善意的相互批评在原则上是许可的，这种批评只能促进我们的共同进步。

中国和苏联的伟大团结是任何挑拨所不能破坏的。

美国同它的主要盟国之间的关系是帝国主义之间的关系，它们之间存在着根本的利害冲突，那就是这些国家的独占资本之间的互相排挤、互相吞并、互相取代。

不论这些国家如何强调它们之间的一致，但是一到这些国家的主要独占资本集团的利益发生冲突的时候，它们就无法保持一致。这种冲突是独占资本的唯利是图、力求扩张的客观性质所决定的，它决不是想保持一致的主观愿望所能避免的。

问：你是否相信，在世界分裂为两大集团的情况下，像缅甸这样的小国能够而且应该维持中立？

答：你所说的两大集团，大概是指帝国主义国家和社会主义国家集团。但是，在这样两个集团以外，还有很多民族独立的国家集团。第二次世界大战以后，在亚非地区兴起了许多民族独立的国家，而且在亚非和其他地区还有不少的国家正在或者将要取得它们自己的独立。这些国家之中的绝大多数都主张和平，反对战争，它们不参加对立的军事集团，它们坚守中立的独立政策。同时，在欧洲也有一些国家主张和平中立。

帝国主义国家集团和社会主义国家集团对于这些主张和平中立的国家，采取不同的态度。

帝国主义国家企图破坏这些国家的和平中立政策，竭力拉拢其中一部分参加它们所组织的对立的军事集团，这在欧洲就是《北大西洋公约》，在亚洲就是《马尼拉条约》和《巴格达条约》。

把这些国家卷入军事集团的目的，就是要便于帝国主义国家的扩张，便于它们建立军事基地，便于它们制造国际紧张局势。

社会主义国家采取着相反的态度。我们尊重这些国家的和平中立政策。我们认为和平是大家所要求的，这样的要求越是扩大，世界战争的阻止就越有可能。

在帝国主义战争的威胁下，欧洲的社会主义国家被迫组成了《华沙条约》的军事联盟。但是，《华沙条约》是被迫组成的自卫机构，如果没有《北大西洋公约》，就不会有《华沙条约》。而且，社会主义国家还主动地提出了建立欧洲集体安全制度来代替《北大西洋公约》和《华沙条约》的建议。在亚洲，即使在《马尼拉条约》和《巴格达条约》订立以后，我们仍旧主张建立集体的和平，主张签订包括美国在内的亚洲和太平洋地区的集体和平公约。

现在还有一种说法，认为如果主张和平中立的国家越来越多，世界上某些地区，例如中近东，就会产生一种真空的现象。这是藐视这些国家的主权和尊严，否认它们能够执行独立政策的论调。在帝国主义国家集团和社会主义国家集团以外的许多国家，例如南亚的印度、印度尼西亚、缅甸、锡兰、阿富汗、柬埔寨、老挝、尼泊尔和中近东的埃及、叙利亚等阿拉伯国家，都坚守和平中立政策。它们决不是少数。认为这些国家的和平中立政策将造成真空的现象，只能被看作是一种殖民主义思想的表现。我们坚决反对无视这些国家的主权和尊严的论调，我们坚决认为它们的和平中立政策应该受到尊重。

问：你认为美国是站在殖民国家的一边，反对争取独立的各国人民的吗？

答：我们知道，美国人民同世界其他国家的人民一样，愿意同各国人民友好，并且同情被压迫人民争取独立的斗争。但是，美国政府的政策不是如此。

中国人民要求解放台湾。印度尼西亚人民要求收复西伊里安。印度人民要求收复果阿。

但是，美国政府在这些问题上都采取相反的态度。

拉丁美洲的许多国家要求进步。但是，美国政府却对拉丁美洲国家进行颠覆活动，造成了危地马拉等国的政变。美国政府也同样地在世界的其他地区进行颠覆活动。

即使在埃及问题上，美国政府也是一方面企图取英法而代之，另一方面又支持英法的所谓国际管制苏伊士运河的计划。

此外，美国政府还在世界上的许多国家建立军事基地，并且通过所谓"援助"，在许多国家取得特权。

这一切都不能使人相信，美国政府是站在争取独立的各国人民的一边的。

我们相信，美国人民愿意同各国人民友好，并且要求和平。世界各国人民要求和平，而且赞成和平共处五项原则的人也越来越多。只要各国人民要求和平的力量不断壮大，任何制造分裂、阻碍各国人民友好的企图，最后都是要失败的。我们深信，中美两国人民总有一天会建立友好的关系，实现互相友好的愿望。我借此机会代表中国人民向美国人民致意。

周恩来的这篇答记者问，全面、精辟、及时地阐述了中国对国际局势的看法、立场和观点，表达了中国对中美关系的现状、立场、意见和愿望、谴责美国政府的殖民主义思想，重申了中国的外交政策。周恩来的答记者问 12 月 30 日在美国哥伦比亚广播公司的电视节目中播出，影响很大。

当天晚上，中国驻缅甸大使姚仲明为周恩来总理访缅举行招待会，缅甸总统巴宇和总理吴巴瑞等出席招待会，同中国代表团进行亲切友好的交谈，互祝访问成功。

12 月 20 日晨 6 时 50 分，周恩来和吴巴瑞在总统府签署了两国总理会谈的联合声明。声明除了谈到周恩来总理及代表团访缅参观了哪些地方、受到欢迎的情况和两国边民大会外，特别指出："两国总理在热诚的相互谅解的精神下也讨论了解决中缅边界问题。这些讨论进一步澄清了中缅两国的观点，并使这一问题更接近于达成双方满意的解决。"

上午，周恩来在离开仰光前，在机场答缅甸和外国记者提出的问题。周恩来在谈到中缅边界问题时说："我们的观点基本上是接近的。我们是根据历史上的文件来解决这一问题的。"并对英国报纸记者说："我告诉你，所有这些问题都是英国遗留下来的，是英国殖民主义者占领缅甸时，也是它对中国进行压迫的时候所造成的问题。"然后，周恩来在缅甸机场发表了讲话，感谢在缅甸的10天，受到了缅甸领导人和人民的盛情款待和友好的接待。

上午8时30分，周恩来一行乘飞机离开仰光前往巴基斯坦访问，吴巴瑞总理和中国驻缅大使姚仲明到机场欢送。

周恩来这次访缅获得了巨大成功。两国边界问题更接近于达成双方满意的解决，缅甸朝野人士对中国的疑惧完全消除了。吴巴瑞总理说："周恩来总理对缅甸的友好访问，为中缅友谊大厦增添了另一根支柱，这个大厦是按照五项原则建造的，而周恩来总理是这些原则的主要建筑师之一。""周恩来以他的风度、礼貌、殷勤和对我国福利的无微不至的关怀，说明他是我们这个时代的第一号胞波。"

首次来到巴基斯坦，建立起久经考验的友谊

巴基斯坦是亚洲的大国之一，原同印度是一个国家。1947年8月，英国根据"蒙巴顿方案"实行分治，巴基斯坦作为英国的自治领宣告独立。1956年3月宣布成立巴基斯坦伊斯兰共和国。它地处中近东地区和东南亚地区的联结枢纽，具有重要的战略位置。帝国主义历来注目这个国家。它当时参加了《马尼拉条约》和《巴格达条约》。但苏拉瓦底政府成立后，十分注意发展同中国的友好关系。1956年10月苏拉瓦底访问了中国，周恩来这次访巴，是对苏

拉瓦底访华的酬答。

1956 年 12 月 20 日下午，周恩来率领代表团到达巴基斯坦首都卡拉奇，对巴基斯坦进行为期 10 天的友好访问。在机场受到巴基斯坦总理苏拉瓦底和 10000 群众及中国驻巴大使耿飚和使馆人员的热烈欢迎。周恩来在机场发表讲话时说："我很高兴有机会来了解你们的国家和你们的人民。我希望，通过我们两个国家领导人员就共同有关的问题自由而坦率地交换意见，中国和巴基斯坦的友谊会得到进一步的加强。"周恩来到宾馆下榻后没有休息，便率领代表团前往总统府会见巴总统伊斯坎德尔·米尔扎，同米尔扎总统、苏拉瓦底总理、努恩外交部部长举行会谈。

12 月 21 日上午，周恩来率领代表团到巴基斯坦创始人真纳的陵墓和第一任总理利雅卡特·阿里·汗的陵墓献花圈，随后又在毛里普尔机场观看巴基斯坦的空军表演。接着到苏拉瓦底总理的官邸同他举行会谈，就中巴关系和克什米尔问题交换意见。周恩来说：中巴两国没有利害冲突，自从建交以来尤其是在万隆会议之后，通过文化、经济方面的交流和人员的来往，互相学习，友谊有了进一步的发展，今后还可以把两国关系搞得更好。虽然两国在某些方面有不同的见解，但这不妨碍和平共处。谈到克什米尔问题，周恩来首先转告了尼赫鲁对此问题的态度。在此之前，周恩来转告尼赫鲁，2 月苏拉瓦底访华时所申述的意见，希望印巴和好。

周恩来说：克什米尔纠纷是历史上英国分而治之政策的结果，希望两国和平解决。印度是大国，巴基斯坦也不是小国。印巴两国是姐妹国家，具有共同的血统，只应和好而没有理由互相敌视。如果需要，中国愿意继续转达双方意见，并愿提出一些参考性建议。但中国愿意看到克什米尔邦问题由印巴双方直接和平协商得到解决。

下午，周恩来出席卡拉奇市民的欢迎大会。他在讲话中说：

"巴基斯坦和中国的友谊不但有着悠久的历史传统，而且相似的历史命运也决定了我们之间有许多共同的愿望，构成我们发展友好关系的基础。""我们两国今天在经济上和文化上还都是十分落后的，因此，我们都要求迅速地建设我们的国家，使它尽早脱离这种落后状态。我们在到达卡拉奇的一天内，到处看到了你们的人民在勤劳地建设，看到了新的住宅和新的工厂。你们为建设一个新的卡拉奇而进行的努力已经给我们留下了印象，并且引起我们的钦佩。"

晚上，苏拉瓦底举行欢迎周恩来一行的宴会。苏拉瓦底和周恩来都在宴会上致辞。周恩来说，许多年来遭受战争折磨的中国人民，是充分了解和平的价值的。我们需要一个和平的国际环境来实现我们的国家工业化。所以，在国际事务方面，坚决为世界和平和国际合作而努力，特别是要同我们的邻邦实行友好合作。

12月22日上午，周恩来等前往卡拉奇郊外7英里的信德工业区参观，还访问了巴基斯坦的海军。

下午，周恩来一行观看总统府6个骑兵卫队的骑术表演。5时，同苏拉瓦底总理继续进行会谈。贺龙、乔冠华、耿飚及巴外长努恩等参加会谈。鉴于巴基斯坦参加《巴格达条约》和《马尼拉条约》两个军事组织后，每年财政预算有60%至70%用于军费开支，财政赤字很大，国内经济困难，影响和平建设。周恩来以朋友身份说：我们希望看到巴基斯坦强大繁荣，希望巴基斯坦将更多的精力从军事转向经济建设，只有经济独立了，政治独立才有保障。中国愿意在经济上与巴合作，发展友好关系。周恩来还表示，倘若巴基斯坦也像前不久的埃及那样遭到帝国主义侵略，中国愿意像支持埃及那样支持巴基斯坦。苏拉瓦底对周恩来的意见和态度十分感谢，说："中国是巴基斯坦的好朋友。"并向周恩来保证：巴基斯坦虽然参加了两个军事条约组织，但是如果美国要用它们发动侵略战争，巴基斯坦将不参加。在谈到中美关系时，周恩来说，美国至今对中国封锁禁运，占领着中国的领土台湾，还反对中国恢复在联合国的合法席位。中美关系正常化，必须首先解决这些问题。苏拉瓦底表示愿意为中美关系的改善进行斡旋。

当天晚上，周恩来接受总统米尔扎和夫人赠送的巴基斯坦特制的纪念品，周恩来一再表示感谢，然后总统夫妇陪同周恩来观看文艺表演，欣赏美丽的巴基斯坦民族舞和民歌。

12月23日上午，周恩来一行从卡拉奇乘专车到达以古堡著称的海德拉巴城参观吴拉姆·穆罕默德水坝、水泥厂和剃刀片厂，下午返回卡拉奇，晚上出席巴基斯坦外长努恩在外交部举行的招待会。随后，又出席中国驻巴大使耿飚为周恩来访巴举行的宴会。巴基斯坦总统米尔扎、总理苏拉瓦底、国民议会议长瓦哈布·汗、外长努恩等出席宴会，彼此亲切交谈，气氛非常友好，周恩来一再表示感谢巴领导人和人民群众对中国代表团的隆重接待。

12月24日上午10时，中巴两国总理签署《中华人民共和国总理周恩来和巴基斯坦伊斯兰共和国总理苏拉瓦底的联合声明》。

声明说："中华人民共和国国务院总理周恩来阁下应巴基斯坦总理在最近访问中国期间所提出的巴基斯坦总理和巴基斯坦政府的邀请，到巴基斯坦进行10天的访问。陪同周恩来总理阁下的有其他尊贵的同事，国务院副总理贺龙元帅阁下和一些高级官员们。周恩来总理阁下在卡拉奇期间曾经同巴基斯坦领导人员，巴基斯坦总统伊斯坎德尔·米尔扎少将阁下、侯·沙·苏拉瓦底总理阁下和马利克·菲罗兹·汗·努恩外交部长，进行了多次谈话。

"这些会谈是在融洽和坦率的气氛中进行的。两国总理十分关切地注意到：自从他们前次会晤后，国际局势有了相当大的变化。他们一致认为：由于目前的局势趋于紧张，需要所有爱好和平的国家保持经常的警惕和采取建设性的行动。创造和平的气氛是绝对必要的。两国总理愿意重申他们的愿望，即应尽一切努力来和缓国际紧张局势和促进世界和平和谅解的事业。

"两国总理认为，他们两国的政治制度的不同和他们对于许多问题的不同见解，并不妨碍他们两国间友好的加强。他们重申双方共同的信念，即为了加强中国和巴基斯坦现存的融洽和友好的关系，必须对两国的商务和文化关系给以恰当的重视。他们高兴地确认，在他们两国之间并没有任何真正利益的冲突。他们相信，当前的访问进一步地巩固了中国和巴基斯坦之间的友谊。"

接着，周恩来在龚澎陪同下，举行记者招待会。有记者问：总理是否同巴基斯坦总理和印度总理谈到巴印之间克什米尔这个未决的问题？

周恩来回答说：他同巴基斯坦总理谈了两次，一次在北京，一次在卡拉奇；同印度总理谈了一次，在新德里，在这些会谈中都接触到这个问题。巴基斯坦和印度人民曾经很长时间住在一起，我相信克什米尔问题是能够友好地解决的。

有记者问，周恩来总理是否愿意同美国国务卿举行会谈解决中美之间未决的问题？

周恩来说，中国总理兼外交部部长在万隆就已经提出了这个建议，提出已经一年多了，而且还一再提出过。但是，美国对这个建议一直不理睬。记者先生们，你们可以了解中国总理兼外交部部长对这个问题有怎样的感触。

记者问，美国是否以释放在中国的美国人和接受不采用武力来解决争端的原则作为召开中美外交部部长会议的条件？

周恩来说，在日内瓦举行的中美大使会谈中，美国方面没有谈过这两个问题是召开会议的条件。而且，我们也不承认什么条件。又说，这两个问题是另外的问题，不能同召开会议放在一起。

关于释放美国犯人的问题。周恩来说，美国要求释放在中国违反了中国法律的美国人。中国也要求释放在美国被监禁的中国人。

这两个问题是联系在一起的。他说，在中国的违反法律的美国人原先有44人，中国方面已先后提前释放了34人，现在只有10个人。我们已经表示只要这些人表现良好，是有可能根据中国法律提前释放的。他说，中国方面到现在还不知道在美国究竟有多少被监禁的中国人，但是至少要比在中国的违反了法律的美国人多得多。美国一直没有把这些人的详细名单交给中国。到现在只有一个中国人被释放了，而那个人是在监牢里患了神经病的。

周恩来说，这个问题在中美两国大使级会谈中早已达成了协议，现在的问题是要实行。

关于两国不采用武力来解决争端的问题，周恩来说，我们承认这个原则。但是，美国企图利用这个原则来把它们在台湾地区的武装力量冻结起来，使中国承认它们侵占的合法化，这是我们不能容许的。他说，这个问题在中美大使会谈中一直没有达成协议，被拖延下来了。

有记者问，周总理这次同亚洲国家领袖们的会谈中，在匈牙利问题上的看法是否一致？

周恩来回答说，匈牙利的问题是很复杂的。在这次访问中，不是同所有国家的领袖们都谈到这个问题。在谈到这个问题的领袖们中，我们的意见一部分是一致的，一部分是不同的。西方国家在匈牙利进行并且还在继续进行颠覆活动，企图改变匈牙利现有的制度。在这个问题上，我接触到的领袖中绝大多数是意见一致的。

记者问，即将到来的周恩来总理到莫斯科的访问是否同他的亚洲之行有直接关系？

周恩来答道，没有直接关系。中国外交部已经就此事在北京发表了一个公报了。

上午11时30分，周恩来一行在巴基斯坦外交部部长马利克·努恩陪同下，乘飞机离开卡拉奇前往白沙瓦、拉合尔和达卡访问，苏拉瓦底总理等到机场送行。

下午3时，到达巴基斯坦古城白沙瓦，随即应邀参加白沙瓦大学副校长举行的茶会，与300名教授、教职员和学生谈话，并参观白沙瓦博物馆。

当日晚上，西巴基斯坦省政府举行宴会欢迎周恩来、贺龙、耿飚、乔冠华、张彦、龚澎等。周恩来在讲话中说，据可靠的历史记载，我们两国早在公元5世纪就开始了文化和经济交流。中国高僧为了寻求知识，曾经先后来到这个地区，其中最著名的是法显和玄奘。他们从你们这里学习了许多东西，丰富了中国的文化。早在公元6世纪，中国学者怀着钦佩和尊敬的心情著文介绍了白沙瓦的情况。

12月25日上午，周恩来等参观白沙瓦西北19英里的喀布尔河上的瓦萨克水坝工程，应邀出席霍蒂镇部族首领纳瓦布之子阿密尔上校举行的午宴。之后，出席了白沙瓦市民为中国总理举行的欢迎晚会，观看白沙瓦的歌舞。

12月26日，周恩来、贺龙等在巴外长努恩和驻巴大使耿飚的陪同下，飞抵西巴基斯坦省首府拉合尔，受到省长穆·艾·顾尔马尼等的热烈欢迎。参观了拉合尔的皇堡、巴德沙清真寺。中午，《巴基斯坦时报》社社长、议员米安·伊夫蒂卡鲁丁在家设午宴招待周恩来总理等。下午，周恩来等出席拉合尔市市长拉希德在夏利马尔花园举行的招待会。晚上，西巴基斯坦省省长顾尔马尼举行欢迎宴会。周恩来在讲话中说：这次访问巴基斯坦的第一个目的是寻求友谊，另一个目的是寻求知识，第三个目的是寻求和平。

12月27日上午，周恩来等参观拉合尔巴塔拉机器制造厂。周恩来题词说："我们参观了一个很好的机械工厂，我们愿意派遣一个中国的技术人员代表团来到你们这里考察和学习。我认为，从这个工厂中可以学到有助于我们的东西。"随后，参观莫卧儿帝国日汉喆皇帝陵墓，还观看了巴军队大型乐队表演。中午，同巴基斯坦外长努恩共进午餐。下午又参观埃契森学院。晚上，周恩来一行出席西巴基斯坦政府的宴会并同拉合尔市民观看五彩缤纷的焰火表演。

12月28日下午6时30分，周恩来率领的代表团由巴外长努恩和中国驻巴大使耿飚陪同到达东巴基斯坦首府达卡访问，在机场受到先期到达的巴基斯坦总理苏拉瓦底、东巴基斯坦省省长法兹鲁尔·哈克等的热烈欢迎。

晚上7时参加达卡举行的盛大欢迎会，接着出席东巴基斯坦省省长法兹鲁尔·哈克的欢迎宴会，苏拉瓦底总理、外长努恩也都出席作陪，非常亲切友好。

第二天（12月29日），周恩来继续在东巴基斯坦访问。上午参观达卡附近的阿达姆黄麻厂，在内河轮船"玛丽·安德逊号"的栏杆上回答了记者们的提问。当时他刚刚访问工厂回来，正在看英文报纸，一批巴基斯坦新闻记者前来找他。周恩来对苏拉瓦底说："我被记者包围了。"苏拉瓦底说："我来救你。"经过新闻记者一再要求，周恩来还是回答了他们的问题。

巴基斯坦记者问，这次访问期间取得的政治上的谅解是否一样成功？

周恩来答道：两国人民都要和平和友谊。无论到哪里这种看法都得到了证实。他说，两国的领导人员讨论了范围很广的问题。虽然存在不同的看法，但是他们很自由地交换了意见，这些不同的看法不会妨碍两国之间的友谊。

有记者问，中巴是否要缔结互不侵犯条约？

他说，亚洲国之间的关系是友好的，因此他没有考虑缔结中巴互不侵犯条约的问题。中国同任何国家都没有缔结这种条约。

一位记者问，总理曾经向印度保证中国将支持印度保卫领土完整的斗争，总理是不是愿意向巴基斯坦作出同样的保证？

周恩来说，我那一番谈话是一般意义上说的。中国愿意提出保证，它尊重任何国家的领土完整和主权。这一点也包括在中国所赞成的，并且也适用于巴基斯坦的和平共处五项原则以内。

有记者问，中国是否可以在印度和巴基斯坦之间进行斡旋，使它们之间的关系更加密切起来，因为它跟这两个国家是友好的。

周恩来说，我希望看到印度和巴基斯坦和睦相处，并且解决它们之间的争执。我曾在这方面做了努力，但是我所能做的是有限的，只能劝告和敦促。

有记者问，中国将用什么方法来解决台湾问题？

周恩来回答说：我们要尽可能采取一切措施争取和平解放台湾。然而提请记者们注意，台湾问题是中国的内政。周恩来又用英语说："台湾过去是，现在还是中国的一个省。"他说，台湾是中国的一个省已经有 600 年了，中日战争爆发后，曾为日本所占领。在第二次世界大战期间以及在大战结束以后，曾经决定台湾应归还中国。战争结束以后履行了台湾归还中国的手续。

有记者问，你是否认为台湾问题和克什米尔问题是相同的？

周恩来回答说，我已经说过多次，我正在研究克什米尔问题，我不能发表任何意见。

有人要总理谈谈最近发表的《印美联合公报》。

周恩来用英语说，我正在旅行期间，不曾研究过这个问题，因为完全忙于参观访问了。

有记者问第二次亚非会议问题。

周恩来说，第二次亚非会议的事情应该由科伦坡国家决定，由其他亚非国家同意。

回答记者提问之后，周恩来由苏拉瓦里陪同参观勒斯瓦底棉纺厂。

下午，周恩来出席东巴基斯坦人民在达卡举行的他们独立以来最大的一次集会——20万人聚集在大运动场上欢迎并听取他的讲话。

大会由东巴基斯坦人民联盟主席巴沙尼主持。苏拉瓦底总理和东巴省省长哈克、首席部长拉赫曼等出席。巴沙尼在欢迎词中说："我们很难用语言来表达我们对阁下隆重地访问东巴基斯坦而感到愉快的心情。""你带给我们伟大邻邦中国人民的亲善和友谊的信息使我们深受感动。"他说："同世界上所有的国家友好相处和和平是我们的口号。因此，我们完全支持和维护具有历史意义的万隆会议的精神。我们衷心希望看到对亚非国家的万恶的殖民主义统治结束，和平在亚洲和非洲以及在全世界实现。为了这个目的，我们重建了我们同我们伟大的邻邦中国的友谊。我们相信，巴基斯坦和中国的友谊能够保障亚洲的和平，并且有助于维护世界和平。因此，我们重申我们要日益加强巴中两国友谊的坚定决心。"

周恩来在掌声雷动中走上了讲台。他首先衷心感谢给予盛大的欢迎，对"昨天迟到表示深深的歉意。特别是我知道有成千成万的达卡以及从东巴基斯坦全省各地来的兄弟姐妹们曾经为此等了七八个钟头，更使我感到不安"。

"几年以来，特别是万隆会议以来，我们的友谊一直在增进。两个月以前，我们曾有机会接待了你们的总理苏拉瓦底先生，向他表达了中国人民对巴基斯坦人民的友谊和善意。现在，我们又有机会亲自到巴基斯坦来访问，受到你们热忱的款待。在这样的友好往来中，我们看到中国人民和巴基斯坦人民之间的古老的、珍贵的友谊不但已经复活，而且正在向前发展。"

周恩来强调说："对于我们亚非人民来说，友好团结还有特别的意义。因为有了我们的友好团结就能有助于保证我们有一个和平的国际环境，而在一个和平的国际环境中，我们就能医治殖民主义统治所遗留下来的创伤，把我们的国家建设得进步富强。"

晚上，周恩来等应邀出席东巴基斯坦首席部长阿陶尔·拉赫曼举行的宴会，苏拉瓦底总理等也出席作陪。随后，出席达卡大学授予周恩来名誉法学博士学位的典礼。周恩来在典礼上发表了讲话，感谢达卡大学给予他的荣誉。接着，周恩来等由苏拉瓦底等陪同在古里斯坦大厅观看舞剧《永恒的友谊》。

12月30日上午9时，周恩来结束对巴基斯坦的友好访问，乘飞机离开达卡前往印度，巴基斯坦总理苏拉瓦底陪同前往机场送行，送行的还有法兹鲁尔·哈克、阿陶尔·拉赫曼和中国驻巴基斯坦大使耿飚等。周恩来在机场发表演说，感谢巴基斯坦友好、盛情的接待。

周恩来首次访问巴基斯坦即获得巨大的成功，为中巴两国40多年来的始终不变的友好关系奠定了坚实的基础。

12月26日，《人民日报》以《进一步巩固中巴友谊》为题发表了社论，称赞周恩来的成功访问，"这不仅对于进一步巩固中巴两国的友谊，而且对于在目前国际局势中创造和平的气氛，都具有重要的意义"。

同尼赫鲁共度元旦，再次与达赖谈话

12月30日下午，周恩来一行飞抵新德里，刚从美国、加拿大访问归来的尼赫鲁总理到机场迎接。周恩来在机场回答记者的提问说：这次访问南亚5个国家，很高兴地看到这些国家的人民的友谊和对和平的热爱。

到达宾馆后，周恩来马上找达赖谈话，他指出："根据协议，西藏的领导人即达赖不同意是不进行改革的。现在毛主席要我告诉你，可以肯定在第二个五年计划内，根本不谈改革，过6年之后如可以改的话，仍然要由达赖根据那时的情况和条件决定。将来如何改革，现在也不要讨论，因为讨论时反容易引起不必要的误会和疑虑。现在主要是做好建设，发展西藏的经济，改善人民的生活。只有经济发展了，人民的生活好过了，包括贵族、寺庙的生活水平均应比现在有所提高，那时看情况再谈改革，办法也就多了。""西藏是很贫困的，发展建设一定要中央拿出钱来帮助。现在拉萨有些人想闹乱子，三大寺也有其想法。这些人的活动受到噶伦堡方面的支持。他们想搞独立，使西藏脱离中国，这是叛国行为。我们一定不允许他搞。人民解放军在任何情况下要保护人民的利益。如果他们闹出乱子，为了保卫人民利益，人民解放军一定要将叛乱镇压下去。"达赖说："现在主要是随行官员中的思想发生很大的变化，他们在西藏时只听到一面的话，看到一面的事，想法亦较单纯，这次出国接触了许多原来在此的西藏人，他们只说坏的，不说好的，使这些随行官员的思想被扰乱了，这是最复杂最不好处理的。"

30日晚上，尼泊尔驻印度大使拉纳举行招待会招待周恩来一行，尼赫鲁和他的女儿英迪拉·甘地夫人等也应邀出席了招待会。晚10时，在尼赫鲁陪同下，周恩来、贺龙等乘专车离开新德里前往钱地迦，参观巴克拉——南加尔水闸工程。在回来的火车上周恩来和尼赫鲁进行了长谈，他除了介绍访缅和访巴的情况外，着重谈了有人企图阻止达赖回西藏的问题，要尼赫鲁注意这一情况，指出两国发展关系，要以友好为重，单独让达赖喇嘛留访，在国际舆论上会引起误解，对印度不利。尼赫鲁无奈，被迫打消了这个念头，并表示印度政府承认西藏是属于中国的，印度一向尊重中国对西藏的主权，有些不满意的人跑出来住在印度是允许的，但不能进行政治活动，西藏人进行颠覆危害中国主权，如果发现了要禁止。关于有些坏人在噶伦堡活动问题，尼赫鲁承认那里是国际间谍的活动地，他过去没有注意这个问题，以后会注意。如果在噶伦堡发生问题，他就要采取行动禁止。尼赫鲁还说："印度政府对西藏的态度只是宗教上的联系，没有政治企图。"周恩来说："我们欢迎发展宗教关系，不但在印度，而且在东南亚各佛教国均要发展这种联系。但我们反对那种以宗教为外衣而以政治为内容的活动。"

12月31日上午，周恩来在尼赫鲁陪同下参观印度最重要的水力发电和灌溉工程巴克拉——南加尔水闸工程。

参观水闸之后，周恩来一行又出席旁遮普邦邦长在苏特里杰河左岸的苏特里杰大厦举行的隆重午宴，尼赫鲁也出席作陪。

下午，从苏特里杰乘火车返回新德里的专车上同尼赫鲁共度佳节，欢庆新年。

1957年1月1日上午，周恩来和贺龙、潘自力再次同达赖谈话。周恩来首先告诉达赖他同尼赫鲁的谈话和尼赫鲁的态度，至于西康问题，有两部分地区，一部分要求改革，于是先进行了改革，那里并未发生叛乱；另一部分是理塘地区，那里并未改革，可是有些人包围了一支部队，使他们几天没饭吃，为了保全部队不被消灭，才派空军去投粮，这样就发生了军事冲突。现在我们已派人做善后处理。总之是大家商量把事情办好。至于叛乱中跑出来的人，政府都予以安置，使他们能够过得下去。但跑出来后搞叛乱是不允许的。周恩来还提出，希望西藏尽快成立自治区。达赖表示1957年底或1958年初自治区可成立。

下午，周恩来同尼赫鲁继续举行会谈。随后，周恩来、贺龙等又同达赖方面几个主要负责官员谈话。周恩来说，这次毛主席要我转告达赖，可以肯定地讲，在第二个五年计划期间，西藏，包括昌都地区，不谈改革。改革是要改了以后对当地人民对大家有利，改了没利，就不改。何时改革，待第二个五年计划之后看情况再说，由达赖决定。关于西康，第一部分地区改得好不好，有何缺点、错误，我们正在检查；第二部分地区我们已派人去做善后工作，西藏也可派人去，把情况了解深刻，错误在哪里，是中央的，中央改，是地方的，地方改。至于搞叛乱，反对国家，是不允许的。在西藏搞，我们要管，在噶伦堡搞，印度要制止。有人想把达赖留在印度，搞"西藏独立"，这是行不通的，请达赖早日回去领导西藏的工作。我们要同东南亚所有的佛教国家包括印度发展宗教来往，我们不会强迫人民放弃宗教信仰。索康·旺清格勒表示，总理的指示，我们一定向达赖报告，还要讨论、下达。

周恩来在印度访问期间，还宴请了达赖的母亲、姐姐、弟弟、经师等人，做他们的工作。他说，现在拉萨有一部分人想搞叛乱，你们也知道了，这是不能允许的。有人说，搞"西藏独立"，有美国支持，这可能。还有人说，印度支持，我不相信。这是造谣、挑拨和欺骗。在西藏搞叛乱反对中国，我们不允许。在印度搞反对中国的活动，印度也不允许。因为我们有协定，我们两国应该模范地执行五项原则。如果在印度的领土上进行反对中国的颠覆活动，那就违背这个精神。现在有人想把达赖留在印度，并搞"西藏独立"，这是行不通的。达赖可以留在印度，西藏不能搬到印度。西藏的全部面积将近印度面积的五分之一，把达赖留在印度的想法是害达赖，也害印度。如果达赖万一留下来，西藏的工作是不能停止的，我们同样照常进行各项工作。我们始终把大门开着欢迎达赖去领导，他什么时候回去，我们什么时候欢迎他。只是达赖留下后就成了难民，处于一个极端困难境地了。达赖留在印度，各方面都要印度负责。这个责任，印度是不好负的，会有损它的国际声誉的。

1月1日晚，周恩来率领代表团乘专机离开印度回国。尼赫鲁和内阁部长等印度领导人，中国驻印度大使潘自力和达赖、班禅到机场送行。周恩来在机场对达赖说，相信他能够作出正确的选择。达赖事后对潘自力说："他说中央完全信任我能够决定得正确，希望我早回去，这些话非常重要。"由于周恩来细致耐心的工作及阿沛·阿旺晋美等西藏爱国民主人士的协助，班禅和达赖先后返回西藏，避免了分裂事件的发生。

从苏联到达阿富汗，继续访问亚洲国家

周恩来一行于 1957 年 1 月 2 日下午 2 时回到昆明，受到昆明党政军各界领导人的欢迎。

1 月 3 日下午 4 时，周恩来由昆明回到北京，刘少奇、朱德、陈云、邓小平等到机场欢迎并立即出席中共中央政治局扩大会议，周恩来在会上汇报了访问越南、柬埔寨、印度、缅甸和巴基斯坦等国的情况。1 月 4 日晚上，周恩来又出席缅甸驻华大使馆临时代办吴巴茂为庆祝缅甸独立日举行的招待会。

1 月 5 日下午 5 时 30 分，周恩来在外交部召见各社会主义国家驻华大使、代办，介绍我国政府代表团访问南亚的情况和准备访问苏联东欧国家的计划，并阐述了对当前形势的看法。

他说，世界上明显地存在着两个阵营，同时存在着三种力量，即社会主义的力量、帝国主义的力量和民族主义的力量。美帝国主义不仅不会取消军事集团，而且要利用和扩大军事集团，要代替英、法，而同时把英法包括进去。现在的问题并不是民族主义国家是否变成社会主义国家，而是帝国主义国家要侵犯它们的民族独立和国家主权。推行和平共处，虽然可以制止战争，但处处都可能碰到斗争。帝国主义首先要破坏民族主义国家，其次是破坏社会主义国家。当然它们是想发动战争的，但是和平力量强大，它们搞不起来。如果在战场上不能取胜，它们就要在社会主义国家内部利用部分坏分子和糊涂分子进行破坏，我们必须提高警惕。我们稍一放

松，就可能出乱子。帝国主义存在一天，问题就不会终止。我们要争取同它们和平共处，但不能不提高警惕。对于民族主义国家，我们要按照五项原则办事。我们社会主义国家要加强团结，使帝国主义无空子可钻。

周恩来这篇经过他的亲身体会和研究的极其精辟的对世界形势的分析和对策，犹如一副清醒剂，对各社会主义国家的帮助很大，起到指导作用。

1月6日，周恩来在中南海西花厅接见另一个友好国家——印度尼西亚驻华大使维约普拉诺托，向他阐明对当前国际形势的看法。他说：目前发生世界大战的可能性是减少了，但不是说民族独立的国家就没有困难和斗争。因为民族独立国家广大人民和政府要求和平，反对战争，要求民族独立，反对殖民主义。这些要求使帝国主义不安，怕丧失既得利益。它们要控制这些国家，控制不了，就不满，要破坏。它们不愿意阿拉伯国家真正独立，而是要占领它们，攫取更多的特权，建立更多的军事基地。所以，民族独立国家要求和平、独立、建设，这对帝国主义保持、扩大特权和组织军事集团不利。另一情况是，帝国主义对社会主义国家是不甘心的，但大战的可能性不是增加了，而是减少了。帝国主义要在战场上推翻社会主义国家有困难，所以从内部进行颠覆。在东方，美国企图在西藏搞颠覆活动。西藏的两位喇嘛正在印度访问，这是为了中印友好。但是美国间谍利用机会策动西藏在噶伦堡的坏人阴谋搞独立，把达赖留在噶伦堡。由于帝国主义不会放松破坏，所以要提高警惕，加强团结。请大使将以上看法转告阿里·沙斯特罗阿米佐约总理和外交部部长。

周恩来这次谈话和同社会主义国家大使、代办的谈话极其重要，非常及时，无论对社会主义国家、民族主义国家还是中国本国的外交人员，对他们认清形势，指导斗争都有很大的意义。

1 月 7 日，周恩来率领贺龙副总理、王稼祥副外长、驻苏大使刘晓、乔冠华部长助理和张彦、龚澎等访问苏联、波兰、匈牙利。历时 12 天，于 1 月 19 日从莫斯科到苏联塔什干作短暂的停留，然后飞往阿富汗，进行友好访问。在苏联、波兰、匈牙利的活动，已在前文作了详细的介绍，不再重复。

1 月 19 日中午 12 时，周恩来率领贺龙、乔冠华、张彦、龚澎等到达阿富汗首都喀布尔。

阿富汗首相达乌德等到机场欢迎。周恩来是第一次访问这个国家，受到隆重的接待。达乌德在欢迎词中说，周恩来是在"人们比过去任何时期都更加感觉需要国际友好和谅解这样一个时期来进行访问的"。"我们希望你们会在阿富汗人民的心目中找到好客的热情，希望友好的光芒会驱散严冬的酷寒，而使你们在我们国家所进行的访问成为难忘的访问。"

周恩来在答词中十分赞成达乌德的看法。说："国际友好和谅解现在比过去任何时候都有重大的意义。"他希望这次访问不仅能够有助于增进中国同阿富汗的友谊，而且能够有助于亚洲和世界和平。

阿富汗位于中亚，在帕米尔高原的西南部，它的东北部与中国毗邻。2000 多年来，中阿两国始终保持着密切的关系、贸易和文化往来。这个高原国家是古代东西方交通的中心，历史上著名的"丝绸之路"从阿富汗的北部通过，中国和西亚、南亚以及欧洲各国交往大多经过这里。在两国漫长的历史关系中，只有友谊和同情的记载，从来没有战争和冲突的痕迹。阿富汗是一个农业国，是世界上最不发达的国家之一，在国际事务中常受到一些大国的歧视。新中国对阿富汗采取完全平等的态度，使阿富汗人民很受感动。

19 日下午，周恩来等拜会阿富汗国王查希尔·沙阿后，前往已故国王纳迪尔·沙阿的陵墓，在墓前敬献花圈，接着又到首相的寓所，会见达乌德首相，并同他进行会谈。两国领导人就国际问题和双边关系进行了友好的会谈。达乌德阐述了他们奉行传统的和平中立政策，努力促进同所有国家友好的真诚愿望。周恩来表示，中国人民和中国政府完全支持阿富汗奉行和平、独立和中立的政策，钦佩阿富汗人民历来反对外国侵略的坚决态度和致力于国内和平建设所做的重大努力。

晚上，达乌德首相在喀布尔四十柱宫举行欢迎宴会。达乌德首先致欢迎词，他说："我希望，由于你们的访问，阿富汗同中国的友好关系会有美好的前途。""阿富汗和中国保持了几百年的密切的贸易和文化关系，我们彼此并不陌生。""13世纪的祸害使阿富汗和中国蒙受了同样的蹂躏，在那以后，接触中断了。后来当海上交通发展起来和世界贸易状况发生根本改变的时候，我们分手了。""今天，我们在重新兴起的、觉醒了的亚洲再度会晤了，而且非常幸运，我们又本着友好和睦邻的精神会晤了。""中立是阿富汗的传统的国家政策，我们认为这种符合《联合国宪章》的原则的政策是促进和平和世界各国之间的了解的理想的道义基础，而且是我们自己的人民安全和繁荣的因素。""阿富汗政府和人民愿意在互相尊重的基础上并且本着和平的建设性合作的精神，同中国政府和人民建立最真诚的友好关系。"

周恩来随后致答词。他说："正如首相殿下所说的，在过去的许多世纪里，阿富汗和中国就曾经有过贸易和文化的密切关系。我们两国之间虽然有着帕米尔高原的阻隔，但是我们的祖先却翻越过险峻的山岭，开辟了历史上著名的'丝路'，进行了友好的往来。的确，在我们两国的关系中，从来没有战争和冲突，而只有友谊和同情。"

周恩来赞赏说："同许多亚非国家一样，阿富汗和中国热爱和平和正义。我们两国同许多国家一起，在万隆会议上，为促进亚非人民的相互了解和合作，为反对殖民主义和维护世界和平，做了共同的努力。中国人民十分尊重阿富汗在互相尊重的基础上同一切国家友好的政策。中国人民十分钦佩阿富汗支持埃及反抗侵略的正义立场。中国人民还特别感谢阿富汗在恢复中华人民共和国在联合国中的合法地位的问题上所给予我们的支持。"

周恩来明确表示："中国人民一贯主张在和平共处五项原则的基础上同一切国家发展友好关系，并且特别重视同毗邻国家的友好合作。我们十分满意地看到，中阿两国的关系在相互尊重的基础上已经有了良好的发展。我们深信，我们两国人民进一步发展两国友好合作的共同愿望，不仅符合我们两国人民的利益，而且也有利于亚洲和世界的和平。"

宴会一直在热烈友好的气氛中进行，周恩来、贺龙、乔冠华、张彦、龚澎等同阿方领导人广泛地进行交谈。

1 月 20 日，周恩来等参观喀布尔博物馆。下午 4 时，在首相府同达乌德首相进行了 4 小时的会谈。周恩来对世界上存在三种类型的国家的现状做了深刻的分析。指出：社会主义国家、帝国主义国家和民族主义国家都应当和平共处。社会主义国家和帝国主义国家虽然互相对立，但并非不可以彼此相约，各守边界，互不挑衅，遵守和平共处的五项原则。社会主义国家不干涉他国内政，但帝国主义国家对社会主义国家进行颠覆活动，这是我们不允许的。民族主义国家普遍爱好和平，拥护万隆会议十项原则及和平共处五项原则。社会主义国家和帝国主义国家都应该尊重这些国家的独立和主权，不干涉它们的内政，不侵犯它们的自由和自主，在经济上同这些国家平等互利，实行不带任何政治条件的经济合作，在防务方面建立集体安全，不搞军事集团，这样，各国之间就能真正和平共处，世界和平就有了保障。在谈到两国关系时，周恩来说，中阿两国关系已经有了良好的开端，两国领导人互相访问将会促进彼此了解，推进两国的友好关系。晚上，周恩来又出席阿富汗副首相兼外交大臣纳伊姆举行的宴会。

1月21日，周恩来一行参观离喀布尔约80公里的索罗比水电站工程。周恩来考虑到国内根治黄河水害的措施，为了弄清水库淤塞的问题，向在阿富汗的西德、美国和苏联的水利专家、工程师询问，了解水坝的含沙量和洪水量的情况。

当日，周恩来等返回喀布尔，晚上应邀到阿富汗王宫，同查希尔·沙阿共进晚餐，并进行了友好亲切的交谈。

1月22日上午9时，周恩来、贺龙等在首相府同首相达乌德举行第三次会谈，就《中华人民共和国周恩来总理和阿富汗王国达乌德首相的联合公报》交换了意见。下午，在萨达拉宫周恩来和达乌德签署了联合公报。

公报说："阿富汗首相萨达尔·穆罕默德·达乌德应中国周恩来总理以前的邀请，将于1957年在他方便的日期正式访问中华人民共和国。"

晚上，中国驻阿富汗大使丁国钰为周恩来总理访阿举行招待会，阿富汗首相达乌德、副首相阿里·穆罕默德、副首相兼外交大臣纳伊姆等出席。宾主进行亲切交谈，祝贺周恩来率领政府代表团访阿成功，中阿关系进一步发展。

1月23日上午，周恩来等离开喀布尔前往阿南部的重要城市坎大哈访问，达乌德首相前往机场送行。周恩来在机场发表告别讲话。他说："我们能够有机会在过去的四天中认识了我们的友好邻邦——阿富汗生活的许多方面。我们深深感到这次访问的收获是丰富的，在这里度过的愉快时光将永远留在我们最珍贵的记忆中。"

上午11时30分，周恩来等乘坐专机到达坎大哈，坎大哈省省长阿卜杜加尼在机场欢迎。下午，由省长陪同，周恩来等参观坎大哈附近的赫尔曼德河水利工程。晚上，阿富汗政府商业部长、赫尔曼德河水利工程负责人马利克亚尔举行执行会欢迎周恩来一行,省长阿卜杜加尼等出席作陪。

1月24日上午,周恩来、贺龙等结束在阿富汗为期5天的访问乘飞机离开坎大哈。坎大哈省省长阿卜杜加尼和中国驻阿大使丁国钰到机场送行。当日上午到达新德里,尼赫鲁总理在机场迎接,并陪同周恩来总理乘车前往总统府。《人民日报》于24日以《进一步加强中国和阿富汗的友谊》为题发表社论,称"我们高兴地看到,两国政府的领导人在联合公报中表达了我们将在善邻关系的基础上进一步加强两国友好关系的共同愿望"。

周恩来在路过的一天中同尼赫鲁举行了两次会谈。周恩来向尼赫鲁通报了访问苏联、波兰、匈牙利的情况。

喜马拉雅山南麓的古国,一片欢腾迎接周恩来

1月25日,周恩来离开新德里飞往加德满都,对喜马拉雅山上的王国尼泊尔进行友好访问,尼赫鲁到机场送行。

尼泊尔是文明古国。早在2500年前,佛祖释迦牟尼就在这里诞生。中尼两国之间虽然横亘着世界上最高的山脉,但也没有能够阻止两国人民从遥远的古代起就进行着的友好往来。1956年尼泊尔首相就飞越世界之巅访问了中国,现在周恩来总理来访这个古国。他本来定在1956年底来访,后来因为急于要访问苏联、东欧被推迟了,对于访问未能如期进行,周恩来惴惴不安。他在1956年12月21日致中央的电报中说,由于1月5日要去苏、波访问,"如果在1月初访问尼泊尔,则感到时间过于仓促,只能访问一两天,这样就不能按照原来商定的时间进行访问。我觉得这样办不妥,对尼泊尔政府也不礼貌,所以我想宁可把我的访问推迟到1月

底，以便能够按照原来商定的时间在尼泊尔做四五天的访问。我想，尼泊尔作为友好的邻邦，是会谅解我们的困难的。对于这个改动，希望尼方谅解。潘大使在解释这个问题时，要特别注意关系，不要引起误会。"可见周恩来对于小国特别注意尊重，真正贯彻大小国家一律平等的原则。

1月25日中午12时45分，周恩来等的专机抵达尼泊尔首都加德满都。当飞机在绿色的加德满都河谷降落时，在机场受到阿查里雅首相和等候在那里的人群的热烈而隆重的欢迎。阿查里雅陪同周恩来乘坐的敞篷汽车向市区前进时，沿途欢迎的群众越聚越多，有些街道上连屋顶和树上都站满了人，沿街房屋的每一层楼口都有穿着节日服装的妇女向周恩来和阿查里雅抛撒鲜花、花瓣、炒玉米，并且按照尼泊尔风俗向他们撒朱砂粉。当周恩来和阿查里雅到达宾馆时，他们从头到脚都被朱砂粉染红了。

当天下午，周恩来、贺龙等先后会见阿查里雅首相，拜会马亨德拉国王，会见尼泊尔大会党领袖柯依瑞拉，并出席国王在王宫举行的茶会，同国王和首相等进行亲切的交谈。在对方谈到尼目前的主要问题是取消封建制度和进行经济建设，需要学习中国时，周恩来说，就中国的经验看，封建制度作为一个制度一定将为进步的制度所代替，但是改革的具体步骤必须根据实际情况来决定，某一封建制度的某些事和人在某一特定条件下起着积极的作用，也是应该加以估计的。

晚上8时，尼泊尔首相阿查里雅举行欢迎周恩来等的宴会。阿查里雅首相在致欢迎词中称周恩来是他的"个人朋友"和"尼泊尔在喜马拉雅山那一边的亲密的朋友"，他相信周恩来对尼泊尔的访问将大大有助于中国和尼泊尔之间的友谊和亲善精神的发展。周恩来在答词中感谢尼泊尔政府和阿查里雅首相的邀请和热情的接待，感谢国王马亨德拉的亲切会见和招待。

1月26日上午10时，周恩来等参观加德满都一所孤儿院，并捐赠5万尼泊尔卢比。离开孤儿院后又参观了一所佛教徒寄宿学校以及佛教寺院。下午，印度驻尼泊尔大使举行欢迎周恩来招待会，尼泊尔国王马亨德拉和王后也参加了招待会。下午，在尼泊尔首都大检阅场举行欢迎中国代表团的市民大会。

加德满都市政机构主席什雷斯塔在大会上致辞。他对周恩来总理说："加德满都市市政机构愿意趁这个机会在这里对你表示欢迎。"他追溯历史说："尼泊尔位于喜马拉雅山的山麓，同你的伟大国家有着共同的边界，并且从太古的时代起就同贵国建立起亲密的友好关系。历史证明了这一点。你对我国的这次历史性的访问进一步加强了这种友好关系。"

他又歌颂中国和周恩来："哦！中国革命的解放者啊！中国人民在毛泽东和你的无比英明的领导下已经把贵国从封建主和外国人的支配下胜利的解放出来，现在已经成为他们命运的主人。这使亚洲和非洲被压迫的和落后的人民得到了希望和信念。今天，贵国正在加速进行国家开发和建设的工作，全世界以惊奇的眼光在看待着它。这一切都是因为有了像你那样的人物的超等领导才能和伟大的中国人民的自我牺牲、坚韧不拔和勤奋工作的缘故。

"哦！自由和和平的爱好者啊！

"你是潘查希拉的创始人之一，你的伟大国家正在真正遵守着它的原则。我们也是一个爱好和平的民族。我们的传统和文化表明了这点。尼泊尔人民支持你的伟大的国家维护潘查希拉对世界和平和受苦受难人民所提供的一切。"

周恩来在大会上发表了热情的长篇讲话。他说："当我站在这个广场上，同千千万万的尼泊尔人民在一起的时候，过去时代珍贵的回忆就又涌现在我的眼前。虽然在我们两国之间横亘着世界上最险阻的喜马拉雅山，然而我们的人民却自古以来就保持着友好的来往，他们交换了彼此在文化上的创造和在农业和工艺上的成就。在那些曾对发展中尼两国人民之间的友谊做了贡献的人们中间，法显、玄奘和阿尼哥留下了最辉煌的名字。这些名字已经成为策动我们继续不断加强中尼两国人民友谊的信号。"

周恩来指出："亚洲以至整个东方现在开始了觉醒和复兴的伟大时代。1955 年在万隆举行的第一次亚非会议响亮地宣布了亚非地区这 16 万万人民要求促进国际友好和维护世界和平的强烈意志。正是在这个背景下，中国和尼泊尔之间古老的友谊不但已经恢复而且得到了新的发展。我们两国建立外交关系的时候就明确宣布以中国和印度共同倡议的和平共处的五项原则——潘查希拉作为指导两国关系的基本原则。在这样一个新的、巩固的基础之上，我们顺利地解决了历史上遗留下来的两国关系上的各项问题，签订了《中华人民共和国和尼泊尔王国保持友好关系以及关于中国西藏地方和尼泊尔之间的通商和交通的协定》，它对发展我们两国间的经济和文化联系开辟了广阔的道路。3 个月以前，阿查里雅阁下作为历史上第一个尼泊尔首相访问了中国，这已经成为中国和尼泊尔发展史上一个重要的标志。现在，我们又来到尼泊尔，同广大的尼泊尔人民见面。我们深深感到，我们两国人民之间的友谊在不断地增长。"

周恩来强调说："中国人民一向认为国家无论大小，都是平等的，而且都各有自己的长处，值得其他国家学习。尼泊尔人民是爱好自由、爱好和平的人民。尼泊尔王国政府执行着有利于和平的政策。尼泊尔王国政府和尼泊尔人民支持埃及人民反侵略斗争的正义立场也引起我们深深的钦佩。我们把尼泊尔看成是我们在争取和平事业中亲密的邻人和朋友。"

周恩来谦虚地说："最后，我要谢谢哈里·布哈克塔·什雷斯塔主席先生对中国和中国人民和我本人所说的热情赞美的话。我必须说，新中国的一切成就都归功于中国人民团结一致的劳力，而我不过是其中的一分子。同时，如果说中国人民在革命和建设事业中有了一些成就的话，这也是与全世界人民对我们的支持分不开的。我们中国人民将把主席先生的这一番话看成是对我们的一种鞭策，鞭策我们永远不懈地在五项原则的基础上为争取世界和平和促进国际友好的事业贡献自己的一切力量。"

晚上，尼泊尔首相阿查里雅为周恩来举行正式国宴。主、宾都作了热情的讲话。周恩来说，亚非国家团结的中心是这个地区的民族独立国家如何在和平、反战、民族独立、反对殖民主义的共同主张之上团结起来。我们亚非国家的斗争是两方面的，一方面各国要团结，一方面要团结起来同帝国主义做斗争。大家都在友好的气氛中度过了愉快的晚上。

1月27日上午，周恩来一行访问被称为尼泊尔美丽之城的拉提土尔，参观300年前建筑的拉提土尔国王的宫殿，看到了许多古遗迹和建筑及精巧的艺术。为了欢送马亨德拉国王前往尼泊尔东部视察，周恩来中断参观，去土迪克尔广场参加欢送仪式。下午参观尼泊尔博物馆。之后，出席加德满都商会举行的招待会，周恩来对一百多位企业界人士说，尼泊尔和中国西藏地方之间的贸易可以根据中尼两国间现有的协定进一步发展。晚上，周恩来、贺龙等又出席印度驻尼泊尔大使馆为庆祝印度国庆举行的宴会，同尼泊尔各界人士和驻尼泊尔各国使节广泛接触交谈。

1月28日上午，周恩来一行赴离被称为尼泊尔虔信之城的巴克塔普尔6英里的杜尔巴广场同巴克塔普尔人民会面，并参观巴克塔普尔的一些古遗迹，看到了这个国家的悠久的文化、美丽富饶的土地和勤劳的人民。下午，周恩来先后出席了尼泊尔亚洲关系及国际事务协会、尼中友好协会举行的招待会。阿查里雅首相和内阁大臣们也出席了招待会。周恩来在讲话中重申国家无论大小，每一个国家都对人类共同的文化宝库有所贡献，每一国都有值得别国学习的优点。发展两国友谊最好的方法，就是使两国人民彼此具有最充分的了解和同情。招待会上，尼泊尔各阶层人民的代表向周恩来赠送各种各样的礼物以表示尼泊尔人民对中国的友谊。

晚上，中国驻尼泊尔大使潘自力在尼泊尔政府迎宾馆为周恩来访尼举行了招待会，马亨德拉国王的兄弟喜马拉雅亲王、阿查里雅首相等也应邀出席了招待会，宾主进行热烈的交谈，互祝友谊长青。

1月29日，周恩来同阿查里雅继续就国际形势和两国关系进行会谈，并发表联合公报。公报称："两国总理认为他们各自到对方国家去的访问，证明是有利于中尼友好关系的进一步的发展的。在他们看来，这样的访问和两国间的文化与经济交流，将大大地加强中尼友好的纽带。""两国总理一致认为世界上所有国家最后将会认识到和平共处五项原则的重大意义。而人类的人道主义精神将终于取得上风并且战胜由于掌握了大规模毁灭性的致命武器而产生的依据实力的骄横。"

随后，周恩来于上午在尼泊尔广播电台发表对尼泊尔人民的告别词。他说："在过去的四天中，我们实现了一个久已存在的夙愿——亲自来看一看我们亲近的邻邦尼泊尔，结识一下同中国人民已经有千年以上友好关系的尼泊尔人民。虽然我们在这里逗留的时间十分短促，但是由于马亨德拉国王陛下的亲切关怀，由于阿查里雅首相阁下和王国政府的妥善安排，我们已经有机会了解尼泊尔生活的许多方面。

"尼泊尔山川的美丽和土地的富饶几乎在第一瞥就引起了我们的赞叹。尼泊尔人民悠久的文化，更使我们钦佩不已。无论是在被称为光荣之城的加德满都，在被称为美丽之城的拉提土尔，还是在被称为虔信之城的巴克塔普尔，尼泊尔人民所创造的艺术，充分表现了心的智慧和手的灵巧。

"给我们最深刻印象的还是尼泊尔人民。尼泊尔人民热爱自由、热爱独立，尼泊尔人民是勤劳、勇敢、热情、好客的人民。我们看到了你们对建设国家的努力和对维护和平的忠诚。我们深信这样的人民所从事的事业一定会成功的。

"中国和尼泊尔是由伟大的喜马拉雅山以将近 1000 公里的共同边界连接在一起的。我们两国之间的友好合作对于这一片广大地区的和平具有重大意义。

"我们现在就要离别了，虽然我们因为不能常在一起而感到遗憾，但是我们的心是永远在一起的。通过阿查里雅首相在中国的访问，通过我们这次在尼泊尔的访问，中国人民和尼泊尔人民是已经感到靠得更近了。"

周恩来在即将离开加德满都之前，在尼泊尔国家大厦举行记者招待会，在 70 分钟的招待会上，大部分时间用于回答印度新闻界代表和路透社记者代表们所提出的有关中国和美国的问题。

印度记者说，释放被监禁在中国的美国人的友好表示会改变美国对中国的态度。

周恩来就这个问题的各方面作了详细的回答。但是，他不同意所谓美国的态度决定了中国对美国犯人的政策的说法。他说："中国政府对美国犯人的政策是中国的法律问题。中国政府已经一再宣布，它将根据犯人的表现来决定对他们的态度。那就是说，可能在他们刑满前释放他们，这是我们固定的政策，决不受美国政策的影响。"

周恩来接着谈到了已经进行了一年半之久的日内瓦中美大使级会谈的问题。他说："议程上的第一个问题，也就是遣返两国平民的问题，在会谈开始后就很快地达成了协议。但在第二个项目上，尽管我们提出了许多建议来设法迎接美方的意见，然而，这些建议都被拒绝了。因此，日内瓦会谈陷于僵局。"周恩来说："这说明美国老是希望别人让步，而自己却不想做任何让步。这就是不能达成妥协的原因。只有双方向前走，他们才能握手。但是美国却甚至在我们伸出了手的时候也拒绝握它。"

路透社记者建议 33 个被监禁的中国人同 10 个被监禁的美国人交换的时候，周恩来微笑着说："你是个很好的顾问，但是顾问的建议是供研究和考虑的。我将研究这个主意。"

周恩来请尼泊尔记者提问题。尼泊尔记者问他访问尼泊尔的印象。周恩来说：四天的访问即使要看看加德满都也太短了，他没有时间到加德满都以外的地方去。"但是我们对美丽的景色、肥沃的土地、传统的民族文化、勤劳勇敢和热心的尼泊尔人民印象很深，我们确信这个国家和人民将有光辉的前途。"关于开辟加德满都与拉萨之间的航线和公路交通的问题，周恩来说，"这是一个好主意，但是这需要时间，而且必须克服技术上的困难"。

之后，周恩来等即乘专机前往印度转锡兰（今斯里兰卡）访问，尼泊尔首相阿查里雅等到机场欢送。

《人民日报》以《进一步加强中国和尼泊尔的友谊》为题发表社论。社论称："周恩来总理这次访问的重大收获，清楚地说明中尼两国友好合作关系具有巨大的生命力和广阔的发展前途。"

周恩来不顾疲劳，访问锡兰

在周恩来即将结束对尼泊尔访问的时候，锡兰政府发出邀请。周恩来已先后访问了亚洲、欧洲 10 国，行程数万里，日程安排得很紧，一个接着一个，很少有机会休息，身体已十分疲劳，但周恩来考虑到锡兰的盛情邀请，又是小国和亚非会议发起国五国之一，已访问了四国，不去锡兰不好，因此，不顾疲劳，继续进行访问。

锡兰是印度洋上的一个岛国。中锡两国也有着悠久的交往历史。新中国成立后，锡兰是最早承认中华人民共和国的国家之一。1951 年中锡两国建立了贸易关系。1952 年 10 月，锡兰政府不顾西方国家的禁运政策，同中国正式签订了长期贸易合同。近几年来，两国以大米换橡胶的贸易对各自的经济发展都发生了十分有益的作用。锡兰是科伦坡的成员国，为 1955 年 4 月万隆会议的召开作出了贡献。同年 9 月，中锡两国政府代表就建交问题在北京举行了富有成效的会谈，两国的友好往来在不断发展。

周恩来率领代表团于 1957 年 1 月 29 日下午 2 时 30 分由尼泊尔飞抵印度加尔各答，印度西孟加拉邦首席部长罗伊在机场欢迎。下午 4 时 30 分乘专车去加尔各答以西 97 英里的泰戈尔住地和他兴办的国际大学山提尼克坦地方参观，受到学校全体师生的热烈欢迎。

1 月 30 日上午，周恩来在山提尼克坦（又称和平村）接受泰戈尔创办的印度国际大学所授予的名誉文学博士学位。周恩来在讲话中赞扬泰戈尔是"一位对世界文学作出卓越贡献的天才诗人"，也是"一位厌恶黑暗、争取光明的伟大印度人民的杰出代表"。周恩来在国际大学除参观大学各系和图书馆外，还接见了在印度已有 20 年、现任国际大学中国学院院长的谭云山教授。

当晚 7 时，乘专车回到加尔各答。

1 月 31 日上午，周恩来一行乘飞机离开加尔各答去科伦坡。下午 5 时 25 分到达科伦坡，对这个富饶美丽的岛国进行友好访问。锡兰总理班达拉奈克等到机场欢迎。到达宾馆后，周恩来随即率团拜会锡兰总督奥利弗·古涅狄莱克爵士。

2 月 1 日上午 9 时，周恩来在锡兰众议院休息室向参议员和众议员们发表讲话，着重阐述国际形势、中国的外交政策和锡兰对召开万隆会议的贡献，然后参观议会大厅和图书馆。接着到议会大厅总理办公室拜会班达拉奈克总理，两国总理就国际形势和两国关系举行会谈。

下午，周恩来一行由科伦坡前往锡兰古都康提访问，并出席康提市民招待会，周恩来在讲话中追溯了法显在 1500 年以前到锡兰访问以及近几年来的两国关系，会后又瞻仰康提的佛牙寺。

2月2日，周恩来等从康提到锡吉里亚访问，登上锡吉里亚石山，参观山巅平顶上5世纪时古代帝王建造的宫殿遗址，随后又到中古时代锡兰最大的城市波隆纳鲁瓦参观古迹。

2月3日下午，周恩来从外地参观访问后回到科伦坡，同班达拉奈克总理继续举行会谈，然后出席在科伦坡市政大厅举行的市民欢迎大会。班达拉奈克总理在欢迎大会上讲话说，周恩来的到来"正是在极其需要大家为解决世界纠纷而贡献力量的时候"，不论我们两国存在什么分歧，锡兰人民对中国是怀有友好感情的。周恩来在讲话中说："当我在 36 年前第一次路过科伦坡的时候，我为这个城市的美丽所打动。现在，它仍然是那样美丽，但是不同的是，它已经不再处于殖民主义之下了。"他说，"它将永远属于锡兰人民"。他又说，虽然两国的政治制度不同，两国对某些国际问题的看法也不可能完全一致，但是它们是万隆会议的十项原则的共同制定者，它们之间的友谊就是在这些原则基础上得以发展的，只要我们共同遵守万隆会议的原则，两国友好关系的进一步发展就永远有广阔的前途。晚上，周恩来举行招待会，感谢锡兰对他的热烈欢迎和周到的安排与款待。古涅狄莱克总督和班达拉奈克总理等出席了招待会，宾主进行了亲切友好的交谈。接着，周恩来等又出席古涅狄莱克总督举行的国宴，彼此欢聚一堂，直至深夜始散。

2月4日上午8时，周恩来、贺龙、乔冠华、张彦、龚澎等参加锡兰独立广场举行的锡兰独立纪念日庆祝大会。下午6时，中国政府代表团又出席在独立广场举行的锡兰独立9周年庆祝大会，周恩来应邀在大会发表重要讲话。

周恩来首先感谢主人让他参加如此隆重盛大的会议。他说："我们在锡兰访问的时候，能够有机会同锡兰人民一起，庆祝锡兰人民获得独立的 9 周年纪念日，这是我们极大的荣幸。在这个锡兰举国欢腾的日子，我们给你们带来了 6 万万中国人民对锡兰人民的祝贺。""当我们向你们庆贺的时候"，"使我们的心紧紧连在一起的，不仅有相同的历史背景，而且还有鼓舞着我们前进的相同的目标。我们都决心要保卫我们得来不易的独立。"

正在周恩来讲话的时候，突然下起雨来，锡兰的工作人员忙过来为他打伞，他非常客气地谢绝了，继续在雨天里讲话，顿时，全场几万人报以热烈的鼓掌声和欢呼声。

周恩来说："我们都决心要摆脱旧时代遗留下来的落后和贫困而创造新的幸福生活。我们都决心恢复我们这样的国家在历史上所曾有过的友好联系，并且不断发展同世界上尽可能多的国家的友好联系。我们都决心要维护世界的持久和平而使我们自己得以从事和平建设。这种相同的目标，使我们在相处的时候，感到彼此易于接触，易于了解，易于合作。"

这时的周恩来已经被雨淋得满脸的水珠向下流，身上的衣服也都湿了，但是他依然不为所动，精神抖擞地说："我们两国人民走向独立的道路是不同的。""我们两国的社会主义制度和政治制度也因此是不同的。然而这种不同不应当、也不能够妨碍我们之间的友好合作。因为凡是珍爱自己独立的人民，也必须尊重别国人民的独立。在这种相互尊重的基础上，我们相互之间就可以求同存异，我们的友谊就能够得到发展。"

周恩来不顾雨淋风吹，又阐述了和平共处五项原则和伟大精神。他说："正是因为如此，中国首先同印度、缅甸，后来又同其他一系列的国家，宣布以互相尊重主权和领土完整、互不侵犯、互不干涉内政、平等互利、和平共处的五项原则作为指导相互之间关系的准则。在我们看来，这些原则体现着友好的精神、和平的精神，也体现着相互尊重和求同存异的精神。"

周恩来又郑重宣告："正是因为如此，我们还特别警惕中国作为一个大国会有不尊重或者忽视其他国家的尊严和利益的可能，因而去年展开了一个要求'坚决、干净、彻底消灭大国沙文主义'的宣传教育运动，要求我们自己和我们的后代子孙，每个人都能够以民族平等的态度对待世界上一切大小国家。这必须成为我们中国人民在国际事务上永远遵守的不可动摇的原则。"

周恩来指出："从太平洋、印度洋经过红海、地中海，直到大西洋那边，都汹涌着民族独立运动的浪潮。在这个浪潮冲击下，殖民主义统治的体系正在崩溃。这个伟大的运动告诉我们：锡兰人民的斗争，中国人民的斗争都不是孤独的，在我们的背后，站着正在觉醒和复兴中的整个亚洲和非洲。"

周恩来最后说："锡兰是承认中华人民共和国最早的国家之一。锡兰在恢复中华人民共和国在联合国合法地位问题上多次支持中华人民共和国。当我们处在困难的时候，锡兰毅然打破西方国家的封锁禁运，同中国在平等互利的基础上进行贸易。我们对锡兰这种正义的立场，表示衷心的感谢。""我们这次是抱着寻求友好的愿望来的。我们从锡兰人民和他们的领导人对我们所表示的欢迎和善意中，深深地相信，我们的这次访问一定能够达到进一步增进我们两国之间的友谊的目的。"

周恩来讲完话，他全身上下的衣服已全部湿透，就像是从水中走出来的人。他这种坚韧不拔的精神和对锡兰的尊重，使得全场的人无不深深受其感动和无限钦佩，全场爆发出长久不息的掌声和欢呼声。一位锡兰高僧竟走上台来，紧紧地双手合十，尊敬地称周恩来为"中国人民的英雄"。

大会之后，周恩来换去湿衣服，晚上又出席班达拉奈克总理举行的独立日招待会。在招待会上，周恩来成为人们注视的中心，个个都过来同他握手、交谈，称赞他的讲话和对锡兰人民的尊敬。

2月5日上午11时40分，周恩来同班达拉奈克在锡兰参议院大厦签署了《中华人民共和国和锡兰两国总理的联合声明》。

声明说："在中国总理访问锡兰期间，讨论了我们两国共同关心的许多问题。我们的会谈是充分的、坦率的，而且是在十分亲切和友好的气氛中进行的。

"我们重申，我们坚决遵守1955年在万隆集会的亚非国家所接受的原则，它们是关于各国共处和合作的五项原则即被普遍称为潘查希拉的扩大。我们认为，应该采取积极的步骤促进这些原则的实施，并且为此目的，在适当的最早的时候召开另一次亚非会议。"

下午，周恩来在科伦坡举行一个小时的记者招待会，就克什米尔、艾森豪威尔主义、中美关系等问题，回答20余名锡兰和外国记者的提问。他着重说：为从事建设的国家所需要的外国援助会受到包括中国在内的亚洲国家的欢迎，这种援助必须是真诚的并且不附带条件。但是为了取得特权、为了建立军事基地和为了使接受援助的国家加入军事集团而提供的援助是不会受到人民的欢迎的。

下午4时30分，周恩来和班达拉奈克同乘一辆敞篷车前往机场，离开科伦坡回国，沿途受到广大群众的夹道欢送。下午到达加尔各答，贺龙等也同机到达。应全印广播电台的邀请，周恩来向印度人民发表广播演说，感谢在他访问其他国家期间四次路过印度，受到印度亲切而周到的接待。他又说："我们是抱着寻求友谊、寻求和平、寻求知识的目的访问印度和其他亚洲国家的。现在当我们回去的时候我们可以满意地说，我们的愿望已经实现了。"

《人民日报》对周恩来圆满结束在锡兰的友好访问，以《促进亚非国家团结合作的努力》为题发表社论。称周恩来这次对锡兰的访问"是中锡两国友好关系中令人兴奋的发展，也是对于促进亚非人民团结合作和维护世界和平事业的有益贡献"。社论还说："我国人民对两国声明中关于在适当的最早时候召开另一次亚非会议的建议，表示衷心的支持和拥护。"

2月6日上午10时，周恩来率领的代表团回到祖国昆明，受到云南省党政军各界领导人的热烈欢迎。至此，周恩来结束了全部访问活动，从1956年11月18日起到1957年2月5日止，中间回国待了两天，前后将近80天，行程54000多公里，先后访问亚欧11个国家，是新中国成立后的第一次外交壮举。这次访问获得巨大成功。

向云南、重庆党员干部和政协作访问报告

到达昆明的当天，周恩来就在云南省党员负责干部会议上作报告。他说：最近访问了11个国家，说明两三年来党和国家对国际形势的看法、观点大致是与实际情况相符的，尽管近两三年国际局势经常发生波折，但总的是趋向和缓，战争的可能性不大。现在世界分为三类国家。

第一类是社会主义国家，国内不是没有问题，应该先把自己搞好，要把社会主义国家之间关系搞好，要严守疆界，互不侵犯，也要巩固社会主义疆界，不许别人侵犯。

第二类是民族主义国家，这次出去证明我们在和平、反战、民族独立问题上同它们联合的政策是对的。

第三类是帝国主义国家，美国的政策还在动摇中，时而和缓，时而紧张。

2月8日，周恩来从昆明到重庆。2月10日，在重庆干部会议

上作报告，他说：这次在国外走了十多个国家，到处证明整个国际局势趋向和缓，和平共处五项原则可以推广。战争推迟了，我们有时间和平建设。当然我们也不应放松警惕，帝国主义也并未放松侵略，战争危险是存在的。所以需要我们加强力量，加强我们国内力量，加强社会主义国家的团结，防止帝国主义的冒险。我们的方针是，首先把社会主义国家搞好，团结得更好；其次是争取民族独立国家，搞好统一战线。我们现在要做四件事：一是搞好自己；二是搞好彼此关系，搞好团结；三是社会主义国家不要去侵略别人；四是不容许帝国主义侵略我们。

2月12日下午，周恩来回到北京，刘少奇、朱德、陈云、邓小平、李富春、李先念等到机场迎接。当晚，出席中共中央政治局扩大会议，汇报出国访问情况。3月5日，周恩来在政协第二届全国委员会第三次全体会议上作《关于访问亚洲和欧洲十一国的报告》。他指出：我们是抱着寻求友谊、寻求和平和寻求知识的目的去访问这些国家的。我们可以说，这些目的已经实现了。我们参观了11个国家人民的生活和工作的许多方面，不仅体会到了这些国家的人民对中国人民的友好，而且还体会到了他们要世界各国人民友好的愿望。我们也体会到了他们要求和平建设、维护世界和平的意志，看到了他们取得的建设成就和许多值得我们学习的东西。他还阐述了社会主义国家一贯主张社会制度不同的国家应该和平共处；由各国人民选择自己的政治制度；民族主义国家的和平中立政策应该受到尊重；殖民地民族独立的愿望应该得到实现。

在谈到中美关系时，他说："中国人民是愿意同美国人民友好的，但是中美关系长期没有得到改善，责任并不在我们方面。正是美国政府利用中美间的国际争端作为制造远东紧张局势中的一环，阻挠着中美关系的改善。""为了改进中美关系，中国方面曾经做了一系列的努力。""但是这一切都没有从美国方面得到应有的反应。""我们愿意通过和平谈判解决中美之间的国际争端，但是我们维护国家主权和解放台湾的决心是不可动摇的。中国人民将继续为世界和平和人类的进步事业作出坚持不懈的努力。""我们希望这次访问将有助于亚洲各国的团结，更好地为巩固各国民族独立和反对殖民主义而斗争；将有助于社会主义各国的团结，更好地为社会主义事业而努力；将有助于世界上一切爱好和平的国家和人民的团结，更好地为保卫世界和平而奋斗。"

这是周恩来对这次出访的深刻的总结。

八、以解决中缅边界为典范，解决同其他邻国的边界问题

　　新中国诞生之后，对外关系中面临着若干历史遗留的问题，其中比较复杂和突出的一项就是同周围邻国的边界问题。

　　中国的边界线漫长而又曲折，单拿陆地疆界来说，就有两万多公里长。当时和中国接壤的国家有朝鲜、苏联、蒙古、阿富汗、巴基斯坦、印度、尼泊尔、不丹、锡金、缅甸、老挝和越南。

　　中国在封建王朝统治时期，正像封建时代的许多国家一样，它的四邻边界一向不那么明确，而处在"犬牙交错、出出入入、分而又合、合而又分"的状态。在边境地区还散居着不少部落。这种历史遗留下来的复杂情况，使边界问题的解决有着极大的难度，但是它是新中国对外关系中必须处理好的一个非常重要的问题。新中国成立初期，百废待兴，没有来得及处理，采取了"暂维现状"的方针。帝国主义利用华侨、边界问题和有些国家对中国的恐惧心理，进行挑拨离间，企图破坏亚洲地区的和平和中国同邻国的关系。周恩来早就清楚地看出这一点，十分理解邻国的心情。1953 年他同回国述职的大使们说："我们的对外关系中，有切身利害的是两个问题：一个是华侨问题，一个是边界问题。我们同周边国家都有纠葛，解决好这个问题是十分重要的。"1955 年 4 月万隆会议期间，

周恩来代表中国政府首先同印尼之间顺利地解决了华侨的双重国籍问题，在这方面树立了范例。这样，如何解决好边界问题就变得更加突出了。1956年1月，周恩来对巴基斯坦驻华大使阿哈默德说："中国同一些国家还有边界问题没有解决好，如果使所有这些问题都严重化，那就会天天吵架，我们就没有精力进行建设了。"

首先解决中缅边界是一个重大的战略决策

周恩来在1956年12月访问缅甸时，同吴巴瑞、吴努都曾谈到边界问题，他们对他说："这个问题不宜久拖，否则外力的破坏性就会增加。"周恩来认为缅甸方面的担心不是没有根据的，特别是在埃及和匈牙利事件后，缅甸等一些中国的邻国，不仅对英、法、苏的做法一概反对，而且也对新中国强大起来后会不会向外侵略也产生担心和恐惧。前面提到的缅甸驻华大使吴拉茂就曾坦率地告诉周恩来和毛泽东缅甸"怕中国侵略，实在有点怕"。周恩来访缅后，虽然消除了缅方的疑虑，但毕竟边界这个现实的问题没有解决。2月18日，他在《关于访问亚欧十一国的报告（提纲）》中写道："问题应当解决，但决不应妨碍团结，以致为殖民主义者所乘，办法是以诚相见，通过和平协商，按照五项原则和万隆决议解决。最困难的问题是边界问题，现有多处遗留。中缅之间亦有边界问题。中缅曾经商谈，可望获得公平合理的解决。"周恩来同时认识到，及时而妥善地处理好这个问题对中国自身创造一个长期稳定的睦邻友好的国际环境也是十分必要的。因此，周恩来在访问亚欧11国回国之后，决定首先解决中缅边界问题，树立起一个范例，再逐步解决中国同其他国家的边界问题。

周恩来选定首先解决中缅边界问题，这无疑是从全局出发作出的重大战略决策，是一步高瞻远瞩、举足轻重的高棋，是一位外交大师的大手笔。其着眼点是：

（一）促进同西南邻国缅甸的友好关系

缅甸是1954年同我国一道倡议和平共处五项原则的国家之一，也是万隆会议发起国之一，一贯坚持和平中立政策。缅甸同中国山连山水连水，有着悠久的交往和联系，要求解决问题最迫切。1954年周恩来访问缅甸时，吴努就向他提出希望早日解决边界问题的愿望，以后吴努访华时，他又同周恩来商谈边界问题，并发表了关于准备解决边界问题的联合公报。1956年周恩来访缅时，吴巴瑞、吴努又表示边界问题不宜久拖。为了体现在和平共处五项原则指导下不断发展中缅两国友好关系，周恩来同意缅方要求，决定先解决中缅边界问题。

（二）使其他邻国放心

周恩来在1957年3月16日在政协会议上作的《关于中缅边界问题的报告》中说："我们建国之初，对边界所采取的政策是维持现状，当时这样的政策是需要的、是恰当的。可是我们已经认识到，这只是一个权宜措施，不是一个长远的政策，总不能永远拖下去。"同年8月7日，在史学家座谈会上，周恩来又说："我们社会主义国家当然不扩张，但人家不信。一些亚洲国家很担心，认为大国必然扩张。所以要用实际行动使它们慢慢相信，争取和平共处，在两年内要努力解决同邻国的边界问题，先从缅甸开始，陆续解决。解决后它们就放心了。"

（三）击破帝国主义的挑拨离间

帝国主义惧怕新中国的日益强大和国际地位的提高，敌视亚非民族独立运动的兴起和和平共处国际关系的发展，于是一面封锁新中国，一面拼凑《东南亚条约》集团和《巴格达条约》组织，诋毁亚非会议的成就。它们利用1955年3月中缅边界"1941年线"以西地区发生的黄果园事件大做反华文章，污蔑中国"扩张"，极力渲染中国的可怕。帝国主义还向缅方施加压力并进行引诱，企图利用缅甸作为军事基地，威胁中国西南边防。缅甸领导人识破了帝国主义的圈套，致力于同中国发展友好关系，期待能通过协商解决边界问题。

周恩来曾多次对中国驻缅甸大使姚仲明等说过：帝国主义希望我们同邻国发生争吵，如能打起来，它们更高兴。我们决不中其下怀！为了推动形势朝好的方向发展，必须对帝国主义的嚣张气焰进行反击，最实际有力的手段就是尽快以和平共处精神同缅甸解决边界问题。这对帝国主义的挑拨离间，无疑是釜底抽薪，对缅甸这类不受帝国主义唆使的友好国家，也是一个鼓舞和支持。周恩来还进一步阐明，在解决中缅边界过程中，自然会追溯到帝国主义过去侵略政策所遗留下的一系列产物和埋伏下的不和种子，这对帝国主义就是一个打击。中缅边界划定之日，帝国主义留下的争议有了合理的解决，一个体现两国人民意志的新条约宣告于世，这对帝国主义又是一个打击，它们的挑拨离间势将陷入不攻自破的境地。

（四）谋求和平的国际环境

刚成立的新中国，面对着百废待兴，发展经济，建设家园，改善人民生活这一压倒一切的刻不容缓的历史任务。这就需要一个和平的国际环境，首先是一个和平的周边环境。1957年3月16日，他在全国政协会议上说："解决中缅边界问题，必须是公道的、合理的，能给人家一个先例，就是中国解决边界问题是合理的，使大家放心，能够和平共处。"1957年3月31日，周恩来在云南省政协会议上说："我们把中缅边界谈好，使四邻相安，这样可起示范作用，争取亚洲国家和平共处，也有利于社会主义的和平建设，使我们国家强大起来，这是最基本的要求。"同年7月19日，他在全国人大会议上说："我国政府在与缅甸谈中缅边界问题过程中，一向强调双方以诚相见，按照五项原则友好协商，求得一个公平合理的解决。这样中缅问题的解决，不仅会使中缅两国友好关系得到进一步的巩固和发展，而且还有利于亚非国家的团结。我国政府解决中缅边界问题的立场，是从维护我国民族利益出发的，同时也是从促进中缅友谊和亚非各国团结的利益出发的。"

从周恩来的上述谈话可以看出，这位伟大的马克思主义者、外交大师的胸怀是何等博大、宽阔！他既放眼从全局出发，又脚踏实地采取有力步骤，实事求是地解决问题，这无疑为中缅边界的顺利解决奠定了基础。

中缅边界的情况和问题

缅甸同中国的边界线呈南北走向，有 2000 多公里长。新中国成立时，中缅边界的大部分已经划定，但有三段还存在没有解决的问题。

第一段是南段，即佤佤山区的一段。这里一直居住着勤劳的佤族人，他们长期过着部落生活。1885 年，英国占领缅甸后，它的军队从来没有到达这个地方。而那时，中国却到达了这个地区的班洪部落和班老部落。在班老那个地方有银矿，中国政府曾经动员民工去开采过。1894 年和 1897 年，中英两国先后签订的两个条约，对这一段边界都有一些规定。但由于有关条文自相矛盾，这一段边界长期没有确定下来。为了造成既成事实，1934 年初，英国派军队进攻班洪和班老地区，遭到当地佤族人民的英勇抵抗，没有得逞。7 年后，也就是 1941 年，中国面临抗日战争的严重危机时，英国又乘机借封闭滇缅公路（当时连接中国和外国的主要通道）来施加压力，强迫中国政府用换文的方式，在佤佤山区划定了一条边界，把班洪和班老辖区的一块划入英国占领地，这就是人们通常所说的"1941年线"。不久，由于爆发了太平洋战争，双方没有来得及在这条线上竖立界桩。缅甸独立后，继承这个协定，班洪和班老在"1941年线"以西的这块土地被划入缅甸的自治邦——掸邦。

第二段是南畹河和瑞丽江汇合处的勐卯三角地，又名南畹三角地。这个地方是中国的领土，面积有250平方公里。过去英国在条约中也明文承认这一点。但是，1894年中英两国签订第一个中缅条约以前，英国不经中国同意，强行通过这个地区修建了由八莫到南坎的公路。到1897年，中英两国签订第二个中缅边界条约时，英国又以"永租"的名义取得了对中国这块领土的管辖权。缅甸独立后，继承这个地区的"永租"关系。

第三段是尖高山以北的一段。这段边界过去始终没有划定。清朝时，有一些地方两国都没管，有一些部落在这里散居着。英国在这个地区曾不断制造纠纷，借机扩大它的殖民领域。最严重的是，1911年初，英国武装占领片马。这个事件激起中国人民的强烈义愤，抗议运动风起云涌。在中国人民的强大压力下，英国政府不得不在1911年4月10日照会中国政府，正式承认片马、岗房、古浪三处各寨属于中国。但是，事实上，英国仍一直侵占这个地区。缅甸独立后，继承了英国的统治。

1952年初，中国云南解放时，国民党军队残部李弥率几千人逃往缅甸，盘踞在掸邦地区。此后，他们不断向中国境内进行破坏和骚扰。1952年，中国人民解放军追剿时，进入南段"1941年线"以西的地方，并且在那里驻扎下来。当时，缅甸内战还未结束，无暇顾及这个地区。

而到1954年，缅甸内战已经结束，开始向这里派遣部队。为了避免出现军事冲突，吴努希望两国政府抓紧解决这个问题。周恩来对吴努说："希望有一点时间，把情况弄清楚后再正式商谈。"1954 年 12 月，吴努应邀访问北京，双方第一次就边界问题全面认真地交换了意见。在会谈中，双方的主要分歧是对未定界的认识。缅甸方面认为只有北段边界存在问题。中国方面认为南、北两段都存在问题。当时，陪吴努一起来访的吴敏登对周恩来说："南段边界是已定界。"周恩来当即指出："这是你们的观点。"尽管双方存在不同认识，会谈还是取得很大的成效。12 月 12 日，中缅两国总理发表的会谈公报中指出："中缅两国边界尚未完全划定，两国总理认为，有必要根据友好精神，在适当时机，通过正常的外交途径，解决此项问题。"

正当两国领导人为解决中缅边界问题进行积极努力的时候，1955 年底，在中缅边界南段未定界的黄果园附近，双方前哨部队由于误会而发生一次武装冲突。那天清晨，边防线上大雾弥漫，几步以外什么也看不清。中国军队巡逻到黄果园附近时，同缅甸军队相遇，由于弄不清情况，互相开了枪。事隔不久，缅甸军队在北段边界又占领了五个地方。由此，边防局势一下子变得异常紧张。更严重的是，黄果园事件发生后，缅甸《民族报》歪曲事实，攻击中国侵入缅甸，并且把两国正在协商中的问题全部公布了。而美国则借这个事件大做文章，极力渲染中国正在对外"扩张"，并且支持《马尼拉条约》国搞了一次军事演习，制造紧张空气，威胁东南亚地区的和平。在这种情况下，周恩来感到"解决中缅边界问题应该加快步伐了"。

周恩来亲自阅读和研究全部中缅边界历史材料和现实情况

1956 年初，中缅两国政府就边界问题开始频繁接触。这年春夏之交，缅甸政府接连致信中国政府，主要是要求中国军队撤出"1941 年线"。为了慎重而妥善地解决中缅边界问题，从 1956 年下半年开始，周恩来花了很多时间和很大精力亲自阅读和研究中缅边界的全部资料，他还要求外交部会同云南省和中国驻缅甸使馆等部门，把对中缅边界的调查研究工作摆到议事日程的重要位置。他一再强调，除了同缅方在交换意见中缩小分歧外，对一切有关问题都要事先认真摸透，做到心中有数，方能在同缅方交换意见时提出恰当切实的建议。他说："如若匆促从事，反而不利于问题的合理解决。"他更经常同有关同志一起讨论，有时请他们当场回答一些问题，有时又请他们提出需要进一步调查的问题。周恩来反复告诫他们：对如此复杂的边界问题，想当然绝对不行，若明若暗也绝对不行，一定要做到了如指掌，心中清晰有数，才能提出好主意。他还派人到中缅边界进行实地调查，并亲自去云南省同当地各界人士交换意见。

1960 年初，在中缅边界问题解决后，有一天，周恩来办公室给外交部送来一箱材料，要亚洲司管缅甸的同志归档。箱内都是有关中缅边界的资料，其中有些是历史书籍的有关记载，有些是学者的研究文章，每一份材料都有周恩来阅读时用毛笔所做的圈点。看完这么多材料，需要多少个不眠之夜啊！后来人们才知道，这些只是他所阅读的材料的一部分。

1957 年 8 月下旬，周恩来形成一个全面解决中缅边界的方案，这个方案得来很不容易，毛泽东说，这是"周总理读了几本书，我们把过去的文件和书都研究了又研究"的结果。

高屋建瓴，提出切实可行的解决方案和建议

周恩来提出"友好协商、互谅互让"作为解决中缅边界问题的总的方针和基本原则。对有争议的问题自应弄清事实的由来，但更重要的是抱现实态度，通过友好协商，在尊重主权的原则基础上照顾对方的实际困难和正当权益，求得公平合理的解决。周恩来这一实事求是的方针原则和指导思想，受到缅方的赞扬。

周恩来于1956年8月15日和27日两次会见缅甸驻华大使吴拉茂，向他提出解决中缅边界问题的方案。他首先说："应该按照吴努的建议，成立关于边界问题的联合委员会。这个委员会应该谈判解决南北两段边界问题，这样才公道，否则就不能寻找到解决办法。"关于具体方案，他提出："在南段，即使我们承认'1941年线'是困难的，但是，我们还是愿意考虑把中国军队撤离'1941年线'以西的地区。我们同时要求在北段，缅甸军队也从片马、岗房、古浪这三个同样由英国文件承认是中国的地方撤走。我们还要求缅甸军队撤出今年在北段所占领的五个地方。双方军队撤走后，我们应该保证，另一方的军队不进入撤出的地区，这样就可以把双方隔离开来，由联合边界委员会寻求一个对边界问题的恰当解决。"周恩来强调："北段问题不是一个历史问题，而同南段一样，都是法律问题和实际问题。"

在会谈中，吴拉茂交给周恩来一封吴巴瑞的信，信中强调缅甸在国内存在的困难，希望中国政府能够答应他们的要求。吴拉茂说："缅甸政府处在困难的境地。特别是因为国会在8月30日要开会，希望在此以前解决一些问题。"周恩来表示理解缅甸方面的困难，他说："既然缅甸政府坚持自己的意见，我们作为友邦，应该

慎重地加以研究。"同时，周恩来也严肃指出黄果园事件发生后缅甸国内出现的一些错误舆论。他说："中国毫无侵略缅甸的意思，我们正忙于建设，我们国内还有许多没有开发的地方，而且我们的制度也不容许我们进行侵略。至于说我们采取军事行动，那更谈不到，李弥的军队已经在缅甸多年，但我们从来没有在报上说过一句伤害缅甸政府尊严的话，这是别的国家所不会做的。"

由于缅甸政府一时难以转变认识，如果双方继续就具体问题进行争论，只能使谈判陷入僵局。因此，周恩来决定暂时先不讨论具体问题，而先确定一个解决问题的原则，统一彼此的见解，为总的解决开拓道路。这时国际上相继发生的埃及事件和匈牙利事件，引起缅甸方面的恐慌。为了解除缅甸方面的疑虑，周恩来在出访亚欧11国前夕，主动邀请吴努访问中国。

周恩来同吴努就中缅边界问题举行了四次会谈。在第一次（1956年10月25日）会谈中，周恩来根据新中国的和平睦邻政策以及他对边界问题的调查研究结果，向吴努提出一揽子解决中缅边界问题的三点原则性建议。第一，关于南段未定界，周恩来说："我们承认，缅甸有权用纯法律的理由来提出这个问题，因为缅甸承担了英国的统治。国际法有一个原则，新的政府可以承袭过去政府的既成事实，不管过去政府是被交替的或者是被推翻的。但是，我们过去都是被压迫民族，现在独立起来了，我们应该考虑本国的愿望，也考虑对方的愿望。我们承认缅甸有权在法律上提出这个问题。我们要求缅甸方面也承认，中国人民承认'1941年线'在情感上的困难。"周恩来又说："我们准备把驻在'1941年线'以西地区的军队撤出。我们愿意得到缅甸政府保证：缅甸军队不进驻我军过去驻守的地区。"周恩来的这个要求包含两个意思：一个是立桩划界以前，军队最好不要进去；另一个是缅甸政府可以先派人进去做工作，因为当地民族很强悍，必须先做好工作，搞好关系不要出乱子。第二，关于勐卯三角地区，周恩来考虑到如果断然收回这块"永租地"，缅甸北部交通会遇到困难，因此，他十分体谅地说："中国人民认为，这块土地最好由中国收回，但是因为缅甸有公路通过，我们愿意提出这个问题，商量究竟应该如何收回。"第三，关于北段未定界，周恩来建议："自尖高山以北边界没有划定，我们愿意看到缅甸政府定出时限，把军队从片马、岗房、古浪三地撤出，中国军队保证不进入这一地区，以待划定疆界。"周恩来强调："以上三点要联系起来解决，才能改变我在前边所说过的情况。这个方式比较好，缅甸的要求可以得到满足，也照顾了中国人民的感情，便于我们进行解释。"这三点建议后来写入11月5日中国政府的备忘录交给缅方。周恩来提出的这个全面而又兼顾双方利益的建议使吴努深受感动。他说："你说不会容许边界问题来破坏中缅的友谊，我非常感激，中缅友谊正是我们设法在五项原则的基础上建立起来的友谊，非常有价值。"他赞成"在解决边界问题的时候，要向前看，不要向后看"。

第二次（10月26日）会谈中，周恩来进一步阐述自己的主张和意见，并提出双方可以组成一个边界委员会，这个委员会在南段的任务是立桩，在北段的任务是划界，在勐卯三角地的任务是寻找具体的解决办法。

第三次（10月27日）会谈，周恩来在中南海西花厅同吴努单独进行，气氛十分融洽。吴努认为："整个说来，中国政府的建议是公平的。"这使周恩来很高兴，他对吴努说："我们不仅以这样的原则来看待中缅边界问题，而且也用同样的原则来对待我们同印度、巴基斯坦、阿富汗、苏联、蒙古、朝鲜、越南的边界问题。"

在同吴努会谈中，周恩来提出了"互谅互让"的主张，对有争议的问题，他总是坚持先弄清事实由来，抱着现实的态度，通过友好协商，寻求公平合理的解决。会谈期间，缅方认真研究了周恩来的建议。吴努告诉周恩来："我和缅甸政府的一些人都感到满意，内阁的外交小组也认为周总理的建议是合理的。"由于建议中的一些内容涉及缅甸克钦族的切身利益，吴努请来克钦邦的三位首领吴赞塔信等前来一起参加会谈。

第四次（11月3日）会谈。周恩来向克钦邦首领耐心解释了中国这样提出问题的原因和好处。吴赞塔信十分感动，他说："对周总理这样耐心的解释非常感谢。能这样讨论问题，就不会有不能解决的问题。"吴努也表示："现在中国是一个强大的国家，缅甸是一个弱小的国家，中国能提出这样合理的方案，我非常满意。"

在非常友好的气氛中，周恩来进一步表达了他的愿望：把"与缅甸的边界解决好，作为典范"。

这是周恩来酝酿已久的想法。他准备以解决中缅边界为开端，创造经验，提供范例，再争取逐步同其他邻国一一解决历史遗留的边界问题。

为什么选择解决中缅边界问题作为处理这个问题的范例呢？周恩来曾对中国驻缅大使姚仲明说："边界问题是帝国主义侵入东方后遗留下来的，很复杂，无论勘界、竖桩，还是绘制地图，我们都没有好经验，需要认真研究一下，选择一个对象来试之。缅甸与我们关系好，是和平共处五项原则的倡议者，这是我们相互之间可以谈问题的基础。缅甸代表了一些小国的想法，如果我们同缅甸的边界问题解决得好，对于消除缅甸对我们的恐惧心理，安定其他周边国家都会产生很好的影响。更深一层的意义是，还可以推动中国和其他国家的边界问题解决得好。"

经过这次周恩来同吴努在北京会谈，双方虽然没有形成正式协议，但是两国领导人对如何解决边界问题，在原则上达成了一致意见。周恩来和吴努联合发表了新闻公报，公报内容已在前面"吴努再次访华"中提及，这里不再重复。

大力做好国内各方面的工作

边界问题不仅是一个对外关系问题，而且对国内影响也很大。究竟应该怎样解决边界问题，也需要充分听取国内各界意见，特别是边境地区民众的意见。这是周恩来在访问亚欧 11 国回来之后要进行的主要工作之一。

边界问题大都是帝国主义长期推行侵略政策造成的，曾经严重地伤害中国人民的感情，许多人记忆犹新，国内要求改变边界现状的舆论十分强烈。中缅边界又是一些少数民族聚居的地区，两边的部落、家族、亲戚关系极其密切，却被边界线多年分割。所以，一些人对周恩来提出的"互谅互让"的原则并不是一下子能够理解和接受的。周恩来考虑虽然在 1956 年 11 月 5 日向全国人大常委会报告同吴努会谈的情况后得到会议的批准，已经过一定的法律手续，但是我们还要做得更细、更周到。因为"我们国家决定一个政策，根据政策进行的，不管是内政外交的措施，凡是关系大的，能够尽量地多讨论多商议，总是对事情有好处的"。

周恩来多次邀请熟悉情况的学者、专家进行座谈，认真听取他们的意见。他还向原国民党高级将领卫立煌、郑洞国等了解国民党时期处理中缅边界问题的情况。周恩来听说尹明德在 1926 年曾经化装到边界北段的江心坡调查，并且几十年来一直从事对中缅边界的研究工作，十分钦佩，立即请他到北京来当面讨教。尹明德从云南给周恩来带来许多资料和地图。那几天，周恩来集中精力研究这些书和图。在他的办公桌上、地板上堆满了资料，有些字太小，周恩来就用放大镜一点一点地看，边看边写，十分专注。有时为搞清一个问题，常常忙到深夜。

3月16日，周恩来在政协二届三次全体会议上，作了中缅边界问题的专题报告。因为事关重大，在开会前的一天，他再次会见尹明德、王季范、于树德、云南省副省长龚自知等，征求他们的意见。在会议开始前，他还在同历史学家金灿然一起研究如何划界。这天的会场布置得别开生面，大会主席台上挂着中缅边界情况示意图。周恩来首先根据示意图详细讲解了历史上地图的变化。

周恩来在报告中指出："我们应该把清末时候的情况仔细研究一下，作为根据。这是我们研究边界最主要的根据，历史的根据。"他高度赞扬了历史上"这种爱国主义立场是对的，与帝国主义必须寸土必争"。同时，他又指出："现在两个国家的情况发生了根本的变化，所以新的问题又出现了。从过去由英国占领的缅甸来说，已经取得民族独立，成立独立的联邦共和国。中国也结束了半殖民地半封建的地位，成为社会主义人民共和国。两个国家的制度虽然不同，但彼此之间建立友好关系。在这个基础上来解决问题不能相同。"他进一步说，要解决中缅边界问题，"必须解决得是公道的、合理的，能够给人家一个范例，就是中国现在解决问题是合理的，使大家放心，能够和平共处。这是一个现实的态度，也只有这样才能实事求是地处理我们国家的边界问题。方法上只能经过谈判，不能采取别的办法，军事紧张应该把它消除。"

政协会议上，大家围绕着周恩来的报告，展开了热烈的讨论，许多人转变了认识，开始从全局的高度来重新认识这个问题。

政协会议之后，3月28日，周恩来亲自赴昆明，在那里多次召集云南省各界、少数民族代表参加的会议座谈，认真听取他们的意见。3月31日，周恩来在云南政协作报告，重申了3月16日在全国政协的报告精神，着重强调了这样解决问题的重要意义。他说："我们把中缅边界谈好，使四邻相安，可以起示范作用，争取亚洲国家和平共处，也有利于社会主义国家的和平建设，使我们国家强大起来。"4月2日，周恩来在云南省各界中缅边界问题汇报会上又进一步强调了同缅甸解决好边界问题的国际意义。周恩来的一系列报告和讲话，使"多数人脑子打开了，懂得大道理了"。昆明工学院召集人赵建中在汇报中说："对总理为人民利益而博访周咨搜集材料和周到深刻慎重考虑问题的服务精神，十分钦佩。"并说："总理的报告不但具有政治、外交、历史、地理和政策的丰富知识，而且贯穿着历史唯物主义和辩证唯物主义的精神，说服教育的力量极大，听了报告等于上一次教授法的示范课。"经过周恩来的辛勤努力，有效地统一了国内各方面的思想。

周恩来在全国人大作《关于中缅边界问题的报告》

1957年7月9日，周恩来在第一届全国人民代表大会第四次会议上作《关于中缅边界问题的报告》。这个报告极其重要，它全面阐述了中国政府关于解决中缅边界问题的立场。

报告首先回顾了中国政府处理这个问题的大致经过和所遵循的基本政策。他说："我们的国家自从开国以来在国际事务中一贯奉行的政策，就是争取世界局势的和缓，争取同世界各国，特别是同我们的邻国和平共处。这个政策有利于我们国家的社会主义建设，也符合世界各国人民的利益。我国政府在处理中缅边界问题时所依据的，也正是这个基本的和平外交政策。

"中缅两国之间的边界问题，正像其他亚非国家之间的许多悬而未决的问题一样，都是帝国主义长期侵略政策所造成的。现在，中缅两国都已经取得独立，都在努力为本国的和平建设争取一个和平的国际环境。中缅两国又是同印度一起首先倡议和平共处五项原则的国家，我们都珍视自己的民族独立和民族利益，我们都深刻地认识到，只有通过和平共处和友好合作，才能更好地维护我们各自的民族独立和民族利益。但是，帝国主义者从来没有停止利用亚非国家的分歧在这些国家之间制造紧张和不和，竭力企图重新对这些国家实行'分而治之'的侵略政策。针对这样的情况，我国政府在同缅甸政府商谈边界问题的过程中，一向强调双方以诚相见，按照五项原则友好协商，求得一个公平合理的解决。这样，中缅边界问题的解决，不仅会使中缅两国友好关系得到进一步的巩固和发展，而且还将有利于亚非国家的团结。

"我国政府在解决中缅边界问题上所采取的立场，是从维护我国的民族利益出发的，同时也是从促进中缅友谊和亚非各国团结的利益出发的。"

周恩来接着指出："由于中缅问题复杂的历史背景"和"近六十多年来，国内国外出版的地图中，先后出现了对中缅未定界的许多很不同的划法，这些情况不能不在广大的范围内引起了对中缅未定界的混乱看法"。因此，周恩来在报告中强调："政府认为，在处理中缅边界问题的时候，必须认真对待历史资料，必须以正确的立场和观点对历史资料进行科学的分析和判断，把可以作为法理依据的历史资料同由于情况变化只有参考价值的历史资料加以区别。

"同时，更要注意到中缅两国已经发生的具有历史意义的根本变化，那就是，中国和缅甸已经分别摆脱了原来的半殖民地和殖民地的地位，成为独立的和互相友好的国家。缅甸政府继承了原来受英国统治的地区，不同民族的自治邦同缅甸本部组成了缅甸联邦。我国政府接管了国民党政府所管辖的地区。在处理中缅边界问题的时候，必须注意到这些历史变化，同时也要按照一般国际惯例来对待过去签订的有关中缅边界的条约。只有把以上各点结合起来考虑才能够正确地运用历史资料，求得中缅边界问题的公平合理的解决。

"中缅边界问题直接地关系到聚居在中缅边境的各民族的利益。因此，在解决中缅边界问题的时候，就特别需要照顾这些民族的利益。我们知道，两国之间的边界把聚居在边境的同一民族划分为二，是常见的事。这是历史发展的结果。在中缅边界已定界的各段，在我国和其他邻国的边界上，我们都可以看到同一民族分居边界两旁的情况。我们在解决中缅未定界问题的时候必须事先估计到，有关民族被边界分隔是难以避免的。鉴于这种情况我们就更加需要同缅甸政府协商采取措施，使将来划定的边界成为和平友好的边界，进一步发展两国边民之间的亲密联系。"

7月15日，第一届全国人大第四次会议批准了周恩来的报告。此后，中缅边界问题开始进入具体协商的阶段。

周恩来、奈温签订中缅友好互不侵犯条约和两国边界协定

1958年缅甸国防军总参谋长奈温将军发动不流血政变，组成保守政府后，他认为解决中缅边界问题的时机已经成熟，就在缅甸即将举行大选之际，1960年1月24日，缅甸总理奈温接受周恩来的邀请到中国访问。周恩来在机场迎接途中对奈温说，中缅两国有漫长的边界，来往频繁，应该成为和平共处的范例。中缅边界问题谈判已久，接近解决，和中国同其他国家的边界问题不同。相信这次奈温总理来访可以先达成原则性的协议，但具体问题，如研究、勘察、起草协定还需要一定的时间，这些可留待两国将成立的联合委员会解决。奈温同意周恩来的意见。当晚，周恩来举行盛大宴会欢迎奈温。

1月25日上午10时，在中南海武成殿，周恩来和奈温举行会

谈。周恩来说：亚洲国家在经济上还很落后，殖民主义还在利用这一点欺侮我们。为了改变国家的落后状况，我们必须友好相处，并且很好地合作。中国政府历来希望中缅边界问题能够全盘解决，因此提出的方案包括各个方面。在谈判过程中，中国政府遵守平等友好的原则，强调互相协商，不但自己提出方案，而且也尊重对方提出的方案，努力在双方的方案之间从原则到具体求得逐步解决。

1月26日上午10时，在中南海武成殿，周恩来和奈温再次举行会谈。奈温提出一些修改意见后，周恩来说，我们可以：第一，把换文改写为协定的形式，由双方指定有关官员根据《纪要》和阁下刚提出的那些修改意见起草；第二，对友好条约，双方可以指定专人起草一个草案。

1月27日中午，周恩来设便宴招待奈温总理。双方官员紧张起草边界协定和友好条约。

晚上，周恩来等出席缅甸驻华大使在北京饭店为奈温访华举行的招待会。

1月28日上午，周恩来主持国务院第九十五次全体会议，会议讨论通过了《中华人民共和国和缅甸联邦政府关于两国边界问题的协定（草案）》《中华人民共和国和缅甸联邦之间的友好和互不侵犯条约（草案）》。当日，全国人大常委第十三次会议作出相应决定，任命周恩来为签订上述协定和条约的全权代表。

下午，周恩来、刘少奇接见奈温总理。下午6时50分，周恩来和奈温总理代表各自政府在《中国政府和缅甸联邦政府关于两国边界问题协定》《中国和缅甸之间友好和互不侵犯条约》上签字。晚上，周恩来出席缅甸总理奈温将军的告别宴会，并在宴会上讲话时指出：中缅友好互不侵犯条约和中缅关于边界问题的协定签订，更有力地证明了独立了的亚非国家应该而且可以团结友好的信念，并且为发展亚非国家的这种团结友好创造了一个新的范例。

1月29日清晨，周恩来前往机场欢送缅甸联邦总理奈温将军。

再访缅甸，商谈边界具体问题

1960年4月13日，应缅甸、印度、尼泊尔政府的邀请，周恩来偕同陈毅、章汉夫、乔冠华、张彦、龚澎等前往做友好访问，朱德委员长，宋庆龄、董必武副主席，陈云、林彪、邓小平副总理等前往机场送行。4月15日上午，周恩来等由昆明飞抵仰光，受到重又当选为缅甸总理吴努和前总理、现任国防军总参谋长奈温等人的热烈欢迎。当日下午参加泼水节最后一个活动。泼水节相当于中国的春节，是缅甸一年中最盛大的节日。周恩来、陈毅和其他成员都换上了缅甸的民族服装，周恩来穿的是布料方格纱笼（简裙），上身穿缅式上衣（类似中国的马褂），头上戴缅甸头巾，上身还披了一条浴巾供泼水用，这样使欢乐的气氛更加浓烈。缅甸朋友说，分不清谁是中国人，谁是缅甸人，张彦就像缅甸外长藻昆卓，乔冠华则像缅甸剧中的丑角。乔冠华乐得哈哈大笑。大家坐上缅方准备的几辆中型吉普，先后去了四个泼水彩棚。当时周恩来刚种过牛痘，不宜泼水，同志们建议他象征性地泼一下就可以了。但他从友好出发，每到一个彩棚，都兴致勃勃地和缅甸群众相互泼水，顿时一片欢乐。银色的水珠飞舞，欢笑声垒起，周恩来全身都湿透了，染得五颜六色，他沉醉在吉祥友谊之中。吴努则和美丽活泼的姑娘们展开水战。第四个彩棚是吴努选区的彩棚，吴努在那里水战时间最长。晚上，奈温夫妇邀周恩来等共进晚餐，气氛热烈而又轻松愉快。周恩来盛赞奈温的勇气和果断，使得友好和互不侵犯条约、边界协定得以早日签订。4月16日晨，周恩来率领代表团拜会吴温貌总统，进行友好交谈；上午拜会吴努总理；向昂山墓敬献花圈。

下午 3 时，拜会缅甸前总理、缅甸国防军总参谋长奈温，周恩来向他通报两点情况：（一）国民党柳元麟部队在同老挝相邻的缅甸边境修筑了一个很大的飞机场。这一机场的器材不仅从台湾运来，有一部分是从曼谷运来的，足见其背后有一股强大的力量支持他们。柳元麟部的指挥部就设在缅老边境、缅甸境内的江拉。今后美蒋在中缅边界上还会制造新的事件。因此，我们把缅境国民党看作是我们两国共同的祸害。如果他们进入中国境内，我们就消灭他们。奈温表示也要尽量设法消灭他们。（二）今年二三月间，我们发现有一些飞机做高空飞行，穿过缅甸，进入西藏，再向南飞回曼谷，有的则经中国飞回。这些都是美蒋飞机。美国在泰国有空军基地。现在我们双方都已经弄清楚这不是中国或缅甸的飞机，因此，我们在各自的境内可以采取强迫降落或击落。如果我们两国互通情报，这些事情就不会影响两国的友好。奈温说这样做是对双方有利的。

4 月 17 日上午 10 时 30 分，周恩来同吴努举行第一次会谈。周恩来说：关于边界问题，通过多年努力，双方的观点一天天接近了，现在剩下的只是个面积大小的问题，已经不重要了。

中午，周恩来举行宴会宴请缅甸总理吴努、国防军总参谋长奈温将军、政府各部部长、高级军官和社会著名人士。

晚上，中国驻缅甸大使李一氓为周恩来总理访缅举行招待会，吴努总理、奈温将军等出席，周恩来、吴努都在会上发表热情洋溢的讲话。吴努说"为了对周总理表示敬意，我用中国话祝酒，而请貌瑞新译成缅语"，引起哄堂大笑。吴努随即用中文高呼："中缅友好万岁！周总理万岁！刘主席万岁！毛主席万岁！"

4 月 18 日上午，周恩来一行参观仰光北郊的达棉国营纺织厂。之后出席奈温将军夫妇的午宴。下午，周恩来在中国驻缅甸大使馆接见 220 名华侨代表，向他们介绍中缅边界问题和中缅友好条约，鼓励华侨与当地人民友好相处。下午 6 时，周恩来到吴努家中与他举行第三次会谈。周恩来建议缅甸消灭在缅甸边境建筑飞机场的蒋介石残余军队。对于美国飞机自曼谷经缅甸或经中国的一些地区去西藏空投武器、电台和特务的问题，希望缅甸政府也能采取行动，在自己的上空截击这些飞机。并说，感谢他对中印两国总理会谈所怀的善意和希望，我将尽力使德里的谈判取得结果。这对中印两国、对缅甸、对亚洲和世界各国都有好处。除了在美国控制下的日本外，亚洲国家都要求根据和平共处五项原则，加紧和平建设。我们愿意看到缅甸强大，印度强大，其他国家强大。

晚上，缅甸总统吴温貌举行盛大宴会招待周恩来及代表团全体成员。晚上 11 时在宾馆，周恩来会见反法西斯人民自由同盟主席吴巴瑞。对吴巴瑞知悉缅甸社会党致电祝贺印度社会党召开"亚非西藏会议"一事，批评说：我想请你注意的就是必须维护五项原则，互不干涉内政。人们尽管在政治思想上有分歧，但只要遵守五项原则，就能友好相处。人们会存在政治思想上的分歧，这是自然的，但重要的是互不干涉内政。你和吴觉迎过去对中国是友好的，我们还希望保持这种中缅友好，今后我们也要继续发展中缅友好。

4 月 19 日上午，发表《中华人民共和国和缅甸联邦联合公报》，随即结束对缅甸友好访问，乘飞机离开仰光前往新德里。吴努、奈温及中国驻缅大使李一氓等到机场送行。

中缅边界根据两国总理达成的协议，经过双方联合委员会几个月的具体谈判、实地勘界、划界、定桩以及起草边界条约、议定书和绘制地图工作之后，周恩来于 1960 年 8 月 26 日致信吴努、奈温、吴巴瑞，邀请他们于 9 月底前来华访问，并对缅甸政府准备在签订边界条约时向居住在中缅边界上的中国居民赠送大米和食盐表示感谢。表示愿意在明年 1 月 4 日亲自到仰光去交换边界条约的批准书，并参加缅甸独立节的庆典。

中缅边界条约正式签订，中缅友谊达到高潮

1960年9月27日下午，周恩来到北京机场热烈欢迎前来参加中华人民共和国成立11周年庆典并参加即将举行的中缅边界条约签字仪式的缅甸国防军总参谋长奈温将军和夫人。当晚，周恩来、邓颖超会见并设便宴招待奈温将军和夫人。周恩来再次称赞奈温解决中缅边界问题的果断和勇敢行动，为中缅友谊做了重大的贡献。

9月28日下午，缅甸吴努总理率领缅甸政府代表团到达北京，周恩来、陈毅等在机场热烈欢迎。晚上，周恩来在人民大会堂先举行酒会后举行宴会热烈欢迎吴努总理夫妇、奈温将军夫妇，陈云、林彪、邓小平、贺龙、陈毅、李富春、邓子恢、谭震林、李先念、薄一波、乌兰夫以及全国人大常委会副委员长、政协副主席、中央军委副主席、各部部长、外国驻华使节出席了酒会和宴会。周恩来在宴会上讲话说：今年中缅两国的友好关系发展到了一个新的阶段，两国不但签订了友好和互不侵犯条约和关于边界问题的协定，而且将要签订边界条约，从而使历史上遗留下来的边界问题获得全面最后的解决。

9月29日上午11时15分，周恩来、陈毅在中南海西花厅同吴努、奈温举行会谈。应客人的要求，周恩来在谈了中印边界问题情况后说，中印间的争议仍会继续下去，但我们可以向你们保证，西藏一定要实行新民主主义改革，而且现在已在改革了。宗教信仰我们是尊重的。我们保证我方在中印边界停止巡逻，以减少事故，但这要双方都有这种愿望才能实现。

缅甸应坚持正义立场，这样会得到各国的同情。缅甸在不少问题上勇敢地开辟了道路。中缅边界问题过去吴努总理提出要解决，

吴巴瑞也做努力，奈温将军则开辟了道路，签订了中缅边界协定，现在吴努总理又来签订中缅边界条约，可说是善始善终。我们可以向你们保证，我们总是支持你们的，我们的党不是背信弃义的，而是坚守信义的。晚上11时，毛泽东、刘少奇、周恩来在中南海勤政殿会见吴努和夫人及女儿、奈温和夫人等客人，进行了亲切友好的谈话，互祝中缅边界条约即将签订，两国关系进入新的阶段。

9月30日晚上，周恩来在人民大会堂举行国庆招待会，吴努总理夫妇及女儿，奈温将军夫妇和缅甸代表团360余人，阿尔及利亚临时政府总理阿巴斯，来访的各国客人，各国驻华使节、武官，毛泽东、刘少奇、朱德、宋庆龄、董必武，国务院副总理、人大常委会副委员长、政协副主席、军委副主席，各部部长、副部长，总参、总政、总后负责人，各人民群众团体负责人，文艺界、教育界、科技界、经济界的学者、专家、演员等8000余人参加了招待会。周恩来在讲话中说：中国人民和中国政府一贯地坚持和平的外交政策，主张不同社会制度的国家和平共处，主张通过和平谈判解决一切国际争端而不诉诸武力，并且同全世界人民和国家一道，为反对帝国主义侵略、保卫世界和平，进行了坚持不懈的努力。

10月1日下午，周恩来和吴努分别在《中华人民共和国和缅甸联邦边界条约》上签字。毛泽东、刘少奇、朱德、宋庆龄、陈云、林彪、邓小平、贺龙、陈毅、李富春、谭震林、邓子恢、李先念、乌兰夫、罗瑞卿、章汉夫、奈温及缅政府代表团主要成员参加签字仪式。周恩来、吴努分别讲话，互祝和平友谊边界的建立。然后，在场的人举起香槟酒碰杯祝贺。这是中国同邻国第一个成功地解决边界问题，影响很大而又深远。中缅关系更加亲密了，其他邻国的情绪也趋向安定。沉重地打击了帝国主义，孤立了印度反动派，中国的外交取得了更主动的地位。

周恩来率领庞大的代表团访缅，广泛地开展友好活动

1961 年 1 月 2 日，周恩来率领陈毅副总理夫妇、罗瑞卿夫妇、外交部副部长耿飚、副总参谋长张爱萍等领导人及 9 个代表团 437 人的中国友好代表团访问缅甸，参加缅甸独立节，并交换中缅边界条约批准书。这是新中国成立以来派出的最大代表团。当时周恩来考虑，去年 10 月吴努、奈温访华签订边界友好条约时，来了 360 多人。而中国是个大国，人数应比缅甸更多一些。在代表团出发前，周恩来在人民大会堂和代表团全体成员举行了一次联欢，由于当时我国经济困难，根据他的指示，招待吃"大锅菜"和包子。周恩来在会上作了重要讲话，要大家在访问中多做工作，促进友谊，严守纪律，保重身体。饭后大家还表演节目，赵朴初朗诵了一首诗，荣高棠清唱了一句京戏，张瑞芳、田华、秦怡、王丹凤等演员唱歌。

1 月 2 日中午 12 时，周恩来一行飞抵仰光，在机场受到吴努总理、国防军总参谋长奈温和 10 万市民的热烈欢迎。吴努和奈温站在周恩来两边，乘首辆敞篷车前往总统府的路上接受群众夹道欢迎，奈温亲自握着手枪保卫周恩来，这是他为了保卫一位挚友的安全而不顾个人的安危的深情的流露，是多么的感动人啊！当日下午 3 时 30 分，周恩来、陈毅夫妇、罗瑞卿夫妇、耿飚、张爱萍、乔冠华等前往总统府拜会总统吴温貌和夫人，进行了一个小时的亲切交谈。周恩来说边界问题能够这样顺利地解决，我们很高兴，这是我们同邻国第一个解决边界问题，它将起一个示范作用。4 时 30 分又前往总理府拜会吴努总理和夫人，又进行了一个小时的交谈。晚上 7 时，吴努总理夫妇在总统府举行盛大国宴，宾主 1200 多人，

全部素席，显示了吴努既是政治家又是虔诚的佛教徒的特色。在宴会上，周恩来谈到他所率领的由 400 多人组成的友好代表团访问缅甸及吴努总理和奈温将军去年率领的 300 多人对中国的访问时指出：互相派出规模如此盛大、代表性如此广泛和内容如此丰富多彩的代表团进行友好往来，这不仅在中缅两国的关系史上是空前创举，就是在世界各国的关系史上也是罕见的盛况。

1 月 3 日上午，周恩来等前往昂山将军墓敬献花圈，中午奈温夫妇设宴招待周恩来等，奈温亲自拿起照相机为周恩来照相。下午 4 时 30 分，吴努陪同周恩来参观展览会，会后返回总统府进行会谈。周恩来说：我想请阁下注意，如联合国对老挝进行干涉，会像在刚果一样造成恶劣的后果。解决老挝问题最好的办法是召开日内瓦会议，并吸收老挝的邻国参加，如果老挝执行和平中立政策，对于亚洲和平很有好处。并表示，我们认为西哈努克在 1 月 1 日提出的召开由 14 个国家参加的日内瓦扩大会议的建议很好。当晚，李一氓大使在使馆举行欢迎周恩来率领的代表团的盛大招待会，吴努、奈温等出席招待会。

1 月 4 日上午 8 时，周恩来率领代表团全体成员出席缅甸独立节庆祝仪式，并观看了阅兵式。下午，在总统府出席中缅互换边界条约批准仪式，他和吴努分别发表讲话，热情地祝贺解决中缅边界圆满完成。下午，周恩来、陈毅分别接受吴温貌总统授予的一枚特制的"崇高、伟大、博爱和光荣的拥有者"勋章，表彰他们对解决中缅边界问题的杰出贡献。下午 3 时，周恩来等在吴温貌总统、吴努总理陪同下前往仰光东区勃生堂路，参观当地居民传统的布施仪式。晚上，周恩来一行出席缅甸总统吴温貌和夫人举行的盛大宴会。宴会后，又与缅甸总统吴温貌和夫人、吴努总理和夫人、奈温将军和夫人在仰光大湖畔观看焰火。这些焰火是中国政府送给缅甸政府欢庆独立节的礼物。在风光旖旎的湖畔，天空中五彩缤纷的花朵倒映在湖中，宛如仙境，象征着中缅友好灿烂的前景。

1月5日上午，周恩来在总统府与奈温将军交谈谈到老挝时说：苏联、越南给予富马政府的援助是间接的援助。美国不仅援助文翁政府，而且直接出了一些兵，这样它们就输了理。美国不能不考虑如果大规模出兵，就会引起美苏的直接冲突。西哈努克在1月1日提议召开由14个国家参加的日内瓦扩大会议。富马在金边，他也倾向于这个建议。我们认为西哈努克的建议很好。我们反对把老挝问题提交联合国，反对联合国进行干涉。随后奈温将军和夫人陪同周恩来等乘专机从仰光到达毛淡棉，受到这个港口城市10多万居民的夹道欢迎。接着出席市政委员会举行的欢迎大会，出席丹那沙林行政区专员吴特丁举行的午宴。午宴后，奈温夫妇又陪同周恩来等畅游萨尔温江，观赏江中美景，令人心旷神怡。下午返回仰光，周恩来分别向吴敏登和夫人、吴巴瑞和夫人这些为解决中缅边界出过力的人作私人访问，体现了周恩来喝水不忘掘井人的精神。晚上，周恩来、陈毅、罗瑞卿等陪同吴努、奈温等出席中国文化艺术团在仰光露天剧场举行的首场演出开幕式。

1月6日上午8时40分，周恩来和吴努一道出席在仰光总统电影院中国电影周开幕式。中午，周恩来出席在昂山体育场仰光市民为欢迎他和庆祝中缅两国永久和平友好边界诞生举行的盛大集会，周恩来在会上发表热情洋溢的讲话。下午，周恩来、陈毅、罗瑞卿、耿飚、张爱萍等同吴努、奈温一起出席中国体育代表团访问缅甸的武术表演和足球比赛的开幕式，并观看表演和比赛。周恩来指示张爱萍，中缅足球比赛应该争取打平，以示友好。这当然难不倒身经百战的张爱萍副总长，他立即制定了"积极防御"的方针，尽量把球压在对方球门外不远，结果双方果然零比零打平，皆大欢喜。晚上，周恩来率领代表团全体出席吴温貌总统举行的盛大花园招待会，中缅朋友一边欣赏花园夜色美景，一边倾心交谈，愉快欢乐地度过了这个美好的夜晚。

1月7日上午10时15分，周恩来等在吴努陪同下乘专机到达缅甸北部城市曼德勒。该市20万市民中几乎有一半人到达大街上和飞机场来欢迎。随后出席曼德勒市政厅的市民招待会。接着又出席缅北军区司令山友准将的午宴。下午，周恩来等在吴努陪同下驱车观看了以宝塔著名的曼德勒山附近的风光，晚上参加曼德勒专区专员吴巴拉举行的宴会，并在市政厅观看当地艺术家的优美舞蹈表演。午夜又在吴努陪同下乘游艇"敏洞号"离开曼德勒，南行120公里前往蒲甘，一路上湖光旖旎，凉风飕飕，爽快舒适。

1月8日上午，周恩来和吴努在途中的船上就两国的经济合作和贸易交往进行了会谈。中午到达历史名城蒲甘，参观游览后，于当日下午6时乘飞机回到仰光。晚上，周恩来在中国驻缅甸大使馆举行告别宴会，答谢缅甸方面友好、热情、盛大、无微不至的欢迎和接待，吴温貌总统和夫人、吴努总理和夫人、奈温将军和夫人及各国驻缅使节和夫人出席了宴会。周恩来指示文化艺术代表团中的东方歌舞团演员演出亚非国家的歌舞，效果很好，受到热烈的欢迎和赞许，会场洋溢着亚非团结友好的气氛。尽管当时中印关系恶化，演员们仍演出了印度"拍球舞"，使印度驻缅大使十分感动，当即向周恩来、陈毅等敬酒表示感谢。周恩来善于利用各种外交场合，有声有色地开展工作，显示了他的非凡的智慧和才能。

1月9日上午9时10分，周恩来和吴努分别代表两国政府签订中缅经济技术合作协定。10时30分，周恩来、陈毅、罗瑞卿乘专机回国，吴努、奈温等到机场热烈欢送。

通过这次周恩来率庞大的友好代表团访缅进行广泛的活动，以及缅方倾全力接待、欢迎，把中缅两国友好关系推向了新高潮。陈毅曾有诗曰：

我住江之头，君住江之尾。

彼此情无限，共饮一江水。

我吸川上流，君喝川下水。

川流永不息，彼此共甘美。

彼此为近邻，友谊长积累。

不老如青山，不断似流水。

彼此地相连，依山复靠水。

反帝得自由，和平同一轨。

彼此是胞波，语言多同汇。

团结而互助，和平力量伟。

临水叹浩渺，登山歌石磊。

山山皆北向，条条南流水。

由于中缅边界通过友好协商、互谅互让得以公平合理地解决，树立了典范，创造了经验，因而推动了中尼边界、中巴边界、中蒙边界、中阿（富汗）边界的友好解决。于是中国本着和平共处五项原则，以互谅互让的精神解决边界争端的主张在国际舆论中声势大振，拒绝这种主张者日益孤立。

九、以坚定、友善的态度，力争和平解决中印边界问题

印度干涉中国内政，企图将西藏成为缓冲区

前文提到印度有人和西藏一些逃亡的奴隶主企图把去印度参加释迦牟尼涅槃 2500 年的达赖喇嘛留在印度，后经周恩来耐心地做工作，达赖于 1957 年春天从印度回到西藏。但是，西藏地方政府中的反动噶伦，纠集上层反动势力、奴隶主，勾结外敌，策动叛乱，叫喊"西藏独立"等反动口号，劫持达赖，向驻藏解放军全面进攻，包围西藏军区和中央驻藏机关。毛泽东、周恩来等密切注视事态的发展，并采取克制、忍耐的态度，等待其觉悟的方针。但是叛乱分子对中央的严正立场，不仅置若罔闻，反而变本加厉，扩大叛乱。在和平解决的希望完全破灭之后，中国人民解放军西藏军区司令部才奉命于 1959 年 3 月 20 日开始讨伐叛乱武装，在西藏爱国僧俗人民的大力协助下，人民解放军只经过两天多的战斗，就彻底粉碎了拉萨地区的叛乱，一小部分叛乱分子劫持达赖逃亡印度。

3 月 28 日，周恩来以国务院总理名义发布了关于解散西藏地方政府并由自治区筹备委员会行使西藏地方政府职权的命令，宣布

在自治区筹委会主任达赖被劫持期间任命班禅额尔德尼副主任代理主任职务，并对筹委会成员进行重大改组。

西藏平乱的胜利，促进了西藏的社会改革，被解放了的百万农奴不愿再忍受残酷、黑暗的农奴制度，纷纷要求迅速进行改革。周恩来在 4 月的《政府工作报告》中表示：西藏的社会改革将在中央同西藏上中层爱国人士和各界人民群众进行充分的协商后，在充分照顾西藏特点的条件下逐步进行，在改革中将充分尊重藏族人民的宗教信仰和风俗习惯，尊重和发扬藏族的进步文化。5 月 2 日，周恩来在国务院第八十九次全体会议上提出了关于西藏改革的方针，指出：西藏的改革还是分两个步骤，先是民主改革，然后是社会主义改革。对大农奴主采取赎买政策，就用我们对待资产阶级的办法，赎买后把他们养起来。5 月 12 日，周恩来在接见班禅和阿沛·阿旺普美时指出：叛乱平定以后，民主改革还是用和平的方式进行，但是和平改革不是不平乱，哪里有叛乱，我们就要在哪里平定。西藏民族几百年来苦难重重，我们搞改革，要使这个民族昌盛起来，要超过文成公主、松赞干布时代。西藏 120 万人中，属于剥削阶级的有 6 万，只占总人口的 5%，其中尚未参加叛乱的上层人员连同他们的家属估计约有 20000 人。他们中的进步人士也赞成改革，这说明改革是历史潮流。

西藏地方的平乱和改革，本是中国的内政，许多国家都采取支持中国政府的友好态度。但是与西藏毗邻的印度却采取相反的态度，没有珍惜两国人民长期友好的历史，不顾中印两国首倡和平共处五项原则，公开支持西藏上层反动集团的叛乱活动，指责中国政府的平叛和改革的斗争。从 1959 年 1 月起，印度的国会及一些政党组织、报纸就激烈抨击中国和非常不友好地歪曲宣传中国对西藏的政策。在达赖留住印度后，印度总理尼赫鲁多次在印度议会和其他场合大谈"西藏问题"，把中国政府对西藏地方的平乱，称为

"武装干涉"、对"西藏人民"的"压迫和镇压"，并且声称"非常同情西藏人民，我们对他们的困难和处境感到非常难过"。

印度政府公开支持逃往印度的叛乱集团头目进行反对中国的政治活动，政府总理亲自赶赴穆索里同达赖进行长时间密谈。当时的国大党主席和国大党总书记还宣称西藏是一个"国家"或者"自治国家"，还组织了所谓"支持西藏人民委员会"，要求把西藏问题提交联合国讨论，等等。这种干涉中国内政的不友好行为使中印关系受到严重损害。

中国对于印度干涉中国内政的行为，三个月来一直保持沉默，中国政府不愿意看到两个大国的关系恶化下去。4月18日，周恩来在二届人大一次会议的《政府工作报告》中强调指出：我们两国有两千多年的友好历史，并且同是倡导和平共处五项原则的国家。我们两国都没有任何理由因为西藏一小撮叛乱分子而动摇互相间的友谊。我们希望，随着西藏叛乱的平定，通过中印双方的共同努力，两国的友好关系将更加巩固。

可是中国政府的善良愿望没有得到印度方面的响应。攻击中国的不友好言论甚嚣尘上。为了使两国人民的友谊不被敌人挑拨和少数人破坏，为了维护中国的国家主权利益不受侵犯，中国政府不得不驳斥印度方面的错误言论。周恩来在5月2日接见奥地利《人民之声报》驻京记者佛莱时，驳斥了印度某些上层人士对西藏历史的歪曲。他说："现在有人说，印度和西藏是母子关系，这是不能令人容忍的。就民族关系而言，印度人是雅利安种，而西藏人是黄种，他们和中国的汉族、满族、蒙古族同属于黄种人；从宗教关系上说，释迦牟尼出生在尼泊尔不是印度，佛教在印度很衰弱，兴盛的是印度教，如果以佛教徒的人数讲，中国的佛教徒比印度的佛教徒要多得多；从政治关系而言，这种说法更不符合历史，因为西藏自古以来就成为中国领土的一部分了，因此连英国殖民主义者也不敢说西藏是印度的一部分，而印度政府在 1954 年的协定中已承认了西藏是中国的一部分。无论从哪一方面说，印度都应该尊重中国的领土主权，不干涉中国的内政。"周恩来说："我们希望印度的开明人士能够纠正歪曲历史的现象，不要放出冷战的语言来激怒中国人民。"周恩来一针见血地指出：无论印度制造怎样的舆论来为他们支持西藏辩护，"都不能掩盖他们的本质问题，就是同情西藏的落后制度，想维持这个黑暗制度"，害怕西藏实行民主改革，害怕落后的农奴制的西藏变成民主的社会主义西藏，"希望变成在它的影响下的缓冲区"，或中印间的缓冲国，他们的中心思想，也是中印间的争论中心。

5 月 16 日，为了解除印度的忧虑，周恩来指示中国驻印大使潘自力将经他修改审定的"书面谈话"，递交给印度外交部，"书面谈话"明确地告诉印度政府：中国人民的敌人在东方，美国在台湾、在南朝鲜、在日本、在菲律宾，都有很多军事基地，都是针对中国的。"中国的主要注意力和斗争方针是在东方、在西太平洋地区、在凶恶侵略的美帝国主义，而不在印度，不在东南亚及南亚的一些国家。""印度不是我国的敌对者，而是我国的友人。""中国不会这样蠢，东方树敌于美国，西方又树敌于印度。西藏叛乱的平定和进行民主改革，丝毫也不会威胁印度。""我们不能有两个重点，我们不能把友人当敌人，这是我们的国策。几年来，特别是最近三个月，两国之间的吵架，不过是两国千年万年友好过程中的一个插曲而已，不值得我们两国广大人民和政府当局为此而大惊小怪。"

印度挑起边界冲突，印度政府向中国提出领土要求，中国政府一直主张通过友好谈判合理解决中印边界问题。

由于中国政府一再克制和忍耐，中印两国间不愉快的争论沉寂了一段时间。但是谁也没有想到，三四个月后，在千百年来一直和平安宁的中印边界上，却兵戎相见了。1959 年 8 月 27 日，侵占朗久的印度武装部队无端地向驻马及墩的中国边防部队挑衅进攻，制造了中印关系史上第一次边境流血冲突事件。10月21日，印度武装部队再次越过西段的传统习惯边界，在空喀山口以南地区挑起了更严重的武装冲突。这次事件表明中印边境局势日趋严重。

边境事件是印度干预西藏不友好行动的直接发展，也是印度对中印边界问题所持立场的公开暴露。中印边界是历史遗留的复杂问题。在英国殖民主义者来到东方以前，两国人民按照双方的行政管辖范围已经形成了一条传统习惯的边界，它的东段沿着喜马拉雅山的南麓，它的中段沿着喜马拉雅山，它的西段大体沿着喀喇昆仑山脉。这条边界虽然从未划定，但在很长时期内为双方所尊重。英国殖民主义完全统治印度之后，为了侵略中国的西南和西北边疆，曾经制造了一条非法的"麦克马洪线"，企图把9万平方公里的中国领土划归英属印度。但是无论当时或以后的历届中国政府都未予以承认，印度和中国相继独立后，如果都遵循两国所倡导的和平共处五项原则，通过友好协商，对过去共同遭受的境遇互相同情、互相谅解，以公平合理的态度来处理边界问题，本来是不难解决的。遗憾的是，印度政府没有这样做。为了使西藏成为它的势力范围，至少想把西藏变成中印之间的缓冲区，在1950年，印度政府曾竭力阻挠西藏的和平解放。这以后，印度就中印边界东段不断地向非法的"麦克马洪线"推进，完全侵占了传统的习惯线以北和非法的"麦克马洪线"以南地区的中国领土；在中印边界的中段，侵占了桑、葱莎外，在1954年以后又侵占了巨哇、曲惹、什布奇出口、波林三多、香札、拉不底；在中印边界西段，在1954年以后，侵占了巴里加斯。

中国政府当然不承认大片领土被侵占的事实，但是一直主张通过友好谈判使边界求得合理解决。1954年尼赫鲁访问中国和1956年周恩来访问印度时，周恩来诚恳地向尼赫鲁提出，中印边界东段的所谓"麦克马洪线"这条线是非法的，是从来没有被中国政府所承认的，尽管如此，为了保证边境安宁和照顾到两国友好，中国军政人员将严格不过此线，并表示希望以后找到适当办法，解决中印边界问题。而尼赫鲁当时认为两国不存在边界问题，采取不容讨论的态度。但是从 1958 年下半年开始，印度不断提出边界问题。1958 年 8 月 21 日，印度外交部向中国驻印度大使馆递交备忘录，提出中国地图将印度的一些地方"划入了中国的领土"。同年 12 月 14 日，尼赫鲁致信周恩来，再次提出中国的地图问题，不承认两国边界有争议，认为印度地图标明的边界线是"确定了的边界线"。

印度提出的地图问题是没有根据的，不符合事实的，并有强加于人的态度。尽管如此，周恩来还是认真地研究了印度的备忘录和来信，找出大量的资料对中印边界的历史和现状进行详细的分析和研究，充分地掌握了材料之后，于 1959 年 1 月 23 日，周恩来复信尼赫鲁，逐一地回答了印方提出的问题，阐述了中国政府对边界问题的基本立场。周恩来写道：中印边界问题是从未经正式划定的，印度政府把中国新疆南部的一部分地区说成是印度领土，是没有根据的。"这块地方历来属于中国管辖，中国政府一直有边防部队在该地区巡逻"。

至于中印边界东段的所谓"麦克马洪线"，"是英国对中国执行侵略政策的产物"，"我曾经告诉过你，它未为中国中央政府承认"。但是，考虑到"这条线所关系的印度、缅甸已经相继独立，成为同中国友好相处的国家"这一事实，中国政府感到"有必要对'麦克马洪线'采取比较现实的态度"。"基于中印友好关系，对这段边界总可以找到友好解决的办法。"

谈到地图画法问题，周恩来说："正因两国边界尚未正式划定，并且存在着若干意见分歧，双方对地图的画法不可避免地会有出入，我国现行出版的地图对四邻边界的画法是几十年来（如果不是更久的话）中国地图的一贯画法。……我们在没有进行勘察，也没有同有关各国商量的情况下，就加以更改，也是不适当的。"同时，"我国人民对于印度出版的地图所画的中印边界，特别是对其中关于中印西段的画法，也感到惊奇。"

最后，周恩来代表中国政府向印度政府正式建议：为着在边界正式划定前尽可能避免边境纠纷发生，"作为一种临时性的措施，双方暂时保持边界的现状，即双方暂时保持目前各自在边界上的管辖范围，而不越出这个范围"。

1959 年 3 月 22 日，印度总理尼赫鲁在答复中国总理周恩来的信中，明确反对中国政府关于中印边界未经正式划定的意见，宣称中印边界的"大多数部分是由当时的印度政府和中国中央政府之间的专门的国际协定确认的"。从这一立场出发，他提出中国的地图的画法不仅在东段而且在西段，都必须按照印度的画法加以修改。在这之前，印度政府总理正式提出的领土要求还限于东段"麦克马洪线"以南的广大地区。在此以后，他要求中国政府承认西段的中国新疆、西藏境内 33000 多平方公里的领土，即阿克赛钦地区是属于印度的。为了实现这些领土要求，印度武装部队竟然在东段不仅超过了"麦克马洪线"，而且超过了印度当时出版的地图上所标明的边界线，占领了朗久、雅斜儿、沙则、兼则马尼和塔马顿等中国领土。印度飞机也一再侵犯中国领空。8 月间，印度政府单方面地公布了所有的中印两国关于边界问题的文件，使关于边界问题的内部讨论公开化了。随后，发生了 8 月下旬和 10 月下旬的两起边境流血冲突。

1959 年 9 月 8 日，周恩来致信尼赫鲁提出了解决边界问题三条原则：（一）"中印双方应该考虑历史的背景和当时的实际情况，根据五项原则，有准备有步骤地通过友好协商，全面解决两国边界问题。"（二）"在此以前，作为临时性的措施，双方应该维持已存在的状况"，不超过"麦克马洪线"。（三）"对于一部分争执，还可以通过谈判达成局部性和临时性的协议，以保证边界的安宁，维持两国的友谊。"周恩来在信中指出，印度政府把自己属于边界问题的主张加于中国方面的"企图是永远不能实现的"，"这样做，除了损伤两国的友谊，使边界更加复杂化，更加难以解决以外，不可能有其他结果"。希望印度政府"撤回边境的印度军队和行政人员，恢复两国边界久已存在的状况"。印度政府如果这样做，"中印边境一时的紧张局势就会立刻缓和下来，笼罩着两国关系的阴云也会迅速消除"。

1959年11月7日，周恩来又给尼赫鲁去信："阁下1959年9月26日的来信已经收到了。非常不幸，在这以后，10月21日在中国境内的空喀山口以南地区，又发生了新的意外的边境冲突。关于这次冲突，中印两国政府已经交换过几次照会，包括印度政府在11月4日给中国政府的照会。令人十分遗憾的是，印度政府的这个照会不但在很多方面不顾关于两国边界问题的基本事实和边界冲突事件的真相，而且采取了一种极其有害于两国友好关系的态度。很明显，采取这种态度对于问题的解决是毫无帮助的。"

周恩来指出："在目前情况下，我认为，摆在我们面前的最重要的责任，首先是迅速采取有效的步骤，来认真改善两国边境令人不安的状况，并且力求根本消除今后发生任何边境冲突的可能性。"印总理在某种程度上接受中国政府的建议。在11、12月间，周恩来花费很大的精力主持和指导起草了两个外交文件，一是周恩来致尼赫鲁的信，一是中国外交部给印度驻华使馆的照会。

12月17日，周恩来致信尼赫鲁，对印度方面的建议表示不能接受。他指出：这个建议，"不是缩小争端，而是扩大争端"，"甚至印度最反华的报刊也立即指出，按照这一建议，印度的'让步'是理论上的，因为所涉及的地区本来不属于印度，印度在那里本来没有可以撤退的人员，而中国则需要从久已属于自己的33000平方公里的领土上撤出。"为了体现真正的平等互让，周恩来提出："如果印度政府主张中印双方在中印边界西段互撤到对方主张的边界线后面，那么在中印边界东段，印度政府也应撤到对方主张的边界线后面，即印度撤退到中国指出的传统习惯线以南，中国撤退到印度主张的'麦克马洪线'以北。"周恩来再次表示，中国政府关于两国武装部队各自全部后撤20公里的建议，"是为了彻底消除边境冲突的难以预见的危险，根本改变目前两国在边境武装对峙的紧张局面，创造两国互相信任的良好气氛，这些目的是其他临时办法所不能达到的。"而且，"这个措施，也丝毫不会约束双方在谈判解决边界问题的时候提出自己的主张"。"中国政府仍然衷心地希望，为了我们两国在过去和今后千百年的友谊，我们能够就这样的措施达成协议"。周恩来在信中还对印度政府提出在西段的双方边境哨所停止派出巡逻队的建议表示欢迎，同时指出，这个建议"应该适用于全部中印边境"，而不应只是西段边境。周恩来通报印度政府，中国政府在空喀山口事件以后就已经指示中国边防部队脱离接触。为了就边界问题至少就保持边境安宁的措施达成协议，周恩来具体建议两国总理会谈在1959年12月20日举行，或者印度建议的其他日期，会谈地点既可以选择在中国的任何地方，在征得缅甸同意后，也可以定在仰光。

12月26日，中国外交部向印度驻华大使馆提交照会。照会以丰富的历史资料，详细地论证了三个问题：（一）中印边界是否正式划定？肯定地说："整个中印边界，无论是西段、中段和东段，都是没有划定过的。印度政府所依据的1842年条约，并没有划出中印西段任何边界，而且同这个边界关系最大的中国新疆地区，并不是这个条约的参与者。印度政府所依据的1914年的条约，本身就没有法律效力，而且1914年的会议上也没有讨论过中印边界。"

（二）中印边界的传统习惯线在哪里？充分的历史资料说明："中国政府关于传统习惯线的看法，无论在西段、中段或东段，都是以客观事实为基础，并且为大量事实资料所证明了的，而印度地图所标出的边界线，除了中段大部分符合实际以外，其他根本不代表传统习惯线。东西两段的边界线，特别可以不容置疑地看出，是英国近代史上的侵略扩张政策的产物。（三）什么是解决中印边界争端的正确途径？这就是："中印双方应该考虑历史的背景和当前的实际情况，根据五项原则，通过友好协商，全面解决两国边界问题；在此以前，作为临时性的措施，双方应该维持边界的现状，而不宜片面行动，更不允许使用武力来改变这种状况；对于一部分争执，还可以通过谈判，达成局部性和临时性的协议。"

这个照会，在世界上引起了很大的反响，包括西方国家的一些报纸，甚至《西姆拉条约》和"麦克马洪线"的炮制者——英国的报纸，都认为中国的论点是有力的，论据是令人信服的。

周恩来亲赴印度，以勇敢、坚定、友善、和解的态度与尼赫鲁等会谈

由于1960年1月，中缅两国政府签订了《关于两国边界问题的协定》和《中华人民共和国和缅甸联邦友好和互不侵犯条约》，尼泊尔不顾印度的压力接受中国的中尼边界上武装人员各自后撤20公里，并且《中尼友好条约》也即将签订，对印度产生一定的压力。在这种情况下，尼赫鲁不得不于1960年2月5日致函周恩来，建议两国总理在3月下半月的某个时候在印度的新德里举行会谈。周恩来毕竟是大政治家、大外交家，他以博大高深的胸怀，于2月26日复函尼赫鲁慨然接受其建议，将于4月间前往新德里

会谈。周恩来对与尼赫鲁会谈做了充分的准备。4月初，他主持制定了《中印两国总理关于边界问题会谈的方案（草案）》，经中央政治局讨论通过。方案分析，到目前为止，"尼赫鲁本人还在观望形势，很可能认为基本上拖下来对他有利"。方案提出我方的会谈方针是："不怕拖、准备拖，而且也有利于拖。这次会谈，我们不准备全面解决，而只是争取就某些原则问题或者具体问题达成协议，使目前的形势进一步缓和下来，为今后继续会谈和导向合理准备条件。""我们也要准备达不成任何协议。"方案估计了会谈将出现几种可能性，并提出了相应的解决措施。4月10日，周恩来在二届人大二次会议上谈到中印会谈的前景时指出：从原则上说，我们做三种准备。第一，"做最坏的准备，就是不欢而散，谈不出任何结果来；甚至于里面谈不成，外面是西红柿、鸡蛋来示威。""是我们友好地去访问，去谈判的，道理在我们方面。"第二，"没有结果，或者略有结果。我们也没有什么损失。因为那个时候我们宣布我们的主张，而印度不同意嘛。"第三，"最好的情况，就是达成好的协议，如同中缅、中尼一样。"但是，"按照现在的情况估计，不大可能。"因为印度把话说得太绝了，"这个一百八十度的弯子，要印度马上转过来，不那么容易"。周恩来说：新中国的和平外交政策，经过了时间的考验，正在为愈来愈多的人们所理解和支持。我国同西南边和南边的邻国有一些历史遗留问题需要解决，"我们想逐步地求得全面解决，但是解决的愿望应是双方面的。所以，双方面都要努力解决，单是一方面努力，尽管我们做工作，还是不能实现"。

4月19日，周恩来率领陈毅、章汉夫等离开仰光前往印度，下午到达新德里。这是周恩来对印度第四次访问。他走出机舱，环顾机场，下意识地感到印度政府的这次欢迎同前三次迥然不同。欢迎的人群基本上是各国驻印外交使节，再加上神色庄重的尼赫鲁率领屈指可数的政府官员，冷淡的机场气氛，使他预感到了会谈的艰苦性。两天前他在缅甸访问时,吴努总理曾以钦佩的口吻称周恩来的印度之行"是一个勇敢的决定"。周恩来的这一勇敢行动赢得了外交使节的敬意。他在机场发表讲话说:"目前,我们中印两国都在进行着大规模的长期的经济建设。我们都需要和平,我们都需要朋友。和平友好是我们两国人民的根本利益。

"我们共同倡导了关于和平共处的五项原则。我们之间的一切问题没有理由不可以根据这些原则通过友好协商取得合理的解决。中国政府一贯主张两国总理会谈,谋求合理解决边界问题和其他问题的途径。这一次我是抱着解决问题的真诚愿望来的,我衷心希望我们的会晤在我们的共同努力之下,能够产生积极的和有益的效果。"

4月20日上午,周恩来在总统府拜会普拉沙德总统,然后访问拉志加,并在甘地墓献花圈。11时30分,周恩来在印度总理官邸同尼赫鲁举行第一次会谈。

周恩来说:"过去双方交换过多次文件,双方对各自的立场也说明过多次,所以我不准备再重复,我愿听听尼赫鲁总理的意见,希望尼赫鲁总理先开始谈。尼赫鲁总理愿意谈多长,我都愿意听。"

尼赫鲁说:"首先要向周总理提出来的是,所有最近的一些发展,都是最近发生的。我们都知道,我们两国的边界长期以来是和平的,除掉一些较小的事件以外。那么,为什么发生这些困难呢?我们方面没有什么特别的事,因此,困难的产生是由于中国方面发生了一些事情,这些事情在我们方面引起了波动和痛心。"

然后,尼赫鲁叙述了印度的立场:第一,认为中印边界已经划定,不同意中国方面说中印边界完全未划定的说法。第二,中印边界不存在什么重大问题,可能有些次要问题,这些问题可以通过谈判解决。而中国政府差不多有9年时间,什么也没有说。我们很惊奇地发现中国方面采取了一些步骤,这些步骤在我们看来是侵略。

第三，我们注意了中国的地图，并且多次提请中国政府注意。我们得到的答复是，这些是老地图，需要修改。奇怪的是中国政府一方面说这些是老地图，也不正确，但是，另一方面又继续出版这些地图。第四，印度始终认为喜马拉雅山是印度的边界，中印边界高山地区是以分水岭为界。第五，不承认印度在西藏叛乱和改革问题上干涉中国内政，根据印度的法律不能阻止达赖和他的追随者到印度和留在这里。我们不赞成他们发表的声明，我们也提醒达赖注意，他的某些声明超出了我们规定的范围。

周恩来这次主要是听尼赫鲁的发言。他说：感谢尼赫鲁总理把主要的意见告诉了我，特别是尼赫鲁总理说得对，我们两国没有基本利益冲突。相反我们两个伟大的民族发展友好不仅有利于两国人民，而且也有利于亚洲和世界和平，我这次来就是本着这个意愿来寻求边界问题的合理解决的途径，正像阁下来电中也表示过同样的希望那样。我想保留到下午作出回答，我将说明两国的立场在哪些原则上有所不同。更重要的是，我希望消除一些不应有的误会，正像阁下昨天在飞机场所说的"驱除乌云"。我想设法探讨一下，我们之间有没有共同的根据和"共同点"，以便求得解决办法。周恩来建议下午再会谈，首先邀请梅农谈话，尼赫鲁同意。

当日下午 3 时，周恩来在总统府会见印度国防部部长克里希纳·梅农。周恩来说：达赖喇嘛和他的追随者在印度远远超出进行宗教活动的范围，他要求"西藏独立"，向联合国提出控告，这完全发生在印度领土上，不能不使中国人民感到震惊，使我们感到痛心，因为这是干涉中国内政。边界问题的产生是由于印度要我们承认 1914 年英国和西藏地方政府所订的，未经任何中国中央政府承认的《西姆拉条约》。我们不承认这条约，但是从来没有超过这条线，就是为了保证边境的安谧。这条线以南西藏地方政府曾经进行过管辖，这才是历史的根据。我们并没有提出领土要求，只是说维持现状，进行谈判。我们关于西段的划法长久以来就是那样，只是印度地图变了多次。这个地区一直在我们管辖之下，我们一直在那里巡逻。这个地区大部分在新疆，只有一部分在西藏。印度原来的地图说它属于中国，现在又改属于印度，所以是印度提出领土要求。因此，不存在中国政府向印度提出领土要求的问题。关于这次会议，我们也没有提出任何先决条件，而是寻找解决问题的办法。这可以分成几个步骤：在彻底解决以前，我们应采取临时措施，保证边界的和平，防止任何不幸的冲突事件。我们建议，双方部队各后撤几公里，具体方法我们可以找到，我们寻求共同点来解决问题，而不引起争论。梅农说西藏问题被中国夸大了，四五年来中国侵入了印度，双方存在着巨大的误解。周恩来表示不同意西藏问题被夸大的说法，指出侵入印度不是事实。同意两国应该逐步地想办法使意见接近起来，和缓局势，说这有利于两国人民，也有利于世界和平，我们来是具有解决问题的真诚愿望的，希望能够就边界问题取得一个根本的解决。

当日下午5时，周恩来同尼赫鲁在印度总理官邸举行第二次会谈。

周恩来说：现在澄清几个主要问题，以便探讨解决问题的途径：边界究竟是划定了还是没有划定？首先在定义方面，双方就有出入，但是历史发展是不可改变的。我们两国相处的确有些传统习惯接触的地区，虽然在历史上有些变动。这就是我们常说的传统习惯线。作为现代国家，把疆界经纬度划定，这是我们两个古老的国家还没有做的事。这一点应该承认。同时，我们也知道在东段过去就有争端，这个争论是帝国主义遗留下来的。虽然有争论，可以找到友好办法来解决。中国政府不承认"麦克马洪线"，但是愿意采取现实的态度来求得解决。我们从来没有提出什么领土要求，只是说明"麦克马洪线"以南的地区，曾经属于西藏地方政府。在这个地区过去存在过一条传统习惯线，而且后来改变了。我们主张是维持现状，说中国政府提出领土要求，那是误会。关于西段的边界，不是中国提出领土要求，而是印度提出领土要求。两国的边界虽然没有划定，但是我们认为可以采取维持现状和隔离的办法，避免冲突和误会，求得合理的解决，使我们两国的边界成为永久的边界。我们来的目的就是要消除误会，寻找共同点，寻找途径，以便达成关于边界问题的协定。在东段我们主张维持现状。关于西段，主要的地区在新疆管辖之下。中国的地图很早就把这个地区画在中国境内。这样的地图出现了很久，我们没有听到印度有不同意见。今天，我做解释的目的，是为了说明中国在边界问题上没有领土要求，我们只是主张维持现状，求得解决。我就是本着这样的精神来的，没有比这更合理的办法。

晚上，尼赫鲁在总统府举行宴会，欢迎周恩来总理及其随行人员。周恩来在讲话中说："只要处处为两国友好的长远利益着想，既考虑历史背景，又考虑当前的实际情况，根据五项原则互谅互让，两国边界问题是完全能够公平合理地解决的。"

4月21日上午10时，周恩来拜会印度副总统拉达克里希南博士。他向其说明中国不能承认《西姆拉条约》，在东段我们没有领土要求，印度说我们有领土要求，这是对我们的误解，需要澄清；至于西段，根本就是我们的。

上午11时30分，周恩来前往潘特官邸拜访印度内政部部长戈·巴·潘特。他向其介绍中印边界和西藏问题后说，总之，中印友谊更重要。暂时的分歧不应影响友谊，中印两大民族的团结对于亚洲和世界和平是很大的贡献。我只想指出两点：（一）《西姆拉条约》是中国中央政府从未签字和批准的，历届中国政府也从未承认。（二）西藏和英国签订的条约，只有经过中国中央政府批准才生效，这一点英国也是受约束的。

中午，普拉沙德总统在总统府举行午宴欢迎周恩来等一行。

下午 4 时，周恩来同尼赫鲁在总理官邸举行第三次会谈。这次首先是尼赫鲁回答周恩来提出的问题。尼赫鲁说：我们双方对于事实本身有很大的分歧。中国的地图有过变化，印度地图在最近时期，有什么改变，我没有注意到。相当时期以来，东段就在印度的直接管辖之下。关于西段，实际上有一重大的争执。

周恩来说：在东段一直存在着争论。但是在西段却没有争论，旧中国一直按地图的标法把这个地区看作是属于中国的，关于这一段，印度地图却有许多变化。一年来，通过文件来往，双方重复了各自的立场、看法和根据的事实。我也同意，双方的事实不一致，因此看法和立场也不一致，但是继续争论是不适宜的，无益的。我们应该寻求解决的办法。会谈应该如何进行，我有一个想法：双方核对文件和地图以后，发现出入不少，可以由双方组织边界联合委员会审查材料。为了友好，为了不增加新分歧，缩短双方的距离，双方可以列举事实、文件、地图，进行实地勘察和调查。在联合委员会达成协议以前，双方保持各自的立场和观点，并不要求任何一方改变立场和观点。在联合委员会工作期间，双方应该维持现状。在双方实际控制的地区之间，事实上是有一条线的。为了使边境平静，便于联合委员会进行调查，同时也是为了友好，我们提议双方的部队互不接触，当中隔开一定的距离。

尼赫鲁说：组织一个联合委员会会引起各种各样的困难。真正的问题有赖于两个因素。第一，历史资料；第二，一条广泛的原则，就是高山分水岭的原则。我同意我们的边界的大部分没有在地面上标定，但是不能接受边界没有划定的说法。建议让我们共同考虑我们的分歧所在，并且根据现在的资料，缩小我们的分歧。

周恩来回答说：将与同事商量一下尼赫鲁的建议，明天作出答复。

晚上，中国驻印度大使潘自力为周恩来总理访问印度举行招待会。尼赫鲁总理和印度拉达克里希南副总统，陈毅等中国代表团成员出席了招待会。

晚 10 时 30 分，周恩来在总统府会见印度驻阿联大使、前驻华大使拉·库·尼赫鲁。他在介绍西藏事件后，说现在事情已经过去了，但达赖集团还在印度进行反华活动，超出了政治避难的范围。还介绍中印边界东段和西段的问题，说我谈到这些问题，是为了说明内情，目的在于寻求解决途径。我不强调这些问题，而强调友好解决。不管怎样，友好最重要。问题这次不能完全解决，但可找出途径，逐步解决，同时不使之复杂化。中印边界不会发生重大问题，同印度千万年还是友好下去，这点可以彻底地说清楚。

4 月 22 日上午 10 时，周恩来同尼赫鲁在总理官邸举行第四次会议。

周恩来首先发言。他说："经两天的谈话，双方已经再三地说明了各自的许多问题上的立场和观点。昨天尼赫鲁总理提出了一些新的问题，例如，西姆拉会议，也提出了新的建议。我想，我们的初步探讨要有一个归宿，我准备分三部分说明问题。第一部分是关于事实，我想提出一些可以使双方观点接近的事实。第二部分是共同点，以便达成某些原则协议。第三部分是我昨天原来提出的建议和我对尼赫鲁总理提出的新建议的回答，这个回答也可以看作是一个新建议。

"第一部分，关于事实。在东段曾经有一条传统习惯线，后来情况有了变化。从 1880 年到 1936 年英国在印度出版的地图都把这条传统习惯线画在南面，而不是按所谓'麦克马洪线'画。在这两条线之间居住着很多部落，大概有 6 个，这些部落中有的属西藏管辖，有的同英国有联系，英国旅行家的笔记也说这些部落中很多属西藏管辖。这个地区成为争议的地区，问题是这个地区究竟属于谁？英国统治印度时，在一个相当长的时期内，守住南线，这条线直到 1936 年还没有改变。对于线北部的部落，英国只是同一部分而不同全部发生联系。只是在 1911 年到 1913 年，也就是说，在画出所谓'麦克马洪线'的前夜，英国在向'麦克马洪线'北的地区推进，但是推进得也不多，甚至在秘密换文以后，也就是说，画出所谓'麦克马洪线'以后，英国向线北的地区推进得也不多，在地图上，边界仍然画在南边。在第二次世界大战期间，英国在缅甸失去了很多地方，因此把力量逐步深入传统习惯线以北，并且在线北划成许多区。这是从 1942 年到 1945 年的事。西藏地方政府曾经向英国提出交涉，中国中央政府也曾经经过西藏方面向英国提出交涉。至于地图，那是在 1936 年，也就是说，在西姆拉会议以后 22 年才修改的。边界改画在北边，但是仍然证明是未标定界。直到印度独立的时候，仍然采用这种画法。到了 1954 年才把'未标定界'的字样去掉，画成正式的国界线。印度独立以后，也不是一下子在全部地区行使行政管辖的，而是像尼赫鲁总理所说的'逐步推广'的。在 1951 年以前门隅地区还是在西藏地方政府的管辖之下，1951 年以后西藏地方政府的行政管辖才退出，印度的行政管辖到达全部地区并且成立东北边境特区，据我们知道，是在 1954 年，也就是说，跟修改地图是同一年。由此可见，在英国统治时期到印度独立以后，情况是逐渐改变的，西藏地方政府的行政管辖是逐步退出的，不能把 1914 年的换文说成是一个界限，划了之后就要定下来。这个换文是中国政府没有承认过的，况且情况是逐渐改变的，同换文所画的线，没有绝对关系。

"阁下提到了西姆拉会议、《西姆拉条约》和秘密换文。这从一开始对中国人民就是一个震动和刺激，使中国人民很伤心。因为这些都是帝国主义留下来的。阁下曾经友好地说过，自从荣赫鹏侵入西藏以后，英国在西藏取得了许多特权。印度独立以后，印度政府放弃了这些特权，表示对中国友好，但是英国政府正是利用了这些特权，企图把西藏从中国分裂出去，或者半分裂出去。在同一时期，英国提出了所谓'宗主权'的字样，英国压迫中国中央政府，同西藏地方政府坐在一起和麦克马洪谈判。英国代表还背着中国代表，在德里同西藏地方政府的代表秘密换文，先画出所谓'麦克马洪线'，然后把这条线作为内外藏界线的一部分标在《西姆拉条约》的附图上，企图蒙混过去。中国政府代表陈贻范虽然曾经草签，但是立即声明如果不得到中国政府的批准，将是无效的。后来中国的中央政府没有批准，现在海牙法庭的顾维钧当时是中国外交部的一位官员，他就可以证明这一段经过。印度政府也承认这个条约对于中国政府是没有约束力的，西藏地方政府的代表所签订的条约，也不能被认为是正式的。因为首先我们有文件证明，西藏地方政府所签订的条约，必须经过中国中央政府肯定，才能算数；其次，我们还有另外文件证明，英国也同意它不能单独同西藏签订条约。这些文件都是 1941 年以前的。我好意地向阁下提出在解决东段边界问题时，最好不要提出西姆拉会议作为法律根据，因为一年来问题复杂化的根本原因之一就在于此。《西姆拉条约》和秘密换文是中国人民绝对不能承认的。这样说，东段的问题是否就无法解决了呢？不会的。10 年来，我们有这样一个友好的设想：在东段存在争议，只要既照顾到历史背景，又照顾实际情况，双方都能接受的合理解决是可以找到的。什么叫历史背景？我已经说过，传统习惯线原来是在南面，后来改在北面，在两线之间的地区居住着的部落，不是一开始就属英国管辖，也不是全部属西藏管辖，其中有的是明确属西藏管辖，有的则关系比较模糊。因此，这个地区就一直存在着争议。这就是为什么我们说，中印这段边界从未确定。什么是现实情况？印度的行政管辖是在印独立以后逐步推进到所谓'麦克马洪线'的，甚至有两三点还超过了这条约，根据这样的现实情况，中国的立场是：第一，声明不能承认所谓'麦克马洪线'；第二，声明不超过印度已经到达的这条线；第三，除了两三点印度已经超出的地方外，愿意维持现状，谈判解决；第四，举出历史事实，证明这一段边界存在着争议，从未确定，但是没有提出领土要求和先决条件。我提到印度在两三点超出了所谓'麦克马洪线'，我指的第一是塔马顿，我们很感谢印政府在得到我们通知后，就把军队撤出这个地方，其他两个地方是朗久和兼则马尼，按照秘密换文的附图，朗久和兼则马尼都在线北，这两个地点都不是分水岭。在朗久以北很近的这个地方叫马及墩，在朗久和马及墩之间并无山岭，兼则马尼也同样不在线南，当然，这些都是个别问题。

　　"关于西段。新疆同中国的关系历史上是很古老的，大概是两千年以前就已经开始，我们有不断的历史记载。直到 1862 年，英国地图包括印度测量局出版的地图在内，对于西段的画法，同中国地图是相近的。这种画法是有根据的，那就是喀喇昆仑山，昆仑山是新疆与西藏的交界处。在此以西，在喀喇昆仑山，这是坎巨提和新疆之间，新疆和拉达克之间的分水岭。喀喇昆仑山一直延伸到空喀山口以南。在空喀山口以南有几个河谷，例如羌臣摩河谷、班公湖、印度河。如果要说西段地理形状的话，那么上述就是西段的地理形状。从 1865 年到 1943 年，英国和印度的地图都没有画出这段边界线，只是用颜色表明。这种画法深入中国境内同中国地图是有出入的，但是都仍然标明是未定界。印度独立后，从 1950 年起，印度的地图就同现在印度地图上的画法相同，但是用颜色表明，同时注出是未定界。直到 1954 年印度地图才把这段边界变为已定界。可见，印度地图关于西段的画法经过了四个过程：在 1862 年以前同中国的地图相接近，其后经过两次改变，第一次深入中国境内的更多，第二次同现在的印地图相同，最后在 1954 年把这段边界画为已定界，阁下昨天说 1953 年，印曾经改画地图，把坎巨提附近的边界改画得对中国有利，我们没有能够找到这幅地图，但我们知道，印度地图和巴基斯坦地图对于坎巨提边界的画法是有出入的，巴的地图画得更深入中国境内，印地图把边界略微向南移动，但是仍然不是按照分水岭的原则。

"关于西段的行政管辖，从喀喇昆仑山一直到空喀山口，以东以北的水系都是向北流的，我们的行政管辖也一直到达这个地区。从1891年到1892年，清政府曾经派人到喀喇羌臣摩河谷进行勘察，并且确定边界是在这个地方，我们有记载为证。1941年国民党政府也派人到空喀山口地带进行勘察，当时新疆地方政府还请了苏联专家帮助勘察，在中国地图上这一段边界一直是像现在这样画的。我昨天说过，小的不正确的地方是可能有的，因为地图的比例尺很大，但是这段边界的画法基本上是没有改变的。

"我昨天已经说过，我们没有意识到这个地区有争议，虽然这段边界没有划定，没有标定，或者说没有确定。直到前年，印度军队进入这个地区，特别是印政府在去年3月的文件中提出查谟和西藏的和约，才引起了我们的注意。印在这个地区提出领土要求是找不到根据的，印甚至要求从历史上属于我们的地区撤出，这就不能找到解决问题的办法了。如果要谈判解决边界问题，那么东段和西段要一起谈，都作为是未划定的或者未确定的边界来谈。这样做我们是可以同意的，但我们不能同意印度的领土要求。

"关于中段，两国地图的画法基本相同，只有关于9处地方的个别争议。这些争议可以在谈判中个别解决，我们不愿意使这些争议复杂化，但是有一点我想提出，那就是波林三多问题，阁下在一个文件中也提出过，波林三多和波兰松达是一个地方，我们从一个外国地图上也证明了是一个地方。这个地方正是1954年的协定规定中国所开放的一个市场。"

周恩来喝了几口印度的红茶，又接着说："现在我开始谈第二部分。如果我们要寻找合理解决的适当途径，我们必须有某些共同点，我认为这种共同点是存在的：

"第一，关于边界是否确定的问题，我们应该得出一个共同的认识。我们认为，东段没有划定，或者说，没有确定，需要谈判解决。印度认为，东段已经划定，这就是说不存在争议，只要中国承认就行了。但是，我们认为，问题总要经过谈判，才能解决，而且在印度独立前后，情况是有变化的。关于西段，我们认为，中国地图上标出的就是传统习惯线，印度不以为然，认为边界线不在东边。但是印度关于这一段边界的画法，曾经变过四次，怎么能说这段边界已经划定或者确定了呢？关于中段，两国的地图基本相同，但是也没有标定。我们需要有一个共同的认识，在我们看来，这个共同的认识是可以找到的，那就是，边界没有确定，要经过谈判确定。前天阁下说得很对，我们要找到一个不意味着任何一方失败的解决办法。这种解决办法就是合理、对等、友好的解决。

"第二，我们的边界虽然没有正式划定或确定，但是存在着一条实际控制线。在东段，印度实际控制所达到的线就是所谓'麦克马洪线'。在西段，中国实际控制所达到的线，就到达喀喇昆仑山和空喀山口以南，我们所说的实际控制线就是双方行政人员和巡逻部队到达的一条线。在中段，双方也有一条实际控制线。因此。对于现实情况，双方应该有共同点，可以考虑，把这作为划界的根据之一。

"第三，关于划界的地理条件，分水岭是其中之一，但不是唯一的条件。就东段来说，的确有喜马拉雅山，但是有四个河谷穿过分水岭。在西段，分水岭是喀喇昆仑山，但也有羌臣摩河谷、班谷湖、印度河。如果要讲分水岭，那么应该同样适用于边界各段。地理条件很多，都应该考虑，并且应该对等地适用于边界各段。

"第四，我们既然进行友好谈判，就不应该对不属于自己管辖的地区提出领土要求，我们在东段就没有提，但印在西段提出领土要求，这是我们很难接受的。按照友好对等办法，我们双方都不要提领土要求。当然，有些小块地区需要调整。阁下提到在东段就有这样的地区，在西段和中段也同样有这样的地区。这些地区可以个别调整，不作为领土要求。

"第五，我们要照顾民族感情。阁下和尊贵的印度朋友告诉我们，印度人民对喜马拉雅山有深厚的感情，我们承认这一点，但是中国人民对喜马拉雅山也有深厚的感情。同喜马拉雅山有关的其他国家，如尼泊尔和其他民族，如不丹，也有同样的感情。因此，沿喜马拉雅山的南北，这种感情是共同的。喜马拉雅山应该成为中印两大民族之间和其他民族之间永久友好的山峰，既然对喜马拉雅山的感情是如此，中国人民对于喀喇昆仑山的感情也是这样的。我们知道，住在拉达克的人对喀喇昆仑山也有同样的感情。喀喇昆仑山应该成为新疆和拉达克所共有。我们应该为了建立友谊保持这种对高山的感情。这样，这种感情才是最珍贵的。"

接着，周恩来又谈第三部分。他说："现在我谈谈第三部分。双方的事实和根据是有出入的，但是，我提出五个共同点，阁下可能有不同意见，我愿意听取。关于阁下昨天提出的建议，我认为由我们两人的同事在短短的几天之内，经过对资料的审查，马上得出结论，是不可能的，一个文件会联系到另一个文件，这样文件就会越来越多。

"我来是为了达成原则协议的，因此没有带文件，很难在此由双方专家审查文件，达到共同的认识。因此我再一次提议，双方成立关于边界问题的联合委员会，可以给这个委员会稍长一些的时期。这个委员会主要是审查文件与地图，必要时也可以去现场调查。把事实核对清楚后，就可以得到共同的认识，类乎我刚才提出的五点。这就可以成为我们双方的共同原则。

"同时，要给联合委员会一些期限，提出共同的或单独的报告，然后高级会谈就可以根据这种报告达成进一步的协议。如果阁下认为手头某些材料可以作为印政府的观点的根据，要给我们看一看，我们也愿意接受这些材料，作为参考文件，但是，不是双方共同进行研究。其次，我想重申我的建议，那就是在联合委员会工作的期间和边界问题的谈判正在进行的期间，双方维持现状。我说的维持现状，是指双方维持现在各自行政管辖到达的线。第三，我也想重申为了维持现状，为了在边界划定后，使我们的边界成为友好的边界，双方部队后撤若干距离，这个距离多大，可以商量，可以根据地形确定，这样就可以避免接触，保证永久友好。单是停止巡逻，远不能消除危险。据我们知道，驻在兼则马尼的印度部队最近又在巡逻，并且向西北方向前进了几公里。我们严格地命令我们的哨所停止巡逻，避免同印部队接触。尽管我们双方力求避免接触，但是双方部队究竟靠得很近，因此危险是存在着的。"

周恩来最后说："我已经耽搁了阁下很多的时间，我把要说的话，事实根据，都说了。我的目的是要达成原则协议。我们认为，这是可能的，并且能够通过谈判产生有利于解决边界问题的文件。这样就可以使形势和缓下来，朝向巩固我们的友谊的方向发展，这也是有利于世界和平的。"

尼赫鲁说："感谢总理阁下这样详细地说明你的意见，阁下提到了许多有关事实和其他事项的意见。显然如果我一点一点加以答复的话，将要用同样长或更长的时间。事实当然是最重要的，因为根据事实就形成了意见，关于事实，我们也有许多不同的意见，但是我们应该能够对大多数事实，如果不是全部事实，有一个共同的基础。我发现，我们双方不论是对过去的历史，或者是对现在的事实，都有很大的分歧。"后来，尼赫鲁的发言，继续坚持印度的立场，歪曲事实，无理要求，拒绝接受周恩来的实事求是、合情合理和切实可行的意见和建议。

这天中午，印度副总统拉达克里希南博士举行宴会招待周恩来总理等。

下午 3 时 30 分，周恩来拜访印度财政部部长莫·兰·德赛。他向对方介绍西藏问题和边界问题之后，说噶伦堡是西藏叛乱的指挥中心。边界问题是历史遗留下来的。西段边界只是在西藏叛乱时才发生的，印度提出领土要求，使我们感到意外。在德赛表示不同意见后周恩来说，边界问题只能通过谈判取得解决，发生战争是不能设想也不应该设想的。我们两个伟大的民族只能和平解决争议，不应做任何强加于别人的事情。随后，周恩来又出席国防部部长梅农举行的宴会。晚上，同代表团全体成员在总统府观看歌舞会。晚上 10 时 30 分，再次会见前印度驻华大使拉·库·尼赫鲁和他的夫人。

4 月 23 日，尼赫鲁举行午宴，招待周恩来。

下午 4 时 30 分，周恩来同尼赫鲁在总理官邸举行第五次会谈。

首先是尼赫鲁发言，他出示一张中印边界西段的地图，企图说明拉达克地区原是属于印度，否认印度有领土要求。

周恩来列举事实反驳说，中国一向认为，中印边界在极大的范围内没有划定，关于西段，我们一直是按照天然的边界行使管辖权。第二，历史和行政管辖，北部地区属新疆管辖，这是长期历史资料可以证明的。如果印度坚持印度地图上的边界线，要中国的行政人员和军队撤出，这就等于是领土要求。双方在立场和根据事实的看法方面，有很大的不同，因此需要友好谈判。双方可以保持自己的立场和看法，交换资料，求得共同点，以便提出解决问题的方案。我再一次提议，在谈判过程中，对边境上的双方部队采取隔离的办法，保持一定的距离，而不是简单地停止巡逻。

4 月 24 日上午 10 时 30 分，周恩来同尼赫鲁在总理官邸举行第六次会谈。双方主要就西段进行交谈和辩论，尼赫鲁坚持印度的立场和要求。

周恩来重申中国政府的观点：我们建议成立边界联合委员会把边界确定下来。在边界没有确定以前，双方维持各自的行政管辖现在实际到达的线。在东段，我们承认印度行政管辖现在到达的线。在西段，印度也应该承认中国行政管辖现在到达的线。我再次提请阁下考虑停止这种争论。基于两国的友好愿望，我们应该缩小分歧，而不是扩大分歧，以便使协议能够达成。尼赫鲁同意由双方官员审查资料并且提出报告，说明他们在多大程度上的意见一致，在多大的程度上意见不一致，在多大的程度上意见分歧。周恩来建议发表一个联合声明或联合公报，表明我们的会谈获得了进展。在联合声明中，可以提到双方说明了各自的立场和观点，我们的会谈成为引导我们走上友好解决边界问题的途径的第一步。并说，我认为最好把双方武装从现在的实际控制线隔离开来，双方至少保证停止巡逻。我向阁下提出邀请，并且建议两国总理下次在北京会晤。

下午 4 时 45 分，周恩来和陈毅在中国驻印度大使馆接见苏联驻印度大使别涅喆克托夫，向他扼要地介绍中印边界的争论情况后说，会谈中双方阐述了各自对边界问题的立场和观点。我们提出了五点。尼赫鲁没有表示同意，也没有表示不同意，只是对第四点要澄清一下。我们曾经数次建议成立中印边界问题联合委员会，但是印方始终拒绝。于是我们又建议中印双方派出同等人数的官员组成边界问题工作小组，交换、审查、核对、研究各方面有关边界问题的一切文件、记录、记述和地图等等，必要时可以派人进行实地勘察。关于这个问题，我们正在同印方交换意见中。随着时间的推移，印度人民对于中印边界问题会越来越看清事实的真相和问题的是非，印度人民终究会弄清的。

下午 6 时 30 分，周恩来同陈毅与印度内政部部长戈·巴·潘特进行第二次会谈。周恩来说，中印两大国有许多年的友好历史，目前虽有一些分歧，但多经过一些接触总是可以解决问题并进一步加强友好关系。当然，这也需要时间。最基本的东西不应忘掉，那就是我们之间没有根本利害冲突，而应该永远友好下去。这一点应该记住。一些分歧虽然不一定能够在这次解决，但我们坚信将来总是能解决的。

4月25日上午11时，周恩来同尼赫鲁在总理官邸举行第七次会谈。

这次会谈，主要是讨论双方起草的联合声明。尼赫鲁说："昨天我们双方的官员见了面。后来，我想到，时间已经很有限，因此，我们起草了一个东西，供你考虑。阁下现在就可以看一下。"

印起草的联合声明原文如下：

中华人民共和国国务院总理周恩来先生阁下应印度总理贾瓦拉尔·尼赫鲁先生的邀请，于4月19日到达德里，商谈印度政府和中华人民共和国政府之间所发生的某些分歧。陪同周恩来先生阁下的有中华人民共和国副总理陈毅元帅阁下、中国外交部副部长章汉夫先生阁下和中国政府的其他官员。总理阁下和他的随行人员于4月26日早晨结束了他们在印度的逗留。

一、两国总理举行了多次长时间的坦率和友好的会谈。中华人民共和国总理阁下和副总理阁下还同印度总统、副总统和印度政府的几位高级部长举行了长时间的会谈。

二、这些会谈没有取得解决已经产生了的分歧的结果。两国总理认为，政府的官员应该进一步对两国政府所占有的事实材料进行审查。

三、因此，两国总理同意，两国政府的官员应该会晤，审查、核对和研究各方用以支持其立场的有关边界问题的一切历史文件、记录、地图和其他资料，并且拟出报告递交两国政府。这个报告将罗列一致的各点、不一致的各点或者官员们看来需要进一步审查和澄清的各点。

　　四、双方还同意，官员们应该从 1960 年 6 月至 10 月轮流在两国首都会晤。第一次会谈应该在北京举行，官员们将在 1960 年 9 月底以前向两国政府报告。在进一步审查事实材料期间，双方应该做出一切努力来避免在边境地区发生摩擦和冲突。

　　五、两国总理趁会晤的机会讨论了国际事务中的某些重要问题。两国总理欢迎即将在巴黎举行的政府首脑会议，并且希望这次会议将有助于和缓国际紧张局势以及促进裁军。

1960 年 4 月 25 日
于新德里

周恩来看完了印方起草的联合声明后说，我们方面根据五天的会谈，也起草了一个联合声明或叫联合公报。我们双方起草的东西，在内容上有相当程度的差异，现在，把我们起草的文件送给阁下过目，然后我谈谈我的意见，也愿意听听阁下的意见。

《中华人民共和国国务院总理周恩来和印度共和国总理尼赫鲁联合公报（中方草案）》

　　中华人民共和国国务院总理周恩来应印度共和国总理尼赫鲁的邀请，自 1960 年 4 月 19 日至 4 月 25 日在印度共和国进行了友好访问，陪同周恩来总理访问的还有国务院副总理兼外交部部长陈毅元帅、外交部副部长章汉夫……

　　印度共和国总统普拉沙德阁下、副总统拉达克里希南阁下接见了周恩来总理和其他随行人员。

周恩来总理和尼赫鲁总理举行了会谈。周恩来总理、陈毅副总理和章汉夫副外长还同印度政府内政部部长潘特、国防部部长梅农、钢铁矿务燃料部部长斯瓦伦·辛格和财政部部长德赛分别举行了会谈。

两国总理在会谈中，就双方有关的问题特别是中印边界问题进行了友好的坦率的讨论。

双方回顾了中印两国人民之间浓厚和悠久的友谊，一致认为巩固和发展两国之间的友好合作不仅符合两国人民的利益，而且对于维护亚洲和世界和平具有重大意义。双方重申将坚持以两国共同倡导的和平共处五项原则作为指导两国关系的基本原则。

在会谈中，双方阐述了各自政府对中印边界问题的立场，并且就解决这一问题的原则交换了意见。双方认为，这种讨论有助于彼此了解，并且为两国边界问题的合理解决开辟了道路。

双方经过友好协商一致认为：

一、双方边界存在着争议，有待全线正式划定或确定。

二、在两国之间存在着一条各自行政管辖所及的实际控制线。

三、在确定两国边界时，某些地理原则，如分水岭、河谷、山口等同样适用于边界各段。

四、两国边界问题的解决必须照顾到两国人民对喜马拉雅山和喀喇昆仑山的民族感情。

五、在两国边界问题经过商谈得到解决以前，双方各守实际控制线，不提出领土要求作为先决条件，但可个别进行调整。

六、为了保证边界安全、便于商谈的进行，双方在边界全线各段继续根据以上共同认识，两国总理同意双方官员应该会晤、审查、核对和研究各方用以支持其立场的有关边界的一切历史文件、访录、记述、地图和其他资料，并且拟出报告递交两国政府。这个报告应该罗列官员们之间一致的各点、不一致的或他们认为需要进一步审查和澄清的各点。官员们将从1960年6月至9月行使职务，并且轮流在两国首都会晤。第一次会议将在北京举行，官员们将在4个月之内向两国政府提出他们的报告，以利于两国总理的下一次会谈。

双方还讨论了目前国际形势中的若干重要问题。双方满意地注意到，由于世界上爱好和平的国家和人民的共同努力，目前国际局势出现了某些和缓的趋势。双方一致支持即将举行的东西方首脑会议，希望它取得积极的成果。双方认为，有关国家应该不迟延地就裁军和禁止核武器等重大问题达成协议，以便导致国际局势的进一步缓和。双方重申，一切悬而未决的国际问题都应该通过和平协商求得解决，而不诉诸武力。双方认为，日内瓦会议有关恢复印度支那和平的协议应该受到一切有关方面的尊重。

双方高兴地注意到，自从1955年万隆会议召开以来，亚洲、非洲、拉丁美洲反对殖民主义，争取和维护民族独立的运动有了蓬勃的发展，双方一致热烈地支持亚洲、非洲、拉丁美洲各国人民的这一正义斗争。双方表示坚决反对南非联邦的种族歧视政策，并且强烈谴责南非当局最近对南非人民争取基本人权的斗争所采取的残暴行为。

双方还就进一步发展两国友好合作关系交换了意见，认为继续加强两国的经济和文化联系，增加彼此的友好往来，将有助于促进两国人民的友谊和各自的建设事业。

周恩来总理热情地邀请尼赫鲁总理在他方便的时候到中国访问，尼赫鲁总理愉快地接受了这一邀请。

尼赫鲁看完了中方起草的联合公报以后说："是有很大的差别。阁下的草案中提到了我们不能同意的许多事情。阁下列举了六点，并且说双方对于这六点，意见不一致。但是其中大部分是我们不能同意的。在这样的声明里，显然要避免争议性的事项。否则，我们就必须说，在多大程度上双方意见不一致。在这样的声明里，我们只能提出一些观点，而不要牵涉到我们的争论。我建议讨论我方的草案，是否请阁下谈谈对这个草案的意见？"

周恩来说："我方草案提到的六点，是我在会谈中曾经多次提过的。阁下也说对这六点没有意见，只是说第四点需澄清，而我昨天已做了解释。因此，我原来以为这六点在原则上是可以同意的。第一点中提到的全线没有划定的说法，阁下在来信中也提到过。关于不提领土要求的问题，我已做了解释。关于停止巡逻的问题，只是在西段我们还有不同的意见，我昨天说保留在今天谈。因此，我方草案中提出的六点，不是没有根据的。如果阁下不同意，我们也不勉强。但是。我所记得的，阁下对于这六点并没有提出过反对的意见。"

尼赫鲁说："很抱歉我没有把我的意思说清楚。关于那六点，我以前曾经说过，因此，昨天没有充分地谈。第一点说存在着争议，这当然是对的。第二点说存在着实际控制线，这也是不错的。至于分水岭，我也提到过，但是阁下和我是在不同的背景之下提到这几点的。关于第四点，我已经说过，如果我们接受的话，实际上意味着争议解决了。对于这六点中的任何一点，我们都可以重复过去提出过的反对意见。因此，说我同意了这六点，或者说双方对这六点有一致的意见，是不正确的。

"我自然同意存在着争议。但是，我们的立场是虽然在地面上没有标定边界，过去却用不同的办法划定了边界。因此，关于这一点是有不同意见的。"

周恩来说："现在阁下的观点明确起来了，这很好。正如阁下所说的，在这些问题上，我们双方之间还存在着不同的意见。我方对这些问题的意见，就像我方草案中所写的那样！

"现在我谈谈阁下的草案。这个草案给人总的印象是，六七天来的会谈只达成了一个关于程序的协议，其他则一点进展也没有，我不是这样看的。我觉得会谈是取得了进展的，总不能说，比起我们没有见面以前，比起我们没有互相交换意见、直接商谈、一起回顾历史设想前途以前，一点变化也没有发生。当然，不能说我们的会谈取得了完全的结果，但是进展是有的，这是事实。我们使两国人民和世界关注我们这次会谈的人们得到一个失望的印象，是不好的。我们的会谈不仅关系到我们两大民族，也关系到世界各国的人民，因此我觉得草案的主导精神应该积极一些，特别是第三段要加以修改才好。

"现在以阁下起草的声明作为根据，提出一些意见。我建议在声明中从积极方面来说，在声明中可以说，双方说明了各自的立场、观点和解决边界问题的主张，使双方进一步互相了解，双方虽然没有进一步对边界问题的解决达成协议，但是却达成如下的关于程序的协议，这种积极的说法是合乎实际的，也不会使印度政府为难。

"在声明中，我们也应该表示一下，在双方的官员向两国政府提出报告以后，我们期待两国总理再次会晤。在声明中应该指出这个前途，使两国人民有一个希望。我们两国之间的问题，我们是希望解决的，不管有多大困难，我是充满着希望来的，我认为这种希望应该继续下去。在阁下所提的声明草案的第五段，我还是主张提到在双方官员审查材料期间，双方在边界各段停止巡逻，以避免武装冲突。停止巡逻是阁下首先提出的。如果在边界各段都这样做，是有好处的。阁下说，在东段没有问题，阁下昨天还回答我说，印在兼则马尼的部队没有进行巡逻，只是一批西藏难民最近从那里过来。我又查了一下。据我们所知，并不是西藏难民，而是原来在兼则马尼的哨所向西北推进了1公里，到一个叫作得芳的地方，并且派驻了一个班的兵力，这个地方有6户人家，29个居民，都是藏族。这就说明，印在兼则马尼的部队不仅没有停止巡逻，而且向前推进，更加逼近我方在勒村的哨所。现在双方哨所之间只相隔4公里。这是我来前就知道的情况，我们已经严格命令我们的部队停止巡逻并且在任何情况下都不得开枪。在东段我们保证不越过印度的实际控制线。

"在西段印没有向我们作出同样的保证，因此就存在着问题，在西段多数地方是荒无人烟的、空隙很大，如果在我们没有设立哨所的地方，印部队进来建立据点，那样，我们双方哨所就会处于犬牙交错的位置，使问题更加复杂，因此，我仍然建议，双方在边界各段停止巡逻，以避免摩擦和冲突。这样就更有保证，在双方官员审查材料期间总应该有这样的保证。

"阁下声明草案的第六段提到国际问题，我想提出以下建议。第一，在对高级会议表示希望的一句中，除了已经提到的和缓紧张局势和裁军以外，加一条禁止核武器。第二，对亚洲、拉美人民争取民族独立、反对种族歧视的正义斗争表示支持；谴责南非联邦政府采取的镇压措施，如果不便的话，至少也要一般谴责一下。第三，重申《日内瓦协议》应该得到各方面的尊重。印是中立国委员会的主席，在我们的联合声明中重申一下是有必要的。

"除上述的以外，还希望在声明中增加一点，我热烈地邀请阁下在对你方便的时间访问中国。我代表中国政府和中国人民再一次向阁下发出邀请。

"在整个声明中没有提到和平共处五项原则。在阁下看来，也许五项原则已经动摇了，但是，我认为五项原则没有动摇，而仍然应该是我们两国关系的指导原则。有人可能把一时的情况和表面的现象解释为不符合五项原则。但是，我们两国人民没有基本的利害冲突。我们应该继续肯定这些基本的指导原则，中国有一句俗语说：'路遥知马力，日久见人心'。我们两国的友谊经受了几千年的考验，也一定能够经得起今后的考验。

"以上是我对阁下的声明草案的主要意见，其他一些技术性的意见就不说了。"

周恩来这篇对印度草案的意见，可以说是十分入情入理，深刻、全面、具体地表达了中国政府和中国人民热诚希望中印两国减少或消除分歧，共同争取和平解决两国的边界问题，维护和发展两个伟大民族的友谊。

但是尼赫鲁顽固地坚持己见，既不接受中方的声明草案，也不接受周恩来对印方草案的正确的友好的建议，对声明做重大的修改，只同意个别改动。

周恩来无奈，只好说："我认为草案是很不令人满意的。我可以直率地说，我不太喜欢这个形式的声明。我觉得，我们联合发表的声明，应该好一些。但是既然阁下已经提出并且坚持，我愿意带回去同我的同事商量，并且说服他们。我将派我方的官员在今天下午 4 时 30 分去同阁下指定的官员商定联合声明的文字。下午 6 时 30 分，如果已经商定，我们两人可以在潘特的茶会上交换意见，最后定稿。"

下午 5 时 30 分，周恩来拜会普拉沙德总统，向他辞行。下午 6 时 30 分，出席内政部部长潘特的茶会。

晚上，周恩来在中国驻印度大使馆举行宴会，印度副总统拉达克里希南、总理尼赫鲁、英迪拉·甘地夫人、人民院议长阿延加尔等出席宴会。

宴会之后，中印两国总理发表联合公报。公报说，经过 7 天的会谈，虽然没有能达成解决边界问题的协议，但是双方一致同意，由双方官员会晤、审查、核对和研究有关边界问题的事实材料，向两国政府提出报告。双方还同意，在两国官员会晤期间，应该尽一切努力在边界地区避免摩擦和冲突。

这个公报虽然很短，但是经过周恩来的力争和坚持求同存异的原则，才在印方的草案基础上做了重要的修改。

智慧、博议、机敏、雄辩和友善的高度体现——周恩来在记者招待会上的精彩表演

周恩来自4月19日至25日，在新德里繁忙地同尼赫鲁举行了7次达20小时的会谈，还同潘特、德赛、梅农等进行多次交谈。他自始至终采取友好、和解、说理和解决问题的态度。但是，遗憾得很，中国方面的和平诚意没有得到印方的响应。为了让全世界了解中国政府在中印边界问题上的态度和立场，周恩来决定在离开印度前夕，在他下榻的总统府举行记者招待会。消息传出，闻讯赶来的印度和世界各国的报刊、通讯社、电台等记者达150多人。一些久慕中国总理盛名又没有机会去中国访问的记者，为能参加这样的记者招待会并一睹周恩来的丰采而感到特别高兴。当然也有一些敌视中国的记者，企图以棘手的问题使中国总理难堪，诬蔑所谓"中国对印度的侵略"，人们都知道印度的新闻媒体素以挑剔老练著称，加上带有民族主义情绪的边界问题，有些印度记者事前就跃跃欲试，扬言要"将"中国的"军"。周恩来面对这场记者招待会，明知会遇到许多难题和挑战，但他是久经战事的老将，一向从容不迫，风度翩翩，成竹在胸，无所畏惧。

4月25日，周恩来在举行告别宴会之后，已是夜晚10时30

分了，但天气未见丝毫凉爽，德里的气温仍高达 37℃ 至 38℃，热浪依然未散，夏虫"唧唧"此起彼伏，蛙声"咯咯"遥相响应。总统府花园内参天的菩提树、楝树、无忧树的叶子纹丝不动，大地经历了白天暴阳的灼晒，正在回喘热气。大部分的德里人忙碌终日，已经带着疲倦的身体开始上床入睡。而印度总统府内却灯火通明，各国记者正陆续来到总统府大厅参加记者招待会。

10 时 30 分，经过 7 天紧张的会谈和其他活动后，年过花甲的周恩来，身着整洁的中山装，毫无倦意，神采奕奕地准时来到招待会大厅。向有中国美男子之称的周恩来，虽已年过 60，仍然英俊潇洒，有着很大的魅力，吸引着记者们的注视。他坐下后目光炯炯，环视一下厅内坐得满满的新闻界人士，顿时全厅鸦雀无声。在印度新闻官员介绍后，周恩来风趣地宣布要出席的所有新闻记者订立"君子协定"，那就是当天深夜举行的记者招待会上的问题回答的内容一定要全文发表，或者发表他们各自报刊所问答的全部内容。作为对等，中国主要报纸也要全文发表，并将在英文的《北京周报》上发表，以便送他们每人一份。这样一来，周恩来就巧妙地堵住了他们断章取义、进行歪曲的可能，使中国的观点、立场得以博播。

因为周恩来在事先已让工作人员散发了"书面讲话"，简要地重申了中国政府的立场，公开了双方在边界问题上可以找到的 6 个共同点和接近点，指出：两国总理经过 7 天会谈，虽然没有能够如我们所期望的达成解决边界问题的协议，但是联合公报所指出的两点协议，"对于维持边界安宁和继续寻找合理解决边界问题的途径是有积极意义的"。"书面讲话"表示，只要双方继续协商，两国政府对边界问题的分歧的距离是不难缩小和消除的。

周恩来欢迎大家提问，他的话音一落，记者们纷纷举手、起立、急着抢先发问。印度记者更像排炮似的连问不断。

印度报业托拉斯记者首先"开炮"，问周恩来："在印度，你给尼赫鲁总理的信已经全文发表了，但是尼赫鲁总理给你的信，中国报纸却没有发表，讲到言论自由，你是不是准备让中国报纸全文发表这些信？"

周恩来微微笑了笑，回答说："这位先生可能没有读过中国报纸。中国报纸早就把尼赫鲁总理给我的信和我给尼赫鲁总理的信全文发表了。"

印度《政治家报》接着发难："我想问一下，是什么阻碍你们回到两国边界一两年以前的状况？因为中国在一两年以前采取了行动。"

周恩来平心静气地告诉他："在中国这方面，这一两年同过去一样。中国政府从来没有采取行动改变边界现状。"

印地文《今日报》记者又问："印度政府在提请中国政府注意中国地图的时候，中国政府曾经说这是国民党时代绘制的，没有经过有系统的仔细勘察，一旦仔细勘察以后就要订正。这是否是真的？为什么你在跟尼赫鲁第一次会晤和第二次会晤的时候都没有提出地图问题，现在你却要根据中国历史坚持中国的要求，而要印度忘掉在英国时期发生的事情？"

周恩来毫不含糊地回答这位记者："中国地图是根据历史延续下来的情况画的，这当中有些地方与实际管辖情况有出入。对于这一点，我们历来就是这样说的。不仅跟印度有这样的情况，跟别的邻国也有这样的情况。反过来说，别的国家的地图同中国交界的地方也有这种情况，因此，我们才多次跟尼赫鲁总理说，在双方经过勘察和划定边界以后，我们将根据双方协议来修改各自的地图。关于这一点，先生可以从中缅边界协定中得到证明。这就是说，一旦我们签订中缅边界协定后，双方都要修改自己的地图。但是绝不能在没有勘察和谈判划定以前，单方面地把自己的地图强加给另一方，要对方按照自己的要求修改地图，这不是友好的态度，也不是对等的态度。因此，我们不能这样做。"

《印度时报》记者紧接着问："你说一个国家不应把它的地图强加于另一个国家。为了保持你所说的永恒的友谊，你能否同意把拉达克地区中立化，就像尼赫鲁总理所建议的那样？"

周恩来明确地回答说："在这次会谈中，尼赫鲁总理并没有坚持这样的要求。如果尼赫鲁总理提出要中国从阿克赛钦地区也就是你所说的拉达克撤出，那么中国政府也可以同样地提出要印度从东段地区也就是在中国和印度地图在东段画法有出入的那个地区撤出来，这印度政府能接受吗？当然，中国政府并没有那样提出。"

中印两国边界问题分东段、中段和西段三个部分，《印度教徒报》记者想弄清楚两国在边界问题上的具体争议，因而发问："在谈判当中，两国总理认为哪一段分歧最大？"

周恩来凭他多年来对复杂的边界问题认真调查研究后掌握的丰富的第一手材料，滔滔不绝地讲了这一历史遗留的问题的由来以及目前的现实情况。他不看文字材料，随口就列举了当年的历史背景、边界走向、两国地图画法的差异、如今边界地区实际管辖情况以及中国政府的主张等等，还具体讲了不少地方和地名。在场记者对周总理渊博的知识和惊人的记忆力表示惊讶，并且注意到周总理在倾听译员将他的答话口译成英文时，多次指出某些译文不妥之处而予以纠正。对这一问题的回答，周恩来足足讲了半个小时，随行的冀朝铸和浦寿昌两位翻译忙着交替即席口译成英文。周恩来对这一问题的结论是："目前东段和西段都有争议，中段争议比较小。"

《印度时报》一位记者的提问转移了话题："中国对不丹有什么要求？"

周恩来干脆利落地回答说："很对不起，我们对不丹没有要求。"

印地文《新世界报》记者又问："除了边界问题外，两国总理在会谈中是否提出了一些埋怨的问题，如西藏问题、达赖喇嘛政治避难问题、遵守和平共处五项原则问题？印度人民和政府是否做了一些冒犯你们感情的事？"

周恩来回答道："提到西藏问题，达赖，主要是他的追随者为了维持在西藏的农奴制而进行叛乱，但失败了，他们逃到印度来。在印度，他们得到政治避难，这是国际上通常惯例，我们没有反对意见。但是他们到印度以后的活动超过了这个范围。印度政府曾多次对中国政府说，将不让达赖喇嘛和他的追随者在印度进行任何反对新中国的政治活动。但是达赖及其追随者在印度国内和国外进行的反对中国的活动已有不少次，这是我们感到遗憾的。"

周恩来又郑重指出："西藏是中国的一部分，这是印度政府所承认了的。我可以告诉这位先生，绝大多数西藏人民现在已经从农奴制度下得到解放，他们分得了土地，进行了民主改革，西藏经济将不断发展，人口也将会增加，它将永远成为中国各民族大家庭中的一员。任何外国干涉中国内政的行为都是注定要失败的，这种行为本身就违背了中印两国所共同倡议的五项原则。"

《印度斯坦时报》记者问道："你跟印度领导人会谈是否得到这样一个印象，在印度发生了很大变化，印度人民对中国人民的友好和信任正在变化。阁下是否采取了一些步骤来改变这种形势？"

"我不是像你这样看的。"周恩来十分明确地回答这位印度记者，"我在书面谈话中已经说过，中印两国人民的友谊是永恒的，边界问题的争议是暂时的。在两国政府交涉解决的过程中，可能存在一时的隔阂。我相信，这一时的乌云是会清除的，因为中印两国人民没有根本的利益冲突。我们不仅过去友好，而且会千年万年地友好下去。我愿意向在座的各位，特别是向广大的印度人民表示，中国人民和中国政府对于印度以及中国周围的任何其他国家都没有领土要求。我们绝不会侵略任何国家一寸土地，当然我们也不会容忍人家侵略我们。至于中印两国关系，我坚决相信边界的一时纠纷能够得到解决，两国人民会永远友好下去，印度绝大多数人民愿意对中国友好的观念也没有改变。不久前，在德里的中国农业展览馆得到广大印度人民的欣赏和重视，就说明了这一点。我愿意借此机会向广大印度人民致谢。我和我的同事们自然可以在促进中印友好方面做一些工作，但是最重要的是两个伟大国家人民的团结，这是任何反动力量也破坏不了的。"

在印度记者连珠炮似的提问的间隙，日本、巴基斯坦、捷克斯洛伐克、英国等国记者也抢着问了些问题，周恩来都一一做了回答。

巴基斯坦记者要周总理评价：这次来访印度，同 1956 年那次访印比较，是发现尼赫鲁同上次一样，还是有些不同？

周恩来对此没有正面回答，只是说："尼赫鲁和我个人一样都表示了维持中印友好的共同愿望。关于边界问题我们各自阐明了彼此的意见和立场。"

一位英国记者举手，他代表英国《每日邮报》提问：周恩来总理对这次在新德里的会谈是否感到高兴？"因为中国没有放弃一寸土地给印度"，而印度在这次会谈的基础上就是"要中国洗刷侵略"。

周恩来看了这位英国记者一眼，一字一句清楚地回答他，"中国从来没有侵略任何国家的土地，而在历史上被人侵略。现在中国还有土地被别人侵占。这位先生代表英国报纸，当然会知道英国至今还占领着中国的什么地方。"

尽管自己的英国同行讨了没趣，已经哑口无言慢慢地坐下，英国广播公司驻德里的记者依然继续向周恩来提问："在你同印度领导人的会谈中，他们是否提出了中国侵略了印度的问题？对这样一个基本分歧，两国在会谈中是如何解决的？"

"这是西方帝国主义的想法。"周恩来马上回答他,"在这次会谈中,我们没有提出这样的问题。如果印度政府首脑们提出这样的问题,不仅不合乎客观事实,而且是不友好的。我只能说,我们两个友好的国家不愿意在这点上满足西方国家的希望。"

提问一个接着一个连续不断,时间飞快地流逝了,已经过了子夜,周恩来依然精神抖擞,毫无倦意,来者不拒,有问必答,敏锐地抓住每个问题,阐述中国立场,宣传中国的政策。这时一位美国女记者举手站了起来,她代表北美新闻联盟问道:"你可否考虑邀请艾森豪威尔总统访问北京,但并不因此约束美国要承认红色中国?"

周恩来面露笑容回答她:"你的好意却被你提出的条件打消了。因为既然美国不承认新中国,中国如何能邀请美国的元首艾森豪威尔总统访问北京呢?"

这位女记者没有立即坐下,她不让别人接着提问,抢着又说她代表妇女新闻社再问周总理一个问题:"你作为一个已经62岁的人,看起来气色仍然非常好。你是如何保养自己的健康的?是否经常运动?或者有特别的饮食?"她在问话中用了通常描述男子英俊、漂亮的英文字眼"handsome"来形容周恩来的容颜。

记者群中响起一阵低低骚动声,很多人对此时此刻这位美国女记者竟然提出这样的问题很不以为然,一些人用不满的眼光扫视她。参加招待会的中国记者这时也放下手中的笔,睁大眼睛注视着周总理如何答复这一偏离正题的发问。

"谢谢你。"但见周恩来敏捷而含蓄地做了回答,"我是一个东方人,我是按东方人的生活方式生活的。"

这言简意赅的作答,获得在场的很多记者会心的微笑。一些亚洲国家记者还友好地向中国记者竖起了大拇指,表示敬佩。

快凌晨1点了。这时,一位年老的印度资深记者终于按捺不住而站了起来，他用商量和请求的口吻对周总理说："总理阁下，你知道我们是干新闻工作的，报社如今正等着我们回去发稿，今天的记者招待会是否到此结束了？"

周恩来面露笑容，对大家说："各位如果没有再要问的问题，那就到此结束吧。谢谢大家的出席。"

此时，全场破例响起了热烈的掌声，表示对周总理不辞劳苦，真诚向大家回答问题的敬意。许多记者散会时，向中国的记者和工作人员走过来伸出友好的手，表达他们对周总理的风采和才华的敬佩。这与当时类似的记者招待会结束后一哄而散的场面形成鲜明的对比，这次记者招待会既澄清了中印边界问题的事实真相，驳斥了"中国侵略"的歪曲宣传，又表明了我们摆事实讲道理，以中印友谊为重的严正立场。第二天印度各大报纸都在头版头条刊登了这次记者招待会的报道。《印度斯坦时报》描写"整个招待会被周恩来所吸引住"。《印度时报》惊叹"周恩来比尼赫鲁有过之而无不及"。有的西方大通讯社称这次招待会是一种"耳目一新的享受"。《印度对华战争》一书的作者、澳大利亚的内维尔·马克斯韦尔数年后谈及他在中印边界问题上，由同情印度转为同情中国的起因时称，参加当年那次令人难忘的周总理记者招待会是他观点起变化的重要原因。

4月20日上午，周恩来等乘专机离开新德里前往加德满都，结束对印度的访问。尼赫鲁总理和印度政府官员、中国驻印大使潘自力及使馆人员到机场送行。

这次访问和会谈结果，加之中国军队从东西两段的实际控制线单方面地后撤了20公里，以便使双方军队脱离接触，并且在撤出的地区停止巡逻。这种十分克制的态度和措施，换来了边界地区两年多的相对平静。

印度不顾中印友谊，印军不断侵入中国境内，甚至发动全线进攻，中国忍无可忍，被迫进行自卫反击，导致震动世界的边界武装冲突

1960年周恩来同尼赫鲁会谈并发表联合公报。但是印度不遵守协议，周恩来刚刚离开新德里，印度军队就开始在边境地区调动，印度巡逻队准备"开始搜索中国占领的地区"。

1961年，印军趁中国忙于解决国内经济困难时机，先在中印边界西段派遣军队进入，在中国军队后撤的地区相继建立了43个侵略据点。中国方面因为已单方面停止巡逻，直到1962年上半年才发现印军侵入的情况。中国政府多次要求印军退回实际控制线的印度一侧，印军却拒不退出。这样，中国军队只得在实际控制线中国一侧重新建立哨所，恢复巡逻，双方形成犬牙交错、相互对峙的局面。接着，印军又在东段越过所谓"麦克马洪线"向北推进，从中国西藏的兼则马尼向西北侵入克节朗河谷三角地带，并不断增设哨所。因为中国军队在东段同样停止了巡逻，那里又是荒无人烟的地方，所以直到1962年8月，中国政府才发现问题，并在9月8日派驻了哨所。东段靠近印度后方，集中的印军更多，所以形势更加严峻。

面对印军的不断制造事端，7月以来，中国政府曾三次建议中印双方就边界问题进行不附加任何先决条件的谈判，但是都遭到印度方面的拒绝。

尽管如此，周恩来仍主张，只要有一线希望，中国政府就不会放弃寻求和解的途径。一段时间，尼赫鲁为了掩盖扩张的意图，曾经表示可以谈判，但要以中国军队撤出西段阿克赛钦地区为条件。

为了避免边界局势进一步恶化到不可收拾的地步，中国方面很快作出回应。7月23日，周恩来致电正在日内瓦参加会议的陈毅，请他约见印度国防部部长梅农，争取发表一个恢复中印边界谈判的公报和消息。电报说："关于恢复谈判的手续、时间、地点和人员级别如能与梅农谈定最好，否则留等外交途径解决，谈判人员级别或者大使级，或者副外长级。地点如北京新德里轮流不便，可改在中立国。"但是，尼赫鲁并不是真心想通过和平谈判解决问题。10月12日，尼赫鲁突然采取重大步骤，进行全国总动员，下令"清除掉"驻守在中国实际控制线以内的中国军队。

10月5日，周恩来接到总参谋部报告后，他认为：根据各方面的情况反映，印度正在加紧备战，"在今后几天内，印军可能发起攻势，预料这将是中印边界三年冲突以来第一次真正的战斗"。他立即批示总参谋部，指出："敌人如在东段动手，我们除给予痛击外，西段也可同时歼灭其若干处据点。请罗（瑞卿）总长立即考虑这一设想，并要总参提出方案送中央考虑。"

10月8日，周恩来约见苏联驻华大使契尔沃年科，告他："印度可能在中印边界东段发动一场大规模的战争，如果他们一旦发动进攻，我们就坚决自卫。"

印度为什么要在这个时候向中国军队发动大规模进攻？原因在于尼赫鲁错误地估计了形势。他以为中国一再忍让，产生一个错觉，中国不会进行反击。同时，错误地认为中国国内的经济情况很困难，在国际上很孤立，因此妄图用武力来迫使中国屈服。

那么，中国为什么在这时决定要反击呢？周恩来认为印度欺人太甚，继续忍让不但不会使印度政府有所收敛，相反，只会鼓励他们更加得寸进尺，使事态不断扩大。周恩来说：几年来的事实证明："尼赫鲁不会放弃大印帝国的思想，不会放弃侵略立场。只有自卫反击，逐渐孤立他才能使他知难而退，或者暂时和缓。""我们不给他们大的打击，是不能引起大的变化的"，"不给他大暴露也是不能和缓局势的"。也就是说：中国被迫还击只是为了向印方表明，中国的克制是有限度的，两国边界的争议只能通过和平协商来求得公平合理的解决，如果想用武力入侵造成事实来迫使中国政府承认是办不到的。

1962年10月20日清晨，印度军队终于发动了大规模进攻，在中印边界响起密集的枪声。在东段，印军沿着克节朗河全线，向中国边防部队开始猛攻；在西段，印军配合东段的战斗，先在奇普恰普河各地区，随后在加勒万河各地区也向中国边防部队发起攻击。中国边防部队在印军的猛烈炮火下，遭到严重的伤亡。在忍无可忍的情况下，中共中央发出进行自卫还击的命令。从战斗打响的当天到23日接连几个晚上，周恩来都在毛泽东处研究作战方案，并作出部署。周恩来指示前线部队，过去我们是为了谈判所以才没有越过"麦克马洪线"，而今天，印度先已破坏了"麦克马洪线"，因此中国也没有必要再受"麦克马洪线"的约束。

经过几天的激烈战斗，中国军队在打退印军多次进攻以后进行反击。在东段，一举全歼侵入中国境内的印军第七旅，并越过"麦克马洪线"，进占达旺，逼近瓦弄；在西段，清除了印军在中国境内设立的许多据点，收复大部分领土。这些迅速勇猛有力的还击，给了入侵印军没有预料到的沉重打击。

在军事上进行必要的还击以后，中国政府又主动提出和平解决边界问题的三项声明，这些声明都是在周恩来主持下起草的。

1962年10月24日，《中华人民共和国政府声明》指出：

> 最近，中印边境上发生了严重的武装冲突。这种情况的发生是十分不幸的。中印两国人民从来是友好的，今后也应该世世代代友好下去。中印两国竟由于边界问题而兵戎相见，这是

中国政府和人民所不愿意看到的，也是全世界爱好和平的国家和人民所不愿意看到的。

目前，剧烈的战斗正在进行。这种严重局势的发生使中国政府和中国人民感到痛心，也引起了亚洲国家和人民的不安。中国和印度之间究竟有什么问题不能和平解决呢？中国和印度究竟有什么理由发生流血冲突呢？中国不要印度一寸领土。中印边界问题在任何情况下都不可能设想用武力来解决。中国和印度是亚洲两个大国，对于亚洲和世界和平负有重大的责任。两国是和平共处五项原则的倡议者和万隆会议的参加国。中印两国的关系纵然目前十分紧张，也没有违背和平共处五项原则和万隆会议的精神。中国政府认为，中印两国政府都应该以中印 11 亿人民的根本利益为重，以亚洲和平和亚非团结的利益为重，竭尽一切可能，寻求停止边境冲突、重开和平谈判、解决中印边界问题的途径。

中国政府没有因为战场上的胜利而把任何的片面要求强加给印度，而是本着和平解决中印边界问题的一贯立场，声明中提出三项建议：

一、双方确认中印边境问题必须通过谈判和平解决。在和平解决前，中国政府希望印度政府同意，双方尊重在整个中印边界上存在于双方之间的实际控制线，双方武装部队从这条线各自后撤 20 公里，脱离接触。

二、在印度政府同意前项建议的情况下，中国政府愿意通过双方协商，把边界东段的中国边防部队撤回到实际控制线以北，同时，在边界的中段和西段，中印双方保证不越过实际控制线，即传统习惯线。有关双方武装部队脱离接触和停止武装冲突事宜，由中印两国政府指派官员谈判。

　　三、中国政府认为，为了谋求中印边界问题的友好解决，中印两国总理应该再一次举行会谈，在双方认为适当的时候，中国政府欢迎印度总理前来北京；如果印度政府有所不便，中国总理愿意前往新德里，进行会谈。

　　这三项建议，对在战场上正取得重大胜利的中国军队来说，作出了国内外很多人没有预料到的重大让步：中国不仅没有乘胜扩大战果，而且愿意重新撤回到原来的实际控制线，还准备从实际控制线后撤20公里。一位外国朋友——阿联驻华大使查·阿·伊马姆评价说："这实在太合理，太公道了，不能做比这更多的了。"

　　在发表政府声明的当天，周恩来给尼赫鲁写了一封信，信中说："在我们两国之间竟然发生了目前这样严重的边境冲突，这是十分令人痛心的。剧烈的战斗还在进行，在此紧急的时刻，我不准备回述这一场冲突的来由。我认为，我们应该向前看，我们应该采取措施、扭转局势。"周恩来恳切呼吁印度政府回到谈判桌上来。

　　中国政府期待印度政府慎重考虑中国政府三项建议，再做回答，印度政府当天就拒绝了中国政府的建议。印度政府在声明中，不是要恢复1959年11月7日双方的实际控制线，而是提出要首先恢复因印军一再入侵而造成的1962年9月8日以前的边界全线状况，然后才同意举行会谈。三天后，尼赫鲁又复信周恩来，坚持要中国接受印度政府这个建议，即"恢复1962年9月8日前存在于印中边界全线的局面"。尼赫鲁提出这个先决条件是毫无道理的，也是中国人民无法答应的。

　　11月4日，周恩来再次致信尼赫鲁，呼吁印度政府接受中国政府的三项建议。他指出：这三项建议正是本着恢复1959年以前两国友好关系的精神提出来的。建议中所说的实际控制线基本上是

1959年11月7日当时存在的实际控制线。"这三项建议对双方来说，是对等的而不是片面的，是平等的而不是屈服的，是互让的而不是强加于人的，是互相尊重的而不是欺凌一方的，是友好协商的而不是武断专横的。"对1959年11月7日的实际控制线，周恩来做了具体说明：在东段，大体上同"麦克马洪线"一致，尽管中国并没有承认它是合法的；在西段和中段大体上同中国一贯提出的传统习惯线一致。周恩来说："中国政府所以着重地重新提出这一建议，是因为根据三年来的经验，深深地体会到在有争论的边境地方，如果不使双方的武装部队脱离接触，就很难避免冲突。中国政府的这项建议以1959年实际控制线为基础，而不是以目前双方武装部队的实际控制线为基础。这就充分说明，中国方面没有因为最近在自卫反击中所取得的进展，而把任何片面要求强加于印度方面。按照中国政府的这项建议，双方承担的义务是对等的。"而"印度政府却向中国提出了只适宜于强迫战败者接受的屈辱条件"，"同扭转目前局势和恢复中印友好关系的目的背道而驰"。周恩来还强调："我们两个国家都是主权国家，任何一方都不能把自己的片面要求强加于另一方。印度有自尊，中国也有自尊。正是从维护中印双方的这种自尊出发，中国政府才提出10月24日的三项建议。我诚挚地呼吁阁下再一次考虑这三项建议，并且作出积极的响应。"

但是，印度方面依然没有作出任何积极的响应，反而在边境局势和缓下来后，一意孤行，更加狂热地展开反华活动。尼赫鲁致信美国总统肯尼迪，寻求美国军事援助，进行战争准备。印度政府不仅继续在中印边境地区侵犯中国的领土、领空，还加紧迫害在印的华侨，把两千多名华侨关入集中营；还强行撤销中国在印度的领事馆，限制中国驻印度使馆的活动；无理接管中国银行在印度的分支机构；对中印之间的来往邮电采取检查措施；同时，更加放肆地纵容逃亡在印度的西藏叛乱分子进行反对祖国的罪恶活动。这就迫使中国政府不得不再次作出反击印军的进攻的决定。11月中旬，经过第二阶段反击作战，中国边防部队在东段控制了"麦克马洪线"以南的大片土地；在西段驱逐入侵印军，拔除印军全部侵略据点。印度政府发动大规模进攻，不但没有达到他们预期的好处，反而陷入越来越被动的局面。

中印边境冲突事态的不断发展和扩大，越来越引起世界人民，特别是中印两国人民和亚非许多中立国家的严重关切。锡兰、缅甸、柬埔寨、几内亚、阿联等国领导人纷纷给周恩来写信或派大使前来了解情况。有的提出由亚非国来协商或以会议的方式促成和解；有的提出由少数友好国家成立斡旋委员会；有的建议通过报纸呼吁和平；有的国家如几内亚总统塞古·杜尔、阿联总统纳赛尔等对如何解决边界冲突提出具体建议。英国哲学家罗素还多次以个人名义写信给周恩来希望中国"采取主动，停止当前的战斗"。他对周恩来说："你是否可以带头停火，并寻求印度同意跟随你这样做，以便在大战吞没世界以前得以开始会谈？"从同各国来使的交谈和对一些材料的研究中，周恩来发现大多数亚非国家是同情中国的。但也有一部分人并不理解中国为什么不能接受印度的条件而一定要坚持自己的立场。

周恩来就中印边境冲突真相致信亚非国家

为了向各国人民说明真相，周恩来以国务院总理名义在11月15日，发表了致亚非25个国家领导人的信，全面阐述了中印边界问题的背景和中国政府和平解决中印边界问题的一贯立场。事前，周恩来做了大量的研究工作，正如他常说的："我不是历史学家，但每解决一个边界问题，我就要研究一下跟邻国的关系。"

周恩来在信中指出："中国一贯致力于和平解决边界问题。中国不仅同印度有边界问题，同许多西南邻邦也有边界问题。这些边界问题，究其根源来说，大部分是帝国主义和殖民主义在我们这些国家还没有取得独立以前制造出来的。在我们这些国家相继取得独立之后，帝国主义和殖民主义者又企图利用这种边界问题在我们新独立国家之间制造纠纷。因此，中国政府认为，在处理这些边界问题的时候，应该认清楚这是亚非国家之间的问题，不同于亚非国家和帝国主义之间的问题，应该提高警惕，不上帝国主义挑拨离间的当。这些边界问题，既然是历史遗留下来的，新中国不能负责，新独立的有关国家也不能负责。因此，中国政府主张：在处理这些边界问题的时候，既要照顾过去的历史背景，又要照顾已经形成的实际情况；有关双方中的任何一方都不应该把自己的要求强加于另一方，而应该在和平共处五项原则和万隆会议十项原则的基础上，通过友好协商，互谅互让，求得双方都是公平合理的解决。"

周恩来回顾了几年来中国政府为了公平合理地解决边界问题所作出的种种努力后，着重回答了亚非国家普遍关心的一个问题，这就是中国为什么不能同意印度政府提出的恢复 1962 年 9 月 8 日以前的边界状态。他指出：

"印度政府所谓恢复 9 月 8 日以前的边界状态意味着什么呢？在中印边界东段，它意味着印度军队重新侵占非法的'麦克马洪线'以北的中国领土；在中印边界西段，它意味着印度军队重新侵占他们从 1959 年以来在中国境内建立的军事据点。这种状态究竟是一种什么样的状态呢？这是印度军队凭借他们已经侵占的有利军事地位在 10 月 20 日向中国边防部队发动大规模武装进攻的状态。这是孕育着严重到不可避免的边境冲突的状态。无论是恢复 9 月 8 日的边界状态，或是恢复 10 月 20 日的边界状态都是不公平的，都不可能带来和平。

"印度政府不同意恢复 1959 年 11 月 7 日的边界状态,而要求恢复 1962 年 9 月 8 日的边界状态。就证明印度政府从 1959 年以来用武力侵占了中国大片领土。印度建议恢复的状态是三年以来印度军队越过实际控制线,侵占中国领土后的状态;而中国建议恢复的状态,却是三年前中印边境基本上保持平静的状态。按照印度的建议,只有中国一方面后撤,而印度不仅不撤,还要前进,还要重新侵占中国领土;按照中国的建议,中印双方互有撤退,而在东段,中国边防部队后撤的距离还会远远超过印度军队后撤的距离。无论从哪方面看,印度的建议是片面的、强加于人的,是要中国屈服的;而中国的建议对于双方来说,即是对等的、互让的、互相尊重的。中国方面还提出举行两国总理会谈,欢迎尼赫鲁总理到北京来;如果印度政府认为有所不便,中国总理准备再一次到新德里去。中国提出这样的建议,显然是对印度的威信和体面做了充分考虑的。印度政府强调它只准备在体面、尊严和自尊的基础上进行谈判。但是,它的建议表明,它只考虑自己的体面、尊严和自尊,而不允许对方有体面、尊严和自尊。

"中国政府从一开始就主张通过和平谈判、友好解决边界问题。三年来,几乎所有的谈判建议都是中国方面主动提出的。为了谈判,中国总理去过新德里,并且还准备再去。但是,三年来,印度政府常常是拒绝谈判或者是勉强同意了谈判,也不解决任何一个可以解决的问题。中国政府主张,在和平解决之前维持业已形成的边界状况,具体地说,就是维持 1959 年存在于中印双方之间的实际控制线。但是,印度方面先是在中印边界西段越过了实际控制线,最后甚至破坏了它自己在东段所主张的所谓'麦克马洪线'。中国要双方武装部队脱离接触,印度硬是要双方武装部队保持接触。中国政府主张,为了避免边境武装冲突,应该隔离双方武装部队,停止巡逻,并且在印度拒绝了中国建议之后,单方面地在边界自己的一边停止了巡逻。印度武装部队却利用中国单方面停止巡逻的空隙，侵入中国领土，建立军事据点，步步进逼，使中印边境冲突终于成为不可避免。如果印度政府具有一点和平解决边界问题的愿望，中印边境局势是绝不会发展到今天这样不幸的地步的。今天这种不幸的局面是印度政府一手造成的。"

尽管如此，周恩来仍表示："中国政府并不灰心，我们愿意向前看。不管眼前的情况怎样复杂，中国政府谋求和平解决中印边界问题的决心是坚定不移的。只要还有一线希望，中国政府将继续寻求和解的途径，主动地创造有利于停止边境冲突的条件。"

中国政府一着出人意料的高棋，主动宣布停火和后撤

不仅如此，中国政府还在各国最关心的中印边界地区正在进行的作战方面采取了重大的和解步骤。当时，世界舆论都认为中国军队必将在战场上充分利用已经取得的有利态势，乘胜追击，扩大战果。中国政府却出人意料地决定立刻在中印边界全线主动停火，并准备后撤。11月21日零时，《人民日报》发表《中华人民共和国政府声明》，公布了这一决定：

一、从本声明发表之次日、即1962年11月22日零时起，中国边防部队在中印边界全线停火。

二、从1962年12月1日起，中国边防部队将从1959年11月7日存在于中印双方之间的实际控制线，后撤20公里。

在东段，中国边防部队虽然至今是在传统习惯线以北的中国领土上进行自卫反击，但仍准备从目前的驻地后撤回到实际控制线、即非法的"麦克马洪线"以北，并且从这条线再后撤

20 公里。

在中段和西段，中国边防部队将从实际控制线后撤 20 公里。

三、为了保证中印边境地区人民的正常往来，防止破坏分子的活动和维持边境的秩序，中国将在实际控制线的本侧若干地点设立检查站，在每一个检查站配备一定数量的民警。中国政府将经过外交途径把上述检查站的位置通知印度政府。

声明还表示：

中国政府真诚期待印度政府作出积极的响应。即使印度政府不能及时作出这种响应，中国政府也将按规定日期主动地执行上述措施。

20 分钟后，周恩来和陈毅约见印度驻华使馆临时代办班纳吉，向印方通报了声明的内容。周恩来说："就像掌舵的遇到激流应该转舵那样非常之灵活，非常之迅速，非常之坚决。"这个出人意料的举动，在世界舆论中，引起了巨大的轰动。中国不仅在军事上取得巨大胜利，而且在政治上取得完全主动。加纳广播电台广播说："这确实是一个令人高兴的意外的事情。"香港《明报》评论说："这一招使得漂亮至极，潇洒至极。"

一周后，11 月 28 日，周恩来致信尼赫鲁，希望印度政府以亚非和平的大局为重，及时采取相应的措施。他在信中说：

我们双方都很了解彼此在边界问题上的分歧，目前重复分歧是不必要的。中国政府认为，我们双方当前的任务是停止边境冲突、隔离双方武装部队、创造适宜的气氛，以便通过谈判来解决边界分歧，而且我们应该有信心，这些分歧是能够通过和平谈判得到友好解决的。

根据中国政府的决定，中国边防部队将撤离 1959 年 11 月 7 日实际控制线 20 公里，这就是说，他们将不仅撤出最近的自卫战斗中所进驻的地区，而且将撤到远离他们 1962 年 9 月 8 日或 10 月 20 日所在位置的地方。1959 年 11 月 7 日实际控制线是根据当时双方的行政管辖范围形成的，它是客观存在的，不能由任何一方，任意加以规定，加以解释。双方武装部队从这条线各自后撤 20 公里，都是从自己管辖的地区后撤，因此不发生一方占便宜，另一方吃亏的问题。而且，这样做，既不妨碍每一方对自己撤出的地区继续行使管辖，也不损害任何一方对边界的主张。

仅仅是中国一方面把自己的边防部队撤退到 1959 年实际控制线本侧 20 公里以外的地方，并不能保证双方武装部队脱离接触，也不能防止边境冲突的再起。相反，如果印度方面不合作，已经实现的停火还会有遭到破坏的可能。因此，中国政府诚恳地希望印度政府采取相应的措施。如果印度政府同意这样做，我具体建议，两国政府指派官员在中印边界各段双方协议的地点会晤，商谈有关双方武装部队各自后撤 20 公里形成一个非军事区，双方在实际控制线本侧设立检查站和归还被俘人员等问题。两国官员会晤的实现，将标志着我们双方战场回到谈判桌旁，这本身就具有很大的积极意义。如果两国官员会晤取得结果并且付诸实施，两国总理就可举行会谈，进一步谋求中印边界问题的友好解决。

中国政府采取的一系列主动措施赢得亚非友好国家的普遍赞扬。蒙古人民共和国部长会议主席泽登巴尔访华期间对周恩来说：

"（中国）采取了很大（的）主动，这是明智的步骤。中国关于通过谈判和平解决中印冲突的建议，我们认为是合情合理的。"缅甸驻华大使叫温称这些措施"崇高而宽大"。他说："印度政府应该予以接受，并采取同样措施。"

尽管印度政府没有如人们所期待的那样作出积极反应，但是，由于中国政府率先停火并且撤回自己的部队，中印边境的局势缓和了下来，并开始显示出转机。

周恩来妥善处理了亚非六国"科伦坡建议"

一些关心亚非地区和平的国家愿意在这个基础上进行斡旋。在中国政府发表声明的同一天，锡兰驻华使馆传来锡兰总理班达拉奈克夫人致周恩来的信，信中建议由阿联、印尼、加纳、缅甸、柬埔寨和锡兰的元首或总理在12月的第一周召开非正式的会议，商量立即共同与印度和中国进行接触的办法。周恩来认为这个建议"的确是一个建设性的倡议"。他随即致电锡兰总理，支持她召开六国领导人会议的倡议，同时电告其他有关各国领导人。

12月10日至12日，亚非六国会议在锡兰首都科伦坡举行。会议一开始就出现不同意见：阿联、印尼和加纳主张提出具体建议作为中印谈判的基础，并各自提出了自己的意见；柬埔寨和缅甸不赞成搞具体建议，只同意做一般的呼吁，促进双方会谈；锡兰作为会议的组织国采取了中间立场。会议最后形成了一个六国建议。这个建议看起来是对中印双方提出要求，实际上在西段只要求中国后撤20公里而印军在原地不动，并且要由中印两国来讨论在中国领土上由双方设立民政点的问题。这个方案是中国方面所不能接受的。西哈努克也感到这个建议是偏袒印度的。因为人们在心理上通常总是容易照顾失败者，给它留点面子。

六国会议结束后，班达拉奈克夫人受会议的委托，到中国和印度提出并解释六国会议的建议。12月31日，班达拉奈克夫人到达北京。在京期间，周恩来同她进行了多次会谈。1963年1月2日的会谈中，班达拉奈克夫人向周恩来介绍了六国会议的情况和会议建议。她说："中印两国冲突的延长和恶化将最有害于我们的长期利益。"周恩来在谈话中充分肯定了六国会议的积极意义。他指出："我们给科伦坡会议一个正确估计。我们认为会议达成协议或者没有达成协议都是为了继续努力推动中印实现稳定的停火，双方部队脱离接触，双方官员进行会晤，直到两国总理进行直接会谈。""另外一点我们也是一致的，就是中印两国本身谋求直接谈判还不够，还需要有亚非友好国家从旁进行斡旋。"同时，周恩来也直率地指出六国会议建议中存在的问题。他向班达拉奈克夫人建议说："可以分两个阶段或更多阶段来谈。第一步可以像六国会议所希望的，谈稳定停火的问题，这个问题解决了，形成脱离接触，避免冲突再起，就可留出时间从容地讨论边界问题。在讨论边界问题的时候，不能像印度所要求的那样，只讨论它所提出的问题，中国提出的问题就不能谈，这不行。如果双方都同意像科伦坡会议所提出的那样稳定停火的讨论不妨碍双方对边界位置或走向主张，那么我们就可以进行谈判。"

1月3日，周恩来同班达拉奈克夫人继续进行会谈，参加会谈的又增加了前一天刚到北京的印度尼西亚副首席部长苏班德里约。会谈中，周恩来具体说明科伦坡建议中存在的问题。他首先指出，关于西段，中国从1959年实际控制线后撤20公里已远离印度侵占的43个据点的位置。中国方面的这个行动照顾到了两方面的利益，而会议的建议却主张印度在原地不动，仍留在1959年线的中国一侧，提出要同中国讨论在中国撤出的地区建立双方的民政点。这样的结果实际上是，中国在两条线都让步，印度在两条线都不让步。周恩来说："这对我们有些难堪。"其次，周恩来指出，建议把解决问题的重点放在西段是因为印度提出了强烈的领土要求。实际上的东段和中段都存在问题。如果承认争议地区由双方协商来解决，那么东段的扯冬和朗久，中段的9个地点都应该通过双方协商解决。不应该对一部分地区有建议，对另一部分地区没有建议。苏班德里约解释说："的确，我们的这一建议不能满足中国的要求。我们的确非常欣赏中国主动停火和主动后撤的措施，这使小国感到安心，因为小国就其本性来说，总是害怕大国的。但是中国行动证明，她是诚实的，她虽在军事上取得胜利，但仍主动停火和后撤。中国的这一措施对我们是一个很大的帮助。""从公平观点来说，可能会问为什么提出要中国后撤，而不要印度后撤。从我们的观点来说，我们提出要中国后撤并不是要求中国放弃其领土，而是为了要谋求实现脱离接触作为谈判基础。这是向军事上强的一方提出的。中国主动后撤20公里，这个距离也可脱离接触。"周恩来说："但我们不能让印度进入我军撤出的20公里以内，不论是军事的或民政的，都不能进来，这是中心之点。"苏班德里约说："如果我们这次能够考试及格，帮助两个大国和平解决边界纠纷，那么将有助于今后解决亚非国家之间的冲突，希望周总理不要把我们考得太多。"周恩来耐心地解释道："如果拿这一建议来说，你们及格了，我们就不及格了。人民会通不过，我这总理要撤职。因为这一建议仅要中国一方面承担义务，而未要印度承担任何义务。"

尽管在讨论中双方存在很大差距，但是，周恩来仍旧认真考虑了对方的情况，并根据会谈中得到的启示，提出了对科伦坡建议的两点解释。1月4日，周恩来同班达拉奈克夫人、苏班德里约继续进行会谈。周恩来郑重地提出了两点解释，请班达拉奈克夫人转告印度政府：

（一）双方官员会晤期间，在东段我们撤出的地区，印军不跟进，而只可派行政人员和民政人员进驻，一直到实际控制线以南；

（二）中国从西段实际控制线后撤 20 公里以后，印军在 9 月 8 日以前侵占的 43 个军事哨所地就空出了，但无论是印军事人员或民政人员都不能进去，该地将是空的。

周恩来这两点解释，又一次体现了他把高度的原则性和高度的灵活性巧妙地结合和运用，这仍是外交大师高度的成熟的外交艺术，为世人所不及。

周恩来还表示中国主动停火后撤以促使中印直接谈判的声明是继续有效的。不管印度对科伦坡建议采取什么态度，在同锡兰总理会谈后采取什么态度，中国仍按既定方针继续停火并按中国政府声明那样在全线主动后撤，直至脱离实际控制线（即 1959 年 11 月 7 日线）20 公里的地方。这点可以说明中国政府是力求避免中印再发生冲突的。如果印度同意中国对科伦坡建议的两点解释，我们可以同意把这个建议作为中印开始谈判的基础。这点解释正式写入周恩来给班达拉奈克夫人的备忘录中。备忘录说：这"两点只在中印双方官员会晤以前和会晤期间有效，不影响双方官员在会晤中提出的其他建议和作出的最后决定"。班达拉奈克夫人看了备忘录后说："这一备忘录非常公正和准确地表明了中国对六国建议的意见和明确地说明了中国希望锡方转达给尼赫鲁总理的态度和建议。"

1963 年 1 月 5 日，周恩来陪同班达拉奈克夫人先后赴杭州、上海参观，分别看望了毛泽东和宋庆龄等。在上海，周恩来陪同班达拉奈克夫人到上海最大的佛教寺院玉佛寺，举行纪念锡兰已故总理所罗门·班达拉奈克诞辰 64 周年的佛教仪式。1 月 8 日，班达拉奈克夫人离上海赴印度。

却说班达拉奈克夫人到了新德里同阿联部长会议执行主席阿里·萨布里、加纳司法部部长奥弗里－阿塔会谈，共同提出了一个对科伦坡建议的"澄清文件"。这个文件对科伦坡建议的解释更符合印度的需要。所以，尼赫鲁在议会上表示，印度接受科伦坡建议与这份"澄清"是不可分割的。1月14日，班达拉奈克夫人写信给周恩来，希望中国不把"两点解释"作为先决条件，同意原则上接受科伦坡建议作为中印直接谈判的基础。随后，阿塔来到中国，向周恩来提出同样的希望。1月19日，周恩来复信班达拉奈克夫人，表示中国政府原则上接受科伦坡会议的建议作为中印官员会晤讨论的初步基础；但是，中国政府仍保留对科伦坡会议建议的"两点解释"。阿塔说：科伦坡建议不一定要全部接受，对一部分不同意也可以谈。1月24日和28日，周恩来在上海又接连收到班达拉奈克夫人的两封来信说，印度政府已经全部接受科伦坡会议的建议和"澄清"，作为中印举行直接会谈的基础，而不坚持任何事前的保留。这时，周恩来还不知道锡兰等国在德里提出的"澄清文件"的内容，因此，他感到十分奇怪。直到1963年1月31日，周恩来收到锡兰驻华大使佩雷拉送来的"澄清文件"后，才了解这个文件不仅同班达拉奈克夫人1月14日来信有出入，而且同她在北京所做的解释也有出入。对争论的核心，即西段问题，在德里提出的"澄清文件"写道："中国军事撤退所形成的20公里非军事区将由双方民政点进行管理，这是科伦坡的建议的实质部分，有待印中两国政府达成协议的是，关于民政点的位置、数目及其组成。"而在北京并没有谈到这些内容。关于东段，这个"澄清文件"写道："印度军队可以一直开到实际控制线，即麦线以南，除了印中两国政府存在意见分歧的两个地区以外。"这一点班达拉奈克夫人在北京也根本没有提到。

2月4日，周恩来从上海回到北京的第二天，出席锡兰驻华大使佩雷拉举行的国庆招待会。他告诉佩雷拉："我们不能撤回我们的两点解释，不然，我们无法向我国人民交代，也无法向世界舆论交代。"但他仍表示："我们的两点解释并不是会谈的先决条件。我们认为中印各方对六国建议的不同解释是可以在会谈中解决的。""如果印度坚持先决条件以至双方谈不起来，也不要紧。我们还是要按计划主动后撤，因此，我们空出的、在停火安排中有争执的那4个地方，即不进入东段朗久和扎冬，中段的乌热，西段印度曾经侵占过的43个据点，那就打不起来。"

2月21日，周恩来复信班达拉奈克夫人，明确指出：科伦坡建议不是指令和裁决，会议的任务是调解而不是仲裁。尼赫鲁说中国政府必须全盘接受科伦坡建议，否则不能举行任何谈判甚至初步的谈判，这种态度是同科伦坡会议的基本精神相违背的。信中同时指出：科伦坡建议是有缺陷的。科伦坡会议作出现在的具体建议，是中国政府始料不及的，尽管会议的愿望是好的，但是，这样做的结果实际上使科伦坡会议的工作超出了调解的范围，使与会国的调解活动增加了困难。信中又进一步明确说："我发现你和你的同事们在新德里所做的澄清同在北京所做的澄清又有不同，它不仅同你交给我的书面说明有很大出入，而且在某些关键问题上同你和你的同事们在北京所做的口头说明几乎是截然相反的。""印度政府利用科伦坡建议含糊不清的规定，利用你和你的同事们在新德里提供的'澄清'，把科伦坡建议进一步解释成为完全符合印度的立场。""印度政府却坚持中国必须全盘地接受它所解释的科伦坡建议作为开始会谈的先决条件，这实际上是要中国在会谈开始以前就向印度的无理立场屈服。印度的这种态度只能使人怀疑，它对举行直接谈判究竟有多少诚意。"周恩来在信中还写道：目前的停火是否能稳定下来，关键在于双方是否具有诚意，如果一方缺乏诚意，即使它接受科伦坡建议，也不能保证停火的稳定。为了促使中印直接谈判，中国政府做了仁至义尽的努力。中国政府希望中印官员会晤能够迅速举行，如果一时不能举行，中国政府也愿意耐心等待。

尽管周恩来感到科伦坡建议，特别是锡兰等三国在新德里提出的那份"澄清文件"对中国很不公正，但是，他对班达拉奈克夫人的困难处境和期望解决问题的迫切心情却表示谅解和理解。2月22日，周恩来会见锡兰大使佩雷拉时谈道："她是六国会议的发起人，不能坚持自己的意见，她不能不照顾到参加会议的多数人的意见。"2月10日，参加科伦坡会议的柬埔寨国家元首西哈努克亲王从印度来到中国。周恩来前往昆明迎接，同他坦率深入地交换了意见。周恩来告诉西哈努克："我们任何时候都愿与印度官员在边境上或其他地方会晤，没有任何条件。我们可以拿科伦坡建议作为基础，但我们不隐蔽我们自己的解释。如果科伦坡会议多数国家和锡兰总理同意我们的态度，我们等着印度谈判就是了。当然，印度一定不干，印度说要每一个字都按照在德里'澄清'的科伦坡建议办，就是所谓要全部接受。""如果印度不打算重新挑衅，局势可以不紧张，停火会稳定一个时期，双方也可以脱离接触一个时期。如印度要紧张，即使谈判也可以紧张，因为它可以随便抓住一个问题使局势紧张起来。"第二天，双方继续会谈，周恩来说："我们将继续完成后撤20公里并空出停火安排中有争议的4个地区。我们在20公里地区内设立民政点，也将通知印度和科伦坡会议参加国。""我们努力寻求和平谈判、发展中印友好是坚定不移的方针。"西哈努克非常感谢周恩来向他澄清了许多复杂的问题，并且对科伦坡会议参加国采取十分体谅的态度。

1963年2月28日，中国边防部队完成了主动后撤的计划。这样，中印边境上不但实现了停火，而且实现了双方武装部队的脱离接触。4月，中国方面又宣布释放和遣返全部被俘的印度军事人员，并归还在冲突中所缴获的武器、弹药和其他军用物资。由此可见，中国始终以中印友好睦邻的长远利益为重。

这场中印边界问题的斗争，在周恩来的领导下和具体处理下，始终处于主动地位，从谈判开始到边界自卫反击战中，无论在政治、军事、外交上都取得重大胜利，有效地维护了国家的领土主权和边境的安定以及亚洲和世界和平，教训了骄傲自大和刚愎自用的尼赫鲁和印度政府的大国扩张主义。这是周恩来对中国人民和亚洲及世界和平的重大贡献，也再一次显示周恩来的外交智慧和才华、高超的外交艺术。

1963 年 12 月，周恩来总理特地接见印度驻华使馆临时代办，指出中印边界局势有所缓和，中印关系不应该再恶化下去，双方应该想办法寻求一些共同点来促进两国关系的改善。后来，印度在 1968 年也表示了同中国改善关系的愿望，中印边界局势基本上稳定了下来。1976 年中印恢复了互派大使，1981 年中印开始新的边界谈判，共举行了八轮副外长级会谈。1993 年 9 月，中印两国政府签订了《中印关于边境实际控制线地区保持和平与安宁的协定》，1996 年 11 月又签订《中印边境实际控制线地区军事领域建立信任措施的协定》。虽然边界问题还没有最后解决，但是边界保持了稳定安宁的状态。两国总理、元首实行了互访，中印两国的关系得到了改善和发展，两个亚洲大国的人民又进入"印地秦尼巴依巴依"的时代。正如周恩来在世时所说的："中印两国人民会千年万年友好下去。"

后　记

　　《大外交家周恩来》第四卷《鹏程万里行》，我是在 1998 年上半年开始写作的，8 月底杀青。这一年是周恩来诞辰 100 周年，从中央到地方，各级组织和机关举行了各种集会、报告会、研讨会，报纸杂志发表了大量的文章，出版社出版了众多介绍和评价他的书籍文章，电视台制作和放映了多部电视片，电影厂制作了专题电影在全国放映，我也写了几篇文章。这些隆重而热烈的活动，都是为了纪念周恩来这位伟大的马克思主义者，伟大的无产阶级革命家、政治家、军事家和外交家，歌颂他的丰功伟绩和全心全意为人民服务、鞠躬尽瘁、死而后已的革命精神。纪念活动时间之长、规模之大、评价之高为前所未有。通过纪念活动，我们对周恩来在中国革命和社会主义建设中的功绩、地位、作用、品德、才华、风度，有了进一步的认识和提高。有的文章明确提出用中国古代评价历史人物以"立功""立言""立德""三不朽"为标准来评价周恩来是当之无愧的中华民族的历史伟人、民族大英雄；有的文章说他是"才兼文武""出将入相"，武能安邦、文能治国的领导人；有的文章说在老一辈无产阶级革命家中最有影响的是"毛泽东的思想，周恩来的精神"；有的文章比较系统地论述周恩来的精神：即"无我精神、求是精神、创新精神、民主精神、廉洁精神、严细精神、守纪精神、牺牲精神";有的文章更明确提出周恩来的思想、理论是毛泽东思想的重要组成部分,也是邓小平理论的思想渊源之所在,邓小平过去长期在周恩来领导下工作,在半个多世纪里一直是周恩来的得力助手和忠诚的战友,邓小平自己也说周恩来是他最尊敬的人,是他的兄长。在许多问题上他们有着共同的思想和认识。因此,人们的结论是周恩来起着承上启下的巨大的作用,比较科学的提法应该是毛泽东思想、周恩来精神、邓小平理论。又有的文章从另一个方面提出,"人们在评价中国革命和建设时往往对周恩来的作用估计不足。大家在谈论领袖毛泽东和邓小平时是否想过:遵义会议确立军事领导问题上下最后决心的周恩来,主动把最高领导权让给毛泽东,自己甘当助手。晚年在中国处于混乱之际,周恩来力荐让'第二号走资本主义道路当权派'邓小平出来工作,千方百计地支持、保护邓小平。从某种意义上可以说,没有周恩来,就没有毛泽东的领袖地位和邓小平复出后的辉煌,就没有今天的中国"。

有的文章写道:"君不见,无论走进一些工农群众还是知识分子家庭,都能见到一张周恩来的标准像,或者晚年坐在沙发上的那张被广为称道的侧面像(1973年意大利摄影家焦尔乔·洛迪拍摄的《沉思中的周恩来》彩照),这说明平民百姓心中自有评价历史人物的一杆秤。周恩来已被朴实地认定为他们崇敬的伟人之一。"

1998年8月2日《北京晚报》的《公众调查》栏目中载《昨天和今天我们崇拜谁?》摘录如下:

人们或多或少都有过崇拜的人物。共青团北京市委目前进行了相关问题的民意调查和分析研究,了解了公众的崇拜对象。调查采用多阶段概率抽样、入户访问的形式,调查了北京城8个区513个居民家庭中18岁至60岁的成员。

曾经最崇拜周恩来和毛泽东

调查结果表明，周恩来和毛泽东是被访者曾经最崇拜的人物。

有不少的被访者曾经把雷锋作为自己的崇拜对象，列为第三位；有10%的被访者曾经把英勇人物作为自己的崇拜对象；从大类上看，国内和港台的影视、体育明星在被崇拜的人物中被公众列为第五位的崇拜对象。研究人员发现，被访者的年龄越大越崇拜毛泽东、周总理、雷锋和不同时期的（民族）英雄。

目前最崇拜周恩来和邓小平

周总理、毛泽东的被选率在目前被崇拜的18类人物中仍然居前列，充分证明了他们在中国人民心目中的崇高地位。邓小平的被选率为目前的第二位，反映了公众对这位"总设计师"的爱戴。

为什么崇拜他们

从统计结果来看，人们之所以对一些人物产生崇拜，原因是多样的。研究人员把崇拜的原因大体上分成五类：第一类：品质、人格的伟大。如对毛泽东、周恩来、邓小平等领导人的崇拜，一方面是因为他们为我们社会主义革命和建设事业作出了巨大的贡献，另一方面是与他们所具有的人格魅力分不开的。

9月初，我到日本访问，日本著名记者、教授田所竹彦先生告诉我，今年日本选举时，人们提到世界伟人罗斯福、丘吉尔、周恩来三人时，罗、丘提的较少，提到周恩来的最多，所以周是日本人最崇敬的世界伟人。

李连庆
1998 年 8 月 30 日，完稿

大外交家周恩来

第二卷

万隆会议展雄才

李连庆 著

人民出版社

周恩来同志永远活在人民心中。（新华社 发）

周恩来在飞机上看画报。(新华社 发)

1955 年 4 月，周恩来同志出席在印度尼西亚万隆召开的首届亚非会议。（钱嗣杰 摄）

陪同周恩来会见南斯拉夫记者（前排右一为本书作者）。（王敬德 摄）

周恩来同越南党政领导人胡志明干杯。（杜修贤 摄）

周恩来在看地图。(新华社 发)

周恩来同缅甸总理吴努
在仰光会谈。(新华社 发)

周恩来访问印度尼西亚,同苏加诺总统、沙斯特罗阿米佐约
总理亲切交谈。(钱嗣杰 摄)

周恩来在亚非会议上作补充发言。
（钱嗣杰 摄）

周恩来在亚非会议上同纳赛尔等在
一起。（钱嗣杰 摄）

周恩来的外交活动之一（1964年）。
（新华社 发）

周恩来1966年访问罗马尼亚时与
毛雷尔总理合影。（新华社 发）

序

　　李连庆同志的新作长篇纪实文学《大外交家周恩来》出版了。这是一件非常有意义的事。它为当代和后人研究周恩来的生平又提供了一份难得的好材料。

　　举世周知，周恩来是新中国外交的创始者和奠基者，是世界公认的伟大外交家。他在外交上的成就和建树，在中国和世界外交史上是首屈一指的。他为新中国赢得了巨大的荣誉和崇高的国际地位，建立了不可磨灭的功勋。他那高超的外交战略战术思想，灵活的外交技巧，崇高的道德品质，超人的天赋才华，独有的外交风格和巨大的魅力，赢得无数朋友们、各式各样的对手乃至敌人发自内心的钦佩和敬重。周恩来是中国的骄傲！

　　李连庆同志长期从事外交工作，经常受到周恩来的亲切教诲，同时也对周恩来的外交思想和外交实践进行过比较深刻而广泛的研究，熟悉和掌握大量的资料。李连庆又是一位作家，出版了许多文学著作。这些都是他得天独厚而别人所难有的有利条件。

　　《大外交家周恩来》主要是依据周恩来的外交思想和实践的大量史料创作的。在选材方面，作者特别注意那些体现周恩来非凡性格和光照日月的材料。为了增加作品的艺术性和生动性，作者在某些情节和人物心理活动的描述上、语言表达上，尽量将丰盈的生活

细节糅进去，使宏观的历史框架和人物的具体活动有机交融。通过历史事件了解周恩来的外交生涯，又通过他的外交生涯了解他的精神风范，令人顿悟，令人起敬。以史为文，文史结合，纪实文学才有感染力。本书作者在这方面是做了努力的，而且用纪实文学形式写领袖人物也算是国内第一次才有的。作者敢为天下先的精神是值得提倡的。

《大外交家周恩来》共 6 卷，写周恩来各个历史阶段外交生涯的主要方面，分"执掌外交部""舌战日内瓦""万隆会议展雄才""鹏程万里行""行程十万八千里""光辉映晚霞"等。展现在读者面前的这 6 卷书，将是一幅体现整整一个时代精神、感兴于领袖人民性内涵的五彩纷呈的历史画卷。

是为序。

耿飚

1998 年 3 月 5 日

目　录

引　言

　　1954 年 8 月 1 日，周恩来在参加日内瓦会议，访问东德、波兰、苏联、蒙古之后，回到北京。朱德、刘少奇、李济深、沈钧儒、陈叔通、林伯渠、董必武、郭沫若、黄炎培、邓小平、张宗逊等党政军领导人和数千名群众，到机场热烈欢迎凯旋的周恩来及代表团部分成员。

　　周恩来英气勃勃、精神抖擞、一脸笑容，走下飞机，但他的脸上由于过度疲劳而显露出丝丝倦意。早已站在扶梯旁等候的朱德、刘少奇等趋前一步紧紧握住周恩来的手。朱德一向崇敬和关心周恩来，他亲切地说："恩来，你又建了大功，但工作太累、太紧张了，应该休息一段才好。"刘少奇也立即说："老总说得对，要好好休息，我来安排。"

　　周恩来忙制止说："不用了，谢谢你们的关心。"

　　回到中南海西花厅家中，邓颖超亲切而又体贴地说："恩来，我听说这次会议开得很紧张，比在国内还加倍地忙，很少有机会休息，睡眠又极少，我建议你听老总和少奇同志的话，休息几天，必要时我也可请假陪你。""那怎么行呢?"周恩来有点不高兴地说，"几个月的日内瓦会议，积压了许多事情要办，许多文件要批。会议后形势大好，正是乘胜前进，大力开展工作的时候，怎么去休息

1

呢?"邓颖超深知周恩来的心理和脾气,因此,也就不再多说,由他去了。

当天夜里,周恩来走进颐年堂毛泽东的居处,向他汇报日内瓦会议的情况。毛泽东热情地接待他,对并肩战斗几十年的老战友说:"恩来呀,你这一仗打得很漂亮,是个外交大胜仗,印支停战协议达成了,中国登上世界五大国的地位,最痛快的是把美国佬杜勒斯给整了,应该大大地嘉奖,不过这个奖品很特别,刚才我和老总、少奇商量了,让你好好休息一个月,颖超同志陪你去,地点也给你选好了,东北的大连,你看如何?""主席,这怎么行呢?"周恩来恳切地说,"日内瓦会议我们赢得印度支那战争的停火,朝鲜局势的稳定。现在国内外形势喜人,正是我们乘胜前进、锦上添花,推动国际国内形势继续向好的方面发展,有许多工作要做。马上就要开第一次全国人民代表大会,我要代表政务院作政府工作报告,要大展宏图,进行经济建设。要向党中央和中央人民政府作日内瓦会议的总结报告,提出新的外交斗争任务。越南范文同副总理明天就到北京做过境访问,随后艾德礼率领的英国工党代表团来访。国庆五周年许多国家元首、总理如金日成、赫鲁晓夫、贝鲁特、于哥夫等来参加。接着尼赫鲁、吴努相继来访,还要同印尼谈判华侨双重国籍问题。这么多重要的事情,我作为总理,主席,你看我走得开吗?主席、老总、少奇、中央关心我的健康,非常感激。请放心,我的身体很好。"

"我原先考虑你太累了,应该休息一段时间,反正党中央有少奇,政务院有陈云,中央军委有彭德怀。你离开一段短时间也是可以的。"毛泽东停顿一下,眼睛看着周恩来,又说,"是的,恩来!我非常同意你的意见,日内瓦会议给我们赢来了国际和平环境,援朝援越的任务可以减轻一点,军费也可少一些,利用这个机会,腾出手来进行经济建设,加强我们的国力。因此,看来离开你这个总管家那是不行的啊！不过你千万要注意休息，不要那么通宵达旦地工作。同时，我建议你物色和培养一位外交帮手，减轻一点负担，既是指挥员又是战斗员，大小事都自己干怎么得了。"

"我赞成主席选一个外交帮手的意见，最好请主席遴选一位。目前第一步把张闻天调回，让他主持外交部的常务，同时拟调进一批德才兼备、文化水平高又有工作经验的中高级干部充实外交队伍。""那好，我考虑你的外交帮手人选，你自己也物色，总之要选一位能干的。"毛泽东连连点头，说，"现在外交工作大开展，我也同意尽快选调一批优秀骨干，加强外交部和其他涉外部门。"

一、酝酿建立新型的国际关系

在中华人民共和国成立的前夕，由周恩来主持起草的《中国人民政治协商会议共同纲领》，他费尽了心思，同参与起草的各方面代表专家反复商讨、研究、推敲，确定了新中国的内外政策。关于外交政策，他在全国政治协商会议上作《关于中国人民政治协商会议共同纲领草案的起草经过的特点》的报告中说："新民主主义的外交政策明确规定了保障什么、拥护什么、反对什么，即保障独立、自由和领土主权的完整，拥护国际的持久和平和各国人民间的友好合作，反对帝国主义的侵略政策和战争政策。"经由毛泽东、周恩来共同修改、审定的《中华人民共和国中央人民政府公告》宣称："我国同外国的外交关系要建立在平等互利和互相尊重领土主权的基础上。"当毛泽东于 1949 年 10 月 1 日在天安门城楼上宣读以后，周恩来立即以外交部部长名义发送各国使馆，并根据这些原则同许多国家建立了外交关系和贸易经济关系。1952 年 4 月 30 日，在《我们的外交方针和任务》的报告中又进一步阐述了上述原则，他明确而又具体地说："为了表示外交上的严肃性，我们又提出建交要经过谈判手续，我们要看人家是不是真正愿意在平等互利和互相尊重领土主权的基础上，同我们建立外交关系，在和平阵营方面，首先是苏联，然后是各人民民主国家相继承认了我们。这些国家是真诚愿意在平等互利和互相尊重领土主权的基础上同我们建立外交关系的，因此，我们同它们很快建立了外交关系。对资本主义国家和半殖民地国家，则不能不经过谈判的手续看一看它们是否接受我们的建交原则，我们不仅要听它们的口头表示，而且还要看它们的具体行动。例如它们如果在联合国中不投新中国的票，而去赞成蒋介石反动政府，那我们就宁愿慢一点同它们建交；反之，如印度、缅甸等，能够真的同国民党反动派断绝外交关系，那就可在谈判之后同它们建交。""帝国主义总想保留一些在中国的特权，想钻进来。几个国家想同我们谈判建交。我们的方针是宁愿等一等。先把帝国主义在我国的残余势力消除一下，否则就会留下它们活动的余地。"这样的外交政策，在中国同其他国家签订的条约和协定中也反映出来了。如周恩来在同苏联外交部部长签署的《中苏友好同盟互助条约》中就明确写上："双方保证以友好合作的精神并遵照平等互利互相尊重国家主权与领土完整及不干涉对方的内政的原则，发展和巩固中苏两国之间的经济与文化联系，彼此给予一切可能的经济援助，并进行必要的经济合作。"就在这个基础上，周恩来又考虑到帝国主义给亚非国家留下许多悬而未决的问题，彼此间常因此而发生纠纷，中国同周围邻国之间也因帝国主义的侵略以及旧中国也有许多历史遗留下来的问题，需要确立些原则进行处理，并建立起新型的外交关系，以维护其独立、主权、自由、和平、友谊。因此，他根据历史的经验、当前的现实情况，反复地进行调查研究和深思熟虑并同外交部的王稼祥、李克农、章汉夫、伍修权副部长及司长们、法律专家们多次探讨，认为必须建立一个更科学、更完善、更切合实际的新型国际准则，这样既可维护我们国家的独立、主权和领土完整，又可稳定四方发展友好关系。中国重视同印度的关系，两国交往源远流长。印度是世界四大文明古国之一，土地辽阔，人口众多，是亚洲大国。毛泽东、周恩来十分重视印度的地位和作用。1950 年 4 月 1 日，两国正式建立外交关系，中国派老红军袁仲贤上将出任驻印度大使，当时的中国驻印度使馆和大使，在外交级别上同中国驻苏联使馆一样是最高的。1951 年 1 月 26 日印度国庆，毛泽东出席印度大使潘尼迦举办的国庆招待会，在祝酒词中说："印度民族是伟大的民族，印度人民是很友好的人民。中国印度这两个民族和两国人民之间的友谊几千年以来是很好的。今天庆祝印度的国庆节日，我们希望中国和印度两个民族继续团结起来，为和平而努力。"周恩来在 1951 年 2 月 6 日与印度驻华代办高尔谈话，当高尔说中国是亚洲的老大哥，印度是小兄弟时，周恩来当即说："我们不把印度看作我们的小兄弟，印度是一个大国，是和我们一样的，我们和印度是老朋友。"把印度放在重要的战略地位上。

的的确确，中印两国人民是老朋友，两国有着 3000 多年的友好交流的历史，这样长的友好交流历史在世界上那是极少有的。中国和印度在古代文学、天文、数学、医学等学科，有着惊人的相似之处，如中国和印度的神话与寓言中都有月亮中有兔子的说法，有鹦鹉入水沾羽扑灭火山感动天神的故事。中国和印度的天文学家都把太阳在天上经过的道路叫作黄道，并把它分成 12 段。因此，历史学家们推测中印两国的文化交流可能有 3000 多年的悠久历史，即便根据确切的历史记载，有文字可凭的，在 2000 多年以前中印两国就有了使者的往返和文化、经济的交流。

两国人民的祖先以惊人的毅力和决心，穿过渺无人烟的大沙漠，越过号称"世界屋脊"的冰川雪岭，渡过惊涛骇浪的大海，历尽千辛万苦，备尝饥寒酷热，忍受现代人所不能想象的艰难，缔结了两国人民之间友谊的纽带。人们知道，早在公元前 4 世纪，中国的蚕丝就传入印度。印度孔雀王朝第一任君主月护王的侍臣侨里耶著的《治国安邦术》（Arthasasta）里就有这样一句：侨索耶和产生在支那成捆的丝（KauSeyam Cinanattasea Cinubhimizah）。这里所说的"支那"就是指的中国。印度的许多古籍，如《摩奴法典》（Manysmlti）、《摩诃婆罗多》（Mahabharata）、《罗摩衍那》（Ramayna），也有多处讲到中国的丝。公元前100多年中国的使者到了中亚细亚的"大夏"国，即现在的阿富汗境内，他发现当地有从中国四川来的布和竹子做的手杖，觉得很是奇怪，向当地人打听这些东西是从什么地方来的，当地人告诉他，这是从南方一个叫"身毒"（中国古代称印度为"身毒"）的大国来的。因此，他推测当时存在着一条从中国四川往西南通往印度的商道。中印两国在古代的物资交流是非常频繁和广泛的。印度人把许多来自中国的东西加上了"支那"的字样。如把瓷器称为"支那米底"（Chinamitti），意思是"中国的土"；把花生称为"支那巴达姆"（China Badam），意思是"中国的杏仁"。印度也有许多的货物传到中国，如珍珠、白玉、玛瑙、水晶、胡椒、生姜、豆蔻等等。值得一书的是，在上古时代，国家和国家、部族和部族的来往都是从战争和交换物品开始的。而中国人民和印度人民一开始就是由彼此交换物品成为朋友，却没有发生过战争。尼赫鲁也说，印度历史上多次遭到异族人入侵和统治，而中国从未同印度打过仗和入侵过印度。这是极其珍贵的友谊。中印两国政府之间外交关系也可追溯到公元以前。司马迁在《史记》里记载汉朝的使者到"身毒"，开始了两国政府人员之间的交往。《汉书》里就记载从汉武帝的时候，既从公元前2世纪开始，中国政府曾几次分别从陆海两路派使者去印度。如公元前117年张骞出使西域时，分派副大使到大夏、大月氏、安息、身毒等国去联络，并陪同这些国家的使者回到中国。东汉明帝的时候，那时中国把印度称为"天竺"，在公元65年，汉明帝派蔡愔出使天竺求佛像、佛经，他用白马驮了42章佛经和释迦牟尼佛像回来，还请来了印度学者迦叶摩滕（Kasyap Matarag）和竺法兰

(Dharmaraksa)，两人同时到达首都洛阳，翻译佛教经典，并在洛阳修建了我国第一座佛教寺庙——白马寺。中印两国政府间的关系更加密切。从北印度到南印度，各国不断有使节到中国来。中国政府也派使者到印度去。7世纪时，北印度重新成为一个大帝国，皇帝的名字叫戒日王。戒日王同唐太宗曾几次互派使者，公元641年印度使者到中国来，和中国正式建立外交关系，中国也派使者到印度。其中有一位著名的中国使者叫王炫策。他不像以前的使者那样，仅仅完成一次临时性的联系任务便回国了，而是长期驻在印度代表中国政府和印度接洽事务，有点像我们今天的"大使"了。

当印度的佛教传播到中国之后，中印两国的文化交流可以说是最辉煌最重要的篇章，佛教对于中国思想文化的发展影响至大至深。大约在公元前2年，大月氏人伊存曾教过中国学者景庐佛经。那时，大月氏统治的地区很大，包括现在中国、印度、巴基斯坦、阿富汗的边境。公元3世纪以后，佛教在中国流行起来了，成为中国社会文化生活中的一个重要内容，上自皇帝、贵族，下至平民百姓，都受到佛教的熏陶。到了隋唐时期，佛教在中国进入鼎盛时期，中印文化交流掀开了新的一页，佛教成为热门，许多学者在研究传播佛教文化中作出了杰出的贡献，其中功绩最大、声名最高的有中国的法显、玄奘、义净，印度的鸠摩罗什（Kumarajika）和菩提达摩（Badhi-DhUrma）。

东晋时代的法显，他于公元399年出发到印度，414年回国，历时15年。他从长安向西南由陆路经过戈壁、帕米尔高原克什米尔到印度，由海道回到中国的山东，经过了30多个国家。他带回并翻译了许多佛教经典，还将他的见闻写了一本书，叫《佛国记》。这本书成了考察5世纪初年亚洲历史的重要史料著作。

鸠摩罗什生于公元344年，他的父亲是印度人，母亲是龟兹国的公主，龟兹就是现在中国新疆的库什，可以说他算是兼有中印两国血统的人。他在公元 402 年到达西安,在那里讲授佛学和译书达 12 年之久,翻译的大乘佛教经书有 300 卷。

达摩是印度的高僧,本是南天竺的王子,出家为僧。他于公元 527 年从孟买坐船到达中国的广州,梁武帝遣使迎接他至南京,与其谈论佛理,后来渡江北上,住在嵩山少林寺,面壁 9 年,创造了禅宗,为佛教一大门派,称禅宗始祖,后传至唐朝慧能,禅宗日益发达,影响中国儒家学说以及宋朝理学的勃兴,到明朝,中国理学传入欧洲,而有大哲学家康德的崛起。

玄奘是公元 7 世纪唐朝初期一位著名的和尚和学者。他从中国西安出发,途经西域许多国家,徒步 5 万多里到达印度。他在印度学习佛教理论差不多有 17 年之久,尤以在印度最主要的佛教学术中心那烂陀寺待的时间最长,和寺里 1000 多名和尚一起研究佛教理论和印度其他学术。玄奘随后又在印度周游列国,他的足迹遍及印度全境 138 个国家,记述这次旅行的著作是有名的《大唐西域记》,对这些国家的疆域、城市、人口、风情、故事,都有确切记载,内容非常丰富,已成为研究印度和中亚古代历史不可缺少的资料,印度人认为玄奘对于印度的贡献怎样估价也不算高。玄奘回国时,从印度带回金银佛像 7 件,657 部经书,由他本人翻译出汉文的有 75 部,共 1335 卷,把印度的佛学介绍给中国,他为中印文化交流作出重大的贡献。现在玄奘已成为世界文化名人,在印度几乎是一位无人不知的中国古代学者,在中国更是人人皆知的人物,尤其是作家吴承恩取材于他到西天(印度)取经的故事而写成的著名古典小说《西游记》,连儿童都知道唐僧取经的故事。现在这部小说已被译成多种文字出版,列为世界古典名著。在中国和日本,被拍成电视连续剧。

义净是在公元 671 年唐玄宗时代,从海路经印度尼西亚的苏门答腊到印度的,直到 695 年回国,在国外一共住了 25 年,主要居住印度。他着重研究佛教的戒律，也就是佛教徒应该遵守的生活方式。他翻译了许多有关戒律的书。这些书不仅说明了和尚的生活规则，也记录了古印度人民的生活状况。他从印度带回的书有400部，由他自己译成汉文的有56部230卷。到了宋朝，宋太祖曾派僧徒300人，到印度寻求佛骨舍利及梵文佛经。明成祖时，郑和七下西洋，也到了印度沿海地区，如喀拉拉邦果青北面的卡利卡特，并把锡兰的佛手载运回国。郑和的翻译、航海家马欢到过孟加拉，回国后把见闻写成一本书，名叫《瀛海胜览》。据说当时印度东海岸11国遣使来明朝朝贡。

由于佛教的传播，中国人民向印度人民学到了哲学、文学、艺术和科学等不少知识，丰富了中国文化的内容，进一步促进了中国文化的发展。通过文化交流，印度人民也向中国人民学到了不少东西，如中国的四大发明：造纸术、印刷术、指南针和火药，都先后直接或间接地传入印度。如义净所著的《梵语千字文》中讲到至迟在7世纪末叶纸已传入印度。纸的使用对于文化的传播所起的作用是不可估量的。中国的瓷器很早就传入印度，在印度许多博物馆里收藏许多珍贵的中国瓷器，印度考古学家曾在印度发掘出中国古代的钱币。中国古代大哲学家老子的《道德经》等著作，早就被译成梵文传至印度。

在中国的抗日战争时期，印度国大党在尼赫鲁的支持下，派出了以阿塔尔医生为首的印度援华医疗队，爱德华、巴苏华、柯棣华等前来中国，同中国人民并肩战斗，柯棣华还在中国献出了宝贵的生命。1939年8月，尼赫鲁曾到中国重庆进行了为期10天的友好访问，支持中国的抗日战争。

1941年，太平洋战争爆发后，日军进攻缅甸，想与进攻苏联的德军会师印度。印度的防务成为同盟国的重要问题，在印度建立了美英援助蒋介石政府的补给和训练基地。1942年2月，蒋介石和宋美龄访问印度两周，与英国当局商谈抗日战争有关问题，还会见了甘地、尼赫鲁、真纳等人。1942年4月，中印两国互设专员公署，1946年10月升格为大使。

印度独立和新中国成立后，很快就建立了外交关系。印度是亚非民族主义国家第一个同新中国建立外交关系的。因为印度长期遭受英国殖民主义者的残酷统治和经济掠夺，经济极端落后，人民生活非常困苦，独立后的印度，迫切需要一个和平的国际环境来发展经济，巩固其独立地位。作为印度总理的尼赫鲁审时度势，采取了一个明智的现实的外交政策，即和平中立的外交政策，不与任何军事集团结盟，既同西方国家保持关系，又同社会主义国家建立友好关系，使得印度既不介入东西方政治集团间的矛盾纠葛中去，又能使双方谁也少不了它，可以左右逢源，坐收渔翁之利。尼赫鲁有句名言："把所有的鸡蛋放在一个篮子里是不明智的政策。"他还多次强调："除了我们有热爱和平的传统外，和平的环境对印度的发展与进步是十分有利的。"而与印度毗邻的中国这个世界大国，虽然社会制度不同，但同属东方文明古国，几千年的友好交往，近代又同受帝国主义的欺凌、压迫。同是天涯沦落人，相同的命运，有着相同的理解、相同的同情。因此，尼赫鲁当时认为必须同中国发展友好关系，借以抵制帝国主义、殖民主义，争取世界和平，维护印度的独立和主权，提高其在亚洲和世界上的地位。这是尼赫鲁思想和印度政策的主导方面。印度主张在联合国恢复中国的合法席位，台湾应该归还中国。在朝鲜战争期间，印度不赞成诬蔑中国为"侵略者"的决议，在朝鲜停战谈判和遣返战俘中也起了一些好的作用。但是，尼赫鲁的思想、印度的政策中，也有消极的一面，要继承英国帝国主义强加在中国人民头上的特权和遗留下来的问题，企图将中国的西藏搞成一个缓冲区，继续占领中国的一部分领土。

周恩来深切了解中印两国3000年的传统友谊和目前存在的一

些悬而未决的问题，也清楚尼赫鲁的思想、印度的政策。他认为印度是亚洲和世界大国，举足轻重，建立和发展同印度的友好关系，对于搞好同亚非国家的关系，尤其是同周围邻国的睦邻友好关系，扩大和平地区，为新中国争取一个和平的国际环境很有利。但又必须维护国家的利益。因此，对印度采取又联合又斗争的政策，积极争取同印度友好相处，发展两国的政治、经济、文化关系，鼓励、支持、推动尼赫鲁进行反帝反殖，维护亚洲及世界和平的斗争。同时反对印度继承英帝国主义在中国的特权、干涉中国的内政。为此，周恩来对印度做了大量的工作，声援印度收复果阿的斗争，在印度发生粮荒时，中国慷慨地先后6次提供了66.65万吨粮食援助。基于对印度的信任，周恩来通过印度驻华大使转达对美国的警告，建议由印度担任朝鲜中立国遣返委员会的主席。在日内瓦会议上，周恩来曾建议印度参加，听取尼赫鲁派往日内瓦代表梅农的意见，中国还曾委托印度协助处理在美国的中国平民返回祖国的问题。在西藏和中印边界问题上，周恩来坚持维护国家的领土主权原则，进行了有理有利有节的斗争，在处理的方式上极为慎重，采取适当的步骤，力争和平友好地解决问题，以保持两国友好睦邻关系。

首创和平共处五项原则

自 19 世纪后半叶起，英帝国主义以其殖民地印度为基地，通过军事、政治、经济等手段，不断渗入中国的西藏和新疆。英军曾先后占领过江孜、拉萨等地，获取了一些特权，还力图抹杀存在中印之间边界的传统习惯线，强迫西藏地方当局的代表用秘密换文的方式，划出所谓的"麦克马洪线"。

印度独立后，仍继承英国在西藏的特权，如在亚东、江孜等交通要道驻有印度军队，在拉萨、亚东、江孜等地派有政治代表、商业代表和贸易站，经营西藏的邮政、电报、电话和驿站，还占据中国部分领土。1950年，中国政府决定解放西藏，印度竟称中国人民解放军进入西藏是"侵略"，还支援藏军军火，帮助调动藏军去昌都前线阻止解放军进藏，派人在前线设立电台收集情报，阻止西藏代表进京谈判等。1950年10月，印度外交部副部长梅农约见中国驻印度使馆参赞申健，说中国军队进入西藏的消息如为事实，印度政府深表遗憾，并提交了印度政府关于西藏问题致中国政府的照会。申健根据中央和周总理在这个问题上的指示，答复说，在印度报纸上时常看到中国"侵略"西藏的字样，在印度的照会中也使用了，这样的用法是不对的，中国的军队进入中国的领土西藏是不能叫作侵略的，正如你们的军队进入联合省或者孟买是不能叫侵略一样。梅农说，印度仍希望中国用和平方式解决西藏问题。申健说，中国政府始终愿用和平方式解决西藏问题，但这并不等于说中国军队不能进入西藏。

1950年10月28日，毛泽东在袁仲贤大使关于梅农同申健谈西藏问题上的报告上批道：申健答得很正确，态度还应强硬一点，应该说中国军队是必须到达西藏一切应到的地方，无论西藏政府愿意谈判与否及谈判结果如何，任何外国对此无权干涉。

周恩来要外交部按照必须维护国家主权和领土完整的同时，又力谋同印度保持友好的精神，正式答复印度政府。1950年11月16日，中国外交部给印度大使馆备忘录，一方面严正申明：西藏问题是中国的内政，任何外国的干涉都是不允许的；另一方面又恳切地表示：只要彼此严格遵守互相尊重领土主权及平等、互利的原则，我们相信，中印两国的友谊应该得到正常的发展，中印在西藏的外交、商业和文化关系，也可以循着正常的外交途径获得适当互利的解决。

1951 年 3 月 21 日，周恩来在宴请第三届全印和平大会筹备委员会主席、世界和平理事会理事爱德华之后，与印度驻华大使潘尼迦谈西藏问题时又指出：达赖已在亚东，希望他不要离开西藏，这样对他是有好处的。我们尊重西藏宗教自由，同意达赖作为西藏的宗教政治领袖进行谈判，解放军必须进入西藏：如果达赖不走，经过谈判解决，那么解放军就可和平进入西藏，达赖地位仍然可以保持。果能如此，中印关系亦可增进一步，因为在那方面，还需要与印度通商。周恩来看了一眼潘尼迦，见他在认真地听，随即又用一种警告和劝说的口气说："从前的摄政正在引诱达赖离开西藏去印度。达赖去了印度，就在中印关系上造成一种阴影。因此，印度在这个问题上的态度，对西藏的解放是有影响的。"

1951 年 5 月，中国中央人民政府同西藏地方政府当局的代表达成了关于和平解放西藏的协议。而印度政府却于 1952 年 2 月向中国交来一份《关于印度在西藏利益现状》的备忘录，共计开列了七项：1. 驻拉萨使团；2. 驻江孜和亚东的商务代表处；3. 驻噶大克的商务代表处；4. 商业市场以外地方进行商业的权利；5. 在到江孜的商路上的邮政及电讯机关；6. 驻江孜的军事卫兵；7. 朝圣的权利"是由于惯例和协定而产生的"。

印度开列的这些权益，涉及一些原则问题，需要慎重进行处理。周恩来于 6 月 14 日在西藏厅接见印度驻华大使潘尼迦时说："中国同印度在中国西藏地方的关系现存情况，是英国过去侵略中国过程中遗留下来的痕迹。对于这一切，新的印度政府是没有责任的。英国政府与旧中国基于不平等条约而产生的特权，现在已不复存在了。因此，新中国与新的印度政府在西藏地方的关系，要通过协商重新建立起来，这是应该首先声明的一个原则。但为了解决中国与印度在中国西藏地方的关系问题，需要时间和步骤，因而，中国政府建议：将印度过去驻在拉萨的代表团改变为印度驻拉萨的总领事馆。这是可以首先解决的一个具体问题。"

同时，周恩来又说："根据对等的原则，中国要求在印度孟买设立总领事馆。"

周恩来的严正态度，使得新成立不过两三年的印度政府对中印关系不得不认真予以考虑，印方答复中国外交部，印度不鼓励达赖离开西藏，可劝他不去印度。如果他决定要去，只按国际惯例给予避难。

后来，印度政府接受了中国政府互设总领事馆的建议，这就为解决中国和印度在西藏的关系问题上迈出了第一步。

但是中印之间仍存在不少悬而未决的问题，如印度在阻挠中国解放西藏不成之后，在中印边界的东段，大举向英国人搞的非法的"麦克马洪线"推进，完全侵占了传统习惯线以北和"麦克马洪线"以南的一大片中国领土。1953 年 8 月，印方向中方提出它驻在亚东和江孜一带的武装部队要换防，以及它驻锡金首都甘托克的政治代表要来西藏"视察"驿站，后又向中方就印度商队去西藏阿里地区经商所携带的无线电收发报机被中国边防站检查封存一事进行交涉。

印方提出的问题，都涉及中国的主权。中方陆续答复印方，表示：1. 关于武装部队，这不是一个普通问题，而是一个有关中国独立自由和领土主权完整的问题。如果印度政府提出撤退这些武装部队，作为解决中印在中国西藏地方关系问题的一个步骤，这是中国政府欢迎的。对于换防，中国政府不便同意；2. 关于视察驿站，可同意印度驻甘托克的政治代表来，由于驿站问题尚待解决，这次来只能当作一种临时性措施，决不是旧例的沿用；3. 关于印度商队无线电收发报机被封存一事，按照中国的法令，印度商队来西藏经商所自行携带的无线电收发报机本应没收，但为照顾中印两国关系，中国边防检查站将其封存，在印度商队离境时发还。

1953 年 9 月 2 日，尼赫鲁致电周恩来，建议两国政府早日就中印在中国西藏地方的关系问题进行谈判。周恩来于当年 10 月 15 日函复尼赫鲁，重申中印在西藏应有新关系原则外，同意解决印在藏之商务代表团一些具体问题，建议 12 月在北京与印度商谈中印两国在西藏关系的问题。

1953 年 12 月 31 日，关于中印就西藏问题谈判的印度代表团到达北京，周恩来于当天下午 1 时在中南海西花厅他的会客室里接见代表团。印方参加的为代表团团长、驻中国大使赖嘉文，副团长高尔，顾问葛巴拉查理，印度大使馆随员白春晖；中国方面出席的有中国代表团团长、外交部副部长章汉夫，亚洲司司长陈家康，驻西藏外事帮办杨公素。

周恩来对印度代表团表示欢迎后，问："高尔先生有没有听到关于美巴军事协定的任何新消息？"

高尔："我听到尼赫鲁总理 12 月 23 日在印度议会中的讲演，此后，我就离开了新德里，没有任何新的消息。"

赖嘉文："我今天听说巴基斯坦报纸传说印度、中国和苏联之间有秘密同盟。"

周恩来（笑笑说）："是呀，我们今天就在此进行这样的谈判。"

高尔："我在香港时，曾避免答复香港记者向我提出的关于这方面的问题，因我知道他们是会歪曲我的话的。"

赖嘉文："除了美国记者以外，香港记者可算是最危险的了。"

高尔："袁大使也在印议会中听尼赫鲁的讲演。听他的讲演比读他的讲话稿更能体会到他话中的力量。他说印为此事而愤怒，他的措辞极其强硬。"

周恩来："我看了尼赫鲁讲演的一部分，就是大使交给我们的。中印两国的谈判在今天，12 月最后一天开始了，我们说过要在 1953 年开始这一谈判，现在实现了。印度方面的代表是赖嘉文大使、高尔先生和葛巴拉查理先生，我这一说法对吗?"

赖嘉文："对。"

周恩来："中国方面的代表为章汉夫副部长、陈家长司长和中央驻西藏政治代表、外事帮办杨公素先生。印代表团团长先生有何意见?"

赖嘉文："让我首先感谢阁下，无疑地在您的指导下，我们之间悬而未决的问题将得到解决，他们两位将很快地回去。阁下曾给予我巨大的合作和有益的鼓舞，我很荣幸能充当代表团团长一职。正如我们过去所说的一样，这一谈判的另一方面，就是要使亚洲和世界感觉到：只要我们亚洲国家自己处理自己的问题，我们就能够迅速和满意地解决我们之间的问题，虽然这些问题也许不是十分重要的，但是我们这一谈判可以给予世界和亚洲以深刻的印象。我相信，鉴于我们两国之间传统的友谊的善意，这一谈判一定会成功。"

周恩来："副团长有何意见?"

高尔："我完全赞同团长的意见，除此以外没有什么其他意见。"

周恩来："顾问先生有何意见?"

葛巴拉查理："我除表示赞同团长意见外，没有其他意见。"

周恩来："我们相信，中印两国的关系一天一天地会好起来。某些成熟的悬而未决的问题之解决，一定是顺利的。中印两国关系的原则是从新中国成立时确立的，它就是互相尊重领土主权、互不侵犯、互不干涉内政、平等互惠及和平共处的原则。我们相信，我们之间的关系将永远如此，尼赫鲁总理、印度政府和人民也一定如此相信。"

赖嘉文："我们两国间在中国的西藏地区发生了一些不小的分歧，我们要解决中印之间的任何分歧，所以我们进行这次谈判。"

周恩来："像中印两大国之间，特别是接壤的两大国之间，一定会有些问题，只要根据平等互惠、和平共处的原则，任何业已成熟的悬而未决的问题，都可以拿出来谈。"

赖嘉文："我要感谢总理阁下在 12 月份开始这一谈判，要感谢阁下接见我们，特别是鉴于阁下一定在忙于许多其他事务。"

周恩来："我们准备今后发表一个公报，说中印之间的谈判今天开始，我们不准备谈及谈判的内容，你的意见如何？"

赖嘉文："我们要发表公报。"

周恩来："高尔先生离开德里时，人们一定知道他来谈些什么，我们希望谈判能早日结束，高尔先生和顾问先生都可以早日回家，因为高尔先生还有公事，但是我们希望两位在此间逗留更久的时间。我还有另外一件事想和大使先生谈一谈，那就是关于板门店的事。"

高尔："允许我退出吧。"（此时高尔、葛巴拉查理、白春晖、杨公素等退出）

随后，主要谈朝鲜中立国遣返委员会遣返战俘问题。这便是周恩来第一次提出和平共处五项原则，也是他的得意之作、杰出之作。后来印度接受周恩来的和平共处五项原则，在 1954 年 4 月 29 日，《中华人民共和国、印度共和国关于中国西藏地方和印度之间的通商和交通协定》中正式写了"双方基于（一）互相尊重领土主权、（二）互不侵犯、（三）互不干涉内政、（四）平等互惠、（五）和平共处的原则，缔结本协定"。并根据五项原则平等互利地解决了中印在西藏悬而未决的问题，印度撤回在亚东和江孜的驻军，将印度在西藏地方的邮政、电话、电报等企业及其设备全部交给中国，互设商务代表处、贸易市场，以保持双方经济、文化、交通的传统关系。同一天，周恩来和尼赫鲁在互致的贺电中肯定了和平共处五项原则。周恩来的贺电说：

印度共和国政府总理兼外交部部长潘迪特·贾瓦哈拉尔·尼赫鲁
先生：

　　值此中印两国关于中国西藏地方和印度之间的通商和交通
协定签订之际，谨向阁下并通过阁下向印度政府和印度人民
致以热烈的祝贺。中印两国基于互相尊重领土主权、互不侵
犯、互不干涉内政、平等互惠、和平共处的原则而缔结的这个
协定，使两国在中国西藏地方的关系在新的基础上重新建立起
来。这一协定的签订不仅将进一步加强中印两国人民间的友
谊，并且充分证明只要各国共同遵守上述各项原则，采取协商
方式，国际间存在着的任何问题均可获得合理解决。

中华人民共和国中央人民政府

政务院总理兼外交部部长　周恩来

1954 年 4 月 29 日

　　周恩来在这里显然已把和平共处五项原则不仅用于中印之间，
而且用于各国相互关系之间。

　　尼赫鲁的贺电说：

中华人民共和国外交部部长周恩来阁下：

　　我在科伦坡收到您的来电，谨此致谢。

　　我很高兴，我们两国业已就印度和中国西藏地方间的通商
和交通问题签订协定。此一基于互相尊重领土主权、互不侵
犯、互不干涉内政、平等互惠、和平共处的原则而缔结的协定
加强并巩固了中印两国人民的友谊。我极愿借此机会向您祝
贺，并通过您向中国政府和中国人民致意。

尼赫鲁

1954 年 5 月 3 日

尼赫鲁此时显然没有将和平共处看成是各国处理相互关系的准则，远没有周恩来看得高、看得深、看得远。后来，周恩来在措辞上作了点修改，主要是明确了互相尊重领土主权的含义，最主要的是尊重整个国家的主权，而不仅仅是领土主权，从而使这些原则具有更重大、更确切的含义，这便是迄今普遍使用的和平共处五项原则。即：互相尊重主权和领土完整、互不侵犯、互不干涉内政、平等互利、和平共处。这个原则不久被全国人民代表大会庄严决定，写进宪法，成为国策。周恩来创造的和平共处五项原则，是他对马克思主义学说、国际关系准则和外交学的巨大发展和贡献，也是周恩来外交思想永远闪光的一个重要之点、不朽之作。

二、首先出访印度、缅甸

1954 年，日内瓦会议期间，尼赫鲁派他的驻联合国代表克里希南·梅农作为私人代表，带着科伦坡会议精神，到日内瓦活动，开展穿梭性外交，活跃在各国代表团之间，多次晤见周恩来，并转达尼赫鲁邀请周恩来访问印度的想法。

周恩来考虑到尼赫鲁的地位和作用，为了寻求印度对日内瓦会议和平解决印度支那问题的支持，推进和平共处五项原则，发展中印友谊，他利用日内瓦会议中间休会的机会，决定访问印度。

得知周恩来即将访问印度的消息，印度各报纷纷在显著的位置刊登消息和社论。《印度斯坦时报》社论说："印度和中国之间日益增长的友谊可能成为近年来对维护亚洲和平甚至全世界和平的意义重大的事情之一。"社论强调说："对那些以为两国制度如果同时存在就不可避免要发生冲突的人们，可能是一个教训。"《印度快报》的社论则说：中国总理的访印"应该被认为是具有国际重要性的事情"。《印度斯坦旗报》说："两位总理的亲自接触，大大有助于进一步加深两国之间的关系。"

1954 年 6 月 24 日，周恩来带领乔冠华等几名随行人员离开日内瓦，途经埃及上空，于 6 月 25 日早晨 7 时到达印度首都新德里。周恩来精神抖擞、神采奕奕地走下飞机，早已迎候在机场的尼赫鲁、政府部长等高级官员和各国驻印度使节、中国驻印度大使袁仲贤等快步迎上前去，亚洲两个最大国家的总理第一次面带笑容，握手并拥抱在一起。5000多名欢迎的群众向周恩来献上五彩缤纷的花环和花束。机场上奏起两国国歌，周恩来检阅印度三军仪仗队，并发表简短讲话，说："中国政府和人民十分重视与印度政府和人民的友谊。中印两国9亿6千万人民的和平友好是维护亚洲及世界和平的一个重要因素。"尼赫鲁亲自陪同周恩来坐敞篷车前往印度总统府，沿途受到成千上万印度人民的热烈欢迎。他们以热带民族特有的激情和礼节来迎接这位来自喜马拉雅山北麓的伟大国家的总理，把无数的鲜花彩带撒向周恩来。印度少年男女和广大群众敬献的花环沉甸甸地压在周恩来的身上，使周恩来几乎成为一座缓缓移动的花丛，一路上人们高呼："印中友好万岁！""世界和平万岁！"这种热烈的气氛，使周恩来及其随行人员深受感动。6月在印度是最热的季节，新德里最高能达48摄氏度，风吹在身上如同火一样的灼热，就是长期在热带生活的人也觉得受不了，有钱的人都到国外或喜马拉雅山麓或海滨去避暑，驻在新德里的大使们大部分回国或到避暑胜地去了，由首席馆员当代办，人们称为"代办季节"。这时候的印度特别是北方干旱无雨，但百花盛开，百鸟争鸣，真是鸟语花香。可是，此时极少有外宾，特别是政府首脑、国家元首来访的。本书作者李连庆曾在印度工作过几年，深知其情。然而，中国的总理为了世界和平、中印友谊、国家的利益，不顾酷暑炎热，到了宾馆，稍事安顿，便去晋谒甘地墓并敬献花圈，在甘地墓外种植一棵阿育王树，以资纪念。9时半拜会印度总统拉金德拉·普拉萨德，又乘车前往副总统萨瓦帕利·拉达克里希南的官邸拜会他，11时前往政府办公大楼，拜会印度总理贾瓦哈拉尔·尼赫鲁。

贾瓦哈拉尔·尼赫鲁，1889年11月生于印度北方邦阿拉哈巴德，父亲莫蒂拉尔·尼赫鲁是印度著名的律师，他的祖先是雅利安人高种姓婆罗门。莫蒂拉尔·尼赫鲁用丰厚的收入在阿拉哈巴德建起一座豪华公馆，雇用许多仆人。莫蒂拉尔对欧洲特别是英国文化十分崇拜，他的生活方式完全欧化，结交了许多外国朋友，其中许多是英国的高级官员，家中时常高朋满座。1911 年，莫蒂拉尔夫妇应邀出席英国国王——乔治五世的接见仪式，对此他深感荣幸。1919 年，旁遮普省阿姆利则市发生了英国统治者镇压印度人民的大惨案，379 人被杀，1200 人受伤。惨案教育了莫蒂拉尔一家，彻底改变了他对英国人的态度，莫蒂拉尔积极投入争取印度独立的斗争，并同甘地结下深厚的友谊，当选国大党主席。贾瓦哈拉尔是莫蒂拉尔唯一的儿子，1905 年赴英国留学，获自然科学荣誉学位，后改读法律。他早在哈罗公学读书时，就对英国人的专横跋扈感到愤慨，立志反对英帝国主义。他在《自传》中写道：他梦想"手持利剑为保卫和解放印度而战"。1912 年他回到国内，一方面在阿拉哈巴德高等法院担任律师，一方面积极从事国大党的活动。贾·尼赫鲁对甘地的非暴力思想非常赞赏，1916 年他在国大党年会上初遇甘地，以后一直追随这位印度人民争取民族独立运动的政治思想领袖。1923 年起，尼赫鲁几度担任国大党书记等职务，1936 年经甘地推荐，当选为国大党主席，成为甘地的得力助手，同甘地并肩战斗，坚定而勇敢。他多次被捕入狱，先后被关押 10 年之久。在狱中，他写出《自传》《世界史一瞥》《印度的发现》等著作，阐述他对历史、人生、印度前途的看法和个人的抱负。1947 年 6 月，英国被迫提出把印度分为印度和巴基斯坦的分治方案。同年 8 月15 日印度独立，尼赫鲁在制宪会议上宣布，旧时代已经结束，印度从此获得生命和自由。1950 年 1 月 26 日印度共和国成立，尼赫鲁出任第一任印度总理。尼赫鲁执政后，提出在印度建立"社会主义类型"的目标。他说："我们的社会主义将既不是资本主义，也不是共产主义，既不是苏联式的，也不是中国式的……"他制定了公私营企业并举的"混合经济"政策。在国际上，他奉行和平中立和不结盟的外交政策。

与尼赫鲁进行的第一次会谈

6月25日下午3时半，周恩来和尼赫鲁举行会谈，这是亚洲两个大国总理举行第一次正式会谈，中国方面参加的有中国驻印度大使袁仲贤、顾问乔冠华，印度方面参加的为梅农。

尼赫鲁首先表示热烈欢迎周恩来总理的访问。他通过印度驻华大使和驻联合国代表梅农在日内瓦同周恩来的多次接触，对周恩来已有了解，今天又当面见到这位比他小9岁的大国总理如此英俊潇洒，才华横溢，不免有几分敬慕之意，谦虚地说："我们早就盼望阁下您这位大名鼎鼎的中国总理来访，您的到来，使得我们印度人有机会一见先生的风采，更重要的是对我们印度的支持。我们亚洲两个大国携起手来，对亚洲乃至对世界的和平是重大的保证。"

周恩来说："非常感谢尼赫鲁总理的邀请，梅农先生在日内瓦转达总理阁下邀请我访问贵国，本应早日前来，但日内瓦会议很紧张，不得分身，现在好了，日内瓦会议暂时休会我就来了。

"我这次来访，主要是听听尼赫鲁先生对日内瓦会议的意见，并如何把我们两国在西藏问题协定中所阐明的和平共处五项原则运用到更广泛的范围。"

尼赫鲁说："对，我非常赞成。"

周恩来接着详细介绍了日内瓦会议的情况。并说："我们主张和平解决印度支那问题，还要使老挝、柬埔寨成为东南亚型的国家。"

周恩来问："锡兰如何?"

尼赫鲁说："对于锡兰没有什么很多的可说。它是一个小岛，在国际事务中活动不多，锡取得独立是很偶然的，并不是由于自己的努力，而是因为印度取得了独立。锡也没有反殖民主义运动的背景，锡是一个富庶国家，不要做什么工作就可以出产许多，现在统治锡兰的是一个保守的政府，锡对于印有些不必要的恐惧，这是因为印度大，地理位置又处于锡之上，因此怕印把锡兰吞掉，我们到锡兰去常常得到盛大的欢迎。锡兰在国际上是不反对我们的，它就是对我们有一些疑惧，对我们小心谨慎。真正的东南亚国家是缅甸和印尼。"

周恩来说："阁下知道，在过去三年中我们与锡兰进行贸易时，对锡极为照顾，锡不顾美的禁运卖橡胶给我们，我们以高出世界的价格购买，并以廉价卖出大米。锡三次派代表来，我均予以欢迎。正因为锡是小国，因此我特别注意尊重它，我说这一些，只是要使尼赫鲁总理知道此事。东南亚的主要国家是在和平方面的，我同意尼赫鲁总理所说，这些主要国家是印、印尼和缅甸，我们应该把老、柬也包括进来，对锡也要做点工作，以便使这些国家越多越好。"

尼赫鲁说："甚至对巴基斯坦也可以做些工作。锡兰想的只是两件事，那就是橡胶和大米，对于国内的社会变革是害怕的。"

当日晚7时，拉金德拉·普拉沙德在印度总统府举行招待会，欢迎周恩来总理一行，副总统萨瓦帕利·拉达克里希南、总理贾瓦哈拉尔·尼赫鲁以及其他印度高级官员出席作陪，中国驻印度大使袁仲贤也应邀出席。普拉沙德致了简短的欢迎词，举起矿泉水向周恩来敬酒，因为印度禁止喝酒，总统不能例外，只好以水代酒了。随即开始上菜，全部是地道的印度菜，如炖杜里鸡、大豌豆烧羊肉、甜菜、蛋糕及又甜又辣的冰淇淋。印度人喜欢吃甜和辣的，几乎每道菜里都有咖喱、辣椒、生姜、大蒜、糖，还有茴香、肉桂、丁香、豆蔻之类的香料，吃起来又辣、又甜、又香，还有点儿怪味。喜欢的人觉得很好吃，别有一番风味，不习惯的觉得不好吃，特别是第一次吃，还感到有点难吃。周恩来虽然在北京也吃过印度驻华大使招待的印度菜，但味道没有这样浓、这样强烈，因为他照顾了中国人的习惯，而今印度总统举行的宴会，他要用最美好的印度菜招待尊贵的中国客人。周恩来也觉得过辣、过甜、过香，什么事情一过头就不太好了，但他经历多，吃过的饭菜也多，好吃不好吃都能吃下去。他出于礼貌、出于对主人的尊重、出于对一个民族文化的认可，他不仅吃得香，而且还不断地赞美：味道好！真香、真美！宾主之间畅谈各个民族、各个国家的传统文化，风俗习惯，衣食住行，赞扬印度禁酒的措施。宴会快结束的时候，周恩来举杯感谢印度总统的盛情招待，祝愿中印两国悠久的友谊进一步发展，祝总统身体健康。

与尼赫鲁举行第二次会谈

招待会结束后，8 时 45 分应邀和尼赫鲁共进晚餐。尼赫鲁受西方教育，喜欢用西餐招待客人。晚餐后，双方开始谈的主要是日内瓦会议问题，如印支停火、国际监察、请印度当主席、监察地点等问题，已在《舌战日内瓦》里涉及，这里不再赘述了。下半段谈的是亚洲和平问题。

尼赫鲁："阁下是否准备答复我在今晚开始讨论之初所提出的关于在亚洲的这一部分发展一个和平区域的问题？"

周恩来："为了使亚洲的这部分成为和平区域，我愿意看到像中、印两国所处的形势，这是很有利的。关于西藏协定前言中的原则，如能适用到亚洲的所有国家，也是有利的。根据今天下午尼赫鲁总理所重述的五条原则，印度型的国家将会增加，彼此和好相处，这样就会挡住美国组织侵略性军事集团的企图，也有理由可以拒绝参加这种集团。至于如何把中印之间的这种关系扩大到与其他国家的关系，愿听取尼赫鲁总理的意见，因为尼赫鲁总理对于这一区域各政府的态度比我知道的清楚。"

尼赫鲁："我同意阁下的意见，任何一种想法都应该以前述的原则为基础，我想，这些原则作为原则是可能被缅甸和印尼接受的。下一个问题就是如何使这些原则取得某种积极的形式，我想，使这些原则取得积极的形式的时间，应该在印支问题得到某种解决之后。"

周恩来："印支问题的解决，我们应该加以推动，这一问题应该首先加以解决。因战争还在那里继续进行。这是重点，应该快点达成协议。但另一方面，也要考虑其他问题，例如缅甸。在科伦坡会议时期，尼赫鲁阁下曾通过梅农提醒过我们。是否尼赫鲁总理认为中国可以主动提出与缅甸签订一个与中印协定同样的协定？不论其方式如何，我们也要向缅甸解释一下今天下午说过的误会，以增进相互之间的了解。"

尼赫鲁："在阁下与吴努会见时，这是可以与他讨论的一个题目。我想由阁下代表中国主动提出这样的东西是适宜的。当在我们之间的协定规定了某些原则，然后处理了一些小事，不知道中缅之间是否也有这种小事？假如能把友谊建立在这些原则上，那是一件好事，也许由两国先发表宣言，声明同意这些原则，这就是前进了一步。然后在有利的时机，再把它变为协定形式。"

周恩来："谢谢尼赫鲁总理提出的办法，愿加以考虑。在我们经过仰光时，如果吴努在，我愿和他商谈并主动提出这一件事。"

尼赫鲁："如果我能提出一个建议的话，我认为良好的第一步是发表一个宣言，声明遵守这些原则；其后一个步骤，就是与印尼发表一个同样的宣言，印与这些国家也发表同样的双边宣言，与其发表联合宣言，最好是发表双边宣言，这是第一步，以后再考虑其他形式。"

周恩来："这是一个好的想法，我们将研究，在这一地区，大家要和平共处，彼此相信，不但要使各国间彼此了解这一点，而且要使世界知道，各国人民知道。"

尼赫鲁："阁下知道美国提出的各种建议，例如要仿照《北大西洋公约》组织在东南亚组织一个同样的机构。我们一直反对这种建议的，今后还会如此。艾登提出了一个新建议，就是订立东方的《洛迦诺公约》，但是其内容还不太清楚。"

周恩来："艾登并未与我谈过这一建议，大概是他在下院作报告时提到的。"

尼赫鲁："显然这是针对美国的建议而提出的一个对立的提议，我不记得《洛迦诺公约》的细节，那是英、德、美、法在1925年签订的，当时德国是战败国，尚未与其他国家签订协议。《洛迦诺公约》是战后第一次把德、英、法包括在内的协议。东方《洛迦诺公约》的意思，大概是由东南亚的国家和大国的共同协议保持这一地区的和平，我当然不知道艾登是怎么样想的。"

周恩来："艾登在下院作报告时，似乎是把东方《洛迦诺公约》和东方防务同时并提的，我没有读到他的报告全文，只看到通讯社报道，因此不了解艾登的意思。如果他是要两种同时存在，那就使问题更复杂了。"

尼赫鲁："他提出了两种是以供选择的。阁下了解，艾登是在向美国说话，因此再加上了东方防务同盟。但是这个加上的办法，只有东南亚国家参加才能成功。"

周恩来："是的，我们应该为了东南亚的和平而不是为了战争，因此，应该以东南亚国家为主体，包围东南亚的国家，就不是为了和平。"

尼赫鲁："艾登触怒了美国，因此向美提出了这种选择，美国的建议，只要东南亚国家参加，就行不通。因此，另外一种办法，就要以东南亚国家为基础，再加上其他国家。"

周恩来："我同意艾登在议会中所说的话，一部分是对美国的。"

在谈话结束时，尼赫鲁建议在整个会谈结束后，发表联合声明，周恩来当即表示同意，并让尼赫鲁起草。

从周恩来访问印度第一天起，两国总理的两次会谈中就可以看出，周恩来是多么重视同印度的友谊，多么期望东南亚地区的和平，又是多么想把和平共处五项原则推广出去，成为亚洲更多国家共同遵守的原则。

6月26日，是周恩来活动最多、最紧张的一天。上午8时由德里邦首席部长普拉卡希等陪同参观德里市区和郊区，10时30分同尼赫鲁在总统府举行第三轮会谈，12时30分出席普拉沙德总统的宴会，下午3时同尼赫鲁举行第四轮会谈，5时出席副总统拉达克里希南的茶会，7时在中国大使馆会见华侨90多人，7时1刻中国驻印度大使袁仲贤为周恩来总理访问印度举行招待会，印度副总统拉达克里希南、总理尼赫鲁等数百人应邀出席。

8时30分，出席尼赫鲁总理举行的欢迎宴会。周恩来几乎是马不停蹄，没有一点休息的时间，而他始终精神抖擞，没有半点倦意，一丝不苟，搞好每项活动，使尼赫鲁等印方人员感到惊奇和敬佩。他们接待过许多国家元首和首脑，都不及周恩来如此的精力充沛而又应付得那样自如。

与尼赫鲁举行第三次会谈

周恩来十分重视同尼赫鲁的会谈，因为尼赫鲁是位杰出的民族民主主义的革命家，主张和平中立，反对帝国主义、殖民主义的侵略和战争政策，在东南亚国家有相当的影响。像这样的朋友是应该交的，对促进亚洲和平是有利的。当然对他的资产阶级观点、民族主义自私立场是要警惕和限制的。

总统府会议厅谈判桌上已经放上了鲜艳、香气扑鼻的盆花和中印两国的国旗，尼赫鲁同印方参加谈判和会议记录人员已先到会场，记者们已经举起电影机和照相机，对准会议厅的大门，等待周恩来的到来。

一会儿，周恩来迈着轻松、矫健的步伐，神情自如地走进会议大厅。袁仲贤大使、乔冠华顾问等也陪同进入。

尼赫鲁上前一步，握着周恩来的手，问道："昨夜休息得好吗？"

"很好、很好！谢谢！"周恩来反问道："阁下休息得也好吧？"

尼赫鲁连连点头。

"咔嚓！咔嚓！"闪光灯亮个不停，记者们拍下珍贵的镜头。

尼赫鲁一挥手，记者们纷纷退席。

尼赫鲁说："参加科伦坡会议的国家，知道阁下将来印度，极感兴趣，我已写信给它们，使它们知道情况，以后还会告诉它们一些材料，当然不必告诉所有的一切，只是使它们不感到被排除在外，告诉缅甸、印尼一些材料是不会引起任何困难的。"

周恩来："如何加以区别对待，请尼赫鲁总理决定。"

尼赫鲁："是的，这是需要斟酌的。"

周恩来指出："希望尼赫鲁总理谈谈亚洲整个的情况，包括东、西、南亚，甚至太平洋地区。"

尼赫鲁问："太平洋地区，就包括日本和菲律宾了。"

周恩来答："是的，还包括澳大利亚、新西兰。"

尼赫鲁说："一个月前或者是三周以前，凯西曾到印度来，澳与新和英国的关系，比加拿大与英的关系更为密切，但是上次大战后，澳、新更倾向于美国，并与美签订了澳新条约。凯西上次与我谈话时说，他日益觉得美政策之不实际，不知引导到什么结果。他说不愿与美破裂，但将试图尽量对美施加压力，也许可能这样一来会改变美国政策。澳已开始更为现实，例如凯西说，为了停止战争（指印支战争），目前就需要有一个分界线。"

周恩来："他曾来看我，并告诉我说希望老、柬中立化。"

尼赫鲁："所有这些国家或者是这些国家中的大多数，包括英在内，认为美国的政策是不对的，而同时它们又不愿与美破裂，但如有极端的事情发生，它们也可能与美破裂，但它们想避免这一点。

"西亚的国家很落后，又是小国，因此谁给予金钱和武器就受谁影响，所有的西亚国家或是西亚国家的大部分，多年来都在英国影响之下，但现在却渐渐转向受美国的影响，因美国给予金钱和军火，我说的是这些国家的政府，而不是这些国家的人民。

"阿拉伯国家的一个大问题，就是以色列的问题；以色列是一个小国，但却足以对付所有阿拉伯国家，因此阿拉伯国家是害怕的。

"西亚国家没有什么坚定的政策，它们只是反对和害怕，它们相互之间都不能结合在一起。"

周恩来又问："以色列的武装力量如此之强吗？"

尼赫鲁答道："不是以色列强，而是阿拉伯国家弱，以色列曾和阿拉伯国家作过战，如果当时不是联合国进行干涉，全部阿拉伯国家可能都已战败。

"美国的政策是很特殊的，一方面是从英国手中夺取阿拉伯国家；另一方面，美国国内的犹太人很有势力，美对于以色列又要表示友善，所以，美既要争取阿拉伯国家，又要不触怒以色列。

"埃及可能与英国在苏伊士运河问题上取得解决，埃对中东公约是强烈反对的，但没有把握究竟今后会有什么发展，一方面因为埃及弱，另一方面是因为谁给予军火，埃就倾向谁。实际上阿拉伯国家中，是没有真正人民运动的。

"我们与阿拉伯国家和以色列的关系都还好，但是我们与以色列较疏远。我们承认以色列，但与它无外交关系，而我们在所有的阿拉伯国家都有大使。

"去年我曾去埃及，他们对于国民党代表继续驻在埃及感到不愉快，他们希望对此加以改变。但又怕触怒美国，他们将来会加以改变的。"

周恩来再问："埃及的新政府巩固吗？"

尼赫鲁说："没有什么大的稳定性。现在的领导人是一个青年军官，既无经验，又无政治常识，只是有民族感，对英国愤恨而已，在人民中是不生根的，他之所以受到欢迎是因为他赶跑了皇帝。

"西亚的整个政治，都围绕着石油，阿拉伯的国王每年得到石油开采权的税收就有 4 亿美元。其他较小的国王也都每年可得 1 亿或 5000 万美元不等，沙特阿拉伯国王前次到巴去访问时，因为钱多得不知如何花，用赠送和布施方法，在 10 天访问中用去 200 万卢比。关于中东，还说一点，50 年前，英国的政策是建立伊斯兰教集团来支持英国，这一政策最近又通过巴来继续，由巴担任伊斯兰教集团的领袖，但西亚国家都不支持这一政策，它们的民族主义感比伊斯兰教还要强烈。像埃及那样"。

周恩来继续问:"美取代英的影响,是否日益增加?"

尼赫鲁:"在某种意义上说,是这样的。美在这个地区并不受欢迎,它只是对这一地区的政府施加影响。"

周恩来:"这一地区盛产石油,因此虽被人拿去不少,但还剩下一些可供维持生活。

"阿富汗与巴的关系很好,它和西亚的关系似乎不同。"

尼赫鲁:"是的,但阿富汗与巴的关系不好,在阿富汗与巴的交界处,有一些游牧民族居住的区域,过去一百年来英国人从未能征服这些游牧部落。现阿富汗要求给予这些部落独立自主,巴不同意,并对这一区域滥施轰炸。在这一事件上我们并未干涉,但我们是同情那些部落民族的。

"阿富汗的经济很衰弱,因此受到美国和其他人的压力。

"在整个西亚,没有一个国家是很稳定的,在那里的民族主义运动没有很好地组织起来,又没有突出的领袖,它们在情绪上的冲动不能得到满足。英国的老政策是鼓励伊斯兰教的宗教情绪,现巴企图继续这一政策。但伊斯兰教国家中的伊斯兰教情绪,不如它们的民族主义感,因此巴失败了,而我们与这些伊斯兰教国家如埃及都保持友好关系。"

周恩来继续问:"这一地区的人口大吗?"

尼赫鲁:"不大,这一地区大部分是沙漠,从经济上看,除了石油外,没有什么别的,所有阿拉伯国家人口总数只有3000万,而一半在埃及。伊朗与阿富汗是这一区域中非阿拉伯国家。"

周恩来:"但伊朗和阿富汗是伊斯兰教国家。"

尼赫鲁:"是的,但是在伊朗的伊斯兰教复兴运动,例如在印尼就有一个小规模的反叛,正在进行,这些反叛的人要求建立一个伊斯兰教国家,排除其他一切宗教,在印尼还有一个大的伊斯兰

教党，这个党的党纲一半是伊斯兰教性质的，一半是社会主义性
质的。"

周恩来又继续问："泰国的情况如何？没有办法把泰搞成东南
亚型国家之一吗？按它的地位来说，是应该把它联合起来的。"

尼赫鲁说："不错，应该如此。世界上也没有不可能的事，阁
下知道泰国的情况，泰现在已遭遇到经济上的困难，直到最近为
止，泰不仅有充足的大米，而且在市场上可以得到高价，但最近米
价骤降，大米难以脱手，泰的经济围绕着大米，因此，现受到了打
击，我们是会设法对泰稍加影响的，几乎所有的西亚国家、缅甸、
印尼以及非洲国家都要求我们提供工程师、教员等技术人员，它们
害怕要求美国提供。"

周恩来仍然问道："泰受英政策影响大，还是受美政策影
响大？"

尼赫鲁："泰是被认为在美国手掌之中的，英在泰无能为力。
在非洲有一个有趣的发展，在那里出现了一个新国家——苏丹，我
们被邀派遣了专家去，指导那里的选举。"

周恩来又问："在那里选举以后，是独立还是与埃及联合？"

尼赫鲁："英国要它与英联合，而埃及要它与美联合，因此，
可能是独立。"

周恩来又继续问："印度与日本关系如何？"

尼赫鲁："我们互派了大使，它们还派了一个贸易代表团来，
除此之外就没有多大关系了。相反的，在某种程度上，我们在贸易
上由于竞争的原因还有些矛盾。日本的纺织品使印纺织品的销售
减少。"

周恩来仍继续问："印尼提议的亚非会议，情况如何？有何
发展？"

尼赫鲁有点回避，说："我也不太了解，因此无法答复。印尼

提出建议后，我们说当然可以加以探讨。但究竟是官方的或是非官方的会议，是否邀请政府代表或是政府代表与民间团体代表同时邀请，都还不够清楚。"

周恩来最后问："政府之间对此曾经有过公开接触吗？"

尼赫鲁："1947年曾在这里开过一次亚洲会议，讨论的不是政治问题，而是文化和经济问题。这是一个很奇特的会议。最初我是以私人的身份号召这样一个会议的，但是到会议召开时，我已经在印度政府中任职，因此这个会议含有混合性质，我们在会议中组织了一个委员会，以便继续保持联系，但后来就没有下文了。

"1949年又在这里开了一次关于印尼的会议，当时荷兰攻击了印尼，这一会议是由亚洲各国政府参加的包括埃及和澳大利亚，当时我们曾经决定会后继续联系，但后来又没有下文了。其后，又曾经有过各种提议，但是我认为在一个会议中不能把政府和非政府的代表混合在一起。例如，印尼建议召开的亚非会议，我们究竟是邀请非洲的政府代表参加呢？还是邀请非洲人民团体的代表参加？两者是完全不同的。"

周恩来说："今天上午我问了许多问题，从尼赫鲁总理那里学习了许多，下午我们可以继续再谈，尼赫鲁总理如有问题，也可以问我，我也还有一两个问题要和尼赫鲁总理谈。"

这次会谈主要是周恩来向尼赫鲁提问，其实是一次绝妙的调查研究，既从尼赫鲁那里了解亚洲、阿拉伯国家的一些情况，又了解了尼赫鲁对亚洲、阿拉伯国家和许多国际问题的看法、态度和立场，以及对美国、英国政策的认识。周恩来一贯强调外交工作必须认真、切实地进行调查研究，了解各个国家的情况、世界形势的发展变化，及时掌握动向，才能有的放矢，正确决定我们的外交政策、方针，采取有效措施和对策，这就是周恩来常说的不打无准备之仗。他不仅要求外交部和一切涉外部门、驻国外使领馆应把调查研究作为工作的重点，作为评判成绩的标准之一，每个外交人员都要练就调查研究这个基本功，更重要的是他自己带头，身体力行，起模范作用。他利用一切同外国人接触的机会，包括出国访问和接见外宾都要进行调查研究，摸清情况，做到心中有数。

与尼赫鲁举行第四次会谈

在普拉沙德总统午宴之后，下午3时，周恩来又与尼赫鲁举行会谈。

周恩来："经过这次会见之后，中印之间应该更加密切合作，不知道尼赫鲁总理认为我们在政治、经济、文化方面还应做些什么？"

尼赫鲁："我同意我们应该在各方面加强合作。至于政治方面很难说得具体，总之，要密切联系，发展我们之间的合作。在经济方面亦然。实际上，真正的基础在于互相之间有一种友好的信任感。一般地说，现在存在着一点恐惧。有的国家觉得印是一个强国，发展也较快。中国也是强大的国家，又是一个统一的国家，因此对中国也有些恐惧。当然，印对中国并不害怕，可是周围的一些国家却对中国有些恐惧。我们必须设法消除这些恐惧。现在有一种宣传说，印要在亚洲建立帝国，这是很无稽的，我们经常告诉在非洲的印侨民说，他们只能在取得了非洲人的善意后，才能继续在那里待下去，我们必须为互信栽下根，然后每一件事都会变得容易。"

周恩来："很对，我们应该互相建立友好的信心。中印的政治制度不完全相同，但是我们都是从帝国主义压迫下解放出来的。我们两国的东方文化又有共同的特点，因此在互相尊重领土主权、互不干涉内政、互不侵犯、平等互利、和平共处五项原则的基础上，中印两国不但自己可以建立信心，而且可以互相和平共处是可能的，是可以逐步实现的，我完全同意尼赫鲁总理说的应该建立互信。中华人民共和国了解亚洲各国主观上是有恐惧的。这种恐惧应该消除。印度政府应该了解，我们两大国都需要建设。而中国在文化经济方面则更为落后，我们国内的事已经忙得很了，这次参加了日内瓦会议两个月，对我来说是个很大的负担，但是为了印支的和平，不得不去。在这里的两天中，虽然我看得不多，并且只是和总理、总统和副总统谈过话，但是我已经发现了许多特点，发现了印度有它发展的道路，如果我们常接触，两国负责的人常来往，就能推进互相间的关系，并且影响其他的国家。"

尼赫鲁："我高兴地听到了阁下刚才所说的，毫无疑问，我们应该遵循的路线应该是以阁下刚才所述的原则为基础，因此，我们提到那些原则的次数越多，就越好。此外，还要做些事情来增加信任感。现在有内外的力量在设法破坏信任感，因此我们不仅要有宣言，而且还需要建立个互信的政策。现在世界上到处有冲突，有扩张的倾向，特别是互相有恐惧，我们应该首先在我们自己的区域、东南亚消除分歧，这样就为解决边界问题跨出了一大步。

"我想很坦白地说几句关于我个人的话。阁下和我都是曾经有过很多的经历，也都受过苦，我们也都在监狱里待过。我们都受到这些经历的影响，这些对我们发生影响的因素，有些是不同的，但是有些是共同的。因此，我可以毫无困难地了解中国过去10年和15年来的背景。我相信中国和印度在今日的情况下对于世界的和平和安全可以起极大的作用。我们极愿推进这一目的，这当然也是为了我们的自私目的，因为那样就可以把我们的全副精力用于建设我们的国家。我们不愿与任何国家冲突，我们和巴之间的纠纷也都是小事，我们要把一切的精力放在建设方面，因此，我们欢迎阁下到这里来，不仅是为了解决目前的问题，而且是为了更大的问题。

"整个印度都受到甘地和他的政策的影响，我们用了与我们想象不同的办法获致了结果。例如，我们独立以后，并不敌视英国，而且决定继续与英联邦保持一个含糊的关系。这种关系没有法律规定，也没有在宪法中提及，只是相互间一个谅解，如果我们决定停止这种关系，我们只需送一封信给英国政府就行了，但是我们决定继续维持这种关系，部分理由是因我们在一些年之内可以得到益处，另外的理由，是这样更有利于世界和平。如果说联邦国家对我们有些影响，那我们对它们的影响更多，印在英联邦内的影响一天天的增长，我们就是这样不与任何人破裂而达到我们的目的。

"我昨天曾和阁下谈到我们处理土邦王公的办法，我们取消了他们的权力，但给他们极多的养老金，这种养老金是不会付得很多的，但我们避免了内战，这就是甘地的政策。我们和联合国的关系并不是很好的，但是我们避免公开责骂联合国，当联合国来与我们接触时，我们也以友好的态度和它接触，我们尽可能明确遵守自己的政策，而不责骂任何人，因为世界上的仇恨已经太多了。"

周恩来："我刚才已经说过，印根据自己的历史发展，印国内外因素造成了它的发展特点。中国对印度的了解，不如印对中国的了解，但现在也已经有了一些了解，我们两国的历史背景，我们在文化上的共同点，都使我们之间容易相互了解。

"有些做法，在印不能做，但在中国必须做，反之亦然。但只要我们本着创造世界和平、阻止战争的目的共同努力，我同意尼赫鲁总理所说的，中印两国的合作是要负重大的责任的，特别是在亚洲。"

尼赫鲁："现在没有一个国家比美国更恐惧，它是一个强大的国家，但它比欧洲任何一国都恐惧，可是一旦战争发生，英国实际上处于更大的危险。美的恐惧和自大，把它引到了错误的方向，它所表现出来的政策，完全是基于害怕国际共产主义征服世界。而另一方面，美的政策又是在世界各地建立军事基地，把苏联和中国包围起来，这样就使苏联也怀有疑惧，这就产生了一个恶性循环，恐惧本身又制造恐惧。如果能在亚洲消除恐惧，在欧洲也就能消除恐惧。"

周恩来："我们应该努力来消除亚洲各国毫无根据的恐惧，革命是不能输出的，如果人民赞成采取一种制度，反对也是无效的；如果人民不赞成一种制度，勉强强加是一定要失败的。我们应该以我们共信的原则给世界建立一个范例，证明各国是可以和平共处的，这样，美如果要制造恐惧，就会在亚洲受到挫折，这样也可以影响世界各地。"

尼赫鲁："是的，真正的革命是不能输出的，但现在有些国家所害怕的是一种阴谋活动，这种活动不一定引导到革命，而只是破坏力量的均衡，制造纷乱，美国关于国际共产主义的宣传收效很小，这当然也要看是哪些国家，但国内的共产党人做其他国家的代理人，确是与一个国家的民族主义感极不相称的。"

周恩来："我不大清楚各国共产党活动的情形，但是根据中国共产党的经验，我们知道虽然革命的原理是一个普遍真理，但我们的活动要适合本国的情形才能成功，否则就不能成功。正因如此，有的地方成功了，有的地方不成功。资本主义亦然，有些地方能够发展，有些地方不能发展。如阁下刚才就说过，西亚国家里除石油开采是资本主义化之外，其他都很落后，由此可见，资本主义不合乎当地情况，不能发展。一个政治制度或是政治主张在一国胜利了，在另一国可能失败。至于说到宣传，第二次世界大战后美国垄断了宣传，在中国也曾一时很普遍，但很快就失败了，原因是不得人心。固然在很多地方也起了一定影响。美的宣传就和美的军事基地一样，但要强加于人的。如美国之音到处歪曲，不能不发生一些影响，因此就不得不加以揭穿。美国说，凡是揭穿它的宣传的都是共产党，但实际上在亚洲揭穿美宣传者有民族主义者，在欧洲揭穿美宣传者有自由主义者，但美国不管，一律给戴上帽子。美到处制造紧张，其根源就在于它要扩张。有些地方如果美不去捣乱，就会比较安定。例如，昨天谈到柬埔寨时曾说那里没有共产党，如果柬能保持中立，美不去搞基地，柬就可以参加东南亚的活动，并且会很好地和平下来，如果美又要宣传，当地的民族主义运动分子又会反对，而美国就又会说那里有共产党。既然尼赫鲁总理很直率地谈，我也很直率地把我知道的实情告诉尼赫鲁总理。"

尼赫鲁："总的来说，美宣传是出奇地不成功，美以为花钱就能争取人心，有时是可以的，但争取到的绝不能是广大群众的心。我刚才提的，不是大国如中国和苏联的态度，而是本国的共产党，这些本地共产党的活动是与本国的民族情绪相悖的，他们把本国的领袖骂得一钱不值，对别国的领袖却称赞备至，好像他们对于自己的国家毫无兴趣，对于别的国家却很有兴趣。我想告诉阁下一件有趣的事，中国革命胜利两年以后，印度共产党才说中国共产党的路线是正确的。"

周恩来："这就说明印度共产党为何尚未成功，因此阁下也就不必害怕。"

尼赫鲁："现在把话说回来，东南亚国家的恐惧是由于三个事实：第一，我们两国不但大而且强，或是可能变强，因此小国就有些疑惧；第二，我们两国都有许多海外侨民，这使得驻在国有些害怕；第三，害怕国际共产主义通过本地的共产党来活动。由于我们谈到如何消除恐惧，所以我概括了以上三点，如能消除恐惧，其他的事就容易了。当然，我们还需要具体地研究每一个国家，例如缅甸，那里的人和小孩一样，容易激动，不够沉着，非常自尊，极易感到受委屈，但他们是很好的人，很友善，热情招待朋友，吴努和一般的缅甸人不同，他常常威胁说要出家做和尚，但怕没有另外一个人可以替代吴努。

"我可以毫不妄自尊大地说，在这一个地区，只有中国人和印度人是最成熟的，其他的，除个别人外，都不够成熟，因此我们要很友善地对待他们，使他们不感到自卑。明天阁下到阿格拉去游览，我在家里起草联合声明，等阁下回来后，我们可以在下午一起考虑，阁下认为联合声明中应包括些什么内容？"

周恩来："尼赫鲁总理比我更了解世界，特别是更了解亚洲，这不是客气话，因尼赫鲁总理参与国际事务比我多，我们关起门来搞自己的事就搞了几十年，正因为这个原因，所以，我昨天建议尼赫鲁总理起草联合声明，起草完毕后，我们再一起考虑。

"至于联合声明的内容，我有几点建议。我们所强调的五条原则，常常提及是有好处的，我们可以在联合声明中说明这些原则不仅在亚洲，而且在世界都适用。我们在联合声明中可以互相表示信任。我们可以在联合声明中表示一下对印支问题的意见，希望迅速达成停战和恢复和平的协议，使东南亚国家能有和平的环境。总体来说，我们可以提一下五条原则，对印支问题表示一下意见，然后对亚洲提一下，最后说一下中印两国之间的关系。这几点是否可以写进去以及如何写法，请斟酌起草。"

尼赫鲁："我一定努力地起草，并试图包括阁下所述各点。我想那些原则是一定要包括进去的，我们也应该说一说在印支早日停火之有利，并从而导致问题的解决。在这方面，我们是否应该说几句关于东南亚国家的话？对于老、柬，我们是否可以说，我们愿意看到这两国成为独立和中立的国家，不被用于侵略的目的？"

周恩来："关于印支，如果具体地提到三个国家，说它们应该独立，不应该被用为外国的基地，这都是可以提的，没有问题。但是如果只提老、柬，而不提越南，那就不好了。说三国应该独立，这在原则上当然没有问题的，不过，是否会使法国人认为中、印两国触及了三国将来与法国的关系？当然我们不能在联合声明中什么问题都提，三国将来考虑是否加入法国联邦的问题，可以不在我们的联合声明中提及。

"老、柬两国，现在还有战争，还不是中立国家，我们希望它们变为中立国家，这也就是我们称为东南亚型的国家。不论它们称之为中立的国家或是东南亚型的国家，这种名词只能在个人谈话中，如果在共同声明中用，就会引起争论。以为只有这种类型的国家才是中立国家。

"至于越南，它的未来政治制度不能由我们预定，因为在那里的选举还需要相当时间，不论如何，三国都应该是民主的。

"由于以上所述，用什么方式写，还需要斟酌。"

尼赫鲁："我们能不能说，这三个国家中每一个国家都应是：（一）独立的；（二）有自由按照它们自己的聪明智慧来发展；（三）不被邻国（不必具体提名）用于侵略目的。

"我了解'中立'一词在我们的谈话中是用得很轻松的，我们应该用一些字来表达我们的名义。"

周恩来："赞成用这种方式写出来后再研究。"

尼赫鲁："我们的声明是要有助于创造和平的气氛，有助于在日内瓦解决问题，因此我们应该在声明中采取友善的态度，而不作责骂。"

周恩来："完全赞成。关于尼赫鲁总理刚才说到的一两点，我还想说几句。尼赫鲁总理刚才说，大国对于小国，要特别小心尊重，我完全同意，过去我们在这方面就是特别注意的。尼赫鲁总理刚才又说，有些国家的共产党作为其他国家的代理人，但是刚才尼赫鲁总理提到的印度共产党批评中共的例子，就证明与中国共产党是各搞各的，并不一样。"

这次两人谈到的问题比较广也比较深，有许多问题的看法是一致的或接近的，如争取亚洲和平，印度支那停战，扩大和平共处五项原则，大国应该尊重小国等，但是，也有些问题看法和认识不尽一致，或大同小异。然而，不管怎样，两位大国的总理是认真地、坦率地、耐心地探讨问题。从中可以看出，周恩来和尼赫鲁都是很聪明、很有智慧，都是外交老手，尤其是周恩来极其巧妙地提出问题、回答问题，而且都恰到好处，谨严周密，同时态度又非常诚恳，实事求是，努力争取印度、争取尼赫鲁，共同为亚洲和世界的和平事业，建立和扩大新型的国际关系准则——和平共处五项原则而奋斗。

尼赫鲁盛情欢迎周恩来

再说尼赫鲁为了盛情欢迎北方友邻大国的总理，他所敬佩的新结识的朋友周恩来，26 日晚 8 时 30 分，在他的政府宾馆萨姆拉特大饭店，举行盛大的宴会，同时借以显示他的大国风度。出席宴会的有政府副总理、各部部长、副部长、国会议员、议长、首席大法官、各界知名人士、海陆空军参谋长、德里邦邦长、首席部长等几百人。宴会是西方式的，只有供主人和客人坐的几张沙发，其他人员都是站着的，人们可以拿着威士忌等饮料和食盘自由走动、交谈，吃的是西方和印度的菜、点心、蛋糕、冰淇淋。

过一会儿，尼赫鲁讲话。他说：

"十几年前，我去过中国并希望会见一些人，其中就有周恩来先生。但是不久，在欧洲爆发了后来发展成为第二次世界大战的战争，我不得不匆忙赶回我的国家。遗憾的是，那一次我没有会见周恩来先生。现在，在过了动乱不安的、紧张多变的 15 年后，我的夙愿实现了。

　　"我很高兴能会见我们邻国的一位杰出的政治家，我尤其高兴的是能会见一个伟大民族的卓越的代表。

　　"我们是以个人身份会晤的，但是我们也是以印度和中国两个有着光辉的过去和有着伟大的前途的伟大国家的代表的身份会晤的。这两个国家彼此如何相处，它们为了世界和平与幸福能够进行什么程度的合作，这是一个值得注意的、意义重大的问题，不仅对我们两国如此，而且对亚洲，甚至对整个世界也如此。"

　　尼赫鲁说："过去两千年是我们相互关系的见证。在这样长的时期里，我们一直是邻国，我们一直是彼此交流思想和文化并和其他邻国交流思想和文化的重要国家。我们的人民在许多地方建立了接触，特别是在东南亚，而历史上还不曾有过我们两国发生战争的记录。这是一个关于长期和平交流思想、宗教、艺术文化的记录。""我们一直是和睦的邻居，是朋友，在这几千年的历史过程中，我们彼此之间从未发生过冲突。"

　　尼赫鲁说："我们两国不久前获得了自由并按照自己的意志安排我们的命运的机会，我们是在不同的情况下，用不同的方法获得自由的。我们伟大领袖和导师甘地，用和平的方法领导我们通过艰难困苦得到了自由。

　　"中国走的是另外一条道路。我们两个国家都为老百姓谋福利，并且通过不同的道路提高过去遭受了许多痛苦而现在期望一个美好未来的千百万人们的生活。

　　"我们的或世界上任何其他国家的这种前途，主要取决于避免战争，保证和平和安全。"

　　尼赫鲁赞扬周恩来。他说："先生，您最近与其他卓越的政治家们一道，从事解决这些重大的战争与和平的问题。我们很高兴地知道，您的努力和其他政治家们的努力已取得了一定的成功，我们为局势的这种可喜的转机向您和其他参加日内瓦会议的人士道贺。

"全世界都需要和平，今天，和平是不可分割的。但是和平在亚洲比在其他地方更重要，更是不可少，因为我们必须建设我们的国家，我们需要利用我们全部精力，来从事建设工作而不是破坏工作。"

尼赫鲁希望和平共处五项原则在更大的范围得到承认和推广。他说："最近，印度和中国签订了一个关于某些事项的协定，在签订这些协定的过程中，我们定下了某些原则，这些原则应成为我们两国关系的规范。这些原则就是承认每一个国家的主权和领土完整，互不干涉内政，平等互惠以及和平共处。这些原则，不但对我们两国适用，而且对其他国家也适用，对某些国家来说，这些原则可以作为一个榜样。假如这些原则在更广的范围得到承认，那么，对战争的恐惧就会消失，国际合作的精神就会发扬。"

尼赫鲁讲话之后一刻钟左右，周恩来举着手中的威士忌酒杯，从容地说：

"我这次应尼赫鲁总理阁下的邀请访问印度，受到印度政府和印度人民的热情接待，今天又蒙尼赫鲁总理设宴招待，并有机会和诸位高贵的朋友们见面，感到非常荣幸。请允许我向您、尊敬的总理先生，并通过您，向印度政府和印度人民表示衷心的感谢！"

周恩来说："中国和印度，两千年来就一直存在着传统的友谊。近几年来，印度共和国和中华人民共和国在平等互利和互相尊重领土主权的基础之上所建立的外交关系，使已经存在于两国之间的友谊得到了新的发展。"

周恩来强调说："中国政府和人民十分重视与印度政府和人民的友谊。我们两国之间的关系现在正日益加强，文化和经济的联系正日益发展。尤其是今年 4 月间，中印两国关于西藏地方和印度之间的通商和交通协定的签订，不仅进一步加强了中印之间的友谊，而且体现了两国互相尊重领土主权、互不侵犯、互不干涉内政、平等互惠、和平共处的原则。这就提供了国际间以协商方式解决问题的一个良好的范例。"

周恩来用敏锐的目光扫视一下会场，见所有与会的人都在聚精会神地听他的讲话，说道："中印两国都是爱好和平的国家。中国人民很高兴有着印度这样致力于和平的邻邦。对于争取实现朝鲜停战的努力，印度做了有价值的贡献。对于争取停止印度支那战争，印度一直表现着关怀，并不倦地支持日内瓦会议关于恢复印度支那和平的努力。很显然，印度的这种立场，对于维护亚洲和平有着重大的意义。"听众发出一阵热烈的掌声。

周恩来提高声调指出："亚洲人民都是要求和平的。目前对于亚洲和平的威胁是外来的。但是，今天的亚洲已经不是昨天的亚洲。外来的力量可以自由决定亚洲的时代已经过去了。我们深信，亚洲爱好和平的国家和人民的团结一致，将使战争挑拨者的计划归于失败。我希望中印两国为着维护亚洲和平和崇高目的而加紧合作。"

周恩来举起手中的酒杯说："为了中印两国的友好合作，为了印度的国家繁荣和人民的兴旺，尊敬的总理先生，请允许我，为您的健康干杯！"

尼赫鲁笑容满面地站起来，举着杯子，"叮"的一声，两个伟人的酒杯碰到一起。

与会的每一个人都举起手中的杯子朝着周恩来呼着"印地秦尼巴依巴依"（印中人民是兄弟）的口号。

周恩来随即走进人群，一个一个地干杯，人们看到周恩来风度高雅、温和有礼，使人觉得亲切、周到，平易近人，没有一点大国总理的架子，都深受感动，男男女女都围上来同他碰杯交谈，有的还请他签名留念。尼赫鲁见周恩来如此举动，心中暗暗佩服他会做工作，得人心，他也不自觉地走到人群中同大家交谈起来。这种热烈友好的场面，直到舞蹈开始才结束。

尼赫鲁陪同周恩来观看印度著名舞蹈家乌黛·香卡等表演的印度民族的婆罗多、卡塔卡利、卡塔克、曼尼普利等古典舞蹈。

周恩来非常喜爱音乐舞蹈，他的交际舞就跳得很好，可是印度的古典舞他是第一次看，虽然一天紧张的活动难免有点累了，然而他一看演员们翩翩起舞，精神立即大振，全神贯注地仔细观看。他见演员们从头到脚全身每一个部位都有动作，都有舞姿，都有技巧，表演出千变万化的感情，尤其是手势，放在身体的不同位置上，可演绎出上千种姿态，表达成千上万语言和喜怒哀乐的情感。周恩来看完表演后高兴极了，他走上去同乌黛·香卡等演员一一握手，并连连称赞："你们跳得真好，真是优美动人。印度的古典舞蹈是一个优秀的民族舞蹈，非常美丽，而你们表演得更是尽善尽美，我欢迎你们到中国去演出！"演员们热烈鼓掌，连声说："感谢总理阁下的赞扬和邀请！"

尼赫鲁对演员们说："中国的舞蹈也很有名，你们要好好学习！"然后又对周恩来说："阁下，您知道吗？我们印度古典舞蹈已有两千多年的历史，要比欧洲的芭蕾舞形成早得多，您在欧洲看过许多芭蕾舞，您觉得印度古典舞与它有什么不同？"

周恩来沉思一会儿说："芭蕾舞注重于腿和足尖的技巧，印度舞侧重于身体和手指的技巧；芭蕾舞是直体站立，印度舞是身体前倾站立；芭蕾舞讲究修长的直线美，印度舞讲究弯曲的曲线美。"

"讲得好，把芭蕾舞和印度舞的区别说得很清楚，很透彻，看来您对舞蹈是个内行，难怪人说您是交际舞蹈家。"

周恩来笑笑说："我只是一知半解，班门弄斧而已。"

两人说说笑笑一道走出大厅。

周恩来回到下榻处已是午夜1点钟了。

6月27日晨6时，由印度外交部副部长梅农陪同，周恩来乘飞机到阿格拉参观泰姬陵和莫卧儿皇宫。陪同人员和接待人员向周恩来介绍：泰姬陵原是莫卧儿王朝第五代皇帝沙杰罕为埋葬他的爱妻塔兹·玛哈尔而建的陵墓。塔兹·玛哈尔原名阿姬曼·芭奴，她具有波斯的血统，聪明美丽，性格温和，能诗会画，长于音乐。沙杰罕十分宠爱她，无论是出征或巡游都带着同行，始终形影不离。在沙杰罕未继承王位之前，因与父王杰罕基发生矛盾而遭放逐的 7 年里，阿姬曼·芭奴一直伴随丈夫左右，为他分忧。沙杰罕即位后为了感激她，赐给她一个"塔兹·玛哈尔"的封号，意思是"宫廷的王冠"。印度人将她称之为"泰姬曼·玛哈尔"，简称泰姬。

1630 年，沙杰罕南征，泰姬随行，在归途中生了一个女儿，因为她婚后 19 年间生了 14 个孩子，生产太多，身体虚弱，又加随军征战，东奔西走，过于劳累，便死在宫帐之中，那时她只有 38 岁。她临死的时候，沙杰罕一直守在她的身边，十分悲痛，问她："你若死了，叫我怎样表示对你的爱情呢？"

泰姬说："如陛下不忘记我，请勿再娶，替我营造一个大坟，让我的名字得以永远流传后世，那么，我此生一切都满足了。"沙杰罕含着眼泪只是点头，泰姬便含笑长逝了。接待人员一边介绍，一边陪同周恩来一行走进泰姬陵 32 米高的巍峨塔的大门。周恩来从门楼向北望去，只见洁白的陵墓，陵墓的四角为略低于陵墓的高塔，还有大花圈、水池，陵墓倒影在水池中，十分美丽。

周恩来赞叹地说："好壮观啊！难怪被称为世界七大奇迹之一。"

陪同找来一位导游，一面引导沿着水池向陵墓走去，一面介绍说：沙杰罕是个忠于爱情的人，果不食言，他立即在阿格拉城外，皇宫旁边朱木拿河畔建造泰姬陵。他从土耳其请来一名叫穆罕默德·阿凡提的工程师来设计，每天有来自印度各地、波斯和中亚等国的两万名工匠。从 1631 年也即是泰姬死后的第二年开始建筑，花了 22 年时间，耗资 6 亿 5 千万卢比才建成的，这座墓完全用纯白的大理石造成，内外都用五彩宝石嵌成花纹，墓的中间大圆顶高 250 尺，四角四个塔高 137 尺，宽长 300 尺的方形平台，整个陵墓是以波斯地毯的花纹为蓝图设计的，由于采用特殊的设计，墓的四周四根大柱子是向外倾斜的，如果发生地震时，万一被震毁只会向外倒下，而不伤及美丽的中央圆顶。

周恩来饶有兴趣地听其介绍，并说："这个陵墓的建筑可算建筑学上的瑰宝，从外表上看，她兼有整体规划的雄壮的男性阳刚之美，又有一种特别雍容华贵的女性阴柔之美。"

梅农和导游者又惊奇又赞佩地说："总理，您看那上面精雕细刻着种种图案和花纹。"

"玲珑剔透，美丽壮观！"周恩来一边说，一边用手指着说，"你们看那在大理石上边刻出的形状的沟槽，嵌入玛瑙、珊瑚、水晶、松绿石，金光闪闪的，如同进入龙王的水晶宫了。"他又发问道："怎么有些只成空槽了呢？"

梅农回答道："英帝国主义统治时，把这里最珍贵的宝石盗走了，现在留下一个一个空洞。"

"帝国主义就是掠夺，英法联军侵入北京，把中国最有名的圆明园的宝物抢劫一空，而且还把它烧了，后来八国联军攻入北京，又进行一次大掠夺。"周恩来说。

"还把故宫里的金水缸外面的金子全部刮走了，现在参观的人看到水缸，就激起对帝国主义的憎恨。"乔冠华补充说。

"所以，我们大家要联合起来，反对帝国主义和殖民主义呀！"周恩来对梅农和其他陪同人员说，"你们要利用这个教育人民，激发大家的爱国主义。"梅农和陪同人员连连点头："总理说得对，我们现在没有将空洞重新嵌上宝石，一是没有这笔费用，一是为了让人知道这是怎么回事。"

走到陵墓下层，并排放着的泰姬和沙杰罕的两个墓也是雕花剔透，墓上和四周小围墙嵌有红绿黄黑蓝各种珍贵的宝石，透明发光，五彩缤纷，美丽至极。导游告诉周恩来说："待一会儿，我们参观皇宫时，就会明白为什么沙杰罕也葬在泰姬陵里。现在我们去陵园的大草坪走一下，因为时间太短，只能走马观花了。"

于是从陵墓里出来，转到它的后面，站在宽大的大理石平台上往下看，脚下便是朱木拿河，河水平静地流着。导游说，沙杰罕原计划在河对面建一座自己的陵墓，并且在朱木拿河上修一座桥，同泰姬陵连接起来，可惜没有实现。原因是什么？参观皇宫时自然就明白了。

然后，又走到大草坪，碧绿的草地，整齐的树木，许多游人在草坪上休息、游戏、用餐。导游说："整个陵园是一个长方形，陵区南北长 580 米，宽 305 米，总面积为 17 万平方米。她的周围既无山林，也无高的建筑，只有天空、白云，仿佛整个天幕都是属于她的。到了晚上，陵墓在皎洁的月光照耀下，白色的大理石和五颜六色的宝石，本身便成了一个发光体，放出柔和的、妩媚的、异样的光彩，衬托着夜晚的天空。朱木拿河映着她的倒影，构成一幅绝妙的佳景，令人心旷神怡。许多男女，在这景色下翩翩起舞，别有一番情调，可惜总理阁下今天看不到了，希望以后再来观赏这一胜景。"

"非常感谢导游小姐，不仅导得好，而且讲得好，请你向陵园管理处负责人转达我们的问候，希望把陵园管理得更好。"周恩来说完与导游握手告别。

梅农等又陪同周恩来一行参观沙杰罕的皇宫，一进门已有许多工作人员排队热烈欢迎。导游说，这个皇宫又叫红堡，是沙杰罕和他的父王沙罕基建的。今天因为时间关系只能看很少一部分了。梅农说："就看沙杰罕的住处吧。"于是导游引导到一幢位于朱木拿河旁边的宫殿里。这座宫殿完全是穆斯林式的建筑，有议事的宫殿，会客的客厅，处理政事的地方，沙杰罕的卧室以及用人们住的房子和厨房。

导游说："沙杰罕在泰姬死后，整天待在这里，不言不语，默默地坐着流泪，几乎有一个月不理政事，从此便常常独自饮酒，不喜欢歌舞了。以后竟至老鳏居，不曾再娶。他每隔 7 天，便披上白衣到泰姬陵去献花。1685 年，因他病重，四个儿子互争王位，结果第三个儿子奥兰齐白胜利，把长兄赶走，小弟软禁，也把父亲沙杰罕禁闭在这个古堡中，自己便在德里即了王位。沙杰罕在古堡中天天眺望一英里以外的他的妻子的坟墓，8 年后老病而死。在他弥留之际，还从病榻上昂起头来，凝视着泰姬陵好久才长叹一声倒枕气绝。泰姬死了 33 年，他还是天天在想念她，对爱情是何等忠贞。沙杰罕原计划用黑色大理石给自己在朱木拿河对岸修一座与泰姬陵相同的陵墓，因后来无权没有建成，所以在他死后，由他的小女儿将他葬在泰姬旁边。"

"这是一个很有趣的故事，说明有的皇帝也有真正的爱情。"乔冠华不无感慨地说。在飞回德里的路上，大家的话题仍是泰姬陵和沙杰罕夫妇的爱情。认为泰姬陵是把蒙古、波斯、土耳其和印度的传统艺术有机地结合在一起，并有新的创造和发展，形成莫卧儿王朝独特的风格，把印度的建筑、绘画、雕刻、陵园艺术推进到一个新的高度，成为最完善的艺术，可以说是达到了顶峰。

周恩来深有感触地说："泰姬陵已不仅是陵墓了，而是印度和亚洲人民的心血和智慧共同创造出来的一个具有巨大魅力的艺术瑰宝了。这种精美的艺术和巧妙的建筑技术结合起来、浑然一体，很值得我们后人学习。"

与尼赫鲁举行第五次会谈

周恩来："有两个问题想谈一下，中印两国总理发表了联合声明后，我在缅甸与吴努总理会谈后，也要发表一个联合声明，其性质与中印声明相同，不过更着重中缅之间的关系。将来有机会，中国也与印尼发表一个联合声明。这次不能会见印尼总理，可以通过外交途径先联系一下，尼赫鲁总理曾说在适当时机，再用另一种形式来发表一个东西，现在还很难确定这一形式究竟是各国联合起来，还是一国对一国。那么尼赫鲁总理的想法是认为第二步的形式，视今后的发展再定呢，还是现在就定下来作为一种努力的方向？"

尼赫鲁："我想下一步具体的是什么，要看印支的发展而定。阁下的下一步就是在缅甸与吴努会谈后发表一个声明。声明中可以说，考虑了在德里发表的声明，同意其中提及的一般原则，并认为这些原则适用于中缅关系，这样就对中印声明表示一般性的同意，然后具体提到中缅的关系。至于印尼，这次阁下不能遇到印尼总理，因此通过外交途径是很适宜的，我会写信给印尼总理，并附送他一份中印声明和会谈情况。假如他愿意的话，就可以通过他的大使与中国商谈一个联合声明，其中对中印声明表示一般同意外，再具体提到中国、印尼之间的关系。再下一步就看印支发展了。"

周恩来："如果第一步是发表中印声明、中缅宣言、中国与印尼之间的声明，这对于亚洲就会有很大的影响，也许别的国家也可能愿意作这样的声明。另一方面，可能有些新的发展，有利于印支的停战。印支的和平恢复后，关于下一步的方式就有多种可能，尼赫鲁总理认为现在不固定于一种方式，以免排除其他方式，这是很实际的，我完全同意。不过，除此之外，我们似乎应该有这样一个共同的认识，我们这一步是为了推动印支停战的，这一步成功了之后，我们应该继续做推动工作，这样才能保证世界的和平，对于前途，我们似乎应该有这种预定的想法，不知尼赫鲁总理是否同意？"

尼赫鲁："我们当然是要继续努力的。现在不清楚的，就是以后应该采取什么样的方式，因为还有不确定的因素，我们的目的，是加强和创造和平区域与和平力量，在如此做的时候，我们不应直接地或间接地引起反对我们的力量，并从而制造冲突，我们所要采取的步骤，必须是能加强和平而不产生其他后果。至于下一步，当然要与今后发展的总情况一起考虑。目前美对艾登提出的《洛迦诺公约》，有一个极强烈的反响，这是有趣味的，因为，说明英国政府的想法正在与美的想法一天天分离，而英的想法是得到加拿大、澳大利亚和新西兰支持的。在这种情况下，我们应该鼓励英美意见不和，而不应该有助于英美再度一致。目前的这种发展，对于和平事业是有利的，英、法和美不一致，但同时英、法内部还有矛盾，因此应该使英、法的想法继续与美的想法不同，而不使它们又与美联合一致。我曾经提到艾登建议的《洛迦诺公约》，这一公约的细节是不重要的，但它使对立的国家在一起共同提供保证，在东南亚对立的国家就是西方国家、中苏和东南亚国家，究竟这样一个办法是否可能，那是一个复杂的问题，但至少与英的做法不同，而美是不想合作的。因此，我们在不作任何承诺的情况下，应该鼓励艾登的意见。"

周恩来："同意尼赫鲁总理的分析，在日内瓦会议上，法国曾提议与会的9个国家共同保证印支和平，梅农和我谈话中曾说，如果做到这一点，可以扩大，使其他国家也参加这种保证。对于法国的这一建议，中、苏、英都在会上给予了支持，但美迄今未表示态度。在讨论中监委问题时，法国问中监委应该对谁负责，中国代表团建议向参加会的保证国负责，艾登同意并建议与会各国建立一个机构，法国也同意中国的建议，但是美又保持沉默，因此会议上的情况，也证明尼总理刚才所说的。至于艾登用洛迦诺这个名词，也许是因为在欧洲比较容易使人懂得其含意是把对立的国家包含进去。"

尼赫鲁："是的，它不过就是含糊地有这样的含义，这与法国的建议实际上是一回事。艾登所以用洛迦诺字样，确是因为这名词在欧洲较易为人了解。现在的情况是：美采取了极端的立场，它不愿改变这种立场，也不希望别人改变这种立场，它不愿解决问题，除非对方投降。英、法、加较为现实，它们愿意解决问题，在这种情况下，就应该鼓励这些国家，以使解决成为可能。假如它们认为解决是不可能的，它们也不会采取美国的态度。在这一方面，加时常起重要的作用，它虽然也在美洲，并与美有密切的联系，但是加的人民和政府与美国有极大差别，我们常常发现跟加更容易谈，甚至有时我们通过加来与美打交道。"

周恩来："是否可以说清楚一下，为了推动亚洲的、首先是南亚的集体和平，我们在发表声明或宣言后，第一步是恢复印支的和平，然后继续努力，各种可能性都不杜绝，范围越广越好。首先是包括双方的国家越多越好，使得美不得不参加，如不参加就孤立在外，我们不反对美参加。如果它不愿参加，我们当然也没有办法。我与尼赫鲁总理之间是否可以有以上的谅解？"

尼赫鲁："那似乎是一种看法。我可以告诉阁下，在日内瓦会议之前，艾登曾写信来问我，印度是否愿意参加某种集体安全体系，他并未具体说明什么样的体系，我嘱梅农转告艾登说，首先我们不愿参加任何单方面的体系，接着一个问题，就是我们是否愿意参加一个集体的体系。我们愿尽力做我们能做的事，但我们不愿参加任何可能引导我们走上战争的体系。我告诉梅农，要他小心，不要把我们卷入战争。广泛地来说，某种集体体系，为了解决问题而把有关国家凑合在一起，那是对这一地区有益的。"

周恩来："如果把法国的建议、艾登的建议以及梅农关于东南亚有关国家也参加在内的建议加在一起，而美国不愿参加，那么，尼赫鲁总理认为是否还搞得起来。这种可能性是否会发生，因为美国可能参加，也可能观望。"

尼赫鲁："阁下知道美国有一个很不好的宪法，那个宪法继续了 170 年前殖民地时代的东西，总统、国会与最高法院之间互相牵制，即使总统想做一件事，他也不敢做，美国人是经常害怕选举的，而今年 11 月又将有一次选举。

"凯西上次来印度时告诉我，他对杜勒斯说过，如果不承认中华人民共和国就不能解决远东问题。杜说他必须照顾到舆论，而 11 月间将举行选举。由此可见，美国的一举一动要看许多因素，这也是美国政策混乱的原因。假如美国被孤立起来了，可能的一个结果，就是美国回到老的孤立政策，撤回它的援助，退回国内去，这不过是一种趋势而已，美国实际上是不会如此做的。美国可能最后了解了情况而决定参加，但是美国的政治是很混乱的，难以预测。在美没有一个人可以有权力代表美国说话，不像丘吉尔和艾登可以代表英国说话。"

周恩来："趋势是很复杂的，但我们不能等。假如印支的战争停止，和平实现，接着就需要保证，问题是美国是否参加，如它不参加，那是对和平不利的，因为保证是为了和平与防止战争的。"

尼赫鲁："不管怎样，我们是应该尝试的，不论美的态度如何，英美关系现在处于关键时期，应该使英觉得一般地讲它得到其他国家的支持，这样才能孤立美国。"

周恩来："同意尼赫鲁总理所说的最后一点，我们为的是和平而不是制造对立。以后在这方面希望能经常交换意见。"

尼赫鲁:"当然,还有一点与刚才所说的是有关的,美国人民感到到处碰壁,因他们看到美政策到处都失败了,而别的国家又不追随美,这种感到到处受挫折的人究竟会做出什么事来,是很难预测的。我知道中英政府之间已经互相接触了,这是极有利的。"

周恩来:"在这次日内瓦会议中,中英关系有了一个良好的开始,艾登在议会报告时,曾说这是一个成就,我们希望一步一步地加以发展。中英之间的谈话不能像中印之间那样直率,但是我们仍要与英接触,这对世界和平有好处。"

尼赫鲁:"中国在最近的将来会派大使去吗?"

周恩来:"可能。现在派的是代办,英在联合国内态度应该有所改变才好。我们不要英赞成中华人民共和国参加联合国以后就会使中华人民共和国代表在联合国中取代国民党代表,但是英是应该表示它的态度的,不过这要慢慢地来。"

尼赫鲁:"完全同意阁下意见,英的态度是不够明确的,但是容易了解的,它赞成中华人民共和国参加联合国,但又怕美国,因此,必须权衡它的行动以及何时采取行动。伦敦还是一个重要的外交中心,在某些方面比华盛顿还重要,因此,中国政府很值得派一个代表去,不但可以和英政府接触,并且可以与联邦各国的代表接触。现在中英互派的代办已经不仅是谈判外交关系的代表,而是外交人员了!它可以处理侨务、外交事务和贸易,这是一个过渡措施。"

然后,两人又商讨一阵联合声明,具体措辞交乔冠华、梅农两人斟酌、推敲和润色。

在记者招待会上的周恩来

1954 年 6 月 27 日 6 时，周恩来在新德里总统府举行记者招待会。

周恩来首先向到会的印度记者和外国记者宣读了书面讲话，回答记者们在事前提出的问题。

他说：

（一）有些记者问我对于缓和国际紧张局势有何积极的建议。我觉得，反对战争、维护和平是缓和国际紧张局势的主要办法，朝鲜的停战使国际紧张局势缓和了一步。如果印度支那的战争能够停止，印度支那的和平能够恢复，国际紧张局势将能得到进一步的缓和。但是，我们不应忽视仍有人在阻挠印度支那交战双方达成光荣的停战。因此，爱好和平的国家和人民应该继续努力，使这种阻挠活动不能得逞。

（二）又有些记者问我对于增加亚洲国家间的合作有什么积极的建议。我认为，今年 4 月间中印两国所签订的关于中国西藏地方和印度之间的通商协定的序言上规定的五项原则，正如尼赫鲁总理所说的，应该成为两国关系的规范。这些原则就是两国互相尊重领土主权，互不侵犯，互不干涉内政，平等互惠，和平共处。这些原则，不仅对我们两国适用，而且对于亚洲的其他国家以及对世界一切国家都能适用。如果这些原则在亚洲更大的范围适用了，那么，战争的危险便会减少，亚洲国家合作的可能性便会更大。

（三）有人说，世界上的国家有大有小，有强有弱，如何能和平共处。

我们认为根据我刚才答复第二个问题时所提到的五项原则，世界各国人民的民族独立和自主权利是必须得到尊重的。各国人民都应该有选择其国家制度和生活方式的权利，不应受到其他国家的干涉。革命是不能输出的；同时，一个国家内人民表现的共同意志也不应容许外来干涉。如果世界各国都根据这些原则处理它们互相间的关系，那么，这一国家对那一国家进行威胁和侵略的情况就不会发生，世界各国和平共处的可能，就会变成现实。

（四）有人问，为了寻求维持亚洲和平和安全的共同措施，亚洲主要国家的总理是否应该有时会晤。我认为，为了寻求维持亚洲和平与安全的共同措施，亚洲主要国家的适当的负责人员彼此之间有时会晤进行协商是适宜的。

（五）有许多记者提出了关于加强中印关系的问题。我认为，要加强并发展中印两国间的关系，必须从多方面来努力。中印两国之间有着两千年的传统友谊，最近又根据两国互相尊重领土主权、互不侵犯、互不干涉内政、平等互惠、和平共处的原则，签订了《关于中国西藏地方和印度之间的通商和交通协定》，这就是为加强并发展两国的关系提供了新的基础。在这新的基础上，两国政府和人民在世界和平事业上的密切合作和经常接触，两国经济关系的发展和文化的交流，就能够使两国间的关系获得不断加强和发展。

有人说目前两国间的贸易额较小。我们认为，根据两国互通有无、互相帮助的精神和平等互利原则，在这方面可以找到扩大贸易额的办法。

（六）许多记者对于这几天来尼赫鲁总理和我们的会谈感兴趣。

我愿告诉诸位，尼赫鲁总理和我关于我们的会谈即将发表一个声明。我相信，我们这几天来的会谈是有助于亚洲及世界和平事业发展的。

周恩来读完书面答问之后，诚恳地说："诸位先生、女士，还有什么问题，请提出来，尽我所知再作答复。"

一位印度记者问道："请问总理阁下，听说和平共处五项原则是您首先提出的？"

周恩来谦恭地说："和平共处五项原则是时代的产物。第二次世界大战后，广大的亚非国家摆脱了帝国主义和殖民统治的枷锁，取得了民族独立，像中国、印度、缅甸、印尼等等国家，它们迫切要求建立新型的国际关系，代替旧的国际关系，改变那种以大压小、以强凌弱、以富欺贫的状况，巩固已经取得的独立地位，发展自己的民族经济和文化。因此，在中印《关于中国西藏地方和印度之间的通商和交通协定》的前言中写上了和平共处五项原则。所以应该说，是中印两国共同创建的。"

一位西方记者问道："那么，你们特别是您是怎么想出来的？"

周恩来笑笑说："我想起码来自三个渊源。"

周恩来的话立刻引起记者们强烈的兴趣，原先坐在后面的记者呼一下跑到前面来，没有座位，站在那里听中国总理的高论。

周恩来将他那受过伤的右手轻轻一举，两只眼睛射出智慧的光芒，侃侃而谈：

"第一个来源，要追溯到17世纪以后出现的关于国家主权、国家平等的思想，它与资产阶级独立国家的思想几乎是同时提出的。"

记者们频频点头，惊叹周恩来的学识渊博。

"第二个来源，是十月革命胜利后，列宁提出的不同社会制度国家和平共处的思想。"周恩来轻轻抿了一口印度红茶，又说："但是，当时，世界上只有一个社会主义国家，苏联处于资本主义包围之中，列宁考虑了维护苏联的独立和利益，因此提出了不同社会制度国家可以和平共处的原则。第二次世界大战后，世界上出现了一系列社会主义国家和众多的民族主义国家，更多的国家参加到国际关系中来，大家都要求有一个新型的国际关系原则，也就是说，和平共处五项原则是在新的历史背景下产生的，具有新的特点：列宁的和平共处，是指两种制度不同国家间的和平共处，也就是社会主义国家同资本主义国家的和平共处；而我们的和平共处五项原则，是适用于所有的国家，既是两种不同制度国家间的和平共处，又是相同社会制度国家间的和平共处，因此和平共处五项原则是一个普遍的原则，无论是大国、小国、强国、弱国、富国、穷国，毫无例外地都一律可以按照和平共处五项原则实行和平共处。此其一。列宁的和平共处没有规定具体条件和原则，而我们的和平共处五项原则，则是有条件、有原则、有保证的。和平共处五项原则，高度概括了国家关系中的基本原则，五项原则是一个统一的整体，各项原则是互相关联而不可分割的，互相尊重领土主权、互不侵犯、互不干涉内政，是各国之间建立正常关系的基础，是维护各国独立的必要条件。一个国家的独立，最主要的是看它的主权是否被尊重，领土是否完整，是不是被人侵犯，内政有无遭到别人的干涉。平等互惠，则是各国间进行政治、经济、文化、科学技术等方面的交流和合作必不可少的条件。只有真正做到尊重领土主权、互不侵犯、互不干涉内政、平等互惠这四项原则，才能够实现和平共处，和平共处也才有保证。此其二。我们的和平共处五项原则，是爱国主义和国际主义互相结合的。我们决不允许我们的民族尊严和民族利益受到侵犯，也不允许侵犯别人的民族尊严和民族利益。既珍视和维护我们自己的独立和主权，也要尊重和维护别人的独立和主权，既不容许别人侵犯我们的领土，也不容许侵犯别人的领土，既不容许别人干涉我们的内政，也不许干涉别人的内政。我们主张和平，主持正义，敢于为小国、弱国、穷国讲话，主张各国平等合作，共同发展。此其三。所以说，我们也可以说我们的和平共处五项原则大大发展和丰富了列宁的和平共处，创立了一个新型的国际关系准则。"

记者们听得津津有味，觉得周恩来分析得好，既有理论，又符合当前实际。

"至于第三个来源嘛，我就不想多说了。"周恩来语调平和而又有力地说，"请大家看看中国在新中国成立之前政治协商会议通过的《共同纲领》和我们新中国成立时政府公告中提出的在平等、互利及相互尊重领土主权等原则同各国建立外交关系。"

记者们听了周恩来这一席话，对和平共处五项原则有了比较透彻的了解，印度、苏联、南亚、东欧国家的记者认为和平共处五项原则，确是处理国际关系最好的原则，也有少数西方记者怀疑这样的原则能否行得通。

周恩来的眼光敏锐，从一些人的表情看出他们的心态。他说："通过几天的会谈，我同尼赫鲁总理都坚信我们的和平共处五项原则会受到各国人民和许多国家的政府欢迎的，因为它符合人民的利益，一定会具有巨大的感染力和生命力，成为大家公认的国际关系准则。"

记者们一阵热烈的鼓掌。随后，大家满意而归。

与记者们打交道，这是周恩来常有的事，如家常便饭一样。因为周恩来自学生年代起就善于写文章、演说。他是论文、通讯、纪事、诗歌、小说等各种体裁门门俱通，赴法留学之后，作品更多，尤其是通讯、时事评论更多，名为留学，实质起了记者、评论家的作用。现在保存下来他青少年时代的文稿，有190余篇，70多万字。文笔刚劲，见解精辟。许多材料看来也是采访来的，因此，他不仅熟悉记者的业务，而且也同情、支持记者的工作。1936年西安事变后，他一直同蒋介石、国民党进行谈判，办理交涉以及新中国成立后主持政务院和外交部工作，经常接见记者，举行记者招待会，回答记者们提出的各种各样的问题，包括一些棘手问题，并且利用记者宣传自己的主张、观点，党和国家的政策方针。周恩来学富五车，知识渊博，又是党和国家的决策者、总管家，对各方面的政策、方针都熟悉。周恩来还有一个特点，记忆力特别强，过目不忘，包括那些繁杂的数字，他都记得一清二楚。举一个例子，1950年冬，要作军费的年终决算和次年预算，事前三天，总理办公室就通知军委总后勤部部长杨立三、副总长张令彬、财务部长汤平等做准备。他们都是长期从事军队后勤工作，有名的算盘专家。他们都知道周总理一向严格细致、精打细算，在他的面前一点也马虎不得，于是他们突击了三天三夜，把成千上万的数字整理成一张张的报表。那天开会时，他们把报表发给与会人员，然后又逐项讲解，讲着讲着，周恩来突然叫道："停停，这个数字不对。"杨立三他们也不相信："不会吧，总理！这些数据我们都反复算过了。"杨立三他们感慨地说："哎呀，怎么得了，我们带着一伙人算了三天，还不如总理一瞬间边听边算的准确，真是天才呀！"所以，周恩来讲话很少用稿子，除了欢迎或宴请外国元首、首脑等隆重场合，或作政府工作报告时由外交部、有关部门或外事秘书起草稿件，经他审阅、修改外，一般都即席讲话，如给干部作报告、接待外宾、谈判、接见记者，举行记者招待会都不用稿子，最多纸上写个提纲、要点，或让陪同人员汇报有关情况就够了，而他就能有条不紊地讲起来，且逻辑性很强，滴水不漏，李连庆就曾很多次陪同他接见外宾、记者和进行谈判，他总是滔滔不绝、侃侃而谈，而且都恰到好处，令人口服心服。除了因他知识渊博，博古通今，学识功底扎实，还有超人的天赋、超人的组织才能、超人的精力，这与他长期革命斗争的磨炼，交际面广，接触的人和事多和勤奋好学是分不开的。

中印两国总理联合声明

27 日晚 7 时，尼赫鲁陪同周恩来前往印度故宫"红堡"，出席新德里各界人民在枢密殿外的草坪上举行的盛大欢迎会。

"红堡"是印度莫卧儿王朝第五代皇帝沙杰罕从阿格拉迁都新德里建立的皇宫，它位于老德里的东北角，是城中最主要的建筑群。它是一座宏伟壮丽的皇宫，1648 年建成，长 915 米，宽 518 米，城墙高 10 米，因其城墙和城门均用红砂石砌成得名（红堡）。堡内有勤政殿、枢密殿、后妃们居住的宫殿和珍珠清真寺等精美建筑。每年 8 月 15 日印度的独立日，印度总理要登上红堡的城楼主持展旗仪式，向在抗英斗争中牺牲的民族英雄致敬和纪念。

习习晚风吹拂着朱木拿河的水汽，清凉爽快，驱除白天的酷热，使人心旷神怡。红绿相间的灯光，尤其是大的探照灯把会场照得同白昼一样。周恩来、尼赫鲁两位总理走进大会会场，立刻爆发出雷鸣般的掌声，受到新德里市、印度中央政府的领导人和数万群众发自内心的热烈欢迎。周恩来按照印度的习惯双手合十，频频向欢迎的人群致敬。

随后新德里市市长致辞，接着周恩来讲话。他说："我们是带着中国人民对印度人民的深厚友谊来的，在这里，我们看到了印度人民对中国人民同样深厚的友谊。我们是带着中国人民对于维护和平的强烈愿望来的，在这里，我们看到了印度人民对于维护和平的同样强烈的愿望。我们大家都以极大的热情提到我们两国人民间悠久而动人的友谊。今天，当我们在这里集会的时候，可以满意地说，我们传统的友谊正在发展。我们大家都说我们两国对于持久和平的愿望；当我们9亿6千万中国人民和印度人民要求团结在一起的时候，一个为维护和平的巨大力量已经在形成中。这一切都使我深信，我们对印度的访问必将产生有价值的结果。"

当晚10时，周恩来又应全印广播电台的邀请，向印度人民发表广播演说，向印度人民祝福、致敬和感谢。

6月28日，新德里和北京同时发表《中印两国总理联合声明》。声明说，两国总理讨论许多对中国和印度共同有关的事项。他们特别讨论了东南亚和平前途和在日内瓦会议中关于印度支那所已经取得的发展。声明说：

> 最近中国和印度曾经达成一项协议。在这一协议中，它们规定了指导两国之间关系的某些原则。这些原则是：
>
> 甲、互相尊重领土主权；
>
> 乙、互不侵犯；
>
> 丙、互不干涉内政；
>
> 丁、平等互利；
>
> 戊、和平共处。
>
> 两国总理重申这些原则，并且感到在他们与亚洲及世界其他国家的关系中也适用这些原则。如果这些原则不仅适用于各国之间，而且适用于一般国际关系之中，它们将形成和平和安全的坚固基础。而现时存在的恐怖和疑虑，则将为信任感所代替。

声明强调说：

> 两国总理承认，在亚洲及世界各地存在着不同的社会制度和政治制度。然而，如果接受上述各项原则并按照这些原则办

事，任何一国又都不干涉另一国，这些差别就不应该成为和平的障碍或造成冲突。有关各国中每一国家领土主权的互不侵犯有了保证，这些国家就能和平共处并相互友好。这就会缓和目前存在于世界上的紧张局势，并有助于创造和平气氛。

声明说：

　　两国总理对于中国和印度之间的友谊，表示信心。这一友谊将有助于世界的和平事业，并有助于他们本国与亚洲和其他国家的和平发展。

　　两国总理同意，中印两国应维持密切的接触，以便两国继续保持充分的了解。他们很高兴能有这次会晤和充分交换意见的机会，使他们在和平事业中有更透彻的了解和合作。

这个声明一发表，在印度和世界上都产生了很大的影响，推动了亚洲和世界的和平。从此，和平共处五项原则，印度人称为"潘查希拉"，成为印度人人皆知的原则。

印度人为什么叫它为"潘查希拉"呢？"潘查希拉"是梵文的音译，原指佛教中的"五戒"。佛教规定在家的男女教徒应遵守五项戒律：一不杀生，二不偷盗，三不邪淫，四不妄语，五不饮酒。2000多年前印度孔雀王朝的国王阿育王因崇奉佛教，曾用梵文将五戒刻在石头上昭示世人。尼赫鲁则说："潘查希拉"渊源于印度的道德传统，它能使人联想到某些古老的观念。但它同过去的联系，又只是限于在一切宗教遗产中都可以找到的那种精神。

周恩来离印访缅

6月28日，周恩来一早便乘机离开德里前往仰光。沿途和机场欢送他的规模、规格、热情更大、更高，"印地秦尼巴依巴依"的口号声也更加响亮，可以说是满载友谊和会谈成果而去。正如他在机场发表的声明所说的，这次访问印度，受到印度政府和人民的热情款待，三天的中印会谈，已经取得了丰硕的成果。尼赫鲁总理在此次中印会谈中所起的积极作用，他为和平而做的努力，值得我们赞扬。

尼赫鲁和其他送行的印度高级官员听到周恩来的赞扬，个个眉飞色舞，认为周恩来不仅很注重外交礼貌，而且特别会做工作，争得了人心。

6月28日下午1时45分，周恩来的专机到达缅甸首都仰光。缅甸总理吴努、代理外交部部长吴觉迎、中国驻缅甸大使姚仲明、华侨代表徐四民及缅甸各界人士到机场热烈欢迎。周恩来在机场发表简短谈话，表示能有机会访问邻邦缅甸，深感荣幸，并向缅甸政府和人民热烈地致意。

周恩来在缅甸一天多的访问中，晋谒缅甸已故领袖昂山墓并献花圈、出席缅甸总统巴宇的宴会、缅甸代理外长吴觉迎的招待会、中国驻缅甸大使姚仲明的招待会，参观缅甸佛教圣地大金塔，题写"中缅两国人民胞波友谊万岁！"同总理吴努共进午餐。而主要的是同吴努进行了两次友谊的会谈。

与吴努举行两次会谈

在会谈中，周恩来首先介绍了日内瓦会议、与尼赫鲁会谈和中国的外交政策，愿意同缅甸友好相处。吴努第一次与中国总理见面和会谈，举止较为谨慎。周恩来善于察言观色，感到缅甸虽然与中国建交，愿与中国发展友好关系，在朝鲜和印度支那问题上态度比较好，希望通过和平谈判解决问题，但由于两国间历史遗留下来的问题尚未解决，美国和蒋介石集团又从中挑拨离间，对新中国存在疑虑和误会是很自然的。他非常理解吴努的心情和处境，谦虚地说："非常感谢缅甸支持中国恢复在联合国的席位，比较早地承认新中国，并且建立邦交，这是对新中国的支持。同时赞赏缅甸拒绝接受美援，反对美国在缅建立军事基地，同南亚其他国家一道支持解决印度支那问题。"

吴努一听，感动地说："总理阁下来访，我们非常欢迎，但说老实话，起初我不知道怎样进行会谈，后来同阁下接触，发现阁下是位非常谦虚、平易近人的人。我也就放心没有顾虑了。阁下知道，我们缅甸人口只及贵国的云南省，没法与中国相比，缅甸政府一直对中国存在疑虑，特别是领土问题。……"

周恩来听了吴努的肺腑之言，推心置腹地说："有些事情属于传说，有些问题出于误会。中缅两国应建立互信。我们愿意看到缅甸独立，有权自由选择大多数人民赞成的社会制度，并愿与缅甸友好合作，这是中国政府的一贯政策。最近我同尼赫鲁在联合声明中倡导和平共处五项原则，刚才我已向阁下做了介绍，中国和缅甸之间应当有一个带政治性的协定，如果缅方同意，中方可提出这样一种性质的协定，以有助于两国之间的友好关系和和平共处。但是，签订协定需要时间，因此，在此之前可先发表一个联合声明作为开端。"

吴努听了周恩来的一番话，感到既实在又有人情味，入木三分，兴致勃勃地说："您说出了我的心里话，我们是有亲戚关系的国家嘛。"

"对，我可以直率地告诉吴努总理阁下，新中国奉行和平政策，按照和平共处五项原则，与世界上一切国家友好相处，何况缅甸和中国还是亲戚关系，胞波情谊呢，更应该如此。"

吴努说："我同意发表联合声明，但在声明中，希望中国尊重缅甸的领土完整等六点建议。"

针对缅甸的疑虑，周恩来耐心地说："中国的立国政策，是把自己国家搞好，对别的国家没有任何领土野心，也不干涉别国的内政，我们认为革命是不能输出的，输出的必败！今后我们两国间发生什么问题，可以通过外交途径解决，就不会发生使对方误会的事情。"

周恩来诚恳而又合情合理的态度，使吴努非常满意，再次讲出他的心里话："阁下这次来访，起了很大作用，消除了缅甸人民对中国抱有的大部分恐惧。"

中缅经过友好协商发表联合声明，中缅两国总理于 6 月 29 日达成联合声明，并于当日在仰光和北京同时发表。

声明说，两国总理重申他们的立场，他们将竭力促进全世界的特别是在东南亚的和平，他们希望正在日内瓦讨论的恢复印度支那和平的问题将得到满意的解决。

声明说，关于中国和印度所协议的指导两国关系的各项原则，即：甲、互相尊重领土主权；乙、互不侵犯；丙、互不干涉内政；丁、平等互利；戊、和平共处。两国总理同意这些原则也应该是指导中国和缅甸之间关系的原则。如果这些原则能为一切国家所遵守，则社会制度不同的国家和平共处就有了保证，而侵略和干涉内政的威胁和对于侵略和干涉内政的恐惧，就将为安全和互信所代替。

声明说，两国总理重申：各国人民都应该有选择他们的国家制度和生活方式的权利，不应该受到其他国家的干涉。革命是不能输出的，同时，一个国家内人民所表现的共同意志也不应容许外来干涉。

声明最后说，两国总理同意中缅两国应保持亲密接触，以继续加强两国之间的友好合作。这次中缅会谈至为友好和诚恳。两国总理很高兴获有这次会晤机会，他们认为这是有助于和平事业的。

6月29日晚，周恩来圆满结束对缅甸的访问，乘专机回国。吴努总理和缅高级官员及数千群众、中国驻缅大使姚仲明及使馆全体人员、华侨代表等到机场热烈欢送，盛况空前，吴努同周恩来多次握手拥抱，依依不舍。周恩来在机场发表简短声明，说这两天来的中缅会谈是有成就的，在这次会谈中，双方所表现的相互谅解和友好精神，必将有助于加强中缅两国的邦交并巩固亚非及世界和平。

然后，周恩来一行登机，向欢送的人群招手致意。

周恩来这次出访印度、缅甸，不仅增进了彼此的了解和友谊，推动了亚洲和世界和平，也使尼赫鲁、吴努认识了周恩来的为人和才华，赢得了他们的信任和钦敬，还为以后的亚洲会议开辟了道路。

三、纵论国际形势和开展
和平共处的对外关系

周恩来的敬业精神，为古今中外所罕见。他每天在处理国内外大量的事务之外，便是阅读国内外的报纸、刊物、电传电报，研究分析形势，作出正确的判断，制定可行的政策。

争取英国，打击美国

1954 年 8 月 12 日，周恩来为接待英国工党代表团在一次干部会议上报告说，昨天，在中央人民政府委员会第三十三次会议上，我作了一个外交报告。今天我谈的一些问题，涉及日内瓦会议的结果和我国的外交政策。最近英国工党代表团将来华访问，我们将同西方国家的一个主要党派进行接触，这就要接触到外交政策方面的问题。

他说，去年年底，英国工党执行委员会通过一个决议，要求来华访问。今年 5 月间，我们以外交学会名义发出邀请，他们马上就决定组成以艾德礼为首的代表团来访。他们答复如此迅速，是同推动中英关系有关的。表面看来，我们邀请的是英国政府的反对党，实际上工党代表团来华访问是得到英国外交部支持的。美国对工党代表团来华一事很不满意，但英国对此不顾。这说明改善中英关系是双方的要求。英国对推进中英关系采取了主动的态度，在日内瓦，英国执政党通过艾登跟我们接触，现在反对党又来访华，都是证明。我们改善同西方的关系将首先从英国开始。这说明，世界上不同制度的国家是可以和平共处的。丘吉尔、艾登都这样说过。中印、中缅联合声明，倡导了和平共处五项原则，迫使艾森豪威尔也不得不说些和平共处之类的话。这是人民的要求，美国统治集团也不得不考虑这一点。

周恩来分析说，我们并不要英国改变制度。但是，和平是对英国有利的。要和平就得跟美国闹别扭。西方国家跟美国闹一点别扭，就能提高一点自己的地位。但是要闹，就得有点力量。英国的经济现在有些恢复，例如取消了配给制，依赖美国的倾向减弱了。法国要像英国一样敢于跟美国闹别扭，还得一个时期。法国是有生产力的。它要恢复经济，就要找出路，找广大市场。东西方贸易就是出路。中国 6 亿人口的市场很大，同中国发展贸易很有前途，西方国家都懂得这一点。我们跟西方国家改进关系，在政治上是和平，在经济上是贸易。美国害怕这两点，和平它怕，死抱住扩充军备和紧张局势不放；贸易它也怕，怕别人跟它竞争。我们可以根据这两条，跟一些西方国家结成统一战线。

周恩来强调说，我们应当重视英国工党代表团访华。搞好接待工作，对推进中英关系、对世界和平都有利，并且能扩大日内瓦会议的成就。我们应当把这件工作看得很重要，从思想上重视起来。我们的方针和态度如何？工党不是执政党，我们不好用政府名义邀请，因此用外交学会名义邀请，但工党代表团访华是受英国政府支持的。我们和英国有同和不同的，我们的态度是求同而不求异。当然，不同的地方，双方都不能去掉，不能要求双方改变立场和放弃立场，那是违背和平共处五项原则的。同在哪里呢？第一，双方要和平；第二，双方要做买卖；第三，它要取得政治资本，在国内多搞选票，就得推进中英关系。如果它换取选票，对我们有什么不好？英国对新中国的舆论是比较好的，和美国不同。在这三点上，我们是可以和它求同的。但有不同的地方，例如，我们是新民主主义国家，正在努力建设社会主义，逐步向社会主义过渡。周恩来又指出接待工作中应该注意的事项，他说，我们的立场、思想不必讳言。但是也不要跟他们争论马克思主义学说，争论社会主义制度的问题。讽刺、挖苦他们是不必要的。他们可能想混淆，说他们的国家化和我们是相通的，我们不要去混同，但也不要跟他去争论。要向他们说明，我们不干涉别的国家的内政，革命不能输出，各国的社会制度是由本国人民自己选择的。总之，我们要互相尊重，不扩大争论，扩大争论就会对立起来，那是不利的。凡是属于挑拨性的话，要顶回去。我们要讲求实际，目的是为了推进中英关系，争取和平合作。

周恩来说，关于内政问题，有什么说什么，根据实际情况讲。我们不要失掉立场，但也不必讳言我们的缺点。我们说，我们的制度是人民赞成的，但也有少数人不赞成。我们还是有先进落后的不同，小脚、辫子、抽大烟的人还是有的，但是少数。不要把我们说成十全十美。经济、文化落后现象，我们要承认。如工业就比英国落后，文化虽然源远流长，光辉灿烂，但从总水平来看，我们是落后了。自然科学、社会科学的水平都很低，从质量和数量看都是如此。有人说我们的自然科学落后，社会科学不一定落后，革命胜利了，又有毛泽东著作。不，社会科学的水平还是很低，革命胜利是由于政治觉悟，我们还很少把革命经验提高到科学理论水平上来。文艺也拿不出多少东西。总之，对我们的缺点错误毛病不必讳言，但是要有分寸，不要掩盖了主要的成就。这就是说，一方面我们不要把进步说得过分，另一方面讲缺点要实事求是，这样我们才能取得主动。我们应该抱着知过必改的态度，人家提出好的意见要接受，有缺点知道了要改，"知过必改"是中国很好的一句古话。我们大家在国家的大政方针方面是一致的，但容许各人见解有所不同，可以各抒己见，抱着一个诚实的、认真的、实事求是的态度。属于国家机密的问题，不要去谈。至于有人问，会讲英文的人能不能用英语讲话？在正式场合要讲中文，在个人交际场合能讲外国话的就讲，不必受拘束，有翻译反而不便。关于恢复中国在联合国的合法席位问题，英国不能一面承认新中国，一面又在联合国投蒋介石的票。我们并不要求英国保证恢复中国在联合国的合法地位，但英国应当投我们的票，这是合理和正义的要求。关于买卖问题，工党代表团可能要求我们多出口，只要双方本着平等互利的原则，中英贸易是很有前途的。

艾德礼，1883年生，1905年毕业于英国牛津大学，后任律师，并从事工会活动，1907年参加费边社，1908年参加独立工党，1922年当选英国下院工党议员，1924年、1931年两次担任英国内阁阁员。1953年起成为英国工党领袖，1942年至1945年任丘吉尔内阁的副首相，1945年7月英国工党再度组阁时任英国首相，1945年至1946年兼任国防大臣。在他的任内，推行主要工业国有化政策与社会保险制度，对外主张英美合作。在他的任内承认中华人民共和国政府，主张与中国建交。但参与美国发动的侵朝战争，同时也对美国政策不满。

周恩来一向说到做到，他非常重视接待以艾德礼为团长的英国工党代表团，亲自出面接待、宴请、会谈，还以全国政协名义，由郭沫若副主席出面举行欢迎会，北京市市长彭真举行酒会欢送，毛泽东主席接见了代表团。

周恩来在招待宴会上的讲话亲切友好，表示愿意与英国发展友好关系和贸易往来，并着力宣传和平共处五项原则。他说："英国工党代表团这次应邀来访问中华人民共和国，正是在最近中英关系已经有了改进之后。中国人民的愿望，是在这个基础上进一步增进两国人民之间的友好关系。英国工党是一个有广泛组织的政党。我们相信，英国工党代表团的这次访问，将会在增进中英友谊方面起积极作用。中华人民共和国政府和人民，愿意采取各种步骤来增进中英两国之间的和平合作，首先是增加双方之间的接触和发展并扩大我们两国之间的贸易。

"我们认为，互相尊重领土主权、互不侵犯、互不干涉内政、平等互利、和平共处的五项原则应该适用于一切国家的关系之中。采取这些原则，将有助于建立亚洲及全世界的集体和平。我们这种主张，是不排斥任何国家的。

"中英两国人民都是热爱和平的。中英两国在维护世界和平事业中的合作是必要的，中英合作的加强，不仅将向全世界证明两个制度不同的国家是可以和平共处的，而且有可能推动这种和平共处的原则适用于其他各国之间。这将有利于世界和平的巩固。"

在毛泽东、周恩来同艾德礼的会谈中，当谈到国际形势时，毛泽东、周恩来都说，现在的国际形势是好的，日内瓦会议以后有新的发展。中国是正在开始改变面貌的落后国家，经济上、文化上都比西方落后。但是，现在已经取得了改变的可能性。中国是农业国，要变成工业国需要几十年，需要各方面的帮助，首先需要和平环境。经常打仗不好办事，养许多兵是会妨碍经济建设的。我们要继续创造一个和平的国际环境。这也是英国、法国所需要的。中国、苏联、英国和其他国家都应该靠拢些，观点不要一成不变，情况就可以改善。这也包括美国在内，希望美国也采取和平共处的政策。美国这样的大国如果不要和平，我们就不得安宁，大家也不得安宁。这个工作英国人好做，因为我们和美国彼此对骂得很厉害。

反对中国的不是美国多数人，而只是少数人。《东南亚条约》，美国为什么不要中国参加？中国、苏联、英国、美国、法国都参加有什么不好呢？美国人做的事太不像样子，他们支持蒋介石，差不多每天都骚扰大陆。所以你们最好劝美国人：

〔一〕把第七舰队撤走，不要管台湾的事，因为台湾是中国的地方；

〔二〕不要搞《东南亚条约》，这也是违反历史的，要搞就搞集体和平公约；

〔三〕不要武装日本，武装日本的目的是反对中国和苏联，最后会伤害自己和西南太平洋各国，这是搬石头砸自己的脚，这种可能是有的；

〔四〕不要武装西德，武装结果不是好事，也会搬石头砸自己的脚。

让我们大家统统解除武装，我们自己的几个兵也都不要了。让我们中国、苏联、英国、法国这些亚洲和欧洲的国家倡议一下，向美国提出这个建议。

在谈到和平共处时，毛泽东说："你们问，你们和我们所代表的社会主义能不能和平共处？我认为可以和平共处。这里发生一个问题，难道只能和这种社会主义共处，不可以和别的事物共处吗？和非社会主义的事物，像资本主义、帝国主义、封建主义等共处吗？我认为，回答也是肯定的，只需要一个条件，就是双方愿意共处。为什么呢？因为我们认为不同的制度是可以共处的。我们和你们也可以合作。我们之间首先就不会打仗。何必打仗呢？我们不仅不会和工党开仗，也不会和保守党开仗。"

在谈到思想意识上的分歧和政治上合作的关系时，周恩来说："我们应该把两者区别开来。我们在思想意识方面的确有许多分歧。在这方面，任何一个党或个人都不能把自己的意志强加于另一个人。但是思想意识上的分歧，不应该妨碍一国与另一国、一国的一个政党与另一国的一个政党在政治上的合作，否则就没有和平共处的可能了。只要我们找到共同点，我们就有政治合作的基础。"艾德礼、比万等表示完全同意周恩来的观点。

在谈到中国人口问题时，英国驻华代办杜维廉说："中国人一般都有'养子防老'的想法，如果国家使老年人的生活有保障，中国人口增加的速度就会减慢些。"周恩来答复说："很对，但是人口增加的速度只能随着经济的建设和文化程度的提高才能逐渐地减慢。目前城市人口增加的速度就比乡村慢。将来政府还要提倡节制生育的办法。"

英国工党代表团对这次访问很满意。英国工党代表团总书记、代表团发言人菲利普斯在结束对中国的访问时，于8月31日晚在广州举行的中英记者招待会上说："在我们离开中国的时候，我们愿意对于我们在各地接受的盛情和款待，表示我们热烈的感谢。我们得到了各种各样的方便。我们已会见了在任何时候我们希望会见的政府人员、部长们和官员们。我们曾经与毛泽东主席有过一次长时间的会谈，并与周恩来总理兼外交部部长有过好几次长时间的会谈。我们愿意对于总理为我们花费的许多时间铭记我们的感谢。中国人民沿着现代化的道路建设他们国家的努力，使我们得到深刻的印象。我们看到了中国人民面对着他们所继承的原始的工艺技术和许多世纪以来社会停滞的后果所做的伟大努力。我们同情中国人民在这方面所做的努力。我们相信，这种同情和了解，应该由世界其他各地以立即的和实际的形式表现出来。我们深深地感到，由于缺乏交往所造成的彼此立场的许多误解。我们相信革命的中国发言人们有终止这种孤立状态的真挚愿望。在我们方面，我们最衷心地表达同样的愿望。我们相信，世界的和平有赖于中国和世界其他各地之间的更密切的交往。排他性的政策只能危害和平。

"我们相信，和平共处以及以此为基础的积极合作和相互贸易，会使了解更加增进，并且使我们大家都更加接近起来，从而减少战争的危险。

"虽然在新中国和西方的民主国家之间，毫无疑问存在着重大的思想意识差别，但是在我们看来，正如中国政府领袖们的看法一样，这些差别，对于和平共处和对于我们在许多有共同利益的方面进行合作，并不是一种障碍。"

由周恩来主持接待和进行大量工作的英国工党代表团取得了丰硕的成就。

政府工作报告中谈外交成就和政策

周恩来从日内瓦会议回国之后，便积极参加了自 1949 年中华人民共和国成立以来标志新胜利和新发展的里程碑的第一届全国人民代表大会，参加中国第一部宪法的起草，在人民代表大会上作的《政府工作报告》的准备和国家领导机构的设置与人事安排。这次会议决定将政务院改为中华人民共和国国务院，并在宪法中明确规定"中华人民共和国国务院，即中央人民政府，是最高权力机关的执行机关，是最高国家行政机关"。人民代表大会决定周恩来担任国务院总理兼外交部部长。

周恩来于 1954 年 9 月 23 日，在第一届全国人民代表大会第一次会议上作的《政府工作报告》中总结了新中国五年来在政治上、经济上和文化教育上的巨大成就，指出了各项工作的缺点并提出了今后方针任务，叙述了中国外交方面的胜利和当前的外交方针。

他在报告中说："我国同 25 个国家已经建立了或者正在建立外交关系，并同另外一些国家建立事务性的关系。

"我国同伟大的和平堡垒苏联已经缔结了友好同盟互助条约。

"我国同波兰人民共和国、捷克斯洛伐克共和国、匈牙利人民共和国、罗马尼亚人民共和国、保加利亚人民共和国、阿尔巴尼亚人民共和国、德意志民主共和国、蒙古人民共和国、朝鲜民主主义人民共和国和越南民主共和国的兄弟般的友谊和政治上、经济上、文化上的合作日益发展。

"中国人民和朝鲜民主主义人民共和国人民，在共同反对美国侵略和保卫远东和平的斗争中，已经结成了血肉相连的战斗友谊。

"我国人民一向关怀越南人民和印度支那其他国家的人民为反对殖民战争、争取民族独立而进行的英勇斗争。

"中华人民共和国一向重视同南亚国家和其他邻国的和平合作，并且重视印度这样的亚洲大国和平事业上的努力。

"我国同阿富汗和以色列建立正常关系的事宜正在接触中。我国也准备同尼泊尔建立正常关系。……

"中华人民共和国重视扩大各国之间经济、文化联系，因为这对于改善各国的经济状况，增加各国的相互了解，增进国际合作，都是很重要的。

"中国在国外约有1200万侨民。他们同侨居国的人民多年以来友好相处，并对当地的经济开发和繁荣做了一定的贡献。华侨是热爱祖国的。他们一般地并不参加侨居国的政治活动。几年来，在对我国不友好的国家中，华侨的处境很是困难。我们希望这些国家能够对我国侨民不加歧视，并尊重他们的正当的权利和利益。在我们方面，我们愿意勉励华侨，尊重侨居国政府的法律和社会的习惯。值得指出的是，华侨的国籍问题，是中国过去反动政府始终不加解决的问题。这就使华侨处于困难的境地，并且在过去常常引起中国同有关国家之间的不和。为了改善这种情况，我们准备解决这个问题，并且准备首先同已经建交的东南亚国家解决这个问题。"

接着，周恩来着重谴责美国坚持侵略战争政策，在欧洲和亚洲建立军事集团，制造分裂、干涉别国内政，指使蒋介石集团对我国沿海地区进行骚扰和破坏活动，美国第七舰队盘踞台湾海峡，阻挠中国人民解放台湾，统一祖国，加剧国际紧张局势。周恩来严正地指出："中国人民一定要解放台湾。台湾一天不解放，我国的领土就一天不完整，我国和平建设环境就一天得不到安宁，远东和世界的和平就一天得不到保障。"

周恩来的这个讲话，经过字斟句酌，反复推敲，表达的中国对外政策，那是极其准确、极其明白、极其有力的。

中苏发表联合宣言

1954 年 10 月 1 日，中华人民共和国成立 5 周年，中央决定大庆，邀请苏联、东欧、朝鲜、越南、蒙古等国派代表、代表团参加庆典观礼，并举行阅兵和群众游行。作为国家的总管家周恩来，当然是里里外外"一把手"了，忙得不亦乐乎。凭周恩来的才智和组织能力，一切都安排得井井有条、忙而不乱。

9 月 30 日晚，首都各界在中南海怀仁堂隆重举行中华人民共和国成立 5 周年国庆庆祝大会。

主席台上摆着棕树和鲜花，在银灰色丝绒的帷幕上正中悬挂着国徽，两旁缀有"1949、1954"的金色大字，充满了一片喜气洋洋的节日景象。

7 时 15 分，毛泽东、刘少奇、周恩来、朱德和全国人民代表大会常务委员会副委员长宋庆龄、李济深、张澜、罗荣桓、沈钧儒、郭沫若、黄炎培、彭真、李维汉、陈叔通、赛福鼎，国务院副总理陈云、彭德怀、邓小平、邓子恢、贺龙、陈毅、乌兰夫、李富春、李先念，最高人民法院院长董必武，最高人民检察院检察长张鼎丞，国防委员会副主席刘伯承、徐向前、聂荣臻、叶剑英、程潜、张治中、傅作义、龙云和苏联代表团团长赫鲁晓夫及团员布尔加宁、米高扬、什维尔尼克，波兰代表团团长贝鲁特，朝鲜代表团团长金日成，罗马尼亚代表团团长阿波斯托尔及团员格罗查，蒙古代表团团长桑布，捷克斯洛伐克代表团团长瓦·柯别茨基，匈牙利代表团团长赫格居斯，德意志民主共和国代表团团长博尔茨，保加利亚代表团团长达米扬诺夫，越南民主共和国代表团团长黄明槛，阿尔巴尼亚代表团团长什图拉等在主席台就座，出席大会的共有2000多人。

刘少奇主持会议。乐队奏起中华人民共和国国歌之后，周恩来作了庆祝中华人民共和国成立 5 周年的讲话。他说：

"五年前中国人民的具有伟大历史意义的胜利，引起了全世界进步人类的欢呼。但是外国帝国主义者和中国反动派却认定我们的人民政权是维持不下去的。美帝国主义不仅作这样的预言，而且千方百计地企图扼杀新生的中华人民共和国。但是五年来的事实证明，这种估计和企图都破产了。中国人民并没有被帝国主义者吓倒。我们坚定地走我们自己的路。""我们坚决地相信，社会制度不同的一切国家都可以和平共处，一切国际争端都可以经过和平协商的方法求得解决。""和平共处的五项原则应当成为指导各国之间的关系的基本原则。"

他的讲话，充满自信而又强劲有力，不断获得全场热烈的掌声。

周恩来讲完以后，赫鲁晓夫、贝鲁特、金日成、阿波斯托尔、桑布、柯别茨基、博尔茨、达米扬诺夫、黄明槛、什图拉等各国代表团团长讲话，一致赞扬并祝贺中国的成就。那时赫鲁晓夫刚刚当上苏联共产党第一书记，地位不稳，党内斗争激烈，他急需中国的支持，因此他的讲话最长，赞美之词也极多。

10月1日上午10时，首都举行盛大阅兵式和群众游行。毛泽东、周恩来及党政军各界领导人、知名人士和各国代表团登上天安门城楼检阅，各国驻华使节、各部门领导人，出席第一次全国人民代表大会代表，也在天安门前观礼。中共中央军委副主席、中华人民共和国国防委员会副主席、国防部部长彭德怀在中国人民解放军代理总参谋长聂荣臻的陪同下，分乘两辆敞篷车到天安门广场检阅海陆空三军仪仗队，并向中国人民解放军指战员发布号令，要求时刻警惕帝国主义的侵略，保卫祖国、保卫和平，准备解放台湾。

这一天，正是秋高气爽，万里无云，阳光明媚，景色宜人。

随后是盛大的群众游行队伍，载歌载舞，五彩缤纷的气球从少年先锋队队伍中升起，抬着《中华人民共和国宪法》、"我们一定要解放台湾"和各种工农业生产模型，以及文艺大军，行经天安门广场，欢呼声响彻云霄，整个北京乃至全国沉浸在节日的气氛中，为祖国的进步、强大而高兴而欢呼。

10月2日晚，周恩来在北京饭店举行盛大宴会招待各国代表团，毛泽东、刘少奇、朱德、陈云、宋庆龄、彭德怀等党政军领导人出席作陪。周恩来讲话，代表中国政府和人民欢迎和感谢各国代表不辞辛劳、远道光临我国首都，参加我国国庆盛典。

在国庆期间，周恩来或单独或同毛泽东一起，分别接见各国代表团，并就有关问题举行友好会谈。其中最重要的是同苏联代表团会谈并举行签字仪式，中国代表为周恩来，苏联代表为部长会议副主席米高扬，毛泽东、赫鲁晓夫等出席签字仪式。

《关于中苏举行会谈的公报》说：

应中国政府的邀请前来参加庆祝中华人民共和国成立5周年纪念日的，由苏联共产党中央委员会第一书记、苏联最高苏维埃主席团委员尼·谢·赫鲁晓夫，苏联部长会议第一副主席尼·亚·布尔加宁，苏联部长会议副主席阿·伊·米高扬，全苏工会中央理事会主席尼·米·什维尔尼克，苏联文化部部长格·费·亚历山德罗夫，《真理报》总编辑德·特·谢皮洛夫，苏联共产党莫斯科市委员会书记叶·阿·福尔采娃，乌兹别克苏维埃社会主义共和国建设材料工业部部长叶·斯·纳斯里金诺娃，苏联共产党中央委员会工作人员维·普·斯捷潘诺夫，苏联驻中华人民共和国大使普·弗·尤金组成的苏联政府代表团从 9 月 29 日到 10 月 12 日访问了中国。

在苏联政府代表团访问中华人民共和国期间，中华人民共和国国务院总理兼外交部部长周恩来，副总理陈云、彭德怀、邓小平、邓子恢、李富春为一方和苏联代表团为一方，就中苏关系和国际形势的问题举行了会谈。中华人民共和国主席毛泽东，副主席朱德，中国共产党中央委员会书记、全国人民代表大会常务委员会委员长刘少奇参加了会谈。双方会谈是在真诚友好和互相谅解的气氛中进行的。

现将中华人民共和国政府和苏联政府关于中苏关系和国际形势各项问题的联合宣言、关于对日本关系的联合宣言、关于旅顺口海军根据地的联合公报、关于现有的中苏合办股份公司问题的联合公报、关于科学技术合作协定的联合公报和关于修建兰州——乌鲁木齐——阿拉木图铁路的联合公报公布于后。

除此以外，还签订了关于苏联政府给予中华人民共和国政府 5 亿 2 千万卢布长期贷款的协定和关于苏联政府帮助中华人民共和国政府新建 15 项中国工业企业和扩大原有协定规定的 140 项企业设备的供应范围（苏联补充供应设备总值在 4 亿卢布以上）的议定书。

在两国政府的联合宣言中主要确认，"在两国间日益发展的全面合作方面和对于国际形势的各项问题上，两国的观点是完全一致的"。"中华人民共和国政府和苏联政府声明，中苏之间已经建立起来的友好关系，是两国根据平等、互利、互相尊重国家主权和领土完整的原则进一步密切合作的基础。""中华人民共和国和苏联将继续把它们同亚洲和太平洋区域的各个国家以及其他国家的关系，建立在严格遵守互相尊重领土主权完整、互不侵犯、互不干涉内政、平等互利、和平共处的原则的基础之上，这样就为发展有成果的国际合作，开辟了广泛的可能。"宣言中指责美国在东南亚建立军事集团，威胁亚洲和太平洋地区的和平安全，阻挠朝鲜的和平统一等。

在对日关系联合宣言中，主要指出，"根据《波茨坦协定》的规定，日本应当得到完全的民族独立，建立自己的民主制度，发展自己独立的和平经济和民族文化"。但是，日本的主要占领国美国，却粗暴地破坏了这些决定，践踏了日本人民的利益，把同上述的各大国协定相违背的《旧金山和约》和其他协定强加在日本身上。至今"日本仍然没有得到独立，继续处于被占领的地位。它的领土布满了美国的军事基地"，"日本的工业和财政依附于美国的军事订货，日本在自己的对外贸易方面受到了限制，这些都致命地影响了它的经济，主要地影响了它的和平的工业部门"。"伤害日本人民的民族自尊心，造成使日本人丧失信心的气氛，束缚日本人民的各种才能。"相信"日本人民会从自己身上找到足够的力量，踏上摆脱依附外国的地位和复兴自己祖国的道路，踏上同其他国家首先是同自己的邻国建立正常关系，并进行广泛的经济合作和文化联系的道路"。"中国和苏联的对日政策，是根据不同社会制度的国家可以和平共处的原则，并且相信，这是符合各国人民切身利益的。它们主张同日本按照互利的条件发展广泛的贸易关系，并同日本建立密切的文化联系。"

在苏联军队自中国旅顺撤退的公报中明确地说："现议定苏联军队自共同使用的旅顺口海军根据地撤退，并将该地区的设备无偿地移交给中华人民共和国政府。"在将苏联股份移交给中国的公报中规定：在"1950年和1951年，依照中国政府和苏联政府间所达成的协议，根据平等互利的原则，创办了四个中苏股份公司；在中华人民共和国新疆省开采提炼的石油公司；大连建造和修理轮船公司；组织和经营民用航空路线公司"。两国政府"已就各中苏股份自1955年1月1日起，全移交给中华人民共和国以供应苏联通常出口货物的办法，在数年之内偿还"。在科技合作公报中规定："双方将互相供应技术资料，交换有关情报，并派遣专家，以进行技术援助和介绍两国在科学技术方面的成就。双方供应技术资料，不付代价，仅支付用于复制各项资料、资料的副本所需的实际费用。""在修建中国兰州经乌鲁木齐到苏联阿拉木图铁路，和从中国集宁到乌兰巴托铁路由三国共同负责，苏联给予中国境内的兰州经乌鲁木齐段以全面的技术援助。"此外苏联还赠送中国拖拉机198台，汽车40辆，摩托车24辆，机力犁100辆，播种机120架，耕耘和粗耕机100架，耙1600个，收割机16架，割草机16架，各种修理机床14台，电焊设备2套，220千瓦发电站设备1套，无线电台13个，拥有100号码的电话总机1个，流动电影放映设备1部，并派若干专家前来协助工作。这一次中苏会谈和发表的联合宣言、公报，与1950年2月14日两国签订的《中苏友好同盟互助条约》、1952年8月周恩来率团访苏于1952年9月15日签字的中苏会谈公报，把1945年8月14日由国民党中央政府行政院院长宋子文和外交部部长王世杰按照《雅尔塔协定》的要求，为了使苏联出兵对日作战，而与苏联签订的《中苏友好同盟条约》中有损中国某些主权和权益的条款统统取消。如当时条约规定将中东铁路和南满铁路合并，"两国同意将两条铁路干线合并为一个铁路系统，称为中国长春铁路，由中苏共有，并决定组织商业公司经营之一"。"中苏两国的军事舰艇商业船只均可自由停泊旅顺港。苏联政府为防御目的，有在该地驻扎陆、海、空军的权利。""宣布大连为自由港，对各国商务和航运开放。允许苏联租用港口设备和装运的一半。"而1950年2月14日签订的《中苏友好同盟互助条约》《中苏关于中国长春铁路、旅顺口及大连的协定》规定"一俟对日和约缔结后，但不迟于1952年末，苏联政府将共同管理中国长春铁路的一切权利以及属于该路的全部财产无偿地移交给中华人民共和国政府"，苏联军队"自共同使用的旅顺口海军根据地撤退，并将该地区设备移交中华人民共和国政府"；在缔结对日和约后再处理大连问题。1952年9月13日，中苏会谈公报将中长铁路的一切权利以及属于该铁路的全部财产无偿地移交中国政府，并于1952年12月31日之前移交完毕。在1950年末，中苏签订相应的议定书，将大连港的财产、大连的行政管理权，于1951年初由苏方全部移交中方。考虑当时朝鲜战争的形势，中方于1952年8月，向苏方提议把苏军自中国旅顺口海军根据地撤退的期限予以推迟，经双方外交部长以换文形式予以确认。这次中苏公报宣布苏军将从旅顺口海军根据地撤退，完全交由中国支配，还交了四个合营企业。这些事实充分证明，新中国的"一边倒"政策，不是投靠苏联，听苏联的指挥，而是表明中苏两国政治立场一致。毛泽东说，我们"一边倒"是和苏联靠在一起，这种"一边倒"是平等的。周恩来说，"一边倒"的方针，就是"宣布了我国站在以苏联为首的和平民主阵营之内"。"就兄弟国家来说，我们是联合的，战略是一致的，大家都要走社会主义的道路。""社会主义各国的团结互助关系，是一种完全新型的国际关系。""互相尊重主权和领土完整、互不侵犯、互不干涉内政、平等互利、和平共处五项原则，应该成为世界各国建立和发展关系的共同准则。""社会主义国家间的相互关系就更应该建立在五项原则的基础上。"还说在同苏联等社会主义国家交往时,"我们外交工作者要加强自信心,发扬革命的爱国主义,这对我们外交工作者是非常重要的"。"既不要盲目排外,也不媚外。""主要是自力更生,但不放弃争取外援。""我们要靠自己,有苏联和人民民主国家的帮助当然很好,没有苏联和人民民主国家的帮助,我们也要建设社会主义。""有时我们的一些同志,把苏联的帮助说成是决定的条件,这是不对的。"这些就是"一边倒"政策的含义。在国家主权和利益问题上,他们更是坚定不移地维护,有损中国主权和利益的事,哪怕"连半个指头都不行",宁可"一万年不要援助"。这是何等的明确,何等的坚决,又是何等的气魄啊!所以经过同苏联几次谈判收回了中长铁路、旅顺、大连和四个公司的权利,以后又拒绝赫鲁晓夫提出要同中国搞联合舰队、长波电台等企图控制中国、侵犯中国主权的建议。

中日应该和平共处

周恩来极其重视对日工作。日本是中国近邻,一衣带水。日本的地理位置和它的国力,对亚洲,尤其是对东北亚和中国,具有重要的战略地位。日本战败投降后,美国独家占领日本,控制日本政治、经济、军事,并企图利用日本这个基地和重新武装日本,作为美国进行侵略和战争,遏制"共产主义"的基地和屏障。周恩来分析,日本现政府追随美国,敌视中国,难以直接进行工作,而日本人民则对美国的统治、沦为二等公民的地位极为不满,要求独立、自由的呼声日益高涨,反对美国占领、争取自治的斗争不断发展。中日两国又有2000多年友好交往的历史,许多人对中国,尤其是中国的历史、文化很有感情，希望改善中日之间的关系，发展两国的经济、文化交流。因此，周恩来考虑对日工作要从日本民间做起，从而推动官方。这就是后来称之为"以民促官"的方针。

1952年2月，周恩来批准以中国贸易促进会主席南汉宸名义，邀请日本国际经济恳谈会派代表出席于4月份在莫斯科召开的国际经济会议。在会议期间，中国代表愿与日本代表就中日两国间的交往进行磋商。日本方面立即表示同意，派出高良富、帆足计、宫腰喜助三位代表，他们冲破日本政府的种种阻挠和障碍，绕道巴黎到达莫斯科，5月间，这三位代表接受南汉宸和雷任民（中国对外贸易部副部长）的邀请到了北京。这是日本第一批民间代表，因为三人都是国会议员，所以也是政界代表访问中国。高良富即高衣富子，是日本女议员，战前的妇女活动家，在上海见过鲁迅，鲁迅曾题赠给她一首诗："血沃中原肥劲草，寒凝大地发春华。英雄多故谋夫病，泪洒崇陵噪暮鸦。"这首诗是1932年1月22日书写的，那时正是1931年5月至1932年2月蒋介石、冯玉祥、阎锡山中原大战之际，鲁迅有感而发。帆足计是日本参议员，在战前即以经济界的反战人士而出名，曾被日本军阀关进监牢。宫腰喜助是日本众议院议员，政治活动家。他们在中国访问了一个多月，签署了第一个中日民间贸易协定。

同年10月，中国发起亚太地区和平会议。日本应邀派出以南博教授为首的代表团，其中包括日本著名人士松本治一郎出席会议。会议决定成立常设机构，日本工会首领之一的龟田东伍为首任日本联络会常驻北京代表。第二年，他参加了以日本赤十字社为主的日本友好协会三团体，同中国红十字会谈判有关日侨回国问题，双方同意对愿意回国的日本侨民提供各种方便，帮助他们早日回国，与家人团聚。当时日在华侨民有3万多人，凡是愿意回国的，在3年之中都已陆续乘船东去。他们回国后，绝大多数从事中日友好，在日本引起良好的影响。日侨归国，也可以说是中日两国关系的突破，日方来华谈判代表团的出国护照上，目的地签的是中华人民共和国，说明日本政府不能不被迫承认新中国，并与之打交道。

1953年初，被称为"红色贵族"的西园寺公一和日本社会名流松本治一郎、山本能一等访华。后来西园寺公一成为常驻中国的"人民友好使者"，松本治一郎被推选为日本友好协会第一任会长。

1953年10月，以自民党参议员池田正之辅为团长的日本国会议员促进日中贸易联盟代表应邀访华，签订了第二次民间贸易协定。郭沫若以中国亚太和平委员会主席身份接见了代表团。他希望日本成为独立、民主、自由的国家。

1953年7月朝鲜停战之后，周恩来考虑亚洲形势发生了新的变化，中日民间的活动和交往已经活跃起来，他应该亲自出面同日本来访的重要客人会见，不仅是提高接待规格，而且可以亲自了解日本情况，掌握第一手材料和开展工作。这一年的9月，日本最有名的社会活动家、学者、日本拥护和平委员会主席大山郁夫，在莫斯科接受"列宁和平奖"之后到达北京。9月28日下午3时，周恩来在中南海西花厅接见了他，就中日关系问题进行了长时间的谈话。周恩来说，中日两国应在和平共处原则基础上共存共荣。过去日本军国主义侵华时最爱讲"共存共荣"。中国当然希望中日两国恢复正常关系，但日本同美国站在一起敌视中国，同台湾保持"外交"关系，这样就无法同我国建立正常外交关系。不过，在没有外交关系的情况下，也可以发展互相的经济和文化交流。周恩来说，日本应该是一个独立、和平、民主、自由的国家，同时可以有一定的自卫武装力量。当大山郁夫谈到战后日本面临的形势时，周恩来着重指出，日本人民面临着两种前途。一个是追随美国，成为从属于美国的军国主义日本，这是反动势力所要求的；另一个则是独立、和平、民主、自由的日本，这才是日本人民奋斗的目标。中国希望后一个前途。中日两国在和平共处的原则下实现真正共存共荣。周恩来说，阻碍中日发展友好关系的只是美帝国主义和在日本追随美国的一部分反动势力，而日本各界人士和广大人民一直要保持和发展中日友好的。大山郁夫说，在日中建立外交关系之前，可以先推动文化交流与经济往来。周恩来非常肯定地说，是应该从经济、文化着手，但中日两国之间的贸易关系必须建立在平等互利的基础上。有些日本人认为"中国工业化了，中日贸易就没有前途了"。必须指出，这是完全不对的。只有中国工业化，才能彻底改变过去那种所谓"工业日本，原料中国"的殖民经济关系，而建立起真正平等互利、互通有无的贸易关系。

这是周恩来第一次会见日本来访人士，谈话内容广泛扼要，涉及当前两国政治、经济、文化关系，令日本朝野注目。这次谈话，也为后来发展成为中日关系政治三原则和复交三原则奠定了基础。

1954年，在中日双方有几项重大措施，把中日民间关系向前推进了一大步。5月27日，日本参、众两院为感谢中国援助日本妇女回国，通过决议，让日本赤十字社邀请中国红十字会代表团访日。8月21日，中国政府发布特赦令，释放犯有各种罪行的日本战犯，并资助他们回国。这些回国的旧军人，后来他们组织"中归联"，从事中日友好。为了迎接中日贸易的新局面，日本成立了日本国际贸易促进协会，选出前运输大臣村田省为会长。

1954年9月，在中华人民共和国成立5周年国庆之前，日本派遣以学习院大学校长安倍能成为团长的13人学术文化访华代表团和以日本自由党副干事长山口喜久一郎为团长，包括铃木茂三郎、中曾根康弘等31人（包括出席斯德哥尔摩和平大会后来中国的议员）的日本国会议员代表团访华。这两个团在国庆节前来华，实际上是参加中国国庆，希望会见中国领导人，听取中国对日政策。

11月1日上午10时20分，周恩来在中南海紫光阁接见这两个代表团。紫光阁取紫气东来的意思，为清朝供奉祖宗牌位、画像的地方，新中国成立后稍加装修，为中央领导人接见外宾之用。

中国方面参加陪见的为人大常委会副委员长郭沫若、卫生部部长李德全、华侨事务委员会副主任廖承志、教育部部长张奚若等。

周恩来身着中山装，容光焕发，走进大厅。郭沫若等站起来迎接，周恩来同大家一一握手，让大家坐下，然后问廖承志等对日工作负责人关于代表团的一些情况后，便走到接见大厅门口迎接客人，与客人一一握手后，便进入大厅，待客人落座之后，周恩来就一一点名问客人的姓名、职务、哪里人氏，这是周恩来借以认人、进行调查研究的好习惯。当介绍到中曾根康弘、樱内义雄和园田直时，周恩来说你们还很年轻就当了议员，将来一定大器有成。果然被周恩来说中了，中曾根康弘后来当了5年首相，樱内义雄当了外相和众议院议长，园田直当了外相。周恩来真是慧眼识人，他不仅自己是千里马，而且也是伯乐。当介绍到黑田寿男时，周恩来说，你的名字我在战前就听说了，你是当时日本国会里唯一公开反对侵华战争的议员，我们很佩服，欢迎你再为中日友好而努力。黑田寿男后来参加左派社会党，成为日本国会众议员，20世纪七八十年代长期担任日中友好协会会长，多次率团访华。最后介绍到须藤五郎，周恩来说你是日本共产党推选出的议员，我们在延安的时候同日本共产党的代表接触很多，你们为反战做了不少工作，现在希望你们为中日友好而努力。

接着，周恩来说，我代表中国政府和人民，欢迎日本朋友来访，今天我想同诸位讨论中日关系问题，诸位有何想法和意见请先讲。

安倍能成说，我知道周总理很忙，在贵国五周年国庆的时候，有许多国家的代表团，您不仅要安排他们的访问活动，还要同他们会谈，另外还有许多国事要处理，不想占用您很多时间。我们代表团是为了促进两国科学文化交流而来的，但是这种交流也不能离开两国政治关系，我知道中国执行的外交政策是以和平为基础的，特别是您今年访问印度、缅甸时提出的和平共处五项原则就明确了。我想问一下，您认为日中两国的制度不同，能够和平共处吗？

山口喜久一郎说，我们日本国会议员访华代表团有幸参加贵国的盛大国庆活动，非常高兴。今天总理阁下又在百忙中接见我们，同我们商讨日中两国关系问题，对我们很尊重，这种友好的诚意，我们非常感动。我和铃木茂三郎、黑田寿男先生及代表团诸位都是赞成日中关系早日正常化的，但我坦率地说，日中关系正常化的障碍不在中国方面。

周恩来听了日方两个代表团团长的简短发言之后说：

谢谢你们的坦诚。现在我想就中日关系的关键问题讲些意见。

诸位先生可能会问，过去日本侵略中国，今天中国强大起来了，不会威胁日本吗？这一点，我可以向诸位保证，我们的确是为和平而奋斗的。犹如安倍先生所说的，这不是我们的一般政策，而是基本政策。从中日关系的历史来看，我们两千多年来是和平共处的。你们国家在海上，几千年都是独立的。……60年来，中日关系是不好的，但这已经过去。我们应该让它过去。历史不要再重演。我想这能够做到，因为在中日两国人民中存在着友谊。同几千年的历史比较，60年算不了什么。不幸的是，我们在座的人就处在60年的时期中。但是，我们的子孙后代不应该受这种影响。我们不能受外来的挑拨，彼此间不应该不和睦。我们从我们自己中间找到真正"共存共荣"的和平种子。我们认为这个种子是有的，让我跟诸位先生说一桩生动的事实。

1945 年 8 月 15 日以后，日本军队放下了武器。在那一天以前，我们打了 15 年的仗，可是一旦放下武器，日本人就跟中国人友好起来，中国人也把日本人当作朋友，并没有记仇。最大的最生动的一件事，就发生在东北。当时有许多日军放下武器之后，并没有回国，而和一部分日本侨民一道参加了中国人民解放军，有的在医院当医生、护士，有的在工厂当工程师，有的在学校当教员。昨天还在打仗，今天就成了朋友。中国人民相信他们，没有记仇。大多数日本的朋友，工作很好，帮助了我们，我们很感谢他们。他们完全是自愿来的，不是我们把他们俘虏了强制他们来的。去年大多数都被送回国了，有26000 多人。你们不信，可以去问问他们。曾经打过仗的人，放下武器就一起工作，而且互相信任。很多中国人受了伤，请日本医生动手术，病了请日本护士看护，很信任他们。在工厂中，中国人信任日本工程师，一同把机器转动起来。在科学院，中国的科学工作者相信日本科学工作者的研究成果。这是友谊，可以说是真正的友谊，可靠的友谊。方才改进党的先生说，我们是"同文同种"。所以我们要在这种友谊的基础上，改善中日关系是完全可能的。所谓"同文同种"也好，"共存共荣"也好，不是为侵略别人，也不排斥别的国家，我们为的是和平共处。

周恩来停了一会儿并招呼大家喝茶，他说，这是中国上好的龙井茶，喝了满口香味。

周恩来又开始他的谈话。他说：

诸位要问，我们工业化了，日本也工业化了，不会有冲突吗？事情是会变的。假如永远是工业日本，农业中国，那么关系是不能搞好的。日本朋友如何对待中国，希望中国永远是一个落后的农业国好，还是希望中国工业化好呢？这里有两条路。第一条路是不好的路，是制造战争的路。过去一百年的历史就是这样。不少帝国主义国家，为了争夺中国的市场彼此打仗，我们有这种经验。60年前的中日战争，日本打胜了。结果呢？西方来干涉了，它们也要在中国抢地盘。后来爆发了日俄战争，帝国主义国家为了划分势力范围，就在中国制造内乱，这就使中国人越来越穷，市场越来越小。这种事，虽然在一个时候对军国主义和军阀有好处，但对人民是没有好处的，何况中国人民今天站起来，再也不愿过这种日子，决不会让这种受苦的日子再回来。即使日本有极少数人想要复活军国主义，中国人民也绝不能让它再来侵犯。

另外一条路，是中国工业化。只有中国工业化和日本工业化，才能和平共处，"共存共荣"。这就是要求有一个和平的国际环境，让我们自己建设自己的国家。中国经济发展起来了，市场扩大了，就更需要同外界互通有无，开展贸易，贸易额也就会增加起来。只要中国人民生活水平提高了，购买力大了，他们就不能只在国内解决问题，这就需要输入，也需要向国外输出。日本是我们的近邻，你们对我们的市场和人民的需要，比任何外国都清楚，你们知道我们有什么东西，也知道什么东西你们最需要。今天，中日之间在贸易上虽然有障碍，贸易量很小，但是，只要两国关系友好地发展起来，前途一定是广阔的。中国国土大，人口多，需要量也大。随便举个例子，如日本需要我们的煤，我们多开一点矿，每年即可以增产上千万吨的煤，这个数目是很大的。人民的需要也很大，中国6亿人口，每人多用一点东西，数目就很可观。和平共处，就是平等互利，互通有无，"共存共荣"。文化交流更不要说了。历史上两国的文化往来很频繁，近80年来，中国学西方文化，许多是通过你们那里最早学来的。中国还活着的老一辈人，现在从事政治活动的，很多都在日本留过学。在座的郭沫若先生，就是留学生的重要代表人物，他曾经在你们的帝国大学学过医，日本文化给了我们这些好处，我们应该感谢。我出国留学也是最先到日本，住过一年半，可是日本话没学好。

但是，我在日本生活，对日本的印象很深，日本有非常优美的文化。历史上，我们的文化彼此交流，互相影响。所以按照正常的来往，中日的文化交流，有很大的发展前途，关键就是要和平共处，谁也不能有别的心思。这就是方才安倍先生提到的问题，即不同的制度，两个阵营是否能和平共处。我们认为完全有这种可能，只要双方有这种愿望。我们和印度就达成了这样一个协议。历史上，中国和印度从来是和平共处的，中国还受了印度文化的影响，特别是佛教，在座的也有佛教代表。中印两个民族互相信赖。印度虽然在经济上比日本落后，在政治上也是独立不久，但是它有信心，觉得两个大国可以和平共处。中国和印度虽然国家体制、社会制度不同，但两国知道彼此是可以和平共处的。我们倡导了五项原则，就是大家所知道的，互相尊重主权和领土完整、互不侵犯、互不干涉内政、平等互利、和平共处。我们和缅甸也达成了协议，发表了声明。我们认为，这五项原则，不应该只限于处理中印关系，它也同样可以根据这五项原则来彼此承担义务。去年，当郭沫若先生还是副总理时，曾和日本国会议员促进日中贸易联盟代表团谈到，如果日本成为一个独立自主的国家，那么，我们愿意和日本缔结互不侵犯条约。郭沫若这话是站在负责的立场上说的，现在他虽然不担任副总理了，可是这话仍然有效。

周恩来说到这里，拿起杯子抿了一口茶，并说诸位会抽烟的，茶几上有烟，尽管抽不妨事，我是不抽烟的，但有时疲倦了也抽一口提提神。

大家一听，会抽烟的人纷纷取烟，服务员急忙划火柴给客人点烟，顿时满屋香烟缭绕，烟雾腾腾。

周恩来见大家过了烟瘾，又接着说：

中日关系的障碍，正如山口先生所说，不在中国方面。诸位都很清楚，《旧金山和约》不承认中国，而承认台湾，说台湾代表中国，中国人民很伤心。我们承认日本人民的选择，日本人民投吉田先生的票，我们就承认吉田先生代表日本。如果日本人民投铃木先生的票，我们也承认铃木先生代表日本。这决定于日本人民的选择，不决定于中国，日本人民投谁的票，谁得的票多，谁组织政府，我们就承认谁。但是日本政府却采取了相反的做法，不承认中国人民所选择的政府，中国人民不要蒋介石，日本政府却承认台湾代表中国，中国人民当然伤心。是日本政府不承认我们，对我们采取不友好的态度。我也知道困难的根本原因不完全在于日本政府，因为日本政府的头上还有"太上皇"，就是美国。美国压在日本人头上，这是很不幸的，阻碍了中日关系的恢复。

当然，诸位还会问，尽管我们这样说，一旦中国强大了，武装起来了，是否会给日本造成威胁？我坦白地说，中国的强大武装是为了自卫，也只能是为了自己。我们不会侵略别人，我们宪法规定了我们的和平外交方针，中国人民也不允许我们违背这个方针去侵略别人。近百年来，中国人民受罪受够了，我们不愿意把这种痛苦加在别人身上。我们懂得这个痛苦，我们同情别人的苦难。因此，希望亚洲各国能够和平共处，恢复正常关系，这对世界和平是有好处的。美国如果愿意和平共处，我们也欢迎，我们并不排斥美国，我们愿意同它和平合作，是它不愿意同我们合作。所以我们可以向诸位保证，我们坚持和平共处五项原则。尽管现在的主要困难不是来自我们方面，但是我们还是愿意尽一切力量，消除这些误会以及可以被美国利用的口实。我们希望诸位回去以后，就像在这里所说的那样，使日本当局也能改变一些自己的看法。

周恩来这个谈话，入情入理，简明扼要，政策水平很高，是一篇精彩之作。日本朋友听后很受鼓舞，决心为促进日中友好而努力，许多人成为中日友好关系的开拓者。

四、围绕台湾问题展开外交斗争

美国在侵略朝鲜的同时，于 1950 年 6 月 27 日发表声明，宣布美国政府决定以武力占领中国的神圣领土台湾。这是美国政府公开侵略中国、背信弃义、违反国际协定的一桩严重事件。周恩来当即以外长名义发表声明，严正指出：台湾是中国的领土，"这不仅是历史的事实，且已为《开罗宣言》《波茨坦公告》及日本投降后的现状所肯定。我国全体人民，必将万众一心，为从美国侵略者手中解放台湾而奋斗到底。战胜了日本帝国主义和美国帝国主义走狗蒋介石的中国人民，必能胜利地驱逐美国侵略者，收复台湾和一切属于中国的领土。"

美国占领中国台湾，乃是美国从中国台湾、朝鲜、印度支那三个方向包围中国大陆，威胁中国安全的重大战略部署。现在，朝鲜停战了，印度支那和平解决了，只有台湾，美国仍赖在那里不走，企图长期占领，变为美国一艘"永不沉没的航空母舰"，威胁中国和亚洲的安全。1952 年 9 月，美国同台湾当局签订"军事协调谅解协定"，规定国民党军队的整编、训练、监督和装备完全由美国负责，如果发生战争，国民党军队的调动指挥，必须得到美国的同意；协定中的防区包括台湾、澎湖、金门、马祖、大陈岛等岛屿，并在台北成立"协调参谋部"，由美国主持，并且支持蒋介石集团对中国沿海地区不断进行骚扰和破坏活动，制造紧张局势。

一定要解放台湾

　　周恩来善于审时度势，在日内瓦会议即将结束，访问印度、缅甸、同胡志明会谈后回到北京这段时间内，他同毛泽东、刘少奇、朱德、彭德怀、陈云等人考虑，经过朝鲜战争、日内瓦会议的较量，美国失败了，中国胜利了，有必要、有可能提出解放台湾的任务，进一步孤立和打击美帝国主义。毛泽东说："在朝鲜战争结束之后，我们没有及时在军事方面、外交方面采取必要措施和进行有效的工作，这是不妥当的，如果我们现在还不提出这个任务，还不进行工作，我们将犯一个严重的政治错误。"

　　周恩来讲得更明确、更清楚、更具体。他在一次干部会议上作报告时说："我们应不应该提出解放台湾的问题？我们早就提出过这个问题，现在提更是时候。远东有三个战争：朝鲜战争，印度支那战争，还有台湾战争。蒋介石在沿海进行骚扰性的战争，占据海岛十余个，空袭的架次很多，去年东山岛的战争，就是较大的一次，特别是袭击各国的通商船只，最近已经引起了国际上的注意。这不叫战争叫什么？因此战争实际上是存在的。只是因为前两个战争打得激烈，这个战争被掩盖住了。既然战争是事实，就应该提出来。解放台湾是中国的主权、内政问题，我们现在提出来是否适时？是适时的。我在日内瓦会议的第一次发言中就提出了台湾问题，那时不被人们注意。现在朝鲜战争停了，印度支那战争也停了，剩下来的就是美国加紧援助台湾进行骚扰性的战争。如果我们不提出解放台湾，保持不了祖国的完整版图，我们就会犯错误，也对不住自己的祖先。我们能不能收复？这要靠我们努力。等待胜利是不可能的，可能性是从斗争中取得的。因此，我们要提出解放台湾的任务，各方面进行工作，军事上、外交上、政治上、经济上都要做工作。对于国际共管的主张，我们绝对不能同意。美国要把台湾划在它的防线内，那更是无道理的。在朝鲜，美国尚可动员十几个国家，在印度支那就很困难，在台湾就更孤立。"他又说："我们和美国的斗争是：我们要和平它要战争，我们要真正的和平，它叫嚣战争，我们要集体和平，它要搞对立的军事集团。我们主张根据五项原则争取同各国和平共处。"

周恩来告诉大家："在东南亚，艾登主张搞一个《洛迦诺公约》，印度主张集体和平，建立和平地区，我们都赞成，但是美国反对，它想搞一个《东南亚条约》组织，目标是针对新中国的。现在已经有几个国家表示不愿意参加这个集团。我们愿意跟任何国家订立互不侵犯条约，如果菲律宾、泰国愿意，我们也可以跟它们订立，我们也可以跟英属马来西亚订立这种条约。美蒋双边条约是完全敌视中国人民的，要坚决批判。美国还想搞东北亚侵略条约，杜勒斯要把李承晚、蒋介石、吉田茂搞在一起，日本已经表示不干。对这个侵略条约也要批判。总之，对美国在太平洋地区搞侵略集团的企图，都要揭穿它！"

周恩来又分析说："美国的政策表现得很矛盾，很动摇。朝鲜战争失败的教训，使它不敢再打。日内瓦会议在朝鲜问题上没有达成协议，并不是说没有达成协议的可能性，只是因为美国一意阻挠，想保持国际紧张局势。在越南可以在选举、国际监督等问题上达成协议，为什么不能根据同样的原则在朝鲜达成协议？这是因为美国不愿意达成协议，但它也不能再打。在中央人民政府委员会的会议上，有人说：'美国既不能战，又不能和。'美国的情况是动摇、困难、矛盾，这是它的特点。例如，日内瓦会议关于印度支那问题的协议，似乎有它一份，又似乎没有，这样的外交真是世界奇闻。这样，怎能使西方的国家跟着它走？稍有见解的人都不会跟它走。世界上要求和平的呼声是普遍的。美国扩张军备的实力政策，不得人心，美国人民也反对。"

就是根据毛泽东、周恩来的意见和对时局、对美国的分析，中共中央于1954年7月作出了"一定要解放台湾"的决定。

8月11日，周恩来在中央人民政府委员会第三十三次会议上所作的日内瓦会议的报告中郑重地、坚决地提出："中华人民共和国政府再次宣布：台湾是中国神圣不可侵犯的领土，决不容许美国侵占，也不容许他国干涉。""如果外国侵略者敢于阻止中国人民解放台湾，敢于侵犯我国主权和破坏我国领土完整，敢于干涉我国内政，那么，他们就必须承担这一侵略行为的一切后果。"

同日，中央人民政府委员会在批准周恩来的报告的决议中，号召"全国人民和中国人民解放军，从各方面加强工作，为解放台湾、消灭蒋介石卖国集团，以最后完成我中国人民的神圣解放事业而奋斗"。

8月22日，各民主党派、各人民团体发表为解放台湾的联合宣言，热烈拥护周恩来的报告和中央人民政府委员会的决定。宣言明白地指出："为了保障祖国安全和领土完整，为了保障亚洲及世界和平，中国人民一定要解放台湾。台湾是中国领土不可分割的一部分，决不容许美国侵占，也决不容许联合国托管。"

但是，美国政府不顾中国的一再警告，反以武力相威胁，阻止中国解放台湾。8月3日，美国国务卿杜勒斯叫嚷美国要用海空军"保护台湾和澎湖列岛"；8月17日，美国总统艾森豪威尔宣布要以美国第七舰队武装干涉中国。8月19日，美国太平洋舰队总司令斯图普率领美国海军6艘军舰，侵入大陈岛一带中国海面，出动飞机160多架次在大陈岛海面上空活动。与此同时，英国首相丘吉尔散布所谓"台湾地位未定""台湾中立化""台湾独立"等谬论，帮助美国长期占领台湾和制造"两个中国"的阴谋。

用两手对两手

为了反击美帝国主义的侵略政策，周恩来与毛泽东商量，决定采取外交与军事相配合的方针，和平与战争交替使用的革命的两手策略，对付美国的军事讹诈和外交图谋。

1954年9月3日，中国人民解放军以声东击西的战略，开始炮击金门，拉开解放一江山岛战役的序幕。同时，周恩来在9月23日第一届全国人民代表大会第一次会议上所作的《政府工作报告》中，再次重申中国人民一定要解放台湾。他严厉警告："一切想把台湾交联合国托管，以及台湾'中立化'和制造所谓'台湾独立国'的主张，都是企图割裂中国的领土，奴役台湾的中国人民，使美国侵占台湾的行为合法化，这是中国人民绝对不能容许的。"

在报告中，周恩来在肯定中英关系的改进有利于世界和平时，又指出："最近以来，英国政府在一些重大问题上，竭力追随美国侵略集团的危险政策，特别是在美国侵略中国领土台湾的问题上，英国政府竟支持美国政府同蒋介石集团签订的所谓'共同防御条约'，鼓励美国强占台湾。这违背了英国政府在许多庄严的国际条约中所承担的义务，并且使中英关系受到了损失。中国政府对英国政府所采取的态度不能不表示很大的遗憾。"

10月10日，周恩来又以外交部部长的名义致电九届联大，列举大量证据确凿的事实，控诉美国武装侵占中国领土台湾，要求九届联大促使安理会制止美国的侵略行动，并责令美国自台湾、澎湖列岛和其他中国岛屿撤走其全部武装力量和一切军事人员。

可是，美国不顾中国的警告，一意孤行，竟同蒋介石于1954

年 12 月 2 日签订了"共同防御条约"，把台湾纳入美国军事防御范围之内，使美国的武装力量侵占台湾"合法化"。

毛泽东、周恩来迅即采取与美国针锋相对的斗争，以外交斗争揭穿美蒋条约的实质，以军事斗争击退美国的军事挑衅。

1954 年 12 月 8 日，周恩来以外交部部长的名义发表声明，向全世界揭露美蒋"'共同防御条约'是非法的、无效的"，"是一个露骨的侵略条约"，美国的目的是企图利用这个条约使它武装侵占中国领土台湾的行动合法化，并以台湾为基地扩大对中国的侵略和准备新的战争。

1955 年 1 月 18 日，中国人民解放军陆海空三军密切配合，只用了不到两小时的时间，以迅雷不及掩耳之势，一举解放了大陈岛的外围一江山岛，迫使美国撤走了它的舰队。美国和蒋介石惊恐万状，美国总统艾森豪威尔于第二天急切呼吁通过联合国斡旋"来阻止中国的沿海战斗"。

周恩来立即针锋相对地于 1 月 24 日发表《关于美国政府干涉中国人民解放台湾声明》，强烈谴责美国。指出解放台湾是中国的主权和内政，决不容许别人干涉中国人民解放台湾，中国政府绝对不能同意蒋介石集团实行所谓"停火"，美国政府及其追随者策动的所谓"停火"，实际上就是干涉中国内政，割裂中国领土。

也在这一天，美国总统艾森豪威尔向美国国会提出《关于正在台湾海峡发展的局势》特别咨文，主张由联合国谋求"停火"，并且公然要求国会授权他在必要的时候使用美国军队，来"保证台湾和澎湖列岛的安全"。对台湾以外的中国沿海岛屿，他要求国会让他辩明，如果中国人民解放沿海岛屿是"对台湾及澎湖列岛主要阵地的进攻的一部分或肯定是其预备步骤"，他也有权使用军队。1月 25 日和 28 日，美国参众两院通过紧急会议，批准了艾森豪威尔的要求。这样就加剧了台湾地区的紧张局势。

美国指使英国劝说中国

美国利用一些国家害怕战争的心理，推行"停火"诡计。像英国因为当时对远东紧张局势将影响它的利益，感到不安，在美国指使之下，让其驻华代办杜维廉约见中国外交部部长周恩来。1955年1月5日、1月28日和2月25日，周恩来三次在中南海西花厅会客室接见了他。英国要求中国"避免可能引起全面敌对行为的任何事件"，周恩来向他们阐明了中国政府对台湾问题的严正立场，批评了英国政府对华政策。这三次谈话非常有意思，显示了周恩来的谈话技巧，外交才华，既不失礼貌，不得罪人，又坚持原则，表明我国的严正立场。他用摆事实讲道理的方法，批驳对方的错误立场和政策。现将这三次谈话特别是第一、二次谈话做一比较详细的介绍。

第一次谈话：

杜维廉说："艾登外交大臣要我来转达一个有关中英一般关系的口信。"

周恩来说："好，请讲！"

杜维廉说："艾登外交大臣很失望地看到了周总理在对政协的报告中说的英国的态度在日内瓦会议之后有所改变。艾登要我来向中国政府保证，英国的态度不但在日内瓦会议之前，而且在日内瓦会议之后，都没有改变，英国的目的仍然是缓和远东局势和改善中英关系。五年来，英国政府只承认中国政府，而同蒋介石没有关系。艾登认为，现在不能用战争解决任何问题。英国不是美蒋条约的参加者。在英国看来，如果那个条约对过去的情况有任何改变，那就是引致约制。因此，英国政府表示欢迎。英国政府了解中国的立场，但是不可能期望美国撤除它对蒋介石的保护，因为美国把蒋介石看作是它的同盟者。艾登相信，和平解决和缓和紧张局势的唯一希望，在于每一个人都根据实际情况来为此而努力。英国政府的真诚愿望，就是中英之间有很好的关系，即使中英在远东问题上有分歧的意见。"

周恩来不假思索，立即回答说："中国政府同样欢迎和愿意改进中英关系和缓和远东及国际紧张局势。改进中英关系当然要双方努力。两国的制度不同，想法不同，并不妨碍两国和平共处和改进关系。不过，如果在有关'两个中国'的问题上存在着对立的做法，那么，无论如何是要影响两国关系的。我可以直率地问杜维廉先生，如果中国对香港采取不同的态度，会不会影响中英关系?"

杜维廉说："会的。"

周恩来说："英国对台湾的态度就是不对的，这不能不影响中英关系。英国不敢得罪美国，却来责备中国，这是不公正的。美国侵占台湾，美国海军在台湾海峡活动，美国帮助蒋介石占据我们的沿海岛屿并对大陆进行骚扰性和破坏性的袭击，又掠夺来我国通商的船只，包括英国的商船在内。但是，英国说这一切都是对的。中国去解放自己的领土台湾和沿海岛屿，打退蒋介石的骚扰性和破坏性的袭击，英国却说这一切都是不对的。这是不公正的态度，不能不影响中英关系。如果美占据北爱尔兰，并且帮助北爱尔兰进攻英伦三岛，而又说英国无权打退这种进攻，这行不行呢?"

杜维廉说："我不能同意周总理对英国态度的形容，英国不是始终支持一方和反对一方的。英国是了解中国的态度的。英国反对的是加剧紧张局势，支持的是缓和紧张局势。刚才转达艾登的口信，其中主要点就是要从实际情况出发，而不能期望美国撤除它对蒋介石的保护。英国的态度不是支持一方和敌视一方，而是真诚地以实际情况为根据。"

周恩来反驳说："关于英国的态度是否不敌视任何一方的问题，可以看看事实。过去的事实证明是相反的。举例来说，卡西亚先生对宦乡先生说，不要去论问题的是非，要承认事实。这句话代表英国政府态度中可疑的地方和不公正的地方。

"第一，台湾已经归还中国，是属于中国的。这是铁的事实，怎么可以怀疑。英国参加签字的《开罗宣言》《波茨坦公告》和《日本投降条款》都承认台湾应该归还中国。1945 年 10 月 25 日，中国政府的代表陈仪在台湾接受了日本的投降。因此，台湾已经归还了中国。怎么能说台湾的法律地位还需要研究？杜维廉先生在北京已经很久，一定会了解这对于中国人民的感情有多大的伤害。英国政府简直已经不是采取一个朋友的态度了。

"第二，对中国人民的感情伤害得更厉害的，是英国政府称赞美蒋条约，指责中国解放台湾。英国一方面说，如果中国使用武力去解放台湾，就会引致战争；另一方面，又要中国容忍蒋介石在美国保护下所进行的骚扰性和破坏性的战争。比这更坏的，是英国外交官纳丁在美国公然说，如果中国去解放台湾，英国将同联合国一起行动。甚至连美国舆论都不赞成这句话。这是完全敌视中国的态度。有这么许多事实摆在中国人民面前，却要中国政府不去论问题的是非。中国政府怎么能这样做呢？事实上，是非就在英国政府和中国人民之间。这样颠倒是非，是非常伤害中国人民感情的。我在对全国人民代表大会和对政协的工作报告中，提到英国是非常慎重的，并且是站在希望中英关系改善的立场上提出的。"

周恩来让客人喝茶、抽烟，自己也喝了一口茶，又说："除上边所说的以外，还有更令人愤慨的例子。美国强迫扣留了未经表达自己意志的朝中被俘人员，英国政府对此一句话不说。在日内瓦会议期间，我们曾提出这一问题。艾登外交大臣在同我谈话时说，这个问题还要去提吗? 甚至在同我个人谈话时, 艾登外交大臣都没有说过一句批评美国强迫扣留朝中被俘人员的话。

"但是, 关于判处13名美国间谍这样一个完全属于中国主权和内政的问题, 英国政府的代表却在英国的议会里对中国政府说了很不礼貌的话, 用了很坏的字眼。我建议杜维廉先生翻阅一下英国议会的记录。这种做法, 已经不仅是不论是非, 而且是颠倒是非。

"几个月来, 我们是很容忍的, 虽然同杜维廉先生见了多次, 但是从来没有向你表示过我们的不满。杜维廉先生或许已经感到了我们的舆论所表现的情绪, 现在我把中国政府的不满正式告诉你。"

周恩来在翻译译完了以后, 又说: "谈到国际紧张局势的问题, 那就要看紧张局势是从哪里来的。英国说是从双方来的, 甚至说是从中国方面来的。中国是致力于缓和紧张局势的。朝鲜停战谈判拖延了两年, 在快要达成协议的时候, 美国、李承晚又强迫扣留了27000多名朝鲜被俘人员。但是我们仍然赞成停战。艾登外交大臣在伦敦谈到印度支那问题时, 曾建议缔结亚洲的《洛迦诺公约》, 这是有利于集体和平的。我在新德里时曾对尼赫鲁总理说, 我们赞成这个建议。但是等到我第二次到日内瓦以后, 艾登外交大臣告诉我, 英国已经不再主张缔结亚洲《洛迦诺公约》, 因为美国反对。日内瓦会议以后, 英国同美国一起搞《马尼拉条约》, 这是我们反对的。英国不坚持我们已经表示赞成的建议, 却跟着美国来制造分裂。现在, 马尼拉的签字国又要在曼谷开会, 加深分裂。这如何能说是为缓和紧张局势呢?

"在朝鲜战争和印度支那战争都停止了以后, 美国把力量集中在台湾, 指使和帮助蒋介石对我们进行骚扰性和破坏性的战争。从去年6月范佛里特到东方来的时候起, 美国就同蒋介石筹划签订美蒋条约。签订这个条约的目的就是要霸占台湾和澎湖列岛, 第二步就是发动新的战争。这同日本侵占东北时的情形一样。艾登外交大臣和丘吉尔首相当时都是反对'慕尼黑'的，但是现在却要中国承认东方的'慕尼黑'！说穿了，就是有人想在世界上制造'两个中国'，使蒋介石在美国的保护下得以反攻大陆，在大陆上复辟。这不是缓和而是加剧紧张局势。"

周恩来看一眼杜维廉，把话题一转，说："中国政府一直到现在都在致力于搞好中英关系。两国的制度不同，对问题的看法不同，这并不妨碍两国的和平共处和友好合作。但是不要彼此伤害，否则就会妨碍改进关系。如果对两国关系的伤害是由中国政府负责的，那么，中国政府是勇于改正的，从不隐讳。例如，在海南岛上空我们误打了一架英国飞机以后，我们就道歉和赔偿。至于英国政府伤害中国人民感情的事，使中国人民不能容忍的事，我站在愿意中英友好的立场，认为值得英国政府深加思考。

"中国政府赞成缓和紧张局势，并为此而努力。凡是英国政府所采取的合乎实际并且有利于缓和紧张局势的步骤，都会得到我们的赞成。但是不能要求我们承认侵略，美国肆无忌惮地制造紧张局势，放手准备新的战争。如果艾登外交大臣愿意缓和紧张局势，中国政府希望英国政府劝美国政府把军队从台湾撤走，这才能缓和紧张局势。如果英国说劝美国有困难，美国不会听，那如何能和缓紧张局势呢？我们不能犯这个历史错误，不能容忍美国的胡闹。美国好战分子蛮不讲理，中国人民是不能容忍的，也不会被吓倒。过去的事实已经证明了这一点。艾登外交大臣曾经告诉我说，美国政府中也有人是愿意和平的。如果这是确实的，那么同美国政府还可以说理，而英国就恰恰能够起说服的作用。中国政府的态度是很清楚的。只要任何国家愿意同我们建立正常的关系，愿意同我们和平共处，并且放弃对我们的侵略，我们是会首先伸出手来的，对美国也不例外。

"我们欢迎并希望中英关系能按照去年日内瓦会议时我同艾登

外交大臣谈话的精神，得到改善。"

杜维廉听了周恩来讲的一番有理有据的话以后说，感谢周总理作的充分叙述，表示一定如实地转告艾登。也感谢周总理在过去几个月中所采取的积极态度。建议以后周总理有何不满之处，直接向他提，而不要通过报纸，他随时听候周总理的召见。

周恩来说："我同意以后有意见时找你谈，但是舆论是全国人民的事，况且中国舆论对英国的批评是由英国引起的，中国从不主动批评英国。自日内瓦会议至艾德礼访华的一段时期中，中国舆论对英国的态度，杜维廉先生应当是知道的。中国有句古话，叫作'后发制人'。这就是中国的态度。"

杜维廉说："对于周总理刚才所涉及的几点，我想作一些评论。第一，关于卡西亚同宦乡的谈话，似乎有一些误解。英国政府并不是要中国政府不论问题是非，而是建议按实际情况来寻求解决的办法。每一方对于问题的是非都有自己的看法，而英国的建议却证明了它是不敌视任何一方的。英国所做的积极建议是要求双方制约。这个建议不仅向中国提出，而且也同样向对方提出。"

周恩来比喻说："如果一个人打了另外一个人一拳，第三个人出来劝架，他不劝第一个人放下拳头，却要求第二个人不还手。这如何能说是要求双方制约？"

杜维廉说："第三个人出来劝架，结果常常自己挨打。"

周恩来反驳说："现在不是第三个人挨打，是第三个人不去劝第一个人住手，反而责骂第二个被打的人。"

杜维廉说："周总理刚才提到，艾登曾说过在美国政府中也有人愿意和平。艾登当时曾加上一句：艾森豪威尔就是这样一个人。英国认为，中国把美蒋条约的目的说成是帮助蒋介石反攻大陆，那是错误的。英国绝对相信美蒋条约的目的是要起一个制约作用。因此，英国政府表示欢迎。"

周恩来再用比喻反驳说:"如果一个强盗跑到你家里,占据楼下的屋子,现在说用一个条约来容许他占据楼下的屋子,只是不让他上楼去。试问,即使他现在不到楼上去,你住在楼上会感到安全吗?"

杜维廉说:"我的意思只是要说明美蒋条约的约制作用,而这正是英国政府表示欢迎的。"

周恩来说:"一个外国强盗用武装霸占了我们的领土,这怎么能说是约制?"

杜维廉说:"英国真正相信美蒋条约是起约制作用的。至于蒋介石反攻大陆,那连百分之一的可能性都没有。"

周恩来说:"暂且不谈蒋介石反攻大陆的事。美蒋条约是要使美国对台湾和澎澎列岛的侵占合法化。英国赞成,但我们是永远不会同意的。英国承认美国的侵略,这对中英关系是不利的。"

杜维廉说:"英国不是美蒋条约的参加者,因此不发生'承认'的问题。英国的意见只是要说,不能期望美国撤除它对蒋介石的保护。这是一个不可逃避的事实。"

周恩来说:"承认'慕尼黑'就是承认既成事实。但是,英国现在连慕尼黑的教训都拒绝接受了。"

杜维廉理屈,说不出什么道理来,只是说,他不能同意这种历史对比,便转而谈另外两点:

"第一,关于纳丁所说的话,脱顿已经在下院做过解释,那就是,英国除了作为联合国一员对台湾所承担的义务以外,没有别的义务;第二,关于台湾的法律地位。《开罗宣言》和《波茨坦公告》都只宣布了一个意图要把台湾归还中国,但是还没有一个国际协议来履行这个意图。因此,在法律上说,台湾还不是中国的领土。至于蒋介石接受日本的投降,那只是把日本人从台湾移走而已。但是,现在不是要从法律的观点,而是应该从实际的观点来寻求解决的办法。英国承认中国，不承认蒋介石。曾经有人说，英国外交部发言人用了'中国国民党政府'的字样。经查询后，发现并没有用过这种字样，即使用过这种字样，也是没有什么重要性的。"

周恩来列举事实批驳说："台湾的地位是毫无问题的，甚至连美国发表的白皮书和杜鲁门发表的声明都承认这一点。当时中国政府的代表陈仪既然接受了日本的投降，台湾就已经归还了中国。这是铁的事实。说台湾还没有归还中国，是对中国人民感情的极大伤害。过去英国政府并没有这样说过，这是最近的一个新论调，是为了替美国开脱，使美国有权侵占台湾。至于纳丁所说的话，都是不简单的。他的意思是说，如果中国去解放台湾，英国就要同中国打仗。英国舆论已经说明了这个含义。我们可以暂不争论，看看事情的发展。"

杜维廉说："我不同意这种解释。纳丁的意思只是说，如果对台湾进行攻击，将会引起广泛的战火，联合国都牵涉在内。"

周恩来说："联合国至今对台湾并没有作过任何决定。纳丁的意思是否要联合国通过决议，使台湾不属于中国，而归美国保护？"

杜维廉说："没有这种打算。"

周恩来说："既然没有这种打算，那么，只要美国不再霸占台湾，中国去解放台湾，如何会引致更广泛的战火，如何会使联合国都牵涉在内？是不是美国无论做什么事，我们都要承认？"

杜维廉说："英国只是要求承认事实。"

周恩来说："美国懂得英国的弱点，因此，造成了事实以后，就要英国承认，然后英国又要大家承认。"

杜维廉在周恩来的批驳和追问之下，忙改口说："英国要求的不是承认事实，而是考虑事实。美蒋条约是有制约作用的，而另一方面又不能期望美国撤除它对蒋介石的保护。即使考虑了这个事实以后，仍然可以努力来缓和紧张局势。英国不感到悲观失望，而认为只有考虑了事实，才能找到出路。"

周恩来紧紧扣住矛头对准美国，说道："如果考虑了事实的话，那么只有美国撤走武装力量才能缓和紧张局势。如果艾登外交大臣愿意缓和紧张局势，那么，努力方向就应该是劝美国撤走武装力量。不能因为美国造成了事实，就要大家容忍。如果英国劝美国撤走武装力量，美国不听，那么，英国当然不能负责。不过，如果英国说美国是对的，中国是不对的，这就伤害了中英的关系。"

杜维廉说："对英国来说，并不发生在道义上做判断的问题。艾登嘱我转告的口信，只是说明了改善情况的唯一途径。"

周恩来重复强调说："英国政府代表在议会所说的话和纳丁所说的话，显然是对中国的责备。"

杜维廉仍说："我不能同意，今天我所转告的口信代表英国政府的意见。关于《马尼拉条约》，那是防御性的，正如中国与苏联之间的防御安排一样。"

周恩来明确告诉杜维廉说："关于外交大臣的口信，我们已经答复，请照我们所说的转告艾登外交大臣。《马尼拉条约》同我们建议缔结亚洲《洛迦诺公约》不同，它是制造分裂的，因此许多亚洲国家表示反对。亚洲以外的国家用《马尼拉条约》来帮助某些亚洲国家造成集团，而许多亚洲国家没有参加，这是不能用中苏条约作同样解释的。亚洲以外的国家到人家的地区去，提供人家并没有要求的保护，在人家的领土上建立军事基地，这如何能解释成为是防御性的呢？美国正在越南南部破坏印度支那的协议。美国对保大政府的援助和训练保大的军队，都是破坏印度支那协议的。"

杜维廉说，周总理所谈的越南情况，他不熟悉。至于周总理今天所提出来的不满之处，他将转告艾登。

第二次谈话：

英国碰了钉子以后，仍不死心。因为美国仍要它对中国施加压力，让英联邦成员国新西兰出面要求联合国安理会讨论和干涉中国沿海地区的"敌对行动问题"，并在 1955 年 1 月 18 日同一天的时间，由英国驻华代办杜维廉约见中国国务院总理兼外交部部长周恩来转达口信。周恩来还是在中南海西花厅会客室接见了杜维廉。

稍事寒暄之后，周恩来请杜维廉讲话。

杜维廉说："艾登要我代表女皇陛下政府和新西兰政府传达一个口信。新西兰准备在安全理事会内提出一个有关岛屿战争问题的提案。这样的一个主动的步骤将在今天采取。联合王国全力支持这样一个步骤，因为对于岛屿问题的危险情势，联合王国政府也是很关心的。联合王国政府同美国政府保持经常的接触，都感到缓和紧张局势的重要性。英国知道，美国是希望在那个地区得到和解的。艾登想再一次提到上次口信中所说过的一句话，那就是，如果要在缓和局势方面取得进展，每一个人都要根据实际情况来为此而努力。英国觉得，没有理由认为在安全理事会里提出这个问题，就有必要危害任何一方提出来的权利要求。英国认为，实际上中国政府也了解，要以武力使台湾同中国大陆结合起来是不可能的。岛屿的地位是不同的。但是进行战争只能增加而不是减少解决这个问题的困难。艾登相信，如果中国政府把它的计划基于如下的一个假定，那是最为危险的。这个假定就是，美国的武装力量在任何情况下都不会为了岛屿而进行干涉以援助它们的国民党同盟者。艾登相信，如果局势缓和下来，岛屿问题是易于得到和平和满意的解决的。英国政府促请有关各方注意在言论和行动方面进行约制的重要性，并避免采取任何可能导致大战的行动。英国政府和新西兰政府在安全理事会都将支持一项提案，邀请中国政府参加讨论。据他们了解，美国也准备同意这一点。此外，英国政府还将设法保证这件事在安全理事会内按其重要性得到应有的成熟的和经过思索过的考虑。撇开这件事的是非不谈，目前的局势对于和平构成了真正的危险。为了每一个人的利益，包括中国人民的利益在内，英国政府认为它应该保证这个危险不再增长。英国认为新西兰所采取的主动步骤，是一个真诚的努力，是为了认真地解决问题，而不是危害每一方提出来的权利要求。英国政府竭力促请中国政府接受安全理事会的邀请。这个口信中所表达的意见是同新西兰政府的意见一致的。"

杜维廉又说："我本人也想说几句话。这个口信是以最友好的心愿提出的。这个口信要求中国政府给予合作，并且是为了和平的。希望周恩来阁下了解这个口信的精神。"

周恩来马上批驳说："上次回答了艾登外交大臣的通知以后，还没有看出英国政府在台湾问题上改变了打算。今天，杜维廉先生转告了艾登外交大臣的通知，虽然在措辞上有许多不明确的地方，但是参照艾登外交大臣在议会里的讲话，可以看出英国政府的想法自从我们上次谈话以来并未改变。'为了和平'这句话，不是我们两国政府和世界人民说说就算了的，而是要做的。实现和平要根据正义，并且要合理公平。如果以武装侵占了人家的地方，然后说，接受这种占领就叫和平，那么中国人民是绝对不同意的。这就像对日本军阀和希特勒一样，其后果是战争，而不是和平。美国现在正是这样做的。美国这次用总统的名义提出咨文，就更证实了这一点。美国总统的咨文是一个战争咨文，要以武装来干涉中国人民解放台湾，要中华人民共和国去同已经被中国人民唾弃了的蒋介石集团实现所谓停火。中国人民解放台湾，是中国的内政，是行使自己的主权。杜鲁门在 1950 年 1 月 5 日就曾经自己这样说过。那么中国人民怎么能去同蒋介石讲停火呢？可是现在正是用这样的话来欺骗美国人民和世界人民，来使美国国会给予总统使用武力的无限权力，并以此来威胁中国人民。他们对中国人民来说，要么就接受美国的战争挑衅，要么就同意跟蒋介石停火，在台湾海峡画一条线。美国把它的国防线划到中国的领土上来，这是割裂中国的领土，这是要承认美国侵占中国的台湾和澎湖列岛合法化，这是让美国在这个地区建立军事基地，准备新的战争。此外没有别的目的。这就像手里拿着刀威胁着说，要打的话就打世界大战，不然就让他霸占我们的地方，继续威胁。这有何和平可言？这完全是战争。

"并不是中国人民一方面这样说，美国国会里也有议员这样说。固然，美国国会中绝大多数的议员是接受美国总统的咨文的，有些人是被文中的一些语言迷惑住的，但是也还有议员看出了问题。一个共和党的议员说，总统的咨文是为了战争，他不能同意把美国的孩子送到台湾去为蒋介石打仗。一个参议员说，这是先发制人的战争。另一个参议员说，这是走向战争的一个步骤。可见美国国会中也有人把真话说出来。此外，英国曼彻斯特《卫报》这样一个老牌的自由主义报纸也说，艾森豪威尔的咨文，是包括一种美国将进攻中国大陆的威胁。实际的情况正是这样。事实上，在美国总统发表咨文的前后，美国用了极大的武装力量来向中国挑衅。美国第七舰队把 4 艘航空母舰和增添的驱逐舰开到台湾以西，并且直逼中国沿海岛屿。难道这不是战争挑衅吗？

"中国人民解放自己的领土，从来没有引起紧张局势。大陆是这样解放的，沿海岛屿诸如海南岛、舟山群岛、嵊泗列岛等也是这样解放的。那么，为什么今天中国解放台湾会引起紧张局势呢？紧张不是从中国来的，而是从美国来的。从 1950 年起，美国就占据了中国的台湾，而中国并没有去占据美国的领土。是美国把它的国防线划到中国的领土上来，而中国并没有把檀香山划过来。"

接着，周恩来批评英国的立场说："英国政府总是说不论问题的是非曲直，这是我们不能同意的。在国际事务中如果没有是非，那就没有正义，这就像承认日本在 1931 年 9 月 18 日对中国的侵略，也像在欧洲承认《慕尼黑协定》。侵略者总是造成了既成事实以后，要人家承认。承认了一个既成事实以后，又要人家承认下一个。侵略者以战争来威胁，一步步地前进，一直到和平最后不能保持。例如，过去承认了对奥地利的兼并，又承认了对捷克的苏台德区的并吞，最后战争在波兰爆发起来。英国政府现在的说法，正像张伯伦当时的论调，而艾登先生和丘吉尔先生当时是反对张伯伦的论调的。反对'慕尼黑'，不是我们发明的，我们今天是站在艾登先生和丘吉尔先生的立场，反对艾登先生和丘吉尔先生现在重复张伯伦过去的论调。我们尊重他们过去对'慕尼黑'的反对，我们反对他们现在的论调。现在你们国内也有人提出批评了。这次是艾德礼先生和比万先生。这是你们国内的事，我们不管。但是中国人民是要说话的，是要批评的。

"现在有一种议论，说台湾不属于中国。这使我们感到好像世界已无真理，好像世界上的人民都是可以欺骗的。台湾在历史上就是中国的一部分，虽然日本侵占了 50 年。在《开罗宣言》里，英国、美国同中国一起肯定了台湾要交还中国的。《波茨坦公告》又肯定了一次。《日本投降条款》再肯定了一次。1945 年 10 月 25 日，当时中国政府的代表陈仪在台湾接受了日本的投降，恢复了中国的行政组织。不仅如此，杜鲁门总统在 1950 年 1 月 5 日也肯定了台湾是属于中国的，是中国的内政。美国不拟卷入，也不能以武装来干涉。英国政府也曾做过同样的表示，承认《开罗宣言》和《波茨坦公告》是有效的。直到 1954 年 8 月英国外交部发言人还承认此事，他说：'《开罗宣言》说，台湾应归还给中国政府。这一点已经做到了。'这些都是历史文件和外交文件，都是负责政府的负责人说的，如何能够一笔抹杀？现在为了要中国人民和世界人民承认美国侵占台湾和澎湖列岛为合法，因此就说，台湾的地位没有解决，台湾是否属于中国还成问题。甚至说，《开罗宣言》已成废纸。怎么能怪中国舆论指责英国政府在这个问题上背信弃义呢？"

随后，周恩来又批评联合国说："至于联合国，它有什么权力干涉中国的内政？有什么权力干涉中国人民行使主权解放台湾？根据《联合国宪章》第二条第七款的主文，联合国不得干涉在本质上属于任何国家国内管辖的事件，联合国会员国也不得将此类事件提请联合国解决。一方面，美国用武力干涉中国人民解放台湾；另一方面，联合国又听任美国的利用来进行干涉，实际上就是配合美国的干涉。中国人民如何能接受？如果联合国通过，那就应该过问另外一个情况。根据《联合国宪章》第二条第七款末尾半句的规定，对于世界和平的威胁，应该适用第七章各条的规定。现在威胁世界和平的是美国，联合国应该过问。苏联代表曾经提出过议案，中华人民共和国也曾经控诉美国侵占台湾和澎湖列岛，干涉中国内政。联合国应该谴责美国这种侵略行为，应该要求美国从台湾和台湾海峡撤走它的一切武装力量，这样就能消除台湾地区的紧张局势。如果美国没有侵占台湾，那么台湾像其他的一些沿海岛屿一样，早就解放了，也不会有什么战争。战争扩大的原因，是因为美国在朝鲜和印度支那停战以后不甘心失败，在台湾加剧紧张局势，指使蒋介石集团对中国大陆和沿海进行破坏性战斗，劫夺我们的渔船，杀害我们沿海的渔民，检查和扣留我国通商的船只，并袭击我们沿海的岛屿，对于美国指使蒋介石集团所做的一切，对于美国干涉中国的内政，联合国一声不响。但是中国人民解放自己的领土，联合国却加以干涉，却听任美国的使唤，配合美国的战争挑衅。

"现在，新西兰政府要在安全理事会提出议案，我们由于没有看到正文，尚不能作正式的评论，也不能表示正式的意见。如果议案是要讨论刚才最后提到的问题，也就是说，过问美国的侵略行为，正如苏联代表过去提出的议案和中国政府提出的控诉那样，那么我们欢迎。如果议案是为了配合美国的战争威胁和挑衅，为了干涉中国内政，为了要中国跟中国人民已经唾弃了的蒋介石实现所谓停火，为了阻止中国人民解放台湾，为了承认美国侵略行为合法，为了让美国在中国领土上划线，那么中国人民万万不能同意。世界上绝大多数人民要求和平。我们相信，英国政府和新西兰政府也想反映本国人民的和平愿望，但是，如果提出的办法是支持美国总统的意见，那么，就不能达到和平的目的，只能助长美国的战争威胁和挑衅。

"请杜维廉先生把中国政府的意见转告艾登外交大臣。"

杜维廉说："感谢周总理关于中国政府的意见和所做的仔细叙述。在上次谈话中曾经提到艾登认为中国和英国不可避免地是用不同的观点来看远东问题的，但是，如果以友好的方式来对这些问题进行协商，以便使这些困难问题获得解决，那是明智的。显然中国和英国对某些问题的估计是不同的。英国认为美国是要和解的，而中国有不同的看法。这个问题值得深入地来谈，但是我目前只想怎样集中解释英国对于在安全理事会里提出的议案是怎样看的。英国不认为这个议案是抱着对中国政府的敌意而提出的，也不是要对任何一方进行谴责。现在有一个危险的情势，想来中国政府也一定同意。因此，最好的办法是同中国政府一起在安全理事会进行讨论。我要提请周总理注意，我今天在传达口信时说过两次的一句话，那就是'不危害任何一方提出的权利要求'。因此，谈不到英国要强迫中国政府放弃任何权利要求，或是阻止中国政府讨论它对问题是非曲直的看法。还请周总理回忆今天的口信中的另一句话，那就是'如果局势缓和下来，岛屿问题是易于得到和平满意的解决的'。所谓满意的解决，就是要能够使中国政府接受。英国政府了解中国的立场，艾登就曾公开说过。虽然英国了解，中国是把这个问题看作为国内纠纷的，但是，事实上这是一个国际纠纷，应该同中国政府一起在安全理事会里讨论，而且也是一个应该进行和平协商的问题。英国的立场，是考虑到实际的情况并以此为基础寻求和平解决。这是真诚的努力，而不是支持任何一方。这种努力，不是以敌对的精神而是以合作的精神来做的。英国不认为在安全理事会里所采取的态度，目的在于支持一方，而是要求和平的解决。"

杜维廉说："关于台湾地位问题，不准备深入谈这个问题。上次他在这个问题上所说的话，只是要说台湾在国际上的法律地位。周总理一定已经注意到，在今天的口信中曾经提到岛屿的地位是不同的。英国对于台湾地位的问题没有表示过任何意见，只是说按国际法而言，台湾还不是中国的领土。我要再一次强调，无意危害任何一方提出来的权利要求。在安全理事会里所采取的程序不应该危害中国政府的权利要求。"

杜维廉又说："希望中国政府了解英国支持安全理事会里的行动时所抱的精神。英国希望中国以同样的精神进行合作，进行和平协商，以便对岛屿问题寻求一个满意的解决。"

周恩来一听杜维廉这番话，显然是英国政府让他说的，于是他针对杜维廉的讲话驳斥说："对于杜维廉代办用自己意见所说的话，要澄清一下中国的立场，以免发生误会。

"第一，是岛屿问题。台湾也是一个岛屿，也是中国领土不可分割的部分，同沿海岛屿一样。中国政府不能同意把台湾岛和沿海岛屿分两种不同性质的岛。英国政府这种提法和安理会别国可能有的这种提法，都是为美国霸占台湾和澎湖列岛作解释。这是干涉中国的内政，侵犯中国的主权，中国人民绝对不能容忍。

"第二，中国人民行使自己的主权，解放沿海岛屿、台湾和澎湖列岛，是中国的内政，不容许联合国或任何外国干涉。这是合乎《联合国宪章》第二条第七款的。如果联合国或任何外国干涉中国人民解放沿海岛屿、台湾和澎湖列岛，那就违背了联合国的宪章。中国政府和中国人民绝对不能同意。

"第三，杜维廉先生说，他只是根据国际法而说台湾的地位尚未确定。但是像《开罗宣言》《波茨坦公告》和《日本投降条款》这样的国际协议都已经肯定了台湾的地位，英美政府也肯定了台湾的地位。即使中国人不承认的《旧金山和约》，虽然跟日本签字的对方不是中国政府，而是被中国人民唾弃了的蒋介石集团，也肯定了台湾是中国的，已经归还中国。这些都是国际文献、国际义务。除此以外，还有什么国际法呢？如果连这些国际义务都不承认，那么还有什么国际义务可言呢？因此，杜维廉先生的解释不仅不能服人，而且是颠倒黑白，使中国人民愤慨。我们听到过去同日本作战时的一个盟邦今天这种说法，不仅感到遗憾，而且感到愤慨。

"第四，新西兰政府准备提出的议案，如果是干涉中国的内政，干涉中国人民解放沿海岛屿、台湾和澎湖列岛，那就是违背《联合国宪章》。如果是这种提法，那还不如不提。中国政府是不会把这个问题提到安理会去的，也是反对这样提的。如果说是为了和平，那是不真实的。中国人民解放台湾，同解放其他的岛屿一样，是不会发生紧张问题的，更扯不到妨害美国的安全，因为美国远离十万八千里。真正妨害和平的，是美国政府违背杜鲁门在1950年1月5日所说的话，在当年6月侵占台湾，这就使局势紧张起来。尤其是在去年，在朝鲜和印度支那停火以后，台湾海峡的紧张局势就更加紧张。这种紧张是由于美国武装干涉中国内政，扩大对中国的侵略。如果美国撤走它的武装力量，台湾就能解放，和平就能获得。如果新西兰政府的提案是要讨论这样的问题，就是说由联合国谴责美国的侵略行为，要求美国撤走军队，那么就是合乎《联合国宪章》的。

"总结几句话。联合国或任何外国都无权干涉中国人民解放沿海岛屿、台湾和澎湖列岛。联合国只应过问美国对中国内政的武装干涉和对中国进行的战争挑衅。联合国应该根据《联合国宪章》谴责美国的侵略行为，要求美国从台湾和台湾海峡撤走一切武装力量。如果新西兰政府的提案是属于干涉中国的内政，中国政府坚决反对；如果是过问美国对中国的侵略，那就是另外一回事。这就是中国政府的立场。希望杜维廉先生把这一段话也转告艾登外交大臣。"

杜维廉说："我保证新西兰的提案和英国都不想干涉中国的内政。还没有看到新西兰的提案，但是提案会建议安全理事会讨论沿海岛屿的局势，因为那里存在着危险，而沿海岛屿是直接引起危险的地点。这不是干涉内政，而是处理一个极端困难的问题。希望中国政府在安理会里提出自己的意见，而这是达成和平的和满意的解决的唯一途径。希望周总理阁下了解，在安理会里的行动，是以绝对的诚意采取的，并且是本着一个希望，即这种行动能导致一个公正的和平。"

周恩来说："还是不能同意杜维廉先生所说的话。沿海岛屿不存在着危险。沿海岛屿被蒋介石集团霸占，我们要去解放。如果新西兰的提案是要讨论沿海岛屿，那就是干涉中国的内政。用一个比喻来说，如果某一个国家把军舰开到英国的沿海岛屿，然后说由于英国沿海岛屿的形势紧张，应该提到安理会去讨论，英国政府能同意吗？中国沿海岛屿与英国沿海岛屿一样，并没有紧张的局势。只是因为美国把军舰开来，才造成了紧张局势。如果联合国要讨论，就应该讨论美国侵入台湾海峡，侵占中国的台湾，就应该要求美国从台湾和台湾海峡撤走一切武装力量。拿沿海岛屿来同中国做买卖，中国是不干的。这不是为了和平，这是保护美国的侵略。"

杜维廉说："这次谈话极有益处，帮助我仔细地了解了周总理的意见。今天传达的口信，目的就在于促请中国政府把自己的意见在安理会里都说出来。经过今天的谈话仍然认为，如果中国政府同意到安理会去申述自己的意见，那么不仅对中国有利，整个地说来也是有利的。中国政府申述了意见以后，可以在安理会里提出应该讨论什么问题。"

周恩来提醒杜维廉转告艾登外相，中国在安理会的地位还没有恢复。现在在安理会的是被中国人民唾弃了的蒋介石集团的代表，而中国并没有代表。不要忘记这个特点。如果联合国讨论台湾问题，那就是干涉中国的内政，违背《联合国宪章》。中国绝对不能接受。

杜维廉说："如果联合国讨论国际局势，而这个局势又同中国有关，想来中国也会同意，中国的代表应该出席参加讨论。"

周恩来问："在安理会里有蒋介石的代表，怎么办呢？在日内瓦会议中没有蒋介石的代表。"

杜维廉说："日内瓦会议所讨论的问题，同蒋介石无关，而这次安理会讨论的问题，同蒋介石是有点关系的。"

周恩来立即回答说："如果这样说法，那就是中国的内政，联合国无权干涉。"

杜维廉知道自己说漏了嘴，马上检讨说："我收回刚才说的一句话，那是脱口而出的。蒋介石的代表已经在安理会里，并不是另外邀请他参加。"

周恩来说："这就是英国的尴尬地位。英国一方面说不承认蒋介石，另一方面又要中华人民共和国去同蒋介石一起在安理会里讨论中国问题。英国跟着美国走，因此把自己放在尴尬的地位。"

杜维廉说："英国只是认为，既然有一个同中国有关的危险情势，因此中国政府应该参加讨论。"

周恩来说："危险是来自美国的。如果要讨论美国对中国的侵略并且要求美国撤军，我们赞成；如果干涉中国的内政，我们反对。"

杜维廉说："我仍然希望中国政府参加讨论。"

周恩来说："对于这一点，还不能回答，因为首先要知道讨论什么。英国在台湾问题上把自己放在一个不愉快的地位。除非英国政府改变态度，否则，我们在这个问题上会永远争论下去。这是很不幸的。"

杜维廉说："让我们继续讨论，经过一个时期以后，我们就会接近对这个困难问题的解决。"

周恩来明确告诉杜维廉："中国的立场是不会变的，因为这有关中国的独立和主权。英国和美国也为自己的独立和主权奋斗过，为什么现在中国为自己的独立和主权奋斗，你们就来干涉和欺侮我们？这是我们不能忍受的。现在已经不是希特勒和日本军阀的时代了！"

杜维廉说："英国并没有干涉和欺侮中国，而是要同中国政府合作，解决这个困难问题。中国可能说英国走的不是正确的途径，但是英国的态度有如上述。"

周恩来说："今天的中国政府，不是当年捷克的贝奈斯政府。如果英国政府真正愿意同中国政府合作，就应该反对美国武装干涉中国内政，反对美国对中国进行战争挑衅，而不是希望中国让步。中国不怕战争威胁，如果打到中国头上来，中国一定要抵抗到底的。我们说的话是算数的。"

杜维廉说："感谢周总理今天的谈话。"

周恩来说："感谢杜维廉先生今天来，虽然这是一次不愉快的谈话。"

第三次谈话：

杜维廉转达了艾登致周恩来的口信，希望中国私下或公开声明，不准备以武力解放台湾，这样就可以找到和平解放沿海岛屿的基础，并提出，若中国同意上述基础，他准备在香港或边境和周总理会面。

周恩来于3月1日复函艾登，指出他的意见只会使美国侵略行为合法化，我不能同意。他若愿讨论如何创造消除台湾地区危险局势的必要条件，欢迎他来中国北京会晤。

中国拒绝安理会讨论新西兰提案

在周恩来第二次接见杜维廉之后，他立即叫秘书打电话给外交部情报司龚澎，要她马上了解新西兰向联合国安全理事会提出的什么建议，并请外交部研究提出处理意见，马上报告他。

果然，新西兰在美、英的授意下，向联合国安全理事会提出要求讨论和干涉中国沿海地区的"敌对行动问题"。

中苏两国外交部经过商讨之后，1月30日，苏联驻联合国代表向联合国安全理事会提出"美国在中国的台湾和其他岛屿地区对中华人民共和国的侵略行为"的议案，谴责美国侵略中国，要求美国撤走军事力量，借以同新西兰的提案相对抗。

可是，那时的联合国操纵在美国人的手里，正义的东西得不到伸张。安理会在美国的指使下，于1月31日名义上决定将新西兰和苏联的提案一并列入议程，但是先讨论新西兰提案，后讨论苏联提案，并决定讨论新西兰提案时邀请中国政府派代表参加。这样实际上是套中国上钩。

周恩来与外交部研究在这种情况下，不宜派代表出席联合国安全理事会会议，决定致电联合国安全理事会，拒绝接受新西兰的建议。2月3日，周恩来以外交部部长名义电告安理会说："新西兰的建议显然是干涉中国内政，掩盖美国对中国的侵略行为，因此直接违反了《联合国宪章》的基本原则，中国不能派代表参加对新西兰建议的讨论。""只有在为了讨论苏联的提案并在安理会驱逐蒋介石集团的代表"的情况下，中国政府才能同意派代表参加安理会的讨论。

由于周恩来同杜维廉谈话和给联合国安理会的电报，表明了中国政府的严正立场，迫使安理会不得不决定无限期地搁置对新西兰提案的讨论。

之后，联合国秘书长哈巴舍尔德委托瑞典向中国进行解释。2月5日，瑞典驻华大使魏斯特朗约见周恩来，转达哈马舍尔德的口信，说新西兰建议只是一个开端，把问题用这样一种方式提出，以便不会从一开始就迫使双方把他的立场冻结起来，从而使必要的外交活动成为不可能。

周恩来答复说："国际上一切为缓和并消除远东紧张局势、包括台湾在内的真正努力，中国总是支持的；现在的问题，在于新西兰的提案是要通过联合国使中华人民共和国政府同国民党集团停火，这就是把中国内政的事情放在国际舞台上。紧张局势是美国在台湾地区造成的，如果世界各国要缓和这个紧张局势，就应该去劝美国；中国不拒绝谈判，也就是不拒绝同美国通过外交谈判来解决这个紧张局势问题。"

哈巴舍尔德得到周恩来的答复之后，于2月9日又通过瑞典驻华大使魏斯特朗向周恩来转达口信，说如果现在要讨论超过新西兰所提出的中国沿海岛屿地区的停火问题，是不可能的。

周恩来当即答复说："中国恰恰认为，如果把问题放在强使中华人民共和国同国民党集团停火，那么这个问题就更不能列入议程来讨论，因为不论是联合国还是任何外国，都无权干涉中国的内政；如果要缓和远东特别是台湾地区的紧张局势，那么，美国就必须坐下来同中国面对面地谈判，这才能真正解决问题；美国以武装力量霸占台湾，侵入台湾海峡，威胁中国的安全，真正的危险就在于此，要缓和紧张局势，就需要解决美国在台湾和台湾海峡造成的紧张问题，而不是其他问题。"周恩来指出："如果说，由于我们不容许联合国或任何外国干涉我们的内政，美国就不愿意同我们直接谈判，一定要进行战争威胁，甚至要打，那么有什么办法呢？我们要和，美国要打，那是谈不起来的。不过我们还要补充一句，如果美国挑起战争，我们是一定抵抗到底的。我们不能由于美国的战争威胁就接受美国的侵略，承认解放台湾不属于我们的内政。"

在周恩来、中国政府的坚决斗争和反对之下，美国的军事讹诈和外交图谋均遭到失败以后，感到若同中国作战不仅得不到美国人民和其他盟国的支持，而且将遭受中国人民和世界各国人民的坚决抵抗和更强烈的反对，比在朝鲜战场上败得更惨，只好老老实实于2月5日宣布协助国民党军队从大陈岛撤退。2月13日，中国人民解放军解放了大陈岛及其外围的渔山列岛等岛屿。这样不仅拔除了国民党军队在浙江沿海地区进行骚扰的破坏性活动的最大据点，而且也击破了美国的军事威胁，赢得了一场外交斗争的胜利。

五、尼赫鲁访华

周恩来在1954年6月访问印度时，曾当面邀请尼赫鲁访问中国，尼赫鲁愉快地接受了邀请，但是没有确定具体的访华时间。8月27日午夜1时30分，周恩来在中南海西花厅接见印度大使赖嘉文，面交中国政府正式邀请尼赫鲁总理在10月来华访问的函件。

也在这一天，周恩来在中南海西花厅接见缅甸驻华大使吴拉茂，面交中国政府正式邀请吴努总理访华的公函。

一天内，采取两个重要的外交行动，显然是在刚刚借庆祝中华人民共和国成立5周年国庆之际，邀请社会主义国家的领导人前来参加，并同苏联发表联合宣言，巩固中国与他们之间的团结、友谊，现在把外交的重点转向亚洲，发展同印度、缅甸、印尼、巴基斯坦、锡兰、日本等国的关系。前面已经讲到，周恩来接见日本科学文化代表团和议会代表团，在这期间，周恩来接见巴基斯坦大使，出席罗查大使的午宴，向其说明我对巴一向友好，且愿不断增进友谊，并向其说明参加《东南亚条约》对巴不利。锡兰虽未建交，但对以科里亚为团长的锡兰访华的贸易代表团，周恩来在中南海西花厅亲自接见，向其做工作。对前来中国谈判侨民国籍的印尼代表团，周恩来不仅亲自接见，而且与其会谈，表明中国政府极愿解决华侨的双重国籍问题。

周恩来邀请印度总理尼赫鲁和缅甸总理访华，其目的是进一步发展同他们的友谊，推动亚洲和平力量的发展，为中国参加亚非会议做工作。

周恩来作外交问题报告

周恩来从来办事周密、细致，为了接待好尼赫鲁，他事先于1954年10月18日，也即尼赫鲁访华前夕，向有关人士作了一个关于外交问题的报告，以统一思想，统一行动。

他说："今天邀请各位同志、各位朋友，谈谈尼赫鲁此次访华的问题。前几天在全国人民代表大会常务委员会第一次会议上，邵力子先生写一个条子给我，要我就尼赫鲁访华说几句话。因为是一个正式会议，我说另找机会谈吧。谈谈尼赫鲁访华问题是有好处的，这样可以使大家在看法和做法上取得一致，以便在各个工作岗位上都能采取适当办法和态度。

"上次工党代表团访华，我对国际形势曾作过详细解释，今天在座的多数同志和朋友，都听过了，我不想在这方面多讲。今天我想从另一个角度谈谈，即借此谈谈世界上一些基本性的问题，以便大家了解当前世界形势的发展和可能的前途。"

周恩来说："经过近年来的外交活动，中国人民增加了许多外交知识，对今天的世界形势认识更清楚了。第二次世界大战后，整个世界分成两个世界，一个是新的世界——社会主义的世界。这个世界是新生力量，是不可抗拒的，是向前发展的，全世界都向着这个新世界走，不管你主观上愿意与否，不管道路如何曲折，最后总是要达到目的地的，这是社会发展的必然规律。另一个世界——是旧的，资本主义的世界。这个世界只有死亡下去，而且正在衰落、死亡。两次世界大战都证明了这个道理。第一次世界大战倒了几个帝国主义国家，第二次又倒了几个帝国主义国家。当然，也有倒了又爬起来，爬起来又倒了下去的，如德国。英国想维持现状，像百足之虫，死而不僵，但已不成大国，连它自己的联邦国家印度都不说英国是大国了。他们自己说世界大国是美、苏、中、印。法国更加衰弱了。就剩个美国算是最后一个资本主义强国了。但这并不能说美国没有衰落。尽管美国还在横行霸道，但已不是资本主义初期新兴的现象了，而是外强中干。为了逃避经济危机，搞军事工业，矛盾很多，内外不得人心。资本主义欣欣向荣的时代已经过去了。总的来说，资本主义正在死亡、衰落下去，挣扎一个时期是可以的，长期发展下去则不可以。这是社会发展规律和自然发展规律，是不可挽回的。

"帝国主义想找出路，可能再闹个乱子，最后又诉诸战争。不管它向新世界进攻或者是内讧，总之是要找出路的。如果向新世界进攻，我们只要力量加强，团结加强，政策正确，就会加速它的死亡；如果内讧，就会两败俱伤，自己完蛋。

"这个时间也许很长，我们是尽力推迟战争，加强自己的力量，使它打不起来。帝国主义自己打自己、结束自己的可能性也是存在的。不论怎样，它的前途是垮台。推迟战争越长，人民的损失就越少。所以，坚持和平的政策，是我们的基本政策。"

周恩来说："最近日本学术文化代表团团长安倍能成曾问我，和平政策是不是你们的基本政策？我说当然是我们的基本政策，而且我们相信我们的国家制度是繁荣强盛的制度，和平政策是一定能获得胜利的。"

周恩来分析说："资本主义世界，就其代表国家的统治阶级来说，大致可分为三种类型：

"第一种类型，是以美国为首的主战派，主要是美国。美国并把其他一些国家纠集到一起。第二种类型，是维持现状派，19 世纪末 20 世纪初，参加瓜分了世界的那些国家，如英国、法国。它们想维持一天算一天，最好不变，要变就限制一下。第三种类型，是和平中立派，大体上为曾经是或现在仍是殖民地、附属国的国家，以印度为首。当然这些和平中立国家是在变化的，今天中立明天可能不中立。从政治制度上或思想上说，国家只有两种类型，非社会主义即是资本主义，不可能有真正的中立。毛主席在 1949 年纪念中国共产党建立 28 周年发表的《论人民民主专政》中，提出'一边倒'的政策，驳斥了中立，就是我国的基本政策。属于资本主义体系的东南亚国家，尽管有些改良，但都没有改变资本主义制度。不过，在和平问题上企图中立，则是合乎事实，也是可能的。"

周恩来说："我们本着和平这一基本政策，要孤立美国，争取第二类国家，团结第三类国家。

"根据以上的分析，明确我们的认识，就可免除'左'或右的错误。当然，对第三类型的国家，还须与之进行斗争。只看到团结的一面，就会犯右的错误，反之，如仅看到斗争的一面，又会犯'左'的错误。

"对这次尼赫鲁来，有几个问题要谈谈。社会制度不同，思想不同，观点也不同。尽管尼赫鲁很自信和自负，但对共产主义仍有恐惧。他虽然说当今亚洲只有中国和印度两个国家是成熟的，羡慕中国的胜利和成就，但同时他对中国的强大也怀疑恐惧。尼赫鲁曾问我们，究竟他像孙中山还是蒋介石。我没有回答他，也不能回答他。事实上，他自己懂得，他是在走尼赫鲁的道路。印度走什么路，要由印度人民自己来选择。我国的成就，印度人民会看得到的，会做比较的。

"正因为如此，我们愈要慎重，说话愈要恰当。不要说印度现在最好走人民民主的道路。印度应走哪一条路，印度人民自己会决定。我们只拿成绩给他们看，坚持我们的和平政策，减少他们的疑惧。不要一时高兴多说了话，超过政策的范围。

"今天，尼赫鲁还是能够领导印度的，因为印度人民还没有选择别的出路。同时，尼赫鲁所坚持的和平中立，对我们是有利的，与他搞统一战线很有必要。尼赫鲁此次访华，我们要热烈、积极地欢迎他，这样可使和平地区尽量扩大，对全世界人民是有好处的。

"有人问：这样是否会给他政治资本？是，但这资本是应该给他的。给他有好处。这样，可以表明我们不但对兄弟国是热烈的，而且对非兄弟国家，只要它主张和平，我们对它也同样热烈。

"这就会给全世界爱好和平的人以很大的鼓舞。当然，这也会带来另一个作用，即巩固他在国内的地位。但是衡量一下，不妨巩固他的地位。因为今天印度人民还没有选择其他道路，尼赫鲁地位稍为巩固一点，也没有什么坏处。增加尼赫鲁的自信，是有好处的。当然，我们支持尼赫鲁政府是有一定限度的。让尼赫鲁在世界上讲和平，反对战争，主张集体和平共处，反对相互对立，是对我们有利的。目前印尼政府是个比较好的政府，我们也要支持它。"

周恩来说："这次尼赫鲁来，谈的中心问题，是扩大和平地区的问题。这问题如能在会谈中有所推动，将是很好的。

"今年6月，我访问印度时，强调先搞东南亚和平地区。这是因为当时艾登正提出要搞亚洲'洛迦诺'，如搞亚非会议，会使英、法都和我们对立起来。现在英国既已参加《东南亚公约》，亚非会议就该搞了。扩大和平地区，东面的日本等国是不会参加的，要向西扩展，超越巴基斯坦，经阿富汗往西，直到非洲。这样就可破坏美国所制造的几个侵略集团联结起来的计划。因此，以印度、印尼为首来搞亚非会议，是好的，我们应该赞助。至于中国参加与否，要待尼赫鲁来后再说。至于其他问题，如台湾、华侨以及尼泊尔与我建交等问题，都会谈到。这些问题，我们均有既定的方针，将按既定方针谈。"

周恩来强调说："要让尼赫鲁多看些东西，比给英国工党代表团看的更多些。光看好的不够，还要让他看中间的和落后的。上次英国工党代表团来时，我们这样说过，这次不但说，而且要让他看。当然，不是光让他看落后的，而是让他晓得怎样从落后、中间走向进步，使他有所比较。如学校进步的班级和落后的班级都要让他看。工厂里，进步的、中间的和落后的车间都要让他看，而且模范品和废品也都要让他看。卫生运动，搞得好的让他看，搞得不好的让他看；搞得不彻底的，也让他看。托儿所，过去总是让人看北海托儿所，这次要让他也看一些落后的托儿所。以前有外国代表团拍黄包车的照片，我们陪同的人挡住黄包车不让他们拍。这是不好的。就让它照吧！中国这样大，又是这样进步，让他们看一些落后现象，即便他们去宣传一下，也害不了我们，不会影响我们的进步。"

周恩来反复说："欢迎尼赫鲁的态度要热烈，甚至是相当的强烈。我今年访印时，他们对我们很热烈，做了许多工作，这次尼赫鲁来，我们要投桃报李，热烈欢迎，热情招待。

"可能有人问，为什么兄弟国家代表团来，我们没有那样热烈的群众欢迎的场面，尼赫鲁来反而有热烈的群众场面呢？理由很简单：对兄弟国家不需要那样。自己的亲兄弟来，深情厚谊，不需要全家列队欢迎。对尼赫鲁是朋友友谊。这一点，有些苏联专家也不了解，我们要向他们作解释，对欢迎的群众也要解释。对这样一个代表和平中立的亚洲国家，应该这样。

"我想，只要工作做得好，中国人民经过几年来的教育，是懂得国际形势和辨别情况的。

"这不但是对尼赫鲁本人的礼节，而且是对印度人民的鼓舞。3亿6千万印度人民正在逐步站立起来了。尼赫鲁代表他们来访问，对加强中印友谊很有好处，是值得重视的大事。热烈欢迎他是有好处的，当然，我们也要有分寸，不要丧失立场。"

从这篇讲话中，我们可以看出周恩来是多么重视印度，重视尼赫鲁。他之所以要热烈欢迎尼赫鲁，是因为尼赫鲁要为和平而努力，其中又可透视出中国政府、中国人民是多么需要和平，热爱和平。正如周恩来所表达的，中国的外交基本政策主要点之一，就是和平、和平、和平。

设家宴接待尼赫鲁

1954年6月，周恩来访问印度时，受到盛大的欢迎和热情的接待，两国总理举行多次会谈，使得中印关系进入历史上从未有过的春天，也使尼赫鲁对社会主义中国有了进一步了解，或多或少消除了他对这个喜马拉雅山北麓亚洲最大的红色中国的疑虑和恐惧。但是耳听为虚，眼见为实，而且他邀请周恩来访印之前就有访华之意，现在中国正式邀请他访华，更符合东方人礼尚往来的好传统，便欣然决定携带他的女儿英迪拉·甘地夫人和外交部官员前来访问，亲自看一看中国共产党领导下的新中国所发生的变化，并就国际形势、亚非会议、两国关系同中国领导人交换意见。

由于印度对中国总理周恩来的盛情接待，尼赫鲁政府在国际事务中对中国的支持和声援，以及积极推进亚洲和平所做的努力，为了感谢和鼓励他，中国政府以最盛大的礼节和热情迎接这位来自喜马拉雅山南麓的伟大国家的总理。

10月18日上午11时，尼赫鲁在河内和胡志明会晤之后，飞抵中国广州。在广州，尼赫鲁、英迪拉·甘地夫人、外交部秘书纳鲁·皮莱等一行，受到中国特派外交部办公厅主任王炳南从北京专程赶来欢迎，尼赫鲁在女儿英迪拉·甘地夫人的搀扶下走下舷梯，立刻被前来欢迎的两万市民的热情包围了。当天下午 5 时，由王炳南和中国驻印度特命全权大使袁仲贤陪同飞往武汉，同样受到人山人海的欢迎。这还是欢迎他的序幕，但已使尼赫鲁感受到了中国人待客的热情友好，令他精神振奋、容光焕发，心中原有的疑虑，就一点一点地消失了。晚上，湖北省省政府设宴为他洗尘，旅途的疲劳一扫而光。

10 月 19 日中午 12 时 20 分，北京西郊机场彩旗飘扬，"欢迎尼赫鲁总理""中印友谊万岁"的口号声此起彼伏，数千群众列队欢迎，周恩来、宋庆龄、陈云、彭德怀、邓小平、贺龙、乌兰夫、李富春、李先念、郭沫若以及民革中央主席李济深、民盟副主席章伯钧、民建主席黄炎培、全国工商联主任委员陈叔通、北京市市长彭真、京津卫戍司令聂荣臻等走向飞机旁，迎接尼赫鲁，尼赫鲁和英迪拉·甘地夫人满面笑容，走下飞机，同周恩来等握手、拥抱，然后乐队奏起两国国歌。在周恩来的陪同下，检阅三军仪仗队，随即由周恩来陪同乘坐敞篷车，由机场前往宾馆，沿途受到首都 20 多万工人、市民、机关干部、青年学生和儿童的夹道欢迎，人们不断高呼："欢迎尼赫鲁总理！""中印友谊万岁！""亚洲和平万岁！"隆重而热烈的场面，是中国欢迎外宾前所未有的盛况。尼赫鲁心花怒放，沉醉在礼仪之邦的热情好客气氛里。

当日下午 4 时，毛泽东在中南海勤政殿接见尼赫鲁并进行了重要谈话，刘少奇、周恩来、朱德、宋庆龄、陈云和中国驻印度大使袁仲贤、印度驻华大使赖嘉文参加会见。

19 日晚，周恩来在中南海怀仁堂举行盛大酒会欢迎尼赫鲁一行，宋庆龄、陈云、彭德怀、邓小平、邓子恢、贺龙、乌兰夫、李富春、李先念、郭沫若及各民主党派、人民团体的负责人，各部部长和袁仲贤大使出席了酒会。

酒会之后，周恩来、邓颖超在中南海西花厅设家宴宴请尼赫鲁和英迪拉·甘地夫人。

周恩来酒会一结束便立即回到家里，换上一套黑色中山装，邓颖超穿上她平时不太穿的带花的深蓝色的旗袍，脖子下面别上一个紫红色翠玉别针，庄重而又淡雅。他们俩先到客厅、餐厅、厨房检查一遍，告诉服务员和厨师说，这是我们新中国成立后接待的第一个非社会主义国家的首脑，一定用心，招待好，吃得好，使客人满意，这是一个朴素而又细致的任务。随后，双双走到客厅门前等候客人。

一会儿，尼赫鲁偕他的女儿英迪拉·甘地夫人在陪同人员陪伴下下车，来到西花厅的门前，警卫向其举手敬礼，外交部礼宾司司长王卓如急忙上前，引导客人走向西花厅客厅，周恩来、邓颖超趋前一步迎接。周恩来向尼赫鲁、英迪拉·甘地夫人介绍说，这是我的妻子邓颖超女士。尼赫鲁恭敬地握着邓颖超的手说，夫人的大名我早就知道了，您是中国著名的政治活动家和社会活动家，妇女界的领袖。您协助周恩来先生，为中国人民的解放事业作出了很大的贡献，我们印度人都知道您的光辉业绩和高尚的品德，非常敬佩。今天能够认识您很是高兴。

邓颖超说，我同恩来早就盼您来访，中国人民对您为印度独立、亚洲和平和中印友谊所做的努力和贡献，很是赞赏和钦佩，现在又亲自来中国访问，为和平和友谊而奔波，全中国人民都欢迎您和您的女儿英迪拉·甘地夫人。

尼赫鲁随即拉着英迪拉·甘地夫人向邓颖超介绍说，这就是我的女儿英迪拉·普里雅达西妮，小时候叫她小英杜，不过，她现在已出嫁了，已是两个孩子的母亲了，印度的习惯，出嫁以后的女子，必须在自己的名字后面加上丈夫的姓，所以她现在叫英迪拉·甘地。

邓颖超忙伸过手去握住英迪拉·甘地的手说：你的名字很好听，人也长得很美。邓颖超转过脸来对尼赫鲁说，您有这样一位又漂亮又能干的女儿，很是幸福啊！

的确，英迪拉·甘地长得美丽，一双闪亮的蓝色大眼睛，长长的脸，高高的鼻子，拳曲的头发，白皙的皮肤，具有明显的雅利安人的特征。这一年，英迪拉·甘地刚刚 38 岁，英姿飒爽、雍容华贵。英迪拉·甘地也的确能干，现在她是尼赫鲁里里外外的得力助手，后来连续当了几任总理。

周恩来和邓颖超将客人让进客厅坐下，服务员端上茶来。

周恩来告诉尼赫鲁，这是我的住所，今天晚上算是家宴，我们又是老朋友了，不必讲究外交礼貌，可以随便，小超很少同我一道参加这种外交活动，今天因为是老朋友来了，还有你的千金小姐，她就很乐意出来当女主人了。

尼赫鲁说："谢谢夫人的盛情，我知道你出国访问是不带夫人的。"

"是的。"周恩来说，"一是因为她身体不太好，难以适应频繁紧张的外交活动。二是她有自己的工作，她们机关的外事活动也不少。在以前，1928 年，我党第六次代表大会在莫斯科举行，我们俩都是代表，一道出国参加会议。1943 年，我的右臂被马摔伤，去苏联治伤，中央决定她陪伴前往。抗战期间，为了同国民党谈判和在大后方进行工作，我们在武汉、重庆、南京一道工作，在这期间，曾奉命去香港见宋庆龄、何香凝两位老大姐，陈述我党的抗日主张、政策以及寻求支援。"

"对。"尼赫鲁说，"1939 年 8 月我曾到重庆访问，听说贤伉俪在重庆八路军办事处，原计划去拜访二位，可是我们国内有事，甘地先生要我马上回去，非常遗憾未能晤面，今天能在你们家里做客，很高兴。"

尼赫鲁不时用目光扫视西花厅，见里面的陈设只有几张沙发、几只茶几、地上铺着地毯，心中暗想一个世界大国的总理，家中竟是如此的简单朴素，真是了不起。

邓颖超同英迪拉·甘地在交谈。邓颖超说："你十多岁就参加了印度争取独立的斗争，立志做反抗侵略的贞德，并且后来还敢于冲破封建世俗的束缚，同异教徒自由恋爱结婚，真是女中英雄。听说你的丈夫费罗兹·甘地也是很早就进行独立运动，现在又在办报纸，为国家做宣传。"

英迪拉·甘地说："谢谢您的夸奖，也承蒙您对我们夫妇的关心。我也听过关于您的许多传奇的故事。您为新中国的诞生和建设作出不可磨灭的贡献，您和周恩来总理都是令我们敬仰的。我父亲告诉我，您们是一对模范夫妻。"

礼宾官进来报告："总理，宴会已准备好了。"

周恩来说："我们边吃边谈吧。"说着，让邓颖超陪着英迪拉·甘地前面走，他和尼赫鲁紧随其后。

大家按照桌签上的名次坐下。桌上已摆了十多个冷盘，中间一个大冷盘还用萝卜等蔬菜雕有凤凰昂首、孔雀展翅，既是食品，又是工艺品。周恩来指着雕塑说，这都是厨师们的手艺，他们为了欢迎尊贵的客人，特意精心制作的。

尼赫鲁说："真有意思。"英迪拉·甘地两只大眼盯着那些雕塑左看右看，感叹地说："我看这些厨师的手艺，可以同我们印度的雕塑家媲美了。"

邓颖超说："印度雕刻艺术是世界有名的，怎样能跟它比呢。不过中国的雕刻也受印度影响。"

英迪拉·甘地说："印度文化也受中国的影响，如造纸是从中国传过去的，在这以前，印度是用贝叶写字。还有茶、白糖等等，都是中国传过去的。"

"所以，自古以来，我们两国就是一直在互相交流嘛。"周恩来转过话题说，"今天我们是中餐西吃，不会用筷子的可以用刀叉，中国人习惯是在一个盘子里用菜，今天采用分食制，学西方人的吃法，但是饭菜仍是中国做法。"

尼赫鲁说："我很佩服中国人就用两根木头或竹子或其他物质做的筷子，便能运用自如地拣菜刨饭。那年我在重庆学着用了几次，现在全忘了。"

英迪拉·甘地拿起桌上的菜单看了一遍，惊讶地对尼赫鲁说："爸爸，您看这么多的菜怎么吃得完？"

尼赫鲁一听，也下意识地拿起菜单看了一眼，说："中国菜是全世界有名的，既多又好，色香味俱佳，我很喜欢。我们印度菜，虽然也不错，像炖杜里鸡就很有味道，但比中国菜还差一点。你这次到中国来就多品尝吧，回去让我们的大师傅也学着做。"

英迪拉·甘地摇摇头，调皮地说："这个任务我很难完成。"

邓颖超说："今天我们是招待总理阁下和小姐，所以菜就做得多一点、品位高一点。平时我同恩来就是两菜一汤。"

尼赫鲁说："我早就耳闻总理阁下和夫人生活十分节俭。"

汤、菜一道一道上来了，英迪拉·甘地初次品尝中国菜，直说好吃。周恩来、邓颖超又亲自频频为他们夹菜，弄得英迪拉·甘地应接不暇，连声感谢他们的殷勤招待。

宴会之后，周恩来同尼赫鲁在客厅的一端就国际形势、亚洲和平、亚非会议、中印关系进行会谈。邓颖超和英迪拉·甘地在客厅的另一端交谈。

邓颖超说："听说小姐会跳舞，而且跳得好，是位舞蹈家。"

"舞蹈家不敢当，只是小时候学过也喜欢跳印度舞。"

"印度舞蹈是世界有名的。记得在 1952 年，你的姑母潘迪特夫人率领印度文化代表团访问中国，其中有位团员叫苏珊达女士，我看过她的舞蹈表演，非常精彩。"

"啊，她是我们印度著名的舞蹈家。您说得对，印度舞蹈是世界艺术园林中最瑰丽的一朵花，丰富多彩。古典舞、民间舞，不仅历史悠久、种类繁多，而且优美动人。早在公元前后，婆罗多牟尼写过一本叫《舞论》的书，从理论和实践两个方面，总结了印度几百年间发展起来的音乐、舞蹈、戏剧艺术，详细制定了美学的基本原则，确定了各种舞蹈的风格、舞台表演方式、演出时伴唱伴奏的各种形式。至今我们印度的舞蹈还遵循这套规则，要求非常严格。尤其是古典舞蹈要求更加严格。婆罗多、卡塔克、卡塔卡利、曼尼普里、奥蒂西、库契甫迪等号称印度六大古典舞派，从头到脚都有一套舞蹈姿势和感情的表达方式与程式，我欢迎您到印度访问，我陪您观赏各种舞蹈艺术。"

"谢谢。"邓颖超说。

英迪拉·甘地又说："我知道您和总理阁下很喜欢艺术而且懂得艺术。您同总理阁下在年轻的时候都曾登台演过戏、唱过歌，总理阁下还能指挥。"

"是的，在南开大学读书时，恩来曾演过男扮女装的话剧，他若是不从事政治、军事，也可能是位专职的演员。那时我也演过戏、唱过歌，不过都不怎样好。记得1936年我们长征到陕北，新中国成立后曾任我们外交部副部长的李克农写了一个揭露日本军国主义罪行的剧本《姐弟》，那时我们红军里找不到适当的演员，李克农就让我演'姐姐'，另外一个男同志演弟弟。我推辞不了，只好赶着鸭子上架，滥竽充数。我猜摸了几遍，这个日本姑娘怎么演，我也没到过日本。只从书上看到日本姑娘的打扮、表情。最后还是演下来了，观众还说我演得挺像。"

邓颖超一转话题，又说："关于舞蹈我没有研究，但我知道它是一种艺术，很重要的艺术，它起源于劳动。它与诗歌、音乐、戏剧结合在一起，是人类历史上最早产生的艺术形式之一。基本要素是动作姿态、节奏和表情，借以表达人们的思想感情，反映社会生活。世界上许多民族都有各具独特风格的舞蹈，其中民间舞蹈占有重要地位，在民间舞蹈的基础上，经过历代艺术家的提炼、加工和创造，而逐渐形成古典舞蹈，即具有整套的规范性技术和严谨的格式，也包括你刚才说的那几条原则。但各个民族又有不同，如贵国的古典舞蹈注重头、脚，特别是手的表演，能做出千变万化的各种形象和动作。西方的芭蕾舞则注重脚的动作。中国的古典舞蹈大多保存在戏曲艺术中，如京剧、昆剧、评剧等戏曲中，都有舞蹈动作，在表演上注重手、眼、身、法、步的紧密配合。这是中国舞蹈的特色。应该说，我们东方民族包括印度和中国有着极其光辉灿烂的古典舞蹈和民间舞蹈的悠久历史。其他像文学、戏剧、音乐、绘画、雕刻等艺术类，也都有几千年的历史。如中国的第一部诗集《诗经》，实际上也是民歌，在周朝就形成了。中国的舞蹈、音乐、诗歌和文学都受它的影响。汉代以后，贵国的佛教传入中国，佛教文化对中国影响也不小，尤其是盛唐时期，中国的文化艺术到了极盛时代，以后继续发展，中国人叫汉赋、唐诗、宋词、元杂剧、明清小说，清朝后期，京剧鹊起，成为群众喜闻乐见的一种艺术形式，不少中国人都能哼上几声京剧。"

邓颖超随即把话题落到实处，她说："我们两国有如此悠久的文化，应该加强交流，互相观摩，互相学习，促其进一步发展和繁荣。他们两位总理在谈政治、经济方面的合作和交流，我们就来谈文化艺术方面的交流和合作，小姐，你说好吗？"

"您讲的这些，对我启发很大，正如中国一句俗语说的'听君一席话，胜读十年书'，增加了许多知识。我十分赞成印中两国应该很好地进行文化交流，多派这方面的代表团互访和演出。"

"其实我并不懂文艺，在你这位舞蹈家面前那是班门弄斧了。"

邓颖超说，"但我喜欢文艺，也喜欢交文艺界的朋友。"

周恩来突然站起来，对着邓颖超和英迪拉·甘地说："我看你们两位谈得很投机，像一家人一样促膝谈心，这很好。不过今天已很晚了，尼赫鲁先生和英迪拉·甘地女士，今天一下飞机，就连续参加许多活动，太疲劳了，明天日程也安排得满满的，我建议今天就到此结束，送他们回宾馆休息。"

于是大家都起身，周恩来、邓颖超亲自帮客人穿上大衣，一起走到院外汽车旁边，握手告别。尼赫鲁、英迪拉·甘地回到宾馆，仍十分兴奋，感到中国对他们的接待出乎意料地隆重、热情、周到、好客。尤其是周恩来、邓颖超为他们举行的家宴，是那样的亲切、殷勤、友好。尼赫鲁不禁感叹地说："周恩来这人太聪明了，谈话处事缜密、周到、滴水不漏，而又令人心服口服，不愧是位外交天才。我虽比他大几岁，但他的才智超人，日内瓦会议没有他，不可能和平解决印度支那问题，他将是亚洲乃至世界的一位明星、伟人。"英迪拉·甘地说："我看邓颖超也是杰出的人才，知识渊博，谈吐文雅，大家风度。"尼赫鲁说："这是中国有名的一对具有高度文化修养和情操的互敬互爱的夫妇。也可以说是人类素质最高的代表。"英迪拉·甘地说："我看他们是集中国民族传统美德于一身。"尼赫鲁稍许考虑一会儿说："他们是中华优秀文化的代表。"英迪拉·甘地说："交这样的朋友很值得。"尼赫鲁说："是的，你说得很对，我考虑亚非会议一定要邀请周恩来参加，否则很难开好，开了也没意义。"

第二天，中国的报纸在头版头条报道了欢迎尼赫鲁的盛况。印度各报也在第一版用通栏大标题刊登了尼赫鲁在北京受到盛大欢迎，毛泽东接见尼赫鲁，周恩来夫妇宴请尼赫鲁和英迪拉·甘地的消息。《自由新闻》的标题说："北京热烈欢迎尼赫鲁"，"真挚的感情的热烈的表现"。《印度斯坦时报》说："中国给予尼赫鲁以盛大的欢迎。"《印度快报》说："中国首都像过节一样。"

老友重逢谈笑欢

10月20日晚，周恩来举行盛大宴会，欢迎尼赫鲁总理一行。毛泽东、刘少奇、朱德、宋庆龄、陈云、彭德怀、邓小平、邓子恢、贺龙、乌兰夫、李富春、李先念、郭沫若及人大常委会副委员长、政协副主席、最高人民法院院长、最高检察院检察长，各民主党派、各人民团体负责人，国防委员会副主席、国务院各部部长和袁仲贤大使等出席宴会。规模大、规格高，气氛极为热烈友好，是新中国成立以来少有的。可见对尼赫鲁的接待是如此的重视、隆重、热烈。周恩来和尼赫鲁先后发表了热情友好的讲话，他们大谈友谊、和平、和平共处五项原则。

周恩来说："尼赫鲁先生同甘地一起为印度独立所进行的艰苦斗争，对中国人民来说，不是生疏的。尼赫鲁先生很早就对中国人民的独立解放事业抱有同情，在中国人民进行抗日战争时期，尼赫鲁先生对中国的团结抗日非常关切。中华人民共和国成立后，在尼赫鲁总理领导下，印度迅速同我国建立了邦交。印度同其他爱好和平的国家一起，推动并协助了朝鲜的停战。不久以前，印度又同科伦坡会议国家一起，对印度支那和平的恢复作出了重要的贡献。"

周恩来说："印度在国际事务中，不断支持中华人民共和国的合法地位。中国人民很高兴有印度这样一个友好的邻邦和尼赫鲁总理这样一位卓越的朋友。"

周恩来在谈到中印两国关系时说："印度和中国都是亚洲的大国。我们是世界上两个古老的国家，同时又是两个年轻的国家。过去2000多年来，印度和中国有着密切的文化经济联系，在我们两国之间，历史上从来没有留下过战争的记录。近代以来，我们两国人民又同样受过殖民主义的压迫和进行过反殖民主义的斗争。这种共同的经历，使我们两国人民从很早以来就互相同情，互相关怀。现在我们两国人民都同样抱有争取和平的国际环境和建设自己国家的愿望。我们两国人民又都在为继续反对外来干涉、摆脱经济落后、实现国家的完全独立而斗争。这就不仅使我们两国人民的友好合作具备了基础，而且更加加强了我们两国人民早已结成的深厚友谊。中国人民对于代表我们伟大邻邦的尼赫鲁总理的访问所表示的热烈欢迎证明了这一点。这种深厚友谊，显示着我们两国的友好合作是有广阔的发展前途的。"

周恩来特别提到他在今年 6 月访问印度，同尼赫鲁发表的联合声明。他说："我们共同提出和平共处五项原则。毫无疑问，这个声明的发表是有历史意义的。中印两国是和平共处五项基本原则的倡议者，我们两国负有义务在我们的相互关系中贯彻这原则，用事实证明这些原则是互利的，而不是互相损害的。我们已经这样做了，我们还将继续这样做。我们相信中印两国的和平共处和友好合作，必将有助于促进亚洲和世界其他国家和平共处的逐步实现。"

周恩来指出："目前世界上大多数的人是欢迎和平共处的，并且愿意使和平共处的五项原则得到实现。但是，也还有少数人对和平共处不表示欢迎，而采取相反的行动，东南亚防务集团就是这种相反的明显例证。尼赫鲁总理今年 9 月 29 日在印度国会的演说中谈到《东南亚集体防务条约》时就曾指出：'《马尼拉条约》整个做法不但是一个错误的做法，而且是一个危险的做法。'这个错误的危险的做法，不仅没有停止，而且还有扩大到东南亚地区以外的危险。我们认为这种情况是造成亚洲不安的根源。"

周恩来说："日内瓦会议的结束，使尼赫鲁总理提出的在东南亚建立一个和平地区的创议成为可能。但是，缔结《马尼拉条约》

的做法是同这一创议背道而驰的。尼赫鲁总理今年 9 月 16 日在印度国会发言中曾经说：'印度的政策是要在亚洲建立一个和平地区，假若可能的话，也在其他地方建立一个和平地区。'显然，这个建立和扩大和平地区的政策，是符合印度和亚洲各国人民的利益的。我们欢迎尼赫鲁总理的这个主张，并愿意同印度一道，共同努力，克服困难，建立和扩大亚洲的和平地区。"

接着尼赫鲁在一片欢迎的掌声中讲话。尼赫鲁说："在我从德里前来北京途中，过去历史以及近代历史的整个景象浮现在我眼前。在 2000 多年以前，中国和印度相识和相互了解，后来两国间有许许多多旅客和宾客作为友好的使者彼此往来不绝，交流文化和思想。我们两国之间没有冲突的记录，只有友谊、贸易和文化交流的记录。这是两个伟大邻邦的值得骄傲的传统。"

尼赫鲁说："当您，总理先生，在几个月以前到我们印度来做一次短暂的访问的时候，这次访问不仅受到我们的欢迎，而且有着历史意义。我们印度人感觉到它的重要意义，因此热烈地欢迎了您。同样，当他们知道我要到这个伟大的古老的国度来时，他们很重视我的这次访问，认为这是对印度和中国都有重要意义的事件。北京人民昨天对我盛大的欢迎，是我永远铭感不忘的。这种欢迎也表示贵国人民认识到这次访问的意义，不仅仅是某个个人来到这里而已。这种欢迎不是对我的，而是对我能够荣幸地代表的国家的。对那些创造历史和潮流来说，人民的感觉是一种比政治家和政界人物的愿望更为可靠的考验。

"我来这里的访问，已成为我们两大国的关系中具有一定重要历史意义的事情。在任何时候，印度和中国的关系将是具有重大意义的事情。在目前这个混乱和困难的世界上，这也许具有更大的意义。归根到底，人类比其他东西更为重要，生活在中国和印度的将近 10 亿的人是必须考虑的。"

尼赫鲁说："在我们过去的历史中，我们具有不同的经验，并且常常选择不同的道路。甚至在目前，我们也许对一些事情看法不一致，但是这不能遮盖一个基本事实，那就是：我们有许多共同的经历，有许多共同之点，并且我们两个国家及其人民之间，实质上是亲善和友好的。在一个纷争的世界上，还是一个很大的好处。今日世界最大的需要是和平，我确信中国人民和印度人民一样是忠于和平事业的。"

尼赫鲁强调说："总理先生，来到印度的时候，我们发表了一项关于指导我们两国关系的五项原则的联合声明。这些原则规定了每个国家的主权原则，它们应享有自由和独立并在同其他国家保持友好的情况下过自己的生活，而不受任何其他国家的干涉。如果今天世界都根据这些原则行事，那么，许多影响各国的纠纷便会消失。"

尼赫鲁又说："对于国家来说，正像对于集团来说一样，唯一正确和切合实际的道路，是承认它们之间的共处，即使它们的观点和生活方式是不同的。任何其他道路或对这条道路的干涉，便会带来冲突。

"我们世界上已受够了冲突、仇恨、毁灭，每个国家的人民都渴望和平和发展自己的机会。不论个人或国家，都不能通过仇恨和暴力而发展，仇恨和暴力不仅带来毁灭而且也阻止人类的发展。我们正是抱着我们的伟大领袖圣雄甘地教导我们的这种诚挚的信念，竭尽全力为和平而努力。但是和平并不仅仅是没有战争而已。它是一种积极的东西。它是一种生活方式，一种思想和行动方式。只有这样，我们才能造成足以导向国际合作的真正的和平气氛。"

频繁的友好活动

10月21日晚7时，印度驻华大使赖嘉文为尼赫鲁总理访华在新侨饭店举行招待会。毛泽东、刘少奇、周恩来、朱德、宋庆龄、陈云、董必武、彭德怀、郭沫若等中国各方面的领导人出席了招待会。赖嘉文、毛泽东在酒会上作了简短的致辞。

毛泽东说："中印两国人民都是坚决主张和平的。我们两国人民像全世界人民一样，坚决为和平而努力。

"为中印两国人民的合作和两国人民的繁荣，为世界和平，为印度共和国总统普拉沙德的健康，为尼赫鲁总理到中国访问和他的健康，为今天的宴会主人——赖嘉文大使的健康，干杯！"

招待会之后，周恩来、邓颖超陪同尼赫鲁、英迪拉·甘地等观看歌舞京剧晚会。

10月23日下午，北京市市长彭真在中山公园举行各界人民群众盛大的欢迎大会，彭真和尼赫鲁在大会上讲话，周恩来等中国领导人出席大会。

尼赫鲁说："在这四天中，我生活在友谊、款待和热情中间，我感动极了，我无法告诉诸位我受到多深的感动。我认为这种热烈欢迎另外一个国家来的访问者的表现是具有象征意义的。"

尼赫鲁说："在这个世界上生存的唯一办法是通过共处合作，既承认各国有权过它自己的生活。在将来不能有东方和西方针锋相对的事。只能有一个世界，致力于世界各不同地区之间的友好合作，以促进人类的进步。最近的《日内瓦协议》——中国代表在这个协议中起了非常显著的作用，这个协议为印度支那带来和平——为我们指出了用协商的办法和平解决困难问题的道路。没有理由说明为什么我们不应把这个方法也应用到其他问题上，即使有困难，即使道路可能很长。这是我们能够走的唯一道路。"

尼赫鲁特别强调说："中国和印度所宣布的五项原则，为这个新的办法奠定了基础。我真心地相信，不仅亚洲国家和人民将接受和履行这些原则，而且其他国家和人民也将接受和履行这些原则。这样，我们就能扩大和平地区，消除今天所存在的战争恐惧和紧张局势。"

尼赫鲁深有感触地说："我是作为和平和善意的使者到你们这里来的，而我已在这里发现和平的精神和善意。我已感到和我的周围完全调和，我对将来的信心业已加强。"

当日晚，毛泽东在中南海为尼赫鲁举行宴会，刘少奇、周恩来、朱德、宋庆龄和陈云等参加。

10月26日下午4时30分，尼赫鲁偕他的女儿英迪拉·甘地到中南海勤政殿向毛泽东、刘少奇、周恩来、朱德、宋庆龄、陈云等辞行，并会谈一小时半。

会见后，彭真市长为欢送尼赫鲁一行举行盛大酒会，周恩来等出席。

当晚，尼赫鲁在印度使馆举行告别宴会，周恩来和夫人邓颖超、宋庆龄、陈云、彭德怀、邓小平、贺龙、乌兰夫、李富春、李先念、郭沫若和袁仲贤等出席。

当日，尼赫鲁举行记者招待会和在中央人民广播电台发表广播演说。

尼赫鲁在讲话和回答记者提问时着重说："我们听说伦敦和纽约的某些报纸消息说，在周恩来总理同我的会谈过程中，我们之间有尖锐的分歧。这些消息是完全没有根据的。虽然在某些问题上印度的基本态度同中国的基本态度有一些不同，但是在我们的会谈中并没有发生过分歧，而且我很愉快地说，有很大程度的一致。"

尼赫鲁说："日内瓦会议是持有不同看法的人们共聚一堂，求出一个解决办法的极好例子。《东南亚防务条约》妨碍共聚一堂解决分歧的空气，在这个意义上来说是一种障碍，而且加剧了紧张局势。"

尼赫鲁在回答记者问他对和平共处五项原则的看法时说："这五项原则好极了，问题是实施这五项原则问题。"

当记者问他中国参加联合国问题时，尼赫鲁说："我们一向认为，从许多观点来看，特别是从世界和平这一重要观点来看，让中国参加联合国是必要的。印度当然极为渴望和平得到维持和巩固，中国也渴望那样。举行亚非会议有助于促进和平，关于亚非会议的细节，仍有待于科伦坡国家作出决定。"

10月27日上午8时，周恩来、宋庆龄、陈云、彭德怀、邓小平、贺龙、乌兰夫、李富春、李先念、郭沫若、彭真、李济深、黄炎培、陈叔通、聂荣臻和袁仲贤等到机场欢送尼赫鲁一行前往中国华东、华南地区访问参观。尼赫鲁在北京期间，正值秋高气爽，风和日丽，尼赫鲁和他的女儿英迪拉·甘地兴致勃勃地参观了北京第一棉纺厂，北京市人民法院监狱，民族学院，北京郊区农村。在北京西郊公园，尼赫鲁非常高兴地看了他在1953年赠给中国儿童的一只名叫"阿萨"的大象。现在"阿萨"在中国又长高了半尺，它为尼赫鲁做了精彩的表演。尼赫鲁还尽情地游览了北京的名胜古迹——故宫、北海、颐和园、长城等等。在雍和宫看到供奉的巨大的释迦牟尼楠木雕像，他十分惊叹；在颐和园他对壮丽的佛香阁建筑更是流连忘返；在长城，他面对如此雄伟而又古老的建筑，他对中国人民的才智赞叹不已，被中国的古老文明与悠久文化传统深深吸引了。他到了上海、杭州、广州，不仅受到热情的接待，而且饱赏中国近代化城市的风貌和绝佳的南方美丽景色。

毛泽东同尼赫鲁举行会谈

尼赫鲁在北京同周恩来进行了五次会谈，同毛泽东进行了两次会谈，还分别同陈云和李富春、李先念副总理举行了会谈，同科学院院长郭沫若、文化部部长沈雁冰进行了会谈。他们主要是谈两国的经济、科技、文化交流与合作。

周恩来与尼赫鲁主要就国际形势、亚洲和世界和平、亚非会议、两国政治关系包括边界和华侨等问题进行会谈，比在周恩来访印时，谈得既广且深。而谈得最多的是对战争与和平的看法，说明世界上无论哪一个国家、哪一个集团、哪一个人，只有和平才有出路，借以坚定尼赫鲁对争取和平的决心和信心，让其为和平而奔走、奋斗。周恩来表示完全支持尼赫鲁召开亚非会议、扩大和平地区的设想，若有可能，中国亦愿意参加亚非会议。周恩来还请尼赫鲁协助中国同邻邦泰国在和平共处五项原则的基础上建立外交关系。尼赫鲁表示愿从中斡旋，在他路过泰国时向泰方转达中国的意向。

毛泽东与尼赫鲁会谈时，则主要论述和平与战争问题。毛泽东说："我们所有东方人，在历史上都受过西方帝国主义国家的欺侮。日本虽然是个东方国家，但是它过去又是一个帝国主义国家，它也欺侮别的东方国家，可是现在连日本都被欺侮了。中国受西方国家欺侮有100多年。你的国家受西方欺侮的时间更长，有300年。现在日本人也处在受压迫的境地。因此，我们东方人有团结起来的感情，有保卫自己的感情。赖嘉文大使在中国已经几年了，一定懂得中国人民爱国的感情和中国人民对印度人民及其他东方国家人民的感情。尽管我们在思想上、社会制度上不同，但是我们有一个很大的共同点，那就是我们都要对付帝国主义。尼赫鲁总理不要以为中国已经完全独立，没有问题了，我们还有很大的问题，台湾就还在美国和蒋介石的手里，离开大陆几公里的地方，我们有30多个岛屿，其中大的约有3个。这些岛屿都被美、蒋盘踞着，我们的船不能通过，外国也不能通过，美国飞机到我们内地上空空投特务。这些特务以7人到10人一组，带有电台，到现在为止，已经有几十组这样的特务空投到我们内地各省。在四川和靠近西藏的青海，美国飞机都曾空投过特务，并且空投武器给那里的土匪。这就说明，美国当局中的一小部分人，一有机会就整我们的。

"此外，尼赫鲁总理知道，我们的国家不是一个工业国，而是一个农业国。我们的工业水平比印度还低。帝国主义国家现在是看不起我们的。我们两国的处境差不多，这也是东方国家的共同处境。我读了尼赫鲁总理上月29日的演说，尼赫鲁总理所表示的情绪同我们差不多。"

尼赫鲁说："感谢主席把你对于我们两国和一般形势的意见告诉我，你说的一点不错，过去两百多年来，我们两国和其他亚洲国家都遭受过外来殖民主义国家的压迫和统治。

"亚洲是一个大洲，在亚洲有几个大国，中国是最大的一个，还有一些小的国家。但是我们都有一个共同的经历，那就是外来的统治。现在的问题也是共同的，我们共同的因素和共同的要求是很明显的，当周总理访问印度的时候，他看到了印度对他本人和对中国的友好。如果主席能给予我们如此的光荣，到印度来访问，主席也会受到盛大的欢迎。

"周总理在德里的时候，我们发表了一个联合声明，其中提到五项原则。在印度，这五项原则被认为不仅适用于我们两国之间的关系，也适用于其他各国之间的关系。如果遵守这些原则，紧张局势就能大大缓和，每一个国家都能按照它的才智发展，并同其他国家友好相处。

"在亚洲国家中，中印两国最大，因此，我们两国在亚洲要起更重要的作用。无论如何，我们两国的人口就有 10 亿，这就起有力的影响。"

毛泽东说："应当把五项原则推广到所有国家的关系中去。尼赫鲁总理在上月 29 日的演说中就说过，应当按五项原则来约束，承担义务。如果一个国家说了不做，那么就有理由指责它，它在人们的眼中就输了理。问题是有些大国不愿受约束，不愿像我们两国那样，根据五项原则订立协定。不知道它们有什么想法。据我所知，美国和英国也说，它们要求和平，不干涉他国内政。但是，如果我们要同它们根据五项原则发表声明，它们就不愿意干。"

尼赫鲁说："几个欧洲的大国比过去弱得多了，它们又看不到什么前途。欧洲帝国主义国家虽然还在起作用，但是已经一天比一天弱，不能维持多久了。美国是较为强大的，但是凡是到过美国的人，都知道美国是多么害怕，尽管美国在军事上和财力上都是强大的。美国害怕丧失它的地位。"

毛泽东说："不能设想任何国家会开军队到美国去。至于说美国怕丧失它在世界各地占据的地方，可是好像听说美国是反对英、法殖民主义的。美国恐惧也实在太过分了。它把防线摆在南朝鲜、台湾、印度支那，这些地方离美国那么远，离我们倒很近。这使得我们很难睡觉。美国做事是不管别人能不能受得了的。例如，搞《东南亚条约》，它就没有问问中国和印度。亚洲有许多国家，但是它只问了三个：巴基斯坦、泰国、菲律宾。"

尼赫鲁说："几年来发生了一些很大的变化，改变了亚洲的整个局面，也改变了亚洲同欧美的关系。有些国家很难了解这一切，但是，欧洲的一些国家比较聪明些，虽然它们还不够聪明，它们开始了解这些变化。美国是很不成熟的，要美国看着世界上做着它不喜欢的事，对美国是很困难的。

《东南亚条约》是美国对日内瓦会议的一个反应，美国不喜欢那些协议，美国这样做，是想表示一下它还很重要，还能影响政策。"

毛泽东说："尼赫鲁总理说《东南亚条约》是美国对《日内瓦协议》的一个反应，这很对。日内瓦会议做了好事，美国就来破坏。

"艾登曾经建议搞一个亚洲《洛迦诺公约》，但是后来又放弃了，反而接受《东南亚条约》。

"这样的大国，竟这样胆小。我们两国就不怕。美国邀请印度参加马尼拉会议，印度就有胆量不去。在恢复中国在联合国中的地位问题上，印度也有胆量投票赞成。但是像英、法这样的大国却如此胆小。我们向它们建议，把它们的大国地位给我们，好不好？"

在谈到和平与战争问题时，毛泽东问："在东南亚是不是有人怀疑我们要扩张？"

尼赫鲁回答："是的，在东南亚是有些怀疑的。这一点，甚至在过去就有。对于印度也是有怀疑的。

"早在希特勒以前，在恺撒大帝的时候，德国德皇威廉二世说要得到太阳下的土地，这就是说要取得别国已有的殖民地。恺撒大帝曾画了一幅画来描写'黄祸'，图上画了一大群亚洲人，主要是中国人和日本人，去侵略欧洲，恺撒大帝手持宝剑，正在保卫欧洲，当时他们主要指的是日本。"

毛泽东说："我们不赞成过去希特勒德国的说法，希特勒德国和日本过去曾说，它们是'无'的国家，要向'有'的国家取得东西。日本在过去，在 10 年前，倒的确是'黄祸'。

"我们现在需要几十年的和平，至少几十年的和平，以便开发国家的生产，改善人民生活。我们不愿打仗。假如能创造这样一个环境，那就很好，凡是赞成这个目标的，我们都能同它合作。毫无疑问，印度和缅甸也是赞成的。

"我想泰国也不会怀疑中国要大举进攻它。我们是想同它搞好关系的，但是泰国政府古怪得很，不理我们。

"菲律宾说怕我们侵略，但是，我们要同它搞好关系，并且像中印两国一样，发表一个声明。但是它又不干，它唯一的理由就是听美国的话，同美国走在一条轨道上，美国说什么，它就做什么。"

尼赫鲁说："我想杜勒斯是一个大威胁。他是一个非常阴险的人。他是美以美会的牧师，他在教堂里很虔诚地讲道。就其阴险的一方面来说，他倒是诚实的。但是他固执己见，毫不体谅，他任何时候都能采取危险的步骤。

"除了美国军事集团要打仗以外，还有一群人想打仗，那就是蒋介石和李承晚。这些人认为，没有战争，他们就会被消灭掉。因此，他们鼓动美国人打仗。"

毛泽东说："尼赫鲁总理说美国想打仗，想用战争的办法得到更大的利益。关于战争是否有好处，这是一个值得研究的问题。我们可以看一看两次世界大战究竟对谁、对哪些国家有好处。可以说两次大战对三类国家有利，对其余的国家都是有害的。

"第一类国家是美帝国主义，它在两次大战中获得了利益，得到了发展。

"第二类是在两次大战以后建立起来的，由共产党和工人阶级领导的国家。

"第三类是被压迫的民族和国家，这些不是共产党领导的，而是由爱国团体和政党领导的，像印度、印尼、缅甸、叙利亚和埃及这样的国家属于这一类。

"要搞战争的话，就要动员人民，就要使人民处于紧张状态，并且使他们学会打仗。但是，人民结合起来以后，势必会产生革命。例如，中国革命就是这样，印度的革命也是这样。我们两国的独立都是第二次世界大战的结果，没有第二次世界大战很难取得独立。

"另外一些国家被战争削弱了，例如德国、意大利、日本；英国、法国虽然是战胜国，但也削弱了。在中国，由于日本和蒋介石削弱了，我们就起来了。由于英国削弱了，印度、缅甸和埃及起来了。由于法国削弱了，越南、叙利亚起来了。由于荷兰削弱了，印尼起来了。

"如果再打仗的话，不知美国军事集团是怎样的想法。它们过去的经验，是在两次大战中得到利益和发展，它们希望通过一次战争得到更大利益和发展。它们是根据自己的经验这样想的，但是，这只是一方面的经验；另一方面，两次大战以后建立了共产党领导的国家和爱国党派领导的国家。如果再打大战，我看美国不一定得利。而且美国本身就会发生问题，如果再打大战，西亚和非洲的大部或全部、整个拉丁美洲都会脱离帝国主义。

"此外，还有一条经验。在两次大战中，都是防御者胜利，进攻者失败。第一次世界大战中，德国军队在西边打到巴黎，在东边几乎打到彼得格勒，但是结果进攻者失败了。第二次世界大战的进攻者，德国、意大利、日本也都失败了，而防御的一方取得了胜利。

"我们可以得出结论：不应该再打大战，应该长期和平。再打大战的结果，是对侵略者不利的。"

尼赫鲁说："基本同意主席意见。"

毛泽东说："归根一句话，不打仗最好。如果我们能替艾森豪威尔当个参谋长，那么他就可以听我们的话，而不受他的顾问包围了。尼赫鲁总理做这件工作比我们顺利些。如果我们去做这个工作，他就会说我们以革命来恐吓他，并且说他不怕革命。我想，不仅战争，就是紧张局势也使制造紧张局势的人一方面得利，另一方面也受到损害。我想问问，究竟使人民感到安全有利呢，还是使人民每天处于紧张有利呢？紧张局势会使人民觉悟，使他们做好准备，抵抗压力。这是有助于革命的。

"很明显，中印之间没有紧张局势，我们相互之间也不进行神经战，也不每天戒备着，像我们同美国之间以及苏联同美国之间那样。"

尼赫鲁在向毛泽东、刘少奇、周恩来、朱德、宋庆龄、陈云等告别时说："我想周恩来总理一定知道法国的一句话：'离别好像是使人死去一部分一样。'"

毛泽东说："在约两千多年前，中国的一个诗人屈原曾有两句诗：'悲莫悲兮生别离，乐莫乐兮新相知。'

"我曾经在一次宴会上对尼赫鲁总理谈起我们对印度的感觉，我说，我们同印度不需要互相防备着。我们没有感觉到印度要损害我们。

"我曾经问，我们两国总理兼外长在谈话中如果说错了话，能不能改？我想是能改的。但这是在我们两国之间如此，在别的一些国家可能是会抓住我们说错的话的，我们也会抓别的一些国家说错的话。中国有一句话叫作抓辫子。但是我们同印度是不互相抓辫子的，我们并不互相防备，说错了话也不要紧。"

尼赫鲁说："至少我们不是老式的外交。无论如何，在我同周总理和他的同事们的谈话中，是不会有这种事的。"

毛泽东说："印度是一个有希望的民族，是一个伟大的民族。我听袁仲贤大使说，印度南部的人民在农业方面精耕细作，把一切可利用的土地都利用了，这一点像我们成都附近的情况。印度的每一个好消息都使我们高兴。印度好了，对世界是有利的。"

尼赫鲁说："我很荣幸地同主席谈过了几次，我很感激。我同周总理的谈话更长一些。我告诉周总理说，我们可以坐下来连谈好几天，因为我们有好些要谈的。"

毛泽东说："我很高兴能有这几次会谈，使我们互相交换了意见。同时尼赫鲁总理又同周恩来总理进行了会谈。我们两国的外交是很容易办的，不需要吵架。朋友之间有时也有分歧，有时也吵架，甚至面红耳赤。但是这种吵架，和我们同杜勒斯的吵架，是有性质上的不同的。

"尼赫鲁总理这次来访，一定会看出来，中国是很需要朋友的。我们是一个新中国，虽然号称大国，但是力量还弱。在我们面前站着一个强大的对手，那就是美国。美国只要有机会，总是要整我们，因此我们需要朋友。这是尼赫鲁总理可以感觉到的。我想印度也是需要朋友的。这一点，可以从我们几次会谈，从过去几年的合作，从周总理访问印度时受到的欢迎和进行的恳谈看得出来。

"尼赫鲁总理主张建立和扩大和平区域，并且表示希望赞成和平的国家日益增多。建立和扩大和平区域，是一个很好的口号，我们赞成。为此目的，就需要去除一些足以引起怀疑、妨碍合作的因素。中印签订了关于西藏的协定，这是有利于消除引起怀疑、妨碍合作的因素的。我们共同宣布了五项原则，这也是很好的。华侨问题也应适当地解决，免得有些国家说我们要利用华侨捣乱。如果华侨保持侨民身份，他们就不应该参加所在国的政治活动；如果取得了所在国的国籍，那么，就应该按照该国的法律办事。华侨也应该遵守所在国的法律。

"凡是足以引起怀疑、妨碍合作的问题，我们都要求解决，这就能达到五项原则中的平等互利。合作不能对任何一方有害，否则就不能持久，一定会破裂。不论是朋友之间、国与国之间或是政党之间的合作，都是如此。合作一定要有利，否则谁还干呢?"

一封情真意切的私人感谢信

却说尼赫鲁到了广州，即将结束对中国的友好访问的时候，他对于中国这次空前盛情的接待和推心置腹的友好交谈，把他当成中国人民好朋友看待，感动得夜不能寐，辗转反侧，不能自已。他看了印度外交部陪同他前来访问的官员为他写的给毛泽东、周恩来临别时的两份感谢电，虽也说了衷心感谢他在中国受到殷勤的款待和深厚友谊，但觉得不过是一般外交礼节性的，同到别国访问时一样，根本不足以表达他的深切感受、真实情怀和许多心中想说的亲切的话。于是他在 10 月 29 日夜，亲自命笔，亲自起草了一封给周恩来的私人信，经过几番修改，又把他女儿英迪拉·甘地从睡梦中叫起，帮助他推敲修改。英迪拉·甘地这次随父亲来华访问，同她的父亲有同感，觉得中国人对他们太友好了，太热情了，不但赞成她父亲写这封信，而且在有些地方加重分量，加重感情色彩。于是给周恩来的私人信定稿了，立即交打字员打印，第二天交给印度驻华大使，由大使馆转给中国外交部礼宾司转呈周恩来总理。

全文如下：

中华人民共和国总理周恩来阁下：

亲爱的总理，我已经正式地并且用其他的方式，一再向你和你的政府表示我的谢意。在我离开中国的前夕，我写这个私人的信给你，正如你曾经说过的，我们之间的关系已经不再是纯粹拘泥礼节了，而我荣幸地同你结交了友谊。

我无法用任何言辞告诉你，我到这个新中国来访问，和我从中国的领袖们、政府和人民所得到的欢迎，使我们得到了多么深刻的印象。这样盛大的欢迎是足以使任何人受到感动的。我在自己的国家里和别的国家里，曾经经历过多次盛大集会和群众欢迎，因此，不仅对于我们所看到的，而且对于我所感觉到的，我都善于接受。在我逗留中国这十天内，我所感觉到的，是比对于一个个人的群众欢迎，不论他是谁，更加深刻的东西。我认为，在这后面有一种情感，有一种对于我在我们两国历史的这个时际来访问的意义的自觉的或是下意识的体会。

你对印度的访问，也曾有这种意义，我认为人民用他们所给予的欢迎来表现他们对这种意义的体会，虽然你来得很突然。

我对中国的访问是你对印度访问的继续，也是使我们两国团结在一起的链子上的另一环。正是由于不论在印度或者在中国，群众脑子里有这种感觉，这两个具有宏伟的历史前途而又有很大希望的伟大国家，正在进行接近，并且注定了要为建设未来而合作。我相信，这一点影响了我们两国人民。

甚至我的国家的人民，也在某种程度上了解了印中关系的这个新发展的意义，因此撇开个人不谈，这些访问已经成为在一个有历史意义的过程中的重要事件。我欢迎这一点，因为我坚信我们彼此是能有所帮助的，而且对于亚洲和世界上更大的目的也是能有所帮助的。

在某些事情上，我们可能不同意，但是我不认为这就会妨碍我们的合作。假如我们有时间和空间，我是希望同你讨论许多事情的。这就会帮助我多了解一些中国的观点、要求和目标。

我曾经通过阅读新中国领袖们的发言，来努力了解这些，而我相信，我现在已经知道了一些。但是亲自谈一下常常是比正式的著作和宣言更有帮助些。也许我也能够向你和你的同事们解释一下，我们在印度是如何工作的，希望如何取得成就。

　　过去50年来，中国和印度是很不相同的。因此，这两个国家和这两国的人民，自然受到不同的影响，且不谈我们过去年代的影响了。我们必须按照我们的环境，按照使我们存在并且今天在支配我们的条件下来工作。我不能说，我在中国或在另外一个国家会怎样工作，因为，假如我在那里生活，我就会受到不同的影响。也许在另外一个国家的任何人也不能说，他如果生活在印度将如何工作。因此，我们必须在各自的环境里，按照我们人民的背景和我们看到他们目前所处的客观条件来工作。

　　你知道，我国人民受到甘地的一生和他的教义的有力影响，这件事本身就是印度过去的和近来的情况的结果，并且反映了印度人民的基本要求。因此，我们采取了和平的方法，我们不仅相信它的效力，而且相信它的实际用处。我不能说，如果过去的情况不同的话，我们会怎样做。对于另外一种情况完全不同，只有有限的办法可供选择的国家，我也不敢说什么。

　　因此，我并不想批评任何一个别的国家或者任何一种别的方法。但是在我自己的国家，我必须按照我们自己的意愿，按照我们对我国人民和问题的了解来工作。我们努力从别的国家的经验中学习，也从我们自己的经验中，我们自己的成功和失败中学习。由于这种态度，我们努力对别人容忍并且设法去了解他们，即使我们同他们有分歧。我相信，每一个国家都必须按照自己的才智，把它扎在自己的土地上来工作，虽然它也应该经常向别的国家学习。我们也相信，今天在世界上有巨大的力量在起作用，这些力量虽然会把不同的国家集在一起，虽然它们可能彼此有分歧。我们应当以一种体谅的方法来帮助这种程序，并且应当经常避免增加那些分歧和随这些分歧而来的仇恨。

虽然这是我们对待所有国家的一般态度，但是，我们很自然地更接近其中的一些国家，特别是更接近我们的邻国。这种接近可能是由于政治原因，这些政治原因是重要的。但是较此更重要得多的是感情上的联系，它使两个国家和两国人民结合在一起。我相信，最近的事情表明，在中国同印度之间，除了政治上的考虑之外，还有这种感情上的联系，我深信，这是一件有重大意义和历史重要性的事。

在我游历中国并收集了各种印象的时候，这种感觉一直在我的脑子里占有重要的地位，我曾经常不断地想目前的问题，而且想将来的问题。我想，也许我们两国注定要大大地为和平和人类进步的事业而服务。亚洲的未来肯定是能大大地为和平和人类进步而服务的。亚洲的未来肯定是能大大地加以影响的，而这就是说，对于世界和其他部分也可以多少影响一些。

同你一样，我也渴望印度同中国之间加深接触。一切都是有利于此的，只有一个基本困难，这个困难就是语言。不幸的是，我们两国人民中很少人懂得对方的语言，很少人懂得任何别的共同语言。在国与国的关系中，语言起一个重要的作用，因为只有语言才能导致真正的了解。我只能希望我们两国人民中有越来越多的人学习对方的语言，或者能用一种共同的语言来谈话。我怕我现在已经老了、也太忙，不能下功夫来学习中文了。

在次要的事情上，我希望北京同德里之间能建立无线电的电话通讯。我很惊讶地知道北京和喀喇蚩之间有这种联系而同德里没有。我也希望两国之间能交换更多的新闻，报界人员将能在这种程序中给予帮助。

我坦白地像对一位朋友那样写信给你，我希望你并不介意，对于我在中国这值得记忆和不能忘情的访问期间所受到的经历到的一切，我再次向你感谢。

向你和中国致意。

你的很忠诚的尼赫鲁

1954 年 10 月 29 日

周恩来看了信以后，对尼赫鲁出自肺腑的话也深受感动，他在"北京同喀喇蚩之间有这种联系"（指无线电话）旁批注："此条误传，北京和喀喇蚩之间并无无线电话联系"。在"我也希望两国之间能交换更多的新闻"旁批注："中印两国已互派通讯社记者，拟于明年试办互派事"。随即又批送毛泽东、刘少奇、李富春等阅退周恩来。但是这封信一直未公开发表过，可能周恩来考虑这是给他的私人信件，不便发表，因为周恩来一向不愿突出自己。

但周恩来很快起草了一封给尼赫鲁的复信，后因两国电讯部门在谈判建立北京与德里的无线电话，他想待有一个结果再发出，不久又逢尼赫鲁 65 岁寿辰，于是就先发祝贺信。全文如下：

亲爱的总理先生：

在您 65 岁寿辰之际，我谨通过您向印度儿童赠送中国的名产梅花鹿、丹顶鹤各 1 对和包括 20 个品种的金鱼 100 条，请惠予接纳。我希望印度儿童，如同中国的儿童喜欢"阿萨"一样，喜欢这些象征我们两国人民友谊的礼物。

这些礼物运抵德里后，即将由我国驻印度大使馆送上。

顺致敬意

周恩来

1954 年 11 月 13 日于北京

尼赫鲁立即复电周恩来表示感谢。电文说：

阁下：

　　我感谢您在我的生日致我的友好的来信，我十分珍视这一来信。我到您的伟大国家的访问是我一生中值得记忆的事件，并且我相信这个访问对促进印度和中国之间的友谊和合作已有所帮助，这种友谊和合作对我们两国及亚洲和世界的和平是如此的必要。谨致以我的良好的愿望。我非常感谢您送给我的梅花鹿、丹顶鹤和金鱼等礼物。我相信印度儿童将很高兴看到这些礼物，并且每当他们看到这些礼物的时候，将想起您的伟大的国家。

贾瓦哈拉尔·尼赫鲁

　　在周恩来接到尼赫鲁的复信后，立即稍加修改原先准备复尼赫鲁在广州的来信内容，信文如下：

亲爱的尼赫鲁总理：

　　我荣幸地收到您赠给我的印度咖啡和印度茶叶。感谢您的友谊，感谢您的新年祝贺。

　　您在离开广州前给我的来信，早已收到了。请原谅迟到现在才答复您。您在那封信里表示的感情，我是完全可以了解的。正如您过去所说过的，中国人民很高兴在维护和平的共同事业中有印度这样一个友好的邻邦。我们两国人民之间的深厚友谊和为和平而努力的共同愿望，使中印的友好合作具有广阔的发展前途，这也是我深信不疑的。

　　关于北京同德里之间建立无线电话通讯，中国政府完全同意。据我所知，两国的电讯部门已经就此问题进行联系，在不久的将来应该就能实现。顺便想告诉您，中国同巴基斯坦之间还没建立无线电话通讯。

赖嘉文大使告诉我，您喜欢较淡的香烟。因此，我特别定制了两百罐送上，希望适合您的口味。

在 1954 年即将告终的时候，请允许我向您祝贺过去的一年中我们两国友好团结关系的显著增进，并祝中印两国关系在 1955 年有进一步的发展。

周恩来

1954 年 12 月 28 日于北京

总而言之，这次尼赫鲁访华，对中国隆重、盛大、周到的接待和新中国在各方面取得的成就，留下了极其深刻的印象，中国人民和中国领导人表现出对印度和他本人的友好情谊，更坚定了他的对华友好态度，中国政府的和平外交政策和渴望有一个和平的国际环境，以建设自己的国家和大力支持他的扩大和平区域的构想，更加鼓舞了他为和平而奋斗的信心，并积极筹备亚非会议。同样，也实现了周恩来接待尼赫鲁的初衷，达到了团结印度、增进友谊，结交尼赫鲁这位朋友，共同为争取亚洲及世界和平，反对美帝国主义侵略政策的目的。这是新中国外交的又一成功。

六、吴努接踵而来

中国西南邻居缅甸的总理吴努和夫人及其随行人员，应中国国务院总理周恩来的邀请，于 1954 年 12 月 1 日从终年高温的热带来到进入初冬、日益寒冷的中国北端，从孟加拉湾和安达曼海海洋性气候的仰光来到华北平原大陆性气候的北京，进行正式友好访问。

刚刚结束在中国访问的尼赫鲁，他占了天时和人和，10 月的中国尤其是北京，正是金秋季节。吴努比尼赫鲁晚了一个多月，中国的自然气候已经变冷了，气温大约在零下十摄氏度至十几摄氏度之间升降回旋。对常年生活在气温大约三四十摄氏度的人来说是很不适应的。

吴努到达北京那天，周恩来和国务院副总理、人大常委会副委员长、政协副主席、各民主党派、各人民团体代表、首都各界人士到机场欢迎。周恩来陪同吴努检阅了陆海空三军仪仗队，吴努在机场发表简短演说。他说："我用不着告诉你们我是多么高兴到北京来。事实上这是我对中国这个伟大的国家的第二次访问。我第一次访问中国是在 1939 年 12 月，中国人民正在英勇地抵抗日本侵略的时候。"他说："事实上，促使我来访问这个国家有三个目标：

"（一）亲自看看你们的领袖和中国人民建设一个新社会的各种努力；（二）同我尊敬的朋友周恩来总理叙旧，并趁这个机会结识中华人民共和国其他领袖；（三）为中华人民共和国和缅甸联邦之间建立友好关系奠定牢固的基础。"

周恩来与毛泽东旧话重提

早在这一年的6月份，周恩来访问缅甸时，在同吴努的会谈中，他就深感缅甸对中国有疑虑，虽经他多次解释说明，打消了不少，但尚未完全释疑。他在向毛泽东汇报时，详细讲了这个问题，并建议毛泽东在吴努来访时，做做吴努的工作，同他多谈谈，毛泽东当时接受了周恩来的建议。

在吴努来访前夕，周恩来又向毛泽东旧话重提。

毛泽东不假思索地说："那是当然。"毛泽东话题一转，说道："不过你更要同他多谈谈，同时也请少奇同志和其他同志也同吴努就缅甸共产党等有关问题交谈交谈。"

周恩来说："具体的事情我们来谈。你是主席，一国之主，你说的话管用，作用更大。"

毛泽东说："你是总理呀，总而理之，你的话也很管用，而且外国人更喜欢听你的话。"

周恩来说："主席，我们别争了吧，就按你说的，我们分工来做吴努的工作，少奇同志他们会见吴努的事由我来安排。在一些问题上我们要多宽容一点，多尊重他们。小国嘛，对大国难免有些害怕、疑惧，要多理解他们的心情，体谅他们的困难，照顾其处境。缅甸与印度不同，缅甸是小国，印度是大国。尼赫鲁嘴上也说对中国有疑虑，但未必真的怕我们，而且他非常清楚中国不会侵犯印度利益的，相反地，他认为印度是大国，同中国的实力差不多，中国在某些方面还有求于印度呢。他怕的是共产主义思想影响，特别是如果印度国内共产党的力量壮大了，将会威胁他的权力和地位。而缅甸、吴努既怕国内的共产党，又怕中国这个大国邻居，他们担心我们利用华侨和云南做基地，支持缅甸共产党进行革命，更何况现在还有国民党的军队残部李弥盘踞在缅甸境内，担心我们派军队去清剿，这样就可能引起缅甸内部发生变化。"

毛泽东说："你分析得很透彻，我非常同意。我们可以明白地告诉吴努，我们绝不会利用华侨干涉缅甸内政，也不会利用云南支持缅共搞革命，更不搞革命输出。也绝对不派兵到缅甸境内清剿国民党残余军队，除非他们对付不了李弥，正式请求我们派部队协助他们清剿。即使这样，我们的军队也决不介入缅甸的内政。"

周恩来说："主席说得对。总之，我们这次在接待吴努和同他在会谈中，要表现出我们大国诚心诚意尊重小国的气派和风度，诚心诚意执行大小国家一律平等的政策，诚心诚意要发展中缅友好关系，从而尽量清除缅方的疑惧。其他问题可以少谈甚至不谈。我想做好缅甸、吴努的工作是我们战略全局的重要一环。这不仅对我们争取团结东南亚国家、推动亚洲地区和平和参加亚非会议有利，而且对我们打开国际通道也是非常必要的、有利的，万一国际形势发生重大变化，多一个国际通道比少一个国际通道好。"

毛泽东用欣赏的眼光看着周恩来，赞许地说："恩来呀，你站得高，看得远，考虑得非常周到。"然后毛泽东郑重地又带点半开玩笑地说："总之，在外交上我听你指挥，你让我干什么就干什么，要我怎么说就怎么说，你是外交部部长嘛，经验比我多。"

周恩来说："主席你又开玩笑了，我是在你领导下工作的，怎么是你听我指挥呢？"周恩来略停了一下，又说："那好吧，我们同吴努会谈的方针就这样定了，我们安排：吴努一到就请你先谈，尔后在12月4日出席缅甸驻华大使的宴会和11日你在颐年堂为吴努夫妇举行的宴会。我也准备同吴努多会谈几次。"

毛泽东连连点头，并用英文说了一句 Yes。

毛泽东会见吴努

1954 年 12 月 1 日下午 6 时 10 分，毛泽东在中南海勤政殿会见吴努并长谈，中国方面有刘少奇、周恩来、朱德、陈云和准备作为周恩来在外交工作上的助手的国务院副总理陈毅、中国驻缅甸大使姚仲明，缅甸方面有吴努夫人、吴拉茂大使夫妇和陪同吴努来访的缅甸高级官员吴敏登等参加会见。

毛泽东说："我们很高兴地看到吴努总理、吴努夫人和其他几位朋友。中国人民也很高兴看到你们。因为我们两国是关系密切的邻邦，多年的友好国家。以后我们两国应该和平共处。"

吴努说："很坦率地说，我们对大国是很恐惧的。但是周恩来总理访问了缅甸以后，大大地消除了缅甸人的这种恐惧。我很高兴地向主席报告这一点。"

毛泽东说："我们往来多了，更熟悉了，就能更好相处。两个国家在一个时期之内互相不够了解。我们很需要和平的环境，我们还有许多事没有办好。这是很自然的。我们应该在合作中增进了解。我们国内的问题是应该而且也可以在国内解决的，我们需要的就是国际合作和帮助。例如，我们人口多的问题，可以用发展生产的方法来解决。我们反对过去希特勒说过的话，他说，人口多就应该向国外扩张，在国外取得东西。又如土地问题，我们用分配土地、组织合作社、开荒等办法来解决。这一切，我们都同尼赫鲁总理谈过。现在我们在搞计划经济，这是我们过去没有做过的。这件工作不容易，有许多困难。

"这是一个长时期的工作，不能在短期间完成。我们需要和平环境，需要朋友，因此我们看到吴努总理，感到很高兴。"

吴努说："中国对缅甸态度一直是正确的。如果中国政府利用了国民党军队在缅甸这一事实，就可能使缅甸政府遇到很多麻烦。但是中国政府不但不加利用，而且对缅甸政府的困难表示同情。对于中国政府这样一个正确和友好的态度，我代表缅甸政府和人民向主席致谢。"

毛泽东说："你们的困难，我们是谅解的。我知道，国民党军队继续在缅甸存在，是因为你们有困难，而不是你们故意允许他们留在缅甸。我们决不借口国民党军队在缅甸，而破坏我们两国间的和平关系。

"在缅甸的国民党军队，人数不多，我们并不怕。他们能做的扰乱也有限。"

吴努说："他们人数少，但是如果中华人民共和国政府采取的不是一个同情我们的态度，那么很可能发展成为第二个朝鲜或印度支那，这是我们过去所担心的。可是中国政府采取的是同情我们的态度，因此毫无纠纷。"

毛泽东说："我们曾经对边境上的人下过严格的命令，叫他们只采取防御措施，不得越过边境一步。美国的目的同你们就不同了，它们是利用在缅甸的国民党军队来整我们和缅甸。

"我们两国总理发表的联合声明，已经确定了我们相互间关系的五项原则。这五项原则中有一条叫作互不干涉内政，另一条叫作平等互利。什么叫互不干涉内政呢？那就是说，一国的国内纠纷，由这个国家自己管，别国不得过问，也不得利用这种国内纠纷。一个国家只能承认别国的人民自己选择的政府。因此，缅甸承认我们的政府，我们承认吴努总理的政府。

"一国也只能有一个政府。至于一个国家将来是否会有另外一个政府，那是这个国家的事，我们不管；中国将来是否会有另外一个政府，那是中国的事，别国也不能管。这就是我们的方针。

"我们两国的国界很长，有些疆界还没有定。我们两国边境上的少数民族也有许多处是相同的，这些人互相往来是非常可能的；不满意政府的人互相跑，也是非常可能的。但是我们决不用跑来的人，去损害缅甸政府的利益。这就是互不干涉内政，同时也是互利，因为互利就不能互相损害。我们既然讲合作，就不能互相损害，否则就合作不好。既然现在存在怀疑，那么就要找证明，看看究竟是互利还是互相损害。在我们的合作中可以找到证明。五年来，我们比开始的时候更了解了，两国的贸易关系可以说有了进展。例如，过去我们两国没有贸易协定，现在有了。将来我们的合作还应该更进一步。

"你们心里想的，我们知道。你们怕我们的云南省对你们不利。"

吴努说："是的，怕得很。正因为如此，我们曾建议周总理同我们一起到云南走一趟。但是，很遗憾是我们的飞机不能飞过云南的山脉。"

毛泽东说："我们的想法同你们的想法是有些距离的。你们害怕，因为不了解情况。我们对情况很清楚。我们嘱咐那里的人对缅甸友好，不要闹麻烦。我们已经做了准备，让吴努总理从云南回国。不过不能飞行，要坐汽车，大概要走4天，只是公路差一些。我们已经准备好了，吴努总理可以去看一看。"

吴努说："下次去吧。"

毛泽东又说："不要以为云南是一个神秘地区，那里一点也不神秘。缅甸曾经提出要在昆明设领事馆，我知道你们的目的是想看看云南，观察观察。这是可以的，也是应该的。你们可以去观察一下，看看我们在那里所做的，是对你们友好，还是暗害你们。如果我们不让你们去观察，那就不好了。我们也可以在缅甸找一个地方设立领事馆。”

吴努说："欢迎。"

毛泽东说："这件事由你们两位总理去谈吧！你们应该想办法把那个地区的紧张局势缓和一下。我们应该想出各种办法来解决我们之间的问题，这样可以增加我们的互信。也许有些问题现在还不能解决。总之要使双方的利益不受损害。

"吴努总理刚才提到要开一个'科伦坡会'，这个会议什么时候开？"

吴努答道："12 月 28 日。"

毛泽东问："是讨论和平和亚非会议吗？"

吴努答道："是的。"

毛泽东说："对于亚非会议我们很感兴趣。尼赫鲁总理告诉我们亚非会议的宗旨是扩大和平区域和反对殖民主义。我们认为，这个宗旨很好，我们支持这个会议。如各国同意，我们希望参加这个会议。"

吴努说："所有亚非国家都会被邀请参加这个会议。不过如果邀请像菲律宾、泰国这样的国家，中国认为如何？"

毛泽东说："我们认为，应该邀请。虽然我们同这两个国家没有外交关系，但是那不要紧。日内瓦会议就有美国参加。"

周恩来说："日本也应该被邀请，就是不应该邀请蒋介石。"

吴努说："我可以相当把握地说，有些国家会建议邀请蒋介石的，但是尼赫鲁总理和我是会反对的。"

毛泽东说："看来似乎有些困难啊！不过我们就不好去了。因为台湾问题是中国的内政，台湾是中国的一部分。如果我们能够参加亚非会议，我们将感到光荣。

"这个会议是为了亚非国家的合作，因此也大大有利于世界和平。过去亚洲有一个日本是侵略国，但是现在日本的地位也起了变化，变成半被占领国了，处于困难的境地，中国人民对于日本也不那么恨了，而是采取友好态度。如果日本军国主义再起，我们是不怕的。缅甸、印尼等国大概也有同感。但是现在的事实是，日本处于半被占领国的地位，日本民族受到压迫。

"除此以外，还有参加《东南亚条约》的少数亚洲国家，它们的意见同我们不一样。但是我们仍然想说服这些国家，同我们建立友好关系。"

吴努说："这很好。"

毛泽东说："如果泰国愿意，我们可以同泰国结成友好关系，根据五项原则互不侵犯，互不干涉内政。中国有300万华侨在泰国，其中很多人反对中国政府。如果我们同泰国建立了外交关系，是否要把蒋介石分子赶出泰国呢？我看不必，只要他们不侵入我国国境。在缅甸的华侨中也有蒋介石分子，他们至今不挂我国国旗，而挂蒋介石的旗子。

"我们经常嘱咐华侨遵守侨居国的法律。既然在居留国生活，就要守法，不应该参加居留国国内的非法活动。我们常常做这种教育工作，叫华侨守法，搞好同居留国政府和人民的关系。

"在华侨多的国家，这一关系更要搞好，因为这些国家的政府怀疑我们要利用华侨捣乱。这也要在长时期中加以证明：到底我们是在教育华侨守法呢，还是暗地里策动他们反对居留国政府？

"各国可能有非法政治活动或是革命，但那是本国自己的事，华侨不应该参加。国籍问题也要搞清楚，到底是中国籍还是外国籍，不应该有双重国籍。"

吴努说："在周总理访问仰光的时候，我曾经向他提出这个问题。他说这个问题超出他的权限，必须回国后同他的同事们商量。今天听到主席关于双重国籍所说的话，非常高兴。"

毛泽东说："我们准备同许多国家解决这个问题。现在正在同印尼谈，按照刚才说的原则来解决。我们既然要和平合作，就应该谈判解决我们之间的问题。"

吴努说："我们也希望如此。"

毛泽东说："详细的事项由你们两位总理去谈吧！吴努总理应该同我们社会上的人士、民主党派人士、政府负责人员接触，你如果想到中国的哪一个地方去，我们都欢迎。"

吴努说："谢谢。欢迎有一天主席能抽空到我国来访问。"

毛泽东说："谢谢，我也希望到世界各国去走走。我是中国的土人，很少到外国去。如果能到缅甸去增长一些知识，也是很好的。

"各个民族都有特点和长处可以学习。周总理和姚仲明大使就对我说过，缅甸有许多值得我们学习的东西。他们告诉我，缅甸种粮食比我们种得好，我们愿意研究缅甸是怎样种的。"

毛泽东这次会见和谈话，打消了吴努不少疑惧，使得吴努安心、愉快地在中国访问。

在 1954 年 12 月 21 日，吴努离开北京到外地访问的前夕，毛泽东又同吴努作了一次长谈，在此期间毛泽东宴请吴努夫妇和出席吴拉茂大使为欢迎吴努访问中国举办的招待会期间，毛泽东也同吴努作了交谈。毛泽东针对吴努在讲话和同中国领导人会谈中表现出的疑虑和问题，作了解释和阐明。

毛泽东说："吴努总理大概可以看到，我们的方针是同你们友好。五项原则是一个大发展，还要根据五项原则做一些工作。我们应该采取这些步骤使五项原则具体实现，不要使五项原则成为抽象的原则，讲讲就算了。现在世界上就有两种态度，一种是讲讲就算了的，另一种是要具体实现。英美也说要和平共处，但是它讲讲就算了。真正要和平共处，它们就不干了。

"我们不是那样。我们认为，五项原则是一个长期的方针，不是为了临时应付的。这五项原则是适合我国的情况的，我们需要长期的和平环境，五项原则也是适合你们国家的情况的，适合亚洲、非洲绝大多数国家的情况的。对我们来说，稳定比较好，不仅是国际上要稳定，而且国内也要稳定。

"我知道吴努总理曾经同刘少奇委员长谈过缅甸国内的情况。我们希望你们国内和平。至于具体地如何取得国内和平，那要你们自己处理。如果我们在这个具体问题上表示态度，那就不妥当了。

"共产党的问题不是一个国家的问题，而是一个世界性的问题，因为大多数国家都有共产党，因此各国都要自己处理自己的问题。

"在你们国内也有对我们不友好的党派、团体和商人，在别国如印度、印尼也有。但是我们不好干涉，不好对这些党派、团体和个人说，他们不应该反对我们，每一国都有几种党。对于这几种党，我们不能表示反对哪些党，赞成哪些党。我们只能以每一国的政府为对象来解决问题。希望你们谅解我们为什么采取这种态度。

"缅甸人民和中国人民都看到我们所采取的步骤，例如五项原则和会谈公报中所解决的问题。在我们两个民族、两个政府和两国人民之间，我们不去区分党派，而且把我们的共同问题初步解决了。

"中国也有各种党派和团体。中国各种党派是有差别的，并不是在一个水平上，有领导和被领导的分别。中国各民主党派承认中国共产党的领导。中国也有各种团体，有工人的团体，甚至有资本家的团体。但是缅甸政府、吴努总理和吴拉茂大使对中国各党派只能一律平等看待，不能表示满意这个党，不满意另外一个党，否则就会引起一些党的不满意。

"我们对于缅甸也是一样。如果我们用政府的名义对缅甸的任何一个政党表示态度，我们就会得罪这个党和一些群众。"

毛泽东接着说："在这里也可以同时谈谈革命的问题。一个国家靠外国的帮助，靠别国党的帮助，而取得革命的胜利，在历史上是很少见的。东欧各国，是因为苏联军队同纳粹德国作战时占领了这些国家，不然的话，靠外国的帮助，靠外国输出革命而取得胜利是不可能的。我们就是在这个意义上说的，革命不能输出。但是这并不是说，一个国家的革命不受外国的影响。像缅甸、印度、印尼、巴基斯坦和锡兰这几个国家的独立，也不是完全受外国的影响的。但是缅甸的独立，并不是由于任何外国在人才、物力、财力方面的帮助而取得的。"

毛泽东还说："我们决不会在云南边境组织军队打进缅甸，并且由姚仲明在缅甸内部策动。姚大使绝不会干这种事，如果他干这种事，我们一定马上撤他的职。

"在缅甸的华侨中也有激烈分子，我们劝他们不要干涉缅甸的内政。我们教育他们服从侨居国的法律，不要跟以武装反对缅甸政府的政党取得联系。我们在华侨中不组织共产党，已有的支部已经解散。我们在印尼、新加坡也是这样做的。我嘱咐缅甸的华侨不要参加缅甸国内的政治活动，只可以参加缅甸政府准许的一些活动，如庆祝活动等等。别的就不要参加。否则会使我们很尴尬，不好办事。"

毛泽东进一步说："我认为，国家不应该分大小。我们反对大国有特别的权利，因为这样就把大国小国放在不平等的地位。大国高一级，小国低一级，这是帝国主义的理论。一个国家不论多么小，即使它的人口只有几十万或者甚至几万，它同另外一个有几万万人口的国家，也应该是完全平等的。这是个基本原则，不是空话。既然说平等，大国就不应该损害小国，不应该在经济上剥削小国，在政治上压迫小国，不应该把自己的意志、政策和思想强加在小国身上。既然说平等，互相要有礼貌，大国不能像封建家庭里的家长，把其他国家看成是它的子弟。艾德礼先生批评美国对危地马拉的做法就像一个中世纪家庭的父亲替儿子找一个自己看中的妇女，不论大国小国，互相之间是平等的、民主的、友好的和互助互利的关系，而不是不平等的和互相损害的关系。"

毛泽东称赞吴努说："你们的态度很好，你们有话、有怀疑和不满的地方，就讲出来。以后我们两国还会发生一些问题，互相之间还会有些怀疑和不满意的地方，希望我们互相都讲出来，以便采取措施，解决问题。这样就可以使我们的关系更好，使我们的友好合作更发展。"

吴努说："坦率地说，过去我们是不敢有什么话就讲出来的，怕的是我们被误会是英国、美国的走狗，怕的是反对我们的党正是这样向你们报告的。不过现在我们互相见面以后，互相进行了讨论和有了了解以后，我们就不再怕有话直说了。这是我们这次访问所取得的最大的成就之一。昨天，在周总理家里会谈以后，我已经把这一点告诉了我的朋友周总理了。"

吴努与周恩来成好友

周恩来对吴努和缅甸的情况曾做过深入的研究，看了不少有关缅甸的书籍，了解缅甸的历史和现状，吴努的历史和为人，中缅关系的历史和存在的问题，缅甸对中国的疑虑和担忧。所以他与毛泽东商定了接待吴努和与其会谈的方针，除了毛泽东与吴努会谈，主要是阐明中国对缅甸的政策，大小国家一律平等，绝不干涉缅甸内政，在和平共处五项原则的基础上，发展两国友好关系。周恩来更是亲自深入细致地做吴努的工作，他细心安排好接待工作，使吴努亲身感受到中国是真正尊重小国、尊重缅甸独立，尊重中缅友谊。在会谈中推心置腹，摆事实讲道理，处处为缅甸着想，谦虚谨慎，耐心听取他的意见，没有丝毫强加于人的意思，使吴努真正感到中国把他当朋友看待，有一种亲近感。

在吴努到达当天，在毛泽东与其会谈之后，就在中南海西花厅家中设宴招待吴努夫妇及其一行，邓颖超和陈毅夫妇都出面亲切招待。周恩来、邓颖超尽量寻找轻松和友好的话题交谈，使得客人不感到拘束、生疏，而仿佛在家里一样随便、亲切、温暖。

周恩来说："据历史记载，早在中国古代周朝，就同缅甸有交往，可见我们两国间的友谊是多么悠久。两国边民还有亲戚关系，用贵国的话说，就叫'胞波'。"

"是的，"吴努说，"我们两国不仅是紧密邻居，而且同饮一江水。我们缅甸东部的萨尔温江，发源于西藏高原，上游在中国云南境内，中国叫怒江，全长3000公里，在缅甸境内有1600公里。"

"那缅甸占一半以上了。"邓颖超说。

陈毅对此感兴趣，问："能通航？"

吴努回答说："水流湍急，不能通航，但可以灌溉。"

周恩来说："你们的西部还有一条更大的江，叫伊洛瓦底江，是缅甸中部重要的灌溉和航运动脉。"

吴努说："伊洛瓦底江，从缅甸的恩梅开江和迈立开江汇合开始，全长约2150公里。缅甸的海岸线全长约有3200公里，西边是孟加拉湾，南边是安达曼海，所以雨水充足，沿海地区平均降水量多达3000—5000毫米，内地为500—1000毫米。"

吴努的夫人说："所以我们缅甸盛产大米，还有小麦、花生、芝麻、豆类、甘蔗、烟草、黄麻和各种水果。"

"副业也一定不少？"邓颖超问。

吴努夫人回答说："牛、羊、猪、马、驴、骡等都有，同中国差不多，不同的是在我们山区还有驯养的大象，用它作为运输工具。"

邓颖超说:"中国有的地方在海里养殖珍珠,如广西的北海,不仅有天然的珍珠,还有人工养的珍珠,有名的南珠即产于那里,我想缅甸的海岸线也比较长,一定也能产珍珠。"

"邓大姐说得对,我们缅甸也有生产珍珠的地方,国家设有'珍珠渔业公司'和科学育种。渔业资源非常丰富,每年生产几万吨。"吴努夫人回答道。

周恩来说:"我们中国林业不太发达,资源不太丰富,全国森林覆盖面积不到10%,而且分布不平衡,西北地区森林更少,只有1%左右,水土保护不好,所以黄河水总是黄的,每年都有大量的黄沙流入海中。缅甸森林情况如何?"

吴努说:"缅甸的林业资源很丰富,森林覆盖面积占全国面积的57%,有柚木、硬木,除供国内用外,可以大量出口,同大米一样是缅甸重要的出口物资。"吴努又说:"中国的森林资源不足,但中国的其他资源是很丰富的。"

"是的。"周恩来说,"中国的矿产资源十分丰富,如煤、铝、钨、锑、钼、锡、锰、铅、锌、汞等均居世界前列,尤其是煤的储量,可能世界第一。但是石油资源尚未探明,现正根据李四光的理论在寻找,我想不仅大陆的陆相沉积盆地中有,沿海的大陆架中也可能有。总有一天,外国学者认为中国无油的帽子会被摘掉。"

陈毅问:"听吴努总理讲缅甸的气候很热,像我这样胖的人受得了吗?"

吴努笑笑说:"缅甸有部分地区属于热带,全年分为三季:3月至5月为暑季,6月至10月为雨季,11月至次年2月为寒季。平均温度为25℃左右。因为雨水比较多,所以并不显得太热。像陈毅副总理这样的身体肯定没有问题,我们欢迎陈毅副总理到缅甸访问,看看我们的国家,我们的人民。"

周恩来说:"我今年正是最热的时候访问印度、缅甸,两国的气候差不多，印度更热一点，新德里最高温度达到 48℃，热得人全身汗流不止，但是我也经受住了。作为一个外交人员，既要经受得住热的考验，也要经受住冷的考验，适应各种环境。吴努总理到中国来，北方正是冷的时候，从热带到寒带可能有些不适应，希望保重身体，经受一次冷的考验。如果有什么不如意的地方，希望及时向我们的陪同人员提出，宾至如归嘛！"周恩来话题一转，说道："中国和缅甸有着共同的遭遇，共同的命运。我们两国都受过英国帝国主义的侵略和奴役，都是经过自己的斗争，取得独立和解放，都需要有一个和平的国际环境和安全的政治局面，从事经济建设，我们应该共同努力，争取和平，携手共进，建设国家。"

吴努说："总理阁下的心愿同我的心愿完全一样。我们缅甸在 1842 年、1852 年和 1885 年曾经三次遭受英国帝国主义的侵略，并被完全占领。1886 年还将缅甸划归英属印度的一个省，1937 年又归英国直接统治，比中国受英帝国主义的侵略、压迫、奴役既早又惨。当然，日本侵略奴役中国比缅甸早，日本是在太平洋战争后 1942 年占领缅甸的。

"但是日本只占领中国一部分，而缅甸则全部被占。日本投降后，英军又重新占领缅甸。缅甸人民饱受一百多年亡国之痛。1947 年 7 月，英国人策动暗杀了昂山等 7 名领导人，激起了缅甸人民的愤怒和反英运动的新高潮，英国无奈，才于 1947 年 10 月被迫公布缅甸独立法案，并同缅甸签订了英缅条约的。1948 年 1 月 4 日，我们宣布脱离英联邦，宣告独立，成立了由我领导的缅甸联邦政府。我们深知独立来之不易，我们要全力维护独立自由，要争取和平的国际环境，重建家园，让人民安居乐业。所以我这次来中国就是寻求友谊，结交朋友，共同谋划和平大计。周总理革命经历很长，国际斗争经验丰富，日内瓦会议能够取得成功，就是你的智慧和才能最生动的展示。我是把你视作兄长，我是小弟弟，这次就是弟弟向哥哥学习、取经。"

周恩来说："不能这样说，我们是兄弟，不是大哥和小弟弟的关系。中缅两国差不多是同时独立和解放的。"

吴努说："自从今年在仰光认识总理阁下，我觉得你非常和蔼可亲，诚恳待人，没有一点大国总理的架子，不像有些国家领导人，像希特勒那样，讲话的时候拍桌子，大喊大叫，看不起小国。所以我同你交谈，就毫无恐惧的感觉，什么话都敢说，说错了你也不会责备我。"

周恩来说："这样就好，我们是朋友嘛，应该推心置腹，坦诚相见。"

邓颖超说："告诉吴努夫人一个秘密，我们今晚吃的菜，绝大部分是恩来平时爱吃的，如海参炖肉丸子、红烧鲫鱼、虫草炖鸭子、韭黄豆腐干炒肉丝、白菜豆腐汤，还有窝窝头，都是家常便饭。说明不是把你们当国宾对待，而当朋友看待，和家里人一样。"

周恩来补充说："虽然吃得不好，但是亲切。"

吴努感动得紧紧握住周恩来的手说："谢谢阁下把我当亲兄弟一样对待。"

第二天上午，周恩来同吴努举行第一次会谈。两人寒暄之后，周恩来请吴努总理先讲。吴努开门见山地问："如果中国被邀请参加亚非会议，周恩来总理是亲自去，还是派代表去？"周恩来回答说："这将决定于发起国是否邀请各国总理参加。"

吴努说："不过希望总理能亲自参加。"

周恩来说："会议是由你们几位总理发起，我们支持。这一会议使向无往来的亚非国家能够会面，这样就可以增加了解，消除误会和隔阂。"

吴努问："听说中国正在准备解决华侨的双重国籍问题？"

周恩来说："是的。我们正在同印度尼西亚谈判解决这一问题，两星期后可有结果，最后签字在雅加达举行。有几条原则是已经同意了的。第一，根据自愿原则，侨民必须决定究竟保留原国籍或是取得侨居国国籍。第二，根据父亲的血统，来确定18岁以下侨民的身份，侨民满18岁时就有自己决定的权利。

"我们不反对华侨加入侨居国国籍，但是要避免使他们被蒋介石利用。"

下午，周恩来陪同吴努一行参观故宫。

周恩来首先向客人们介绍说："故宫现在位于北京的中心，始建于明朝永乐四年，公元1406年，永乐十八年基本建成，经历明、清两个朝代，24个皇帝，现在已经有500年的历史了。故宫四周筑有城墙，名叫紫禁城。这个名字全世界都知道。墙高10米，东西长760米，南北宽960米，呈长方形。墙外有护城河，宽52米。故宫总面积72万多平方米。紫禁城内建筑达15万平方米，有宫室9000多间。殿宇巍峨，宫阙重叠，画栋雕梁，气象万千。紫禁城的四周墙角，都有精巧玲珑的角楼，异常美观。"

吴努感叹地说："太雄伟壮丽了，可以说是世界上独一无二的了。"

周恩来边引客人前行参观边介绍说："故宫分前后两部分。前半部叫前朝，以太和殿、中和殿、保和殿为中心，俗称三大殿。太和殿最宏大、最堂皇、俗称金銮殿。明、清两代新皇帝即位、庆祝新年以及宣布重要政令等重大典礼，都在这里举行。当皇帝升座时，殿前陈列的鹤、鼎、炉都升起袅袅香烟，缭绕殿宇。殿廊下的金钟、玉磬和笙、笛、箫、琴齐鸣，跪在丹墀和广场的文武百官三呼万岁，充满了严肃的气氛。"

吴努夫人说："中国的皇帝真气派。"

"中和殿是皇帝举行大典之前休息或演习礼仪的地方。"周恩来又介绍说，"保和殿是皇帝在中国旧历年除夕在这里赐宴外藩王公。从清朝乾隆皇帝开始，这里就成为科举考试的固定场所，录取进士，挑选状元，选拔官吏。"周恩来手指殿内，告诉客人说："这座宫殿建筑也很华丽，殿高 29 米，面积 1240 平方米，为重檐歇山式建筑。大殿全部木质结构和内檐彩画，都是明代万历年间的原物。三大殿的南面是午门，也即是故宫的正门。午门上有五座楼，也叫五凤楼，五凤楼修建得重檐飞翘，黄瓦红墙，雄伟壮观。明清两朝，冬天在这里发布次年的历书，遇有大规模的出征或凯旋献俘，皇帝在这里发布命令或受俘。午门南面是端门和天安门，原是紫禁城外围皇城的南门。天安门最早称'承天门'，承天启运的意思。清朝改为'天安门'，受命于天，安邦治国的意思，过去是皇帝发表诏书的地方。现在我们用来国庆、五一劳动节等重大节日举行庆典。午门、端门、天安门现在里面没有什么陈设，今天我们就不看了。三大殿的东西两侧是文华殿、文渊阁、传心殿、内阁、武英殿、南薰殿。文华殿是明朝皇太子读书的地方，文渊阁是清朝藏书的地方，内阁是明清两朝政府办公的地方，内阁大学士相当于宰相。武英殿在中国文化史上相当有名，清朝在这里集中一些学者编辑了著名的《四库全书》《佩文韵府》《古今图书集成》等。现在这里也没有什么陈列，今天也就不看了。"

周恩来说："现在我们参观故宫的后半部分，即内廷。这部分我知道个大概，不太详细，请解说员介绍吧。"

吴努说："我代表我的夫人、随行人员和我自己，衷心感谢周恩来总理在百忙中陪同我们参观，还亲自向我们做了介绍。"

解说员说："内廷以乾清宫、交泰殿、坤宁宫为中心，东西两翼各有东六宫和西六宫，这是皇帝平常办公和他的后妃们居住的地方。

"乾清门装饰华丽，两边有八字照壁，左右分开，色彩斑斓。门前有金狮子、金缸成对排列。可惜英法联军、八国联军侵入北京时，将外面一层金子刮走了。"

吴努说："帝国主义到处抢劫，我们缅甸也有不少古迹被他们破坏了。"

周恩来说："最惨的是圆明园，是一座大型皇家园林，兼有御苑和宫廷两种功能，是世界上最有名的园中之园，既集中了中国各地的风景名胜和园林艺术，又吸收了西方的风景名胜和建筑形式。圆明园中收藏大量古董、珍宝、字画，价值连城。1860年英法联军侵入北京，10月6日占领圆明园，从第二天开始就疯狂地进行抢劫。一位法军翻译官叫德里松的，在他的《翻译官手记》中描绘英、法侵略军抢劫的情景说：'这一大群各种肤色、各种式样的人，这一大帮地球上各种人种的代表，他们全部闹哄哄地蜂拥而上，扑向这一堆无价之宝。'还有许多描写他们的丑态，我就不再说了。到了10月18日英法侵略军放火焚烧，这场大火，持续了两天两夜，把这座凝结着中国人民智慧和血汗的一代名园烧成一片废墟。现在我们利用它教育人民不要忘记帝国主义的侵略行径，不要忘记国耻。"

吴努连声说："对、对。我们必须坚定不移地反对帝国主义、殖民主义，争取世界和平。"

解说员介绍说："清朝皇帝经常在乾清门听取大臣们奏事和作出决定，叫'御门听政'。在乾清门西侧有几间矮房，是清朝的军机处，是雍正皇帝为用兵而设立的，后来变为永久性的机构，它的职能逐渐扩大到将全国政治都管起来了。从乾清门向北，便是乾清宫、交泰宫、坤宁宫，这三座宫的两边是东六宫和西六宫，是嫔妃们居住的地方。这就是所谓的'三宫六院'。""啊！中国的皇帝艳福不浅。"吴努夫人说，"穷人连个老婆都娶不起，他弄了一大堆女人。这大概就是封建皇权的特征。"

解说员又说："乾清宫宽九间，深五间，殿高20米，正中设有宝座，分东西暖阁。这是明、清皇帝的卧室，也是日常办公的地方。皇帝死了，灵柩也停在这儿。自清朝康熙起，规定不宣布预定的太子，皇帝将太子的名字写好，放在'正大光明'匾额的背后，待皇帝死后立刻打开匣子，宣布皇帝的继位人。

"乾清宫后面是交泰殿，规模不大，明朝曾做过皇后的寝宫，清朝为放置玉玺的地方，皇后的生日也在这里受贺。还收藏'铜壶滴漏'，即古代计时器和一座西式大钟。

"再向北便是坤宁宫，清朝祭神的地方，帝后大婚在这里举行三大仪式，三天以后，皇帝皇后各回自己住的宫室。

"再向北行就是坤宁门，门东边是钟表馆，陈列了清朝皇帝的古董钟表、珍珠宝石装饰的各种钟表。

"然后就是靠近故宫北门的御花园。"

解说员说："这个花园虽不大，但精巧雅致，随处点缀着楼、阁、亭、台，奇石异卉，具有皇家苑囿的特色。"

游览完御花园，周恩来引客人到花园东侧一间房内，即现在的外宾接待室休息，喝茶、用点心。

周恩来问吴努等是不是累了。

吴努等兴致勃勃地说："一点也不累，这个故宫实在是雄伟壮丽，表现了中国古代建筑艺术传统的独特风格，堪称世界瑰宝。"

休息一会儿，周恩来示意礼宾司官员，可以继续参观了。

礼宾司官员随即站起来说："总理阁下和夫人及各位贵宾，现在我们继续参观。"

解说员也说："各位贵宾，我们刚才参观的只是故宫的中路。

"中路是故宫的主要部分，它从午门贯通神武门，南北一条直线，构成了故宫的全部宫殿的中轴。这个中轴又是北京全城的中轴。在宫殿中轴的两旁还分布着许多殿宇，也就是故宫的东路和西路，今天来不及全部参观了，现在我们去参观绘画馆、珍宝馆、历代艺术综合馆和陶瓷馆。"

礼宾司官员在前引路，折回乾清门，穿过景运门，经奉先殿东行。这里古柏合抱，有几百年的历史了，靠南是琉璃影壁，上雕九龙，奔腾于浪涛云气之中，威猛矫健，姿态生动，被称为九龙壁。

吴努夫妇和其随行人员一面观赏，一面还用手抚摸，流连不已。

周恩来说："另外一个皇家公园——北海公园里也有一个九龙壁，同故宫这个九龙壁是同时建成的。"

往北一拐，便是皇极殿和宁寿宫。皇极殿颇似乾清宫，清朝乾隆皇帝当太上皇的时候，就住在这里，所以殿堂建得极为华丽。现在作为绘画馆，每年轮换陈列历代名画家和书法家的真迹。因为吴努要来参观，故宫博物院特意选择一些精品中的精品拿出陈列。故宫博物院院长吴仲超向客人介绍说："中国的绘画和书法历史悠久，可以追溯到中国的春秋战国时代，是一种传统的艺术。中国民族绘画，在民办美术领域中自成独特体系。可分为人物、山水、界画、花卉、禽鸟、走兽、鱼虫等画科，有工笔、意笔、勾勒、没骨、设色、水墨等技法形式，勾皴点染、浓淡干湿、阴阳向背、虚实疏密和留白等表现手法，来绘画物象与经营构图；取景布局视野宽广，不拘泥于焦点透视。有壁画、屏障、卷轴、册页、扇面等画幅形式，并以特有的装裱工艺装潢画幅。人物画成熟于战国。隋唐已有山水画、花鸟画，五代、宋朝臻于繁荣，水墨画也随之盛行。元代渐趋写意，明、清和现代继续发展，侧重达意畅神；而在唐和明、清，则先后受佛教艺术和基督教艺术的影响。我们中国画强调'外师造化，中得心源'，要求'意存笔先，画尽意在'，做到以形写神，形神兼备。由于书画同源以及两者在达意抒情上都和线条的运用紧密结合，因此绘画同诗文、书法以至篆刻相互影响，形成了显著的艺术特征。今天这里陈列的有晋朝顾恺之，唐朝王维、吴道子，宋朝苏东坡、郭熙、米芾、米友仁、张择端的画。"

周恩来插话，并手指着张择端的《清明上河图》说："他把当时北宋的都城汴梁即现在的开封，在清明时节开封汴河沿岸店铺林立、市民熙来攘往的场面，特别是漕船通过汴河桥梁的紧张繁忙景象，都描绘出来，栩栩如生，就是今天看来，仿佛当时宋朝的繁荣景象就在我们的面前。这是一幅具有重要史料价值的珍贵作品。"

吴努连连点头："画得好，画得好。看了这幅大画，引起我到开封一睹那里名胜风光的兴趣。"

吴仲超继续说："还有南宋的马远，元朝的龚开、郑思肖、高克恭、赵孟頫、王冕、倪瓒，明朝的王履、沈周、祝允明、唐寅、文徵明、仇英。沈周、唐寅、文徵明、仇英合称'明四家'。明朝还有徐渭，清朝的陈洪绶、朱耷又名八大山人，恽寿平、王原祁，还有郑板桥、金农、黄慎、李方膺、汪士慎、高翔、罗聘通称为'扬州八怪'，边寿民也是江苏扬州附近的人，在我们周总理家乡淮安附近。"

周恩来说："我年轻的时候就看过他们的画和字。"

吴仲超说："清朝吴昌硕、任伯年、任霞、朱柔则、何绍基等，近代和现代的画家有高仑、何香凝、潘天寿、傅抱石、黄宾虹、徐悲鸿、齐白石等。

"至于书法，它是随着文字的演变而发展起来的，从甲骨文、金文、秦篆、汉隶到楷书、行书、草书，逐渐成为一门独特的艺术。在中国书法史上，历秦汉以迄明清、近代和现代，名家辈出，诸礼具备，名极其妍。最有名的是晋朝的王羲之和王献之父子，特别是把行书艺术推到最高峰。最著名的是王羲之的《兰亭序》，我们这里陈列的是唐人摹本。据说真迹在唐太宗李世民的墓中。唐朝颜真卿的楷书最为有名，世称'颜体'，行书也受后人推崇，还有柳公权、欧阳询、杜牧、怀素的字。我们这里都有陈列。宋代有苏东坡、黄庭坚、米芾、蔡襄四大书法家，称'宋四家'，倡导'尚意'书风，他们利用书法表现自己的哲理、学识、人品、意趣，赋予书法更高的精神内涵。元明清以后，有赵孟頫、董其昌、文徵明、郑板桥、何绍基等大书法家，近现代有沈尹默、郭沫若等众多可与古人抗衡的书法家。"

周恩来说："郭沫若就是我们现在全国人大常委会副委员长、政协副主席，他是中国有名的诗人、文学家、戏剧家、历史学家、考古学家、书法家。他的书法笔奔如飞、雄放奇瑰，具有鲜明的时代特征。今天晚上宴会上吴努总理可以见到他。他现在努力推动世界和平。"

吴努说："好，非常愿意见到这位大学问家，我要向他讨教。"

"现在，我们去参观珍宝馆。"解说员说，"珍宝馆就是原来的乐寿堂。这里面陈列皇帝珍藏的稀世奇珍，价值连城，包括各式珍宝、玉石、古玩、摆设等，其中有一座一米多高的金佛塔。"

因为时间关系，主客们走马观花式地游览，看完珍宝馆，又看历代艺术馆，这里陈列了商、周、战国、秦、汉、魏、晋、南北朝、隋、唐、宋、元、明、清各朝代的珍贵艺术品。

从历代艺术馆向南到了陶瓷馆，里边陈列了远古的彩陶、黑陶，直到唐、宋、元、明、清各代精彩的瓷器。

周恩来说："今天就参观到这里吧，吴努阁下和夫人以及各位客人要回宾馆休息一会儿，晚上出席宴会。"

吴努说："今天饱了眼福，不仅看了规模宏大、精湛的建筑，欣赏了中国精彩的艺术，了解了帝王的生活，收获很大，谢谢主人、院长和解说员小姐。"

随后，吴努夫人让随行人员取来礼物送给院长、解说员小姐。大家握手告别，院长和解说员说："欢迎吴努总理和夫人以及所有贵宾再来参观。"

吴努说:"我以后还会再来访问,也一定要挤出时间再来参观。"

当天晚上,周恩来在北京饭店举行盛大宴会,欢迎吴努和夫人。

刘少奇、朱德、国务院副总理、人大常委会副委员长,政协副主席、国防委员会副主席、最高法院院长、最高检察院检察长,各民主党派、各人民团体负责人,国务院各部部长、各国驻华使节等出席了宴会,气氛隆重而热烈。

周恩来首先讲话,表示热烈欢迎吴努总理阁下访华。他说:"我们两国不仅是紧密的邻邦,我们两国还有亲戚的关系。从古代起,我们两国人民就开始了文化上和经济上的友好往来。近代以来,我们两国人民为了争取自己的独立和自由而进行的反殖民主义斗争,更加使两国人民互相同情和关怀,因而也加深了两国人民的传统友谊。"

周恩来在叙述了两国在独立、解放以来,政治、经济、文化等方面互相支持、交流之后,谴责帝国主义在亚洲制造分裂,破坏亚洲和平,不欢迎印度支那恢复和平,不欢迎中国、缅甸和印度以和平共处五项原则来建立和扩大和平地区的努力。他说:"今年9月13日,吴努总理在眉谬军官年会上发表的演说中说,《东南亚公约》组织的形成'增加了第三次大战的机会'。这句话是完全正确的。"

周恩来说:"我们认为,世界上爱好和平的国家和人民只有加强团结,击破一切战争威胁和阴谋,才能确保世界和平和安全,才能使各国人民有获得繁荣和幸福的条件。"

周恩来最后说:"尊敬的总理先生,您到中国的访问,毫无疑义地会增进我们两国之间的相互了解和友好合作,因此也会有利于亚洲和世界的和平。我们愿意同缅甸政府和吴努总理一起,为贯彻和平共处五项原则,为建立和扩大和平地区,为维护亚洲和世界和平而共同努力。"

接着，吴努作了热情、坦率、诚恳的长篇讲话。他特别称赞周恩来和中国对缅甸深厚的友好善意。他说："在周恩来总理没有到仰光以前，我不知道我应当对我们的贵宾采取什么态度。我的政府人员也不知道。我们感到不安，不知道我们是不是要接待一位难对付的人，一位骄傲的人，或者一位脾气暴躁的人。但是在他到达仰光同我们会面以后，我们立即发现我们的担心是完全错误的，因为从他同我们的关系可以看出，他的举止表明他不是以一个强国的总理，而是以一个兄弟国家的总理。周恩来总理的这种态度，使我们在半个小时内消除了那些错误的猜想。

"自从那时刻以后，我们完全相信：如果一位总理在对待一个小国竟然如此谦虚和如此友爱，那么，他所统治的国家里的人民将会更加慷慨和好客得多。所以在我一接到他要我在年底以前访问他的国家邀请时，我立即就决定接受这一善意的邀请，虽然我是非常怕极其寒冷的天气的。这就是我的妻子和我此刻来北京的缘由。在平常，做这样一次访问是不可能的事。因为我们的中国朋友一定知道，缅甸是一个炎热的国家——一个非常炎热的国家。在所有三个季节中——夏季、雨季和冬季——人们都不停地流汗。我曾经看到周恩来总理阁下在电风扇不停地转动下还汗流浃背。我们这次在一个很冷的季节访问一个极寒冷的国家。在这样严寒的气候下到来，正是表明了我内心的热诚，这样清楚地表明我们对毛主席、周恩来总理和这个国家的人民的亲善和诚意。"

吴努进一步说："我们一向对道义上的完美比任何其他事情都更重视。国家之间的友好关系、团结和进步，主要依靠道义上的完美，没有这种特质，国际间谅解是不可能达成的。亲善和友好是要口和心一致的，单是有口惠而无诚意，是什么事情也达不成的。任何国家只要他的领导者缺乏道义上的完美，就会走向灭亡。"

吴努说："中华人民共和国已用行动来表明它对我们国家是有着深厚的善意，尊重和关注兄弟之谊的。"他列举两个生动的例子。中国没有派军队到缅甸剿灭逃亡到那里的"相当多的国民党军队"，否则缅甸就会大乱。中国购买了15万吨关系缅甸国民经济基础的大米。他说："从这里可以清楚地看到：具有不同政治观念形态的国家是能够和平友好地相处的。"

吴努在叙述缅中两国悠久的友好关系之后，说："中国和缅甸一致同意了指导两国之间的关系的五项原则。"他说："这五项和平原则不仅对我们两国而且对世界和平都非常重要。无论是在实利方面，还是正义方面，这五项原则对一切国家都是适当的指导原则。"

12月3日下午，周恩来同吴努举行第二次会谈。

周恩来说："今天上午吴努总理同刘少奇委员长谈得很好吧？"

吴努说："是的，我们谈了缅甸的国内情况，主要是缅甸共产党的问题。刘少奇先生主要向我介绍了中国共产党如何同各民主党派合作的经验和对西藏的做法，他希望我们缅甸国内和平。建议我们同缅甸共产党举行谈判，争取取得妥协，和平解决为好。中国不干涉缅甸内政，不搞革命输出。我说，缅甸的情况是很特殊的。最好是中国共产党派一些公正人士到缅甸研究一下情况，我们不仅会高兴地接待他们，还会给予他们各种便利。他们可以实地研究一下缅甸政府的立场以及缅甸人民对叛乱分子的感觉。刘少奇先生说，中国派观察团到缅甸去是不妥的，会使外界得到不好的印象，你们的事，还是你们自己解决好。"

周恩来说："我们不隐讳我们的观点，中国共产党是信仰共产主义的。但我们是反对革命输出的，中国共产党从来没有帮助缅甸共产党来推翻缅甸政府，而是真诚希望缅甸成为独立、和平和繁荣的国家。过去你们曾与缅共一道为争取国家独立斗争，你们现在还和缅共领导人有书信来往。刘少奇先生建议你们举行谈判，这是解决问题的很好途径，我也以朋友的身份希望你们能够实现民族团结，国内和平，可以同缅共及其他不同政见组织进行谈判，共同研究如何建设自己的国家。"

吴努说："中国的态度是正确的。"

周恩来说："今年我在仰光时，吴努阁下曾谈到中缅边界的问题，因为当时没有来得及谈。

"今天我可以向你表示一个态度：中国是想尽快解决这一历史遗留问题，准备提出一些设想和方案，与缅方具体磋商，也希望缅方提出设想和方案，进行谈判，和平协调。"

吴努说："这很好，我们将研究这个问题。"

周恩来说："关于华侨问题，前天会谈时我已告诉吴努阁下，我们正在同印尼谈判解决华侨的'双重国籍'问题。中国不主张华侨'双重国籍'，并一直引导华侨自愿选择居住国国籍。

"在缅甸的华侨也一样，鼓励他们选择缅甸国籍，他们入了缅甸国籍的，即是缅甸籍的公民；凡仍保留中国国籍的，中国教育他们要遵守政府法令，要学习侨居国的语言，把资本逐渐转向工业，以利于缅甸经济的发展。"

吴努听了周恩来上述开诚布公、光明磊落的谈话，非常激动地说："周恩来阁下真是既有高度理智，又有丰富的感情，处处为我们缅甸的福利着想。"

晚上，周恩来陪同吴努夫妇出席在中南海怀仁堂举行的戏剧晚会，欣赏中国的京剧等传统艺术。12月4日，周恩来陪同吴努参观长城。周恩来在途中介绍长城说："长城，东起渤海湾的山海关，西到甘肃省的嘉峪关。穿过崇山峻岭，山涧峡谷，绵延起伏 12700余华里，所以，人们叫它万里长城。它横跨中国北方的河北、山西、内蒙古、陕西、宁夏、甘肃诸省。

"从公元前 7 世纪春秋时代，北方诸侯割据，为了防御邻近诸侯的侵袭，在各自的领土上，先后筑起了一段防御墙。到公元前 3 世纪，秦朝统一中国后，把分割的防御墙连接起来，以后各朝相继加固增修。到了明代，在旧的基础上逐渐改建成今天的面貌。有人曾经计算过，修筑万里长城，大约需要 1800 亿立方米夯土和 6000 万立方米的砖石。工程之浩大，是世界所罕见的。"

吴努说："这是伟大中国人民的伟大创造。"

周恩来说："今天我们参观的是居庸关及哨口八达岭，海拔 1000 多米。它是长城的高峰之一，有一定的代表性。"

周恩来陪同吴努等到达北八达岭下，北京市领导人、外办和八达岭管理处的人都已在那里恭候迎接。

管理处领导和外交部礼宾司官员引导吴努一行一步一步登上台阶，攀上城头。解说员边走边向客人介绍说："八达岭墙身高大坚固，墙体内用整齐巨大的条石筑成外壳，内部填满泥土和石块，城顶用方砖铺砌，石灰填缝，十分平整，地势陡峭的地方，墙顶则砌成梯道。城墙平均高约 7.8 米，墙基平均宽 6.5 米，下宽上窄，墙顶平均宽 5.8 米，五六匹马可并排前进，或 10 人并排行走。墙顶向外的一侧，用砖砌成高近 2 米的垛口，每个垛口上部有一个小口，是瞭望口。下部有一个小洞，叫作射洞，是用来射击的。

"墙面还有排水沟和吐水嘴。城墙靠内侧，每隔一定距离，就有一个券门，有阶梯通向墙顶上，供守城士卒上下用。每隔半华里到一华里左右，就有一个突出城墙身的城楼。一种叫墙台，台面和墙顶部高低差不多，外边砌垛口，里边有宇墙，台上还有简单的避风遮雨的房子，这是供巡逻放哨用的。另一种叫敌台，分上下两层。下层有许多砖砌的小房间，可容十多个人住宿，上层有射击和瞭望用的垛口，有的还有燃放烟火的设备。

"还有一种叫战台，设在比较险要的地方，里边储存弓箭、火药和枪炮等战备物资。"

　　吴努说："在远古以前，就有这样设备齐全的工事，说明中国的军事家很早就懂得防御的重要。"吴努和夫人等虽然冒着凛冽的寒风，仍兴致勃勃地沿着墙顶往北走，一边走一边向城外瞭望，只见西边山峰重叠，一望无尽，万山丛中，只有这一道关隘可通。

　　北面是一马平川的大平原，向东侧是一派青山。他们一直走到第四个城楼，才又往回走下来。

　　午餐的时候，吴努和夫人滔滔不绝地对周恩来和其他陪同人员称赞举世闻名的长城，是人类智慧的结晶，世界建筑史上的奇迹，它就像中国人崇拜的龙，一条矫健巨龙，盘旋于群山之中，奔腾于万山之巅，十分雄伟壮观。只有伟大古老的中国，才能有伟大古老的长城。

　　周恩来考虑缅甸绝大部分人信仰佛教，吴努夫妇也都是虔诚的佛教信仰者，应该让他们参观一些佛教的东西。因此原定在回程的路上参观明十三陵，改为参观潭柘寺，并征求吴努的意见。

　　吴努说："中国有句名言，叫客随主便，总理阁下怎样安排都行。"

　　外交部礼宾司和北京市外办的官员，立即分头通知十三陵管理处和潭柘寺住持。

　　车队到达潭柘寺，住持和僧人都拱手迎接贵宾，吴努等也拱手还礼。

　　解说员向客人们介绍说："潭柘寺和附近的戒台寺是北京的禅林佛教圣地。相传远在1000多年前的西晋时代，就有了潭柘寺这座寺庙。北京过去流传着一句谚语：'先有潭柘寺，后有北京城。'潭柘寺的历史比北京城要早。"

　　周恩来说："你们总喜欢吹自己，传说不等于是事实，究竟谁早谁晚，要经过历史考证。我不泼你们冷水，潭柘寺也确实时间悠久，所以我特地请吴努总理和夫人前来参观。"

解说员说："谢谢总理的指教。"

"这里为什么叫潭柘寺呢？"解说员说，"以前这里山上有个龙潭，山前山后遍地长着一种柘树。所以这座寺庙就取名叫潭柘寺。不知从什么时候起，北京人迷信说用柘树皮煎水喝，不会生孩子的妇女，喝了它，就会生男育女。这传说一传十，十传百，于是四里八乡附近的农村妇女，争相来剥树皮。这样一来，一棵棵柘树皮被剥光了树就枯萎死了，致使这里的柘树濒于绝种。现在能见到的柘树只有寥寥一两棵了，所以当作珍贵植物保护起来了。"

于是大家围着用石头铁栅栏围起来的柘树看，似乎与其他树木相比并无特别的地方。但是寺庙周围却有许多千年古松，琉璃瓦重檐宫殿式的一重重一排排金碧辉煌的寺庙，掩映在青山万绿丛中。它从九峰山麓依着山势分四层由低而高，层层筑台建造，具有北方大气魄寺庙建筑特点。

主客们走过小桥，便到了山门，进了山门，就身入禅林佛界了。这里分为东、西、中三路。大家循着中路线前进兼顾东西侧，过天王殿到达大雄宝殿。宝殿的布局结构酷似故宫的结构，前面用白玉石砌成一个庭台，石栏杆雕刻精细耐看。走到大雄宝殿后面，又是一个大平台。东侧有一棵苍劲粗壮、仰头才能望到树梢的古老银杏树，旁边立着一个牌子，上面说明此树清朝乾隆皇帝赐给它的封号叫"帝王树"。帝王树浓荫盖地，树身要6个人伸手相拉才能合抱。

解说员说它已有1000多岁了。主客们爬到最高一层平台，参观观音殿。观音殿中间供着一个金身的观音菩萨，金色的斗篷罩着她，两边两个金童玉女护卫着她，端庄文雅、慈祥善良的样子，令人起敬。吴努和夫人上前躬身合十朝拜。

周恩来说："我在印度看到的观音菩萨都是男的，而中国的观音都是女的，大概是女的善良些，能为人排忧解难。"

住持说："总理说得对。中国人都把观音菩萨叫作救苦救难观世音。"

吴努夫人说："我们缅甸人也都喜欢供观音菩萨，但我们那里的观音有女的也有男的。"

"佛教也是同各国各地的情况、风俗、人们的愿望相结合。"一位陪同人员插了一句。

大家点头，表示同意。任何一种宗教必须与当地情况相结合，吸收其思想、文化，才能生存和发展。

在观音殿东边的厨房里，陈列着一口大铜锅。解说员说："据传说这口大铜锅用特殊的结构设计，蒸饭、煮粥，漏沙不漏米。"于是大家都围着锅看，也未发现有什么特别的地方。

晚上，缅甸驻华大使吴拉茂为吴努总理访华举行招待会。毛泽东、刘少奇、周恩来、朱德、陈云等出席。吴努和毛泽东分别作了简短的致辞，宾主们亲切交谈，气氛非常友好。

12月25日上午，周恩来陪同吴努参观工厂，吴努夫人由邓颖超陪同参观幼儿园和手工艺厂。下午，周恩来同吴努举行第三次会谈。

吴努说："请周总理介绍一下台湾和台湾海峡的局势。"

周恩来说："吴努总理知道，前几天，也就是今年12月2日，美国同蒋介石签订了一个'共同防御条约'。这个条约名为'共同防御条约'，实际上是正式侵占台湾和澎湖列岛。第一，这个条约肯定了国民党的地位，说国民党代表中国。第二，国民党正式以条约的方式承认，美国陆海空军都能在台湾和澎湖列岛建立基地。第三，这个条约规定任何方面不得对台湾和澎湖列岛采取武装行动。这就是说，中华人民共和国不能以武力解放台湾和澎湖列岛。但是，第四，条约的第六款又说，经过协商以后，这个条约也可以适用于台湾和澎湖列岛以外的地区。也就是说，允许以武力向外进攻，不受限制，只需同美国协商。第五，杜勒斯在解释这一条约时说，互不承认的国家，如果发生武装冲突，将不叫作战争。这就是说，国民党对大陆的骚扰，不叫战争，如果美国参加这一行动，也不叫战争，美国有自由进行任何侵略行为，而不叫战争。以上五点，就是这一条约的实质，条约中提到和平和《联合国宪章》的字样，都是空话。从这一条约，可以得出一个结论，那就是中国人民不得解放自己的领土台湾、澎湖列岛和沿海岛屿，国民党可以自由进攻大陆，而美国则对台湾和澎湖列岛进行军事占领，以便将来扩大战争。这种情况很像 1931 年 9 月 18 日日本对东北的占领。当时日本也说不是战争，但是日本有了这一跳板以后，就在 1937 年扩大战争。这种情况也像慕尼黑，当时德国占领奥国，得到承认，结果使捷克斯洛伐克等国被侵略。美国以《东南亚条约》来干涉东南亚国家的内政，现在又以这一条约来直接侵略中国。"

周恩来接着又说："我们反对战争，但是不会被吓倒；我们渴望和平，但是不会拿我们的主权和利益去乞求和平。美国却正是想以《东南亚条约》来吓倒东南亚国家，以美蒋条约来吓倒我们，但是我们是吓不倒的。美国还想以土巴协定威胁阿拉伯国家，想把它们拖进美国的军事体系。美国的意图就是以《北大西洋公约》《西太平洋公约》和《中近东公约》结成一个半包围圈来对付苏联和中国，但是先受害的将是美国在那里建立军事基地的国家和这些国家的人民。"

周恩来明确表示支持扩大和平区域。他说："东南亚国家采取和平和中立的态度，已经引起了广大的同情，我们完全支持缅甸、印度、印度尼西亚三国总理关于扩大和平地区的主张。一旦和平区域扩大，形势就会起变化，战争即可能推迟或制止。在日内瓦会议时和其后我们曾对老挝、柬埔寨、日本等国说，我们希望它能变成东南亚型和平国家，像缅甸、印度、印度尼西亚那样。现在我们大家都在为和平、为扩大和平区域而努力。而美国却在扩大它的军事体系，想把国家拖入它的军事基地。"

会谈以后，周恩来陪吴努等出席北京各界人民欢迎吴努夫妇的盛大集会。

这一天，是入冬以来最冷的一天，阴暗低沉，飕飕的寒风，吹着满天飘舞的雪花，但是人们欢迎的热情抵消了寒冷，人们个个精神抖擞，热烈鼓掌欢迎吴努和夫人，表现了中国人民高度的政治热情和对贵宾、对小国的尊重。

市长彭真和吴努在大会上发表了热情友好的讲话。

12月6日、7日、8日、9日，由陈毅和张茜陪同吴努夫妇到中国东北地区参观工业。

9日晚，周恩来陪同吴努夫妇观看苏联国立莫斯科音乐剧院演出的著名芭蕾舞剧《天鹅湖》。10日上午，周恩来同吴努举行第四次会谈。

吴努说："中华人民共和国说要解放台湾，而美国和蒋介石说要保卫台湾，那就会发生战争，不仅限于中美之间，而且会蔓延成第三次世界大战。我对中国青年的热烈情绪很感动。但当想到一旦发生战争，他们将成为炮灰，就不禁情绪低落。我想提出一个和平解决台湾的方案，就是在全中国举行一次公民投票，由中国人民选择中华人民共和国还是蒋介石集团。举行公民投票，蒋介石集团将肯定会被中国人民抛弃。如果美蒋接受这一方案，台湾问题就能和平解决。他们如果不接受，中华人民共和国也就更有条件来动员世界舆论。中国政府同意这一方案，我愿到美国去一趟，不仅同华盛顿的领袖谈，而且同美国人民谈。我还可以向尼赫鲁总理建议，在科伦坡国家会议上发表联合宣言，向中华人民共和国、美国和蒋介石呼吁，要他们和平解决问题。"

周恩来极其认真地听了吴努的谈话，然后明确而又耐心地表示，中国是反对战争的，力求避免战争，争取和平，但不能牺牲我们的主权和利益乞求和平。吴努总理和尼赫鲁总理关心台湾局势，是怕台湾问题扩大成战争的导火线，这种可能性的确存在。但是，吴努总理的方案在原则上和事实上均难做到。就原则上说，中国人民不仅在 5 年前已经建立了自己的政府，最近还选举了自己的代表，召开了代表大会，如何能再来一次投票？这在法理上是没有前例的。就事实而言，美蒋会反对这一方案。他们会说，共产党在大陆存在一天，公民投票就会受到共产党的强制。这种方案还会引起麻烦。美国可能说暂不管大陆，先在台湾举行公民投票，以图把台湾分割出去。台湾既已归还中国，成为中国领土的一部分，在法理上也没有理由像对待地位未确定的土地那样举行公民投票。

周恩来又说："不是不能找到和平解放台湾的办法，例如中立国可以主张美国军队从台湾和台湾海峡撤退，让中国自己解决内政问题，台湾是可以和平解放的，像北京等地那样。如果能和平解放，又何必诉诸战争。"

周恩来更强调说："和平解放的前提，一定要肯定台湾是中国的领土。什么'中立的台湾''台湾独立国''公民投票'，都是行不通的。"

吴努听了周恩来的讲话以后，改口说，刚才提到向蒋介石的呼吁是一时疏忽。吴努表示拟在回国后的公开演说提到与周总理讨论过和平问题，特别是东南亚的和平问题。周总理认为，如果美军撤出台湾就可能解决台湾问题，台湾的国民党人，将会像北京和平解放时一样得到照顾。台湾问题如得到和平解决，中国愿意同美国建立友好关系。

周恩来说："我们愿意同世界各国建立正常关系，和平共处。如果台湾问题解决，我们不仅可以同美国关系正常化，还可以和平友好相处。"

吴努又提出，他受艾登的委托，呼吁释放被关押在中国的美国空军人员。吴努说："他本人根据人道主义的理由，像小弟弟向大哥哥提出一个'谦恭的呼吁'，希望中国释放这些美国空军人员。如果取得成效，他将到美国去促进中美之间的友好。"

周恩来耐心地解释说："在押的美国人情况不同，其中有的是犯了间谍罪，中国方面将根据他们的表现作不同处理。"

两国总理发表会谈公报

12月10日晚上，吴努举行告别宴会。吴努在宴会上首先发表了长篇讲话，主要是谈了访问的感受、感想。他说："当我刚刚踏上中缅友谊的道路时，我们想到一路上的山脉、河流和森林，曾有的某种疑惧消失了。我现在可以肯定地说：我们中缅友谊的目标是伸手可及了。"吴努在讲话中很幽默诙谐地对周恩来说："我不喜欢不公平或不对称的事。因此，我设想处在您的地位，向我自己提出这样一个问题：'我亲爱的吴努，我已经听了您的疑惧。我们不应当对你们干涉我国内政的可能性怀有疑惧吗?'

"让我来回答我自己的问题。我们小小国家靠自己决没有能力来干涉你们的内政。即使竟然发生这样的事情，也很可以把它比喻作为一只羔羊就丧命了。但是，缅甸虽然靠它自己可能没有能力干涉中国的内政，但如果它允许自己被中国的敌人利用作走卒的话，它可能有能力在中国制造一些麻烦。如果我们竟然愿意充当这样一个走卒的话，那么，我们有一些要害地点可以提供出来，用作对中华人民共和国进行攻击的海空军战略基地。我们还能为中国的内部进行间谍和破坏活动提供便利。"

吴努郑重地说："我要代表反法西斯自由同盟政府向我的好朋

友周恩来总理提出毫不含糊的保证。根据他的意思,分为三点:(一)在任何情况下,我们决不成为任何国家的走卒;(二)决不背信弃义;(三)尽最大努力保卫和平,反对战争。永远珍惜同中华人民共和国之间深厚的感情和友好的关系。"

周恩来在讲话中针对吴努的话说:"今天,吴努总理阁下在他的诚挚的讲话中,作为一个独立国家领导者所表现的热情的友谊、民族自尊的气概和对和平的热望,是值得称赞的。"

他说:"社会制度不同而又紧邻的两个新的国家,在初接触时彼此存在着若干疑惧,互不了解,这是很自然的。"周恩来马上又说:"两国总理的互相访问和五项原则的确立,已经使这种疑惧和不了解逐步消除。"并说:"我们两国之间没有大小之分,只有朋友之谊。在友好国家的合作中,是没有挑拨离间者的地位的。"

周恩来提高语气,强调说:"世界上任何对立的国家,如果不霸占人家的领土,不侵犯人家的主权,不干涉人家的内政,都可以成为相互友好的国家。中华人民共和国是坚持这个信念的。"

12月11日下午5时,周恩来到吴努住的迎宾馆同吴努举行第五次会谈。这次会谈的时间很短,主要是就双方起草的两国总理会谈公报作最后的敲定,并决定公布的时间。

然后,于下午6时15分,两人一道出席毛泽东在他的住地中南海颐年堂为吴努总理夫妇举行的宴会。朱德、刘少奇、陈云等也出席作陪。大家一面用餐,一面亲切交谈,极其友好、融洽。

12月12日发表了中缅两国总理会谈公报。公报说:

缅甸联邦总理吴努阁下应中华人民共和国总理周恩来阁下的邀请,来到中国进行友好访问。在停留北京期间,吴努总理曾同中华人民共和国毛泽东主席、朱德副主席、全国人民代表大会常务委员会刘少奇委员长、国务院周恩来总理和其他领导人，在很热诚友好的空气中，就中缅共同关心和彼此有利的事项，交换了意见。根据这些意见，周恩来总理和吴努总理达成了下列协议：

两国总理对他们1954年6月29日联合声明发表以来，中缅两国的友好关系已经获得发展，表示满意。两国总理重申和平共处五项原则是指导两国关系的坚定不移的方针。中缅两国应继续保持密切接触，以便加强两国之间的友好合作。

由于中缅两国人民之间往来频繁，两国总理同意在两国适当城市互设领事馆，并希望此项设领事宜将在不久将来实现。

为了根据平等互利的原则促进两国的经济和文化交流，两国总理认为有必要准备开辟中缅两国的航空线，恢复中缅两国间的公路交通并缔结两国间的邮电协定。

为了发展两国间的贸易，两国总理同意，从1955年起至1957年止，中国方面每年将由缅甸进口15万吨大米，在同一时期内，缅甸将由中国进口中国可能供应的工业设备、工业器材和日用必需品。

为了改善两国人民互相侨居的情况，两国总理同意，勉励本国侨民，即侨居中国的缅甸侨民和侨居缅甸的中国侨民，尊重侨居国政府的法律和社会习惯，不参加侨居国的政治活动，两国政府愿意保护对方侨民的正常权利和利益。关于侨民的国籍问题，两国政府将在尽可能早的时机，经过正常外交途径，进行商谈。

鉴于中缅两国边界尚未完全划定，两国总理认为，有必要根据友好精神，在适当时机内，通过正常的外交途径，解决问题。

为了维护亚洲和世界和平，两国总理希望，和平共处的五项原则能够为亚洲和世界各国广泛采用。两国总理认为，即使是现在互相对立的国家，也可以建立正常的、和平友好的关系，只要这些国家以诚意和善意为此而努力。同时，两国总理对于巩固和扩大和平地区问题，表示密切关怀。和平地区如果巩固和扩大，目前国际紧张局势就有可能趋于缓和，从而减少新战争的可能，并加强全世界的和平事业。为了稳定东南亚的局势，印度支那的和平必须予以巩固。两国总理认为，一切国家都应在不受外来干涉和外来侵略的情况下享受民族独立和生活繁荣的权利。

12月12日21时，吴努离开北京到上海、杭州和广州访问，由陈毅夫妇陪同，周恩来到机场热烈欢送。

吴努在离开北京前，在中央人民广播电台发表演说，讲他在中国的感受和看到的新中国所取得的成就。在离开北京时，在机场发表书面讲话，对中国的热情款待表示衷心感谢，说这一次的访问是极有兴趣的和富有教益的。当他于12月16日结束在中国访问回国时，在广州机场上发表谈话，说他这次访问中国的目的全部已经达到，将带回去对这个伟大的国家最愉快的回忆。

是的，吴努的这次访问，消除了心中的疑惧，发展了同中国的友谊，取得了许多的实惠，收获很大很大。

周恩来则通过对吴努的接待和会谈，特别是他那谦虚诚恳认真听取对方的意见和要求，坦率、真诚、光明磊落、聪明机智而又深思熟虑，善于针对对方的问题和心理处处为其利益着想以理以情打动对方，同时他一贯坚持实事求是的原则，从不讲空话、套话、假话，善于用严谨准确的语言表达自己鲜明的观点，是非分明，说话算数，言行一致，因而赢得客人的信服、信任，从而加深了同吴努、缅甸的朋友关系，树立了中国尊重小国的光辉形象，扩大了和平共处五项原则的影响，推动了扩大和平区域的发展，奠定了召开亚非会议的基础，也为中国参加亚非会议创造了非常有利的条件。

七、亚非会议是日内瓦会议的发展

　　周恩来在接待尼赫鲁、吴努访华，大力做印度、缅甸工作的同时，也在抓紧做印度尼西亚的工作，积极协商、谈判解决华侨的问题。

　　早在1954年4月，周恩来在日内瓦会议的发言中，提出亚洲国家彼此之间应该协商以互相承担义务的方法共同努力维护亚洲和平和安全的建议，印尼方面对此建议甚感兴趣，积极响应，便向中国外交部试探同中国签订互不侵犯条约的可能性。中国外交部副部长章汉夫表示，中方愿意根据和平共处五项原则，同任何国家缔结互不侵犯条约。在周恩来于6月份访问印度、缅甸分别发表联合声明之后，印尼驻华大使莫诺努图于7月8日向周恩来表示，印尼政府愿同中国有类似的协议的声明。7月22日，印尼驻法国大使从巴黎专程赴日内瓦会见周恩来，表示印尼政府同意和中国缔约，并代表印尼政府邀请周恩来访问印尼。周恩来说今年来不及了，他回程要访问德意志民主共和国、波兰和苏联，回北京后先与印尼驻华大使商谈，然后与印尼总理确定访问时间。

与印尼谈判华侨双重国籍

中国和印尼关系中，华侨的双重国籍问题是一个突出的问题。

说到华侨问题，不能不扯到同华侨密切相关的移民问题。

中国向外移民，历史久远。在 20000 年至 15000 年前，就有中国人到了美洲，相传美洲最古老的居民印第安人，他们的祖先就有亚洲去的中国人。苏联的《知识就是力量》杂志 1961 年 8 月 6 日的一篇文章中说，"在墨西哥和秘鲁的某些古代建筑和雕刻，也是亚洲风格"。"在墨西哥出土的许多碑刻中，有一些人像与中国南京明陵的大石像相似。""还有的石碑载在一个大龟上，高 8 英尺，重 20 吨以上，雕着许多象形文字。据考古学家判断，这些显然都受到了中国古代文化的影响。"传说周武王灭商时，商朝一些将领率领一部分士兵经白令海峡到达美洲。有文字记载的中国移民则是秦汉开始。如秦始皇曾派徐福率 3000 童男童女到日本寻求长生不老药，那时还有不少移民到日本九州等地，通过丝绸之路到西域、中东，也有泛舟交趾（今越南）的记载。早期的移民大多数是不忍国内封建统治者的压迫，生活困难，去异国谋求生计。他们后来都与当地居民融合，繁衍子孙后代。

隋、唐、五代十国，福建的泉州对外开放，"万船来舶"，成千上万的外国人特别是阿拉伯人来到中国，让中国人开了眼界。

许多中国人通过这个要道出海、移居外国。宋朝的造船技术发达，可载重 200 吨，古老的木船，几度穿过重洋，载去华侨和先民。明朝的郑和七下西洋，既给海外送去中国的文明，也给海外增加不少移民。20 世纪，特别是鸦片战争以后，中国门户大开，加之帝国主义的侵略压迫剥削，封建主义的统治压榨，生活贫困，许多人被迫离乡背井，漂洋过海，到国外谋生，尤以广东、福建等沿海人居多，是华侨大发展的时期。

分析起来，中国移民大体上有三种类型：一是被逼下海。自唐朝以来，国内多次发生大动乱，内地居民被迫南迁，官兵紧逼追赶，没有那么多"梁山"可上，只好被迫下海。二是被拉下海。中、外人口贩子，以甜言蜜语、种种欺骗手段，把不明真相的穷苦人拉下海。三是粤闽等地人，因居住在海边，靠海吃海，素有向外开拓的传统，代代相传，近海不足维持生计，便远海发展。近的到东南亚、日本，远的到美洲、大洋洲、欧洲，遍布世界各大洲。三种类型的移民，总数达3000万人左右，相当于一个中等国家的人数。其中绝大多数聚居在东南亚各国，出现像陈嘉庚等"华侨世家"和徐四民、胡文虎等数代华侨。

华侨所从事的职业相当广泛，在一些国家的经济生活中占有相当重要的地位。他们和当地人民一样，也曾备受帝国主义和殖民主义的压迫和剥削，并同当地人民一起，为所在国的独立事业和经济发展作出了自己的贡献，如在美国的旧金山开金矿、筑铁路等等。

华侨绝大部分是爱国的。他们支援中国革命，孙中山领导的辛亥革命，华侨贡献了很大的力量，孙先生称华侨为革命之母。抗日战争时期，华侨给予了大量的人力、物资支援，许多华侨回国参加抗日和革命斗争。新中国成立后，华侨对国内建设也起了很大的作用。

由于历史上一些华侨所在国同中国的国籍法遵循不同的立法原则，中国采用血统主义的原则，而它们则采用出生地主义的原则，这就造成了华侨的双重国籍问题。过去中国同东南亚国家都处于殖民地或半殖民地的地位，当时华侨的双重国籍问题并不突出。第二次世界大战之后，东南亚各国相继独立，它们作为主权国家，要求解决双重国籍者的问题。帝国主义又乘机挑拨新中国同东南亚国家之间的关系，致使这一问题就突出起来了。

中国的政策是一方面要保护华侨的正当权利和利益，一方面决不利用华侨去干涉别国的内政。中国政府要求华侨遵守所在国的法律、法令和社会习惯，同当地人民和睦相处，促进彼此之间的友谊。对于双重国籍问题，也早就注意到了。周恩来作为中国政府总理，曾多次表示，新中国不仅站起来了，而且逐渐强大起来了，在亚洲是一个大国，人家对双重国籍问题怀有疑惧，是很自然的。他在 1954 年全国人民代表大会上的政府报告中郑重宣布：华侨的国籍问题，是中国过去反动政府始终不加解决的问题，这就使华侨处于困难的境地，并且在过去常常引起中国同有关国家之间的不和。为了改善这种情况，我们准备解决这个问题，并且准备首先同已经建交的东南亚解决这个问题。

周恩来经过深思熟虑，采取逐步解决的方针，先选择同印度尼西亚谈判解决华侨的双重国籍问题，再分别解决同其他国家的问题。

因为印尼是中国华侨最多的地方，到 20 世纪 50 年代中期，在那里的华侨已达 270 万人，其中三分之二是在印尼出生的，印尼也多次要求解决这一问题。

印尼当时继承荷兰殖民当局的政策，想单方面解决华侨的双重国籍问题。印尼与荷兰签订的关于划分公民的协议和 1950 年印尼政府颁布的条例规定，具有双重国籍的华侨，必须在 1950 年 12 月 27 日前到印尼司法机关办理选籍事宜，凡要保留印尼国籍者，必须宣告脱离中国国籍，凡未在规定期限内办理选择或拒绝印尼国籍手续者，就成为印尼人。而中国的国籍法传统上采用血统主义原则，印尼采用出生地主义原则，这就造成了华侨双重国籍的问题，这就是印尼同中国在华侨问题上的矛盾。

周恩来早就曾通过外交途径向印尼提出，出生于印尼的华侨的国籍问题，是中国政府与印尼政府之间的问题，必须由两国通过正常外交谈判才能获得合理的解决。1951年7月12日，印尼苏巴左外长向中国驻印尼大使王任叔表示，印尼愿同中国谈判华侨双重国籍问题。

10月16日，周恩来在会见来华参加国庆的印尼代表团时，明确表示中国愿与各国分别谈判华侨的双重国籍问题。11月26日，中国驻雅加达总领事何英根据周恩来的指示，向记者发表谈话说，中国政府认为，中国在印尼的华侨的双重国籍问题，应由两国政府经过正常外交途径谈判、协商解决。12月15日，印尼宣传部部长莫诺努图表示，印尼政府准备根据公法精神，循外交途径与中国谈判。

1954年9月4日，周恩来在中南海西花厅接见印尼驻华大使莫诺努图，表示欢迎印尼政府于近期派代表团前来北京谈判，并谈了中国解决双重国籍主张的原则。他说："我们认为不应该有双重国籍，一个华侨要取得所在国国籍，他就必须放弃中国国籍，如果愿意保留中国国籍，他就不再是所在国公民；中国政府希望华侨自愿选择所在国国籍，取得所在国公民资格，完全效忠于所在国，他们同中国的关系，只是亲戚关系。如果他们选择中国国籍，就应当尊重所在国的法律，不参加当地的政治活动，但他们的正当权益应该受到尊重和保护。"

1954年11月1日，印尼谈判代表团到京，周恩来于当日下午在中南海西花厅接见代表团。2日，双方代表团开始举行会谈，很快就达成了原则协议。12月22日，周恩来在西花厅再次接见印尼代表，表示有些细节问题以后再继续商谈，并将派政府代表到印尼正式签字。

尼赫鲁、吴努坚邀中国参加亚非会议

却说尼赫鲁、吴努访问中国后，坚定了他们邀请中国参加亚非会议的决心，并希望周恩来率团参加。他们通过与周恩来的多次接触和会谈，对周恩来的品德、才华佩服得五体投地。他们虽然比较自信，认为有能力左右亚非会议，但也不免有势单力薄之感，那么多亚非国家的领导人出席会议，未必都听他们的话，非常需要像周恩来这样有经验、有能力驾驭全局的强手，来与他们共同主持这样规模盛大的国际会议。

尼赫鲁在南亚五国总理将在印尼茂物举行会议讨论召开亚非会议之前，特派他的官员杜德捎给印尼政府一封亲笔信，信中强调说："无论如何中国必须参加会议，否则会议将无意义。"

1954年12月28日和29日，缅甸、锡兰、印度、印度尼西亚和巴基斯坦五国的总理，在印尼茂物的总统行宫举行会议，讨论召开亚非会议问题，在讨论到邀请哪些国家参加会议时，有人提议邀请台湾参加，吴努很生气地说："如邀请台湾，缅甸不但不参加亚非会议，也不愿做亚非会议的发起国。"而且说，"如通过邀台，缅甸立刻退出会场"。他坚持邀请中华人民共和国，巴基斯坦和锡兰只好同意邀请中华人民共和国。

在茂物会议期间，英美极力阻止亚非会议的召开和邀请中国，它们派出许多官员和大批记者，到南亚五国游说、施加压力，有的女记者还使出美人计，来勾结印尼官员和记者。印尼的反对党也在美英唆使下，反对召开亚非会议和邀请中国参加。美国著名记者李普曼说："由于红色中国的参加，该会已不再是一中立集团或第三种力量，而是这一代人中在施行亚洲人的原则方面最可怕与最野心勃勃的行动。"

尽管在茂物会议内和会议外有着种种阻力，南亚五国总理终于通过茂物会议的联合公报，决定召开亚非会议和邀请中国参加。

公报说，总理们一致同意，亚非会议应由他们联合发起召开。他们也就亚非会议所引起的一切问题达成协议。

公报说：

亚非会议的目的是：

（甲）促进亚非各国间的亲善和合作，探讨和促进相互与共同的利益，建立和促进友好与睦邻的关系。

（乙）讨论参加会议各国的社会、经济与文化问题的关系。

（丙）讨论对亚非国家人民具有特别利害关系问题，例如有关民族主权的问题和种族主义及殖民主义的问题。

（丁）讨论亚非国家和它们的人民今天在世界上的地位，以及它们对于促进世界和平与合作所能作出的贡献。

公报说：

亚非会议定于 1955 年 4 月的最后一周，在印度尼西亚举行。印度尼西亚政府已经同意代表发起的国家为这个会议进行必要的安排。代表发起国家的秘书处将设在印度尼西亚。

总理们商定会议应有广泛的地理上的基础，亚洲和非洲所有具有独立政府的国家都应当被邀请。根据这个基本原则稍作变动和修改，他们决定邀请下列国家：

阿富汗、柬埔寨、中非联邦、中国、埃及、埃塞俄比亚、黄金海岸、伊朗、伊拉克、日本、约旦、老挝、黎巴嫩、利比里亚、利比亚、尼泊尔、菲律宾、沙特阿拉伯、苏丹、叙利亚、泰国、土耳其、北越、南越、也门。

希望上述25个国家以及5个发起国——缅甸、锡兰、印度、印度尼西亚和巴基斯坦——将参加会议。

参加会议的代表将是部长级,希望各被邀请国将由总理或外交部部长任团长,并派遣各国政府可能希望包括在它的代表团内的其他代表参加。

总理们对于讨论印度支那问题的日内瓦会议的结果和敌对行动的停止,表示满意。他们表示希望《日内瓦协议》将受到所有有关方面的充分尊重和履行,并且希望不会有外来的干涉阻碍成功地履行这些协定。

总理们按照他们对殖民主义所采取的众所周知的态度,注意到了西伊里安问题。缅甸、锡兰、印度及巴基斯坦的总理们,在这个问题上支持了印度尼西亚所采取的态度。他们热诚地希望荷兰政府将恢复谈判以履行它根据它和印度尼西亚所缔结的庄严的协定而承担义务。

总理们表示,继续支持突尼斯和摩洛哥人民争取他们的民族独立和正当的自决权的要求。

公报还说:

为它们人民的幸福和福利所迫切需要的亚洲国家的经济发展,需要采取一个有计划的办法,以便最有效地利用现有的资源。因此,应该调查每个国家的资源,特别是矿产资源,应该在技术人员的供应方面和其他方面进行合作。

总理们认为,在技术人员的供应方面和其他方面的经济上的合作,应该得到他们政府的注意。他们认为应该成立一个由专家组成的委员会,考虑他们国家共同有关的经济问题。

公报最后说："在新年前夕举行会议的总理们真诚希望：在1955年，出席会议的国家之间的友好合作进一步发展，世界和平事业将得到促进。"

这个公报发表之后，西方观察家们认为："这是北京政府在外交上的一个巨大胜利，继日内瓦之后，她将第二次在国际性会议上发言。"

印尼总理邀请周恩来参加亚非会议

1955年1月15日，印度尼西亚总理阿里·沙斯特罗阿米佐约致周恩来的邀请电，在1月22日由印度尼西亚驻华大使莫约努图递交周恩来，并代表印尼政府，正式邀请中国政府参加亚非会议。

邀请信全文如下：

中华人民共和国总理阁下

总理先生：

在缅甸、锡兰、印度、巴基斯坦和印度尼西亚的总理们于1954年12月28日及29日在茂物举行的会议上，一致同意在1955年4月间召开亚非会议。

该会议将由上述5国政府联合发起，而由印度尼西亚政府荣幸代表它们充当主人。发起的政府已经决定该会议在万隆举行，为时约一星期，即自1955年4月18日至24日。

至于亚非会议的目的和其他详情，请阁下参阅我所荣幸地附上供你考虑的备忘录。我特别愿意提请阁下注意在该备忘录第八、九段中所提出的我们对该会议的一般态度。该会议本身将决定它自己的议事程序和议程。

我相信备忘录所包括的情况将使阁下对亚非会议的目的和备忘录的第五段邀请阁下的政府派代表出席该会议。

如蒙阁下能尽早地、最好是在 2 月中旬以前将有关阁下的政府参加该会议的决定通知我们，则会议的发起人将深为感激。

假如像我所深深希望的那样，阁下的政府决定参加的话，那么如蒙您同时将组成贵政府代表的人数通知我，使我能为他们的住宿等做必要的安排，则我表示感激。

在雅加达成立的联合秘书处将随时提供与会议有关的进一步详情，以及那些为参加会议者所需要的其他情况。

请允许我借此机会向阁下致以崇高的敬意。

印度尼西亚总理阿里·沙斯特罗阿米佐约博士

1955 年 1 月 15 日于雅加达

附件：《备忘录》

《备忘录》基本上是五国总理联合公报的内容。只有一点是新的，即：由于住宿条件的限制以及预计参加的国家数目众多，必须面临将代表团限制到最低人数的必要性，对于会议这方面的情况，联合秘书处将随后发出进一步的通知。

周恩来听了印尼大使的陈述以后，说："我们很感谢印尼总理代表五国总理发来的正式邀请，中国同意参加，正式答复以后复电给阿里·沙斯特罗阿米佐约总理。"

指示驻外三大使立即行动

1955 年 1 月 20 日，周恩来在中南海西花厅办公室同回国陪同尼赫鲁访问的袁仲贤大使、陪同吴努访问的姚仲明大使和正在国内休假的驻印度尼西亚黄镇大使，谈准备亚非会议问题。外交部副部长张闻天、章汉夫也参加了。

周恩来对着三位大使说："你们已回来时间不短了，我一直未挤出时间同你们谈谈。你们都已知道，印尼总理代表五个发起国总理邀请中国参加亚非会议，我已口头答复印尼大使莫诺努图，中国同意出席，正式答复再过几天也就发出。"周恩来对着张闻天、章汉夫说："文件准备好了吗？"

张闻天、章汉夫异口同声地说："这两天就请总理审批。"

周恩来又对三位大使说："现在我要下逐客令了，你们要赶快返馆，准备亚非会议。亚非会议是日内瓦会议的发展，我们应积极开展工作，外交部和驻外使领馆要马上着手了解参加亚非会议各国间的关系，着重研究哪些亚非国家愿同我接触，动向如何？同时还要研究同亚非会议各国开展贸易的可能性，研究是否可以派商务代表等。当然，外交部要研究要办的事情更多，要单独开会。最近埃及表示愿与我建交，但在美国压力下不敢与蒋介石断绝关系，现在又提出要先在中国设领，此点我不能接受，以免陷入'两个中国'的圈套，但可同意埃及派贸易代表团来。"

周恩来说："我们对亚非会议的方针，总的是团结争取更多的国家站到和平中立的立场上，孤立和打击以美国为首的帝国主义和殖民主义势力，具体的待中央研究讨论后再告诉你们，我们对东南亚国家工作的总方针，是扩大美帝国主义在东南亚的缺口，以争取这些国家和平中立为有利。就是对日本也要多做争取工作，使它逐步离美国远一点。"

姚仲明问："若吴努问及周总理是否出席会议，如何答复，请总理指示。"

周恩来答道："可以告'大概可能，但尚未最后决定'。"

周恩来嘱咐三位大使："回去见到尼赫鲁、吴努、阿里·沙斯特罗阿米佐约总理，代我向他们致意，推崇和赞赏科伦坡五国关于亚非会议的发起和倡导，表示中国政府全力支持召开亚非会议，对缅甸、印度、印尼三国总理的努力表示感谢，同时请黄镇大使代我问候苏加诺总统，祝他身体健康。"

中国接受邀请参加会议

经过周恩来的认真考虑和反复推敲，起草了一份充分肯定和热情支持亚非会议给印尼总理的复电。全文如下：

印度尼西亚共和国阿里·沙斯特罗阿米佐约总理阁下
总理先生：

1955 年 1 月 15 日阁下代表缅甸、锡兰、印度、巴基斯坦和印度尼西亚五个发起国邀请中华人民共和国参加亚非会议的邀请书和随函附来的关于亚非会议的目的和性质的备忘录都已经收到了。

亚非会议是历史上第一次为了促进亚非各国的亲善和合作，为了探讨和促进它们相互间共同的利益和为了建立和增进友好和睦邻关系而召开的会议。这个会议的召开反映了最近时期以来在世界的这个地区所发生的巨大变化，也反映了亚洲各国要把自己的命运掌握在自己手里，同时以平等的地位同世界上其他国家友好合作的日益坚强的愿望。这个会议的召开也提供了一个良好的机会，使得具有不同社会制度的亚非各国，在任何一国的政府形式和生活方式不受另外一国干涉的原则下，和平共处并为促进世界和平和合作作出贡献。

中华人民共和国政府同意亚非会议的目的，而且对于能够有机会同其他亚非国家一起为这些目的而努力，也感到荣幸。中华人民共和国政府决定应邀派遣代表团出席 1955 年 4 月 18 日在贵国万隆举行的亚非会议。

至于中华人民共和国代表团的人数，我将尽早通知阁下。

阁下，请允许我借此机会向您，亚非会议的倡议者、发起人和主人，致以崇高的敬意。

中华人民共和国国务院总理兼外交部部长　周恩来

1955 年 2 月 10 日

不久，莫诺努图大使交来印尼总理阿里·沙斯特罗阿米佐约给周恩来的复电，感谢中国应邀参加亚非会议和同意会议的目的，在复电中强调："假如您能率领代表团的话，则发起国将深为感谢，因为您的出席必将有助于会议的成功。"

过了约莫一个星期，在 1955 年 2 月 28 日下午 3 时，周恩来在外交部接见印尼驻华大使莫诺努图，向他通知三件事：

1. 交给他中国总理致艾登备忘录的副本。周恩来说："最近在曼谷召开《马尼拉条约》国家会议，进一步威胁了印度支那的和平，我们曾就此向日内瓦会议主席之一艾登外相提出备忘录，英国不仅是《马尼拉条约》国之一，而艾登外相又参加了会议。同样一个备忘录的副本已交莫洛托夫。现将副本一份交给印尼政府。"

2. 华侨双重国籍的谈判问题。周恩来说："中国政府同意在雅加达继续进行关于华侨双重国籍问题的谈判。先由黄镇大使与印尼外交部进行谈判，谈妥后，由中国政府派遣部长级人员到印尼正式签订协定。"

莫诺努图说："印尼希望协定能采取最高级条约的形式。印尼已做好了草案，我收到后，当尽快送交总理阁下。"

　　周恩来说:"协定将是具有条约性质的,但名称还可考虑。你们对协定的意见可经由黄镇大使向印尼方面提出,我们国内将派人到印尼协助他。"

　　3. 关于访问印尼问题。周恩来说:"我将借出席亚非会议的机会,访问印尼,以应印尼政府和阿里总理的多次邀请,访问时间将只能靠近会议期间,因为我不能久离中国。是在开会前或是在开会后进行,我们则无一定的选择,可按印尼的方便而定。"

　　莫诺努图听说周恩来将接受访问印尼的邀请,很激动。他说:"非常高兴听到总理将率领代表团出席亚非会议,这对会议将会有很大的贡献。总理并在会前或会后访问印尼,这是印尼盼望已久的,一定会受到印尼热烈的欢迎。我个人设想是在亚非会议之前访问。"

　　周恩来提醒说:"关于我出席亚非会议的事,暂不公开,因为代表团的名单要正式通知筹委会秘书处。关于双重国籍问题的谈判能在我访问前完成,以便签字能在访问期间进行。"

　　莫诺努图说:"希望总理能以外长名义亲自签字。"

八、制订出席亚非会议的方针

对于召开亚非会议和中国将派代表团出席会议，在国际上引起很大震动，特别是以美国为首的帝国主义国家非常害怕，千方百计地进行抵制破坏。中国对此会议非常重视，周恩来考虑中国不但要积极参加会议，而且要争取团结亚非国家把这个会议开好，排除帝国主义在会议内外的破坏、干扰，使会议取得成果。他自接到印尼的正式邀请，就让外交部抓紧准备，并且亲自过问。

陈云听取汇报

1955 年 3 月 19 日，陈云主持国务院例会，听取外交部副部长章汉夫关于出席亚非会议准备工作情况的汇报。

章汉夫说："亚非会议的程序已经大体上确定，4 月 18 日开幕，前两天开全体会议，各国代表团发言，以后分为三个小组，政治、经济和文化三个委员会进行讨论。

"各国对周总理出席会议抱有很大希望，但又怕中国过分'主动'和'突出'，'会议将由中国操纵成为中国的宣传讲坛''中国将以熟练和巧妙的手法在亚非会议中进行活动'。美国《时代》周

刊说：'西方官员开始对周恩来在会上可能造成损害感到发抖。'

"帝国主义国家从决定召开亚非会议之日起，就开始进行破坏活动。首先是美国加紧争取印度，派遣前驻印度大使鲍尔士为说客，发表美印亲善言论，企图缓和印度反美情绪；又派史塔生去印度，以经济援助为诱饵，争取印度；还声明愿以原子能材料供给印度，提出通过日本帮助印度工业化。美国还专门召开驻远东国家的使节会议，讨论如何破坏亚非会议，希望日本、土耳其、泰国、巴基斯坦、菲律宾等国在亚非会议上讲既有《联合国宪章》了，和平共处五项原则是多余的。还要他们讲共产主义是新的殖民主义，在各国推行革命，等等。英国在曼谷会议后也加紧活动，艾登访问缅甸的主要目的，就在于破坏亚非会议。英国驻缅甸使馆公使公开进行诬蔑，说我利用武装少数民族在中缅边界推行军事颠覆活动。"

章汉夫说："亚非各国对这次会议的态度和所要达到的目的的想法不尽相同，甚至相反。拿五个发起国来说吧，据透露，印度尼赫鲁不愿在重大国际问题上同美国的分歧扩大，从而今后增加解决克什米尔和果阿问题的困难。不期望会议解决重大问题，只打算通过会议建立亚非国家间的友好关系。缅甸不主张在会议上提和平共处五项原则，希望在经济上能达成些协议，吴努认为亚非会议只能就亚非地区的共同利益问题广泛地交换意见，在相互接触中增进谅解，而不必作出约束性的决议。印尼则较着重于经济问题，但印尼外长和印尼国民党强调会议主要讨论反殖民主义，争取世界和平和和平共处五项原则。锡兰主张建立亚非会议常设机构，认为会议应着重研究经济问题。锡兰的《人民月刊》认为将以和平共处五项原则对中国进行约束，限制中国解放台湾的行动。巴基斯坦的报界透露巴的态度是：1.反对五项原则；2.主张锡兰、约旦、日本、利比亚等国加入联合国；3.反对法国、荷兰殖民主义；4.同印度一起谴责南非殖民主义种族歧视；5.主张原子武器应该同常规武器一起禁止，否则全不禁止；6.避免讨论《马尼拉条约》之类引起纠纷的问题。至于其他的国家，如日本，鸠山说，日本的主要目的是讨论经济问题，也参加讨论防止新中国扩张之类的问题。埃及希望亚非会议能有助于亚非各国的经济、政治、文化方面的紧密合作。从外国的报道中，我们分析泰国可能同菲律宾、土耳其、巴基斯坦以及中东亲美国家在一起，专门寻求我同印度、印尼、缅甸等中立国家之间的分歧，进行离间，强调《太平洋宪章》提出的所谓'新殖民主义'的威胁，要求共产党国家以实际行动证明已放弃'侵略野心'，强调维护'自由文化''保障人权'。总之，情况比较复杂。"

章汉夫说："我们外交部根据总理指示，出席亚非会议不同于日内瓦会议，那次我们是初登国际舞台，为了练兵多去一些人。这次虽也有练兵因素，但不要去很多人，为了节约国家开支，出席会议的人员要少而精的精神，提出出席会议人员方案，代表团由总理率领，为24人，记者15人，共39人。"

章汉夫说："关于出席会议的方针问题，外交部尚未拟好，听说总理要亲自主持讨论，待以后再向国务院和党中央报告。"

在讨论中，廖承志说："总理出席会议和访问印尼时，华侨一定会自发地热烈地欢迎，这种热情是阻止不住的。因此不能采取简单地限制办法，而应事先主动通过华侨自己的组织来掌握，有领导地组织华侨欢迎，我们侨委可先派人去工作。"

最后陈云说："亚非会议是亚非国家举行第一次国际会议，没有帝国主义参加的会议。参加会议的亚非国家，也大多数是第二次世界大战后独立了的国家，所以是一次非常重要非常有意义的会议。中国很重视这次会议，党中央和国务院考虑要派一个很强的高级代表团，外交部已提出一个名单，经中央批准后即可通知大会秘书处。外交部要全力以赴准备好这次会议，外贸部、公安部、侨委、调查部、中联部和新华社、《人民日报》、广播事业局等单位也要密切配合，新闻部门要选派得力的记者去报道会议的消息，有关部门要做好安全保密工作，特别是对周总理的安全要绝对保证，严密防止帝国主义和蒋介石的破坏捣乱。我同意承志同志的意见，对华侨要做工作。关于出席会议的工作方针，外交部要早日拟好，报请总理审批。"

召开外交部党组扩大会议

1955年4月1日，周恩来在中南海西花厅召开外交部党组扩大会，讨论出席亚非会议问题，张闻天、王稼祥、章汉夫、姬鹏飞、乔冠华、陈家康、黄华、龚澎、王倬如出席会议，叶季壮、方方、杨奇清、杨刚等列席会议。

周恩来说："亚非会议的重要性，大家都清楚，我就不讲了，现在离会议时间越来越近了，有关会议的许多问题要尽快落实，大家分头去做。"

周恩来说："现在先讨论出席会议的方案问题。"经过大家热烈讨论之后，周恩来归纳为三大类：1.亚非国家共同性的问题；2.中国与各类国家之间问题；3.中国的特殊问题，如台湾问题等。并指定由章汉夫、乔冠华、陈家康、龚澎组成一个小组，负责起草，然后送陈毅、闻天、稼祥、季壮和他审阅。

周恩来说："要起草一个总发言稿，作为基调，今天来不及讨论了，我想请闻天先提出一个提纲来，要进行讨论。我考虑包括以下几个内容：1.我们要讲哪些问题；2.这些问题中从哪一个问题提起；3.这些问题如何说法，要有说服力，能争取大多数人的同情，说得入情入理，既讲道理又很温和，语言要生动，不要八股化。"

4月3日，周恩来再次召开外交部党组扩大会议，讨论出席亚非会议的方案等问题，张闻天、章汉夫、姬鹏飞、何伟、刘英、乔冠华、陈家康、黄华、龚澎出席会议，叶季壮、杨刚列席会议。

张闻天、章汉夫等汇报了上次会议分工准备的情况，然后进行讨论：

（一）关于我出席亚非会议的方针问题。

1. 我们的目标，最高纲领是缔结亚非国家和平公约或发表宣言，最低纲领是争取发表一个带公约性的公报；

2. 争取建立一个亚非会议的常设机构；

3. 关于缓和国际紧张局势问题；

4. 关于日本加入联合国问题；

5. 关于台湾问题；

6. 关于印度支那问题；

7. 关于共产主义问题。

（二）在亚非会议上我们的做法。

（三）出席会议应注意的几个问题：

1. 有利条件和不利条件。

2. 美国可能指使泰国等国家对我进行挑衅，我不应陷入圈套，可在小组会上予以回击。

3. 凡是不成熟的问题，不要急于提出。

（四）华侨的双重国籍问题。

（五）对美国飞行员的处理问题。

周恩来说："在今天讨论的基础上，你们回去再仔细考虑一下还有什么问题，并在原来起草的稿件上再作一次认真的修改和推敲，排印出来于明天上午送我这里，转报毛主席和中央政治局审定。"

出席亚非会议的方案

周恩来对外交部送来的出席亚非会议的方案，仔细地审阅一遍，用毛笔一句一句地圈点标点符号，在重要的地方圈上重点标记，有些地方还作了修改，于4月4日批送：主席，现将参加亚非会议的方案和访问印尼计划两草案送上请阅。政治局各同志均另送。请在明（五）日午后4时约大家一谈。因后日需在国务院会议通过代表团名单，并在政协座谈方针，7日即需离京。

毛泽东当即圈阅。1955年4月5日，中央政治局会议批准了参加亚非会议的方案。

方案说：

亚非会议是没有帝国主义参加，而由亚非地区绝大多数国家所举行的国际会议。亚非会议的召开，正当中印、中缅联合声明在亚非地区发生巨大影响的时候，亚非人民争取和平独立的斗争正在高涨；而另一方面，美国正在组织和扩展各地区的侵略集团，力图加强对亚非国家的控制，积极准备新的战争。美国并企图通过它在亚非会议中的仆从国家来对会议进行破坏。但是，参加亚非会议的国家中，不仅有中国和越南民主共和国，而且有大批"和平中立主义"和接近"和平中立主义"的国家，大多数国家都有不同程度的要求和平、要求独立、要求发展本国经济文化的共同愿望。因此，我们在亚非会议中，对于亚非地区乃至于在全世界扩大和平势力的事业有着有利的条件。

根据以上基本情况，我们在亚非会议中的总的方针，应该是争取扩大世界和平统一战线，促进民族独立运动，并为建立和加强我国同若干亚非国家的事务和外交关系创造条件。

方案说：

在这一总的方针下，我们对于亚非会议中各项问题的方针如下：

（一）亚非会议的共同问题

1.和平共处和友好合作问题

我们的主张是：保障世界和平、维护民族独立，并为此目的促进各国的友好合作。友好合作应该以和平共处的五项原则和反对侵略、反对战争为基础。争取使五项原则为亚非地区的更多国家所接受，从而扩大和平地区，建立集体和平，并力求亚非会议能发表一个和平公约或维护世界和平的宣言。

2.缓和国际紧张局势问题

我们主张通过国际协商缓和国际紧张局势，包括台湾地区的紧张局势在内。如有人一般提出召开国际会议，以谋求缓和远东紧张局势的问题，我不反对。但如果其他国家在涉及台湾问题时提出或暗示蒋介石卖国集团参加国际会议的问题，则必须予以反对。

3.殖民主义问题

反对一切形式的殖民主义，以指出军事集团、军事基地、禁运垄断政策等的殖民主义的实质，并指出在别国建立军事基地是违反《联合国宪章》，是侵犯别国主权的。同时支持一切殖民地的独立运动，反对托管地等不符合《联合国宪章》的现象。

4.种族歧视问题

反对种族歧视，也反对种族优越感，主张一切种族的平等。

5. 社会问题

不谈一般的社会问题，而着重介绍新中国成立以来在各种社会改革中所获得的成就，包括土地改革、经济恢复和发展、劳动就业、劳动条件、教育、卫生、妇女、民族问题等各方面。

6. 经济问题

我们主张在平等互利的基础上，开展贸易、发展技术和经济合作，以促进和巩固有关各国的和平和独立的经济发展。反对禁运、反对带有政治条件的"援助"。对成立国际经济合作组织问题，原则同意，但不应承担不利于我的义务和约束。

7. 文化问题

我们主张在尊重各国民族文化的基础上，广泛开展各国的文化交流。不反对在会议文件中提出文化交流的具体办法。

8. 友好访问问题

我们主张亚非各国的政府、国会和民间团体之间实行对等的相互的友好访问，以增进彼此的了解和合作的可能。

9. 原子武器问题

我们主张禁止和销毁原子武器和一切大规模的毁灭性的武器。如果其他国家提出禁止使用原子武器，或管制原子武器，或停止试验等，我们应采取鼓励的态度并列入公报或宣言。

10. 印度支那问题

我们的主张是：坚决实施日内瓦会议协议，反对马尼拉会议和曼谷会议破坏《日内瓦协议》的活动。关于实施日内瓦会议协议，重点在于印度支那各国不得参加军事同盟和破坏民主选举，并应按期进行转移（撤出海防）。

11. 联合国问题

我们支持《联合国宪章》，反对各种违反《联合国宪章》

的行为，包括剥夺中华人民共和国在联合国的合法地位的行为。我们并一般主张不应排斥独立国家加入联合国。如果其他国家具体提出亚非地区国家加入联合国的问题，我们应采取同苏联完全一致的立场，即锡兰、尼泊尔、约旦和利比亚应该同罗马尼亚等其他十一国一并被接纳加入联合国，印度支那各国加入联合国，有待按《日内瓦协议》取得完全的政治解决。

12. 亚非会议的常设机构问题

争取设立亚非会议的常设机构，并争取亚非会议每两年召开一次，下一次在印度举行。

(二) 中国同其他国家的关系问题

在会外，我们应有重点地对各类国家进行工作，并解决一些具体问题。除科伦坡五国外，其他重点国家是埃及和日本。

甲、印度、印尼、缅甸有关会议的各项问题，应尽量争取同这些国家事先协商。

乙、埃及等国家，争取同埃及和叙利亚建交或建立事务关系（例如互设商务代表机构），同尼泊尔解决使节问题，同沙特阿拉伯解决朝圣的问题。

丙、日本，争取解决贸易代表团所未能解决的问题，为开展业务关系建立基础。

丁、泰国、菲律宾，争取建立接触，产生一定影响。

戊、南越、老挝、柬埔寨，促进它们同越南民主共和国接近，防止《日内瓦协议》的进一步破坏。

(三) 中国的特殊问题

1. 台湾问题

在一切商谈中，都应坚决反对美国占领台湾的合法化，坚持解放台湾的口号，不能承认"两个中国"，坚持美国应该撤退台湾和台湾海峡的武装力量，停止干涉中国内政。我们支持苏联召开十国会议，讨论台湾地区局势问题的建议和印度关于外交接触的建议，并可相继提出在美国撤退台湾海峡的武装力量的前提下，和平解放台湾的可能。

2. 所谓共产主义和颠覆活动问题

严格区分内政和共产主义的思想问题。亚非会议不讨论共产主义问题是对的，但应在适当场合中，如在仰光会议中，可适当暗示我们赞成不讨论共产主义问题，但并不怕讨论这一问题。如有人提出这一问题，应指出：内政不得干涉，但共产主义思想的影响和传播是无法阻止的；革命不能输出，但同时任何一国人民所表现的共同意志，也不应容许外来的任何干涉。

3. 华侨问题

首先同印尼达成协议，并以此为基础，同其他国家相机商谈解决华侨问题。

4. 美国飞行员问题

亚非会议前，可告吴努和尼赫鲁，我们即将宣判四位侵入我领空的美国空军人员，驱逐出境，并在亚非会议前执行。

5. 其他

我国同其他与会国家还存在边境问题，以及其他国家诬蔑我贩毒、强迫劳动和扣留战俘等问题，估计这次会议期间，其他国家提出这些问题的可能性不大。但如果其他国家在会议上提出对我进行诬蔑，即予以驳斥。

（四）活动方法

1. 会前准备

预定4月7日启程，4月14日到达缅甸，16日到印尼。在缅甸会见缅、印总理，在印尼会见印尼总理。途中和会前也可会见埃及总理、阿富汗副总理，巴、锡等国总理。会见时，当就会议的内容以及常设机构等问题，试探他们的意见。同时，也要谈到台湾问题，使这些国家在会前便了解我们对台湾问题的明确立场，免得在会议中有所纠缠。

2. 会议期间活动

会内活动，除小组会外，准备在大会开幕和闭幕各作一次发言。整个活动点放在会外接触，通过会外接触来解释我们的立场并争取解决一些具体问题。会内会外的活动配合，则视当时具体情况随机应变。

访问印尼计划

在亚非会议后，访问印尼 3 天。

随访人员，陈毅、叶季壮、章汉夫、廖承志、乔冠华、陈家康、王倬如、浦寿昌、何谦、成元功等。

采取同去年访问印度、缅甸同样的方针。

签订两国关于侨民国籍的条约。

我们同意印尼华侨不参加侨居国的政治活动。

在规定期限内仍未选定国籍者，印尼政府主张到期即算中国人，我们主张到期时再说。

同印尼总理发表联合声明，内容基本上依照中印、中缅，肯定五项原则。印尼支持我对台湾主权，我支持印尼对西伊里安的主权。

上述方针和计划，说明对这次重大的外交活动，周恩来是做了充分准备的，这体现了他一向主张外交同军队一样，不打无准备的仗。

周恩来冒生命危险出席会议

在周恩来准备率团出席亚非会议之前，他的阑尾发炎，北京医院为他做了切除手术，伤口尚未愈合，身体也有点虚弱。此时中国情报机关又获得台湾的国民党特务机关、保密局局长毛人凤等策划在周恩来出席亚非会议之时谋害他及中国代表团成员，并已分头行动。

毛泽东和中央政治局考虑周恩来是否应该亲自出席这次会议。

毛泽东找周恩来谈话，商量此事。

毛泽东说："恩来，你刚出院，伤口还未愈合，出了不少血，身体比较虚弱，我们的情报机关获得确凿可靠的情报，国民党特务机关已经策划好了要谋害你。为了你的安全起见，我和中央政治局考虑你就不要去参加亚非会议了，你的意见如何？"

周恩来说："这事我也考虑好几天，亚非会议对美国很不利，亚非国家反对帝国主义、殖民主义，要求独立，反对战争，要求和平的呼声很高，矛头直指美国，它们很害怕，尤其害怕中国出席会议，因此它们要破坏，要谋害我是很自然的。蒋介石集团是美国的走卒，听从美国指挥，同时也怕我们、恨我们，加之他在海外还有特务组织，进行破坏和暗杀有条件。但是如果我们害怕他们破坏和暗杀，就什么事也干不成了。几十年来帝国主义和国民党反动派不是一直对我们进行破坏和暗杀，我们不是也没有被他们吓倒吗？要革命就不要怕死嘛，为有牺牲多壮志嘛。我们不是有不少先烈被国民党特务暗害了吗？有了他们的牺牲，才有我们今天的新中国。在几十年的革命斗争中，我不是也遇过无数次风险吗？"

毛泽东说："不过这次风险比较大，国民党特务机关已经在多处布下暗杀你的网，你若是有点闪失，那可不得了，我们党我们国家需要你呀，我们是多年的好战友、亲密的战友，你对我的支持和帮助太大了，一刻也离不开你，所以我请你慎重地、认真地考虑，是否就不要去参加这次会议了。"

周恩来说："我知道，诚如主席刚才所说的，去，固然是要冒很大的风险，但是去，可以促使亚非会议更好地进行，取得好的成果，多交些朋友，扩大中国的影响，促进亚非国家的团结友谊，在亚非国家中架起友谊之桥，和亚非人民一道，为反对帝国主义、殖民主义，扩大和平地区，为亚洲和世界和平作出贡献。外交也是斗争，有斗争就有牺牲。我愿为此作出牺牲和奉献。如果我因为怕死而不出席亚非会议，则辜负了亚非人民的希望，也对不起吴努、尼赫鲁、苏加诺、沙斯特罗阿米佐约他们邀请我出席亚非会议的诚意和热心，又不能对印尼进行访问，谈好了的计划日程不能实行，岂不是失信于人吗？所以就是冒着刀山火海，我也要出席。至于家中的事，有少奇、老总、陈云等同志协助主席，可以说万无一失，一切工作都会顺利进行。"

毛泽东听了周恩来的话，沉思了一会儿，认为周恩来讲得很有道理，如果周恩来不出席会议，亚非会议很难开好，那样对亚洲非洲和平、对世界和平、对世界形势、对中国外交开展和国际影响都很不利，又找不到合适的人选能够代替他，但是去又风险太大，万一出事不堪设想。他权衡了半天，从大局出发，只能同意周恩来率团前往。他说："恩来，好吧，我同意还是你去，不过要同政治局同志商量一下。但是你一定要提高警惕，妥善安排，千万不可麻痹大意，要多研究多估计几种可能，多设想几个方案。比如怎样走，到了会场和在印尼访问期间的保卫如何安排。我再找罗瑞卿、李克农商量，让他们加强情报和保卫工作，多派几个人保卫你，一定要做到万无一失。"

　　"谢谢主席的关怀。"周恩来说，"我已找交通部、民航、空军、公安部、调查部研究过走的路线。先是想由香港坐船走海路去，也可以在船上休息两天，交通部、公安部都认为不行，来往于香港和印度尼西亚之间的船只只有荷兰的两艘小型商船，一艘 3000 吨，一艘 5000 吨，单程要走一个星期，如果国民党特务机关派出特务进行破坏，则很危险。于是改为由香港乘飞机去印度尼西亚的想法，可是我们现在既没有大型飞机可坐，也没有同印度尼西亚通航，只能租用外国航空公司的飞机，民用航空局经与印度航空公司商谈，决定租用其'克什米尔公主号'飞机，并定于 4 月 11 日该机飞抵香港，下午改为中国代表团的包机，于下午 1 时从香港启德机场直飞雅加达。为了保险起见，安全部还做了代表团由云南昆明乘汽车，经滇缅公路出境到缅甸，然后换乘缅甸飞机飞雅加达（的方案）。早在今年 2 月 12 日我接见缅甸政府采购代表团团长帽敏贡时，他面交吴努给我的信，邀请我在参加亚非会议时途经缅甸再访问缅甸 3 天，当时我未置可否，此事我想主席早已看到了谈话记录。4 月 3 日，缅甸驻华大使吴拉茂见我时说，吴努总理希望我在 4 月 15 日前两天到达仰光，同尼赫鲁、纳赛尔商讨亚非会议问题。我当时答复他，在 4 月 15 日前两三天到达仰光，恐怕有困难，因为根据医生的嘱咐，要在动手术后 4 星期才能坐车旅行，而从昆明到中缅边境又需时 5 天，因此最快也要到 4 月 14 日才能进入缅甸境内。进入缅甸境内以后，希望缅甸政府给予协助，以便当天飞仰光。按照这样的行程，中国代表团必须在 7 日从北京动身，不能再晚。这样我就欣然接受了吴努总理的邀请了。"

　　"对，应该同意。"毛泽东说，"吴努这样盛情，一片好意，应该尊重他的意见。"

　　周恩来说："不过，这得兵分两路，全部经缅甸对方接待有困难。同时，印度的飞机已租好，不能毁约。我想，我和陈毅同志等代表团主要成员经缅甸飞雅加达，现在民航已准备从昆明试飞仰光，如果成功，就快了，我们可在昆明多停留两天，把会议文件再斟酌一遍。其他的同志则按原计划从香港飞雅加达。"

毛泽东说："这样安排很好。不过不管走哪一路都要高度警惕，帝国主义、国民党特务什么坏事都能干得出来。"

周恩来说："主席的话，我一定谨记在心。主席很忙，我就告辞了。"

毛泽东紧紧握住周恩来的手，很久不放。两只眼睛一动不动地看着这位几十年并肩战斗的老战友，又要远征了，又要冒着很大的风险去战斗了。他相信他一定会完成这个重大的外交使命的，因为他的才华、智慧和革命的坚定性、战略性和策略性，令他坚信不疑；他也相信他的安全是有保证的，因为他相信新中国的情报和安全机关是经受过历史考验的、过硬的，更相信他的这位最亲密的战友的机智、勇敢，能够逢凶化吉。但是离别，尽管是暂时离别，总是有点依依不舍。

周恩来见毛泽东动情了，尊重地对毛泽东说："主席您放心，我一定不辱使命，把会开好，也一定平安回来，同你一起把新中国建设好。"

于是，两人在无言中告别。

毛泽东同中央政治局的同志和罗瑞卿、李克农等商量后，觉得敌情非常复杂，为了确保周恩来的安全，决定加强情报和安全保卫工作，增派公安部第一副部长杨奇清随同到昆明。

周恩来的爱妻邓颖超十分担心恩来的安全，她因子宫大出血，住进医院动手术。她既担心周恩来的身体，更担心周恩来的安全，她忧心如焚，但是她十分了解周恩来的坚定意志，只要党和国家赋予他的任务，不管冒着多大的生命危险，他总是要完成的。在几十年的革命生涯中，死神多少次逼近他，凭他的无比机智勇敢都能化险为夷，这次也一定能安全度过。但心中总是摆脱不了担心。

周恩来在临行之前，特地到医院来看邓颖超，她虽然忧心忡忡，但毕竟是久经考验的老革命家，表面上依然很镇定，像往常一样要他多保重，祝其一路平安。周恩来深情地凝视着邓颖超，温和地说："你放心，我会注意的。我放心不下的是你的身体。你动手术，我偏偏不在你身边。你一定要注意身体，希望我回来时看到你已康复出院。"邓颖超笑了一笑，轻声说："手术很成功，你放心去吧，回来时我一定去接你。"

两双手紧紧地握住，两双眼睛深情地对视，两人就这样郑重地告别了，只在心底祝平安。他们这种举重若轻，化解了彼此的担心。这在周恩来和邓颖超这两位立志献身于国家的伟人，乃是常事。

4月7日上午，周恩来一行从西郊机场乘伊尔-14飞机离开北京飞往昆明。在代表团刚要离开候机室上飞机时，国务院总理办公室副主任罗青长匆匆赶来，将一份刚刚收到的情报送呈周恩来。情报说，国民党特务机关已用高价收买香港启德机场的地勤人员，要用"克什米尔公主号"在香港停留加油之际，将定时炸弹放入飞机油箱里，以暗害周恩来和代表团。周恩来看后立即批示外交部、公安部等单位迅速办理，不得有误。

"克什米尔公主号"事件

却说台湾国民党特务机关保密局局长毛人凤等，得知周恩来将率领代表团参加亚非会议，他们知道美国和蒋介石都反对亚非会议，尤其害怕周恩来出席会议。他的出席，必然会取得很大的成果，掀起反帝反殖的高潮和亚非地区和平风浪，对美国的战争政策和蒋介石的"反攻复国"极为不利，便积极谋划暗杀周恩来和代表团。

他们计划分两步，一是在途中动手，如若不成，便是第二步派特务人员到印尼勾结当地的亲蒋人员伺机进行暗害。他们探知中国代表团包租印度的"克什米尔公主号"飞往雅加达，并在香港作短暂停留加油。在香港的台湾国民党特务、保密局敌后部署组组长周斌成和组员陈鸿举两人商量，认为必须找人到"克什米尔公主号"放炸弹，时间一到，炸弹爆炸，自然什么都炸得灰飞烟灭，包括所有乘客和一切证据在内。但是谁去放，这是个关键。找个陌生脸孔的特务，恐怕混不过机场严密的检查，最好是找个机场工作人员，尤其是能接近飞机又不引人注意的小人物。于是周、陈两人到启德机场查访一遍，终于找到一位理想的人选——小郑。

小郑本名叫周驹，是香港启德机场的清洁工，20多岁，家中只有一个嗜赌如命的父亲周瑞维，负债累累。周驹在工作前就与国民党的香港特务机关有联系，经人介绍，找他担任这个暗杀任务，并答应给他60万港币的奖赏。周驹见钱眼开，经过考虑之后，便接受了这个破坏飞机的罪恶任务。在台湾国民党特务的安排下，他接受破坏训练，学了安放定时炸弹的方法。周斌成与陈鸿举在计划大致确定之后，特地从香港飞往台湾向毛人凤口头报告，毛人凤一听大为高兴，认为这个计划太漂亮了，可以说是天衣无缝。

魔高一尺，道高一丈。国民党特务阴谋暗害周恩来的计划，很快就被中共情报人员获悉，立即报到中央有关部门。

周恩来一行到达昆明后的第二天，民航由昆明到仰光的试飞成功，这样他们就可乘飞机免得乘车在滇缅公路上受颠簸劳累之苦了。但是周恩来一刻也没有忘记经香港到雅加达的代表团工作人员和记者的安危，他打电报给北京，嘱咐邓颖超，说他虽不坐"克什米尔公主号"飞机走了，但先行到香港的同志要坐，务必转告罗青长同志，将情况进一步核实后，让外交部通报给英国驻华临时代办杜维廉，请他们务必采取措施，保证中国代表团人员的安全，并将此情况通报给香港新华社和代表团的同志们。

邓颖超把周恩来的电报指示转告给罗青长，罗青长立即转告外交部办公厅主任董越千。董越千当晚将周恩来的指示告诉香港新华分社和代表团的工作人员、记者们。第二天，外交部欧非司副司长张越约见英国驻华代办处参赞艾惕思，通报了有关情况，告诉艾惕思中国代表团11人，将于明天（11日）由香港乘印度航空公司的"克什米尔公主号"飞机去印度尼西亚，希望英国方面提请香港当局注意他们的安全。艾惕思表示他将尽快将这个情况转告给香港当局，香港新华分社也在当天晚上就将有关情况通报给了香港当局。并于11日凌晨1时30分派专人赴印度航空公司经理住宅转告有关情况。印航经理听后，将信将疑地问："你的意思是否说有人可能要破坏飞机？你的消息是否有根据？"我方人员回答说："有可靠根据，我深夜造访正说明了这一点，如果出了问题，后果不堪设想。"经理还不甚相信，说："这种情况估计不可能发生，因飞机12时才能到达香港，下午1时即起飞，只在香港加油，停留1小时，光天化日之下，谁也不敢胆大妄为。"我方人员指出，机场地勤人员中有的人就同国民党特务分子有联系。经理最后才表示，一定采取安全措施，派自己的工程师检查油箱，并亲自到机旁监视。

11日上午10时，为了慎重起见，香港新华分社又派人约见印航经理，请他严加防范。经理答应不让任何人接近飞机，就连增添食品、加油、押运行李等工作，一律由公司派人负责。张越也于10日上午9时30分，紧急约见英国驻华代办处参赞艾惕思，告知我们获悉国民党特务将要破坏印航飞机，请英国驻香港当局注意，务必保证中国代表团人员的安全。

4月10日，周斌成和陈鸿举从台湾带着60万港币，利用货船偷渡回香港，与周驹和他的父亲同住进旅馆，将钱交给周驹的父亲，当晚，他们还研究如何放炸药到飞机上的细节。第二天，周驹像往常一样上班了，顺利地通过了工作人员的例行检查。那么，他是怎样通过检查的呢？原来周驹带的炸药叫 TNT，是美国制造的高科技产品，一直由美国中央情报局提供给台湾情报网使用。这一次，台湾特务为了应付检查，特制成牙膏模样，装进牙刷、毛巾袋里，因为简易的盥洗用具，机场职员是可以允许带入的。4 月 11日早晨，周驹负责三架飞机的清洁工作，其中包括作短暂停留加油的"克什米尔公主号"。周驹装得神色自如地跟着一组清洁工，进进出出，东扫扫西抹抹，乘着人们不注意的时候，钻进了"克什米尔公主号"的行李舱，装上定时炸弹，又偷偷溜进了陈纳德留在香港的民用客机里，随时等待飞逃台湾。

"克什米尔公主号"于 4 月 11 日中午 12 时 15 分，在香港启德机场加油后按时起飞。到下午 6 时 30 分，在飞越北婆罗洲沙捞越古晋 100 海里时，该机突然接连发出三次求救信号。雅加达机场当即询问周恩来总理是否在机上，该机机长答复说没有，接着便无讯息了。根据三位生还者回忆说，"克什米尔公主号"从香港起飞之后，前 5 个小时是正常飞行，下午 6 时 30 分左右，飞机内突然发出爆炸声，机长立即命令抢救，当机立断，决定强行降落，并用无线电发出求救信号。尽管机长做了最大努力，由于机身毁坏严重，完全失控，随着一声呼啸，飞机像一团烈火冲向大海，伴随着巨大的爆炸声，裂为几段，堕入大海。

中国代表团工作人员石志昂、李肇基、钟步云，记者沈建图、黄梅、杜宏、李平、郝凤格，越南代表团工作人员王明芳，波兰记者斯塔列茨，奥地利记者严裴德和大部分机组人员遇难，只有领航员帕塔克、工程师卡尼克、副驾驶员狄克西特被英国空军和海军"丹波尔号"军舰营救出来。"克什米尔公主号"失事之后，新加坡、印度尼西亚，英国空军派出军用飞机在出事地区搜寻、营救，英国海军也参与营救。飞机残骸被印尼渔民发现，印度、印尼和英国配合对残骸进行打捞，99%的残骸被打捞上来，运到印尼，由印度、印尼双方专家检查，寻找失事原因。

暗杀吓不住周恩来

周恩来在昆明，于4月11日下午，接到北京第一次打来的长途电话，说"克什米尔公主号"飞机已从香港启德机场按时起飞，代表团成员都松了一口气。到了下午6时左右，北京打来第二个长途电话说，已知"克什米尔公主号"失去了联系。外国通讯社说，在南海上曾听到有大的爆炸声，不知道是不是"克什米尔公主号"？周恩来十分重视，立即指示北京，要迅速与有关方面取得联系，查明情况，如果飞机确系失事，要敦促有关方面火速进行救援，寻找失事人员。晚上，北京又打来第三次电话，说已证实"克什米尔公主号"失事了，机上人员全部失踪。周恩来听到这个消息，就像一块石头压在心头，十分悲痛。代表团全体人员和云南省的领导人，无不十分悲愤，对因乘坐"克什米尔公主号"飞机的代表团成员和记者惨遭不幸，又惋惜又悲痛，同时对国民党特务竟然冒天下之大不韪，下此可耻毒手十分愤慨，又对国民党特务的阴谋能够得手迷惑不解，不知问题出在哪里。但是又觉得不幸中之万幸，周恩来、陈毅等代表团主要成员没有乘这架飞机，否则后果更是不堪设想。

就在这时，又进一步获悉，1954年被印度尼西亚政府驱逐出境的国民党特务头目章勋义、郑义春等潜回了印尼，召集其在印尼的特务开会、筹款，布置暗杀周恩来和破坏亚非会议；国民党在雅加达的三青团，也组成"铁血团"，秘密策划派遣行动小组去万隆。

美国派出了一个由 70 多人组成的庞大"记者团"，到万隆名为采访亚非会议，实际上进行破坏活动。在这个"记者团"中，不仅有在朝鲜谈判和日内瓦会议时活动过的间谍，而且还有议员、军警和从香港、台湾调来的职业特务，万隆暗伏着一片乌云、阴谋和杀机。代表团成员和云南省领导，都为周恩来总理此行担忧，个个心情沉重，惴惴不安。万一有点意外，怎么向党和国家交代！因此，在代表团和云南省领导人中，都劝周恩来不要去参加亚非会议了，太危险了，建议改为别人率团参加会议。

周恩来坚持要去，他对代表团成员和云南党政领导人说："我们是为促进世界和平，增强亚非人民对新中国的了解和友谊而去的，即使发生了什么意外也是值得的，没有什么了不起，要革命就不怕牺牲，要和平也就不怕付出代价，我相信一切都会好的。"

当邓颖超知道"克什米尔公主号"飞机出事之后，她惊得一身冷汗。她既对那些牺牲的同志和朋友非常惋惜，又对周恩来的安全非常担心和惦念，她连续托人带了两封信给周恩来，表示关切，要他格外注意安全。周恩来却安之若素，他于 4 月 12 日晚，复信给邓颖超：

> 超：
>
> 　你的来信收阅，感谢你的好意和诤言。现将来信捎回，免得失落。有这一次教训，我当更加谨慎，更加努力。文仗如武仗，不能无危险，也不能打无准备的仗，一切当从多方考虑，经过集体商决而后行。望你放心。再见。
>
> 周恩来
> 1955 年 4 月 12 日

中央考虑到周恩来的安全，决定杨奇清作为代表团顾问，全权负责会议期间周恩来的安全警卫和情报工作。这时，代理卫士长何谦突然得了阑尾炎，决定留在昆明开刀，临时改派中央警卫局副局长李福坤为周恩来的警卫。

此时，周恩来怕邓颖超担心，4月13日又给她写了一封信：

> 超：
>
> 何谦昨日忽患慢性阑尾炎，今日似转亚急性，决定留昆明，请王大夫于明日动手术，由伍全奎（警卫局干部）陪他。望告林玉华（何谦夫人）放心。现由李福坤代何谦出国。附上云大学生信和戏单各二纸，俾知我们在昆明生活一斑。
>
> 周恩来
4月13日

邓颖超看到来信和信中附来云南大学学生给周恩来写的热情洋溢的信和云南京剧团演出的戏单，感到了周恩来的无比沉着镇静、信心和力量，她深信他一定能够胜利地完成任务，平安地回到北京。

4月14日晨7时15分，周恩来不顾个人安危，率领代表团按原计划，乘印度空军"空中霸王号"飞机从昆明起飞。周恩来的这种明知山有虎、偏向虎山行，不怕牺牲的英雄气概，博得代表团和国内外人民的高度敬佩和赞扬。

再说，缅甸吴努总理当姚仲明大使通知他"克什米尔公主号"出事时，大惊失色："啊呀，天呀，出了那么大的事，我想得太简单了，没有想到这样复杂，我怎么保证周总理的安全呢？我劝周总理不要去参加会议了。"姚仲明说："周总理一行已定于14日晨从昆明飞仰光了。"吴努说："那我只能尽全力保护了。"14日一早，缅甸出动20架飞机到中缅边界护航，当地时间上午10时多到达了仰光。周恩来和陈毅被安排住进总统府。

下午 3 点半钟，周恩来、陈毅前往吴努官邸拜会吴努，国防军总司令奈温也在座，彼此寒暄之后，吴努说："今天是缅甸泼水节，也即是缅甸的新年，我邀请周总理阁下和陈毅副总理阁下参加我们的泼水节。"

周恩来当即回答说："好啊，我早就听说过你们的泼水节甚是隆重、热闹，就仿佛是中国的春节，是广大群众欢度的节日。"

吴努说："是群众性的节日，盛况空前。现在请你们换上我们缅甸的民族服装。"

周恩来一向尊重民族风俗，入乡随俗。便同陈毅慨然允诺换上缅甸民族服装、扎上白领巾，穿上一套白色宽大的衫裤，随同吴努、奈温，一道前往仰光一处搭有彩棚的地方，那里已聚集了许多群众，人们见吴努、奈温陪同中国总理周恩来、副总理陈毅等贵宾前来参加泼水节，都热烈鼓掌欢迎，高兴得又蹦又跳，非常雀跃。在吴努带领下，开始泼水，第一碗水就泼在周恩来身上，周恩来也先回敬吴努一碗，又给奈温泼了一碗，再给一位年轻小伙子泼了一碗。

群众一见此状，也就没有拘束了，纷纷向周恩来、陈毅身上泼水，起初群众还比较拘谨，因为周恩来是贵宾、闻名世界的伟人，只用小碗泼水或用树枝沾水向他身上洒。后来吴努觉得不过瘾，带头用盆向周恩来身上泼，于是人们也嬉笑着争先恐后向周恩来、陈毅等身上大盆大桶地泼。周恩来一向把自己看作是普通群众的一员，今天能置身于群众之中，同大家一起联欢，心情非常愉快，他也就和普通群众一样，加之周恩来是个活跃的人，善于演戏、跳舞、唱歌，还能指挥人唱歌，所以他也就放手地乐一乐，便举起大盆大桶向吴努、奈温等缅甸领导人和男女群众泼去。因为有的人在水里加上红绿颜料和妇女脸上的胭脂花粉，一场泼水节下来，不但每人身上都被泼得水淋淋的，而且白色衣服都染成五颜六色。

吴努笑着对周恩来说："阁下简直像个天仙了。"

周恩来说："不，你我都像妖魔，和平的妖魔，反帝反殖的妖魔。"

陈毅说："我看我同奈温将军已经没有军人的气概了，就像一只落汤鸡或是被打败了的士兵。"

大家有说有笑，回到总统府。

第二天，4月15日上午，周恩来与吴努举行会谈。

吴努问："中国如何和平解放台湾，中国是否愿同美国签订友好条约，并接受美援？"

周恩来回答道："台湾问题包括两个方面：一方面是中国同蒋集团的关系，这是国内问题；另一方面是美对中国侵略和干涉，二者不应混淆起来。同蒋的战争是内战的继续，过去没有，现在也不容许外来干涉。如美军撤退，可能用和平方式解放台湾；如蒋介石接受，我们欢迎他派代表来北京谈判。"

吴努又问："他是否可以亲自去台湾劝蒋派代表来谈判和平解放台湾？"

周恩来答道："不妥。这不仅将在客观上造成承认'两个中国'的形势，而且会使人觉得缅甸在干涉中国的内政。但缅驻联合国代表可非正式公开地向蒋驻联合国代表透露我要求美撤军，和平解放台湾的意愿。

"中美之间现在没有战争，过去在朝鲜也只是人民志愿军同美军作战，而且这一战争也已停止，我们支持苏联召开十国会议，中美之间的敌对关系，是美侵略和干涉造成的，如果美放弃对中国的侵略和干涉，我们也准备按五项原则同美国发表联合声明，至于中美之间的经济合作，那必须要平等互利，不能附加任何条件。在这个问题上，我们同缅甸政府采取同样的态度。这一切在目前只是一种希望，我们并不期望美国政府立刻改变态度。但是中美关系终究是会改善的，即使等一百年也可以，世界上国家之间不会永久处于对立状态。美国政府现在剑拔弩张，不能吓倒我们，反使它自己神经紧张。"

同吴努会谈后，上午又去机场接尼赫鲁、埃及总理纳赛尔、阿富汗副首相兼外交大臣萨达尔·穆罕默德·纳伊姆·汗。周恩来在机场同尼赫鲁谈及"克什米尔公主号"飞机被炸事件，尼赫鲁承认飞机发生故障，并同意电告艾登，要英国追查此事，并将罪犯逮捕，不让其逃走。

晚上，在吴努欢迎路过仰光参加亚非会议的中国、印度、埃及、阿富汗、越南代表团宴会之后，周恩来同尼赫鲁、吴努、纳赛尔举行了会谈，商讨亚非会议问题。会上人们又气愤又灰心，说像发生"克什米尔公主号"这样的爆炸事件，怎么能开好会呢。帝国主义必然还要进一步捣乱。

周恩来说："为了和平事业作出牺牲是必要的、值得的，帝国主义、蒋介石集团越捣乱、破坏，便越证明他们害怕亚非会议，他们越害怕我们就越要开，而且把它开好。我们千万不要灰心，不要泄气，那样正中了敌人的计谋。敌人捣乱、破坏的目的，不就是为了阻止亚非会议的召开吗？我们千万不要上当。"

尼赫鲁比较老练，他说："完全同意周恩来总理的意见，帝国主义越是捣乱、破坏就越暴露它的面目，我们就越揭露，越批判。"

纳赛尔刚刚担任总理不久，比较慎言，只听不说。

吴努还是有点担心，特别是他的好朋友周恩来的安全，因为敌人的矛头主要是对着他的。周恩来说："你们不必为我担心，只要我们大家团结，敌人就无缝可钻，也就不容易下手。要知道哪里有压迫哪里就有反抗这个真理，正如尼赫鲁总理所说的，帝国主义越捣乱就越暴露，我们正好揭露。"通过这样的讨论，大家都信服周恩来的胆识和分析，于是思想统一了，情绪也高了，信心更足了。

接着讨论亚非会议的内容问题。周恩来说："我建议会议主要讨论反对帝国主义、殖民主义和争取亚洲与世界和平，若能使和平共处五项原则为会议所接受更好，不要讨论共产主义问题，那样容易引起争论。台湾问题我也不准备在会上提，私下谈谈可以。"

吴努说："我非常赞同周总理的意见。"

尼赫鲁说："我也赞同。我建议大会主席由印尼总理沙斯特罗阿米佐约阁下担任，前两天为大会发言，然后分为政治、经济、文化三个小组进行讨论，最后发表一个文件。"

吴努说："我赞成尼赫鲁阁下的考虑，待到万隆后，再同阿里·沙斯特罗阿米佐约总理及其他各国代表团团长商量。"

散会之后，周恩来对姚仲明说，仰光太热，睡不着觉，你们使馆准备两部车，到仰光郊区看夜景，散散步。姚仲明善解人意，他马上让使馆开来两部最好的车，并找了一位熟悉仰光的翻译陪同，充当向导和解说。

仰光从日本、英国占领下光复不到十年，夜晚的灯火已星罗棋布，一片光明，汽车在林荫道上奔驰，两旁翠绿的树木，盛开的鲜花，随着习习的夏风，吹进车内，令人心旷神怡。车子一边走，使馆翻译一边介绍说，仰光在伊洛底江河口分支仰光河下游东岸，原来是一个荒僻的渔村，名叫大光。18世纪中叶，缅甸战乱四起，阿琉帕雅王在战争中统一了缅甸，收复了这个渔村，命名为仰光，其意为"战争已平息"。从这以后，仰光扩建为一个市镇，逐步发展为重要城市。1852年成为下缅甸首府。1948年缅甸独立后，定为首都。现在是全国政治、经济和文化的中心，全国最大的商港，占全国输入的90%，输出的70%，世界著名的大米输出港口之一，中国购买的大米就是从这里运出的。铁路这里也是中心。无论是陆运、海运、河运都发达，市郊还有国际航空站，是全国的交通枢纽。

周恩来说："我去年6月来访问，飞机就是从那个机场降落和起飞的。那么仰光的工业怎样呢？"

"缅甸独立后，仰光的工业也有相当的发展，有碾米、锯木、炼油、纺织、机械、化学等。由于工业的发展，人口也在不断增加，现在仰光大约有200万人，华侨也不少。"翻译回答。

"对。"周恩来说，"去年我来访问，见到过这里的侨领徐四民等。"

翻译说："缅甸是佛教之国，仰光就保存着许多历代建筑的佛塔，尤以瑞光大金塔和班都拉广场的白塔最著名。据说大金塔建于公元前，当时印度闹灾荒，缅甸的科迦达普陀兄弟两人，用船运稻米前去救济，带回八根佛发，修建了这座佛塔，将佛发藏于塔内。经过历代修建、扩建，现在这座塔高有100米左右，塔的底座周长420多米，塔体外面贴满了金箔，塔顶由宝伞和钻珠组成，共有钻石、红宝石和蓝宝石数千颗，白天在阳光照耀下，整座宝塔金光闪闪，耀人眼目。大金塔上还悬挂着许多小金铃、小银铃，风一吹，铃声叮当，清脆悦耳，好似一曲绝妙的乐器合奏。金塔周围小塔林立，形状各异，有的似钟，有的似船帆。小塔的壁龛里有许多玉石雕刻的佛像，千姿百态。大金塔的西北角有一座巨大古钟。缅甸人认为它是吉祥和幸福的象征，谁要连击三下，就能实现自己的愿望。"

周恩来说："这些都是缅甸的瑰宝，缅甸人民的智慧和劳动的结晶，可惜我上次只是走马观花、匆匆忙忙地在大金塔的周围绕了一圈，既未听清楚像你们今天详细的介绍，也未能很好地欣赏这个伟大的艺术品。下次再来，一定很好地看看，还要参观广场上白塔以及其他的名胜古迹。这也是对别国民族历史、文化的尊重。"

车子走了一夜，周恩来又下来在微风中散步，他觉得心情舒畅。他边走边看脚下的马路，有时还用力踩两下，蹲下去用手捺一捺，然后对姚仲明说："我在车上觉得缅甸的路状不错，车在上面走得很稳，这么热的天气，柏油一点也不化，这是什么原因？"司机同志回答说："是沥青里加上橡胶铺成的。"

周恩来立即说："那我们应该学习嘛，你们找些资料送回国去。我说过多少次了，无论大国小国都有优点和长处，都有可学的东西。我们驻外大使馆要注意研究，为祖国的经济建设服务。"

风险再来

4月16日，聚集在仰光的几个代表团，都分别乘飞机飞往印尼。周恩来一行乘坐的"空中霸王号"飞机也于当日一早起飞。在起飞之前，周恩来指示，无关人员不得接近飞机，乘机人员的行李要严格检查，并由专人押送行李，经机组检查同意之后再上飞机，送行人员一律停在距飞机50米以外，以确保飞机的安全。吴努、奈温、姚仲明也都在离飞机很远的地方同周恩来告别，祝他一路平安。

当飞机经新加坡上空时，发现前方正在打雷下雨，"空中霸王号"是一种双引擎无密封的小型飞机，不能超高空飞行，越过雷雨区，机长要求在新加坡临时着陆，待雷雨过后再起飞。代表团中有人一听说要在新加坡着陆，忙说这怎么行呢，新加坡尚未同我建交，它又是英国的殖民地，岂不是送到别人家嘴里去了吗？也有人说，不在新加坡降落又怎么行，你能越过雷区吗？

众说纷纭。周恩来经常坐飞机，而且出门喜欢坐飞机，因为飞机速度快，可以节省许多时间。在飞机上也曾经遇到过多次险情。他记得，在抗日战争结束后国共谈判时，在一次从西安乘美国军用飞机赴国民参政会，飞机到秦岭上空时遇到了一股强大的冷气流，瞬间，机身蒙上一层厚厚的冰甲，机翼和螺旋桨都挂上了冰。飞机无法承受这突增的重量，沉甸甸地向下坠落。机长一面命令打开舱门，扔掉行李，减轻飞机重量，以延缓下降的速度，一面要求乘客系上降落伞。当时叶挺的小女儿叶扬眉没有降落伞，吓哭了，周恩来将他的降落伞给了她，并鼓励她"小扬眉，不要哭，勇敢点，学习你爸爸"。小扬眉懂事地点点头，不哭了，紧紧地依偎在他身旁，多么聪明、漂亮、活泼、可爱的孩子。可惜她后来同她的父亲、母亲还有王若飞、邓发等飞返延安时遇难了。周恩来想到这里，怀念老战友的心绪涌上心头，可是那次就是完全听从机组的安排，才得以脱险，我们不懂飞行技术，就得听懂行的机组安排。

同时他又想，新加坡虽未同我建交，我们同它并无矛盾，更无仇恨，不会加害于我们的。于是他说，你们不要争了，一切听机组安排。

机长一听中国总理同意他们的意见，立即用无线电话与新加坡机场联系，机场经理听说飞机上载的是中国总理周恩来率领的代表团，立即同意临时降落，并报告英国驻马来西亚的高级专员麦克唐纳，麦克唐纳一听说是他久已敬仰的世界伟人周恩来在此停留，便立即驱车赶来机场接待。

飞机降落下来，舷梯下面铺上了红地毯，像迎接国宾一样隆重。随后周恩来、陈毅、廖承志等被请进贵宾室。在门口碰上了两个中国人，微笑着向代表团打招呼，廖承志认识他们，悄悄地对警卫人员说，那两个是国民党特务，你们要小心。于是人们又一阵紧张。

此时，麦克唐纳已在贵宾室，非常客气，彬彬有礼，亲自给周恩来、陈毅等送点心、饮料，边吃边谈。两个多小时，雷雨已消散，麦克唐纳和机场经理把周恩来、陈毅等送到"空中霸王号"旁边，彼此友好道别。通过这次偶遇，麦克唐纳后来同陈毅成为好朋友。

印尼使馆见代表团没有按时到印尼，立即报告中央，中央非常着急，一连多次打电报问缅甸使馆，别的从仰光起飞的代表团都已到了雅加达，怎么周总理的专机未到呢？邓颖超在医院开刀，线也未拆，就回到西花厅家中，坐等周恩来和代表团的消息。可见大家都心系亚非会议和周恩来的安全。晚上接到印尼使馆的电报，告诉周恩来因遇雷雨在新加坡临时降落，代表团团员陈毅、叶季壮、章汉夫，顾问廖承志、杨奇清、乔冠华、陈家康、黄华、达浦生、秘书长王倬如等同机到达。下午5点50分到达雅加达玛腰兰机场，受到印尼外长苏纳约、国防部部长库素马来曼特里、司法部部长龚多古苏莫、交通部部长干尼、农业部部长萨加乌、雅加达市市长苏迪罗等和数千群众的热烈欢迎。由于印尼警戒甚严，岗哨林立，中国代表团平安到达使馆，休息一宿，第二天上午飞万隆。这才一块石头落了地。

周恩来到了使馆尚未坐下，就问黄镇，国内有无电报来，黄镇立即叫机要员将报送来。当他看到明天将在北京开追悼会，悼念"克什米尔公主号"遇难人员，由人大常务委员会副委员长宋庆龄主持，红十字会会长李德全致悼词。周恩来立即提议以代表团名义发一唁电，对烈士们表示沉痛悼念，对他们的家属表示衷心的慰问。唁电还特别指出："和平事业决不是卑劣的阴谋所能破坏的。为和平而牺牲的烈士们永垂不朽！"这个电报表达了代表团全体人员的共同感情。当大家一到印尼后，人们蜂拥地欢迎中国代表团，再次勾起周恩来和代表团全体人员怀念那些乘"克什米尔公主号"牺牲的同志们，要是他们平安地到达这里，明天一道去万隆出席会议多好啊！唁电发出之后，大家沉痛不安的心灵，稍稍平静了一些。雅加达的天气非常灼热，但人们还是慢慢地进入梦乡，一天的紧张、劳累，都有点儿疲乏，明天还要起早，去万隆。

唯有周恩来还在灯光下看近几天的报纸。印度尼西亚新闻说，美国特务机关还在指示蒋介石在印度尼西亚的恐怖组织"铁血团"和印度尼西亚的武装匪徒勾结，准备在亚非会议上发动骚扰和暗杀。《独立报》说，几个世纪以来，西方国家一直在亚洲各国之间进行挑拨离间，这一点出席亚非会议的国家必须提高警惕。还有的报纸说，虽然美国并没有参加亚非会议，它却派出了一个最大的"代表团"——由近70人组成的"记者团"，其中有许多人是在这两天才忽然干起记者来的。

周恩来心想，会外如此复杂，如此险恶，会内也一定不会平静，荆棘丛生，他要沉着镇定，巧妙应付，该坚持的要坚持，该灵活的要灵活，该斗争的要斗争，该让步的要让步，要忍耐不要发火。他推开窗户向外看，见中国大使馆的门前加渣马达街还是站满了人，其中有印尼人也有华侨。已经两三点钟，夜这么深了，人群还不散，群众对亚非会议这么重视，对中国代表团这么欢迎、热情，这不就是巨大的力量、巨大的后盾吗？得民心者昌，失民心者亡，这是永远不变的真理。只要我们紧紧依靠人民群众，依靠会内和平中立的力量，不管有多大的困难险阻，会议是会开好的。

4月17日凌晨6点，代表团全体人员都起床了，收拾好行装，便乘车前往玛腰兰机场，乘机飞往万隆。这时使馆的门前加渣马达街上早已聚集了许多人，而且还在不断地像潮水般拥来，他们要再看一眼以周恩来为首的中国代表团的风采。同昨天下午一样，周恩来和中国代表团的汽车是在人墙中和人们的欢呼与掌声中缓缓地开到机场的。

飞机9时30分起飞，在沿海的上空飞行，不久，平原从眼中慢慢消失，迎面而来的是一簇尖得出奇的山峰，像轻纱一样的白云绕着山峰飘荡，山下一层一层的梯田，热带树木、植物铺满大地，这个千岛之国多么美丽富饶。不久，飞机便降落在万隆安第机场。

印度尼西亚共和国总理阿里·沙斯特罗阿米佐约、万隆欢迎亚非会议人民委员会主席阿未等到机场迎接。阿未在中国代表团走下飞机后，在飞机旁向周恩来致了欢迎词，一位印度尼西亚女郎给周恩来戴上用鲜花编织的花环，两名华侨女学生向周恩来、陈毅各献上一束鲜花。

然后，阿里·沙斯特罗阿米佐约引导客人进入机场贵宾室，周恩来发表书面讲话，说："亚非会议的召开是同印度尼西亚政府和人民的努力分不开的。在这次会议上，亚非国家代表们将会获得历史上的第一次机会，在一起讨论共同有关的问题，这个事实就说明了这次会议是有重大意义的。同时，我不能不指出，有些人是不喜欢我们这个会议的。他们正在破坏我们的会议。大家知道，中国代表团已经为此付出了沉重的代价。同样，印度、越南和其他国家在这次破坏事件中，也遭受了沉重的损失，但是和平友好的正义事业是破坏不了的。我相信，我们的会议一定能够克服各种破坏和阻挠，并对于促进亚非国家之间的友好合作，对于亚非地区的和平作出有价值的贡献。"

周恩来这个讲话，对破坏者是一个谴责和警告，对会议的前景表示了信心。

代表团从机场出来，安第北路两旁站满了欢迎的群众。当代表团的汽车在军用摩托车引导下，从人丛中驶过时，人们使劲地鼓掌欢呼，"和平万岁！""中华人民共和国万岁！""印度尼西亚中国友好万岁！"的口号声此起彼伏，气氛极其热烈。

中国代表团团长、团员、顾问和主要翻译住进万隆塔曼沙里街10号，其他人员住在市中心豪曼饭店。门前升起中国和其他28国的国旗。

从此，这里门庭若市。

万隆是座景色秀丽的山城，坐落在印尼西爪哇的火山群中，万隆在印尼语中是"山连山"的意思。万隆人民称他们的故土为"勃良安"，意即"仙之国"。据说，过去这里是一片汪洋的万隆湖。后来，附近的布朗火山爆发，喷出的大量熔岩流入万隆湖，于是形成一个万隆盆地。万隆海拔700多米，气候凉爽，风光美丽，到处是五彩缤纷的花草树木，是印尼著名的游览和避暑胜地。所以，印尼政府选择在万隆召开亚非会议。

就在18日亚非会议开幕的第一天，中国大使馆接到一封奇特的匿名信件，原来是一个国民党特务暗杀队队员的检举信。信是这样写的：

> 敬启者，请中华人民共和国驻印尼大使注意，中国国民党驻雅加达直属支部，于本年3月初旬奉台湾总统府之命，组织28人敢死暗杀队，准备谋杀赴万隆参加亚非会议的中华人民共和国代表团团长周氏。
>
> 暗杀队于3月10日在红溪党部组成，参加者皆为前中国国民党逃亡印尼的中低级军官，每人皆持美国大使馆发给的无声手枪及印尼币20万盾，事成后，每人加给20万盾，打中周氏者加给40万盾，本月19日在红溪党部开最后一次会，决定出发日期。
>
> 有关亚非会议地形，于本月1日至5日调查清楚，请中华人民共和国驻印尼大使馆通知治安当局把它一网打尽，保全周氏。
>
> 反省过来的暗杀队员
1955年4月6日

代表团对这封匿名信紧急进行了研究，并报周恩来。从各方面的情况分析，认为这封信的真实性很大。周恩来指示，立即通知印尼政府，在国外的保卫工作，只有靠当地政府。中国代表团的安全由印尼政府负责，要他们进一步采取措施，确保大会顺利进行。印尼政府得知后，更加加倍警戒。在代表团内部也开了紧急会议，陈毅在会上要求代表团的全体人员都要做保卫工作。他说，我也是总理的警卫员。杨奇清根据周恩来、陈毅的指示作了全面的部署。印尼政府接到中国大使馆的通知后，非常重视，他们指示万隆所在第三军区加强对万隆市的外围警戒，并从外地抽调了三个步兵营来万隆，以对付蓄意在亚非会议期间进行破坏的反动武装，在万隆市集中了 2000 多名警察，从爪哇省调来许多便衣警察，收缴了民间的枪支，颁发居民身份证，划定戒严区和行车路线，对国民党秘密暗杀队进行了临时性的拘留。对周恩来也增添了随身警卫和现场警卫，专门派了一名陆军上尉作为安全副官，5 名警察作为随卫。

周恩来外出活动，除两辆摩托车开路外，加派了一至二辆宪兵吉普车跟随，开周恩来专车的是从运输公司专门挑选的一位忠实可靠又有多年开车经验的 50 多岁的司机。周恩来住地，派了 8 名宪兵和 8 名机动警察，3 名便衣警察，可谓防范甚严，万无一失了。

九、两条路线的斗争

亚非会议从一开始就清楚地表现出两条路线的斗争。一方是企图以反苏反共的口号使会议陷入思想意识的争论，而使会议不能获得任何成就。另一方是在反殖民主义和维护世界和平与合作的基础上尽量肯定一切共同之点，使会议尽可能地表现出亚非人民的共同愿望。

结果是前者失败，后者成功。周恩来取得全胜。

三国总理举行会谈

4月17日中午12时，尼赫鲁、吴努相约来到周恩来在万隆的住处塔曼沙里街10号，拜会周恩来，并就亚非会议的程序和议程等问题进行会谈。陈毅参加。

尼赫鲁首先发言说："昨日抵万隆后，已同吴努和印尼总理阿里·沙斯特罗阿米佐约讨论了亚非会议的程序和议程问题。讨论的要求已书面写出，其中包括了在仰光会谈时所同意的各点。"

尼赫鲁随即当面递交给周恩来，同时还交给周恩来一份印度准备在当日下午3时召开的亚非会议各国代表团团长非正式会上提出的议程建议。

接着，尼赫鲁又说："现在有人有一种隐约的想法，他们认为此次会议之后，应该建立政治和经济的常设机构。关于政治常设机构，显然29国都必须有代表，而这29国的意见又大有分歧，因此很难设想，这个机构如何起作用。现在由科伦坡五国组成的联合秘书处，在工作中不是很协调的。"他又说："这个常设机构中要有一个总理，如果设在雅加达，那么许多国家在印尼并无代表。"

吴努说："正如我在仰光会议所说的，我认为这次会议的唯一目的，就是让各国代表团有机会相会。此次会议可以向世界宣布几条一般性的原则。在此以后，同意这些原则的国家可以再开一次会，会后可以建立一个常设机构。"吴努说："这样一个机构将是由某些在重要问题上看法一致的国家组成，因此是有效的。而这次会议不仅不可能在重要问题上作出决定，而且即使建立常设机构，这个机构也没有任何有效的方法来执行决议。"

周恩来说："如果这次会议能做成两件事，那将极为有益。第一件是用一个文件，不论是什么形式，来表达我们共同的愿望，其中包括尼赫鲁总理在仰光会谈时强调的五项原则。第二件是成立一个常设机构。我们可以想出一种方式，使这个机构不过分地约束与会各国，例如联络机构。这样一个机构就可以使与会各国政府相互联系，特别是这次会议的与会各国中还有一些国家不是联合国的会员国。这个机构的总部如果在雅加达，那么与会各国中如果有外交使节在雅加达，就可以派秘书来参加，距离太远的国家，可以用通信联系。"

对吴努的意见，周恩来回答说："如果在这次会议中就能发表一个文件并成立一个机构，岂不是更好。这样，我们就可以向全世界表明，我们是不排斥任何亚非国家的。这样的机构既不同《联合国宪章》矛盾，而且还符合这次会议的目的，那就是亚非国家的亲善和睦邻关系。"

尼赫鲁对于这样的机构是否能起作用仍然表示怀疑，他并且说："如果这次做任何事来同联合国唱对台戏，是不明智的。"

吴努也说："即使这次会议建立一个机构，它也会因为不起作用而得不到世界的尊重，反不如在以后组织一个小范围的但是有效的机构。"

尼赫鲁接着又说："是否建立政治常设机构问题，可以视会议的发展，再加以考虑和讨论。至于亚洲的经济问题，现在有两个机构在讨论和研究，一个是联合国的远东经济委员会，另一个是科伦坡计划组织。"尼赫鲁说："现在有一个危险，那就是有可能像欧洲马歇尔计划那样，在亚洲照样执行。如果在亚洲组织一个经济机构，那么，由于亚非国家的经济要求各异，而在亚非各国中能够提供援助的国家极少，结果可能会把亚非国家分成赞成马歇尔计划和反对马歇尔计划的两派。"尼赫鲁说："也许可以成立一个组织但不是常设机构，而是定期召开会议，或是像周总理刚才建议的那样，成立一个联络机构。"尼赫鲁又说："这个问题也可以视会议的发展再加以考虑和讨论。"关于五项原则问题，尼赫鲁说："为了避免引起反对，没有把五项原则列为他所建议的议程中的一项。五项原则中，重要的是前三项，即互相尊重主权和领土完整、互不侵犯、互不干涉内政，而这三项，都可以在讨论他所建议的第七项时加以讨论，这样就没有人能够反对。"

周恩来考虑，在这次会议上主要团结和依靠印度、印尼、缅甸等坚持和平中立的国家，要多尊重它们的意见，许多事情让它们出面，但要多出主意、多引导，多协商可能更好，所以他只是说："我们要尽力争取会议取得更多的成果，有些问题视会议的发展再考虑、研究，先不说死。"他说："我看了你们三国总理关于亚非会议的程序和尼赫鲁总理关于议程议题的建议，我支持，但在今天下午各国代表团团长非正式会议上再听听他们的意见。"

尼赫鲁的自信

尼赫鲁从筹备亚非会议开始，便想抓领导权，左右和指挥亚非会议，使会议照他的想法和设计的程序进行，并且很自信、自负，以为与会各国都会听从他的，其实不然。他和缅甸吴努、印尼阿里·沙斯特罗阿米佐约在主观上都希望会议成功，推进和平进程，并提高和扩大自己的地位和影响。但是由于尼赫鲁脾气欠佳，不能自制，讲话不讲策略，只要事情不如他意，他就生气，使人产生反感，致使不少代表同他作对。从一开始讨论议程，他就遇到阻力和挑战。

4月17日下午，在印度尼西亚总理阿里·沙斯特罗阿米佐约的别墅举行了各国代表团团长非正式会议，讨论会议的程序和议程。

阿里·沙斯特罗阿米佐约说，我同印度总理尼赫鲁先生、缅甸总理吴努先生商定了这次会议的程序和议程的意见，征求各位意见，现在请尼赫鲁先生代表我同吴努先生提出，但他未说事先已征求过中国总理周恩来的意见。

尼赫鲁满脸露出高兴和得意的神情。他说：

在4月16日晚上，印尼、缅甸和印度，我们三国总理在一次会议上，讨论了亚非会议的一般程序并达成下列结论：

（一）4月17日（也即是今天）下午3时，举行代表团团长的非正式会议。代表团团长认为有必要可以带一两名顾问。

（二）4月17日下午7时，在印尼总理住所举行发起国总理会谈，讨论有关事项。

（三）如有必要，在 4 月 17 日 21 时，可举行代表团团长会议，以继续讨论程序和议程。

（四）会议第一天的日程和程序如下：

五个发起国总理将在印尼总统、副总统到达时加以迎接。五国总理将把他们引导到各代表团团长等候的房间内，在那里进行介绍，然后有次序地进入大厅就座。

摄影人员将给予几分钟的时间摄影。

总统致开幕词，然后他离开会场，由发起国总理送出。

然后进行会议主席的选举。建议由发起国作为提议人和附议人，并建议此时不作演说。由印尼总理做主席的正式建议将被提出。

印尼总理致主席词。然后记者离去。

（五）会议将考虑，拟定议程。

（六）会议规则应尽量简单：

1. 决定不应用多数票作出。应该考虑的是一般性原则，而不是两国之间争论的具体事项。虽然很难用表决作决定，但是显然会议的某些意愿是应该记下来的。有人建议，所有决定都应该用一致表决作出。这是不对的，因为那样，一个代表团就能阻止作出任何决定。但是一般的规则应该是用多数票来作出决定。

2. 既然是时间极有限的，我们应该避免代表团团长的开幕词，如果允许这样的开幕词，它们将几乎用去两天，而占用了分配给会议的很少的时间。但是，鉴于联合秘书处已经宣布将有演说，并把时间限于 20 分钟，又由于许多代表团可能已经写好演说词，因此，建议书面演说词，可以在各代表团间散发，而不真正宣读。

3. 会议的一般做法，应该是强调协议的各点，而不是各分歧点。遇有分歧，则可以加以注意，而不去强调它。

4. 亚非会议的各次会议将是秘密的，而不向报界公开，但是开幕的一次会议直到会议主席结束其演说词为止，以及可能还有会议结束时的一次大会将属例外。

5. 至于委员会，将只有两个委员会，一个委员会考虑经济事项和经济合作，另一个委员会考虑文化合作。这些委员会应该在第一天就组成，以使有时间考虑这些问题，并在三天内向大会作报告。这些委员会应由官员组成。当然为了任何特殊的目的，可以有专门委员会，特别是为了起草任何东西或是最后的公报。组成一个委员会来处理主要的政治问题是不会有任何用处的，这些问题将由全体大会来考虑。

6. 应该以会议的名义发表每日公报，将简短地涉及讨论到的题目。如果对于某一特殊题目作出了决定，这也可以提及。每日公报应该由联合秘书处起草，并在当天会议休会前提交会议。

尼赫鲁说：

关于亚非会议的议程，我们印度代表团提出如下建议：

（一）经济合作；

（二）文化合作；

（三）核子能和平利用问题；

（四）促进世界和平和合作。

与会各国所提议题，如系在会议讨论范围之内，可在上述总目下加以讨论。

与会各国交来的文件由联合秘书处分发。

建议上列（一）（二）两题细节问题应与有关官员组成的两个委员会予以讨论，并提出肯定的建议，交会议考虑。

出席代表团团长非正式会议的人们，没有提出异议，尼赫鲁等以为亚非会议将按他们的意图和提出的议程进行，心中十分惬意。

但是，有不少人对尼赫鲁那种俨然以领袖自居的作风感到愤然，他们认为尼赫鲁主张取消大会公开发言的做法，剥夺了他们发表宏论的机会，不能使他们国内民众听到他们的声音和主张，提高自己的地位、声望。在会议程序上反对尼赫鲁的情绪渐渐加剧。就在4月18日亚非会议之前的各国代表团团长会议上，会议主席沙斯特罗阿米佐约宣布了17日代表团团长非正式会议商定的日程和印度建议的议程，当即遭到巴基斯坦总理穆罕默德·阿里因巴印之间在克什米尔问题和他同尼赫鲁个人之间的矛盾而反对，土耳其副总理法丁·吕斯图·佐鲁等也以未出席17日下午的代表团团长非正式会议为借口，坚决不予同意。泰国旺亲王、菲律宾罗慕洛也随即起而反对尼赫鲁的建议，经过一番讨论和争斗，议程加上政治内容，修改为：

（一）人权和自决；

（二）附属地人民问题，包括突尼斯、摩洛哥、阿尔及利亚和西伊里安问题；

（三）促进世界和平和合作，包括联合国问题、大规模毁灭性武器问题和裁军问题、印度支那问题。

并从4月20日起，由各国代表团团长组成的政治委员会进行秘密讨论。

这样就打破了尼赫鲁等只想讨论经济、文化和和平问题，也大大影响了尼赫鲁想当会议领袖的打算。

周恩来没有表示意见，采取静观态度，因为他要团结和推动尼赫鲁、吴努、沙斯特罗阿米佐约开好亚非会议，又不便在会议程序这类问题上同巴、土、泰、菲等国发生争论。

亚非会议隆重开幕

4月18日，这个具有伟大历史意义的日子，震惊世界的亚非会议开幕了，占世界人口一半以上的14亿4千万亚非人民盼望已久的一天终于到来了。

美丽的万隆城，家家户户都挂上了红白两色的印度尼西亚的国旗，在万隆8万多华侨的家门前也都挂起了五星红旗，欢庆这个光荣的日子。万隆市人民喜气洋洋地走上街头，一睹这个热闹场面，尤其是刚刚被命名的亚非大街整饰一新，凌晨就被断绝交通，穿着绿色军服、戴着白色手套、头戴钢盔的印度尼西亚的军警们，三步一岗，两步一哨，神情专注、威风凛凛地站在两边值勤，稍外一点，挤满了观看的群众。当一辆辆挂着各国国旗的汽车从他们中间急驰而过，奔向独立大厦的时候，人们都热烈地欢呼鼓掌。

独立大厦的门前竖起了阿富汗、柬埔寨、中国、埃及、埃塞俄比亚、黄金海岸、伊朗、伊拉克、日本、约旦、老挝、黎巴嫩、利比里亚、利比亚、尼泊尔、菲律宾、沙特阿拉伯、苏丹、叙利亚、泰国、土耳其、北越、南越、印度、印度尼西亚、缅甸、巴基斯坦、锡兰等29国的国旗，在空中高高飘扬。

会议开幕式预定在上午9时开始，但是在8时左右，会议的来宾席和记者席已经坐满了。

近9点钟的时候，各国代表团在人们的掌声中陆续进入会场。他们大多数是在第二次世界大战后刚独立或解放的亚非国家的代表，没有西方帝国主义、殖民主义国家的代表，真正的亚非国家代表参加的亚非会议,这是世界历史上破天荒的一次国际会议。

出席会议的代表不同凡响,规格很高。29 国代表团团长,有 13 位是总理或相当于总理级的代表,有 3 位副总理,有 4 位外交部部长。代表团团员,许多人都是名人或在国际舞台、外交场合驰骋过的人。他们都将要在这次会议上一显他们的政治才能和外交手腕。

9 时 15 分左右,奏起了印度尼西亚国歌。印度尼西亚总统苏加诺、副总统哈达和他们的夫人,在印度尼西亚、印度、缅甸、巴基斯坦、锡兰 5 个发起国的总理引导之下进入会场,随后是 24 国的代表团团长。

出席会议的,除 29 个国家的代表 340 人外,还有印度尼西亚政府各部部长、国会议长、各国驻雅加达外交使节、亚非会议联合秘书处工作人员、万隆地方政府官员及世界各地来的记者和通讯社代表。

东道主印度尼西亚总理沙斯特罗阿米佐约宣布开会,首先请印度尼西亚总统苏加诺致开幕词。

苏加诺生于 1901 年,1925 年毕业于万隆工学院。他在读书的时候即参加了反抗荷兰统治的民族解放运动。1927 年,创设民族主义团体,翌年改名为印尼民族党,曾数度被捕入狱,1942 年获释。1945 年 8 月,印度尼西亚宣告独立,成立印度尼西亚共和国,他就任第一任总统。他积极主张和支持召开亚非会议。

苏加诺以《让新亚洲和新非洲诞生吧!》为题致开幕词。

苏加诺的讲话,获得全场热烈的掌声。

五国总理把苏加诺和哈达送出会场。

会议短暂休息。

11 点 45 分复会以后,首先选举大会主席。埃及总理纳赛尔建议选举印度尼西亚总理沙斯特罗阿米佐约为亚非会议主席。中国总理周恩来附议。约旦、菲律宾的代表也表示附议。会议一致通过了这个建议。

随即沙斯特罗阿米佐约就任主席，并发表演说。

他首先代表印度尼西亚和其他发起国家，向全体出席会议的代表们表示热烈欢迎。

沙斯特罗阿米佐约接着引述了茂物会议的公报，来说明亚非会议的目的是：（甲）促进亚非各国间的亲善和合作；（乙）讨论社会、经济与文化问题和关系；（丙）讨论有关民族主权的问题、种族主义和殖民主义的问题；（丁）讨论亚洲和非洲以及它的人民今天在世界上的地位，以及它们对于促进世界和平和合作所作出的贡献。

亚非会议的开幕式就这样顺利结束了。

西方的报纸曾经预言亚非会议开不起来，现在它们挨了一记响亮的耳光。29个国家的代表们已经坐到一起，开始讨论亚非国家和人民共同关心的问题了。

周恩来后发制人

4月19日，继续举行全体会议，进行大会发言，除了昨天已经发过言的印度、缅甸等国自动放弃大会的发言以外，几乎所有代表团团长都要在今天发言。

上午9时1刻，大会开始。首先宣读会议收到的贺电，其中有苏联最高苏维埃主席团主席伏罗希洛夫元帅的贺电。据说作为会议来宾的美国众议院的鲍威尔曾要求美国总统艾森豪威尔给亚非会议发贺电，但是美国国务院答复他说："我们并不认为美国政府同万隆会议的关系是值得向会议送这样的贺辞的。"鲍威尔气得狠狠地骂道：美国政府在外交上做了一桩"愚蠢的事"。

接着大会发言。第一个发言的是埃塞俄比亚代表团团长阿托·德雷萨。他说："许多世纪以来，埃塞俄比亚属于整个非洲大陆少数几个独立国家之一。但是这并不意味着我们就可以不经常有必要进行猛烈的斗争来保证我们的独立以反对帝国主义的阴谋。"他说，正是在这个地区，争取独立运动有了最大的发展，但是这个地区，今天仍然有97%的殖民地人民和殖民地。我们大家都身受殖民主义野心之害。因此埃塞俄比亚支持"任何能确定尽可能早的期限，使每一块土地从殖民当局或者托管当局之下取得自由的主张"。

德雷萨的发言，态度明朗，受到热烈的欢迎。

日本代表团团长高崎达之助发言，他说："我了解这次会议的主要目的是增进亚非地区人民之间的善邻关系和相互了解，并且仔细地研究他们今天的问题，以及探讨建立持久和平的方法。"

他说："这个目的符合于旨在维护和平、自由和正义的普遍性的人权宣言。"他接着道歉地说，"在第二次世界大战中，我惭愧地说，日本曾使它的邻国蒙受了损失，但是结果给它自己带来了无法形容的痛苦"。他说："我们是经历过原子弹的恐怖的唯一民族，因此我们对于企图用武力来解决国际争端的罪恶做法，不抱任何幻想。"

高崎说："我愿乘这个机会再一次宣布，日本已经放弃战争作为国家政策的工具，已经弃绝武力作为解决国际争端的手段。"

他说，日本代表团将向会议提出某些关于经济和文化合作的建议，以及维护和平的建议。

高崎扮演了一个温和、谦恭、与人无争的角色。

随后，约旦外交大臣华利德·萨拉发言。他首先谈到了小国的权利，以道德代替强权政治之必要。然后他详细叙述了巴勒斯坦难民的状况，并要求会议在人权自决项目下讨论巴勒斯坦问题时主持正义。

老挝首相、代表团团长克特发言时，强调亚非会议的重要性，并表示老挝政府完全支持和平共处五项原则。他的发言虽短，而态度明朗，站在和平中立的国家行列。

黎巴嫩总理、代表团团长萨米·索勒哈说，亚非两大洲第一次举行这样盛大的集会，来谋求把它们的力量和资源集中起来，为它们的共同利益服务。他说，许许多多的国家的人民福利有赖于我们的工作。他强调说，妨碍团结有三大障碍，它们是"各种形式的狂热主义""沙文主义或者过度的民族主义"和"仇外主义"。他还谈到"受苦受难的巴勒斯坦"。

利比里亚代表团团长摩莫虚·杜库利发言。他说，亚非两大洲人民多数国家的这种最高级会议"不能不被认为是象征着这两大洲人民认识到他们对全人类的重大责任的新觉悟的新时代的开始。它应当被认为是一种具有活力的概念的诞生。这种概念的目的，在于产生和促进在为全人类——不管他们的种族、信仰、经济地位或地区如何——获得世界和平、永久的友谊、持久的平等和不限制的正义方面的积极和持久的兴趣"。

利比亚首席代表马茂德·蒙塔塞尔说，在这里举行会议，是为了用最有效的方式促进国家的谅解，保障一切国家人民的基本自由和世界和平事业。他向那些仍然遭受殖民主义桎梏、正在为摆脱这种桎梏争取独立而斗争的国家的人民致敬。

他把殖民主义称为产生目前世界关系中紧张局势的第一个罪恶。他说："只要一个国家使用武力把自己的意志强加于另一个国家，并且使这个国家屈从于它的目的和自己的利益，我不相信，世界和平是能够取得的。"他对三个北非国家仍然处在外国统治之下表示遗憾。

尼泊尔外交部部长、代表团团长索瓦格·容·塔帕接着发言，他宣读了尼泊尔支持一切民主原则，并希望在和平、自由和国际友谊中生活。他认为尼赫鲁总理和周恩来总理所宣布的五项原则，是建立新的国际秩序的正当办法，可以作为扩大亚非国家之间的合作的真正基础。

巴基斯坦总理、代表团团长穆罕默德·阿里发言。他一上来就说，参加这个历史性会议的国家的人民属于不同种族、地区和文化，操许多不同的语言，有不同的社会习俗和不同的生活方式，但是他们怀有促进国际谅解和和平的共同愿望。

他说，下列各点对维护和平是重要的："尊重一切国家主权和领土完整；承认每一个独立自主的国家是平等的；一国不干涉另一国内政；不侵犯任何国家的领土完整或政治独立；有权单独地或集体地进行自卫；各国人民有自决的权利，反对任何形式的殖民剥削；用和平方法，即用协商、斡旋或调解的方法，来解决一切国际争端。"他称上述各点为"和平七大支柱"。

阿里的发言，有积极的方面，也有消极的方面，他虽然没有点名攻击共产主义，但明显地影射攻击共产主义，说什么不要"打开大门把一种新的、更加阴险的帝国主义以解放之名放进来"。他也有一点儿企图以所谓新的"和平七大支柱"代替和平共处五项原则。

接着发言的是菲律宾代表团团长卡洛斯·罗慕洛。他认为出席会议的代表们关心的问题是：(一)殖民主义和政治自由。(二)种族平等。(三)和平和经济发展。但是他的发言大部分只是冗长地陈述他的政治见解，卖弄他的演说才能，口若悬河地按照他自己的想象来描写，然后又按照自己的愿望来赞扬美帝国主义是"基本上的好心肠"。为殖民主义辩护，说什么"帝国主义时代已经日薄西山"，不要搞任何反白人的种族主义。

在罗慕洛看来，当前亚非人民的任务不是去向殖民主义斗争以取得独立，而是要同美国那样的帝国主义国家联合起来反对共产主义。

从昨天下午贾马利发言开始紧张起来的空气，在罗慕洛、阿里发言之后更加紧张了，许多人担心，这个会议会像联合国大会那样，陷入无休止的争论，而不能取得什么结果。

周恩来却镇定自若，安之若素，不动声色地耐心地听取各个代表团的发言，即便贾马利、罗慕洛等攻击共产主义时，他始终保持平静，不卷入唇枪舌剑的争论。在会议中间休息时，他若无其事地同各方交谈，成为一个通情达理、和谐亲善、态度祥和的人。

在苏丹总理伊斯梅尔·阿扎里作了一般性的表示支持会议宗旨的发言后，上午的会议结束了，原先中国代表团的报名发言改到下午去了。

周恩来不顾休息和午餐，迅速地再翻阅一遍讲话稿。里面讲到了中国代表团参加这次会议很高兴，感谢五个发起国的邀请、东道主很好的安排。亚非人民长期受帝国主义、殖民主义的统治，经过英勇的斗争，现在面貌已发生了巨大的变化，殖民主义已经不能用过去那种方式来进行掠夺和压迫。亚非许多国家已经把命运掌握在自己的手中。虽然如此，殖民主义在这个地区的统治并没有结束，而且新的殖民主义者正在谋取旧的殖民主义者的地位而代之。

周恩来浏览一遍，觉得发言讲得已很全面，但是根据目前会议的进展情况，讲得还不够，特别是没有针对会议中出现的问题，对于一些人攻击共产主义，妄图把会议引入到意识形态的争论中去，无休止地争论，将导致会议无结果，不欢而散。他反复思考，认为绝对不能上这个圈套，那样正中帝国主义、殖民主义的下怀，必须摆脱这个危险的前途，要立即扭转会议的发展方向，而尼赫鲁、吴努、沙斯特罗阿米佐约，现在都无力做到，这个重担只有落在自己身上了，当仁不让。于是他决定在下午的大会上作一个补充发言，采取高屋建瓴、大处落墨的方法，撇开意识形态的争论，把会议引上正路：反对帝国主义、殖民主义，争取民族独立，扩大和平区域，发展相互友谊和友好关系。

周恩来考虑成熟之后，立即吩咐秘书通知乔冠华、陈家康、黄华等几位"秀才"、翻译到他的办公室来。

人员到齐后，已是中午时间。有的人建议说："总理，先去吃饭吧，有事饭后再谈好吗？"

周恩来说："不行，时间来不及了，先办好事，有时间再吃，没有时间就算了。我们的书面发言上午已交大会，估计下午会分发出去。现在我想针对这一天半有些代表团在大会发言中提出的问题，特别是攻击共产主义的问题，企图把会议引导到意识形态的无休止争论上去，破坏会议；估计今天下午的大会发言中，还会出现一些问题，一并作一个补充发言，回答他们，击破他们的阴谋。这个发言可以放在今天下午稍后一点，等大会大体发言完了。我已考虑过，为了节省时间，我来口授，秘书同志记录，然后再请你们几位笔杆子斟酌、推敲、修改。"

于是，周恩来有条有理、滔滔不绝地讲起来，秘书拿着钢笔在纸上沙沙作响不停地记。一个多小时后，2500字左右的一篇洋洋洒洒、气吞山河、震惊世界的绝妙讲话稿产生了。

秘书迅速将记录下来的文稿，恭恭敬敬地递给周恩来，他很快地浏览一遍，改了几个标点符号，便递给几位秀才看。大家争先恐后地一面仔细阅读，一面沉思考虑，都觉得非常好，无懈可击，是一篇奇文，不仅站得高、看得远，而且提出不少新的重大的原则。且文字简洁、生动，妙语连珠，有情有理，很能打动人心，有巨大的说服力。

周恩来听了大家的意见，脸上微露不高兴的神情，说道："不要尽说这些赞扬的话，我要听你们大胆地提出修改的意见。要仔细、反复地斟酌、推敲，有无破绽和不妥之处，能不能令人信服，能不能扭转会议的方向？"

几位秀才和翻译、秘书，思之再三，确实认为是天衣无缝，提不出任何意见。

周恩来见状，便对秘书和翻译们说："那你们再抄一份送给陈毅、季壮、汉夫、承志、黄镇、奇清等同志审阅，并马上翻译成英文。"

陈毅等看后，赞叹不已，连连称道："周总理真是一位大手笔、大战略家、大策略家和大外交家，由他领导和掌握亚非会议的航向，一定能冲破种种障碍和阻力，从胜利走向胜利。"

一席话驱散满天乌云

19 日下午，万隆天空，骤然乌云翻滚，狂风大作，雷声轰鸣，一场大暴风雨倾盆而下。但是，独立大厦内外，亚非大街上挤满了人，因为人们知道下午周恩来要在大会上发言，大家都想听他的发言，希望他能给大会注入强心剂，指明方向。

3 点钟刚过，数辆警车前后护卫着一辆挂着五星红旗的豪华轿车，呼啸前进，亚非大街上的群众立刻跳起来、叫起来，冒着雨，踏着积水，排山倒海似的涌到街心，向中国总理周恩来欢呼。

下午会议准时开始，主席宣布了下午发言的名单。

第一个发言的是叙利亚外交部部长卡利德·阿泽姆。他说："这是一个历史性的时机"，亚非会议"不同凡响"之处，就在于它与"力量平衡"毫无关系，而纯粹是由不发达国家为"保卫和平安全"所进行的努力。

阿泽姆着重指出："有着殖民主义和帝国主义的残余，就不可能有和平。侵犯或者侵略，不论在多么遥远的地方，是不会导向和平的。消除侵略是安全和稳定的先决条件。"

阿泽姆的讲话，反对帝国主义和殖民主义的立场非常坚定，争取和平赞成和平共处的态度也很明朗，受到大家的热烈鼓掌和赞许。

随后是泰国代表团团长旺·那拉底亲王发言。他说泰国同意会议的目的，诸如促进亚非国家之间的善意和合作，以及促进经济文化的合作等。但他话题一转，直接攻击中国和越南民主共和国。他说，有三件事引起泰国的担心，一是在中国的云南省境内组织傣族自治州；二是泰国境内有300万华侨拥有双重国籍；三是泰国东北部有50万越南人。他还说，越盟部队在1953年和1954年两次侵入老挝，逼近泰国。因此，泰国不得不参加《马尼拉条约》以保卫自己，不受到侵略和颠覆。

他说，至于泰国对五项原则的态度，"这些原则，或许除了和平共处的原则以外，在国际法上并不是什么新的东西"。

接着土耳其副总理法丁·吕斯图·佐鲁发言。他首先指出了这样多的亚非国家共聚一堂这个事实的重要意义。他说，"这件事本身最生动地证明了人类争取他们的权利和自由而进行的不断斗争是永远地向前进展"。

他说，他的代表团"充分相信应该使已经在消灭的殖民主义、种族主义和旧帝国主义的残余，从地面上绝迹"。

至此，参加亚非会议的国家阵线已经明朗，两个声音、两种观点、两条路线已经泾渭分明了。

现在，要轮到中国代表团团长周恩来发言了。会场上顿时鸦雀无声，人们的神经绷得紧紧的，连心都快要跳出来了，因为事情很清楚，今后会议的进程将由周恩来发言的调子而定。

正在人们心情复杂、焦虑不安的时候，大会主席宣布："我现在请中华人民共和国的代表发言。"

突然会场里爆发了一阵从来没有过的暴风雨般的掌声。

周恩来身着朴素、整洁的灰色制服，迈着矫健的步伐，从容不迫地走上讲坛。这时水银灯一起亮起来，照相机一起开动，周恩来英俊潇洒的光辉形象被摄进了镜头。

周恩来满脸温和的微笑，用洪亮的声音，谦恭诚恳地说：

"主席、各位代表：

"我的主要发言现在印发给大家了。在听了许多代表团团长的一些发言之后，我愿补充说几句话。"

这时各国的代表、记者，甚至连来宾们也都掏出了笔记本开始记录。

周恩来的补充发言开头就说："中国代表团是来求团结的，不是来吵架的。"这句掷地有声的金石之言，使得会场上的空气陡然发生变化，人们的心情开始平静起来。

"我们共产党人从不讳言，我们相信共产主义和认为社会主义是好的。但是在这个会议上用不着来宣传个人的思想意识和各国的政治制度，虽然这种不同，在我们中间显然是存在的。"

周恩来说："中国代表团是来求同，而不是来立异的。"这句很短的话，既新鲜，又含义很深，它创造了一个"求同存异"的国际关系原则。

周恩来用发问的口气说："在我们中间有无求同的基础呢？有的。那就是亚非绝大多数国家和人民自近代以来都曾经受过，并且现在仍在受着殖民主义所造成的灾难和痛苦。这是我们大家所承认的。从解除殖民主义痛苦和灾难中找共同基础，我们就很容易互相了解和尊重、互相同情和支持，而不是互相疑虑和恐惧，互相排斥和对立。这就是为什么我们同意五国总理茂物会议所宣布和关于亚非会议的四项目的，而不另提建议。"

然后，周恩来以一种极其聪明的方式，提出了几个中国本可以向会议提出的问题："本来，对于美国一手造成的台湾地区的紧张局势，我们很可以在这里提出如何同苏联所提出的召开国际会议谋求解决的议案，请求会议加以讨论。中国人民解放自己的领土台湾和沿海岛屿的要求是正义的，这完全是内政和行使自己的主权，并得到许多国家的支持。我们也很可以提议会议讨论承认和恢复中华人民共和国在联合国的合法地位问题。去年，科伦坡五国总理会议还有亚非其他国家，都曾经支持中华人民共和国在联合国的地位。而且中国在联合国所受到的不公正待遇，也可以在这里提出批评。但是，我们并没有这样做。因为，这样一来，就很容易使我们的会议陷入对这些问题的争论而不得解决。"

两天的大会发言，令人感到一只黑手想把会议引到一个危险的方向，现在另外一只巨手把它拉回到正道。

"我们的会议应该求同而存异。"周恩来继续说，"同时，会议应将这些愿望和要求肯定下来。这是我们中间的主要问题。我们并不要求各人放弃自己的见解，因为这是实际存在的反映。但是不应该使它妨碍我们在主要问题上达成共同的协议。我们还应在共同的基础上，来互相了解和重视彼此不同的见解。"

会场上许多人点头，表示同意。

接着，周恩来针对会上提出的具体问题，谈了三点：

"现在，我首先谈不同的思想意识和社会制度问题。我们应该承认，在亚非国家中是存在有不同的思想意识和社会制度的，但这并不妨碍我们求同和团结。第二次世界大战后，亚非两洲兴起了许多独立国家，一类是共产党领导的国家，一类是民族主义者领导的国家。前一类国家并不多。但是某些人所不喜欢的，就是6万万中国人民选择了中国共产党领导的属于社会主义体系的政治制度，而不再为帝国主义所统治了。后一类国家很多，像印度、缅甸、印度尼西亚和亚非许多国家都是。我们这两类国家都是从殖民主义的统治下独立起来的，并且还在继续为完全独立而奋斗。我们有什么理由不可以互相了解和尊重、互相同情和支持呢？五项原则，完全可以成为在我们中间建立友好合作和亲善睦邻关系的基础。我们亚非国家，中国也在内，不论在经济上或文化上，都很落后。我们亚非会议既不要排斥任何人，为什么我们自己反倒不能互相谅解、不能友好合作呢？

"次之，我要谈有无宗教信仰自由的问题。宗教信仰自由是近代国家共同承认的原则。我们共产党人是无神论者，但是我们尊重有宗教信仰的人。我们希望有宗教信仰的人也应该尊重无宗教信仰的人。中国是有宗教信仰自由的国家，它不仅有 700 万共产党员，并且还有以千万计的回教徒和佛教徒，以百万计的基督教徒和天主教徒。中国代表中就有虔诚的伊斯兰教的阿訇。这些情况并不妨碍中国内部的团结，为什么在亚非国家的大家庭中不能将有宗教信仰的人团结在一起呢？挑起宗教纷争的时代应该过去了，因为从挑起那种纷争中得到利益的，并不是我们中间的人。

"第三，我要谈所谓颠覆活动的问题。中国人民为反对殖民主义所进行的斗争超过一百年。中国共产党领导的民族、民主的革命也经历了近 30 年的艰难困苦的过程，才终于达到了成功。中国人民在帝国主义、封建主义和蒋介石统治下所受的苦难是数也数不尽的，最后才选择了这个国家制度和现在的政府。中国革命是依靠中国人民的努力取得胜利的，决不是从外输入的，这一点连不喜欢中国革命胜利的人也不能否认。中国古语说：'己所不欲，勿施于人。'我们反对外来干涉，为什么我们会去干涉别人的内政呢？有人说，中国在国外有 1000 多万华侨，可能利用他们的双重国籍来进行颠覆活动。但是，华侨的双重国籍问题，是旧中国遗留下来的，蒋介石还在利用极少数的华侨进行对所在国的破坏活动。新中国的人民政府却准备与有关各国政府解决华侨的双重国籍问题。又有人说，在中国境内有傣族自治区威胁了别人。中国境内有4000多万的几十种少数民族，其中傣族和相同系统的壮族将近千万人。他们既然存在，我们就必须给他们自治权利。好像缅甸有掸族自治邦一样，在中国境内各个少数民族实行自治权利，如何能说威胁邻邦呢？我们现在准备在坚守五项原则的基础上与亚非各国乃至世界各国、首先是我们的邻邦，建立正常关系。现在的问题，不是我们颠覆别人的政府，倒是有人在中国的周围建立进行颠覆中国政府的据点。譬如在缅甸边境就存在着蒋介石集团和残余武装分子，对中缅两国进行破坏。因为中缅友好，我们一直尊重缅甸的主权，信任缅甸政府去解决这个问题。"

会场鸦雀无声，都在静听周恩来的讲话，觉得讲得有事实，有道理，入情入理。

周恩来又说："中国人民选择和拥护自己的政府，中国有宗教信仰自由，中国决无颠覆邻邦政府的意图。相反地，中国正在受着美国政府公言不讳地进行颠覆活动的害处。大家如果不信，可亲自或派人到中国去看看，我们是容许不知真相的人怀疑的。中国俗语说：'百闻不如一见。'我们欢迎所有到会的各国代表到中国去参观，你们什么时候去都可以，我们没有竹幕，倒是别人要在我们之间施放烟幕。"

周恩来话音刚落，掌声四起，因为听着这样坦白诚恳的话，人与人之间、心与心之间的距离缩短了，靠近了。

最后，周恩来用洪亮激越的声音说："16万万的亚非人民期待着我们的会议成功。全世界愿意和平的国家和人民期待着我们的会议能为扩大和平区域和建立集体和平有所贡献。让我们亚非国家团结起来，为亚非会议的成功努力吧！"

周恩来的这篇心平气和、通情达理的演说，既温和、诚恳、耐心、不挑起争论，求同存异，又很巧妙地回答了对共产主义的直接和间接的攻击，表明了自己的立场，给人们留下极好的印象。所以当他话音一落，会场楼上楼下、来宾席上、旁听者同时爆发了经久不息的掌声，报答周恩来这个充满哲理、闪光的、绝妙的、扣人心弦的演说。

沙斯特罗阿米佐约紧紧握着周恩来的手，感谢他作了一篇具有回天之力的演说。

尼赫鲁情不自禁地走上讲坛，亲切地拥抱着周恩来："这是一个很好的演说。"

吴努也跟着走上来，拥抱周恩来说："你的演说是对攻击中国的人一个很好的回答。"

周恩来缓步走下讲坛，纳赛尔迎上来，握住他的手说："我喜欢你的演说。"

巴基斯坦总理穆罕默德·阿里也过来握手说："你这是一篇很和解的演说。"

菲律宾的罗慕洛对中国记者说："这个演说是出色的和解的，表现了民主精神。"

各国的记者纷纷冲出会场，把周恩来的讲话、会场的情景和会议迄今以来最大的发展，向通讯社和报纸发出消息和评论。

在会场内的人兴高采烈地议论开了，一片赞扬声，洋溢在会议大厅，那种云开雾散、企望胜利的气氛笼罩了整个会场。人们高兴得连大会最后发言的阮文瑞（南越代表）的讲话都没有人听了，只见他嘴上叽里咕噜，但不知他讲些什么。

一会儿工夫，大会主席宣布休会，明天举行不公开的团长会议和分组讨论。

当周恩来从座位上站起来向外走的时候，会场内外的人群向他聚拢过来，把他围起来，向他祝贺、欢呼，抢着请他签名。

周恩来站在沸腾的人群中间，微笑着，一面拿起笔来在送到面前的各种形状、各种颜色的小本子上迅速写上"周恩来"三个字。

历史将永远记载这一伟大的时刻，周恩来只有短短的 18 分钟的讲话，便驱散了两天来会议上出现的一片压城城欲摧的满天乌云，绕过了前进途中的种种暗礁，给会议指出了航向，带来了光明、信心和希望，也给那些企图把会议引向对立和争吵的人一个极其沉重的打击。

同时，也使与会的各国政治家、外交家、记者们进一步认识了新中国的外交政策，认识了周恩来这位伟大的政治家、外交家的大国风度，宽宏大量，待人谦虚、诚恳、善意，认识了他对和平的执着追求，对帝国主义、殖民主义深恶痛绝，坚决予以斗争的精神，认识了他的超人的智慧和才能，在危急的关头，他能力挽狂澜，人们被他的才华、风度折服了。从此，周恩来成为亚非会议的中心人物，亚非人民的脊梁，人们把希望寄托在他的身上。

印度尼西亚的报纸用乐观的语调说，如果都按周恩来所说的中国代表团来求团结而不是来吵架的精神进行会议，"就可以相信政治小组委员会一定会有令人满意的收获"。

十、周恩来紧紧掌握路线斗争的主动权，小组会议开锣

亚非会议主体会结束之后，4月20日开始转入小组会议，由代表团团长组成的政治委员会以及经济委员会和文化委员会，分别在万隆的红白旗大厦举行。中国代表团的周恩来、陈毅、章汉夫参加政治委员会，叶季壮参加经济委员会，黄镇参加文化委员会。

人们的视线由独立大厦转到了红白旗大厦。从市中心到红白旗大厦约有6公里远，它坐落在万隆市的尽头。大厦的四周大树参天，绿草如茵，屋后的草地一直可以连接到覆舟山浓绿的山坡。它比独立大厦更幽静，更清凉，环境很美。

万隆人始终热情极高地关注着亚非会议，同在独立大厦开会一样，天刚亮，红白旗大厦的门前就站满了人群，欢迎各国代表团，与会议同呼吸、同忧同荣。

代表团首先参加早晨8时30分的万隆各学校的学生在德卡勒加广场举行的合唱，向亚非会议致敬。10000多学生穿着一身雪白的制服，排成整齐的队形，向亚非各国代表团齐声歌唱。中国代表团周恩来、陈毅、叶季壮、廖承志、乔冠华、达浦生等参加。

9点钟，代表团陆续走进白色两层大楼的红白旗大厦，走进各自小组的会议室。政治委员会在第二会议室，里面摆着两排弧形的

长桌，主席沙斯特罗阿米佐约坐在左排正中，各国代表团按照国名第一个英文字母的次序排列座位。政治委员会是三个委员会中最重要的一个。它要讨论人权问题和自决问题，巴勒斯坦问题，种族歧视问题，关于西伊里安、阿尔及利亚、摩洛哥和突尼斯的附属地人民的问题，促进和平合作的问题（包括和平共处问题、印度支那问题、亚丁问题、大规模毁灭性武器问题、联合国的某些问题及按地理划分，每个地区都可以公正地在安全理事会中有代表权的问题）等。经济委员会和文化委员会讨论的结果，也要由政治委员会批准。

越南民主共和国代表团团长范文同副总理因病滞留在仰光，20日早晨才到达万隆，立即出席政治委员会会议，并向大会散发了长篇声明。

政治委员会首先讨论的问题，是谁做这个报告的起草人。周恩来提议尼赫鲁。尼赫鲁在议程问题上碰了壁，心中不痛快，因而不愿意干。然后有人提议旺亲王，周恩来担心他能否起草好，有点犹豫，后来考虑，为了不引起争论，也表示同意，这样泰国的旺亲王被通过为政治委员的报告起草人。

随即讨论人权和自决问题。土耳其、巴基斯坦等国要求将联合国决议贯穿在会议一切决定中，伊朗、伊拉克、黎巴嫩、巴基斯坦几个联合国会员国和日本、锡兰提议以联合国《人权宣言》作为讨论的基础。周恩来表示中国不是联合国成员国，不同意将联合国《人权宣言》作为讨论的基础，主张提出另一种能为大家接受的措辞。越南民主共和国、柬埔寨、老挝、印度、缅甸、印尼、埃及、叙利亚、约旦等国支持中国意见。会议决定由中国、印度、缅甸、阿富汗、巴基斯坦、泰国和印度尼西亚组成一个小组委员会，负责起草人权声明，中国代表团成员乔冠华参加。后来在小组讨论中，印度表示可以支持《联合国宪章》的一般人权原则，但无须涉及联合国的特殊文件，中国表示同意印度的意见，最后采用"注意到"联合国的人权问题，使我们不受其约束。在自决问题上，中国主动提出支持《联合国宪章》并"注意到"联合国有关决议，被会议一致接受。这样就击破了某些国家使联合国同亚非会议互相对立来破坏的企图。

20日下午1时，周恩来在住地宴请柬埔寨代表团团长西哈努克及代表三人，陈毅、章汉夫作陪。除一般的友好寒暄之外，着重谈了日内瓦会议后贯彻日内瓦会议协议的情况。周恩来说，我们绝不干涉你们的内政，我们希望你们成为像印度、缅甸那样的和平中立国家。西哈努克表示柬埔寨将严格遵守日内瓦会议协议，保持中立，不参加任何军事集团。最后，周恩来邀请西哈努克访问中国，西哈努克当即表示接受邀请。他说，我们非常想到古老文明的中国去看看，预定在明年初成行。周恩来说，那时正是春暖花开之际，亲王选了个好时光。

下午3时至7时20分，政治委员会讨论巴勒斯坦问题，这对阿拉伯国家来说，是头等大事。它们要求会议通过一项声明，支持未能履行的联合国关于巴勒斯坦的协定，中国代表团发言完全支持阿拉伯国家的要求，但是印度、缅甸不太积极，因为它们同以色列有着比较好的外交关系，不愿意太强烈谴责以色列。会议决定由阿富汗、缅甸、中国、泰国、印尼、伊朗、叙利亚和巴基斯坦8个国家成立一个审查巴勒斯坦问题建议起草小组。中国派章汉夫参加。晚上7时半，叙利亚外交部部长阿泽姆率领代表团前来拜会周恩来，感谢他在巴勒斯坦问题上支持阿拉伯国家的斗争。周恩来说，中国一贯支持阿拉伯人民争取巴勒斯坦民族权利的斗争，请阿泽姆外长先生放心，中国在任何时候都将站在被压迫民族、被压迫人民一边。

晚上8时30分，尼赫鲁宴请周恩来及泰国、菲律宾、沙特阿拉伯代表团团长。席间，周恩来主动与泰国旺亲王、菲律宾罗慕洛亲切交谈，这两位都是在会上公开反共反苏的，但周恩来却处之坦然、诚恳相待，只字不提会上发生的事，也不谈一切争论的问题，只谈两国间长期交往的历史和人民间的友谊，表示中国愿意同泰国、菲律宾发展友好关系，一时不能建立正式外交关系，可以先进行贸易、文化方面的来往和交流，建立商务代表机构，待条件成熟了再建立外交关系。周恩来还向泰国旺亲王说，中国不会侵犯泰国，尽管中泰没有外交关系，中国欢迎泰国派代表团访问云南。周恩来也向菲律宾的罗慕洛表示，欢迎菲律宾派代表团去中国沿海各省，特别是福建和广东访问。中国还随时准备解决在泰国、菲律宾的华侨双重国籍问题。旺亲王、罗慕洛对周恩来这种和善、诚恳、坦率、友好的态度，很受感动，对他的智慧、才华很是钦佩，被他的个人魅力折服了。

美国破坏会议的新花招

却说美国等西方国家，通过那些亲西方国家在亚非会议上反共反苏反对中国，企图把会议引向思想意识的无休止争论上去，达到阻挠和破坏会议的目的，被周恩来的讲话击破之后，美国总统艾森豪威尔向国会提出咨文，要求拨款303000万美元来执行所谓的"共同安全计划"。艾森豪威尔在咨文中公然说："对世界安全和稳定的眼前的威胁现在集中在亚洲。""现在是加速发展从韩国和日本延伸到中东自由亚洲的广大的弧形地带各国的时候了。""美国有能力而且希望和关心在对自由亚洲进行友好的援助方面起带头作用。"

美国的盟国英国的路透社在4月19日发出的消息，道出了美国的意图和目的。消息说，华盛顿方面并不讳言美国总统之所以选择在这个时候提出这个咨文，是为了"影响"万隆会议。从 20 日的下午，"采访"亚非会议的美国"记者"们拿着艾森豪威尔的咨文跑来跑去访问各国代表团，据说是为了"征求"他们对这个咨文的"反应"，实质上在兜售美国的"货色"，游说各国代表团，鼓励那些亲西方国家的代表团继续阻挠和破坏亚非会议的进程。叮叮的美元声音对有些国家、有些人还是很有吸引力的。

就在 20 日晚上，菲律宾的罗慕洛、土耳其的佐鲁、黎巴嫩的马立克、泰国的旺亲王，他们在巴基斯坦阿里的住处聚会，谈到了艾森豪威尔的咨文，也讨论了亚非会议下一步的方针，坚持要讨论共产主义，坚持反苏反共的立场。很明显，这几位成了在亚非会议上亲西方国家代表团的幕后操纵者和策划者。

亚非会议上两条路线的斗争是相当激烈的。周恩来和中国代表团从不断对形势的分析、对一些国家基本情况和立场态度的分析，就预计到会议不会一帆风顺，会有曲折、有斗争的，时刻保持警惕并确定了不为其任何攻击所挑动、沉着冷静，坚持既定的原则而随机应变、灵活对待的策略方针。

前进中的逆流

4 月 21 日，万隆又是阴云密布，预示着将有狂风暴雨。中国代表团住在塔曼沙里 10 号别墅的主人晚上出席尼赫鲁宴会之后，回到住地已经很晚了，一天紧张的会议、会客、宴会，一个接一个，几乎没有间隙。周恩来本应休息、睡觉，以应付明天更紧张的活动。但是他没有这样做，而是让秘书把会议文件和当天报纸送来阅读，并通报国内来的情况。他边看边圈圈点点，边思索，边批示，考虑世界的反应，会议的发展，可能出现的问题，采取的对策，直至东方火红的太阳冉冉升起，才和衣躺下，打了半个多小时的瞌睡，便起来漱洗，匆匆喝杯牛奶、吃一盘荷包蛋，就一面让秘书把他夜间批阅的文件送给代表团团员、顾问阅办，一面走进会客室同陈毅一道会见越南民主共和国代表团团长范文同，交流会议情况，预测会议的发展趋势，共商对策、策略。

然后，周恩来偕同陈毅等出席上午9时的政治委员会会议。

上午会议先讨论了关于巴勒斯坦等8国小组起草的决议，然后讨论自决问题、种族歧视问题，决议都顺利通过了。

就在上午各国代表团团长会议进行当中，一件引人注目的事情发生了。锡兰总理科特拉瓦拉自行从会场出来，于11时在他的别墅里举行记者招待会，将事先打好的发言稿，宣读起来。

他说："第二次世界大战以前，台湾是日本的一个殖民地。同盟国同意战后把它交给中国。自从那时候蒋介石的国民党政府产生了，而它在占领着中华人民共和国的岛屿。

"不讨论两个对立的要求的是非，试问，作为一个原殖民地的总理，台湾为何要属于任何政府？它为什么不应该属于台湾人他们自己？上次大战的战胜者协议瓜分轴心国的殖民地。但是我们反对殖民主义并受过它的苦，我们为什么要遵守这个协议或是以任何方式来承认它？

"如果我们那样，我们就等于在道义上支持列宁，如果我们能引用它的话，一个'帝国主义土匪'的行动。"

他不顾历史事实，武断地说："我认为符合我们反殖民主义的唯一看法是台湾应该属于台湾人并且作为我们中的一个独立国家。台湾人民是一个清楚的民族，他们有存在的权利。"

科特拉瓦拉还说："我想能够更好地了解台湾人民的情况，因为我自己就是从一个岛屿来的，它的大小和台湾差不多，它的历史和地理关系对印度大陆来说，台湾对中国的关系差不多一样。我主张我们应该对台湾人民表示同情。这个不幸的国家的民族解放运动差不多都不可避免地遭到了失败。我们为自由而进行的斗争比台湾人民更幸运，我们为什么应该拒绝承认他们要求过不受任何外来统治的生活的热望的真实性？我们为什么要支持把中华人民共和国政府或中国国民党政府强加于台湾人民身上？"

他还一本正经地建议，把"台湾置于联合国或者亚洲国家的托管之下，四年或者五年，举行公民投票，决定它的前途"。

对于和平共处问题，科特拉瓦拉也讲了一些特殊的论点。他说："当我们和别人用共处这个词的时候，我们都同意我们的意见是什么？对亚洲和非洲来说，过去共处这个字不是经常表现得像穿上羊皮谈和平的从事颠覆活动的共产党狼吗？而这种和平论调不又是亚非整个地区的各种共产党活动和颠覆的国际象征吗？不就是共产党情报局继续在这个地区发展和活动的事实很奇怪地联系起来吗？"

科特拉瓦拉打错了算盘，他的笨拙的外交表演，却是一发哑炮，无人响应。因为人们认为科特拉瓦拉并不了解台湾，在几个月前他曾讲过"不知道台湾在哪里"，现在忽然以台湾历史专家自居，对他的话不予置信。再者，台湾问题并非亚非会议的讨论议题。亚非会议发起人之一的印度尼赫鲁总理就不同意讨论科特拉瓦拉的提议，因为它"同会议的主题没有关系"。

当周恩来看到科特拉瓦拉的发言之后，非常生气，用这种歪曲历史的办法，为美国张目、干涉中国内政，曲解和平共处，实在是可气、可笑、可恼，一定要找个机会予以批驳和回击。周恩来又冷静地一想，为了顾全大局，争取会议成功，还是坚持不为挑衅所动的方针。因此，他不露声色，也不急于回答，等待适当的时机再说。

下午2时，周恩来前往巴基斯坦总理的别墅，拜会穆罕默德·阿里。周恩来在追述中巴两国长期交往的历史，希望进一步发展两国睦邻关系，如果巴方愿意也可以按照和平共处五项原则作为处理两国关系的准则。阿里说巴不反对中国，也不担心中国会对外发动侵略，愿意在和平共处五项原则基础上同中国发展友好关系。

周恩来向阿里介绍台湾的历史，说明台湾一直是属于中国的领土，后来被日本占领，第二次世界大战后好些国际协定规定台湾应该归还中国，中国也已经正式接受，只是在美国侵略朝鲜的同时，宣布占领中国领土台湾。中国人民一定要解放台湾，这里有中国内政问题，也有国际问题，将来有机会愿向阁下做详细介绍。

周恩来没有谈到阿里在大会上发言影射攻击共产主义，表现了周恩来的豁达大度。

最后，周恩来邀请阿里总理访华。阿里表示接受邀请，他或者派代表团访华。

周恩来主动前去会晤阿里，并进行友好交谈，对增进彼此间的了解和友谊，化解或缩小分歧起了一定的作用。

21 日下午 3 时，政治委员会继续开会，讨论西伊里安、摩洛哥和突尼斯等附属地人民问题，并成立几个报告起草决议小组，陈毅参加西伊里安小组，会议进行得很顺利，决议一个一个被通过。

然而，就在下午 6 时 30 分左右，会议快结束的时候，锡兰总理科特拉瓦拉因上午在记者招待会上关于台湾问题和和平共处的发言没有打响，反而遭到一些非议，他急了，坐不住了。他不甘心失败，又匆匆忙忙起草了所谓《新形式的殖民主义》的发言稿，在今天会议接近结束，6 时 30 分的时候，突然从文件包中取出打好的发言稿宣读起来："我认为我们这里所有的人都是反对殖民主义的。这确是一件值得庆贺的事。让我们也同样一致，同样积极向全世界宣布，在反对一切形式的殖民主义，以及在决心采取决定性的和急速的行动以从整个世界上消灭各种形式的殖民主义，我们也是一致的。"

他说："你可以说殖民主义是一个为大家所理解的名词，并且只可能有一种意义。我却不能同意，殖民主义者有多种形式。第一种也是最明显的一种形式，是西方殖民主义，几代以来，它使亚非广大地区处于臣属地位。至今欧洲列强还没有放松对两大洲尚存殖民地的控制。我们都知道这种形式的殖民主义，我们都反对它。"

然后，他用自以为比人聪明、懂得多的姿态说："还有另外一种形式的殖民主义，在我们这里很多人的思想中恐怕还不太清楚，有些人也许根本不同意用殖民主义这个名词。例如，想一想那些中东欧的共产党统治下的中东欧的卫星国——匈牙利、罗马尼亚、保加利亚、阿尔巴尼亚、捷克斯洛伐克、拉脱维亚、立陶宛、爱沙尼亚和波兰，这些殖民地难道不是和任何亚非地区殖民地一样的吗？假如我们是团结一致反对殖民主义，那么，公开宣布我们和反对西方帝国主义一样，反对苏联殖民主义，难道不应该是我们的责任吗？"

科特拉瓦拉这篇发言，确实给亚非会议投下爆炸性的炸弹，两天来，小组里弥漫着的和谐气氛被破坏了，紧张、不安、悲观的情绪又浸入人们的心田和脸上。

尼赫鲁听了这篇刺耳的不和谐的发言，吃了一惊，他未想到这种言论竟会出在五个发起国中，非常生气地说，科特拉瓦拉给会议增加了一项议程，这同会议所确定的主题无关，不予讨论。显然，尼赫鲁的目的是想把这个引起争论的问题转移开。

科特拉瓦拉反对，说会议还没有讨论完殖民主义。

尼赫鲁问道：如果一定要讨论的话，这个问题应该安在什么议程的名义下呢？只能推迟到所有其他问题都讨论完了以后再议。

周恩来跟着声明，他不能同意锡兰总理所发表的一些言论，他要求保留就此发表意见的权利，并支持尼赫鲁的意见。

　　许多国家的代表都支持尼赫鲁的意见，但是那些参加《北大西洋公约》《马尼拉条约》组织的国家不同意，如土耳其的佐鲁说，应该把科特拉瓦拉的演说印发给会议，在星期五的会议上作为议程上的第一个问题来讨论。在一阵短促的激烈的争论之后，主席裁决：在明天讨论世界和平与合作问题以前，继续讨论锡兰总理今天提出的问题。

　　万隆的上空又布满了阴云，人们担心会议前途多劫，不知将会是什么样的结果。

　　散会之后，周恩来把坐在他旁边的科特拉瓦拉留下来，他用摆事实讲道理的方法，批驳科特拉瓦拉的发言。并警告他，无端攻击苏联和中国不会有好结果。科特拉瓦拉感到理亏，说他不反对中国，也不反对和平共处，愿意和解。

　　晚上尼赫鲁、吴努也找科特拉瓦拉谈话，指出他今天的讲话是节外生枝，同我们原先发起开亚非会议的初衷不符，要他收回提议。科特拉瓦拉也觉得自己冒失，考虑不周，表示愿意补救。

　　晚8时30分，埃及总理纳赛尔宴请周恩来、吴努和尼泊尔的塔帕。因为共同语言较多，彼此亲切交谈，甚为融洽。纳赛尔表示他不同意锡兰总理今天的讲话，这样容易混淆视听，转移目标，而放松对帝国主义、殖民主义的谴责，正中帝国主义、殖民主义的下怀。他说，他赞成和平共处五项原则，愿在此基础上发展同中国、缅甸、尼泊尔的友好关系，感谢中国、缅甸、尼泊尔在巴斯勒坦问题上支持阿拉伯国家。

　　周恩来说："我欣赏纳赛尔总理阁下在第一天全体会议上的发言，您反映了阿拉伯国家和人民的呼声，表达了埃及的正义立场。我们中国坚决支持阿拉伯的斗争，请相信，中国在任何时候都不会改变这种立场。中国也极愿意同阿拉伯国家发展友好关系，包括埃及在内，如果你们有困难，一时不能同台湾蒋介石集团断绝关系，我们也会谅解并耐心等待，但可先建立商务代表机关，进行贸易往来和文化交流，待时机成熟，再建立正式外交关系。"

和印尼签订《双重国籍条约》

4月22日，周恩来又是在极其繁忙之中度过。

一大早，7时40分，日本代表团团长高崎达之助和顾问藤山爱一郎来访，周恩来和陈毅、廖承志参加。双方深入地讨论如何发展民间贸易和民间文化交流，以促进早日恢复两国邦交。

还谈到中日两国进入联合国的问题。高崎说："中国可能早日恢复联合国席位，因为只有中国大陆才能代表中国。"周恩来说："蒋介石集团赖在联合国不走，又有美国等西方国家的支持，要恢复中国在联合国的合法席位，需经过较长时间的斗争，相反日本倒可能比中国早进联合国。"藤山爱一郎说："那我们订一个'君子协定'吧，不管中国、日本谁先进联合国，先进去的就支持另一方早日加入。"周恩来、陈毅、廖承志、高崎达之助都鼓掌表示同意。

送走了日本代表团，周恩来又马上驱车赶到西爪哇省长官邸参加《中华人民共和国和印度尼西亚共和国关于双重国籍问题的条约》的签字仪式。

这个条约，是经过在北京和雅加达的谈判而达成协议的，共14个条款。主要规定是具有中华人民共和国国籍和印度尼西亚共和国国籍的人，都应根据自愿的原则，在两个国籍中选择一个，已结婚的妇女也自愿选择一个。已成年的子女在两年以后选择一个国籍。侨民应尊重侨居国政府的法律和社会习惯，不参加侨居国的政治活动。缔约双方依照本国政府的法律，互相保护对方侨民的正当权利和利益等等。

签字仪式在上午近9时举行，印度尼西亚总理阿里·沙斯特罗阿米佐约、中国副总理陈毅等参加。代表中华人民共和国签字的是外交部部长周恩来，代表印度尼西亚共和国签字的是外交部部长苏纳约。签字后，互相交换文本。然后，周恩来致词，他说，"这个问题能在亚非会议期间获得解决，是具有重要意义的。这是我们亚洲和非洲各国之间友好协商的精神解决复杂问题的一个良好的事例"。

是的，周恩来讲得非常好，非常正确，历史遗留下来长期未获解决的侨民双重国籍问题，经过不长时间的友好谈判，用平等协商的办法解决了，那么，其他历史遗留下来的问题，也是可以通过谈判协商解决的。这就为亚非国家解决争端树立了一个榜样、范例。

周恩来选择在亚非会议期间签订这个条约是经过认真和深刻的考虑的，目的是告诉那些会上提出或心中存在害怕中国通过华侨搞颠覆活动的人，现在中国同印尼签订双重国籍协议，华侨只能有一个国籍，即使保留中国国籍的，也不得参加当地的政治活动，还得遵守侨居国的法律。这种疑惧可以消除了吧！同时，证明中国是要通过谈判协商解决历史遗留问题的，从而激发大家相互信任，推动亚非会议的前进。

这个大喜讯很快传到亚非会议各个小组。

针锋相对的斗争

23日上午9时，政治委员会按时开会，紧张的空气笼罩着会场，人们传出今天周恩来一定会同科特拉瓦拉论战，会议将是凶多吉少。各国记者都聚集在走廊里，等待惊人的消息。

会议开始，缅甸总理吴努向大家呼吁：“我们的会议已经沿着促进世界和平的方向迈进了积极的一步，不要让这种努力在最后阶段中被分歧的见解所摧残。”

接着科特拉瓦拉表示，他昨天的发言，只不过表示他自己不同的见解，并没有意思引起一场争论，更没有意思把这个会议引向失败。

周恩来发言说：“在听了缅甸总理和锡兰总理刚才的发言后，我想声明几句。

“关于我们这次会议的目的，五个发起国在它们的通知中已经说明。我们支持这些目的。中华人民共和国就是为这些目的来的。

“我们的态度是要使我们这次会议和谐地达成协议。我在向大会分发的主要发言中和在公开会议上所作的补充发言中都说明了这个态度，这仍然是我们现在的态度。”

周恩来说：“昨天锡兰总理作了发言以后，我宁愿在会后问明他的意图，而不在会上进行争论和答复。我很感谢缅甸作为发起国之一今天在会上所作的呼吁。我也感谢锡兰总理今天在会上声明说，他的目的是求得会议的成功。”

周恩来随即说：“现在需要说明几点：

“第一，我们不应该在这里争论各人的思想意识和各国的政治制度。不错，我们各人是有不同的思想意识的，我们各国是有不同的政治制度的，但是在这里进行争论是不会有结果的，而且这也不是这次会议的目的。在我作了几句声明以后，我将不去争论这个问题。这不是说我们不能争论这个问题。任何人如果对这个问题有兴趣，我们可以在会外单独同他谈。

“第二，对殖民主义的解释，那是各人的见解问题。但是对于殖民主义的一般见解，我们大家都是同意的。锡兰总理昨天提到了新殖民主义。这是另外一种见解，中国代表团不能同意。他说东欧国家是受苏联的新殖民主义的统治。我认为这是不符合事实的。东欧国家的人民都根据自决的权利，选择了自己的制度，别人可以喜欢或者不喜欢这种制度，但是各国人民都应该有自由选择自己的政治制度的权利。对此提出新的解释就会引起争论。

"第三，锡兰总理昨天发言中有一个积极的建议。昨天散会后，我曾经研究了他的发言，并且根据他的发言中的积极因素准备了一个提案。"

周恩来念提案：

"鉴于殖民主义统治在亚非地区还未结束，亚非会议宣布同情支持许多亚非国家和人民为完全摆脱殖民主义统治而进行的斗争，要求所有在亚非地区仍然保有殖民地和附属地的国家在一定期限内给予他们以完全独立，并成立委员会，以便探讨实现前述目的的必要措施。"

周恩来说明道："这个提案证明，我们是能从发言中找出积极的因素以求共同协议的。现在锡兰总理的说明，他仅仅是作一个声明，而不准备提出什么建议，因此，我们也无须提出我们的提案。我刚才宣读了一下，只是要证明我们是以合作的态度来寻找解决办法的。"

周恩来特别强调说："我希望出席会议的各国代表团都能响应吴努总理的呼吁，和谐地讨论同我们共同有关的问题，并求得共同协商。"

周恩来的发言，同有些人的想象和估计相反，他没有同科特拉瓦拉论战，只是心平气和地表明自己的立场，并且还肯定科特拉瓦拉某些积极的东西，又给那些企图把会议引导到意识形态争论的人当头一棒。

可是，那些怀有想扩大分歧来破坏会议的企图的人，并没有善罢甘休。

土耳其代表团团长佐鲁不同意不展开讨论，并且随即宣读了事先拟好了的一个《九国提案》。

提案说："亚非会议考虑了附属地人民的问题和由于任何形式的控制、剥削和压迫而造成的灾害。

"1. 宣布确认人的尊严的人民自由与独立的权利。

"2. 谴责对人民的一切形式的政治、社会、经济、文化、知识和精神的控制。

"3. 谴责一切形式的殖民主义，包括使用武力、渗透和颠覆办法的国际性的主张。

"4. 呼吁本会议的每一与会国以及所有其他国家，不实行任何形式的殖民主义。"

《九国提案》是哪九国呢？它们是土耳其、伊拉克、菲律宾、巴基斯坦、黎巴嫩、伊朗、利比亚、苏丹、利比里亚，都是参加西方军事集团或同美国关系密切的国家。

南越代表随即跟上附和说，对他们来说"共产主义的渗透"才是"最大的帝国主义"，因此，他支持《九国提案》。

接着会议上发生激烈的争论。叙利亚外长阿泽姆说，会议不应当讨论共产主义的问题，如果要讨论的话，叙利亚代表就要提出英帝国主义的问题。而巴基斯坦总理穆罕默德·阿里却仍然要求讨论共产主义问题。他说，如果中国没有卫星国的话，它就没有理由反对讨论。伊拉克代表贾马利马上说他支持穆罕默德·阿里的观点。尼赫鲁说，坦率地把分歧公开出来并不是坏事，但是东欧国家不能作为讨论的对象，因为它们之中有些是联合国会员国，而且同参加亚非会议的国家有条约关系。会议应当做的是在附属地人民的问题上发表一致同意的声明。他强调说，我们不能在冷战中站在任何一方，而应当把我们的分量加到维护和平上去。

越南民主共和国代表团团长范文同说，根本不存在什么新殖民主义，只有老殖民主义，这是人所共知的常识，因此，我支持尼赫鲁的意见。黎巴嫩、伊朗和日本代表团也发了言，有的各抒己见，有的模棱两可，日本代表则独善其身，说他不参加争论。

随后，印度向会议提交了一份提案，提案说："亚非会议讨论了附属地人民的问题，并宣布其信念即他们的解放和殖民统治的结束，应不予延迟地完成。使人民遭受外国控制乃是否认基本的人权，违反《联合国宪章》并阻碍世界和平和合作的发展。"

印尼也马上提交了提案，提案说："亚非会议在讨论附属国人民和殖民主义时充分支持所有附属地人民争取自由、独立和主权的运动，并呼吁所有殖民地国家促成或加速早日实现这些目标的实现。"

由缅甸吴努发起，提出中、印、缅、叙四国提案，提案说，"亚非会议考虑了附属地人民的问题和殖民主义祸害的问题：

"1. 宣布对人民遭受外国控制构成了基本人权的否认，对《联合国宪章》的违反，对促进世界和平和合作的阻碍。

"2. 肯定支持一切附属地人民争取自由独立的事业。

"3. 呼吁殖民地国家不迟延地给予他们的自由和独立。"

这个提案与《九国提案》明显地相对立。

这样，会议上就出现了连同最先周恩来提出的提案五个提案。这些提案，反映了会议上两条路线、两种立场的激烈斗争。

会议最后决定，成立一个殖民主义和附属国问题起草委员会，由锡兰、印度、中国、巴基斯坦、黎巴嫩、叙利亚、缅甸、土耳其和菲律宾等国组成。中国方面周恩来总理亲自参加，因为这个起草委员会太重要了，它是决定会议成败的关键。

穆斯林的节日

每个星期五，是伊斯兰教的"主麻日"（阿拉伯文 Jumo 的音译），亦称"主麻拜""聚礼"等。

穆斯林要在每个星期五正午，在当地清真寺举行礼拜。由成年男子参加，有的清真寺也允许妇女参加。内容包括礼拜、诵读《古兰经》和伊玛目（阿拉伯文 Lmom 的音译，意为指穆斯林集体礼拜时，站在前面的人或清真寺的教长或领袖）在礼拜前后宣讲教义。伊斯兰教认为真主造化"七日周复"，为"报答真主化成之恩"，故行此礼。

这一天，亚非会议各个小组都在上午提前散会，政治委员会虽然争论激烈，也于 11 时 45 分结束，许多信仰伊斯兰教的代表都驱车前往清真寺。

印度尼西亚也是一个伊斯兰教国家，88% 的人信仰伊斯兰教。参加亚非会议的许多国家和代表信仰伊斯兰教。印尼为了迎接这个历史性的会议，特地在万隆亚伦亚伦广场对面新建了一座富丽堂皇的清真寺教堂。今天在这里举行盛大的祷告，当这些远道而来的尊贵的教友，如埃及总理纳赛尔、阿富汗副首相纳伊姆·汗、中国代表团顾问达浦生阿訇等到达时，从万隆全城来的穆斯林已经在那里恭候了。

中午 12 点整，埃及宗教事务部部长巴库尔用阿拉伯文朗诵《虎突白》（一种经文）、讲解《古兰经》第 103 章。他着重指出，伊斯兰教义是人与人之间、国家与国家之间都应当以真诚相待。

成千的穆斯林，跪满了宏伟、宽广的大殿，也跪满了整个大院，一齐低下头去，为亚非会议的成功而祈祷，为世界和平而祈祷。

中国代表团的顾问达浦生阿訇参加穆斯林"主麻日"，充分证明了中国是尊重宗教的，有信教的自由的。这也是周恩来预先考虑到的高明之处。

一波未平一波又起

中午，周恩来利用仅有的一点点空隙时间，迅速地又看了一遍《九国提案》。他在该提案的第三条"一切形式的政治、社会、经济、文化、知识和精神的控制"下面用铅笔画下了横杠。

在第三条中的"一切形式的殖民主义，包括使用武力、渗透和颠覆办法的国际性的主张"下面又画了横杠。在第四条中的"任何形式的殖民主义"的下面也画了横杠。这些横杠表示提法和写法是有问题、有异议的，必须斟酌和修改的。他把批好了的文件，要秘书送给代表团团员和顾问传阅并考虑如何打掉这些东西，而用别的表达方法和文字代替它。

下午1时，周恩来宴请老挝代表团团长克特·萨索里斯和团员三人，陈毅作陪。席间宾主畅谈日内瓦会议以来老挝执行日内瓦会议协议的情况。周恩来一再表示，希望老挝严格执行日内瓦会议协议，搞好同越南民主共和国的关系，成为像印度、缅甸那样和平、中立的国家，中国绝对不干涉老挝的内政，并愿建立友好合作的关系，欢迎老挝代表团到中国访问，实地了解中国的情况。萨索里斯表示老挝将信守日内瓦会议协议，不参加任何军事集团，保持和平中立，并极愿与中国发展友好合作关系，实行和平共处，还希望在老挝经济建设中能得到中国的帮助。

宴会一结束，周恩来又赶到红白旗大厦，先参加2点30分的殖民主义和附属国问题起草委员会的讨论，后又参加团长会议关于促进世界和平与合作问题的讨论。

殖民主义和附属国问题起草委员会上，大家你一言我一语，各抒己见，莫衷一是，没有取得什么结果，就转到团长会议讨论促进世界和平和合作问题。列在这个议程里的问题较多，如共处问题、亚丁和也门南部地区问题、大规模毁灭武器问题、裁减军备问题、关于联合国的某些方面问题。

开始讨论时，大家的语调比较温和，气氛比较融洽。

吴努首先发言，他要求大家都尊重人权和《联合国宪章》。并且说，各国的关系都应当是完全尊重其他国家的主权和尊严，避免对其他国的内政进行任何干涉。他还提出一个提案：要求参加亚非会议的国家宣布以和平共处五项原则和《联合国宪章》的精神，来指导它们之间的关系。

日本的高崎达之助发言，呼吁拒绝使用武力，并且在人类事业的一切方面增加合作。

穆罕默德·阿里重申他在第二天全体大会上发言中提出的"和平七大支柱"。

伊拉克的贾马利呼吁大家重新坚定对联合国的信念。

土耳其的佐鲁发言，再次为土耳其与美国缔结军事条约辩护。他说，要是土耳其不参加《北大西洋公约》，就不会存在到现在，而且也就不会来参加今天的这个会议。因此，可以说《北大西洋公约》乃是和平的支柱。他说，他不懂"共处"究竟包含什么内容。

佐鲁的这番话，使得尼赫鲁感到惊奇，也很激动，情不自禁地作一个比较长的发言，也是动情的发言。

他说，我们印度人既不同共产党国家站在一边，也不同非共产主义国家站在一边，主张中立的政策。任何人要想进入我们的领土，我们都一定要同它战斗。但是我们相信印度人民，而不是相信原子弹。我们拥护甘地的哲学。在一场斗争中，即便双方都是力大无穷的巨人都不能打败对方，只能是两败俱伤。战争必须根绝。印度不参加任何战争。我们认为应当有一个"不结盟"的地区。

他说，他不同意土耳其代表为《北大西洋公约》组织辩护和巴基斯坦代表为《马尼拉条约》所做的辩护。他斥责《北大西洋公约》是殖民主义最有力的保护者之一。他说，阿尔及利亚、摩洛哥和突尼斯之所以至今还未获得自由，就是因为《北大西洋公约》要在那里建立基地。

尼赫鲁说，为什么"共处"这个词会引起这么多的纷扰呢？会在某些人心中引起这样的不安呢？就是因为有些人要追随一方，要参加军事条约，搞什么集体防御，这还不是换个字眼做掩护，使人感到军事条约可以接受，这是一种不能容忍的"屈辱"。这些军事集团给世界增加不安全性。世界正处在危险的形势之中，原子弹的积累已达到了饱和点。

他说，他支持缅甸总理吴努所提出的关于和平共处的提案。

事实上，在会议讨论中，不单是尼赫鲁，大多数国家的代表也都支持吴努的和平共处的提案。尼赫鲁的发言有些人觉得他盛气凌人，教训别人，因而激怒了某些代表。巴基斯坦总理穆罕默德·阿里愤然宣布，他没有必要向任何人来证明巴基斯坦参加《东南亚条约》的合理性。他说，巴基斯坦是一个主权国家，没有责任向任何国家解释自己的行为。伊拉克的贾马利马上支持阿里的发言，建议把尼赫鲁的发言印发给大会代表，以便明天讨论。

在讨论过程中，周恩来一直遵守不为挑衅所动的方针，他沉着冷静，认真仔细听取各个代表的发言，并做了摘记。给人的印象是处于一种守势，按兵不动。其实，他在考虑如何扭转目前这种两阵对垒、争论不休的局面。

散会之后，许多人认为事情发展到这种地步，殖民主义、和平共处、和平与合作等等问题上都存在分歧，和平中立主义的国家和参加西方军事集团的国家互不相让，火气很大，看来要达成协议是越来越困难了。阻挠和破坏会议的黑手又伸进了亚非会议，晴朗的万隆的上空又聚集了黑沉沉的乌云。

人们急切地期待着、呼唤着一位强有力的高手、大战略家、大策略家、大外交家来扭转乾坤，驱散乌云迎接晴天，不让那双黑手企图把会议的锋芒从反对殖民主义转为反对共产主义，把争取世界和平、实行国家与国家之间和平共处的崇高愿望变成为军事集团涂脂抹粉，披上和平的外衣，欺骗人民。

频繁的外交活动

按照亚非会议预定的日程，应该在星期天、4月24日结束，现在离闭幕的时间只有48小时了。这点时间是多么宝贵啊，真是"一寸光阴一寸金，寸金难买寸光阴"了。人们要充分利用这点比金子还贵的时间，开展活动。就以今晚来说，外交活动十分频繁，可以说达到了高峰。中国代表团也不例外。中国代表团团长周恩来，尤善于利用外交活动进行工作，许多在会议上不能解决、不能取得一致的问题，就在会外交谈，招待会、宴会上就能取得共识、协议一致。

晚7时，苏丹代表团团长伊斯梅尔·阿扎里在他的住地举行茶会，招待各国代表团，中国代表团成员、外交部副部长章汉夫出席。

晚7时至9时，周恩来总理在别墅请印度、缅甸、锡兰、印尼、阿富汗、尼泊尔、叙利亚、泰国、菲律宾代表团团长，章汉夫、廖承志、杨奇清、乔冠华、陈家康、黄华、达浦生等出席作陪。周恩来和作陪同志亲切、热情、周到地招待客人，同客人们友好交谈，席上席下一片欢声笑语，使客人们感到温暖，如同在家里一样。在交谈中，彼此自然而然地谈到会议的分歧，彼此的观点、看法、愿望，寻找接近点和求同存异。

晚9时30分，周恩来参加沙特阿拉伯亲王费赛尔的鸡尾酒会，他同出席的各国代表团、印尼官员广泛接触、交谈，落落大方，潇洒自如，谈笑风生，给人留下极佳的印象。

晚10时25分，周恩来从酒会直接到尼赫鲁的别墅，和印度、缅甸、南越、越南民主共和国、老挝、柬埔寨的代表团团长讨论印度支那问题。主要是如何执行日内瓦会议协议，加强彼此合作，发展相互关系，印、缅表示愿协助印支四国实现日内瓦会议协议。

晚11时，周恩来又在自己的别墅宴请埃及总理纳赛尔及代表三人，陈毅、叶季壮、章汉夫、黄镇作陪。宾主友好畅谈，直到深夜才散。除谈到两国如何逐步建立正式外交关系、巴勒斯坦问题之外，也谈到会议上争论的问题，纳赛尔表示，愿团结阿拉伯国家，使会议获得成功。

夜间，中国代表团还专门举行招待各国记者的酒会，黄华主持。记者们品尝了中国的美酒茅台、花雕及佳肴、点心、小吃等，人人满意而归。

日本代表团也在晚上举行电影招待会，介绍了日本出口工业和山川景物。陈毅、廖承志、乔冠华等中国代表出席。

周恩来忙完了一系列的外交活动，已是夜深人静的时候了，万籁俱寂，他却利用这个安静的时光审阅了几位"秀才"为他起草的明天会议上的发言。他仔细地修改推敲，把各国代表团好的意见、好的建议，哪怕是一两句话，一星半点的积极之处都吸收进来，尽量肯定一切共同点，最大限度地求同存异，尽可能地表现出亚非人民的共同愿望。然后，他又看了一遍今天结束、明天将要在团长会议上通过的经济、文化两个小组委员会的报告。看了叶季壮和黄镇的报告。随后，周恩来又翻阅了一天的文件和报纸。

破晓前的夜空上，繁星无声地闪耀着，周恩来住处明亮的灯光，陪伴着他、陪伴着他……

希望的一天

4月23日，万隆的上空时晴时阴，忽而沉云如墨，哗哗下起一阵大雨，显现出热带雨季的特色。

不管天气如何变化，参加亚非会议的人们里里外外不停地忙着。

早晨7时30分，殖民主义和附属国问题起草委员会便开会了，周恩来虽然昨天紧张忙了一天，又是一夜未眠，却仍然精神抖擞地出席会议，会上的每一个发言都没有从他的耳朵里漏掉，每一个表情也没有从他的眼里溜过。会议还是争论不休，于9时散会。

各国代表团团长们，于9时转到世界和平和合作起草委员会进行讨论。首先是伊拉克的贾马利发言，他驳斥尼赫鲁的论点说，伊拉克不像印度，你是大国，伊拉克是小国，因而需要盟国。"如果你不给我们自卫的权利的话，你是不是愿意带领我们一起来形成另外一个集团，使我们能够得到某种保护呢？""我是相信以'实力求和平'的。"

黎巴嫩的马立克发言，他说，一个国家参加某个防御条约总是有理由的。至于说到"和平共处"，那是共产党的词儿，斯大林在1926年已经用过这个词，它对不同的人有不同的意义，用这个词要特别小心。

菲律宾的罗慕洛发言，他以雄辩家的姿态出现，以词锋犀利的演说来批驳尼赫鲁。他说，像菲律宾这样的小国，必须同别的国家联合起来才能保护自己，它必须参加军事集团。印度这样的大国，不参加军事集团可以巍然屹立，小国则不行。因此，他不同意尼赫鲁的不参加军事集团的主张。他还详细地介绍了《马尼拉条约》，说什么它是防御性的，菲律宾参加这个条约，因为菲"弱小"并且发现国内有"颠覆活动"。

周恩来善于选择时机，他在沉着、冷静、耐心地观察了两天，弄清了各方的立场、争论之点以后，发表昨天夜里准备好的重要讲话。

他首先指出：目前世界形势的确是紧张的，但是和平并没有绝望，拥护和平的人一天比一天多。29 个亚非国家在这里开会，一致呼吁和平，证明和平的愿望是得到世界上多数国家和人民支持的，也证明战争危险是可以推迟甚至可以制止的。

他说，在这次会议讨论世界和平和合作的问题，就应根据这样的立场，撇开不同的意识形态，不同的国家制度，以要求和平合作为基础，来解决正在讨论的问题。

他说，有人不喜欢"和平共处"这个词，说是共产党用的词，那么可以换一个词，我们可以采用《联合国宪章》中所用的"和平相处"，而没有必要讨论到意识形态上去，因为那是不会有什么结果的。他认为，既然谈合作，那就应该首先我们亚非 29 国在亚非地区合作起来，求得集体和平。

他强调说，中国是不赞成《北大西洋公约》《马尼拉条约》和其他类似条约的。但是今天共聚一堂，讨论集体和平时，应该自己当中先团结起来。我们应该确定一些原则，让大家来遵守。如果有人反对和平共处五项原则的措辞和数目，那么，五项原则的写法可以修改，数目也可以增减。因为我们所寻求的是把我们的共同愿望肯定下来，以利于保障集体和平。为此，我们中国代表团草拟了一个《和平宣言》草案，供各位讨论参考。

周恩来随即宣读《和平宣言》：

亚非会议注意到目前世界上紧张局势有害于国际合作与和谐，认识到世界人民都愿意得到稳固和持久的和平，以发展各国之间的友好关系。为了获致和保持亚洲和非洲国家的独立和自由，并且为了保卫和加强世界和平，兹宣布，我们亚非国家决心在下述原则的基础上增进相互的和平共同的利益，彼此和平相处，友好合作。这些原则是：

1. 互相尊重主权和领土完整；

2. 互不采取侵略行为和威胁；

3. 互不干涉或干预内政；

4. 承认种族平等；

5. 承认一切国家不分大小，一律平等；

6. 尊重一切国家的人民有自由选择他们的生活方式的政治、经济制度的权利；

7. 互不损害。

主张用和平办法解决国际争端，支持一切正在采取的或者可能采取的消除国际紧张局势和增进世界和平的措施。

号召一切国家立即停止扩军，首先是大国之间裁减军队和军备。坚持原子能应当用于和平的目的，要求禁止生产、贮存和使用核武器和其他大规模杀伤武器，并且要求通过相互协议停止一切核武器和热核武器的试验和试验性爆炸。

周恩来对每一项原则都做了详细的说明，有的还联系到中国的邻国所关心的问题。如第一条，他重申中国尊重缅甸的主权，尽管有国民党军队残余在缅活动。第二条，他提到同罗慕洛、旺亲王谈话时，曾邀请他们到中国去看看，包括云南、福建等边疆地区。第三条，他说已向老挝和柬埔寨保证中国决不干涉它们的内政。第六条，他说中国尊重美国和日本的政治制度和经济制度。周恩来说，尼赫鲁总理曾告诉我，甚至英国首相艾登都赞成五项原则，因此，他建议如果艾登有此愿望的话，中国愿意同英国签订一个和平共处五项原则的协议。

周恩来最后说，如果我们能在和平宣言的基础上彼此和平相处，友好合作，就能把和平保卫住。

周恩来这一席温和豁达和求同存异的话，打动了全会场每一个人，许多代表离开了自己的座位，走到中国代表团的席位前面和近处听他讲，等他讲完时，他的周围已经站满了人。

周恩来的讲话，没有一句刺耳的话，表明中国确确实实诚心诚意要求和平合作，愿意同各国友好协商，在许多问题上可以通融、妥协。他的这番话和《和平宣言》提案，解除了许多人的疑惧和担心，受到人们的欢迎、赞许，他给会议再一次带来了高潮，带来了光明，带来了希望，带来了温暖。那种认为会议"成为僵局"难已成功的悲观论调，被抛到九霄云外去了。

周恩来讲话之后，尼赫鲁接着说，中国总理今天的发言，应该受到最大的重视。他说中国总理的讲话是权威的。他还重申了他的和平中立的立场。

世界和平和合作起草委员会随后成立一个由十二国组成的委员会负责起草决议，周恩来《和平宣言》草案作为决议的基础。中国乔冠华参加十二国委员会。

世界和平和合作起草委员会开至 12 时结束，接着又开殖民主义和附属国问题起草委员会会议，大家依然争论不休，至下午 2 时散去。

就台湾局势发表声明

4月23日下午1时30分，印度尼西亚总理阿里·沙斯特罗阿米佐约在他的别墅里宴请中国、印度、缅甸、锡兰、巴基斯坦、菲律宾和泰国代表团团长。

阿里·沙斯特罗阿米佐约说："欢迎诸位尊贵的客人出席我的宴会，这次宴会不仅是请诸位品尝印尼的饭菜，主要是想借这个机会，商讨一个非常重要的问题。我知道各位、包括出席会议的亚非国家代表们对台湾地区紧张局势都很关心，也很担心，现在我想先请我们尊敬的周恩来总理阁下先讲一讲。"

周恩来说："关于台湾和台湾地区的局势问题，我同尼赫鲁总理、吴努总理、苏加诺总统、沙斯特罗阿米佐约总理、阿里总理、科特拉瓦拉总理都曾不同程度谈过，现在再向诸位做一简要的介绍、说明。

"台湾应归还中国，早在第二次世界大战期间的许多国际协议中已加以肯定，而且，战后台湾已由当时的中国政府接收，甚至美国杜鲁门总统在白皮书中也曾经指出：中国人民同蒋介石之间的战争是内战，并发表正式声明，尊重中国的主权，不打算干涉台湾问题。这一切说明，中国人民解放台湾，正像解放大陆和沿海岛屿时一样，不仅不会在世界上造成紧张局势，而且在完成中国完全统一后，还会有利于世界和平。"

周恩来说："朝鲜战争爆发之后，美国政府推翻自己的诺言，同时侵略台湾。朝鲜战争停止后，美国政府又进一步干涉中国人民解放沿海岛屿，这就使台湾地区的局势紧张起来。由此可见，紧张局势是由美国侵略和干涉造成的，而不是由于其他原因。美国借口说，台湾问题是由朝鲜战争引起来的。这是不符合事实的。朝鲜战争爆发后，美国同时侵略台湾，虽然引起中国人民极大的愤慨，但是，中国仍对朝鲜战争坚守中立。只是当美国军队即将超过三八线，中国政府才发表声明，表示不能置之不理，并通过印度警告美国政府。美国政府对我们警告不予理会，美国军队不仅超过三八线，而且直逼鸭绿江，这才迫使中国人民奋起抗美援朝。在这个问题上，联合国对中国的一切指责都是不公正的，受谴责的应该是美国。"

周恩来进一步说："现在的问题，首先是如何缓和和消除台湾地区的紧张局势。由于美国的干涉，台湾地区随时有爆发国际战争的可能。中国政府认为，中美两国政府应该坐下来进行谈判，以缓和现在存在于台湾地区的紧张局势。关于谈判的方式，中国政府曾经同意苏联提议的十国会议。也愿意把十国会议的范围扩大，包括巴基斯坦总理在八国代表团团长会议上建议增加的菲、泰两国。此外也愿意考虑某些人建议的中美直接谈判。但是中国政府在任何时候都不能同意蒋介石集团参加任何国际会议，因为蒋介石集团只是在内战中被中国人民击败的残余军事集团。关于中美谈判的方式，必须待美国的反应和视形势的发展才能最后确定。

"至于中美谈判的条件，我说，中美之间并不存在着战争。因此谈不到停火的问题。中国解放沿海岛屿也从未引起紧张局势。相反的，中国解放一江山岛以后，美蒋反撤出大陆的南麂诸岛。因此，美国提出停火的问题是要做一笔买卖，以蒋军队撤出马祖、金门，来换取中国人民放弃台湾的要求和行动，换取中国在事实上承认美国侵略台湾的合法化，换取中国承认'两个中国'的存在。这是中国在任何时候、任何情况下所绝对不能同意的。中国认为，只有美国放弃侵略和干涉，只有美国武装力量撤出台湾和台湾海峡，才能缓和和消除台湾地区的紧张局势。这个条件中国可能在谈判中提出，因此，中国不能接受美国在同意谈判中提出的任何先决条件。"

周恩来指出："关于解放台湾的问题，曾经有人提出，中国政府在历次声明中只说解放台湾，而未提用武力解放。我回答说，中国政府历次声明中也未提不用武力解放台湾。为了实行中国人民解放台湾的正义要求，中国人民有权用一切方法解放台湾，包括和平解放的方法。

"但是，只有在美国放弃侵略和干涉台湾，从台湾海峡撤走一切武装力量后，和平解放台湾以完成祖国统一才有可能。和平解放台湾的办法，可以从中国人民和平解放北京、新疆、西藏中找到范例。这就是说，起义的人员可以得到政府的任用，在适合于每一个人的岗位上积极参加祖国的建设事业，起义部队可以改编为中国人民解放军，反对过中华人民共和国政府的人也可以得到赦免。虽然和平解放台湾要到美国放弃侵略和干涉、从台湾和台湾海峡撤走一切武装力量之后才有可能，但是中华人民共和国政府作为中央政府，不仅不拒绝，而是提议同蒋集团进行谈判。这种谈判是中央政府同国内一个军事集团，顶多是一个地方当局之间的谈判，因此，同中美之间的谈判是两回事，二者虽然有联系，但是不能混为一谈。"

周恩来用摆事实讲道理的讲话，非常漂亮，非常有说服力，非常能打动人心。它既表明了中国的立场，又揭露了美国，说明中国是一贯反对侵略、主张和平的，台湾紧张局势是美国一手造成的，中国是愿意谈判解决问题的。到会大多数人都对美国侵略和干涉台湾、制造紧张局势、拒绝谈判感到出乎意外，而同情中国的立场和态度。沙斯特罗阿米佐约建议由中国向外发表一个声明。周恩来当即表示同意，并当场起草了一个声明。

声明说：

"中国人民同美国人民是友好的。中国人民不要同美国打仗。中国政府愿意同美国政府坐下来谈判，讨论和缓远东局势的问题，特别是缓和台湾地区的紧张局势问题。"

这就是有名的周恩来总理在参加亚非会议的八国代表团团长会议上关于台湾地区局势问题的声明。

这个短短的 67 个字的声明，极其言简意赅，从文字学上说也是罕见的范例，而且它的效应极高，立即震动了亚非会议，震动了万隆、震动了全世界。参加亚非会议的各国代表团，普遍一致地认为这个声明具有积极的意义，是对会议的贡献，对和平的贡献。

缅甸总理吴努说，这个声明"向缓和世界紧张局势走了一大步"。

巴基斯坦总理阿里说，它"在缓和世界紧张局势方面立即发生影响"。

印尼总理沙斯特罗阿米佐约说，它使"我们有了对于将来的希望"。

锡兰总理科特拉瓦拉说，这是"一篇非常好的声明"。

埃及代表团发言人说，这个声明"完全符合亚非会议的目的"。

就连一直为美国辩护的罗慕洛和贾马利也说，"中国的建议是肯定令人感兴趣的"。

亚非会议开始以来，一直让人感到有一种跃跃欲试的阴谋，想利用亚非会议，假借和平的名义，阻挠中国人民解放台湾。就在亚非会议开幕的前一天，艾森豪威尔在他和杜勒斯商谈之后，曾就台湾局势发表声明，说他希望"万隆会议将注意世界各国人民普遍的和平愿望，并将设法谴责以武力实现国家野心的做法"。

阴谋家的打算可耻地失败了，相反地人们却表示对美国的不满，觉得美国太不近情理了。而且信服了中国人民的和平愿望，从而进一步推动会议向成功的方向迈进。

成功在望

中国代表团在 23 日上午和下午的两次发言和声明，大大改变了会内会外悲观的气氛，增强了会议明天可以胜利闭幕的信心。

周恩来发表台湾声明之后，立即赶回别墅，宴请阿比西尼亚、利比亚、黄金海岸、土耳其、伊拉克的代表团团长，陈毅、章汉夫、乔冠华出席作陪。这几个国家多属不同程度地持有反苏反共的立场、观点，尤其是伊拉克的贾马利和土耳其的佐鲁，一直在会上顽固坚持反苏反共的立场，现在仍然未放弃苏联是新殖民主义的看法，使得殖民主义和附属国小组委员会达不成协议，成为亚非会议的主要障碍。但是周恩来并不计较，始终采取克制态度，耐心等待、循循相诱、启发说服、求同存异。席间，他是那样地温文尔雅，和善友好，同客人们谈历史、文学、风俗人情和对方国家的长处，不主动涉及会上的分歧，不仅不使对方为难，反而使对方宽心，无拘无束地用餐和交谈，仿佛亲密无间。他们为周恩来的这种大国风度、宽以待人的精神和他的人品、才学所感动，认为周恩来没有架子、平易近人，是真心真意尊重小国，要与他们交朋友，搞好团结，把会议开好的。这样无形中缩小了对立情绪，缩小了矛盾，取得良好的效果。

当日下午 3 时到 6 时，各国代表团团长继续开会。会上通过了经济、文化两小组委员会的报告。接着团长们再次讨论殖民主义和附属国问题，还是"张三裤口窄，李四帽檐长"，各说各的。

下午 6 时，周恩来、陈毅出席土耳其酒会，同主人佐鲁、土耳其代表团成员、各国代表团交谈，满场周旋。随后周恩来、陈毅、叶季壮参加锡兰总理科特拉瓦拉的酒会，8 时，周恩来又参加利比亚的酒会，陈毅参加印尼酒会、叶季壮参加印尼的商会举办的酒会。虽然是走马灯式的，但都照顾到了，不放松一切做工作、交朋友的机会。

8 时 30 分，周恩来在别墅宴请印度、缅甸、沙特阿拉伯、也门、伊朗、黎巴嫩、约旦、苏丹、利比里亚 9 国代表团团长，陈毅、叶季壮、章汉夫、廖承志、乔冠华、陈家康作陪，广泛地进行交谈。有的说，中国是世界文明古国，历史悠久，文化灿烂，丝绸之路把中国先进的科学文化传到西亚和阿拉伯国家；有的谈到张骞通西域、郑和七下西洋，沟通了彼此的交往，建立起人民之间漫长的友谊；有的谈到佛教、伊斯兰教如何传到中国，中国孔子、老子的学说在他们那里如何受到尊重；也有的说中国的菜肴色香味俱全，美味可口；有的表示，将来一定找个机会到中国来看看。主人们也频频称赞印度、巴比伦这两个世界文明古国，印度河、恒河、幼发拉底河和底格里斯河，都是世界文明的发祥地。泰姬陵和空中花园乃是世界的七大奇迹之一，与埃及的金字塔、中国的长城齐名。《罗摩衍那》《摩诃婆罗多》史诗，是对人类文化的重大贡献。伊朗也是世界古国之一，中国《汉书》就有记载，当时称安息，几千年前同中国就有交往。他们有说不完的话题，道不尽的情谊，虽然彼此的政治见解不尽相同、甚至是对立的，却没有丝毫的敌意和唇枪舌剑之意。周恩来举行的宴会从来都是愉快的，谈话的主题一个接一个，没有冷场，始终热气腾腾。这也是周恩来外交的一个特色。

晚餐结束之后，周恩来将尼赫鲁、吴努留下，在他的会客室里研究、商量明天的日程，如何解决尚存的分歧、亚非会议公报以及闭幕式等事宜，一直到午夜 12 时才散。

十一、亚非会议顺利闭幕

五个发起国的总理，已在昨天晚些时候向各国代表团发出请柬，邀请他们参加今天晚上在豪曼大饭店举行的宴会，庆祝亚非会议闭幕。

万隆人民得知这个令人高兴的消息，一大早就成群结队地来到独立大厦、红白旗大厦、亚非大街以及一切有代表团经过的地方。人人脸上挂着喜悦的笑容，等待着亚非会议闭幕。

分歧终于消除了

早晨8时，殖民主义和附属国问题起草委员会继续开会，又经过一番争论，还是达不成协议，最后转到世界和平和合作起草委员会一并讨论，把难题集中到一起去了。世界和平和合作起草委员会从上午8时开会，一直到下午4时才结束，连午饭都没有吃，只利用短暂的休息时喝杯咖啡，吃些点心充饥。会上的争论一直很激烈，最后还是根据周恩来和几位"秀才"挖空心思想出来的极其巧妙的措辞"宣布殖民主义在其一切表现中，是一种应当迅速予以根除的祸害"，"确认人民遭受外国的征服、统治和剥削是对基本人权的否定,是对《联合国宪章》的违反,是对于促进世界和平和合作的一种障碍",“宣布会议支持所有这种人民的自由和独立的事业;并要求有关国家给予这种人民以自由和独立",获得共识和通过,摒弃了那种含沙射影的提法,所谓“一切形式的殖民主义","渗透和颠覆性的国际学说"。

殖民主义毕竟只有一种,即几百年来一直压迫、剥削亚非人民的殖民主义。

世界和平和合作起草委员会对军事集团的问题也求得一致意见,在“尊重每一国家按照《联合国宪章》单独或集体地进行自己的权利"之外,加了两条“不使用集体防御的安排来为任何大国的特殊利益服务,任何国家不对其他国家施加压力"。也即是说,任何一个国家在遭受武力攻击和侵略时而进行单独的或者集体的自卫权利是不容许剥夺的。但是,要用集体自卫的名义组织侵略性的军事集团,并且以此作为大国控制小国的工具,也是绝对不允许的。

争论和分歧已经消除了,代表团团长们开会通过上面两个文件,然后一致通过《亚非会议最后公报》。

《亚非会议最后公报》

公报说:“亚非会议考虑了亚洲和非洲国家有共同利害关系和共同关心的问题,并且讨论了它们各国人民可以用来实现更充分的经济、文化和政治合作的办法。"

公报谈到亚非国家经济合作问题列了12条。着重强调“促进亚非区域的经济发展的迫切性","在互利和互相尊重国家主权的基础上实行经济合作",在“最大程度上互相提供技术援助","扩大多边贸易"和“双边贸易","通过双边安排和多边安排来稳定原料商品的国际价格和需要"，"有关石油问题交换情报"，"发展核子能的和平利用对亚非国家特别有意义"，等等。

公报在谈到亚非国家的文化合作时说："亚非各国人民现在都怀着一种热诚真挚的愿望，在现代世界范围内恢复他们旧有的文化和新的文化接触。"公报说："亚非会议注意到：殖民主义在亚洲和非洲许多地区的存在，无论它具有什么形式，都不仅妨碍文化合作，而且压制人民的民族文化。某些殖民国家拒绝给予他们附属地人民以教育和文化的基本权利，从而妨碍他们的个性发展，并且阻止他们同其他亚非人民的文化交流。""会议谴责在亚洲和非洲某些地区，以这种或别种形式的文化压制来这样否定教育和文化方面的基本权利的现象。"

公报说："促进亚非国家文化合作的努力应当导向：

"（一）取得对于彼此国家的知识；

"（二）彼此文化交流；

"（三）交换情报。"

在谈到人权和自决时，公报说："亚非会议宣布它完全支持《联合国宪章》中所提出的人权的基本原则，并且注意到作为所有人民、所有国家努力实现的共同标准的世界人权宣言。""对于成为亚洲广大区域和世界其他地方的政治和人民的关系的基础的种族隔离和歧视的政策和实践，感到遗憾。""会议强烈同情支持种族歧视的受害者，特别是南非境内非洲、印度和巴基斯坦血统的人民所采取的勇敢立场；赞扬所有支持他们的事业的人们；重申亚非各国人民决心根除可能存在于他们本国的种族主义的一切痕迹。"

在谈到附属地人民问题时，公报说："宣布殖民主义在其一切表现中，是一种应该迅速予以根除的祸害；确认人民遭受外国的征服、统治和剥削，是对基本人权的否定，是对《联合国宪章》的违反，是对于促进世界和平和合作的一种障碍；宣布会议支持所有这种人民的自由和独立事业，并要求有关国家给予这种人民以独立和自由。"

公报明确表示："亚非会议宣布支持阿尔及利亚、摩洛哥和突尼斯人民的自决和独立权利"，"支持印度尼西亚在西伊里安问题上的立场"，"支持也门在亚丁和被称为保护国的也门南部地区问题上的立场，并要求有关方面获致这一争端的和平解决。"

公报在谈到促进世界和平和合作时说："联合国具有普遍性，要求安全理事会支持接纳所有按照宪章具备成员国条件的国家。""与会中下列国家具备这样的条件，即：柬埔寨、锡兰、日本、约旦、老挝、利比亚、尼泊尔和一个统一的越南。"会议要求"裁减军备和禁止生产、试验和使用核子和热核子作战武器"，"并进行有效监督"。

关于促进世界和平和合作的宣言，公报说："自由和和平是相互依靠的，自决的权利必须为一切人民所享有，自由和独立，必须尽可能不迟延地给予现在仍旧是附属地的人民们。"

公报说：

　　各国应当在消除不信任和恐惧，彼此以信任和善意相待的情况下，在下列原则的基础上，作为和睦的邻邦彼此实行宽容，和平相处，并发展友好合作：

（一）尊重基本人权。

（二）尊重一切国家的主权和领土完整。

（三）承认一切种族平等，承认一切大小国家的平等。

（四）不干预或干涉他国内政。

（五）尊重每一国家按照《联合国宪章》单独地或集体地进行自卫的权利。

（六）不使用集体防御的安排来为任何一个大国的特殊利

益服务；任何国家不对其他国家施加压力。

（七）不以侵略行为或侵略威胁或使用武力来侵犯任何国家的领土完整或政治独立。

（八）按照《联合国宪章》，通过如谈判、调停、仲裁或司法解决等和平方法，以及有关方面自己选择的任何其他方法来解决一切国际争端。

（九）促进相互的利益和合作。

（十）尊重正义和国际义务。

这就是有名的万隆会议十项原则或万隆精神，实际上它的骨架是和平共处五项原则，是五项原则的扩大、延伸和发展。

会议最后各国代表团团长一致鼓掌通过根据中国代表团团长周恩来提出的一个重要提案"亚非会议建议五个发起国在同与会国协商之下，考虑召开亚非会议下届会议的问题"，并被写进《亚非会议最后公报》最后一段里。

喜笑颜开的闭幕式

太阳慢慢地落下去了，万隆广场上的时针已指到6点钟了，童子军把各国的国旗缓缓地降落下来，晴朗的天空，又突然变成浓浓的乌云，在狂风的伴随下，下起骤雨来了。

在炎热的太阳下站了一天的万隆人，几乎连动也不动，巍然屹立在暴风雨中，强烈地期待着震惊世界的好消息。

一阵阵的警笛声和汽车的呼啸声，从红白旗大厦一路来到独立大厦。人们高兴地跳起来、叫起来，不顾狂风吹拂，暴雨的袭击，大声欢呼。这声音压倒了警笛的声音，压倒了风雨声，压倒了一切的一切。

下午 6 时 30 分，亚非会议最后一次全体会议，也即是闭幕会议开始了。

主席沙斯特罗阿米佐约喜笑颜开地说，现在请大会秘书长宣读《亚非会议最后公报》。

公报在暴风雨般的经久不息的掌声中被全体会议一致通过了。

这是世界历史上破天荒的第一次以亚洲、非洲 29 个国家的名义发表的共同文件，这是被压迫国家、被压迫民族的正义呼声，这是一个名垂千古的重要文件、宣言。

随后主席请各国代表团团长发言，发言的次序仍按国名英文字母次序排列。

阿富汗副首相兼外交大臣萨达尔·穆罕默德·纳伊姆首先发言。他说："我们怀着很大的希望来参加这个会议，我们很高兴地说，我们怀着更大的希望离开这里。"他说："会议证明，虽然与会国家来自亚非两洲的不同地区，但是为了促进更好的了解，维护和平和保障人权，会议得出了一致的意见。"他说："这种建立在世界一大部分地区合作的基础上的、得到世界大多数人民支持的贡献，无疑的配得上人们认为它具有的历史意义。"

缅甸总理吴努的情绪很高，他喜形于色地说："虽然我们不能作出划时代的决定。这是不足为奇的。并没有作过这种期望。会议的目的，是使亚非国家的领袖们聚集一堂，交换意见，以便更好地了解，这点我们已做到了。"

吴努说："我们的讨论，显露出意见的不同和分歧，但是，就出席会议的国家所构成的地理上的广大地区而论，这一点是早已意料到的。在这个为猜疑和误解包围的纷争的世界上，在它的任一地区取得些微小的谅解，都必须认为是个进步。"他说："毋庸讳言，会议有时陷入看来似乎是僵持的局面，但是，各位卓越的代表所表现的稳健、忍耐、坚韧和熟练的技巧，使我们得以找到脱离这种局面的途径和寻求一致的基础。从这个意义上讲，这次会议正是和平共处的具体表现。"

中国总理周恩来轻松愉快地走上主席台，几天来极度疲劳的面容，为满脸笑容所代替，他洪亮有力的声音在大厅扬起，所有到会代表对这位为会议的成功立下了汗马功劳、起了扭转乾坤作用的伟人发言，都屏声静气地听着，害怕漏掉了什么。

周恩来说："我们的会议是有成就的。我首先代表中国代表团，感谢科伦坡五国发起这次会议的倡议，感谢主人印度尼西亚共和国总统、政府和人民的热情招待，感谢我们会议的主席、印度尼西亚总理先生的努力和各国代表团的合作，感谢大会联合秘书处和一切参与大会工作的人所做的有价值的贡献。"

周恩来说："会议的成就开始了或者增进了亚非各国之间的了解，在某些主要问题上达成了协议，这对于我们在反对殖民主义、维护世界和平、增进彼此之间友好合作的共同任务上将有很大帮助。这个会议相当程度上满足了亚非人民和世界人民的愿望。"

周恩来指出："这个会议反映了我们当中对于许多问题的看法和意见是不相同的，我们也曾为此部分地进行了讨论。但是这些不同的看法和意见并没有妨碍我们彼此之间达成共同协议。因为我们亚非各国人民是具有共同的命运和共同愿望的，所以我们才能够在反对殖民主义、拥护世界和平和促进政治、经济和文化的友好合作上获得如此成就。在这个意义上，我愿意再一次表示，中国人民完全同情和充分支持阿尔及利亚、摩洛哥、突尼斯人民为自由和独立的斗争，阿拉伯人民在巴勒斯坦所进行的人权斗争，恢复印度尼西亚在西伊里安的主权的斗争，以及一切亚洲和非洲人民为摆脱殖民主义所进行的民族独立和人民自由的正义斗争。"

周恩来说："我还要指出，这次会议通过促进和平和合作的宣言，将有助于促进国际、首先是远东的紧张局势的缓和。我们认为，恢复印度支那和平的协议，应该得到有关各方保证其完全执行，朝鲜的和平统一，应该经过有关各方的协商迅速地谋求解决，台湾地区紧张形势的缓和和消除，应该由中国和美国坐下来谈判解决，但不能丝毫影响中国人民行使自己的主权——解放台湾的正当要求。"

最后，周恩来说："我希望亚非国家之间的接触和人民友好来往，从此频繁起来。祝各国代表们健康，回国旅途平安，再见！"

周恩来的闭幕词不长，但包含的内容相当多，相当深刻。记者们一直把镜头对着他，摄下这位对会议起着巨大作用，领导会议绕过一个又一个暗礁而胜利到达彼岸的巨大光辉形象，永留青史。

埃及总理纳塞尔发言说："我们的会议，已经取得了巨大的成就。因为在我们的会议作出的决议中所表现出的团结和和谐将大大有助于国际和平和合作。所有亚非国家表现出的对人权和自决问题的深切关怀和充分支持将大大鼓舞自由事业。"

印度总理尼赫鲁发言说："这个会议是亚非历史上新的一章。"他说："我们决心不受任何其他国家或任何其他洲的任何方式的支配。我们有决心挺起胸膛再度站起来。我们应该为我们的人民带来幸福和繁荣，摆脱多年来不仅在政治上束缚着我们，而且在经济上束缚着我们的一切桎梏。"

印尼外交部部长苏纳约发言。他说："有些人曾经期望亚非会议将成为各种不可调和的观点发生冲突的战场，这样它就将以失败而告终。"他说："但是，并没有这样，会议取得了很大的成就。"

他在谈到印尼同中国签订的关于双重国籍问题的条约时说，这项条约是"两个亚洲国家本着善意和容忍的精神签订的，这种精神，一直指导着亚非会议本身"。

伊朗代表阿里·米尼说，这里表现的一致性表明了"争取和平和友谊的共同理想"。

伊拉克代表法迪尔·贾马利说:"大家在意见上是有分歧的,可是重要的东西是大家聚在一起讨论和提出我们的同意之点,并且就这些问题采取行动。这个会议将作为一件世界大事列入史册。"

日本代表高崎达之助指出,会议取得了出色的成就,它对增进亚非人民的友谊和了解,作出了有力的贡献。他说:"我们由于在我们的共同问题上取得的广泛协议感到莫大的鼓舞。这个会议展开了世界史上的新阶段。事实上,它带来了等待已久的亚非两洲复兴的黎明。"

老挝代表克特·萨索里斯说,他的代表团"完全支持在会议上达成的重要决议"。

黎巴嫩代表萨米·索勒哈说,他的"代表团曾在开幕会议上表示希望所进行的工作能得到可喜的结果,并且在亚非国家人民之间具体合作的问题,应该根据正义和共同的利益加以解决"。他说:"这种愿望现在已经实现。"

利比里亚代表摩莫虚·杜库利说,亚非会议是世界历史上的一个伟大的历史事件,两个洲的国家聚集在一起,不是为了策划战争和剥削,而是为了促进了解和世界和平。

巴基斯坦总理阿里说,亚非会议是一个令人难忘的会议,"尽管我们各自对待世界问题的态度不同,我们的利害关系不同,政策不一致,但是我们仍然能够就表明我们对待今天世界面临的问题的态度的声明达成一致协议,我应当说这是十分可贵的"。

菲律宾代表卡洛斯·罗慕洛说,他希望"历史会说,虽然我们没有提供建立一个十全十美的世界计划,但是我们的确规定了产生希望的基础"。

苏丹代表伊斯梅尔·阿扎里说:"我们已经成功地为我们的各种问题找到了解决办法。我们中间许多人都变得彼此更为了解了,而在此以前，我们中间差不多没有什么人对彼此的国家和人民有足够的了解。"

叙利亚代表艾哈迈德·乔卡列发言说："这个会议是一个实际的道义的力量的开端。这种力量将被用来为和平、为在正义和民主的基础上建立一个自由的世界服务。我们有责任来消灭在地球上的奴役和帝国主义的一切堡垒。"

土耳其代表法丁·吕斯图·佐鲁说："如果我们想一想摆在我们面前的许多问题，如果想一想在许多重要问题上存在不同的看法，我相信，我们必须认识会议已经非常成功地完成了它的目的，并对全体人类作出了巨大的贡献。"

越南民主共和国代表范文同说："通过交换意见、接触、和解的态度和善意，我们各国之间的相互了解和友谊已经增进。"

在上述各国代表团们发言之后，会议主席沙斯特罗阿米佐约总理致大会闭幕词。他说："正如五个发起国的备忘录中所提出的，是为了让大家更好地了解彼此的意见。"

他最后说："愿我们在我们已经共同采取的道路上继续前进，并愿万隆会议成为指引亚洲和非洲的进步前途的灯塔。"

闭幕会议直到晚上9时30分才结束。等待在独立大厦外和亚非大街上的人们，不管时间多么晚了，也不管风吹雨打，始终不愿离去。

当周恩来、尼赫鲁、吴努、沙斯特罗阿米左约、纳塞尔、范文同、西哈努克和许多其他国家代表团走出独立大厦，站在正中的台阶上，千万只手向他们挥舞，千万张口向他们欢呼。五分钟、十分钟……这种盛况空前的场面，比世界上任何节日都热烈、都激动人心。

当代表们到豪曼饭店去参加庆祝宴会时，汽车在人群中慢慢蠕动，而周恩来的车则几次被欢呼的人群截住，人们要看看这位伟人的风采。

宴会是在一片欢笑声中进行的,人们举着酒杯互祝胜利。周恩来也沉浸在欢乐中,他主动同印尼各界、各国代表举杯祝贺、亲切交谈,他走到哪里都是一堆人围着他,就是那些在会上攻击共产党、共产主义的人也"相逢一笑泯恩仇",友好亲近起来。

庆祝宴会到 11 点多钟才结束,彼此互祝健康,一路平安,再见。万隆人民一直等到宴会结束,各国代表团相继离去,才带着满意、愉快的心情,慢慢返回家去。

华侨的热情招待

4 月 25 日,各国的代表团纷纷离开这个具有历史意义的万隆市回国了,但是中国代表团还留在万隆,参加一些活动。

早饭以后,周恩来召开全团会议,总结参加亚非会议的工作,由"秀才"们起草报告,以便电告中央。

上午 11 时 30 分,中国代表团全体人员出席万隆华侨总会举办的招待会。

自从亚非会议开幕以来,万隆 8 万华侨同万隆市人民一样,十分关心这次会议,成千上万的华侨每天都在中国代表住地、亚非大街、独立大厦、红白旗大厦,特别是周恩来的别墅欢迎和欢呼,他们的心同亚非会议、同中国代表团一起跳动,他们亲眼所看亲耳所闻中国代表团尤其是周恩来总理在会上起着巨大作用,中国国际地位提高了,心中由衷地高兴,感到无上的光荣。

当他们知道,以周恩来为首的中国代表团要到连望街广肇会馆出席华侨总会的招待会时,华侨们纷纷赶来参加。广肇会馆的礼堂内只能容纳三四百人,数百名华侨学校的学生们排着整齐的队伍站在连望大街上，成千上万的华侨也只能站在大街上。他们有的已经等了几个小时了。

11点半钟，周恩来和代表团其他成员到达了，成千上万的人齐声高呼："中华人民共和国万岁！""热烈欢迎周总理！"大家争先恐后地要一睹祖国亲人、新中国领袖周恩来的风采。人们高兴得跳了起来，有的人连手都拍痛了，互相传告着见到周恩来的情景。

西哇省省长努西和万隆市市长恩诺也出席了招待会。

万隆华侨总会主席洪载德，作了简短的欢迎词和表示敬意以后，请周恩来总理讲话。

周恩来总理在热烈的掌声中站起来讲话。

他首先向万隆华侨的热情欢迎和华侨在亚非会议期间给代表团无微不至的关心和帮助，表示深深的谢意。

然后，他说："今天的中国已不是旧中国而是新中国了。在推翻殖民主义和封建主义的统治以后，中国已经在世界上站起来了。中国在政治上是革命成功了，但是，在经济上和文化上仍旧很落后，中国需要长时期的建设，才能赶上世界上先进的工业国家，因此，需要一个和平的国际环境。"

周恩来接着又说："新中国的外交政策，也是跟旧中国根本不同的。新中国奉行的是独立自主的和平外交政策，而旧中国奉行的是怕强欺弱的外交政策。旧中国和政府看到比自己强的帝国主义就叩头屈服，看到比自己弱的就想欺负占便宜。现在，如果有人欺侮我们，我们一定要抵抗，而对于那些以平等待我的国家，我们就伸出手来，同它们友好合作。在这次亚非会议上，中国代表团采取的就是这种态度。"

他说："中国强大了。但是中国人民不论在国内在海外，千万不能因此而骄傲。我们对一切国家不分大小贫富，都应该平等相待。"

周恩来要求华侨警惕国民党反动分子在华侨中的欺骗活动，对那些暂时受蒙骗的侨胞，要努力去说服他们，来扩大侨胞的团结。周恩来说，这样做，不但对侨胞是有利的，而且对印尼政府也是有利的。

周恩来又介绍了中国和印尼两国政府签订的关于侨民双重国籍问题的条约内容和意义，并且号召华侨很好地执行这个条约。

最后，周恩来谆谆勉励全体侨胞，尊重印度尼西亚的国家主权、政府法令，与印尼人民友好团结，和睦相处。他特别强调说，中国的国际地位越高，中国人民就越应该谦虚，不能有任何大国主义的表现。

周恩来的讲话，不时为一阵阵掌声打断。每当礼堂里的掌声响起，大厅外的掌声也随着响起，而且更响。

亚非会议以来，每一个中国代表团团员、记者，都时刻感到华侨的爱国热情，每天都收到华侨送来的各色各样美丽的热带鲜花，每天都有华侨送来新鲜蔬菜。

许多华侨自动让出自己的房屋和汽车供代表团使用，在他们看来，为祖国和代表团服务，就是一种幸福，一种光荣。从吃饭、行路、住宿到生活的各个方面，对代表团人员无微不至地关怀，这些充分表现了华侨对祖国的热爱、对周总理的热爱。

但是只有到今天，亚非会议结束之后，侨胞们才与祖国的亲人、敬爱的总理见面交谈，倾诉自己对祖国、对总理的感情。

招待会持续两个多小时才结束。当周总理和代表团其他人员走出广肇会馆的时候，连望大街上站了几个小时的侨胞们都拥上来，围着周恩来热烈鼓掌和欢呼，周恩来也频频招手致意。

高度评价周恩来

当日下午6时半，周恩来在他的别墅里接见黎巴嫩驻美大使查尔斯·马立克。

马立克说："上个星期整整一周有机会和你会面和进行辩论，很感荣幸。

"听了你那一天表示愿同美国进行谈判的声明以后，我更受到鼓舞。我在美国出任公使、大使达十年之久，结识了一些有势力的人。如果对目前的紧张局势能起一些正当的作用的话，将感到莫大高兴。

"在美国可能存在这样两派，一派的思想说：'让我们进行战争，干完了事。'另一派的思想说：'只要我们能光荣地避免战争，我们就不要战争。'和平在美国是占优势的。

"至于金门、马祖，如果你们在那里采取军事行动，他们可能打，也可能不打。但他们会保护台湾，而这会导致大规模的军事行动。"

周恩来说："你在美国和联合国待了这么久，无疑你是从华盛顿和纽约的角度来了解台湾问题的，你不是从我们的角度来了解这个问题。这个问题有两方面：内部和外部的。台湾是中国领土，因此，我们必须而且也一定会解放台湾，这纯粹是我们的内部问题，我们不允许任何人来干涉我们的内政。如果美国人停止保护台湾，我们知道台湾将很容易得到解放。外部方面则是美国的干涉。朝鲜战争发生后，美国就占领了台湾。如果美国人那时候没有这样做，现在我们就会已经解放台湾了。我们和美国之间，就不会由于台湾问题而存在着紧张局势。如果我们现在去解放台湾，我们就会碰到美国的武装力量。并不是我们害怕他们，而是我们认为这是一个复杂问题。这就是问题的外部方面。我们碰上了美国，这就引起了国际纠纷。我们不能承认美国有任何权利留在那里，干涉我们的内部问题。外部问题纯粹是外加的纠纷。

"前几天我作了一个关于同美国的友好声明。声明说，我们同美国人民是友好的，我们不要同他们打仗。我们认识到台湾地区我们和美国之间的紧张局势。我们认识到那里存在着复杂的国际形势。那么，好吧，让我们在桌子旁会晤来讨论这件事吧。让我们和平地解决它，让我们谈判。我们因此就采取主动，提议举行谈判。现在就是对美国和平诚意的考验。"

马立克说："我只是吁请忍耐、善意和时间。我真诚相信美国不要战争。"

周恩来说："我们也不要战争，如果战争来了我们也不怕。事实上，我们从来没有干涉过美国的事情，但他们不断干涉我们的事情。我们从来没有侵犯他们的利益，但他们不断干预我们的利益。拿朝鲜战争来说吧，起初中国是站在一旁的。但我们通过印度人告诉美国人说，如果他们越过三八线，我们就不能置之不理了。他们起初不相信我们。这样他们不但越过三八线，而且几乎到达鸭绿江，到达我们的边境了。那时候，中国人民志愿军就出动了。你看，我们并不干涉他们的利益，但是我们的利益受到威胁时，我们就接受挑战，全力以赴。"

马立克说："总理先生，我想我可以说，这次会议（指亚非会议）上，你赢得了每一场重要的战斗。旁的人犯了错误，例如，尼赫鲁先生有一两次发了脾气，不得不事后道歉。旁的人也许赢得了一点，或者这里那里的一场战斗，但他们没有赢得每一场重要战斗。至于你，我想可以说，在每一场你要参加或者你允许自己参加的重要战斗中，你都获了胜。我们在政治委员会和小组委员会中，同你进行几小时的辩论，我们对你的想法有了一些了解。虽然我们在好些问题上，有些是很重要的问题上有分歧，我们却同你建立起了一种亲密的关系。你同亚洲和非洲的重要领袖们作了许多愉快的甚至恐怕是有收获的接触。我们方面得以有机会看看中国共产党人是怎么办事的，而且发现他们看来是和我们旁人一样的人。围绕你们的神秘性部分地消散了。你在会议上获得了成功，是比旁人都大的成功。你并且用你那一天表示愿意同美国谈判分歧的声明，使这一切卓越的表演达到了最高峰。这样，整个会议对你来说纯粹是收益。谁也不能要求更多的了。你的表现应该受到庆贺，我相信你的表现再好也没有了，在每一个主要回合，你总是得胜而归。现在请不要做任何事情来损害这种印象或者减损你的胜利吧。你必须相信我的话是诚实的和诚恳的。"

美国记者、著名学者鲍大可在他的《周恩来在万隆——亚非会议上的中国共产党的外交》和《亚非会议笔记》两篇会议期间写的文章中，高度评价了周恩来在会议中的作用，所表现出来的外交品格、风度、才华。文章说："在亚非会议上发生的一切事件中，最重要的也许是共产党中国登上了国际政治舞台。""自从去年的日内瓦会议以来，共产党中国一直在增加同其他亚洲国家的接触，它对东南亚巧妙地接近，显然是表示愿意同中立主义者合作和给他们以支持。但是，亚非会议周恩来提供了一个前所未有的机会，来发挥自己的全部才能和个人魅力，去结交朋友和影响人们。"

文章说："周恩来在万隆所表现出来的外交手腕，真是巧妙绝伦。在会议的头两天，他扮演了一个有耐心的、好打交道的甚至可以说是防御性的角色。当有人攻击共产党时，他始终保持平静。他不发表任何从北京发出的那种典型的中国共产党人的宣传调子。他从不突出自己，大部分时间都是安居台下，可是在最后三天会议上，他却变成了主要角色，在一系列相当戏剧化的外交活动中，成为一个通情达理、中庸稳健而主张和平的人，一个情愿为了和谐和亲善作出保证和让步的肯和解的人。

"在会议厅里，周恩来并不卷入中立主义者和反共产主义者的唇枪舌剑的交锋，相反，他说话像个和事佬。在会场以外，他巧妙地伺机在两个重要问题上作出了和平的姿态：一个是华侨的双重国籍问题，另一个是台湾局势，这是一个大家都关心的威胁到和平的问题。在会下，周恩来对同中国接壤的几乎所有国家，都做了各种各样的保证和诺言。"

文章说，4月19日周恩来在全体大会上的补充发言，是用"一种柔和的声调读"的。"这篇发言最惊人之处，就在于它没有闪电惊雷。周恩来用经过仔细挑选的措辞，简单说明了共产党中国对这次会议通情达理、心平气和的态度。他也回答了在他之前发表的演说中，对共产党所做的许多直接间接的攻击。"

文章说："真正的争论发生在代表团团长会议上，但是周恩来在大部分情况下都置身局外。""虽然周恩来参加了这些讨论，他却让大部分的话由别人去讲，他所作的发言，一般都是很温和的。从某种意义上说，他作为一个共产党人，实际上成了这场辩论的全部主题，代表了人人都谈到的一个争端。但是他在大部分时间内都设法退居一旁，让别人吵个水落石出。"当形势已发展到几乎"成为僵局"的时候，周恩来才决定发表他整个会议的重要讲话。"他那准确地选择时机的外交才能，几乎达到炉火纯青的地步。他在会议大部分时间内控制住了自己，当他的神经稍受刺激之后，就以明星般的姿态上场了。他讲话的分量是大家可以感觉到的。作为共产主义在这次会议上的代表，他出面平息一切，他是调解人和和事佬，他向每一个人作出诚心善意的保证。"

文章说："周恩来表示了一种妥协的意愿，在许多问题上都可以通融。他的整个发言中，确确实实没有一点刺耳的调子，不仅说些泛泛之论，还对中国的邻邦就一系列具体问题作出了口头保证，即使那些对他心怀疑惧，并且说空话不如行动重要的代表，也无不对这篇讲话留下了深刻的印象。"有一个代表后来说："他给每一个邻国都送了礼物，每家至少有一份。"周恩来的讲话"再一次给会议带来了高潮，就像他先前在公开会议上做过的那样"。他在会上"表现得既有灵活性又不教条主义，以此来对与会代表发挥最大程度的个人影响，在这方面，他干得十分成功"。

文章说："周恩来在尼赫鲁的帮助下，充分利用会议提供的机会，会见了他过去无机会会面的许多国家的领导人。""并不是所有的这些聚会都是纯社交活动。在其中许多场合，周恩来都对许多国家代表做了友好的保证和承诺。"周恩来的外交活动"都给与会代表留下了诚恳而深刻的印象。当然，口头保证同实际行动之间，有着极大的不同。再说，这些保证和让步也并不使中国付出多少代价，事实上，其中大部分无非是回答一下那些害怕中国的国家，保证中国不会利用形势对它进行颠覆和侵略而已。但是由于采取和解的态度，周恩来赢得了相当大的好感，至少从中国周围的许多国家那里得到了一些信任"。

文章说："在万隆，发生了两件也许是有最大的国际影响的事。这两件事，也是在会场外发生的，事实上，它没有必要非在万隆会议期间干不可。但不早不晚发生在这个时期，无疑是周恩来精心策划的，为的是要取得最大程度的心理效果。"一是"中国和印度尼西亚签订了牵涉华侨的关于双重国籍问题条约"。"印度尼西亚人希望要这么一个条约，因为他们认为这可以帮助他们控制和同化数量很大的华人少数民族，也因为他们希望这样一个条约，会减少外来颠覆活动的可能性。"周恩来"挑这个时间和地点，是为了向其他有华人少数民族的东南亚国家表示，中国也愿同它们签订类似的条约"。一是"周恩来提出的同美国就台湾争端举行谈判的建议"，这是"万隆会议期间发生的成为最轰动的新闻事件"。"周恩来所以决定就台湾问题发表声明，很可能完全是他自己的主意，至少所有的迹象都表明尼赫鲁事先对此毫无所知。""周恩来对表示愿意同美国谈判，显然早已胸有成竹。""他的这个声明，实际上是一个放得很巧妙的试验气球，而不是一个建议。""但是，在有 29 个国家代表参加的会议上，他作了一个可以被认为是重大和平行动的声明，毫无疑问，万隆大部分代表确实是这样看他的声明的。"

文章强调说，"周恩来在万隆的表演，完全证明了他是世界上最有经验，最有才干的外交家之一"。"他使许多代表信服，他是一个心怀善意、通情达理而真挚诚恳的人。他也企图使他们相信共产党中国奉行和平政策，而且做得相当成功。显然这些是他的主要目的。""虽然外交政策已不再如过去那样主要依靠国家领导人之间的个人关系了，但是，如果低估像周恩来这样的个人在万隆的影响，那就大错了。甚至像穆罕默德·阿里这样的人，在离开万隆的时候都说，他们都相信周恩来是真心实意、诚恳坦率的。周恩来在与会代表中所产生的个人影响，可能会起到微妙的长期作用。"

接受美国记者采访

亚非会议之后，经缅甸总理吴努的介绍，周恩来于 4 月 25 日晚，在他万隆的住地接受美国《民族》周刊记者贾菲的采访，回答了他的提问。

问："总理为什么在亚非会议闭幕演说中，插进关于中国政府解放台湾的决心的声明？"

答："解放台湾是中国的内政。中国人民有权提出这个要求并实行这个要求。至于台湾地区的紧张局势，那是美国干涉造成的。

这是国际问题。为了缓和台湾地区的紧张局势，中国提议，中国和美国政府应该坐下来，解决这个问题。"

问："中华人民共和国政府愿意坐下来同美国政府和国民党讨论台湾问题吗？"

答："这是两件完全不同的事。中国同美国的关系是国际问题。中华人民共和国同蒋介石集团的关系是内政问题，这两件事不能混为一谈。"

问："总理认为现在台湾地区的局势，是否危险到足以引起第三次世界大战？"

答："在现在的台湾局势中，的确存在着新的国际战争的危机。但是，现在的形势是否会导致大战，决定于美国，因为中国和美国之间现在并不存在着战争。中国人民的意愿，已经在 4 月 23 日的声明中说过了。"

十二、访问印度尼西亚

周恩来在亚非会议结束之后，并没有回国，而是访问印度尼西亚，使得在亚非会议上取得的成就，锦上添花，更上一层楼。

早在日内瓦会议期间，就由印尼驻法大使阿那阿贡奉命于7月2日专程赴日内瓦会见周恩来，代表印尼政府，邀请周恩来前往印尼访问。那时因日内瓦会议结束后，周恩来要访问德国、波兰、苏联、蒙古，国内还有许多重要的事情要处理，而且又不顺路，所以告诉印度尼西亚驻法大使阿那阿贡，此次不能成行，当回到北京后，与印尼驻华大使商谈，然后与印尼总理确定访问时间。以后，印尼又多次邀请，周恩来一直考虑与出席亚非会议结合起来。当亚非会议确定召开日期并由他率领代表团出席会议时，于4月3日在中南海西花厅接见印度尼西亚驻华大使莫诺努图，递交给印尼总理沙斯特罗阿米佐约的复信，接受访问印尼的邀请，并商定在亚非会议之后进行。

雅加达热烈欢迎周恩来

4月26日一大早，万隆的人民就在周恩来住的别墅门前和通向机场的安第安公路上排满了"欢送中国代表团前往雅加达访问"的标语牌。中国代表团成员个个都怀着依依不舍的心情，同一起度过了9天的万隆人民告别。

上午9时，周恩来从万隆乘飞机前往雅加达，作为苏加诺总统的正式客人访问印尼。随同访问的有陈毅、叶季壮、章汉夫、廖承志、乔冠华、陈家康、黄华等。飞机在碧蓝的天空飞行，越过一个又一个岛屿，一块又一块的绿地，于9时40分到达雅加达机场。机场内外，聚集了穿着印度尼西亚民族服装的印尼人和穿着中山装的华侨与使领馆人员。印度尼西亚总理沙斯特罗阿米佐约、外交部部长苏纳约、印尼驻中国大使莫诺努图等，首先走到舷梯旁边迎接周恩来总理一行，他们都是在昨天从万隆回来，特意欢迎周恩来的。周恩来一行与沙斯特罗阿米佐约等一一握手，印尼的姑娘向周恩来、陈毅献上一束鲜花。

印度尼西亚外交部礼宾司司长古苏摩多约把周恩来引导到检阅台上。乐队奏起《义勇军进行曲》和《大印度尼西亚歌》。接着周恩来总理检阅了印尼海陆空三军仪仗队。

随后，周恩来发表书面谈话。他说："在参加万隆会议之后，我能有此机会，应印度尼西亚总理的邀请访问印度尼西亚共和国，感到非常荣幸和高兴。我代表中国人民和中华人民共和国政府向印度尼西亚人民和印度尼西亚共和国政府致以热烈友好的敬意。"他说："亚非会议建立并增进了亚非各国之间的了解，肯定了亚非人民反对殖民主义，维护世界和平和促进政治、经济和文化的友好合作的共同愿望。亚非会议促进世界和平和合作的宣言同和平共处五项原则是完全符合的。这个宣言为亚非两洲乃至世界各国和人民间的友好关系，再一次指出了努力的方向。"这是周恩来在亚非会议后，第一次有关亚非会议的讲话和评价，尤其是把亚非会议通过的促进世界和平和合作的宣言同和平共处五项原则联系起来，指出它是一脉相承的。

周恩来强调指出:"印度尼西亚共和国和中华人民共和国一贯遵守互相尊重领土主权和平等互利的原则。我们两国间友好的关系不断在发展。在亚非会议期间,中国和印度尼西亚签订了关于双重国籍问题的条约,解决了旧时代长期遗留给我们的问题。这样就更加增进了我们两国的友好关系。"

周恩来再次表示,中国支持印尼恢复对西伊里安的主权的正义要求。最后,祝贺印度尼西亚国家繁荣和兴旺。

周恩来由沙斯特罗阿米佐约陪同,乘车向独立宫总统府进发,一路上受到街道两旁站满了的人群的热烈欢迎。他们以极大的热忱,迎接来自友好邻邦的贵宾、第一个到印尼访问的中国总理。

铺着欢迎贵宾的大红地毯的独立宫石阶上,苏加诺站在那里等候周恩来的到来,当这两位领导人紧紧握手的时候,独立宫外响起震天的掌声。苏加诺和周恩来在大厅里作了20多分钟亲切交谈,表达了两人相慕已久和再次见面的感情。以后,沙斯特罗阿米佐约又陪同周恩来穿过独立宫的大花园到总统府的另一部分——国家宫、代表团的驻地休息。国家宫前升起的五星红旗和红白旗一起高高飘扬。

上午11时,在印尼外长苏纳约陪同下,周恩来拜会了副总统哈达。上午11时30分,在印尼总理沙斯特罗阿米佐约陪同下,周恩来和代表团全体成员向加里巴塔烈士墓献花圈。

中午12时15分,在印尼外长苏纳约陪同下,周恩来和代表团成员到总理官邸拜会印尼总理沙斯特罗阿米佐约,并出席总理举行的宴会。

苏加诺陪同周恩来游览市容

在周恩来到达雅加达的上午，沸腾的城市刚刚平静下来，市政府的宣传车在大街上广播起来：今天下午 4 点钟，我们的贵宾周恩来总理将在我们的总统苏加诺陪同下巡览雅加达全市。

雅加达重又欢腾起来，人们纷纷走向街头，欢迎和观看这两位领导人的风采。这天，天气非常炎热，而且很闷，令人感到窒息。但是人们站在那里忘记了热和闷，也不知道累，不论是印尼人和中国人，大人和小孩，脸上都挂满了笑容和喜悦的神情。

下午 4 点半钟，炎热和气闷一点也没有减弱。在摩托车和吉普车的引导下，一辆插着五星红旗和红白旗的棕色敞篷豪华轿车驶出了总统府。车牌上一行醒目的字：印度尼西亚第一号。

这是印度尼西亚人都知道的总统座驾。车上左边坐着周恩来，右边坐着苏加诺。聚集在总统府外面的人群一见，立刻举手鼓掌欢迎。周恩来、苏加诺马上站起来向人们举手答礼。

敞篷车缓缓地从哈摩尼沿加渣马达大街，前进到大南门转入到石桥头，三四里长的大街两边，站着密密层层的人群，好似一片人海，他们高举着双手，发出雷鸣般的欢呼声、口号声，用印尼文和中文呼喊着"印尼、中国友好万岁"。这时大街上的电车、汽车全都停下来了，车顶上也站满了人，还有的人爬到屋顶上、树上挥手欢呼。

敞篷车来到雅加达大街，人群越来越多，欢迎的盛况达到了高潮，人们情不自禁地笑着、跳着、喊着，"万岁、万岁、万万岁！"不绝于耳。领袖和群众融汇到一起。

天公不作美，敞篷车到达加拉未大街的时候，突然降下了一场大暴雨。一直站在敞篷车上的周恩来、苏加诺被迫登上了有篷的轿车。但是站在大街两旁的群众，并未因下雨而减退他们欢迎的热情，仍然不顾一切地向他们敬爱的两位领袖欢呼。

敞篷轿车进入士林巴街，转入狄波尼哥罗街和伊曼本佐尔街、苏第曼将军街，岑油兰新区。雨比之前更大了，而站在雨里的群众仍然没有走，他们不断高呼欢迎的口号，还有不少人冒着大雨从这条街赶到另一条街，想多看一眼传奇式的中国领袖周恩来。

两个半小时过去了。周恩来和苏加诺才回到独立宫的门前，他们手拉手下了轿车，并排站在独立宫的石阶上，挥手向围上来的成千上万的群众微笑答礼致谢。掌声和欢呼声持续了好几分钟，群众和领袖，印尼人和中国人的感情、友谊交融在一起了。

这种欢迎外国领导人的盛况，在雅加达、在印尼的历史上是极为罕见的。印尼人民永远不会忘记这一天，在印尼的中国人永远不会忘记这一天，中国代表团的成员、记者也永远忘不了这一天。这是中国、印尼友好史上最灿烂、最光辉的一天，将永载两国的史册。

晚上7点多钟，苏加诺总统在独立宫举行国宴，欢迎周恩来总理一行。印尼副总统哈达，国会议长沙多诺，副议长谭布兰、阿鲁齐、卡塔韦纳，总理沙斯特罗阿米佐约和各部部长出席了宴会。苏加诺和周恩来作了简短的讲话。

晚9时，在国家宫举行印度尼西亚歌舞晚会，招待周恩来等。

友好会谈、会见

4月27日上午9时至11时，印度尼西亚总统苏加诺、副总统哈达、总理沙斯特罗阿米佐约、外交部部长苏纳约、印尼驻中国大使莫诺努图同中国总理周恩来、副总理陈毅、对外贸易部部长叶季壮、外交部副部长章汉夫、华侨事务委员会副主任廖承志、中国驻印尼大使黄镇及顾问乔冠华、陈家康、黄华等在独立宫就亚非会议后世界和亚洲形势、进一步发展中国与印尼友好关系等问题，进行友好会谈。在会谈中，周恩来邀请沙斯特罗阿米佐约总理访问中国，沙斯特罗阿米佐约接受了邀请，并于5月成行。

上午11时15分，周恩来总理和陈毅副总理由印尼外长苏纳约陪同，访问了印度尼西亚国会，同议长沙多诺、副议长谭布兰、阿鲁齐、卡塔韦纳等进行了45分钟的会晤和会谈，周恩来邀请印尼国会议员代表团访华，对方愉快地接受了邀请。

下午2时，印尼华侨总会在中国驻印尼大使馆举行招待会，邀请周恩来及代表团、中国大使馆、领事馆人员参加。

华侨们知道中国人民的领袖、国务院总理周恩来到达雅加达，各地的华侨组织已经陆续派遣了600多名代表到达雅加达。他们分别来自爪哇、苏门答腊、加里曼丹、苏拉威西、小巽他等100多个城市和乡村，从这个千岛之国的每一个角落来到雅加达。有工商界的、文教界的，有工人、农民，有青年、妇女和老人，代表了印尼华侨社会的各个阶层。他们中有不少人已经在雅加达旅馆里等了好几天，甚至十天半个月了。他们的目的，是见一见从伟大祖国来的亲人，了解祖国的巨大变化和发展，并且通过中国代表团向祖国人民致意、祝福。

下午2时，印度尼西亚华侨代表六七百人都已齐集大使馆的宴会大厅。周恩来总理和雅加达市市长苏迪罗步入大厅时，人们热烈鼓掌欢迎。陈毅、叶季壮、章汉夫、廖承志、黄镇、乔冠华、陈家康、黄华和大使馆、总领事馆的何英等，也出席了招待会。

印尼华侨总会主席洪渊源首先致辞，他代表全印度尼西亚侨胞，向周恩来总理和代表团全体团员致敬。他特别强调说，"敬爱的周恩来，我们印度尼西亚华侨都是热爱祖国的，我们保证为加强华侨本身的爱国大团结而努力"。

周恩来接着在热烈的掌声中讲话，他代表中国政府和人民向华侨问好致敬，他向侨胞们详细介绍和说明了中国和印尼关于双重国籍的条约的内容和意义，他要侨胞们自觉地选择一个国籍，作为华侨，一定要遵守印尼的法律，不参加任何政治活动，同当地人民友好相处，互相合作，为发展中国和印尼友好关系作出新的贡献。他还告诫华侨，不要因为新中国的国际地位提高了、中国人民站起来了、强大了，就骄傲起来了，一定要谦虚、要平等待人，尊重侨居国的人民，尊重当地的风俗习惯。最后他深切感谢华侨在他出席亚非会议和访问印尼期间，给予的热情欢迎和大力支持。祝华侨们身体健康。

周恩来一个多小时亲切而又透彻的讲话，始终吸引着全体出席招待会的人，不断爆发出热烈的掌声。

随后，苏迪罗市市长也应邀讲话。他说，过去我曾经引用过拿破仑说过的这样一句话：中国是一只睡狮，一旦醒来，就会震动全世界。现在中国这只睡狮，已经醒来而且已震动了世界。但是，它的兴起和强大都不会去侵略别人。他对周总理告诫海外华侨不要骄傲，非常感动。

最后苏迪罗举起手来，高呼"印尼中国友好万岁"。

大厅里充满了骨肉相连的感情。周恩来走遍全场，同每一个侨胞握手、敬酒、交谈，代表团成员也分别同侨胞握手、交谈，介绍祖国和华侨家乡的情况。华侨们也主动地找周恩来和中国代表团、使领馆人员交谈，介绍他们在印尼的生活和家庭情况，还纷纷照相留念。

招待会持续了两个小时，周恩来亲自站在宴会大厅门口，同辞别出去的侨胞——握手。许多华侨代表眼睛里含着喜悦的眼泪向祖国亲人、向领袖告别。

这样亲切、盛大的聚会，在印尼华侨历史上是第一次。

晚上8点时，中国驻印度尼西亚大使黄镇为周恩来总理访问印尼，举行另一次盛大招待会，既是欢迎又是欢送中国代表团，祝贺周恩来访问印尼成功。

苏加诺总统、哈达副总统、沙斯特罗阿米佐约总理、议长沙多诺、外交部部长苏纳约、各部部长、海陆空三军司令、雅加达市市长等800人出席招待会。安塔拉通讯社说，"苏加诺总统参加这次招待会是'不平常的'，这是总统前往一国使馆参加公开性聚会的第一次"。招待会上，宾主们纷纷举杯，庆贺在印尼召开的亚非会议成功，庆贺中国印尼两国友好关系进一步发展。

在雅加达发表广播演说

4月27日晚，周恩来应印度尼西亚广播电台的邀请，向印度尼西亚人民发表一篇热情洋溢的广播演说：

"从我到达印度尼西亚以来的十天中，我们已经看到了你们的人民是热情而智慧的，你们的土地是美丽而富饶的。你们对于世界和平事业所表现的热忱和努力，你们给予我们的盛情款待，都给我们留下了极其深刻的印象。

"现在，亚非会议已在取得了一致协议后闭幕了。这次会议，体现了亚非国家反对殖民主义、维护世界和平、增进彼此间友好合作的共同愿望。这次会议，无疑地将有助于促进我们亚非人民的共同事业。"

周恩来在广播演说中，特别指出："亚非会议取得这样的成就，在许多方面要归功于印度尼西亚政府和人民所做的巨大努力。我们在这里到处都可以看到印度尼西亚共和国政府和人民为保障和平、反对战争而努力，为维护民族权利、反对殖民主义而努力，为发展国际间的友好合作而努力。印度尼西亚共和国政府和人民的这种努力，在推动亚非会议取得成就方面起了重大作用。"

周恩来高度评价了印度尼西亚对亚非会议的贡献。

广播说："中国和印度尼西亚一样，还没有取得完全的独立和统一。我国的领土台湾，像印度尼西亚的西伊里安一样还没有解放，我们都正在为实现自己的主权和领土完整而继续奋斗。

"我们完全同情和充分支持印度尼西亚人民，为维护自己的主权、保卫世界和平的愿望和要求，因为这也正是我们自己的愿望和要求。"

在谈到两国关系时说："中国人民和印度尼西亚人民之间的友谊，可以追溯到很遥远的过去。近代以来，外来的殖民主义虽然曾经阻碍了我们以独立国家的资格来往，但是，在我们建立了各自的新国家以后，我们两国关系立即有了新的发展，文化和经济联系也在日益加强。

"我们这种关系，是建立在互相尊重领土主权、互不侵犯、互不干涉内政、平等互利、和平共处的原则上的。"

在谈到双重国籍条约时，周恩来说："这是我们两国友好合作关系进一步发展的重要标志。我们两国间，一个由长期的历史原因所造成的困难问题，已经根据平等互利和互不干涉内政的原则解决了，我们两国间存在的任何问题都是可以解决的，我们两国之间的友好合作关系的发展是无限的。中国人民十分珍视印度尼西亚人民的友谊。中国人民愿意和印度尼西亚人民为维护各自的民族权利和保障世界和平的伟大事业而携手并进。"

告别"千岛之国"

4月28日这一天，中国代表团要离开雅加达，离开美丽的千岛之国了。

早晨8时，周恩来率领代表团全体成员，到独立宫向主人苏加诺总统辞行。苏加诺早就等候在独立宫的贵宾室里，他一见周恩来进来，马上迎上来，热情握手。坐下来之后，周恩来首先向苏加诺道谢，感谢他和总理的邀请。作为他的客人来访，虽然访问只有两天时间，太短了，但是成就却是很大的。苏加诺答道："周总理能率代表团参加亚非会议，又访问印度尼西亚，这是印尼的光荣。您在此期间，还签订了中国印尼双重国籍条约，解决了我们两国关系中的重大问题，有力地推动了两国关系的发展。我对您在亚非会议和在印尼访问中所表现的组织才能和领导才能、杰出的外交手腕和谦虚谨慎的品质，都十分钦佩。说句实话，亚非会议没有您，我不知道会开成什么样子呢。"

周恩来说："总统过奖了，亚非会议没有南亚五国发起，印尼作为东道主，总统的魅力和全力支持，亚非会议是开不起来的，开起来也难取得预期的成果。"

苏加诺是个豪爽的人，热情的人，坦诚的人。他说，不管如何说："您对亚非会议贡献最大，对印尼有着友好的感情，我们印尼有您这样一个大国总理的朋友，确实是无限的荣幸。我赞成在适当的时候再举行第二次亚非会议，把和平区域再进一步扩大，把好战的帝国主义完全孤立起来。还希望您再来印尼访问，我陪您到印尼各地去看看。"

周恩来说："我非常赞赏总统对扩大和平区域、反对帝国主义和将来召开第二次亚非会议所持的积极态度。在总统方便的时候，请到中国去访问，中国政府和人民一定会热烈欢迎总统阁下的。"

苏加诺说："中国我是一定要去的，先让沙斯特罗阿米佐约总理去访问，然后我再去。"

周恩来看一眼腕上的表，忙站起来说："时间不早了，我们告辞了，要赶去机场，还要和沙斯特罗阿米佐约总理签订一个联合声明。"

苏加诺说："那好。"这两位为维护和平、反对帝国主义并肩战斗的朋友，再一次握手，热烈拥抱。苏加诺把周恩来和中国代表团一直送出独立宫。

在通向玛腰兰机场的大道两旁，站满了送行的人群，人们的欢呼声、口号声，淹没了汽车的发动机声。

机场的接待室早已布置好，地上铺了红地毯，一张椭圆形的大桌子上摆好了文具，钢笔、毛笔、砚台。8 时 15 分，周恩来和沙斯特罗阿米佐约两位总理在桌子的两边就座，两国外交部的礼宾司司长，分别将中文和印度尼西亚文文本的联合声明，端正地放在两位总理的面前，两国总理在自己的头衔下面分别签上自己的名字，然后互相交换文本。

两方参加签字仪式的人员热烈鼓掌祝贺。这时，穿着印尼服装的年轻小姐们捧上香槟酒，送到每个人的手中。周恩来和沙斯特罗阿米佐约首先举起杯子，"砰"的一声碰在一起，双方人员也都互相碰杯祝贺。镁光灯在闪闪发亮，录影机、照相机在不断地转动，拍下了这个具有历史意义的镜头。

声明说："中华人民共和国总理周恩来阁下，应印度尼西亚政府的邀请，在亚非会议后，作为印度尼西亚共和国总统苏加诺阁下的正式客人，来到印度尼西亚共和国首都雅加达，作了两天访问。在这期间，周恩来总理曾同印度尼西亚共和国苏加诺总统、哈达副总统、沙斯特罗阿米佐约总理、苏纳约外交部部长和其他领导人，友好诚挚地就两国共同有关的事项交换了意见。根据交换意见的结果，周恩来总理和沙斯特罗阿米佐约总理发表下述联合声明。"

声明说："两国总理重申，他们共同努力以实现亚非会议所肯定的共同愿望和所通过的促进世界和平和合作的宣言。"

声明说："两国总理，对于中国和印度尼西亚两国在互相尊重主权和领土完整、互不侵犯、互不干涉内政、平等互利的原则基础上，作为良好的邻邦和平共处，表示满意。两国总理深信，在这些原则的基础上，两国的友好关系将会进一步发展。"

声明说："两国总理对《中华人民共和国和印度尼西亚共和国关于双重国籍问题的条约》的签订，表示满意。他们认为，这是以友好协商的方法解决国际繁难问题的一个良好范例。他们声明，在这个条约得到批准以后，将严格遵守条约的文字和精神，促成条约中各项条款的实现。"

声明说："两国总理声明，维护各自的主权和领土完整，是任何国家人民不可剥夺的权利。他们对两国中任何一国维护自己主权和领土完整的努力，表示深切的同情和支持。"

声明说："两国总理希望，在互相尊重和平互利的基础上，广泛地开展两国的经济、文化等方面的互助合作。他们认为，两国间互助合作将有助于他们的和平发展，并有助于世界和平的事业。"

声明说："两国总理同意，中华人民共和国、印度尼西亚共和国两国应保持亲密合作，以继续加强两国间的相互了解的友好关系。两国总理很高兴获有这次会晤和交换意见的机会，他们认为这是有助于和平事业的。"

分别的时候到了，中国代表团工作人员向在场的记者散发周恩来离开雅加达机场的书面谈话。

谈话说："中华人民共和国代表团，这次访问印度尼西亚共和国的时间虽然很短，但是，得到了极深刻的印象。印度尼西亚人民的热情和智慧，和他们对中国人民的友情，将会永远留在我们的记忆里。我祝贺印度尼西亚共和国和中华人民共和国的友谊日益发展，我祝贺两国为世界和平事业而进行友好合作获得更大的成就。"

这时，机场上响起两国国歌。周恩来站在检阅台上，检阅印度尼西亚海陆空三军仪仗队。

9时，周恩来及其一行来到飞机舷梯旁，同沙斯特罗阿米佐约、苏纳约等印尼送行的人员分别握手告别，彼此依依不舍的感情已溢于言表，许多感情充塞在人们的心里。

9时1刻，飞机的马达响了，从跑道上急驰而过，而后腾空而起。无数送行的人还在向天空挥手。

飞机越过印度尼西亚的美丽山河，越过海洋，于下午5时到达缅甸首都仰光，缅甸总理吴努到机场迎接，并设宴招待。

4月29日下午2时15分，中国代表团乘飞机到达昆明，在那里总结工作和休息。

5月7日，周恩来一行飞回北京。

却说在北京的邓颖超，自周恩来冒着生命危险出席亚非会议，她一直非常担心。本来她住进医院动手术，当周恩来一行从仰光飞往雅加达的时候，她没等拆线，就马上从医院回到家中，等候周恩来的消息。她忧心如焚，时刻担心亲人周恩来和代表团的安全。她的心在悬着，悬着……但她毕竟是坚强的革命家，她用紧张的工作来压住内心的不安。她很好地接待了国际民主妇联主席戈登夫人，出席了全国妇联召开的工作会议，作了重要的讲话。

但是周恩来的安危，一直惦记在心，她夜不能寐，日不思食，忧心忡忡。当她听到亚非会议取得成功，周恩来的外交才能和崇高品质受到会议代表的尊敬，为亚非会议作出重大贡献时，心中非常高兴。但仍然害怕那里情况复杂，会发生意外，一直到周恩来回到了昆明，她那颗忐忑不安的心才平静下来。当听说周恩来和代表团今天飞回北京，她容光焕发，同中央领导人刘少奇、朱德、陈云、彭德怀、邓小平等一起赶到西郊机场，迎接她的恩来。两人紧紧握手，相视一笑，一切忧虑、不安、紧张都消失了。

十三、硕果累累

亚非会议震动世界，中国外交取得巨大的成就，硕果累累。

亚非会议震惊世界

印度尼赫鲁总理，4 月 27 日从万隆飞抵仰光时说："会议是惊人的成功。"4 月 28 日，他途经加尔各答时对记者说："会议一致谴责大家所熟知的那种意义的殖民主义。锡兰总理的反共言论，这不能列入殖民主义范畴之内。"4 月 30 日在印度人民院《关于亚非会议的报告》中说："亚非会议是历史性的事件。它宣告了世界一半以上的人口在世界事务中的政治上的出现。""会议最重要的决议，是《关于促进世界和平和合作的宣言》。聚会的这些国家提出了指导彼此间的关系，确实也是整个世界关系的原则。这些原则能够普遍应用，而且具有历史意义。""在万隆公报中，我们看到了这五项原则的充分体现。不仅如此，还有发挥这些原则的进一步阐述。我们有理由觉得高兴，这个代表世界总人口一半以上的会议宣言遵守这些原则，为了实现世界和平和合作，应该用这些原则指导它们的行为，并指导世界各国之间的关系。印度政府完全同意万隆公报中阐述的原则，并将尊重这些原则。"5月3日，在欢迎沙特阿拉伯首相的宴会上说："亚非会议的结论，可以说是代表亚非人民的情感、希望和要求的。这是一件重大的事情。"

缅甸吴努总理在4月26日对美《新闻周刊》记者说：他"将深信中国没有领土野心，他们最大的愿望是求得和平"。"就缅甸来说，五项原则已提供充分安全。"5月2日，吴努在内阁会议上报告说："会议象征着亚非两大洲国家的团结，会议将成为历史上光荣的一页。"

印尼情报部部长5月1日在雅加达说："参加亚非会议的国家，可用联合公报作为基础。""中、印尼两国总理联合声明，是实现公报的一个例证。"5月2日，印尼总理沙斯特罗阿米佐约同记者谈到西伊里安问题时说："29国给我们全力支持，我们对西伊里安一直越来越有信心。"

5月4日，印尼外交部发言人说："印度尼西亚在台湾问题上完全支持中国，正如周恩来在亚非会议上特别清楚地说明中国在西伊里安问题上支持印度尼西亚一样。"

巴基斯坦首相阿里，4月26日在新加坡说："周总理看来是诚挚地希望和平的。""中国无侵略意图，共产党与非共产党国家能够合作。"5月1日，阿里在卡拉奇电台广播说："他和周恩来的会谈促进了两国的了解，这将促进中巴间的友好关系，有助于世界和平事业。"他还宣布他将访问中国。

锡兰总理科特拉瓦拉4月24日对记者说："他打算在9、10月访问中国。"25日他在万隆说："美国对周总理台湾问题的声明反应太急促了，美国急促的反应，使得事情变得更加困难。"4月26日，他在锡兰众议院说："亚非会议的气氛，是一个家庭集会诚挚的气氛，有分歧和争执，但和解精神和共同利益占据上风。""在十项原则基础上可以共处。""会议显示了亚非两洲的巩固，在这以前，这两大洲在国际事务中没有发言权。""中国总理周恩来对殖民主义的看法有些不同，但也同意谴责，我虽不同意周恩来的政治，但已发现周恩来是'讲理的人'，愿意尊重别人的意见。"

埃及总理纳赛尔 4 月 27 日在加尔各答说："周恩来是一个好人，对谁也不气势汹汹。"

阿富汗外交大臣 5 月 4 日对记者说："亚非会议对亚非人民是一个历史性的事件。"

5 月 6 日，阿富汗驻英大使在伦敦说：他"发现周恩来是很有教养的、谦恭的人，是一个聪明并且是机敏的政治家。但我有一种印象，他奉行一个独立的政策，我相信他要和平解决远东问题"。

叙利亚首席代表 4 月 25 日在万隆说："会议是出乎意料的成功。它表明世界上一大半的人支持世界和平事业。"

沙特阿拉伯首席代表 4 月 25 日在万隆说："会议证明亚非人民有了普遍的民族觉悟，阿拉伯国家从会议中得到真正的利益，它们的朋友在巴勒斯坦和北非问题上支持阿拉伯立场。"

尼泊尔代表团团长 5 月 3 日对印度《论坛报》记者说："会议洋溢着亚非团结感。""只要五项原则的精神存在，有多少困难都无关紧要。"

苏丹总理 5 月 25 日在万隆说："会议是出色的成功。""在很短的期间确立了一般原则。"

约旦首席代表 4 月 25 日在万隆说："会议对阿拉伯国家来说，是巨大的成功。""阿拉伯国家在巴勒斯坦和北非问题上取得了成功。"

利比亚首席代表 4 月 29 日在马尼拉说：他的国家"欢迎另一次亚非会议"。"会议取得了卓越的成功。使我印象最深的是会上提出的大部分议案都能通过。"

伊朗首席代表 4 月 25 日在万隆说："希望中国和亚洲合作。"

黎巴嫩总理5月2日在途经香港时说：他"相信周恩来信守他和西方国家谈判台湾问题的诺言"。"台湾地区的局势正在缓和。""会议很成功，对远东局势的缓和已有帮助。"

老挝首相克特·萨索里斯4月28日在曼谷说："老挝对亚非会议成就甚感满意。老挝的喜悦不仅在于会议决议获得全体通过，同时对和各国代表团团长作亲切恳谈更感欣喜。"他"和泰国、印度、缅甸、中国、越南、柬埔寨的代表团所作的会谈是成功和有益的"。

柬埔寨西哈努克亲王4月25日在万隆说："周总理对我保证中国将忠实遵守五项原则，并对柬埔寨有着友好的感情。"26日他在新加坡说："中国和北越对我做了保证"，"我们必须遵守日内瓦会议协议。"

日本鸠山和重光，4月25日对亚非会议的成就表示"庆幸，并保证日本将予合作，促进亚洲独立和经济发展"。

泰国旺亲王4月28日在新加坡说："泰国不急于和中国签订两国国籍协定"，他要先研究中、印尼协定的全文。他说他在万隆时和周总理谈过这个问题。他说："会议将对世界和平起重要影响。""相信周总理在万隆说的话是算数的。"他并不渴望，但他似乎愿意要求"一个和平解决台湾问题的办法"。4月29日，他在曼谷机场说："泰国从会议中获得一切如愿的成就和利益。""现在许多问题，应由美国和中共直接谈判。"

菲律宾罗慕洛4月25日在新加坡说："亚非会议是一个世界的巨大成就，在那里通过的各项决议的影响，将最终在历史上留下它们以主权平等的地位开会，并作出一致通过的决议。"4月25日，他在雅加达机场对记者说："会议非常成功。会议上大小国平等，决议一致通过，各国有机会交换意见。"

美英等西方国家，在亚非会议的巨大影响和世界舆论的压力下，不仅不敢公开否定会议的成就，相反，也不得不说几句亚非会议的好话，以应付亚非人民对它们的不满。美国助理国务卿艾伦4月26日说："亚非会议是一个有着良好成果的会议。""美国不憎恨会议对它的批评，并对贾马利的反共发言表示满意。"4月27日国务卿杜勒斯对中近东的访美客人说，会议结果"非常好"，美国"始终相信万隆会议是有益的"，亚非会议对中国起了"节制作用"。"不排斥"和中国进行双边谈判，"就停火而论，国民党不是非出席不可"。

英国官方对亚非会议不表示意见，仅说"有趣，将进行研究"。艾登在4月28日的会议上说："英国外交政策是以《联合国宪章》为基础的，五项原则一般说来，似乎同《联合国宪章》是一致的。因此，我们已经同意五项原则。""为改进和加强同中国的关系而努力，是英国政府的一贯政策。"4月26日，英国外交部发言人声明："对于杜勒斯不坚持国民党参加，准备与中国直接谈判的声明"表示欢迎。

法国的富尔在4月27日说，亚非会议讨论阿尔及利亚问题，是"令人震惊的"和"不能容许的"。《世界报》对会议没有"攻击"英国有些不平。4月29日，富尔在记者招待会上说：周总理在台湾问题上的声明，是"认真的和令人感兴趣的"。"法国政府建立在这个认识上的，即人们不能继续漠视一个控制着5亿人口以上的人民政府。"法报也一致表示，欢迎周总理的声明，认为这是会议的"最重要的因素"，使中国获得了"威望"。法新社还称赞了周总理在会上的友好和寻求协议的精神。

南非总理斯端敦4月29日说：亚非会议是"令人不安的发展"，并说会议的真正目的在于消除白种人在亚洲的影响。

以色列副总理兼外长夏里特4月23日致电亚非会议主席，表示对会议排除以色列而讨论以色列问题感到"惊奇"和"遗憾"。

芬兰报纸一致认为会议具有重大意义。《新芬兰报》认为，西方国家决定亚非命运的时代已成过去。

比利时外交大臣斯巴克4月30日在布鲁塞尔《人民报》写的文章中说："亚非会议是本世纪最重要的事件之一。""会议没有作出极端激烈的决议，也没有盛怒地谴责西方。"相反地表现了温和，有时甚至达到了了不起的高度。比利时报纸也认为会议是"一个团结起来赞成和平，并强调文化与经济关系的集团的行动"。

苏联、东欧、朝鲜、蒙古等国家纷纷发表评论，一致赞扬亚非会议取得的成就，赞扬中国在亚非会议上的重大作用。早在亚非会议开幕前，苏联外交部第一副部长库兹涅佐夫就发表《关于亚非会议的声明》，支持亚非会议的召开，并"衷心预祝万隆会议获得成功"。苏联《真理报》于4月28日发表社论，称亚非会议是"和平力量的重大成就"。"会议通过的决议和万隆会议期间，与会各国所缔结的双边协定的重要性和巨大的国际意义是不可估量的。""中华人民共和国代表团在巨大程度上促成了会议的成功。""中华人民共和国代表团在会议上自始至终起着极其巨大的作用。"

南斯拉夫总统铁托4月27日对贝尔格莱德电台记者谈话时说，他对亚非会议成就感到意外的愉快。"这些成就会鼓舞所有和平与国际合作的朋友，使他们怀有新的希望和信心。"亚非会议表明亚非的"两大陆的人民，决心在最大限度上决定自己的命运"的"历史转折点已经到来"。南《战斗报》特别赞扬会议通过的共处原则，并且说，中国建议与美国谈判缓和紧张局势，是"共处原则的胜利，是最伟大的成就之一"，"将对整个国际局势发生最积极的影响"。

澳大利亚外交部发言人说，澳确系位于亚洲地区，愿意被邀请参加会议，并表示将来举行会议时，应邀请澳大利亚参加，澳亦应参加。

殖民地与附属国认为，亚非会议给殖民地民族解放运动很大的鼓舞。

马来西亚劳工阵线的人民行动党，要求亚非会议支持马来西亚人民反对殖民主义的斗争。

南非"非洲人国民大会"和"印度人大会"代表，在会前发表声明，要求南非政府停止其种族歧视政策。

北非法属殖民地代表团，在会外展开抗议法、美殖民主义活动。

塞浦路斯大主教也赶到万隆，争取会议援助塞浦路斯独立运动。

亚非会议对中南美洲也产生了相当大的影响。在会议召开前，英属圭亚那的政界领袖说，亚非会议"将标志着结束种族主义和殖民主义的开始"，他们表示，拉丁美洲国家对"会议明显地斥责殖民主义"特别感兴趣。

波多黎各少数党（独立党）主席格拉查，在4月20日致电苏加诺，表示"支持会议反对殖民主义的斗争"。

法报《南美通讯》称，拉丁美洲各国认为，亚非会议是它们今后发展的一个榜样。

亚非会议永放光芒

周恩来回国后，于5月13日向全国人民代表大会常务委员会作了《关于亚非会议的报告》。

这一天，中南海草绿花香，湖水荡漾，空气新鲜，分外宜人。

人大常委会委员长、副委员长、常务委员、国务院副总理、各部部长、副部长，全国政协副主席、政协委员、军事委员会副主席、各民主党派负责人、各群众团体的领导人、出席亚非会议中国代表团全体成员，先后走进中南海怀仁堂，出席全国人民代表大会常务委员会举行的第十五次会议扩大会议，听取周恩来总理《关于亚非会议的报告》。对于这个具有战后各国人民特别是被压迫人民争取民族独立、维护世界和平、促进人类进步的伟大斗争历程中一个重要的里程碑的亚非会议，和以周恩来为首的中国代表团在会议中的活动及其作用，中国人民那是特别关心和瞩目的。几乎每个中国人每天都在看报纸、听广播，了解会议的进程，同会议息息相关，共喜忧。中国的通讯社、报纸、广播电台从亚非会议一开始就做了充分的报道，每天都有亚非会议的消息，周恩来的每一个活动、每一次发言，都有介绍。《人民日报》先后发表了《欢迎召开亚非会议》《欢迎亚非会议胜利召开》《努力争取亚非会议的成功》《庆贺亚非会议的成就》《中国和印度尼西亚友谊的进一步发展》等五篇社论，高度评价亚非会议的召开和取得的伟大成就。新华社也发表述评，热烈庆贺亚非会议的召开，评述亚非会议内两条路线激烈的斗争，出现过一股又一股的逆流，在周恩来的争取扩大世界和平统一战线，促进民族独立运动，为建立和加强我国同若干亚非国家事务和外交关系创造条件，力求会议取得成功的方针，以及运用表明立场、不受挑动、求同存异、团结合作、平等待人、广交朋友、实事求是、友好协商、坚持原则、互谅互让、以诚相见、以理服人等一系列的策略原则和见机而行的灵活做法，绕过了一个又一个暗礁，消除了一个又一个分歧，使会议取得了圆满成功，充分体现了周总理把原则的坚定性同策略的灵活性高度结合的新中国的外交风貌，大大提高了中国的国际地位和威望。

今天是中国出席亚非会议和中国出席亚非会议方针、政策、策略的决策者、指挥者、亲临第一线战斗者周恩来报告亚非会议经过、斗争和取得巨大成就的时候，当然人们踊跃前来聆听他的生动、有趣的重要报告，并且带上笔记本作记录。

会场上已坐满了人。一会儿，刘少奇陪同周恩来缓缓步入会场，在主席台上就座，人们拼命鼓掌欢迎。

委员长刘少奇宣布开会。他说，我们大家关心的重大国际事件——亚非会议已经闭幕十几天了。会议取得历史性的成就，以周恩来总理为团长的中国代表团，在会议上起了力挽狂澜的决定性作用，今天我们请周恩来总理报告亚非会议的经过和成就。

会场上一阵热烈掌声，欢迎周恩来。

周恩来身着布料中山装，容光焕发，满面微笑，两道浓眉下显出英俊、聪慧的本色。他健步走到讲坛旁边，用清脆、平和而又洪亮有力的声音说：

"各位委员、各位同志：

"1954年12月缅甸、锡兰、印度、印度尼西亚和巴基斯坦五国总理，在茂物会议联合发起召开亚非会议，包括中华人民共和国在内的29个亚非国家参加。""亚非会议于1955年4月18日至24日，在印度尼西亚的万隆举行。""发表了会议的最后公报和关于促进世界和平和合作的宣言，确定了与会各国共同奋斗的方针和目标。"。

他说："现在，我就亚非会议的经过和结果，向全国人民代表大会常务委员会提出报告。"他用了近两小时的时间，讲了7个问题。对亚非会议的重大成就和历史意义，作了全面、精辟的阐述。大意是：

（一）会议高举民族独立的旗帜，反对殖民主义，争取自由和保障民族独立，是亚非会议的基本问题。他说，"什么是殖民主义，这是深受殖民主义灾害的亚非人民极为熟悉的事情"。"殖民主义是资本主义的产物。殖民地和半殖民地的民族，都是由于遭到外来的殖民统治和压迫而失去了独立的民族。""照道理讲，在亚非会议上讨论反对殖民主义问题，是不应当发生任何争执的。但是，在讨论反对殖民主义的过程中，居然有人对殖民主义作了奇异的和别有用心的歪曲。""企图混淆亚非人民反对殖民主义的斗争对象。""由于许多与会国家代表团的共同努力，亚非会议对于反对殖民主义、争取和保障民族独立的各项问题终于达成了一致协议。""决议谴责了在非洲和世界其他地区所实行的种族隔离和歧视的政策和行为，并支持一切反对种族歧视的斗争，特别是南非境内的非洲、印度和巴基斯坦血统的人民所进行的斗争。""支持附属地人民的自由和独立的事业，特别是阿尔及利亚、摩洛哥和突尼斯人民争取自决和独立的斗争。""支持巴勒斯坦的阿拉伯人民的权利、印度尼西亚人民在西伊里安问题上的立场。支持也门在亚丁和也门南部地区的立场。""殖民主义在亚非各国以及在世界各国是一定要彻底消灭的。"他指出，"目前，准备世界战争最积极的国家就是殖民主义野心最大的国家"。

（二）会议高举世界和平的旗帜，反对侵略战争。周恩来说："亚非会议关切地考虑了和平和战争的问题，认为目前国际紧张局势和世界原子战争的危险，应该设法加以制止。为此，亚非会议通过了关于促进世界和平和合作的决议和宣言，肯定了亚非人民反对侵略战争和维护世界和平的共同愿望。""亚非会议关于促进世界和平和合作宣言，充分体现了中国、印度、缅甸所共同倡导的和平共处五项原则。""亚非会议宣言的十项原则是和平共处五项原则的引申和发展。这十项原则，又一次替愿意和平共处的国家指出了努力方向。这十项原则是不排斥任何国家的。"

（三）会议高举友好合作的旗帜，强调亚非国家之间进行友好合作的重要性。周恩来说，亚非会议认为"经济合作，应该在互利和相互尊重国家主权的基础上进行。这种合作的范围，现时虽然还不能很大，但重要的是亚非国家已经可以开始互助，而且这种互助毫无疑义地有广阔的发展前途"。"这当中最本质的问题是发展各自的生产，倡导自力更生。"周恩来说，亚非会议"肯定了亚非人民恢复亚非各国原有的文化接触和发展新的文化交流的共同要求"。

（四）亚非会议为与会国家提供了难得的相互接触的机会。周恩来说："这是一个没有西方殖民国家参加的会议，使亚非国家能够自由地互相接触。这种面对面的接触，促进了亚非国家的相互了解和尊重，对于亚非国家的友好合作和维护世界和平的事业起了不小的作用。"他还列举了中国代表团同各国代表团友好接触的情况，包括同印尼签订双重国籍的条约，访问印尼等。他指出："有人不仅自己害怕同中国来往，而且还要阻止亚非国家同中国来往。"

（五）关于台湾问题。周恩来说："中国在亚非会议上支持亚非各地人民争取民族独立和维护主权和领土完整的正义斗争。同时，中国人民解放自己的领土台湾和恢复中国在联合国中的合法地位的要求也获得了许多亚非国家和人民的支持。"他说，在亚非会议期间，"中国代表团发表了一个关于缓和远东特别是台湾地区的紧张局势的声明。在亚非会议闭幕会议上，我们又重申了我国对台湾问题的立场。我们的声明，获得了与会国家和世界舆论的热烈欢迎和支持"。他特别指出："但是，任何谈判都丝毫不影响中国人民行使自己的主权——解放台湾的正义要求和行动；同时，在任何时候中国政府都不能同意蒋介石集团参加任何国际会议。中国人民解放台湾有两种可能的方式，即战争的方式和和平的方式，中国人民愿意在可能的条件下，争取用和平的方式解放台湾。"

（六）亚非会议的成就和深远影响。周恩来在报告中总结说："亚非会议是有重要成就的。亚非会议的各项决议，贯串着亚非各国人民争取和平和维护独立自由、保障世界和平、促进友好合作的共同愿望。与会各国普遍认为这些决议是具有历史意义的。这些决议的重要性是不应低估的，它的影响将随着亚非人民的努力而不断扩大。""和平、独立、自由和友好，已经成为亚非人民共同的旗帜。这是没有任何人能够加以涂改的。""亚非会议鼓舞了亚洲、非洲、拉丁美洲和世界其他各地一切被压迫民族和人民争取独立和自由的斗争。""亚非会议的成就，还有待于巩固和发展。中国人民必须继续同亚非各国人民一道，为贯彻亚非会议的各项决议，为制止战争危险、维护集体和平而努力。"

周恩来的报告，获得全场热烈的长时间的鼓掌，人们对这个报告非常满意。报告既历史地辩证地实事求是地总结了亚非会议，又体现了周恩来一贯谦虚的作风。他在会议中起着大家所公认的力挽狂澜、领导会议胜利前进的巨大作用，他却只字未提。这是多么伟大的思想境界啊！

人大常委会一致通过了这个报告。

来访和建交的新高潮

亚非会议后，被压迫民族、被压迫人民、被压迫国家的反对殖民主义、反对帝国主义的斗争，更加风起云涌，特别是西亚和非洲的民族独立运动有了重大的新的发展，许多新兴的国家，不愿意完全听从国际强权势力的摆布。它们看到中国大力倡导和奉行和平共处五项原则，为亚非会议的成功作出了重大贡献，看到周恩来的诚挚、谦虚、平等、民主和求同存异的态度和外交新风格，在国际事务中坚定地站在被压迫人民、被压迫国家一边的鲜明立场，认为中国是它们的真心朋友、可靠的朋友，因而就有了发展同中国关系的愿望。而中国方面，对亚非拉等国家发展关系也持非常积极的态度，主动做工作，结果就出现了一个访华的新高潮，同中国建交的新高潮。

首先，5 月 26 日，印度尼西亚总理沙斯特罗阿米佐约和夫人来访，周恩来同沙斯特罗阿米佐约举行了四次会谈，并举行盛大的欢迎宴会，毛泽东也接见和宴请了他，再次强调按照和平共处五项原则，发展两国友好关系。

6月25日，胡志明主席率越南民主共和国代表团来访。毛泽东和刘少奇、周恩来、朱德，亲自迎送胡志明率领的越南代表团，周恩来举行盛大宴会欢迎他，并与之进行多次会谈。毛泽东、刘少奇、朱德、宋庆龄会见并宴请他。两国政府签订了联合公报，再次肯定了和平共处五项原则适合所有国家之间的关系。中国给予越南巨大的援助。

10月8日，德意志民主共和国总理格罗提渥和夫人来访，周恩来和夫人邓颖超设晚宴招待。第二天晚上，又举行盛大酒会欢迎，毛泽东接见格罗提渥和他的夫人。毛泽东和刘少奇、周恩来陪同格罗提渥夫妇观看苏联莫斯科"小白桦"舞蹈团演出。中德两国签订了友好合作条约。

12月21日，泰国派文化代表团来访，为了发展同泰国的关系，毛泽东和周恩来接见了代表团。

1956年初，宋庆龄副委员长应邀出访印度、缅甸、巴基斯坦；8月，又访问印度尼西亚，周恩来前往机场送行和迎接。访问取得良好的效果。

1956年2月14日，柬埔寨王国首相西哈努克亲王和他率领的柬埔寨王国国家代表团来访。周恩来在中南海紫光阁举行酒会欢迎西哈努克，同他举行会谈，并发表联合声明，重申和平共处五项原则，坚决执行《日内瓦协议》和万隆会议精神。毛泽东在中南海勤政殿接见西哈努克。

8月6日，印尼议长沙多诺访华。周恩来、毛泽东会见他，刘少奇设宴招待他。

8月20日，老挝王国首相富马访华，周恩来设宴洗尘，又共进晚餐，并举行盛大的欢迎宴会，多次与之会谈。毛泽东接见并宴请了富马。两国决心在和平共处五项原则基础上发展关系，重申坚决遵守《日内瓦协议》和万隆精神。

8月26日，尼泊尔首相阿查里雅和他的夫人访华。当晚，周恩来和邓颖超与尼首相夫妇共进晚餐。以后又在北京饭店举行盛大宴会，欢迎尼首相，并与之多次进行会谈，劝他们在尼经济困难的时候，政策上要一步一步前进，不能采取激进政策，以免引起国外、国内的困难，影响国家的发展。这种推心置腹的谈话，尼首相非常感动。毛泽东也举行宴会欢迎。周恩来同其发表联合声明，在和平共处五项原则的基础上发展两国友好关系。

8月30日，印尼总统苏加诺访华，毛泽东、刘少奇、周恩来、朱德到机场欢迎。晚上毛泽东、周恩来和苏加诺共进晚餐。毛泽东为苏加诺举行国宴。毛泽东、周恩来陪苏加诺、阿查里雅观看京剧。宋庆龄为苏加诺举行家宴，周恩来也出席作陪。周恩来还陪同苏加诺出席全国人大常委会、全国政协常委扩大会，并在会上发表演说。周恩来举行盛大国宴招待苏加诺。

苏加诺还访问了中国东北地区，他对中国的访问、接待会谈非常满意。

10月18日，巴基斯坦总理苏拉瓦底访华，周恩来与其举行了四次会谈，并签订联合声明，确定两国以和平共处五项原则作为处理两国关系的准则。周恩来在北京饭店举行盛大宴会欢迎他，毛泽东也接见了他，并为他举行了宴会。从此中巴关系日益发展，成为不同社会制度国家和平共处和友好关系的典范。

随后，缅甸反法西斯自由同盟主席吴努夫妇等相继访华。各国副总理以下的政府代表团和民间的经济、文化、教育、艺术和友好代表团，更是络绎不绝，纷至沓来。

亚非会议后，同中国新建交的国家迅速增多，到1965年比1955年增加了一倍多，除锡兰、柬埔寨、老挝、古巴以外，都是非洲和阿拉伯国家，如埃及、叙利亚、伊拉克、阿尔及利亚、摩洛哥、索马里、苏丹、突尼斯、毛里塔尼亚、也门民主人民共和国先后同中国建立了外交关系。周恩来对于同阿拉伯国家发展关系，有一个非常英明而又行之有效的政策。即：善于等待，增进往来，多做工作，水到渠成。

对撒哈拉以南的非洲国家，周恩来采取积极主动的方针，在坚持反对"两个中国"的前提下，对建交的具体方式和程序采取了比较灵活的态度，充分体谅它们的处境，因此，有些国家原欲同台湾"建交"或同台湾已经"建交"的，断绝了同台湾的"外交"关系，而同中华人民共和国建立了外交关系。从 1959 年到 1964 年，先后同几内亚、加纳、马里、扎伊尔、坦噶尼喀、乌干达、肯尼亚、布隆迪、刚果、中非、赞比亚、贝宁等国建立了外交关系。对于未建交的亚非拉其他国家，也发展了经济、贸易、文化关系和进行友好往来。总而言之，亚非会议之后，中国的外交是一个大发展的局面。

促成了中美大使级谈判

周恩来在亚非会议期间发表声明，宣布中国政府愿意同美国政府坐下来谈判，讨论缓和远东紧张局势的问题，特别是缓和台湾地区的紧张局势问题。这个声明，立即在世界上引起了很大的反响。

1954 年 5 月 9 日，英国驻华代办杜维廉求见周恩来，转告麦克米伦外相的口信。说伦敦以很大的兴趣和希望，对待周总理在万隆发表的声明，不知中国是否有任何口信要英国转告美国。杜维廉还说，麦克米伦外相急于不丧失使英国能起作用的机会。周恩来表示研究后正式答复，并即席针对美国当时的说法，指出："杜勒斯说中美坐下来谈判的题目是停火问题，这是文不对题。我们在万隆发表的声明中说，中美谈判的题目是缓和台湾地区的紧张局势。"

同一天，印尼驻华大使馆临时代办维约维尔多也求见周恩来，说印尼总理沙斯特罗阿米佐约想问周总理，是否赞成中美解决台湾问题时接受印尼的斡旋。周恩来当即表示欢迎任何国家这样做。

5月11日到21日，印度驻联合国代表梅农专程访华。他向周恩来提出了分三个阶段解决台湾问题的设想：第一阶段，中美双方采取一些缓和紧张局势的措施。就中方而言，主要是释放美国空军人员；就美而言，主要是让留学生回国。第二阶段，在台湾海峡造成事实上的停火，通过一些国家对美国施加压力，使国民党部队撤出金门、马祖，然后在中美之间以及中国中央人民政府同台湾当局之间进行谈判。第三阶段，实现台湾问题的长远解决。

周恩来表示，欢迎梅农先生为争取缓和中美之间和台湾海峡地区紧张局势作出的努力。他向梅农指出：

（一）缓和紧张局势，必须是双方的。应该促使国民党的武装力量从金门、马祖撤走。如果他们这样做，我们可以在规定的期限内不予还击，让它撤走，以便我们和平收复这些岛屿。

但是这个行动绝不意味着：中国同意杜勒斯所说的那个"停火"，同意美国以敦促国民党集团撤出沿海岛屿来换取中国放弃解放台湾的要求和行动，承认美国侵占台湾的合法化和"两个中国"。

（二）除金门、马祖问题外，中美双方还应该在其他一些问题上，采取步骤来缓和紧张局势。在美国方面，有两件事应该做：一是取消对中国的禁运，二是允许要求回国的中国留学生和其他中国侨民自由回国。在中国方面，也有两件事可做：一是美国在中国的犯法人员，包括飞行人员和侨民，可以根据中国的法律程序，并依照各人犯罪的事实和被监禁后的表现，决定是否宽赦、释放或驱逐出境。但是这些人的案子不可能一下子都处理掉。考虑到梅农先生的要求，中国愿意先处理侵入中国领空的 4 个美国飞行员，判决驱逐出境。在美蒋特务制造"克什米尔公主号"惨案尚未解决的时候，中国采取上述行动，表现了它缓和紧张局势的意愿。二是中国允许对中国友好的美国团体和个人到中国来访问，虽然，这种事应该是对等的，但是我们愿意先开放，让美国人来看看，究竟我们是对他们好，还是要同他们打仗。

（三）我们既愿意同美国谈判，也愿意同国民党集团谈判。这两种谈判虽然有联系，但属于不同性质。前一个谈判是国际性质的谈判，为的是要美国放弃干涉，从台湾和台湾海峡撤走它的一切武装力量。后一个谈判属于内政，应该谈中国中央人民政府和国民党集团间的停火问题和中国的和平统一问题。过去在国内战争、抗日战争和解放战争三个时期，我们是地方政府。现在我们代表中央政府，蒋介石只是地方当局。

在梅农离开之后，周恩来于 5 月 26 日接见了英国驻华代办杜维廉，答复他 5 月 9 日转来的英国外相的口信，进一步表明了中国对中美谈判问题的看法。

由于周恩来和中国政府大力争取和推动同美国坐下来谈判，加之越来越多的国家要美国作出响应，美国才于 1955 年 7 月 13 日，通过英国向中国提出了中美双方各派一名大使级代表在日内瓦举行会谈的建议。经过磋商，中美双方确定，将原在日内瓦进行了将近一年的领事级会谈，升格为大使级。

1955 年 8 月 1 日，中美大使级会谈在日内瓦开始，中方代表是中国驻波兰大使王炳南，美方代表是美国驻捷克斯洛伐克大使约翰逊。

大外交家 周恩来

第二卷

舌战日内瓦

李连庆 著

人民出版社

1954年9月，周恩来在全国人大一届一次会议上作《政府工作报告》，明确提出要把我国建设成为具有强大的现代化的工业、农业、交通运输业和现代化国防的社会主义国家。（吕厚民 摄）

1953年，周恩来同志出席中央人民政府委员会会议时和毛泽东同志交换意见。（吕厚民 摄）

在日内瓦会议上，周恩来与中国代表团在住地商谈。左起：章文晋、王稼祥、周恩来、师哲、王炳南、张闻天、雷英夫、李克农。（新华社 发）

日内瓦会议期间，周恩来和王炳南会见世界著名电影喜剧大师查理·卓别林夫妇。（刘东鳌 摄）

在日内瓦会议休会期间，周恩来于1954年6月25日至28日访问了印度共和国，与印度总理尼赫鲁（右二）进行了会谈。28日，签署了《中印两国总理联合声明》，重申了指导两国关系的和平共处五项原则。（新华社 发）

日内瓦会议结束后，周恩来在归国途中，于1954年7月23日至26日，访问了德意志民主共和国。这是他在柏林参观时接受少先队员献礼后的留影。（新华社 发）

日内瓦会议结束后，周恩来访问波兰。1954年7月27日，接受了波兰政府授予的国家最高勋章。这是周恩来和波兰统一工人党中央委员会第一书记波·贝鲁特在亲切握手。（新华社 发）

日内瓦会议后，1954年8月，周恩来在继续访问苏联、蒙古之后归国，朱德到机场迎接。（齐冠山、钱嗣杰 摄）

毛泽东、周恩来会见罗马尼亚国务委员会主席波德纳拉希，后排右一为本书作者。（李连庆 供）

陪同周恩来会见南斯拉夫大使（左三），左二为本书作者，右二为韩叙，右三为南斯拉夫参赞朱克奇、后任外交部长。（李连庆 供）

序

　　李连庆同志的新作长篇纪实文学《大外交家周恩来》出版了。这是一件非常有意义的事。它为当代和后人研究周恩来的生平又提供了一份难得的好材料。

　　举世周知，周恩来是新中国外交的创始者和奠基者，是世界公认的伟大外交家。他在外交上的成就和建树，在中国和世界外交史上是首屈一指的。他为新中国赢得了巨大的荣誉和崇高的国际地位，建立了不可磨灭的功勋。他那高超的外交战略战术思想，灵活的外交技巧，崇高的道德品质，超人的天赋才华，独有的外交风格和巨大的魅力，赢得无数朋友们、各式各样的对手乃至敌人发自内心的钦佩和敬重。周恩来是中国的骄傲！

　　李连庆同志长期从事外交工作，经常受到周恩来的亲切教诲，同时也对周恩来的外交思想和外交实践进行过比较深刻而广泛的研究，熟悉和掌握大量的资料。李连庆又是一位作家，出版了许多文学著作。这些都是他得天独厚而别人所难有的有利条件。

　　《大外交家周恩来》主要是依据周恩来的外交思想和实践的大量史料创作的。在选材方面，作者特别注意那些体现周恩来非凡性格和光照日月的材料。为了增加作品的艺术性和生动性，作者在某些情节和人物心理活动的描述上、语言表达上，尽量将丰盈的生活

细节糅进去，使宏观的历史框架和人物的具体活动有机交融。通过历史事件了解周恩来的外交生涯，又通过他的外交生涯了解他的精神风范，令人顿悟，令人起敬。以史为文，文史结合，纪实文学才有感染力。本书作者在这方面是做了努力的，而且用纪实文学形式写领袖人物也算是国内第一次才有的。作者敢为天下先的精神是值得提倡的。

《大外交家周恩来》共 6 卷，写周恩来各个历史阶段外交生涯的主要方面，分"执掌外交部""舌战日内瓦""万隆会议展雄才""鹏程万里行""行程十万八千里""光辉映晚霞"等。展现在读者面前的这 6 卷书，将是一幅体现整整一个时代精神、感兴于领袖人民性内涵的五彩纷呈的历史画卷。

是为序。

耿飚

1998 年 3 月 5 日

目　录

时机，迅速进行经济建设，展开广泛的外交活动。

"为中华之崛起"，这是周恩来为之奋斗的毕生宏愿。周恩来的这个宏愿不仅仅是要把中国从苦难和屈辱中拯救出来，使中华民族自立于世界民族之林，而且要把中国建设成一个现代化的第一流的强国，社会主义的大国。周恩来常常告诫政务院的工作人员，政府工作的重点，就是组织和领导国家的经济建设。外交是为了争取一个和平、稳定的国际环境，进行贸易交流，互通有无和争取外援，为经济建设服务。内政则是为了创造一个民主、自由、安定团结、生动活泼的国内政治局面，充分发挥广大干部、人民群众的积极性和创造性，努力进行经济建设，发展生产力，提高人民的生活水平。

朝鲜停战之后，周恩来立即把主要精力投入到国内的经济建设上来。他领导政务院各部委制定了第一个五年计划，在自力更生的基础上争取外援，同苏联谈成帮助中国建设 156 项工业项目，并从东欧一些发达的社会主义国家、西欧资本主义国家进口一部分成套设备；积极同世界各国发展贸易关系，扩大出口，以积累资金；进行农村的政治、经济改革，发展农业生产，争取在较短时期内解决粮食、食油、食糖的自给自足问题；对资本主义的工商业实行利用、限制、改造的政策，大力发展轻工业、纺织业，解决人民的穿衣和急需的日用生活品；召开地方各级人民代表大会，起草中华人民共和国第一部宪法，筹备召开全国人民代表大会，加强民主和法制，以调动人民群众的积极性；抽调大批德才兼备有志于经济建设的干部到厂矿、企业工作。

在外交上，周恩来力图争取一个和平的国际环境，以便安心地进行国内经济建设。他一方面继续清理帝国主义、殖民主义长期遗留下来的政治、经济、文化等各方面的问题；一方面努力发展同已建交国家，尤其是苏联、东欧社会主义国家和亚洲国家的关系；支持各民族主义国家争取民族独立的解放运动和世界各国人民的和平运动，大力援助越南民主共和国的解放战争，积极争取印度支那问题的和平解决；在朝鲜停战之后，一方面帮助朝鲜人民恢复生产，重建家园，中国人民志愿军也一边守卫停战线，一边参加朝鲜的建设；一方面在板门店继续就朝鲜问题的政治解决、遣返战俘以及维护朝鲜停战协定的顺利实施进行谈判。

大外交家周恩来

托夫、约·福·杜勒斯、乔·皮杜尔、安·艾登于1954年1月25日至2月18日在柏林举行了会议。他们达成下列协议：

一、在柏林开会的苏维埃社会主义共和国联盟、美国、法国和联合王国的外交部部长，鉴于用和平方法建立一个统一与独立的朝鲜将是缓和国际紧张局势和恢复亚洲其他地区和平的重要因素；建议由苏维埃社会主义共和国联盟、美国、法国、联合王国、中华人民共和国、大韩民国、朝鲜民主主义人民共和国及其他有武装部队参加朝鲜战争并愿意参加会议的国家代表于1954年4月26日在日内瓦举行会议，以期对朝鲜问题取得和平解决；同意在那个会议上还要讨论恢复印度支那和平的问题，届时将邀请苏维埃社会主义共和国联盟、美国、法国、联合王国、中华人民共和国及其他有关国家的代表参加。

经取得谅解，无论是邀请参加上述会议或举行上述会议，都不得被认为含有在任何未予以外交承认之情况下予以外交承认之意。

二、苏维埃社会主义共和国联盟、美利坚合众国、法国、联合王国政府深信，就裁军问题，或至少就大量缩减军备问题取得协议，将大大有助于为建立持久和平所必需的国际争端的解决；

今后将根据联合国1953年11月28日决议第六节的规定，彼此交换意见，以便促进这个问题的顺利解决。

四国外长已对德国问题、欧洲安全问题及奥地利问题充分交换了意见，但是他们未能对这些问题达成协议。

这个公报，既反映了苏联的立场，也反映了美国的立场，是个混合体。当时苏联极力维护社会主义国家的利益，希望中国走上国际舞台，成为世界大国。这本身对苏联有利，能够减少它的国际压力及改变被孤立的地位，增强以苏联为首的社会主义阵营的力量。美国则害怕中国成为世界大国，它极力遏制、孤立中国。

这个公报有许多奇妙的特点：第一，事实上承认中国为世界五大国之一，中国不仅以朝鲜战争的当事国参加朝鲜问题的讨论，而且以五大国的身份参加印度支那问题的讨论。四方国家深知，越南人民的革命斗争，是在中国的大力支持下进行的，并且取得节节胜利，因此，没有中国的参加，那是解决不了任何问题的。第二，参加朝鲜问题的讨论，除苏联唯一没有直接参加朝鲜战争，算是第三者以外，都是朝鲜战争的当事国，敌对的双方，这样的格局，不言自明，站在中朝方面的，只有中朝苏三国，而站在美国方面的则占绝大多数，而且他们多是屈从于美国的，按照美国定的调子唱的，因此，就决定了朝鲜问题的讨论是极端的困难、极端艰巨的，也是很难取得什么成果的。第三，明确规定参加会议不等于外交承认，赤裸裸地反映了美国遏制中国、孤立中国的政策，害怕那些参加会议而又未承认中国的国家同中国建立外交关系的心情。

决定组团出席日内瓦会议

周恩来高瞻远瞩，为了实现朝鲜人民和平统一的愿望，为了争取亚洲及世界的和平，为了提高中国在国际上的地位，他毅然建议中央以中国政府的名义接受邀请，派团出席日内瓦会议。

中央完全同意周恩来的建议，并决定由周恩来率团出席这次国际会议。

周恩来欣然接受中央的决定。他深知，这是新中国成立后第一次参加国际会议，并且他亲自走上谈判桌，与世界上头号敌人美帝国主义及它的西方主要盟友面对面地进行较量，责任十分重大而艰赫鲁晓夫说："这虽然是一次带有政治意义的国际会议，但对它不必抱有过大的希望，也不要期望它能解决多少问题，它可能根本解决不了什么问题，结局是我们难以预料的。"他停顿了一下，望着周恩来说："然而醉翁之意不在酒，我们是从另一角度考虑问题的，中国、朝鲜、越南一起出席这次国际会议，正如周恩来同志所讲的那样，这件事本身就有不同寻常的意义，就是一种胜利。我们利用这次国际会议的机会，阐明对各项问题所持的原则立场和我们的方针政策，对有关事态作些声明、解释和澄清，就是一种政治收获。如果工作进行得顺利，能阐明和解决某些问题，那就算是有益的收效了。对会议不可以有过高的奢望，但也要力争取得某种结果，这是可能的，不是空想。帝国主义国家日子并不好过。"

莫洛托夫介绍了苏联参加日内瓦会议的准备情况，他强调指出："在国际斗争中和外交场合中，很难预料出现什么问题，尤其不可设想一切都会按照我们的预定方针或计划进行。因此，对任何一个问题、一件事，都不要认为它会依照我们的想法和意愿去发展，尽管我们对一些问题事先有自己的看法、设想、要求、愿望。因此，我们事先只应有一个大致的设想或意欲达到的目的，自然我们也应该有自己的、毫不含糊的明确立场、态度和原则，但同时必须要有极大的灵活性、预见性、机动性。这样，我们才能做到恰到好处，达到预期的目的。总之，需要边走边看，随机应变，找到对策，灵活运用。"

双方并商定，中国出席日内瓦会议代表团提前两三天到达莫斯科，以便听取苏联方面向中国代表团人员介绍国际会议的斗争经验、斗争中应该注意的问题。

1954年4月12日，周恩来从莫斯科回到北京，立即向中央政治局汇报了同苏联领导人会谈的情况，并向代表团成员做了介绍，对出席会议做了进一步的准备，同时向全体人员做了动员，要求大家有高度的政治责任感，严肃认真对待这次会议，任何人不论职务高低都要遵守代表团的制度和纪律，不得违反。4月17日，朝鲜民主主义人民共和国出席日内瓦会议代表团南日、白南云、奇石福、张春山一行到达北京。当晚，周恩来偕乔冠华到朝鲜代表团住地会见南日等朝鲜客人。

南日："在我看来，今后统一朝鲜的工作大体可分两方面，一是国内斗争；一是国外的，即国际舞台上的斗争。在国际舞台上的斗争我们还是坚持和平统一的政策。我们努力争取加入我们所有可能加入的一切国际机构，利用这些机构来进行统一国家的斗争。苏联和中国在这一方面过去已帮助了我们，将来也会如此。我们希望中国多带我们参加这些斗争，其他人民民主国家也有条件帮助我们的。"

周恩来："我们也正想法打开这个门，我们来共同进行这个斗争。"

南日："这次日内瓦会议在提高共和国威望方面也会有重大成就。今后在国际贸易方面，虽然我们不可能大批的进行，但一小部分贸易还是需要的，例如和日本进行贸易还是有条件的，这一方面也希望给予帮助，在统一工作上能起重要的作用。朝鲜的统一，不是短期能够实现的，要进行长期的斗争，周总理有何意见请告诉我们。"

周恩来："南日同志说得对，国内和国外，国内又有南北两方面，这两方面都要打开。南朝鲜的党派上层如何？有无可能进行工作？白斗镇为什么辞职了？"

白南云："我认为只要完满地解决联络问题，在南朝鲜我们可以有效地进行工作，党派上层人物还是可能进行工作。白斗镇曾说南朝鲜税高，5月20日选举太残忍。"

周恩来："将来发展下去，有这种可能。即：在南朝鲜要求和能够停止下来，哪怕是停它一段时间也好。"

毛泽东喝一口元宵汤，又说："有人误以为我们是好战的，其实，我们最不希望再打仗，而最需要的是和平，最爱和平的。我们代表团要高举和平的旗帜，协商的旗帜，为了和平，我们可以作出必要的让步和妥协。"

"主席说得对，我们是要和平，不要战争，国内国际都迫切需要和平，这是中国人民的要求，也是世界人民的愿望。你的意思我明白了，也更坚定我的信心和决心，我一定努力去做，尽可能争取达成一个和平的协议。"周恩来一向关心毛泽东的身体，他说："主席，时间不早了，天已经亮了，你该回去休息了。"

毛泽东说："好吧！"他伸出手来又紧紧地握着周恩来的手，深情地说："那就有劳你了，我等待着你们前方的好消息。我想我们代表团既要同敌人斗争、周旋，也要做好友方的工作，特别是为了取得协议要作出一些必要的让步和牺牲时，须说服他们从大局、长远利益出发。"毛泽东两只炯炯有神的眼睛看着周恩来，显示出无限的信任："这你比我有经验，有办法，一定可以做好。"

4月20日，北京已是春风送暖，鸟语花香，蜂飞蝶舞，生机勃勃。周恩来在邓颖超的陪伴下乘车来到机场，同送行的朱德、刘少奇、宋庆龄、陈云、李济深等党政军各界负责人一一握手告别。然后，他精神抖擞、信心百倍地率领200余人的代表团登机飞离北京，肩负着全国人民的委托，毛泽东等中央领导人的嘱咐，前往莫斯科，转飞日内瓦。

在上海的陈毅特意写了一首《满江红·送周总理赴日内瓦》的词赠予周恩来，以壮行色。词曰：

朝战方停，
今又喜越南报捷。

域内事，

农林恢复，

更兴工业。

国营经济蒸蒸上，

私有厂商齐改辙。

不数年，

风貌一番新，

新中国。

板门店，

谈未歇；

日内瓦，

话重说。

换唇枪舌剑，

议倾坛席。

不管豺狼多诡计，

我方事事持原则。

看我公樽俎折强权，

期赢获。

这是一首具有重要政治意义的词。

经莫斯科赴日内瓦

当日，中国代表团飞抵莫斯科。莫洛托夫等到机场热烈欢迎。周恩来和中国代表团在莫斯科同马林科夫、莫洛托夫等进一步协调了方针、政策、策略和口径，同南日率领的朝鲜代表团研究了朝鲜问题，同莫洛托夫、胡志明、范文同研究了印度支那问题。

中苏双方代表团举行了各种座谈会，对会上可能出现的问题进行广泛研究，提出对策。苏联外交部副部长、司长同中国代表团介绍苏联在各种国际会议中的斗争经验，尤其指出，我们的谈判对手是狡猾的，会用一切手段刺探我们的意图和动向，他们比我们更了解"知己知彼，百战不殆"的道理，而且用一切办法想把我们置于他们的掌握之中，现代技术已发展到这样的阶段，使各种窃听窃取成为轻而易举的事了。因此，我们的行动要检点，要保密，在旅馆、公寓、别墅、会场都要注意他们事先早已安装的窃听器，讲话一定要小心。

4月24日上午，周恩来率领代表团前往日内瓦，途经柏林机场作短暂的停留，德意志民主共和国总理格罗提渥到机场迎送，格罗提渥提出邀请周恩来于日内瓦会议结束后正式访问民主德国，周恩来当即接受了邀请。

飞机在柏林机场起飞之前，上来一名身着美国军队服装的美国士兵，他是来执行任务的。因为当时苏、美、英、法四国之间有协议，凡东西方飞机飞经对方占领区时必须得到对方同意，并派观察员随机监督。所以当中国代表团乘坐的飞机飞经西柏林和西德的领空时，必须事先照会在西德的西方驻军，美军派一名观察员随机越过西柏林和西德的上空。这位只有20多岁的士兵，红红的脸蛋儿，笑眯眯的神态，稚气而又憨厚。他惊奇地张望着舱里的乘客，可能是他有生以来第一次见到黄色人种的东方人。他见坐在头等舱里的几位年纪较大的人，个个彬彬有礼，谈笑风生，不禁肃然起敬，不断向他们微笑致敬，流露出仰慕的眼光和神情。坐在临窗的周恩来，见此情景，勾起他许多的联想。战争期间，他在重庆、南京、延安见过许多的美国人，有将军、士兵、外交官、记者，也有普通的美国人，他们中的多数是同情中国人民、支持中国抗战和解放事宽广的花园和葡萄园，还有大草坪和网球场，花园里有各种各样的花草树木，修饰得整齐、漂亮、洁净，但住房不多，周恩来和团员、顾问、主要翻译、秘书、警卫住在那里，代表团大部分人员则住在日内瓦城里的玻利瓦什旅馆和瑞希蒙特旅馆。

日内瓦是个国际名城，位于瑞士的南部、莱蒙湖西端，罗纳河出口处，依山傍水，景色优美，为世界游览胜地。许多国际组织设在这里，各种国际会议常在这里举行。第一次世界大战后的国际联盟也设在这儿，建有"万国宫"，也叫"国联大厦"，现为联合国驻欧洲办事处。日内瓦还是瑞士工商业和金融中心，有精密仪器、钟表、珠宝、化妆品、印刷工业等，也有大学、造型艺术学院、博物馆等。

莱蒙湖，又叫日内瓦湖，它的西南部同法国接壤，长72公里，宽18公里，湖面海拔375米，水深310米，罗纳河自东入湖，西经日内瓦城流出。环湖山峰终年积雪，湖光山色，十分秀丽。从日内瓦筑有长堤直通湖心，还有高达150米的人工喷泉。气候温和，是著名的风景区和疗养地。沿湖主要城市有日内瓦、洛桑、蒙特惠等，彼此有铁路联系。

4月，"复活节"前后，日内瓦和莱蒙湖畔的天气，是忽雪忽雨又寒又阴的，自然是日内瓦人谈论的题目，但是，这次日内瓦会议更是大家关心的问题，店家们日夜忙碌地接待着代表团和来客们。

周恩来到住地不久，又带着翻译前往机场迎接莫洛托夫率领的苏联代表团。

莫洛托夫一下飞机，就同周恩来亲切握手，热烈拥抱，记者拍下了这一历史性的镜头。

莫洛托夫在机场对记者发表了谈话。

莫洛托夫的简短讲话，突出强调五大国和普遍和平，完全针对美国杜勒斯之流不肯承认中华人民共和国为五大国之一和反对和平、坚持战争的立场而言的。

莫洛托夫讲完话，便同周恩来并肩而行，边走边谈，十分亲切。外国记者见此情景，纷纷爬上机场通道的栏杆、墙角和窗口上，要求给他们留一个镜头。莫洛托夫对周恩来说："我们稍微走慢一点，站下来，略谈几句，给他们留下几个镜头。"周恩来点头同意。于是，周恩来、莫洛托夫走走停停，说说笑笑地并肩步入候机厅休息室。随后，外国记者们报道，说中苏两国外长在日内瓦机场所表现出的姿态是真正兄弟般的友好楷模。

维亚切其拉夫·米哈伊洛维奇·莫洛托夫是世界著名的伟大政治家和外交家。1890 年 3 月 9 日生于俄国维亚特省库卡尔卡镇的一个店员家庭。他在进步思想的影响下，15 岁就投身革命运动，1906 年参加俄国社会民主党和俄国第一次资产阶级革命。以后他在列宁、斯大林领导下参加了十月社会主义革命，历任苏联《真理报》总编辑、莫斯科市委书记、苏共中央政治局委员、苏联部长会议主席。

1939 年 5 月 3 日，莫洛托夫继马·李维诺夫兼任苏联外交人民委员。鉴于当时欧洲局势非常严重，为了争取时间，延缓战争的到来，在 8 月 23 日中午，他同德国外长里宾特洛甫签订了互不侵犯条约。

1941 年 5 月，为了统一领导统一指挥，以应付当时的战争形势，由斯大林亲自担任苏联人民委员会即部长会议主席，莫洛托夫改任第一副主席兼外交部部长。6 月 22 日，德国法西斯背信弃义，向苏联发动侵略战争。当天中午 12 时，莫洛托夫受苏联政府委托发表广播讲话，号召全体苏联人民和武装力量紧密团结在党的周围，光荣地履行保卫祖国的神圣义务，勇敢地投入到反法西斯战争中去。6 月底，苏联政府决定成立由斯大林为主席的国防委员会，莫洛托夫任副主席，具体负责外交战线的斗争。

他多次出访美英等国，同美英的总统、首相、外长会谈，为建立反法西斯统一阵线作出了巨大的努力和贡献。

1943 年 11 月 28 日至 12 月 1 日，莫洛托夫陪同斯大林参加德黑兰会议，同英美两国首脑丘吉尔、罗斯福会晤，确定英美两国应于 1944 年 5 月在西欧开辟第二战场，同时还就战后对德国的安排等问题交换了意见。

1945 年 4 月 4 日至 11 日，苏美英三国首脑在苏联克里米亚半岛的雅尔塔举行会议，莫洛托夫陪同斯大林出席了这次会议。会议讨论了苏联对日作战的可能与前提条件，通过了关于消灭德国法西斯，严惩战犯及战后德国民主化等决议。

1945 年 5 月 2 日，苏联攻克柏林，同年 7 月 17 日至 8 月 2 日，苏美英三国首脑在柏林附近的波茨坦举行会议，莫洛托夫和斯大林出席了这次会议。

第二次世界大战结束，为表彰莫洛托夫在战争期间出色地完成各项任务，苏联政府授予他第三枚列宁勋章，在此之前，他曾荣获过两枚列宁勋章。

1950 年 3 月，莫洛托夫 60 岁生日时，苏联政府又授予他第四枚列宁勋章。

1953 年，斯大林逝世后，他仍任苏联部长会议第一副主席兼外交部部长。

莫洛托夫长期从事外交领导工作，参加过许多重大的国际会议和国际谈判，有着丰富的经验。他严肃、认真、敏锐、坚定，但又是可亲的长者形象，颇受世界各国人民特别是外交界的推崇和尊敬，称得上是世界上很有名气的大外交家之一。英、美、法等西方国家的领导人都称他是"令人望而生畏的外交家"。其实，莫洛托夫的样子一点也不叫人生畏，看上去倒像是一位哲学教授，一位学者。他个子不高，银白色的头发总是梳得整整齐齐的，一丝不乱，戴着一个夹鼻眼镜，看人时总是带着一种专注的神情。他看同志和朋友时往往是愉悦和理解的神情，看敌人时则是一种出击的姿态，以便抓住对方的要害猛扑过去，所以难怪有些西方人说他望而生畏了。莫洛托夫讲话时有些口吃，特别是读俄文里的"斯"字这个字母时更明显。

4月24日，杜勒斯率领美国代表团也到达日内瓦。

杜勒斯一下飞机，就对中苏朝越进行恶毒攻击，把亚洲各国人民争取民族独立自由和保卫国家领土主权的斗争，诬蔑为共产主义的"侵略"，而把真正是侵略者的自己——美国打扮成和平使者，这种黑白颠倒的手法可以说是到家了。

日内瓦会议还未开幕，就表明了两种态度、各种立场的尖锐对立。这场国际外交的大舞台，将要演出许多精彩、惊心动魄的戏剧，也将展现这些闻名世界的外交家的智慧、才华、手腕和风采。

二、日内瓦发言引起强烈反映

1954 年 4 月 26 日下午 3 时 5 分，一个具有重大历史意义的日内瓦国际会议在国际联盟大厦理事会会议厅隆重开幕了。

各国代表团按英文字母顺序排列，在方桌前就座。

参加会议的很多都是活跃在国际舞台上赫赫有名的外交家：中国外交部部长周恩来，苏联外交部部长莫洛托夫，英国外交大臣艾登，法国外交部部长皮杜尔，美国国务卿杜勒斯及朝鲜民主主义人民共和国、大韩民国、澳大利亚、比利时、加拿大、哥伦比亚、阿比西尼亚（今埃塞俄比亚）、希腊、卢森堡、荷兰、新西兰、菲律宾、泰国和土耳其等国的代表和外交部部长。

中国参加会议工作的有：张闻天、王稼祥、李克农、王炳南；苏联方面有：安·阿·葛罗米柯、瓦·瓦兹兹涅佐夫、帕·费·尤金、格纳·查鲁宾、斯·阿·维诺格拉多夫、斯·普·苏兹达列夫、费德林·勒、费·伊利切夫、阿·阿·拉夫里谢夫；美国方面有：道·麦克阿瑟第二、罗·麦克布莱德、罗·勒·俄柯诺、唐·海斯、乌·亚·约翰逊；法国方面有：萧维尔、布鲁斯塔、德马歇里、贝根斯；英国方面有：里丁侯爵、威·艾伦、杜维廉、华·格拉汉。

云集在日内瓦的大批记者在会议厅的二楼拍照，顿时大厅里灯光闪烁，"咔嚓"的快门按动声连成一片。记者们抢过镜头，迅速退出会场，赶往新闻中心发稿，向全世界各国报道去了。一个最大的最重要的新闻马上传遍五大洲，轰动整个世界，并永远载入史册。

在会议开幕之前，莫洛托夫和艾登就会议主席问题进行了谈判，决定采取苏联在讨论朝鲜问题时选举三个主席、讨论印度支那问题时选举两个主席的建议。因此，在日内瓦会议第一次外长会议上，以美国代表团的名义提出建议：会议将依次由泰国外交部部长、苏联外交部部长和英国外交大臣担任主席，每一位主席可以选两名副手，这一建议随即获得大会通过。

会议由泰国外长威泰耶康亲王主持，他作了简短的致辞。

会议宣读了瑞士联邦政府主席陆巴特尔的贺电。他希望会议成功，以利于确立持久和公正的和平。

出席会议的代表们又就议事规则取得了协议，会议的正式语言为法文、俄文、英文、中文和朝鲜文。各国代表团都有自己的翻译，联合国又配备了高水平的翻译，担任大会的同声翻译和中心翻译。

这个会议的如期举行，使世界各国一切主张用协商方式解决国际问题，以缓和世界紧张局势的人们感到快慰。日内瓦会议的结果如何，虽然还要视与会各国代表是不是都具有诚意和它们之间合作的程度而定，但日内瓦会议能够如期开幕这一事实本身，就是世界人民和平愿望的一个初步胜利，是中国和苏联外交的一个胜利。

多少天以来，许多西方国家的预言家们一直对这个会议是否能够如期举行散布一种悲观论调，说什么日内瓦会议将因一些技术性问题无法解决而延期召开了；或者说，即便是召开了，也将中途夭折。巴黎的报纸和日内瓦的舆论界盛传，就是参加今天开幕式的美国代表杜勒斯，正在会外对他的盟国们施行压力，要他们在 15 天以内终止日内瓦会议，同时在 20 天内在《太平洋公约》上签字，以便扩大印度支那战争。

很显然，日内瓦会议开幕了，斗争也开始了，开好日内瓦会议还是破坏日内瓦会议，是用协商解决国际争端还是用"实力政策"解决国际争端，是要和平还是要战争，这就是这场国际会议斗争的实质，斗争的焦点。

4 月 27 日下午 3 时，日内瓦外长会议举行第二次会议，由莫洛托夫担任主席，他宣布苏联的葛罗米柯、中国的师哲为他的副手。美国代表团一见中国人走上主席台，表示非常惊讶。

这当然是莫洛托夫有意抬高中国的身价。

莫洛托夫又宣布会议讨论第一项议程——朝鲜问题。

于是会议开始了实质性问题的讨论。

各国代表发言表明立场

大韩民国代表卞荣泰外长首先发言。他的全篇发言中没有提出任何和平解决朝鲜问题的具体建议，而只是任意歪曲并捏造历史，对朝鲜民主主义人民共和国、中华人民共和国和苏联肆意诬蔑为"侵略者"。这样，他的发言就不过是长篇的诽谤。他一开始就竭力掩饰南朝鲜政府的非法性，企图把李承晚集团在美国唆使下发动战争的责任推在朝鲜民主主义人民共和国身上。他虽然也谈到朝鲜的"和平"和"独立"，但是他唯恐失去美国军队的支持，他反对美国军队撤出朝鲜，同时又无理要求中国人民志愿军首先撤退。他还扬言，大韩民国"不能购买和平"。

卞荣泰的发言又一次印证了大韩民国当局对朝鲜问题和平解决的敌意和恐惧。早在日内瓦会议前，汉城曾经发出而且仍在发出要恢复朝鲜战争的叫嚣，要向北进军直到鸭绿江边。说什么汉城政府是在得到美国增加对韩国的军事援助的"庄严保证"的条件下，才参加日内瓦会议的。而杜勒斯却装出好像是在劝说汉城政府派代表去日内瓦的样子，他在 3 月 17 日致李承晚的信中答应，如果日内瓦会议在 3 个月之内不能取得成功，他便支持李承晚的态度。而李承晚却更露骨地说，他的政府的代表去日内瓦，仅仅是为了"证明谈判是无益的"。

接着，主席莫洛托夫请朝鲜民主主义人民共和国外务相南日发言。

南日首先说："解决朝鲜问题的主要任务是完成朝鲜的民族统一，依据和平方式创建统一、独立、民主的朝鲜国家。因此朝鲜人民相信日内瓦会议能够制订并通过将有助于由停战走向稳固的和平及依据民主原则和平统一朝鲜的决议。"

南日随后说：

1953 年 7 月 27 日签订了《朝鲜停战协定》，朝鲜停战开辟了依据民主原则和平统一朝鲜的道路。很显然，这一目的的达成，必须由双方遵守停战协定条款并努力保证朝鲜的稳固和平才有可能，但是南朝鲜却叫嚣着要继续重复战争行为。南朝鲜政权当局在增加着自己的军队，美国违反停战协定把大量军队运入朝鲜，并且美国和南朝鲜签订了所谓《共同防御条约》，规定留驻美军在南朝鲜和采取其他军事性步骤。与此同时，不能不提到有关战俘问题，一切战俘本应依照《朝鲜停战协定》返回家乡过和平生活，但是竟有 48000 名我方被俘人员被"联合国军"方面非法扣留，编入"韩国军队"和蒋介石军队，这一切都无助于和平调整朝鲜问题。我们认为，为了防止朝鲜战争的重起和完全地和平调整朝鲜问题，双方必须采取必要步骤，外国军队驻在朝鲜必将造成外国对朝鲜内政的干涉，因此外国军队的撤退是达成朝鲜的民主、和平、统一的重要因素之一。朝鲜民主主义人民共和国代表团认为：必须在6个月以内撤出一切外国军队。我们主张：和平统一朝鲜的事业必须交给朝鲜人自己处理，不得有任何外国的干涉。我们认为在这里必须实行南北朝鲜全体人民参加的全国性自由选举一事取得协议，朝鲜的和平统一必须以树立代表全朝鲜人民的全国性的民主统一政府的办法来实现，这种政府只有通过基于朝鲜人民的自由意志的全朝鲜选举才能够建立。我们认为，为了讨论筹备并进行民主选举的具体步骤，有必要召开南北朝鲜代表联席会议，并在这个会上应组成全朝鲜委员会，这个委员会应实行确切的措施，以促进南北朝鲜的经济及文化的接近。为迅速恢复朝鲜的国家统一，并建立一个统一的、独立的和民主的朝鲜国家，朝鲜民主主义人民共和国代表团，愿提出下列关于恢复朝鲜的国家统一和举行全朝鲜自由选举的方案，请各位讨论。

一、向朝鲜民主主义人民共和国政府和大韩民国政府建议：

甲、在全朝鲜居民表示自由意志的基础上，举行国民议会的全朝鲜选举，以组成朝鲜的统一政府。

乙、为筹备与举行朝鲜国民议会的全朝鲜自由选举，并采取紧急措施促使南北朝鲜之间的经济及文化的接近，由朝鲜民主主义人民共和国最高人民会议和大韩民国国会各自选派的南北朝鲜的代表组成全朝鲜委员会。该委员会应包括南北朝鲜最大的民主的社会团体代表。

丙、全朝鲜委员会的当前任务之一应该是草拟一个全朝鲜选举法草案，以保证选举得以在排除外国干涉及地方政权当局和恐怖集团对选民施加压力的自由条件下举行的真正民主性。

委员会应采取必要措施，以保证朝鲜居民的集会、出版的自由和国内一切公民不分政治见解、宗教信仰、性别和民族，推选立法机关候选人的自由。

丁、为推进朝鲜经济的恢复，提高朝鲜人民的物质福利，保护并发展其民族文化，作为创造必要条件以实现朝鲜国家统一的重要步骤，全朝鲜委员会应立即采取措施建立并发展朝鲜民主主义人民共和国和大韩民国之间的经济及文化联系，即：贸易、财政结算、运输、边境关系、居民的通告和通信自由，科学和文化交流及其他。

二、认为有必要使一切外国武装力量，在6个月内撤出朝鲜。

三、认为对维护远东和平具有最大关心的相应国家有必要保证朝鲜的和平发展，并从而有必要创造条件以促使尽速完成以和平方式把朝鲜统一成为一个统一的、独立的、民主的国家的任务。

我们认为在我们的方案中所提到的步骤的实施，能够保证和平解决朝鲜问题。朝鲜问题的和平解决同时将对保障远东的和平与安全以及缓和国际关系中的紧张局势作出贡献。

南日详尽地分析了朝鲜问题的实质，并且提出了和平解决朝鲜问题的具体方案，这与韩国代表卞荣泰的挑衅性发言完全相反。

下一个发言的是哥伦比亚代表。他认为，日内瓦会议的唯一目的应当是就用和平方式在民主基础上建立统一、独立的朝鲜的问题达成协议。他主张通过在朝鲜举行自由选举达到这一目的，可是他没有提出任何保证，使这一选举能够是真正自由的；也没有提到外国军队撤离朝鲜作为和平解决朝鲜问题必不可少的条件和举行自由选举的前提。相反地，他认为这一选举必须在联合国监督和在非法的"联合国朝鲜统一复兴委员会"的干预下举行。

随后，莫洛托夫宣布，由于原来报名在 27 日发言的美国国务卿杜勒斯已决定将他的发言推迟到 28 日，同时又无别人报名发言，27 日会议宣告休会。

大家接受了这一建议。会后人们推测杜勒斯之所以推迟发言，可能是听了南日的发言要修改他的发言，更主要的是因为莫洛托夫任命中国的师哲为他担任大会主席的副手而不高兴，以推迟发言来表示他的不满。

4 月 28 日下午 3 时，各国代表团准时到达会场，按照议程，今天有两个重要发言——杜勒斯和周恩来，也是日内瓦会议两个主要对手，所以各国代表团特别关注，在会场内外已挤满了记者，等待会议的消息，比开幕式还热闹得多。

这一天，日内瓦雪花飘飘，细雨霏霏，阴阴沉沉。而会场内却是热气腾腾，既紧张又安静，人们都在静心听取他们的发言，看这两位主角演的什么戏，唱的什么调子。

今天的会议，由英国外交大臣艾登担任主席。

首先发言的是美国代表、美国国务卿杜勒斯。

杜勒斯中等个子，比较瘦弱，穿一身西服，高鼻子，戴一副近视眼镜，两眼显得深不可测，表情严峻傲慢而不苟言笑，阴沉忧郁的样子，保持着一种政治家的庄重严肃。他既不像人们想象的那样面目狰狞，也不像赫鲁晓夫那样用皮鞋敲联合国桌椅般粗鲁。他是一个"知识型""思考型"的人。他不善于演说，讲话也不流利，板着个面孔，阴沉沉地读他那经过精心推敲的发言稿，他似乎忘记了美国在朝鲜战争中失败的下场。说道：

> 我们到这里来是为了建立一个统一和独立的朝鲜。我们有可能为原来是一段悲惨的历史写下新的一页。好些世纪以来朝

鲜人民是作为一个民族而生活在一起的，他们曾一同在长时期中忍受外国的奴役和侵略，他们一直力图在自由和独立中统一起来。任何国家或任何国家集团都没有正当理由能否认他们的这种权利。

为什么朝鲜仍然处于分裂状态呢？1943年的《开罗宣言》规定：战胜日本之后将趁此机使朝鲜"自由与独立"，但这一诺言没有实现。朝鲜目前阶段的受难应追溯到1945年8月的时候。当时，四年来承担了对日战争的负担，美国同意苏联可以进入满洲和朝鲜三八线以北，以便在那里接受日本的投降。但是为了这个目的进入北朝鲜的苏联，为另一个目的留下来了。它们的目的一直是，直接或通过傀儡把北朝鲜变成一个卫星国，并且可能的话，将它们的统治扩展到整个朝鲜。它们这样做时，一贯地漠视和它们的前盟国所达成的各项协议并漠视联合国所代表的集体意志。我们应该时刻记住：在这里关系所在的不仅仅是朝鲜（尽管这点是重要的），关系所在的联合国的权威，记住这些是很重要的。联合国负起了主要的责任，把朝鲜建立成为一个自由和独立的国家，联合国帮助建立了大韩民国并予以抚育。当侵略者威胁着大韩民国的生存的时候，正是联合国号召它的成员国去保卫朝鲜。美国信赖联合国及其宪章为其成员国规定义务和道义的权威，从南朝鲜撤退了它自己的武装部队，这就使南朝鲜只留下便于维持内部治安的当地部队，相反地，苏联则迅速地加强了它在北朝鲜所设置的共产党政权的战争力量，在1950年6月25日，这些部队用许多俄造坦克与飞机发动了全面的进攻。

人数少的拥有轻型武装的大韩民国军队在开始抵挡不了进攻，共产党侵略者很快占领除了釜山一个小桥头堡以外的朝鲜全部地区，但是大韩民国的部队很快地挽回颓势，联合国会员国给予日益增加的支持。一次辉煌的军事行动，包括在仁川进行的一次勇敢的登陆，把侵略者打得站不稳脚，并且使联合国军能够从釜山桥头堡出击。于是侵略者作为一支有效的军队来说被击溃和消灭了。

联合国在这个时候似乎可以完成它早些时候采取的统一朝鲜的行动。因此联合国大会在 1950 年 10 月 7 日成立一个新的机构，名为联合国朝鲜统一复兴委员会，以完成以前的委员会的工作。这个新委员会接着启程前往朝鲜。

杜勒斯玩弄贼喊捉贼的手法，明明是美国阻碍朝鲜的统一，明明是美国侵略朝鲜，却把责任推到别人身上。他说：

但是这种长期以来所寻求的朝鲜的统一和自由没有能够实现。又一次共产党的侵略出面干涉。1950 年 11 月，共产党中国派遣大批武装部队进入北朝鲜。联合国大会以 44 票对 7 票，9 票弃权判定这种干涉是侵略。

联合国军被迫再向朝鲜南部撤退，但是他们仍能回过头来打回到一个地点，在那里，侵略者保有的土地比他们当初从三八线发动侵略时保有的土地来得少。

1953 年 7 月 27 日，与联合国军司令部缔结了停战协定。这决不是共产党自愿拿出来的和平礼物，这只是在为了突破联合国军战线而作的最后的疯狂努力没有得逞，反而使进攻者遭到惨重损失以后才出现的。这只是在共产党知道，除非迅速实现停战，否则战斗地区将扩大到足以危及满洲的侵略的根源以后才出现的。那个时候，也只是在那个时候，共产党统治者才认定签订停战协定是相宜的。

共产党统治集团认为要一个社会最爱和平最能生产，这个社会的成员就得遵照那些掌握绝对权力的统治者所指定的规格。这一来就自然而然地需要压制自由，因为自由意味着多样性而不是一致性。

这样，苏联共产党统治者似乎在他们自己的主义驱使下，在他们自己恐惧心理驱使下，不断地用这种或那种方法，企图扩张他们的控制，最后要达到列宁所说的"把广大群众合并成一个单一的国家联盟"这一目的。

你可以说列宁、斯大林已经死了，事实上他们已经死了，但是他们的主义并没有死。这种主义继续教给世界各地的共产党，而它们也继续在世界各地把这种主义付诸实践。到今天为止的记录表明：共产党统治者没有在任何时候，没有在任何地点，自愿地放松对它们已经抓到手的东西的控制。即使它们曾保证这种控制只不过是暂时的——像在东德、奥地利和北朝鲜的事件上——情况仍然如此。同样地，在世界各国非共产主义国家中，国际共产主义的代理人正在进行工作以求把那个国家及其人民并入共产党独裁体系中去。

当我们和苏联共产党及其卫星国进行谈判时，我们所遇到的是远比个人或民族的光荣欲可怕得多的事情。我们所遇到的是一个庞大的、单一的体系，这个体系——尽管它有强大的力量——认为除非它能够一步步摧毁人类自由否则它就不能生存下去。

我不是用一种悲观的心情，而是用一种现实主义的心情来提供这种分析的。当敌对的力量强大的时候，共产党的主义是准许妥协的。我们在这里的任务就是要显示那种光荣的和非侵略的目的的实力，使共产党认为可以接受给予朝鲜以统一和自由。

随后，杜勒斯在发言中支持大韩民国的建议，反对朝鲜民主主义人民共和国的建议：

昨天曾提出了三个建议来解决朝鲜问题。大韩民国和哥伦比亚共和国主张这样一种解决办法，即实现联合国关于建立一个统一、自由的朝鲜的各项决议。但是，北朝鲜共产党政权的建议是不同的东西，这个建议甚至没有提到联合国和它的决议。看来，这些决议竟被视为无效的东西。

共产党目前就朝鲜问题提出的建议规定：自由选举出来的、至少代表朝鲜人口四分之三的大韩民国政府，将被迫在平等的基础上和那个只统治着北部少数人口的共产党政权合并，这个计划的目的是在于摧毁现政府的权威，而以一个共产党傀儡政权代替之。

北朝鲜共产党的建议同样规定所有外国军队在6个月内撤出朝鲜领土。那样，联合国军队就要走一段很长的路，而中国共军只要走几英里路就成了，他们能够很快回来。

美国并不希望它的军队无限期地留在朝鲜，但是要记得，不久以前我们也曾在朝鲜驻扎过军队，后来证明撤退得过早了。我们不希望历史重演，美国必须拒绝这种建议，因为它并未满足为建立一个自由、统一和独立的朝鲜而必要的条件，而为了这样一个朝鲜，曾流过许多鲜血，遭受了许多痛苦。

和平总是容易获得的——只要用投降的办法，统一也是容易获得的——只要用投降的办法。

而艰巨的任务，摆在我们面前的任务，是在保持自由的情况下获得和平与统一。大韩民国的人民知道自由是什么，他们曾为了保存他们的自由而进行和忍受了很少其他人进行过和忍受过的那种斗争和痛苦。

基本的一点是，不管在这里采用了什么样的统一朝鲜的计划，这个计划事实上也必须是一个将保证朝鲜的自由的计划。一项切实可行的统一朝鲜的计划无须我们来制订，它已经在手头了。它是在1950年10月联合国大会的决议中规定的，就是我刚才提到的那个决议中规定建立一个委员会，通过在朝鲜尚未举行有监督的选举的地区进行选举的办法来完成朝鲜的统一。那个联合国委员会（朝鲜统一复兴委员会）目前仍然在朝鲜等待着，准备完成联合国给它的清楚明确的委托，完成那种委托就可以完成朝鲜的统一与自由，这项工作最先在1948年由于苏联的阻挠而中断，接着在1950年6月由于朝鲜共产党的侵略而中断，接着在1950年11月由于中国共产党的侵略而中断，现在侵略既然已被遏止，委员会中断的工作应该继续进行。这就是我们的建议。

杜勒斯的发言和南朝鲜代表卞荣泰的发言一样，没有表示丝毫愿意协商解决问题的诚意，也没有提出任何新的建议。

杜勒斯发言后，接着，中华人民共和国代表团首席代表、外交部部长周恩来发言。

周恩来发言时，大厅里座无虚席。人们都想听听这位新中国的外交部部长讲些什么，看看他的言谈举止。周恩来那威武庄严而又面带笑容的神态，具有很大的魅力，立刻引起会上所有人员的注目，人们争睹这位新中国的总理兼外交部部长的风采。

周恩来虽然是第一次在国际会议的舞台上发言，却从容不迫，胸有成竹，神情自然，不卑不亢，十分得体。他沉着而又坚定地说：

主席先生、各位部长先生、各位代表先生：

全世界人民期待着的日内瓦会议已经开会了。这个会议的目标应该是为了缓和国际紧张局势，巩固世界和平。这是一项有着重大意义的任务。

苏维埃社会主义共和国联盟、美利坚合众国、联合王国、法兰西共和国、中华人民共和国和其他有关国家的外长们坐在一起来审查和解决最迫切的亚洲问题，这还是第一次，我们的任务是复杂的，但是举行这个会议的本身，就意味着经过和平协商解决国际争端的可能性的增长。中华人民共和国代表团希望参加这次会议的全体代表们都为着实现这一任务作出真诚的努力。

亚洲人民和世界其他各地人民一样是爱好和平自由的。亚洲人民长期遭受压迫和奴役，他们争取从外国帝国主义压迫下的解放和争取民族独立和自由的斗争是正义的，这个历史潮流是不可抗拒的。但是，美国势力集团为了建立它在亚洲的殖民统治，正加紧干涉亚洲民族独立运动，策动组织亚洲侵略集团，扩大在亚洲的战争。美国的这种政策是违反亚洲人民的愿望的，美国的这种政策是造成亚洲局势紧张和不安的根源。

周恩来稍稍停顿一下，提高声调说：

中国人民经过了长期的、坚决的奋斗，结束了为害人民的帝国主义和国民党的统治，根据自己的独立意志，选择了自己的人民民主的国家制度，建立了中华人民共和国。中华人民共和国中央人民政府代表着全中国人民的意志，它所执行的政策获得了举国一致的支持。

周恩来在概述中国和世界的形势后，他又稍作停顿，浓眉下一双锐利的眼睛扫视会场，见全场都鸦雀无声地在听他的发言，于是他把话题转入会议要讨论的主要问题之一的朝鲜问题。

他铿锵有力地说：

主席、各位先生：现在，朝鲜战争已经停止，但是朝鲜的和平还没有巩固，朝鲜的统一还没有实现，与朝鲜问题有关的其他问题还没有得到解决；而且印度支那的战争还正在进行。全世界人民对于这种情况正感到深切的不安和焦虑，他们希望经过这次会议能够使这种情况得到改变——使朝鲜问题得以和平解决，使印度支那的和平得以恢复。

中华人民共和国基于巩固远东和平的利益和朝鲜人民的民族利益，对于这一问题的解决极为重视。朝鲜是中国的近邻，同中国只有一江之隔，历来同中国有唇齿相依、休戚与共的友好关系，中国人民不能不关心朝鲜的和平和安全。1950年6月，美国发动了干涉朝鲜的战争，并同时侵占了中国的台湾；接着又不断轰炸中国东北，炮击中国商船，侵犯中国的领空和领海。

美国政府更无视中国人民和世界舆论的警告，命令它的武装部队大举侵越三八线，进逼鸭绿江和图们江，进一步严重地威胁了中国的安全。显然，美国是在袭用当年日本军国主义者侵略朝鲜以建立侵略中国大陆基地的故技。中国人民基于这种沉痛的历史教训和当前的切身利害关系，忍无可忍，这才志愿援助朝鲜，同朝鲜人民一道，共同反抗侵略保卫祖国的安全。中国人民不能容忍朝鲜重新成为侵略中国的跳板。

在朝鲜人民军和中国人民志愿军击退了侵略部队并到达了三八线附近以后，朝中两国人民本着和平解决朝鲜问题的一贯立场，迅速响应了苏联在 1951 年 6 月 23 日在联合国发出的关于举行朝鲜停战谈判的建议。美国政府曾借口所谓战俘问题，拖延了后来举行的谈判，以致朝鲜停战谈判长期不能达成协议，但是朝中方面对此却作了不少的努力，结果达成了朝鲜的停战，使全世界爱好和平的人民如释重负。尽管如此，美韩当局仍在继续制造各种复杂情况，妨碍双方之间解决问题，这尤其表现在美韩当局在朝鲜停战后强迫扣留了 48000 余名朝中被俘人员、使他们不能重返祖国这一事实上。中华人民共和国政府认为，关于战俘的这一问题根本尚未了结。中华人民共和国代表团认为，这次会议是不能避开这一问题的。

周恩来这时脸上微露怒色，两只大眼逼视韩国和美国代表团，严正地说：

事实的经过如此。然而，并非这次会议所有的参加者都承认这些事实，譬如大韩民国的代表即不顾事实地再一次搬出关于 1950 年开始的朝鲜事件的早已破产的滥调，颠倒黑白，企图嫁祸于中华人民共和国和中朝人民的伟大邻邦——苏联，力图为朝鲜战争的真正祸首辩护。这当然丝毫不能改变中国人民志愿援朝、反抗侵略、保卫自己祖国安全的正义性，也不能抹杀中国人民和政府为了和平解决朝鲜问题所做的一贯努力。

朝鲜停战以来，美国和大韩民国对于朝鲜停战协定的某些重要条款的公然违反，更在这方面提供了新的证据。停战协定第六十款明文规定，停战后召开政治会议所要讨论的问题之一就是自朝鲜撤出一切外国军队。但是《朝鲜停战协定》签订后，美国政府同大韩民国政府却缔结了所谓《共同防御条约》，给予美国在南朝鲜驻扎武装部队的权利。不仅如此，大韩民国政府直至最近还在叫嚣"北进统一"，并公开声称要在这次会议召开 90 天后同美国一道退出会议，重新诉诸武力来统一朝鲜。这一切不仅证明过去是谁在发动战争，进行侵略，并且说明今天是谁在继续阻挠朝鲜问题和平解决，企图重新破坏朝鲜和平。然而朝鲜战争已经留下了一个重要的教训：对于一个已经觉醒了的民族，任何外来干涉是注定要失败的，任何凭借外力来镇压本国人民争取自由的斗争的企图也是注定要失败的。

周恩来放慢声调，一字一句地讲道：

中华人民共和国代表团完全支持朝鲜民主主义人民共和国南日外务相所提出的关于恢复朝鲜国家统一和举行全朝鲜的自由选举的三项建议。

从朝鲜谈判的第一天起，我们就正式提出了从朝鲜撤退一切外国军队的建议。现在，朝鲜已停战，一切外国军队就更没有任何理由再留在朝鲜。我们这个建议显然是完全符合于南北朝鲜人民和所有参加朝鲜战争的各国人民的利益的。停战以来有自己的子弟驻在朝鲜的各国人民无不要求他们的子弟早日回家过和平生活，朝鲜人民无不希望过自由生活而不受外国干涉，他们问：既然不打仗了，为什么还要外国的军队留在我们这里？我们认为，人民的质问是完全正当的，而人民对于撤退一切外国军队的要求也是完全合理的。

朝鲜的和平统一，对于维护远东的和平和安全有着重大的意义。朝鲜的和平统一事业的顺利进行，有赖于关心维护远东和平的相应的国家愿意采取措施保证不妨碍朝鲜的和平发展，不容许外国干涉朝鲜的内政。

综上所述，我们认为，朝鲜民主主义人民共和国代表团首席代表南日外务相的建议，是完全公平合理的。我们希望会议的参加者郑重地考虑这一建议，使这一建议成为和平解决朝鲜问题的协议的基础。

周恩来讲完朝鲜问题，他又谈到台湾和亚洲安全问题。他朗朗地说道：

从朝鲜战争开始，中国的领土台湾即被美国同时侵占，这个问题，至今尚未解决。尽人皆知，台湾是中国的领土，绝不容许任何人侵占。美国侵占台湾的行为，严重地破坏了中国领土和主权的完整。现在台湾已成为美国对中华人民共和国进行破坏活动和进一步侵略的据点，曾经长期侵略亚洲各国的日本军国主义正在被加紧复活，这一情况日益严重地威胁着远东和亚洲的和平和安全。

美国政府在朝鲜战争期间即已企图组织所谓太平洋"共同安全"体系。现在，美国政府又对印度支那战争进行进一步的干涉，并借此策动组织所谓西太平洋和东南亚的防御集团，这些集团实际上是在追求侵略的目的，而且是为了要在亚洲建立新的殖民统治，并准备新的世界战争。

我们认为，美国的这些侵略行动应该被制止，亚洲的和平应该得到保障，对亚洲各国内政的干涉应该停止，在亚洲各国的外国的军事基地应该撤除，驻在亚洲各国的外国军队应该撤退，日本军国主义的复活应该防止，一切经济封锁和限制应该取消。

讲到这里，周恩来离开讲稿，即席增加一段批驳杜勒斯的发言说：

刚才杜勒斯先生在这里的发言，是同这些要求相反的，他的主张完全违反亚洲人民的利益，我们绝对不能同意。中华人民共和国政府认为，亚洲国家彼此之间应该进行协商，以互相承担相应的义务的方法，共同努力维护亚洲的和平和安全。

周恩来从亚洲谈到欧洲和世界其他地区的和平问题，他着重说：

中国人民和亚洲人民不仅关心亚洲的和平，而且也关心欧洲和世界其他地区的和平。目前复活德国军国主义并将欧洲分裂为几个互相仇视的军事集团的政策，威胁着欧洲的和平和安全，同时，它的影响也超过欧洲的范围之外，并且也加重了亚洲局势的紧张和不安。因此，我们认为，为了维护国际和平，应该如苏联所建议的那样，经由协商、首先是大国协商的道路，停止武装西德，并在所有欧洲国家集体努力的基础上保证欧洲的安全。

同时，我认为，为了和平的利益，必须停止扩张军备，实行普遍裁军，禁止使用原子武器、氢武器和其他大规模毁灭性的武器。

主席、各位先生！全世界人民，特别是亚洲人民，都在非常关切地注视着我们会议的进行，他们期待着会议能够获得良好的结果。可惜，对亚洲和平表示关心的一些亚洲国家，如印度、印度尼西亚、缅甸等国未能参加这次会议，这绝对不能认为是好的。我希望，参加会议的代表能够本着巩固亚洲及全世界和平和安全的利益，共同努力，寻求途径，来解决会议议程上的这些迫切问题。

周恩来洪亮而又清晰的话音一落，会场上立刻响起热烈的掌声，美国和大韩民国的代表团非常尴尬地呆坐在那里不动。

在周恩来发言结束以后，主席宣布已没有人报名在今天的大会上发言了，会议休会至明日继续举行。

周恩来的这篇高屋建瓴、气势磅礴的发言立即引起世界的强烈反响。

各国采访会议的新闻记者们特别是来自亚洲各国的记者们抱有极大的兴趣，他们纷纷发消息、写评论。印度、缅甸等国的许多记者都认为，周恩来提出的有关亚洲和平问题的主张，是完全符合他们和亚洲其他各国人民要求和平与安全的愿望的。

《华沙生活报》记者埃达·维尔费尔说，周恩来的发言和杜勒斯的发言，反映了两种相反的态度——为独立而斗争的亚洲国家的态度和帝国主义殖民者的态度。他说，关于外国军队撤离朝鲜的建议，最使杜勒斯恼怒，杜勒斯认为真正的自由只在外国军队的占领下才能存在。这当然是违反常理的，但是却不违反杜勒斯的真正意图——保持以外国刺刀为后盾的朝鲜殖民政权。他说，周恩来的发言，是"真正自由亚洲代表的发言"。

《人民论坛报》记者泽格蒙特·布朗亚雪克写道，杜勒斯是代表这样一个集团发言的，这个集团愿意不顾一切地反对和平事业，并用"自由"和"民主"的名义来重新束缚亚洲国家。而周恩来的发言则完全相反，他强调要和平解决朝鲜问题，解决世界其他问题。

塔斯社评论说，美国国务卿杜勒斯和中华人民共和国外交部部长周恩来昨日的发言又一次表明：不仅是在解决朝鲜问题上，就是在解决其他一些急迫的亚洲问题上，都存在着两种截然不同的态度。美国对这些问题的态度的特点就是：无视亚洲各国人民的合法利益，坚持不愿承认中华人民共和国成立之后在亚洲所发生的有决定性意义的根本变化。这一点是许多资产阶级报纸也都承认的。

日内瓦的一些政治评论员指出，美国国务卿根本没有尽一点努力来谋求解决日内瓦会议所面临的重大问题。这些评论员认为，中华人民共和国的外交部部长的发言就和杜勒斯的发言不同，他的发言是对这个为了和平而公正地解决最迫切的亚洲问题而召开的会议的一个重大贡献。周恩来的发言就是一个热烈而有力的证据，证明如果美国不放弃它目前对中华人民共和国和亚洲其他各国人民的政策，如果它不放弃这种与亚洲各国人民的愿望背道而驰的政策，无论是朝鲜问题或其他与加强和平有密切关系的问题都是不能解决的。

日内瓦《工人之声报》以很大篇幅刊登了周恩来的发言。该报在一篇以《各国人民的权利应由他们自己来处理》为题的评论中写道："周恩来在国联大厦的演说具有非常的重要性。它体现了中国在国际问题上的总的态度。这正是他在高尚和十分明确的言辞中所提出的东西，同时他的演说也表现了宽大的协商精神和原则的坚定性。"

周恩来的发言，特别是那积极寻求解决问题的诚恳态度，获得了不少国家代表的称赞和好评。有的人虽然迫于美国的压力不敢公开讲，但在背后却认为周恩来的发言很成功，摆事实讲道理，既表明了中国的严正立场，又不咄咄逼人。

周恩来的发言和杜勒斯的发言形成了尖锐对立的两种立场，两种观点，两种态度，形成了这次日内瓦会议中国和美国为主要对手，周恩来和杜勒斯为主要对手的态势。

三、与艾登、莫洛托夫对话

这时的朝鲜问题，已成为全世界人民关注的热点，无论是翻阅报纸，或者是打开收音机，谈论的都是朝鲜问题。日内瓦会议，不亚于朝鲜战场上中美鏖战时那样牵动千百万人的心弦。

4月29日下午3时，日内瓦会议继续举行全体会议讨论朝鲜问题。泰国代表旺·威泰耶康亲王担任会议主席。

澳大利亚外交部部长凯西、苏联外交部部长莫洛托夫发言。莫洛托夫发言支持周恩来与南日的发言和建议。

杜勒斯对周恩来和莫洛托夫的发言感到万分恼火，他在4月28日给美国国务院的电报中说周的发言"在措辞和内容上都是标准的中共式的新闻宣传"。杜勒斯在4月29日的电文中又说，莫洛托夫和周恩来的发言"使我比以前更加清楚地感到了这么一种可能，即美国对印度支那的任何公开干涉都将导致中国对亚洲事务的公开干涉，从而导致亚洲的普遍战争"。

4月30日，杜勒斯到艾登的别墅拜会了艾登，他告诉艾登，美国对那些"恶毒"的攻击感到很恼火。他责问艾登，英国为什么不驳斥中共的谴责？他还直截了当地告诉艾登，他本人很想"以共产党的办法来打败他们"，但是为了不使英国和法国在殖民地问题上感到难堪，所以他才没有这样做。艾登说，现在在南朝鲜选举方式的问题上存在着很大分歧，同时很难阻止科伦坡集团在印度支那问题上采取强硬的路线。

4月30日下午3时，日内瓦会议讨论朝鲜问题继续举行。莫洛托夫担任主席。

却说日内瓦会议会外会下的活动频繁而又重要，许多问题都在私下、双边或多边会谈以及宴会上商讨和解决。

周恩来常去苏联代表团驻地。这是苏联国家购买的紧靠国际红十字会旁边的一座漂亮的别墅，管理得精心，清洁有致，保密条件也好。周恩来在这里可以放心地同莫洛托夫交流情况，研究对策、斗争策略，协商问题。莫洛托夫除在日内瓦会议开幕的当天晚上正式宴请周恩来和中国代表团以外，还多次为周恩来安排便宴，热情招待，以示亲近友好。中国代表团的同志有时随周恩来去见莫洛托夫，或莫洛托夫到中国代表团来。因莫洛托夫年事已高，中国人就称他"莫老"，表示尊重和亲切。那时中苏两国代表团关系极为密切，来来往往十分频繁。从中国代表团来说，因为是首次出席这样重大的国际会议，工作人员大多数没有什么外交活动的常识，特别是没有同帝国主义国家的代表在国际会议上打交道的经验，所以对一切都是抱着体验、考察、研究、学习的态度，尤其是向有经验的苏联代表团学习。从苏联代表团来说，因为这次日内瓦国际会议是讨论亚洲、朝鲜和印度支那问题，苏联对亚洲的情况不如中国熟悉，而且中国在亚洲尤其是朝鲜和印度支那问题上处于举足轻重的地位，所以苏联代表团要仰仗中国代表团，尊重中国代表团特别是周恩来的意见和态度。

周恩来一向尊重小国，不摆大国的架子，因此，除了南日常来周恩来处，周恩来也常去朝鲜代表团驻地，彼此促膝谈心，交流情况，交换看法，共商对策，十分融洽。后来，越南代表团到达日内瓦，讨论印度支那问题时，中、苏、越三国代表团也经常交往，互通情报，交换意见，研究问题，协商对策，紧密配合，共同对敌。

周恩来经常提醒和告诫中国代表团的同志们，这次日内瓦会议讨论朝鲜和印度支那问题，同中国的关系极为重要，有着切身的利害，然而，中国毕竟是第三方，因此，要搞好这场斗争，必须多听取和尊重朝鲜、越南的同志们的意见，要谦虚谨慎，若有不同意见和分歧时，要耐心地进行商讨和说服，不要有大国主义的表现。

周恩来更注意利用会议休息时间和会前会后同其他代表团、友好人士的接触和交谈，了解情况、交换意见，做说服和争取工作，利用矛盾，分化瓦解，孤立和打击美国。为此，他要代表团的同志广泛地阅读报刊、收听广播和搜集各方面的情况、研究形势和对手的动向、态度、反映，可资利用的矛盾以及从何着手打击敌人。他自己也经常参与其事，所以他能及时地掌握真实的情况，有的放矢地采取行动。

4月30日，莫洛托夫为了介绍周恩来和艾登认识，在他的别墅里特意宴请周恩来和艾登。在宴会前后，周恩来、莫洛托夫、艾登进行了长时间的谈话。

艾登一进门与莫洛托夫、周恩来握手问好，并说："据我所知，明天不开大会，你们看开一个小会如何？"

莫洛托夫："你有什么建议？"

艾登："我所设想的是一个限于小范围的会议，参加的国家及人数愈少愈好，我看就是我们三国，加上南北朝鲜。"

莫洛托夫："你的意见很好。（问周恩来）你的意见如何？"

周恩来："同意。"

艾登："好。不过我要声明，我并非正式提出这一建议，因为我不愿使其他代表团受此约束。我尚未征询他们的意见。"

莫洛托夫："现在宴会已准备好，我们可以边吃边谈。"

周恩来、艾登在苏联外交部礼宾官导引下并肩步入宴会厅。

艾登边朝椅子坐下，边说："俄国大菜，我在莫斯科、克里米亚、德累斯顿以及你们驻英大使馆吃过多次，很有味道。"

"我在本世纪 20 年代路过莫斯科就品尝过苏联的美味佳肴。"周恩来说。

在共进午餐时，交谈仍在进行。

莫洛托夫："正如周恩来先生前天所说，现在亚洲的许多情况是不能令人满意的。"

艾登："按我们看来，好像还不坏嘛！"

莫洛托夫："不是那样。首先中华人民共和国在国际事务中的地位就一直受着损害。"

艾登："啊，中国人是有许多埋怨的。但是现在的情况似乎不是联合王国不承认中华人民共和国。"

周恩来："不是的。不是中华人民共和国不愿承认联合王国，而是联合王国在联合国中不承认中华人民共和国。"

莫洛托夫："是啊！事实正是如此。"

艾登："英国对中国也是有不满意的地方。但是我们还是不谈这些吧，否则有损我们的午餐。"

莫洛托夫："如果英国在国际事务中起了它应有的作用，像损害中华人民共和国国际地位这样的不合理的情况早已得到纠正了。"

艾登："你太恭维我们了。"

莫洛托夫："我不是恭维，我是说的事实。"

艾登："不知道周恩来先生是否愿意指定一个人，可以由我们的杜维廉先生和他联系？我是特意调杜维廉先生从北京到此地的。"

周恩来："我们的欧非司司长宦乡先生就在此地，他过去是和杜维廉先生接触的。"

艾登："那好极了，看来周恩来先生来此之前，和我有一个共同的想法。（然后向莫洛托夫说）你看，我们在你的宴会桌上就谈起工作来了。"

莫洛托夫："这样很好嘛！这样宴会就有用处了。"

艾登："是啊，而午餐本身又是这样优美。杜勒斯先生在柏林的时候就说，他会较早地离开日内瓦。"

莫洛托夫："但是现在会议刚刚开始啊！"

周恩来："是啊，现在关于朝鲜问题的讨论刚刚开始，印度支那还没有讨论，而杜勒斯先生现在就要离去，这是我们所不能理解的。"

莫洛托夫："这正是周恩来先生和我所不能理解的。好吧，我们的责任将加重了。"

午宴后，三人离席坐到会客室的沙发上饮咖啡。

艾登："（指桌上的水果）苏联什么水果都有，就是没有菠萝。"

莫洛托夫："但是中国有，中国是一个极其富有的国家。"

艾登："是的，可惜我没有去过中国。"

莫洛托夫："艾登先生应该到中国去一次。"

周恩来："是啊，艾登先生应该去中国一次。"

艾登："甚愿如此。（向周说）我告诉你一件事，在第一次世界大战时，与我同伍的一个军官叫哈门，他在战争中牺牲了。上星期他的弟弟——我从来不知道他有一个弟弟——给我一封信，要我信任周恩来先生的每一句话，他说他熟悉周恩来先生。（向莫说）我现在能谈一件正经事吗？"

莫洛托夫："当然可以。"

艾登："（指莫与周）你们两位，或者你们两位中任何一位，是否可以劝劝胡志明，让法国的伤兵可以撤走？"

莫洛托夫："这件事在我们讨论的时候当然可以解决。"

周恩来："像这样的事，经过交战双方的直接讨论是很容易解决的。例如，在朝鲜战争中交战双方直接讨论的结束，就交换了伤病俘。因此，印度支那战争的交战双方到这里直接讨论是可以解决这个问题的。"

艾登："我并不希望现在得到答复，请你们考虑一下，不过我要说明，这一件事与我们的会议无关，把这件事与我们的会议混起来是不好的。"

周恩来："本来有许多事由交战双方直接商谈，都是很容易解决的。但是现在有许多人阻碍交战双方直接商谈，这是很可笑的，也是我们不能理解的。"

艾登："（做惊讶状）是谁阻碍啊？我没有阻碍啊？"

周恩来："我说的不是你。"

莫洛托夫："近几年来，美国人民好像处于一种神经紧张的状态，苏联人民不是如此，好像英国人民也不是如此。"

艾登："美国现在世界上处于一个重要的地位，它已取代了过去英国的地位，而它比英国过去还强大，因此它要在世界上起领导作用，英国对于这一点并不嫉妒，美国的善良意图我是深信不疑的。"

莫洛托夫："也许我们有更大的缺点，但是美国人做事之冲动却是特别突出的。英国在这一方面是应该可以影响一下美国的，你们有一个有利的条件，那就是共同的语言。"

艾登："（笑）有一个剧作家曾经说，英国和美国之间除了语言共同之外，别无共同之处。"

周恩来："美国丧失中国之后，它不甘心，因此就威胁亚洲人民，特别是中国人民，但是中国人民是吓不倒的，相反的，美国人民却被弄得神经紧张。"

艾登："美国人也有他们看法的。他们对蒋介石曾热烈支持，英国对蒋介石从来就不是很热心，他们又认为他们在中国做了许多善意的事，我指的是支持蒋介石以外的事，如传教、救济等等，而他们认为现在中国人是以怨报德。"

周恩来："问题的中心正是因为美国帮助蒋介石压迫和屠杀中国人，中国人怎么能对美国人满意？"

艾登："实际上，英国在中国的损失要比美国大得多，但是美国人这种心理上的感觉是在起作用的。"

周恩来："但是算起历史的账来英国并没有损失。"

艾登："但愿如此。（向莫）那么明天的小会暂定下午吧？"

莫洛托夫："好！"

安东尼·艾登是英国有名的政治家、外交家。他于1879年出身于贵族家庭，25岁毕业于英国牛津大学。1935年12月出任英国外相，因反对英国的绥靖政策而辞职。1940年丘吉尔任首相时，艾登复任外相，并成为丘吉尔的继承人。1945年7月英国工党领袖艾德礼组阁，保守党的艾登退出内阁，1951年丘吉尔再次组阁，艾登又一次出任外相。

四、组织文章评述会谈

1954年5月1日。这一天本是国际劳动节，是世界亿万人民欢庆自己节日的一天。而日内瓦今天却是雨雪交加，美丽的城市被低沉的阴云笼罩着，天气又冷又闷，使人感到非常的难受。偏偏凑巧，这一天美国的副国务卿华尔特·贝德尔·史密斯于早晨飞抵日内瓦，接替杜勒斯担任美国代表团团长。美国代表团团长换马，是美国有意贬低和破坏日内瓦会议的一个重要举动。

5月1日上午，杜勒斯陪着史密斯出席西方三国代表团举行的会议，商讨当天下午讨论朝鲜问题和奠边府被围，美国拟出动飞机插手印度支那战争问题。

5月1日下午3时，由英、苏、中、美、法五大国及朝鲜民主主义人民共和国、大韩民国的外长助理人员参加的限制性会议，继续讨论朝鲜问题。会议在国联大厦万国宫的小会议厅举行，与会各国团长和助手围坐在一张大圆桌旁边，莫洛托夫首次担任限制性会议的主席。

周恩来在会上面对面地对杜勒斯说："我们到这里来是解决问题的，不是来跟你们吵架的，不要摆出一副指责别人的架势。你的讲话没有提出具体的建议，你究竟准备怎么解决，把你的方案拿出来嘛！"南日在发言中进一步提出在大选前三个月所有外国军队全部撤出南北朝鲜。杜勒斯和法国外长皮杜尔则多方狡辩，拒不撤军，而强调必须由联合国监督朝鲜选举。

周恩来反驳说，这次会议与联合国无关。

这次会议虽然不欢而散，但这一次短兵相接，对打击美国特别是杜勒斯的嚣张气焰很有作用。

述评猛攻杜勒斯

5月1日《人民日报》以《杜勒斯就要回家了》为题发表述评，配合会议上的斗争，对杜勒斯在朝鲜问题上的顽固立场和态度进行评论和抨击。

这是根据周恩来的授意，由《人民日报》记者起草，经乔冠华、吴冷西等逐字逐句加工修改过，最后由周恩来审定后发出。述评说：

> 这几天里，发言的代表团按次序说，只有南朝鲜、朝鲜民主主义人民共和国、哥伦比亚、美国、中华人民共和国、澳大利亚、苏联、泰国和土耳其；算起来，会议还只有南日外务相提出的关于和平解决朝鲜问题的提案。

> 中苏两国代表一致同意以南日外务相这个合理的提案作为协商的基础。他们的富有建设性的发言普遍产生良好和深刻的反应。伦敦《泰晤士报》记者在归纳日内瓦的舆论时也说周外长的发言是"合乎情理的""强有力的声明"。美国国务卿杜勒斯虽然武断地拒绝了南日外务相的提案，而他自己却只能把1950年10月那个联合国非法通过的、由所谓"朝鲜临时委员会监督在北朝鲜选举"的滥调，重新弹了一遍。附和杜勒斯这

一滥调的，可以举出在30日大会上仅有的发言者泰国和土耳其的代表来。他们二人的讲话一共不过20多分钟，而内容又是那样贫乏。

从欧洲和日内瓦的一般舆论来看，美国国务卿4月28日的这次发言，是没有得到什么任何可以提得到的"热烈"反应的。他除了无聊的诽谤和企图把他亲自参加发动的朝鲜战争的责任推到别人身上以外，首先就是公开反对把美国侵略军从南朝鲜撤退，而片面地要求支援被侵略的朝鲜人民和保卫自己祖国安全的中国人民志愿军撤离北朝鲜，让李承晚的残暴专制政权在美国军队帮助下统治全部朝鲜。但是，这一个美国用武力干涉所未能实现的梦想，又怎能在日内瓦会议上用几句话来实现呢？

杜勒斯反对从朝鲜撤退美国侵略军的"理由"是：中国人民志愿军的撤退只意味着什么5英里；而美国军队的撤退却意味着5000英里，回到朝鲜至少需要几个星期！这种"雄辩"简直已经成了这里的新闻记者们的一种笑料了。

在苏联和中国代表团的记者招待会上，发言人曾这样地提出了问题，引起了记者们的同情的反应：如果一切外国武装力量都撤退了，朝鲜人民得以自由而不受外力影响地和平解决自己的问题，美国军队还打算回到朝鲜来干什么？按照杜勒斯的新奇的逻辑，路远了就不应该撤军，那么，为什么可能派兵到朝鲜来进行侵略呢？印度支那离美国也不比朝鲜近些，美国为什么又那样热衷于干涉呢？地理上的距离既是不会改变的，美国军队也就可以永远不从朝鲜撤退吗？杜勒斯还说，从前美国军队退出了南朝鲜，而朝鲜发生了战争，因此，他不想让历史重演了。但是，如果不是美国唆使李承晚集团发动了战争，而后又自己参加了这个战争，哪会有三年多的流血呢？

述评说：

　　杜勒斯的另一个法宝，就是想用非法的"联合国朝鲜临时委员会"的监督选举来"解决朝鲜问题"。他强辩说：没有联合国的监督，朝鲜人民如何能够自己举行自己选举？南朝鲜的选举是有这种监督的……4月29日，巴黎《解放报》就在"总统不喜欢有人同他竞选"的标题下，揭露了李承晚用武力对付敢于发表自己意见的人。该报讽刺地写道："杜勒斯先生在日内瓦会议上说：李承晚乃是自由的象征呢！"该报对于杜勒斯的评价是："杜勒斯先生真是个奇异的人，他是那样天真而狡猾，虚伪而神秘……他能够耐心地为他的政治阴谋制作种种曲折的法律圈套，使它披上合法的外衣。"至于像卞荣泰，4月30日的巴黎《世界报》就直接地把他比作法国名小说家都德笔下的人物达达兰（按：达达兰是一个爱饶舌、爱自夸的可笑的人）。

述评特别指出：

　　在日内瓦会议的大会即将转入印度支那问题，朝鲜问题进入小组讨论的时候，美国的副国务卿史密斯来日内瓦接班了，杜勒斯正式声明他要回家去了。当然杜勒斯破坏日内瓦会议的企图是不会放弃的。但西方的记者们已在评论着杜勒斯在这次会议上所表演的西方"领导角色"了。

杜勒斯于5月3日乘飞机离开日内瓦回国了。他在离开日内瓦时发表一篇谈话：

我在积极地参加了第一周的日内瓦会议之后即将返回华盛顿。我是按照我在柏林会议决定召开日内瓦会议时向皮杜尔先生、艾登先生和莫洛托夫先生所表示的意图离去的。那时，我说，我只能参加头几天的会议。

美国副国务卿史密斯将军接替我的职务，继任美国代表团团长。史密斯将军在军事及外交方面的经验将使他能够权威地处理日内瓦会议所要讨论的一类问题。

我相信会议的朝鲜部分已有了一个良好的开端——迅速地阐明了决定性的争论点。我希望共产党国家的代表团不会坚持拒绝联合国对朝鲜选举的监督以及按比例选出代表的原则。在我看来，这两点对于朝鲜问题的解决是基本的。

我希望并期望会议的印度支那部分将会很快组成。我希望，它会导致与越南、寮国及高棉人民的独立与自由不相矛盾的和平。我认为，东南亚地区——印度支那是这个地区的一部分——是一个应运用集体安全体系原则的地区，就在全世界的其他地区，特别是在西欧行之有效地运用这个原则一样，我将继续设法促进这样的结果。我相信，如果能把印度支那和平配合到一个集体安全的框子里面去的话，那么，就会比较容易在印度支那求得和平。

杜勒斯走了，他从日内瓦会议的前台退到幕后去指挥，他临行前的谈话仍然顽固地坚持他的反动立场，继续阻挠朝鲜问题的和平解决和印度支那实现和平，并在"联合行动""集体安全"的口号下，企图组织一个太平洋侵略集团，扩大印度支那战争。

5月3日，日内瓦会议于下午3时举行全体大会，继续讨论朝鲜问题，英国代表艾登担任主席。

艾登在宣布开会以后，宣称他收到了东南亚国家印度、巴基斯坦、印尼、缅甸、锡兰五国总理会议主席、锡兰总理给他的一份电报，这份电报摘引了五国总理会议公报中关于印度支那问题的部分，并要求将这份电报发给参加日内瓦会议的各国代表团。艾登宣布他将在会后把这份电报散发给各国代表团。

随后，第一个发言的是南朝鲜代表卞荣泰。他在发言中丝毫不敢涉及朝鲜和平统一的实质问题，只是一味地散播不值一驳的诽谤。他再次反对南日的建议，坚持把南朝鲜的政权扩大到全朝鲜，他竟然赤裸裸地说南朝鲜需要和喜欢的正是美国的干涉，需要美国在它饿的时候给它吃，在它冷的时候给它穿，他说他唯一不满的是美国干涉朝鲜还不够，希望美国更多地干涉。

接着南日发言。他对他所提出的关于恢复朝鲜的国家统一和举行全朝鲜的自由选举的建议做了进一步的说明，回答了有些代表团在发言中提出的问题，并说卞荣泰今天的疯狂发言是不值一驳的，这个发言对于和平解决朝鲜问题是毫无帮助的。

南日发言后，艾登宣布休息 15 分钟。

会场休息室摆了咖啡、糕点、水果，大家一边吃，一边交谈。周恩来和中国代表团利用这个机会和各国代表团广泛接触，了解情况，开展工作，多交朋友。有时由王炳南陪同周恩来，介绍他在重庆工作时认识的外国朋友，如法国代表团副团长萧维尔、亚洲司司长亚克鲁、加拿大代表团的朗宁、美国代表团的罗伯逊以及英国代表团的一些人。

周恩来潇洒自如，豁达大度，文质彬彬，热情诚恳，有着很大的魅力，许多人都愿同他交谈。休息后，希腊代表斯特凡诺普洛斯发言，他的发言只是重复杜勒斯的论调，无一点新内容，看来是应付差事。

周恩来再次发言批评美国

接下来周恩来发言。他首先肯定朝鲜的建议，批评美国及其追随者的论点：

> 4月27日，朝鲜民主主义人民共和国南日外务相在会议上提出了一个合理的建议，这一建议已经得到中华人民共和国代表团和苏联代表团的支持，但是，美国代表和其他某些国家的代表，却只是重复一些站不住脚的、并已被证明为不能解决朝鲜问题的陈旧论点，来反对南日外务相的提案。
>
> 他们企图继续利用联合国的非法决议，坚持干涉朝鲜内政，不让朝鲜人民自己解决自己的问题。会议上还有人企图用所谓"门户开放，机会均等"的论点，来为美国干涉朝鲜和其他亚洲国家的内政辩护，其实这种论点已被历史尤其是中国的历史所证明，是帝国主义实行扩张政策的一种手段。在亚洲人民心目中，这种论点早已宣告破产了。

随后，周恩来集中揭露美国的侵朝政策和阻挠破坏朝鲜问题的政治解决。他说：

> 大家都知道，美国早在朝鲜战争发生以前，就一直企图用联合国监督朝鲜选举的办法，来干涉朝鲜的内政，以达到使美国扶持下的李承晚统治扩展及于全朝鲜的目的。
>
> 1950年6月美国发动了武装干涉朝鲜的战争，并在事后利用苏联缺席和中华人民共和国被剥夺参加联合国权利的情

况，操纵联合国的机构，使它非法地追认了美国的这一侵略行动。这就将联合国置于朝鲜战争中交战一方的地位，因而使它失去了公平处理朝鲜问题的资格。

在朝鲜停战谈判期间和停战以后，由于美国利用联合国的名义来拖延停战谈判，并阻挠政治会议的召开，就更加证明联合国已无能力处理朝鲜问题，因而我们现在才在这里举行这个关于和平解决朝鲜问题的会议。我们这个会同联合国毫无关系。但是，美国代表却硬要朝鲜人民执行联合国的非法决议，同意由联合国监督朝鲜的选举，岂非无理之至。美国代表应该明白，美国既然不能用战争手段把自己的意志强加在朝鲜人民的头上，如何能在会议桌上取得它在战场上所不能取得的东西呢？美国谈判代表应该接受朝鲜战争的教训。事实证明，正是美国代表自己还没有接受朝鲜战争的教训。

周恩来在揭露和谴责美国企图利用联合国干涉朝鲜内政之后，又揭露美国不愿从朝鲜撤军的真正原因也在于要干涉朝鲜的内政。他雄辩有力而又丝丝入扣地说：

南日外务相在他的建议中提出了从朝鲜撤退一切外国军队的要求。但是，美国代表反对同时从南北朝鲜撤退一切外国军队，据说这是因为美军同中国人民志愿军的性质不同。诚然，是不同的，但他们的不同是在于美国军队到朝鲜是侵略的，而中国人民志愿军却是去反抗侵略的。虽然如此，我们仍然主张一切外国军队同时撤出朝鲜。难道还有比这更公平的吗？美国代表又以美国距朝鲜太远，中国距朝鲜太近作为美国不能同意同时撤退一切外国军队的理由。人们不禁要问：既然美国能从数千英里外派兵到朝鲜去侵略，为什么现在就不能再经过同样的路程把它的军队撤回去呢？美国代表又说，美国在朝鲜有撤军的教训，他表示不愿重复历史。有必要提醒美国代表，从朝鲜撤走又回到朝鲜来的正是美国的军队，中国人民志愿军只是在美国侵略朝鲜、威胁中国的安全后，才到朝鲜去反抗侵略、保卫自己祖国的安全的。

我们认为，为了使朝鲜人民得以在不受外国干涉的条件下和平解决自己的问题，有军队在朝鲜的各国应该达成协议，定期从朝鲜撤退一切外国军队。

接着，周恩来批驳一些人的论点：

会议中有人说，在一切外国军队撤出朝鲜之后，朝鲜将不能保持和平状态。事实上，在有关各国能够承担不干涉朝鲜内政的义务并保障朝鲜的和平发展的情况下，朝鲜是能够沿着和平的道路发展的。南日外务相建议：为消除朝鲜战争重起的可能性，应由最关心远东和平的相应国家承担上述义务。中华人民共和国完全赞成这一建议，并愿意同其他有关各国一道来保证这一义务的履行。

今天，南日外务相对他所提出的关于恢复朝鲜的国家统一和举行全朝鲜的自由选举的建议的进一步说明，是完全从实际出发的，是有利于我们讨论的。中华人民共和国代表团再一次提出，这个建议应该作为本会议达成协议的基础。卞荣泰先生刚才的发言，对中华人民共和国、苏联、朝鲜民主主义人民共和国和其他人民民主国家的政府和人民充满了诽谤性的叫嚣。他的叫嚣，如同他过去已经破产的叫嚣一样，是说给需要他说的主子听的。他竟无耻到这样程度，说唯一不满足的是美国在朝鲜的干涉还不够，希望美国更多地干涉。由此可见，他的全部发言的价值如何了。

周恩来在驳斥美国和南朝鲜代表后，他又就战俘问题揭露美、韩的种种丑行，并提出解决战俘问题的建议：

一、必须采取措施，保证 1953 年 6 月和 1954 年 1 月被强迫扣留并编入军队的朝中被俘人员得以重返祖国。

二、由美国、联合王国、法国、中华人民共和国、苏联、朝鲜民主主义人民共和国和大韩民国的代表组成委员会，以协助实现前项所规定的遣返朝中被俘人员的措施。

三、在战俘问题未经上述委员会处理前，由朝鲜停战缔约双方有关国家的红十字会代表组成联合小组，前往战俘现在所在地点，进行视察。

日内瓦会议在讨论朝鲜问题的同时，又积极准备印度支那问题的讨论。

5 月 3 日，苏联外交部部长莫洛托夫（代表苏联和中华人民共和国）和法国外交部部长皮杜尔（代表法国、英国和美国）进行讨论，就参加日内瓦会议关于恢复印度支那和平问题讨论的成员问题，达成了协议。参加讨论的成员除了法国、英国、美国、中华人民共和国和苏联外，并由中苏两国邀请越南民主共和国，由法、英、美三国邀请印度支那三个联邦成员国，即越南、柬埔寨王国、老挝王国参加讨论。

同日，高棉抗战政府发表关于高棉抗战政府必须派代表参加日内瓦会议的声明；随后，5 月 5 日，寮国抗战政府也发表关于寮国抗战政府必须派代表参加日内瓦会议的声明。

日内瓦会议关于朝鲜问题的讨论仍然大会、小会交替进行。

5月4日下午3时大会继续讨论朝鲜问题，由泰国代表旺亲王担任主席。

文章还是瞄准杜勒斯

根据日内瓦会议的情况，周恩来考虑有必要写点文章，对会议做些评论，继续揭露和抨击美国的反动立场，扩大对方营垒的矛盾。于是他召集张闻天、王稼祥、李克农、王炳南、师哲、乔冠华、黄华、陈家康、柯柏年、宦乡、龚澎、吴冷西以及新华社、《人民日报》等的记者在他的别墅里开会。他说："日内瓦会议已经进行了9天，朝鲜问题已开了5次大会、1次小会。印度支那问题的会议马上也要开始。由于美国的顽固态度，会议没有什么进展，但是讲了我们该讲的话，阐明了我们的政策，提出了和平解决朝鲜问题的建议，向全世界人民表明了和平解决国际争端的真诚愿望，揭露和抨击了美帝国主义的侵略政策、殖民政策和企图破坏日内瓦会议的阴谋，在全世界人民面前暴露了它的真面目。同时也进一步暴露了西方国家、特别是同他的小伙计之间的矛盾，加拿大就是一个例子，一方面害怕得罪主子，唯美国马首是瞻，一方面又不愿过分得罪我们。因此，我认为除了我们在会内斗争、会外开展活动外，也要在舆论上进行配合，发动攻势。新华社、《人民日报》和其他报刊都做了一些报道、述评，效果很好。所以我请你们来商量是不是再写点文章，作点评论，矛头还是对准美国，对准杜勒斯，杜勒斯虽然走了，但是他的阴魂不散。"

经过一番议论，大家都觉得周总理这个意见很好。

"前几天已发表了《杜勒斯就要回家了》的述评，这次就以《日内瓦会议散记》为题来篇评论如何？"乔冠华提议道。

"好啊，就用这个题目。那就有劳你们几位秀才了。"周恩来的目光对着乔冠华、陈家康、宦乡、吴冷西和《人民日报》的记者们。

当天晚上，几位"秀才"经过一番构思、创作和推敲，写好了《散记》，送请周恩来修改审定后发出。

《散记》指出：

莫洛托夫外长和周恩来外长在上周的发言已经过了好几天，但其影响却还在扩大着。这两个发言阐明了一个真理，那就是：亚洲的和平所以不能实现，就是由于殖民主义者，特别是美帝国主义者，一直无视亚洲人民要求民族独立和民主权利的强烈愿望和今天亚洲形势业已发生根本变化的事实，而坚持他们那早已被亚洲人民恨入骨髓的殖民政策。朝鲜问题的症结在这里，印度支那问题的症结也在这里。

到今天，会议已进入第九天，朝鲜问题的解决还遭受着阻碍。美国坚持霸占南朝鲜、阴谋吞并全朝鲜并把朝鲜作为侵略基地的反动政策，就是朝鲜问题一直不能取得进展的原因。

印度支那问题呢？从皮杜尔先生到日内瓦的第一天起，人们就在议论他正忙于印度支那问题的计划。但据一些法国记者透露，法国政府当局迄今还是犹豫、观望……这一方面是由于美国要求法国继续并扩大印度支那战争的压力，另一方面又不能忽视法国人民要求公平合理地和平解决印度支那问题的普遍呼声。

《散记》说：

很多关心亚洲问题的人都说，莫洛托夫外长和周恩来外长的发言已经指出了解决印度支那问题的基本原则，这就是尊重印度支那人民的民族利益，这也是印度支那和法国人民的共同利益。不论老的或新的殖民主义都是行不通的。

谁都知道，日内瓦会议是根据柏林四国外长会议的协议而举行的其他有关国家参加的五大国会议。世界爱好和平的人民都认为这是经由大国协商以缓和国际紧张局势的开端，是一种好现象。西欧许多资产阶级的报纸在过去和现在都把这个会议称作五大国会议，这是非常自然的，但是，美国的统治集团却不愿承认这种活生生的事实，它喜欢开"三外长会议"，不愿举行"四外长会议"，更怕说"五外长会议"，他们甚至害怕"五"这个数字。例如，在会议的会址前国联大厦一个会议厅的天花板上，绘着站在一起，象征着五大洲的 5 个人，据说这幅画引起了美国代表团的恐惧，他们害怕有人把这幅画解释成五大国会议的象征。于是有的美国代表主张把它抹掉，有人主张至少把它用一种什么东西掩盖起来，由于他们之中有人顾忌这样更会弄巧成拙，这幅画才免于被抹掉或被掩盖的命运！

关于大会主席的问题，最初很多人估计要由五大国轮流充任，后来的结果是由苏联、英国和泰国三国担任。巴黎《解放报》在一条题为《伟大的外交家》的消息中说："杜勒斯这次之所以自己没有当主席，是因为他绝对不肯同意'在一个中国布尔什维克当主席之下来讲话'。"

4 月 27 日，杜勒斯在先就已报名要讲话了，但因当天主席莫洛托夫聘请中国代表团顾问师哲为助手，所以他临时撤销发言，这是一种揣测。但还有另一种说法，即：杜勒斯所以临时撤销发言，是因为朝鲜代表团首席代表南日外务相的演说是那样义正词严，提出的解决朝鲜问题的方案是那样公平合理，迫使杜勒斯必须考虑如何才能进行狡辩。

《散记》说：

美国《基督教科学箴言报》4月30日在报道日内瓦会议的通讯中指出：日内瓦会议和柏林会议不同之处之一，"是柏林会议每次会议一般都超过时间，但日内瓦会议每次会议平均不到两个钟头。"此中原委，自然是参加所谓联合国军的各国代表发言不太踊跃，以致"美国人对于英国外交大臣的沉默表示惊讶"。当然各人都有各人的理由，该报说，英国所以这样，是因为他们感觉美国人缺乏灵活性，造成"自寻的孤立"。

《散记》最后说：

的确，这两天来，西欧报纸正在以很大的篇幅议论西方国家内部矛盾的问题。不久以前，杜勒斯提出的"联合行动"的口号，企图组织一个太平洋侵略集团，扩大印度支那战争。他本想在日内瓦召开两个平等的会议，在正式的会议上阻碍朝鲜问题和印度支那问题得到和平解决，而在所谓十七国会议上暗中活动，使太平洋侵略集团的组织具体化。但从现在的情况看来，后一个目的似乎远远没有如愿以偿。现在杜勒斯虽然走了，但前一个计划——美国阻碍朝鲜问题的和平解决，却仍在顽强地进行着，而印度支那问题还没有正式开始哩。

再说杜勒斯虽然是回华盛顿了，但他一刻也没有忘记或放松日内瓦会议，正如周恩来所说的他的阴魂不散。5月7日，杜勒斯在美国广播电台发表"关于日内瓦会议的情况及美国外交政策"的演说，大肆攻击中、苏、朝、越，顽固地坚持反动立场，力图破坏日内瓦会议，兜售"集体防御"的主张。

他说："在日内瓦会议上，苏联代表团企图利用这个会议来达到其他目的。它千方百计想要造成一种错误的印象：这个会议已接受共产党中国为'五大国'之一，或授予它一种新的国际地位"，"我们和我们的盟国曾坚决地团结一致地进行反对。"

他说："许多年以来，朝鲜一直是大国的牺牲品，俄国、日本和中国蹂躏和剥削朝鲜，奴役其人民。朝鲜人民现在所要求的只是统一、自由和不受干涉。然而，事实上朝鲜是陷于分裂状态的，北朝鲜在共产党中国的枷锁下过生活。根据一切文明标准，共产党人都应该让朝鲜人民最后能过他们自己的生活和实现他们对自由的愿望。"

关于印度支那问题，杜勒斯说："在这个巨大的半岛及其南面的岛屿上居住着8个国家——缅甸、三个印度支那联邦成员国（寮国、高棉和越南）、泰国、马来西亚和印尼——的近两亿人民。如果共产党人征服了这个地区，那就会严重地危及自由世界在西太平洋的地位。那样一来，尤其是会使菲律宾、澳大利亚和新西兰处于危险的境地，而美国与所有这三个国家都签有共同安全条约。那样一来，日本也会失去了重要的国外市场及粮食与原料的来源。

"在三个印度支那国家之中的一个国家——越南，战争自1946年以来便一直在进行。当战争开始时，印度支那是刚从日本占领下解放出来的一个法国殖民地。这场战争开始时主要是争取独立的战争。现在，这场以内部战开始的战争已被国际共产主义夺了过去以达到自己的目的。越南共产党领袖胡志明是在莫斯科受过训练的，他在中国得到了初步的革命经验。

"共产党人打算以民族主义的名义剥夺越南人民的独立，使他们受苏联集团新帝国主义的奴役。"

杜勒斯鼓吹，在印度支那应该采取下列步骤：1. 法国应该把他们给越南、寮国和高棉以完全独立的意图更多地付诸实现。这就会击破共产党人的虚伪的说法：他们是在领导争取独立的斗争。2. 应该更多地依靠他们在自己祖国作战的本民族军队。我们相信，这一点是可以做到的，如果人民觉得他们是在为一个美好的事业而战的话，如果对他们提供更好的训练便利和装备的话。3.《自由世界》拿出更多的援助。法国目前进行的这场斗争使它的经济资源承受了过重的负担。

杜勒斯还说："1951 年，我们就曾和菲律宾、澳大利亚和新西兰谈判过条约。这些条约承认，这些地区对美国是很重要的地区之一。这些条约也承认，它们只是对于在这个地区建立一个更广泛的集体安全体系的一些初步步骤而已。

"这个更广泛的集体安全体系是我们一直在谋求的。但是，事实证明，要取得这种结果是很难的。"

杜勒斯的这番演说，美国要进一步干涉印度支那已跃然纸上。他积极鼓励法国打下去，不要在日内瓦会议上妥协让步；鼓吹建立亚洲集体安全体系，作为美国的全球战略组成部分，抱怨英法等盟国在这个问题上不积极。

杜勒斯是带着一根大棒到日内瓦来的，他要人们向美国看齐。可是在朝鲜问题第一个回合的讨论中，就发现人们并没有看得那么齐，或者不愿看得那么齐，这对杜勒斯来说当然是大煞风景了。

欢宴喜剧大师卓别林

一天，中国代表团秘书长王炳南觉得周总理和代表团全体成员都很忙、很累，他作为主管代表团生活的负责人，有必要搞点文娱活动，调剂一下大家的生活。他想到誉满全球的喜剧大师卓别林摄制的《城市之光》电影很有意思，而且他正好最近从美国移居到瑞士日内瓦湖畔韦维区上方的科西尔林，离中国代表团驻地不算远，于是他让中国驻瑞士使馆与其联系。

卓别林接到中国大使馆电话，问他可不可以借他的《城市之光》影片给中国总理周恩来看看。卓别林一听是周恩来想看他的影片，非常乐意，马上答复："完全可以，完全可以。若是有可能还想拜访他。"

"好，我向周总理报告，我想若是有时间，他一定乐意见你的。"使馆人员答道。

查理·卓别林出生于英国，是著名的电影演员兼导演和制片人，长时间在美国电影城好莱坞工作。他创造的流浪汉形象家喻户晓：一顶圆礼帽，紧身的上衣，肥大的裤子，一撮小胡子，一根手杖，一双八字脚。这样的形象幽默、诙谐、滑稽，是他闻名于世的独特标志。他的不朽之作《淘金记》《城市之光》《摩登时代》《大独裁者》，不仅对法西斯而且对美国社会都有所讽刺，美国保守势力视他为眼中钉，说他通共产党，对他加以迫害。卓别林被逼离开逗留40年的美国来到瑞士定居，再加上他出身贫苦，所以同情人民、同情进步力量，他对周恩来的大名早已熟知，并很敬仰，现在周恩来又是"决定和战问题举足轻重的人物"，所以当中国使馆人员提出要给周恩来放映《城市之光》，他毫不犹豫地满口答应了。

第二天，周恩来便邀请卓别林和他的夫人乌娜·奥尼尔到他的花山别墅晚宴。

在卓别林夫妇动身来赴宴之前，因为周恩来正在参加讨论印度支那问题的会议，会上争论很激烈，估计可能要延长时间，他怕卓别林夫妇来了，他不在场，未免失礼，便叫翻译给卓别林打了一个电话说，总理在开会，突然要处理一个重要问题，可能要耽误一点时间，不必等他，稍晚一点他一定会赶回来的。

然而，当卓别林快要到达之前，会议也结束了，周恩来急忙驱车赶回别墅，刚到房前，卓别林夫妇也到达了，他没有进屋内，便走到石阶上迎接客人。

卓别林不禁一阵惊讶，他不是要晚到的吗，怎么比我们还早呢？忙说："总理阁下，您不在开会，有紧急的事要解决吗？"他一边同周恩来握手，一边说："到底会议上发生了什么事？"

周恩来拍拍卓别林的肩膀，轻声说："五分钟之前，一切都解决好了。"

卓别林夫妇在周恩来、王炳南的陪同下步入客厅，摄影记者急忙拍下一张政治家和艺术家相聚的难得的照片。那时的卓别林已经是年过花甲、65岁的人了，满头银丝白发。他的夫人还不到30岁，是一位皮肤稍黑非常美丽和宁静的女士。

他们一坐下来就像老朋友一样毫无拘束地交谈起来。

卓别林说："我最后一次到上海是在1936年。"

"那时我们已经长征到达陕北。"

"好啊，现在你们可没有多少路要走了。"卓别林开玩笑地说，"我听到过你们许多有趣的故事，知道你们被蒋介石几十万大军'围剿'，被迫长征，走了二万五千里的路，在你和毛泽东的领导下，将七零八落的队伍重新组织起来，经过8年抗日战争，又打败蒋介石，终于到了北京，赢得了5亿人民的支持。"

"是的，我们在毛泽东领导下经过艰苦曲折的斗争，终于建立了新中国，但是这只是万里长征第一步，我们还有许多的路要走。"周恩来说。

随后，大家进入宴会厅。

周恩来首先举杯说："我们衷心欢迎全世界最有名的大艺术家卓别林夫妇，我们能够在日内瓦认识并相聚非常高兴，祝你永葆艺术青春，祝你们夫妇身体健康。"

卓别林也一再祝酒，他说："我虽然不是共产党员，但诚心诚意同你们一起祝愿中国人民以及各国人民将来生活过得更好，祝愿你们在日内瓦会议取得成就，实现朝鲜、印度支那的和平，祝愿总理阁下身体健康。"

在席间，卓别林夫妇一再称赞中国的酒菜，他说中国菜色香味都堪称世界第一，比美国的好，比英国的也好。他的夫人乌娜说："我是美国人，第一次到国外，也第一次吃中国菜，在这我们经常吃瑞士菜，有时也吃法国菜，日内瓦的人常称道法国菜，可是中国菜比法国菜更丰富，味道也更好。"

卓别林说："中国的香槟酒也比欧美的好，我非常喜欢这种烈性酒，因为这是真正男子汉喝的酒。"说着他做一个滑稽的表情，接连饮了两杯。

王炳南告诉他，这不是香槟，是茅台，出产在中国的贵州茅台地方。

周恩来说："既然你们很喜欢中国酒菜，我让中国驻日内瓦总领事馆经常请你们去做客。"

卓别林夫妇连声说"谢谢"。

卓别林对于这次宴请非常兴奋，饭后他主动表演了一些独特、滑稽的走路动作，特别是《大独裁者》中希特勒的小丑形象，惟妙惟肖，引得大家不断地哄堂大笑。

临别时，周恩来特意馈赠他两瓶茅台酒。

后来，卓别林在他的自传中曾谈到这次宴请，对周恩来有很深的印象，他说："在那著名的纵横中国大地的长征途中，周恩来和毛泽东同甘苦共患难，可是当我看到那精神焕发的漂亮面孔，我感到惊奇，他是那样的恬静和年轻。"

五、印支问题激烈交锋

日内瓦渐渐转暖，春意盎然，晴朗的天空中淡淡的白云如丝如絮，莱蒙湖畔绿色长带如屏如障，五颜六色的鲜花争奇斗艳。微风吹皱平静的湖水，飘来阵阵清香和游人们的笑声。万花岭别墅的主人虽也徜徉在这风光美景之中，可是却无暇欣赏和享受，一心一意、全神贯注于日内瓦国际会议。现在，他正在阅读、研究印度支那问题，分析对方情况和态度，与友方商讨对策，提出方案。

1954 年 5 月 8 日开始，日内瓦会议进入第二阶段，进行关于恢复印度支那和平问题的讨论。

作为越南的邻国，并在越南人民的抗法战争中给予政治、军事方面坚决支持的中国人民，十分关心印度支那问题的和平解决。1954 年 1 月 9 日，周恩来发表声明，除坚决主张恢复关于朝鲜政治会议问题的双方会谈外，同时指出："从朝鲜问题看亚洲方面一些迫切的国际问题，正如欧洲方面一些迫切的国际问题一样，目前已经发展到了必须由各有关大国举行协商加以审查和解决的阶段。因此，中华人民共和国中央人民政府对于苏联主张召开法国、英国、美国、苏联、中国五大国会议以审查缓和国际紧张局势的措施的建议，表示完全的支持。中国认为，由即将在柏林召开的四国外长会议，导向有中华人民共和国参加的五大国会议，来促进迫切的国际问题的解决，将会有利于缓和国际紧张局势及保障国际和平与安全。"

但是，美帝国主义早已把印度支那战争作为它的"全球战略"和侵略计划的一部分，它们在朝鲜停战及利用印度支那战争来保持和制造国际紧张局势，为美国垄断资本谋取更大的利益，因而竭力阻挠印度支那恢复和平，并且想尽一切办法要接管和扩大印度支那战争。

美国早在 1947 年就开始了干涉印度支那的战争。1950 年美国在发动侵略朝鲜战争的同时，宣布加速援助法国远征军和保大傀儡部队。美国驻西贡的大使馆宣布，到 1953 年 12 月止，美国连续给法国在印度支那进行战争的军事"援助"物资已超过 40 万吨。根据美、法的官方材料，1951 年，美援占法国印度支那军费总支出的 30%，1952 年占 35.1%，1953 年占 46.9%，1954 年则将要占75% 以上。1954 年 2 月，美国总统又批准 500 名空军技术人员前往印度支那，其中有 250 名直接投入战斗。另外，前美国太平洋陆军司令奥丹尼尔被派往印度支那担任美国驻印度支那军事援助顾问团团长。在日内瓦会议前夕和会议期间，杜勒斯等又积极活动，制造许多借口和理由，要搞什么"联合行动"，组织东南亚和西太平洋地区的军事联盟，以对付印度支那人民和中国人民。

美国企图扩大战争，使印度支那战争"国际化"的阴谋，在帝国主义阵营内部引起矛盾和分歧。法国统治者特别是主和派为了法国国家利益，维持其在印度支那的残余势力，反对美国直接参与战争和使印度支那战争"国际化"。英国害怕战争扩大，危及英国在南亚、东南亚特别是马来西亚的殖民利益，也反对美国扩大印度支那战争。

胡志明领导下的越南独立联盟，从 1946 年法军入侵印度支那起，就进行抗法战争。中国刚解放不久，于 1950 年 2 月即应胡志

明的邀请派罗贵波为顾问，前往越南帮助工作；同年7月，又派胡
志明的老战友陈赓大将作为中共中央代表率领军事顾问团前往越
南，随后又派韦国清率领顾问团前往。在陈赓等的帮助指挥下，成
功地进行边界战役，攻克高平、东溪、谅山等据点，消灭了法军大
量主力部队，打通了中国援助的道路，使得越南有一个稳定的后
方，逐渐扭转了战场的劣势，转入主动。为此，胡志明写了一首诗
赠给陈赓，以表彰他的功绩。诗曰：

> 香槟美酒夜光杯，
> 欲饮琵琶马上催。
> 醉卧疆场君莫笑，
> 敌兵休放一人回。

　　但是这一变化并不意味着越盟在战场上占了优势，它虽已实际
上控制了大片领土，在四分之三的地区可以行使政权，但比较分
散，敌人占领着像河内、西贡、海防等所有的大城市、海港、主要
交通线，重要的经济区域也为敌人所控制。

　　在中苏越商量日内瓦会议谈判方针时，周恩来主张争取谈判取
得成功。考虑到越南敌我犬牙交错的情况，就地停火，越盟的力量
很容易被挤掉，他认为比较有利的方案是争取以纬度线实行停战，
线北法军撤出、线南越南人民军撤出，这样越南民主共和国就有了
一块完整的根据地，河内、海防等大城市和重要交通线、海港就为
越南民主共和国所有，经过一段建设，力量壮大了，再图发展。但
是要实现这个方案，必须再经过胜利的战斗。在日内瓦会议讨论印
度支那问题前，越南人民军再攻克一两个重要的战略要地，以振奋
我方士气，提高越盟的国际地位和谈判地位，打击美、法好战集团
的气焰，扩大西方国家的内部矛盾，调动法国人民的反战情绪。这

个划线而治的方案，从策略上考虑最好由对方提出。苏越都同意周恩来的意见。

为此，越南民主共和国调集军队，在韦国清顾问协助越南人民军总司令武元甲指挥下和中国火炮支援下，从 1954 年 3 月 13 日到 5 月 10 日攻克了越南西北重镇奠边府。

据越南人民军的公报说，此役消灭敌人精锐部队 16000 余人。除被俘的法军守军司令德卡斯特莱准将以外，被击毙和被俘的敌军高级将领、上校军官共 16 名。毙、伤、俘法军少校以下军官 353 名，法军从此大伤元气。

奠边府战役的辉煌胜利，震动了法国，也震动了日内瓦会议。

印支问题小试锋芒

周恩来每时每刻都密切注意国际形势和印度支那局势的变化发展，尤其是奠边府战役的胜利在法国和英美等西方国家的震动。他每天通过阅读报纸、听广播、看代表团编写的情况反映、同各国代表团的广泛接触，在中国代表团内部进行深入的讨论研究，与莫洛托夫、范文同频繁地交换意见，对形势了如指掌，对法国内部矛盾、美英法之间的矛盾看得一清二楚。

他经过反复思考，对关于印度支那问题的谈判方针，从实际出发，及时作了修改补充，从而形成了一整套的政策和策略：对蓄意破坏日内瓦会议和要加紧干涉印度支那战争的美国要坚决斗争并孤立它；对有一定和平愿望、但又态度动摇的英国、法国要利用它们与美国的矛盾采取既斗争又联合的方针；对法国的主战派要予以打击，但要留有余地，对法国的主和派要争取，给予一定的支持；对有中立倾向的老挝、高棉王国政府采取和解的政策，并从民族利益出发，争取他们反对美、法侵略者；对苏联、越南要紧密合作，保持一致。但又不能消极等待，必要时应该争取主动出击。

此时，周恩来对于朝鲜问题的谈判，已经有一种难以达成什么协议的预感。美国顽固的不妥协的态度，英法虽同美国有矛盾，但战争已停，不可能再起，朝鲜统一非一朝一夕之事，因此不急，其他国家虽有不同意见，但慑于美国的压力，不敢仗义执言。而印度支那的战争还在激烈地进行，只要我们及时掌握有利时机，运用好政策和策略，是有可能达成协议的。因此，他抱着很大的信心和决心去参加日内瓦会议关于恢复印度支那和平问题的讨论。

经过中、苏、越的斗争和各方面的共同努力，1954年5月8日下午，日内瓦会议开始讨论印度支那问题。

参加会议的有：中华人民共和国外交部部长周恩来、苏联外交部部长莫洛托夫、法国外交部部长皮杜尔、英国外交大臣艾登、美国副国务卿史密斯、越南民主共和国副总理兼代理外交部部长范文同、法兰西联邦印度支那三成员国的代表——越南国代表阮忠荣、寮国王国代表冯·萨纳尼空、高棉王国代表泰普潘。

根据会前达成的协议，日内瓦会议关于印度支那问题的讨论由英国代表艾登和苏联代表莫洛托夫轮流担任主席。首次会议由艾登担任主席。

艾登在致简短的开幕词后，宣布了有关会议的程序事项。会议的正式语言是法文、俄文、英文和中文，逐日依次替换。

会议随即进入一般辩论。法国代表皮杜尔首先发言。

皮杜尔为了转移世界舆论和法国舆论对于恢复印度支那和平的迫切关心情绪，一开头就大肆渲染奠边府战事的重要性。他特别渲染从奠边府撤退伤病员的细节，企图在人们心目中造成一种印象，似乎在战争中违反人道原则的不是法国方面，而是越南民主共和国方面。

皮杜尔在发言中表示希望这次讨论能得出"大家都能接受的解决办法"。他说,他不放弃任何机会来取得公平、合理的和平,并保证战争不再复发。皮杜尔还呼吁会议应避免陷入"思想观念的讨论",因为这样就会"阻止会议可能获得的效果","使双方的立场僵化"。

皮杜尔接着提出了法国关于停止印度支那敌对行动的建议:

甲、越南:1.把正规武装部队集结在由总司令所建议并经会议确定的聚集地区;2.既不属于军队也不属于维持治安的部队的人员一律解除武装;3.立即释放战俘与被拘平民;4.由若干国际委员会来监督这些条款的执行;5.签订协定后立即停止战斗行动,上述重新集合军队与解除武装的措施最迟在签订协定后10天以内开始。

乙、高棉与寮国:1.侵入这个国家的所有越盟正规部队与非正规部队一律撤退;2.既不属于军队也不属于维持治安的部队的人员一律解除武装;3.立即释放战俘与被拘平民;4.由若干国际委员会来监督这些条款的执行。

丙、由参加日内瓦会议的国家提供对于这些协议的保证。凡有任何违反协议的情况,这些国家应立即进行磋商,以便个别地区或集体采取适当的措施。

这个建议同同年3月5日法国总理拉尼埃所提出的曾被法国舆论称之为要越南人民投降的停战条件如出一辙,表明法国主战派在奠边府失败后,仍以殖民统治者自居,以战胜者姿态出现,这样如何能在印度支那真正停止敌对行动和恢复和平?

越南民主共和国副总理兼代理外交部部长范文同发言着重指出:

　　高棉抗战政府和寮国抗战政府得到解放区人民热烈的支持和爱戴，并在两国全体人民中享有很高的威信和巨大的影响。这两个政府代表着大部分的高棉和寮国人民，它们体现着两国人民的民族愿望。因此，这两国政府的正式代表参加这次旨在解决在印度支那停止敌对行动和恢复和平问题的会议是必要的。

　　范文同说，越南民主共和国代表团坚信，高棉抗战政府和寮国抗战政府的正式代表参加会议，向会议提出他们所代表的人民的愿望和建议，这不是一种障碍，相反，还将是使我们会议获得成就的一个保证。他还强调指出，这不仅是印度支那各国人民的愿望，而且是全世界人民的愿望，同时也是所有爱好和平的人民的愿望。他们真正要求解决停止印度支那战争和恢复印度支那和平问题。

　　美国代表史密斯针对范文同的提议，竭力反对讨论会议的成员问题，他说："参加日内瓦会议的国家好像是在柏林会议上已经决定了。"

　　周恩来接着发言："我不同意美国代表的意见。我认为这个会议有权利讨论这个会议的成员问题。中华人民共和国代表团完全支持范文同先生的建议。我们认为他的建议是公平的、合理的。我提议，我们的会议应通过越南民主共和国代表团的建议。"

　　周恩来讲完之后，莫洛托夫紧接着发言，以呼应范文同和周恩来的建议和发言，他说："不仅越南有战争，而且高棉、寮国也为他们的独立、自由而进行着斗争，两国人民成立了两个民主政府，它们得到人民的支持，并拥有相当的区域。因此我们不能拒绝他们参加的权利。鉴于以上所说，苏联代表团支持越南民主共和国代表团的建议。"

　　莫洛托夫援引了柏林四国外长会议的公报来反驳美国代表。他说："从这个公报中可以明显看出，除了中、苏、美、英、法五国以外，还要邀请其他有关国家参加会议。苏联代表团认为上述五国的头一件工作就是由他们来决定邀请哪些国家。在日内瓦已经商讨过，由西方三国邀请印度支那联邦成员国，由中苏两国邀请越南民主共和国。对越南民主共和国的请柬是由中苏两国发出的。同样的，我们知道五国也已同意三个印度支那联邦成员国也可参加会议。因此，这三个国家的代表现在已在会议室中，而柏林会议的公报原来并没有规定他们是可以出席这次会议的。"

皮杜尔反驳道：高棉抗战政府、寮国抗战政府是"并不存在的"，是一个"幽灵"似的政府，讨论它是"浪费时间"。

艾登发言不同意范文同的意见，他说"邀请参加会议的国家应由参加柏林会议四国讨论"。

高棉王国代表泰普潘附和反对邀请高棉、寮国抗战政府参加会议。

周恩来再次发言，表示支持苏联代表团的意见，由苏、英、美、法、中五国在会外讨论越南民主共和国的建议。周恩来指出，法国代表和高棉王国代表的意见是完全漠视寮国和高棉人民的民族独立和权利。

范文同接着严厉责问皮杜尔："高棉和寮国的抗战政府是'幽灵'还是真正的政府，最好把他们的代表请来，你们看到底是人还是幽灵。在联合国的会议中，法国代表曾说越南民主共和国的代表是'幽灵政府'。既然是'幽灵'，你们为什么要派军队和他们打仗呢？这些'幽灵'已经跟你们打了多年，并且已经消灭了你们许多军队。这些'幽灵'现在已经坐到你们面前来了。"范文同说："我们完全支持苏联代表团的建议，由五大国在会外加以讨论。"

艾登说，现在会上已经有了两个不同的建议，一个主张由四国在会外去协商越南民主共和国的建议，一个主张由五国去协商，这两个建议是不相调和的。他建议休会，到 5 月 10 日下午再继续举行。

这是日内瓦会议关于印度支那问题上的斗争初试锋芒。周恩来、莫洛托夫、范文同明知西方国家是不会同意高棉和寮国抗战政府参加会议的。那么范文同为什么要提出这个建议呢？醉翁之意不在酒，而在于宣传，使世界人民知道有这两个抗战政府的存在，从而增加斗争的砝码，讨价还价的资本，这是外交斗争的一种手腕，一种艺术，一种策略。

中美舆论交战

散会后，周恩来为了扩大这场斗争的影响，同时揭露西方国家，他立即要求新华社就今天的会议写一篇报道。当日晚上，经过周恩来审阅和推敲的《日内瓦会议关于印度支那问题的讨论》的报道便发出了。

报道说，印度支那问题谈判的第一天出现了和杜勒斯一样的不妥协的语调。史密斯和皮杜尔拒绝高棉和寮国抗战政府所提出的派遣代表出席会议的要求，它们之所以提出这种要求是因为印度支那的和平和越南、高棉、寮国这三个国家有关。

报道说，皮杜尔所提出的根据法国政府拟定的条件实行停火的建议，认为是要求越南人民投降的陈旧的殖民主义态度提出的专横条件。但是，最近奠边府的解放已经表明，法国军队并不是战场上的胜利者。皮杜尔要求越南人民军撤退，但并没有提到法国军队的撤退。

皮杜尔提出的条件中包括了关于没有出席会议的寮国抗战政府和高棉抗战政府的条件。

报道强调说，美国在东南亚进行干涉和保持殖民主义的阴影笼罩着关于恢复印度支那和平的谈判。美国加紧干涉和深入东南亚的政策，与莫洛托夫和周恩来外长所阐明的尊重民族权利和自由，让亚洲人民不受外来干预解决他们自己的事务的原则恰成鲜明的对照。为什么一方面美国代表团关上大门不让更多的亚洲国家参加决定亚洲问题的会议；而另一方面，苏联和中华人民共和国的代表则对于像印度、印度尼西亚、缅甸和巴基斯坦这样的亚洲国家不能参加会议表示遗憾，其理由也就在这里。

美国代表团也在会外加紧活动。史密斯在5月9日讨论印度支那问题的当天，发表一项声明，为美国的立场进行诡辩。

声明说，我们准备把我们的资源用之于和平建设性的目的。只有当我们国家安全以及一切与我们利害一致，具有和平与自由的共同目标的国家的安全受到长期不断的威胁时，我们才不得不建立更多的防御性的安全联盟。

声明说，我们到这里来是要建立一个统一、自由、民主与独立的朝鲜，我们到这里来是要协助，如果我们能够的话，越南、寮国和高棉三个联邦成员国建立持久的、稳固的和平；我们到这里是要维护联合国抵抗侵略的权威；我们到这里来是要防止共产主义在东南亚蔓延；我们到这里来是要同全世界的自由国家更紧密地团结在一起。

史密斯在漂亮的外交辞令下，掩盖美国的真实面孔和真正目的。

周恩来与莫洛托夫、范文同研究，一致认为奠边府战役打乱了西方的步伐，扩大了他们之间的矛盾，对和平解决印度支那问题很有利。我们应该利用在战场上的胜利，乘胜追击，在谈判中应该采取主动，积极进攻。周恩来主张在下次会议上应该首先把英法提出遣返战俘的要求接过来，发表一个声明或公告同意法方运走在奠边府被我方俘获的战俘，放一个响爆竹，以先声夺人，说明我们是主张和解的。同时，我们要把原先准备的讲稿，根据新的情况，再做些补充修改，矛头主要对准美国和法国的主战派，对保大集团也要攻它一下，对于英国、柬埔寨、老挝可以放他一马，在原则问题上、特别是主权问题上调子要高，便于讨价还价。

范文同说，我同意周恩来同志的意见。

莫洛托夫点头同意。他对着范文同说："我们苏中两国发言支持你的意见。"他用两只炯炯有神的眼睛看着范文同和周恩来。

5月10日，日内瓦会议于下午3时开会，继续讨论印度支那问题。苏联外交部部长莫洛托夫担任主席。

越南民主共和国副总理兼代理外交部部长范文同首先宣读了就关于允许法军运走在奠边府被俘的重伤人员的声明。

范文同说：

> 越南民主共和国代表团奉本国政府之命特作如下声明：
>
> 越南民主共和国政府在此次战争中，一向持人道政策，对于俘虏和伤兵尤其如此。基于这个人道政策，我国政府准备允许运走在奠边府被俘获的法国远征军重伤人员。
>
> 如果法国政府愿意运走这些重伤人员，双方司令部的代表将对此事就地采取切实的措施。

保大越南国代表阮国定接着发言，他说他有一封信给主席，信里建议会议考虑不延迟地从奠边府撤退伤员的问题。

主席莫洛托夫回答说，这封信是刚刚收到的，现在正在翻译。他只是从这位代表的发言中才知道这封信的内容。莫洛托夫对越南民主共和国代表团首席代表刚才的声明表示满意。他说，这种对于法军重伤员的人道主义的行动，无疑将改善他们的处境，而且是符合我们的共同愿望的，他相信有关当局会为此采取适当的措施。

法国外交部部长皮杜尔表示愿意接受越南民主共和国的建议，同意由双方司令部就地采取必要措施，以便执行从奠边府运走法国远征军重伤人员的任务。

范文同发言阐述立场

越南民主共和国代表团首席代表范文同接着就停止印度支那战争问题作一般性发言，他讲了越南民主共和国的基本立场是"和平、独立、统一和民主"。叙述了越南民主共和国成立的历史，追述了90年来法国侵略印度支那的历史，"印度支那战争的责任应由法国侵略者担负"，历数了越南民主共和国多次与法国签订的协议都被法国撕毁了。指出印度支那战争的"延长和扩大应由美国的干涉负责"，揭露和谴责美国企图"统治世界的强权政治和将法国挤出印度支那，把印度支那变成美国的一块殖民地，掠夺它的经济和资源，镇压印度支那各族人民的民族和民主运动，使印度支那成为侵略东南国家的跳板，变印度支那为美国的一个军事基地"。范文同接着把矛头着重指向美国，揭露它要扩大印度支那战争的图谋。他说："可是，尽管美国对战争的干涉变本加厉，法军仍然是屡战屡败，越南、高棉和寮国人民继续获得新的胜利。纳瓦尔计划不仅没有能改善法方的军事形势，反而使它更加恶化。美帝国主义者又利用这种形势以便在干涉方面采取新的步骤。美国在1954年拿出比以前多得多的新的军事拨款，进一步供给大量的飞机和人员直接参加消灭越南、高棉和寮国的人民，但作为交换条件，美国人硬要参加训练所谓土著部队。"

范文同说：

越南民主共和国政府代表团愿意和参加这次会议的其他国家的代表团共同努力，保证这次会议成功。

根据以上所述，越南民主共和国代表团向会议提出恢复印度支那和平的建议如下：

（一）法国承认越南在越南整个领土上的主权与独立，并承认高棉与寮国的主权与独立。

（二）缔结协定，规定在交战双方同意的时间内，自越南、高棉与寮国领土上撤退一切外国军队。在军队撤退以前，就法国军队在越南集中地点达成协议，特别注意把他们的集中地点限到最小限度，还应该规定法国军队不得干涉他们集中地区的当地政府的事务。

（三）在越南、高棉与寮国举行自由普选。在越南、高棉与寮国国内，分别举行双方政府代表的协商会议，并在保证爱国党派与社会团体有行动自由来筹备并举行自由选举的条件下，在各该国建立一个统一的政府，不允许有外来的干涉。成立地方性委员会来监督选举的筹备与进行。

在上述各国的统一政府没有建立以前，双方政府在那些根据停止敌对行动的协定实行了解决办法以后应该归其管辖的地区内，分别行使其行政上的职务。

（四）由越南民主共和国代表团就越南民主共和国政府愿意研究越南民主共和国依照自由意志的原则与加入的条件而加入法兰西联邦的问题发表声明。高棉与寮国政府也应该发表相应的声明。

（五）越南民主共和国以及高棉与寮国承认法国在这些国家内现存的经济与文化上的利益。

在越南、高棉与寮国各自的统一政府建立以后，这些国家与法国之间的经济和文化关系，应该根据平等互利的原则解决。在这三个国家的统一政府还没有建立以前，印度支那和法国间的经济与文化关系暂时维持现状而不加以改变。不过在那些交通与贸易联系已告中断的地区内，得在双方谅解的基础上重新建立这种联系。

双方公民将享受在另一方领土上居留、移动和事务活动方面的特惠地位，这种地位将在以后决定。

（六）交战双方保证不对在战争时期和另一方合作的人起诉。

（七）实行互相交换战俘。

（八）在执行（一）项至（七）项所规定的措施之前，应该先在印度支那停止敌对行动，并由法国和三国中的各国为这个目的缔结适当的协定，其中应该规定：

甲、交战双方的一切武装部队——地面部队、海军和空军——在整个印度支那领土上同时实行彻底的停火。印度支那三国中的双方为了巩固停战，应对领土和他们所占领的地区作必要的确定，并且应该规定：双方都不得在另一方军队为了上述目的而通过对方占领的领土时采取阻挠措施。

乙、完全停止从外面把新的地面部队、海军和空军部队或人员或任何类型的武器和弹药运入印度支那。

丙、建立监督，以监督停止敌对行动协定条款的执行，并为此目的在三国设立由交战双方代表所组成的联合委员会。

范文同强调说：

我们的代表团提出的上述建议有三重目的：
（一）停止战争建立和平。
（二）保证在承认印度支那人民的民族权利的基础上恢复

和平。

（三）建立印度支那国家与法国之间的友好关系。

必须指出，这个建议的主要一点在于承认越南、高棉与寮国人民民族权利的基础上解决恢复和平的问题。

这个根本问题的解决以及印度支那人民和法国人民关系的问题的解决，将保证根据公正和荣誉的原则，建立巩固与持久的和平。

复会后，高棉王国的代表泰普潘和寮国王国的代表冯·萨纳尼空相继发言，他们闭上眼睛不承认拥有广大地区和为人民拥护的高棉和寮国抗战政府的存在，他们完全抄袭皮杜尔的论调，把高棉和寮国人民争取民族独立运动诬蔑成"外国侵略"。

英国代表艾登接着发言。艾登承认范文同的发言是代表了越南人民的民族愿望，但是他却企图替美国辩护，否认范文同对于美国干涉印度支那战争的指责。他把美国说成似乎是一个"从来没有奴役过世界上任何人"的国家。

艾登说，他不想讨论过去谁是谁非，他认为会议的目的是寻求解决办法。艾登认为皮杜尔的建议是"现实的"，他要求以皮杜尔的建议作为讨论的基础，他认为这个提案只是一个大纲，一切细节可由谈判解决。艾登说："大家必须面对印度支那的现实，在那里并没有一条清楚的现成的战线，因此简单的停火是颇不实际的。"艾登主张要有所安排，以隔离敌对双方的部队，并使之撤退到明确划定的地区内。同时必须采取双方协议的措施，以保证停战之稳定并对上项规定不致引起误解。艾登要求立即进入上项建议的具体讨论，以期在本星期内能拟订一项具体计划。

美国代表史密斯在会上发言。他说："越盟发言人擅长于共产党那套歪曲历史和颠倒黑白的伎俩。全世界已经懂得如何来估量这种捏造的说法。越盟代表对于美国的指责跟其他共产党代表在会议首先讨论朝鲜的阶段提出的指责在实质上是一样的。这些指责已经遭到详细而充分的反驳，我认为现在没有理由再注意这些指责而使这次会议不能进行它的重要工作。但是，我不能不对越盟代表称越盟对高棉和寮国的野蛮的侵略是'解放'运动的厚颜无耻的说法发表一些意见。现在，我只想这样说，在他的发言以后，人们极难相信越盟代表参加这次会议是抱有谈判公正与持久和平的意愿的。"

史密斯说，"美国欢迎法国的主动，相信法国代表已对恢复印度支那的和平做了有益的贡献。法国的建议是符合任何圆满的解决办法必须遵守的一般原则的。我们认为这种建议还应当伴以一个解决政治问题的计划。""美国代表团建议会议以法国的建议作为讨论的基础，并希望我们将采取建设性的迅速步骤来恢复印度支那的和平。"

保大越南国代表阮国定要求撤退被俘的奠边府守军伤员中应包括保大军队的伤员。皮杜尔也表示他在接受越南民主共和国关于这个问题的建议时也是这样理解的。主席莫洛托夫说，我相信参加会议的代表们都注意到了上述意见。

中国作为五大国之一，其代表团既要出席朝鲜问题的讨论，也要出席印度支那问题的讨论。作为代表团团长的任务更重、事情更多，既要研究形势，确定对策，准备发言，无论是大会或是小会发言以及与外国代表团会谈也大都是团长的事。周恩来在这个会议上唱主角，他一向是事必躬亲，就比其他国家的代表团团长要忙得多了。他既是谈判的决策者、指挥员，又是亲临第一线的战斗员。不像有的国家代表团团长许多事情都由别人代劳了，连起草大会讲话、小会发言都让秘书们弄好了，到时候自己拿起来念一遍就完了，挤出时间去欣赏日内瓦的湖光山色，或找朋友聊天，或到剧院听音乐看戏，或到舞厅跳舞去了；也有的逛大街进商店为夫人、小姐购买时装、首饰、化妆品。而周恩来除了开会、会客外，整天整夜地阅读报纸、看文件、研究问题，考虑对策、起草或修改发言稿、讲话要点、新华社与《人民日报》等报纸的报道和文章；还要及时向国内写请示报告，让中央了解日内瓦会议的进展情况；还经常找代表团工作人员谈话，了解他们的工作、生活情况，询问有什么困难、问题，并给予指示。他多次对代表团秘书长王炳南说："你们不要光顾我，多关心同志们，大家都是第一次到西方国家来，一定要把全体代表的所有的生活都安排好，这样才好开展工作。"所以他是既管外又管内，有时一天仅睡两三个小时，甚至整夜不眠。有一次翻译到他那里去汇报工作，在他的卧室、办公室里没有找到，又到院子、花园里找了半天也没有找到，问警卫员，警卫员说未见首长出去啊！奇怪，总理到哪里去了呢？这可把大家急坏了。秘书、警卫、翻译一起找，结果在他的卫生间里才找到他。原来他是到卫生间里刮胡子。周恩来是有名的美髯公，两颊上的胡子又浓又长，要经常剃刮。他的脸上刚刚抹上香皂沫，就不知不觉地在卫生间的椅子上打起瞌睡来了。

翻译将周恩来叫醒，说："有一份紧急的电报，要请示总理如何处理。"

周恩来迷迷糊糊地答应着："嗯、嗯，让我再眯5分钟就行了。"

可见他的睡眠实在太少了，已经累到不能再累的程度了。

周恩来到日内瓦后，于4月28日，日内瓦会议开幕的第二天上午，率领代表团的全体成员，参观日内瓦会议的会址国联大厦万国宫的大会议厅、理事会会议厅及附设的小会议厅、办公室、图书馆和阿里安纳花园，询问了那里的情况，瞻仰了阿里安纳花园过去主人的陵墓，欣赏了花园中的名贵花草树木，理事会会议厅天花板和四壁西班牙艺术大师绘制的象征正义、力量、和平、法律和智慧的壁画以及象征世界五大洲团结的五个巨人五双巨手紧握在一起的浮雕。这次参观，实际上是让代表团同志熟悉会议地点内外情况，哪是什么参观游览，别的什么日内瓦"风景区""游览胜地"他一概未去。

代表团秘书长王炳南说：

日内瓦会议期间，周总理的工作十分繁忙，所有能利用的机会都利用了，所有可以利用的时间他都不放过，除了开会，他把全部时间都用来看材料，听汇报、了解研究世界的最新动态，考虑和处理会上出现的问题。清晨起来，不是看见他伏案疾书，就是看见他在阅读、沉思，他屋里的灯常常从天黑亮到天明。本来，日内瓦是著名的风景区，向有"世界公园"之美称，参加会议的所有代表团都找机会去游山玩水。我们见总理工作得太紧张，也曾劝他出去散散步，他总是亲切地说，多做点工作吧，再说我们要考虑对外影响。

我们这个代表团是受毛主席、党中央的委托，第一次带着全国人民的希望，为了争取世界和平，开展国际斗争而来的，不是来游玩的，不能那样做。瑞士的报纸对此特地作了评论和赞扬，他们说，"中国的总理与众不同，休息日也不见他出去游玩，真正是一心一意为会议"。

在这以前或以后，周恩来出国访问，除了主人安排的日程以外，从不游山玩水，这是他一贯地严于律己的作风。

尽管很忙、很累，周恩来仍然神采奕奕，精神抖擞，工作起来周到细致，严格认真、一丝不苟、滴水不漏。

周恩来再作精彩发言

5月12日下午3时，在讨论印度支那的第三次会议上，周恩来作了精彩的发言。他既从容又铿锵有力地说：

主席、各位代表先生：

日内瓦会议已经进入关于恢复支那和平问题的讨论。摆在我们面前的重大任务就是要在承认印度支那人民的民族权利的基础上，停止敌对行为，恢复印度支那的和平。怎样才算承认印度支那人民的民族权利呢？那就是必须承认越南、高棉和寮国人民有充分权利获得他们各自的民族独立、国家统一和民主自由，并在他们各自的祖国的土地上过和平生活。

当我们在这里讨论印度支那问题的时候，战火仍然在印度支那的土地上燃烧着。这一场继续8年的战争严重地破坏了印度支那人民的和平生活，同时也给法国人民带来了重大的灾害。

现在，由于美国政府的加紧干涉，这个战争有更加扩大的危险，以致日益威胁着亚洲及世界的和平。

中华人民共和国对于目前正在它的邻邦进行的战争和战争扩大的危险，不能不加以密切的注意。中国人民认为朝鲜战争停止了，现在，印度支那战争同样应该停止。

周恩来在回顾了90年来法国侵入印度支那，进行残酷的殖民统治和印度支那人民争取民族解放进行顽强不屈的斗争历史后，明确指出：当前的印支战争的性质，对法国来说则是"企图重新奴役印度支那人民的殖民战争，而印度支那人民所进行的抵抗，则是一个反对殖民主义侵略、保卫民族独立的正义战争。正如印度总理尼赫鲁先生本年 4 月 24 日在印度国会中曾说过：'印度支那冲突就其起源和基本性质来说，乃是反殖民主义的反抗运动，以及用传统的镇压及分而治之的方法对付这一反抗的企图。'但是，法国代表团团长皮杜尔先生在本会议的发言中，却把法国政府在印度支那战争中的责任推得干干净净，这显然是歪曲历史事实"。

周恩来说：

从战争开始以来，越南民主共和国屡次向法国政府提出经过协商途径和平解决印度支那问题的建议。但是，法国统治集团中的主战派却不肯放弃重新征服印度支那人民的腐朽的殖民政策。他们不肯停止这个被法国人民斥为"肮脏战争"的印度支那战争，或者故意提出为对方所不能接受的条件来阻碍停止这个战争。

毫无疑问，法国广大人民是希望停止印度支那战争的。他们日益清楚地认识到，这一殖民战争的继续，使法国的民族利益和国际地位受到了严重的损害。许多有远见的法国政治人物，也都认识到了这一殖民战争的毫无前途，因而主张在印度支那停止战争，恢复和平。许多法国人都在问：既然在朝鲜能够停战，为什么在印度支那不能够停战呢？美国人自己既然在朝鲜接受停战，为什么又不容许法国人在印度支那接受停战呢？

接着周恩来雄辩而又充分地论证了美国企图扩大印度支那战争的阴恶目的和伎俩。他说：

　　问题的关键就在于美国干涉者害怕和平。他们在朝鲜被迫停战后力图继续保持和加强国际的紧张局势。因此，美国干涉者就对印度支那战争采取了进一步干涉和扩大的政策，而法国统治集团中的主战派也一直追随着美国的这种政策。不难看出，美国干涉者扩大印度支那战争的目的决不限于夺取印度支那，它还企图以印度支那为基地来对整个东南亚进行侵略。在日内瓦会议召开之前不久，美国国务卿竟公开号召对印度支那采取"联合行动"，并策动组织东南亚和西太平洋的军事集团。虽然美国这种威胁亚洲和平的政策已经遭受到全世界爱好和平的人民、首先是亚洲人民的反对，但是，仅在几天以前，美国政府还在宣称关于组织东南亚军事集团的商谈正在活跃地进行着，并且说，这样的一个组织正在形成中。这就表明：当日内瓦会议正在讨论恢复印度支那和平的时候，美国还在积极活动，拉拢其他国家参加它所策划的军事冒险。

周恩来发出强有力的号召，希望亚洲人民团结起来维护亚洲和平，结束印支战争。他说：

　　维护亚洲的持久和平和集体安全，需要亚洲国家共同努力。我在 4 月 28 日讨论朝鲜问题的发言中曾经说过："亚洲国家彼此之间应该进行协商，以互相承担相应的义务的方法，共同努力维护亚洲的和平和安全。"

　　中华人民共和国政府认为，亚洲国家应该互相尊重各国的独立和主权，而不互相干涉内政；应该以和平协商方法解决各国之间的争端，而不使用武力和威胁；应该在平等互利的基础上建立和发展各国之间的正常的经济和文化关系，而不容许歧视和限制。只有这样，才能使亚洲国家避免新的殖民主义者利用亚洲人打亚洲人的空前灾难而获得和平和安全。

中华人民共和国代表团希望会议以最严肃的态度来考虑越南民主共和国代表团首席代表范文同先生代表越南人民所提出的关于恢复印度支那和平，实现越南、高棉、寮国的民族独立、国家统一和民主自由的声明和建议。我们认为，越南民主共和国代表团的声明和建议真正表现了印度支那人民为和平、独立、统一、民主而斗争的意志和他们的合理要求。这些建议，在中国代表团看来，已经为和平解决印度支那问题开辟了道路。

但是，法国代表团团长皮杜尔先生在5月8日的发言中，却仍然采取了殖民统治者的态度，继续无视法国政府曾经承认过的越南民主共和国的存在以及它的政府获得越南广大人民拥护的实际情况。他并拒绝高棉抗战政府和寮国抗战政府的代表参加会议，他撇开了恢复印度支那和平的政治基础，而以战胜者自居，提出了停止敌对行为的片面条件，来要求印度支那人民接受，这是不现实的、不合理的，也是不符合根据平等权利进行协商原则的。

中华人民共和国代表团完全支持越南民主共和国代表团首席代表范文同先生的声明和建议，并认为，他的建议可以成为本会议讨论在印度支那停止战争和恢复和平问题并通过适当决议的基础。

这些建议，我们认为，是符合印度支那人民谋求和平、独立、统一、民主的愿望，符合法国人民及世界其他各国人民的和平利益的。

周恩来的发言义正词严，具有很强的逻辑性和哲理性，摆事实讲道理，有很大的说服力，再加上他抑扬顿挫、声音洪亮而又柔和，颇有感染力。因此，这个发言效果非常好，在会议休息的时候，有不少人向周恩来表示赞许和同情，并称赞周恩来不仅人才出众，文章、口才也出众。

越南国代表阮国定接着发言，他在发言中极力歪曲第二次世界大战后越南的历史，企图替保大的叛国罪行辩护，然而在他的叙述中也不得不承认越南民主共和国是受到越南人民拥护的真正合法政府。阮国定吹嘘保大政权的"代表性"，说得到了许多国家的承认。

阮国定抱怨法国没有"集中力量"来加紧进行印度支那战争。他说法国军队不是侵犯越南，而是为了"保卫"越南。阮国定还替美国干涉印度支那战争辩护，把美国说成是"解放者"，但是他因害怕暴露他的卖国嘴脸而不敢喋喋不休，显得软弱无力。

阮国定一再解释法国和保大政权在4月28日发表的所谓"共同宣言"。他说，根据这个宣言，越南就能得到"独立"，因此，越南人民争取民族斗争是"没有理由的"。

阮国定最后提出"重建全国范围内的和平的建议"。

美国代表史密斯发言，说他对阮国定的建议很有兴趣，准备在以后的会议上再对这个问题发表意见。史密斯强调在联合国主持下监督停战，他表示欢迎艾登所提出的问题。

寮国王国代表冯·萨纳尼空说，保大政府是越南的唯一政府，他认为答复艾登所提出的问题会有助于会议的工作。

越南民主共和国代表范文同接着发言，他指出：越南、高棉、寮国三国人民共同为民族独立而斗争。否认高棉和寮国抗战政府的存在是不能解决问题的。

高棉王国代表泰普潘接着发言，他表示支持保大代表的发言，并且硬说高棉没有高棉抗战政府，声称他要"义不容辞"地为美国殖民主义辩护，他承认他的政府是受美国的"保护"的。他对艾登五个问题中的第二、第四、第五个问题的答复都是"是的"。

六、会议内外多方周旋

　　日内瓦会议会下会外的活动甚于会上活动，在会议的初期主要是在谈判双方阵营内部交往，如莫洛托夫分别宴请周恩来、南日、范文同，周恩来分别宴请莫洛托夫、南日、范文同，南日分别宴请周恩来、莫洛托夫、范文同，范文同也分别宴请周恩来、莫洛托夫、南日，彼此频繁往来、交谈、磋商。史密斯、艾登、皮杜尔等西方国家代表也相互宴请、往来。以后逐渐增加了谈判双方间的交往、谈话、宴请，但是，这种交往有友好的探讨，有面对面的斗争，有讨价还价，各持己见，争执不下，也有妥协让步，达成谅解和协议。

　　周恩来是善于同朋友交往也善于同敌人打交道的人。他是中国共产党统一战线的创始人之一，最善于运用统一战线的政策。现在他把统一战线运用到日内瓦会议上、国际斗争中，他要利用对方阵营的矛盾，根据不同对象，采取不同策略进行工作，以分化对方，团结一切可以团结的力量，孤立和打击顽固派，从而推动会议的进展。

与艾登会见彼此摸底

5月14日上午10时30分，英国外交大臣艾登前来万花岭花山别墅拜会周恩来。在座的英方有卡西亚、艾伦、杜维廉，中方有张闻天、宦乡、章文晋，翻译浦寿昌。

周恩来在别墅会客室的门口迎接他，两人亲切地握手。周恩来说："欢迎大臣阁下前来看我。"

艾登说："能够有机会来拜会外长阁下非常高兴。"周恩来请艾登坐下，服务员送来龙井绿茶，艾登端起来喝了一口，说："真香！"随后两人开始了正式谈话。

艾登："感谢您允许我来看您。我还没有机会和您谈过话，今天在我访问莫洛托夫先生之前先来看您，主要任务是以主席身份来和您商量一下会议今后如何进行。我更关心的是印度支那问题。按照现在这样，大家发表演说，互相对骂，恐怕有危险，因此，建议开限制性会议，进入实际的协商。我已经提出了五个问题，如果您认为这五个问题是好的，那么就可以在限制性的会议中来谈这五个问题，如果认为这五个问题不好，不知是否还有别的办法来进行。"

周恩来："在会议开始的时候，双方是要说明立场的。

"在朝鲜问题上，如果各方有一个共同的愿望，希望朝鲜得到和平统一，那么问题是可以解决的。

"中国代表团是支持南日外务相建议的。您昨天所提的五个问题，我们正在研究。在朝鲜问题上，我们曾经试过一次限制性的会议，可以再试。"

艾登："我更关心的是印度支那问题，因为在朝鲜至少已经不再打仗了。但是我同意您所说的，在朝鲜问题上再试一下限制性会议的意见。

"我之所以关心印度支那问题，还不是因为当地的一些问题，——对这些问题我是不熟悉的。而且害怕各大国在印度支那问题上互相坚持立场，以致引起国际性危机。"

周恩来："中国已说明它对印度支那问题的意见，您知道，我们是支持越南代表团范文同先生提出的建议，因为我们认为这些意见是全面的。

"在印度支那问题上要求和平的人多，但是也有人要继续印度支那战争，那就会引致危险。关于这一点，艾登先生您比我知道得多。"

艾登："据我所知，大家都是希望战争停止下来的。"

周恩来："关于您所提的五个问题，我们不太清楚其中的第一个问题，即双方一切军队都集中在规定的地区内，我想请您解释一下。"

艾登："我们的想法是把双方的军队撤退到规定的地区，以免双方发生冲突。这些规定的地区可以由双方的军队司令官决定，然后在我们的会议上加以批准。"

周恩来："正如我已经说过的，印度支那问题的解决，必须对双方来说都是公平的合理和光荣的。我们认为，目前以英国的地位，英国还可以多做一些工作，来使对方了解谈判必须是双方平等进行的。现在的情况是，对方不是这样的，而企图把这一些强加于这一方面。"

艾登："您从哪些方面看出是不平等的?"

周恩来："法国撇开停战的政治方面不谈。"

艾登："啊！您谈的这个问题，双方都有一些指责的。"

周恩来："不是，我所指的不是这个。我说的是法国没有答复范文同建议中的政治部分，只承认保大代表全越南，由他来统一全越南，这完全是不合理的想法。"

艾登："法国的想法是让联邦成员国先说。我的了解是，今天下午法国可能发言，我们希望在印度支那先取得停战，然后再谈政治问题。停战问题或许可以作为第一个实际问题在限制性的会议中来讨论。限制性的会议也许可以在下星期举行。因为今天下午还要继续一般的辩论。"

周恩来："关于举行限制性的会议的建议，我们要与苏、越代表团商量和研究。"

艾登："当然，当然。"

周恩来："我想知道，您对于限制性会议的设想是怎样的?"

艾登："我想的是，各代表团团长之外，每一个代表团只有两三个顾问参加，会议的内容不向报界公布。在柏林会议时，我们就试用这个办法，很有用处。关于召开日内瓦会议的协议就是这样达成的。"

周恩来："我还想补充几句。中国同它的亚洲邻国都愿和平共处的。最近，中国同印度签订的关于在中国西藏的通商协定，就足以表明这一点。在它的序言中，中印两国申明互相尊重领土主权、互不侵犯、互不干涉内政、平等互惠、和平共处。"

艾登："对的。"

周恩来："在朝鲜问题上，我也提出首先撤退外国军队，包括中国人民志愿军在内，只有这样，才能保证和平与安全。"

艾登："我想以英国外相的身份说几句。我们很希望能看到四大国，对不起，我说错了。我们很希望能看到五大国，那就是英、美、中、法、苏在一起共同努力缓和世界紧张局势，进行正常协商。但是在做到这一点以前，必须在印度支那问题上得到解决。印度支那问题本身固然重要，但是更重要的是不要因这个问题而影响五大国之间的关系。"

周恩来："中国取得大国地位是应该的，这是事实的存在。我们很愿意为世界和平特别是亚洲和平共同努力，但是我们必须率直地说，不能把这一点作为条件。"

艾登："不，我绝不想把它说成条件，我只是说明我对这个问题的看法。我所担心的胡志明可能想取得太多的东西，也许他有这种能力，但是如果他这样做，就会影响大国间的关系。"

周恩来："我想，现在要想取得太多东西的不是胡志明而是保大。越南国代表团提出的建议中，不但要求承认保大现在是越南的唯一领袖，而且要在选举以后，由联合国保证保大为越南的唯一领袖，胡志明并没有提出这样的要求。"

艾登："我刚才所想的不是演说的内容而是演说的背后的想法。"

周恩来："我不知道艾登先生是否研究过范文同的建议？他的建议中提到，在统一之前，双方各自管理现在控制的地区，这是平等的。"

艾登："我们希望双方把军队撤到规定的地区，法国的建议似乎也不排斥这一点，因此我们和法国在这一点上是有共同点的。"

周恩来："法国叫保大代表答复范文同建议中的政治部分，但是他的答复简直不成样子。从前蒋介石就会提出这种要求，一个政府、一个领袖、一个军队，其余都消灭。我想艾登先生、杜维廉先生对这也是很熟悉的，但是我们都知道蒋介石的结局是什么。"

艾登："我的想法是先取得停战，然后才谈政治问题，停战问题可以作为第一个实际问题在限制性会议中讨论。"

周恩来："政治问题，必须与停战问题同时讨论。"

艾登："我再次感谢您让我来看您，如果欢迎的话。"

周恩来："欢迎，我也要去看您，如果您欢迎的话。"

艾登："欢迎，我还感谢您派人和杜维廉先生谈，他们谈得很好，互相都感到满意。"

周恩来："杜维廉先生和宦乡先生谈话时提了一些问题，其中许多是可以解决的，过几天，宦还要找杜谈。"

艾登："那就好极了。"

周恩来："我们应该双方努力来改进中英关系。"

艾登："是的，然后再把别人也找在一起。"

周恩来："是的（用手指了一下艾）。"

艾登："对，那是我的任务了。现在我要去见莫洛托夫先生，不知道我们两人交谈之后，是否会想出一些高明的办法。"

艾登告辞后，周恩来同张闻天、宦乡、章文晋等研究艾登的来意和谈话内容，认为艾登在印度支那问题上同杜勒斯、史密斯的态度不同，他希望印支停战，但要把停战和政治问题分开；他要双方军队分地区集中，但不明确提出南北分治问题；他希望同中国发展关系、承认中国是五大国之一，但不承认只有一个中国；他要开印度支那问题限制性会议，但主要是想讨论他那五条建议。为了利用和扩大英美矛盾，可以给艾登一些面子，同意开印支问题限制性会议，力争在印支问题上达成协议，可以同英国发展关系，但要坚持原则，按我们的设想进行讨论，也要灵活，见机行事，不该让的坚决不让，该让的在一定时候可以让，有些问题上可以妥协。周恩来说："请闻天同志与莫洛托夫、范文同联系，今天晚上三国外长开个会研究一下开限制性会议问题；宦乡同志已在 5 月 3 日和杜维廉就中英关系问题谈过一次，再约一个时间同他谈一次，如果英国不肯同台湾断绝一切关系，在联合国问题上不明确支持我们，则先不同它建立正式外交关系，但为了争取英国，可以给它一点甜头，也可先建立半外交关系，我们可以派一个代办去伦敦，同时还可以发展贸易关系以及文化关系。"

5 月 14 日下午 3 时，日内瓦会议继续讨论恢复印度支那和平问题，莫洛托夫担任主席。

在同一天，中国代表团顾问雷任民举行记者招待会，介绍中国经济发展和对外贸易的情况，表示愿意同世界各国特别是西方国家进行贸易往来。

苏联代表团也举行记者招待会，揭露法方散布的越南民主共和国代表团不愿与法国代表团接触的谣言。

美国驻印度支那保大等三国大使海斯从日内瓦飞抵巴黎和保大进行会谈，要保大继续阻挠和破坏关于印度支那问题的讨论。美国代表团特别顾问罗伯逊和印度支那保大等三国政权的代表举行会谈，提供美国策划印度支那战争"国际化"情况，并讨论了美国"援助印度支那"计划。5月16日，史密斯和保大进行秘密会谈，保证保大政权扩大到全越南。可以看出，美国在加紧做印度支那保大等三国的工作，策动他们抵制日内瓦会议。

召集秀才写会议散记

周恩来一方面让雷任民放出中国愿意同西方国家做生意的气球，一方面根据日内瓦会议的情况，认为需要报纸就印度支那问题进行报道和配合，又考虑到《人民日报》、新华社已经写了一些报道和评论，为了发挥各报的作用，他让龚澎通知《东北日报》《南方日报》和《人民中国》的记者以及乔冠华、黄华、陈家康、柯伯年、宦乡、吴冷西等到他那里商量写一篇文章。被通知的人迅速赶了过来。

周恩来说："日内瓦会议以来，中国、苏联、朝鲜、越南在会议上、记者招待会上和报纸报道、评论中都集中揭露和抨击美国尤其是杜勒斯的战争政策、侵略政策、企图建立亚洲安全体系和破坏日内瓦会议的阴谋，同时阐明我们的外交政策，主张和平解决朝鲜、印度支那以及整个亚洲的争端，收到很好的效果，颇受世界爱好和平的国家和人民的欢迎，美国和杜勒斯受到孤立。但是美国的态度很顽固，仍在积极活动破坏日内瓦会议和组织什么亚洲安全体系，叫嚷要继续和扩大印度支那战争。法国的主战派拉尼埃、皮杜尔集团坚持殖民政策，不愿和平解决印度支那问题，而法国人民的反战运动日益高涨。因此，我们仍要继续将斗争的主要矛头对准美国和法国的主战派，支持和鼓励法国人民停止印度支那战争的要求，推动法国国内主和派和主战派以及英法与美国矛盾的发展，促进拉尼埃政府的垮台，争取在印支问题上达成协议。今天中午我和莫洛托夫、范文同交换了意见，同意艾登建议举行印度支那限制性会议，但无论是大会或小会都要加强对美国和法国主战派的斗争，争取法国的主和派和扩大英法、高棉、寮国王国政府和美国、法国主战派以及保大傀儡的矛盾，同时要加强会外活动，开展统一战线工作，也要舆论界予以积极配合。所以，请你们几位商量写篇关于印度支那问题的评述性文章，不知你们意见如何？"

龚澎说："我作为主管记者工作的，第一个赞成总理的意见，一方面是记者们义不容辞的职责，一方面也是我们新闻工作者的光荣。"

陈家康说："总理高瞻远瞩，把握日内瓦会议的进程，及时给我们明确指示，非常英明，我举双手赞成。"

宦乡说："现在法国拉尼埃政府如坐火山，岌岌可危。如果我们同苏联、越南和法国共产党配合好，再给它些打击，就有可能垮台。若是主和派上台，解决印支问题就有希望了。所以，我也很赞成总理的意见。"

乔冠华说："总理刚才讲的，实际上也是我们在日内瓦会议上关于印度支那问题的战略方针，当然还有许多策略问题，如哪些该坚持的原则，哪些可以让步的地方都要进一步考虑，谈判、谈判，双方都要有一定的妥协让步才能谈成。我建议中苏越也要商量一下，下星期的限制性会议如何开法，当然这是题外的话。至于写篇文章的事，总理刚才实际上已经作了原则指示，就按这个指示，请你们几位记者先去写个稿子送给我们。"

周恩来问记者们："你们几位还有什么意见？"大家表示将根据总理指示和几位顾问的意见，马上起草，送总理和顾问同志审阅、修正。

周恩来说："那好，不过文章中不要点英国的名，就是对美国和法国主战派也还是要摆事实讲道理，不要骂人，骂人不是本事，而且也不会得到别人同情。而越是摆事实讲道理，文章就越是有力量，越能服人。至于乔冠华同志提到的限制性会议如何开法，我已同莫洛托夫、范文同商量好，明天下午由葛罗米柯、范文同和王稼祥三位同志在苏联代表团那里开会，具体商量。一定要做好充分准备，不打无准备的仗。但我们要尽可能寻找共同点，缩小分歧点。"

5月15日下午5时，按照莫洛托夫、周恩来的意见，葛罗米柯、范文同、王稼祥等在苏联代表团驻地开会。

葛罗米柯："下星期要开印度支那问题的秘密会议，现在应考虑这个会议如何开法。越南民主共和国建议中和法国建议中都包括有停战问题，这个问题怎样讨论才好？对这个会的程序问题，范同志意见如何？"

范文同："下星期一是艾登当主席吗？"

葛："是的，问题是如何开始讨论？以我们的建议为基础，还是以法国的建议为基础开始讨论？法国建议未包括政治解决部分，只是军事部分，而我们的建议是全面的。"

王稼祥："法国方面现在不愿意提出关于印度支那问题的政治解决的意见。我看可从停战问题开始讨论，但不撤回我们对政治解决部分的意见。"

范："这对，可以从停战问题开始讨论。"

葛："我们应该交换一下意见，确定我们的共同立场，最好能把它写成成文的东西。"

王："似可逐点讨论，然后大家有意见再补充。"

葛、范："那好。"

王："第一点关于对方要越南从高棉、寮国撤兵问题，看可否这样答：那里有战争，但是那里并没有越南人民军。所谓撤军问题自不存在，那里有的是高棉、寮国人民自己的军队。"

葛："如果法国提出坚持要从高棉、寮国撤退越南军队，则越南是否正式声明，在那些国家内部没有越南军队。自然，这个问题就不存在了。"

范："我的声明中已经提到过这事了。"

葛："是否有必要再次明确指出，来一个更充分更完整的答复？"

库兹涅佐夫："还可以再提醒他们一下，叫他们不要忘记。"

范："同意。如果认为有必要，还可以再提一遍。我想可以以越南代表团团长声明形式答复这一问题。"

王："记得有一次大概是在去年4月间，越南通讯社曾提过越南志愿军在高棉、寮国作战的事。"

黄文欢："我说过，在高棉和寮国军队中有当地的越南志愿军参军的。"

葛："如果有人提志愿军事，范同志意见应如何解决？"

范："肯定回答，越南民主共和国派去的越南人民志愿军是没有的。"

维诺格拉多夫："如法国引用越南通讯社的消息，我们该怎么办？"

范："我们说过，在高棉和寮国的军队内有越南人，但是那些越南人是居住在高棉和寮国境内的当地人，他们参加了人民的军队。如果回答的话，我看，也只能这样说。我想敌人对所谓的志愿军是叫不出部队番号和战士姓名的。"

葛："我同意这样回答。"

范："我想在会议上尽可能避免涉及这个问题。"

葛："那当然，我们当然不会主动提及此事。那么谈第二点吧，第二点是关于必须同时考虑政治问题和停战问题。"

范："是否应坚持同时讨论这个问题？"

葛："应同时讨论这两个问题。我们还有一个方案，即先就政治问题达成协议，然后再谈判停战的具体条件，下星期一开会时，将坚持前一方案。但是要注意，不要说走了嘴。"

王："如何具体安排？应估计到对方还可能先谈停战，停下来再开另外一个会，谈判政治解决，像朝鲜谈判那样。如果这样应该怎么办？"

葛："如对方这样提，我们可以不必即复，但可声明对这将加以考虑。我想，这比全然拒绝讨论政治问题还好些。"

王："似乎皮杜尔在他的讲话中暗示过这个想法。"

维："是的，他似乎说过。"

范："我认为坚持第一方案。"

葛："王同志对第二点还有其他意见吗？"

王："从政治上看这种提法是对的，将来看形势发展再做考虑。"

葛："第三点是中立国监督问题，看大家有何意见？"

王："这点很清楚，中国和越南都表示支持莫洛托夫的声明。关于参加的国家，是否先提波、捷、印度、印尼四国，对方可能去掉印尼而改为巴基斯坦，或者对方提出增加巴基斯坦。"

葛："此事我们讨论过很久。昨天周恩来和莫洛托夫同志还谈过，我记得这四国应是波、捷、印度、巴基斯坦。"

王："是的，你说得对。我来这里以前周恩来同志告诉我提出将巴基斯坦改为印尼和大家商量，将来在讨论问题过程中我们可以让步，再将印尼改为巴基斯坦，或增加第五个国家巴基斯坦。"

葛："第四点是关于保证问题。大家有何意见？"

范："关于这一点除法国人以外，谁也没有提过。"

王："保大说过所谓保证就是保证保大的主权，而我们所指的是对停战的保证。"

葛："对保大的说法可置之不理，那么第四点就这样吧。第五点关于停战和停战条件的问题，这是全部问题中最主要的一点。"

范："对这个问题将只作原则讨论，还是作具体讨论？"

葛："具体问题是要由双方代表商谈的，胡志明同志说过这一点。"

范："这个建议和法国建议有共同点，即法国也主张由双方司令官就地谈判。"

葛："我想可以在当地谈判，也可以在日内瓦谈判，我们在这里没提出什么新东西。"

王："要看会上讨论情况再说。"

维："法国提议由双方司令官先谈判，然后再将结果向会议报告。"

王："这个提法似乎排除日内瓦会议其他参加国的参加。"

葛："是的，双方谈判时，其他参加者是不参加的，以后如何尚未定。"

王："法国代表第一次发言中说由双方司令官确定调整地区，第二次发言中，又说在会议上确定。"

葛："据胡志明指示，是应由双方谈判的，因为在日内瓦会议上是六对三，而在那里是一对一。"

王："停战条件方面最重要的是规定停战线和军队的集中地区。"

库："王同志对此是否已有具体意见？在这个会议上讨论对我们不利，因为多数在他们方面。"

范："直接谈判于我们有利。法国反对，法国要保证，要国际监督。只要会议原则确定由双方直接协商，具体条件好办。"

葛："如果对方反对，我们可以另作考虑。"

范："同意这样。"

葛："第六点是美国干涉问题，这一点也是已商定的方针。"

葛："第七点是关于解散非正规部队问题，这是不能同意的。"

范："法国对这个问题很重视。"

葛："那不用说。"

王："除正规军、游击队以外，还有民兵。"

葛："反对解除非正规军是肯定的，但问题是如何说，这一点范同志多加考虑。"

王："如果印度支那的和平、独立、统一、民主，如范文同同志发言中所提的原则确定的话，这一问题自然随之解决了。"

葛："是的。"

维："法国自己应该负责自己后方的事。"

库："这里有个问题，就是谁去解除武装。"

范："此问题再加研究，法国很重视，他们最怕游击队，如游击队留下，他们是很难办的。"

范："我还不太清楚，这几点下星期一将怎样提出才好。"

葛："下星期一会议上，也许谈到这些问题，也许不全部谈到这些问题。"

库："可能发生各种问题。"

葛："也可能只谈到和停战有关的一些问题，但不管怎样应做好各种准备。"

范："这些问题由谁提，我们还是苏联同志？"

葛："我们三国代表团都可以谈，因为大家对这些问题过去都谈过，所以不必分别谈。"

王："秘密会议上每人讲话不长，大家可以交叉着谈。"

葛："有三个问题，关于保证和监督委员会问题，可由苏联同志提，第三个关于美国干涉问题，可由中国提，因为中国是越南的邻国。"

维："干涉问题是否由越南提为好？"

葛："还是由中国提，政治上有利，因为中国最关心美国干涉越南的问题。"

王："现可暂定如此，将来看情况再说。"

范："总之，不管怎样，大家都要准备。"

葛："还有什么问题，请大家现在就提，或者以后想到再提。"

黄："今后是否一直开秘密会议？"

葛："下星期一开秘密会议，并不是说今后再不举行什么公开会议了。"

黄："对保大的提案，是否还要公开地表示一下我们的态度？因为这对争取越南人民和法国人民是有好处的。"

王："我想，对此问题应该准备发言，同时驳斥揭露法国，在第二次世界大战前统治印度支那的'政绩'，揭露法国破坏1946年协定的历史和法国对越南的侵略，还应反驳保大所谓反对越南的分割的发言。"

葛："关于保大问题，范同志讲为宜。"

王："当然。"

黄："我想在讲话中还应指出保大破坏此次日内瓦会议的

阴谋。"

葛:"当然应该。"

范:"保大是为美国说话的。"

葛:"正如李承晚在朝鲜问题上一样。"

库:"保大有两个主子。"

范:"对皮杜尔态度也以公开揭露为好。"

葛:"原则上当然需要,但是要考虑方式。"

王:"保大有两个主子,一是美国,一是法国,李承晚只有一个美国主子。"

葛:"还有其他意见吗?"

大家:"没有意见了。"

那边准备好了下星期一印度支那问题限制性会议,中苏越三方统一了意见、统一了口径。这边,周恩来和"秀才"们也修改和审阅了几家报纸、杂志联合写的《日内瓦会议散记》,发往北京。

《散记》说:

连日以来,法国各地人民一致发出了立即停止在印度支那所进行的殖民战争的呼声。法国工人阶级和其他劳动人民,更纷纷利用工余时间选举代表,到日内瓦来向中苏英美法五国的代表团递送恢复印度支那和平的呼吁书,有时日达数十起。

正如周恩来外长在日内瓦会议讨论印度支那问题的第一次发言中所说的:"许多法国人都在问:既然在朝鲜能够停战,为什么在印度支那不能够停战呢?美国人自己既然在朝鲜接受停战,为什么又不容许法国人在印度支那接受停战呢?"

不管美帝国主义者怎样回避和装腔作势,对于这个关系法兰西民族利益的问题是日益为法国人民所洞悉了的。例如,我们听到几个法国职工代表这样说:侵朝战争主要是美国人打的，在"联合国"军队中美国军队占了90%。而印度支那的"肮脏战争"呢？主要是法国远征军在打。照华盛顿的如意算盘，要扩大印度支那的战争，除了从拟议中的东南亚侵略集团中摊派炮灰外，法国人民至少是要被要求作更多牺牲的。美国的垄断资本家们的代表们说："我有枪，你们给我去打仗吧。"但是法国人民是决心不干的。如果法国的政治家们能从这里找到了正确的结论，他们就会知道对于摆在法国面前的和与战的两条道路怎样加以选择了。

《散记》说：

他们害怕历史，中、苏、越、朝四国代表在发言中都扼要地回顾了朝鲜和印度支那的历史背景和真相，这显然是十分必要的。不然，就是非莫辨，真假不明了。杜勒斯和后来的史密斯之流，自己一味歪曲历史事实，可是又总是反对人家讲历史，听到人家谈历史他们就抬不起头来。法国外长皮杜尔呢？也是这样。他在听朝鲜历史时还似乎不大在乎，一听到越南的历史也几乎像杜勒斯那样坐立不安。当然也有一些西方国家代表这样说："算了吧，已经过去了的事说它做什么，还是多谈谈今天怎样办吧！"是的，多谈今天怎样办是必需的，但今天是从昨天来的，不正是昨天杜勒斯们指使李承晚侵略了北朝鲜，并借机强占了中国的台湾作为进攻中国大陆的基地，才有今天这样的朝鲜问题吗？又例如，在印度支那问题上，史密斯和皮杜尔都说保大政府是越南唯一的合法政府，高棉和寮国的抗战政府都是"幽灵"；但经历史这面镜子一照，就会使人想起保大"陛下"是在1940年9月正式向日本人投降的，1945年8月25日宣告退位，承认他统治的20年来没有给越南带来一点好处，宣誓要作为一个普通公民而效忠于以胡志明为首的、经过选举产生而又为法国所承认的、越南民主共和国政府的……在一次记者招待会上有人问法国代表团发言人："保大现在到底在哪里？"发言人竟不好意思讲出。其实，这里的记者们谁不知道他正是在地中海上继续着他的声色赌博之乐呢？说保大是个"夜总会皇帝"，直到现在不是也还恰当吗？

《散记》说：

5月12日保大的代表阮国定，突然在日内瓦会议宣布了法国与保大之间加工炮制的"独立"和"联合"条约的两个草案全文，虽然他声明说双方正在巴黎谈判签字事宜。

这两个草案全文既未经过签字，而且也不是在会谈地点巴黎公布，这不仅使此间的记者感到惊讶，也使法国代表团中一部分人十分尴尬。据知悉内幕的人透露：这是美国副国务卿史密斯搞的把戏，要阮国定这样干。当这个"意外"事件传到巴黎时，正是法国议会进行激烈辩论，拉尼埃内阁受着生死审判的时候，当然这又给拉尼埃增添了不少麻烦。

史密斯在日内瓦指使阮国定违背常例、公布未经签字的"独立"和"联合"条约草案全文的原因，为的是与连日来杜勒斯在华盛顿高唱入云的"美国很重视印度支那三国的独立"的调子遥相呼应。史密斯先发制人导演了一幕"真正独立"的把戏，以便造成"既成的事实"，把印度支那保大等三国政权拉进他正在奔走拼凑的东南亚防务集团里去，来挡住日内瓦会议恢复印度支那和平的道路。法国《新闻报》记者塔布依夫人在报道这个事件时说："今后越南（指保大政权）对美国的依赖将比对法国的依赖更多了。"诚然，甘愿做杜勒斯尾巴的法国主战派，只能从华盛顿得到这样的"报酬"的。

《散记》说：

面对着法国人民要求停止印度支那战争的巨大浪潮，美国代表团和皮杜尔一面在日内瓦制造许多显示他们急于"奔走"和平的空气，一面在巴黎的一些美国的伙计们不惜拿出最不值钱的法宝，异想天开地企图煽起反苏反共的情绪。

华盛顿和巴黎接二连三地制造了一连串的反苏"事件"。其中最愚蠢也是引起世人最大嘲笑的，应该说是禁止乌兰诺娃等苏联芭蕾舞演员在巴黎的演出了。

应法国政府邀请的苏联歌舞团，原定在巴黎演出的日期，始而因奠边府"失陷"而缓期，终而被法国政府无限期地取消了。法国当局宣布的理由说是"防止意外骚动"。

法国政府当局可能没有预料到这个故弄玄虚的禁令，并没有在法国人民中造成任何对苏联的敌意，相反地却给法国政府惹致了更大的不满和反抗。

据5月10日巴黎报载，虽然无线电一再广播苏联芭蕾舞已奉令停演，但仍有无数的人赶到戏院去，以表示对法国政府禁令的抗议。巴黎《战斗报》说："尽管政府已宣布停演，但争购戏票者的队伍仍排得很长，预售的前五场戏票已有一万张以上。"而那些自幸已买到戏票的观众被迫不得不退票时，其不满情绪不问可知了。5月11日巴黎《义勇军报》评论说，"政府的决定并不能使巴黎人相信苏联芭蕾舞应负奠边府事件的责任"。

人民的眼睛是雪亮的，想愚弄人民的只有"搬起石头打自己的脚"的下场。

日内瓦会议不亚于一场战争那样紧锣密鼓，于 5 月 17 日、18
日、19 日、21 日、24 日、25 日、27 日、29 日、31 日、6 月 2 日、
3 日、4 日连续举行印度支那问题的限制性会议，由各国代表团首
席代表偕同三名顾问出席会议，面对面进行短兵相接，激烈较量。

双方争执的主要焦点是：中、苏、越三国代表团主张印度支那
全境停火，军事与政治两者不可分，虽可先讨论军事停战问题，但
政治问题也要讨论，并按照 5 月 10 日越南代表团的建议，保证在
承认印度支那的民族权利的基础上恢复和平。法、美等国则坚持军
事与政治分开，不讨论政治问题，而关于军事停火则只讨论越南停
火问题，并且拒绝承认印度支那三国的民族权利。

同时，中、苏、越代表团在会外同各国代表团进行接触和交
谈，特别是周恩来同英国艾登、法国皮杜尔、印度梅农进行了多次
的商谈，对是否在印度支那全境停火、划定军队集结区、国际保证
问题做了进一步的具体讨论。

回访艾登交换意见

外交讲究对等，来而不往非礼也。英国外相艾登曾于 5 月 14
日访问过周恩来。周恩来于 5 月 20 日回访艾登。艾登住在莱蒙边
玻利瓦斯别墅。这是英国政府购买下来的一栋别墅，专为英国政府
首脑休养和开会用的，有花、草、树、水，幽静而又美丽，别墅门
前还有一个天主教小教堂，艾登每天都要到这里祈祷。周恩来是第
一次到这里来，但他无心欣赏别墅的风光美景。两人立刻就日内瓦
会议问题交换了意见。

艾登："您看我们可怜的会议怎么办？我感到有点颓丧。"

周恩来："这是人为的，可以改善。"

艾：“您看这样一个讨论法如何？在我们的会议中讨论法、越建议，在另一个会议中讨论老、柬问题，两方面的讨论同时进行。同时可以有这样的谅解：一方面的讨论未获解决，另一方面的问题也即不认为是得到解决。”

周：“在印度支那三国中都有同样一个战争，那就是法国的殖民战争，这是许多人都承认的。把高、寮的问题分开来讨论，就等于把停战问题分割开来。”

艾：“如果我了解得正确的话，您昨天发言的最后一句话说停战不应先后进行，这句话很对。现在没有人设想先后停战的问题。”

周：“是啊，在三国同时停战意味着在三国停战的条件应该是一样的。现在有人提出在高寮两国要撤出两国自己的抵抗军队。越南人民如何能说服这两国的抵抗军队撤出它自己的国土呢？这是不可能的。如果说要先撤出军队，也即是法国的军队。越南民主共和国没有提出这样的要求，证明它的建议是非常公平、实际的。”

艾：“法国曾经表示，如果越军撤出老挝，法军也愿撤回在老挝的基地，这些基地是法老军事协定规定的。至于柬埔寨那里已无法军。”

周：“法军是时常出入柬埔寨的。现在柬的军事行动不大，法又组织了柬军归法军指挥。因此，法军无须长期驻在柬。至于高、寮的抵抗军队，如何能要它们撤出它们自己的国土？”

艾：“英国有这种看法，即越盟军最近仗打得很漂亮，因此越盟似乎要把老、柬都拿过去。所以我们建议把老柬的问题分开来谈。”

周：“事实并不是如此。印卫生部长考尔夫人前天来看我，她说应该在当地停战。印巴在克什米尔的战争就是这样停下来的。如果在当地停战，并且还有集中军队和调整地区的建议，高寮两国的抗战政府如何能把整个国家拿过去。停战之后还要政治解决，如果老、柬王国政治上认为它们有人民拥护，高寮两国又如何能把整个抗战政府拿过去。

"在朝鲜谈判中，美国代表开始也是要得太多，后来不得不逐渐地退回去，在平等的基础上谈判，这样才达成了停战。

"虽然我们承认对方，但对方既不承认越南民主共和国，也不承认高寮两国的抗战政府。因此，对方不是在平等的基础上进行协商，而是想把他们的意志强加在另一方面。"

艾："据我所知在老柬两国的抵抗力量是极微小的。"

周："力量大小是一回事，事实的存在是另一回事。既然要停战，就要承认事实，不能由大的吞并小的。大的假如真正认为自己有人民的拥护，又何必怕小的呢？"

艾："不是的，即便是我们自己，我们也不会愿意看到在我们国内有另一股力量，成为我们的交替力量。"

周："不是的，两种对立的力量已经打起来了，现在的问题是需要停战，在停战之后还有政治解决。"

艾："在我们看来，老柬两国的力量是在柏林会议之后才活跃起来。法国给予了这两个极大程度的独立之后，这两国的抵抗运动就早已消失了，这也是英国的看法。"

周："法国给予印度支那三国独立是极可怀疑的。保大和高寮两王国的政府能否独立，是极可怀疑的。高寮两国的抵抗运动早在中国革命胜利之前就已经开始了。1945年到1946年，日本投降之后，我们已经听到印度支那三国人民抵抗法国的消息。"

艾："我们以前从来没有听说过，它们到最近才突然出来。"

周："当时印度支那问题还不是一个国际问题，没有引起国际注意，但是像我们注意殖民地人民斗争的人是早已知道了。"

艾："我请求您再考虑一下平行讨论的方法，停战一经协议，将在三国同时进行。"

　　周："莫洛托夫先生昨天表示了一个意愿，即开始具体讨论法国建议的第一节以及越南民主共和国建议第八节第一项。这个意见很好，一条路走不通时就应该找另外一条路，换一个题目谈谈，过去在朝鲜谈判中，就是这样做过的。"

　　艾："是否能把这个建议补充一下，加上一个小组委员会讨论老束的问题。"

　　周："我们在讨论停战问题时，必须要谈到三国的问题，这样就包括了两方面的意见。但是如果要越南民主共和国同意组织小组委员会来单独讨论高寮问题，那就是要越南民主共和国承认三国的停战问题应该分割开来。"

　　艾："三国的停战是不可分的，但是三国的问题是有分别的。"

　　周："对啊！停战必须在三国同时进行，而三国的政治问题要分割解决的，但是我们又遇到这样一个困难：高寮两国抗战政府没有代表出席会议，甚至提出听取这两国政府意见的建议都没有被接受。"

　　艾："目前战争还在进行，越盟正在大举向红河三角洲进攻，人们都在怀疑越盟的野心究竟有多大。"

　　张闻天："只要停下来，就无所谓进攻。"

　　艾："我是提出一个警告，人们认为这将使国际局势紧张。"

　　周："我们希望战争能及早停下来，问题不应该拖延，应该越早越能解决好，朝鲜停战谈判拖延的结果是李承晚吃了亏。"

　　艾："双方都受了损失。"

　　周："但是军事分界线却向南推移了。（艾点头）我怀疑有人正为了军事目的在利用印度支那目前没有停战的情况。"

　　艾："每一方都在怀疑对方。"

　　周："希望艾登先生能多听取亚洲国家的意见，这会有助于帮助解决亚洲的迫切问题。"

艾："您是知道我们立场的。丘吉尔首相也已经在英国议会中说明了，到最后我们还是和美国非常接近的。很感谢您耐心地听了我乱说了半天。"

周："我也说了很多。朝鲜问题怎样了，我们似乎不应该停顿。朝鲜问题也是世界人民焦虑的一个问题。"

艾："不错，似乎我们已经同意本星期六举行关于朝鲜问题的辩论。听说您已经报名发言？但是我们认为印度支那问题比朝鲜问题更重要。"

通过梅农了解内外情况

周恩来为了做亚洲国家和英国的工作，他多次接见曾在英国读书、参加过英国工党与英国关系极为密切的尼赫鲁的亲密朋友、印度驻联合国代表梅农，同他进行了 12 次谈话，并且宴请他。另外还指派乔冠华同梅农进行多次谈话。通过梅农了解日内瓦会议内外情况，对传递信息阐明我国的政策主张，起了很好的作用。

在第一次谈话（1954 年 5 月 23 日下午 3 时至 6 时）中，梅农转达尼赫鲁邀请周恩来访问印度，周恩来向梅农介绍日内瓦会议情况。

梅农："尼赫鲁总理要我来邀请总理阁下回国过印度住几天。"

周恩来："谢谢，我还不知道这里的会开多久，不知道我的时间是否允许。"

梅："不仅印度政府而且印度人民都喜欢您来印度。我们希望您住得越长越好。当然，您将来有时间的时候，可以特地来印度，但是这次回国时希望能路过一下，即使住一天也好。"

周："我将研究。"

梅："关于印度支那问题，印在今年 2 月即曾建议停火，我们的建议未被接受，但是在中、苏、加拿大却起了影响。到了 4 月，我们原先提出的 6 点，在科伦坡会议上改为 5 点：（一）停火；（二）双方直接商谈；（三）法国在大国会议上公开承诺给予印支三国独立；（四）印度原来提的是不干涉，后来科伦坡会议改为由中苏美英四大国保证战争不再发生；（五）向联合国报告，这一点是和柬的建议不同的，后者主张联合国进行干涉。"

周："科伦坡会议公报和我们的主张大致相同，只是第五点，即有联合国的一点，与我们的建议有些距离。

"印度的立场与柬、保大、李承晚的或美国的立场不同，所以我在会议上几次提到科伦坡会议时印度支那和平所表示的关心。

"科伦坡会议公报的第四点、第五点最为重要，那就是四大国的保证问题。"

梅："尼赫鲁总理要我和您多接触。如果您要做些什么，可以直率地告诉我。中印有传统的友谊，最近又签订了关于西藏问题的决议。因此，中印之间不必拘泥、客套。希望您多告诉我一点。

"尼赫鲁关于上述五点在国会中作了声明以后，我们没有看到中国任何反应。当然我们了解，在会议期间，有关政策的话，您不愿多说。"

周："中国把尼赫鲁的发言全文加以发表，并用英文广播了一次，这是没有前例的。此外，还有一篇社论支持尼的发言。在科伦坡会议之后，我又在会上两次发言中支持科伦坡会议所表示的愿望。"

梅："我不是抱怨，我是想知道目前的情况。您知道印度与联合王国不是殖民地与宗主国的关系，印度可以说一些话，并且可以适当地对联合国施加压力。过去在承认中国问题上就是如此的。"

周："日内瓦会议已经开了四个礼拜，有些人想把会议开得无结果而散，这是我所忧虑的。我将尽一切努力来达成协议，但是必须要双方都有这种愿望才行。

"我想先谈朝鲜问题，您过去在这方面做了不少努力。南日外务相在讨论的第二天就提出一个全面的方案，而联合国军方面在过去四星期中没有提出任何方案，昨天提出的仍是老套，那就是由李承晚来统一朝鲜。尼赫鲁总理曾经说过，朝鲜必须统一，但是统一是不能由一方强加给另一方的，但是李承晚却要如此做。

"南日外务相的建议是对双方平等的。昨天我们又提出补充建议，由中立国监督自由选举。把这两个方案比较一下，就知道谁在拖。美国正想以此证明协议不能解决问题。但是这是没有道理的。我们认为朝鲜问题可以解决，因为现在没有任何人反对朝鲜统一，在朝鲜举行自由选举以及由朝鲜人民解决自己的问题。问题在于：是双方平等协商呢，还是一方把意志强加在另一方？南日外务相没有建议由金日成来统一朝鲜，而卞荣泰却建议由李承晚统一朝鲜。这就不是双方平等的协商了。事实上，只能通过平等的协商才能解决问题，印度和巴基斯坦在克什米尔就是这样的。

"关于撤兵，双方应该是同时，不是单方面撤，而另一方面却把军队留下来保护选举。有人怕军队撤走以后战争会再起。但是由最关心远东和平的国家加以保证，就可以不再发生军事冲突。

"如果说选举可能不公正，那就可以由中立国监察。李承晚说，他控制的地区人口多。那么，如果他认为自己有人民支持，为何害怕选举，为何要联合国来保险？至于说军队，李承晚的军队比朝鲜的多，当然军队是不应该干涉选举的。

"至于说朝鲜双方有隔阂，那么可以由中立国予以协助，但是不能由联合国来做，因为联合国早已失去了公正处理朝鲜问题的资格。

"从以上所说看来，我们看不出任何理由，为何朝鲜问题不能解决。"

梅："您知道在朝鲜问题上，美国对联合国施加的压力。现在主要的危险是美国的行动可能导致战争。我们都认为现在有一个强大的制造战争的力量。如果我们能在印度支那停战，那么对这种制造战争力量将是一种挫折，因此朝鲜问题虽然重要，现在更重要的是如何加速解决印度支那问题。

"请您告诉我，现在的障碍是什么，谁在阻碍，是英法美，还是三个联邦成员国？对于达成停火的障碍是什么？"

谈话之后，周恩来立即电报中央尼赫鲁邀请他访印一事，并表示能否出访和是否需要出访要视日内瓦会议进展情况再定，中央对此有何考虑和指示盼告。

5月25日梅农第二次来访周恩来，主要谈了印度支那问题。

梅农："我在报上看到，昨天法国提出了解除正规军武装的问题。我想是可以找到办法来解决这个问题的。其实要停火的话，正规军与非正规军都是要停火的。按照我们的看法，法国人提出这个问题来，主要是为了面子。人家说，我们东方人看重面子，看起来法国人比我们还要重面子。"

周恩来："要求停火，这是一个好的愿望，我们也要求其实现。

"梅农先生在前天所提出的意见，我们已经仔细地考虑过了。停火要联系到一系列的问题，不可能下一道命令就解决了，譬如在朝鲜，虽然是先停火然后解决其他问题，但是也讨论了那么多的问题。印度支那比朝鲜复杂，如果这些办法都是军事性质的，与政治没有联系，那是不可能的，法国必须都承认印支三国完全独立和充分的自由。这是第一个问题。

"第二个问题，法国把军队分为正规军和非正规军两类，我到昨天才懂其含义。法国把处于越南南部的越南民主共和国部队以及在高、寮两国的人民武装称为非正规军，说要解除这些部队的武装。在这些区域将无区域的调整，也无军队集结地区，而且解除武装的行动也不算是战争。

"第三个问题，是军事集中区，或者说区域调整问题。法国和老、柬两国不承认高、寮两国的抵抗军队，并要求这些军队撤出。

"第四个问题，是把非正规军的定义只限于越南民主共和国军队的应用。皮杜尔说，越南民主共和国的军队有三分之一以上是非正规军队，这是不平等的。越南民主共和国也可以说，在战争开始时还没有保大政府，它领导下的军队都是非正规的。

"第五个问题，是监察问题。要有两个监察委员会，一个是军事停战委员会，另一个是中立国监察委员会，在这方面有朝鲜的经验可以供参考。皮杜尔只愿有军事停战委员会，而在高、寮两国却不要这种组织，他说在这两国只有撤军的问题，皮杜尔不同意按朝鲜经验办。

"第六个问题，是不从国外运入军队和弹药。皮杜尔说这要取决于中立国监察委员会职权范围，这是好的。问题是是否停止从外国所有各地运入新的军队和弹药，包括从美国运来的。

"第七个问题，是国际保证。这是皮杜尔自己提的，但是他昨天仍然说，如有违反停战情事，与会各国就应进行协商，以便采取集体或个别的措施，但是如果采取个别措施，那就等于破坏了协议。这是不符合尼赫鲁和科伦坡所提的四大国保证的建议，也与我们的主张不符。

"以上七个问题是我从昨天皮杜尔的发言中抽出来的，这比前几天梅农先生来谈时的问题多了。"

梅："中国没有在印支参战，不像在朝鲜中国志愿军在那里作战，而成为交战一方，或者更精确地说，中国的部队成为交战的一方。

"美国在朝鲜是一个交战国，不能允许它向印度支那输入武器。

"东方人所说的政治问题，西方人如英国却不认为是政治问题。您所提的第一类，那是政治问题，但是第二类就不是政治问题，它们是与停战有关的问题，假如在讨论军事问题的时候，您提出讨论一些政治问题，那么可能给人一个印象，即您是在提出新问题，新的阻难。

"英法与美国在监督问题上有不同意见，如能与英法取得同意，它们就会与美国进行斗争。

"如果您把今晨我们谈的意见与艾登谈一次，将是极为有益的。今天中午我将与艾登共进午餐，如您允许，我准备向他建议，他与您今晚或明天会晤一次，是否要我在场，由你们两位决定。你们取得协议后，英国就会对法施加压力。"

周："我不反对与艾登先生接触，梅农先生可以采取主动。中国到此地来正是为了希望恢复印支和平的。一切愿意和我们接触的人，我们都欢迎，我们从未拒绝。"

梅："我们是好朋友，您可以直率地说，我在这里是否有点用处。"

周："当然有用。"

印度支那问题限制性会议于 5 月 25 日通过了苏联代表团提出的讨论程序，即首先讨论在印度支那全境同时实行停火，要三国建立双方军队集结区域等五个问题，从而越过了美、法等国坚持会议必须首先单独讨论寮国、高棉问题的障碍，为下一步讨论实质问题铺平了道路。

西方记者们评论说，莫洛托夫外长提出的程序打开了僵局，使会议前途显现光明。

美国代表则对会议的进展散布悲观空气，它和法国追随者正在寮国、高棉问题和越南问题上继续布设新的障碍，仍旧妄想在会议上消灭他们在战场上所不能消灭的两个抗战政府和军队，打算要求把寮国和高棉问题分开来讨论。美国还利用舆论宣传寮王国和高棉王国政府代表说，如果在他们的国土之内划出任何停战线，他们就要退出会议，并拒绝承认会议所作出的决定。

5月25日的秘密会上，范文同希望能在印度支那完全地、同时地、并尽可能迅速地停止敌对行动。他认为为保证停火的实现和停战的巩固，划定双方军队的集结地区和进行地区调整是十分必要的。

艾登在会上提出一项建议，即：为了促进迅速停止敌对行为，有必要规定双方军队集结的地区。双方军方代表即刻在日内瓦会晤，他们的第一个任务是对越南划出集结地区，并应尽速向会议报告讨论的结果和建议。在此期间，会议程序应进入其他军事事项的商讨，首先商讨关于国际监督的安排。

莫洛托夫指出，英国建议主要点是建议双方军事当局的直接接触，而这是苏联代表团在前次会议中所提出的主张。莫洛托夫建议对英国的建议加以修改：即停止敌对行动不仅应"迅速"，而且要"同时"；双方军方代表在日内瓦会晤应促成印度支那当地双方军方的直接接触；双方军方代表在日内瓦会晤的第一个任务应是对双方，首先对越南划出集结地区。莫洛托夫还认为，在此期间会议的工作程序不必列入建议中。

在讨论过程中，史密斯和皮杜尔不赞成同时停止敌对行动，他们主张首先在高棉和寮国停止敌对行动。法国和美国的代表还支持高棉王国和保大代表的意见，认为在高棉和寮国不发生划定双方军队集结地区的问题，那里在停止敌对行动之后只有所谓"越盟军队撤离"的问题。他们甚至认为"双方军方"只对越南适用，而在高棉和寮国并无"双方"。他们依然企图根本抹杀高棉和寮国的抗战军队，因此，会议没有达成协议。

艾登再访周恩来交换意见

5月27日上午10时，艾登再次拜访周恩来，就印度支那问题进行了交谈。

艾登："第一个问题，国际监督问题，我个人认为由每一方出一国来组成是不能解决问题的，问题是要使它真正中立。我想印度应该起一个很重要的作用。"

周恩来："印度是应该起作用的，因为它在朝鲜有经验，对朝鲜停战也有贡献。"

艾登："应该找一个有军队的国家。"

周恩来："按照中立国的职权来看，中立国是不可能携带军队的。"

艾登："第二个问题是老挝问题。我希望对于同时停火可以取得协议。现在的问题是我们是否同意在停火后把这些军队集中到他们所在的国家。"

周恩来："高、寮两国有他们自己的抵抗军队，这是要承认的。上次你告诉我，你同意同时停火，对于一个国家达成协议以后，要等其他国家达成协议，只有三国都达成协议后才停火。我同意你的意见。越苏代表也会同意的。"

艾登："是啊！莫洛托夫先生昨天也说，我们应该给会议推一把。"

周恩来："我们也希望如此。两位主席可以继续努力。"

艾登："我还没有见到莫洛托夫先生，你们曾经讨论过我的建议吗？"

周恩来："在前天会后，但是没有找出解决办法。"

艾登："到最后没有人喜欢我的建议了。"

周恩来："我们对你的建议的中心目的，还是同意的。"

艾登："您刚才说，除非三国都取得协议，任何协议都不生效。那么我们根据这个公式，或称之为谅解，是否可以先开始讨论越南？"

周恩来："首先要讨论的就是越南，莫洛托夫的修正也就是这个意思。"

艾登："既然您同意我所说的，我们就可以进行工作了。今天的谈话很有用，我很感激。你觉得下星期会取得些结果吗？"

周恩来："不必等下星期，本星期就可以取得进展。"

艾登："好极了，我想看中国的古玩。"

周恩来陪同艾登看中国古玩，艾登赞不绝口。这是周恩来要王炳南特意从故宫、中南海、古董店挑选的一批上乘的瓷器、玉雕、青铜器、字画等。

艾登告辞时，周恩来说："等我们对政治问题的解决取得某些头绪，请您来玩，看一些中国电影。"艾登连声说："好、好，我非常愿意来。"

同日，下午 3 时印度支那问题限制会议上，周恩来考虑到这几天会议的情况和各方面意见，为了推动会议的进展，他在会上发言说，中国代表团为谋求在军事停战方面达成协议，建议会议根据双方共同点达成协议，以便作进一步商谈的基础；并提出"关于在印度支那停止敌对行动"6 点建议：

（一）在印度支那全境同时实现完全停火；

（二）双方就有关双方占领区的地区的适当调整和在进行调整时双方军队的转移以及可能发生的其他问题开始谈判；

（三）停止自境外进入部队以及武器；

（四）对停止敌对行动协定各项条款的履行，由双方代表组成的联合委员会进行监督，并应由中立国委员会进行国际监察；

（五）日内瓦会议与会各国负责保证协定的履行；

（六）互相释放战俘和被拘的平民。

周恩来的建议合情合理，很有说服力，推动了会议的进展。

5月27日晚，梅农第三次来访周恩来，周恩来告诉他，"今天会议上皮杜尔建议把问题扩大了，并且支持一方的立场，使我们不能同意。建议的中心是讨论在越南的军队集中，而把高寮问题显然除外，还有一些条款是不妥的，由于皮提出了建议，我也提出6点建议，今天会议没有取得结果"。

梅农说："我和艾登长谈了一次，我向他解释了您的7点建议，他很谅解，并且急于与您会晤，我认为双方的意见是更接近了。明天见艾登，艾登可以用什么办法提出一个可接受的建议，希望您秘密地给我一些主意。

"希望你们和苏联、越南私下谈一下，而不是在目前的阶段就采取僵硬的态度。"

周恩来答道："现在采取僵硬的态度不是我们，而是美国。美国不愿在任何问题上和我们达成协议，甚至对艾登先生的简单建议也是如此。"

梅农又说："您千万不要误会。我和您谈了几次以后，发现您是很体谅的，我很感兴趣。"

5月28日晚，周恩来设宴招待梅农。乔冠华、陈家康出席了宴会，气氛非常友好，梅农表示愿在中国与美国之间进行斡旋。

经过几天会外紧张的秘密的交谈和5月28日的九国代表团准备会议，在5月29日的限制会议上，英国代表团提出关于越法双方军事代表会晤的建议：1. 双方司令部的代表应立即在日内瓦会晤，并在当地也开始接触；2. 他们应研究在停止敌对行动后军队的部署问题；3. 他们应尽快向会议提出报告和建议。会议通过了英国的建议。

5月31日下午举行第九次限制性会议。会后发表公报如下：

> 九国代表团在限制性会议中继续讨论恢复印度支那和平问题。会议获悉，双方军事代表将于6月1日举行初步会议，以安排双方司令部代表的会议。下次限制性的会议将于6月2日举行。

新华社对这次会议报道说：

> 据已获得的消息说，31日的限制性会议着重讨论了中国代表团5月27日的六点建议中的第四点，即关于停战协定的履行和国际监督问题。会议的重要发展是苏联代表团对这个问题的解决提出了建设性的建议，即：由印度、波兰、捷克斯洛伐克以及巴基斯坦四个中立国的代表组成中立国监察委员会，负责对停战协定的履行进行国际监督。
>
> 31日的会议是以中国代表团5月27日的六点建议为基础进行讨论的。如以前所报道的，中国代表团的建议归纳了各方面在会议上所发表的关于军事停战部分的意见中的共同点，目的是把它肯定下来，以进一步协商解决尚存的分歧意见。中国代表团的六点建议中，第一和第二两点原则已体现在前一次（5月29日）限制会议上一致通过的决议中。现在的问题是逐一肯定其他各点。据悉，31日的会议上各国代表团的发言都集中在对停战协定实施的国际监督问题上。自然，其他问题亦

应加以讨论。

如过去所报道的，实行国际监督这一原则是与会各国代表团所同意的。问题在于确定由一个怎么样的机构来执行国际监督的任务，这个机构如何组成，它的职权范围如何。

苏联代表团在 5 月 14 日所提出的对越南民主共和国代表团 5 月 10 日建议的补充建议中，曾主张由中立国监督停战，以保证监督的公正和有效。这个合理的主张曾经得到越南民主共和国代表团的同意和中国代表团的支持。中国代表团曾经指出：为了监督停战的实施，设立两种监督组织是完全必要的，一种是交战双方代表组成的混合委员会，一种是由中立国代表组成的中立国监察委员会。前者是交战双方的监督组织，后者是国际监督组织。

会议传出的消息表明，在 31 日的会议上，没有人反对成立中立国监督委员会，但是，某些西方国家的代表团有意抹煞上述两种组织同时存在的必要，他们不是实际上取消中立国监督委员会，就是实际上取消交战双方的混合委员会。美国代表团特别努力于中立国监督委员会失去它的中立性。

会议关于中立国监督停战问题讨论的今后发展，将决定于西方国家的代表团是否同意公正和有效的监督的原则。

6 月 1 日晚 8 时，艾登在住地宴请周恩来。中方参加的有张闻天、宦乡、章文晋，译员浦寿昌；英方参加的有卡西亚、艾伦、杜维廉、爱迪斯，译员福特。

在宴会上，主要谈了中英关系。

艾登："我们应该努力进一步改进中英关系才是。我们有一个人在北京，而你们却没有人在伦敦，我们之间的关系不应该是半截的。您是否也派一个中国的杜维廉。我真不懂您为何对参加联合国还那么感兴趣，联合国是一个找麻烦的地方，在联合国外才逍遥呢。"

周恩来："我同意派人到英国。您认为我们对于参加联合国那么感兴趣吗？这几年我们都没有在里面。"

艾登："我不喜欢那天葛罗米柯先生建议的'茶会'，其中包括印度、巴基斯坦、波兰和捷克。我认为这个委员会中如果不能全部是亚洲国家，至少多数是亚洲国家。尼赫鲁先生常提醒我亚洲国家的举止比欧洲国家更循规蹈矩。"

周恩来："我们也不能完全为亚洲国家粉饰，亚洲国家也有人举止不好的，如李承晚、蒋介石。"

艾登："在座的英方人员除我以外都到过中国。因此为了对自己的教育作用，也应该到中国去。我看了许多关于中国的书，对于中国现在的各种发展也深感兴趣，希望将来事情平静下来以后，能到中国走一趟。"

周恩来："欢迎您到中国访问。"

艾登："丘吉尔问候周总理，他的夫人在附近养病，丘吉尔可能路过日内瓦去探望他的夫人，如果真能如此的话，丘吉尔极愿会见周总理。"

周恩来："感谢丘吉尔的问候，丘如来我们一定接待。"

在这以前，5月30日，周恩来接见英国内阁贸易大臣威尔逊和保守党国会议员罗布逊·布朗。雷任民就中英贸易问题同他们进行了会谈。

6月2日，印度支那问题限制性会议上，继续讨论了对印度支那停战实施监督和中立国监督问题，并且着重讨论了中立国监督委员会的成员问题。

在上次会议上，苏联代表团提出由波兰、捷克斯洛伐克、印度和巴基斯坦组成中立国监督委员会的建议。

美国代表团团长史密斯说："共产主义国家不可能是中立的。因此，波兰、捷克斯洛伐克不能作为中立国委员会的成员。"

法国代表皮杜尔同意史密斯的意见。

中国首席代表周恩来批驳了史密斯和皮杜尔的论点。他说，朝鲜的中立国遣返委员会在 1953 年 12 月和 1954 年 2 月发表的"临时报告"和"最后报告"都是由印度、波兰和捷克斯洛伐克三国委员会通过的，瑞士、瑞典处于少数地位未予同意，这就证明了哪一方面才是公正的。如果大家承认印度是中立的，那么朝鲜的事实证明波兰和捷克斯洛伐克正是像印度一样的中立；如果说共产主义国家不是中立国，那么世界上便没有中立国了。因为每个国家不是属于这种政治思想，就是属于那种政治思想，因此凡是没有参加印度支那战争而又愿意为世界和平工作的国家就是中立国。朝鲜停战协定第三十七款规定中立国的定义就是没有参加朝鲜战争的国家，这一协定的定义也适用于印度支那问题的停战谈判上。周恩来认为：苏联代表团建议由波、捷、印、巴四国参加中立国监督委员会是适当的。因为波兰、捷克斯洛伐克与印度支那交战一方的越南民主共和国有外交关系，而印度、巴基斯坦则与交战的另一方法国有外交关系。

周恩来提出建设性意见

6 月 3 日，继续举行印度支那问题限制性会议，仍就印度支那停止敌对行动的监督问题交换意见。

周恩来在会上就停战的监督问题提出了建设性的意见。他说，在过去几次会议上，混合监督委员会和中立国监察委员会之间的关系问题曾引起很大的争论。中国代表团认为，两个组织的职权范围和相互关系可以参照朝鲜停战协定的经验加以确定。这两个组织是平行分工而相互有关的，不是这一个组织在那一个组织之上，更非中立国监察委员会应在混合监督委员会之上，因为混合监督委员会的责任是负责停战条款的履行；中立国监察委员会则是负责监督双方有无违反停战条款的行为。周恩来进一步指出，那种认为双方不可能达成协议以及混合委员会对于向他们提出的双方争执的问题不能实行仲裁的说法是不能成立的。他讲到双方关于撤运奠边府重伤战俘问题的协议，虽然有一方即法国违反了这个协议，但是这个协议终于履行了，重伤战俘终于撤走了。周恩来强调说，中立国监察委员会也应该在寮国和高棉行使像在越南所行使的同样的职权，否则，外国——首先是美国，就可能在寮国和高棉建立军事基地并从那里威胁越南。对于这一点，中华人民共和国是不能接受的。

保大代表阮国定发言说，他建议由联合国行使一个中立机构的职权，来监督印度支那停止敌对行动协定条款的履行。

美国代表史密斯说，联合国是"最适合"担当这个任务的，但美国并不一定主张这样做。

法国代表皮杜尔说，他认为联合国在维持和平的努力上有时是成功的，有时成效不大，有时根本没有成就，因此他主张不必由联合国直接监督停战，但中立国监察委员会应向联合国负责。

周恩来发言驳斥保大代表和美国代表的发言，指出："由联合国来监督停战是不能接受的，因为联合国是不公正的，我已多次讲过。至于法国代表团提出中立国监察委员会对谁负责的问题，对于这个问题的回答是很明显的，因为根据法国代表团自己的建议，又经过与会者的同意，关于印度支那停止敌对行动协定的履行，应该由参加日内瓦会议的各国来保证。因此，中立国监察委员会应该向参加日内瓦会议并保证印度支那停止敌对行动协定履行的 9 个国家负责。"

范文同在会上也指出，只要有关双方真正希望停止敌对行动，就能做到监督履行停战协定的权利和责任。这一点是没有什么可以反对的，越南民主共和国愿意负起这个责任，问题在于法国也要愿意这样。越南民主共和国是一心一意地希望和平的，一旦它签订了停战协定，它就要执行，越南民主共和国是准备负起执行和监督停战责任的；同时也不因此低估真正中立的国际监督机构，这个机构特别要负责监督停止从境外运入军队和军火。

6月3日晚，周恩来又一次接见梅农，还是谈印度支那问题。

梅农："我们都不希望会议失败，如果我们都承认有人要破坏会议，以增加战争力量，那么我们就应该绕过他们的圈套，而不是陷入他们的圈套。"

周恩来："一方面要绕过，另一方面还要冲破，不然会认为我们让步，就不会继续前进。"

梅农："我们是否能提出一个建议，甚至连法国都可以站在我们一边。"

周恩来："是啊，我们应该取得一个光荣的和平，不是任何一方屈服。"

梅农："我们希望此次中国能以一个调解的力量出现，这样就可以加强亚洲的力量。苏联建议说，在中立国监察机构中必须要有共产党国家的代表，对方答复，在朝鲜证明这是行不通的。事实上在世界上很难找到中立国的。"

周恩来："在朝鲜停战中有中立国监察委员会，有中立国遣返委员会，有双方代表团组成的停战委员会，我们认为这些机构是基本有效的。最好的证明是停战维持下来了。虽然战俘问题我们认为不能满意。朝鲜停战的经验可供其他地方的停战问题进行参考和采纳的。

"印度支那的情况与朝鲜不完全相同，因此停战的办法也不完全相同。

"如果按政治思想，那么世界上没有中立。但中立国这一名词和地位在世界上是会承认的，中立国就是未参加敌对行动的国家。莫洛托夫先生昨天说，史密斯先生的态度不是为了达成协议，而是阻挠印度支那和平。

"印度提出的意见，我们始终是欢迎的，我们应该保持经常的接触，尽管我们的意见中有共同点也有分歧点，但我们可以继续谈，来增加各方面的想法，以有助于找出解决问题的办法。在亚洲事务上，我们始终是希望和欢迎印度参加的，那是一件苦差事，我曾经对赖嘉文大使和蒂迈亚将军的两位代表说过，但是印度参加那件工作是有帮助的。"

6月4日，继续举行印度支那问题的限制性会议，集中讨论了建立执行停战协议的混合委员的问题和监察停战协议履行的中立国监察委员的问题以及这两个委员会的相互关系问题。

苏联代表团团长莫洛托夫以主席身份对过去几天的讨论作了总结性的发言。这位老资格的外交家公正而又客观地分析说，这几天的会议对中国代表团5月27日的建议讨论过程中，可以看出一方面对某些问题的观点是接近了，另一方面对某些问题还没有求得一致的意见。苏联代表团认为在未取得协议的问题中，首先是关于建立包括交战双方的执行停战协议的混合委员会的问题和组成中立国监察委员会的问题。如大家所知道的，关于组成中立国监察委员会问题，苏联代表团曾建议由波兰、捷克斯洛伐克、印度、巴基斯坦四国组成，可是某些国家代表团表示反对，其理由是，据说是因为有些国家的思想意识或社会制度不同，他们认为所谓共产主义国家不能成为中立国。苏联代表团认为，如果把所谓共产主义国家或者说非资本主义国家划为一方，那么资本主义国家也不是中立的，苏联代表团认为循这条道路走是错误的，而且这种说法是违反《联合国宪章》的，因为联合国的组织，如安全理事会、经济与社会理事会和国际法院等等都是由不同的政治经济制度的国家组成的。

莫洛托夫说，在过去的会议上，有些代表团曾提到由联合国监督印度支那停战，苏联代表团支持中国代表团和越南民主共和国代表团的意见，即日内瓦会议和联合国并无关系。苏联代表团认为联合国是不适于担任这一角色的，只要提到代表5亿人口的人民中国不能享有在联合国中应有的权利这一事实，就可以说明这点，而且参加这次会议的多数国家都不是联合国会员国。为了建立一个有必要权力的国际委员会，必须对中国问题抱这样的态度，即在委员会内包括和有关双方有政治外交关系的国家，这就是说，和越南民主共和国有外交关系的波兰、捷克斯洛伐克两国应该参加中立国监察委员会。

莫洛托夫指出，未获协议的另一个问题是混合委员会和中立国监察委员会的关系问题。在讨论过程中，有些代表、特别是法国代表在发言中暗示混合委员会应从属于中立国监察委员会，英国代表也表示混合委员会应从属于外在的权力，苏联代表团认为这种观点只会使两个委员会的工作复杂化。为了工作的利益，应该承认两者应互相配合，行动一致，而非一个从属于另一个。

莫洛托夫进一步说，在讨论过程中，法国代表团在谈到中立国监察委员会的任务以及它和混合委员会的关系时，曾提出在发生争议而不能解决时，应提交什么机构解决的问题。苏联代表团指出，这个问题已由中国代表团澄清了，这就是在中立国监察委员会和混合委员会一样发生争议而不能解决时，应将问题提交参加保证停战协议实施的有关各国，这些国家经协商后对严重违反协议事件采取有效的集体措施。英国代表在发言中对中国代表团的澄清发生了兴趣，法国代表团认为协议应由与会各国保证。

莫洛托夫又说，有些代表在发言中认为中立国监察委员会的任务仅限于越南，而不包括高棉和寮国。苏联代表团认为本会议的任务是恢复印度支那全境的和平，因此很难使中立国监察委员会的任务仅限于越南。苏联代表团支持越南民主共和国代表团的意见，即如果高棉和寮国没有中立国委员会的监察，在两国便很可能引起兵力和装备的集结，甚至可能导致外国军事基地的建立，因而威胁印度支那的停战，并很可能导致冲突的再起，而且法国代表团原来的建议中也曾提到国际监察适用于越南、高棉和寮国。

莫洛托夫在分析几天的讨论后，得出如下结论：即会议有达成建立中立国监察委员会协议的必要前提，虽然各代表团有些意见还未完全一致。

莫洛托夫指出，关于中国代表团建议的第二款，即有关双方就调整地区和其他有关问题进行直接谈判，会议已通过了决议，双方司令部代表已开始在日内瓦商谈，但还未在当地建立直接接触，苏联代表团希望不久即能在当地接触。

艾登发言说，英国代表团同意建立混合委员会和中立国监察委员会，但是他认为混合委员会发生分歧而不能解决时，中立国监察委员会应有权来解决这个分歧，也就是说，混合委员会应服从中立国监察委员会的裁决。艾登认为中国代表在3日的会议上关于中立国监察委员会应向保证停战协议实施各国负责的意见是很有意思的。艾登说，如果是这样，与会各国或许可以考虑成立某种常设机构，会议应仔细考虑这个问题。

法国代表皮杜尔发言说，他承认应该成立混合委员会，但他认为中立国监察委员会应作为一个仲裁人，对混合委员会的争议有最后裁决的权力，混合委员会应在中立国监察委员会的权力之下进行工作。遇有违反协议的事件，中立国监察委员会应有权立即处理，如果性质不重要，则可由混合委员会处理，不能解决时，再提交中立国监察委员会。

美国代表史密斯表示，一旦中立国监察委员会的成员和参加国际保证各国所承担义务的性质这个问题获得解决，中国代表团的建议可以作为达成协议的轮廓。

莫洛托夫和艾登赞成中立国监察委员会的成员可在会外交换意见。

最终西方国家放弃了共产主义国家不是中立国的论点。

至此，印度支那问题限制性会议告一段落，会议决定将在 6 月 8 日举行公开会议。

七、朝鲜问题斗争激烈

再说日内瓦会议关于和平解决朝鲜问题，也是大会小会一直不断，可是由于美国的极力阻挠、破坏，英法切身利害关系不太大，解决不解决无所谓，其他参加会议的小国，大都屈服于美国的压力，不敢越雷池一步。因此，尽管中、朝、苏三国作了很大的努力，提出种种合情合理的建议和方案，都没能推动会议前进。

5月11日下午3时，莫洛托夫在讨论朝鲜问题的会议上作了长篇发言，他讲了三个问题：1. 朝鲜问题和联合国。2. 日内瓦会议的任务。3. 朝鲜问题和亚洲各国人民的关系。他全面阐明了苏联对这个会议所讨论的朝鲜问题的立场。

莫洛托夫指出：朝鲜民主主义人民共和国提出的建议得到了中华人民共和国和苏联的支持。苏联政府认为朝鲜民主主义人民共和国的立场是符合民主原则的，同时也是符合朝鲜人民的根本利益和民族权利的。

会议休息后，比利时代表斯巴克发言，他表示希望"共同合作来恢复朝鲜和平"，并表示希望国际局势得到改善。斯巴克虽然认为不应该就思想和历史事实作冗长的辩论，但他却一再为联合国在美国操纵下武装干涉朝鲜的行为辩护。

最后一个发言的是南朝鲜的代表卞荣泰，他的发言完全暴露了他到日内瓦来只是为了要破坏会议达成任何协议。

日内瓦会议于 5 月 13 日下午 3 时又进行朝鲜问题的讨论，由泰国代表旺亲王任会议主席。朝鲜问题的讨论已经过了 16 天，一直没有发言的法国代表，还是决定参加替美国侵略朝鲜行为辩护的合唱。法国外交部部长皮杜尔说他不愿重复历史，却诬蔑朝鲜民主主义人民共和国发动战争。他找不到证据，竟把朝鲜民主主义人民共和国最高人民会议常任委员会于 1950 年 6 月李承晚集团在美国策动下发动战争前夕向南朝鲜国会提出的和平统一朝鲜的建议，说成是朝鲜民主主义人民共和国准备战争的证明。皮杜尔毫无理由地硬说南日外务相所提出的符合朝鲜人民基本愿望的建议"缺乏最低限度的保证"。

皮杜尔认为和平统一朝鲜应该本着两个"基本原则"，即：1. 朝鲜人民在"将予建立的共同机构"里的代表，必须符合南北朝鲜"公民数目的比例"；2. 必须在"具有充分监督权力"的"中立观察员"确认已具有"表达民意的自由条件"时，选举才能被认为"有效"。他认为，作为朝鲜交战一方的联合国竟是最有"资格"指出这些"中立观察员"的。

英国外交大臣艾登接着发言。艾登说美国在朝鲜战争中负担最大，应该向美国"致敬"。他对于中华人民共和国外交部部长周恩来在 5 月 3 日提出的关于朝鲜战俘问题的建议特别表示反对。他说，这个问题在英国政府看来已经解决了。他把美国在今年 1 月强迫扣留 21000 多名朝鲜、中国被俘人员的行为说成是符合《日内瓦公约》和停战协定的。

艾登表示，他反对朝鲜民主主义人民共和国外务相南日所提出的建议。他毫无理由地说南日的建议不能导致建立全朝鲜的单一、独立和民主的政府。

艾登认为会议中有很大的意见分歧，但是也有许多共同之点。

他说不应当对达成朝鲜问题的解决方法感到失望。

艾登提出解决朝鲜问题必须遵循五项原则。即：1.应由选举委员会产生全朝鲜政府；2.选举应真正反映人民的意志，并考虑到南北朝鲜的人口分布情况；3.选举应以成年人的普遍投票和秘密投票为基础，并应尽可能迅速地在真正自由的条件下举行；4.选举应在联合国监督之下进行，参加监督的国家不一定是参加朝鲜战争的国家，可以是经本会同意的国家；5.任何解决朝鲜问题的计划必须提供外国军队可以撤退的条件。

艾登主张举行有限制的会议来进行实际的讨论，一旦工作完成即向大会提出报告。至此关于朝鲜问题讨论的一般性发言便告结束，而对双方提出的方案进行讨论的斗争将更为尖锐激烈。

龚澎建议多开记者招待会

一天，龚澎和黄华商量，日内瓦会议以来我们举行过雷任民介绍中国经济贸易情况的记者招待会；昨天，朝鲜民主主义人民共和国代表团发言人举行记者招待会，揭穿美国5月17日在日内瓦散发的中立国监察委员会（瑞士和瑞典委员会）函件的图谋，我们也应该就此举行一次记者招待会，支持朝鲜的立场，揭露美帝国主义的阴谋。两人商量以后，决定立即请示周恩来总理。

周恩来听了黄华、龚澎的意见，认为很好，并指定黄华以代表团发言人身份，于明日举行中外记者招待会。

龚澎又说："总理，我看我们应该多举行点记者招待会，也要多接待些外国记者，既能宣传我们的政策，扩大影响，又能沟通情况，了解外界动向，太谨慎了，容易束缚手脚。"龚澎这位美丽的才女，流盼的双眸对着周恩来恳求而又带有几分调皮地说："总理，我们在国际斗争中没有多少经验，请您指示。"

龚澎长期担任周恩来的秘书，一二·九学生运动的领袖之一，经过长期斗争的考验，中外文都好，能力很强，办事稳重、周到，深得周恩来的器重和信任，所以她在周恩来的面前讲话比较随便些。

周恩来皱了皱眉头不紧不慢地说，我非常赞同龚澎的意见，不要害怕记者，而是要利用记者，为我们服务。我看对记者可以采取这样几条原则：1.来者不拒，区别对待；2.谨慎而不拘谨，保密而不神秘，主动而不盲动；3.记者提问不要滥用"无可奉告"，凡是已经决定的，已经公布的，经过授权的事，都可以讲，但要言简意赅；4.对于挑衅，要据理反驳，但不要疾言厉色；5.接待中，要有问有答，有意识地了解情况，有选择有重点地结交朋友。

从此，黄华、龚澎等根据周恩来的指示，广泛地接待外国记者，适时地举行记者招待会，有力地配合代表团开展工作。

5月22日下午3时，举行朝鲜问题的第十一次全体会议。苏联外交部部长莫洛托夫担任主席。

首先，周恩来在会议上作了重要的发言，提出了一个补充建议。他说："日内瓦会议关于朝鲜问题已经进行了10次。许多国家的代表发表了他们的意见，或多或少地涉及整个亚洲问题。中华人民共和国、苏维埃社会主义共和国联盟和朝鲜民主主义人民共和国的代表都曾一再指出，亚洲问题发生的根本原因，是帝国主义国家在亚洲的殖民主义侵略和亚洲人民对这种侵略的反抗。战胜了殖民主义侵略的中国人民，对亚洲人民的民族独立运动给予深厚的同情，这是很自然的。有人说，我们有独占维护亚洲民族愿望的情绪。不，先生们，我们并不要求任何独占，我们所表达的，只不过是亚洲人民要求和平、独立、民主和自由的愿望罢了。但是作为亚洲的一个大国我们自然认为，在讨论和解决亚洲的迫切问题时，亚洲人民的这种愿望，是绝对不容忽视的。

"在会议上，我们还听到了不少对美国在亚洲的殖民主义侵略政策的辩护和颂扬。某些西方国家的代表为美国辩护，那是容易理解的，有些亚洲国家的代表也在颂扬美国的侵略，这同样地也没有什么奇怪。因为在亚洲确实有这样一小撮人，他们是拥护外国统治、赞成美国侵略的。在这里只要举出被中国人民赶出大陆的蒋介石反动集团和依靠外国力量维持统治的李承晚集团就够了。这种人在亚洲人中只是少数中的少数，他们得不到人民的支持。正因为如此，他们一天也离不开美国的援助和保护。这样一小撮的亚洲人，认为美国不是侵略者，认为美国结束了亚洲的殖民主义，甚至抱怨美国对他们国家的干涉还不够，那又有什么奇怪呢？正是他们，违反本国的民族利益，为美国侵略者服务，这种人是绝对不能代表亚洲人民的。"

周恩来再次指出："为了在独立、和平和民主的基础上实现朝鲜的统一，4月27日朝鲜民主主义人民共和国南日外务相建议举行全朝鲜的自由选举，在全朝鲜选举前一切外国军队定期撤出朝鲜，并且由最关心远东和平的国家保卫朝鲜的和平发展。这些建议的合理性是无可争辩的。在讨论的过程中，人们没有能提出任何站得住的理由来反对这些建议。显然，这些已经得到中华人民共和国和苏联代表团支持的建议应该作为本会议达成协议的基础。但是有些国家的代表却仍然企图将1950年10月7日联合国的非法决议强加在我们的这一会议；他们主张联合国军、主要是美军继续留在朝鲜，并由联合国监督全朝鲜的选举。这就阻碍了本会议对于朝鲜问题的解决。"

在谈到联合国问题时，周恩来指出："由于美国的操纵，联合国已被置于朝鲜交战一方的地位，失去了公平处理朝鲜问题的资格和道义力量。苏联莫洛托夫外长在他5月11日的发言中以无可争辩的事实证明，联合国从来没有处于像在朝鲜事件中那样屈辱的地位。联合国关于朝鲜问题的非法决议是根本违反《联合国宪章》的宗旨和原则的。联合国宪章的宗旨在于维护国际和平和安全，但联合国却批准了美国对于朝鲜的侵略，无视美国侵占中国台湾，反而无耻地诽谤了中国为侵略者，鼓励了美国扩大朝鲜战争的行动，这就直接威胁到中国和亚洲的安全。

"《联合国宪章》的原则明确规定不得干涉任何国家的内政，但联合国的非法决议却旨在干涉朝鲜内政，阻挠朝鲜人民自己解决自己的问题。

"曾有人提出，中华人民共和国一方面谴责联合国对于朝鲜问题的各项非法决议，另一方面又要求加入联合国，岂不是自相矛盾？我们必须指出，问题不是中华人民共和国要求加入联合国，而是中华人民共和国参加联合国的应有权利遭受剥夺，因此，中华人民共和国在联合国中的合法地位应予恢复。

"中国是联合国的创始者之一。中国人民一贯支持《联合国宪章》的宗旨和原则，并不断为它的实现而努力。根据《联合国宪章》，苏联、美国、英国、法国和中国对维护国际和平和安全负有特殊的责任。联合国中的多数国家追随美国剥夺中华人民共和国在联合国应有的地位和权利，根本违反了《联合国宪章》，并严重地损害着联合国的威信。联合国的这一行动不断地受到苏联和其他一些国家特别是亚洲国家的反对。前不久举行的印度、印度尼西亚、巴基斯坦、缅甸、锡兰五国总理的科伦坡会议，也曾对于这种违反《联合国宪章》的情况作了希望改变的表示。

"事实上，联合国关于朝鲜问题的非法决议和联合国不能公正处理朝鲜问题的状况，是同中华人民共和国被剥夺参加联合国的权利的事实分不开的。在这一会议上，曾有不少国家的代表声称《联合国宪章》的崇高宗旨和原则应予维护。事实证明，一贯维护《联合国宪章》的宗旨和原则的正是我们。"

周恩来明确而又肯定地说:"朝鲜的统一问题既然应该由朝鲜人民自己来解决,那么,我们这一会议的目的就应该是创造条件使朝鲜人民能够在独立、和平和民主的基础上实现他们自己国家的统一。

"本着上述原则,我们认为,为使朝鲜人民能够不受任何外国干涉经由全国选举实现朝鲜的统一,一切外国军队必须在全朝鲜选举前撤出朝鲜。全朝鲜的选举是朝鲜的内政问题,美军继续留在朝鲜不仅威胁着朝鲜的和平和中国的安全,而且不可避免地要造成对朝鲜内政的干涉,使朝鲜人民不能在全国选举中自己表示他们的意志。一切外国军队撤出朝鲜是朝鲜人民在全国选举中自由表示意见的先决条件。至于撤出外国军队的时限问题,朝鲜民主主义人民共和国南日外务相已经指出可以协商。我们认为,本会议应该对于定期从朝鲜撤出一切外国军队达成适当协议。

"朝鲜的和平统一只有在朝鲜民主主义人民共和国和大韩民国双方协议的基础上才有可能实现。因此,南日外务相建议为筹备和举行全朝鲜自由选举及筹划其他有关统一朝鲜事宜的全朝鲜委员会应该在双方一致协议的基础上进行工作。这是完全正当的。如果认为朝鲜民主主义人民共和国和大韩民国在实现朝鲜统一的方法和步骤上无须取得一致协议,请问朝鲜的统一如何能够和平实现呢?但有些代表却以南北朝鲜的人口不等为借口,利用比例代表制,来反对双方一致协议的原则。他们忽视了反对双方一致协议的原则就是企图将一方的意志强加在另一方,而这种企图早已被证明即使凭借外国军队的力量也是不可能实现的。印度尼赫鲁总理5月18日在印度联邦院也说:为了避免冲突的再起,朝鲜必须统一,但是统一是不能由一方强加于另一方的。

"至于比例代表制的问题,这是全朝鲜选举法中的问题。全朝鲜委员会，根据南日外务相的建议，是一个由朝鲜民主主义人民共和国和大韩民国双方共同筹备和举行全朝鲜选举的机构，它的组成根本不发生比例代表制的问题。

"为了使全朝鲜选举能够在真正民主的基础上举行，南日外务相建议由全朝鲜委员会制定全朝鲜选举法草案，以保证全朝鲜的民主性，并采取必要措施以保证朝鲜人民的民主自由权利，包含推举候选人的自由。这一建议毫无疑问是合理的。有人说，南北朝鲜正处于对立状态，由朝鲜机构去审查和证明全朝鲜选举的自由，势必遇到不少困难。自然，我们不能不考虑到多年来朝鲜被分为两部分和由于战争所引起的南北朝鲜关系的尖锐化的这些实际情况。这些都给南北朝鲜的关系留下了深刻的痕迹，并且使他们难于接近起来。因此有必要设立一个中立机构对负责实行全朝鲜选举的朝鲜机构给予协助。有些代表主张由联合国机构来监察全朝鲜的选举。这是我们不能同意的，因为我们早已指出，联合国是朝鲜战争中的交战一方，早已失去了公正处理朝鲜问题的资格。这个中立机构，中华人民共和国代表团认为，应该由本会议协议的未参加朝鲜战争的中立国家的代表组成。这个中立国机构的任务是协助全朝鲜委员会根据全朝鲜选举法在排除外国干涉及地方政权当局和恐怖集团对选民施加压力的条件下举行全朝鲜选举。据此，中华人民共和国代表团建议在南日外务相4月27日的方案第一条之内补充以下一项：为了协助全朝鲜委员会根据全朝鲜选举法在排除外国干涉的自由条件下举行全朝鲜选举，成立中立国监察委员会，对全朝鲜选举进行监察。"

周恩来最后讲到战俘问题，他说："我在5月3日的发言中已经指出，联合国军总司令曾答应努力追回那些在1953年6月被强迫扣留的朝中战俘，中立国遣返委员会对于1954年1月被强迫扣留的朝中战俘，也曾一再指出不能片面地予以处理。我们认为，中华人民共和国代表团和朝鲜民主主义人民共和国代表团协议提出的处理战俘问题的具体建议应该得到本会议的郑重考虑。"

周恩来的发言特别是他的补充建议，是对日内瓦会议关于和平解决朝鲜问题又作了一次有重大意义的努力，在会场内外引起了广泛的注意，一些代表团和记者们认为，这再一次表现了中国方面一贯真诚谋求和平解决朝鲜问题的主动性。

南北朝鲜代表再次阐述各自立场

南日接着发言，他首先指出，"美国代表及其追随他的代表们在讨论朝鲜问题时企图把反对朝鲜人民的美国武装干涉说成是正当的，将南朝鲜的反人民的政治制度强加于北朝鲜。其中许多代表反对朝鲜民主主义人民共和国的方案，企图使我们承认联合国关于朝鲜问题的决议"。

南日说："朝鲜人民过去未曾承认，将来也不会承认漠视他们的民族利益并打算在我国建立李承晚集团和美国统治权的不合理的联合国决议的合法性。"南日指出："联合国在美国压力下一开始就在朝鲜问题上采取了片面的立场，并且成为交战的一方。因此联合国对朝鲜问题不能采取公正的立场，并且不能要求我们承认联合国关于朝鲜问题的决议的合法性。"

南日指出，"苏联和中华人民共和国的代表已经声称愿和其他国家共同担负保证朝鲜和平发展的相应的义务。但是美、英、法的代表却对此仍保持沉默"。

南日接着谈到战俘问题，他希望本会议对能够正当解决战俘问题的中华人民共和国代表团提出的方案予以应有的注意。

南日在驳斥了卞荣泰过去所作的荒谬的诽谤性的发言以后指

出，南朝鲜代表固执地要求按照南朝鲜选举的方式来举行北朝鲜的选举。不难理解，南朝鲜统治集团的这种态度是可以由这个事实来解释的：他们向美国献媚，这就使他们自己和人民对立起来，怕给人民以自由表示其意志的可能性。

南日接着列举了外国报道界有关5月20日在南朝鲜举行的所谓"选举"的大量丑恶的事实，有力地证明在南朝鲜横行着警察的暴行和恐怖，人民被剥夺了最起码的民主权利和自由。南日说，我们可以了解："朝鲜人民不能承认这一类的'选举'，并且要获得通过真正的选举表达自己意志的可能，这是正当的。"

南日说："关于国际监察全朝鲜选举的问题，我们应该首先强调我们不应忽视由于来自南北之间流血战争的结果而引起的朝鲜人民所处的特殊条件。当然，战争使朝鲜南北之间的关系更加尖锐，并在人民接近和统一的问题上增加了困难。停战协定业已签订，但要走向和平彻底消灭战争创伤，还要做很多事情。"

南日说，"我们不应放过任何可以克服全朝鲜委员会在进行有关选举的实际工作中可能遇到困难的一切可能性。有鉴于此，朝鲜民主主义人民共和国代表团对中华人民共和国代表团所提出的为协助全朝鲜委员会进行选举工作组成中立国监察委员会监察全朝鲜选举的建议，表示同意"。南日说，"我们认为，建立这一国际监察将不违背我们方案的基本原则——不容外国干涉朝鲜人民自己解决朝鲜内政的原则"。

南日最后表示确信本会议将对他所提出的方案采取客观态度予以讨论，为了朝鲜人民的利益，寻求保证朝鲜问题的和平解决途径。

在会议休息十分钟后，大韩民国代表卞荣泰发言。他的发言提不出任何理由拒绝南日4月27日的建议，可他拒绝接受为保证朝鲜和平发展所必需的国际监督保证，他毫无根据地把这种保证说成是要对朝鲜实行"托管"。

卞荣泰在会上提出一个换汤不换药的美国式的14点建议：

（一）鉴于要建立一个统一、独立和民主的朝鲜，应该按照联合国以前关于朝鲜问题的决议，在联合国的监督之下进行自由选举。

（二）应该按大韩民国的宪法手续，在北朝鲜进行自由选举（北朝鲜还没有进行过这种选举），并且也在南朝鲜进行自由选举。

（三）应该在采用这个建议之后6个月进行选举。

（四）在选举之前、期间和之后，和监督选举有关的联合国人员应该有充分的行动和言论等自由，以观察和帮助建立使整个地区在充满自由气氛的条件下进行选举。地方当局应该给他们一切可能的便利。

（五）在选举之前、期间和之后，候选人及其竞选工作人员和他们的家属应该享有充分的行动和言论等自由权，以及其他在民主国家中得到承认和受到保护的人权。

（六）选举应该在秘密投票和普遍的成人选举权的基础上进行。

（七）全朝鲜国会中的代表人数应该按照全朝鲜人口的直接比例计算。

（八）鉴于要按照选区中人口的确切比例来分配代表的人数，应该在联合国的监督之下进行人口调查。

（九）在选举之后，立刻在汉城召开全朝鲜国会。

（十）除其他问题外，下列问题应由全朝鲜国会来制订：

甲、统一了的朝鲜的总统是否应该重新选举；

乙、有关解散军队的问题。

（十一）大韩民国现有的宪法仍然有效，除非全朝鲜国会也会加以修改。

（十二）在选举日之前一个月，中共军队应该完全撤出朝鲜。

（十三）联合国军自朝鲜的分阶段撤退可以在选举之前开始，但是一定不要在朝鲜的统一政府在整个朝鲜进行有效的控制和得到联合国证明之前完成。

（十四）统一、独立和民主的朝鲜的完整和独立应该得到联合国的保证。

卞荣泰的这个 14 点建议是在美国唆使和主持下由 15 个侵朝国家和李承晚集团煞费心思拼凑出来的，目的是在欺骗群众和世界舆论。但是这个建议的实质太明显、太清楚不过了，人们可以用一句话来概括，这就是：要在作为朝鲜交战一方的所谓联合国监督和批准下，在美国军队的占领保护之下，建立一个以李承晚为总统，以李承晚的宪法为唯一宪法，以李承晚的军队为唯一的军队的所谓统一的朝鲜。这个在日内瓦会议举行了近一个月才提出来的建议，只能说明一个问题，这就是美国方面根本不想和平解决朝鲜问题。

如果说，卞荣泰的建议有什么"新"东西的话，那就是这次也规定要在全朝鲜举行选举而不是单单在北朝鲜举行选举。但是"建议"紧接着又规定，这个选举要按南朝鲜的"宪法程序"来选举。"建议"中还特别规定了三点保留，即：南朝鲜的总统是否重选，"宪法"是否修改，军队是否变动，要待将来由美国一手制造出来的议会决定。一句话，这个"建议"就是要举行一个事先就预定把南朝鲜政府、军队，连同李承晚一起强加在北朝鲜人民身上的"选举"。

5 月 28 日下午 3 时，举行关于朝鲜问题的第十二次全体会议，艾登担任主席。

首先发言的是美国代表史密斯。史密斯在发言中竭力要使人相信联合国不是在朝鲜交战的一方，他硬把美国操纵联合国、迫使其他国家和美国一起干涉朝鲜，说成是什么为了"集体安全"和"道德原则"，指责苏联在联合国反对美国的主张。史密斯反对南日的建议，他说如果同意南日的建议，就会"缚住我们的手"。他极力吹捧卞荣泰的14点建议，要求大会接受这个"建议"。他把朝鲜问题的讨论没有进展归咎于朝、中、苏三国，特别不满朝、中、苏代表团坚持由朝鲜人民自己处理自己事务的原则和否认作为在朝鲜交战一方的联合国有资格干涉朝鲜的和平统一。

接着发言的是哥伦比亚代表弗朗西斯科·乌鲁蒂亚·奥尔根。他认为，承认联合国干涉朝鲜的权利是会议取得协议的先决条件。他附和美国的主张，企图把联合国的非法决议强加于朝鲜人民。

土耳其代表阿西卡林和泰国代表旺亲王接连发言，他们的发言归结起来只有一句话：朝鲜人民的命运应该完全由交战一方的联合国来摆布，也就是说，应该由美国来支配。他们都支持卞荣泰的14点建议。

澳大利亚代表瓦特在发言中承认周恩来外长在上次会议上所提出的关于成立中立国监察委员会的补充建议是一个"重要的发展"。他还说，"欢迎任何可使对立见解接近的发展"。然而他接着又反对南日外务相所提出的不得由外力干涉朝鲜内政的原则，反对成立全朝鲜委员会，并毫无根据地断言周恩来的补充建议不是走向协议的真正进展。瓦特一面表示他要"保留权利在讨论的后一阶段再来详细审查"卞荣泰的建议，一方面却又说，这个建议提供了讨论问题的较好的机会。

希腊代表金尼斯最后发言，他的发言完全重复美国的观点。

6月5日，举行关于朝鲜问题的讨论第十三次全体会议，主席为泰国代表旺亲王。阿比西尼亚代表赫活特一开始就声明：他之所以必须出来说几句话，是因为唯恐有人误解了他的立场。于是他就说他反对南日的建议，支持卞荣泰的建议。他认为现在是在各种不同观点之间寻求接近的共同基础的时候了。

南日接着发言，他首先指出："在朝鲜问题的讨论过程中，对于实现朝鲜的国家统一和以和平方法建立单一、独立和民主的国家这个任务，表现出了两种不同的态度。一方面，在4月27日，当日内瓦会议开始的时候，朝鲜民主主义人民共和国代表团就提出了关于恢复朝鲜的国家统一和举行全朝鲜自由选举的具体建议。这些建议规定在北朝鲜和南朝鲜协议的基础上，在没有外国干涉，也没有地方当局和恐怖集团对选民施加压力的自由气氛中，举行全朝鲜的选举。……另一方面，南朝鲜代表团的建议规定在南朝鲜仍为外国军队所占领的条件下，在使北朝鲜隶属于依靠这些外国军队帮助建立的南朝鲜政权的基础上，举行选举。"

南日指出，建立一个全朝鲜机构来准备和举行选举，并解决朝鲜两部分之间恢复文化和经济关系的问题，是十分必要的。不建立这样一个全朝鲜机构，在求得朝鲜两部分都能接受的协议方面，就不可能有任何进展。

南日表示不能同意由联合国来监督选举的主张。南日说："只有中立国委员会才能保证对朝鲜选举实行公正的监察。"

周恩来接着以冷静、清晰而又洪亮的声音发言，他开门见山地说道：

任何没有成见的人都不能不承认，南日外务相的建议提供了朝鲜人民经由真正的自由选举去重新恢复他们国家统一的广阔的可能性。在5月22日，中华人民共和国代表团本着努力寻求协议途径的精神，对南日外务相的建议提出了由中立国对朝鲜的自由选举进行国际监察的补充建议，推动了会议的进展。但大韩民国的代表却在同日提出了一个旨在由李承晚集团凭借外力统一朝鲜的建议。很显然，这样的建议不可能提供和平解决朝鲜问题的合理的基础。

在我们会议上，没有人反对朝鲜的和平应该得到巩固，并且大家承认，会议的目的是要达到朝鲜问题的和平解决的。大家都说朝鲜应该统一。为实现朝鲜的统一，大家多认为应该举行全朝鲜的自由选举。这个选举并将要按照人口比例的原则进行。就是对于从朝鲜定期撤出一切外国武装力量的问题，也只有少数的代表在原则上表示了不同的意见。诚如联合王国代表艾登先生在5月13日所指出过的一样，有了这许多共同基础，我们不应对求得解决感到失望。有些人以为在朝鲜既然不流血了，朝鲜问题进一步的和平解决已不迫切，因此他们公开主张拖延朝鲜问题的解决。我们不能同意这种看法。朝鲜问题是如此密切地关系着远东及世界的和平和安全，和平解决朝鲜问题是不容许拖延。

大韩民国的代表声称他的政府代表着大多数的朝鲜人民。果真如此，南朝鲜政府就不必害怕在全朝鲜举行真正的自由选举，以实现朝鲜的统一了。但是，大韩民国的代表却反对朝鲜民主主义人民共和国和大韩民国根据双方协商的原则共同成立全朝鲜机构，去筹备和举行全朝鲜的自由选举。南朝鲜政府企图再次假借联合国的名义来操纵朝鲜的选举。它甚至企图将大韩民国的宪法也强加于朝鲜民主主义人民共和国。不仅如此，它还反对在全朝鲜选举前撤出联合国军，主要的是美国军队。这就证明：南朝鲜政府自己也不相信它本身是代表大多数朝鲜人民的。南朝鲜政府害怕经过真正的自由选举实现朝鲜的统一，它企图依靠联合国的非法决议和外国武装力量将李承晚的统治推广到整个朝鲜。这不仅违反了朝鲜人民自己解决朝鲜问题的原则，而且根本推翻了自由选举的民主基础。因此，毫不奇怪，就是《纽约时报》的一位记者在他5月28日的一篇通讯里也不能不承认，在大韩民国的建议里，"真正的争执之点——就是给朝鲜人民一个机会，用真正的自由选举选举出一个政府，把他们的国家统一于这个政府之下——却被模糊过去了"。

全朝鲜的自由选举是朝鲜人民自己的事情。因此南日外务相建议由朝鲜民主主义人民共和国和大韩民国双方组成的全朝鲜委员会去筹备和举行全朝鲜选举是完全合理的。这正如苏联外长莫洛托夫在他4月29日的发言里所指出过的，"朝鲜问题的解决主要是朝鲜人民自己的事情。其他国家强加于朝鲜人民的任何解决办法都不能满足朝鲜人民，也不能有助于朝鲜问题的持久解决"。

周恩来在谈到中立国监察委员会时，列举了事实证明其作用，说：

只是由于多年来朝鲜被分为两部分和由于战争所引起的南北朝鲜关系尖锐化的事实，我们才建议，由中立国去协助全朝鲜委员会，监察全朝鲜的自由选举。……在朝鲜停战的10个月中，中立国监察委员会对于协助朝鲜停战协定的实施起了它的积极作用。中立国监察委员会经由一致协议制订了监督和视察出入朝鲜的军事人员的轮换和作战物资的替换的有效程序，在南北朝鲜的特定后方口岸建立了经常的视察，并对双方按照停战协定的规定所提出的调查违反协定事件的要求，进行了特别调查。中立国监察委员会在它的工作中虽然遭遇到了若干困难，但是它的贡献和成绩是不容抹煞的。像中立国监察委员会这样的国际机构既然能够监察朝鲜停战协定的实施，也就没有任何理由不可能对全朝鲜的自由选举进行适当的监察。

他再次强调从朝鲜撤退一切外国军队的必要性：

一切外国武装力量撤出朝鲜，是朝鲜人民在全国选举中能够自由表示意志而不受外力干涉的先决条件。

事实上，正是中华人民共和国和朝鲜民主主义人民共和国一贯主张一切外国武装力量同时撤出朝鲜。在我们讨论和平解决朝鲜问题的今天，大韩民国和美国仍不愿意将美国军队同其他一切外国军队同时撤出朝鲜，这不是正足以证明它们是在企图将美国军队继续留在朝鲜来干涉朝鲜内政并威胁朝鲜的和平和中国的安全吗？但是，美国代表和大韩民国代表的主张显然是违反有自己的子弟在朝鲜的各国人民的愿望的。5月7日新西兰的代表说，他确信出席此次会议的国家都期待着他们的军队将从朝鲜撤出的日子。澳大利亚的代表在4月29日表示希望在满意的协议和强有力的约束的基础上，可能在某个较早的日期开始撤退军队。联合王国的代表在5月13日也说："我们有一个共同的希望，一当我们能够撤出军队而不再危及和平时，就从朝鲜撤出我们的军队。"可见从朝鲜撤出外国武装力量的愿望，就是在联合国军有关方面也是存在的。

有人说，一切外国武装力量撤出朝鲜将影响朝鲜的和平。这种说法是没有根据的。为了防止朝鲜战争的再起，南日外务相建议由最关心远东和平的国家承担保证朝鲜和平发展的义务，以促成统一朝鲜国家的任务的实现。因此，我们认为本会议没有理由不能对从朝鲜定期撤出一切外国武装力量和由最关心远东和平的国家保证朝鲜和平发展的问题达成适当的协议。

周恩来语重心长地表达世界各国人民的愿望："日内瓦会议关于和平解决朝鲜问题的讨论已经经过了一个多月，爱好和平的各国人民都在希望我们的会议能够获得积极的结束。我们应该在已有的共同基础上，努力达成和平解决朝鲜问题的协议。我们不应该辜负各国人民的希望。"

周恩来发言后，菲律宾代表加西亚接着发言，他诵读了一篇空空洞洞的发言稿，除了重复必须由联合国来继续干涉朝鲜的老调子和支持南朝鲜代表的建议之外，没有提出任何积极性的意见。

会议中间休息15分钟，喝咖啡、吃点心、彼此交谈，有的谈论涉及会议本身的问题，有的谈论瑞士风光，他们到过哪些地方参观、游览，有的海阔天空、地北天南乱聊一通。只有周恩来和中国代表团利用这短暂的时间，积极开展工作，广泛结交朋友，听取反映，交换意见。

复会后，莫洛托夫作了重要发言。他说：

目前来总结一下一般性辩论的一些结果是有好处的。可以这样说，由于交换意见的结果，在作为和平解决朝鲜问题的基础的一些基本原则上，意见已经有了一定程度的调和。

苏联代表团认为，会议能够立刻作出一致决议的决定，因为在这些问题上，各代表团的意见已经有了一定程度的一致，这些问题是：

（一）与会者表示赞成在朝鲜各地举行全朝鲜国民议会选举，这个选举必须使朝鲜人民有可能自由地表示他们的意志，并实现他们的要求在民主基础上统一国家的正当的愿望。自然，这次选举应该根据全朝鲜选举法来举行，这个选举法将规定普遍的选举权、秘密投票和在全朝鲜立法机构中的比例代表制度。

（二）在讨论过程中，曾讨论了关于设立一个全朝鲜机构来准备和举行自由普选的建议。不可能设想，在发生了以往种种事件以后，可以不经过朝鲜全国各地的充分准备和在不考虑到国内所存在的经济和政治特点的情况下，采取像举行普选这种对朝鲜极为重要的措施。

有些代表团在这里已经表示了它们对于这种机构有可能是什么样的机构，它的活动应该根据什么原则的意见。譬如，朝鲜民主主义人民共和国代表团就提出了一个建议，主张由北朝鲜与南朝鲜的代表组成全朝鲜委员会来准备并举行选举，并就采取紧急措施以重建并发展朝鲜两部分之间的经济与文化关系获致协议。假使会议在原则上同意为了上述目的而设立全朝鲜机构，那将是向前迈进了一步，因为假定没有这个机构，全朝鲜选举实际上不可能举行。至于这个机构的组成、职务和它进行活动所根据的原则等问题，可以另行讨论。

（三）会议的参加国承认，任何解决朝鲜问题的方案都应该规定，一切外国武装部队撤离朝鲜。朝鲜民主主义人民共和国代表团就这个问题提出的建议规定，在举行全朝鲜选举以前，自朝鲜撤退一切外国军队。撤退外国军队问题在大韩民国代表团提出的建议里面也有反映，虽然这个建议中有保留意见，认为，美国军队的撤退"可以在选举之前开始，但是一定不要在朝鲜的统一政府在整个朝鲜实现完全的控制之前完成"。尽管这些建议之间存在分歧，由于会议的全体参加者都承认外国军队撤退的必要性，因此，假使会议在原则上表明它同意所有外国武装部队撤离朝鲜，那将是一个积极的因素。至于外国武装部队撤离北朝鲜和南朝鲜的具体限期，应该另行讨论。

（四）所有与会者一致同意全朝鲜选举应该在一个国际机构的监督下举行。不过关于产生这个国际机构所应该遵循的程序，在会上有了不同的意见。中华人民共和国代表团提出的建议主张由一个其组成与朝鲜中立国监察委员会相同的中立国委员会对朝鲜选举进行监督。苏联代表团支持这个建议，认为这符合于为这个机构规定的目标。有一些与会者发言赞成委托联合国委员会来监督选举。

（五）所有与会者都指出了为防止破坏朝鲜停战协定和保证朝鲜的和平发展而创造必要条件的重要性。在这方面已经发表的意见是：假如对维护远东和平具有最大关心的国家承担适当的义务的话，朝鲜的和平发展就能有保障。这样就会有助于完成朝鲜的国家统一的工作。朝鲜民主主义人民共和国代表团的建议详细规定了这个重要问题的解决办法。

莫洛托夫说：

根据上述种种，苏联代表团认为有可能向会议提出下列决议草案供会议讨论，"日内瓦会议的参加者已就下列关于和平解决朝鲜问题的基本原则达成协议：

一、为了统一朝鲜，并建立一个统一、独立和民主的朝鲜国家，应在全朝鲜领土上举行自由选举。

选举应在本协议缔结后 6 个月内举行。

选举应该在秘密投票和普遍选举权的基础上进行。

全朝鲜立法机构的代表名额应该和全朝鲜人口成比例。

二、为准备和进行全朝鲜自由选举，并促进朝鲜民主主义人民共和国和大韩民国之间的和解，应建立由朝鲜民主主义人民共和国代表和大韩民国代表组成的全朝鲜机构。

这个机构的组成和任务有待进一步的研究。

三、一切外国军队应在规定期间内撤出朝鲜。

一切外国军队在全朝鲜自由选举以前撤出北朝鲜和南朝鲜的时候和阶段问题，有待进一步的研究。

四、应该决定成立适当的国际委员会来监督全朝鲜自由选举的举行。

这个委员会的组成有待进一步的研究。

五、鉴于防止对朝鲜和平的任何破坏的重要性，应该认为对维护远东和平有最直接关系的国家有必要承担义务，来保证朝鲜的和平发展，这将促进朝鲜全国统一问题的解决。

哪些国家将承担义务来保证朝鲜的和平发展以及这种义务的性质问题，有待进一步的研究。"

莫洛托夫说：

目前苏联代表团的建议强调提出一些这样的问题，在这些问题上，苏联代表团认为，有可能通过一致的决定。不过，从这个建议的文本中可以明显地看出：即使通过了这些一般性的规定，仍然还有一些问题没有解决，而在这些问题上要是不达成协议是不可能实现朝鲜的国家统一的。大家不应该低估目前形势的错综复杂的性质。

苏联代表团方面努力使列入决议草案以提请代表们注意的只是这样一些条款：这些条款可以作为日内瓦会议关于朝鲜问题的决议的基础，假如大家表现了对于达成协议有诚意的话，同时，苏联代表团还建议继续就争论中的问题交换意见。

莫洛托夫最后说：

苏联代表团认为，通过上述决议将推进会议今后的工作，

并将对达成符合朝鲜人民的利益和加强世界和平的利益的协议
有所贡献。

荷兰代表伦斯接着发言，他说："他不否认会议上是存在着共
同点的。"他认为，"大家都已同意在全朝鲜举行选举，这是令人鼓
舞的"。他还认为，"南日外务相主张按比例代表原则在全朝鲜举行
选举，也是令人鼓舞的"。但是，他接着又说全朝鲜委员会是"不
切实际"的。他表示支持卞荣泰的 14 点建议，并附和美国的意见，
主张朝鲜选举应在联合国主持下进行。

伦斯最后表示他将仔细研究莫洛托夫的建议。

南朝鲜代表卞荣泰发言，他信口开河地硬说南日外务相、周恩
来外长和莫洛托夫外长的发言没有新内容，不值得答复。

美国代表史密斯唯恐莫洛托夫的建议引起巨大反响，匆忙发
言，他采取蛮横无理的态度，对朝、中、苏的和平诚意进行恶意
的、粗暴的诽谤，并硬说全朝鲜委员会将是一个所谓"超政府组
织"，还抹杀中立国监察委员会在朝鲜停战方面所起的作用。他的
唯一根据就是中立国监察委员会瑞士和瑞典委员的信件，绝口不提
中立国监察委员会另外两个委员——波兰和捷克斯洛伐克委员的报
告，更不敢提中立国遣返委员会印度、波兰、捷克斯洛伐克三国委
员所共同发表的"临时报告"和"最后报告"。

周恩来接着第二次发言，他说：

　　我要声明一下，中华人民共和国代表团不能同意美国代表
史密斯先生关于在朝鲜停战中中立国监察委员会工作的解释。
他所引用的文件是瑞士、瑞典委员的文件，但另外两位波兰、
捷克斯洛伐克委员却有不同的解释。为不耽搁大家时间起见，
我将以中立国监察委员会的波兰、捷克斯洛伐克两位委员所拟

表的文件在会后送达各代表团。我并保留我在以后的机会中答复史密斯先生刚才所发表的我们不能同意的意见。

这次会议的突出特点是：朝、中、苏三国代表的发言，充分表现了以协商的、和解的精神努力寻求达成和平解决朝鲜问题的协议的真诚愿望，南日希望日内瓦会议能以朝鲜民主主义人民共和国的建议和中华人民共和国的补充建议为基础达成协议；周恩来指出和平解决朝鲜问题的共同基础是存在的，希望与会各国代表在已有的共同基础上努力达成协议；莫洛托夫总结了过去6个星期中的讨论，归纳了各方面意见的共同之点，提出了有关和平解决朝鲜问题的基本原则的5点建议，引起了与会代表们的极大注意。日内瓦舆论界普遍认为这是和平民主国家促进日内瓦会议就朝鲜问题迅速达成协议的重大建设性努力。

与此成形尖锐对照的是美国、南朝鲜代表则露骨地表现了拒绝协商、拒绝和平解决朝鲜问题的立场。

中国的"罗密欧与朱丽叶"备受欢迎

6月8日晚8时半，周恩来在万花岭花山别墅宴请英国外相艾登。

艾登乘坐一辆英国老式轿车，司机是一位年轻美丽的女郎，身着绿色制服、戴一副白手套，她准时地将车开到别墅门口，然后下车，打开后座车门，很有礼貌地请艾登下车。艾登本是一米八左右的高个子，他下车后同司机女郎并肩站在一起几乎一样高。可见司机女郎的个子有多高。据说英国代表团的司机都是年轻漂亮的女郎，个头一般高，着一色衣服，有人怀疑是英国"选美"选来的，在日内瓦颇为引人注目。

艾登今天着一身黑色考究的西服，一副典型的英国绅士派头。他下车后习惯地向周围的人挥手致意，同在门前迎接的中国代表团礼宾官热情握手，然后他在礼宾官的引导下，进到宴会厅门口，周恩来已在那里恭候他，两人互致问候后，并肩步入宴会厅里，在一间布置得玲珑精美的房子里坐下聊天。

周恩来告诉艾登和英国客人，宴会之后，请他们欣赏一部彩色歌剧电影——中国的《罗密欧与朱丽叶》。艾登听了很高兴，连声说，好、好，一定欣赏。

周恩来喜欢中国各种民族音乐歌舞剧，尤其喜欢他祖籍绍兴的越剧。他在来日内瓦开会前，特意点名选了刚刚拍摄的彩色电影越剧故事片《梁山伯与祝英台》。

为了让外国人能看懂，负责新闻宣传的官员和翻译建议将剧名译成英文《梁与祝的悲剧》，再搞个英文说明，十几页的英文唱词……

周恩来知道后，连连摇头，说："你们不要搞党八股嘛，不看对象，对牛弹琴。"

有的同志一听扑哧一声笑了。

"你笑什么？"周恩来问。

"我觉得给洋人看这部电影才是对牛弹琴呢。"

"噢？"周恩来沉吟片刻，思考着说，"那就要看怎么'弹'了。你搞十几页说明书去'弹'，即是乱'弹'，我们换个'弹'法试试。"

"怎么弹呢？"新闻官和译员们都不明白，用疑惑的眼光看着周恩来。

"你搞十几页的说明，要是我就不看，又不是听教授讲社会发展史。"周恩来信心十足地说，"你只要在请柬上写句话就行。'请你欣赏一部彩色歌剧电影——中国的《罗密欧与朱丽叶》。'你们试试，我保你不会失败。如果失败了，我送你们每人一瓶茅台酒。"

周恩来在欧洲留学和工作多年，深知欧洲人个个都知道《罗密欧与朱丽叶》这个悲剧故事，而《梁山伯与祝英台》这个悲剧故事同《罗密欧与朱丽叶》非常相像。大家被周恩来说服了，就照他的意见办。中国的《罗密欧与朱丽叶》，果然在招待外国记者们观看时，场场爆满，人们全都入戏，完全看懂了。每当演到"哭坟"和"化蝶"时，全场一片同情、惋惜、悲愤和感叹声，无不如醉如痴地沉浸在这个悲剧的故事中。当电影放完，灯光复明，全场顿时沸腾起来，迸发出暴风雨般的掌声和喝彩声。

莫洛托夫听到这个消息后，希望看看这部影片，周恩来特意将影片送到苏联代表团的住地大都会饭店并派俄文翻译充任男女主角的对白放映给苏联代表团看。莫洛托夫在观看影片时，先是对周恩来极力称赞作为女主角对白翻译的欧阳菲的俄文水平，说她的俄语是地道的、标准的莫斯科俄语，其清雅、优美、悦耳动听之声大大超过了一般俄国人。后被影片中的情节吸引，当他看到梁山伯与祝英台相遇相处相爱时互相不苟言笑，不互相谐谑；分别后，梁山伯与祝英台再相逢时，竟不握手、不拥抱、不亲吻，极其诧异而又惊讶地对周恩来说："我今天才算懂得了中国的礼仪和道德准则，看见了自己心爱和仰慕的情人，竟可以不伸出一个手指头来，不亲吻、不拥抱。"影片演完后他热烈鼓掌，非常高兴，满面笑容地说："真是一部好片子。"

周恩来和艾登寒暄一会儿，礼宾官前来告诉周恩来宴会已准备就绪。周恩来对艾登说："怎么样？我们边吃饭边谈话，好吗？"

艾登连连点头，说："客随主便嘛！"

于是，周恩来领着艾登一同步入宴会厅。宴会桌上已放好台签，上面写着每个人的名字，主客们按照排定的座位次序入座。

周恩来告诉客人们说，今天我们是中餐西吃。在我们每人的面前既放中国的筷子又放西方的刀叉，任每个人选用，杜维廉先生在中国待过一段时间，大概用筷子习惯了。

杜维廉点头表示认可。

艾登说，我们没有到过中国，当然也就不会用筷子，但我认为用筷子非常简便、灵活。

周恩来说，世界上用餐的方式，主要有三种：用刀叉的，主要是欧美国家，约占世界人口的三分之一。用筷子的，主要是中国、日本、朝鲜、蒙古、越南、新加坡以及泰国、印度尼西亚、马来西亚、菲律宾和在其他国家的华侨、华人，已有几千年的历史，也占世界人口的三分之一。第三种是用手抓的，主要是在非洲、中东国家以及印度、巴基斯坦、孟加拉国、斯里兰卡、尼泊尔、土耳其和中国的西藏、新疆等少数民族地区，也占世界人口的三分之一。

"如果从卫生角度来讲，还是刀叉和筷子。"艾登说。

"有些已成了风俗习惯，像手抓饭菜，他们认为这样吃得香，一时难以改变。"周恩来又说："中餐西吃还包括分食制。过去中国人吃菜大家都在一个盘子、碗里拣菜舀汤，现在逐步学习西餐，每个人一个盘子或碗分开来吃菜和喝汤。这是一种改进，也是东西方的一种交流。"周恩来边说边请大家喝酒。他首先举起杯子，说："欢迎我们尊贵的客人艾登外相和英国的朋友们到我们这里做客，为我们之间的合作和友谊，干杯！"

艾登等英国客人和中国的主人都举起杯子互相碰击着，热烈的气氛笼罩着宴会厅。

周恩来又告诉大家："我们今天喝的中国名酒茅台，产在贵州茅台地方，1935年红军长征路过那里，我第一次喝这种酒，觉得香醇可口。它属烈性酒，60度，但是比较平和，刺激性小，不伤人，即便你喝多了，脑子还是清楚的。前几天我宴请卓别林夫妇时，也喝这种酒，他非但喜欢中国的菜肴，而且特别喜欢茅台酒。他说他喜欢这样的烈性酒，因为这是真正男子汉喝的酒。他高兴得手舞足蹈，还为我们表演了一些独特、滑稽的走路动作，引得我们哄堂大笑，大家非常愉快热闹地度过了一个晚上。临走时，我送了他茅台酒。如果艾登先生喜欢，我也赠送一瓶，给你品尝。"

艾登连忙道谢，他站起来举着杯子，说道："今天宴会上没有太太、小姐，都是男子汉，建议大家举起杯子喝干这杯男子汉喝的酒，谢谢周恩来先生和中国朋友的盛情款待，并祝英中两国关系不断改善和发展。"

周恩来、艾登等都一饮而尽，只有杜维廉觉得度数太高，只喝了半杯，被坐在他的身旁的乔冠华发现了，说："难道杜维廉先生不是男子汉？"杜维廉脸一红，说道："我觉得这酒还是厉害，不像周恩来先生说的那样温和。"

艾登听后立即说："我感觉这酒不同一般烈性酒，比较可口，还是好喝的，你不喝茅台怎能在中国做代办呢？"

周恩来对着乔冠华说："你的酒量大又喜欢茅台，你把杯子斟满了陪杜维廉先生喝一杯。"

杜维廉见艾登、周恩来都让他喝，便爽快地举起杯子，同乔冠华碰杯，两人同时一饮而尽。全桌的人都为他们的豪爽鼓掌。

周恩来又按照菜单，向客人介绍了今天的菜，有燕窝汤、海参、香酥鸡、油菜香菇、鲍鱼鸽子蛋等以及各种冷菜、点心、冰淇淋。

艾登每吃一道菜都称赞一个"味道好""清淡可口""非常好吃"。宴会结束时，艾登要了中、英文菜单各一份，并请周恩来在菜单上签名。他说要带给他的儿子。在德黑兰首脑会议时，他也曾请斯大林、罗斯福、丘吉尔在一张纸上签名，他的儿子获得后，引以为荣。

后来，在 20 世纪 80 年代初艾登的遗孀访华时，还特地带来了那份菜单。

宴会以后，周恩来等又陪同艾登和英国客人，看电影《梁山伯与祝英台》。观后，英国客人都很满意，说故事像英国的古典悲剧《罗密欧与朱丽叶》。艾登说，影片的色彩鲜艳，服装美丽，女主角表演优异，建议向国外出口这一影片。

6 月 11 日下午，继续举行关于和平解决朝鲜问题讨论的第十四次全体会议，莫洛托夫担任会议主席。

在这次会议前，中苏朝已获悉，美国原打算在 6 月 5 日的会议上以所谓"诉诸世界舆论"的借口来中断会议，但是苏联代表团五项建议的提出使美国代表团措手不及，不敢贸然破裂谈判。本来会议商定在 6 月 7 日举行朝鲜问题的限制性会议，但因美国需要时间来迫使它的盟国屈从于它的中断会议的策略，而以西方国家的代表团要请示本国政府为由，取消了 7 日的限制性会议。中苏朝三国代表团研究了这一情况，认为苏联代表团的建议已产生了广泛的影响，使美国代表团处于欲罢不能的狼狈境地，为了打破美国尽快结束朝鲜问题的讨论使会议无结果而散的阴谋，决定中、朝代表团在会上发言，进一步阐述和大力支持苏联的建议。所以，会议一开始，周恩来便首先发言。他说：

主席、各位代表先生：

6 月 5 日，苏联代表团首席代表莫洛托夫先生为使本会议对于朝鲜问题的各项基本原则能够达成初步协议，提出了五项建议。中华人民共和国代表团完全支持莫洛托夫先生的这些建议。我们这一会议的目的就是要经由协商谋求和平解决朝鲜问题的道路。我们既然已经有了不少一致和接近一致的意见，我们就应该把已经一致和可以取得一致的意见肯定下来，然后对分歧之点继续讨论以便对各项问题达成完全的协议。我们认为这是本会议为了和平解决朝鲜问题所应遵循的合理的道路。我们建议本会议采纳莫洛托夫先生的五项建议作为继续进行讨论的基础。

美国代表史密斯先生在同一天的会上就对莫洛托夫先生的建议表示了异议。他反对成立全朝鲜的机构去筹备和举行全朝鲜的自由选举，也反对成立一个适当的国际委员会监察全朝鲜的自由选举。美国代表所持的理由是完全站不住的。

为了筹备和举行全朝鲜的自由选举并促成南北朝鲜的接近，成立一个包含朝鲜民主主义人民共和国和大韩民国双方代表的全朝鲜机构是完全必要的。这是因为全朝鲜的选举是朝鲜人民自己的事情，谁都不能替他们办理。同时，谁都知道，只有在朝鲜民主主义人民共和国和大韩民国双方经由协商取得协议的基础上，朝鲜的和平统一才有可能实现。诚然，由于南北朝鲜的对立，朝鲜民主主义人民共和国和大韩民国双方经由协商取得协议是有一定困难的。但是，为了用和平的方法实现朝鲜的统一，这种困难不管在什么情况下都是不能避开，而且必须克服的。很显然，克服这些困难的办法不是让南北双方继续对立下去，或者把一方的意志强加于另一方，而是使双方接近起来，并经由协商取得协议。这是唯一合理可行的办法。成立全朝鲜机构的目的也就在此。美国代表企图用所谓"预先安置的否决权"的说法来反对全朝鲜的机构。其实，美国代表的目的是企图在会议桌上为李承晚集团取得强制权，把一方的意志强加于另一方。美国代表不能不知道，就是用战争的办法，李承晚集团也没有能够将他们的意志强加于朝鲜民主主义人民共和国。那么，美国代表反对朝鲜民主主义人民共和国和大韩民国双方进行协商取得协议的真正用意究竟是什么呢？那只能是使南北朝鲜继续对立下去，使和平解决朝鲜问题不可能达成协议。

接着，周恩来再次阐述了成立中立国监察委员会监察朝鲜选举的必要性：

为了协助全朝鲜机构对全朝鲜的自由选举进行监察，中华人民共和国代表团已经建议由中立国家组成国际委员会担负这一任务。既然与会各国都同意国际监察全朝鲜自由选举的原则，我们认为这一原则应该首先肯定下来。但是，美国代表坚持由联合国主持全朝鲜的自由选举，反对成立适当的国际委员会来进行监察。这显然是不准备解决问题的。我们已经多次指出，我们这一会议和联合国毫无关系。联合国是朝鲜战争中的交战一方，不可能设想由朝鲜战争中的交战一方来对全朝鲜的自由选举进行监察。比利时代表团团长斯巴克先生在5月11日的会上也曾说过："显然，一个进行调解和监察的国际组织必须享有一切有关方面同等的信任。"难道美国代表真正相信朝鲜民主主义人民共和国会对于向他们进行了三年战争并带来了无数灾难的联合国给予信任吗？这是不可设想的。很显然由未曾参加朝鲜战争的中立国家组成国际监察机构是解决这个问题的唯一公正合理的建议。

为了反对由中立国家组成国际机构监察全朝鲜的自由选举，美国代表不惜歪曲事实，不顾一切地攻击朝鲜中立国监察委员会。我已经多次指出过，美国代表的论据是站不住的。朝鲜中立国监察委员会对于协助实施朝鲜停战协定的贡献和成绩是不容抹煞的。朝鲜停战10个月以来，中立国监察委员会按照停战协定的规定，经过一致决议，规定了监察进出朝鲜的军事人员的轮换和作战物资的替换的有效办法，在朝鲜全境的特定后方口岸进行了经常的视察，并对违反协定的事件进行了特别调查。中立国监察委员会在它的工作中是有困难的，但这些困难不是由于委员会中有了波兰和捷克斯洛伐克的委员，而是由于美方违反停战协定并多次违反中立国监察委员会的一致决议而造成的。

美方违反停战协定，在停战后强迫扣留了21000余名朝中被俘人员，这是举世皆知的事实。美方为了掩盖它强迫扣留朝中战俘的行为，曾经四次企图利用中立国监察委员会到朝中方面调查美方所捏造的朝中方面扣留战俘的事件。中立国监察委员会的波兰和捷克斯洛伐克委员不能同意美方的这种要求是当然的，是维护朝鲜停战协定所必需的。美方在停战之后滥用朝鲜停战协定中关于转换和替换的规定，运进了大量的作战物资。这就为中立国监察委员会造成了一系列的困难。为了有效地监察朝鲜停战协定中关于转换和替换的规定的实施，中立国监察委员会曾经一致协议了一系列的具体规定，例如《关于转换和替换报告的规定》《关于在后方口岸进行抽查的规定》《关于在后方海运口岸上船视察的规定》《关于开箱检查的规定》《关于作战物资的零件和拆散件的规定》等等。但是，美方却屡次违反了这些规定。我想只要举出中立国监察委员会和它的小组中波兰、捷克斯洛伐克、瑞典、瑞士四国一致提出的证明美方违反这些规定的文件就够了。例如1953年9月11日、9月16日、11月10日、12月22日、1954年4月27日、5月19日等等的文件。这些文件充分证明了所谓朝鲜中立国监察委员会由于有波兰和捷克斯洛伐克委员的参加而陷于瘫痪的说法是没有根据的。事实上，虽然美方制造了这些困难，中立国监察委员会还是基本上完成了协助实施朝鲜停战协定的任务的。

美方自己不断违反停战协定，替中立国监察委员会制造了一系列的困难。但是，美国代表反而诬蔑朝中方面违反停战协定，并不顾朝鲜中立国监察委员会的作用和功绩，硬说朝鲜中立国监察委员会"从它最好的方面来说也只是根本没有任何监察"。这是令人惊讶的。美国代表这种颠倒是非的说法，不可能有旁的解释，只能被解释为，它不仅要阻挠本会议对国际监察朝鲜自由选举的问题达成协议，而且还要制造借口，企图取消朝鲜中立国监察委员会，好更自由地武装李承晚的军队，使朝鲜停战处于更不稳定的状态，来威胁朝鲜的和平和中国的安全。

停战是建立在交战双方都具有停战的愿望基础上的，因此监察停战的问题不应该成为严重的问题；在朝鲜停战谈判中对于停战的国际监察，事实上也没有变成过严重的问题。但是，在恢复印度支那和平的问题上，国际监察却变成了严重的问题。美国政府同意了有波兰和捷克斯洛伐克委员参加的中立国委员会监察朝鲜停战，但是却反对有波兰和捷克斯洛伐克参加的另一个中立国委员会去监察印度支那的停战。

由此可见，美国代表不顾事实地攻击朝鲜中立国监察委员会是别有用心的。他不仅要阻挠朝鲜问题的和平解决，而且还要借此阻挠印度支那和平的恢复。他所追求的目的是要使已经停战的朝鲜处于更加不稳定的状态之中，是要使尚未停战的印度支那根本得不到停战。

周恩来进而揭露美国企图中止会议的阴谋：

我们对于和平解决朝鲜问题的讨论，已经取得了不少一致或接近一致的意见。我们没有任何理由停止前进，我们没有理由不根据莫洛托夫先生的建议，继续讨论，寻求协议。在6月5日的会上，美国代表说，就他的代表团而论，他已充分准备将讨论中的分歧之点诉诸世界舆论。我们不知道他的用意何在。如果他的用意是在于响应李承晚集团关于退出日内瓦会议的叫嚣，认为本会议已没有继续进行的必要，那是我们不能同意的，我们相信，也是世界舆论所不容许的。

周恩来的发言明确指出，会议没有任何理由不把已有的共同之点确定下来，没有任何理由停止前进，没有任何理由不根据苏联代表团的建议继续讨论，寻求协议。周恩来还点明了美国要破坏会议，终止对朝鲜问题讨论的企图。

周恩来发言后，接着发言的是加拿大代表罗宁。他一开头就替美国以联合国名义侵略朝鲜的行为辩护。罗宁说：他这样做的目的是恐怕别人对加拿大代表团的立场发生误解。

新西兰代表麦辛托希发言，他说："我们不能不同意应该在朝鲜举行自由选举，这种选举应受到公正的监督，外国军队应该撤退，朝鲜的完整应该得到国际保证等等原则。"可是，他接着又说："我不知道会议目前向世界宣布在这些原则上取得协议，会有什么好处。"他以具体问题上的分歧否定原则协议的必要。

会议休息后，南日发言，他说："我们完全同意苏联代表团首席代表莫洛托夫先生的意见，他认为就朝鲜和平解决的总的原则问题通过初步决议是适当的。"

南日说："会议一开始，我们就建议在全朝鲜人民自由表示意志的基础上，举行国民议会的全朝鲜选举，以组成朝鲜的统一政府。这个会议的大多数参加者同意我们的看法。"

南日说："本会议的参加者已承认，自朝鲜撤退外国军队是为了和平解决朝鲜问题的最重要措施之一。我们曾提议在举行选举之前，自朝鲜撤退一切外国军队。考虑到某些代表们的发言，我们在这里说明了撤退外国军队的时限可以加以规定的，并且在原则上我们并不反对分期撤退外国军队的办法，只要按比例的原则会得到遵守。"

南日说："我们同意周恩来外长所提关于由未曾参加朝鲜战争的一些中立国家组成国际委员会来监察朝鲜选举的建议。我们在这样做时，也考虑到某些代表们的意见，他们也承认有必要成立一个国际机构来监督全朝鲜选举。因此，可以肯定，在这个原则问题上，大家意见是一致的。"

英国代表艾登接着发言，他说他完全同意加拿大和新西兰代表的意见。他认为在朝鲜问题的辩论中有两个基本问题。第一个是"联合国的权威"问题，第二是全朝鲜自由选举问题。

艾登说：他同意朝鲜应该统一，而且这种统一应该通过全国自由选举来实现，可是他又毫无理由地硬说这种选举只有在联合国的监督之下才会是自由的。艾登不同意先行撤退一切外国军队，他认为这样就会引起"真空"。艾登还反对按照朝鲜中立国监察委员的经验组织监察选举的国际机构。

艾登最后说：他准备寻求达成协议的每一可能性，但必须有协议可能的迹象。如果在他提出的两个主要问题上的分歧不能得到解决的话，那么会议就只好承认它不能完成它的任务，届时应把朝鲜问题交还给联合国。艾登认为应该保证现存的朝鲜停战在任何情况下继续有效，而政治解决则留待将来适当时机再谈。

泰国代表旺亲王发言，他拒绝莫洛托夫的建议，说这不是具体方案。

比利时代表斯巴克发言，他说仅仅在原则问题上达成协议不能解决问题，因此，拒绝接受莫洛托夫的建议。

法国代表皮杜尔发言，他说他有兴趣地倾听和仔细研究了苏联外长莫洛托夫 6 月 5 日的建议。他说他不同意苏联建议中关于成立全朝鲜委员会以筹备和进行全朝鲜自由选举一点。但是他又含含糊糊地说，法国代表团原则上同意朝鲜应作为一个自由、独立、民主的国家得到统一，应在全朝鲜举行选举，以便组成单一的、真正代表整个朝鲜的政府；选举应在真正自由并在国际监督的条件下进行；朝鲜问题的解决必须预先看到外国军队的撤退。但他主张一旦朝鲜在正常情况下实现统一，联合国必须被邀来批准。

会后，周恩来立即召集代表团团员和顾问们开会，研究朝鲜问题讨论的形势。

他说：

从 6 月 5 日特别是今天的会议情况看，我预感到美国要很快中断朝鲜问题的讨论。6 月 5 日莫洛托夫提出五点原则建议，我们方面在选举代表名额、在撤军的时限和阶段、国际监督等问题上做了让步，缩小了双方的分歧，今天我和南日在会议上又进一步阐述和支持莫洛托夫的建议，我还强调了应该把已经一致和可以取得一致的意见肯定下来，然后对分歧之点继续讨论以便对各项问题达成完全的协议。这种真诚协商和和解的精神，打动了不少人，也打乱了美国的阵脚。可以看出，今天西方国家代表们的发言是混乱的，自相矛盾的，他们一方面承认我们建议的合理性，确定这些原则有利于进一步协商具体解决办法，但另一方面又屈从于美国的压力和破坏策略，不敢公然接受我们的建议，不是在技术上找遁词，就是拿"联合国的权威"来做挡箭牌，或者以所谓缺乏具体办法以及对原则的了解不同为借口，来拒绝我方的建议。美国已看出这种形势发展下去，对其不利，非常担心、焦虑，但是又不敢承担破裂会议的责任，贸然提出中断讨论。你们看今天史密斯和美国代表团一言不发，休息时也很少活动，表现非常沉闷，或者是考虑用什么借口来中断讨论或者是等待美国政府的指示。最近会内外不是也在传播会议要"失败"的消息吗？今天艾登的发言中有一句话我很注意，不知你们注意了没有？艾登说：如果在他提出的两个主要问题上的分歧不能得到解决的话，那么会议就只好承认它不能完成它的任务，他认为届时应把朝鲜问题交还给联合国。他认为应该保证现存的朝鲜停战在任何情况下继续有效，而政治解决则留待将来适当时机再谈。这就是一个信号，说明西方国家特别是美国已经确定或正在酝酿要中断朝鲜问题的讨论。我估计时间不会太久或者就在下次会上，如果美国断然中断朝鲜问题的讨论，我们怎么办？我们应该采取什么斗争策略？朝鲜问题讨论中断了，肯定要影响印度支那问题的讨论，我们又应该怎么办？这些问题都要及早考虑，及早准备，我们才能处变不惊，处于主动的地位。我明天要到伯尔尼去，拜会瑞士联邦政府领导人，闻天也去，请稼祥同志、克农同志在家主持讨论。同时把我们的讨论结果报告中央。另外要把我们的想法、看法通知莫洛托夫和南日，请苏联和朝鲜代表团也考虑这个问题，然后我们在最近找一个时间，一道讨论、商量，采取统一对策和行动。

八、印支问题针锋相对

　　日内瓦的天气一天一天热起来，已经进入夏季。日内瓦人同欧洲其他地方的人一样，喜欢在自己门前的小花园或在阳台上摆几张躺椅或吊床，白天脱去外衣，有的男人只穿一个三角短裤在晒太阳，即称之为日光浴，晚上一家人围聚在一起纳凉聊天。也有不少人到莱蒙湖畔的别墅、旅馆或到国外风景名胜地去避暑或海滨游泳。

　　日内瓦会议却没有因为天气炎热而停止进行。6月11日讨论朝鲜问题之前，于6月8日下午3时，会议便又转到印度支那问题的讨论，这次全体会议由艾登主持。范文同第一个发言，他说："必须把大家提出的建议作一比较。越南民主共和国主张在承认印度支那人民的民族权利——民族独立和统一、民主自由的基础上，用协商的方式来解决恢复印度支那的和平问题，从而为在平等和互利的基础上建立印度支那人民和法国人民之间的友好关系创造条件。

　　"这个建议是实际的、公正的和合理的。……法国皮杜尔先生的计划是纯军事性质的，有意地忽略了恢复印度支那和平问题的政治方面。然而军事问题和政治问题是密切联系的。如果不同时解决政治问题是不可能建立持久和平的。即使在军事方面，皮杜尔的计划也是不符合目前印度支那的军事形势的。因此，这个计划是不能导向停火的协定的。保大代表团的建议却又忽略了军事问题，他的建议就是由保大一人来统治越南，违反了法律和民主的最基本原则。它既不符合越南目前的实际情况，又为越南人民所唾弃和反对，因此是不能接受的。"

范文同说："所幸的是：全世界——在印度支那，在法国，在东南亚，也在日内瓦——的和平力量很强大。这就是为什么会议的工作进展得虽然缓慢而困难，但却取得了进展的缘故。"

范文同指出，已经取得了第一个结果。这就是："会议通过了决议，决定组织双方司令部的代表在日内瓦以及在印度支那接触，以便'研究在停止敌对行动后军队的部署问题，此项研究应从在越南的重新集结地区问题开始'。根据这个决议，从6月2日起，已经在日内瓦进行这样的接触。

"正是在这样一个时候，发生了一件为越南民主共和国的代表团所绝不能沉默不管的事件，拉尼埃先生的政府和保大政府签订了一项臭名远扬的条约，给越南以独立。这简直不知道是第几次了。

"很明显：这样的所谓独立和越南人民正在奋斗争取的真正有效的独立之间的巨大区别，正如真理和谎话一样。这种把戏欺骗不了任何人，这也是同样明显的。然而，他们这样做却是为了实现美国统治集团为进行他们所正在准备的干涉而要求的某些条件。"

范文同最后说："越南民主共和国代表团要求会议建议以现实的和建设性的精神继续讨论中华人民共和国代表提出的关于军事问题的六点建议"，"毫不延迟地进入政治问题的讨论，诸如法国承认越南和印度支那其他国家的主权和真正独立问题、在越南组织普选问题、越南和法国的关系问题。"

随后，莫洛托夫发表了长篇讲话。他说："恢复印度支那和平是日内瓦会议的重要任务"，但是有的人虽然来参加日内瓦会议，但他的任务并不是恢复印度支那和平，而是证明不可能就印度支那停战问题达成协议；而且"企图进一步扩大印度支那战争……建立一个以美国为首的所谓'东南亚'军事集团。美国、英国、法国、澳大利亚和新西兰在华盛顿举行军事会议就说明这一点。"

莫洛托夫说："越南民主共和国和法国代表团都提出了关于停止印度支那敌对行动的建议。在讨论过程中，中华人民共和国代表团提出了关于停止敌对行动协定的基本原则的建议。在讨论这些建议时证明，在若干问题上，与会者的观点有着某种妥协的现象。如交战双方必须同时在印度支那全境内停止敌对行动，已经达成协议。""双方军事代表已在日内瓦和印度支那当地进行了接触，开始讨论调整地区和双方军队相应地重新集结问题，这是解决印度支那问题的一个重要步骤。所有参加日内瓦会议的代表在原则上已在印度支那停止敌对行动后，不得从外面将新的军队和各种军事人员以及各种类型的武器和弹药运入印度支那。……与会者对设立由双方代表组成的、监督停止敌对行动条款的履行的联合委员会也没有什么怀疑。建立国际监察来监察在印度支那停止敌对行动协定条款的履行问题已经过特别详细的讨论。所有代表团都同意，为了建立这种国际监察，必须建立适当有威信的国际机构，各个代表团之间还有很大分歧。"

莫洛托夫说："但是在有些问题上，代表团之间存在着分歧，如中立国国际监察委员会的成员问题，中立国监察委员会的任务问题，关于停止敌对行动和规定一些适当的停战条件的决定是不是适用于印度支那三国。"

莫洛托夫强调说："恢复印度支那和平的问题不能仅仅局限于军事问题，也必须解决政治问题。

"在这方面有两个基本问题具有特别重大的意义。第一个问题就是法国和印度支那各国之间的相互关系问题。第二个问题是印度支那各国内部政治形势问题。苏联代表团认为，越南民主共和国就和法国之间的相互关系问题在此间所表明的立场，已为友好地解决有关各方之间的相互关系问题创造了必要的前提，只要法国也愿意这样来解决问题。

"我们在这里也曾听到有人说，法国表示准备承认越南和其他印度支那国家的独立，并对其主权和民族利益作应有的保证。另一方面，我们也知道，越南民主共和国政府表示，准备研究越南民主共和国根据自由意志的原则加入法兰西联邦的问题。既然双方都说，是可能在承认民族自由和独立的原则基础上解决相互关系的问题，那么，解决这一问题似乎不应该会碰到不可克服的障碍。"

莫洛托夫说："我们在这里听到了保大代表对解决越南内部政治问题的主张，保大政权也来谈什么越南境内的自由选举。但根据保大政府的建议，越南必须只有在这样的时候进行这样的选举，即选举要保证维持现存的保大政权，而保大政权缺乏权威是众所周知的事实。其实，这样的政权根本不需要普选，选举对它是危险的。这种政权所依靠的不是人民而是外国的刺刀。"

接着莫洛托夫引证一些材料来说明："1954 年 3 月 5 日达拉第在法国国民议会上说过保大政府一段话：'这个政府没有得到人民的信任。下面的事实证实了这一点，就是它只能在类似有 25 万到 30 万居民的顺化这种地区搞搞滑稽的省选和市选。有选举权的只有七八千人，而且这些人也并未投票拥护保大皇上的候选人。'英国《旁观者》杂志前几天所说的一句话：'现阶段越南举行自由选举，胡志明无疑会战胜保大。'《法兰西观察家》周刊 6 月 3 日发表的意见说：'敌视保大的态度之所以更加激烈，是因为他没有履行在内政方面的诺言，如根除贪污，实行土地改革，实施劳工法等，工人的生活水平比 1939 年降低了 60%。报刊检查比任何时候都来得厉害。'以上所引证的消息证明，法国军队占领下的越南地区的内部政治情况是危机重重的，因为目前的这个政府和人民没有联系，而且一点也不代表人民的利益。越南民主共和国提出的举行自由选举的建议，对于真正地改善越南的政治和经济情况是非常重要的。不久以前，美国国务卿所说的关于越南条件没有成熟并不赞成在印度支那举行自由选举的话，不能证明他是愿意解决越南和印度支那其他国家的内部政治问题的。"

莫洛托夫进一步强调说：

> 苏联代表团认为，除了审查会议现在讨论的军事问题之外，还必须：
>
> （一）不再拖延讨论由于印度支那造成的局势而需要解决的政治问题。为此，我们可以采取一种军事问题和政治问题平行讨论的程序，讨论军事问题和政治问题的会议轮流举行。
>
> （二）首先讨论下列诸问题：给予印度支那三个国家主权和独立；在这些国家里举行自由选举以及自印度支那境内撤退一切外国军队。
>
> （三）保证建立双方代表之间的直接接触，以讨论可能具有积极意义以及有助于就这些问题达成相应协议的那些政治问题。

艾登发言，他建议以南亚五国作为组成国际监察委员会的国家。

皮杜尔发言说，日内瓦会议已在走向和平的道路上取得了一些成就。但他仍然漠视印度支那人民的民族权利。

史密斯发言中继续诬蔑波兰和捷克斯洛伐克不是"中立国"。

6月9日下午3时，继续举行关于印度支那问题的全体会议。莫洛托夫为会议主席。

周恩来在会议上作了重要发言。他说：

　　中华人民共和国代表团在 5 月 27 日曾根据法国代表团的建议、越南民主共和国代表团的建议和苏联代表团的补充建议，在关于停战问题上向本会议提出了下列 6 点建议。……我们认为，这 6 点建议是包括了各方面意见的共同点的，本会议应该就此达成原则协议。在讨论这 6 点建议的过程中，我们看到，在某些问题上各方观点已经接近，但是在另外一些问题上，各方意见却还有很大的距离，其中某些意见甚至还阻碍着会议的进行。现在，我愿按照我们的 6 点建议，说明一下中华人民共和国代表团的意见。

　　关于第一点建议。本会议在 5 月 29 日通过的联合王国代表团的建议中，已经对在印度支那早日和同时停火的原则作了明确的规定。中华人民共和国代表团认为，原则既然规定了，那就必须根据这一原则来考虑在印度支那三个国家，即在越南、高棉和寮国，怎样实现早日和同时停火的具体问题。我们认为，早日恢复印度支那全境的和平而不再拖延，是全世界人民特别是印度支那人民和法国人民的渴望，同时也是举行本会议的目的。但是，直到现在还有人认为，在越南、高棉和寮国可以不同时停火。这当然是不对的。如果只在印度支那某一地区停止敌对行动，而在另一些地区却继续着战争，那就不仅不能早日恢复印度支那的和平，而且随时有使战争重新蔓延到印度支那全境的危险。固然，有关越南、高棉、寮国停战问题的具体商谈程序可以有先后，但在停火的实现上却必须同时。

　　关于第二点建议。本会议在 5 月 29 日所通过的联合王国代表团的建议中，对交战双方司令部代表的任务作了这样的规定，他们应研究在停止敌对行动时军队的部署问题，这项研究应从在越南的重新集结地区问题开始。中华人民共和国代表团认为，研究在停止敌对行动时军队的部署问题的原则，无疑地应该适用于印度支那全境。我们同时也注意到印度支那三个国家，即越南、高棉、寮国的情况是不完全相同的，因而在解决办法上将会有所不同。

大家知道，高棉有抵抗军队，寮国也有抵抗军队，这两支抵抗军队是由高棉和寮国的本国人民组织起来而为两国抗战政府所领导的。有人说高棉和寮国的抵抗军队不是他们本国人民组织起来的军队，而要求将这两支军队加以撤退，作为停火的条件，这显然是不现实的，因而也是不能接受的。试问，怎样能够要求高棉和寮国本国人民自己组织起来的军队撤退到高棉和寮国领土以外去呢？

现在交战双方司令部代表已经按照本会议 5 月 29 日通过的决议在日内瓦开始谈判，这就为交战双方直接的谈判开辟了道路。但不能不指出，双方司令部代表在当地的接触至今尚未开始。这样，就拖延了对于停止敌对行动时军队部署问题的全面研究和迅速解决。我们认为，有关方面应该立即采取措施，早日实现本会议关于双方司令部代表除在日内瓦会谈外，同时在当地开始接触的协议。

关于第三点建议。在印度支那全境停止敌对行动的同时，停止自印度支那境外运入各种新的部队和军事人员以及各种武器和弹药的问题，是越南民主共和国代表团首席代表范文同先生提出的。中华人民共和国代表团和苏联代表团同意范文同先生对这一问题的意见。莫洛托夫外长曾指出，停止运送军队、武器和弹药是在印度支那停止敌对行动和遵守有关协定的最重要的条件。法国代表团团长皮杜尔先生也曾认为这是一个重要的问题，是国际监察委员会必须尽一切努力的对象。既然大家同意了这一个原则，那么，具体的问题就在于实施的范围和方法以及如何加以监察。关于实施的范围，我们认为，印度支那三个国家交战双方均应遵守停止自印度支那境外经过海、陆、空口岸运入各种新的部队和军事人员以及各种武器和弹药的规定，不能有任何例外。同时，应该指出，实施范围一定要包括停止美国运送军事人员、武器和弹药到印度支那任何地方在内。关于如何监察问题，朝鲜停战协定的经验可以提供我们参考。

有人认为，这个原则只能适用于印度支那的这一个国家，而不适用于那一个国家，例如不适用于高棉。这种说法显然是站不住的。大家知道，柏林四外长会议的公报，是要求在印度支那全境恢复和平。如果在印度支那仅仅一个国家实行这些规定，而另外的国家却可以自由地运入新的部队，或者不运入新的部队，而运入军事人员和军事物资来加强它的武装力量，那么，这种国家就有可能变成外国干涉者的军事基地。这样一来，就构成了敌对行动随时可以再起的危险，印度支那的停战协定也就不可能具有巩固的基础。

关于第四点建议。中华人民共和国代表团认为，为了对停战协定条款的履行进行监察，应该建立两种监察组织。一种是范文同先生提议的联合委员会，也就是由交战双方代表组成的停战委员会，另一种是莫洛托夫先生根据皮杜尔先生关于应成立国际委员会实行监察的建议而提出的由本会议协议邀请的中立国监察委员会。这两种组织的职权范围和它们的相互关系，我认为，可参照朝鲜停战协定的经验加以规定。朝鲜军事停战委员会监督了朝鲜交战双方对停战协定条款的实施，例如实现停火，双方军事力量撤出非军事区，进行非军事区内的各项具体安排，双方军事力量撤出对方的后方地区等等。朝鲜中立国监察委员会则对停止自朝鲜境外进入增援的军事人员，作战飞机、装甲车辆、武器和弹药以及对违反停战协定的事件，担任了监察、观察、视察和调查的职责。这两个委员会从各方面对朝鲜停战的实现都起了积极的作用。虽然在朝鲜的监察工作不是没有缺点的，但是这种缺点是可以改进的。如果有人在讨论印度支那停战问题的时候，就连与朝鲜停战中基本相同的条件都不肯接受，那是很难达成协议的。

对中立国监察问题，周恩来指出：

（一）中立国监察委员会的成员问题

为了在印度支那监督停战，苏联代表团曾建议由印度、波兰、捷克斯洛伐克和巴基斯坦四个国家的代表组成中立国监察委员会。这是完全合理的。然而，在本会议中，有人就硬要反对波兰和捷克斯洛伐克两国参加。他们采取反对态度的唯一理由就在于波兰和捷克斯洛伐克是两个被他们称为共产主义的国家，而共产主义国家就不能成为中立国家。这样就引起了关于中立国家的定义的争论。什么是中立国家的正确定义呢？《朝鲜停战协定》第三十七款规定得最清楚："本停战协定所用'中立国'一词的定义为未有战斗部队参加在朝鲜的敌对行为的国家。"

这是与联合国军有关的各国政府所同意了的定义，也是在目前国际事务中所公认的定义。如果拿思想体系和社会制度来作为判断中立国家的标准，硬说共产主义国家不能成为中立国家，那么，资本主义国家同样也不能成为中立国家了。这样一来，世界上还能有什么中立国家呢？所以如果硬要将被称为共产主义的国家排除在中立国监察委员会之外，那么，这个成员问题就无法达成协议了。

（二）中立国监察委员会和联合委员会的关系问题

印度支那交战双方应当是停战的主体。停战协定的实现基本上应该依靠交战双方的诚意，因而由交战双方总司令部代表所组成的联合委员会就应该首先负起监督停战协定彻底实施的重大责任。如果交战双方不首先将这个重大责任担负起来，试问中立国监察委员会又怎样能够将停战强加于交战双方呢？《朝鲜停战协定》这样规定："军事停战委员会的总任务为监督本停战协定的实施及协商处理任何违反本停战协定的事件。"这不仅是完全合理的，并且是完全必要的。我们承认印度支那交战双方打了8年的仗，一旦达成停战，不易接近，不易互相信任，难免有些违反停战协定事件的发生，光靠双方自行审查和和解是有困难的，因而需要中立国实行监察。但是，不能因此将中立国监察委员会放在联合委员会之上。我们认为，在讨论联合委员会和中立国监察委员会的任务时，不能有所偏重，也不能有所偏废。中立国监察委员会和联合委员会的关系应该是平行的，而不是隶属的。这两个委员会应该根据停战协定所规定的职权范围，分工合作，以保障停战协定的有效实施。

（三）中立国监察委员会一致协议的原则问题

在讨论中还存在这样一个问题，即中立国监察委员会应否采取一致协议的原则问题。有人主张在中立国监察委员会中只要使用多数表决的方法就能解决问题，而反对采取一致协议的原则。对于这一点，中华人民共和国代表团是不能同意的。我们认为一致协议的原则是目前国际事务中最公正、最合理、最能解决重大问题的一种原则；而多数表决的方法，在重大的国际问题上，却常常被利用来作为工具，以图将多数国家一方的意志强加于少数国家的一方。中立国监察委员会的任务是为了协助交战双方监察停战协定的实施，因而，它就必须能够反映双方的意见和照顾双方的利益，然后才能作出公正的建议而为双方所接受。如果中立国监察委员会偏于一方而不能反映双方的意见和照顾双方的利益，又仅仅依靠多数表决就通过建议，那么，这个建议就很难为双方所一致接受。

因此，中立国监察委员会应该依靠集体的努力，根据停战协定所赋予的权力，采取一致协议的原则，才能公正地、合理地解决重大问题，完成监察任务。如果有人想利用多数表决的方法，通过中立国监察委员会将交战一方的意见强加于交战的另一方，这是办不到的。

有人说，朝鲜中立国监察委员会的工作，是由于遵守一致协议的原则而陷于瘫痪的，这是一种错误的说法。事实上，朝鲜中立国监察委员会在根据停战协定执行它的主要职司方面是有效的。朝鲜停战 10 个月来，中立国监察委员会对停战双方 200 万以上的军事人员和美方 7000 架以上的作战飞机进出朝鲜进行了监察和审查，使朝鲜的停战局势至今未受影响。怎么能说明中立国监察委员会不是有效的呢？史密斯先生反对朝鲜中立国监察委员会的主要论据，是说该委员会波兰和捷克斯洛伐克委员曾四次不同意调查美方指控朝中方面扣留战俘的诬告，而这种不同意却正是维护了朝鲜的停战协定。相反的例子，1954 年 1 月 20 日至 21 日，美方为了将强迫扣留的中国被俘人员经过仁川送往台湾，不准常驻仁川的中立国视察小组进入港口进行视察工作。这是一件极其明显的违反停战协定的严重事件。中立国监察委员会的波兰和捷克斯洛伐克委员建议中立国监察委员会派遣机动视察小组到仁川去进行特别调查。但瑞典和瑞士委员却未予同意。我们并未因此就抹煞朝鲜中立国监察委员会的作用和功绩，我们也未因此就像史密斯先生那样提出资本主义国家不是中立国的说法。还有一种例子，朝鲜中立国遣返委员会是根据多数表决的方法工作的。但结果怎样呢？我已经说过两次，印度、波兰和捷克斯洛伐克多数委员所同意的关于处置战俘的重要决定，少数委员并不加以尊重，更未被联合国军方面所执行。结果，就造成了美方强迫扣留21000余名朝中被俘人员的僵局，至今尚未解决。

由此可见，朝鲜停战的经验丝毫不能证明一致协议的原则势必产生僵局，也不能证明多数表决的方法就一定不产生僵局。如果说到僵局，那么，这种僵局不论是一致协议的情况下，或是在多数表决的情况下，都是由于美方在朝鲜破坏某些停战协定条款而产生的。

（四）中立国监察委员会对谁负责的问题

关于这个问题，我们认为，中立国监察委员会应对为恢复印度支那和平提供国际保证的国家负责。我们还没有听到对这一问题的反对意见，我们希望会议把这一点确定下来。

（五）所谓联合国监察问题

在讨论中，有人提议由联合国来监察印度支那停战的实施，中华人民共和国代表团对此是无法同意的。我们已经一再说过，我们的会议和联合国没有关系。不言而喻，联合国是不适合于担负监察印度支那停战实施的职责的。为了干涉印度支那战争，现在正有人将印度支那问题放在联合国的议程上，准备制造纠纷。在这种情况下，是更不应该谈到由联合国来负责监察印度支那的停战了。

关于第五点建议。与会各国负责保证停战协定履行的问题是法国代表团团长皮杜尔先生提出的。由于本会议的参与国家没有提出任何反对的意见，我们认为，这一条原则应该确定下来，使它成为本会议的初步协议。同时，中华人民共和国代表团根据原来的建议，希望本会议对保证国家所承担的义务性质问题应该加以讨论。对于这个问题，中华人民共和国代表团支持苏联代表团所提出的意见，那就是保证国家对于违反停战协定的行为应该进行协商，采取集体的但不是个别的措施。

关于第六点建议。根据奠边府释放重伤战俘的经验，互相释放战俘和被拘平民的问题经过交战双方直接谈判，是不难获得解决的。因此，中华人民共和国代表团认为，在印度支那全境停火后互相释放战俘和被扣平民的问题可交由双方司令部代表在日内瓦并在当地进行讨论。

随后，周恩来严厉批评美国阻挠日内瓦会议就印度支那问题达成和平协议、法国主战派的拖延政策以及企图在印度支那继续打下去。呼吁大会尽速达成印支停火和政治解决的协议。他加重语气，殷切地说：

我们始终认为，日内瓦会议的任务应该是，使印度支那的军事问题和政治问题都获得解决。这就是说，我们应该在承认印度支那三国人民的民族权利的基础上，停止敌对行为，恢复印度支那的和平。只有政治问题获得解决，印度支那的和平才能巩固和持久。因此，中华人民共和国代表团赞成苏联代表团6月8日的三项建议，要求本会议对印度支那军事问题和政治问题，立即开始进行平等的轮番的讨论，并保证有关双方进行直接接触，以便使恢复印度支那和平问题的协议能够迅速达成，使印度支那全境的早日和同时停火，能够首先实现。

周恩来的这个发言，指出了各方意见的共同点和目前主要的分歧，阐明了中国代表团对各项争论中的问题的立场和解决分歧的道路，支持范文同和莫洛托夫在 6 月 8 日提出的关于在讨论军事停战问题同时讨论解决政治问题的主张。

史密斯接着发言，他说：

　　在我昨天听了莫洛托夫先生的发言，今天又听了周恩来先生的发言之后，我对它的非建设性质感到失望——我相信其他代表团亦有同感。我本来希望我们谋求妥协的努力会得到某种响应。现在，我有必要来谈谈莫洛托夫先生所再三提出的、又经范文同先生和周恩来先生更放肆地加以重复的、关于美国及我们的朋友和盟国怀有侵略野心和帝国主义的意图的指责。

　　这些指责是老一套论调的一部分。我确信，莫洛托夫先生，大概还有周恩来先生并不真的相信人们会认真地看待这些指责，只有铁幕后的那些国家是例外，在那些国家内部，政府机器是专门用来压制正确与公正的消息的传播与这些消息的自由讨论的。

　　因此，我认为，莫洛托夫先生并不是真的在对我们讲话，而是在对那些接受共产党情报局论调的管训之下的欧洲和亚洲听众讲话。我相信，只需要这样来回答：我国在第二次世界大战期间及战后的记录是整个自由世界所共知的。我们很愿意人们根据这个记录来判断我们现在和将来的意图。我相信，我们的友人的信心不会因之而减低，同时，如果那些比较不幸的人们被允许研究一下这一记录的话，他们的信心也会恢复过来的。

　　我们有时忽视这一事实：我们对苏联在这同一时期的记录有很多知识；在判断共产党集团的现在与将来的意图时，我们靠回顾这一记录得到的知识可以比从莫洛托夫先生和他的友人容许自己发表的这种发言中得到的知识更多。例如，当莫洛托夫先生和周恩来先生谈到亚洲各国人民的民族解放运动时，我立即被感动得回想起莫洛托夫先生和他长期能干的代表的政府实际上做了些影响各小国的民族愿望的事情。

我愿在这个时候请诸位注意另一句很有趣的引语——这句话将是周恩来先生所熟悉的：在政治上的策略是联合政府，与此相对应，在军事上的策略就是停战。停战是达到目的的一种手段，而不是最后的目的。我们的同僚、共产党中国的外交部部长在这些话里对大家熟知的军事停战赋予一种在战争历史上完全崭新的意义。这种意义本来是要在中国和朝鲜境内的共产党侵略战争中表明出来的。这种同样的概念今天又悬挂在印度支那的战场上，大家将会了解到：除了其他的原因不算外，就是因为这个原因，我们大多数才要求在我们正在考虑的一些重大问题上取得明确的谅解。

我们的希望和目标是和平与安全。

我还可以对范文同先生说，当我们想起越盟军队已侵入和平的高棉和寮国并已在那里到处蹂躏的时候，他竟然说出美国怀有侵略意图和帝国主义野心的指责，那真是太奇怪了。

目前我们仍然面临着三个重要问题，我们上次会议对这些问题作了详细的辩论，但没有结果。

这些问题中的第一个，如昨天下午说过的，是寮国和高棉境内存在的问题的特殊性质。我认为，艾登先生和皮杜尔先生都已无法辩驳地阐明了分别对待这两个国家的必要。在那里，入侵的越盟军一撤退，和平就会自然而然地恢复。

第二个问题是越南的国际监察委员会的权力问题。显然，这个委员会必须要有权力和便利来解决交战双方的混合委员会所不能排除的任何问题或分歧，因此，很自然，它所作出的决定对于那些混合委员会必须要有约束力。

　　第三个极其重要的问题是国际监察委员会的成员问题。像我昨天所说过的，这个委员会成员的主要衡量标准则必须是"公正无偏"。因此，如像我昨天所说的那样，一个包括一些不能通过公正无偏的考验的国家的委员会，就是说一个和在朝鲜建立的那种委员会（在那种委员会里，共产党国家的委员会曾经得以用否决权来阻挡有效的监察）完全一样的委员会，显然是一个不能令人满意，也不能令人接受的建议。昨天，联合王国的代表推荐参加科伦坡会议的国家。今天下午，越南国推荐联合国。这两个都是合理的建议。苏联的建议是不合理的。

　　我不得不说，迄今为止，苏联、中国共产党和越盟的代表团还没有表示出任何迹象，说明他们愿意在能为本会议接受或者说会保证印度支那和平的恢复的任何合理的基础上解决这些问题。我希望我这样说是不正确的，但是，看来我们上几次会议的消极结果证明了这个结论的正确性。

　　史密斯的发言，除了对苏联、中国、越南民主共和国恶意攻击一通，完全避而不谈会议应该同时讨论印度支那的政治问题这一点，也没有提出任何建设性的意见，继续坚持一直阻挠会议进展的主张。

　　保大越南和老挝王国的代表也发了言，他们仍然附和美国的主张，阻挠会议达成协议。

与英、印、越多方斡旋

　　6月8日大会的第三天，也即是6月10日，梅农第六次访周恩来。

梅农说："从各方面的报道看来，事态似乎不佳，我愿知道总理先生认为目前会议是接近问题的解决呢还是接近破裂？"

周恩来回答说："可以达成的和平基础未变，但是西方国家提出无法接受的立场。基本原因是美国要阻挠会议的进展，越南民主共和国是愿意和平的，只要法国排斥美国的干涉，它是可以得到光荣而合理的和平的。至于中国，我们是完全为了促进会议达成协议，别无其他要求。

"但是僵局是史密斯造成的，他说共产主义国家不能中立，在朝鲜，波、捷委员阻碍该委员会的工作，印度蒂迈雅将军一定知道，在中立国遣返委员会中，波、捷委员与印度委员同意的时候多，而瑞士、瑞典委员却常常进行阻挠。最后对于两个报告，波、捷委员也是和印度委员站在一起的，如何可以说波、捷委员不公正。这样的说法本身就是不公正的。英、法朋友不了解朝鲜情况，却听信史密斯的话，我们对此很不满意。"

梅："我们认为，如果这次会议失败，获利的正是美国，因为那样美国就有机会和借口来进行干涉，扩大战争，制造紧张和阻止新国家参加联合国。现在能否想办法孤立美国？"

周："中立国监察委员会确实是一个问题，但是现在却把这个问题说得如此严重，这是因为美国看到法国人民、法国国民议会的大多数以及法国政府中某些人都要求和平，于是以中立国监察委员会来捣乱，而西方的朋友却相信美国的话。这不是孤立美国，而是跟美国走。"

梅："我们认为排斥共产主义国家的原则是错误的。"

周："美国代表在讨论朝鲜和印度支那的会议中，无数次地说了同样的话，什么共产主义国家不可能是中立国家啊，什么否决啊，什么朝鲜停战不好啊，什么中立国监察委员会中的波捷委员不公啊，等等。对于美国代表的这些话我们不能不加以答复。不能说，由于我们答复而造成了僵局。"

梅："我并没有说你们的答复造成了僵局。现在美国正在利用这个问题使西方联合起来，我们是否应该想办法来使美国孤立，或者阻止美国这种行为。"

周："中立国监察委员会不是一个关键问题，美国故意夸张。如果停战协定的条款可以定下来，区域的调整取得解决并在地图上加以规定，那么停战就可以实现。然后中立国监察委员会的任务就是协助监察停战协定的实施。中立国监察委员会问题上是需要印度做努力的，我们欢迎印度政府派梅农先生在会外做非正式的接触。而美国却把问题说得非常困难，使印度退却。美国企图制造一种印象，说我们反对印度，事实全非如此，这是美国的阴谋。我赞成你多留几天的想法，以便帮助建立印度支那和平。你刚才问是否要与英、法谈谈，我认为那是有用的，可以使他们了解我们的意见。"

周恩来的话，实际上又一次要梅农向英、法传话，把中国方面的意见和设想告诉他们，要他们不要听美国的话，印度支那问题只要双方都让步是可能达成协议的。这是周恩来运用第三方面力量的一个手法。

6月10日下午，继续举行全体会议讨论印度支那问题。艾登担任主席。

艾登首先以英国代表的身份发言。

艾登谈到英国代表团对三个主要问题的意见。他说，首先大家都已同意了停止敌对行动应该是同时实现，并先研究在越南停止敌对行动的问题。他希望不久就能听到双方司令部代表会谈的结果。

艾登重申了英国代表团所提的由印度、巴基斯坦、印尼、锡兰、缅甸五国组成中立国委员会的主张。他说，他相信，由四个国家组成一个机构，每两个国家支持一方的观点，只会造成"僵局"。艾登说，他拒绝这样做的理由不是思想意识方面的，而仅仅是因为

"行不通"。艾登认为，中立国监察委员会在不能得出协议时，应该以多数票作出决定，不能有否决权。

艾登说，他认为由交战双方组成的联合监督委员会可以在越南作出有益的工作。但是，这个委员会将会有分歧，而且可能经常有分歧。正是在这里，国际委员会将起它的作用。它总是会设法调解纠纷的。在不能调解成功的时候，国际委员会应有权作出决定。

艾登谈到高棉和寮国问题时，重复以前的论调，说越南人民军"侵略"了高棉和寮国。他说，双方司令部的代表正在进行谈判。他认为在停战监察的问题上和高棉、寮国的前途问题上，目前的分歧是"广泛而深刻"的。他说，除非不迟延地缩小这种分歧，否则我们就不能完成我们的任务，我们已经想尽了我们所能想出的一切可行的程序办法来帮助我们的工作。我们没有别的选择，只有克服这些分歧或是承认失败。

艾登表示，英国代表团仍愿试图在全体会议上或在有限制性会议上或以大家可能愿意采取的任何其他方式来克服这些分歧。但是，如果各方立场仍像今天这样，那么我们清楚的责任就是向世界说明这一点，并承认我们已经失败。

柬埔寨王国代表泰普潘接着发言他的发言，照例对高棉民族解放运动和抗战政府攻击一通，并对印度、巴基斯坦等亚洲国家不承认他的政府表示不满。但是，他也承认这些国家之所以不承认柬埔寨王国政权，是因为他们不相信这个政权已经"独立"。

范文同随后发言。范文同指出："柬埔寨王国和老挝王国代表对事实的荒谬绝伦的歪曲是欺骗不了任何人的。事实是：高棉和寮国人民紧密地团结起来已经并正在进行反对帝国主义侵略者的抗战。这个抗战包括了两国各阶层的人民，范围及于两个国家的整个领土。高棉人民以自己的行动热烈拥护越南民主共和国代表团在日内瓦会议上提出的建议。"

范文同叙述了寮国和高棉人民抗战的历史，并叙述了高棉和寮国人民在抗战过程中所进行的经济建设和民主改革。

范文同指出，"所谓柬埔寨王国政府和老挝王国政府已从法国手中取得'独立'的说法是虚伪的。事实上，柬埔寨王国和老挝王国的内政、外交、军事、经济、财政、文化和教育都掌握在法国人手里。在经济方面，一切比较重要的企业都掌握在法国人手中。在军事方面，这两个国家的伪军都是由法国驻印度支那军队总司令指挥的。"

范文同说："为了恢复高棉和寮国的和平，必须考虑到这些事实真相。不能设想用所谓'越盟侵略'的说法就可以很容易地解决这个问题。高棉、寮国的民族解放运动是和越南以及其他国家的民族解放运动一样的。"

范文同接着谈到越南的统一问题。他指出："保大代表所谓的'统一'就是要把越南统一在保大一个人的下面。显然，这是否认人民权利和民主的最基本的概念并且是蔑视现实的。保大代表团所设想的'统一'就是要使帝国主义奴役全体越南人民。相反地，越南民主共和国却提出了一个实现越南统一的合理的切实可行的方案。根据这个方案，越南的统一必须根据人民的意志来实现。这个统一只能靠自由的民主的和没有任何外国干涉的普选来实现。然而，为了要举行这个选举，先决条件是实现停战，实现停火并研究和划定双方集结地区。除此以外没有其他的办法。正因为如此，会议才同意了越南民主共和国在这方面所提出的建议。"

范文同指出："保大代表叫嚣反对分治。问题在于，他们不愿意举行自由的选举，他们害怕人民。"范文同接着举出了许多法国和美国报纸的言论来说明保大在越南人民中没有任何威信和权威。范文同说："正因为如此，保大代表才提出了一个大家知道是荒谬的、不能接受的建议，其目的就是要阻挠会议的工作，阻挠恢复和平，继续和扩大战争，从而维持一个为外国服务的、剥削和压迫人民的政权。"

范文同接着谈到民族独立问题。范文同特别指出了保大和法国所签订的条约的虚伪性。范文同还引证法国军事顾问和将军们所说的保大军队士气低落的话，来说明越南人民完全不相信已经获得了独立。

范文同说：

根据以上所说，越南民主共和国代表团在 5 月 10 日提交会议的建议是有着特别的真正重要性的。

（一）首先应该承认越南及印度支那其他国家的独立原则，这应该是完全、真正、实际、无保留、不虚假的独立。法国应负其责任。

（二）法国承认印度支那三国的独立就牵涉到撤退占领三国的外国军队的原则问题。因为前者是后者的结果。如果像我们所建议的，印度支那国家在将来能与法国在平等互利基础之上建立友好关系，那么法国远征军还有什么用处呢？但是假如主张进行新的殖民战争的主战派要实现他们的企图的话，那么自然有一切理由来说法国远征军将遭到不可避免的失败。

（三）在停火之后，必须可以在 6 个月之内进行普选。这是讨论越南统一的根本的、广泛的、简单的基础，这种统一是全体越南人民及与我国友好的人民所最关心的。越南的统一是不可侵犯的原则。任何人也没有想到这是会成为问题的。所以我们向所有越南人建议：

绝对不管他们的阶级、性别、政治及宗教信仰如何，和我们一起用目前情况所需要的唯一方法来实现我国的统一，这个方法就是举行自由与民主的选举。

（四）这些就是有关印度支那各国的主要问题。现在应该提到这些国家与法国的关系，尤其是经济与文化上的关系。愈来愈多的（法国）代表团来日内瓦访问我们，对于我们提议在平等与友谊的基础之上与法国建立经济与文化关系，表示他们的同情与支持。当他们听到我们谈到我国参加法兰西联邦的可能性时，他们深深地感动。

（五）在地区调整之后，就应该考虑到无论属于哪一方的支持者，他们的生命、财产、自由、安全及个人的民主权利都应得到保证。

范文同指出："以上就是恢复印度支那和平的政治方面的一些主要问题，这就是我们会议上所要讨论的，也是我们实际生活中已经发生了的问题。"

范文同最后说："停火谈判正在进行，双方司令部代表已经在日内瓦接触。同样的接触也要在印度支那开始。这是令人鼓舞的事实。但是双方必须表示同样想达成协议的意志。日内瓦会议是为了寻求在印度支那和平，交战双方对问题最有关系，因此双方直接接触是必需的。在这方面，就军事问题的谈判已经走了第一步。不过不能到此为止，而必须采取其他步骤。这就是苏联代表团建议的目的。这个建议希望使法国和越南民主共和国代表团就讨论双方之间的政治问题进行接触。"范文同说："越南民主共和国代表团同意这个建议，现在要看法国的态度。这样双方代表举行军事会议的同时，也要举行同样性质的政治会议。大会也要轮流讨论军事问题和政治问题。这是符合会议委托我们的任务——解决一切为了尽速恢复印度支那和平所要解决的问题的唯一办法。"

莫洛托夫发言着重回答史密斯提出的问题。他说：

"美国代表昨天在这里对苏联进行了攻击，重复了老一套的千篇一律的诬蔑滥调；当他们对事情的实质无话可说时总是这样做的。这次他提起了过去的一些事情并加以歪曲。例如，他还谈到1939年苏联与德国签订互不侵犯条约时对波兰的政策的不正确。这种说法显然是站不住脚的。关于这点只要看一看1948年苏联出版的名为《揭破历史捏造者》这部有名的历史材料就够了。

"美国代表在这里是多么顽固地反对波兰参加监督印度支那停战的中立国监察委员会。这再次表明，对于美国代表们来说，言行是不需要永远相符的。为此所有参加日内瓦会议的人还必须承认，与解决军事问题的同时，建立印度支那巩固的和可靠的和平的利益要求解决适当的政治问题。这些问题首先包括关于确保越南、寮国和高棉的独立问题以及印度支那三国中的每一国在自由和举行普选的条件下恢复统一的问题。

"如果日内瓦会议能阻止在印度支那扩大战争并为此而建立新的军事侵略集团的企图的话，日内瓦会议的任务将能得到完成。如果日内瓦会议致力于及早停止敌对行动和在恢复印度支那和平的基本条件上达成协议的话，这个任务将能得到完成。

"如果今天艾登先生的发言能够达到这个目的有所贡献的话，那就会符合于会议的主要目的了。"

老挝王国代表冯·萨纳尼空和保大代表阮国定分别发言，他们硬说他们的国家已经"独立"了。

美国代表史密斯接着发言，他说："为了把问题说得准确无误起见，我们必须纠正我的朋友莫洛托夫先生的说法。参加这次会议的美国代表团曾经一再说过，它接受并承认寮国、高棉与越南三国的独立与主权。美国派有一个高级外交代表驻在这些独立国家，这位代表现在就在这里出席会议。美国代表团还曾经一再说过，要使寮国与高棉能够充分地在和平环境中享有它们的主权与独立，只需入侵的越盟军队撤出它们的领土就行了。大家承认，恢复越南国和平的问题引起一些较大的问题，但是这些问题并不牵涉到那个国家的主权与独立问题，刚才我已经说过，我们完全承认那个国家的主权与独立。

"关于我们在历史问题上的不同意见，我让我们的同僚来下判断。美国关于建立印度支那和平的政策——莫洛托夫先生问到这一点——在基本问题上与联合王国代表在我们会议开始时提出的政策是一致的。美国代表团完全支持联合王国代表的发言。"

日内瓦会议会内会外活动频繁，特别是在会议紧张、斗争尖锐、朝鲜问题和印度支那问题的讨论濒临摊牌的时候，活动就更多。周恩来更是夜以继日地进行活动，发挥他的外交才能和统战手腕，不停地工作。如 6 月 10 日那天，他一直工作到 11 日早晨 6 点多，上午 10 时就起床，阅读报纸和国内来的电报及情况反映。11 时接见印度驻联合国代表，谈到下午 1 时。午饭后同代表团团员、顾问研究当日下午的会议，3 时半开大会至晚上 7 时休会。晚饭后代表团研究印度支那问题的形势，直至 10 时才休会。在讨论中团员和顾问的看法都同周恩来的看法一致，认为日内瓦关于印度支那问题的全体会议辩论已经结束，双方的基本立场也已明确，如果双方不做让步，就很难接近而达成什么协议。美国和法国主战派采取拖延和破坏会议的立场，美国害怕法国让步妥协，如果印支和平解决问题了，它就不好干涉，影响美国的全球战略和亚洲军事集团的建立，所以美国要尽快结束讨论。法国主战派原就想利用日内瓦会议这个幌子，欺骗法国舆论，应付法国议会，维持拉尼埃的政权，以便加强同美国的合作，进一步扩大印度支那战争，也不想达成什么协议，但鉴于法国国内的压力，特别是法国议会第三次会议即将就印度支那战争问题进行辩论，不敢贸然中断谈判。如果在这次国会辩论中拉尼埃政府能够获得议会信任，继续维持现政府的统治，那法国主战派也会立即中断日内瓦谈判。如果拉尼埃内阁垮台，主和派上台，则谈判还会继续下去，我方再做些让步，则有可能达成协议。我们一方面要注视法国政局的变化，一方面要注意美国的态度。对英国则要尽力争取，通过它来影响法、美。所以，对印度梅农要做工作，通过他影响英国、影响艾登。

周恩来说，"虽然我上午见了梅农，他现在又要来见，我想可能没有什么新的消息，但是还是应该见他，听听他实际上是英国也可能包括法国对昨天会议的反映和今后意见，同时我们也可把我们的想法通过他传达到英法那里"。大家同意周恩来的意见，但劝他注意休息，不要谈得太久，否则太累了，把身体搞坏了，谁来主持日内瓦谈判？还有许多事情都等着总理呢。周恩来只是默默地点点头，他深知自己的分量、责任，也深知自己的身体素质。于是他让秘书通知梅农今晚 10 时半来见。

梅农也深知周恩来很忙，他准时到达后，没有任何客套和寒暄，立即开门见山地说：

关于下次印度支那问题会议有几点建议：

（一）国际保证问题。中苏英美四强应首先取得一致协议，不得向印度支那输入军队、武器，不得在印度支那建立军事基地，不得以联盟关系使印度支那属于哪一集团。四强协议之后，可请其他国家参加，交战双方国家不得参加。

（二）政治问题。承认印度支那独立，不得进行报复，政治生活自由，对自由选举进行监督，撤退外国军队，印度支那全境不得用作军事基地。

（三）监察委员会，他们不同意现在你们的方案，我建议在这个问题上可以采取主动，首先作出让步。

周恩来回答说：

梅农先生所提的，不可能立即予以全部答复。但是可以先告诉你下列要点：

（一）这次会议必须有成就，不应使其失败，而有利于美国的破坏。

（二）在原则问题上已接近，可以找出共同点。

（三）在具体问题上，我和梅农先生的意见还有距离。

先取得原则协议，具体问题留下来继续求得解决，不失为一种办法。

梅农听了周恩来的答复之后，马上起身告辞。

周恩来立即用手示意请梅农坐下，并说，你何必这样急呢，我们还可以继续谈谈。

梅农说："我知道您是大忙人，今天又开会又同人会谈够紧张的了，我不忍占您过多的时间，所以我匆匆忙忙而又非常扼要地把意见讲了，我认为下一次会议很重要，也可以说是一个关口，所以我紧急约见您。您上午见了我，晚上又见我，一点也不嫌烦，我非常佩服您的为人和精力。"

周恩来说："我们是朋友嘛，不必那样客气嘛。我想听听你对国际局势、法国议会辩论、拉尼埃内阁的前途的看法以及美国那里有什么举动。"

于是梅农和周恩来又就形势问题广泛地交换了意见，一直谈到午夜1时才结束。

梅农走后，周恩来独自一人时而坐在办公室里沉思，时而走到别墅的花园中一面慢慢散步，一面思考着日内瓦会议的发展趋势和对策。

第二天，6月12日一早，周恩来偕同张闻天从日内瓦去伯尔尼拜会东道国瑞士联邦政府主席陆巴特尔和政治部长彼蒂彼爱。

伯尔尼坐落在瑞士高原的中心，是一个古老而美丽的城市。清澈的阿莱河三面环绕着城郭。每当晴朗的日子，可以清楚地看见著名的少女峰耸立在那里，洁白的雪峰顶着蓝天，晶莹闪烁，景色十分壮丽。

彼蒂彼爱同周恩来在瑞士外交部举行了会谈。

彼蒂彼爱："你们的光临，使我们感到非常荣幸，谨表示热烈的欢迎。现在我想趁此机会向您提出一个问题，这不是紧迫的问题，仅提出来请您予以注意。前几天，我们曾在北京递交贵国政府备忘录一件，我们希望能够卸除在朝鲜中立国监察委员会的责任。当初我们接受这项国际任务时，我们认为这是为了双方的利益与和平的利益。在工作中我们愿保持严格的中立，不偏袒任何一方，这态度是数百年来我国政策的基础。但是，似乎有人认为我们只是某一方的代表，这是我国政府和舆论难以理解的。在当地进行工作时，我国代表也遇到了一些困难，希望能够加以改善。我国是民兵制，没有职业部队，派去朝鲜的人都是志愿的。现在他们想回瑞士，由于这些原因，我们感到处境困难，希望尽早卸除这个我们从来没有承担过的责任。当然在未做正式决定前，我们绝不会有什么足以妨碍停战的行动。"

周恩来："我们认为，瑞士和其他中立国一样，在朝鲜监察委员会里已经尽了它的责任，我谨代表中华人民共和国政府向瑞士政府致谢。

"我们的看法与美国不同，美国认为监察委员会没有起什么作用，现在已经无事可做了。但是，我们认为，监察委员会不仅起了作用，而且现在有事可做。当然我们了解瑞士的处境是困难的，在监察委员会的各委员之间存在着不协调的地方，在小组口岸上也与当地政府有着一些困难，不过，这些问题都是应该而且可以改善的。关于后一点，我们已通知朝鲜政府了，相信情况定会好转。至于刚才提到的备忘录，我还没有看到，想来我国政府正在研究这个文件。就我个人来说，我希望监察委员会继续工作下去，因为这对和平是有帮助的。"

彼蒂彼爱："我想问一点，是否美国准备撤销这个机构?"

周恩来："它虽未公开这样说，但是日内瓦美国代表团在其发言中曾有这样的表示。"

彼蒂彼爱："我得说明一下，我们提出备忘录来完全是独立的行动，美国并未从华盛顿的瑞士使馆或伯尔尼的美国使馆或其他任何方式告诉我们这样做，这纯粹是出于我们自己。"

周恩来："我们了解瑞士的困难，瑞士和美国的情况不同。美国人目前的态度是别有用心的，我们认为监察委员会是尽了责任的，我在日内瓦会议上曾数次谈到了这一点。"

彼蒂彼爱："感谢总理先生的解释，我之所以提到这个问题，是因为我国政府和人民都很关心。"

会谈之后，陆巴特尔和彼蒂彼爱举行宴会欢迎周恩来一行。双方互致祝词，表示友好。

拉尼埃内阁倒台

在周恩来从伯尔尼回日内瓦的路上，从收音机里听到法国拉尼埃内阁倒台的消息，他在车上对张闻天说："闻天，我看拉尼埃内阁倒台是一件好事。"

张闻天不假思索地说："是一件大好事，反映了法国人民和有识之士要求和平解决印度支那问题的愿望。"

"是的，但要看谁组新阁。"周恩来看着张闻天，"如果主和派组阁，则印度支那和平有望；如果换汤不换药，仍然主战派组阁，则日内瓦会议就开不下去了；如果是中间派组阁，则前途难卜。"

"依我看，主战派不可能再组阁，因为人民已经唾弃他们了。从目前法国和平运动的声浪来看，主和派上台的可能性大。"张闻天很有信心。

"也许你的看法是对的。"周恩来又问道："你这位美国留学生，美国通，你看美国对拉尼埃内阁倒台持什么态度呢？"

张闻天笑笑说："总理不要开玩笑了，我这美国留学生那是几十年前的事了，现在美国变化很大，不能用老眼光来看了。不过，我认为美国统治者不愿意拉尼埃内阁倒台，这对它指挥日内瓦会议和干涉印度支那战争不利，是违背美国全球战略利益的。"

"你的看法是对的。"周恩来皱一皱眉头，不无忧虑地说，"这几天，我从日内瓦会议最近讨论印度支那和朝鲜问题的情况，以及梅农谈话、外国报刊透露的消息看，美国和西方国家正在策划要中断日内瓦会议，这我已同代表团讲了多次，也把我的想法简单地告诉了莫洛托夫、范文同和南日了。拉尼埃内阁垮台这是件好事，但是我又担心这也可能促使美国早下决心，马上破坏日内瓦会议，因为再讨论下去对它太不利了。所以14日印度支那问题限制性会议和15日朝鲜问题全体会议，是关键性的两次会议，也可能是决定成败的会议，所以我很担忧。"

张闻天点点头说："我同意总理的看法和担忧，我也有同样的预感。我们应该马上采取些措施，打破美国的阴谋和计划。我建议中越苏三国在一些问题比如国际监督等问题上提出个新方案，做些让步，拖住西方国家。至于朝鲜问题，克农、冠华、黄华熟悉，看看他们有没有什么新招。"

周恩来一向善于听取别人的意见，他连连称赞说："好、好，是不是就请你同苏越商量一下，我看就在中立国监察委员会、印度支那联合委员问题上搞一个新方案，请苏联或越盟他们哪一家提出。同时，14 日的会议轮到莫洛托夫当主席，我可以同他商量一下，要好好掌握会议，千万不能让美国阴谋得逞。至于朝鲜问题，我再同克农、冠华他们研究一下，同时也再找莫老、南日研究采取什么对策。"

"好，就按你刚才的意见办！"张闻天说，"我还有一个建议。"

"什么建议？"

"是不是让冠华找吴冷西他们商量一下，就拉尼埃内阁倒台写篇文章，支持法国人民和主和派，揭露法国主战派和美国，并警告他们不得破坏日内瓦会议。"

"好、好！也请你回去之后立即找冠华、家康、宦乡、龚澎、冷西、《人民日报》记者要他们马上写篇评论，今晚发出，明日见报。"

却说，周恩来组织和领导的中国出席日内瓦会议代表团都是一些精英，尤其是团员和顾问们个个都精明能干、思维敏捷，又都是在周恩来长期领导下工作过的，他们深知周恩来的为人、性格、办事效率。所以当一听到法国拉尼埃内阁倒台的消息，王稼祥、李克农、王炳南、乔冠华、黄华、陈家康、宦乡、龚澎、吴冷西等便立即找新华社、《人民日报》的记者们研究法国的形势并撰写评论。所以当周恩来、张闻天从伯尔尼回来，评论的初稿已经写就，立即送请他们两人审查、修改，在当天晚上便以《拉尼埃内阁的倒台》为题发回国内，并用英、法、俄等国文字向全世界广播。评论说：

　　　　在日内瓦会议第七周的周末，法国的拉尼埃内阁倒台了。拉尼埃政府的倒台，标志着法国政府主战派追随美国积极准备扩大印度支那战争、消极应付日内瓦会议的反动政策被法国人民宣布了死刑。日内瓦会议开始后的一个多月以来，这是法国议会的第三次"信任"投票了。还在投票以前，法国许多资产阶级报纸就预言拉尼埃政府必然倒台。《巴黎急进新闻》在11日写道："议会对拉尼埃感到厌烦已有好几个星期了……一个半月来，日内瓦会议'维持'着政府；最感到厌烦的人曾犹豫不敢担负起不顾一切的责任，因为它可能妨碍停火的机会……"和过去一样，拉尼埃就利用这种心理，再一次玩弄其两面手法。他向议会最后威吓说："那些要求停火的人假如使政府垮台，只是无限期地拖延了停火的实现。"皮杜尔的人民共和党也在投票前夕威胁要阻挠新阁的组成，说该党将坚决不参加任何修改现行外交政策的内阁。尽管如此，拉尼埃政府混过了前两次危机，却未能混过这一次。

述评在引用大量事实，揭露拉尼埃和皮杜尔玩弄种种欺骗法国议会和人民的手段后说：

> 玩弄了不少花样，使用了不少手段，但是拉尼埃政府仍不免于倒台。这说明，在日内瓦会议上法国外交家执行的阻挠印度支那和平、追求战争国际化的政策是多么不得人心。如果前两次内阁危机时，拉尼埃、皮杜尔认为是他们使用了欺骗的办法才获得"缓刑"，那显然也是错误的。事实上，上两次法国议会投信任票时，以有限和微弱的多数把拉尼埃政府保存下来，是很多人怕因内阁倒台而使停止印度支那战争的谈判受到阻碍。这正说明了国民议会中大多数人要求停止印度支那这场不得人心、耗尽法国民脂民膏的战争的迫切愿望。在五个星期后的第三次信任投票中，议会终于不得不把拉尼埃、皮杜尔内阁撵下台来，同样说明国民议会反映了法国人民要求结束这场"肮脏战争"的坚决意志。

评论指出：

> 随着法国内阁的倒台，以美帝国主义为首的侵略势力已在加紧散布日内瓦会议行将以失败而告结束的空气，但法国人民、印度支那人民以及全世界爱好和平人民要求恢复印度支那和平的力量是不可抗拒的。法国内阁倒台后将产生一个什么样的新内阁，现在还不知道，但是有一点是可以肯定的，那就是：无论任何新内阁，今后如果不坚决放弃拉尼埃、皮杜尔们所遵循的追随美国扩大印度支那战争的祸国殃民的政策，真诚地以协商来谋求印度支那问题的和平解决，同样是不能为法国人民所容许的。

周恩来为了影响 14 日举行的印度支那问题限制性会议，同时寻求印度等国的支持，于 6 月 13 日上午主动接见梅农，答复他 6 月 10 日提出的建议。

周恩来："答复梅农先生在 10 日提出的几个问题：

"（一）停火，双方都有要求，在这个问题上会有进展。

"（二）国际保证问题，虽然实际上是四大国，然而仍应由与会各国来保证，否则与会各国就不承担义务了。

"（三）政治问题，我们认为政治上的意见，由范文同先生代表越南民主共和国来提。事实上范文同已经提过，他的八点建议中第一至第六点就是关于政治的。也许他会提得更具体些。

"（四）中立国监察委员会，一致协议的原则不是绝对的原则，有时需一致协议，有时用多数通过，印度要在委员会中起应有的作用。

"梅农先生即将离去，我想请你转告尼赫鲁总理先生一点意见：科伦坡会议的精神我们是同意的。东南亚和平必须建立起来，邻邦应该促成不应干涉。

"我们愿意与东南亚各国保持和建立像我们与印度那样的友好关系，只要东南亚各国同样地对待我们，我们不愿意看到他们敌视我们。如果他们还有困难，不论是由于内部或外部的原因，我们愿意等待。我们希望东南亚任何一个国家也采取同样的友好态度。东南亚应该建立起安全的环境，使我们彼此和平相处，而不让美国有任何干涉的借口。即使如此，美国还会制造借口，这一点是不能忽视的，我们要做长期努力。"

梅农："我想再重复一下，尼赫鲁给我的特殊任务，那就是请您路过印度小住，一天也可以。如果您愿意，以后还可以正式访问印度。这对东西方世界都会有极大的影响。希望您能通过你们驻德里的大使把您的答复转告印度政府。"

周恩来："我愿对尼赫鲁邀请的好意表示感谢，并请转达。

"关于中立国监察委员会问题，他们故意制造困难。他们说，如果我们不同意，他们就要破裂，只有我们同意了，他们才能做让步。但是事实上他们是进了两步退了一步，实际上还是进了一步。有意制造困难的是美国。现在连印度都认为这个问题需要解决。因此，我们在这一方面的意见是不一致的。不像你感到那样有点失望，而是认为应该继续努力。"

梅农："您刚才说，西方国家怎么说，印度也怎么说，这是不对的。我们的建议并不是西方国家的建议。

"关于朝鲜问题，我们的看法是在此次会议中不可能有任何结果。而我们对此问题的建议也只能在联合国中提出。朝鲜的统一可能要分阶段完成。但是原则是明确的，朝鲜要有独立的政府，选举要受到监督。"

周恩来："我们这一回首次见面就谈得如此深，因此如有人说和中国朋友谈话不容易，事实上不是如此。

"至于新闻记者，至今我一个也未见。我们之间的谈话，我们方面也从未透露。我走以前，如果考虑可能的话，也许会见几位新闻记者，但是现在尚未决定。因为现在见，不会有利于会议。

"关于朝鲜问题，我们仍会继续努力。至于联合国的报告，那是十六国的事。以后如何讨论，也是后事。我们愿意在此次会议中取得协议，这是我们的态度。"

周恩来和梅农的谈话，从上午11时1刻一直到下午1时半，可谓时间不短。也足见周恩来为了日内瓦会议取得成就，不惜时间和精力，认真、仔细地去做工作。这天他为了准备14日和15日的会议，又是通宵达旦地工作，没有休息。

夜里，秘书陈浩、警卫员成元功又来对他说，"邓大姐早就来信，您再不复信，她会着急的。明天信使正好回北京，写好了给信使捎回去吧"。

周恩来笑笑说，"谢谢你们多次提醒、关心，我整天忙于会议、忙于谈判，挤不出一点时间想家庭的事。好吧，待我把几篇讲话拟好和几份文件批完了，我就写，今天一定写，不然对不起小超，也对不起你们。现在我想请你们从院子里采几枝小超喜欢的花带给她"。

陈浩、成元功听说周恩来答应写信了，两个人咧开嘴笑了，并高高兴兴地走到院子里在灯光下挑了几朵花，供周恩来选择。

周恩来果然没有食言，他在处理完亟待处理的事以后，提起笔来写道：

超：

你的信早已收到了。你还是那样热情和理智交织着，真是老而弥坚，我愧不及你。

来日内瓦已整整7个星期了，实在太忙，睡眠常感不足，每星期只能争取一两天睡足 8 小时，所幸并未失眠，身体精神均好，请你放心。

陈浩、成元功两同志催我写信数次，现在已经深夜 4 时了，还有许多要事未办。明日信使待发，只好草草此书，并附上托同志收集的院花，聊表远念。

周恩来
6 月 13 日夜

杜勒斯这位著名的美国资产阶级的政治家和外交家，为了本阶级特别是美国垄断资本的利益，他不顾自己体弱多病，不遗余力地到处奔波和不停地思考。他面对着当时世界无产阶级革命的洪流和民族解放运动的蓬勃发展，英、法等主要帝国主义国家在世界范围内步步退缩，尤其是美国在朝鲜战争中的惨败，自美国立国以来第一次在屈辱的停战协定上签字；法国在印度支那连连败北，奠边府一仗更是大伤元气等等对西方国家非常不利的世界形势，他千方百计地设法力图稳住阵脚，"遏止共产主义的蔓延"，民族解放运动的发展。他妄图以美国为首，组织和联合西方国家，举起世界的反共大旗，制造国际紧张局势，建立军事集团，在政治、思想、军事乃至在经济文化上对社会主义国家和民族主义国家发动进攻。但是由于美国在战后奉行霸权主义政策，对其盟国挥舞指挥棒，指手画脚，侵犯别国的利益和权力，尤其是英、法等国的殖民利益，在资本主义国家内部引起不满和发生矛盾。

再加上彼此间的战略角度不同，美国从全球战略出发考虑如何建立世界性的反共阵线，而其他西方国家则多从自身的民族利益出发，考虑如何维护和发展自己的利益，因此，它们常常想不到一起，步调也就不能一致。为此，美国特别是杜勒斯这位美国外交的主要决策者、反共专家，花费许多的心计、口舌、精力，来协调它们之间的关系。

杜勒斯从当前的国际形势和美国的全球战略考虑，他原先并不赞成召开日内瓦国际会议，讨论朝鲜和印度支那和平问题，但在中、朝、越、苏和世界舆论的压力下以及英法为了维护在印度支那和亚洲的殖民利益，希望召开这样的会议的情况下才被迫勉强同意的。

但是从会议一开始，杜勒斯就采取破坏的方针，妄图使其无结果而散。他为了贬低日内瓦会议的意义和作用，只出席了一周的会议，便借故返回华盛顿，留下史密斯在日内瓦应付、观察、阻挠、破坏会议的进行。杜勒斯回到华盛顿后，并不是他不管日内瓦会议了，不是的，绝对不是的。他通过史密斯的电报、电话汇报和报纸上的消息，了解日内瓦会议的情况和各国的动态，不时地给史密斯和美国代表团发出行动的指示，同时与美国五角大楼谋划在华盛顿召集美、英、法、澳大利亚、新西兰等国军事会议，筹措建立亚洲军事集团，准备进一步扩大印度支那战争。

当杜勒斯看到日内瓦会议关于朝鲜问题的讨论，中朝苏不断提出新方案，逐步缩小与西方国家的分歧，在参加联合国军的十几个国家的代表中引起了反响和议论，有的表示赞成、同情中苏朝的建议；有的在考虑，觉得有些可以接受；有的认为美国不妥协的态度过于生硬、死板，应该进一步协商讨论，特别是在最近两次的大会讨论中美国代表发言混乱，步调不够一致；印度支那问题的讨论也有进展，法越军事代表已在日内瓦会晤，苏、中、越又提出要讨论政治问题的建议，法国拉尼埃、皮杜尔主战内阁又被攻下台，很可能主和派要上台，这样就可能向共产党屈服、让步、投降。如果在印度支那问题上达成协议，美国要想进一步插手印度支那就非常困难了，亚洲军事集团的建议也会受阻。杜勒斯越想越不对劲，他认为现在是中断日内瓦会议的时候了，绝对不能再拖了，应该利用法国政局混乱这个机会，中断日内瓦会议。否则，周恩来的统战政策越来越得势，在西方阵营内部造成混乱和分化，这对美国的战略很是不利。

他想到这里，立刻拿起桌上的电话给艾森豪威尔打电话，说他要马上去见他，有非常紧急的事商量。

艾森豪威尔一听是杜勒斯要见他，便立即同意。

一会儿，杜勒斯来到艾森豪威尔在白宫的办公室里。

艾森豪威尔："我的亲爱的杜勒斯先生，有什么急事要商量的?"

杜勒斯："总统阁下，日内瓦会议的形势很不妙，周恩来、莫洛托夫发动强大的攻势，运用统一战线的手段，把我们的阵脚给搞乱了，许多人被他们的花言巧语迷惑了，法国的拉尼埃内阁又倒台了，皮杜尔在日内瓦待不下去了，法国的主和派得势了，一旦上台就会在印度支那问题上让步、妥协，求得和平，这样我们美国在亚洲的计划和行动就要受挫，因此，我考虑再三，建议总统，请您立即指示史密斯即刻中断日内瓦会议。"

艾森豪威尔："我早就说过周恩来、莫洛托夫绝不是等闲之辈，都是共产党里的大将、能手，在欧洲、在朝鲜战争中我们同他们打过交道，确是机智、勇敢、老练。"

艾森豪威尔拿起他的战时用的烟斗，装上烟，猛吸了一口，又问："英国、法国的态度如何?"

杜勒斯："丘吉尔、艾登、戴高乐都是您的老朋友，打过无数的交道，他们的为人您是清楚的，老谋深算，对他们没有利的事是不干的，至于法国现在是处于群龙无首的状态，很难有什么意见。但有两点是很清楚的：1. 在印度支那问题上，法国要维护在那里的利益，英国害怕印度支那战争继续或扩大，引起共产党势力的进一步渗入，影响它在亚洲的利益，因此，只要条件合适，它们就会和共产党和解，停止印度支那的战争，这同我们美国的战略有矛盾，周恩来、莫洛托夫也正在利用这一点。2.在朝鲜问题上，它们认为朝鲜战争已经停下来了，只要不再打就行了，同时朝鲜问题同它们无直接利害关系，所以政治解决，进行也好不进行也好，无所谓，愿意听从美国的。"

艾森豪威尔："从我们美国的战略考虑，对于英法等盟国，既要尽可能在政策上协商一致，联合它们，利用它们，但又不能完全迁就它们，更不能听从它们，必要时美国可以独行其是，不过那要很好地权衡利弊，尽可能不要闹翻脸。我赞成你中断日内瓦会议的考虑，然而在印度支那问题上要做英法的工作，说服它们同意中断会议，但不宜强求，见机行事，能马上断就马上断，否则再拖一段也行。朝鲜问题既然英法无所谓，就应该马上中断谈判。至于其他小国有这样或那样的意见无足轻重，不去管它，只要我们美国决定了，它们同意也好不同意也好，都要服从。朝鲜问题的讨论，无结果而中断了，也会影响印度支那问题的讨论的。"

杜勒斯原想在14日印度支那限制性会议和15日朝鲜问题全体会议上，就使日内瓦会议夭折，但是他见艾森豪威尔不赞成强制英法在印度支那问题上听从美国马上中断讨论的意见，也就不再多说。

后来，艾登在他的回忆录中证实了美国总统艾森豪威尔下达中断日内瓦会议决定的指示。他说："在这种性质的谈判中，只要还有机会通过非正式会谈发现达成协议的新途径，那么，长期的僵局还是值得忍受的。6月15日，会议好像比以往任何时候更濒于破裂了。比德尔·史密斯把艾森豪威尔总统的来电拿给我看，其中指示他尽一切力量使会议尽快结束，理由是共产党人只是故意拖延时间，以符合他们自己的军事目的。这意味着，保持敌对行动将有利于法国人和他们的盟国。我深信事实恰恰相反。"可见当时艾登是不很同意美国的做法的。

6月14日下午3时，日内瓦会议关于印度支那问题的讨论举行限制性会议，莫洛托夫主持会议。

苏联提出重要建议

6月14日，苏联代表团根据中越苏三家商定的意见，在会上做了重大的建设性的努力，谋求解决在过去两周的会议中各方面的意见分歧，以期在关于履行停战协定的监察问题上达成协议。苏联代表团提出了一些重要的建议：

壹、联合委员会（军事停战委员会）

组成：

（一）联合委员会（军事停战委员会）由双方司令部同等数目的代表组成。联合委员会首席委员应为将级人员。联合委员会设立由双方同等人数组成的联合视察小组（其数目由双方议定）。

职权：

（二）联合委员会的职责为监督停战协定条款的履行。其中主要条款如下：

1. 监督双方地区调整及武装力量集结计划的确切执行；

2. 监督同时、全面并完全停火；

3. 协商解决各种有关任何违反停战协定条款的问题。

（三）联合委员会与中立国监察委员会系平行而非隶属的关系。两委员会根据停战协定规定的职权范围分工合作，以保障停战协定的有效实施。

贰、中立国监察委员会

组成：

（四）监察履行印度支那停战协定条款的中立国监察委员会由……等国代表组成。

这里所用"中立国家"一词的定义，系指那些没有武装力量参加印度支那敌对行动的国家。

该委员会由上述各该中立国所指定的同等数目的代表组成。

该委员会设立由各中立国指定的同等数目的军官组成的视察小组。

职权：

（五）中立国监察委员会的职责是，对停战协定各条款的执行观察、监察、视察和调查。其主要条款如下：

1. 监察双方根据停战协定实施关于划分军事分界线和建立非军事区的规定；

2. 监察为调整地区而进行的部队转移工作；

3. 监察互相遣返战俘和被拘平民的工作；

4. 根据联合委员会双方或者一方的要求，调查和审定非军事区违反停战协定的事件，并向双方提出纠正建议；

5. 在印度支那各商定的海、陆、空口岸监督停止自印度支那境外运入一切新的武装力量和军事人员及各种武器、弹药和军事技术器材；

6. 为了保证更有效地执行停战协定，对该协定条款提供可能的修正和补充的建议。

中立国监察委员会通过驻在停战协定所规定的各地点的视察小组执行它的职务。

一般规则：

（六）监察履行停战协定条款的中立国监察委员会在各委员的适当的同意下作出决定。

该委员会应将它的决定通知联合委员会；联合委员会据此采取适当的措施，或者交回中立国监察委员会进行重新审查。如果这种审查得不到结果，中立国监察委员会应即通知联合委员会和保证国。

如果在审查某一有关履行停战协定条款的问题时，中立国监督委员会内发生分歧，即整个委员会或其个别委员应将该调解的问题，包括委员会中各委员国的立场，报告联合委员会和保证国。

如果联合委员会双方竟无法解决该问题上的分歧，则保证国应即采取适当措施以消除违反协定的事件或这种违反协定事件的威胁。

（七）兹规定，对下列问题须在委员会中无分歧的情况下作出决定。

1. 与可能引起敌对行动之再起的违反协定条款的事件或产生违反协定的威胁（包括各方武装力量对领土、领海及领空的侵犯）有关的问题；

2. 有关修正和补充停战协定条款的问题。

（八）对下列问题可经简单多数表决作出决定：

1. 与本委员会执行其禁止自印度支那境外运入新的武装部队——陆军、空军、海军，各种武器（装配成的或拆散的），现成的弹药以及各种军事技术器材这一职权有关的问题；

2. 与调查联合委员会或一方指称违反停战协定事件有关的问题；

3. 中立国监察委员会职权范围内部的其他问题。

在调解上述各项问题时，一旦票数各占半数，则以主席一票决定。

（九）中立国监察委员会对停战协定规定的各地点以外的地方的调查，经与有关一方的司令官协议后即可立即进行。

（十）中立国监察委员会根据本决议制订它的工作细则。

叁、国际保证

（十一）日内瓦会议与会各国承担对停战协定履行的保证。

（十二）当联合委员会和中立国监察委员会无法采取适当措施，以消除在印度支那违反或威胁停战协定的事件以及因此产生敌对行动之再起的威胁时，参加保证协定的各国应即召开会议进行协商，以采取保证履行的集体措施。

苏联代表团在提出上述建议时指出，苏联代表团在提出建议时曾考虑到其他会议参加国在讨论监察履行停战协定问题时所做的声明。苏联代表团认为，这一建议将有助于我们在这一重要问题上达成协议，这将首先促成涉及恢复印度支那和平的问题上达成协议。

中国代表团首席代表周恩来立即发言，支持苏联代表团的建议，并认为这个建议是公平的、合理的、能够解决实际问题的。周恩来并表示不反对在会外根据苏联代表团的建议就中立国监察委员会的成员问题进行商谈，以求获得解决。

周恩来说，中国代表团认为，印度支那停战基本上应该依靠双方的诚意，如果抹杀由双方司令部代表组成的联合委员会的积极作用，就是对交战双方要求停战的诚意表示不信任，应当通过划分两个委员会的职权范围来克服在这两个委员会关系问题上的分歧。苏联代表团的建议中已经对两个委员会的职权范围规定得很清楚。联合委员会和中立国监察委员会应该是平行的而不是隶属的机构。中国代表团指出：美国代表团的论据是站不住的。它既然承认交战双方对于停战诚意的必要性，就无法否认联合委员会对停战将起的主要的作用。

周恩来说，中国代表团认为，苏联代表团建议一致协议的原则和多数表决的方法加以适当划分和配合，因而提供了一个最能达成协议的基础。本会议应当接受苏联代表团的建议作为讨论的基础，以便就停战中监察和国际保证问题迅速达成协议。

周恩来还强调说，在最近几次大会中，某些代表团对于各方意见中的相同点不感兴趣，对于许多差异点却尽量加以扩大，以致很难接近，甚至有意造成一些人为的僵局，为某种企图制造借口。中国代表团希望仍愿继续努力，寻求方法，克服困难，以便能尽快达成协议。

越南民主共和国代表团宣布赞成苏联代表团建议时，着重说明联合委员会和中立国监察委员会的关系应当是平行的，而不是前者隶属于后者。越南民主共和国代表团认为，只有联合委员会才完全具备顺利执行停战协定的必要条件。

但是，以美国代表团为首的某些国家的代表们，对于达成协议并不感兴趣，美国代表团还没有认真研究苏联代表团的建议，就急忙采取抹杀一切的态度。他竟把苏联建议中关于中立国监察委员会表决程序的合理划分，说成是把问题复杂化了，怀疑讨论下去是否有益。英国代表说，可以考虑休会一个时期。

莫洛托夫作为会议主席说，关于印度支那问题的讨论还要继续下去，6月16日再开限制性会议，大家要冷静地协商。

高棉和老挝的代表说，希望下次会议讨论他们的问题。

越南民主共和国代表团、中国代表团和苏联代表团立即表示不反对在以后的会议上讨论这两个国家的问题，但希望这不阻碍对目前问题的讨论。

美国企图中断日内瓦会议关于印度支那问题的阴谋遭到了失败。

九、周恩来舌战"群魔"

　　日内瓦会议仿佛像日内瓦的气候一样，不断变幻，忽而晴，炎热炙人，忽而阴，乌云密布，大雨滂沱。印度支那停战、监督问题刚刚露出一线希望，和平解决朝鲜问题却走进了死胡同。

　　6月15日，日内瓦会议举行关于和平解决朝鲜问题的讨论第十五次全体会议，也是最后一次，艾登担任主席。

　　谁都知道，美国已决心在这次会议上中断朝鲜问题的讨论了，西方十六国的代表已在这天上午拟好了中断会议发言稿，并推定了发言人。

　　周恩来、莫洛托夫、南日也已商量好对策，为了朝鲜和世界的和平，决心再做最后一次努力，即使不能阻止西方国家中断会议，也要进一步揭露美帝国主义干扰和平进程的行径，让世界人民知道究竟是谁真要和平，谁反对和平。

　　南日首先发言。他开头就说："可以清楚地说明这些追随美国的代表团要中断日内瓦会议关于朝鲜问题的谈判的打算，这种打算在6月11日的全体会议上表现得特别明显。"

　　南日说："如果我们现在不能在举行选举以统一朝鲜问题上取得谅解，那么我们也应当在其他一些重要问题上，首先是在维护朝鲜和平问题上取得谅解，因为维护和巩固和平将有助于在不久的将来实现统一朝鲜的任务。"

南日说："如果美国和南朝鲜以及其他支持它们的国家真正有意维护朝鲜和平的话,日内瓦会议就可以采取适当的决定来保证巩固朝鲜的和平并使我们国家逐渐由停战状态转入持久和平状态。

"我们认为,首先,如果外国军队仍然驻留在朝鲜的话,就难以缓和紧张局势和保证从停战状态转入持久和平状态。因此,我们主张会议应该建议有关国家的政府在规定时限内,遵照按比例的原则,分阶段把它们的军队从朝鲜领土上撤退。

"从朝鲜停战转入朝鲜和平的一个重要步骤是把目前南朝鲜与北朝鲜军队的兵力缩减到最低限度。"

南日说："朝鲜民主主义人民共和国代表团认为,可以成立一个由北朝鲜和南朝鲜代表组成的委员会,来监督关于撤退外国军队和缩减北朝鲜和南朝鲜武装部队的措施的执行。""为了使南朝鲜和北朝鲜接近,有必要建立朝鲜民主主义人民共和国与大韩民国之间的经济和文化关系。""为了要实行这些措施,我们认为有必要成立一个由南北朝鲜代表组成的全朝鲜委员会。""南北朝鲜的代表建立接触以及讨论双方都希望求得解决的迫切问题,无疑会有助于使朝鲜目前的局势正常化。"

南日指出："美国目前仍对北朝鲜的海岸保持封锁,这是和巩固和平及保证国民经济的恢复的任务完全不符合的,北朝鲜人民不能容忍美国方面这种蛮横的举动,要求停止对我们海岸的非法的封锁。"

南日说:

> 我们认为有必要强调指出,为了保证朝鲜的和平发展,日内瓦会议的参加国应该承担某些义务。我们所指的就是:上述国家应该承担义务防止朝鲜武装冲突再起和促成朝鲜全国统一的任务最迅速地实现的义务。

从上述考虑出发，朝鲜民主主义人民共和国代表团提出如下建议供会议考虑：

（一）关于保证朝鲜的和平状态

日内瓦会议参加国同意，它们将继续努力谋求在成立一个统一、独立和民主的朝鲜国家的基础上达成和平解决朝鲜问题的协议。

为了保证朝鲜的和平状态：

1.建议各有关国家的政府采取措施，遵照按比例的原则尽速从朝鲜境内撤退一切外国军队。从朝鲜撤退外国军队的期限，由日内瓦会议的参加国协议决定。

2.在不超过一年的期限中，缩减朝鲜民主主义人民共和国和大韩民国的军队的数量，双方军队的数目不得超过10万人。

3.由朝鲜民主主义人民共和国和大韩民国的代表组成一个委员会，来研究创造逐步解除战争状态的条件，将双方军队转入和平时期状态等问题，并建议朝鲜民主主义人民共和国政府和大韩民国政府缔结相应的协定。

4.认为朝鲜的这一部分或者另一部分和其他国家订有牵涉到军事义务的条约是与和平统一朝鲜的利益不相容的。

5.为了创造使南北朝鲜接近的条件，成立一个全朝鲜委员会来拟订建立和发展朝鲜民主主义人民共和国和大韩民国之间的经济和文化关系的措施，并执行已取得协议的措施。（其中包括贸易、财政会计、运输、边境关系、居民的通行和通信自由、文化和科学关系及其他）

6.认为日内瓦会议的参加国有必要保证朝鲜的和平发展，并从而为尽速解决把朝鲜和平统一为一个统一、独立和民主的国家的任务创造有利的条件。

……

紧接着，周恩来在会上发言，他的声音平和但带有几分严厉：

主席、各位代表先生：

我在 6 月 11 日的会上曾经说过，我们对于和平解决朝鲜问题的讨论已经取得了不少一致和接近一致的意见，我们应该把已经一致和可以一致的意见肯定下来，然后对分歧之点继续讨论，以便对各项问题达成完全的协议。因此我们认为，本会议没有理由不根据 6 月 5 日苏联外交部部长莫洛托夫先生的建议继续讨论，以便对和平统一朝鲜问题达成协议。我们仔细地研究了反对莫洛托夫先生建议的各国代表的发言，但是，不能不指出，他们所持的论点是完全站不住的。

苏联外交部部长莫洛托夫先生在提出他的五项原则建议时就已经指出，还有很多问题尚待解决，他决不低估这种形势的复杂性。正是为了要解决这些分歧，才有必要把已经一致和接近一致的意见肯定下来。这本是每一种会议所遵循的合乎常识的程序。但是，反对莫洛托夫先生建议的人们却采取了一种不合常情的态度，他们说在每一项已经协议或接近协议的原则下面，还有很多的分歧之点，如果关于这些分歧之点不同时加以解决，肯定这些原则又有什么用处呢？其实，正是为了更好地进一步解决这些分歧，才有必要将已经一致和接近一致的意见肯定下来。只有根本反对达成任何协议的人和他的附和者才会反对这种程序。

关于和平解决朝鲜问题的讨论是怎样达到目前的状况的呢？4 月 27 日朝鲜民主主义人民共和国代表南日外务相就提出了恢复朝鲜的国家统一和举行全朝鲜自由选举的方案。在讨论过程中，多数代表们强调了对全朝鲜选举进行国际监察的必要。5 月 22 日，中华人民共和国代表团建议由未参加朝鲜战争的中立国家负责此项国际监察。这本应为和平解决朝鲜问题展开达成协议的广阔的可能性。但是，在同一日，大韩民国的代表却提出了由南朝鲜政府统一全朝鲜的建议。为了推动会议的进展，6月5日苏联莫洛托夫外长提出了五项原则建议。这是总结了与会各国代表，包括大韩民国代表在内所已经取得一致和接近一致的意见而提出的。但是，这些建议竟又遭到美国代表和其他代表们的反对。由此可见，美国代表和追随美国的代表们是根本不愿意对和平统一朝鲜的问题达成任何协议的。事实上，早在本会议开始之前，美国政府某些有势力人士就已经公开宣布了不容许日内瓦会议成功的方针。日内瓦会议直至现在的发展证实了这一点。美国对日内瓦会议的阻挠政策是本会议至今不能达成协议的基本原因。

主席先生，我们坚决认为，6月5日莫洛托夫先生关于和平统一朝鲜问题的五项原则建议是完全合理的。与会各国对于经由全朝鲜的自由选举实现朝鲜和平统一的问题现在不能达成协议，这是令人十分遗憾的。全世界爱好和平的人民期待我们的会议能够对于和平解决朝鲜问题达成完满的协议。照目前会议的情形来看，尽管我们现在还不能对和平统一朝鲜的问题达成协议，我们也应该努力对巩固朝鲜和平的问题达成协议。为了朝鲜人民的利益，为了巩固远东及世界的和平，这是非常重要的。

朝鲜民主主义人民共和国南日外务相今天提出了关于保证朝鲜和平的六项建议，正好符合这种要求。中华人民共和国代表团完全支持南日外务相的建议。

朝鲜停战了，举世为之欢欣鼓舞，认为这是和平解决朝鲜问题的第一步。我们之所以能够在这里开会，也就是因为朝鲜已经停止了战争和朝鲜的停战仍然有效的缘故。但是我必须指出，朝鲜的停战由于大韩民国政府不断叫嚣北进统一朝鲜，正在受到日益增长的威胁，而这种叫嚣，又得到了某些美国当权人士的响应。他们正在企图利用每一种可能来破坏朝鲜的停战协定。同时，朝鲜虽然停战了，但是停战的状态究竟还不是巩固的和平。我们应该努力使朝鲜的停战状态转入和平状态。因此，当我们对和平统一朝鲜问题一时尚不能取得协议的时候，我们就有义务采取措施来巩固朝鲜的和平，以便为和平统一朝鲜创造条件。

为逐步解除朝鲜的军事状态，从朝鲜撤退一切外国武装力量是首要的条件。在朝鲜停战协定第六十款中曾经明文规定在停战后必须解决这一问题，有关各国负有执行这一规定的义务。

中华人民共和国代表团完全同意一切外国武装力量于最短期限内按比例地从朝鲜境内撤退。由于战争的关系，大韩民国和朝鲜民主主义人民共和国的军队数量都有了大量的增加，这就给朝鲜人民带来了很重的负担。因此，为逐步解除军事状态并减轻朝鲜人民的负担，缩减双方军队的数量是完全必要的。但是，逐步解除军事状态并将双方军队恢复至和平状态的问题不是一个简单的问题，因此有必要由朝鲜民主主义人民共和国和大韩民国的代表组成委员会负责考虑这类问题。同时，为了有利于促进朝鲜的和平统一，朝鲜的某一部分与其他国家签订的军事条约，如《美韩共同防御条约》，就不能被认为是可以容许的。

为了创造朝鲜和平统一的条件，要求南北朝鲜能够互相接近起来，而不是继续对立下去。因此，由朝鲜民主主义人民共和国和大韩民国双方代表组成全朝鲜委员会来协商有关双方之间的经济和文化联系的一些过渡措施是适当的也是必需的。

鉴于朝鲜停战现在仍然不是处于稳定的情况下，本会议与会各国有必要保证朝鲜的和平发展。

根据以上所述，我们认为南日外务相的六项建议提供了保证朝鲜和平发展的基本条件。我们没有理由不可能在南日外务相提出的六项建议的基础上达成适当协议。为此，中华人民共和国代表团建议本会议召开中、苏、英、美、法、朝鲜民主主义人民共和国和大韩民国七国参加的限制性会议，讨论巩固朝鲜和平的有关措施。我们希望与会各国代表对于这个建议予以郑重的考虑。

周恩来发言之后，莫洛托夫接着发言。他首先支持南日外务相的六项建议，并详细申述了支持这个建议的理由。

然后，莫洛托夫提高语调说：

今天朝鲜民主主义人民共和国代表团提出了建议，现在苏联代表团提出一个下述日内瓦会议全体参加者共同宣言草案，请会议讨论。宣言内容如下：

关于朝鲜的宣言

参加日内瓦会议的各国业已同意：在等待朝鲜问题在建立一个统一、独立、民主国家的基础上最后解决期间，不得采取任何可能足以对维持朝鲜和平构成威胁的行动。

与会者表示相信，朝鲜民主主义人民共和国和大韩民国将为了和平的利益依照本宣言而行动。

南日、周恩来、莫洛托夫的三个建议，目的在于进一步揭露美国及其追随者中断会议的阴谋，这三个建议一下子打乱了美国的阵脚，在美国代表团及其追随者中引起了一片混乱。艾登立即宣布休息。

美国和参加朝鲜战争的十五国以及南朝鲜的代表团在会议休息期间进行了长达 40 分钟的紧急会商，史密斯在会商中斩钉截铁地说日内瓦会议不能再继续下去了，共产党愈来愈明显地要利用这个会议达到他们的宣传、渗透和分化我们之间关系的目的，华盛顿已下决心首先中断朝鲜问题的讨论，希望各位同美国采取一致的立场和行动，不得自行其是。西方国家在美国压力下，只好决定不再拖延，立即中断关于朝鲜问题的讨论。但是有些国家的代表对美国这个无理决定心中不满。

中苏代表配合默契

复会之后，第一个发言的是美国代表史密斯。他根本不提今天南日的六项建议，而以朝鲜停战协定已有规定为借口，拒绝莫洛托夫所提的关于共同宣言的建议。

澳大利亚代表凯西接着发言，他承认还没有充分的时间来研究南日外务相的建议，但是却轻率地拒绝了这个建议。凯西认为莫洛托夫外长的建议中没有什么可以反对的，他含糊其词地说这个建议"大致上"是可以同意的。

菲律宾代表加西亚发言，他只是重复一些老调，没有一点新的东西。

比利时代表斯巴克发言，他说他希望会议即使没有得到成功，战争也不会再起。他表示，希望不久的将来能再来看看能不能在和平统一朝鲜方面达成协议。然而，他又表示不能接受莫洛托夫外长关于共同宣言的建议。斯巴克说："不接受这一建议的理由就是因为刚才美国代表反对这一建议。否则，这一建议本来是可以接受的。"斯巴克一语道破了内情和对美国的不满。

南朝鲜代表卞荣泰发言，对南日和莫洛托夫的建议进行攻击并拒绝会议达成任何协议。

接着，泰国代表旺亲王宣读了十六国共同宣言，说什么"共产党国家的代表团始终拒绝我们谋求协议的一切努力"，而"我们一直在认真地耐心地寻求一个协议的基础"。但是"实际上却没有协议"。"共产党国家代表拒绝承认联合国在朝鲜的权威与职能，并拒绝在联合国的监督下举行自由选举，因此，本会议继续考虑和研究朝鲜问题是不会有什么用处的，并认为应该把这个会议进行的情况通知联合国。"

侵朝国家在这个宣言中宣布他们决心使会议在未达成任何协议的情况下结束。这个宣言还有人企图替美国和它的仆从国家推卸破坏日内瓦会议的罪责。

莫洛托夫当即发言，反驳指出：我们正面临着结束我们关于朝鲜问题的会议。结束会议的建议是由那些刚才代表 16 个在朝鲜作战了几年的国家宣读了一项宣言的人提出来的。

莫洛托夫说，苏联代表团综合各代表的观点而提出的建议，今天已经被其他一些代表团所拒绝。16 个在朝鲜进行了三年战争的国家没有能对我们已经提出的建议提出反建议。他们不愿接受苏联的建议，然而他们提不出反建议来总括出本会议能够同意的一般原则。而且，这些代表团以前提出过的建议都忽然不见了。我不知道为什么。但是这是我认为值得注意的重要事实。我们在统一问题上有过的讨论和曾经表示过的各种观点的意义，在今天发生的事情以后，现在完全清楚了。

莫洛托夫说，人们从所有的辩论中可以得出下列结论：这些代表团有一个很明确的目标。他们企图把反民族、反民主的南朝鲜政权强加于北朝鲜，并且他们要利用日内瓦会议来达到这个目的。然而，这些企图没有实现，而这就是再也没有任何协议可以为李承晚代表团以及那些支持它的代表团所接受的原因。

莫洛托夫说，会议也考虑了第二个问题，即加强朝鲜和平的问题。南日外务相的六点建议就是为了达到这个特定的目标。然而这些建议也遭到了南朝鲜代表团和那些支持它的代表团的拒绝。莫洛托夫指出，那些反对南日建议的人的论据都是十分可怜的，他们的目的只是为了要抛开加强朝鲜和平的问题。

莫洛托夫说，苏联代表团所建议的共同宣言的意义是简单明了的。甚至那些企图在朝、苏两国代表团的建议中找岔子的人也找不出可以用来反对这个宣言的意见。

莫洛托夫说，美国代表史密斯企图用停战协定第六十二款来反对这个宣言。但是不是只有一个停战协定，还有一个为了和平解决朝鲜问题而召开的日内瓦会议，而朝鲜人民都在希望这个会议为和平说一句话，说一句会使朝鲜人民相信和平将在他们国内加强的话。

莫洛托夫指出，在美国保护之下的南朝鲜，一天接一天地说着要对北朝鲜发动新的进军。因此，日内瓦会议应当加强朝鲜和平，为世界和平说话，这是用不着奇怪的事情。

莫洛托夫指出，所谓资本主义国家的代表已经企图把它们的政策和它们的建议与李承晚政权联结在一起。这个国家集团对于日内瓦会议工作的结论，已经表示在他们从口袋里掏出来的，在今天下午念过的宣言中。在这个宣言中没有一句话可以被认为是对朝鲜和平事业有利的。

莫洛托夫重申了苏联在朝鲜问题上的立场以后说，全世界民主阶层将要说，十六国宣言不会有助于朝鲜的统一，也不会有助于加强朝鲜的和平发展。

莫洛托夫希望朝、中、苏三国已经提出的作为走向及早统一朝鲜以及加强朝鲜和平的诚实而公正的步骤的建议，将使朝鲜人民感到巨大的兴趣。他说，我们将继续我们在这方面的斗争。我们将继续为朝鲜人民的利益，为统一朝鲜的利益，为全世界和平的利益而努力。

莫洛托夫的讲话，义正词严，铿锵有力，给美国和追随者以沉重的打击。

周恩来抓住时机第二次发言，他猛攻美国破坏会议和十六国宣言。

周恩来严正、郑重地说："中华人民共和国代表团不能同意联合国军方面有关各国经过泰国代表所宣读的十六国宣言的态度和立场。因为日内瓦会议是根据柏林会议的协议召开的，它和联合国并无关系，而中华人民共和国又被剥夺了它在联合国中应享受的合法权利和地位。同时，十六国宣言是在断然表示要停止我们的会议，这不能不使我们感到极大的遗憾。"

周恩来表示完全支持莫洛托夫外长关于与会各国发表共同宣言的建议。周恩来说："很遗憾的是，就连这样一个表示共同愿望的建议，都被美国代表毫无道理地断然拒绝了。"周恩来指出："美国代表用来拒绝莫洛托夫的建议的论据是站不住的。因为《朝鲜停战协定》只能约束朝鲜交战双方，而日内瓦会议是在新的更广泛的基础上召开的，它必须有它自己的协议。"

周恩来指出："美国代表和它的一些附和者们不仅蓄意阻挠朝鲜的和平统一，而且要阻挠日内瓦会议对于维持和巩固朝鲜和平的问题达成任何协议。"

周恩来话锋一转，语调平和又充满真诚地说："情况虽然如此，我们仍然有义务对和平解决朝鲜问题达成某种协议。"他认为，"对于继续努力以期在建立统一、独立和民主的朝鲜国家的基础上获致和平解决朝鲜问题的愿望应该是共同的"。他说："中华人民共和国代表团建议通过下述决议：日内瓦与会国家达成协议，它们将继续努力以期在建立统一、独立和民主的朝鲜国家的基础上达成和平解决朝鲜问题的协议。

"关于恢复适当谈判的时间和地点问题，将由有关国家另行商定。"

周恩来强调说："如果这样的一个建议都被联合国军有关国家所拒绝，那么，这种拒绝协商和和解的精神，将为国际会议留下一个极不良的影响。"

当周恩来说到最后一句话的时候，会场上没有一个人不感到它的分量。因为他的发言和建议十分通情达理，表现了极大的诚恳和和解的精神，打动了人们的心弦。几乎所有的与会者都侧过身来朝着周恩来，目光紧紧地盯住他，赞赏、钦佩、敬仰这位外交家随机应变的聪明智慧和才干，多数人内心里欢迎和同情他的建议，少数人则惶恐、不安和窘迫。

南日接着发言。他说，朝鲜民主主义人民共和国代表团在会议一开始的时候就提出了和平解决问题的建议，后来又接受了中华人民共和国和苏联代表团的建议，但是这些建议都遭到了南朝鲜代表和支持他的人的拒绝。南日说，我们今天又提出了加强朝鲜和平条件的建议，但又同样地遭到了他们的拒绝。

南日指出，那些人反对这些建议并没有能够提出任何像样的论据来，他们只是企图阻挠朝鲜问题的和平解决。

南日说，日内瓦会议中断的责任，将由今天发表宣言的十六国的代表以及那些支持这个宣言的人担负。

南日表示，朝鲜民主主义人民共和国忠于它的爱好和平的政策，并将继续为和平统一朝鲜而斗争。

南日表示衷心支持周恩来外长刚才提出的建议。

泰国代表旺亲王见会议气氛对其不利，急忙发言说，十六国宣言并不是企图破坏会议。

比利时代表、老外交家斯巴克为周恩来的诚意所感动，起而响应说，周恩来先生的建议有合理成分，可以研究。并说莫洛托夫外长的建议和周恩来外长的建议是和十六国宣言的精神不矛盾的。莫洛托夫的建议和周恩来的建议已经包括在《朝鲜停战协定》中，斯巴克并表示在"更有利的环境下"恢复朝鲜谈判。

莫洛托夫再次发言。他说，苏联代表团衷心地支持周恩来外长刚才提出的建议。

英国代表里丁侯爵发言。他说，如果会议没有达到结果，这并不意味着我们放弃了对将来的希望，他同意斯巴克的意见。

周恩来明白会议已到了面临破裂的关键时刻，但他坚信西方十六国不是铁板一块，还可以做最后的争取，争取不到达成协议，至少可以争取到人心，而人心是最可贵的。因此他全神贯注地倾听每一个人的发言，留意他们发言的内容、表情和语气，以便抓住机会进行争取，利用和扩大他们之间的矛盾。当斯巴克、里丁发言后，他又作了第三次发言。他说："斯巴克先生刚才说中华人民共和国代表团最后的建议已包括在《朝鲜停战协定》中，这种说法是没有根据的。《朝鲜停战协定》并没有规定日内瓦会议与会各国应该达成一个协议，表示他们愿意继续努力以和平解决朝鲜问题，建立一个统一、独立和民主的朝鲜。"

周恩来浓眉耸动一下，提高声调庄严激昂地说："中国代表团带着协商和和解的精神第一次参加这个国际会议。如果我们今天提出的最后一个建议被联合国军有关国家拒绝了，那么我们不能不对这一事实表示最大的遗憾。全世界爱好和平的人民将对这一事实作出判断。"

斯巴克接着发言。他说，他要澄清他刚才的发言。他说，他的意思是说，周恩来外长的建议是和十六国宣言的精神是一致的，也和他自己的意见一致。他表示相信英国代表和其他与会各国代表也同意他的意见。

周恩来在斯巴克发言后紧接着又作了第四次发言。他非常机敏而又灵活地说："如果十六国宣言和中国代表团的最后建议有着共同的愿望，那么，十六国宣言只是一方面的宣言，而日内瓦会议则有十九个国家参加。我们为什么不可以用共同协议的形式来表示这一共同愿望呢？难道我们来参加这一会议却连这点和解的精神都没有吗？如果是这样的话，那么我们不能不表示很大遗憾！"

斯巴克接着说："为了消除任何怀疑，我本身赞成大家接受中华人民共和国代表团的建议。"

美国代表又气又急，他瞪着眼睛看着斯巴克。但是比利时毕竟不是南朝鲜，可以呼来唤去、任意训斥的。史密斯不好发作，急忙派人送了张条子给斯巴克。

莫洛托夫又一次发言，他作结论似的说："我们就要结束关于朝鲜问题的讨论了。我们可以用一个单方面的宣言来结束讨论，也可以用一个表示一方或另一方意见的宣言来结束讨论，还可以用一个表示我们大家意见的宣言来结束讨论。我们必须回答这个问题。"莫洛托夫问道："我们是不是准备发表一个我们大家的意见和愿望的宣言呢？我认为，这正是我们在日内瓦开会的目的。这就是为什么我愿无保留地支持刚才比利时代表赞成中国代表团的建议。"

莫洛托夫这位老外交家，经历了无数次的国际会议，有着丰富的临场经验特别是与资本主义国家打交道的经验。他善于总结、综合各方面的意见，集中起来，再打出去，非常有力量。主席艾登，明显地受了启发。他发言说："据我了解，我们面前有一个中华人民共和国代表所提出的建议。如果我的理解正确的话，比利时代表认为这个建议表达了本会议的工作精神。如果大家同意，我可否认为，这个声明已为会议所普遍接受？"

艾登发言后，会场短时寂静，没有人表示反对艾登的意见。在通常的情况下，主席就将宣布大家达成协议了。

美国代表的狼狈相

此时的史密斯等美国人气急败坏，狼狈不堪。他们十分害怕周恩来的建议眼看就要被通过了。在这个千钧一发之际，史密斯的屁股下好像有一根钉子在扎他，怎么也坐不住了，他耸耸肩膀，皱皱眉头、左顾右盼。看看坐在中国代表团席位上的周恩来镇定自若，仿佛似打了胜仗的将军凯旋，受到人们的崇敬和欢迎。再看看大会场，仿佛千百双眼睛在狠狠地盯着他，无数双手在指着他的脊梁骨，似乎在说，看你美国代表团怎么办？他深深感觉到，他、美国代表团已陷入进退两难的境地。表示同意吧，将违反美国政府命令会议破裂的指示，杜勒斯、艾森豪威尔岂能放过他，他这个副国务卿就做不成了；表示反对吧，确实没有什么道理，也不得人心，美国将陷入完全孤立的可悲境地。

史密斯急得满头是汗，不自觉地从上衣小口袋里掏出一条他妻子特意从美国高级市场买的丝手帕，擦抹脸上的汗水，然后又看看手上的罗来克斯金手表，时针在不停地转动。他觉得时间拖得越长越被动，压力越来越大，万一他的盟友艾登沉不住气，宣布无人反对，通过周恩来的建议，可就糟糕了。他侧过身来同美国代表团的成员们低语了几句。终于，他无可奈何地、硬着头皮仓皇发言。他装作不了解周恩来建议的"范围和真正的问题"。他的声音像蚊子一样小声小气，像是做了丑事见不得人哆哆嗦嗦地说道：他"不准备在未向美国政府请示的情况下同意这个建议"。

会场上一阵骚动，人们窃窃私议：这明明是一句遁词，怎能服人呢？一片对美国不满的气氛。

艾登是个老于世故的外交家，他对美国这种拒人于千里之外，一点和解精神都没有，连这样简单的一句话协议都不能接受，这种太过分的做法，他心中也不满意；又见会场上那种情绪，便耸耸肩膀，以表示他不能苟同史密斯的发言。但他是今天会议的主席，又不便得罪"盟友"，便折中说："本会议是以共同协议的办法来工作的。据我看来会议已无法就任何文件达成协议。我认为会议已经注意到今天会议上的发言，可以把这些发言作为会议记录的组成部分。"

莫洛托夫是个滴水不漏、寸步不让的人。他发言说："我们听到了会议主席的发言，他提议会议表示注意到比利时代表的发言，比利时代表在发言中表示支持中国代表的建议，因为这一建议反映了本会议的意见。我相信，本会议可以注意这一发言。美国代表也作了一个发言，本会议也可以表示注意到美国代表的发言。"

周恩来为了把斯巴克的意见接过来，他以缓慢和沉着的语气作了第五次发言。他说："我对比利时外交大臣所表现的和解精神感到很满意。会议主席要求会议注意到中国代表团所提出的并为比利时外交大臣所附议的建议，我认为也是值得提及的。然而，同时我必须指出，美国代表立刻表示反对并进行阻挠的做法，这就使我们大家都了解到美国代表如何阻挠日内瓦会议，并阻止达成即使是最低限度的、最具有和解性的建议。我要求，我刚才所作的这一发言也作为本会议记录的一部分。"

周恩来这个讲话虽短，却抓住了揭露美国最好的时机，使人们亲眼看到美国是如何破坏日内瓦会议的，是如何坚持阻挠和平解决朝鲜问题、保证朝鲜持久和平的，是如何坚持其侵略政策和战争政策的，把美帝国主义的面貌又一次赤裸裸地暴露在世界人民的面前。同时，利用对方阵营内部的矛盾，争取了比利时等国，孤立打击了美国。这是周恩来的统一战线政策在国际斗争中的巧妙运用，并且达到了炉火纯青的程度。

南朝鲜代表卞荣泰发言。他说，比利时不能代表全体联合国军一方，也不能代表南朝鲜。

澳大利亚代表凯西表示不同意周恩来建议中关于恢复适当谈判的时间和地点问题将由有关国家另行商定的一节；凯西还主张，将来如果恢复谈判，应在联合国范围之内进行。

莫洛托夫为了配合周恩来争取比利时等国，他又抓住时机，再次发言，指出会议有必要注意到比利时代表的发言，这一发言表示附议中国代表团的建议，并表示期望这一建议将反映与会各国的意见。这一意见也为会议的主席所肯定。认为会议应注意到这些发言以及那些表示个别意见的其他发言。如果这样的话，那么苏联代表团很愿意同意。

比利时代表斯巴克听了周恩来和莫洛托夫的发言，十分高兴。他又发言进一步肯定和明确他的立场。他说："我支持中国代表团的建议，这一建议表示希望关于朝鲜问题的讨论没有最后结束。"他说，他必须同意表示这一希望。因为，不能设想任何人会希望以后不再讨论朝鲜问题。如果反对这种讨论，将是一个很严重的事情和很不幸的事实。

周恩来不仅思维敏捷，反应迅速，而且善于观察情势，掌握时机，紧抓着不放，他又作第六次发言。他说："对于有些代表所说的话，是否可解释作中华人民共和国将被排斥在将来关于和平解决朝鲜问题的任何谈判之外？如果是这样，那么我们认为，将来就和平解决朝鲜问题达成协议似乎是不可能的。因为，诸位先生知道，中华人民共和国被剥夺了它在联合国中的合法权利和应有地位。"

作为主席，艾登最后发言说，他以主席身份提议会议不通过任何已经提出的文件作为会议的集体协议。但是，这些文件和发言一起将成为会议记录的一部分。艾登最后希望使会议的工作得以圆满成功的日子及早到来。

会议从下午 3 时一直开到 8 时 36 分才结束。

这是一场妙不可言的舌战。虽然朝鲜问题的讨论被美国强行破坏没有达成任何协议而夭折了，但是在周恩来、莫洛托夫和南日的揭露和斗争之下，美国政府的顽固好战立场也被充分暴露了，处境极其尴尬和孤立。

在这场舌战中，两位大外交家周恩来和莫洛托夫配合得天衣无缝，相得益彰。

在这场舌战中，在全世界人民面前和国际外交家中，充分显示了初登国际外交舞台的周恩来的外交才华，聪慧机敏、大智大勇，沉着老练，应对自如。既从容不迫，又入情入理地舌战美帝国主义及其追随者，赢得了人们的普遍赞许和钦佩，他的声誉得到很大的提高。

中国历史上妇孺皆知的著名的大政治家、大军事家、大外交家诸葛亮，为了联合东吴，共拒曹操，他劝说孙权出兵抗曹，曾经舌战群儒，至今传为佳话。而今，这位同样著名的大政治家、大军事家、大外交家周恩来，为了朝鲜人民和中国人民的利益、为了世界和平，他在日内瓦会议上舌战美帝国主义及其追随者，也广为流传，成为佳话。但是周恩来的舌战和诸葛亮的舌战有很大的不同，诸葛亮舌战的是友方，周恩来舌战的是敌方，世界上最强大的敌人，骄横不可一世的美帝国主义；诸葛亮舌战的是一群文弱书生，有的还是腐儒，并无多大学问和口才，周恩来舌战的都是国际上鼎鼎大名的外交家，有口才和善于雄辩；诸葛亮舌战的只是东吴一个国家、一个不大的场合，而周恩来舌战的是 16 个国家，一个世界大舞台。所以周恩来的舌战比诸葛亮的舌战范围大、困难多、对手强，因此斗争的策略性和艺术性更高，更是妙不可言，它的意义也更大，影响极其深远。

后来，美国代表团团长史密斯在私下向中国代表团表示：会议结束后，他就辞职，不愿再干这个副国务卿的差事了，既不能按照自己的意志办事，又不能根据事实真相办事。这也可以说明史密斯在这场舌战中是何等的被动，何等的不得人心，何等的心亏理屈，因而他要挂冠引退。

"和平"的敌人原形毕露了

散会后，周恩来立即召集代表团成员、顾问、新华社和《人民日报》记者们开会，边吃晚饭边商量如何报道和评论今天的会议，如何进一步揭露美帝国主义破坏日内瓦会议，特别是中断朝鲜问题的讨论，如何阻止美国再破坏印度支那问题的讨论，争取在印度支那问题上能够达成一些协议。

大家你一言我一语，七嘴八舌，很快形成一个统一的认识、统一的意见。认为美国破坏日内瓦会议讨论朝鲜问题应说已经得手，但在我有力揭露和斗争之下，特别是周外长和莫洛托夫不失时机地几次即席发言，极其有效地揭露了美帝国主义的真面目，使全世界人民认清谁真要和平，谁是搞假和平，打着和平的幌子干侵略的勾当，这对动员世界人民反对侵略、争取和平的斗争有深远的意义和影响。同时，也分化了敌人，扩大了敌人营垒内部的矛盾，促使不少与会国对美国霸权主义、蛮横专行的态度不满。为了进一步揭露美帝国主义，还可再做些文章，如用新华社、《人民日报》或其他什么形式发表一些报道和评论；也可以举行记者招待会，对这次讨论做些评论并回答记者们的提问，把问题谈得透彻点；另外，亦可找一些外国代表团交谈，阐述我们的观点、立场，揭露美国坚持顽固立场和侵略战争政策。同时，还应看到美国破坏了朝鲜问题得手之后，更要加紧破坏印度支那问题的讨论，使日内瓦会议毫无结果，不欢而散，因此要马上设法阻止美国的阴谋得逞。

周恩来认为大家的意见很好，完全同意。他说，毛泽东同志有一句诗叫"宜将剩勇追穷寇"，现在我们就要追一追美国这个穷寇。他一方面要乔冠华、陈家康、吴冷西、宦乡等写作班子同新华社、《人民日报》记者赶写几篇报道和评论文章，要黄华、龚澎同朝鲜代表团商量，分别举行记者招待会；一方面要师哲等立即通知苏联代表团和越南代表团，请莫洛托夫、范文同在莫老别墅开会，研究印度支那问题，他马上就到。

根据周恩来的指示，全团的同志立即行动起来，分头去办。花山别墅和代表团其他驻地的玻利瓦什旅馆及瑞希蒙特旅馆，又是通宵达旦一夜灯光通明，每个人都在紧张地工作。

外交界著名的国际问题专家、大才子乔冠华主笔以"观察者"名义写了一篇评论《和平的敌人原形毕露了》，其他人则为《人民日报》写了一篇社论《美国应负朝鲜问题谈判破裂的责任》、一篇报道《美国破坏朝鲜谈判的罪状》。

周恩来夜间从莫洛托夫那里开会回来之后，立即审阅修改这些文章，天亮以前发往国内。

"观察者"文章说：

> 1954年6月15日的下午，对于许多人说来是一个难忘的下午。
>
> 在这个下午，在日内瓦的旧国联大厦里，人们看到为了朝鲜人民的民族独立、国家统一以及和平生活，为了亚洲与世界的和平曾作了怎样卓绝的努力；人们也看到由于这些努力而产生的美丽的希望怎样马上被活生生地绞杀了。

人们看到了很多，懂得了很多。

一切如同白天和黑夜那样截然不同，那样分明。人们因此更加懂得了，什么叫作是与非，正义与邪恶，勇敢与怯懦。

最重要的是，人们更加懂得了爱与憎：爱戴和平的斗士，憎恨和平的敌人。

和往常一样，会议在 3 点钟开始。今天的主席是英国代表艾登。

朝鲜民主主义人民共和国代表南日外务相，中华人民共和国代表周恩来外长，苏联代表莫洛托夫外长是会上最初的三个发言人。

每一个都提出了促进朝鲜问题和平解决的建议。

南日提出了关于保证朝鲜的和平状态的六项重要建议。

周恩来提出了召开中、苏、英、美、法、朝鲜民主主义人民共和国和大韩民国七国参加的限制性会议，以讨论巩固朝鲜和平的有关措施的建议。

莫洛托夫提出了与会各国发表宣言，保证不采取任何可能足以对维持朝鲜和平构成威胁的行动的建议。

在持续了一个半钟头的发言以后，现在有三个重大的建议摆在会议的面前。

人们注意到今天会场的注意力特别集中，座上没有打盹的，没有看报的。

不可能不理会这样重大的建议，它们代表着朝鲜人民的希望、亚洲人民的希望、世界人民的希望；它们后面有朝鲜人民、亚洲人民、世界人民的坚决支持。

谁要是拒绝，先得盘算后果。

这样，在莫洛托夫发言完了，会场上忽然出现了一刹那奇异的沉寂。

菲律宾代表加西亚在和坐在他后面的美国代表交头接耳了一阵以后，忽地站了起来，他建议暂时休会。在50多天的会议中，人们第一次看见这种式样的临时动议，可以感觉得出来这位先生的每一根神经都是紧张的。

主席说："原来两个人想的是一回事，我要建议休会一个短短的时候。"

这个"短短的时候"足足有40分钟，比正常的休会长了一倍多。平常在休会时显得拥挤得很的休息室，今天却显得冷冷清清，几乎看不到那些经常在这里悠闲得很的西方的代表人士了，他们三三两两地乘电梯到楼上开会了。

原来十六国的代表们在紧张地开"战略会议"。

长长的40分钟，容许各种各样的猜测和期待。在走廊上有人在说："也许不会拒绝"；也有人在想"多少总应该表现一些和解的精神吧"。

十六国举行的会议的目的不难理解，凶手们要动手了，为首的现在要"拿言语"来给伙伴们壮胆——"不许心软"。

5点28分，艾登又坐上了主席台，他请美国代表史密斯发言。

是得由他来开刀。

史密斯的话很短，他拒绝了所有的建议。

接着发言的是澳大利亚代表凯西、菲律宾代表加西亚、比利时代表斯巴克以及李承晚集团的卞荣泰。既然史密斯已经定好了弦，谁还能希望听到新的曲子呢？而且这些都不过是开场锣鼓。

他们之中的一个公开宣布：一个没有人羡慕的角色已经指派给了那位泰国的亲王，这就是由他来宣读破裂朝鲜问题谈判的十六国宣言。

这个简短的宣言比起 48 天以前杜勒斯 4 月 28 日在日内瓦会议上的第一次发言没有什么新的东西，它的结论是"由本会议进一步考虑与研究朝鲜问题是不能产生有用的结果的"。

南日的建议、周恩来的建议、莫洛托夫的建议，他们连看一看都不，提一提都不，不管发生什么情况，一切按照原定计划动手：绞杀朝鲜和平会议。

这时候，会场外面警卫部队指挥车上的扩音器响了："注意！注意！马上散会了，把车子开过来。"

汽车像一条长蛇似的开到了代表团进出的国联大厦第四号入口。

从"新闻大厦"来的人们，手上已经有了油印的十六国宣言：有人在今天上午已经拿到了它。

在那里的黑板上，有人在会议开始前就写下了一句话："朝鲜问题最后一次会议，全体记者请来验尸。"

一切都预先布置好了，好像一切都可以如意地结束了。

然而，坐在会场里的并不只有美国代表和它的随从，坐在会场里的还有强大的和平力量的代表。他们是如此地忠实于缓和国际紧张局势的事业，在每一个场合他们都要把为这个事业而进行的斗争坚持到最后一分钟；他们是如此地善于揭露和平的敌人，直到揭破和平的敌人的最后一层皮。

"观察者"在引证了周恩来、莫洛托夫、南日的再次发言后说：

连续的三个发言，以完全的权威对西方国家破坏会议的责任作了历史性的判决。天地间找不到任何一种理由，可以推翻这样一个正义的判决。

刚才以莫大的荣幸代表十六国读了那份宣言的那位亲王，

现在只说得出一句话："莫洛托夫先生说那些宣读了十六国宣言的人们主动破坏了会议，我们对此断然加以拒绝。"

光是这样拒绝是不行的，会场上现在有着中华人民共和国的建议，谁敢来拒绝。

下面是随此发生的一连串攫住人心的对话记录，用不着注解和说明，这段记录本身将告诉人们中华人民共和国代表团建议的力量和影响。

比利时代表斯巴克："莫洛托夫和周恩来的建议与十六国宣言并不矛盾。我们不同意，只是因为他们的精神已被包括在《朝鲜停战协定》与十六国宣言中了。"

斯巴克怕引起误解，他又说，"我本身赞成以同意票决定我们接受中华人民共和国代表的建议"。

莫洛托夫说："在我看来，这正是我们在日内瓦开会的目的。因此我无保留地支持刚才比利时代表支持的中国代表团的建议。"

主席说："我们面前有一个中华人民共和国代表所提出的建议。如果我的了解是正确的话，比利时代表认为这个建议表达了本会议的工作精神。如果大家同意，我可否认为，这个声明已为会议普遍接受。"

会场上出现了短时的沉寂，没有人发言反对。在通常的情况下，主席就将宣布大家达成协议了。

有人看到，在主席发言的时候，李承晚集团的代表卞荣泰悄悄地溜出了会场，他害怕他自己也许被拖入参加哪怕只是表现一点点和平愿望的决议。

卞荣泰的去席，使得坐在他后面的美国代表史密斯的活动完全展现在大家的面前。

全场现在只有美国代表团最忙。史密斯手里在起草，嘴里在说话，其他的人乱成一团。

对于史密斯来说，这是最紧急的一刹那。会议主席很快就将认为无人反对，而通过一个共同决议了。

史密斯急忙发言了。他说："我不懂得中国建议的范围与实质。因此，在请示我的政府以前，我不准备表示意见，也不准备参加刚才有人建议通过的决议。"

一个副国务卿，一个受命参加以和平解决朝鲜问题为目的的国际会议的全权代表，他没有权力对一个和平的愿望表示同意，但是他却有权拒绝就这个愿望达成协议。

这样，美国死心塌地反对达成任何一项协议的凶恶面目完全暴露无遗了。

接着，主席艾登发言。他说："我们没有投票的规则。我们在这里是靠共同协议来行动。我们现在不能在任何一个文件上达成协议。我想建议会议，同意只是把这些发言记录下来，作为会议记录的一部分。"

莫洛托夫要求会议也应该把刚才美国代表的发言载入记录。

接着，周恩来总结了会议上刚才所发生的事情。周恩来说："我对比利时外长所表现的和解精神感到满意。主席的态度也值得提及。然而我必须同时指出，美国代表立刻表示反对并进行阻挠，这就使我们大家都了解到美国代表如何阻挠日内瓦会议并且阻止达成即使是最低限度的、最具有和解性的建议。"

当周恩来缓慢而沉重地逐字说出这些话的时候，会场静得叫人心跳。人们永远忘不了这一时刻。

人们的眼光不期然地转向坐在会场左后侧的史密斯。史密斯眼睛看着桌子，两手握拳放在胸前。

周恩来说:"我要求把我刚才的发言载入会议记录。"

现在,只有在史密斯发言以后又感到安全而已经溜了回来的卞荣泰,鼓起勇气来维护被判决了的史密斯了。

卞荣泰说:"十六国方面已经做了一个宣言;要做一个共同宣言是不对的。本代表团认为比利时并不能代表十六国方面全体国家,至少比利时不代表我们。"

澳大利亚代表凯西表示,他也要"说几句来支持美国代表的立场"。凯西说:"出席这个会议的本方十六国没有单独身份,因此我不认为接受中华人民共和国建议的第二段是对的,它只能使我们把我们自己看成是一个各国间一般的联合,其中有些可以一致有些可以不一致。"

这就是说,既然已跟着美国参加了朝鲜战争,就该跟着美国走到底,不该再要有表示独立意见的自由。

大家都感觉到会议是接近尾声了。达成最后一点协议的希望已被破坏无余,为了这个目的已经应用了最野蛮的丛林法律。

莫洛托夫起来保卫主权国家在国际会议上自由表示独立意见的权利。他说:"必须把支持中华人民共和国建议的比利时代表的发言载入记录。我相信,我们的会议应该记录表示个别意见的发言。"

其发言受到各种解释的斯巴克接着说话。他说:"我想必须澄清我到底说的是什么。我支持中国代表表示关于朝鲜问题的讨论并非最后终止的希望的建议。我必须使我自己同意对这种希望的表示。我不能想象,任何人会以在朝鲜问题上将不再有任何讨论的态度来对待这个希望。"

周恩来最后以有力的警告,揭破了那些所谓将在联合国内恢复朝鲜问题的讨论,以掩盖实际上拒绝和平解决朝鲜问题之立场的虚妄谎言。

主席在裁决所有这些发言将载入会议记录以后，宣布会议闭幕。

时间是 8 点 36 分。

"观察者"说：

每当一个人走出会场的时候，仍然不能不感到周恩来最后发言的声音仍然在耳朵里回响。

在国联大厦第四号入口，早已散掉了的汽车，重又聚集来迎接走出会场的代表。汽车亮着灯，因为天已经黑了。这是 51 天来的第一次，人们在场内并没有感到时间过得那样快，因为那里进行着紧张的战斗。

会场门口今天显得有点不同。摄影记者们重又活跃起来了。他们站在高高的架子上，第一次用灯光给最后一次走出这个会场的人照相。

摄入镜头中的，有为人民的和平愿望进行了忠贞不渝的斗争的刚毅坚强的人，也有刚犯了罪而心头还在发颤的人。

读者一定为在这一个下午发生的一切深深感动。

在这里，中国人民感到自豪。因为我们的国家是与伟大的和平力量在一起，为和平的事业进行了卓越的斗争。在全世界爱好和平的人民的眼里，我们代表着力量，代表着和平，代表着善良的希望。

中国人民懂得鄙视那一小撮孤立的人。

有人说，日内瓦会议实际上并没有一个共同的记录，但是所有这一切都已经记录在历史上，铁案如山，任凭什么也不能磨灭它，因为它铭刻在世界人民心上。

《人民日报》、新华社对美国破坏和平解决朝鲜问题的日内瓦会议，也都作了报道和评论。指出："美国的行径应该受到全世界爱好和平的人民的严厉裁判。"

6月17日，中华人民共和国代表团发言人黄华，对南朝鲜代表卞荣泰的好战声明发表评说："在日内瓦会议关于朝鲜问题讨论被片面破裂以后的第二天，南朝鲜的外务部长官卞荣泰就在记者招待会上发表了最露骨的好战声明。这个声明充分暴露了参加侵朝战争的十六国代表追随美国片面破坏会议的行动已经造成了何等恶劣的后果。卞荣泰在这个显然受到美国鼓励的声明中公然宣称：由于朝鲜谈判的失败，朝鲜协定已经无效，李承晚政府已经完全不受《朝鲜停战协定》的任何约束。

"卞荣泰的发言并不出乎意料。早在日内瓦会议关于朝鲜问题的讨论开始以前以及讨论正在进行的时候，从杜勒斯和李承晚一再预断日内瓦会议定将归于失败的声明中，已经可以看出有一种迫使谈判失败以制造紧张局势的邪恶企图。现在卞荣泰的发言不过是进一步公开了这种企图而已。

"应该指出，卞荣泰的发言将有助于使人们认清6月15日破裂了朝鲜谈判的十六国代表的立场。充分估计到了美国与李承晚集团的危险打算，朝鲜民主主义人民共和国、中华人民共和国和苏联三国代表团在和平统一朝鲜的建议被无理拒绝而无法达成协议以后，又以最大的诚意在6月15日会议上提出了巩固朝鲜和平的重要建议。这些建议仍然遭到了十六国的粗鲁拒绝。以美国副国务卿史密斯为首的十六国代表在他们的共同宣言与个别发言中，便说他们拒绝这些建议是因为已有了《朝鲜停战协定》，硬说他们一样愿望和平，所有这些说法，已经在24小时以内被证明是彻头彻尾的谎言。

"对于李承晚集团可能采取一切冒险，因为拒绝朝、中、苏建议而使会议陷于破裂的十六国应对其可能的后果负担责任。"

6月19日，南日率领的朝鲜民主主义人民共和国代表离开日内瓦回国，他在机场发表书面声明：

在会议上，我们提出了一系列的和平解决朝鲜问题的具体建议。我们的建议得到苏联和中华人民共和国的代表的支持。其他一些国家的代表也不能否认我们的建议中包括了公平合理的原则。但是，南朝鲜、美国及其他某些从会议一开始就追随美国的国家的代表在讨论和平解决朝鲜问题的过程中却没有表现任何诚意。他们对朝鲜民主主义人民共和国、苏联和中华人民共和国的代表向会议提出的建议采取断然否定的态度。反对和平的美国以及追随它的西方国家的代表片面发表了一个所谓十六国共同宣言，中断了日内瓦会议关于朝鲜问题的讨论。日内瓦会议关于朝鲜问题讨论的记录充分证明了中断会议的全部责任在于西方。

十、有坚持有让步的务实政策

朝鲜问题的讨论被美国迫使西方十六国强行中断，给日内瓦会议关于印度支那问题的讨论蒙上了阴影，一般舆论都认为会议已难以进行下去了，各种迹象表明美国已决定在 16 日的会议上破坏印度支那问题的讨论。连苏联外长莫洛托夫都有点动摇了，他问范文同："若会议暂缓有什么意见？"

周恩来力挽狂澜，他决心要使日内瓦会议继续开下去，打破美国的阴谋，争取在印度支那问题上达成某种协议，实现南亚地区的和平，即便是短暂的和平。这对越盟和中国以及亚洲地区都是非常有利的。为此，他认为中国代表团应该采取更主动的步骤，一方面要积极揭露和打击美帝国主义和法国主战派破坏会议的阴谋，利用美与英法矛盾，争取法国主和派和英国，一方面要在自己阵营内部多做工作，特别是说服越盟，冷静客观地分析印度支那的实际形势，和比战更有利。因此，既要坚持原则，又要灵活处置，该斗的斗，该让的让，实事求是，不作一定的妥协让步是很难推动会议前进、达成协议的。

所以，周恩来在与中、苏、越三国代表团主要负责人于 6 月 15 日晚商量对策时，他在分析日内瓦会议形势和印度支那的形势后明确指出：目前谈判的关键问题是我方是否承认有越军在高棉和寮国。如我坚决不承认，则高、寮问题无法谈下去，越南问题也将受牵连而谈不下去。所以，应当承认过去有越南志愿军在高、寮作战，但有的已经撤出；如果现在还有，可以按照撤退一切外国军队的办法办理。

莫洛托夫同意周恩来的分析和意见，因为他原先就主张承认越盟有军队在高、寮，范文同经过周恩来的多次说服和反复考虑之后也表示同意周恩来的意见。

至于如何做法，三方经过讨论确定，不由范文同而由周恩来在会外向英、法作出上述表示。三方还商定了对 16 日会议的分工：由周恩来提出关于军事问题的新建议，由范文同提出政治解决方案，由莫洛托夫提出关于中立国监察委员会的新方案。

按照三国商定的计划，周恩来偕同张闻天于 6 月 16 日中午拜访了艾登，双方进行了一个小时的谈话。

艾登："对于昨天晚上的事，我想先说一句话。因为似乎产生了一点误会，就我国的立场来说，将来讨论朝鲜问题时排除中国是不可想象的。我今天见到史密斯先生，他要我转告你，美国也并未想过要使中国不参加将来对朝鲜问题的会议。你建议将要由这次会议中同样的国家组成，对于这一点，他认为未向他的政府请示前，不能表示意见。这就是他昨天的全部含义，而不是阴谋排除中国参加将来对朝鲜问题的讨论。"

周恩来："我对于昨天的结束是不满意的，因为没有表现一点和解精神。如果对我们的提案感到有困难，可以商量嘛，但是连限制性会议都不愿开。我们的感觉是美国就是要使任何协议都达不成，这就是它的预定计划，结果果然如此。世界人民都希望大国之间能搞出一些协议性的东西，但是结果使他们失望了。

"中国代表团是带着和解的精神来参加这次会议的，但是和解必须来自双方。我们希望印度支那会议不会发生同样的情况，否则和解之门就关上了。我想艾登先生是具有和解精神的，我们希望情况不至于发展到如此。"

艾登："我们将尽力使情况不致如此发展。现在我想谈一谈中英之间的一个问题。你们已经同意派人到伦敦来，不论他何时来，我们都极愿接待他。我希望对于此事我们能同意发表一个声明，我们准备了两个草稿，请你们选择一个。"

周恩来："我们这次至少取得了一个收获，那就是中英关系的改善。我想我这样说是表示了我们共同的感想。"

艾登："的确是共同的感想，我想这一收获是很有益的，我国首相希望在明天宣布此事，你们是否同意？"

周恩来："我将把你们的两份声明草稿带回去研究，今天下午开会时给予答复。"

艾登："还有一件事，过去我没有和你谈过，也没有叫杜维廉和你们谈过。你们派人到伦敦去，使我们遇到一个法律上的问题。我们要使你们的代表享受必要的豁免权，唯一的办法就是把他放在外交人员名单上。"

周恩来："我可以叫宦乡先生来和杜维廉先生谈这件事，我想这件事是不困难的，当然在这件事上，一切都是双方的。"

艾登："对，我们一天天更接近了，这是在日内瓦的收获。假如可能的话，我明天要回家了，你知道，我要陪首相到华盛顿去度一个周末。美国总统是我们的老朋友，他是美国最谨慎的一个人。如果会议有令人兴奋的进展，也许还留下来。如果我走的话，我将把全权交给里丁。"

周恩来："在越、老、柬都有战争，但三国情况彼此不同，三国的解决办法也有所不同，三国的问题又是有联系的。我们愿意看到老、柬成为东南亚的国家，像印度、缅甸、印尼那样的国家。……另一方面，我们不愿看到老、柬成为美国的军事基地，因为那样将构成使东南亚不能和平的因素。

"在政治上，只要是在老、柬人民能表示意志的基础上，这两个王国的政府也是可以被承认的。但是这两个王国的政府也要用民主的办法来对两国中的民族解放运动——包括两国的抗战政府在内，取得政治解决。这当然是他们自己的事。

"在军事上，两国确有抵抗部队，柬少些，活动地方也小，应在那里停战；老多些，地区也大，在那里有军队集结问题。那里也确有越南志愿军，有的已撤退，如果仍有应按照撤退一切外国军队的办法办理。"（艾登频频点头，听到"东南亚型的国家"和撤退外国军队两段时连声称是）

艾登："有希望了，很有希望了。我想我们要求的也正是这样。我们也不愿意看到老、柬成为任何国家的军事基地，不论是越南的或是美国的。我想老、柬也是同样的想法。我想在这两国中都要举行选举来决定其未来，而这些选举要受到监督。只是在老挝，如果越盟坚持法军撤出，可能会引起困难，也许法军可以集中在条约规定的一些地区，好在法军数量不大，这个问题因而也不大。如果别的问题解决得顺利，这个问题就不会引起困难。

"你是否可以和法国人谈谈，我也可以私下告诉他们。"

周恩来："我是愿意和法国方面谈谈，听说皮杜尔先生回来了。"

艾登："听说今天下午回来，但是不会待很久，明天上午就回去。我是否可以这样和萧维尔先生说：我今天和周恩来先生谈过，我认为皮杜尔先生如能同周先生谈谈，是会有用的。"

周恩来："好。"

艾登："我们的想法，老、柬成为中立和自由的国家，而不是任何国家的基地，外国军队撤出这两国，如果法军留下的话，也要集中在条约规定地区，然后在两国进行选举。"

周恩来："我们在原则方面基本上是相同的。军事问题可交双方司令部的代表在此地和当地商谈，然后把商谈结果报告大会。"

艾登："很好。我们不论会议怎样的安排，一定要包括一点，即老、柬不能作为基地。撤退外国军队在越盟方面会不会有困难？"

周恩来："按我看，越盟不会有问题的。具体的布置可以由双方司令部的代表协商。"

艾登："我不是要追这个问题，不过老、柬代表和我说过多次，如果不同意在讨论项目中说明要讨论撤退外国军队，他们将不同意双方军事代表的会晤。我想只说外国军队而不具体说明就不会牵涉任何人。"

周恩来："我们双方都需要与各方协商，以便推动。"

艾登："今天的会晤很有用，我们需要思考一下，过一些时候以后，也许我们再一次会晤。今天下午我们将开会讨论。据我所知，老、柬代表要发言，不过大概是老一套，我想问题最好是在会外解决，凭演说是不行的。"

周恩来："好，那我们可以增加会外接触。"

艾登："你今天下午是否可以说些使老、柬高兴的话？例如，说你们愿意看到它们成为像缅甸那样的国家。"

周恩来："我们现在谈的是军事问题，我会说一些对双方都有用的话。"

艾登："对，我希望这次我们在日内瓦建立的联系能继续维持下去，因此，杜维廉先生回北京以后，你如有空的话，是否可以常常接见他？"

周恩来："好。"

艾登："你们的代表随时要见我，我都愿意见他。"

周恩来同艾登的这次谈话，对讨论印度支那问题起了重要的作用，这是周恩来外交艺术和统一战线的又一成功之作。在这次谈话中，艾登曾谈到中英关系问题，不妨从新中国成立以后，简略地介绍一下中国和英国的外交关系问题。

充分利用英美之间的矛盾

英国是侵略中国最早的老牌帝国主义者之一，大家都知道鸦片战争，那是1840年至1842年英国对中国发动的侵略战争，腐败的清政府被迫签订了第一个不平等条约《南京条约》，从此中国逐步沦为半殖民地半封建国家。以后又是英法联军、八国联军打到北京，英国在中国有许多政治、经济、文化、军事特权和殖民地。中国革命成功地推翻了帝国主义、殖民主义和封建主义压在中国人民头上的大山。英国政府出于它尽可能保留和维护其在中国长期经营的巨大利益的考虑，在中华人民共和国成立不久的1950年1月6日，就指派其前驻华领事高来含向中国外交部递交了英国外交大臣贝文致周恩来外交部部长的照会，通知大不列颠及北爱尔兰联合王国政府自本日起承认中华人民共和国中央人民政府为中国法律上之政府，愿在遵守平等、互利及相互尊重领土主权等项原则基础上建立外交关系，并互派大使。在未任命大使前先指派胡阶森秘书作为过渡时期的临时代办。同日，英国外交部发表了关于承认中华人民共和国的声明，但是又声称英国政府并不改变同美国一起“反对共产主义的长期目标”和台湾国民党集团“保持实际上的联系”。

根据新中国的“另起炉灶”、区别对待的建交方针和同资本主义国家先谈判后建交的原则，周恩来外交部部长于1950年1月9日复照英国外交大臣贝文，表示中国政府愿意在平等、互利及相互尊重领土主权的基础上与英国政府建立外交关系，并接受胡阶森作为英国政府的代表来北京就两国建立外交关系问题进行谈判。

1950年3月2日，中国外交部章汉夫副部长同胡阶森进行了第一次谈判。章汉夫提出中英两国建交应首先解决英国政府与中国国民党残余集团的关系问题，其一，英国政府不应再与中国国民党残余集团保持任何外交来往；其二，英国政府对于现在香港的中国国民党残余集团的各种机构及中国的一切国家财产，持何种态度？

1950年3月17日，胡阶森约见章汉夫，对中国方面提出的问题作了口头声明：英国政府已在1950年1月6日撤销前中国国民党政府之承认，并于同日通知中华人民共和国予以法律上之承认。由该日起，对前国民党政府已无外交关系存在。在伦敦的中国大使馆已经封闭而前大使亦不享受外交官之身份。关于恢复中国在联合国及其所属机构的席位问题，要以"多数表决"才能通过。上次英国政府在联合国内对开除国民党安理会之代表问题上投弃权票，并非袒护前国民党代表或反对人民政府代表之表示，而是由于当时不可能达成多数通过。此理由同样适用于联合国内其他机构。英国政府欢迎中国中央人民政府代表出席联合国及其所属各机构。且一旦确知能形成多数时，英国政府自将对该项议案投赞同票。

1950年5月7日，中华人民共和国外交部书面驳斥英方的口头声明。指出：（一）关于联合国中的中国代表权问题，中华人民共和国所重视的不是同意票的多少，而是要从投票中看出已经正式宣布与国民党反动残余集团断绝外交关系和愿意与中央人民政府建立外交关系的国家，在行动上究竟是否真正与国民党反动残余集团断绝外交关系，及是否真正对中央人民政府持友好态度。因此，中央人民政府对英国政府关于在联合国组织中对中国代表权问题投弃权一事的解释不能满意，尤其对英国政府代表在联合国所属各种机构中继续投弃权票更不能满意。中央人民政府认为英国政府应以行动表示其确与中国国民党反动残余集团断绝关系，并确有诚意与中华人民共和国建立外交关系。（二）关于英国政府对于在香港的国民党反动残余集团的各种机构及中国的国有资产所持态度问题，根据胡阶森代办的口头声明，知悉英国政府已确认中华人民共和国政府对现在香港的中国国家财产具有执行管理之全权。对此，中国声明：现在英联合王国香港及其他英属殖民地之中国国家资产，其产权属于中华人民共和国，只有中央人民政府及其委托的人员才有权处置，决不容许任何人以任何手段侵犯损坏，扣留转移或干涉。中央人民政府的此项产权及财产处置权，应受到英国政府充分的尊重。

在日内瓦会议期间，5月1日，莫洛托夫宴请周恩来和艾登时，两人谈了中英关系问题。艾登说："英国是承认中国的，只是中国不承认我们。"周恩来说："不是中国不承认英国，而是英国在联合国不承认我们。"艾登说："我这次把在华代办杜维廉带来，为的是与中国代表团接触。"周恩来说："我也把欧非司司长宦乡带来了。"艾登说："那么我们的想法相同了。"

5月3日，周恩来派宦乡与杜维廉就中英关系问题进行了交谈。

6月1日，艾登宴请周恩来时，双方均表示应该努力进一步改进中英关系。艾登说："我们有一个人在北京，而你们却没有人在伦敦，我们之间的关系不应该是半截的，你是否也派一个中国的杜维廉来？"周恩来表示同意。双方商定互设谈判代表办事处。

6月4日，宦乡再次会见杜维廉，告诉他中方愿派驻伦敦的官员为代办身份，进行谈判代表的工作及解决中英间一些未决问题。杜维廉表示"好"，并将转报艾登。

6月16日，周恩来访艾登时，艾登又谈到中英关系问题，并交给周恩来两份中英联合公报的草稿。

周恩来从艾登那里回来之后，立即研究艾登提交的两份公报草稿。为了充分利用英美的矛盾，争取英国并改善中英关系，以利日内瓦会议的进行，代表团一致同意与英方发表一份联合公报，并改定一个稿子，于当日下午开会时交与英方。双方共同商定了内容，于6月17日用中、英文同时发表。公报说："中华人民共和国中央人民政府和大不列颠及北爱尔兰联合王国政府协议，中央人民政府派遣代办驻伦敦，其地位和任务与英国驻北京代办的地位和任务相同。""代办的任务除谈判建交外并办理商务和侨务，代办处人员的待遇则与正常外交人员相同。"

中英达成代办级半建交方式的外交关系，是中国外交史上的一个创举，也是日内瓦会议会外的一大收获。

中苏越分别提出建议

6月16日下午3时，印度支那问题举行限制性会议。

在会上，中华人民共和国、越南民主共和国和苏联代表团相继做了建设性的重大努力，使日内瓦会议向前推进了一步。

周恩来在会上首先发言，他以5月27日中国代表团所提出的关于停止敌对行动的六点建议和日内瓦会议5月29日会议的决议为基础，提出了关于解决老挝和柬埔寨问题的建议：

日内瓦会议与会各国协议如下：

（一）老挝和柬埔寨境内敌对行动的停止将与越南敌对行动的停止同时宣布。

（二）交战双方司令部的代表就有关在老挝和柬埔寨境内停止敌对行动的问题在日内瓦并在当地开始直接谈判。

（三）敌对行动停止后即不许从境外向老挝和柬埔寨运入新的陆、海、空军的部队和人员以及各种武器和弹药。关于为自卫所需而进入的武器数量和种类的问题，将另行协商。

（四）国际监察委员会的权力应扩展至老挝和柬埔寨，但应照顾到各该国的特殊情况。

（五）经各司令部协议后，释放或交换战俘和被拘平民。

（六）战时同对方合作的人员不应受到迫害。

周恩来在会上逐条申述了中国代表团的建议。他指出：根据本会议在5月29日的决议，印度支那敌对行动应该早日和同时停止。研究老挝和柬埔寨的问题，就必须从这一原则出发，以便作出具体安排，使老挝和柬埔寨的停火同越南的停火同时实现。

周恩来又指出：5月29日的决议曾经规定：双方司令部代表应研究在停止敌对行动后军队的部署问题，此项研究应从在越南的重新集结地区问题开始。现在就应当根据这一条决议的原则，来考虑在老挝和柬埔寨境内停战的问题，交战双方司令部的代表已经在日内瓦会晤，并就越南的军队重新集结地区问题进行了多次讨论。因此，从6月2日起，交战双方司令部的代表也应就有关在老挝和柬埔寨境内停止敌对行动问题，在日内瓦并在当地开始直接谈判。中国代表认为：这里所说的停止敌对行动问题，主要的当然是研究交战双方军队的部署问题。这个问题包括两方面，一方面是研究老挝和柬埔寨两国本国的敌对军队的部署问题；另一方面是研究一切外国军队撤退的问题。中国代表团指出：越南民主共和国代表团5月10日建议的第二点中，早就提出"缔结协定，规定在交战双方同意的时限内，自越南、高棉与寮国领土上撤退一切外国军队"。这个建议已经将从老挝和柬埔寨撤退一切外国军队的问题说得很清楚了。

关于在停止敌对行动的同时应停止自境外运入各种新的部队和军事人员以及各种武器和弹药问题。周恩来认为，这一原则必须适用于老挝和柬埔寨。同时，周恩来又表示，已经注意到柬埔寨代表曾提出关于运入自卫武器的问题，中国代表团认为有些国家必须从国外输入自卫武器，这是一个可以理解的要求，不但柬埔寨如此，老挝想必同样如此。因此，对于老挝和柬埔寨输入必需的自卫武器问题是应予考虑的。中国代表团还声明：为了恢复和保卫印度支那和平，在停战后任何外国不应在印度支那三国中任何一国境内建立军事基地。

关于国际监督的原则，周恩来指出：老挝和柬埔寨两国代表团也没有表示过反对国际监督的意见。法国代表团也在 5 月 8 日建议中提到国际监督同样适用于这两个国家。因此，中国代表团认为，在老挝和柬埔寨进行国际监督是没有困难的。同时，国际监察委员会在这两国行使职权时，必须考虑到各该国的特殊情况。中国代表团还认为：关于释放或交换战俘和被拘平民问题以及战时同对方合作的人员不应受到迫害的问题，都是不难解决的。

范文同接着发言，他提出了越南民主共和国代表团关于解决印度支那政治问题的建议：

日内瓦会议与各国协议如下：

（一）为了建立印度支那的持久和平，必须在遵守越南、老挝和柬埔寨完全的、真正的主权和民族独立原则的基础上解决各项政治问题。

（二）为了恢复越南的统一及组成越南的统一政府，在敌对行动停止后尽可能短的时期内，在越南全国以秘密投票方式举行自由普选。

为了建立保证上述选举的适当条件，认为必须：

甲、组织选举之前，自越南境内撤退一切外国军队；

乙、由……国组成中立国监察委员会对在越南举行自由普选实行国际监察。

（三）交战双方保证不迫害在战争中曾与对方合作的人员。

（四）在平等互利的基础上，建立法国和越南民主共和国的经济和文化关系。

（五）越南、老挝、柬埔寨三国相约相互尊重他国的独立、统一和内政制度。

（六）关于越南、老挝、柬埔寨的其他政治问题，应予另行解决，以巩固和平并保证印度支那人民的民主权利和民族权利。

范文同在提出上述建议时指出：政治问题是不能和军事问题分开的。印度支那三国和平的恢复，必须建立在承认三国的主权和民族独立的基础之上。只有军事问题和政治问题同时解决才能真正恢复印度支那和平，并使和平得以巩固和持久。

莫洛托夫接着发言，他说苏联代表团为了使各方意见更加接近，修改了6月14日建议中关于中立国监察委员会成员的意见，而提出了关于中立国监察委员会成员问题的两个新方案：

中立国监察委员会应包括五国，即原来的四国（印度、波兰、捷克斯洛伐克、巴基斯坦）之外再增加印度尼西亚，以印度为委员会的主席。这是一个方案。另一个方案是减少成员的数目为三国，仍以印度为主席，外加波兰和印度尼西亚（或其他亚洲国家）。

这三个建议立刻引起了与会各国代表团的极大兴趣。西方国家的代表在发言中也承认，中国代表团的建议是重要的、合理的，值得仔细研究。

日内瓦的观察家们指出，16日会议的进展，挫败了那些想使会议尽早休会的人们的图谋。

此间，某些西方国家代表团的人士在16日的早一些时候，曾毫不掩饰他们企图利用破坏朝鲜问题的讨论所造成的空气，草草把印度支那问题的讨论搁置起来。中、越、苏三国代表团在 16 日会议上的巨大努力，又一次表明了和平民主国家谋求公正合理的协议的真诚愿望和不懈意志。到 16 日晚间，人们已普遍感觉到，恢复印度支那和平的新希望，已压倒了朝鲜谈判破裂所引起的悲观论调。

这是周恩来的该坚持的坚持，该让步的让步，实事求是原则的胜利，也是他精湛的外交斗争艺术的成功。

周恩来与皮杜尔会谈

周恩来抓紧时间，乘胜前进。他在第二天，也就是 6 月 17 日，前往法国代表团住地会见法国代表团团长皮杜尔，进行会谈。

皮杜尔："我这次回日内瓦的原因是要求大家不要过早散伙。在我离开的时间，我的印象是会议已经获得进展，莫洛托夫先生也提出肯定的因素，特别是总理先生的发言是值得我们加以考虑的。现在我们应该看看如何获得具体的结果和可能性。

"我们希望各国外长不要走得太快，不能在此时使会议结束。军事代表可以继续讨论停战的问题。等他们的讨论得出结果后，再提交外长会议讨论。

"我再表示一遍，你昨天所提出的建议——是值得让任何法国政府——即使是我不参加的政府——加以密切注意的，中华人民共和国代表团的建议是一个建设性的建议。"

周恩来："我们的一向立场就是使日内瓦会议有成果。很遗憾，朝鲜问题的会议破裂了，连最低妥协性协议也没有达成。我昨天告诉艾登先生说，我们不愿意看到印度支那问题的会议也遭到这样的结果。关于印度支那的外长会议，总要大国的外长们全在才好，如果照英、美的计划很快就要离去，那么苏、中就很难留在这里了。我们赞成法国代表团的意见，使会议能继续才好，可是，到底采取什么方法使会议能继续，皮杜尔先生昨天会见英、美外长，听说今天又会见了莫洛托夫，不知有什么办法没有？"

皮杜尔："我重复一下，我在此目的是要使会议不致过早分散。根据艾登、史密斯、莫洛托夫先生所谈，我们愿在下周以前不离开。那么我们还有本周的时间可以利用，军事专家应该继续会谈，把他们所作出的建议提交外长们讨论。如果他们的工作没有成果，外长们就可以回去，由他们的代表们继续工作，但是各外长们的代表应该是最高级的代表，不宜只是专家。我认为，至少是有经验的大使一级的代表。法国方面将是萧维尔先生，希望其他代表团也能有同等地位的代表。如果他们的工作有了成果，外长们再来日内瓦作最后的肯定。

"这是我的理解，不知总理先生有何意见？我本人所希望的是，能在此时获得解决，当然，这不是完全可能的。"

周恩来："我们也是一样，如果这次会议能对印度支那和平的所有问题达成协议，那自然很好。但是现在看来不可能全部达成协议，需要时间来商讨，把它具体化。如果苏、英、美外长都有在此意见，法国代表团团长也有这个意见，那本着我们一向积极的立场，我们是赞成的，不会反对。但是总要使外长们未离会前，能达成若干具体的即使不是最后的协议，那是有利的。我想如能达成初步成果，会使印度支那人民和法国人民的愿望获得初步满足，不像朝鲜问题那样使人失望。至于以后各国留下的人，总要地位相同的人才好，使会议能前进才好。"

皮杜尔："我完全同意您的看法，如在外长们走前能够达成协议那是最好的，否则只有由最高级的代表继续讨论。同时，军事代表团应继续交换地图的工作，这总比交换炮弹好些。照昨天的会议看来，关于印度支那问题的协议并不是不能达成的。法国政府认为，在谈判期中，最好任何一方也不要提出不合理的或过分的地图。

"昨天您和史密斯先生在会议上的对话，使大家都感到不应于此时分开。史密斯先生的发言是很客气的，您和他们的意见都很重要，这是使会议继续向前推进的因素。

"昨天艾登先生本着外交家的态度把总理的谈话告诉了我一部分，如果周恩来先生能够和我多谈一些，我会很高兴的。"

周恩来："昨天我也告诉艾登说愿意和法国代表团一谈，我们对所提的老、柬问题和越南问题是联系起来看的，我们知道越南民主共和国对印度支那所提的方案是合理的，也是寻求双方达成光荣的和平的途径。对老、柬问题我一向说过，战争的性质是相同的，但是三国的情况不同，所以解决办法又要有所不同，但又要联系起来解决。我们愿意看见老、柬成为民主的国家、和平的国家、像东南亚型的国家，同时又成为法兰西联邦成员国，如果它们愿意的话，并和法国友好相处，和越南民主共和国友好相处，和东南亚各国、印度、中国友好相处，这样对东南亚都好。但是，我们不愿意看见老、柬成为美国的军事基地，我们相信，法国也不愿意看到这样的情况。否则，不但越南，中国的安全也会受到威胁，中国不能不过问。

"在老、柬政治上应该民主，只要根据人民的意志，如人民愿意承认这两国的王国政府，则这政府即可成为两国的政府，但是他们也要根据民主原则，对民族运动力量和抵抗政府应该在民主基础上求得政治解决，才能有真正的和平，我们晓得越南民主共和国也承认这两国应是独立、主权和统一的。

"军事应该从两方面来解决，一方面承认老、柬两国内确有本国的抵抗部队。在柬埔寨也许数量少些，活动地区小一些，在老挝数量和活动地区要大些。因此，在柬应就地停战，双方协商，政治解决。在老挝因活动地区较大，力量也较大，应该承认用集结区的办法来解决。这种地区正是邻近越南民主共和国和中国的边境。另一方面，一切外国军队应该撤出，两国应该接受这一原则。越南有志愿军曾因作战的关系到过老、柬，有些已经回来了，如果现在还有，可照'一切外国军队撤出老、柬'原则办理。这样印度支那三国就遵守了互相尊重独立、互不侵犯，印度支那三国问题在军事上依照已经协议的原则一个个解决，将军事问题交双方司令部代表去谈，原则是使双方都可以满意，满足越南民主共和国、高棉、寮国的合理要求，就可使军事问题会谈向会议提出合理方案。我认为只要法国和越南民主共和国——这是交战双方的主要部分——同意了，便解决了。"

皮杜尔："我愿表示，我们这样的会谈是很有好处的，我们已经得出了一些共同之点，这样才是真正有效并能帮助达成协议的会谈。根据这样的精神和昨天会议上的发言，大家再表示一些诚意，和平的解决是可以获得的。虽然我们现在已经不能有所决定，但是萧维尔先生仍是法国的代表，以后如有问题，希望总理先生随时找他商量，找萧维尔先生就是找我，甚至他比我还好些，他在法国外交部担任秘书长多年，任何政府都信任他。

"现在我们还得注意一点，就是不要让任何人来对会议加以破坏，我们要使军事会议能获得好的结果，并使整个会议继续前进。

"您刚才所谈到的老、柬问题的意见，也许不完全是我国政府的意见，但我认为是可以获得解决的办法的。"

周恩来："希望我们的意见交换可以推动会议在外长走前把能达成协议的问题先定下来。"

皮杜尔："我很希望在外长离开以前对一部分问题可以达成协议。我也希望能够依靠总理先生使会议获得肯定的结果。"

周恩来："这要靠我们大家的努力。"
皮杜尔："我们将这样去做。"

周恩来痛斥罗伯逊

时隔两天，日内瓦会议关于印度支那问题的讨论，于6月18日下午继续举行限制性会议。

在这次会议上，几乎所有的代表团都认为中国代表团的建议，是富有建设性和协商精神的建议，虽然某些代表团还有若干保留意见。例如，老挝代表团认为，中国代表团的建议对工作提供了有利的条件，并没有可以反对之点，可以被接受为讨论的基础。柬埔寨代表团认为，中国代表团的建议具有协商的精神，有许多地方与老挝代表团的意见相接近。法国代表团认为中国代表团的建议是合理的，其中有些点是可以接受的，法国代表团未提出反对意见。

唯一例外的是美国代表团的意见。美国代表团团长史密斯曾在6月16日的会议上说中国代表团的建议是"温和的、合理的""许多地方是可以同意的"。史密斯的话，可能是他自己的意见，不是美国政府的态度，会后在美国代表团内发生争执，史密斯的副手罗伯逊反对史密斯的表态。史密斯无可奈何，便借故到伯尔尼去了，说是拜会瑞士联邦政府去了，留下罗伯逊出席18日的会议。罗伯逊曾经担任过北平军事调停执行部的美方代表，是个反共顽固派。

罗伯逊在会议上发言，一开始就批驳周恩来的建议，说这个建议美国是"不能接受的"，把史密斯在16日会议上说的话一股脑儿推翻了。

周恩来很严厉地责问罗伯逊："你们美国代表团说话算不算话？你们的团长史密斯昨天表示我们的意见可以考虑，今天怎么变卦了?"周恩来说:"罗伯逊先生,我们在中国是认识的,我了解你。如果美国敢于挑战,我们是能够应战的。"周恩来这些话讲得很厉害,弄得罗伯逊面红耳赤,无言以对,很是狼狈。一位瑞士记者评论说周恩来"说话的架势看起来就像中华帝国的官员在训斥行为粗鲁的野蛮人"。

莫洛托夫也批评罗伯逊。他说:"美国代表的发言引起许多矛盾和问题。美国代表似乎感觉到有达成协议的危险,有找到共同点的危险,因而要威胁别人。苏联代表团认为,无须害怕达成协议的可能性,相反,应该设法克服困难,达成协议。奇怪的是:直接有关各国的代表团都认为中国代表团的建议可以作为讨论的基础,但是美国代表团却反对这样做。"

罗伯逊的发言是经过华盛顿当局批准了的美国正式意见。罗伯逊的任务是阻止和破坏关于印度支那问题达成任何协议。在5月29日达成关于双方司令部代表会晤,研究停止敌对行动后双方军队部署问题的协议时,美国就破坏。现在,当会议由于中国代表团建设性的建议而接近于达成协议时,美国的破坏威胁又出现了。

可是今天罗伯逊的破坏活动,却遇到了困难,遭到周恩来的痛斥,莫洛托夫的批评,别的与会国代表也无人附和和支持他的意见,显得十分孤立。

周恩来在会上回答某些代表团的意见时说,中国代表团在16日会议上的发言和建议是很清楚的,不容有任何误解。在老挝和柬埔寨有两方面的情况:一方面确实有抵抗政府所领导的抵抗军队;另一方面,由于作战关系,双方都有外国军队的进入,或者曾经有外国军队的进入,而且有的已经撤出。现在为要达到真正的有效停战,应该达成一切外国武装力量从老挝和柬埔寨撤退的协议,正如同在越南要达成的协议一样。中国代表团认为,为了有利于在老挝和柬埔寨问题上达成原则协议,使双方司令部便于协商,中国代表团 6 月 16 日建议的第二条原文（即交战双方司令部的代表就有关在老挝和柬埔寨境内停止敌对行动的问题在日内瓦并在当地开始直接谈判）是适当的，因为这样就可以把各方面所提出的意见包括进去，利于讨论解决。中国代表团还认为，印度支那三国的停战必须同时实现，不能一国停战而另一国不停战，否则，就不能有真正的停战。中国代表团还认为，国际监察停战应实施于印度支那三国，这一原则不仅在越南，而且在老挝和柬埔寨也适用，但是要照顾到各该国的特殊情况。

范文同发言说，越南民主共和国代表团认为，中国代表团的建议对会议有积极的作用，越南民主共和国代表团完全同意这个建议。越南民主共和国代表团指出，在讨论过程中有些代表团注意到外国军队从老挝和柬埔寨撤退的问题。越南民主共和国代表团早就提出了这个原则。就越南方面而言，过去曾有越南人民志愿军在高棉和寮国作战，但是这些军队已经撤出两国。如果现在还有，自然也应撤出。然而，那里存在着高棉和寮国人民的抗战部队，这是不容否认的。越南民主共和国代表团指出，有些代表团不承认这些事实，不考虑这个问题的合理解决，那是危险的。事实是在寮国和高棉的许多地方，都有抗战部队，他们是当地人民自己组织起来的，而且在逐渐发展壮大。老挝和柬埔寨的代表不能把这些抗战军队看作战败者那样解除他们的武装，这些抗战军队非但不是战败者，而且他们远非放弃武器，而是正在胜利地为民族独立和自由而斗争着。越南民主共和国代表团认为，应该承认事实，承认寮国和高棉都有民族解放运动，都有当地人民的抗战军队，因此，不能根据老挝和柬埔寨代表之单方面的意见来考虑问题，而应以中国代表团的意见和建议为讨论的基础，因为这个建议是考虑到各方面的意见的。

莫洛托夫发言说，中国代表团的建议使会议在讨论老挝和柬埔寨问题上前进了一步。在许多点上，各代表团的意见接近了，中国代表团的建议和老挝及柬埔寨代表团的建议当然有分歧点，但是也有共同点，苏联代表团认为，有理由设想三个建议是可以融合的。苏联代表团指出，很难否认在老挝和柬埔寨有民族解放运动，有些人提出一些显然仅仅存在于想象中的所谓"事实"。苏联代表团认为，问题不在于应否确定哪些事实可以接受，哪些需要澄清，而在于是用战争还是用谈判来解决问题。苏联代表团关心的是恢复印度支那和平，愿意看见有争论的问题应由直接有关方面协商解决。苏联代表团指出，本会议5月29日通过的决议导致了双方司令部代表会谈的开始，现应继续按这个方向前进，对老挝和柬埔寨问题作出同样的决议。

经过讨论，与会代表团同意下次会议将就中国代表团的建议和老挝及柬埔寨代表团的建议寻求共同之点，以达成大家可以接受的决议。

在18日的会议上还讨论了政治问题，中国代表团支持越南民主共和国代表团6月16日关于政治问题的六点建议。中国代表团指出，在本会议的历次讨论中，虽然没有专门讨论政治问题，然而事实上与会各国代表的发言中，也都涉及了许多政治问题，就恢复印度支那和平而言，军事问题与政治问题是相互关联而不可能完全分开的。中国代表团认为，只有政治问题获得解决，印度支那的和平才能巩固和持久。因此，中国代表团建议本会议应确定日期，以越南民主共和国代表团的建议作为基础，对政治问题进行讨论。

日内瓦会议这时会内会外的活动更显得频繁、紧张、活跃，双方除美国之外都在谋求争取外长们离开日内瓦之前达成某种协议，使得印度支那问题能继续讨论下去，不致中断，并争取各国外长特别是中苏美英法五大国外长们能重返日内瓦，求得印度支那问题的和平解决。

再晤艾登相互磋商

6月19日上午11时3刻，艾登偕卡西亚、杜维廉及翻译来到中国代表团驻地花山别墅，拜会周恩来并进行会谈，照例彼此寒暄一番，然后进入正题。

艾登："您收到法国的意见没有？有何意见？"

周恩来："我刚才收到这两个草案，还没有来得及和苏联、越南代表团商量。会议最好协议后再开，比先发言更好商量问题。法国草案中关于老、柬方案的第二点，它只说出了一方面的意见，而对另一方面的意见未具体化，所以我觉得最好保留我原来对老、柬的提案，如果分开来写，要照顾到双方的要求，现在只照顾到老、柬一方，而对另一方未照顾。"

艾登："我不是说法国提案，我是说昨天柬埔寨的提案不错。"

周恩来："这个提案也只有一方，没有另一方。拿柬埔寨来说，对本地的部队问题也得解决加以政治处理啊。老挝更不同，还有集结问题。"

艾登："我也坦白地跟阁下说，因为我们已经很熟悉了，我们国内许多人的想法是，当我们在这里住着的时候，共产党方面却正在准备获取新的胜利。如果在对老、柬问题上有了协议之后，越南的部队继续进攻，而在这里会议却还在进行，那么影响是相当不好的，人家会认为他们不真诚。我今早刚又收到一个电报，说越盟军队又攻下了柬埔寨边境湄公河右岸巴撒克地区名字叫康的地方。"

周恩来："所以我们主张快达成协议，快点停战。这是我们的共同点，因为战争还在进行总是不好的。现在法国新内阁也是希望战争快停的。"

艾登："是啊!"

周恩来："现在既然还打着,战争总会是有进有退,只要战争还继续总是不好的。"

艾登："我只想使您记着这点。老、柬的战争和越南是不同的,如果越盟几营军队,在我们这里已经取得协议之后继续打下去,我们国内的人会说是多么明显的对照啊!这边在安排撤兵,正要具体商谈,那边却在进攻。"

周恩来："我们方面没有获悉在老、柬有要进攻的消息,我们自然还可以打听一下。"

艾登："打听一下就有帮助,范文同先生在老、柬问题上就不会那样热心了。"

周恩来："不是,问题在本地有困难。印度支那三国彼此也是很尊重的,我们也是到日内瓦以后才知道这点。三国对本国利益都是很重视的,我们感到比越南问题还难商量,可是无论如何我们说过的话一定要实行。在老、柬并无共产党,他们都是民族运动分子,您是知道在东南亚的民族主义情绪是很高的。"

艾登："如果他们在这里做了这种安排,可是所谓越盟营却在那里大打其仗,人们会认为是严重的。"

周恩来："但是问题有两方面,战争总是有进有退,法国远征军也要不搞大战役啊!如这回奠边府本来没有大战役,但是法国弄了许多空军来,这样战役就是不可能避免的了。此外,还有地方性的小冲突,这样在未停战以前是在所难免的。这两类性质是不同的。"

艾登："据我了解,困难是在越南,其他地方是不困难的。"

周恩来："只要在这里取得协议,就不会有进攻了。"

艾登："您今后的计划怎么样?"

周恩来："就看外长会议中间是不是要休会。"

艾登："如果我们今天晚上能把这个文件通过，我想不妨有一个休会，而让司令部的代表们继续工作。

"孟戴斯－弗朗斯要我回去时经过巴黎，我将和他一起吃中饭。我将告诉他关于监察委员会中的一切困难，并向他解释这一问题。这是我们留下需要解决的主要问题。"

周恩来："关于监察问题，我昨天的提议您看如何？"

艾登："我们对成员问题还未能达成协议。我认为，如果没有法国，我们试图对成员问题也达成协议是没有多大问题的。"

周恩来："对法国主要是交战双方之一，不过我们觉得，双方军事代表，对越南和老挝、柬埔寨问题能很好地达成协议，监察问题是不那样复杂的。"

艾登："完全对，我完全同意。"

周恩来："我们已经有印度任监察委员会的主席，大家相信印度是公正的，其他的成员就简单了，这样就可以达成协议了。"

艾登："是的，可能的。"

周恩来："恐怕我们回来能先定个日期才好，这样停战可以快些，限期完成。"

艾登："这是个好主意，我很喜欢。我过去没有想到。"

周恩来："请把我们这个意见转告法国总理和新的外长。"

艾登："这一次我最高兴的事是英中关系改善了，别的我都不管。"

由于双方经过会外的会谈、磋商，在6月19日举行的印度支那问题限制性会议上，便就关于停止在柬埔寨和老挝的敌对行动问题达成了协议，并发表了会议公报。

公报说：

九国代表在限制性会议中继续研究恢复印度支那和平

问题。

关于停止在柬埔寨和老挝敌对行动问题达成协议如下：

"关于在柬埔寨和老挝停止敌对行动的协议。为了促使同时并迅速停止在印度支那的敌对行动起见，并建议：

甲、双方司令部代表将立即在日内瓦或在当地会晤；

乙、他们将就有关柬埔寨和老挝境内停止敌对行动的各项问题进行研究，而从撤退在柬埔寨和老挝的一切外国武装力量和外国军事人员的问题开始，并对参加会议的各国代表团所提的意见和建议给予应有的注意；

丙、他们将尽早向会议提出他们的结论和建议。"

又经协议，会议将继续进行。已要求处理越南、老挝和柬埔寨问题的司令部代表们在 21 天内向会议提出临时报告或最后报告。

下次会议将在 6 月 22 日举行。

由于周恩来等的努力，日内瓦会议形势显著地好转。在会议取得重要进展之后，各国外长分别于 20 日、21 日按预定计划暂时离开了日内瓦。由各国副外长、大使一级的人员任团长，中国由副外长李克农、苏联为副外长库兹涅佐夫任团长，越南民主共和国代表团团长范文同和柬埔寨、老挝王国的代表团团长未离开日内瓦，继续就印度支那问题举行限制性会议。艾登、史密斯在回国途中经过巴黎时，曾与法国新任总理孟戴斯－弗朗斯举行了会谈，交换了关于印度支那问题的意见。

史密斯在 6 月 21 日早晨返抵华盛顿机场时发表了谈话，玩了一个贼喊捉贼的把戏。他把美国破坏朝鲜谈判的罪责，一股脑儿推给了"共产党的坚决反对"；在印度支那问题上他把已取得的进展，归功于他们的"友好与有关国家的作用"，同时也流露了想破坏而未成功的无可奈何的情绪。

路透社广播了英国外交大臣艾登6月23日在英国下议院主持外交政策问题辩论时的发言。

艾登强调指出了解决印度支那问题的迫切性。他说，他"以往很少知道这样的局势，在这种局势中，大家应当都已清楚地看到战火扩大的危险"。

艾登接着说："我必须不愉快地报告，我们在关于朝鲜问题的讨论中，在寻求解决办法方面并没有得到真正的进展。只能这样说：我们比以往更清楚地阐明了敌对双方之间原则上分歧的真正之点。"

艾登说："我们没有就统一朝鲜问题达成协议，但是关于继续进行谈判的建议仍然是有效的。"

艾登强调："政府的目的和观点仍然是：联合国不能指望在没有得到中国和两个朝鲜同意的情况下来解决朝鲜问题。"

艾登谈到在日内瓦举行的印度支那问题谈判的进行情况时提到了为讨论越南、老挝和柬埔寨的军事问题而设立的三个委员会，它们应该在7月10日以前分别提出报告。

艾登说："在我们离开之前，我们之间已取得谅解：一旦接到军事代表的报告后，我们将立即进行会商，随后我们就回到日内瓦去完成会议工作问题作出决定。就我本人来说，我是准备回去的，如果我这样做能够对和平有所贡献的话。"

艾登接着说："我愿意对莫洛托夫在解决程序问题上的帮助向他表示我个人的谢意。"艾登提醒说，他曾和莫洛托夫轮流担任主席。"如果不是我们保持着极密切的联系，会议简直就不能进行它的工作。"

艾登继续说："会议的一个结果是英中关系的改善，而这已经产生了一些效果，这是会议所已经看到的。我很高兴有机会和周恩来先生会晤。两国代表团之间在日内瓦的会谈无疑是有价值的。

"据我的意见，这些会谈已证明有利于我国，并且真正有助于和平共处，而和平共处仍是我们和每个国家交往方面的目的和宗旨。"

最后艾登表示希望说，和平解决印度支那问题的协议"……如果我们能够取得的话……将为建立东南亚的安全提供一个基础，它的作用将远不限于此，它将大大地巩固全世界的和平。"

艾登的讲话，比史密斯要客观些，对日内瓦会议特别是和平解决印度支那问题的态度要积极，从这两个人的讲话中也可以看出英、美之间的矛盾和利益不同。

十一、不辞劳累全面开展工作

苏、美、英、法等大国外长们先后离开了日内瓦回国，而周恩来仍留在日内瓦，他有许多事情要做。

前面提到的尼赫鲁总理要梅农转达周恩来在日内瓦会议后路过印度访问，周恩来当即报告中央，中央考虑为了积极争取印度和东南亚国家，以巩固远东与世界和平，从而孤立美国和打击美帝国主义在东南亚的侵略政策和打破美帝国主义在东南亚拼凑侵略集团的阴谋，接受印度政府的邀请是必要的。这样既可对印度表示友好，又可了解尼赫鲁对"亚洲集体安全条约"等有关亚洲问题的见解、态度，并相机邀请尼赫鲁访华。因此，周恩来决定在日内瓦会议休会期间访问印度、缅甸。

在周恩来电令中国驻印度大使袁仲贤与尼赫鲁和印度外交部商量访问事宜和日程安排期间，他又利用这个空隙，广泛地开展外交活动，多方面地进行工作。

周恩来先后接见挪威、瑞典、芬兰和印尼等国驻瑞士的大使、加拿大代表团代理团长朗宁、法国代表团团长萧维尔，会见了澳大利亚外交部部长凯西、柬埔寨王国代表团团长泰普潘、老挝王国代表团团长冯·萨纳尼空，宴请了越南、柬埔寨、老挝三国代表团，回答了《印度教徒报》记者的提问。前往伯尔尼同法国新任总理孟戴斯－弗朗斯进行诚挚的亲切的会谈，做了大量的工作，对日内瓦会议和中国同这些国家的关系起了推动和促进的作用。

其中有些谈话内容丰富而又精彩，值得详细介绍，对人们了解日内瓦会议关于印度支那问题的讨论以致后来所以能达成协议的原因和周恩来的外交才华、技巧，都是十分有益的。

会见柬埔寨外长

1954 年 6 月 20 日下午 1 时 30 分，柬埔寨外长泰普潘偕森沙里（国王私人代表）、松森（前副总理）、朴天（代表团秘书长）等前来中国代表团驻地花山别墅拜会周恩来。

周恩来："在开会期间，我们没有机会见面，所以很高兴能在离开日内瓦之前和你们谈一谈。"

泰普潘："总理先生什么时候动身？"

周恩来："约在两三天内。"

泰普潘："祝你一路顺风，并希望早日回日内瓦，最后解决恢复印度支那和平的问题。"

周恩来："我们在历史上有许多来往，可惜中断了一个时期，希望我们今后的关系能够密切起来。"

泰普潘："我们也是这样地希望。在过去我们遭受着法国帝国主义的统治，曾经有一段困难时期，在我们国王的领导下，摆脱了帝国主义的统治，自己获得了解放。现在我们已经和别的国家建立正常的关系。"

周恩来："我们过去也受过压迫，所以我们对于东南亚的许多被压迫民族，一向寄予极大的同情，现在我们大家都站起来了，我们所采用的方法不一定一样，但是我们的目的是一致的，我们都要求自由。"

泰普潘："我们是以不流血的方式获得自由，我们是以谈判的方式来使法国签署移交权力的协定的。"

周恩来："柬埔寨有着内在和外在的较好条件，所以能获得这样的结果。现在我们希望柬政府对国内问题也能很好地解决。柬埔寨过去和现在都有着解放运动，虽然这个运动所采取的方法有所不同，但他们也是为了争取自由和民主。站在朋友的立场上，我们希望柬埔寨政府能够把这一解放力量团结起来，作为合理的政治解决。"

泰普潘："有人想到需在柬划分集结地区，那就是分裂，而不是团结，这是不符合我们的愿望的。"

周恩来："外来支援的部队应撤出，本地的问题可以由当事双方直接解决。你们是政府，应该与当地的活动力量在新的民主基础上，求得大家满意的解决。"

泰普潘："如果他们愿意可以参加投票选举，现在的危险是有人从外面推动。中国人和柬埔寨人很容易接近。"

周恩来："内外是两回事。从外部来说，越南民主共和国和你们是兄弟之邦，过去受帝国主义的分离，现在应该接近起来，友好相处，互不威胁，这不仅对两国有利，对整个亚洲和平也是有利的。越南民主共和国是不会威胁邻国的。因战争缘故，引起了一些困难，但在和平恢复后，就不会再有这样的情况。如果说，为了保障独立，柬需要建立不致威胁别人的自卫武装，这是可以理解的。我愿意看到柬成为东南亚新型的国家，像印度、印尼和缅甸一样，不建立威胁别国的基地。"

泰普潘："这也是我们的愿望，在柬没有外国基地。"

周恩来："我们所指的不仅是法国，法同柬的关系应改善，我们所担心的是美国基地。那样我们不能不加过问。"

泰普潘："我们和美国没有签任何条约，我们接近的仍是法国，我们都讲法语。"

周恩来："美国正在组织东南亚公约，想拉柬参加，这对柬不利。我们愿参加九国保证，能使大家和平相处，我们不愿看到，印度支那任何一国内建立军事基地。对少数民族应该尊重，并给予充分的自治权，中国就是这样，在柬有无越南人？"

泰普潘："有的，不过都是流动移民，也不是定居的。"

周恩来："你们是否打算收回那块土地？"

泰普潘："如果人们愿意公道行事的话，应该归还。"

周恩来："那不是又要发生冲突？"

泰普潘："现在保大已在柬人口中实行征兵。"

周恩来："越柬友好相处，对和平才是有利的。"

泰普潘："我们的希望是互相尊重，善邻相处。"

周恩来："这要靠在日内瓦的两个代表团的努力。"

泰普潘："现在想就军事代表团的接触问题，征求一下总理先生的意见。首先我想问一问：双方代表何时可以接触？"

周恩来："希望能在星期三开始，但是现在双方代表团就可进行直接的联系。"

泰普潘："直到现在，我们双方都没有取得联系，一直是法国作为中间人。您是否认为以后可以通过中国来建立联系，还是继续让法国做中间人？"

周恩来："如果你们愿意由法国做中间人，我们是同意的，不过我愿在离开日内瓦之前，帮助你们联系，以后就可以进一步密切起来。"

泰普潘："我们现在已经独立了，愿意直接建立联系，不再需要法国夹在中间。"

周恩来："直接联系是最好的办法，明晚 8 时就请你们和越南代表团来这里吃便饭如何?"

泰普潘:"好极了,非常感谢。谈一下军事代表团的接触问题,法已正式把军事指挥权移交给我们了,但是他们要在我方军事代表团派一个观察员,您觉得如何?"

周恩来:"我的想法认为,三国战争是互有联系的,为了实现停战,我们不好反对,但我们得同苏联商量,可以明天再谈。"

泰普潘:"现在大部分的抵抗者已经投诚了。过去反法帝,现已赶走了,他们叫嚷的独立没有意义,如果没有外面的鼓励,许多人都不会再作抵抗的。"

周恩来:"除了战争的影响之外,他们也许还有着自己的意见,他们采取了不同的方法,但是用商量的办法是可以得到团结的。过去中国就有许多意见,我们经过5年的奋斗,终于把大家团结起来,获得全国的统一,我们希望柬政府也能团结一致。"

泰普潘:"我们是照这样做的,困难就是外援,否则已经没有问题了。"

周恩来:"战争也许是外来的,但政府必须估计到内在的因素,才能实际地解决问题,才能团结全国人民。"

泰普潘:"很感谢总理先生为我们花了这么多的时间,并感谢您为我们小国着想。中国是一个大国,希望今后继续帮助我们小国能够和平生活。"

周恩来:"我们不提大国小国吧,我们都是国家,要互相尊重。"

泰普潘:"我们与中国是很接近的,许多人都是中国血统,我们4人之中就有3个人是中国血统,我祖父还给我们留下了香炉、蜡台等中国器皿。"

谈话进行了1个多小时。

会见老挝外长

第二天，6月21日中午，周恩来又在别墅里会见老挝代表团团长、外交部部长萨纳尼空。老方参加会谈的有奥·苏发努冯（老挝代表团代表、驻美国公使）、勒南（代表团代表，老外交部办公厅主任）。中方参加会谈的有李克农、陈家康及翻译董宁川。

萨纳尼空："在日本占领时期，我曾到过思茅和昆明，在老挝到思茅的路上的一些村落，居民都讲老挝话，生活习惯和我们完全一样。根据老挝的历史记载，老挝人是来自西藏高原，所以我们的祖先还在中国。"

周恩来："是呀，我们东方民族是有些亲戚关系的。我们应该友好合作，互相尊重独立、主权和统一。在老挝有多少中国人，多半在什么地方？"

萨纳尼空："大约有12000人，其中许多人都和老挝人结了婚，我们都把他们当作当地人看待。他们一般是居住在湄公河沿岸的主要城市，如万象、琅勃拉邦、他克等地。"

周恩来："他们是不是很好地遵守你们的法令？"

萨纳尼空："他们都很规矩，全部是商人，不过问政治。"

周恩来："日内瓦会议开了相当长的时间，但是也达成了两个协议，可以作为今后工作的基础。外长先生对于这次会议有何看法？"

萨纳尼空："我很满意，这是由于总理先生的个人影响，才能得出这样的结果。只要大家再作一些诚意的努力，最后的协议是可以达成的。如果我们拿出所有的协议比较一下，共同点比不同点要多一些。"

周恩来：“既然相同点比不同点多，那么，大家再加努力，最后达成协议的可能性是很大的。现在所获得的成功，不是由于个人的努力，而是由于你和大家的努力。

"印支三国是兄弟国家，在历史上有着密切的关系。三国应该接近，不要对立，而要互相尊重，友好合作，这对印支和平是有利的。

"我们应该尽力促成三国接近，我们尊重三国的独立，我们不愿干涉，但也反对别国干涉，如美国的干涉。我们反对三国建立任何外国军事基地，包括美国基地。如果有了这样的基地，我们是不能不加过问的，因为这对我们的安全是一种威胁。

"我们在会上听到外长先生的发言，其中提到需要保持自卫的武装力量，我们认为是可以理解的，我们尊重别国的安全和独立。”

萨纳尼空：“很高兴听到总理先生这样的话，老挝是小国，人口很少，我们比任何国家都需要和平。关于外国基地，我们曾经和法国签订过一个军事基地协定，法国在老挝保留基地，但是只有少数法军。如果越盟军撤退，我们可以要求法军撤退，当然还将要求保留一些安全部队。因为我们的环境很微妙，周围有越、柬、泰、缅和中国，所以我们需要最低限度的自卫武装。我们希望总理先生在考虑老挝问题时能注意法国与老挝协定。

"我们没有直接接受美援，所以当中国代表团提出不许进入外国支持军时，我们立刻同意了。”

周恩来：“我们注意到这个情况。老挝是小国，老独立应该受到尊重，中国是大国，中国愿和其他国家和平共处，建立友好关系，所以我们同意参加九国保证。”

萨纳尼空：“老挝在恢复和平后，我们希望能与中国建立外交、经济和文化关系。

"我们在会上表示过，老挝问题是很容易解决的。但是范文同说老挝问题必须获得政治解决，必须承认解放运动的存在，才能解决老挝问题。我们认为，即使不正式承认，也是可以解决的。越盟和保大就是不经承认而进行谈判的。总理先生您是否可以告诉我，范文同的政治解决到底有什么条件？

"停战以后，那些解放运动的人，可以参加选举，他们的职员也可以参加政府机构。我们明年 8 月就举行大选，如果他们参加进来，我们可以组织一个和解政府。选举之后，如果议会同意，我们可以修改宪法，甚至成立共和国。"

周恩来："如果老挝代表团和越南代表团直接面谈，不受外力影响，对于这些问题的解决是有帮助的。"

萨纳尼空："我们很愿意直接联系。"

周恩来："这很好。我愿在离开日内瓦以前，帮助你们直接接触。昨天我也和泰普潘先生会谈，他也愿直接联系。那么今晚 7 时半就请你们和范文同先生来这里便宴，大家见一次面，以后就可以继续保持联系好吗？"

萨纳尼空："感谢，愿在此预为致谢。"

周恩来："和平恢复后，三国可在自愿基础上参加法国联邦，建立友好的关系。内政问题，可用国内方法解决，要和外国军队分开。"

萨纳尼空："老挝的政治问题不大，我想，苏发努冯并不是要想推翻国王，让自己做国王，他只是想参加政府，他就是现在总理的弟弟。问题应当是可以解决的。"

周恩来："要承认对方的力量，用团结的方法来获得解决。任何一个国家都需要统一、独立和民主。

"过去法国政府是执行着和平与战争的两面政策，现政府要求和平，越南和你们也要求和平，当事者都有这样的要求，谁还能阻止和平的实现？当然，美国不赞成印支和平，它们怀疑任何协议，它们随时准备破坏。前次史密斯对于大家都同意了的协议，却表示既不赞成又不反对。所以我们要提高警惕，不让别人破坏。"

萨纳尼空："为了求其迅速，关于军事问题的协议，是否可以首先解决较容易的老挝问题？"

周恩来："大会决定三周的期限来讨论这些问题，有些人提四五周，我们觉得三周就够了，这样可以推动会议加紧工作。讨论有了结果，外长们再回来做最后的决定。"

谈话进行 1 个多小时，从中午 12 时至下午 1 时 1 刻，双方非常愉快地握手告别，互道晚上再见。

当晚 7 时，周恩来在花山别墅邀宴越、老、柬三国代表团。参加的有，越方：范文同、黄文欢、谢光宝；老方：萨纳尼空、苏发努冯、勒南；柬方：泰普潘、森沙里、松森、朴天。中方出席作陪的有：张闻天、王稼祥、李克农、王炳南、陈家康、王倬如以及法文翻译。

周恩来分别介绍出席宴会的主人和客人，随后彼此以法语交谈，互道过去相识及同学关系。

大家寒暄之后，宴会开始。周恩来首先起立讲话，欢迎三国朋友，为日内瓦会议就印支和平恢复争取达成最后协议，为三国的和平，四国的友好合作，为团长的健康干杯。周恩来简短的祝词之后，范文同、萨纳尼空、泰普潘都分别起立祝酒。大家在热烈友好的气氛中畅叙会议的情况和各国的情况，皆认为直接接触有利于会议的进展，并相约在今后进行直接联系。

宴会之后，放映了《梁山伯与祝英台》。三国客人一致认为电影的演技、音乐、色彩都很卓越，纯是东方风味。

经过周恩来的这番用心、这番工作，把在印度支那问题的谈判中原来站在西方阵营一边的老挝、柬埔寨，争取站到中立的立场上，并且逐步向我方靠拢、接近。因为，周恩来深知老挝和柬埔寨王国的利益，追求的目标与美国不同，与法国也不同。美国是要把老挝、柬埔寨纳入东南亚条约组织，在它们的领土上建立军事基地，以便把这两个国家变成它的全球战略中"遏制"共产主义的一环。为此，美国需要战争的继续来使老挝、柬埔寨感到共产主义和越南与中国的威胁。而老挝、柬埔寨所关心的并不是什么全球战略、遏制共产主义的问题，它们关心的是不受威胁地生活在自己的国土上。法国是要维护它在老挝、柬埔寨的殖民利益，而老挝、柬埔寨追求的是真正的民族独立、主权和领土完整。周恩来在日内瓦会议上多次听到老挝、柬埔寨代表的发言，如泰普潘在 6 月 16 日会议上就曾说过："如果今天人们拒绝承认柬埔寨，并通过一切手段使它无法中立、自由、和平地生活在自己的家园，那么明天人们就不要指责它采用任何手段来保卫自己。"强烈地表现出要求和平、中立的愿望。所以周恩来就在老挝、柬埔寨的民族独立、和平、中立上大做文章，承认、同情和支持它们的这种愿望，扩大和加强它们的这种愿望，从而使它们摆脱战争摆脱美国，在独立的基础上同法国保持一定的联系，和中国、越南民主共和国和平共处。这不仅是孤立、打击了美帝国主义和法国的主战派，而且有利于中越两国的安全和东南亚地区的和平，也向这些地区和其他国家表明了社会主义国家是愿意与不同社会制度国家和平相处的真诚意愿。为了实现这个目标，周恩来曾多次同范文同等越南民主共和国的代表谈过，对老挝、柬埔寨要采取现实主义的政策，不能一味追求印度支那联邦或印度支那革命化的目标，致使老挝、柬埔寨害怕，倒向美法一边，使谈判破裂、战争扩大，这对中国、越南都不利。他非常敏锐地指出："对于老挝和柬埔寨用什么办法争取团结它们呢？是用战争能够团结老挝和柬埔寨呢，还是用和平可以团结它们？是用战争团结东南亚呢？还是用和平团结它们？答案是用和平可以团结它们，用军事则只有使它们投向美国。"

自法国主和派孟戴斯－弗朗斯上台组阁后，周恩来就想会见他，一方面了解情况，听听他对印度支那恢复和平的意见和打算；一方面是做做他的工作，采取现实可行的政策，早日下定决心，争取达成协议。因此周恩来通过艾登和萧维尔表示他愿意会见孟戴斯－弗朗斯。考虑到中国和法国没有建立外交关系，他不便去巴黎，如果孟戴斯－弗朗斯方便的话，可以到日内瓦或其他什么地方会晤都可以。

萧维尔拜会周恩来

6月22日上午11时3刻，萧维尔偕吉勒马兹、利加罗斯前来花山别墅拜会周恩来。

萧维尔："昨天我在巴黎见到了孟戴斯－弗朗斯先生，我已向他转达了您愿和他见面的意见，他很高兴。但是他的新阁刚刚组成，今天上午要开部长会议，下午要开内阁会议，所以明天才到伯尔尼。现在我把他的时间做了如下安排：明天上午11时拜访瑞士联邦政府官员，12时半宴会，下午3时在法国大使馆与您会面，不知您方便不方便？

"关于这次会晤的消息，法新闻社已经大肆宣传了，而且有些是歪曲宣传，我们猜想这是美国人弄的。今天清早我接到许多电话，问我对这个消息有何评论，我答复说，我没有什么话要说，请他们直接去问巴黎。为了避免谣言，我觉得应该有个正式的表示。孟戴斯－弗朗斯准备在今天的内阁会议上向他的同僚宣布与您会晤的消息，内阁会议后发表一个公报，大致将是这样的措辞：

"法国总理赴瑞士拜会联邦政府官员，顺便将与中国总理兼外交部部长周恩来先生会晤。不知您是否同意？"

周恩来："谢谢萧维尔先生的努力。我知道你们有困难，所以愿意把我们的行期推迟一天。外面的消息显然是美国人弄的。他们到处在发消息，比如我们到印度一事，印度和我们方面都没有公布消息，他们就在飞机场上打听到了。

"关于发表公报的问题，我不反对。时间可以确定为下午3时。"

萧维尔："发表公报的时间最好中法同时。"

周恩来："等你们的时间确定以后，可请吉勒马兹先生通知王炳南先生。"

萧维尔："关于明天的会议内容，孟戴斯先生没有什么特殊的问题，不过他很愿意听您愿讲的一切。他所要求的就是迅速和平解决印度支那问题，他自己所规定的期限到期后，他就要向议会作答复。

"我们在目前谈判中的一些困难是我们与友邦之间的困难，我们希望能够克服。我们很高兴中法能够共同努力。您走以后，谁留此负责？"

周恩来："我们外交部副部长李克农先生将留此负责，还有亚洲司司长陈家康先生也将留在这里。我们希望法中代表团能够保持内外的联系，俾使我们的工作获得进展。昨天和前天我曾和老、柬外长在这里会谈，昨天晚上又请老、柬和越南民主共和国外长在这里吃饭。我曾对他们说，我们希望三国能与法国建立友好关系，并在和平恢复后，在新的基础上与法国建立更好的关系。我们的目的是支持对方能够获得光荣的停战，我们是推动、促成，而不是阻碍。"

萧维尔："这完全是我们的意见，感谢您个人对于恢复印支和平所做的巨大努力。

"今后几周内的工作，我想主要是在军事委员会进行。但是我们不能使九国会议给人一个死去的印象。所以我觉得这个会议是要开的，要向各国的舆论表示，九国会议仍在继续。今早我和范文同先生交换意见，他说我们不需要这样的喜剧，我想这不一定是喜剧。这样的会议还是有一定的作用的，如果工作不多，我们可以每周开会两三次，每次 1 小时。

"专家会议讨论的结果，可以向我们这个会作报告。"

周恩来："我认为萧维尔先生的意见是很好的，但是我们还得与苏联、越南民主共和国代表团商量一下。这样的会议最好要有事做，不要每人说话太多，把空气弄得紧张起来。"

萧维尔："我们要给它找事做。"

周恩来："主要的还是军事代表会议要有成绩。"

萧维尔："这是我们唯一的基础。今早我们同范文同先生说，必须在划出地图后，关于监察和成员的讨论才能有所根据，大会停顿与否，对你们和我们没有什么关系，对别人可就不同了，所以还是必须继续开会。

"我们想在今天的会上提出两个文件。第一个文件是关于设立监察问题的专门委员会，美国方面不太接受这个文件，他害怕有了这个委员会后，大会可能就管不上了。关于这个委员会的成员可以根据任务来决定。第二个文件是根据周恩来先生的六点建议拟定的，我们把它当成议程，以帮助会议的进行。范文同先生说，还须加上当地部队的部署问题。詹生先生还没有作具体的答复，但是他不反对。现在希望知道中国的意见，我们可以照上星期一样地合作。"（萧交给周两个文件）

周恩来："我们研究后在开会以前给你答复。"

萧维尔："关于第一个文件里所提到的专门委员会，我们想最好能由一个代表团如中国代表团，提出设立监察问题专门委员会的建议，由我们来支持。"

周恩来："我们去研究一下。"

萧维尔："在接下来三周内，希望法国代表团和中国代表团能够保持积极、谨慎、秘密的合作。"

周恩来："这样是很有利的。"

中法总理一见如故

天气晴和、舒适、美丽。周恩来在别墅用完午饭，稍事休息，便乘坐"吉斯"豪华轿车，在日内瓦通往伯尔尼的高速公路上飞驰，很快便到了瑞士古老的首都伯尔尼。周恩来这是第二次到伯尔尼了。今天（6月23日），他要在这里同法国新任总理会晤。

周恩来先到中国驻瑞士使馆，在会客室里坐了片刻，然后由冯铉公使（那时我国同瑞士互派的是公使，其实也即是大使）陪同前往法国驻伯尔尼大使馆。

萧维尔大使已在法国使馆门前迎接，并把周恩来引导到法国大使馆一个秘密会客室里。孟戴斯－弗朗斯和法方参加会谈的人，正在门口恭候。周恩来趋前疾走几步与孟戴斯－弗朗斯等握手，并用法语问好。

主客坐定之后，孟戴斯－弗朗斯对周恩来上下打量一下，见周恩来风度翩翩，脱凡超俗，非常人所比，不禁十分敬慕，心中暗暗地说：真乃大国总理。周恩来见孟戴斯－弗朗斯温文尔雅，是受过很好教育的人，心里也有几分敬意。两人真是一见如故。

服务员送上咖啡、点心之后，两个大国的总理兼外交部部长便开始了会谈：

孟戴斯－弗朗斯："听说总理先生为了来这里，却把去印度的行期推迟了一天，我很感谢。"

周恩来："我很高兴在我短期回国之前能见到总理兼外长

先生。"

孟戴斯－弗朗斯："这次会见能迅速实现是好的，我对此特别高兴。因为我愿意很快地解决我们所关心的一切问题。总理先生知道，我国政府是在何种情况下成立的。法国人民议会已经定下日期，希望在近期内达成协议。这个协议对和平一定是有利的。"

周恩来："正是因为这个原因，我们两国负责人的早日会面交换意见，我相信对今后会议的推进是有好处的。"

孟戴斯－弗朗斯："总理先生一直到现在都在参加会议，我过去是没有能够去参加的。但已得悉总理先生和皮杜尔先生的谈话的情形，我愿意知道总理对我们应采取何种措施，以达成印度支那和平的观感。"

周恩来："我在过去的会议中，有许多意见已和皮杜尔、萧维尔两先生交换过了。但现在还愿意把我们中国代表团对会议的意见向法国新的总理兼外长说一说。

"这回，中国代表团来日内瓦开会就是为了实现恢复印度支那和平，这也是我们的目的，再无其他条件。我们反对战争扩大化、国际化，反对使用威胁、挑衅的办法，这样不利于商谈。中国不怕威胁，这总理先生是知道的。我们是用和解的办法来推动双方达成协议。

"正因为这种共同的精神，我愿意向总理先生说说我的意见。

"关于解决印度支那问题。首先要停战。军事和政治是联系的。现在是讨论军事问题，以后还要讨论政治问题。协议达成以后，首先是停战，因为这样是法国、印支和全世界人民所赞成的。正如总理先生说的，法国国会已表示了这种要求，在印支现在的情况是三国都有战争，这是相同的；三国都要停战，人民都要求独立、统一。法国政府曾有意愿承认三国的独立、各国的统一。我们也愿意和法国建立友好和平关系。三国的情况各不相同，所以我们承认解决三国问题的办法会有所不同。就越南来说，它在停战后还要经过选举才能达到统一，确定国内制度，这只有由越南人民自己解决。至于老、柬，如果两国人民愿意还承认现在的王国政府，那我也愿意看到两国成为东南亚型，如印度、印尼型的国家。这话我向皮杜尔先生说过。

"当然，我们另一方面不愿意看到三国成为美国军事基地，或美国和它们成立军事集团，这是我们反对的。如有美国军事基地，我们便要过问，不能置之不理。

"我前几天和老、柬外长们都谈过，他们向我们保证他们不要美国军事基地，我说好，并鼓励他们和法国友好，如果法国尊重他们的独立。

"我也听到越南民主共和国代表团范文同先生向他们表示，他们愿意尊重老、柬两国的独立、主权、统一，即互不侵犯。我听到彼此这样谈是好的。

"政治上，我们认为三国是有所不同的，越南现有两个政府。要把军事集结区划好，不能把这解释为分治，因停战后经过一定时期总要自由选举，这也要双方协商。这是他们自己的事，我们不能干涉，但要推动。在老、柬也要经过选举，求得统一。这一点我看越南民主共和国是能同意的。问题是两王国政府要求承认当地抵抗运动，和抗战政府团结起来，而求得统一。保大越南政府应采取协商办法和越南民主共和国接近，而非对立。但它的政治方案是要对立、独霸，引联合国来干涉，这是不能同意的。

"在军事上，对越南问题双方军事代表已在谈判，我们都希望更迅速地得出方案。老、柬两国有两种情况，一种是本地抵抗力量，在柬小一点，老大一点。在柬，王国政府应与之直接商谈，停战，中立国监察，求得政治解决。在老也一样，王国政府也要和法国政府一起进行双方会谈，对地方部队还要有些集结区。这才能求得政治统一。另一情况是，两国中的外国武装力量和军事人员应退出。越南曾有过志愿军，如果现在还在，也可依照从印支全境撤退外国军队的办法在军事代表的会谈中解决。

"现在对双方司令部代表会晤问题已达成原则协议，要在三周内加紧会商。现在交战双方的会谈成为主要的了。而法、越更是最主要的双方。我们很希望双方直接接触，早日达成协议，与会各国、包括中国在内，总要贡献力量来推动，而反对任何阻挠和破坏。以上是我意见的主要部分。"

孟戴斯－弗朗斯："总理的讲话使我认识到了，总理把问题提得很清楚。当然我不能逐点答复，有些特殊之点是应有仔细讨论的。我高兴的是，在主要点上，我们的意见是接近的。我知道，老、柬问题在这几天内有进展，并得悉进展大部分是周总理所主持的代表团所做努力而得到的。我想关于老、柬问题，我们中间并无不可克服的困难。关于老、柬，对总理才提的解决内政问题也有国际监察。当然，对这方面也得想办法，可是我想不难找到。

"越南问题是不同的，总理提过这是较困难的问题。二则情况很不好，因为在那区域中战争的时间很长，而且总理说过，两个政府各有自己的制度、军队。越南人民分为两个阵营，多年来彼此作战，刚才总理提到一个值得注意之点，就是许多问题可经有关双方直接接触解决。如能做到，我们自然很欢迎。但实际上有些困难。接触本身有困难，结果也有困难。但是我们要努力达到这个目标，不过对这个方向我们赞成。总理说过，对这个地区的目的是统一，方法、手续问题可以另外考虑。越南分成两个阵营，一时要达成协议有困难，不能一停火就完全统一。刚才提出时间问题，是因为战争进行了这样久，和平不能立刻实现，把手续弄得很简单，如立刻选举。事实上，如有真正的统一，要越南人合作，一定的手续是必要的。总的说，目的、原则上并无分歧。

"末了，还有一点，很高兴与总理提出这样的意见，即最好要经过两个阶段：先停战，然后政治解决，我完全同意。正是总理所说的理由。我们真要进展的话，第一步要集中精力解决停火问题，包括集结区问题的划定。这要现实研究，迅速解决。我请问总理是否也认为我们的共同点不少？还有一重要之点，总理刚才提出建立美国军事基地问题，我完全同意这意见，并愿清楚地说，我们不预备在该地区设立美国基地，没有这样的计划。"

周恩来："对您的几点意见，我说一下。

"对最后一点您做了很好的回答，说明法国无意建立美国基地。这不仅对三国，而对中、法、东南亚都好。大家希望和平相处，为将来建立共同基础。

"你先谈到老、柬的军事政治问题也要国际监察，这点我们的意见是相同的。

"关于越南问题，情况不同，是有些困难。但我想先把军事政治原则定下来，解决的步骤总要先定军事集结区。先停战，才能求政治解决，总要两个步骤，而非一个步骤。第一、二步骤长短主要看双方努力，要经过双方协商，法国有更多责任使我们接近，而不对立。双方不接近，话也不谈，是对停战有碍的。相信你会发现中国方面是推动越南民主共和国不仅与法方接近，而且和保大越南国也接近。法国会发现保大越南国与别人接近有困难，困难来自何处，总理会了解的，形势如此，萧维尔先生更清楚。

"当然，如果我们希望满足老、柬的合理要求，也应该满足越南民主共和国在越南的合理要求，这样双方军事会谈更易达成协议。"

孟戴斯－弗朗斯："我无长篇大论的意见。有些意见我们相当一样，再说一次，如果可能帮助越南两国政府合作是很好的事，法国政府很愿意利用它的影响便利它们的合作。可是也不是没有困难的，刚才说过多年战争，长期分裂，心理上政治上很难接近。可是需要按照这一要求得出一些结果，最好具体地提出在什么基础上来实现停火，军队集结等问题。您知道军事专家谈判仍在进行，虽无困难，也未使会议有明确化，如果能够确切知道，在什么基础上可能达成协议，我们就容易对越南起影响。现在法、越会谈无大进展。昨天范文同先生和萧维尔先生也有接触，现在一切集中在军事问题方面，但是进步不大。今天晚上我回巴黎后要和埃利将军见面。我一定和他讨论这个问题，以便对此间军事代表发出指示，推进工作。但是假如越盟也有同样指示，就很好了，容易达成协议。总理是否可以和我们一样，利用你们对越盟的影响，帮我们这样做。只有军事专家的讨论有进展，他们有了协议，有了基础以后，外交就好进行了。

"还有一点，要根据越盟 5 月 25 日所提出的建议，成立两大集结区，那就只有军事专家才能提供我们外交讨论的基础。"

周恩来："为了避免误会，我想作一点解释：我说越南双方应该进行'接触'而不是说'合作'，因为双方已作战多年，现在自然已谈不到合作。我们希望的是法国影响保大，使越南国能与越南民主共和国接触，以便减少困难，不让外国来破坏。关于部队集结的问题，现在应该进入具体讨论的阶段，在这点上，我与总理先生的意见是相同的，现在的讨论是要把问题具体化。我们知道，越南民主共和国的军事代表也准备要使谈判早日获得成功。

"我很乐意听到孟戴斯－弗朗斯先生说，他回巴黎后将与法国远征军司令埃利进行会谈，并准备给日内瓦法方军事代表团以明确的指示。在双方把大集结区议定后，就使外交谈判有了基础。在这一点上，我也同意总理先生的看法。关于大集结区问题，不知总理先生有无具体的想法，如果没有肯定的意见，现在可不必接触这个问题。"

孟戴斯－弗朗斯："为了避免误会，我也愿意解释一下，我所说的'合作'，只是用'合作'的方法来解决争端。

"我同意周恩来总理的说法，我们希望军事代表的谈判能够迅速进入具体化阶段，并希望越盟方面的代表也能得到明确的指示。大集结区的制定，可以作为外交讨论的基础，看来大集结区问题是可以迅速解决的。至于大集结区具体化问题，我现在还不能表示什么意见。因为目前军事家的谈判还不太清楚，他们准备划定一条从西到东的横线。越盟方面所要求的划线，比实际情况过于朝南，但是我方了解实际情况的专家已经注意到越盟方面于5月25日所提的各点。我们想来，得出提供外交讨论的结果是可能的。还有一个论据近日正在谈判关于监察的具体办法。我们认为，如果具体地知道监察的对象是什么，那么，监察问题就容易解决。因此，我们应该迅速推进关于集结问题的谈判，这就便利了监察问题的讨论。"

周恩来："很对，我们应该首先解决集结地区问题。我已注意到总理先生所谈问题的性质。我们相信，双方军事代表讨论的具体化以后，监察问题就容易解决。我曾就这一问题同艾登先生交换意见，他也同意这样的看法。

"我们现在的努力是要使双方早日达成协议。在三周之内获得结果，使交战双方都能获得光荣的和平，满足法越双方及世界人民的愿望，外长们也可早日回日内瓦。"

孟戴斯－弗朗斯："三周应该是最大的限度，在此期内，当双方军事代表取得协议之后，应即与其他代表进行联系，以便留出几天的时间，好让外长们回来。"

周恩来："愈早愈好。我走之后，我们的外交部副部长李克农先生将在此负责，希望萧维尔先生与李先生保持联系。

"很高兴能与总理先生会晤，并感谢你愿分出时间到伯尔尼。"

孟戴斯－弗朗斯："这是为了我们共同的和平事业。"

周恩来："孟戴斯－弗朗斯先生在国会里说，一切为了和平与友好，这点我们完全赞成。"

孟戴斯－弗朗斯："这是我们第一次接触，希望以后还再有接触。我对这次接触感到很高兴。愿在此表示感谢。我自己虽因新阁刚组成，工作较多，但是我很愿意来此与您会晤。

"现在有个具体问题，就是如何答复记者的追问，不知您有何意见？"

周恩来："可请总理先生提出建议。"

孟戴斯－弗朗斯："我同意萧维尔先生所建议的这样一个公报草案：'我们就有关印度支那和平问题进行了自由的交谈，而不是讨论，这次交谈的结果，使我们能够期待日内瓦会议获得进展'，除此之外，似乎不能说得太多。"

周恩来："不多说的好。"

孟戴斯－弗朗斯："希望李克农先生和萧维尔先生多多联系。"

周恩来："我愿在此表示一个愿望，在三周之内，如果孟戴斯－弗朗斯先生来日内瓦，或在其他的机会，希望能与越南民主共和国代表团团长范文同先生进行接触。我想这样的直接接触是有好处的。"

孟戴斯－弗朗斯："昨天萧维尔先生与范文同先生会面，他已告诉范文同先生我愿和范文同先生会晤。但现在还不知道什么时候实现，也许要看会议的进展情况而定。我认为这样的会晤是很重要的，我希望这样的会晤能实现。"

周恩来："我要把总理先生的意见转告范文同先生。我们希望越南民主共和国与法国在和平的基础上友好起来。"

孟戴斯－弗朗斯："这也是我们的愿望。周恩来先生已是老的和有经验的总理兼外长，我是新的没有经验的总理兼外长，所以许多事情都忙不过来，但是我愿尽力使得法国、中国和越南之间的友好关系建立起来。"

这是一次重要的会见和会谈，持续了几个小时，它对印度支那问题的和平解决和达成协议，起了催生助产的作用，还给这两位总理兼外长彼此留下深深的印象。会谈后，孟戴斯－弗朗斯对萧维尔等说："周恩来是我见过的最聪明的人之一。他有世界政治家的气质，有令人羡慕的最敏捷、机灵的头脑。"周恩来也十分欣赏孟戴斯－弗朗斯，他对李克农等说："他非常熟悉政治，是一个可以与之深交的人。"

孟戴斯－弗朗斯，1907 年生于一个犹太人富商的家庭。毕业于巴黎大学法学院和政治学院，获法学博士学位。以后在巴黎法院任律师，并参加法国激进社会党。1932—1940 年当选法国国民议会的议员。第二次世界大战期间，他积极参加反对德国希特勒法西斯的运动，在英国伦敦参加了戴高乐"自由法国"的空军，与德军作战。1944 年在戴高乐的临时内阁中任经济部部长。1946—1958 年再次担任法国国民议会议员，国际货币基金组织的总裁。1954 年 6 月出任法国总理兼外交部部长。1955 年 2 月辞职。1959 年因反对戴高乐的宪法，被开除出激进社会党，参加了独立社会党，后该党与其他社会党合并为统一社会党，他是领导人之一。曾荣获荣誉勋位三级勋章和战争勋章。1958 年曾来中国访问，周恩来与他再次会面，畅叙过去的友情。

周恩来同孟戴斯－弗朗斯会谈后，他没有再到中国驻瑞士使馆去用冯铉公使早为他准备好的晚餐，也没有欣赏伯尔尼美妙的夜景，与他上次来伯尔尼一样，在市区一穿而过，迅速返回日内瓦，并立即将与孟戴斯－弗朗斯谈话的详情通报给苏联、越南代表团，希望范文同主动约见孟戴斯－弗朗斯。周恩来说，此人态度友好，很有可能在他手中解决印度支那问题，我们应该争取他、支持他。

中法双方发表公报

当夜，中法双方发表了公报：

> 周总理会见法总理孟戴斯－弗朗斯谈印度支那问题（1954
> 年6月22日）
>
> 中华人民共和国总理周恩来和法国总理孟戴斯－弗朗斯在
> 6月23日下午3时在伯尔尼法国大使馆会晤。周恩来总理和
> 孟戴斯－弗朗斯总理就有关恢复印度支那和平问题进行了自由
> 的交谈。谈话的结果使他们能够期望日内瓦会议获得进展。
>
> 参加会谈者，法国方面还有萧维尔、鲁克斯、吉埃玛等；
> 中国方面还有李克农、冯铉、宦乡等。

日内瓦和外国的通讯社、报纸纷纷报道和评论，也有许多记者
前来中国和法国的代表团探询和采访。

6月24日，周恩来应印度总理尼赫鲁的邀请，离开日内瓦赴
新德里对印度进行友好访问。

中国代表团团员、副外长李克农，秘书长王炳南和顾问们，越
南副总理范文同，苏联副外长库兹涅佐夫等到机场送行，临行时在
机场发表简短声明，表示中华人民共和国代表团愿继续为促成印度
支那和平的恢复而努力。

我国代表团由外交部副部长李克农率领，继续日内瓦会议的工
作。代表团成员张闻天因兼任中国驻苏联大使，回莫斯科料理馆
务，王稼祥兼任中共中央联络部部长，回国处理一些事务去了。乔
冠华随周恩来出访。

答《印度教徒报》记者问

在周恩来离日内瓦访印前夕，他还答《印度教徒报》记者雪尔凡伽所提出的问题：

问："周总理对于日内瓦会议取得的进展是否满意？认为阻挠会议完全成功的主要障碍是什么？对于日内瓦会议的前途有什么看法？"

答："8 周以来的日内瓦会议是取得了一些进展的。但是在朝鲜问题的讨论中，主要是美国代表团拒绝考虑一切合理的建议，甚至在最后一天，对于中国代表团所提出的要求与会各国表示继续努力获致和平解决朝鲜问题协议的共同愿望的建议，也都加以拒绝。这就使关于朝鲜问题的讨论没有达成任何协议。虽然如此，朝鲜问题并没有从日程上抹掉。朝鲜人民要求和平统一、民族独立和民主自由的愿望是必须予以满足的。在印度支那的问题上，会议的进展是迟缓的。但是会议所达成的两项协议已经替恢复印度支那和平问题的解决开辟了道路。我们希望在最近三周内，印度支那交战的双方应该真诚协商，以求在各方面都能接受的公平合理的条件的基础上，达成光荣的停战协议，而与会的其他各国的责任，应该是推动和支持，而不是阻挠和破坏双方停战协议的达成。同时，我们对于会内、会外某种势力企图使印度支那战争国际化的阴谋，不能不提高警惕，而这种阴谋正是科伦坡会议所反对的。"

问："是不是可以说亚洲各国人民都有某些共同的主要问题？周总理认为亚洲各国人民如何能相互帮助来解决这些问题？"

答："把亚洲国家分裂成为互相敌对的军事集团的侵略政策正日益威胁着亚洲各国的和平和安全。这是亚洲各国人民当前面对着的主要问题。我们认为，为了保障亚洲的和平，为了维护亚洲各国人民的民族独立和自主权利，亚洲国家彼此之间应该进行协商，以互相承担相应义务的方法，共同努力，来维护亚洲的和平和安全。"

问："中国政府是否认为中印两国伟大邻邦之间的关系正在满意地发展？周总理是否能建议一些新的方法使两国的关系得以进一步的发展，两国之间的共同合作得以有利于世界的和平和福祉？"

答："中国人民很高兴有印度这样致力于和平的邻邦。最近中印两国基于互相尊重领土主权、互不侵犯、互不干涉内政、平等互惠、和平共处的原则，经过充分的协商而签订了关于中国西藏地方和印度之间的通商和交通协定。这个协定不仅加强了中印两个伟大国家之间的关系，还给亚洲各国之间的合作提供了良好的范例。我们深信，在这样新的基础上，中印两国在国际事务中的合作必将进一步发展，中印两国人民间的友谊也将日益加深。这对于巩固亚洲及全世界的和平有着重大的意义。"

问："请周总理谈一下你对甘地的生活和工作的看法。"

答："中国人民对于甘地为争取民族独立的长期奋斗生活是表示敬意的，这种奋斗生活在印度人民中有着深刻的影响。"

周恩来一行，于6月25日抵达新德里，受到尼赫鲁总理的热烈欢迎。

周恩来先后拜会了印度总统普拉沙德、副总统拉德哈克里希男、总理尼赫鲁，并与尼赫鲁举行多次会谈，普拉沙德、尼赫鲁分别举行招待会和宴会招待周恩来。周恩来还出席了欢迎他的群众大会，举行了记者招待会，并发表联合声明。中国驻印度特命全权大使袁仲贤将军和顾问乔冠华参加了上述活动。在会议中，除谈了国际形势、中印关系、和平共处五项原则之外，着重谈了日内瓦会议。周恩来详细介绍了日内瓦会议的情况。周恩来和尼赫鲁认真地讨论了东南亚的和平前途和日内瓦会议中关于印度支那问题已经取得的进展。双方一致表示，印度支那的情况对于亚洲及世界和平至关重要，两国总理都希望印度支那问题能和平解决。为了让全世界知道中印两国的立场，在《中印两国总理联合声明》中明确写道："两国总理切望在日内瓦正在做的努力应该成功。他们满意地注意到，在日内瓦关于停战的谈判曾经获得一些进展。他们热诚地希望这些努力在最近的将来将能成功，并获致该地区各项问题的政治解决。"

6月28日，周恩来应缅甸总理吴努的邀请，从新德里到达仰光，对缅甸进行友好访问。

周恩来一行在机场上受到吴努的热烈欢迎。周恩来在机场上发表简短的声明，乔冠华陪同访问。当晚缅甸总统巴宇设宴招待中国总理。6月28日，周恩来同吴努举行会谈，在会谈中周恩来着重介绍了日内瓦会议的情况和印度总理会谈的要点、中印两国对日内瓦会议的立场。随后，双方就印度支那问题、和平共处五项原则、中缅两国关系交换了看法和意见。会谈以后发表了《中缅两国总理联合声明》。在声明中强调了"两国总理重申他们的立场，他们将竭力促进全世界的、特别是在东南亚的和平，他们希望正在日内瓦讨论的恢复印度支那和平的问题将得到满意的解决"。

6月29日，周恩来结束对印度、缅甸的访问，从仰光回国，于30日飞至广州。

周恩来这次印缅之行，虽然访问的时间很短，但成效很大，别的暂且不说，单就日内瓦会议来说，与两国交换了情况，沟通了思想，使印度和缅甸进一步支持印度支那问题的和平解决，并推动了日内瓦会议。

中越会谈确定日内瓦谈判方案

周恩来在广州稍事停留，于 7 月 2 日到达广西柳州，准备与胡志明举行会谈。

7 月 3 日至 5 日，周恩来与胡志明就印度支那问题举行会谈，中国方面参加的有：中国派往越南军事顾问韦国清，出席日内瓦会议代表团顾问乔冠华；越南方面参加的有：越南人民军总司令武元甲，驻中国大使、出席日内瓦会议代表团成员黄文欢。

首先由武元甲报告印度支那军事形势，韦国清作了补充报告。周恩来报告日内瓦会议情况及苏中越三国代表团的建议，然后就印度支那战争、和平、撤军问题进行详细的讨论，反复研究，最后由胡志明作结论。大家对日内瓦会议谈判指导思想和具体方案取得了一致意见。越南劳动党中央以"七·五文件"的形式发给了在日内瓦的范文同，要其执行。文件明确规定：谈判的指导思想是：应采取积极推动的方针，不应消极等待，并应主动地提出我方方案。具体谈判方案是：在越南仍争取以十六度线停战，但考虑到十六度线以北的九号公路是老挝出海必经之地，对方可能不会让步，因此可在十六度线的基础上再作若干小调整；在老挝争取把靠近中国和越南的桑怒和丰沙里两省划为抗战力量的集结区；在柬埔寨只能争取政治解决。

会谈结束后，为了应付外界的猜测和表明中越的立场，增强谈判地位，发表了《关于中越会谈的公报》：

中华人民共和国总理周恩来和越南民主共和国主席胡志明，于 1954 年 7 月 3 日至 5 日在中越边境举行会谈，周恩来总理和胡志明主席就日内瓦会议关于恢复印度支那和平问题及其他有关问题，充分地交换了意见。参加会谈的还有越南民主共和国驻中华人民共和国大使黄文欢和出席日内瓦会议的中华人民共和国代表团顾问乔冠华。

7月6日，周恩来返抵北京。

他立即向中共中央政治局汇报日内瓦会议、访问印度、缅甸、中越会谈的情况及对日内瓦会议下一步的战略方针和谈判方案。经过讨论，政治局一致同意周恩来的意见，并授权他相机处理有关问题。

7月8日，周恩来在中国人民政治协商会议常务委员会第五十七次扩大会议上作关于出席日内瓦会议以及访问印度、缅甸和举行中越会谈的报告。会议一致赞扬周恩来卓有成效的外交活动。

同日，周恩来接见英国驻华代办杜维廉，杜向周呈交了由艾登签署的代办委任书，双方进行了友好的交谈。周恩来介绍了他访问印、缅和中越会谈的简要情况，并告诉杜维廉他即将返回日内瓦，希望艾登外相也能早日返回日内瓦，中英两国应努力推动恢复印度支那和平问题达成协议。

周恩来在国内处理了一些急待他亲自处理的重大的内政、外交事务之后，于7月9日离京飞往莫斯科。他在莫斯科同马林科夫等苏联领导人进行会谈，周恩来向其通报了访问印度、缅甸、中越会谈以及中央政治局关于日内瓦会议今后谈判的方针政策和具体方案。马林科夫等完全同意周恩来的意见，并愿给予全力支持和配合，苏联已让莫洛托夫提前返回日内瓦，以影响美英法等国，力争就恢复印度支那和平达成协议。

7月12日，周恩来抵达日内瓦。

周恩来马不停蹄，立即召集代表团团员和顾问们开会，介绍了访问印度、缅甸、中越会谈、中央政治局会议、同马林科夫会谈情况和党中央、毛泽东的指示，又听取了李克农关于在他离开日内瓦以后这段时间的会议进展和外交活动情况。

李克农汇报会谈情况

李克农习惯地抹抹嘴上的短须，咳嗽两声，清清喉咙说：我分几个问题，向总理和各位同志汇报日内瓦会议情况和中国代表团的活动：

（一）日内瓦会议本身

6月22日、25日、29日、7月2日、6日、9日继续举行印度支那问题限制性会议。会议主要讨论中立国监察委员会的成员、职权范围与联合委员会的关系问题，内部表决程序问题、中立国监察委员会向双方的建议是否具有强制性的问题；关于老挝和柬埔寨的停战监察问题；老挝、柬埔寨停战后运入军队和武器等问题。中国代表团在会上发了几次言，支持苏联代表团6月14日提出的关于联合委员会、中立国监察委员会和国际保证问题12点建议，和6月16日关于中立国监察委员会的成员问题的新建议，还就老挝、柬埔寨停战后进入军队和武器问题发表了自己的意见，得到苏联代表团和越南代表团的支持。经过这几次会议，有些问题已基本上取得一致，如法国代表团表示并无必要使联合委员会隶属于中立国委员会。有些问题比较接近，有些问题缩小了距离，有些问题还有分歧。美国和保大仍持反对态度，力图阻止达成协议，遭到中越苏三国代表的批驳，更重要的是向全世界表明日内瓦会议还在继续进行之中。

（二）关于双方军事代表的谈判

寮国人民解放军、越南人民军代表和法国、老挝王国的军队代表于 6 月 24 日、25 日在日内瓦会晤，并就会晤的程序问题达成协议。现在正在讨论会晤的议事日程。据说气氛良好。

7 月 4 日，以文进勇少将为首席代表的越南人民军总司令部代表团和兰努约上校率领的法国远征军总司令部代表团在越南太原城以南 30 公里的中䅉开始谈判，并发表了联合公报。公报说："越南人民军总司令部代表团和印度支那法兰西联邦部队总司令部代表团之间的当地军事会议，在 1954 年 7 月 4 日越南民主共和国标准时间上午 8 时，西贡标准时间上午 9 时在第三号公路上的中䅉开幕。开幕会议在良好的气氛中进行。双方代表团的首席代表在他们的开幕发言中表明了两国人民谋求和平的愿望以及他们要求军事会议取得良好结果的殷切期望。"

7 月 4 日，双方代表团就会议的任务、权限、议程、工作原则和工作方法达成了协议。

以后的会议将讨论具体的问题。

当天下午 2 时举行第二次会议，经过一番讨论，就会议的任务、内容达成了协议：

1. 当地军事会议将就和日内瓦会议提出的一切军事问题有关的问题进行讨论和提出建议。

2. 会议将讨论并决定实现日内瓦会议就军事问题达成的协议的措施。

3. 会议也将讨论当地具体情况所引起的军事问题。

在议程方面，双方代表团同意讨论下列问题：

1. 在日内瓦会议一致协议的条款范围内的战俘问题。

2. 实现停火的问题。

3. 调整重新集结地区问题。

4. 联合委员会的问题。

5. 日内瓦军事会议所提出而当地军事会议认为有必要提出的

问题。

7月5日下午，举行第三次会议，讨论移交病伤战俘问题。双方代表团已经就移交战俘的原则和方式取得协议。第一批战俘将在1954年7月14日移交。

7月6日，继续举行会议，讨论改善战俘的生活条件问题，双方同意委托一个联合小组委员会负责研究这一问题，然后向会议提出报告。

7月9日，继续举行会议，负责研究改善战俘生活条件问题的小组委员会从7月7日上午开始工作，于7月8日下午完成。双方代表就有关这个问题的许多基本之点达成了协议。上述小组继续讨论运送信件和药品问题。双方军事代表团会议进入实现停火问题的讨论。

7月10日，双方代表团先后举行两次秘密会议和一次公开会议，达成关于战俘问题的4点协议：1. 双方将连续地分批移交病伤战俘，并移交重病重伤战俘。2. 各方将对自己管辖下的战俘实行和自己军队的士兵平等的食物、服装和住屋供应制度。3. 双方保证禁止一切能够成为对战俘肉体损害或精神侮辱的措施，在军事活动中不得使用战俘；也禁止向战俘抽血以供输血之用。4. 双方将获得运送药品给战俘的一切便利；创造必要的条件以便让各方的战俘可以在规定的时间内写信给他们的家属并收受家属的信件、礼物和包裹；双方将采取措施，以便使第一批邮件在1954年7月31日以前到达战俘营。双方保证充分地履行已经达成协议的各点。

总之，军事谈判有所进展。

（三）代表团的外交活动

这段时间我们同越南代表团范文同等和苏联代表团库兹涅佐夫等经常保持联系，几乎每天在一起，不是开会，便是个别交谈，互通情况，商量对策。

法国代表团萧维尔曾宴请我们一次，我同炳南、家康、宦乡出席了。法方作陪的有奥佛瓦（驻泰国大使）、谢松（代表团秘书长）、杜尔奈（外交部政务司司长）、吉勒马兹（顾问）等。席间萧维尔、谢松讲道：萧维尔接到孟戴斯－弗朗斯一封私人信，信中说，希望迅速解决印度支那问题，但是要有耐心。萧维尔还说，他们和越盟正在讨论海防问题，为了把法越部队从北部运往南部，我们需要在一定时间内控制海防。谢松说得比较多，也说了一些内情，对美国不满。他说："如果在 7 月底不能解决印度支那问题，孟戴斯－弗朗斯政府就很危险，那就不知道法国将会发生什么事。目前有些外来势力压迫法国政府改变政策，但孟戴斯－弗朗斯是一个有坚强意志的人，他愿意自己负责解决印度支那问题，他所采取的措施想来你们都已知道了。如果这些措施不能获得效果，外来的势力就可能把他搞垮。法国内部也有力量要使法国跟着外面的力量走，这些力量企图团结起来，压迫法国政府走法国政府和孟戴斯－弗朗斯所不愿走的道路。果如此则越南战争可能无限期地延长，这是法国人所不愿看到的，那么在欧洲军问题上也将发生同样的危险，法国的武装将不可避免。现在孟戴斯－弗朗斯把欧洲军放在第三位，他不愿受到外来的压力，美国是知道他的政策的。但是如果孟戴斯－弗朗斯政府不能支持下去，英国人是否能支持下去就成问题。"他还说："法国在目前不是一个强国，既比不上苏联和美国，在几年内也可能比不上中国。但现在法国所处的地位就像在天平的中心，法国希望继续站在中国一边，这对欧洲和亚洲都是有利的，但是如果孟戴斯－弗朗斯被迫下台，是不是'天平'就要歪了，整个世界政治力量的均衡也就会有变化。如果这样的话，其结果是不堪设想的，作为一个法国人我憎恨看见这样的结果。"

周恩来插话说："谢松的话反映了法国人民和法国新政府的心理状态，说明孟戴斯－弗朗斯是要解决印度支那问题的。对他我们应该努力争取，给他一定的资本去对抗美国。"

李克农又汇报说：按照礼尚往来和多做工作的原则，我同闻天同志于7月8日在我们代表团别墅回请了法国代表团。萧维尔、奥佛瓦、吉勒马兹、谢松、利加洛夫（翻译）出席了，我方炳南、家康、宦乡出席作陪。席间主要谈老、柬不要设立外国军事基地，不要运入大量的武器问题。萧维尔表示同意老、柬不要运入大量武器，老、柬保留的武装，只能保障自身的安全，不会对任何国家构成威胁。萧维尔还说，他曾数次从美国方面得到保证，美国并无在两国建立军事基地的意图。我想如果想使这种保证正式化，我们不会有多大困难。此外，萧维尔曾多次问总理什么时候回日内瓦。

在7月8日，我和闻天与苏方莫洛托夫、库兹涅佐夫等、越方范文同就贯彻越南劳动中央"七·五文件"举行了会谈。在这个会议上，莫洛托夫问我对越劳中央指示有何补充，我说中共中央同意越劳中央的意见，没有别的什么意见。莫洛托夫说，此次莫斯科决定要我及早返回日内瓦，以便推进会议的工作。作此决定时，考虑到美国对法国施加的压力，以及孟戴斯－弗朗斯的诺言，莫斯科决定将此次的行动事先经驻法、英大使分别通知孟戴斯－弗朗斯和艾登。莫洛托夫还说，我们应该积极主动地推进会议工作。越劳指示中也从各方面强调指出了这一原则。因此我们应根据各项指示精神把各项问题按次序讨论一下。

在讨论到关于越南军事问题时，莫洛托夫说，现在要讨论一下采取什么方式向对方提出我们的新方案。我们可以主动建议9日举行军事会议，在会议上我方代表应有准备地向对方提出询问，即法方是否寻求双方立场的接近，如他们表示愿意研究，则我们应争取主动提出新方案。

范文同说法国代表团曾提出它可让出十四、十五度线之间的某些地方，但要换取海防地区。莫洛托夫和闻天同志均认为这一方案与越劳中央指示不相符合，同时对我们也不利，不能从这一方面来考虑。我们要按照中共中央和越劳中央指示办事。

在讨论到政治问题时，莫洛托夫说，他对建议再开一次外长会议来讨论在越南进行选举的日期问题不太清楚，并认为目前考虑这一问题尚不成熟。闻天同志认为今天可以不必来考虑这一问题。

在讨论寮国问题时，莫洛托夫首先问及谈判情况，范文同和我作了介绍。莫洛托夫同意我建议的办法，即虽然越南问题是重要的，但亦不放松寮国问题的谈判，并应主动向法方提出，问他们对我方提出的方案有什么意见，他们是否有自己的新方案，如有则我们准备研究。莫洛托夫认为可以采取这种办法，并应积极主动，不能等越南问题有了结果再来谈寮国问题。拖延寮国的谈判，会对越南问题的谈判有影响，两者分开就会彼此障碍。

在讨论到柬埔寨问题时，莫洛托夫问是否亦应加速这一工作以及如何加速。经过讨论后，大家一致认为应该同越南一样加速工作。

莫洛托夫还问及军事委员会准备报告的情况及是否能按时提出，并希望抓紧。

当莫洛托夫问到明天的会议时，库兹涅佐夫说，他看到了李克农的讲话稿，没有什么意见，并认为在明天会议的简短发言，对萧维尔及老、柬的代表在会议上提出的问题给以答复，这是对的。

7月10日下午3时，中苏越三方再次会谈。

莫洛托夫首先介绍了9日同萧维尔谈话的情况。他说，这次谈话没有新东西，所谈的只不过是前天告诉我的一些事情。不过萧维尔强调他与范文同同志会谈的时候，似乎一切都不错。可是一到军事代表的谈判时要价就高了，比如几乎要寮国的一半。关于越南问题萧维尔说没什么进展，应该进行，不过要求也不是太高。此外有一件有趣的事情，萧提议由法军事代表把情况告诉苏军事代表。我同意了这一点，今天我们军事代表将与法军事代表会晤。

通过这次谈话看出，在中越问题上即十八度与十三度的问题上，双方的立场有很大的距离，他对九号公路兴趣较大。他说法同中越的利害关系不大，有利害关系的只是保大。他说法对士伦的关系也不大。

莫洛托夫说，今晚9时孟戴斯－弗朗斯到我这里来进晚餐，很难估计这次会谈有什么新的情况，我争取了解他的立场。

萧维尔还问及周恩来同志何时回来，我说在下星期一或星期二。

范文同说，他将同孟戴斯－弗朗斯会见，现将我准备与孟谈的几个问题提出来，请大家提出意见。

（一）对临时分界线的问题，根据目前情况有必要加上"临时"二字。

（二）军队的集结问题，特别是集结地点。

（三）普选问题，日期、召开双方政府代表的协商会议的日期问题。

（四）撤军的各项原则。

（五）同法国的关系，统一前的临时关系和统一后的关系。

（六）停战问题。

莫洛托夫听后说，这只是关系越南的啊！

范文同说，是的。关于老、柬的问题可以在越南问题有了结果之后再来谈，如果能在越南的主要问题上取得协议，我认为在老、柬问题上达成协议是不太困难的。

莫洛托夫说，应想法在目前仍有争议的问题上取得协议。

范文同说，最困难的问题就是军事分界线的问题，我准备提出十四、十五度的理由，如果十六度线则我有损失。

莫洛托夫问我有什么意见。

我说，我觉得这样有些泛，不能解决问题。范同志，你是否原来就准备这样广泛地来谈的吗？

范文同说，我可以具体地谈，不过这次不便谈得太具体。

莫洛托夫说，我了解李克农同志的意见，是这样的，即重要的不是对我们应该说什么，而是要向孟戴斯提什么问题。

范文同说，这要看对方，要看大家的提议，要看您（指莫洛托夫）与孟戴斯的会谈能解决哪些主要问题。

莫洛托夫说，我认为主要是越南中部的问题。

闻天同志说，在第一次见面中，不要希望解决许多问题，主要是试探一下他们的立场，即一些带争论的问题，我们要把气氛搞好；另一方面要试探对方的立场，看他们有什么意见。至于一般原则和大道理过去谈得很多了，这次可以少谈。方才莫洛托夫同志提出中越问题，这很对。现在是想办法推动的问题，不是再讲大道理。

我接着说，萧维尔对我也提出了寮国问题，估计孟也可能向范同志提出这一问题，因此也要做准备。

莫洛托夫说，关于老、柬的问题可以提得短一些，只作为协议的基础，以便尽快取得协议。闻天同志又说，只搞几条就可以了。

莫洛托夫说，要有准备与弗朗斯谈，这是对的，我已说过，重要的是中越问题，要争取使法方具体地说明他们的立场。

范文同说，我认为法国人现在自己也不清楚应该怎样办，我们应该提出一个方案，我们要利用一切机会。

莫洛托夫说，法国报纸最近经常报道，法国让三角洲，但不给海防。

我说，是，这种消息非常多。萧维尔说这种消息都是胡说，他这样一讲，反而使我们警惕了。我们如果过于强调法国内部困难，就会麻痹自己。

莫洛托夫最后问及越南情况及保大内阁的状况，范文同做了介绍。莫洛托夫说是否会有这种情况发生，即我们自己与法国谈好，可是保大内阁中的亲美分子反对。范文同说，这是完全有可能的，但规模太小，要看美国对他们的支持程度。

从这两次谈话和平时接触中，我感觉到越南代表团可能对越劳中央的"七·五文件"没有完全领会，下不了决心放弃十六度线以南的越盟的控制地区来换取红河三角洲的法方控制区，迟迟不向法方提出新的建议。因此谈判进展不大。

周恩来问张闻天，你有什么补充和看法？

张闻天文绉绉，但却颇有哲理地说："我完全同意克农同志刚才汇报的情况和看法。我认为越南代表团迟迟没有按照越劳'七·五文件'精神向法提出新建议，推动会议前进。一方面是对'七·五文件'精神没有吃透，领会不够；另一方面有的人在思想中还存在对自己的力量估计过高，特别是对奠边府的胜利估计过高，认为越盟已取得了决定性胜利，法军很难再打下去了，所以不肯作适当的让步，总想法国多让些，同时还有'印支联邦'的思想，又不善于区别人民革命与民族解放斗争是两种不同的性质。越南人民武装力量较强，又有劳动党的领导，胡志明的威信比较高，因而较好地体现了人民革命与民族解放两重性的结合，在老挝和柬埔寨抗战力量很弱，抗战政府影响很小，王国政府还得民心，这两国人民要求的是民族独立和解放，而不是人民革命，革命在这两个国家目前条件还不成熟。'革命是不能输出的'，靠越盟这个外在的力量来进行人民革命斗争是不行的，只有靠本国人民的自觉自愿起来革命，赶走法国帝国主义和推翻王国政府，革命才能成功。所以我建议总理要好好做越南代表团的工作，深入地谈谈，弄通他们的思想，就能推动谈判前进。"

周恩来习惯地喝了一口他喜欢的龙井茶，慢条斯理地说："我仔细听了克农的汇报和闻天的发言，我认为我们代表团在我离开日内瓦期间做了大量的工作，也很有成效。在工作中也是始终按照中央的指示和政策进行的，说明我们的这个代表团是能战斗的、经得起考验的，我代表党中央感谢诸位包括所有的工作人员在内的辛勤劳动。"

力争在印支问题上达成协议

周恩来听完李克农的汇报后指出，现在，我们代表团的任务是力争在恢复印度支那问题上达成协议，这是党中央的要求，是毛泽东主席的要求，也是全中国人民和世界人民的要求。我们要奋力工作，不辱使命。

那么，有无可能实现这个要求呢？回答是有的。理由是：

（一）中越苏三党中央一致意见是要力争在印支问题上达成协议。我们党中央的态度是明确的，这次我同胡志明同志会谈，反复进行研究，胡志明同志和越劳中央认为和对越南有利，所以形成了一个"七·五文件"，要越南代表团执行。苏联共产党中央也赞成印支达成和平为好，对社会主义阵营有利，所以要莫洛托夫同志提前回到日内瓦，并推动英、法外长返回日内瓦。我路过莫斯科时又同马林科夫同志进行会谈，他很赞成中越两党的意见，要争取和平解决印度支那问题，并要我向莫洛托夫转达他和苏共中央的意见。

（二）法国主和派孟戴斯－弗朗斯组阁时曾许诺"四周内若实现不了和平便辞职"，他把新内阁的命运和印支和平连在一起了。他不实现印支和平内阁就要垮台，他的总理就当不成了，所以他是积极推进日内瓦会议，力争达成协议的。我同他进行过几小时的会谈，觉得这个人比较坦率，是可以交的朋友，我相信在他的手里能实现印支和平。

（三）英国也需要印支和平。英国的殖民势力与印支毗邻，它既怕共产主义浪潮冲击它在亚洲的殖民体系，又怕美国势力大规模介入危及它的殖民利益，还怕印支战争扩大，自己被再度卷入与中国的战争。同时印度、缅甸、印尼等南亚国家同英国关系比较密切，都希望印支和平，南亚安定。艾登这个人聪明，有外交经验，善于周旋，我同他接触感觉到他是想促成印支和平的。当然他有两面性，例如他帮助美国破坏了关于朝鲜问题的会议，但在比利时提议通过我方最后建议时又表现动摇；他同意同我互派代办级外交关系，但又不愿在联合国支持我合法席位。

（四）美国在印度支那问题上比较孤立，英法从自身的利益出发，不愿听从美国的话。刚才克农讲的，谢松说的话就是一个证明。据可靠的情报，昨天杜勒斯给孟戴斯－弗朗斯写信说，"美国从4月初起就寻求与法国政府和英国政府的密切合作，以图采取一个强硬的共同立场，然而事实却证明是不可能的"。老挝、柬埔寨王国的代表团原先受美帝国主义和法国主战派的蒙蔽跟着它们跑，经我们做了工作之后，他们发觉上当了，现在也在摆脱美国的控制，向我们靠拢。目前只有一个越南保大，跟着美国跑。

周恩来端起一杯龙井茶。又轻轻地抿了一口，继续说，当然也有不利的条件：

首先是美国的破坏，美国从会议一开始就不同意在承认胡志明政府的情况下在印度支那停战，不愿意看到新中国参加日内瓦会议取得任何结果，提高中国的国际地位、成为世界五大国之一。它要推行"遏制共产主义的全球战略"，要扩大印度支那战争，把印支三国和南亚各国都纳入到它的全球战略之中。现在美国对法国施加强大的压力，力图阻止孟戴斯－弗朗斯在印支问题上让步，13日杜勒斯要到巴黎同孟戴斯－弗朗斯、艾登会谈，其目的就是阻挠和破坏日内瓦会议。

周恩来讲到这里突然提高声调，严肃地说，我们要揭露它、要抢在杜勒斯之前，同孟戴斯－弗朗斯会谈，提出新方案，给孟戴斯－弗朗斯一点资本，让他去抵抗美国。总之一定要使美国的破坏彻底失败，不能再出现朝鲜问题那样的结局。

全场同志不禁拍手称好。

第二，周恩来又继续说，法国的主战派拉尼埃、皮杜尔也在积极活动，他们以反对派的面目出现，攻击孟戴斯－弗朗斯将由于印度支那停战而破坏法国与美国的关系。他们的目的是拖过孟戴斯－弗朗斯许诺的四周期限，迫使新政府辞职，他们再重新上台，这样印支和谈就将宣告失败，亚洲战争便扩大。

第三，法越双方还存在许多分歧，特别在划线问题上分歧很大。法国主张在十八度线上，越劳中央主张在十六度线上，而越南代表团仍停留在十四、十五度线上。要缩小差距，取得协议，必须双方作出让步，甚至比较大的让步，这需要做双方的工作。

所以问题和困难不少。但是只要我们坚定不移地贯彻执行三党中央一致的意见和政策，积极、主动而又慎重地去工作、去奋斗，我想形势很好，困难不少，前途光明，一定能够争取达成协议，实现印度支那的和平。

所有到会的同志，对周恩来既看到有利的条件又指出困难所在而前途光明的分析都心悦诚服，信心倍增，表示一定要更加努力工作，排除万难，去争取胜利。

当日下午晚些时候，周恩来访晤苏联外交部部长莫洛托夫，通报了他同马林科夫会谈的情况，转达了马林科夫要求苏联代表团积极、主动开展工作，力争在印支问题上达成协议的指示。并告知他，准备今晚与范文同详谈，希望范打出新方案，给孟戴斯－弗朗斯一点资本，以对抗杜勒斯破坏会议的阴谋。莫洛托夫完全同意和支持周恩来的考虑。

会见范文同再提建议

当日晚9时，周恩来偕同张闻天、李克农、师哲到越南代表团的别墅会见范文同，并进行了会谈。越方参加的还有黄文欢、潘英、陈公祥。

范文同首先通报了他昨晚与孟戴斯－弗朗斯会谈要点：

（一）分界线问题，法方始终坚持北纬十八度为分界线，我方试探提出十六度线，法方不同意。

（二）政治问题，孟戴斯原则上同意举行普选以实现南北统一，但未定出期限，法方认为撤军太早太急促不行。法方完全同意和平、独立、民主、统一的原则，并通过普选组成全国政府以实现统一的办法。

（三）关于法越关系，法方表示同意越方的促进法越关系，认为还可继续讨论。

（四）关于老挝、柬埔寨的问题。孟认为越南是关键性的。如越南不解决，老、柬的问题也就无从解决，如把越的问题解决了，老、柬的问题只需几个钟头就可以解决。看来，他不急于谈老、柬问题。

范文同说："孟戴斯－弗朗斯圆滑老练，使人感到老实可信的样子。"

周恩来说："你这里可能保密条件差，到我住的地方去谈好吗？"

范文同说："好。"

于是双方参加会谈的人，在月夜下乘车，沿着莱蒙湖畔，伴着习习夏风、凉爽而又清新的空气，来到花山别墅。在一间经过保密处置的会议室里坐定，周恩来叫服务员送上茶水，并准备夜宵。

周恩来先简略地介绍了印度、缅甸之行的经过，然后着重谈了柳州会议对印度支那问题的看法和所定的谈判方针。

周恩来说："在柳州会议上先由武元甲报告当地军事情况，韦国清补充，我报告了日内瓦会议情况及苏中越三国代表团的建议，经过讨论后由丁同志（胡志明的化名）做结论。会议注重战争、和平、撤军三者，取得一致看法。

"关于战争。是否可用战争取得全越的问题，大家认为很困难，假定没有美国的干涉，单与法国继续作战，要取得全越至少要三年，但实际上，美国的干涉是终于不能免的。先前朝鲜战争爆发后，我方步步胜利，直逼釜山，当时毛泽东曾向金日成、崔庸健提出应考虑导致美国实行武装干涉的问题，果然不久，美国的武装干涉来了，他们一直逼到鸭绿江，中国出了一百万志愿军，只做到把他们驱逐到三八线就胶着下来。现在越南我军还没有造成直逼釜山的局面。丁同志估计，美国不扩大干涉是暂时的，可能这局面只维持到今年 11 月为止。结论是继续战争并不是有利的。

"关于和平。假如在十六度线附近划分军事分界线，实现停战是对我们有利。首先利于越南民主共和国，这样就可使一大半领土连成一片，比目前的情况要好得多（北越有一千二三百万人，南越只有 900 万人），有首都，有海港，可以发展经济。在政治上比德国、朝鲜处境有利得多。和平后整个形势的发展对我们是会有利的，首先有利于越南民主共和国的巩固和发展，也可以争取法、英、东南亚各国，争取高棉和寮国，分化保大，孤立美国，削弱好战分子力量，巩固和壮大和平的力量。今天我们的国际斗争，要走向建立反对美国主战集团的广泛统一战线。我们一方面加强我们兄弟国家本身，一方面要争取各国离开美国，接近我们。法国尤其是法国的主和派是我们今天争取的主要对象。孟戴斯-弗朗斯政府可以说是今天法国资产阶级的主和派可能建立比较好的政府，我们要争取它。当然在越南经过七八年战争之后，要和原先敌对的国家（法）和敌对的政府（保大）讲统一战线是困难的。建立反美统一战线，对你们正如当年建立抗日统一战线的时候对于我们是同样困难的。1935年长征到瓦窑堡后毛主席就提出要同蒋建立抗日统一战线，党中央多数赞成，少数反对，争论了半年。但西安事变时我们还是放了蒋介石。

"关于撤军。要下决心把自己的军队从解放区撤出来是一件不容易的事。但为了争取全部的胜利，有时不得不牺牲局部的利益，为了长远的利益不得不牺牲眼前的利益。我们也有过这方面的经验。在抗战时，在皖南的新四军，前有日军后有国民党威胁，毛主张撤退到江北，但有的同志认为那里的群众基础好，下不了决心，拖延了4个月，陷于被动，发生了皖南事变，蒙受很大损失。日本投降后，我们有计划地把苏南和东江部队北撤往苏北和山东，留下干部做群众工作，结果保存了易被摧残的部队，集中力量，并适度保存了地方群众工作基础，有利于后来的解放战争。如果对方肯以北京、天津交换，或以东北交换，当时我们也会赞成做更大的撤退，甚至完全撤出苏北。"

吃过夜宵之后，周恩来接着又谈了以下几个问题：

（一）军事分界线问题。周恩来认为，如我方提出在第五联区保留小集结区，则法方会提出在红河三角洲保留小集结区，我方反而处于被动地位。现在干脆以十六度为界，则可以建立一个颇成样子的国家。先把它建设好，等待国际局势的变化。我以十六度划界，对方可能提出不放弃土伦港（岘港）、顺化城和第九号公路作为拒绝。我应准备在下列三个条件下让步：1.让对方继续控制、使用岘港一年；2.让对方继续享有顺化城的一些权利；3.让对方使用第九号公路作为通寮国的交通线。我方可以适当地在谈判中向对方取得一些交换条件。如对方保留对土伦港控制、使用权一年，我可要求保留中部或南部某一地方的控制权、使用权一年。对方要保留海防作为军事运转站装卸货 10 个月，要求对裴朱和发艳两教区在政治上加以照顾，采取较为宽大的措施，我方也可在中部或南部提出同样的要求；对方要求保证对方军队安全撤退的措施，我方也可提出要求对方停止对我交通线的轰炸。胡志明同意以十六度线北的十九号公路划界，我答应为越的步兵师由 6 个师增加为 10 个师，炮兵两个师增建为 4 个师，把机械化部队增建 3 个团的装备，以及保卫首都一个公安师的装备，他已下令执行。

（二）关于政治方面选举问题。胡志明认为最好能争取订出期限，具体规定停火一年以至两年后举行普选，总比不定期为好。但为了避免形成僵局，可以在这次会上达成原则性协议，而在以后另行议定期限。

（三）关于寮国的划界问题和政治问题。丁同志认为如可能就向南多要几个县，否则便只要两个省。老（寮）存在贵族统治状态，没有政党，我方组成人民党，对方必害怕，易造成对立，现在秘密党员约 200 人，最好还是秘密组织起来，作为政治活动的核心，公开方面则由苏发努冯同志凭个人名义、地位和威信活动，争取有人参加政府，没人做省长，先稳定局面，然后逐步发展，组成统一战线的联合政府。争取同越南友好相处，反对美建立军事基地。

（四）关于高棉。越党中央同意日内瓦三国代表团的意见，高棉东北一段越南军队可以撤退，但西南和西面的当地部队、干部从越南南部志愿到高棉参加斗争的人员一部分必须撤退，但不可能全部撤退。对撤退或留下的做适当安排。

周恩来说，柳州、北京、莫斯科所提谈判方针：要主动、积极、迅速进行谈判活动和解决问题；要使问题简单化，避免使谈判复杂化；要以法方为主要对象，提出的条件要考虑对方接受的可能性。中共中央认为对印度支那和平的保证可以扩大，可邀请科伦坡会议参加国参加，甚至可以同意泰、菲等亚洲国家参加。马林科夫也原则上同意。最好由英国、印度提出，我们同意。

（五）建议范文同向孟戴斯－弗朗斯提出以十六度为分界线。周恩来说莫洛托夫同意艾登的建议，暂不召集会议，而多做会外活动，并说孟戴斯－弗朗斯与艾登将于明日（13 日）下午到巴黎会见杜勒斯，最好在孟出发前范文同同志可主动找他会谈，并主动提出一些重要问题的具体意见。周恩来认为主要问题是划界问题，可考虑提出以十六度为分界线，因时日短促，拖延反而不好；其次，关于寮国集结区问题、国际监督成员问题、举行普选以实现越南统一问题，都提出具体意见与孟戴斯谈。周恩来还举例说明孟戴斯－弗朗斯一些言行还一致、诺言还肯兑现的事实，说明可努力争取他，以达成协议。

范文同感谢周恩来的介绍和提出的意见与建议，并欣然表示愿按今天夜里的谈话精神明天与孟戴斯－弗朗斯会谈。

这样周恩来又把日内瓦会议大大推进了一步。

十二、支持英法对抗美国

7月，这个位于欧洲中部内陆的瑞士日内瓦，虽是夏季，但不太热，环绕莱蒙湖的山峰仍然白雪皑皑，气候温和宜人。平静的莱蒙湖，潺潺的罗纳河，像美妙的明珠点缀着日内瓦这个闻名世界的花园城市。夜间，那万紫千红的灯光，照耀着莱蒙湖畔，分外妖娆。住在湖边花山别墅的客人，不，也可以说是临时的主人，他——周恩来在这里已经住了一个多月了。在他送走客人、同志和战友范文同、黄文欢等越南代表团时，已是深夜12点多了。但他仍无一点儿睡意，又精神抖擞地找人谈话，批阅文件、报刊，有时坐着或在室内踱步，思考问题。他担心明天杜勒斯到巴黎同孟戴斯－弗朗斯、艾登会谈会不会使会议逆转，范文同同孟戴斯－弗朗斯会谈，能不能打动他，使他有信心敢于抵抗杜勒斯的压力，并把杜勒斯或史密斯拉回日内瓦，坐下来好好谈判。

周恩来是一贯认真负责、果断勇敢的人，办起事来雷厉风行，从不拖泥带水，没有半点儿含糊。他反复考虑之后，决定明天亲自会见孟戴斯－弗朗斯和艾登，要向他们晓之以理、动之以情。用诚恳的态度，切实的言辞，指明利害得失，以打动他们，坚定他们的信心和勇气。

这时天已大亮，周恩来立即叫醒法、英文的翻译，请他们通知法、英代表团，中国外长拟分别约见孟戴斯－弗朗斯、艾登。

周恩来漱洗之后，便同代表团同志一起一边用早餐，一边把他夜间考虑的结果和见孟、艾的事说了一遍。大家都赞成这样做很周到、实在，在范文同会见孟之前先会见了孟，这样就可表明我们的立场、态度，使孟更放心，也起到我们从中斡旋和推动的作用。

13日上午10时，孟戴斯－弗朗斯偕萧维尔、吉勒马兹和译员来到花山别墅，周恩来热情地欢迎他们。随即举行会谈，张闻天、李克农、王炳南等参加。

孟戴斯－弗朗斯："很高兴再一次和您见面，共同为日内瓦会议的最后阶段工作，不知道总理先生是否给我们带来了好消息。"

周恩来："我曾和印度总理、缅甸总理和胡志明主席会晤，我对这些会晤是满意的。我们大家想法和目标都是共同的，即在印度支那恢复和平，正如我在伯尔尼与总理阁下所谈，我们希望看到公平合理的和平，双方光荣的和平。

"回日内瓦后，我曾和我们的代表团交换过意见，知道法国代表团的努力，特别是总理先生的努力，都是朝着这个方向，我们对此感到特别高兴。这就说明留下来的萧维尔先生和李克农先生等在三周内都尽力做了工作，进展虽慢，但对会议起了推动作用。

"现在我们都回来了，我愿谈一谈今后解决问题的做法。法国方面在时间上是有限制的，希望知道总理阁下的意见，以便尽力促成恢复和平的共同愿望的实现。"

孟戴斯－弗朗斯："在伯尔尼时，我曾和周恩来先生谈过，我们的精神是一致的。我来日内瓦以后，曾分别与各国代表团团长会晤，现在大家已经有了许多共同点，但是主要的一点上，即分界线问题上还未获解决。我曾与范文同先生作了两次坦白和时间很长的谈话，我对他说，如果能在这个问题上达成协议，其他问题就容易解决了。现在我希望听取总理先生在这方面的意见。"

周恩来："现在的共同点是比较多的，问题应该可以解决。刚才你谈到越南分界线，我想如果双方再一次努力，互相让步，协议是容易达成的。表面看来，双方的距离很大，其实只要双方多接近，在这距离中间是可以找到办法的，不知孟戴斯－弗朗斯先生是否有何具体意见，我愿意听一听。"

孟戴斯－弗朗斯："想来周恩来先生已经知道我方的意见了。现在我愿再简单地谈一下。正如您所希望的，我们已经直接和越盟进行谈判。现在双方的距离还是很大的，我认为解决办法不是要双方各退几公里，找出一条中间的界限。如果越盟能在分界线上让步，那么我方可以在政治方面让步。譬如将来发表一个政治宣言，所以我们认为一定要双方做同样的让步，乃可获得一个符合双方面要求的解决办法。

"越盟在当初提出，他们主要的兴趣在越南北方，那是在政治、经济、人口上都是很重要的地区，我们愿意考虑这个建议，并望获得合理的补偿，但是，在地理、历史和逻辑上的分界线应该是十八度附近的安南门，这条线是符合范文同先生于5月初所提出的标准的。当然范文同先生要求划定一条历史的、传统的和短的分界线，我们认为安南门是一条正常的分界线，而且法国在安南门南部一向控制着顺化等重要城市，所以这条暂时的分界线要求划在安南门附近才适合。

"固然越盟在南部也控制着归江一带地区，要他们放弃这个地区自然是有困难的，但是我们在红河三角洲所做的牺牲大大超过了越盟可能放弃的利益，我们认为这种要求是合理的，希望范文同先生能够接受，我们的要求不是为了讨价还价，而是要避免将来发生的事件。"

周恩来："总理先生所做的解释，有些我是了解的，但是也有另一种情况，希望你们也能了解越南民主共和国在中越和南越的确与当地人民有着密切的联系，要从这些地区撤退，需要很大的力量去进行解释，虽然这种撤退只是临时的，但也需要时间。就地面来说，他们所要撤退的面积很大，希望你们能够了解这种情况和越南方面的困难。但是现在要解决的是停战问题，总理先生刚才说，要在政治上注意人民的利益，这是好的，我们希望看到法国在印支的地位能够保持，并在新的基础上和越南建立友好平等的关系。我和印、缅总理，胡志明主席都说到了这一点。我们认为，在和平问题上不应排斥任何人，这在中印、中缅的共同声明中都已提到，想来总理先生已经了解这两个声明的真正意义。

"现在大家在分界线问题上陷入僵局，这是不好的。双方都应该前进，一方多走一步，一方少走一步，问题是可以解决的。如果完全不进，这对法越双方都不利。

"法国在北越有某些控制区，越南民主共和国在南越也有些控制区。双方撤退这些地区时，越南方面应照顾到法国在撤退问题上的困难。如果法国前进一步，我知道越南民主共和国代表团、胡志明主席也愿走更大的一步来迎接法国的让步的。"

孟戴斯－弗朗斯："总理先生的看法完全和我们一样，我很了解在政治上放弃多年忠实于越盟的地区是很困难的。我对范文同先生说，如果困难只在于这一点，那么我们可以考虑改变我们原来的看法，即在南越划出一个袋形地带归越盟控制，当然我们在北越就得有同样的要求。但是范文同先生仍然要求划定一个完整的地区，我们想这是现实的，也是合理的。我之提出划定袋形地带的建议，就证明我是能够了解周先生的看法的。不过划定两个大集结区可以避免事件，我们也同意这个办法，当然双方就得作出一些痛苦的让步。周恩来先生说越盟所撤出的地区面积较大，我想这是不能拿面积做比较的。实际上河内等城市在人口、政治和经济上的重要性都超过越盟撤退地区的重要性。拿人口来说，我们所要撤退的人口是 30 万，而越盟只要撤退 3 万，这也是比面积更重要的一个因素，因此十八度总应该是最合适的分界线。我并不是说坚持一种否定的顽固态度，而是希望能够真正地解决双方的困难，我们准备在政治上表示我们让步的诚意。"

周恩来："我要说明一下，我所说的不是双方要做相同的让步，而是希望法国前进，那么越盟将会做更多的让步。

"听说总理先生在去巴黎之前还要和范文同先生会晤，希望你们再加以考虑，距离不大，我想只要大家努力，协议是可以达成的。"

孟戴斯－弗朗斯："感谢周恩来先生的讲话，我不愿再耽误您的时间了，现在想再谈两点作结束。

"（一）今天下午我去巴黎，艾登先生亦去，我们将与杜勒斯先生会晤。目前我们还不知道美国政府的最后决定如何？但是为了巩固和平利益，我们认为会议的协议必须有与会各国的保证。昨天范文同先生说，如果我处于他的地位，我愿意少要两度而有美国的保证，不愿多要两度而无美国的保证。我们共同的利益是获得最大多数国家的同意。

"（二）我去巴黎时间不长，希望日内瓦的讨论能够继续进行，现在我们已经拟好一个政治宣言，范文同先生已经研究过，并且提了意见，我们已依据他的意见做了一些修改，这个文件今晚可以准备出来，我们将送交周先生一份，希望早加研究。"

周恩来："谢谢你的通知和将要送给我们的文件。美国已在尽力破坏会议，各外长都回日内瓦来了，而杜勒斯不来，我们对这种态度是不能满意的。杜勒斯现在到了巴黎，却不来日内瓦，我们对此感到奇怪。美国人不遵守协议，反说别人不遵守协议，其实世界上最不遵守协议的人就是美国人。"

孟戴斯－弗朗斯："这点我不完全同意，我们可能有不同的看法，但我们的努力就是要使大家的看法能够接近。这是为了巩固和平的利益。"

周恩来："我同意最后的一点，其实我们说的也是法国报纸和美国报纸的意见。"

中法两国领导人会谈进行了一个多小时。

希望英国作公正评价

周恩来稍事休息，又马上会见艾登。

艾登："我在去巴黎前于今晨来见您，主要想知道您和法国方面谈过以后，觉得形势如何？"

周恩来："我和孟戴斯－弗朗斯谈过以后，觉得在许多问题上有共同点，意见也比较接近。现在具体要解决的就是在越南划线。我向孟说法国需要从十八度向南前进一些，而据我所知，越南方面是愿意以更多的让步来迎接法国的移动的。范文同先生与孟戴斯－弗朗斯先生今天将会见面，我希望他们的意见会有所接近。"

艾登："我也希望如此。感谢您通过杜维廉先生给我的口信。在那个口信中，您说曾与胡志明主席会晤，并且谈得很好，关于这个有趣的会谈，能否再告诉我一些。"

周恩来："上月 16 日上午我和你谈过以后，在 23 日和孟戴斯－弗朗斯会见谈了很多，其后我到缅甸、印度，又和两国总理会谈。关于这些会谈中所谈到的问题，我都和胡志明主席谈了。最后我们取得了一致的意见，我相信艾登先生会高兴听到这一点的。这次回来解决印支问题，对中苏越方面来说，从法国方面来说，同样的从英国政府方面来说，是会找到共同的解决办法的。"

艾登："总理先生去了印度，尼赫鲁先生曾电告我一切，我相信你们的会谈是有用处的，每一个人都希望达成解决，我说这句话是把华盛顿也包括在内。

"我们很希望我们达成的安排不仅为我们这些与会国家所支持，而且也能使科伦坡会议的国家用某种办法和这种安排发生关系。"

周恩来："是的，这次到印缅去，就在这方面尽了一些努力，我特别感激尼赫鲁和吴努两位总理所给予的热情支持，可惜时间太短促，我不能到印尼去。"

艾登："您真是一个不倦的旅行家。

"关于老柬是否一切进展很好？我曾见过莫洛托夫先生，并且据我所知，越盟方面曾经提出一张地图，要求大块的老挝土地。"

周恩来："关于柬，经过进一步的接触后，我相信是会得到解决的。关于老，我曾经和你及孟先生谈过，而这样一个解决相信也是可以达到的。至于军事代表的会谈中多一点和少一点是可能发生的，但是那也不是不可商量的。尼、吴都希望看到老、柬成为东南亚型的国家。"

艾登："两国中任何一国的土地都不能挖去一块。"

周恩来："我们同意在老挝的集结区是临时的，经过选举之后是要取得统一的。

"现在时间很短，大家都要努力，不能让任何人来进行阻挠。"

艾登："我们都希望孟戴斯先生取得成功，假如他失败的话，对我们都是不利的，这件事的利害关系很大。"

周恩来："但是也有人希望失败。"

艾登："我懂得您的意见，但是我的看法不完全一样。"

周恩来："艾登先生去了华盛顿，是应该知道得多一些。"

艾登："我发现双方互相之间的猜疑是很大的，美认为中国在东南亚有野心，不是指目前而言，而是长远地看。我发现你们认为美在东南亚有野心，说美要在东南亚搞军事基地等等，如果这种相互恐惧之间能取得一个协议就好了。"

周恩来："我们和印、缅发表了联合声明，我们也表示愿意与任何一个南亚国家发表同样的声明，并受这种声明的约束。这就保证不仅在现在、就是将来我们也无野心。但是美国仍然不放弃在东南亚搞军事基地和军事同盟。对此，英国应作出一个公正的评价。"

艾登："正如我刚才说的，双方都互相猜疑。美国朋友说我们受骗了，但是我们还是愿意冒险试一试。"

周恩来："时间可以证明。

"艾登先生上月 22 日对下院所做的报告和丘吉尔先生在华盛顿所做的声明都说到各国之间的和平共处，我们表示欢迎，这是有利于缓和国际紧张局势的。"

艾登："在我们离开华盛顿后，美国总统也用了和平共处这样的字样。"

周恩来："可见丘吉尔先生对他起了一些影响。"

谈话从 11 时 35 分到 12 时 15 分结束。

此时此刻的周恩来心情非常地愉快，在他同孟戴斯－弗朗斯、艾登谈话之后，一块石头落地了，觉得法、英两国对和平解决印度支那问题的态度比较明朗、坚决，有很大可能抵制杜勒斯施加的压力，而且从艾登谈话的口气中预测到美英在这个问题上已有默契，美国可能在英法的要求下被迫同意日内瓦会议继续进行讨论恢复印支和平问题。他预感到印度支那问题将大有可能达成协议。

他在同代表团的同事们一起吃午饭时，有说有笑，还听了中央人民广播电台和英国 BBC 电台播放的音乐。

乔冠华看到周恩来的高兴劲儿，便对总理说：我们代表团里何方熟读《红楼梦》，他能将《红楼梦》中的章目和诗词背下来。

周恩来自幼就很喜欢《红楼梦》这部小说，忙说："那很好啊！"便对着何方说："你是在哪里学的？"

何方急忙回答说："我是在行军路上和下乡土改时读了几遍。"

张闻天的夫人刘英插话并用激将法说："我就不相信，他能背下《红楼梦》里的诗词？"

乔冠华不服气地说："我就听他背过，你们不相信，何方你就随便背一首给他们听。"

何方无奈，便说："那好吧，我就背《红楼梦》第七十回：《林黛玉重建桃花社，史湘云偶填柳絮词》中的《桃花行》这首诗吧。"

何方咳嗽两声，清清喉咙，便抑扬顿挫地背诵起来：

> 桃花帘外东风软，桃花帘内晨妆懒。
> 帘外桃花帘内人，人与桃花隔不远。
> 东风有意揭帘栊，花欲窥人帘不卷。
> 桃花帘外开仍旧，帘中人比桃花瘦。
> 花解怜人花亦愁，隔帘消息风吹透。
> 风透湘帘花满庭，庭前春色倍伤情。
> 闲苔院落门空掩，斜日栏杆人自凭。
> 凭栏人向东风泣，茜君偷傍桃花立。
> 桃花桃叶乱纷纷，花绽新红叶凝碧。
> 树树烟封一万株，烘楼照壁红模糊。
> 天机烧破鸳鸯锦，春酣欲醒移珊枕。
> 侍女金盆进水来，香泉饮蘸胭脂冷。
> 胭脂香艳何相类，花之颜色人之泪。
> 若将人泪比桃花，泪自长流花自媚。
> 泪眼观花泪易干，泪干春尽花憔悴。
> 憔悴花遮憔悴人，花飞人倦易黄昏。
> 一声杜宇春归尽，寂寞帘栊空月痕！

陈家康说:"好,再背一首,而且由我们来点,才能证明你确是都能背的。"他两只眼睛盯着何方。

周恩来忙制止说:"那就不必了,已经证明何方确实熟读《红楼梦》。曹雪芹写的这部《红楼梦》,真是一字一泪,他把自己亲身体会到的封建社会的种种人吃人特别是妇女受凌辱的悲惨景象描绘得淋漓尽致,不仅是文字好,诗词也好。"周恩来停顿一下又说:不过何方背的这首太悲了。现在虽是夏季,但从日内瓦的政治气候来说,却是春季,莺歌燕舞之时。不如用《红楼梦》里这首词:

> 岂是绣绒才吐。卷起半帘香雾。纤手自拈来,空使鹊啼燕妒。且住、且住! 莫使春光别去!

"这也是《红楼梦》七十回中的宝琴的词啊!"何方惊叫道,"总理,您也熟记《红楼梦》中诗词啊! 您日理万机,还能熟读而且熟记,真伟大。"

"我们总理的记忆力真是千古一人,简直到了惊人的程度。"李克农说。

"我们总理非常喜欢文艺,更懂得文艺。我听邓大姐说,在南开的时候还写过剧本、上台演戏,男扮女装呢。"刘英说。

周恩来笑笑说:"那都是过去的事了,现在我们应该且住、且住! 莫使春光别去! 我的意思,我们大家要抓紧时间,积极开展活动,在有些事上我们应起主导作用,推动日内瓦会议迅速前进,早日达成协议。"

大家个个频频点头,表示同意。

会见印度老挝代表

周恩来匆忙吃完午饭之后，又于 12 时 35 分，接见印度驻联合国代表梅农。梅农告诉周恩来，现在法国受到美国的指责，说它投降，放弃某些地方，包括红河三角洲在内。我们要替孟戴斯－弗朗斯的地位设想，他要在土地划分上站得住脚才能向美国说话，我的印象要法国人从十八度移动，没有多大希望。但是可以私下告诉您孟所说一点，他说如果对方同意十八度线，他可以在其他方面做让步，这样就可以向人民交代。不过他说范文同先生很难办。

周恩来也告诉梅农说，无论如何十八度太偏北了，对于两方面都要说服。如果法国对美做了承诺，就不成独立国了。

周恩来送走梅农，已是下午 1 时多了。他已有 30 多个小时没有睡眠和休息了。可是他仍神采奕奕，生气勃勃地走进办公室，一直工作到第二天凌晨才休息。可以说，在古今中外的伟人中，周恩来是睡眠最少而工作最多的人。他的精力是超人的，无与伦比的。

7 月 14 日下午，周恩来连续会见三次外国代表团和个人，进行紧张的外交谈话和磋商。

下午 2 时，在花山别墅再一次会见梅农。

梅农说："现在英法都在巴黎和美国协商。"

周恩来问："你估计会有什么结果？"

梅农答："我认为他们可能劝说得使美国派史密斯来。我希望杜勒斯不要来，我昨天和艾登说，我希望他的劝说不要太成功。"

周恩来笑道："你很坦白，听说史密斯要退休了。"

梅农答道："我想艾森豪威尔要他留的话他会留的。报纸上传说，美国在欧洲军问题上加大压力，以作为交换，这是与莫洛托夫先生有关的问题。我的看法杜勒斯会觉得他到这里不会增强他个人的地位，因此，他可能派史密斯来。在巴黎不会发生什么事，丘吉尔和艾登都已经去过华盛顿，要谈的问题都已经谈过。英法在这些问题上的关系都已经谈定，因此不会有多大的进展，无非是在战术上促使史密斯来。"

周恩来说："你这种估计是符合某种实际的。当然法国和美国破裂是不可能的，但是法国必须表现它作为一个独立国家的政策。"

梅农答道："这是不错的。孟戴斯在任之久暂，全看他是否能在此地获得解决，如果不能的话，他在7月20日就非辞职不可。他定的日期不是为了政治宣传，而是认真的。在7月20日以前，他就必须向国会报告是否已经获得了解决，或者是已经获得了足够导致解决的东西。"

周恩来说："是的，是要向国会作交代的。"

梅农说："这次您回来的地位，比您上次来时的地位更重要。您现在和两位主席都有密切的关系。上次您只是和一位主席有密切的关系。我可以告诉您，艾登对您很钦佩。他认为可以同您交谈一切问题。因此在所有的主要代表之间，您的地位最为重要，因为您不仅与两位主席有接触，而且对他们两位都有说服力量。"

周恩来谦虚地说："你对我过分称赞了，我会尽力使交战双方达成协议。"

梅农继续说："我不是称赞您，我是根据客观事实而说的。你派人到英国去，后来又派贸易代表团去。现在英国的舆论是对中国有利。甚至丘吉尔在中国参加联合国问题上也很谨慎。根据这些事实，您的地位就比以前更加重要了。"

周恩来说："我在3点半与老挝外长有约会，4点半与柬埔寨的外长有约会。因为我上次离此之前，他们都来看我，因此我应该回拜，并和他们谈话。今天就谈到这里，明天上午再谈好吗？"

梅农连连点头同意。

周恩来很讲究外交礼仪、礼尚往还，主张大小国家一律平等，对小国尤应尊重。他认为小国最害怕大国看不起它们，欺侮它们。所以，周恩来不仅在理论上而且在实践中，不仅在口头上而且在行动上始终维护小国的利益，尊重小国的独立和主权。在大的方面是如此，即便在小的问题上，哪怕是一举一动，他都要考虑和照顾小国的民族自尊心。在老挝和柬埔寨的外长到中国代表住地拜会他之后，他就一直在找机会前往他们的住地登门回拜。

7月14日下午3时30分，周恩来到老挝代表团的别墅拜访萨纳尼空。

寒暄之后，萨纳尼空说："总理阁下回来以后，日内瓦的谈判又获生机了。您对过去三周的工作，有何印象？"

周恩来答曰："大家共同的意见多起来了，虽然还有一两个重要的问题没有解决，但是距离已经不多，只要大家再努力一下，协议可以达成的。

"会议两主席决定，目前由各方私下交谈，等到有了具体的结果，再开全体会议，我认为这是一个好办法，不知外长阁下以为如何？"

萨纳尼空回答道："我很同意。美国对于我们的工作态度是有些令人难解的，杜勒斯没有回日内瓦，好像他也不打算回来，这不免有些使我们失望。停战协议需要各方遵守，如果美方不参加签字，这是不好的。"

周恩来："我也觉得很奇怪，原来大家协议三周后回日内瓦，现在所有外长都回来了，只有杜勒斯到了巴黎而不来日内瓦，这是国际会议一种奇特的现象。现在很难说杜勒斯是否回来，可能他要做些阻挠活动。但是现在还有约翰逊在这里，如果我们获得公平合理的、对交战双方都是光荣的和平，美国很难会孤立地置身事外。"

萨纳尼空："今天早晨广播说，巴黎会议可能发表一个公报，我很想看看这个公报。我们在这里缔结和平，美国却在背后准备战争，那是不好的。最好能达成一个大家都同意的协议。"

周恩来："如果八国都同意了，美国很难不同意。美国要选择战争也是困难的。"

萨纳尼空："尼赫鲁私人代表梅农先生问我，7 月 20 日前是否获致和平。我说和平不在我，和平在五大国外长口袋里，如果他们愿意和平就可实现。

"撤军问题正在讨论，进展不快。范文同建议我们，由总理和他的兄弟直接会面讨论政治问题，我已拍电报到万象，总理答复原则同意，但希望在军事问题有进展之后，再接触。"

周恩来："这是一个好主意。"

萨纳尼空："关于参加越盟作战部队的集结问题，我们不愿与越南有同样的情况，因为这就等于分治。最好的办法是在各省集合，参加国家军队，仍可保留其干部。"

周恩来："老越情况不同，越有两个政府，老只有一个政府。抵抗部队分几个集结区集结的办法只是一个过程，后来还需要把它们团结起来，并通过选举实现统一。"

萨纳尼空："范建议我们由一两个抵抗者参加政府，这是不可能的，因为我们有着一个民主制度，政府是由议会选出的，如果我们同意，议会不承认，这样的协议就无效。"

周恩来："如果我记得不错，外长先生上次说，老挝王国政府愿意吸收抵抗者参加各级政府的工作，是不是？"

萨纳尼空："很正确。我们愿意吸收他们的文职人员参加政府工作，军人参加国家选举。"

谈话结束后，周恩来没有回住地，就直接去柬埔寨代表团住地，同泰普潘会面。

彼此寒暄一会儿后，周恩来首先说："我在印、缅和中越边境与尼赫鲁、吴努、胡志明主席会谈，他们一致愿望日内瓦会议能够达成印支恢复和平协议，我把 6 月 20 日与外长谈话和孟戴斯－弗朗斯总理的谈话都告诉了他们，他们很高兴听到日内瓦有达成协议的可能，并愿看到停战在印支实现。我们希望老、柬能团结全国力量，经过选举而获得国家的统一，并成为东南亚型的国家，与东南亚其他国家和平、友好相处，而本身又是进步的。如能达成协议，科伦坡会议国家愿意支持我们，印度愿意参加监察委员会的工作。我们同印、缅发表联合声明，其中提到了五个原则，想来你们在报上已经看到了。我们希望把这些原则推广到东南亚各国之间的关系上。

"胡志明主席也同意这样的原则，并愿与统一的柬埔寨、老挝两国建立友好关系，使东南亚的和平地区扩大，这对亚洲和全世界是有利的。

"到东南亚走一趟很有好处，增加了互相间的了解和友谊、信任。"

泰普潘："我们关心地注意着您的行踪，并在报上看到中印和中缅的联合声明，这也正是我们的愿望，我们一直盼望获得印度支那的巩固和平，促使我们能以更快的方法求得进步。"

周恩来："外长阁下是否认为日内瓦会议可以迅速达成协议？"

泰普潘："军事会议还没有进展，对方把军事和政治混在一起，而且老谈同样的问题。

"范文同昨天说，要我们任命所谓抵抗运动的人为县长，这是我们宪法所不容许的。他又问我们是否承认青年组织和妇女组织，我们说只能照宪法办。"

周恩来："刚才老挝外长萨纳尼空先生表示，他们愿意给予曾与对方合作的分子予以同样的公民权利，选举权和被选举权，我想这样老挝王国就可以团结国内力量，获得统一。柬抵抗分子无论多少应该把他们团结起来，那么我们6月20日所谈的融合精神就可以实现。政治问题得到解决以后，停战问题就是属于军事方面的事了。目前主要的问题是当地双方直接谈判，要在停战后，大家能够相安，为当地的抵抗部队找到出路，否则武装冲突不能停止。这是不好的。"

泰普潘："我完全同意，不过范文同要我们指定县长，这是违反宪法的。您主张不干涉别国内政而范文同却给我们找出麻烦。"

周恩来："那是因为这里没有抵抗力量的代表，范是代替他们表示意见，所以你们感到这是干涉。当地确有一些优秀的爱国分子，应该把他们团结起来。

"在停战生效期间，越南完全不能进入增援力量，柬、老则可在协议规定范围内，运入自己所需武装力量，这倒是一种特权，和平恢复后，这种规定就不适用了。"

泰普潘："这完全是另一回事，原来我们真没有弄清楚，法国也没有弄清楚。"

周恩来同老、柬外长的谈话，贯穿了中国代表团既不强求老、柬两国的解决方案与越南一样，又在要求对方承认老、柬本地抗战力量问题上决不让步的原则立场。由于周恩来坚持这种原则立场从而最终导致了既尊重老、柬两国民族国家的主权、独立和大多数人民的共同意志，也使两国人民革命的基本力量得以保存。这是周恩来的国际主义精神与"不输出革命"原则相结合的生动体现。

杜勒斯力阻法国让步

再说美国国务卿杜勒斯于7月13日到达巴黎，将孟戴斯－弗朗斯、艾登从日内瓦会议上召到巴黎举行美英法三国外长单独会谈，引起中苏越三国代表团的严重关注和世界人民的瞩目。除了前面提到的根据周恩来的建议，中苏越三国代表团采取"拉孟戴斯－弗朗斯政府一把，孤立美国及法国主战派"的统一战线策略以外，还在舆论上大力揭露美国的阴谋。

中苏两国通讯社采用两国代表团人士评杜勒斯去巴黎活动的形式进行揭露，并在实际上支持法、英对抗美的压力。

新华社特派记者报道说："在各国外长返回日内瓦及有关各方意见更趋接近并有可能达成恢复印度支那和平的协议的情况下，日内瓦会议已进入了决定性的重要阶段。人们十分奇怪杜勒斯没有像其他外长们一样回到日内瓦来参加外长间的协商，而却有意地避开日内瓦会议，在7月13日到巴黎和英、法两国外长举行单独会谈。"

报道说："此间权威人士认为，美国政府显然由于不敢在日内瓦会议内公开其破坏恢复印度支那和平的不可告人的计划，才举行了巴黎的单独会谈，以便借机对法、英施加压力，阻挠日内瓦会议达成协议。美国方面一直反对在印度支那实现公正、合理的停战，它把同意这样的停战称为'投降'。杜勒斯到巴黎而不到日内瓦，为的是便于迫使法、英两国外长屈从美国破坏日内瓦会议的政策。"

报道说："中国代表团人士相信，日内瓦会议没有任何理由去迎合美国的政策，而不去努力达成有关方面都可以接受和满意的，对交战双方都是光荣的协议。"

7月13日，塔斯社报道说："杜勒斯是在印度支那问题还没有开始讨论之前离开日内瓦的，现在当其他外长们已经回到日内瓦来继续举行会议的时候，他不愿回到日内瓦来，这不能不引起大家的注意。"

报道说："苏联代表团人士注意到，舆论可能得到这样的印象，杜勒斯的这种行径，表明他企图阻挠在恢复印度支那和平问题上达成协议，并为了这个目的向英法两国施以相应的压力。"

报道说："美国外交官喜欢用施加压力和发号施令的办法，而不喜欢通过和所有参加会议的人协商来达成大家都能接受的协议。"

报道说："也有人指出：杜勒斯之所以害怕向公众表明美国的立场，首先是由于在恢复印度支那和平和缓和国际紧张局势问题上达成协议的可能性的出现，显然是和美国侵略集团的政策有矛盾。"

杜勒斯到巴黎的目的是力图阻止法国在印度支那问题上做较多的让步，从而使会议达不成协议，达到破坏的目的，以便美国进一步干涉印度支那战争。

在此之前，6 月 24 日，英国首相温斯顿·丘吉尔和外相艾登飞往华盛顿，就印度支那问题和建立东南亚反共联盟问题同美国总统艾森豪威尔、国务卿杜勒斯进行会谈。英国出于自身的殖民利益，说服美国同意恢复印支和平和暂不宣布成立东南亚反共联盟，经过多次谈判和讨价还价，美国考虑到要利用英国这个盟国，照顾到同英国的关系，在印度支那问题上达成一致意见并照会法国。

照会说：

美国和联合王国愿意尊重印度支那的停战协定，该协定应：

一、保持老挝、柬埔寨的完整与独立，并保证越盟军队由该地区撤出。

二、至少要保住越南的南半部，假如可能，也保住三角洲的被包围领土。在这方面，我们不希望分界线划到比东辉（广平）以西的那条习惯线更靠南的地区。

三、不对老挝、柬埔寨或越南施加任何实质上妨碍它们巩固非共产党政权能力的限制，尤其是不得施加任何限制，从而妨碍它们为内部安全而保持足够武力、输入武器和聘请外国顾问的权利。

四、不包含有使保留地区陷入共产党控制危险的任何政治条款。

五、不排斥通过和平方式最后统一越南的可能性。

六、在国际监督之下，提供安全和人道的运输工具，使越南两区的人民能根据自己的愿望，由一区迁入另一区。

七、提供有效的机构，对协定的执行进行国际监督。

在东南亚反共联盟问题上，艾登提出建立"洛迦诺式"一词来形容东南亚防御安排的可能形式。《洛迦诺公约》即《洛迦诺保证条约》。1925 年 10 月 16 日，英、法、德、意、比、捷、波七国代表在瑞士洛迦诺会议上通过，同年 12 月 1 日在伦敦正式签字。公约主要包括：1. 洛迦诺最后议定书。2. 德、比、法、英、意五国签订的《莱茵保安公约》（又称相互保证条约）。3. 德国对比、法、波、捷分别签订仲裁条约。其中最主要的是《莱茵保安公约》，它规定：德、法、比保证德法、德比边界不受侵犯；遵守《凡尔赛和约》关于莱茵区实行非军事化的协定；通过外交途径解决一切争端等。公约宣称其目的是为了"巩固欧洲的和平"，实际上是英法企图巩固第一次世界大战后德国西部边界，把帝国主义的侵略矛头推向东方。但希特勒上台后，于 1936 年 3 月 7 日首先向莱茵区进军，并于 1939 年 4 月 28 日宣布废除该公约，随即发动了第二次世界大战。开始美国不同意，经过英方反复说明《洛迦诺条约》的思想，也就是共同防御安排的思想，在这种安排中，各个成员都提供保证。美国最后勉强同意了这种提法。

杜勒斯于 7 月 13 日抵达巴黎的当天下午，即与孟戴斯 – 弗朗斯、艾登在爱丽舍宫举行会谈。杜勒斯一开头就说，他此次来巴黎是因为担心法国在共产党国家尤其是周恩来的压力和诱惑下，被迫离开美英提出的关于解决印度支那问题的七点建议，做更多的让步，那时美国将不得不与最后达成的协议脱离任何关系。并说他和艾森豪威尔总统讨论后一致认为他不应再返日内瓦。

孟戴斯－弗朗斯由于离开日内瓦时曾同周恩来、范文同谈过，心中有底，很有希望可以就印支问题达成协议，因此他要坚决抵制住压力，并说服杜勒斯重返日内瓦。他说，他同周恩来、范文同就越南划界等问题进行了多次谈判，虽有分歧，但逐步接近，最终有可能达成协议。法国在这方面并没有违背美国和英国规定的条件。如果杜勒斯先生也回到日内瓦，并且在那里充分支持法国，一定会对他有极大的帮助，成功失败也许在此一举。

艾登说："我回到日内瓦后，立即同莫洛托夫、周恩来进行会谈，从谈话的结果来看，我认为起码有一半希望可以在印支问题上达成协议。我完全同意孟戴斯－弗朗斯先生的看法和意见，如果美国能同我们一起在外交上进行全面的努力，成功的把握就更大。所以美国的态度很重要。"

杜勒斯对法、英的意见无动于衷。他说："即使谈判协议完全符合七点建议，美国也不能保证该协议之实施。美国舆论决不会容忍保证数百万越南人民屈从于共产党统治。"杜勒斯最后说，他不愿使自己处于非在公开场合说"不"不可的地位。

孟戴斯－弗朗斯也不让步，他答复杜勒斯说："美国拒绝出席日内瓦会议，并不能摆脱困境。你们既已派代表参加会议，就无论如何必须作出一个决定。"孟戴斯－弗朗斯还反复强调："杜勒斯先生猜疑法国会离开七点建议那是毫无根据的，就是因为要保证实现七点建议才急于要请杜勒斯先生回到日内瓦。"

杜勒斯无奈，他只得说在明天向他们作出最后的答复。

第二天早晨，杜勒斯先和艾登会谈，讨论交换联合"态度文件"，即表明美国政府态度的一项文件，也就是法国保证遵循七点建议，美国保证派代表参加日内瓦会议，支持达成的协议。英国艾登以一封信的形式同意美法的意见，这样美法英达成了协议。杜勒斯接着在法国外交部的会议上宣布"比德尔·史密斯先生在最近的将来就要回到日内瓦参加会议的工作"。随后又在美国大使馆的午宴上，彼此签署了文件，并发表公报。

公报说：

我们进行了亲切和坦率的会谈，这次会谈使得我们各自在印度支那问题上采取的立场有了明确的了解。

美国国务卿充分解释了他的政府对日内瓦会议的印度支那问题部分采取的态度，以及这个政府由于本身对印度支那战争不承担主要责任而希望遵守的限度。

法国总理兼外交部部长认为——这个意见得到艾登先生的支持——假如美国遵守杜勒斯先生表明的原则，再度派遣部长一级的官员参加日内瓦会议的话，那对法国、对联邦成员国，对这个地区的和平与自由都是有利的。

因此，艾森豪威尔总统和国务卿杜勒斯将要美国副国务卿史密斯早日返回日内瓦。

这个公报用冠冕堂皇的词句、用假象掩盖了真相，掩盖了美国与英法之间的矛盾。

法国外交部在日内瓦达成协议后给法国驻各国大使的信中讲了法国对美国的不满和彼此之间的矛盾，说："有美国人在，问题就更困难了。几个月来美国的印度支那政策惊人地变化不定。华盛顿领导人在对外政策的考虑和选举的忧虑中左右为难，既受到反共斗争和对红色中国进行战争的鼓吹者的压力，又要考虑派遣美军进入亚洲大陆的决定在选民中可能引起的反应，因而华盛顿的领导人从来未能制定并执行一条确定的路线。这种情况不利于法国在日内瓦会议进行的谈判，因此法国除了与共产党国家进行谈判外，还不得不与我们海外盟友进行一场货真价实的谈判，以说服他们不与最后解决方案公开决裂。"

在这场斗争中，孟戴斯－弗朗斯和艾登胜利了，他们于7月14日下午飞返日内瓦，史密斯也于7月17日被迫重返日内瓦。

杜勒斯于7月15日飞返华盛顿。他在机场上发表声明说：

我在巴黎和法国新总理兼外交部部长孟戴斯－弗朗斯先生会谈后回来了。英国外交大臣艾登先生也参加了这些会谈。

我们在巴黎的会谈在印度支那问题上求得的谅解比以前存在过的谅解都要完全得多。这使得我们能够在共产党的敌意和阴谋面前重新表现西方国家的团结一致。

美国一直关心着寻求一个办法，以便能够帮助法国、越南、老挝和柬埔寨求得一个可以接受的解决办法，而不致丝毫损害美国所必须恪守的基本原则——这些原则是美国如何要对自己忠实，如何要让世界上被奴役和受威胁的人民觉得美国真是赞成自由和必须恪守的。

我有机会在巴黎向孟戴斯－弗朗斯先生——我以前认识他，但是自从他担任新职务以来，我没有会见过他——充分解释了美国在这方面的态度。

结论是：我们将要求副国务卿史密斯将军早日回到日内瓦去重新参加日内瓦会议的印度支那部分，但是这是根据一个法国和英国外长都明确地同意的谅解：美国重新参加部长一级的会谈后将不离开我所说的美国的原则。

我相信我们已经求得一个关于建设性的盟国团结的方案，这将对日内瓦会议产生有利的影响，而且这并不含有美国放弃它的原则的危险。

　　杜勒斯的这番表白，既掩盖了同英法的矛盾，也暴露了美国同英法的矛盾；这个表白既掩盖了美国破坏恢复印度支那和平问题的讨论，也暴露了它的破坏目的并未达到的悲苦心情。明眼人从声明的字里行间里便可看出来。

　　周恩来的统一战线政策，发挥了巨大的威力，它分化了美、英、法，争取了老、柬，孤立了美国，击败了美国破坏印支和谈的企图。美国在日内瓦会议上已起不了什么大的作用了。英法只要求它老老实实参加会议，不要阻挠协议的达成，别的事情也无须同它多商量了；老挝、柬埔寨摆脱了它的控制，很少理它；越南保大集团也同它疏远。而中国代表团特别是周恩来的地位和作用越来越大。英法代表团找他，柬、老代表团找他，苏、越代表团找他，他的地位和作用超过莫洛托夫和艾登两位会议主席，他仿佛掌握着解决印度支那问题的钥匙，左右着会议的进程、成功和失败，成了会议的最中心人物。因此，周恩来也最忙，尤其在会议的最后阶段，外交活动特别紧张频繁，幕后交谈、磋商更多，许多问题都在私下商定。

见梅农谈东南亚条约

　　7 月 15 日上午 11 时半，周恩来又一次接见印度驻联合国代表梅农。乔冠华陪见。

　　周恩来："今后几天将会很忙，因此在这几天内由乔冠华先生与你联系，他曾陪我到印、缅去，并参加我在印、缅的会谈。"

　　梅农："好。"

周恩来："现在一方面有些文件，另一方面有一些问题。关于文件法方提出以下一些：第一，由与会九国发表的一个类似宣言的文件，共9条，其方向是想解决问题的，是值得欢迎的。其中某些内容也是不错的。但是需要补充修改。中苏越已研究了这一文件，并提出修改补充意见。第二个是停战协定。听说越南民主共和国已对越南部分提出了修改的意见。第三，是关于国际监察委员会的文件。这一文件是根据苏联代表团的建议经法国代表团做了一些修改后拟出的。第二部分是要解决的问题。第一个问题是画线的问题，过去双方距离很远，现越走了一步，孟也表示十八度并不是不可更改的。我认为十六度可以解决问题。第二个问题是越南的政治问题，现在的问题是时间，法希望长些，越则要求短些。第三个问题是撤军时间。许多法国军队要从红河三角洲、河内、海防等地撤出，法方说需要时间，我们认为这是合理的要求，但要规定一个时间。越南需从十六度线以南撤军，也要规定集中在哪些口岸。这样双方撤兵中感到安全和没有威胁。第四个问题是在老挝规定集结区的问题。第五个问题是关于老挝、柬埔寨问题的谈判如何进行的问题。"

梅农："我看十六度法国人是不会同意的。您和范文同应坚持十六度，但是最后也许争不到，不过现在如果让步太早，那么将来在政治方面让步就会困难了，将来如果需要妥协的话，由我来提，你们当然不会因一度半度而破裂。"

周恩来："你讲得很对，十六度是最合理的。"

梅农："你们提出十六度来，提得太快，美国报上都报道了。你们知道这些法国佬都是讨价还价的老手。我会对英国人说你们不会再让。法国提出选举时间向后推，是为了满足美国的要求，其次是希望形势转而对他们有利。目前范文同先生应该坚持6个月，否则我们就没有回旋余地了。"

同日，莫洛托夫分别同艾登、孟戴斯－弗朗斯进行会谈。

7月16日22时，周恩来从百忙中抽出时间，再一次接见梅农，乔冠华在场。主要谈东南亚条约问题。

周恩来："巴黎会议以后这几天中，外面有各种宣传说杜勒斯带回去了什么东西，要加紧所谓东南亚防御同盟，并得到了英法的支持，据说现在正在起草一个东西，在停战后两星期加以签订。说在英、美、法、澳、新之外，再加上泰国、菲律宾和印支三国，并把科伦坡会议国拆散，使巴基斯坦和锡兰也参加，以造成对立的军事同盟，以上是美国传来的消息。在日内瓦，从法国方面也有此传说，接近法国代表团的记者曾来劝我们不要反对法国参加东南亚防御同盟。如果是这样，那么就是以停战为喘息的机会。"

梅农："丘吉尔和艾登不久以前曾去过美国，主要的是要史密斯来。

"在巴黎会谈中杜勒斯就像一个淘气的孩子一样，英法不过是给他一个机会让他说同意史密斯来。"

周恩来："新闻报道方面报道甚多。"

梅农："它们的报道常常是错误的。"

同日，日内瓦会议两主席莫洛托夫和艾登，同孟戴斯－弗朗斯就日内瓦会议的工作问题举行非正式的会谈。

范文同和孟戴斯－弗朗斯举行会谈，范文同还接见了印度驻联合国代表梅农。

访艾登也谈东南亚条约问题

7月17日上午11时半，周恩来访艾登。

艾登："昨天晚上我们说了一下，其内容想来你已知道。看来最大的问题是划线和选举日期问题，其他问题都可以解决。"

周恩来："是的，我已经得到莫洛托夫先生的通知。昨天你们三位对这个问题讨论很久，我想最终可以找到解决办法的。因此，今天我想和你谈另一个问题。这是有关所谓东南亚防御同盟的问题。自从巴黎会谈以后，各方面消息很多，宣传得很厉害。是不是美国要以这个问题来破坏对于恢复印支和平达成协议？现在传说要把印支三个成员国搞进这一同盟。如果如此，那么和平就没有意思，而是为了准备新的战争。因此，我想直接问一问阁下，因为从阁下这里可以得到第一手的消息。"

艾登："在这个问题上并无突然的改变。

"这里有两个问题：

"第一，对于此地可能达成协议，不瞒你说，美国可能不喜欢。但是我们希望它们至少能喜欢到足以发表一个声明的程度。这也是我们尽一切所能来敦促它们做的事。然后我们每一个人也同样发表一个声明来支持达成协议。阁下曾说过希望科伦坡会议国家也参加。也许它们也可以发表一个声明。这样就可以加强在此地达成的安排。

"第二是我们和美国的东南亚公约，这是一个防御性的安排。现在研究小组正在华盛顿审议此事。这是与中苏同盟对称的一个安排，是防御性的。像《北大西洋公约》一样，其所包含的义务也和《北大西洋公约》一样。

"关于阁下问的另外一点，我们只能以个人的名义答复。据我了解，并没有想到要印支三国成为公约的成员，但是它们作为主权国家是有自由的，它们也可以发表声明，由会议注意到它们的声明。

"许多事要看我们在此如何解决问题。如果可以取得一个为大家接受的安排，那么气氛会改善，信心会增长，我希望，老、柬两国对于我们两方面来说都是一个‘保护垫’，因此我们希望阁下能帮助我们得到保证，老、柬两国将独立自主，这样信心就会增长。

"我可以很有把握地说，美国并不想在这两国的任何一个国家中建立军事同盟。"

周恩来："谢谢艾登先生的解释。

"为了使恢复印支和平问题能达成协议，所以在这个重要的阶段要求澄清一下这个问题。一切的努力都是要求双方的。

"第一，关于老、柬的问题，我们的态度未变，我们遵守诺言。如果事态仍像艾登先生和孟戴斯 – 弗朗斯先生答应的那样，并且和尼赫鲁、吴努、胡志明所看到的那样，没有改变，那么我们的态度也不会改变。这样印支和平就有了根据，这是第一种情况。

"另外一种情况是美国要把印支三个成员国收进所谓的东南亚防御同盟，而英法和联邦成员二国已经答应了美国的要求并给予承诺。这样情况就不同了，和平将无意义，不只是美国的目的把越盟的阵地缩小了，并且准备新的战争。这样我们就不能不关心，因为这与我们6月16日的谈话不同了。"

艾登："假如我记得对的话，美国人自己在过去的会议中就曾说过无意在老、柬建立军事同盟。假如你不反对的话，我今天下午见到史密斯时，会向他提到阁下的关心。"

周恩来："谢谢。我想请艾登外相澄清一下，美国是否在进行活动，把印支三国吸收到东南亚防御同盟中去？这是与军事基地同样的性质。"

艾登："正如刚才我已经说过，美国方面告诉我，不想在老、柬建立军事基地。当然如果越盟在协议达成以前或以后要夺取老、柬，那么美国会表示关心的。我刚才已经说过，我将和史密斯谈这件事，以求得进一步的澄清。"

周恩来："这就联系到第二个问题。关于所谓的东南亚防御同盟，艾登先生刚才提出一个论据，那就是，由于中苏之间的同盟，因此美英法之间也要搞一个防御同盟，但是中苏之间的同盟是针对日本军国主义的复活的，而不是针对东南亚。东南亚的问题是另外一个性质的。正因为如此，我和尼赫鲁正努力于建立一个区域和平并扩大之。我在印度时，我和尼赫鲁都欣赏艾登先生提出的东南亚《洛迦诺公约》。我们的解释不知是否正确，我认为这是把东南亚国家集合起来组成一个集体和平公约。这一公约不排斥任何人，如果美国参加，也不反对。这样就可以保证区域和平，不仅包括对立的双方国家，而且把第三方面的国家也吸收进来，这样就可以在东南亚试验和平共处。如果艾登先生的想法和尼赫鲁、吴努、胡志明和我们的想法一样，那我们就不应该在东南亚搞一个对立的同盟，这样就会破坏集体和平的想法，也就是破坏艾登先生所提的《洛迦诺公约》的想法。我们愿意知道艾登先生在这方面的努力到了什么样的程度。"

艾登："我找了些麻烦，我用了'洛迦诺'这个名词，我并不知道美国是不喜欢这一名词的，我至今不知道它们为何不喜欢。美国说这是慕尼黑的一类东西，但是事实不然，丘吉尔先生和我本人向来就赞成这样一个想法的。

"这可以和我刚才跟你谈的第一部分联系起来。如果这里达成协议，每一个人都发表一个声明，说明支持这个协议，反对任何人破坏这一协议，那么这就是一种洛迦诺式的安排，也许我们不要用洛迦诺这一名称。

"我看不出这种安排与《北大西洋公约》式的东南亚公约有何不相容之处，东南亚公约是针对一种可能发生的情况的。

"在巴黎会谈中的重要事情就是美国人到此地来。我们希望他们来此的结果会使他们感到愉快并发表声明。说明尊重此地达成的协议，同意不破坏这一协议，并且反对别人破坏这一协议，我们每个人也这样做。"

周恩来："如果对恢复印支和平的问题达成协议，而且不但与会国同意，并且得到科伦坡会议国或更多的国家的支持，那么这就是为集体和平努力的结果，也证实了艾登先生提出的《洛迦诺公约》的想法，虽然美国反对这一名词，但是实质上如此。

"既然是如此，那么如果又搞一个对立的同盟，就会造成不安的形势。本来可以促进东南亚的团结，达成区域的和平，但是如果又搞一个对立的同盟，就会制造分裂。在这方面艾登先生与联邦国家关系多，因此一定会知道国家中是有的赞成，有的反对的，至少在科伦坡国家是如此。这样就是一方面取得积极的成果，另一方面又用消极的办法来加以破坏，这样就会造成恐惧、猜疑、反对、分裂的不安。当我在德里时，我和尼赫鲁曾从各方面谈过这个问题，我们都认为是不利的。当时我们以为艾登先生的努力是以洛迦诺来取消东南亚防御联盟。如果两个同时并存，这是不可设想的。"

艾登："还不致破坏到那样。《东南亚公约》是一个老的想法，几年以前就有了，这是一个纯粹防御性质的，如《北大西洋公约》一样。这里有两件事：第一是所有的人都参加了，为了支持达成的协议。第二是我们本身的防御安排，这不应该引起忧虑，因为这是像《北大西洋公约》一样属于防御性质的，我不知道有多少国家会参加，也还没有起草任何东西，但是这并不威胁任何人。

"我要补充一句，这不仅是东南亚，而且包括西太平洋，因为澳新两国将包括在内。澳新两国和美国早有安排，那就是《美澳新公约》，如果加以扩大，不是坏事，而且是一件好事，你会同意，澳新两国不会攻击人家，我们也有把握，美国也不会攻击别人。"

周恩来："《美澳新公约》是针对日本军国主义再起，和中苏同盟一样，因此还有些根据，因为这些国家都受到日本帝国主义的危害，但是东南亚的问题是另一个性质。

"《北大西洋公约》已经在欧洲造成对立，现在正在设法弥补，它已经使得在欧洲争取和平共处有些困难。现在在东南亚已经有此可能，但是又要制造分裂。这是我们不以为然，而且反对的。

"尼赫鲁、吴努、胡志明都与我们有同感。英国在此的努力，使我们大家都很高兴，因为这使东南亚国家接近，因此，我们欢迎。我们也同样欢迎中英关系的改善。但是现在又制造分裂，使我们的关系疏远。这样将会制造麻烦，以后的发展是不利的，毫无疑义，东南亚的人民和我们一样，都是反对的，因为这将造成恐惧和猜疑。"

与孟戴斯－弗朗斯取得共识

周恩来为了探测和阻止美国建立"东南亚防御同盟"反对中国、苏联，他在同梅农、艾登谈了以后，又于 17 日找孟戴斯－弗朗斯谈。

周恩来："现在大家的意见已经接近，我们的时间不多，应该迅速求得解决办法。目前争执最厉害的问题是分界线和选举的日期问题，我与总理阁下两次会谈中都曾说过，我们愿意推动问题的解决，在划线问题上，我于 13 日说，只要孟先生前进一步，范先生会进更大一步，实际上，范先生已经做了很大让步。现在剩下的两个问题，今天晚上约三人会谈，以及总理阁下与邻居范先生的会谈是可以找到解决办法的。现在我还想谈一个别的问题，即所谓的东南亚防御同盟问题。

"自巴黎会谈以后，最近有了许多宣传，据说美国要搞东南亚条约集团，并拉印支三国参加，这就与我和孟先生和艾登先生所谈的有些不同了。这是我所关心的问题。我们希望印支和平得以恢复，并希望老、柬成为和平独立和友好的中立性国家，如果它们参加美国的同盟，建立美国基地，这对印支人民和法国人民都是不利的。根据我们的谈话，我想不会如此，但是外面传闻很多，好像在巴黎有了什么承认似的，所以我愿意直率地和总理阁下谈谈。"

孟戴斯－弗朗斯："感谢总理阁下回忆到我们过去的谈话，并愿保持原来的态度。

"在我们两次谈话之后，情况有了一些发展，总理阁下是知道的。应在我们的期限——应该说我自己的期限快要到了，但是我们的困难仍然存在，越盟坚持控制顺化以北的第九号公路，我们对此感到惊异，这条公路对越盟没有多大价值，对老挝却很重要。我不知他们为什么要这样坚持。我们大家要求老挝独立，过自由的生活，因此，我们不能给老挝一个让越盟控制它的生命线的印象，如果老挝的东方出口被堵塞，它就会向西方去找出口。"

周恩来："我想越南人民对第九号公路没有什么特殊的利益，也许是这条公路在十六度以北的缘故，至于老挝出口问题，这倒是值得注意的。"

孟戴斯－弗朗斯："总理阁下的意思是不是说，范先生可以同意划出这条公路，果然如此的话，这倒是一个进步，那我们也愿意在其他方面表示我们的让步。"

周恩来："这个问题我不能谈得更具体，应该由范先生直接与你解释。过去阁下曾经说过，目前不仅有划线问题，还有政治问题。我已把这点告诉范先生和莫洛托夫先生了，恐怕把这两方面的问题联系起来比较容易解决。也许今天晚上的会议就会获得一些进展。"

孟戴斯－弗朗斯："现在答复一下总理阁下所关心的东南亚同盟问题。我想阁下的担心是没有根据的，巴黎会议并未考虑到任何形式的包括印支三国的东南亚同盟。据我所知，美国也没有在印支建立军事基地的企图。因此我们不要改变我们以前谈话的态度。自然，如果战争不能停止，情况就不一样了，如果停战实现，某些国家可能会单独地有些表示，以巩固其原来的观点。但是我肯定地向总理表示，我们没有考虑包括印支三国的东南亚同盟，请相信我，这是毫无保留的话。"

周恩来："谢谢总理阁下的说明，我们所有希望看到的是和平区域的扩大，如果美国搞东南亚集团，并包括印支三国，那么我们推动让步的努力也就成为徒劳了。所以我愿意提一提这个问题。"

孟戴斯－弗朗斯："最好的巩固和平办法就是合理地解决问题，拿老挝来说，我们希望老挝参加法兰西联邦，而不与别国缔结军事同盟。除了法老协定外，不设其他外国军事基地，但是老挝问题仍然悬而未决。越盟提出的不切实际的要求，他们所建议的从北到南的集结区长约 1000 公里，这是难以接受的，希望总理阁下像其他机会一样，劝劝范文同先生做比较现实的考虑。"

周恩来："老挝问题最好与越盟划线和选举问题联系起来谈。我们看到了法国代表团第二次的政治宣言草案，我们认为不建立外国军事基地，不与外国缔结军事同盟等应该包括进去。

"听说法国代表团已经提出老挝停战方案，规定在外国军队撤退以后，地方抵抗部队应在一些点上集结，越南则要求集中，让抵抗部队在划定地区内集结，而不是在点上集结。不过我想这个问题是可以由军事代表获得解决的。但是这与越南的划线也有联系。希望孟先生与范先生直接谈谈，今晚上的三人会晤想来也会谈到这个问题。"

孟戴斯－弗朗斯："我已请法国代表团与越盟人员接洽，希望能有进展。当然我也很重视与二位主席会晤。"

周恩来："除了政治问题外，在停战问题上也要先找出主要的共同点来拟就协议，不然像小本子一样的停战协定，一时是弄不出来的。"

孟戴斯－弗朗斯："我完全同意这种主张。"

周恩来："今天已经 17 号了，要在两天之内，在主要部分上取得协议，才能算是成功。"

孟戴斯－弗朗斯："很高兴听到这样的意见，我完全赞同。"

与柬埔寨外长泰普潘会谈

在此之前，周恩来还在花山别墅会见了柬埔寨外长泰普潘等。

泰普潘："前次会谈以后，我们准备了两个关于进入外国武器和选举的文件，现在特送来请总理阁下看看是否可行。"

周恩来："谢谢，将仔细研究。我们希望柬的问题能够顺利解决。柬的问题并不复杂。在柬的越支援部队应该撤退，柬本身的抵抗部队应该停止战斗，就地集结，然后根据自己的选择把他们编入王国军队或警察。一部分可以复员，对这些点最好能在停战文件中表现出来。

"过去的合作分子应该与他们团结起来，进行就地协商，吸收他们参加工作，无论是军事人员或文职人员都获得选举权、被选举权和其他公民权利，这样柬的和平、统一就能实现。外长阁下也同意柬不设军事基地，不与外国缔结军事同盟。"

泰普潘："吸收越盟作战分子参加军队问题，我们要考虑国家的领导，文职人员参加政府工作，只能在宪法的范围内找办法。"

周恩来："这是一个问题，但是数目不大，过去我们把国民党的军队、警察、公务人员统统包了下来，这样他们就不再乱闹了，国家获得统一。也许你们会说中国很大，但是我们吸收的人数也是上千万的。只要王国政府负起责任来，不歧视、不迫害，解决的方法是可以找到的。当然不是全部，因为还有自愿的选择。王国的武装力量还未达到自己所需的程度，需要增加军队和武器。"

桑萨里："我们是愿意接受这些你们叫作抵抗部队，我们叫作叛军的人员的。你们是要他们作为连或营参加王国军队或是个别参加。如果是个别的，那没有问题，如果是全部，我们就有困难了。至于公务员那是要有条件的，我们可以考虑特殊情况，我们不能担保全部吸收，这是一个主权问题。我们愿意单方面发表宣言，而不愿采取国际协议的形式。"

周恩来："这是一个方法问题。现在我想知道你们对于所谓的东南亚防御同盟和外国基地问题有何新的意见？"

泰普潘："对于这些问题，我们还要考虑。当我们国家的安全受到威胁时，也许会考虑与别国结盟。譬如中国或其他国家。柬人向来不愿在自己领土上有外国基地。我们已赶走了法国人，我们也不愿别人来代替。"

周恩来："我们促成印支和平就是不愿美国在三国任何一国建立军事基地或派人训练军队。那样情况就恶化了。"

刁龙："总理阁下的意思是不是说，不能有美国的训练人员，法国人员则可以？"

周恩来："那就是另一个问题了。"

刁龙："我们指望总理阁下来帮忙恢复印支和平。"

同日，周恩来在摸清了印支三国不包括拟议中的"东南亚防御同盟"之后，马上同莫洛托夫、范文同商讨范文同同孟戴斯－弗朗斯的谈话口径以及 18 日恢复印度支那和平限制性会议问题。周恩来在会谈中建议利用莫洛托夫作为会议主席的身份，对一个月来会议的进展作一个总结，指出这一个月会谈的成就，肯定哪些已经达成协议，哪些双方意见已经接近，哪些还有分歧，需要双方努力，尽快取得一致，早日达成协议。莫洛托夫、范文同都赞成周恩来的这个建议，随后大家具体研究了总结的内容和措辞。

范文同按照三方商定的意见去同孟戴斯－弗朗斯就越南划线和政治问题又一次进行谈判。

7月18日上午11时，老挝外交部部长萨纳尼空偕国防部长高拉冯来见周恩来，李克农、陈家康作陪。

萨纳尼空："我和范在军事问题上没有什么不能克服的困难，分歧点在政治上。范说，我们必须庄严承认抵抗运动的存在，然后划出集结区，并建立独立自主的行政机构，这无异于划分我们的领土，实际上就是分治，我们难以接受。"

高拉冯："我们承认有抵抗运动，但抵抗运动的力量并不大，不过两三千人。我们同意在集结区建立混合委员会，等于联合政府，苏发努冯先生有许多优点，他是巴黎公学毕业的，这样的人才在老挝不可多得，我们相信在选举之后，他一定能够在政府里获得最荣誉的位置，甚至可以是我们的首相。"

周恩来："老挝的抵抗部队应该承认王国统一政府，王国政府应该承认抵抗部队，至于数量多少倒是不重要的问题，你们说两三千人，我们说不止此数，主要是要和他们取得联系，确定集结区，上中下寮都有，很分散，这样的分散使大家不能安心，甚至会发生地方冲突。因此，我们认为区比点好。我和阁下、孟戴斯、艾登都已说过，在老东北部划定一个集结地区，并没混合委员会来处理双方关系、地方关系，选举以后，抵抗运动方面可以参加王国政府，这是一种好的办法。

"据我所知，大家从来没有把老挝当作越南看待，老挝只有一个王国政府，这并不是分治。一切外国军队撤退后，老挝就成为一个和平、独立和统一的国家。将来还在四周口岸进行监督，这样老挝的安全也有了保障。在停战期间，老挝要运入自卫武器，还可以协商规定。

"也许你们会觉得中国是一个大国，有些不放心。我们愿意和老挝建立友好关系，我们曾经提到的五个原则也适用于我们之间的关系上。我们也愿意发表同样的声明，承担我们的约束。我们不愿威胁任何人，也不愿受任何人的威胁。"

萨纳尼空："非常感谢这次很有兴趣的谈话。总理阁下所谈的各点，我们要回去仔细研究，俟有些结果，我们再来求见。"

莫洛托夫在限制性会议上作总结

7月18日下午3时，继续举行印度支那问题限制性会议。这是从上次外长们参加的会议以来的第一次限制性会议。一个月中，经过一连串的非正式的商谈和会晤之后，9个外长们又坐到一起来讨论印度支那问题。

担任这次会议主席的苏联外交部部长莫洛托夫根据中苏越三国外长昨天商量的意见和会议实际进展，对一个月来的会议工作作出估计和评价。

莫洛托夫说："过去一段时期会议工作和外长助理们所做的工作，取得了相当重要的成果。但如果认为一切都已做完，不再有困难的问题，那就不对了，同时也不能否认这一时期所取得的成果的客观价值。"

莫洛托夫说："首先在恢复印度支那和平这个最复杂的问题中，主要问题的解决办法已经明确下来了。这就是说，经过最近的谈判，大家已经承认了解决恢复越南和平问题的基础，这个基础打开了让有关各方达成协议的可能性。"

莫洛托夫指出："就恢复老挝和柬埔寨的和平也达成相应的协议，虽然在这方面可能还不是一切事情都已办妥，但是无可怀疑，有关各方都是朝着达成协议的方向走的。"

莫洛托夫又说："最近代表团成员之间的接触和频繁的会谈起了有益的作用。相信，这种接触和会谈已经而且还将继续为具体地解决尚未解决的问题铺平道路。"

莫洛托夫进而说："目前越南和老挝的停战方案已经提交会议。会议有了两种这样的方案，或者无论如何今天还有着两种这样方案。关于柬埔寨的情形也是这样。还希望有关方面表示诚意，以求就这些协议内尚未取得必要的协议那些部分达成一致意见。会议上对日内瓦会议宣言也有两种方案，这个宣言主要是关于一些重要的政治问题的。有关老挝和柬埔寨的相应的声明的方案也将提出。关于就印度支那停战协定的履行进行国际监察的问题，经过长期的讨论后，现在已就这一问题提出两种方案，在这种方案上取得协议大概不需要很多时间。"

莫洛托夫最后说："以上所述，就是日内瓦会议目前情况的概貌。"

到会者十分注意地听取了莫洛托夫对最近一个月来工作的总的评价，大家也都表示同意莫洛托夫的看法。但美国代表史密斯在他的发言中表明了美国代表团的立场。他说："如果达成了为美国所赞同的协议，那么美国将发表单独声明，声明不使用武力，也不使用武力威胁来破坏协议。"

周恩来在会上告诉艾登，"关于中立国监察委员会，我们考虑了西方国家的意见之后，我建议由印度、波兰、加拿大三国组成"。

艾登当即表示这个极好的建议性意见，谈判中许多疙瘩将会由此而解开，会议将要获得成功。

孟、艾与周恩来商谈老挝问题

7月19日12时45分，孟戴斯－弗朗斯、艾登偕同他们的主要助手萧维尔、卡西亚来见周恩来。张闻天、李克农、王炳南、陈家康、宦乡等陪见。

孟戴斯－弗朗斯："现在会议已进入结束阶段，但是老挝问题还没有进展，希望和总理阁下谈谈这个问题。

"老挝问题有两个方面，一方面是恢复和平和恢复和平以后的问题；另一方面是法国驻军的问题。法国驻军是老挝所要求的，人数不多，3000左右。这是为了帮助老挝的一种安全措施，不能被认为是一种危险，我与范先生亦曾谈过，不必对此表示忧虑。老挝的疆界长约三四千公里，它需要建立一支能够维持秩序的与保障安全的军队。因此，法国驻军的帮助是必要的，不知总理阁下是否同意。我要重复一遍，法国驻军没有任何侵略性，不威胁任何人。"

周恩来："法军在一定时间一定地点和一定数目范围内留驻老挝的问题，可以和其他问题联系起来考虑，不知在东北二省内划定抵抗部队的集合区问题是否已经解决。法国驻军主要应在公路沿线，川宽则太过于接近越南边境。"

孟戴斯－弗朗斯："我们在湄公河有两个基地，这点想来没有问题，至于雅尔平原的基地可以另想办法。我们同意对法国驻军的数量加以限制，但在时间方面，希望再为考虑，因为老挝要有足够的时间建立自己的自卫部队。

"老挝抵抗部队的集结问题，是一个微妙的原则问题，但是问题不大，因为抵抗部队的数量并不多，原来就2000，后来就2500，现在说4000。4000也许是不符合实际的，不过数目毕竟不大，应该是可以解决的。我们也同意保证这支部队能够参加国家生活，不受报复。他们的公务员可以在行政机构里工作，军人可以编入国家军队，他们可以享有选举权、被选举权和其他一切公民权利。但是我们都不了解，为什么这样军事性的队伍应该获得特殊的政治权利，并控制一个特殊的行政地区，虽然是部分的地区，多数人没有这样的特权，少数人却要求这样的政治特权，这是不适当的。我们愿以和解的精神考虑一切具体的建议。但是分离老挝，划定歧视性的政治地区，不是一种好的办法。"

周恩来："刚才总理表示的意见和我的意见差不多，昨天我和老挝外长和国防部长也谈到了解决的办法。我认为应该区别两个问题，一个是外国军队应该撤退，另一个是本地部队的集合，这些部队应该集合在一个地区而不应该分为 11 点。抵抗部队的集合是要获得保证，在选举之后，他们可以依照自愿的原则，参加国家军队、警察或复员，这样就能实现统一，外国军队撤退以后，还有四周口岸的国际监察，这就是一种保证。还要区别两个问题，抵抗部队是军队组织，经过集合和政治工作后，就能得到保证，通过选举取得统一后他们就能得到安置。至于地方行政问题，那是一个内政问题，应该由王国政府和抵抗代表就地接触，以求得解决办法。抵抗部队在战时与政府对立，现在他们既承认王国政府，王国政府就应该团结他们。孟先生刚才也说应该给予他们各种权利，吸收他们参加工作，并安置他们。

"目前的中心问题是要把集合地区划于抵抗部队过去待得很久的地方，这更有利于问题的解决。

"我愿直率地说，法国打算在一定时期内在一定地区保留一些法国部队来扶植和加强老挝的自卫力量，我们愿意考虑，我们希望看到老挝成为和平、独立、自由和各方面友好的国家，而且能够自卫。我们认为孟戴斯先生也应该考虑制定一个较大的集合地区，然后，通过有监察的选举取得统一而使抵抗部队得到安置。这就是中国政府愿推动统一，越南自愿部队撤退以后，抵抗部队应该得到保卫。

"我们可以从两方面来促进统一。我们愿意使老挝成为像艾登先生所说的一个保护地带。很高兴艾登先生在这里，我们可以一起研究达到共同的目的的办法。我们大家应该推动王国政府负起责任来，一切通过王国政府，这样就可以正常化起来。"

孟戴斯－弗朗斯："正如总理阁下所说的，我们的意见已相去不远了。对于法国的驻军，想来是容易解决的，法国部队留驻老挝，不能使任何人感到忧虑，越南人民军应该撤退，抵抗部队应该得到安置，解决这些问题的具体办法，想来没有多大困难。我们所以提出11个集结点的原因，是因为我们认为这是一种较通常的办法，如果你们认为应该少一些点，这也容易办到，但是如果把南部的人都移到北部，问题就比较复杂了。抵抗部队全国都有，是否需要考虑在南部也划定集结区，那里的人多数已经习惯于当地的生活，应该在当地解决，另一部分人可以向北转移。至于北部的集结，问题比较容易。我们建议尽管保护抵抗部队，使他们获得一切公民权利，但不能有特殊的政治权利。

"老挝是一个弱小的国家，我们大家都同意它能完全独立，现在应该避免的是，不要给老挝和其他国家造成一种印象，即在一个国家刚要独立的时候，人们就考虑把它分裂，划定具有特殊地位的行政区。老挝真正完全独立应该得到保证，内外都不能受到威胁，否则在亚洲和其他地方将有不好的影响，希望阁下予以注意。"

周恩来："我在6月里曾与两位深谈过，老挝抵抗部队应有一个集合地区，但这与越南情况不同，越南有两个集结地区和两个政府，在一个时期内可以各管各的，但是越南的集结区也是一种暂时办法，这不影响统一。在老挝分11个集合点不能获得安定，可能会发生当地的冲突，法国部队留驻老挝是为了帮助老挝树立自己的力量，使老挝统一独立，我们不应说这是法国的侵略，而法国部队是外国部队。抵抗部队是本国部队，应该集中，而不是分散在 11 点上，他们应该得到保护，集中后在国际监督下逐步参加国家生活。老挝不像越南，王国政府要负责解决他们的问题，使他们安心。

"如果说有些南部人不愿到北部去，这是可能的。这是政治问题，可以由抵抗部队的代表与王国政府代表协商解决。行政问题和军事问题应该分开。我在 6 月间所说的话是根据实际出发的。现在仍然不变，没有增加，也没有减少，相反地我们愿意考虑法国留驻老挝问题，这倒是新的一点。"

孟戴斯－弗朗斯："现在我们意见已经距离不远，我建议可以由专家去继续讨论。"

艾登："我也希望如此，按我听来，某些点已经在这里取得协议了。据我们的了解，周恩来先生不反对在南部划一个集结区，而是反对分散的 11 点，我们这个问题可以交专家们和法军留在老挝的问题一起讨论。"

周恩来："我于 6 月间和历来所表示的，都是要在老挝东北划出一个集结区，不分散 11 点，否则就会继续不安，停战也不会稳定。这一集结区只是临时性的，经过选举取得统一后，抵抗部队可以成为王国军队的一部分，或是地方警察的一部分，或是复员，这样就是推动统一，不是分割。"

孟戴斯－弗朗斯："关于集合地区的数目和地区问题，我想主要的集合地区可以划在东北，南部也许仍可划定集结区，至于具体界限，可以就地解决。在集结以后，抵抗部队的负责人可与当地的当局建立联系，以解决集结后的一切问题。"

周恩来："我同意总理阁下所说的，由专家去进行研究。"

孟戴斯－弗朗斯：“专家今天下午就可开会。”

艾登：“如果老挝问题已经谈完了，我想建议另外一件事。卡西亚与张大使有过一次极有益的谈话，我们让他们再谈一次。”

周恩来：“好，卡西亚先生何不留下吃午饭，以便谈话。”

卡西亚：“谢谢周总理的盛情，我下午5时以前还有别的约会，5点半以后我请张大使到我那里去。”

孟戴斯－弗朗斯、艾登等都纷纷告别。

张闻天与卡西亚会谈

下午5时45分，张闻天偕同翻译到达英国代表团总部与卡西亚会谈。在此之前，张闻天奉周恩来之命、卡西亚奉艾登之命，双方就越南划界、选举日期、中立国监察委员会、柬、老问题和东南亚军事同盟问题进行了多次会谈。今天是张闻天答复卡西亚在前次会谈中提出的问题。

张闻天：“第一点是分界线，现在越南民主共和国再做让步，即分界线通过第九号公路以北约10公里，照顾到地形，如果对方再不接受，我们也只能买回家的车票了。按照这一建议，九号公路的安全已不成问题。”

卡西亚：“10公里恐怕太窄。”

张闻天：“在分界线两边双方各撤5公里以建立非军事区。”

卡西亚：“我不能代表法方接受这一建议，此事应由孟、范进一步讨论，但我估计法方可能还争几公里。”

张闻天：“第二点是选举的日期，现在越南民主共和国也再一次让步。在停止敌对行动的协议签字后两年内举行普选。选举的确切日期和准备及举行选举的办法由越南北、南两区有资格、有代表性的当局协商，不迟于 1955 年 6 月作出决定。"

卡西亚："由孟、范去谈。"

张闻天："第三点是国际监察委员会成员问题，周恩来总理建议下列三国代表组成，印度、波兰、加拿大，印度为主席。此点艾登和孟戴斯－弗朗斯已经同意。可以把它肯定下来。"

卡西亚："英国同意。但不知美国态度如何，估计可以同意，将探知美国态度如何，然后用电话告知我们。"

张闻天："第四点是双方军队撤退和转移的时间，越南军队的集结应在 245 日内完成。"

卡西亚："这一问题初次提出时分成两部分，第一部分按撤军所用的物质条件，如铁路、港口等，法国最后提出 260 天。第二部分把坏气候估计在内。法国提出另加两个半月，现在你们提出 245 天，法国要把一切希望寄托于好气候，孟对此会感到不安。"

张闻天："按我们的计算 6 个月已足够。245 天已把坏气候也估计在内。"

卡西亚："这一问题也要孟、范去谈。"

张闻天："第五点是中立国监察委员会向日内瓦与会各国提出违协问题时，各保证国应进行协商采取集体措施问题。法国草案（政治宣言）中用的是'单独及集体措施'，我们认为大家共同采取措施较好。"

卡西亚："尚未看到最后稿，因此只能说注意到我们的意见。但是昨天美国代表说，如果此地达成的协议是他们愿意尊重的，他们将单独发表声明，表示不破坏这一协议；而如果别人企图破坏，他们将认为是一严重事项。美国代表的这一表示，说明美国不愿意在集体措施上签字受约束。"

会谈结束后卡西亚将情况报告艾登。

艾登听后眉飞色舞。他说周恩来的建议和中国代表团的立场，把分歧缩小到最低限度，只要双方再稍稍让点，就可达成协议，一两天之后我们就可飞回伦敦报喜了。

同日，范文同与孟戴斯－弗朗斯再次进行会谈，就一些尚未取得一致意见的问题进行磋商。

周恩来答英国工党领袖问

同日晚上 7 时，周恩来在日内瓦花山别墅接见英国工党总书记菲利浦斯，并回答了他提出的问题。

问："工党代表团去中国的访问，在各种不同见解的人们中间引起了极大的兴趣。我知道他们特别对你对于英中关系的看法感兴趣，你对此能发表一些意见吗？"

答："中英两国之间的关系，由于最近双方协议由中华人民共和国政府派遣代办驻在伦敦，已经得到了改进。

"中国政府和人民深愿中英关系能够在现有的基础上获得进一步的增进，并愿与英国政府和人民共同努力，发展相互之间的经济往来和文化交流，使两国人民之间的友好关系得以加强。我深信，中英关系的增进，不仅符合于两国的共同利益，而且也有利于维护和巩固世界和平。"

问："我们对于你任命一个代办驻伦敦的决定表示高兴。我们希望这将导致两国人民间更多的了解。它是否也能导致工业和商业上的更大的合作，虽然我们的经济是不同的，你的意见如何？"

答："尽管中英两国的经济制度有所不同，但是两国在平等、互助的基础上发展和扩大相互之间的工商业合作，却是可能和必要的。它将有助于改善两国人民的生活情况。中华人民共和国政府很重视发展和扩大与英国之间的工商业联系，它将派往伦敦的代办在这方面当尽力加以推动。"

问："你对日内瓦会议有何希望?"

答："如果没有新的阻挠,日内瓦会议即可达成关于恢复印度支那全境和平的协议。印度支那三国在和平恢复后应该成为自由、民主、统一和独立的国家,而不应该参加任何对立的军事同盟,也不应该容许任何外国在各该国中建立军事基地。

"日内瓦会议的与会各国应该共同承担义务,集体地保证印度支那三国的和平,使它们不致遭受武力威胁或外来干涉。

"我们欢迎一些亚洲的有关国家,例如科伦坡会议国家,对日内瓦会议可能达成的协议给予支持,并发生联系。

"我希望,上述步骤如果一一实现,将有助于创造一个和平的地区。"

问："你对维护亚洲和平有何意见?"

答："为了维护亚洲和平,亚洲各国不论其社会制度如何,有必要在相互尊重领土主权、互不侵犯、互不干涉内政、平等互惠、和平共处等五项原则的基础上,通过和平协商的方式,来审查和解决彼此之间存在着的问题,并建立相互之间的合作关系。这样,它们就能和平共处并相互友好。最近中印、中缅的联合声明,在这方面提供了良好的范例。

"我认为,亚洲各国彼此之间应该进行协商,以互相承担相应义务的方法,来维护亚洲地区的集体和平。

"我深信,亚洲某些地区的集体和平如能建立,那么,这些和平地区就有可能逐渐扩大,从而促致全世界的和平和安全的巩固。

"我借此机会向英国人民致意。再会!"

周恩来和菲利浦斯的谈话,英国广播公司于 20 日 21 时 15 分在伦敦广播,《人民日报》也于 20 日见报。

同日晚 8 时,周恩来宴请印度驻联合国代表梅农。乔冠华、陈家康作陪，印度驻日内瓦总领事也应邀出席。

周恩来在宴会上告诉梅农，今天张闻天先生会见卡西亚，我们在5个问题上向英方提出了答复。又告诉他今天与孟戴斯－弗朗斯和艾登关于老挝问题进行了会谈，明确表示了我方的意见。

梅农说，关于越南划线问题法国希望能靠近一条河，由于孟在国会中的困难，因此要在这个问题上取得最大让步。选举日期与其确定一个遥远的日期，不如使关于选举的工作早日开始。

周恩来说，现在选举的日期我方让步到两年的期限，再也不能说选举举行得太快。确切日期由双方协商，但要在1955年6月前确定。美国不准备参加签字。

梅农说，首先，美国考虑到世界舆论，已经改变了保持沉默的政策，而决定发表单方面的声明，仍然承担了不破坏协议的义务。其次，美国不参加集体机构，就无法使唤集体机构，如果美国违协，那么参加集体机构的国家即可进行协商，并把美国叫到会议上来。如果是另外一个国家违协，那么美国无权参加协商，它如要求参加，集体机构还需要加以考虑。

宴会一直持续到10时，周恩来一再称赞梅农所起的作用。

日内瓦会议已进入最后阶段也即是最关键的阶段，为消除双方最后的歧见，会外活动空前地频繁紧张，周恩来以他坚定的原则性、更高的灵活性和斗争的艺术性在苏越老柬和英法代表团之间进行协调、磋商、斡旋，解决一个个大大小小的问题。乔冠华、陈家康、宦乡等则忙于起草和修改协定、宣言、声明，俄、英、法文的翻译们则忙于翻译各种文本，黄华、龚澎、吴冷西等则忙于新闻的报道和应付各国记者们的采访、询问。中国代表团人人都忙得不亦乐乎，但是个个心情都是愉快的乐观的，他们已经看到了曙光，和平的曙光、胜利的曙光就在眼前了。他们在周恩来和代表团几位主要同志的领导下，70多天的辛勤劳动，就要开花结果了。丰硕累累的果实，怎么不令人兴奋啊！

柬埔寨代表采访

7月12日上午11时，柬埔寨外交部部长泰普潘率军事代表刁龙来访周恩来，并进行了会谈。

周恩来："我们的工作文件已差不多了，唯有柬问题还有些问题，应该再推动一下，希望在今天会上同时达成协议。"

"我已经看了有关柬16日和19日的两个文件。"

泰普潘："在政治问题上，我们还有些分歧，在军事上亦存在某些分歧的地方。"

周恩来："我们亦存在一些共同之点，对于分歧点亦可以协议的。"

刁龙："我们对越南方面某些建议是难以接受的。我们已准备一个联合声明，还准备一个单方声明。我方意见尚未与越南代表团交换。对在柬的越南分子不加歧视，亦不对他们的家属加以报复。在恢复和平之后，军人可进军事学校、士官学校、军事训练学校。撤军问题，越盟提出6个月，这太长了，只需1个月就够了。"

周恩来："地区分散，撤退是有困难的。"

泰普潘："越盟建议，原非柬籍的分子保持武装一直到普选，甚至是到柬统一。根据我们的宪法，军人是不能参加选举的。"

周恩来："这为什么？"

泰普潘："根据我们的宪法现役军人既没有选举权亦无被选举权。"

周恩来："你们没有服兵役的规定吗？"

泰普潘："有的，法国和欧洲国家都有这个规定。"

周恩来："美国军人可以参加选举。"

刁龙："警察可以参加选举。"

泰普潘："和尚也不能参加选举，我们有6万名和尚。"

周恩来："为什么？"

泰普潘："因为他们具有出世观，超出现世，对于政治不感兴趣。"

刁龙："还有一个问题，人们让我们声明，不准在我们自己领土上建立军事基地，我们是一个独立主权国家。"

周恩来："这是滑稽的，自然不能做这样严格的规定。你们自然可以修建自己的飞机场。"

刁龙："越方建议在越南军队撤退时的沿路两侧各两公里的交通线上撤出我方部队的建议，这也不能接受。两公里的宽度一直延伸到我们居住的地方。我们已保证他们的安全，并提供一切便利和交通工具。我方完全有诚意做更大的努力使协议能够达成。"

周恩来："谢谢你们把分歧点都提出来了，对柬问题至今未达成协议表示遗憾。

"现在的问题是把不同点使其接近起来，我们相信可以得到和解的。

"越南志愿军撤退之后，大家都很愉快了。撤退是肯定的。至于限期和通过交通线的问题，如果限期不长，可以少一点，1个月的限期太少，但是总是要走的。

"内部问题，应将柬埔寨所有的抗战运动战士区分一下，照顾他们的志愿，有的人原住在那里不愿离开的，有的人是从交趾来的，但不应对他们加以歧视。他们愿在柬，也不要把他们赶走，但应尊重王国的法律。

"对柬的武装力量，可以就地集结，用政治方法、和平方法去解决。尽量吸收他们参加国内军事和行政组织。（一）曾与对方合作的分子不受迫害；（二）给他们适当的工作安排；（三）他们有些政治组织，政党及其团体，根据宪法承认他们的合法地位。可以和各地政治组织的领袖们接触并谈判。

"说到军事问题，首先是不从国外进入新的军队和武器，不建立外国军事基地，不参加军事同盟。"

泰普潘："自卫一词，法文可以两个词表示：一个词是 autodéfense；另一个词是 défense à l'interieur du pays。我们喜欢用后一个字，因为前一个词'自卫'亦可解释为地方上的自卫。"

周恩来："这可以同意。"

刁龙："范只说过'自卫'一个词。'在不建立外国军事基地不参加军事同盟'一条下，应该加上'当柬埔寨不受到外国的侵略或外国侵略的威胁时'。"

周恩来："这是可以考虑的。不要亲美。"

泰普潘："不会的，甚至史密斯说过美国都无意参加援助。"

周恩来："史密斯可以这样说，但美国政府里还有雷德福、尼克松这一类的人。"

泰普潘："我们对加入法国联邦不感兴趣，不愿再受它的统治了，法国并不比越盟好。"

周恩来："但是亲美更坏，中国是有经验的。

"现在离开会的时间很近，希望今天下午你们与越南代表团就这些问题达成协议，我们亦向越南方面推动。"

泰普潘："越盟要使我们成为他们的殖民地。"

周恩来："我可以向你们肯定，越南并无此意。胡志明向我表示，他们可以保证不对任何国家侵略。因为侵略注定要失败的。"

泰普潘："是的，我们要生存，所以我们要保卫我们的独立。我们是小国，决无意攻击别人。"

刁龙："我的祖先是中国人，我的名字叫刁龙，我们得到总理的帮助，以后还需中国在各方面帮助。"

周恩来："是的，你们将来有机会欢迎你们到中国来参观。"

泰、刁："非常愿意，谢谢。"

周恩来："甚至我们将来还会有外交关系。"

泰普潘："是的。"

7月20日上午，周恩来与莫洛托夫、范文同举行会谈，研究若干关于日内瓦会议结束阶段的问题，包括会议宣言、协定、声明的最后审定。对于柬埔寨代表团最后提出的问题特别是撤退一切外国军队和军事人员问题，开始莫洛托夫、范文同认为柬要求过高，而且后面有美国支持，有意破坏会议，因此不能同意。而周恩来站得高、看得远，在外交策略运用上比莫洛托夫、范文同更胜一筹，他反复说明虽柬后面有美国支持，想破坏会议是可能的，应该警惕；但柬是小国，怕受人欺侮，特别对大国不放心，这种要求和心情是可以理解的，也是可以原谅的。同时柬如能真正完全中立化，这对越南、对中国、对和平都是有利的。我们应该把意识形态和国家关系这两方面的问题区分开来，同意他们的合理要求。经过周恩来的反复说明道理，莫洛托夫、范文同最后同意周恩来的意见。

随后，莫洛托夫、范文同、艾登、孟戴斯－弗朗斯举行会谈就遗留的问题进行最后的磋商，并敲定宣言、声明和各项协定的文稿。

同日下午2时10分，孟戴斯－弗朗斯在他的别墅宴请周恩来。中方出席的有张闻天、李克农、王炳南和译员，法方出席作陪的有拉香希尔（联邦成员国部队）、萧维尔、约克斯（驻苏联大使）、流里斯（外交部办公厅秘书长）、吉勒马兹及译员。

席间主要谈了中法两国的情况，并皆认为中法关系应该改善。孟戴斯－弗朗斯说，欢迎周恩来总理下次在巴黎见面，过去主持勤工俭学的"法华教育协会"应该恢复。孟戴斯还说他对中国饭菜和中国文化都很欣赏。

宴会一直在融洽的气氛中进行。因为彼此都明白停战协定已经没有什么问题，今天晚上就要签字了，一种愉快、欢乐的心情溢于每个人的言表。

十三、日内瓦会议胜利闭幕并发表宣言

日内瓦已到了最热的时候，日内瓦会议也同天气一样达到高温的程度。7月20日、21日，它到了最令人兴奋，也最令人焦急的时刻。

出席日内瓦会议的各国代表团和记者们忙得像一锅粥似的，可又神经绷得很紧，令人焦急万分地等待着它的结果。大部分人是高兴，盼望快些得到好消息；也有少数人忧虑，希望它出点差错，将已达成的协议弄崩了。心情是复杂的，态度是不同的。而印度支那人民、中国人民、苏联人民、法国人民、英国人民和全世界人民都盼望着日内瓦会议传出好消息，恢复印度支那和平达成协议。美帝国主义、法国主战派和越南保大则又是另一番心情和态度。

日内瓦会议关于恢复印度支那和平的协定在7月20日这一天都已先后达成协议，本可在20日子夜以前签订的。当20日晚上快要举行全体会议的时候，柬埔寨王国外交大臣泰普潘突然不遵守在和其他外长们接触、谈判中取得的协议。而在晚上8点半的时候，得到大会通知的摄影记者和来自各国的大批记者都已到了国联大厦和新闻大厦等待协定的签字和闭幕大会的开始，随着柬埔寨代表团在最后一刻引起麻烦的消息的出现和人们对签订协定的期待，日内瓦的气氛变得紧张和不安起来。

　　会议的两位主席莫洛托夫、艾登和孟戴斯－弗朗斯、范文同一起同柬埔寨外长泰普潘继续讨论柬埔寨的问题。

　　到将近午夜的时候，各国代表团的汽车不断带着文件和打字机到达会场，代表团的工作人员也忙着纷纷走进走出会议室附近的办公室，这样更增加了人们的焦躁不安。

　　20日午夜以后，会议决定关于越南和老挝的停战协定首先签订，在21日凌晨2点45分的时候，扩音器里宣布停战协定将在半小时左右签字的消息的时候，国联大厦和新闻大厦里同时发出了万岁的欢呼声。越南和老挝两个停战协定终于在凌晨3时半签字了。

　　周恩来带着俄文译员师哲一直在苏联代表团莫洛托夫的别墅里等待莫洛托夫回来报告消息，直到21日凌晨4时左右莫洛托夫才返回住所。周恩来忙问怎么回事，莫洛托夫说，柬埔寨、老挝代表团有意拖延了一段时间，因为孟戴斯－弗朗斯一上台就向法国国民议会许愿，说一定将在7月20日以前达成停战协定，因此他们非要把签字仪式拖到20日12时以后，21日凌晨才举行。这样就可以表示关于印度支那问题的协定的签字不是在7月20日而是在7月21日才完成的，从而给法国人脸上抹点黑，这一招可把法国人吓坏了，急得他们团团转，坐立不安。至于柬埔寨经过我们的说服，并按照你的意见我们做了些让步、法国也做了些让步，也于21日早晨同意在关于柬埔寨停战协定上签字，大约在上午也可正式签字了。

　　周恩来听后才放下心来，他同莫洛托夫又商量下午闭幕会议的事情，然后两人紧紧地握手，互祝胜利。莫洛托夫用锐利的目光紧紧地盯着周恩来，心想这位新中国的外交家，第一次参加国际会议就表现出如此非凡超人的外交才能、智慧和勇敢，取得如此辉煌的胜利，赢得世界外交界的称颂和各国人民的拥护，他感到无限的欣慰和钦佩。周恩来几次要放开手告辞，莫洛托夫却抓住不放，好像有许多话要说而又未说。两人仍手拉着手，从会客室走到房门口。周恩来再次要告辞，莫洛托夫满脸微笑，仍无松手分别之意，同周恩来并肩漫步而行，似乎他的心里在说：战友、同志、亲爱的战友、亲爱的同志，在日内瓦共事70余天，日日夜夜共同斗争，共享欢乐与困苦，建立了伟大的友谊。同时，我也进一步了解你、认识你，你是一位不可多得的伟人、领袖、我们共产主义的继承人。莫洛托夫和周恩来一直手拉着手走出楼房、进入院落，直到别墅的大门前，莫洛托夫才放开周恩来的手，两人方始热烈拥抱告别。

周恩来回到自己的住处，已是东方既白了。他没有去休息，而是打开收音机，听各国的广播报道日内瓦会议签字的消息和评论。

日内瓦确定了中国的五大国地位

在日内瓦出席会议的人士称，有英、法、美、苏、中五大国参加的日内瓦会议的成功是走向解决悬而未决的国际问题以实现持久和平和安全方面的一个巨大步伐和伟大成就，是通过围绕着会议桌来谈判以和平解决争端及缓和世界紧张局势的又一个历史性的里程碑。中华人民共和国在国际上的合法权利和建设性的作用已变得更加明显，五大国地位业已确定，不能再被人否认了。亚洲国家将在国际事务中起重要的历史性作用的新时代，已随着日内瓦会议胜利结束而开始了。

7月21日上午11时，艾登前来向周恩来告别。艾登因为同莫洛托夫一道同柬埔寨外长商谈，也是一夜没有睡，但他仍挤出时间来向周恩来辞行，因为他在日内瓦会议期间结识了周恩来，从他们之间的接触、交往、谈判、磋商中周恩来给他留下了极其深刻的印象，在他后来写的回忆录中说："周恩来在谈判中表现得稳重而又坚定。他说话力求含蓄，即使以中国的标准来看也是如此。但我觉得忍耐些是有好处的。"艾登被周恩来的外交才华、品德和温文尔雅的风度吸引了，他很愿意同周恩来交往，认为是可以作为一个很好的朋友。他也非常钦佩周恩来，尊敬周恩来。所以他尽管很忙，而且下午的闭幕大会上还要见面，但他为了表示对周恩来的尊敬和感谢，还是专程前来周恩来的别墅告别。

周恩来非常客气地接待艾登，除了烟茶之外，又特意要厨师做了些中国点心、小吃，还摆了茅台酒。

艾登一开始就说："衷心感谢周恩来总理阁下，在这次日内瓦会议中给予我作为会议主席的巨大帮助，周先生在会议中起了别人不能起的卓越作用，没有您的努力，印度支那问题达成和平协议那是不可想象的，说不定我们早已散会回家了。我们英国还极重视此次英、中两国已建立的联系，希望今后两国抱着信心维持这一联系。"

周恩来说："感谢艾登先生作为会议的主席之一所做的努力，现在中英关系不仅已经改善，而且还要发展。"

两人频频举杯互祝日内瓦会议胜利，中英关系进一步改善和发展。气氛热情友好。

艾登告辞时，周恩来一直将他送到门口。

下午1时，周恩来宴请孟戴斯－弗朗斯。法方拉香希尔、萧维尔、厄鲁（亚洲司司长）、吉勒马兹和译员同时出席，中方张闻天、李克农、王炳南、宦乡及译员作陪。

孟戴斯－弗朗斯满面春风，一进门就握住周恩来的手不放，幽默地说："停战协定没有按时签字，您看我是否应该辞职？"

周恩来笑笑说，"主要的事都已办了，这点小事不算什么。"

孟戴斯－弗朗斯："您和我们总统的意见一样，他今早在电话中告诉我不应该辞职，等我在议会里报告的时候，我就说周恩来总

理不要我辞职。"孟戴斯又说："我也问过莫洛托夫先生，他也表示我不必辞职。"

交谈、寒暄之后，周恩来请客人们入席。

席间主要谈中法两国的文化、中国和法国的烹调在世界上享有盛誉等。

周恩来在席终时举杯为孟戴斯－弗朗斯的健康、法国的繁荣、法国人民的幸福和中法两国关系在新的友好的基础上的发展干杯。

孟戴斯－弗朗斯也举杯为周恩来总理的健康、中国的繁荣和幸福而干杯。孟戴斯－弗朗斯还说：他第一次代表法国谈判就荣幸地和总理会面，这次会面使日内瓦会议获得成功，并为法中关系的发展开辟了道路。

宴会自始至终友好热烈。孟戴斯－弗朗斯一再感谢周恩来在日内瓦会议中起了举足轻重的作用，为印支和平作出历史性的贡献，法国人民不会忘记周恩来总理阁下的。

21日下午3时，日内瓦会议最后一次全体会议在国联大厦会议厅隆重而又热烈地举行了。

会议开始，主席艾登宣布进行摄影。

顿时，闪光灯四射，五彩缤纷，"咔嚓咔嚓"的声音响彻全会场，摄影记者们争先恐后地拍了许多历史性的照片。代表团里有些摄影爱好者也跟着抢镜头，拍下他们一生难忘的场景。

摄影之后，主席说诸位有什么意见请发表。

越南国代表陈文杜首先发言。他说："越南国代表团曾提出一项停战建议，该建议是要通过在一切交战军队撤退到尽可能小的集结区后，解除他们的武装，并由联合国在全部领土上建立临时控制，有秩序与和平地重新建立将能使越南人民通过自由选举决定他们的未来。"

陈文杜说："越南国代表团曾抗议下一事实，即它的建议未经审查即遭拒绝，这是唯一尊重越南人民愿望的建议，它迫切地要求北越三角洲的天主教乡镇非军事化和中立化是至少应为本会议接受的。它严重抗议法国和越盟的总司令部仓促缔结停战协定，虽然法国总司令部只是通过越南国元首的授权而指挥越南部队的，而这个协定的很多规定是严重损害越南人民的将来的。它并进一步对下一事实严重地提出抗议，即停战协定将一些领土归于越盟，而且其中有些仍然在越南部队占领之下，并且还是对保卫越南使之不受越盟更大侵略的基本地区。

"该协定甚至于实际上剥夺了越南除在它领土上保持一只外国军队而外组织它自己防御手段的难以废除的权利。它并严重抗议下一事实，即法国总司令部未得越南国同意而欣然越权确定未来选举的日期，而我们是在这里处理一项显然是政治性质的规定。"

陈文杜说："因此越南国要求本会议注意，它的确严重抗议缔结停战的方式和不考虑越南人民深切愿望的这一协定的条件。为了保障越南人民领土统一、民族独立和自由的神圣权利，它保留行动的完全自由。"

陈文杜的发言，显然是美国指使的，美国企图制造点麻烦以破坏会议所做的最后一次努力，但是又失败了。

法国外交部部长孟戴斯－弗朗斯发言，回答陈文杜。他说："在讨论的这一阶段，法国代表团无意回到越南国代表团所暗指的诸点。法国代表团坚信，当法国总司令部按其责任作出决定时，它是按照它的职权和命令行动的。法国代表团愿意在这里强调有特别重要性的一点，它了解并分有越南国代表团所表示的焦虑，法国当局一直尊重住在裴朱和发艳地区的人民的信仰，并赞成他们自由表示意志。他们从没有，甚至在战争期间也没有改变这一基本的态度。随着军事性质的决定以后，这些乡镇要从属于一个不同于他们所一直承认的那种政权，关于保障基本自由的允诺——这里我是指胡志明先生所提及的良心自由——我们有坚定的希望，我们希望这些允诺将被遵守，从而使这些人民在尊重他们传统信念中继续和平地生活下去。"

大会宣读三项协定

主席艾登说，他想本会议将愿注意到越南国代表和法国代表的意见。

现在对若干文件已达成协议，经建议，本会议应注意到这些协议，因此我提议先开始宣读这些文件所包括的题目的清单，我了解每一个代表团面前都已有了这些文件。

主席接着宣读这些文件的题目：（一）越南停止敌对行动协定；（二）老挝停止敌对行动协定；（三）柬埔寨停止敌对行动协定。

会场上一片翻阅文件的声音，人们都在认真地阅读。

附：

越南停止敌对行动协定

越南停止敌对行动协定将于签字后 48 小时生效。协定根据完全、全面、同时停火的原则，规定双方部队司令官应命令并保证在其控制下的一切武装力量，包括陆、海、空部队的一切单位及全部人员，在越南完全停止一切敌对行动。双方一切部队在越南全境各个战区停止敌对行动必须是同时的。考虑到停火命令下达到双方战斗部队最低层实际所需的时间，越南北部应在协定生效后 5 天内停火，越南中部应在协定生效后 10 天内停火，越南南部应在协定生效后 20 天内停火。

协定规定在北纬十七度线以南、九号公路稍北划定一条临时军事分界线，此线以北为越南人民军军事集结区，以南为法兰西联邦部队集结区。双方部队将自对方集结地区撤退。在临时军事分界线的两侧各不超过 5 公里的距离划定非军事区。为实际双方部队完全进入分界线两边的各自集结区所需的期限，以不超过停止敌对行动协定生效后的 300 天为限。

协定规定在实现越南统一的普选之前，各集结区内的行政将由依照停止敌对行动协定驻扎部队于该区的一方负责管辖。原属一方的，但应移交给对方的领土，应由该方继续管理，直到全部转移部队撤离完毕将地区让与对方之日为止。自此日起，该领土即被认为已移交与对方，而由对方负责管理。每方保证在划归自己一方的集结区内对战时曾与对方合作的人员和团体不加任何的报复与歧视，并保证他们的民主自由。

协定还规定自协定开始生效之时起，禁止一切增援部队和军事辅助人员进入越南，并禁止运入一切增援的各种类型的武器、弹药和其他作战物资。自协定开始生效之时起，在越南全境禁止建立新的军事基地，在双方集结区内不得建立属于外国的军事基地，双方应注意使划归他们的地区不参加任何军事同盟并不得用来重新引起敌对行动或供侵略政策利用。

协定规定：所有战俘和被拘平民应在每一战场实际实现停火后 30 天内予以释放。

老挝停止敌对行动协定

老挝停止敌对行动协定规定于签字后 48 小时生效。协定规定交战双方武装部队司令官应命令并保证其控制下的一切武装力量，在老挝完全停止一切敌对行动。双方一切部队在老挝全境各个战区停止敌对行动必须是同时的。考虑到停火命令传达双方战斗部队最底层实际所需的时间，上寮应在协定生效后

5天内停火，中寮应在协定生效后10天内停火，下寮应在协定生效后20天内停火。

协定规定：双方部队、给养和军用物资的撤退和转移应在协定生效之日起120天内完成。

在老挝的越南志愿人员应向越南撤退。在敌对行动发生前就在老挝的志愿人员的地位将由特别协定规定。

协定规定：集合于临时驻扎地段的寮国战斗单位应移往桑怒和丰沙里两省等待政治解决。他们在这二省内，和在一条沿越南—老挝边境的走廊地带有通行的完全自由。自协定生效起120天内他们应集合完毕。每方保证对于个人和组织不因其战时的活动而采取任何报复或歧视，并保证他们的民主自由。

协定规定：自停火令颁布之日起，禁止从老挝境外运入所有增援军队和军事人员，但法军总司令部得在老挝领土上留下为训练老挝国家军队所必需的特定数量的法国军事人员，此项人员数目不得超过1500名军官及士官。协定规定自协定生效之日起，禁止向老挝运入各种武器、弹药和军用物资，但为自卫所必需的一定数量的特定种类的武器除外。自协定生效之日起，禁止在老挝全境设立新的军事基地。法军总司令将在老挝全境保有维持两处法国军事设备所必需的人员，这些人员总数不得超过3500人。

协定规定：在老挝全境被俘的所有老挝和其他国籍的战俘和被拘平民，应自停火实际实现后的30天期限内予以释放。

柬埔寨停止敌对行动规定

柬埔寨停止敌对行动协定中规定：协定在签字后48小时生效。协定规定：由交战双方司令部于7月23日北京时间8

时下令在柬埔寨全境停止敌对行动。根据在全境完全同时停火的原则，并考虑到命令下达所需的时间，协定规定在1954年8月7日当地时间（与北京时间同）8时在全境完全停火。

协定规定撤退外国军队和外国人员，包括：一、法兰西联邦部队中的法国武装部队和作战军事人员；二、从其他国家或半岛其他地区进入柬埔寨的各种性质的战斗单位；三、在各种性质的武装单位中的或与越南军事单位有联系的各种组织中充任干部的一切外国人员或不是在柬埔寨出生的柬埔寨族人。上述人员、给养、军事物质的撤退应在协定生效后90天内完成。

协定规定：在停火令颁布后的30天内，高棉抗战军队就地复员。柬埔寨王国军队不得向高棉抗战军队作任何敌对行动。根据柬埔寨王国代表团在日内瓦发表的关于普选和一切公民参加国家公共生活的声明，决定这些国民的地位。禁止对这些国民及其家属实行报复。每个人应不受任何歧视地享受保护人身、财产与民主自由的宪法的保障。凡是提出要求的人，如果他们适合兵役法或警察条例，可以参加柬埔寨的正规军或地方警察部队。

主席艾登说，他愿意特别提请注意这一事实，即这三个协定包括有关于经分别协商关于在三国内由国际委员会和联合委员会监察停战的文本。他也愿意提请所有代表团注意关于停战规定和有关地图及监察问题的文件也属重要的问题，各方面也已同意，在各方面达成进一步协议之前，这些文件均不予以公布。艾登解释说这样做的理由是：这些停战条款将在不同的日期生效，希望在生效之前它们不应予以公布。

三国协定关于停战监察和监督的规定

三国协定都规定了停战的监察和监督。三国协定都规定双方承担履行停止敌对行动协定的责任。协定规定设立由双方司令部同等数量代表组成的联合委员会以及国际委员会。国际委员会由印度、波兰、加拿大的代表组成，由印度代表任主席。两个委员会的关系是平行的。国际委员会用多数表决的方法采纳或通过建议性的意见和仲裁性的决定，但有关修改或补充停止敌对行动协定的建议性的意见需要一致通过。当涉及足以导致敌对行动再起的违反协定行为或违反协定行为的威胁问题时，国际委员会的决议应得一致通过。如不能得到一致时，则多数委员同意的结论将告知双方，而双方应予以注意。如果一方拒绝执行国际委员会通过的建议性意见或仲裁性决定时，以及当委员会的工作遭到阻挠时，这个委员会得诉之于保证国。

越南的联合委员的任务是执行停止敌对行动协定中所规定的双方一切武装力量在越南同时间普遍的停火、双方武装力量的集结以及遵守集结区和非军事地带之间的临时军事分界线。老挝和柬埔寨的联合委员会的建立，目的是便利撤退外国军队的有关条款的执行。联合委员会对停止敌对行动协定中有关双方正规军和非正规军的同时，全面停火的各条款之执行应予以便利。老挝和柬埔寨的联合委员会将协助双方执行停止敌对行动协定的条款，保障双方之间的联系，并尽力解决在执行这些条款中双方之间的可能发生的争端。柬埔寨的联合委员会并将便利双方一切正规军和非正规军的全面、同时停火。

三个协定的规定，国际委员会的任务是执行与实施停止敌对行动协定中各项规定有关的监督、视察和调查。在越南的国际委员会的任务主要是：对双方武装力量在集结计划的范围中所进行的移动予以监督；对集结区之间的临时军事分界线及全部边境上注视停止行动协定中各项有关进入武装力量、军事人员、各种武器、弹药和军事装备的规定的执行。在老挝和柬埔寨的国际委员会的主要任务是：对依照停止敌对行动协定各项条款撤退外国军队进行监督，并注意到对疆界的尊重；对释放战俘及被拘平民的工作进行监督；在各港口、机场及全部疆界上，监察关于从境外运入军事人员及战争物资各项规定的实施。在老挝的国际委员会的任务还有监察停止敌对行动协定中有关保留在老挝的法兰西联邦保安部队人员调换与给养的各项条款的执行。

日内瓦会议最后宣言

主席艾登说，他愿意提请大家注意的其他文件是：（四）老挝政府关于选举的声明；（五）柬埔寨政府关于选举和将全体公民统一在全国共同生活中的声明；（六）老挝政府关于该国军事状况的声明；（七）柬埔寨政府关于该国军事状况的声明；（八）法兰西共和国关于尊重印度支那三国独立的声明；（九）法兰西共和国关于自印度支那三国撤出军队的声明，最后还有本会议注意到所有这些文件的宣言草案。

日内瓦会议最后宣言
（1954 年 7 月 21 日）

由柬埔寨、越南国、美利坚合众国、法兰西共和国、老挝、越南民主共和国、中华人民共和国、联合王国、苏维埃社会主义共和国联盟代表所参加的关于恢复印度支那和平问题的日内瓦会议 1954 年 7 月 21 日的最后宣言：

一、会议注意到在柬埔寨、老挝和越南结束敌对行动的各项协定，这些协定并建立了关于其条款之执行的国际监督和监察。

二、会议庆幸在柬埔寨、老挝和越南的敌对行动的结束。会议坚信：本宣言和各项停止敌对行动协定中所规定的条款的实施，将使柬埔寨、老挝和越南从此能够完全独立自主地在国际的和平大家庭中起它们的作用。

三、会议注意到柬埔寨和老挝政府的声明，即两国政府愿意采取使全体公民均能参加全国共同生活的措施，特别是参加最近的普选，此项普选将在 1955 年内根据各国宪法在尊重基本自由的条件下以秘密投票方式举行。

四、会议注意到越南停止敌对行动协定中关于禁止外国军队和军事人员以及各种武器和弹药进入越南的条款。会议同样注意到柬埔寨和老挝两国政府的声明，即两国政府决心不要求关于军事物资、人员和教官的外国援助，除非为了有效地保卫本国领土的目的，而在老挝，则更须限于老挝停止敌对行动协定所规定的范围之内。

五、会议注意到越南停止敌对行动协定中关于在双方集结区内不得建立任何外国军事基地的条款。同时，双方应注意，务使划归他们的地区不参加任何军事同盟，并不被用来恢复敌对行动或服务于侵略政策。会议同样注意到柬埔寨和老挝政府的声明，根据此项声明，两国将不与其他国家缔结任何协定，如果此项协定包括参加不符合于《联合国宪章》原则的、而在老挝又更不符合于老挝停止敌对行动协定原则的军事同盟的义务，或包括当它们的安全不受威胁时在柬埔寨或老挝领土上为外国军事力量建立基地的义务。

六、会议确认：关于越南的协定的主要目的是解决军事问题，以便结束敌对行动，并确认军事分界线是临时性的界线，无论如何不能被解释为政治的或领土的边界。会议坚信：实施本宣言和停止敌对行动协定所规定的条款，将造成在最近时期内实现越南政治解决的必要前提。

七、会议声明：关于越南，在尊重独立、统一和领土完整的原则的基础上对各项政治问题的解决，应使越南人民享有经由秘密投票的自由普选而建立的民主机构所保证的基本自由。为使和平的恢复到足够的进展，并为使自由表现民族意志的一切必要条件得以具备，将在 1956 年 7 月前，在停止敌对行动协定中所规定的国际监督和监察委员会成员国代表所组成的国际委员会的监督下举行普选。自 1955 年 7 月 20 日起，双方地区有代表性的负责当局，应就此项问题进行协商。

八、停止敌对行动协定中关于保证维护生命财产的各项条款，必须最严格地予以执行，特别是必须使在越南的每一个人都能自由地选择他所愿意居住的地区。

九、越南南北两地区有代表性的负责当局，以及老挝和柬埔寨的当局，不得对战时曾以任何方式与对方合作的人员或其家属加以个别或集体的报复。

十、会议注意到法兰西共和国政府的声明：即法兰西共和国政府愿意根据有关各国政府的请示，在经双方协议规定的期限内，从柬埔寨、老挝和越南的领土上撤退其军队；但如经双方协议，一定数量的法国军队在规定的期限内，留驻在规定的地点者不在此限。

十一、会议注意到法国政府的声明，即法国政府将在尊重柬埔寨、老挝和越南三国的独立、主权、统一和领土完整的基础上，来解决有关恢复和巩固柬埔寨、老挝和越南的和平的一切问题。

十二、日内瓦会议的每个与会国家在对柬埔寨、老挝和越南三国的关系上，保证尊重上述各国的主权、独立、统一和领土完整，并对其内政不予任何干涉。

十三、与会各国同意就国际监督和监察委员会向他们提出的任何问题彼此进行协商，以便研究为保证柬埔寨、老挝和越南的停止敌对行动协定被尊重所必需的措施。

主席见各国代表团都看完宣言草案，便请各国代表一一表示对该宣言的意见。

孟戴斯－弗朗斯代表法国政府表示同意该宣言的条款。

冯·萨纳尼空代表老挝王国政府表示对该文本没有意见。

范文同代表越南民主共和国政府表示同意。

周恩来代表中华人民共和国政府表示同意。

艾登代表联合王国政府表示赞同会议的最后宣言。

莫洛托夫代表苏联政府也表示同意。

当主席询问柬埔寨代表团的意见时，柬埔寨代表泰普潘说，柬埔寨代表团希望说明在列出的这些文件中有一件没有提到，那就是柬埔寨代表团已经分发给所有代表团的关于最后宣言的声明草案。现在最后宣言的第七、十一、十二各条确立了对越南领土完整的尊重，柬埔寨代表团要求会议认为这一规定并未暗示下面的事实，即在南越地区方面柬埔寨未能实现其合法权利和利益，对此柬埔寨曾表示保留，特别是在1949年11月关于柬法关系的《法国高棉条约》签订的时候，曾对法国方面将交趾支那和越南连接起来的一项法律表示保留。柬埔寨遵守着和平的理想和互不干涉的国际原则，假如对于迄今只是由于法国片面行动所确定的越南国和柬埔寨之间的边界做某些调整和规定的话，柬埔寨无意干涉越南国的内政，并完全忠于完整的原则。柬埔寨在支持本宣言的同时，通知会议所有成员关于柬埔寨在南越的土地情况。

主席艾登说，假如这一声明没有写在我所宣读的文件清单上，那只是因为我现在才收到，我不认为处理任何关于柬、越之间边界的过去争端是本会议任务的一部分。

范文同接着表示同意主席说的话。他说，我代表越南民主共和国政府对柬埔寨代表团刚才做的声明，提出最明白的保留。范文同说，我这样做是为了我们两国之间的良好关系和谅解的利益。

主席艾登说：我想本会议可以注意到柬埔寨代表团刚才分发的声明和越南民主共和国代表团的声明。

主席接着询问美国代表团的意见。

美国代表史密斯说："如我在 7 月 18 日会议上对我的同事们所说的一样，我的政府不准备参与所提出的本会议的宣言，但是美国对于它在这些问题上的立场做下述单方面的声明：'美国政府决心按照联合国的原则和目的，致力于加强和平，注意到了 1954 年 7 月 20 日及 21 日在日内瓦，（甲）法国—老挝部队司令部和越南人民军司令部之间、（乙）柬埔寨王国部队司令部和越南人民军司令部之间、（丙）法越军司令部和越南人民军司令部之间所缔结的协定及 1954 年 7 月 21 日提交日内瓦会议的宣言中所包含的第一到第十二条关于上述各协定的条款，美国政府声明：（一）按照《联合国宪章》第四章第二条第四款关于各会员国在其国际关系上不得使用威胁或武力的规定，美国将不使用威胁或武力去妨害这些协定和条款。（二）美国将充分关切地注视违反上述协定的任何侵略的再起，并认为这是严重威胁国际和平和安全的。'

"关于宣言中关于越南自由选举的一段，我的政府愿意说明它已在 1954 年 6 月 29 日华盛顿声明中表达过的立场，在一些国家目前违反它们的意志被分割的情况下，我们将继续通过由联合国监察以保证公平进行的自由选举，来寻求获得统一。

"关于越南国代表的声明，美国重申它的传统立场，即：人民有权决定他们自己的前途，而美国将不参加会阻止这一点安排。刚才所做的声明中无意、也未表示任何对这一传统立场的违反。我们也同样希望这些协定将允许柬埔寨、老挝和越南以充分的独立和主权，在各国的和平大家庭中起他们的作用，并能使该地区人民决定他们自己的前途。"

主席艾登说："我想本会议将愿意注意到美利坚合众国代表的声明。"

主席接着询问越南国代表团的意见。

越南国代表陈文杜说，关于本会议的最后宣言，越南国代表团要求本会议在宣言第十条后面加上下述内容："本会议注意到越南国政府的声明，若予以同意，以便：（一）继续以一切力量在越南重新建立真正和持久的和平；（二）不使用武力反对所达成的实施停火的各种方法，虽然在其最后宣言中特别表达了反对意见和保留意见。"

主席艾登说："我高兴听取我的同事们所愿意表达的任何意见，但是，据我所了解的情况，最后宣言已经草拟好了，而要附加的这些段是刚才收到的。而当我在数分钟前接到要附加的这段时，最后宣言的确已经修正好了。在任何情况下，我建议我们能够采取的最好方法是本会议应注意到越南国的保留意见。"

主席艾登经询问而没有其他意见后，谈到他认为本会议结束工作前必须予以解决的某些其他问题。他说，第一个问题是：我们的同事们是否同意，提议两位主席在本会议结束时致电印度、波兰和加拿大政府，征询他们是否愿意承担本会议要求他们承担的国际监察委员会的责任？

没有人表示反对意见。

主席艾登又说，最后一个问题是由于会议的决定所产生的开支问题，兹建议由两位主席提出关于费用的一些建议。

没有人表示反对。

艾登以主席身份致闭幕词

艾登接着以当天会议的主席的身份致闭幕词。他说："我们现在到达我们工作结束的时候了。为了很多理由，工作是拖长了，并且是复杂的。所有代表团给予你们的两位主席的合作，使得我们能够克服很多程序上的困难，没有这种合作，我们的任务是不能成功的。

"今日缔结的协定不可能是具有对于每个人都完全满意的性质的东西，但是这些协定使停止继续了 8 年并带给数百万人民灾难和痛苦的战争成为可能，我们希望这些协定在对世界和平有迫切危险的时刻也缓和了国际紧张局势，这些结果当然对我们很多星期的繁重工作是值得的。

"为了促成停火，我们已拟定了一系列的协议，它们是我们所能策划出的最好的协议，现在一切将有赖于遵守和执行这些协定时的精神。

"在我们离开日内瓦这个好客的城市之前，我确信你们会希望两位主席致函感谢联合国和其能干的工作人员，他们供给我们会场并协助我们的工作。最后让我表示我们对瑞士政府和日内瓦人民及当局的衷心感谢，他们做了很多事情使我们在此间的居留愉快，并为和平事业服务。"

美国代表史密斯接着发言。他说："假如我敢于为我的各位代表同僚说话，那是因为我认为他们都有和我一样的感觉。我希望他们同我一起向本会议两位主席致谢，他们的耐心和不倦的努力以及他们的诚意大大有助于使这个解决成为可能，我们必须衷心感谢他们。"

莫洛托夫接着发言。他说："作为日内瓦会议主席之一，我愿意回答史密斯先生刚才赞扬两位主席工作的发言。当然我必须强调今天的主席艾登先生所做的杰出的工作和作用。艾登先生在日内瓦会议中的作用是无须夸张的。我也愿感谢史密斯先生的热情言辞。"

越南国代表陈文杜接着发言。陈文杜说："我在我的发言中曾表示了越南国代表团的感觉，我希望本会议在它的最后文件中注意我的发言。"

主席艾登说，"我想我已经解释过，我们现在不能修改我们的最后文件，那是会议作为一个整体的声明，但是越南国代表的声明将被注意到。"

主席艾登问大家有无任何意见。大家没有意见。艾登接着对史密斯和莫洛托夫的话表示感谢。

他说："两位的称赞都不是我理所应得的，但是即使这些话不是正确的而当它们是好话的时候，听到时还是很高兴的。但是，我并不想以这一句话结束会议。我知道，这里我们每一个人都希望我们所做的工作将协助加强为和平而工作的力量。"

莫洛托夫说：

我想在最后的时候，我们愿作一些结束语：

主席先生、部长先生们：

根据伯林会议的决定而召开的研究朝鲜和印度支那问题的日内瓦外长会议，已完成了它的几乎进行了 3 个月之久的工作。

由于与会者的努力，日内瓦会议的主要目的已经达到：恢复印度支那和平的任务已经成功地完成了。会议通过基于承认印度支那人民的民族权利和考虑到法国的利益的协定，只能被认为是和平力量的重大胜利，在缓和国际紧张局势的道路上走了一大步。

关于在越南、老挝和柬埔寨实行停火的协定已经签订了。这些协定结束了历时8年的流血战争，它们标志着印度支那人民的民族解放斗争的一项重大胜利。今天，他们有了在和平的条件下发展经济和文化的新机会。这些协定为法兰西共和国和印度支那国家之间的友好关系的发展打下了基础。参加这次会议的人有充分的理由对达成的协议表示满意。

人们不能不认为关于恢复越南和平的协定是具有特别重要意义的。这一协定是对民族解放斗争和它的伟大的牺牲和英勇意志的一种国际上的承认。

同时，这个规定了越南北部和南部之间的暂时分界线的协定提出了新的极为重要的任务，这就是在和平条件下，在符合全体越南人民的民族利益的情况下尽早完成国家的统一。

今天所签订的协定对于亚洲人民说来，是具有巨大的重要性的，在那里，又一片战火被扑灭了。同时这些协定是朝着巩固和平和发展国际合作迈进的又一大步。

日内瓦会议进行了将近3个月。今天我们知道会议完成了什么，还有什么没有能完成。

在这方面，有必要追述一点，这就是朝鲜问题仍然有待根据朝鲜国家统一的利益加以解决。

这次会议上对印度支那问题进行的研究经过两个阶段。我们大家都记得会议的第一个阶段所遭到的困难。但是这些困难被克服了。我们决不能过低估计越南民主共和国代表团和法国代表团在会议期间为了克服这些困难而作出的贡献。谈判提供了促进彼此谅解的机会，同时有关双方在这里也表现了诚意，这个事实是具有重大意义的。在会议过程中，与会者发现有可能使他们的主张更趋接近，互相让步，从而使谈判得到成就。

但是，如果说美国代表团没有和其他与会者一起充分参加这一切复杂的工作，而采取了一种特殊的立场，那么我们大家都是知道这一点的。

另一方面，日内瓦会议表明，在解决紧急的国际问题方面，中华人民共和国的参加是有着巨大的积极的重要作用的。这次会议的进程表明，某些国家的侵略集团仍在设置的阻挠中国参加解决国际问题的人为障碍，已经被生活本身扫除了。

日内瓦会议表明，在一定条件下，由有关国家进行谈判的道路是可以产生符合于人民的利益、符合于加强世界和平的需要的结果的。日内瓦会议的结果证明苏联全部外交政策中所遵守的原则是正确的，这个原则是：在目前局势中没有任何争执问题是不可以通过目的在于加强和平的谈判和协议来解决的。各个地方的人都将会认识到这一点。

今天，日内瓦会议达成协议的消息将传遍全世界。日内瓦会议获得的成功是符合于一切爱好和平的人民的利益的，符合于和平和各国人民自由的利益的。我相信这些协议和日内瓦会议的重要结果将加强各国人民进一步缓和国际紧张局势、进一步巩固和平的意志和努力。

范文同发言

范文同接着发言。他说：

主席先生、诸位部长先生：

日内瓦会议即将结束，各项协定已经签署完毕，这些协定将使在印度支那的敌对行动得以结束。

这是越南民主共和国人民、印度支那各国人民、法国人民和亚洲人民的一个伟大的胜利，是各国爱好和平的人民的一个伟大的胜利，这是和平的一个伟大的胜利。

日内瓦印度支那问题会议的圆满结束，再一次证明了，通过谈判方式解决一切国际争端——即使是最严重的国际冲突——是可能的。在承认印度支那各国人民的民族权利的基础上达成印度支那的和平，是被压迫的各国人民的一个胜利，他们高举着为民族独立和民主自由而斗争的旗帜。

越南民主共和国代表团代表越南民主共和国人民和政府向与会各国，向所有对和平各自作了贡献的爱好和平的各国人民和政府，表示深切的感激，我们的人民8年以来，已为和平作了英勇的斗争。

我们已迈进了一大步，但是，还要继续努力。我们还需要通过解决各项政治问题来在印度支那建立稳步而持久的和平，在这些政治问题中首先是通过选举，就是说通过和平与民主的道路来实现我们的人民的国家统一。

在另一方面，我们还需要建设长期受战争摧残的我国，继续和更进一步实现各项民主自由，其中包括宗教与信仰的自由，还要发展经济和文化，而这一切都是为了提高我国人民的物质和文化生活的水平。

要完成已经摆在我们面前的这些任务，我们需要我们的朋友们的同情、支持和援助，而且需要和东南亚与亚洲各国人民在相互尊重领土主权、互不侵犯、互不干涉内政、平等互利和和平共处的基础上进行合作，并且还要和全世界所有的国家建立良好的关系。

特别是要和法国建立关系。法国是以伟大的自由传统著称的国家，越南民主共和国热烈地希望与它建立信任和友好的关系，这种关系对于恢复印度支那和平，对于解决有关恢复印度支那和平的一切问题，都是非常必要的。我们愿意在平等互利的基础上与法国建立经济和文化关系。

我们需要和平来统一我们的国家，并着手建设我们的国家。我们将忠实而严格地执行我们已签署的协定的一切条款。我们希望其他有关各方也将如此。我们都需要维护和巩固刚刚获得的和平。我们在激动的心情中思念我国人民，他们在战时热爱他们的祖国并为祖国奋不顾身，他们在眼前的和平时期中也将如此。会议已为我们的统一规定了一个日期。我们将使统一实现，我们将像已经赢得和平那样赢得统一。世界上没有任何力量——不论是国内的还是国外的力量——能使我们离开通过和平和民主走向统一的这条道路。统一将完成我们的民族独立。

越南人民、南部的同胞们，胜利是属于我们的！我们祖国的独立和统一都由我们掌握着。全世界爱好和平与正义的人们都是与我们同心一致的。请你们记住胡志明主席的话：斗争是艰苦的，但是最后胜利是属于我们的。

和平万岁！

我们祖国的统一万岁！

周恩来发言

周恩来接着发言。他心里充满了欢悦，脸上更是笑容可掬，爽朗而又愉快地说道：

主席先生、各位代表先生：

日内瓦会议九国代表团经过 75 天的工作，终于克服了最后的阻挠，就恢复印度支那和平问题获致了协议。我深信，我们达成的这些协议不仅将结束 8 年的印度支那战争，把和平带给印度支那人民和法国人民，而且也将进一步缓和亚洲及世界的紧张局势。毫无疑义，我们会议的成就是很大的。

为了使印度支那的和平成为巩固和持久的和平，本会议曾经一再努力使印度支那的停战问题和政治问题都能获得解决。我们现在获致的协议规定了停止印度支那战争的具体办法，同时也规定了解决印度支那政治问题的原则。根据这些原则，法兰西共和国尊重印度支那三国的独立、主权、统一和领土完整；印度支那三国在停战后将不参加任何军事同盟，也不容许任何外国在它们的领土上建立军事基地。这些协议将使印度支那三国人民能够在和平的环境中从事于他们国家的建设。这三个国家将在互相尊重领土主权的基础上发展他们之间的以及它们与法国之间的友好关系。这些协议也将导致三国与他们所有邻国之间的友好关系。中华人民共和国代表团完全同意和支持这些协议，并且声明愿意与各有关国家共同保证这些协议的彻底实现。

印度支那和平的恢复和印度支那三国的独立和统一不仅是印度支那人民和法国人民的深切愿望，同时也是亚洲及全世界和平人民的共同要求。我们深信，日内瓦会议所达成的协议必将获得全世界各国、特别是密切关心印度支那停战的科伦坡会议国家的支持。

印度支那的停战再一次证明了和平的力量是阻挡不住的。世界上赞成和平共处的国家越来越多，任何制造分裂、组织对立的军事集团的实力政策，是不得人心的。亚洲人民所要求的决不是分裂和对立，而是和平和合作。

为了维护亚洲的集体和平，我们认为，亚洲国家彼此之间应该根据互相尊重领土主权、互不侵犯、互不干涉内政、平等互利、和平共处的原则进行协商和合作。同时，我们并愿与抱着同一目的的亚洲以外的国家共同努力维护亚洲及世界的和平和安全。最近中印、中缅的联合声明，越南民主共和国胡志明主席支持这些声明的谈话，以及亚洲及世界舆论对于这些声明的支持，充分证明巩固亚洲和平的前途是光明的。

这次日内瓦会议上曾讨论了两大问题，即和平解决朝鲜问题和恢复印度支那和平问题。关于和平解决朝鲜问题，虽然没有达成任何协议，但是，它并没有从议程上去掉。现在，本会议对于恢复印度支那和平问题，不仅达成了停止敌对行动的协议，而且达成了关于解决政治问题的原则协议。这就为和平解决朝鲜问题带来了新的希望。

最后，我愿意指出，如果有关国家具有和平的诚意，国际争端是可以经过协商获得解决的。

在这次会议中，越南民主共和国代表团首席代表范文同先生和法国代表团团长孟戴斯－弗朗斯先生都表现了很好的和解精神。本会议两位主席苏联代表团首席代表莫洛托夫先生和英国代表团团长艾登先生对于推进双方和本会议达成协议的努力是值得我们称道的。

主席先生，印度支那敌对行动的停止就要实现了，举世渴望的印度支那的和平就要恢复了。正如在朝鲜一样，和平又一次战胜了战争。让我们更加坚定信心，继续为维护和巩固世界和平而努力。

主席艾登在向大家表示感谢后，于 5 时 20 分宣布日内瓦会议闭幕。

周恩来胜利了，杜勒斯失败了。中国的国际影响空前提高，中国的五大国之一地位的事实已被全世界所公认，周恩来在国际舞台上的卓有成效的外交活动，使新中国以令人耳目一新的形象和风格在世界上崭露头角，而全世界也通过这次会议了解了周恩来这位大政治家和大外交家。他的智慧、品德、风度和才华，赢得世界人民的爱戴和尊敬。人们包括那些赫赫有名的政治家、外交家、评论家，称赞"周恩来是世界上最有才华的外交家""全世界最能干的外交家""世界舞台的政治家"。而美国却在日内瓦会议上遭到完全的孤立，它眼看着在印度支那问题上达成协议，无可奈何而又不甘心，最后宣布不参加会议的最后宣言，把自己放在十分尴尬的地位，非常不得人心，遭到世界的唾骂，连它的盟国艾登外相也认为"美国政府这种做法，在我看来是没有道理的"。

日内瓦会议一闭幕，立即在全世界引起极其强烈的反响，各国政府和人民普遍欢迎印度支那实现停火、恢复和平的协定、声明和宣言。他们纷纷发表声明、谈话表示欢呼、高兴、支持。印度总理尼赫鲁在声明中说："他很高兴日内瓦会议签订了关于印度支那的协定。这是战后时期所获得的显著成就之一。""这也是全世界普遍希望和平的意义深长的表示，我愿意特别向英国、苏联、法国和中国的外长们表示赞扬。他们每一个人都在这个伟大的成就里起了显著的作用。""亚洲国家特别有理由因亚洲恢复了和平而感到喜悦。"

印尼总理阿里·沙斯特罗阿米佐约在谈话中说："怀着满意的心情来欢迎这个好消息是适当的。"他表示希望"印度支那问题的和平解决，会进一步促进持久和平在亚洲和全世界的实现。印尼将继续不断地努力来实现并巩固亚洲和世界其他地区的和平"。

巴基斯坦总理穆罕默德·阿里在谈话中说：日内瓦的协定是"对国际和平和友好事业的伟大贡献"。"我们欢迎这个协定，希望它将使东南亚得到和平和稳定。"

巴基斯坦外交部发言人说，巴基斯坦政府对于印度支那停火协定的签订感到"真正的高兴"和"欢迎"，因为它"缓和了亚洲这个焦点地区的局势"。

锡兰总理科特拉瓦拉在声明中说："我们听到已在日内瓦达成了印度支那停火协定当然非常高兴。我们希望，由于印度支那和平的恢复，我们现在已走上了世界和平的康庄大道。""印度支那的解决办法将进一步地使亚洲的殖民主义走向死亡。"

新西兰总理赫兰在谈话中说："新西兰政府认为这个消息是最值得欢迎的消息。"

缅甸政府人士认为这是对缓和世界紧张局势的一个积极的贡献。

意大利社会党执行委员会发表公报说："日内瓦会议令人高兴的结果可能是走向以新的方式来处理至今没有解决的欧洲问题特别是德国问题的第一个步骤。"并且主张意大利政府应和中华人民共和国建立外交关系。

法国报纸和国民议会议员们都热烈欢迎印度支那停战和恢复和平问题达成协议的消息。《人道报》写道："当战争在印度支那停止时，24年以来……世界见到它的第一个和平日子……必须最后结束这样一种罪恶的理论：不同制度的各国不能在互相尊重独立的情况下和平共处。"《解放报》写道："一个和平的胜利终于到来。这是我们有权利感到骄傲的真正的和巨大的胜利。"该报问道："用来使亚洲安宁的办法为什么不能用之于欧洲呢？"《义勇军报》强调指出，印度支那停火协定的签订使法国和越南民主共和国赢得了和平。它说："假如我们想一下谈判是在什么情况下进行的，那就可见这个结果是非常巨大的。"法国国民党会议员、法国共产党书记杜克洛说："我们高兴地看到，由于拉尼埃和皮杜尔政府的垮台，我们帮助选上台的新总理终于不顾美国人的压力签订了停战协定。"
法国国民议会外交委员会主席麦耶说："不仅法国人民今天将以宽
慰和快乐的心情来庆祝并展望着明天，整个世界、一切对实现和平
没有绝望的善良男女，都会因为停战协定的签订而兴高采烈。"这
是"新的和平纪元的第一批成果"。

英国外交大臣艾登在英国下院报告日内瓦会议的成果时说：
"这些协定是目前环境下所能设法得到的最好的协定。""它们是和
平的真正收获。""最后宣言并记录了每一与会国尊重印度支那三
国主权、独立、统一、领土完整的保证。"艾登的发言受到热烈的
欢迎。

赫伯特·摩里逊说："由于停火，全下院与外交大臣具有同样
的如释重负的感觉，停火本身就是一个重大收获，对此我们都非常
高兴。我们也与他一样，重视孟戴斯－弗朗斯发挥的作用。"

英国、印度、印尼共产党发表声明欢迎印度支那停火协定。

苏联政府、越南民主共和国政府、胡志明分别发表声明，欢迎
和祝贺印度支那恢复和平。

中国首都人民举行盛大集会，热烈庆祝日内瓦会议关于印度支
那停战和恢复和平问题达成协议。各民主党派、知名人士也纷纷发
表谈话，表示欢迎和祝贺。

印度、印尼、巴基斯坦、锡兰的总理还特意给周恩来发电祝
贺，称颂他的功绩。尼赫鲁说："您在达成协议方面起了极其伟大
的显著的作用。"

会议结束后继续广泛接触

周恩来在日内瓦会议结束之后，没有马上离开日内瓦，更没有

马上回国，他要处理一些善后事宜和访问东欧国家以巩固和发展日内瓦会议的成果。

7月22日上午，周恩来先接见印度尼西亚驻法国大使阿纳克·阿贡。

阿贡："印尼总理与外长要我向阁下致意，并祝贺日内瓦会议中的成就。

"印尼总理对于阁下在访问印缅时未能访问印尼表示遗憾。原来期待能就两国签订互不侵犯公约进行商谈。印尼正式表示赞成缔结此和约。我被授权邀请总理阁下，希望总理在访问东德回到北京前能到印尼两天作为印尼的客人，首先讨论和约，同时也予人民以接待阁下之光荣。"

周恩来："访问印尼愿考虑，但由东德折回印尼有困难，同时离国已经3个月，需要回国，回国后再研究。"

阿贡："阁下在访印中谈到华侨问题，印尼也有两百万华侨。中国政府是否将颁布法律规定东南亚华侨的地位？"

周恩来："华侨问题是一个历史性的问题，主要是双重国籍的问题。新中国也承认这一问题。新中国成立5年以来，忙于内部事务，而且与华侨所在国家也还没都建立外交关系，还没有解决这一问题。印尼华侨数目很大，他们之中许多人都取得了印尼国籍，也取得选举权和被选举权，甚至参加了政府。当然他们的国籍应予解决。我们同意与印尼谈到这一问题，应获致有利于双方的解决。"

接着，周恩来会见了老挝外长萨纳尼空。

萨纳尼空："我们特来向总理阁下对日内瓦会议的成就道贺。日内瓦会议是一件很重要和很微妙的工作，在这工作中，总理阁下以和解和谅解的精神做了有效的努力，因而印度支那的和平才能得以恢复，我们要对您表示衷心的感谢。"

周恩来："这是大家努力的结果，老挝问题是承认王国政府的基础上获得解决的，如果有对立你们就不会接受。以后困难还会有的。如果你们有需要我们的地方，我们愿意效力，我们愿和邻国和平相处，并愿看到老挝成为和平、独立、友好和进步的国家。"

萨纳尼空："在和平恢复后，我们希望能和邻国建立外交关系和文化关系。在实施停战协定的时候一定会有许多困难，我们希望总理阁下能给我们经常的支持，我们谨对您的诺言表示诚恳的感谢。"

周恩来："现在老挝和中国没有直接的交通，是否可以通过西贡和法国取得联系？"

萨纳尼空："可以通过西贡。"

周恩来："如有困难，你们可打电报或写信到北京，我们愿意尽力帮忙。你们可以派人到北京来，同时你们和越南民主共和国也应该建立关系。昨天孟戴斯对范文同说，法国希望派人驻河内，并希望越南民主共和国派人驻巴黎。"

萨纳尼空："感谢总理阁下的建议，停战以后，我们必须派代表驻河内。我们还愿意提到老挝和中国的关系，我愿首先要求出任驻北京大使。"

周恩来："很欢迎。你们回国后请代向国王陛下和总理阁下致意。"

萨纳尼空："我很高兴能与总理阁下和范文同先生一起度过一晚。"

周恩来："我们还邀请了越南外长陈文杜先生，不幸他已辞职，今晚是吴庭练先生来。

"据说柬埔寨代表团拒绝承担中立国委员会的经费，我们认为如柬困难，老更困难，我们同意由大国承担。我们很同情老的困难，老是山国又无海口。"

萨纳尼空："感谢总理的关注，在这点上特别表现了中国的和平精神，如果中国一定要法军自老挝撤退，孟戴斯的处境就很困难。"

周恩来："孟戴斯－弗朗斯说九号公路是老挝的出口，我们同意为老挝保留这条公路，以便老的经济发展。老有哪些出口货物？我们可以发展贸易。"

萨纳尼空："原料、皮革、牛角、蜡、木材、牲畜、锡。我愿再一次向您表示老挝的谢意，您的努力拯救了千百万生命，这是对人类的崇高贡献。佛经上说，做了重大慈悲的事业的人，必能百世幸福。"

下午3时，周恩来接见梅农。

梅农："尼赫鲁的贺电已直送北京，还交越南民主共和国同样一份贺函。他称赞范文同在此会议上所做的努力。"

周恩来："感谢尼赫鲁。尼赫鲁也分享功劳，梅农先生也有贡献，范文同这次是诚恳、认真地解决问题，并富有和解精神，而胡志明主席的指示和精神在这方面起了极大的作用。"

梅农："为了讨论有关国际监察委员的问题，他建议由印度邀请波、加、法、越南民主共和国和印支三成员国各派代表去德里。"

周恩来："这是一个好的想法，可与有关国家商量，这次途经华沙时也愿把你的这一意见告诉波兰总理和外长。"

梅农："国际监察委员会约需多少人员？各成员国各自派出同等数目的代表外，印度是否需要提供大多数的工作人员？他认为委员会的各国代表最好是军人。"

周恩来："按朝鲜的例子，委员会的各国代表是军人。关于此事要征求尼赫鲁总理的意见。印度支那三国中，越南最重要，印度派的代表，军级似应较高，并领导印派驻其他两国的代表。

"协议中规定监察的口岸共有26个，而在朝鲜只10个，在朝鲜每国代表团的人数最多有300余人，最少不到100人，平均为

200人。在印支委员会任务较重，每国代表团至少500人以上。此外还有许多临时任务，如军队的集中、转移、撤出、检查分界线等，因此在执行临时任务期间，每国代表团的人员可能要到1000人左右。我们愿再计算一下，并告诉你。此外，工作人员应似可多提供一些。"

梅农："关于监察委员会的地点，他建议在越南南北两个地区各找一个靠近中立地带的地点，此外还可派代表驻在西贡和河内与双方联络。"

周恩来："这个意见很好，可与双方商量。"

梅农："朝鲜问题不能按照现状继续下去，因为由于战争而造成的创伤、美国的意见，以及李承晚本人都可能引起危险，因此必须想办法来推动一下。他说，他可以提出各种建议。例如：（一）由联合国向朝鲜双方建议，由双方指派代表，组成委员会，为朝鲜统一和独立进行协商；（二）周恩来先生是不能接受联合国监察的，那么如果双方私下对监察委员会成员国取得协议后，是否可以由联合国来任命这一委员会的成员？"

周恩来："梅农先生认为问题不在于美国或联合国，而在于组织统一政府，对于这一点有些不同意见。正是由于美国的阻挠和美对联合国的控制，以致朝鲜双方不能对选举进行协商，选举不能进行，统一不能达成。但同意在朝鲜问题上应该推进一步，以解开在这个问题上的僵局。选举的条件很简单，应该秘密投票，自由和平等，南北双方的人民和政党都取得这种权利。同时，不论自由选举、组织政府或组成统一政府，都要由多数决定，这一原则是不变的。

"第一步可要求双方进行接触。

"如果由联合国出面向双方提出建议，那么就发生一个问题。即联合国究竟是在双方之上还是站在双方中的一方。如果站在双方中的一方，事实也是如此，那么就必须征求中朝双方的意见。但是，这样联合国就要承认中华人民共和国和朝鲜民主主义人民共和国，而这是联合国不干的。如果是站在双方之上，通过决议，要双方执行，那么联合国一方面不承认朝鲜民主主义人民共和国并把中华人民共和国撇开，另一方面又要朝鲜民主主义人民共和国和中华人民共和国执行它的决议，这是我们不干的。

"最好的办法是待空气缓和后，再找机会开一次会来讨论朝鲜问题，也许可以有更多的国家参加。"

梅农："我已懂得周恩来总理的想法了。"

周恩来："我们希望通过印度的协助来推动和改善中泰关系。我们对东南亚的政策是一样的，对泰国也不例外。有人说中国要侵犯泰国，又说要通过在泰的华侨给泰制造麻烦，这些都不是事实。我想问一下尼赫鲁，有无可能经过印度的介绍使中泰进行接触，以便彼此有些了解，泰仍承认台湾政府，中泰之间的外交来往还不可能，但中泰在印都有使节，不知尼赫鲁是否认为有可能经印度介绍使中泰在印使节进行接触。"

梅农说他一定转告尼赫鲁，他在纽约遇见泰外长时，也会向他提出这一问题。

随后，周恩来又接见澳大利亚出席联合国经济与社会理事会议代表团团长柯普兰，进行了一般的友好的交谈。

周恩来为了促进印度支那国家的和解和合作，特意在7月22日晚上于花山别墅设宴招待印度支那各国出席日内瓦会议的代表团。越南民主共和国出席的有：范文同、谢光贤、何文楼、陈林、黄元；越南南方出席的为吴庭练（吴庭艳之弟、无任所大使）；老挝出席的有：萨纳尼空、高拉冯、陶努安（军事代表）、富尼（军事代表）；柬埔寨出席的有：泰普潘、桑萨里、刁龙、达布春（军事代表）、布寨（军事代表）、山达拉塞（军事代表）；中国方面作陪的有：张闻天、王炳南、乔冠华、陈家康、王倬如等。共 20 余人。

大家围坐在一张圆桌上。这也是周恩来精心设计的，一是大伙围坐在一起，仿佛一家人一样，象征着团结；二是好排位置，不分名次，谁都是主宾。

宴会一开始，周恩来首先讲话，祝贺印度支那达成停火协议，恢复和平，希望印度支那各国和越南北南两方彼此和睦相处，重建家园。中国愿意与印支各国和平相处，相互支援。"欢迎和感谢诸位出席宴会，为各位身体健康干杯！"然后，周恩来拿着酒杯，走到每一个人的面前，敬酒一杯，整整喝了 30 杯茅台酒。当场的人称赞说："真是英雄海量。"

范文同、泰普潘、萨纳尼空也分别站起致辞祝酒，为印度支那和平、世界和平和各国的友好关系干杯，并互祝健康。其他人也一边交谈，一边碰杯，气氛极其热烈友好。

泰普潘对周恩来及在座的人说："日内瓦会议的成功，基本上是由于周总理的努力，如果总理不促成印支三国代表团直接接触，协议是不可能达成的。"桑萨里说："我们到这里来就好像回到家里，前次我们在这里会面以后，会议的气氛才开始好转，我们发言的口气也改变了，我们甚至把打好的发言稿重新加以修改，友好的言辞多了，攻讦的言辞少了。"萨纳尼空说："大家真的刮目相看，前次总理组织了宴会，才使协议能够成功。"桑萨里还建议柬组织一个半官方的友好代表团访问中国，刁龙要求到中国访问。

周恩来在同吴庭练交谈时说："我们虽然在意识形态上同范文同先生更接近些，但我们仍然欢迎你来访问。你们都是越南人，应该一起为祖国的统一而工作。"

宴会之后又放映了中国民间体育表演的影片。宴会一直持续了 3 个多小时，始终在友好和谐的气氛中进行。

周恩来为了印度支那的和平和三国的睦邻友好、独立统一，付出很大的心血。这种真心实意、诚诚恳恳为他人着想的外交家，在古今中外都是罕见的。这也是周恩来创造的新中国外交风范之一。

开始了中美会谈

在日内瓦会议期间，还有一个意外的收获，即开始了中美会谈。

中美关系在日内瓦会议前十分紧张、尖锐对立。中美之间除在朝鲜战场上和板门店谈判有过接触，以及伍修权率领代表团去联合国控诉美国，此外别无往来。出席日内瓦会议时，双方没有预料到会在这次会上打开中美会谈的大门。

然而，美国有一批在朝鲜战场上被俘的军人和在中国犯了罪的美国平民尚关押在中国，艾森豪威尔在竞选总统时曾说过："我多么希望我的孩子们能早日回到祖国来。"杜勒斯也有兴趣探索同中国缓和紧张关系以及使在押人员获释的可能性。中国也有一批留学生和科学家被扣留在美国。美国公众舆论反映十分强烈，美国政府受到很大的压力。但是美国既想要求中国遣返那些在华人员，而又不愿同中国直接接触，怕造成承认中华人民共和国的事实。在日内瓦会议期间，美国代表团便想通过第三方、也在日内瓦参加会议的英国驻北京代办汉弗莱·杜维廉来办理美国在华被押人员事宜。

周恩来获知这个消息后，连夜召集代表团开会研究如何对待这个问题。会上有人赞成可以同美国接触，也有人反对现在同美国接触，各有道理。而周恩来认为我们不应该拒绝和美国接触，在中美关系如此紧张，美国对华政策如此敌对和僵硬的情况下，可以抓住美国急于要求在华的被扣人员获释的愿望，开辟接触的渠道。同时我们也有不少留学生、科学家在美国，像钱学森、赵忠尧这些火箭、原子能专家，我们很需要他们回国参加建设和科学研究。所以进行直接接触对我们是有利的，不必再通过第三方。周恩来的这个决策明智而又果断。

中国代表团根据周恩来的指示，告诉英国代办，现在中美双方都有代表团在日内瓦开会，有关中美双方的问题可以由两国代表团进行直接接触，没有必要通过英国作为第三方插手。

1954 年 5 月 26 日，中国代表团发言人黄华经过周恩来的批准主动向新闻记者发表关于美国政府无理扣留和虐待留美的中国学生和侨民的谈话：

　　　　中华人民共和国中央人民政府自成立以来，对于居留中国境内的外侨，包括美国侨民在内，只要他们遵守着中国政府的法令，一贯给予保护。他们可以安居乐业。如果他们离开中国，不论为着任何理由，都可以按照法定手续向各级人民政府申请，只要他没有什么未了的民、刑案件，都可以获得准许。在事实上，由于美国政府对中华人民共和国采取仇视的态度，对中国实行封锁禁运，以致有许多外国侨民（包括美国侨民在内）丧失了他们一向从事的职业，乃不得不离开中国。我们对于这些被美国政府仇视中国人民的各种政策所损害的外侨（包括美侨在内）是同情的。中国人民政府并没有阻挡他们离开中国。据我所知，自 1950 年以来，美国侨民离开中国的，截至 1953 年底，已有 1500 人左右。现在尚在中国仅 80 余人。这一事实足以证明美国某些方面说中国政府阻止美侨离境纯系恶意造谣。

　　　　至于有少数美国人犯了法，中国政府依法予以逮捕处理，这是任何主权国家的职责。对于这些犯法被捕的人我们都掌握有充分的证据。这些因犯法而被拘留的美国人中有居留中国的美国侨民，还有天上降落下来或海上钻进来的。

但是，尽管如此，我们对于这些少数因违法而被拘捕的人，如果他们的家属有信件给他们的话，我们仍愿予以帮助。

可是，美国政府对于在美国境内的中国侨民，尤其是对于5000余中国留学生，自1950年以来，横加压迫、强迫扣留。有许多留学生和侨民，当他们申请离美返国时，他们接到美国移民局的通知说："无论你是否已有离境证明，命令你不得离开或企图离开美国，直到你接到通知取消此项命令为止。"美国移民局并威吓他们说："如果他们违犯这一命令，将被判处5000美元以下的罚金或5年以下的徒刑，或同时予以两种处分。"他们有不少人竟因要求返国而遭受虐待、逮捕、监禁。自1951年以后，美国政府甚至将中国留美学生的护照全部收去，使他们无法离开美国。中华人民共和国中央人民政府收到许多中国留学生的来信，诉说美国政府毫无理由地强迫扣留他们。有许多留美学生的家属也向中央人民政府请求援助他们被美国政府强迫扣留的子弟回国。中国留美学生并没有犯什么罪，美国政府却剥夺了他们离开美国的自由，剥夺了他们返回祖国的自由，剥夺了他们返回家园的自由，剥夺了他们返回家园与家人团聚的权利。这不仅是违背了国际法原则，而且完全不符合人道主义。

美国政府如果尊重国际法原则和人道主义，就应该立即停止强迫扣留和虐待中国的留学生和侨民，恢复他们离美返回祖国与家人团聚的不可被剥夺的权利。

美国看到中国的态度和意见后，同意和中国直接会谈。那时称为中美两国代表的会晤。

通过英国代办杜维廉的安排，中美两国代表于6月5日在日内瓦国联大厦举行第一次会谈。中国方面代表为王炳南，宦乡、柯柏年两司长也参加。美国方面代表为约翰逊。他是美国驻捷克斯洛伐克的大使，曾参加过朝鲜板门店谈判。会议进行了半个小时，气氛比较轻松，双方都没有用恶语相攻击。但由于初次会谈，大家都有点拘谨。约翰逊提出会谈时双方不作速记记录，交谈可以更富有探讨性，也避免记者们得到详细情况。中国方面同意这个建议。最后确定6月10日进行第二次会谈。

会后，美国代表团发表声明：

为了使现在被监禁或被扣留在共产党中国的美国公民们得释放，美国驻捷克斯洛伐克大使、美国出席日内瓦会议代表团团员乌·亚历克西斯·约翰逊今天陪同英国驻北京代办杜维廉先生前去和中国共产党代表团的一位团员举行会谈。

由于美国不承认共产党中国，英国驻北平的使团曾代表被监禁或被扣留的美国人提出许多次抗议，但是没有一次抗议得到结果。杜维廉先生在日内瓦曾和中国共产党代表团团员就这个问题举行过会谈。在会谈的过程中，中国人向他说，这个问题只有通过和美国代表团团员进行直接接触，才能便于取得进展。

美国政府决定美国可以非正式地参加会谈，因为美国政府负有保护它的公民的福利的责任。它打算尽一切办法努力使被中国共产党扣留的美国公民得以释放。至少有32名美国公民已知被监禁，其他的人不得取得出境许可，还有空军和其他军事人员据信也在扣留中。美国参加这个会谈，丝毫不意味着这是美国给予共产党中国政府以任何程度的外交承认。

6月10日，举行第二次会谈。地点是由中国方面确定的，中国代表也在国联大厦找了一间房子，但和约翰逊的布置不同，在房间里摆了一张大长桌，中方坐一边、美方坐一边。这样比坐在沙发上显得气氛严肃。约翰逊向中方代表提交一份被监禁和被扣留的美国人名单，并要求释放他们。

王炳南答复说："今天关于双方在对方的侨民和留学生问题上的接触，只要双方都有解决问题的诚意，是不难取得合理的公平的解决的。

"我国政府对于在中国的美国侨民，只要他们遵守中国的法律，是一贯给予保护的。他们可以在中国境内居留，从事合法的职业。如果他们为着某种原因要离开中国返国，只要他们没有什么未了的刑事或民事案件，他们随时都可以走。事实上，自中华人民共和国成立以来，已经有 1485 名美国侨民离开了中国，1950 年 582 人，1951 年 727 人，1952 年 143 人，1953 年 33 人。中国政府从来没有过因为他们是美国的公民而加以留难。中国政府和人民始终是对美国人民友好的。

"有极少数的美国人在中国从事间谍活动和破坏活动，有的参加蒋介石反动集团进行反中国人民的内战，还有的侵犯了中国的领空或闯进中国领海内，中国人民政府对这些少数犯法的人依法法办，这是主权国家的政府应尽的职责。中国政府完全是按照他们已犯的罪来量刑，他们的被扣禁是罪有应得。你方交来的美国人的名单，我们将进行研究并将于下一次接触中答复你们。

"关于被美国政府扣留的中国留学生的问题，我们准备在下次接触提出。"

双方商定下次会谈定于 6 月 15 日进行。

6 月 15 日，举行第三次会谈。王炳南首先答复了对方 6 月 10 日提出的问题。他说："中国方面同意：因犯罪而被拘禁美国侨民以及因侵犯中国领空而被拘禁的美国军事人员，得与他们的家属通讯，他们的家属也可寄小包裹给他们。上项来往信件和小包裹的转递，均经北京红十字会总会办理。"

王炳南又说："中国政府对于犯法外侨（包括犯法的美侨和侵犯中国领空的美国军事人员在内）是按照他们所犯的罪来量刑的。但在判刑之后，如该犯的行为表现良好，则中国政府可考虑减刑或提前释放。中国政府曾经这样做过了的。"

关于美方 6 月 10 日交来的名单，王炳南说，中国政府有关部门正在核查中，一旦中国代表团方面收到材料，当与美方约期会谈。

据王炳南回忆说："我们这些话讲得心平气和，做法也通情达理。接着，我谈到美国政府无理扣留我国留学生，不准他们回国的问题。这时，我的态度严肃起来。"

王炳南指出："中国现有 5000 多留学生在美国，有不少留学生要离美返回祖国，可是受到了百般的留难，当他们向美国政府要离境签证时，美国政府通知他们不得离开美国，并向他们说，如果他们违反这一命令，将被判处 5000 美元以下的罚金或者 5 年以下的徒刑，或者同时予以两种处分。美国政府甚至把中国留美学生的护照都收去。美国政府不仅有扣留中国留学生的事情，而且有虐待、逮捕、监禁已要求返回祖国的学生的事情，因而使许多中国留学生不敢要求回国。美国代表团在 5 月 29 日的声明中，也已承认美国政府扣留中国留学生的事实。"

王炳南又严正指出："中国留学生并没有犯罪，美国政府却剥夺他们返回祖国的权利，剥夺他们同家人团聚的权利，这是不合理的。因此，要求美国政府停止扣留中国学生，并恢复他们随时离开美国返回中国的权利。至于居留于美国的中国侨民，也同样享有随时返回祖国的权利。"

最后，王炳南建议双方发表一个共同公报，表示双方政府对于本方境内的对方守法侨民和留学生在申请回国时均不加阻难，他们有随时返回的自由。

约翰逊听完王炳南这番很不平静的指责，有些语塞，他停顿好久，才说扣留中国的学者完全是按美国的法律行事的。

的确，在朝鲜战争期间，美国政府曾发布过一道命令，规定凡高级物理学家，其中包括受过像火箭、原子能以及武器设计这一类教育的中国人，都不准离开美国。

6月21日，中美代表在日内瓦举行第四次会议。中方有王炳南、柯柏年，美方有约翰逊、马丁。

王炳南首先建议为了肯定两国守法侨民和留美中国学生得以行使他们所应有的权利并使他们放心，双方起草一个联合公报。王炳南随即读了一遍中方起草的公报："出席日内瓦会议的中华人民共和国代表团和美利坚合众国代表团在日内瓦举行关于侨民和留学生问题的接触，双方都对于住在各该国内的对方的守法侨民和留学生的离境回国的权利将予以尊重。这些侨民和留学生应有随时返回祖国的自由。"

约翰逊却毫无理由地拒绝这一建议。他说，美国方面将单独发表声明，肯定中国侨民"依照美国的法律和规章，有完全自由到他们所愿意去的任何地方"。

王炳南立即建议把约翰逊讲的这一点作为共同记录，以作为双方关于这一问题的共同谅解。约翰逊同样表示不同意。

为了谋求双方都能接受的办法来公平合理地解决这一问题，王炳南又建议由第三国驻两国使节代管两国侨民和留学生的利益。王炳南说，美方在1950年曾经请英国驻北京的谈判代表代管在中国的美国侨民的利益。由于当时的情况，使得中国人民政府没有可能来考虑这一问题。现在情况已有所改变，中国人民政府认为在相互的、平等的基础上，这样的措施是可以考虑的。美国可请一个和双方有外交关系的第三国驻中国使节代管美国在中国的侨民的利益，同样地中国也可请一个和双方有外交关系的第三国驻美使节代管在美国的中国侨民和留学生的利益。王炳南说，如果双方同意采取这一符合相互的、平等的原则的措施，对于双方侨民和留学生都是有好处的。

可是，约翰逊连这样一个公平合理的建议也不愿进行讨论。

王炳南最后告诉美国代表在 6 月 10 日所交来的在中国的美国人的名单说明初步调查结果，并指出其中 2 人已获得出境许可，并已启程离开中国。

约翰逊说，在 5000 名中国留学生中，只有 120 人要求离美返国，而且这 120 人中有一半已撤销申请，在另一半的留学生里面有 15 人将予批准离境，其他人则仍将受到审查。

7 月 16 日和 21 日，双方联络员又接触了两次。中国方面为外交部科长浦山，美国为国务院中国司政治事务官艾尔费茨雷德·詹金斯。这两次接触，双方主要是核实各自提交的人员名单。浦山还向美国提供 6 名已经获准出境的在华美侨名单，同时要求美方提供在美的中国侨民和留学生的情况，并再次询问美方是否同意中国方面在前几次会谈中提出的请第三国使节代管双方侨民的利益的建议。詹金斯对中国批准 6 名美侨出境表示感谢，但没有进一步提供有关在美的中国留学生和侨民的新情况，也未答复中国方面关于第三国代管双方侨民利益的建议。

中美代表的谈判最终实现建交

日内瓦中美代表的谈判，中国方面一直处于主动的地位，既坚持外交斗争的原则性，又表现外交策略的灵活性，通情达理地处理了一些问题，通情达理地提出一些问题，这是周恩来外交艺术的运用和显示的特色。而美国由于艾森豪威尔、杜勒斯的僵硬外交政策，而且又固执一点不计其余，以致常常把自己置于被动的地位。

但是日内瓦中美代表的谈判，却导致了中美大使级长达15年之久的谈判，直至1972年2月尼克松访华为止。这是周恩来在外交上的一种独创，一种发展，一种特色。它创造了中美两个大国在互不承认的尖锐对立情况下，建立了一个相互沟通的渠道，架起了一座联系的桥梁。两国互不承认，却又进行会谈；没有外交关系，却又互派代表、大使级的高级外交官员进行长期谈判。而且可以达成某种协议，创造了在协议上你说你的、我说我的新范例。这在国际关系史上也是罕见的、独树一帜的。

在这里还要补叙一件事，即在日内瓦会议快要结束的时候，有一天会议中间休息，中国代表团和其他国家代表团的朋友们聚在大厅里喝茶、喝咖啡、聊天。美国代表史密斯忽然走到周恩来的英语翻译浦寿昌的跟前攀谈，这是没有先例的。他对浦寿昌说："你的英文讲得漂亮，地道的美国音。你是在哪儿学的？"浦寿昌告诉他："在美国哈佛大学学的。"然后史密斯同浦寿昌又谈起中国的文化，他对中国的古代文化很景仰羡慕，态度相当友好。浦寿昌回去后，向周恩来一汇报，周恩来对史密斯这个不寻常的举动非常重视。他认为，我们不应该拒绝同美国接触，即使杜勒斯亲自率领的代表团也不是铁板一块，我们不应放弃任何可以做工作的机会。既然史密斯愿意而且敢于同我们接触，我也可以找他谈谈。

在另一次会议的休息时间，各国代表团又挤满了休息大厅。周恩来见史密斯一个人走向柜台去喝咖啡时，在众目睽睽之下主动走向史密斯。这完全出乎史密斯的意料之外，他急中生智，连忙将咖啡捧在右手，等周恩来向他伸出右手时，他很尴尬地用左手握住周恩来的右胳臂摇晃了几下。周恩来毫不介意，两人客客气气地友好地聊了一阵子。史密斯又一次赞扬了中国的古老文明，美丽风光，还说他非常喜欢中国瓷器，在他的客厅里就陈设着许多中国的瓷器。当时展现在各国代表团眼前的，是一个鲜明的对照：一边是周恩来从容不迫，豁达大度，另一边是美国代表被僵硬的对华政策弄得束手束脚。

　　会议最后结束的一天，又是休息时，周恩来正在和别人聊天，史密斯微笑着主动凑上来同周恩来交谈。他说："会议即将结束，能够在这里和你认识，我感到非常荣幸和高兴。你们在这次会议上发挥了很大的作用。我希望不管朝鲜也好，越南也好，都能恢复和平。"据说杜勒斯在离开日内瓦时曾给美国代表团立下了一条纪律，不论谁都不准和中国代表团成员握手。但是史密斯曾任艾森豪威尔的欧洲盟军司令参谋长，同他的关系密切，有后台，所以他的胆子比较大，敢于同周恩来接触，并表示对他的敬佩。

十四、会议结束后分三路出访

日内瓦会议结束后，中国代表团分三路出访，周恩来率领张闻天、王炳南、师哲、乔冠华、陈家康等访问民主德国、波兰、苏联、蒙古国后回国；李克农率领一部分人访问捷克斯洛伐克后回国；雷任民率贸易代表团访问芬兰，进一步开展外交活动，扩大日内瓦会议的影响，扩展中国同其他国家的友好关系。

7月23日，在绚丽的朝阳中，周恩来乘专机离开日内瓦飞向德意志民主共和国的首都柏林。在昆特连机场上，周恩来和各国欢送者一一握手告别，并发表声明：

> 日内瓦会议已经完成了它的恢复印度支那和平的任务，举世渴望的印度支那的停战就要实现了。
>
> 日内瓦会议的成就对于巩固世界和平和安全，首先是巩固亚洲的和平和安全，是一个重要的贡献。它又一次有力地证明，国际争端是可以经过和平协商获得解决的。
>
> 印度支那和平的恢复，缓和了国际紧张局势，并为进一步协商解决其他重大国际问题开辟了道路。我深信，只要热爱和平的国家和人民坚持不懈地努力，世界和平是可以得到保障的。中华人民共和国愿意与有关各国为达到这个目的而共同

努力。

　　瑞士政府和人民对于日内瓦会议的经常关心和可贵的协助是对会议成功的一种贡献。当我向这个美丽的和平的城市告别的时候，我再一次向瑞士联邦政府和日内瓦官员以及瑞士人民表示敬意和感谢。

　　晌午时分，周恩来乘坐的飞机徐徐降落在柏林机场。

　　德意志民主共和国总理格罗提渥等党政军领导人和中国驻民主德国大使姬鹏飞及使馆人员到机场迎接。格罗提渥在机场致欢迎词，周恩来致答词。然后，周恩来在格罗提渥陪同下检阅三军仪仗队，并乘敞篷车前往柏林市区，成千上万的群众，举着中、德两国国旗、彩旗、鲜花，挥舞着，高喊着"欢迎你周恩来、中德两国友谊万岁、世界和平万岁"的口号，夹道欢迎周恩来的来访。整个东柏林像过节似的热烈、友好。

　　柏林是世界闻名的美丽的大城市，也是重要的国际交通枢纽之一，它位于德国的中东部。1244 年见于记载，1415 年起先后为勃兰登堡侯国和普鲁士王国首都，1871 年成为德意志帝国的首都。19 世纪中叶起，工业迅速发展。1871 年居民开始超过百万，至1939 年增加到 4839000 人。二战后，根据《关于德国占领区和管理大柏林议定书》等协议，由苏、美、英、法四国分区占领。1948年 11 月，在苏占区成立"大柏林临时民主政府"，同年 12 月在美、英、法三国占领区组成西柏林市政府，柏林分成东、西两区。东柏林成为德意志民主共和国的首都。电机、化学、精密仪器、重型机械制造、印刷、服装、食品加工等工业发达。柏林市内有著名的洪堡大学、国家歌剧院，勃兰登堡门。

　　当天下午，周恩来分别拜会格罗提渥总理、狄克曼代理总统（皮克主席当时正在莫斯科访问），并到社会主义烈士公墓、苏军烈士墓献花圈。晚上格罗提渥总理举行盛大宴会欢迎周恩来，德国政府副总理、统一社会党政治局委员、各部部长都出席作陪，中方出席的有张闻天、王炳南、雷任民、乔冠华、陈家康和中国驻德意志民主共和国大使姬鹏飞。

格罗提渥在宴会上致辞，盛赞"中国人民在毛泽东的领导下，经过长期的英勇的牺牲和斗争，从帝国主义和封建主义的枷锁下解放了自己，并且建成强大的人民民主国家。这一点已经由日内瓦会议的成果向全世界证明了"。

"请您允许我，总理同志，向您表达德意志民主共和国和全体德国人民对您的为和平服务的功绩的感谢。

"您在印度和缅甸的谈话，向世界表明了：各种不同社会制度的国家之间的睦邻的合作是可能的。

"我们两国之间的关系，是充满着真诚的友谊，相互的帮助和支持精神的。"

周恩来在答词中感谢格罗提渥"举行这一盛大宴会，对于总理同志刚才所表达的祝贺，我表示深切的感谢"。

周恩来接着盛赞德意志民主共和国成立四年多以来的成就。"民主德国的劳动人民，勤劳地治愈着法西斯战争给德国城市和乡村带来的严重创伤。"

周恩来又谈到两国的关系："德意志民主共和国对中国经济建设上所给予的有效帮助，以及两国之间在各方面的友好合作，已使中德两国人民之间深厚的友谊获得进一步的发展。"

7月24日，周恩来同格罗提渥总理举行会谈，周恩来介绍了日内瓦会议的情况，格罗提渥介绍了欧洲形势和德国问题，双方就进一步发展两国关系和维护世界和平交换了意见。

当天，周恩来参观了柏林卡尔·李卜克内西变压器工厂，并同工人进行广泛的交谈，还发表演说，赞扬德国的科学技术和工人们精湛的技艺。

下午，周恩来出席柏林欢迎他的群众大会。周恩来在大会上发表重要演说。他在会上除了谈到德意志民主共和国的成就、中德友好关系外，还大力赞扬"德意志人民是伟大的人民，德意志人民在科学上、文化上和艺术上的成就都是辉煌的。德意志的工业生产和技术水平都是世界闻名的"。

"德意志人民今天为德国的和平统一而进行的努力不懈的奋斗绝不是孤立的，是得到全世界爱好和平的人民的支持的。我深信，德意志人民要求和平统一德国的愿望是一定会实现的。和平的、统一的、独立的、民主的德国将会在和平的国际大家庭里发挥它的更大的作用。"

他说："日内瓦会议关于恢复印度支那和平问题各种协议的达成，证明和平又一次战胜了战争。它并且促使目前的国际紧张局势进一步趋于缓和。不管今后有多少障碍需要我们排除，这种形势对于解决德国问题不能不产生巨大的影响。"

周恩来获授名誉法学博士学位

7月25日，是非常重要也是非常有意义的一天，德国洪堡大学为了表彰周恩来在争取世界和平和在日内瓦会议上的丰功伟绩，并出于对他渊博的学识、高尚的品格的尊敬，决定授予他名誉法学博士学位。

柏林洪堡大学（简称柏林大学）1809年根据卡尔·威廉·洪堡的建议创建于柏林，19世纪以来成为德国科学文化的中心。设有哲学、法律、历史、经济、外国语、语文学和德语研究、亚洲研究、心理学、犯罪学、教育、体育、神学、美学和艺术、科学理论和组织、数学、物理、电子学、化学、生物、地理、园艺、植物栽培、营养和食品工艺学、医学、畜牧和兽医等系。

从上午10时起，洪堡大学的门口，通往三门的通道两边、内厅便挤满了10000多名同学代表。11时整，周恩来由格罗提渥陪同到达洪堡大学，学生们个个争睹周恩来的风采，并热烈鼓掌欢迎。随后，校长奈伊博士陪同总理进入楼上的客厅，在那里和全校各学院的院长们会面。院长们按照院别穿着红、橙、黄、绿、青、蓝、紫、灰等颜色的绣金长袍，头戴帽子，一个个十分严肃。据说，这是从历史传承下来的，用在最隆重的典礼上的服饰。

在四个身着长袍、手持金色节杖的人员引导下，周恩来和校长及各学院院长进入礼堂。来宾席上坐着格罗提渥和政府各部部长、科学院的院长、副院长，以及全国各界知名人士。越南民主共和国副总理范文同在返国途中路过柏林，也参加了这个盛典。

奈伊校长身着大红袍，他首先致辞，热烈欢迎周恩来总理。法学院院长史坦尼格作了专题演说。他论述了中国人民在中国共产党和毛泽东的领导下获得解放的世界意义，并赞扬周恩来在这争取民族独立和权利的伟大斗争中和在争取世界和平以及在日内瓦会议上所做的贡献，他超人的才华、知识、品德。这便是洪堡大学授给他的名誉法学博士学位的缘由。

接着，在全场鼓掌道贺声中，校长奈伊将用红色长圆盒装着的名誉法学博士学位证书及一本红色纪念册恭恭敬敬地递交给周恩来。周恩来十分高兴而又谦恭地接过来。他回到座位上迅即看了一眼，只见证书是由校长和法学院院长亲笔用德文签署的，而那本纪念册中装有150年前洪堡兄弟（一位是法律学家、一位是哲学和历史学家）执教时的照片，还有马克思在该校读书时的遗物和遗作的照片。他想，这是多么珍贵的东西啊！

随后，奈伊校长请周恩来讲话。

　　周恩来满脸带笑，喜滋滋地走上了讲台，他那英俊潇洒、聪颖智慧、满腹经纶而又饱经风霜，既是伟人又是学者的形象，令人尊敬，会场上立刻响起一阵暴风雨般的掌声。

　　周恩来缓缓地、爽朗而谦恭地说："今天洪堡大学授予我名誉法学博士学位，我感到非常荣幸，请允许我对贵校给予我的荣誉表示深切的感谢。我认为这不仅是给予我个人的荣誉，而且主要的是给予中国人民的荣誉。这是中德友谊日益加强的又一表现。同时我又感到非常惭愧，因为就我个人来说，我的知识有限，我对促进国际和平的工作做得不够，实在够不上接受这个荣誉学位。但是就给予中国人民的荣誉来说，它对我是一种策励，我应该更加努力为我们共同的和平事业奋斗。"

　　接着他又讲了中国和德意志的文化以及两国的文化交流："中国和德国人民都是具有优良文化传统的，在发展和巩固中德人民的友谊中，两国文化交流占着重要的地位。""我们相信各国人民对于其他民族的先进文化的学习将增进彼此的了解和促进共同的进步，尤其是中国的文化从现代的水平来说是落后的，我们更需要学习你们的先进文化。中国人民是尊重和爱好世界上一切优秀的进步的文化的。我们对于德意志人民在文化上的成就给予很高的评价。德意志人民在哲学、科学、音乐、文学各方面都出现了许多不朽的天才。尤其重要的，德意志是产生科学社会主义的创始人和国际工人阶级的伟大导师马克思和恩格斯的国家，德意志人民对于人类共同精神财富作出了杰出的贡献。现在当我来到世界知名的德国洪堡大学同诸位朋友见面的时候，我愿意向优秀的德意志文化表示敬意。""我们珍惜德国文化的丰富遗产，我们更珍惜德国文化的未来发展。我们相信具有光荣的优良传统的德意志文化必将在新的条件下得到更大的发展。"

　　周恩来又论述了文化发展的内外条件。他说："我们认为文化只有在属于人民并且为人民服务的时候才能有健全的基础和广阔的前途，为劳动人民服务乃是文化发展的基本方向。""根据中国的经验，文化的发展像任何其他事业的发展一样，必须在原有的基础上留下好的进步的成分，去掉坏的落后的成分，吸收和学习新的和先进的知识与经验，然后才能推陈出新，适合人民的需要，真正为人民服务。为了适应这一要求，新中国的文化工作者正在不断地改造自己，提高自己，来迎接随着经济建设的高潮而来的文化建设的高潮。""为了发展文化，我们需要和平。人类在不可计数的年代中，以辛勤的劳动创造和发展了文化，掌握了现代科学的知识，为的是创造更美好的生活。但是在今天的世界上，却有些人企图利用科学和技术的成就来进行毁灭人类的战争。他们是和平的敌人，同时也是文化的敌人，保卫和平的斗争就是保卫文化的斗争。因此，我们把日内瓦会议的成就也认为是保卫文化的成就。日内瓦会议的结果使我们更加相信，如果爱好和平的国家和人民坚持保卫和平的斗争，和平是一定可以保卫得住的。"

周恩来的演讲博得人们的热烈欢迎和长时间的掌声，人们对他的富有哲理的论述、观点非常钦佩。这时，两位德国女青年团员跑到讲台上恭敬地向周恩来献上鲜花，并且热情地吻了他，台下的同学不断鼓掌。周恩来为了答谢同学们的鼓掌道贺，站起来向他们举手致意，并大声高呼："我们的学校洪堡大学万岁！"礼堂里的青年人、老年人、主席台上的主人和来宾们的情感完全融会在一起了，学校的空气变得更活泼了。

直至下午1时许，周恩来才离开洪堡大学，又前往历史博物馆参观和瞻仰卡尔·马克思馆的陈列品。

晚上，姬鹏飞大使在使馆为周恩来举行告别宴会，格罗提渥总理、副总理兼外交部部长博尔茨、副总理奥托，努舍克、汉斯·洛赫、保罗·舒尔茨，德国统一社会党政治局委员和候补委员赫尔曼·马特恩、卡尔·希德万、弗里德里希·艾伯特和埃里希·昂纳克以及各部部长、副部长等都出席了宴会，随同周恩来访问的所有人员也都出席了宴会，气氛极为热烈友好，表现了兄弟国家兄弟党的情谊。周恩来、姬鹏飞、格罗提渥都在宴会上致辞，共同表示中德友谊不断发展、世界和平万岁的美好愿望。

7月26日，细雨霏霏，周恩来依依不舍，告别他曾经多次到过和工作过的柏林。他很想旧地重游看看他昔日去过的地方，那里有许多值得回忆的往事，可是国内有许多工作等待着他，只好匆忙结束这一次访问，再赶下一站。他和格罗提渥都在机场上发表讲话，表达他们分别的心境和在中德联合会谈公报中的愿望。

访问波兰兴致勃勃

从柏林到华沙，飞机只要一个小时就抵达了。华沙机场上人声沸腾，欢迎的人群身着五颜六色的衣服，举着各式彩旗，高呼口号欢迎周恩来。当周恩来走下舷梯时，一群黄发绿眼的活泼的小女孩，手捧鲜花，向周恩来及其一行每人献上一把鲜花。西伦凯维兹部长会议主席及波兰党政军负责人和中国驻波兰大使曾涌泉及使馆人员走上前来迎接，并陪同检阅了三军仪仗队。周恩来在机场上发表简短的谈话，表达他应邀访问波兰的高兴心情。然后由西伦凯维兹陪同乘敞篷车进入华沙市区。这时的华沙万人空巷，人们都自发地拥到从机场到别维德尔宫的贵宾馆大道两旁，热烈欢迎从日内瓦会议胜利结束后来到波兰访问的中国高贵客人。

华沙位于维斯瓦河畔，13世纪见于记载，1596年成为波兰的首都，是波兰的政治、经济、文化中心。第二次世界大战时期遭到严重的破坏，战后迅速重建，成为欧洲水陆交通的枢纽。有钢铁、机械制造、汽车、电机、制药、化学、纺织等工业，有宫殿、教堂等古迹。西北郊热拉佐瓦沃拉是肖邦的故乡。

下午，周恩来拜会了波兰统一工人党中央委员会第一书记、波兰全国阵线委员会主席贝鲁特，波兰国务委员会主席萨瓦茨基，波兰部长会议主席西伦凯维茨，并进行了友好的会谈，张闻天、王炳南、乔冠华、陈家康和中国驻波兰大使曾涌泉等也参加了。双方着重讨论了中波两国关系和波兰参加印支监察委员会的问题。

晚上，西伦凯维兹举行盛大的宴会欢迎周恩来，波兰党政军领导人、各部部长、副部长都出席作陪。西伦凯维兹在会上祝酒，他说："波兰人民共和国政府和波兰全体人民十分愉快在我国的首都欢迎中华人民共和国中央人民政府政务院总理兼外交部部长周恩来。这是中国总理第一次访问波兰，我们对这件事感到极其高兴。波兰人民、特别是波兰工人阶级和一切进步的人们，许多年来一直抱着热烈的同情和信心注视着中国人民在中国共产党的领导下进行的争取民族和社会解放的艰巨和英勇的斗争。""在日内瓦会议上达成的关于恢复印度支那和平的协议是所有爱好和平的人们的胜利，是和平的伟大胜利，也是协商的原则和不同制度和平共处的原则对战争力量和战争贩子的计划的伟大胜利。""因此，我们因周恩来同志的访问而感到的高兴是双重的，我们既为人民中国的总理第一次访问波兰而高兴，也为争取和平的斗争中创造性的具有历史意义的成就而感到高兴。"

周恩来也随着站起来讲话，表示对波兰人民、政府、西伦凯维兹的盛情邀请和接待衷心感谢，称颂波兰人民在医治战争创伤和建设中的巨大成就，特别是"波兰政府和人民用参加朝鲜中立国监察委员会和中立国遣返委员会的行动帮助了朝鲜的停战，现在，又将参加印度支那国际委员会监察印度支那停战的工作。波兰政府和人民对于维护亚洲和平的贡献是巨大的。中国政府和人民热烈支持波兰政府和人民的这些和平努力"。还讲了中波两国人民的友谊，"感谢波兰在中国经济建设中给予的支持，对此，中国人民印象很深。"

宴会在非常热烈和兄弟般的情谊中进行。

宴会结束以后又举行舞会。波兰人能歌善舞，尤其是民间歌舞，马佐舍夫歌舞团曾闻名世界。波兰同志知道周恩来喜欢跳舞而且跳得好，所以西伦凯维兹特意挑选一些年轻美丽的姑娘来伴舞，并且将他的夫人也带来参加宴会，准备陪同周恩来跳舞。西伦凯维兹的夫人尼娜·卡特琳娜是著名的话剧演员，曾经名噪欧洲。西伦凯维兹追求她的时候，经常看她的演出，有一次演出结束时，他写了一个条子递上去，上面写着：我来了，我在你的面前倾倒了。后来被传为佳话。

这天晚上，西伦凯维兹的夫人是女主人，她打扮得庄重而又入时，美丽活泼而又不俗气，是一位非常得体的主席夫人。按照礼节，客人必须首先请女主人跳舞。当主人宣布舞会开始时，周恩来便走到西伦凯维兹夫人面前，略微弯下腰，伸出两手邀请她跳舞。西伦凯维兹夫人连忙站起来，笑容可掬地迎上来。在西伦凯维兹夫人看来，能够陪同世界闻名的英雄总理周恩来跳舞是一生中最大的荣幸。他们随着音乐的节奏，缓缓起舞。他们的舞步轻盈洒脱又舞技娴熟、配合默契，因此舞姿优美、动人，赢得场上阵阵掌声。他们先跳一场华尔兹，又跳一场探戈等宫廷交谊舞。尼娜·卡特琳娜对周恩来说："我曾经读过安娜·路易斯·斯特朗女士写的文章，称赞您总理阁下是第一流的交谊舞家，跳起华尔兹舞来完美之至，今晚陪您跳了两场，果然是名不虚传，您跳得那么的节奏分明，那么的潇洒自如，而且具有外交家的风度。"

"夫人，您是过奖了。"周恩来说，"我早就听人说过您演过许多世界名剧，众多的观众被您的演技折服了。"

尼娜·卡特琳娜说："那是言过其实。"她停顿一下，忽又说：

"阁下，我再陪您跳一场拉丁舞好吗？"

"这种舞我不太熟悉。"周恩来微笑着说。

"没有关系，有我呢，这种舞很优美。"

于是他们又跳了一场拉丁舞。因为许多波兰姑娘都想同周恩来跳舞，周恩来理解她们的心情，所以他就轮流同她们跳，有慢步、快三还有伦巴舞。有些跳完了舞，还请周恩来题名签字，视为珍品永留纪念。

舞会一直进行到深夜，周恩来也不知跳了多少场舞，但他通过跳舞同舞伴们交谈，了解了许多波兰的风俗人情，又是很好的娱乐和运动，消除了自日内瓦会议以来的疲劳，心情无比的舒畅、愉快。

第二天，7月27日上午，周恩来及一行由波兰政府的一位副总理和重建华沙的总工程师陪同，在访问市郊的拖拉机工厂之后参观了华沙市容。周恩来一边看一边问，仔细地了解建设中的问题。他对华沙重建的速度、规模、计划以及在建筑中保存和发扬民族形式赞叹不已。直到回到列维德尔宫吃午饭的时候，还同张闻天、曾涌泉、王炳南、乔冠华、陈家康等津津有味地议论着。显然周恩来是很受感动的。他问："谁是诗人？写首诗嘛。"的确，在第二次世界大战期间，华沙85%以上的建筑都被希特勒法西斯破坏了。华沙解放以后不到10年，那无数的新工厂、商店、机关、住宅区都建起来了，许多的古迹像华沙广场、华沙美人鱼都已重新修复了。华沙的建设是整个波兰建设的一个缩影，波兰的工业生产由战前欧洲的第十七位上升为第五位了。这难道不是波兰统一工人党领导的结果吗？

当日下午4时，华沙各界人民代表集会欢迎周恩来及其一行。

波兰统一工人党第一书记贝鲁特亲自主持会议。他在致辞中说："周恩来总理是在从日内瓦会议归国的途中访问我们的，日内瓦会议为争取和平的斗争作出一个很重要的决定——关于印度支那停战的决定。""对于这个胜利的取得，周恩来总理个人是起了非常积极的、重大的作用的。这个胜利无疑地将巩固正在树立反对侵略和战争势力的坚强壁垒的世界和平力量。波兰人民共和国和印度、加拿大一道，被邀请为参加维护停战条款，也就是维护越南、老挝和柬埔寨的持久和平的三个国家之一。"他强调说："波兰人民非常愿意担当这个新的使命，因为我们国家认为在维护和平和国际共处事业中进行合作是它最重要的责任之一。我们的人民国家对希望和平的国家和人民所给予它的信任感到骄傲。"

他进一步说："今天，我们欢迎周恩来同志就是欢迎伟大的和平战士，欢迎人民波兰的伟大朋友。他来我们国家访问将更加加强我们两国正在建设新生活的解放了的自由的国家的兄弟关系。"

周恩来在听众欢呼声中，讲述了对华沙重建工作的深刻印象，并说"波兰在经济、文化方面，比中国先进。在这方面，我们需要从波兰学习很多"。他感谢波兰政府和人民，对经济文化上给予中国的帮助。他又从日内瓦会议谈到波兰人民关心亚洲的和平，中国人民同样关心欧洲问题的解决。

接着波兰部长会议主席西伦凯维兹也讲了话。

随后，波兰人民共和国国务委员会主席萨瓦茨基宣读了国务委员会根据波兰统一工人党中央委员会和波兰政府的建议通过的关于以勋章授予周恩来总理的决议："波兰人民共和国国务委员会特授予中国人民的优秀儿子、中华人民共和国中央人民政府政务院总理兼外交部部长周恩来先生以一级波兰复兴勋章，以表示波兰人民共和国和中华人民共和国之间的兄弟友谊，表扬他对维护世界和平的贡献，并酬答他促进波兰人民和中国人民之间的全面合作和真诚友谊的功劳。"

萨瓦茨基宣读完决议以后亲自将勋章佩戴在周恩来的胸前，给他戴上一条红色彩绸，并热情握手。

这时会场上发出一片欢腾和掌声。

周恩来接受勋章后致辞说：

敬爱的国务委员会主席同志：

今天，波兰人民共和国政府授予我最高勋章——一级波兰复兴勋章，使我感到非常荣幸。请允许我对于波兰政府给我的隆重荣誉，表示衷心的感谢。同时，在接受这样的荣誉时，我又不能不感到非常惭愧。因为就我个人来说，我对保卫国际和平和促进中、波两国友好合作的事业，都还做得有限，实在够不上接受这样隆重的荣誉。

我认为像这样隆重的荣誉应该归于中国人民。今天，波兰人民共和国政府给我颁发勋章，实际是通过我对中国人民又一次表示最珍贵的友谊。由于这一勋章的颁发，我深深地受到感动和策励。我愿更加努力，为中、波两国人民的共同事业，即世界和平的事业继续奋斗。

两个著名的波兰歌舞团表演了十来个精彩节目，还用中文唱了《东方红》，正在波兰访问的中国歌唱家周小燕也用波语唱了一首肖邦的《少女之歌》，这使人有似在华沙又似在北京之感。

晚上，曾涌泉大使在使馆举行招待会，既是欢迎也是欢送周恩来一行，祝贺访波成功。周恩来和西伦凯维兹都在宴会上致辞，互祝身体健康，中波友谊日益发展。

7月28日上午，周恩来离开华沙前往苏联。周恩来在机场致了告别词，西伦凯维兹致了送别词。

马不停蹄再访苏蒙

当日下午，周恩来飞抵莫斯科，莫洛托夫等到机场迎接。当晚，莫洛托夫设便宴招待周恩来，两人畅谈日内瓦会议。

7月29日，周恩来分别拜会苏联部长会议主席马林科夫，苏共第一书记赫鲁晓夫和最高苏维埃主席团主席伏罗希洛夫，主要谈日内瓦会议及对日内瓦会议后国际形势发展的估计以及中苏两国的关系问题。周恩来还向列宁、斯大林墓献了花圈。

当天中午，马林科夫举行宴会欢迎周恩来，赫鲁晓夫、莫洛托夫、伏罗希洛夫等苏联党政领导人和中国驻苏大使张闻天、外国使节都出席了宴会。马林科夫和周恩来分别举杯祝酒，祝日内瓦会议成功、祝中苏友谊、祝彼此身体健康。周恩来、马林科夫，莫洛托夫、赫鲁晓夫、伏罗希洛夫等分别举着杯子，同各国使节们交谈、碰杯。他们通过法国大使向促成印度支那和平中起了积极作用的孟戴斯－弗朗斯先生致意，通过英国大使向日内瓦会议的主席之一艾登先生致意，通过印度大使向积极从旁促成日内瓦会议的尼赫鲁先生致意。凡是愿意致力或有助于世界和平事业的，中国和苏联都愿诚心诚意地和他们合作。

晚间，张闻天大使为周恩来总理访问苏联并庆祝八一建军节举行盛大宴会。马林科夫、莫洛托夫、赫鲁晓夫、伏罗希洛夫、布尔加宁、米高扬、卡冈诺维奇等苏联党政领导人和元帅、将军们都前来出席，主、客们又一次畅谈日内瓦会议的成就，中苏两党两国军事的友谊。

因为这次周恩来只是路过苏联作一般性的访问，也没有多少事要谈，所以在苏联只停留了两天，便于7月30日早晨离开莫斯科，莫洛托夫和张闻天等到机场送行。

莫斯科连续下了两天雨，这一天刚好晴天，风轻云淡，气候温和。从莫斯科到乌兰巴托的行程中，苏联事先就安排好了，飞机在哪里降落休息，在哪里吃早点，哪里吃正餐和住宿等，无平时那种疲劳的感觉，周恩来则利用这个时机稍稍地休息一下。

7月31日下午7时许，周恩来乘坐的飞机抵达乌兰巴托国际机场。蒙古部长会议主席泽登巴尔在机场上举行热烈、壮观、盛大的欢迎仪式，泽登巴尔和周恩来在机场上分别致辞。

车队在至贵宾馆的途中，受到蒙古人民的夹道欢迎，乌兰巴托市万人空巷。

乌兰巴托原名库伦，在蒙古北部鄂尔浑河支流土拉河畔。17世纪中叶建城后，逐渐成为宗教、贸易和行政中心，1924年改名。乌兰巴托，即红色英雄之意，现为蒙古人民共和国首都，政治、经济和文化中心，全国工业生产的半数集中在乌兰巴托，有电力、建筑材料、医药、食品和畜产加工工业；有铁路、航空线与中国、苏联相通；还设有高等学校和科学研究机关。

周恩来及其一行住在背靠着山、满院树木的前乔巴山元帅的夏季别墅里。

周恩来小憩之后，就去拜会泽登巴尔总理和大人民呼拉尔主席桑布，晋谒蒙古人民的革命导师苏赫巴托尔和乔巴山元帅墓，并敬献花圈。

当晚，泽登巴尔为周恩来及其一行举行盛大的宴会和歌舞晚会，蒙古党政军领导人和各部部长、副部长都出席作陪。

泽登巴尔在宴会致辞中说："以周恩来总理同志为首的伟大中华人民共和国的代表团来到我国，是有巨大意义的，这是亿万伟大的中国人民和蒙古人民之间的兄弟般的牢不可破的友谊日益巩固的一个新的证明。

"我们在周恩来总理同志和他的随行人员在日内瓦会议上进行了巨大有效的工作以后回国的时候，当强大的苏联、伟大的中华人民共和国和一切民主国家奉行着和平政策，对缓和国际紧张局势进行着不懈努力而使亚洲的又一片战火得以熄灭的时候，来欢迎他们是极有意义的。

"虽然那个渴望以一切办法来维持和加深国际紧张局势的美国政府在进行着破坏政策，然而印度支那的停火仍然达成了协议，蒙古人民和全体进步人类一道都热烈地祝贺民主阵营的这个新的重大胜利。"

接着，周恩来致答词，他在表示感谢蒙古人民和政府的邀请和热情的接待，称颂蒙古人民共和国的成就之后，着重讲了日内瓦会议和中蒙友谊。他说："日内瓦会议的成就是巨大的，对于保障亚洲和平和进一步缓和国际紧张局势有着重大的贡献。毫无疑问，这一胜利是与爱好和平的蒙古人民为维护亚洲及世界和平所作的努力分不开的。"

他说："中蒙两国人民的友谊，有着悠久的历史。两国人民曾不断以自己的胜利和斗争相互鼓舞和支援。历史上蒙古人民曾两次与苏联军队并肩作战，打击了我们共同敌人，这对当时与日本帝国主义艰苦作战的中国人民是一个很大的鼓舞。中华人民共和国的诞生，更开辟了中蒙两国人民友好合作的新时代。特别是在1952年10月，总理同志您亲自到了我国首都北京，与我国政府签订了中蒙经济及文化合作协定，大大促进了我们两国人民的友好关系。我深愿经过我的访问蒙古人民共和国，使中蒙两国之间亲密巩固的友好关系能更加前进一步。"

宴会上，主客进行热烈的交谈。蒙古同志几乎每一个人都能讲一口流利的中文，谈话更为方便。大家频频举杯为两国领导人健康、为中蒙友谊干杯，气氛特别友好，热烈。

8月1日上午，桑布、泽登巴尔到周恩来的寓所看望，桑布向周恩来献上用丝织的"哈达"，并用金碗盛着马乳，这是蒙古人民的一种传统的、最尊敬的民族礼节，送呈到周恩来的面前，周恩来出于礼节、出于对蒙古人民的尊重，明知马乳是很酸的，却毫不犹豫地一饮而尽，并向泽登巴尔和桑布握手致谢。

泽登巴尔一直同周恩来形影不离，整天陪着他，异常地亲热，今天上午泽登巴尔又陪同周恩来及其一行参观乌兰巴托的纺织厂、制鞋厂、资源文化馆、革命历史博物馆。周恩来仍是老习惯，边参观边询问，借机了解了许多情况。他有非凡的记忆力，凡是看过的听到过的，若干年后他仍能如数家珍那样记得一清二楚。

中午，中国驻蒙古大使吉雅泰为周恩来举行告别招待会。泽登巴尔、桑布等蒙古党政军领导人都出席了宴会，王炳南、师哲、乔冠华、陈家康等随行人员也出席了。周恩来和泽登巴尔互相致辞，互祝友谊。

下午，周恩来及其一行乘机返国，泽登巴尔、桑布和驻中国大使吉雅泰等到机场送行。周恩来和泽登巴尔互致告别辞，祝周恩来一路平安。彼此依依不舍，握手告别。

这天下午，晴空万里，周恩来的座机在天上平稳地飞行。周恩来从4月20日出发前往日内瓦，到8月1日回国，整整3个月零10天，这当中还访问了印度、缅甸，真是在风尘仆仆、紧张战斗的生活中度过，他几乎没有好好地休息过一天。

这时，在飞机上的周恩来倚靠在临窗的座位上独自陷入沉思，浮想联翩。他回想，当时受命率团出席日内瓦会议时，北京还是在春季，日内瓦还不时弥漫着风雪，莱蒙湖边的梧桐树刚刚吐出嫩芽。离开的时候，日内瓦已是风和日丽，满目美景，再加上日内瓦会议的成功，更是光彩夺目了。而今北京已经是炎热的盛夏了。当初出国的时候，身负重担，甚感责任重大，真是如履薄冰，如临深渊，虽抱有成功的希望和信心，但是忧心忡忡，会议会是什么样的结果，实是难以预料。

经过 3 个月艰苦复杂的斗争和日夜奋战，以及大多数与会国家的努力，克服美国所设置的种种障碍，终于达成印度支那停战协定，恢复了印度支那的和平，取得了重大胜利，虽然朝鲜问题没有达成协议，并不能降低日内瓦会议这一成就的重要性。想到这里，周恩来的心中有一股说不出来的欣慰感、快乐感。因为他没有辜负党和国家的重托，不辱使命地完成了任务，提高了新中国在国际上的地位和影响，给中国人民增添了光彩、带来了荣誉。他的"为中华之崛起"的夙愿不是在日内瓦会议上得到又一次报偿吗？同时他的耳际仿佛又响起了毛泽东在 1949 年中国人民政治协商会议第一届全体会议的开幕词里曾经预言的话："……我们的民族将从此列入爱好和平自由的世界各民族的大家庭，以勇敢而勤劳的姿态工作着，创造自己的文明和幸福，同时也促进世界的和平和自由。我们的民族再也不是一个被人侮辱的民族了，我们已经站起来了……我们的朋友遍于全世界。"现在已经实现了，历史的发展证明了这个预言是何等的正确。现在的中国已经被公认为世界五大国了。

飞机上总结日内瓦会议

沉思到此，周恩来用那浓眉下的两只大眼敏锐地扫视一下同机的同志们，见他们一个个兴奋而疲劳的神情，一种感激的情意不禁油然而生。这些同志为了开好会议，完成祖国的重托，他们夜以继日地工作：出谋划策、起草文件、研究情况、接待宾客、会见记者、当好翻译、管理内务、报道新闻，无一不出色地完成各自的任务。这些同志绝大多数都是第一次出席国际会议，一边工作，一边学习，一边锻炼，一边提高。他们都是外交工作的骨干，有希望成为一名外交家，甚至是杰出的外交家，但还需要继续不断地学习、锻炼、提高。他想感激他们不是说几句感谢的话，也不是表扬一番，而最重要的是在思想上、政策上、策略上、业务上帮他们提高，而目前首先要做的是将日内瓦会议总结一下，升华到理论上、政策思想上，这不仅对参加会议的同志有益处，而且对那些未参加会议的外交工作人员也有帮助、启迪和教育的作用。对我们的外交工作就是应该不断学习、不断积累、不断总结、不断提高，才能形成一套具有自己特色的外交理论思想、政策、风格和艺术。于是，他又陷入沉思之中。

　　一刻钟工夫，周恩来的文思像泉涌一般，喷薄而出：首先，外交谈判必须以实力做后盾。日内瓦会议之所以能够召开，就是因为我们在朝鲜战场上打败了美国，在印度支那打出了一个局面，奠边府一战，震动英法等西方国家，如若再打下去对英法尤其是对法国很不利，所以它们才同意召开这样的会议，坐下来谈判。其次，要高举和平的旗帜。现在全世界的人民都要求和平，反对战争，希望有一个和平安定的环境从事建设，改善生活。我们的和平外交政策和主张通过谈判、协商解决国际问题，这就很得人心，而美国要用侵略战争来解决国际争端，就很孤立。"得道者多助，失道者寡助"。日内瓦会议获得成功，就再一次证明，国际问题无论怎样复杂、困难、曲折，最终还得靠谈判协商解决。第三，要善于利用矛盾，争取多数、孤立少数。这次日内瓦会议，我们就成功地利用英法与美国的矛盾，争取了英法以及老、柬，打击了美国。这也可以说是我们的统一战线政策在国际会议上的运用，在外交上的发展。第四，政策的原则性和策略的灵活性要紧密结合。印度支那协议是坚持在法国承认印度支那人民的民族权利，坚持军事和政治同时解决，坚持在停战后印度支那国家不参加任何军事集团、不建立外国军事基地的前提下达成的。这三个主要原则必须坚持，不能让步，而其他问题都可以协商、妥协、让步，只要不损害人民的根本利益。凡是任何谈判，要真正想解决问题，都要互相谅解、互相让步，互相迁就、互相照顾，使双方的观点逐渐接近起来，并考虑到双方的利益，最后按照求同存异的原则达成。如果一厢情愿，顽固坚持已见，这就不是谈判，也不实事求是。谈判就有让步，就有妥协。该坚持的要坚持，该让步的要让步。第五，会上会外要紧密配合。会上的发言和辩论，大多是照本宣科，而且多半是为了宣传、为了体面，而不是为了解决实际问题，也解决不了实际问题。但是利用大会阐明我们的政策方针，揭露敌人则是非常必要的、有效的。会外活动、私下接触，可以冷静地交换意见，互相揣摩，各自逐渐亮底。双方经过协商和讨价还价，研究具体协议方案，倒是较切实解决问题的办法。第六，同帝国主义国家打交道要有耐心，也要细心。他们由于受自身阶级利益的限制和支配，又养成长期欺侮殖民地和占别人便宜的恶习，决不肯轻易放弃自己的利益和原则立场，放下臭架子，向别人低头、让步，所以同其谈判必须要有耐心，处处小心谨慎，不能急躁马虎，否则容易上当吃亏。第七，同小国、弱小民族打交道时，应特别注意照顾它们的民族自尊心和面子，不能有一点儿大国主义，不仅是这样说，而且要真正这样做。这次我们对老挝、柬埔寨就是这样，所以效果很好。

周恩来下意识地看看手表，觉得离北京已经不远了，回去还有许多事要处理，不可能抽出很多时间来研究、总结，应该把自己的一些想法、感受和刚才琢磨的这几条告诉随行的人员，同时还有些事要交代他们去办。

于是，他把王炳南、乔冠华、陈家康、师哲找到自己的身边。

周恩来说："很快就到北京了，大家要回到各自的工作岗位，我也有许多的事要处理，还要接待范文同，同他商讨如何贯彻实施日内瓦会议。但是日内瓦会议我们应该有个总结、有个交代。会后我们又访问德、波、苏、蒙，日程排得满满的，没有时间研究。今天我在飞机上考虑了几条意见和一些想法先告诉你们。"于是他把上面那七条讲了一遍，王炳南等都做了记录。

周恩来又说："这只是个初步意见，而且是个原则。炳南你同克农商量一下，找几个人好好研究、充实、补充，使它比较系统化、理论化。"他停顿一下又说："我们代表团要就出席日内瓦会议的情况成果、如何实施日内瓦会议以及今后外交工作的问题向中央人民政府委员会做一次正式报告，请审查批准。这个报告就由冠华、家康主持起草，再请克农、稼祥、炳南他们看一看，提提意见进行修改，然后再送给我看。同时，你们还要考虑、研究日内瓦会议后的世界形势，尤其是美国的动态。我看美国还要阻挠、破坏日内瓦会议的实施，加紧筹划东南亚军事同盟，它决不会甘心失败。"

王炳南、乔冠华都说："总理想得很周到也很远，我们回去照总理的指示办。"

师哲说："日内瓦会议是我国外交上的一大胜利，我们应该多宣传，除了向中央人民政府委员会作报告和在外交部进行传达外，如果有些单位要求我们去作报告，我看也可以去，不知总理您的意见如何？"

周恩来略加思索，点点头说："多宣传可以，有些单位请你们去讲也可以。但是既不要过分强调日内瓦会议是我们中国代表团努力的成果和胜利，更不要赞扬我个人的功劳，应该多讲我们党中央和毛泽东同志正确领导的结果。"

不久，飞机便平稳地降落在北京西郊机场。朱德、刘少奇、李济深、沈钧儒、陈叔通、林伯渠、董必武、郭沫若、黄炎培、邓小平、张宗逊等党政军领导人走到飞机旁边热烈欢迎，少先队员向周恩来及随行人员每人献上一束鲜花，表示对胜利归来的出席日内瓦会议的中国代表团和周恩来的无限敬意。

中央会议上作外交报告

8月11日，周恩来在中央人民政府委员会第三十三次会议上作了外交报告，主要谈日内瓦会议情况及今后的外交工作。

他愉快爽朗地说：

主席、各位委员：

根据 1954 年 2 月柏林四国外长会议的协议，由苏联、美国、法国、英国、中华人民共和国和其他有关国家的代表，从 1954 年 4 月 26 日起在日内瓦举行会议，分别讨论和平解决朝鲜问题和恢复印度支那和平问题。我中央人民政府支持这一协议，并委派我率领代表团前往参加这一会议。日内瓦会议已在 7 月 21 日结束。现在，我就日内瓦会议的结果和目前我国的外交政策，向中央人民政府委员会提出报告。

他在论述了美国侵略朝鲜、加紧干涉印度支那战争、侵占中国领土台湾、威胁中国及亚洲国家的安全和中国人民与政府为了保障亚洲及世界和平进行了积极、勇敢的斗争之后，着重讲了日内瓦会议。

他说：

日内瓦会议的结束，促进了国际紧张局势的进一步缓和，但是，会议在进行中却遭遇了不少的障碍和困难。这些障碍和困难主要地是从美国政府方面来的。美国政府和它的傀儡李承晚集团，对于讨论和平解决朝鲜问题的会议，一贯采取了蛮横无理的破坏态度。最后，美国政府更操纵参加会议的一部分国家，发表了一个所谓"共同宣言"，使会议陷于中断，以致未能实现和平解决朝鲜问题的任务。在讨论印度支那的会议中，由于大多数与会国家的共同努力，克服了美国方面所造成的种种阻挠，关于恢复印度支那和平的协议才得以达成。在这些协议中，虽然还有某些地方不能完全令人满意，但是，日内瓦会议关于恢复印度支那和平的成就是很大的。朝鲜问题没有达成协议并不能减低这一成就的重要性。

日内瓦会议关于恢复印度支那和平的协议是在法国承认印度支那人民的民族权利的基础上达成的。这些协议不仅规定了印度支那三国停止敌对行动的具体办法，以结束印度支那的8年战争，将和平带给印度支那人民和法国人民，而且也规定了解决印度支那三国政治问题的原则。保证尊重越南、老挝和柬埔寨三国的独立、主权、统一和领土完整并对它们的内政不予任何干涉的原则，也获得了与会各国的承认。

根据日内瓦会议关于停止印度支那三国敌对行动的协定，越南、老挝和柬埔寨三国在停战后将不从境外进入增援性的外国军队和军事人员以及各种武器和弹药，仅老挝和柬埔寨为自卫所需的武器和弹药不在此限。这些协议的严格实施将保证印度支那停战的稳定。与会各国并一致同意邀请印度、波兰和加拿大三国组成国际委员会，负责监察越南、老挝和柬埔寨停止敌对行动协定的实施。

根据日内瓦会议关于解决印度支那政治问题的原则，越南、老挝和柬埔寨三国将在分别规定的期限内举行全国的自由选举，以实现各该国在民主基础上的统一。越南将在1956年7月内举行全国自由选举；老挝和柬埔寨则将在1955年内举行全国的自由选举。印度支那三国，基于在日内瓦会议上所承担的义务，将禁止任何外国在它们各自的领土上建立军事基地。这三个印度支那国家并承担义务不参加任何军事同盟，不容许被利用来恢复敌对行动或服务于侵略政策。这样，印度支那三国的人民就有可能在他们各自的祖国的土地上过和平生活并从事和平建设。同时，这三个印度支那国家如果能在互相尊重领土主权的基础上发展它们之间的以及它们与法国之间的友好关系，并与它们的邻邦建立和平合作关系，那么，在印度支那以及它的周围的国家就有可能建立一个集体和平的地区。如果国际条件有利，像这样一种集体和平的地区就会继续扩大，使东南亚及亚洲国家都能和平共处，而不受外来的干涉。

周恩来指出：

日内瓦会议能够获得如此重大的成就，是由于印度支那三国人民和法国人民以及全世界爱好和平的国家和人民从各方面共同努力的结果，并且首先是越南人民在越南民主共和国胡志明主席领导下长期奋斗的结果。苏联政府一贯坚持的维护世界和平和国际合作的政策在日内瓦会议中起了重要的作用。法国和英国在日内瓦会议上所表现的和解精神，参加科伦坡会议的国家特别是印度在推动印度支那停战方面所做的努力，对于日内瓦会议的成就，都是有贡献的。中华人民共和国在日内瓦会议中所起的作用是人所公认的，这种作用决不是美国侵略集团所能抹煞的。

周恩来这种把成就归于别人别国的谦恭态度得到国外的一致好评。这种谦恭精神是周恩来的一贯作风，也是周恩来外交的一个重要特色。

周恩来在报告中又进一步指出：

> 日内瓦会议关于恢复印度支那和平的各项协议的达成，并不等于这些协议的实现。美国政府在日内瓦会议已经达成协议时，还声明不愿同与会各国一起参加保证恢复印度支那和平的共同工作。很显然，美国侵略集团是不会让日内瓦会议所达成的协议顺利地彻底地付诸实施的。最近美国侵略集团积极策动澳大利亚、新西兰、泰国和菲律宾，并拉拢英国和法国，甚至还企图劝说科伦坡国家，组织所谓"东南亚防御集团"。不难了解，组织这个集团是以中国为主要的敌对目标的，是为了破坏日内瓦会议与会各国在印度支那问题上的集体合作的。如果某些有关国家竟参加美国侵略集团的这个分裂行动，这就将使保证恢复印度支那和平的共同工作遭受危害，并将使印度支那停战协定的实施有被破坏的可能。因此，我们坚决主张有关国家必须共同保证彻底实现恢复印度支那和平的各项协议，坚决反对美国侵略集团策动组织所谓"东南亚防御集团"来破坏《日内瓦协议》的阴谋。

周恩来强调指出：

> 日内瓦会议的成就证明：国际争端是可以用和平协商的方法求得解决的。现在世界上赞成不同社会制度的国家和平共处的人已经越来越多，美国侵略集团所坚持的扩军备战的实力政策已经日益不得人心。如果一切愿意和平的国家和人民坚持和平和合作，反对战争和反对组织对立的军事集团，国际紧张局势是可以求得继续和缓的。在日内瓦会议期间，中华人民共和

国和英国的关系得到了改进。这种改进，将有助于我国和西方国家建立正常关系的可能性的增长。在此期间，我国和西方国家间的贸易来往和文化交流，也有了新的发展。

周恩来又谈到朝鲜问题，他说：

日内瓦会议在恢复印度支那和平问题上，既已达成了解决政治问题的原则协议，这就为朝鲜问题的政治解决带来了新的希望。朝鲜问题会议之所以陷于中断，并非由于日内瓦会议没有可能对和平解决朝鲜问题取得一致意见，而是由于美国政府和它的傀儡李承晚集团拒绝进行协商，害怕达成任何协议。最近，他们公开叫嚣解散中立国监察委员会，阴谋破坏朝鲜停战协定，这就更加表明美国无意于和平解决朝鲜问题。但是，无论如何，和平解决朝鲜问题并没有从议程上抹掉。我们坚决认为，在保证有利于朝鲜的国家统一、有利于保障亚洲及世界和平的条件下从速解决朝鲜的和平统一问题，是完全必要的。美国侵略集团不但在朝鲜和印度支那问题上破坏和平，制造分裂，而且还在远东、东南亚和中东策动组织对立的军事集团，制造亚洲新的紧张局势。但是，亚洲各国人民所需要的，是和平和合作，而不是战争和敌对。在日内瓦会议上，中华人民共和国代表团曾经提出，亚洲国家彼此之间应该进行协商，以互相承担相应的义务的方法，共同努力维护亚洲的和平和安全。我们这一主张是不排斥任何国家的。

周恩来在谈到他访问印度、缅甸和创立的和平共处五项原则时说：

在日内瓦会议的部长级会议休会期间，我奉命接受了印度政府和缅甸政府的邀请，访问了印度和缅甸，与尼赫鲁总理和吴努总理分别举行了会谈。中印两国和中缅两国分别在1954年6月28日和29日发表了联合声明。三国政府一致同意以互相尊重领土主权、互不侵犯、互不干涉内政、平等互利、和平共处的五项原则作为指导中印和中缅之间的关系的基本原则。我们认为，这个和平共处的五项原则应该同样适用于各国之间和一般的国际关系之中。当我在中越边境会见越南民主共和国胡志明主席商谈恢复印度支那和平问题的时候，胡志明主席表示，这五项原则完全适用于巩固和发展越南、老挝和柬埔寨三国之间的友好关系。我们相信，如果这五项原则获得更多的国家的赞同，那么，即使是过去互相对立的国家，在它们中间存在着的恐惧和疑虑，也将有可能为安全感和信任感所代替。这样，在亚洲就有可能建立起更多的和更广大的和平地区，这些地区就不致沦为美国侵略集团制造战争和组织对立的军事集团的温床。我中央人民政府将本此方针为建立亚洲的集体和平而作坚持不懈的努力。

接着，周恩来又谈到他访问民主德国、波兰等国及欧洲和平问题。他说：

中国人民关心亚洲和平，同样关心欧洲和平。日内瓦会议结束后，中华人民共和国代表团访问了德意志民主共和国。中德两国总理在1954年7月25日发表了会谈公报在会谈中，双方一致认为，美国重新武装西德和日本并非为了建立德国和日本的自卫力量，而是用以威胁欧洲和亚洲的和平。

因此，反对重新武装西德和日本的斗争，成了所有爱好和平的人民的共同任务。就欧洲局势来说，和平统一德国问题是一个极为重要的问题。我们坚决反对美国复活德国军国主义和长期分裂德国的反动政策，并全力支持全德意志人民要求和平统一德国的伟大斗争。

中华人民共和国代表团在访问了德意志民主共和国之后，还访问了波兰人民共和国、苏维埃社会主义共和国联盟和蒙古人民共和国。在访问这四个兄弟国家期间，我们深深地体会到以苏联为首的各兄弟国家的力量的壮大和它们之间的坚强团结；我们亲眼看到这些兄弟国家的人民以无比的热情和忘我的劳动在建设自己的国家，并加强保卫世界和平的力量。

周恩来在报告中特别提到解放台湾，对美国的反华外交政策发起猛烈的进攻和抨击。他说：

如前所述，美国侵略集团一向是敌视中华人民共和国的。它们曾经不断企图从台湾、朝鲜、印度支那三个战线上进行对中国的武装干涉和战争威胁。现在，朝鲜的停战和印度支那和平的恢复已经使亚洲的紧张局势逐步趋于和缓。正因为如此，美国侵略集团为了制造新的紧张局势，就更加加紧利用逃在台湾的蒋介石卖国集团，对我国大陆和沿海进行骚扰性的和破坏性的战争，以扩大武装干涉。

周恩来还指出，美国企图利用台湾对中国进行种种侵略活动。他说：

美国政府自侵占台湾以来，就控制了台湾的军事、政治和经济，把台湾变成美国的殖民地和进攻我国的军事基地。美国政府把蒋介石卖国集团的代表硬塞在联合国里充当所谓"中国代表"。最近，美国侵略集团和蒋介石卖国集团正在华盛顿和台湾同时进行谈判，策划订立所谓的"共同安全双边条约"。同时，美国侵略集团又在企图拼凑日本反动势力、李承晚集团和蒋介石卖国集团组织所谓的"东北亚防御联盟"。美国侵略集团更出动海军和空军，不断在我国边境示威寻衅，支持蒋介石卖国集团对我国沿海的封锁。在本年 7 月 26 日，美国军用飞机竟公然在我海南岛上空攻击我巡逻飞机，并击落我机两架。这一切证明，美国侵略集团在受到了屡次挫败之后，竟不惜采取绝望的措施，来与我国 6 万万人民长期为敌。这些活动，显然是对中国人民和对亚洲及世界爱好和平的人民的极端严重的挑衅行为。

中华人民共和国政府再一次宣布：台湾是中国神圣不可侵犯的领土，决不容许美国侵占，也决不容许交给联合国托管。解放台湾是中国的主权和内政，决不容许他国干涉。美国政府和盘踞台湾的蒋介石卖国集团无论订立什么条约都是非法的，无效的。如果外国侵略者敢于阻止中国人民解放台湾，敢于侵犯我国主权和破坏我国领土完整，敢于干涉我国内政，那么，他们就必须承担这一侵略行为的一切严重后果。

周恩来最后发出强有力的号召说：

中国人民解放台湾的斗争就是保卫世界和平的斗争。解放台湾是我国人民光荣的历史任务。只有把台湾从蒋介石卖国贼的统治下解放出来，只有完成这个光荣的任务，才能实现我们伟大祖国的完全的统一，才能获得伟大的中国人民解放事业的完全的胜利，才能进一步地保障远东及世界的和平和安全。我全国人民和人民解放军必须从各方面加强工作，提高警惕，防止骄傲，克服困难，为完成解放台湾，保卫世界和平的光荣任务而奋斗到底！

周恩来的话音一落，会场上立刻响起热烈而持久的掌声。毛泽东、朱德、刘少奇、陈云、宋庆龄、李济深、董必武、彭德怀等都带头鼓掌，并且众人的目光都对着周恩来以表示敬意。

会议主席毛泽东说，现在请林伯渠秘书长宣读中央人民政府委员会关于批准政务院总理兼外交部部长周恩来的外交报告的决议草稿。

银丝白发的林伯渠缓缓而又口齿清楚地念道：

中华人民共和国中央人民政府委员会批准政务院总理兼外交部部长周恩来在本委员会第三十三次会议上所作的外交报告。

中央人民政府欢迎日内瓦会议关于恢复印度支那和平的各项协议，并愿与有关国家共同保证这些协议的彻底实施。

中央人民政府同意中印两国总理在 1954 年 6 月 28 日发表的联合声明和中缅两国总理在 1954 年 6 月 29 日发表的联合声明，并认为在这个声明中提出的互相尊重领土主权、互不侵犯、互不干涉内政、平等互利、和平共处的五项原则应该适用于我国和亚洲及世界各国的关系中。

中央人民政府同意中华人民共和国和德意志民主共和国两国总理在 1954 年 7 月 25 日发表的会谈公报，并支持全德意志人民争取和平统一德国的斗争。

中央人民政府支持苏联政府 1954 年 7 月 24 日提出的关于召开欧洲国家会议的建议和同年 8 月 4 日提出的关于举行苏、

法、英、美四国外长会议的建议，并赞成建立欧洲集体安全体系。

中央人民政府号召全国人民和中国人民解放军，从各方面加强工作，为解放台湾、消灭蒋介石卖国集团、以最后完成我中国人民的神圣解放事业而奋斗。

林伯渠念完以后，毛泽东主席请大家发表意见。

副主席宋庆龄用她一口上海话首先说，我们新中国是第一次出席国际会议，就取得前所未有的成功和伟大胜利，充分显示了我们国家的威力和外交政策的无比正确性，为我们国家争来了很大很大的体面。这应该首先归功于出席日内瓦会议的代表团，他们进行了艰苦卓绝的斗争。尤其是代表团团长周恩来总理，他领导有方、指挥得当和高超的外交斗争艺术，他的品格、才华赢得了全中国人民和世界人民的称赞和敬佩。今天他又为我们做了一个精彩的报告，我完全赞同他的报告，也完全同意中央人民政府委员会的决议。

黄炎培发言说，日内瓦国际会议的巨大胜利，将是中国外交史上极其光辉的一页，它洗刷了旧中国在国际会议上屈辱外交的历史。如众所周知的 1919 年巴黎和平会议，那次和会是由英、法、日等几个协约国中的强国所把持，中国政府因战时参加协约国一方，也派出当时任北洋军阀政府的外交总长陆徵祥为出席和会的总代表，此人曾经担任过袁世凯政府的总理和外交总长，1915 年在袁世凯的指使下和当时的外交部次长曹汝霖与日本驻华公使会谈，在当时的司法部长章宗祥和中国驻日公使陆宗舆的支持下承认卖国的"二十一条"。在巴黎和会上中国代表提出废除外国在中国的势力范围，撤退外国在中国的军队等七项希望和取消"二十一条"及换文的陈述书，遭到拒绝。会议竟规定德国应将在中国山东在清光绪二十三年侵占的青岛（第一次世界大战期间又为日本强占）获得的一切特权转交给日本。和会给予中国的，只是归还八国联军入京时被德国夺去的天文仪器而已。当时腐败的北洋政府代表陆徵祥等居然准备在这样的和约上签字，消息传到国内，激起了全国各阶层的反对，爆发了著名的五四爱国学生运动，在座的许多人，如毛泽东主席、周恩来总理都是杰出的代表参加了这个运动。北洋政府被迫罢免了曹汝霖、章宗祥、陆宗舆三个亲日派卖国贼，旅法华工、留学生、华侨数百人前往中国政府代表陆徵祥所住医院，要求拒绝和约，第二天中国代表才终于没有出席巴黎和约的签字仪式。但日本人仍占领中国青岛等地，到 1922 年才归还中国。又如 1921 年 11 月到 1922 年 2 月的华盛顿会议，也叫太平洋会议。因为巴黎和会，没有完全解决西方列强的分赃问题，为对战后远东和太平洋的殖民地势力范围进行再分割而召开的国际会议。中国派施肇基驻美公使率领代表团参加，并提出四项原则，即尊重中国主权和领土完整、取消不平等条约、机会均等、各国不得在中国攫取特权。但在日本的压力下，英美代表从瓜分中国出发，处处袒护日本，北洋政府软弱无能，卖国媚外，签订了严重损害中国利益的"九国公约"。而我们的周恩来总理兼外交部部长则是以五大国的身份出席日内瓦会议，对印度支那停战和恢复印度支那和平的协议的达成，起了主导的作用，击败了世界上头号帝国——美国的种种阻挠、破坏，取得了伟大的胜利，为我中华民族扬眉吐气，岂不快哉。我要向周恩来总理致敬，向中国代表团致敬。他们为我们洗雪了国耻，争得了荣誉。这是伟大中国人民的光荣，中央人民政府的光荣！我百分之百地同意他的报告和我们中央人民政府委员会的决议。

郭沫若发言说，我对周公（指周恩来）一向佩服得五体投地，在我们中国或是在世界上，哪里只要有他出现，最困难、最复杂的问题也能迎刃而解。这次日内瓦会议朝鲜问题尤其是印度支那问题可以说是最难解决的问题，可是在他的努力下竟然达成印支和平的协议，实在是了不得啊！除此而外，他还利用这个会议的机会，改善了同英国的关系，打开同美国会谈的大门。

特别是他访问印度、缅甸创立了和平共处五项原则，建立起新型的国际关系。这是古今中外外交史上所没有的，乃是我们周公的独创，是对马列主义外交理论、原则、思想的发展，它会有深远的意义和影响的。我这个人是不轻易抬举人的，但是这次我要为他而歌。至于他的报告和中央人民政府委员会的决议，我建议马上举手通过。

毛泽东问大家还有什么意见要说的，个个都表示没有意见了，于是毛泽东建议大家举手表决，大家一致通过了中央人民政府委员会批准周恩来报告的决议。

8月12日《人民日报》以《正义必定胜利》为题发表社论支持和阐述周恩来的报告和中央人民政府的决议，号召人民贯彻执行这两个文件。社论指出：这两个文件"对于我国外交政策在日内瓦会议期间的实施和今后的任务，作了明确的叙述和规定"。

日内瓦会议，确立了中国的外交，一个完全新型的外交，真正无产阶级的外交，社会主义的外交。这里贯穿了周恩来的外交思想、理论、政策、策略、风格、特色，已经形成了一个相当完整的体系，同时也提出新的课题、任务、方向，要进一步去发展、充实、完善它。

日内瓦会议之后，通往北京的外交之路成为平坦的大道了。各国代表团和国家元首、政府首脑们蜂拥而至。北面的大国苏联领导人赫鲁晓夫、布尔加宁，南边大国的印度总理尼赫鲁和他的女儿英迪拉·甘地，西欧的大国英国工党领袖艾德礼等相继来访，东面的日本一些有识之士也开始与中国接触。南斯拉夫、阿尔巴尼亚、尼泊尔、阿富汗、挪威、荷兰等国相继与中国建立了外交关系，并互派大使。

亚非会议即有名的万隆会议已在计划酝酿之中，一个新的更为辉煌的外交局面和国际关系已展现在中国人民的面前。

《大外交家周恩来》编委会名单

（按姓氏笔画排序）

丁志良　　孔　丹　　叶向真　　任远芳　　刘　铮　　刘爱琴

李　敏　　陆　德　　陈伟力　　陈昊苏　　周秉德　　周荣德

贺晓明　　袁士杰　　耿志远　　聂　力

大外交家

周恩来

第一卷

执掌外交部

李连庆 著

人民出版社

周恩来同志永远活在人民心中。（新华社　发）

1949 年 3 月，周恩来同志在中国共产党七届二中全会上作重要讲话。（新华社 发）

1949 年 9 月 17 日，周恩来在新政协筹备会上作报告。（杨振亚 摄）

1949年12月至1950年2月，毛泽东、周恩来（后去）访问苏联。这是1950年2月14日周恩来在《中苏友好同盟互助条约》等条约与协定签字仪式上。（新华社 发）

1954年9月，周恩来和毛泽东在第一届全国人民代表大会上。（新华社 发）

1950 年 8 月 8 日，周恩来和邓颖超结婚 25 周年纪念照。（新华社 发）

1946 年 11 月 19 日，周恩来率中共代表团部分成员飞返延安。这是他回延安后和毛泽东、朱德在一起。（新华社 发）

周恩来和毛泽东一起运筹决策。（新华社 发）

序

  李连庆同志的新作长篇纪实文学《大外交家周恩来》出版了。这是一件非常有意义的事。它为当代和后人研究周恩来的生平又提供了一份难得的好材料。

  举世周知,周恩来是新中国外交的创始者和奠基者,是世界公认的伟大外交家。他在外交上的成就和建树,在中国和世界外交史上是首屈一指的。他为新中国赢得了巨大的荣誉和崇高的国际地位,建立了不可磨灭的功勋。他那高超的外交战略战术思想,灵活的外交技巧,崇高的道德品质,超人的天赋才华,独有的外交风格和巨大的魅力,赢得无数朋友们、各式各样的对手乃至敌人发自内心的钦佩和敬重。周恩来是中国的骄傲!

  李连庆同志长期从事外交工作,经常受到周恩来的亲切教诲,同时也对周恩来的外交思想和外交实践进行过比较深刻而广泛的研究,熟悉和掌握大量的资料。李连庆又是一位作家,出版了许多文学著作。这些都是他得天独厚而别人所难有的有利条件。

  《大外交家周恩来》主要是依据周恩来的外交思想和实践的大量史料创作的。在选材方面,作者特别注意那些体现周恩来非凡性格和光照日月的材料。为了增加作品的艺术性和生动性,作者在某些情节和人物心理活动的描述上、语言表达上,尽量将丰盈的生活细节糅进去，使宏观的历史框架和人物的具体活动有机交融。通过历史事件了解周恩来的外交生涯，又通过他的外交生涯了解他的精神风范，令人顿悟，令人起敬。以史为文，文史结合，纪实文学才有感染力。本书作者在这方面是做了努力的，而且用纪实文学形式写领袖人物也算是国内第一次才有的。作者敢为天下先的精神是值得提倡的。

《大外交家周恩来》共6卷，写周恩来各个历史阶段外交生涯的主要方面，分"执掌外交部""舌战日内瓦""万隆会议展雄才""鹏程万里行""行程十万八千里""光辉映晚霞"等。展现在读者面前的这6卷书，将是一幅体现整整一个时代精神、感兴于领袖人民性内涵的五彩纷呈的历史画卷。

是为序。

耿飚

1998 年 3 月 5 日

目　录

引　言

　　秋天是北京的黄金季节。天高云淡，碧空万里，气候温和，鸟语花香，水波荡漾，层林尽染，一派美丽、迷人的景象。"骏马秋风刮北"，堪与"杏花春雨江南"媲美。

　　1949 年 10 月 1 日，北京这个已有 3035 年的历史古都，以最好的气候，最动人的姿态，迎接新中国的成立，迎接人民自己推选出的政府，迎接像毛泽东、周恩来这样令人敬仰的领导人主持国家的大政。这一重大的历史事件，翻开了中国和世界崭新而又有深远意义的一页。

　　这天下午，周恩来在中南海颐年堂旁边一个极其简陋的办公室里，聚精会神地处理各种急务。秘书小何走进来说："周副主席！您不是昨天约好今天下午一时半同毛主席一道去勤政殿开中央人民政府第一次全体会议吗？"

　　周恩来猛一抬头，习惯地看一眼手腕上的表，笑呵呵地说："可不是到时间了嘛！小何，感谢你的提醒，开第一次中央人民政府委员会会议就迟到，那可不好啊！我们今后办公要正规化，必须严格遵守时间，改变过去的游击作风。"他边说边站起来朝外走。

　　周恩来一贯动作迅速敏捷，走路像一阵风。

　　周恩来走出办公室的门口，忽然猛一回头："小何，你看我今天这身衣服怎样?"

周恩来从来生活简朴，但十分注重仪表。

他今天穿一身黄色卡其布的中山装，风纪扣扣得紧紧的，脚上着一双黑色皮鞋，整整齐齐，服服帖帖，显得英气勃勃而又潇洒自如。

小何仔细端详一番，觉得周副主席本来就长得浓眉大眼，面容清秀，身材匀称，风度翩翩，一直被人们公认为美男子，今天又穿了这身九成新的刚刚熨得笔挺的衣服，显得格外英俊，很有魅力。他说："衣服倒是挺合身的，可惜是布料子，要是毛料那就更精神了。"

"你这小鬼，有卡其布料的衣服就很不错了，还要毛料的。国家这么穷，百废待兴。我们共产党人要勤俭办事，不能奢侈浪费。"周恩来对下面的人讲话从来都是和颜悦色，即使你说错了话做错了事，也从不声色俱厉，但是对领导干部却要求非常严格。

周恩来走到颐年堂门前，毛泽东差不多也同时到了。

"啊，恩来，不，总理阁下!"毛泽东操着一口湖南方言，半开玩笑地说。

"主席，你又开玩笑了，中央人民政府委员会还未通过对我的任命呢，你这样称呼是不合法的呀!"周恩来笑眯眯地看着毛泽东。

"对，我们已是执政党了，再也不能以党代政了。"毛泽东也笑眯眯地拉着周恩来的手，两人同时迈着矫健的步伐，英姿勃勃、气宇轩昂地向着勤政殿的方向走去。

"主席，今天休息得好吗?"周恩来想起今天黎明时分，毛泽东身披一件旧棉袄，手里拿着今天下午要在开国大典上宣读的《中华人民共和国中央人民政府公告》草稿，神色从容地来到他的办公室，一起进行修改。当时周恩来正在安排开国大典各项工作，十分忙碌，但他一见毛泽东进来立即放下手中的工作，弄清来意后，同毛泽东一道逐段逐句商讨和推敲公告的内容与措辞，直到东方太阳升起的时候，毛泽东才离去。所以周恩来非常关心毛泽东的休息。在过去战争时期，周恩来也一向关心和照顾毛泽东的健康与安全。

"我从你那里一回去，就高枕无忧地呼呼睡了几个小时。"毛泽东边说边比画着。然后他两只眼睛紧盯着周恩来的眼睛说："我从你的眼神看，你又熬了个通宵达旦！"

"我因为有许多事情没有办完，比如检查今天开国大典的各项安排，布置外事组根据我们今天凌晨定下来的《公告》稿，修正外文，还有全国政协会议未了事宜。"周恩来没有掩饰，如实相告。

"这可不行啦！身体是革命的本钱，没有好的身体怎么能担任繁重的任务呢？今后政府工作你是唱主角唱红娘呀，担子比过去更重了，也更繁忙了，千头万绪，一定得注意休息，劳逸结合嘛。"说着他用力捏了一下周恩来的手，表示对这位亲密战友的关怀和嘱咐。随后他话题一转："我看外事组这几年工作得很不错，是你那个未来的外交部一支骨干力量。"

"是的！"周恩来应和着，"不过，过去他们办的是非官方的外交，现在要开始办正式的官方外交，处理国与国之间的关系，我们还不熟悉，没有经验，还得好好学习，在实践中锻炼。"

"我非常赞同你的意见。在外交上我们要另起炉灶，不仅是彻底、干净地抛弃和改变旧中国屈辱卖国的外交政策，而且要培养出我们自己的无产阶级的外交队伍。"毛泽东的语气非常坚定。

"我们的外交路线、方针、政策，我们党的七届二中全会和全国政协共同纲领中都已经规定得非常清楚了。今后主要是努力贯彻执行的问题，同时，我们要创造一个独特的外交风格、外交原则，在世界上树立一个榜样。"周恩来充满信心地说。

毛泽东连连点头："我相信我们一定会比前人干得好，也会比外国人干得好。"

毛泽东、周恩来几十年"风雨同舟，朝夕与共"，共同领导了中国革命的胜利，建立了新中国。现在，他们又要共同建设新中国。

下午2时整，中央人民政府委员会第一次会议准时在中南海勤政殿举行。会场上肃穆庄严，连咳嗽的声音都没有。因为这不仅是中国有史以来由人民当家做主的政府第一次会议，而且要任命关系新中国今后发展的政务院总理、外交部部长。政务院乃是政府的实体，主要执行机构，一切方针政策措施都要通过和依靠它去执行，去实施。总理则是主要当家人。外交部部长乃是中国外交政策的主要执行者，对维护国家独立主权，反对帝国主义侵略，争取世界和平以及中国在世界上的大国地位具有重要作用。全体委员都聚精会神，认真对待，虽说人选早已在政协会议上和各民主党派中协商过，并取得完全一致意见，但必须经过中央人民政府委员会会议的正式决定和通过，才有法律效用。所以当中央人民政府主席毛泽东一提名，全体委员便一致通过，任命才华出众、知识渊博的51岁的周恩来为中央人民政府政务院总理兼外交部部长。这是新中国的第一任政府首脑和外交部长。

"时势造英雄"。这是一个唯物主义的观点，永恒的真理。中国革命的形势，造就周恩来这个新中国的总理和外交部部长的人才，而国内国际的发展变化，也将造就他成为古今中外罕见的"好总理""大外交家"。

幼承庭训，家道中落

周恩来从小就抱有"为了中华之崛起"的理想。

周恩来于1898年3月5日诞生在江苏省淮安府山阳县（今淮

安市）驸马巷周家宅院里。

山阳县是苏北平原上有 1600 多年历史的文化古城。在漫长的岁月里，它一直是州、府一级行政机构的驻地，因而也是一个地区的政治、经济、文化中心。晋的山阳郡，隋的楚州，宋的淮安军，元的淮安路，明、清的淮安府，都驻在山阳县。在辛亥革命的后三年，山阳才改名为淮安县。

淮安处在纵贯南北的京杭大运河和滔滔东流的淮河交汇的地方，在历史上不仅是漕运、交通的要津，也是我国处于南北对峙时期兵家必争之地。这里是历史上人才辈出的名城，如汉朝著名的军事家韩信和文学家枚乘、宋代巾帼英雄梁红玉、明代文学家《西游记》作者吴承恩、清代民族英雄关天培和画家边维祺等都是淮安人。

淮安的古迹很多。城西北隅有文通塔，城中心有镇淮楼。驸马巷就在文通塔和镇淮楼之间，在巷的南头有一条与它成丁字形相接的曲巷。就在驸马巷与曲巷相交的地方，有一所由两个宅院相连的住宅，一宅门向驸马巷，另一宅门向曲巷，都是曲折的三进院。这处住宅，在清朝光绪后期，就是周家的，主人叫周骏龙，又名攀龙，字云门，曾更名为起魁。

周骏龙是浙江绍兴人。他到淮安是来做官的，先是给县知事当"师爷"，相当于现在的秘书，师爷不算官职，是由主官聘请的幕僚，被尊为老夫子。在县衙门里，刑名师爷管司法，钱粮师爷管财政税收。他们在幕后帮县官出主意，县官一般都仰仗他们。周骏龙并没有达到攀龙附凤的显赫地位，到晚年，只攀了一个七品官的职位——山阳知县。不料他的前任偏偏是个有后台的人，长期拒不交印。到他正式上任的时候，已经病体奄奄，不久便去世了。周骏龙虽说当了一任知县，却没有发家，只不过用过去一点积蓄，和他的二哥周亥祥合买了驸马巷住宅，除一块坟地外，没有一亩土地。到周恩来的父辈时，家庭的经济已相当困难。

周骏龙有四个儿子，贻庚、贻能、贻奎、贻淦。他们按照封建大家庭的规矩，叔伯兄弟间排名排行，分别为老四、老七、老八和老十一。

老七周贻能，后来改名劭纲，字懋臣，为人忠厚老实。他也学过师爷，但没有学成，只能做点小事情。他的妻子是清河知事万青选的第十二个女儿，小名冬儿，大家都叫她万十二姑。她读过五六年家塾，性格开朗、精明果断，很有办事能力。结婚后生了恩来（字翔宇）、恩溥（字博宇）、恩寿（字同宇）。

当周恩来出世的第二天，他的外祖父万青选病危，老人在病榻上埋怨冬儿没去看他，因为他生前最喜欢十二姑。别人告诉他，十二姑在生孩子。他深知阴阳八卦，问了孩子生辰以后，说："好，这个孩子有出息，叫冬儿好好抚养他。"不料万青选的话竟成了巧合的预言，周恩来果然成了闻名世界的伟人。

周恩来生下来以后，他的父母给他取了一个小名叫大鸾。鸾是与凤凰齐名的一种"神鸟"，表示父母对他的宠爱。

在周恩来满1周岁的时候，他的十一叔，也就是他父亲的四弟贻淦病重了。周贻淦刚刚20岁，才结婚1年，新嫁来的十一婶陈氏，他们夫妇没有子女，所谓"不孝有三，无后为大"的封建社会的传统习俗在人们的脑中起着很大的作用。为了使贻淦在弥留之际得到一点安慰，也使他留下的妻子陈氏能有所寄托，恩来的父母那时尽管只有一个儿子，还是把大鸾过继给贻淦了。贻淦夫妇非常感激，并为大鸾请了一个很好的乳母蒋江氏。两个月以后，贻淦去世了。

陈氏带着大鸾住在两间亭子间里。陈氏那时才22岁，年轻守寡，从不外出。她把全部的爱和心血都倾注到大鸾身上，没有他，她就失去了生活的希望。

陈氏的父亲陈源，饱读经史，很有学问，但却没有取得显著的功名和地位。他没有儿子，便把女儿当作家庭教育的对象。陈氏聪明、好学，但她不喜欢经典，却爱好诗词、戏剧、小说和绘画，因此，她广泛涉猎了各种文学读物，成为一个才学出众的女子。她的性格温和，待人诚恳，办事细心。周恩来称她为"娘"，而称自己的生母为"干妈"。

在大鸾年幼的时候，陈氏就不断地把一些比较通俗易懂的唐诗片段代替儿歌去教牙牙学语的继子，就这样，当大鸾还远远不能理解其含义的时候，已经能背诵许多唐宋名家的诗句了。周恩来4岁时，陈氏就教他识字，5岁起，送他到私塾读书。陈氏对他要求很严，每天黎明时刻，就把他叫起来，亲自在窗前教他读书。有一次，一个调皮的兄弟玩刀子，几乎伤着他，这引起她的警惕，大鸾是她的独根独苗，唯一的爱子和亲人呀，她不能允许有任何的意外发生。于是，陈氏就更不允许他轻易出去，整天把他关在屋内念书，空暇时，就教他背诗，给他讲故事，如《天雨花》《再生缘》《西游记》，那些具有人民性的诗句和富于爱国主义思想或进步倾向的故事，在大鸾纯洁的脑海里留下深深的烙印。直到陈氏去世前，周恩来几乎天天陪着她。陈氏的教育，对幼年周恩来的性格形成和文化修养，影响是异常深刻的。40年后，他还深情地说："直到今天，我还得感谢母亲的启发，没有她的爱护，我不会走上好学的道路。"他又说："嗣母终日守在房中不出门，我的好静性格是从她身上继承过来的。但我的生母是个爽朗的人，因此，我的性格也有她的这一部分。"他还讲过，母教的过分仁慈和礼让，对他的性格也是有影响的。

万氏妈妈是周恩来的生母，尽管她已经将他承继陈氏，但她仍然跟他保持着亲子之爱。万氏是一位非常能干的妇女。公公去世之后，这个官宦之家出现了后继无人的局面。大伯子贻庚（字曼青）

在奉天做个小职员，每月只有十几元的收入，不能养家。两个小叔子：贻奎是残废、贻淦已经夭亡。进钱的门路是没有了，但知县之家的门面要维持，亲朋好友，婚丧喜忧，逢年过节，迎来送往，这一类应酬都要力求维持在当年的水平上才不失体面，这担子都落在万十二姑的身上了。由于她从小跟着父亲万青选出入于官宦门第，经历过比较大的场面，也着实有能力充当这个败落中的周家管家。为了解决经济上入不敷出的矛盾，要典当借贷；为了维护周府的面子，要讲究一定的排场；为了缓和大家庭内部和亲戚间的不和，要多方奔走，排解纠纷。

周恩来6岁的时候，随同他的父亲、母亲、嗣母和弟弟一起搬到清河县清江浦外祖父家里居住，并在外祖父家的家塾里读书。外祖父家是个大家，有99间房子，但家里人也很多。

万青选有十多个子女，有做官的，有爱好诗词歌赋的，也有擅长书法绘画的。因此，这个坐落在清江浦西长街的万家，尽管也面临着分崩离析和衰败，仍不失为官宦人家，书香门第。比起周家，毕竟好得多了。万家有宽敞的客厅，幽美的花园，讲究的家具和陈设，丰富的藏书。万家的书房，成了周恩来童年时代猎取知识的宝库。他很聪明，性格中有着活泼的一面，外祖父家同辈的孩子比较多，常在一起玩，使他度过比较欢乐的童年时光，同时学到不少东西。万家家族间发生了纠纷，常请他母亲万十二姑去调解。她在处理问题时，总是先耐心地听别人把情况说清楚，然后再发表意见，使问题得到比较顺利的解决。周恩来常跟他母亲去，在旁边听着，学到许多办事的方法。

十二姑在万青选生前是得宠的，但她毕竟是女子，在封建家庭中，女子的地位是比较低的，同时她同她的兄弟万立钧买彩票得奖分得5000元也已用得差不多了，周家经济景况越来越不好，在万家住久了，自然矛盾也多了。为了使周恩来受到较好的教育，万十二姑和陈氏都主张搬家，并请一个先生教孩子念书。新居就紧靠在万家旁边的一个四合院，有 14 间房子，书房占了两间，学生为周恩来和他的二弟、两位姨表妹。周恩来对自己要求很严，他在南开中学时规定了五个"不虚度"：读书不虚度，学业不虚度，习师不虚度，交友不虚度，光阴不虚度。据当时和周恩来同窗攻读的两位表妹回忆：当她们还在认方块字的时候，她的表哥周恩来已经捧着厚厚的线装书，在先生面前背诵如流了；当她们还在描红的时候，周恩来已经在练习悬肘，临摹各种名家的字帖了。

1907 年春天，当周恩来刚刚 9 岁的时候，他的生母万氏由于穷、病、忧愁和劳累而去世了。这年夏天，他的嗣母陈氏带周恩来到宝应她堂兄家住过两个月。在那里，他有一个表哥叫陈式周，是位很有文化修养的青年学者，在私塾里教书，有许多藏书，周恩来从他那里学到不少东西，并在以后许多年里一直保持来往和通信，还得到他的多次资助。

以后，周恩来随嗣母又回到清江浦。第二年 7 月嗣母陈氏又因肺结核被夺去了生命。

周恩来对嗣母陈氏的感情特别深厚。他在日本留学读书时在日记中曾写过一篇《念娘文》："我把带来的母亲亲笔写的诗本打开吟了几遍，焚好了香，静坐一会儿，觉得心里非常难受，那眼泪忍不住得要流下来，计算母亲写诗的年月，离现在整整二十六年，那时候，母亲才十五岁，还在外婆家呢，想起来时光容易，墨遗迹还有。母亲已去世十年了，不知道还想着有我这个儿子没有？"抗战胜利后，周恩来在重庆对记者说："三十八年了，我没有回过家，母亲墓前想来已白杨萧萧，而我却后悔着亲恩未报。"

两个母亲接连病逝，使周恩来的生活陡然发生变化，料理完丧事，家里已经是债台高筑。父亲经别人介绍，到湖北去谋事，在他的面前只留下一条出路：带着两个弟弟回淮安驸马巷老家。

周恩来回到阔别 3 年的旧家，还不满 10 岁，便挑起了生活的重担。

他除了八婶的温存和蒋氏奶妈的同情以外，等待他的是冷漠、讥嘲、轻蔑和艰难的生活。他为了钱，不得不向亲友借贷，在借贷无门的时候，就拿出他母亲的一点遗物到当铺去典当。

典当来的钱如果是用于自己和弟弟的生活费用，也还罢了。这些钱要用来买礼品，应付亲朋故旧的婚丧喜庆，维持周家的门面。在他的卧室里，贴着重要亲戚的生辰忌日，这些日期像是催命符一样迫使他去典当借贷。有一段时间，连他们家的一部分房产也给抵押出去了。要债的人络绎上门，有时候伯父寄些钱回来，才缓解一点困境。

这副生活的担子，沉重得几乎使童年的周恩来难以承受。但他咬紧牙关，默默地忍受着并承担着这一切，这对周恩来当然也是一种磨炼，在以后的革命生涯中遇到极其困难的情况，他也能够随时妥善处置。

有一天，周恩来在奶妈蒋氏陪伴下到东门附近龚荫荪家探亲。龚荫荪的母亲和恩来的外婆是表姐妹，恩来叫她姨外婆，叫龚荫荪表舅。在他幼年时，妈妈经常带他走亲戚，姨外婆、表舅、舅妈都很喜欢他。龚家已知道周恩来的处境，对他勤奋好学、博闻强记、天资聪敏早有所闻。龚荫荪觉得不能让他把学业荒废下去，就要他到自己家塾来读书。周恩来从此就早出晚归，开始了新的学习生活。龚荫荪的思想倾向维新，后来又成了孙中山的信徒，到过日本，结识一些同盟会的会员，他经常奔走于上海、苏州、南京等地，在家里带头剪辫子，不信鬼神，不许女儿缠足，主张男女同学。他聘请的家塾老师周先生，是个愤世嫉俗的落第秀才，学问很好，为人也开明。龚家有丰富的藏书，除古书外还有一些宣传近代科学和西方文明的新书和报刊，周恩来把他称作自己政治上的启蒙老师。1952 年他对龚家一位表姐妹说过：表舅是我政治上的启蒙老师，周先生是我文化上的启蒙老师。龚家的表姐妹同他共同学习，在一起作组诗、捉"洋鬼子"的游戏。在这里，他获得一些温暖、安慰和欢乐。但只有两年时间，龚家发生变故，搬到淮阴去了。周恩来茫然若有所失，又不得不整天陷入最讨厌的家务生活中去了。

这种凄凉的经历，使他从小就懂得生活的艰难，造就了同他的年龄很不相称的那种精明果断、富有条理的办事能力和管家能力，但也在他幼小的心灵深处埋下对封建家庭和习俗的强烈憎恨。

一、投身革命——一生的转折

1910年春天，周恩来12岁。他在奉天的伯父周贻庚，生活较前安定。周恩来平时常同他通信，家里有什么难处理的事总是写信同伯父商量，伯父自己没有子女，十分喜爱这个侄儿的才学，也很同情他的处境。就在这时，伯父给他写信，要他去东北，又乘三伯周贻谦路过家乡之便，接他到东北随伯父母一起生活，并上学读书。周恩来喜出望外，他怀着一颗激动的心，向往着新的生活，毅然离开故乡，踏上了征程，开始了少年时代的新生活。

这对周恩来来说，是他一生中一个重要的转折点。他后来回忆说："12岁的那年，我离开家去东北，这是我生活和思想转变的关键。没有这一次的离家，我的一生一定也是无所成就，和留在家里的弟兄辈一样，走向悲剧的下场。"

周恩来到了白山黑水的东北，从牢牢禁锢着人的心灵的封建家庭和私塾生活转到刚刚开办的新式学堂念书，周围的一切都发生了巨大的变化。东北是当时帝国主义列强在华争夺的焦点，是民族危机格外深重的地方。在学校里，教师经常向学生讲述时局的危急和历代民族英雄的故事，激励学生的爱国热情。有一次，老师问学生，读书是为了什么？同学中有的说是为了帮父母记账，有的说是为了谋个人的前途。周恩来坚决地回答："为了中华之崛起。"他在学校读书时，即有明确的求学目的和志向："基础立于此日，发达俟于将来。""作事于社会，服役于国家，以其所学，供之于世。"

他在诗作《春日偶成》中写道："极目青郊外，烟霾布正浓。中原方逐鹿，博浪踵相踪。"

在《敬业》创刊词中，他郑重指出："吾辈生于二十世纪竞争之时代，生于积弱不振之中国，生于外侮日迫、自顾不暇之危急时间"，"安忍坐视而不一救耶！""天下兴亡，匹夫有责。"表达了他对黑暗时政的忧愤之情。

他在作文中写道："呜呼，处今日神州存亡危急之秋，一发举千钧之际，东邻同种，忽逞野心。噩耗传来，举国骚然，咸思一战，以为背城借一之举，破釜沉舟之计，一种爱国热诚，似已达沸点。"他以国文最佳者，获得特别奖的优异成绩毕业于南开学校。

他为了"邃密群科济世穷"，"面壁十年图破壁"，到日本留学寻求救国救民的真理，使"中华腾飞于世界"。

他在日本广泛阅读各种进步书刊，约翰·里德的《震动地球的十日》，河上肇的《贫之物语》，幸得秋水的《社会主义精髓》等，比国内的知识分子更早地、更多地接触到马克思主义。

他同许多老一辈无产阶级革命家一样，经过了"博学""审问""慎思""明辨"而达"笃行"的过程。1919年中国大地上爆发了伟大的五四爱国运动，他立即从日本回国，投身到这场火热的斗争中去，在南开大学倡办了"觉悟社"，领导天津的爱国学生运动，实践他的爱国志愿和追求真理的愿望，为此而被捕入狱数月。

他于1920年10月赴法勤工俭学，先到英国，刚抵那里就给他的表哥陈式周的信中说："弟之思想，在今日本未大定，且既来欧洲猎取学术，初入异邦，更不敢有所自恃，有所论列。"又说："至若一定主义，固非今日以弟之浅学所敢认定者也。"在旅欧期间，他在刻苦攻读马克思列宁主义的同时，潜心研究其他各种主义，对各种不同思潮广泛涉猎，经过冷静观察、研究、分析、比较、批判，反复思考，最后才得出结论，只有马克思列宁主义才是最科学、能够救中国的。并于1921年春经张申府、刘清扬的介绍加入中国共产党八个发起组织之一的巴黎共产主义小组，即中国共产党。所以周恩来之信仰马克思主义，加入中国共产党，绝不是盲从的，更不是赶时髦的，而是经过深思熟虑，完全自觉自愿，决心为其献身的。他在1922年3月在给天津"觉悟社"战友的信中说："我的主义一定是不变的，并且很坚决地要为他宣传奔走。"信中还附了一首悼念战友黄爱的诗，表达他的心愿。

诗曰：

壮烈的死。

苟且的生。

贪生怕死，

何如重死轻生！

生别死离，

最是难堪事。

别了，牵肠挂肚，

死了，毫无轻重。

何如作个感人的永别！

没有耕耘，

哪来收获？

没播革命的种子，

却盼共产花开！

梦想赤色的旗儿飞扬，

却不用血来染他，

天下哪有这类便宜事？

坐着谈，

何如起来行！

贪生的人，

也悲伤别离，

也随着死生，

只是他们却识不透这感人的永别，

永别的感人。

不用希望人家了！

生死的路，

已放在各人的前边，

飞向光明，

尽由着你！

举起那黑铁的锄儿，

开辟那未耕耘的土地，

种子散在人间，

血儿滴在地上。

本是别离的，

以后更会永别！

生死参透了，

努力为生，

还要努力为死，

便永别了又算什么？

这首诗展示了周恩来无产阶级革命家的胸怀，献身共产主义事业的崇高精神境界。

周恩来在伦敦、巴黎、柏林给天津《益世报》《新民意报》《觉邮》等刊物写的近百篇通信、通讯、散文，对当时的欧洲局势和中国有关事件的发展进行了阐述和分析，对欧洲国家的外交政策和外交行动进行了广泛的研究和评论，分析它的内外原因特别是他们的社会和经济危机。这为周恩来主持新中国的外交工作尤其是分析国际局势，奠定了初步的基础。

周恩来在欧洲学习和工作期间，创立了中国共产主义的巴黎组织即"旅欧总支部"，并成为其主要负责人，这也为周恩来担任中国共产党主要领导人，创造了条件。

1924 年 7 月，周恩来奉调回国，临行前旅欧总支部对他的评语是：为人"诚恳温和，活动能力富足，说话动听，作文敏捷，对主义有深刻研究，故能完全无产阶级化。英文较好，法文、德文亦能看书看报"。这说明他不仅是一位能干的具有领导才能的人才，也说明他具有外交的才能。

回国以后，他先任中共广东区委委员长兼区委宣传部部长，同年 11 月就任国共两党合作创办的黄埔军校政治部主任，为中国共产党培养了不少高级军事人才，如徐向前、陈赓、林彪、左权、罗瑞卿、刘志丹、周士第、王尔琢、许继慎等等，随后又任国民革命军第一军少将军衔的政治部主任，并同蒋介石两次率部东征，讨伐陈炯明，接着又升任东征军总政治部主任，第一军党代表兼政治部主任，奠定了他在中国的政治地位，并为他以后在中国开展统一战线创造了极其有利的条件。

1927 年 3 月，他领导了上海工人第三次武装起义，赶走了军阀孙传芳。蒋介石在上海发动四一二反革命政变，大肆逮捕屠杀共产党人，悬赏二万五千元缉拿周恩来。

同年 5 月下旬，周恩来到了武汉。他在十多天前刚结束的中国共产党第五次代表大会上当选为中央委员、政治局委员并任军事部长，列席政治局常委会。根据共产国际的指示，中央常委会改组，成立中共中央政治局临时常务委员会，由张国焘、周恩来、李维汉、张太雷、李立三 5 人组成。

同年的 8 月 1 日，周恩来以中共前敌委员会书记身份，同贺龙、叶挺、朱德、刘伯承等一起领导了举世闻名的南昌起义，向国民党反动派打响了第一枪，从而创建了中国共产党领导下的自己的人民军队，周恩来当之无愧地成为中国人民解放军的缔造者之一。

1928 年，周恩来和夫人邓颖超一道赴苏联参加在莫斯科举行的中国共产党第六次代表大会，当选中央政治局常委，后任中共中央组织部部长、中央军委书记，实际上是中共中央的主要主持者。

1931 年底，他赴中央苏区，就任中央苏区中央局书记，随后又以中央政治局委员、常委、中革军委副主席身份兼任红军总政委和第一方面军总政委，在朱德和他的领导下，胜利地粉碎了蒋介石对中央苏区的第四次"围剿"，并创造了大兵团作战的经验。

在长征途中的遵义会议上，他坚决支持毛泽东的正确主张，对恢复毛泽东在中央的领导地位，起到了关键作用。会后，他继续担任中央主要军事领导人之一，同毛泽东共同指挥红军长征到达陕北，仍任中央政治局常委、中革军委副主席。1936 年 4 月 7 日，他在李克农陪同下与张学良将军在肤施（后改名延安）举行会谈，达成停止内战、一致抗日等协议。

西安事变中的周恩来

1936 年 12 月 12 日，张学良、杨虎城将军发动了著名的"西安事变"，扣留了蒋介石。周恩来应邀率中共代表团赶赴西安，同张学良、杨虎城两将军一道，处理西安事变善后事宜，共商抗日救国大计。

周恩来到西安这个大风暴的中心，面临着极其复杂的形势，承担着极其艰巨的任务。他要做张学良、杨虎城两位将军的工作；要做留在西安的共产党员的工作；要做东北军、西北军中不同派别和观点的人的工作；还要同蒋介石的代表和蒋介石本人谈判。当时，各种势力和对立力量之间的大规模冲突已到了一触即发的地步，稍有不慎，则不能实现中共中央的决策，抗日救国大业将毁于一旦。

周恩来处变不惊、沉着机智、力挽狂澜。他来到西安的当天晚上，就同张学良谈到深夜。他同意张学良的主张，只要蒋介石答应停止内战，一致抗日，就应该放蒋，拥护蒋介石做全国抗日的领袖。他更明确地指出，对蒋介石的不同处置方法，可以导致西安事变截然不同的两种前途：如果说服了蒋介石停止内战，一致抗日，就会使中国免予被日寇灭亡，争取到一个好的前途；如果宣布蒋的罪状，交付人民审判，最后把他杀掉，就会给日本帝国主义造成进一步灭亡中国的便利条件，中国的前途更坏更糟。而历史的责任要求我们争取一个好的前途。

周恩来的意见，张学良极表赞同，认为周恩来比他站得更高，共产党不计前嫌，从民族利益出发，令他钦佩。这样就促使张学良下定了和平解决西安事变的决心。

第二天上午，周恩来又去做杨虎城的工作，向杨介绍了同张学良谈话的经过和内容，申述了中国共产党处理西安事变的主张。杨听了以后，十分惊奇，感到意外。因他原先估计：中国共产党同蒋介石有长达十年的血海深仇，一旦捉住了蒋介石，虽不致立即杀掉他，也决不会轻易放掉他。杨虎城对蒋介石将来能否抗日，对发动西安事变的人是否实行报复，有很大的顾虑。他认为：共产党和国民党是敌对的党，地位上是平等的，对蒋可战可和，而他则是蒋介石的部下，如果轻易放蒋，蒋一旦翻脸，对其处理和共产党就有所不同了。周恩来对杨虎城的这番肺腑之言，表示理解和同情。

根据他本人同蒋介石多年共事以及后来同蒋打交道的经验教

训，深知蒋介石出尔反尔，说翻脸就翻脸，杨虎城的顾虑不无道理，但是为了抗日大业，只有说服他了，并暗下决心，今后要设法保护他。于是他向杨进行耐心解释。他说，现在不但全国各阶层人民逼蒋抗日，连国际上也在争取他抗日，美英帝国主义从他们的自身利益出发，希望蒋能制约日本，反法西斯阵营也争取蒋走抗日的道路。对蒋介石本人来说，现在也是抗日则生，不抗日则死。在这种情况下，促使蒋介石改变政策，实现抗日作战，是有可能的。至于蒋介石将来是否会进行报复，并不完全取决于蒋介石个人。只要西北红军、西北军和东北军三个方面团结一致，进而团结全国人民，形成强大的抗日力量，尽管蒋有报复之心，也不可能实现。杨虎城听了周恩来的分析和意见后说，共产党置党派之间的历史深仇于不顾，以民族利益为重，对蒋介石以德报怨，实在令人钦佩，自己是追随张副司令的，既然张副司令同中共意见一致，我杨某无不听从。

周恩来不分白天黑夜与张学良、杨虎城的高级军官、将领们和社会各界人士中有不同意见的朋友、知名人士进行交谈，细心做工作，常常废寝忘食。就连在西安工作的共产党员，他也找他们谈话，分析形势，指出民族矛盾已上升为主要矛盾，要求他们排除"左"、右倾的干扰，全力以赴地实现中央关于和平解决西安事变的方针。他一再叮嘱大家发动群众，支持张学良、杨虎城提出的八项政治主张，以保事变和平解决。

经过多方面的紧张工作之后，周恩来亲自同宋子文会晤，在宋子文、宋美龄的陪同下与蒋介石直接会晤。这两位曾经是朋友后来成为冤家的会晤，虽然有点儿戏剧性，但却决定了中国的命运。周恩来向蒋介石提出了中共和红军关于停止内战、一致抗日的六项主张。宋子文作为蒋介石的代表，表示同意并答应实施周提出的六项主张，但他提出要让蒋介石25日离开西安。张学良表示愿意亲自护送蒋介石回南京。周恩来沉着稳重，考虑周到，他同意宋子文提出的条件，但坚持在蒋介石离开西安之前，签订一个政治文件作保证，而且不赞成25日就离开西安，也不赞成张学良护送蒋介石前往南京。但是劝阻无效，张学良仍坚持亲自送蒋，并在事先未告知周恩来的情况下，就陪同蒋飞往南京。当周恩来得知此事赶往机场时，飞机已经起飞了。

这样一来，后果十分严重，使得西安处于极其紧张、复杂的局面之中。

蒋介石到南京之后，把张学良软禁起来，调中央军向西安推进，造成大军压境的形势。东北军中的将领为了营救张学良而发生内讧，一批少壮派军官主张与蒋介石决一死战，救出张学良。他们杀害了主和的王以哲将军。周恩来经过周密的分析、研究，认为应以民族大局为重，避免发生内战，力争和谈协定的实施，由此引起东北少壮派青年军官的不满。有一天，几个青年少壮派军官气势汹汹地冲进了周恩来的办公室。周恩来是一位思想极其敏捷的人，他马上明白了他们的来意，他想对于这些青年军官必须首先镇住他们，才能使他们冷静下来，再开导他们。他霍地站起来，猛一拍桌子，威严而又大声地说："你们要干什么？你们以为这样干就能救张副司令吗？不，这恰恰是害了张副司令。你们破坏了团结，分裂了东北军，你们在做蒋介石想做而做不到的事情，你们是在犯罪！"在周恩来的严厉训斥下，几个青年军官低头不语，气焰收敛。周恩来见他们平静下来，又进一步开导他们认识错误。他们自觉惭愧，流着泪，跪下向周恩来认错请罪。一场风波平息下去了。

这时，西安充满了火药味。有人挑拨说，少壮派杀王以哲将军，是受共产党的指使。周恩来完全把个人安危置之度外，亲自率领代表团前往王以哲将军家中安慰家属，帮助料理后事。消息传出之后，东北军高层无不深受感动，一些人解除了对共产党的误会，从而揭穿了敌人阴谋，稳定了人心，扭转了危局。

王以哲将军是东北军的高级将领、核心人物，也是与中国共产党接触最早的主张国共合作的重要人物。他的被害，不仅使东北军群龙无首，失去了维护东北军团结的希望，为蒋介石分化瓦解东北军扫清了障碍，而严重地削弱和破坏了西安方面同南京谈判和营救张学良将军的地位和力量，南京方面也就乘机施加压力，改变了原办法，提出了一项更不利于东北军、西北军的"陕西军事善后办法"。同时，王以哲被害的消息传出以后，激起了东北军广大官兵的愤慨，驻防在渭南的东北军立刻调转枪口向西安开进，声称要为王以哲将军报仇，孙铭九等少壮派军官此时非常恐慌。

面对这样严重、复杂的局势，周恩来沉着冷静，临危不乱。他一方面让叶剑英派刘澜波到渭南前方，向东北军传达中国共产党坚持共产党、东北军、西北军"三位一体"的团结，继续争取和平解决事变的方针，并表示共产党反对杀害王以哲将军这一错误行为，将积极争取张学良将军早日恢复自由；另一方面，他考虑到少壮派军官在发动西安事变中的功绩，明白他们错误地杀害王以哲将军的动机是想救张学良，因此，他毅然决定不避袒护少壮派之嫌，把他们送到云阳红军驻地，再转往平津，从而避免了东北军内部大规模的自相残杀，保护了和平解决西安事变的成果。

西安事变的和平解决，扭转了时局，形成了国内合作抗日的局面。周恩来在这个事变中忠实地、坚定地、创造性地贯彻执行了中共中央的路线、方针、政策，完成了人民的重托，为挽救中华民族立下了千古不朽的功绩，表现出他对党对人民的赤胆忠心和少有的英雄气概，也显示出他的伟大政治家解决纷乱复杂重重矛盾的卓越才能，为他以后担任总理兼外交部部长，处理复杂的国际问题积累了经验和资本。

西安事变后，周恩来为中国共产党主要谈判代表，赴西安、南京、上海、杭州、庐山等地同国民党代表和蒋介石本人举行会谈，终于促成第二次国共合作。

抗日战争爆发后，红军改编为国民革命军第八路军，他继续担任中共中央军委副主席，并任中共长江两岸委员会书记，领导南方工作，随后又赴山西与阎锡山商讨八路军入晋作战问题，并帮助谋划保卫山西及首府太原。

抗日战争期间，他任中共中央代表团团长，中共中央长江局、南方局书记，长期驻在武汉、重庆。在极端困难的条件下和十分危险的环境中，依靠他的大智大勇，代表中国共产党与国民党、蒋介石进行联系、周旋、交涉、谈判，开展广泛的统一战线工作和领导国民党统治区的工作，争取和团结了各阶层广大的爱国人士、海外华侨、港澳同胞，对宣传共产党的主张，扩大共产党的影响，坚持抗战，反对妥协投降，支援前线，起了极大的作用。周恩来成为中国共产党统一战线工作的奠基人之一和第一位模范执行者。

周恩来在武汉、重庆不但是共产党派驻在国民党那里的代表，而且也是共产党派驻在整个外部世界的代表。他在武汉时就在中共代表团内设立了国际宣传组，这是中国共产党最早的外交机构，1939年4月正式建立外事组，独立自主地开展中国共产党的外交工作。当时在武汉、重庆的苏美英法印等国的大使和外交官员都与周恩来和中共代表团经常有联系来往。太平洋战争爆发后，英美等西方国家到重庆访问的人士十分频繁，他们当中有统治阶级的上层人物，如美国副总统华莱士、共和党领袖威尔基、美国总统罗斯福派来担任蒋介石顾问的拉铁摩尔、先后担任中国战区统帅部参谋长的史迪威、魏德迈以及外交官员、自由人士、记者、教授、作家、学者、医生、军官等。周恩来与他们进行广泛的接触，努力影响他们，争取他们，使他们对中国有个较正确的认识。

美国驻华使馆外交人员谢伟思在后来回忆周恩来的文章中说：

"他试图使我们赞同他（和他的党）对中国和世界的看法——他对这些看法是深信不疑的。但是，他这样做，靠的是冷静的说理，清晰的措辞，温和的谈话，广博的历史和世界知识以及对事实和细节的惊人的了解，人们会被说服（或受教育），但不会被压服，也不会因为持不同意见而受到责怪。"周恩来正是用他充沛的精力和卓越的工作才能，正确地表达了中国共产党的立场，说服和影响了许许多多的人，因而在国际统一战线中，团结了很多的外国朋友，这就大大有利于在抗战胜利后把美蒋反动派彻底孤立起来。

周恩来抗战时期在国内统一战线和国际战线中的工作，特别是他创立和运用的"团结进步力量，争取中间力量，孤立和打击反动力量""站稳立场、坚持原则、多做工作，扩大影响，争取多数，孤立敌人"和"又联合又斗争"原则的坚定性和策略的灵活性，以及他的"中肯求实，有理有节，求同存异，不卑不亢，平等待人"的风格，都为他今后的外交工作积累了丰富的经验，为建立有新中国特色外交打下了基础。

抗战胜利后，周恩来同毛泽东、朱德指挥八路军、新四军依据《波茨坦宣言》规定接受附近的日伪军投降，命令吕正操、张学思、万毅、李运昌等率部向东北进发，以后又调林彪、罗荣桓、黄克诚率部进入东北，并组织以彭真为书记的中共中央东北局，抽调大批干部前往，开辟东北根据地，防止蒋介石"下山摘桃子"。同时努力争取国内实现和平，建立由各党派参加的联合政府，反对蒋介石坚持独裁和内战的方针。因此，周恩来陪同毛泽东冒着很大的危险赴重庆同蒋介石进行和平谈判，经过艰苦的努力和顽强而又巧妙的斗争，终于达成由周恩来起草的"双十会谈纪要"，推迟了内战的爆发。

以后，他又同董必武、叶剑英、王若飞、吴玉章、陆定一、邓颖超等组成的中共代表团继续在重庆、南京、上海、北平同蒋介石、国民党代表进行和平谈判，努力争取和平，动员国民党统治地区人民争取和平，反对内战，争取民主，反对独裁的斗争，配合解放区军民反对国民党的军事进攻。

特别应该提到的是自 1945 年 12 月 22 日起，他与以调解人身份来华的美国代表马歇尔特使将近一年的谈判。这是中国共产党与美国政府最主要的接触，是中国共产党最主要的一次外交活动，也是周恩来就任外交部部长前最大的一次外交实践。在这次谈判中，周恩来以巨大的智慧、高超的艺术和不屈不挠的斗争，赢得了这场谈判的胜利，维护了中国共产党和中国人民的利益。他善于审时度势、运筹帷幄，随机应变、果断决策，向中国和世界表明他是一位极其罕见的外交家和革命领袖。

1945 年 11 月 27 日，美国总统杜鲁门免去赫尔利驻华大使职务，任命马歇尔为总统驻华特使。马歇尔是美国为数不多的五星上将。他 22 岁毕业于美国弗吉尼亚军事学校，身历两次世界大战，曾在菲律宾、法国等作战，1924 年他充任美军第十五步兵团团长时，曾驻天津 3 年，能讲流利的中国话。但他从 1932 年起提升为少将以后又担任美军总参谋长，便在国际政治洪炉中受到锻炼，历次的罗斯福、丘吉尔会谈，德黑兰、雅尔塔、波茨坦等重要国际会议，他都参加了，养成政治家的风度。这位 67 岁的军人，在政治上说得上老马识途了。周恩来认为马歇尔来华充当国共调解人，美国"扶蒋压共"的政策不会变，但在方法上却有改变的可能。赫尔利是企图用武力支持蒋介石压制共产党，使美国在中国越陷越深，不仅遭到中国共产党、中国人民的反对，也受到美国国内批评，而且违反美国当前主要战略是与苏联争雌雄。而马歇尔来华，则有可能接受我党民主的统一中国的意见。因此，他提出在与国民党进行的这场争取和平民主的斗争中，我们对美国的政策应是"力求在某种程度上中立它，不挑衅，对其错误的政策必须给以适当批评，对其武装干涉中国内政必须以严正抗议，对其武装进攻必须以坚决抵抗"。

12月15日，美国总统杜鲁门发表了对华政策声明，表示希望中国停止武装冲突；召开包括各重要党派的全国会议，扩大政府基础，协商解决内部分歧；保证美国不会使用军事干涉的方式影响中国的内争过程。12月17日，中共中央发言人发表谈话，欢迎杜鲁门声明，表示中国共产党和中国一切民主派别愿意在杜鲁门声明的基础上与国民党求得妥协。这是中国共产党在新形势下为取得斗争中的主动权所采取的重要步骤。

周恩来在与马歇尔最初几次会谈中，明确地向马歇尔讲了两点：第一，中国不应内战。中共主张立即停止冲突，用民主的方法解决国内的一切问题，先由政治协商会议草拟宪法，然后由改组了的政府筹备国民大会，通过宪法，使中国成为宪政国家。中共目前所要求的这种民主与美国式的民主颇为相似，但要加以若干中国化，即在目前阶段，我们还承认蒋介石的领导地位和国民党的大党地位。第二，共产党所说的建国道路就是要提倡民主和科学，以建立一个独立、自由和富强的中国。在这方面，美国有许多地方可供我们借鉴，包括华盛顿时期的民族独立精神，林肯提出的民有、民治、民享和罗斯福主张的四大自由，以及美国的农业改革和工业现代化。周恩来还向马歇尔坦率表示，中国共产党接受美国的调解是以美国不干涉中国内政为前提的，我们希望看到盟国关心中国的内争，但要求盟国恪守"不干涉中国内政"的诺言。周恩来说道："如何才能做到两者兼顾，不致顾此失彼，极为困难"，但中共"愿意在这两方面结合起来的基础上考虑问题"。马歇尔对此表示完全同意周恩来的顾虑，承认这是一个"十分奥妙"而且"颇难做到"的事情，但他愿尽力而为。

周恩来遵照党中央争取实现全面停战、通过政治协商、建立联合政府、在全国开创一个和平民主的新阶段的方针，与马歇尔主要会谈停战和整军两个问题。

在停战问题的商讨中，周恩来与国民党代表张群、马歇尔首先就两个主要问题达成了一致意见。即无条件立即停战并禁止一切军事调动的原则和三方一致协议的原则。所谓"三方一致协议"，是指在负责处理停火及各项有关重大事宜的三人委员会（由美方代表马歇尔、中共代表周恩来和国民党代表张群组成，后称三人小组）中，每方都拥有否决权，按一致协议的原则作出决议，一切决议送交国共双方最高当局分别核准后方能生效，这一原则也适用于随后建立的、由三人小组领导的军事调处执行部及其属下的一切机构。这样不仅保障了中共在马歇尔的调处活动中与国民党处于平等的地位，也是防止国民党和美国双方联合起来压制共产党的保障。在关于停战令一般条款的讨论中，国共双方最关注的是国民党军队开入东北接收主权的问题和国民党要求我方交出热河、察哈尔两省的赤峰和多伦两个战略要地的问题。经过周恩来的努力和斗争，最后国共双方都做了让步，三方一致同意，国民党军队为接收主权而开入东北可不受停战令中关于禁止一切军事调动的条款的约束。国民党方面放弃对赤峰和多伦的要求，仍由中共部队占领。1月10日，国共双方共同发布了停战令。

这就为同一天开幕的政治协商会议创造了良好的气氛。

政治协商会议是国共和谈中的一个重要环节。有中共和各进步党派、人士参加的政治协商会议，于1946年1月31日一致通过了政府改组案、和平建国纲领、军事问题案、国民大会案、宪法草案。这些协议是引导中国走向和平、民主、团结的蓝图，给中国人民带来了美好的希望。

在整编军队方案的磋商中，中国共产党历来主张，国家民主化是军队国家化的前提，国民党军队与解放区军队要同时交给民主联合政府。蒋介石则坚持要我党交出军队才考虑实行政治民主化的措施。为了解决这个矛盾，周恩来提出如果国共两党各执一端，必将造成对立，使问题无法解决。他建议两者应该"并行前进，归于一途"。他形象地解释道，政治民主化与军队国家化好像两条腿，是平行的，互相配合前进的，协商两条腿的神经中枢就是改组政府。周恩来根据实际情况采取的这种灵活变通的说法，既坚持了国共两党的军队要同时交给联合政府的原则，维护了我党我军的利益，又为谈判的进一步进行创造了条件。

在会谈中，马歇尔用了大量的时间介绍了西方国家军队不干预政党政治的传统的形成过程。他幻想把西方的这套制度植入中国，并以此说服我党交出军队。马歇尔提出的整军建议中，是缩短国共两党部队从分别整编到统编的过程。他甚至提出，在最先完成的统编军队中抽出 3 个师到日本参加联合国占领部队，其中一个师为中共部队。2 月 8 日，中共中央指示周恩来，对马歇尔提出的军队整编办法有彻底破坏国民党及地方军队原来系统的一面，可以"在原则上赞成他的意见"。同时提醒说："美蒋的目的在于政治上让步，军事上取得攻势，对这种阴谋必须严重注意。"对于整编"必须慎重处理"，"因为中国军队问题是最重要的问题"。中央的意见只是决定第一期整编计划，对两党军队合编不能答应，一个师去日本应谢绝；第二期计划待第一期计划完毕后再行决定，因到时可取得一些经验，并可看清美国的意图，以便根据形势的发展来决定我党对于军队的政策。周恩来在谈判中认真贯彻了中央的这一指示。

2 月 25 日，国共双方和以顾问身份参加的美方，共同签署了军队整编基本方案。根据这个方案，全国军队的整编分为分编和合编两个阶段，在实行全部统编前，尚须经过试点，这就具体地解决了军队统编与全国政治民主化互相配合进行的问题。统编方案规定，国共两党军队将按照双方协议的 5∶1 的比例配置，两党军队地位平等，统编结束之前，我军的领导权属于我党。

停战协定、政协协议和整军方案签署之后，内战在全国范围内暂时地相对地停止了一个时期，蒋介石被迫接受了成立联合政府的决定，被迫承认了我军的地位和数量。这是周恩来领导的中共代表团在谈判中取得的重大成果。虽然这些协议不久就遭到国民党方面的破坏而未能实行，但它们的签订仍具有重大的政治意义，国民党撕毁协议，暴露了它们坚持独裁、内战的面目，我党坚持要求履行这些协议，则大得人心，掌握了政治斗争的主动权。同时，也为我党我军准备对付国民党发动内战，赢得了宝贵的时间。

1946 年 3 月召开的国民党六届二中全会，通过了一系列决议案，推翻了政协决议确定的修宪原则，也推翻了整军协定。同时，在改组政府的谈判中，国民党也蓄意设置障碍，极力避开建立联合政府这一关键步骤，企图直接召开国大，制定独裁宪法，为继续实行法西斯统治制造根据。周恩来根据他同蒋介石、国民党多年谈判的经验：他们善于搞两面派手段，出尔反尔，说话不算数，非常敏锐地意识到形势将发生逆转。他在国民党二中全会闭幕后立即致电中共中央，说明国民党已退回到两面派的本来面目。从此，周恩来为挽救时局的恶化付出了极其巨大的努力。

他在维护各项协议同国民党反动派进行坚决斗争的同时，与国民党、美国方面就解决东北问题进行谈判。当整军谈判即将结束的时候，周恩来就敏感地察觉到"东北问题将成为斗争的焦点"。马歇尔来华后，我党就希望和平解决东北问题。1946 年 2 月，中共中央连续致电中共代表团，指示："力求用和平方法解决东北问题。"周恩来根据指示，于 2 月下旬主动要求国民党与美方代表两方就东北问题举行谈判，并提出了解决东北问题的建议。

可是，蒋介石在东北问题上毫无和平诚意，他先是采取回避态度，否认东北存在中共军队，否认东北处于内战状态，迟迟不愿就东北问题举行谈判，当谈判开始后，他又采取拖延战术。美国帮助国民党占领东北是它的既定政策，马歇尔从一开始在东北问题上就站在偏袒国民党的立场上。他对中共与苏联的关系顾虑重重，极力帮助蒋介石确立在东北的优势地位。他不顾东北内战正在扩大，以履行美国有帮助国民党接收东北主权的条约的义务为借口，动用美军的运输工具，不断向东北运送国民党部队，后来甚至超过了整军方案所规定的 5 个军的限额。对于周恩来先后提出的一些合理建议，例如三人小组亲赴东北视察促成停战等都表示不能接受。在几经周折之后，于 3 月 27 日，国共双方就派遣停战执行小组进入东北问题上达成协议。但一两天后，国民党军队就在东北发动了新的进攻。蒋介石还宣称国民党在东北的行动不得受任何阻拦，在国民党完成接收之前，东北无内政可言。我军忍无可忍，只有实行自卫还击。

此时，周恩来从东北形势的发展联系整个谈判形势，分析和判断认为，真正挽救和平的机会已经不存在了。要打破国民党在东北大打、全国大闹的局面，就必须在东北挫败蒋介石的军事进攻，只有如此，才有可能制止全国内战的爆发，挽救已恶化的局势。中共中央接受周恩来的看法和建议。到了 1946 年 5 月中旬，四平保卫战的紧要关头，周恩来认为，全面破裂的危险已经增加，形势真正好转绝无可能，目前半打半和的可能性较大。而到 5 月下旬，在四平、长春失守之后，周恩来的结论是，内战已面临全面化边缘，不可避免，但尚有缓和与推迟的可能。面对急转直下的形势，周恩来和谈判代表团的成员一致向党中央建议，调整我党的方针策略。由于蒋介石的内战方针已定，我方力量一时尚处于劣势，因此我党目前方针应为避免挑衅，推迟战事，积极准备。6 月 7 日，周恩来飞返延安，直接向中央汇报情况，并进行研究。中共中央根据周恩来的意见决定：我党目前的策略方针是在不丧失基本利益的前提下，

"竭力争取和平，哪怕短时期也好"。

蒋介石在各方的压力下，为了欺骗群众，于 6 月 6 日宣布从第二天起东北休战 15 天。其实，蒋介石同意东北停战，主要是因为他在关外的军事力量已达顶点，他打算在关内发动进攻，并利用在东北取得的军事胜利的时机，压迫我党在全国作出让步。他在谈判中不断提出极为苛刻的条件和一系列极为无理的要求，企图逼迫我党屈服或宣布谈判破裂，使他找到发动全面内战的借口。面对这样严峻、紧张的谈判斗争，周恩来采取的对策是既要避免破裂，又要不做大的让步。双方在谈判桌上不断拿出针锋相对的新提案和方案，但不解决任何问题。6 月 26 日，国民党军队大举进攻我中原解放区，爆发了全面内战。国共两党斗争的重心已由政治谈判转到军事较量。在这个时局转换的关键时刻，周恩来十分注意分析研究国民党和美国两方的政策差异，以便利用矛盾，寻找对策。他有一个基本估计，在东北问题上，国、美两方的立场已日趋一致，但对蒋介石发动全面内战，美国尚有疑虑，不愿大力支持。对这个矛盾要加以利用，但不能估计过高。周恩来主张采取的策略是，对于国民党要针锋相对，以打对打，以和对和，以半打半和对半打半和；对于美国则要以争取为主，批评为辅。在与马歇尔的会谈中，周恩来不断揭露蒋介石积极布置内战的阴谋，列举国民党违反停战令，破坏政协决议的大量事实，表示中共希望马歇尔能继续站在公正的立场上调处。

在 6 月初的一次会谈上，周恩来向马歇尔指出，中共一直希望马歇尔能完成自己的使命，而国民党方面从一开始就不愿其成功。现在蒋介石已准备大打，并竭力把美国拖下水。对于美国的对华政策，周恩来指出，美国政府采取的是双重政策。一方面是比较好的，是罗斯福总统留下的世界各国要合作，中国各党派也要合作；另一方面，是比较暗淡的，那就是积极援助国民党，而不愿中国尚未实现民主化。对于中国正在出现的内战局面，美国是要负责任的，应该加以制止，也能够加以制止。

随着内战的扩大和美国对国民党援助的不断增加，周恩来在谈判中加强了对美国的批评和斗争。主要集中在两个问题上：第一，反对让美方握有最后决定权。美方提出改变过去三方一致原则，还有国、共两方代表意见分歧时，军调部或执行小组的美国军官握有决定权、执行权和解释权，国民党代表表示支持和给予补充。这个建议有利于国民党和美国两方联合起来压共产党。对此，周恩来坚决加以抵制，他告诉马歇尔和其他美方人员，改变三方一致协议的原则使人感到美国要控制中国，中共方面不能接受。当国民党代表也一而再、再而三地提出这个问题时，周恩来斩钉截铁地说："中共是爱国主义者，不能承认丧失国权的办法。"第二，反对美国援蒋。它包括反对美国帮助国民党运兵东北超过整军方案所规定的5个军数额，反对美国政府向国民党提供贷款、武器、作战物资，反对美国国务院提出的军事援华法案和向国民党出售战时剩余物资等。

最后，周恩来同马歇尔的斗争中心是揭露美国的骗局。在1946年9月底，国民党军分三路向张家口进攻。周恩来立即致函马歇尔、蒋介石，声明如果国民党军队不立即停止对张家口的进攻，中共将认为国民党政府已公然宣告谈判破裂。10月9日，周恩来在上海与马歇尔举行会谈，向其表示，中共对他的"公正"立场已丧失信任，暗示他的调处已失败，应该退出调处。

10月11日，国民党军队占领张家口，蒋介石得意忘形，立即宣布召开一党包办的伪国大。国共谈判到了破裂的最后关头。11月15日，伪国大开幕，16日，周恩来举行中外记者招待会，慷慨陈词，指出国民党一党"国大"的开幕最后破坏了政协以来的一切决议、停战协定与整军方案，隔断了政协以来和平协商的道路。

19 日，周恩来率中共代表团返回延安。1947 年 1 月 7 日，马歇尔奉调回国，并发表了所谓"离华声明"，诬蔑我党"不顾国家利益与人民痛苦"，"不顾作出公允的妥协"，吹嘘蒋之独裁宪法是"民主宪法"，颠倒是非，把美蒋发动内战的罪责完全强加在我党头上。1947 年 1 月 10 日，周恩来在延安发表了《评马歇尔离华声明》的演说，痛斥了马歇尔的无心调停。周恩来列举了美帝派军驻华，帮助蒋介石调动 218 个旅进攻解放区，侵占解放区 179000 多平方公里土地，占领解放区 165 个城市，缔结侵略性的中美商约、航空协定等大量事实，明确指出破裂和谈、发动内战的"罪魁祸首"不是别人，正是美蒋反动派，指出马歇尔的伪善面目，使中国人民和世界人民进一步认清美帝的真面目。

　　周恩来回到延安后，同毛泽东一起留在陕北，胜利地指挥全国的解放战争，并领导国民党统治区和情报工作。他同毛泽东相辅相成，共领统帅部指挥全面战争。毛泽东站得高，看得远，魄力大，在战略决策上往往独具匠心，高人一筹。周恩来既能协助毛泽东运筹帷幄，深谋远虑，又能将毛泽东的魄力和决策，化作严肃谨慎的技术措施、环环相扣的具体步骤贯彻到千军万马的行动上，落实在千里之外的决胜中。周恩来同毛泽东一起不但指挥陕北和全国的军事斗争，获得重大的胜利，而且还一起制定辽沈、淮海、平津三大战役作战方案并指挥作战，消灭了蒋介石的主力部队。在这具有决定意义的三大战役胜利之后，蒋介石的败局已定，被迫退位。周恩来又在北京主持同国民党的和谈，中国人民解放军渡江之后，他除继续指挥作战，消灭蒋介石残余军队以外，主要精力用于主持筹备召开新的全国政治协商会议，起草"共同纲领"，并成立中央人民政府。

　　由于周恩来有如此的光荣历史，赫赫功勋，学识渊博，经验丰富和多方面的领导能力以及高尚的品格、情操，因而被公认为杰出的领袖，受到全党全军全国人民的尊敬、爱戴和拥护。毛泽东早在中共七届二中全会之前，就考虑要选择一位能力强、威信高，能总揽全局的人出任新中国的总理和外交部部长，主持政府工作、新中国的建设和外交事务。他在同其他中央领导人个别交谈或中央书记处的会谈上酝酿中央人民政府领导人选时，便深思熟虑地说：我们很快就要在全国取得胜利了，夺取这个胜利已经不要很久的时间和花费很大的气力了。但是巩固这个胜利，则是需要很久的时间和要花费很大的气力。资产阶级怀疑我们的建设能力，帝国主义者估计我们终究要向他乞讨才能活下去。因此，我们要建立一个强有力的中央人民政府，管理好国家，管理好城市，发展经济，提高人民生活，并同帝国主义、资产阶级做好政治斗争、经济斗争、文化斗争和外交斗争，否则我们就不能维持政权，就会站不住脚，就会失败。我认为关键是要选好一个当家人——总理。在我们几个人当中，我看恩来最能应付国内国际大局面，解决复杂的矛盾，是个人才，他比我强，我不如他，让他做总理兼外长最合适。

朱德表示：我赞成恩来做总理，他一直是我们党的总管家，军队的总管家，再让他当政府的总管家那是顺理成章。他是解决问题的能手，什么最难办的事，到他的手里便迎刃而解了。

刘少奇说，管理国家，建设国家，好比唱一台大戏，要有各式各样的角色，但是必须有一个主角，否则戏就唱不好，唱不下去了。像《西厢记》里的红娘就是个主角，台上台下、台前台后都有她的戏，有声有色。我看就请恩来来唱红娘这个主角，我们大家唱配角。

毛泽东认为，少奇这个比喻很好，很生动。恩来唱红娘，我们这些人的日子就好过了。

任弼时也非常赞成周恩来当总理。他还建议他兼外交部部长。他说，恩来长期做统一战线工作，又在我们党内主管外交工作，外交工作实际上就是国际统一战线工作，他有丰富的经验，是行家里手。而且他既有外交方面理论也有过实践，在国际上他享有很高的声誉，是最好不过的外交部部长人选。

根据党内多方面的酝酿，毛泽东在 1949 年 3 月 10 日中国共产党七届二中全会的总结发言中就明确地说道：新中国中央人民政府的主要人员配备，现在尚不能确定，还需要同民主人士商量，但"恩来是一定要参加的，其性质是内阁总理"。各个民主党派、民主人士，长期同周恩来交往，深知他的为人，对他的品格和才学都佩服得五体投地，认为周恩来是最周到不过的人，由他当总理，那是真正的"周"总理了，所以都一致地、毫无保留地拥戴他，相信他一定能把中国对内对外的事办好。许多外国友人也认为新中国的总理和外交部部长非周恩来莫属。

1949 年 1 月 31 日，斯大林派苏共中央政治局委员米高扬前来石家庄听取中共中央的意见。他在同毛泽东等书记处成员会谈后，又单独同周恩来会谈一次，这次谈话的内容十分广泛：讨论了战后经济建设、交通运输等恢复工作，成立新政府的总体规划与设想；对外关系问题，特别是对外贸易的开展与管理；发展或建立各种社会组织、群众团体和对他们力量的运用和发挥：在中国有多党存在，它们的作用和意义等。这些正是周恩来在新中国成立前夕日夜苦心思考和探索的问题。这次谈话给米高扬留下了很深的印象，后来他对人说："周恩来将是中国新政府一位很好的总理。"

1949 年 7 月，刘少奇率领中国共产党代表团访苏，与斯大林商谈中国建国问题时，斯大林说，中国革命很快就会取得胜利，那时你们就将成立新的共和国，组织中央政府，不过在这方面也不会遇到什么困难，因为你们有周恩来这样一位现成的总理，哪儿去找这样一位理想的总理呢！

美国总统杜鲁门派往中国的大使兼驻华特使五星上将马歇尔，

后任美国国务卿、国防部长，说周恩来是他从未遇到过的外交谈判对手。

就连周恩来的对手蒋介石也非常佩服和赞赏他，不无感叹地认为国民党里找不到像周恩来这样的人才。蒋介石一直想拉拢他、重用他。就是在国民革命军攻克武汉，蒋介石的反革命面目已经暴露，国共两党面临公开分裂的时候，蒋介石还想任命周恩来以战地政务委员会主任或战地财政委员会主任的重要职务，但被周恩来拒绝了。

二、外交部点将

    1949 年 10 月 1 日下午，中央人民政府委员会第一次会议开完之后，下午 3 时整，毛泽东主席、周恩来总理兼外交部部长、朱德、刘少奇、宋庆龄等副主席及中央人民政府委员会委员、政务院副总理、中央人民政府军事委员会副主席等党政军各方面的负责人，怀着胜利的喜悦，迈着矫健的步伐，沿着西侧的古砖梯道登上天安门，庆祝中华人民共和国的诞生。

    天安门，原为明清两代皇城的正门，位于北京市区的中心。它始建于明朝永乐十五年，也即公元 1417 年，当时称"承天门"，承天启运的意思。清朝顺治八年，公元 1615 年重新修建，改称"天安门"，受命于天，安邦治民的意思。在高大的红色城墙上开有 5 个拱形门，城上有九开间的城楼，红柱黄瓦，巍峨壮丽。前后各有华表一对，门前有金水河，跨河有汉白玉石桥 5 座，桥前为广场。天安门过去乃是皇帝发表诏书的地方。如新皇帝登基，选纳皇后等重大庆典时，在此举行"颁诏"仪式。

    从天安门向北，便是举世闻名的红墙绿瓦的故宫，又称紫禁城。这个占地面积 72 万平方米，建筑面积 52 万平方米，9000 多间房屋的雄伟壮丽的建筑群，里面珍藏着大量的奇珍异宝、历代名人字画、珍贵的艺术品和各种文物。它代表中国和东方的古老文明。

如今它们都已回到人民的手里，今天天安门广场和东西长安街乃至整个古老的北京城都披着节日的盛装。30万军民聚集天安门广场周围。人群和旗帜、彩绸、鲜花、灯饰，汇成了喜庆的锦绣的海洋。

中央人民政府秘书长林伯渠准时宣布开会，在刚刚定为代国歌的《义勇军进行曲》乐曲声中，中央人民政府主席毛泽东庄严宣布：中华人民共和国中央人民政府成立了！中国人民从此站起来了！这个声音，代表全中国人民，代表无数先烈们的夙愿。这个声音，震撼了全世界。随即，毛泽东开动有电线通往天安门广场中央国旗杆的电钮，升起了中华人民共和国第一面五星红旗。就在红旗冉冉升起的时候，58门礼炮齐放28响，如同报春惊雷回荡在天地之间。

红旗升起之后，毛泽东主席宣读了中华人民共和国中央人民政府的公告："宣告中华人民共和国的成立，并决定北京为中华人民共和国的首都。"

北京，原名北平。它是驰名世界的历史文化古城。其历史极其悠久，向上追溯，它是人类的祖先发祥地之一，几十万年前著名的"北京人"在这里生息、劳动，开辟草原、菜地，揭开了中国远古历史的第一章。就是往近处说，从历史有明确的记录时候算起，周武王分封召公奭于燕，也有3000多年的历史了。在这以后，北京有过众多的名称、纷繁的建置，如蓟城、广阳、燕郡、幽州……物换星移，历经变迁，而燕京、而南京、而北平、而北京，随着中华人民共和国的发展而发展，而日益繁荣昌盛，所谓"人物殷阜，百姓富饶"。北京是古代中国北方的重镇，是汉族和北方各民族交流往来的枢纽，后来成为全国的政治、经济、文化中心。毛泽东宣读完公告以后，林伯渠秘书长宣布阅兵开始。中国人民解放军总司令朱德，这位从辛亥革命开始就带兵打仗，南征北战，不知经历和指挥过多少战斗的著名军事家、统帅，身着戎装，健步走下天安门城楼，乘坐敞篷汽车通过金水桥，远候在桥南的阅兵总指挥聂荣臻即致军礼报告，受检阅的陆海空军代表部队均已准备完毕，请总司令检阅。在《三大纪律八项注意》《军队和老百姓》《保卫胜利果实》等军乐乐曲的连续鸣奏中，朱德总司令由聂荣臻总指挥同车陪同，检阅肃立受阅的三军部队。当朱德向指战员问好时，指战员齐声响亮地回答："祝总司令健康！"接着，朱德重登天安门，宣读了《中国人民解放军总司令部命令》。然后，海军、陆军、炮兵、摩托化兵、骑兵在《八路军进行曲》《军队进行曲》和《坦克进行曲》的伴奏声中雄赳赳地走过天安门，人民空军的飞机分别三机和双机编队，一批一批飞经天安门广场的上空。在天安门前天上地下，浑然一体，形成雄浑的立体武装阵容，万众观望，应接不暇。毛泽东、周恩来、刘少奇、朱德也兴奋得乐不可支。阅兵仪式结束以后，便是欢腾的群众游行队伍，举着五颜六色的旗帜，呼着祝贺的口号，唱着胜利的歌曲，走过天安门向新中国的领导人致敬。周恩来是开国大典筹委会主任，上述活动，都是在他的精心安排下进行的。他显得特别的忙，他在天安门城楼上来回张罗、检查、督促，一丝不苟，保证大典顺利进行；同时，他还要向毛泽东、刘少奇、朱德、宋庆龄和民主人士、各界代表，分头介绍今天的盛况，共享欢乐。他无限感慨地说："中国人民世世代代为之奋斗的这一天终于到来了！"可是，此时此刻的周恩来，他的心情既兴奋激动，又对往事有许多酸甜苦辣的回忆。他浮想联翩，想到过去，想到现在，更想到将来。周恩来从天安门参加开国大典回到中南海他办公的地方。中南海曾经蒙受许多耻辱，经历了60年左右的辛酸苦痛，可以说是一个旧中国的缩影。中国人民解放军进入北京以后，它才回到人民的怀抱，洗刷了耻辱，荡涤了污垢，中南海成为党中央和政务院办公的地方，以新的姿态展现在人们面前。

　　周恩来的办公室先是在中南海丰泽园颐年堂毛泽东住处和办公室的旁边。1949 年 10 月 7 日，他搬进中南海西花厅。西花厅原是清朝最后一个执政王戴沣官邸的一部分。辛亥革命后，军阀袁世凯和段祺瑞都使用过这个地方。1949 年全国解放时，这座院落已很破旧了，但周恩来认为稍加修理，还可以用作他的办公室、住房以及会客。可是他又不许讲排场，除了必要的开支外，不同意多花国家一分钱。西花厅是一个四合院，前面大约有百多平方米是他的会客室，用来会见国内外客人或在这里开会。东西厢房是周恩来和邓颖超的卧室以及秘书们的办公室和住房。三间北房是周恩来的办公室。东西两面墙立着四个书橱，放满了书籍，三张方桌拼起来的长会议桌，占去了办公室的大部分。周恩来吃饭就在会议桌的一角。周恩来的办公桌斜放在办公室的右边，办公桌左侧茶几上三部电话机一字摆开。周恩来就是在这个极其普普通通的办公室里，日理万机，处理着党和国家对内对外的大事，直到他病重住院才离开这个办公室，在医院里办公。

　　周恩来一回到办公室，没有休息，马上拿起电话拨到中央外事小组的王炳南，检查他昨天下午和今天早晨交代的任务完成的情况。

　　昨天，9 月 30 日上午，周恩来步履矫健，气宇轩昂地来到中央外事小组的办公室。他一进门便笑着对大家说，从现在起，中央外事组的工作任务已经结束了，我们要开始办正式的外交了。明天毛泽东主席在开国大典上将发表一个公告。典礼结束后，要将中华人民共和国主席毛泽东的公告和用我这个外交部部长名义的函件，立即发送到留驻在北京、南京、上海等地的外国使馆或领事馆。你们赶紧准备，把公告和函件中外文都打印好。这将是我们新中国的第一个外交文件，是通过使领馆向外国发出的第一个照会。周恩来又指示说：遗留在中国的外国使领馆，与它们的建交工作，要通过谈判进行，要它们表明与台湾断绝一切外交关系，我们才予承认，我们建交是有原则的。谈判建交在国际上并无先例，这是根据我国具体情况的一个创举。

周恩来一向对工作抓得很紧，讲求效率，他在电话中要求中央外事组立即将发给使领馆的每封函件和公告送来给他签字。

一份份函件送到周恩来的面前：只见上面写道：

公　函

敬启者，中华人民共和国中央人民政府毛泽东主席已在本日发表了公告。我现在将这个公告随函送达阁下，希为转交贵国政府。我认为中华人民共和国与世界各国建立正常的外交关系是需要的。

此致

先生

中华人民共和国中央人民政府外交部长

1949 年 10 月 1 日于北京

每一份函件袋中装有一份公告，内容是：

中华人民共和国中央人民政府公告

（1949 年 10 月 1 日）

自蒋介石国民党反动政府背叛祖国，勾结帝国主义，发动反革命战争以来，全国人民于水深火热的情况之中。幸赖我人民解放军在全国人民援助之下，为保卫祖国的领土主权，为保卫人民的生命财产，为解除人民的痛苦和争取人民的权利，奋不顾身，英勇作战，得以消灭反动军队，推翻国民政府的反动统治。现在人民解放战争业已取得基本的胜利，全国大多数人民业已获得解放。在此基础之上，由全国各民主党派、各人民团体、人民解放军、各地区、各民族、国外华侨及其他爱国民主分子的代表们所组成的中国人民政治协商会议第一届全体会议业已集会，代表全国人民的意志，制定了中华人民共和国中央人民政府组织法，选举了毛泽东为中央人民政府主席，朱德、刘少奇、宋庆龄、李济深、张澜、高岗为副主席，陈毅、贺龙、李立三、林伯渠、叶剑英、何香凝、林彪、彭德怀、刘伯承、吴玉章、徐向前、彭真、薄一波、聂荣臻、周恩来、董必武、赛福鼎、饶漱石、陈嘉庚、罗荣桓、邓子恢、乌兰夫、徐特立、蔡畅、刘格平、马寅初、陈云、康生、林枫、马叙伦、郭沫若、张云逸、邓小平、高崇民、沈钧儒、沈雁冰、陈叔通、司徒美堂、李锡九、黄炎培、蔡廷锴、习仲勋、彭泽民、张治中、傅作义、李烛尘、李章达、章伯钧、程潜、张奚若、陈铭枢、谭平山、张难先、柳亚子、张东荪、龙云为委员，组成中央人民政府委员会，宣告中华人民共和国的成立，并决定北京为中华人民共和国的首都。中华人民共和国中央人民政府委员会于本日在首都就职一致决议：宣告中华人民共和国中央人民政府的成立，接受中国人民政治协商会议共同纲领为本政府的施政方针，推选林伯渠为中央人民政府委员会秘书长，任命周恩来为中央人民政府政务院总理兼外交部部长，毛泽东为中央政府人民革命军事委员会主席，朱德为人民解放军总司令，沈钧儒为中央人民政府最高人民法院院长，罗荣桓为中央人民政府最高人民检察署检察长，并责成他们从速组成各项政府机关，推行各项政府工作。同时决议：向各国政府宣布，本政府为代表中华人民共和国全国人民的唯一合法政府。凡愿遵守平等、互利及互相尊重领土主权等项原则的任何外国政府，本政府均愿与之建立外交关系。特此公告。

中华人民共和国中央人民政府主席　毛泽东

1949 年 10 月 1 日

　　周恩来仔细审阅了公告和公函的中外文，确认无误，他拿起办公桌上的毛笔，打开墨盒，蘸满墨汁，在"外交部部长"下面签上"周恩来"三个大字。他的字潇洒、挺拔、有力。他将一封封公函签完了字以后，又让外事组的人和秘书仔细检查一遍，装进信袋里，立即发送。因为这是新中国政府第一个外交文书，也是非常重要的外交文书，牵涉到外国政府承认中华人民共和国政府和与之建立外交关系的问题，周恩来原本就是一个认真、仔细、谨慎的人，所以他就更加认真、仔细、谨慎了。

　　就在公函发出的第二天，10 月 2 日，苏联外交部副部长葛罗米柯受苏联政府委托致电周恩来外长说："苏联政府由于力求与中国人民建立真正友好关系，始终不渝的意愿，并确信中国中央人民政府是绝大多数中国人民意志的代表者，故特通知阁下，苏联政府决定建立苏联与中华人民共和国之间的外交关系，并互派大使。"同日，葛罗米柯副外长还向国民党广州政府驻莫斯科代办发表声明："由于中国发生的事件……苏联政府认为与广州的外交关系已经断绝，并已决定自广州召回其外交代表。"10 月 3 日，周恩来立即复电葛罗米柯，表示"热忱欢迎立即建交并互派大使"。

　　接着，保加利亚于 1949 年 10 月 4 日、罗马尼亚于 10 月 5 日、匈牙利、朝鲜、捷克于 10 月 6 日、波兰于 10 月 7 日、蒙古于 10 月 16 日、德意志民主共和国于 10 月 27 日、阿尔巴尼亚于 11 月 23 日分别与新中国建立外交关系。

　　这时，周恩来每天工作十五六个小时，有时连续几夜不眠。他一方面按照"另起炉灶""打扫干净屋子再请客"和"一边倒"的方针，忙于同外国商谈建立外交关系和处理外国帝国主义国家在华的驻军权、自由经营权、内河航行权、海关管理权和司法权等特权残余，外国人在华拥有的企业、房地产，外国政府、私人团体在中国兴办的文教事业，以巩固新中国的独立与主权，为在平等互利的基础上同世界各国建立新的经济、文化关系开辟道路；另一方面，他积极筹组政务院和外交部的班子。

经过一个多月的时间，周恩来组成了外交部的领导班子，选定外交部的办公地址。1949 年 11 月 8 日，北京已进入深秋，天气微寒，落叶纷飞。这天下午，周恩来乘坐美国别克豪华轿车，从中南海他的住处西花厅前往东单外交部街的外交部。

中华人民共和国外交部的办公地址，位于东单迤北路东外交部街（31 至 33 号）。这里是一个两幢西式楼房的大院子。

它最初是明朝将领石亨的赐第。由于石亨恃功骄傲，权倾一时，引起英宗的疑忌。英宗天顺四年（1460），石亨以图谋不轨罪被捕下狱，后死于狱中，宅第被没收入官。

明朝世宗嘉靖年间，世宗将石亨旧宅赐给咸宁侯仇鸾，仇鸾将右边建成一座秀丽的花园。嘉靖三十一年（1552），仇鸾被革职，忧惧而死，住宅被没收入官，后来赐给成国公朱庚。明朝万历二十七年（1599），神宗女寿宁公主下嫁冉兴让，便将此宅改赐给冉驸马。冉驸马为这个府第起名为宜园。

明末至清初，几经演变，宜园成了工部宝源局所在地，开炉铸造钱钞。清朝宣统年间，外务部将已废的宝源局旧址改建为专门接待外国人的迎宾馆，特意聘请美国人坚利逊承包修建西洋式迎宾馆。主楼为灰色，上下二层，楼内中间有过道，楼上北侧正中有可容纳四五百人的大礼堂。礼堂东西两侧和南面为客房。楼梯宽大精美，窗户敞亮。楼顶平台，四周有女墙。楼底均为宽大的客房，地下有厨房和餐厅。大院有两个大门，东边为洋式大门，有门楼，庭院宽绰，古树参天。西边为中式绿琉璃瓦大门，门内有隽丽的假山。这样的迎宾馆在当时堪称是第一流的了。

北洋军阀袁世凯就任临时大总统时，即以这个迎宾馆作为他的办公之处。袁世凯为了麻痹革命派，巩固他的地位，于1912年8月邀请孙中山来北京"晤商要政"。袁世凯为了拉拢孙中山，将迎宾馆让给孙中山居住，他自己搬到铁狮子胡同东门内办公。孙中山从8月24日至9月18日在这个迎宾馆住了26天。同袁世凯密谈了13次，大部分也都在这里进行。孙中山离京以后，袁世凯的外交部便从东堂子胡同迁到迎宾馆，把石大人胡同改称外交部街。不久，又在迎宾馆楼西边增建一座大楼，称西楼，迎宾馆称东楼。西楼之上有天梯相通。1928年北洋政府垮台后，这里成了旧外交部的档案保管处，后来又曾一度为国民党政府华北政务管理委员会占用。1949年北平和平解放，由华北人民政府秘书厅接收，以后便交给外交部了，成为外交部第一个办公地址。

李克农、章汉夫、王炳南

周恩来的车来到外交部的西门口，警卫向他立正敬礼，然后缓缓地开到东楼门前门楼下面大楼的台阶边，警卫员小何先从车的前座走下来，打开后面的车门，周恩来非常敏捷地走下车来。他今天仍然穿着那身在天安门城楼上开国大典时穿的那套黄色卡其布中山装。

这时，新任命的外交部副部长李克农、章汉夫和外交部办公厅主任王炳南迎上前来，周恩来同他们一一握手，随后由李克农等陪同，走上二楼，引导到周恩来在外交部的办公室。

周恩来的办公室在二楼会议大厅的南面一排房间的东头一间，

有 30 余平方米，由于楼层高、窗户大，显得宽敞明亮。室内是刚刚粉刷过的一层白色油漆墙，下面有两尺高的木板墙，木质地板地，地板上铺着厚厚的大地毯，中间有一个大吊灯，四周墙壁上有壁灯，临近南面窗户旁，安放一张雕花红木的大办公桌，四张红木太师椅，一套沙发，四个红木雕花的书橱。书橱里放满了二十四史、古典文学、诗词，都是线装的古书，以及中外有关外交学、外交史和国际问题的著作。周恩来办公室西侧外间为一大会客室，用来接待各国使节和重要外宾，地上铺着高级地毯，摆放了两套大沙发。

周恩来看过以后，坐在办公桌边的椅子上说："这个办公室虽没有我在国务院的办公室大，却比那个阔气。我不是说过吗，一切因陋就简，为什么要搞得这样豪华呢？"

李克农笑笑说："总理，这些东西原来都是北洋政府外交部的，已经存放在这房子里 30 多年了。这次我们接管过来，稍加清洗修理就用上了。"

王炳南接着说："总理你看这些太师椅上都刻有龙的图案。不是宣统皇帝就是袁世凯想登基做皇帝时候添置的。"

周恩来也随着王炳南手指的太师椅看去，说："你看这张椅上真是刻的双龙戏珠，手工精致，栩栩如生。这都是劳动人民的创造，供皇帝和官僚们享用。现在又回到人民手里，旧物利用，再为人民服务这很好。"周恩来停顿一会儿，浓眉下的一对大眼睛，扫射一下办公室又扫射一下在座的人，郑重而又严肃地说，"我今天告诉你们，在我当外交部部长的时候，不得建造新的外交大楼，也不许增添更多的房子和办公用具，这个就很好嘛！一定要勤俭办外交。"

李克农、章汉夫、王炳南连连点头，同声说道："一定遵照您的指示办。"他们三个人都是长期追随周恩来，在他的直接领导下工作和成长起来的，深知周恩来的为人、性格和脾气，是位说一不二的人。

李克农，又名峡公、稼轩、震中，是个传奇式的人物。他出身于安徽巢县一个地主家庭，1899年9月15日生。青年时代就受民主革命思想的熏陶。五四时期投入轰轰烈烈的新文化运动，1925年五卅运动以后，他在芜湖创办了民生中学，团结进步人士，积极传播革命思想，开展反帝反封建活动。1926年，他在芜湖加入中国共产党。1928年到上海，先从事革命文化活动，并担任党的沪中区委宣传部部长。1929年正当蒋介石加紧对我党的破坏和对红军的"围剿"，党派他到陈赓同志担任科长的中央特工科工作，加强对共产党中央和各级党组织的安全保卫工作。

在这期间，他干了一件十分惊人的事，就是1931年4月下旬，当时的党中央、周恩来派参与中央领导特科工作的顾顺章送张国焘去鄂豫皖根据地工作后，在武汉被国民党特务逮捕叛变。顾顺章原是上海的工人，中共中央政治局候补委员。他长期协助周恩来负责党的保卫工作，了解许多党的重要机密，清楚只有极少数人才知道的中共中央机关和周恩来、陈云等许多中央领导人的住址，也熟悉党的各种秘密工作方法。顾顺章叛变后向国民党建议以突然袭击的方式，将中共中央机关和主要领导人一网打尽。这个极其机密而重要的情报，被我党早就打入国民党中央组织部调查科任机要秘书的地下党员钱壮飞、胡底截获了，他们立刻派人连夜从南京赶到上海，报告李克农。在这千钧一发的危急关头，李克农沉着机警，千方百计设法找到当时与中央直接联系的陈赓报告了党中央和中央负责人周恩来。情况紧急，又是在国民党严密统治下，要迅速大规模地疏散机关和人员，任务自然是非常艰巨的，不知道有多少困难和危险，但是像周恩来这样一个有着钢铁般意志又能冷静而周密地估量可能发生的种种问题的人，没有浪费一点时间，英明而果断地采取行动，在当天就同陈云商定好对策，在聂荣臻、陈赓、李克农、李强等协助下，采取了一系列的紧急措施，销毁大量机密文件；迅速将党的主要负责人转移，并采取严密的保卫措施；把一切可以成为顾顺章侦察目标的干部，尽快地转移到安全地带或撤离上海，切断顾顺章在上海所能利用的重要关系；废止顾顺章在上海所知道的一切秘密工作方法。

当夜，中共中央、江苏省委和共产国际机关全部搬了家。当顾顺章带领国民党特务在上海进行大搜捕，包括周恩来、邓颖超夫妇俩原先的住址也都被搜查，结果却一一扑空。这是在周恩来领导下，李克农、钱壮飞立下的奇功、大功。如果不是他们的机智勇敢，不怕危险，打入敌人内部，那么中共中央机关和主要领导人将被一网打尽，对中国革命带来的打击也将不堪设想。所以，毛泽东曾说：李克农、钱壮飞等同志是立了大功的，如果不是他们，当时许多中央同志包括周恩来都不存在了。周恩来多次在不同的场合，表扬和称赞李克农、钱壮飞、胡底是中国情报工作的"三杰"，说若是没有他们，我们这些人早就不在人世了。以后李克农、钱壮飞、胡底与周恩来先后进入中央苏区，可惜钱壮飞在长征途中牺牲了。李克农到了苏区后，任中央苏区政治保卫局执行部部长，中国工农红军第一方面军政治保卫局局长、红军工作部部长，并参加了长征，仍然在周恩来的领导下。

长征到了陕北，李克农又奉中央和周恩来之命，第一个同张学良将军进行停战谈判。西安事变时，他任以周恩来、博古、叶剑英组成的赴西安谈判代表团秘书长，协助周恩来和平解决西安事变。

抗日战争时期，李克农先后担任八路军驻上海、南京、桂林办事处处长，八路军总部秘书长，中共中央长江局秘书长，中共中央社会部副部长、情报部副部长。解放战争时期，任北平"军事调处执行部"中共代表团秘书长，为叶剑英的得力助手，接着又任中共中央社会部部长，军事情报部部长，都是在周恩来的领导下，长期从事情报工作和统战工作，同国民党和美国代表等外国人打交道有着丰富的经验。他既是外交专家又是情报专家。

从李克农的经历看，他一定是个冷漠严肃的人，哪知他却是个热情洋溢、风趣和善的人。他微胖，梳得整齐的浓厚的黑发，带着微笑的圆脸盘上深邃的目光中仿佛含有一种洞察力。他因为眼疾很重人们都叫他"瞎子"，鼻梁上架一副度数较深的金边眼镜，上唇留着齐口短髭，很有气派。他还是一个喜爱文艺的人，不但同文艺界的人如夏衍、阿英等有较深的交往，而且在苏区时同钱壮飞、胡底等经常自编自导自演话剧、活报剧、双簧，曾主演过《秘书长万岁》，在剧作家李伯钊主编的《农奴》中，与李伯钊分别扮演剧中兄妹两个角色，他在表演中生动自然，惟妙惟肖，深受观众的欢迎。

章汉夫，1905年出生于江苏武进县。他早年留学美国，接受了马克思主义的思想，参加了美国共产党。1928年中国共产党派他到莫斯科中国劳动大学学习，曾担任共产国际东方部研究员，并在派驻赤色职工国际的中国代表团中协助邓中夏的工作。1931年回国后，周恩来派他担任广东省委宣传部部长、代理书记，后又调回上海任中共中央宣传部干事。1933年担任江苏省委书记。不久，因叛徒告密，章汉夫被国民党逮捕入狱。他遭受敌人的严刑拷打，威逼利诱，置个人生死于度外，始终坚贞不屈，英勇顽强，表现了一个共产党员的崇高气节和优秀品质。1935年出狱后，在上海担任中共中央文化工作委员会委员，从事抗日救亡统一战线的工作和著译工作。

抗日战争时期，章汉夫在周恩来的直接领导下，担任中国共产党在国民党统治区出版的《新华日报》副总编辑，1938年10月日本帝国主义攻占武汉前夕，出版了最后一期报纸，随同周恩来撤出武汉。1939 年至 1945 年，章汉夫在重庆《新华日报》任新闻编辑部主任、总编辑等职。1941 年"皖南事变"发生，周恩来为了揭露国民党消极抗战、积极反共的阴谋，亲笔写了"为江南死难者致哀"，"千古奇冤，江南一叶；同室操戈，相煎何急?!"的题词。章汉夫坚决执行周恩来的指示，同敌人的新闻检查官进行了机智的斗争，挫败了敌人的阻挠，把周恩来的题词在《新华日报》上刊登出来，受到周恩来的赞许。

1945 年 5 月，章汉夫作为中国代表团中共代表董必武的助手出席了旧金山制定《联合国宪章》的大会，表现了他的外交才能。

解放战争期间，章汉夫被中共中央和周恩来派往上海担任中共上海工委委员、副书记，并负责在上海、南京筹备出版《新华日报》和《群众》周刊。1946 年，蒋介石发动全面内战，中国共产党代表团被迫离开国统区，周恩来派章汉夫、乔冠华、龚澎等到香港工作，章汉夫任中共中央华南分局委员、香港工委书记，从事统一战线和宣传工作。

新中国成立前夕，章汉夫先在中共中央统战部工作，后任天津市军管会委员，外事研究组组长，中共上海市委委员，外事处处长。

王炳南，陕西乾县人，生于 1908 年 1 月。早在青年时期就受到党的影响，接受进步思想。1925 年参加共产主义青年团，1926 年转入中国共产党，在乾县、淳化等地从事建党工作。1928 年在杨虎城部队做党的地下工作。1929 年起赴日本、德国留学，在德国期间任德国共产党中国语言组书记、国际反帝大同盟东方部主任、旅欧华侨反帝同盟主席。1936 年春，奉党的指派从德国回国，做争取杨虎城和十七路军的工作，推动团结抗日，促进国共合作。在和平解决西安事变的过程中，协助周恩来做了许多重要的工作，受到周恩来的赏识和毛泽东的表扬。西安事变后，任西北民众运动指导委员会主任委员。1937 年后，中国共产党派他到上海、武汉、重庆等地作为周恩来的助手做统一战线、国际宣传和外事工作。他历任上海文化界国际宣传委员会常务委员，全国各界救国会中央常委，中国共产党与民主革命同盟的联系人。中共中央南方局国际宣传组负责人，外事组组长，中共中央南方局候补委员。1946 年国共重庆谈判期间，任毛泽东的秘书。以后又担任中国共产党驻南京代表团外事委员会第二副书记兼发言人。1947 年国共谈判破裂后，相继在延安、晋绥和西柏坡工作，担任中共中央外事组副主任。中华人民共和国成立以后，他是最早协助周恩来筹组外交部的主要负责人之一，做了大量有益的工作，如找房子、购置办公用具以及调配干部等。

王炳南熟悉外交工作，讲一口流利的德语，英文也能应付一般的外交活动。他同许多外国人打过交道，有很丰富的经验，他的思想敏锐，工作勤奋，富有魄力，勇于负责。他为人正派，光明磊落，平易近人，关心他人，因此颇得周恩来的赏识，成为周恩来外交上的得力助手之一。

周恩来对李克农、章汉夫、王炳南说："你们把干部花名册拿给我。"

王炳南一听，连忙打开自己的公事包，把早已准备好的干部花名册取出来，恭恭敬敬地送到周恩来的面前。他们都知道周恩来有一个习惯，到哪一个机关或开一个重要的会议，都要对在场的人逐个点名的。用周恩来自己的话说，通过点名既可认识人，又可直接交谈，了解情况，增进感情。而今天是周恩来第一次到新中国的外交部来参加成立大会的，无疑对出席会议的人要点名的，所以王炳南他们早就准备好了一个外交部干部的花名册。

物色人才，从容点将

周恩来接过花名册，一页一页仔细地翻阅，每一个干部的姓名、籍贯、出生、年龄、学历、特长都一一看过，有的还默记在心。

周恩来看完花名册说，"人不多啊，总共才二百多一点，要面对世界一百多个国家，是很不够用的。"

李克农立即回答说："是的，总理，我们正在物色和抽调一些干部来充实外交部，不过人很难选，懂外交会外文的人不多。"

"你这就不对了"。周恩来批评说，"几亿人口的大国，还没有人才！当然！"周恩来话锋一转，"外交干部是代表国家和人民利益的，必须挑选那些绝对忠于党、忠于国家、忠于人民，任何时候都能够站稳阶级立场的人来做，总不能有半点儿马虎。世界上每个国家的统治阶级都是挑选本阶级中最忠诚、最可靠、有才干的分子来从事外交工作。英国只有贵族子弟才能进外交学校，担任外交职务。日本也都是从东京帝国大学、京都大学这些有钱的人才能上得起的大学生中挑选外交干部。苏联在十月革命后，列宁是从工人和水兵出身的布尔什维克中挑选人才担任外交工作。你们知道，苏维埃政府的第一位外交人民委员，也就是外交部部长契切林就不是职业外交家，而是一个忠诚的布尔什维克，他忠诚地完成了党交给他的任务，非常出色。在卫国战争期间，著名的老革命家、老布尔什维克莫洛托夫担任外交部部长，协助斯大林打败了德国法西斯，他的精明才干和杰出的外交手腕，尤其是他建立的反法西斯国际统一战线赢得了胜利，也获得世人的称赞。所以我们外交队伍要'另起炉灶'，国内国外都要用我们共产党自己优秀的干部。旧的外交人员一律不用或基本上不用。"

"总理说得对，另起炉灶。"章汉夫摇动着胖胖的身材，赞成周恩来的意见。

"我们的外交干部无非三个来源，一是从军队选调，军队干部经过战争的考验，是最靠得住的；二是从地方干部中选调，他们有全面领导工作经验，也是很靠得住的；三是从地下党中选调，他们的文化水平比较高，在敌人白色恐怖中度过来的，也是可靠的。"周恩来明确提出解决外交干部的途径。

李克农抹一抹嘴上的短髭说："我们将遵照总理的指示，马上着手选调，现在我们已从军队中物色几位将军，准备派出去当大使，像袁仲贤、耿飚、姬鹏飞、曾涌泉、黄镇、彭明治、王幼平、谭希林、倪志亮、韩念龙等，还要调些中级军官，派出去当武官和参赞。"

周恩来的脸色显露出丝丝微笑，满意地说："这很好，不过要训练一下，请一些专家讲点起码的外交知识，比如一般外交礼仪、见人如何打招呼、握手，如何用刀叉吃西餐，如何穿西服打领带等等。如能学点外文更好。"

李克农、章汉夫、王炳南异口同声地称赞道："总理这个指示很重要，我们立即着手筹办！"周恩来将外交部干部花名册交给秘书，然后站起来，走出他的办公室，向别的办公室走去。他要逐一视察外交部的各个司、处的办公室和外宾接待室。李克农、章汉夫、王炳南及周恩来的秘书、警卫簇拥着周恩来，先视察了东楼外交部办公厅、苏联东欧司、国际司、领事处、礼宾处、外宾接待室、厨房、食堂，又视察了西楼的亚洲司、西欧司、情报司、美澳司和国际新闻局。他边看边做指示，要李克农、章汉夫、王炳南等如何关心、改善干部的工作条件和生活条件，不要一进城，就高高在上，不关心干部，犯官僚主义的错误。

周恩来精神抖擞，他似乎一点也不觉得疲倦，不顾李克农等建议"休息一会儿"，便径直来到东楼大厅。

外交部全体干部已齐集大厅，个个穿得整整齐齐，尽量打扮得漂亮一点，像过年或参加庆典一样，一派喜气洋洋，说说笑笑。的确，这是个不一般的日子，它是无数志士仁人为之奋斗一生，要建立人民自己的外交部，一洗一百多年来屈辱外交的耻辱；要有自己独立自主的外交政策，在国际上扬眉吐气；要选择国人信得过的外交部部长，在世界上纵横捭阖，赢得胜利和荣誉。今天这个愿望就要实现了，我们党和国家杰出的领袖、具有丰富外交经验、在国内外享有盛名的中国第一任外交部部长周恩来就要来上任了，并且要发表就职演说。这样重要的时刻、难得的机会，谁的胸中都会像大海的波涛汹涌澎湃，无法抑制自己兴奋的心情。

当周恩来笑容可掬，健步走入会议大厅之际，人们不约而同地站了起来，热烈鼓掌，踮起脚尖，翘望周恩来那高雅的神采、可亲的面容，像一股春风吹进大厅。

李克农噘起八字胡，两手向下一振，示意大家坐下，可是人们似乎没有看到似的，一味忘情地站在那里，目不转睛地看着面对大家的这位叱咤风云、为中国革命出生入死、奋斗半生的伟人。

周恩来经历这种场面已不止一次了。他深知人们尊敬他、爱戴他、崇拜他，但他却非常谦恭、虚心。他说："同志们，请坐下，我周恩来同大家一样，也是一个平平常常、普普通通的人，我也犯过错误，现在还有许多缺点和不足，并不像外界说的那样完美无瑕。以后我们要长期共事，你们会看到我的优点，也会发现我的缺点。所以我们要互相帮助，互相提醒，外交工作与其他工作不同，不允许有半点差错。"

周恩来的几句话，说服大家坐了下来。

李克农马上站起来，走上讲台，放开喉咙，带点安徽口音说：

"同志们，中华人民共和国外交部成立大会现在开始。中华人民共和国成立后，我们经过一个多月的紧张准备，包括调干部、找房子，今天终于准备就绪，宣告正式成立。我们首先请我们敬爱的周总理讲话。"

周恩来站起来说："首先我要纠正李克农副部长的一个错误……"

会场上顿时紧张起来，人们心想怎么李克农刚到外交部当副部长就犯错误了，感到茫然。李克农自己也觉得莫名其妙，脸上显出一阵尴尬的表情。不过，他也是久经考验的，在周恩来的领导下，经常受到表扬，也受到过批评，他深知总理批评人并不记人的过失，照样信任你。所以他马上冷静下来，恢复常态。

"我今天是外交部部长，我到外交部来，你们称我周外长，不要称我周总理嘛！"

周恩来的话音一落，全场发出热烈的掌声和笑声，一阵紧张的气氛烟消云散，大家觉得周恩来这位伟人又同自己靠近了一步。

周恩来缓缓坐下，端正而又潇洒地面东而坐，两只浓眉大眼睛扫视一下全场，英俊的脸上露出两个笑窝，和蔼地说："在座的，有的是第一次见面，我们先认识认识，好吗?"说着，周恩来向秘书一招手，小何立即将外交部干部花名册，恭恭敬敬地递上来。

和蔼可亲的周恩来接过花名册，犹如一家人聚集谈天，令人毫无拘束之感。他从头点名道："外交部副部长王稼祥，他现在是我国驻苏联大使，也是我们派出的第一位大使，不在国内，但他还是兼着外交部副部长。他是位老同志，做过红军政治部主任、军委副主席、党中央政治局委员和书记。他在苏联留过学，很受斯大林和苏联同志信任。"周恩来又点到李克农，他说："李克农副部长现在主持外交部的常务工作，他是个老党员、老红军，长期做情报工作和统战工作，是代表我党中央第一个同张学良将军接触的人。"然后他侧过身来，对着坐在他旁边的李克农说："你是安徽芜湖人，陶行知也是你们安徽芜湖人嘛。"

李克农马上应道："是，我们芜湖还有位文学家钱杏邨。"

"你们芜湖是鱼米之乡，也是人才辈出的地方。"周恩来又侧过身来，问坐在他左边的章汉夫："你是江苏武进人，同瞿秋白、张太雷是同乡，这两位都是才气横溢的革命家，可惜他们死得太早，只有 30 多岁。"

"这两位我都认识，也曾领导过我。"章汉夫一边抚摸着他那高度近视的眼镜，一边回答问题。"克农没有上过大学，汉夫是留美、留苏的学生，还在美国参加共产党，你的英文很好，俄文怎样？"

"俄文忘掉很多，但还能听懂一些。"

"做外交工作的一定要学习外语，已经会外语的要提高，不会的要从头学，我们是不行了，岁数大了，你们还年轻，来日方长，世上无难事，只怕有心人。"周恩来一边说一边翻看花名册。他翻到外交部办公厅，说道："办公厅主任王炳南，这你们都知道，他是德国留学生，好像还在日本留过学？"

"是的，时间很短，日文没有学好！"王炳南回答。

"我在日本一年多，日文也没有学好。现在想来有点可惜，真是用时方知学时少。"

"可是，您在日本学了不少社会科学，受到河上肇等马克思主义的启蒙教育，还写了不少抒发救国救民伟大抱负的著名诗篇，如'大江歌罢掉头东，邃密群科济世穷，面壁十年图破壁，难酬蹈海亦英雄'和《雨中岚山》《雨后岚山》都是脍炙人口的。"章汉夫插话。

"我的那些诗词，比毛泽东同志的诗词差得远呢！"周恩来谦虚地说，"好，我们不谈这些。我看王炳南算是老外交人员了！"

"总理才是我国外交家呢！"王炳南说。

"炳南，我刚才纠正了克农的错误，你又重犯了，你们这些人啊……"

王炳南脑子反应很快，立刻检讨说："我这个人忘性太大，应该称周外长，不应叫周总理。"

全场一阵笑声，周恩来也笑了。

"中国共产党第一个关于外交工作的指示，就是周外长起草的，最早同外国人打交道也是我们的周外长。可以说恩来同志是我们外交工作的开创者和奠基人。"王炳南又谦虚地说，"我从西安事变起就在周总理的领导下，做了一些统战工作和外交工作，今后还要在我们敬爱的总理领导下，做好新中国的外交工作。"

会场上又是一片笑声。

王炳南愣了一下，不知大家为何笑。但他毕竟是位聪明人，马上明白了人们发出笑声的原因，他十分尴尬地说："真是本性难移！"然后他转过脸对着周恩来说："我们叫总理惯了，叫外长不习惯。我看总理呀，您还是让我们叫总理吧！"

会场上的笑声更大，并且把目光注视着周恩来。

周恩来温和地笑笑："你们今后就叫我周恩来吧。起名字就是让叫的嘛！"

"办公厅有三位副主任：阎宝航、董越千、赖亚力，都是经过考验的老同志，也或多或少从事过外交工作和统战工作。阎宝航是张学良的老部下，赖亚力当过冯玉祥的秘书。苏联东欧司司长伍修权，没有到任。他是莫斯科中山大学的学生，共产国际代表，做过李德的翻译，八路军驻兰州办事处主任，以后一直在军队工作，现为东北军区参谋长。由他来同苏联、东欧国家打交道是合适的。副司长徐以新是位老红军，也在苏联留过学。"周恩来翻开花名册下一页，说："亚洲司司长沈瑞先（即夏衍），杭州人氏，日本留学生，中国有名的文学家、戏剧家、翻译家、中国电影事业开拓者之一。他也没有到任，暂由乔冠华兼任代理司长，副司长陈家康。"

周恩来又翻开花名册下一页，说："还有美澳司司长柯柏年，欧非司司长宧乡，这你们都已熟悉了，他曾在顾祝同那里当过少将参议，我就不介绍了。副司长温朋久是德国留学生，曾在杨虎城部下工作过。现在我想着重介绍一下我们外交战线上的秀才乔冠华同志。"

乔冠华立即站起来，他那高大清瘦的身体，神情潇洒，恭恭敬敬地看着周恩来，同时向主席台上的李克农、章汉夫、王炳南点点头。

周恩来以目示意，对着乔冠华说："你坐下来吧！"又接着说，"乔冠华毕业于清华大学哲学系，然后又到日本东京帝国大学、德国杜宾根大学攻读，获哲学博士学位，我们这里外国大学的博士学位不多吧？"

"有，总理。"龚澎站起来说，"我们司的副科长浦山同志，就是美国哈佛大学的哲学博士。"

"噢！"周恩来略带惊讶的口气说，"我们外交部还是有人才呀。浦山同志你今年多大了，是哪里人？"

浦山立刻站起来说："总理，我是江苏无锡人，1923 年 11 月生。"

"江浙才子多，可我这个江浙人就不行啦！"周恩来又问，"那你的英文一定很好了？"

"不行，马马虎虎能用。"

"你不要谦虚嘛，英文这门工具，你将来可以大显身手。"周恩来停顿一下，"乔冠华回国后，用乔木的笔名写了大量的国际时事评论文章，流传于国内外，在延安的胡乔木同志也用笔名写了大量的文章，他们两人既是同乡又是同学，故而一时有'南乔''北乔'之称，传为佳话，以后乔冠华参加重庆《新华日报》工作，以于怀的笔名撰写《国际述评》。抗战胜利后随同我在上海参加中共代表团工作。1946年底，由于国民党发动内战，中共代表团的工作遭到破坏，撤离上海，乔冠华和龚澎夫妻俩赴香港从事党在文化知识界的统战工作。"

周恩来突然向大家发问道："龚澎同志，你们不认识吗？她是我们情报司司长！"

全场回答："认识、认识，她是我们外交部第一位女司长！""不，还有龚普生同志，龚澎同志的姊姊，章汉夫同志的夫人，是我们的国际司副司长。你们俩姐妹都是出自安徽名门望族。龚澎还是'一二·九'学生运动的领袖。那时你在燕京大学读书？"周恩来问龚澎。

龚澎马上站起来："是的，总理，我同黄华同志是同学！"

"司徒雷登是你们的老师了？"

"是的。"

"这人后来当了美国驻华大使，毛主席写的《别了，司徒雷登》就是指的他，这个人回去以后干什么去了？"

"听说，回他自己家乡赋闲了。"乔冠华站起来回答。

"乔冠华从香港回来后，参加了全国政协工作，现在担任政务院国际新闻局局长，外交政策委员会副主任，刚才我说还兼任亚洲司代理司长，政策研究室主任是我兼的。现在我们需要有人研究新中国的外交政策，提出建议，供中央决策，乔冠华在这方面是个人才。乔冠华同志你可要费心，现在我们可以说是百废待兴。"周恩来对乔冠华寄予殷切期望和信任。

"一定不辜负党的信任、总理的教导！"乔冠华诚恳地表示自己的决心，同时他心里也感到责任重大。

"下面我想改变一下做法，不用我来介绍，而是自我介绍。"

周恩来说："韩叙，你介绍一下你的简历！"

韩叙十分谦恭地站起来说："我是江苏江宁人，1924 年 5 月 24 日生，燕京大学经济系一年级。"

"没有读完大学？"

"是的，因为参加抗日斗争。"

"你哪一年参加工作的？"

"1942 年参加工作，1944 年入党。"

"你现在是在办公厅礼宾处当副科长？"

"是的。"

"礼宾工作很重要，这是个门面，外国人首先看你待人接物是否友好。当然，我们新中国的礼宾工作，要有自己的风格、特色，不卑不亢。不像清朝和国民党政府见到外国人卑躬屈膝，我们既要有骨气，又不要有骄气。总之，是慢慢摸索，要总结经验，制定出一套制度。你们交际处处长王倬如、副处长沈平，要尊重他们的领导，把礼宾工作搞好。"

韩叙连连点头。

"凌青，我们在延安时就认识了。"周恩来翻到美澳司一栏。

凌青马上站起来，自报山门："我是福建人，1923 年生，大学毕业，在中央外事小组工作。现在是美澳司的科长。"

"你是林则徐的后代？"

"是的，我是他的玄孙。"

"林则徐禁止鸦片，抵抗英国侵略者，是一位颇有见识和才干的民族英雄，一直受到后人的尊敬和敬仰。你要继承和发扬你们祖上的遗志和荣誉。"

"是的，总理，我一定努力工作，为新中国的外交事业作出贡献。"

"噢！对不起，我把你们美澳司司长柯柏年忘记介绍了。他是一位长期从事国际问题研究的老同志，人都称他柯老。其实，我看他一点也不老嘛！"

"周总理，您比我永远是年轻呢！"柯柏年谦虚地说，引起会场一阵笑声。周恩来把到会的人都一个个地点到。

第一次重要讲话

随后，周恩来发表了外交部成立后第一次重要讲话。周恩来在内部讲话，极少用起草好的稿子，他都亲自动手写一个简要的提纲。今天，他手里只拿了一张纸条，便侃侃而谈。

他说："关于外交工作，特别是同帝国主义斗争，我们不能说没有一点经验。抗战以来十多年，我们当然是有些对外斗争经验的，但是经过整理，使它科学化系统化而成为一门学问，那还没有开始。我们虽然可以翻译几本兄弟国家如苏联的外交学，或者翻译一套资产阶级国家的外交学，但前者只能作为借鉴，而后者从马克思列宁主义的观点来看，是不科学的。只有经过按照马克思列宁主义观点整理的，才算是科学。从前者我们可以采用一部分，从后者我们只能取得一些技术上的参考。我们应当把外交学中国化，但是现在还做不到。"

"我们现在的外交任务，是分成两方面的。一方面是同苏联和人民民主国家建立兄弟的友谊。我们在斗争营垒上属于一个体系，目标是一致的，都为持久和平、人民民主和社会主义的前途而奋斗；另一方面，是反对帝国主义。帝国主义是敌视我们的，我们同样也要敌视帝国主义，反对帝国主义。"周恩来轻轻地抿了一口茶。

"外交工作有两方面：一面是联合，一面是斗争。就联合这方面说，我们同兄弟之邦并不是没有差别。换言之，对兄弟国家战略上是要联合，但战术上不能没有批评。对帝国主义国家战略上是反对的，但战术上有时在个别问题上是可以联合的。我们应当认识清楚，否则就会敌我不分。"

"今天开辟外交战线，首先要认清敌友。对帝国主义既要藐视，又要重视，这是辩证的。在战略上要藐视，在战术上要重视。对具体斗争我们必须用心组织，好好地进行。这同打仗一样，我们稍不经心，就会打败仗。但也不要怕它，否则就会处于被动，它就处处威胁你。中国的反动分子在外交上一贯是神经衰弱怕帝国主义的。清朝的西太后，北洋军阀的袁世凯，国民党的蒋介石，哪一个不是跪倒在地上办外交呢？中国一百年来的外交史是一部屈辱的外交史，我们不学他们。我们不要被动、怯懦，而要认清帝国主义的本质，要有独立的精神，要争取主动，没有畏惧，要有信心。所以，凡是没有承认我们的国家，我们一概不承认它们的大使馆、领事馆和外交官的地位，只把它们的外交官当作外侨来看待，享受法律的保护，他们犯了法，我们一样照法办事，它们对我们没有办法。"

周恩来又抿了一口茶，精神抖擞地说："我们对每一个战斗，每一件事情，都要重视，都要有信心，不要怕，但也不要盲目冲动，否则就会产生盲目排外的情绪。义和团的民族情绪是可贵的，然而它们领导者造成了盲目排外情绪是错误的。我们要善于掌握这种情绪。外交不能乱搞，不能冲动。遇事要仔细想，分析研究，看是属于哪一类性质，其后果如何，分析好的一方面，同时也要分析坏的一方面。要培养思考的能力，头脑不但要记忆，并且要想。必须多思考、多分析研究，并且要多看书、多实践，才能善于斗争。外交工作与其他工作比是困难的。做群众工作犯了错误，群众还可以原谅，外交工作则不同，被人抓住弱点，便要被打回来。军队在平时要演习打靶，假想作战，外交工作也一样，要假想一些问题。不要冒昧，不要轻敌，不要趾高气扬，不要无纪律乱出马，否则就要打败仗。尤其是我们年轻的同志，往往最容易轻视敌人。过去我们可以说是打游击战的，只接触过一些外国记者和马歇尔等，不是全面的战斗。现在我们是代表国家，一切都要正规化，堂堂正正地打正规战，我们应该加倍谨慎。"

周恩来一边喝茶，一边用他那锐利的目光扫视一下全场，会场上鸦雀无声，都在聚精会神地听他讲话，每个人都用笔在记。

他略为提高声调说："另外，联合方面，到现在已经有9个国家承认我们，加上阿尔巴尼亚，共有10个国家。除此而外，资本主义国家也许要来承认我们。加上印尼、越南等，便要有十几个国家了。就兄弟国家来说，我们是联合的，战略是一致的，大家都要走社会主义的道路。但国与国之间在政治上不能没有差别，在民族、宗教、语言、风俗习惯上是有所不同的。所以，要是认为这些国家之间毫无问题，那就是盲目乐观。乐观是应当的，但对这些国家也要注意联合中的某些技术问题。'人心不同，各如其面'。人和人之间尚有不同，何况国家、民族呢？我们应当通过相互接触，把彼此思想沟通。这个联合工作是不容易的，做得不好，就会引起误会。误会是思想上没有沟通的结果。我们应当研究如何改善关系，不要因为是兄弟国家，就随随便便。"

周恩来强调："我们要藐视帝国主义，但不轻视具体斗争；要联合兄弟朋友，但不要马虎。一种是联合，一种是斗争，这两种都通过外交形式出现。外交是代表国家的工作，我们大家要在具体工作中，加强团结，才能把外交工作搞好。在开辟战场之初，应当在工作中锻炼培养，要求每一个同志，一切从学习出发，不要骄傲，不要急躁，不要气馁。毛主席在党的第七次代表大会后一再告诉我们，要戒骄戒躁，谦虚谨慎，这对我们是很重要的。同时，还要有纪律，外交同军事一样，外交不过是'文打'而已。我们说一句话，做一件事，都可能影响战斗，必须有严格的纪律。一切都要事先请示、商讨、批准后再做，做完后要报告，这一点很重要。"

周恩来话音一落，全场爆发出热烈的掌声，有不少人还站起来鼓掌，足足有五六分钟之久。因为这个讲话既新鲜又生动，既有理论又有实践，既有政策又有策略，既有方针又有具体做法，给大家的鼓舞很大，等于上了第一堂外交课。

周恩来的这个第一次正式外交讲话，虽然很短，内容却十分丰富，一开始就显示了他创建的新中国新型外交的光辉思想和超人的才华。

周恩来讲话以后，已是吃晚饭的时间了。他在王炳南陪同下来到楼下食堂，同外交部工作人员一道排队，买了一盘豆腐，一碗清汤，二两米饭，随便找了一张桌子坐下就餐。外交部工作人员见此情景，无不感动，有的竟激动得流下泪来，认为有这样才华横溢又同群众打成一片的领袖、外交部部长，乃是中国历史上前所未有，也是世界历史上少见的，在他的领导下工作真是无限幸福、心情舒畅，而且一定能干出一番震惊世界的伟业。人们个个信心百倍，劲头很大，暗下决心，一定要不辱使命，努力工作，作出成绩，报答中国共产党和周恩来的殷切期望。

晚饭以后，举行新部成立晚会，邓颖超也赶来参加，周恩来翩翩起舞，潇洒自如，风流倜傥，舞姿优美动人。外交部的女同志们争先恐后地陪同周恩来跳舞，因为女同志太多，大家自觉地排队，轮流同他跳。周恩来跳舞，一方面是为了休息，一方面利用这个机会接触群众，他同舞伴们一面跳一面聊天，了解每个人的情况、思想和工作，在舞间休息时还同大家谈心。周恩来非常平易近人，如同兄长一般，没有一点儿领袖的架子，大家都愿将自己的心里话告诉他。他都耐心听取，循循善诱，启发提高。真是"听君一席话，胜读十年书"。一些解不开的疙瘩，经过他的开导，都豁然开朗。自此以后，外交部的人都愿意接近周恩来，哪怕是见上一面，说上几句话，或者因为工作上出了岔子，犯了错误，被他批评，也都觉得痛快，心里高兴。周恩来凭他的品格、智慧、才能赢得了外交部人的心，他依靠大家，大家也全力拥戴他、支持他，这样上下一条心，紧紧地团结在一起，外交工作能不蒸蒸日升突飞猛进，取得一个又一个的胜利吗？

三、出访苏联缔结条约

1950 年 1 月 10 日，周恩来以总理兼外长身份率团访问苏联，这是他在中华人民共和国成立后第一次以官方名义出国访问，也是第一次重大外交行动。

周恩来为什么在新中国刚成立不久，百废待兴，国内外事情多如牛毛，急需处理之际，率领一个包括东北人民政府副主席李富春、中央贸易部部长叶季壮、外交部苏联东欧司司长伍修权、东北工业部副部长吕东、东北人民政府贸易部副部长张化东、外交部办公厅副主任赖亚力、旅大市市委书记欧阳钦等几十人在内的代表团冒着严冬寒冷，风雪漫天，乘坐北京到满洲里的火车，在赤塔改乘苏联西伯利亚大铁道穿过人烟稀少、茫茫的草原、森林，经过十天之久的长途奔驰才到达苏联首都莫斯科？这是因为当时中华人民共和国主席毛泽东正在苏联访问，他希望周恩来前去与苏联领导人商谈中苏两国关系问题。

1950 年 1 月 2 日，毛泽东从莫斯科给中央发来电报说："（一）最近两天这里的工作有一个重要发展。斯大林同志已同意周恩来同志来莫斯科，并签订新的中苏友好同盟条约及贷款、通商、民航等项协定。昨 1 月 1 日决定发表我和塔斯社记者谈话，已见今日（2日）各报，你们谅已收到。今日下午 8 时，莫洛托夫、米高扬两位同志到我处谈话，问我对中苏条约等事的意见。我即详述三种办法：（甲）签订新的中苏友好同盟条约。这样做有极大利益。中苏关系在新的条约基础上固定下来，中国工人、农民、知识分子及民族资产阶级左翼都将感觉兴奋，可以孤立民族资产阶级右翼；在国际上我们可以有更大的政治资本去对付帝国主义国家，去审查过去中国和各帝国主义国家所订的条约。（乙）由国家通讯社发一简单公报，仅说到两国当局对于旧中苏友好同盟条约及其他问题交换了意见，取得了在重要问题上的一致意见，而不涉及详细内容，实际上把这个问题拖几年再说。这样做，中国外长周恩来当然不要来。（丙）签订一个声明，内容说到两国关系的要点，但不是条约。这样做，周恩来也可以不来。当我详细分析上述三项办法的利害之后，莫洛托夫同志即说，（甲）项办法好，周可以来。我仍问，是否以新条约代替旧条约？莫洛托夫同志说，是的。随即计算周恩来及签订条约的时间。我说，我的电报 1 月 3 日到北京，恩来准备 5 天，1 月 9 日从北京动身，坐火车 11 天，1 月 19 日到莫斯科，1 月 20 日至月底约 10 天时间谈判及签订各项条约，2 月初我和周一道回国。"

"（二）你们收到此电后，请于 5 天内准备完毕，希望恩来偕同贸易部长及其他必要助手和必要文件材料，于 1 月 9 日从北京动身，坐火车（不是坐飞机）来莫斯科。"

"（三）以上是否可行，5 天准备时间是否足够，是否还需要多一二天准备时间，有无叫李富春或其他同志同来协助之必要，均请考虑电复。"

毛泽东早在 1948 年三、四月间就打算去苏联会晤斯大林，但是斯大林接到毛泽东的电报后没有马上答复。他考虑，这个时候毛泽东有什么问题，想谈什么？他经过相当长的时间考虑之后回电说："现在是中国革命接近胜利的关键时刻，你是统帅，不能离开，你有什么话要说，我们愿意听，我可以派人去，派政治局的人去。"
后来苏方派了苏共政治局委员、苏联部长会议副主席米高扬来到中
共中央所在地河北省的西柏坡，同毛泽东、周恩来、任弼时举行
了 5 天会谈。毛泽东等主要向米高扬介绍了中国共产党的情况、战
略和策略、各项方针政策、成立新政府的考虑特别是政府的性质和
形式，目的是想让斯大林了解我们的打算，事先打个招呼，免得到
时候他们脑子转不过弯子来。担心中国原是半殖民地国家，如果现
在一屁股坐在苏联一边，全世界恐怕没有多少国家会承认我们。在
新中国成立前夕，毛泽东又派刘少奇率领代表团于 1949 年 7 月访
问苏联，也是向斯大林说明，希望在中华人民共和国成立时首先得
到苏联的承认。毛泽东认为，新中国成立以后，如果外国三天不承
认，就有问题了。斯大林同刘少奇会谈后，他高度赞扬中国共产党
是完全成熟的党。并说，长江以南指日可待，你们迟迟不成立政府
是怎么回事啊！这种无政府状态，会不会被帝国主义用来干涉你
们？斯大林还表示，过去由于不了解情况苏联会给你们中国出了些
不好的主意，给你们的工作带来了困难，干扰了你们。毛泽东和中
共中央非常重视斯大林的建议和承认错误、表示道歉的话，并把原
定在 1950 年 1 月 1 日成立中华人民共和国的日期提前到 1949 年
10 月 1 日。

　　在中华人民共和国成立后，短短两个多月的时间里，毛泽东便
亲自于 1949 年 12 月 6 日，轻车简从赴莫斯科，其目的是祝贺斯大
林 70 寿辰；看一看苏联，"从南到北，从东到西都想看一看"；得一
个"既好看，又好吃"的东西，即签订新的中苏条约。当时中国共
产党中央的外交思想是坚持独立自主，同时又要在政治上、经济上
依靠苏联、东欧社会主义国家的支持和帮助，也就是"一边倒"的
方针。那时的客观事实是，新中国刚刚诞生，世界正处在第二次世
界大战后的冷战期，资本主义和社会主义两大阵营尖锐对立，中国

的胜利还不巩固，既要对付以美国为首的帝国主义的威胁和封锁，又要恢复和建设贫穷落后、千疮百孔的国家。因此，中国需要苏联这样的社会主义国家作为自己的盟友和后盾，而苏联当时在国际国内困难很多，也需要有中国这样走上社会主义道路的大国作为自己的盟友，在政治上、道义上给予支持。这是当时的历史条件决定中苏两国的关系必须友好，必须结盟。毛泽东就是在这样一种特定情况下访问苏联的，这是他第一次访问苏联，也是第一次离开中国大门。

毛泽东的访问，受到斯大林和苏联党政的特别重视和最高规格的接待。

毛泽东要学周恩来

毛泽东一行所乘列车于1949年12月16日12时正点到达莫斯科，受到苏共中央政治局委员、苏联部长会议副主席莫洛托夫，还有元帅布尔加宁、外贸部部长缅什科夫、副外长葛罗米柯、莫斯科卫戍司令西尼洛夫中将等的热烈欢迎。由于莫斯科天气寒冷，欢迎仪式从简，毛泽东在莫洛托夫陪同下匆匆检阅仪仗队之后，便乘车前往莫斯科郊区斯大林在卫国战争期间住过的别墅。这幢别墅除住房外，还有一套完整而坚固的地下设备：办公室、会议室、休息室、食堂及水电供应设施等，离斯大林住的孔策沃地区的房子不远。莫洛托夫招呼毛泽东好好休息，并告当晚10时斯大林约他在克里姆林宫会晤。

毛泽东休息一个下午，在别墅的周围走了一会儿，欣赏冬日莫斯科郊外的景色。吃完晚饭，毛泽东整理一下行装，考虑一下见斯大林说些什么。不久，警卫人员把毛泽东和翻译师哲送到克里姆林宫斯大林的秘书处。因为到达时间比约定的时间早了3分钟，秘书长包斯特列贝舍夫请毛泽东稍候一下，他走进去向斯大林通报。10时整，斯大林的办公室门开了，以斯大林为首，莫洛托夫、马林科夫、贝利亚、布尔加宁、卡冈诺维奇、维辛斯基等排成一行列站在门口迎接。斯大林首先走上前双手紧握毛泽东的双手，注视端详一会儿说："你还很年轻，很健康嘛！"说完回过头来把莫洛托夫等一一介绍给毛泽东。大家在大厅里站成一圈，相互问好，交谈祝愿。斯大林对毛泽东非常激动地赞不绝口："伟大，真伟大！你对中国人民的贡献很大，你是中国人民的好儿子，我们祝愿你永远健康、健壮！"

毛泽东回答道："我是长期受打击、受排挤的人，有话无处说，有苦难言……"毛泽东言犹未尽。

斯大林非常机灵，他怕毛泽东再谈过去那些不愉快的事，急忙把话接了过去："胜利者是不受谴责的，胜利就是一切，不能谴责胜利者，这是一般的公理。"

随后大家围着长方形的会议桌就座，一边是毛泽东和师哲，一边是苏联领导人，斯大林坐在桌头边。谈话开始时，斯大林还是关心地询问毛泽东的健康状况，然后说："中国革命的胜利，将会改变世界的天平，国际革命加重了砝码，我们全心全意祝贺你们的胜利，希望你们进一步取得更多更大的胜利！"

斯大林停顿一会儿，用锐利的眼光看着毛泽东，问道："你这次不远千里而来也很不容易，你看我们应该做什么？你有什么想法和愿望？"

毛泽东从容而又风趣地说："我这次来是应该完成某项事情的，要提出个什么东西的，它必须是既好看又好吃。"

苏联领导人听了毛泽东的回答，不知所以然，得不到要领，贝利亚甚至大笑出声。

斯大林毕竟老练有经验，沉着冷静，仍然继续探问，"你的既好看又好吃的东西指的是什么呢？"

毛泽东没有正面回答，很含蓄地说："我打算邀周恩来到莫斯科来一趟。"

斯大林马上反问道："如果我们不能确定要完成些什么事情，那么又请周恩来干什么呢？"

毛泽东没有再回答。

其实，斯大林当时的想法很明确，他认为不管中苏之间签订什么条约或协定，都应该由他代表 2 亿人民的苏联，由毛泽东代表 5 亿人民的中国来签署。但是斯大林又不愿由他主动提出与中国签订这样或那样的条约、协定，以免有"强加于人"之嫌，尤其是因为他在中国革命问题上曾犯过错误，而今更是格外小心谨慎。毛泽东的心里则有另一番打算。在他出国之前，中共中央政治局对毛泽东此行的决定是：给斯大林祝寿，然后利用时机在苏联休息一个时期，有关双方签约事宜的谈判则由周恩来随后去办。所以，尽管斯大林以后又再三询问毛泽东的想法和愿望，毛泽东仍然答复说："等周恩来来后再说。"

周恩来就是在这样的背景下，于 1950 年 1 月 20 日抵达莫斯科，受到苏联部长会议副主席米高扬、外交部部长维辛斯基、苏联驻华大使罗申及中国驻苏大使王稼祥的热烈欢迎。周恩来在车站发表了简短演说。他说，我们此行的目的是奉毛主席的指示，来参加关于巩固中苏两国邦交的会商，以促进两大国之间的友谊团结和世界和平事业。其实，周恩来早在火车上就与毛泽东通了电话，交换了会谈的内容和意见。

车站仪式结束后，苏联安排周恩来一行下榻在莫斯科郊区的高级别墅里。

周恩来三赴莫斯科

周恩来同毛泽东不一样，他在新中国成立前就已三次到过苏联，早就同斯大林打过交道，对莫斯科的情况，他也很熟悉，许多往事和情景都记忆犹新。

他回想第一次到苏联是 1928 年 4 月，根据共产国际的通知，中共中央决定他和瞿秋白赴莫斯科筹备中国共产党第六次全国代表大会。他装扮成古董商人和夫人、也是亲密战友邓颖超从上海出发。这是他们 1925 年 8 月结婚以来第一次一起出国。途经大连时，发生过一段意外的遭遇，因自己沉着机智地应付，从容地化险为夷。事情是这样的——当轮船刚停靠大连码头，他和小超（周恩来对邓颖超的爱称）正准备上岸时，驻大连日本水上督察厅上来几个人，对他们进行盘问。首先问周恩来是做什么的？他回答是做古董生意的。又问你们做生意为什么买那么多报纸。回答说，在船上没事可以看看。警察又问到哪里去？回答去吉林。问到吉林干什么？答去看舅舅。警察当即让周恩来跟他们上水上警察厅。在那里，他们又详细询问他的出生年月日、学历、职业等。当他们问到他舅舅姓什么、叫什么时，回答他姓周、叫曼青。问他是干什么的？答在省政府财政厅任科员。他们问你舅舅姓周，你为什么姓王？他说，在中国舅舅和叔叔是有区别的，姓氏是不一致的，不像外国人舅舅、叔叔都叫 Uncle，因此，我舅舅姓周，我姓王。对方又说，我看你不是姓王而是姓周，你不是做古董生意的，你是当兵的。他于是伸出手去说：你看我像当兵的吗？他们仔细端详不像当兵的手，然后开抽屉看卡片，对他说，你就是周恩来！他又反问他们，你们有什么根据说我是周恩来呢？我姓王、叫王某某。他们一系列的盘问，他都泰然沉着地一一做了回答。大约盘问了两小时，才放他走。周恩来来到邓颖超的住处，开始什么话也未说，安然无事的样子，然后他低声对邓颖超说，我们去接头的证件在哪里？要立即烧毁。邓颖超马上找出来到卫生间撕碎投入马桶里，接着他们有说有笑地去楼下餐厅用餐。

他和邓颖超在当天下午离开大连，坐火车前往长春，然后转往吉林县去看望他们的伯父。在车上仍遇到跟踪，上车后同他们坐对面的乘客是日本人，用中国话同他们攀谈。当时，他们已识破是跟踪自己的。在长春站下车时，日本人拿出名片给周恩来，周恩来立即回片。一般人名片都放在西装小口袋里，实际上他没有名片，他装着找名片的样子，"噢！我的名片没有装在口袋里，还在箱子里呢。对不起！"并作出要去取的手势，对方说不必，不必了。终于对付过去了。到长春以后，似乎没有人跟踪了，住进旅馆，他立刻换上长袍马褂，把胡子刮掉，又乘车去吉林。抵达后没有敢直接到伯父家去，先住旅馆，写了一封信，请旅馆的人送去。正好周恩来的三弟恩寿在，一看就认出是他的笔迹，就把他们接到伯父家。他们在伯父家住了两天，周恩来先走，到哈尔滨住在他的二弟周恩溥家，邓颖超隔一天后，由他三弟陪送到哈尔滨。他们的接头证件已毁掉，无法同有关的人取得联系，只得在哈尔滨再等几天，在火车站等到了李立三，通过李把关系接上了。然后乘火车到满洲里，进入苏联境内，继续乘火车到莫斯科。

6月9日，斯大林同周恩来、瞿秋白、向忠发、李立三谈话，分析论述中国革命的形势和任务等问题。

6月18日，党的第六次全国代表大会在周恩来、瞿秋白夜以继日地积极筹备下，在莫斯科郊外的一所旧式庄园里召开。出席这次大会的各地代表142人（其中有表决权者84人），代表党员4万多人。共产国际负责人布哈林作《中国革命与中国共产党的任务》

的报告，瞿秋白作政治报告《中国革命与共产党》，周恩来除在讨论政治报告时作了长篇发言，还作了组织报告和军事报告。大会闭幕时，他致了闭幕词。

周恩来作为大会的秘书长，工作异常繁重。但他精力充沛，工作有条不紊，行动敏捷，处事果断，给人留下很深的印象。

7月19日，在中共六届一中全会上，周恩来被选为政治局委员。20日，中央政治局第一次会议上，苏兆征、向忠发、项英、周恩来、蔡和森等5人被选为政治局常委。在分工中，周恩来负责党的组织工作和军事工作，并兼任中央政治局常委的秘书长和中央组织部部长。在这以后的很长一段时间内，周恩来实际上是中共中央的主要负责人。

周恩来第二次到莫斯科是1930年3月初，他途经欧洲，在德国停留一段时间，还应德共《红旗报》的约请，发表了《写在中华苏维埃第一次代表大会召开之前》的社论。文章被认为"生动具体地展现了中国革命巨大高潮的图景"。5月间抵达莫斯科。这次，他来莫斯科主要是解决中共中央与共产国际远东局在对中国革命形势、政策上的分歧。

大约在7月下旬，周恩来会见斯大林，同他进行一个多小时的谈话。斯大林这时和1928年不同，接受一年多来中国红军有重大发展的事实，认为应该把红军问题放在中国革命的第一位。

7月16日，共产国际政治秘书处扩大会议讨论中国问题。由周恩来首先作报告，瞿秋白、张国焘也参加会议。周恩来在作结论时说："现在是革命高潮在日益成熟过程中，虽然苏维埃已经推翻了乡村封建统治，但在全国来说，还没有形成直接革命形势。"

23日，共产国际政治秘书处通过《关于中国问题的决议案》，再次强调："此刻还没有中国的客观革命形势"，"建立完全有战斗力的政治坚定的红军，在现时中国的特殊条件之下是第一等的任务。"

周恩来同瞿秋白离开莫斯科，8月下半月分别到达上海。

周恩来第三次到莫斯科是1939年，因膀子骨折，于8月27日离开延安经新疆迪化，于9月中旬到达苏联，住克里姆林宫医院。当时陪同周恩来到莫斯科的有邓颖超、王稼祥、陈昌浩和孙维世。

周恩来在莫斯科期间，除了治病，还做了大量的工作，如将毛泽东的《关于国际形势对新华日报记者的谈话》带到共产国际，发给兄弟党。和陈林（即任弼时）联名致信阿米拉夫，反映中共为八路军培养军事技术干部的军事学校，半年来由于缺军事技术和教员，致教学难以进行，要求帮助解决，或允许将学习较好的学员派到苏联办训练班。为纪念苏联十月革命22周年，写了《帝国主义战争与民族解放战争》的文章。为共产国际撰写《中国问题备忘录》，并在共产国际执委会上连续作了两天报告，详细分析抗战以来战局的变化情况以及中日双方的优劣势和强弱点，介绍中国共产党领导下的人民武装英勇作战的情况，说明抗战能坚持下去，中国人民能够取得胜利。在共产国际执委会书记处会议上作《关于中国青年运动的报告》。按照中共中央的委托，致信斯大林，说目前中国抗战正进入艰难时期，统一战线内部存在着严重摩擦，投降与分裂正成为目前中国的主要危险。会见莫斯科一区委副书记，听其介绍工作情况；共产国际执委主席团根据周恩来的报告作出决议，肯定中共的政治路线是正确的，当前动员千百万中国人民来克服投降的危险是共产党的中心任务。共产国际主席团向共产国际各支部提议，展开最广泛的同情和援助中国人民运动。共产国际领导人季米特洛夫将决议交给周恩来。周恩来向季米特洛夫陈述中国革命情况和王明的错误。参加共产国际监委会对李德问题的审查。分别会见共产国际执委皮克、伊马露丽、库西宁、安东尼斯库、马尔蒂等当时德国、西班牙、芬兰、罗马尼亚、法国共产党的领导人。在莫斯科中心党校作《关于中国抗战问题的报告》。同苏联经济学家瓦尔加交谈如何解决边境人民生活问题、受到中国法币贬值的影响问题，征求对方意见。还看望了在苏联学习的中国同志。最后应邀赴季米特洛夫的家宴。于 1940 年 2 月 25 日乘火车离开莫斯科到阿拉木图，同行的有任弼时、邓颖超、蔡畅、陈琮英、陈郁、师哲、日本共产党领导人冈野进、印度尼西亚共产党领导人阿里阿罕等，然后乘飞机离开阿拉木图到新疆迪化。

周恩来在新中国成立前，三次到莫斯科，实际上办的是党内外交，同共产国际、同苏联、同斯大林进行广泛的联系和交谈，沟通中国共产党与他们的关系，解决了中国革命许多重大问题，为中国革命作出巨大贡献。同时，在苏联莫斯科期间，也了解了苏联的政治、经济、文化、军事、外交等各方面的情况，并参观游览了苏联特别是莫斯科。周恩来非常喜欢这个红色而又古老的莫斯科。因为它不仅是第一个社会主义国家的首都，而且它有着许多吸引人的魅力。

中苏条约的艰苦谈判

莫斯科位于东欧平原也是苏联欧洲部分的中部，傍莫斯科河而建。它历史悠久，是个有着 800 多年历史的古城。

在莫斯科的中心，莫斯科河畔高耸的山冈上，有一带朱红色的齿形城墙，这就是有名的克里姆林宫。克里姆林宫是俄国历代帝王的宫殿，十月革命胜利以后，成了苏联最高政权机关的所在地。克里姆林宫是由许多教堂、宫殿和美丽的多层塔楼组成的，它是几个世纪以来俄国建筑艺术的集中表现。克里姆林宫的宫墙，围成一个三角形。三角形的每一边，各有 7 座塔楼。这些塔楼的外观都不一样，有的高，有的矮，有圆形的，有椭圆形的，有四方形的，也有十六边形的。在 5 座最高的塔楼尖上，装置有玛瑙石的五角星。五颗星都安在轴承上，所以能随风转动。

周恩来一到莫斯科，就全身心地投入以签订中苏友好同盟条约为中心的中苏关系谈判，他挤不出什么时间再旧地重游，欣赏莫斯科的风光美景和重建后的莫斯科新貌。只是莫洛托夫陪同他在苏联莫斯科大剧院看了一场芭蕾舞《天鹅湖》。

周恩来在同毛泽东商量了中苏友好同盟条约的基本内容后，于 1 月 23 日同中国驻苏联大使王稼祥会见了斯大林、莫洛托夫、维辛斯基。老同志、老朋友见面，彼此问好、别后情景、寒暄一阵之后，即就条约的一些原则性问题进行商谈，因为彼此都有需要，都关系到双方的切身利益，因此，很快达成协议，并确定条约的文字措辞由周恩来同莫洛托夫、维辛斯基进行会谈、草拟。

随后，中苏双方开始了正式会谈。中国方面由周恩来以外长身份出面，按照外交上对等原则，苏联方面由外长维辛斯基出面进行会谈。中国方面参加会谈的有王稼祥、李富春、叶季壮，苏联方面有米高扬、罗申。双方各就条约的基本思想主要内容、条款以及文字措辞讲了自己的想法和意见。

开始，苏方按照周恩来说的基本思想和大体内容，起草了一个条约给中方代表团。

周恩来看后，生气地说："不对，我说的很多内容没有完全包括进去，要修改，大力修改！"

他立即将王稼祥、陈伯达找来，并提出由我们自己拟一个东西，还向毛泽东做了汇报，毛泽东非常赞成。

周恩来一向做事认真、细致、一丝不苟。他认为中苏条约关系到国家的重大利益、关系到当前的国际斗争、关系世界和远东的和平，是一件震惊世界的大事，必须搞好，要防止出漏洞，以免后人吃亏。他反复思考，反复同代表团商量，听取各方面意见，集思广益。然后，他亲自动手，整整花了两天多的时间，草拟了一个条约。主要条款为：

——缔约国双方保证，共同制止日本或与日本相勾结的任何国家之重新侵略与破坏和平：

——一旦缔约国任何一方受到日本或与日本同盟的国家之侵略，另一方得以援助；

——双方均不参加反对对方的任何同盟，双方保证以友好合作精神，遵照平等、互利、互助原则，发展和巩固中苏两国之间的经济与文化联系，彼此给予一切可能的援助，并进行必要的经济合作。

周恩来又是一向十分谨慎的人，特别在外交工作上更是慎之又慎。他将起草好的条约，再交给代表团全体人员包括工作人员和中国驻苏联大使馆的同志，进行逐条逐句逐字的研究、斟酌和修改。他告诫大家：这个条约不仅在今天看行，还要在以后看行不行，要经得起时间的考验和后人的检查。

周恩来身体力行，他对自己起草的条约，又一个字一个字地推敲，他连吃饭、睡觉都想着条约，呕心沥血，为条约付出了巨大的智慧和劳动。他发现条约中"一旦缔约国任何一方受到日本或与日本同盟国家之侵略，另一方得以援助"不够肯定，没有表明条约应有的作用，便又找王稼祥、陈伯达、伍修权等商量，经过再三考虑、研究、斟酌，改为"另一方即尽其全力给予军事及其他援助"。

在条约的名称上，周恩来也动了一番脑筋，原是双方商定为《中苏友好同盟条约》，他觉得仅是"友好同盟"还不够确切，因为条文中有互相帮助的意思，不仅是苏联方面帮助中国，而且也是中国帮助苏联，因此他在条约的名称上加上"互助"两字，即成为《中苏友好同盟互助条约》了。

《条约》文本起草完以后，周恩来交给当时担任主要翻译的师哲译成俄文，又找王稼祥、伍修权等俄文专家反复推敲，认为准确之后，这才交出去。

苏方见到中方的条约对案，非常满意。莫洛托夫、维辛斯基等都说，没有想到中方起草后这么好，未作什么修改便全部接受了。

1月25日，周恩来又主持起草了关于旅顺、大连、中长铁路协定和关于苏联贷款给中华人民共和国的协定等草案。

关于中长铁路和旅大问题，都是沙皇俄国强迫中国清朝政府"同意"由俄国修筑、经营和租借的，这原是帝国主义列强瓜分中国的结果。而且中长铁路早在日本占领东北期间，已经向苏联付款买下了铁路的主权，虽然钱少了一点，但是总算给过钱了。1945年苏军进入东北和日本投降后，苏联重新占领了中长铁路。1949年中华人民共和国政府建立后，苏联本应无条件地移交铁路的主权，但是他们因为经过中长铁路到海参崴等远东城市，比走苏联本国的远东铁路还要近许多，所以苏联要求在一定时期内共同享有中长铁路的主权和利益，苏联实际上是多占了便宜。周恩来和中国政府考虑我国尚无足够的经营管理和技术能力，在此情况下暂时由两国共管共用，对我国还是有好处的，所以便同意中长铁路暂时由两国共享权益。在《关于中国长春铁路、旅顺及大连的协定》中还说苏联应将在我国东北从日本手中获得的财产，也就是一批工厂、矿山及其机器设备等等，无偿地移交中国，但是实际上苏联军队在撤离东北时已将所有能拆卸运走的机器设备和器材物资等等大部分搬到苏联去了。鞍山钢铁厂、沈阳兵工厂和小丰满发电厂等地方，只是"无偿地"移交了一些空房子，连日本高级官员和军官家里的高级家具都被他们搬回苏联去了。可见他们的风格是不高的，暴露了民族利己主义的倾向，同他们口头上宣称的并不是一回事。不过，我们还是以大局为重，从大处着眼，未在这些具体问题上同他们计较争执，在总的方面，斯大林等苏共领导人对我们的态度还是相当热忱的，他们对中国的援助也是很大的。因此，整个会议过程还是十分顺利和圆满的。协定规定：在缔结对日和约之后，不迟于 1952 年末，苏联将中长铁路的一切权利和财产无偿地交给中国；苏军从旅顺口撤退，并将该地区的设备移交给中国，由中国偿还其费用；大连港在对日和约缔结后移交给中国，其中苏联代管和租用的所有财产均交中国接收。苏联给中国经济贷款协定，给中国 3 亿美元之贷款作为偿付购买苏联机器设备和器材之用，利率百分之一，10 年内中国用以战略物资为主的原料及茶叶、现金、美元来偿还。

这以后，毛泽东、周恩来同莫洛托夫、布尔加宁、马林柯夫和贝利亚商讨关于新疆石油开采、有色金属的开发、稀有金属开采以及把苏联曾在中国新疆边境储存的大量武器移交给中国等问题。这次会议谈得非常顺利而有成效，双方决定签订有关几个协定。事后，由新疆自治区主席赛福鼎前往莫斯科与苏方签字。

在条约、协定大都已准备就绪之后，毛泽东、周恩来到克里姆林宫拜会了斯大林。这次会见除了谈双方都感兴趣的问题以外，斯大林提出中国革命经过几十年的艰苦奋斗，积累了丰富的经验，为了总结这些经验，建议毛泽东把自己写的文章、文件等编辑出版。毛泽东也有这个想法，周恩来亦极力赞成，但希望得到苏联的帮助，希望斯大林派一位有理论修养的同志帮助工作，斯大林立即允派苏联哲学家尤金来。这便是后来《毛泽东选集》（第一、二卷）出版的缘由。

中苏条约正式签署

1950 年 2 月 14 日，《中苏友好同盟互助条约》正式签订，在克里姆林宫举行了隆重的签字仪式。斯大林、莫洛托夫、伏罗希洛夫、米高扬等主要领导人和毛泽东、王稼祥、李富春等中方领导人出席了签字仪式。周恩来同维辛斯基代表本国政府，分别在两份条约文本上签了字。

周恩来在签字仪式上说："缔结中苏条约的根据，是两国人民的根本利益，同时也代表了东方和世界一切爱好和平与正义的人民的利益，条约的签订使得美国为首的帝国主义者挑拨中苏两国的企图，完全失败了。"

维辛斯基说："中苏条约表明了两国友好合作和各国人民和平安全的愿望，也证明了苏联外交政策的伟大。"

与《中苏友好同盟互助条约》同时签订的还有《关于中国长春铁路、旅顺口及大连的协定》《关于贷款给中华人民共和国的协定》；同时，两国共同声明，1945 年 8 月苏联与中国原国民党政府缔结的各项条约与协定，均失去效力。

签字仪式后，斯大林举行招待会，庆贺《中苏友好同盟互助条约》的签订，招待会上斯大林对毛泽东、周恩来说："我听说你们希望我出席你们的告别宴会，这种场合我一般不出席，一次也未出席过这样的宴会。但听说你们有这个愿望，我们政治局专门研究了一次，并决定我出席你们的告别宴会。"

毛泽东、周恩来回答道："我们欢迎你，斯大林同志，参加这次宴会，不过你如果身体不能支持，健康状况不允许的话，可以提前退席。"

斯大林摇摇头："不，既来之，则安之，我会坚持到底的。"

王稼祥听说斯大林要出席宴会，情绪非常高涨，他立即赶回使馆，着手安排晚上的宴会。

在离克里姆林宫不远的一个大旅社，它的第一层楼全被中国大使馆包了。下午 6 时，宾客陆续到来，在 500 多名宾客中有苏联高级干部、知名人士、各国驻苏使节，但他们都不知道斯大林要出席当天的宴会。当斯大林快要到达的时候，毛泽东、周恩来、王稼祥等都到大门口迎接。

不一会儿，斯大林率领苏联全体政治局委员走来了，毛泽东、周恩来和斯大林、莫洛托夫等握手问好后，便一起走向餐厅的正席。这时许多宾客都惊呆了，他们没有想到斯大林会到场，他们中的许多人甚至从来没有这么近地看见斯大林。一时间，大厅里骚动起来，接着爆发一片热烈的掌声，直到中苏两国领导人穿过大厅走进主宾餐室，各自就座之后，掌声才停息下来。

宴会厅是用玻璃板隔成一大一小两厅，毛泽东、周恩来、王稼祥和斯大林、莫洛托夫以及苏共中央政治局委员们在小厅里，其他来宾都在大厅里。

周恩来开始致祝酒词时，因玻璃门隔着，大厅里的人听不清讲话都拥向小厅，人们拥挤在玻璃门边，门快要被挤碎了。周恩来见此情景，忙叫人把活动板壁撤去，两厅变成一大厅，才使大家安定下来。

周恩来的祝酒词，事先把讲稿给翻译费德林看过，并译成俄文。周恩来讲话时，没有拿稿子，但他把两千多字祝酒词与原稿一字不差地讲出来。他主要说："中苏友好要世世代代继续下去，中苏两党两国兄弟般的团结，对世界革命是最大的贡献，感谢苏联的无私援助。"

周恩来的祝词激动人心，全场热烈鼓掌。

斯大林祝酒，讲得很轻松，他说："中苏友好团结和兄弟情谊要保持下去，这是各国劳动人民所希望的，这些周恩来都讲到了，也代表了我的意见。社会主义阵营的团结也应像周恩来讲的那样，团结就是力量。"

席间还互相祝愿："健康、长寿、友谊……"宴会一直持续到午夜，才尽欢而散。

2月16日，斯大林在克里姆林宫举行一个小型宴会，为毛泽东、周恩来送行。参加的人只有三四十人，围在一个长方桌上。越南民主共和国主席胡志明也参加了。

可能斯大林对这次《中苏友好同盟互助条约》的签订很高兴，他兴致勃勃地不断同客人谈话，甚至开玩笑。席间，胡志明很羡慕中苏签订友好条约，他向斯大林说："斯大林同志，我也要向你请示。"斯大林笑道："你怎么能向我请示，我是部长会议主席，你是国家主席，官比我大，我应该向你请示。"胡志明接着半开玩笑地说："你们同中国同志订了个条约，趁我在这里，我们也订个条约吧！"斯大林说："你是秘密来的，怎么同你订约？否则人家要问你是从哪儿突然冒出来的呢？"胡志明幽默地说："这很简单，你派架飞机把我送到天上去转一圈，然后再派些人到机场迎接我，在报上发个消息不就公开了？然后，我们两国就签订条约嘛！"斯大林不好回答，讲了一句笑话说："你们东方人想象力太丰富了。"周恩来在这种场合一向很活跃，谈笑风生。

《中苏友好同盟互助条约》签订的消息传出去以后，立即在世界的各个角落引起巨大的反响。

——《华盛顿邮报》认为：这是一个"惊人的胜利"。

——美联社说："中苏条约拆了美国对华政策的台。"

——一位美国参议员说："这个同盟严重打击了美国在亚洲的地位。"

——法新社说："这个条约必然成为反殖民主义的强有力的武器。"

《中苏友好同盟互助条约》和其他协定的签订，使中苏关系大大向前发展了一步，中苏结成同盟，这对刚刚成立的中华人民共和国的巩固和发展，对反对帝国主义、争取世界和平都具有重大的历史意义。这是周恩来就任新中国外长以后，第一个重大的外交行动，也显示了他的杰出的外交才能。

从中苏条约谈到战争

周恩来回国后，1950 年 3 月 20 日在外交部全体干部会上的报告，对《中苏友好同盟互助条约》作了很高的评价。他说："这次缔结《中苏友好同盟互助条约》大家都很高兴。""现在我只想讲一讲里面的一个关键问题，这就是条约的目的和任务。条约中有反对和争取两个方面的任务。我们所反对的一方面，是条约里指出的与日本勾结的国家，这就是美国，由此烘托出另一方面，也是积极争取的一方面，这就是要争取世界永久的和平。这两个方面体现了我们今天的外交斗争和我们在和平阵营所从事的神圣伟大的任务。"

"这个条约不仅体现了中苏两个国家 7 万万人民力量的团结，而且也体现了社会主义国家和新民主主义国家 8 万万人民的团结。它不仅鼓舞了殖民地的国家和被压迫的民族，同时也鼓舞了资本主义国家的人民。所以这个条约是有其历史意义的。"

周恩来强调说："帝国主义是不愿意看见也不愿意了解新世界和人民力量的，所以每次世界上发生重大事件，像这次中苏缔约，都出乎他们的意料。这种情况说明，和平阵营的行动击中了帝国主义的要害。帝国主义不愿意看见革命，因为革命要消灭它，即使是改良，它也害怕，因此它不得不从战争中找出路。"

周恩来引申说："战争究竟打得起来打不起来呢？这是我们大家要研究的问题。今天的世界形势对这个问题的回答是：帝国主义发动战争是困难的。我们今天工作做得越好，战争就越打不起来；人民力量越强，打的可能性就越小。因为国际上的斗争也是力量的对比。刚刚说过，现在已经有 8 万万人团结起来，这同十月革命后的苏联所面临的情况已经不同了。那时苏联受 14 个国家的武装干涉，处境很艰难。而今天我们 8 万万人背靠着背，从柏林到上海，联结在一起，这样大的力量，是没有任何帝国主义可以打破的。这个力量只有在中国革命胜利后才能表现出来。8 万万人团结的力量是不可战胜的。"

"再以帝国主义营垒来看，它们从哪里能动员那么多人力来打仗呢？帝国主义最理想的是希望别的国家替它打。但是，今天的欧洲人是最不希望战争的。欧洲是工业发达地区，打烂了不容易恢复。欧洲人坐上一夜火车醒来就出了国境，一打仗全国都被打乱了，所以他们希望最好是不打仗。自卫战争是迫不得已，侵略战争是尤其不愿意。今天可以肯定地说，英法等西欧各国人民是不愿意打仗的，这一点美国人也是知道的。"

"在东方，美帝国主义要发动战争就要控制日本。它企图单独缔结对日和约，而中国和苏联却提出要共同缔结和约，日本人民懂得，单独缔结和约是不能解决问题的。"

"《中苏友好同盟互助条约》签订以来，美帝国主义一直处在被动地位。这一点资本主义国家的舆论也不得不承认。因此，现在美帝国主义也在大喊要缔结和约，要求和平。当然，这只是斗争的开始，事情还是要继续发展下去的。美帝国主义也希望动员其本国人民来打仗，但这是很困难的。在两次世界大战中，美国都占了便宜，而现在想要本国人民打先锋，这就要危及本国人民的和平生活。因为从美国人民来说，打仗将使几百万人丧失生命，大量财产遭受损失，这是不可想象的。现在美国人民过着和平生活，没有哪个国家要侵略他们，帝国主义之间的矛盾也没有那么大，以致有人要去打美国，和平阵营又是主张和平竞赛的，所以让美国人打先锋，他们是不愿意的，但是也有一个弱点，就是美国人民被控制在垄断资本之下。我们的消息不能进到他们国内去，垄断资本还用低级文化来麻醉他们的人民，所以要使美国人民觉醒起来，这是世界人民的责任。这一点我们中国人民的责任也很大，我们要求恢复在联合国的合法席位，就有这个意义。"

周恩来从《中苏友好同盟互助条约》的签订，进一步谈到外交工作问题。他说："我们外交工作者要增强自信心，发扬革命的爱国主义，这对我们外交工作者是非常重要的。当然，我们今天的外交传统不是旧的，但将来外交工作开展了，这是要与旧的外交传统接触，也多少会受点影响。因此，我们要打破旧的外交传统，既不盲目排外，也不媚外，否则不是狂妄便是自卑。不卑不亢才是我们的态度，在这方面必须得体。"

"在国际战场上，有朋友，也有敌人。对于敌人，旧中国的外交传统容易流于自卑，而今天革命胜利了，却又容易流于骄傲。我们要不卑不亢，便不得不有一套统一的礼节。当然，这些都属于外交形式，为什么要照顾外交形式呢？这是因为我们要争取外国人民，某些形式与制度是必须建立的。有时，形式是起很大作用的。这一点，对某些从学校中出来的知识分子和从部队调来的同志来说，可能不习惯，但必须要重视。注意形式并不是迷信形式，而是为了完成外交任务，但形式还是重要的。从这一点上说，外交机关就是不同于其他一般机关和学校。"

周恩来的讲话，受到外交部全体干部的热烈鼓掌和好评，增强了大家的信心和决心。

四、朝鲜战争爆发运筹于中枢

　　周恩来总揽内政、外交大权，如同《西厢记》里的红娘角色一般，里里外外一把手。他正紧张地、不分昼夜地忙于国内建设和对外工作的开展。1950 年 6 月，中国共产党的七届三中全会和中国人民政治协商会议第一届第二次会议刚刚开过。参加这两个会议的代表，有的刚刚返回自己的工作单位，有的还在途中，有的还没有离开北京，正在京城商定人才、筹集恢复生产的资金。他们带着周恩来"方向和目标是确定了的，但道路是要我们一步一步走的"会后嘱咐，准备回去大干一场，恢复和发展经济，增强国力，改善人民生活。

　　就在这个关键时刻，1950 年 6 月 25 日拂晓，一个震惊世界的消息，朝鲜战争爆发了。朝鲜在第二次世界大战结束后，为苏美两国军队分别占领，苏联军队 1945 年 8 月 15 日在朝鲜北部登陆，美国军队 9 月 8 日在朝鲜南部登陆，按照苏美协议以北纬 38° 为界，分别接受日本投降。根据战时大国协议和有关声明：1943 年 12 月 1 日中美英《开罗宣言》、1945 年 7 月 26 日苏美英《波茨坦公告》和 1945 年 8 月 8 日苏联政府声明，朝鲜应获得"自由独立"，因此苏美军队驻扎于朝鲜应只是暂时的现象。为此，苏美曾组织联合委员会，以协助成立临时朝鲜民族政府为主要任务。可是，事实上在朝鲜南北两部分出现了不同的发展情况，在北朝鲜建立了以金日成为首的人民委员会，展开了包括土地改革在内的各项民主改革，进行了经济的恢复和建设工作；在南朝鲜，美军恢复了日本统治时期的警察和审判系统，扶植了李承晚政权，对人民实行反动统治，并破坏北朝鲜关于由各人民团体和政党的代表协商筹备普选、建立统一的政府、完成朝鲜独立统一的建议。在美国破坏下，苏美联合委员会于 1947 年 10 月解散了，美国随即操纵联合国大会于 11 月通过决议，设立"联合国朝鲜临时委员会"，监督朝鲜的议会选举、政府的组成和武装力量的编制。这样就违背了《联合国宪章》关于不得干涉一国内政的规定。

在美国扶植下，1948 年 8 月在南朝鲜成立了以李承晚为总统的"大韩民国"，终于正式宣告了朝鲜的分裂。在这同时，在北朝鲜进行了有南北朝鲜选民普遍参加的最高人民会议的选举，南朝鲜有 77.52% 的选民选出自己的代表到北朝鲜海州进行选举。1946 年 9 月，成立了以金日成为首的中央政府，宣告了"朝鲜民主主义人民共和国"的建立。这以后，苏联军队于 1948 年 12 月 26 日全部撤离北朝鲜。随之，美国政府也于 1949 年 6 月 30 日声明将美军全部撤离朝鲜。但是，美国政府在南朝鲜设立一个庞大的有 500 人的军事顾问团，继续指挥李承晚军队，并军事控制南朝鲜，美国政府还给李承晚集团大量军事装备，以扩充军队。1950 年 1 月，美国同李承晚集团签订了"联防互助协定"，南北朝鲜出现了对峙局面。

李承晚依仗着美国的支持，妄图军事吞并北朝鲜，狂妄地一再公开叫嚣军事北进。1950 年 5 月 17 日，美国国防部长路易斯·约翰逊、参谋长联席会议主席奥马尔·布莱德雷和国务院顾问杜勒斯亲临三八线视察南朝鲜军队，为南朝鲜打气；6 月 19 日，杜勒斯还在南朝鲜国民议会上发表演说，表示美国给予南朝鲜以一切"必要的道义和物质的支持"。对于这种形势，北朝鲜人民是不能不予以充分警惕的。

战争发生后，朝鲜人民军仅仅 3 天之内就解放了汉城和将近 2 万平方公里的广大地区。美李军队在整个战争中开始崩溃。

杜鲁门推行他的国际战略

美国政府在朝鲜战争爆发的同一天，指使联合国安全理事会于下午 2 时，也就是北京时间 26 日下午 3 时，举行非法的紧急会议，在苏联代表缺席和中华人民共和国合法权利被剥夺的情况下，按照美国的提案，会议一开始就企图把侵略者的帽子戴到朝鲜民主主义人民共和国的头上，只是由于有代表不同意，才把"武装侵略"一词改为"对大韩民国的武装进攻"。安全理事会讨论的结果，以 9：0 票通过了略加修改的美国提案，南斯拉夫代表力争无效，又来不及请示，只好弃权。安全理事会"断定"北朝鲜部队"对大韩民国的武装进攻"，"构成了对和平的威胁"，请求"联合国朝鲜委员会"尽快提出关于局势的建议，号召"各会员国对联合国执行决议给予一切帮助"，要求朝鲜民主主义人民共和国的武装力量退到三八线以北。

安全理事会是由 11 个理事国组成，其中包括 5 个常任理事国和 6 个非常任理事国。5 个常任理事国是中国、苏联、美国、英国、法国。当时的中国席位被蒋介石当局的代表非法窃据着。苏联代表团为驱逐蒋介石代表出联合国的提案被否决，从 1950 年 1 月 30 日起拒绝继续出席会议。6 个非常任理事国当时是印度、南斯拉夫、埃及、挪威、古巴、厄瓜多尔。根据《联合国宪章》第二十七条规定，安理会一切有关重大问题的决定，至少需有 7 个理事国的同意票，其中必须包括安理会所有 5 个常任理事国在内。由于没有中国

的合法代表和苏联代表的缺席，6月25日安理会这个决议是直接
违反《联合国宪章》的，是非法的。

在成功通过安理会决议后不到4小时，6月25日晚8时30分，
美国总统哈里斯·杜鲁门，从密苏里州独立城北特拉华街家中，乘
"独立号"专机赶到华盛顿布莱尔大厦，在这里举行了"极其重要"
的晚餐会，参加晚餐会的名单是由美国国务卿迪安·艾奇逊提出并
亲自邀请的。

参加者为：

国务卿：迪安·艾奇逊

国防部长：路易斯·约翰逊

副国务卿：詹姆斯·韦伯

陆军部长：弗克兰·佩斯

海军部长：弗朗西斯·马修斯

空军部长：托马斯·芬勒特

参谋长联席会议主席：奥马尔·布莱德雷

陆军参谋长：劳顿·柯林斯

空军参谋长：霍伊特·范登堡

海军作战部长：福雷斯特·薛尔曼

无任所大使：菲利普·杰塞普

助理国务卿：迪安·腊斯克

布莱尔大厦是杜鲁门官邸，他当副总统时原住在狄格路公寓，
继任总统后，搬进白宫，但因白宫急需修缮，从此，他就搬到了坐
落在宾夕法尼亚大道1651号的布莱尔大厦。它原是一位名叫布莱
尔的人的住宅，主人把这幢建筑献给了美国政府充作宾馆。它坐落
在白宫的斜对面，同白宫旧行政大楼仅有一墙之隔。这是个老式建
筑，古朴典雅，内部装潢非常考究，可以说都是艺术品。客厅里那
精致的水晶吊灯和金框镶边的大型穿衣镜，使官邸显得更加富丽

堂皇。

布莱尔大厦的主人哈里斯·杜鲁门，1884年5月8日生于美国密苏里州拉玛小镇，出身世代农家，早年生活很苦。1901年高中毕业后无力升学，做过杂工；1904年他加入蒙太拿州义勇军，曾去投考美国著名的西点陆军大学，未能考取，便在某药厂当药剂师助手、报纸的发行员、书局及银行职员，但都不合他的兴趣，闷闷不得志，被父亲逼迫回家，在家乡农场干活。少年时害了一场病，弄得视力减弱，经常戴一副没边的眼镜，所以从小就是坐在屋子里读书，户外活动较少。他爱读历史、战史和历届总统的政绩实录。杜鲁门在父亲逝世后，又先后毕业于凯萨斯市立法政学校和福特西尔炮兵学校。

第一次世界大战时，杜鲁门参加军队，被派往法国作战，因英勇善战，由一个不出名的炮兵上尉提升为少校。1919年退役，在独立城经营服饰用品店，1921年该店倒闭后投身政界，1922年任杰克逊镇法官，1924年至1934年任法院推事。1934年11月至1944年任联邦参议员，1944年罗斯福竞选第四届总统时，他被提名为副总统候选人并当选为副总统。1945年罗斯福病逝后，杜鲁门继任总统，成为美国第33任总统。1948年竞选连任总统获胜。

杜鲁门任美国总统的时候，正是美国成为世界上经济实力最雄厚从未遭受战火破坏的头号强国，在他的桌子上经常摆着一块"决断在我"的座右铭，他的确是一位世界头等强国的发号施令者。

他下令于1945年8月6日、8月9日在日本广岛、长崎投下了原子弹，造成无数人的死亡和原子弹受害者。

他坚决支持蒋介石打内战，镣戮了几百万中国人。

他从一开始就把联合国当作推行美国政策的工具。

杜鲁门是一个权术家，一个极端的民族利己主义者。他常常以实用主义的态度对待国际事务，出尔反尔，自食其言。当1941

年 6 月苏德战争爆发时，作为参议员的杜鲁门曾经这样主张：美国应该观望，如果希特勒胜利了，就帮助俄国；反之，如果俄国胜利了，就帮助德国，让他们两败俱伤，美国坐收渔利。

1945 年 5 月 8 日，德国刚刚宣布投降，杜鲁门就立即签署了关于停止租借法案的命令。6 月 12 日，美国对外经济管理局局长克劳利下令，所有在运的租借物资尚在途中的船只均需返回美国，所有在码头上等待装船的物资包括已装上了一半的物资统统卸下来送回工厂。

英国、苏联及其他欧洲国家对此强烈不满。

战后，杜鲁门对社会主义国家实行"遏制"政策。

1945 年 12 月 15 日，杜鲁门发表对华政策声明，宣布"美国政府坚信一个强盛的、团结的和民主的新中国，对于联合国组织的成功及世界和平最为重要"，"美国的支持将不扩展到以美军事干涉去影响中国任何内战的过程"，但是，实际上正如美国国务卿艾奇逊后来也承认的，"1945 年一直到 1948 年初秋，国民政府在人力和军备上较其对手具有显著的优势"，"的确在那一个时期之内很大一部分由于我们在运输、武装和补给上给予他们的部队援助，他们遂能推广其在控制及于华北和满洲的大部分。到马歇尔将军于 1947 年初离开中国时，国民党在军事上的成就和领域的扩张上，显然是登峰造极的"。

杜鲁门的出尔反尔，在台湾问题上的表演可算是一个典型。1943 年的《开罗宣言》已明文规定，中、美、英三国之宗旨在剥夺日本自 1914 年第一次世界大战开始以后在太平洋所占有之一切岛屿，在使日本窃取中国之领土，例如满洲、台湾、澎湖列岛等归还中国。日本亦将被逐出于其以武力或贪欲所攫取之所有土地。杜鲁门亲自参加签署的《波茨坦公告》，又重申"《开罗宣言》之条件必将实施"，而且，日本投降以后，国民党政府已经接收了台湾，但在解放战争后期，杜鲁门政府却又说什么"台湾地位未定"。1949 年 2 月，驻日盟军总司令麦克阿瑟发表声明说："在对日和约签订之前，台湾属于美国对日占领军总部。"同年 8 月，美国政府照会李宗仁提出，"把台湾置于盟国军事管辖之下"。

中华人民共和国成立以后，1950 年 1 月 5 日，杜鲁门发表不干涉台湾的声明，确认日本投降后，"美国及其盟国承认中国对该岛行使主权"，并称"美国对福摩萨（台湾的别称，有殖民色彩）或中国其他领土从未掠夺的野心"，"美国亦不拟使用武装部队干预其现在的局势"。同日，艾奇逊专门就杜鲁门的上述声明进行阐述，他说："中国管理福摩萨已有四年了，美国及其盟国均未对这种权力和占领提出任何疑问，当福摩萨成为中国一个省时，谁也没有提出任何法律上的问题。"可是到了朝鲜战争时，他的调子又变了。

1943 年 3 月，他在国会发表讲话，提出不能对希腊、土耳其政府面临的进步力量的打击"坐视不救"，要求国会拨款 4 亿美元"援助"两国、干涉崩溃的政府。他要求把美国的权益扩展到全世界。他宣布美国要包揽全球事务，要将世界一切反共力量集结起来，反对共产主义。他宣布干涉世界上任何地方的共产主义，包括可能被怀疑为共产主义性质的国内革命。这篇讲话，后来被称为"杜鲁门主义"。

1947 年 6 月，杜鲁门支持国务卿马歇尔提出的"欧洲复兴计划"，以"美援"为手段，打开欧洲门户。1949 年提出"开展落后地区"的"第四点计划"，向第三世界进行渗透。杜鲁门为推行他的世界战略，早就准备打一仗。1948 年 7 月 10 日，他在给丘吉尔的一封信中说："你们打倒世界纳粹主义和法西斯主义的伟大贡献，值得引以自慰，所谓共产主义是我们紧接着要解决的大问题，我希望我们无须付出战胜法西斯的血和泪的代价，就能解决它。"杜鲁门这种野心，在他 1948 年 3 月 3 日给他女儿的一封信中更为露骨了。他说："极权国家，是没有什么不同的，不管你称之为纳粹、法西斯、共产党或佛朗哥西班牙都一样。""他们还在搞乱朝鲜、中国、波斯和近东的局势。""决策将是非作不可的，我正在打算作出决策。""我们也许不得不为争取世界和平而打仗。"

杜鲁门的这些经历，使他的性格既刚强、狭隘，又独断、自信。

杜鲁门从在布莱尔大厦的晚餐会一开始，就宣布一条禁令，说晚餐结束和服务员退出以前，不要讨论任何问题。然后，他摆动一下他那中等身材的身体，摸摩一下无边的眼镜说：现在我首先请迪安·艾奇逊国务卿详细报告朝鲜情况。艾奇逊宣读了美国驻韩国大使穆乔尔来电，建议由美国提出关于朝鲜局势的提案，搞出个决议，根据《联合国宪章》"对和平的威胁，破坏及侵略行为"的制裁条款，请各会员国采取行动。

杜鲁门表示接受这个建议。

然后，艾奇逊又宣读了由国务院和国防部准备的"待总统决定事项"。经过一番讨论，杜鲁门于 1950 年 6 月 25 日 23 时 50 分发出包括以下内容的指示和命令：

命令麦克阿瑟应将美国人——包括美国军事顾问团人员的眷属撤离韩国，为此应当守住金浦其他航空港，击退对这些地方的一切进攻。在履行这项任务时，麦克阿瑟的空军部队应当留在三八线以南。命令麦克阿瑟以空投或其他办法把军火和物资供给部队。

命令美国第七舰队开进台湾海峡，以阻止对台湾的任何进攻。

在 6 月 26 日晚 9 时，又在布莱尔大厦开了一次同样规模的会议。这次会议主要是研究新的情况，检查头一天决定事项落实情况和世界上的反映。会议只开了 40 分钟。

布莱尔大厦第二次会议后，对外声明的文稿已经敲定。6 月 27 日 12 时 30 分，也就是杜鲁门 6 月 27 日公开声明前 1 个小时，他约请了 15 位国会领袖们，把准备公开声明的文稿读给他们听，并且告诉国会领袖们，"我们已经命令美国部队对韩国支持到底。"艾奇逊为了解除议员们对苏联可能干涉的顾虑，还特意说明，苏联还来不及回到安理会使用否决权，即使他们回来，6 月 25 日的决议也已经否决不了啦。

于是，6 月 27 日下午 1 时 30 分，杜鲁门的公开声明发表了。声明说：

在朝鲜，为了防止边境袭击及维持国内治安而武装起来的政府部队，遭到北朝鲜的进犯军的攻击。联合国安全理事会要求进犯军停止敌对行为，并撤退至三八线。他们没有这样做，相反地反而加紧进攻。安理会要求联合国的所有会员国给予联合国一切协助以执行决议。

在这些情况下，我已命令美国的空海部队给予朝鲜政府部队以掩护及支持。

对朝鲜的攻击已无可怀疑地说明，共产主义已不限于使用颠覆手段来征服独立国家，现在要使用武装的进犯与战争。

它违抗了联合国安理会为了保持国际和平与安全而发出的命令，在这种情况下，共产部队占领台湾，将直接威胁太平洋地区的安全，及在该地区执行合法与必要职务的美国部队。

据此，我已命令第七舰队阻止对台湾的任何进攻。作为这一行动的应有结果，我已要求台湾的中国政府停止对大陆的一切空海行动。第七舰队将监督此事的实行。台湾未来地位的决定，必须等待太平洋安全的恢复，对日本的和约的签订或联合国的审议。

我并已指示加强美国在菲律宾的部队，及加速对菲政府的军事援助。

我同样也已指示加速以军事援助供给在印度支那的法国及其联邦成员国的部队，并派遣军事使团，以便与这些部队建立密切工作关系。

我知道联合国的一切会员国将仔细考虑最近在朝鲜的违反《联合国宪章》的侵略行为的后果。在国际事务中恢复强大统治将有广泛影响。美国将继续支持法律统治。

我已训令美国驻安理会代表奥斯汀大使向安理会报告这些步骤。

在杜鲁门的声明发表之后，于6月27日晚美国又利用安理会通过一项决议，说："必须采取紧急的军事措施来恢复国际和平与安全"，建议联合国各会员国"向大韩民国供给为击退武装进攻并恢复该地区国际和平与安全所必需的援助"。

7月1日，美国陆军先头部队到达朝鲜。7月8日，杜鲁门任命麦克阿瑟为联合国军总司令。朝鲜局势急剧紧张，炎热的夏天，朝鲜半岛阴云密布，惊雷滚滚，西太平洋卷起的狂风暴雨，笼罩着朝鲜半岛三千里锦绣江山。

面对这个突如其来的情况，作为朝鲜民主主义人民共和国的近邻怎么办？

中国政府反应强烈

中国共产党中央政治局召开紧急会议研究对策。决定：
由周恩来外长发表声明，严厉驳斥杜鲁门6月27日的声明。
周恩来于1950年6月27日发表如下声明：

美国总统杜鲁门在指使南朝鲜李承晚傀儡政府挑起朝鲜内战之后，于 6 月 27 日发表声明，宣布美国政府决定以武力阻止我台湾的解放。美国第七舰队并已奉杜鲁门之命向台湾沿海出动。

我现在代表中华人民共和国中央人民政府声明：杜鲁门 27 日的声明和美国的海军行动，乃是对于中国领土的武装侵略，对于《联合国宪章》的彻底破坏。美国政府这种暴力掠夺的行为，并未出乎中国人民的意料，只更增加了中国人民的愤慨，因为中国人民许久以来即不断地揭穿美国帝国主义侵略中国、霸占亚洲的全部阴谋计划，而杜鲁门这次声明不过将其预定计划公开暴露并付诸实施而已。事实上，美国政府指使朝鲜李承晚傀儡军队对朝鲜民主主义人民共和国的进攻，乃是美国的一个预定步骤，其目的是为美国侵略台湾、朝鲜、越南和菲律宾制造借口，也正是美帝国主义干涉亚洲事务的进一步行动。

我代表中华人民共和国中央人民政府宣布：不管美帝国主义者采取任何阻挠行动，台湾属于中国的事实，永远不能改变：这不仅是历史的事实，且已为《开罗宣言》《波茨坦公告》及日本投降后的现状所肯定。我国全体人民，必将万众一心，为从美国侵略者手中解放台湾而奋斗到底。战胜了日本帝国主义和美国帝国主义走狗蒋介石的中国人民，必能胜利地驱逐美国侵略者，收复台湾和一切属于中国的领土。

中华人民共和国中央人民政府号召全世界一切爱好和平正义和自由的人类，尤其是东方各被压迫民族和人民，一致奋起，制止美帝国主义在东方的新侵略。只要我们不受恫吓，坚决地动员广大人民参加反对战争制造者的斗争，这种侵略是完全可以击败的。中国人民对于同受美国侵略并同样进行反抗斗争的朝鲜、越南、菲律宾和日本人民表示同情和致意，并坚信

全东方被压迫民族和人民，必能把穷凶极恶的美国帝国主义的
战争制造者，最后埋葬在伟大的民族独立斗争的怒火中。

同时，周恩来针对联合国安理会 6 月 27 日通过的关于要求联
合国会员国协助南朝鲜当局的决议，致电联合国秘书长赖伊，强调
指出：

联合国安全理事会于 6 月 27 日在美国政府指使和操纵下
所通过的关于要求联合国会员国协助南朝鲜当局的决议，是支
持美国武装侵略，干涉朝鲜内政和破坏世界和平的，并且这一
决议是没有中华人民共和国和苏联两个常任理事国参加下通过
的，显然是非法的。《联合国宪章》不得授权联合国干涉在本
质上属于任何国内管辖之事件，而安理会 6 月 27 日的决议正
违反了《联合国宪章》这一重要原则。因此安全理事会关于朝
鲜问题的决议，不仅毫无法律效力，并且大大破坏了联合国
宪章。

中央人民政府决定，国内经济恢复的工作部署不变，把当前支
援朝鲜反抗美国侵略斗争的工作，主要交由东北行政委员会负责。
并在全国开展"反对美国侵略台湾、朝鲜运动周"，以动员全国人
民，为抗美援朝做思想和舆论的准备。

为在军事上做必要的准备并争取朝鲜战争和平解决，7 月 7 日，
周恩来主持召开国防会议，会议决定以中国人民解放军第十三兵团
为主组建东北边防军。7 月 13 日，中央军委下达了成立东北边防
军的决定。改编为东北边防军的十三兵团各部先后于 7 月下旬火速
抵达东北沈阳、本溪、安东等地集结。任命邓华为东北边防军司令
员，赖传珠为政治委员，洪学智、韩先楚为副司令员，解方为参

谋长。

6月30日，周恩来亲自选派柴成文为中国驻朝鲜临时代办及参赞、武官、一等秘书等6名外交官赶赴朝鲜，以了解和掌握朝鲜局势的发展。7月8日，周恩来在政务院会议室接见了他们。周恩来面带笑容，同被接见的外交官们一一握手。他按照名单，非常仔细地询问每个人的经历，认真检查了各项准备工作。他见参赞薛宗华、一等秘书张恒业二人表情有些拘谨，一时不知说什么好，便风趣地说："你们这些同志真会绷脸呀!"一句话逗得大家都笑了。然后，周恩来同他们进行了长时间的谈话，精辟地阐述了当前朝鲜战争的情势和外交上的任务，高瞻远瞩地指出："现在美国的地面部队已经在朝鲜参战，根据刚收到的消息，联合国安理会又授权由美国指挥参加侵朝的各国部队。从安理会的决议可以看出，美帝国主义者必将纠集更多的国家出兵，所以朝鲜战争的长期化很难避免，这就会带来影响全局的一系列复杂的问题。朝鲜人民军英勇顽强，斗志旺盛，令人钦佩。你们见到金日成同志时，首先祝贺朝鲜人民军在劳动党、金首相领导下取得的伟大胜利，还要感谢朝鲜劳动党、朝鲜人民在我们困难时期对我们的帮助。"

周恩来停顿一下，自己先端起茶杯喝茶，他也要在座的外交部副部长章汉夫和被接见的同志喝茶。

接着，他又说："你们几个人都没有在东北战场上工作过，可能你们不了解1946年、1947年东北战场的情况。"他介绍说，"1946年冬天，在东北的国民党军队实行'南攻北守，先南后北'的作战方针，以绝对优势的兵力向我南满解放区连续进攻，先后占领了安东、通化等城市。南满我军为了集中兵力消灭敌人有生力量，又主动放弃了一些地方，所以，解放区逐渐缩小，到1946年底只剩下临江、抚松、蒙江、长白等县，其他都变成了游击区，敌人于1947年春继续向临江地区发动进攻，在我南北夹击下，终于粉碎了敌人'先南后北'消灭我军的阴谋。东北战史上说'三下江南，四保临江'就是指这时的情况。在这期间，南满我军家属都不得不撤到朝鲜北部，他们受到了朝鲜党、临时政府和人民的亲切照顾。不仅如此，在我'让开大路，占领两厢'的方针下，朝鲜又成了东北战场同关内交通联络的重要通道。"

周恩来进一步说："至于历史上，朝鲜同志对中国革命的贡献，你们都很清楚，所以说中朝人民之间的友谊是非常深厚的，对于朝鲜同志在我们困难的时候所给予的帮助，什么时候也不能忘记。"

周恩来顺手拿起服务员早就放在桌上的小毛巾，擦了擦脸，消除因为通宵未眠带来的疲劳。他擦完了脸，又擦了手，然后将小毛巾放在桌上的小瓷盘里，说道："现在朝鲜人民处在斗争的第一线，要中国同志表示支持，看什么事需要我们做，让他们提出来，我们一定尽力去做，保持两党两军的联系，并及时了解战场的情况，是当前的主要任务，你们几个人去就是干这个事情。"

周恩来又说："还有什么问题吗？"

柴成文问道："据说朝鲜人民军里有一个苏联顾问团，苏联驻朝大使史蒂科夫就是总顾问。工作中会有接触，对待他们应持什么态度？"

"他们如何对待你们，你们就如何对待他们。"周恩来直截了当地作了回答。

最后，周恩来又亲自审定外交部草拟好的给朝鲜外交部的介绍信，并签上他的名字。

谈话结束后，周恩来亲切地同每个同志握手告别，目送大家离去。

雷英夫等判断美军仁川登陆

朝鲜人民军于 1950 年 7 月初，已基本上歼灭了李承晚军队的主力。7 月 4 日水原战役，人民军重挫了美国侵略军，使美国运到朝鲜的地面部队损失三分之一以上。7 月 14 日，人民军突破锦江美军防线；7 月 20 日，人民军发动总攻，全歼美重要据点大田的美国军队，美二十四师遭到覆灭，师长迪安被击毙。从 1950 年 6 月 25 日至 9 月上旬，朝鲜人民军解放了朝鲜南部 90% 以上的地区和占南部人口 92% 的人民，美李军损失 8 万人。美国虽一再增兵，集结了 10 万的兵力，也只能据守大丘、釜山等桥头堡阵地。朝鲜人民反侵略战争的大好形势，是令人可喜的。但是美国帝国主义绝不会放下屠刀，立地成佛，放弃它的战争政策和侵略政策的。麦克阿瑟和五角大楼正按照杜鲁门总统的旨意，制订一个大规模的入侵朝鲜的罪恶计划。

毛泽东、周恩来都是久经考验的伟大谋略家和军事家，他们一直密切注视着朝鲜局势的发展，预料美军要在朝鲜哪个港口登陆和越过三八线侵入朝鲜北部地区，一方面提请金日成注意，一方面通过印度向美国提出警告。但是，此时中国政府考虑到中国人民迫切要求恢复长期的战争创伤，进行经济建设，改善人民生活，原拟争取和平解决朝鲜问题和有关的远东问题。

周恩来于 1950 年 7 月 13 日就亲手拟订了一个解决方案：

一、撤出一切外国军队；

二、美军撤离台湾海峡和台湾；

三、朝鲜问题由朝鲜人民自己解决；

四、恢复中华人民共和国在联合国的合法席位并驱逐蒋介石的代表；

五、由苏、美、英、法四国外长开会筹备对日和约。

周恩来还将这个设想告诉了苏联，得到苏联的赞同。

斯大林在 7 月 15 日复信给印度总理尼赫鲁，对他 7 月 13 日致斯大林和艾奇逊建议和平解决朝鲜战争使其局部化的答复说：

> 我欢迎你的和平创议。你认为宜经由包括中国人民政府在内的五大国的代表必须参加安全理事会，来使朝鲜问题得到和平处理，这一观点，我完全赞同。我相信，为了朝鲜问题的迅速解决，在安全理事会上听取朝鲜人民代表陈述意见，是适宜的。

同时，苏联常驻联合国代表马立克，乘轮任安理会主席之机于 8 月 1 日回到安理会。8 月 4 日，他在安理会上提出了一个和平解决朝鲜问题的提案，要求停止朝鲜境内的敌对行为，在讨论朝鲜问题时，应邀请中华人民共和国的代表出席，并听取朝鲜人民代表的意见。

中国政府于 8 月 20 日致电表示支持。

但是联合国安理会在美国的操纵下，于 9 月 1 日否定了马立克的倡议。

杜鲁门到底想干什么？

周恩来在想，毛泽东在想，解放军总参谋部在想，外交部在想。

1950 年 8 月，朝鲜战争进入关键时刻，双方主力在洛东江一带相持不下，战事呈胶着状态。各方都对战局发展作出种种猜测，一时议论纷纷，莫衷一是。朝鲜民主主义人民共和国宣布 8 月份将是他们取得彻底胜利的时刻，要把美伪军赶下海，而国际上有人预言朝鲜要失败。美国报纸则一会儿说美军要撤回日本，一会儿又说美军要增派部队到朝鲜半岛登陆作战。而美国军方则对此闪烁其词。它的下一步行动计划究竟如何？可以说是真真假假，虚虚实实，扑朔迷离，捉摸不透。作为中央军委常务副主席、主管军队日常工作的周恩来，时刻关心朝鲜战局的发展，他要他的军事秘书雷英夫和总参谋部作战局随时报告最新情况，有时一天要报告三四次。8 月 23 日，总参作战局和其他有关部门在中南海怀仁堂开会研讨朝鲜战局，争来争去，最后大家意见比较一致，取得共识。

当晚，雷英夫赶到西花厅向周恩来报告会议讨论情况，他说：大家判断美军下一步一定要在朝鲜登陆作战。在诸多战略要点中，可能性最大、威胁性最大的登陆就是仁川港。

周恩来问："有什么根据吗？"

雷英夫答："我们大家归结为 6 条理由：（一）敌军现在在洛东江地区集中了十几个师固守，那么狭小的一块地方挤满了那么多的兵力，不进攻，又不撤退，想干什么呀？无非是想以此吸住朝鲜人民军的主力，使其不能走，也无法机动。（二）美军在日本原有两个师，最近又成立了新的机动兵团，按道理，它要么去增援洛东江防线，要么就在日本布置防务，不然朝鲜丢掉了怎么办？可它既不驰援，也不布防，反而在搞登陆训练，意欲何为呢？（三）侵朝美军及麦克阿瑟本人第二次世界大战中都在太平洋地区，一直进行岛屿作战，因此登陆是他们的拿手好戏，它不发挥这个优势，简直不可思议。（四）美、英等国正将好多舰队（包括登陆舰）向朝鲜方面调，这些军舰显然不是为解决供应问题，而是用于登陆。（五）朝鲜人民军把敌军压到洛东江后，使敌人形成了密集防守，构筑了大量的工事。战局到了啃骨头的阶段了。这个硬骨头看来一时啃不掉，可是啃不掉还要在那儿啃，就有被敌人机动兵力反咬一口的危险，最险的就是被敌人从侧后袭击。（六）朝鲜半岛是个狭长地带，从北到南，战略补给线就是那么一条，现在朝鲜人民军的补给线已经拖得很长了，而汉城是个枢纽，铁路、公路交通都要经过这里，其他港口当然也可考虑登陆，但离洛东江战线不是太近就是太远，近了难以形成包抄，远了一时也威胁不大。而一占仁川可就要命了，马上就能拿下汉城，切断人民军的后方补给线，形成南北夹击之势，搞不好人民军的主力就被包进去了。所以朝鲜战局表面上看很好，实际上很险，面临一个大转折点，这一着棋无论如何要防啊。"

周恩来耐心仔细地听取雷英夫的陈述，然后用肯定的证据说："哟！这可是个大事，是战略性的大问题！"接着他又详细地问了一些情况，便拿起电话对毛泽东说："雷英夫他们根据很多材料判断美军可能要在仁川登陆，他们有 6 条理由。"周恩来把 6 条理由简单说了一遍，又说了自己的看法。毛泽东听后说："这确实是大事。这样吧，你带雷英夫马上到我这儿来，详细谈一下。"

周恩来、雷英夫前往毛泽东住处丰泽园内的菊香书屋。毛泽东正翻开十三兵团邓华、洪学智的报告。报告说："美军在大批轰炸机掩护下，实施迟滞对方攻势、以时间换取空间的战术，继而拼死扼守洛东江，沿大邱、马山、釜山、庆州的铁路四形地区建立了环形防御圈，扼制了朝鲜人民军的攻势"，因之，"北朝鲜人民军各个击破和歼灭敌人的机会已成过去"，加之朝鲜人民军一路南下，补给线延长，暴露出战略弱点，"估计敌人将来反攻的意图，可能一为以一部分兵力在北朝鲜沿海侧后几处登陆，作扰乱牵制，其主力则于现地由南而北沿主要铁道公路逐步推进；一为以一小部分兵力于现地与对方周旋，攻人民军，其主力则在侧后平壤或汉城地区，大举登陆，前后夹击，如此，人民军的处境会很困难……"

毛泽东在桌上铺开地图，仔细地在朝鲜东西海岸线上往来巡睃，不停地吸着烟。他认为邓华、洪学智分析得很有道理，恐怕不得不提防敌人从侧后登陆这一手。

毛泽东见周恩来、雷英夫进来，忙说："请坐、请坐。"随即说："恩来！十三兵团邓华、洪学智的报告你看了吗？"

"我刚看完，就听了雷英夫同志的汇报，我看邓华、洪学智的报告和雷英夫的意见是基本一致的，可以说是不谋而合。"

"是的！"毛泽东说，"现在请雷英夫详细讲讲你们作战局的意见。"

雷英夫将向周恩来陈述的看法和 6 条理由重说了一遍，毛泽东一边听一边点头，听完后，连称"有道理、有道理"。

"麦克阿瑟这人有什么特长，他的性格如何？"毛泽东问雷英夫。

雷英夫在毛泽东面前有些紧张，加上 8 月正是北京最热的时候，满头是汗，他掏出手帕擦了一擦，说："在第二次世界大战中，美军在太平洋对日军作战时，麦克阿瑟常常使用海军陆战队实施机动登陆作战的方法。比如美军在攻打马努斯和洛斯内格罗斯岛的战役中，麦克阿瑟便在日本人的鼻子底下，冒险从洛斯内格罗斯岛实施两栖登陆攻击，取得胜利；还有美军进攻吕宋岛的战役中，麦克阿瑟以主攻部队第一军和第十四军在林力延海湾登陆，向马尼拉进军，同时以一部分兵力在苏比克海湾西北的海岸和马尼拉湾南面的纳苏格布海岸登陆，对锁巴丹半岛和科雷吉多尔岛，切断日军的退路，并从马尼拉的后方向马尼拉进攻。现在麦克阿瑟故技重演，他的第八集团军困守南端的釜山港，新从美国调运来的几个师在日本集结，没有投入使用，如果把这些部队用舰艇运到朝鲜中部的港口登陆，那就切断了人民军的退路，同时也切断了运输补给线，这样人民军就可能腹背受敌。"

毛泽东默默地听着、思考着。

"至于，主席问麦克阿瑟的性格，据外电报道，这个人是个倔老头儿，他下的决心谁也不能改变，另外他还是个好战分子。"

毛泽东听到这儿，兴致很浓，说："好！好！他越倔越好，越好战越好，骄兵必败！"

"主席，我看情况判断已经清楚了，我们应采取一些预防措施才好，否则就会失去战略的主动权，被动挨打。"周恩来建议。

毛泽东果断地说："对，总理，这事马虎不得，你的建议很好，我们应该马上采取重大措施，否则就来不及了，就有被人堵在家门口的危险。"

"我意，首先命令十三兵团采取一切措施务必于9月底前做好一切准备，只要他们能在9月底以前开到鸭绿江边并做好作战准备，我们就主动了。"周恩来说。

"好，事不宜迟，立即给邓华、洪学智发报，要他们紧急行动起来，不得有误。"毛泽东略微停顿一下又说，"要立即通知朝鲜、苏联方面，我们判断美军要在仁川登陆，向他们讲清仁川登陆的利害关系，建议人民军主力立即从洛东江一线适当后撤，布置一些部队在仁川进行防守，做好工事，以防敌人登陆。"

"你看是否给我们驻朝大使倪志亮发个报，请他把我们的意思转告金日成？"周恩来说。

"好，可以！"毛泽东同意。

"至于苏联方面或者请王稼祥通知他们，或者我们直接召见苏联驻华大使通知他们。"

"这由你定吧！"毛泽东对周恩来说。

"还要总参谋部、外交部密切注意敌人的登陆活动，随时向我们报告，以便决策。"周恩来又建议。

"总参谋部聂老总、李涛外，雷英夫也可把别的事情放下，集中力量管作战，外交部要李克农，他还兼副总长情报部长，章汉夫、乔冠华、龚澎多注意国际上的动向和情报。"毛泽东补充周恩来的建议。

周恩来同毛泽东商量完了应该采取的措施，正准备告辞去具体落实。

毛泽东做了个手势，请周恩来坐下，问道："恩来，你看莫斯科对朝鲜局势会怎么看？"说着，毛泽东站起来，随手从桌上捡起一支烟，点燃了，猛抽一口，两眼盯着周恩来，看他的反应和表情。

周恩来非常敏捷地回答道："苏联代表马立克在联合国安理会提出和平解决朝鲜问题，要求双方停止敌对行动，撤退一切外国军队，我们也表示了支持。但美国操纵安理会拒绝了，可见杜鲁门是要打下去的了。"他没有马上回答苏联采取什么态度。

"当然，杜鲁门是不会同意的，那就等于把朝鲜交给金日成了。"毛泽东扔掉手上的烟蒂，说道，"美帝国主义的手伸得太长了，别个国家的内战，他非要远隔重洋来干涉，硬是要充当世界宪兵的角色。全世界那么多国家，人民要革命，民族要解放，这是不可抗拒的潮流，它美国怎么能管得了，到头来一定会陷入泥塘里淹个半死。"

"杜鲁门恐怕不这么看，他要维持在西方世界的威信，保全自己的面子，一定会在朝鲜孤注一掷。"周恩来说着也站起来，同毛泽东并肩在屋内踱着方步，但他不抽烟。毛泽东却又点起一支烟，喷出浓雾，轻声说："不过，一旦战局恶化，我们那是不能也不应袖手旁观的，苏联到那时会怎样，你说它就撒手不管吗？"

周恩来见毛泽东又回到苏联的态度问题上来了，他回答道："根据我的感觉和分析，苏联认为美国不会在朝鲜大动干戈。"

"那为什么？"毛泽东半信半疑地问。

"因为苏联害怕爆发第三次世界大战，它也以为美国也害怕爆发第三次世界大战，担心在朝鲜大打出手，会引起苏联出兵，这样美苏直接交战，不就导致第三次世界大战了吗？"

"说得好，说得好。到底你同苏联同斯大林接触多，把他们的底都摸透了。"毛泽东赞许地说。

"第二次世界大战中苏联消耗太多，急于要恢复经济，需要有个喘息的时间、和平的环境。"周恩来补充道。

"我们也同样需要一个和平环境，医治战争的创伤，可是形势逼到你的头上，你想躲也躲不了，只有硬着头皮干。就像解放战争一样，原先我们不是也打算争取和的吗，作出让步就算了，可是蒋介石一定要打，那好，打就打吧，虽然很困难，很担忧，结果不是把他打败了吗？"毛泽东连抽了两口烟，又说，"你说如果真的同美国打起来会不会引起世界大战呢？嗯，当然有可能。但不要怕，美帝国主义有什么了不起？它花了那么大的力气支持蒋介石还不是被我们打败了吗？原子弹又不是美国一家有，斯大林那里也有那件东西了嘛！对待挑衅者，一是不怕，二是敢打。你看，第一次世界大战打出来一个苏联，第二次世界大战又打出中国和东欧一批社会主义国家。假如第三次世界大战非打不可，那结局很难说，决不会是美帝国主义一厢情愿，说不定又会出现一大批社会主义国家呢！"

毛泽东送周恩来走出菊香书屋时，已是深夜了。在月光下，草坪上一片金黄色，没有风，空气显得燥热，毛泽东用手打着白衬衫，有意无意地说："今年是我们开国后的第一年，这个夏天好热哟。"

周恩来停下脚步，转身用他那炯炯的目光看着毛泽东，他明白毛泽东这句话的含义，知道他们现在肩负的重担，他虽是暗示，却非常清楚地说："要热大家都热嘛！"

"是嘛，杜鲁门那里也不会太凉快的吧。大家一起热吧。天要下雨，娘要改嫁，随他去吧！"

说罢，两位老战友紧紧地握手告别。几十年战斗在一起，他们的心是相通的。他们临别几句暗语，实际上彼此已达成一种默契，必要时准备派兵参战。

中美之间必有一战

时隔一个多月，果然不出毛泽东、周恩来所料。根据麦克阿瑟的要求，经美国总统杜鲁门批准从美国大陆、波多黎各、夏威夷和地中海舰队抽调相当的兵力到朝鲜前线，于是麦克阿瑟指挥美国海陆空三军，乘朝鲜人民军主力胶着于洛东江后方空虚之际，集中美国陆军一师、第七师、李承晚的陆战部队，在美国和英国300多艘军舰和500多架飞机掩护、支持下，于9月15日至16日在仁川登陆，朝鲜战局发生巨大的变化。毛泽东、周恩来认为，对朝鲜人民军最为不利的情况发生了。

此时，周恩来批复了东北边防军（即原十三兵团）建议在出兵朝鲜之前派一个先遣小组前往朝鲜熟悉情况的报告，但在中央未就出兵作出最后决定之前，仍不宜用先遣组名义，而用中国驻朝鲜使馆武官的身份。9月17日，周恩来接见了新任武官：

张明远：东北军区后勤部队副部长；

崔醒农：第十三兵团司令部侦察处长；

何凌登：第三十九军司令部参谋处副处长；

汤敬仲：第四十军一一八师参谋长；

黎　非：军委炮兵司令部情报处副处长。

同时被接见的还有正在国内汇报工作的驻朝鲜使馆政务参赞柴成文。周恩来告诉他们中央正在考虑出兵朝鲜问题，要他们尽快出发前往朝鲜北部，前往勘察地形，了解情况，为出兵作准备，并要柴成文单独会见金日成，告诉他中国新派来的 5 名武官的任务。

两天以后，毛泽东、周恩来两人又一次研究朝鲜战局，认为朝鲜人民军难以抵抗美军发起的强大攻势，后方又空虚，情况十分危急，而且从战局的发展来看，美军必将越过三八线，向北推进到中朝边界，威胁中国的安全，唇亡齿寒。因此应该大力支援兄弟的朝鲜人民的正义斗争，要准备拿出足够的力量击退美国侵略者。

总参谋部的同志开会，并于 9 月 20 日亲自拟定赴朝作战方针的基本原则："抗美援朝战争应是自力更生的持久战，在战役战斗中，须集中兵力与火力的绝对优势围歼被我分割的少数敌人，逐步将敌人削弱下去，以利长期作战。"毛泽东对这个方针非常赞同，并且随后给十三兵团下达了准备出兵的命令。

9 月 30 日，李承晚军队第三师越过三八线。

10 月 1 日，麦克阿瑟竟向朝鲜民主主义人民共和国发出"最后通牒"，要求他们无条件投降。当日深夜，金日成紧急召见中国大使倪志亮，他风趣地说：麦克阿瑟"要我举手投降，我从来没有这个习惯"。说着他挥了挥拳头，并交给大使一封信，要求中国十三兵团渡过鸭绿江入朝作战。

10 月 1 日，中央政治局连续在中南海颐年堂举行扩大会议，各大区主要负责人和中央党政军领导同志都到了会。会上，毛泽东要求与会者着重摆摆出兵的不利条件和困难。与会者畅所欲言，摆出不少不利条件。

林彪发言说："美军师出无名，是不义之师……""不过"，林彪话锋一转，"美军是高度现代化的军队，我们部队目前装备太差啦，一个野战军仅有几十门火炮，还不抵美国一个团的兵力，而且，装甲部队又极少，我们过去打国民党军队还可以，现在打美国军队没有把握，如果美国对我们再丢几个原子弹可够我们吃的。按目前我军的装备情况和美军作战，我估计……至少要集中五倍甚至六倍于敌的兵力才能取胜。依我看，还是加强边防为好，待敌人进入我们东北再打。"

高岗也说："出兵朝鲜要慎重，我们国家已经打了二十多年仗，现在刚统一，元气还没有恢复，再打，怕是经济上负担不起，现在是政权到手，百废待兴，打仗又不是用拳头，要花钱的。如果我们出兵入朝，没有三倍、四倍于美军的炮兵和装甲兵，是顶不住的，一旦顶不住，美军打过鸭绿江，那后果就不堪设想了。所以我同意林彪同志的意见，以防为好，免得引火烧身。"

这些天周恩来几乎没有闭过眼，他反复地权衡出兵还是不出兵的利害。他从个别交谈和会上发言，知道多数同志是不赞成出兵的，他们的担心也是有道理的，全国人民饱尝了几十年战火劫难，新中国成立不到一年，百废待兴，而美国又是头号军事强国，还纠集了十多个国家的精兵，装备比我们强，海空军占绝对优势，手中还有原子弹，气势汹汹，不可一世，连苏联都不愿参战，我们却要出兵，确实是困难极大。可是这是关系到中国前途、命运的大问题，不出兵就将遭到美国的侵略、欺侮、压迫。他经过慎重而又慎重的考虑，权衡全局，认为还是出兵更有利些。于是他说："防？怎么个防法？积极进攻是更好的防。我们鸭绿江一千多里防线，需要多少部队？而且年复一年都得准备打，不知它哪天打进来。"周恩来停一下，斩钉截铁地说，"既然早晚都要打，我看还是早打为好"。

"跟美国这一仗，看来是不可避免的了，最近根据法新社透露，美军结束朝鲜战争后，将去保护亚洲的各个极为重要的地区，这些地区包括台湾和印度支那，果然如此的话，就会逼使我们在台湾和越南同他们较量。既然美国决定从三个重要方向来实行对中国的进攻，朝鲜、台湾和越南，那我看，我们还是选择朝鲜为好。理由是朝鲜北方多为山地，对美军机械化行动不利，便于我们打运动战，而且，朝鲜与苏联接壤，也便于我们获得苏联的援助。老大哥的援助还是不可少的嘛！"周恩来轻轻地抿了一口茶，浓眉下两只大眼睛，放射出炯炯、威武的眼光和神情，放大声音说，"现在我们如果对美帝不抵抗，一旦输了，就会处处陷于被动，敌人将得寸进尺。反之，如果给以打击，让他在朝鲜陷入泥坑，敌人就无法再进攻中国，甚至会影响它派兵到西欧的计划，这样敌人内部的矛盾也会发生。"

"美帝国主义用武力压迫别国人民，我们要使它压不下去，给它以挫折，让他知难而退，然后可以解决问题。我们是有节制的，假如敌人知难而退，就可以在联合国内或联合国外解决问题，因为我们是要和平不要战争的。"

"还有另一种可能，敌人愈打愈眼红，打入大陆，战争扩大。"

"我们应该做这方面的准备，我们并不愿意战争扩大，它要扩大也没有办法。我们这一代如果遇着第三次世界大战，为了我们的子孙，只好承担下来，让子孙永享和平。"

在这里，周恩来把中美必有一战，不是在朝鲜打就在别地打，而在朝鲜打对我更有利的道理，把战场上的抵抗和胜利同进行谈判、争取和平的关系，把朝鲜战争的前景和结果都分析得一清二楚。

周恩来的讲话，引起大家的高度重视，许多人认为讲得好，有道理，晚打不如早打，尤其在别的地方打不如在朝鲜打，只有打才有可能进行谈判，争取和平解决朝鲜的问题。

但也还有人不这样认为，胸中有疑虑，担心打不赢，后果不堪设想。

毛泽东插话说："我非常赞成周恩来的意见。有人害怕美国的原子弹，我认为它有它的原子弹，我有我的手榴弹，它打它的原子弹，我打我的手榴弹；我相信我的手榴弹会战胜它的原子弹，无非是纸老虎。"

会议休息时，毛泽东对周恩来说："他们一千条道理一万条道理驳不倒我们一条道理，我们和朝鲜都是共产党领导下的社会主义国家，我们不能在一旁看着敌人把朝鲜灭亡了。唇亡齿寒嘛，怎能见死不救呢？另外，为了我们自己的建设也要出兵。"毛泽东和周恩来又商量了一会儿，最后决定派志愿军援朝作战。会议又讨论了一会儿，毛泽东宣布今天的会议到此结束，明后天再继续讨论，但宣布中央已决定派志愿军入朝作战。

为什么叫"志愿军"呢？毛泽东、周恩来是有过考虑的。因为叫志愿军意思就是政府不出面宣战，是人民志愿组织起来的军队，这样就不给美国以国与国宣战的口实，留有很大的回旋余地，同时，也可不泄露军事秘密。

当天晚上，毛泽东、周恩来找林彪谈话，拟要林彪率领志愿军入朝作战，因十三兵团原是第四野战军的主力，是林彪的部下，林彪在东北工作过几年，对东北的情况熟悉。但是林彪没有马上表态，考虑良久，觉得以志愿军现有设备和美军作战，风险太大，搞不好要把他在辽沈、平津战役中打出来的威信全部丢光。况且到朝鲜作战肯定会十分艰苦，部队又没有制空权，飞机狂轰滥炸，指挥部也要钻洞子，且他的身体状况难以适应艰苦的环境，他神经衰弱，怕水、怕风甚至听到水声流动也使他皮肤过敏。

毛泽东、周恩来见林彪难以担此重任，便决定另请大将军彭德怀来挂帅。

召见印度大使，阐述中国立场

10 月 3 日凌晨，周恩来紧急召见印度驻华大使潘尼迦，向他表明了"美军如越过三八线，我们要管"的中国政府的强硬态度。

周恩来：前天收到大使先生转来尼赫鲁总理的来函，谢谢。尼赫鲁总理所提的问题，范围很广，因此需要一些时间来研究。我们感谢他的好意，对于他的努力表示赞赏。尼赫鲁总理所提的问题中，有一个比较紧急的，那就是朝鲜问题。美国军队正企图越过三八线，扩大战争。美国军队果真如此做的话，我们不能坐视不顾，我们要管。请将此点报告贵国政府总理。

潘尼迦：我曾经预料到这种局势，因此于 9 月 26 日致电我国政府，报告：如果美军越过三八线，其后果将非意料所及。尼赫鲁总理于是致函阁下，据我所知，他还以公函分致英美政府，提出警告。我国驻联合国代表团团长劳氏把阁下 10 月 1 日报告中有关朝鲜的一段，在记者招待会、安理会以及联合国大会上宣读了。我国政府正在尽其所能，继续施加压力。

周恩来：关于朝鲜事件，我们曾经交换过意见。我们主张和平解决，使朝鲜事件地方化。我们至今仍主张如此。我在 10 月 1 日的报告中也声明了我国政府的态度，我们要和平，我们要在和平中建设。过去一年中，我们在这方面已经做了极大的努力。美国政府是靠不住的。尽管在三外长会议中有了协议，不经联合国协议，不得越过三八线，但是美国政府不一定受其约束。

潘尼迦：有些迹象已经表明，美国政府有背弃三外长协议的可能，麦克阿瑟对美国政府的压力很大。昨日有消息报告，南朝鲜军队已经越过三八线9英里。

周恩来：我们也看到同样的消息，据说是在东海岸。另一个消息说，瓦克将军指挥的部队已经越过三八线，但是并未说明是南朝鲜军队还是美军。

潘尼迦：我当即刻报告尼赫鲁总理。除了以上阁下所述，是否还有其他需要我报告的？是否有任何建议？

周恩来：其他一切，容我们研究尼赫鲁总理来函之后，于下次会面时再告。

潘尼迦：阁下所称朝鲜事件应该地方化，是否应该把朝鲜战事限于三八线以南？或是应该把朝鲜战争即刻停止？

周恩来：朝鲜战事应该即刻停止，外国军队应该撤退，这对于东方的和平是有利的。朝鲜事件地方化的意见，就是不使美军的侵略行动扩大成为世界性事件。

潘尼迦：朝鲜事件地方化在目前包含两个问题：第一，美军即将越过三八线，因此，朝鲜事件地方化，可能是指所有已经越过三八线的美军必须即刻撤回。第二，朝鲜事件必须和平解决，有关各国，如中国、苏联必须参与讨论此事。为了使我向尼赫鲁总理作报告时较为明确起见，任何可能被中国所接纳的建议究竟应包括哪种意义？

周恩来：这是两个问题。第一，美军企图越过三八线，以扩大战争，我们要管，这是美国政府造成的严重情况。第二，我们主张朝鲜事件应该和平解决，不但朝鲜战事必须停止，侵朝军队必须撤退，而且有关国家必须在联合国内会商和平解决的办法。

潘尼迦：我必须郑重说明时间之短促。美军可能在12小

时之内越过三八线，而印度政府接到我的电报并将采取有效行
动，需要在 18 小时之后。届时，任何和平方案可能为时已晚。

周恩来：那是美国人的事情。今晚谈话的目的是奉告我们
对尼赫鲁总理来函中所提的一个问题的态度。

其实，周恩来在接见印度潘尼迦大使之前，他在 9 月 30 日中
国人民政治协商会议全国委员会为新中国成立一周年的庆祝会上的
讲话中，就已经对美国提出严正警告。他在全面阐述中华人民共和
国的外交政策时，全面谴责美国的对华政策，特别指出："美国为
着进一步扩大在东方的侵略，故意制造了李承晚傀儡集团对朝鲜民
主主义人民共和国的进攻，随即借口朝鲜的形势派遣海军空军侵略
我国的台湾省，宣布所谓台湾地位问题应由美国所操纵的联合国解
决，同时多次派遣侵略朝鲜的空军侵入中国辽东省上空，实行扫射
轰炸，并派遣侵略朝鲜的海军炮击中国的航海商船。美国政府由于
这些疯狂横暴的帝国主义侵略行为，已经证明了它是中华人民共和
国最危险的敌人。美国侵略台湾和朝鲜的总司令麦克阿瑟早已透露
了美国政府的侵略计划，并且正在继续制造扩大侵略的新借口。中
国人民坚决反对美国的侵略暴行，并决心从美国侵略者手中解放台
湾及其他领土。"

周恩来在讲话中严厉警告美国说："美国侵略者如果以为这是
中国人民软弱的表示，那就要重犯与国民党反动派同样严重的错误
了。中国人民热爱和平，但是为了保卫和平，从不也永不害怕反抗
侵略战争。中国人民决不能容忍外国的侵略，也不能听任帝国主义
者对自己的邻人肆行侵略而置之不理。谁要是企图把中国近五万万
人口排除在联合国之外，谁要是抹杀和破坏这四分之一人类的利益
而妄想独断地解决与中国有直接关系的任何东方问题，那么谁就一
定要碰得头破血流。"

杜鲁门、麦克阿瑟错误地认为："周恩来的声明更多的意义在于实行一种政治恫吓。中共没有发动战争的能力，他们不具备相应的工业能力。而三八线没有什么军事意义，它不过是一条纬度线。有什么力量能阻止联合国军跨越它。"对于周恩来同潘尼迦大使的谈话中警告美国如果越过三八线，"我们要管"，杜鲁门认为"潘尼迦先生在过去都是经常同情中国共产党的家伙，因此对他的话不能当作一个公正的观察家的话来看待，充其量不过是一个共产党宣传的传声筒罢了"，不予重视。

彭德怀临危受命

两天后，麦克阿瑟在东京联军总部主持召开作战会议，麦克阿瑟在会上以一种不容置疑的口吻，宣布了他的作战计划。他说："诸位将军，我认为我们每个人以后都不再涉及什么三八线的问题——没有任何限制，就像踢足球时可以任意越过球场中线一样，有本事你就带球猛攻对方大门。现在我宣布如下简要计划：第一，沃克将军率第八集团军以现有兵力打过三八线，主攻方向是开城、沙里隆、平壤轴线，目标是夺取平壤。第二，阿尔蒙德的第十军由我直接指挥，以现有兵力在元山实施两栖登陆，同第八军在朝鲜北部会合，对敌军形成包围。"

1950 年 10 月 4 日午后不久，一架银灰色的伊尔 –18 型飞机从西安机场呼啸起飞。这是毛泽东、周恩来派来接赫赫有名的大将军、中央军事委员会副主席、中国人民解放军副总司令彭德怀。

彭德怀是湖南省湘潭县人。生于 1898 年，出身贫寒。只读过两年私塾，从 11 岁起就给地主放羊，当过煤窑工人和挑土工人，饱尝了地主资本家的欺凌压榨。苦难悲惨的童年，使他幼小的心灵中种下了对压迫剥削者的仇恨。有一年，他的家乡发生了一次大灾荒，加上地主逼租逼债，弄得湘潭一带哀声载道，饿殍遍野，人民为了活命，自动组织起来吃大户。而家藏万石粮的豪绅大户们不仅颗粒不给，而且残酷镇压。当时年仅十几岁的彭德怀目睹这一情景，再也遏止不住心头的怒火，带领数百名饥饿的群众，冲进一个大地主家里，运走了仓库的大半粮食。他的性格第一次迸发出耀眼的光芒。1916年他抱着为工农大众寻找出路、为中华民族谋求解放的强烈愿望投入湘军。1919年，他当连长时，在连里组织"救贫会"，团结进步官兵，为工农谋利益。1920年冬，驻防南县注磁口时，为了减轻当地农民痛苦，经"救贫会"讨论，秘密派人杀了一个姓欧的恶霸地主。这个恶霸地主是大军阀赵恒惕处一个少将参议的哥哥。此举在当时震动很大。被告发后，他弃职潜逃。1923年他考入湖南军官讲武堂，毕业后历任连长、营长，以"救贫会"为核心，组织"士兵委员会"，提出反对列强瓜分中国、打倒地主、实行耕者有其田等6条纲领，积极进行反帝反封建的斗争。

在大革命时期，彭德怀参加了北伐战争，他指挥的营作战英勇，屡建战功。1926年秋，他任代团长，在北伐军团攻武昌时，认识了共产党员段德昌。段德昌对他进行了党的教育，介绍他读了《共产党宣言》《资本论大纲》等马列主义著作和进步书刊。这时，他才真正寻找到工农翻身、民族解放的道路。大革命失败后，在严重的白色恐怖下，他毅然决然地走上了马克思主义的道路，于1928年初加入了中国共产党。

1928年7月，在中国革命低潮的时刻，彭德怀领导了著名的平江起义。起义后部队改编为红五军，彭德怀任军长，之后，他又创立红三军团，任军团总指挥，积极开展湘鄂赣游击战争，开辟了湘鄂赣根据地。同年11月率领主力红军奔向井冈山，经过辗转苦战，于1928年12月11日到达宁冈地区，与毛泽东、朱德率领的红四军胜利会师。从此，他和兄弟部队紧密配合，纵横驰骋于巍峨井冈、苍茫赣水和碧绿闽山之间，以艰苦卓绝的斗争，粉碎了蒋介石一次又一次的"围剿"，跨越万水千山，冲破蒋介石数十万大军的围追堵击，胜利地进行两万五千里长征，在长征后期担任陕甘支队司令员，到达陕北后，担任过红军前敌总指挥、中央军委副主席。

抗日战争时期，彭德怀担任八路军副总司令，同朱德一起率领八路军，英勇挺进敌后，放手发动群众，广泛开展游击战争，开辟了广大的华北抗日根据地，指挥了有名的百团大战，粉碎了日本侵略军无数次的围攻、"扫荡"，打退了国民党反动派的挑衅、进攻，迎来了抗日战争的辉煌胜利。

解放战争时期，彭德怀受命于危难时期，率领了人数不多、装备又差的第一野战军，在十倍于我之敌的疯狂进攻面前，在极端困难的条件下，从容不迫，泰然自若，声东击西，连战皆捷，终于消灭了蒋介石、胡宗南、马步芳、马鸿逵、马继援的军队，解放了大西北，立下了以少胜多的赫赫战功。

彭德怀既有勇又有谋，既擅于将兵又擅于将将，高瞻远瞩，成竹在胸，既是个战略家又是个战役指挥家，他组织指挥过无数次重大战役、战斗。他提挈百万大军如一人，令则行，禁则止，静如山，动如虎，攻必克，守必固，高屋建瓴，势如破竹，是国际国内有名的大军事家、杰出的将帅。毛泽东曾经写了热情赞扬他的诗：

山高路远坑深，
大军纵横驰奔。
谁敢横刀立马，
惟我彭大将军。

现在，当美军越过三八线，大举向朝鲜民主主义人民共和国进攻，严重威胁中国安全的时候；面对世界上最强大的又用先进武器武装起来的美帝国主义，而在我军装备落后、国力弱、供应困难的情况下，必须挑选一个能征惯战，又有威望的大将军来统率志愿军入朝作战，才能稳操胜券。所以毛泽东、周恩来认定了他，看中了他，选定了他。

彭德怀靠在飞机座椅上，脑子里一时无法安静下来。中央命令他紧急赴京是什么任务呢？他想是不是有关大西北的建设呢？他已让秘书把资料带上，以备汇报。飞机在西北和华北上空飞行，白云下，隐约可见山峦、平原和银带状的河流。他侧头向下望去，华北大地呀，多少年来，数百次战斗，东渡黄河，沂口战斗，百团大战，敌后坚持，攻克太原、归绥，这些熟悉的、战斗过的地方，现在应该休养生息；再向西北望去，只见茫茫一片，大西北呀，是他眷恋的地方，两万五千里长征，他和毛泽东、周恩来首先到达陕北、甘肃、宁夏，保卫延安、沙家店战斗、攻克西安、进军新疆等等，这片解放了的土地，建设的重任落在他身上。可是，他又想，前几天在报纸上看到我国外交部声明《强烈抗议美国及其仆从悍然越过三八线侵略朝鲜》，莫非同这件事有关？他忽然想起 8 月下旬毛泽东曾经给他发过一次电报，告诉他：需集中 12 个军以便机动。但此事于 9 月底再定，那时请你来京面商。现在是 10 月初，看来可能就是这件事。他曾同十九兵团、二十兵团的司令员打过招呼。不过，中央不是已将十三兵团派往东北两个月了吗？而且，他看过中央军委先委派粟裕为司令员，萧劲光、萧华为副司令员的任命，以后又改任邓华、洪学智等为正副司令员，现在会不会是增兵东北或出兵帮助朝鲜？若是帮助朝鲜同志，率先出动的是十三兵团，而十三兵团大都是原来隶属第四野战军的主力部队，如果要派一位大将率领部队出征，那首先应该是点林彪的将嘛！

彭德怀一下飞机，中央办公厅的一位负责同志已经等候在停机坪，他说："彭老总，我们来接您去中南海，中央正在开会，要您一下飞机就去开会。"

当彭德怀迈着稳健的步子走进颐年堂会议室时，政治局扩大会议正在进行。

毛泽东、周恩来见彭德怀进来，都笑着向他打招呼。

毛泽东说："老彭呀，你是准时到达。我们催你赶快来，是很急的事哟，可是也没有办法，是美帝国主义不让我们休息嘛！"

彭德怀向毛泽东点头笑笑，说："让我一分钟也不能耽误，立即进京。中央的命令一下，我家就是着了火，也得赶来的哟。"

周恩来说："现在是我们邻居家着火了，而且越烧越大，我们能安之若素吗？现在我们开会就是讨论这件事，出兵朝鲜问题。德怀同志你先喘口气，等会儿你也要准备发言啦。"周恩来神采奕奕，泰然自若。这位大政治家、大外交家、大军事家，一向潇洒自如，春风满面，对待每一个同志都是非常诚恳、热情，对待每一件事都非常认真、仔细、周到。今天是他主持会议，从他的神情看是临危不惧，胸有成竹。

彭德怀坐下以后，环顾会场四周，发现除政治局委员及外交部副部长李克农、章汉夫外，参加会议的几乎全是高级将领，可以说是一次最高的军事会议，一定有重大的军事决策和行动。

彭德怀是个敏感的人，他意识到中央急召他来京，可能又要给他什么任务。但他想，还是先不露声色，听听别人的发言再说。

周恩来催促大家发言，他说："中央已在10月2日决定派志愿军赴朝作战，并已电告苏联斯大林，请其予以支援。孙子说'知彼知己，百战不殆'。我们既要看到出兵赴朝的有利条件，也要看到不利的条件。这样才能扬长避短。"

高岗开口道："我还是那个意见，出兵朝鲜要慎重。我认为林彪同志的意见是有道理的，待敌人进攻到我国境内再打不迟。所以我主张早打不如晚打好。"高岗讲出他的理由，"美国战争潜力很大，从他们的南北战争结束到现在，将近100年了，美国本土没有遭到战争的破坏，成为世界上工业最发达的国家，别忘了，美国的钢产量每年达到8000万吨，超过我们140多倍。不要说还有原子弹。我们呢，大家都知道，百孔千疮，百废待兴。刚刚解放，大多数解放区的土地改革还没完成，许多边远地区的土匪、特务和国民党军队的残余武装还未肃清。不如等我们经济发展了，部队的武器装备改善了，特别是我们的海空军建立起来，那时候再打，恐怕更有把握些。"

高岗的发言，引起大家的争论。有的说，我们准备不足，美国准备也不足。美军分布全球，战略重点在欧洲，在朝鲜的兵力明显不足；有的说，与其坐等美国打进来，不如打出去；有的说，不如请苏联出兵，苏联军队武器比我们好；有的同意林彪、高岗的意见。各种意见相持不下。

周恩来宣布今天散会，明天继续讨论。

众人起身离去。

毛泽东、周恩来叫住彭德怀："德怀同志慢走一步，我们还要同你谈谈哩。"

毛泽东、周恩来、彭德怀三人并肩走出颐年堂会议室，穿过颐年堂院门，走到菊香书屋。

毛泽东从办公桌的卷宗中翻出一份电报，递给彭德怀，忧虑之态溢于言表："我给你看个东西。这是金日成和他的外相朴宪永10月1日那天通过我们的大使发来的电报。你看看，形势很危急，美军在仁川登陆之后，已越过三八线。我们通过印度大使潘尼迦那个渠道向美国提出警告：不要越过三八线，过了三八线，我们要管。可是他不理睬，要用军事解决问题。昨天凌晨，恩来同志再次召见潘尼迦，重申我们的态度，可美国的好战分子料定我们不敢参战，料定我们怕他们，所以才对我们的警告当耳边风。他美国依仗什么？还不是仗着飞机大炮，还有那个不得了的原子弹。"

周恩来接着说："骄兵必败，哀兵必胜。历史上常常是弱者战胜强者。我看我们是有把握打败美国侵略者的。"

彭德怀看完朝鲜的求援电报，沉思良久：朝鲜已面临亡国之灾，向我们发出紧急求援的呼吁，怎么能见死不救呢？何况都是共产党国家，应该团结一致，共同对敌，更不要说两国唇齿相依，唇亡则齿寒。彭德怀认为应该出兵赴朝。他反问一句："主席、恩来同志，你们是否已经下定了决心？"

毛泽东吸了一口气，说道："德怀同志，这个决心可不容易下哟。我和恩来同志考虑很久，商量过多少次，政治局也讨论过。你知道，一声令下，三军出动，那就关系到数十万人的性命。常说，性命关天嘛。打得好那没么子可说的，打得不好，危及国内政局，甚至丢了江山，那我们对人民没法子交代喽！政治局扩大会上，大家的担忧也是有道理的。不过，打还是要打，朝鲜危急了，我们要是不管，那我们将来危急了，斯大林也不管，都那样的话，社会主义阵营不就成了一句空话？我告诉你德怀同志，斯大林对我们党有些瞧不起呢！他以为我们不是真正的马克思主义者，是搞农民运动的土地改革者，农民党。我们现在困难很多，经济落后，这是实情。但我们不能只顾自己，我们毕竟是大国，土地辽阔，人口众多。应该发扬国际主义精神，无私地援助朝鲜。话又说回来，帮朝鲜也利于我们自己。我们的重工业都集中在东北：鞍山的钢铁，沈阳的机械工业，抚顺和本溪的煤，小丰满大型水力发电站。我们不能让敌人推到鸭绿江边威胁我们东北的安全。"

周恩来见毛泽东讲完了，不紧不慢地说："朝鲜战争发生以来，我就一直考虑我们怎么办，出兵还是不出兵，出兵的结果会如何，不出兵的结果会如何？出兵有哪些有利条件，有哪些困难和不利条件。开始我也觉得我们国家刚刚建立，百废待兴，应该集中力量搞建设。待我们实力雄厚了，再同美帝国主义决一雌雄。可是，再一想这是一厢情愿，美国不让你这样做。经过政治局扩大会这几天的讨论，我认为晚打不如早打，干脆打了以后再建设。我同总参谋部、外交部的同志们研究分析过多少次。认为：美国的国力比我们强得多，经济发达，我们很落后，美军装备先进，具有现代化的装备，机动性强，陆军地面火力很强，海空军占有绝对优势。同美军相比，我军的装备则明显劣势，步兵就那么几门迫击炮。其他重一点的火炮都是缴获的国民党的，用骡马牵引，运动隐蔽都很困难，主要是靠步枪和手榴弹发挥作用。但是，我们也有美军所不具备的长处：

第一，我军是为了反侵略而战，为了国际主义而战，是正义之师，出师有名，得到国内国际广大人民的支持；我们的指战员政治觉悟高，士气旺盛，在政治上我们占绝对优势；美军是为了侵略而打仗，他们是不正义的，出师无名，遭到美国人民和全世界人民的强烈反对，士气低落，在政治上处于明显的劣势。

第二，我军有丰富的战斗经验，几十年一贯以劣势的装备战胜装备优良的敌人，我军善于近战、夜战、山地战、白刃战，美军虽有现代化的优良装备，但他的军官与士兵不善于进行夜战、近战、白刃战，在这些方面我军占有绝对优势。

第三，我军作战机动灵活，善于打运动战，从侧面包抄消灭敌人，还善于分散、隐蔽、独立作战，美军则是一切按条令规定，打法比较呆板机械。

第四，我军英勇善战，不怕流血牺牲，能吃苦耐劳；美军很多是少爷兵，不能吃苦。

第五，我军是背靠祖国作战，离后方近，组织供应比较方便；

美国远涉重洋作战，需要的东西很多要从美国本土运来，即使有些物资可以从日本运来，供应线也比我们长得多，人员物资补充困难。美军的装备虽然现代化，车多、大炮多、飞机多，但是他们消耗的油料、弹药也多。我们的装备差，车少、炮少，但消耗的油料、弹药也少。

另外，从战略上说，美国的战线太长，从北冰洋、黑海、波罗的海、地中海、印度洋、太平洋一直搞到东方来，战线从西欧到东亚，比当年希特勒和日本的战线都长。美国在世界上还有许多军事基地，好比10个指头按跳蚤动弹不得。美国的同盟国都不强，可派的兵也寥寥无几。美国依仗有原子弹，也并非他一国所独有，苏联也掌握了原子弹。同时，苏联答应派空军，空中由他们负责，地面由我们负责。所以，只要我们有充分的准备，掌握敌人的长处和弱处，避开敌人的长处，充分发挥我们的长处，趋利避害，以我之长击敌之短，就一定能以劣势的装备，打败优势装备的敌人。"

彭德怀听了毛泽东、周恩来的一席话，连连点头，说："你们说得有道理，分析得很透彻。我看我们有把握取得反美战争的胜利……"说到这里，彭德怀停下来不说了，他想，听高岗刚才告诉他的"要点你的将喽"。毛泽东、周恩来叫他来，莫非是真的？可是他马上把话题岔开："现在十三兵团只有4个军，那力量不够呀。"

毛泽东马上接过话题说："我想再给他们编两个军，把五十军和六十六军调去，你看怎么样？"

"我们还准备调华东野战军宋时轮的第九兵团去。"周恩来补充道。

彭德怀见毛泽东、周恩来的话已到嘴边，就是没有明说让他率领赴朝作战部队。他问道："十三兵团都是四野的部队，林彪他现在怎么样了呢？"

毛泽东立刻手一挥，淡淡地说："不谈他不谈他，这个人打起仗来谨慎有余，胆力不足。今天我们不谈他。"毛泽东用眼神同周恩来交换了一下意见，说，"好吧，老彭，今天我们先谈到这里，你回去休息、吃饭。"

毛泽东、周恩来把彭德怀送出菊香书屋，毛泽东对彭德怀说："老彭，你要好好想一想哟。"

"给我多少时间？"彭德怀停下脚步问。

"我不吝啬，给你……"毛泽东伸出两个指头。

"两天！"

"两个小时。"周恩来说，"想好了以后，你给主席打个电话。"

彭德怀走后，毛泽东对周恩来说："志愿军的统帅有了，这就好办了。"

"老彭是个难得的人才啊！"周恩来赞赏地说。

"有他赴朝指挥作战，我就放心了。"毛泽东兴高采烈地说。

彭德怀回到北京饭店住处，连饭也无心吃，翻来覆去地想，他已不能回大西北领导那里的建设了，他将要奔向相反的方向去东北了，然后率领几十万上百万大军出征朝鲜，在战场上同美国人厮杀了。想到这里，他毅然决然地抓起电话，拨响了毛泽东的电话号码。

"怎么样老彭？两个小时到了。"毛泽东浓重的湖南乡音，彭德怀对这是很熟悉的。

"我想好了，主席，听从组织安排。"

"那好，君子一言，驷马难追。明天会上见。"

第二天，政治局扩大会议在颐年堂继续进行，彭德怀作重要发言。他说："美国占领朝鲜，威胁我东北，又控制了台湾，上海、华东受到严重侵扰。它要发动战争，随时都能找到借口。老虎总是要吃人的，什么时候吃，决定于它的肠胃。我看不同美帝见个高低，要想建设社会主义是困难的。"

他呷了一口茶，说："我们常说，社会主义阵营，是比资本主义阵营强大，我们不出兵支援朝鲜，那么怎样显示强大呢？为了鼓励殖民地半殖民地人民反对帝国主义、反对侵略的民族民主革命，也要出兵，为了展示社会主义阵营威力也要出兵。"

彭德怀又讲了入朝作战的战略战术，他说："美国同我在朝作战，它利速决，我利长期；它利正规，我利对付日本鬼子那一套。我有全国政权，有苏联援助，比抗日战争时期有利得多。即便打烂了坛坛罐罐，无非等于解放战争晚胜利几年，没有什么了不起的。我认为出兵朝鲜是必要的。我赞成主席、恩来同志的考虑和中央的决定。"

"好嘛，德怀同志的意见我看很好。"毛泽东说，"我给大家通报一个情况，我和恩来、少奇、朱德等同志商量过，我们想让彭德怀同志率兵出征。昨天晚上恩来和我找老彭谈了一次，他欣然接受这个重担。老将出马喽！好吧，德怀同志，我谢谢你，中国人民谢谢你！你是临危受命哪，有你去我们就放心了。"

彭德怀指挥四野主力

彭德怀是个急性子，责任心很强。他受命以后，即于10月8日到达沈阳，9日召开军以上干部会议，传达中央的决定和指示，宣读了中央军委的电令：

彭高贺、邓洪解及中国人民志愿军各级领导同志们：

（一）为了援助朝鲜人民解放战争，反对美帝国主义及其走狗们的进攻，借以保卫朝鲜人民、中国人民及东方各国人民的利益，着将东北边防军改为中国人民志愿军，迅即向朝鲜境内出动，协同朝鲜同志向侵略者作战并争取光荣的胜利。

（二）中国人民志愿军辖十三兵团及所属之三十八军、三十九军、四十军、四十二军及边防炮兵司令部所属之炮兵一师、二师、八师。上述各部队立即准备完毕，待令出动。

（三）任命彭德怀同志为中国人民志愿军司令员兼政治委员。

（四）中国人民志愿军以东北行政区为总后方基地，所有一切后方供应事宜，以及有关援助朝鲜同志的事务，统由东北军区司令员兼政治委员高岗同志调度指挥并负责保证之。

（五）我中国人民志愿军进入朝鲜境内，必须对朝鲜人民、朝鲜人民军、朝鲜民主政府、朝鲜劳动党（即共产党）、其他民主党派及朝鲜人民的领袖金日成同志表示友爱和尊重，严格地遵守军事纪律和政治纪律，这是保证完成军事任务的一个极重要的政治基础。

（六）必须深刻地估计到各种可能遇到和必然会遇到的困难情况，并准备用高度的热情、勇气、细心和刻苦耐劳的精神去克服这些困难。目前总的国际形势和国内形势于我有利，于侵略者不利，只要同志们坚决勇敢，善于团结当地人民，善于和侵略者作战，胜利就是我们的。

中国人民革命军事委员会主席　毛泽东

1950 年 10 月 8 日于北京

彭德怀身着戎服，威武庄严，虽已 50 出头的人了，但讲话仍像洪钟似的。他说："我是 4 日到的北京，5 日受的命。8 日就到沈阳来了。昨天晚上，会见了金日成同志的代表朴一禹，今天又来和同志们见面，马不停蹄仓促上阵！"

接着说："昨天晚上朝鲜的内务相朴一禹同志专程抵沈阳，向我通报了目前朝鲜的战况，当夜又乘车返回。朴一禹说：美国最近又从日本动员了5万兵力补入李承晚部，并且他们还拟再次从美国调7个师来朝作战，从东西朝鲜湾登陆。金日成同志再一次紧急要求我军迅速出动。所以，我军的出兵不仅是定了，而且是很快就要出动了。"

然后，他又谈了入朝作战的方针。他说："当前我们的任务是积极援助朝鲜人民反侵略者，保持一块革命根据地，作为相机消灭敌人的基地。在敌人技术装备优势和朝鲜地幅狭小的条件下，我军过去在国内战争中所采取的大踏步进退的运动作战，已不适合于朝鲜战场，而采取阵地战与运动战配合的方针。敌人来攻，我们要把它坚决顶住，不使之前进；发现敌人有弱点，即以迅速出击，插入敌后，坚决消灭之。保存土地是我们的任务，但更主要的是消灭敌人的有生力量。我们的战术是灵活的，不是死守某阵地，但在必要时又必须坚守某一阵地。我们不是单纯的防御，最好既能消灭敌人，又能守住阵地。我们的任务是光荣的、艰巨的，我相信同志们一定能完成好。"

10月11日，彭德怀从沈阳赶赴安东前线，听取了十三兵团司令员邓华、副司令员洪学智、韩先楚，参谋长解方的汇报，并向中央建议增派兵力，不久中央决定调六十六军到前线，第九兵团昼夜兼程从华东赶来。

彭德怀听完汇报，研究了入朝作战部署以后，在邓华、洪学智、韩先楚、解方和朴一禹的陪同下，亲自登上中朝交界的白头山和鸭绿江边，察看地形，选择进朝作战的路线。

白头山，位于中朝国境线上，朝鲜五岳中之北岳，白头山山脉，即摩天岭山脉，它的最高峰是朝鲜最高的山峰。它是早更新世火山活动的产物，在近世纪时期，曾于1597年、1668年、1702年先后喷发过。主峰海拔2750米，名将军峰。山顶有一椭圆形火口湖，称白头山天池（中国称长白山天池），周围有大片玄武岩，一般厚200—300米，部分地区厚600米，覆盖于片麻岩之上，形成以火山口为圆心，半径170公里，面积45000平方公里，高大广袤的白头山台地。由此向南延伸，连接朝鲜地势最高的部分，即"北部山地"，有白藏高原、盖马高原和鸭绿高原。中朝交界的鸭绿江和图们江（又称豆满江）发源于白头山，东西分流。这一带年平均温度－1.7摄氏度，年平均降雨量700—800毫米。山顶除7—8月份外，其余时间均为白雪覆盖，白头山直到海拔2000米处，都长着茂密的树林，再往上为高山草原带，山里长着100多种药材、110多种野菜和香料植物，有51种野犬和137种鸟类。

彭德怀登上白雪皑皑的山头，他先朝北看看祖国的东北，已是冷雨飘飘，树叶已经枯萎了，庄稼也快收完了，但是大地仍然生机勃勃，香烟缭绕，他无限眷恋地说："啊，祖国，母亲，你的儿女们，为了保卫你，明天我们就要出国打仗了！"他又朝南望，一片乌云遮着大地，战火纷飞。他感慨地说："啊，我的朋友，我的邻邦，你们正在帝国主义侵略魔爪下遭灾受难，为了帮助你们，援救你们，明天，我们就要进入你们美丽的国土，三千里锦绣江山，同你们并肩作战！"

陪同彭德怀的人们，每人都有一番感叹，说不出的复杂心情，走下山来，到了鸭绿江边。彭德怀走到江边，捧起碧绿的江水，对着随行的人说："鸭绿江名不虚传，它的水真是绿的，我还第一次见到如此绿的水呢！"他又试试水的温度，让侦察人员量量水的深度。并且说，"如果万一敌人把鸭绿江上大桥炸了，我们就涉水过去。长江那样宽那样深，还挡不住我百万大军横渡呢，小小的鸭绿江有何难哉？"他对着邓华和洪学智等说："十三兵团都是哪里人？"邓华噘噘嘴："这老洪最清楚，他在这个部队时间最久了！"洪学智笑笑说："这个部队有您、彭老指挥过的红一方面军老底子，有徐海东的红二十五军、有八路军一一五师。抗战后，黄克诚率领的新四军第三师，我就是三师的，从苏北到东北，罗荣桓率领的山东八路军，从山东到东北，经过解放战争又吸收了东北青年。这是一支能征惯战的四野主力部队。"

彭德怀笑笑说："解放战争期间，我没有直接指挥这支部队作战。"

洪学智说："您是中央军委副主席、中国人民解放军副总司令，他们都会听您指挥的！"

彭德怀说："我不是这个意思，中国人民解放军是共产党领导的，都得听共产党的指挥，党中央既然任命我为志愿军的司令员，那当然得听我指挥。我是想问部队的成分，是南方人还是北方人，南方人都会水，北方人旱鸭子，渡江要挑选那些会水的在前面开路。"

洪学智说："原来老总问的是这意思，我想问题不大。这支部队里苏北人多，尤其是中下层骨干有相当多的苏北人，他们过去生长在水网地区，又在那里作过战，所以涉水过江都可以。"

彭德怀听了洪学智的介绍，非常满意地说："好，现在万事俱备，只等东风了！只要中央毛主席一声令下，我们就跨过鸭绿江，奔赴朝鲜战场。"

五、再访苏联谈军援

10月，莫斯科的建筑物和街道都已披着一层银白色的雪衣。

周恩来刚忙完了派志愿军赴朝作战，任命了彭德怀为司令员兼政治委员，十三兵团已经做好了一切战前准备，可以说万事俱备，只等中央一声令下，就立即向朝鲜出动了。又于10月7日偕同翻译师哲飞往莫斯科，同斯大林商讨苏联派飞机支援朝鲜作战问题。

事情是这样的，早在10月2日，中国决定派志愿军入朝作战时，就给斯大林发了一份电报：

菲里波夫（斯大林的代号）同志：

（一）我们决定用志愿军名义派一部分军队至朝鲜境内和美国及其走狗李承晚的军队作战，援助朝鲜同志。我们认为这样做是必要的。因为如果让整个朝鲜被美国人占去了，朝鲜革命力量受到根本的失败，则美国侵略者更为猖獗，于整个东方都是不利的。

（二）我们认为既然决定出动中国军队到朝鲜和美国人作战，第一，就要能解决问题，即要准备在朝鲜境内歼灭和驱逐美国及其他国家的侵略军；第二，既然中国军队在朝鲜打起来（虽然我们用的是志愿军名义），就要准备美国宣布和中国进入战争状态，就要准备美国至少可能使用其空军轰炸中国许多大城市及工业基地，使用其海军攻击沿海地带。

（三）这两个问题中，首先的问题是中国军队能否在朝鲜境内歼灭美国军队，有效地解决朝鲜问题，只要我军能在朝鲜境内歼灭美国军队，主要是歼灭其第八军（美国的一个有战斗力的老军），则第二个问题（美国和中国宣战）的严重性虽然依然存在，但是，那时的形势就变为于革命阵线和中国都是有利的了。这就是说，朝鲜问题既以战胜美军的结果而在事实上结束了（在形式上可能还未结束，美国可能在一个相当长的时期内不承认朝鲜的胜利），那么，即使美国已和中国公开作战，这个战争也就可能规模不会很大，时间不会很长了。我们认为最不利的情况是中国军队在朝鲜境内不能大量歼灭美国军队，两军相持成为僵局，而美国又已和中国公开进入战争状态，使中国现在已经开始的经济建设计划归于破坏，并引起民族资产阶级及其他一部分人民对我们不满（他们很怕战争）。

（四）在目前情况下，我们决定将预先调至南满的 12 个师于 10 月 15 日开始出动，位于北朝鲜的适当地区（不一定到三八线），一面和敢于进攻三八线以北的敌人作战，第一个时期只打防御战，歼灭小股敌人，弄清各方面情况；一面等候苏联武器到达，并将我军装备起来，然后配合朝鲜同志举行反攻，歼灭美国侵略军。

（五）根据我们所知材料，美国一个军（两个步兵师及一个机械化师）包括坦克炮及高射炮在内，共有 7 公分至 24 公分口径的各种炮 1500 门，而我们 1 个军（3 个师）只有这样的炮 36 门。敌有制空权，而我们开始训练的一批空军要到 1951 年 2 月才有 300 多架飞机可以用于作战。因此，目前我军尚无一次歼灭一个美国军的把握。而既已决定和美国人作战，就应准备当着美国统帅部在一个战役作战的战场上集中它的一个军和我军作战的时候，我军能够有 4 倍于敌人的兵力（即用我们的 4 个军对付敌人的 1 个军）和一倍半至两倍于敌人的火力（即用 2200 门至 3000 门 7 公分口径以上的各种炮对付敌人同样口径的 1500 门炮），而有把握地干净地彻底地歼灭敌人的 1 个军。

（六）除了上述 12 个师外，我们还正在从长江以南及陕甘区域调动 24 个师位于陇海、津浦、北宁诸线，作为援助朝鲜的第二批及第三批兵力，预计在明年春季及夏季，按照当时的情况逐步使用上去。

苏共初步应允出动空军

已经是深夜了，位于莫斯科市中心的克里姆林宫的浅灰色塔楼在号叫的寒风中，俯瞰着寂静无人的宽阔的红场，高高的克里姆林宫墙内，一座三层小楼内的一个房间还亮着灯光。苏共中央总书记斯大林的办公室里，正在举行苏共中央政治局会议，讨论中共中央关于出兵朝鲜的来报。

斯大林拿着燃烧着的烟斗，在地毯上来回踱步，一面听取政治局委员们的发言，一面在思考。

斯大林已经显得苍老，他的向后梳的头发已变得灰白、稀疏，前额与头顶相连的部分已经秃谢，并且他的脸色似乎也因嗜酒的缘故而透出一种铝灰色。只是那一双永远沉思与洞察的眼睛，依然炯炯有神，露出犀利与智慧的锋芒。

莫洛托夫首先发言说："中国同志决定派志愿军入朝作战是对的、英明的。根据雅尔塔、波茨坦会议，朝鲜在第二次世界大战后以三十八度纬线为分界线，分为南北朝鲜，现在李承晚和美国军队越过三八线，就破坏了雅尔塔、波茨坦会议的决议，我们为了维护国际协议、维护国际上现在的格局，应该支持中国人民志愿军，他们负责地面作战，我们派出空军负责空中作战，中苏朝鲜合起来，可以对抗美国的侵略，粉碎美国的企图。当然，我也赞成中国同志意见，力争使朝鲜战争地方化，但也做最坏的打算。"

伏罗希洛夫发言说："毛泽东、周恩来等中国领袖们决定派志愿军入朝作战，表现了他们的伟大气魄和决断力，值得我们赞佩，我高兴有这样可靠的盟友。当然，中国刚刚解放不久，国力比较弱，面对美国这样强大的敌人，没有国际支援是不行的。我们苏联在反法西斯战争中遭受破坏，损失很大，需要有一个和平环境恢复元气。但是美帝国主义侵略兄弟国家，不能坐视不管，出点飞机支援中国、朝鲜还是可以的。"

"我担心，苏联出动空军会不会引起第三次世界大战。"赫鲁晓夫提出质问，"依我看，为了稳重起见，苏联还是不要出动空军，让中国、朝鲜和美国先打去，看看情况再说。"

"我同意赫鲁晓夫同志的意见。对于苏联出动空军要特别慎重，否则，如果美国空军轰炸中国大陆，苏联为了援助中国，去轰炸日本的美军基地，那么战争就没有边缘了，完全可能扩及欧洲和世界各地。苏联无疑要被再次卷入战火之中。"贝利亚发言。

斯大林停下来说："我也担心，苏联出动空军，可能导致苏美直接作战，爆发第三次世界大战，这不符合我们目前恢复和发展经济的方针。"斯大林边走边说："原先，我们不是估计美国不敢在朝鲜大打吗？可是美国竟敢在仁川登陆，大举进攻，朝鲜很危险，中国愿意出兵支援这很好。但是没有相应的空军配合，中国军队和美国作战，困难很大，结果就很难说，万一中国军队顶不住，被美军打进中国东北部，那里离苏联很近……"斯大林却又停下来，脸上露出一种坚毅的神态，说："不久以前，我们不是同中国签订《苏中友好同盟互助条约》吗？条约中明文规定：一旦条约国任何一方受到日本或日本同盟的国家之侵略，另一方即尽其全力给予军事及其他援助。这是信义，这是义务，这是责任呀！"

莫洛托夫又说："斯大林同志说得对，我们必须信守《苏中友好同盟互助条约》，如果失去信用，谁还同我们签订条约呀，所以我们应该答应中国方面的要求。"

"那好吧，莫洛托夫同志，请你告诉外交部通知罗申大使转告周恩来，苏联负责空中作战。"斯大林作了决定。

事物常常不是按人们想象的那样发展，就在毛泽东、周恩来令志愿军向朝鲜境内迅即出动，通过中国驻朝鲜大使馆告诉了金日成，请朝鲜方面派专人去沈阳与彭德怀商谈志愿军入朝作战的具体事宜，同时把这些情况通报了莫斯科。可是不到两天，苏联方面通过苏联驻华大使罗申告知周恩来，说："原商定的苏联方面出动空军部队配合中国军队入朝作战之事，由于苏联方面没有做好准备，所以空军暂不能出动。"

空援落空，周恩来再赴莫斯科

周恩来对这个突如其来的变化很震惊，他说："我们不是一切都商量好了吗？怎么在中国军队已下令出动的情况下，苏联却单方面决定改变呢？是因为时间太匆促，苏联空军确实未准备好，还是别有原因。请罗申大使转告斯大林和苏共中央，我们不理解……"

罗申大使一走，周恩来立即赶到丰泽园，将苏联的通知告诉毛泽东。毛泽东顿时脸色变白，他抽着烟来回在室内走动，足足考虑了十多分钟才说："恩来，你看这样一来，真让我们为难。"

"是啊！苏联不出动空军，我们就丧失了制空权，敌机狂轰滥炸，大部队白天无法作战，困难太大了。"周恩来说，"他们说因为没有准备好，暂缓出动，主席，你相信吗？"

"我才不相信哩！他们没有准备好，我们也没准备好，许多部队过冬衣服都没发下去，武器装备也有待更换。依我看暂缓出动不过是个托词，斯大林是想让我们单独对美军作战，以避免风险。"

"暂缓出动是外交辞令，实际上他们害怕卷入这场战争。我们也要慎重哟。"

"你看苏联迟不说早不说，偏偏等我们命令一下，他们才说，让我们话说出去了，无法收回。"

"即使社会主义国家也不一定可靠，我们要独立自主，自力更生才是。"

"恩来，我看这件事要重新考虑，不过还要争取一下。"毛泽东点起烟，狠抽了一口，又说，"恐怕要劳你大驾，去一趟莫斯科了。"

周恩来在去莫斯科之前，同毛泽东商定暂缓出兵，等他的消息再走。

周恩来乘坐专机到达莫斯科，苏联部长会议副主席莫洛托夫、苏联外交部部长维辛斯基和中国驻莫斯科大使王稼祥等到机场迎接，并送至莫斯科奥斯特罗夫斯卡娅八号高级公寓。

周恩来告诉维辛斯基，请转告斯大林，说他要尽快见到斯大林同志，有重要的情况告诉他。周恩来要王稼祥通知正在莫斯科休养的林彪立刻前来，陪同他去见斯大林。

林彪怕打不赢麦克阿瑟，丢了他"林彪"的面子，担当"千古罪人"之名，借口身体不好，给中央打报告，请求到苏联治病，把抗美援朝的重担撂了下来。

第二天，维辛斯基通知周恩来，斯大林立刻见他。斯大林正在靠近黑海边的克里米亚半岛阿布哈兹区休假，大部分政治局委员也在那里，将由布尔加宁陪同前往。

克里米亚半岛，位于苏联欧洲部分的南部，临黑海和亚速海。

斯大林和苏联其他领导人时常在克里米亚这个风景胜地休息和疗养。

今天，斯大林在他的阿德烈尔斯休养所的办公室里等待周恩来的到达。

周恩来、林彪在布尔加宁陪同下于上午到达克里米亚阿布哈兹区，先参观了一番疗养院，然后又休息了几个钟头。午后，前往斯大林的住处，进行会谈。

斯大林在他那宽敞明亮、温和舒适的办公室里，同先行到达的苏联外交部部长维辛斯基交谈起来。

"这次，周恩来到苏联来，是要我们派苏联空军支援他们出兵朝鲜?"斯大林不急不慢地问。

"是的，斯大林同志!"维辛斯基小心翼翼地坐在斯大林的对面，摆出一副听候询问的样子，并毕恭毕敬地回答道。

"维辛斯基同志，我们政治局是曾经决定支援中国的空军问题。不过……"斯大林拿起桌上的烟斗慢慢装上烟丝，缓缓地走动着，划了根火柴，点着烟，抽了一口，停下脚步。"可是后来，政治局有几位委员，如贝利亚、赫鲁晓夫、米高扬，还有……他们坚持认为苏联不宜出动空军，那样就等于苏联直接参战，就可能引发新的世界大战——第三次世界大战，这对苏联不利，因为苏联在第二次世界大战中牺牲很大，工农业生产遭到极大的破坏，需要休养生息，重新建设，我觉得他们的意见也有道理，但是我又有一种担心，如果苏联不出动空军，那么中国志愿军入朝会不会有变化?"

"我想不会的，斯大林同志!"维辛斯基也站起来恭敬地回答，"毛泽东、周恩来早已下决心参战，这从他们10月初发给您的电报中可以看得很清楚。"

斯大林被维辛斯基提醒，他停下脚步，放下烟斗，从办公桌上的档案夹里找出中共中央的来电，又仔细看了一遍，说道："从这份来电中，倒是没有讲到苏联出动空军作为中国派志愿军的先决条件。不过通过外交途径磋商过，我们是允诺过他们的要求。"

"但是，斯大林同志，如果中国军队没有苏联空军支援，赴朝作战是很困难的。"维辛斯基脸上露出担心的神色。

"你这种担心是有道理的，但是，维辛斯基同志，不要过高估计美军的实力，他虽然打着联合国的旗号，但是兵力所限，要知道，战争中最后解决问题的，还是要靠陆军。美国哪有那么大的胃口，吞了朝鲜，还敢去吞中国，它消化不了，而且还会撑破肚皮的。"

"斯大林同志，您考虑得很周到。"维辛斯基说。

"不要说这个"，斯大林打断了维辛斯基的恭维，"你看看周恩来是不是到了，维辛斯基同志？"维辛斯基看了看手表，从长桌的椅子上站起来："是的，斯大林同志，时间到了。"说着，他匆匆地走出办公室。

这时，在通向斯大林办公室的走廊上，装饰壁灯把长廊映得金碧辉煌，猩红的地毯上，周恩来、林彪、师哲正徐徐走来。

周恩来走在最前面，他穿一身灰色中山装，脚着一双棕色皮鞋，步履轻捷，还像平时一样潇洒自如，神态安详。但他的心情并不轻松，因为这次来莫斯科见斯大林不比以前几次，这一次是要解决一件棘手的事情。怎么把这件事处理好而又不影响中苏之间的友好关系，这是他从北京上飞机到莫斯科后一直在考虑的问题。由于原先答应出动空军支援中朝军队作战，现在又通知中方苏联空军暂缓出动，而中国志愿军也暂缓出动，斯大林会有什么反应，会不会发脾气？斯大林会不会改变主意，立即出动空军？

周恩来凭着自己同斯大林多次接触，知道斯大林曾在德黑兰、雅尔塔和波茨坦三国首脑会谈中，以政治远见和外交手腕解决了世界许多重大政治问题。在同政界、外交界包括兄弟党在内的接触中，还是极有分寸、注意礼貌的，并非西方传说那样专横的样子。在斯大林办公室的门口，苏联外交部的接待人员已经等在那里，微笑着向周恩来等问好。就在此刻，维辛斯基从里边打开了斯大林办公室的雕花烫金大门，躬身同周恩来等握手，用俄文说一句欢迎的话。

斯大林和莫洛托夫等其他政治局委员见周恩来进来，也都站起来向前挪动几步，笑着同周恩来等握手问好。

周恩来发现斯大林似乎比半年以前见到的时候更加衰老了，面部肌肉显得很松弛，握手的时候感觉十分无力。

"毛泽东同志让我代他问候您。"周恩来微笑着对斯大林说。

"毛泽东同志好吧，请你转达我对他的问候，我想他现在一定很忙。"斯大林试探着说，想看看周恩来的反应。

周恩来没有正面回答，他却介绍说："林彪同志也来了，你们很早就认识了吧。"

"是的，"斯大林说，"林彪同志抗日战争时期曾在我们苏联养病，病好以后还在苏联参谋部工作过一段时间，我听说你正在莫斯科养病，怎么也到我这里来了？"

林彪恭敬地欠了欠身子，说道："我是在莫斯科养病，不过，我很想和周总理一道来看望你，这正好是一次机会。"

周恩来为什么要带林彪来见自己，是因为林彪同自己熟悉呢，还是因为林彪任过第四野战军司令员，对东北比较熟悉呢？或者是由于怕说服不了自己派空军，怕毛泽东猜忌，所以要林彪做证呢？斯大林猜想着，仿佛没有注意林彪在说什么，没等翻译把他的话翻完，就转向周恩来，用一种非常平淡的口气说："朝鲜同志由于战争开始时军事进展顺利，疏忽了对情况逆转时的思想准备，也许产生了轻敌思想，但当美帝在仁川登陆反扑后，对朝方压力很大，现在招架不住了。看来敌人不会就此止步，不会停止前进，如果碰不到强大的阻力的话，而且，朝鲜目前已受到极大的挫折，战场形势很严重的，对我们都是很不利的。"斯大林停顿一下，看看周恩来的反应。他见周恩来不动声色，又说："今天想听听中国同志的看法和想法。"

周恩来见斯大林在放试探气球，他仍然沉住气未说什么。斯大林急了，便单刀直入地说："我们已经知道中国任命了彭德怀同志为志愿军司令员，率兵赴朝。我听说彭德怀作风勇猛，很会打仗，是位好统帅。"

"是的，斯大林同志，无论在红军时代，还是在抗日战争、解放战争期间，彭德怀打得都很出色，所以毛泽东同志才点他的将。"周恩来回答道。

林彪坐在那里一阵脸红，心中有愧，但他忙掩饰说："不过和美军作战，情况就不同了。"林彪虽然承认彭德怀作战勇猛，打了很多大仗、漂亮仗，但他认为彭德怀勇气有余谋略不足，不及自己善于讲究战略战术，权衡利弊得失。这次彭德怀受命援朝，未免有点冒险。他想他在苏联养病，本是借口回避，未想到周恩来又叫他来见斯大林，谈中国因为苏联不出动空军中国志愿军也暂缓入朝作战。他心里直是叫苦，这可不是什么好差事，搞不好给斯大林留下坏的印象。不过已经来了，只好硬着头皮随机应变。反正有周恩来挡着，问题不至于太严重。"美军有什么了不起，林彪同志，你要知道，他们是在别国领土上进行的不义之战，士气必然低落，你说是吗？"

林彪一惊，才知道斯大林是对他说的，于是赶忙回答："当然，美军师出无名，是不义之战……不过，目前我国部队装备太差啦，火炮和装甲部队太少，我估计至少要集中五倍甚至六倍于敌的兵力，才能取胜。"

斯大林靠在椅子上，手里拿着一支铅笔，在一张白纸上勾勾画画，一会儿，一只线条简单的狼跃然纸上。这个习惯是斯大林多年形成的，不论是在出席重大会议，还是在外交场合，他时常这样做，或者是画一只狼，或是画一座教堂……这些熟练的动作，并不影响他的思考和同别人谈话，而是常常在画着什么的时候，对某一个问题的决断就在头脑中形成了。

"是的，林彪同志，你说得也有道理。"斯大林的眼睛依然在欣赏纸上的那只狼，"中国的装备有待改进"。斯大林对着周恩来说："你们提出要苏联帮助你们装备 40 个师，我们同意，但要分步骤来。目前，我们马上先为你们装备 20 个师。不过，我们的经验，不必等装备好了再作战，应该边作战边装备，这样士兵会更快地熟练运用这些装备，在实战中提高部队的战斗能力。"

"我们党中央感谢斯大林同志对我们的援助。"周恩来认为时机到了，立刻转入正题，"毛泽东同志一再嘱咐我向斯大林同志表示衷心的敬意！但是我还想向您反映一下我们的困难情况，那就是我们的空军刚刚组建，飞行员正在训练，还不能立刻投入战斗，因此，中央政治局决定，暂缓出兵。"

"怎么？你们不是已经出动了吗?"莫洛托夫一愣，急忙说，"为什么要暂缓呢？要知道，朝鲜情况非常紧急。"

斯大林不动声色，他把烟斗轻轻放在桌上，两眼默默地盯着那张画了一草图的纸。他心里非常明白，这是由于苏联空军的暂缓出动，中国方面也就暂缓出兵了。

好半天，斯大林不紧不慢地用低沉的声音说："关于空军问题，我想我们还可以再设法解决。布尔加宁同志，我们应该告诉总参谋部，空军方面应该加紧对中国空军进行战前训练。还有援助坦克、大炮等装备。"

"是，斯大林同志，这事我们马上去办。"布尔加宁回答得非常干脆。

"请原谅，"斯大林对周恩来说，"目前苏联空军尚不能出动，飞机到了空中，很难划定界限，如果和美国正面冲突起来，仗打大了，也会影响中国的和平建设，特别是你们还处在战后恢复阶段。"

"我看苏联空军可以穿中国志愿军的服装，以志愿军的名义作战。"林彪灵机一动说，"这样既可解决我们的制空权，又避免了美苏的直接冲突。"

"可是，如果有的飞行员被对方捉去，那只穿一身中国志愿军的衣服又有什么用呢？"斯大林微微一笑，令人捉摸不透。

停了片刻，斯大林问周恩来："恩来同志，那么您这次来莫斯科，就是来通知我们这件事的？""是的，斯大林同志，没有苏联空军的配合作战，我们暂不出兵。"周恩来不容置疑地回答。沉默了一会儿，斯大林拿起那只早已熄灭的烟斗，说道："那么好吧，我们是不是应该通知金日成，让他在中国东北通化建立流亡政府？"

周恩来明知斯大林是将他一军，因为谁能忍心让北朝鲜被美帝国主义占领呢？这个结局将是令人痛心的啊。可是中央没有授权他如果苏联不答应派出空军，中国也要出动志愿军。所以，他没有作出反应。

"不过，金日成可以带游击队上山打游击嘛！"林彪却说，"北朝鲜山多林密，背靠东北，适合打游击，革命一定会成功的，斯大林同志。"

斯大林将在手中的烟斗一摇晃，然后站起来，在室内踱步，边走边说："我理解中国的困难，只是暂缓要缓到什么时候？你们看，朝鲜的事情，对于我们最好的结局是：既不引起世界大战，同时又能有效地制止侵略。"

"也许朝鲜问题在短时期内得不到解决，但是我们还是要做好战争准备。"周恩来强调说，"希望苏联答应提供我们 20 个师的装备能尽快运到，而且我们还需要大量的运输汽车……"

斯大林非常注意地听着周恩来的话，忽然，他停下步子，转身对周恩来说："这个问题，我讲过，装备还是在实践中更换更好，部队可以在实战中训练，在实践中迅速掌握使用技术，发挥先进装备的效力。"

周恩来不露声色地笑了，脸上依然非常严肃。心想斯大林到底是谈判老手，不愧为智斗罗斯福、丘吉尔的斯大林，他居然轻而易举地把问题又引回到中国应该出兵参战的问题上来。不过，我周恩来见斯大林的目的也已达到了，将中共中央暂缓出兵的决定向他作了解释，事情既已办完，就没有必要再谈下去了，免得陷入被动。于是也说："好吧，斯大林同志，我们会将您的建议向我党中央政治局报告的。"会谈后，斯大林为周恩来举行宴会。

为了使气氛轻松、缓和，斯大林、莫洛托夫等同周恩来海阔天空地闲谈、聊天，时而谈些奇闻逸事、奇风异俗，时而谈些历史故事，时而谈些世间奇闻、历史事件、奇异人物，加上各种奇异的酒会，斯大林还不断向周恩来敬酒，以表示好感。

离开斯大林的住地，天色已经微明，周恩来丝毫没有睡意，因为与斯大林的会见使他的神经高度紧张，睡意早被驱逐得无影无踪。他认为，他现在完成了一项使命，精神稍稍轻松一点儿，但是向苏联要军事装备，还得一项一项地谈。既不能过于讨价还价，又要机智灵活地达到目的。各种事情都要掌握好分寸，谈何容易。

第二天清晨，周恩来等在布尔加宁的陪同下，飞返莫斯科。

林彪在路上问周恩来，"总理，您看斯大林今天的态度怎样？"

"经验丰富，不露声色呀！"

周恩来回到下榻的奥斯特罗夫斯卡娅八号公寓，坐下休息喝茶，机要秘书康一民把国内发来的特急绝密电报送来。

周恩来接过电报，迅速阅过，眉头一挑，对站在一旁的师哲说："立即译成俄文首先送给莫洛托夫，要求他立即转告斯大林，并约定时间，举行新的会谈。"

中国决定单独出兵

周恩来又仔细地看了一遍电文：

恩来同志：（一）与政治局同志商量结果，一致认为我军还是出动到朝鲜为有利。在第一时期可以专打伪军，我军对付伪军是有把握的，可以在元山、平壤线以北大块山区打开朝鲜的根据地。可以振奋朝鲜人民。在第一时期，只要能歼灭几个伪军的师团，朝鲜局势即可起一个对我们有利的变化。

（二）我们采取上述积极政策，对中国、对朝鲜、对东方、对世界都极为有利；而我们不出兵，让敌人压至鸭绿江边，国内国际反动气焰增高，则对各方都不利，首先是对东北更不利，整个东北边防军将被吸住，南满电力将被控制。

总之，我们认为应当参战，必须参战，参战利益极大，不参战损害极大。

毛泽东

1950 年 10 月 13 日

周恩来久久凝视着电文，一种振奋之情油然而生。说实在话，毛泽东的气魄令他钦佩不已。现在看来，不管苏联出不出动空军，我们也要打了。

"总理，电话要通了。"翻译的话打断了周恩来的思绪，他健步走到电话机旁，拿过话筒，用俄文说："莫洛托夫同志吗？我是周恩来，请翻译同志给你讲话。"周恩来将话筒交给师哲，一句一句地口授：

"毛泽东和中央政治局发来重要电报，有关朝鲜问题我们又有重大决策，请安排我尽快和斯大林同志会见。"

莫洛托夫立即报告斯大林，这时斯大林也已回到莫斯科。

斯大林沉默了一会儿说："不是刚刚见了不久吗，怎么又要见呢？莫洛托夫同志，他们又要提出什么条件？"

"是的，斯大林同志，这很可能，据我了解，您同周恩来谈话以后，中国方面一点动静没有，看来他们真的暂缓出兵了。"莫洛托夫说。

斯大林又沉默了一会儿，然后说："中国是个大国，周恩来是位大人物，他要求见我，我能不见吗？何况，此时非常需要中国的支持，尤其是朝鲜战局，没有中国参与是绝对不行的。莫洛托夫同志，你懂吗？"

"我懂，斯大林同志。"

"那你就通知周恩来，请他明天上午来！"

"好的，我马上给他打电话，他在等我答复呢。"说着莫洛托夫退出斯大林的办公室。

第二天上午，周恩来健步走进斯大林的办公室，斯大林的表情有些拘谨，他请周恩来坐下，板着脸，没有说话。

"斯大林同志。"周恩来先开口，他态度自然、轻松而又充满信心，声音朗朗地说，"毛泽东同志刚刚发来电报，我们中央政治局已经再次作出决定立即出兵朝鲜！"

当翻译把周恩来的话翻译给斯大林后，斯大林半晌沉默无语。他想，周恩来刚刚通知中国暂缓出兵，怎么现在又突然通知立即出兵呢，变化真快。他怕翻译翻错了，又问苏方翻译周恩来同志刚才是说中国立即出兵吗？

翻译说："是的，斯大林同志，师哲同志是俄文专家，他的翻译从来是又准确又流利的。"莫洛托夫也笑容满面地说："周恩来同志是这样说的！"

斯大林的脸上笑容可掬。他意识到中国同志作出这样重大的决策，这意味着中国人民将克服多大的困难，付出多大的牺牲！这才是真正的马克思主义国际主义啊！斯大林不禁感动地说："还是中国同志好，还是中国同志好……好啊！"他像是对周恩来说，又像是自言自语。

周恩来忽然一怔。他看到一种液体物质涌上了斯大林灰黄的眼睑，并且熠熠闪光。

他流泪了，周恩来看在眼里。

周恩来见事情已经办完，斯大林也未再说什么，便起身告辞了。

斯大林突然迅速地站起来，双手紧紧地拥抱着周恩来，并且大声说："请您转告毛泽东同志，我感激他，朝鲜人民、苏联人民和全世界人民都感激他，他是一位真正了不起的伟人、马克思主义者，中国党是成熟的党、马克思列宁主义的党、高举国际主义旗帜的党。请你们放心，你们出兵之后，我们苏联一定尽力援助你们。"

周恩来回到公寓以后，立即将见斯大林的情况电告毛泽东。

六、出兵朝鲜与外交周旋

　　1950 年 10 月 19 日黄昏时刻，冷雨霏霏，细密如麻，浓云低低压着大地。在迷蒙的充满寒意的秋雨中，中国人民志愿军司令员兼政治委员彭德怀，率领第四十、三十九、四十二、三十八 4 个军和 3 个炮兵师，分别同时开始在安工、长甸河口和揖安 3 个鸭绿江渡口，雄赳赳、气昂昂，浩浩荡荡地跨过鸭绿江，进入朝鲜，开始了震惊世界的抗美援朝战争。

　　志愿军入朝以后，周恩来更是忙中加忙了，他一天只睡三四个小时的觉。他除了同毛泽东商定战略战术，指挥朝鲜战争具体实施外，组织和调动部队增援朝鲜前线和一切后勤保证，事实上的副统帅兼总谋参长、总后勤部长；领导和指挥围绕朝鲜战争的外交斗争；设计和安排国内的经济建设和社会改革，消除美国在中国的影响，防止美国入侵，保证朝鲜前线的需要和后来的外交谈判。这一切的一切，都要周恩来去运筹帷幄，精心安排，身体力行。

　　彭德怀在前线指挥打仗，他于 10 月 20 日由朝鲜副首相朴宁永陪同从新义州来到大榆洞，这是金日成从平壤撤退下来的临时住地。彭德怀和金日成这两位伟人要在这里进行历史性的会见，商讨中朝两国军队如何联合作战的问题。

　　大榆洞原是朝鲜有名的一座金矿。它位于清川江以北的北镇西北 3 公里的一个山沟里，四面环山，从东北向西南方向有一条沟，沟的西南有一个豁口，口外有一条由昌城到球场的可行汽车的土路。沿着沟往里进，西侧有一个农家的草房，便是金日成下榻之处。此外，零零落落还有三五家依山向阳的农舍，是金日成的警卫人员、电台工作人员的住处。

由这个地方往东，有一片洼地，依地势有几块形状不一的稻地，地里庄稼已经收了，只剩下将要枯黄的稻秆之类的东西，被风吹得左摇右晃。洼地以东，就是大榆洞金矿。金矿洞口有一间宽敞的大板房，是矿工原来放工具的棚子。这里就是彭德怀起先一段时期在朝鲜作战的指挥部。

这个木板房后边就是一洞，洞口直径有十多米宽，洞里大洞套小洞，冬暖夏凉，遇有飞机轰炸，便是一座天然防空洞。

在这以前，1950 年 10 月 8 日，毛泽东就代表中共中央给金日成去过电报，电报说：

倪志亮同志转金日成同志：

（一）根据目前形势我们决定派志愿军到朝鲜境内帮助你们反对侵略者；

（二）彭德怀同志为中国人民志愿军的司令员兼政治委员；

（三）中国人民志愿军的后方勤务工作及其在满洲境内有关援助朝鲜的工作，由东北军区司令员兼政治委员高岗同志负责；

（四）请你即派朴一禹同志到沈阳与彭德怀、高岗二同志会商与中国人民志愿军进入朝鲜境内作战有关的诸问题（彭高二同志本日由北京去沈阳）。

上午 9 时，金日成派专人来到彭德怀的指挥部请他前往。中国驻朝鲜大使馆参赞柴成文陪同前往。金日成早已站在他的住地门口迎接彭德怀。他见彭德怀来了，趋前几步，亲切地同彭德怀握手，连声说："欢迎你，热烈欢迎你，彭德怀同志！"

彭德怀也忙说："你好，首相同志！"

随后，金日成引彭德怀到住室门口，按照朝鲜习惯，脱鞋进入室内，在榻榻米上席地而坐。

金日成办公室兼卧室，整洁明亮，炕上的油纸擦得锃亮，室内四壁挂着白布帘。

宾主坐定以后，女服务员端来三杯清茶。

金日成两只锐利、智慧的眼睛盯着彭德怀这位 50 出头，却已闻名世界的大将军，身材不高不胖，两只聪明的眼睛炯炯发光；智慧的大脑袋藏有百万雄兵；威武刚毅，沉着稳健而又朴实无华、可亲可爱的形象，心中十分高兴。毛泽东、周恩来选择这样一位志愿军统帅入朝作战，朝鲜民主主义人民共和国、朝鲜人民有救了。他衷心地感谢中国共产党、中国人民伸出无私的救援之手，真正体现了朝中两国兄弟情谊、无产阶级国际主义的伟大精神。

金日成首先非常感激地说："让我代表朝鲜党、朝鲜人民和朝鲜政府再一次向你、彭德怀同志表示最热烈的欢迎，现在是我们最困难的时刻，在我没有接到倪大使和柴同志的通知的时候，我就相信你们是会来的。后来毛泽东同志来了电报，我就放心了。现在你来了，非常欢迎，非常感谢毛泽东、周恩来同志，非常感谢中国政府、中国人民，非常感谢彭德怀同志。"彭德怀坐下以后也不断打量，这位年轻的朝鲜人民领袖，在这样国家面临存亡的危急关头，仍然那样沉着、冷静、胸有成竹，心中非常钦佩，他谦虚而又诚恳地说："首相同志，你辛苦了。你们的斗争不仅是为了你们自己，你们已经付出了重大的民族牺牲，我们理应支援。毛泽东主席、周恩来总理要我转达对你们的问候和慰问，如果说感谢，应该感谢朝鲜人民和朝鲜人民军。"

金日成："谢谢、谢谢！情况很紧急，是否先请你谈一谈中共中央的决定和有什么打算？"

彭德怀："我们的部队 19 日晚分别由安东、长甸河口、揖安等处开始渡江，向朝鲜战场开进。"

金日成："我已知道了。"

彭德怀："这次出动是仓促的，部队改换旧装备还没有完成，临战前的训练，有的部队还没有进行，第一批入朝参战的部队 4 个军 12 个步兵师，3 个炮兵师，大约 26 万人，作为预备队随后还有两个军 8 万人近日也将入朝。为了防止意外，中共中央已计划再抽调 20 多个师作为第二、第三批入朝参战的部队。总计可达 60 余万人。"

金日成："好，好！"

彭德怀："我们准备先在平壤、元山一线以北，德川、宁远一线以南的地区构筑防御线，构起两三道防御线，求得保持一块革命根据地，作为今后消灭敌人的基地。半年之内如敌人来攻，则在阵地前面予以分割歼灭，如平壤、元山同时来攻，则打孤立薄弱一部；如果敌不来攻，我们也暂不去攻他，等我们换装、训练完毕，空中和地面都具有压倒优势的条件以后，再去攻击平壤和元山。我们这种想法，行不行，听听首相同志的意见。"

金日成："非常感谢，感谢毛主席、周总理，中共中央的决定我完全赞成。"

彭德怀："现在的问题是部队过江和开进都需要时间，修筑工事又需要时间，根据现在敌人疯狂冒进进攻的情况，这一设想能否实现，令人担心。所以我们希望人民军继续组织抵抗，尽可能迟滞敌人的前进，以争取时间。"

金日成："敌人十分嚣张，不可一世。昨晚得到的消息，东路敌人 17 日已占咸兴，正企图继续北上；中路敌人 19 日已占阳德、成川，西路敌人 19 日已进到平壤南郊。人民军由南方撤回来的部队，西线已指定地点集结，进行整顿，东线多数电讯中断，估计他们很困难，我已经派人送命令给东线军团，让他们占领黄海道、江原道地区，开展游击战拖住敌人，可是派去的人至今没有消息。"

彭德怀："现在手上能作战的兵力有多少？"

金日成："现在马上能作战的只有不足 4 个师的兵力。1 个工兵团、1 个坦克团在长津附近，10 个师在德川、宁远以北，1 个师在肃川，还有 1 个坦克师在博川，我们将尽一切努力抵抗。"

彭德怀："毛主席、周总理和我们党中央下这个决心的确是不容易的事，中国大陆刚刚解放，困难很多，现在既然决定出兵了，第一要看能不能在公平合理地解决朝鲜问题上有所帮助，最关键的是能不能歼灭美国侵略军队；第二不能不准备美国宣布同中国的战争状态，至少要准备它轰炸东北和我国工业城市，攻击我沿海地区，这方面已经有所准备。现在面临的问题是部队过江了，究竟能不能站住脚，我看无非是有三种可能。"

彭德怀喝了一口朝鲜茶，明确而又精辟地说出三种可能："一是站住了脚，歼灭了敌人，争取朝鲜公平合理解决；二是站住了脚，歼灭不了敌人，僵持下去；三是站不住脚，被打了回去。我们力争第一种可能。"

会谈结束后，已时近中午，主人留客人吃午饭。在这荒山僻岭的山沟里，只能简便地吃一顿午饭了。一只炖好的鸡，几个罐头，一瓶葡萄酒。宾主频频举杯，亲切友好，十分融洽。

就在彭德怀入朝与金日成会见的前几天，10 月 17 日，美国总统杜鲁门乘"独立号"专机到威克岛与麦克阿瑟会见。

麦克阿瑟，1880 年生在美国一个军官家庭，1903 年毕业于美国西点军校。他年方 38 岁即被晋升为少将，被称为"最年轻的将军"，20世纪20年代，他任美国西点军校校长、1930年升任陆军参谋长，是美国唯一的四星上将，在他之下当时还有一名三星将军，艾森豪威尔只不过是他手下一名少校副官，著名的乔治·巴顿将军当时也是他手下的少校。当时美国陆军只有一辆高级轿车，归他一人独自享用。麦克阿瑟为人极为粗暴，狂妄自大，动辄骂人，甚至不把总统放在眼里，桀骜不驯，违抗总统命令，自作主张。他常挥舞着手上那只镶宝石的烟斗，随意发号施令。麦克阿瑟1935年被调到菲律宾，他子承父业，继任美驻菲军和菲军总司令（他的父亲在美西战争中远征菲律宾，取得这一职位）。1941年日军偷袭珍珠港得逞后，进而围攻马尼拉，麦克阿瑟逃亡澳大利亚，随后，他担任西南太平洋盟军总司令。1944年他同马歇尔、艾森豪威尔、李海、金·尼米兹、阿诺德一道被升为五星上将，成为美国最高军衔。论资历，他应该是首屈一指的，论战功，他却是"乏善可陈"，他是日军手下败将，在莱特湾大海战中日本海军彻底瓦解以后，麦克阿瑟才有了转机。指挥过许多次两栖登陆作战，一直把日军驱逐出巴布亚，占领新几内亚许多战略要地，直至攻占菲律宾。1945年8月15日日本投降后，他任盟军驻日总司令，执行美国独占日本的任务，君临东京，成为日本的太上皇，更是不可一世。

被号称为"小人物"的杜鲁门接替罗斯福担任总统，不用说更不被麦克阿瑟看在眼里。杜鲁门为了笼络麦克阿瑟，在战后，曾多次邀请麦克阿瑟回国一行，并准备以迎接艾森豪威尔得胜归国那样的隆重仪式来欢迎他。但是麦克阿瑟却借口在日任务繁重，难以脱身，予以拒绝。杜鲁门说："我一直对麦克阿瑟在日本任职期间不愿接受返回美国表示遗憾。"杜鲁门的女儿玛格丽特讲得更明白："父亲怀疑他宁愿等待共和党发出政治邀请召唤时回国，以便一举两得，既是得胜而归，又是荣获总统候选人提名。"

1950年7月8日，杜鲁门任命麦克阿瑟为侵朝联合国军总司令。

1950 年 8 月 25 日，麦克阿瑟写了一封准备在芝加哥五十一届海外作战退伍军人大会上宣读的信，信中说："台湾落在这样一个敌对国家的手中，就好比成了一艘位置理想、可以实施进攻战略前不沉的航空母舰和潜艇支援舰。""那些鼓吹太平洋绥靖政策和失败主义的人提出乏味的论点是，如果我们保卫台湾，我们就会疏远亚洲大陆，没有比这再荒谬绝伦的了。"当这封信一被披露，杜鲁门立即命令麦克阿瑟收回这封信，他说："这一切意味着，麦克阿瑟摒弃了我们使台湾中立化的政策，而他却热衷于更冒险的政策。"反映了麦克阿瑟与杜鲁门之间在政策上的矛盾。这矛盾当然不是主要在台湾问题上的矛盾，而主要是在战略上欧亚位置的摆法上，杜鲁门、艾奇逊等坚持欧洲是美国的战略重点，麦克阿瑟则主张重视亚洲。

1950 年 9 月 15 日，麦克阿瑟指挥美国陆一师、步七师、李承晚的陆战部队等，在美国和英国的 300 多艘军舰和 500 多架飞机掩护支持下，乘朝鲜人民军主力胶着于洛东江后方空虚之际，在仁川港登陆之后，迅速向三八线及其以北推进。杜鲁门立即给麦克阿瑟发出贺电，认为胜利已成定局，战场上北朝鲜已"丧失了抵抗能力"。但是杜鲁门还有些不放心，苏中两国有无最后介入的可能？从麦克阿瑟已暴露出的"亚洲第一"的思想来看，会不会不听约束，要来一个"更大冒险"？整个局势中问题如何解决？战后朝鲜重建问题，都需要他与麦克阿瑟共同商量。

照道理，作为总统兼美军总司令完全有权召见任何一位军事指挥官，但鉴于麦克阿瑟这样倚老卖老、骄横跋扈的人，杜鲁门只好移尊就教，百般迁就，把两人会晤地点定在太平洋上的威克岛。杜鲁门从华盛顿飞到威克岛航程是 4700 英里，而麦克阿瑟从东京飞到威克岛只有 1900 英里。

威克岛是马里亚纳群岛中的小岛，在关岛和夏威夷群岛之间，北纬 19°17′，东经 166°36′。面积 8 平方公里，人口 1600 余人，现在被选定为杜鲁门、麦克阿瑟会晤的地方。

1950 年 10 月 15 日，杜鲁门乘"独立号"专机飞到威克岛，他原以为麦克阿瑟在机场等候迎接。据杜鲁门的女儿玛格丽特说："爸爸飞航两倍于麦克阿瑟将军的行程，而且按级别和礼仪的一切规格，麦克阿瑟作为远东军司令，应当到机场迎接他的总司令。"然而，麦克阿瑟却坐在一辆吉普车上，直到看见杜鲁门走出机舱，他才下车，慢步走到舷梯前，和杜鲁门握手为礼。他如此傲慢，竟然不向作为武装部队总司令的总统行礼，使在场的人大为吃惊。

杜鲁门和麦克阿瑟在木屋举行会谈。参加会谈的有雷德福海军上将、穆乔大使、陆军部长佩斯·布莱德雷将军、菲力普·杰塞普、迪安·腊斯克、阿弗里·哈里曼和布莱德雷的参谋长汉布伦上校。会谈主要研究朝鲜局势。麦克阿瑟首先作了简短的汇报。他说，我保证朝鲜战争赢定了，中国共产党不会参战，日本准备接受和约。他坚信在南北朝鲜抵抗都会在感恩节前结束，能够在圣诞节前把第八军撤回日本。他将留两个师和其他联合国国家的部队在朝鲜，直到那里选举了以后，就有可能从朝鲜撤走所有非朝鲜部队。选举可在 1951 年 1 月份举行。

麦克阿瑟讲完后，就拿出烟斗，装上烟丝，在准备划火柴的时候，他转过头来对杜鲁门说："我抽烟，你不会介意吧？"杜鲁门转过头来向他悻悻地盯了一眼，然后生气地说："抽吧，将军。别人喷在我脸上的烟雾要比喷在任何一个美国人脸上的烟雾都多。"

停顿一会儿，杜鲁门问麦克阿瑟："中国和苏联干涉的可能性如何？"

麦克阿瑟说："中国干涉的可能性很小，最多他们可能派五六万人进入朝鲜，他们没有空军，如果中国人南下到平壤，那一定会遭到惨重的伤亡。苏联有空军，但他们的飞行员素质都比我们差。我看不出苏联在冬季到来以前可能调出大量的地面部队。苏联的空军和中国共产党的地面部队根本就配合不起来。"

接着会议又讨论了一旦冲突结束，复兴朝鲜所需的援助问题和日本问题。

最后，杜鲁门批准了麦克阿瑟的部队可以越过三八线直到鸭绿江畔。

彭德怀与金日成会晤之后的第五天，便发动了中国人民志愿军入朝以后第一次战役。

二次战役与美国的诱饵

彭德怀对于入朝的作战方针，早在 10 月 9 日，他抵达安东后召开的师以上干部会上就明确指出："根据敌情和地形的条件，过去我们在中国所运用的运动战大踏步前进大踏步后退不一定适合于朝鲜，因为朝鲜地面小，敌人还占某些优势，因此，在战术上应采取运动战与阵地战相结合的形式，要敢于断敌后路，敢于逼近敌人。"根据他的这个作战方针和思想，他把入朝的 4 个军、3 个炮兵师，全部使用上，集中优势兵力打了这一仗，只用了 6 天时间，便胜利结束了。歼灭敌军 15000 余人，把疯狂进犯的美军、李承晚军队从鸭绿江边一直打退到清川江以南，粉碎了美军企图在感恩节前占领全部朝鲜的计划，取得了志愿军入朝初战胜利，稳住了朝鲜的战局。

第一次战役结束之后，彭德怀又计划部署第二次战役。他深知麦克阿瑟恃强蛮横、刚愎自用、居功傲上的性格和脾气以及美国对中国人民志愿军力量的错误估计，采取诱敌深入、部队佯装后撤、待其深入后歼灭之的战略方针。

美国参谋长联席会议经过反复讨论，认为中国人之所以出现在北朝鲜，有三种可能：

第一，为了边境的安全，控制接近边境的缓冲地带；

第二，从战略上控制美国的军事力量，打一场有限规模的持久战；

第三，将联合国军彻底驱逐出朝鲜半岛。

但是，他们认为中国没有力量敢于同美军抗衡，所以三种可能中，第一种可能性最大。

麦克阿瑟通过美军从空中和地面侦察，在朝鲜境内未找到中国人民志愿军的踪影。因此，他认为，中国人民志愿军已经离开朝鲜。这是中国人的一种手法，搞虚张声势而已。他决定从地面和空中两个方面实行进攻。

杜鲁门最后拍板决定：

第一，在没有判明中国军队出兵意图之前，不改变麦克阿瑟占领全朝鲜的计划，但要麦克阿瑟见机行事；

第二，通过外交途径进行试探，以"保证中共利益"为诱饵，阻止中国进一步介入。

霎时间，朝鲜北部，鸭绿江上，炸弹声不绝于耳，燃烧弹火光四起，天亮到傍晚，整日不停，大批农舍城镇变成瓦砾。美军地面部队第八集团军和第十军及李承晚的军队也于11月6日开始做试探性进攻，声势浩大。与此同时，美国通过英国、印度给中国传话。11月23日下午，中国外交部副部长章汉夫应约接见印度驻华大使潘尼迦。潘尼迦告称，英国外交大臣贝文的态度有所变化，英国政府承认中国在朝鲜问题上的利益，建议中国代表团到达联合国后，能与之讨论朝鲜问题。章汉夫问："你们的见解如何？"潘尼迦："印度政府的见解是：安理会必须有中国参加，才能讨论朝鲜问题，英方提的两点是非正式协商的一个开端。"周恩来召集总参谋部和外交部有关负责人研究了朝鲜战局和印度、英国的传话，认为中国人民志愿军入朝初战胜利，不足以打击美国的嚣张气焰，更没有迫使美国放弃占领全朝鲜的计划，美国的外交试探，完全是一种诱饵，目的是软化我们抗美援朝的决心。因此，决定置之不理，并立即用毛泽东的名义批准彭德怀的作战计划，要其狠狠打，消灭美军的有生力量。正当麦克阿瑟下达"总攻击"命令，公开声称："毫无疑问，我们的弟兄们可以回家吃圣诞晚餐了。"得意忘形地答记者问："中国在朝鲜战场上的兵力到底有多少？"他信口开河地说："大约 3 万正规军，3 万志愿军。"麦克阿瑟完全错误地估计形势。彭德怀早已给他准备好了一个让他自愿钻进的"口袋"。这时的中国人民志愿军除已进入的 6 个军外，又从华东地区调来第九兵团的 3 个军。11 月 25 日，彭德怀命令对深入北朝鲜的美李军发动全线反击。

中国人民志愿军的反击，势如破竹，美李军全线崩溃，自相践踏。美国一位作家小克莱·布莱尔描述当时美军溃败时的情景说："11 月 25 日天黑不久，灾难降临了，约 20 万中国人穿插进沃克的第八集团军与阿尔蒙德的第十军之间的空隙，向第八集团军的右翼，即韩国第二军发起了攻击。韩国部队崩溃了，仓皇逃跑，使中部美国第九军暴露出来。第九军先是收缩，然后坚守，最后与左边的第一军一起后退。两天后，11 月 27 日在东部战场，另一支中国集团军攻击了第十军的奥利佛·史密斯的第一陆战师，中国军插到背后，将海军陆战队围困在楚新水库地区……局势很快就明朗化了，联军遭遇的是第一流的军队。令人吃惊的是，中国人纪律严明，指挥有方。沃克的第八集团军被这突然袭击完全打晕了头，很快开始全线后撤。"

第二次战役取得了很大的胜利，仅中国人民志愿军就歼灭敌人

36000 余人，其中美军 24000 多人，报销了敌军汽车 6000 辆以上，坦克、炮车成百上千辆，美军一个黑人连投降，敌军狼奔豕突。志愿军解放了除襄阳以外的全部三八线以北的朝鲜领土和三八线以南的瓮津、延安半岛，使得麦克阿瑟吹嘘的所谓"圣诞节总攻势"变成圣诞节总退却，迫使敌人由进攻转入防御，确定了抗美援朝的胜利基础。

这两次战役充分体现了彭德怀的"攻其无备，出其不意"的战略、战术思想和实践运用。美国军事家评论说："主力沿南韩军序下第八师毗连地区集中突破，敌人（指志愿军）突破方向之选定完全正确而巧妙。"

就在朝鲜战场上彭德怀打得美李狼狈溃败之际，中华人民共和国出席联合国会议的特派代表伍修权于 11 月 24 日到达纽约，讨论美国侵略中国领土台湾问题。

早在美军入侵朝鲜和占领台湾之初，周恩来考虑到这两个严重事件，直接关系到侵犯中国的主权和新中国的安全问题，又鉴于美国竭力为其侵略行径辩护，企图扩大其侵略战果，很有必要派代表到联合国这个讲坛上阐明中国的立场和谴责美国的侵略。因此他以中国政务院总理兼外交部部长身份代表中国政府致电联合国，控诉美国的武装侵略，要求安理会制裁美国侵略者，使其撤退侵略军。而美国政府则利用联合国进行反扑，于是在联合国的安理会议程上，就出现了两个重要议题：一是由中国提出的"美国侵略台湾案"；一是美国反诬"中国侵略朝鲜案"。按照《联合国宪章》规定：安理会在讨论有争端问题时，应当邀请有关的当事国参加讨论。

因此，安理会于 1950 年 9 月 29 日通过决议，同意中国政府派出代表团，出席联合国大会和安理会，参加"美国侵略台湾案"的讨论，表达中国政府的立场。这一决定由联合国秘书长赖伊于

10 月 2 日正式通知中国政府。在当时，新中国被排斥在联合国之外，这是一个十分引人注目的决定，可以说是新中国外交上的一个胜利。

周恩来和中央领导人经过反复考虑，决定派出有外交工作经验又敢于斗争的伍修权为特派代表、外交部才子乔冠华为顾问的 9 人代表团。在周恩来的直接领导和指导下，代表团进行充分的准备以后，周恩来以外长的名义致电联合国秘书长赖伊，通知他们说："中华人民共和国中央人民政府业已任命伍修权为大使衔特派代表，乔冠华为顾问，其他 7 人为特派代表之助理人员，共 9 人出席联合国安理会讨论中华人民共和国中央人民政府所提出控诉武装侵略台湾案的会议。"

经过许多周折，中国代表团于 11 月 24 日纽约时间 6 时 30 分到达纽约。一位美国记者描述当时的情景说："对我来说非常荣幸，作为一名记者，安心地在机场等待一架飞机的降临，它将第一批中国人民的真正代表载到了我们的国度。在黎明前的黑暗时，我站在显得很空旷的机场上，晨风是冷飕飕的，头顶上飞机正在低飞降落，进口处在一排警察的临视下，三五成群站在那儿的一百多个摄影师、记者和政府官员们，起了无声的骚动……服务人员将红地毯一直铺到飞机降落的地方，照相的灯光和汽车的强光直射着飞机门，使黑夜如同白昼，联合国的汽车都发动起来了。"

11 月 27 日，中国代表团第一次出席联合国大会，引起各方的注目，座无虚席。众人想看一看被国内外反动派描绘成一群青面獠牙可怕的"土匪"，到底是什么样的人。一个个态度坦然自若和仪表端庄正直的中国代表就是一次最好的亮相，就是对诽谤者无声的驳斥和有力的回击，就是周恩来领导下新中国外交官员的光辉形象。

11 月 28 日下午，联合国安理会开始讨论中国提出的美国武装侵略台湾案。中国特派代表伍修权作了长篇演说。他说:"我奉中华人民共和国中央人民政府之命,代表全中国人民,来这里控诉美国武装侵略中国领土台湾(包括澎湖列岛)非法的和犯罪的行为。"接着他针对美国散布的"台湾地位未定""须由美国""托管"或"中立化"等谬论,引用1943年的《开罗宣言》、1945年的《波茨坦公告》和1950年1月杜鲁门自己关于台湾属于中国的言论一一驳斥,又进而揭露:"美国的实在企图是如麦克阿瑟所说的为使台湾成为美国太平洋前线的总枢纽,用以控制自海参崴到新加坡的每一个亚洲海港",把台湾当成美国的"不沉的航空母舰"。演说还针对美国代表奥斯汀说"美国未曾侵略中国的领土"等说道:"好得很,那么,美国的第七舰队和第十三航空队跑到哪里去了呢?莫非是跑到火星上去了?不是的……它们在台湾。""任何诡辩、撒谎和捏造都不能改变这样一个铁一般的事实:美国帝国主义已经代表日本帝国主义,目前它正在走着1894—1895年日本帝国主义所开始走的侵略中国和亚洲的老路,而且想加速地进行。但是1950年究竟不是1895年,时代不同,情况变了。中国人民已经站起来了。战胜了日本帝国主义和美国帝国主义及其走狗蒋介石在中国大陆的统治的中国人民,也必定能胜利地驱逐美国侵略者,收复台湾和一切属于中国的领土。"

伍修权最后严正提出:"为了维护国际和平与安全,为了维护《联合国宪章》的庄严,联合国安全理事会对于美国政府武装侵略中国领土台湾和武装干涉朝鲜的罪行有其义不容辞的制裁责任。因此,我代表中华人民共和国中央人民政府向联合国安全理事会建议:

一、联合国安全理事会公开谴责,并采取具体步骤严厉制裁美国政府武装侵略中国领土台湾和武装干涉朝鲜的罪行。

二、联合国安全理事会立即采取有效措施,使美国政府自台湾完全撤出它的武装侵略力量，以保证太平洋与亚洲的和平与安全。

三、联合国安全理事会立即采取有效措施，使美国及其他外国军队一律撤出朝鲜，朝鲜内政由南北朝鲜人民自己解决，以和平处理朝鲜问题。"

伍修权的演说，轰动国际政治舞台，新闻界纷纷发表评论，认为中国此举"是突破，是成功，是胜利"。

伍修权连续几次出席安理会会议，申述中国的立场，谴责美国侵略台湾，驳斥诬蔑"中国侵略朝鲜"。他严正指出："美国武装侵略朝鲜，一开始就严重地威胁了中国的安全。各位代表先生，朝鲜离美国的国境约有 5000 哩，说朝鲜的内战会影响到美国的安全是十足的骗人鬼话，但朝鲜和中国的国境却只有一江之隔，美国武装部队侵略朝鲜不可避免地威胁到中国的安全。事实也证明了侵略朝鲜的美军，已直接地威胁了中国的安全。"伍修权列举了美国侵朝后，美国军用飞机不断侵犯中国领空、进行侦察活动，扫射轰炸我国城镇与村庄，杀伤我国和平居民，损坏我国财产等大量事实后，强调指出："所有这一切美国侵朝武装力量直接侵略我国的行为，都是向中国人民公然无忌的挑衅，中国人民绝对不能容忍。中央人民政府曾向联合国陆续提出控诉，并要求联合国立即采取措施，制止美国政府此种暴行，撤退美国侵朝部队，以免事态扩大。""美国的武装侵略朝鲜就不可能认为只是有关于朝鲜人民的事，不，不可能的，各位代表先生，美国对于朝鲜的侵略严重地威胁着中华人民共和国的安全。朝鲜民主主义人民共和国是中华人民共和国的亲密友邦，它和中华人民共和国只有一江之隔；中国人民对于美国政府侵略朝鲜的这种严重状态和扩大战争的危险趋势，不能置之不理。中国人民眼见台湾遭受侵略，美国侵略朝鲜的战争火焰迅速地烧向自己，因而激于义愤纷纷表示志愿援助朝鲜人民，反抗美国侵略乃是天经地义、完全合理的。"伍修权引证中华人民共和国外交部发言人 11 月 11 日的声明说："中国人民这种志愿援朝抗美的合理表示，世有先例，无可指责。大家知道，18 世纪，前进的法国人民就曾在拉斐德的倡导之下，用这样的志愿行动，援助过独立战争中的美国人民；第二次世界大战之前，世界各国拥护民主的人民，包括英国人民和美国人民，也同样用这样的志愿行为，援助过西班牙内战中反佛朗哥的西班牙人民。这一切都是举世公认的正义行为。"因此，他着重申明："中国人民政府没有任何理由可以阻止他们志愿前往朝鲜，在朝鲜民主主义人民共和国政府的指挥之下，参加朝鲜人民反抗美国侵略的伟大解放斗争。"

联合国会议上面对面的舌战，和朝鲜战略上"武斗"的胜利，使得美国统治集团内部发生异常混乱，美国舆论惊呼："这是美国陆军史上最大的败绩！"国会上吵得不可开交。有的说美军已丧失对朝鲜军事局势的控制，有的说朝鲜局势的发展已使世界面临严重危机。有的指责麦克阿瑟判断错误，指挥笨拙，应该撤职；有的把责任归咎于杜鲁门和艾奇逊，要求撤换国务卿，弹劾现总统。有的说，不进攻中国的东北是一种"姑息"；有的说，美国从此只应该照顾自己家里的事。麦克阿瑟则公开把失败的责任推给杜鲁门，说他"本来是可以打胜仗的，只是杜鲁门不让照他的办法干下去"，未批准"轰炸"满洲的计划。杜鲁门则指责麦克阿瑟对形势估计错误，认为中共不会参战；即使参战必将惨败，"如果中国共产党企图夺取平壤，那他们简直是自投死路"。更谴责他不应该公开发表声明，推诿责任；甚至考虑要撤麦克阿瑟的职。美国广大群众则采用各种方式表示不满；不少地方烧掉杜鲁门和艾奇逊的模拟像。它的英法等主要盟国则普遍担心美军深陷朝鲜半岛削弱在欧洲的力量，艾奇逊也不得不承认："他们在秋季的那种热情消失了。"

周恩来是位非常善于审时度势的人，他从朝鲜战局的发展，预计到美国必将在军事、外交上采取新的行动。他指示解放军总参谋部配合中国人民志愿军司令部迅速制订第三次战役的作战计划，要外交部密切注视各国动向，研究美国可能玩弄什么花招。

美国人玩花招

果然不出周恩来所料，美国总统杜鲁门于11月30日举行的记者招待会上发表关于朝鲜局势的声明，说："中国人使用了大量的军队对我们进攻，而这种进攻仍然在继续进行。目前战场上的情况是不稳定的，如果联合国部队大部分被迫撤退，我们可能节节败退，就像我们从前所遭受的失败一样，但是联合国部队不打算放弃他们在朝鲜的使命。""有些人曾经希望通过联合国所提供的正当的、和平的途径和中国共产党目前在成功湖的代表，顺利地进行讨论和谈判。然而看不出中国共产党的代表愿意进行这种讨论和谈判的表示。他们避而不谈实际问题，却仿效苏联代表为了阻止安全理事会的行动，所采取的惯技，进行猛烈抨击，假话连篇。"杜鲁门在回答记者问是否在朝鲜战场使用原子弹时说："我们一直在积极考虑使用它。"第二天，美联社在纽约向它的华盛顿分社发出指令，要将这个消息列为头条新闻。这条消息很快传遍全世界，西欧等各国报纸也都用大幅标题刊登这条消息。意大利一家报纸宣称：载有原子弹的轰炸机已准备从日本的机场起飞。《印度时报》以《坚决不答应》为题发表一篇社论。

接着，麦克阿瑟于12月3日向美国参谋长联席会议提出了对中国进行报复的四点建议和措施：

一、封锁中国海岸；

二、轰炸中国本土内的军工企业及其设施；

三、派蒋军入朝作战；

四、要蒋军对中国大陆进行牵制性进攻。

很显然，这是对中国进行威胁和讹诈，企图吓退中国人民志愿军对兄弟的朝鲜人民反美斗争的支援。

但是，无论是杜鲁门的威胁，还是麦克阿瑟的狂叫，都吓不倒中国人民。毛泽东、周恩来他们一眼就看穿了美国的诡计。他们除增派部队加强朝鲜前线的战斗外，并在全国开展轰轰烈烈的抗美援朝运动。群众纷纷自愿捐款，为志愿军购买飞机、坦克。从北方到南方，从上海到乌鲁木齐的广大地区，机关、学校、工厂、农村，家家户户都升起炉火，架起铁锅为志愿军赶制炒面。周恩来亲自带领挥起了炒面的锅铲。许多的妇女甚至老大娘为志愿军赶做军鞋。一批又一批的青年自愿报名参加志愿军，他们被戴上大红花，敲锣打鼓地被欢送上前线。在思想战线上正在深入开展反对恐美、崇美、媚美的运动。孩子们个个都在唱一首儿歌："一二三四五，上山打老虎，老虎不吃人，专吃杜鲁门。"但是美国的盟国却是吓坏了。英国伦敦极度恐慌。英国下院工党 100 人签名请愿，声称如果首相艾德礼对杜鲁门使用原子弹的意图给予支持的话，他们就退出工党使政府垮台。不仅是安奈林·比万的追随者，而且还有丘吉尔、艾登和巴特勒都表示了"忧虑"，他们普遍希望得到朝鲜事件不至于把全世界搞进一场大战的保证。这样，惊慌失措的艾德礼再也坐不住了，急急忙忙于 12 月 4 日越过大西洋飞抵华盛顿。从 4 日起到 8 日艾德礼和杜鲁门举行会谈，展开了激烈的争论。

艾德礼说："让中国参加联合国，可以将它带到正常的谈判中来，从而实现停火。"

美国国务卿艾奇逊立即插话说："不相信中国人会停火，不能让大陆中国取得联合国席位，美国在台湾问题上绝对不能让步。"

艾德礼说："从朝鲜和福摩萨撤退，并把联合国的中国席位给共产党中国，这并不能算是过高的代价……没有什么比保持亚洲对我们的好感更为重要的了。"

艾奇逊立即尖刻地顶上去:"美国的安全更为重要。"

杜鲁门揶揄地说:"我们将待在朝鲜继续打下去。如果我们得到别人的支持,那很好;倘使得不到,我们无论如何也要待下去。"

艾德礼还是极力主张停火,说:"达成停火协议,可以使中国同俄国人分裂明显起来,我要他们(指中国)在远东抵消俄国的势力。""我们单纯把中国看成苏联的卫星国那才是中了俄国人的诡计。"

经过双方争论的结果,达成了一个公报,其要点是:"朝鲜战争还要继续打下去",但是"在没有与对方事先磋商之前,任何一方都不会使用这种武器(指核武器)"。美国得到了"朝鲜战争还要继续打下去",英国得到了"在没有与对方事先磋商之前,任何一方都不会使用这种武器"的保证,总算是一种妥协的结果。

艾德礼的华盛顿之行,不仅代表英国人的态度,也代表了法国、加拿大等盟国的态度,他们反对杜鲁门使用原子弹,也担心麦克阿瑟胡来。由此可见,美国的盟国对支持朝战的热情已经降到正如艾奇逊所说的"不能再低的程度了"。

杜鲁门则处于既要打下去,又要慎重行事的无可奈何的处境。他又听了美国参谋长联席会议对朝鲜局势的分析:"中共部队现在十分强大,如果他们全力以赴,完全可以迫使联合国军撤出朝鲜。"于是他制定了这样的政策:

> 把战争限制在朝鲜;保持对空海力量的限制;不再向朝鲜派任何增援部队,尽可能稳在三八线附近的战线,然后寻求停火,达成停火协议,使朝鲜恢复到1950年6月25日前的状况,如果顶不住就撤出第八集团军去保卫日本。

1950年12月7日，印度驻华大使潘尼迦约见中国外交部副部长章汉夫。他向章汉夫递交了一份备忘录，由阿富汗、缅甸、埃及、印度、印度尼西亚、伊拉克、黎巴嫩、巴基斯坦、菲律宾、伊朗、沙特阿拉伯、叙利亚和也门倡议朝鲜战争先在三八线停战，然后举行一个与朝鲜问题有直接关系的各大国参加的会议，以便和平解决朝鲜问题进行协商。

潘尼迦说："这是所有非、欧、美国家第一次联合起来提出的建议，这一建议不能被认为是支持美国的。因此，如果中国宣布不越过三八线的话，则将得到这些国家的欢迎和道义上的支持。"

"这个建议几天之内将向安理会提出。"

章汉夫回答说："我将把十三国的倡议和大使谈话的内容报告周恩来总理兼外交部部长。"

周恩来看了十三国的倡议和潘尼迦的谈话，召集李克农、章汉夫、伍修权、王炳南、乔冠华、陈家康、龚澎、柯柏年等进行讨论研究。大家一致意见，这些亚非国家由于害怕美国使用原子弹和扩大战争，出于要求和平的愿望，希望朝鲜战争早日结束，得到公正解决，可又害怕得罪美国，只好来束缚中朝人民军队的手脚，搞一个"倡议"。但是不管动机如何，却是有利于美国的，为它寻求喘息的机会，稳住阵脚，以便它争取时间进行准备，然后选择时机再反扑过来。它的要害是"先停"后谈。这个亏我们是吃够了的，1946年马歇尔在中国搞的那一套，宣布停战令，然后帮助国民党运兵，妄图歼灭人民解放军的把戏，我们不能上当。

周恩来于是决定先叫亚洲司司长陈家康约见印度驻华大使馆参赞，向他提出四个问题：

为什么十三国不反对美国对中国、对朝鲜的侵略？

为什么十三国不宣言从朝鲜撤退外国军队？

为什么在美军打过三八线的时候，十三国不讲话？

为什么十三国还有菲律宾（当时菲律宾是参加"联合国军"入侵朝鲜的美国盟国）？

12月11日，周恩来接见印度驻华大使潘尼迦，他非常诚恳地指出，问题的关键在美国，到现在为止，还没有看到美国或联合国有希望和平解决朝鲜问题的具体表示和步骤。不仅如此，联合国正在讨论"六国提案"，企图以指责中国志愿军的正义行动来阻止朝鲜问题的解决。周恩来又指出，菲律宾不仅在联合国通过侵朝决议时追随美国，更以其军队跟随美国进行武装侵略，现在菲律宾也参加提案国主张先行停战，它的真实意图就非常清楚了。周恩来最后指出，朝鲜问题和东方的和平问题是分不开的。

1950年12月14日，第五届联合国大会通过了"十三国提案"，主张由五届联大主席安迪让以及印度和加拿大代表组成一个三人委员会，来确定可以在朝鲜议定满意的停火基础并尽速向大会提出建议。

本来自朝鲜战争一开始，中国就主张尽快把这一战争停下来，而美国却不断反对这样做。到朝鲜战争的形势对美国不利时，美国突然对停火大感兴趣，显然是别有用心的。

12月22日，周恩来用外长名义发表声明，揭露美国玩弄的"停火"阴谋的意图，指出现在"停火"，美国就可以取得喘息时间，准备再战，至少可以保持现有侵略阵地，准备再进。周恩来指出：中国政府曾多次声明，凡是没有中华人民共和国合法代表参加和同意而被通过的联合国一切重大决议，中国政府都认为是非法的、无效的，因此中华人民共和国政府不准备与"三人委员会"进行接触。

但是在拆穿美国"停火"诡计的同时，郑重重申"中国人民亟望朝鲜战争能得到和平解决，我们坚持以一切外国军队撤出朝鲜及朝鲜内政由朝鲜人民自己解决为和平调处朝鲜问题的谈判基础，美国侵略军必须撤出台湾，中华人民共和国的代表必须取得联合国的合法席位……朝鲜问题和亚洲重要问题的和平解决，离开这几点是不可能的"。

为了政治上的需要和配合外交斗争，中国人民志愿军鉴于运输困难、气候寒冷和部队相当疲劳外，特别是山地运动战转为阵地攻坚战需要进行临时训练，建议第三次战役"暂不越过三八线"，以便充分准备，来年开春再战。现在毛泽东、周恩来考虑决定第三次战役要提前开始，而且必须越过三八线。并且由周恩来拟定，用军委主席毛泽东的名义给彭德怀发了一封电报：

彭并告高：

12月8日电悉。（一）目前美英各国已要求我军停止于三八线以北，以利其整军再战。因此，我军必须越过三八线。如到三八线以北即停止，将给政治上以很大的不利。（二）此次南进，希望在开城南地区，即离汉城不远的一带地区，寻歼灭部分敌人。然后看情形，如果敌人以很大力量固守汉城，则我军主力可退至开城一线及其以北地区休整，准备攻击汉城，而以几个师迫近汉江中流北岸活动；支援人民军越过汉江歼击伪军。如果敌人放弃汉城则西线6个军在平壤汉城间休整一个时期。（三）明年1月中旬补充一大批新兵极为重要，请高加紧准备。请彭考虑是否有必要和可能，从前线各军（东西两线共9个军）抽调干部至沈阳加强管训新兵的工作，宋时轮部目前即需补兵一部，恢复元气，是否可能，请高筹划见告。（四）空军掩护铁道运输正在筹备，有实现可能，但最后确定尚待商办。

当时，"联合国军"在朝鲜战场上的总兵力已达34万人，一线兵力为 5 个军 13 个师，另 3 个旅共 20 余万人，主力部队仍是美国第八集团军。中国人民志愿军投入第一线作战的有 6 个军，约 23 万人，朝鲜人民军可投入第一线作战的有 3 个军，14 个师，近 8 万人。为了保证具有重要意义的第三次战役顺利进行，中朝两国协商决定中朝两军组成联合司令部，简称"联司"，凡属作战范围及前线一切活动，统由联司指挥，决定由彭德怀任联司司令员兼政治委员，金雄为副司令员，朴一禹为副政治委员。

彭德怀在第三次战役开始前说："军事要服从政治，既然政治形势要我们打，中央也下命令要我们打，我们打起来实际上又有很多困难，所以就一定要慎重，要适可而止，政治上要求我们突破三八线，那么我们就坚决突破三八线。"

彭德怀还根据第一、二次战役的经验，志愿军没有制空权，敌机白天轰炸很厉害等敌我双方的特点，制订了打运动战，在运动中消灭敌人的作战原则。这是他运用了避敌之长、攻敌之短、扬己之长、避己之短的军事原则，也是一个非常高明的战法。他向指战员们说："敌人离开了飞机大炮，攻不能攻，守不能守，只要我们充分利用夜间，实行大胆迂回包围穿插作战，是可以歼灭敌人的。"他还根据朝鲜战场上的实战经验，提出在晚上打仗，在有月亮照耀的晚上，更能发挥我军夜战的优势，所以打仗最好在月圆期。但发起攻击时，不能选在月正圆时，选在月圆时攻击，越打月亮越小、越暗。最好是选在月圆前几天，这样打到战役高潮时，月亮正好最圆最亮。因此，彭德怀与洪学智、韩先楚两位副司令员和参谋长解方、政治部主任杜平等商量，选择在 1950 年 12 月 31 日黄昏，约 200 公里宽的正面上全线发起攻击。

第三次战役胜利与中国的"和解性"

美李军没有想到中国人民志愿军和朝鲜人民军会这样快就发起进攻，以为我们疲劳之师要休整呢，没有做什么准备。当我军一发起攻击，敌人就慌了手脚，纷纷后撤。

经过7天7夜的战斗，中朝两军向南推进了80至110公里，歼敌19500余人，夺取汉城、飞渡汉江，收复仁川港，将敌逐至三七线。这是一次较大规模的进攻战役，从而进一步加深了敌人内部矛盾和悲观情绪，扩大了中朝两国之国际上的影响。

周恩来的住所兼办公室中南海西花厅，这时那肃穆苍翠的松柏、海棠和其他许多树木都已覆盖一层层的白雪，在寒风中摇晃，纷纷飘落。但是冬日和煦的阳光，照进西花厅内，格外的暖和、舒适、安静。

周恩来开了一夜的会，直到早晨8时半才睡觉。秘书上班时，轻手轻脚地走进办公室，在他的办公桌上放下一大堆亟待批阅的中央各部委、各省市委、政府、中央军委送呈的文电。

上午11时，周恩来起床漱洗、吃早饭，然后走进办公室里迅速地处理文件和电报，当他看到朝鲜前线中国人民志愿军司令部发来第三次战役胜利的捷报，不禁高兴地站了起来，连声叫道："好、好、打得好！"并且马上站起来，在室内来回走动，分析朝鲜的局势和考虑下一步的斗争。他想美军在朝鲜战场上连连遭受失败，美国的国内、美国同它的盟国之间的矛盾必然加剧，要求停战的呼声会越来越高；而我们的士气旺盛，战斗意志很强，全国上下欢欣鼓舞，胜利的信心越来越高，我军又打到三七线，增加了我们的发言资本。为了调动和利用敌人的矛盾，集中力量打击美国统治集团，可以考虑把美国要求"停火"的倡议接过来。他又想了一想，现在美李军虽然连遭失败，但尚未将其打痛、打服，也就是说消灭美李军的有生力量还不够，它还有力量同我们较量，因此，在这种情况下，对美国的"停火"要求，不能表现过于热心，以免给人中国急于求和的错觉。

周恩来最善于把外交战术和军事斗争巧妙地结合起来，显示了他不仅是一位罕见的杰出的政治家、军事家，也是一位伟大的外交家，一位多才多艺的领导人。他想问题、看事情很广很深很周到，这是一般人所不能比拟的。

周恩来的思想高度集中，他边走边想，走着想着，竟然不知不觉地走到邓颖超的办公室里来了。

邓颖超见周恩来进来，这对相敬如宾的夫妻，处处都心心相印，时时都相互尊重。邓颖超立刻将自己的目光、注意力从文件上移向周恩来，用关切而又深情的眼神看着他。周恩来忽然发觉怎么走到这里来了，忙毫不掩饰说："啊！小超，我怎么走到这儿来了。"他灵机一动又说："我们家还有酒吗？今天中午我想喝一杯！"

"小超"是周恩来对自己爱人邓颖超的爱称。

今天，周恩来正忙于朝鲜战争的事，为了庆祝前方打胜仗，想喝一点酒。邓颖超喜出望外，立即亲自到厨房，让厨师准备，并加一个周恩来平时最喜欢吃的苏北淮安名菜红烧狮子头。饭菜准备好了，邓颖超亲自端上桌，一盘豆腐、一盘清蒸鱼、一碗红烧狮子头、一小盘花生米和一小盘海蜇皮，一小锅米饭和两个玉米窝窝头。邓颖超斟满了一杯茅台酒放在周恩来平时吃饭时坐的那面，邓颖超走到他的办公桌边，说："恩来，饭菜已摆好了。"周恩来抬起头来对着邓颖超深深地笑一笑："谢谢你，我就来。"说着他就放下文件，挽着邓颖超的手一起走向饭桌，不像平时饭菜摆好了，催了几遍，等饭菜都凉了才来吃。

邓颖超见周恩来今天兴致高，总是满脸堆笑，喜滋滋的，她也就陪着周恩来吃饭。他们进城以后特别是朝鲜战争以来，不常在一起用餐。邓颖超先搛了几个花生米和几根海蜇皮放在周恩来面前的盘子里，让周恩来喝酒，接着又搛了一块鱼放在周恩来的盘子里，搛了一块豆腐放在自己盘子里，她一边吃，一边看周恩来高兴的样子，说道："恩来，我今天上午开会了，又未来得及看电报，是不是彭老总又在朝鲜打胜仗了？"

"你未看电报怎么知道的呢？"周恩来问。

"我看你高兴的神情。"邓颖超说。

"你倒会察言观色，可以做个福尔摩斯了。"周恩来说，"是的，老彭他们志愿军取得第三次战役胜利，这一来我们在朝鲜战场上军事、外交都有了较大的主动权。"周恩来又说，"所以，我今天要喝杯酒庆祝胜利，并遥祝取得更大的胜利。"说着周恩来举起杯郑重其事地满饮了一口酒。

邓颖超用钦佩的口气说："彭老总真是一位战将，一位大将军。在苏区他就战功赫赫，长征他又是先锋，逢山开路，遇水搭桥，后又任抗日先遣队司令，一直打到陕北。抗日战争中又同朱德司令率领八路军深入华北敌后，打了许多胜仗，最有名的是百团大战，开辟了大片根据地。解放战争期间，他又受命于危难之时，担任西北野战兵团司令，用两万多人的部队，打败了胡宗南25万精锐部队，还保卫了党中央和你与弼时同志。真是了不起，现在又以装备落后的志愿军打败最现代化的美军，可以说是天才的军事家。"

"毛主席夸奖他，有一首诗你记得吗？"周恩来说。

"记得。"邓颖超答道。

俩人同时吟道："山高路险沟深，大军纵横驰奔，谁敢横刀立马，惟我彭大将军。"

"斯大林说他是当代天才的军事家，麦克阿瑟、沃克、李奇微这些美国赫赫有名的将军，都成了他的手下败将。"周恩来脸上露出赞许的神情，"我同他共事近20年，深知他是一位智勇双全的战略家和战术家，攻守兼备，勇猛善战和独当一面的统帅，尤以打'苦'仗著称，能扭转局势，转危为安。他为人坦诚、耿直、刚正、豪爽、无私无畏、光明磊落。"

邓颖超见周恩来酒喝得差不多了，撰了一块红烧狮子头放在周恩来的盘里，又盛了一小碗米饭给他。周恩来也忙撰了一块狮子头放在邓颖超盘里，并说："你比我还需要营养。"他随手又拿了一个窝窝头就要吃。邓颖超说："窝窝头太硬，你还是先吃点米饭，软一点食品，然后再吃窝窝头。"

周恩来像小孩一样，微微地笑了笑，点点头说："好，今天就听你的。"他边吃边想，又是自言自语又像是对邓颖超说的，"看来，朝鲜战场，志愿军还得再打几个胜仗，美国人才会服输。只有军事上的胜利，才能有外交上的胜利，军事是后盾，反过来外交上的胜利，又可推动军事上的胜利，相辅相成，缺一不可。不过老彭他们很是艰苦，很是困难，任务又重。我正在给他们解决困难，保证给养和调兵遣将。你们妇联也要动员全国妇女支援抗美援朝啊！""恩来，这你放心，我们妇女界决不会落后，无论是在城市还是农村的广大妇女，都行动起来了，正在赶做军鞋、碾米磨面，保证志愿军的需要。"邓颖超非常自豪地说。

周恩来说："好，只要全国人民都起来支持抗美援朝，这声势、这力量很大、很大，何愁打不赢美国佬！"

"不过，也需要国际上的声援，比如苏联东欧社会主义国家在道义上、物质上的支援。"

"这个自然！还要加上世界上一切爱好和平的人民，像宋庆龄、郭沫若他们搞的和平运动，动员世界人民和舆论，谴责美帝，支持中朝人民的正义斗争，就是一支很大很重要的力量。"

周恩来几口吃完了小碗米饭，拿起窝窝头吃着，并说："这东西又香又禁饿。"

邓颖超说："你还是那个军人作风，吃得那样快！"她赶忙搛了几块豆腐和一块狮子头放在周恩来的盘子里，又舀了一勺红烧狮子头的汤倒在周恩来的碗里，并说："恩来，你蘸着汤吃好一点。"

"谢谢你，小超！"周恩来非常感激邓颖超对他的照料，而邓颖超则因今天能同她的丈夫在一起吃饭感到很满足。

周恩来一会儿又说："今天下午我想找外交部的克农、汉夫、冠华、炳南、龚澎、家康来商量，美国人前一段不是说要先'停火'吗，被我们拒绝了，因为那是阴谋，目的是取得喘息机会。现在美国又吃了一次败仗，倒是可以把美国的先'停火'建议接过来，以显示中国方面立场的和解性，政治上比较主动，可以争取许多中间国家的同情。"

"好啊，那你叫秘书通知他们，我叫服务员准备茶水。"

经过同外交部同志讨论商定：于1951年1月13日，周恩来建议在中国举行中国、苏联、美国、英国、法国、印度、埃及七国会议，以谈判结束朝鲜战争。为了促成谈判的开始，中国外交部在给印度驻华大使的备忘中又进一步表示："关于朝鲜战争，与和平调处朝鲜问题，可以分两个步骤进行。第一个步骤，可以在七国会议第一次会议中商定有限期的停火，并付诸实施，以便继续进行谈判。第二，停战全部条件必须与政治问题联系讨论商定。"

在中国提出召开七国会议后，阿富汗、缅甸、埃及、印度、印度尼西亚、伊拉克、黎巴嫩、巴基斯坦、伊朗、沙特阿拉伯、叙利亚和也门等亚非12个国家，也于1月24日向第五届联合国大会提出了召开七国会议的提案。但是，美国对于中国为争取恢复朝鲜和平而提出的这些合理的、和解的新建议仍拒不接受，操纵联大于1月30日否决了"十二国提案"。进而又操纵联大于2月1日通过了诬蔑中国为"侵略者"的决议。这一切，暴露了美国并未放弃侵略朝鲜的政策，并不愿停火、谈判解决朝鲜问题。

美国拒停火，再打第四次战役

2月2日，周恩来以外长名义发表声明，严正指出诬蔑案露骨地证明美国政府及其帮凶是要战争不要和平，而且堵塞了和平解决的途径。同时指出："联大在没有中华人民共和国代表参加，而且僭越安全理事会权限的情况下，竟通过美国诬蔑中国的提案，显然是非法的、诽谤的、无效的，中国人民坚决反对。"

美国拒绝"停火""谈判"和诬蔑中国为"侵略者"，立即在国际社会引起强烈反应。英国在英联邦会议上公开提出：他们"不愿使美国政策把联邦拖得太深"，主张同中国谈判。侵略集团内部矛盾加深。

苏联斯大林在回答记者问时说："我认为这是一个可耻的决定。确实，如果一个人断言侵占了中国领土台湾岛并侵入朝鲜直到中国边境的美国是自卫的一方，而保卫他的边境并力谋光复被美国侵占的台湾岛的中华人民共和国倒是侵略者，那他必定是丧尽天良的了。"

印度总理尼赫鲁说："正在为求得谈判解决而作各种努力的时候，通过这一决议，似乎是不明智的……因此，印度反对这个决议。"

事情的发展，正如周恩来所估计的那样，中国的"和解性"取得了国际上的同情，揭露了美国的所谓"停火"建议的虚假性。

3月24日，麦克阿瑟公开狂叫"要把战争扩大到中国境内"。5月18日，美国再一次操纵联大通过了对中国和朝鲜民主主义人民共和国实行禁运的美国提案，要求联合国会员国对中国禁运武器、弹药、战争用品、原子能材料、石油、具有战略价值的运输器材以及制造武器、弹药和战争用品有用的物资。这是美国企图在军事压力和"舆论"压力之外，进一步加强经济压力，以迫使中国就范。美国第七舰队还在太平洋上举行大规模的军事演习。

毛泽东、周恩来、彭德怀经过反复考虑认为，不大量歼灭敌人有生力量，杜鲁门是不会善罢甘休的，必须做长期打的准备。因此决定：必须在全国范围内继续推行抗美援朝的宣传教育运动，使全国每个人都能受到这种教育；要消灭敌人的有生力量，需要时间，至少要做两年的准备，这样就要轮番派出志愿军，采取轮番作战的方针；根据志愿军入朝作战以来的经验，规定每个军歼灭敌人的具体任务；要做好后勤，充分保证前方作战的需要；积极开展外交斗争，揭露敌人，争取朋友，孤立美帝。

按照上述考虑，彭德怀在朝鲜战场，一方面部署军队休整，一方面同金日成会谈，并于 1951 年 1 月 25 日在君子里召开中朝两军高干联席会议，总结前三次战役的基本经验和今后的作战方针，提出至少要再消灭敌人 7 万至 8 万人的战斗任务。

与此同时，由军委副主席周恩来率领，代参谋长聂荣臻、总后勤部部长杨立三、空军司令员刘亚楼、炮兵司令员陈锡联、军委运输司令部司令员吕正操及志愿军副司令员邓华等在沈阳举行志愿军第一次后勤会议，总结前一阶段的经验，如何适应现代化战争的要求，保证前线作战的需要。

1952 年 5 月 22 日，根据周恩来指示，以中国外交部发言人名义就联合国大会通过对中国实行禁运的美国提案发表声明，指出这是联合国大会继非法通过诬蔑中国为侵略者的可耻提案后，又一次破坏《联合国宪章》、僭越安全理事会权限并蓄意扩大侵略战争的非法行动；这一行动丝毫也不影响中朝两国人民反对美国侵略者的斗志。声明进一步提出这一美国提案的另一实质是：美国利用所谓中朝两国实行禁运的非法决议，破坏世界市场的正常关系，压低某些原料市场价格，以使美国军火商人独占这些原料，并操纵这些原料生产国的经济命脉。

这些有力的措施，打破了美国企图通过政治上的诬蔑、经济上的封锁，给中国制造许多困难，以便有利于他在朝鲜的作战。结果美国的如意算盘，完全打错了。

1951 年 1 月 25 日起，美军集中了 5 个军 16 个师、3 个旅、1 个团共 23 万人由刚刚接任在朝鲜战场上死去的美第八集团军司令沃克的李奇微指挥陆军向我全线 200 公里的防御正面上发起了进攻，企图乘我军疲劳和补充困难之机，全力北犯，将我军压回三八线及其以北地区，实施其新的进攻计划。

当时，彭德怀和志愿军司令部没有预料到任的李奇微会这样快地把第八集团军恢复起来，会这样快地向我发起进攻。但彭德怀不愧为英勇善战的大将军，他察明了敌人的企图以后，立即于 1 月 27 日电令各军停止休整，准备再战，并立即把正在召开的中朝两军高干会议也改为准备进行第四次战役的动员会议。同时，他也清醒地认识到经过前三次战役，部队减员很大，又没有很好地休整，十分疲劳，而且战线推到三八线以南，战线延长，补给困难。

这次战役实在是被迫打的，非常担心它的后果，所以，彭德怀在 1 月 31 日给毛泽东和党中央的电报中曾明确指出："第三次战役即带有若干勉强性（疲劳），此次战役则带有更大的勉强性，如主力受阻，朝鲜战局有暂时转入被动的可能。"

正是因为彭德怀深知知己知彼、百战不殆这个孙子兵法中的重要原则，因此，他能按照客观现实情况，及时采取措施，避实就虚，趋利避害，变被动为主动。他同洪学智、韩先楚、解沛然仔细分析了敌我态势后，决定力争阻止敌人前进，稳步打开局面，从各方面加紧准备，仍做长期艰苦的打算。他决定改变前三次战役进攻的方针而采取防御的方针，以空间换取时间，改善供应，掩护第三兵团和第十九兵团入朝集结。

在具体打法上，彭德怀决定派副司令员韩先楚到西线汉江、汉城方向组织一个指挥所，指挥三十八、五十军和朝鲜人民军一军团，阻止敌人的主要进攻集团。派副司令员邓华到东线指挥三十九、四十、四十二、六十六军，采取诱敌深入，尔后集中主力实施反击，争取歼敌 1 至 2 个师，进而向敌纵深发展突击，从侧翼威胁西线敌人主要进攻集团，动摇其阵势，制止其进攻。

彭德怀部署完毕之后，同洪学智亲率志愿军司令部向南转移，前进到金化，靠前指挥。这是彭德怀指挥作战的一贯作风，每逢大的战役，他必亲临前线或前进到不能再前进的地方。他为了正确无误地实施指挥，常常冒着战火硝烟，奋不顾身，亲临前线考察地形、敌情，力争做到"知彼"。他多次告诫大家，"光靠地图是指挥不好战斗的，只有迈开双脚，走上第一线，真正洞察敌我情势，才有指挥权"。在江西苏区进行第一次反"围剿"战斗中，国民党军队以绝对优势的兵力，从四面八方扑向红军。从地图上看，红军的确濒临绝境，难以突围，但是彭德怀放下地图，亲自察看前沿地形，终于发现一条十分险要的路径，他立即指挥部队，由此轻装急行，突出重围。随后，他又率领部队，突然袭击敌军的后背，重创敌军，所以，他认为只有亲临前线，才能亲自掌握战局的发展变化，便于及时调整部署，打击敌人。

金化靠近大山，到处都是很密的森林和一条条山沟，虽然是冬季，大多数的树木树叶已经落光，但是因为它长得密，无论从外面或天上都看不见树林内的动静，是一个天然的掩避体。山沟里大部分干涸，只有少数山沟里有潺潺细流，因为是山上流下来的水，没有丝毫污染，而且又清又甜，可以供人饮用。

彭德怀认为这是一个很好的去处，非常满意。他选择又深又宽的山沟，让战士们挖了几个防空洞，架起几个帐篷，将司令部安置在那里，架起电话、电台同前后方、朝鲜人民军、金日成保持密切的联系，整天整夜在正开掘的工事里阅读前方来电。

由于西线志愿军第五十军、三十八军和朝鲜人民军第一军团打得英勇顽强，连续作战十昼夜，才撤退至汉江以北第二线更有力地阻击敌人，因而为东线的反击赢得了时间，创造了条件和有利态势。彭德怀当机立断，立即命令邓华，首先歼灭横城之敌。

邓华指挥第四十军、四十二军主力和第六十六军一九八师分别于 2 月 11 日下午 5 时至 12 时晨，经过一夜的激战，将李承晚的第八师打乱并切断其退路，歼其一部，其大部向横城逃窜。12 日白天，三十九军和四十军将李承晚第八师大部分被包围于加云北山、鹤谷里地区。四十军一二〇师和四十二军一二四师也于广田地区包围敌军一部，经过一天激战，将伪第八师三个团全部歼灭。朝鲜人民军歼灭了伪第三师第五师各一部，于 13 日进到横城东南之鹤谷里、下安兴里，有力地配合了中国人民志愿军。到 13 日晨胜利结束了横城反击战，共歼敌 12000 余人，其中俘敌 7500 余人。

李奇微在他的《朝鲜战争》回忆录中描写说："在中共军队的进攻面前，美第二师又一次首当其冲，遭受重大损失，尤其是火炮的损失更为严重。这些损失主要是由于南朝鲜第八师仓皇撤退所造成的。该师在敌人的一次夜间进攻面前彻底崩溃，致使美第二师的翼侧暴露无遗。南朝鲜军队在中国军队打击下损失惨重，往往对中共士兵怀有非常畏惧的心理，几乎把这些人看成了天兵天将。所以，过了很长时间，才使南朝鲜军队树立起抗击敌军夜间进攻的信心。脚踏胶底鞋的中共士兵如果突然出现在南朝鲜军队的阵地上，总是把许多南朝鲜士兵吓得头也不回地飞快逃命。"

第四次战役，持续了两个多月，歼敌 78000 人，取得了辉煌的战果。我军虽然主动撤出汉城和三八线以南地区，但却争取了时间，得到了补充，掩护了战略预备队的开进、集结，并诱敌进入对我有利的地区，为下一次战役创造了有利的条件。

在朝鲜战场酣战的时候，周恩来和聂荣臻正忙着调兵遣将，支援朝鲜前线。毛泽东也向周恩来提出具体建议，他在1951年2月7日给他们的信中说：

恩来同志并告聂：

在你计划轮番作战兵力时，请将杨得志3个军，西南3个军（先开两个军，另一个军于到达河北后教育两个星期接着开），杨成武两个军（在六十六军及五十军接防后开），四十七军（2月底集中岳州，3月初开东北，训练两个星期开前线）及董其武兵团两个军（先补充1万人，武器方面需亦有改善，准备4月间开前线负守备任务）。编成为第二番作战兵力。而以其现任第一番作战兵力的第十三兵团6个军撤至后方补充休整3个月至4个月（其中五十军、六十军并同时担任天津营口线守备，其他4个军位于平壤沈阳之间休整），改为第三番作战兵力。九兵团全部则回华东任守备。补充计划，九兵团回华东再补，十三兵团需于撤到休整地点后即予补足。西南已到之两个军，杨成武两个军，须令其即开始作战的各项教育，应召集这些军的负责人来京开会授予任务。西南第二期3个军，须令其于2月准备完毕，3月开始出动，4月到达河北。

彭德怀回北京会商战略方针

不久，彭德怀利用第四次战役和第五次战役的空隙时间，回到北京，向毛泽东、周恩来和党中央、中央军委汇报朝鲜战争的情况和商讨今后的战略方针。

这是个春寒料峭的季节，毛泽东穿着一套厚呢黄色制服，晨曦刚退的早晨，在他的住地前面、林荫之下，来回踱步，他一面抽烟，一面在思考。

"主席，早啊！"清脆嘹亮的声音注入他的耳内。他猛一回头。

"噢！恩来，你这样早就来了，大概是刚下班，又是一夜没有睡了吧？"

周恩来微微一笑，没有正面回答。

"一个大国的总理难当啊，事情又多又难，还兼着外交部长，中央军委常务副主席，前方后方，对内对外总管，可把你给累坏了。不过，现在也没有办法，只能这样子了，只是要多注意休息，劳逸结合，身体是工作的本钱啊，我要让颖超同志管着你和多关心你的身体。"

"请主席放心，我的身体很好。"周恩来随即同毛泽东一起漫步，边走边说，"昨天晚上，我到北京饭店看望德怀同志了，他让我向你问好！"

"他怎么样，身体还好吗？"毛泽东急切地问。

"他瘦了，痔疮又出血，我叫他到医院检查一下，我已同北京医院的院长说了。"周恩来一向关心同志。

"是啊！朝鲜战场非常艰苦，老彭又是一心挂在工作上的人，又碰上美国这个强大对手，呕心沥血，够他受的了。这次回来，要他好好检查一下身体，关照北京饭店生活上照顾好一点。不过，老彭人脾气很犟，等会儿我们好好劝劝他。"

周恩来点点头，表示赞同。

一会儿，一部黑色轿车，从中华门直驶颐年堂，毛泽东、周恩来忙趋车前迎接，彭德怀从车里走出来，急忙同毛泽东、周恩来握手。

毛泽东风趣地说："我同恩来在恭候你这打得美国人呱呱叫的彭大将军。你这个人做什么事都不留一点情面，你这样打法，叫美国人怎么下台啊！"

"打得还不够狠！"彭德怀说，"还要狠狠地打几仗，非叫他认输才行！"

"对，只有以实力为后盾和战场上的胜利，杜鲁门才会坐下来谈！"周恩来说。

"原来你们两人都是好战分子，我这个温和派便是少数了，少数服从多数嘛！"

毛泽东、周恩来、彭德怀说说笑笑，一同走进颐年堂毛泽东的办公室。军委代总参谋长聂荣臻和作战部长、情报部长已在那里等候。

彭德怀刚刚落座，突然又站起来，向毛泽东深深鞠躬，沉重地说："我很对不起，岸英侄我没有保护好……"

毛泽东虽然已经知道他的大儿子在朝鲜战场被美国飞机炸死了，但是一提起此事，他非常伤心，脸色一沉："是啊，岸英他不幸牺牲了！"

周恩来看到毛泽东伤心的神情连忙说："德怀和志司早就报告了，并且做了检讨：没有很好注意安全，保护好岸英。我怕主席伤感，没有即时报告，后来我给你和江青同志写过一封信讲了此事。"

周恩来的信是这样写的：

主席、江青同志：

　　毛岸英同志的牺牲是光荣的，当时我因你们都在感冒中，未将此事送阅，但已送少奇同志阅过。在此事发生前后，我曾致电志司党委及彭，请他们严重注意指挥机关安全问题，前方回来的人亦常提及此事。高瑞欣亦是很好的机要参谋。胜利之后，当在大榆洞及其他许多战场多立些纪念中国人民志愿军的烈士墓碑。

周恩来
1月2日

"是啊，我就是看到你的信才知道岸英牺牲的事。"毛泽东两只温润的眼看着周恩来，好久，才沉痛地说，"岸英这孩子太苦了，8岁的时候，就同妈妈一起被关进监牢，他母亲就义后，经熟人出面说情、作保才出狱，被送到上海地下党领导的大同幼稚园。1933年，上海地下党机关遭敌人破坏，大同幼稚园被迫解散，无人收养，岸英就带着他的两个弟弟岸青和岸龙，在上海街头卖报纸、捡破烂、推人力车，维持生活，居无定所，兄弟三人到处流浪，在几次迁移中，小龙失散了，至今没有下落。岸英、岸青几经周折，才到了延安我的身边，然后又送他们到苏联去学习，刚学点本领回国，又不幸牺牲了，我对不起开慧啊！"

室内沉默了好一会儿。

毛泽东毕竟是位伟人、坚强的革命家，"为有牺牲多壮志"这是他的信条。昔日三国刘备兵败荆州，大将赵云在长坂坡大战曹军，突出重围，救了刘备的儿子刘禅，双手交给刘备。刘备接过掷之于地曰："为汝这孺子，几损我一员大将！"赵云见刘备如此器重他，忙抱起阿斗，泣拜曰："云虽肝胆涂地，不能报也！"后人都称刘备："无由抚慰忠臣意，故把亲儿掷马前。"一个封建君主尚且如此爱护部将，人民的领袖更是爱护自己的大将军，更何况彭德怀正在不顾个人安危、生死，在前线指挥作战，怎么能责备他呢。毛泽东用手帕轻轻擦去眼睛里溢出的泪水，喉咙略带嘶哑地说，"老彭，这怎么能怪你呢？打仗嘛，就要有牺牲，别的子弟能牺牲，难道我毛泽东的儿子就不能牺牲吗?"毛泽东停顿一会儿,关切地说,"老彭啊,我可要提醒你,一打仗,你就不顾个人安危,总要朝前靠,亲临前线,这自然是名将之道,但你是三军统帅啊,朝鲜战场没有你指挥不行,必须确保安全。何况,现代战争,有电话、电报这些现代的通讯设备,完全可以运用来指挥前面作战。"

"谢谢主席对我的关心!我接受这次教训,以后一定注意。"彭德怀悲怆地说,"你看岸英的遗体怎样处理呢?是运回北京安葬呢,还是……"

毛泽东沉思片刻,振作精神,大声说:"'大丈夫志在四方,何必马革裹尸还!'就同其他牺牲的战士们一道葬在朝鲜吧!"

"我赞成,这也是我们国际主义的一个见证,中朝友谊的一个象征,我想金日成同志是会欢迎的。"周恩来说。

"那好!我们不谈岸英的事了,现在还是请老彭汇报朝鲜战场的情况吧。"

彭德怀咳嗽两声,清清喉咙,扫视一下会场,神志谦恭地说:"中国人民志愿军奉命出师朝鲜,在主席、总理、中央和中央军委的正确领导下和及时指挥下,在极其艰苦和困难条件下,同朝鲜人民军协同一致,已进行了四次战役。歼灭美伪军 10 万人左右,其中美军及联合国军 3 万余人,还俘虏一部分美伪军,其中有一些美国军官,美军第八集团军沃克中将在仓皇撤退中丧命。收复了朝鲜人民民主主义共和国的全部领土,并曾一度打到三七线,占领了韩国首都汉城,我军军威大振,信心百倍,美伪军士气低落,一片失败沮丧的情绪。"

彭德怀大口喝了一口摆在他面前香喷喷的龙井茶,继续说:"原先我们估计入朝作战,有三种结局的可能:第一种是站住了脚,歼灭敌人争取和平解决朝鲜问题;第二种是站住了脚,但双方僵持不下;第三种是站不住脚被打了回来。现在看来第一种可能性最大，第三种则完全可以排除。"

彭德怀提高声调说："从四次战役中可以看出，美国乃是当今世界上最强大也是最现代化的军事大国，从未打过败仗，非常骄傲，尤其是麦克阿瑟这个家伙骄横至极，不消灭他的主力，美国是不会认输的，不会退出朝鲜，也不会接受和谈的，至少需要再消灭敌人五六个师，这就决定了朝鲜战争的长期性，而不可能速胜。至于今后如何打法，采取什么战略原则，请主席、总理和中央军委决定。"

周恩来聚精会神地听着彭德怀的汇报，不时地用铅笔记下一些要点，当他听完了汇报以后，马上发言说："事实证明主席和中央决定出兵朝鲜是完全正确的、非常必要的，不可一世的美帝国主义是可以打的，而且是能够打败的，那种崇美惧美怕美的思想是错误的，还派德怀同志统率志愿军，出兵朝鲜，连战皆捷，这一方面说明主席知人善任，指挥得当，另一方面也说明老彭同志勇挑重挑，临危不惧，在强大的敌人疯狂进攻面前和极端困难的条件下，从容不迫，泰然自若，随机应变，出色地运用我军行之有效的战略战术，连续取得四次战役胜利，打破了美国不可战胜的神话，使得美帝认识到新中国是不可侮的。"

周恩来轻轻地抿了一口茶，浓眉下两只大眼放出神采，脸上流露出坚毅的神态，说："我赞成德怀的分析，现在美帝虽已被打痛，但还未认输，必须成建制地消灭它几个师，它才会接受停战、和谈，朝鲜问题才能解决，所以，我们要立足于长期作战，但同时要争取尽可能早些取胜。"

周恩来停顿一下，又说："我认为这是可能的，首先，杜鲁门、艾奇逊、马歇尔等已意识到在朝鲜很难取胜，如果长期打下去，只能越陷越深；第二，美国当前的主要利益在欧洲，它的战略重点在欧洲不在亚洲，而美国用在朝鲜的兵力，陆军总数的三分之一，空军五分之一，海军的二分之一，这在战略上是轻重倒置，主次倒置。麦克阿瑟这样做是违反美国利益的，五角大楼和艾森豪威尔都极力反对在朝鲜战场投入更多的兵力，我看麦克阿瑟这个统帅要当不下去了；第三，经过这段时间抗美援朝战争的考验和举国上下思想的动员、物质的准备，我们有充分的信心、足够的力量打败美帝，现在，我可以保证给朝鲜前线提供更多的兵力和先进的武器，包括炮兵、火箭炮，甚至我们年轻的空军也可以参战，荣臻同志你们说对吗？"

"对，对，总理讲得完全正确，现在我们的后勤工作比入朝初战时期好得多了，更有保证了。"聂荣臻说。

彭德怀突然笑呵呵地从座位上跳起来说："只要总理、总长在后勤上充分保证，我彭德怀也向你们保证，不打败美帝绝不回国！"

"那你就入朝鲜籍了！"毛泽东风趣地说，"三千里锦绣江山，勤劳勇敢的人民，实在令人可羡可爱啊！"

"是啊，没有朝鲜人民的支援，金日成同志的关心支持，是不可能打胜仗的，我下令志愿军同志要爱护朝鲜一草一木。"彭德怀顺着毛泽东的话说。

"中国革命，有许多朝鲜同志参加了，有不少献出生命。现在朝鲜遭到美国侵略，我们帮助它打败美国，那是应该的、理所当然的。其实中朝两国军队挡住侵略者北进，也是对我们的支持，我们提出的'抗美援朝，保家卫国'口号是非常正确的，很有鼓动性、战斗性、号召力。"周恩来说。

毛泽东猛抽一口烟，然后将烟揿在烟灰缸里，说："我看今天就讨论到这里，我同意恩来、德怀的分析和意见，朝鲜战场在德怀的正确指挥下，已取得了四次战役胜利，把美国的威风给打下去了。从目前情势看来，朝鲜战争要作长期打算，至少也得两年，当然能速胜则速胜，不能速胜则缓胜。问题是要成建制地消灭敌人几个师，断其一指不如断其一手。至于具体如何打法，让老彭和志司研究决定。现在敌人正在继续北进，我想在敌人之地面兵力占优势的情况下，我军暂不进行战役性出击。如敌逼我应战，拟让敌人进至三八线南北地区，在我第二番志愿军部队 9 个军到齐后再进行有力的新战役。我估计，敌占领三八线以后的行动有三种可能：第一，趁我疲劳继续北进；第二，暂时（10 天至 20 天）停止于三八线；第三，较长时间（两三个月）停止于三八线，进行永久筑城，待阵地大部巩固后再进。这三种可能以前两种可能为多。但敌发现我有大量援兵到达时，第三种可能不仅存在，而且可能发生另一种情况，即变为长期相持于三八线。"

毛泽东喝口茶，清清嗓子，又说："我认为我们应该力求避免这种情况，我军应在第二番部队入朝后，趁敌进至三八线以南地区立足未稳时，在 4 月 15 日至 6 月底，两个半月内实施反击，在三八线南北地区消灭美伪军建制部队几万人，然后向汉江以南地区推进，最为有利。"

"我完全赞成主席和总理的意见，我回去后就同志司同志研究，坚决贯彻执行你们的指示，再打几个漂亮仗，报答祖国人民的支援和期望。"彭德怀态度坚毅。

"主席！"周恩来说，"我建议德怀同志在北京多住几天，同总参、总后同志再谈谈，同时休息一下，到医院检查一下身体，如果时间允许还可到外地看看，前线有邓华、洪学智、韩先楚他们，最近陈赓同志要去志司任副司令，甘泗琪同志要去任副政委兼政治部主任。前方领导力量加强了。"

"那好，就按恩来意见办，老彭你要注意身体啊！"毛泽东是十分尊重周恩来的意见的，也很关心彭德怀的健康。

七、美国人发出和谈信号

1951 年 2 月，麦克阿瑟和李奇微到朝鲜战场东线进行视察，美国海军加强了对朝鲜元山、新浦、清津诸港的炮击，封锁并对沿海岛屿进行侦察活动。同时，有情报说，敌人正在增调援兵，拟将两个国民警卫师调赴日本，准备增援朝鲜战场，南朝鲜至少有两个师约 3 万人在日本加速训练，装备美械。种种迹象表明，敌在加紧登陆准备。登陆地点可能在东线东岸的通州二元山地区，以配合其陆上进攻，企图打到三八线以北，避免我军由东面山区向其出击。3 月中下旬，我十九兵团和三兵团已开进朝鲜，向预定地区开进。

彭德怀根据北京会议的精神和设想以及敌我双方的情况，考虑进行第五次战役，对敌人发动大反击。

中朝人民部队第四次战役的胜利，使美国统治集团内部和整个帝国主义阵营内部在朝鲜问题上争吵不休，追随美国参加朝鲜战争的国家，尤其是英国对美国进行公开责难。当美国侵略军重占汉城、收复三八线附近时，英国、加拿大、澳大利亚和印度先后表示所谓"联合国军"不要再越过三八线，以免遭受更大打击和扩大战争。杜鲁门鉴于在朝鲜军事和外交上到处碰壁，为了取得英国等盟国的支持，乃"保证"非经与各有关国家协商不向中朝边境发动攻势，并呼吁与中共进行谈判。

杜鲁门让美国国务院草拟了一个声明。为了求得上下一致，1951年3月20日，美国参谋长联席会议把这项声明预先发给麦克阿瑟，打个招呼。

电文称：

> 国务院正草拟一个总统声明，要点如下：联合军已肃清了进朝鲜大部分地区的侵略者，现在准备讨论解决朝鲜问题的条件。联合国认为在大军向三八线以北挺进以前，应进一步做外交上的努力，以便取得和解。这就需要时间来判断外交上的反应，并等待新的谈判的发展。鉴于三八线并没有军事意义，国务院已问过参谋长联席会议，你具有什么条件才能在以后的几星期内取得充分的行动自由，以便保证联合国部队的安全并与敌人保持接触。希望你表达意见。

当麦克阿瑟看到这个电报后，认为杜鲁门的声明与他的主张背道而驰，再加上他一向居功自傲，不把杜鲁门放在眼里。他于3月21日回电参谋长联席会议，对要他表达意见的要求不予理睬，他再次抱怨对他指挥权的限制，"使他根本无法去扫清北朝鲜或者不能作出明显的努力来达到这一目的"。他说现有的指令很适合当时的局面。同时他于3月24日擅自发表了一项声明：

> 战事仍按照预定的日程与计划进行中。现在我们已大体上肃清了共产党在南朝鲜的有组织的军队。愈来愈明显，我们昼夜不停的大规模海空袭击已使敌人补给线遭受了严重的破坏，这就使敌方前线部队无法获得足以维持战斗的必需品。我们的地面部队正出色地利用这一弱点。敌人的人海战术已无疑地失败了，因为我们的部队已惯于作这种形式的战斗。敌人的渗透

战术只能加重他们的被零星消灭的损失。敌人的持久在气候、地形与战斗的困难条件下显得不如我们的部队。比我们在战术上的成功更具有重大意义的是：事实已清楚地表明，这个敌人——赤色中国的军事力量被过分地渲染所夸大了。它缺乏工业能力，无法充分供应进行现代战争所必需的许多重要物资。它缺乏工业基地，甚至连建立、维持和运用普通海空军所需要的原料也感缺乏。它无法供应顺利进行地面战斗所必需的装备，例如坦克、重炮和在战争中已被使用的其他科学发明。从前，它在人数上的巨大潜力很可以弥补这个缺陷，但是，随着现有的大规模毁灭性方法的发展，人数上的优势已不能抵偿这些缺陷所固有的弱点。制海权和制空权在当前的重要性及其所起的决定性的作用并不逊于过去，有了制海和制空权，就有了对补给、交通与运输的控制权。由于这种控制权掌握在我们手里，再加上敌人在地面火力方面的劣势结果就形成战斗力的悬殊，而这种悬殊决不是勇气（不管它是多么疯狂）或完全不顾生命的损失所能克服的。

自从赤色中国加入朝鲜的不宣而战的战争以来，这些军事弱点就已清楚而明确地暴露出来了。联合国部队目前是在联合国当局的监督下进行作战的，因而相应地使赤色中国得到了军事优势，即使是这样，事实还是表明：赤色中国完全不能以武力征服朝鲜。因此，敌人现在必然已经痛苦地认识到：如果联合国改变它力图把战争局限在朝鲜境内的容忍决定，而把我们的军事行动扩展到赤色中国的沿海地区和内部基地，那么赤色中国就注定有立即发生军事崩溃的危险。确认了这些基本事实以后，如果朝鲜能够按它本身的是非加以解决，而不受与朝鲜无直接关系的问题（如福摩萨问题或中国的联合国席位问题）的影响，则在朝鲜问题上作出决定并没有不可克服的困难。

绝不能牺牲已受到极其残酷蹂躏的朝鲜国家和人民。这是一个关系至为重大的问题。这个问题的军事方面的结局得在战斗中解决，但除此之外，基本的问题仍然是政治性的，必须在外交方面寻求答案。不用说，在我作为军事司令官的权限之内，我准备随时和敌军司令员在战场上举行会谈，诚挚地努力寻求不再继续流血而实现联合国在朝鲜的政治目标的任何军事途径，联合国在朝鲜的政治目标是任何国家都没有理由反对的。

麦克阿瑟这个对中国人民挑战的声明，威胁要把战争扩大到中国境内来，暴露了美国准备再次侵略中国的意图，立即引起美国和西方国家的强烈反应。英国、法国等国害怕把它们牵进直接对中国作战中去，就麦克阿瑟的声明向美国政府提出非正式的抗议，同时要求撤换麦克阿瑟。

麦克阿瑟发表声明以后没有多久，众议院少数派领袖马丁于4月5日在众议院宣读了麦克阿瑟给他的一封信。马丁是一个孤立主义者，他长期反对杜鲁门的对外政策，3月初他给麦克阿瑟的信中，谈起不在朝鲜利用国民党军队简直是"愚蠢透顶的事"。

麦克阿瑟3月20日回信说："5日来函附来了你在2月12日发表的演讲稿，至为感谢。我以莫大的兴趣读了它，我看出，多少岁月消逝了，而你当年的英风却丝毫未减。"

"关于共产党中国在朝鲜参加对我们作战而造成的局势，我的看法和建议已极其详尽地呈交给华盛顿。总的说来，大家都知道并了解这些意见，因为这些意见只是遵循传统的方式给暴力以最大的还击而已，我们过去一直是这样做的。你关于利用在福摩萨的中国军队的意见，既符合逻辑，也符合这个传统。"

"有些人似乎不可思议地难以认识到，共产党阴谋家已选择亚洲这个地方来着手征服世界，我们已经在战场上参加了由此所造成的争端；他们难以认识到我们在这里是用武器为欧洲作战，而外交家们则仍在那里舌战。而如果我们在亚洲输给了共产主义，那么，欧洲的陷落就不可避免了。如果我们在这里赢得胜利，则欧洲很可能避免战争而维护了自由，正如你所指出的，我们必须赢得胜利，除了胜利我们没有别的路可走。"

杜鲁门看了麦克阿瑟的声明和致马丁的信，火冒三丈：

麦克阿瑟批评了美国的对外政策，重申他关于亚洲同欧洲一样重要，美国应把亚洲的战争扩大并进行到胜利，违背、抗拒和破坏美国政府的战略重点在欧洲的战略决定；

麦克阿瑟一再主张在侵朝战争中要动用台湾的国民党军队，这同杜鲁门、艾奇逊的主张有分歧；

麦克阿瑟主张把战争扩大到中国，要轰炸中国的东北，而杜鲁门、艾奇逊对此是迟疑的，因而也有分歧；

麦克阿瑟声明和信件，公开暴露了他同杜鲁门、艾奇逊、马歇尔一派在政策上、侵略步骤和范围上的矛盾，而且政出多门，侵犯了美国总统的职权，在美国统治集团内部引起很大混乱。

杜鲁门为了平息帮凶国家对美国的不满，缓和国内外舆论的抨击，他多次召集哈里曼、艾奇逊、马歇尔和布莱德雷等研究，如何解决麦克阿瑟问题，最后一致认为应该撤销麦克阿瑟的职务。

4天后，杜鲁门发出一项命令：

> 我以总统和美军最高统帅的名义，非常遗憾地免去阁下的驻日盟军总司令、联合国军总司令、远东美军总司令、远东美国陆军司令的职务。请阁下将指挥权立即移交给李奇微将军。

同时，杜鲁门还任命詹姆斯·范佛里特接替李奇微的第八集团军司令。

后来，杜鲁门回忆说，在朝鲜战争过程中"我从来没有忘记：美国的主要敌人是苏联，只要这个敌人还没有卷入战场而在幕后操纵，我们就决不能浪费自己的时间"。

李奇微接替麦克阿瑟的职务以后，为贯彻杜鲁门的既定政策，再次越过三八线，并计划以侧后登陆配合正面进攻，在朝鲜蜂腰部（即元山至平壤一线）建立新防线。他认为这条线正面狭窄（只有170公里），地形对他有利，进可以攻，退可以守，又是朝鲜的腹地，占领这条线，不仅在军事上，而且在政治上也是有利的。

4月6日，彭德怀在金化的金矿洞召开志愿军党委扩大会议，部署第五次战役。

他说："现在朝鲜战争仍处于艰苦紧张的阶段，各方面的情况及种种迹象表明敌军在第四次战役中进占三八线后不但还要继续北进，而且从我侧后登陆配合正面进攻的可能性也很大，其目的是为了占领三九线，即安州、元山一线。如果敌人这一阴谋得逞，我军的主要供应线就会被切断，这将对我造成极大的威胁，因此，对敌人的登陆企图要做充分的估计，做好充分的准备。为了粉碎敌人从侧后登陆以配合正面进攻的阴谋，避免陷于两线作战的不利，我军必须集中优势兵力，选择敌人薄弱环节，先敌发起攻击。"

彭德怀又进一步说："第四次战役打到此时，敌人已十分疲惫，伤亡、消耗尚未补充，预备兵力也尚未赶到，我军立即组织反击最为有利。但是，此时我军的战略预备队集结尚未完成，因此还须再等一段时间，将敌人大体放至金化、文登里、开城一线再进行反击，如敌人进展快，我即于4月20日开始反击，如敌人进展慢，我便于5月上旬开始反击。在第五次战役中，我们要争取成建制地更多地消灭敌人有生力量，粉碎敌人的计划，夺回主动权。实施反击的地域主要是西线纹山至春川一线，该地域有伪军第一师、英第二十九旅、美第三师、第二十五、第二十四师、土耳其旅和伪第六师。根据敌人战役部署纵深小，其援兵主要来自横的方向等特点，决定我军在战役指导上，实行战役分割与战术分割相结合，战役包围迂回与战术包围迂回相结合的方针。在兵力部署上拟首先以一部兵力从金化、加平一线，利用这一带的大山区劈开一个战场，将东西线割裂。与此同时，以三兵团由正面突击，以九兵团和十九兵团分别从东西两翼突击并实施战役迂回，各个分割歼灭敌人，得手后再向纵深发展。东线人民军金雄集团和西线人民军一军团分别向当面之敌进攻，积极配合作战。"

彭德怀最后强调说："后勤工作再三重复一句，要特别认真对东线5个军的粮食供应。如一两天没饭吃，再好的作战计划都完了。如果这次打胜了，全体指战员的功劳算一半，后勤算一半。"

发动第五次战役

4月，朝鲜大地已经冰雪融化，枝头吐出嫩嫩的绿叶，山林里花开鸟鸣，一派生机。然而，人们却生活在炮火连天之中，他们一方面抗击美国侵略，一方面盼望早日实现和平，安居乐业。

4月19日，美军第二十四师、二十五师进至铁原附近。这两个师在敌军整个战线上形成了突击态势，有利于我军对其实施攻击。彭德怀审时度势，断然决定：第五次战役于4月22日黄昏发起。以3个兵团共12个军，在西线实施主要突击，以分割北汉江以西敌人为目的。以第三兵团为中央突击集团，从正面突击，以第九和第十九兵团为左、右突击集团，从两翼进行战役迂回，首先分别歼灭伪第一师，英第二十九旅、美第三师、土耳其旅和伪军第六师共5个师（旅），然后再集中兵力会合歼美第二十四师和第二十五师。东线人民军第三、第五兵团积极压制敌人，并乘机歼敌。

经过激烈的战斗，至 4 月 29 日，彭德怀命令停止攻击，结束第五次战役第一阶段的攻势。因为口子张得大了，想一下子消灭敌人五六个师，再加上战役发起时出现的误差，没能插入敌人侧后，形成迂回包围，所以打了个平推仗，未能大量歼灭敌人有生力量。在后勤上仍靠士兵们身上背的那点弹药、粮食，不能进行持久的战斗。

朝鲜战争爆发后，周恩来一直参与朝鲜战争的指挥作战、组织，后勤工作更是由他负责筹划。他洞悉前方情况，深知作战除了战略战术之外，后勤工作在现代战争中尤其有它的重要性。因此，他认为朝鲜战争要长期打下去，必须做好后勤工作，有充分的物质供应。

朝鲜战争是一场极其复杂、尖锐而又艰苦、长期的斗争，军事斗争、政治斗争和外交斗争交织在一起。许多工作都要周恩来承担，他也主动承担、勇于承担。军事上，他要负责调动军队，掌握战场形势，运筹帷幄，协助毛泽东指挥前线打仗，组织后勤供应等；政治上，他要在全国开展"抗美援朝，保家卫国"运动，动员群众支援前线；外交上，他要同时处理前方和联合国内外的斗争；又要协调中、朝、苏三方的行动。为此，他每天批阅、修改大量文电，及时作出决定，发出指示，召集会议，会见外宾和使节。累得他筋疲力尽，瘦了许多，甚至还病了一场，但他仍然振作精神，为朝鲜战争操劳。

今天，他为了加强朝鲜战场的后勤，想了很久很久，决定给志愿军司令部发去一个电报，要管后勤的副司令员洪学智回国汇报，并决定和解决一些问题。

他刚处理完这一大堆事，秘书何谦走进来，提醒他说：邓大姐在南方养病，给您来了信，至今未复。她很关心您的工作和身体，您不给她复信，她会不安和担心的。周恩来看了一眼何谦，又批完一个文件后说："要不是你提醒，我倒给忘记了。"

周恩来提笔写道：

超：

昨天得到你23日来信，说我写的是不像情书的情书。确实，两个星期前，陆璀答应带信到江南。我当时曾戏言，俏红娘捎带老情书。结果红娘走了，情书依然未写。想见动笔之难。寄来西湖印本，均属旧制，无可观者。望托人拍几个美好而有意义的镜头携归，但千万勿拍着西装的西子。西湖五多，我独还其茶多，如能将植茶、采茶、制茶的全套生产过程探得，你称得起茶王之名，否则，不过是"茶壶"而已。乒乓之战，确好，待你归来布置。现时已绿满江南，此间始发青，你如在4月北归，桃李海棠均将盛开，我意那是时候了。忙人想病人，总不及病人念忙人的次数多，但想念谁深切，则留在后证了。

周恩来

3月31日

成立志愿军后勤司令部

洪学智在《抗美援朝战争回忆》中说：

4月下旬，第五次战役第一阶段后期的一天，我正在楠亭里第二分部检查督促物资前运工作，忽然接到彭总的电话，让我马上回志司。我放下电话，便匆忙赶到志司所在地——空寺洞。这时，天已经擦黑了。一走进彭老总的矿洞，他就大声对我说："老洪呀，你马上回国。"

"回国？"我感到很突然。

彭总背着手，在洞内踱了几步，烛光把他的身影射到洞壁上。

"党中央、政务院、中央军委对志愿军的后勤工作很关心。"他转过身，目光炯炯地看着我说，"你回去一趟，向周副主席汇报一下我们前线后方供应的情况。"

我心想，让党中央、中央军委了解一下前线后勤的实际情况，实在太有必要了。

当时，正如我前面已讲过的，美军正依仗其空中优势，对朝鲜北部的城镇、工厂、车站、桥梁等重要目标进行毁灭性的轰炸，还以少架多批的战斗轰炸机，依山傍道，昼夜不停地超低空搜索扫射，不放过一人一车一缕炊烟。朝鲜北部山多河多，铁路多在沿海，腹部地区铁路很少。公路纵线多，横线少，盘山跨水，弯急坡陡，又多与铁路并行，往往一处被炸，铁路、公路各线受阻，道路布局不适应战时运输的要求。志愿军后勤运输主要依靠汽车，而敌人把破坏我战区后方交通作为重要手段，使我后勤运输陷入极度的困难之中。第三分部汽车第四团刚入朝时，因经验不足，车辆待避过于集中，一次就被敌机打毁了73台。再加上战况复杂多变，部队推进迅速，第一次战役打到清川江，第二次战役延伸到三八线，第三次战役插到了三七线，运输线迅速延长，第四次战役后和第五次战役中参战兵力又成倍增长，后勤跟进供应十分困难。

志愿军党委针对面临的严重困难，采取了各种应急措施，陆续增加战区的后勤力量，调整后勤保障单位的部署，主要是沿袭国内解放战争后勤开设兵站线的经验，通过兵站线实施跟进保障。由于敌机的狂轰滥炸，为了抢时间，争效率，减少损失，志愿军各级后勤都把主要工作转入到了夜间进行。但是，因为敌人破坏严重，部队前出深远，后方供应仍十分困难。现在，彭总让我回国向周副主席汇报情况，使中央领导直接了解前线的情况，以便从人力、物力、财力等方面获得全国人民的支持，真是太及时了。

这时，彭总又说："你回国后，把我们决心成立志愿军后方勤务司令部的想法也向周副主席汇报一下。"

我说："知道了。"

我简单地收拾行装后，带着警卫员，当夜就坐吉普车出发了。路上车多、人多，经常阻车。由于夜黑，路窄，不准开灯，汽车险些翻到沟里。天亮时，敌机又俯冲下来，向吉普车扫射，幸亏山头的高射炮部队及时开炮，我们的车才得以安全通过。

到北京后，我先到中央军委驻地，聂荣臻代总长对我说："周副主席正等着你呢，快去吧。"当时，我穿着志愿军的单军装，由于日夜兼程，浑身泥污。但是也顾不了许多，就急急忙忙地赶到了中南海周副主席办公室。周副主席已站在门口等我了，我向他敬了礼，他紧紧地握住我的手说："洪学智同志，你一路上辛苦了！"

我说："周副主席辛苦。"

周副主席工作很忙，他显得很憔悴。

当时，由于敌机轰炸，部队白天不能生火做饭，晚上又要行军作战，做饭条件极困难，只好吃炒面。为了给部队供应更多的炒面，周副主席在繁忙的工作之余，还亲自同机关干部一起炒炒面。前线将士知道此事，感动得无法形容，真是吃一把炒面，长一股劲呀！

周副主席让我坐下，关切地问："前线作战情况怎样？"

我向周副主席简要地汇报了前线的基本情况，然后说："几次战役打下来，我们吃亏就吃在没有制空权，敌机的轰炸破坏使我军遭到极大的损失，敌机经常一折腾就是一天，见到人就猛冲下来嘎嘎地扫射，扔汽油弹，化学地雷，定时炸弹、三脚钉……晚上是夜航机，战士们叫'黑寡妇'，也不盘旋，炸弹便纷纷落下，到处是大火。主要是阻滞我军的行动。"

周副主席十分严肃地说："美帝国主义欺负我们，疯狂到了极点。但是他们没有想到，在他们的海空优势下，我们却打到了三八线，美军这是第一次在世界上吃败仗。不过，志愿军要想不吃亏，就得研究对付敌机的办法。"

我说："志司在后方的支援下，已经加强了高炮部队，并已在关键点上增设了防空哨。现在我军主要是靠勇敢精神。比如运输车遇到敌机轰炸时，有的就开足马力，猛跑一阵，带起数百丈尘土，搞得敌人不知怎么回事，惊呼共军施放了烟幕弹。"

周副主席笑了，说："战士们的勇敢精神，打掉了恐美病。同志们付出了鲜血，但教育了4亿人。"说到这儿，他沉思了一会儿说，"美国会不会登陆中国？现在还不能肯定。但是，前线我方胜利越大，登陆的可能性就越小，所以前线一定要打好。中央军委考虑，要尽快出动飞机。当然，我们的飞机有限，只能给敌机制造一点混乱，振奋一下士气。"

我说："前线将士都盼望我军出动飞机。"

周副主席说："中国有飞机，许多与我国有伟大友谊的国家有飞机，但是飞机参战还不是时候，这个你当副司令，应该是很清楚的。"

我一想，也确实如此，飞机要吃汽油，如果用朝鲜战场上现有运输力量来供应，就把一切军需弹药都停运，也不见得行呀。后方供应制约着战役的规模，这是一点也不假的。

接着，周副主席又问："供应主要是什么问题？"

我汇报说："志愿军没有防空力量，公路运输线长达数百公里。第三次战役时，前面兵站与后面的兵站相距三四百公里，形成中间空虚，前后脱节。另外，后勤高度分散，也没有自己独立的通讯系统，常常联络不上。"

周副主席说："所以，外国军事家说，后勤是现代化战争的瓶颈，志愿军后勤必须加强，中央军委考虑，要给志愿军后勤增派防空部队，通信部队……"

我说："军委的决定太正确了。后勤现存的主要问题是供应不及时。前三次战役，部队是在挨饿受冻的情况下打败敌人的。如果供应得好，胜利会更大。现在战士有三怕，一怕没饭吃，二怕无子弹打，三怕负伤后抬不下来。"

周副主席神情严肃地听着、点着头，不时地用铅笔在纸上写几个字。

"现在敌人参战的飞机已由1000多架增加到了2000多架，并由普遍轰炸转向破坏我运输线，特别是凝固汽油弹对我地面仓库设施危害最大。敌人还派遣大批特务潜入我后方指示目标轰炸。4月8日，敌机向我三登库区投掷的大量燃烧弹，一次就烧毁了84节火车皮物资，其中有生熟粮食287万斤，豆油33万斤，单衣和衬衣408000套，胶鞋19万双，还有大量其他物资。后方供应的物资只能有百分之六七十到前线，百分之三四十在途中被炸毁……"

周副主席听到这里，脸上露出了十分严峻的神情。

我又说："我们志愿军也采取了一些积极预防措施。"

周副主席以询问的目光注视着我。

我说:"每天战役发起前,除汽车装备、马车装足外,人员还加大携带量,一个战士携行量达六七十斤。在部队运动迅速,供应困难、后勤跟进不及时的情况下,这是一线作战部队生存和战斗的必要保障手段。"

周副主席说:"我们的战士辛苦了。"

我说:"战士虽然苦一点,但感到还是这样保险些。"

周副主席问:"听说美军常常把丢弃的作战物资炸毁呀?"

"是这样的,所以在前线,取之于敌十分困难。正因为如此,志愿军采取的第三条措施就是与朝鲜政府协商,开始就地借粮。"

"这可以解决一部分问题吧?"

"可以。但是在三八线以南至三七线一段地域不行,这里原为敌人占领,经过敌人反复搜刮,而且当地人民志愿军也不了解,就地筹措非常困难,形成了 300 里的无粮区。"

周副主席焦急地问:"对此,你们采取什么措施没有?"

我说:"采取了。彭总让尽量想办法解决。我们主要是改进运输方法,组织多线运输,并由成连成排运输改为分散运输跑单车。另外,实行分段包运制。这样各汽车部队可以熟悉本段敌机活动规律和道路情况。再就是在沿线挖掘供汽车隐蔽的掩体,这可以减少人员、车辆的损失。"

周副主席问:"这样做有效吗?"

我说:"大大提高了运输效率。"

周副主席说:"抗美援朝战争,对我军后方供应提出了许多新的问题。你们要好好研究一下现代战争后勤工作的特点,美帝国主义者气势汹汹,不可一世,扬言去年'圣诞节'就结束朝鲜战争。事实上,不但没有结束,我军反而打到了三七线。我们以劣势装备打败了有海空优势、装备先进的美国，这对我们人民和世界人民都是很大的鼓舞。对世界各国人民反帝斗争也是很大的支援。过去，美国南北战争时，北美的装备比南美差，也是北美打败南美。我分析美国不敢在中国大陆登陆。英法怕扩大战争，说'进攻中国就是战略上失败'。我们同朝鲜人民一道，克服困难，不怕牺牲，一定能打败武装到牙齿的美帝国主义。"

周副主席又问后方去的司机怎样，能否适应前线的形势。我告诉周副主席："这些司机很有勇敢精神，但由于不熟悉情况，伤亡大，所以，先让他们担任司机助手，慢慢积累通过敌机封锁的经验，逐步过渡到当正式司机。"

汇报到这儿，周总理问我："你还有什么问题要讲？"

我说："彭总还让我向你汇报一个重要问题。"

周总理："什么问题？"

我说："成立志愿军后方勤务司令部的问题。"

"啊？"周总理感兴趣地问，"说说你们的想法。"

我说："从朝鲜战争中彭总和我们都逐渐认识到了现代化战争中后勤的作用，现代战争是立体战争，在空中、地面、海上，前方、后方同时进行，或交叉进行，战场范围广，情况变化快，人力物力消耗大。现在欧美国家都实行大后勤战略，50里以前是前方司令部的事，50里以后就是后方司令部的事，战争不仅在前方打，而且也在后方打。现在，美国对我后方实施全面控制轰炸，就是在我们后方打的一场战争。这场战争的规模，不仅决定了我们在前方进行战争的规模，而且也决定了前方战争的成败。我们只有打赢了这场后方的战争，才能更好地保证我们前方战争的胜利。后勤要适应这一特点，需要军委给我们增派防空部队、通信部队、铁道部队、工兵部队等诸多兵种联合作战，而且需要成立后方战争的领导机关——后方勤务司令部，统一指挥后方战争的诸兵种联合作战，在战斗中进行保障，在保障中进行战争。"总理一边听，一边点头，说，"你们这个想法很好，很重要，军委一定尽快地加以研究，尽快地采取措施。"

汇报结束，我站起身要走时，周副主席说："马上就到'五一'了，你准备一下上天安门吧。"

我看看自己的一身破旧的军装，笑着说："我这个样子，怎么上天安门呀！"

周副主席说："怎么不能上，穿这衣服好呀，你代表志愿军嘛！"

我还是笑着推辞，周副主席说："这样吧，我告诉杨立三，给你做一套新军装。"

"五一"节，北京市人民举行了盛大游行，体现了国家空前的团结、强大。

我上了天安门城楼以后，工作人员通知说："毛主席要接见你。"

我问："什么时候接见？"

他说："你等着，到时候我来带你。"

不一会儿，我就被带进了天安门城楼休息室。毛主席和中央领导同志接见了我。我见到毛主席，敬了个礼，毛主席对在座领导同志说："洪学智同志是志愿军的副司令员，是从朝鲜前线回来的，是志愿军的代表。"接着毛主席问，"彭总的身体怎样？"

我说："彭总的身体很好。"

毛主席又说："你们打的敌人有飞机、坦克、大炮和海军的优势，是武装到牙齿的敌人。"

朱总司令说:"你们打的是一场真正的现代化战争。"

毛主席说:"你们每打一仗都要很好地总结经验。"接着又问,"你回来汇报的问题解决了没有?"

我说:"已经向总理汇报了,总理已做了安排,他还要找我谈一次。"

我临回朝鲜以前又到总理那儿去了一趟,将前线需要解决的问题,又进一步做了落实。

五次战役后期,军委专门派总后勤部部长杨立三、副部长张令彬、空军司令刘亚楼和炮兵司令陈锡联等到空寺洞志司,具体了解后勤困难,研究如何加强对志愿军后勤的支持,如何加强志愿军的后勤建设。

杨立三、刘亚楼他们认为彭总的意见很有道理。回去后,向毛主席和周总理、徐老总、聂老总等军委领导做了汇报,军委很快表示同意我们的意见,并给我们发出指示,决定"在安东与志司驻地之间,组织志司后方司令部"。

5月19日,中央军委作出《关于加强志愿军后方勤务工作的决定》。决定命令:

着即成立志愿军后方勤务司令部,负责管理朝鲜境内之一切后勤组织与设施(包括铁路,军事运输在内);

志愿军后方勤务司令部,直接受志司首长领导;

凡过去配属志愿军勤务之各部队(如工兵、炮兵、公安、通信、运输、铁道兵各部队、工程部队等),其建制序列及党、政、军工作领导,指挥与供给关系等,今后统归志愿军后方勤务司令部负责;中央军委任命洪学智兼任志愿军后勤司令员,周纯全为政治委员,张明远为副司令员,杜者衡为副政治委员,政治部主任漆远渥(后名李雪三)。

中央军委的决定,从理论和实践的结合上阐明了后勤在现代化战争中的地位和作用，扩大了后勤工作的职权和范围，标志着后勤由单一兵种向诸军种合成的重大转变，是志愿军后勤发展史上一个重要的指导性文件。

这乃是周恩来关心和指挥朝鲜战争的一个重要贡献，也是一个创举。

美苏的刺探接触

再说，朝鲜战场前线，彭德怀于 5 月 6 日下达第五次战役第二阶段作战命令。

他以九兵团和人民军金雄集团（由九兵团统一指挥），首先歼灭县里地区的伪第三、第五、第九师，尔后视情况继续歼灭伪首都师、伪第十一师。以第三兵团割断美、伪军联系，阻止美第十军东援。十九兵团在西线积极行动，钳制美军主力，配合东线作战。

经过一个多月的激烈作战，于 6 月 10 日结束。整个第五次战役历时 50 天，是最长的一次战役，中朝双方共投入 15 个军，歼敌 82000 余人，粉碎了敌人妄图在我侧后登陆，配合正面进攻，在朝鲜蜂腰部建立新的防线企图，摆脱了我军在第四次战役中的被动局面，我新参战的部队取得对美军作战的初步经验。同时，经过这次战役的较量，也迫使敌人对中朝人民军队的力量重新作出估计，不得不转入战略防御，并接受停战谈判。

自从 1950 年 10 月 9 日中国人民志愿军入朝作战以来，到 1951 年 6 月 10 日，8 个月的时间里，已进行了 5 次战役，总计歼敌 23 万余人，其中美军 115000 余人。虽然和三次战役后相比，在第四、五次战役中敌军又往北推进了一些，但总的来说，我们还是将敌人从鸭绿江边打到了三八线附近。

美国在侵朝战争中遭到了沉重的打击。根据他们的兵员和物资消耗，平均每月为85万吨，几乎相当于当时美国援助北大西洋公约组织一年半的数量，比他们在第二次世界大战的头一年消耗多一倍。本来美国全球战略的重点在欧洲，现在却把重兵放在朝鲜战场，放在亚洲，总兵力已达69万人，而且仍感兵力不足，美国的战略预备队，只剩下在日本的美军两个师和伪军3个师以及在美国国内的六个半师，再往朝鲜增兵已十分困难。英、法等国则更不愿意再往朝鲜增兵。美国付出的代价如此巨大，胜利却十分渺茫。这不仅引起美国人民强烈不满，反战、厌战的情绪日益高涨，在美国统治集团内部矛盾也日益激烈。

在这种军事和政治上均不利的局面下，美国陆军副参谋长魏德迈哀叹道："朝鲜战争是个无底洞，看不到联合国军有胜利的希望。"美国统治集团已经认识到单靠军事手段，打败中朝军队，解决朝鲜问题是不可能的了。5月16日，美国国家安全委员会遂作出"通过停战谈判结束敌对行动"的决定。6月初，美国又通过联合国秘书长赖伊多次透露愿意通过谈判结束敌对行动的意图。正如艾奇逊后来在他的回忆录中所说的："是啊，于是我们就像一群猎狗那样到处去寻找线索。"艾奇逊先是要当时在巴黎玫瑰宫的查尔斯·波伦向德国的苏联管制委员会主席、政治顾问弗拉基米尔·西蒙诺夫进行试探，也许对方没有懂得他的意思，试探毫无反应。

艾奇逊让驻联合国的欧内斯特·格罗斯和托马斯·科里向马立克或者是苏联驻联合国的副代表西门·查拉普金进行非正式的试探，不仅没有成功，反而引起一些谣传。艾奇逊又通过美国——瑞典——莫斯科的渠道秘密试探一下，同样没有回声。艾奇逊想，也许直接去找中国。于是他让白宫政策设计办公室的查尔斯·伯顿·马歇尔去香港寻找接触的机会，然而，辛苦了一阵，仍然没有获得成功。艾奇逊着急了，这时他想起另一个人，乔治·凯南。这位曾在第二次世界大战期间作为美国驻苏联大使哈里曼的得力助手、临时代办，长期在苏联工作，回国后又任美国国务院政策研究室主任，现任美国国务院顾问，正在普林斯顿大学研究所里工作，他同苏联政府、外交部交往甚多，有许多朋友。国务院请他 5 月中旬来华盛顿，向他交代一项特别任务，让他去见苏联驻联合国代表马立克。

凯南受命之后，立即写了一封亲笔信给马立克，要求作为私人拜访去看望他，并希望马立克接信以后打电话或写信通知普林斯顿大学研究所给予回答。

马立克在苏联外交部工作时，认识凯南，因为经常打交道，那时苏联同美国是反法西斯同盟国，所以马立克接到凯南的信，便立即复信欢迎他来做客。

5 月 13 日，凯南从新泽西州普林斯顿大学驱车到达纽约海滨长岛格伦克福庄园的一幢幽雅的别墅，受到了主人热情的接待。

坐落在长岛乡下的这所别墅，被习习海风缠绕，环境十分幽雅恬静安逸。这里是苏联驻联合国代表团领导人从星期五晚上到星期一早晨度假的地方。

马立克在宽敞明亮的客厅里接待了凯南，桌子上摆着水果、香烟，马立克以尊敬的口气问凯南："老朋友，你想喝点什么？咖啡、威士忌还是康雅克？"

凯南说："我喜欢威士忌。"服务员很快送来两杯带冰的威士忌，恭恭敬敬地递给凯南和马立克。

于是，他们一边喝酒，一边用俄语开始了"朋友式"的交谈。

凯南从美苏联系说起逐渐引向本题。他说："我们两国在朝鲜问题上，似乎正在走向一场可能最危险的冲突。这肯定不是美国的政策和目的。当然，我们也很难相信这会是苏联的希望。"马立克一听，立刻感到乔治·凯南此行决不只是为了看望老朋友，话中有话，似乎负有使命，他发问："既然美国的政策和行动会造成这样的危险，难道不应该改变你们的政策和行动吗？"凯南不理会马立克的提问，直接触及本题，他接着说："看来，中国人所引导的航向不可避免地会招致这样的结果。不管北京是否希望这样，但对我们两国来说，这是引向严重麻烦的趋势。"

"是这样吗？"马立克说，"我们不止一次提出过解决朝鲜问题的唯一办法是双方停止敌对行动，撤出一切外国军队，朝鲜问题在没有外国干涉的条件下，由朝鲜人民自己去解决。凯南先生提到中国的行动，你知道，中国曾多次提出朝鲜问题应该和平解决，而且当你提到中国时，难道你不应该回想一下杜鲁门总统去年6月27日的声明，你们派第七舰队进入台湾海峡构成对中国的侵略和你们剥夺中国在联合国合法席位的错误政策吗？中国人民志愿军是在美军逼近鸭绿江直接威胁到它的安全时才进入朝鲜境内的。"

一个外交家为了完成他的使命，就像一个侦察分队为了完成任务，置途中任何干扰于不顾一样。凯南仍不反驳。他说："我说的是现在的危险趋势应该得到制止。我看制止这种趋势的唯一办法是双方的司令官进行停战和停火的谈判，我们很想知道莫斯科对于这一形势的看法，也想知道如果有什么建议的话，那将是什么样的建议？"

马立克也不理会凯南的提问，他两手一推做了个手势："你知道，苏联并未介入朝鲜战场上的作战。"

凯南单刀直入地说："美国准备在联合国或在任何一个委员会或是以其他任何方式与中国共产党人会面，讨论结束朝鲜战争的问题。"至此，凯南总算把他受命要说的主要问题都捅出来了。马立克马上追问："是恢复朝鲜战争战前状态吗？"

"是的，马立克先生。"凯南说，"各自回到战前位置。"

"一切外国军队应该立即从朝鲜撤离。"马立克说。

"立即撤退一切外国军队的问题，是没有商量余地的，但将来可以进行逐步从朝鲜撤退外国军队的讨论。"

"朝鲜问题是同整个远东问题连在一起的，美国的政策造成一系列严重后果，它不只是朝鲜问题，还有对日和约问题、台湾问题、中国在联合国席位问题等等，都是必须解决的。"

"考虑到美国在日本和远东的一般利益，出于安全的考虑，美国不能容忍朝鲜落在和美国敌对力量的手中，同样不能同意整个国家落在共产党手中。"凯南喝了口威士忌，又说，"在朝鲜停止军事行动的问题，应作为一个单独的问题来解决，与其他更广泛的远东问题无关。……关于台湾和中国在联合国的席位，目前不可能涉及这些问题，包括朝鲜的前途问题在内，准备以后讨论。"

双方谈话结束了，稍有外交常识的人都知道，像这样谈话是不会作任何结论的，各自只能向自己的政府作报告。

马立克同凯南的谈话，传到北京，周恩来同外交部、总参谋部进行研究，认为有两种可能，一是缓兵之计，以谈判作为幌子，争取时间，调集兵力，再打，甚至大打；一是经过中国人民志愿军和朝鲜人民军 5 次战役，使美国认识到依靠武力征服朝鲜已不可能，企图通过谈判得到它在战场上得不到的东西。但是，我们从朝鲜战争一开始就主张和平解决的，现在既然凯南找马立克要同我们谈判，不管美国出于何种动机、哪种可能性，我们都应接过来，不好拒绝也不应拒绝。在谈的过程中，利用矛盾，分化敌人，揭露敌人，打击敌人。这样对我们有利。但鉴于美国还很强大，还没有被打得很痛，不甘心于使朝鲜战争成为美国历史上第一场没有打赢的战争，因此，谈判可能是长期、曲折、复杂的斗争；军事斗争和谈判斗争可能交替进行，即谈谈打打，打打谈谈，边打边谈，时断时续，最后取决于战场的胜负而定。所以我们必须作两手准备，尤其军事上要有充分的准备，防止敌人在谈判期间向我进攻，甚至是大的进攻，以期逼我订城下之盟。对敌人的进攻，我们必须坚决反击，将其打败、打痛、打服，方能取得谈判的胜利。无论是谈还是打，都必须同朝鲜民主主义人民共和国协商好，步调一致。为此，建议邀请朝鲜首相金日成同志来北京共商大计，同时要把我们的想法告诉苏联和斯大林同志，在斗争中很好地配合、协调。

1951年6月3日，金日成到达北京，同毛泽东、周恩来等深入地讨论了这一事态的发展，着重研究了谈判的时机和谈判的条件。双方一致认为，中国人民志愿军入朝以后进行了5次战役，中朝两国军队艰苦奋战，已消灭敌人20多万，把美国的侵略气焰打了下去，恢复了战前的状态，把敌人赶到了三八线，扭转了整个朝鲜战局，现在中国人民志愿军已达77万人，朝鲜人民军增至34万，我方总兵力已达112万人，敌我兵力之比为1∶1.6；我占绝对优势，但技术装备比敌人差，敌人有火炮3560余门，坦克1130余辆，飞机1670余架，舰队270余艘，我军仅有少量的飞机和坦克，火炮的数量质量亦远远不如敌人。在这种情况下，我企图消灭敌人重兵集团也是困难的。我要在军事上解决朝鲜问题，关键是消灭敌人有生力量，这就需要时间，需要有个敌我力量消长的过程，需要一个改善我军技术装备，提高我军现代化作战能力的过程。这样战争就要长期打下去，速胜是不可能的，那么现在客观上出现了和平解决朝鲜问题的可能性，如能在谈判中讨论逐步从朝鲜撤退外国军队和朝鲜的前景问题，我们则不应放过这个谈判的机会。这样一方面准备持久作战，再多消灭一些敌人有生力量，一方面通过停战谈判，争取和平解决朝鲜问题。双方还就谈判一些细节问题进行了讨论。

斯大林和苏联外交部也同意中国与朝鲜的分析和意见。

于是，苏联驻联合国代表马立克于6月23日在联合国举办的

"和平的代价"的广播节目中发表演说。

他说："全世界各国人民都认识到，和平对人类具有最巨大的价值。"

"自从牺牲了千百万人类生命的第二次世界大战结束以来，到现在还不满 6 年，而用这样高的代价得来的和平却又受到威胁了。"

"美国和依赖美国的其他国家对朝鲜的武装干涉就是这种政策的最生动的表现。苏联、中华人民共和国和其他一些国家曾经一再提出和平解决朝鲜冲突的建议。战争之所以仍在朝鲜进行，完全是因为美国始终阻挠接受这些和平建议。"

"朝鲜的武装冲突——目前最尖锐的问题——也是能够解决的。而要做到这一点，就必须各方有和平解决朝鲜问题的意愿。苏联人民认为，第一个步骤是交战双方应该谈判停火与休战，而双方把军队撤离三八线。"

"采取这种步骤是可能的吗？我认为是可能的，只要有结束朝鲜境内的流血冲突的真诚愿望。""我认为，为了确保朝鲜的和平，这代价不算太高。"

马立克讲话以后，周恩来立即召集外交部副部长、有关司长进行研究。大家一致认为应该响应，但认为不宜用政府名义出面，要看看美国的反应，而用《人民日报》的名义表态，回旋余地比较大，这时恰好又是朝鲜战争一周年，所以，6 月 25 日，《人民日报》发表纪念朝鲜战争一周年的社论。7 月 3 日又以《为和平解决朝鲜问题而奋斗》为题发表社论。社论说："中国人民完全支持马立克的建议，并愿为其实现而努力。""中国人民是酷爱和平的，我们以前一向要和平，我们今后永远要和平。我们要中国的和平，我们要亚洲的和平，我们要全世界人类的持久和平。中国人民志愿军参加朝鲜的反侵略战争，其目的在于求得朝鲜问题的和平解决。"社论明确指出："中国人民一向主张以和平方式解决朝鲜问题，并曾不止一次地表示支持其他国家关于和平解决朝鲜问题的合理建议。而美国政府却依然幻想依靠它的武力来征服全部朝鲜，进而威胁我国东北，因此，使所有这些关于和平解决朝鲜的努力归于失败。"社论又说："毫无疑问，作为和平解决朝鲜问题的第一个步骤，马立克的提议是公平而又合理的。"

6月25日，美国总统杜鲁门在田纳西州土拉霍马一个航空工程研究中心落成典礼上发表政策演说，他一方面叫嚣要继续进行朝鲜战争，一方面又表示："愿意参加朝鲜问题和平解决的谈判。"

6月27日，美国国务院训令驻莫斯科大使寇克就马立克的演说询问苏联政府的意见，苏联外交部副部长葛罗米柯回答马立克所表达的乃是苏联政府的意见。

李奇微发出和谈建议

6月30日，联合国军总司令李奇微向朝鲜人民军和中国人民志愿军发出举行谈判的建议：

> 本人以联合国军总司令的资格，奉命与贵军谈判下列事项：因为我得知贵方可能希望举行一停战会议，以停止在朝鲜的一切敌对行为及武装行动，并愿适当保证此停战协议的实施。我在获得贵方对本文的答复以后，将派出我方代表并提出会议的日期，以使与贵方代表会晤。我更提议此会议可在元山港一艘丹麦伤兵船上举行。

联合国军总司令　李奇微

7月1日，金日成、彭德怀发出复电。电称：

联合国军总司令李奇微将军：

你在本年6月30日关于和平谈判的声明收到了，我们受权向你声明，我们同意为举行关于停止军事行动和建立和平的谈判而和你的代表会晤。会晤地点，我们建议在三八线上的开城地区。若你同意，我们的代表准于1951年7月10日至15日和你的代表会晤。

朝鲜人民军总司令　金日成

中国人民志愿军司令员　彭德怀

双方通过电文交换，顺利达成了如下的协议：

一、谈判地点：选在三八线上的开城。

二、正式谈判日期：从1951年7月10日开始。

三、为安排双方代表第一天会议细节，双方各派联络官3人，翻译2人，于7月8日上午9时在开城举行预备会议。

四、应对方的要求，我方负责保证对方联络官及随行人员进入我控制区后的行动安全。

五、双方代表团的军队前往开城赴会时，每辆车上均覆盖白旗一面，以便识别。

谈判将要开始了，双方都保持高度的警惕。

中央和军委指示中国人民志愿军，在谈判期间，如遇敌人大举进攻时，我必须大举反攻，将其打败。彭德怀告诫所属部队"打的坚决打，谈的耐心谈"。

李奇微在发出愿意谈判的电报的同时，向联合国军也下达了两点特别指示，要部队注意不要松懈战斗意志。一、注意"众所周知的苏联两面性和欺骗性"。二、注意"像安理会这样的国际机构要采取决定性措施需要相当长的时间。希望全体将士在战场务必继续保持斗志，严防松懈"。

全世界都在注视朝鲜停战谈判，盼望从这个朝鲜的古都发出和平的福音。

在中国，这次谈判的实际指挥者和主持人是周恩来。从马立克和凯南会谈后，他就注视各方的反映和动向，考虑谈判方案和人选。

周恩来首先想到的是李克农，这是合适的人选：他现在是外交部第一副部长兼军委情报部长。他能坚定不移地比较好地执行中央的指示，为人比较谨慎小心，又有丰富的谈判经验，由他担任谈判的第一线指挥是可以放心的，同时又选了对国际问题有研究而又文思敏捷、才华出众的乔冠华作为他的助手。乔冠华当时是政务院办公厅副主任、外交部政策研究委员会副主任兼国际新闻局局长。

谈判班子组织好以后，毛泽东接见了他们，周恩来则多次同他们一起研究谈判方案、对策、要点等。

7月5日，李克农、乔冠华告别了前来送行的政务院办公厅、外交部、总参谋部等同志、战友和亲属，登上从北京前门车站出发的专列火车。车厢中间有一个巨大的吊篮，是由珍珠、玛瑙、金丝、银丝织成的，做工精细、考究，这是清朝慈禧出行时的"御辇"，今天成为新中国谈判代表团的专车。

夏风习习、车轮滚滚，火车奔驰在祖国华北和东北的大地上。当晚便到达祖国的边城安东，中国驻朝使馆参赞柴成文专程由平壤前来迎接，他是谈判代表团的中方联络员。

当天夜晚，谈判班子乘吉普车赶赴朝鲜，车队在漆黑的夜空，跨过鸭绿江，两岸盛开的山花吐出芬芳的馨香，送别离开祖国前往友邻国家执行和平任务的人们，他们迎着阵阵清爽的凉风，顶着满天繁星，冒着敌机轰炸的危险前进。7月6日晨，李克农、乔冠华等一行到达平壤东北约15公里的根据地。这里环境优美，到处是郁郁葱葱的山林，满山满坡皆是绿油油的青草、树木，百花争艳，姹紫嫣红，令人心旷神怡。李克农操着皖南乡音，风趣地对大家说："我们这不是到了世外桃源了吗?"是的，朝鲜是很美的，三千里锦绣江山是世界闻名的，要不是战争的破坏，这里是令人向往的好地方。

金日成的作战指挥部就在这里，中国驻朝鲜大使倪志亮也住在这附近。

当天上午，金日成在他的办公地点亲切地接见了李克农、乔冠华、倪志亮、柴成文。

在这之前，7月2日上午4时，周恩来以毛泽东名义就准备和谈问题给彭德怀、金日成发了电报：

彭德怀同志，并金日成及高岗同志：

　　（一）同意彭留在联司主持作战及7月10日的干部会议，不去平壤开会。（二）同意邓华同志代表彭出席和谈会议，请邓即日动身去平壤，务于4日晚上或5日晚上，到达金日成同志那里，彭对和谈意见即告邓带去。（三）李克农率乔冠华及其他助手，于7月2日2时由北京乘车去安东，于7月4日傍晚由安东去平壤（不去联司），大约于5日早晨或5日晚上，可到金日成同志那里，和金日成同志及出席和谈的代表们（人民军和志愿军的）会商有关和谈的一切问题，请金日成同志派人于适当地点接引他们。（四）请彭德怀同志命令于开城地区的军队负责首长迅速布置在开城和谈会议的房屋（如果没有房屋就须使用帐篷）用具和食用品等项，布置可靠的警戒，务必保障会议的安全，不许出乱子。敌方代表团的宿舍（可能有几十人，包括新闻记者），我方代表团的宿舍及开会的会场，均须布置得妥当一点。此外，还需为李克农、乔冠华等布置一所宿舍（距会场一二公里）。为此，请联司派一懂事的有能力的负责干部即去开城地区指挥上述布置事宜。开城情况如何，望速查告。

在同一天24时，周恩来又以毛泽东名义给彭德怀、高岗、金日成就谈判期间我军部署问题发了一份电报：

德怀、高岗同志并金日成同志：

在和敌方代表准备谈判及实行谈判期间，大约有10天到14天，请你们严格和充分地注意下列各点：（一）争取在10天内，用极大努力，加强第一线部队的人员特别是武器和弹药的补充。请高岗同志将后方应运人员武器弹药等，尽这10天内外运入北朝鲜境内，必须准备着一经签订停战协定，这些人员和物资就不能运输和调动了。（二）极力提高警惕。我第一线各军，如遇敌军大举进攻时，我军必须大举反攻，将其打败。（三）杨成武两个军及五十军，须令其迅速开到指定地点，防止敌人乘机在元山登陆，我三十八、三十九及四十二军则准备对付敌人可能在西边登陆。（四）请你们设想在停战协定成立以后可能发生的各种情况，并预筹对策。

7月4日，周恩来又以毛泽东名义就筹备谈判会场及开会事宜连续给金日成、彭德怀等发了三份电报：

第一封电报内容是：

金日成同志，并告彭德怀同志：

我方是此次谈判的主人，请你派出一位负责同志，随带若干工作人员及必要物品速去开城地区会同联司参谋长解方同志筹备会场及开会事宜，如该地无房屋，就需带帐篷去。双方会议人员所需物品及会场设备，均需带去。一切均需于 7 月 8 日以前准备完毕。

第二封电报内容为：

彭：

开城地区如埋有地雷，须加撤除，特别是李奇微代表的飞机降落地，汽车通道及会场附近，必须撤除干净，保障安全，不出乱子为要。

第三封电报内容为：

金日成同志，并李克农、乔冠华同志：

（一）金于 7 月 4 日 13 时的电报，李乔于 7 月 4 日 12 时由安东发来的报告均收到了。（二）李乔及邓华均可于 7 月 5 日拂晓到金处，请金召集李乔邓及南日、金日满、金波、柴军武等立即会商一次，如果可能的话，他们应于 7 月 5 日傍晚即由平壤出发于 6 日早上或晚上到开城地区准备各项事宜，早一点去较好。（三）如果你们同意认为于 7 日上午我们仍有必要派若干人利用白天乘车去开城帮助会议工作则那个通知仍可于 6 日上午发表。究竟是否发表那个通知，请金于明（5）日再给我一电。但李乔南邓金金柴等同志，最好于 5 日夜车即去开城，愈早愈好。

从上述电报清楚地表明，毛泽东、周恩来考虑和处理问题之精明、仔细、周到和远见卓识，他们既预计到美帝国主义在谈判过程中采取反革命的两手策略，即谈判和军事行动同时并进，或交叉运用，军事上得不到的东西在谈判桌上寻求，谈判中得不到的东西则施加军事压力，使你屈服退让。我们则必须用革命的两手策略对付其反革命的两手，在谈判中认真地谈，诚心诚意地谈，一丝不苟地为和谈做准备，用事实表明中国人是多么地渴望和平！在军事上做好充分的准备，如遇敌人进攻，坚决打败它。这样从谈判一开始，我们就处于主动地位，驾驭着局势的发展。

解方和几位参谋、中方联络官到开城实地选择了市区西北约两公里的高丽里广文洞的来凤庄为朝鲜停战谈判的会址。来凤庄看上去是一位富有家庭的宅第，它坐北朝南，房前有用自然石块砌成的花坛，中间是一棵经过精工造型的古松，周围是一些木本花草。

大门是个过厅，再进去是宽敞的三间正厅，里间西边的屏风已经破旧，去掉屏风，中间摆上一张长桌，南北对坐，后边还可以各摆一排稍窄的长桌，供参谋助理人员就座。在当时条件下，我们的联络官认为是比较理想的会场。

来凤庄的西南，靠松岳山边有几家民房，再靠西南边有一幢别墅式的平房作为志愿军代表团的驻地，人民军代表团安排在南山中学附近的民房里。来凤庄西北约 400 米处有一幢石砌白色的两层小楼，原来是个教堂，从会场到那里有便道，略加平整就可通行汽车，准备作为对方代表团会间休息的地方。

根据中朝两党中央的协议，停战谈判的第一线由李克农主持，乔冠华协助。出面谈判的首席代表是朝鲜人民军南日大将，志愿军代表是邓华和解方，朝鲜人民军代表是李相朝和张平山。南日曾在苏联留学，先攻习教育后又学军事，回国后担任过教育局长、人民军参谋长。

邓华，1928 年参加红军，出席过著名的古田会议，参加了两万五千里长征。1938 年挺进冀东开辟抗日根据地；解放战争期间，参加了辽宁战役、平津战役。第四野战军十五兵团司令员，挥戈南下，解放广州和海南岛。后任第十三兵团司令员，中国人民志愿军第一副司令员，是彭德怀的得力助手，专管作战的。他战功卓著，是位有勇有谋的高级指挥官。

解方，1930 年毕业于日本陆军士官学校；曾任过张学良的东北军参谋长，1936 年加入中国共产党；1941 年到达延安，先后担任军委情报部的局长和东北民主联军副参谋长、兵团参谋长，后任中国人民志愿军参谋长，是我军难得的既富有军事理论又有实战经验的高级军官。

李相朝，抗日战争期间，曾是活跃在中国太行山朝鲜义勇军的队员，为人敦厚，对朝鲜人民的事业忠心耿耿。

张平山，朝鲜人民军一军团少将参谋长。

李克农、乔冠华受毛泽东、周恩来的委托，主持第一线谈判工作，深知责任重大，身上的担子很有分量。他们一到开城便开过多次会议，检查谈判的准备工作，他们处处学习周恩来，事无巨细都是亲自过问，直到落至实处为止。几天来，他们几乎没有片刻休息，利用一切时间尽快熟悉自己班子里中朝双方的每个同志，个别谈话，布置工作。李克农忙得原有的哮喘病又犯了，只能靠药物来控制。乔冠华年轻，身体好，又是乐天派，整天乐呵呵的，有说有笑，风趣诙谐。

明天，7 月 10 日，停战谈判就开始了。李克农、乔冠华还是有点放心不下，晚上 10 时，李克农又召开了一次中朝同志会议，对出席明天会谈的人员再作一次交代。

寂静的夜空，时常传来一阵阵炮声，中国人民志愿军和朝鲜人民军还在浴血奋战；为争取和平付出血汗和牺牲，中朝两国参加谈判的同志披星戴月，一个个默默地步入中国人民志愿军代表团驻地一幢别墅的客厅里。这时候，他们都有一个心愿，希望谈判早日举行，获得成功，让朝鲜人民、中国人民和世界各国人民早日回到和平安定的环境下建设和生活。因此，每个成员都感到自己肩负着祖国人民和世界人民的期望，既光荣又沉重。

会议首先由乔冠华把第二天谈判的安排作了一番汇报和说明。接着，李克农就停战谈判的全局性问题及注意事项再作一次系统的全面的阐述。

李克农习惯地用手轻轻地摸一下他的八字胡，再端起茶杯喝一口茶润润喉咙，又吃了一片止咳药，才开始讲话。他说，这次谈判不同寻常，是中朝两国军队同世界上最强大的敌人美帝国主义进行了近一年的军事较量，而且战争还在继续进行的情况下举行的，可以说举世瞩目，牵动着十几亿人的心。我们方面准备提出三条原则，作为和平解决朝鲜问题的第一个步骤。它既符合各国人民包括美国人民在内的和平愿望，也是对方曾经表示过基本上可以接受的条件。停火休战、双方撤离三八线以建立非军事区，双方的意见虽有距离，但是不很大。从朝鲜撤退问题，对方表示现在不能讨论，但也答应将来再讨论。所以，这次谈判达成协议的可能性是存在的。然而，正如周恩来总理所一再告诫我们的，美帝国主义很狡猾，出尔反尔，同它打交道不那么容易，要多从坏处想，对困难要有足够的估计，不可掉以轻心。这就需要中朝双方同志在毛泽东主席、金日成首相领导下和周恩来总理兼外长的实际主持下，紧密团结，群策群力，努力争取。

李克农咳嗽了两声，他忙抿了一口茶，提出四点要求：

第一，我们要旗帜鲜明地把我们的和平主张摆在世界人民的面前，使它产生一种力量，也就是我们常说的政策的威力。我们准备提出的三条原则是非常合情合理，得人心的，是一个非常非常有力的武器，周恩来同志指示我们要抓住这三条原则反复宣传，使它成为全世界爱好和平的人民的斗争口号，同我们一起来争取和平，切切不可在枝节问题上同敌人纠缠，那样就容易上当。

第二，谈判是在我们的区域内进行，较之在对方提出的在丹麦伤兵船上在政治上对我有利，工作上我们也比较方便。但是安全问题是件大事，让人担心。这里是个新解放的地区，群众基础差，日本人在这里统治了 36 年，美国和李承晚在这里统治了 6 年，社会情况相当复杂，而且又处在三八线上，离敌人很近，双方都在这里埋了不少地雷，要全部清除也不容易。无论哪一方在安全上出了问题，我们都要承担责任。因此，安全是第一个大问题。开城地区的志愿军和人民军要保证在安全上不出问题，请李相朝、解方同志认真检查一下，慎之又慎，切不可麻痹大意。

李克农移动一下他那胖胖的身体，微笑的圆脸带有几分严厉的神情，说：这第三么，同志们，谈判即是打仗，但是打"文仗"不是打"武仗"，"武仗"那是我们彭老总的事。打"文仗"，政治上要高屋建瓴，具体问题要后发制人。事关大局，说了话就要算数，在谈判桌上说了的话是收不回来的，所以对外表态要特别慎重。有些话宁肯晚说一天不要抢先一分，要尽量使用已经准备好的稿子，除了主稿之外已经准备了一些小稿子备用。这些稿子都是经过恩来仔细审阅和修改过，或作了原则指示。会场的情况同战场一样，一旦打响，就会千变万化，作为谈判代表你们中途回来不方便，请柴成文同志随时回来通通气，没有把握的时候，宁肯休会商量一下也不要急。

他停顿一下，强调说：对于我们的同志来讲，我不担心哪位同志会在谈判中丧失立场，担心的是多数同志年轻气盛，经不起人家的挑逗而冲动。同美国人打交道多数同志没有经验，所以参加会议的同志都要注意观察会场上每一个细节，察言观色，争取较快地摸透对方的脾气。

第四，也是最后一点，停战谈判一刻也脱离不开战场情况的变化，请解方同志及时掌握战场上的情况变化，马上告诉我们，如果离开战场情况变化，停战谈判是无法进行的。好比唱戏一样，我们搞谈判的在前台表现，如果没有后台的化装、道具等做后盾，那么前台就成了空中楼阁，必然要塌下来的。所以"文仗"要有"武仗"的支援和配合。

李克农讲完了，大家都有一种感觉，仿佛克农不像以往那样幽默诙谐，笑语连篇，比较和蔼亲切，而今天他讲话时的脸色比较严肃，甚至严厉，这大概确是因为我们面临着强大而又狡猾的敌人，有一场艰苦的战斗，与老虎搏斗。而克农的讲话确实是经验之谈，语重心长，害怕我们这些初出茅庐，尤其是对在战场上指挥千军万马的将领们在谈判桌上最难忍受敌人的气，容易沉不住气而发火，把事情搞糟，所以克农这位谈判老手的忠告，十分重要，十分及时，可以说是切中了要害。

八、开城谈判针锋相对

开城位于朝鲜半岛的中西部，在汉成江和汉江之间，距汉城西北 65 公里，距江华岛约 20 公里。登上开城的南山隐约可见汉城的后山。开城西北 20 公里处的朴渊瀑布为朝鲜的三大瀑布之一。它旧称松岳，是朝鲜的古城，从公元 919 年至 1392 年为高丽王朝的古都，始称开京，即开国都城之意，是当时朝鲜的政治、经济和文化中心。市区有 15 公里的古城墙及王陵、故宫等名胜古迹。日本投降后，南北朝鲜以三八线为界，开城在三八线以南，在中国人民志愿军和朝鲜人民军发动的第二次战役中被解放了。

7 月 10 日这天，是朝鲜入夏以来少有的好天气。宽阔的原野上，稻浪滚滚，蛙声一片，鸟语花香，风和日丽。卷入战争旋涡被窒息得喘不过气来的开城人民露出一点喜悦，男女老少一齐出动，把街道打扫得干干净净，迎接停战谈判。

上午 8 至 9 时，美方代表及工作人员分乘吉普车、卡车和直升机到达开城来凤庄。我方联络官和安全官前往迎接。

10 时整，双方代表在来凤庄的过厅会晤，然后步入会场，互阅证书。按照国际惯例，任何国际谈判，都要由派出国的政府首脑签字的证明书，谈判代表才为对方所承认，像朝鲜停战谈判必须由双方司令官签字的证书，即朝中方面必须由金日成、彭德怀签字，对方必须由李奇微签字的证书，才证明派出的代表是合法的、有效的。

谈判大厅中间，东西向摆着一张铺有绿色台绒的长方形条桌。桌子的南面坐着美国的代表也即是所谓联合国军五名代表，中间是谢·特纳·乔埃中将首席代表。他是美国远东海军司令，第二次世界大战中美国有名将领。此人中等身材，沉着老练，善于谈判。乔埃的右手是白善烨少将，他是南朝鲜第一军军团长，"是南朝鲜军队中最有才干的军官"；亨利·霍迪斯少将，他是美国第八集团军的副参谋长，曾在欧洲指挥过一个步兵团。左手是劳伦斯·克雷吉少将，他是美国远东空军的副司令，曾在北非指挥一个战斗机联队；奥尔林·勃克海军少将，他是美国远东海军的副参谋长，曾在太平洋战役中使用驱逐舰战斗而闻名。

桌子的北面是朝中方面的代表。中间是南日大将，右手是邓华和解方将军，左手是李相朝和张平山将军。

双方代表的后面，各坐着人数大体相当的参谋、翻译和记录人员。

按照国际上的惯例，会议在我方驻地召开，本应由我方先发言，但美国人不讲礼貌，不等我方开口，乔埃便抢先发言。我方宽宏大度，没有计较。

乔埃在强调谈判的重要性之后，说，在停战协定没有生效之前，战争仍在继续进行，延迟达成协议将会延长战斗，增大伤亡。他说："我们谈判的范围仅仅限于有关韩境纯粹的军事问题，如果你方同意，请在此签字作为我们谈判的第一个协议。你同意吗？"

我方代表对对方的问题没有置理。

南日将军致辞说："6月30日联合国军总司令李奇微将军表示，愿意举行停战谈判。我的总司令金日成将军和中国志愿军司令员彭德怀将军，根据朝中人民及全世界人民的愿望与要求，赞成与李奇微将军举行谈判，并派我代表朝鲜人民军出席这次谈判。朝鲜人民历来主张，现在仍然主张，朝鲜战争应该迅速结束，因此热烈赞成苏联驻联合国代表马立克先生6月23日提出的交战双方应该谈判停火与休战，而双方把军队撤离三八线。为了停止朝鲜战争，我们认为就要解决停火，双方军队撤离三八线，作为实现朝鲜休战的基本条件及撤退外国军队以保证朝鲜战火之下再复燃等重要问题。因此，我代表朝鲜人民军提出下述建议：

第一，在互相协议的基础上，双方同时下令停止一切敌对军事行动，陆军停止对对方的进攻、袭击与侦察；海军停止对对方的轰击封锁与侦察；双方空军停止对对方的轰炸与侦察。显然，双方停火，不但可以减少生命财产的损失，而且是扑灭朝鲜境内停火的第一步。

第二，确定三八线为军事分界线，双方武装部队应同时撤离三八线10公里，并于一定时限内完成之。以双方撤离的地区为非军事地带，双方皆不驻扎武装部队或进行任何军事行动。这里的民政，恢复1950年6月25日以前的原状。与此同时，立即进行关于交换俘虏的商谈，使各国俘虏早日还乡与家人团聚。

第三，应在尽可能短的时间内撤退一切外国军队，外国军队撤退了，朝鲜人民、中国人民、苏联人民及全世界一切爱好和平的人民，包括美、英人民在内，都热烈要求早日停止朝鲜战争，并和平解决朝鲜问题。我们希望我们能够在这次谈判中达成协议，以满足广大人民的要求。"

南日发言后，中国人民志愿军代表邓华将军接着致辞："我奉协助朝鲜人民军在朝鲜作战的中国人民志愿军司令员彭德怀将军之命，出席这次会议，与朝鲜人民军代表一同，和联合国军总司令李奇微将军的代表，商讨在公平合理的基础上，实现在朝鲜境内停火与休战等问题。我认为这些问题的解决，将是在和平解决朝鲜问题上，走了重大的一步。中朝两国人民的利益是完全一致的，结束朝鲜战争与和平解决朝鲜问题，同样是中国人民一贯的要求，并为之不断奋斗的目标。中国人民志愿军援助朝鲜人民军的目的，就是恢复朝鲜的和平及保障中国的安全。因此，当苏联驻联合国代表马立克先生根据苏联政府和平解决朝鲜问题的一贯主张，建议由朝鲜交战双方谈判停火与休战而双方把军队撤离三八线时，这一建议，便立即获得中国人民及中国政府的热烈支持。在朝鲜作战双方停火，确定三八线为双方军事分界线及撤退一切外国军队，是符合朝鲜人民、中国人民以及全世界人民的愿望和要求的。我们认为朝鲜人民军的代表所提出的三项建议，是停止朝鲜战争及和平解决朝鲜问题的前提与基础。中国人民志愿军衷心支持这些建议，并认为应把它们作为谈判出发点。各国人民都痛恨战争而热爱和平。我们希望我们能够顺利完成停止朝鲜战争的任务。"

本来，朝中双方曾商定，谈判桌上主要由南日代表我方发言，今天邓华的发言是特意安排的，因为全世界都清楚，在开城谈判桌上美国人找的就是中国人。如果中国志愿军的代表不发言，不仅不能满足世界爱好和平人士的愿望，而且美国人也不会放心。

原先，凯南同马立克的谈话，已经有了大部分的共同点和接近点，可是对方在听我方发言后，却提出以下九项议程：

一、通过议程。

二、俘虏营地点和准许国际红十字会代表前往访问。

三、会议所讨论之范围，只限于有关韩境纯粹的军事问题。

四、停止韩境武装部队之敌对及军事行动并商定保证敌对及军事行动不再发生之条款。

五、议定韩境之非武装区域。

六、韩境停战监督委员会之组织、权力及职司。

七、协议设立军事观察小组在韩境视察之原则，该项小组隶属于停战监督委员会。

八、以上小组之组织及职司。

九、关于战俘之处理。

美国人一开始就出尔反尔，狡诈多变。中朝代表立即研究对方的议程草案。大家认为，对方提出的第一项只是个程度，二、三两项明显是硬加进去的，国际红十字会访问战俘营，不必要在这里讨论。谈判的范围虽然凯南曾经讲过停战作为一个单独问题进行讨论，但是真正讨论起来，仅纯军事问题的定义就可能扯个不休。估计对方提出这两项议程，无非说明他们害怕谈到牵涉到台湾问题和中国在联合国的席位问题。第四项是停火，第五项是非军事区问题，这两项当然是要讨论的，但是对方却没有提出军事分界线的划分问题，这样就失去了确定非军事区的依据；六、七、八项及第四项最后一句，都是保证军事停战后军事行动不再发生的停战监督问题，第九项是战俘问题，当然也是要讨论的问题。对方提出的九项议程草案，其中真正要讨论的问题，实际上我三项原则建议都已包括进去了。然而对方却只字未提自朝鲜撤退一切外国军队，也没有提自三八线撤退的问题。而这些又恰恰是应该讨论的重大问题。这些都不难看出，对方的立场有了变化。

李克农说，看来美方没有像凯南约会马立克时那样急迫了。这个动向很值得注意。大家研究决定，既然谈判是对等的，对方提出了议程，我们不好反对，我方也应提出对策，有个议程。于是，马上起草了一个议程，经过李克农、乔冠华的批准，于下午在会谈中提出：

一、通过议程。

二、以"三八线"为双方停战的军事分界线，并设一非军事区，作为停战的基本条件。

三、撤退一切外国军队。

四、实现朝鲜停战的具体措施。

五、关于战俘的安排。

第一天的谈判结束了，留下了两个谈判草案。一对比，分歧明显，焦点突出，世界各大通讯社对我方提出的三项建议，进行了广泛突出的报道，给世界爱好和平的人民以很大的鼓舞和希望；对美国的发言未触及实质，未把撤退一切外国军队列入议程很不满，特别是记者们向美方施加压力，他们认为美方发布的新闻过于简单，远不能满足新闻界人士的要求。

美方为了摆脱其被动局面，于第二天停战谈判会议上，提出新闻记者采访谈判问题，并要求我方于12日即容许20名记者前来开城进行采访。我方允许考虑美方的意见。

12日上午4时45分，我方通过联络员答复对方，表示赞成美我双方记者在适当时机前来开城进行采访活动，一俟谈判达成某项协议，我方即欢迎记者前来。但美方不顾我方的答复，而采取要挟手段，将20名记者和65名代表团人员组成一个车队于7时45分开至开城东我板门店防区。对于美方这种做法我方当然不能允许，当即派联络员前去告诉他们，由于新闻记者采访会议尚未达成协议，我方不同意记者通过。美方却连代表团人员全部返回，12日的谈判未能进行。

记者采访成为问题

接着，美国首席代表乔埃海军中将来信说：

南日将军：

一、1951年7月12日9时30分，载有我方在会议地点所需的人员沿汶山、开城路上行驶的我方汽车队，被贵方的武装卫兵拒绝通过贵方的岗哨。

　　二、我已命令这个车队驶回联合国军前线。

　　三、在接获贵方通知携带我所选择的人员，其中包括我认为必需的新闻代表人员，将不受阻难而到达会议地点时，我准备偕同我的代表团重来，并继续昨天休会了的商谈。

　　　　海军中将、联合国军首席代表　特纳·乔埃

　　李克农、乔冠华和谈判代表团立刻研究乔埃的来信，认为我们当时对记者的采访这个敏感性的问题，认识是不够的。只想到谈判还没有任何结果，连议程都未统一起来，记者采访是没有必要的。没有想到，朝鲜停战谈判，是全世界人民关注的一件大事，世界各大新闻机构在争取时间抢新闻、抢镜头、抢发稿，早发一分钟和迟发一分钟，新闻的价值就悬殊，它牵涉到记者们的工作甚至饭碗问题。在这种情况下，对方的新闻代表不能进入开城，不能进入会场，自然要向对方代表团施加压力，而外国官方一般都害怕记者。同时，在谈判的当天上午，我方确有一名摄影人员进到会场内拍摄过会谈的照片，虽当即被我首席代表挥手出去了，但不管怎样，我方的记者照了，他们没有照，这样就有伤对方的面子。因此，大家认为，有必要给对方一个答复，一方面要坚持我方的立场，一方面作一些缓解，即双方记者都不进入会场，建议继续开会，暗示可以在会谈中讨论这个问题。这个答复请示周恩来，得到他的同意批准。

　　7月13日一早，南日复函乔埃。

乔埃将军：

　　你的来函收到了。答复如下：

　　一、我们12日上午7时45分并未阻拦你的代表团前来开会。至于随车同来的新闻记者，因为双方并未达成协议，自然不能允许他们来谈判地区。你们的代表团因而拒绝到会，是没有道理的。

二、对于新闻记者及新闻代表人员采访问题，我们的意见是：未得双方协议，任何一方的新闻记者与新闻代表人员，均不能进入谈判地区。

三、我们建议：今天上午9时（平壤时间）继续开会。

朝鲜人民军、中国人民志愿军首席代表 南日将军

但是，美方仍抓住记者问题不放，立即把这个问题升格到双方司令官一级进行交涉，并把它提高到双方在会场区享受平等待遇问题的高度。7月13日，李奇微致函金日成、彭德怀要求划开城为中立区。函称：6月30日，他曾建议在丹麦伤兵船上会晤，因为那样可使双方都有同等的出入自由，包括属于任何一方的新闻记者这种人在内。这种地点可以有一种完全中立的气氛，不致有任何一方的武装部队在场而产生威胁的作用。当他接受以开城为会晤地点时，原以为开城能完全具备上述条件的。他说，7月8日联络官会议上，他们曾建议沿着金川—开城—汶山公路建立一道10英里宽的中立区，双方武装部队让出开城，遭你方联络官拒绝……但自从谈判以来，事实证明双方的待遇是不平等的。

李奇微在信中建议：划一个圆形地区为中心区，以开城的中心为圆心，半径为5英里，东面以板门店为界。在整个会议期间，在中立区内不能从事任何敌对行动，会议区和双方代表团人员前往会场区所经过的公路不驻扎武装人员。并建议每方代表团在中立区内的人员总数任何时候最多不超过150人，在上述限度内每方代表团人员构成应完全由该方司令官决定。来信最后说：如果你方同意这些建议，目前休会即可终止，会议即可恢复，不致迟延，而且可望有所进展。

李克农、乔冠华、南日、邓华等当即研究李奇微的来信，认为李奇微同意在我控制的开城地区谈判后悔了，可能挨了上面的批评，他想借"记者问题"大做文章，抓住"中心区"问题振振有词，以推翻这个协议。因此，我们应该坚持原则立场，揭露和驳斥对方的观点，同时，为了争取谈判能够继续进行，不在枝节问题上同对方纠缠，同意其合理的要求，随即起草复信和请示我党中央的电报。

周恩来接到李克农的来报后，立即召集外交部和总参谋部进行研究和修改复信。

7月14日，以毛泽东名义连续发了5封电报给李克农。

第一封，7月14日上午1时45分。

克农：

7月13日21时30分来件收到，待修正后发给你，你在收到修正稿以后即可发给对方。北京广播当在7月14日20时即下午8时左右。

第二封，7月14日上午7时。

克农并金、彭：

（一）李奇微的通知是以划中立区为主题，来掩盖他因记者这个小问题而引起会议停顿的不妥当行动。我方为取得主动起见，决定同意他划中立区的提议，也同意他将新闻记者作为他代表工作人员一部分的办法，以取消敌方的一切借口。

（二）请你们立即准备在敌方代表重来开城时注意解决下列几点：（甲）中立区的面积究以多少公里为适宜，为保障双方代表的安全，应考虑撤退当地居民问题，是否能迅速撤退

（撤退时保障居民不受损失）。（乙）我方武装撤退后应否以非武装人员维持秩序。（丙）设立板门店双方联络员联合办事处问题。

（三）给李奇微复文已重写，另电发来，北京准备在今日下午8时才发广播。

第三封，7月14日上午10时。

克农并金、彭：

（一）在给李奇微的复文里没有答复李奇微所提的将双方代表团的全部人员限制为150人的问题，使你们留下有机动的余地。如果美方代表团提出这个问题时，你们可以照你们的意见提出双方代表团工作人员各由自己规定互不干涉，但如美方坚持要规定同等人数，你们也可以同意这种规定，因为这是无关大局的。

（二）在划中立区面积的问题上以能保证双方代表安全为原则。如果可以不要迁运大范围的居民则可以同意美方半径5英里的数目，否则可以划一个通板门店的走廊及一个开城附近的较小圆圈，以便只迁移较小范围内的居民。

究应如何，请按情况灵活决定。

第四封，7月14日上午11时。

克农并金、彭：

7月14日2时30分的电报收到，关于记者问题的公报不必再发，因为主要的内容已经公布，再发这个公报就重复了。

　　这里提到的"公报"，是李克农向中央建议就"记者问题"，发一个公报。毛泽东答复，因为《人民日报》已在 1951 年 7 月 14 日以《坚持双方协议原则并建议继续开会，南日将军函复美方代表》为题，刊载了新华社平壤 13 日电，其中谈到朝中方面对新闻记者问题的基本态度。

　　第五封，7 月 14 日下午 6 时。

　　克农并金、彭：

　　（一）7 月 14 日 15 时 10 分的电报收到了，同意你的修改文句（从一百十三个字至一百七十字），但在 13 字下仍须加上"为了扫除在一些枝节问题上的误会和争论，使和平谈判工作得以顺利进行起见"一句，下接"我们同意你所提的……"

　　（二）北京仍在下午 8 时广播，你处可注意收听。

　　（三）请平壤广播亦照此修改。

　　这里所说的"修改文句"，是李克农给毛泽东、金日成、彭德怀的电报，说："我们仔细研究李奇微来文，发觉中立区与会址区域有大小及含义的不同。对于中立区，他要求双方停止敌对行动；而对于会址区域，则须摒除一切武装人员。与其改动他的建议，不如全盘接受他的，对我主动。因此，建议对复文一百十三字至一百七十字作下述更改……我们同意你所提的将开城地区划为在会议进行期间的中立区，双方停止任何敌对活动及将武装人员完全摒除于会址区域及你我代表团通往会址区域通路之外的建议。至于这个会址区域的大小及其他有关具体问题，我们建议……我们等你复示后，再将给李奇微的复文发出。"

　　周恩来是个从善如流的人，他处理任何问题既有自己的主张，又喜欢发扬民主，听取别人的意见。他主持外交部工作，经常召集外交部的副部长、司长们开会研究问题，如遇重大国际问题，他要把那些主管科员、科处长以及翻译都要找来一道研究情况，提出处理意见。当他充分听取了大家的意见后，他才把大家提出好的、正确的意见集中起来、吸收进去，作出结论和决定方针。所以在他领导下工作的同志，都心情舒畅，无拘无束，畅所欲言。但他对同志对工作要求很严，一丝不苟，不对的或做错的事，他立即指出，严肃批评，不留情面。例如这次关于中立区问题，他就批评代表团在预备会时拒绝对方所提划一个中立走廊和中立会场区问题的建议，考虑不周，结果把双方代表团的安全问题都压在自己身上。当然对方以此为借口任意中断谈判的责任只能由对方承担。但是周恩来批评人从来不记账，批评以后，只要你接受批评、承认错误，改正了，就行了，一切如初，不再算老账。所以外交部以及经常接触他的人有这样一种说法，被周总理批评也是高兴的、光荣的。

正是由于周恩来既善于发扬民主、听取别人意见，又对同志要求严格，及时指出错误所在，所以他能兼听则明，作出决定，处理问题都是切合实际或比较切合实际，完善或比较完善的，很少有偏颇或失误。

金日成、彭德怀按照毛泽东、周恩来修改审定的文稿，于10月14日给联合国军总司令李奇微复函称：

李奇微将军：

你的7月13日来信收到了。为了扫除在一些枝节问题上的误会和争论，使和平谈判工作得以顺利进行起见，我们同意你所提的将开城地区划为在会议进行期间的中立区，在区域内双方停止任何敌对行动，及将武装人员完全摒除于会址区域及你我代表团通往会址区域的通路之外的建议。至于这个会址区域的大小及其有关的具体问题，我们建议交给双方代表团在下一次会议上去解决。

关于引起这次停会的原因的新闻记者问题，是和划中立区的问题无关的。后一个问题自从 7 月 8 日贵方联络官提过一次之外，贵方的代表团再也没有提出过。而联络员的任务是讨论细节问题的，无权讨论像划中立区这样性质的问题。

此次引起停会的原因的新闻记者问题是一个小问题，值不得为这个问题引起停会，更加值不得为这个问题而引起会议的破裂。贵方代表团曾经在会议上提出这个问题，我方代表团当时认为在会议还没有任何成就，并且连议程也没有通过的时候，各国新闻记者来到开城是不适宜的，这个问题因而没有取得协议。

我们坚持一切问题必须由双方协议才能执行的原则，我们认为这个原则是公平的，无可辩驳的。新闻记者问题既然没有达成协议，就不应当由贵方一方片面地强制执行。

为了不因这件小事而使会议陷于长期停顿或破裂起见，我们现在同意你的建议，即将贵方新闻记者代表 20 人作为你的代表团工作人员的一部分。我们已命令我方代表团在这个问题上也给贵方以便利。

朝鲜人民军最高司令官　金日成

中国人民志愿军司令员　彭德怀

1951 年 7 月 14 日

当晚，中央人民广播电台广播了这样的消息：（新华社平壤 14 日电）本社记者从朝鲜前线总部获悉：昨日美方代表团借口新闻记者未得我方同意仍然不来开城开会，以致会议又停顿一天。昨日下午，此间收到了李奇微的一个通知，提出了划中立区的新问题。金日成将军和彭德怀将军本日已予以答复。为了扫除在一些枝节问题上的误会和争论，使和平谈判得以顺利进行起见，我方在原则上同意将开城地区划为在会议期间的暂时的中立区。有关新闻记者问题也给了美方以便利。这样，就解除了美方在最近提出的一切借口，使开城会议有可能重开。

报道还附金、彭两将军给李奇微的复函。

美方制造"记者问题"，纯属借口。后来乔埃在他的回忆录中说："因为牵涉了新闻记者，有人就遽下结论，以为问题的焦点是在新闻自由。新闻自由固有其莫大的重要性，但在此处则并不完全恰当。那一次的意外事件，我方是利用为对于当时双方享受平等的待遇的现实问题，迫使共方摊牌，其中包括整个会议区域的自由进出的问题，双方统帅对于代表团的组成有毫无保留之决定权问题，其后经过了三天的休会，共方统帅部对李奇微将军的要求，提出了若干简单的保证，会议就重又恢复了。"

达成停战谈判议程

7月15日，朝鲜停战谈判恢复，继续讨论议程问题。在讨论中，最突出的问题是，一为以三八线为军事分界线问题；一为撤退一切外国军队问题。关于以三八线为军事分界线：对方没有从问题的实质讲什么理由，仅说议程只应提出讨论的题目，而不应提什么结果。我方代表接受了这个观点，至于撤退一切外国军队问题，这就触及了对方的痛处和要害，我方坚持应该列入会谈议程，对方坚决反对，使尽全身解数进行反驳，成了讨论的焦点。

早在1947年9月10日，苏联政府就曾一再建议：将1945年进入南北朝鲜的美国和苏联军队于1948年初同时撤走；以便"重建朝鲜成一独立国家"，均遭美国拒绝。南朝鲜的李承晚长期流亡海外，要是没有美国军队的支持他是上不了台的，上了台也是站不住的，所以他是最怕美军撤走的。在这一背景下，1947 年 9 月 19 日魏德迈到朝鲜进行了考察，并给杜鲁门写了一个"秘密报告"，建议美军不要撤出南朝鲜。

然而，从朝鲜撤退外国军队的主张是深得人心的。世界各地凡有美军驻扎的地方都引起了共鸣，有的国家还举行群众游行，喊出"美国佬滚回去"的口号。1948 年 12 月 25 日，苏联宣布从朝鲜撤军完毕，更为这股势不可当的和平浪潮推波助澜，逼得杜鲁门被迫于 1949 年 6 月 30 日声明从朝鲜撤军完毕。

现在，美军借着朝鲜战争，打着联合国旗号又入侵了朝鲜，他怎么肯撤走呢？杜鲁门对朝鲜的方针一直是要么由美国武力统一，要么保持长期分裂。麦克阿瑟的"圣诞攻势"被中国人民志愿军打得头破血流，用武力统一朝鲜的美梦破灭了，只好被迫坐下来谈判，而今他要用武力来保持朝鲜的长期分裂。他当然不愿意把撤退一切外国军队列入谈判的议程。

在谈判开始前，美国国务院和参谋长联席会议就指示李奇微："你和敌方部队司令员之间的谈判应严格限于军事问题，你尤其不应进行关于最后解决朝鲜问题的谈判；或考虑与朝鲜问题无关的问题，如台湾问题和中国在联合国席位问题。这些问题必须由政府处理。"所谓"不应进行关于最后解决朝鲜问题的谈判"就包括撤退一切外国军队。所以美国谈判代表顽固坚持不同意将撤退一切外国军队列入谈判议程，以便于它随时破坏谈判和长期驻军南朝鲜。

我方根据中央 7 月 17 日的指示"我们提出此条，是有充分理由的（各国派兵到朝鲜是来作战的，不是来旅行的，为什么停战会议能够讨论停战，却无权讨论撤兵呢？显然这种理由是不能成立的）。因此我方坚持会议既然有权讨论停战，也有权讨论撤兵"的精神，提出撤退外国军队必须列入议程。

我方说，撤退外国军队是防止战争复杂的必要条件，外国驻军是战争的根源。美方说，朝鲜战争爆发时并无外国驻军，恰恰是外国撤出不久就发生了战争。我方说，照此说来，只有新殖民主义者在全世界各国驻军，才有可能防止战争、保持和平了。美方无法反驳，于是又搬出这次谈判只讨论军事问题，撤退外国军队是政治问题，"联合国军"总司令只有对这些部队的指挥权力，而没有让某一国家撤军之权。这个问题，经过 8 次讨论，没有结果。

很显然，美方是用各种借口和托词拒绝讨论撤退外国军队，再讨论下去也没有意义了，同时考虑到凯南在同马立克谈到这个问题时，曾经说过"立即撤退一切外国军队的问题，是没有商量余地的，但将来可以进行逐步从朝鲜撤退外国军队的讨论"。经李克农、乔冠华、南日、邓华、李相朝、解方等研究提出解决方案，并根据谈判可能出现的情况，草拟了两个发言稿，送中央审批。

周恩来对发言稿进行了修改，并以毛泽东名义复电李克农："明 25 日只用第一个发言稿，并应坚持其中建议的立场不要让步，看对方如何表现，第二天上午还是如此。到第二天下午（26 日下午）如对方坚持反对我方的新建议时，再用第二稿发言。"

我方代表按照中央指示精神，于 7 月 25 日提出新的建议，即在议程上列上"向双方有关各国政府建议事项"一条，以便在此项议程下讨论向有关各国政府建议，在停战协定实施后一定期限内，召开双方高一级的代表会议，协商从朝鲜撤退一切外国军队的问题。

经过中朝双方的努力，既揭露了美方的阴谋，坚持了原则立场，又在策略上机动灵活，做了一定的妥协，终于 7 月 26 日双方达成停战谈判五项议程：

一、通过议程；

二、作为在朝鲜停止敌对行为的基本条件，确定双方军事分界线，以建立非军事区；

三、在朝鲜境内实现停火与休战的具体安排，包括监督停火休战条款实施机构的组成、权力与职司；

四、关于战俘的安排问题；

五、向双方有关各国政府建议事项。

谈判取得了一点进展，朝鲜停战有了一线希望，全世界人民都翘首以待，但愿议程变成现实。

进入实质性谈判僵持不下

随后谈判就进入第二项议程，即确定双方军事分界线和建立非军事区的问题。

谈判一进入实质性问题的讨论，常常僵持不下，反复无常，变化多端，接踵而来的事件和战场上的较量不断发生。谈时想打，打时想谈，谈谈打打，打打谈谈，谈判与打仗交替进行或同时进行。

第二项议程的谈判，一开始双方的分歧就很大，斗争非常激烈。

10月26日，我方建议以三八线为军事分界线。当时交战双方虽在"三八线"南北各占有若干地方，但双方所占面积几乎相等，"三八线"正是反映了当时军事形势和双方军事力量相对平衡的一条线，美国既然从"三八线"上挑起战争，战争结束，仍然恢复"三八线"当然是完全合理的。因此，恢复"三八线"是停止朝鲜战争的基础。

但是，美方拒绝以"三八线"作为军事分界线。美方代表在10月27日会议上提出建立非军事区的建议，把军事分界线建立在我军阵地的后方，即从东海岸我方现有阵地胡坡里前线以北约20

公里之西峨里起，向西南经我方现有阵地平康前线以北约 30 公里处之道修垦，再经我方现有涟川前线以北约 20 公里之月岩里，然后穿过临津江向西经过金川附近以迄瓮津半岛。就是无理要求我在临津江以东应从现有阵地后撤 30 公里至 40 公里，在临津江以西则须撤出约 2000 平方公里至 3000 平方公里之土地，这就明显地暴露了美方企图从谈判桌上得到战场上得不到的东西。

接着，美国国防部长马歇尔在美国参院外委会上说，马立克的朝鲜停战建议，已严重影响美国的"防御计划"。美国侵朝军总司令李奇微的总部发表公报，主张在鸭绿江上的海空战线与陆军战线中间某处"划定军事分界线"，以此来支持美国在谈判中的"海空优势应该补偿"的论点。美国国务卿艾奇逊也在记者招待会上表示，不能接受以三八线为军事分界线的论点。美国从外交、军事两方面对我施加压力。

8 月 1 日，我以中国人民志愿军司令员兼政治委员彭德怀的名义，在《人民日报》上发表《中国人民志愿军是不可战胜的力量》的文章，严厉批驳美方的论点，指出朝鲜停战应以三八线与撤退外国军队为基本条件，坚决顶住美方的压力。

于是，美方便寻找各种借口，破坏停战谈判。先以我方警卫部队误入会场区，大做文章，中断谈判，经我方批驳和实事求是处理了这一问题后，才又被迫复会。我方在会议上对美方借口与谈判无关的事，中断谈判五天半表示遗憾。在讨论第二项议程时，美方表示只愿讨论以现有战线和军事实际控制线为依据的军事分界线，不愿再讨论以三八线为军事分界的主张。我方当即批驳对方的所谓"海空优势补偿论""防御阵地与部队安全论"，指出对方没有理由拒绝以三八线为军事分界线的建议。可是美方对我方的发言，拒不表态，竟长达 2 小时 12 分默不作声，这在世界谈判史上也是很少见的。继而又用袭击我方巡逻人员，打死我排长姚广祥，用飞机侵入开城中立区，轰炸、扫射朝中代表团住所等卑鄙手段，妄图迫我就范和破坏谈判。我方代表团向美方代表团、我方司令官向美方司令官分别提出严重抗议，严厉批驳和揭露对方的中断谈判等阴谋。我《人民日报》发表社论指出：美方在谋杀开城中立区军事警察姚广祥以后，又派遣飞机侵入开城中立区轰炸，扫射朝中代表团宿舍附近地区，企图谋杀正式和他们谈判的代表。"这是外交史上没有前例的卑鄙和野蛮行为。"我方还组织双方人员实地调查，在证据确凿的事实面前，美方仍多方狡辩，无理抵赖，妄图把破坏谈判的责任推给我方。但终究是理屈词穷。一计不成又生一计，于是又提出所谓更换会谈地址，来掩盖它的丑态，借以恢复谈判。

与此同时，美方针对朝鲜问题和中国在外交上采取的一系列措施，利用朝鲜的紧张局势，以尽可能快的速度扩充自由世界的政治、经济和军事力量。

8月30日，美国同菲律宾在华盛顿签订《美菲联防条约》；

9月1日，美国、澳大利亚、新西兰在旧金山签订《太平洋安全保障条约》，并成立美、澳、新理事会，组成了太平洋地区军事集团；

9月4日，美国在旧金山召开"对日和会"；9月8日，美国强行"通过"《对日和约》。同日，美国国务卿和日本首相吉田茂在旧金山签订《美日安全条约》。

美日签订《美日安全条约》

关于对日和约这件事，说来话长。在第二次世界大战之后，日本在名义上是由盟国军队占领，而实际上由美国军队一家独占；名义上是由11个国家包括中国在内组成的远东委员会握有对日本的决策权力，而实际上由美国占领军最高统帅麦克阿瑟独断专行，而且委员会的决定必须通过美国占领军总部去执行。同日本处于交战国地位的其他国家，如中、苏、英、法、荷、澳、新、印、菲等国家，其管制日本的权利实际上被排斥得干干净净。虽然如此，但是对日和约之签订，必须由所有交战国一起参加。1942 年 1 月 1 日有 26 个国家签署的《联合国家共同宣言》明明白白地宣告："每一政府保证与本宣言签字国政府合作，并不与敌国缔结军事之停战协定或和约。"按照第二次世界大战期间反法西斯国家的重要国际会议和文件的精神，联合作战的国家享有共同协商和安排对战败国的条约问题。而中国作为对日作战的主要国家，同日本军国主义作战时间最长，牺牲最大，从根本上牵制和消耗了日本的军事力量，对打败日本帝国主义起着决定性的作用，这是全世界人民所公认的事实，因此，它在对日和约的协商、安排和讨论中应该享有不可剥夺的权利。

1947 年，中国人民解放战争进入战略进攻阶段，南亚和东南亚各国的民族解放运动也十分高涨。美国为了对付中国和亚洲其他国家，便决定加紧扶植日本垄断资本的势力，要把日本变成美国称霸世界的东方的一个基地。从这个时候起，美国曾经几次要求独揽对日和约的准备工作。1947 年 7 月，美国政府就片面决定召开对日和会问题，因为遭到苏联的反对，而未能得逞。1949 年 5 月和 6 月，在巴黎四国外长会议上，苏联代表维辛斯基两次提出召开五国外长会议就对日和约进行准备，均遭到美国为首的帝国主义国家代表的反对。新中国成立后，特别是朝鲜战争发生后，美国积极准备片面对日和约，1950 年 10 月，美国政府提出一份关于对日和约备忘录。苏联政府于同年 11 月在致美国的备忘录中，对美国的备忘录提出许多质询。周恩来和中国政府研究了美国的备忘录，决定以外长周恩来的名义，于 1950 年 2 月 4 日郑重声明："中国人民经过八年英勇抗战，击败了日本帝国主义，取得抗日战争的胜利，因此对日和约的准备、拟制与签订，我中华人民共和国必须参加，乃属当然之事。兹特郑重申明，中华人民共和国政府是代表中国人民的唯一合法政府，它必须参加对日和约的准备、拟订与签订。"

1951 年 7 月 12 日，美国和英国在华盛顿同时公布对日和约草案，美国政府又于同年 7 月 20 日发出召开旧金山会议的通知，准备签订对日单独和约。周恩来于 1951 年 8 月 15 日发表了《关于美英对日和约草案及旧金山会议的声明》。

声明说：

中华人民共和国中央人民政府认为，美英两国政府所提出的对日和约草案是一件破坏国际协定、基本上不能被接受的草案，而将于 9 月 4 日由美国政府强制召开，公然将中华人民共和国排斥在外的旧金山会议也是一个背弃国际义务基本上不能被承认的会议。

美英对日和约草案，不论从它的准备程序上或它的内容上讲，都是臭名昭著地破坏了 1942 年 1 月 1 日的《联合国家宣言》《开罗宣言》《雅尔塔协定》《波茨坦公告》和协定及 1947 年 6 月 19 日远东委员会所通过的对投降后日本之基本政策等重要国际协定，而这些协定都是美英两国政府参加签字了的。《联合国家宣言》规定不得单独媾和，《波茨坦协定》规定"和约的准备工作"应由在敌国投降条款上签字之会员国进行。同时，中华人民共和国中央人民政府曾完全同意苏联政府的建议，主张所有曾以武力参加对日作战的国家都参与制定对日和约的准备工作。但是，美国政府在长期地拒绝实施《波茨坦协定》原则以拖延对日和约的准备工作之后，竟由美国一国包办了现在提出的这一对日和约的准备工作，而将大多数对日作战国家尤其是中苏主要对日作战国家，排斥于和约的准备工作之外，并由美国一国强制召开排斥中华人民共和国在外的和会，企图签订对日的单独和约。美国政府这一违背国际协定的行动，在英国政府支持之下，显然是在破坏日本与所有与它处于战争状态的国家缔结全面的真正的和约，并正在强制日本与某些对日作战国家接受只有利于美国政府自己而不利于包含美日两国在内的各国人民的单独和约，实际上这是一个准备新的战争的条约，并非真正的和平条约。

中华人民共和国中央人民政府这一论断，是从美英对日和约草案的基本内容上得到无可辩驳的根据的。

声明列举了大量可靠的事例强有力地证明上述论断：

首先，由于美英对日和约草案是美国政府与其附庸国家进行对日单独媾和的产品，所以这一和约草案不仅无视中苏两国政府历次声明中关于对日和约主要目标的意见，并且最荒谬地公然排除中华人民共和国于对日作战的盟国之列。第一次世界大战后，日本帝国主义武装侵略中国，是开始于1931年；至1937年，更发动了向中国的全面侵略战争；至1941年，日方发动太平洋战争。中国人民在抵抗和击败日本帝国主义的战争中，经过了最长期的艰苦奋斗，牺牲最大，贡献最多，因之，中国人民及其所建立的中华人民共和国中央人民政府在对日和约问题上是最有合法权利的发言者和参加者。可是，美英对日和约草案竟在它关于处理盟国及其国民于战争时期在日本的财产和权益的条文中，规定起讫日期，由1941年11月7日起至1945年9月2日止，而将1941年12月7日以前中国人民独力进行抗日战争那一时期完全抹杀。美英两国政府这种排斥中华人民共和国和敌视中国人民的非法蛮横行为，是中国人民绝对不能容忍并将坚决反对到底的。

第二，美英对日和约草案在领土条款上是完全适合美国政府扩张占领和侵略要求的。草案一方面保证美国政府除保有对于前由国际联盟委任日本统治的太平洋岛屿的托管权力外，并获得对于琉球群岛、小笠原群岛、琉黄列岛、西之岛、冲之鸟礁及南鸟岛等的托管权力，实际上就是保持继续占领这些岛屿的权力，而这些岛屿在过去任何国际协定中均未曾被规定脱离日本的。草案另一方面却破坏了《开罗宣言》《雅尔塔协定》和《波茨坦公告》中的协议，只规定日本放弃对于台湾和澎湖列岛及对于千岛群岛和库页岛南部及其附近一切岛屿的一切权利，而关于将台湾和澎湖列岛归还给中华人民共和国及将千岛群岛和库页岛南部及其附近一切岛屿交予和交还给苏联的协议却一字不提。后者的目的是企图造成对苏联的紧张关系以掩盖美国的扩张占领。前者的目的是使美国政府侵占中国的领土台湾得以长期化，但中国人民却绝对不能容许这种侵占，并在任何时候都不放弃解放台湾和澎湖列岛的神圣责任的。同时，草案又故意规定日本放弃对南威岛和西沙群岛的一切权利而亦不提归还主权问题。实际上，西沙群岛和南威岛正如整个南沙群岛及中沙群岛、东沙群岛一样，向为中国领土，在日本帝国主义发动侵略战争时虽曾一度沦陷，但日本投降后已为当时中国政府全部接收。中华人民共和国中央人民政府于此声明：中华人民共和国在南威岛和西沙群岛享有不可侵犯的主权，不论美英对日和约草案有无规定及如何规定，均不受任何影响。

第三，对日和约的最主要目标，如众所周知，应该是使日本成为爱好和平的、民主的、独立的国家，并防止日本军国主义复活，以保证日本不再度成为威胁亚洲与世界和平安全的侵略国家。但是，美英对日和约草案不仅对此毫无保证，相反地，它还破坏了《波茨坦公告》及远东委员会对投降后日本之基本政策关于这类问题的规定。草案在安全和政治条款上，对于日本军队没有任何限制，对于残存的和复活的军国主义团体没有规定取缔，对于人民民主权利没有任何保障。实际上，美国占领当局在日本这几年的一切措施，已经竭力在阻止日本的民主化与恢复日本的军国主义。美国占领当局不是在毁灭日本制造战争的力量，而是违反远东委员会的政策，扩大日本的军事基地，训练日本的秘密武装，复活日本的军国主义团体，释放日本的战犯，尤其是在干涉朝鲜的战争中已经开始利用日本的人力，恢复和发展日本的军事工业，来支援它的军事侵略。为了便利美国长期占领日本，不撤退它的驻军、并控制日本使之成为美国在东方的侵略前哨起见，草案更进一步地规定盟国占领军可以经过与日本的协定而在日本长期地留驻下去。美国政府这一显然违反国际协定义务的计划，是得到成为美国占领日本的政治支柱的吉田政府支持的。美国政府和日本吉田政府正在互相勾结，阴谋重新武装日本，奴役日本人民，将日本再度推上曾经使日本濒于毁灭边缘的侵略道路，并且是服从于美国侵略计划并为美国政府火中取栗的附属国和殖民地化的道路。这是阻碍日本人民走向另一条和平、民主、独立和平幸福的道路的阴谋。根据上述草案的规定，美日军事协定正像美英对日和约的草案一样，它是敌视中苏两国，威胁着过去曾受日本侵略的亚洲国家和人民的安全的。由此可见，美英政府之所以急于签订对日单独和约，决不是为的防止日本军国主义复活，推进日本民主，保卫亚洲和世界的和平安全，而是为的重新武装日本，为美国政府及其附属国家准备新的世界侵略战争。中华人民共和国中央人民政府对此不能不表示坚决反对。

第四，美国政府为了加紧准备新的世界侵略战争，就必然会更加紧对于日本经济的控制。中华人民共和国中央人民政府曾一再声明，对于日本和平经济之发展及日本与其他国家的正常贸易关系，不应加以限制和垄断。然而，由于美英对日和约草案是敌视中苏和威胁亚洲国家的对日单独和约，所以它的经济条款也就是排除中苏的，并且是排除不能接受这一合约草案的许多国家的；同时，美国政府更可利用它经过美国公司在日本经济中已经取得的特权及它对于日本和平经济的各种限制，使这些经济条款更适应于它的垄断要求。因此，这一对日单独和约如被签订，日本经济领域于美国的殖民地化的地位将更加深，不仅军事工业将依照美国的亚洲经济侵略服务，而日本与中国及其他邻国为着发展和平经济、改善人民生活的正常贸易关系，将受到更蛮横无理的限制。这将是日本人民和亚洲人民的灾害，中华人民共和国中央人民政府认为应该予以坚决的反对。

第五，关于赔偿问题，中华人民共和国中央人民政府认为必须澄清美国政府在美英对日和约草案上故意造成的混乱。草案承认在原则上日本应对其在战争中所引起之损害及痛苦给予赔偿，但同时又说如欲维持健全之经济，则日本缺乏赔偿能力和履行其他义务能力。从形式上看，好像美国政府最关心日本经济的健全似的，实际上，美国政府在占领和管制日本的 6 年当中，已经利用各种特权和限制，窃取了并仍在窃取着日本的赔偿，损害了并仍在损害日本的经济。美国政府不让其他曾受日本侵略损害的国家要求赔偿，其不可告人的隐衷，就是为保存日本的赔偿能力和履行其他义务能力，继续供给美国独占资本的榨取。如果说，日本的赔偿能力和履行其他义务的能力已经感到缺乏，那就是美国占领当局过分窃取和损害它们的结果。只要美国政府遵守国际协定的义务，在各约签订后早日撤退占领军，立即停止建筑军事基地，放弃重新武装日本和恢复日本军事工业的计划，取消美国公司在日本经济中的特权，取消对日本和平经济及日本对外正常贸易的限制，则日本经济就会真正健全起来。中华人民共和国中央人民政府愿意看到日本能够健全地发展和平经济，并恢复和发展中日两国间的正常贸易关系，使日本人民的生活不再受战争的威胁和损害而得到真正改善的可能。同时，那些曾被日本占领、遭受损害甚大而自己又很难恢复的国家应该保有要求赔偿的权利。

声明进一步指出：根据上述各项，足以证明美英对日和约草案是完全破坏国际协定，损害对日盟国的利益，敌视中苏两国，威胁亚洲人民，破坏世界和平安全，并不利于日本人民的。美国政府及其附属国家在这个和约草案中只追求一个中心目标，即是重新武装日本，以便继续和扩大在亚洲的侵略战争，并加紧准备新的世界战争，所以这个和约草案是中国人民及曾被日本侵略的亚洲人民所绝对不能接受的。美国政府为了便于迅速签订这一对日单独和约，于是在召开旧金山会议的通知中，也公开排斥主要对日作战国家的中华人民共和国，这样，它就彻头彻尾地破坏了 1942 年 1 月 1 日联合国宣言关于不得单独媾和的规定。很显然，美国政府强制召开旧金山会议，将中华人民共和国排斥在外，就是为了分裂对日盟国，组织新的远东侵略集团。美国、澳大利亚、新西兰的所谓"三边安全条约"及密议中的美日军事协定都将在这个会议中或会议后成立，它将继续威胁着整个太平洋及亚洲人民的和平安全。因此，这个旧金山会议排斥中华人民共和国参加的情况是不可能签订对日共同和约的，即使美国及其附属国家径自签订了对日单独和约，也是中国人民所绝对不能承认的。

声明明确主张：中华人民共和国中央人民政府历来主张，应在《联合国家宣言》《开罗宣言》《雅尔塔协定》《波茨坦公告》和协定及远东委员会所通过的对投降后日本之基本政策等主要国际文件的基础上，经过对日作战主要国家的准备和所有的对日作战国家的参加，在尽可能的短期内，缔结共同的而不是单独的、公平合理的而不是强制独占的、真正和平的而不是准备战争的对日和平条约。为促进这一目的的实现，中华人民共和国中央人民政府曾授权本人于 1950 年 12 月 4 日就对日和约的问题发表声明，并于 1951 年 5 月 22 日照会苏联驻华大使罗申先生完全同意苏联政府关于准备对日和约的具体建议。凡在那个声明和照会中所提出的关于对日和约的具体主张，中央人民政府认为继续有效。

声明严正指出：中华人民共和国中央人民政府现在再一次声明，对日和约的准备、拟制和签订，如果没有中华人民共和国的参加，无论其内容和结果如何，中央人民政府一概认为是非法的、因而也是无效的。

声明最后说：为了真正有助于恢复亚洲和平及解决远东问题起见，中华人民共和国中央人民政府坚决主张，应该根据苏联政府的提议，召开以军队参加对日战争的一切国家的代表的委员会，来商定共同对日和约问题。同时，中华人民共和国政府准备以《联合国家宣言》《开罗宣言》《雅尔塔协定》《波茨坦公告》和协定及远东委员会所通过的对投降后日本之基本政策为基础，与参加对日作战的一切国家，就共同对日和约问题交换意见。

周恩来的这个极其重要的声明，是他亲自找国际法专家、日本、美国问题专家听取意见，并看了大量有关的材料，亲自用毛笔起草的，约5000字洋洋洒洒的文章，非常严谨、准确、有力，淋漓尽致地揭露美国的阴谋，有力地配合苏联等国在会议上的斗争。现在这份23页的手稿，珍藏在中国外交部的档案室里，成为国家一笔十分重要的财富。从这手稿中，我们也可以看出周恩来工作认真负责的精神。

1951年9月8日，美国强行通过"对日和约"，并于同日美国同日本签订《美日安全条约》。中国政府和周恩来认为，在当时形势下，其矛头显然主要是针对中国的。因此，周恩来在9月18日发表的声明中指出："中国人民在这个战争中，英勇奋斗，整整八年，一直打到日本帝国主义失败投降。铁一般的事实证明中国人民在击败日本帝国主义的伟大战争中，经过时间最久，遭受牺牲最大，所做贡献最多，美国在旧金山会议中强制签订的没有中华人民共和国参加的对日单独和约，是非法的、无效的。"

美军夏季攻势失败谈判重开

在朝鲜停战谈判开始前，美国从本土运来十多万兵员补充部队满额，增加炮兵、坦克部队，美空军一七六师、一三六师两个战斗轰炸机联队进驻日本，美第一四〇、第四十五师由日本调进朝鲜，增加其陆、空军作战力量。将英第二十八、第二十九旅和加拿大第二十五旅、新西兰炮兵第十六团组编为英联邦第一师，扩大了大丘机场，新开辟原州、水原等十几个海空军运输补给基地，修建东豆川里、永平、麟蹄等十几处前沿机场，还抓紧修筑道路，运输作战物资，出动大批轰炸机轰炸志愿军交通运输线和后方基地。

1951年7月20日，朝鲜北部连降大雨，山洪暴发，河水漫溢，泛滥成灾，一般河流水位上涨3—4米，最高达11米，水流速度达到每秒4—6米，最高达7米。洪水所至交通中断，堤防溃决，房屋坍塌，物资冲走，装备毁坏，人畜伤亡，其水势之猛、之急，持续时间之长，危害范围之广，为朝鲜近40年来所未有。

中国人民志愿军的物资供应遇到了很大的困难，美军则乘机发动所谓"绞杀战"，对我方狂轰滥炸，企图彻底切断我军供应。我方除采取各种措施，克服极大的困难，保证朝鲜前线的供应外，我国政府、外交部对美机不断侵入中国境内提出抗议，揭露敌人的暴行和阴谋。

美方见第二项议程争执不下，在谈判桌上曾公然宣称："那就让飞机大炮去辩论吧！"所以它趁朝鲜北部遭受特大洪水所造成的灾害和"绞杀战"危害的极端困难之机，集中美伪军3个师的兵力，在航空兵、装甲兵的支援下，于5月15日向北汉江以东海约

80 公里的我军防御阵地发起进攻，发动所谓的"夏季攻势"。美国企图以军事压力逼迫中朝方面接受其在谈判中提出的无理要求，非法夺取三八线以北 13000 多平方公里的土地。美国第八集团军司令范佛里特宣称："停战谈判的唯一药剂，就是联合国军队的胜利。"一语道破了美国的阴谋诡计和罪恶目的。

在朝鲜停战谈判开始之后，彭德怀于 1951 年 7 月 24 日，给毛泽东一封电报，谈他对朝鲜局势的看法、前景估计和会后方针。电报说：

> 美帝国主义处在矛盾状态中。我再有几次胜利战斗，打至三八线以南，然后再撤回三八线为界，进行和谈，按比例逐步撤出在朝外国军队，坚持有理、有节，经过反复斗争，争取和平的可能是存在的。如经过上述办法而不能达到和平，则继续打下去，最后赢得战争胜利是肯定的。从全局观点来看，和的好处多，战亦不怕。我军于 8 月中争取完成战役反击的准备，如敌不进攻，则在 9 月举行。最好是待敌进攻，我则以阵地出击为有利。

毛泽东、周恩来研究了彭德怀的来电，同意他的看法、想法。于 7 月 26 日，以毛泽东名义复电彭德怀，电报说：

德怀同志：

7 月 24 日电收到。敌人是否真想停战议和，待开城会议再进行若干次就可判明。在停战协定没有签字、战争没有真正停止以前，我军积极准备 9 月的攻势作战是完全必要的。

毛泽东

7 月 26 日

随后，中央和志愿军司令部又在兵力上作了调整、补充和安排，这时陈赓已就任中国人民志愿军第二副司令员，因为邓华在前线谈判，后来又回国述职，陈赓代替他的工作。

对于敌人的夏季攻势，彭德怀这位大军事家，善于根据敌我双方力量和战场的实际情况，随机应变，采取不同的战略战术。他考虑到在第五次战役结束之后，敌军已增至55万余人，第一线兵力密集，工事大为加强，我军若继续采用运动战形式，将面临重重困难，便决定以阵地战形式对付敌人。采用朝鲜多山、多林的有利地形构筑工事，依托阵地轮番休整、轮番作战，"零敲牛皮糖"，积小胜为大胜，不断削弱敌人，打击敌人，有力地配合了停战谈判。这种长期对峙的阵地战，其时间之长、战斗之激烈，我军之英勇、悲壮，在中国革命战争史上从未有过，就是在世界战争史上也是罕见的。

经过一个多月的战斗，中国年轻的空军也参加了战斗，迫使敌战斗轰炸机活动空域撤到清川江以南。敌人的夏季攻势被我军粉碎了，我军消灭敌人28万余人，而敌人费了九牛二虎之力仅突入我阵地2—8公里，占领我土地179平方公里。美国参谋长联席会议主席布莱德雷说："这次的攻势是没选好时机，没选好地点、没选好敌人的败仗。"

由于美方在夏季攻势中的失败，在战场上捞不到什么东西，于是又想回到谈判桌上来，企图能捞到点什么。

这时美方利用美机于9月10日在开城上空扫射，击中满月里地方的民房，被称为"满月里事件"。我方要求调查。美方必须承担责任，随即它改换了调门。首先美军总部电台广播，首次承认此次事件为"联合国军"所为；第二天，美方首席代表乔埃正式致函南日，承认满月里事件是美方飞机造成的，并表示遗憾。接着，9月17日，"联合国军"总司令李奇微又主动给金日成、彭德怀来信，承认此次事件的责任并表示遗憾。

我方接到李奇微来信后，李克农、乔冠华及代表团进行了讨论、研究，认为各种迹象表明，对方有可能重新回到会场上来，尤其是美军"夏季攻势"失败，伤亡惨重，敌人只有回到谈判桌上来才是它的出路；另外还有一个信号，那就是早在 9 月 2 日李奇微总部任命李亨根接替白善烨为谈判代表，即谈判将继续，如果他不想谈是不会任命新代表的。为了不放过时机，可以电金日成、彭德怀致函李奇微，复函起草后，经过字斟句酌，报请中央审批。经周恩来审阅同意，于 9 月 19 日金、彭复函李奇微：

> 鉴于你方已经对最近一次联合国军破坏开城中立区的事件表示遗憾，并愿于开城中立区的破坏持负责态度，因此，为了不使上述那些未了事件继续妨碍双方谈判的进行，我们建议：你我双方代表应即恢复在开城的停战谈判。

金日成、彭德怀给李奇微复函的第二天，美国总统杜鲁门称：美国"愿尽一切努力促使朝鲜冲突获和平解决"。

但是帝国主义毕竟是帝国主义，言而无信，出尔反尔。李奇微于 9 月 23 日来信，继续推卸历次事件的责任，并将拖延谈判的责任诿之于我方，又提出更换谈判地址的问题，建议双方联络官于 9 月 24 日在板门店会晤，讨论双方满意的复会条件，这样又挑起了一场争论。

周恩来考虑美方反复无常的态度，说明美国仍未承认朝鲜战场的失败，除了军事上给予狠狠打击，在谈判桌上也要严厉批判美方的态度和谬论。他指示，要以金、彭名义复函李奇微驳斥美方拒绝承认破坏开城中立区协议的各次事件。这样 9 月 24 日金、彭给李奇微的信中明确指出："人所共知，你方所造成的 8 月 22 日的挑衅事件及其以后一连串的同类事件，是使开城谈判无法继续进行的直接原因，其责任当然属于你方。"并说："我们已命令我方联络官于 7 月 24 日上午 10 时与你方联络官会晤，以洽谈在开城恢复谈判的日期和时间。"双方联络官虽然在板门店会晤，但双方争执不下，没有结果。

9 月 27 日，李奇微又来信，要求更换会址，把会址迁到一个不在任何一方单独控制之下的地区，并具体建议设在板门店以东的松贤里。

李克农及我代表团研究及请示毛泽东、周恩来，10 月 3 日以毛泽东名义答复代表团：

> 李克农同志并告金、彭：
>
> 　　关于更换会议地址问题，经我们再三考虑，认为目前还应采用你们原先的主张，拒绝敌人这次无理要求，并准备与敌人拖一时期。因为敌人目前的政策是拖，我们急他不急是无用的，到了敌人真想解决问题的时候，那时就可以扯拢了。因此，所拟复件便可简单，对于未了事件的处理，既不取消，也暂不提，看敌人如何反映，复件现附上，可于 10 月 4 日上午送出。北京拟在 4 日广播，5 日登报，请平壤亦同时发表。
>
> 　　　　　　　　　　　　　　　　　　　　　　　毛泽东
> 　　　　　　　　　　　　　　　　　　　　　　　10 月 3 日 18 时

金、彭在给李奇微的复信中指出：改变谈判地址没有任何理由，再次建议立即在开城恢复谈判。

李奇微于 10 月 4 日复函，又提出："既然你们拒绝了我所提在松贤里开会的建议，我建议我们的代表团在一个你们所选的而为我们能够接受的大致位于双方战线之间的中途地点会晤。"美军夏季攻势失败，国际上要求停战的呼声很高，连美国的主要盟国英国的《泰晤士报》也发表文章，要求以三八线为军事分界线，停止朝鲜战争，这对美国的刺激很大。美国参谋长联席会议主席布莱德雷不得不出来说话。他说："共产党拒绝把停战谈判搬到一个新的地点，不一定是会谈达成停战的希望破灭。"以安慰那些要求恢复谈判的人们。

中朝方面顶住不换谈判地址，杜鲁门、艾奇逊又无法说服李奇微改变主意。在这种情况下，他们不得不再一次求助于苏联。10月5日，美国驻苏联大使寇克往访苏联外长维辛斯基。寇克说，他是奉美国政府之命，请求就朝鲜局势和苏美关系的声明通知苏联政府，请求斯大林大元帅予以注意：朝鲜问题是目前最尖锐、最危险的、需要立刻解决的国际问题，希望苏联帮助朝鲜谈判圆满解决。如果谈判结局不利，可能在美苏之间造成不良影响。美军司令部反对在开城讨论关于停战的问题，它认为这是政治性的问题。然而，共产主义集团没有表示出愿解决国际问题的悬案的意愿。苏联在许多国际问题上坚持不可调和的态度，这种态度使美国和其他国家惶惶不安。

维辛斯基当即指出了美国大使自相矛盾的谈话和声明不利于国际局势的缓和。同时苏联将这一谈话情况通报给中国政府和朝鲜政府，并经过三方协商之后，苏联政府就朝鲜局势与苏美关系向美国政府提出声明。声明指出：朝鲜停战谈判延宕的主要原因，正是美国司令部制造的各种障碍所致。因此，保证停战谈判得到最好结局的最好方法，就是训令李奇微不要使谈判复杂化，并停止制造人为的障碍。美国政府希望苏联政府帮助使谈判完满结束，可是苏联政府并不是参加谈判的一方，正相反，美国政府却是谈判的一方，因而，恰恰是它可以采取步骤使谈判顺利完成。

苏联的这个声明，既指出美方司令部制造谈判障碍，使谈判不能进行下去的责任，又不承担调停或要中朝方面接受美国建议的责任，而是压美方采取措施，使谈判能圆满结束。而实际上，中朝双方协商，为了使谈判能够进行下去，不在枝节问题上长期纠缠下去，拟接受美方更换谈判地址的建议，但应扩大中立区以保障谈判会场和我方人员的安全。

金日成、彭德怀于 10 月 7 日对李奇微 4 日的来函作出答复：

你方破坏开城中立区的协议的事件，决不是移会议地址所能抹去的，你方对于这类事件所应负的责任，也不是迁移会址所能逃避的。同时指出，目前的问题应该是立即恢复停战谈判，并在双方代表团的会议上严格规定关于会议地区中立化及会场安全保障协议，使对方过去这类违协事件不再重犯，尤其是要使双方对这个协议负责，再不容许像过去那样只用来约束我方而对方可以借口对该地区没有责任而肆意破坏和抵赖。为此建议：停战会议地区中立范围，应该扩大成为将开城和汶山都包括在内的一个长形地区，而将会移至板门店，并由双方负责保护这一会场地址。

李奇微于第二天即来函同意会址设在板门店，建议双方联络官 10 月 10 日会晤，讨论恢复谈判事宜。但对扩大中立区未表态，既未说同意，也未说反对，玩了一个滑头。

10 月 10 日，双方联络官在板门店路北野地的一个绿色帐篷里举行会谈。气氛虽较前轻松、缓和，但是会谈一开始，对方就表示只愿划定新的会议地址周围一个小的中立区和开城、汶山通往板门店的公路不受干扰、攻击，实际上是仍要保留对开城我代表团驻地的空中威胁。鉴于以往事件的教训，我方坚持开城、汶山中立区应予扩大，以保证停战谈判得以在不受干扰的情况下进行。

就在双方联络官会谈时，美机不断在会场上空盘旋，进行干扰。10 月 12 日下午，美机在板门店会址帐篷附近扫射，当场打死一名 12 岁朝鲜儿童。

当时，李克农和代表团拟就扩大中立区问题，由金日成、彭德怀出面给李奇微写信进行交涉，并拟了电文请示国内，周恩来考虑还是由联络官出面交涉，在双方代表团会议上讨论比较好。他亲自起草了一份以毛泽东名义给李克农的电报，指出：在联络官会议上可以相机表示，扩大中立区问题应由代表会正式讨论，但为准备代表会的讨论，不反对在联络官会上就此问题非正式地交换意见。毛泽东又在电报上加了两句：这样转变比由金彭出面转变要好得多，并且以早一点转变为宜。从这样一件小事上看，毛泽东、周恩来之间配合得何等默契、合拍和相得益彰，所以有人包括一些外国要人称他们是双英双魁。

经双方联络官现场调查之后，10 月 14 日傍晚 6 时，李奇微致电金日成、彭德怀完全承认 10 月 12 日美机打死朝鲜儿童的事件，且电文语调缓和，未作任何辩解，不仅承担责任，还表示要采取迅速而合适的纪律制裁。接着，对方又发表一声明，公开表示道歉。

对方联络官反复争论多次，终于在 10 月 14 日会议上，对方提出以开城中心为圆心，3 英里为半径的圆形免受攻击的区域。我方当即表示接受，并提出由开城至板门店、汶山的通道宽度改为 400 码。对方也同意了。时至 10 月 22 日，双方达成了《关于双方代表团复会事宜的协议》八条，《双方联络官的共同谅解》五条。“协议”和“谅解”规定了谈判地点、中立区范围、会场区一切武装人员均不得进行任何敌对行动，除警察外双方武装人员不得进入会场区，双方代表团及组成人员可自由进入板门店会场区并在会场区自由行动，谈判会议及会场区所需物资设备及通讯举行政事宜的安排由双方联络官协议之。这样，就宣告了对方两个多月来抵赖违背协议事件的卑劣手段的彻底破产。由美方破坏而中断了 63 天的朝鲜停战谈判终于在 10 月 25 日在新的谈判地点板门店复会了。

从 7 月 10 日开始的朝鲜停战谈判算起，用了 44 天的时间，开了 32 次代表团大会和小组会，只达成了一个五项议程协议和讨论了几次军事分界线而未获结果，没有取得任何实质性的进展。现在又将在新的地点进行新的谈判，将给朝鲜人民、中国人民、美国人民和世界人民带来新的希望、新的曙光。

九、谈谈打打有进有退

10月，在北京是最美的季节，也是最忙的时候。

作为政务院总理兼外交部部长、军委常务副主席的周恩来，这位天下大忙人，更是忙得不亦乐乎了。

他从9月份开始，便忙着准备庆祝国庆的活动。1951年，这一年非比寻常，它是中华人民共和国成立两周年，抗美援朝一周年，朝鲜前线正处于又打又谈的关键时刻。为了显示新中国的力量和人民的精神面貌、必胜信心，要把这次庆祝活动搞得大些、好些、热烈些，鼓舞人民的斗志。

于是准备陆海空三军军事检阅，几十万人的群众游行队伍，各种文艺节目，举办国庆宴会、邀请外宾、中央领导人接见、国庆讲话、《人民日报》发表社论；甚至连出席国庆宴会，天安门城楼上观礼的人员、座位、名次，等等，都得由这位大管家来亲自设计、亲自组织、亲自安排和进行预演、反复检查。这位称得上特殊材料制成的钢铁奇人，尽管忙得几天几夜不休息，有时连饭也顾不上吃，仍然始终是精神旺盛，气宇轩昂，他那英姿勃勃的脸庞上，炯炯有神的眼睛在两道浓眉下闪烁着坚毅而又活泼的光芒，令人可亲可敬。他把所有的国庆活动，无一不弄得准确细致、天衣无缝、滴水不漏，恰到好处。主人、客人、群众，人人感到满意，称赞不已。

所有这些，又一次显示了周恩来的政治才能、组织才能、外交才能和超人的智慧、超人的精力。

但是，萦绕在周恩来心头的，还是朝鲜的战争与和谈。这是一场特殊的战争，特殊的和谈，战争中的和谈，和谈中的战争。对手又是掌握最先进武器的头号军事大国，在政治上、外交上又极其老奸巨猾，诡计多端，而我们自己虽然经过长期革命斗争锻炼，用马克思主义武装起来的，但军队的装备落后，供应困难，外交上经验不足，不少人是第一次走上谈判桌，同敌人面对面地进行唇枪舌剑还不熟练。而他作为这场斗争的主持人，如何把这场斗争进行下去，如何把"武斗"和"文斗"结合起来，运用好这两杆枪，为我们的政治服务，为我们的国家利益服务，为新中国争光，提高它在国际上的威望，奠定它在世界上的大国地位，从而鼓舞世界爱好和平的人民反对帝国主义、殖民主义的斗争，支援民族解放运动。

他深深感到责任重大，必须兢兢业业，不能掉以轻心。但他认为这是正义的事业，得道者多助，失道者寡助，全世界爱好和平人民是站在我们这边的，又有社会主义阵营和友好国家的支持，因此，他信心百倍，只要认真对待，不出大的差错，一定稳操胜券。

北京真是一派美景胜境，风和日丽，天高云淡，花香鸟语，再加上朝鲜战场的胜利，和谈重又开始，人们怀着喜悦、欢愉和希望的心情，携妻带子纷纷走进公园游山玩水，划船、跳舞、唱歌、做游戏，十分热闹、欢乐。可是周恩来却没有时间享受这种欢乐，连他自己住处的西花厅庭院里盛开的鲜花，香飘满园，沁人心肺，也无心去欣赏。他思考着、盘算着、设想着朝鲜前线的大事。他想现在朝鲜前线正面临着敌人军事上的"秋季攻势"，停战谈判刚刚恢复，敌人虽说态度有所转变，气氛有所缓和，这只不过是表面现象，实质上敌人不会有什么让步，在谈判桌上将可能要价很高，采取攻势，以配合军事进攻，从军事、谈判两个方面同时向我施加强大压力，逼我让步，以达到他们要达到的目的。因此，我们必须以牙还牙，在战场上和谈判桌上都要坚决顶住，不仅不能后退，而且要进攻、要反击，打破敌人的嚣张气焰和幻想，才有可能迫使敌人老老实实坐下来谈判，停战、和平才有希望。于是他去找毛泽东商量，给彭德怀、李克农下达指示。

10月25日，双方代表团的专队几乎同时到达板门店这个新会议地址。此时，双方代表团都有调整，我方以边章五代替邓华，以郑斗焕代替张平山为谈判代表，对方以李亨根代表了白善烨，特纳接替克雷奇。

边章五，当时51岁，他早年毕业于保定军官学校，1931年12月14日参加宁都起义，加入中国工农红军。起义时他任西北军第二十六路军的师参谋长。抗日战争时期，在中央军委任局长，跟随周恩来、叶剑英在国民党统治区从事统一战线工作。新中国成立后，任中国驻苏联大使馆首任武官，从苏联调回不久就前来朝鲜接替邓华将军，参加停战谈判，邓华仍回志愿军司令部协助彭老总指挥作战。边章五是一位忠厚长者，为人稳重，性情温和，言语不多。他离开北京时，周恩来找他谈话，交代他说："那里有克农负责，他情况熟悉，对敌斗争又有经验，你去协助他们工作。"

我方在会上就第二项议程提出了一个新的建议：即以"三八线"为军事分界线停战，双方各自后退5公里，建立非军事区，脱离接触。而对方却在会议上提出一个反建议，这个反建议把军事分界线建立在我军阵地的大后方，要使中朝军队在临津江以东从现有阵地后撤38到53公里，在临津江以西从现有阵地后撤约68公里，也即是说，根据这个方案，对方不打一枪，不伤一个人就可以获得12000平方公里的土地。果然不出周恩来所料，它不仅没有让步，反而提出更多的要求，继续向我们进攻。他们的理由"是以战场的实际为依据的"。他们不同意我方以三八线为军事分界线，说三八线只是一个纬度线，没有可以利用的地形，以此军事分界线不利于建立防御阵地与部队的安全。他们坚持以往的谬论，说，战场的实际除了有一个地面战线，还有一个海空战线。地面战线仅仅是双方地面部队力量的反映，他们的海空力量占优势，所以要确定停战后的军事分界线，只能在地面战线和海空战线之间划定。他们蛮横无理，公开提出海空优势必须在划定军事分界线时得到补偿。

稍有常识的人都知道，当时朝鲜战场的地面战线，恰恰正是两军综合力量较量的结果，对方如果没有海空优势，早就被赶出朝鲜了，地面上早就没有美伪军存在的余地了。而且对方也承认，中朝军队在地面部队力量占绝对优势，如果海空优势需要补偿，那么地面部队的优势要不要补偿？

南日将军批驳了对方的"海空优势补偿论""防御阵地与部队安全论"。对方无理由拒绝我方的合理主张，便又采取"耍死狗"的方针，首席代表乔埃拒不发言。南日用怒不可遏的目光直射乔埃，乔埃却低着头、避开南日的目光，有时则用两手捧着两腮，有时玩弄着铅笔，有时抽起烟来，轻轻地吐出一缕缕烟雾，在会场上缭绕，就是一言不发，其他的代表抽烟的抽烟，玩铅笔的玩铅笔，也都一言不发，有的还抬着头望着我方代表，意思在说，"看你们怎么办？"一分钟、一刻钟、一小时、两小时地过去了。

我方代表也很沉着，都静静地坐着，李相朝则用铅笔在纸上画画。

我方联络员请示了李克农、乔冠华。他们听了以后，说："那好吧，就这样坐下去吧。"

一直"静坐"了两小时零一刻钟，最后乔埃才说："我建议休会，明天上午继续开会。"

外交上"沉默"是一种斗争，一种策略，以"沉默"对"沉默”也是一种斗争，一种策略。美国人为什么会采取这种态度，周恩来指示代表团、李克农、乔冠华要认真研究，并提出措施和方案。

军事分界线的纠缠

经过多次研究，李克农和代表团认为美方之所以不同意以"三八线"为军事分界线：一是美方的方针有所变化，不像凯南同马立克谈话时说过的恢复战前的状态；二是美方只看到美、李军三八线以北占据的地方比我们在三八线以南占据的地方多些。后来在艾奇逊的回忆录里证实了我方的看法。艾奇逊说，第二次议程谈判之所以僵持，"我认为，其中一个原因，是我们自己造成的，并且一开始就发生的"，是我们"欺骗了对方"。"当我们在开城表示坚决要把不接受三八线为停战线作一项主要原则时"，对方"很可能感到惊讶懊恼，并且觉得是受了骗"。"他们之所以有这种感觉，有几个原因。第一，凯南同马立克谈话时，第八集团军还只是刚刚越过三八线，它的西翼确实在三八线以南，虽然凯南只是含糊地提到了一条停战线，但马立克却在他的广播演说中十分明确地提到'双方把军队撤离三八线'。而且我们最初提出的议程规定'讨论仅限于有关朝鲜的纯军事问题'，同时，从日本投降以来，我们一直坚持三八线完全是一条军事线，别无政治上的意义。因此，现在要变更它，在共产党看来，就很可能具体政治意义了。""原来谈判是为了要恢复'以前的状态'，在一开始他们就发现我们提出的是一条有利于我们势力范围的新界线，它不仅具有更重要的军事意义，而且似将使他们大大丧失威望，这就使他们大大震惊。他们决不会想到，这经过看来好像是在玩弄诡计，实际上却完全是由于我们方面的粗心大意。这恰恰又是他们喜欢玩弄的一种策略。"

李克农和代表团认真分析计算目前的实际接触线同三八线的差距到底有多大,利弊如何?经过测算对比,一致认为在东线美、李军在三八线以北占据的地方比西线我在三八线以南占据的地方要多一些。但东线那里多是山区,交通不便,人口少,可耕地不多;而西线那里多是平原,交通发达,人口多,产量多,又有开城的高丽人参,另外开城在三八线以南,它是朝鲜的古都,现在又是朝鲜谈判地址,如以三八线为军事分界,谈判以后我方再让出去,对开城地区人民不好交代,在政治上很不利。因此,无论从经济、土地面积、政治上讲,以实际接触线为军事分界线对我并无不利,而且如果我方提出接受以实际接触线为军事分界线的建议,在全世界人民面前表明中朝方面为了争取和平、朝鲜停战,作出让步,反而能争取世界各国和广大人民的同情、支持。

于是,以李克农的名义向毛泽东、周恩来发报把分析研究的结果和新建议报告给中央。

毛泽东、周恩来、外交部、总参谋部等研究来报,认为前方的看法是对的,建议是好的,遂复电批准。之后,双方代表团协商同意,就第二项议程进行小组讨论,我方由李相鲜、解方出席,美方由霍治、勃克出席。

在战场上,敌人夏季攻势失败之后,仍不甘心,又于10月3日在本线发起"秋季攻势",集中攻击中国人民志愿军。美骑一师、第三师两个团、泰国二十一团、英联邦第一师在200多辆坦克、300多门大炮和大量飞机支援下,从铁原西南地区的高旺山、马良山为进攻重点,敌人每天以一两个团的兵力向我军猛烈攻击,激战至4日下午,我军守高旺山及其以西227.0高地的部队主动撤离了。10月5日,敌又将进攻重点指向马良山及其西南216.8高地,每天均以一个多团的兵力在大批飞机和猛烈的炮火支援下,进行多梯队的轮番攻击。我军马良山阵地曾五次失而复得，防守 216.5 高地的一个连，依托坑道式的掩护部，即两个"猫耳洞"贯通的马蹄形防炮洞，一天内连续击退敌 20 多次的冲击，而我军却以很少的代价大量杀伤了敌人，表现了中国人民志愿军是多么地英勇善战。激战至 8 日，敌因伤亡过重被迫停止了进攻。

防守在天德山及 418 高地的我军，每天抗击敌人两个步兵团的猛攻，平均击退敌人十余次的冲击，阵地被炸成焦土，只剩下一名副团长率十余名轻伤员，顽强地守住阵地。

敌人的秋季攻势进行了 1 个多月，各路进攻之敌，均被我军打败，被迫停止。我军在东西两线共歼敌 79000 人。而敌人只在西线前进 3—4 公里，东线前进约 6—9 公里，共占我方土地 467 平方公里。不但没有达到预期的目的，反而遭到巨大的伤亡。谈判桌上得不到的东西，同样在战场上也得不到。

按照毛泽东、周恩来的指示，为了打击敌人的嚣张气焰，显示我军力量，配合板门店谈判，彭德怀同志愿军其他领导同志商量决定向敌人发起反击，猛烈进攻。我陆军第六十四、四十七、四十二、二十六、二十七 5 个军的各一部和海军登陆艇、空军一部先后向 26 个敌人防守点进行攻击，五十军一部在清川口至鸭绿江口之间的朝鲜西海岸附近进行了 4 次渡海作战，炮兵第四十七团进行了远程火力支援，航空兵首次配合步兵作战，空军第八师、第十师出动飞机轰炸敌人守岛部队，先后攻占了椴岛、岩岛、大小和岛、牛里岛、牛岛等十余个岛屿，有力地配合了前方"关于岛屿部队撤退问题"的谈判。

这次反击战，虽然规模不算大，但意义却是不小。首先是我军第一次进行了陆海空三军联合作战，这在中国革命军队的历史上是第一次，也是我国高级将帅中彭德怀第一次指挥了三军联合作战；其次，它显示了我军在朝鲜战场上的军事力量不是削弱了，而是大大增强了，现代化了。第三，使得美国人进一步认识到想用军事压力迫我在谈判桌上让步是很困难的，甚至是不可能的。第四，用军事力量和军事上的胜利，配合我前方谈判，真正起到显示我方军事，枪杆子支持笔杆子的作用，对谈判的同志是个很大的鼓舞。这也构成周恩来外交思想、外交政策的重要一部分，即以实力做外交、谈判的后盾，军事与谈判两手交替使用或同时使用。

敌人不得不又坐下来谈判，在第二项议程的小组讨论会上，气氛比较平和。当霍治再次提出海空优势的时候，解方说："我劝你还是不要再谈那一套刺激感情什么补偿论吧！如果一定要谈，那么地面部队的优势要不要补偿？现在你的问题是，你们不同意以三八线为军事分界线，我们决不能接受你方的无理主张，难道我们就这样僵持吗？"

霍治说："如果以三八线为军事分界线，根据地形，我方在东线后撤之后难以重新攻取；而你方在西线后撤之后，则易于重新攻取。"

解方当即驳斥说："我们在这里到底是在讨论停战以和平解决朝鲜问题，还是在讨论停火一下再打更大的战争呢？"

霍治是一个不善于言辞的人，被解方说得无言以对，他着急了，于是说："我建议我们现在丢硬币，各自选择一面，以丢硬币的结果来确定谁先走下一步。"谈判本是一个严肃的政治问题，而霍治竟像一个小孩子以打赌来决定问题，岂能不令人捧腹大笑。

11月6日在巴黎召开的联合国大会上，苏联外长维辛斯基向美国发起外交进攻，他建议召开一个包括新中国在内的世界"和平会议"，要求沿三八线实现朝鲜停战，并在3个月内撤退所有外国的军队。美国的盟国也对美国在朝鲜谈判问题上的立场不满。荷兰驻联合国大使冯罗杰在联合国大会上说："过分强调保留开城作为谈判地点的问题，而且继续进行战斗……实际上是不必要的。"英国、南非以及其他国家的代表对美国的态度都有所不满。

这些国家的态度，对杜鲁门是个不小的压力。因此，美国参谋长联席会议指示李奇微说："早些时候决定选择满足我们主要要求的分界线的原则性协议具有相当重要的意义。"

李奇微则回电反对：他说："我认为，向共产党方面宣布你们所指示的立场很有可能会加强共产党的不妥协立场，并将削弱我们以后在每一个实质性问题上的立场。在亲身经历了这一发展变化的形势之后，我有一种内在的强烈感受，这种感受毫无疑问是基于朝鲜形势的对比，那就是，多一点铜铁少一点丝绸，美国应更为直截了当地坚持我们立场中不可改变的逻辑，这将会达到我们为之光荣战斗的目标。"

"相反，我认为，你们所指定的方向将一步步导致牺牲我们的基本原则，和摒弃如此之多英勇无畏的人们为之献身的事业。我们面临着严重的抉择，如果我们坚定不移，就能步步成功。如果退却让步，就会损失一切。我以我的全部良心，力主我们坚定不移。"

但是李奇微的意见，华盛顿并没有接受，因为杜鲁门考虑他的盟国态度和朝鲜战局发展不利。乔埃后来在回忆录中写道："代表团，而且甚至是李奇微，从来不知道什么时候华盛顿又会发出一道改变我们获得一项体面的和稳定的停战协定的基本原则的新指令。""在这种情势下，要形成健全的计划，令人信服地提出见解，表现出无懈可击的坚定立场和最后言行，都是极为困难的。在我看来，美国政府没有确切地了解它在朝鲜的政治目标是什么或应该是什么。结果，联合国军代表团总是瞻前顾后，生怕从遥远的地方又发来一道新的命令，而这一命令往往要求采取与目前正在采取行动不相一致的做法。"

周恩来一向是善于审时度势，他了解形势、研究了形势、分析了形势，洞察了美国同它的盟国之间的矛盾、美国统治集团的内部矛盾。联合国大会、世界和平理事会都在开会，朝鲜问题都是人们最关心的问题，也是重大的议题，为了利用矛盾，孤立打击美国和美国统治集团中的好战分子，以及考虑到朝鲜战场对我有利的形势，认为是推动谈判进展的好时机，决定批驳对方 11 月 8 日要把开城划在非军事分界线之内，实际上是要我方退出 1500 平方公里的地区，并提出我方的新方案：

一、确定以双方实际接触线为军事分界线，并由此线各退 2 公里，以建立非军事区。

二、小组委员会应即根据上述原则校正现有实际接触线，以确定双方同意的现有实际接触线为军事分界线，并由此确定军事分界线两侧各 2 公里之线为非军事区的南北线，划出非军事区。

三、小组委员会在停战协议全部商定后但尚未签字前必须按照双方实际接触线届时所发生的变化，对上述军事分界线与非军事区作相应的修改。

我方这个方案打出后，美方又害怕这样实际上形成停火，士气无法维持，还怕"军事压力"的武器在以后的议程谈判上难以使用，不便讨价还价。因此，他们不想就第二项议程作出具体决定。经我方多次批驳，美方不得已于 11 月 17 日接受我方的建议，但加上有效期 30 天的限制，如 30 天停战协定未能签字，则由双方确定彼时的接触线为临时军事分界线。

我方根据双方讨论的意见，又考虑了一个修正案，修正案的内容是：

对于第二项议程，作为在朝鲜停止敌对行为的基本条件，确定双方军事分界线，以建立非军事区，兹达成以下协议：

（一）确定以双方实际接触线为军事分界线，并由此线双方各退两公里，以建立非军事区为原则。

　（二）双方小组委员会应立即根据前条原则，校正现有接触线，以确定双方同意的实际接触线为军事分界线，而军事分界线两侧各 2 公里之线，即成为非军事地区的南北缘。

　（三）鉴于敌对行动将继续进至停战协议签字为止，如果代表团大会批准本协议及上述军事分界线与非军事地区的具体位置后的 20 日内，全部议程已经达成协议，则不论双方实际接触线有何变化，已经确定的军事分界线及非军事地区应不再变更。如超过 20 天，而全部议程尚未达成协议，则应按照停战协议及签字前的双方实际接触线所发生的变化加以修正。

这个修正案，李克农于 11 月 19 日电报中央，请示批准。

周恩来接到电报后，同外交部、军委总参谋部进行讨论研究，认为代表团所提方案可行，但是根据我们不怕拖、不怕打的方针，代表团将美方原提议 30 天内不变，而改 20 天内不变，还是急了一点，还有怕拖的思想。因此，立即以毛泽东的名义发报给李克农：

李克农同志并告金、彭：
　望即根据你们 11 月 19 日 24 时来电所提三条，在小组会上提出。唯 20 天仍改回 30 天，即同意敌人所提的时间，因敌人急于求成，我们不应表示比敌人更急。我们的态度是能在 30 天内成立协议固好，拖长时间也不怕。

毛泽东
11 月 20 日 18 时

11月22日，小组委员会就"作为朝鲜停止敌对行为的基本条件，确定双方军事分界线以建立非军事地区达成了协议"。

中方作出重大让步

这个时候，朝鲜开城地区已进入初冬季节了，朔风阵阵袭来，寒气逼人，大地早已被白雪覆盖过了，在树荫下、屋角边、山坳里则是一堆堆的积雪。但中朝谈判领导班子和代表团人员在周恩来的亲自指挥下，组织有关工厂、运输单位，及早送去冬季需用的物资，所以，他们都已穿上了棉衣，炕头也已烧热，无丝毫的冷意，虽说斗争非常之激烈，但人们的生活却是很愉快的。

一天夜晚，李克农在他的"小别墅"会议室，召开一次只有各级领导人员参加的小型会议，传达11月14日毛泽东、周恩来关于朝鲜停战的形势和下一步的方针的指示。指示说：

10月25日恢复谈判以来，在国内、国际对美要求停战的压力增大，因此，达成协议的可能增长，但美国又要保持紧张局势，采取种种讹诈手段拖延中心问题的解决。在停战线问题上，美方虽放弃了深入我阵地后方划分停战线的无理要求，而又要把开城划在中立区内，我主张以实际接触线为停战的军事分界线，估计可能达成协议。在停战监督问题上，美方主张无限制的监察，我拟同意在后方一两个口岸由中立国进行视察。关于中立国的提名，我拟提苏联、印度和拉丁美洲一个国家，如对方反对亦可提名瑞典为中立国。关于俘虏问题，我主张有多少交换多少，估计不难达成协议。关于高级会议有三个方案，一是双方各派高级代表开会；二是苏、中、美、英四国代表和南北朝鲜代表开会；三是苏、中、美、英、法五国和印度、埃及七国开会，南北朝鲜代表参加。争取在上述意见轮廓下，我采取灵活策略，不表现急于求和，争取年内达成协议，但也准备打他半年到一年。这样"和固有利，拖亦不怕！"

李克农传达以后说，中央的指示很重要，我可以肯定地说这是总理的思想，当然是得到毛主席同意的，中央站得很高，看得很远。我今天把中央的底都交给你们了，希望大家认真学习、领会，贯彻执行中央的指示。

然后，李克农又发挥说：朝鲜停战谈判，那是美国在国内国际压力之下恢复的，而谈判的恢复，转过来又增加了国内国际要求把战争停下来的压力，这就是形势发展的辩证法。因此可以认为现在达成停战协议的可能性增长了。这就是我们毛主席、周总理、金首相的共同估计。我们要抓住这个时机，努力争取在年内达成停战协议。

有些同志对今年内达成协议将信将疑，快人快语的沈建国说："我看难呀！"

李克农瞥了他一眼，喝了口热茶，摸了摸唇上短胡，摘下眼镜，擦了擦镜片，又说："你说难，肯定不那么容易，但可以争取的。周总理经常讲，谈判一是看时机，一是看条件嘛，时机刚才我已经讲了，现在讲讲条件。

在停战线的问题上，我们主张以现有实际接触线为停战期间的军事分界线，估计很快可能达成协议。这个方案经中央批准，打出去之后，对方有些慌乱，虽然他们放弃了深入我阵地后方划分停战线的要求，却仓促提出了以讹诈手段索要开城的11月8日的方案，我当时就认为他们难以坚持下去，因为对方说不出任何理由来，果然，17日不得不原则上接受了我方建议。

停战线的问题是停战的基本条件，如果这个问题达成了协议，那么最主要的问题得到了解决。当然我们不是说别的议程就没有麻烦了。同美国人打交道，你不要设想没有麻烦，比如第三项议程，停战监督问题，根据美方在处理这类问题上所持的一贯主张，是无限制的监察，这是我方所不能接受的。打仗之前我们不会同意，停战了难道能允许敌人到我后方视察？主权是一个国家的生命，这个问题就有可能又要僵住，我们准备提出在双方的后方一两个口岸由中立国进行视察的解决方案。"

李克农见大家的信心很足，情绪很高，又说："那么中立国提名恐怕也会遇到困难，大家可以考虑考虑提谁，总之会有争议就是了。但是只要中立国视察的原则决定了，中立国提名总不至于僵持不下吧？"

李克农最后说，中央的方针是"争取停，准备拖，和固有利，打也不怕"。至于战场，不用我们管，彭老总早就说过，"打的坚决打，谈的耐心谈"。我们的任务就是谈判。

李克农讲话后，休会夜餐时，人们脸上喜形于色，他也高兴，拿出一瓶茅台酒来，同大家共同干了一杯。

接着又继续开会，首先南日发言，他说，我完全同意，拥护毛主席、金首相的重大决策，问题是敌人太狡猾了，出尔反尔，总是层层设置障碍，现在时机较为有利，战场上敌人无可奈何，我们又有了全盘设想，我们应该努力争取。

乔冠华说："中央估计战俘问题不难达成协议，我多少有些担心。最近范佛里特总部军法处长汉莱的声明是个讯号，他竟污蔑我方杀害战俘。当然捏造总捏不圆，他所指的什么八十一师二十三团，我军根本没有这个番号，而且美国国防部也说汉莱的声明没有事实根据。李奇微虽支持汉莱的声明，但不敢让汉莱同记者们见面。奇怪的是杜鲁门竟于汉莱声明的第二天，声称'中国军队杀害在朝鲜的美军俘虏,是一百多年来最野蛮的行为。'一个大国的总统居然支持连国防部都否认的一个集团军军法处长的声明,这不是一般情况,似乎道出了美国决策集团有可能要在这个问题上做什么文章。我没把握,但我提醒同志们研究这个问题。"

后来的事实证明乔冠华的预感和分析是对的,显示了这位杰出的外交家的才华。

11 月 27 日谈判会议上,双方代表团批准第二项议程达成的协议之后,会谈立即进入第三项议程:

南日将军当即提出我方五项建议:

一、双方一切武装力量,包括陆、海、空军的正规与非正规部队武装人员,应自停战协议签字之日起,停止一切敌对行为。

二、双方一切武装力量,应于停战协议签字后三天内,自非军事地区撤出。

三、双方一切武装力量,应于停战协议签字后五天内,以军事分界线为界自双方的后方和沿海岛屿及海面撤走。如逾期不撤,又无任何延期撤走的理由,则对方为维护治安,对于此类武装人员有权采取一切必要的行动。

四、双方一切武装力量均不得进入非军事地区,亦不得对该地区进行任何武装行动。

五、双方各指定同等数目的委员,组成停战委员会,共同负责具体安排和监督停战协议的实施。

美方代表乔埃却要求停战监督机构得以自由出入朝鲜全境,在维持停战军事力量现状不得增加军事力量水平的幌子下限制朝中方面修建机场,但却主张兵员和武器弹药进行无限制的输换和补充,朝中方面代表反复批驳了对方的论点。指出,为了真正保证敌对行动不再发生,就必须彻底消除战争状态而不是保持战争状态下的军事平衡;应该减少双方的军事力量,撤出一切外国军队及其装备。对方却说谈判代表团无权讨论撤出外国军队问题。我方代表当即质问对方既然无权讨论外国军队的去留问题,何以有权讨论外国军队的补充与输换问题呢?李克农、乔冠华和代表团讨论了对方的建议和论点,为了反对其在朝鲜全境视察问题,提出两点补充意见,形成七项原则方案,报请中央审批,经周恩来批准,在12月3日的全体会议上提出:

　　一、双方一切武装力量,包括陆、海、空军的正规与非正规部队与武装人员应自停战协议签字之日起,停止一切敌对行为。

　　二、双方一切武装力量应于停战协议签字后三天内自非军事区撤出。

　　三、双方一切武装力量应于停战协议签字后五天内以军事分界线为界自对方后方和沿海岛屿及海面撤走,如逾期不撤,又无任何延期撤走的理由,则对方为维持治安,对于此类武装人员有权采取一切必要的行动。

　　四、双方一切武装力量均不得进入非军事区,亦不得对该地区进行任何武装行动。

　　五、双方各指定同等数目的委员,组成停战委员会共同负责具体安排和监督除本项第六条所规定的监察范围外的全部停战协议的实施。

　　六、为保证军事停战的稳定,以利双方高一级的政治会议的进行,双方应保证不从朝鲜境外以任何借口进入任何军事力量、武器和弹药。

七、为监督第六条规定的严格实施，双方同意邀请在朝鲜战争中的中立国家的代表，成立监督机构，负责到非军事区以外的双方同意的后方口岸，进行必要的视察，并向双方停战委员会提出视察结果的报告。

12月4日停战谈判第三项议程的讨论转入小组会进行。我方代表为李相朝、解方，对方代表为滕纳空军少将、霍治海军少将。以后改为我方为解方、张春山代表。

到11日，停战谈判代表团又开始分两个小组，同时进行第三项议程和第四项议程两个小组进行。第四项议程的代表是李相朝、柴成文，对方代表是李比海军少将、希克曼陆军上校。在第四项议程时，我方一开始即提出以后迅速遣返全部战俘的原则，而对方却拒绝表示态度，坚持必须首先交换战俘名单。

12日，我方提出五点原则：

一、确定双方释放现在收容的全部战俘的原则。

二、商定在停战协议签字后最短可能的期限内，双方分批释放并遣送完毕其收容的全部战俘，并确定重伤、病俘应先在第一批内释放及遣送的原则。

三、建议双方交换战俘的地点，定在开城板门店。

四、建议在停战委员会下，双方各派同等数目人员组成遣俘委员会，遵照上述协议负责俘虏的交接事宜。

五、上述各项一经双方同意确定后即行交换双方现有全部战俘名单。

在第三项议程的讨论中，对方拖了9天之后，于12月12日拿出了一个对案，勉强同意我方提出的中立国视察后方口岸的原则。

但是仍坚持要大量的轮换部队与补充弹药、武器，并且节外生枝，提出要禁止朝鲜境内飞机场和设备的恢复、扩充与修建，为谈判设置新的障碍。谁都知道，任何一个主权国家都是不可能容许限制自己国境内的航空设施的，这等于切断它的国家航空交通。

新中国的外交，是坚持实事求是的原则，凡是合情合理的就接受，凡是不合情不合理的就坚决拒绝。应该说，美国军队远涉重洋，正常的轮换是必需的。美国发动侵朝战争，是美国统治者的责任，不是士兵之过。美国的国家制度规定，每一个士兵在前线服役 10 至 12 个月就要轮换回国。这是一个牵涉到千家万户的人道主义问题，不给予照顾那是不合人情道理的，也是一个争取人心的问题。因此在 12 月 14 日，即对方提出对案以后的第三天，我方又提出一个新的方案。将原先的方案中"双方应保证在停战协议签字后不从朝鲜境外进入任何军事部队、军事人员、战争装备和弹药"之后加了一个"但双方的任何一方如需要对其在朝鲜的军事人员轮换时，应向军事停战委员会提出请求，取得批准，此项轮换的人数，每月不得超过 5000 人，并应经过中立国监察机构的实地监督，在双方同意的后方口岸进行"。

但是，对方置我方的让步于不顾，它在 12 月 23 日的方案中，除把我方让步的地方接了过去之外，干涉朝鲜内政的要求依然坚持不动，借口所谓机场与航空设施的恢复与修建不可避免地会增加我方军事力量。

我方为了解除对方这种戒心，争取早日就第三项议程达成协议，又于 12 月 24 日再次对 12 月 14 日的方案进行修正，也即是明确规定"不得从朝鲜境外进入任何作战飞机"，同意对方的"军事停战委员会中的一方向中立国监察机构提出调查违反事件请求时，中立国监察机构即须负责进行视察"。

我方这一让步乃是一个重大原则性的让步。1946 年北平军事调处执行部及其所属的执行小组里，我方是有否决权的，那时蒋介石却不止一次地提出主席有仲裁权，因为当时三人小组美方是召集人，也即算是主席吧。美国显然是偏袒蒋介石的，我方坚决反对。现在朝鲜停战谈判中，我方打破了这个原则，同意了在调查违协事件中任何一方不使用否决权，在军事委员会上只要一方提出就可以请求中立国监察机构派出小组前往视察；中立国监察机构接到通知"即须负责进行视察"。

前面说过，11 月 27 日双方达成的第二项议程以实际接触界为军事分界线的协议中说："如 30 天停战协定未能签字，则由双方确定彼时的接触线为军事分界线。"现在 30 天已到了，而停战协定由于美方的破坏、拖延、阻挠，仍遥遥无期，这给渴望和平的朝鲜人民、中国人民和全世界人民泼了一瓢冷水，这怎么向他们交代，这是谁的责任？我方代表解方将军在小组会上义正词严地说："你方已经把会议拖延了这样久，当然你方还可以继续拖延下去。但我们认为必须把我们争议的问题公之于世界，让世界人民知道谁在拖延朝鲜停战谈判。"

美方之所以不愿就第三项议程早日达成协议，除了它们本来谈判就是被迫的，从根本上说是不愿意谈的，但是在战场上又打不赢，盟国同它和美国统治集团内部矛盾越来越大，世界人民要求和平的声浪很高，在这种情况下，为了缓和矛盾，欺骗人民，不得不谈，就同赶着毛驴上山，打一步走一步，而把幻想寄托在军事上、战场上。另外就是美帝国主义那种习以为常的霸权逻辑，仿佛干涉别国的内政是理所当然、天经地义的，因此，顽固地坚持要干涉别国的内政。没想到碰到中国这个强手、硬汉，就是坚决反对美国干涉别国的内政。

所以，当美国代表说："现在我们正在干涉着你们的内政，你修机场，修好了，我给你炸掉，你再修，我再炸。"对美国这种狂妄的、厚颜无耻的言论，解方将军毫不客气地、气愤而又严厉地斥责说："你们这种血腥逼人的好战分子的理论荒谬到不值一驳，你们应该知道，即在你们使用军事力量狂轰滥炸，大肆破坏的时候，你们也不能干涉我们的内政，妄想干涉也没有干涉得了，你们使用军事力量不能得到的东西，却企图用谈判的办法得到，我坦白地告诉你们，你们永远也不会得到你们使用军事力量所得不到的东西。"

对方狡辩说，现在世界上已经没有什么完整的主权，完整的主权既不存在，又何必斤斤计较于主权的完整和内政的不可干涉呢？

我方驳斥说，这正是你们美国统治集团企图称霸世界的野心的露骨表现，你们企图侵略别的国家，因此你们就否认世界各国还有什么主权。

对方说，主权、内政这些支离破碎的东西，你们应该将它忘记了吧！

我方说，确实不错，世界上有许多的国家在你们美国的压迫之下，已经没有完整的主权和内政了。但是，你们千万不应忘记，你们这种称霸世界的野心现在已经在世界的不少地方碰了壁，将来会碰更多的壁，直到鼻青脸肿、头破血流。因为，在这些地方不仅有主权完整的国家，而且有些国家还要拿起武器为保卫自己的主权，为反对外来的干涉而斗争了。

对方仍不肯认输，强词夺理地说，停战总是要放弃一部分主权的，你们既然建议保证不从朝鲜外面进入任何军事人员、作战飞机、装甲车辆、武器和弹药，并邀请中立国家代表到双方同意的后方口岸进行视察，事实上就已经同意了我方对你方的内政干涉。

我方进一步批驳说，这是一种极其荒谬的推理，是故意抹杀这样一种事实：限制从朝鲜境外进入任何军事力量，并由与朝鲜战争无关的中立国家来进行监察，这件事它本身就是限制外来力量干涉朝鲜的内政。我们的建议是严格地划分朝鲜的对外关系与内政事

务的，并且是既能保证稳定的军事停战而又不涉及双方内政问题的
唯一可能的办法。

这种奇谈怪论，后来在乔埃将军的回忆录里写道："战争本身
对于双方内部政务就构成了最大的干涉，而停战则为战争的另一种
技术形态，唯因成立协定，而减少干涉的程度。"这就是美国官方
的逻辑、立场，帝国主义的逻辑和立场，霸权主义的逻辑和立场，
它同人民的逻辑和立场完全对立，同社会主义新中国的逻辑和立场
截然不同。

这是第三项议程之所以僵持不下的主要症结之一。

解决战俘问题障碍重重

话说停战谈判第四项议程的讨论比第三项议程的讨论更加困
难，美方设置的障碍一个又一个，层出不穷。

就拿交换战俘名单来说，朝中方面为了解除美方拖延谈判的借
口，同意双方立即交换全部战俘资料，并在 12 月 18 日将完整详尽
的战俘资料交与美方，而美方交来的战俘资料却只用英文拼写的姓
名编号。名单上的人数较美方在谈判会议上所声称的人数少 1456
名，较美方交由"红十字国际委员会"转来的战俘名单所列人数少
44205 人。朝中方面要求美方就此作出交代，但是美方一直避不作
答。在我方追问之下，先说什么印机不好，坏了，又说遣俘不需此
项材料，非常尴尬、狼狈。

接着，美方提出要红十字国际委员会派人到双方战俘营访问。
12 月 21 日，李奇微致信金日成、彭德怀说：

　　从朝鲜冲突的早期以来，红十字国际委员会几次请求你们

以及你们政府当局许可他们的代表进入北朝鲜，单去视察战俘营，以便给你们现在羁留的联合国军战俘和大韩民国战俘以物质上和精神上的援助。此外，联合国军停战代表团已一再向你方代表团提出建议，要求给予同样的许可；并且指出，联合国司令部从这场战争中开始时起就允许红十字国际委员会对它所拥有的战俘有这种特权。迄今为止，这一切请求和建议都被拒绝。

现在我代表有关的成千上万的士兵并以被你们俘虏的每一个人的家庭的名义，我再亲自请求你们重新考虑这种行动。我丝毫看不出你们有任何正当的理由不允许红十字国际委员会执行这种基本的人道主义的工作——在以前的战争中各国都肯定允许该委员会进行的工作。

我一心只想到这些人的福利和他们的家庭的哀痛。我诚恳要求你们，请求立即许可持有适当证件的红十字国际委员会代表入境——他们现在已准备好随时给你们以援助。

朝鲜停战领导班子和代表团研究李奇微的来信，并决定以金日成、彭德怀名义复信李奇微，并报请周恩来修改审阅批准。复信说：

为了双方战俘和他们家属的利益，我们认为当前最重要的事情，是迅速解决谈判中的各项问题，使之早日达成停战协议，以便使停留在双方战俘营中的全部被俘人员，得以在协定签字生效后，迅速回到他们的家乡去，和他们久别而悬念的亲人们团聚，恢复他们的和平生活。现在停战谈判中的几个重要问题业已接近解决，只是因为你方一再节外生枝地坚持无理的要求拖延谈判，以致停战协议尚未达成，双方战俘无从获释，双方万千被俘人员家属的长期愿望的痛苦也因此继续下去。

我方对于战俘，无论是在饮食、被服、居所或娱乐方面都本着宽待战俘的精神和政策，给予他们以完全合乎人道的待遇。伤、病战俘都能够从为他们安排的医疗设备和医务人员那里得到有效的治疗。我方所提出的关于战俘的精确名单，充分反映了我方对战俘的人道的注意关切。因此，我们认为红十字国际委员会对战俘营的访问是不必要的。

但是，为了双方遣俘工作进行便利起见，我们建议，在停战协定签字生效之后，立即由朝鲜民主主义人民共和国和中华人民共和国的红十字会的代表，会同红十字国际委员会的代表组成联合访问团，分组出发，到双方战俘营去进行就地访问，并准备在双方战俘交接的集中地点，协助遣俘工作。你如同意，请将我们这个建议转达给红十字国际委员会。

中朝方面既拒绝了红十字国际委员会单独视察战俘的建议，又留有余地，建议在停战协定生效之后，由朝中两国的红十字会代表与红十字国际委员会的代表组成联合访问团，到双方战俘营去访问。因为那时的红十字国际委员会是站在美国一边的，为美方说话，金、彭的复信打破了美国的诡计，美国当然不愿意接受朝中的建议了，这样红十字代表访问战俘的问题便暂时搁在一边了。

于是，美方又玩了一个新花招。1月2日，竟把中世纪人口买卖的野蛮契约搬了出来，说什么他们交换战俘的基本原则是"一对一"的交换。如果一方交换了，出现战俘名额不够时，就用"平民"顶替，再不够就让这些无人交换的战俘宣誓"我以后不再参加战争了"，然后假释，让他们在美国、蒋介石、李承晚的特务严密控制之下"愿"到哪里去就到哪里去，美其名曰"自愿遣返"。

这个方案的实质是一个强迫扣留朝中战俘的方案，也是一个为谈判设置一大堆难以逾越的绊脚石的方案，又一次暴露了美方蓄意阻挠谈判的阴谋诡计。它给那些抱有希望尽快达成停战协定的人们，那些被双方收容的希望尽早回家的俘虏们一瓢冷水，使他们的希望落空了、破灭了。

这种蛮不讲理、毫无人道主义精神的方案，怎能不使朝中代表气愤和进行痛斥呢？于是一场新的唇枪舌剑开始了。

1月3日，我方代表李相朝严厉地指出：

> 你们应该知道战俘的释放与遣送不是人口买卖，20世纪的今天更不是野蛮的奴隶时代。你们的方案是假借"自愿遣返"以"一对一的基础"的名义实行扣留战俘的方案。我相信全世界人民将诅咒你方的提案，你方自己的被俘人员和他们的家属也将诅咒你方的提案，因为你方的这一提案将阻塞释放与遣返全体战俘的可能，将阻塞迅速达成协议的前途。我方坚决拒绝你方的这个"方案"。

此后，我方在小组会上抓住对方的提案，集中批驳其"一对一交换"和"自愿遣返"。指出："一对一"交换就是人口买卖。还指出，"自愿遣返"就是违反《日内瓦公约》。1929年61国缔结的、1949年8月12日修订的"关于战俘待遇之日内瓦公约"第一一八条明文规定："战争结束战俘应该毫不迟延地释放并遣返"。第七条还规定，"在任何情况下，战俘不得放弃本公约所赋予彼等之权利之一部或全部"。

对方在我方义正词严的驳斥下，理屈词穷，无可奈何，不得不说可以"让步"，于是他们将"一对一交换"改为"同等数目的交换"，将"自愿遣返"改为"不得强迫遣返"。实际上是换汤不换药。

在我方进一步的批驳下，对方竟说：释放战俘就等于增加你方的军事力量。

我方当即指出：这说明你们真正关心的并不是战俘的人权与幸福，而是战斗人员与武力。

小组会开了50多次，双方对峙着，而且越来越僵。

为了打破僵局，周恩来指示代表团研究，吸收对方合理的意见，提出新方案。经过代表团反复讨论研究，提出一个扫清外围、孤立重点、迫使对方在遣返战俘原则上作出让步的方案。

报经周恩来审阅批准后，于2月3日，由李相朝将军在第五十五次小组上提出。方案全文如下：

（一）双方同意在军事停战协定签字并生效后，立即释放并遣返各自所收容的全部战争俘虏。

（二）双方同意保证其全部被俘人员，在被遣返后应恢复和平生活，不再参加战争行动。

（三）双方同意遣返重伤重病战俘。双方在遣返此类战俘时，应在可能范围内同时遣返被俘的医务人员与之随行，以便照顾。

（四）双方同意应在军事停战协定签字并生效后的两个月时间内，分批遣返双方所收容的除第三条优先遣返者以外的一切战俘。

（五）双方同意非军事区内的板门店为双方交换战俘的地点。

（六）双方同意在军事停战协定签字并生效后，即各派校级军官三人成立战俘遣返委员会，在军事停战委员会的督导之下，负责具体计划并监督双方实施本军事停战协定中有关战俘遣返的一切规定。该委员会如对其有关任务的任何事项不能达成协议，应即提交军事停战委员会决定之。战俘遣返委员会的会址设在军事停战委员会总部所在地附近。

（七）双方同意在军事停战协定签字并生效后，立即分别邀请红十字国际委员会代表及朝鲜民主主义人民共和国与中华人民共和国红十字会代表，组成联合访问团，到双方战俘营进行就地访问，并在双方交接战俘地点，协助遣返工作。

（八）双方同意在可能范围内，尽速并至迟本军事停战协定签字并生效的十天内，将所有的被俘期间死亡的战俘姓名、国籍、级别及其他有关材料提交对方。

（九）双方同意在军事停战协定签字并生效后，应协助因战争而流离失所的平民返回家乡，恢复和平生活。

甲、联合国军应准许并协助原住于现有军事分界线以北而在军事停战协定签字并生效前，流落于现有军事分界线以南的平民返回其家乡。朝鲜人民军及中国人民志愿军应准许并协助原住于现有军事分界线以南而在军事停战协定签字并生效前，流落于现有军事分界线以北的平民返回其家乡。

乙、双方最高司令官负责将上述协议之内容，在其所控制的地区内广为发布，并责成其有关民政机关，对所有上述愿意返乡的平民予以必要的指导与协助。

丙、双方在军事停战协定签字并生效后，即各派校级军官二人，成立协助失所平民返乡委员会，在军事停战委员会督促之下，负责办理协助上述返乡平民通过非军事区及其他有关事宜。该委员会如对其有关任务的任何事项不能达成协议时，应即提交军事停战委员会决定之，协助失所平民返乡委员会的会址设在军事停战委员会总部所在地附近。

这个方案解除了对方可能的一切借口，如"释放战俘等于增加军事力量"等，打破对方利用"拘留平民"扣留战俘的企图。这个合乎情理的方案，给谈判注入了新的希望，国际舆论一致认为"这是一个不能久拖而又打破僵局的好方案"，连美方代表李比将军也向记者说"终于用香烟熏出了一个方案"，并于第二天正式建议转入参谋会议研究讨论具体问题。

美军发动细菌战

1951 年 12 月 31 日，朝鲜停战谈判联合国军代表团首席代表乔埃致函南日，建议同时召开第五项议程小组会议，我方建议 2 月 6 日召开大会。在这个会议上我方对第五项议程提出如下建议：

> 双方在停战协定生效后 3 个月内，各指派五名代表举行政治会议，讨论：
> 一、从朝鲜撤退一切外国军队问题；
> 二、和平解决朝鲜问题；
> 三、与朝鲜和平有关的其他问题。

对方则说："双方司令官并没有审议有关在朝鲜的政治解决的各种问题"。建议"停战协定签字以后，双方向各自有关政府与当局建议在 3 个月的限期内采取步骤在政治会议中或其他政治方法处理各项问题"。不仅不承担召开政治会议的义务，而且还企图以"政治方法"来代替"正当会议"。他们还把我方建议讨论"与和平有关的其他问题"改为"与和平有关的其他朝鲜问题"，目的只限制在"朝鲜"，更不谈从朝鲜撤退一切外国军队问题。

这样，朝鲜停战谈判第三、四、五项议程同时进行，会场上展开激烈复杂的政治斗争。

同时，在战场上也展开激烈的军事斗争。

中国人民志愿军创造了坑道阵地战，用铁锹、铁镐、钢针、斧头、铁板条在朝鲜连绵不断的山地，构筑了西起汉江口东至高城长达 250 公里的整个战线上 20 到 30 公里纵深的坑道，并以它为骨干、支撑点式的防御体系。彭德怀亲临前线调查研究、总结经验、表彰先进、推广构筑方法。他高度赞扬指战员们大造地下工事的光辉行为，说这是革命军队优良的政治素质和军事素质相结合的表现，为持久的阵地战创造了极为有利的条件。他要求坑道工事必须达到七防：防空、防炮、防毒、防雨、防潮、防火、防寒。还规定坑道口厚度 10—15 米，每条坑道要有两个以上出口，坑道幅宽 1.2 米，高 1.7 米。坑道的厚度在以后有的由 30 米发展到 50 米，每条坑道要有两个以上出口。坑道可以顶住 500 磅至 2000 磅炸弹的轰击。坑道内部设备也越来越完善，不仅有连、营、团部的电话总机等办公室，还有粮食和弹药库、伙房、厕所、澡堂、俱乐部等。战士们自豪地说，我们的坑道是攻不破、炸不烂的钢铁阵地，是我们的"地下长城"。

这种坑道工事，不仅是为了防御、保存我军有生力量，更重要的是为了更有效地打击敌人，消灭敌人。我军利用这些工事，以劣势装备打退了现代化装备的美军多次进攻，杀伤了大量敌人，使战线稳定在三八线上，使敌人在谈判桌上得不到的东西，在战场上更得不到，有力地支持了谈判。同时利用这些坑道，保证了前方的供应。美国第八集团军司令范佛里特也不得不承认："虽然联合军的空、海军尽了一切力量，企图切断共军的供应，然而共军却以令人难以置信的顽强毅力把物资运到前线，创造了惊人的奇迹。"

美军在前线多次进攻均遭失败，于是想出一个灭绝人性的可耻办法，从 1952 年 1 月 28 日向我军阵地及后方用飞机撒播大量带菌昆虫，进行一场细菌战。到3月份以后，撒播细菌已扩及朝鲜北部的7个区44个部。

朝中方面发现美国使用细菌战，并从实地调查和美军被俘空军驾驶员口供等方面掌握了确凿的证据之后，在外交上、舆论上采取了措施。2月22日，朝鲜民主主义人民共和国外务相朴宁永发表声明严重抗议美军进行细菌战。2月23日，中华人民共和国外交部部长周恩来发表声明支持朴宁永抗议美国政府进行细菌战的声明。3月8日，周恩来外长再次发表声明，严重抗议侵入中国领空进行细菌战。3月15日，中国组织以李德全、廖承志、陈其瑗为首的"美帝国主义细菌战罪行调查团"，分赴朝鲜和我国东北地区进行调查。3月31日，国际民主法律工作者协会调查团发表《关于美国在朝鲜的罪行报告》，报告证实了美国和李承晚军队的非人道罪行、战争罪行特别是进行细菌战的罪行。4月1日，世界和平理事会执行局发出题为《反对细菌战》的告世界男女书，号召全世界人民要求停止细菌战和禁止使用细菌武器。

但是，我方却未在谈判桌上提出美国进行细菌战，因为估计到美国杜鲁门政府是绝对不会承认进行细菌战这种遭到全世界人民反对的罪行的，如果在谈判中提出就必然把美方逼到墙角导致谈判完全破裂，别无结果。这样同我们争取和谈成功的初衷相违背，而且也有失众望。这也是周恩来外交思想和谈判技巧高人一筹之处。

此时，美国在战场上已经不可能有什么大的作为了，细菌战又遭到全世界人民的反对，声名狼藉，不得不又坐下来谈判。

1952年2月16日，在双方代表团大会上，我方代表就第五项议程提出修正案：

为保证朝鲜问题的和平解决，双方军事司令官兹向双方有关各国政府建议在停战协定签字并生效后3个月内，分派代表召开双方高一级的政治会议，协商从朝鲜撤退一切外国军队及和平解决朝鲜等问题。

这项议程终于达成了协议。

就在这个时候，一件意外的事情发生了，也是美方蓄意阻挠和破坏谈判的一个举动。

巨济岛战俘屠杀事件

2月18日拂晓6时，一支美国军队，将美方在巨济岛六十二号战俘营中的约5000名战俘包围起来，由美方人员对战俘进行所谓甄别，当战俘拒绝进行"询问"和"甄别"的时候，即遭美军屠杀。根据红十字国际委员会的报告，战俘死伤373人。事后美方封锁消息。美联社透露，"新闻检查不许写出牵涉在这事件内的美国兵的番号，据说牵涉在内的大约有一个营。陆军方面说，他们都是在朝鲜战争中有显著战绩的部队中的人"。

巨济岛在南朝鲜庆尚进道海岸镇海湾南部的海岛，是朝鲜第二大岛，属巨济郡。面积376.37平方公里，海岸线长281公里，最高峰老子山，海拔562米，与附近的闲山岛、峰岩岛、加助岛等许多岛屿组成巨济郡，并为该郡的首府古县的所在地。气候温和，沿岸山林茂密，多鸟类，近海水产业发达，居民以半农半渔为生。南部的加罗山，海拔555米，为该岛距著名的对马岛的最近点。该岛为朝鲜南部的海上要冲，自古以来为军事要地。美军将被俘的朝中士兵大部分关在那个岛上，设有12个战俘营，关押中国人民志愿军10000多人。

我方查明事实后，于2月23日向美方就在巨济岛屠杀战俘事提出强烈的抗议。《人民日报》于 3 月 13 日发表《必须追究美国对巨济岛惨案的责任》的社论，指出：

> 美国侵略者在朝鲜南方的巨济岛上所设的俘虏营，和他们在水原等地所设的俘虏营一样，是比第二次世界大战中德国法西斯的布瓦尔德、奥斯威辛等集中营更为黑暗、更为恐怖的人间地狱，这早已为世界人民所共知的了。在那里，美国杀人犯们残杀和虐待朝鲜人民军和中国人民志愿军被俘人员的暴行是罄竹难尽的。汽油烧身、电灯射眼、火烙、枪杀、打死、蒸死，以至作细菌武器的试验，造成疾疫蔓延、大批死亡，那一片血淋淋的屠场的阴森惨象，就连美国最反动的报纸、杂志和它们的记者在报道中也无法掩饰。但是美国杀人犯还不满足于这一切残暴的罪行，他们现在更制造了一个大规模谋杀我方被俘人员的血腥巨案，他们用集体的屠杀来证明他们是全人类的文明与和平、正义的死敌。

社论还指出：

> 这个大规模的谋杀案，又证明了美方在朝鲜谈判第四项议程上的所谓"自愿遣返"的提案，是极端荒谬和毒辣的阴谋。
>
> 美国侵略者一贯采用虐待、残杀、强迫进行法西斯教育，强迫在身上刺反动口号，强迫参加所谓"反共救国团"等违犯国际公法的罪恶手段，企图达到大批扣留我方被俘人员，转帮台湾国民党残余匪帮和南朝鲜李承晚匪帮的卑鄙目的。

社论说：

在朝鲜停战谈判第四项议程23日的参谋会议上，我们参谋人员就美方所制造的巨济岛惨案，提出严重抗议是完全正确的。

3月15日，美方在停战谈判第四项议程的小组会上承认，3月13日我方被俘人员又在对方的巨济岛战俘营内遭到屠杀，死12人伤26人。但美方代表李比竟把它说成是什么我方被救人员中的"相互攻击"。

3月27日，中朝方面为了争取早日达成停战协定，提出双方所收容的非朝鲜籍的战俘及原籍不在收容一方地区的朝鲜战俘应全部遣返，原籍在收容一方地区的朝鲜籍战俘，如本人愿意返回家乡，恢复和平生活，可不予遣返的新方案。

4月1日，在第四项议程参谋会议上，美方提出一个遣返战俘的原则修正条文：交战双方应释放并遣返停战协定生效时所收容的全部战俘。其实施则以停战协定签字前经双方校正并接受的名单为基础。但同时，美方却提出以下两点谅解：

一、每方所收容的一切战俘及被拘留平民，在1950年6月25日居住于收容一方地区者，除愿留居原居住地者外，应予遣返；

二、其他战俘，除不以强力即不愿遣返者，予以释放并使其居于所选定之地点外应予遣返。

美方的用意十分明白，仍然是原封不动地坚持所谓"自愿遣返"的原则。

在这种情况下，我方遂于4月25日宣布中止行政性会议，对方干脆提出"无限期休会"。

此时，中国人民志愿军司令员兼政治委员彭德怀奉调回国，由他接替周恩来任军委常务副主席，在军事上分担周恩来一部分日常工作，而由陈赓代理志愿军司令员兼政委。

5月，李奇微调任北大西洋公约组织总司令，艾森豪威尔回美竞选总统，美国驻意大利司令官马克·克拉克继任"联合国军"总司令。

李奇微离任时，让美方代表于4月28日抛出一个所谓"坚定的、最后的、不可更改"的方案。即：美方撤回对朝中方面修建机场的无理限制，但仍坚持在中立国提名的主张，坚持只遣返70000名朝中战俘。

针对美方"坚定的、最后的、不可更改"的方案，5月2日，我方提出如下建议：

一、中立国提名，同意只提双方已同意之四国，即波兰、捷克、瑞典、瑞士。

二、停战后，双方修建机场不受限制。

三、战俘问题，照我3月27日所提调整方案解决。

两个方案一对照，中立国提名和限修机场问题已取得一致，但遣返战俘问题，则成为双方斗争的焦点，美方的顽固无理态度，使得谈判形成最后的僵局。

5月8日，我方首席代表南日在代表团全体大会上的发言说：

我再次指出朝鲜人民军与中国人民志愿军断然拒绝你方4月28日的方案。你方企图扣留10万以上我方被俘人员的片面无理的主张是我方绝对不能考虑的。我方在5月2日的全面方案是解决所有未决问题的唯一的合理折中方案。我方在战俘问题上，已经做了一切可能的让步。在3月21日和27日提出了完全合理折中的遣俘原则和调整方案。我方在5月2日方案中，更在中立国提名问题上作了重大的让步。你方没有任何理由继续拒绝我方5月2日的合理折中方案。你方对我方被俘人员全体实行所谓"自愿遣返"，企图扣留10万以上我方被俘人员的主张，违反了一切国际公约，彻头彻尾地破坏了《日内瓦公约》的明确规定。谁都知道你方战俘营中根本没有任何自由。你方在我方被俘人员中所进行的所谓"甄别"根本是荒谬的。你方所声称的所谓"甄别"结果是完全无效的。你方所提出在停战协定签字后对所谓你方"甄别"结果进行实地调查的办法是双重荒谬的。你方在应该完全清楚地了解到我方根本反对你方这种建议时提出这种建议，除了欺骗人以外，不可能有任何其他目的。在战俘问题上，自从去年12月11日以来，你方未作丝毫让步。不仅如此，在你方明白表示愿在我方3月21日原则轮廓内解决问题之后，反而倒退地提出你方在战俘问题上的无理方案。这除了证明你方毫不关心你方自己的被俘人员的利益，证明你方还无意于达成停战以外，不可能有任何其他的解释。你方在我方被俘人员中进行威胁策动，企图强迫扣留我方被俘人员的勾当，无须进行任何调查，已经是人所共晓的事实。你方自己的新闻报道公开承认你方利用蒋介石匪帮和使用李承晚特务在我方被俘人员中进行强迫刺字，强迫请愿等的罪恶行为。你方自己的新闻报道公开承认，你方不惜采取成批屠杀的手段，企图强使我方被俘人员接受你方的强迫扣留。我方被俘人员要求归返家园的不可动摇的意志，在他们对于你方的一切威胁策动的英勇的反抗中已经有了充分的表现。而你方对于屡次的屠杀案件至今还没有任何负责的交代。你方还有什么资格提出所谓"甄别"的结果？你方还有什么资格要求在停战后进行调查？全世界人民已经识破了这种欺骗伎俩。释放并遣返全部战俘返家园是《日内瓦公约》的明确规定，是一切国际公法所规定的，不容逃避的责任与义务。如果你方还有意达成停战协议，你方就必须撤回你方在战俘遣返问题上的片面无理的主张。

周恩来领导发动舆论攻势

周恩来看完李克农发来的朝鲜停战谈判最新的情况电报，东方已经破晓，太阳就要喷薄而出，红艳艳的一大片。他伸了一个懒腰，信步走出办公室，来到西花厅院内的花园，深深地呼吸了几口新鲜的空气，一股芳香沁入他的心肺。他抬头观看，只见桃花李花已经开过了，开始凋谢，海棠、玫瑰、月季正在盛开，花红叶茂，满院春色。他平素最喜欢海棠花，便首先走近几株海棠树边，猫着腰，两只大眼紧紧盯着它们，只见那些含苞待放的花朵，乃是一团团红红的，像是火球一般；那些正在开放的花朵，已经由深红色变为淡红色了，大而又香。他一朵朵地看，用鼻子嗅嗅它的香味，有时用手小心翼翼地抚摸一下，害怕会碰坏它。他一株一株看完了海棠之后，又走到那些低矮直立的玫瑰花和月季花前，在那些开着紫、红、黄、白五颜六色的花丛中，轻移脚步，欣赏这些美丽可爱的鲜花。从外表上看，仿佛他饶有兴致，似乎也很轻松、愉快。其实，他的脑子里还是一刻不停地想着国家的大事，经济建设，朝鲜战争和谈判。

他想，朝鲜局势已基本稳定在三八线上了，双方都处在胶着状态，要向前推进都很困难，小打不断，中打还会有，大打几乎不大可能了，美国没有这种力量，它的盟国不愿意。我们方面，从朝鲜战争一开始就主张和平解决。谈判肯定要继续进行下去，我们是积极主动的，争取早日达成停战协议，但美国是被迫接受和谈的，不太积极，还不断给谈判设置障碍，因此，可能要再拖一段时间。国内的镇压反革命运动，"三反""五反"运动也已接近结束。在这种情况下，应该考虑把主要精力转移到经济建设上来，第一个五年计划要提到日程上来了，他前几天已让李富春和国家计委制定方案，并准备向苏联提出援助我国建设的项目。他想得很多，很远，很深。最后他还是回到李克农昨天发来的电报上，反复想着、思考着美国为什么在战俘问题上态度如此顽固、僵硬？是它想多扣留我们的战俘？是不愿意停战而要利用朝鲜战争来扩大军备，刺激军火生产，为垄断资本家谋取更大的利润？还是它不甘心在朝鲜战场上的军事失败，要再打几仗，用军事上的胜利压我在谈判桌上让步？他想这些因素都存在，都起作用。

他想为了打破美国的这些幻想和阴谋诡计，必须三管齐下：即外交谈判，舆论攻势，军事斗争，迫使美国尽早接受停战。

于是，周恩来让秘书通知外交部副部长、亚洲司、美澳司、苏欧司、情报司和新华社、《人民日报》有关同志上午8时半到国务院办公室开会。他吃完早饭，没有休息，批了几个文件，便来主持开会了。他说，现在要想打破在战俘问题上的僵局，仅靠在谈判桌上斗争是不够的，必须加强舆论攻势，公开揭露美方的阴谋和态度，让人们都知道，以动员世界的舆论，对美国施加压力。与会的同志有互报情况的，有分析形势的，有提出方案对策的，广泛而又深入地进行讨论，最后决定由朝中停战谈判代表团新闻处向新闻界公布双方就战俘问题谈判的真相，《人民日报》发表社论进行评论。

午饭后，周恩来只休息了两个小时，又召集正在北京的彭德怀、邓华和代总长聂荣臻及总参谋部的有关人员开会。周恩来在分析了朝鲜战场形势后说，根据近一年朝鲜谈判的经验和规律来看，凡当谈判出现僵局，即美国在军事上对我发动进攻或将要发动进攻；凡是当它军事上失败以后，谈判便又重新开始或可取得进展。现在关于第四项谈判议程即遣返战俘问题又出现了僵局，很可能美国又在军事上对我发动进攻。美国新任侵朝军总司令克拉克，他是新官上任要露一手的，定会搞点新花样。所以，我们要有思想准备，要志愿军高度警惕，美国是不甘心在军事上失败的。彭德怀发言说："我完全同意总理的分析和意见，对美帝国主义必须要再狠狠地教训，它才会舒服，才会老实，谈判才会有进展，遣俘的僵局才能打破。现在陈赓同志的身体不太好，我提议邓华尽快回朝鲜前线，加紧准备，特别是要把坑道搞好，迎接敌人发动新的军事攻势。"邓华表示，请总理、彭老总放心，我们有信心对付敌人无论是陆上、空中、海里的一切进攻，我将尽早办完在国内事情，返回前线。

5月8日，朝中谈判代表团新闻处公布了关于战俘问题的我方原则和方案以及对方对我方所提原则的表示。全文如下：

朝鲜人民军及中国人民志愿军停战谈判代表团新闻处奉命公布关于战俘问题的我方原则和方案三件及对方对我方原则的表示三件如下：

一、3月21日第四项议程参谋会上我方所提遣俘原则条文。

二、3月27日第四项议程参谋会上我方所提遣俘调整原则的谅解原文。

三、3月25日对方对我方3月21日遣俘原则的表示。

四、4月1日对方对我方3月21日遣俘原则的表示。

五、5月2日我方在双方代表团大会行政性会议上提出的关于三个问题的解决方案原文。

（一）3月21日第四项议程参谋会上，我方所提遣俘原则条文："在停战协定签字并生效后，朝鲜人民军及中国人民志愿军方面释放并遣返其所收容的11559名全部战俘，联合国军方面释放并遣返其所收容的132474名全部战俘。上述战俘名单由参谋人员予以最后校正。"

（二）3月27日在第四项议程参谋会上我方所提遣返调整原则的谅解原文："为了迅速解决第四项议程，早日实现朝鲜停战，我方现在愿作再一次的努力，提出在我方3月21日提案总的原则规定下的关于具体规定遣返的调整原则的谅解如下：

（1）所有朝鲜人民军与中国人民志愿军所收容的非朝鲜籍的联合国军战俘和所有原居住于你方地区的朝鲜战俘应予全部遣返，所有联合国军所收容的非朝鲜籍的中国人民志愿军战俘和所有原居住于我方地区的朝鲜籍战俘应予全部遣返。

（2）所有朝鲜人民军与中国人民志愿军所收容的原居住于我方地区的朝鲜籍战俘及所有联合国军所收容的原居住于你方地区的朝鲜籍战俘，除愿返回其原住地区者可不予遣返外，应予遣返。"

（三）3月25日对方对我方3月21日遣俘原则的表示："3月21日的提案经过这一适当调整，很可能构成这种解决方案的适宜的基础。"

（四）4月1日对方对我方3月21日遣俘原则中"联合国军方面释放并遣返其所收容的132474名全部战俘"一句的表示："我们认为132000是没有把一切有关因素都考虑在内，因此，似乎是一个太高了的数字，我们指出过，可能116000能更近似地表示出交换数量的大小。"

（五）5月2日我方在双方代表团大会行政性会议上提出的

关于三个问题的解决方案原文："为了早日实现朝鲜的停战，满足世界千万爱好和平人民的初步愿望，我方愿在你方接受我方对战俘问题的合理折中的解决方案，并放弃你方限制朝鲜境内机场设备的干涉我方内政的要求的条件下，在中立国提名问题上考虑接受你方提出的以四个中立国家组成中立国监察委员会的方案。我必须明白无误地指出，我方提出的方案是一个不可分割的整体。我在中立国提名问题上的让步，是以你方放弃限制机场的无理要求，并在战俘问题上同意我方的折中方案为其不可缺的前提的。"

第二天，1952 年 5 月 9 日，《人民日报》发表社论：《坚决反对美国强迫扣留战俘》。

社论说：

朝中代表团在 5 月 2 日就已经提出了解决谈判中所剩下来的三个问题即中立国提名问题、限制修建机场问题和战俘问题的整套方案、我方在中立国提名问题上同意美方所提双方各提两个中立国家的办法，而美方必须在机场问题上同意我方主张，取消双方对修建机场的限制，并在战俘问题上，同意在我方 3 月 27 日所提折中方案的基础上来加以解决。

现在就是美国侵略者自己也不得不承认机场问题其实并不是一个问题，而表示要取消对修建机场的限制了，因此，中立国提名问题与机场问题基本上已经不成问题。在今天，唯一障碍停战谈判使之不能达成协议，唯一阻挠世界人民对朝鲜和平的热烈愿望使之不能实现的问题，就是美国侵略者自始至终坚持主张的强迫扣留（即所谓"自愿遣返"）战俘的问题。

社论驳斥美方的论点：

美国侵略者深知他自己在这个问题上已与全世界人民的和平愿望处于对立的地位。因此，美国侵略军统帅李奇微急忙于5月7日发表声明，把强迫扣留战俘问题用单纯的数字，即所谓美方遣返70000名我方被俘人员来交换我方遣返12000名对方被俘人员的说法来加以混淆。同时他并狡恶地说什么在停战以后，可以由国际机构访问在他们血手控制下的"反对遣返"的战俘，似乎这些被访问的人将在敌人的控制下，有表达自己意志的自由。李奇微更把他们这种卑鄙残暴的强迫扣留说成是什么"人道的立场"，好像这是为了"保护"战俘而不得不采取的行动。综合这些无耻的欺骗说法，李奇微显然是要把他们自己说成在战俘遣返问题上已经作了很大的让步，而我方并未作任何让步，因而他宣称"不会再退让一步"，以便造成其破坏停战谈判的根据，来继续延长朝鲜战争，并维持美国所急需的国际紧张局势。但是战俘问题开始谈判以来5个多月的事实，却正在响亮地打着李奇微的嘴巴。事实证明，在遣俘问题上只有我方才真正作了实质上的让步，完全没有作过丝毫让步的真正是美方。

社论指出：

自去年12月遣返战俘问题谈判一开始，我方就根据战俘自然的愿望和《日内瓦公约》的规定，提出了全部遣返战俘的主张。而美方则一开始就蓄意背弃《日内瓦公约》，提出了实际是强迫扣留战俘的所谓"自愿遣返"的主张。在去年12月18日美方提交我方的战俘名单中，我方17万以上的战俘人员竟只有 132000 余人的名字在内，这显然是敌人有意要扣下我方 4 万余人。我方为了解决问题，使停战谈判得以早日达成，来实现世界人民对朝鲜和平的迫切愿望，乃于今年 3 月 21 日提出遣俘原则，以双方在 1951 年 12 月 18 日提出的战俘名单的总数为根据，进行校正的工作。这一主张显然是我方的让步，因为在这个原则之下，美方就可以按其 12 月 18 日所交的 132000 余人的名单为根据而不以美方曾经承认的 17 万多人为根据进行校正。到 3 月 27 日，为了进一步照顾战俘能够回家过和平生活的愿望，我方又提出一个折中方案，规定中国人民志愿军战俘和联合国军战俘必须全部遣返，朝鲜人民军战俘和南朝鲜军队战俘凡原籍或家庭在其本方军队控制地区内者亦必须全部遣返，而双方朝鲜战俘之原籍或家庭在收容一方地区内者，如本人要求回家过和平生活，可以不必遣返。人们可以看得很清楚，我方在这个问题上，又做了一次让步，即不但照顾到了可能愿意留在家乡的战俘，并且照顾到了所有战俘和所有战俘的家属们要求一家团聚重度和平生活的愿望。这是一个完全合情合理的折中方案。我方这些让步，难道是美国侵略者所看不见的吗？不是的，美方在 3 月 25 日的会议中，曾经表示："3 月 21 日的提案，经过适当调整，很可能构成这种解决方案的适宜的基础。"美方还曾在 4 月 1 日的会议中，表示要对方遣返 132000 人的数目太高了，116000 人的数目可能更近于要交换的数字。但在经过校正双方战俘名单的工作进行之后，美方的态度突然从其在 3 月 15 日和 4 月 1 日所表现的立场上缩回去，显出其一贯的反复无常的面目，竟于 4 月 19 日向我方提出了要扣留我方 10 万被俘人员而遣回 7 万被俘人员的可耻数字。与此相反，我方在 4 月 19 日所提出的 12000 人的数字，则是在 12 月 18 日所提出的名单中加上了新俘获的完全数字，也就是我方俘虏营中所有应予全部遣返的战俘数目。

社论列举事实批驳所谓"战俘反对遣返"的谎言：

美国侵略者说他们站在人道立场，不能遣返全部战俘，因为战俘自己不愿遣返，他们必须保护这些战俘。现在我们来看这些不愿遣返的血淋淋的事实吧。根据美国空降特务众口一词的供状，美国侵略者是费了很大的力量来制造这些事实的。他们违反《日内瓦公约》，任意把许多李承晚特务甚至与朝鲜战争完全无关的台湾蒋介石特务安置在俘虏联队中的负责地位，令他们对战俘强迫刺字并强代战俘写血书。凡是拒绝这样做的战俘，就被特务们加以集体殴打，甚至在人已经被打伤打昏之后，特务们就在他们的身上刺字，或拉着他们的手指蘸血去打指印。有的特务甚至用自己的手指蘸着受伤者的血去盖假的指印。这些令人发指的事实，从什么地方显出美方的俘虏营中有丝毫"自愿"的痕迹？在那里，除了惨无人道的虐待、迫害和侮辱之外，哪里有人道的影子？美国侵略军根据这种所谓"人道"来制造的所谓"战俘反对遣返"，以及根据这种所谓"战俘反对遣返"而实施的强迫扣留战俘，是完全违反世界人类正义、破坏国际基本公约的非人道的犯罪行为，中国人民绝对不能容忍。

社论进一步说：

把战俘放在这样地狱般的控制之下，李奇微及杜鲁门之流还居然敢于声称可以由什么国际机构去访问战俘是否要求遣返。试问特务的刺刀以及其他无数暗藏的虐待、迫害和威胁将如何能容许战俘有自由意志的表现？假如不是美帝国主义者所豢养的所谓"国际机构"，有何具有自尊心和正义感的国际机构会愿意去忍受美帝国主义者的这种玩弄和侮辱？

社论最后强调说：

从李奇微的声明来看整个战俘遣返谈判问题，我们可以了解得很清楚，美帝国主义者不是没有看到我方折中方案的合情合理，更绝对谈不到什么人道立场，而是为着他们有不可告人的隐衷、需要，甚至不惜破裂朝鲜停战谈判，以继续并扩大国际的紧张局势，因之故意在停战谈判下的唯一问题上，强迫扣留我方被俘人员，使可以达成协议的朝鲜停战谈判又复陷入紧张状态。可是，对美帝国主义的这种诡计阴谋做斗争已经有了长期丰富经验的中朝人民，是绝不会为美帝国主义者所制造的任何紧张状态所吓倒的。我们要明告美国侵略者，你们的恫吓讹诈，正如在战场上一样，决收不到任何效果，而且只会使我们的斗争意志更加坚强，来为彻底反对你们的可耻阴谋而加紧奋斗，不达目的，决不休止。

这篇洋洋洒洒的社论，是经周恩来亲自修改和审定的，它既摆事实讲道理，入情入理，又言辞尖锐、有力，淋漓尽致地批判了美国在遣返战俘问题上蛮横无理的立场，非常有说服力，很能打动人们的心灵。

接着，新华社、《人民日报》分别以报道和文章揭露美国遣返战俘的阴谋，残酷迫害在巨济岛的战俘的具体事实。美国被俘人员伊奈克、奎恩供认美国进行细菌战和谴责美国在战俘问题上的错误立场。

5月9日，在巨济岛的中朝战俘代表起草了《中朝战俘代表大会向全世界人民的控诉书》，并向战俘营的总管杜德准将提出四项条件：

一、立即停止暴行、停止侮辱、拷讯、强迫写血书的做法，停止威胁、监禁、虐杀以及毒气、细菌武器的试验，按国际法保障战俘的人权和生命；

二、立即停止对朝鲜人民军和中国人民志愿军战俘进行非法的所谓自愿遣返；

三、立即停止对数千名在武力下处于被奴役地位的朝鲜人民军和中国人民志愿军战俘进行强迫性的"甄别"；

四、承认朝鲜人民军和中国人民志愿军战俘组成的战俘代表团，并予以密切协作。

5月10日，由接任杜德的战俘营总管和杜德签署了一项联合声明：

一、关于你方信中的第一项，我承认发生过流血事件。在这些事件中，联合国军使许多战俘伤亡，我承诺今后按国际法原则给战俘以人道待遇。今后我将尽最大努力防止发生暴力事件和流血事件。今后，如果再发生类似事件，我将负全部责任。

二、关于第二项，北韩人民军及中国人民志愿军自愿遣返问题正在板门店讨论，我无权左右和平谈判的决定。

三、关于第三项强迫甄别问题，只要杜德将军安全获释，就保证不再进行强迫审查。

四、关于第四项，同意根据杜德将军和我的批准组织北韩人民军及中国人民志愿军战俘代表团。

这是我战俘斗争的一个胜利。

朝鲜人民军和中国人民志愿军总部发言人于 5 月 16 日、25 日发表谈话，指责美方多次屠杀在巨济岛、釜山的朝中被俘人员，伤亡 391 名。

新华社记者报道，在 3 月 29 日被我军捕获的美方特务王家悌供述美国侵略者在巨济岛俘虏营中制造所谓"自愿遣返"的罪行称，自上年朝鲜停战谈判开始后，美国为强迫扣留我方大批战俘，曾从台湾调来蒋介石特务 100 多人，在巨济岛俘虏营中充任"教官"和其他职务，在美国驻巨济岛的特务外号叫"麻脸上尉"的指挥下，强迫朝中被俘人员在所谓"自愿遣返"的"请愿书"上签字、按血指印并刺字。美国侵略军总司令李奇微，曾亲自到巨济岛视察战俘营，为了向李奇微报功，特务们赶制要求"自愿遣返"和"请愿书"名册，全部由蒋介石特务代按血指印，于当日下午 2 时交给了李奇微。这就是所谓"自愿遣返"的真相，也是所谓"甄别"的真相。

在英国，5 月 25 日，有 25 位战俘的妻子在英国国会前集会请愿，要求还给她们丈夫。在我方战俘营收容的英籍战俘们，几乎一致签名给到南朝鲜视察部队的英国亚历山大将军一封请愿书，要求他协助停止战争，停止杀害中朝战俘，并且告诉这位将军，美国人虽然接二连三地杀害中朝战俘，但中国人民志愿军和朝鲜人民军并没有对他们作任何报复。为此，英国政府强烈要求派自己的代表直接参加板门店的谈判。

在美国美籍战俘的父亲考德尔和另一名战俘的母亲席德尔夫人先后发起和平签名运动，要求停止战争，立即交换战俘。成千上万的人纷纷签名请愿，写公开信给杜鲁门、艾奇逊。其中有一封信写道：

> 亲爱的先生：我们要求你立即采取行动，以使在朝鲜当战俘的、我们美国的孩子们获得释放。
>
> 我们觉得你对美国公民的职责应超过于你个人的对于联合国司令部所拘留的北朝鲜和中国战俘（他们说他们不要回家）的义务的观念。我们都要求并同意应该遣返所有战俘。

美国一些报刊也相继发表评论，分析美国利用战俘问题拖延谈判的原因。早在1952年3月《美国》周刊说："朝鲜就是加速我们自己军备和促使北大西洋公约组织有更多生气的刺激物。"5月8日，《纽约邮报》在社论中说："我们也许不得不在这既非全面战争，又非全面和平的青黄不接的时期中度过好几个月。"5月10日《华尔街日报》报道说，该报记者"在对华盛顿各方作了一番谨慎调查工作后"，可以看出美国目前的"计划是：坐在我们目前的地方不动——继续守住阵地——并继续对北朝鲜进行猛烈的空袭"。5月12日，纽约《指南针日报》通讯指出："美国对于休战的后果感到踌躇不决，因为，这意味着扩军的松弛以及已经鼓吹起来的紧急状态的总的松弛。"5月30日《美国新闻与世界报道》认为，美方现在根本无意进行谈判。该杂志说，新任美方谈判代表哈里逊，"奉令充任一个听取意见的职务，而不进行谈判"。

在谈判桌上，我方首席代表南日和第四项议程谈判代表金元武少将同美方新换的首席代表哈里逊少将、李比少将继续就遣俘问题进行谈判，展开了激烈的斗争。对方常常在我方一连串的责问下，低下头去，无言以对，硬着头皮"顶着"，或者赶快建议休息，夹着皮包溜之乎也。板门店的谈判冷冷清清。

克拉克上场战火再燃

李奇微在离任前夕，于 1952 年 3 月 1 日致电美国参谋长联席会议，在这封冗长的电报中把今后剩下的战争中联合国军的军事行动作了一番概括：

> 以大规模消灭敌方人员和物资为目标的在朝鲜一场重大地面攻势，将带来敌军进行反攻的严重风险，这一反攻可能会给我方部队造成重大的物资和人员的损失。
>
> 即使我方行动成功，而且敌方的反攻（如果能发起的话）遭到失败，这些行动仍将需要美国付出重大战斗伤亡。
>
> 动用所有……现有力量来实现这一努力，即使行动大告成功，也不过只能给共产党部队造成痛击……并不能造成决定性的军事失败。
>
> 在没有大量有组织的增援的情况下，一场重大的地面攻势所提供的成功机会过于渺茫，不足以证明它是可行的。

美国参谋长联席会议接受李奇微的看法。

克拉克接替李奇微之后，他认为朝鲜战线已经稳定下来了，要改变这种态势，美国政府不增派陆海空部队，不采取攻势，不轰炸中国东北的重要目标，那么"用任何方法向鸭绿江推进都要遭遇惨重损失"。可是他也知道，再增派任何兵力都使参谋长联席会议主席捉襟见肘。于是他向华盛顿建议："增强李承晚的军队"，"使用蒋介石的力量"；调其两个师到朝鲜作战以及使用原子弹。杜鲁门和五角大楼研究，只同意增强李承晚的部队，其他均不能同意。

可是，克拉克新官上任，总想搞点什么名堂出来，打破战场上的胶着状态和会场上的僵持局面，希望打到一条能向中共施加"压力"而赢得"光荣"停战的途径。于是他同他的参谋班子朝思暮想，策划来策划去，提出了一个"克拉克的八点行动计划"：

> 轰炸水丰满发电站；
> 轰炸平壤；
> 轰炸平壤至开城的供应线；
> 轰炸北朝鲜所有大大小小的目标；
> "释放""反共"战俘；
> 中断谈判；
> 增强李承晚军；
> 施放调用蒋军计划的烟幕。

1952年6月23日，美国空军以590余架次轰炸了中朝边境鸭绿江上的水丰发电站以及长津、赴战、虚川等发电设备。

水丰电站，为中朝国际电站，位于朝鲜平安北道朔州郡水丰区，中国辽宁省宽甸县拉古哨村。1937年动工兴建，1941年开始发电，到1943年大坝建成，安装了6台发电机和7台水轮机。在日本投降时和朝鲜祖国解放战争时就受到过严重的破坏。

1952年7月11日，美机746架次又一次轰炸了平壤、黄州地区。平壤为朝鲜民主主义人民共和国的首都，位于大同江下游，距河口约100公里。历史悠久，公元427年高句丽从开城迁都于此。因其地处大同江冲积平原上，在这多山的国度里，这一片平原沃壤深受重视，故得名平壤。从美国侵朝以来，美国飞机就一直把平壤当作重要的轰炸目标，狂轰滥炸已成"家常便饭"，学校、医院、居民住宅早已荡然无存，北朝鲜的所有城镇、农村几乎无一幸免，无数妇孺、儿童死于非命，克拉克轰炸平壤、朝鲜大大小小的目标的计划，无非是在炸弹坑上再倾一批钢铁就是了。

美机还轰炸扫射了设在昌城、江东、墨岘里的战俘营，炸死炸伤数十名被俘的美李军人员。面对敌人的狂轰滥炸，毛泽东、周恩来、彭德怀和中国人民志愿军前线指挥部采取了坚决斗争的方针，我地面高射炮部队采用游击战的方式，机动作战，不让敌人摸到规律，组织若干高射炮集群重点打击敌机。空军也积极参战，英勇出击，战斗英雄张积慧，在僚机单子玉的紧密配合下，将美空军飞机击落21架，其中将号称"空中霸王"的中队长戴维斯及其僚机击落，在美国国内及军队中引起很大的震动。

这时，克拉克见空袭计划不成，又想在地面上发动进攻，他在第一线集结了15个师，第二线3个师。

我军也集中了10个军和人民军3个军团。其中一线展开7个军和人民军两个军团，二线3个军和人民军1个军团，用来对付敌人为了适应其政治需要和配合谈判的需要而再度向我军发动军事进攻的可能，更是为了对付敌人在海空军的配合下，从延安半岛实施登陆作战的可能。我军为了粉碎敌人可能发动的局部进攻，进一步取得阵地战的经验，决定在敌人向我发起进攻之前向敌人发起战术性的反击作战。

朝鲜又将燃起硝烟弥漫的战火。

十、率团访苏与中苏朝蜜月期

    周恩来对什么工作都抓得很紧,对外交抓得更紧。他在外交部成立大会的讲话中就说过:"外交工作比其他工作是困难的。做群众工作犯了错误,群众还可以原谅,外交工作则不同,被人家抓住弱点,便要打回来。"外交工作"不要冒昧,不要轻敌,不要趾高气扬,不要无纪律乱出马,否则就要打败仗"。他不但自己谨守这些原则,身体力行,堪为模范,以自己的榜样教育大家,而且谆谆告诫外交工作者,一定要谦虚谨慎,戒骄戒躁,严肃认真。

    他觉得新中国的外交工作已经进行两年多了。在这两年多的时间里,外交斗争极其复杂尖锐,总的来说比较顺利,比较成功,收效很大。贯彻执行了"另起炉灶""一边倒"和"打扫干净屋子再请客"的外交政策或称外交方针。有的使馆做得好,有的使馆还说得过去,也有的使馆差些,出点小毛病。使节们大多数是从军队和地方调来的,第一次搞外交工作,需要及时总结经验,提高政治和业务水平。因此,他向外交部提议,召开一次使节会议,请大使或参赞回国开会。

    1952年4月,外交部召开第一次使节会议,几十位驻外大使、参赞,外交部司局长,二秘以上的大使、夫人都参加了会议。4月30日开幕那天,总理兼外交部部长周恩来首先讲话。他进一步阐述了他的外交思想和新中国的外交政策，并实际上总结了两年多来外交工作的经验。

总结两年来外交经验

他说：中华人民共和国成立以来，一直坚持和平的对外政策。"独立自主的对外政策"。我们的方针是：

（一）"另起炉灶"。1949 年春，毛泽东同志就说过，我们的一个重要外交方针是"另起炉灶"，就是不承认国民党政府同各国建立的旧的外交关系，而要在新的基础上同各国另行建立新的外交关系，对于驻在旧中国的各国使节，我们把他们当作普通侨民对待，不当作外交代表对待。历史上，有在革命胜利后把旧的外交关系继承下来的，如辛亥革命后，当时的政府希望很快地得到外国承认而承袭了旧的关系，我们不这样做。为了表示外交上的严肃性，我们又提出建交要经过谈判的手续。我们要看看人家是不是真正愿意在平等、互利和互相尊重领土主权的基础上同我们建立外交关系。我们不仅要听它们的口头表示，而且还要看它们的具体行动。例如，它们如果在联合国中不投新中国的票，而去赞成蒋介石反动政府，那我们就宁愿慢一点同它们建交；反之，如印度、缅甸等，能够真的同国民党反动派断绝关系，那就可以在经过谈判之后同它们建交。

这一"另起炉灶"的方针，使我国改变了半殖民地的地位，在政治上建立了独立自主的外交关系。

（二）"一边倒"。在 1949 年党的建立 28 周年纪念日，即在中华人民共和国成立的前夕，毛泽东同志在《论人民民主专政》一文中提出了"一边倒"的方针，宣布了我国站在以苏联为首的和平民主阵营之内。我们在世界上明确地站在和平民主阵线一边，旗帜鲜明，打破了帝国主义的幻想。如果没有这一明确的宣布，帝国主义就会胡思乱想地望着我们，如司徒雷登在南京时还想钻空子。"一边倒"的方针给这种胡思乱想的人浇了一头冷水。

（三）"打扫干净屋子再请客"。帝国主义总想保留一些在中国的特权，想钻进来。有几个国家想同我们谈判建交，我们的方针是宁愿等一等。先把帝国主义在我国的残余势力清除一下，否则就会留下它们活动的余地。帝国主义的军事力量被赶走了，但帝国主义在我国百余年来的经济势力还很大，特别是文化影响还很深。这种情形会使我们的独立受到影响。因此，我们要在建立外交关系以前，把"屋子"打扫一下，"打扫干净屋子再请客"。但是打要有步骤，不能性急。我们在美帝侵朝的时候，针对美帝对我国采取敌视政策并冻结我国财产的情况，先接管或冻结美帝在华资产，美帝津贴的文化机关，特别是在抗美援朝运动中肃清亲美崇美恐美思想，这在平时恐怕要几年几十年才能做到。

（四）"礼尚往来"。资本主义国家，你对我好，我也对你好；你对我不好，我也对你不好。针锋相对，来而不往非礼也。我们总是采取后发制人的办法，你来一手，我也来一手。不怕它先动手，实际上它一先动手就马上陷于被动。开国后我们用"另起炉灶"和"打扫干净屋子再请客"这两手，在整个战略上处于主动地位。至于具体事情上，是可以后发制人的。

（五）"互通有无"。我们开国以来就想根据平等互利的原则同外国做买卖，不能像过去那样把中国作为它们的消费品市场。美帝国主义对我搞禁运，我们就以货易货，不用结汇，这对打破禁运是极有利的。我国出口的主要是农产品，换回来的是工业装备。我国同苏联和人民民主国家的贸易大大增加，对资本主义国家的贸易也增加了，我国的出口贸易额已经超过第二次世界大战前的数字。我们想扭转国民党时期的入超，变为出超，这是好的，但是当前的目标是出入口平衡，现在我们搞的东西是我们所需要的，出口的东西如鸡蛋、猪肉，是人家所需要的，这种互通有无是互利的。

（六）"团结世界人民"。我们对苏联和各人民民主国家是"一边倒"的，对殖民地半殖民地国家，对资本主义和帝国主义国家的人民也要团结争取，以巩固和发展国际的和平力量，扩大新中国的影响。

接着，周恩来以钢钟似的洪亮的声音和充满哲理的思想论述了"外交阵线"问题。他说：

外交是国家和国家间的关系还是人民和人民间的关系？外交工作是以国家为对象，还是以人民为对象？我们要团结世界各国的人民，不仅兄弟国家的人民，就是原殖民地半殖民地国家和资本主义国家的人民，我们也都要争取。但就外交工作来说，则是以国家和国家的关系为对象的。外交是通过国家和国家的关系这个形式来进行的，但落脚点还是在影响和争取人民，这是辩证的。

他在谈到外交工作要分清敌我友时说：

在建国开始时，我们就提出过这个问题。我和友是一方面，敌又是一方面。具体地分析一下，朋友方面以国家来分有两种：第一种是基本的朋友，第二种是一时的朋友。这后一种朋友也不完全一样，有的只能在某一时期内成为朋友，有的可以在相当长的时期内成为朋友，区别的主要关键是对战争与和平的态度。在第二次世界大战开始时，苏联争取瑞典保持中立，这对当时的局势是有利的。假如那时挪威也被争取保持中立，对苏联会更有利，对欧洲的形势会更好一些。资本主义国家如果在同帝国主义的战争中保持中立，对我们是有利的。所以对这些国家，我们不能采取对敌态度，不要把它们挤到敌人的营垒里去，我们可以和它们做朋友。

对帝国主义阵营也要有分析。追随美帝的国家毕竟是少数。在朝鲜战场，和美国在一起的虽然有 15 个国家，可是万一战争发生在中国，是否也有那么多国家参加对中国作战呢？这是值得怀疑的。敢于坚决和我们敌对并走上战场的究竟还是少数。资本主义世界并不是铁板一块，我们应该区别对待。

同我们最敌对的国家，应该对它坚决斗争。

同我们未建交、关系又较坏的国家，不能把它们看成同美帝一样。它们同美帝国主义之间有矛盾。我们应该给一些影响，使它们不过分同我敌对。

同我国正在谈判尚未建交的欧洲国家，它们不愿意同我们闹翻，就悬在那里。

同我国已经建交的欧洲国家，对它们要分别对待，做好工作。

同我已建交的东南亚国家，过去是殖民地，现在不仅形式已经改变，有自己的国会与政府，同时人民的沉默也使得帝国主义不能不改变过去对殖民地的一套办法，而由当地资产阶级来统治。在这种情形下，如果现在还有人说它是殖民地，那是不切合实际的。即使是现在的日本也不能说是美国的殖民地。日本人民的主要斗争对象有时是美帝国主义，有时是日本政府。由帝国主义直接统治的才是殖民地。东南亚国家在战争与和平问题上同帝国主义有矛盾，我们要在战争时争取它们中立，在和平时争取它们同帝国主义保持距离。

伊斯兰教国家，我们同它们关系较少，影响也小。工作可以逐步进行。

我们要依靠进步，争取中间，分化顽固。这样可以使我们的外交工作更灵活一些，不是简单的两大阵营对立，没有什么工作可做。我们要这样来打开我们外交工作的局面。

周恩来十分辩证地科学地概括了"外交工作的思想领导"。他说："我们的外交工作要绝对地接受无产阶级的思想领导，不能允许资产阶级和小资产阶级思想的侵蚀，当然更不能允许这些思想占据领导地位。我们的立场必须十分坚定，思想必须十分明确。"然后他根据实际的情况和针对一些同志的思想和认识，概括为7个问题。即：

（一）坚持国际主义，反对狭隘民族主义。我们应该有民族自信心，可是如果有自大、骄傲的情绪，那就是狭隘民族主义了。

每一个民族都有它的优点，值得我们尊重和学习。要肃清狭隘的民族主义思想，确立国际主义思想。

（二）坚持爱国主义，反对世界主义。我们的爱国主义是社会主义和人民民主主义的爱国主义，不是资产阶级的沙文主义。我们反对失去民族自信心的、制造大国的"世界主义"。

美国所说的"世界主义","大国领导",其目的是要小国永远跟它走，永远受奴役剥削。我们的国际主义是要各国都独立平等。

社会主义的爱国主义不是狭隘的民族主义，而是在国际主义指导下的加强民族自信心的爱国主义。我们有些同志有时表现得失去立场，那是因为我们过去是半殖民地国家，羡慕资本主义国家的文明，不审查其中有无毒素，盲目崇拜。说中国一切都好或一切都不好，都是不对的，应该批判地接受一切中外的文化。

（三）坚持集体主义，反对个人主义。外交工作是代表国家的，一切必须从集体出发，倘若从个人出发，就一定很危险。外交工作中不允许有个人打算，不要因为人家一说好就沾沾自喜，应该想这是人民的光荣；如果人家说坏，就要检查一下我们的工作是否做错了，要把个人完全溶化在集体当中。

（四）坚持无产阶级的纪律性，反对自由主义。外交是国家与国家的关系，外交工作的一切都必须注意事先请示，事后报告。国家同国家办事，说了就得算数，所以多说不如少说。但是，是不是什么都不说呢？不是。已经宣布的事，已经办成功的事，已经决定了的事都可以说；尚未宣布的，经验还不成熟的不能说。因为这不是在一个党内，而是国家同国家之间的事。在一定原则下可以有一定限度的机动，也就是临机应变，但对新的问题处理迟缓一些并不是错误。经验不足时，还是慢一些好。

（五）坚持民主集中制，反对官僚主义。我们大家对外交工作的经验都不多，还是要发扬民主。"三个臭皮匠顶个诸葛亮"。多听取大家意见是必要的，但是还要有集中。使馆内的民主一定要做到。光有集中，没有民主，就成为官僚主义了。

我们应该提倡民主，才能克服官僚主义。

（六）要有高度党性，反对政治空气稀薄。政治空气首先要求有高度的党性，锻炼同志们的思想，一切从原则出发。政治化是多方面的。把原则变成教条来背诵不是政治，轻一点说是书呆子，重一点说是教条主义者。要调查研究，分析问题。

（七）提倡勤俭朴素的作风，反对资产阶级的铺张浪费思想。我们的外交工作中有不少浪费，这是受了资产阶级的影响。我们在生活享受方面处处想跟苏联比是不对的。今天我们的生产还没有发展到他们那样的水平。

周恩来的讲话，受到大家的热烈欢迎。会议根据他的讲话，进行热烈的讨论。大家一致认为他的讲话非常切合实际，切合我们的思想，切合我们的工作，表明他十分熟悉和了解驻外使馆情况，提出许多有针对性的问题并做了明确具体的指示。他站得高看得远，又生动又深刻，把两年多来的外交实践，总结、升华了一步，使大家受到深刻的教育，对今后的工作具有很大的意义。

的确，周恩来这次讲话，不但从理论上、思想上、政策上进一步论述了新中国外交的内涵、特性，而且为树立新中国外交人员的思想品格、工作作风奠定了基础。从此逐步形成一套新中国的外交风格和特色，培养了一批新中国的外交战士，保证了我国外交战线上不断地前进，不断地取得新的胜利。

会后，周恩来又找大使们谈话，再次强调外交工作授权有限，一定要加强组织性、纪律性，多请示汇报，可以避免少犯或不犯错误。着重讲了国际形势、朝鲜战争、朝鲜谈判，指出形势对我们很有利，中央已考虑要把工作重点转入到经济建设上来，准备搞第一个五年计划。

不发展经济，不能增强国力，也不能加强国防，应付更大的战争，更谈不上提高人民的生活了。你们当大使的也要考虑这个问题，研究驻在国的经济情况，提出报告，供国内参考。经济发展了，国力增强了，你们在国外也好工作，说话硬气。经济是政治的基础，也是外交的基础。

周恩来听说，有的大使和外交官的夫人，不愿当夫人，也不愿做夫人的工作，他虽然也做了一些说服教育工作，但总觉得不如女同志做起来方便。于是他让他的夫人、全国妇联副主席邓颖超出来找夫人们座谈。邓颖超认为使节夫人对外很重要，是外交中不可或缺的一部分，也是妇联的工作范围内重要的一部分。她记得在第一批大使出国时，她也同一些夫人座谈过，解决了一部分人的思想和工作问题，起了一定作用。这次她也就当仁不让了。

一天，邓颖超召集回国参加使节会议的大使、参赞夫人，和外交部龚澎姊妹等一部分女同志座谈。她说，恩来要我请大家来聊聊天。听说你们在国外工作得不错，帮助丈夫办了不少事，有的是对外的事，我很高兴，说明我们女同志在国外也是有用武之地的嘛，说明我们女同志也是挺能干的，有人才的嘛。当然啦，我也听说，也还有少数女同志不愿做夫人，也不愿做夫人工作。前两年，你们出国时，我在学习班讲过一次，说外交是一条特殊的战线，男同志女同志都是外交战士，男女同工同酬，男同志能当外交官，女同志也能当外交官，男同志按职务级别拿工资，女同志也按职务级别拿工资，都要安心工作安心学习，熟悉外交业务。但是，使馆毕竟不同国内，它的业务活动范围有限制，人员和外交官有限制，女同志特别是不懂外文的女同志工作不太好安排。有的女同志虽然安排了外交官，但不能对外，对外仍然是夫人。有的女同志连对内的名义也没有，就是一般工作人员，就是夫人。怎么办？这是工作需要，就得服从，叫你干什么，就干什么，把现有工作做好，把夫人工作做好，配合丈夫的工作。在国外，夫人的地位很高，因为是夫人，人家以为枕头边的话可以影响丈夫，愿意同你接近，有什么话愿意同你讲，这是非常有利的条件，千万不要小看夫人的工作啊！我在国民党统治区工作时，有时人家不叫我邓颖超的名字，而叫我周太太，因为我是周恩来的夫人嘛。

她笑着说，对这个称呼，开始时也不习惯，还闹过笑话。有一次，人家来电话找周太太。我当时脑子还没有转过来，回答说我们这儿没有周太太，放下电话一想，他找谁呀？后来人家又来电话，才酌情过来，原来找的就是自己。我在中共代表团工作时，在内部也兼做过会计、抄写、刻蜡版，学了一些技术，这对党有利，对自己也有利嘛！国外环境特殊，人手少，什么工作都要做，多学点本领有什么不好呢？有时间学点外文，特别是学点驻在国语言，同外国人交谈就方便多了，同时对驻在国也是尊重嘛，何乐而不为呢？

邓颖超的一席话，使许多女同志茅塞顿开，打开了思路，对安定女同志情绪、安定使馆和夫人工作起了很大作用。

周恩来从新中国建立那天起就认为确定恢复和发展经济为中心任务，尽管他的工作很多，很忙，一会儿军事，一会儿外交，一会儿文教，一会儿经济，像弹钢琴一样节奏分明、和谐，但节奏的最强音始终是经济。他说政府工作的重点就是组织领导经济建设，军事、外交、文教都是为经济建设服务，为建设现代化的社会主义中国而共同奋斗。

中华人民共和国政务院各部委，根据周恩来的指示，早在1952年4月初步作出各自的第一个五年计划的设想或轮廓框架。到8月，这些材料已汇编成两大册了。然后，周恩来亲自主持起草《中国经济状况和五年建设的任务（草案）》。其内容：一、中国经济概况；二、五年建设方针；三、五年建设的主要指标和主要项目；

四、长期建设的主要工作；五、请苏联援助事项。在文件中明确提出，全党的领导和工作重心移到经济建设方面，特别是工业建设方面。今后的五年是中国长期建设的第一阶段。它的基本任务是为国家工业化打下基础，以巩固国防，提高人民的物质生活和文化生活水平，并保证中国经济向社会主义前进。

"一边倒"再组团访苏

那个时候，新中国成立才两年多，没有制订五年计划的经验，必须求教于苏联。在经济建设方面，唯一能给我们提供援助的，也只有苏联。美国正同我们在朝鲜较量，西方国家大都跟着美国走，对我采取敌视态度，实行封锁禁运，谈不上给我们提供援助的问题。在政治、经济、军事、外交上，虽然我们从新中国成立开始就决定采取独立自主的方针，努力发明创造，但是独立自主并不排除外援，而要取得外界的援助、支持，只有苏联这个对象，因此，那时无论从意识形态、社会制度和国家利益来说，只有发展同苏联的关系，也必须同苏联发展友好关系。而那时的苏联在斯大林的领导下，虽有大国沙文主义的思想和行动，但基本上还是国际主义的，对战后新建立的社会主义国家和民族独立国家，仍是采取支持、帮助的立场，所以毛泽东、周恩来和党中央提出"一边倒"的政策，即倒向苏联、依靠苏联、同苏联站在一条战线上，反对美帝国主义是完全正确的。所以，在经济建设方面，有必要就我国的第一个五年计划的制订和实施问题征求苏联政府的意见，于是中国政府组织了一个规模庞大的代表团。代表团团长当仁不让是国家的总管家，既有组织领导才能，又有多方面知识、经验的政务院总理周恩来了。代表团成员为政务院副总理、中国著名的经济专家陈云，政务院经济委员会副主任李富春，驻苏联大使张闻天，中国人民解放军副总参谋长粟裕。代表团顾问为重工业部部长王鹤寿，燃料工业部部长陈郁，政务院财经委员会秘书长宋劭文，空军司令员刘亚楼，海军副司令员罗舜初，炮兵副司令员邱创成，一机部副部长汪道涵，邮电部副部长王诤，外交部政治秘书师哲，外交部苏联东欧司司长徐以新和亚洲司司长陈家康等共60人。

1952年8月15日，周恩来率中国政府代表团离京，17日飞抵莫斯科，受到莫洛托夫、米高扬、布尔加宁、康米金、维辛斯基等人的热烈欢迎。

周恩来在机场发表讲话说："中华人民共和国在推翻外国帝国主义和国民党反动统治之后的三年时间中，由于中国共产党和毛泽东主席的正确领导，由于全国人民的努力，又由于苏联政府和人民的热情援助，曾经不断地克服国内外的种种困难，业已在国家建设的各方面，获得了重大的成就。"他加重语气强调说，"中华人民共和国政府代表团这次来到莫斯科，是为了继续加强两国之间的友好合作，并商谈各种有关问题。"

苏联安排周恩来、陈云住在郊区国宾别墅，李富春率代表团其他成员住在城内苏维埃大旅馆。8月20日，莫斯科天气晴好，不冷不热，可以说是最好的季节，克里姆林宫一派繁忙的情景，上班的、游览的，人来人往，络绎不绝。今天不同的是斯大林办公室小会客厅布置得十分整齐清洁、庄严肃静，会议桌上已放了中国国旗和苏联国旗。

莫洛托夫、维辛斯基已提前到了斯大林的办公室。苏联外交部第一远东司长费德林和礼宾司的干部站在斯大林办公室的外面等候中国政府代表团的到来。

一会儿，身着黑色中山装的周恩来，率领中国政府代表团成员陈云、李富春、张闻天、粟裕，迈着矫健的步伐，神采奕奕地走来。斯大林、莫洛托夫、维辛斯基走出办公室，站到小会议厅门前迎候。

斯大林见到周恩来进来，上前一步，握住周恩来的手，说："你好，周恩来同志！"周恩来也说："斯大林同志你好！"斯大林又说："我们有一年多未见了，我老了，快见马克思了，你还是那样年富力强，春风满面。"周恩来又说："我们希望斯大林同志健康长寿，为世界共产主义作出更大的贡献！"斯大林同中国代表团一一握手，周恩来等也同莫洛托夫、维辛斯基、费德林一一握手。

之后，大家边谈边徐徐入座，斯大林让周恩来坐在左边的客位主宾位上，陈云坐在周恩来的左边，师哲翻译坐在周恩来的右边，依次李富春、张闻天、粟裕分坐周恩来的左右边。斯大林坐在右边的主人位置上，两边为莫洛托夫、维辛斯基和担任翻译的费德林。

斯大林说："我代表苏联政府热烈欢迎周恩来同志率领的中国政府代表团，首先请转达我对毛泽东同志问好，他的身体好吗，我非常关心他，又是国内各方面的建设和工作，又是朝鲜战争，太劳累了，希望他注意保重。"

"谢谢，斯大林同志，我一定转达。他的身体很好，毛泽东同志也要我转达他对斯大林同志的问候。他和中国共产党、中国政府、中国人民非常感谢斯大林同志、苏联共产党、苏联政府给予我们的大力支持。"

"我们的帮助还很不够，同时，我们也非常感谢你们对我们的支持，特别是朝鲜战争，你们打得很不错，谈得也好，顶住美国巨大的压力。全世界人民都称赞你们，你们在世界上的地位提高了，影响扩大了。"斯大林停顿一下又说，"按照我们的习惯，是先请客人讲话。"斯大林看着周恩来。

周恩来抿了一口苏联的红茶。这种茶是煮熟了以后再加糖，喝起来又香又甜，但不如周恩来喜欢喝的中国绿茶芬芳滋润，浓郁可口。他扫视一下全场，挥洒自如地运用中国普通话而又带有苏北乡音侃侃而谈。

他说："我奉我党中央、我国政府和毛泽东同志之命，率领代表团访问苏联，同斯大林同志、苏联党、政府商谈朝鲜战争、第一个五年计划及旅顺、中长铁路等问题。首先谈谈朝鲜战争和朝鲜谈判问题。"

话题围绕朝鲜战争

"1950年10月19日，中国人民志愿军入朝作战，同朝鲜人民军经过七个半月的并肩作战，取得了五次战役的伟大胜利，把敌人从鸭绿江赶回到三八线。美国侵略军在这七个半月中死伤达10万人左右，约近于美国在第二次世界大战头一年中陆海空军损失人数的两倍。因此，美国共和党的《纽约先驱论坛报》把美军的失败叫作'美国陆军史上最大的失败'。发动侵朝战争的战争贩子麦克阿瑟和美国参谋长联席会议主席布莱德雷都不得不承认他们低估了中国人民的力量。麦克阿瑟承认：'我们并没有使他们遭受致命的损害，而我们自己却在遭受重大的损失。美国人流的血越来越多了。'布莱德雷在广播中也公开承认：'朝鲜战争是美国所进行的一次代价最大、流血最多的战争。'魏德迈更绝望地说：'朝鲜战争是一个无底洞，看不到联合国有胜利的希望。'与此同时，世界人民，也包括美国人民，反对侵略、要求和平的呼声很高，帝国主义阵营内部以及美国统治集团内部由于失败而引起慌乱、矛盾与日益激烈的争吵，都使美国侵略者十分狼狈。在这样的情况下，美国侵略者被迫接受了苏联驻联合国代表马立克的建议，与我方举行停战谈判。"

"但是，美国侵略者又极端害怕和平。从谈判一开始，就采取节外生枝的拖延办法，仅仅议程问题，经过 17 天的时间才取得协议。美方在讨论这一问题中的主要阴谋，是拒绝把撤退一切外国军队的问题列入议程，企图使美军长期盘踞在朝鲜的领土上。结果，美方并未能达到目的。美方最后不得不同意在议程中规定第五项：'向双方有关各国政府建议事项。'对方对第五项议程明确达成了谅解，将撤军问题及其他问题，留待双方各国高一级的政治会议来讨论和解决。"

周恩来端起苏制的高级的下半部带钢套的茶杯，抿了一口红茶，扫视一下对面的主人们，他见斯大林、莫洛托夫等正襟危坐，聚精会神地听着，莫洛托夫还在一沓纸上记了不少，而斯大林拿着铅笔在一张纸上画着什么。

周恩来说："关于确定军事分界线与非军事地区问题（第二项议程）的讨论，前后经过 4 个月才获得协议。美方企图不费一枪一弹，在会议桌上强占朝鲜北部 12000 平方公里的土地。美方为了拖延谈判并达到强占土地的目的，曾对开城中立区和会址采取各种疯狂的挑衅行动，迫使谈判停顿了 63 天，并在谈判期间发动了疯狂的'夏季攻势'和'秋季攻势'。但是，经过我方的努力，解除了美方的借口，粉碎了美方各种挑衅的阴谋和疯狂的进攻，第二项议程终于在 1951 年 11 月 23 日获得了协议，确定以双方实际战斗接触线为军事分界线，双方各由此线后退两公里以建立非军事地区。美方企图掠夺土地的诡计又失败了。"

"用中国的话说，叫不打不成交嘛！"莫洛托夫插话。斯大林、维辛斯基也连连点头，会场显得活跃。

周恩来说："关于停战监督问题（第三项议程）的讨论，曾经拖延了 5 个月没有进展。美方在这一问题讨论中的主要阴谋，是妄图干涉朝鲜内政，要求限制朝鲜北部飞机场的修复和建筑。经过 5 个月的激烈斗争，美方终于不得不在 4 月 28 日放弃了这一无理要求。美方并且曾无理反对我方提名苏联参加中立国监察委员会。我方在 5 月 2 日提出：在美方接受我方对俘虏问题的合理方案，并放弃干涉我方内政的条件下，可以同意中立国监察委员会由六国减为四国。这样，美方在这个问题上的借口又被解除了。

在讨论第三、第四项议程的同时，也讨论了第五项议程。美方竟又企图推翻第五项议程，企图否定在停战协定签字并生效后 3 个月内，双方有关各国政府分派代表举行高一级的政治会议，协商从朝鲜撤退一切外国军队及和平解决朝鲜等问题。前后将近半个月的时间，美方终于不得不在 2 月 17 日接受我方的修正草案作为原则解决的方案。"

周恩来停顿一下，说："关于俘虏问题（第四项议程）的讨论，从去年 12 月开始到现在已经 7 个月了，但至今仍无结果。美方的阴谋是：企图以扣留我方 10 万战俘的无理要求来拖延和破坏谈判。美方借口所谓'自愿遣返'原则，对我方被俘人员大肆屠杀，进行所谓'甄别'，企图强迫他们充当李承晚、蒋介石的炮灰。美方的无理主张，是完全违反《日内瓦国际公约》的。而巨济岛等地我方被俘人员所进行的可歌可泣的英勇反抗，更揭穿了美国侵略者的欺骗宣传，因此，美方代表理屈词穷，只能连续逃会，三番四次地片面停会三天，充分表明了美方阴谋的彻底破产。"

周恩来强调说："在一年的谈判期间，美国侵略者为了拖延和破坏谈判的进行，用尽了种种可耻的无赖手段。美方从空中和地面对中立区、会址和我方代表团车辆进行疯狂的袭击，从挑衅威胁直到谋杀我方军事警察和代表团人员的重要事件共达 20 次以上。在一年谈判期间由于美方的拖延破坏，会议被迫停顿的时间共达 80 天之久。至于美方代表制造各种借口，进行反复的无理狡辩、抵赖，或者由于理屈词穷，一天只开几分钟会议就散会的情形，更占一年谈判中的绝大部分时间。发展到最后，美方代表竟在庄严的谈判桌上打瞌睡，吹口哨，甚至自动逃离会场。"

"这是耍赖！"斯大林说。

"在外交史上也少见！"莫洛托夫说。

"是的！我们也是第一次遇到这样的谈判对手。"周恩来继续说，"美国侵略者还极尽欺骗之能事，一贯进行歪曲、欺骗宣传。例如，明明是美方代表在会内提出了要侵占北朝鲜 12000 平方公里土地的要求，他们在会外却矢口否认他们提出这样的要求；明明是美机轰炸了中立区和会址区我方代表团的住所附近，美方却说炸弹是我方自己丢的；明明是美方屠杀我方被俘人员，美方却说是我方被俘人员'自相残杀'。但是，由于我方坚决揭露的结果，美方不但没有达到任何目的，反而在全世界人民面前暴露了它的无耻面目。"

"对，对美帝国主义就是要同他进行坚决的斗争！"斯大林说。

"美国侵略军为了配合美方代表在谈判桌上的阴谋活动，一年来曾不断疯狂地发动进攻，施行所谓军事压力。"周恩来说，"但是，朝中人民不仅在会议桌上使敌人陷于政治破产，而且在战场上也使敌人遭受了更惨重的失败。从 1951 年 6 月到 10 月，敌军接连发动了所谓'夏季攻势'和'秋季攻势'的重点进攻，总计使用了30 万人的庞大兵力，几乎出动了侵朝美军所有的战车和炮群，并有大量飞机配合作战。在这些进攻遭受了粉碎性的打击之后，敌军一方面继续进行不间断的小股窜犯，一方面用空军进行所谓'绞杀战'和'重点突击战'。但是一年以来，朝中人民不仅壮大了自己的地面部队，建立了强大的炮兵部队，而且也开始建立一支勇敢而优秀的空军。朝中人民部队在地面和空中都取得了十分伟大的胜利。从 1951 年 6 月 26 日到 1952 年 6 月 15 日的 11 个多月中，朝中人民部队共歼灭敌军 325000 多名，其中美国侵略军占 129900 多名，并击落击伤敌军飞机 5900 多架，击毁击伤敌军战车和装甲车

900 多辆。"

"朝中两国人民在两年反侵略战争特别是一年来的停战谈判期间所得到的辉煌胜利，不仅严重地打击了它侵略的气焰，而且打乱了它侵略世界战争的时间表，鼓舞了一切殖民地半殖民地人民争取自由独立的斗争，坚定并增加了世界人民对于争取持久和平反对侵略战争的信心。朝鲜战争推迟了世界大战，我们党中央和毛泽东同志估计是五年、十年、十五年不可能爆发世界大战。"

周恩来郑重地说："前面我已经说了，在这场反对美帝国主义侵略的斗争中以及一年的谈判斗争中，我们始终得到苏联、斯大林同志在军事、政治、外交上的巨大支持和帮助，我再一次向你们表示衷心的感谢。"

"中国人民在毛泽东同志和你、周恩来同志及党中央的领导下，派出中国人民最优秀的儿女，在彭德怀将军的统率下，奔赴朝鲜前线，抗美援朝，并且在军事上、外交谈判中已经取得辉煌的、空前的胜利，挫败了美国的侵略企图。你们这种无产阶级国际主义和大无畏的精神令人钦佩和敬仰，全世界人民、包括苏联人民将永远感谢你们，记住你们为了和平、正义事业所作出的巨大贡献！"斯大林看看莫洛托夫又看看维辛斯基，似乎在征求他们的意见。莫洛托夫、维辛斯基连连点头，表示赞同斯大林的意见。

斯大林又说道："周恩来同志，我想问你一个问题，可以吗？"

"当然可以，斯大林同志！"

"我想问，美国为什么不愿和谈尽早解决朝鲜问题呢？"

"我正想谈这个问题！"周恩来说，"我们党中央政治局曾经研究过这个问题，认为：美国的垄断资本家利用了侵略战争来增加他们的军火生产的利润。他们在 1950 年度获得空前巨大的 224 亿美元的血腥利润，也即是纯利，超过第二次世界大战期间每年平均利润一倍多。他们深恐朝鲜和平的实现，将严重地打击他们的扩军备战、发动战争的计划。因此，在即将举行停战谈判之前，《华尔街日报》引一位高级官员的话说：'假如和平突然实现，我们的军火生产数字实在太大了，没有法子可以停下来。'当时的美国国防部副部长罗维特公开发表谈话，担心'朝鲜战争的结束，将松弛人民对扩军计划的支持'。美国国防动员署署长威尔生说：'国际紧张局势的丝毫缓和，都是对美国经济的威胁。'杜鲁门更加露骨地说：'假如朝鲜问题的解决延缓了我们的动员计划，那就是我们国家最不幸的事情。'人们在这里可以很清楚地看出美国侵略者一年以来坚持拖延与破坏停战谈判的根本原因。美国侵略者的另一个目的，是妄图利用谈判进行讹诈，以便在会议桌上取得他们在战场上所不能取得的东西。"

"分析得非常正确！"斯大林连连称是。

"我完全赞同周恩来同志的估计和判断，这是马克思主义的判断，是一位真正的无产阶级外交家的判断！"莫洛托夫十分赞许周恩来的科学分析。

周恩来又继续说："经过两年的军事斗争和一年的谈判斗争，朝中两国人民的力量更加强大了，美国侵略者则被更严重地削弱了。就连美国侵略者自己也不得不承认这个事实。美国资本家的喉舌《时代》周刊在3月10日公开承认：'现在明显的是：美国不会赢得朝鲜战争了。''在8个月的停战谈判期中，美国军队越来越弱，而敌人却越来越强了。'发动侵朝战争的战争贩子麦克阿瑟在今年3月22日也承认：'自开国以来，我国在全世界的声望从来没有像现在这样低落过。'根据朝鲜战争和停战谈判的情况以及世界人民的愿望和呼声，美国侵略者还可以在朝鲜战场上发动一些小的和局部性的进攻，但是大仗打不起来了。朝鲜谈判还会有斗争特别是战俘问题仍要进行激烈的斗争，但最终还得和平解决，达成谈判停战协议。我们的方针仍然是：力争和，不怕拖，随时准备打。打对我有利，和对我更有利。在谈判中该争的要据理力争，可让的或不能不让的，看准时机让。但在美国蛮横无理时不能让，虚张声势时不能让，不起作用时不能让，让步必须能够扭转局势，必须在公平合理的基础上和平解决朝鲜的问题。"

周恩来抿了一口浓茶，两只炯炯有神的大眼扫视了一下会场，看看苏方的表情，又说："要应付美方的军事进攻和进行必要的反击，中朝军队都还有些困难，如武器装备、军需供给和掌握制空权等问题，仍需苏联方面提供大量的援助。此事徐向前参谋长曾经率团前来与苏方商谈过，并达成了协议，现在希望苏方尽快按协议执行，同时希望增加一些援助，特别是飞机。如果我们能掌握制空权，那美帝国主义就更没有办法了，失败得更惨。"

周恩来稍稍停顿一下，又说："为使苏联同志直接了解朝鲜战场和谈判情况以及协调我们的行动部署和斗争方针，我建议苏联邀请金日成、彭德怀、朴宁永同志前来访问。"

"好，好，你这个建议很好，我们完全接受。请莫洛托夫同志立即去办，并希望他们尽快前来！"斯大林非常肯定地说。

莫洛托夫答应马上去办。

多番会谈气氛融洽

接着，周恩来说："我们代表团前来苏联，要和苏联政府商谈的项目：（一）中国即将开始第一个五年经济建设计划，我们没有经验，特来听取意见，并请求苏联帮助建设一些项目。我们已准备了一个初步方案，正在翻译成俄文，将送请斯大林同志、莫洛托夫同志和苏联政府参阅。（二）延长中苏共同使用旅顺口海军基地期限的换文问题。考虑到日本只和美国以及其他资本主义国家缔结和约，而拒绝和中苏缔结和约，考虑到朝鲜战争的现状，因此，我们提出希望苏军继续留在旅顺口。（三）中苏铁路修建问题，我们建议修筑从中国集宁到蒙古乌兰巴托铁路，因为从乌兰巴托至苏联境内乌兰乌德已有铁路。这条铁路可将中蒙苏连接起来，比走满洲里近得多。（四）中苏缔造关于苏联援助中国种植和割制橡胶的协定问题。苏联已准备贷款一亿卢布帮助中国发展种植橡胶，以解决苏联和东欧的需要。这就是这次中国政府代表团访问苏联的主要任务。"

周恩来讲完了，又问陈云和代表团其他成员有什么要补充的没有。

陈云说："总理讲得很全了，我是没有什么要补充的。"

其他成员都异口同声地赞同周恩来所讲的一切。

斯大林宣布休息 5 分钟。

双方代表团随即三三两两聚在一起，分别畅谈起来，气氛极其友好、活跃、热烈、亲密无间。会议重新开始后，斯大林作了简短的发言。他说："非常感谢周恩来同志对朝鲜战争和停战谈判作了一个扼要而又精彩的介绍，讲得很好、很透彻、很深刻，对我对其他苏联同志及时地全面地了解那里的情况帮助极大。我，也包括在座的苏联同志和苏共中央，完全同意中国同志对朝鲜局势的估计和分析，完全同意中国同志关于朝鲜谈判的方针，也完全同意你们正在和即将采取的政策措施和斗争的策略。

"我们认为，朝鲜战争对美国是败笔，实际上北朝鲜和中国都没有损失领土，美国也了解朝鲜战争对他们不利，迫切需要停战。如果宣布苏军继续驻在旅顺口，它将更伤脑筋。美国在朝鲜既没有达到预期目的，在其他方面也就更难以实现自己的想法。停战谈判是一大问题，毛泽东主张忍耐、坚持是对的。我主张分三步走。我方被俘人员以 116000 人计算，如果敌人扣留我百分之三十，我们可以扣留敌人百分之十三左右作为交换，说明我们不相信敌人所谓我方被俘人员有不愿回来的事实，故扣留其比例的半数，促使敌人改变态度。如不成，第二步可主张先全面停战，然后再解决双方遣俘问题。再不然，第三步可将所谓不愿遣返的战俘，双方交中立国代管，然后由当事国进行访问，陆续接回。

"关于世界大战问题，你们和毛泽东的估计是对的。但要说明一点，美国没有本领进行世界大战，它的英法朋友更不行，人民也不愿打仗。"

斯大林停顿一下，提高语调，强调说："我们对美国应坚持立场，只有硬，才能解决台湾问题、朝鲜问题。公道对美国是不存在的。美国以原子弹和空袭吓人，是不能解决问题的，决定战争，还是靠陆军。"

斯大林说："周恩来同志提出的问题，我的答复是：关于军事援助，我们同意帮助装备中国 60 个师，但炮弹消耗与敌人之 1∶9 是不行的，应是 20∶9，必须压倒敌人。"

"关于苏军继续留在旅顺口，客人不好要求多留，只能由主人挽留，这个换文发表，将使敌人很大震动。"

"关于修筑中蒙铁路问题，你们既赞同，我们没有意见，但须签订中蒙苏三方协定。"

"关于帮助中国发展种植橡胶，这是件好事，你们的志愿军在朝作战和发展橡胶种植生产，这两件事都是对苏联的援助。"

"关于中国实行第一个五年经济建设计划，我们愿意尽力之所及在资源勘探、企业设计、设备供应、提供技术资料、派遣专家和提供贷款方面给中国帮助。在军事工业方面，我建议中国应自己生产飞机、坦克、雷达等武器，从修理经过装配到制造，从小到大，以利培养干部，掌握技术，否则单有工厂，没有人才，绝对不行。最好中国派人到苏联学习，尤其要注意培养自己的干部、工程师及技术人员等。"

斯大林笑着说:"你们运气好,革命获得成功,抗美援朝又取得胜利,所以苏联应该帮助你们。"

最后,斯大林指定莫洛托夫、布尔加宁、米高扬、维辛斯基、库米金组成苏联政府代表团与中国政府代表团商谈各项具体问题。

当天晚上,中苏双方政府代表团进行第一次会晤。

随后,中国政府代表团将《三年来中国主要情况及今后五年建设方针报告提纲》《中国经济状况和五年建设的任务》以及其他文件、附件分送给斯大林和苏联政府代表团。

9月3日,斯大林和周恩来及中国政府代表团成员举行第二次会谈。苏联方面参加会谈的有莫洛托夫、马林科夫、贝利亚、米高扬、布尔加宁、卡冈诺维奇、维辛斯基、库米金。

这次重点会谈中国五年经济建设计划。

斯大林首先发言。他说:"中国三年恢复时期的工作给我们这里的印象很好。但是,五年计划规定工业总产值每年递增速度为百分之二十,应下降为百分之十五。要按照一定可以办到的原则来做计划,不留后备力量是不行的。必须要有后备力量,才能应付意外的困难和事变。这就是说,留有余地,超额完成,这是一种鼓舞,可增强信心,可增加干劲!苏联政府愿意为中国实现五年计划提供所需要的设备、贷款等援助,同时派出专家,帮助中国进行建设。"斯大林喝了一口茶,话题一转说,"但是,我们现在还不能说最后肯定的意见,需要两个月时间加以计算之后,才能说可以给你们什么,不给什么。"

斯大林正面对着周恩来说:"恐怕你不能久等吧!"

周恩来回答说:"我们来时,预定我和陈云同志9月初就回去,李富春同志和一部分同志可以留下。"

斯大林只作了一般的谈话和了解,而把整个五年计划的制订和具体工作分配到他们的各有关部门和单位，由双方工作人员直接接洽，具体地、全面地研究和商谈。

周恩来也把中国政府代表团人员业务性质、工作关系相应地分成若干个组，让他们分头同苏联各有关部门直接接洽，开展工作。

因为苏联各部委的负责人要在百忙中指定和抽调出人员为中国的事花费精力来考虑、谋划、运筹、出主意，就表现出难色。那些部委工作人员一怕耽误自己本身的业务工作；二怕不了解中国情况而办错了事；三怕对双方都要负一种力不从心的责任，甚至因不了解情况，掌握不准问题，出了岔子，将来会受到批评。所以对口谈判，绝非易事。

周恩来在安排组织对口谈判工作中，呕心沥血，煞费苦心地对每一个组一项一项地分别进行了安排、指导和帮助。各组的工作人员共有一二百人之多，这些就够应付的了，再加上有代表团到欧洲、苏联访问，路过莫斯科也要向周恩来汇报请示，国内和朝鲜战场有些重大问题也发函或发报来请示。这样，周恩来从早到晚，日程安排得满满的。每天都是半夜一两点钟以后才休息，但他却觉得比在国内轻松些。周恩来的精力特别充沛，代表团的人都熬不过他，真是特殊材料做成的。

同时，周恩来、陈云、李富春、张闻天、粟裕等直接与莫洛托夫、布尔加宁、米高扬、维辛斯基、库米金于8月21日、8月27日、9月1日会谈了三次，讨论了有关问题。

彭德怀、金日成等应邀访苏

9月1日，彭德怀、金日成、朴宁永抵达莫斯科，由苏联军方接待，住在乡下的别墅。

9月4日下午，斯大林约见了周恩来、彭德怀、金日成、朴宁永。陈云、李富春、张闻天、粟裕也应邀参加。苏联方面在座的有莫洛托夫、马林科夫、贝利亚、米高扬、布尔加宁、卡冈诺维奇等。

彭德怀、金日成分别介绍了朝鲜战局和谈判的情况。

接着，斯大林说："中朝人民是英勇的，你们打得很好，把美军赶到了三八线。但是，中国空军不能出击到三八线以南。因为空军参战就意味着国家参战，而中国公开参战，对和平阵营是不利的。但是，朝鲜人民军的空军应积极行动，苏联可以援助朝鲜3个空军师。可给中国和朝鲜各1个师的喷气式轰炸机，给朝鲜再增加5个高射炮团，2000辆汽车。"

这实际上是斯大林对周恩来8月20日提出的要苏联增加对朝鲜战场的军事援助的答复。

然后，大家随便交谈，当谈到军队士气问题时，斯大林说，军队没有勋章，没有官阶，没有薪金是不正确的。不要将军，不要元帅是无政府主义的想法。

周恩来当即解释说，我们原打算全国胜利后逐渐实行从供给制转到薪金制，后因朝鲜战争而推迟了两年，预计到1954年完全可以实行薪给制。

谈到朝鲜谈判关于战俘问题时，斯大林认为，没有必要同意美国方案，这是立场问题。应该采取按比例也扣敌人一定数目的俘虏，比例可以比他们少一点，也可以和他们扣一样大的比例。

会谈结束后，斯大林邀请与会的全体人员到他的别墅会餐。饮宴间，斯大林先向周恩来敬酒，再向金日成敬酒，然后，他举着一大杯酒，走到彭德怀面前，要彭德怀也给自己斟满一大杯白酒。彭德怀马上站起来，同斯大林碰杯，并一饮而尽。斯大林的脸上流露出喜悦的神情，他非常喜欢彭德怀豪爽的性格风度，他满意地看着彭德怀，端详了好一会儿。

宴会持续了约 4 个小时，然后，他请大家跳舞、吃点心。周恩来、陈云、李富春、张闻天、粟裕、金日成、朴宁永，都同经过精心挑选来的苏联年轻、漂亮又精通舞艺的姑娘翩翩起舞，斯大林、莫洛托夫等也是一个舞曲接一个舞曲地跳，有慢四、平四、快三和探戈、华尔兹，大家边跳边聊，沉浸在一片欢乐声中，既反映了中苏朝的友好关系，也反映了朝鲜战场胜利和平在望的喜悦情绪。唯有彭德怀不会跳舞，坐在旁边同人聊天。

直到深夜，欢宴才结束，大家告辞出门时，金日成推周恩来走在前面，彭德怀推金日成走在他的前面，这样彭德怀走在最后。斯大林把彭德怀请到他的身旁，离开大家站在大厅的一角，开始交谈起来。

斯大林请彭德怀转告他对中国人民志愿军的问候和祝贺，说中国人民志愿军是一支训练有素的军队，是一支战无不胜的军队，是一支打败美国侵略者的军队，称赞彭德怀是当今世界上最杰出的指挥员、将帅，是闻名世界的战略家战术家，他个人非常敬佩。彭德怀则一再表示谦虚，称斯大林是亘古少见的大元帅，统率苏联军队打败最凶恶的希特勒法西斯，最后又出兵帮助中国打败日本帝国主义，称斯大林是老师，自己是学生。他们两人在大厅里边走边谈，有说有笑，非常友好，非常融洽，真是英雄识英雄，英雄赞英雄。

参观斯大林格勒

9 月 10 日，周恩来率领中国政府代表团部分成员到斯大林格勒参观访问。

斯大林格勒，原名察里津，在苏联国内战争时期，斯大林在这里指挥红军打败了白匪军，扭转了整个苏联战局。为了表彰斯大林的功绩，于 1925 年改为斯大林格勒。斯大林格勒位于苏联伏尔加河的下游，为伏尔加格勒州的首府，建于 1589 年。18 世纪为军事要塞，前面提到的察里津保卫战和第二次世界大战反希特勒进攻苏联的著名的斯大林格勒大会战在此进行。

斯大林格勒大会战是第二次世界大战中苏联对德军的一次决定性的会战。德军于 1942 年 7 月 17 日开始猛攻斯大林格勒，先后使用 150 万以上的兵力，企图占领该城，切断伏尔加河，控制高加索地区，然后北攻莫斯科。苏军先后以三个方面军的兵力同广大人民一起，在苏联最高统帅和前线司令官指挥下，艰苦奋战，在顽强的防御中消灭了大量的敌人。

11 月 19 日转入反攻，23 日包围德军 33 万人，1943 年 2 月 2 日将其全部消灭，迫使德军停止战略进攻，从根本上扭转了苏德战争的局势，使苏联的卫国战争由被动转为主动。斯大林格勒大会战既是苏德战争的转折点，也是第二次世界大战的转折点。从此，苏军开始向德军步步进逼，变防守为进攻，而德军则一蹶不振，节节败退，走向死亡。斯大林格勒也因此而成为闻名世界的英雄城市，斯大林格勒的人民成为英雄的人民。

周恩来访问斯大林格勒，就是为了慰问这个英雄的城市和它英雄的人民，了解历史上罕见的、最残酷、最猛烈而具有关键性的战役的实际情况，调查研究战争带来的实际后果和战后重建情况，学习苏联人民的斗争经验和建设经验。

周恩来第一天参观了伏尔加河旧战场、面粉厂、万人壑（通向伏尔加河的一条沟渠）化工厂、拖拉机制造厂、工人新村、工人文化福利设施、法西斯匪军指挥大厦地下室。周恩来看到，虽然卫国战争已结束 7 年了，城内仍到处留有残酷战争的痕迹，未修复的残垣断壁，大片破碎的瓦砾和遍布各个角落的战壕沟渠，被破坏的楼房。这些情景令周恩来及其一行个个触目惊心，使周恩来等联想到当年的战斗是何等的激烈和残酷，斯大林格勒的人民经受了德国法西斯史无前例的野蛮空袭和最猛烈的炮击，苏联军队和这个城市的人民与侵略者进行了你死我活的残酷斗争，为保卫社会主义的祖国付出了多么大的代价！

第二天，周恩来乘游艇游览了伏尔加河——顿河列宁运河，并在船上过了一夜。

伏尔加河，欧洲第一大河，苏联内河航运干道。伏尔加河源出于瓦尔代丘陵，曲折流经森林带、森林草原带和草原带，注入里海，长 3530 公里，流域面积 136 万平方公里。主要支流有卡马河、奥卡河等。斯大林格勒附近的流量为 8060 秒公方，全年入海水量 254 立方公里。它通过伏尔加河—波罗的海运河连接波罗的海，通过北德维纳河水系和北海—波罗的海运河通往北海，通过莫斯科运河通抵莫斯科，通过伏尔加河—顿河列宁运河沟通亚速海和黑海。沿河建有列宁水电站等水利工程。干、支流大部分河段通航，承担全苏河运总量的三分之二，航期 7 至 9 个月，主要河港有雅罗斯拉夫、高尔基、喀山、古比雪夫、斯大林格勒。

伏尔加河—顿河列宁运河，简称列宁运河。在苏联俄罗斯平原的南部，接通顿河同伏尔加河。西起卡拉奇南侧，东至斯大林格勒以南 25 公里的红军城附近，长 101 公里，有船闸 13 座。1948 年至 1952 年建成，使伏尔加河同顿河水系、亚速海、里海之间的航运得以直通。

周恩来把游艇变成学习的场所，他向陪同参观的当地州、市委负责人详细询问了斯大林格勒保卫战的具体经过，战后城市恢复工作的进展情况，特别是对工厂的重建、扩建和生产的情况了解得更仔细更全面，他的目的是从中汲取经验，为中国的建设服务。一路上，他除了用餐以外，从未休息片刻，一直精神抖擞兴致勃勃地谈论问题。据当时担任翻译工作的师哲说："我们两人轮流担任翻译，还有些支持不下的感觉。"

周恩来在游览列宁运河途中，曾两次下艇登岸。第一次是参加运河岸边一个小镇上的哥萨克青年举行的传统青年联欢会。青年们见到周恩来乘坐的游艇便聚到岸边欢迎他，他们把联欢会变成了欢迎会、狂欢节。他们载歌载舞，尽情地抒发自己心中美好的情感。周恩来在年轻时代就是一个活跃分子，跳舞、唱歌、演戏，所以他特别喜欢同青年人在一起，青年人那种活泼愉快的心态和举动，最能感染他，所以他就不管自己是客人、是大国的首脑身份，便情不自禁地投入到青年们的狂欢行列，同大家一起跳，一起唱，气氛热烈无比。周恩来第二次下艇上岸是参观一个码头和停泊港。在这个码头上，竖立一尊60尺高的斯大林铜像，像体的内部是空的，并安装有电梯，乘电梯可达铜像的顶部。导游介绍说，这尊铜像的靴子的大小和重量与胜利牌汽车相等。周恩来和随行的人瞻仰了铜像。

当游艇返回斯大林格勒停靠码头时，周恩来通过翻译对陪同人员说："谢谢你们，你们辛苦了，快回去休息吧！"陪同人员回答说："我们一路上受到您、周恩来总理那灵敏的思维，和蔼的容颜，深思、感人的眼神和洋溢的热情鼓舞，再加上您对我们这里表现出的兴趣和关心，我们早已把一切困乏和倦意都驱赶到北冰洋里去了！"

彭德怀、金日成、朴宁永，他们同苏联国防部、军工部门谈完了话，办完了事，即将启程回国之际，斯大林于9月12日在他住的别墅里以家宴的形式欢送彭德怀、金日成、朴宁永一行，周恩来、李富春、张闻天、粟裕也应邀出席了宴会。

斯大林、莫洛托夫、马林科夫、米高扬、布尔加宁、卡冈诺维奇等轮番向客人们致酒，欢送和祝愿的话此起彼落，不知说了多少，也不知说了多少次，热诚希望彭德怀、金日成在朝鲜战场打得更好，迫使美国早日达成停战协议，恢复朝鲜的和平局面。

周恩来、彭德怀、金日成、朴宁永等也频频举杯，感谢主人，感谢斯大林、感谢苏联政府在朝鲜战场上给予的援助。

主人和客人都充满了必胜的信心，认为在朝鲜战场上无论是打也好、谈也好，对中朝苏都是有利的，对美国是不利的，美国在朝鲜已经输定了。宴会桌上一片谈笑声，个个兴高采烈，无拘无束地吃着俄国大菜，喝着伏特加酒，宴会真正是在热烈友好的气氛中进行，充满了亲切融洽和欢乐。

这时候的中苏朝关系都是处在蜜月阶段。苏联、朝鲜依靠中国派出的志愿军和全国总动员，全力以赴地支援朝鲜人民打败美国侵略者，阻止和推迟了美国扩大侵略发动世界大战的阴谋，减轻了对苏联的压力，使苏联得以腾出手来恢复和发展经济，研制核武器，加强军备，增强应战能力，并帮助东欧社会主义国家从战争废墟中建设起来，从而形成以苏联为首的社会主义阵营，与美国为首的帝国主义阵营相对抗。朝鲜则从行将亡国的灾难中获得新生。

中国、朝鲜则依靠苏联的军事援助打败美国侵略者和在停战谈判中得到苏联在国际上的支持和声援。特别是中国在恢复和发展经济、第一个五年计划，要借重苏联的经验、人才、技术、资金和装备。

在意识形态上中苏朝基本上是一致的，没有什么大矛盾，虽然有些不愉快，如对斯大林和苏联的某些大国主义表现，毛泽东、周恩来有些不满，但斯大林那时帮助中国建设还是诚心的，并且确实出了不少力。斯大林把中国看成社会主义阵营和世界的大国，处处突出中国的地位，如斯大林70岁生日，各国领导人去祝贺，把毛泽东放在首位；周恩来多次访问苏联，斯大林都亲自与其会谈；刘少奇率代表团参加苏共十九大，被安排坐在第一排，位置十分显著。……

宴会快结束时，坐在斯大林旁边的主宾周恩来告诉斯大林：即将举行的联合国大会将讨论朝鲜问题，墨西哥拟提出解决俘虏问题三点建议。

斯大林问：哪三点？周恩来答：第一，双方俘虏已表示愿意返国者应予交换；第二，其他俘虏由其他联合国会员国给予暂时避难的权利，这些俘虏应按照以后确定的办法予以遣返；第三，在朝鲜局势完全恢复正常以前，有些俘虏要求遣送返国，有关政府也应该同样办理，并给予他们返国的便利。

"噢"，斯大林哼了一声，说，"我们还未接到驻联合国代表团的正式报告。"

"这个建议，很可能是美国策动的。这个建议的要害是将俘虏分散到各国去。我个人觉得这是个阴谋，初步意见，不宜接受。但是，想听听斯大林同志和苏联同志的意见。"周恩来非常锐利地看出这个建议的实质，却又谨慎地表示自己的态度。

斯大林犹豫一会儿说："我请莫洛托夫同志和苏联外交部研究以后，再提出我们的看法和意见。现在看来，美国急于找一出路解决朝鲜停战问题。联合国已失去它应有的作用。我要给毛泽东写一封信，请你带回去，我们应为新的联合准备条件，应设法促成亚洲国家区域联合，如果成功，苏联亦可参加。"

"我们现在对联合国不感兴趣。现在亚洲及太平洋区域和平形势甚好，为亚洲的联合准备群众基础。这样可迫使亚洲国家的某些政府造成区域联合。"周恩来避开了苏联参加亚洲区域联合问题。

斯大林说："不要急，区域联合是要政府参加的。亚洲及太平洋区域和平大会应以和平为中心，一切围绕着为争取和平做斗争，能争取日本、印尼、印度、巴基斯坦等国参加很重要。"斯大林喝一口咖啡转了话题说，"我听彭德怀同志说，朝鲜战争很艰苦，志愿军有时连水都喝不上、饭吃不饱，而且都是冷的，你们是否不愿东欧国家帮助？他们也可以提供一些力所能及的帮助。"

周恩来笑着说道："哪有不愿东欧国家帮助的道理，谁向我们提供援助都欢迎。"

宴会之后，斯大林赠给彭德怀一辆"吉姆"轿车，以表示对他在朝鲜打败美国侵略者的敬意和中苏友谊。

发表公报、公告和换文

9月15日晚，克里姆林宫大厅里，灯火辉煌，中苏两国政府代表团发表了《关于中华人民共和国政府代表团与苏联政府的谈判的中苏公报》，交换了《中苏关于中国长春铁路移交中华人民共和国政府的公告》《关于延长共同使用中国旅顺口海军根据地期限的换文》，签订了《关于橡胶技术合作协定》《关于组织铁路联运的协定》。

这些公报、公告和换文对当时加强中苏联盟，发展两国的友谊和合作，特别是在当时的国际形势下，完全符合中苏两国人民和远东及世界人民的根本利益。同时，也是周恩来率领的中国政府代表团与苏联政府经过一个多月谈判取得的巨大成果。为使读者便于了解公报、公告和换文的实际情况，抄录如下：

关于中华人民共和国政府代表团与苏联政府的谈判的中苏公报

苏联部长会议主席约·维·斯大林、苏联外交部部长安·扬·维辛斯基、苏联对外贸易部部长巴·尼·库米金一方，与由中华人民共和国中央人民政府政务院总理兼外交部部长周恩来率领并包括政务院副总理陈云、政务院财政经济委员会副主任李富春、中华人民共和国驻苏联特命全权大使张闻天、人民革命军事委员会副总参谋长粟裕的中华人民共和国政府代表团一方之间，最近在莫斯科举行了谈判。在谈判过程中，讨论了有关中华人民共和国与苏联两国间的重要政治与经济问题。谈判是在友好的互相谅解和诚恳之气氛中进行的。这次谈判证明了双方都决心努力使两国之间的友谊与合作进一步巩固与发展，同时用一切办法维护和巩固和平与国际安全。

在谈判过程中，双方同意着手进行各种措施，以便苏联政府在1952年底以前将共同管理中国长春铁路的一切权利以及属于该铁路的全部财产无偿地移交中华人民共和国政府完全归其所有。

同时，中华人民共和国中央人民政府政务院总理兼外交部部长周恩来和苏联外交部部长安·扬·维辛斯基已就延长共同使用中国旅顺口海军根据地期限的问题互换照会。

上述换文和中苏关于中国长春铁路的公告公布如下：

中苏关于中国长春铁路移交中华人民共和国政府的公告

根据中华人民共和国与苏联社会主义共和国联盟之间业已建立的友好合作关系，两国曾于1950年2月14日在莫斯科签订了关于中国长春铁路协定，规定苏联政府将共同管理中国长春铁路的一切权利以及属于该路的全部财产无偿地移交中华人民共和国政府完全归其所有。依上述协定，中国长春铁路移交之实现应不迟于1952年末。

目前中华人民共和国政府与苏联政府业已着手进行实现该项协定的措施，并为此目的已协议成立中苏联合委员会。

中苏联合委员会应于1952年12月31日前将中国长春铁

路向中华人民共和国移交完毕。

中华人民共和国外交部部长与苏维埃社会主义共和国外交部部长关于延长共同使用中国旅顺口海军根据地期限的换文。

去文

敬爱的部长同志：

自从日本拒绝缔结全面和约并与美利坚合众国以及其他若干国家缔结片面和约后，日本因此未与中华人民共和国和苏联订立和约，看来也不愿意订立和约，这样就造成了危害和平事业的条件，而便利日本侵略之重演。

因此，中华人民共和国政府，为保障和平起见，并根据中华人民共和国与苏维埃社会主义共和国联盟之间的友好同盟互助条约，兹特向苏联政府提议，请同意将中苏关于旅顺口协定第二条中规定苏联军队自共同使用的中国旅顺口海军根据地撤退的期限予以延长，直至中华人民共和国与日本和苏联与日本之间的和约获致缔结时为止。

中华人民共和国政府上项提议，如获苏联政府同意，本照会和您的复照即成为 1950 年 2 月 14 日中华人民共和国与苏维埃社会主义共和国联盟关于旅顺口海军根据地协定的组成部分，并自本照会互换之日起生效。

部长同志，请接受本人最崇高的敬意。

此照

中华人民共和国中央人民政府政务院总理
兼外交部部长　周恩来同志
1952 年 9 月 15 日

复文

敬爱的总理兼部长同志：

接获您本年 9 月 15 日照会：自从日本拒绝缔结全面和约并与美利坚合众国以及其他若干国家缔结片面和约后，日本因此未与中华人民共和国和苏联订立和约，看来也不愿意订立和约，这样就造成了危害和平事业的条件，而便利于日本侵略之重演。因此，中华人民共和国政府，为保障和平起见，并根据中华人民共和国与苏维埃社会主义共和国联盟之间的友好同盟互助条约，兹特向苏联政府提议，请同意将中苏关于旅顺口协定第二条中规定苏联军队自共同使用的中国旅顺口海军根据地撤退的期限予以延长，直至中华人民共和国与日本和苏联与日本之间的和约获致缔结时为止等由。苏联政府对于中华人民共和国政府上项提议，兹特表示同意，并同意您的照会以及本复照成为上述 1950 年 2 月 14 日关于旅顺口海军根据地协定的组成部分，并自本照会互换之日起生效。总理兼部长同志，请接受本人最崇高的敬意。

此照

苏维埃社会主义共和国联盟外交部

部长　安·扬·维辛斯基同志

1952 年 9 月 15 日

随后，斯大林设宴招待以周恩来为首的中国政府代表团。在宴会上，彼此相互祝贺公告、换文、协定的签订，祝贺中苏关系的新发展。周恩来在检查代表团的工作时，做了进一步的安排，随后指定李富春代理代表团团长职务，领导各组继续谈判工作。9 月 22 日，他同陈云、粟裕等一行 17 人离开莫斯科返国，莫洛托夫等到机场送行。

周恩来在机场发表谈话。他说："在中华人民共和国政府代表团今天离开莫斯科之前，我谨代表中国人民、中华人民共和国政府和毛泽东主席，向伟大的苏联人民、苏联政府和斯大林大元帅对于我们的热烈招待和亲切关怀，表示衷心的感谢。"

"自从我们到达莫斯科以来，中华人民共和国政府代表团与苏维埃社会主义共和国联盟政府之间，在斯大林同志亲自参加之下，业已圆满地完成了有关两国重要政治问题与经济问题的商谈，并发表了关于中国长春铁路移交中国政府的联合公告，交换了延长共同使用中国旅顺口海军根据地期限的照会。这样就使中苏两国的友好合作得到了进一步的发展和巩固。我们因之完成了毛泽东主席所委托的光荣任务。"

"在留住苏联期间，我们代表团同仁曾在莫斯科参观了各种工业建设，并同赴斯大林格勒英雄之城与列宁伏尔加河—顿河运河进行访问。在参观和访问中，我们亲眼看见伟大的苏联人民在斯大林同志领导之下，以人类历史上空前未有的自觉的劳动热忱和高度的先进技术，胜利地走向共产主义建设的新阶段。这样辉煌的建设，不仅为苏联人民，同样为中国人民和全世界劳动人民，带来了对于共产主义光明前途的新的鼓舞。"

"我们深信中苏两国牢不可破的伟大友谊将要日益发展，而且要世世代代地发展下去。任何对于这样伟大友谊的挑拨和破坏，在中苏两国人民团结力量的打击之下，必将归于失败无疑。强大的中苏友好同盟是维护远东与世界和平的最有力的保证。"

"伟大的苏联人民万岁！"

"中国人民最亲爱的朋友和导师、全世界劳动人民的伟大领袖斯大林同志万岁！"

据当时担任周恩来的翻译师哲回忆说："在周总理率代表团访苏期间，我紧紧跟随着他，寸步未离，这使我有机会进一步学习和体会他的坚定的共产主义信念及灵活巧妙的工作方式和作风。周总理执行贯彻党的路线、方针、政策的过程中，既坚持高度的原则性，又善于发挥最大的机动、灵活性，使两者有机地结合起来。他总是准确地掌握情况，实事求是地分析问题，作出科学的判断，当机立断，作出自己的正确决定。周总理在繁忙的工作和各项紧张的活动中，善于听取和采纳别人的意见与建议，灵活机动，从不一意孤行。他总是与大家充分协商，反复推敲，三思而行。从不自以为是，更不采取轻率、武断的态度或抱有侥幸的心理。他常讲 8 个字：如履薄冰，戒慎恐惧。这 8 个字表现出他对党和人民的事业高度负责的精神。"

十一、上甘岭战役后谈判重开

朝鲜前线由于美军对我军发动军事攻势，板门店谈判冷冷清清，美方首席代表哈里逊一再重复夹着皮包走进谈判帐篷又立即走出去，玩弄仿佛仍在谈判的骗局，以欺骗世人。只有一些参谋人员和文字专家仍在咬文嚼字，起草和推敲停战协定草案。到了1952年8月5日，他们已就全部文字达成一致，共五条六十三款。《人民日报》公布了这一草案。只等大会批准签字了，可是美国方面拒不执行，仍在战俘问题上无理纠缠，以待它在军事上的胜利。

9月10日，志愿军司令部电报中央军委，称："我为争取主动，有力打击敌人，使新换的部队取得更多的经验，我们拟在换防之前，以三十九军、十二军、六十八军为重点，各选了三至五个目标，进行战术上的连续反击，求得歼灭一部敌人，其他各军亦应各选一至两个目标加以配合，估计我各处反击，敌必争夺，甚至报复，进行局部攻势，这就有利于我杀伤敌人。反击战斗时间拟在本月20日—10月20日中进行，10月底换防。"

军委接电后，总参谋部徐向前总长和聂荣臻等立即进行研究，并请示毛泽东、周恩来、彭德怀批准，于两天后回电："9月10日电悉。同意你们10月底三个军的换防计划和防前的战术行动。"

9月14日，志愿军司令部向全军下达了战术反击命令。

9月15日，在伸手不见五指的夜晚，担任主攻的三十九军以4个连的兵力在100多门火炮支援下，突然向其正面敌人的两个连支撑点发起攻击，全歼美军两个连及一个排。随后又打退敌人一个排到一个营的兵力连续30多次的反扑。其他各军也陆续发起了反击，在正面180多公里的阵地上对敌人18个目标进行了19次反击，其中美军防守的7处，伪军防守的11处，共打退敌人一个排至一个团兵力的反扑160多次，歼灭敌人8300多人。

在这期间，敌人将预备队第四十五师和伪第一师前调，敌人有可能采取大的军事行动。为了在敌情未有更大变化之前给敌人以更大的打击，志愿军司令部决定立即进行第二阶段反击。由西海岸到东海岸一字儿展开，第一梯队的六十五、四十、三十九、三十八、十五、十二、六十八军共7个军参加战斗。

10月6日黄昏，7个军以连排为单位在东西两线宽180余公里正面上，在760门火炮的配合下，同时向敌人23处一个班到一个营的兵力的防守阵地发起攻击。除两个目标由于准备不足未能占领外，其余目标均于当夜或第二天攻占。

在中国人民志愿军发动全线战术反击之初，"联合国军"摸不清我军的作战意图，克拉克在9月24日到前线视察时还认为"共军是试探性进攻"，"是想探悉他们要夺取地方的地形"。

在中国人民志愿军对其23个前沿据点同时发起攻击，使他们遭到沉重打击、全线告急之后，克拉克这才恍然大悟，认为联合国军已失先攻之利，作战主动权已落到共军手里。他也才意识到，志愿军的战术反击作战，其目的在于迫使他们接受中朝方面关于遣返战俘的方案。

克拉克不甘心失败。他为了报复，更为了迫使志愿军转入守势，扭转其被动局面，谋求在和谈中的有利地位，于10月8日悍然宣布和谈无限期休会，并在同一天批准了美第八集团军范佛里特的"金化攻势"计划。这个计划攻势的目标是范佛里特亲自勘察选定的，即上甘岭地区的两个山头——597.9 高地和 537.7 高地北山。

上甘岭战役震惊中外

上甘岭乃朝鲜中部一个山林，位于金化以北五圣山的南麓。五圣山海拔 1000 多米，西瞰金化、铁原、平原地区，东扼金城通往通川至东海岸公路，是我中部战线战略要地，也是朝鲜中部平康平原的天然屏障。五圣山为志愿军第十五军防御的战略要点，597.9 高地和 537.7 高地的北山是我五圣山主阵地前沿两个连的支撑点，地理位置重要，它直接威胁着美军的金化防线。敌人要夺取五圣山，必须首先夺取这两个高地。如果夺取了五圣山，就从中部突破了我军防线，在我方阵线中央打破了一个缺口，就可以进到平康平原，敌人的坦克也就可以发挥其优势了，从而进一步进攻我平康、金城以北地区。敌人看准了五圣山这两个点，对这次战役十分重视，由第八集团军司令范佛里特直接指挥。

但是这两个高地，山高坡陡，地形极其复杂，易守难攻。美军于 10 月 14 日凌晨 5 时，以美第七师的二师 7 个营的兵力在 300 多门大炮、30 辆坦克和 40 余架飞机的支援下，对我仅有 3.7 平方公里的两个山头发起了连续不断的猛烈冲击。同时，美第七师，伪第九师 4 个营向我十五军二十九师和四十四师阵地进行了钳制性进攻。志愿军防守在两个高地上的十五军一三五团九连和一连在仅有 15 门山野榴炮和 12 门迫击炮支援作战的情况下，主要依靠步兵火器、依托坑道和野战工事顽强战斗，先后击退敌人 30 多次冲击。至下午 1 时，地表阵地工事几乎全部被摧毁，人员伤亡较大，弹药消耗殆尽，被迫转入坑道作战。当晚，我十五军四十五师趁敌立足未稳，组织 4 个连队进行反击，又恢复了地表阵地。

15—18 日，美军先后投入了两个团又 4 个营的兵力在飞机和大炮配合下向我两个高地连续猛攻，志愿军防守部队与美军反复争夺，地表阵地昼失夜复，战斗异常残酷激烈。

19 日夜，志愿军在炮火支援下，分别以 4 个连和 3 个连的兵力向敌发起反击，经过激战，全歼守敌，恢复了全部阵地。但是，第二天敌人又以 3 个营的兵力向我反扑，我防守部队与敌激战终日，终因伤亡过大，弹药缺乏，除 597.9 西北山脊外，地表阵地全部被敌人所占领。

这时，志愿军司令部调第十二军参战，将炮七师一个营、炮二师一个连和高炮一个团加强十五军。美军司令部也调整和增派兵力，调伪九师于金化以南为预备队，并在占领我地表阵地上抢修工事，同时向我纵深发展，采用轰炸、熏烧、炸破、放毒、堵塞、断水等手段对我坚守坑道作战的部队进行封锁和攻击。中国人民志愿军邓华代司令员认为这对我很有利，他指示十五军和十二军，目前敌人成营成团向我钢铁阵地冲锋，这是敌人用兵上的错误，是歼灭敌人于野外的良好时机，应抓住它，大量杀伤敌人。

志愿军除以冷枪和夜间偷袭，杀伤了成千敌人外，于 10 月 30 日夜，四十五师、二十九师 10 个连兵力在 104 门火炮多次轰击后，对占领 597.9 高地的地表敌人发起反击，经一天一夜的激战，于 31 日晚恢复了主阵地。第二天敌人以 4 个团的兵力，在飞机、大炮支援下，连续疯狂反扑，我军一连粉碎敌人 10 次反扑，坚守住阵地。11 月 11 日，我军反击重点移至 537.7 高地北山，经过激烈的战斗，当晚我军全部恢复失地，全歼守敌。第二天，敌人以一个团的兵力进行反扑，阵地又被其占领。第三天，我再次反击又夺回阵地，随后敌人又反扑。经过一个星期的激战，终于打退了敌人的反扑，巩固了 537.7 高地的北山阵地。

历时 43 天的上甘岭战役，敌人的金化攻势终于以失败告终。我军毙、伤、俘敌 25000 余人，击伤敌机 270 余架，击毁击伤敌大口径火炮 61 门，坦克 14 辆。我军伤亡也不小，敌我对比为 2.21：1。

这次战役，双方在 3.7 平方公里的狭小地区，投入了大量的兵力、兵器。敌人先后投入兵力 6 万余人，火炮 300 余门，坦克 170 余辆，出动飞机 3000 余架次。我方先后投入兵力 4 万余人，火炮 138 门，高炮 47 门。战役中敌人共发射炮弹 190 余万发，投掷炸弹 5000 余枚，最多时一天发射炮弹 30 余万发，投炸弹 500 余枚。两个高地的土石均被炸松 1—2 米，走在上面，松土没膝，像走入土灰里一样。地面阵地全被摧毁，许多岸石坑道被炸短 3—4 米。我军发射炮弹 40 余万发，亦属空前。为了争夺两个连阵地，双方投入兵力之多，持续时间之长，火力之猛烈、密集，战斗之紧张、残酷，在世界战争史上是罕见的。应该说，对中国人民志愿军来说，这是一场大规模的坚守阵地的防御战。它又一次证明，中国军队不仅能打运动战，而且也能打阵地战，"打钢铁""打后勤"的现代化阵地战。证明中国军队即使在没有制空权的条件下，以劣势的装备，也可以战胜现代化的又有制空权的美国军队。对美国来说，使它再一次认识到中国人民不可侮，中国军队不可侮。美联社记者报道说："在三角山，虽然联军的大炮实际上已将山顶打得不成样子，但是，中国军队还能筑成一条铁的防线。"合众国际社用联合国军指挥官的话说："即使用原子弹也不能把上甘岭和爸爸山（即五圣山）上的共军全部消灭。"上甘岭战斗，美军称之为"伤心岭"战役。这次战役后，美军再也没有发动什么像样的攻势了。

这就是上甘岭战役，闻名世界的战役。

会场上谈判也好，战场上交锋也好，美国对中朝施加的种种压力都一个一个地失败了，杜鲁门又想利用七届联合国大会施加压力。10 月 24 日，美国国务卿艾奇逊作了长篇的发言，推卸朝鲜问题的罪责，并提出英美等二十一国关于朝鲜问题的提案，企图利用联合国迫使朝中方面接受所谓"自愿遣返"的原则，而且要挟、威胁更多的国家支持美国的提案，形成对朝中方面更大的压力。

苏联在联大提解决方案

经过中、朝、苏三方事先商量过的，出席联合国七届大会的苏联代表团团长维辛斯基于 10 月 29 日、11 月 10 日和 11 月 24 日在政治委员会上作了三次长篇发言，并针对美、英的提案，提出了关于和平解决朝鲜问题的提案：

建议朝鲜的交战双方在双方已经同意的停战协定的草案基础上，立即完全停火，就是说，双方停止一切陆上、海上及空中的军事行动，战俘全部遣返的问题则交给和平解决朝鲜问题委员会去解决，在这个委员会中一切问题要经全体成员三分之二的多数赞成决定。

设立一个由直接有关的各方以及其他国家——其中包括没有参加朝鲜战争的国家——参加和平解决朝鲜问题委员会。这个委员会由美国、联合王国、法国、苏联、中华人民共和国、印度、缅甸、瑞士、捷克斯洛伐克、朝鲜民主主义人民共和国和南朝鲜组成。

责成上述委员会立即采取措施，本着由朝鲜人自己在上述委员会的监督下统一朝鲜的精神解决朝鲜的问题，此项措施，包括尽量协助双方遣返全部战俘的措施在内。

这个提案后来又于 11 月 24 日提出补充案。

11 月 28 日，周恩来以外长名义发表声明，赞成苏联代表团向联合国大会提出的关于朝鲜问题的建议。指出："中华人民共和国中央人民政府认为苏联代表团 11 月 10 日的提案及 11 月 24 日的补充建议是立即结束朝鲜战争并和平解决朝鲜问题的唯一合理途径，因此，特授权本人对于苏联代表团的提案表示完全赞同。"然后揭露美国"为了保持国际紧张局势，以便从这场非正义的侵略战争中攫取巨额利润，一开始就蛮不讲理，任意撕毁国际公约，肆无忌惮地破坏人道原则，经常不断地拒绝协商，最后竟至片面宣告无限期休会，企图依靠这一切来破坏停战谈判，延长和扩大战争。"进而驳斥美国在遣俘问题上的立场和刁难："美国政府自 1951 年 12 月 11 日开始谈判战俘问题以迄于今所持的政策，即它们在板门店提出的'自愿遣返'原则和'不强迫遣返'原则，以及最近在联合国第七届大会上提出的'不以武力遣返'原则，实际上都是换汤不换药地以强迫扣留战俘为其基本内容的。为了达到这个强迫扣留战俘的目的，美国侵略军多时以来就在朝中被俘人员当中使用了大批李承晚、蒋介石特务，以毒打、刺字、盖血印、集体枪杀和绞刑等来胁迫战俘，企图使他们违背自己意志而承认反对自己的祖国并'拒绝遣返'。必须指出这种以武力胁迫战俘的行为是完全违背国际公法和人道原则的。"

接着，声明指出美国拒绝遣返战俘的目的："美国政府对于战俘遣返问题的荒谬绝伦的主张和虐待战俘的卑劣残暴的行为，不仅根本违反了朝鲜停战协定草案第五十一款关于双方全部战俘在停战后须尽速予以释放和遣返的规定和交战双方战俘得以早日回家过和平生活的愿望，不仅彻底破坏了 1949 年《日内瓦公约》的规定及一切关于战俘待遇的国际惯例的原则，而且还有意地把一个原本不应该成为问题的战俘遣返问题变成了阻挠朝鲜停战实现的唯一障碍，使远东与世界和平受到严重的威胁。"声明最后表明中国的立场："我们兹特表示完全赞同苏联代表团所提的先在朝鲜停战，然后解决战俘全部遣返问题的全盘建议，亦即是在朝鲜的交战双方按照双方已经同意的停战协定草案，立即完全停火，就是说双方停止一切陆、海、空军行动，战俘全部遣返问题则交给苏联提案中所规定的由美国、英国、法国、苏联、中华人民共和国、印度、缅甸、瑞士、捷克斯洛伐克、朝鲜民主主义人民共和国和南朝鲜组成的'和平解决朝鲜问题委员会'去解决；这个委员会并应本着由朝鲜人自己在这个委员会监督下统一朝鲜的精神，立即采取解决朝鲜问题的措施，在这个委员会中，一切问题要经全体成员三分之二多数赞成决定的全体建议。中央人民政府相信，这个建议是能够替和平解决朝鲜问题开辟道路的。"

朝鲜外相朴宁永也于 10 月 28 日发表声明支持苏联建议。

按道理，在当时的情况下，双方立即停火，而将僵持不下的战俘问题交给一个由直接有关的各方及中立国家参加的委员会去解决，既不伤害各方的立场，又能立即停止流血的战争，是符合世界人民愿望的，但是，却被政治委员会拒绝了。这在当时冷战时期，不管社会主义国家提出什么样的方案，美国为首的帝国主义国家，都是不能接受或者是极难接受的。

印度提案上了美国人的当

正当苏联等国不同意美、英二十一国提案，美国不同意维辛斯基提案，双方激烈争论之际，印度代表团团长梅农于 11 月 17 日发言，并提出解决朝鲜战俘的方案：提议建立一个遣返委员会来处理朝鲜战争中的俘虏问题。该会由 4 个中立国组成，并由该四国推一公断人，遇到不能决定的问题，由公断人裁决。朝鲜停火后90天，尚未遣返的战俘由高一级政治会议解决；30天后，如仍有未回家和未作出处理决定的战俘，交联合国收养。

梅农是印度总理尼赫鲁的亲密战友，为印度独立做过许多斗争，印度独立后一直担任印度驻英国的高级专员即大使，是有名的外交家、政治家。

美国代表团团长艾奇逊觉得印度的这个提案可以利用，他于11月24日再次发言，说，如果印度提案能够做些重要修正，美国代表团将"衷心支持"。11月26日，印度提案作了重要修正，27日美国发言人表示，该案符合美国遣返原则，美国代表团决定支持这个提案。当时的联合国是在美国的操纵之下，所以12月2日政委会以53票对5票通过了这个方案。12月3日，联合国大会也通过了该案。

这个提案修正案，共17条，要害是第三、四条："一方面肯定战俘之释放与遣返应按照1949年8月12日《关于战俘待遇之日内瓦公约》国际公法中确立的原则与惯例以及停战协定草案中有关的规定执行"；另一方面却又"肯定不应对战俘使用武力以阻止或使他们返回家乡"。

这样，就前面那个"肯定"成为幌子，后面的"肯定"是实质。日内瓦关于战俘待遇之公约规定拘留国在停战生效后只有迅速释放与遣返全部战俘之责，而决无使用武力、使用特务来侮辱和扣留战俘之权。后面的"肯定"里一加进"或使"二字，前面的肯定便失去了意义。目光敏锐的周恩来，凭着他同美国打交道的丰富经验，一眼便看出这完全是美国的阴谋，那些有着善良愿望和好心的朋友，上了美国的当，受了美国的骗。为了揭穿美国的骗局，帮助朋友认清美帝国主义的真面目，他在1952年12月14日答复联合国大会主席莱士特·B.皮尔逊的来信和转来的联合国大会根据印度提案通过的关于朝鲜问题决议案的电文中，一针见血地指出"这个非法决议案，无论它怎样自称是符合于日内瓦公约和国际公法，实际上，它却是1952年10月24日美国艾奇逊先生在联合国大会第一委员会提出的所谓'二十一国提案'的改版"，明确指出这个决议是"非法的、无效的，中国人民坚决表示反对"。接着又指出，这个非法决议案，是以美国的所谓"自愿遣返原则"或"不强迫遣返原则"为"基础的"。"决不可能解决你来电中所说的停战谈判过程中唯一尚未解决的剩余问题，即遣俘原则与程序问题"。

事实上，关于这一剩余问题，朝鲜停战谈判双方在已经达成协议的停战协定草案第三条中，业已根据国际惯例和《日内瓦公约》遣返全部战俘的原则，制定了具体而缜密的办法和步骤。"如果美国方面按照停战协定草案办事，而不故意制造出一个所谓'自愿遣返原则'或'不强迫遣返原则'来作为阻挠朝鲜停战的借口，那么，'这个唯一尚未解决的剩余问题'早就可以圆满解决，全世界人民所共同关心的朝鲜战争早就可以结束了。""而联合国大会竟对美国这种违法罪行加以支持，这是中国人民所绝对不能容忍的。"

周恩来进一步用大量事实揭露美国的罪行："你所交来的这个非法决议案，不仅是以所谓'自愿遣返原则'或'不强迫遣返原则'为根据的，而且是以假定朝中方面被俘人员中确有一些战俘'拒绝回家'与其家人团聚过和平生活为前提的。这样的看法既完全不符合人道，更绝对不合乎事实。事实是，很长时期以来，美国方面就悍然不顾《日内瓦公约》第十七条的规定及其他对战俘人道待遇的条款，在其所管理的战俘营当中，使用了大批美国的、李承晚的和蒋介石的特务担任战俘营中的负责职务，甚至使用了李承晚的和蒋介石的特务冒充朝中战俘进行所谓'劝导''甄别''再甄别'和'征询'，胁迫他们表示'拒绝遣返'和'不愿回家'。凡是不愿意这样做的战俘都遭到这些特务的毒打，而在战俘们受重伤、失知觉之后，特务们就利用这一时机在战俘身上刺上侮辱他们人格、违反他们意志的背叛祖国的字样，或按住战俘的手指，用他们身上的血，在所谓'不愿回家'的甄别书上打指印，这些特务甚至用自己的手指蘸上被毒打战俘伤口上的血，来伪造指印。"

"美国方面丧尽天良地拿这些他们亲手制造出来的烙印和血书作为根据，来叫嚣什么'有些朝中战俘不愿遣返'，而你所交来的这个非法决议案就居然加以肯定，说什么'《日内瓦公约》不能被解释为授权拘留国以武力来强迫个别战俘返回家乡'。其实，凡属战俘，就是在敌方武力控制之下不得自由的对方交战人员，一旦停战生效，双方全部战俘所应享受的释放与遣返的权利，就是要解除敌方的武力控制，使之归还对方，得以恢复自由和回家过和平生活。战俘享受这种权利，有何'强迫遣返'或'武力强迫回乡'之可言？"

周恩来又用最近的事实揭露美国的罪行："就在联合国第七届大会期间，朝中战俘们还在因抗拒'甄别''劝导'和反对表示'不愿回家'的愿望，而继续受着屠杀。从今年 10 月 14 日到 12 月 4 日，仅仅根据美英通讯社所透露出来的消息加以统计，这样死伤的朝中战俘已达 321 人之多，平均每天有六七个朝中战俘因此受害。而你们在联合国大会上通过的这个非法决议案时，却俨然无事地装出一副仿佛正在悲天悯人的样子，你谈什么'人道原则'和'战俘意志'来替美国方面的残暴罪行辩护，并想出了种种方法，来实现美国方面的所谓'自愿遣返原则'或'不强迫遣返原则'，即强迫扣留战俘的'原则'。全世界公正人士对于联合国大会这样堕落的行为，不能不感到惊讶和愤慨。"

周恩来接着指出："按照印度提案的办法，是不能解决问题的。"他说：决议案"规定将十几万朝中战俘送到一个非军事区'释放'出来，交给一个由中立国组成的遣返委员会，准许'自愿回家'者回家，其'不愿回家'者交给遣返委员会，在 120 天后交给联合国处理。这个遣返委员会并要设立一个公断人，假如委员会对于这个公断人的任命不能达成协议，则此事应该提交联合国大会。公断人是在遣返委员会起决定作用的，其最后任命权归于联合国，而所谓'不愿回家'的战俘的最后处理权也交给联合国，这真是荒唐达于极点的建议。难道联合国中提出并通过这个非法决议案的各国代表们竟然忘记了联合国正是朝鲜战争交战双方中的一方吗？老实说，这些规定兜了许多圈子，玩了许多花样，实际上是完全采纳了美国方面 1952 年 9 月 28 日在板门店所提的三种建议而以更巧妙的形式写出来的，其目的无非是为了更易于欺骗世界人民，使美国政府违反国际公约，强迫扣留战俘的阴谋得以实现。所谓战俘'不愿回家'的谣言，完全是不可置信的，已如上述。而且就将遣返全部战俘回家这个任务交给中立国所组成的遣返委员会去做，也是不能解决问题的，因为，如前所说，美国方面曾派有大批李承晚和蒋介石的特务冒充朝中战俘混杂在朝中战俘当中，利用战俘已被强迫刺上背叛祖国字样或盖上拒绝遣返血书指印后所产生的耻辱、顾虑等心理失常的状态，经常对他们进行胁迫行为，如果不把这些特务从朝中战俘中隔开或孤立特务分子，这在遣返委员会管理战俘的情况之下，是根本无法办到的，只有将战俘直接交给对方保护，然后才能办到。"

周恩来强调指出："非法决议案是既不公平，也不合理的。它之所以不合理，是因为它完全违反了人类的良知、人道的原则、国际的惯例、《日内瓦公约》的条文和朝鲜停战协定草案的规定，承认了美国方面用极端野蛮残暴的方法所制造出来的战俘'拒绝遣返'的'愿望'，并硬要扣留几万朝中战俘作为人质来迫使朝中方面对美国方面屈服。它之所以不公平，是因为它处心积虑地想把美国方面所坚持的毫无法理根据的'自愿遣返原则'强加在朝中方面头上，而毫无理由地拒绝了朝中方面关于遵守《日内瓦公约》遣返全部战俘的建议和苏联代表团关于先在朝鲜立即全面停战然后再解决遣返全部战俘问题的提案。"

周恩来最后指出："事实既是这样，所以我不能不郑重地通知你，中华人民共和国中央人民政府对于这样一个非法决议案，认为是根本不可能'作为一个协议的公正与合理的基础'。你的来电用了许多辞藻来企图说明你们通过这个穿上印度外衣的、以美国'自愿遣返原则'为其中心内容的非法决议案，是热诚愿望朝鲜战争迅速结束的，可是，你所交来的这个非法决议案却完完全全证明它是在屈从美国政府决心用暴力来贯彻它们强迫扣留战俘以便中止和破坏朝鲜停战谈判，延长和扩大朝鲜战争的横暴意志。你们不是在努力设法结束朝鲜战争，而是在努力设法诱胁出席联合国大会的若干国家共同批准美国的不停战、不谈判、也不和平解决的延长并扩大朝鲜战争的政策，同时则又企图把战争不能停止的责任，设法转嫁到朝中方面，可以断言，你们这样转嫁责任的企图是徒然的。"

周恩来的复电完全是摆事实、讲道理，以理服人，外柔内刚，非常有力。这是他的一贯的外交风格和外交特色，因而博得世界人民的同情和赞誉，收到良好的效果。

美国国务院却就周恩来给联合国大会主席皮尔逊的电报发表声明，声称要扩大侵朝战争，以此来恐吓中国。

艾森豪威尔上台举棋不定

正当联合国就朝鲜问题展开激烈斗争的时候，美国也在紧张地进行大选，选举第三十四任总统。

民主党候选人史蒂文森，共和党候选人艾森豪威尔。

　　艾森豪威尔是美国的五星上将，参加过两次世界大战，是一位有军事才华的人，曾得到过他的老上司麦克阿瑟和马歇尔的赏识，二战期间在北非、意大利立过战功，1944 年 6 月在他担任盟军最高司令官时，指挥 4000 艘舰艇和百万大军在法国诺曼底登陆，因而闻名世界，并受到美国人的尊敬。他来参加竞选总统，给人们带来了一些希望。周恩来非常重视这次美国总统的选举。

　　杜鲁门为了民主党的竞选，不想当年在朝鲜停战，以免被共和党利用，指责民主党的政策失败，对大选不利。艾森豪威尔则处境不同，他不承担这次朝鲜战争的责任，较有回旋余地。他在 1952 年 10 月 25 日的竞选演说中向人们公开许诺，他当选了总统，"将亲自去朝鲜，并结束这场战争"。艾森豪威尔这项打动人心的"诺言"赢得了选民。因为当时美国人对打了两年零四个月的侵朝战争已厌恶，战场上不断损兵折将，士气低落，毫无胜利的希望，而且军费支出越来越大，物价也随之上涨，美国人民强烈不满。加之，盟国的埋怨、泄气、世界人民的愤怒谴责，尤其是把美军 7 个陆军主力师长期陷在朝鲜战场，亚洲的一角，形成战略重点的矛盾，促使美国很多有战略眼光人士忧心忡忡，人们普遍要求早日结束这场战争。

　　艾森豪威尔"将亲自去朝鲜，并结束这场战争"，正迎合了人们的心理，因而击败了民主党候选人，当选了总统。

　　1952 年 11 月 29 日拂晓前几小时，正是纽约最宁静的时刻，艾森豪威尔在早晨 4 时 30 分，从莫宁赛德大道六十号他的家中悄悄走出来，带着他选定的国防部长查尔斯·威尔逊、司法部长赫伯特·布劳内尔、新闻秘书詹姆斯·哈格蒂以及柏森斯乘一架普通的军用运输机，极其秘密地飞往朝鲜，实现他的竞选"诺言"。出发之前，艾森豪威尔邀请现任参谋长联席会议主席布莱德雷、太平洋海军司令约瑟·雷德福在琉璜岛加入他们的行列。12 月 2 日下午，艾森豪威尔的飞机在朝鲜金浦机场着陆，受到克拉克和范佛里特的欢迎。艾森豪威尔一行视察了美军一些空军师和陆军师，访问了英联邦师，检阅了 15 个国家组成的一个团队。

在艾森豪威尔抵达之前，克拉克将军的参谋部已经搞出了一项把战争进行下去的应急计划，其中包括把李承晚军队的规模从 16 师增大至 20 个师，64 万人，还考虑了使用原子弹和国民党军队问题。

李承晚则想利用艾森豪威尔的来访重振他自己日渐式微的民心，并在疲惫萎靡的朝鲜人当中重新燃起战争热情。李承晚打算让艾森豪威尔在朝鲜花一个星期时间，向国民发表讲话，主持庞大的军事讨论会，但是艾森豪威尔只打算在南朝鲜待 72 小时，而且主要是同美军领导人在一起。李承晚陪同艾森豪威尔参观南朝鲜首都师的一次战术演习，使他理解"在训练大韩民国士兵中所取得的好处"；还同李承晚进行会谈，开过多次秘密会议，形成了"亚洲人打亚洲人"的构想。然而李承晚对艾森豪威尔的来访并不满足，他提出要"全力以赴地全面进攻""把战争扩大到跨越鸭绿江，攻击中国境内的"供应基地，但艾森豪威尔没有表示可否。

克拉克、范佛里特等美国朝鲜前线指挥官们，也向艾森豪威尔提出自己的想法："如果在一定时期内，谈判仍不成功，唯一的办法，最后只能不顾一切危险全力发动一场进攻。"

艾森豪威尔带着难以决断的问题和心情结束了朝鲜之行。因为他在朝鲜前沿哨所通过望远镜观察了中、朝军队的阵地并听取了前线指挥官的详细报告，他私下说："看来，他们已找到一个保护自己万无一失，同时却能以炮火不断袭扰我方阵地的办法。他们不怕烦劳，开进了直通山顶、大得足以容纳大炮装备的坑道。他们通过坑道推出大炮进行射击，打完就撤。显然，他们已经做了一项很费气力的工作，同样明显的是他们有充分的人力可以使用。"艾森豪威尔无可奈何地说："鉴于敌人阵地的力量已得到加强，任何正面的攻击将碰到巨大的困难。"艾森豪威尔飞返美国关岛之后，他和他的内阁班底改乘巡洋舰"海伦娜"号到威克岛靠岸。在那里，同已选定的国务卿约翰·福斯特·富勒斯、财政部部长乔治·汉弗莱、内政部部长道格拉斯·麦凯和卢休斯·克莱将军会合，讨论新政府面临的种种问题。经过几天的讨论，艾森豪威尔认为："我们面临的许多问题中，没有一个比朝鲜战争更需要引起迫切注意的了。如何解决这个问题？"他反反复复地琢磨几种可能的措施：

拖下去。那是"不能容忍的"，美军正在"遭受着严重的伤亡，即使有所收获，也是微不足道的"。

不顾一切全力发动进攻，夺取军事上全面的胜利。"这是最不诱人的方案"。中国军队已在横跨朝鲜半岛挖掘了犬牙交错的地下坑道，并组织了纵深阵地，囤积了大批粮食、弹药，如果硬拼，除了惨重伤亡之外，不可能得到更好的结果。而更大的问题是必须把战争扩大到中国，冒爆发世界大战的危险；必须削减答应增给北大西洋公约组织的军队和军火，甚至不得不动用原子弹。如果这样的话，他认为将会"使他们和盟国之间造成强烈的分裂情绪"。

争取"体面"条件下的停战。可是共产党人已经拒绝了联合国大会的决议。

艾森豪威尔一直举棋不定，决断不了。正当他要返回美国大陆的时候，他得到了道格拉斯·麦克阿瑟传来的消息。麦克阿瑟在美国制造商协会全国会议上说，他有一个结束朝鲜战争的计划，如果他被请求，他将把这一计划向艾森豪威尔陈述。艾森豪威尔立即发电给麦克阿瑟说："举行非正式的会晤以便我和我的同僚们从你的见解和经验中获大效益。"

1952 年 12 月 17 日，艾森豪威尔同麦克阿瑟在杜勒斯的私邸会晤了，麦克阿瑟把一份长达几千言的备忘录交给了艾森豪威尔。

这份文件的关键要点是建议举行艾森豪威尔与斯大林"双边会议"。美国向苏联提出要求德国和朝鲜统一，日本和奥地利中立，由美苏两大国作保。如果苏联不接受，则"我们就准备肃清北朝鲜的中方军队，这一意图可以通过如下办法来实现：用原子弹轰炸北朝鲜境内的敌人军事集结点和军事设施，在战地散播适量的制造原子弹的副产品放射性物质，封闭从鸭绿江通向南方的敌人主要补给线和交通线，同时在北朝鲜两面海岸进行两栖登陆。同时中国的军事和工业设施也将受到轰炸"。

艾森豪威尔对他这位老上司的建议，未加可否地听着，唯恐说什么肯定或否定麦克阿瑟的话。他听完了以后，才简单地说："将军，这是一种新东西，我将必须看看我们自己和盟国之间对这场战争进行下去的理解如何；因为假如我们准备轰炸鸭绿江那一边的基地，假如我们准备扩大战争，我们就必须确保我们不会冒犯整个……自由世界或不会失去信任。"

1953 年开始，即将上任的新总统同即将离任的总统，面临着同样的难题，如何设计一个方案，它既符合把美国和联合国带进战争的那些原则，又有开脱美国和联合国参战的责任。于是，他一方面宣布要加速训练和扩大李承晚的军队，计划增至大约 655000 人，包括 20 个陆军师和 1 个海军陆战师，这样可以撤出美国一部分部队；另一方面秘密交代参谋长联席会议拟订一个"攻势"计划。这个计划"包括把国民党的一些师拉进战场"，对中国东北地区和本土进行轰炸，封锁中国，甚至在战术上使用原子弹等等。也即是他在竞选讲话中说过的："联合国——而又以美国首当其冲——一直不断地被迫向这些前线输送人员，这简直是岂有此理。这是朝鲜人的差事。我们不想让亚洲人觉得，西方白人是它的敌人。如果那里一定要打仗，那就让亚洲人去打亚洲人好了，我们则支持自由这一边。"这就是艾森豪威尔的"亚洲人打亚洲人"计划。

1953 年 1 月 20 日，艾森豪威尔进入白宫，登上总统宝座，2 月 2 日发表了经过较长时间精心准备的第一个国情咨文，宣布撤销台湾"中立化"，放蒋介石出笼。同日，美国参谋长联席会议发布命令说："现行紧急指令中关于保证台湾和澎湖列岛不被用作中国国民党向中国大陆作战的基地的那部分现在予以撤销。"第二天，艾森豪威尔亲自同出兵朝鲜的 16 个国家的代表协商，对中国实行封锁政策。

这个冒险计划一露头，便立即遭到美国国内外的强烈反对。英国丘吉尔、艾登马上表示，英国决不同意因使用蒋介石的武装而导致朝鲜战争的扩大。英国外交大臣于 2 月 5 日在下院发表演说时表示，封锁中国"是一种错误"。就在艾森豪威尔同十六国代表当面协商时，在场的多数代表就表示对中国进行封锁"将有种种困难"。美国民主党参议员也激烈反对和抨击此项计划和政策。为此，艾森豪威尔不得不和盟友丘吉尔以及国内两党头面人物举行会议，磋商结束战争的可行途径。

和战胶着一动不如一静

毛泽东和周恩来综观全局，分析研究了艾森豪威尔接任杜鲁门当选美国总统、朝鲜停战谈判中断、联合国决议遭到我拒绝等情况，判断敌人现在什么花样都玩尽了，也都遭到失败，只有在我侧后海岸线，特别是西海岸汉川、清川江、鸭绿江一线集中大量兵力举行冒险登陆，从后方打击我们，只要我们把他们的冒险计划打下去，他们最后失败的局面就确定下来了。

毛泽东早在 1952 年 12 月 9 日即在给中国人民志愿军代司令员兼代政治委员邓华的电报中说："应估计敌已决策在汉川至清川江

线登陆，并在积极准备中，我方必须火速准备对敌，粉碎其登陆计划。"毛泽东在 1952 年 12 月 4 日邓华报送的关于朝鲜战局形势与明年的方针任务上批了三段话："应肯定敌以 5 至 7 个师在汉川鸭绿江线大举登陆，并在我后方空降，时间应准备在春季，也可能更早些，我应十分加强地堡和坑道，部署 5 个军于这一线，其中要有 4 个有经验的军，划定防区，坚决阻敌登陆，不可有误。""第二个登陆危险区是通川元山线，第三个危险区是镇南浦汉川线。""决不能允许敌在西海岸登陆，尤其不能允许其在汉川鸭绿江线登陆。"1952 年 12 月 10 日向中央军委关于防敌在侧后登陆及各项准备工作的报告上，毛泽东于 12 月 11 日指示："周朱阅退彭、聂办。同意这个部署，抓紧检查，务必完成任务。"1952 年 12 月 20 日，毛泽东、周恩来又以中共中央的名义致电志愿军党委。全文如下：

志愿军党委各同志并告东北局、东北军区、军委各部首长：

关于准备一切必要条件，坚决粉碎敌人登陆冒险，争取更大胜利的指示：

（一）根据各种情况（艾森豪威尔登台，谈判中断，联合国通过印度提案）判断敌人有从我侧后海岸线特别是西海岸汉川江清川江鸭绿江一线以 7 个师左右的兵力举行冒险登陆进攻的充分可能。

（二）我志愿军协同朝鲜人民军有坚决粉碎敌人登陆进攻，争取战争更大胜利的任务。

（三）为此目的，我军必须：

（甲）尽一切可能的力量去极大地增强海岸及其纵深的巩固防御工事；同时增强三八线正面的纵深防御工事以为配合。

（乙）在我侧后威胁最大的海岸线及其纵深部署充分的兵力和火力，保证粉碎敌人从海上的进攻及其大量空降部队的进攻。在其他可能遭受敌人登陆进攻的地区（通川元山地区，瓮津半岛地区，镇南浦汉川江地区及咸兴以东地区）则部署可能有的兵力和火力，同样要用其全力争取粉碎敌人的进攻。

（丙）坚决地迅速地采取加修新铁路线，改善旧铁路线（满浦球场间），加宽许多公路线，加设仓库场站以及预先运储大量粮弹物资等项措施，保证不论在何种情况下我正面侧面全军（包括人民军）的运输畅通，供应不缺。

（丁）我正面各军过去作战成绩很大，在1953年应争取更大的成绩，消灭更多的敌人。

（戊）政治工作保证全军指战员都具有粉碎敌人进攻争取更大胜利的坚强斗志和高昂士气。

（己）特别注意从目前起到1953年4月这一段时间的准备工作，这是战胜敌人的关键所在。

（庚）以代理司令员和政治委员邓华同志兼任西海岸指挥部司令员和政治委员，以梁兴初同志为西海岸副司令员，西岸（海）指挥部的其他干部应予加强。

（四）两年多以来，我志愿军协同朝鲜人民军，在对美帝国主义及其帮凶军的英勇顽强战斗中，取得了伟大的辉煌的胜利，已经摸清了敌人的底子，克服了很多的困难，积蓄了丰富的经验。美帝国主义采用了很多办法和我们斗争，没有一样不遭到失败。现在剩下从我侧后冒险登陆的一手，它想用这一手打击我们。只要我们能把它这一手打下去，使它的冒险归于失败，它的最后失败的局面就确定下来了。中央坚决相信我志愿军协同朝鲜人民军是能够粉碎敌人的冒险计划的。希望同志们小心谨慎，坚忍沉着，动员全力，争取时间，完成一切对敌登陆作战的准备工作，只要准备好了，胜利就是我们的了。

同时，中央军委于 12 月 28 日给华东局、华东军区、福建省委、省军区并告中南军区，要他们加强装备，防止敌人为了配合在朝作战，台湾、金门敌人有以一部兵力攻我福建岛屿并向福建大陆攻占我两三个县的阴谋计划，要福建军区以现有兵力粉碎敌人的进攻。以后还要上海防止敌人空袭等。

毛泽东、周恩来在军事上做了极其周密的充分的准备和部署，以保证万无一失地防范敌人的冒险计划，如果美军真的在我侧后沿海登陆进攻，必遭惨重的打击和可耻的失败。同时，另一方面，他们，特别是周恩来清醒地看到，艾森豪威尔在当选总统并到过朝鲜之后，他却又在承认朝鲜战争"要胜利很困难"的同时作出一些强硬的姿态。面对这种复杂的形势，周恩来认为美国已陷于顾了东方又顾不了西方和盟国不断反对的处境，加上世界人民要求朝鲜和平，所以艾森豪威尔总的政策还是要从朝鲜脱身，停战的趋势不可改变，协定不久仍可签订。周恩来摸透了美国的底，抓住了事物的本质。周恩来要在前线指导谈判的乔冠华研究可否再给美国一个台阶下，由我方主动提出复会？

乔冠华秉承周恩来的指示，仔细研究分析了当时的形势，提出了 4 点意见并重要的建议：

（一）根据最近情况，大体可以肯定：美国在战场上耍不出什么花样来。解除台湾中立化，只是自欺欺人的拙劣把戏；封锁搞不起来；两栖登陆困难更大，艾森豪威尔本欲借以吓人，殊不知人未吓倒反吓倒自己。但面孔既已板起，要就此转变，尚非其时，特别是他的亚洲人打亚洲人政策行通与否还要看看。

（二）联大对我拒绝印度提案尚未处理，但鉴于美国解除台湾中立化的行动，激怒了很多中间国家，多少抵消了我拒绝印案产生的不利影响。联大复会可能对此案不了了之，拖到下届再说。

（三）美国搁起板门店转到联合国，本来想借此压我们，联大压不成，战场又无多少办法，本可自回板门店，但鉴于美国在联大尚未死心，对战场亦未完全绝望，因此虽有少数国家不反对再回板门店试试，美国今天是不会愿意的。

（四）如果我们正式在板门店通知对方无条件复会，美国态度将是拒绝的居多。具体方式可能是：1. 置之不理；2. 以我既未接受其方案又未提出新方案而拒绝；3. 反建议以印度方案为基础复会；4. 坚持不得强迫遣返战俘的原则解决战俘问题。以 2、3 可能较大。如我以金、彭致函形式，对方可能认为我性急，有些示弱，反易引起对方幻想。

结论是一动不如一静，让现状拖下去，拖到美国愿妥协并由它采取行动为止。

毛泽东、周恩来都同意乔冠华这个言简意赅的、看得深看得透的分析和看法。乔冠华的这个分析真正起到了为中央参谋献策的作用，不愧为老练杰出的外交家，当世才子。

毛泽东、周恩来做好了军事、外交的两手准备，站稳了脚跟以对付美国的政策之后，便利用召开全国政协第一届全国委员会第四次会议的机会，对美国、对艾森豪威尔发起强大的政治攻势，逼其重新回到板门店谈判桌上来。

毛泽东 1953 年 2 月 7 日的讲话中说："我们是要和平的，但是，只要美帝国主义一天不放弃它那种蛮横无理的要求和扩大侵略的阴谋，中国人民的决心就是只有同朝鲜人民在一起，一直战斗下去。这不是因为我们好战，我们愿意立即停战，剩下的问题待将来去解决。但美帝国主义不愿这样做，那么好吧，就打下去，美帝国主义愿意打多少年，我们也就准备跟它打多少年，一直打到美帝国主义愿意罢手的时候为止，一直打到中朝人民完全胜利的时候为止。"

周恩来在 2 月 4 日的"政治报告"中分析了当前国际国内形势对我有利、对美国不利后，非常坚定地说："中国人民的抗美援朝斗争必须继续加强，中国的国防力量必须进一步巩固和壮大起来。我们要动员人民增产节约，努力工作，来支援抗美援朝的伟大斗争。全世界人民都清楚地看到，中国已经胜利地结束了经济恢复时期而进入了大规模的有计划的建设时期，中国人民是充满了和平建设的热情和维护持久和平的愿望。可是无论在什么时候，中国人民必须警惕和揭露侵略者的战争阴谋，必须随时准备着与敌视中国人民、阻碍中国建设的帝国主义势力进行坚决的斗争。中国人民爱好和平，但是并不惧怕战争。如果美国新政府还有意用和平方式结束朝鲜战争，那么它就应该无条件地恢复板门店谈判。朝中方面准备按照已经达成协议的朝鲜停战协定草案，立即先行停战，然后再由'和平解决朝鲜委员会'去解决战俘全部遣返问题。因为这样，既可迅速满足有关战争国人民及全世界人民对于立即停止现行战争的热望，又可为和平解决朝鲜问题及远东其他有关问题开辟道路。如果美国新政府仍然执行杜鲁门政府的政策，仍然无意于恢复板门店谈判而继续和扩大朝鲜战争，那么朝中人民在这方面也将继续斗争下去，并且是有了充分准备的。朝中人民深刻地了解，对于帝国主义者的挑衅，只有进行坚决斗争，使帝国主义者的每一个战争计划都受到粉碎性的打击，每一个侵略行动都遭彻底的失败，才能迫使敌人罢手，取得人民所热望的和平。"

毛泽东、周恩来的这一番话，既是对艾森豪威尔的警告，又是对他的劝诫，要他打破幻想用冒险政策取胜，还是老老实实回到板门店谈判桌上，才是美国结束朝鲜战争的出路。

艾森豪威尔进退两难，既不敢冒险扩大战争，又不能以政治讹诈迫使中国屈服。他除了一面加紧推行亚洲人打亚洲人的政策，一面寻求恢复谈判结束朝鲜战争之外，无法摆脱战略上的被动局面，正如周恩来所预料的那样，"停战是不可改变的趋势，协定不久仍可签订"，只是在寻找一个"体面"的转变的机会和办法而已。艾森豪威尔同杜勒斯终于捡到一把可能打开僵局的"钥匙"，这就是红十字国际委员会 1952 年 12 月 13 日在日内瓦通过的一项决议，倡议病伤俘虏在朝鲜停战以前先行交换，虽然这个决议已经过去两个月了，但是仍不失为是一个可资利用的机会，艾森豪威尔和杜勒斯决定让参谋长联席会议给克拉克下达指令，让他给金日成、彭德怀写信试试看。克拉克奉命后立即写了给金日成、彭德怀的信函。

克拉克发讯号战俘问题作妥协

朝鲜人民军金日成最高司令官、中国人民志愿军彭德怀司令官：

国际红十字会执行委员会 1952 年 12 月 13 日在瑞士日内瓦通过的一项决议当中，呼吁朝鲜冲突中的双方作为善意的表示，立即采取行动，实行《日内瓦公约》的人道主义规定，按照《日内瓦公约》的有关条款遣返病伤战俘。如在板门店谈判过程中一再向你们申述的，联合国军从一开始就严谨地遵守《日内瓦公约》的人道主义规定，具体而言，已准备好对在它收容下的病伤战俘实施《日内瓦公约》的规定。联合国军现仍准备按照《日内瓦公约》第一〇九条的规定，立即遣返那些重病重伤被俘人员。我希望你们通知我，你们方面是否已准备好立即进行遣返在你们手中的联合国重病重伤的被俘人员。联合国军联络官将准备与你方联络官会晤，以为公正地查明情况，并为按照《日内瓦公约》第一〇九条的规定而相互交换此种重病重伤者做必要的安排。

联合国军总司令美国陆军上将　克拉克
1953年2月22日于联合国军司令部总司令办公室
军邮第五〇〇号信箱

机会终于来了，克拉克的来信，显然是一个重要讯号，说明他们又想回到板门店来。既然是一个等了许久的机会，为了争取在公平合理的条件下早日达成朝鲜停战，就应抓住这个机会。但美国是个头号帝国主义，不给它一点面子弯子很难转，为了中朝人民的根本利益和满足世界人民的和平愿望，要在战俘问题上做点必要的妥协，于是中朝苏进行紧急磋商。恰巧就在此时，斯大林因脑出血于3月5日逝世了，谈判主要决策者和指挥者周恩来率领中国党政代表团参加斯大林的葬礼去了。

斯大林葬礼中周恩来是站在马林科夫、莫洛托夫等苏联主要领导人中间的唯一的外国党政领导人，受到了崇高的礼遇和尊重，这说明周恩来本人和中国地位的重要。在葬礼期间，周恩来利用空暇的时间同苏联马林科夫、莫洛托夫等新领导人就国际局势和朝鲜问题以及中国的经济建设问题交换了意见。紧接着，周恩来又率中国党政代表团直接从莫斯科去布拉格参加捷克斯洛伐克总统哥特瓦尔德的葬礼，3月21日才返回北京。

经过反复研究和磋商，中朝苏决定采取一个一致的决策和行动步骤，向美国发动一个新的和谈攻势。

3月28日，金、彭复信克拉克：

联合国军总司令克拉克将军：
1953年2月22日你的来信收到了。
关于优先遣返双方重病重伤战俘问题，双方谈判代表本已根据人道原则达成朝鲜停战协定草案第五十三条款的协议，只因朝鲜停战谈判中断，此项协议无法实现，致双方重病重伤战俘至今未能遣返。

现在你方既然表示准备对双方收容下的病伤战俘实施《日内瓦公约》的规定。我方为表示同一愿望起见，完全同意你方所提出的关于在战争期间先行交换双方的病伤战俘的建议。这个建议按照《日内瓦公约》第一〇九条的规定处理。同时，我们认为关于在战争期间交换双方病伤战俘的问题的合理解决，适当使之引导到全部战俘问题的顺利解决，使世界人民所渴望的朝鲜停战将以实现。因此，我方建议，双方谈判代表应即恢复在板门店的谈判，我方联络官并准备与你方联络官进行会晤，以确定恢复谈判的日期。

朝鲜人民军最高司令官　金日成

中国人民志愿军司令员　彭德怀

1953 年 3 月 28 日

随即，周恩来以中华人民共和国中央人民政府政务院总理兼外交部部长名义就关于朝鲜停战谈判问题发表正式声明。

声明说：

中华人民共和国中央人民政府和朝鲜民主主义人民共和国政府在共同研究了联合国军总司令克拉克将军于 1953 年 2 月 22 日提出的关于在战争期间先行交换双方病伤战俘的建议之后，一致认为根据 1949 年《日内瓦公约》第一百零九条的规定，这一问题完全可以得到合理的解决。关于交换病伤战俘问题的合理解决，对于顺利解决全部战俘问题以保证停止朝鲜战争并缔结停战协定的时机，应当说是已经到了。

中华人民共和国政府和朝鲜民主主义人民共和国政府一致主张，朝鲜人民军和中国人民志愿军的停战谈判代表应即与联合国军停战谈判代表开始关于在战争期间交换病伤战俘问题的谈判，并进而谋取战俘问题的通盘解决。

声明重申了停战协定草案的要点：

过去一年多的朝鲜停战谈判，已经奠定了在朝鲜实现停战的基础。在开城和板门店的谈判中，双方代表除对战俘一项问题外已对所有问题达成协议。首先，对于举世关心的朝鲜停火问题，双方已经同意，"双方司令官命令并保证其控制下的一切武装力量，包括陆、海、空军的一切部队与人员，完全停止在朝鲜的一切敌对行为，此项敌对行为的完全停止自本停战协定签字后十二小时起生效。"（朝鲜停战协定草案第十二款）其次，双方还会商定各项重要停战条件。在关于确定军事分界线和建立非军事区问题上，双方已经同意，以停战协定生效时双方实际接触线为军事分界线，"双方各由此线后退两公里，以便在敌对军队之间建立一非军事区……作为缓冲区，以防止发生可能导致敌对行为复发的事件。"（草案第一款）在关于监督停战协定的实施及处理违反停战协定事件的问题上，双方已经同意由朝鲜人民军最高司令官与中国人民志愿军司令员所共同指派的 5 名高级军官和由联合国军总司令所指派的 5 名高级军官组成军事停战委员会，负责监督停战协定的实施，包括对于战俘遣返委员会的督导，并协商处理任何违反停战协定事件（草案第十九、二十、二十四、二十五、五十六各款）；双方并同意由朝鲜人民军最高司令官与中国人民志愿军司令员所共同提名的波兰、捷克斯洛伐克指派两位高级军官作代表和由联合国军总司令所提名的瑞典、瑞士指派两位高级军官作代表组成中立国监察委员会，并在其下配备由上述各国派出的军官为组员组成中立国视察小组，分驻于北朝鲜的新义州、清津、兴南、满浦、新安州和南朝鲜的仁川、大邱、釜山、江陵、君山各口岸，以监督与视察双方对于停止自朝鲜境外进入增援的军事人员和作战飞机、装甲车辆、武器与弹药的条款的实施（条款中准许轮换和替换者除外），并得到非军事区以外据报发生违反停战协定事件的地点进行特别观察与视察，以保证军事停战的稳定（草案第三十六、三十七、四十、四十一、四十二、四十三各款）。此外，双方还商定"双方军事司令官兹向双方有关各国政府建议在停战协定签字并生效后的 3 个月内，分派代表召开双方高一级的政治会议，协商从朝鲜撤退一切外国军队及和平解决朝鲜等问题"（草案第六十款）。

声明明确指出：

如上所述，在朝鲜停战谈判中，只有一个战俘问题阻碍着朝鲜停战的实现。而且就在战俘问题上，除战俘遣返问题外，双方在停战协定草案中对于有关战俘的安排问题的一切条款亦均已达成协议。如非朝鲜停战谈判中断 5 个多月之久，则这个战俘遣返问题可能早已找出解决的办法来了。

现在联合国军方面既然建议按照《日内瓦公约》第一百零九条的规定，解决在战争期间先行交换病伤战俘问题，我们认为，随着病伤战俘的合理解决，只要双方都真正具有互相让步以促成朝鲜停战的诚意，全部战俘问题的顺利解决，是完全应当的。

声明再次表明中朝两国在战俘问题上的立场和态度，并提出新的建议：

关于战俘问题，中华人民共和国政府和朝鲜民主主义人民共和国政府一向认为，现在仍然认为，只有根据 1949 年《日内瓦公约》的规定，特别是该公约第一百一十八条的规定，停战后战俘即予释放并遣返，不得迟延，才是合理的解决。但是鉴于双方在这个问题上的分歧是目前达成朝鲜停战的唯一障碍，并且为满足世界人民的和平愿望，中华人民共和国政府和朝鲜民主主义人民共和国政府本着一贯坚持的和平政策，本着一贯努力于迅速实现朝鲜停战，争取和平解决朝鲜问题，以维持和巩固世界和平的立场，准备采取步骤来清除在这个问题上的分歧，以促成朝鲜停战。为此目的，中华人民共和国和朝鲜民主主义人民共和国政府提议：谈判双方应保证在停战后立即遣返其所收容的一切坚持遣返的战俘，而将其余的战俘转交中立国，以保证对他们的遣返问题的公正解决。

声明强调说明这个新建议提出的原因：

必须指出，我们这一提议，并非放弃了《日内瓦公约》第一百一十八条关于停战后战俘即予释放并遣返，不得迟延的原则，也非承认联合国军方面所说的战俘中有所谓拒绝遣返的人，只由于终止朝鲜流血战争及和平解决朝鲜问题是关系到远东及世界人民的和平与安全问题，所以我们才采取这一新的步骤，准备将在对方恐吓和压迫下心存疑惧、不敢回家的我方被俘人员，提议在停战后转交中立国，并经过有关方面的解释，以保证他们的遣返问题能得到公正解决，而不致因此阻碍停战的实现。

声明最后指出：

> 我们相信，中华人民共和国政府和朝鲜民主主义人民共和国政府为了结束朝鲜战争所采取的这一新步骤，完全符合于有自己子弟在朝鲜作战的双方人民的切身利益，也完全符合于全世界人民的根本利益。如果联合国军方面对于谋取和平具有诚意的话，我方这建议是应该能够被接受的。

周恩来的声明，立即得到朝鲜、苏联的支持。金日成以首相名义于3月31日发表声明，坚决支持周恩来提出的新建议。

苏联部长会议第一副主席兼外交部部长莫洛托大夫4月1日发表声明，支持周恩来的新建议，并建议联合国中应有中朝两国政府的合法席位。

苏联驻联合国代表团团长维辛斯基在七届联大政治委员会会议上发表长篇讲话，热情支持周恩来的这一"崇高举动"。

周恩来的新建议得到全世界人民的热烈拥护，国际舆论纷纷表示欢迎，认为这一建议消除了停战的最后障碍，表现了中朝方面谋求和平的真实诚意。

美国艾森豪威尔和参谋长联席会议对周恩来的新建议先是有些吃惊，继而将信将疑，最后承认其"价值"，并指示克拉克立即研究。

经过双方函电磋商，停战谈判联络会议于4月6日开始举行，僵局很快打开了。4月11日签订了遣返病伤战俘的协定，并从4月20日开始实施。第一批我方遣返给对方朝鲜籍病伤战俘50名，非朝鲜籍的50人。对方遣返给我方朝鲜人民军病伤被俘人员400名，中国人民志愿军病伤战俘100名。我方被俘人员经过在对方战俘营中长期痛苦的生活而回到祖国的怀抱，立即受到良好的诊疗和亲切的慰问和关心，使他们深感祖国的温暖，对那些尚未被遣返的战俘有着很好的影响。

以后，陆续遣返，我方到4月26日将适于旅行的对方病伤战俘全部遣返完毕，其中遣返美国籍战俘149人，英国籍战俘32人，土耳其籍战俘15人，哥伦比亚籍战俘6人，澳大利亚籍战俘5人，加拿大籍战俘2人，菲律宾、南非联邦、荷兰和希腊籍战俘各1人，朝鲜籍战俘471人，共684人。我方实际遣返的数字比原来通知美方的概数增加14%，这充分表明中朝方面的诚意。美方于5月3日声称遣返完毕，共遣返朝鲜人民军被俘人员5564人，中国人民志愿军被俘人员1030人。

遣返病伤战俘的协定和实施，特别是周恩来声明提出的新建议，推动了朝鲜停战谈判的进行。4月18日，七届联合国大会根据巴西提案通过决议："希望病伤战俘的交换迅速完成，并希望在板门店进一步谈判，导致在朝鲜早日实现停战，以符合联合国的原则和宗旨。"这样，朝鲜停战谈判问题的讨论，又从联合国回到了板门店。

4月26日，正是朝鲜的春季，气候温暖、百花盛开、草绿山青、风光明媚，令人赏心悦目。由于朝鲜战争是当时世界上最大的热战场所，也是国际局势中最关键的焦点，牵动世界各国人民的心，成为舆论界注意的中心，世界各大通讯社、各大报纸都派有记者在朝鲜采访报道。一听说中断了36个月又18天的朝鲜停战谈判重新恢复了，这样的重大消息、头条新闻，记者们自然要抢着报道，如果能第一个报道出去，其新闻价值最高，也是记者的功劳，还可以提高其身价。所以，这天一大早就有上百名各国记者蜂拥在板门店谈判的帐篷外面。下午2时，双方代表重新走进帐篷。中方代表改由丁国钰接替边章五，柴成文接替解方。

在这次会议上，我方首席代表南日大将提出全部遣返战俘问题

6点具体实施方案：

一、在停战协定生效后两个月内，双方应依照停战协定第三条第五十一款的有关规定，并根据双方所交换并校正的最后名单，将一切坚持遣返的战俘分批遣返，交给战俘所属的一方，不得加以任何阻难。

二、在一切坚持遣返的战俘的直接遣返完成之后的1个月的期限内，拘留一方应将不直接遣返的其余战俘负责送到一个经双方协商同意的中立国家去，并从其军事控制下释放出来，由有关中立国当局指定地区加以接受和看管。该有关中立国当局应有执行其合法职务和责任以控制在其临时管辖下之战俘的权力。

三、此项战俘的所属国家应有自由与便利在战俘到达中立国之日起的6个月期限内，派人前往该中立国向一切依附于该所属国的战俘解释，消除他们的顾虑。并通知战俘在任何有关他们回返家乡的事项，特别是他们有回家过和平生活的完全的权利。

四、在战俘到达中立国之日起的6个月内，经其所属国家的解释之后，凡提出要求遣返的一切战俘，应由有关中立国当局负责协助他们迅速返回祖国，不得留难，此项战俘遣返的行政细节，应由有关中立国当局与战俘所属国家当局协商解决。

五、在本方案第三条和第四条所规定的6个月期满之后，如尚有在中立国看管之下的战俘，其处理办法应交由停战协定第四条第六十款所规定的政治会议协商解决。

六、战俘在中立国家的一切费用，包括其回国旅费在内，应由战俘所属国家负担之。

南日提出上述方案后，美方首席代表哈里逊发言重复了他在4月16日给南日信中所提出的三点具体意见。即：

一、中立国为诸如瑞士这样传统上被认为适合于这类事项的一个国家。

二、为求实际可行，未被直接遣返的战俘释交中立国家在朝鲜收容。

三、在诸如60天的合理时间内，中立国给予有关各方以机会，来确定在其收容下的人员对于他们的地位的态度。在此期限后，中立国将作出安排以和平处理仍在其收容下的人员。

在谈判中，对方力争得到更多的"体面"。他们反对将不直接遣返的战俘送往中立国，并且拒绝我方提出的以亚洲国家作为中立国。

5月7日，我方为了推动谈判的进行，对6点方案作了修改，成为8条建议的新方案：

一、在停战协定生效后两个月内，双方应依照停战协定第三条第五十一款的有关规定，并根据双方所交换并校正的最后名单，将一切坚持遣返的战俘分批遣返，交给战俘所属一方，不得加以任何阻难。

二、为了协助不直接遣返的其余战俘回返家乡，双方同意建立一个中立国遣返委员会，由停战协定第二条第三十七款所规定的4个国家，即波兰、捷克斯洛伐克、瑞士、瑞典及双方同意的印度，共5个国家各派同等数目的代表组成。

三、双方全部战俘，除本方案第一条所规定的应予直接遣返者外，应在原拘留地点从拘留一方的军事控制和收容下释放出来，交由本方案第二条所规定的中立国遣返委员会接受和看管。中立国遣返委员会应有执行其合法职务和责任以控制在其临时管辖下之战俘的权力。为保证此项权力的有效实施，中立国遣返委员会成员国应各处配备同等数目的武装力量。

四、中立国遣返委员会在接管不直接遣返的战俘之后，应即进行安排，使战俘所属国家有自由与便利在自中立国遣返委员会接受之日起的 4 个月期限内，派人前往此项战俘的原拘留地点同一切依附于该所属国的战俘解释，消除他们的顾虑，并通知战俘任何有关他们回返家乡的事项，特别是他们有回家过和平生活的完全权利。

五、在自中立国遣返委员会接管战俘之日起的 4 个月内，经其所属国家的解释之后，凡提出要求遣返回家的一切战俘，应由中立国遣返委员会负责协助他们迅速返回祖国，拘留方不得留难。此项战俘的遣返的行政细节，应由中立国遣返委员会与双方协商解决。

六、在本方案第四条和第五条所规定的 4 个月期满之后，如尚有在中立国遣返委员会看管之下的战俘，其处理办法应交由停战协定第四条第六十款所规定的政治会议协商解决。

七、战俘在中立国遣返委员会看管期内的一切费用，包括其回国旅费在内，应由战俘的所属国负担之。

八、本方案的条款及由此而产生的安排应使全部战俘知晓。

这一方案的提出，使双方的立场更加接近，受到国际上的普遍赞扬。印度总理尼赫鲁于 5 月 15 日发表声明，主张以中、朝建议作为朝鲜停战谈判的基础，并赞成召开大国最高级会议讨论和平问题。缅甸政府也发表声明，赞成以中朝建议作为朝鲜停战谈判的基础。

美方代表只就我方建议提出若干问题进行询问，要求我方加以说明，未提出任何积极性的意见。

这时，美国同南朝鲜李承晚的矛盾不断加深。李承晚看到板门店双方联络组会议迅速发展，一旦恢复病伤战俘协定达成，恢复停战谈判势在必行，这样对南朝鲜不利，必须要美国允诺一些条件。4月9日，李承晚给艾森豪威尔写了一封"抗议信"，坚决反对恢复谈判，说"如果达成一项容许中国人留在朝鲜的和平协议，大韩民国将认为它有理由要求除了那些愿意参加把敌人驱逐到鸭绿江以北的国家外，所有盟国都得离开这个国家"。他说："如果美国武装部队要留下，那么它们得跟随着前沿阵地的战士支持他们，并用飞机、远程大炮和在朝鲜半岛周边的炮舰来掩护他们。"甚至威胁说，如果美国想要把它的部队撤离朝鲜，他可以这样做。

会谈越是要接近成功，李承晚反对越激烈，反美集会越来越频繁，规模越来越大。在一次集会上他宣称："无论在板门店发生什么情况，我们的目标仍然不变——我们永远的目标就是从南方到鸭绿江统一朝鲜。你们必须继续战斗直至你们到达鸭绿江。"

这样，美国不得不花点时间解决它同南朝鲜的关系问题。因此，在谈判桌上又采取拖延政策，提出一些明知我方不能接受的主张和建议。如5月13日，美方代表提出将一切不直接遣返的朝鲜战俘在停战生效时"就地释放"，对中国遣返委员会的职权和战俘所属国家的解释工作加以种种限制。以后又干脆提出休会，停战谈判又搁置下来了。

十二、停战协定终于签字

1953 年夏季，朝鲜战场上的军事形势对我非常有利。反登陆作战做了充分的准备，我军后方防御体系日益巩固，既可攻又可守，在战略上更加主动，敌人则日趋被动。在兵力上我也占绝对优势，我军总兵力已达 180 万人，25 个军，敌人 120 万人，24 个师。我作战物资也很充足，兵强马壮，全军上下积极求战，士气十分高昂。

中国人民志愿军司令部根据中央军委的指示，停战谈判是会场的事，军队"只管打，不管谈"。志愿军代司令兼政委邓华主持召开兵团以上干部参加的军事会议。邓华根据毛泽东、周恩来、彭德怀和中央军委的指示精神作了"关于举行夏季反击的几点意见"的报告，研究制定了战役指导方针和部署，确定西线以打击美军为主，东线以打击伪军为主。稳扎狠打，由小到大，不打则已，打则必歼，攻则必克，守则必固。

为了配合板门店谈判，当美国提出就地释放朝鲜籍战俘的建议以拖延谈判，志愿军司令部决定将原计划于 6 月初发起的夏季反击提前到 5 月中旬，并对敌人要"大动手""狠动手"，用铁拳头教训一下敌人，让他尝尝我们的厉害。

5 月 13 日，我二十兵团所属的六十、六十七军和九兵团所属的二十四、二十三军，先后在火炮支援下，向美军和南朝鲜李承晚军 8 个师的正面支撑点发起猛烈攻击。由于我军突然反击，攻势凌厉，敌人措手不及，战至 26 日，我军阵地已向敌方推进 2 平方公里，歼敌 4100 多人，取得了反击战的初步胜利。

美方眼看军事上对它不利，便在软硬兼施初步压服李承晚之后，不得不请求于 5 月 25 日上午 11 时复会。美方考虑在谈判桌上提出的"就地释放朝鲜籍战俘"，中朝方坚决反对，难以再谈下去，便准备在接受我方方案的基础上提出他们的方案，但鉴于美李关系，美方既怕事先通知李承晚遭到他的反对，如不通知他又怕他提出异议，所以华盛顿指示克拉克，要他在 5 月 25 日在板门店开会前一个小时偕同美国驻南朝鲜大使布里格斯去拜会李承晚。

克拉克照美国政府的指示，对李承晚提出 4 点保证，即：

一、预先声明，如果共方破坏停战协定，在韩国同共方作战的十六国将团结对敌，那时十六国所采取的报复将不仅限于韩国国土之内。

二、将韩国军队扩建到 20 个师，并援建相应的海军和空军。

三、美国政府保证最少提供 10 亿美元的经济援助。

四、直到朝鲜真正实现和平，保持在朝鲜和沿海的战备态势。

作为上述 4 项保证的代价，美国要求南朝鲜当局停止"反对停战运动"，一旦停战协定签字必须遵守，李承晚的军队指挥权继续委托给联合国军司令部。

李承晚觉得 4 条保证捞到了实惠，但是这还不够，有可能得到更多。于是他故意板起面孔说："我非常失望，你们的政府变化无穷。你们无视韩国政府的意见。""我们必须要坚持的是把中共军队从我国赶出去","没有这一条,就不可能有和平,你们的压力对我毫无用处,我们希望生存,我们希望活下去,我们将自己决定自己的命运。我们不要求任何人为我们打仗,我们可能一开始就犯了错误,依赖外交来援助我们。十分遗憾,在这种情况下,我不能同艾森豪威尔合作。"克拉克没有理会李承晚的这番话,而李承晚当即通知参加板门店谈判的代表立即撤回去,不再参加谈判会议了。

美国立即换了一位泰国将军作为代表接替南朝鲜代表,会议照常开,方案照常提,并建议谈判转入秘密的行政性会议。李承晚恼火了,5月30日他再次写信给艾森豪威尔,说:接受任何一项允许中国共产党人留在朝鲜的停战安排,必将意味着朝鲜甘愿接受死刑的判决。

艾森豪威尔为了安抚李承晚,又作出3条保证:

一、美国将不放弃他的努力,用一切和平的方式实现朝鲜的统一;

二、在缔结一项可以接受的停战条件时,我准备立即按照过去美国和菲律宾共和国之间以及美国和澳大利亚及新西兰两个英联邦成员国之间所缔结的条约的原则,同它谈判缔结一项共同防御条约;

三、美国政府在取得必要的国会拨款条件下,将继续向大韩民国提供经济援助,用以恢复其饱受摧残的国土。

艾森豪威尔同时邀请李承晚访美。

李承晚考虑了以后,拒绝了艾森豪威尔访美的邀请,他托词说,这个时候他不能去,因为反对停战示威在汉城已经搞起来了,朝鲜局势使他片刻也不能离开这个国家。其实,他懂得,如果这个时候访美，到了华盛顿，一切只好听从美国人的摆布了。

美国参谋长联席会议在一份历史文件上痛苦地说："美国或者联合国军的大量说理、劝导或是抗议，无一能够打动顽固不化的李承晚总统放弃他那一意孤行的和潜在的自杀性的方针。"

美对韩国采取"胡萝卜加大棒"政策

美国决定对李承晚采取胡萝卜加大棒政策，一方面让朝鲜的美军司令部准备一个"永远准备着"的计划，克拉克指示接替范佛里特的第八集团军司令的马克斯韦尔·泰勒将军拟定了一个"从最坏处着眼的应急计划"，即李承晚可能把韩国军队撤离联合国军指挥之下，这样将使联合国军阵地全线崩溃，因此"计划"预想了三种紧急情况和采取的紧急措施：1.韩国军队对联合国军队的指示不予置理。那么，美国和联合国部队将着手保卫大城市周围的重要地区；海军和空军将继续处于戒备；对韩国军队和政府的情报活动将增强。2.韩国军队单独采取行动。那么，美国将作出某种"保护性"撤退以确保基地之安全；韩国军队将被解除武装，代之以可靠的联合国部队；平民的动向将受到控制。3.最极端的情况，韩国军队和平民同联合国部队"公开敌对"。克拉克在5月27日致美国参谋长联席会议的电报中概述永远准备着计划的这一部分的措施说："李承晚将被邀至汉城或其他地方——任何能使他离开釜山（韩国临时首都）的地方。联合国军司令官将在合适的时候开进釜山地区并拘捕5至10名在李承晚的专横行动中担任过领导人的韩国高级官员……并通过韩国军队总参谋长实行军事管制法，直至取消之时为止。如果李承晚仍拒不接受联合国军的停战条件，他将被单独扣押在警卫森严之处。联合国军司令部将着手建立一个由首相张泽相领导的政府；如果他拒绝，则将在韩国军队或直接在联合国军领导下建立一个军政府。"

"永远准备着"计划被参谋长联席会议和国务院欣然接受，然后于5月29日呈交国务卿杜勒斯和国防部长威尔逊审批。杜勒斯、威尔逊命令参谋长联席会议通知克拉克，在"极其紧急"的情况下，他有权"采取必要行动以保护你的部队完整"。等于授权给克拉克在紧急情况下可以搞掉李承晚。

另一方面，杜勒斯、威尔逊等则准备对李承晚采取胡萝卜政策。即如果李承晚同意接受停战条件，则美国同韩国签订一项长期安全条约。

5月30日，艾森豪威尔决定把一项安全条约作为李承晚接受停战条件时正式的附属条件提出。但是他不希望把这一建议公开，以免被共产党抓住，在和谈中纠缠不清。

与此同时，板门店谈判进展迅速，朝中方面已暗示美国方面，大体上同意联合国军5月25日的建议，很明显只要澄清几个细节就可以达成协议了。

克拉克奉命将上述情况通知李承晚。这天，李承晚的妻子奥地利出生的弗朗西斯卡没有在座，过去她总是穿着一套飘拂如仙的朝鲜服装参加他们的谈话。这说明李承晚的情况不好。克拉克告诉李承晚说，"我国政府已经决心向前走，并在5月25日条约基础上签订协定；马上就要就战俘问题达成协议；现在只有几个问题留待解决了。"布里格斯大使将在今天带来艾森豪威尔的一封私人信件，概述美国将采取的支持南朝鲜的步骤，"除了不以继续战斗来保障朝鲜的统一之外"。

李承晚怒气冲冲激动地说："美国采取这种绥靖策略是犯了一个大错误，韩国政府决不接受这些停战条件；它将打下去，即便这意味着自取灭亡也罢，而且我李承晚将领导战斗。现在可以自由自在地采取认为是合适的步骤了。"

克拉克要他对最后一点作出详细阐述，但是由于过于激动，他只是闪烁其词。克拉克告诉他："单独进攻是多么徒劳无益，因为……没有必要的后勤支持，这将导致自己和国家的毁灭。"李承晚反驳说："我的国家即将要变成一个共产党国家；这是不可避免的，我和我的人民现在死和以后死都一样。"

克拉克同李承晚的谈话不欢而散。

后来克拉克在向华盛顿报告这次谈话时强调说，虽然他尚不能肯定李承晚是否已下定决心要破坏和平，"但他确有能力来违反停战条件使联合国军大为难堪"。这位韩国总统"根本不讲道理，而且拿不出理由，他自己是唯一知道他将要走多远的人，但是毫无疑问他要以此来吓唬别人，直至最后"。"我目前看不到有任何解决办法，莫如静待事态发展。"这种"事态发展很快就要来了"。

志愿军反击战以打击李承晚为主

周恩来、毛泽东洞悉美国同李承晚之间的矛盾，以及李承晚阻挠停战谈判的顽固态度，决定中国人民志愿军发起第二阶段的反击，原以西线为重点的打击美军的计划，改为以打击李承晚为主，适当打击美军，暂不打击英军的方针，以分化敌人，打击李伪军的气焰，促进停战谈判。

5月27日，志愿军司令部命令前线部队第二十兵团、十九兵团和九兵团，集中力量打击北汉江两侧的伪第八、第五两个师，并准备吸引和粉碎可能从纵深机动的两个师以上的反击。

6月4日晚10时整，繁星满天，弦月如弓，虽已进入夏季，却并不热，感到舒适宜人。这时我各种火炮突然齐声轰鸣，像放鞭炮一样，响个不停。整整打了 20 分钟，接着我喀秋莎火箭炮二十一师又连着发了两个齐放，打完后，李伪军阵地上成了一片火海，地上腾起的烟尘是火红的，天上翻滚的云彩也是火红的。

9 日夜间，我六十军突击部队已秘密进入敌阵地前翼侧隐蔽处潜伏。10 日晚，六十军以 3 个团的兵力，在各种火炮支援下，采取多梯队的方式分别从东、北两个方向发起冲击，不到一个小时，全歼守敌一个团，首创了阵地战以来一次战斗攻击歼敌一个团的范例，至 6 月 15 日，六十军把阵地向敌方推进 42 平方公里。

6 月 11 日，六十七军将 8 个连兵力潜入敌阵地前的我秘密构筑的屯兵洞。12 日晚，六十七军以 3 个团的兵力，在各种火炮、坦克的支援下，向敌人的"横范阵地"号称"京岁堡垒"的伪第八师二十一团主阵地突然发起冲击，迅速占领阵地，全歼了守敌，把阵地向前推进了 12 平方公里。十九兵团的一军、四十六军，九兵团的二十三、二十四军也向敌人发起了反击，分别将阵地向敌方推进了 1.5 平方公里和 1 平方公里，共歼敌 41000 余人。志愿军的第二阶段反击战，使克拉克和华盛顿的决策者十分震惊。逼于形势，美国终于同意以我 5 月 7 日 8 点建议为基础，在 6 月 8 日达成并签订了《中立国遣返委员会的职权范围》的文件。协议说："双方同意将停战协定草案第五十一款关于处理直接遣返的战俘的规定作适当的修改，而将未予直接遣返的其余战俘统交中立国遣返委员会，根据《中立国遣返委员会的职权范围》处理。"《中立国遣返委员会的职权范围》共 11 条 26 款。要点是：一切不直接遣返的战俘，应于停战协议生效后 60 天内由拘留一方的军事控制下释放出来，在朝鲜境内交给由波兰、捷克斯洛伐克、瑞士、瑞典、印度五国代表组成的中立国遣返委员会看管。

战俘所属国家应有自由与便利，自中立国遣返委员会接管战俘之日起派遣代表向一切附于该国之战俘进行 90 天的解释。90 天之后如尚有未行使遣返权利的战俘，其处理应交由政治会议在 30 天之内解决。在此之后尚有未行使遣返权利的战俘，而政治会议又未为他们协议出处理办法者，应由中立国遣返委员会在 30 天之内宣布解除其战俘身份，使之成为平民，并协助他们前往他们申请要去的地方。

这个一年多来唯一阻碍停战达成协议的战俘遣返问题解决了，这就意味着朝鲜停战协定不久便要正式签订了，朝鲜的和平便要实现了，为之而奋斗的主张和目的便要达到了，它是多么令人难以忘怀的时刻啊！

周恩来在当天夜里从他的办公室里打电话给李克农，祝贺战俘遣返问题达成协议，并要他向谈判代表团的全体同志转达他的慰问。那些为谈判日夜操劳的人们为此流下了激动的眼泪，他们感谢中央的关怀。同时每一个人都想到这场谈判斗争中最操劳、最辛苦的是它的决策者、指挥者周恩来，每一次谈判，每一场斗争，每一个关键时刻都倾注了他的心血。他日理万机，国内的政治、经济、文化、军事他都要管，国际问题、外交工作他要管，他还要协助毛泽东指挥朝鲜战争。真不知有多少个不眠之夜，里里外外，在那里紧张工作，不知道累成什么样子。但是，大家感到有这样的总理、这样的外长真是国家的幸福，在这样的领导人领导下工作，即便如何辛苦，如何累，即便是在前线牺牲了也是心甘情愿的，绝无半点怨言。

6 月 8 日以后，各方面为朝鲜停战协定的签字忙碌起来了。

6 月 11 日，章汉夫副外长在外交部接待室里分别接见了捷克斯洛伐克、印度、瑞典大使、瑞士公使、波兰临时代办，说明朝中代表团已与联合国军代表团协议，由谈判双方分别邀请五个中立国，朝中方面愿意由我国政府正式邀请五中立国同意按照战俘遣返问题协议条款参加中立国遣返委员会的工作。五中立国家分别于 6

月 11 日、12 日、13 日答复我外交部，一致接受我政府邀请，参加中立国遣返委员会的工作。

在板门店谈判帐篷里，于 6 月 16 日双方参谋人员按照实际接触线重新划定了军事分界线，我方向南推进了 140 平方公里。在另外一个帐篷里，双方的文字专家正在逐条逐段逐字地重新审定停战协定的文本。

志愿军和人民军的战士们在赶修开城到板门店的公路和桥梁。

其他有关工作人员和各国记者也陆续赶到板门店来了。

中国人民志愿军司令员兼政治委员彭德怀也预定在 6 月 19 日离开北京前来开城，在停战协定上签字。

正在指挥进行第二阶段反击作战的中国人民志愿军的司令部，于 6 月 15 日傍晚接到彭德怀从北京打来的电报说："据我停战谈判代表团电话称：军事分界线已基本上达成协议，以今晚（6 月 15 日）24 时为准，在本晚 24 时前敌我双方攻占之阵地均为有效，在此以后（零时起）即作为 16 日计算，敌我攻占之阵地均属无效。我志愿军和朝鲜人民军为促进停战实现，应以明日（16 日）起坚守阵地，不再主动出击，但要提高警惕，严阵以待，对敢于侵犯我阵地之任何敌军坚决给予歼灭之打击，切不可有任何疏忽。"中朝联合司令部于 15 日晚 7 时，向志愿军各兵团和朝鲜人民军各军团发出了《16 日起停止主动向敌攻击》的命令。

大局已定李承晚搞小动作

"丁零零、丁零零"，总理办公室的军用电话铃声响了。周恩来拿起电话，说："我是周恩来呀。"

"总理，我是彭德怀呀！"

"啊！彭老总，天快亮了，你还没休息?"

"你不也没有休息嘛！总理！我的身体比你好，你的事情太多太忙，得注意休息，可不能累垮了，你是我们国家的大管家。"

"你不是要回朝鲜去签订谈判协定吗?"

"是的，我明天晚上走，正是为这事才打扰你。我想在临走之前，见见你和主席，看还有什么交代的和注意的事?"

"那好，我报告主席，你就好好休息，等候我的通知。"

6月19日下午，中南海颐年堂毛泽东的办公室里，周恩来、彭德怀先到，正在那里亲切交谈，研究签字的事，毛泽东急急忙忙从他的卧室里走进来，抱歉地说："让你们两位抗美援朝的大功臣在这里等我。"他一边朝着沙发走来一边说，"美帝国主义这只不可一世的老虎屁股摸不得，这次我们就摸它一下，而且它也老老实实地服输了。这次美国可丢了大面子了!"

"这是美国自建国以来，第一次遭到这样大的失败，损兵折将40多万人。"周恩来说。

"连李承晚的军队和其他十几个国家的军队总共被我毙、伤、俘达100多万。"彭德怀补充说:

"击落击伤敌机近2万架，击毁击伤坦克2600多辆、汽车4000多辆、各种炮1370多门，击沉击伤各舰艇257艘。我军缴获敌飞机11架，坦克370余辆，汽车9000多辆，装甲车160多辆，各种炮6300多门，各种枪11万多支近12万支，火焰喷射器170多具，炮弹、枪弹不计其数。各种通讯器材5700多件。"

"打得好，打得痛快，打出一个局面，打出一个停战协定。不仅保住了北朝鲜的疆土，越过了三八线，而且提高了中国的国际地位和声誉，保卫了世界和平。可以说是赢得了战争，也赢得了和平。"周恩来又说。

"这都是我们彭大将军的功劳。"毛泽东笑着对周恩来说，"这说明我们选将选对了，三军易得一将难求啊！"

"不、不，这不能算是我的功劳，是主席、总理运筹帷幄、指挥若定。没有你们的胆识、雄才大略，敢于冒着很大的风险，独立自主地作出抗美援朝这样震惊世界、亘古未有的重大决定和英明的战略决策，我彭德怀算得了什么，只不过是坚决执行你们的命令和指挥做了一些具体的事。而且还依靠全中国人民、朝鲜人民和一起并肩作战的朝鲜人民军、金日成首相的全力支持，才有今天的局面。"

"你说得还不完全，李克农、乔冠华和谈判代表团也有很大的功劳，他们同志愿军一样英勇善战，以极大的坚定和耐心，击破敌人在谈判桌上的种种阴谋，最终迫使敌人达成停战协议。这要归功于恩来同志领导有方。"毛泽东说。

"不对，主席，这个功劳不能算在我的头上。重大的决策都是你决定和批准的，我同彭老总一样只不过做点具体工作。"周恩来谦虚地说。

"恩来同志你一向谦逊，从不争功争权，值得全党学习，但是在国际问题上、外交上，你的经验多，手面大，见识广，知识渊博，我早就说过，我不如你，在我们中央领导同志中没有一个能赶上你的，当仁不让嘛。"毛泽东停顿一下说，"今天我们不谈这个，让后人去评说吧！总之，我们是把美国这只老虎尾巴给抓住了，狠狠地揍了它一顿，这个历史事实是任何人也否定不了的吧。今天晚上老彭要回朝鲜去签订停战协定，恩来你有什么指示和要注意的问题？"

"现在大局已定，不会有什么大的变化。但美国是头号帝国主义，很狡猾，反复无常，要防止它耍新花招。李承晚很顽固，刻骨仇视和平，6月18日午夜，他私自放了关押在南朝鲜战俘营朝鲜人民军被俘人员27000多人，企图以此破坏停战协定的签字。很显然李承晚这一行动是美国纵容和默许的，这是一个讯号，值得注意。因此我考虑协定可以暂时不签，拖一下，要与美国、李承晚进行坚决斗争，特别要发动国际舆论谴责李承晚、美国破坏协议，违反世界人民的和平愿望。逼迫美国承认错误，承担这次事件的责任，直到美国和李承晚作出切实保证，不再违反和破坏协定，保证协定顺利执行，那时再正式签订协定。同时，也请德怀同志到朝鲜前线后，根据那里的实际情况，征求邓华他们和金首相的意见，有无必要在军事上再教训一下李承晚，让他老实点。但是斗争要适可而止，有理有利有节，我们的目的还是要实现朝鲜的和平。至于被李承晚扣留的战俘恐怕是要不回来了，但是现在不能松口，要利用这件事在政治上打击美、李。"周恩来稍稍思考一下又说，"停战协定签订要好好宣传一下，宣传中国人民抗美援朝的伟大成就，宣传中国人民志愿军的伟大胜利，宣传朝鲜人民为保卫祖国进行的英勇斗争，宣传苏联、东欧民主国家和世界爱好和平的人民的支援，宣传和平战胜战争，宣传正义战胜邪恶。还要宣传停战协定的签字只是解决朝鲜问题第一步，要举行朝鲜问题的政治会议，政治解决朝鲜问题，撤退一切外国军队，让朝鲜人自己决定朝鲜的命运。另外还要开一些庆祝、欢迎会、报告会。你回来的时候准备在车站开欢迎会欢迎你凯旋，然后用什么名义什么方式举行报告会。这是激发人民爱国精神、鼓舞斗志的好机会好方法，把人们的热情引导到祖国的经济建设增强国力上来。"周恩来说，"我可能讲得远了一点，看主席有什么指示？"

"恩来同志讲得很好，讲得深，看得远，我都同意。我也赞成给李承晚一点颜色看看，但是否要这样做，请老彭到那里后，权衡一下利弊，报告我们再定。"毛泽东完全肯定周恩来的意见。

彭德怀起身说："我完全同意恩来同志的意见，将坚决按照主席和总理的指示办，请你们放心，像前年出征时一样，决不辱使命。"彭德怀是个爽快人，说完了拔腿便走。

周恩来赶忙说，请你代主席和我问候金日成同志，祝贺朝鲜同志取得伟大的胜利。

毛泽东赶紧补充说，还要问候中国人民志愿军全体指挥员和谈判代表团的同志们，他们辛苦了。

再说李承晚这个顽固分子，竟敢冒天下之大不韪，私自于6月18日夜以"就地释放"名义，胁迫朝鲜人民军被俘人员27000多人离开战俘营，被押解到李承晚的训练中心，将这些被扣留的战俘编入南朝鲜的军队中去。李承晚的这一罪恶行动，立即在全世界引起愤怒和谴责。印度总理尼赫鲁于6月25日致电联合国大会主席要求召开联合国特别紧急会议，讨论因李承晚释放战俘而引起的严重局势。英国首相丘吉尔因遭到议员们的严词质问，不得不致电李承晚提出抗议，说"女王政府强烈谴责这种背叛行为"。参加朝鲜战争的美国其他盟国政府也纷纷向华盛顿提出抗议和质询。艾森豪威尔在各方压力下，一方面指示美方首席代表哈利逊作出交代，一方面于6月18日给李承晚发出一份急电，严厉地对李承晚说："我怀着严重关注获悉，你已下令释放被联合国军司令部拘押在它管辖下的集中营的北朝鲜战俘，看守这些战俘的责任部分地被联合国军司令部付托给大韩民国武装部队，你的命令是由你们公开使用暴力而得以执行的，从而违抗联合国军司令部的指挥。"

"1950年7月15日，你正式通知联合国军司令，鉴于联合国为大韩民国而采取联合军事行动，你授权他和在朝鲜境内或附近海区行使联合国军司令部授权的那些司令们，'有权在目前处于敌对状态期间指挥大韩民国海、陆、空三军'。克拉克将军和泰勒将军报告我，在最近几天内，你已给了他们无条件的保证，即你在没有和他们磋商之前，将不会采取与以上所谈相抵触的片面行动。"

"要是你坚持目前的行动方针，就无法使联合国军司令部继续同你一致行动，除非你准备立即毫不含糊地接受联合国军司令部的指挥，处理并结束目前的敌对行为，否则就将另行安排，因此，联合国军队总司令现已授权将根据你的决定而相应采取必要的步骤。"

"作为你个人的朋友，我希望你会找到一个立即纠正这一局面的方案。""因为我感到不得不对我国人民和我们的盟国恪守信用。"

杜勒斯在一次公开谈话中怒斥李承晚的行动是对联合国军司令部"权威的侵犯"，随后他又发信给李承晚，措辞更为激烈，并通知他，美国派助理国务卿沃尔特·罗伯逊前来同他商谈。

6月20日，我方首席代表南日大将在代表团全体会议上宣读了朝鲜人民军最高司令官金日成元帅与中国人民志愿军司令员彭德怀将军在6月19日致联合国军总司令克拉克将军的信件。全文如下：

联合国军总司令克拉克将军：

我们收到你方哈利逊将军1953年6月18日致我方南日大将的来信。

你方在来信中说，被拘留在你方第五、六、七、九号战俘营里的朝鲜人民军战俘25000人，是6月18日在南朝鲜政府最高级的事先秘密筹划和缜密配合之下，并得到南朝鲜警卫部队和外界的援助"越出"战俘营"逃"走的。可是，南朝鲜李承晚却已正式承认，这些战俘是他命令南朝鲜警卫营部队"释放"的。

仅仅在十天之前，双方才签订了关于战俘遣返问题的协议，而在你方直接控制之下的南朝鲜政府和军队，却已悍然地公开破坏了这个协议，在所谓"释放"的命令之下，经过特务、警卫部队和外界的里应外合的行动，胁迫占全部不拟直接遣返的战俘总数一半以上25000人离开战俘营。因此，我们对于这次事件的性质，不能不认为是极端严重的。

南朝鲜李承晚集团好久以来即在叫嚣着要"反对朝鲜停战"，"向北进攻，统一全国"，"解放所有'拒绝'遣返的朝鲜战俘"。你方对于这一问题，不是不知道的。可是你方并未采取实际措施，来预防并阻止这次事件的发生。这就证明你方是有意纵容李承晚集团去实现其久已蓄意的破坏战俘协议，阻挠停战的预谋。我们认为，你方必须负起这次事件的严重责任。

我方早就一再提请你方注意：你方所一贯宣传的所谓"防止强迫遣返战俘"，完全是无中生有，根本不曾发生的。相反地，强迫扣留战俘的可能性却是时刻存在着和增加着的，因而是我们所必须坚决反对的。现在发生的这次李承晚"释放"和胁迫战俘事件，证明我们所反对的强迫扣留已经进一步地成为不容置辩的事实。而你方在这个问题上历来所表现的错误立场和纵容态度，不能不直接影响这次事件的爆发和即将签字的停战协定的实现。

鉴于这次事件所产生的异常严重的后果，我们不能不质问你方：究竟联合军司令部能否控制南朝鲜的政府和军队？如果不能，那么，朝鲜停战究竟包括不包括李承晚集团在内？如果不包括在内，则停战协定在南朝鲜方面的实施有什么保障？如果包括在内，那么，你方就必须负责立即将此次所有"在逃"的，亦即"释放"和胁迫扣留并准备编入南朝鲜军队中去的25952名战俘，全部追回，并保证以后绝对不再发生同类事件。

我们等待着你方的回答。

朝鲜人民军最高司令官元帅　金日成

中国人民志愿军司令员　彭德怀

《人民日报》于 6 月 22 日以《美方必须对强迫扣留战俘负责》为题发表社论。社论列举大量事实说明美国事先就知道李承晚要私自"释放"战俘，破坏停战协定，毫无疑问美国是纵容、默许李承晚这样做的，因此美国负有严重的责任，必须承认错误，作出保证，以后不再破坏协议。

谈判桌上，我方紧紧抓住这个问题，谴责李承晚和美国，要美国承认错误、交回被"释放"走的战俘，并保证以后绝不再犯。

再说，多谋善断的大将军彭德怀于 6 月 20 日由北京赴开城，准备在停战协定上签字。他了解情况之后，根据临行前中央毛泽东、周恩来指示精神，途经平壤时给毛泽东发了一份电报：

> 毛主席：20 日晨抵安东，南北朝鲜均降雨，故白日乘车至大使馆，与克农、邓华均通电话。根据目前情况，停战签字须推迟至月底似较有利，为加深敌人内部矛盾，拟再给李承晚伪军以打击，再消灭伪军 15000 人（6 月上半月据邓华说消灭伪军 15000 人），此意已告邓华妥为布置，拟明 21 日见金首相，22 日去志司面商停战后各项布置，妥否盼示。
>
> 彭德怀　6 月 20 日

中央接电后，毛泽东、周恩来商量后，当即复电表示同意：

> 6 月 20 日 22 时电悉，停战协定签字必须推迟，推迟至何时为适宜，要看情况发展才能决定，再歼灭伪军两万人极为必要。

再次严惩李伪军

这时，李伪军在金城以南、北汉江以西4个师的阵地更加突出，态势对我极为有利，同时我军已查明了敌人第一道防线阵地的设施情况，我方已集中了4个军的兵力和400多门大口径火炮，又有第一、二次反击作战的经验，军队士气很高，也有雄厚的物资基础，加之李承晚因为私自释放战俘，破坏和谈，很不得人心，因此，政治上对我极为有利，狠狠地打击一下李伪军，美国也只能哑巴吃黄连，有苦说不出。

中国人民志愿军党委在彭德怀亲自主持下开会研究，决定立即在全线发起第三次攻击作战。随即指示各个兵团、各军原预选攻击目标，如已准备就绪者，应坚决歼灭之；如新选目标应抓紧时间进行准备。对美军及其他外国军队仍不做主动攻击，但对任何向我进犯之敌，均必须给予坚决打击。

7月13日晚，昏天黑天，异常闷热，我军1000多门火炮，突然以排山倒海之势，铺天盖地向敌人猛轰，喀秋莎火箭部队两个师，向敌人连打了三个齐放。接着我二十兵团的3个集团同时向敌4个师25公里的防御正面发起了迅猛突击。仅一个小时以后，我军突破敌人阵地。二十兵团西集团突破后，以迅雷不及掩耳之势强攻当面之敌，采取渗透迂回的战术向敌后纵深猛插。一个13人的侦察班，在副排长杨育才的带领下，化装成护送美军顾问的南朝鲜士兵，接连混过敌人三道严密警戒，出其不意地直抵敌首都师第一团，也即是有名的白虎团之部。正赶上敌人指挥所开会，他们便突然开火射击，当场毙伤敌伪团长以下45名，活捉19名，捣毁了伪团部和通讯联络，该团很快溃乱。接着，又乘黑夜堵截溃逃之敌，歼灭了一个位于白虎团团部附近的炮兵营大部和乘车来援的伪首都师装甲团二营大部，击毙该团团长。

7月14日，大雨如注，雷电交加，我军乘在雷雨天敌航空兵活动不便，迅速扩大战果，四集团于下午攻占了梨宝洞、间榛岘一线，六十八军二〇四师在激战中生俘了伪首都师副师长林益淳。

二十兵团中央集团突破后，左翼一九九师在对轿岩山的攻击中，遭敌顽强抵抗，战斗异常激烈。右翼二〇〇师于当夜突破后，迅速向敌纵深发展，占领了龙渊里、东山里，割袭了伪第六师防御，使轿岩山和峰火山两敌侧后受到威胁，发生动摇。

二十四军突破后迅速歼灭了注字洞南山、杏亭西山之敌，黄昏前占领了432.8高地及杨谷以北地区，保证了二十兵团右翼的安全。

至14日晚，金城川之敌已全部被我肃清。我军行动对敌金化要地造成严重威胁，损失惨重，敌人描述说："令人难以置信的大量炮火在头上呼啸，在呼啸声中他们前赴后继攻击这个地区的大韩民国的防线，在共军的猛攻下，前哨阵地一个接一个地被打垮了。"

伪军遭到痛击后，美、李间的那种关系更加微妙了，李承晚埋怨美国见死不救，只顾自己，美国埋怨李承晚无能，美伪之间矛盾加深。为了挽救败局和调整美、李之间的关系，联合国军总司令克拉克，美第八集团军司令泰勒于7月16日匆忙赶赴前线，稳定军心，部署反扑。当日敌先后以伪三、六、八师残部及伪五、七、九、十一师和美三师等部向我发起反扑，企图恢复失地。17日，敌纠集6个团的兵力，在100余架飞机和大量炮火支援下，向我东集团阵地猛攻，我军与敌激战尽日，后考虑到我军阵地过于突出，又背水作战，除留一个营坚守461.9高地有利地形外，其余撤至金城川以北，中、西集团也做了适当收缩。从18日起，敌人反扑的重点逐渐转移到中央集团，我军与敌军展开激烈争夺战，牢牢地守住阵地，给敌以重大杀伤。东集团阵地，敌人企图夺回461.9高地，但未能得逞。一直战斗到 7 月 27 日，我军一共歼敌 5 万人，收复土地 178 平方公里，拉直了金城以南的战线，造成了对中朝方面极为有利的态势。

我军的节节胜利，使敌人处境更加不利，因李承晚私自"释放"战俘，遭到世界舆论的谴责，谈判桌上又理屈词穷。艾森豪威尔、杜勒斯等考虑，只好向朝中方面作出保证，把停战协议签了，拖下去很不利。所以就在金城战役的同时，美方一方面派助理国务卿罗伯逊与李承晚进行谈判，再次实行安抚，如签订美韩安全条约，第一次付给两亿美元的经济援助；扩编韩国军队为 20 个师；政治会议前美朝举行高级会谈。这样李承晚给艾森豪威尔一封亲笔信，书面向美国保证不再阻挠停战协定的实施。与此同时，让克拉克复金日成、彭德怀 6 月 19 日的信，保证停战条款的执行。信的全文如下：

朝鲜人民军司令官金日成元帅、中国人民志愿军司令员彭德怀将军：

联合国军当然同意，约 25000 名朝鲜人民军被俘人员的逃亡是一个严重的事件，并且不幸得很，对于双方热诚争取的早日停战也无助益。联合国军通过哈利逊将军 1953 年 6 月 18 日的函件，立即将关于损失了这些战俘的事实通知了你们，我们觉得你们应该尽早地得到这一消息。然而在你们 6 月 19 日的来信中，我注意到你们为了某些理由并未接受我们所正确向你们报告的现实情况，你们且对事实作了若干不正确的说法，为了真诚地努力于达成早日的停战，我将进一步澄清这些事实。

虽然我们自动地与准确地提出了这些事实，你们似乎仍然认为战俘的"逃亡"与他们在大韩民国政府命令下的"释放"

是矛盾之词。正如现在你们已清楚知道的，事实是这些战俘冲破监狱的围墙与障碍物而"逃跑"了，除掉那些已被捕者外，都已经消失在平民中间了。他们是被"释放"的，因为大韩民国政府未经联合国军知悉，并违背联合国军竭力策划并布置了此次逃跑，而大韩民国军的保安警卫并没有做什么真正的努力以阻止逃跑。

在回答你们来信中所问的问题时，我相信你们认识到我们双方寻求的停战是一个双方军事司令官间的军事停战。联合国军是一个军事司令部，和你们 6 月 19 日来信中所表示的意见相反，它并不对大韩民国行使权力，大韩民国是一个独立自主的国家，其政府是该国数以百万计的人民自决的产物。大韩民国军是由其政府置于联合国军的控制之下的，以便更有效地击退对大韩民国的武装侵略。我相信你们应当清楚地知道，由于大韩民国所做的承诺，联合国军的确统率大韩民国军。在这次事件中，该政府违背了其承诺，通过了认可的军事途径以外的途径对某些韩国部队发布了我所不知的命令，容许战俘逃跑。

你们又问，朝鲜停战是否包括李承晚总统所代表的大韩民国？另一密切相关的问题表示你们企图知道，对南朝鲜方面而言，停战协定的实施有何保证。在这里有必要重申：我们所寻求的停战是双方司令官之间的军事停战，并涉及双方司令官所能使用的部队。停战协定中某些规定需要大韩民国当局的合作，这一事实是被认识到的。兹向你们保证：联合国军与利害相关的各国政府将尽一切努力以取得大韩民国政府的合作。遇有必要之处，联合国军将尽其所能建立军事上的防御措施，以保证停战条款将被遵守。我们之愿意这样做，对你们应该是明显的，因为我们已经同意了"职权范围"中要求联合国军采取某些行动以保证中立国遣返委员会与其人员的安全的那些部分。

令人惋惜的是，你们竟声称联合国军纵容了战俘之逃亡。除了与昭彰的事实相反以外，这种非难是趋于阻碍，而非促成停战协定的。联合国军正继续努力追回已逃亡的战俘。但如果这些战俘可以追回相当的数目，则会是不现实的，而且会引起误解的，因为他们已经消失在居民中，而这些居民是有意庇护与保护他们的。你们毫无疑问地认识到，对我们来说，要把这些战俘全部追回，和对你们来说，要把你方在敌对行为进行期间所"释放"的5万南朝鲜战俘追回来，是一样的不可能的。你们当然了解，敌对行为的终止将有助于这些逃亡的朝鲜战俘返回你方，如果他们不反对这种回返的话。按照停战协定草案第五十九款的规定，这些逃亡战俘，如果他们愿意的话，可以在停战生效后前往你方。

停战签字后，那些期望被遣返的战俘的交换将包括你们在1952年4月所报道的12000名我方人员，加上自该日以来被俘的现在你们手中的其他人员，而与此相对照，则约有74000名你方人员，包括约69000名朝鲜人现在我们手中，而且准备交还你们。

这封信是联合国军的一种真诚努力，来使你们得以知晓事实。在建议双方代表团立即会晤，以交换关于中立国监察委员会每一组成部分能以准备工作的时间的材料，以使停战的生效日期得以确定，并且在接到那项材料时，由我们双方各自的代表团所达成的停战协定得以即行签字。

联合国军总司令美国陆军上将　克拉克
1953年6月29日于联合国军总司令部

朝中代表团研究了克拉克的信以后，认为虽然克拉克来信中已经保证，在停战协定实施上取得李承晚的合作，并说"遇有必要之处，联合国军将尽其所能建立军事防范措施，以保证停战条款将被遵守"。但这不够肯定，美国人说话不算数，出尔反尔，一定要在会场上把6月19日金日成、彭德怀信中所提出的质问逐条落实在文字上，把它扣死，公之于全世界。经请示周恩来批准，于7月7日以金日成、彭德怀名义再次致函克拉克。全文如下：

联合国军总司令克拉克将军：

　　你在1953年6月29日复信中，承认了李承晚集团胁迫朝鲜人民军被俘人员离开战俘营并强迫扣留他们是一个严重而不幸事件，这是对的，但你对这一事件的解释和处理，是不能令人满意的。

　　一切照章的事实都证明联合国军是不能完全推卸对于这次事件的责任的。南朝鲜政府和军队对于这次事件的预谋，早有表示，你方是知道的，但你方并未采取任何预防措施。事件发生后，你方不仅对于在联合国军控制下的南朝鲜保安部队胁迫离营的破坏战俘协议的行为未给以任何有效制裁，而且在我方6月19日去信提请你方应充分注意之后，你们仍然听任南朝鲜保安部队继续胁迫战俘离营，使李承晚集团强迫扣留战俘的总数达到27000余名，其中并包括有中国人民志愿军被俘人员50余名。在你方首席代表哈利逊将军6月18日来信、你的6月29日复信中，均表示正在努力追回"在逃"的战俘，但你同时又说，要把这些战俘全部追回，是不可能的。实际上，你方的宪兵却奉命不得干涉任何"逃跑"的战俘，听凭他们被强迫到李承晚的军事训练中心去报到。联合国军这一期间所采取的态度，至少在事实上是纵容了李承晚集团放肆地进行其破坏停战协议和阻挠停战实现的活动。

　　你方企图将我方于停战谈判前在战场上释放战俘的人道行

为与南朝鲜保安部队在战俘协议签订后胁迫战俘离营的破坏行为相比拟，这是完全不适当的。你方对于这次"在逃"的战俘，在任何时候，都负有全部追回的责任。必须提出警告：李承晚集团现在还在叫嚣要继续"释放"亦即强迫扣留剩余的8500多不直接遣返的朝鲜人民军被俘人员，并正在勾结蒋介石特务企图胁迫中国人民志愿军被俘人员离开战俘营，以图彻底破坏双方已经签订的战俘协议。我们认为，你方对此，必须负起绝对责任，保证这类事件不再发生。

你来信保证，联合国军在必要处将尽其所能建立军事上的防御措施，以保证停战条款的实施，我们认为，这是必要的；但你方对于南朝鲜政府和军队遵守双方代表团所达成的停战协定的保证，表示尚无确实把握。而且李承晚集团一直还在叫嚣"武力统一朝鲜"，单就这一点论，已足证明三年前的侵略究竟来自何方。现在，联合国军如果继续纵容李承晚集团，并容许其进行破坏和平解决朝鲜问题的可能性的种种预谋，则即使朝鲜停战签了字，对于朝鲜民主主义人民共和国的武装侵略仍然随时可以爆发。因此，我方认为，你方对于南朝鲜政府和军队在遵守停战协定及其一切有关协议上必须采取有效步骤，方能保证朝鲜停战不受破坏。

综上所述，虽然我方对于你方的答复不能完全满意，但鉴于你方表示了努力达成早日停战的愿望及所提供的保证，我方同意双方代表团定期会晤，商谈有关停战协定的实施问题以及停战协定签字前的各种准备工作。会晤日期将由双方首席代表经过联络官商定。

朝鲜人民军最高司令官元帅　金日成
中国人民志愿军司令员　彭德怀
1953 年 7 月 7 日

代表团大会于 7 月 10 日复会了。美方首席代表感到自己的责任重大了，改变了过去习惯在会场上吹口哨，也改变了他那满不在乎的傲慢态度，老老实实地坐在那里，听取我方的质询，并把要回答的措辞一个字一个字地写在纸条上交给其他代表传阅同意后再照本宣读，表现出沉着老练的样子。这样的会议连续开了 6 次，直到 7 月 16 日才告结束。对我方的提问或作答复或重复或默然，虽然话不多说措辞很谨慎，答复也有分寸，但处在被告席上，像审判案子一样，这是谈判以来美国代表处在十分尴尬的地位，最终还是作出了肯定的保证，保证韩国军队将不以任何方式阻挠停战协定条款的实施，如果韩国进行任何破坏停战的侵略行为时，联合国军将不予支持，并承认朝中方面有权采取必要行动抵抗侵略，保障停战。即使在这样的情况下，联合国军仍保持停战状态，也不向韩国提供武器弹药、物资装备供应在内。

7 月 19 日，朝中首席代表南日大将把美方首席代表哈利逊将军对实施停战问题所做的保证以声明的形式公之于世。声明说：

1953 年 6 月下半月，你方的南朝鲜政府及其军队在联合国军的控制之下，胁迫 27000 余名我方被俘人员离开战俘营，破坏了关于战俘问题的协议，因而使停战协定的签订遭受拖延和阻挠，并使停战协定各项条款的实施失去保障。我们认为，对于南朝鲜政府及其军队的这一破坏行动以及由此行动而可能引起的关于朝鲜停战的不利发展，联合国军是不能推卸它的纵容责任的。

南朝鲜政府及其军队的破坏行动引起朝中人民以及全世界爱好和平人民的最大警惕。为了取得对于实施停战协定各项条款的明确保证，以便能够在朝鲜实现真正的停战，朝中方面认为有必要向联合国军方面提出一系列的问题要求澄清。现在，为使世界人民得以共见你方的保证，我们根据记录将你方对于我方所提各项问题的答复综述如下：

一、关于朝鲜停战究竟包括不包括南朝鲜政府及其军队在内的问题，哈利逊将军在1953年7月11日答复说："联合国军在提出执行停战协定时，已表示愿意受停战协定草案各项条款的约束。"在7月16日哈利逊将军说："我在7月12日说过'你们被保证联合国军包括大韩民国军队在内准备实施停战协定的条款'。……我再次向你们保证，我们已从大韩民国政府获得必要的保证，即它将不以任何方式阻挠停战协定草案条款的实施。"

二、关于南朝鲜军队是否将在停战协定签字12小时内完成停火，并将在协定生效72小时内全线自军事分界线后撤两公里以成立非军事区，以实现在朝鲜真正的停火与停战的问题，哈利逊将军在7月12日和7月15日先后作了同样的回答："大韩民国军将停火并后撤。"

三、关于联合国军方面如何保证南朝鲜军队能够遵守停战协定各有关条款的问题，哈利逊将军在7月11日回答说："一旦停战协定的条款受到一方或另一方的破坏，停战协定中规定将事实向军事停战委员会提出……最后如果停战委员会为保证停战条款的遵守而作的努力结果无效，如果任何一方的安全因另一方不遵守停战的协定而受到威胁，则受害一方有正当和充分的理由可以取消停战协定的条款，并采取在该情况下为其所认为必要的军事行动。大韩民国进行任何破坏停战的侵略行为时，联合国军将不予以支持。"

四、关于如果南朝鲜军在停战后破坏停战协定、采取侵略行动，而朝中方面采取必要行动抵抗侵略、保障停战时，联合国军是否仍保持停战状态问题，哈利逊将军在7月13日说：

"回答是是的。"

五、关于如果南朝鲜军在停战后破坏停战协定、采取侵略行动，而我们采取必要行动抵抗侵略、保障停战时，联合国军方面所谓不予以任何支持是否包括不给予南朝鲜以装备和供应上的支持的问题，哈利逊将军在7月13日说："回答是是的。"

六、关于联合国军首席代表曾说在"敌对行为停止后的期间"，南朝鲜政府将与联合国军紧密合作实施停战协定草案各项规定的问题，朝中方面曾指出敌对行为停止后的期间的约束语显然与停战协定不合，因为停战协定的有效性并无时间限制，而联合国军方面这句约束语与李承晚所表示的他只不过在90天内不阻挠停战的话有暗合之嫌。后来哈利逊将军7月13日回答说："停战没有时间限制。"7月16日哈利逊将军说："你方曾要求保证大韩民国政府与军队将在整个停战有效期间，而不是到某一个期限为止的暂时期间遵守停战协定的所有规定……联合国军已明白而不含糊地向你们说过，它准备缔结并遵守该停战协定的全部规定……包括第六十二款。"

七、关于联合国军方面是否保证按照停战协定前往南朝鲜地区工作的中立国人员和朝鲜中方面人员的安全和他们工作上的便利的问题，哈利逊将军在7月12日回答说："任何按照停战协定被准许进入大韩民国的人员受到保护。"7月13日哈利逊将军进一步答复："回答是是的。按照停战协定所派遣到我方地区的中立国监察委员会、中立国遣返委员会及你方人员将被保护和给予他们工作上的便利。"

八、关于如何保障按照协定进入南朝鲜地区执行任务的中立国人员及朝中方面人员的安全，并使他们得到工作上的便利的问题，克拉克将军在1953年6月29日给金日成元帅彭德怀将军的复信中称："遇有必要之处，联合国军将尽其所能建立军事上的防御措施，以保证停战条款将被遵守。"哈利逊将军在 7 月 10 日也说："联合国军将对中立国监察委员会、中立国遣返委员会及联合红十字小组提供警察保护。"

九、关于南朝鲜政府及其军队破坏了关于战俘问题的协议，强迫扣留了 27000 余名我方被俘人员的问题，我方认为，联合国军方面负有将这些人全部追回的无可推诿的责任。克拉克将军在上述 6 月 29 日的回信中曾说："联合国军正继续努力以追回已逃亡的战俘。"但哈利逊将军却对此事未作进一步的交代。

十、关于联合国军方面是否准备保证对其余的朝中方面被俘人员不再采取强迫扣留行动的问题，哈利逊将军在 7 月 12 日回答说："剩下的战俘在被送交中立国遣返委员会之前将不被释放。"7 月 15 日哈利逊将军说："拒绝被直接遣返的剩余的你方被俘人员将被按照中立国遣返委员会职权范围送交给中立国遣返委员会。"

但是，关于追回被南朝鲜政府及其军队强迫扣留的 27000 名战俘问题，联合国军方面在实际上并没有做过任何努力，也没有向我方作出进一步的交代。而关于不直接遣返的剩余战俘问题，尽管联合国军方面曾多次肯定保证：这些人员将按照中立国遣返委员会职权范围送交给中立国遣返委员会，但美国总统代表罗伯逊先生在其与南朝鲜政府发表联合公报中，却公然主张"在一定的时期结束时，凡是希望避免回到共产党统治下的俘虏，都应在南朝鲜释放，而对于非共产党的中国俘虏，则让他们到他们所选择的目的地去。"显然这个联合公报在朝鲜停战协定中不起任何约束作用，但美国政府与南朝鲜政府这个主张显然是违背了中立国遣返委员会职权范围第十一款，而企图在停战后为南朝鲜进一步破坏战俘协议强迫扣留我方被俘人员预作准备。鉴于上述情况，我方对于你方关于战俘问题的保证，认为不能满意，并保留我方要求你方保证完全实施战俘协议的权利。

鉴于联合国军方面关于朝鲜停战协定实施问题所做的保证，尽管我方对你方关于战俘问题部分的保证尚不满意，我方仍然准备与你方即行讨论停战协定签字前的各种准备工作。朝中方面声明，你方对于被强迫扣留的战俘在任何时候都负有全部追回并向我方提出交代的责任。

如果在停战后，你方尚不能将这批战俘追回交给中立国遣返委员会，我方将保留将这个问题提交停战协定第六十款规定的政治会议讨论。关于不直接遣返的全部战俘，按照中立国遣返委员会第二条第四款的规定，由拘留一方在朝鲜境内指定地点交给中立国遣返委员会一事，鉴于南朝鲜政府曾经声明拒绝印度部队入境，我方认为必须在停战签字以前解决此问题，以便及时通知各有关中立国家和印度部队预为准备，而不应将这个问题留在停战以后交由军事停战委员会解决。

必须指出：南朝鲜政府及其军队直到最近尚在公开声称南朝鲜反对停战并有其行动的自由，而联合国军对之亦仍然采取纵容政策。朝中方面在此必须声明，联合国军关于南朝鲜政府及其军队遵守停战协定条款的保证将只能按其表面价值而被接受。如果联合国军对南朝鲜政府及其军队的这种纵容政策继续下去，则不论在停战前后，朝鲜停战协定条款的实施均有继续遭受破坏的可能。这是全世界和各国政府、各国人民、特别是朝鲜交战双方有关各国的政府和人民所必须严重注意的。我们认为，任何时候如果有这样的情况发生，联合国军方面必须依据军事停战委员会和中立国委员会的视察判断以及全世界爱好和平人民的公正要求来严格执行其自身已经提出的庄严保证。

朝中方面于此将有权根据停战协定以及联合国军所提供的保证
采取反侵略的自卫行动来保障停战的实施。

一旦朝鲜停战协定签字生效，朝中方面保证实施停战协定
的全部条款。我们并相信，全世界最爱好和平的人民对于朝鲜
停战必将予以坚决的支持，以促进朝鲜问题的和平解决而挫败
好战分子的任何阴谋。

彭德怀代表中国签字

7月22日，双方代表再次校正、核定军事分界线。校正表明，
我军又向前推进了192.6平方公里，较之第一次协议的军事分界线
共推进了332.6平方公里。原先我方主张以三八线为军事分界线，
美方主张以实际控制线为军事分界线，这样可以占点便宜，结果适
得其反。

1953年7月27日，朝鲜停战协定终于在板门店签订了。因为
周恩来考虑到金日成、彭德怀的安全问题，万一李承晚再破坏，它
的后果将比扣留战俘更为严重。所以与对方商定，由双方首席代表
先签字，并作为停战协定签字时间，然后分别送双方的最高司令官
金日成、彭德怀和克拉克签字。上午10时10分，朝中代表团首席
代表南日大将和联合国军代表团首席代表哈利逊分别在九本停战协
定上签字。

7月27日，联合国军总司令马克·克拉克在汶山的帐篷里，
在停战协定上签了字。他签字后说："我们失败的地方是未将敌人
击败，敌人甚至较以前更强大，更具有威胁性。""当我在停战协定
上签字时，我知道这件事并未结束，——反抗共产主义的斗争，在
我们这一生将不会结束。"也就是说他还不甘心失败，可是历史是

无情的。

7月27日，南日带着协定文本赶往平壤。当日10时，朝鲜人民军最高司令金日成元帅于首相府在停战协定上签上了他的名字。

中国人民志愿军司令员兼政治委员彭德怀于7月27日下午在朝鲜人民军副司令官崔庸健次帅的陪同下到达开城，住在来凤庄，并先后出席了中国人民志愿军和朝鲜人民军驻开城前线部队举行的盛大欢迎会以及朝中代表团为庆祝达成停战举行的盛大宴会，并于7月28日上午9时30分于志愿军谈判代表团新修建的会议室里在朝鲜停战协定上签了字。这是这位戎马一生、名震世界的大将军历史性的最光荣的一页，他受到中朝人民和全世界人民的敬仰和钦佩。后来他被朝鲜授予朝鲜民主主义人民共和国的英雄。他在签字后发表重要谈话庆祝停战协定签字，朝鲜实现和平，感谢中朝人民和世界各国人民的支持。在后来的《自述》一书中描绘他当时的心情说："先倒既开，来日方长，这对人民说来，也是高兴的，但当时我方战场组织，刚告就绪，未充分利用它给敌人以更大的打击，似有一些可惜。"

朝鲜停战协定签字后，双方同时公布了内容包括五条六十三款的朝鲜军事停战协定和有关附件的原文。

朝鲜停战是中朝人民反对美帝国主义侵略的伟大胜利，是军事、外交上的重大胜利，是一次历史性的胜利。彭德怀在《关于中国人民志愿军抗美援朝工作的报告》中说："它雄辩地证明：西方侵略者几百年来只要在东方的一个海岸上架起几尊大炮就可霸占一个国家的时代是一去不复返了。"

从此，中国如初升的太阳，光芒万丈，在世界上的地位空前提高。不管你愿意不愿意，承认不承认，中华人民共和国已跻身于世界大国之林。周恩来、毛泽东、彭德怀的名字更加响遍世界。他们不愧为伟大的军事家、外交家。在这场斗争中，他们和金日成扮演了主角，是胜利者、是反对美帝国主义、争取人类和平光荣的旗手、是真正的大英雄。虽然杜鲁门、艾森豪威尔、艾奇逊、麦克阿瑟、克拉克也是主角，但是失败者，这是真实的历史，历史的真实。

彭德怀在事先与周恩来商定并审阅过的于 1953 年 9 月 12 日在中央人民政府委员会会议上所作的《关于志愿军抗美援朝的工作报告》中，对朝鲜停战谈判有一个非常精辟的论述：

朝鲜停战谈判是一次史无前例的停战谈判。它既不是帝国主义者征服了别的国家、强迫别国接受投降条件的停战谈判，也不是帝国主义国家间争夺火拼、相持不决，只好以妥协瓜分殖民地谋得短暂和平的谈判，而是一个妄图独霸世界的帝国主义者，在侵略战中遭受到年轻的新兴的人民民主国家的反抗并遏制之后，不得不罢手而勉强接受的停战谈判。很显然，帝国主义者对于这样的谈判是不甘心不情愿地接受的，它无时无刻不在力图翻案。因此，朝鲜停战谈判不得不是一场异常尖锐的、复杂而长期的军事与外交交织着的斗争。